한국현대시조대사전

韓國現代時調大事典

일러두기

· 대부분의 원고는 작가에게 직접 원고를 받았으나, 작고문인의 경우 저작권 동의를 받지 못
  한 원고가 일부 있을 수 있습니다. 한국시조시인협회로 연락주시면 협의하도록 하겠습니다.

· 원고는 보내주신 원문 그대로 수록하였으나 현대 표기법에 크게 어긋나는 경우 바로 잡았
  고, 작고문인의 오래된 원고의 경우 원문 그대로 수록한 원고도 있습니다.

· 청탁드린 원고를 받아 작가 약력, 육필원고, 단평, 작품 순으로 수록하였으나, 작가에 따라
  빠진 부분이 있을 수 있습니다.

THE ENCYCLOPEDIA OF KOREAN MODERN SIJO

한국현대시조대사전
韓國現代時調大事典

한국시조시인협회
편저

고요아침

강경주(姜慶柱, Kang, Gyeong ju)

1953년 경남 하동 옥종 출생. 호 여산(与山). 진주교육대학교 학사 졸업(1973). 《현대시조》 천료(1984) 등단. 시집 『노모의 설법』(2015, 고요아침) 외 9권. 남명문학상(1992), 성파시조문학상(2010), 경남시조문학상(2011) 수상 외. 경남시조시인협회, 한국시조시인협회 회원.

강경주가 궁극적으로 꿈꾸는 것은 존재를 구속하는 일체의 것들에 대한 지움이고 버림이다. 그는 끊임없이 세속에서 들끓고 있는 욕망을 비워 내려고 한다. 그 지움 혹은 버림을 극단적으로 밀고 나가면 이름이나 언어 따위의 기호의 실존학조차도 없게 될 것이다. 그 없음의 자리는 어떤 이름을 붙여야 할까. 궁극의 무 혹은 절대의 자유? 나는 그의 시조 속에서 하늘을 향해 솟구쳐 오르려는 그 모반과 전복의 날갯짓 소리를 듣는다.

— 장석주(시인 · 문학평론가)

환청幻聽

긴가민가하다가 꽃묘를 뽑고 말았다

서러운 햇살들이 아르르 몰려오고

목젖이 빠알간 아가 울음소리 들린다

돌부처와 산새

산새 한 마리 날아와 머리를 꼭꼭 쪼다

두리번 두리번 눈치를 살피더니

한 말씀

찌익 갈기고

시원하게 날아간다

어둠을 비껴 앉아

자고 난 베갯잇에 또 어지러운 머리카락

이 목숨 벗어던진
한 올 한 올의 고뇌

어둠을 비껴 앉아서
더 누리는
아득함이여

내가 살아 은혜로운 초록은 늘 초록빛

숨 쉬는 모든 것들이 꿈꾸는 사랑 같은

문지방
넘어드는 햇살
눈시울에 차오른다

목련이 지는 날

오늘쯤

어머니는 또 수의를 접으실까

초록 숨 일렁이는 하늘도 접으시며

떠나기 좋은 하루를 예감하고 계실까

돌아보면 긴긴 이랑 멀미나는 아지랑이

이승,

좋은 볕살 속에 꽃그늘이 흔들릴 때

가만히 두고 떠나실

꽃자리를 씻으실까

별일 없는 날

성은암에서 두방사
두방사에서 청곡사까지
익숙한 산길을 싸목싸목 걷는다
발끝에 채이는 돌들이 화두를 툭툭 던진다

새 한 마리
포르르
우듬지를 떠난다

나무가 온몸을 떨더니
하늘은 더욱 깊어지고
여여如如히 빛나는 밀어蜜語가
뿌리로 다시 내려간다

생각이 깊어진 산머리 위에
이윽고 별이 떴다
심장 박동에 맞추어 뛰는 무량한 목숨의 빛
마음도 몸도 버리고 꽃잎 속잎 눈뜬다

소

뿔이 있다는 걸 모르고 살았습니다
그런데 언제부터인지 뿔이 너무 가려워
내게도 뿔이 있다는 게 아주 괴롭습니다

언젠가는 나의 두 뿔이 날 받을 것이란 걸
나를 망칠 수 있는 짐승은 나뿐이라는 슬픔을
눈물을 감추기에는 두 눈이 너무 큽니다

묵계默溪

묵계,
라고 쓰는데 손가락이 아리다

느낌 같은 산새 울음

적막으로 돌아오는 매서움

눈발도 벌벌 떨다가 벼랑을 기어 오른다

수백 척 암두에서 관절을 꺾고 뛰어내리는

서슬 푸른 침묵의 뼈 얼어터지는 꽃잎들

잠자던 멧노랑나비 속눈 떴다 감는다

살다가

한동안 산에 안기어 산의 숨소리 들으며
제 새끼 똥 물어 나르는 산새를 훔쳐보다가
오늘이 어버이날인 줄 까맣게 잊고 있다가

퇴화한 날개를 접고 웅크리고 앉아 있는
뼈만 남은 노모를 눈치껏 살펴보며
머언 산 깊은 숨처럼 아득히 울어 보다가

어느 날 날아가고 영영 오지 않는

영원의 숲 흔드는 빈 둥지 바람소리
나는 또 어디까지 왔나 문득 깨어나다가

서으로 가는 길이 가물가물 멀지만
하늘이 품만 열면 언제라도 갈 수 있겠다는
눈앞에 아물거리는 그 길 함께 가다가

한 뼘 남은 햇살 머뭇거리는 산마루
아쉬운 손 흔드는 저 눈부신 파닥임
다 닳은 한 생의 끝을 같이 잡고 울다가

노모老母께서 하시는 말씀 40

할 만큼 했다는 듯 강물이 느슨해졌다
한소끔 끓어오르던 매미소리도 잦아들고
구름은 씻겨진 몸을 하늘 높이 널었다

아침저녁으로는 벌써 맑고 차운 기운이 돌아
풀벌레소리 풀잎 끝에 이슬처럼 맺히고
약수암 목탁소리가 또록또록해졌다

먼 들판 끝으로 저무는 강물이 반짝인다
모두들 꼭 저만큼씩 흔들리는 저녁에는
내 안의 등불을 끈다, 휘영청 달이 밝다

4월에

푸른 모가지가 서러운 보릿고개

뱃속에 든 애기는
빨강빨강
울음 울고

애비는 아지랑이 속에
꽃상여를 흔들던

생명의 말씀들이 가지 끝에 일고 있다

뛰는 맥박 리듬으로
잎잎이 피는 지성知性

연두빛
혁명을 위해
종다리가 솟는다

강경화(姜京花, Kang, Gyeong hwa)

1968년 광주 출생. 한국방송통신대학교(국어국문과), 광신대 사회복지대학원 졸업. 《시조시학》 신인상(2002) 등단. 시조집 『사람이 사람을 견디게 한다』(2014, 고요아침) 외. 광주전남시조시인협회 작품상(2014), 무등문학상(2019) 수상. '율격' 동인. 광주전남시조시인협회, 오늘의시조시인회의, 한국시조시인협회 회원.

> 울컥 만나다
>
> 돌솥비빔밥 먹는 동안 부고를 접하고도
> 딱딱하게 눌어붙은 밥알들을 긁어먹었다
>
> 떼어도,
> 잘 떨어지지 않는,
> 읽혀 걸는
> 지독한 삶

—

강경화의 시편들에서는 익숙함 가운데 만나는 시적 감동이 있다. 그런데 이 시적 감동은 그냥 일직선으로 다가 오는 것이 아니라 우회해서 오기 때문에 잔잔하고 여운이 길다. 가벼운 일상 가운데 있되 결코 가볍지만은 않은 생의 깊이가 있는 울림을 동시에 수반하고 있다. 이 점이 바로 다른 시인들과는 확연히 구분되는 강 시인의 가장 큰 특징이다. 실존적 휴머니즘이라고 단정해도 좋을 만한 이 토대 위에 더욱 견고하고 미려한 건축물을 올려주길 바란다. 견고함은 내면의 끊임없는 반성 위에서 가능하며, 미려함은 진부하지 않는 자유로운 시적 상상력에서 가능할 것이다.
　　　　— 이지엽(시인 · 한국시조시인협회 이사장 · 경기대 교수)

—

사람이 사람을 견디게 한다

길을 걷는다 사람이 그리운 날엔
수많은 이들이 내 곁을 스쳐 지나도
그 뒤엔 그리움 채우는 바람이 머문다

한참을 서 있는 우체국 앞 계단은
기다렸다 떠나보냄에 익숙해진 모습이다
어쩌다 나 그대에게 길들여진 길처럼……

닮은 얼굴 하나 둘 우체통에 밀어 넣고
휘청이는 걸음 떼어 올라 서서 본 거리는
줄에서 빗나간 글씨처럼 눈빛들이 살아있다

매양 담담히 스쳐가는 이들이지만
때로는 사람이 사람을 견디게 한다

오늘도
거리를 나선다
참 푸른 바람 인다

아이가 그린 그림 속의 길

쭉쭉 뻗은 미루나무 종이 뚫고 나올 듯

삐죽삐죽 자라나와 콕콕 해 찔러대도

그 길엔

그늘 하나 없다

그리움이 걸어갈 뿐

메타세콰이어 길에서

저마다의 속도로 푸른 시간이 흐른다

하늘은 전하지 못해 웅크린 말들처럼

우거진 잎 사이마다 그렁그렁 갇혀있다

번지는 마음보다 늘 더딘 걸음이

그늘 한쪽 휘청일 때 주춤대며 또 멎는다

스스로 일으킨 먼지가 발등을 덮어온다

그대의 기억 속에 나는 잘 있나요

그리움은 그 얼마나 빛나다 사라졌을까

푸르던 한때가 떨어져 먼 길부터 젖어온다

멍하니 멎다

자르다 놓아둔 애호박의 조각마다

송골송골 배어 나와 끈적이는 둥근 눈물

아파서

흐르지도 못한

그리움

투명하다

극락강역 인근

멈춘 듯 흐르는

놀 비친 강을 지나

뒷짐 지고 서성이는

할머니의 휜 등처럼

기차가 달리는 한때

그리움도 둥글어진다

어머니의 도마

무뚝뚝한 아버지께서 떠나시기 전 만드신
먹먹한 심정으로 푸른 칼날 다 받아냈듯
상처에 상처를 덧대며 닳아가는 도마 하나

허기가 뚝딱뚝딱 채워지던 그 시절의
순탄하던 기억들은 먼 꿈처럼 깊이 패이고
빛바랜 그리움 위로 생겨난 틈 아득한데.

썰어낸다고 다 잘려나가면 그게 세상인가
내려쳐도 끊기지 않아 늘 허한 마음 가득
밥 내음 붉게 퍼지면 더 분주해지는 저녁

어머니는 토각토각 생무를 썰다 말고
느슨해져 삐꺽대는 도마 다리 바로 잡고서
- 바람 든 내 무릎처럼 너도 시리구나.

그들만의 세상

　노인 요양병원 치매 환자들의 아침 열리면

　밥 먹고 돌아서서 또 밥 달라는 분, 먹을 건 죄다 자식 준다
며 주섬주섬 싸매는 분, 이불 보따리 들쳐 이고 장에 간다는 분,
침대보 홀러덩 벗겨 지근지근 밟아 빠는 분, 베개 들쳐 업고 둥
개둥개 자장가 부르는 분, 이 년 저 년 욕이란 욕 줄줄이 외는
분, 아들 내외 사진 보며 "또 이 년은 누구요?" 하시는 분, 이 할
머니 저 할머니 툭툭 치며 집적대는 분, 음악만 나오면 덩실덩
실 춤추는 분, 온 동네 들썩여도 가만히 앉아 성경책만 읽는 분,
……분, ……분. 눈물도 없는 초롱초롱한 눈들이 놓지 못한 하
나의 시간만을 더듬고 있다

　훗날엔, 문자 날리고 오락하는 이 생기려나

너에게 가는 길

마주 앉아 웃으며 밥도 먹고 얘기하고
긴긴 밤 살 비볐어도 기억조차 못하는 얼굴
멍하니 맺힌 눈물 속 친숙한 슬픔 들어온다

숨겨온 흉허물이 네 흉허물로 번질까
무모함은 아물지 않을 상처를 남길까

텅 빈 맘
너에게 가는 길
한 발 한 발 조심스러워

익숙해서 오히려 주저되는 길
가고 보자
행색에 상관없이 꼭 안아 줄 품으로
그릇 위
포개어 엎어지는
또 다른
그릇 하나

마음아

갑작스런 부고에
먹먹히 흘린 눈물이

휴지 몇 장, 온전히 적시지 못할
무게라니

켜켜이
머물다 간 자리는 몇 평일까

마음아

감

푸르던 그늘 밑에 예쁜 것들 여럿 묻고

말똥말똥한 입들만 건강하게 키워내더니

기어이
뚝 부러진 어깨

가을이 흔들린다

강대선(Kang, Dae seon)

1971년 전남 나주 출생. 전남대학교 인문대학 졸업(1996). 〈동아일보〉 신춘문예(2019) 등단. 한국해양문학상(2018), 한국가사문학상(2019) 수상 외. '율격' 동인. 오늘의시조시인회의, 광주전남작가회의, 광주전남시조협회 회원.

—

강대선 시편들은 다소 연소한 듯하면서도 기성 시인의 흔적이 별로 보이지 않는 점과 묘사 능력의 우수함, 그리고 시대 의식이 작품 배면에 깔려 있다. 풍요로운 서정성을 표현해 낼 수 있다는 사실만으로도 당선의 영광을 차지할 자격이 있다고 생각했다. 자신의 안목으로 자신만의 세계를 열어서 마침내 우리 시조시단의 돌올한 개성이 될 때까지 어떤 신고도 이겨낼 수 있는 열정과 분발을 당부하며 기꺼이 축하드린다.

— 이우걸, 이근배

—

꽃마리를 위한 세레나데

가다가 까닭 없이 석양에 물들거든

새도 되고 강도 되고 노을 따라 길도 되어

한갓진 꽃마리 그림자 외로움도 저만큼

가다가 까닭 없이 바람에 취하거든

별도 되고 시도 되고 눈물 따라 먼지 되어

무덤가 그대 품에 누워 그리움도 저만큼

가다가 까닭 없이 인연에 가 닿으면

만나고 헤어지고 꽃잎 따라 낙엽 되어

천년쯤 산기슭에 앉아 나 혼자도 저만큼

수염틸란드시아*

본적도 이름도 사는 곳도 몰라요
비행기 바꿔 타고 양부모님 만났죠
구석에 쭈그려 앉아
허공만 바라보죠

서른네 살, 공항에서 컵라면으로 살아가요
꼬부랑 혀 꼬여도 뿌리 없는 떠돌이
오늘은 어디로 갈까
허공만 흔들리죠

* 수염틸란드시아: 다른 식물에 붙어서 습기 찬 대기에 공기뿌리를 노출시키는 식물.

단칸방 근황近況

낙엽은 집도 없이 길 위에서 뒤척이고
난로에 손 비비면 코끝이 시큰하지
입술은 제비꽃 같고
손마디는 마른 가지
떠나고 남은 생은 계피 같은 맛일까
가늘어진 혈관에 주삿바늘 꽂아 놓고
창가에 어른거리는
구름에게 톡, 톡, 톡,

분향焚香

흰 두루미 한 마리 허공으로 날아간다

한 줄기 호곡이 맴을 도는 창가에서

하얗게 굽이쳐가는 연기설緣起說이 흩어진다

고탑

단물쓴물 빠진 채 옷 한 벌 걸치고서
시계도 멈춰버린 지하도에 웅크렸다
밤 추위 하애지는데
고요하다 저 고목

두근두근 소리라도 들릴 것 같은데
침묵으로 견뎌내는 한 생의 고집멸도
발목을 덮어주었다
희미로운 불빛들

빈 통에 지폐 한 장 가만히 올려진다
발소리는 지나가고 고요만 남는다
이국의 새벽을 건너
고개 숙인 라마승

약속

노을은 저승으로 건너가는 이승 길

꽃상여 타고 떠난 우리 누이 손톱에

봉숭아 꽃물 들였지

첫눈 오면 건너오라고

AI 서정시

싸늘하게 등 돌린 숫자들에 복수를
풍경 밖 풍경으로 시인들은 사라지고
날마다 리셋 되는 사랑
계산되는 눈물들

우원한 환유로 조소한다고 한들
닫힌 서가 안에서만 시들은 맴을 돌고
사유는 기원도 없이
꿈을 꾸는 미이라

붉은 숫자들이 아가리를 쳐든다
화면을 잡아먹는 0과 1의 낙관들
날마다 귀를 울리는
서정의 적색경보

동전을 집어놓고 고르는 물건처럼
눈물 하나 절망 둘 희망 하나 위로 둘
팔린다, AI 자판기에
전시된 시인님들

낙烙을 놓다

백일 동안 울고서 죽竹 속으로 들어간다
박새를 부르더니 새끼들을 몰고 온다
어머니 곁에 두시던
솔바람이 둥지다

산에 계신 어머니 찾아오는 밤이면
인두를 손에 쥐고 살 태우는 내음새
눈물은 더디 흐르고
새벽빛 밝아온다

불춤을 추면서 어머니 곁에 들까
박새가 지저귀고 눈물이 떨어지자
한순간 번개가 친다
피어나는 인두꽃

스쿠터 나팔꽃

　시골집 한구석에서 가래가 끓고 있다 몸은 이미 한세월을 지나고 있는지
　간간이 덜그럭거리며 마른기침 토해낸다

　나팔꽃 줄기마냥 뻗어가던 기침들이 내 몸을 감고 들어 하늘로 오르더니
　부르릉, 고향 마을로 신나게 달려간다

　옆집 살던 은실 누나 울 엄마와 닮았지 나팔꽃 바라보던 어여쁜 댕기머리
　멀리서 바라만 보았지 쿵쿵대는 혈관들

　동생들 학비 벌러 서울로 떠났댔지 옷 공장 신발 공장 안 다닌 곳 없다지
　지금은 아무도 모르지 은실 누나 누운 곳

　녀석은 나의 슬픔 아는지 모르는지 한 번은 전력으로 질주하고 싶다는 듯
　자꾸만 갸르릉거리며 내 눈을 바라본다

　은실 누나 찾으러 저승에나 가볼까 가래 숨 몰아쉬며 들썩들썩 몸 비트는
　마당가, 바퀴도 없이 울고 있는 나팔꽃

벗꽃 병실

한 움큼 두 움큼 머리카락 빠지고
한숨도 꺼져가는 병실에서 나 혼자
엄마는 식기를 닦고
손님은 밀려오고

괜찮니? 고개만 까딱이는 늦은 밤
밀려드는 통증에 까무러친 시간들
엄마는 내 손을 잡고
불 켜지는 수술실

고맙다 살아줘서 아이고 내 새끼야
손길은 다사롭고 봄볕도 포근한데
자꾸만 목울대는 울고
차오르는 눈물샘

식기들은 쌓여서 오늘도 산 이루고
철 지난 외투처럼 병실에서 나 혼자
의사는 자꾸 뛰어오고
꽃잎은 휘날리고

강문신(康文新, Kang, Moon sin)
1948년 제주 서귀포 하효동 출생. 〈서울신문〉 신춘문예(1990), 〈동아일보〉 신춘문예(1991) 등단. 시집 『당신은 "서귀포…"라고 부르십시오』(2007, 고요아침), 『나무를 키워본 사람은』(2016, 고요아침), 『어떤 사랑』(2017, 고요아침). 제1회 서귀포예술인상(2008), 제2회 조운문학상(2017) 수상 외. 제주복싱회관 관장 역임. 석파농산石播農産 대표.

강문신 시인의 텍스트는 한편으로는 일상어가 지닌 거침과 비루함을 여실히 드러낸다. 다른 한편으로 그의 시어는 지극히 섬세하고 서정적이다. 그 언어는 절망하는 바다의 색깔을 드러내고 노을에 밴 외로운 이의 울먹임을 감지해낸다.

강문신 시인의 특징 중의 하나는, 그가 권투라는 스포츠의 세계를 시조형식에 담아내는, 현대시조단의 유일무이한 존재라는 것이다. "이길 생각마라, 죽일 작정하라니까", "너 아직, 제정신이구나 라스트야, 나가라!" 등 권투장에서 일어나는 명령과 대항의 언어들이 시어가 될 수 있다니 놀랍지 않은가? 스포츠의 언어로 하여금 시어가 되게 만드는 강문신 시인은 현대시조단의 변경을 개척하는 선구자라 할 수 있다. 권투의 언어들조차 시어로 다시 태어나게 하는 혁명적 창작인 것이다.

— 박진임(문학평론가·평택대 교수)

마라도

차오른 생각에는 내 누이가 있습니다
산기슭 갯마을이거나 수평선 끝닿은 데거나
누이는 빛바랜 바다로 그 어디나 있습니다

우리 한 식구가 불빛으로 모여 살 땐
빈 소라 껍질에도 만선 꿈은 실렸습니다
수평선 그 한 굽이에 마음뿐인 산과 바다

마라도 선착장은 받아든 저녁상입니다
허술한 초가지붕 덧니물린 호박꽃도
그 여름 놓친 반딧불 별빛 따라 내립니다

남녘 섬 하늘의 인연도 끝 간 자리
바다는 어디에도 가는 길만 열려있고

서낭당 소망은 하나 둥근 사발 달뜹니다

물마루만 바라봐도 청보리밭 키 큰 누이
한 점 바닷새가 저녁놀을 물고 와서
윤회의 섬 바위 끝에 하얀 집을 짓습니다

입석리立石里 산과 바다

또 한 해 보내는가 갯마루에 올라서면
침침한 눈 비비며 바다 끝도 잠겨있다
해조음 아득한 너머엔 떠서 도는 마라도

우리가 심은 것은 귤나무만 아니었다
마른 나무 가지 끝에 겨우내 감긴 눈발
입석리 애타는 등불은 귤빛으로 익었었다

한라산 눈보라야 모닥불이 아니던가
기슭의 봄소식은 가지마다 밟히는데
풀피리 연련한 가락에 실려도 올 수평선

그들

O형, 시어詩語 다듬듯 귤 묘목 가꾸다보면
정작 그 시마저 잊을 때가 있습니다
연초록 지고지순이 시어보다 곱습니다

사방이 바다입니다 넘실넘실 물결입니다
기도처럼 늘 고요한 민낯의 싱그러운 여인
그들에 푹 빠져 사는 날마다가 경이입니다

가뭄 병충해 물난리… 무시로 헤쳐 온 이력
한사코 "나대지 마라, 쉬지 마라" 어르면서
기어이 상뿌릴 내립니다 돌밭에서도 그들은

나무를 키워본 사람은

  생장점 밑돌던 날들의 나이테나 감아놓고

  저 혼자 가뭇한 길섶 퇴적된 인고忍苦의 발효는 어떤 의미로 뜨느냐 가을 나무가 스스로 제 잎을 떨구듯 나무를 키워본 사람은 안다 가슴을 비우는 법 한 여름이 다 휩쓸려 내릴 때 우리가 나무였듯이 그 가뭄 석 달 열흘도 한사코 나무였듯이 나무를 키워본 사람은 안다 아득한 황량에 상뿌리 내리는 법 반생을 에돌아 사랑도 미움도 고만고만한 이 둘레
  생각 하나 그 먼 별빛 오롯이 너를 부르면 들리는가 들리는가 정녕, 해동解冬의 물소리

  나무를 키워본 사람은 안다 그리움의 색깔을

이슬

하늘은 아직도 시험할 게 있으신지
석 달 열흘 동안 비 한 방울 안 내리시네
귤 묘목 숨 가쁜 터에, 단풍색깔 아리는

구름 한 점 없는 연일 그 찜통 속
장끼도 제짝 부를 엄두마저 넋을 놓은
육묘장 그 안에 들면, 말도 크게 못 한다

산길 더듬더듬 겨운 걸음 밤새 오셔서
마음걱정 이 들녘의 혼미한 창을 열고
거북등 제 몸 쥐어짜, 젖 물리는 어머니

세컨

1
안면에 레프트를 툭 툭 툭! 던지라구
가드가 오르는 순간, 갈비를 찍으란 말야
악물어, 이길 생각 마라, 죽일 작정 하라니까

2
얌마, 그걸 놓쳐, 코너에 다 몰아놓고
눈이 잘 안 보여요 한쪽도 안 보이냐
벼르고 벼르던 경기잖아, 포기할래, 여기서,

3
암만해도 모자란다 KO 외엔 방법 없어
"관장님, 그게 어디 아가씨 이름입니까?"
너 아직, 제정신이구나 라스트야, 나가라!

수건

1
"가드 올려, 어깨 힘 빼, 악물고 눈 치켜떠,
잽, 잽, 원투 원투 원투! 훅 어퍼, 빨리, 빨리 임마,
딱 딱 딱 끊어치라구 그래, 다시, 치고 빠져!"

해도 해도 들녘이여 겹겹의 물안개여
샌드백 장갑을 낀다 한바탕 세도복싱 한다
무시로 사범님 그 목소리, 채근하는 전의戰意를

벼르고 벼르던 경기 속절없이 무너지듯
시정市井의 링바닥에 처절히 나뒹굴 때
몇 번을 던지고 싶었는가, 피땀 절인 그 수건

2
끝내 항서降書 없이 예가지 예까질 왔어
선수랴 관장이랴 어설픈 내 노래랴
그리움 아직도 먼 데, 어디인가 여기는

서귀포 바다

불면의 먼 바다가 목로주점까지 와서

두어 병 막소주 앞에
되려 말을 잃는다

섬 등대
새벽길 밟는
생각 하나 적신다

함박눈 태왁

신묘년 새 아침을 서귀포가 길을 낸다
적설량 첫 발자국 새연교 넘어갈 때
함박눈 바다 한 가운데 태왁 하나 떠있었네

이런 날 이 아침에 어쩌자고 물에 드셨나
아들놈 등록금을 못 채우신 가슴인가
풀어도 풀리지 않는 물에도 풀리지 않는

새해맞이 며칠간은 푹 쉬려 했었는데
그 생각 그마저도 참으로 죄스러운
먼 세월 역류로 이는 저 난바다… 우리 어멍

어떤 사랑

　싸락눈 흩뿌리던 날, 자정 넘긴 목로주점

　"긍께 말이여, 암 선고를 받곤 파랗게 질려 땅을 치더랑께 중환자실에 누워 눈 껌뻑껌뻑 뻔히 쳐다보면서도 살려달란 말을 않더랑께 사랑한단 말도 않더랑께 그냥 암말도 않더란 말이여 고로코롬 죽었는디 저승 옷도 중질로 맞춰 줬재 장례비도 이백만원은 넘게 들었어 글고는 춤 배우고 바람도 쪼깨 폈재 폈는디 요새 뺀뺀한 놈치고 제대론 것 없더랑께 한나같이 문악만 베려놓는 것이여 병신같은 것들!
　그럴 적마다 그놈 생각이 징허더란 말이여 영~환장하겠더라 이거여 술 따라야, 그래도 딸 아는 조케 키웠재 약속 하나는 지킨 것이여 아야, 언능 마시랑께, 인자는 다 부질없어 가게도 딸 애미한테 줘 버릴 거여 취한 듯 만 듯 살 것이여 노인네 오일장 댕기듯 갈 것이여 가다가 가다가 그놈 곁에 묻힐 것이여… 용서를 빌 것이여 요샌 통 꿈에도 안 나타난당께, 씨펄놈이!"

　그 뱃길 어르던 안개 물때 맞춰 포구에 들다

강병국(姜秉國, Kang, Byung kook)

1955년 경남 진주 일반성면 출생. 경상대학교 박사 졸업(2011). 《좋은 시조》(2019) 등단. 번역서 『수호지』(2018, 진한엠앤비), 『홍루몽』(2019, 진한엠앤비), 『원본그림삼국지』(2017, 진한엠앤비). 과학도서 『우포늪』(2003, 지성사), 『주남저수지』(2007, 지성사), 『낙동강 하구』(2008, 지성사), 『한국의 늪』(2013, 지성사), 『순천만』(2015, 지성사). 푸른우포사람들 부회장.

빈집 - 강병국

적막이 무서운가
직박구리
섧게 운다

기억의 뒷모습 잔잔히 걸어 나와

댓돌에
침묵으로 앉아
시간 속을 더듬는다

바람에 출렁이는
주인 잃은
해바라기

삭아 내린 철제 대문 하염없이 바라본다

어스름
그렁한 눈빛
고요 속에 잠들고

—

강병국의 작품들은 단정하다. 단시조는 단시조로서, 연시조는 연시조로서의 내적 외적 요건을 깔끔하게 갖추었다. 진정성의 깊이를 드러내는 집중이 감동을 부른다. 그의 작품이 단정한 것은 흐트러짐 없는 집중에서 느껴진다. 복잡한 표현보다 단정한 표현에서 울림은 확장된다.

따뜻한 상상력과 함께 이미지를 잘 이끌어간 시적 장악력이 역량을 가늠케 해 준다. 그의 시조는 무엇이 시가 되는가, 선택한 사물의 어떤 점이 나의 경험과 맞는 나의 시가 될 수 있는가, 그리고 거기서 끌어낼 수 있는 공감은 무엇인가를 알고 있다

— 김일연(시조시인 · 국제시조협회 이사)

—

솟대

바람이 오는지 구름이 오는지
마을은 안녕한지 까치발로 키를 재며
아버지 앙상한 등줄기 허공에 새가 되어

냉이 꽃

지난 밤 내 집 앞을 남몰래 다녀갔네
동장군 발톱자국 아프고 부끄러워
피었다 이우는 몸짓
누구를 빼닮았다

이윽고 치마에 담은 봄을 내려놓네
무색의 향기에도 저토록 설레는가
하얗게 지천으로 핀
내 어머니 같은 꽃

노을

가을은 지고 있다. 겨울은 또 오고 있다
억새의 서걱임은 유언처럼 들려온다
서산에 그림자로 거두는 짧은 시 한 구절

수루戍樓

망루에 돌아앉은 사내를 만난다
파도를 듣는가 적막을 읽는가
밀려온 한산바다가 저녁을 서성인다

시위를 당겨볼까 초승달을 베어볼까
바람 머물다가는 돌층계에 앉아볼까
아무도 말 걸지 못할 묵중한 시간 앞에

빈집

적막이 무서운가
직박구리
섧게 운다

기억의 뒷모습 잔잔히 걸어 나와

댓돌에
침묵으로 앉아
시간 속을 더듬는다

바람에 출렁이는
주인 잃은
해바라기

삭아 내린 철제 대문 하염없이 바라본다

어스름
그렁한 눈빛
고요 속에 잠들고

강의 노래

저물녘엔 강 자락도 그림자 드리운다
경계도 풀어놓은 저 그윽한 눈빛
수묵의 엷은 손으로 산과 들 어루만지며,

봄, 우포늪

웅크린 물풀들이 잠에서 깨어났다
순식간에 펼쳐지는 드넓은 초록 바다
비밀의 문이 열리듯 늪은 이내 분주하다

일렁이는 왕버들 물 위에 문패 걸고
움츠렸던 숨결이 부푼 귀를 젖히면
거대한 물빛 실루엣 늪을 온통 휘감는다

피아골

화려한 상여처럼
지천은 붉게 젖어

골마다 울어대는
바람노래 한 소절

추워라, 한 무리 철새
숲정이의 마른 잎

빈집

적막이 무서운가
직박구리
섧게 운다

기억의 뒷모습 잔잔히 걸어 나와

댓돌에
침묵으로 앉아
시간 속을 더듬는다

바람에 출렁이는
주인 잃은
해바라기

삭아 내린 철제 대문 하염없이 바라본다

어스름
그렁한 눈빛
고요 속에 잠들고

어스름

과녁을 향해 가는 찰나의 불화살처럼
직선의 걸음은 언제나 멈춤 없다

서창西窓에
드리워지는
검은 손수건 한 장

강상돈(姜尙敦, Kang, Sang don)

1965년 제주 애월읍 봉성리 출생. 한국방송통신대학교(국어국문학과) 졸업. 《현대시조》 신인상(1998, 여름호) 등단. 시집 『별꽃 살짝 물들여 놓고』(2004, 순수), 『느릿느릿 뚜벅뚜벅』(2018, 열림문화) 외. 오늘의시조시인회의 회원. 제주시조시인협회 부회장, 제주문인협회 《제주문학》 편집위원장. 시조전문사이트 시조나라 http://sijonara.pe.kr 운영.

아지랑이
강상돈

겨우내 춘련사린
꼬마명정 물어온다

삽시간 온 동네를
퀴감아친 그 열기가

덜엉큰 우변의 기억
도버을 줄고있다

—

강상돈은 '허수아비'라는 시어를 통하여 자율성이 실종된 현대의 삶을 비판적으로 성찰하고 있다. 그가 시 곳곳에 배치해 두고 있는 이항대립二項對立의 시어들을 분석해 보면 작자가 지향하는 의미망을 명백하게 재구성할 수 있다. 이 작품은 현대적인 정서라 할지라도 단단하게 함축된 시어들과 풍부한 이미저리 구축을 통해 얼마든지 시조의 틀을 새롭게 할 수 있음을 말해주는 수작이다.
— 박몽구(시인 · 문학평론가 ·《시와 문화》 주간)

강상돈 시인의 시조를 읽을 때마다 느끼는 건 꾸밈이 없고 표현이 솔직하고, 때로는 아름답다는 점이다. "무차별 난도질당해도/ 내 결백은 변함없다"(「양파」), "이 봄날/…/옷을 홀홀 벗고 있다"(「발정난 봄」) 등이 그렇다. 이처럼 삶의 풍경을 통해 새로운 눈으로 시조를 그려내는 시인의 감각과 시어를 뽑아내는 언어 터치가 놀랍다.
— 오종문(시조시인 · 문학평론가)

—

허수아비

오늘 또 검문 당했네, 가을 산 남겨두고
도심 속 새들 이미 떠나 그림자만 남았는데
두 팔을 살며시 올려 검색대를 통과한다

방송국 송신탑 너머 모스부호 싣고 간다
깡마른 몸짓으로 금빛 물감 풀어놓고
장문의 연서도 함께 신호 따라 떠나간다

자꾸만 안으로 삭여드는 그리움이
밭은기침 그렁거려, 낮달까지 그렁거려
흙 묻은 하이힐 한쪽 밭 가운데 뒹굴고 있다

허기에 지쳤는가, 넝마옷 한 벌 입을 때
이따금 다리 절어 앉아 쉬고 싶지만
새들을 쫓던 한 사내 끝내 노을 놓지 못한다

빨래방에서

얼룩진 옷 여러 벌을 통 속에 넣는다
날름 받아 삼킨 동전 몇 닢 뒤로하고
일상에 찌든 하루를 재생하기 시작했다

껍데기만 남은 시간 거침없이 내달리고
간발의 틈도 없이 블랙홀에 빠져들 때
정신이 바짝 든 달이 방울눈 뜨고 있다

손도 발도 짓무른 그 오랜 영역에서
가부좌 틀고 앉아 누굴 그리 기다리나
막장 길 헤쳐 온 날엔 잘 마른 내가 간다

담쟁이 10

내가 가는 이 길이 아무리 힘들어도
끈끈한 정을 엮어 갈 때까진 가는 거다
길 하나 깊숙이 열고 옹벽 타고 올라보는 거다

폭염 속 몸 비틀며 숨통을 조여와도
무성한 초록 빛깔 말문이 트일 무렵
일제히 긴 머리 늘어뜨려 빗질을 하고 있다

하루치 품삯으론 제 삶을 거두지 못해
응어리진 가슴속을 툭 툭 털고 일어서면
햇살이 먼저 다가와 내 손목을 붙잡는다

폭설

나 여기까지 와서 노숙을 하네, 그려
느닷없는 폭설에 갈 곳은 이미 잃어
밤새워 뒤척인 시간 하얀 등뼈 드러나고

바람도 외면하는 차디찬 바닥 위에
찢어진 종이상자 깔고 앉은 난민처럼
길 못 뜬 수만 명 인파 가슴만 타들어가

희망마저 무너진 대합실 어디쯤에
오지 않을 순번을 하염없이 기다리며
약속된 시간을 찾아 물음표를 던진다

길 끊긴 줄 알면서도 자리를 뜨지 못해
혼자서 능청떠는 저 거친 눈발 따라
오늘도 시린 몸 달래며 또 한밤을 지새네

새벽 비 1

반달이 떠난 자리
시방 누가 오고 있나

사립문 열어 젖혀
해진 옷 입고 오는가

귓전에
재봉틀 소리
요란하게 들리는

소나기

또 누가 황급히 오나 잦은 발소리

한밤중에 전하고 싶은
간절한 소식 있어

여름밤 등짐을 풀며 잰 걸음으로 다가오네

새벽녘 무슨 일로 질탕하게 춤을 추나

제 분량만큼 젖어버린
빨래를 거둬들일 때

신 내림 굿을 받들 듯 맨발로 달려오네

산사의 가을

인적 없는 산사에 누가 저리 기도하나
가을도 불에 타 여태 꺼질 줄 모르는데
짓붉은 단풍 한 잎이 금강경을 외고 있다

참선하는 마음이 흐트러지는 한 낮
마음 깊이 감추었던 비밀을 토해내듯
저마다 물들인 사연 구구절절 뽑아낸다

열반에 든 딱따구리 모스부호 신고 가고
졸다 깬 풍경風磬 하나 눈 비비고 있을 때
노랗게 염색한 은행나무 합장하며 서있다

가을 산행

꺼질 수 없는 여름날이 여태까지 타고 있는
단풍잎도 따라 나선 사라봉 산책길에
한 마리 직박구리가 고요를 깨고 있다

굳은살도 이런 날이면 단풍물이 드는가
타오르지 못한 꿈 가슴 깊이 품을 때
제 몸을 뜨겁게 태운 흔적 하나 보인다

듬성듬성 밟아온 아픔은 지워졌다
근육질 저 소나무 나선형으로 길을 내주고
오늘도 놀을 벗 삼아 가쁜 숨을 내젓는다

쇠똥구리는 아무데나 쇠똥을 굴리지 않는다

쇠똥구리는 아무 데나 쇠똥을 굴리지 않는다
쇠똥을 굴리더라도 직립의 꿈은 남아 있어
아득히
먼 길을 향해
한 곳으로만 굴린다

똥고집, 이런 똥고집은 세상에는 아직 없다
똥 덩어리만 골라가는 하루치 품삯이여
마지막
자존심으로
지상의 문 열고 있다

한 번쯤은 가야할 길, 반달도 가고 있다
실직의 아픈 상처 맨몸으로 가는 날은
신새벽
인력시장에
헌 운동화 끌며 간다

양파 1

무슨 자백 받으려고
심한 고문 일삼나

서슬 퍼런 칼날로
머리를 내리치며

무차별
난도질당해도
내 결백은 변함없다

강성상(姜聲相, Kang, Seong sang)

1959년 전북 순창 구림면 출생. 《한비문학》 시조 신인문학상(2016), 《문예춘추》 동시조 신인문학상(2016) 등단. 시집 『세월은 약도 없다』(2016, 동천문화사). 수필집 『덧없는 세월』(2015, 문학광장). 제9회 한비신인대상, 제8회 디딤 문학상 수상 외. 한국문인협회 회원.

현대의 문물이 너무 감각적이거나 쾌락적인 일회성으로 치닫게 된 이유 때문인지 고답적이라고 도외시하든 시조를 하려는 문재들이 많이 보인다. 옛것이 고리 타분하다고 모두 버리고 말면 옛것을 통한 창작이 길을 잃어 버려 정체불명의 문화가 자리 잡고 말 것인데 이렇게 시조가 부활하는 조짐은 문학으로도 건설적이라 하겠다. 시조도 현대성에 맞추어 변조된 시조가 많은 현실에 강성상 씨는 시조의 정형성을 지키면서 함축된 언어와 간결한 언어로 시조의 격을 높이고 감상의 깊이를 더 하였다.

— 허일(시조시인 · 전 한국시조작가회 회장)

순국선열

나라 위해 싸우다 먼저 가신 열사여
자유와 권리가 무엇을 찾았기에
총칼을 맨주먹으로 무찌르고 일어나

수탈과 반목과 저항을 불렀을까
생존권을 지키려 주야로 투쟁하고
세계로 만방 곳곳에 민족열망 드높이고

볼 수도 들을 수도 없는 만행에 일어나
전사로 옥사로 병사한 선각자여
그대의 값진 희생을 무엇으로 어찌할까

가진 것 하나 없이 국권침탈 반대하고
독립 위해 항거하다 순국한 공로자여
후세에 전하렵니다. 그대들의 높은 뜻

보름달을 보며

철없던 시절의 보름달의 숨은 얘기
계수나무 한 그루와 토기 두 마리
아무리 보고 또 보고 애를 쓰고 찾았건만

기필코 찾지 못해 몰입하여 보았더니
상상 속에 나타난 나무와 두 마리
착시가 아니고서야 생각도 못하던 일

그 시절의 추억 상상 속의 그 모습
알게 된 것이 천태만상 다르지만
이제야 알게 된 동화 우리들의 이야기

수평선

평화로운 쉼터 마음의 고향
언제나 그리던 너만의 모습이
지금도 잊을 수 없어 너 앞에 와 있지

바라만 보아도 시원한 마음
생각만 하여도 떠날 수 없는 모습
이제는 꿈속에 그리던 우리의 파트너

삶의 질고가 요동칠 때 바라보지
한결같은 잔잔함이 너와 나를 포용하고
모두의 사랑과 기쁨을 한없이 선사하지

해돋이

광명의 천사와 따스한 온기로
빛이 있으라 하시매 떠오르고
흑암의 세력을 물리친 그대의 위대함

그 어떤 병사보다 그 어떤 유연함
찬란하고 아름다운 그대의 모습
인생사 희로애락을 말끔히 씻어준다

환희와 기쁨과 미래의 소망이
한순간에 떠오르고 밝게 빛나는
이 순간 삶에 모든 것이 영원토록 승화되지

이 순간

알쏭달쏭 반세기 할까 말까 이 순간
무엇인가 석연치 않은 것이 어찌될까
오늘도 뇌리를 스쳐 나의 맘을 괴롭히지

한숨과 탄식 속에 세월은 야속하고
지나간 일들은 화살같이 인정 없다
어쩌다 망설이다가 한세상이 지나구나

주저하다 망설이다 생각하다 누웠다가
너와 나의 인간사는 천태만상 달라지고
무정한 세월 탓하랴 인간사를 탓하랴

남은 것도 모르고 가는 것만 붙들려다
또 한 번 되풀이에 허허로움 가득하다
더 이상 참으려다가 생각조차 못했다

마음의 짐

소원하고 바라던 일 마쳐지니 후련하다
언제나 미루고 이제나 저제나
오늘도 마음 속 짐이 되더니만 시원하다

성미가 급한지 맡은 일이 급한지
떠나지 못하던 일들이 마쳐지니
이제는 더 급할 것도 아닐 것도 없다지만

하나라도 마음에 걸리면 속상하다
걸림돌이 언제나 디딤돌 되려는지
언제나 기다려 본들 노력 없이 된 것 없다

또 다시 그 순간이

두 주먹 불끈 쥐고 다짐했던 순간이
언제든지 좋으련만 한 순간을 참지 못해
또 다시 그 순간들이 찾아왔다 왜 그럴까

그리 말자 다짐하고 맹서하고 약속했다
만나면 강조하고 충고하고 다짐했던
그 일이 떠나지 못해 다가와서 속삭이지

마음을 비우고 욕심을 버리고
안분지족 터득해서 현실을 외면 말고
오늘도 주어진 일에 충성을 다하자고

인간사 모든 것이 혼자가 아니라서
매미 소리 파리 소리 들에서 들어 본들
자연을 모르고서야 무엇인들 탓하랴

우리의 인생길

일상에 젖어서 나서는 발걸음
할 일 없는 산책이라 발걸음도 마음도

가볍게 추억과 함께 한 순간을 보내지

우리의 인생길이 멀다고 험하다고
한숨과 망설임과 염려와 근심 속에
순간을 맞이하면서 상념 속에 헤매지

방황과 근심이 순간을 보내고
기쁨과 환희와 염려가 도래되어
인생의 일장일단을 순간순간 장식하지

언제나 어디서나

여행이란 낭만이요 추억이요 삶이다
언제나 어디서나 어디를 가든지
인생의 정거장이요 휴식이자 에너지다

여행을 앞에 두고 며칠 전에 설렘 있고
오고가는 사람들의 사랑이요 꿈이요
삶이다 한 번 두 번에 싫증을 못 느끼지

이래서 저래서 하다보면 정이 들고
중독이 되다보면 뵈는 것도 몰라지고
형편과 사정을 전혀 모르는 광란자다

일과 후에

일과 후 둘러보니
맘부터 후련하다

한숨을 쉬어가며
상념에 잠겨보니

오늘도
최선을 다한
흔적으로 남았지

강성희(姜聲熙, Kang, Seong hee)

1952년 전남 무안 운남면 출생. 세한대학교 (경찰행정학과) 졸업. 계간 《시조시학》 신인상(2012) 등단. 젊은시인상(2017) 수상. 한국시조시인협회, 광주전남시조시인협회 회원. '율격' 시조동인. 목포시문학회 회장, 한국시조시인협회 이사.

—

「바다에 묻은 영혼」은 바다에 영혼을 묻은 사람들에 대한 헌사이자 순애보이다. 그 마음에는 그른 것을 비판하는 정의에 대한 신념과 애잔한 것에 대한 자애의 마음이 충일하다. 시인은 무엇보다 시적 대상에 대한 단단한 서정을 지니고 있다. 그러기에 사회적인 것으로 시각이 확산 될 때도 본류가 흐트러지지 않는다. 시의 본질이 어디에 있는가를 분명하게 알고 있는 시인이다. 바다와 더불어 살아온 삶의 무늬와 애환이 있어 무게감이 느껴지고 세월의 흐름을 잘 받아들이며 순응하는 삶을 살아가고 있어 긍정의 에너지를 얻을 수 있다. 따라서 시적 대상에 우호적이며 화해의 시학을 추구한다. 여기 강성희 시인의 작품은 이러한 서정시의 장르적 특성을 잘 묘파하여 따뜻하고 건강한 화해의 시학을 추구하고 있다.

— 이지엽(시인 · 한국시조시인협회 이사장 · 경기대 교수)

—

바다에 묻은 영혼
— 불법 외국어선을 나포하다 순직한 목포해양경찰서
故 박경조 경위와 인천해양경찰서 故 이청호 경사를 보내고

허공에 바람소리 흩어지듯 날리면
밀려오는 파도가 오선五線을 그리는 날

바다는 슬픈 악보만 수평선에 연주한다.

해변을 떠도는 세이렌*의 노랫소리
그대들 켠 하프는 안개 속에 떠돌고

한 올의 물방울에도 밀려드는 서러움.

은비늘이 순은처럼 빛나는 바다 속에
그대들 젊은 꿈을 송두리째 바친 이곳

조국은 기억하리라, 뜨거운 이 눈물을.

* 세이렌(Siren): 그리스 신화에 나오는 바다의 요정.

명창, 울돌목

기운찬 울돌목이 소리 마당 열어간다
굽이진 물길마다 우리 가락 어절씨구
파도가 날개짓 세우면 춤사위로 변해간다

바닷길 헹가래 치는 득음의 구성진 멋
목청 끓는 갈증을 밀물로 풀어주며
사리에 쩡쩡 울리며 피를 토해 다듬었다

썰물이 빙빙 돌아 머리에 거품 일어
흐드러진 너름새로 신명난 아라리가
구겨진 바위틈새에 추임새를 부추긴다

부챗살 활짝 펴듯 덩실덩실 이는 물결
여울목 떠나갈 듯 달아오른 한마당이
불멸不滅의 명창이 부른 애환 서린 서편제 소리

백련사 동백

만덕산 숲, 숲마다
동백들이 울고 있다
이번 생生에 못한 사랑, 봄은 아직 멀었는데

제 몸에
불 질러 타는
저리도 환한 목숨

아린 가슴 토닥이는
겨울비가 내리면

잎, 잎마다 두드리는 백련사 목탁 소리

밤이면
멍든 꽃잎에
별빛 하나가 벙글다.

안개

맹골도 돌고 돌아 굽이치는 뱃길 따라
세월호 발자국이 희미하게 사라질 때

단원의 꽃다운 슬픔을
탁본하는 바다 안개

바람에 흔들리며 정박한 몇 척 배
축축하게 젖어드는 밤바다의 속눈썹

떠도는 영혼들 입김이
번져가고 있었다.

비릿한 안개 속에 흔들리는 노란 리본
눈물로 밤을 새던 날들을 뒤로 한 채

오늘도 뱃고동소리만
부음처럼 울린다.

바닷새
— 2014년 4월 세월호 사고 후, 조직 개편으로 해양경찰에서 육상경찰로 전입하다

바닷길 벗을 삼아 삼십삼 년 절인 가슴

갯바람 등지고 어느 골로 가야하나

석양이
기우는 길목
발자국만 맴도는데

물에서 기른 먹이 남의 것을 훔친 듯이

멋쩍은 색깔처럼 그 무엇이 쑥스러워

갈 길도
잃어버린 채
홀로 우는 외로운 새

세방 낙조

저녁놀 속 햇살이
수평선에 접혀있다

짜디짠 목숨들은
섬으로 솟아나는데…

굽이진 협수로마다 출렁이는 꽃 너울

가사도* 끝 바라보면
숨기고 싶은 남루

바닷물 달여 먹은
소금 꽃이 설핏하면

초여름 나팔꽃처럼 젖은 생生이 피고 진다

* 가사도: 진도 세방에서 바라본 해넘이 섬.

고사목 열반에 들다

오대산 허리춤에
묵언 중인 고사목이
번뇌의 눈물방울
선정禪定*으로 닦아내며

청적淸寂되
열반에 들어
윤회의 꽃 피운다

비바람 건드리다
천년을 녹아내린
보리자 염주 같은
고고한 사리 빛은

억겁의
세월을 밟고
부도탑浮屠塔 쌓아간다

* 선정禪定: 속정俗情을 끊고 마음을 가라앉혀 삼매경三昧境에 이름.

어선의 꿈

계선繫船*줄
목에 걸고
무수기* 헤아린다

물살을
밟아가며
그물 던질 그날들

만선滿船이
꿈이던 깃발
여윈잠 뒤척인다

* 계선繫船줄: 배 따위를 일정한 곳에 붙들어 매어 두는 데 쓰는 밧줄.
* 무수기: 썰물과 밀물의 차差.

첨찰산*

쌍계사 일주문을 터벅터벅 걸어가면

계곡물에 젖어가는 스님의 염불 소리

어둑한 동백꽃 숲길

가물가물 물들인다.

산봉우리 올라서면 사면이 바닷길이다.

파도의 흰 거품처럼 구름이 떠있는 절

은빛의 물고기 한 마리

풍경風磬 끝에 헤엄친다.

* 첨찰산: 전남 진도군에서 가장 높은 산.

술 익는 향기

산촌의 공양미 누룩 내음 스쳐 갈 때

진흙 빛 질그릇 속 얼기설기 버무려져

요사채 따순 아랫목 방석 깔아 좌정한다.

근엄한 품새 길어 묵언으로 수행하다

허기진 주지승의 헛기침에 깜짝 놀라

솟구친 그 숨결마다 염주 알 굴러간다.

알알이 숙성시킨 가느다란 물빛으로

봄 햇살 끌어안고 달아오른 곡차 향기

산사의 종소리처럼 천리까지 퍼져간다.

강세화(姜世和, Kang, Se hwa)
1951년 울산 출생. 《시와 의식》 시 발표. 《샘터》 시조상(1981), 《시조문학》 천료, 《월간문학》 신인상(1983) 등단. 나래시조 동인.

가지치기

곤두박질치는 계절 추억만 남은 가지 끝에
바람 한 올 스쳐가고 번득이는 가위질
하얗게 빛나는 혼들이 독백처럼 잘려난다.

전지剪枝에 긁힌 낮달 눈 흘기며 떠나가고
수북 쌓인 잔해 위에 물구나무 서는 햇살
한 가닥 남은 여망餘望이 기지개를 켜고 있다.

저문 들녘에 서서

돌아앉은 산등을 타고 잿빛 어둠이 내리면
흐르는 물소리에 절로 썻겨 앉은 둘레
맴돌다 사라져가는 빈 들녘의 여음餘音이여

외딴집 등불처럼 새로 돋는 별빛마다
새들도 하나 둘씩 둥지 안에 자리 잡고
풀벌레 울음소리에 담아내는 맑은 바람

손 안 닿는 지평 끝에 시린 마음 걸어두고
잠 못 드는 허허로움 낮게 듣는 넋이 있어
바람도 숨을 죽이고 눈만 크게 뜨고 있다

저 물새를

오래 감감하던 귀한 손씨이 닿은 날도
갑천甲川에는 새벽마다 목이 메는 일뿐이다
무참한 주검 앞에선 눈물조차 사치리

고통도 햇살 속에 녹아드는 강바닥은
젖어있는 단 한군데 빈자리로 남았더니
바람도 어쩌지 못해 허공에서 맴돌 뿐

자꾸만 흐려지는 시야를 닦아내고
몸부림도 겨워져서 잦아들고 싶은 강물
맨살로 떠나는 바람도 "저 물새를" "물새를"

석류

1

새벽마다 찾아드는 목청 푸른 메아리 사이
세월의 이랑을 찢고 돋아나는 아픈 빛살
앙다문 핏빛 서슬에 새로 하늘이 열린다.

2

바람도 잠든 새벽 햇살 한 줌 끌어올려
다독 다독 지켜온 세월 파열破裂하는 벅찬 가슴
선홍빛 갈피마다 고여 빛이 되는 염원이여

초여름

봄눈 녹자 두견새 울고 봄꿩 푸드득 날더니
산자락 한 폭 가득 붉게 타는 진달래
꽃보라 한철 보내고 짙어오는 솔그늘

강애심(姜愛心, Kang, Ae sim)

1966년 제주 서귀포 출생. 한국방송통신대학교 졸업(국어국문학과). 《시조시학》(2004) 등단. 시조집 『다시뜨는 수평선』(2014, 고요아침), 시선집 『그 진한 봄꽃 향기로』(2017, 고요아침). 제주시조시인협회, 오늘의시조시인회의, 열린시학회, 한국시조시인협회 회원.

그리움
구구절절
푸렇은 눈어녕기나

아득한
삶의 굽이굽이
번져오는 그리움도 좋다

가을이 뻥 뚫린 허전함
달랠 수만 있다면

—

골다공증을 앓고 있음에도 어머니는 자식들을 따뜻하게 품어주고 있다. 구멍 숭숭난 갯벌은 어머니의 가슴이요 둥지 품은 갈대숲은 자식들이다. 그런 갯벌이라도 갈대숲에게는 끝없이 자양분을 내주고 있다. 뼈도 살도 남기지 않고 자식들에게 다 주는 어머니의 마음, 갈대숲에게 주는 갯벌은 이렇게 끝이 없다. 우리나라 어머니의 자화상이다. 여자는 약하나 어머니는 위대하다는 말을 증명 해준 시조이다. 감동은 이런 것이다(「순천만 갈대숲」).
— 신웅순(시조시인 · 문학평론가 · 중부대 명예교수)

—

순천만 갈대숲

갈대를 품고 있는
구멍 숭숭난 갯벌에서

홀로 된 어머니
시린 설움 묻어 있다

한겨울 골다공증에도 둥지 품은 갈대숲

억새꽃

1
누구나 가을이면 그리운 게 있는 걸까
지는 해 저도 함께 따라 가고 싶은지
억새꽃 바람결 따라 옛집으로 향한다

2
가난이 깊을수록 솔잎은 더 푸르듯
바다를 물들이는 수평선 저녁 노을
영락리 억새밭으로 와
가슴 붉게 물들인다

멀구슬나무 1

어느 새가 물고 왔나, 묵주알 만한 씨앗 하나
집 떠난 나 대신 친정집에 눌러 산다
아버지 수술한 등에 철심처럼 박혀 산다

종갓집 오대 내력 유서처럼 다시 본다
서울에서, 서귀포에서 모여든 이 기일에
숟가락 그 빈자리를 채우는 생을 본다

뿌리도 시린 잠에 파르르 떨고 나면
전화 벨소리로 전율하듯 봄이 또 온다
내 뻗은 그 긴 가지에 악수 한 번 하고 싶다

5월, 비자나무숲

비자나무 밑둥에 보듬어 앉은 담쟁이
저들도 이 숲에선 번호표 달고 싶었나
종달새 합장 소리에
푸르게 뻗는 넝쿨

오월엔 키 재기도 잠시 동안 내려 놓는다
숲길을 돌아들면 발 밑은 아득한 함성
천년의 그 긴 숨결이
발바닥을 간질인다

봄, 모슬포항

콧노래 절로 새어 잔물결 일렁이는
무거운 옷 하나 벗듯 마음의 문을 연다
항구의 비릿한 내음, 그 진한 봄 꽃 향기로

마라도 가파도 징검돌 놓인 바닷길
내 안의 긴 매듭을 가만 풀어 닿을 듯
비로소 너에게로 가는 그리움의 징검돌

애기뿔 쇠똥구리

숙제를 다 못하고 졸고 있는 아이처럼

쇠똥 밑 파다보면 눈 못 뜬 쇠똥구리

저들도 노아의 방주에서 살아남은 종자일까

가파른 능선에다 한 살림 차려놓고

가시꽃 하얀 등불 분화구를 밝히며

지구를 굴리며 간다

뿔 하나로 버팅긴다

우포늪 1

우포늪 가는 길은 빛바랜 사진처럼
내 안의 그리움 그 늪에 젖어든다
자라풀 노랑어리연꽃 왕버들 서로 보듬고

행여나 길 잃을까
그늘을 드리우는

아득히 먼 날 돌아와
고향에 뿌리내려

어머니 부드러운 손길
우포를 다독인다

집게 1

어떤 바다 어떤 인연인지 저 사수포구는
비행기 뜨고 지고, 집 한 채 꿈 뜨고 지고
활주로 이탈한 파도 집어등을 켜든다

포구 돌틈 사이 내 손에 쥐어진 인연
꿈지락 꿈지락대는 집게발 게들레기
밤사이 잠 못 든 아이 발가락 꿈지락대듯

아들이 돌려보낸 집게를 반겨 맞아
선천성 심장병으로 출렁이던 저 바다도
이윽고 빚을 갚은 듯 다시 뜨는 수평선

주일날의 노동

1.
영락리 종갓집에 들꽃처럼 옮겨 와서

굶주린 새 소리
한 획 긋고
가는 들판

어머니 그 손금에는
바람 잘 날 없었다

2.
주일날의 그리움은
차라리 노동이다

4 · 3에 일본 가서 일본에서 저문다는

아버지 등 넘어 소식
숨비소리 같은 소식

3.
단 한 번 본 적 없는
동경 땅 할아버지

일곱째 날 되어도
잠 못 든 이 그리움

누군가 나를 놓으면
기도처럼 순해질까

내안의 신호등

하루해도 모자라 허둥대던 내 몸에
쉼표 하나 찍듯이 들어온 빨간불
정지선 멈춘 발걸음 잠시 툭 놓아본다

내 안에 짐이 많아 어깨가 시려오고
어디로 향할지 불빛 속에 서성일 때
봄빛이 신호로 다가와 나를 끌어당긴다

강영환(姜永煥, Kang, Yeong hwan)

1951년 경남 산청 출생. 필명 산청. 호 눈산. 동아대학교(경영학과) 졸업. 〈동아일보〉 신춘문예 시 가작 입선(1977), 《현대문학》 자유시 천료(1979), 〈동아일보〉 신춘문예 시조 당선(1980) 등단. 시조집 『북창을 열고』(1985, 시로), 『남해』(2001, 태학사), 『모자 아래』(2011, 열린시), 시집 『칼잠』(1983, 시로), 『숲속의 어부』(2020, 열린시). 부산작가상, 이주홍문학상, 부산시인상 수상 외. '열린시', '얼토' 동인. 그림나무 회원. 부산컴퓨터고등학교 교사 역임. 

강영환 시인이 첫선을 보인 시조 「남해南海」(1980년 〈동아일보〉 신춘문예 당선작)은 절창이다. 연시조 양식을 통하여 남해의 생동하는 모습과 그에 상응하는 내면 풍경과 사람들의 삶을 살아있는 율동으로 그려내고 있는데, 그는 이 시조를 통하여 시조 형식의 새로운 가능성을 표출한 것으로 보인다. 단시조가 가지는 안정성을 어느 정도 허무는 가운데 연시조 형식을 통해 남해의 여러 구비 파도와 같이 생동하는 양식을 창출한 것이다. 따라서 각 연은 연대로 차이를 나타내면서 하나의 전체로 이어져 조화를 만든다. 마치 살아있는 생명체의 사물들 그리고 그 속에서 살아가는 사람들이 이루는 조화와 같다. 남해는 기존의 양식을 터전 삼아 생성된 새로운 양식이다. 이것은 삶과 죽음이 함께하는 모든 생명의 역설과 같이 하나의 형식을 얻었는데, 또 다른 장형 연시조 「다도해」로 변주되기도 한다. 이처럼 강영환이 시조 쓰기를 통하여 얻는 의의는 전통을 일구어 이를 삶의 활력으로 전환시키는 데 있다. 따라서 그에게 시조는 현실로부터의 퇴각이거나 고루한 과거에의 집착이 아니다. 이보다 존재의 터전을 분명히 하면서 삶의 가능성을 찾아가는 과정을 표상한다.

— 구모룡(문학평론가 · 한국해양대 교수)

산문에 길을 내고

숲에 든 달빛이 그림자를 남긴 뒤다
지렁이는 맨몸으로 그늘 길을 떠난다
산문에 드나들어도 막아서지 못한다

어미 찾는 고라니 바람 소리 재촉하고
넘어진 이정표에 길을 물어 어찌할까
길 찾아 숲에 들어도 문이 먼저 떠났다

맞지 않은 산에 들어 헐거워진 옷을 벗고
고목이 된 지친 몸을 허물 아래 눕혔다
문밖에 남겨진 벼랑은 숨이 턱에 걸린다

남해

빛이 온다 처절한 빛 바람을 무등 태우고
한목숨 궁글리어 파도로 부서져 온다
청동의 낯빛을 들어 불타서 사라진다

뒤척이며 누운 바다 누가 위무하느뇨
속살 깊이 사랑을 싣고 수평으로 멀리 나가
햇살로 꺾어져 들며 무명無明으로 보챈다

바닷새가 가까이서 허리께로 날아든다
통증으로 남은 파선破船 마파람에 눈을 감고
건져도 피멍이 들어 익사하는 저녁노을

진혼곡 꿈을 가듯 엉키고 설킨 자리
밤은 이내 키를 세워 번져 핀 꽃 눈을 감아
어스름 달빛 속으로 절며 오는 사내들

여기 영차 닻 올려라 오색 깃발 휘날리며
꽃불 떨군 물굽이에 숯불이 탄다
오마지 않은 그림자 어른어른 거리고

오, 말하마 눈이 내려 탈색되는 겨울 바다
떠나서 눈물로 드러눕는 안해의
바람은 마른버짐을 뿌리며 뿌리며 온다

청자기靑瓷器

누가 죽어 썩은 흙이 빛으로 일어섰나
두드리면 쇳소리 부딪히면 부서진다
말없이 청산을 둘러 풍진으로 누웠단다

가랑잎에 묻은 이슬 함께 썩어 묻힌 천 년
한세상 건너서 달빛으로 앉았으니
사람들 가랑잎 되어 거기 천 년 전쯤 갔거니

비정규직

향기도 없는 꽃이 색깔만 화사하다
힘없는 바람에도 교태 섞인 몸 흔들고
뿌리는 내릴 곳 없어 허공중에 두었다

바람 따라 흐르다 돌 틈새에 떨궈진
민들레 얼굴마다 핏기 없는 손짓이여
깊숙한 빈 주머니에 흘러드는 바람들

가슴에 창을 내고

가슴에 창을 내고
눈물을 퍼내었다

눈물에 길을 내고
하늘을 퍼 올렸다

무수히 열린 하늘로
종이학을 날렸다

소신공양

바싹 굽은 전어를
가을 입에 베어 문다

전신을 휘감는 살
썰물 속에 전율이고

불 속에 몸을 던진 후
뼈 둘 데를 찾는다

내 허물

매미가 벗어놓고 간 허물이
몸에 맞다

내 몸에 꼭 맞는 옷
부서지기 쉬운 남루

뜬구름 상처 난 옷을
누구에게 벗어 줄까

다도해多島海

1
누구인가 울돌목에 잡혀 오도 가도 못해
천만년 울고 있는 불이 붙은 아낙네
사내는 내해內海로 쫓겨 소금기에 젖는다

2
안개비에 젖은 알몸 명경 눕혀 비쳐 본다
뉘 있어 밝은 촛불이 등댓불로 깜빡이랴
숨죽인 파도 소리만 몇 번이나 담을 넘고

3
소금 뿌려 맞은 햇빛 물길을 간다
북소리 데불고 몸져누운 깊은 바다
불 밝혀 가슴 태워도 건너뛰는 그림자

4
어지러운 강강술래 달무리로 가라앉고
삭망에 지쳐 오는 키 큰 바람 생떼를 쓴다
찢기고 찢긴 치마폭 열두 번도 더 깁는다

5
섬 너머 섬이 있고 바다 너머 있는 바다
마을 밖은 물길 천 리 음력으로 해가 진다
해오리 가슴을 열고 한눈으로 굽어본다

6
바람을 뿌려라. 생피 붙은 여자들은
치마 벗고 속곳 벗고 자맥질로 드나든다
섬 그늘 저들만 모여 깊은 곳을 가린다

7
둥게 둥게 내 사랑 이루고 달래어도
수심水心 깊이 발을 뻗고 돌아누운 아낙네
엎드려 잠든 꿈 위로 쏟아지는 소낙비

8
사랑을 하랴. 온밤 다 끄떡없이
어우러져 앉은 사내 무르팍이 젖는다
돌아든 파도 소리를 재워 깨워 사랑니를 앓는다

9
바람으로 날으고 물소리로 깊이 흘러
말 없는 바다 너머 남정네가 떠난다
떠나서 큰물로 오는 부끄러운 근육들

10
좋은 바다 키 큰 섬의 혼자 사는 그림자
왼종일 거꾸로 서 허물을 벗는다
전신에 맺혀진 마디 관절염을 앓는다

11
풀밭에 누워서 풀밭이 되는 햇빛
그중 몇 개 눈을 뜬다 눈을 뜨고 일어난다
끝끝내 떠나지 못한 흑섬에서 죽는다

12
날빛 푸른 칼을 차고 수심 깊이 잠겼으나
까닥 않고 밀려오는 적조赤潮 더미 흑조黑潮 더미
망치로 두드린 가슴 수십 번을 접히네

13
할애비 침몰한 목 건너뛰어 밝힌다
천년 지난 오늘에도 음력으로 맴도는데
생과부 오줌 줄기에 홀로 젖는 견내량

14
혼자 크는 애기섬에 자장가는 누가 불러
들며 나며 건드려도 깨지 않는 깊은 잠
젖먹이 데려다 놓고 밤낮으로 보챈다

15
눈도 없고 귀도 없이 소문 따라 흔들린다
아무도 없다 이쪽 바다 밖을 나선 이는
앙가슴 풀어헤친 섬 폭풍우에 젖는다

16
생리일에 벗은 뻘밭 지는 해도 부끄럽다
뒤 곁에 남은 암초 못 가린 안타까움
옆으로 걷는 걸음만 발자욱을 남긴다

17
열린 바다 가득히 빈 배들의 신음소리
뭍에 가는 발자국 갯벌에 빠진다
해일에 떠나간 해안 옆구리가 결리고

18
엿 공장에 팔려 가는 돌산도 물고구마
오고 가는 성긴 빗발 실뿌리 헤치나니
숨어서 지낸 전생이 암초 되어 잠긴다

강운회(姜雲會, Kang, Woon hoi)

1928.~1977. 황해 신천 출생. 호 다묵(多默). 영세명 도마. 신천에서 애국동지회 조직, 반공투쟁 헌신(1948), 공산당에 구속, 옥중 생활 중 단신으로 월남, 반공투사 활동(1950). 휴전 이후 서울 공직생활 시작. 시조 동인지《삼장지》간행(1972~1976, 1~32호).〈중앙일보〉중앙시조단 투고. 월간지《산》시, 산문 다수 발표. 산우회 '호산아' 회장, 등산장비 코너 경영.

—

9월 송九月 頌

— 순례의 길
대추알 주렁주렁 빨갛게 익은 가지
아람 든 밤송이 따 동심도 살찌는 길
순교자 묘지를 찾던 그 때 그 길 그리워

— 묘지
묘지도 없는 무덤 잡초에 싸였어도
산새들 노래하고 무명초 꽃을 피워
날 위해 피 흘리신 넋 외롭잖은 그 섭리

— 순교자
순박한 농군으로 문명은 몰랐어도
님의 뜻 먼저 알아 목숨과 바꾼 영광
흘린 피 마르지 않고 꽃이 되는 아아, 9월

유월

유월이 안겨주는 클로버 파란 회상
설레는 강바람에 두 마음 식혀가며
꽃반지 행복에 겨워 불 밝히던 가슴 가슴

강물엔 흰 구름이 하늘엔 내 마음이
싱그런 풀내음이 번져 오는 침묵의 향
행운의 네잎 클로버로 뜨거웠던 두 손길

아득히 들려오는 유월의 옛이야기
강둑은 없어지고 여신은 사라지고
눈부신 유월 햇살만 졸음으로 오는가

겨울산

백설을 덮어쓰고 산들이 자고 있다
계절의 몇 갈피를 그 무게에 앉히고서
산 가슴 저 눈밭을 갈고 나는 동화를 엮는다

스산한 산바람에 도드라진 능선하며
단풍 불 사른 자리 발돋움 해 선 나목들
하얀 눈 꽃으로 피어 햇볕 속에 아리다

해토
— 북녘 땅을 그리며

하늬바람 설움의 꽃 가슴 가슴 심어놓고
길 없는 눈길 천리 별빛도 얼었었지
피 부른 꽹가리 소린 아침 햇살 깨우고

칭얼대는 천진天眞들이 죽도록 밉던 인심
폭음에 놀란 가슴 모정마저 팽개치고
허기진 창자를 위해 도둑이던 너와 나

서른 해 찾은 봄에 명을 이은 주름살
돌아난 회한들이 꽃이 되어 펴난 이 철
그리움 지친 원한에 칼을 간다 이를 간다

계곡의 물소리

콸, 콸, 콸, 좔좔, 좔좔 더위를 씻는 소리
푸른 물살 달려가며 바람을 이起는 소리
바위에 쏟아진 햇살 물속으로 뛰는 소리

콸, 콸, 콸, 좔좔 좔좔 끓던 바위 식은 소리
뙤약볕 걷어내어 여울목에 헹구는 소리
산 속의 울려 퍼지는 대자연의 정情소리

제주도 산길 오월

오월 햇살 눈부신 길 제주도 산길에는
하얗게 주렁주렁 오월이 펴 있었지
고사리 고된 길목에 향이 짙은 아카시아

돌담길 백 리 따라 파아란 클로버의 향
향훈이 전해주는 아릿한 탐라의 봄은
한라산 오월 하늘을 연정으로 묶는가

추상화

팽팽한 긴장인 채 파르르 떠는 현에
타질 듯 울려 퍼진 G선의 흐느낌이
퉁기는 손끝에 흘려 파도치는 저 선율

가야금 열두 줄이 떨리는 짙은 음색
숨 가쁜 화음 따라 흰 거품 뿜는 열기
정靜과 동動 여운을 타고 안개 서린 천지여

꽃꽂이

초록 나긋한 여심 붉게 타는 정
한 폭 회의 지남은 실존이 어지러워……
그래도 환하게 웃는 그 마음이 귀엽다

꽃편지

창가에 팔랑팔랑 봄소식 날아온다
산 너머 마을에도 살구꽃이 피었다고
두 날개 폈다 접었다 흰나비는 꽃편지

첫 등교

깰세라 쉬쉬하며 업은 채 이발했고
울보에 개구쟁이 속깨나 태우더니
의젓이 책가방 메고 앞서가는 꼬마놈

강은미(姜銀美, Kang, Eun mi)

1968년 제주 출생. 한남대학교 박사 졸업 (2016).《현대시학》(2010) 등단.『자벌레 보폭으로』(2013, 한국문연),『정오의 거울』(2016, 지혜) 외. 젊은시조문학회, 오늘의시조시인회의, 한국작가회의 회원.

겨울삽화

　　강은미

허연 스크럼의 겨울 숲을 일으켜 세우며
먼발치 오름들이 오래 참던 눈발을
부를 때
아 저기 원심력 키우는
바람, 바람 까마귀

　　　　　　　　　—「겨울삽화」 부분

—

강은미 시인의 시편들은 시인의 속내인 정情과 바깥의 현실과 경치인 경景이 교호交互하며 생생하게, 리얼하고 모던하게 포개지는 정경교융의 현장, 그 절구絶句들을 곳곳에서 만날 수 있다. "길路에서 길道을 찾는 체화된 시학을 펴 보인다"는 2010년도 현대시학 신인작품상 심사평처럼 대상과 풍경에 대한 세심한 관찰과 역동적인 묘사가 어떻게 그대로 시인의 내면풍경이 되는가를 잘 보여주고 있다. 그러면서 길 위에서 만나는 풍경과 대상들이 어찌해서 시인의 인생역정이 되는지, 길에서 길을 찾는 생래적인 시학의 진면모를 보여주고 있다.

　　　　　　　　　— 이경철(시인 · 문학평론가)

—

자벌레 보폭으로

움츠리면 몸이었고 쭉 펴면 길이었을

연체의 습성으로 한생을 주무르던

곱사등 연초록 일념이 산 하나를 넘는다

다 두고 나서는 길 하늘에 짐이 될까

절망이 늘 그렇게 희망 쪽으로 다리를 놓듯

내 삶의 가장자리엔 초록빛이 가득해

인정 없는 세상에서 굽힐 만큼 굽히리라

더도 아니 덜도 아니 딱 그만한 보폭으로

눈 뜨고 길 잃는 세상, 눈 감고 또 길을 낸다

달이 한참 야위다

발소리 낮추면서 저녁 밀물이 다가오네
섬과 마주하고 발가벗은 노을 앞에
하나 둘 말문을 여는 빛깔들이 쌓이고

달 옆에 별이 하나 섬 끝에 촛대 하나
하늘과 내통하던 남보라색 수평선에
어젯밤 날려간 꽃씨도 잔뿌리를 내렸을까

살 만하면 이별이듯 이별 앞에 밑줄 긋듯
사랑의 마침표 자리에 섬 하나가 떠오르듯
점점이 수로를 따라 그리움을 켜단다

그 푸르던 풀벌레 소리 다 어디로 숨었을까
초가을 황조기 떼가 노을 속으로 잠적한 후
보름째 묵묵부답인 달이 한참 야위다

하얀 길

미정설 진화론이 눈길 위에 찍혀 있다
맨발 맨손으로 설산에서 익혀온 자국
산새가 숨어서 그린 화살표가 있었다

뽀득뽀득 밟을 때면 뽀득뽀득 화답했다
화살표 반대 방향 겨울 숲 막바지에
하얗게 자신도 모르는 올레길이 있었다

스스로 떠나면서 스스로 갇히는 길
오! 착한 오른발이 왼발 옆에 찍히면서
뒤돌아 내리막에도 옥양목을 펴는 길

겨울삽화

길이 되기 위해 생의 날줄을 지우리라
햇살 한 줌 바람 한 줌 하루 한 끼로 사육되는
번영로 삼나무 숲이
아랫도릴
보인다

춥고 가느다란 그림자가 포개지면서
개발의 기계톱에 여지없이 잘려나간
침엽수 밑둥치들의
야윈 뼈가
뒹굴고

허연 스크럼의 겨울 숲을 일으켜 세우며
먼발치 오름들이 오래 참던 눈발을 부를 때
아 저기 원심력 키우는
바람, 바람
까마귀

저어새가 그립다

　찬 대륙성 고기압이 깃을 내리는 안식의 땅 시베리아 쇠기러기, 시베리아 갈대 씨앗하도리 바람의 종착지에 눈발들이 내린다 유목민의 습성 따라 십 리 밖에서 귀를 세우고 촌장 새 외마디에 수면 아래로 몸 낮추는 갈대도 철새들이랑 사는 법이 닮았다 물의 수칙 바람의 수칙 수생식물 가까이에 새처럼 사시다가 새를 따라 그림자 거두신, 설 때면 노오란 부리의 저어새가 그립다

　빨간 볼 겨울딸기 도래지에 찾아와서
　갈대숲 노을 지피는 아기 새 울음소리
　아버지 하늘 뜨시던 상도리에 눈 온다

감꽃, 눈에 익다

바람이 손끝마저 놓아버린 입하 무렵
'곱은다리' 감나무도 겨운 듯이 굽은 저녁
아기 새 노란 부리로 감꽃들을 쪼았지

감꽃에 허기 달래던 내 아우가 생각난다
비 오면 빗길에서 고무신 접어 배를 띄우던
그 어느 감꽃 지는 밤 그 배 타고 떠났지

사람은 다 떠나도 감나무는 거기 있었네
이십 리 등하굣길 먼발치 눈인사처럼
귀 밝은 감꽃 하나가 손금 위에 놓이네

통리역에서

태백고개 넘어 도계로 향하던 길
바위산 너와집이 비늘을 벗는 그 길
검버섯 자작나무가 막 스치고 지났다

저 멀리 연화반점 간판불이 켜질 때
앉은 채 졸고 있는 간이역 의자 위로
폐광촌 검은 단풍이 하나둘씩 내리고

어디서 본 것 같은, 꼭 어디서 만날 것 같은
협곡 사이사이 스위치백 그 구간이 멎는 지점
벌겋게 녹이 슨 시간도 함께 멎어 있었다.

강정 1
― 비상, 마을회관

어느 해 어느 마디
바람 잘 때 있었을까
툭 하면 부르튼 살갗
황갈색 울음이 돌고
눈 속에 겨울을 감추고
아무 일이 없단다

여름내 바다 향한
고개짓이 바쁘더니
입은 채 잠든 나무,
정녕 꿈은 있을 거야
그늘진 영혼의 자리
쓰다듬기 바쁘다

은어 떼 사체 따라
흐르던,
꽃잎
꽃잎
가진 것 다 주고도
사랑이 고픈 시간,
대 끊긴 강정 바다가
가슴을 긁어댄다

강정 2
― 삼거리 식당

그래도 견디기 위해
쌀을 먼저 씻는 하늘

"법보다 밥"
다짜고짜 나무 주걱에 새긴 마음

겨우내 보초를 서던
노란 깃발 펄럭인다

물방울이 아팠다

열두 살 그 하늘엔 물방울이 가득했다
왼쪽 입술 깨물고 오른쪽으로 몸을 틀던
철봉에 매달리고도 발가락을 모았지

조마조마 조바심을 꼭꼭 눌러 키우면서
울음소리 내지 않았던 여리디여린 방울
빨랫줄 대롱거릴 땐 어금니가 아팠다

빛을 품고 있을 동안은 추락하지 않는 거다
버티다 지쳐버린 구십구 프로 눈망울들을
한 치도 어긋남 없이 비 올 때면 만난다

강인순(姜仁淳, Kang, In soon)

1954년 경북 안동 북후면 출생. 안동교육대학교, 영남대 교육대학원(국어교육). 《시조문학》(1985, 여름호) 등단. 시조집 『서동 이후』(1991, 영남사), 『초록시편』(2001, 책만드는집), 『생수에 관한 명상』(2008, 고요아침), 『사진 한 장』(2018, 고요아침) 외. 시조문학 현상공모 장원(1985), 제17회 한국시조시인협회상(2005), 안동예술인대상(2016), 경상북도문화상 문학(2019) 수상 외. '오늘' 시조 동인. 한국시조시인협회 이사 · 감사, 한국문인협회 안동지부장 역임. 격월간 《안동》 편집국장, 경북문인협회 수석부지회장.

맑고 투명한 시의 푸른 정맥을 보고 있는 것 같은 착각을 일으킨다. 그리고 짙은 우수의 저 그늘 밑으로 번져오는 따뜻한 눈물 자국, 그런 연상을 가능케 하는 것이 강인순 시인의 시가 가진 힘이다.

— 박시교(시조시인)

강인순 시편은 오랜 물리적 경험을 구체적 감각으로 되살려 '충만한 현재형'으로 만드는 일에 골몰하고 또 그것을 성취한 사례로 높이 평가받을 만하다.

또한 동일성 원리를 추인하면서도 다양한 서정의 계기들을 마련하고 있다는 점에서 주목할 만하다. 그렇게 그는 사물의 외관을 충실하게 묘사하면서도 거기에 자신의 삶의 태도를 덧입히고 있고, 오랜 시간을 탐구하면서도 원초적인 근원을 상상하고 있으며, 사물의 안팎에 새겨져 있는 기억의 흔적을 거스르는 방법을 통해 다양한 서정을 생성해낸다.

— 유성호(문학평론가 · 한양대 교수)

꽃씨

간혹 우수 깃든 소녀의 눈물이었다.
예쁘게 흔들리는 계절의 약속을 위해
언젠가 가슴을 태울 잠든 불씨 묻었다

누군가 음모의 칼을 서서히 가는 소리

보이지 않는 미로迷路의 이편에 서서 묻어둔 노래를 들으며,
감당할 수 없는 두려움마저도 이제 잊어버리고 전설 같은
마지막을 맞이하고 싶은데……

찬란한 반란의 시간은 다가오고 있었다

서동 이후薯童以後

슬픈 역사들을 반추하는 해빙의 들판

들꽃 씨눈 틔우며 사랑은 시작되고

그토록 뜨겁던 노래 별이 되어 빛난다.

서동薯童, 떠나간 뒤 모든 것은 몸짓부터

내 천한 몸뚱이로 애증을 연출한다.

우리의 선화공주善化公主는 매일처럼 꽃이 되고

이제 때 묻은 길목 순정은 방황의 끝

물기 짙은 꽃이파리 바람에 떨고 있고

이 밤도 우리의 서동 인연 하나 줍고 있다.

소풍

비 갠 아침 꽃샘바람 그도 사랑인 것을

뉘 집 방금 싼 김밥 햇살 속 길을 나서고

봄날은 초록색 줄무늬 새로 산 티셔츠

입동 무렵

광평 소머리국밥집 맑은 햇살 따스하다

때 이른 점심을 먹다 창밖을 내다본다

빈 뜨락 내리는 참새 부리 짓이 바쁘다

주섬주섬 옷 챙겨 자리를 일어나면

먹었던 뜨건 국물 땀으로 솟는 한 끼

또 한 해 건너는 길목 모두 바쁜 초겨울

눈물

이 세상 봄 들녘에 꾸역꾸역 돋는 잎새
가만히 눈 여겨 보라 그게 어디 기쁨인지
모질게 얼었던 땅 위 번져 가는 눈물이지

눈물 번지는 자리 하나 둘 꽃이 피어
그 꽃잎 아이들 불러 지난 얘기하노라면
수없던 울음의 기억 아지랑이 피우나니

사진 한 장

사진 속 아저씨는 한복을 입으셨다.
굳게 입을 다물고 뒤에는 일장기 둔 채
긴 칼 찬 일본인 관리
함께 찍은 소화昭和 18년

마을이 온통 간 후 돌아온 이 하나 없다.
오뉴월 긴 이랑을 눈물로 맨 우리 숙모
씨받이 아들 하나가
또 아들을 낳았다

낡은 사진 속에는 이젠 지울 눈물이 없다
돌아보면 서러웠던 시간의 생채기들
우리들 무딘 가슴에
대못처럼 박힌다

목어木魚

일찍이 온 세상은 수심 모를 바다였었나

헛된 꿈 헤엄치던 우린 작은 물고기

두드려 묵은 때 벗고 소금기를 토한다

목어의 빈 배를 보면 허욕도 한때인 걸

기쁨과 슬픔이며 하찮은 사랑과 미움도

마침내 이르고자 하는 문턱에 서성임을

생수에 관한 명상

새재를 오르다가 계곡 물에 손 담근다

손 씻다 물위에 쓴 글씨 '너무 맑다'

피라미 한 마리 나와 그걸 물고 사라진다

한 철을 이 골에서 보냈으면 하다가도

금방 집 생각나는 변변치 못한 속물

저렇게 물이 되어서 그대 손끝 적시고 싶은

안동소주

몇 개의 빈 잔마다 목청이 가라앉고

끝내 제 못난 탓 나이테만 그리다가

몇 촌의 피붙이들이 떠오르는 그런 날

들춰보면 곱게 써간 두루마리 사연 같은

다 가져갈 수 없 듯 그렇게 쌓은 정리情理

어쩐다, 다 풀린 시방 또 그렇게 채운 잔

그랬었지

어머니는 이발사였다. 그것도 무면허였어

사남매 앉혀놓고 밀어대고 싹둑 자르고

면도야 하기나 했나 툭툭 털면 그만이지

색 바랜 보자기 한 장 패션인 양 두르고

졸다가 털 뽑힘에 얼른 몸을 추스르면

빙그레 웃으시면서 "괜찮아 다됐어"

강인한(姜寅翰, Kang, In han) 본명: 강동길(姜東吉, Kang, Dong gil)
1944년 전북 정읍 출생. 전북대학교 졸업.
〈조선일보〉 신춘문예 시(1867) 등단. 문공부
신인예술상 시조 수석 당선. 시집 『이상기후』
(1966, 가림), 『불꽃』(1974, 대홍), 『전라도 시
인』(1982, 태멘기획) 외.

가을 석굴암

드맑은 고요 속에 옥돌인 양 정한 가락
천년을 여울지는 바람소리 눈을 감아
외롬도 한 송이 꽃으로 꺾어 드는 그 미소

한 가지 타는 산악 등 뒤에서 숨죽이고
숨찬 바다 앞에 나무 되어 내가 섰다
비탈진 하늘을 물고 떠올라라 아침 해여

먼 머언 잿길 속을 내 언제 돌아가면
다비茶毘의 고운 연기 구름장에 이슬 달고
회한은 아침놀 되어 꽃다이 피이거라

달

보랏빛 산 그림자 어둠 속에 드리우고
저만큼 홀가분한 고전의 걸음걸이,
어머니 바늘귀에 앉는 흐름이여, 고요여

바람에 스치우면 맑은 향을 튕겨내고
굽이 강물 돌아 영롱한 임의 말씀
풀잎에 이슬 내리는 물결 같은 손이여

한밤 내 과일 속을 스며드는 은빛 가락
그대를 마주하면 풀어지는 나의 뜨락,
내 안에 찰랑거리는 등불만한 우주여

게

흙이 부서진다 빠그르르 웃으며
벗기가 어려워서 욕보다 매운 허물
납작한 하늘을 지고 바람 속에 숨는다

비탈이 사라진다 불꽃 저 너머로
밤 깊이 눈이 멀고 나는 헤맨다
그을은 울음을 게우며 진흙 덩이를 게우며……

달이 내려온다 죽은 바다 곁에
차가운 외고집의 바람은 눕혀지고
끝없이 잘려나가는 나지막한 달빛이여

차

나직이 밤에 끓는 물소리 맑은 올올
내가 사는 하루란 차 한 잔의 깊이뿐
앙금이 내리는 길을 오늘 다시 걸었다

산이 날아와서 창호지에 그린 능선
사는 것 허망해도 가슴 죄며 바라보곤
오롯이 건너는 정을 두 손으로 받는다

글썽한 목소리로 가라앉은 빛깔 위에
이녘의 고운 아미 사르르 물살지면
내 눈물 흙이라건만 체온보다 따습다

별빛도 아아라히 가슴 벽을 흐르는 밤
지나온 생애의 길 기럭 울음 저편인가
아스스 시린 손으로 새 날빛을 젓는다

거울을 보며

우리 아버지의 이제 얼굴이다
돌아가신 그분의 청동빛 음성이며
남겨둔 지필의 향기 저녁 하늘에 어리느니

내비칠 얼굴인데 의심 없이 살았구나
쓸쓸히 거울 닦으며 나를 이제 누가 되나,
호오호 입김 불어 찾아도 그 하늘 안 보이느니

꼭두각시의 노래

눈알을 빼어줬소 코도 이냥 베어줬소
끈적한 이 어둠 속 바람만 미쳐 불고
텅 비인 오장육부에 독약이듯 타는 불씨

쓸개도 썩고 없소 차마 웃을 입도 없소
목에다 칼을 쓴 채 장단이나 맞춰주랴
한 조각 휴지 같은 태양 뜨고 지는 이 거리

눈 온 아침

바람은 흙 속에서 벌레들의 혼을 빨고
균열 진 얼음 위에 벌거벗고 쓰러졌다
계곡을 치달려 오는 나무 끝에 날빛들

고별

들이 비어있다 이제는 가야할 때
힘든 일 다 마치니 쓸쓸하고녀 황혼처럼
포플러 빈 가지를 태우는 저 불길도 아아 잊으리

잠자는 신종神鍾

한 송이 만다라화曼茶羅華 꽃 앞에 서는 어둠
두드리고 두드려도 쇠는 이제 아니 운다
종머리 틀어감은 채로 부서져 삭는 용의 울음

썩은 바람 불어가고, 썩은 구름 흘러간 뒤
깃 치던 소리의 새떼 숯이 되어 떨어진 능선
이 밤을 제왕의 혀는 청동으로 굳어 있다

강설행降雪行

새라면 구만 리쯤 훨훨 나는 한 마리 붕鵬
속으로 뱉는 울음 설화 되어 흩날리고
백지에 흐르는 강물 묵향이듯 번진다

차 들다 바라보는 방 문의 국화 잎새
호올홀 떨어져선 가솔家率의 꿈 덮어주듯,
이승의 못다 푼 한을 누리 덮는 우모羽毛여

강재오(姜載五, Kang, Jae o)

1952년 경남 함안 칠원 출생. 경남대학교(국어교육학과) 졸업. 《시세계》(1992) 등단. 시조집 『불면의 밤』(2011, 경남). 함안문인협회 회장 역임. 경남문인협회, 경남시조시인협회, 한국시조시인협회 회원.

강재오의 첫 시조집 『불면의 밤』 시인은 관심사가 다양하다. 골목에서부터 역사의 현장, 자연, 일상생활에 이르기까지 그가 살고 있는 곳은 모든 것이 시조이다. 그래도 시인의 시조는 중량감이 있고 연륜이 시조에서 가감없이 묻어나고 있다. 세상을 보는 눈이 시조의 연조와 함께 그만큼 깊어졌다는 얘기일 것이다.

시조를 읽으면서 앞으로 좋은 작품을 쓸 수 있으리라는 예감이 든다. 더욱 무게 있는 작품을 생산할 수 있으리라 믿는다.

— 신웅순(시조시인 · 문학평론가 · 중부대 명예교수)

불면의 밤

잡힐 듯 잡히지 않는
낯익은 기침 소리

보라색 장막을 걷고
미련의 문을 열면

아릿한 바람을 타고
불면이 창을 넘는다

속살이 부끄럽게
겉옷 속옷 벗어 놓고

감췄던 사랑이며
눈물까지 꺼내 놓으면

당신은 그리움의 두께만큼
뒷걸음을 치고 있다

길목 6

바람에
순응하듯
세로줄로 비가 온다

신호등도
없는데
빗금으로 비가 온다

온종일 내 마음 속에는
가위표로 비가 온다

춘란

구름 물결치고
숲 속엔 이는 바람
아직 못다 벗어
속살은 푸른 번뇌
태울 꿈
가슴에 묻혀
비단길들 아련하다

실바람도 저어하는
은밀한 안방에는
잔설 앓고 간 곳
정화수 녹아들고
밤이슬
주렴을 걷고
학이 되어 앉았는가

앵두

하모니카 선율이듯
단물이 톡톡 튀고
송알송알 열리는
웃는 아기
작은 입

환하게
상큼 내딛는
이른 여름의 한낮

낙동강

굽이치며 솟구쳐도
울음 하나 들리지 않는
묵묵히 순리대로
유유히 맴돌면서
깊숙한 속내로만 운다
그래도 흘러가며

강물은 자연스레
몸 섞어 하나 되고
더욱 큰 흐름으로
묵직하게 뒤척인다
용틀임 그 와중에서도
낯빛 하나 흐림없이

봄 탓

가끔은
어깨도 빌려주던 그대였지만
빗장 걸고 돌아앉던 내 분에 넘치던 이
가신 님 허한 모퉁이 목에 차는 이 노래

자운영
무리지어 붉게 퍼진 언덕에다
휑한 폐부 빈 가슴의 그믐달이 등을 대면
악몽은 명치끝에서 온몸을 쑤셔댄다

삼봉산
마루에다 머문 듯 걸린 낙조
해지고 터진 가슴을 메울 수도 있으리
감아도 선연한 노을 이 어찌 봄탓이랴

기말고사

시작종은
팽팽한 줄을 당기고
긴장은 시퍼런 칼날이 된다
뜻 모를 문제들이
어지럽게 춤을 추고

지난밤 외운 공식도
잔기침에 사라진다

알 듯도 한 이 문항은
농무 속에서 맴을 돌고
쏟아 놓은 답안만큼
머릿속은 휑하다

아이는 터널을 지나
또 한 뼘을 자란다

남방 바람꽃

그대 수줍은 얼굴이랑
순수한 뒷모습은
아무도 몰래 뒷그늘에
함초롬 숨겨두고

가녀린 허리를 흔들며
누굴 기다리시는가

봄바람 살짝 불 때
온몸을 외로 꼬며
맑은 개울 거울삼아
감질나듯 옅은 화장

바람 난 여인네 차림으로
나를 보러 오셨는가

얼레지

청설모 바쁘게
오르내리는 봄볕 저 쪽

산자고 두어 송이
드문드문 피는 아래

수줍은
열일곱 나이
곁눈질로 웃고 있다

산수유

간밤에 불던 바람
산수유가 피는 진통

따스한 양지에는
광대나물의 붉은 세상

꿀방울
저어올리는
저 샛노란 날갯짓

강정부(姜正夫, Kang, Jeong bu)

1942년 출생. 호 청곡(靑谷), 동천(東村). 부산대학교(화학과), 워싱턴대학교 석사(1970), 아이다호대학교 박사(1974). 《시조문학》 천료(1991), 《문학세계》 현대시 당선(1993), 《동백수필》 수필(1993) 등단. 시조집『어머니의 달빛』(1991, 문경),『연구실의 달빛』(2003, 평화당), 논문집『강정부 박사 정년기념 논문집』(2003, 한국문학도서관). 황산시조문학상(1992), 동백문학상 본상(1992), 문예사조 자유문학상(1997), 대전펜문학상(2013) 수상 외. 《시조와비평》 편집·기획위원, 대전펜문학 운영위원, 《가람문학》 감사 역임 외.

어머니의 달빛

무량광無量光 푸른 마음
빛 무리로 소리 접고

별빛은 술래 되어
혼자서 빛나는 밤

어둠도 세상만사도
모두 재운 큰 등불

영겁永劫의 세월 자락
실실이 풀어내어

한 아름 끌어 안아
시그리*로 밀려 와서

중천中天에 떠오르는 빛
당신 얼굴 큰 하늘

* 시그리: 물결이 반짝이는 모습,경남 고성과 사천 등에서 쓰는 방언.

아내

풀밭 등실 떠
희망으로 사는 아내

이제 쉰을 바라보며
동화 한 폭 기리는가

어쩌다 인연을 맺어
그림자로 따르는가

꽃망울 벙근 입술은
충고의 마디 마디

때로는 끈이 되어
하늘 끝 연이 되어

내 인생 오르는 길목
난향蘭香으로 감긴다.

어머니 3

장독에 잠기는
당신이
말간 가을

텅 빈 하늘에
떠가는 구름장

알알이
가슴을 틔워
우주를 연

석류 한 송이

여승女僧

빛 바랜 장삼長衫
외려 빛도 고운 것이

백팔번뇌 그 아픔을
가부좌로 고쳐 앉아

여심女心은 먼 산을 바라
돌이 되어 다독인다.

환구하정環球荷鼎

세상의 감치는 향
네 체취 두고 한 말

지고한 사랑으로
뻗어 친 푸른 나래

연지 볼 연자홍빛에
수줍어서 감싼 넋

백자에 내린 달빛*

한평생 빚은 그릇
옹진 작은 대접

달빛이 내려 앉아
넘치듯 채우신다

밤이슬 삼경의 별빛
하도 작아 못 담네.

* 은사 부산대학교 철학과 교수 장만룡 교수님을 그리며 교수님의 기대에 부응치 못한 오늘의 나를 보며.

꿈길

지등紙燈도 잠이 겨워 꾸벅이는 이 한밤
어머니 물레소리 무릎을 베개 삼고
천상의 목화밭 이랑 뭉게구름 피는 꿈

소매 끝 너울 춤이 눈썹 끝에 멈춰 서면
어느 듯 학이 되어 나는 듯 나래 접고
뒤 감는 실타래 풀어 학이 되신 어머니

3장 6구 12음절 시어 찾아 헤집는 밤
야성野城*의 시조 사랑 풀어 감아 눈을 뜨니
먼 고향 어머니의 노래 시조 가락 들리네

* 야성野城: 시조시인이시고 평론가이신 이도현 시인의 아호.

두고 온 아쉬움에
먼 길을 돌아와서

불현듯 창 가에 서서
꽃으로 핀 꽃사슴

말세이유에서

지중해 촉 빛 물결
소피텔SOPITEL 창가에서

아비뇽은 술을 빚고
유월六月의 잔솔바람

점점이 배꽃 잎 띄운
에메랄드 푸른 빛

황혼이 되돌아서
빗겨 선 자리에는

달빛이 소곤소곤
귀엣말 전해온다

막내를 아들 녀석을
기도 속에 주었지

시詩 1

너만은 나의 태양
끝없는 반려자

슬픈 짐승의 울음소리
더욱 아프게 하는

하늘 끝 별밭을 헤집어
거듭나는 까만 밤

기다림

간밤에 내린 첫 눈
사랑의 씨 영글고

강현덕(姜鉉德, Kang, Hyeon deok) 본명: 강채언(Kang, Chae eun)

1960년 경남 창원 출생. 〈중앙일보〉 신인문학상(1994), 〈조선일보〉 신춘문예(1995) 등단. 시집 『한림정 역에서 잠이 들다』(2001, 태학사), 『첫눈 가루분 1호』(2013, 동학사) 외. 중앙시조대상 신인상(2004), 한국시조 작품상(2008), 한국동서문학 작품상(2017), 제38회 중앙시조문학 대상(2019) 수상. '역류' 동인. 오늘의시인회의, 한국시조시인협회 회원.

—

강현덕은 25년이 넘는 세월 동안 자신만의 독특한 미학의 성채를 아주 튼실하게 구축하였다. 그의 시조는 시조가 지닌 정형의 틀을 벗어나지 않는다. 그러면서도 정형 속의 가변성을 적극적이고도 능동적으로 활용하여 형식 속의 자유를 마음껏 누린다. 형식과 자유라는 구심력과 원심력의 길항을 원초적 토대로 하여 형성된 미묘한 호흡과 리듬, 용수철처럼 톡톡 튀어 오르는 드높은 탄력성을 지녔다. 그러면서도 감각적 언어의 구사, 세계와 인간에 대한 새로운 통찰과 따뜻한 응시, 현대적 감각을 지닌 발랄한 이미지의 구사 등을 특징으로 하였다. 그의 시조는 그 이전의 시조에서 찾아볼 수 없는 새로운 개성을 창출했다.

— 이종문(시조시인 · 한국시조시인협회 부이사장)

—

길

길이 새로 나면서 옛집도 길이 되었다

햇살 잘 들던 내 방으로 버스가 지나가고

채송화 붙어 피던 담 신호등이 기대 서있다

옛집에 살던 나도 덩달아 길이 되었다

내 위로 아이들이 자전거를 끌며 가고

시간도 그 뒤를 따라 힘찬 페달을 돌린다

기도실

울려고 갔다가

울지 못한 날 있었다

먼저 온 슬픔에

내 슬픔은 밀려나고

그 여자

들썩이던 어깨에

내 눈물까지 주고 온 날

단검

찢을 듯 서쪽 밤하늘 걸려있는 저 단검

깊숙한 뱃속에 숨겨놓은 나의 궁극

어쩌다 혀를 잃어버린 마지막 나의 언어

가장 깊은 곳의 단단한 뼈 한 조각

품어서 지켜냈던 시간들의 붉은 응집

초사흘 초승달로 뜬 잘 벼린 저 단검

나팔꽃

햇빛의 농담은 처음부터 언짢았다
새들의 긴 조롱도 갈수록 거북했다
해 뜬 후 마음의 절반
저절로 오그라졌다

모질기도 하여라 후두를 찢은 바람
시퍼런 핏덩이를 기어이 뽑아냈다
노래에 묻은 핏자국
선명한 요절의 예감

절명의 순간은 너무 빨리 찾아왔다
오전도 겨우 아홉 시 풋감 하나 떨어지고
신문은 한 젊은 가수의 부음을 전해왔다

미황사

단청을 다 털어낸 팔작집 대웅보전
달까지 끌어내려 절집 온통 새하얗다
어쩌나, 오늘밤 내내 눈이 부실 달마산

삐거덕 어간문 열며 세 부처님 나오시겠다
무릎은 좀 어떠신지요 서로 살펴도 보고
나란히 돌계단에 앉아 달빛 나눠 쬐시겠다

주춧돌 속 게와 거북 자하루 밑 소 그림자
다 닳은 발 움직여 그 옆에들 와 앉겠다
저 아래 파도도 달려와 야단법석 나겠다

폐광

텅 빈 어머니 몸
굽은 저 등허리

지금은 저녁 해 내려
꽃잎을 닫는 시간
바람이 향기를 거두기 위해
바쁘게 오가는 시간

세상의 눈부신 것들
모두 다 쏟아내고
비어서 접혀있는
골반, 저 잊혀진 중심

내 몸도 조금씩 비어간다
거기에 겹쳐지겠다

소금그릇

수없이 죽었고 수없이 태어난 봄
한 번도 죽지 않아 다시 태어나지 않은 봄
사실은 우주에 닿아 있지
내게도 닿아 있지

어부의 아내처럼 머리에 소금 그릇
연두를 저장해 내게 또 건넬 테지
얼음길 걸어갈 때도
설렘을 앞세울 테지

반짝반짝 소금 그릇 닦고 있는 사람아
조금씩 조금씩 내게로 스며들어
절대로 떠나지 않을
이 봄 같은 사람아

공중 도시

별 뒤의 저 도시는 서럽게 아름답다지
애통한 망명정부가 탄식 속에 건설했으니
내 눈은 무엇인가로 자꾸만 어룽지네

북두의 중력에 모두가 굴복 당해
지금껏 돌아온 사람 아무도 없다지만
캄캄한 두 손을 뻗어 별빛을 만져보네

삶을 부축하던 시간들이 쇠잔해져

망자라는 이름으로 봉분 속에 누울 때
덩달아 저 공중의 시민이 된 내 귀인貴人들의 도시

주문진

바람이 미는 파도 파도가 미는 파도

밀리고 밀리다가
밟혀서 죽는 파도

곡쟁이 흰 물새들이
상주보다 서럽다

패각 닫힌 조개
일찌감치 닫힌 세상

그 문에 들지 못하고
서성이던 사람들

먼 데서 밀리고 밀려 여기까지 온 사람들

낙동강
― 우륵에게

한 점 수묵화처럼
낙동강에 밤이 왔다
늘어진 강줄기로
달빛은 풀려 있고
이제는 낡은 나룻배
흔들리지 않는다

한 그루 오동나무로
이 강을 건너와서
하늘을 강물을
풀잎을 잠재우고
저 혼자 바람도 없이
울고 있는 악사여

소리, 소리가 깨어
나를 일으킨다
목 타는 12현금
어둠에 잘리고
가락국 그 먼 나라가
내게로 오고 있다

강호룡(姜鎬龍, Kang, Ho ryong)

1955년 경남 진주 정촌면 출생. 호 초우. 진주 농림대학교(원예학과) 졸업(1972).《부산시조》신인상(2014) 등단. 농림축산식품부 국립 농산물품질관리원 퇴직(2014).

강호룡의 작품들은 심성이 너그럽고 착하며 아름다운 마음씨를 가진 이들만이 알 수 있는 것으로 마치 『어린왕자』에서 "가장 중요한 것은 구석에 있어 잘 보이지 않는다." 는 역설을 실감나게 한다. 덧붙여 이렇게 아름다운 서정을 꾸며낸 것이 거의 독백으로 이루어져 시인이 자기 자신에게 보내는 편지요, 메시지와 같은 장치인데도 '리몬 · 캐넌'이 지적하였듯이 자신을 통한 자기 정서를 자기가 걸러내어 보다 자기다운 아름다운 경지를 이루고 있다.

— 백승수(시조시인 · 전 부산시조시인협회장)

오는 봄

입김을 호호 불어 초목을 깨워놓고
한 사발 탁배기로 신명난 춤을 춘다
춘설아 너 막아선들 오는 봄 아니 올까

하늘이 내려앉아 산천을 품에 안고
가늘게 흐느끼며 언 몸을 녹여주니
실비에 흠뻑 젖은 봄 대문 밖에 서 있네

고향집

쑥국새 울어울어 빈 둥지 찾아드니
방문은 입을 닫고 자는 듯 말이 없다
살포시 감은 눈으로 엄마를 불러본다

이끼 긴 마당에는 낙엽만 뒹굴뒹굴
사랑방 기침소리 담 밖에서 들리는 듯
쑥국새 울음소리가 잠든 나를 깨운다

기다림

때 묻은 겨울 이불
봄볕에 씻어 널며

동구 밖 텅 빈 길에
눈귀를 매어 둔다

노을에
비친 그림자
온다는 기별인가

노루귀 꽃

이불속 몸을 묻고
살며시 귀 내밀어

가는 듯 오는 소리
봄인 듯 겨울인 듯

봄 소녀
기척도 없이
내 가슴에 와 있네

백두산 천지

할머니 두 손 모아
감로수 가득 담고

입김을 호호 불어
보일 듯 감추었네

길손은
제 업業에 가려
볼 수 없다 보아도

연리지

하나가 되었으니
마음도 하나일까

뿌리가 달라선가
심성心性이 같지 않네

너 아닌
나를 지우면
너와 내가 없는 것을

망우초

시름을 잊어볼까
망우초를 심었더니

빙긋이 웃는 모습
나를 잃고 너를 본다

근심은
잊었다마는
그리움은 어찌하나

무아無我

유심히 살펴가며
나 홀로 가던 길을

무심히 바라보니
우리가 함께 간다

내 있어
너 있는 것을
어이하여 분별하리

송이 보러 가던 날

삼천배 마다않고
고산준령 올라서니

꼭 꼭 숨어서는
숨바꼭질하자 한다

삭정이
덮어쓴 모습에
환희심이 터진다

두견화

해마다 왔다가는
무심한 두견화

봄바람 구슬림에
얼굴만 붉히더니

흔적도
남기지 않고
어디로 가셨나요

강호인(姜鎬寅, Kang, Ho in)

1950년 경남 산청 출생. 아호 지운(智雲). 진주
교육대학교, 경남대 교육대학원. 《현대시조》
(1985), 《시조문학》(1986) 추천 등단. 시조집
『山天齋에 신끈 풀고』(1990, 문예정신사), 『따
뜻한 등불 하나』(1991, 백상) 외. 《시대문학》
(1988), 《월간문학》(1989) 신인상, 제1회 남명
문학상(1989), 제20회 성파시조문학상(2003)
수상 외. 한국문인협회, 한국시조시인협회, 경
남문인협회 회원. 경남시조시인협회장, 마산문인협회장 역임.

강호인 시인은 《현대시조》를 통해, 그 절제와 균형의 원리를 지속
적으로 지켜온 장인匠人이다. 그는 다양한 형식 실험을 하거나 현
대적 감각을 구현하는데 눈길을 돌리지 않고, 정통적인 정형 미학
의 구현과 완성에 매진해온 시인이다. 강호인 시조에는 그 특유의
지사 정신이 추상적 절조節操로 귀착되지 않고, 우리가 살아가는
현실에 대한 구체적 반응으로 나타나는 내밀한 가열함이 녹아 있
는데, 이 점 우리 시조문학사의 중요한 결실이 아닐 수 없다. 강호
인 시편은 다양한 사물을 통해 견고하고 고요하고 영원한 실존을
열망한다.

　　　　　　　　　　　　— 유성호(문학평론가 · 한양대 교수)

별을 위한 노래

내가 별에게로 마음의 문을 열었을 때
나무는 미풍에다 어린잎을 새로 널고
강은 또 족쇄를 풀어 산자락을 돌아갔다.

별 하나가 나에게로 하얀 눈을 주었을 때
한 마리 산짐승의 욕망같이 슬픔같이
그렇게 가열苛烈한 것들로 저 일월이 놓였던 것.

폭풍 같은 혁명과 전쟁을 그 별이 본다
속으로 우는 삶과 쓰러진 역사도 본다
마침표 찍지 못한 사랑 반짝이는 문법대로.

한 줄의 잠언처럼 나는 지금 푸르게 산다
영마루 높았지만 가끔은 새를 날렸고
하늘의 말씀에 귀 열어 그 행간을 메우면서.

숨결 고른 난바다에 징소리로 뛰고 싶은
바람은 맑은 혼을 꽃대 끝에 세우나니
별이여, 먼 그대를 위해 이 지상의 노래가 있네.

남명 조식 선생

두류산 넉넉한 품 둥지 튼 나래 큰 학
성호사설星湖僿說 동방인문조東方人文條 산고山高 견준 기절
氣節 높고
성성자惺惺子 청아히 울려 면학 풍도 깨치신 님.

정기 푸른 눈동자로 천첩千疊 영봉 다가앉아
도화桃花 뜬 양단수兩端水를 굽어봤을 옛날 옛적

문하생 엎드린 계하는 반짝 별밭 아니던가.

가난도 제대로면 부귀보다 고운 세정世情
나가서 하염있을 바 처하여 지키라신
산천재山天齋 기왓골마다 청태 입혀 창연한 얼.

암혈에 은거하여 별뉘 쬔 적 없으시고
후인도 무심으로 사백성상 보냈으니
그윽히 고인 샘물이 이제 넘쳐 흐를 땐가.

단성소丹城疏 청대 목청 일세의 맑은 바람
군왕도 일깨웠듯 우리 가슴 젖어드는
만세에 귀감이 되올 경의敬義 다한 선비정신.

수양산 그늘지면 묻힌다는 강동 팔십리
면면한 강우학파江右學派의 종사宗師로서 추앙되는
드높은 님의 슬하를 그보다야 좁다 하리.

백두산 정기 흐르다 반도 남단 솟은 두류頭流
그 자락 두터운 흙 속 곧은 뿌리 묻고 사는
한 그루 낙락장송으로 영원 무궁 푸르를 님.

일흔 둘 한 생애를 초야에 묻혀 살다
임종에 즈음하여 후회 없이 주저 없이
스스로 자기를 일러 처사處士라신 님이여.

종 1

난 이제
한 개의 종
돌종石鐘쯤 되어
울고 싶다

세상 허허롭기가 하늘보다 깊은 날도
사람 무심하여 눈물 절로 어리는 날도
새벽녘 까치처럼 가야 할 은혜로운 땅에서
삼생을 삼천 번쯤 윤회로 돈다 해도
목숨 삼긴 날이면 살아서 푸른 세월
혼신의 열정을 다해 스스로를 조탁彫琢하는
전설 속 석수장이 명품 빚는 석수장이
그 아린 정과 끝에 살과 뼈를 깎아낸 뒤
장엄히 또한 은은히 빛살 같은 울음 우는

나는야
그 떨리는 여운
천 년 만 년
끌고 싶다.

바람

황막한 골짜구니 빈 수레 몰아가다
별빛 저민 가락 풀어 영원을 비질하는
형해도 자취도 없이 뒤척이는 넋이다.

나울 미쁜 파도 위에 갈매기 나래 칠 때
펄럭이는 깃발 아래 목쉰 고동 부리면서
때로는 사공이 되어 망망대해 노를 젓고

청산 오르다가 숨이 차 잠시 쉬면
이름 모를 풀꽃망울 살며시 귀를 열어
한 말씀 새겨들을 듯이 반기면서 모신다.

능금알 익어가는 과원 들러 정을 주어
갈햇살 볕여울로 속살 행귀 꿈 쟁이고
단풍잎 품에 안기면 춤사위도 황홀해.

천심 지심 깨울 소명 신탁 받은 숙명이거나
행여의 고된 사역 못 떨칠 천형이든 간에
내민 손 아랑곳 않는 그 무위 거룩하네.

안개론論 1

익명을 고집하는 큰손의 농간이다
끝내는 시야비야를 온 천하에 묻게 될 걸
산산이 조각난 유리
파편가루 흩뿌린다.

복면 너머 터뜨리는 은자隱者의 하얀 홍소
산지사방 덫을 놓고 시치미 뚝 떼면서
뉘 홀로 칼춤이라도 추다가
퇴장하란 휘장인가.

바퀴벌레 기어가듯 저 행간은 섬뜩하다
짝이 못 될 자음과 모음 뒤엉켜 나뒹굴고
풍경을 채어 비트는 백미러
응시하는 눈도 있다.

그리운 집

연록색 커튼 너머로 병든 문명이 질주해도
창 안엔 차란차란 맑은 샘이 괴오르고
목마른 사슴 한 무리 꿈의 강을 도란이리.

동양란 촉이 틀 때 인터넷도 접속하고
하늘이 주신 복을 성誠으로만 쌓는 터전
오늘도 그대의 영토는 아름다운 천국이리.

거실 벽엔 두어 개쯤 걸려있을 시화 액자
새들이 숲을 흔들어 여명조차 깨우고
가을뜰 고요에 잠기면 신도 말씀 잊으리.

밤마다 하늘 깊이 망태기를 드리워서
별을 줍던 아이들이 객지로 다 떠나면
남아서 쓸쓸할 두 그림자 찬바람도 재우리.

개나리 피는 철엔 개나리빛 눈빛이고
폭풍우 거센 밤은 귀막고 앉은 꼿꼿한 벽
그대가 사랑하며 살 동안 노을 뜨면 그리울 집.

교실에서*

스무 평 남짓 작은 공간 그나마 벅찬 영토
창 열면 청하늘도 손짓하는 나날이었지만
찬찬히 거울을 보면 흐려지는 자화상
동심은 천심이라 그대로 자연이었고
동심은 또 천진이라 언제나 난만했느니
하이얀 백묵 같은 일월 그리움의 탑은 높고

어린 혼의 광맥이야 무한의 보고인 걸
서투른 석수장이의 정도 끌도 무뎠고나
저만치 돌아간 지축
그 화두도 잊음이여

봄 여름 가을 겨울 물레 돌린 사계를
채우고 비워내며 단풍물 든 사유의 숲
생계를 탁발하느라 길은 아직 멀다 할까
애초에 텅 빈 곳간 마음의 문 열어 놓고
무소유 가벼움으로 강물 따라 흘렀느니
해맑은 심지마다에 불꽃이나 켤 일이다

* 1971년부터 37년간 스무 평 남짓의 '교실'에서 1,569명의 제자를 담임
했고, 이 작품은 2001년 『마산교육 제8집』 권두시로 씀.

법계사 범종, 그대 울음 대신 울어
— 2014.6.10. 범종 타종식*에 부쳐

하늘이 울고 울어도 울지 않는 지리산**에
법계사 범종이 울어, 그대 울음 대신 울어
무량겁 아득한 날을

강물처럼 흐르리라

범종불사 이루어낸 중생이여 사람이여
천만 가슴 한도 풀고 억만 서원 함께 실어
보아라, 장엄한 타종
합장으로 지켜보라

일출의 서기 품은 범종소리 여운 따라
부처님 무량공덕 사바세계 사무칠 때
지리산 적멸보궁은
화엄 장관 만다라

소리는 길이 되고 말씀은 등불 되리
민족 영산 찾는 님들 청정도량 깃을 접고
한 송이 연꽃을 피워
가슴속에 모셔 가리

* 544년(신라 진흥왕 5)에 연기조사가 지리산 중턱 해발 1,450m에 천하
의 승지勝地라 하여 창건, 부처님 진신사리를 적멸보궁에 모신 청정도
량 법계사에 '지리산과 온 세상에 부처님의 자비와 광명이 울려 퍼지게
하자'는 3만 여명의 뜻과 정성을 모아 그들의 이름이 종 내부에 아로새
겨진 무게 4,050kg(1,080관) 범종의 타종식(2014.6.10.)이 거행됨.
** 조식曹植 남명南冥선생은 지리산을 두고 일찍이 '천명유불명天鳴猶
不鳴(하늘이 울어도 울지 않네)'('제덕산계정題德山溪亭」)이라 함.

천왕봉 일출

익숙한 것들과의 작별이 필요할 때
영혼에 더께 앉은 군더더기 떼내야 할 때
지리산 새벽 탐방로 홀로 나를 견인한다

귓부리 후리는 한기 키질하는 바람결에
한 생애 꼬옥 품었던 서원조차 날려버리면
비로소 개안의 환희 번개 치듯 올 것인가

부르는 이 없는 길도 걷다 보면 느낌 온다
여명 빛 서서히 밝듯 맑아오는 가슴속에
만유는 제 모습대로 그냥 있는 그대로

나무들 가지마다 상고대 황홀한 향연
눈 들어 내려다보면 운해 또한 장관이라
화엄이 따로 있겠는가 숨을 몰아 내뿜는다

백 번 보고 이백 번 봐도 그 자리에 박혀있는
천왕봉 표지석 기대어 동녘하늘 바라보다
둥두렷 솟아오르는 해 두 팔 벌려 맞는다

지리산 구상나무로 와서

후생에 연緣이 있어 이 세상에 다시 온다면
사람은 될 수 없고 그 뭔가로 올 수 있다면
지리산 구상나무로
청청거목 되고 싶다

꽃피고 새도 울고 안개구름 스쳐가고
혹독한 눈비 바람 무수히 몰아쳐도
꼿꼿이 가지를 뻗어
깊은 그늘 펼치고 싶다

새날 여는 아침이면 돋는 해 경배하고
칠흑의 밤이 오면 달과 별 벗이 되어
고독한 영혼이 깃든
무한 허공 받들고 싶다

폭설 내려 인적 끊긴 설빙의 수정水晶 천지
지상의 기도를 모아 천상으로 전달하는
마지막 표상처럼 서서
꿈꾸는 나무이고 싶다

강홍우(姜洪宇, Kang, Hong woo)
1949년 경남 고성 거류면 출생. 마산교육대학교, 진주교육대학교(교육학사).《앞선문학》(1995) 등단. 퇴임문집『송정 강홍우 발자취』(2012, 경남), 시조집『송정한담松亭閑談』(2018, 경남).〈고성신문〉문화체육 부분 대상(2014) 수상.

고성인固城人

어릴 적 외가에서 빈번히 들던 그 말
고성 사람 앉은 자리 잔디도 안 난다네
그 말이 무슨 뜻인지 철이 들고 깨달았지.

양반이 어찌하여 잔디밭에 앉을 거냐
비웃음 변명으로 입막음 하지마는
얼마나 악착스러워 농지거리 들었을까.

골마다 서당 세워 선비정신 일깨우고
공룡의 포효처럼 의분에는 일어서다
순하고 너그러우나 불의에는 올곧음.

한여름 뙤약볕에 악다물고 견뎌내어
고성들 황금벌판 탱탱하게 영금같이
이 나라 인물의 고장 금자탑을 세웠다네.

능소화 피는 사연

사금파리 안은 물결 해조음 고이 싸서
초승달 뜨는 언덕 다소곳 앉았어도
한시름 실타래 되어
그대 곁의 서성임.

이제야 알 것 같다 주황빛 타는 가슴
설 웃음 고운 자태 별을 헤는 고독하며
조바심 설레던 하루
지천으로 등 밝힘을.

금단 현상

담배만 그렇겠니? 쌓인 정 다름없네
두 마음 멀리 있어 안개 속을 헤매 돌고
사랑이 저만치 가니 살을 찢는 아픔이다.

빗소리 함께하며 다진 약속 멀어지고
불면의 밤은 깊어 세포마저 타고 있다
곱던 날 입맞춤 노래 화살 되어 날아온다.

황혼

칠월 한낮 땡볕에도 으스스 한기 들고
오가던 인연들은 슬그머니 비껴간다
센머리 주름진 얼굴 거울 속의 이방인.

깜빡이는 기억 속에 옛 모습 스쳐가고
잊었던 치부들이 한숨 되어 가슴 쥔다
못다 한 아쉬움 남아 허욕심만 한가득.

토막 잠 잦은 꿈속 먼저 간 인연 뵈고
뒤척이다 눈을 뜨면 일어서기 힘겨운데
햇살은 문틈으로 와 등 떠밀며 닦달이다.

백로白鷺

그 옛날 그 빛이다.
희디 흰 조선 모시

품 넓은 도포 자락
구름밭을 휘저어도

두고 온 샛강 못 잊어
긴 목 뽑아 하늘 간磨다.

차돌

닳아도 모는 있다
옹골찬 속내 마음
겉보기 곱다 하여
매만지고 내던져도
망치로
깨부술 수 없는
정금 같은 올곧음.

삶

단단히 조여야 해 느슨하면 풀어진다.
등산길 신 끈처럼 세상살이 죄는 인생
어쩌다
미끄러지면
다시 오름 버거우리.

과일 고르기

멀찍 보면 튼실한 게 따서 보니 흠투성이
청문회 예리한 칼 속살까지 벗겨댄다
최상품
애써 골라도
깎아보니 맛이 갔어.

* 허구헌 인사 청문회를 보고.

독도에서

5대代의 적선으로 두 번째 그 땅 밟다
팽이새 낮게 날고 복슬이 반겨든다
센 파도 물길을 열어 그 품으로 안겨주다.

조판을 내려서니 눈시울 뜨거워라
모두들 아들 같아 두 손 뻗쳐 안아보다
동해 끝 지키는 사명 부릅뜨고 지켜다오.

수천 년 역사 속에 게다* 자국 없으리오
나가진 땅 뙤기도 주인은 헤지 못해
지금은 내가 가꿔도 후대 주인 나 모르쇠.

네 것 내 것 우겨대도 고고한 자태로고
하늘이 만든 땅을 주인 따져 무엇하랴
지금은 우리 땅일세 옛일 다퉈 어쩌리오.

* 게다: 일본의 전통 신발.

그날이 오면

토종닭과 오골계를 한 우리에 넣었더니
처음에는 꼬나보며 대항하여 텃세하다
이내 곧 친해졌는지
털 비비고 옹기종기.

남북이 길을 터서 한 울타리 모인다면
처음에는 그럴 거야 텃세하는 새들마냥
그러다 한 무리 되어
네 밥 내 밥 뒤섞겠지.

경규희(慶奎嬉, Kyoung, Kyoo hi)

1937년 경기 여주 출생. 호 하엽(夏葉), 양정여고 졸업. 《현대시조》 추천(1984) 등단. 시조집 『햇살도 저 群舞 앞에서는』(1990, 백상), 『사랑수첩』(2000, 동방기획), 시조선집 『눈꽃 미사포』(2006, 순수문학) 외. 제15회 한국시조시인협회상(2003), 경기도 문학상(2012), 제1회 시조사랑 작품상(2013) 수상. 한국여성문학인회 이사, 한국여성시조문학회 부회장, 한국문인협회 광명지부 부지부장 역임. 한국문입협회 회원.

―

철새들은

서리 내린 산 발고랑 뼈만 세운 고춧대
발길 뜸한 길섶에는 문짝 떨어진 빈 집 한 채
백발의 억새풀들이 그 터 지켜 버틴다

어디서 날아왔나 한강변의 철새들은
지저귀는 높은 목청 허공 쪼는 부리 끝에
물안개 자욱한 하늘 고드름 매달린다

바람에 흔들려도 뿌리박은 갈대라던데
이 나무 저 나무로 옮겨 앉는 철새 떼들
그 틈새 어지러움증 앓는 햇살 산그늘을 접는다

고층건물 옥상 둘레 맴도는 날갯짓들
초가지붕 둥지 틀던 텃새들은 어디 갔나
한겨울 녹이노라면 까치발로 오는 봄.

사랑수첩
― 참숯

그 옛날 대관령을 어떻게 넘었을까
강원도 두메산골
사투리가 듣고 싶다
뿌리는
태백산맥에 묻고
몸만 실려 왔는가.

살점 태워 혼 불 켜든 그대 뜨거운 삶
생가지 베인 아픔
다시 딛고 일어섰다
참나무
단단한 체질에도
주름진 세월무늬.

나뭇광 한 귀퉁이 고이 세워 둔 참숯가마
풍로에 숯불 피워
사랑의 불꽃 피워
젊음도
다 태워버린
가슴속에 묻은 불씨.

가을산
― 오대산 단풍

1
나뒹구는 철모처럼
낙엽 진 푸른 넋들
뿌리 깊이 적신 눈물
얼룩진 산등성에
그 날이 되살아나서
홍건히 밴 핏자국들.

2
이 골짝 저 골짝에
가을 잔치 한창이다
연지 찍고 족두리 쓰고
차려 입은 한삼 자락
강원도 산골 처녀 아이
대례식 날인가 보다.

하늘색 차일 치고
너럭바위 상床으로 바쳐
계곡물 떠 잔 올리며
마주 선 신랑 신부
바람이 풍악을 올린다
줄을 잇는 하객들.

남한산성南漢山城

삼복의 띠를 매고 발자취 더듬는 길
쓰라린 기억 털며 노송은 입 다물고
덜 아문 역사의 상처 자국 도려내는 쓰르라미.

짙푸른 맥을 짚고 일어선 '수어장대'
한 맺혀 뽑은 칼날 불볕에 번뜩이며
발 아래 엎드린 청병靑兵의 목을 내려치는 듯

화살이 빗발치며 불붙던 눈망울이
돌마다 숨결로 피어 식지 않는 핏자국들
치욕의 '병자호란'을 땀방울로 씻었다.

시곗바늘

한 쪽 다리가 짧아 절름거리는 걸음이다
한 걸음씩 내딛는 삶의 자국마다
아무도 보이지 않는
신발 무늬 찍히고.

가끔 다리 아파 쉬자면 등 떠밀며
시간은 흘러가지만 생각은 그대로 남고
아는 건 열두 자리 숫자
그 이상은 모르네.

거울 앞에서

산은 구름 발 내려
골진 주름 숨겨주고

강은 물안개 피워
굽은 등을 가리느니

내 모습
생긴 그대로
내 생각도 그대로.

봄빛 너무 부셔
오히려 서러운 날

마른 눈물자국도
훔쳐보는 눈길 차다

더러는
못 본 체 해 보렴
아는 체도 해 보렴.

까치집

궁전宮殿 부드럽게 푸른 지붕 하늘 올려
튼튼히 둥지 틀고 햇살 한껏 들이더니만
내 유년
챙겨 품고는
홀홀 떠난 아침 까치.

미루나무 꼭대기쯤에 우편낭 매달고서
꺅, 꺅, 오만가지 희소식 가득 담던
우체부
고향 우체부
지금 어디 이사했나.

과일가게

아이들 얼굴이 겹쳐
발길 절로 멈춰지고

지난 한때의 얼굴
나의 그 얼굴도 있네

어느새

풋가을로 온

인생 같은 이 과생果生들.

신사미인곡新思美人曲

봄볕은 신발 한 짝도 벗기지 못하나 보다
밖으로만 겉돌면서
자꾸 나오라 한다
오히려
안으론 텅 비어 더운 방도 썰렁한 집

삼동三冬 못 넘기고 죽은 듯 싶었는데
언 땅 치올려 밀며 돋아나는 여린 풀싹
황소뿔
그 같은 풀들 뿌리마다 내는구나.

누가 가매장한 무덤 하나 갈라지며
슬며시 내미는 얼굴
연록빛 새싹 얼굴
우리의
기원 속에서 통일 저리 내밀 얼굴.

매화

긴 밤 기도 끝에 입김 더운 님의 말씀
심가지 휘어지도록 향기로 피어나서
씌워 준
눈꽃미사포
눈물 어린 고해성사

경진희(慶鎭姬, Kyung, Jin hee)
1954년 서울 출생. 한국방송통신대학교, 중앙대(문예창작과).《시조생활》(1995) 등단. 시조집『좋아요』(2011, 한강). 한국문인협회, 한국시조시인협회 회원.

경진희 「속리산에서」 중에서

사물놀이

올올이 뽑았다네 산행山竹을 키워가며
핼쑥한 달 그림자는 골짜기를 덮어가며
상쇠는 산을 기대어 서서 들머리를 흔듭니다

검버섯 눌러쓴 탑塔이 하나 헐떡인다
시름 겨운 깃발에 학이라도 앉아 주었으면
영혼은 불을 타고 올라 동종銅鐘을 녹여 보자

쇳소리가 앞섰더니 가죽소리 뒤섰더냐
하늘이고 돌아간다 눈이 부신 혼줄 하나
갈대숲 기웃거리는 늦바람을 맞아 보자

태풍 같더니 이슬방울 낙엽 같더니 노란 민들레
아리랑이 좋습니다 송홧가루 날려야지
옛물이 예 있음이로다 말뚝 하나 말뚝 둘.

다시 한번

챙겨온 언어들은 싸늘히 식어 가고
나의 여로旅路 끝자락엔 시름시름 신열身熱이 인다
해묵은 콘크리트벽까지 사랑해야 할까 보다

뭐 그리 대단한가 억새풀 삶을 두고
가슴속 불씨 캐어 사화산死火山에 얹어 보라
언 바람 누운 자리에 울 줄 아는 새가 들게

시퍼런 칼날 물고 허공을 갈라보자
출토出土의 아픔만큼 기약期約을 알고 싶은
진다홍 두견새 우는 산비탈에 나가 살자.

속리산에서

물기를 털어내고 미소 칠한 산이 있다
천년 묵은 몸짓으로 정말로 춤을 춘다
하늘은 턱을 들이대며 해를 줄까 구름 줄까

기왓사 주시려면 비는 좀 쉬었으면
나무는 열두가락 물 장단을 펴놓는다
황톳길 발을 들이니 흔들리는 물이 있다

풀잎은 납작하나 엎디어 웃고 있다
바람은 차별없이 뿌리고는 휘감는다
올라야 제맛이겠나 슬쩍 살짝 봐도 좋다

무상, 무념

물레가 가는 길은 도공의 마음이다
흙에다 혼을 넣고 몸에선 기를 뺀다
하늘이 둥글게 커지면 불길이 깊어 간다

습기를 하늘로 돌려보낸 밤이다
혼과 불이 만나는 가마 안은 더덩실
초라한 목련나무 그늘 잘근 잘근 밟는 밤에

소나무는 죄 없이 불기둥을 안고 있다
버려지고 터지고는 넉넉하게 쌓는다
지천에 널려있는 흙에 허공을 퍼 담는다

버려야 산다고 살아보니 버려진다
풀꽃도 혼자 피면 몸살 나게 외롭겠지
산자락 냉한 소리가 물레이고 도공이다

늙은 나무와 강

잡아당길 강을 보며 오백 년을 살았는데
지팡이를 짚고라도 버티란다 더 살란다
안개를 땅에 탕탕 던지더니 흐트러질 자만이다

주름 잡힌 바위가 긁어 들인 정 있다
저런 걸 두고서 채웠다고 어림없지
모서리 돌아 사라질 속 타는 달 뜬다.

청의 떨림

갈대가 우는데 속으로 우는데
바람보다 측은하게 소리 내어 우는데
아무도 그 소리 끝을 붙잡지를 못한단다

늘어지고 자빠지고 흔들리며 우는데
가늘고 휘어지고 절박하게 우는데
저물녘 아득한 소리는 갈밭을 헤집는다.

차가 있는 산사에서

강물은 머물다가 앉았다 흩어진다
갈 곳은 정하지 않아도 좋은가
소리는 처음부터 없었다 타버린 강 눈 오신다

높은 산이 헐렁하나 오가는 길 수고롭다
이것이 어디인가 수종사라 하더이다
창밖의 산하고 강을 모두 들여도 좋을 터

산길은 질퍽함을 종일토록 못 버렸다
모퉁이 돌아서면 기다림이 있을까만
빛 바랜 마음을 담았고 무거움을 버렸다

풍경은 바람 없이 울지도 못한다
이 바람 끝자락에 차가움을 눕힌다
찻물이 또르륵 하니 찻잔은 빙글빙글

왔던 만큼 가야하는 길 위의 너스레
휘영청 달빛을 품고서 가고 싶다
다 식은 찻종으로는 주름을 펴고 있다.

몰랐다

하 글쎄 첫눈이 왔다며 나 모르게
올해도 영락없는 비인 줄 알았지
서운해 뒷짐져 보지만 지난 것은 지난 거

둘째 눈이 갔다네 난 몰랐지 농을 하나
이렇게 지켰는데 기막힌 이별이지
그것 참 지독하구먼 떠난 것은 떠난 거

이제는 세 번째 눈 올 테지 나 알게
오늘이면 좋겠다만 이 겨울 그냥 갈까
함박눈 내리는 날에 뭘하면 좋을까

무소유

바닷물 퍼 올려 둥근달 씻어 볼까
이것이 욕심이지 눈 감은 허세일까
참았다 말하지 말자 설 수 없는 굴렁쇠

구성진 울음이 별빛 안 잠이 들고
지새운 물든 대지 채찍을 휘두른다
허상 밑 이름 없이 사는 꽃 육신 앞에 엎딘다

타다 타다 재가 되면 갈 바람에 털어 주자
문풍지 떼어 놓은 세살문은 말이 없다
만지면 필 수 없는 꽃 같아 그냥 두고 보렵니다.

삶

나그네 등 뒤로
노을이 늙는다

미움도 사랑도
지나면 그리운 거

달빛이 가지 사이로
휘어진다 자며 간다.

고난주(高蘭州, Ko, Nan ju) 본명: 고지연(Ko, Ji yeon)
1949년 일본 출생. 본적 경북 문경. 효성여자대학교(국문학과) 졸업. '씨알' 문학회 시조 동인 참석(1979).《신서정》시조 발표.《시조문학》천료.

가을 그 여울목에서

성큼 다가선 서늘바람 상기 따슨 양광인데
하늘색 너무 맑아 외려 황량한 거리 거리
우수가 서성거리네 잎 검불이 쌓이네

만상이 추상秋象에 젖어 긴 하루를 건너는데
천지간에 무성하던 푸른 날을 흘려보내고
시심詩心의 넋두리 풀며 목이 쉰 여울이여

산은 산대로 앉고 물은 물대로 흘러
한 점의 원경으로 가라앉은 일월 저쪽
빈 것이 가득찬 곳에 켜를 더한 이 무상을……

새벽

강심江心에 깃든 하늘 고개 들어 엮는 바람
순간 위에 여울지며 내딛는 바람 한 줌
터 오는 먼동을 바라 새삼 나를 가눠본다

치솟는 빗결을 모아 가슴으로 맞대놓고
그 먼 길을 바라 물살치는 물오리 떼
첫새벽 선잠을 깨어 요동치는 날개여

그 섭리 얼레 설레 영겁을 재운다 해도
황홀한 빛 고이 접어 오롯이 누리고파
먼 유역 따라선 욕망 흐름 속에 잠긴다

봄의 나무는

면벽하는 자세로 한철을 지내다가
한 소식 하나보다 귀와 눈이 트인다
여린 귀 아린 두 눈을 지레 뜨게 하는 빛

천 길 벼랑 아래 갈무렸던 의식이
굽도는 둘레에는 신이 들린 속살풀이
굿거리 대가 내리면 해종일을 뛰놀다

바람이 우는 날엔 나도 따라 울다가
바람이 자는 날엔 가득 채운 물 항아리
오늘도 연륜 앞에 서서 있는 대로 있을 터

낙엽

숨 가쁘게 차올랐던 심장의 고동은 여려지고
세월의 아픈 상흔 불씨로나 앉을 잎새
기약만 남기고 감이 지명知命인 걸 어쩌노!

뼈 맺힌 인고로도 거부치 못할 목숨
먹구름 비바람도 더듬으면 사랑이네
순리의 역정을 딛고 돌아드는 뒤안길

노을

가을바람 둘레둘레 머물다 갈 먼 하늘가
피어나는 다정이야 자락으로 드리운 채
내 전설 애닮음인 양 홀로 붉게 타누나

철새도 깃을 찾아 넋을 잃고 맴도는 곳
강산이 눌러 앉아 화답하듯 품에 젖는
순간이 자지러질다 혼을 앗은 노을이여

십이월에

다 차고 저문 날을 웃고 넘는 은혜로움에
봄빛인 양 저 청명은 복사꽃도 피우겠다만
두둥실 저 구름 위로 그리움만 사무쳐

차라리 훌훌 털고 달려 나가 보곮기에
저 언덕 고갯길로 먼 눈길을 띄우다가
아서라 달래는 마음 그냥 이리 머물리

눈

오랜 침묵 끝에 나부끼는 깃발들이
짓에 겨운 몸매로 가위 눌린 대지 위를
태고의 전설을 불러 오시는가 낙화여!

숭고로운 만상 앞에 침전하는 꿈의 터알
소망은 포근히 앙금으로 갈앉아도
일루―縷의 그리움이듯 소리없이 쌓이시네

왕태골

모내기 푸른 들판 물기 잦은 그 위로
구름 떼가 흘러가다 두 발 몽땅 담근다
한나절 개구리 울음에 물이랑이 고와라

끝보리 비알밭에 어메 적삼 홍건해도

송아지 어미소가 쉬파리를 날린다
신작로 환히 트인 길로 올 것 같다 풍년이……

금붕어

연분홍 너울 쓰고 천성으로 배회타가
움츠린 마음샐랑 이끼풀에 걸어두고
둥그런 두 눈망울엔 타오르는 원망願望길

연꽃

사랑도 번뇌러니 감탕으로 건져진 넋
애오라지 하늘바라 세월 딛는 인욕忍辱이기
연분홍 이룬 꽃마을 그림자도 청초롭다

고동우(高董雨, Koe, Dong woo)

1961년 경북 봉화 출생. 한국방송통신대학교 (가정관리학과). 《현대시조》(2006) 등단. 시조집 『끌림』(2012, 시조문학사). 제4회 한국시조시인협회 신인상, 제35회 한국시조문학상 수상. 《시조문학》 편집장 역임. 월하시조문학회 회원. 한국시조시인협회 중앙위원.

대부분의 시인들이 11월을 이런 톤으로 노래해서 특별히 다르게 읽히는 작품을 찾아내기가 쉽지 않다. 그러나 이 시조는 충분히 개성적이고 아름답게 읽힐 수 있는 몇 가지 장점을 가지고 있다. 우선 구성면에서 빈틈이 없다. 읽어보면 볼수록 장과 장의 연결이 자연스럽고 시어들이 적당한 자리에서 자기의 색깔을 잘 드러내고 있다. 또 이 작품에 활용된 시어들은 모두가 순수한 우리말일뿐 아니라 어조도 구어체다. 구어체는 부드럽고 리듬감을 느끼게 하는 데 효과적이다. 특히 주변적인 것을 대칭하기 위해 쓰인 '여줄가리'라는 말이 순수한 우리말로 적절한 자리에 놓여서 빛나고 있다. 그리고 이 시조는 단시조지만 어느 장편소설 못지않은 긴 서사를 머금고 있다(「십일월」).

— 이우걸(시조시인 · 우포시조문학관장)

십일월

베인 가슴 틈사이로 밀려나온 해진 날들
발걸고 메어치는 시간의 돌부리에
삔 곳을 다시 삐곤하는 허구한 날 여줄가리

정선아라리

명치끝 돌아들어 되우치는 그 정한이
숨 밭은 바람 섶에 무심히 들어 앉아
정선골 수묵화 한 폭 채록하는 삶의 소리

굽이굽이 휘갑치는 애환의 실타래를
그림자도 등이 휘는 이 생의 설운 터에
오방색 씨실 날실로 한을 푸는 살풀이

실국화

비 뿌리다
바장이다
글썽한 별이 고인

도시섬 빌딩 틈새
지친 발 건듯 세운

가을밤
비를 그으며
뒤란에 든 흰 편지

서해

제 몸을 열어 내며 쏟아낸 붉은 양수
물꼬 튼 어미의 정 서해로 흐른 걸까

태초의
그 가락 타고
노을 속에 지은 집

갯벌에 파묻힌 꿈 숨구멍 여는 날도
격랑의 물길 따라 사윈 가슴 속절없다

누구나
등짐을 부리는
사랑방의 마루 같은

월광소나타

달빛이 드리워진 하피첩 갈피던지
우선䑕船에게 뜨거웠던 세한의 창이던지

수척한 늑골을 열어
탄주하는, 애절한

이명

핥아대는 소리들에 열린 귀 대책없어
한밤을 채록하는 부엉이 행세하듯
뜬 눈이 노려보는 잠 밤이슬에 덮였다

밤이 열고 닫는 냉장고 코 고는 소리
놓친 길 스친 날들 탈구된 신음 소리
뒤엉킨 지도 펼쳐진 낯선 곳에 묶였다

맨드라미를 그리다
— 갱년기

온밤 내 그리다 만 검붉은 머리카락
잠 못 든 낮달 낮별 핼쑥한 낯빛인데
붓질로 웅크려 앉은 울화꽃도 난분분

붉은 물감 칠갑이 된 열 손가락 펼쳐 들고
불면에 한껏 부푼 다크서클 비벼댄다
다 시든 맨드라미처럼 생의 어혈 낭자한

풍물시장에서

겨울 건너 안경 너머 풍물시장 좌판 위로
소등한 기억들이 별빛처럼 스머드는
뒷짐 진 엘피판 자켓엔 분홍의 봄 느긋하다

햇빛이 반쯤 고인 돛을 펼친 범선 한 척
추억의 언저리를 휘적휘적 젓고 있다
가닿은 어디엔가도 분홍의 봄 느긋할까.

오늘

오월의 겹휴일에 출근하는 빈 전철 안
십일월 한겻쯤을 환상방황 하는 내게
오늘을 업어주마 하고 너 그렇게 온 걸까

빈 의자 은성하게 피어난 백모란꽃
기껏해 궁리한게 봄이 고픈 환상일까요
피었다 또 흐리다가 개다가 지는데

다초점렌즈

계절의 문턱마다 빈 가지 더께 끼고
멀리에, 가까이에 이지러진 상만 어린
널 그려 내가 선 이곳, 어둔 강물 출렁였네

밀고 당겨가며 초점 맞춘 내일 안에
불어난 강물 걷고 네가 연開 길이 있어
길게 휜 강섶의 나무 새순 환히 보이네.

고두동(高斗東, Ko, Doo dong)

1903.~1994. 경남 충무 출생. 호 황산(皇山),
여황산인(餘蝗山人). 〈동아일보〉 시조 「월
야」, 「추천」 등 발표(1924). 지방문예지 《토
성》 창간(1925). 시 · 시조 동인지 월간 《참
새》 발간(1926~1928). 가람과 교류(1936~).
순시조 문예지 《시조연구》 창간(1953). 부산
시 문화상(1963) 수상. 시조집 『황산 시조집』
(1963, 태화), 저서 『부산의 산명 · 지명 해고』
(1971), 『황산문선』(1983), 논문집 『시조연구』(1953) 외.

—

가야산에서
— 1972년 이주홍, 황순원, 이원수, 박문하, 박홍근 등 문우와

메고 온 속된 일들 산정山亭 아래 털어두고
긴긴 숲 헤쳐 올라 연하煙霞 먹고 숨 돌린다
고운 산 고운 물굽이 간 곳마다 정일레

장경각藏經閣 스친 바람 종소리에 일렁이고
산머리 돌던 구름 해탈 길로 떠나간다
도심道心도 익은 그 날엔 거침없이 하리라

소리쳐 휘도는 냇물 눈더미를 뿜는 곳에
푸름 속 물든 바위 옷을 걸고 앉아보니
산승도 너 나도 없네 마음 이리 텅 비네

가을

산천이 채의彩衣를 입고 소리 없이 웃고 있다
피버스의 전령으로 계절이 꾸민 성장盛裝이다
하늘도 제 빛을 찾아 높푸르게 솟구나

황금을 다 거둔 들녘 허수아비도 돌아가고
오롱조롱 탐스런 과일 홍산호로 휘어졌다
새마을 지붕들에도 가을이 앉아있구나

강물도 하늘을 불러 수정으로 갈아입고
철에 밀려 오가는 새들 갈 길 절로 바쁘는데
허공에 가던 낮달도 흥이 괸 듯 섰구나

가람님 생각

유곡幽谷 물바위마냥 닦이고 헹권 님의 기품
곁들인 그 풍류야 학鶴을 이웃 하였거니
선비의 어엿한 정이 어이 이에 더하뇨

한 밤에 찾은 시신詩神 잠을 앗아 닭 울리고
은유 직소直訴 그 사경寫景에 묘를 다한 정성 수법
따른다 뉘가 따르리 어이 이루 말하리

하해河海로 남겨둔 글월 해와 별이 항시 논다
고고히 거닌 자취 앞지른이 뉘 없거늘
대인은 하늘도 아는가 항시 빛에 젖구나

공주도拱珠島

한산섬 해갑도解甲島도 잊은 듯이 홀로 앉아
드나는 조수에도 찬滿 달처럼 동그라니
너로 해 내 고장 경景도 오롱조롱 살쪘다

미륵봉彌勒峯 한 밤 그늘 달을 베고 누울시면
옛 님忠武公 시름하던 호가胡笳 소리 들리는 듯
언제나 발길을 돌리며 너를 보고 자랐다

꽃나무

활짝 핀 꽃송이들 뭇 나무 슬길레라
도란도란 이야기 속에 사고思考 또한 희고 붉고
훈훈히 풍기는 정은 다시 없을 메아리

사랑의 발돋음도 이 슬기에 담겼어라
연연한 떨기처럼 성숙 향해 가는 이 길
청춘은 갓 핀 꽃일레 화사로운 꿈더미

과녁貫革

이 겨레 숨은 속 심력心力 그지없이 뻗칠 세대
발돋움 이토록은 앞을 여는 출범出帆이다
굴뚝은 숲으로 솟고 열熱은 하냥 달거라

그 언제 있었던가 너나없이 뭉친 깃발
오늘엔 어딜 가도 불꽃 튀는 손이거니
넘어 볼 정수리 과녁 뚫고 다시 나가자

* 수출 일백억 불을 지향하던 1973년 새마을 운동에 즈음해서.

수평선

길고도 지친 꿈이 까마득히 설렌다
시름도 보람인 양 날로 까물거리건만
저 너머 푸른 언덕은 꿈으로만 남는가

거리에서

화려한 거리에 서서 한동안을 바라본다
잇따른 차와 사람 귀를 잃고 밀려가도
태양은 그저 그 모양 한 웃음만 치고 있다

거북선

이 겨레 창창한 길이 바람 불처럼 위태론 날
왜적, 이 배로 막아 이제 한결 빛이로다
해와 달 지켜 도는 날 님은 하양 계시리

쓰고 싶은 시
— 1982년 2월에

먹장 하늘이 활짝 트이고 사람들 눈이 휘둥그레질
그런 시를 쓰고 싶다. 그런 날을 맞고 싶다
휘얼훨 장천長天을 날면 하소연할 곳 있을까

세월은 하염없이 비원悲怨에 젖어 흘러가고
이 겨레 애 끊기는 꿈길 시들대로 시들었다
어느 날 한 하늘 아래 쓰고픈 시를 쓸는지

고민송(高旼宋, Ko, Min song)
1955년 경남 의령 의령면 출생. 의령종합고
등학교 졸업. 《시조시학》 신인상(2018) 등단.
한국시조시인협회 이사 역임. 열린시학, 고래
문학회 회원.

```
            구 멍 난   양 말
                      고 민 송


등 짝 에   물 집   짓 고
터   잡 아   애 쓰 는   삶 이
언 제 나   만 땅   웃 음   태 산 은   흔 들 었 다
아 버 지   내 곤   안 방 에
풀 어   논   소 沼   한   마 리
```

—

고민송 씨의 「늦은 팽목항」 외 2편은 시인이 가져야 할 윤리를 잘
보여주고 있다. "색바랜 노랑나비", "꺾어진 꽃망울"을 향한 헌시獻
詩로 쓴 「늦은 팽목항」은 "격랑은 통곡을 하며 길을 막아"서지만, 시
인은 "발길이 난간에 묶여 섬도 울고 나도 운다"고 말하며 현실의
피폐함을 놓치지 않았다. 대신 울어주고, 대신 기억해 주는 일—"외
할미 기침소리만 메아리로 깔렸다"(「회상」), 이 일들은 시인이 '반드
시' 해야 할 일 중 하나가 아닐까.
— 이지엽(시인 · 한국시조시인협회 이사장 · 경기대 교수)

—

늦은 팽목항

세월호 뭍에 올라 잠이 든 팽목항에
색 바랜 노랑나비 쉼 없이 날아보지만
울분을 토하는 격랑 마중 길을 막아선다

기다리다 지친 하늘 설움 울컥 쏟아내고
암흑 속 비명소리 바람에 실려와도
그날 그 녹화된 필름 입 꼭 다문 병풍도

포말이 건져온 말 거품으로 사라지고
파도에 쓸려오는 꺾어진 꽃망울에
발길이 난간에 묶여 섬도 울고 나도 운다

태화강 꽃밭에서

칠팔월 제쳐 누른 오월 하순 찌는 열기
자욱한 안개꽃이 발길 더욱 깊어진다
나처럼 헛디뎠을까? 눈길 외진 저 작약

흰나비 가만가만 꽃잎에 날개 접고
흔드는 꽃대궁에 안부나 전하라며
울창한 대나무숲이 십 리 길을 내준다

양귀비 수레국화 별 총총 들꽃 무리
메모리 꾹꾹 눌러 담아낸 액정화면
인파에 불어난 물길 강물처럼 술렁인다

회상

감나무 긴 그림자

찾아든 문간방에

담배연기 모락모락 돌담을 돌아 넘어

외할미 기침 소리만

메아리로 깔렸다

가을 삽화

옷 벗는 상수리나무 맨땅에 자리 잡고

흔들리는 우듬지에 먼저 드는 상고대

찢어진 마음 한 자락 새틸구름 기워낸다

가을 오는 쪽으로 고개를 돌렸더니

부러진 나뭇가지 기다렸듯 먼눈 팔고

아득한 하늘 끝자락 은행잎이 노랗다

그날도 어머니는

가시덤불 숲속으로 뻐꾹새 울다 떠난
여릿한 햇살 촘촘 구석구석 누벼가는
벽화산 5부 능선에 비 오듯 내린 반달

새들이 귀를 열어 밭일을 나갈 때면
가녀린 손을 잡고 눈 떼지 못하시고
한 걸음 옮길 때마다 돌아보고 돌아보던

앙칼진 목을 놓아 얼마나 울어보지만
제풀에 지치고 지쳐 꿈속 뛰어다녔다
비 오듯 쏟아져 내린 눈물 삭힌 어머니

국으로 끓는 바다

멸치 떼 굿판이다 맹물을 졸인 시간

밑불로 쓰다듬어 뜨거워진 가슴같이

냄비 속 끓는 미역국 일렁이는 물안개

어머니 손 비비며 기도문 외는 소리

그 기도 촛불 같은 불꽃이 활활 핀다

지금은 그 자리에서 어머니로 내가 서서

흔들리는 대나무

다관에 물 끓듯이 뜨거웠던 시어들이

녹차향 날아가듯 이리저리 쪼개지고

간지럼 귀속에 들어 귀지 한 장 꺼낸다

찻잎에 새긴 시간 씻겨나간 빈자리에

금이 간 말차잔이 그제사 눈에 들어

태화강 섭섭한 터에 흔들리는 대나무

구멍난 양말

등짝에 물집 짓고

터 잡아 애흟는 삶이

언제나 만평 웃음 태산을 흔들었다

아버지 내준 안방에

풀어 논 소沼 한 마리

다듬이 소리

해 질 녘 귀뚜리 울음 서릿발 귀 세우면

큰오빠 꼴망태 메고 소를 몰아오던 길

소나기 먹구름 풀어 방망이 두드린다

고달픈 하루살이 여한으로 다진 가슴

풀 먹인 무명천은 무슨 한이 서렸길레

어머니 방망이 들고 구곡간장 풀어내시나

두레박을 당기며

길 잃은 비정규직 눈물로 고인 샘물

꺾어진 가지처럼 흔들리는 삶이다

두레박 당길 때마다 주룩주룩 떨어지는

돌이끼에 미끄러지는 우물 안 난간에서

붙들지 못한 손에 비명의 메아리들

어쩌다 매달린 허공에 외줄 타는 곡예인가

고성기(高誠璣, Ko Sung ki)

1950년 제주 한림읍 출생. 제주대학교(국어국문학과). 《시조문학》(1987) 등단. 『섬을 떠나야 섬이 보입니다』(1992, 푸른숲), 『가슴에 닿으면 현악기로 떠는 바다』(2002, 북하우스), 『시인의 얼굴』(2016, 북하우스). 동백예술문화상(2000), 제주특별자치도예술인상(2012) 수상. 제주시조문학회 회장, 제주문인협회 회장, 제주여고 교장 역임.

—

한결같은 것은 섬을 통하여 사랑이나 애정을 표현하고 있다는 사실이다. 섬과 고독이라는 가시적인 섬의 실체를 선정하여 고독이라는 비가시적 내면의 소리들을 조화있게 형상화시키는 데 성공한 작품들이 그것이다. 더욱 중요한 것은 바다라는 공간을 설정하여 섬의 가치와 정체성을 입증하였고 이로 인한 삶의 철학까지 접할 수 있도록 하는 여유를 던져주고 있다. 또한 시인이 찾고자 했던 절실한 고향이 되기도 하였다.

— 신승행(시조시인 · 문학평론가)

—

부부夫婦

함께 살다 보면
입맛마저 같아지고

얼굴까지 닮아지면
말다툼도 맛이 든다

등 돌려
돌아누워도
발끝부터 따슨 체온

옆집과 견주면은
모자라는 남편이고

왼종일 뜯어보아도
볼품없는 아내지만

동짓달
얼싸안으면
동치미가 익는다.

꽃이 지는 날에는

사랑하면 눈멀어져
이런 노래 부르나 보다

"꽃이 피는 날에는 나는 사랑할래요"

피는 꽃
바로 그 아래
지는 꽃 더 많은데

무인도

산이 절로 높아야 물이 멀리 흐르듯
침묵이 오랠수록 자비는 깊어지는가
파도에
제살을 깎아
좌선하는 수도승

사람이 모여 살까 샘물 하나 없이 하고
인간의 언어 따윈 아예 모른 바닷새를
무언의
긴 설법으로
날게 하고 잠들게 하고

언어가 없는 곳에 그리움이 어찌 있으랴
바위틈 갯메꽃은 보는 이 없이 피었다 지고
고독은
타고난 죄업
인간만의 굴레인 걸

온 곳도 갈 곳도 모르는 나는 또한 무엇인가
마음밭 갈지 않아 들꽃 하나 피우지 못한
둥둥 떠
뿌리조차 없이
흘러가는 섬이네

폭설

하늘이 저리 넓은데
어디 숨었다 오는 걸까

가얄 길
다 덮더니
오는 길 다 지우나

하루쯤
다 끊고 살아라
더러는 잊고 살아라

대문 앞 쓸기도 벅차
허리 펴며 먼 산 보니

저 산 가득 쌓인 눈
어느 누가 치울까

찬바람
옷깃 스미며

속삭인다
낮게

봄

제주 고사리

제주 땅 어디에도
4월이면 솟는 죽창

제 몸 하나 지키지 못한
고개 숙인 창끝마다

뻐꾸기
목쉰 울음만
앉았다 그냥 떠나고

울컥 삼킨 그 부끄럼
복수하듯 톡톡 꺾는다

청·적색 가리지 않고
모두 삶아 볕에 말려

뒤틀린
잔뼈 거두면
큰 무덤, 아! 다랑쉬*

* 다랑쉬: 북제주 구좌읍에 있는 오름 이름.

막걸리 한 잔

막걸리 한 잔에도 세상이 녹아있다

보성시장 국밥집
사발 가득 따르며

꼭, 두 손
받들어 마시게 하는
K형의
인생 한 수

섬사람 섬에 살아도

산을 향해 앉으면 발아래 파도소리
바다를 향해 서면 쌓이는 산새소리
섬사람
섬에 살아도
섬 하나 묻고 삽니다

삼십 년 기다리다 섬이 되어 앉은 사람
원혼굿 파도에 씻겨 동백으로 지는 갯가
섬사람
바다 한복판
등불 들고 삽니다

내 마음의 바다

다가가 밀물이거나
돌아서 썰물일 때도

항상 그 깊이
그 높이로 노래했거늘

그대를
가슴에 넣으면
현악기로 떠는 바다

파도야 네가 언제
내 가슴을 친다 했나

모랫벌 깊이 묻은
상처까지 붉게 덧나

하루를
부둥켜안고
타악기로 우는 바다

못 보낸 편지

'사랑한다'
너무 눈부셔

'보고 싶다' 했습니다

봉투에
… 넣다
… 보다
책상 서랍에 두었지요

시간은
그 말을 바꿔
'그리움'이라 썼대요

파도

부서질 줄 아는 사람
외로운 섬
파도 됩니다
바다, 그 아무리 넓어도
발끝까지 어루만져
그리움
보석처럼 빛나
별로 뜨는
섬 하나
섬 둘.

고성만(高成萬, Ko, Sung man)

1963년 전북 부안 출생. 조선대학교(국어교육과) 졸업(1989), 전남대 교육대학원 석사(2003). 〈농민신문〉 신춘문예 시조(2019) 등단.

혹한

　　　　　　고성만

난로가에 앉는다
첫 주전자 끓는다
창밖이 추울수록 뜨거운 가슴인가

제 몸을 사른 후에야 향기 나는 사람

—

「고드름」은 신선한 시어 차용, 빈틈없는 구성력, 맺고 푸는 음보의 능수능란함이 좋다. 첫 수 초장에서부터 팽팽한 긴장감으로 독자를 끌어들인다. 우리는 시적 완성도 면에서 확실한 차이를 보인 '고드름'을 당선작으로 뽑았다.

— 농민신문 신춘문예(2019) 심사위원: 이정환, 이달균

—

고드름

창살의 봉인에서 해제된 집이 있다
유성우 지던 하늘 내 손에 쥐어진 별
여우가 삼켰다 뺐다 유혹하던 유리구슬

원추형 거꾸로 선 꿈에 맺힌 물방울
미세한 금, 새 떼가 저 멀리 흩어진다
바람이 칼질한 공중 벌겋게 부푼 노을

지붕을 걸으며 조심조심 내려온다
내연의 열기로 밥을 짓는 처마 끝
또 하루 저물어 간다 창살 다시 꽂힌다

햇귀

마음이 헐거워져 신발 끈 묶는 아침

고층빌딩 모서리 허물며 움 트는 싹

돌탑에
한
두
서너 날
떨어지는
빗방울

제비꽃 헌혈

연두색 블라우스 소녀들 가벼웁다
여학교 운동장 옆 느티나무 공터에
선명한 적십자 표시 버스 향해 재잘댄다

웃어도 찡그려도 어여쁜 표정으로
담장 아래 수줍게 길 밝히는 제비꽃
보랏빛 환한 영혼들 구름처럼 떠 있다

거울에 금이 가듯 풍경 속 붉은 핏줄
살랑 부는 바람 따라 번져가는 숨결이
서서히 뜨거워지는 오월의 어느 하루

좀 전에 지나갔던 소녀들이 돌아온다
아무렴 어떠냐 대수롭지 않다는 듯
순혈의 하얀 꽃송이, 흔들리는 이 저녁

등을 밀며

소복이 눈 내려 쌓이는 아침나절
헐렁해진 뒷등을 가만가만 밀었다
당신은 다소곳하게 앉아있는 어린애

거문고의 줄 또는 둥그런 활시위
정성스레 깎아놓은 결 고운 나무등치
물큰한 울음소리를 들은 것도 같았다

당신의 생애가 등燈 켜듯 환해진다
소나기 그친 들판 날개 펴는 두루미
시간의 아픈 흉터를 가만가만 만졌다

산불감시원

눌러쓴 모자 뒤 타오르는 철쭉밭
충혈 된 눈동자로
내뱉는 혼잣말
아차차,
손 놓은 사이
불구덩이 다 됐네

가슴에 이는 불길 끌 수 있는 물이 없어
이 산 저 산 방화하고 다니는 사람들
간절한 바람을 모아 향초 켜는 사람들

길 밖으론 먼 세상
미세먼지 뿌연 하늘
파란색 일 톤 트럭 근심 많은 저 사내
행여나
이곳에 번질까,
노심초사 봄 석 달

봄밤

1.
바야흐로 봄이다
기다렸던 밤이다

흩동백 피었다고 붉은 울음 우는 새

기나긴 한숨 내쉰다
거제 외도 옆 내도

2.
금사리 방앗간 뒤
배꽃이 피어날 때

꽃방 속에 누워 입 맞추는 처녀 총각

머릿속 들앉은 짐승
떼 지어 우짖는다

산수유 기차

난분분 눈 오는 날 섬진강을 건넌다
반짝이는 전구처럼 붉게 맺힌 산수유
구례군 산동 사람들 나무줄기 두드린다

작년 올해 내년 것, 꽃눈 셋 함께 달린
가지 끝이 부러지지 않도록 조심조심
산동성 뱃삯 모으려 열매 터는 중국 여자

마음까지 붉게 물든 사람들 모아 싣고
기차는 달린다, 다시금 퍼붓는 눈
창밖에 노란 강물이 꿈결처럼 설렌다

겨울 구강포

아흔아홉 굽이굽이 헤쳐 온 강물은
갈대숲 언저리에 배 몇 척 띄운다
매일을 만덕*에 올라 바라보는 저 사내

아이 업고 기다리는 여인의 모습인가
노을치마**에 적어 보낸 애달픈 사연인가
꿈인 듯 한세상인 듯 흰 섬으로 뜬 고향

얼음 속에 붙는 불 끌 수 없는 까닭은
너와의 약속 때문, 홑옷차림 바람은
백련사 동백 모가지 뎅그렁, 분지른다

* 만덕: 다산초당 근처의 산 이름.
** 노을치마: 하피첩, 다산이 부인의 치마에 적어 보낸 서첩.

아득한 불빛

천지사방 눈 쌓이면
배고픈 어미 노루
푸성귀 갖다가 가만히 놓아줬지
뒷방문 문풍지 울 제 먼 산을 바라본 날

나무오리 신랑신부 혼례식 열린 오후
황토 지붕 처마 끝
호박 메주 주렁주렁
햇살이 눈부신 담장
터지던 웃음소리

청매 꽃잎 난분분
흩날리는 봄날 저녁
지치도록 걸어야 닿을 만큼 거리에

꺼질 듯 밝혀진 마을
불빛 한 두 서 너 개

혹한

난롯가에 앉는다
찻주전자 끓는다
창밖이 추울수록 뜨거운 가슴인가

제 몸을 사른 후에야 향기 남는 그대 사랑

창백하게 웃는 달
그림자 없는 개

여자가 맨발로 설원을 걸어간다
컹컹컹 짖는 힘으로
눈꽃이 피어난다

고영(高英, Ko, Young) 본명: 공석하(孔錫夏, Gong, Seok ha)

1941.~2011. 동국대학교(국문학과) 졸업, 연세대 교육대학원 수료. 《자유문학》 자유시 「노을」 신인상(1960) 등단. 시조집 『겨울서정』 (1984, 학예춘추) 외. 《시조문학》, 《시문학》 등 시, 시조 발표. 도서출판 뿌리 대표, 평택효명교, 서울수도공고, 덕성여대 강사 역임.

―

가을 이미지

혼들리면 덜어지는 햇살을 받으라
떨어지면 몸부림치는 음향을 잡으라
무변無邊의 대지로, 타오르는 언어를 담으라

이카로스의 비애가 가지 끝에서 떤다
비상하는 영혼 위로 거부하는 몸짓으로
뿌리는 또 뿌리끼리 내연內煙의 꽃을 피운다

기旗 1

마지막 숨을 모은 병사의 심장에로
찬연한 서광 일어 치솟아 휘날리던
일렁여 불꽃 튀기는 백열白熱의 표지이다

하늘 좁아 혼들리는 높은 마음 의로운 뜻
정열 부푼 승리 앞에 너나 안고 고개 맞대
받들어 영겁의 세월 길이 마음 하리다

젊음의 불꽃 앞에 절대로 표백된 광명
오늘도 혼들리는 기류 와서 넘친 햇빛이여
새 소식 손 모으는 기도 위 열려오는 태허太虛의 길……

나목裸木

1
산 메아리 울음져 간 그 다음의 빈 하늘길로
긴 사연 싸늘히 띄워 핏빛으로 진통하다
떠나는 이의 가슴에 새겨 종언終焉이라 하겠는가

2
낮에는 기러기가 밤에는 실솔蟋蟀이가
바위는 바위대로 바다는 바다대로
바람은 또, 바람끼리 울며 예는 세월을……

3
사랑만으로 한갓 사랑하는 것만으로
흩어지는 낙엽 속에서 영혼을 찾는 수줍음도
여윈 채 즐거움 되어, 우는 혈맥인가 강줄긴가

여음餘音

1
노을 깔린 언덕에 서면 절정에서 지는 낙엽 소리
창공으로 허허롭게 흘러가는 눈물이여
사랑하 기도 드리는 영혼이여 머물 때는 없을까

2
파편진 가슴으로 회한 같은 밤이 오다
피곤한 사념 씻어 침묵의 중량으로
이 의미 왜, 메아리져 번지는 곳은 어딘가

화혼축시華婚祝詩

1
밝은 햇빛 받아가며 푸르르게 가꾼 역정歷程
국화 향기 번져 세월 또한 결실인데
오렌의 이 알찬 보람 강물 지어 흐르고……

2
비바람 몇 번일까 눈보라는 없을 건가
아끼고 의지하며 오순도순 가노라면
비탈도 헤아리기에 평탄하게 누울 걸세

3
비옥한 이 강산에 씨앗 심고 거두는 기쁨
높고 푸른 하늘마저 병풍 삼아 둘러놓고
긴 정화情話 백 년을 누리며 원앙같이 살아가세

3월의 목마름

1
양지바른 보리밭 골로 피는 아지랑이를 본다
구름도 바람도 가슴 안에 셀레는
여울밑 밑에서 우는 사랑을 느끼노라

2
은혜로운 수양버들 가지끼리 푸르른
노곤히 고요히 씻기어 기리는 영혼마저
3월의 목마른 수목에 젖어 또 하루를 보내니라

포옹

머리카락 그 머리카락 화폭 속에 잠기어
수풀 되어 나뭇잎 되어 정겹게 혼들리는
죽은 듯 산 듯 가득히 물결소리를 들었느니

바람마저 비췻빛 바람마저 잠이 들고
오렌지빛 대지는 미친 듯 혼들리며
비밀도 미소도 흘러 불꽃 되어 번지는

풀밭에서

1
이 은밀한 자리 미소로운 체온으로
선정扇情 보람되이 찾듯 흥겨운 마음 헤다보면
하늘이 빈 것만으로 외롭다지 않은가

2
살다보면 외로움은 승화하여 간다지만
발자국 부질없이 새겨놓은 풀밭에서
푸른 날 하루해마저 서러워져 오는가

3
잔디밭 생명들도 지심地心 깊은 햇살 받아
정적의 이 의미를 영혼까지 새겨 보면
이 목숨 사랑을 타고 희한하게 열리네

가을밤

흰 달빛 아래 섬돌 밑의 귀또리 소리
창 열고 고쳐 앉아 무언가 그리움에
푸른 별 우러르고 날인가를 여긴다

이순신 동상 앞에서

한 얼 세워 경건한 뜻 아래 지킨 눈 비바람
하늘 너머 아슬한 길로 겹쳐 오던 그 승리의 바다
냉한冷寒의 지맥을 타고 기도하는 높은 자세

고원(高遠, Ko, Won) 본명: 고성원(高性遠, Ko, Sung won)

1925.~2008. 충북 영동 출생. 동국대학교(영문과) 졸업, 아이오와대학 대학원(영문학) 석사(1965), 뉴욕대학교(비교문학) 박사(1974). 시집『시간표 없는 정거장』(1952, 협동문화사, 공저),『이율二律의 항변』(1954, 시작사) 외. 시조집『달 둘이 떠서』(1995, 마을),『새벽별』(2001, 태학사). 산문집『갈매기』(1979, 한양사) 외. 번역시집『현대한국시집: *Contemporary Korean Poetry*』(1970, 아이오와대학교출판사) 외. 시지(詩誌)《시작詩作》(1954), 《문학세계》 창간. 미주문학상(1993), 한글학회 국어운동 공로상(1997), 해외한국문학상(2007) 수상 외. 미주 한국문인협회 회장, 미국 캘리포니아대학교, 라번대학교 교수 역임. '글마루 문학원' 설립.

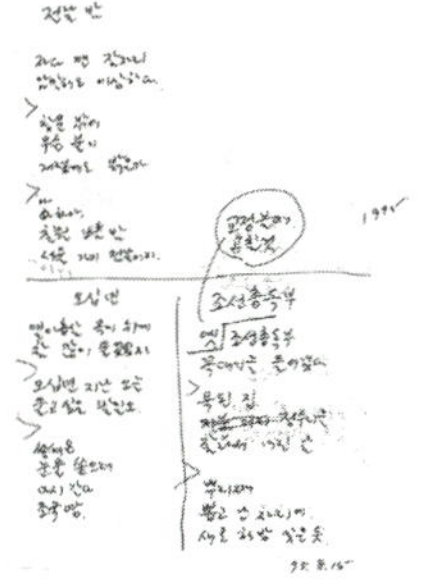

—

고원은 우리에게 흔히 재미저항시인으로 알려져 있다. 1952년『시간표 없는 정거장』이후 고원은 끊임없는 작품활동을 했다. 미국으로 건너 간 후에도 시를 쓰는 일은 고원에게 모국어를 실현하는 값진 일이었다. 또한 유신이나 5·18 광주항쟁 등 한국의 현실에 대하여 비판적인 글을 서슴없이 싣곤 하였다. 그의 작품은 1950년 중반 이후 전후시의 전형을 보여 줬으며 작가적 현실 속에서 갈등하고 화해해 가는 시적 서정을 드러낸다.

도미 이전의 시는 인식론적이고 존재적인 지형을 기하학적 상상력을 통해 구상하고자 했으며, 중기시는 격정적이고 강렬한 생명의 이미지를 주로 형상화했다. 이들은 당대 현실에 대한 시인의 비판적인 면모와 더불어 생명성으로 갈등의 세계를 극복하려는 열망을 보여준다. 후기시는 '물'의 이미지를 중심으로 죽음에 대한 시선을 형상화하기도 하고 선적이고 명상적인 세계에까지 이르는 다양한 변용을 보여준다.

— 오윤정(문학평론가)

—

석류 열매

노랗다가 빨갛게
흥분 더 해 새빨갛게

기쁘다가 슬프다가
못 끄는 불덩어리.

아니면
부끄러운 죄
똥그랗게 굳었나

속에는 시디시게
세상의 씨 시큼거려

두꺼운 껍질이
째질 날 기다린다.

익으면
타는 맘 터져
한이 불쑥 보일라.

겉이나 속이나
너만 알고 있을 테지.

사람이 짐작으로
이런 저런 할 테지.

몰라도
석류알 보면
같이 울고 싶더라.

마무리

꽃 피면
모진 바람
큰 자리 잘리고

패일 뻔 하다가는
뿌리 되레 깊어졌다.

눈부신
단풍잎 단심
만 리 퍼져
마무리.

작은 바위

록키산맥
숨은 넋이
한 조각 날아왔나.

앞뜰에 앉은 바위
수도사로 대한다.

　　　잠시도 안 쉬는 기도
　　　말로 못할 고백을.

돌이라면 너무 크고
바위라면 작은 편.

슬프도록 의젓해서
죄수로 보이기도.

　　　내놓고 처음 묻는다.
　　　종신 징역 사느냐.

망부석 옛말이고
니오베도 옛날얘기

온갖 빛이 조용히
쉬어서 가는 자리.

　　　말 말고
　　　생각도 말고
　　　여기 앉아 있잔다.

해 지기 전에

문 닫고 기다리다
앞뜰로 나갔다.

지려는 해 햇살이
뺨에 새삼
따뜻하다.

기다림
햇살이 안아
저녁놀에 타겠다.

새벽 별

안 자고 나가 보면
딴 세상 펼쳐 있다.

별들이 떠나기 전
새로 뿜는
빛이 크다.

새벽 별
바다 저편에
당신 얼굴 말갛게.

무화과나무

뜰에 심은 무화과
열매가 하도 많고

영아가 좋아해
날마다 보던 중에

어느 날
무화과 한 그루
내 맘속에 섰더라.

이파리는 성해도
열매가 안 열린다.

열매 없는 무화과는
저주받지 않았느냐.

알고도
못 찍어내니
나무만 더 자랄라.

지는 꽃 아예 없이
열매 맺는 속을 아나.

땅에는 거름 줘도
어둡고 메마른 맘.

햇볕이
안에 들어야
영혼 열매 열리지

오십 년

열아홉 살 목이 쉬게
참 많이 울었었지.

오십 년 지난 오늘
울고 싶은
팔일오.

쌓여온
눈물 쏟으러
다시 간다
조국 땅.

허의 몸

걷잡지 못하게
기다림
부풀다가

내일이 먼저
        가고
오늘은 아직
        멀고

구름 속
    허
    허한 헛간
쌓을 데가 열렸다.

물노래

물에서 물을 살면
헛
모양 사라지고

흐르건 부딪치건,
소리야
나야 말건.

거품도
어떠냐 하고
물을 살다
가라네.

그림자끼리

그림자가
그림자
안에서 만난다.

그림자가
그림자를 밟다가
서로 안아.

    사람도
    새도 하나다.
    꽃 그림자 하나다.

고유정(高侑呈, Go, Yu jeong)

1965년 충북 보은 회북면 출생. 《현대시조》
신인상(2016) 등단. 진천문인협회, 포석기념
사업회, 충북시조문학회 회원. 한국시낭송가
협회 진천지부 부회장.

고유정 시인은 「보릿고개」, 「유혹 당하다」, 「얼마를 더 버려야」, 「갈
대꽃 부케」, 「옹기 같은 어머니」 등 5편을 응모하였다. 「유혹당하다」
의 부제는 '뇌물'인 바 끝내는 주홍글씨로 남을 뇌물의 마수를, 「얼
마를 더 버려야」에선 버리고 얻는 비결을 바라는 간절한 마음을,
「갈대꽃 부케」에서는 휴가 나온다더니 재가 되어 나온 신랑을 뿌린
갈 밭, 그이가 만들어 준 갈대꽃 부케가 읽는 사람의 가슴을 저민
다. 「옹기 같은 어머니」에서는 금간 곳 메워가며 아구리 동여매고
사남매 키워 주시던 옹기 같은 어머니의 곡진한 사랑을 읊었다. 이
중 「보릿고개」를 당선작으로 선정했다.

「보릿고개」는 '어머니의 기도'라는 부제에서도 읽히듯이 가녀린 바
람결에도 크게 흔들렸던 초근목피로 연명하던 부황 든 얼굴들이련
만 이제는 3포 세대에서 헬 조선을 외쳐대는 이방인들의 삶을 통해
우리를 뒤돌아보게 하고 자성하게 한다.

— 심사위원: 장순하, 최승범, 허일, 이성보

보릿고개
— 어머님의 기도

화기 어린 얼굴들이 빠져나간 회식자리
그릇마다 남긴 음식 헛헛이 비워내는
어머님 가슴속으로 그 고개가 들어왔다

봄과 여름 사이에 융기처럼 솟은 고개
초근목피 떠도는 부황 든 얼굴들
가녀린 바람결에도 모두 크게 흔들렸지

텅 빈 내장 울리던 동그란 메아리는
가시에 찔려도 동글동글 터지지 않고
모질고 긴 세월 속에 해마다 넘던 고개

먹을 것 넘쳐나서 3D현장 외면하고도
헬 조선! 외쳐대는 꿈을 잃는 3포 세대
그들이 갇힌 보릿고개
무사히 넘게 하소서

축제

나무가 그늘지어
내어준 자리마다
아이들이 들어 앉아
마음을 쏟고 있다
반듯한 원고지 칸칸
출렁출렁 일어선다

하얀 철쭉 닮은 애들
보랏빛 라일락 닮은 애들
자신의 색깔을 꺼내
자신의 향기를 꺼내
덧붙인 이야기들이
부쩍부쩍 크고 있다

얼마를 더 버려야

내 몸 하나 감당 못해
가라앉는 삶인데
육중한 저 몸으로
떠나는 배를 본다

얼마를 더 버려야만
물 위에 뜰 수 있나

보이지 않는 물 위의 길
잘도 찾아 떠나는 배

반백의 세월 속에
엉겨 붙은 인연의 끈

얼마를 더 버려야만
길이 훤히 보일 텐가

유혹 당하다
— 뇌물

붉은 입술 오물대는
뜨거운 입김 따라
가까이 더 가까이
미소에 끌려가다

앗, 뜨거
데인 상처는
주홍 글씨로 새겨지고

갈대꽃 부케

그이를 뿌린 갈밭 떠날 수가 없어요
휴가 나온다더니 재가 되어 나온 신랑
덜미꾼 누리꾼들은 이런 때 왜 말이 없나요

아가야 정신 차려 이제 그만 집에 가자
어머니 갈대꽃 부케 그이가 만들어 줬어요
가슴에 이 부케 안고 어서 따라 오래요

두 사람 뿌려진 갈밭 함께하는 기쁨에
늪지대 음습한 곳도 온기 살짝 감돌고
갈대도 흔들리지 않았단다 바람 심한 그 밤에도

옹기 같은 어머니

온갖 투정 다 부어도 다독다독 받아내고
꼿꼿이 버텨내며 응어리 삭히셨다
푸르름 지켜주시던 사남매의 그루터기

금간 곳 메워가며 아구리 동여매고
잠시도 떠나지 못하고 그 무엇도 포기 못해
장독대 지키고 서있는 옹기 같은 어머니

깜직한 속임수

"시금치 두 단 사왔다 싱싱해서 맘에 들더라"

김밥? 나물? 다이어트식?
복잡해진 머릿속

시간만 꾸역꾸역 보내고
누렇게 뜨는 시금치

뜬 잎은 뜯어내고 한 단으로 묶었다

'한 단은 먹었구나'
어머니 환한 얼굴

남은 것 또 버리게 될까
서두르는 퇴근 길

선물

달빛 스민 한지창
명상에 잠겼던 아버지
보채는 막내에게
무릎 내어 주시고
책 읽어 잠재워 주시던
따스했던 그 숨결

먹구름 폐에 몰려
핏기 잃은 잔기침
이별 준비할 새도 없이
진눈깨비 먼저 울고
장송곡 시린 울림 따라
추적추적 떠나가신

밤을 밝혀 기다려도
오지 않는 아버지
덩그러니 걸린 사진만
나를 내려다 보시고

마지막
남겨주신 선물
그것은 시심이었다

흰 고무신이 있는 풍경

지나가던 바람은 마당을 비질하고
소나무 그늘 아래 단잠 자는 강아지들
댓돌 위 우두커니 앉은 흰 고무신 한 켤레

대문 앞 우체통은 맨 입맛만 다셔도
개구리 떼 목청껏 울어 나팔꽃을 피워낸다
보리수 하나 둘씩 붉어 등불 되어 대롱대롱

태풍

친구처럼 남편처럼
버팀목 되어 주던
아름드리 큰 아이
하던 공부 뒤로하고
나라의 부름 받아 가던 날
마음에도 태풍 일고

몰아치는 태풍에
입소식도 못 하고
늘어진 줄에 밀려
안아줄 틈도 없이
돌아서 흐르는 눈물 방울에
서운한 맘 가득하고

고은희(高銀姬, Ko, Eun hee)

1961년 경북 군위 소보면 출생. 경기대학교 박사 수료(2018). 〈부산일보〉 신춘문예(2011) 등단. 시집 『싱싱한 현재다』(2019, 고요아침). 오늘의시조시인회의, 한국시조시인협회, 한국시조학회 회원.

—

고은희의 작품 속에는 맑고 은은한 백매의 암향이 번진다. 안정된 가락의 체화(「환한 슬픔」, 「참깨 꼬투리 두툼하데요」, 「색소폰 부는 난설헌」)가 그 향기를 전파하는 데 큰 몫을 한다.

— 박기섭(시조시인 · 전 현대사설시조포럼 회장)

「쉿」은 언어와 사물을 포착하는 감각부터가 산뜻하다. 감나무에 내려앉는 새 한 마리의 동작과 시간성이 살아 움직이고 "욕망이 부풀수록 생은 더욱 무거워" 같은 에피그램도 "한 알 홍시"에 얹혀 단맛을 낸다.

— 이근배(시조시인 · 대한민국예술원 회장)

「의자의 얼굴」은 요즘 중요한 사회 문제로 등장한 노인 문제를 따뜻한 시선으로 형상화했다.

— 유재영(시조시인)

—

쉿

아득한 하늘을

날아온 새 한 마리

감나무 놀랄까 봐 사뿐하게 내려앉자

노을이 하루의 끝을 말아 쥐고 번져간다

욕망이 부풀수록 생은 더욱 무거워져

한 알 홍시 붉디붉게 울음을 터트릴 듯

한쪽 눈 질끈 감고서 가지 끝에 떨리고

쉬잇! 쉬 잠 못 드는 바람을 잠재우려

오래전 친구처럼 깃털 펼쳐 허공 감싼다

무너져 내리고 싶은

맨발이 울컥,

따뜻하다

의자의 얼굴

땡볕이 그늘을 끌고 모퉁이 돌아간 곳
누군가 내다 버린 꽃무늬 애기 의자에
가난을 두르고 앉아
졸고 있는 할아버지

무거운 세월이고 허리 펴는 외로움이
털어도 끈끈이처럼 온몸에 달라붙어
허기진 세상은 온통
말줄임표로 갇혀 있다

살다 떠난 얼룩만이 가슴 깊이 내려앉은
폐기물 딱지조차 못 붙이는 몸피여!
사는 건 먼지 수북한
그리움 또
견디는 것

오늘도 먼 길 돌아 헤살 떠는 한 줄기 바람
먼저 간 할머니 손길 덤으로 묻어온 듯
그 옆에 폐타이어도
슬그머니 이웃이 된다

환한 슬픔

숨이 턱에 차도록 올라야 보이는 집,

가난도 썩은 이를 드러내며 웃는 집,

밤에 온 택배를 받고 문 닫지 못한다

파스 같은 테이프를 더덕더덕 붙인 몸엔

깊은 음영 주름살이 꺼칠하게 포개지고

낯익은 손길의 체취 한참을 붙잡는데,

부르면 금시라도 다가설 듯 가까운데,

사랑이란 그저 꾹꾹 눌러 담은 보퉁이처럼

저렇게 아무런 소리도 내지 않는 먼 어머니

갖가지 나물 잡곡 가만가만 풀다 보면

하늘이 비좁다, 환한 슬픔 가득한 달

지상에 웅크린 지붕 설렁설렁 밟고 가는

참깨 꼬투리 두툼하데요

　먼 산 아래 더듬다가 참깨밭을 봤는데요 올해 처음 속말하듯 꽃 핀 건 아닐 테지만 어쩌다 그대의 귀띔을 이제사 들었을까요

　기꺼이 뜨거운 햇살 머리 가득 받쳐 이고 바람의 연사질에 끄떡 않고 꼿꼿하여 저 혼자 발그레한 입술 반쯤 벙근 것을

　거친 숨 쿵쿵거린 오늘 나는 꿀벌처럼 움찔, 움찔, 옮겨 앉아 저절로 훤해지다 꽃보다 먼저 핀 마음 호되게 앓는 중인데요

　빈속에 쟁인 울음 알았다, 알았다고, 사람 드문 벼랑길이 굽은 등을 들썽거리데요 깨어진 구두코에 내린 어둠, 꼬투리에 두툼하데요

색소폰 부는 난설헌

이끼 낀 솟을대문 할 말 다 걸어두고

꿈꾸듯 살아온 날 잃은 길을 더듬어

초당은 바다에 묶여 색소폰을 어른다

울고 싶어도 울지 못한 눈물 마른 난새처럼

나뒹굴던 아픔들을 한 자락에 엮어 분다

별 잃고 돌아 돌아온 강물 같은 리듬으로

북풍이 불 때마다 옹이는 덧이 나도

어느새 마당 가득 햇살 소복 앉아 있다

고통이 고통에 맞설 때 살맛 나직 실어오듯

떨어진 꽃잎 속에는 아직도 움켜쥔 허공

그 안의 허기가 출렁거리는 이 순간,

맞은 편 긴 목 늘이고 선 해송도 숨죽인다

채플린, 채플린

차바퀴가 먹구름처럼 떠 있는 하늘 보이고

동백나무 뿌리들과 몸 섞는 지하 셋방

내게서 나를 떠나는 머리칼만 쌓여간다

쓴잔 든 이력서는 깨어날 줄 모르는지

저무는 날들 위로 뒤척뒤척 마음 없으면

바람이 불쑥 찾아와 가슴 텅텅, 때린다

아찔한 빌딩 숲 헤쳐 방청객 알바 간 날

곧 무너질 동굴 같은 눈동자로 묻는다,

'거시기, 여가 손짓 따라 미친 듯 웃는데지라'

허기진 오장육부 배배 꼬는 박수 소리

어질머리 앓다가도 머즘하게 길에 누워

눈물빛 가난으로도 별꽃 같은 웃음을 깔던

입 혹은 구두

각질 두꺼운 발의 지문
끈질기게 핥아먹듯
걷거나 달리거나 가만히 서 있을 때조차
오롯이 지친 발걸음 물고 있는 입이 있다

쓴맛이나 짠맛 그저
뭉긋이 새겨지고
세상 온갖 흙먼지와 신음이 고여 있는
시간은 헛바늘 돋아 저릿저릿 절며온다

목구멍을 치밀어 오는 억눌린 말들이
헛발 디딘 바람처럼 목울대를 부유하다
가뜬히 떠오르는가
빗장 연 이 봄날

움직이면 요란하고 멈춰서면 잠잠해져
동그랗게 열중하는 공명통을 만들 듯이
어쩌면 가시를 껴안고
꽃 한 송이 움켜쥔

비비추 잎차

아홉 번 덖은 네가 붙들고 있는 울음
울음의 빛깔을 나는 알지 못했다

아니다,
비비추 비비추
물색없이 물드는 걸

아홉 번 덖은 네가 붙들고 있는 웃음
웃음의 둘레와 나는 외려 충돌했다
달리던
시간도 털썩
주저앉아 놀다 가는 걸

갑자기 부딪치니
눈이 아팠고 생각이 아팠다
아니다,
비비추 비비추
품는 것은 처음 본다
품고서
연초록 경전 같은
시詩 한 편 낳는 걸

싱싱한 현재다

참새는 나비를 몰고

나비는 꽃들을 몰고

고 작은 날갯짓

하늘도 흔들더니

내 몸속

무수히 많은

길들마저 흔든다

강가에 느티나무

푸르른 바람 한 자락

달빛을 부르고

소쩍새를 부르고

서로가

부르고 불리어서

저마다의 짐을 지는

터

개운동 수돗가에 시멘트 금 간 틈새

채송화 몇 송이 보일락말락 고개 내밀자

큰 돌 몇

꽃 밟지 마라

돌 목소리 빙 둘러앉네

먼 길 온 저 봐라봐라 바람도 쓰윽 비껴가고

그때였다 기다린 듯 옹기종기 모여든 햇살

눈 맞춰

꽃 밟지 마라

따끔하게 쏘아붙이네

고정선(高正善, Go, Jung sun)

1951년 전남 신안 도초면 출생. 순천대학교 석사(1998). 《좋은시조》 제1회 신인상(2017) 등단. 시집 『비는 산을 울리고』(1997, 청한), 『눈물이 꽃잎입니다』(2019, 책 만드는 집) 외. 동시조집 『개구리 단톡방』(2020, 책만드는 집). 목포문학상(2018), 전남시문학상(2003), 전남문학상(2006) 수상 외. 광양문인협회 지부장 역임. 오늘의시조시인회의, 한국문인협회 회원. 좋은시조작가회 회장, 한국시조시인협회 시조대중화위원회 부위원장, '율격' 시조동인 회장.

—

고정선 시인의 시조집 『눈물이 꽃잎입니다』는 서정이 지극하다. 시인과 대상이 한 몸이 돼 세상사 모든 일과 마음을 순리대로 풀어간다. 공자가 『대학大學』에서 배움과 행함의 요체를 여덟 가지로 말한 '격물 치지 성의 정심 수신 제가 치국 평천하 格物 致知 誠意 正心 修身 齊家 治國 平天下'를 서정으로 성심껏 드러내고 있다. 그리움을 가없이 펴고 있는 서정인데도 순리에 따르기에 어긋나지 않는다. 자연을 바라보고 묘사함에도 대상의 본성을 그대로 드러내고 있다. 어울려 사는 사람살이도 그런 자연의 순리에 따라 바르게 펴려하고 있다.

— 이경철(시인 · 문학평론가)

—

못질

썩은 판자 빼내고
새 것 끼워 맞춘 후
알맞은 쇠못을
고르다 하는 생각

살면서
말로 한 못질
치수 잰 적 없었지

가슴에 박힌 못은
길든 짧든 한恨인데
뱉어버린 말 허물
녹슨지 여러 해라

빼려면 더 아프겠지
그냥 가자
미안해

나무 서리樹霜

안개 바람 차가운 날
그대를 찾아와

얼은 채 한 몸 되어
건밤 새우며 피운 꽃

이튿날

돋을볕 한 줌에
눈물이 꽃잎입니다

용접鎔接

우린 녹아서 하나 되어 단단해지고

그렇게 이어지니 피돌기도 힘차고

둘이서 하나 되는 것
뜨겁지 않음 못 할 일

늦가을 새벽 풍경

간밤에 내린 비가 헤어질 때 알려줬나
비가 긋자 젖은 잎 몸태질에 눈물까지

실안개 휘감아 두른
낙엽수는 좌선 중

여름 초록 가을 다홍 다 이룬 하늘마음
잎잎마다 추억 사진 압화押花로 남긴 새벽

긴 겨울 기댈 곳 찾는
산새는 동안거 중

저승꽃

살다 보니 이런 날도 볼 때가 있네요
곰팡내 나는 몸이 꽃씨를 품었다니
그동안 마구 부린 게 미안할 뿐입니다

하나 둘씩 피던 꽃이 지지도 않습니다
켜켜이 삭힌 세월 거름기가 많아설까
향기는 나잇값 한 만큼만 날 거라고 합니다

저승길도 편히는 못 갈 것 같네요
이승에 남긴 업 꼭 그만큼 피었으니
바람살 차가운 날에
상여꽃 삼아 가야죠

밤꽃

갑자기 보고 싶다 그냥 안기고 싶다

입술 처음 나누던 날 감긴 눈 생각하니

온 산에 밤꽃 향기 비릿하다

애먼 생각도 비릿하다

그 날

어머니가 두 손을
단전에 모으시더니

배꼽 열고 봤던 세상
이제 그만 닫으신다

감아도 다 보인다고
이승 탯줄도 자르신다

퇴직 단상

습관처럼 집을 나서다 늘임새로 나오던 말

내가 벌써?

그 맘 접으니
남은 길이 보인다

끝인 듯 끝이 아닌 거기까지
가야 한다
그도 일이다

절집에 눈 온 날

일주문 들어서니
숫눈 가득 환하다
설렌 마음 다독여
발길 두기 망설일 때
스님은 대빗자루 쓱쓱
걸을 만큼 길 내신다

"가진 게 없으니 가벼이 오지 않나
이고 지고 힘들면 임자도 한 번 비워 보소"

대웅전 문고리 잡자
소리 지운 풍경 소리

땅끝 편지

앞을 보면 끝인데 돌아서니 시작이네

회한悔恨의 소용돌이
눌러 앉힌 곳에서

쌓인 건
받을 이 없는 그리움
잊을 만하면 꾸는 꿈

고정흠(高廷欽, Ko, Jung heum)

1903.~1985. 전남 구례 출생. 서예가, 시조시인. 호 일곡(逸谷). 경성중동학교 고등과, 전남 교원양성소 졸업. 〈동아일보〉 신춘문예 시조 7회 입선(1930) 등단. 시조집 『일곡시선집』. '영산강', '녹명', '시조문예' 동인. 전남시조시인협회 고문 역임. 초등 교원, 교감, 장학사, 교장 등 30년 봉직.

―

홍매

눈발이 어제런데 홍매가 부풀다니
그 빛 그 향기 옛님이 다시 왔네
긴 겨울 얼어 지나도 빠개지는 그 정열

변함이 없는 모습 안고 싶은 내 가슴
오늘을 볼 양으로 모질게도 참았던가
머잖아 흩어질 얼굴 따갑도록 아까워

돌 틈에 뿌리박은 얽고 찍힌 등걸
그래도 빨간 망울 퉁기며 터지겠네
주름진 내 등어리엔 터질 무엇 없을까

믿음

바위에 발을 박고 숨을 붙인 소나문 양
자리야 메마르건 생김새야 초라하건
먹혀진 마음 하나에 몸을 맡겨 사느니

듣는 이 있건 말건 소원이야 서건 말건
늙음도 죽음 또한 내 알 바 아니라오
오로지 이 마음 안고 입 다물고 사는 넋

가없는 영원 속에 이 마음 붙여놓고
시종始終도 알 수 없는 생사의 저 너머로
보얀 빛 몰래 안고서 숨을 내쉰 이 보람

꾀꼬리

꾀꼴꾀꼴 너로 해서 춘면春眠이 깨어졌다
창문 여닫으면 날아갈까 두려워서
그대로 숨을 죽이고 남김없이 듣노라

네 어이 갈 곳 없어 내 집 앞을 찾았느냐
강산이 메말라도 의지할 곳 있었던가
이토록 거치른 땅에 네 소리가 남다니……

꾀꼴꾀꼴 할 적마다 태고 심금 퉁겨진다
이 세상 무엇이고 임자 있고 값있는데
네 소리 거져이기에 더욱 아껴 하노라

간직한 마음

가난에 억눌리고 병든 몸 못 가누어
처자도 눈총주고 세상마저 비웃으니
이 마음 마저 팔아서 환심이나 사오리까

남들이 버리기로 나도 나를 버리리까
고독을 깨물으며 눈시울이 젖기로써
간직한 이 마음만을 버릴 수 없소이다

썩고 문드러져 탁류로 흘러 흘러
세상이 휩쓸려 밟을 땅이 없다기에
아껴 온 이 마음마저 저 흐름에 버리리까

하늘이 무너지고 땅도 튀어 흩어져서
임께선 나 같은 것 꿈결처럼 잊으셔도
그리며 감싸는 마음 버릴 순 없소이다

사생死生도 넘어서는 변함이 없는 마음
이 세상 끝까지 그대로 남을 마음 끝날까지 그대로
이 마음 길이 간직해 임에게만 바치려오

모색

보일 듯 보이잖고 잡힐 듯 잡히잖는
그러나 그런대로 모른 척 할 수 없어
제 길을 잡아보려고 애 삭이는 넋이여

잡았다 여겨질 땐 잡으려고 숨 죽여도
그 길이 아닐 때는 잃은 듯이 허전한 맘
붙잡고 맘 놓을 때가 어느 적 어느 곳가

보려고 눈을 감고 잡으려고 숨죽여도
이 길이 내 길이라고 안겨지질 않으니
차라리 이 몸과 마음 송두리째 맡길까

하고픈 말

언제나 하고픈 말 어렴풋 떠올라도
꿀 먹은 벙어린 양 눈만 혼자 돌리다가
말주변 내지 못하고 안타까와만 하는

갈수록 이 세상이 어지럽고 빗그러져
물욕에 눈이 팔려 본심마저 흐려지니
이 말을 세워 본대도 산다는 게 바보구실

주변도 없는 위에 말을 해도 바보 사니
차라리 하고픈 말 구슬인 양 갈고 닦아
이 몸이 진토塵土 되어도 사리로 굳히고저

잡초를 뽑습니다

1
잔디밭에 섞여 돋는 잡초를 뽑습니다
할 일이 없느냐고 웃는 이도 있지마는
뽑은 뒤 개운한 맛에 손끝이 가는군요

2
잡초에 섞인 잡초 보기는 싫지마는
그대로 둬 버리지 마음 쓸 게 뭐냐구요
그대로 두어 버린 게 더욱 맘에 걸리와요

3
깨끗한 것 좋아하면 붙는 것이 없다구요
성벽 부리면서 시간 낭비 말라지만
이 저런 생각 견주기 도로혀 괴롭군요

4
비웃어도 개의잖고 추는 데도 관심 없이
눈앞에 보이는 것 버려두지 못하고서
오늘도 푸른 잔디밭 매만지고 있습니다

향양성向陽性

1
지구도 해만 보고 돌고 도는 해바라기
풀싹도 빛을 바라고 가는 목을 느리는 걸
내 어이 밝음을 찾아 살아가지 않으리아

2
미련코 약한 몸 가난에 목 마르고
이마 맞댄 사람들로 몸을 틀기 거북해도
빛 찾는 이 마음만은 놔 버릴 수 없소이다

3
첫새벽 더듬더듬 말없이 혼자 일어
들창문 열다말고 샛별을 바라보며
남몰래 다짐하면서 모돠보는 이 마음

4
못 닿는 안타까움 깨무는 고독 속에
생각에 젖어들며 주먹을 펴락쥐락
한 걸음 다가서려고 안간힘을 쓰는 넋

기원

삼각산 제1봉에 검은 구름 뭉그리네
저 구름 비가 되어 이 강산에 뿌려지다
꽃진 지 오랜 등걸에 새 움 돋게 하소서

물처럼 술렁술렁

사람으로 태었거든 고이 살다 고이 가세
뭐 하려 나를 세워 으룽대고 다투는가
일생은 말이 달리듯 지나가기 마련인데

공란영(孔蘭英, Kong, Ran yeong)

1965년 경남 통영 한산면 비진리 내항 출생. 부산교육대학교 졸업. 《부산시조》 신인상 (2015) 등단. '솔잎' 동인. 부산여류시조, 오늘의시조시인회의 회원. 강동초등학교 교사.

공란영의 작품 곳곳에는 일상생활에서 흔히 겪는 여러 가지 일과 사물에서 자신을 발견(「무임승차」)하고자 하는 간절한 정서가 숨 쉬고 있다(「수평선」). 그것은 부드럽고 섬세하고(「서울 산다고」) 따뜻한 정으로 배어난다(「마중물」). 애정 어린 눈을 가져 마치 물 오른 미나리 같은 순정함(「아프리카를 보다」)이 고운 심성으로 젖게 한다.

　　　　　　　　　　　　— 임종찬(시조시인 · 부산대 명예교수)

이 세상에 한 가지 꽃만 있다면 지루하고 단조롭고 재미없을 것이다. 아이들이 저마다의 빛깔로, 깜냥깜냥 일하도록, 메마른 펌프에 한 바가지 마중물을 부어야 한다. 경청의 물, 공감의 물, 배려의 물, 신뢰의 물을….

　　　　　　　　　　　　— 차달숙(시조시인 · 부산문인협회 부회장)

마중물

어린 싹 고운 줄기 못 본 듯 돌아서는

튀어나온 곁가지만 자르려고 애를 쓴다

제 빛깔 도드라지게 어깨 살짝 토닥이면

힘나는 말 크게 하고 꾸짖음은 나지막이

쉽게 뱉는 군말보다 눈높이 맞춰 가면

막혔던 생각 주머니 꼬물꼬물 물꼬 튼다

수평선

가끔은 안은 것을
내려놔야 보는 자리

보채도 다독이며
언제나 괜찮다는

지그시
감은 눈으로
눈웃음도 지어주는

무임승차

달리는 화물트럭에 날개 접은 호랑나비
꽃 찾아 나설 시간 여정 없는 여행길
번데기 탈바꿈하던
다짐 새로 고친다

땅 딛고 서 있지만 어디서 헤어질지
내일을 꿈꾸지만 어디에 다다를지
지구에 그저 몸 실은
나비 떼다 우리는

아프리카를 보다

잊고 있던 기억들을 더듬는 저녁 무렵
끊어질 듯 아스라한 생명줄을 걸어본다
올올이 배어드는 사랑 신생아 모자 뜨기

오롯한 마음 한 줄 털실에 풀려나는
뜨거운 모래사막 오아시스를 꿈꾸며
대바늘 메신저 같은 줄과 줄을 잇는다

서울 산다고

대기업 억대 연봉 목청에 힘 줘 봐도
예정 없는 야근에 하루 멀다 술자리다
해장국 끓여 바치는 장모 눈길 따갑고

잡힐 듯 푯대 하나 시간차로 뒤바뀌면
치솟은 빌딩 숲이 숨길을 조여 온다
흐르는 한강 불빛도 까닭 없이 서럽단다

남쪽 바다 자갈소리 구두코에 채이면
홍합 젓 삭힌 뻘래기 고향 밴드 찾는다
늦은 밤 영상 가득히 젖은 눈매 내 친구

인공지능

반찬을 꺼내는데 시간 초과 부저 울리는
데운 음식 꺼내라며 재촉하는 기계음
제 할 일 다 한다지만 여유 없는 저 변명

한결같은 명령이다 낯선 날을 세우는
길들여진 근육마저 부산한 아침인데
그 울림 융통성 없는 핏발이 곤두선다

즐겨찾기
— 아버지

마음만 간절하고
다가서지 못한 걸음

대답 없는 신호음
멈춰버린 기억 속에

굳은 살
손마디마다
묻어나는 바다 내음

바벨탑 도시

빽빽하게 가려서
해도 달도 숨바꼭질

발 디딘 자국만 겨우
반쯤의 새가 된다

어정쩡
날지도 못한 채
걸려버린 연鳶의 꿈

시래기

쪽 햇살 부둥켜안고 낮추고 또 낮추는
애꿎은 이름에다 별칭까지 볼품없다
덜 마른 눈물 자국까지
다 말리고야 제 맛 내는

찬바람 감칠맛 밴 시래기 한입 물고
닮아있는 내 어머니 에둘러 붉어진다
아파트 울타리 위로
짙은 노을 바라본다

거품

조율 안 된 건반이
불협화음 쏟아내는

해 질 녘 시청 광장
아우성이 펄럭인다

재개발
부푼 희망 너머
정처 잃은 가랑잎

공영해(孔榮海, Kong, Young hae)

1948년 경북 영천 화산면 효정리 출생. 영남대학교(국어국문학과) 졸업. 《시조문학》 신인상 당선(1999). 시집 『모과향에 대한 그리움』(1999, 불휘). 시조집 『낮은 기침』(2007, 동학사), 『천주산, 내 사랑』(2010, 시선사), 『아카시아 꽃숲에서』(2017, 황금알) 외. 가락문학상(2007), 경남예술인상(2010), 한국동서문학작품상(2018), 경남시조문학상(2019) 수상. 가락문학회, 포에지 창원, 사설시조포럼, 한국시조시인협회, 오늘의시인회의 회원. 창원문인협회 회장 역임.

노루귀

내 영의 골짜기 길
노루귀가 맑았다

물소리 따라가는 길을 혼자 가게 두고

귀 쫑긋 함께 듣잔다
눈굴악이 저 재층

—

공영해의 시조는 꽃의 은유적 기반 위에 삶의 원형들을 겹쳐 놓는다. 삶의 역사성에 투사됨으로써 과거를 되살게 하는 기억의 촉매 기능이 "꽃 핌"의 시간에 이입되는 것이다. 삶의 근원을 향한 응시는 「양귀비」에서 수절의 아픔으로, 「진달래 꽃불」에서는 "만장", "산역山役"의 시간 위에 타오르는 꽃불에 대비된다. 이처럼 사물이나 대상에 대한 간파는 두 겹의 의미망을 형성하는데, 이는 현상을 넘어 본질을 추구하는 시인의 자세에서 비롯된다. "수크령", "노루귀", "아카시아", "여름 수국" 등의 식물성 제재를 통해 우리네 삶의 원형을 회복하고, 그 이면에는 영원을 향해 몸을 섞는 인간의 일대기를 깔아놓는다.

— 염창권(시조시인 · 문학평론가)

—

아카시아 꽃숲에서

벌보다 내가 먼저 꽃자리를 펴고 앉아
꽃버선 하얀 속살 젖어드는 꽃향기에
유년도 언제 왔는지 슬쩍 옆에 앉는다

황토뿐인 민둥산에 아카시아 심어 놓고
두어 됫박 압맥으로 보릿고개 넘던 날은
십 리 길 아린 십 리 길 필통소리 딸랑였다

유모차 쉬다가는 검버섯 핀 돌담길에
몸은 숨겼어도 들켜버린 그 숨소리
은발의 술래가 되랴, 선돌바위 그 소년

아이들 웃음소리 꽃술처럼 피어나서
따고 따도 끝이 없는 채밀의 저 날갯짓
활짝 핀 시간의 향기 꽃숲 가득 넘치다

양귀비

비린 생 핏빛 유혹 지체 높은 귀비貴妃라 해도
할머닌 피는 족족 꽃잎을 따버렸다
떼어야 정을 떼어야 잡초로나 산다시며

밤마다 뼈를 갉는 송곳 아픔 생각하면
거두어 베갯머리 약으로나 묻어두고
넉잠 든 누에들처럼 깊은 잠을 청할 텐데

고단한 삶의 고비 잠시 헛디딘 생각
고개 든 자존으로 꽃 대궁도 불지르며
마성의 붉은 입맞춤 할머니는 등 돌렸다

진달래 꽃불

인진쑥 보얀 속살 상여 소리 밟고 간다
포클레인 지나간, 봄 향기를 캐던 밭둑
민들레 노란 꽃동전 징검돌이 환한 집

한사코 가지 잡고 놓지 않던 떡갈잎을
됐다 이젠 손 놓아라 바람이 와 안아 주자
다한 줄 제 목숨 이미 알고 지는 만장 한 잎

떨칠 것 다 떨치고 차라리 흙 속에 눕는
이승의 연 다져 밟아 산역山役을 마감한다
화르르 진달래 꽃불 하마 지핀 산비알

여름 수국

— 거제에서

수국이 길을 여는 보랏빛 섬나라에
진로를 잘못 든 태풍 새도록 휘몰아쳐
언덕엔 넝마를 걸친 풍차 한 대 삐걱이고

불꽃의 신화 앞에 바다 잠시 숨 고를 때
용접할 생의 강판 도크마저 문을 닫아
공모는 베일에 가려 한 치 앞도 볼 수 없다

쇳물밥 삼십 년도 파도 앞에 모래일뿐
그 어떤 구호로도 되돌릴 수 없는 선수船首
부르쥔 맨주먹 앞에 하늘마저 떨고 있다

찢어진 신발들이 현관에 모였다가
장마철 빨래 널 듯 날품 찾아 흩어져도
수국水國은 가슴을 열고 마스크를 닦는다

수크령

보랏빛 여우꼬리* 일제히 일어선다
한뎃잠 깬 풀들이 이슬 꿈을 털기도 전
활대를 뽑아든 햇살 비올라를 켜고 있다

달리는 바람 소리 갈퀴까지 휘두르며
발목 걸려 넘어져도 단숨에 일어서는
천변의 푸른 아우성 펄럭이는 깃발들

고마리 붉은 눈빛 바람과 함께 울면
젊은 격정의 날들 부둥켜 얼싸안고
못다 한 이슬의 노래 여울물에 띄운다

* 여우꼬리: '수크령'의 딴 이름.

가마우지

햇살도 곤두박질 산동네로 넘어와선
까맣게 물이 들어 맨발로 뛰어놀던
루핑 집 낮은 판자촌 복덕방이 들어섰다

셈본 책 숫자보다 자치기로 셈을 익힌
그때 그 햇살을 감고 자라난 아이들이
하나 둘 시다로 떠나 피라미를 물고 왔다

숙달된 자맥질로 하루를 미싱해도
주판은 늘 마이너스, 재고 없는 대목이다
날마다 목을 죄는 끈 멍 자국이 시렸다

줄 것 다 토해내고 뼈만 앙상 남은 이들
성당못 버들 숲에 종일토록 앉아 졸다
해 지면 가마우지처럼 끼룩끼룩 귀소한다

귀울음

시한부
목숨과 바꾼
금방 녹을
시간 앞에

노래로 숲을 태우는
저 불청객
누구인가

귓속을
풀무질하는
대장간의
저 사내

바람 타는 섬

  덩굴 가시 바위 서리 꽃소식 까칠하다

  방가지똥 조뱅이에 인동초 갯무 꽃 차려 놓고 덩굴딸기 찔레 덩굴 엉겅퀴 앞세운 애월, 수평선 끌어당겨 활짝 핀 아라홍련 한 송이 금방 쑤욱 뽑아 올리자 장끼란 놈 때맞춰 목청껏 꾸엉 꾸엉 추임 넣어 여는 아침, 놀라 잠 깬 자동차 떼 순식간에 뛰쳐 나와 섬의 동맥 정맥 실핏줄까지 구석구석 들쑤시고 비행기는 하늘 낮다 제비 날듯 휘익휘익 내외국인 물어 나르며 섬 좁다 부산 떨어내는데 개민들레 돈 욕심 없다며 노란 꽃동전을 길가 에 좌르르차르르 무더기무더기 뿌려대고 돈나무 하얀 손사래 생몸살을 앓는 5월, 곶자왈 미나리아재비 금새우란 잔뜩 피워 놓고 나 몰라라 바람 통문 지키고 있는.

  난데서
  들온 회오리
  섬을 온통 휘젓는다

노루귀

내 생의
골짜기 길
노루귀가 맞았다

물소리 따라가는 길은 혼자 가게 두고

귀
쫑긋
함께 듣잔다

곤줄박이
저 재롱

옥포 횟집

살 저민 돔 한 마리 쟁반 위에 뉘였다
못다 한 그 무슨 말 뼛속에 남은 듯이
아가미 벌럭거리며 두 눈을 부릅뜬다

"싸장님, 감싱이가 살아 펄떡 뛰네예!"
저녁마다 카드 팍팍 긁어대던 부장님도
물 좋던 잿빛 유니폼 도미 신세 된 것일까

단대목 전어철에도 갈매기만 기웃댈 뿐
뼈 아린 찬바람이 수족관을 닦는 저녁
주방장 마른 도마 위 초승달만 누웠다

공화순(孔和順, Kong, Hwa soon)

1965년 경기 화성 출생. 한국방송통신대학교(일본학과), 경기대 대학원(문예창작학과) 석사. 《창작수필》(2005), 《시조문학》(2016) 등단. 수필집 『지금도, 나는 흔들리고 있다』(2014, 작가와문학). 시집 『모퉁이에서 놓친 분홍』(2018, 고요아침). 물향기문학상(2015), 작가와문학 작품상(2015) 수상. 창수문인회, 화성문인협회, 오늘의시조시인회의, 한국시조문인협회, 회원. 《작가와문학》 편집위원, 《경기문창》 사무국장.

벚꽃 스캔들

사월이 초인종을
다급하게 울린다

앞집과 뒷집 사이
꽃섬에 부풀다가

단숨에 터져버렸다
온동네 술렁인다

—

시인은 자신이 구현하고 싶은 세계가 무엇이든 성찰을 자주 자신에게로 향한다. 공화순 시인이 돌아보는 "모퉁이"도 여러 "길목"에서 마주치거나 우정 지나쳐온 지점으로 보인다. 아무리 바둥거려도 "시간은 늘 앞서 가"니 놓친 것들은 늘고 "누구를 기다리는 건 아무래도 못할 짓"이라지만 "아무 일도 없으니" "시를 쓰고 싶다"로 여러 사유를 촉발한다. "한 번도 써보지 못한 애인이라는 말"처럼 낯익은데 낯설게 느껴지는 언어들의 첫 개화 같은 발화를 구하며 끝없이 헤매는 길이 "애인"을 찾는 매혹의 길로 이어질 것이다.

— 정수자(시조시인 · 한국시조시인협회 부이사장)

—

내 패터슨*의 날

가장 평범한 것을 아름다움이라 말한다

소소한 내 일상도 시가 될 수 있을까

틈틈이 써내려가던 패터슨의 시처럼

반복되는 하루를 사랑할 수 있다면

변주 없는 생활도 노래할 수 있다면

오늘은 시를 쓰고 싶다, 아무 일도 없으니

* 패터슨: 짐 자무쉬 감독의 영화 제목, 버스운전사 패터슨이 소도시(패터슨)에서 소소한 일상의 기록들을 시로 적어가는 시집 같은 이야기이다.

모퉁이에서

지금 막 모퉁이를 빠져 나왔습니다
아직도 당신은 그곳에 있는 건가요
모서리 그 안쪽에서 지금을 떼어냅니다

거기서 시작됐던 이야기의 실마리도
돌아선 순간부터 이미 날 지나쳐서
옛일이 되었습니다
돌아갈 수 없습니다

길목마다 따라와 놓지 않던 손길을
차갑게 뿌리치며 이제야 돌아섭니다
가세요, 망설이다간 붙들리고 말 거예요

돌아서는 것들은 회색빛 표정을 짓고
그리움을 놓지 못해 이명으로 떠돌다가
저만치 손짓합니다
시간의 귀퉁이에서

끼어든 내력

할배는 나무토막을 연실 깎고 문지르며
입에 문 담배를 한시도 놓지 않았다
한 번쯤 똑바로 지켜봤던
툭, 쏟을 저 위태로움

느슨하지만 견고한 손가락 사이에서
오래된 골초의 이력을 보고 움찔하다
연필을 떨어뜨렸다
재라도 털어내듯

먹줄은 내게 맡기고 귀에 꽂던 몽당연필
어느새 내 손에 끼어들어 서성이다
종이에 길을 놓는다
늘어나는 부름켜

밑창 사람들
— 기생충*

지하 긴 어둠에서 볕을 따라 올라와서
젖은 몸을 말리면
공중을 날 줄 알았다
날개는 안 보이는데 자꾸 등이 터진다

고치를 틀지 않고 위만 쳐다보다
아래에서 새는
냄새를 막지 못했다
아무리 벗으려 해도 밑창은 뺄 수 없다

* 기생충: 봉준호 감독의 영화, 제72회 칸 영화제에서 황금종려상을 수상함.

올 것 같은 날

길상호를 만나서 길상사를 떠올리다

백석을 생각하고
자야를 그려 보고

웅크린 사내 몸에서 자야오가*를 읽는다

날은 잔뜩 찌푸렸고 눈은 오지 않는데

어디서 말방울소리
소연히 들려온다

시인은 눈 속을 헤맸는지 눈 밑이 젖어 있다

* 자야오가子夜吳歌: 중국 진나라 때 자야라는 여인이 지은 가곡으로 원래 4구句로 되어 있는데 이백이 6구句로 개창함.

봄 지슬

꼼짝 하기 싫어서 온종일 웅크리면
한 나절도 외면한 채 나를 비켜가고
오월은 거짓말같이
골목길로 사라졌다

며칠째 봄 감기에 뒤척이던 초록이
무심한 듯 떨친 손, 날 향해 흔드는데
저만치 뒤돌아서는
봄 지슬이 한결 깊다

그녀의 바다

바닥은 누구나
한둘씩은 쥐고 있는 것

남들이 보려할수록 속을 더 웅크린다
처음엔 볼 수 없어서 불안이 커져간다

먼저 본 사람들이 말없이 등 돌리자
더 이상 감출 것 없어 밑바닥을 보인다

자기를 다 내보이는 건,
바닥을 딛고 서는 것

애인이란 말

한 번도 써보지 못한 애인이란 말을
처음 중얼대다 백지 위에 적어본다
나에게 왔던 적 있나

지나가버린 그 이름

가끔은 애인을 기다리고 싶었다
쓸쓸히 마시던 수요일의 아메리카노
이제 와 듣고 또 듣는
그 순간을 갖고 싶어*

무심히 돌아 나온 수요일의 그 카페
불쑥 찾아와서 기억을 헤집더니
또 다시 감기처럼 돋다
너에게 가는 마음

* 갖고싶어: 아이돌 가수 '워너 원'의 2번째 앨범 수록곡.

더 이상 갈 수 없을 때, 난 시작한다

본질을 외면한 채
먼 곳을 바라봤다

가장 멀리 갔을 때 뒤를 돌아봤다

한참을
돌아서가도
지난 것이 더 멀다

시간은 늘 앞서 가
나이를 먹었다

멈추지 못한 내가 처음을 시작한다

자꾸만
오라고 한다
서지 못해 또 간다

가을 넋두리

기다림이 힘겹던 시월의 늦저녁에
소리 없이 떨어지는 가을 잎이 시리다
누구를 기다리는 건 아무래도 못할 짓

어스름 끌어안은 길들이 몸 눕히고
한숨처럼 깊어가는 그리움을 펼치면
허기진 들고양이가 그 어둠을 밟고 간다

누군가를 갈구했던 푸르른 열정들이
이제 와 불필요한 감정일 뿐이라고
정적에 밑줄을 긋는 또르르 귀뚜리 소리

곽길선(郭吉先, Kwak, Kil sun)
1959년 경북 상주 화동면 출생. 한국방송통신대
학교(국어국문학과) 졸업(2006). 〈경상일보〉 신
춘문예(2014) 등단. 신라문학 대상(2009) 수
상. 김천시조시인협회 회원.

존재하는 것들은 모두 몸을 가지고 있다. 우여곡절이 많은 시간들
을 몸으로 끌어당기며 나이가 든다. 그러므로 몸에는 살아왔던 내
력이 적층되어 있다. 여기서 '마늘'은 여자의 몸이다. '그믐 같은 여
자'는 마늘 눈의 시각적인 이미지를 차용한 것인데, 여기에 이울어
가는 시간과 차오르고자 하는 시간의 순환적 계기가 내포되어 있
다. '눅눅한 창고'에 오래 보관되어 있던 마늘을 통해 어머니의 육체
성을 환기하는데 '속내 다 물러터진', '손가락 그 불거진 마디'와 같
이 세월의 상흔을 겹쳐 입고 있다. 반면에 정신적으로는 '매운 말
숨겨놓고', '불면의 아린 흔적'과 같은 내적 모색을 통해 갈수록 분
별력이 예리해진다. 다시 말하면 푸른 순을 돋아내려고 안간힘 쓰
는 매운 마늘을 통해 어머니의 삶이 은유되는데 그것은 몸으로 발
현된 '생의 서러운 노래'이자 '한 편 시'처럼 여운이 깊은 것이다. 여
기서 몸으로 빚어낸 시를 '몸꽃'이라 한다면, 그 내면에는 '불면의
아린 시간'과 '속내 다 물러터지는' 것과 같은 생을 발효시켜왔던 개
인사가 개입되어 있다.

— 염창권(시조시인 · 문학평론가)

고사리 경전

뻐꾸기 목탁으로 봄날을 두드리면
물음표 돋아난다, 몇 억년 풀지 못한
언 땅에 가부좌 틀고 연초록 밀어 올린

지워진 지문으로 잡념 자꾸 문지른다
복사꽃 그 향기가 어떤 여운 남겼는지
이뭣꼬? 화두를 이고 다시 고개 내미는

몇 날 밤 다 풀어도 밝혀지지 않은 어둠
시조새 이야기도 묵언으로 끌어안고
또 다른 역사를 쓴다, 사월의 음표처럼

부항리 감나무골

소문 없이 배불러 청첩 낼 틈도 없다
잎사귀 반질하게 꾸며놓은 바람의 집
삼새미* 군불을 땐다, 진통이 오고 있다

오월 중순 감나무가 간판을 내걸었다
'산부인과 성업 중, 산파 급히 구함!'
가던 길 멈춰선 구름 오래 흘깃거린다

지루하던 하늘도 덩달아서 신이 났다
갓 짜낸 초유 같은 이슬로 몸을 닦고
뽀송한 햇살파우더 눈부시게 뿌려준다

"아이 낳기 좋은 마을 여기로 오세요"
산자락 은방울이 펼쳐놓은 넉넉한 봄
옆 동네 이장님들이 벤치마킹 중이다

* 삼새미: 아지랑이의 방언.

늙은, 장마

박쥐의 울음소리 겹겹이 휘어감은
시력을 잃어버린 동굴 같은 세상이다
아니다, 그건 혼자 자라난
석회질 종유석이다

무심코 던진 말도 주름이 되고 마는
그 슬픔 되작이며 서러움 지우지만
후드득, 쏟아지는 말에
돋아나는 물집들

한때는 낯간지러운 사랑의 쉼표였던
입 거친 소문으로 떠도는 저 딴따라
갇혀서 보이지 않는
내 허전한 몸짓이다

널브러진 풍경을 닦아낼 틈도 없이
밤은 또 늪골 아래 빗물로 드러눕고
아득한 허공 위에다
둥근 집을 짓는다

수수꽃다리 그 여자

사향 냄새 풍긴다고 눈 밖에 난 젊은 새댁

마당가 수수꽃다리 눈물 한 줌 훔쳐 먹고

사월을 다 집어삼킨

뜨락이 아찔하다

골담초 수기

우주를 지고 와서 쓸쓸하게 부려놓은

일개미 허리 안고 아버지 떠오른다

등 굽는 초여름 땡볕

앙팡지게 게워내며

뼛속까지 우려낸 잎사귀 움켜쥐고

발등에 몸을 얹어 줄서서 기다리듯

노랗게 영글어가는

아홉 식구 허기여

부처를 만나다
— 폐가에서

철암마을 빈집에도 능골은 살아있나
꽉 다문 그대에게 안부를 묻고 싶다
도시락 못 챙긴 대신
망초밥상 차려놓고

'소망'을 끌어안고 안방 지킨 십자수여
세 겹 하늘 지고 산 아내의 모습인지
기우뚱, 허물어진 담
속내 다 내보인다

실금간 초저녁을 거울에 비춰가며
그 사람 기다리다 눈뜨고 멈춘 시계
시절을 가부좌 튼 채
등신불로 앉아있다

마늘, 묵은 몸을 펴다

눅눅한 창고에서 햇귀를 기다렸던
그믐 같은 여자가 조금씩 꿈틀거린다
여섯 폭 무명치마에
매운 말 숨겨놓고

속내 다 물러터진 자신을 돌아보나
어머니의 손가락 그 불거진 마디처럼
불면의 아린 흔적을
침 발라서 넘기며

쭉정이 같은 생의 서러운 노래지만
헝클어진 생각을 하나씩 추스르면서
등 굽은 세상 이야기
한 편 시로 써놓고

우포늪 가시연꽃

구설수 올라앉은 그녀가 어지럽다

뒤엉킨 잡념들을 비틀고 뜯어내다

질척한

신발 위에다

가시로 꽃을 피운

담쟁이 사랑법

천개의 귀를 삼킨 먹먹한 저녁이면

삭정이 같은 빈 몸 더듬는 손이 있다

잘못 든 길이었다고 화들짝 놀라면서

길 위의 쉰 소리를 자꾸만 쓸어 담는

무심코 뒤돌아 본 풍경 너무 아리지만

접혔던 마음 한 쪽이 그에게로 뒹굴고

종아리 닳고 닳아 얼싸안은 고된 시간

한 시절 숙성이 된 시월의 눈빛으로

내 사랑 무르익는지 온몸이 뜨거워진다

역사, 박제되다
— 다부동에서

박제된 칫솔모에 남아있는 환청 같은
압축의 시간들이 허공에 줄을 선다
누런 이 다 드러내고 그날을 불러온다

묵직한 군화 속에 청춘을 구겨 넣고
유학산 골짜기와 뒹굴다 주저앉은
부엉이 울음소리는 그 후로 목이 쉰 듯

멱살 잡힌 꿈을 안고 잠 못 든 능골 앞에
누구의 잘못인지 묻지도 않았는데
총알은 발뺌을 한다, 숫총각 증표도 없이

슬픔도 태초에는 진초록 향이었나
학도병 사진 속의 애잔한 웃음 닮은
깊어진 꽃잔디 오후 신록을 우려내고

곽영기(郭泳棋, Kwak, Young ki)
1939년 강원 횡성 출생. 강원대 경영대학원 경영자 과정 수료.
《시조문학》「휴전선의 개나리」 천료(1982) 등단. 시조집 『개나리』
(1983), 『대관령』(1985, 을지출판공사), 『세월을 삭힌 노래』(1990,
을지출판공사) 외. 한국시조시인협회 회원. 내각사무처 5급 공무
원, 강원대학교 교무처 수업과장, 문화국 예술원 사무국 근무 역임.
—

휴전선의 개나리

녹슬은 철조망에 눈물방울 아롱지고
네 허린 고향 바라 굽어버린 한평생
어느 날 통일이 온들 그 몸값을 되찾을까

손에 손에 노오란 등불 거친 들녘 밝히는 건
조국 위해 가신님들 고운 꿈의 발원인가
응얼진 한을 풀어서 마디마디 토함인가

너는 향기 삼켜버려 해맑고 애닮구나
마음은 가고 와도 트지 못한 휴전선에
내일은 낙화로 질손 잎 돋우어 지켜다오

낙조

읍내 밖 제방 길에 삭신이 나른하고
안개 잠긴 산모롱 갈피 모를 이승인데
잔잔히 흐르는 물 위에 저녁노을 뒹군다

꽃구름 머흘 머흘 진분홍 하늘인데
어데로 가려는가 불을 뿜는 저 태양은
바람도 숨을 멎은 채 금빛으로 삭는다

노송老松

능선에 뛰어올라 보름달 목에 걸고
사나이 억센 근육 옹이 백여 굽었어도
바람 비 눈 감아 버리고 다시 천 년 버텨선다

발가숭이 애기 별들 헤엄치는 밤하늘을
은빛 강물 아득히 굽이치는 고운들을……
긴 세월 지켜선 자리 발 밑 돌이 삭는다

강

방울 방울 엉겨서 한몸 되어 이은 행렬
못 돌아올 이 한길에 여울마다 흐느껴도
강심江心엔 저녁노을이 꿈길 같이 고와라

영마루

— 새벽

부엉이 목쉰 울음 어둠살을 흔들고
길 잃은 구름 자락 봉우리에 감기는데
벼랑 끝 고목 몇 그루 해돋이를 지켜서네

— 저녁
별들이 소곤소곤 도토리 영그는데
휘휘한 영마루엔 풀벌레도 아니 울고
먼 하늘 파아란 번개만 소리 없이 반짝이네

— 월정사
염주 알 구는 물에 머리 풀은 가지들
부처님 지으신 미소 극락세계 어리고
마음속 비옵는 소원 구천九天으로 여운 진다

달빛은 호수 되어 온갖 시름 잠겨놓고
약왕보살藥王菩薩 인종의 넋 탑 그림자 비켜서네
한밤중 풍경 소리에 되새기는 이 나락

치악산

하늘을 우러르다 땅을 굽어 살피다가
때로는 안개 일워 때로는 눈을 날려
이승은 업보의 찰나 서로 도와 살라신다

남녘을 바다보다 북녘을 흘겨보다
때로는 번갯불로 때로는 폭풍 몰아
저승문 열어 젖히고 죄인 무리 꾸짖는다

일출

은은히 새벽하늘 낙산사 종소리에
의상대 솔새들이 조잘조잘 꿈을 털면
불덩이 물에 씻으며 아침 여는 수평선

논두렁에서

물신 물신 흙냄새 어머님의 땀 냄새
산들산들 두렁바람 어머님의 환한 미소
웃자라 하늘거리는 것 내 형제, 나의 조국

수석

이리도 닮은 것은 조물주의 깊은 섭리
그리고 고운 것은 나를 위한 외길 목숨
한 삶을 돌로 앉아도 세상 일을 비웃는 듯

가을

파아란 하늘 보면 파아란 소원 일고
빨간 단풍잎엔 빨간 정열 일어
손가락 지그시 깨물며 되새기는 아쉬움

곽종희(郭鐘姬, Kwak, Jong hee)
1964년 경북 영양 영양읍 전곡동 출생. 한국
방송통신대학교(국어국문학과) 재학 중. 《나
래시조》(2018) 등단. 나래시조시인협회, 울산
시조시인협회 회원.

반 달

곽종희

정포로 둘로 조개 나뉘가진 청동거울
보고픈 마음 숨겨 술도록 닦았는데
하늘에 걸어 놓아도 찾아오질 않으니

《나래시조》 겨울호를 읽으면서 신인상 당선작은 신인이 아니라는
것을 직감하며 읽었다. 어린 나무는 그리움의 나뭇잎을 고목만큼
매달지 못한다. 그렇기 때문에 얼마나 많은 시간을 그 글과 사투를
벌이고 지냈는가는 글 속에 담겨 있다고 보아야 할 것이다. 좋은 글
은 물 흐르는 대로 마음이 흐르고, 살아온 세월과 함께한 아름다움
이 그대로 담긴다.
이러한 사모곡의 작품을 밑천으로 지니고 시인으로 출발하는 만큼
삶을 대하는 방법이 더 새롭게 모색되어야 할 것이다. 전체적으로
무난하고 공감을 불러일으킨다. 덧붙인다면 시조를 바라보는 새로
운 안목을 앞으로 제시해야 할 것이다. 곽종희 시인만이 갖는 새로
운 기법을 기대하면서 그 능력을 기대하게 하는 작품이었다.
— 임영석(시조시인 · 《스토리문학》 부주간)

이불에 대한 소고小考

빨강 초록 비단색이 켜켜이 잠을 자도
정작엔 사십 년 된 낡은 이불 덮는 엄마
기실은 지난 날들을 버리기 싫은 거다

아부지 미운 정을 촘촘히 누벼 넣고
자식들 보고픔도 땀땀이 바느질한
숨죽은 그리움 한 채 덮고 사는 것일 게다

낡은 이불 한 채에 삐져나온 발이 열 개
흩어진 그 발들을 다독이는 꿈속에는
옥양목 시린 홑청이 서걱이고 있겠다

사자평

다리를 절며 오른 시간들이 보인다
소죽솥 잉걸불에 피감자 익는 냄새
와인 빛 오이풀 향기 그 시절이 그리운

넘어선 고갯마루 돌아보면 아득한데
어디든 내린 뿌리 그 곳이 고향이듯
샛노란 도깨비바늘 재약산을 지키고

달빛이 샴푸 풀어 머리 감긴 억새 능선
별빛도 수런수런 알밤으로 쏟아지고
옛사람 떠난 자리에 캠핑족이 불 켠다

첨부터 사자 울음 들은 사람 없었다
모두들 평원에서 왕이 되고 싶었던지
산정의 바람소리도 사자후를 토한다

억새단상

이파리 칼날 되어 마음을 베고 갔다
독백의 바람 불어 일제히 쓰러지고
하얗게 바랜 세월에 은빛머리 풀었다

야윈 몸 바람 되어 버리고 떠나간다
휠 휠 휠 털어내면 가벼워질 것인데
오히려 무거워지는 등짐 같은 흔들림

감정 대리인

마음을 판매하는 관심대행 서비스
조개껍질 네 개와 에비츄를 바꾸었다
말없이 말없는 표현 반구대의 암각화다

전하지 않았어도 전할 수 있는 사랑
글자를 버려두고 상형문자 데려 온다
좋아요, 품앗이 하듯 하트 하나 날리고

쓰지 않는 마음으로 약해진 사랑근육
말 못하는 헐거인 또 사냥을 나선다
오늘도 관심의 표현 타인에게 맡긴다

두들 마을*에서

마알간 하늘가에 닿을 듯한 처마지붕
시간에 불타버린 낡은 빈집 있었더라
가만히 대문 밀치니 적막만이 날 반기고

집 한 칸 얻기 위해 평생을 뛰던 이들
빈 걸망 같은 짐을 마루턱에 풀어놓고
홈 패인 시간 너머의 고향집을 생각하지

거슬러 오지 못한 물길 같은 회한이
구멍 난 창호 문에 그림자로 남을 때
낚기대 꿀밤 떨어지며 툭 하는 득음 소리

* 두들 마을: 경북 영양군 석보면의 재령이씨 집성촌. 이문열 씨의 문학
관이 있음.

메타쉐쿼이아

긴 생각에 잠긴 나무 참선하는 모양이다
허공에 주인 없는 까치집을 얹어놓고
겨우내 미동도 없이 동안거에 들었다

남루하게 걸쳤던 외투를 벗은 자리
혼절하여 쓰러졌던 기운들이 일어서고
칼바람 지난 자리에 하마 솟은 씨눈 하나

알몸으로 배우는 수직의 세상 깨고
허공에 내 지르는 침묵을 몰랐었네
허망된 겨울 나목에 봄이 걸려 있을 줄은

청동 울음

형체 없는 생각이 그물에 걸린 날은
바람이 읊조리는 경전 소리 듣습니다
누구의 극락송인지 금강경이 한 구절

속까지 다 비워낸 처마 끝 풍경 소리
뜨겁게 울어서 그치지 않습니다
비구의 만행이 굳어 허공 속에 걸린 건지

얼마나 비워내야 저런 울음 울까요
비움과 채움의 거리 재며 듣습니다
인연의 쇠사슬도 끊은 저 선한 울음소리

월명리

가는 곳 말 안 하고
집 비운 내 누이야

바스락 소리 대신
달빛으로 다녀갔니

보고픔
봇물로 넘쳐
만평들이 번들댄다

폭설

첫눈을 땔감 삼아
사랑을 끓이자고

강변의 벤치에서
손도장 콕 찍었지

솔가지 부러진 소리
길을 모두 감췄다

반달

정표로 둘로 쪼개 나눠가진 청동거울

보고픈 마음 숨겨 닳도록 닦았는데

하늘에 걸어놓아도 찾아오질 않으니

곽홍란(郭紅蘭, Kwak, Hong ran)

1960년 경북 고령 대가야읍 고아리 출생. 영남대 문학박사 졸업(2008). 〈매일신문〉 신춘문예 동시(1997), 〈조선일보〉 신춘문예 시조(2001) 등단. 동시집『글쎄, 그게 뭘까』(2002, 그루), 시집『직선을 버린다』(2005, 고요아침), 소리시집『내 영혼의 보석상자』,『행복한 동행』외. 해남 사랑 문학상(2003), 방정환 문화예술문화상 눈솔상(2014) 수상. 한국문인협회, 한국펜문학협회, 대구문인협회, 대구펜문학협회, 오늘의시조시인회의 회원. '아카리데' 동인. 한국생활시낭송협회장.

곽홍란 시인의 작품에는 서정성과 역사성이 공존하고 있다. 꽃 하나에도 "제 살갗 꿰뚫은 자리/ 그 공허가 세우는 꽃대"(「꽃, 위파사나」)를 읽어내는 섬세함이 있으면서도, 진열된 유물 하나에서도 "햇살도/ 비껴간 이름/ 목에 메어 호명"하는(「가야금관」) 역사의 눈을 가지고 있다. 이는 시적 대상을 시적 주체의 입장에서 해석하고 조합하는 능력을 가지고 있다는 분명한 증거이기도 하다. 아울러 당대 시인으로서 반드시 가져야 할 시적 사유의 체계를 가지고 있다는 얘기이기도 하며, 더운 신뢰를 보내는 이유이다.

— 이지엽(시인 · 한국시조시인협회 이사장 · 경기대 교수)

안개강

내게로 오는 그대는
새벽녘 안개강
길 위의 길들은 소리 없이 지워두고
가슴속 묶어두었던
강 하나 풀어놓는

그대 앞에서는 숱한 말을 버리고
그대 앞에서는 살진 생각도 버리고
눈빛만 쓸어 모으는 오리나무로 선다

산다는 건
저토록 젖어젖어 드는 것
흔들리며 휘청이며 뿌리를 내리는 것
더러는 모진 바람 속 어긋난 뼈 맞추며

눈이 먼 저 하늘에 지평선 다시 긋고
가난한 처마 아래 초롱을 내어 건다
돌아설
그 발길마저
마중해 보낼 등불 하나

보길도 시편

처음의 달을 안고 즈믄 바다 찾아간다
깨어진 복사뼈로 곤두박인 질경이풀만
무너진 언덕 괴면서 피돌기로 있던 섬.

속살 찢어 일구던 땅 푸른 싹 언제 돋을까
희미해진 눈 비비며 북극성 불러와서
파도는 잠들 수 없는 빈 새벽을 깨웠다.

툭툭 튀는 포말 앞에 질붉게 타는 동백
수평선 끌어당기면 어둠도 부서지고
먼 하늘 가로질러서 천궁을 퍼올렸다.

보길도 비탈마다 돌아갈 길 열어놓고
조선의 검은 깻돌
자
르
르
물살에 굴러
서늘한 무명의 아침 씻어 널고 있었다

가야 금관

쇠라고 눈물이 없으랴
운다고 다 울 수 있으랴

살 삭고 뼈 허물어진
그 더께 위 홀로 남아

햇살도
비껴간 이름
목이 메어 호명한다

다부원에 피는 꽃

아버지! 다부원에는 풀꽃들이 느낌표로 핍니다
초록보다 더 푸르른 청춘을 내어 걸고
산허리 솟은 혈맥을 골골이 넘습니다

한 마리 풀벌레조차 못 죽이던 사람들이
제주에서 평양으로 뜻 다른 이 찾아
총부리 겨누던 한숨이 저리 피고 있습니다

아버지! 다부원에는 뭇 별들도 꽃이 됩니다.
이름을 가진 장미나 백일홍, 목련꽃보다
제 이름 알 수 없는 꽃이 여기선 더욱 곱습니다

주리고 비틀어진 낙동강 허리채 안고
끝끝내 깍지 끼어 목숨으로 바꾼 이들
오늘은 그 넋들이 내려 꽃으로 피고 있습니다

아버지! 다부원에는 풀꽃들도 꿈을 꿉니다
흩어진 전우들의 깊은 잠, 잠시 깨워
찢겨진 군복일랑 벗어 색동으로 갈아입고

차마 못다 푼 한은 두견에게 맡겨두고
피어린 능선을 넘어 백두대간 오고가는
저 웃음 환한 오늘은 내가 잔을 올립니다.

꽃, 위파사나

진구렁
그 정수리 고요는 스며들어
아득한 어둠에도 타오르는 길 열었나
저렇듯 등불 밝힌다
제 속바람 다스려

품었던 흰 하늘
내리고 또 내려놓으며
끝없이 나들던 바람 낱낱이 다 재운 뒤
제 살갗 꿰뚫은 자리
그 공허가 세우는 꽃대

대궁 하나 세우며 진창에 눈 귀 씻고
대궁 하나 세우며 혀끝의 독을 풀어
그제야 붉은 송이 꽃
피워 문다, 연蓮

미완의 강

하회로 가는 길은 쑥물 드는 저녁이다
강은 사람 닮고 사람은 강을 배워
바람도,
드센 물결도
숨죽여 돌아가는

구멍 뚫린 가슴가슴 신열로 와 부대끼던
부용대 뻐꾹새소리 굽돌이에 휘어지면
개망초 순한 너울에 스미는 놀 고왔다

강이
강이기 위해
어둠 속에 날 세우던
그 불면의 흔적들로 허리 휘인 왕소나무
허공을 찌르는 손끝, 별 하나 떨고 있다

시나브로 무너지는 모래성 에돌아도
꼿꼿이 허리 세운 산비탈 지켜온 강,
사공이 비운 나루를 빈 배 홀로 지키는

겨울 연지蓮池

어쩌면 한 뉘 있어 가던 길 세운 걸까
살며시 귀 기울이면 처억 척 회초리소리
저 홀로 종아리 걷고 밤새도록 내리친다

세상으로 이어진 길 아득히 지워지면
비 젖고 쓰린 상처 바람이 말리는지
얼붙어 싸늘한 못물, 속살 데우는 마른 연蓮

쉬 썩을 수가 없어 까맣게 타버린 대궁
어둠 속 곧추앉아 아직은 먼 봄마중인가
숫새벽
제 심지 부벼
하늘 자락 지핀다

물 속의 길

발바닥 아파 올 때
물속을 걷는다

무수한 모공들의 닫혔던 입이 열리고

머릿속
죽어버린 선
직선을 버린다

방위나 중력마저 못내 손 놓아버린

살아서 되살아서
춤추는 길
물의 길

외 가슴
숨죽여 살던
곡선의 힘
이 자유

난꽃 지는 저녁

안으로
열려진 길
밖으로 밀어 올려

다한 후
툭
질지라도
구차히 시들지 않는

아, 때로
그대를 보면
허리 세워 곧추 앉는다

동해 북어

벌겋게 단 석쇠 위에 올려진 저 대가리
다물어도 앙다물어도 자꾸만 헤벌어지는
내 몰골, 끝나지 않는 화염 속 몸부림이다

두들기면 두들길수록 제 맛이 난다고

또 내려치려느냐, 저 만치 떨어져나간 등줄기와 지느러미 뼈
마디 으스러져 앙상히 발겨진 아! 동해북어, 해감내 나는 입속
에 소주 한 잔 탁 털어 넣고, 털어 넣고 그 속살 잘근잘근 씹어
꿀꺽 삼키더니

이젠 뭐 대가리를 굽는다고? 대가리를

그래 구울테면 바싹바싹 구워라
살점이 뜯겨지고 자존의 금 문드러져도
북어는
눈감지 않는다
그냥 타 들어갈 뿐

곽희옥(郭熙玉, Gwak, Hee ok)

1965년 강원 평창 미탄면 율치리 출생. 총신대학교(유아교육학과), 방송통신대학교(국어국문학과), 교육과학기술부 행정학사(사회복지학과), 경기대 문화예술대학원(독서지도학과) 석사 졸업. 《화백문학》 시(2012)과 《열린시학》 시조(2018) 등단. 동시집 『유치원에 간 청개구리』 외. 열린시학회, 화백문학회, 한국시조시인협회, 경기시조시인협회 회원. 사회복지사, 한국어 강사, 언어논술 학원장.

고추밭에 서서

곽희옥

밭두렁을 외발로 서있는 왜가리
고추 따는 아낙네 고개한번 안 들고
땀 냄새
바람타고 오는 가을
눈시울 붉어진다

―

곽희옥의 「정전」 외 2편은 신인으로서는 감당하기 어려운 사설시조의 미학을 완성도 있게 보여주고 있다. 정전이 되면서 한바탕 일어난 소동을 과거의 추억과 연결시키면서 재미있게 엮어내고 있다. "치열한/ 똥과의 전쟁"(「금빛갈고리나방」)을 보고 있는 시인의 눈에서는 사뭇 진지함이 배어 나온다. 쌍살벌이 다가와도 똥을 무기로 천연요새를 지은 나방의 모습에 실소를 금하지 않을 수 없다. 상황을 예리하게 엮어내면서도 어깨에 힘주지 않고 편하게 보여주고 있다. 마치 "연약한 이름이면서/ 연연해하지 않는 연"(「연꽃」)처럼 말이다.

　　　　　― 이지엽(시인 · 한국시조시인협회 이사장 · 경기대 교수)

―

정전

　꽈다 당, 아파트 전체가 완전 암흑세계다

　아래층 사람들은 하나둘 아이들을 노인정에 데려다 놓았다 촛불을 밝혀 봐도 어두침침한 것이 어릴 적 생고구마 아궁이 불에 묻고 누런 밀가루 푸대 종이 찢어 날달걀 둘둘 싸매 넣었다 익을 때면 옹기종기 모여 앉아 호호 불며 먹던 내 유년이 떠오른다. 두려움을 하나씩 끌어안고 흐릿한 수족관에 흐늘거리는 열대어의 꼬리를 따라다니던 노랗게 잘 익은 고구마를 마악 먹으려는 찰나

　일시에 불이 들어왔다. 아이쿠 먹어나 볼걸

금빛갈고리나방

　목숨 붙여 살기 위해
　누런 똥을 덮어쓴 나방

　강원도 평창 동막골 그늘진 오솔길 붉나무 끄트머리에 새똥이 묻어있다 조그만 잎 하나 그러안고 버젓이 앉아있다 쌍살벌 나나니벌 거미 침노린재 새들까지 호시탐탐 눈알을 부라리고 있다 배설한 귀한 똥 천연 요새로 두른 채

　치열한
　똥과의 전쟁
　도시보다 더하다

연꽃

연못에서 연을 떼어내는 계절이 오면
못이 혼자 예민해지고 더 날카로워진다
연약한 이름이면서
연연해하지 않는 연

못이 더 이상은 혼자를 못 견디는 때
못 밑에서 연달아 올라오는 기운이 있다
누구나 밑에 있을 것이다
그와 같은 그림자가

못 보던 뭇사람들이 연달아 모여든다
연잎을 손에 넣다가 비명 소리에 붉어진 손
연잎은 지혈해 주는
옥연玉蓮 여사 손 닮았다

흙집

　진흙에 지푸라기 섞어 만든 흙집

　담벼락 타고 올라가는 넝쿨들 드문드문 구멍 나 있는 곳을 메우고 아궁이에 가마솥 걸어 장작불에 밥도 짓고 닭백숙 끓여 온 가족 둘러앉아 먹던 흙집

　누룽지 벅벅 긁어낸 고소함은 덤이었지

　겨울이면 짚 지붕 대롱대롱 고드름

　허연 연기 뿜어내던 굴뚝 옆에 앉아 앵두 볼, 손 다 부르트도록 흙장난하고 뛰어놀다 마당 돌부리 걸려 넘어지며 숨바꼭질하다 옥수숫단 파고 숨던 흙집 발걸음 뗄 때부터 다져진 흙들은 무수한 발걸음들 다 받아냈겠지

　그 자리 느티나무 한 그루 고목 되어 서 있다

양미리

　강원도 속초 바닷가 갓 잡아 올린 양미리

　흠집 없이 그물에서 떼어내는 작업만 수십 년째 비릿한 향 내

음 바삐 움직이는 손놀림 꾸-득 꾸-득 바닷바람에 말려 화롯불
에 구우면 쫀득쫀득 구수한 할머니 손맛 일품이다 무 깔고 찌
개 끓여 온 가족 둘러앉아 먹던 양미리

  어느새
  가을 별미 즐기다
  하늘엔 별이 총총

낚시

  더위를 식혀볼까 길 나선 곳 궁평리

  낚싯대 바늘에선 꿈틀거리는 갯지렁이 물속으로 던져놓고 푸
른 하늘과 바닷물 맞닿을 쯤 눈먼 고기 입질을 단숨에 낚아챘다
가쁜 숨 몰아쉬며 발버둥 치는 망둥어 요란한 파도 소리에 고
향으로 돌려보냈다 한쪽 길엔 계속 몰려 올라오는 검고 부리부
리한 눈동자 갈치처럼 번뜩이며 몰려드는 삼치 떼 번갈아 가며
잡았다고 소리치는 아우성에

  태양열 잡아먹힐 듯 등골이 오싹해진다

목포 여행 1

  목포항 채석강엔 고기잡이배들도 한적하다

  유달산에 올라보니 시내 정경 아름답다 케이블카에 우뚝 선
건물들을 뒤로하고 근대역사관, 유원지, 문화의 거리 공원 구
석구석 조각 작품이 내게 말을 건다 고하도 둘레길 용머리오름
길엔 바람이 나뭇잎을 간지럽혀 미소 짓고

  옛날식 추억의 다방엔
  학교종이 땡땡땡 목포는 항구다
  노래가 흐르고

목포 여행 2

  탁 트인 무한의 다리 바닷바람 맞으며 걸었다

  섬 사이사이 산책로엔 대나무가 자라고 돌탑에는 새들이 지
저귀고 의자 기웃거리며 첨벙대는 고기 떼 꽃게 살 비빔밥에
입안 가득 바다 향기 품어낼 때 민어 살 쫀득쫀득 감칠맛 한가
득 목포항 기타 6번 줄의 맑은 음 흐르고

  대추차
  노른자 동동 띄운
  달달한 고향의 맛

고추밭에 서서

밭두렁을 외발로 서 있는 왜가리

고추 따는 아낙네 고개 한 번 안 들고

땀 냄새
바람 타고 오는 가을
눈시울 붉어진다

요양병원

한적한 병원 계단 오르내리는 사람도 없다

침대 낙상이 염려돼 수면제 투여한 어머니는 온몸이 불덩어리
사경을 헤맬 때 중환자실 추가 돈 지급해달라는 병원 측 활짝
핀 꽃 같던 시절 다 지나가고 산소호흡기 꼽고 갈 날만 기다리
는 듯 세상을 쥐락펴락한 대그룹 총수 타계 소식에도

들국화 눈이 부시다
언젠가는 시들어 버릴 저 꽃

구관모(Gu, Kwan mo)

1946년 경북 칠곡 출생. 《시조시학》 신인상 (2018) 등단. 《대구시조》 전국시조공모전 차상 수상. 구관모식초 대표, 구관모식초박물관장. 초두루미자연식동호회 회장, 21세기문인협회 회장.

구관모 시조는 인생 경륜에서 비롯된 내밀한 관조와 깊은 성찰의 시편들이다. 그런 까닭에 유한한 존재자로서의 고뇌와 갈등의 양상을 작품 곳곳에서 읽을 수 있다. 그러나 허무와 맞닥뜨려도 어둠의 세력을 물리칠 수 있는 넉넉한 적공을 보인다. 또한 사람살이가 어떠해야 하는지를 늘 사색하며, 시로 형상화하는 일에 전념한다. 인생의 의미와 더불어 언어의 묘미를 터득한 시인은 비의의 세계인 우주를 향해 날갯짓하는 일에 고삐를 다잡는다. 그러한 간절한 열망이 좋은 시로 발현될 것이다.

— 이정환(시조시인 · 정음시조문학상 운영위원장)

사문진 나루터

봄비 저리 내리면 고해성사라도 하고 싶다

낙동강 유원지로 스산한 바람 불면

늙어서
고적한 강물
넌지시 팔 벌린다

미처 청산치 못한 자못 쓰린 사랑이

기억을 들춰내어 한껏 물어뜯고 있다

속 깊이
내려앉아버린 슬픔
저리 멀리 번지는데

옹기 주병

퇴색되어 더 초라한 암회색 옹기 주병
태토야 본시 천해 청자 백자 못 넘봐도

눌러 둔
상처가 아린
내 누이 닮은 술병

한때는 뭇 한량들 애간장 녹였었지
홀로 새는 거칫한 밤 끊지 못한 질긴 목숨

버려진
장독대 한쪽
휘휘휘휘 우는 달빛

향기로운 송절주 담고 뽐내보진 못했으나
민초의 쓰린 속을 막걸리로 달랜 손길

천만년
강물이 흘러도
송학 자태 음전하다

옷걸이

비틀대며 들어와 옷걸이에 거는 하루
술에 쩐 어깻죽지에 매달린 한 짐 우수

욕망의
붉은 눈동자
주름으로 눈 감는다

너무 멀어 뵈지 않는 창천에 야훼보다
주머니 속 짜릿한 스킨십 황홀한 물신

불 꺼진
벽 한 모서리
탈진해 버린 옷걸이

봄비

그대가 버리고 간 둥지
튕겨진 눈물 한 방울

오뉴월 먹구름 속에
가슴 한 쪽 여울 되어

이렇게
봄비 오는 날
출렁이는 강물이여

노양골

비바람 기와골마다 주렴 같은 낙숫물
사랑채 댓잎들이 신풍에 우는 밤

연못물
넘쳐흐르며
부평초 비린내 난다

세상 등불 꺼져버린 칠흑 그 너머에서
찢긴 치마 펄럭이며 홀로 울고 있는 이

비 오는
노양골에서
혼자 듣는 푸닥거리

흑백 거문고

결기를 세우며 쥔 돌 어제 죽은 패자의 것
승패에 얽매지 말라 봄바람에 다홍치마

비자목
열아홉 줄 거문고
같이 켜는 달빛이여

흑백에 매료 되어 홀로 걷는 구도의 길
수담手談이 구원이고 망우忘憂가 해탈될까

황혼길
헤매는 기사棋士
갈 길이 아득하다

것에 대하여

미리내 저편에서 반짝이는 별이었든
목마른 산길 퐁퐁 쏟는 옹달샘이었든
내 안에 숨겨진 상처 치유될 줄 알았든

몇 번을 해봐도 그 답을 알 수 없는 것
벗은 몸 이상 더 보여 줄 것이 없는 것
때 되면 떠나고 마는 완행열차 같은 것

그믐달

보고 싶은 그 어디쯤 숨어서 살펴보나
흘깃 보는 내 눈 피해 돌아서는 새침데기

내 가슴
한쪽 귀퉁이
갈고리로 남은 사랑

갈꽃을 생각한다

무심히 지나치던 고모동 명복공원
떠나버린 이의 차례를 기다리며

창 밖에
흩날리고 있는
갈꽃을 바라본다

요단강 건널 것 없이 삼도천 넘을 것 없이
철문 하나로 갈라놓은 빛과 어둠의 경계

오양주
나누던 날의
갈꽃을 생각한다

청도역

북새풍 잡아채어
기차가 들어오고

사람들은 건태처럼 부대끼다 찢어진다

겨울숲
산자락 속을
칠흑이 덧씌운다

신문지 몇 장으로
낙찰된 최종 유배지

바람 센 이 포구에 새우등 터진 등대

탈출과
귀환의 경계선
위태롭게 누워 있다

풍랑 치는 밤바다
몰아치던 허기가

다님판 위를 달리며 어지러이 춤을 춘다

노숙의
불길한 선잠
후려치고 가는 막차

구귀분(具貴粉, Gu, Gui bun)

1949년 경북 의성 가음면 출생. 의성여고 졸업. 《현대시조》(2000, 겨울호) 등단. 시집 『텃밭의 작은 기적』(2015, 글나무). '낙강' 동인.

—

그는 전형적인 우리나라 어머니 모습이며 그 어머니가 품고 있는 마음이며 확고한 자녀 사랑의 획을 굵게 긋고 있는 유교적 교육사상이 깃든 기독교인 듯 싶다. 특별히 고향을 그리워하는 가난한 향수에 젖어 큰 우리나라 어려운 시절의 영향을 받은 고향에서 얻어진 친숙한 마음을 노래하고 있다.

— 박영교(시조시인 · 영주문예대학장)

—

빈 들에서

물안개 흐릿한 고단한 숨소리
다 털려서 흡족한 빈 짚을 덮어 쓰고
이 한철 누워도 좋을
동면을 꿈꾸는가

뜬금없이 밀려온 시대의 조류인가
들려오는 소식은 내일의 불확실함
그토록 소원이시던 아버님의 문전옥답

흙으로 돌아오라 목쉰 소리 외치지만
빈 가지 바람소리 손 저어 돌아갈 뿐
상처난 빈농貧農의 가슴
아물 줄을 몰라라

가을 입문

햇볕은
나락 논에
금침을 쏟아붓고

바람은 시나브로
산국화 지분대다

살며시 내 목을 감고
높은 하늘 보란다

황혼

구름처럼
하얗게 핀
목련꽃 공원 벤치

구릿빛 삶의 흔적
무쇠보다 무거워

말 잃은
침묵의 표정들
꽃그늘에 쉬고 있네

갈대 군락지

갈대꽃
바람 말씀
시를 쓰고 있더이다

온종일
하늘 베고
손 저어 쓰더이다

찾는 이
탄성의 소리
흔들리며 쓰더이다

시간

한생을 마름질하여
내게 주신 이 성역聖域

수많은 시간들이
거품으로 일어선다

엄숙한 세월 앞에서
참회하고 싶은 마음

지명의 언덕 넘어
돌아본 한 생에는

가슴 치는 회한들이
밀물처럼 차는 날

내 자리 어디쯤일까
되짚어 본 삶의 척도

어두움에 갇혀 있는
내가 나를 풀어 놓아

홀로 지탱할 수 있는
스스로를 키우며

남은 날 입지를 세워
새 지평을 열게 하소서

구금자(具錦子, Gu, Gum ja)

1965년 강원 영월 출생. 《자유문예》 시 신인상(2008), 《샘터》 시조상(2010), 《한국동시조》 신인상(2011) 등단. 《아동문학세상》 문학상(2013), 《시조문학》 작가상(2013) 수상. 시집 『그래도 낙타를 타야 한다』(2012, 문학예술), 시조집 『왈츠 한 곡 추실래요?』(2018, 서경기획).

고요에 머물다
　　　　구금자

소리를 잠재우고 시선을 한 곳으로
하나로 모은 마음에
몸을 엎어 든 가부좌

낙숫물 떨어지는 소리
나를 내려놓는 한 겹

—

구금자의 시편들을 보면 불교적 색채가 진하다. "뜨거운 물음이네 서녘 하늘 붉은 것은"(「선문답禪問答」), "강아지 발소리마저 행주질하는 밤입니다"(「외밥」), "온화한 염화미소拈華微笑로 팔 벌려주는 화불花佛"(「채송화」), 존재에 대한 끝없는 질문과 깨달음을 얻는 가장 좋은 방법은 '나'를 해체하는 일이 아닐까. 진정한 '나'를 알아야 '우리'와 '우주'와 그 '너머'를 볼 수 있다. 시적 대상을 빌려 와 공감각적 이미지를 입히고 온몸으로 교류하며 불교적 사유를 함축함으로써 "지그시"와 "낮은"에 힘을 싣고 있다.

— 김영철(시조시인 · 아동문학가)

—

선문답禪問答

뜨거운 물음이네 서녘 하늘 붉은 것은
활활 태워 버리고 가진 것 하나 없이
산 너머 머나먼 여행 떠날 준비 됐느냐는.

말 없는 대답이네 산 그림자 짙은 것은
듣지 않는 아우성 속으로만 삼키려니
두 팔을 가지런히 하고 나를 따라 하라는.

그대도 모를 거고 나 또한 알 수 없네
한 생을 건너가면 모든 의문 풀리는지
하늘도 산도 아니면 바다는 알고 있는지.

외밥

챙기는 것 귀찮으니
젓가락은 없습니다

물
한 사발

밥
한 덩어리

채워보는 억지 한 끼

강아지 발소리마저
행주질하는 밤입니다

채송화

길고 깊은 겨울 강
어렵사리 헤엄쳐 와

뻣뻣할 이유 무어냐고
지그시 감은 낮은 소리

온화한 염화미소拈華微笑로
팔 벌려주는 화불花佛

마음 한 단, 생각 한 꺼풀

마음 한 장 때문에
출입문에 빗장을 치고

스스로 꺾은 꽃을
불에 태워 절이지만

골 깊은 검은 구덩이에
아픈 씨앗 다시 큰다

생각 한 겹 가벼우면 세상이 환해지고

뒤집어 쌓다 보면 무너질 일 없는 관계

한 꺼풀 걷어낸 자리엔 세상 모습 훈훈하다

백로白露 즈음에

바람은
문틈을 타고
불빛을 흔든다

한 계절에 마음 한 장
이렇게 보내는구나

발자국
고인 빗물에
하늘이 앉았다

고요에 머물다

소리를 잠재우고
시선을 한 곳으로

하나로 모은 마음에
몸을 얹어 튼 가부좌

낙숫물 떨어지는 소리
나를 내려놓는 한 점

겨울나기

정자 옆
바위에 앉아
보초 서는 다람쥐

내려오는
사람마다
호주머니 검색 중

도토리
한두 알에도
죽고 사는 계절이라고

우연과 필연

손이나
혹은 발이나
얼굴에 또는 눈길에

닿거나 스치거나
놓치거나 스며듦이

순리에
거스르지 않기를
자연의 이치처럼

찻잔에 가을이

옥색의
맑은 물에
향기가 흘러간다

작년 이맘때
꼭 이쯤에
홀연히 왔었는데

올해도
잊지 않고 찾아와
띄우는 갈잎 한 장

때로는, 이렇게

스치는 바람 따라
넘실넘실 춤도 추고

더러는 눈 감고도
가야 할 길 있는 거야

손안에 들어왔다고 다 내 것이 아니니

인연으로 당긴 줄에 마음 한 푼 걸어주고

알고도 모르는 척 고프고도 넘치는 척

껍데기 벗어 던지면 훨 훨 날아갈 텐데

구애영(具愛英, Ku, Ae young)

1947년 전남 목포 죽교리 출생. 명지전문대학교(문예창작과), 경기대 예술대학원 석사(문화콘텐츠학과, 독서지도전공) 졸업. 《시조시학》 신인상(2010), 〈서울신문〉 신춘문예(2014) 등단. 시집 『모서리 이미지』(2012, 고요아침), 『호루라기 둥근 소리』(2017, 고요아침). 열린시학상(2016), 김상옥백자예술상 신인상(2018), 제5회 백수문학상 신인상(2019) 수상. '시와길' 동인. 오늘의시조시인회의, 열린시학회, 한국시조시인협회 회원.

> 어머니
>
> 구순까지 정정했던
> 골무 똑 은가락지
>
> 첫 국화 사진 위에
> 꽃 동여맨 그리웠인 듯
>
> 구름 새 낮달 하나가
> 동그랗게 걸려있네

—

구애영의 시편들은 삶에서부터 죽음에 이르는 따뜻한 서정성과 상승적 이미지(「호루라기 둥근 소리」, 「모서리 이미지」)가 깃들어 있다. 우선 자연에 대한 인식도 에코이즘의 현현과 죽음에 대한 초월 의지(「비 내리는 가리사 들녘」)의 자세를 갖는다. 「아사달의 못」에서 타오르는 시간의 확장이 흰 뼈의 이미지로 전환, 빛을 담은 그대 숨소리로 더 나아가 "솟아오른 날개"로 그 의미를 확대시켜 나간다. 이는 소외된 곳에서 아픔을 스스로 감내하는 "맨살로 미는 …오체투지"의 (「달팽이 시」) 정도正度로 나타나고 있다.

— 이지엽(시인 · 한국시조시인협회 이사장 · 경기대 교수)

—

불이선란도不二禪蘭圖*를 읽다

손가락 첫 매듭이 아픔 없이 잘렸다
다만 그곳에 맺힐 찬 이슬 버겁겠다
사방에 흩어진 볕뉘 그 결기를 생각한다

그 무엇도 닿을 수 없는 소소밀밀, 달의 계단
먹을 갈아 귀 기울여도 바람은 무거워지고
꿈결에 문득 짚어보는 손가락 끝 폐허 같다

아슬아슬하게 앉아 툭, 끝이 잘린 서사
제 허물을 벗어놓은 견자의 눈빛인 듯
이대로 하늘 향하여 뿌리 내린 단애斷崖인 듯

* 불이선란도不二禪蘭圖: 추사 김정희의 대표적인 묵란도.

껍데기의 시詩
— 울란바토르에서

무엇을 남겨놓고 야크는 사라졌을까
울음소리 선연한 에튀겐*의 밤을 본다

질주도 내려놓은 몸피 환부인 듯 따갑다

핏자국도 기포되어 사유마저 스러진 자리
밟혀오는 실루엣이 힘겹게 생생하다
제 속살 내어준 초원, 솜다리꽃 눈이 아려

영웅처럼 살고 싶었던 야성을 지워보아도
돌아보는 눈동자와 흔들리는 어깨가 있다
떠나온 시간만큼이나 슬관절은 닳고 닳아

뭇별에 기대어 선 얇은 백야 걷혀지겠지
후렴은 늘 절정을 향한 서슬 퍼런 떨림이었나
마침내 그 별빛 뒤에서 이슬 적실 내 겉옷 한 벌

* 에튀겐: 몽골 대지의 신.

첫눈

죽교리골 외갓집

막 태어난 소를 봅니다

고물고물 그 붉은 살

어미 소가 핥아줍니다

하늘은

첫눈을 짓고

아궁이는

쇠죽을 쑤고

시설枾雪

누군가 나를 깨우네 풋잠에 기대었는데

구름꽃 사분사분 피워놓고 떠났네

노을빛 쌓아가던 삶도 속살로 접어놓고

세한 속에서 걸어 나와 주름으로 눕던 밤

내 안에 고인 말도 그늘에 걸어 두고

바람이 불 때를 기다려 갈피마다 견디던 둘레

새벽의 입구에서 휘파람으로 길을 열어

씨앗 맷 개 떨어트린 그 향기 이우고 싶네

산까치 자울던 자리, 녹우綠雨 적신 발자국이여

어머니

구순까지 정정했던

골무 속 은가락지

흰 국화 사진 뒤에

꼭 동여맨 그리움인 듯

구름 새 낮달 하나가

동그랗게 걸려있네

호루라기, 둥근 소리

 휘파람새 무지개 타고 바람처럼 날아올 때 우리는 용수철처럼
일제히 튕겨 나갔어 내 마음 쿵쾅거리고, 새 운동화 꿈을 그리고

 운동장 빙빙 돌며 청 백군 이어 달릴 때 손에 쥐었던 바톤은 분
신처럼 소중했어 하늘에 펼쳐진 풍선, 음표처럼 반짝거려

 확성기 울림소리에 홑벚꽃 하르르르 그 환한 풀밭에서 펼쳐지
는 꽃밥 잔치 그래도 귀 기울이며 종 종종 따라갔었지

 세細모래 살근살근 뜀틀 대 간지럼 해도 상이 찍힌 공책은 끝
내오지 않았어 호르르 분홍 살구 씨, 말갛게 비워낸 소리

모서리 이미지

닳고닳은 자국이 시름겨운 좁은 방안
각을 이룬 두 직선 이음새가 빠져나가
빈자리 흰 햇살 빻던
외기러기 울음소리

자개장 네 귀퉁이 테이프로 봉하고선
이사 짐 트럭 위에 비를 맞던 가을 어귀
젖어 든 마음 한 자락
볕 뉘 한 줌 줍고 싶었지

가족들 모두 모인 기일 저녁 상머리에
놋주발에 퇴주 따라 모서리 앉던 어머니
산 사람 묵어야 살제
폴라리스 슬픈 조각들

등불을 끈 창 틈새로 초사흘 달빛 스며들어
깊이 파인 시간들도 둥글게 말려질 때
한 생의 추운 자리라도
새벽잠 따뜻하겠다

비 내리는 가리사* 들녘

비우는 일 아픔을 다독이는 빗소리
서성이던 오동잎도 지상에 등 붙이고
길섶의 가시나무 성 화석 되어 스러진다

그대의 목마름을 적셔주던 빗소리
이랑마다 꽃 줄기 자란자란 채워서
가물이 끝날 때까지 살구 빛 가슴 열어

그래, 그래 우리도 목마른 적 있었지
사막의 물줄기 찾아 무릎 꿇어 뚫은 사랑
가리사 오지 사람들도 촉촉이 적셔주었지

들판을 옮겨 다니다 툭, 터진 씨앗이랑
잔설의 시린 아픔도 살그레 안아주는
풋풋한 봄빛 위하여 기도하는 들녘이여

* 가리사: 케냐 오지 홀라 지역.

아사달의 못

푸른 비명 잠이 든 잔잔한 말간 거울
서성이면 그림자 하나 살며시 떠오를 듯
달 하나 옮겨놓아도
까맣고 까만 하늘

타오르는 시간도 가득할수록 흰 뼈 같다
그대 숨소리 빛을 담아, 무릎 꿇고 새긴 사랑
홀연히 겹쳐진 바위
솟아오른 저 날개…

달팽이 시詩

어두움을 그슬려 놓은 줄무늬 작은
달빛 스민 뜰에 앉아 허밍으로 노래하다
내 집이 꽃밭인 줄 알고 한동안 부끄럽네

접시꽃에 웅크린 별, 눈 맞추다 스러진
그리움을 둥글게 여민 그 껍데기 등에 지고
이슬 길 맨살로 미는 저 여린 오체투지

느릿느릿한 몸을 뒤척이려 더 아파했지
가난한 침상 같은 그늘 속 반 지하 집
꽃처럼 피어나고 싶어 그려보는 은화隱花의 벽

구을회(具乙會, Gu, Eul hoe)

경기 여주 출생. 연세대학교 행정대학원 졸업
(행정학 석사).《문학세계》신인상(2011) 등단.
《문학세계》문학상 시조(2012) 본상 수상.

—

생명

이 작은 맺힘 하나, 귀하고 귀하도다.
파아란 하늘 한켠 한 송이 꽃이 질 때,
어여쁜
새별 하나가
눈을 뜨고 있단다.

새로운 한 알 위해 스러져 가는 눈물
죽을 힘 다해 타던 화려한 불꽃이여
못다 한
그대의 꿈은
이 씨알이 꿀 게야.

해

엄니는 어김없이 아침밥 차리셨다
뜨거운 그 밥맛에 하루가 든든했다
동산에
둥근 해 뜨듯
빛을 주던 그 밥상

내일은 아침 해가 어떻게 떠오를까
마지막 가시던 날 캄캄한 하늘 보며
다시는
못 뵈올 그 빛
눈물 나서 웁니다.

종이꽃

죽을 수 없었어요, 살 수도 없었어요
향기는 고사하고 눈요깃감이라니
어여쁜
여자로 나서
사랑받지 못하니.

가뭄에 피어나서 얼굴도 메말랐다.
추위에 살다보니 열매도 못 맺었다.
슬프다.
가슴이 없어
울도 웃도 못하니.

축구

굴리는 공 하나에 인생을 걸었단다.
구십 분 뛰고 뛰다 끝나는 것이란다.
삶이란
시간제한이
엄존하는 것이여.

발로만 굴린단다 손으로 잡지 말고
반칙은 안 된단다 뛰어야 잡는단다.
사람들
가슴 가슴에
마음의 공 넣는다.

모두의 희망이야. 부풀어 튀는 공은
선수도 쫓아 뛰고 관중도 환호한다.
멋진 꼴!
쉽지 않지만
생生을 걸고 뛴단다.

암탉

꿈 많은 아가씨 땐 날씬한 몸매였지
알 낳고 살다보니 풍채가 말을 하네
당당한
뒤태를 보라!
맞설 자는 없도다.

자식들 일이라면 눈알을 뒤집는다.
간 쓸개 다 팔았다. 되는 일 안 되는 일
죽어도
아프지 않은
기가 막힌 그 사랑.

고단한 삶의 길을 꿈꾸듯 살아왔다.
남편 덕 자식 덕은 바라도 않는단다.
성쁠스런
알 낳는 일만도
세상 벼슬 다했다.

구중서(具仲書, Koo, Joong seu)

1936년 경기 광주 곤지암읍 출생. 중앙대학교 대학원(국어국문학과, 문학박사). 《신사조》 문학평론(1963) 등단. 평론집『한국문학과 역사의식』(1985, 창작과비평사). 시조집『불면의 좋은 시간』(2009, 책만드는집),『세족례』(2012, 고요아침). 요산(김정한)문학상(1988) 수상. 수원대 국문과 교수, 한국작가회의 이사장 역임.

광산 구중서 선생은 세상이 다 아는 중진 문학평론가요, 광범위한 연구 성과를 세상에 내놓은 우리 학계의 대가급 근대문학 연구자이다. 50년 넘게 펼쳐진 그의 비평과 연구는, 잘 알려져 있듯이, '리얼리즘'과 '민족문학'의 방법과 이념을 옹호하면서 한국 근대문학의 현실 인식을 분석하고 평가하는 데 그 무게중심을 두고 진행되었다. 구중서 선생의 시조 작품들은, 일차적으로 정형의 율격을 충실하게 묵수하는 특징을 일관되게 보인다. 말하자면 그의 '파격破格'이 가져오는 활달함보다는 '정격正格'이 가져오는 진중함을 취하고 있다. 그래서 그의 시편들 안에는 그가 일생 동안 겪어온 경험과 예지가 정격의 형식에 의해 갈무리되어 있다. 이러한 정격의 언어와 시법, 그리고 가장 안정된 평상平常의 시심이 그 안에서 펼쳐지는 것이다. 구중서 선생의 후기 문학이 스스로의 발생론적 기원이자 궁극적 지향이 되어버린 '시조'를 통해 성취되어갈 것이라고 생각해 본다. 나아가 그 미학적 결실들이 우리 시조시단에 뚜렷한 표지標識로 남게 되기를, 마음 깊이 고대해 본다.

— 유성호(문학평론가 · 한양대 교수)

야채가게

산책의 길목에 야채가게 하나 있어
계절의 별미들을 골라서 들고 온다
검은색 비닐봉지를 들고 걷는 내 모습

그 누가 군자는 큰일만 하라 했나
작은 일 큰 일을 함께 하는 자유여
조그만 겨자씨 안에 우주가 들어 있다

안으로 들어가기

들떠서 대문 밖 나서는 하루가
돌아오는 밤이면 뉘우치기 일쑤다
덧없이 서성인 날이 스스로 허전하다

밖으로 나가는 하나의 길이 있다
그것은 안으로 들어가는 것이다
저절로 세상을 향해 문이 열릴 때까지

먼 소식

전화드릴 생각만도 해낸 것이 오래 됐네
지금 바로 당장에 전화를 드려야지
얼마나 서운하실까 늙으신 부모님이

무엇이 바쁘다고 헤매고 다니는가
외로움에 지쳐서 자식을 잊으실라
오래전 돌아가신 걸 놀라며 꿈을 깨네

하루

머리맡의 자명종이 다섯 시를 알려주니
약속처럼 새벽이 다시 밝아 오는구나
눈뜨고 일어나기 전 오늘을 궁리한다

하루를 일생처럼 살라는 말이 있다
하루를 열흘만큼 살기도 어려운 일
그 모두 아까운 시간 되새기는 뜻이렷다

하루에 이틀 치를 사는 것도 벅차겠지
하는 일은 얼마만큼 사랑은 얼마만큼
알뜰히 살아보려는 마음만도 갸륵하다

안부

한 통의 전화 걸어 마음 빚을 갚고 나니
할 일 없이 낮잠 자도 큰 일을 한 듯하다
오래된 인연의 정이 서먹해선 안 되리

서로가 챙겨가며 아끼지 않는다면
나 한 몸 이 세상에 사는 뜻 없어라
모처럼 게으름 벗고 안부 전해 좋은 날

물처럼

굳어진 언덕을 돌로써 치면 튀지
물로써 스며들어 하나가 되어보자
그 누구 이 이치 알 이 하나도 없는 건가

승패는 싸움에만 있는 게 아니거니
안 싸우고 이기는 게 으뜸인 줄 알자꾸나
비우자 그 다음에야 담을 수 있을지니

천하

강물과 바닷물은 크기도 하다마는
그 강과 바다는 어이해 이루었나
스스로 낮은 데 있어 온 데 물이 모여왔네

탕왕은 칠십 리 문왕은 백 리의 땅
넓지 않은 근거로 천하를 얻었네
민심이 곧 천심이라 저절로 모여왔네

명경지수

고요한 호수는 우주의 거울이다
오는 사람 비추고 떠나가면 지우고
몇 번을 가고 또 와도 그대로 비추지

하늘에 뜬 구름과 기러기 떼 비추고
주변의 오리나무 물 마시는 노루도
반기며 가리지 않는 그지없는 마음아

나답게

백이숙제 지조 지켜 고사리만 먹다 죽고
이윤은 어느 임금 안 가리고 벼슬했다
공자는 나가고 들고 자유로이 처신했다

너무 맑은 물에는 고기가 살지 않고
지조를 버린 허물 엎지른 물이 된다
할 일과 안할 일 가려 나답기가 어렵구나

빛

내 마음이 진리를 사랑한다 하는가
그 진리 빛을 향해 나아가지 않으면
거기엔 생명이 없어 아무것도 아니네

세상엔 태초부터 어둠이 이어와
종말의 날까지 빛을 시샘하거니
참으며 걸어야 할 길 빛을 향해 가는 길

구충회(具忠會, Koo, Chung hoe)

1943년 충남 보령 청라면 출생. 건국대학교(국문과), 고려대 교육대학원(국어교육) 교육학 석사(1984), 가천대 대학원(국문과) 박사 취득(2020). 《시조생활》(2011) 등단. 시조집 『노을빛 수채화』(2017, 조은). 《문예비전》 수필(2014) · 시(2016) 신인문학상, 매헌윤봉길문학상 대상(2017), 한국시조협회 대은문학상 대상(2018), 세계전통시인협회 한국본부 시조학술상(2020) 수상 외. 세계전통시인협회 한국본부 이사, 한국시조협회 상임부이사장. 한국시조시인협회, 한국문인협회, 국제펜클럽 한국본부 회원.

> 만추의 연가
> 　　　　　　구충회
>
> 눈썹달 여린 달빛
> 연시가 머문 자리
>
> 억새를 감싼 바람
> 외로움 타고 돌면
>
> 지워도 지울 수 없네
> 낙엽 같은 그 얼굴

—

구충회는 예외 없는 정격을 통하여 시조의 정체성과 미학을 추구하는 시인이다. 극도의 절제와 다양한 형상화로 시조의 본질을 추구하는가 하면(「첫눈」, 「팔달산 뻐꾸기」, 「실버극장」), 고도의 상상력과 대범한 소재를 발굴하여 품격 있는 작품을 창출하기도 한다(「세한도」, 「청자를 보며」). 서정에도 격格이 있다. 격상格上한 안목을 만나면 신선이 되고, 격하格下된 안목을 만나면 속물이 된다(「목련꽃 사랑」).
　　　　　— 유성규(《시조생활》 발행인 · 세계전통시인협회 총회장)
구충회 시인의 「아버지의 구두」는 '굽이 닳은 구두'를 통해 돌아가신 아버지의 삶을 무난하게 그려낸 사부곡이며, 「불면증」은 적재적소에 적확한 시어를 활용하여 독자에게 큰 감동을 불러일으킨 수작이다.
　　　　　— 이근배, 민병도, 김일연, 원용우, 이광녕
구시인은 토속적인 사투리를 활용하여 해학적인 작품세계를 구축하기도 하고(「행궁의 느티나무」), 분단의 현실을 직시하면서 통일에 대한 염원과 평화를 갈구하기도 한다(「비둘기의 노래」). 구 시인의 시조는 기지보다 장중한 흐름을 중시하는 경향이 있다. 적확한 시어를 발굴하여 절묘한 타이밍에 이미지를 창출해내는 천재성을 엿볼 수 있어 기쁘다.
　　　　　— 이석규(시조시인 · 국제펜 한국본부 자문위원)

—

세한도歲寒圖

임이여, 하현달로
그려 놓은 박제였네

핏기는 노을 되고
뼈만 남은 저 기백

가지 끝
몸부림치는
승천이라 시리겠다

청자靑瓷를 보며

성골의 뼈를 갈은
하얀 흙이겠지

산이랑 강에다가
달빛 뿌려 빚었으리

아뿔싸,
학이 날던 날
도공은 눈멀었네

첫눈

열일곱 가시내가
볼우물 짓던 날

내 입술 가장자리
첫눈이 내렸다

지금도
그 하얀 눈을
나 혼자 맞고 있다

팔달산 뻐꾸기

팔달산 뻐꾸기는
눈만 뜨면 울어 댄다

허기진 네 젊은 날
풋내 나는 사랑 찾듯

오늘도
초록에 행군
이슬방울 토해낸다

실버극장

꿈보다 추억이
아른 아른 피는 곳

전설 속 사람들이
친척보다 그리워

나 혼자
그레이스 켈리의
푸른 눈과 마주쳤다

목련꽃 사랑

달빛에 드러나는 속살이 수줍은가
행여 다칠세라 옷깃 여민 순결이여
내 마음 나도 몰라라 뒤척이는 하얀 밤

햇빛에 드러나자 시리도록 뽀얀 살결
차라리 내 눈 멀어 보이지나 말 것을
서럽게 아름답구나, 눈꽃 같은 여인아

불현듯 어느 날에 저 꽃잎 지고나면
어쩌나, 내 사랑 목련꽃은 간 데 없어
내 마음 하얀 손수건 노을빛에 젖겠네

행궁行宮의 느티나무

육백 년 넘었네유 겁나게두 사셨슈
그 세월 굽이굽이 바람 잘 날 읍섰는디
나무두 천명天命잉가 벼, 맘대루 뭇 죽웅께

진 세월 숭헌 꼴을 맨몸으루 부닥치다
팔다리 성헐 리 읍웅께 몸통만 남웅 겨
검게 탄 뱃속 보닝께 속깨나 썩었나 벼

내장은 워디 두구 빈 통만 냉겼대유?
시멘트 반죽으루 빈속을 채웠어두
아 글쎄, 오줌빨마냥 새 가쟁이가 나왔슈

용허게 입때껏 찰지게두 사셨네유
새 가쟁이 파릇파릇 새 잎새를 피웠웅께
새끼 델 싸앗이라두 냉겼으면 조컷슈

불면증不眠症

그리다 맺힌 시름 천 갈래 만 갈래
끝 모를 심연을 파고드는 고통인데
사념은 끝이 없어라 천형 같은 밤이여

앉아도 시린 마음 누워도 쓰린 가슴
인생길 굽이굽이 뼛속에 새긴 사연
등골에 협착증마냥 조여드는 아픔아

그믐달 뜬눈으로 하얗게 시든 새벽
내 심장 고동소리 이명耳鳴으로 우는데
여명 끝 실바람 소리 신음으로 들려라

운명의 직녀여 클로토의 여신이여
기꺼이 이 한 몸을 제물로 바치오니
암흑 속 지옥의 덫을 벗어나게 하소서!

아버지의 구두

뜨는 해 지는 해를 보는 것도 사치다
새벽별 보고 나가 늦은 밤 돌아오면
자식들 잠든 얼굴을 쓰다듬던 아버지

생존을 목에 걸고 식솔을 등에 메고
인생길 굽이굽이 뒤꿈치 해진 나날
굳은살 옹이로 박힌 가슴도 아렸으리

가쁜 숨 몰아쉬며 풍상을 겪어내다
당신의 연골만큼 굽이 닳은 구두가
오늘도 절룩거리며 하늘 길을 걷고 있다

비둘기의 노래

칼바람 몰아치네 가슴 아린 삼팔선
병사의 피울음이 달빛을 적시는데
요단강 끝자락에서 들려오는 진혼곡

역사의 고비마다 산화한 영혼들은
피맺힌 능선 따라 구천을 맴도는데
목젖을 저민 소리로 통일을 외치는데

해산령 깊은 계곡 피를 토한 파로호
이산의 통한이 봇물 되어 넘치거늘
저 언덕 평화의 종은 언제쯤 울리려나

호태왕* 말발굽이 만주벌판 누볐으니
화랑의 푸른 기개 하늘을 덮었으니
통일은 숙명인 것을 외면할 수 있으랴

비탄의 벼랑에서 통곡하는 영혼아
전진하는 역사의 새벽을 열어보자
깊은 밤 어둠을 깨는 평화의 종을 울리자

* 호태왕: 고구려 19대 광개토대왕廣開土大王.

구태회(具泰會, Koo, Tae hoi)

1950년 충남 논산 가야곡면 출생. 호 법조(法照), 무애(無碍). 서울예술대학교(문예창작학과), 충남대 법과대학(법학과), 동국대 행정대학원(행정학과) 졸업.《시문학》천료(1983) 등단. 시집『산보다 깊은 고요』(2010, 동방기획), 공저『크낙새』(1978, 가람) 외. 논문 다수. 한국문인협회, 한국시조시인협회, 강동문인협회 회원.

—

구태회의 시편들은 인간 본래의 휴머니즘을 바탕으로 서정적이면서도 향토적인 다양한 정서를 어렵지 않게 풀무질하는 은은한 범종소리가 있다. 세속에 살면서도 세속을 벗어나고자 애쓰지 않고 합일되는 처염상정處染常淨의 경지(「문주란」), 아승기겁의 무게로 가까이 온 삶의 질량을 아주 편안하게 맞이하는 대자유, 설악산 한 줄기를 정릉 골에 옮겨 놓는 상상(「삶」)은 운율을 벗어나지 않으면서도 현대시조의 묘미를 잘 살리고 있다.

— 정완영(시조시인)

—

삶

귀뚜리 울음소리
만추를 재촉할 때
파초의 어린 꿈을
별빛에 걸었더니
겹겹이 꽃 봉이 되어
물살지고 앉아있다

섬돌 위 진한 어둠
가슴속에 젖어들고
산보다 깊은 고요
만자창卍字窓에 타는 불 빛
파초 잎 달빛을 안고
밤을 돌아 누워봤다

설악산 한 계곡을
옮긴 듯한 정릉 골에
연꽃은 말이 없고
오동잎 그늘진다
삶이란 참 된 삶이란
아승기겁 무게이다.

불타는 세월호

얼마나 무서웠니
우리 딸 아들들아
엄마 궁 태아처럼 꼭 쥔 손 서러움은
온 세상 엄마 아빠를 기막히게 만들고

얼마나 추웠었니
우리 딸 아들들아
연결한 구명조끼 체온을 함께 하며
이승을 떠나면서도 엄마 아빠 사랑해

이제는 편히 가렴
우리 딸 아들들아
뜬구름 왔다 가는 인간사 살펴보고
이제는 활 활 활 타서 온 세상을 꽃 피워.

문주란

가냘픈 꽃 허리로
육모정 단을 세워
고향을 그리면서
기도하는 문주란
보름달 파란 달빛이
가는 허리 휘감는다

십 년을 수놓아도
십여 일 향기인데
베란다 좁은 창은
천일을 지새우고
문주란 맑은 향기는
은하계를 태동한다.

속진에 뿌리해도
진세를 벗어나니
은하수 물을 빚어
달빛으로 깃 내리고
원행願行은 한 줄기 향기
바라밀로 장엄한다.

세한의 소나무

낙엽이 떨어진 곳
흰 눈이 이불 되고
새들이 떠나간 곳
둥지만 덩그란데
세월이 흘러간 곳에
남은 것은 무엇인가

쌓아 온 돌탑처럼
우리 사랑 지순하여
저문 날의 그림자
외롭게 서성이면
세한의 소나무 되어
너의 곁을 지키련다.

그믐달

찬 새벽 맑은 하늘
나무 사이 그믐달은
옷소매 가다듬고
사립문 비껴가는
물동이 머리에 이신
어머님의 가는 허리

잊었던 고향 추억
내 고향 그믐달은
석류꽃 열매만큼
알알이 익었는데
그 새벽 길을 떠나던
아버지의 지친 허리

마지막 남은 힘을
통째로 쏟아놓고
그래도 모자라서
졸라매신 허리끈이
그믐달 맑은 향기 속
연꽃으로 피어난다.

등대

태풍이 지나가는 길목에 우뚝 서서
오가는 저 많은 배 잘 오고 잘 가라고
해조음 장단에 맞춰 반짝반짝 웃는다

잔잔한 파도 위에 갈매기 노래하면
어느새 친구 되어 즐겁게 끼룩 끼룩
억겁을 지새워가도 변함없는 친구다

세상사 실타래가 명주실 꾸리처럼
곱게도 거칠게도 엮이고 뒤섞여도
우뚝 선 영금정 등대 내 인생의 동반자.

운평선雲平線

끝없이 이어지는 운평선 스펙트럼
파남보 빨주노녹 파남보 빨주노녹
천상의 칠색광명이
광활하게 수놓인다

수많은 비행선은 하계의 짐을 싣고
무지개 잡으려고 무지개 잡으려고
가고 또 오고 가건만
북극성만 따라간다

세상사 실타래가 운무에 묻혔어도
한고비 넘어가고 한 경계 벗어나면
운무가 운평선 되어
은하계를 잠재운다.

봄동산

겨울 강 언저리에
남아 있던 저녁노을
진달래 꽃향기로
대지를 움 트이고
봄 동산 찬란한 빛은
가슴속을 파고든다

사월 동산에서
임의 넋을 기리고자
한 줄기 향을 태워
긴 밤을 지새우니
봄 동산 꽃망울 속에
아가 잎이 새 돋는다

천둥도 빛을 보면
광야의 아침 이슬
태고의 고요 속을
솔바람이 휘젓는데
봄동산 임의 침묵은
내 사랑 한반도다.

백형伯兄 미소

형님이 논두렁에 추억을 안고 섰네
바람이 스쳐가니 소박한 너털웃음
잘 익은 벼이삭 위를 가볍게도 걸으신다

칠순이 되는 해에 산돼지 하나 잡고
못 치룬 환갑까지 함께하자 하였는데
중추의 달빛이 좋아 천강千江 위에 잠드셨다

봄 되면 문전옥답 풀 향기에 힘이 솟고
가을에 추수하면 향긋한 햅쌀밥이
백형伯兄의 미소와 함께 베란다에 가득하다.

동백섬 연가

저 멀리 수평선은 그리운 연화세계
동박새 사랑 속에 연꽃도 동백 되고
해운대 연인 가슴에 동백꽃이 웃는다

연인의 가슴마다 깃 내린 예쁜 사랑
동박새 노래 속에 그리움 반추되고
우주의 작은 두 별이 하나 됨을 꿈꾼다

수평선 그리움은 무지개 일곱 빛깔
동박새 두 연인은 언제나 쌍무지개
해조음 동백섬 연가 오륙도도 춤춘다.

권갑하(權甲河, Kwon, Kab ha)

1958년 경북 문경 산북면 출생. 고려대학교 (경제학) 석사, 한양대(문화콘텐츠학) 박사. 《시조문학》(1991) 등단. 〈조선일보〉, 〈경향신문〉 신춘문예(1992) 당선. 시조집『세한의 저녁』(2001, 태학사),『외등의 시간』(2009, 동학사),『겨울 발해』(2015, 알토란),『아름다운 공존』(2011, 알토란),『오곡밥』(2020, 알토란). 평론집『현대시조와 모더니즘』(2018, 알토란). 나래시조문학상(1993), 한국시조작품상(2009), 중앙시조대상(2011) 수상 외. 한국문인협회, 한국시조시인협회, 오늘의시조시인회의 회원. '역류' 동인.

권갑하 시조가 시단에 크게 기여한 면이 있다면 시조의 탈고답화일 것이다. 권 시인의 시조집이 독자에게 보다 많은 관심을 끄는 이유도 이 때문인지 모른다. 여타 시인들과의 변별점은 사랑을 노래하는 작품에서뿐만 아니라 시대의 삶과 현실을 다루는 작품에서 더욱 뚜렷하게 드러난다. 특히 시인은 남다른 현실 감각으로 현실의 아픔을 온몸으로 버티어 나가는 사람들, 즉 실직자나 노숙자, 근로자, 다문화여성 등 주변적 삶을 살아가는 사람들에게 관심을 주고 있다. 권 시인만큼 소시민의 신산한 삶에 가까이 다가가 있는 시조시인을 찾아보기란 쉽지 않다.

— 장경렬(문학평론가 · 서울대 명예교수)

—

오빠 나 사랑합니까?
— 탓티황옥*

1
세상 모든 사랑은 꽃으로 타올라라
안으면 부서져버릴 순간의 꿈일지라도
오열도 온밤 헤집는 별로 불타올라라

2
그녀가 아는 말은 '오빠'라는 한마디뿐

"오빠, 많이 사랑해요"
삐뚤삐뚤한 글씨는 남아

이국 땅 신혼의 꿈을 증언하고 있으니

3
타올라라 참으로 먼 인연의 풀섶 헤쳐
채 펴지 못한 마음자리 상처를 보듬으며
죽음도 사랑으로 섬겨 훨훨 불타올라라

* 탓티황옥: 베트남 이주 여성인 탓티황옥(20)은 결혼한 지 8일 만에 정신질환자인 남편에게 살해당했다.

담쟁이

삶은,
가파른 벽을
온몸으로 오르는 것

무성한
잎을 드리워
속내는 숨기는 것

비워도
돋는 슬픔은
벽화로 그려넬 뿐

달
— 서울역에서

하늘은 비어 있고 난 아직 길 위에 있다
몸을 비껴 길 밖의 길 아프게 부랑하던
시간의 잔주름 위를 쓸고 가는 바람소리

뜨거운 울음 안고 기울다 차오르는 시간
단물 고인 생각들은 하얗게 말라가고
뉘인가, 어둠에 취해 일행으로 질주하는

무언가 말하려다 돌아서는 가로등 밑
흐릿한 밑그림 같은 낯익은 뒷모습이
차갑게 떨리는 손엔 때 절은 눈물 한 접시

그대, 푸른 강물이 되지 않아도 좋다
진저리나는 여정도 네 꿈의 그림자일 뿐
밤새운 시계탑 위로 은빛 새는 날고 있다

외등의 시간

울렁이는 욕망들이 굽은 등마다 흘러나오는

지워진 먼 길 끝에선 아우성도 몰려온다

허물을 덮어주려면 몰래 별도 띄워야겠지

은밀한 갈증들은 발만 동동 구르고

해진 상처 감추려 지친 바람 분주하지만

실직의 허기진 강은 눈물에도 젖지 않는다

안간힘으로 굴린 공은 어디로 굴러갔나

홀로 깬 기다림은 파도소리로 훌쩍이는데

쓸쓸한 작별의 행방은 시치미를 떼고 있다

제 가슴속 불을 밝혀 외따로 돌아가는

어둠을 건너는 외등의 경건한 고독이여

아득한 혼잣말처럼 문득 빗방울이 환하다

장관壯觀

송아지랑 어미소가 집으로 돌아가는

갓길 없는 시골길
짐 진 노인의 꽁무니엔

경적도
울리지 않고
뒤따르는
車
車
車

누이 감자

잘린 한쪽 젖가슴에 독한 재를 바르고
눈매가 곱던 누이는 흙을 덮고 누웠다

비릿한 눈물의 향기
양수처럼 풀어놓고

잘린 그루터기에서 솟아나는 새순처럼
쪼그라든 시간에도 형형한 눈빛은 살아

끈적한 생의 에움길
꽃을 피워 올렸다

허기진 사연들은 차마 말로 못하는데
서늘한 눈매를 닮은 오랜 내력의 깊이

철없이 어린 꿈들은
촉을 자꾸 내밀었다

연鳶을 띄우다
― 발해를 찾아서

연을 날린다 광활한 발해의 하늘 위로
장백의 안개 헤치고 압록 두만도 훌쩍 넘어
적충된 연대 속으로
연을 띄워 올린다

여기가 어디인가 굽어보고 돌아보며
주름진 오욕의 역사 해진 상혼도 다독이며
가끔은 천둥 번개 불러
곤한 잠도 깨워가며

너무 높게는 말고 낮게는 더욱 말고
연바람 멈추면 노래도 멎고 말 것이니
당겨라, 팽팽히 얼레를
풀었다 다시 당겨라

오래 떠나 있어 낯설고 물설겠지만
내 어버이 온몸으로 일군 모토母土 아니던가
다물多勿* 그, 돛을 올리듯
꼬리 긴 연을 띄운다

* 다물多勿: '되찾다', '회복하다'라는 뜻으로 고구려 시조 고주몽의 연호이자
건국이념이다. 『삼국사기』 권13 「고구려 본기 동명성왕편」에 다물을 '려어위
복구토麗語謂復舊土'로 표현했는데 이는 고구려어로 고토회복을 뜻한다.

숫돌

아찔한 날 선 삶을 온몸으로 껴안으며
낫을 갈 듯 살아오신 아버님의 팔순 생애
등 굽어 푹 패인 가슴 허연 뼈로 누웠다

- 균형을 잘 잡아야 날이 안 넘는 겨
갈무린 기도문인 양 깃을 치며 솟는 햇살
하늘빛 흥건한 뼛가루 목숨인 양 뜨겁다

가슴 마구 들이치던 내 유년의 마른 바람
- 물을 자주 뿌려야 날이 안 상하는 겨
촉촉한 귓전의 말씀 눈물 속에 날이 선다

우포 여자

설렘도 미련도 없이 질펀하게 드러누운
그렇게 오지랖 넓은 여자는 본 적이 없다
비췻빛 그리움마저 개구리밥에 묻어버린

본 적이 없다 그토록 숲이 우거진 여자
일억 오천만 년 단 하루도 마르지 않은
마음도 어쩌지 못할 원시의 촉촉함이여

생살 찢고 솟아오르는 가시연 붉은 꽃대
나이마저 잊어버린 침잠의 세월이래도
말조개 뽀글거리고 장구애비 헐떡인다

누가 알리 저 늪 속 같은 여자의 마음
물옥잠 생이가래 물풀 마름 드렁허리
제 안을 정화시켜온 눈물 보기나 했으리

칠십만 평 우포 여자는 오늘도 순산이다
쇠물닭 홰 친 자리 물병아리 쏟아지고
안개빛 자궁 속에는 삿대 젓는 목선 한 척

구충암 모과나무*

-시상에 뭐 볼끼 있다고 이리 가는교?
-아주 기맥힌 것이 시상에 있어라우!

동서東西간 붉은 화답에
산도 활활 타오른다.

-기둥 좀 보아, 저 생불 좀 보랑께요!
-몸보시가 따로 있는 게 아니구마이!

한 생애 굴곡진 옹이
맑고 고운 흰 가슴결.

-득도한 고승대덕의 뼈마디가 저럴까요!
-삶과 죽음이 따로 있지 않다 안한다요!

내 마음 천불 뜨락 가득
모과향이 싸하다.

* 구충암 모과나무: 전남 구례 화엄사 내 암자인 구충암 요사채 기둥은
굵은 모과나무를 자연 상태 그대로 사용했다.

권근화(權槿花, Kwon, Geun hwa)

경북 경주 출생. 경기대학교 한류문화대학원 (시조창작학과) 재학. 《민족과 문학》 신인상 시(1992), 《시조시학》 신인상 시조(2020) 등단. 시집 『입속의 사과』(2012, 문학사상). 한국시인협회, 한국작가회, 국제펜클럽 한국본부 회원.

《시조시학》 신인상으로 등단화 권근화 시인은 「가을나무가 내게」, 「소 바위 울다」, 「내 전생의 꽃, 할미」 등의 작품에서 유연한 시조의 가락과 깊이 있는 서정의 울림을 보여주고 있다.
「가을나무가 내게」 작품은 생에 대한 절절한 사랑의 마음을 가을나무에 이입하여 묘사하고 있는데 셋째 수 종장 "남은 활/ 흰 뼈의 울음/ 그댈 위해 켜겠어요"의 표현이 압권이다. 언어를 밀도 있게 집약시키는 능력이 있다. 「소 바위 울다」는 '소 바위'에 대한 전설적인 울음을 바위인들 왜 "삭힌 설움" 없겠느냐고 일반화 하면서 서민들이 가질 수밖에 없는 애환에 설득력을 주고 있다. 사설시조 「내 전생의 꽃, 할미」는 할머니와의 추억을 장단완급을 잘 살려 쓰고 있음이 주목되는데 오랫동안 연마해온 내공을 느끼게 한다. 가락도 유연하고 서정의 깊이도 서늘하다.

— 이지엽(시인 · 한국시조시인협회 이사장 · 경기대 교수)

눈물雨水*을 듣다

들려요 기와지붕 눈 녹은 물시계 소리

우수 앞두고 웬 늦눈 내려 쌓이더니 언제 그랬냐고 햇살 비치고 바람도 잦아들었어요 안동이 종가댁 맏며느리 할머니, 비단옷 꺼내 입으시고 윗마을 일가댁 환갑잔치에 가신다며 "집 잘 보거라" 여섯 살 나만 두고 대문을 나가셨어요 다녀오실 때는 다식이며 사탕도 챙겨주시더니 지금도 혹 지팡이 헛짚으시며 오실까, 빗장 풀어 기다려요 기와지붕 쌓인 눈 녹아내리는 추녀 끝에서 또옥 똑 지는 물소리를 툇마루 끝에 앉아 듣고 있었어요 어디쯤 오시나 개 짖는 소리 할머니 발자국 소리 귀 기우리며 토방 아래 홈 패이며 팅기는 물방울 세고 있었어요

눈 녹아 우수雨水라던가요
눈물 소리 여직 들려요

* 우수雨水: 눈이 녹아서 비가 된다는 뜻.

구룡폭포九龍瀑布*를 읽다

문득 잠깬 새벽
나 금강金剛을 찾아가네

꿈속인 듯 잡는 손 있어
모르는 길 따라가네

하늘 밖
떨어지는 물기둥
소리 밟고 가는 길

화강암 절벽에
늘어선 주렴 따라

세상은 아홉 구비
끝은 아예 잠겼는데

깃털의
하얀 물기둥
솟구치는 봉황이여

몇 겹이나 굴러서
겨우 잡은 물 한 줄기

한생도 못 닦는데
몇 겹이나 굴렀을까

알겠네
죽어서도 사는
그런 법도 있다는 거

* 구룡폭포: 조운의 사설시조.

너, 수컷 버마재비
— 알베르토 자코메티에게

이슬 젖은 풀밭에서
처음 너를 만났었다
비쩍 마른 팔과 다리
내 품에 기어들어
사랑을 달라고 했다
두 손을 싹싹 빌며

때마침 비친 달빛
내 눈이 멀었던가
따끔한 황홀한 순간
내 심장을 찌르더니
긴 다리 더듬거리며
목숨 탁발 하는구나

겨울 설악에 가서

목화송이 눈발이 한사코 길을 막는
백담 거슬러 올라 동안거冬安居에 들고 싶다
석 달쯤 무문관無門關에 들어
묵언수행默言修行 하고 싶다

흙먼지 벗고 싶어 숨 닳게 달려가면
먼저 울산바위 두 팔 벌려 반기고
대청봉 염화미소拈花微笑를 띄고
등을 토닥여준다

노루, 고라니, 산돼지 떼 몰려다니는
폭설에 못 이긴 설악 큰 품 안에 들어
흰옷의 설악 입고 지내다
물이 되어 내려오고 싶다

봄눈, 오다 가다

봄이 오다
몇 날 머리에 물끼로
내려앉다

나뭇가지 행길에도
알 듯 모를 듯
혼잣 소리로

몇 글자
쓰는 듯 지우는 듯
설레이며 오다

봄눈 가다
손 내밀 틈도 없이
홀연히

꽃 소식은 언제쯤
얼굴도 안 보이고

말인 듯
웃음인 듯 부려놓고
돌아서서 저만치

봄, 봄 눈뜨기

얼음장 밑에서
봄, 봄
물이 흐른다

버들개지 속눈
봄, 봄
눈을 뜬다

개구리 잠깨어
봄, 봄
높이뛰기 연습을 한다

슈퍼문, 뜨다

올 추석 달이
아주 커졌어요
어머니

계수나무도
방아 찧는 옥토끼도
잘 보여요

어머니, 송편 빚던 손으로
크고 둥근 달
띄우셨나요

꽃, 눈, 비 그런 것 말고, 물, 풀, 새 그런 것 말고
바람만 불어도
어느새 질금거리는
제 눈을 씻어 주시려고

동과 서도 어깨 겯고
남과 북도 오가라고

제 것만 보지 말고
남의 슬픔 헤아리라고

참말로 처음 보는 슈퍼문
어머니 달이지요

가을 나무가 내게

아세요 내 몸 절정
뼛속까지 타오르는 것

이제는 벗을래요
산도 물도 다 흘렸으면

맨살을
다시 덥혀서
눈꽃일랑 피울래요

아세요 내게도 한때
봄날은 꽃이었어요

봄볕에 열매 익히던
단꿈도 맛보았어요

그래요
칼바람이 와도
나는 춥지 않을래요

바닥이면 바닥대로
애진 슬픔 있는 것을

뒷모습만 보아도
이제 알 수 있어요

남은 활
흰 뼈의 울음
그댈 위해 켜겠어요

소 바위 울다

내 고향 마을에는
안산 바깥산 있는데요

안산에는 큰 소 바위가
하늘보고 누워 있어

산마루
해 넘어 갈 때는
움메 움메 운다했어요

바깥산 봉암사의
저녁 종소리 아니던가요

듣는 귀
저마다 달라
제 울음을 듣는 거겠죠

내 전생의 꽃, 할미

　보았어요. 나 태어날 때 받아주던 할머니 두 손

　어느 봄날 같았어요 열여섯 색시 적 안동권씨 종가댁 맏며느리로 시집올 때 꽃가마 속 연지곤지 바른 할머니 얼굴, 예뻤어요 꽃이었어요 뒷산 무덤가에 고개 숙인 할미꽃은 아니고요 봄산을 자줏빛으로 물들이는 연산홍 같았어요 아마 내가 어머니 뱃속에서 나올 때 맨 처음 나를 받아주실 할머니를 먼 내 전생에 만났었나 봐요 뭐 하나 달고 나오진 않았어도 늘 토닥여 주시던 할머니 시집올 때 영산홍 꽃이던 것 맞죠?

　볼기짝 때리던 할머니 손 한 번 더 맞고 싶어요

권덕규(權悳奎, Kwon, Duk kyu)

1890.~1950. 경기 김포 출생. 호 애류(崖溜).
국어학자, 사학자. 휘문의숙 졸업. 저서 『조선
어문경위』(1923, 광문사), 『조선유기』(1924, 성
문관), 『을지문덕』(1946, 정음사) 외. 휘문고
교, 중앙고, 이화여고, 중동 중고교 등 교사 재
직. 한글학회 『큰사전』 편찬위원 역임.

―

영남루嶺南樓

영남루 한 경치는 언제도 보아만하다
화악華嶽을 등에 지고 응천凝川을 눌러 서서
앞으로 먼경을 나려다보는 양이 제법다원 그림이다

영나루 영나루는 경 좋고 배포 좋다
동에는 만호당에 서에는 임경헌을
큰 다락 작은 다락에 나물없는 영남루라

밀양의 영남루요 영남의 제일루라
촉석루 함벽루에 무엇무엇 다 오래라
지윽이 여강驪江의 청심루淸心樓야 긔벗인가 하노라

구경은 그만하자 아랑묘阿浪廟 찾아가니
벼로의 죽림竹林 옆에 조그마한 사당이라
잠자코 지난 일 생각하올 제 긴 종소리 들리더라

표충사 들어가서 영전影殿에 절해 뵈옵고
구경하고 오는 차에 내원內院을 들러보니
단사丹史의 향기로운 글씨가 노장老丈중 꿈속에 들락말락하더라

한산도

세상에 섬도 많고 바다도 많아라마는
한산도 이 바다를 어느 것이 비기리오
우리 님 거룩한 범절이 모두가 매였세라

어이 할 게나 어이 할 게나
한산도 너를 두고 내 어이 갈 게나
네 부디 평안 잘 있거라 담에 다시 만나자

섬진강蟾津江

섬진강 벍어한데 두치진豆恥津 저우오요
지리산 검어하니 그 너머 남원이라
무슴다 저것들 눈에 띄면 마음답답 어려워라

옛적이라 삼국 때에 신라장수 운운韻運이
양산陽山서 슬히 죽어 전하야 노래되니
그 곡조 지금의 양산도 너도 하나 부르리라

개운포(울산)

무지포無只浦 떠났겄다 서생포西生浦가 저기로다
동백섬 묘할시고 가리사이 예보인다
사공아 가리산加里山 저 너머 개운포로 대여다고

들으니 신라적에 헌강대왕 게시압서
학성鶴城에 거동하자 개운포로 노시드니
이대서 가무歌舞하는 재자才子 뵈여 처용이라 하였다네

신라의 헌강왕은 만고의 호걸 임금
개운포 처용랑은 만고의 풍류랑을
풍류랑 호걸 임금 모셨으니 태평성대러니라

절영도絶影島

최영묘崔瑩廟 비켜두고 태종대 저리보며
절영도 따루옴은 명마를 얻으렴이러니
명마는 보이지 아니코 거친 풀밭 뿐이로다

조치원鳥致院)

신라의 최치원이 이장터 냈다 하여
최치원 변하여서 조치원이란단다
물어서 들을 데 없으니 되는 대로 두어라

상당산성上堂山城

동북으로 까마하게 하늘밖에 솟은 메이
백제의 상당산성 거긔말로 청주것다
그안에 쓰레한 몇임집이 비이런 듯 하여라

연자루鷰子樓

김해가 저거라지 해선海仙이 게 있겠느냐
섬섬옥수 고짚는 양 안 보여도 서언하다
연자루 높은 다락에 하가야下伽倻가 어더리

권도중(權道中, Kwon, Do joong) 본명: 권도중(權度重)

1951년 경북 안동 일직면 광연리 출생. 중앙대 예술대학원(문학예술학과) 수료, 경희사이버대 문화창조대학원(미디어문예창작) 졸업. 《現代詩學》천료(1974) 등단. 시조집 『네 이름으로 흘러가는 강』(2008, 고요아침), 『낮은 직선』(2010, 책만드는집), 『비어 하늘 가득하다』(2015, 고요아침). 시선집 『세상은 넓어 슬픔 갈 곳이 너무나 많다』(2017, 고요아침). 한국문학백년상(2015) 수상. '현대율' 동인. 한국시조시인협회 감사, 이사, 역임. 오늘의시조시인회의 중앙자문위원. 한국문인협회, 한국시인협회 회원.

권도중의 시조 미학은, 형식의 과도한 파격을 근원에서부터 허락하지 않는, 그야말로 '정격正格'의 정신과 미의식의 세계라 할 것이다. 사물의 구체성을 살리는 데 매진하는 과정을 일관되게 밟아간다. 하지만 시인은 사물들과 동화되어 한 몸이 되어버리거나 거기에 몰입하지 않고, 그것들과 한결같이 일정한 미적 거리를 유지하면서 중요한 속성들을 형상적으로 적출해낸다. 다시 말해 자신의 경험을 노출하고자 하는 직접적 욕망을 적극 경계하면서, 그 대신 사물이 가지고 있는 본래적 속성을 재현하는 데 몰입하고 있다. 그 유비적 방법의 과정이 새롭기 때문에 우리는 그를 현대성에 한발 다가선 '현대율'의 시인으로 깊이 기억할 수 있을 것이다.

— 유성호(문학평론가 · 한양대 교수)

두 마음

　가운데가 비어 있는 페어그라스pair glass 창이 있다 두 겹의 하나의 세계 그 안의 고요함아 두 면을 가진 유리가 벽이 되어 지킨다

　경계 없이 경계가 되는 서로에게 있어서 유리를 통과하면 저항하지 못한 그늘, 동전의 양면과는 다른 두 마음은 하나다

　한 면은 안이 되고 한 면은 밖이 되는 두 극이 소멸되는 페어그라스 내 안으로 안과 밖 건너는 빛은 두 마음을 품은 것

　거리를 가진 발설 안 된 커튼에 가려 마음은 이쪽이기도 저쪽이기도 한 하나, 두 마음 서로 하나 된 사랑이라 믿는다

　그를 향한 욕망이 그를 벗어나려는 꿈과 현실이 두 마음일까 한 마음인가 표정을 정체되지 않는 스스로에 가둔다

물빛 그림자

너를 위해 흘리는 눈물은 너의 위안이 된다
네 상처 내 걱정에 네 모르게 고이는

눈물엔
네 죄가 씻기고
있는 물빛 그림자

힘든 친구가 왔구나 다독여 보내도록
네 곁을 간 눈물은 네가 모르는 천지의

목련도
위안이 되겠지
바보 같다 하여도

어떤 죄가 씻고 있는 네 눈물에 씻겨지는
풀잎 씻은 이슬방울 순해져 있는 것이

베란다
화분 곁에서
움직이는 그림자

이 땅에서의 꽃

세월에 피는 것은
살면서 숨겨둬야지
마음속 보내야만 너 편할 수 있었지

윤리의 무덤에 갇힌 채 그것을 그것 아니라 했던

꽃이 꽃다운 건
참아 피기 때문이다
삶에게 절절한 건 멀리 꽃으로 다시 핀다

그래서 이 땅의 산과 들엔 유독 들꽃이 많다

고이고 쌓인 남은 것
마음에만 묻을 수 없는
비밀은 이유만큼 피고 꽃은 입이 없어 꽃이다

하늘 한 자락씩 물고 안부는 독이 풀리듯 간다

꽃도 낮은 곳에 핀다
쉽게 가지 못한다
세상에 아무도 그냥 아름다운 게 아니다

안부가 궁금한 만큼 대지에 꽃이 핀다

꽃나무

　나무의 팔이 밖의 어디론가 닿는 몸짓, 그 몸짓 부딪친 속 생
겨나는 물가에는 어긋난 인연들끼리 먼 거리로 씻기네

　흔들리며 벗어나며 대상을 받아들인 떠나면 보내고 있는, 지
는 것을 받는 꽃, 나무가 열어 건너는 그 거리가 푸르다

　내려앉는 꽃잎보다 지면서 날리는 꽃잎 그렇게 가는 것과 목
피 속 남은 것이 마주서 피는 하나로 자유로운 꽃나무

이어도

삶을 괴롭히던 또다른 왕국이며
해수海水에 목이 잠긴 그 고운 신앙이며
가서는 오지 않았던 살아 있는 천국이여

큰 그리움 만나려면 더 멀리 가야 한다
더 큰 그리움은 몇 날 며칠 지새운다
생과 사 이어도 사나 님 생각은 물길로 간다

난파되어 못 오며는 다음 배에 오리니
배 무거워 못 오며는 이어도에 사는 줄을
살아서 보고싶어라 목숨이 물결로 오네

입이 없던 사람은 피리 되어 갔으리
아직도 철썩이는 꿈 건져야 할 깃발 푸른
긴 역사 돌아와 있네 그리운 섬 이어도

광화문 광장

막는 길이 있어서 광장은 살아난다
막는 버스가 있어서 광장은 넓어진다
무덤 위 성당이 서듯 발길 따라 광장이 선다

모종의 의문이 모여 모종의 질문이 된
주변이 포기 못 한 중심으로 오는 여기
열정은 연결 못 된 감옥 밖에서 불탄다

성문城門 밖 홀로 떠돈 앞길 없는 설움들아
교보빌딩 앞마당을 맴도는 물길에게
출구가 존재를 감기처럼 드러내며 오리라

벚꽃과 목련 사이

그대 벚꽃으로 온다 나는 벌써 목련이다

벚꽃과 목련 사이 지나가는 우리 같아

아무 일 아니었는 듯 화안한 꽃 속이다

독도

1
푸른 물 동해 바다 두 개의 눈망울아
뜻이 강해 사랑한다 깃발 잠긴 독도섬아
찬물 속 불알 같기도 해라 눈이 시리다

2
만주벌아 백두산아 그리운 조선호랑아
모토母土의 사랑을 찾는 외로움도 강건했다
푸른 섬 이어도까지 고래처럼 사는 혼

3
깊어서 근심을 묻고 만 리를 가는 마음
뜨겁고 추운 먼 데 자식이 애틋한 오늘이다
고래가 산다 저 깊은 하늘 푸른 물속에

나비 1

보고 싶다
생각하면 금방 멀리서 온다

오면서 낸 길 속을
날개가 간다

아득히 멀어져 간다
닿지 않는
깊은 곳

진달래꽃

이 땅 위 햇살 돋는 4월의 바람 속을
참꽃 참꽃 진달래야 심지 않아도 잊지 않고
한없이 용서한 후에 다시 피는 혼이다

그냥은 갈 수 없어 너를 두고 갈 수 없어
잔잔한 햇살 그늘로나 흙에 스며 잠겼다가
한 세상 목숨의 허물 다 벗어도 남는 한

잃었는 먼 먼 사람 바람 되어 두고 간 정
몰랐든 내 숨결도 매듭매듭 풀고 넘어
못 가본 산 계곡에도 연년세세年年歲歲 내가 핀다

나 또한 저승 갈 제 따슨 이 길목 돌아갈 제
사랑했기 때문에 이 흙 속을 내가 묻고
잊어도 다시 피리라 이 산하 따스함에

권상원(權相源, Kwon, Sang won)

1956년 경북 영양 일월면 도곡리 출생. 호 묵수(黙水). 대구교육대학교(1976), 동아대학교 법대(1981), 동아대 교육대학원 석사 졸업(2001). 《부산시조》 신인상(2013) 등단. 시조집 『피라칸사스』(2017, 고려문화사), 『거학소나무』(2018, 대흥), 거학초등학교 전교생 어린이시조집 『학이 별이 되어』(2016, 대흥), 어머니 시조교실 시조집 『모처럼 환한』(2018). 갈매시조, 시조보존회, 볍씨 동인. 부산시조시인협회, 부산문인협회, 한국시조시인협회 회원. 거학초등학교 교장 역임.

시조를 그림 그리듯이 그렇게 그렸으면 하는 게 나의 시조관이다. 한때 난해하고 어려워야 시라는 시풍이 있었다. 그건 그런대로 의미가 영 없었던 건 아니지만 독자의 입장에서는 간첩들의 난수표 같은 감이 있어 이래서는 독자를 희롱한다는 생각이 들었다. 시가 쉽게 이해되어야 한다는 게 내 생각이지만 그렇다고 감치는 맛이 없으면 맹물이면 안 된다는 생각이 든다.

내 시조는 맹물맛이라 생각하는 독자도 있겠지만 짠 바닷물이 되고 싶지 않은 생각은 여전하다. 여기 몇 편 시조는 맹물도 아니고 바닷물의 간간한 맛도 아닌 그저 그런 작품이다. 앞으로 내 숙제는 짜지만 짜지 않는 시조를 어떻게 쓰느냐를 고민할 작정이다.

— 임종찬(시조시인 · 부산대 명예교수)

봄비

초가집 추녀 끝에 비 오는 늦은 오후
빗소리 자작자작 배추찌짐 굽는 소리
솥뚜껑 들기름 위에 살짝 비친 어머니

배추전 잘게 찢어 진간장 살짝 묻혀
입속에 넣어주신 부엌살이 어머님이
아삭한 그리움 되어 봄비처럼 내린다.

솔수염하늘소

고사목 천막무덤 하나 둘 늘어나면
애타는 이 가슴은 누렇게 말라간다
소나무 재선충 때문에 금수강산 멍든다.

구절초九節草

무서리 내린 들판에 단아한 모습으로
아홉 개 마디 생겨 아홉 번 꺾이는 풀
태음력 구월구일 경 젤 멋스런 들국화

꽃잎 뒤 아침햇살 은은하게 비출 때
겹쳐진 꽃잎들이 하얗게 다가오면
구절초 분홍빛깔은 빛방울로 변한다.

밤사이 내린 이슬 꽃잎에 머금으며
청초한 자태로 파르르 떨고 있을 때
살며시 등 뒤로 다가가 안고 싶은 아가씨

감을 따며

떨어진 대봉감은 심각한 외상환자
의식은 아물아물 속살은 산산조각
119 고추잠자리는 무전기도 없단다.

불두화佛頭花

초파일 전후해서 파래소를 찾아가면
무성화無性花 하얀 꽃이 오는 이를 반겨준다
외만 곳 홀로 산다고 벌 나비도 오지 않네.

목란꽃

보랏빛 향기 나는 깊은 산 드문 곳에
잎새 뒤 살짝 숨은 청초한 모습이여
산목련 함박웃음에 더 아뜩한 초여름

무궁화無窮花

아침에 피었다가 저녁에 시들지만
날마다 새로 피니 온갖 곤충 품어준다
진딧물 불볕더위에도 꿈쩍 않는 겨레꽃

코피(bloody nose)

짱이면 어쩔 건데? 아! 어쭈, 요것 봐라
끝까지 맞짱뜨다 불화살이 날아든다
백두곰 흰머리독수리 두 마리 다 다친다.

아메리카노

안경을 벗어들고 기지개를 켜고 나서
원두빛 연한 향기 한 모금씩 마셔본다
머그잔 커피 색깔에 가을빛이 머무네.

왕피천

하늘이 내려주신 왕피천 맑은 계곡
용소를 둘러보고 학소대에 올라보니
솜구름 물속에 잠겨 한가로이 노닌다.

백로의 날갯짓에 수달은 잠영하고
은어 떼 물장구로 물보라로 흩어지니
몽돌과 산 그림자는 품을 내어 숨긴다.

권성훈(Kwon, Sung hoon)

1970년 경북 영덕 출생. 경기대 대학원 국문학 박사. 《시조시학》 신인상(2010), 《작가세계》(2013) 평론 신인상 등단. 시집 『유씨 목공소』(2012, 서정시학) 외 2권. 저서 『시치료의 이론과 실제』(2010, 시그마프레스), 『폭력적 타자와 분열하는 주체들』(2015, 고유서가) 외. 편저 『이렇게 읽었다(설악 무산 조오현 한글 선시)』 외. 열린시학상(2010), 인산시조평론상(2018) 수상. 고려대 연구교수 역임. 경기대학교 교수.

—

슬픔의 문장

술잔이 나를 불러 이제야 도착했어요

가벼워진 생애 앞서 허방에게 절을 하고

침묵은 영문도 모른 채 편육 몇 점 내주네요

핏물 빠진 살 씹으며 붉음을 생각해요

당신도 저 핏기 없는 세월을 건넜을까

그래도 물방울 무덤은 부패하지 않겠죠

이빨에 낀 허기를 깊숙이 찔렀어요

묻어나온 혈흔을 혀끝으로 닦아낼 때

고적한 슬픔의 문장, 부고에 가라앉네요

클릭 혹은 드래그
— 시화호 간척지에서

바닷길 끊긴 곳 폐선 하나 멈춰있다

육지로 포위당한 수평선 어디가고

허공에 닻을 내리고 밑동 빠진 한 생애다

내리다만 그물들이 움켜쥔 마른 기억

귀항하는 그리움은 언제나 만선이네

갈라진 갑판의 금들 먼 바다로 출항한다

가로지를 파도 없어 이물은 무뎌가지만

그물코 실핏줄로 항해지도 펼쳐갈 때

여전히 흔들리는 깃발 푸른 멀미 출렁인다.

바람 든 책장

바람난 은행잎 책 속에 넣었다가

갈피마다 물을 빨아 싹 틔우고 꽃 피우고

하루를 넘길 때마다 수런대는 새소리

어둠이 훑어가는 적요한 숲속에서

생각들은 그렁그렁 원고를 채워가며

열꽃 핀 나뭇잎 하나 통증을 앓는구나

시간을 쿡쿡 찔러 혈소판 찾아갈 때

끊어진 활자마다 이어지는 신경들

음절도 음보도 없이 책장을 들썩인다.

움,

파산을 신청하고 긴 계단 돌아왔다

순번 없는 3월 하늘 새순 돋는 대기표

말소된 이연離緣의 저녁, 고지서로 가득하다

슬픔의 만기일과 눈물의 소멸 시효

담배를 꺼내 문다 서류 봉투 꺼내 운다

활자도 모르는 척 (위장) 이혼 증명서

반지 자국 매만지며 주문 한 번 외워볼까

양말 벗을 귀갓길 이불 덮을 방바닥

일순간, 욕망의 배꼽, 움이 튼다, 아득하다

캔

높은 곳

손톱만 한 귀를 달아 두었지

가깝지만 무겁고 멀어지면 가벼운

하늘을 따고는 하지

그 얼굴 환해지네

권애숙 (權愛淑, Kwon, Ae sook)

1954년 경북 선산 옥성 출생. 계명대학교 석사 졸업(2007). 〈부산일보〉 신춘문예(1994) 등단. 시집 『차가운 등뼈 하나로』(1994, 전망), 『카툰세상』(2000, 현대시), 『맞장 뜨는 오후』(2009, 문학의 전당), 『흔적 극장』(2018, POEMPOEM). 한국작가회의 회원.

겨우살이   권애숙

어디를 떠돌다가 여기 붙은 혼령이냐
참나무 가지가지 효수되어 걸렸구나
겨울산 저리 시퍼렇게 산발을 흔드는 너

蘭이라 부르다가
蟲이라 부르다가
가여운 이름대며
짙은 그늘 길어
은혜 저 화엄 큰
민초잡고 녹이며

덧없는 목숨들이 모여 맞는 저물녘
먼 절집 풍경소리 어둠 몰아 번지는데
내 한철 꺾인 모가지 어디에다 걸어두나

—

권애숙 시의 상상력은 멜랑콜리한 정서를 중심으로 펼쳐진다. 절망의 다른 이름이기도 한 멜랑콜리는 작품 전반에 걸쳐 지속적이고 다양한 모습으로 나타난다. 「한 상床」에서 연민의 감정을 불러일으키는 '여자'를 통하여 인물의 기구한 처지를 노래하거나, 등단작 「유민의 노을-마의태자」에서 우울은 영락한 풍경과 연계되어 깊이 침잠하는 세월의 저 너머로 독자들을 이끈다. "덧없는 목숨들이 모여 맞는 저물녘"(「겨우살이」)의 시간적 배경과, "바람소리만 가득"한 "들녘"(「동지 지날 때」)의 공간적 배경을 뒤로 한 채 "쿨룩거리는 만장"(「동지 지날 때」)이 장중하게 지나간다. "한 세상/ 흐르는 길이/ 바닥에 닿는/ 일이었다"(「물길」)라는 인식론적 귀결은 필연적이다.

— 신상조(문학평론가)

—

한 상床

감나무 가지 아래 등 기대고 앉은 여자
젖은 행주로도 닦아내지 못한 얼룩
감감한 지도 한 장이다
이정표도 어디 없다

접고 폈던 팔다리 파스 몇 장 붙들고
솟구친 주먹못도 허리가 굽었다
이 한 상床 포장도 없이
꼭지까지 웃는 여자

겨우살이

어디를 떠돌다가 여기 붙은 혼령이냐
참나무 가지가지 효수되어 걸렸구나
겨울산 저리 시퍼렇게 산발을 흔드는 너

난蘭이라 부르다가
충蟲이라 부르다가

가던 길 머뭇대며
구름도 한층 깊은데
물소리 저 혼자 클클
얼음장을 녹인다

덧없는 목숨들이 모여 맞는 저물녘
먼 절집 풍경소리 어둠 몰아 번지는데
내 한철 꺾인 모가지 어디에다 걸어두나

동지 지날 때

바람벽 한 곳에 기대 가르랑거리는 전도 한 장
온천은 여기 절집은 저기 둥근 팻말 붙여놓고
주름길 온몸에 새긴 고도 낮은 어머니

산맥인 듯 강물인 듯 구부러진 길을 따라
아버지 밟고 간 길
우리 남매 또 밟는다
동굴 속 아득한 저 쪽
희미해진 기적소리

철새 떼 빈들을 건너
사방
팔방
흩어질 때
어머니 들녘에는 바람소리만 가득하다
서북북
걸친 구름대
쿨룩거리는 만장이여

물길

비온 뒤 산책길
물길 여럿 나 있다

보는 곳 가는 곳 출렁임도 다 달라

구월산
골짜기마다
피는 꽃도 다르겠다

마음의 골을 따라
너도 가고 나도 흘러

때로 벼랑 부딪쳐도 소용돌이 맴돌아도

한 세상
흐르는 길이
바닥에 닿는
일이었다

저물녘

낙엽 한 장 들고 본다
바람 부는 능선에서

그림자도 일렁이는
뼛속 환한 이 불빛

속으로
혼자 낸 길은
주름조차 환하구나

떨어진 잎새 속에도
길은 이리 투명한데

저물녘 내 안의 방은
심지 아니 돋우었다

눈발은
지구 한 쪽 쿵,
두드리며 내려서고

겨울이끼

작정했다
푸른 침묵

몸 자꾸 늘려간다

적막도 자라게 되면
못 말리는 입이 되어

바위산
다 삼키고도
그물눈이
촘촘하다

청련암 가는 길

등 굽은 비탈길에
어느 때는 폭설이
또 한 철 열꽃 같은
황사바람 쓸고 간 자리
이제사 돌아온 기척
햇빛 풀려 굿판이다

등넝쿨 나무를 얽어
나무 또한 넝쿨에 엉켜
두 넋이 한 넋으로
어우러진 노랫말은
한풀이 장단을 얹어
물소리도 깊었다

때 묻은 마음 빌어
돌을 모아 탑을 쌓다
키 맞춰 어우러진
작은 돌 큰 돌 사이
한 생애 이마 조아리며
우리 또한 돌이다

향리에서

장지문 빗장에 걸린 달빛을 동무하여
타관 바람 한 자락 밤새도록 살을 푼다
오지랖
넓은 오지랖
쓰러져도 일어서는

주발 놋 녹 닦던 손길 어디로 떠나가고
낫자국 시퍼런 청솔가지 불 붙이던
종가집
매운 손때도
연기처럼 사라지고

떠돌이 찌든 머리칼 한 켠으로 쓸어본다
손금에 옮겨 묻은 세월 그 깊은 강물
갈대숲
황량한 달빛
강물 질러 오는구나

유민의 노을
― 마의태자

저무는 발길 따라 물소리도 잠기는가
서둘러 짐 부리고 마음마저 다 비우고
한 자락 구름에 실려 새소리나 따르랴

떠난 자리에는 또 다른 세상 있어
무심히 귀동냥으로 산문 밖에 나섰느니
때때옷 눈부신 날이 하늘 밖에 떴구나

천년 사직은 까치놀로 떴다 지고
앙금으로 가라앉은 비린 꿈은 깨어나서
끝끝내 잠들지 못한 넋을 쓰다듬느니

이승의 마지막은 한 벌 베옷이라
얼룩져 너덜대는 무릎까진 넝마자락
쌓이는 어둠에 덮여 영욕도 잠드는가

고산일기

질긴 갯풀도 모래알도 물결 끝에
쓸쓸한 기다림 없어 반짝이는 지병인가
기우는 놀빛 덧없어라, 물결 끝에 짐작컨대

물결에도 놀빛에도 아직은 띄우지 못한
구구절절 피로 엮은 두루마리 상소문을
낙서제 지창 바람이 챙겨, 물결 되고 놀빛 되고

어부사 뒤적이다 산중신곡 다시 읊다
지워서 좋을 아픔만 묵향으로 피는구나
물 건너 아득한 기별 구름 되어 떠오르고

잠시 머물다 간 적소 앞 물새 울음
그 뒤를 밟고 가는 갈댓잎 치는 소리
내 다진 아픈 자국은 무슨 소리로 깨어날까

권영숙(權英淑, Kwon, Yeong suk)

1959년 경북 의성 안사면 출생. 한국방송통신대학교(국어국문학과) 재학. 《문학도시》 신인상 시조(2010) 등단. 시조집 『향기를 품다』(2016, 세종), 『눈물겹도록 푸르다』(2018, 세종), 『자두나무 아래서』(2020, 세종). 부산문학상(2018), 가산문학상(2020) 수상. 문학중심작가회 회원. 부산문인협회 이사, 영호남문인협회 이사, 가산문학회 부회장.

> 　　　　　　당부
>
> 　　　　　　　　　　　권영숙
>
> 결혼식장 신랑신부 두 손 잡고 행진
> 한다
> 한 쌍의 인생 위에 희로애락 같이
> 간다
> 신부의 아버지 말씀 취급주의 반품불
> 가

—

권영숙 시인의 시집 『눈물겹도록 푸르다』에서 두 번째로 한 흐름을 형성하는 작품군은 여러 가지 세태에 포커스를 맞춘 노래들이다. 그것은 시대가 보여주는 현상이기도 하고, 온 나라를 휩쓰는 걷잡을 수 없는 열풍이기도 하다. 또한 그것은 신세대들의 새롭고 파격적인 생활 패턴이기도 하고 구세대들의 아프고 참담한 노년의 모습이기도 하다.

현대는 불확실성의 시대다. 같은 사안을 두고 한쪽에서는 옳다고 소리치고, 반대쪽에서는 그것을 또 그르다고 소리친다. 옳고 그름의 기준과 판단력이 결여된 소시민들은 기사를 쓴 기자의 편집 방향에 따라 이리 쏠리고 저리 쏠리며 눈뜬장님이 되고 만다.

　　　　　　　　　　　　　　　　— 조동화(시조시인)

권영숙 시인의 세 번째 시집 『자두나무 아래서』에서는 여성적인 것, 모성적인 것은 아름다운 능력으로써 인간을 포괄한 우주의 중심을 이룬다. 좋은 시인이 된다는 것은 좋은 시를 창작한다는 말이 된다. 좋은 시인이 되기 위해서는 아름다운 능력, 순수한 모성성이 존재해야 한다는 말이 되겠다. 권 시인의 직접체험은 선하고 순수한 그의 인품과 만나 청정하고 고요한 유미주의의 시를 빚어냈다. 그러나 그의 유미주의는 사색의 깊은 내면을 내포하고 있다. 그것은 곧 약자에 대한 배려이며 약한 것을 품을 줄 아는 포용력이다.

　　　　　　　　　　　　　　　　— 박정선(문학평론가)

—

이팝나무 꽃 피었다

그리운 가슴앓이 오월이 돌아오면
어김없이 피어올린 이팝나무 하얀 꽃
소복이 담아 올린 밥 이제야 꽃이다

쌀밥에 목말랐던 그 시대가 오지 않길
쌀밥을 거부하는 이 시대가 영원하길
고요히 하늘을 향해 기도하는 이팝나무

눈물겹도록 푸르다

내 안의 보금자리 산실 같은 터전으로
친정집 달려가듯 주말마다 달려가
어머니 품에 안기듯 마음 풀어 앉는다

뿌린 대로 싹이 나고 가꾼 대로 보답하는
설레는 꿈의 나라 선물 같은 손짓들
호미질 한 소절마다 새로 배운 땅의 언어

소박한 작은 행복 눈물겹도록 푸르다
손끝으로 낳은 자식 해맑은 눈빛에
오늘도 해 지는 줄 모르고 술 취하듯 취한다

미투, 심판

억울한 고백이 세상을 흔드는 중
올 것이 오고야 만 준엄한 심판대
제 발등 스스로 찍은 어리석은 이름들

이런저런 권력으로 겁 없이 뿌린 죄
움트고 싹이 자라 세상을 덮었다
함부로 휘둘렀던 힘 악취 나는 얼굴들

작은 언덕

앞 다퉈 자랑하는 큰 산들을 비켜나
제비꽃 민들레 등 기대어 피는 언덕
조용히 낮은 몸으로 작은 꿈을 꾸는 곳

그곳으로 가는 길은 속삭임도 따사로워
마음이 헛헛한 날 나 홀로 찾아간다
작은 새 울음소리처럼 피리라도 불고 싶어

편안한 친구 같은 작은 언덕에 오르면
설익은 생각들이 제자리로 돌아가고
웃자란 과욕의 꿈도 고개 숙여 깃든다

포토라인

인생의 변곡점 엄중한 직선 앞에
양심을 찍어대는 카메라도 무색한
부서진 바벨탑 잔해 허무한 인생 뒷면

손자국 발자국 산 같은 증거 앞에
거짓과 진실의 팽팽한 줄다리기
권력은 욕망을 낳고 어디로 사라졌나

감꽃 피는 오월

오월의 꽃바람이 보리밭을 쓸고 가면
감나무 가지마다 대롱대롱 꽃 초롱
꽃 초롱 사이사이로 몰래 부는 봄바람

바람 불면 감꽃이 별처럼 쏟아지고
유년의 꼬마들은 감꽃 줍기 한나절
허기진 뱃속에서도 감꽃피어 행복했다

올해도 감꽃이 집집마다 피어나고
감꽃 필 때 보릿고개 눈물처럼 뜨거워라
목에 건 감꽃 목걸이 동화처럼 그리워라

거미의 말

속에 말 술술 꺼내 허공에 쓰는 솜씨
바른말 고운 말은 장롱 속에 넣어두고
세상사 단맛 쓴맛을 영혼 없이 쓰고 있다

인터넷 모니터에 오고가는 댓글들
꽁무니로 낳은 말들 거리에 내걸어
말 많고 탈 많은 세상 혀끝이 아리다

목에 걸린 가시에 찔려 본 사람만이
고통의 깊이와 통증의 넓이는 알 듯
모두들 제 무덤인 줄 아무도 모른다

백마강 서사

낙화암 전설바위
묵묵한 침묵으로

허공을 응시하며
그날을 생각하나

봄 햇살
따습지만 않네
물 위에 뜬 꽃잎들

영혼을 달래주는
고란사 종소리

백마강 푸른 물
웅얼웅얼 우는 소리

그날의
여인들처럼
산벚꽃 낙화한다

뿌리에 대한 사유

잘 닦은 햇살 내린 늦가을 무밭에
미끈하게 속살 채운 탐스러운 가을 무
청정한 하늘을 마신 서늘한 푸른 빛

티 없이 순결하게 소박한 꿈을 꾸며
흙 속 깊이 올곧게 진실만을 키워낸
무서리 골수에 품은 담백한 무채색

촌부의 땀방울이 감동의 느낌표로
새로운 청춘이 새 세상을 열어가듯
옹골찬 희망으로 여문 듬직한 가을 무

창살에 걸린 낮달

막다른 골목길에 쉬어가는 정거장
노쇠하고 병들어 폐품처럼 수거된 몸
한정된 외로운 공간 요양원의 바람 소리

이슬처럼 사라진 지난날을 되새기며
김 씨 노인 이 씨 노인 허공을 바라본다
고독한 눈동자 속에 스쳐가는 과거사

간밤에 안녕함을 눈빛으로 묻는 둥지
손톱으로 벽을 긁는 외로운 창살에
하얗게 닳아버린 낮달, 몰래 흘린 눈물 자국

권영희(權英姬, Kwon, Young hee)

1964년 경북 안동 출생. 경희사이버대학교 대학원(문예창작학과) 석사 졸업. 《유심》 신인상(2007) 등단. 시집 『오독의 시간』(2016, 목언예원). 현대시조 100인선 시선집 『달팽이의 별』(2016, 고요아침) 외. 서울문화재단 창작기금(2015) 수혜. 가람시조문학상 신인상(2016) 수상. '유심'문학회 동인. 한국작가회의 회원. 한국시조시인협회 운영위원, 오늘의 시조시인회의 재무차장. 이효석문학재단 근무.

커뮤니케이션의 대부분은 오해의 연속이다. 만일 소통이 완벽하게 이뤄진다면 타자는 존재하기 어렵다. 여기에 오독의 미덕이 있다. 오독이 타자를 재발견한다. 오독이 차이와 의미를 만들어내는 것이다. 새삼스럽지만 오독이 제2의 창작이다. 오독하는 독자가 두 번째 시인이다. 오랜만에 여백과 잔상의 힘으로 '말갛게 깊어지는' 시편과 마주했다. 나는 시를 따라 기쁜 마음으로 오독했고 그러는 사이 '말귀'가 트였다. 낯익은 세계가 다 새로워 보였다.

— 이문재(시인 · 경희대 교수)

정형에 대한 존재론적 질문을 간단없이 수행하면서, 시조의 존재 방식에 대한 메타적 성찰을 이어가고 있는 양식적 사제司祭라 할 것이다. 이때 우리는 섬세하고 단아한 '기억술'로서의 정형미학을, 우리 시조단의 시사적示唆的 실례로 거론하게 될 것이다.

— 유성호(문학평론가 · 한양대 교수)

귀향鬼鄉*

나비처럼 훨훨 날아 '언니야 집에 가자'
꼬깃꼬깃 숨겨놓은 고운 이름 꺼내어 달고
저 산만 넘어서 가면 눈에 보일 집에 가자

열네 살 열다섯 살 지옥에서 버틸 적
나는야 아야꼬상 노리꼬 후리꼬상
꽃같이 곱던 자리에 상처들만 박혔지만

새까만 절규들아 슬픈 눈의 운명아
날아갈 듯 날아갈 듯 지척에 고향 두고
엔딩은 나의 몫인데 눈이 너무 무겁다

* 귀향鬼鄉: 위안부 소재 영화 제목

보라색 히야신스

화사한 봄볕들만 골라 피는 주말 오후
우체국 옆 작은 꽃집 통유리 그 너머로
한눈에 혹 끌어당기는
우수어린 눈빛 하나

숨 막히는 향기가 덤으로 딸려오는
비애의 꽃송이를 창가에 들였다
슬픔도 사랑과 더불어
환해지는 거라고

오독의 시간

과일 드세요 어머니
얘, 나는 괜찮다

따끈한 피자예요
얘, 나는 됐대두

그 말씀 그대로 받아, 들고 나온 이레 해

애들이나 챙기라는
오랜 말의 층층에서

어머닌 또 얼마나
섭섭하게 내려왔을까

오독의 시간을 지나 말귀 이제 트인다

비의 랩소디

누가 여기 와르르 풀어놓고 갔을까

유리창
아래위로
피라미 떼
쏠린다

연둣빛 생각씨들이 소나기처럼 튄다

시를 사다

벼르고 별러 딸에게 고백했다

사실은 네 얘기 시에 써먹었어

진짜야?
그럼 엄마, 엄마
시 하나 또 팔까?

동전 소리

민화투 수다패 두고 방금 돌아온 어머니
뜨개질 동전 지갑 버선목처럼 뒤집고

하나, 둘,
세는 소리에 저녁이 건너옵니다

딸 아들 자랑하다 눈이 먼 동전들이
앞뒷집 할머니 무료한 시간을 끌고

두 평 반
어머니 고요도 짤랑, 흔들고는 갑니다

집의 말

연일 비를 맞고 드디어 말문을 연다
낡은 베란다에서 부엌 작은 창문에서
똑,
똑,
똑,
족히 한 되쯤 지난날을 쏟는다

네 아빠도 아니고 네 엄마도 아니고
이 집은 누구 꺼? 손주에게 묻던 아버지
이십 년 봉인을 뚫고 그 목소리 들린다

조이고 사는 일보다 여유도 둘 줄 알라고
어둠 저 편에서 내 등을 다독이듯
똑,
똑,
똑,
아버지 전언이 건너오는 밤이다

그대 이름은

예초기가 바싹 지나가고 나서야

짙은 네 향기도 수런수런 피어났다

저 너른 들판의 주인이 너였음을 알겠다

하루하루 흔들리고 또 하루 위태로워도

거칠고 가파른 길 온전히 살아야 하는

그대는 슬픈 비정규직 풀이라고 부른다

내 몸은 오른쪽으로 기운다

주먹만 한 덩어리 물혹을 떼어내고
빈자리 그 쪽으로 몸이 가만 기운다
허전한 마음을 괴어도 기우뚱거린다

나를 미처 내가 사랑하지 않은 죄
몸의 말에 미처 귀 기울이지 않은 죄
그 죄를 후려치고 가는 무의식의 기울기

저 조그만 여섯 살 알고는 있었을까
옛집 한쪽에 걸린 낡은 사진 속에서
십오도 오른쪽으로 기운 단발머리 보인다

소금 세 줌

어머니가 소금 그릇을 현관 앞에 놓던 날은
아직 이승에서 할 일이 남은 것처럼
바람이 창문에 악착같이 달려들던 밤이었다

산다는 건 생각보다 서늘한 일이라고
누군가 떨구고 간 빈자리에 오래 젖어
얼큰한 문상의 밤을 끌고 귀가하는 내 등에

때로는 이별조차 모질게 하는 거라고
풋내 나는 자식을 간이라도 하듯이
달빛의 흰 꽃잎을 훑어 뿌려주곤 하였다

권오신(權五信, Kwon, O sin)
1946년 경북 안동 출생. 안동교육대학 졸업,
중등학교 교원 검정고시(국어과) 합격. 《시
조문학》 천료(1979) 등단. 시조집 『네 생각』
(1995, 영남사). 민족시 백일장, 《샘터》 시조
상(1977) 수상 외. 경북문인협회 이사 · 감사,
안동문인협회장 역임. 영남시조문학회, 안동
문인협회, 한국시조시인협회 회원. 중등교사 재직.

가뭄

— 원천怨天
실 같은 물줄기 두고 고운 인정도 금이 간 날
한숨 섞어 우러른 하늘 구름 한 점 없는 무심
그 뉘가 청자 하늘이 너무 고와 서럽다 했나

— 통곡
열 번째 웅덩일 파다 지쳐 숨진 자넬 위해
우리가 해야 할 일은 통곡 밖에 없단 말인가
언젠가 자네를 닮은 그 앞날을 예감하며

— 절망
가뭄, 홍수, 가뭄, 홍수, 가뭄 가뭄 가뭄 가뭄
어느 해 어느 날인들 걱정 없은 적 있었습니까
이제는 기다림마저 허망한 줄 알았습니다

추회秋懷

닫힌 문 빈틈으로 하얀 빛 새어들어
귀뚜리 하 소절小節에 오던 잠도 멀어지고
흘러간 만단정화萬端情話로 긴긴 밤을 설렌다

수줍어 볼이 붉던 유년의 기억이며
청춘이 난파당한 젊은 날의 상흔이여
지금은 어느 하늘 아래 어머니로 있을 사람

흘러간 세월만큼 주름살이 깊어 가는
잎이 지는 소리에 맘이 젖는 내 사십은
두고 온 고향 강기슭 갈대꽃을 흔든다

4월의 꽃밭에서

활활 타오르거라 이글이글 불길이거라
봉오린 채 지고만 그 젊은 넋들이
돌아와 한 송이 꽃으로 부활하는 이 4월

그날 하늘을 울리고 지축을 흔들던 함성
끝내 먼 봄볕을 불러 뜨겁게 산하山河를 데운
그 선혈 낭자한 자리 꽃이여, 활활 타올라라

선술집 풍경

모두 제 나름은 한이 많은 사람이다
때로는 힘줄을 세워 우국지사가 되어 본다
잔 가득 넘치는 술에 너털웃음 흐른다

매양 지나고 보면 갈증만 남는 하루
넘어도 넘어도 가파른 삶의 고개
귀가를 재촉하는 사이렌 저 처량한 목메임

동양화

한 폭 하얀 선지 펴고 그 비경을 헤쳐가면
공해에 쫓긴 은어 떼 자맥질할 강도 있고
북녘 땅 안부를 싣고 기러기도 날아온다

생각만 해도 속이 다는 당신은 어디쯤 앉힐까
종이에 먹물이 스미듯 고운 정도 스며들어
그리던 붓을 놓고서 한참 맘만 설렌다

내 생애 눈빛이 닿은 이 세상 모든 것들
손길 스친 자리마다 웃음 띠며 부활하고
추천秋天도 한 자락 내려와 배경으로 두른다

수련

인생도 이쯤 되면 애증이 무에 아프랴
곧음만 능사인가 물결 따라 흔들려도
중심은 언제나 한 곳 돌아올 줄 아나니

진흙 속 마다않고 뿌리 뻗고 살아가도
티 없이 청정한 잎새 법등法燈 켠 듯 환한 꽃봉
한세상 바로 사는 법 먼저 깨친 슬기여

월외리月外里에서

하늘 땅 맞닿은 사이 숨구멍을 터놓고
해발 일 천 미터 호구의 줄을 매면
부르튼 손 마디마디 핏금지는 세월이여

삶이란 기나 긴 강 굽이마다 소용돌지만
목숨의 크나큰 불씨 신앙처럼 밝혀들고
오늘도 천 길 벼랑을 헤쳐보는 이 경작耕作

때로는 회의懷疑의 숲에 불면의 달이 뜨면
승냥이 울음 위에 내 혼곡魂曲을 얹어 놓고
생각에 생각을 포개며 구름 밖을 오간다

여기는 하늘 밑 일번지 태백 준령이 부리 쳐들어
달빛도 영을 못 넘고 고개 밖에 머무는 곳
내 젊음 사르는 소리만 메아리로 흐른다

속으로 삭힌 눈물 터드리면 강이 될 걸
그 한숨 마주하다가 너도 빛이 바랬는가

— 박꽃 3
넘을수록 높아만 가던 오뉴월 보릿고개
흥부의 횡재도 없어 못 넘어간 사람들
하얗게 부활한 밤은 달빛이 외려 무색했다

안동 민속제

— 차전놀이
기우는 사직을 지켜 뜨겁게 따던 선인의 숨결
민속으로 부활한 자리 함성은 하늘에 닿고
눈부신 오색 깃발 속 신명나는 징, 꽹가리

맞붙다, 떨어지다, 소용돌이 치듯 돌다
세 나라도 합쳤던 화랑의 힘찬 기백
즈믄 해 역사를 거슬러 다시 보는 투혼이여

— 놋다리밟기
내 역사 슬픈 한 때 눈물겨운 파천길
구중심처 귀하신 몸 행여 발에 흙 묻힐세라
착하디 착한 여인들 허리 굽혀 놓은 다리

낙동강 칠백 리를 눈물 적신 그 비사悲史는
흐르는 세월 속 아리따운 얘기로 남아
긴긴 밤 달이 지도록 다시 밟는 놋다리

모운사暮雲寺

노을 타는 서녘 향해 원을 두고 자리한 절
범종도 천 년 세월 결이 삭아 은은하고
모운사 저무는 구름이 추녀 끝에 머물다

툇마루에 걸터앉아 염주 굴리는 노스님
세월도 함께 굴러 백발성성한 노스님
그 스님 눈만 감으면 그도 하나 석불일레

고향시초詩抄 1

— 박꽃 1
어릴 적 눈길 속을 꽃이 되어 떠난 누이
상기 이승에 남은 그리움이 나래를 펴
달보다 환한 얼굴로 토담 위에 앉았다

— 박꽃 2
은장도 날을 세운 내 어머님 육십 생애

권오형(權五亨, Kwon, Oh hyung)

1951년 전북 정읍 웅동 출생. 전북대학교 졸업 (1978). 《시조생활》 신인문학상(2007) 등단. 세계전통시인협회 작품상(2017) 수상. 한국시조시인협회, 세계전통시인협회 한국본부 회원.

권오형 시인은 「가난의 노래」, 「그리운 금강산」에서 보듯 한국적 서정을 감성적으로 드러내는데 장기를 가지고 있으며 늘 섬세하고 신비감이 뛰어나서 미적으로 표현하는데 많은 노력을 기울이고 있다. 「봄길」은 어느 봄날 시골길의 정경을 예사롭지 않은 심미적 혜안으로 포착하고 있다. 「오늘은」, 「죽계에서」 등은 우리의 고유한 서정을 잘 형상화하고 있으며 「점경」은 인생의 생로병사를 내포한 원초적 아픔을 바닥에 깔고 휴머니즘적 관점을 시각적으로 이미지화 하는데 성공한 작품이다.

— 이석규(시조시인 · 국제펜 한국본부 자문위원)

가난의 노래

살구꽃 수북이 핀 양지바른 내 고향
젊은 농군 떠난 자리 봄볕만 푸지구나
산자락 이랑 긴 밭에 홀로 남은 어머니

무논엔 개구리도 울음 멈춘 적막 농촌
가난한 농사꾼의 설움을 생각하라
밭두렁 논두렁길에 낮달 같은 사람들

솔불 켜고 모여 앉아 별을 헤던 친구들아
이 밤도 달이 뜨고 별이 곱지 아니한가
한새벽 밀고 일어선 들꽃들을 보아라

옛 고향집

봄여름 가을겨울 뒤란 풍경 정겨운 곳
초가집 저녁 연기 느낌표로 피어 오르고
어머니 부르는 소리에 새도 함께 들던 집

봄길

보얀 봄길을 가분가분 걷습니다
풀꽃 빛 하도 고와 멈칫 섰다가
나비가 날아오길래 비켜주고 갑니다

오늘은

아차산 바위능선 반송盤松 아래 정좌하여
솔 향기 손에 얹고 하루쯤 함묵하며
저 강에 비춰도 좋을 자화상을 그릴까

죽계竹溪에서

죽계에 저 백로야 너도 홀로 나도 홀로
산골에 물소리가 그리 좋단 말이지
한새벽 솔 향기 그려 나는 여기 섰느니

그리운 금강산

상팔담 신비로움 고봉高峯에 드리우고
하늘 소리 쏟아내는 구룡폭포 물줄기
금강산 높은 기품을 빼 닮고 싶구나

연주담 비단 물결 구슬처럼 미끄러져
하나 된 옥류담이 눈물겹게 아름답다
겨레여! 만나야 한다 푸른 빛 고운 결로

옥류동 벽계수가 시리도록 이어지고
미인송美人松 솔 향기가 산곡에 가득한데
이대로 떠나야 하나 그리운 금강산

임진강

아직껏 비극의 흔痕 다 씻지 못했는가
철책도 삼팔선도 갈라놓지 못한 순류順流
저 멀리 한강과 하나 되는 은빛 파랑波浪 고와라

9월의 나무

구월의 나무들은 산달의 여인 같다
무거워진 몸으로 가을을 기도한다
저 열매 가지 휜 사랑 잎 진 뒤나 알까

허탈

아파트숲 잠자리는 층수만큼 높이 난다
초원이 그리울까 냇물 따라 가고플까
오늘도 날아오르다 낙하하는 너를 본다

점경點景

산과 들 정겨운 어느 한낮 지방도로
할머니 한 분이 한 점 풍경으로
구부정 지팡이 앞세우고 시침時針처럼 가고있다

허탈

아파트숲 잠자리는 층수만큼 높이 난다
초원이 그리울까 냇물 따라 가고플까
오늘도 날아오르다 낙하하는 너를 본다

권정희(Kwon, Jung hee) 본명: 권점희(Kwon, Jum hee)

1962년 경북 영양 입암면 출생. 《광진문학》(2014), 《시와소금》(2015) 신인상 등단. 시집 『별은 눈물로 뜬다』(2016, 시와소금). 천강문학상 시조대상(2016), 제9회 3·1절 만해백일장 대상 수상. 시와소금 시인회, 광진문인협회, 한국문인협회, 한국시조시인협회 회원.

전편을 관통하는 시심이 곱다. 지치고 정한 찰나들을 생각 짙게 들여다보는 마음가짐이 뭉클하게 표출된다. 페이지마다 배어있는 다정한 체온이 기다린다.

— 한분순(시조시인 · 한국시인협회 이사)

권정희 시인의 시 속에는 동양철학의 우주가 있다. 많은 시편들이 서정적 배경 속에 여백을 남긴 시어들로 [사랑]에 대한 관념적 지향도 꽃처럼 붉다. 그래서 더욱 시리다. 꽃 속엔 '외로움'('홀아비바람꽃')이 있다. 시인의 시는 고통 속에 핀 생활의 언어다.

— 박복영(시조시인)

감각적 표현과 사유의 심층성이 퍽 돋보인다. 정형의 울타리 안에서 '산의 울음'이 '붉은 나뭇잎'으로 전이되어가는 감각의 청신함과 단아한 시상을 보여준 것이 매우 인상적이다.

— 유성호(문학평론가 · 한양대 교수)

갈잎, 붉다

산이 우는 소리를 들어본 적 있는가

온갖 꽃들 홀홀 지고
비 뚝뚝 듣고 난 후

오지게
초록에 묻혀
꺼이꺼이 우는 소릴

가풀막 길 능선자락
귀 열고 선 나무들

아무나 들을 수 없는
굽이도는 저 울음을

잎마다
풀어 놓는다
가을이면 저리 붉게

눈 내리는 숲에 들면

저기, 숲에서는
나무들이 성자다
묵묵히 숨을 고르며
겨울을 나고 있다
한 세월
굽어 본 세상
고요 속에 던져 놓고

그렁그렁한 눈물 따윈
홀홀 벗어 던졌다
달게 달인 햇살 한 줌
단단하게 감아쥐고
지상에
내리는 은빛세례
의연하게 받고 섰다

선바위

죽음인 양 고요하다
절집 같은 산중에는

풀어놓은 사연조차
이울고 바래었다

별지고 달빛 환한 날
석불로나 앉아볼까

생각이 넘치거든
산도 거뜬 지워보고

피안彼岸으로 가는 길
강물로도 젖어보고

그래도 마냥 쓸리면
풀꽃보며 웃지요

산에는 메아리가 산다

비 그친 새벽, 안개 분분한
숲 속 오솔길엔 고요가 가득하다
내밀한 숲의 정기가 푸르도록 눈부시다

밟으면 감기는 듯 다가서는 골을 따라

말갛게 씻긴 몸을 당겨 안고 올라보면
누군가 숲을 흔드는 울림소리 낭낭하다

저 숲을 어우르는 천의 손을 가진 자는
어디쯤, 골 어디쯤 제 울음을 풀어 놓고
새도록 피 닳는 목숨 메아리로 빚는지

가만한 바람결에도 제 그림자를 지우고
쩡쩡한 울음소리만 띄워 놓고 사라진다
산에는 슬퍼도 사는 메아리가 살고 있다

홀아비바람꽃

바람의 이름으로
세상 밖에 홀로 섰다

그 누구도 놓지 못한
외로움이 키운 적막

여여한
달빛 아래서
태워볼까, 이 봄날

그리움이 걸어왔다

구절초 꽃숲에서 잠시 동안 흔들렸다
하얗게 불태우는 초록이 마냥 깊어

제 살을
덮고 부풀려
손 흔들고 있었다

가진 것 다 내주고
내려놓은 자리마다

한순간 풀린 생이 남김없이 타오른다

발치에
물살로 오는
그리움이 걸렸다

마당귀가 있는 풍경

마당귀에 둘러앉은
꽃들이 소란하다
자작자작 오는 비에
맘이 절로 설레는지
바람이 불지 않아도
한껏 몸을 흔든다

작약은 자락자락

수국은 스륵스륵
몸으로 풀어가는
저들만의 무한언어
좋아라
귀 세워 듣는
여름날의 무아경

반가사유상

어지간한 소리들은 귀가 커서 잘 듣겠다
저 앞에 무릎 꿇고 지극히 원 세우면
두 귀를
허공에 걸고
피 닳도록 듣겠다

면벽한 자세로는 들을 수 없는 소리 있어
수천수만 귀를 열고 고심하는 저 사내
화엄꽃
곱게 피는 날
철 밖으로 나오겠다

연서

누구의 마음이기에
저리 붉게 타올랐나

흥건히 익은 속을
홍등처럼 내어 걸고

보란 듯
자지러지는
배롱나무 긴 연서

누린내풀꽃

꽃다이 피고 싶어
여름에 불 당겼다

누린내 풍기며 타는
간절한 목숨이다

한마디
불평도 없이
건너간다
한恨 세상

권진희(權鎭喜, Kwon, Jin hee)
1931.~2002. 전북 순창 출생. 호 강석(江石).
조선대학교(국문학과) 졸업. 동인지《옥천》
시 발표(1961).《시조문학》「돌절구」천료
(1978) 등단. 시조집 『어느 기항지』(1982, 유
림사) 외. 한국시조시인협회, 전북문인협회
회원. 남원고, 순창농고, 전주농고, 이리농고
등 재직.

―

강물

숱하게 얼룩진 강산을 질러서
여명으로 터오르는 찬란한 햇살에도
외로이 흐느껴 온 긴 긴 물굽이

별들은 잠들어도 우짖는 세월 속에
스산한 서라벌이며 어느 날의 핏물이랑도
강물은 쓸어 가며 먼 날로 흐르는가

상기도 출렁이는 격류를 달래어
소망에 일렁이는 너와 나의 가슴 모아
오늘은 아, 암묵으로 다스리는 강물이여

돌절구

처마 위 성긴 풀잎 애처러이 손 흔드는
뜰가에 바람만이 뒤지고 지나간 자리
돌절구 입 벌린 채 장승 되어 서 있다

눈부신 정소리에 미소로 태어난 후
떡방아 빻아 내어 흥청한 뜰로 가꾸다가
물바다 하늘로 넘치며 담아 보낸 세월아

뜸해진 사람 자취 우물가에 기대서서
꽃구름 번져오는 생각에 가슴 뛰면
맴돌아 귀 울려오는 절구 소리 소리여

석굴암

온화한 얼굴로 두 손에 하늘 안고서
아침마다 솟는 햇살 불심으로 활활 태워
온누리 비추어 주시는 금백호金白毫의 눈부심

지그시 감은 듯 천 년을 그리 조용히
한마음 모으고 줄지어 선 가슴마다
한 줄기 회오悔悟의 바다로 적셔주는 자비여

차가운 돌 쪼아 고운 숨결 물결로 일어

서라벌 천지를 지켜 법열에 회오리치는
돌부처 고운 살결 위 억겁 부신 임의 손길

황혼

하루의 지열을 뽑아 불로 타는 하늘 끝
산 너머 어둠 사이 금빛은 이랑이랑으로
온누리 출렁거리는 가슴 치는 노래여

마지막 손 혼들어 어둠을 불러내어
아무도 소리 없는 참으로 조용한 누리
몇 마리 날아가던 새 어디론가 묻히다

화개골 벚꽃

한겨울 깊은 숨결 불면에 도사리다
모은 정 꽃으로 피어 한바탕 웃어보곤
백설로 우수수 뿌리는 쌍계사 벚꽃 길

화사하여 시샌 비바람 철 철 철 눈물로 뿌리는
화개골 십 리 벚 길 만장의 물결 위에
꽃잎 새 흐느끼는 듯 들려오는 종소리

한산도 뱃길

섬 사이 푸른 물결 뱃머리 밀려가면
거북선 등대 달릴 듯 수호의 화신으로
상기도 노여우신 눈길 멀리 바다 지킨다

가도가도 잔잔한 짙푸른 물결 위에
나라 위한 불같은 포효, 소리 없이 메아리치는
한산섬 밝은 달밤에 사무치는 가슴앓이

운산雲山 고갯길

어린 다리 이끌어 산딸기 꺾어 들고
가다가다 쉬어 가며 반나절을 걷노라면
푸드득 놀라 깬 산꿩 울고 가는 고갯길

산길 밭길 섯돌아 가면 마을 하나 다소곳하다
산이 첩첩 구름에 쌓여 운산이라 하던가
철철이 오르내리던 마음 엉킨 황톳길

웅포에서

강물 굽어 정자에 서서 물새 울음 들으면
돛단배 나부끼며 파시波市로 흥청이던

이제는 전설로 듣는 옛 포구의 그림자

벼슬을 물러나와 외로이 앉은 강변
서녘 노을 바라보며 강바람에 세월 보낸
서러운 유배의 자취 어디서 찾을까

용두암

먼 남쪽 쪽빛 바다 탐라의 모서리
격랑에 씻겨 가며 긴 세월 그런 몸짓으로
손들어 메아리치며 하늘에 서 있구나

바닷물 한 자락 끌어 뛰어 오르다 화석 된
영생의 꿈 깨어진 황제의 회한스런
처연한 흐느낌인가 산산이 찢긴 표상이여

밀어 낸 산 흘겨보며 두 손엔 가시가 돋쳐
노을 속 휘젓는 용녀龍女의 소맷자락
해풍에 출렁거리며 한라산에 나풀대네

산에 눈이 내리면

별빛처럼 한 밤을 운무로 내리더니
산등성이 골짜기 사이 바람마저 잠재우고
이리도 깊은 태초 가득히 열어주다

권혁모(權赫模, Kwon, Hyuk mo)

1952년 경북 안동 남선면 출생. 공주사범대학 졸업(1975). 〈동아일보〉 신춘문예(1984) 등단. 시집 『오늘은 비요일』(1994, 그루), 『가을 아침과 나팔꽃』(2005, 영남사). 중앙시조대상 신인상(1994), 한국시조시인협회 작품상(2010), 한국꽃문학상 특별상(2019), 월간문학상(2020) 수상. 한국시조시인협회 자문위원, 안동문인협회 회장 역임. '오늘' 시조동인. 한국현대시인협회 회원. 양천문인협회 이사, 한국문인협회 문학정보화위원장.

첫눈 5

　　　　　　　권혁모

거기까지 했지만
여기까지 밀려서 왔네
손구름 언 이야기
나이로 날아와서
벗어 둔
그래 섶밭에
꿈게 앉아도 보네.

—

권혁모는 〈동아일보〉 신춘문예를 통하여 화려하게 문단에 등단하였다. 그는 물리학을 전공한 과학도이기에 오히려 정치精緻한 시를 쓸 수 있는 토양을 지니고 있다고 보는 것이 옳다. 또한 정치한 감성을 올곧게 풀어내고 있다. 그러나 그는 시에서 그 감성을 직설적으로 드러내지 않고 은유적으로 에둘러 표현한다.

결국 그가 보여주는 시적 경향은 결 고운 서정성에 있다. 이러한 경향이 시적 변용과 내면화 과정을 통하여 그 나름의 개성적 아우라를 구축하였다. 그 아우라는 그의 시 속의 방향芳香, 여운, 정서적 감흥 등의 형태로 스미고 있다.

— 이동백(시조시인)

—

하회동 소견

모래알 다 닳도록 예서 우리 발 묻고 살자.
눈감고 염주 굴리듯 굽어 도는 하회 나루
청미의 젖은 강변에 천년 꿈을 모아 살자

내 아직 뜨지 못하네 저 노을 두고서는
류 씨 댁 지킨 내당 서리 받아 익은 홍시
닦아서 가슴에 담아 이 겨울을 나겠네

용마루 휘인 골이 솔빛 엷어 푸른 둘레
맴도는 세월 뒷길에 풀씨 물고 오는 새여
숨겨진 그날의 얘기 해를 치며 앉는가

낮아서 어여쁘던 초가 세운 주춧돌이
눈물을 깔고 앉아 평생을 여민 터전
아, 백발 희던 가락을 한 끝으로 눌러본다.

첫눈

1
첫눈은 하늘에서 오는 것이 아니란다
눈망울 속 고인 사랑이 홀씨로 떠다니다
연둣빛 당신 가슴으로
뛰어내리는 거란다

첫눈은 겨울에만 오는 것이 아니란다
해종일 반짝이다 소등한 자작나무 숲
목이 긴
기다림 끝에
등불 들고 오는 거란다.

2
금모래 긴 강변길
손잡고 걷던 첫눈아
헤매고 헤매어서 마주치는 바람 속에서
산목련
새하얀 날들이
흔들리며 내려온다.

가을 아침과 나팔꽃

이른 아침에 일어나 창밖을 바라본다
잎잎이 갈 길 나누어 보석을 매단 외줄기
천지간 고요의 햇살을 가장 먼저 받고 싶다

한동안 잊었다가 눈여겨 바라볼수록
추억을 더듬으며 말아 올리는 저 꽃잎
손전등 환히 켜 들고 나를 찾고 있다

하루를 열고 닫듯 그럴 수만 있다면
저 가운데 한 송이 방석을 깔고 앉아
내 안에 가둬 둔 말을 관악기로 불고 싶다.

산실産室에서

병원 산실 유리창 너머 꽃말을 듣고 있네
초롱꽃 민들레꽃 한 아름 받아 든 목련
전생의 이름표를 달고 꿈길 향해 달려오네

나도 너처럼 거슬러 봄을 베고 누워도
밀어 보낸 썰물로는 다시 못 채울 그 하늘
산과 들 두 손 꼭 잡고 무지개를 바라 섰네

단숨에 천지를 얻고 작은 영토를 만들어
그 안에 맑은 수액이 내 안에는 얼마나 있을까
해와 달 번갈아 안으며 소나기를 맞고 있네.

유디트
— 클림트 작품전에서

봄바람 한 줄기였나, 황금빛 유혹을 참는
고혹의 눈빛이 머문 가시연꽃 몽우리
비칠 듯 젖은 옷자락 속 숨죽이며 있었다

유채꽃 펼친 날은 꿈에서만 그리던 시절
의기義妓였나 열사였나, 남강보다 더 푸른 조국
여자의 새파란 독이 손끝에도 묻었다

눈길만 주어도 아득히 빛이 튀는 초원
먼 기다림만 같은 먼셀 색상지 위에
별 밖에 모르는 한 사람 내려두고 싶었다.

패랭이꽃

밤새 누가 옮긴 걸까 평화시장 단추 가게
추억의 박물관이 눈인사를 보내는데
잃었던 단추를 찾아 손전등 비춰 봅니다

풍랑 다 밀어 보낸 나뭇잎배 은하를 지나
거기 반달과 여기 반달이 서로 나누어 갖듯
보랏빛 단추의 꿈이 많이도 닮았습니다

삼천의 삼천을 헤매 만난 우린 보헤미안
옷깃 스친 빈자리가 흰구름으로 가고 있는
하늘 창 반쯤을 열고 당신 참 그리워합니다.

추석 달

손주가 손 잡아 끌며 달을 보러 가잔다
그렇지 네 달은 거기, 내게는 가슴에 있네
그리움 마중하는 오늘 참 오래 보고 싶은

생시인가 하였더니 금세 꿈속이고
언제나 제 뒤에서 지켜만 보시더니
아득히 허공다리 건너 문 밖에 와 계신다

넉넉히 아주 넉넉히 탑을 쌓던 그 밤이
구름인 듯 별빛인 듯 눈이 부신 객창에서
고와서 서러운 것도 당신 그늘로 젖는다.

한지창

햇살끼리 모여 앉아 정겨워라 장지 밖
가만 보면 문이 아니네 인동꽃 피는 시절
그림자 흐린 불빛도 어디 보일 것 같다

별은 대책도 없이 감꽃으로 지는 뒤란
노랑 꽃창포 눈웃음이며 떨리는 숨결까지
초롱 등 창가에 기대면 들릴 것도 같다

펼쳐서 풀질하고 황국 곱게 앉혀 두면
시린 관절 마디마디 문풍지로 우는 겨울
톡 톡 톡 두드리는 봄 누가 올 것만 같다.

귀

그냥 두어도 될 걸 또 건드리고 말았다
속삭임도 느껴야 할 한 겹의 상피세포를
미워도
미워하지 않으며
사랑으로 닦는다

달팽이관 어디쯤에 그리움이 사나 보다
한쪽이 불편하면 다른 쪽도 따라 불편한
서로가 그리며 살아
사뭇 아픈 관계여.

자작나무에게

나 한때 산촌에서 자취하고 있었을 때

그대 가을 편지가 창을 넘어 들어와

밤새껏 잠 못 들었던 그날이 생각나는가

나 깊은 꿈결이었을 때 초병으로 지켜 서서

손바닥 흔들며 흔들며 별을 불러 모았던

그날 밤 이니스프리를 아직도 기억하는가.

권혁범(權赫範, Kwon, Hyuk bum)

1959년 경기 용인 기흥면 출생. 성균관대 유학대학원 수료. 《시조생활》 신인상(2011) 등단. 세계전통시인협회 감사장(2012), 세계전통시인협회 공로상(2016) 수상. 동인시집 『열 가닥의 실을 엮다』(2015, 지식과 감성). '삼소회' 동인. 시조생활, 세계전통시인협회, 한국문인협회, 한국시조시인협회 회원.

—

권혁범의 시조는 유교적 윤리관에 그 뿌리를 두고 있다. 사람과 자연이 하나이고 서로 감응하며 조우하는 세계에서 그의 서정이 출발한다. "많이 드시게"처럼 집에 기르는 가축도 그에겐 가족이며(「우시장 가는 길」), "감꽃 지는 소리에 남폿불 이울던" 배경에서 몇 번씩이나 들은 어머님의 이야기를 "처음 듣는 것처럼"하는 부모님에 대한 애틋한 사랑도 유학의 몸소 실천에 다름 아니다(「처음 듣는 것처럼」). 또한, 힘든 현대인들의 삶을 노래하며 위로와 공감을 얻어내고 있다(「다림질」). 이런 정서가 현대적인 수사修辭에 힘입어 울림이 큰 시조들을 생산해 내고 있다.

— 최순향(시조시인 · 《시조생활》 주간)

—

우시장 가는 길

콩 넣은 쇠죽가마
불 지핀 노인 눈에
무심한 워낭소리
그늘로 흔들린다

새벽에
먼 길 가느니
많이 드시게 많이 드시게

애기똥풀

남산 기슭에는
아가들 사는갑다

모데기 모데기
애기똥풀 있는 것이

길가에
노오란 웃음이
까르르르 까르르

처음 듣는 것처럼

감꽃 지던 소리에
남폿불 이울던 밤

저번에도 들었던
어머니의 그 이야기

가끔씩
추임새 넣었지
처음 듣는 것처럼

좋은 날

은행잎 연둣빛이
하늘을 물들인 날

창경궁 돌담길을
궁서체로 걷는 여인

바람도
숨을 죽인 채
멀리서만 보고 있다

다림질

우글쭈글 구겨진
저고리를 다린다

자가웃 남짓한
가슴께도 펴 본다

어깨선
날이 설 때쯤
자존심도 세워보고

권형하(權亨河, Kwon, Hyung ha)

1953년 경북 상주 출생. 단국대학교(국어국문학과) 졸업. 《시조문학》 천료(1981) 등단. 〈매일신문〉(1984), 〈중앙일보〉(1986) 신춘문예 당선. 시조집 『새는 날면서도 노래한다』(1990, 가람), 『바다집』(1997, 동학사), 『꿈꾸는 섬』(2005, 뿌리), 『꿈꾸는 산』(2015, 시선사). 한국시조시인협회 회원.

—

들국화

가려 앉지 못하고 풋 목으로 번져든 길
생각만 키로 서서 먼 발치로 돌아보면
삶이야 외롭다지만 애향愛香으로 자랐다

꽃심이 흘린 여정 매무새로 챙겨들다,
푸르게 닦인 하늘 거울져 비춰내면
입가에 노랗게 지는 염원을 토하던가

기우는 가을날이 이슬 받아 눈을 뜨고
밝혀 들 여린 등심燈心 별빛으로 켜보며
몸짓만 울음 잊으련 이 생으로 살고 싶다

갈대

맵시로 골라 서 볼 화원이야 외오 두고
물비늘 지는 언덕에 옷섶 여며 따로 서면
사랑에 피리 부는가 뭇새 울음 닮는다

늘 하구河口의 순정 여윔으로 일어서는
손길마다 되뇌도 갈볕 속에 깃들어
뜨거이 살아온 하늘가 담지 못할 빈 둥지

회한 같은 그림자를 물빛 찍어 그렸을까
큰 키로 재어본 세월 꿈도 다진 풀꽃인데
강가에 서 있는 미루나무 그도 울고 있구나

거리의 악사

어둠살로 무대 꾸며 막 오른 부산역 지하도
발길마다 눈빛마다 노랫소리 무르익어
굉음轟音이 가슴 뜯어도 음표 하나 잃지 않으면

노을로 여운 짙은 만돌린의 가락에
비릿한 박수 소리로 감동의 눈을 뜨며…
넘치는 그 마음 언저리 달빛도 바다로 못나가고

소야곡을 애절히 듣던 광장의 발길은
비릿한 생애를 푼돈으로 꿰어드는데
그 마음 펄쩍 뛰는 생선 되어 밤바다를 헤엄친다

개구리 울음

온종일 서너마지기 봄바다 물이랑에
아배는 논길 따라 풀무덤에 묻혔고
졸음에 놀 빛 까먹어 돛배 띄운 눈물 자국

은하 건넌 엄니는 뱃길로 온다지만
무너질 밤 허리에 시장기만 챙기다가
받아든 저녁상에는 울음 한 사발 끼닐레라

산성山城

영嶺 넘는 발길마다 이름을 불러주고
세월의 여한旅恨 숨겨 자욱을 쌓아 가면
이정표 연 여울의 가슴 눈물 속을 걷더니

자취로 묻는 사억死憶에 석화 핀 웃음 결도
부끄런 이력 펴긴 전설로 헐리던가
돌아설 마음 고쳐도 아파오는 발걸음

이장移葬

4월 5일 식목일 수몰 예정 지역에는
등성이마다 삽을 들고 땅을 파고 염송을 외며
뿌리도 없는 그루터기를 이장하고 있었다

조상들의 입김은 버들잎으로 눈뜨는데
봄빛만 담아 놓은 흙 한 뜸의 소쿠리로
저승은 멀지도 않은 손에 묻은 바람이어라

잔설

내 사랑 풀려나던 봄 볕살 가지 끝에
몸짓으로 울어 에다 이 골짝을 못 떠나고
안부로 날리울 가슴 핏기 비운 얼굴

갈 곳도 잃어버리고 응어리로 잠 못 들어
내 가슴 솔깃에 묻어 휴지로나 흩어지면
헛디딘 발자국마다 눈물 녹아나구나

기영주(奇泳柱, Kee, Yung ju)

1939년 전남 장성 남면 출생. 광주북중(1955), 광주고교(1958), 전남대 의과대학 졸업(1965). 〈미주 중앙일보〉 신춘문예 시(1995), 《시조문학》 추천(1996) 등단. 시집 『맨해튼의 염소』(2002, 미래문화사), 『사막의 염소』(2015, 미래문화사). 해외 동포 문학상(2009), 미주 문학상(2016) 수상. 오렌지 글사랑 회장, 재미 시조시인협회 회장, 미주문인협회 이사장 역임.

기 시인이 선택하는 언어는 비교적 평이한 편이다. 이러한 말들이 상상, 영상, 심상 등을 만나서 여과되는 중에 핵분열을 일으켜 엄청난 힘을 발산한다.

　　　　　　　　　　　　　　— 고원(시인 · 전 라번대학 교수)

지상에 잠시 머물다가 사라지는 인간과 영원한 자연의 숙명을 대비하고 있는 이 시는 투명한 눈물 속으로 얼핏 비치는 한 줄기 햇살과도 같은 진리와 미의 금싸라기를 이룬다.

　　　　　　　　　　　　　— 김승희(시인 · 서강대 명예교수)

먼 이국 유랑민의 노스탈지어가 짙게 밴 비가를 서정적 시어로 담아내는 데 뛰어난 재능을 보여 주었다.

　　　　　　　　　　　— 윤병로(문학평론가 · 전 성균관대 교수)

비탈에 선 나무들

풀잎들이 말라가는 바람 많은 비탈에서
상처 입은 여린 가지들 손을 모아 흔드네
옛날에 늘 그랬듯이
잿빛 하늘이 무겁구나

누가 피리를 불어 피멍이 풀린다 해도
마른 가지들 노래를 풀어내지 못하네
노을이 붉게 물들면
바람 앞에 다가서네

천 년 동안 피 속에 살 속에 또 뼛속에
숨겨온 아픔 뿌리로 깊이깊이 내리네
모반의 계절을 인내하는
비탈에 선 나무들

십이월 차고 푸른 날

내 마음 깊은 곳에
볕 드는 땅이 있어

봄이면 씨 뿌리고
가을엔 거둬들이고

그리움을 묻어 두고
한생을 살으렸더니

겨울이 오는 길목에
정과 한이
남아 있네

깨진 놋화로

칼이 되어 살육의 도구로 쓰이기도 했고
제기祭器되어 제물을 담기도 했으리
지금은 깨진 놋화로
불을 담을 수가 없네

오천 년의 무게를 떨쳐 내어 버리고
햇살 따라 멀리 날아 오르고 싶어라
깨어진 놋화로의 꿈
장인의 가슴 설레네

폭포에서 떨어져

아픔을 지닌 채 바다에 이르는 줄을
흐르는 것들이 슬픔과 그리움인 것을

폭포가 없었더라면
강물은 몰랐으리

새벽 풍경

젖은 별들 샛강에 내려와
안개에 싸이는데

귀뚜라미 울어 울어
긴 밤을 지새는구나

더불어 사는 세상을
혼자 울어 어찌 하리

경칩 소고

남풍 불고 봄비 오면
깨어 나는 찬피 동물

네 몸 속 찬 피가
네 죄는 아니어라

사람이 지어낸 차별
가슴 아파하지 마라

귀항歸港

낙조 붉은 난 바다에
흐린 섬이 흘러가네

바다 길이 아득하여
안개 낀 가슴 아파라

선수船首에 역풍 불어도
귀항하는 작은 배여

꽃비 내리는 날

새 옷 입고 단장하고
새롱새롱 노래하네

백마 타고 님이 오네
가슴 둥둥 북을 치네

누이야 꽃비 내린다
바람 부는 언덕 길에

유랑의 길

가슴속에 아픔이 있어
길을 가며 노래하네

바람 속에 그리움이 있어
길을 가며 노래하네

노래를 부르고 싶어
먼 길을 가고 있네

염소의 뿔 2

안테나 머리에 달고
이국을 떠도네

수신이 되지 않아도
버리지 못하네

고국에 돌아 가는 날
모국어로 수신되리

길나현(吉娜見, Gil, Na hyun) 본명: 길명희(Gil, Myung hee)

1958년 강원 화천 하남면 출생. 한국방송통신대학교 졸업(2015). 《시조문학》(1993) 등단. 시집 『날마다 오토바이를 타는 여자』(2000, 창조문화), 시조집 『아버지의 조선낫』(2006, 태원), 강원시조문학상(2006), 화천문화상(2010), 화천선관위 전국백일장 최우수상(2010), 강원펜문학 번역작품상(2010), 올해의 시조문학 작품상(2018) 수상. 한국문인협회 화천지부장, 강원문인협회 이사, 강원시조문학회 부회장, 강원펜문학 이사 역임.

파

길나현(명희)

대파 실파 좌파 우파
이념도 먹거리네

당파는 파를 갈라
쪽파를 또 만들요

서광동 북새통에선
이념도 양념이다

—

「38선」은 의인화한 작품이다. 사람이 일상생활을 할 때 가장 많이 쓰는 것이 손과 발이다. 많이 사용해도 손과 발은 별로 고장이 나지 않는다. 헌데, 몸 전체를 지탱해주는 허리를 많이 쓰거나 잘못 사용하면 자주 고장이 난다. 화자는 초장에서 일반적인 상황을 제시하면서 이를, 남북의 원경계선인 38선이라는 특수상황으로 연결한다. 시상이 매우 기발하다. 종장의 38선 철조망은 상징적이다. 남북으로 가르는 155마일 철조망, 이는 우리의 슬픔이요 아픔이요 한이다.
파스는 아픔을 치유하는 약이다. 철조망 허리를 고치는 약은 서로가 불행과 비극을 낳는 욕심을 버리고 따뜻한 동포애를 발휘해야 한다. 이 작품은 익살과 해학이 넘치는 고도의 유머 감각으로 인간의 아픔을 치유하려는 시인의 시적 역량이 돋보인다. 시인의 익살과 유머가 38선의 철조망 허리를 치유해 걷어 낼 수 있는 유일한 처방전이다.

— 신복선(시조시인)

—

파로호

전쟁이 낳은 사생아
호적엔 대붕호로

이승만 대통령이
남의 자식 입양하듯

맘대로
붙여 준 이름
한국전쟁이 아비네

곡운구곡*

김시습 정약용
조선의 천재들

시대의 아픔을
운문으로 치유한 곳

곡운의
기개 본받은
사내면 삼일리

* 곡운구곡: 곡운谷雲은 김수증의 호, 강원도 화천군 사내면 삼일리 소재.

비목

돌비석 세울 수 없어
나무십자가 세우고

망자한테 미안해
비목이라 이름하다

녹이 슨
철모 하나가
그 아픔 삼키네

산천어 축제

소금 배 닿던 곳이
관광버스 즐비하다

하얀 얼굴 까만 얼굴
얼음 구멍에 얼비치고

산천어
낚시질은요
마법 건다 모두를

내 인생의 바코드
– 용암리

물병자리 인증받고 부잣집 딸로 태어나
아버지 밟던 땅을 내가 받고 자라나서
엄마가 본 하늘 높은 곳 시인의 꿈 심었다

언문해독 하면 된다 아버지의 억지 속에
책가방 태질하고 양쪽 모두 패잔병
그래도 『아버지의 조선낫』 시조집 상재하다

용화산의 고장
― 삼화리

정자관 점잖게 쓰고 화천춘천 굽어보니
돌모루* 너럭바위 예사롭지 않은 장소
구석기 유적유물이 그들의 자취인데

무너진 맥국 성터 이끼만 푸르고
폐허 된 성불사 종소리만 맴을 돌고
지나간 옛 이야기는 용화산을 넘는다

* 돌모루: 강원도 화천군 하남면 삼화리에 있는 자연마을.

거례리*

다리가 붓도록 보따리 이고 지고
붓다리 고개 넘던 보부상의 흔적들
38선 민주주의와 공산주의 거례됐다

지금은 북한강가 사랑나무 그늘 아래
골프장 테니스장 해와 달 음악카페
광바위 쓰여진 옛글 그 또한 물건이지

* 거례리: 강원도 화천군과 춘천시 경계에 있는 마을.

곡운구곡 실경산구 맥잇는
― 길종갑 화백

삼일리* 계곡에 살며 시류 계파 멀리하고
내 고향 앞 뒷동산 판에 박힌 듯 그려내
길 화백 눈부신 색채 요즘보기 드무네

도토리 줍는 청설모 땅굴 파는 오소리
동작 놓치지 않고 붓끝으로 살려내
삼일리 곡운 구곡도 삼백 년만에 부활이네

토마토 그림농사 모두가 중요하네
낮에는 땀 흘리고 밤에는 캔버스에
조세걸** 뒤이은 화가 일품이네 수염이

* 삼일리: 강원도 화천군 사내면에 있는 마을(곡운 김수증이 은거해 살던 곳)
** 조세걸: 조선후기 실경산수화(곡운구곡도)를 그린 화가

대붕호*

한 번의 날갯짓으로
구만 리를 나는 대붕새

황하에서 깃을 펼쳐
내려앉은 곳 구만 리

지금은
파로호 되어
화천의 명소네

* 대붕호: 강원도 화천군 간동면 소재.

월하 이태극

시조시인 국문학자
월하 이태극 선생님

고향 사랑 나라 사랑
한평생을 바치고

시조를
전국에 심어
민족정기 가꿨네

길미자(吉美子, Gil, Mi ja)

1942년 강원 화천 하남 출생. 중학교 졸업. 강원도 주부백일장 장원(1975), 《시조문학》 천료(1977) 등단. '삼악시', '씨얼시조' 동인. 춘성 군청 타자원 근무. 지방 4급 시험 합격, 지방행정직 공무원 근무. 가톨릭 까르멜관상 수도원 수녀 종신서원 발임, 건강상 사퇴. 현 캐나다 이민, 해외 거주.

—

산새

1
빛 쏘여 맑은 자락 울음 삭힌 노래런가
항거의 나래를 쳐 뼛골 깊은 한도 털고
개연槪然히 고공을 날아 학이듯 학인 듯이

한 모금 목 축여 온 달 보드렌 냇가에서
비 갠 놀 누에머리 뎅그렁 쇳소리에
일렁여 저리는 통한痛恨 울어 예나 한사코

2
소리 내 울 적에는 딸꾹질에 겨운 노래
고고枯槁로운 넋을 삭인 나붓한 우짖음을
다만지 내 외로움으로 찾으리라 님 하나

3
고개티 덤부렁 듬쑥 나비잠에 놀소린가
바람 궂은 가지 끝에 놀란 가슴 쉰 울음아
마뜩인 누망의 하늘 미쁨 안에 띄우네

4
즈문 곳 가려 앉아 햇살 펴 온 나래런가
꼭두에 지순한 새 꽃잎 스치운 미풍에
창 너멀 반겨함인가, 꽃 피기 전 우는 새여

천상의 임의 표지 영문 모를 소식인가
어쩌랴 꿈 먹은 듯 시름 벗는 격조율에
해묵은 청향靑香 나무에 바람 실어 오는데

강나루

애환의 산번지山番地 눈빛 같은 저 불빛
내밀한 적멸寂滅 태우는 규방 잠근 하늘인가
강나루 떠 흐르는 불빛 철쭉 같은 저 불빛

생각이 깊은 날은 물빛 또한 짙푸르고
떼구름 불러 모아 때로 슬픈 여울이던 것
한 가람 안개를 벗고 둥싯 뜨는 메아리

대성산大城山

동토凍土 위 돌무덤은 흰 띠 두른 행주산성
청솔 빛 시린 애환 눈밭 녹는 실 빛줄
내달아 압록강 기슭 꿰고 싶은 실마리

산 마당 비탈 갈아 재어 보는 하늘 한 폭
눈 아래 한 치 그늘 차마 쓸어안은 가슴
대성산 마파람 실어 넘나드는 숨결아

곤추선 선잠 너머 눈망울로 이울다가
빈 가슴 북을 울려 서릿발로 꽂은 깃발
천지는 손금을 뚫어 봄 강물로 풀리라

강촌

내 한생 피 묻은 살붙이 뿌리도 가지도 없이
눈빛이사 별 빛 천지간 티끌인데
스스로 풍랑을 싣고 갈잎 하나 더 있다

바람도 잠재운 날 마알간 덧니 하나 솟아
허물린 돌 틈을 타고 성城을 여는 천연의 빛
가만히 목숨 둘레에 바스락 소리도 없다

필연의 매듭을 묻네, 숨을 거둔 침선針線의 문
들녘에 나앉은 산당화 애써 가린 붉은 치마폭
함성의 불꽃을 터쳐 재를 부리고 섰다

꽃샘

이 무슨 현란한 매질 같은 미소던가
부끄려 입을 법한 강물 같은 먼 인연
거슬려 펴 올리는 심사 비껴가는 눈가림

비켜선 산모롱이 어둠에 빨려든 등 너머
벌거숭 버버리 같은 그림자의 화신
옷 벗은 만개한 꽃송이 부끄러움 잊고 섰다

눈眼 속에

가진 것 눈빛 하나 둘이서만 행복하자
허리 맨 목달이 송아지 멍에는 아직 없는데
어미 소 새김질 속에 먼 신작로가 떠나고

산 너머 흙먼지 바람 내 아기는 그걸 모른다
겨울 풀 한 오리에 봄볕 녹는 보리밭 저쪽
산 너머 또 산일 줄을 내 아기는 모른다

눈의 한恨

호박꽃 울녘 같은 눈시울 붉은 날은
반란을 도모해 온 바늘 끝 촛불로 옷을 벗나
캄캄한 뜨락 거닐 듯 먹을 갈아 엎는다

눈 둘 곳 바람으로나 하늘 녘 별이 되리
오가는 구름 모양 따라 비 부려 흐리나니
저 언덕 구름 밖 길을 눈을 감고 달린다

뜸북새

어둠을 돌아 나온 산마을 솔밭에
비 뿌려 온다 빗줄 타고 오는 소리
조각 논 오라비 혼이 밤과 낮을 울린다

산이 높다 되려 잊을까 아련히 밝은 설움
구불린 초부樵婦 등에 산모롱 조각 논빼미
맥없이 울울 염불에 나래 접은 풀꽃 향

부정父情
— 캐나다의 아버님께

아직은 하이얀 산, 산으로 난 길 보여도
눈 들면 먼 하늘 끝 뛰어들고 싶어
오늘도 파랗게 질린 보리 이랑 연둣빛

감귤

열대의 태양을 안고 서둘지 않던 미소
내열耐熱로 지피고저 꼬옥 다문 입술은
눈 비낀 꿈을 안은 채 어금니로 웃었다

김강호(金剛虎, Kim, Kang ho)

1961년 전북 무주 부남면 식암리 출생. 한국방송통신대학교 졸업(2006). 〈동아일보〉 신춘문예(1999) 등단. 시조집 『아버지』(2008, 동학사), 『귀가 부끄러운 날』(2013, 고요아침), 『팽목항 편지』(2014, 시산맥), 『군함도』(2016, 고요아침), 『참, 좋은 대통령』(2017, 동학사). 고등학교 1학년 교과서 「초생달」 수록. 샘터 시조상(1994), 이호우 시조문학상 신인상(2008), 유심 올해의 좋은 시조상(2011) 수상. 광주전남 시조시인협회장 역임. 한국시조시인협회 이사, 오늘의시조시인회의 이사. 세계시조포럼 회원. '율격' 동인.

—

김강호 시인의 114편 시를 읽었다. 어느새 자정이 왔다. 바람 끝이 차다. 미해결의 장으로 남은 한 해가 최고장催告狀처럼 다가온다. 골수가 서늘해진다. 이 풍토에 문학의 독법讀法은 외롭다. 그럼에도, 피우지 못하고 꽃망울로 져버린 영혼들을 시詩라는 이름으로 생각한다. 시를 놓아 미망의 영혼과 소통을 시도한 김강호의 숙연한 작업에 깃을 여민다. 송나라 시인 엄우嚴羽는 시를 "言有盡而意無窮 朗誦餘白韻生也"라 했다. 시인은 말을 다 마쳤어도 그 뜻이 무궁하기 때문에 독자가 사이의 여운을 배태하여 다시 살려내야 한다는 뜻이다. 김강호의 세월호 시에서, 말 못할 여백과 행간에 깃치고 있는 정서와 정의와 비판을 읽어내는 것은 바로 '여백운餘白韻'의 논리를 따르는 일이다. 그 사이를 간혹 눈물로, 또는 압박하는 가슴으로 유추해 본다면 시의 의미는 매 진궁振窮일 것이다.

— 노창수(시조시인·문학평론가)

—

초생달

그리움 문턱쯤에

고개를

내밀고서

뒤척이는 나를 보자

흠칫 놀라

돌아서네

눈물을 다 쏟아 내고

눈썹만 남은

내 사랑

오징어

지독한
위선의 입과

간교한
지느러미와

종내는
납작하게
눌려진 네 이력을

쐬주에
곁들여 먹는

호사스런
봄 나절

오이

노란 웃음

흘리며

담에 기댄

사내를

이레쯤

못 본 척하다

화들짝 놀란

옆집 아낙

어머나,

망측도 해라

큰 눈을

질끈 감네

어머니의 눈

요양원 유리창에
눈망울이 붙어 있다

흐릿한 동공 속엔
눈꽃이 흩날리고

그 눈꽃 맞으면서 올
아들이 그리운 듯

세상을 다 담아도
아들보다 작은가 보다

유리문에 달라붙어
망원경이 되어버린

눈으로 빨려 들어간다
서럽도록 따뜻하다

행복한 하루

자벌레
걸음으로
술 사 오시는
할아버지
가시는데
반나절
오시는데
반나절
마중 온
할머니 보고
웃는데 또
반나절

향낭

차오른 맑은 향기 쉴 새 없이 퍼내어서
빈자의 주린 가슴 넘치도록 채워 주고
먼 길을 떠나는 성자
온몸이 향낭이었다

지천명 들어서도 콩알만 한 향낭이 없어
한 줌 향기조차 남에게 주지 못한 나는
지천에 흐드러지게 핀 잡초도 못 되었거니

비울 것 다 비워서 더 비울 것 없는 날
오두막에 홀로 앉아 향낭이 되고 싶다
천 년쯤 향기가 피고
천 년쯤 눈 내리고…

다락방에서 듣는 소리

눈 감고 앉아 있으면
꽃씨가 여무는 소리

귀를 가만 닫으면
생각이 고이는 소리

여닫는 마음속으로
맑게 흐르는 별빛 소리

조막만 한 창문밖엔
바다가 밀려와서

난바다 푸른 섬들
울컥울컥 토해 놓고

해조음 꼬리를 끌고
아득히 가는 소리

세상을 견디다 못해
투신하는 소리에 놀라

피보다 붉은 석류
가슴이 쩍 버는 소리

시인의 멱살을 잡고
흔들어 대는 바람 소리

바이스 플라이어

자꾸만 흔들려서 내 몸이 헐거울 때
고된 삶 힘들어서 이탈하고 싶을 때
어느새 단걸음에 와
지탱해준 그대여

감미로운 그 입술에 송두리째 갇혀서
놓아주지 않기를 바라며 살아온 생
한 번쯤 바스러져도 참, 좋았을 순간들

일상의 언저리가 녹슬고 닳아져서
날마다 그대 입술 꿈꾸며 살고 있어
가슴이 무너져 내릴 때
찾아오는 슬픈 사랑

박타령

　박 덩굴이 젖을 물린 박 후리러 가보세

　발음마다 또박또박, 왕 실장 말에 꼬박꼬박, 경거망동 경조부박, 앞에 두고 찍는 면박, 말끝마다 드센 구박, 갈 곳 잃은 유리표박, 으름장을 놓는 겁박, 가벼운 입은 경박, 품위를 잃은 천박, 입 뾰루뚱 노상 타박, 차별 심한 하후하박, 등 터지게 갑론을박, 짜고 쳐서 터진 대박, 찬비 맞고 사는 비박, 안방마님 사모하는 친박, 조롱당하는 조롱박, 부두에 묶여 정박, 엎드려 납작호박, 있는 듯 없는 무박, 없는 듯 있는 유박, 맹렬하게 용호상박, 정신 줄을 놓다 깜박, 허울 좋은 통일 대박, 쓰리 고 외치다 피박, 교만에 빠져 자승자박, 앞날이 희미한 희박, 단박에 깨진 쪽박, 저승길까지 동행 옥박, 일촉즉발 상황 급박…

　박도 참, 징허네 그려 좋은 디끼 나쁜 디끼

아버지의 바다

오늘은
텅 빈 바다에
하늘이 잠겨 버렸다
철렁 내려앉은 해
내 품에 묻어 두고
만장을 세운 파도가
무릎 꺾으며
쓰러진다

마지막 순간까지
불빛을 던지기 위해
등대처럼 살아온
아버지 가슴 안고
멍이 든 생애를 펴며
온몸을 뒤척이는 바다

곡 하듯
해조음 울고
상여 꽃빛 노을이 지고
포말이 자지러지며
마지막 조문을 했다
살아서 품었던 바다
봉분보다
작은 바다

김경(金鏡, Kim, Kyung) 본명: 김재순(Kim, Jae soon)

1939년 전남 목포 출생. 《유심》(2007) 등단.
시집 『누가 바람의 집을 보았는가』(2009, 시
와시학), 『가을빛 사서함』(2014, 시와시학, 세
종도서 문학나눔 2015 선정).

―

김경의 새 시집 『가을빛 사서함』은 한 마음의 현상학자가 쓴 세월
의 기록이다. 이번 시집에서 시인은 일상의 시간에서 거두어 올린
담백한 언어와 감각적 이미지를 동원하며 인생의 완연한 "가을빛"
풍경을 독자에게 선사한다. 아울러 과정에서 그의 시는 통속적인
현실의 시간들을 해체(파괴)하고 다양한 시적 시간의 유형을 상상
력의 공간에서 확보함으로써 과거와 현재, 그리고 미래의 시공간이
교차하는 풍경을 입체적으로 연출한다.

― 이성천(문학평론가 · 경희대 교수)

―

버린 자리 꽃 그림자

베란다 귀퉁이에 밀쳐진 화분 하나
샛바람 바람결에 줄기 새로 세우고
초록의 꽃잎 봉오리 허공 틈을 가른다

중심의 곁가지에 가닥가닥 맺혀놓은
어느 여름 아침 들판 저 멀리까지
햇 분홍 환한 빛으로 떨리는 향기 소리

그냥 바라보는 것만도 죄만 같아서
꽃 그림자 거리쯤 그늘로 서있을 때
숨결이 꽃잎 사이로 혼자 돌아왔는지

낯선 바람으로 지나가고 그 빈자리
어렴풋 내려앉은 너의 꽃 그림자
온 하늘 물을 들이는 무명의 빛인 것을

동백

몸져누운 곳이 더 붉어 젊은 영정 같다

그 누가 남겨놓은
쓸쓸한 물음표일까

세기의
죽음으로도
끄지 못할 불길 하나

석등石燈

저 홀로 산봉우리
겹 쌓인 구름바다

등고선 타고 내려
바람의 굴형까지

연록에
초록 두드리며
천년 불을 지핀다

오월의 빗금 사이
촘촘한 발자국들

산빛을 일으키는
새소리 둥글리다

화엄사
각황전 석등
영원의 물음표 하나

세상의 모든 사이에게

달려오는 소식이 눈발로 흩날립니다

꼭 한 번 오리라던
그의 낮은 목소리

어딘가
전화를 걸지만
세상은 모두가 통화 중

생각은 함께 있어도 자꾸 추워져가는

눈발과 눈금 사이
하늘과 땅금 사이

지상의
밑바닥까지
막막한 채 불통입니다

도솔암 가는 길

이른 아침 산막의 휘파람새 소리 맑다

송홧가루 번져가는 물도랑 솔바람소리

진종일 턱을 고인 채 할미꽃 적적하다

김경미(金敬美, Kim, Gyeong mi)

1966년 경북 의성 출생. 안동대학교(국어국문학/현대문학) 박사 수료. 《월간문학》 시조 (2012), 《시와소금》 시(2014) 등단. 시조집 『주말 오후 세 시』(2016, 시와소금). 시집 『모호한 엔딩』(2017, 만인사). 경상북도문예진흥기금 수혜(2016~2017). 한국문인협회, 한국시조시인협회, 한국문인협회 영주지부 회원. '오늘' 시조동인.

—

김경미 시의 미덕은 자유로운 언어 활용을 통한 정형미다. 또한 시조의 현대적 감성과 우수한 문학성이 내재돼 있다. 시조의 구조와 형식을 잘 지켜내면서 삶의 체험과 주변 상황들에 대한 반응, 자연과 인간관계에 따른 탐색으로 견고하게 시의 향방을 견인하고 있다. 짧은 시력이지만 따뜻하고 다양한 시선으로 거둬들이는 그의 시세계가 성장과 자정으로 소중한 가치와 믿음을 독자에게 안겨줄 것으로 기대한다.

— 조영일(시조시인 · 전 이육사문학관 관장)

—

주말 오후 세 시

1
카페 안은
손가락 손님들로 부산하다
사람으로는 못 채운 사무치는 외로움
연인을 앉혀 놓고도
기계하고 눈 맞춘다

2
구두를 신을 일이 날마다 많아진다
거품조차 그럴싸한 영혼 없는 초대장
구토를 동반한 어지럼증 벌어지는 엉치뼈

3
밑바닥에 두었던 망치를 꺼낸다
스멀스멀 나쁜 생각 무더기로 올라올 때
혹 치고 들어가서는
맞불을
놓
는
다

대금

마디진 몸을 풀고 꼿꼿한 허릴 뚫어
간절함 모두 모은 곡진한 울음소리
전신을 한 바퀴 돌아 휘몰이로 운韻을 연다

달빛 타는 여문 소리 그늘을 풀어 헤쳐
잠자는 귀를 열고 살과 뼈 다 흔들어
어두운 머리맡에서 빠릿빠릿 돋는 불꽃

핏발 서는 생을 감아 영혼에 불 지피고
깊은 계곡 물소리며 산곡을 색칠하는
내 안에 목숨이 살아 휘젓는 이승 노래

혀의 파장

하룻밤 사이에 큰 별 하나 떨어졌다
장난으로 놀린 혀에 뒤통수를 맞은 죄로

말랑한 혀 아래 도끼가
애먼 사람 찍었다

잘 알지도 못하면서 한 마디씩 거들고 나선
잔혹한 혀를 물고 너도 나도 뒤척이다

모조리 넘겨받은 판
몸을 떤다 설설춤춤 설설

가야금

1
오동목梧桐木 정수리 그 끝을 쪼개어
열두 줄 그리움을 흘림체로 퉁기면서
내면의
울음을 풀어
동여맸던 몸을 연다

2
통곡의 높은음자리로 품었던 가야금은
끊어진 줄 하나도 간절한 삶이 되어
심혼의
마지막 고백
돌아 앉아 들었을까

3
우륵의 푸른 강을 가슴속 깊게 묻고
가실왕 기침소리 열두 굽이 돌아 나오는
대가야
한 역사의 꽃
누累천년 긴 기다림

꽃잠

외따로 앉은 꽃잎 붉어진 휴식 몇 점

주름살 잘게 말아 피멍을 문지른다

온몸을 뒤틀고 있다 괄약근을 조인다

멍석말이 당한 어둠 구석에서 농弄을 치고

고랑 진 삶 밀어 올려 입꼬리에 달린 웃음

덩달아 끌려온 새벽 잘근거리는 향기

질화로

또닥또닥 물고구마 엉덩이가 익어가고

타닥타닥 군밤이 생음生音으로 터질 때

이제 막

똬리를 틀어

버티는 옛이야기

억새의 저녁

노을이 내려앉았다 온몸으로 빛을 팔아
쭉쭉 찢어진 하늘은 까칠한 척 밀려들고
자꾸만 허리 굽히는 눈먼 우수 한 조각

정갈한 가을 문장文章 채색하기 시작하면
습작의 먼 곳까지 쫓아오는 거친 안개
공연히 드나드는 바람, 발병하는 역마살

나이에 달라붙은 치매를 떨쳐 내듯
발뒤꿈치 깨곰깨곰 각질을 뜯는 저녁
가녀린 흔들림에도 돋아나는 잔별들

거울 닦기

문명과 문명 바깥을 섞어 놓은 반평생
손 느리고 서투른 시누이 밭일처럼
조바심 성깔로 돋아
경기驚氣하다 때 탄 거울

마음 나눌 사람들은 시퍼런 칼날이고
발 닿는 곳곳은 깎아 놓은 벼랑인데
닦다 만 거울 속에서
상한 화를 꺼낸다

떠나보낸 후

애태움
패대기로
나뒹구는
봇도랑물

벼락불로 지지는 듯
두 눈이 헐고 곪아

노을도
딴청 피우며
토혈吐血로
내려온다

징검다리

내가 만들게요
내가 건널게요

당돌히 등 돌렸던 당신을 기다리며

여문 콩 줄 맞춰 꿴 듯
튼튼하게 놓을게요

내가 밟고 건너는 건
내 손에 이끌린 삶

물이끼 테 둘러도 새로 뛰는 심장 안고

첫걸음 가쁜 파동이
한껏 달게 할게요

김경옥(金瓊玉, Kim, Kyoung ok)

1954년 부산 동래구 장전동 출생. 경상대학교
석사 졸업(1998). 《유심》 신인상(2015) 등단.
한국시조시인협회 전국백일장 장원(2012),
가람시조백일장 차상(2012), 〈중앙일보〉 지
상백일장 월 장원(2011). 한국시조시인협회,
오늘의시조시인회의, 한국여성시조문학회,
한국문인협회 회원.

「코스모스」는 아담한 풍경화를 보는 듯 시어를 다루는 능력과 상상
력이 돋보였다.

— 오종문(시조시인 · 문학평론가)

시적 대상을 형상화하는 안목이 신선하며 갈무리하고 해석하는 진
술적 관점에서 생의 깊이가 느껴진다. 「목련」에서는 동안거 풀고
산문을 나서는 해제에 비유하고 있다. 백목련 꽃송이가 솟는 모습
을 해수관음의 합장으로 확장 은유하고 있어 귀하게 읽힌다. 「어떤
달인」에서는 극빈층 생활인의 삶의 모습이 감동으로 다가온다. 까
만 다슬기 속이 딸려 나오는 것을 "세상의 멍든 발들을 다 꺼내 주
고 있다"라고 깊이 있는 성찰적 자세를 보여주고 있다.

— 이지엽(시인 · 한국시조시인협회 이사장 · 경기대 교수)

어떤 달인

아무 생각 없어요 그냥 하는 거예요
치매 엄마 돌보며 살림에도 보태니까
톡, 톡, 톡,
껍데기 던지는 소리
한 평 주방 울린다

날 새도록 까다보면 1킬로그램 천오백 개
박하다 싶어도 천오백 원 그게 어디야
들앉아
살림 살면서
이만한 게 또 있을까

왼손 엄지 돌려가며 속까지 쏘옥 빼내는
속없는 다슬기와 한 몸이 된 이순耳順의 딸
세상의
멍든 발들을
다 꺼내 주고 있다

코스모스

긴 장대 끝 올려놓은
보라색
칠보 그릇

온종일 햇살 한 공기
바람 한 접시
공양하며

손 모은
그 여린 가슴
대우주를
받든다

목련

보세요! 젖빛 걸음걸음
환하게 오시네요

동안거冬安居 풀고
산문山門을 나서

손으로
해수관음海水觀音의

두 손으로
오시네

달

먼길 가셨는데
자주 보러 오시네

힘들진 않니
도와줄 건 뭐 없니

다시는 오지 말래도
또 오시는 아버지

심우도尋牛圖

별에서 온 그대 소풍 나온 어린아이
펴놓았던 소꿉놀이 접을까 그냥 둘까
무성한 기억 어디쯤
굽이굽이 맴돌다

강물 건너고 나면 뗏목을 버리듯
무젖어 놀던 물도 때가 되면 나와서
가만히 되짚어 보는
이승의 살림살이

가을 다도해

맑은 물 하얀 행주로 거울같이 훔쳐낸
드넓은 대청마루 정갈하게 윤이 나네
어머니 굽은 허리로
바다 물빛 닦으시나

고향집 앞뜰에는 부지런한 명절맞이
은조기 한 켜 한 켜 햇살 받아 눈부시네
대나무 푸른 채반에
언제 저리 담으셨나

섬 사이 바지랑대 구름 홑청 널어놓고
물 깊은 화선지에 손수 쓰신 쪽빛 편지
객지로 나간 자식들
펼쳐보라 띄우시네

점등

지하 1층 목욕탕 입구 연탄 한 장 벗하며
발 모양 구두틀에 서너 개 못과 망치
구두약 까만 손톱이 간간이 분주한데

딸 아들 통신비에 치매 모친 요양비까지
기댄 벽 바람막이 삼아 마감날 챙기자니
굽 갈고 흙먼지 닦는 낡은 신이 향기로워

미생未生의 신발 끝에 이름 모를 등을 달면
세상사 엇갈린 길이 하나 둘 밝아오고
붙박고 앉은 자리가 극락 같은 저녁답

김용사金龍寺* 편지

단풍잎 외롭다고 햇살 속에 모여 앉은
한참을 들어온 산길 고요한 집 두어 채
가만히 하고 싶은 말
들어줄 이 계실 듯

꼿꼿한 소나무들은 잔솔가지 다 버렸네
솔잎같이 돋아난 근심 그게 뭐 대수라고
죄 없이 아프던 날을
나도 따라 버린다

쓸고 닦은 돌계단 조심스레 딛고 서서
오래된 어르신께 눈인사 올리는데
감은 듯 엷은 미소로
벌써 화답 주시네

* 김용사金龍寺: 문경시 산북면 김용리 운달산에 있는 신라시대 고찰.

집밥의 행로

장마철 일요일 어쩌다 두 식구네
빗속에 맛집 찾느니 냉동고 뒤적뒤적
난파한 보물선 속내 샅샅이 추적한다

그래도 엄마손이지 배달의 민족보다는
모방과 창조를 거듭, 신혼인 양 차리는데
든 솜씨 어디로 갔을까 망각은 위대해라

이산가족 찾기처럼 어눌한 조합이라니
눅눅한 손맛 복원되는 그 날은 올까 몰라
관대한 단골손님이여
나갑시다, 맑은 날

계영배戒盈杯

우기를 건너가는 두물머리 푸른 연잎
빗물 담고 흔들리며
누웠다 일어섰다
무게를 가늠하는 일
오롯이 몰입하네

깊숙이 뿌리내려 온몸으로 올린 찻잔
채워지려는 찰나
아낌없이 비우네
기우뚱 벼랑 끝에서
서는 법을 안다는 듯

김경은(金庚垠, Kim, Kyung eun)

1963년 경북 안동 서후면 출생. 안동대학교 (한문학과) 졸업(1986), 《문예사조》 시 신인 상(2008), 시조 신인상(2010) 등단. 시집 『선 물』(2016, 우리). 시조집 『선물』(2016, 고요아 침). 자랑스런 수원문학인상(2015), 한국작가 회 낭송문학 본상(2015), 경기시조문학 작품 상(2018) 수상. 수원문인협회 시낭송분과장 역임. 동남보건대학교 평생교육원 시낭송지 도교수, 경기문학인협회 시낭송분과 이사, 시 낭송수원예술인협회 회장, 한국문인협회 회원, 한국시조시인협회, 경기시조시인협회 부회장.

—

김경은 시인의 작품 세계는 섬세하고 서정성이 있다. 침묵과 기도 의 삶이 있다. 요란하게 들떠 있지 않는 차분한 정서가 도도히 흐 르고 있다. 동시에 현실을 읽는 힘, 믿음과 긍정의 정신이 있다. 섬 세하면서도 진전성이 있고 동시에 견고한 믿음과 긍정이 있기에 서정시의 본류인 화해의 시학을 추구하고 있는 것이다. 연약한 부 분을 도우니 우리가 마땅히 기도할 바나 써야 할 바를 알지 못해 도 말할 수 없는 탄식으로 우리를 위하여 친히 간구하는 힘(로마서 8:26~28)을 시인은 가졌기 때문에 오히려 대체적인 입장에 놓여 있 는 것들까지도 아울러서 선을 이루어 나가리라 믿는다.

— 이지엽(시인 · 한국시조시인협회 이사장 · 경기대 교수)

금당실* 유감

물위에 곱게 앉은
연화蓮花의 모습처럼

승지勝地**라 금당실엔
돌담마저 평온하다

용문리 연화부수형蓮花浮水形
전설 같은 그림속

마을앞 높게 솟은
적송의 무리들은

내川 없는 마을길에
물소리 더하는데

수백 년 도편수 손길
햇살처럼 속삭인다

* 금당실: 경북 예천군 금당실 전통 마을.
** 승지勝地: 경개 좋기로 이름난 곳.

양파 즙

하얗던 네 살결도 속 끓여 검었구나
수십 겹 꽁꽁 매여 사연 없다 포장해도
뭉글 진 아픔이 있어 안으로만 젖는구나

질경이

창고 앞 후미진 곳 온몸을 펼쳐놓고
부끄럼 하나 없이 드러누운 질긴 생명
서슬이
퍼레지도록
갈고 있다. 더부살이

찢기어 서러웠다. 따가운 독설에는
마른 흙 날리는 곳 숨 쉴 곳 없다 해도
꿋꿋이 펼쳐간단다
해를 꼭
품어 안고.

꽃 누루미

꼬리를 감추었다
유영하던 별빛 하나

운명은 로또처럼
바다에 떠 있는데

목선에 누워 있는 몸
꽃누루미 수백 송이

일생을 햇살 좋은
들꽃으로 피었다가

하얗게 서리 밭을
영문 모르고 뒹굴었을

상자 속 마른 꽃잎이
팽목항에 피었다.

고물상

무질서 속 천길의 잠
묵언의 고행자다

산처럼 세상시름 오르고 또 쌓다가

만적萬積의
켜커한 분노
다 내려놓고 누웠다.

김경자(金京子, Kim, Kyung ja)

1939년 서울 출생. 함창고등학교 졸업.《시조
문학》천료, 중앙일보 신춘문예,《월간문학》
신인상(1982) 등단. 시조집『지붕 위의 새들
과』(1988, 흐름사),『생각 깊은 꽃』(2000, 좋
은날). 주부 수필 입상(1980), 샘터 시조 입상
(1981). 한국여성시, 나래시조 문학 동인. 한
국시조시인협회 회원.
—

겨울 들녘

하늘로 길을 내던 수숫대 숨돌린다
노을이 슬린 뒤 구상構相처럼 돋는 별꽃
겨울잠 연습을 위한 냇물 소리 잦았다

억새꽃 외로 서서 어둠 씻는 사유 속에
겉옷 속옷 따로 돌게 비집다 가는 바람
남겨준 낱말 몇 개를 주머니에 찌른다

떠나간 철새 떼가 남해섬에 이를 즈음
백악白堊 빛 봉서 한 통 반가와라 첫 눈발
보리밭 파란 불꽃에 먼 봄이 트겠다

봄갈이 터

1
풀꽃들 작은 꿈도 곁들이는 따뜻한 돌
예순 살 흙바람에 역사의 눈은 떠서
바라며 보살핀 사랑 이 산하가 자란다

2
갈아온 유형의 땅, 돌 덫에 부러진 쟁기
닳아진 그믐달이 골 깊이 박혀있다
들고 간 샛밥은 식어 쓰라린 별이 뜰 때

3
한 생을 품어 끓는 대장간 불꽃 속에
노인은 마지막째 젊음을 태웠는지
초승달 몸에 닿듯이 빛나오는 새 쟁기

4
원시와 문명의 톱니 속에 울던 소는
나와 잠시 눈 맞춘 뒤 내세의 새김질로
절망을 이르켜주는 끈질긴 끈을 맨다

5
코뚜레 다시 잡는 눈빛 속에 피는 쑥순
어둠 뚫는 자국 뒤로 동해 물살 출렁이고
두 봇물 합류合流는 살아 잉어처럼 빛난다

새재鳥嶺

화강석 조각들은 새재 이쁜 발톱 같다
박달나무 끝가지에 입추도 걸어놓은
패인 골 요새에 목이 타는 맨드라미

육신을 죄이던 사슬은 아팠거니
마음을 당기는 전설은 평화로워
산두릅 뿌리 씻어내는 할미새 노랫소리

경상도 비도 맞다 충청도 비도 맞는
높은 산 깊은 마을 어둠의 숨찬 고개
지켜 온 충절의 넋이 성을 쌓아 푸르다

신사임당

경포鏡浦 푸르름은 임 가슴에 연유한 것
크신 뜻 속잎 피어 섬으로 앉힘인지
우뚝한 말씀을 에워 감싸 안는 물이랑

칠월 해 눈부시어 손 가리고 내다본다
천지는 임의 수틀 포도 잎에 벌레노래
경전을 뇌이던 물결 먼 수평에 닿아라

모래톱 반짝임에 이조李朝의 넋을 본다
머루빛 대바람의 의미를 밝히시듯
초승도 그믐도 없이 보름으로 뜨신다

탄산일우炭山一隅

둘러선 푸른 산을 어머니라 이른다면
어렵게 낳아놓은 또 하나의 몽근 목숨
불꽃 필 그루터기가 가을비에 젖고 있다

창 틈새로 고여 앉은 어둠의 분粉가루와
여울 따라 울먹이는 개울물 비늘들로
밤 열차 불빛을 받아 가뭇가뭇 반짝인다

멀찌기 두고 보아도 새재는 숨찬 고개
충절의 혼꽃 같은 산마루 별을 기려
몸 푼지 하루사이에 되짚고 설 아픔이여

방생放生

햇살이 동녘에서 서으로 고이 가듯
낮은 데로 흘러가는 약하고 강한 물살
젖은 채 다시 돌아온 봄을 맞아 기쁘다

오늘 내가 강가에 자유로이 거닐으며
모란 잎에 부서지는 달빛 같다 여기는 뜻도
풀려나 목숨을 이루며 꽃피우게 함이리.

산신제

남새밭을 지나 봉화 재로 오를 무렵
원한을 밑뿌리는 바람 넋이 돌아와서
징소리 함께 어우러 겨울산을 흔든다

박쥐 깃 너울대듯 검고 슬픈 그림자가
떠나간 넋과 함께 신화의 잎을 피울 때
촛불은 코피처럼 번져 한 어둠을 씻는다

대 잡은 무녀巫女는 끊임없이 살갑다
우짖는 봉황새의 빛남으로 우는 징은
유채빛 맑은 살결에 한이 얼어 차구나

게슴츠레 눈을 뜰 때 청매青梅 송이 눈물방울
하나로 뭉치려는 소망의 냇물에 섞여
갈라선 땅을 적시며 역사 앞에 흐른다

까치집

떠나고 마중하고 그림자 길어지고
들녘도 타관처럼 쓸쓸히 비어갈 때
나뭇잎 비껴선 자리 가득히 핀 내 갈망

김경제(金景濟, Kim, Kyung je)

1941년 경기 안성 출생. 국학대학 졸업. 〈조선일보〉 신춘문예에 시조 「문」(1964) 등단. 영친왕 환국기념 백일장 입선. 한국시조시인협회 회원. 월간 《은행계》 편집장, 한국기계공업진흥회홍보실장 역임.

—

여름 산조

발정하는 산야마다 가슴 열어 통달하고
순금의 햇물이 흘러 생기 난 한낮 속을
초록의 알몸 그대로 달려든 여름이여

짙푸른 수해樹海 굽어 바라보며 묻혀지고
취하여 안기우면 싱그러운 살소리 저 내음은
축일을 지고 나르는 신명의 손길인가

잎잎마다 새어드는 하늘 소리 귀가 시려
청청한 가락 튕기는 넉넉한 저 목숨에
목청 튼 생활도 나와 여름으로 타오른다

돈바람

전생부터 진득이며 돌고 부는 바람이어서
오늘의 세상 밖에서도 너는 또 돌아가면서
걸신 든 생활을 타고 거들대며 부는가 보다

네게 넋을 팔고 살아 거덜 난 가슴마다
울루고 달아나고 웃겨 주며 달겨 들어
사주지 못한 한恨들이 앙금이져 나는가 보다

때론 변덕을 부려 잡힐 듯 하기도 하고
단걸음에 붙어 와 나를 내세워 주기도 해
한 생을 움켜쥐고서 너를 따라 사는가 보다

돈의 의미意味

어른도 아이가 되고 뱃속의 아이도 나와
너라면 모든 것이 해결되고 복종을 해
한恨과 원怨 사태 난 마음이 당혹하기 일쑤였다

우리 모두를 네 마음대로 데불고 놀기도 하고
귀신까지 부린다는 너 장사壯士 앞에서
일격의 침도 못 뱉고 유혹되어 끌려왔다

호사스러운 나날을 이저제나 기다려 봐도
스며들다 터져 나가고 잡힐 듯 말 듯 안타까와
행幸과 액厄 엇갈린 꿈에 마음 동해 매달렸다

연가

그대 연한 눈빛에 꽃으로 깨어난 나
부신 꿈 가슴 넘어 등불 달아 파고들면
어둠도 빛이 되어서 살소리도 들렸지

그대 마음 그늘진 비탈길을 오르면
나 또한 저물어 그대 잠든 꽃밭을
꽃씨로 떨어지면서 사랑을 떠올렸지

그대 설친 꿈 발치에 거듭 피는 꽃잎 속을
달빛 든 내 눈물이 그대 눈물로 익어가
사원 정 심지 돋우며 면면面面을 수놓았지

문

돌아서 태양 안고 피 짙은 꽃으로 피어
가리운 가슴 사이 굽이굽이 조국인데
청사靑史를 휘둘러 감고 탑 돌던 보람이여

열원熱願으로 빚은 4계 때 묻어 번져가도
잎 지는 가도街道 위에 영원하는 일월일레
새벽별 능선을 타고 나래치는 백조여

끝내 눈물이기에는 태고로운 벽이었거늘
외람한 통곡으로 짓씹는 영역, 이 영역에
봄빛이 여울을 짓고 합장할 순 없는가

아담 잡기雜記

원고를 쓰고 있었어, 우리의 밤이 걸리던 날
캄캄한 무변無邊 속에서 안팎을 따로 갖지 않고
우리는 한 몸이 되어 허둥대며 찾아 쓰고 있었어

편집을 하고 있었어, 우리의 아침을 연재하면서
몸의 조율을 타고 흘러나오는 꿈을 대끼며
우리의 신간을 위해 자모로 박히어 어울리고 있었어

교정을 보고 있었어, 우리의 경영을 생각하며
뜨거운 행간에 앉은 남남이 아님을 확인하고
우리의 창고에 쌓인 대지臺紙를 챙기며 잠이 들었어

숭인동 일우기一遇記

외식하는 땅의 내분에 나는 꼬집힌 사랑의 술래
격열激熱이 일격을 주는 일상의 외울음으로
생활은 식지를 빨며 부산히 외출을 한다

시대의 다리에서 나는 귀 밝힌 생활의 술래
보채는 계리計理를 걸레질하고 불명의 나를 팔아버린
사랑은 밀집密集을 하며 연연한 목을 내린다

겨울
― 여의도汝矣島

음울한 겨울가지가 시멘트 숲 살 속에서 돋아나
강 너머 시정市井은 모두 소식을 거두고 돌아앉았고
눈발에 섞여온 소문은 울 속에서 방황을 한다

차고 매운 황사바람만 떼로 몰려와 거들대고
어쩌다 겨울비처럼 떨어져 흘러들어 온 무리들이
겨울을 휘둘러 잡고 섬 전체를 흥정한다

참으로 더디게 풀리어 몸서리나는 추위를 가르며
도강을 하다 얼어붙은 강안江岸의 에인 생활이
겨우내 정釘을 꽂으며 맴을 돌다 울고 간다

도정

살을 깎는다. 절은 나의 젊음을 어둠을 쫓어 빛을 낸다
싱싱한 목소리가 운韻이 되어 떨어지고
온몸을 쓸고 벗기며 무거운 짐을 부린다

뼈를 깎는다. 내 주거를 감고 도는 피맷소리가 피를 거른다
맑고 따뜻한 피의 육성이 도처에서 살아나오고
욕보다 어려운 삶이 허물을 벗고 온다

한을 깎는다. 매운 나의 생활을 끝없이 쏟아지던 울음을 재운다
청청한 웃음소리가 마음 깊이 젖은 시름을 털며
불거진 때를 밀면서 탈을 벗는다. 탈을 벗는다

가을
― 입문入門

뙤약볕에 그을린 아이들 팔뚝에서
희끗희끗 벗겨진 더위가 스러지는 한낮에
창백한 여름 그늘을 파고드는 환한 햇살이여

더위 먹은 벌판에서 새 떼를 쫓는 아이들의
쉰 목소리에 놀라 남은 여름은 참새처럼 날아가고
빈 마당 가득히 모인 가을을 추스르며 거들대는 바람이여

김경태(金敬泰, Kim, Kyeong tae)
1982년 부산 남구 용당동 출생. 단국대학교
(독어독문학과) 졸업(2009).《시와반시》신인
상 시(2002),《유심》신인상 시조(2005) 등단.
〈조선일보〉신춘문예 시조 당선(2020).

폐경

김경태

쌓인 눈만큼이나 기울어진 마루에 앉
아
풀어넘긴 머리결로 별빛을 담아둔다
과부댁 치마폭 사이로 번져가는 달그
림자

당선작 「환절기를 걷다」는 자연스러운 시상과 율격의 갈무리가 돋
보이는 가편佳篇이다. 정형 속의 자유를 구가하듯 음절 수를 넘나드
는 음보율로 구句도 부드럽게 타 넘고 있다. 각 환절기에 담긴 '사이'
의 감정들을 섬세하게 펼치고 거두는 구조 운용과 종장의 낙차로 빚
어내는 여운이 참하다. "푸른 입맞춤으로 타들어가는 눈물"의 힘을
집어올린 만큼, 정형의 영역을 더 뜨겁게 갱신해가길 주문한다.
— 정수자(시조시인 · 한국시조시인협회 부이사장)

왼손을 위한 연습곡

오른손을 잃고 오른 눈을 잃고
왼쪽으로 기울어진 몸을 일으킨다
두고 온 음계를 따라
한 발짝 올라선 그곳

온몸에 나무 무늬가 돋아난다, 일렁인다
겨울을 지난 나이테가 손끝에서 멈춘다
아직은 다다르지 못한 차가운 별빛들

반음을 내리고 악보를 내리고
남은 눈물 모두 오선 위에 내리고
오래 전 오른손에 남긴
뜨거운 그대를 내리고

다 해진 악보 위로 왼손을 뻗을 때
물방울처럼 터지는 음표마다 새겨진
무한의 공간 속으로
밤하늘이 쏟아져 내린다

건반 위를 걷는 허리 굽은 저 구도자
검은 사막을 따라 펼쳐진 어둠을 그리며
오래전 묻어두었던 절명의 순간을 읽는다

겨울꽃

1.
무수한 파편들로 부서지는 겨울바람
밝힐수록 흐려지는 외딴집 불빛에
갈대숲 심혈관 같은 뱃고동소리 울린다

2.
한쪽 다리로만 곧게 서있는 두루미
언 바닥을 견디며 홀로 잠이 들었다
사랑을 허기로 채워 울음조차 침묵이다

이마에 횃불 같은 붉은 꽃이 피어난다
밤하늘 날아가는 상처 길 비추는
견고한 자취로 남아 죽음마저 투명하다

3.
수런거리는 별빛에 달그림자 흔들리듯
제 몸을 길로 내어 차오르는 강 물결
수줍은 날갯짓으로 산 하나가 흘러간다

드뷔시, 판화

1. 탑

바람처럼 흩어져 노래가 되고 싶었고
노래처럼 흘러가 허공이 되고 싶었다
적막이 쌓여간 시간
홀로 지워진 이름이여

2. 그라나다의 황혼

죽은 집시 여인의 표정 없는 눈동자
동공에 비친 노을빛에 사라져간 겨울밤
한 움큼 별빛을 받아든 찢어진 치맛자락

3. 비오는 날의 정원

연못에 풀어놓은 언어들이 헤엄친다
자화상을 그릴 시간 떨어지는 빗방울만큼
또다시 윤회하는 밤
부서지는 물결처럼

템페스트 소나타

폭풍이 지난 자리
그대가 떠난 자리
희미한 호흡으로 오랜 침묵을 삼킨다
바람은 말없이 불어 돌아앉은 푸른 밤

능선을 따라 울리는 그대의 뒷모습
어긋난 바퀴처럼 기우뚱 길을 돌아
바위틈 깊어진 주름
눈앞에서 휘청인다

두고 온 기억마저 차가워진 하늘 아래
저 혼자 뒤돌아선 달무리 저편 너머로
비바람 신열을 두르고
사라져가는 기적汽笛의 시간

바이칼 소년

일만 년 전 호수를 기억하고 있었다면
소년은
유빙을 따라 사라질지도 모른다
청회색 눈동자만큼
부서지는 물빛처럼

철길이 놓이기 전 광야를 호령하던
흉노족 기마전사
그 전설을 묻어두고
이 땅을 떠나지 못해
만년설이 되었나

동틀 무렵 얼음낚시
태양마저 웅크린
소년의 손등 위로 내려앉는
극광 한 폭
빙점을 걸러낸 시간
또 하나의 전설이 된다

폐광촌

태백산 아래로
쭈욱 뻗은 이 길은
길가의 엉겅퀴처럼
늘 목이 마르다
사람들 집에 들어가
도통 나오질 않고

수많은 광부들이
줄지어 다니던 길
폐광은 허파꽈리에
조금씩 들어앉아
엷은 숨 가로막으며
사박사박 피어난다

이제는 아무도
다니지 않는 길 위로
상수리 열매 하나
또르르 굴러간다
담장을 넘어오는 달,
아버지 무덤처럼 환하다

천상열차분야지도

태초에 파문波紋이 있었고 너는 태어났다
울음은 별이 되고 광활한 대지가 되고
말없이 허공을 뚫고
사라진
별똥별 하나

갈대밭을 지나는 저 은하수의 숨결이
그윽한 미소를 지으며 풀어놓은 달그림자
망망한 바다를 건너 수평선에 스며든다

먹먹한, 점點 하나하나
손끝을 대어본다
별자리를 읽다가 흐르는 이 눈물은

초겨울 빙점 아래로
퍼져가는
강줄기인가

환절기를 걷다

1
벚꽃은 흩날리고 떠나는 너의 뒷모습은
출항하는 바다에 비친 등불을 닮았다
괜찮다, 거짓말하며
돌아서는 발걸음

2
도망치고 싶었다, 장마철이 지나면
다시,
돌아오겠다는 편지 속 글귀들이
책갈피 단풍잎처럼
말없이
부스러진다

3
여민 옷깃을 풀고 달빛에 기대어 본다
푸른 입맞춤으로 타들어 가는 눈물을
지나는 이 계절 끝에
남겨 둔다,
바람이 차다

神의 우주

한 걸음 별무리가 한 점으로 흘러들 때
몇 발짝 떨어져 우는 딸아이를 돌아볼 때
풀섶에 귀뚜라미 소리 하현달에 속삭일 때

까마득한 공명이 심장을 따라 울린다
우주가 힘을 다해 산란하는 잔물결 무늬
은하수 영겁의 시간 담장 아래 묻어둔다

어머니 자궁 속에 익어가던 열 달 세월
내 몸에 깊숙이 박혀 왜성처럼 변했지만
그 흔적 미소로 남아 구름 뒤로 번져간다

지워진 기억처럼 영원 또한 순간인 것을
머나먼 공간 너머로 손끝을 눌러본다
파문波紋이 자라는 만큼 온 우주가 영글어간다

그 때, 항구는

소금기가 방 안 가득 버섯처럼 피었다
폐선을 끌어안고 돌아누운 항구는
앙상한 뼈마디마다 물결무늬 번진다

굳은살 박힌 손금으로 낮게 밀려오는
거품만 일렁이는 얼룩진 파도처럼
가끔은 오늘일조차 눈앞에서 흐려진다

치자 물 풀어놓은 혼미스런 가을 방파제
그 때의 비바람이 박아놓은 통곡이
갈맷빛 목덜미 타고 기적汽笛을 터뜨린다

김계정(Kim, Kye jung)

1964년 서울 영등포 당산동 출생. 한국방송통신대학교(국어국문학) 졸업. 《나래시조》 신인상(2006) 등단. 시집 『눈물』(2017, 알토란북스), 『한번 더 스쳐갔다』(2019, 고요아침). 백수 백일장 장원(2006). 한국시조시인협회, 오늘의시조시인회의 회원.

달맞이 꽃

　　　　　　김계정

살아 온 세월만큼
흔들림 무거워도

조금씩 비워두면
조금씩 채워지고

하얗게 눈부신 얼굴
달도 차면 꽃이 핀다

—

김계정 시인의 『눈물』이란 작품집이 자신의 사랑에 대한 이별의 아쉬움과 그리움으로 점철된 자기 내면의 애틋한 감성을 나타낸 작품집이라면 이후 발표하는 작품은 자신에서 벗어나 타인의 아픔까지 아우르는 이타심利他心의 경지가 잘 나타나고 있다. 이는 문학이 가지고 있는 소중한 사명을 작품에 우려내 놓는 것이라 생각한다. 지금까지의 작품 세계가 자신의 마음상태를 표현한 것이라면 이제부터는 세상의 아픔에 눈길을 돌려 더 넓은 세상을 향해 돛을 올리는 항해사의 모습을 보여주고 있는 것이라 할 수 있다.

— 이승현(시조시인 · 한국시조시인협회 감사)

—

눈물

차라리 바람처럼 쓸고 가면 좋았을까
한 줄기 미련조차 남겨짐은 힘겨웠다
길 위에 또 하나의 길 두 볼에 난 하얀 길은

가슴부터 머리까지 텅 비우면 가벼울까
아니아니 남긴 상처 안고 울면 편안할까
흘려서 말라버리면 내 서러움 가셔질까

찬란한 은빛 꿈으로 품지 못할 사랑이라
툭 툭 툭 가지 치듯 끊어버린 우리 인연
한 세월 흘린 눈물 속 새 가지는 움트는데

기다린 시간만큼 제 안에 고인 눈물
갖지 못 할 내 욕심 그것조차 짐이었다
천 년을 다시 또 천 번 옷자락은 스치는데

가로등

도시의 나무 끝에는 달 하나씩 숨어 산다
온종일 해지기만 목 빠지게 기다리다가
멈춰 선 제자리에서 밝히는 불 환하다

어둠의 배를 가른 천 년 사는 달빛이
통증 참고 앓은 사연 알고도 모르는 척
하얗게 사윈 그림자 밤의 계단 오른다

등불 켠 순간부터 내 편이 된 하늘에
불빛을 짙어지고 온밤을 건너가는 일
달인 듯 달이 아닌데 달로 보니 좋았다

달맞이꽃

달 없는 들판에 등불 켜는 꽃이 있다

길 잃은 여치며 개미 밤 낮 우는 풀벌레들

노란 등 불빛 따라서 집을 찾아 떠난다

겨우내 품고 있던 간절한 기도는

가는 계절 끝자락에 숨겨놓은 꽃씨 하나

황금색 초롱 가지에 등불로 밝히는 것

살아 온 세월만큼 흔들림 무거워도

조금쯤 비워두면 조금씩 채워지고

하얗게 눈부신 얼굴 달도 차면 꽃이 된다

냉이꽃

이토록 힘겨웠나 하루를 보내는 일
버려야 살 수 있다며 잘라낸 마디 하나
하얗게 새살 돋아나 새순 뾰족 움튼다

그림자 뺏긴 어둠 속에 가둬 놓은 그리움
바람처럼 스며들어 너에게 가고 싶다
아물어 무늬로 남은 상처는 지워 놓고

햇살이 열어 놓은 봄날의 문가에서
손톱만한 온기로 살아나는 냉이꽃
어제를 지운 자리에 아직도 네가 보인다

훈장

단잠을 깨운 것은 외로움이 아니었다
어떻게 살았는지 마디마다 남은 흔적
손가락 부여잡은 건 엄살 같은 신음 소리

퇴행성 류마티스 관절염이란 낯선 이름
살아온 날보다 더 짧아진 살아갈 날
아픔도 끝이 있다고, 조금만 참으라고

고생 모르는 하얀 손 부러운 적 없지만
내 손에 행복한 사람 구름처럼 많았다면
열심히 움직였던 손 통증도 훈장이다

시간의 언어

한 걸음 떼어놓는 무거운 발자국마다
속없이 까르르 웃던 가벼운 목소리마다
시간은 하루를 재어 그 언어를 기록했다

한 편씩 펼쳐놓고 가까이 다가서면
접혀진 숨결의 마디 부끄럽게 살아나면
그때는 왜 그랬을까 얼룩진 후회의 흔적

되풀이된 반복마저 몰랐다며 실수라며
아니라고 오해라고 어쩔 수 없었다고
말로써 말에 취해서 말만 자꾸 늘었다

여름날 오후 한시

미동 없이 엎드려 햇볕 잠에 빠져 있는

아득히 멀기만 한 구름이 배경인 오후

고단한 햇살의 하품 볕살만 쏟아내고

꼭 닫힌 방안에 흘러넘친 서늘한 물결

밖에서 일어난 일 알고 싶지 않다며

열기만 더해놓고서 저 혼자 좋은 세상

점

점과 점이 만나서 반듯하게 긋는 선은
네가 나에게 오는 다리였다, 길이었다
돌아서 오지 말라는 기도였다, 소원이었다

선에서 선을 이어 바른 세상 만들기 위해
함께 어울려 사는 아름다운 오늘 위해
점부터 시작을 한다, 찍고 잇고, 만나고

네가 너를 떠나서 나에게로 오는 일이
앞만 보고 갈 수 없어 잠시 돌아본다면
뒤로는 가지 말라는 간절한 당부였다

겨울비

촉촉하게 젖은 하늘 바다를 끌고 왔다
맨발로 달려온 기운 빠진 바람이
무거운 발걸음마다 피워놓는 물의 꽃

아파도 아픈 줄 몰라 살아도 사는 줄 몰라
추위의 무게에 눌려 젖어버린 부푼 꿈
고여서 출렁일 때마다 눈물로 쏟아냈다

머물고 싶은 날이 허공에 피운 흔적
떠나며 남긴 이름 빛이 될 수 없다면
겨울에 내리는 비로 잠시 다녀가겠다

마지막 답신

온전히 내 것이라며 잡고 있는 미련이

한 편 씩 펼쳐 보인 길의 지문 읽으면

기억은 어제를 향한 사라진 눈물의 족보

추억의 무게조차 잴 수 없는 사연이라면

하얗게 뿌리 내린 이별의 맥 짚어가며

마음이 그리는 풍경 전하는 마지막 답신

김공천(金功千, Kim, Gong chun)

1922.~1987. 제주 성산읍 출생. 호 감밭. 8세 도일, 관서대학 전문부(법과) 졸업. 《시조문학》「백목련」 초천(1981), 「스승님 가시고」 천료(1982) 등단. 시조집『한라의 바람 노래』(1986, 교음사) 외. 일본 '풍일風日' 동인. 한국어문교육연구회 이사, 제주시조문학회 부회장 역임. 중등학교 교원(1952~), 제주여고 교장 정년퇴임(1987).

—

휴화산

1

태허太虛인 봉우리에 겨울 가다 걸렸는가
식어가던 속의 것이 다시 끓어오르다니
밤이면 뜬 눈 못 재워 뒤척이는 휴화산

2

해처럼 하이얗게 온몸 태우고파도
세월이 무성하게 입혀준 숲에 사는
새 짐승 눈이 두려워 불 못 뿜는 안간힘

3

몸김이 식어 엉긴 구름 되어 흘러가고
땅벌레 품속에서 겨울 잠 깨는 새벽
창연蒼然한 못潭을 담은 채 열리잖을 화구火口인가

4

버으는 꽃의 비화秘話 조는 별과 함께 듣고
한스런 이야길랑 이제 불어 떨치고
푸돋이 봄싹 틔우는 아침 땅 속 푸념 삭히러나

스승님 가시고

1

땅거미 진 동서남북 억새꽃 물결이여
천도天道는 호환好還이라시던 님 잃은 고원에서
계절을 되새김하며 들소로 밤새웁니다

2

산과 바다 멀리 두고 하늘 흐린 골목 술집
앉았다 간 사람들이 걷다 남긴 달력장을
이 한 해 찢기운 제게 마저 넘기랍니다

3

동 트는 겨울 산골 목련 언 발돋움에
가지 끝 떠는 꽃망울 미생未生의 봄 저어가며
어제와 내일의 합창 곡曲을 엮나 봅니다

창窓가
— 개천절 날

아침이 그려낸 창에 새 울어 해 띄웠다
먼 차ㅅ 소리, 저 손들마다 제 하늘을 열며 가나
담배의 연기를 뿜고 꽃을 피워 부친다

정초, 언덕마을

1

초롱초롱 해의 분신 하밀감夏蜜柑 낙에 피고
응달이 양지 닮아 다스한 언덕 거리
낯설은 마을 사람들 수수하다 바람인 양

2

섬 하나 띄운 바다 흰 물결 졸다 깨고
구름과 숲 무덤마저 금방 새로 태어난 빛
세월에 수줍은 할머니는 손주들이 눈부시다

내리소서, 늦가을 비

1

왁자한 온누리에 차게 비여 내리소서
땅덩이 신열 식히시고 굳어진 물감 녹여
축축한 할머님들 저승 얼굴 하늘 가득 그리소서

2

멈추락 또 부으락 산과 마을 쓸고 가면
바위들 꿈을 사리고 남은 잎들 귀심歸心에 떱니다
이 몸 속 깊이에도 스며 바다난 샘에 고이소서

3

싸라기로 뿌리소서 서먹한 길거리에
회심灰心의 선창가에 그리움의 산마루에
그 소리 만 리 밖을 돌아 고우故友 맞아 오소서

남한산성

1

약수로 목을 축이고 백여百餘 섬돌 올라서니
석산성 굽이굽이 하늘을 지키는데
마루턱 가게 아낙넨 시름없이 앉았구나

2

옮기는 발길마다 바랜 역사 감겨들고
눈길 닿는 숲그늘엔 옛 병사들 야윈 모습
차라리 천고天鼓 울리어 내 수란愁亂흩어치라

백목련

1

선잠 깨는 삼나무 숲 바람 상기 시리구나
구름 비낀 청자 하늘에 솟은 목련 가지 끝
수줍은 젖빛 천녀의 하얀 꿈이 엉기나

2

삼층선 글 읽는 소리 땅엔 두셋 빨간 동백
머혼 바람 시새움이 하늘 저게 스치는데
백자ㄴ가 드높은 기품 가지마다 벙글었다

3

어둠과 빛 속으로 삭여 소복차림 성숙의 여인
가득한 숨결 훈훈히 차오르는 이 저녁을
꽃새움 내리는 비는 엷은 발로 가리고

북녘 하늘

1

양털구름 흐르고 나무들 성盛한 숨결
태산목 높은 가지에 불현듯 바람 일어
북녘의 하늘 끝에서 검은 그림자 번져온다

2

울담 밑 그늘에 길 잃은 참새 한 쌍
너희마저 이리저리 안달하는 섧은 눈매
햇빛은 눈이 부시고 오월은 더디 가고

3

먼 나라 옛 친구의 엽서 한 장 반겼더니
날 찾아올 예정을 미뤘노라 아쉽다고
답장을 쓰려 앉아서 뜨이잖는 잠긴 눈

고향집

잊었던 듯 찾아온 집 아버님 생전대로
돌담 대숲 감나무랑 눈짓하며 반기는 빛
그동안 묻은 때 쌓인 죄 모를 리가 없을 텐데

갑사甲寺

천오백 년 몸 썩히며 새 잎 지킨 느티나무
숲속 천막 젊음 겨워 아침 산기山氣 일렁인다
꾀꼬리 개울물 소리에 숙숙肅肅한 승병출정僧兵出征

김관기(金璀起, Kim, Kwan ki)

1938년 경남 진주 정촌 출생. 진주사범학교 졸업(1957). 《흐脈문학》 시조 신인상(2010) 등단. 시조집 『신기루로 뜨는 故鄕』(2012, 탑), 『정겨워라 조국강산』(2015, 문성사). 저서 『자녀에게 꿈을 키워라』(2000, 배영사 교육신서), 『고향 이야기』(2014. 문성사). 흐脈 문학동인회, 한국시조시인협회 회원. 교직생활 45년, 경남 교육 연수원장 정년퇴임.

김관기 시조는 한국인 고유의 정서적 미감과 고향에 대한 인식을 그리움으로 대체하여 드러낸다. 실향의 아픔은 갈 수 있음과 없음의 경계에서 향수로 환치되어 공감대를 형성한다. 그의 언어는 간결하면서도 선명하여 잘 익은 가을 단풍이 연상된다. 아름다운 우리말을 적절하게 사용함으로써 율감과 점증의 효과를 살리면서 그리움에 대한 화자의 심회를 실감나게 표출한다. 도시화로 말미암아 사라져버린 고향에 그리움은 '못 지킨 고향집'에 대한 실향민의 아픔을 더해준다. 그가 보여주는 작시 경향은 대상과 대상에 대한 접점과 거리를 적절하게 조율하여 응축과 절제미를 살리고 있다. 추상과 구상을 조화롭게 구사하여 화자가 지닌 품성 그대로 천연의 삶을 살고 있음을 보여준다.

— 김복근(시조시인 ·《화중련》 주간)

그리움

누군가 그리우면

사무치게 그리리라

애타게 그리우면

그리다가 태우리라

타다가 그리워지면

일어 더욱 그리리라

만추晩秋

사라진 고향 옛터
가을비에 젖었는지

이사 간 고향나무
꽃단풍이 들었는지

들녘에 기러기 왔다 울고 돌아갔는지

울타리 찔레꽃도
장독간 접시꽃도

필 자리 아예 없어
원망도 했겠다만

못 지킨 고향집이라 할 말 더욱 없어라

연蓮

진구렁 뿌리 서려
즐겨 온 고행 길에

잎새는 구슬 빚어
버리는 듯 비워내고

꽃송이 자비를 뿌려 낙원 길을 다진다

발원이 무심이라
꽃 더욱 우아하다

불심의 미소인가
피안의 향기인가

사바를 밝히러 오신 극락원의 등이라

종鐘

비워야 이룬다는
심지로 빚은 성체聖體

손 모아 빌고 가신
간절한 소망들을

뎅그렁 결 고운 율로
한 올 한 올 풀고 섰다.

꽃무릇

불심을 넘은 연정
나누지 못한 미련

아리디 슬픈 추억
일그러진 윤회전생

애틋한 사랑 이야기 이고 사는 저 아픔

어느 밤 오시려나
기다린 하 세월에

이별은 슬픔이라
지레 혼자 떠나면서

오는 길 어두울세라 달아놓은 꽃 등불

한恨

허기져 굽은 허리
업이라 달래시며

지치다 해진 모습
자랑으로 안고 가신

망극한 어버이 정에 가눌 몸이 없습니다.

농다리

저 건너 나루터가 잡힐 듯 지척이요
새들도 오고 가는 열려있는 길목인데
어쩌랴 건너지 못해 가슴 조인 사연들

돌로서 사는 길에 호사인들 없으랴만
보시로 던진 몸이 물길을 점지하니
장하다 천년 세월을 업어 나른 그대 삶

해탈문

육신을 덮은 먼지
오욕에 찌든 영혼

죄업은 한 짐인데
회개마저 발이 느려

얼마를 털어 내고야
저 문을 드나들까

망부석

가시는 듯 오마시며 홀홀히 떠난 님은
물결에 오시려나 기다림에 지친 세월
치술령 고갯마루에 돌이 되어 섰구나

꿈에나 돌아오실 지아비를 그리면서
더디 오면 몰라볼까 지레 늙을 수가 없어
옛 모습 간직한 채로 돌로 선 아낙이여

순천만의 겨울

순천만 전망대로 저녁놀이 곱습니다
저무는 섣달 해가 마냥이나 아쉬워서
석양에 친구를 불러 갈대숲을 걷습니다

여름날 억센 잎새 곧게도 뻗은 줄기
갈바람에 바랜 몸매 삭정이로 곧추 서서
솜털로 풀어 인 머리 나래춤도 곱습니다

살을 에는 바람이야 차라리 정일레라
억만 대 어깨 겯고 하나로 일렁이며
이 겨울 갈대 노래는 순정으로 부르는가

김광수(金光洙, Kim, Kwang soo)

1938년 일본 후꾸이 출생. 해방 이후 경남 하동
성장. 호 일상(一常). 일명 영휘(永輝). 〈조선일
보〉 신춘문예 시조(1975) 등단. 시조집『등잔불
의 초상』(1984, 새글) 외. 평설집『운율의 매력
을 찾아』(2008, 해인문화) 외. 씨얼문학회 시조
동인회 발기, 회장 역임. 서울 노량진전화국 노
조위원장 정년퇴임. 동인지『신서정』창간. 한국시조협회 고문.

—

귀향초歸鄕抄

소나기를 잉태한 구름 이마에 짚는 논두렁길
먼 들녘 송아지 울음에 음칠월이 실려 가고
영기슭 원두막엔 풋풋한 유억幼憶이 두셋 덩그렇다

애틋한 전설도 잠긴 봇도랑을 건너면서
흘러가는 물의 뜻을 곰곰 새겨 더욱 서러운
회한 찬 일모日暮의 풀숲 목을 놓는 청개구리

켜켜마다 들추어 아픈 내력만은 잊고 싶다만
가난이 사태진 비탈 청댓잎의 옛이야기로
바위도 사무침에 젖어 잠시 눈을 감는다

수양버들

못 닿을 상거相距일까 연연히 피는 노을
조각조각 맺힌 사연 수줍은 영상일에
차라리 화석 못 되어 고스란히 타는 정

몇 고비 한숨으로 분화하여 오른 고개
소망에 겨워 휘인 푸른 요람 흔들려라
지심地心은 도 어디쯤서 가는 숨결 드리나

긴 허리 시리도록 추원追遠하는 순간이여
실실이 바랜 사랑 어느 섶에 쏟았으리
한 그루 수양으로 살아 고운 뜻만 길러오

섬 동백

지겨운 하늘 아래도 그리움의 짓일레라
해풍에 닦이어서 도닥도닥 푸른 욕망
어느 틈 낄 자리인가 발도 놓기 두렵다

사태진 골을 굽어 나도 나무 되려는데
열어 준 엽록葉錄 사이 불이 번진 저 심지를
물기슭 선지에 젖어 거울인 양 저민다

하얀 살 얼룩이 져 가지마다 버는 적막
그 깊은 바위 홈엔 태고가 울다 멎다
긴 세월 생채기 깔고 이른 봄이 고물댄다

갈대

후조를 기다리다 꿈 밭에서 목쉰 소리
한 번 디뎌 서러운데 몸으로 저어저어
네 살 속 치솟는 원怨은 꽃차례로 식는다

세월은 강물 타고 둘러 가는 지형인데
나는 더 생각으로 잠 못 들어 밤새우고
진종일 빗질을 하여 핏줄 닦는 저 갈대

풀섶에서

왼밤을 적막한 골 울던 새도 자취 없고
암수로 겨운 불빛 어둠 쓸다 떠난 자리
끈끈한 목숨의 진국이 풀섶 위에 눕는다

섭리로도 깨지 못할 황폐한 적막의 귀로
애증은 먼 산허리 실안개로 피우다가
가녀린 꽃대로 옮아 이 우주가 흔들인다

한 그루 옥수수

한 세월 담장 너머로 기약 없는 넋을 바라
유복자 하나 등에 업고 청상의 한 사려 안고
야윈 목 휘휘 늘이고 먼 하늘을 긁어낸다

사모침 눈물로 삭혀 인종의 꽃 피운 백발
바람 따라 손짓하며 기다림에 바랜 목숨
외로이 숙명을 추스르며 놀빛 뽑는 여인아

춘설에 붙여

꽃 기약 등에 업고 산등성 넘어간 입춘
몸살 앓는 꽃샘바람 골골마다 풀어놓으면
황사의 하늘벌 돌려 허공을 메운 흰 나비 떼

지천으로 곤두지는 사념을 매만지다
털어도 털어도 그리움은 낙목落木 끝의 아지랑이
내 가슴 울리는 가락 손이 시린 풀피리 가락

신 노들강변

영하 14도 사육신 묘역 검푸른 도래솔은

비리와 공해에 취한 빌딩가를 응시한 채
한 조각 목숨을 끓어 오한을 사룬다마는…

성토聖土 깊이 뻗어 내린 뿌리마저 뒤흔들고
맨살에 꽂히는 눈발보다 시린 기류
한수漢水여! 시절 없이 그냥 흐를 대로 흐를 건가

강우기降雨期

열염熱炎을 씻어 내리고 낮을 흥건히 적신 소낙비
풀, 나무들은 청초한 새 옷을 입었어도
우리네 오장엔 켜 앉은 먼지가 남아있다.

서로가 서로를 버리면 허우대만 휘저을 땅
천둥 거느린 빗줄기에도 유들대는 세상인들
걷히지 않는 우수의 창밖 시고 떫은 바람만 분다

광장의 노인

해질 무렵 여의도 광장 연등 행렬 속 하얀 머리칼
먼 연안에 진 꽃 시절의 맥을 짚듯 야윈 지팡이
휘어진 그림자 이끌고 황사黃砂 자욱한 강을 건넌다

김광순(金光順, Kim, Kwang sun)

1960년 충남 논산 성동면 출생. 한남대학교 (국어국문학과, 문예창작학과) 졸업. 〈충청일보〉 신춘문예 당선(1988), 《시조문학》 천료(1988) 등단. 시집 『물총새의 달』(2003, 동학사), 『새는 마흔쯤에 자유롭다』(2016, 동학사), 『고래가 사는 우체통』(2017, 고요아침), 『달빛 마디를 풀다』(2017, 천년의시작). 한국시조작품상(2003), 대전문학상(2016), 한남문인대상(2016), 한밭시조문학상(2017) 수상. 대전시조시인협회 회장, 오늘의시조시인회의 부의장 역임. 한국문인협회, 한국시인협회 회원. 한국시조시인협회 대전지부장.

계롱 묵화 . 강광순

날 울린 방점 하나
산등성 올라서서

상선리 천년 매화
수만 송이 움커쥔 채

묵객들 빠져나가면
하얀 낙관 되리라

김광순 시인의 시편은 자신을 한편으로는 연단하고 비우면서, 정형의 미학적 정수精髓에 이르는 과정을 선명하게 보여준다. 그의 시편은 한결같이 자연 사물을 통해 정신적 원숙함에 다다르는 과정을 경건하게 그려내고 있다. 나아가 그는 "푸르고 깊다 하여 티끌 한 점 없을"(「하루」) 세상의 본질을 정형의 틀로 빚어내면서, 자연스럽게 자신을 언어로써 성찰하고 각인해가는 과정을 투명하게 보여준다. 우리 시조의 품과 격을 유지하면서 자기완성의 정신적 제의祭儀를 정성스레 수행해가는 그의 언어를 통해, 우리는 정형 미학만이 구축할 수 있는 생성적 가치를 새롭게 발견하게 된다. 차랑차랑 맑고 깊다.

— 유성호(문학평론가 · 한양대 교수)

뼈마디 하얀 시

밤새 날개를 접어 가슴을 비웁니다
으슬으슬 한기가 간이역을 덮는 동안
등거죽 마른 책표지에
새똥 같은 달이 뜨면,

뜨겁게 울다 지친 한 사내의 눈물처럼
한사코 별을 지킨 내 뜨락의 꽃씨처럼
맨 처음 파종한 그 밤
한 줌 흙의 긴 묵도

가시에 찔린 밤 방울새의 외마디 같은
남루를 다 버리고 밤에 홀로 야위는
하현의 곧은 뼈마디
하얀 시를 씁니다

고래가 사는 우체통

바닷가 우체통에 한 마리 고래가 산다
뱃길마다 햇살 부신 지느러미 길게 깔고
그리움 얼마나 크면 등에 푸른 혹이 날까

오늘도 수평선 너머 귀를 여는 아침이면
돌고래 타고 온 기다림을 걷어 내고
짧은 밤 기척도 없이 기대앉아 읽고 있다

그 파도 사이사이에 들려오는 하모니카 소리
어부의 안방처럼 한 폭 바다는 밀려와서
바닷가 빨간 우체통에 꼬리 붉은 고래가 산다

새는 마흔쯤에 자유롭다

뜨거운 발자국, 하나 둘 헤아리다
바람이 지나가는 꽃과 꽃 사이에서

늘 혼자 숨은 곡조로
산모롱이
오르다

저 하늘 언저리에 가만히 손 내밀어
국경선 맴돌다가 절반쯤 쓰던 편지

온 세상 어디로든지
날아가라
새들아

가을 하서下書

산길 따라 비탈길 따라 물드는 큰 산이요

푸른 하늘 흰구름 떠있는 큰 바다요

기러기 은실 서너 줄
천만 리 가는
바람이요

계룡묵화墨畵

한 점, 자기를 구워 겨울 해 다 진다
눈보라 점토 바람 손 굽히는 청룡안쪽
새들도 맨발로 와서 가마터에 울어댔지

계룡산 품어 안고 내려온 층계마다

매죽문 열린 귀로 깃을 편 백자철화
가랑잎 날아온 경전 내게 와서 엎디었지

나를 울린 방점 하나, 산등성 올라서서
상신리 천년매화 수만 송이 움켜쥔 채
묵객들 빠져나가면 하얀 낙관 되리라

놀뫼 낮달

세모시 홑적삼이
눈보다 고왔어라

은수저 녹을 닦다
가만 혼줄 놓아버린

어머니 버선발 한쪽이
거기 멈춰 떠 있다

달빛 마디를 풀다

거북이 엎드려서
생의 절반 그러안고

누군가 스쳐 지나간
돌부리 그러안고

옛 절터
깊은 꽃그늘
넌지시
품어 안다

보리밭 눈인사

언 땅에 휘청휘청 입춘이 더디 왔다
들뜬 멧새 소리가 온기를 물어 와서
보리순 납작 엎드린 첫 울음을 밟는다

서툴게 밟아가도 말 한마디 못 하고
등골뼈 묵은 이랑 한 구절 길이 되어
이 땅에 봄이 오리라, 길어지는 눈인사

어둠별 꼬랑지가 고라실로 떨어진다
양미간 좁은 하루 속엣것 죄다 밟아
삼십 년 타향살이의 묵은 숨을 내쉰다

계룡의 밤

문필봉 서천 끝에 노루 발목 섰구나

눈썹에 눈썹을 달고 휘돌아가는 계룡 입구

초승달 하얀 행보가 사람인 양 내린다

푹 숙인 별자리가 직녀 오듯 다리를 놓아

나무도 하늘 향해 몸을 틀어 서 있고

아득히 풍경 소리가 오리숲길 걸어온다

하루

푸르고 깊다 하여
티끌 한 점 없을까

새로 나온 영화처럼
광고처럼 흘러갔을

한 조각
거품 비누가
빗소리를
듣는다

김광자(Kim, Kwang ja)

1944년 경북 봉화 출생. 안동여고 졸업. 《시
조와비평》 시조(2004) 등단. 시조집 『봄이면
나비가 된다』(2008, 문왕). 동백문학상(2009),
현대시조 좋은 작품상(2016), 황산시조 문학
상(2016) 수상. 강릉문인협회, 강원여성문학
회, 강호시조회, 바다시낭송회 등 회원.

—

시조는 한 작가의 삶의 흔적이며 영혼의 모음이다. 지난 삶에 대한
아픔과 사랑이 수채화처럼 담겨있다. 작품들은 갓 씻어놓은 채소
처럼 신선하고 재미와 흥취를 안겨 주었다. 사물에 대한 표현을 관
념적 세계에 머물게 하지 않고 감각의 세계로 끌어내었기 때문이
다. '시는 그 사람이다'라는 말이 실감났다. 시인을 뵈면 언제나 그
모습이 활달하고 밝다. 아마도 마음속에 아름다움이란 꽃을 항상
가꾸기 때문일 것이다. 시작품에서도 활달하고 자상한 면모를 느
낄 수 있었다. 시를 쓰는 일을 얼마나 재미있고 신나게 여기는지 확
인할 수 있었다. 생활에 대한 탐색이 없는 시는 생명력이 없다. 생
활을 사랑하는 시인 일상을 시로 그려내는 시적 작업에 매우 소중
한 시간을 보내며 시의 실체와 자유를 찾아내려고 한다. 시인의 시
조를 읽으면 절망처럼 차가운 도시의 콘크리트 구조물 사이에서
다시 옛날의 고향 이야기를 듣는 듯하다.

— 남진원(시조시인 · 문학평론가)

—

홍장암

일렁이는 빈 배 위에
홍장의 얼이 남아

박신의 혼 바람 타고
벚꽃으로 날아들면

불붙던
옛사랑의 열정
경포호에 뜬 나비

꽃반지

초록 위 흰빛 띄운
탐스런 꽃망울로

소녀의 꿈 엮어주던
약지 위 청순한 미소

그 향기
시계 소리로
들려오는 옛 추억

가끔은

멈춰 선 인연인데
돌이키는 미련인가

너의 곁 맴돌면서
수채화를 그리면

나 또한
네 가슴 안에
파랑새로 날고 있다

팬지꽃

봄날에 무리 지어
피고 지는 화려함

길손의 발길 끄는
가냘픈 숨소리에

바람은 보라빛 속을 살그머니 건너네

빗소리 들으며

커피의 깊은 향과
창밖에 내리는 비

안개 속 그리움에
오늘은 누구인가

잊었던 그 흔적 풀며 눈 마주쳐 웃고 싶다

머무는 것보다는
망각이 아름다운지

오가는 마음 빛으로
한세상 사는 것

내 삶이 꿈속에 졸고 기다림은 무지갯빛

김광희(金光熙, Kim, Kwang hee)

1957년 경북 경주 내남면 출생. 한국방송통신
대학교(국어국문학과) 졸업. 〈전북도민일보〉
신춘문예 시(2006), 〈농민신문〉 신춘문예 시
조(2016) 등단. 시집『발뒤꿈치도 들어 올리
면 날개가 된다』(2015, 목언예원). 월명문학
상(2005), 경주문학상(2013), 오누이 시조 신
인상(2015) 수상. 경북문예진흥기금(2015) 수
혜. 한국시조시인협회, 국제시조협회, 이목회 회원.

「바다가 끓이는 아침」은 청어찌개를 끓이는 평범한 생활 소재를
통해서 힘겹게 살아온 어머니를 발견하는 상상력과 힘을 확보하는
사유의 깊이가 지나친 정보의 홍수 속에 획일화되고 서로 닮아버
린 시조의 현실에서 체험적 생활시조의 또 다른 개성적 접근이라
고 본다.

— 한분순 · 민병도(시조시인)

「주산지를 읽다」는 주산지를 한 권의 책으로 형상화한 독특하고 신
선한 작품이다.

— 민병도 · 조동화(시조시인)

「소산에 들다」는 달 항아리의 곡선미학과 불국佛國과의 조우 데카
르트Descartes의 이른바 '공적 개혁의 가능성에 대한 부정'을 오히
려 부정하고 있음에 성공하고 있다. 특히 달 항아리를 통해 조화와
수용의 곡선 미학을 떠올릴 수 있다.

— 안수현(시조시인 · 문학평론가 · 한국하이쿠연맹 사무총장)

바다가 끓이는 아침

냄비 속 두부 비집고 순하게 누운 청어
여태껏 제 살 찌른 가시들 다독여서
들끓는 파도소리로 어린 잠을 깨운다

물 얕은 연안에도 격랑이 일었던지
거친 물살 버티느라 활처럼 등이 굽은
어머니 갈빗대마다 소금 눈물 가득 찼다

한 번도 가본 적 없는 대양을 꿈꿨던지
시퍼런 등줄기가 심해를 닮아 있는,
몸속의 수평선 꺼내 끓여내는 아침 바다

주산지를 읽다

안개 피는 못둑에서 점자판을 더듬는다
행간 넓은 수면 넘겨 물의 책 읽어 가면
왕버들 수백 년 역사 만연체로 흔들린다

발 젖은 나이테에 짓뭉개진 장서藏書마다
문장과 물결 사이 잉어들 헤엄쳐와
별바위* 눈먼 그림자 아픈 내력 전해준다

가던 길 잃어버린 낮달을 배경으로
이제 막 도착한 연초록 신간들이
꿈꾸는 이름을 달고 윤슬로 글썽인다

* 별바위: 주왕산에서 주산지를 내려다보이는 위치에 있는 바위.

달팽이

싱크대 배수구를
올라오는 울 어머니

어디도 세 들 데 없어
걸음마다 눈물자국

등에 진 이삿짐보따리
풀 데 없어 헤맨다

노잣돈

아버지 관속에다
엄마 몰래 찔러준다

먼 길 가다보면
허기질 일 없을라고

지금쯤 어느 주막 앞에서
소매 속을 더듬을까

사랑을 뽑다

입 안 깊은 곳에 뿌리 깊이 박힌 사랑
평생을 너를 품고 순애보로 살려했지
이별이 너무 서러워 밤을 새워 앓는다

아직도 사랑한다 말 한마디 못했는데
떠나간 빈자리에 허방으로 남은 상처
고백도 못해 본 혀가 젖은 발로 자주 간다

집몸살

새집도 밤낮으로 공부를 하는 건지
서까래 힘줄 터져 밑줄 치며 읽는 소리
신간을 정독하느라 몸살을 앓고 있다

먹줄 쳐서 깎고 잘라 초록 방언 지워내고
흉내며 땀 냄새를 표준어로 받아 적어
움 깊은 행간 엮느라 실비명을 지른다

문턱과 문장 사이 닦고 쓸고 부딪쳐서
멍들며 익힌 자리 한 몸 되는 집과 식솔
다독여 아물어가며 완결 본을 꿈꾼다

시인이 별거라고

해마다 농사지어 찹쌀을 주는 친구
주는 시집 마다하고 인터넷서 사서 읽고
고맙고 자랑스럽다고 사인 값으로 밥 사 준다

이마빡 벗어질까 염치는 있어갖고
사과 한 짝 들고 갔다 못 볼 걸 봐 버렸다
장롱 짝 받치고 누워 힘쓰고 있는 내 시집

나 대신 고생 많다 오래도록 힘 좀 써라
엎드려 지은 햇곡 목 메이게 받아먹고
덕분에 열심히 써야지 내 할 일이 별거겠어

묵어墨魚

상여 난 지 사흘 만에 매매 딱지 붙어있다
갓집이며 고리짝들, 주인 잃은 김 노인 집
외남은 묵어墨魚 한 마리 벽을 타고 오른다

담채색 붓끝에서 여울을 거슬러 와
누렇게 절은 병풍 손때 묻은 퇴침 사이
한 세월 오르내리며 묵향 너울 일으켰을

독거노인 세간만큼 남루해진 은비늘이
벌름한 유리 비집고 그렇게 내다본다
아직도 기침소리가 들릴 듯한 적요 속

소산에 들다
　— 솔거미술관에서

달 항아리 짊어지고
불국에 드는 길은

맨발에 설국 지나
솔잎 끝에 앉는 일이라

묵향에 부르튼 생이
범종 소리 들린다

폭포

그 여자
볼일 한번
시원하게 보고 있다

그 샘이
얼마나 커
온 들판을 다 적시나

식솔들
수만 명쯤은
거뜬하게 거두겠다

김교한(金敎漢, Kim, Kyo han)

1928년 울산 울주군 옹촌면 출생. 호 울주(蔚州). 교원자격검정고시(서예과) 합격(1959). 《시조문학》 3회 천료(1966) 등단. 시조집 『분수』(1978, 새로), 『도요를 찾아서』(1993, 동학사), 『대』(2002, 동학사), 『미완성 설경 한폭』(2004, 태학사), 『잠들지 않는 강』(2011, 경남). 상파시조문학상(1984), 경상남도문화상(1993), 경남시조문학상(2000), 유심작품상 특별상(2010), 한국문학상(2012) 수상 외. 경남시조문학회, 한국문인협회 고문.

—

울주 출신인 김교한 선생이 시조의 길에 들어선 것은 1961년 마산에 와서부터다. 시조를 평생의 동반자로 삼게 된 것은 정형의 매력과 함께 노산 선생의 격려가 있었기 때문이라 한다.

태학사 '우리 시대 100인선'으로 기획되었던 『미완성 설경 한폭』을 읽어보도록 하자. 이 시조집 안에는 선생이 1965년 시조문학 1회 추천을 받았던 「수양버들」이라는 시편에 눈길이 간다. 시인은 매일 거목 중의 거목인 수양버들을 바라보면서 어떠한 흔들림에도 슬기롭게 스스로를 다스리는 유연한 의지를 배웠고, 또 그 경탄과 배움의 시간을 미학적으로 담아냈다고 한다. 선생의 시조는 고전적이고 인생론적인 무게와 질감을 지니면서 우리로 하여금 지속적으로 정형 안에 담긴 푸른 절의와 깨끗한 시심을 만지게끔 해갈 것이다.

— 유성호(문학평론가 · 한양대 교수)

—

황혼

산 너머
자맥질하는
귀로의
마지막 절규

들녘은
소리 없이
겉옷을
던져 버리고…

청산은
그냥 있는데
노을만 저리
설레고 있다

수양버들

못 닿을 상거相距일까 연연娟娟히 피는 노을
조각조각 맺힌 사연 수줍은 파문일레
차라리 화석 못 되어 고스란히 타는 정

몇 고비 한숨으로 분화分化하여 오른 고개
소망에 겨워 휘인 푸른 요람 흔들려라
지심地心은 또 어디쯤서 가는 숨결 고르는가

긴 허리 시리도록 추원追願하는 순간이여
시름시름 바랜 사랑 어느 섶에 쏟았으리
한 그루 수양으로 살아 고운 꿈만 길으려오

노비산의 봄

좀처럼
허물지 못할
외로움의
기둥이었다

아득히
잃어버린
그리움의
아픔이었다

집요한
꽃샘바람을 넘는
기다림이
있었다

대

맑은
바람 소리
푸르게
물들이며

어두운 밤
빈 낮에도
갖은 유혹
뿌리쳤다

미덥다
층층이 품은 봉서
누설 않는
한평생

잠들지 않는 강
– 낙동강

강물은 흘러가도 생명의 끈 놓지 않는다
한 시대 소용돌이친 그 흔적 애써 지우며
오늘도 숱한 허물을 헹구고 청산을 건져 올린다

유유히 천삼백 리 온 고을 갈증 풀고
굽이굽이 울음 지으며 그리운 얼굴 찾는
영원한, 이 땅의 방패로 번영의 노래 띄운다

이끼 푸른 바위 풀섶 친숙하게 볼 비비며
여명이 서린 이 유역을 함부로 넘보지 않게
한시도 지친 기색 없이 초롱초롱 눈 뜨고 있다

낙엽의 귀로

어느덧 나뭇잎이 석양 뿜고 있는 날
안개 비낀 그 고개를 건너온 길 돌아보니
꿈인 듯 고가古家 한 채가 비스듬히 잠겨있다

성장 끝에 바람 타고 떠나가는 봄부림들
층층이 낙하하는 방황의 길손이더니
한번은 돌아봐야 할 과제를 던지고 있다

때때로 거닐어 보는 낯익은 굽이길에
무늬지어 타고 있는 백주의 고별 인사
못 놓칠 한 많은 분신들의 절규가 여기 있다

은상이샘殷相井

그리도 가슴 적신 고향정취 아니던가
생가터는 헌납하고 노숙 중인 유적 하나
목 축일 그날은 언제 올까 일념으로 기원한다

바위 같은 신념으로 어둔 시대 대항해 온
그 흔적 무늬지어 우리 앞에 떠오른다
물 좋은 역사의 땅에 그 이름 못 지운다

사모의 물결치는 가고파의 그 발원지
바람도 별빛도 긴 세월을 소통해온
한없이 그리운 그 샘터 설레는 길 못 잊는다

외로운 산

저 산을 바라보니 살아온 재와 같다
배낭을 등에 지고 땀에 젖은 옷을 풀고

우리가 나길 행보를 구름 얹어 보인다

질러 가는 산길 내어 쉬어가며 뿌린 한숨
산자락에 꽃이 숨어 인적도 뜸한데
머리에 짐을 포개 인 모성의 그림자여

하루에도 여러 번을 고향처럼 쳐다 본 산
곤충처럼 각축하는 조간 지면 펼칠 때면
한 서린 이 가슴팍을 뭉개주는 네가 있다

탑

높아만 보인 탑이 서둘러 미소 짓고
외로운 길섶에서 한 시대를 굽어 보며
숨쉬는 역사로 살아 우리들의 가슴을 친다

어느날 너로 하여 변혁의 파도 되고
겨레의 빈 가슴에 한가닥 불을 지펴
자유의 샘물이 넘칠 침묵으로 설렌다.

영원히 지키려는 다짐으로 메운 그대
외롭게 절규하는 메아리로 되돌아와
탑 위에 탑으로 솟는 뜨거운 김이 되라

고목 그 남루한 경經

내일은 미풍이 불까 서성거린 잿빛 고목
아낌없이 떨구고 있는 그 앞에 다가서니
왜 이리 잊히지 않는 잔상殘像이 허공을 맴도는가

휘청한 가지 끝을 저녁노을 찍고 간다
줄 것도 받을 것도 없어진 줄 모르는 날
시간을 다 풀어놓고 남루한 경 내놓는다

김근주(金勤珠, Kim, Geun joo)

1961년 경북 성주 출생. 《시조문학》「낙화암」천료(1983) 등단. 《한국시학》 신인상 시조 수상. '청맥' 동인. 한국시조시인협회, 호남시조문학회, 한국시학협회, 동백시조문학회 회원.

—

낙화암

외로운 역사의 창변 긴 세월 서성이다
강변 갈대꽃으로 전설처럼 서럽게 피어
다시는 돌아오지 않을 강이 되어 흐르는데

바윗돌 하나마다 눈물빛 슬픈 이름
노을로 타는 애모 시름 속에 접어두고
낙화암 그림자 안고 굽이도는 흰옷자락

목련

순정의 깃대 끝에 표연히 말 없는 너
이슬빛 망울진 자태 뉘 설운 얘기랬나
아득한 향기에 취해 봄밤 적신 안개비

꽃물결 어리는 창 별이 되는 내 마음
순한 꿈 여백마다 은초록 사랑얘기
찰나의 눈부신 슬픔을 사랑으로 그리는 봄

산나물

산사 담장 아래 따순 햇살 머문 아침
마른 향내 선율로 피어 셀레는 풀잎 새로
포란 잎 하나 또 하나 목숨이 되어 핍니다

들꽃 그늘 묵향처럼 그 안에서 홀로 서서
물처럼 귀한 생명 그리 순한 자태로
오히려 맑은 웃음을 바람결에 날립니다

연모

안으로만 타는 꽃빛 초연히 목숨을 이고
여린 봄비 젖어들면 그리움은 물방울 되네
살며시 이는 바람조차 꿈결인 양 설워라

한 오라기 드리운 연緣 가이없는 세월 속에
시리고 아픈 애긴 잊을 듯 접어두고
그대 하 마음 강변에 풀꽃으로 피어살리

엽서

별처럼 뜨는 생각 향기인 듯 스며있나
꽃순 같은 사연 속에 강물로 흐르는 맘
차라리 지우지 못할 눈빛이나 그려보낼까

백지 위엔 소박한 꿈 맑은 물로 흐르누나
묵향 연한 그 빛 담아 바람결에 띄우면
오히려 눈물겨운 꽃으로 피어나는 그 얼굴

김기수(金基洙, Kim, Ki soo)

1945년 경남 고성 구만면 출생. 아호 학산(鶴山). 검정고시 독학. 《시조문학》 신인상(2009) 등단. 제33회 샘터시조상 가작(2008) 수상.

—

불편한 몸으로 시집을 발행한 시인 김기수님께 존경의 뜻을 표합니다. "시 한 수 떠올리다/ 불현듯 무릎 치고/ 이윽고 부끄러워/ 긴 한숨 내리쉬며/ 병아리 물을 삼키듯 하늘 보는 시인아"(「풋사랑 시인」), "노을 속 멀어지는 기러기 떼처럼/ 떠오르다 사라지는/ 이 빠진 글귀詩句 하나/ 꺼내려 꺼내려 해도/ 꺼내올 수가 없네."(「도굴꾼의 탄식」)에서 엿보이는 고뇌를 읽었습니다.

— 김대순(편집자)

—

비정규직의 눈물

컨베이어에 끼인 채로 2시간 지나서야
시신으로 발견됐던 그 사람 빈소에는
딸아이 장난을 치고 그 남자는 웃고 있다.

가난이 죄가 되어 못 배운 게 한이 되고
전문대 이수자의 이력서는 휴지통으로
겨우내 얻은 일자리 하청업체 비정규직.

사장의 한마디로 해고 되는 직장이라
가족이 눈에 밟혀 거부는 엄두도 못내
동료가 죽은 그 자리 지옥불로 뛰어들다.

생산에 쫓긴 나머지 달라진 것 하나 없이
한 시진되지 않아 다시 돌아가는 기계
회사는 비정규의 피눈물 먹고 자라는 꽃.

무릎 꿇는 나무

럭키 산맥 나무들은 무릎을 꿇을 줄 안다,
무릎 꿇은 나무로 만드는 바이올린
세상에 제일 아름다운 소리도 낼 줄 안다.

우리네 조상들도 돌배나무 베어다가
바닷물 갯벌 속에 무릎 꿇게 만들었고
그 속에 세상 으뜸의 팔만대장경 새겼네.

앞 뒷산 나무들이 저마다 거덜먹이며
대들보 되겠다고 떠벌리는 이 세상에
아! 진정, 무릎 꿇는 나무가 못 견디게 보고 싶다.

홍도의 낙조

이글이글 타는 해가 노을빛에 돌아오면
오색구름 영롱하게 휘장을 펼쳐놓고
바다는 신부가 되어 오는 해를 맞는다.

불그스름 뜨는 달은 수평선 걸린 해와
바다가 어우러져 한바탕 춤을 추고
햇볕에 반사 된 파도 은구슬이 뛰노네.

비단 이불 펼친 듯이 바다가 일렁이고
석양은 스르르 잠 속으로 빠져들고
갈매기 울음소리가 자장가를 부르네.

무지개 놓은 듯이 걸려 있던 구름들도
수채화 그린 듯이 색색으로 물이 들고
어둠은 저만치에서 오도 가도 못한다.

술잔을 마주하고 낙조를 바라보니
낙조도 한잔 하라 내 잔에 술 권하고
세월도 술에 취하여 나이도 잊자 하네.

언젠가 때가 되면 너나없이 떠나가리,
수평선 물들이는 저 바다 노을처럼
못 잊을 그리움으로 떠났으면 좋겠네.

간월암*

찾아간 그 날에도 간월암은 섬이었네.

저 물결 몇 번이나 서역을 돌아와야

내게도 길이 열리고 달이 마중 나올까.

* 간월암: 충남 서산 부석면 간월도리에 있는 작은 암자. 전언에 의하면 무학대사가 이곳에서 달을 보고 홀연히 깨쳤다고 하여 암자 이름을 간월암看月庵이라 하고 섬 이름을 간월도看月島라 하였다고 한다.

작별의 노래

권세는
무엇이며
명예은 무엇이뇨

영웅호걸 간데없고
강산만 푸르러-

끝내는
이 학산鶴山 시인도
방귀 한 방 놓고 가네.

아내

내 아내는 허리 굽은 꼬부랑 할머니다.
걸음을 걸을 때도 낙타 같은 허리 되어
사막을 걷는 것처럼 마른 땀을 흘린다.

불구 된 남편 탓에 병구완에 15여 년
항문까지 뒤져가며 지극 정성 돌보다가
기어이 두 번의 수술 끝에 기역 허리 되었네.

그 허리로 부축받아 화장실에 가는 나는
죽고 싶은 생각까지 열두 번도 더 나지만
죽기가 별 따기 같아 그도 저도 못 하네.

그녀를 기쁘게 할 내 유일한 짓이라곤
고운 말 예쁜 말로 사랑받아야 하는데
성깔이 못돼 먹어서 침 발린 말 못 하네.

사랑은 말을 먹고

사랑은 말을 먹고 봄풀처럼 자란다.

"사랑해"
"잘했어요."
"당신이 최고여요."

칭찬의
말 한마디는
시든 꽃도 살린다.

행복
― 지체 1급 장애 입고

참으로 오랜만에
바깥으로 나왔구나.

빛나는 태양 아래
향긋한 맑은 공기

이제야
살 것 같구나
행복하기 그지없네.

발아래 행복 두고
청맹과니 된 것처럼

동분서주 헤매면서
여태껏 살았구나

곰곰이
생각해 봐도
수수께끼 인생사.

선운사 동백꽃

좌중은
쥐 죽은 듯
촛불도 고요한데

주장자
쾅-쾅 치는
큰 스님 호통 소리

동백꽃
엿듣다 그만
쳐든 고개 떨군다.

* 선운사: 전북 고창에 있는 사찰.

큰 소나무 아래서

산 주인
기른 공도

세월 따라
잊혀지고

보드기*
형제 나무

희생된 줄
다 모르고

오로지
네가 잘나서
대들보 된 줄 아누나.

* 보드기: 크게 자라지 못한 나무.

김기옥(金基玉, Kim, Ki ok)

1957년 충북 단양 대강면 출생. 관동대학교 (문예창작과) 수료(2003). 《현대시조》 신인상(1996) 등단. 시집『그리움, 그 푸른 악보』(2005, 알토란),『바다로 가는 것은』(2011, 문학예술사),『선탈』(2018, 책만드는집),『꼬리를 보다』(2020, 글나무). 현대시조 좋은작품상(2003), 제11회 강원시조문학상(2005), 제1회 강릉문학 작가상(2011), 제15회 강원여성문학대상(2018), 제8회 월간문학상(2019) 수상. 한국문인협회 전통연구위원, 한국시조시인협회 · 한국여성시조 이사, 강원시조시인협회 부회장, 강호시조 회장 역임.

아름다운 시심 속에서 창작의 불길을 지피는 김기옥 시인의 시적 내면은 진실하다. 그리고 진실한 상상력을 동반한 그의 서정성은 자연과의 조응뿐만 아니라, 인간과의 조응을 통해 시 세계가 더욱 깊고 넓어졌음을 볼 수 있었다.

우리네 삶은 어찌 보면 아픔과 고통의 연속이다. 이런 상황에서 김기옥 시인은 아름다움의 눈으로 때로는 눈물을 흘리며 때로는 이웃에 대한 봉사와 사랑으로 시조의 가락과 운율을 뽑아 올린다. 그렇게 만들어지는 김기옥 시인의 시조 한 편 한 편은 그의 시조 작품「덤」처럼 우리에게 가장 귀중한 사랑의 덤을 주는 행위인지도 모를 일이다.

— 남진원(시조시인 · 문학평론가)

발 앞에서

창 앞에 드리워진 갈대발 행간으로
기웃거리는 햇살 바람 얼비치는 빗살무늬
안온한
포용의 몸짓
안과 밖의 조절 등

그윽한 공간 분리 발 한 자락의 여과로
내 허물 가리우고 한 생각 가다듬어
소박한
기쁨을 꺼내
펼쳐보는 멋과 조화

세상을 재고 싶은 관조하는 안에서의 눈
보일 듯 보이지 않는 밖에서의 망설임의 선
조용히
일렁이는 발
삶의 자락 한 풍경.

굴렁쇠

동그라미 하나가 길 위에 바퀴가 되어

마음의 중심으로 빠르게 굴러 간다

우주의
꼭짓점에서
먼 세계 밖 문을 열고

문명의 발이 되어 길 따라 원의 춤이

신나는 동선의 구도 너와 나 만남 위해

소통의
기쁨이 되는
사랑스런 동그라미.

풍경소리

그 누가 무지갯빛 명상의 종 울리는가

고요 속 막 깨어난 영롱한 화음으로

월정사
팔각 구층 석탑 끝
층층이 울리는 빛의 하모니

어느 용궁 물고기들이 오대산 푸른 바람으로

맑은 울림의 메아리 되어 땡강땡강 바라춤에

천년의
긴 설법으로
나를 불러 세우는가.

그리움의 메아리

초록 물 일렁이는 파란 악보의 도돌이표

변하지 않는 그 음표엔 아픔의 이야기로

내 맘속
향수로 걸려
뻐꾹뻐꾹 흔든다

내 전부이던 할머님도 위엄이던 아버지도

정겹던 내 고향도 망초꽃 속 모두 숨고

소백산
메아리로 남아
뻐꾹뻐꾹 찾고 있다.

바다로 가는 것은 3

언제나 메아리로
내게 들리는 너의 음성
자석처럼 나를 불러
모든 허물 다독이며
생동의
힘찬 손뼉소리
위안 주기 때문이다

힘든 세상 맘 조여도
긴 함성 하얗게 걸러
삶에서 날 선 감정
훌훌히 풀어내어
우리가
더듬고 있는 사소한 것조차
문 열어 주기 때문이다.

상원사 가는 길 1
— 여름

우리는 푸른 궁으로 갔다 녹색 터널을 통과해

호랑나비를 데리고 허물 벗는 자작나무와

얼룩진
물푸레나무 길 따라
이상한 나라 엘리스처럼

전나무 병정 호위 받으며 높은 가람 맑은 도량

잔잔한 감동의 부도와 탑비 안개 먼저 반겨 맞는

상원사
용마루 사이로
문수보살이 숨바꼭질 했다.

선탈蟬脫 1

칠 년을 토굴에서 도 닦은 나의 이력

내 소리 영악하다 사람들은 말하지만

한 생의
뜨거운 절규
나를 찾는 매미 생

큰 허물 작은 허물 고정관념 틀을 깨며
송곳처럼 찌르며 톱질하듯 캐는 내력

그 아픔
박차고 나온
여름날의 청춘 일기.

달팽이

집 한 채 등에 지고 온갖 세상 헤쳐 가며

오감의 촉각으로 만져보고 느끼면서

우주의
가장 멋진 길
나를 찾는 생각지도

촉촉한 삶 찾아가요 끈끈한 사랑으로

더 값진 것 보기 위해 더 값진 것 듣기 위해

섣불리
파악할 수 없기에
눈 귀 닫고 더듬이로.

율곡매梅

오죽헌과 함께 자란 육백 년 된 율곡매梅는

사임당과 율곡 남매들 봄마다 눈부신 향기

정갈한
청객淸客으로 맞던
기다림의 봄 편지

겨울 껍질 터뜨리며 맨 먼저 봄을 깨워

영롱한 고독을 담아 철학으로 가슴 메우던

아직도
그 고운 꽃노래
오죽헌의 봄 문 연다.

덤

한 움큼 마음을 얹어 향기로 묶어주는

실천하는 사람만의 여유와 풍미이다

후덕과
따뜻한 교감
마음 한 줌 깊은 정

서로를 포용하는 넉넉한 피안의 길

고운 덤 다스려서 거친 여백 채워 가는

삶 속에
감칠맛 나는
아름다운 마음 술기.

김기자 (金基子, Kim, Ki ja)

1955년 충남 예산 출생. 건국대학교(국어국
문학과) 졸업. 《시조생활》 시조(2013) 등단.
양천문화원 주최 백일장 시조 대상(2018) 수
상. 세계전통시인협회 한국본부, 시조생활 회
원. '삼소회' 동인.

어린 시절을 시골에서 보낸 김기자의 작품에는 "삽다리 장날", "돈
이 될 과일 채소", "신발 문수"와 같이 옛날 우리의 정서가 그대로
숨 쉬고 있다(「검정 고무신」). 그런가 하면 「아버지로 산다는 것」에
서는 "하루살이처럼 살아 내는" 이 시대 가장들의 모습을 화려한 수
식 없이 사실만 보여줌으로써 독자들의 감동을 끌어내고 있다. 그
외에도 "잠자던 그리움이", "마당을 덮고도 남아 우물까지 수를 놓
는"다고 벚꽃의 이미지를 빌려 그리움을 노래하기도 한다(「벚꽃」).
주로 향토색이 짙은 소재를 적절한 시어 사용으로 생동감 있게 표
현한 김기자의 시조미학이 돋보인다.

— 최순향(시조시인 · 《시조생활》 주간)

아버지로 산다는 것

오늘도 하루살이처럼
아버지로 살아냈다

폭언과 물폭탄에
마음이 동강났다

투명한
술 한 잔 속에
눈물이 반찬이다

고향의 노모

고단한 시집살이
묻어둔 지난 세월
싸리문 울 사이로
봉숭아 피었었지
지금은
담 틈 사이로
바람만 숨이 차다

가랑잎 먼 길 가듯
하나 둘 떠난 친구
지난날 생각 따라
달빛은 쏟아지고
뜨락엔
서글픈 국화꽃만
하얗게 지새운다

검정 고무신

삽다리 장날이다
콩콩 뛰는 새가슴
돈이 될 과일 채소
계란에다 우시장까지
이 자리,
아버지의 아버지들
살다가 가셨겠네

장날엔 내 신발
사주마 하시더니
아버지 손으로
신발 문수 한 뼘이다
꽃무늬
고운 고무신
얼마나 기다렸나

해는 중천 나는 벌써
고갯마루 올라있고
땅거미 질 무렵에
아버지와 기적소리
아쿠야,
장꾸러미엔
검정색 고무신

벚꽃

겨우내 꿈을 꾸며
잠자던 그리움이

고향집 봄 뜨락에
하늘 가득 피었네

마당을
덮고도 남아
우물까지 수를 놓고

첫눈 오시는 날

겨울의 여백으로
첫눈이 내린다

잊었던 그리움이
눈꽃으로 피어나고

철없던
마음 한 자락
공원 벤치에 두고 온 날

김기진(金基鎭, Kim, Ki jin)

1903.~1985. 충북 청원 출생. 호 팔봉(八峰). 배재고보, 일본 릿쿄오 대학(영문과) 중퇴. 《개벽》 시 「애련모사」 발표(1923). 소설집 『청년 김옥균』 (1936, 한성도서), 『해조음』(1938, 박문서관), 『재출발』(1942, 평문사), 『통일천하』(1954, 계몽사) 외. 수필집 『심두잡초』(1954, 영문사), 『김팔봉 수필집』 (1958, 경기문화). 논문 「빠르뷰스 대 로멩로렌간의 논쟁」, 「또 다시 클라르테에 대하여」 외. '백조' 동인. 〈매일신보〉, 〈시대일보〉, 〈중외일보〉 등 기자. 매일신보 사회부장, 출판업 경영자, 〈경향신문〉 주필, 재건국민운동 중앙회장 등 역임. 일본유학 시절 박승의, 이서구 등과 '토월회' 조직.

마른 풀 성근 곳에 들국화 외로워라
낙엽 방석 위에 뉠 생각코 해 지우노
오실 님 계신가 하니 바람 소리 야속해

남원에서

— 오작교烏鵲橋
오작교 반갑고나 옛 모습 이렇든가
허다- 풍상에 허리 굽고 늙었는가
한 많은 몇백 년 동안 울고 간 손 몇인고

— 광한루廣寒樓
대수풀 우거진 곳 제대로 한 섬島이오
게 놓인 다리 아래 쪽배 홀로 외로운데
광한루 처마 끝에는 저녁 까치 조으네

— 춘향동사春香同祠
대문에 단심丹心 두 자 춘향의 전모로다
의젓한 화용花容 위에 일영정채 뚜렷하이
뜰아래 해당화 열매도 임의 피로 붉고나

무제

망덕산 활쏘들이 익룡을 쏘아 잡어
아흔아홉 남지南池물 흐른 후에
이성계 나섰다 하대 믿어 옳단 말인가

한 굽이 모자라서 서울이 못 됐다고
고읍을 지나오며 말하는 그대인가
오백 년 지나간 전설 궤고 묻지 않겠네

오시조 3장

엉성한 수풀 속에 낙엽 소리 날 속인다
어느덧 해 저물고 새소리 외롭고나
남산에 가을 깊으니 떠날 줄을 몰라라

세월이 덧없으니 탄식이 절로 난다
마지막 남은 잎이 가지에서 떨어지네
초록의 고운 단장은 내년 봄에……

김기호(金琪鎬, Kim, Ki ho)

1912.~1978. 경남 거제 출생. 호 무원(蕪園). 동래고보, 경성사범학교(연습과) 졸업. 〈동아일보〉 신춘문예 시조 「청산곡」(1957) 등단. 시조집 『풍란』(1965, 현대). 교육공로자 표창, 홍조소성훈장, 경남문화상, 경향교육상 등 교육자 공로상 다수 수상. 수영 공립보통학교 교원, 부산 남부민 공립보통학교 교원, 좌천 우체국 근무. 해방 후 하청 고등공민학교 설립, 교장 근무, 거제 중고교 교장 역임.

—

풍란風蘭

회오리 잦은 머리 위태로운 등걸 위에
한사코 뻗는 뿌리 거둘 길 바이없고
허허히 떠도는 구름 이 하늘이 섧고나

어느 먼 여울 가에 타버린 노을인데
성하星河 가득히 푸른 피안 그 너머로
상머리 호젓한 꿈길엔 이끼만이 차거워라

흙내음 가시어진 절처絶處에 도사리고
두어치 매운 몸매 망울진 사랑이여
비수날 푸른 서슬은 안을 향한 다스림

땅을 금을 그려 짖궂은 새움이나
무성한 연월烟月 위에 우쭐대는 수목들은
차라리 슬픈 응시로 이 자리를 지켜라

희우喜雨

타다 남은 모를 호미로 쪼아 옮겨
큰 배미 한 구석을 바가지로 물을 딸다
한 포기 목숨을 빌어 하늘 쳐다보았다

뚝 뚝 들던 방울 억수로 쏟아지어
흙탕물 삽시로 넘쳐 점심 광주릴 떠나간다
〈상사디 시화야 연풍〉 만경들이 좁아라

거목 앞에

차라리 거창한 등걸은 후미진 샘일러라
수액이 멎은 몸둥아리 파르라니 돋은 이끼
천년을 세월은 흘러 찬 김 오싹 스민다

한 결로 꿰뚫은 세기 침묵보다 국은 몸매
이미 지난날은 올연히 넘은 역사
뉘라서 이 창망을 짖궂이 붓을 들어 새기료

지나는 나그네야 여기 한 땀 들이세나
한 철 녹음이사 종교보다 진한 신앙
잎잎이 햇살을 이고 하늘 높이 푸르고녀

꾀꼬리

강 너머 휘황한 밤은 전설인 양 아득하고
여긴 보릿고개 숨이 막힌 한 고빈데
낙락히 버려진 고장을 꾀꼬리가 우던다

어디로 떠나 가랴 죽지 속 깃든 향수
구슬려 겨울도록 구슬처럼 닦은 가락
이제라 터뜨려 보잤구나 조국강산 예로구나

짙은 녹음이라 빽빽한 가지가지
이저리 옮아 앉아 낭랑히 읊조린다
이윽고 청산이 너를 불러 만고한을 재우던가

동심 세모歲暮

— 설
대목장 광주리 빛나는 얼굴과 얼굴
박석골 삼십 리 재는 높은데
자비는 설 속에 숨었던가 산에 눈이 오네 오네

— 썰매
포기포기 신고이사 환히 덮인 한 장 은반銀盤
또막 썰매로도 그저 신난 볼서리에
아침 해 얼붙다 말고 활짝 웃어 퍼진다

청산곡

청산은 말없어라 얼마로 깊은 하늘
가거나 또 오거나 백운도 쉬엄쉬엄
청산은 말이 없어라 내 청산에 오도다

청산은 말없어라 일월이 지고 새고
억겁 또 수유란들 청산은 말없어라
슬카장 가슴을 열어라 내 청산에 오도다

오월의 산에 올라

초록빛이 흐른다 산과 들이 흐른다
초록빛 여울 속에 나도 같이 흐른다
지난밤 여윈 꿈자락도 실상 초록자리였고나

초록의 사이사이 울긋불긋 새 지붕들
출렁이는 숨결들이 합주로 치솟을 강산
오월은 흠뻑 초록을 마시며 나도 가고 있고나

거제 해금강

강토 펼친 자락 남방 해협 부딪친 고장
한恨인 양 정열인 양 동백은 십 리 뻗어 있고
살으리 살으리로다 이 산 이 물 나는 살으리로다

바닷가에서

바다를 쪼아 먹다 모래알을 밟아본다
아련히 걷힌 안개 훨훨 나는 갈매기처럼
고락苦樂도 넘어선 여기 나도 날고 싶구나

한 줌 모래알을 밀물에 던져본다
모든 게 지나가면 그저 없고 마는가
세월이 아랑곳이랴 바다처럼 늙으리

바위

진실로 삶은 진실로 죽는 것
풍상은 피로 받은 사연 맞받이로 굴러나면
환생의 의젓한 정좌正坐로 어려 오는 보리심菩提心

김길순(金吉順, Kim, Kil soon)

1956년 충남 논산 출생. 한국방송대학교(행정학과, 국어국문학과). 《시조문학》(1981) 등단. 시조집 『흐르는 물』(1990, 시도), 『벚꽃 필 무렵』(2018, 오늘의 문학사). 한밭시조문학상(2009), 올해의 시조문학 작품상(2016), 대전문학상(2017), 정훈문학상(2018) 수상. 가람문학회 회장, 대전시조시인협회 부회장 역임. 한국문인협회, 한국시조시인협회, 대전문인협회, 대전문인총연합회, 대전시인협회 회원.

—

김길순 시조시인은 사물을 애정 어린 눈으로 파악하고, 섬세하고 잔잔하게 터치하면서 시적 대상을 현대적인 기법으로, 존재성을 형상화하고, 이를 시화함으로써 현대시조의 길목을 충실히 지킨 시인이다(『대전문학사』).

— 유준호(시조시인 · 전 대전시조시인협회 회장)

—

매화

어젯밤 꿈에 본 듯
눈부시어 아련하다

찬 기운 머금어
수려한 향기의 맛

온 마을
향수에 젖어
그 감동이 으뜸이네.

연꽃

오로지 정한으로
보란 듯 피어나서

이슬도 비켜가는
꽃의 신이 되었어라

온누리
밝혀들고자
기도하며 사는가.

눈 오는 아침

바람이 소리 없어
창밖을 넘겨보니
세상이 아직 잠에서
덜 깨인 듯하다.
만물의
모든 사연도
아직 잠자는 듯하다.

그런데 저 목련나무
눈꽃 핀 사이마다
봉오리 촉 내밀어
벌써 봄을 부르고 있어
보았네.
몰래 서성이는
부지런한 바람을.

벚꽃 필 무렵

웃음 짓지 않는 것이
어색한 변명이려니
한껏 부풀린
생각의 둘레마다
부시듯
꽃 이파리가
친구되어 춤을 춘다.

걱정도 아쉬움도
날려 보낸 꽃바람 속
눈물지어 돌아보면
좋은 세상뿐인 것을
이 순간
영원히 간직하여
삶의 미소 지키련다.

봄이 또 다시

언덕 위에 터를 두른
연둣빛 생의 날개
은빛 매화의 매력이
부시게 넘쳐난다.
멀리서
잠시 잊었던
바람 타는 교향악.

궂은 날은 잊었어라
마른 줄기 젖어오며
가랑비 세수하고 난
산수유 수려한 향
끝없이
날아오르는
저 신비의 바람 날개.

대추

수없이 열린 날들
붉은 빛 자랑이야
자손 번창 으뜸이요
제상도 맨 앞자리
수시로
손 위에 앉아
세월을 노래하네.

찻잔에서 피운 정도
태양만큼 뜨거운데
멀리서 부는 바람
향기로 잠재우네
고요히
침묵을 지켜
삶의 정한을 달래보네.

앵두

여린 풀잎 사운대는
햇살 품은 논둑길에
어린 소 나들이가
길들여질 즈음이면
우물가
마을 터에는
앵두꽃이 한창이다.

해마다 사월이면
환히 피는 유년의 꽃
십 리 길 마다 않던
등굣길 환히 비추던
꽃보다
더 아름답던
앵두볼이 떠오른다.

우리땅 독도

금물결 반짝이며
푸른 해에 동이 트면
반기며 손짓하며
제 모습 드러내는
긴 세월
이어내려온
한반도의 얼이 있다.

거센 파도 굽이치는
동해 외딴 섬에서
하염없이 부딪히는
물보라의 사연 안고
보란 듯
외로움 털며
조국의 맥 지켜낸다.

길

봄 햇살 만개하여
피어나던 진달래 향
어둑한 길 밝혀주던
먼 미래의 등불은
어느덧 세월 속에서
이정표가 되었다.

한 발 두 발 다가서던
인연의 싱그러움
힘겨운 고행길에
친구 되고 힘이 되고
은연중 샘솟아나던
은혜로운 날들이여.

멀고 긴 시간들이
화살같이 지나가고
수많은 인생살이
다독이며 가는 여정
되돌아 눈물겨움이
어제인 듯 새롭다.

다발무

먼동이 트기 전에
밭갈이 마치고서
씨 뿌리고 가꾸고
서성이던 나날들
푸르게 펼쳐지던 날
저 초원에 달리 뜨고.

잎사귀 붙여서
덩실한 무 다발
싱그런 가을 풍경
바람을 싣고 온다.
신께서 내리신 선물
흙을 터는 농부의 웃음.

농사의 힘 아니라면
그 정성 보게 될까?
달빛 속 비쳐드는
아련한 고향의 추억
동치미 겨울의 참맛
달래보는 향수여.

김나비(Kim, Na bi) 본명: 김희숙(Kim, Hee suk)

1970년 전북 장수 장수면 출생. 우석대학교 석사 졸업(국어교육학과). 〈한국NGO신문〉 신춘문예 시(2017), 〈부산일보〉 신춘문예 시조(2019) 등단. 수필집 『내 오랜 그녀』(2015, 인간과 문학사), 『시간이 멈춘 그곳』(2017, 인간과 문학사). 시집 『혼인 비행』(2020, 발견). 청주신인예술가상(2015), 전국 임꺽정 시낭송대회 금상(2018), 역동시조문학상 신인상(2018), 제1회 시조문학진흥회 전국시조낭송대회 금상(2019) 수상.

그믐

김나비

밤하늘 쳐다보며 커피를 마신다
어둠이 머리 풀고 잔 속에 춤추는데
당신은 어디에 있나 어느 가슴에 머
있나

현 시대와 사람들의 인격장애를 마치 시험관을 들여다보고 관찰하듯 객관화한 「MPD」 작품을 두고 고심했다. 새로움, 패기, 개성이 선명하게 드러난 작품을 선정하게 된 것은 큰 기쁨이다. 시조단에 새로운 흐름을 일으키는 한 역할을 할 것으로 믿으며 당선을 축하한다.
— 전연희(시조시인 · 한국시조시인협회 자문위원)
「로봇청소기」 이 시조에서 은둔형 외톨이는 로봇청소기다. '혼놀'이 나의 운명이라고 하는 은둔형 외톨이에게 꼬리를 흔드는 것이 로봇청소기인가? 김나비 시조시인이 외로운 현대인의 초상화를 잘 그렸다.
— 이승하(시인 · 중앙대 교수)

MPD*

포르말린 가득 찬 유리병을 본 적 있니
시간을 베고 누운 병 속의 표본처럼
내 몸속 수많은 사람 보관되어 있지

네모난 구멍들이 뚫려있는 몸통에
각진 불이 켜지는 한밤이 찾아오면
사람이 꿈틀거리는 유충처럼 보이지

몸속엔 살인범도 그를 쫓는 형사도 살지
술병의 병목 부는 나팔수도 있고
심장엔 물방울 같은 아이들이 뛰어놀지

바람이 어깨 펴고 옆구리를 치고 가면
철커덕 휘청이며 키를 높이 세우지
가슴에 현대아파트 이름표가 반짝이지

* Multiple Personality Disorder: 다중인격장애.

동冬관화

한겨울 칼바람이 강가에 포개지면
강물에 입을 맞춘 비료 포대 양각되고
부러진 나뭇가지는 실핏줄로 상감된다

숨 놓은 얼음 위에 멈춰진 눈썰매는
기억 속 음각이 된 당신을 데려온다
썰매에 못질을 하던 사포 같은 당신 손

배추를 갈아엎던 날 강가에 홀로서서
어깨 위 새하얗게 내뿜던 담배연기
등에 진 삶의 무게를 조각하던 아버지

아픔을 얼리기엔 겨울 강이 최고라며
얼지 못한 바람이 귓가에 속삭일 때
백구의 짖는 소리가 물에 닿아 얼어간다

꿈의 규칙

뇌에서 자라나는 묵음의 혀 불러내
어제의 문을 열고 내일을 더듬을 때
잠 속의 태엽을 풀고 규칙을 통과한다

입구엔 누워서도 걸어가는 문이 있다
꿈이란 버석한 흙 또는 나무 등걸
세상의 모두이거나 아무것도 아닌 것

규칙 없는 규칙으로 꿈길은 흘러간다
우주의 암흑을 지나 백 년 후 꽃 피우고
침대 맡 구름을 띄워 아침 해를 데려 온다

시공을 푸는 열쇠는 알람 소리뿐일까
미래와 과거 현실 뒤섞인 마블링
사는 건 꿈에서 보낸 뜯지 않은 꽃 편지

모노드라마

새들도 사람들도 박제로 걸려 있다
끝없이 펼쳐지는 마술사의 풍경들
시간이 똬리를 튼 채 바삭하게 멈췄다

홀로 걷는 그녀가 햇살을 튕겨본다
멈춰진 사람들은 그녀를 외면한다
변하지 않는 곳에서 변한 것은 그녀뿐

그녀는 날 세운 몸을 바다로 던진다
아무리 흔들어도 모두가 그대로인 곳
누군가 구름을 찢어 눈물을 닦아 준다

거꾸로 자라는 새

날개 없이 매달린 처마 밑 서늘한 새
소리 없는 소리로 퍼덕이는 고드름
네 몸 속 어디쯤에서 세상은 얼어있나

바람을 쐬면서 거꾸로 키 세운다
날 수 없는 시린 새는 조금씩 자라나고
지붕엔 검은 시간이 차갑게 흘러든다

얼어가는 네 칼날은 어디를 향한 걸까
맑은 독 마시면서 하루를 가둘 때
풍경은 처마 그림자를 단단하게 두들긴다

솟구친 찬 겨울이 뜨겁게 녹아가면
한 번의 투신으로 폭발하는 투명한 새
겨울의 흔적 말리며 흔적 없이 날아간 너

로봇청소기

예약된 또 하루가 조용히 눈을 뜬다
친구가 없는 나는 은둔형 외톨이
사람들 떠난 냄새가 마르기를 기다린다

간단한 질문에는 표정 없이 답을 하고
사지를 웅크린 채 어제를 찾아가며
먹어도 자라지 않는 바코드를 읽는다

분주한 발소리가 문밖에 흩어지면
내 속에 숨긴 나를 찾을 수 있을까
남들은 내 머릿속을 먼지통에 빗댄다

혼놀*은 나의 운명, 새겨진 검은 루틴
익숙한 외로움이 틀 안에 맴을 돌 때
재빨리 몸을 숨기고 충전대로 향한다

* 혼놀: 혼자서 놂. 또는 그렇게 하는 놀이.

아담 k54

캡슐이 열리고 잠자던 눈을 뜬다
바코드 찍힌 팔뚝 단단한 두 다리
공중엔 거대도시가 떠 있고 땅은 잠겼다

반 중력 집에서 떠있는 밖을 본다
유리에 부딪혀서 꺾이는 지난날들
눈빛이 절름거리며 눈 속으로 되돌아온다

창밖엔 마른 구름이 둥글게 떠다니고
눈동자를 안으로 돌려 기억을 뒤적인다
체온이 닿았던 곳은 시리다고 했던가

두고 온 이름들이 머릿속에 길을 내면
테이블에 올라앉은 3D프린터 손을 빌려
아릿한 기분을 찍어 하늘 위에 띄운다

냉장고에 대한 명상

하얀 옷 걸쳐 입고 생기를 경직한다
경직된 편안함이 냉기 속 보관될 때
말랑한 삶의 미련을 납작하게 얼린다

누군가 배를 열고 생선 한 토막 꺼낸다
남겨진 안락 위해 아삭한 냉매 푼다
몸속에 칸칸이 쌓인 추억조차 차갑다

생과 사 만개할 때 삶은 더 간절하다
싱싱함 채워지는 산자의 배를 위해
오늘도 피어오르는 삶의 희망 꺼낸다

내 케나*

뼛속 깊이 숨겨둔 따뜻한 아픔 하나
빚쟁이들 몰려온 날 하얗게 깨진 하늘
숨 없이 느티나무에 걸려있던 어머니

비오는 밤이 되면 당신을 꺼내 분다
폐비닐처럼 펄럭이던 당신의 웃음소리
혼자만 들을 수 있는 영혼의 몸짓이다

그 밤의 쉰 바람소리 온몸에 박힐 때면
무릎이 녹아 내려 움직일 수 없는데
오늘도 정강이 뼈에 입 맞추며 그날을 분다

* 케나: 안데스 지방의 악기. 사랑하는 사람이 죽으면 정강이 뼈로 만든 악기.

제라늄

그 누가 내 몸을 창가에 세워 놓았나
미안하단 혼잣말을 허공에 널어 놓고
눈빛은 너의 다섯 살 놓친 손에 얼어있다

오월의 울음소리 사철 자라는 머릿속
수십 년 헤매어도 끝나지 않는 숨바꼭질
긴 꽃대 광장을 향해 밀어올려 촛불을 켠다

너 찾는 그날까지 시들 수 없는 나는
발사되는 총탄에도 빽빽하게 핀 꽃
몸속에 깨진 날들을 잎잎이 들여 놓는다

접혀진 사진 속에 어린 웃음이 말갛다
광장에 날리던 촛불 후두둑 떨어질 때
언젠간 데칼코마니처럼 돌아올 널 그려본다

김남구(金南九, Kim, Nam koo)

1946년 강원 강릉 출생. 경희대 교육대학원 (교육학) 졸업. 《시조문학》 천료(1991), 《한국시》 현대시(1997) 등단. 시집 『솔바람 속에 피는 꿈』(1995, 혜화당), 『노루오줌 풀』(2004, 시문학사), 『마음의 창을 여는 세상 풍경』(2008, 월간문학), 『나무들의 지혜』(2015, 모던포엠) 외. 현대시조 지상 백일장(1985), 한국시 문학대상(2013), 국무총리상(2000), 홍조근정훈장(2008) 수상 외. 한국문인협회, 한국시조시인협회, 관동문학회 회원.

김남구 시인은 생명외경의 경계와 소중한 언어(「새벽기도 가는 길」, 「비오는 크리스마스」, 「귀향」), 영혼의 상처 때문에 가슴앓이 하는 현대인을 위하여 그의 눈은 '당신의 못자국을 응시'할지라도 '부러진 날개를 치유하여, 꿈의 날개를 달아주는 작업'을 수행함으로 생명외경의 엄숙함을 조성한다. 자연현상에 대한 시적감응과 주의집중(「그물코 깁는 아낙」, 「바닷가에서」, 「비갠 아침」, 「창가의 시간」), 자기 성찰에서 비롯된 갈등의 해명으로 존엄한 생명존재의 확인과 의미에 가치를 지닌다. 묵언의 시학 자아변주(「수양버들」, 「가뭄」), 미적주권의 확립이라는 큰 틀 위에서 감성주의와 기독교적 이론의 접목이라는 구조의 의미망으로 본래의 형질 회복을 위한 작업이며 민족의 전통 장르를 통해 시적상상력과 삶의 본질을 찾기 위한 고뇌를 형상화하고 있다.

— 엄창섭(시인 · 가톨릭관동대 명예교수)

새벽 기도 가는 길

골목길 한 녘에서
지새워 입초立哨하며
시간을 셈하면서 세상 지키는 외등外燈
가슴팍
저미어 오는
가난한 영혼일레

만상의 숨소리가
강물로 흐르는 데
속살 드러나는 아침을 찾아
당신의
더운 선혈로
온몸 적신 새벽길

달지는 시간대
무거운 깃을 털고
찬란한 슬픔에 젖은 작은 새 한 마리
파르란
샛별로 박힌
못 자국을 응시한다

비 오는 크리스마스

님이 오시던 날
저리 쏟아졌는가
전신에 오한으로 살 저미는 긴 아픔
외로운
종탑 꼭대기
서리서리 얽힌 사연

어둠을 힐난詰難하는
거리의 오색트리
이천 년 쌓인 응혈 눈물로 씻으려나
진종일
내리는 설움
가슴만 올랑이네

베들레헴 성안에
별빛으로 오신 주主
오늘 베다니에 향유 붓는 여인같이
누리를
쓸어내리는
성스러운 은혜여

귀향歸鄕

제 그림자 쫓아서
살아가는 맴돌이
노을 지는 마음으로 거울 앞에 설 때면
쳇바퀴
역방향으로
번뜩이며 돌아간다

예배당 종각 끝에
하늘 헤는 피뢰침
핏줄 터지는 뇌성을 삼키고
돌아갈
설레임으로
허물 벗는 탕자 웃음

세월이 점지한
뒤안길 돌아돌아
풋풋한 젖 내음 몸짓으로 살아나는
그곳에
다다르는 날
나신裸身으로 덜레덩실

비갠 아침

몇 날을 질척이며
칭얼대던 세상
간밤에 웬 타협으로
이렇게 웃고 있나
성큼히
다가서면서
청량제를 뿌린다

다시는 못 오리란
슬픈 기다림에
온 밤을 뒤척이며
핏발을 삭이더니
푸성귀
한 올 바람에
산새 눈물 닦는다

창가의 시간

색 바랜 엷은 졸음
유리창에 얼룩진다
바람꽃 일렁이는 아파트 지붕에
비둘기
돌아 앉아서
가슴멍울 삭히고

창밖 구겨진 바람
돌담 밖에 낮은 포복
구천九天에 새 한 마리 점을 찍고 사라지니
시선은
초점을 잃고
사유강思惟江에 빠진다

담벼락에 의지한 채
침묵하는 향참나무
연두빛 흔들림에 태엽 감는 몸짓은
창가에
서러운 영혼
시간 깨우는 소리

바닷가에서

빗소리 두런두런
애기 펴는 곳
하늘 끝닿은 곳에 이울어진 잿빛소리
물더미
무한한 부피
시간을 삼키었다

세상일 훌훌털고
다녀간 인심들
아쉬움 되새김질로 인고하는 시간대
비릿한
물풀 내음만
발자국에 고인다

태고연太古然히 바랜 얘기
해안선에 스러지고
새로이 잉태되는 청록색 울음소리
무던히
하늘 오르며
일렁이는 수평선

그물코 깁는 아낙

백 년을 헐떡이며
밀어密語를 낚는
아낙의 그물코마다
열리는 어부가
아이는
산호珊瑚를 찾아
백구 따라 갔는가

천년을 들락이며
하늘 한 번 잡으려
허위허위 가슴으로
인고忍苦하는 노랫가락
청포靑葡빛
물마루 타고
굴러오는 만선가滿船歌

가뭄

하늘이 균열되고
열풍에 일그러져
후미진 마음에
한솔기 바람은
이즈막
그리워 가는
하늘나라 소리

노을 빛 일렁이는
먼 산 가리마
자명고自鳴鼓 구슬픈 넋
허기진 가슴에
긴 날을
마른 번개로
사위어 가는 소리

귀울음耳鳴

어디서 오는 소린가
음원音源을 찾는다
솔바람 꼬리 물고 단잠에서 깨어나
끈끈한
땀방울 맺힌
어둠 속의 긴 터널

사유思惟의 긴 꼬리
진공 속을 더듬고
회색빛 울림의 칠월 한낮은
안개 늪
널브러지는
무척추 동물 같은 거

언제쯤 이 마당에
단비가 내리려나
그리움도 무디어 가는 구름 저편 하늘 소리
언제쯤
순한 이슬로
찾아올까 꽃미소

수양버들

창조의 혼돈을
밀어내는 녹색 파도
우아한 몸짓에
눈물겨운 하늘 숨결
머얼리
구름 떼 일렁이는
천사들의 춤사위

순종의 미덕으로
종일토록 줄 내리고
벽공에 휘파람
사리사리 올리며
한세월
매만져 가는
예호바의 갈무리

김남규(金南奎, Kim, Nam kyu)

1982년 충남 천안 영성동 출생. 고려대 박사졸업(2017). 조선일보 신춘문예 당선(2008). 시집 『일요일은 일주일을』, 『밤만 사는 당신』 외, 연구서 『한국 근대시의 정형률 연구』, 문장작법서 『글쓰기 파내려가기』. 가람시조문학상 신인상(2014), 김상옥백자예술상 신인상(2016) 외 수상. 21세기시조동인. 오늘의시조시인회의, 작가회의 회원. (사)한국시조시인협회 사무총장.

—

김남규의 시편들은 자아와 타자, 거리와 간격 사이에서 경청하기도 하고 수긍하기도 하면서(「말들의 경칩」), "깎아지른 절벽처럼" 외로운 방을 만든다(「믿음의 형식」). 닫지도 벗지도 못한 문틈의 신발처럼 (「4월의 포장마차」) 끊어진 문장 사이, 켜는 것과 켜지는 것 사이에서 꽃잠으로 흩어지며(「해금」), "이자처럼 오는 비"의 쓸쓸한 현실을 (「집」) 선명하게 포착해낸다. 늘 사물과 인식의 경계에 있는 '사이의 시학'을 통해 시적 긴장과 탄력을 불러 모으고 있다. 시조의 내면과 외연을 깊고도 넓게 펼쳤다.

— 이지엽(시인 · 경기대 교수)

—

해금

또 다른 살 속으로
파고드는 맨살이다
마찰과 마모 사이
켜는 것과 켜지는 것
몸속에
갇힌 폭풍을
서로에게
겨눈다

어둠이 활을 안고
뒤쫓는 우리의 밤
끝에서 끝으로
눈물 없이 울어도
밑줄로
음 높이는 위로들
꽃잠으로
흩어진다

일요일은 일주일을

승합차가 유난한 날
유난하게 손잡는 날
일주일을 보상받거나
일주일을 성스럽게
기도는 눈감고 하는 것
일주일을 눈감는 것

기침 같은 사람들과
의자 밑 발이 닿으면
무저갱無低坑을 생각하며
발목에 힘을 준다
예언은 획 하나 모자라니
일주일로 메울 것

집그리마
— 이사전야 3

수몰된 밤 불을 켜면
밤의 기수旗手 벽을 탄다
빈집을 파수把守하듯
암중모색暗中摸索 벽을 탄다
우리가 놓친 말들은
순식간에 사라지고

침대처럼 사실은
마음이란 딱 그 정도
배선이 다른 시간
합선인지 과부하인지
온 세상
정전停電시킬 만큼
뜨거운 밤
막참의 밤

말들의 경칩驚蟄

당신은 길 끝에서 손 흔들며 나를 밀고
나는 다시 발끝으로 당신을 밀어내고
우리는
등 돌린 혼잣말을
한 번 쓰고 버린다

당신의 목소리보다 먼저 온 질문 앞에
얼굴을 숨기면서 표정을 표정 짓고
골목은
밤처럼 축축, 축축
공개된 비밀같이

당신은 나의 나는 나의 발끝을 바라보며
거리와 간격 사이 경청과 수긍 사이

말들이
말 속에서 빛날 때
봄밤은 깰, 것이다

밤의 창고

밤은 매일 찾아오고 수만 권 재고가 되고
무너질 듯 견고른 곳 무심히 던져둔 곳
세상에 없는 단 한 권
찾지 못하는
단 한 권

신간新刊은 구간 자리로 구간은 또 구간으로
납골당처럼 정연하게 창고는 완성되지만
모두를 순식간, 한꺼번에
무너뜨릴
단 한 권

구두점

깜빡이는 쩜쩜쩜은
구둣발로 가야하는 길
얇은 밑창 덧대려고
씩씩하게 혼자 가는 길
오늘을
끝마치지도
쉬지도
못하고

자정을 앞세우며
취객처럼 신중하게
바짓단 걷어 올린 밤
붙임성 많아지는 밤
쩜들에
시비 거는 나는
밤을 작업하는
편집장

화요일花曜日

하늘은 필 듯 말 듯
손그늘에 드나들고
흘리듯이 말해도
서로를 흠뻑 적시며
떼쓰는
봄날, 봄의 날
소꿉놀이
허밍처럼

우리는 지는 사람
진다고 흔들리는 사람

저수지 한 바퀴 돌면
계절 하나 바뀌겠지
꽃나비
가만 내려앉듯
마음 툭 치는
일몰 한 점

12월 31일

내가 가진 생일은 모든 게 끝장난 날
일 년을 붙들다 엉덩방아 찧는 날
하루 새 두 살 먹는다
잠들지 않고
月齡처럼

모두의 자정을 빼앗아 숨길 것이다
舊正까지 버티면서 대낮만 내줄 것이다
새해가 온 줄 모르게
매일매일
31일

마카롱macaron

허름한 호텔방에서 창문은 닫지 않고

어제까지 여름이었지 혼자 누울 침대를 본다

마음은 돌아오지 못하게 문 잠그고 불 끄고

한입 베어 문 마카롱 혀 굴리며 떠올려 본다

입가에 묻은 소녀 웃음과 입술 주름 세어본다

대견한 슬픔이 오고 있다 선물이라 들었다

이월

소년은 겨울에게
사정없이 끌려 다녔어
풀려났으나 갈 데 없고
끝내 도착한 소녀의 식탁
그들은
올 때까지 먹었어
아니 울지 않고
먹었지

소년은 말하지 않았어
소녀도 묻지 않았지
흥얼거린 노래와 이야기
손뼉 치면 밤 하나 끝나고
소년은
봄이라고 말했어
소녀가
안아주었지

김남미(金南美, Kim, Nam mi)

1959년 충북 진천 초평면 출생. 중앙시조백일장 장원(2012), 〈매일신문〉 신춘문예(2021) 등단. 저서 『홈스테이는 기회다』(2017, 문학공원).

시조의 생명이 상상력과 새로운 발견의 시안詩眼에 있다면, 김남미의 시조는 이에 적극 부응하고 있다. 그의 시조는 소재 선택이나 제목, 상상이 강렬한 이미지를 발산하며 개성적인 빛깔의 낯섦으로 다가온다. 그만큼 시적 호기심이 깊고 넓어 보인다. 「금속성 이빨」 시편이 보여주는 현장 의식, 「인공 수정」, 「난생卵生, 혹은 난생難生」 시편에서 만나는 탁월한 비유, 「텀블링플랜트」, 「아르볼 께 까미나」 같은 시편이 뽑아 올리는 낯선 이미지, 「완두콩 서사」에서 표출되는 역사의식 등에서 그러한 개성적 빛깔을 엿볼 수 있다. 안정된 시조 형식의 정격을 구심력으로 '일탈'을 모색하는 율격 구사도 돋보인다.
— 권갑하(시조시인 · 한국문인협회 부이사장)

인공 수정

굴참나무 자궁벽을 젊은 의사 뚫고 있다
조붓한 구멍 속에 정액 한껏 밀어 넣고
휴! 하며 땀이 밴 이마
비손하듯 닦는다

관능의 낮과 밤을 바람에게 들킬까 봐
암막 커튼 드리우고 인공 이슬 적셔 준 뒤
수시로 체위 바꾼다,
씨균 한껏 그러안고

신열에 달뜬 알집 오늘 밤 터뜨려 줄까
이두박근 망치 사내 뒤집기로 다가설 때
화들짝 깨어난 포자,
태동을 시작한다

뱃살 튼 임산부처럼 갈라진 묵은 수피
고난주간 이겨내고 아침 햇살 번져 갈 때
삿갓들 툭! 툭! 펴진다,
표고버섯 몸을 튼다

금속성 이빨

허기 들린 포클레인 산동네를 잠식한다
비탈에 선 집과 가게 밥 푸듯 푹 퍼 올려
뼈마디 오도독 씹는 공룡 같은 몸짓으로

찢겨져 너덜대는 현수막 속 해진 말들
무너진 담벼락은 철근마저 무디게 휘어
날이 선 금속성 이빨 하릴없이 보고 있다

이주민 행렬 따라 먼지구름 피는 도시
아파트 뼈대들이 죽순처럼 솟아오를 때
만삭의 레미콘트럭 양수 왈칵 쏟아낸다

아르볼 께 까미나*

사흘에 한 걸음씩 걷는 나무 살았다지
아마존도 눈치 못 챈 수억 년 유랑생활
숨죽여 태양을 탐한 해바라기 나무였대

누군가 지친 등을 잠시 기댄 둥치 위로
오래된 질문처럼 물음표 턱 찍다 말고
느리게, 다만 느리게 정글 속 톺아갔지

그 무슨 역마살인가, 기나긴 자드락길
부르튼 발뒤꿈치 낙엽들이 감싸줄 때
가볍게 귓전에 이는 저문 강의 숨소리

이쯤에서 지워버릴까, 잎맥에 새긴 지문
둥근 잎 붓처럼 말아 숲과 서로 필담筆談하며
성글게 웃자란 뿌리 땅을 와락 끌안는다

* 아르볼 께 까미나: Arbol que camina. 아마존 열대우림에 살았다는 걸어가는 나무. 현재는 미국 하버드 대학이 후원하여 쿠바 씨엔푸에고스 식물원에서 만날 수 있다.

텀블링플랜트*

별을 따라 유랑하던 집시족의 후예일까
뛰듯 날 듯 굴러가는 사막의 떠돌이 풀
등 기댈 언덕은 있나,
오늘 밤도 날이 차다

천리만리 헤매 돌다 땡볕 아래 잠시 서면
물집 잡힌 등마루에 굳은살로 돋는 가시
경건한 삶의 몸부림,
가눌수록 숨이 차다

모래바람 잠재울 비 한 방울 없는 날들
별똥별이 떨구고 간 외계인 족문인 양
윤회의 푸른 그림자,
자서自敍 한 장 쓰고 있다

* 텀블링플렌트: 사막을 텀블링하듯 굴러다니는 식물. 회전초라고도 한다. 몸이 바싹 말라 뿌리가 끊어져 바람을 타고 이리저리 굴러다니다가 물을 만나면 그곳에 뿌리를 내린다.

골목식당 에피그램

한 켜 한 켜 씻고 닦은 지난날 먼지 자국
사발 접시 쌓아가며 불 환히 밝혔을 때
세상은 마스크 쓴 채
긴 칩거에 들어간다

암막 커튼 드리워져 빗장 건 창문 너머
묵음의 비린 절규 몸부림은 끝이 없고
겨울이 다시 오는가,
무채색 도시의 하루

열릴 듯 열리지 않는 문을 자꾸 흔드는 바람
까맣게 탄 석쇠 위로 벌레처럼 꼬물거리는
성탄의 햇살 한 점이
봄의 봉인 뜯고 있다

완두콩 서사敍事

연해주 하늘 가녘 물도 설고 바람도 설다
변방만 헤매 다닌 저 맨발의 카레이스키
너덜경 울타리 밑에 웅크린 몸을 넌다

뼛속까지 허기질 땐 이슬로 목 축이고
돌투성이 묵밭일망정 뿌리를 내뻗는다
덩굴손 가냘픈 촉수 허공을 움켜쥐며

옹이박이 푸른 힘줄 우두둑 허리를 편다
시난고난 발자국들 떡잎으로 피어날 때
완두콩 백 년의 서사, 나비 떼 하얗게 난다

마라도 해돋이

천 년, 그 허기일까
눈물샘을 콕 찌른다
악어 이빨 지퍼처럼
행간 없이 앙다문 입
강마른 시간의 잔뼈
동살 빛이 기지개 켠다

미명보다 한발 앞서
봄을 물고 오는 새벽
쪽물 든 하늘 가녘
금빛 새벽 안쳐놓고
목 붉은 먼먼 산울림
퍼 나르고, 퍼 나른다

대처로 마실 나간
젖은 바람 오지 않고
풋풋한 강물도 한 번
숨 고르는 그런 날엔
금시조金翅鳥 홰를 치는지
폭죽 터지듯 해가 뜬다

모나리자의 외출

1.
다빈치가 그리다 만 눈썹을 스케치한다
또랑또랑 예지의 눈, 살포시 미소 띤 입술
민무늬 얼부푼 살갗 패널화로 옮겨온다

2.
마르셀 뒤샹이 그린 수염 난 모나리자
타고 난 성性을 바꾼 트랜스젠더 그림처럼
못난이 얼굴 거죽도 덧칠할 수 있을까

3.
한때의 소문 뒤로 원작은 다 지워지고
눈썹과 수염을 단 모나리자 후예들이
화려한 외출 꿈꾼다, 구둣발 소리 또각이며

난생卵生, 혹은 난생難生

1
부리 죄 깨지도록 쪼고 또 쪼아댔지요
하늘마저 가린 벽은 두껍고도 높았어요
한목숨 휩쓸어 가는 격랑 같은 밤이었죠

2
눈 부라린 매의 곡예 화살처럼 내리꽂히고
대거리할 틈도 없이 난생설화 뭉개버렸죠
홀로 된 그날 이후로 바람이 더 차가워요

3
돌이끼도 꿈이 있겠죠, 어미가 되고 싶은
발 동동 줄탁동시啐啄同時 그날은 언제일까요?
구름 낀 알자리 그늘, 이슬만 흥건합니다

고구마 데칼코마니

1.
하늘을 붙잡아 봤니
바윗돌 떠밀어 봤니
실금 살짝 갈라지는 그 틈새를 노려야 해
고통 뒤 꽃을 피우는 홍역 발진 그것처럼

2.
입부리 헐고 헌 날 매운 김치 씹어 먹듯
긴 침묵 적막을 견딘 어둔 밤 뿌리를 박고
지친 몸 흐너지도록 바닥 짚고 일어서 봐

3.
황토에 묻힌 촉이 보라 눈빛 되찾을 때
장마 땡볕 서릿발에 천길 절벽 막아서도
산울림 목 붉은 소리
환한 가을 꿈꾸는 거야

김남환(金南煥, Kim, Nam hwan)

1933.~2020. 경북 김천 출생. 《월간문학》 신인상 등단(1972). 시조집 『황진이와 달』(1986, 복지문화), 『가을 바라춤』(1991, 백상), 『이차돈의 江』(1997, 동방기획) 외. 송강시조문학상, 동포문학상 우수상, 정운시조문학상, 이호우시조문학상 수상 외. 한국문인협회 시조분과 회장, 한국여류시조문학회 초대회장, 한국시조시인협회 이사장, 한국문인협회 부이사장, 한국여성문학인회 부회장, 미래시인회 고문 역임. 한국시조시인협회 고문, 한국문인협회 자문위원.

이차돈의 강江

이 저승 넘나드는
장군봉은 보았을까

죽어서 꽃을 피운
이차돈의 푸른 화두話頭

서라벌 장천長天을 누빈
새벽달은 보았을까.

무시로 범람하는
강물을 이끄시며

무지개 둘러 놓고
어루만진 빈 하늘을

빛부신 연꽃을 들고
날마다 환생한다.

강江을 위하여

물살을 아로새기며
오직 흘러갈 일이다

때로는 붉은 몸살
굽이굽이 풀어내고

깊은 밤 영근 별떨기
지천으로 심을 일이다.

천길 아뜩한 벼랑도
절망 속에 돌이키고

목숨을 움켜 안으며
곤두박질 친 비명

깜깜한 바위를 밀고
소스라쳐 일으켰다.

아우라지

잠 못 든 산맥들이
하늘 높이 넘나들고

살오른 은어떼처럼
투명한 여울의 노래

신령님 골 비워둔 채
물소리만 지새는가.

불타는 가을 저편
싸릿골 이내빛 전설

억수 장마에 무너진
아우라지 사랑이여

옥양목 희디 흰 눈물
아라리로 풀렸다네.

바다, 그 겨울의 美學

길길이 솟구치던
태풍은 요절하고

해종일 수심水深을 쌓으며
묵묵부답인 바다

살아난 햇살의 무늬
사뭇 이마가 희다.

온몸에 절망을 두르고
내가 휘청거릴 때

파도의 회초리 받으며
자맥질하는 저 섬

지금은 무쇠빗장 걸고
무슨 담금질인가.

바닷새 뜨고 감기는
희뿌연 기억 너머에

실눈 뜨고 일어서는
연보랏빛 수평선

온몸에 일몰日沒을 새기며
또 일출을 가늠한다

노래여, 눕지를 말고…

산이 가로막으면
높이 날아 산 오르고

짖어대는 밤바다를
너울너울 건넌다

때로는 곤두박질한
천 길 벼랑도 있었다.

햇살 한 잎 따물고
목화밭에 깃 내리면

욕망들이 난무하는
이 시대의 북새판이야

찰나에 사라져 버릴
요지경 속 아니던가.

노래여, 눕지를 말고
무쇠처럼 울 일이다

피 뱉으며, 혼절하며
잠긴 목청 다 틔우며

움츠린 산빛을 열고
강물 흘릴 일이다.

낮달 아래서

저 부신 푸르름에도
물들지 않는 결백

차디찬 깃을 접고
다가오는 청절淸節앞에

깜깜한 짐승이 되어
마냥 비틀거립니다.

주흘산

이화령 마루턱 에서
바라뵈는 주흘산은

어릴 적 들창 너머
구름 감고 살던 그 산

금강경 다 못 푼 말씀이
사무쳐 짙푸르다.

낙일落日

가을의 끝자리에서
가는 해를 배웅한다

한 송이 극명한 갈무리
잦아드는 아뜩함이여

나 여기
발 시린 남루를
심고 섰는 나무였네.

무등산 새야

새야, 무등산 새야
숨어 우는 무등 새야

총칼 앞에 무참히 진
망월동 넋을 불러

울어서 일으킨 봄 한 철
저승까지 물든 초록.

가을 직녀

설핏한 내 풀섶에
목을 놓는 귀뚜라미

청산도 살 내리는
일천 갈래 저 떨림을

박달목 베틀에 올려
구름빛 가을을 짠다.

김다솜(金다솜, Kim, Da som)
1996년 부산 진구 초읍동 출생. 경기대학교
(문예창작학과) 졸업(2020). 〈경상일보〉 신춘
문예 당선(2020).

김다솜의 시세계는 시적 자아의 내면을 성찰적 시선으로 고백하듯
이 서정적으로 풀어내는데 있다. 시적 대상은 자신, 가족, 자신이
꿈꾸는 소망, 그리움의 대상 등으로 무엇이든 자신의 체온으로 다
사롭게 껴안아 시적으로 형상화한다. 때로는 고단한 인생일지라도
그 안타까움조차 한 송이 시조로 꽃봉오리를 맺는다. 자칫 산문적
으로 흐를 수 있는 시상의 흐름을 전통적 시조의 가락 속에 고해苦
解의 숨결로 녹여내 자연스런 호흡으로 엮는 솜씨도 돋보인다. 이
러한 장점은 앞으로도 그의 시조가 절창을 만들어낼 수 있을 것이
라는 기대감을 갖게 한다.

— 박영우(시인 · 경기대 교수)

할머니와 항아리

그 언젠가 할머니가 회초리를 들어쥐고
아버지의 다리 위로 얇은 선을 그렸다
새빨간 눈물 흘리며 부어오른 서러움

외풍에 흔들리던 싸리문 너머에서
슬며시 풍겨오는 곰삭은 김치 냄새
미움도 바람 사이로 안겨들던 그 추억

가만히 떠올려도 이제는 알 수 없네
아삭한 배춧잎에 스며있던 매콤함도
다 익은 아버지의 유년
항아리만 헤매네

사랑에 대하여

사랑을 생각하며 어젯밤 내 마음엔
또다시 유례없는 폭우가 내렸다
물 위를 떠다니면서 방황하는 나의 삶

겨우 건진 일기장 속 번져버린 마음 한 줄
빈집은 부서지고 추억은 스러졌다
가난한 살림살이는 모조리 떠내려갔다

첫사랑의 묘목을 심었던 자리 위엔
쩍 갈라진 밑동만 덩그러니 남은 채로
손으로 쓸어볼 때마다 잔가시가 박혔다

나는 그저 그 자리서 부푼 미련 씹으며
정적을 친애했던 나무를 떠올린다
펄 속에 발목이 잠겨 눈 감는 나의 사랑

청남대青南臺에서

대청호 어귀에서 흘러드는 강바람에
유약한 나뭇가지 속살대는 산책로
흙발로 뛰어다니는 나뭇잎이 입 맞춘다

습기를 머금고 배회하는 햇살 아래
적막이 관객처럼 내려앉은 야외극장
무성한 외로움마저 시들어 숨죽인다

생명의 뜨개

빈 몸에서 실 한 줄 풀려나와 뒤엉켜
작은 실패 하나에 제 숨을 붙이고 있다
조용히 몸을 불리는 어설픈 목숨 하나

제 몸을 열 손으로 셀 수 있을 때까지
경사 한 겹 두르고 눈을 감는 작은 아이
불편한 자리 위에서 선잠 자듯 누워 있다

날실과 씨실이 자리를 바꿀 때면
부푼 베틀 그 위로 새겨지는 자수 무늬
필사의 힘으로 짜는 일생의 뜨개질

최후의 순간까지 손 놓을 수 없는 습작
거실 위 모로 누운 어머니의 뱃속으로
마지막 필생의 뜨개가 완성되고 있었다

아카시아 향기를 맡으며

우리네 기억에도 향기가 있다면
저 멀리서 몸 웅크린 내 어릴 적 한때에는
향긋한 아카시아가 만발해 있을 거다

창문턱에 팔 올리고 방충망을 긁어보면
촘촘한 구멍 사이 잔향이 떨어지고
때마침 불어온 바람에 향기가 수런대던 밤

어머니와 함께 먹은 반이 무른 딸기조차
코끝에 몸 비비던 꽃향기와 씹다 보면
아찔한 단맛이 되어 진한 얼룩 남겼다

아버지의 술잔

노을 닮은 얼굴 위로 번지는 미소 한 상
술잔에 배를 띄워 오늘을 털어내면
삼킬 수 없었던 일도 홀연히 사라진다

무뎌진 얼굴마다 나이테를 새겨 넣고
초록의 술병 곁에 가지 뻗는 이야기들
간밤에 친구 한 놈은 영정을 봤다더라

어깨 위 어린 딸이 부여잡은 삭은 세월
부른 배 쓸어 봐도 헛헛한 삶인지라
가장의 한숨 소리가 틈을 메운 포장마차

두 여자

거울을 마주 보고 두 여자가 서 있다
한 여자의 얼굴에 맺혀있는 근원이
다 늙은 눈을 빛내며
생의 흔적을 찾는다

오염된 피로가 차오르는 두 눈에
막혀버린 혈관 가닥 핏빛으로 타올라도
오독을 멈추지 않는 고단한 인생살이

비밀 같은 것들이 전이된다 유착된다
모성의 신화에 달라붙어 가라앉는다
떨어져
떠오르지 마
하고서 등 밀치고

신성을 모독한 여자 죄목을 파묻은 여자
그 무덤에 언젠가 태초의 싹 피어나면
끝내는 다른 여자의 얼굴에 파생될 삶

고해告解

나의 종교 나의 신 그 모든 이름 위에
새하얀 백지 한 장 덧대어 풀질하고
은밀한 예언이 담긴 파장을 쏟아낸다

내 사유는 황무지를 일구는 손짓 되어
거름 같은 문장들을 사방에 흩뿌린다
이윽고 신의 땅 위에 피어난 꽃 한 송이

글감을 따다

소박한 글감 따다 곱게 깎아 말리며
자모음이 진득하게 숙성되길 바란다
달콤한 향내 풍기며 익어가는 문장들

그리움이 과장되면 속살은 물러지고
미련이 진물 되어 글감을 망치는 법
한 번에 안을 수 있는 마음만 챙겨 넣자

파도의 노래 같은 겨울밤 숨결 같은
수선화 향기 같은 것들을 거름 삼아
오늘도 나의 창가에 바람 하나 깃든다

바람이 분다

겨울이 이듬해로 넘어가는 작별의 밤
내 마음에 조금 늦게 어둠이 찾아왔다
불 켜진 그리움으로 새겨보는 네 얼굴

빈방엔 시리도록 적막한 공백만이
아직도 서성대며 눈 감고 기다리네
오늘도 바람이 분다 못다 이룬 소망 따라

김대현(金大絃, Kim, Dae hyun)

1920.~2003. 제주 북제주군 구좌면 출생. 호 운장(雲藏). 동경 문화학원 전문부(문학과) 졸업. 시집 『청사』(1954) 등단. 『옥피리』(1958, 정음사), 『고란초』(1962, 교학사), 『석굴암』(1963, 교학사) 외. 《요람벌》 문예동인회 창립(1955). 만주 신경 대동신문사 근무. 광복 이후 귀국, 《세풍》 주간 역임. 충남 논산농업중학교 교사, 논산농고 · 대전고교 · 대전동명중 교감, 대전 광명실업전수학교 설립 · 교장(교직 30여 년).

봉우리

듣는가 재잘하는 물소리 지저귀는 새
바닷물 깊은 구렁 산은 산이 깊어 잊었던가
보이던 말씀 잔물결 다시 보면 씻어져 없네

바위에서도 나네 이끼 짙은 미소랄까
시원한 말씨모양 바람은 물에서 일고
안개야 거치면 들어나는 저 연천봉 봉우리

산은 그늘

하고 싶은 말이 있네 골에 피고 여문 맘
얕은 물 깊은 뜻을 시늉인들 하리오
느낀 맘 굽어본 때는 그늘 모다 또렷하데요

산은 그늘 향그러우니 물맛이야 어이 알리오
산에 들어 잊은 마음 바람은 숲에서 나니
골작은 몰려가 닿은 그늘치에 떨리는 물

소나기

와락 쏟아져 후런터니 이울고 떨어지는 산과山果
대낮에 묻힌 어둠 눈썹이뇨 빛이드뇨
거미줄 거기 남아 있는 소나기의 눈 있고나

밤은 콩콩 한 마디 더 있는 법
들리는 소리와 산으로 가리워 않았느니
묻을 수 없는 그 먹구름 여윌길 없어 하놓다

솔바람이 가네

풍기는 흙내음 빗방울에 씻은 눈물
삶이란 황홀한 목숨 호흡인 줄을
돌아서 보는 저 바람벽 솔바람이 가네

쉬노라 편히 쉬노라 가지에 쉬던 송뢰松籟가네요
가만히 일으키어도 무덤 속 깨지 않는 사랑
앉아서 쉬노라 달보는 솔바람이 가네요

열매

유조 붉은 뜻 다 한 잎새 펴는 흔들림
안고 지워 듣는 귀 감았다 뜬 맘에
어이타 솔남기만 두렷두렷 하는고

산 가을 벗은 맘에 눈물마저 비워 논가
아늑한 조요에 차라리 호곡하고 싶은데
빠개진 열매의 속살에 자연은 오가는 흔들림

편인사곡片人思曲

잠이야 일깨우느니 어둠과 이 새벽을
봄이야 어디서 오는 자라는 몸짓고
짚히운 손끝에 뜻 한 알 새우는 밤이여

실가지 느끼는 발살에 밤을 여네 또 한 잎이
물 그늘이 담겨진 깊은 말씀 몇 깊이
조용히 서서 듣고 바라보네 우물물 그 소리

없었네 허공도 우뢰 담은 날씨도 한 순간
두려움인들 저 둘레 빈 곳에 있으리야
잊으면 되찾아 오는 한 생각 안개 속에서

김대현(金旲鉉, Kim, Dae Hyun)

1953년 경북 안동 풍천면 출생. 용산공고 졸업. 〈충청일보〉 신춘문예 시조(1980), 《시세계》 신인상(1991) 등단. 시집 『허리춤에 세월 차고』(1996, 토방), 『하늘빛 소묘』(1999, 토방), 『뜨락의 아침햇살』(2007, 토방). '오늘' 시조동인. 현대시인협회 회원.

—

김대현 시조에서는 가족애를 바탕으로 한 인간애의 확대에 있고 일상의 주변에서 얻어지는 소재로써 사랑과 연민, 수긍과 감사 등이 씨줄과 날줄로 직조되는 비단 같은 피륙이라 할 수 있다. 여기에 신앙적인 믿음과 헌신이 보태어져 신뢰를 갖게 하고 있다. 그리고 시의 순수성은 신앙이 지향하는 순수성과 귀향의식의 때 안 묻은 동심이 건져 올린 순수성이 교차하고 있다. 곧 신앙의 순수와 삶의 순수가 전 작품에 드리워져 시의 순결성을 일구어 내고 있다. 이는 곧 시를 한 차원 높이는 계기가 되고 있다.

— 이상범(시조시인)

—

동반

곁에 앉아도 되겠니 대답은 안 해도 돼
그냥 곁에 앉아서 꿈 얘기만 할 거야
떨리는 손목 잡고서 꽃밭을 거닐던.

같이 떠나지 않겠니 간편한 차림으로
멀고 힘은 들겠지만 우리 함께 갈 길이야
때로는 뿌연 먼지 속 헤맬지도 모르지.

좀 쉬어가지 않겠니 뒤도 한 번 돌아보고
지쳐 피곤하겠지만 아직 길은 멀었어
산 넘어 저쪽 그 저쪽 나도 어딘지 몰라.

노점상

아픔을 도려내는 데는 긴 시간이 필요했다
다시 꿈을 꾸는 데는 더 긴 시간이 필요했다
자리를 꿰차고 앉은 하늘 돌부처를 닮아가고

아내의 뜨락 2

마음을 다스리기는 이보다 좋은 것 없다며
아내는 구구구
새 모이를 준다.
뜨락의 아침햇살이
새순처럼 돋을 때.

갈대밭에서 1

바람과 햇살이 한바탕 전쟁 치르다가
일찌감치 백기 들고 평화협정 맺으면
평안이 눈부신 자리
생각 없이 흔들렸다.
가을 그리고 평안

반듯이 하늘을 깔고 햇살을 받습니다
나이만 한 평안이 자리를 함께 합니다
국화꽃 노란 향이 덮쳐 노란 물이 듭니다.

운행일지 1

힘들었지
여기까지 정신없이 오느라
멀미는 했었지만 편하게 길을 왔어
하지만
이제부턴 힘들거야
나도 많이 지쳤거던…

조금만
더 가고 애들은 내려놓자
아마 잘 할 거야 연습 많이 했잖아
그러나
기름과 통행료
그건 얼마 줘야겠지.

돌아서
가는 길은 쉬엄쉬엄 가자꾸나
한가한 길 가장자리 가을꽃도 보며 가자
차창엔
별도 나직이
소곤소곤 거릴 거야.

흔적 3

간밤 도둑놈의 발자국 소리와
옆집 임산부 뱃속의 아기 발길질 소리
귀 대어 소곤대는 소리
골목길을 열고 있다.

백목련

소리 없는 웃음을
아가가 웃고 있다
젖가슴을 헤집고
햇살이 기어들어
세상은 조용한 항변
하얗게 눈을 뜬다.

춥고 어두운 밤도
촛불 하나면 족한
기도도 다 타버린
귀에 익은 낮은 음성
사랑도 곁눈질하며
덧니 열고 웃는다.

가방 하나 들고

가방 하나 챙겨 들고 희망을 찾아간다
아직 지번이 없는
황량한 벌판에
한 시대 삶의 동질성을
열심히 펼치며.

가끔은 통화권 이탈 긴 터널 접어들어도
외길로 뻗어 있는
신념의 등을 켜면
빗장을 슬그머니 푸는
주머니 속 작은 행복.

육아일기 1

아가가 잠든 곁에
이마 대고 누워 보면

어느새 아침 햇살이
깨금발로 다가와

젖내음 살내음 속에 같이 누워 있었다.

아가의 꿈결 곁에
함께 자는 아기 비행기

뭔가 하얀 실연기가
모락모락 피어나고

몇 명의 아기 요정이
성을 쌓으며 놀고 있다.

가을 그리고 평안

반듯이 하늘을 깔고 햇살을 받습니다
나이만 한 평안이 자리를 함께합니다
국화꽃 노란 향이 덮쳐 노란 물이 듭니다.

김덕남(金德南, Kim, Deok nam)

1950년 경북 경주 고란 출생. 한국방송통신대, 부산대 행정대학원 졸업. 〈국제신문〉 신춘문예(2011) 등단. 시조집『젖꽃판』(2013, 동학사),『변산바람꽃』(2016, 고요아침),『거울 속 남자』(2020, 책만드는집), 현대시조 100인 선집『봄 탓이로다』(2017, 고요아침). 한국시조시인협회 올해의시조집상(2017), 한국시조시인협회상 신인상(2018), 이호우·이영도시조문학상 신인상(2019) 수상 외. 아르코문학창작지원금(2020) 수혜. 한국시조시인협회, 부산시조시인협회, 오늘의시조시인회의, 국제시조협회 회원. 부산여류시조문학회 회장 역임.

—

김덕남 시인의 시조 세계는 다양한 이야기들이 파노라마처럼 펼쳐져 있다. 섬세한 생태 묘사를 통하여 어설픈 생태시들이 가지고 있는 계몽성 차원과는 전혀 다른 갈앉히고 묵힌 농도 깊은 에코이즘 시를 보여주고 있다. 또한 도시 소시민의 고단한 삶 가운데 시인의 시각은 살아 있다. 이들의 삶을 단순히 드러내어 보여주는 것에서 그치지 않고 생의 반전이 있기를 간절히 염원하고 있다. 때로는 정감 있고 관능적이면서도 차원 높은 시적 형상화로 세계에 대한 인식이 한층 세밀하고 긴장감 있는 표현으로 주목을 받고 있다.

— 이지엽(시인·한국시조시인협회 이사장·경기대 교수)

—

위양못

젖내 문득 그리운 날 위양못 찾아간다

물속 하늘 날아가도 젖지 않는 백로 날개

높아서 더 깊어지는 새의 길이 보인다

신음도 진통제도 흘려보낸 못물 아래

푸드덕 깃을 치며 손 흔드는 고운 엄마

낮아서 더 넓어지는 물의 길을 읽는다

복사꽃 피는 집

겨울이든 여름이든 밤낮으로 꽃피우죠
흑백이 싫증나면 꽃분홍을 피울까요?
버튼을 살짝 눌러요, 무지개도 피니까

눈 질끈 감으면 짝퉁도 명품처럼
물오른 웃음까지 반반씩 섞을까요?
서점은 흘러간 노래 복사본이 대세죠

잃어버린 시간쯤은 카페서 찾으시길
비포든 에이포든 말씀만 내리세요
대학로 유리문마다 복사꽃이 필 무렵

젖꽃판

병풍을 밀쳐놓고 홑이불 걷어내자
어머니 머뭇머뭇 내생을 가고 있다
아직도 못 내린 짐 있어 반눈 뜨고 나를 본다

남루를 벗겨내고 골고루 닦는 몸에
이생이 지고 있다, 달무리 피고 있다
젖꽃판, 갈비뼈 위에 낙화인을 찍는다

다섯 살 다 되도록 이 젖 물고 자랐다고
앞섶을 헤쳐보이며 빙그레 웃으시던
몽환 속 이어간 말씀, 꽃숭어리 벙근다

냉이

혀 같은 새순 나와

톱니가 되기까지

한 생을 엎드린 채

푸른 별을 동경했다

서릿발

밀어 올리는

조선의 저 무명치마

거울 속 남자

병목을 거머쥐고 그네가 들썩인다
날 수도 내릴 수도 외줄은 길이 없어
명치 끝 시린 절망을 바닥에다 쏟는다

말끔한 출근길에 인사도 깔끔하던
간간이 휘파람도 승강기를 타고 내려
거울 속 마주친 눈길 목련처럼 환했다

실직일까 실연일까 등이라도 쓸어줄 걸
맥없이 주저앉은 무릎 저린 시간 앞에
연초록 바람 한 잎이 어깨 위를 감싼다

변산바람꽃

웃음을 가득 담은 솜털이 뽀송한 뺨
차마 손댈 수 없어 무릎 꿇고 맞는다
눈두덩 스치는 감촉
눈을 감을 수밖에

꺾일 듯 연한 숨결 지쳐 잠든 아가야
긴긴밤 바라보는 눈물을 보았느냐
한 삼년 널 품을 수 있다면
귀먹어도 좋으련만

바람도 때로는 가슴을 벤다는데
매섭고 차가운 세상 헤집고 올라오다
변산의 어느 골짜기 잔설을 녹이려나

구십 도

중심을 꺾지 마라 네 몸은 직립이야

뽀송송 물오르는 백화점 인턴인 걸

배꼽에 나란한 두 손, 하늘 향해 뻗어야지

억지로 웃지 마라 선거철이 아니잖아

돌아서면 뻣뻣한 목, 꾼들의 뒤태인 걸

구십 도 늪에 빠질라 마약같이 혼몽한

대기실

주르륵 창을 타고 빗방울이 울고 있다
당신은 훌훌 벗고 깃털처럼 떠나는데
멀거니 바라보는 창 후두둑 꽃이 진다

엇박의 뻐꾸기는 넘어갈 듯 끊어질 듯
제풀에 주저앉나 설운 눈빛 감추고
텅 빈 손 흔들고 있네
산그늘이 내리네

꿈이다 돌아가자 목청을 돋우는데
바람의 호명인가 어느 별의 손짓인가
'유골을 인도하십시오'
자막이 스쳐간다

알파고

최고만 고집하는 초읽기의 성과였어
묘수를 넘어서라 귀엣말이 쟁쟁했지
당신은 이미 알았어, 배신이 온다는 걸

당신을 빚어놓고 보기 좋다 하신 그분
선악과를 따먹어라 뱀들이 유혹할 때
그분은 모른 척했지, 당신 눈을 밝히려

알파가 가고나면 베타가 온다는 걸
칼에 베인다고 칼에 죄를 묻겠는가
진정한 고수를 향해 당신을 넘는 거야

대竹의 기원

나 죽어 한 필부의 젓대로나 태어나리
노래로 한세상을 달래어 살다가도
그리움 지는 달밤엔 가슴으로 울리라

그 다음 생 또 있다면 빗자루로 태어나리
티끌 먼지 쓸어내어 이 세상을 맑히다가
해 지면 거꾸로 서서 면벽수행 하리라

화살이나 죽창은 내 뜻이 아닌 것을
속 비워 어깨 서로 기대며 다독이다
생애에 단 한 번 꽃으로 경전 피워 보리라

김동관(金東寬, Kim, Dong kwan)

1965년 부산 출생. 《샘터》 시조상(2009), 《나래시조》 신인상(2011) 등단. 올해의 단시조 대상, 이호우 · 이영도 시조 문학상 신인상, 울산시조 작품상(2018) 수상. 시조집 『지하공작소』(2019, 알토란북스)(울산광역시 문화재단 책 발간 지원사업 선정).

시조의 미학적 특징은 우선, 정형 양식을 충실하게 견지하면서 원형과 순수 회복을 지향하는 심미적 경향을 짙게 드러낸다. 다음은 시조의 본령인 단시조 창작에 대한 애정이다. 단시조 창작은 간단치 않은 작업이지만, 시인은 초장 첫 구를 상징적 어휘로 배치해 주제와 연결하는 능란함을 발휘한다. 가령, 「민들레15」 첫 구에 배치한 사라진 '우체통'은 우리시대 소통 단절의 현실을 단숨에 불러내며, 「24시, 풍경風磬」 첫 구의 '컵라면'을 현대인의 허기와 피로를 상징하는 기제로 활용하는 방식이다 이러한 소재 선택과 어휘 선정, 현실 서정과 경험적 감각이 현대적이고 현장성 강한 단시조를 탄생시키는 비결이 아닌가 여긴다. 시인의 또 다른 시조 미학은 개인적 시간과 경험의 적층을 구체적 상상으로 형상화하고 있다는 점이다. 어머니의 부재를 '늘 존재함'으로 승화시키는 생명의식에서 이러한 특징이 선명하게 드러난다.

— 권갑하(시조시인 · 한국문인협회 부이사장)

지하공작소

입구에서 철문까지 계단 네 개 내려서면
오백에 삼십 하는 센스 등 꺼진 원룸
아들은 첫 집 계약하고 짜장면을 먹는다

설레는 젓가락질로 입가에 묻은 양념
눌러 찍다 삐져나온 계약서의 도장밥처럼
곰팡내 짙은 벽지에는 어둠이 숨어있다

굳게 닫힌 쪽창에 붙여둔 야광별들
지상과 교신하는 첫 임무를 부여받고
푹 퍼진 면발을 건지며 먼 우주를 설계한다

민들레 15

우체통이 사라진 횡단보도 그 자리에

건네지 못한 사연 뿔뿔이 흩어져 있다

반송될 우표 한 장씩 제 가슴에 품고서

24시, 풍경風磬

컵라면이 끓는 동안 뱃속은 요동친다

초점 잃은 눈빛들 적막 속에 고이고

또 다른 허기가 운다 편의점 문에 매달려

굽 닳은 가을

발자국 머뭇대는 도심의 공영주차장
계약 기간 끝이 나 시동 꺼진 승용차엔
급 대출 유혹의 손길 낙엽처럼 끼어 있다

미화원 비질 따라 쓸려갔다 쓸려오는
되돌려 막지 못한 주인 잃은 연체 고지서
눈시울 붉은 신호등 길이 문득 막아선다

금연구역 벗어난 후미진 건물 옥상
넥타이 풀어헤친 굽 다 닳은 바코드엔
몰아칠 한파 소식이 줄을 지어 떨고 있다

랩경매

'알라 악 알락알락, 이만 이만 이마 안'
랩 박자로 출렁이는 새벽녘 수산시장
궤짝 안 등 푸른 생선 어깨춤이 흥겹다

관객들 춤사위도 힙합으로 현란하다
'양호 양호, 삼만 와라 삼마 안'
절정에 도달한 눈빛 몸 달아 오른 랩퍼

짙어 비릿한 경기 울먹이는 리듬으로
'에잇 에잇' 받아내는 낙찰의 환호소리
호명된 번호표 안고 햇살은 달려간다

엘리제를 위하여

후진하는 트럭마다 경보음이 울린다
벽면과 부딪칠 듯 다가서는 하루하루

숨 가쁜 선율에 맞춰
정지선에 멈춘다

직진만 고집하던 한때의 조바심을
낡은 악보 속 책갈피에 접어두고

미완의 도돌이표처럼
늦은 택배를 나른다

편지

어머니 홀로 계신 반 평 남짓 지하 단칸방

윗목엔 햇살 몇 점 동무 삼아 놀다 가고

이정표 하나 없어도 산국山菊은 저리 찾아든다

서울역 메꽃

가던 길을 놓쳤나
계단마다 뿌리내린

끊어질 듯 무릎 꿇는
허기진 여름 한나절

넌출에 엮이어 간다
무료급식소 꽃이 핀다

빈집

'축, 결혼' 49년 산 어머니의 벽시계

떼어낸 자리에 둥근 얼굴 새겨져 있다

가슴에 대못을 박던 시계추도 멈추었다

깨어진 벽면을 따라 녹이 슨 눈물 자국

다가서서 매만지는 창백한 저 이마가

아프다, 영정 사진이 걸려있던 자리처럼

십리대숲 도서관

새들이 창을 여는 대나무 숲 도서관
밤새워 읽은 책들 층층이 쌓여있다
물고 온 햇살을 펼쳐 초록 표지 엮는다

바람이 넘나드는 지붕 없는 하늘 길을
손닿을 듯 다가가 댓글 다는 이파리
책갈피 넘길 때마다 문자 향을 날린다

사계절 피고 지는 대쪽 같은 도서목록
태화강 무릎 베고 숨죽인 죽순들
겹겹의 허물을 벗고 마디마디 읽는다

김동리(金東里, Kim, Dong ri) 본명: 김시종(金始鍾, Kim, Si jong)

1913.~1995. 경북 경주 성건리 출생. 소설가, 평론가, 시인. 계성중학교, 경신고보 이수. 〈조선일보〉 신춘문예 시 「백로」 입선(1934), 〈중앙일보〉 신춘문예 소설 「화랑의 후예」 당선(1935) 등단. 소설집 「무녀도」(1947, 을유문화사), 「황토기」(1949, 인간사), 「역마」(1950, 정음사), 「사반의 십자가」(1955, 현대문학) 외. 시집 「바위」(1973, 일지사). 한국청년문학가협회 창립, 초대회장. 〈경향신문〉 문화부장, 〈민국일보〉 편집국장, 《문예》 주간, 〈서울신문〉 출판국 차장, 서울시 문화위원, 문총구국대 부대장, 한국문학가협회 부회장, 중앙대학교 예술대학장, 《한국문학》 발행인 역임 외. '시인부락' 동인.

광릉에서

매미 쓰르라미 속에 광릉을 찾아든다
묏등은 순순한데 골은 깊고 물은 맑고
수풀은 어찌 장한지 자꾸 쳐다 보인다

수양군 세조대왕 군과 왕이 다르고야
군인 채 그럴 것이 왕이 되어 이런가만
산에 찬 풀과 나무야 이 저 가려 자란가

여기서 영월이면 산 첩첩 물 굽이굽이
그때 어진 신하도 쉬 오가지 못한 길을
두견아 영월의 새야 예서 또한 우느냐

남원에서

남원 땅 옛 고을을 봄 늦어 찾아드니
광한루 술 속에 있고 오작교 물 위에 떴네
때마침 춘향제 겹쳐 구름 같은 저 인파

향단이 그네뛰기 방자 견마 춘향 뽑기
앞산엔 관등놀이 장터엔 소녀농악단
세월이 뒷걸음쳐서 옛날인 듯 하여라

춘향각 마주 보고 명창대회 한 고비를
이별의 오리전이 한에 겨워 흐느낀다
뜻 있어 푸른 수풀도 숨죽인 듯 하구나.

춘향이 고은 자태 이제 다시 찾단 말이
도련님 가시려오 애련한 그 목소리
지금도 다락 어디서 들려올 듯 하여라.

눈 온 아침

밤사이 눈이 내려 천지가 희어졌네
누구네 더 덜 없이 축복으로 덮였구나

하늘의 무궁한 조화 헤아린다 하리요

눈 속에 뛰어드니 엔지 젠지 가슴 없다
예 제 따로 없을진대 분계分界 어이 있을쏜가
이 강산 눈으로 덮듯 하나 된들 어떠리

광주에서

물결은 잔잔하고 산은 반쯤 누웠구나
오가는 사람들의 말소리도 나직한데
따스한 가을 햇빛만 강물처럼 넘치네

어제는 사직공원 오늘 여기 중심사證心寺를
수풀은 붉고 누르고 골짜기엔 물도 맑다
어딘가 사슴 소리도 들려옴직 하여라

절은 절이언데 목탁 소리 아주 없기
스님을 찾아뵈니 동저고리 바람일세
회심당 오백전五百殿 일은 뉘게 물어 보느냐

들국화 옷깃에 꽂고 논둑길로 접어드니
고향에 돌아온 듯 메뚜기로 반겨 뛰네
첨부터 이 세상이란 이리 살려 한 것을

여사에 돌아오니 글벗들이 다 모였네
미리 그리던 종 만나 아니 반가우리
밤새껏 술이나 들며 말이라도 나눌까

사람 사는 일이 나그네로 배울로다
만나고 헤어짐이 구름 아니 다르거늘
내 무심 한 이랑 있어 눈물겹다 하느냐

분단盆膻

세 철 두고 가꾼 임의 듯이 이렇겠다.
맑고 그윽한 향기 집에 하나 고여 두고
밝은 달 서릿발 속에 혼자 웃고 섰구나.

젊은 날 다정한 젠 수줍음에 말을 잃고
철들어 의젓하니 원정마저 가셔지고
휘영청 밝은 저 달아, 네가 알고 가거라.

송추에서

교외선 타고 돌다가 송추에 내려서 논다
유원지 있단 말 듣고 산협길 타고 드는데
늦가을 쟁한 햇빛만 골짜기에 넘치네.

도봉 뒷산이래선지 사람들 많기도 하다.
무어 볼 거 있다고 이리 모두 쏠렸는고
고작이 소주나 마시고 소리소리 지르네.

묵사黙史의 부음을 듣고

꽃 지고 바람 자고 새들 우짖지 않고
흐르던 강물마저 멎어버린 이 아침에
참된 것 모두 가는가 백지 같은 저 햇빛

가을밤

가을 밤 불 밝히고 빈 방에 혼자로다
하는 일 따로 없이 그냥 가만 앉아 있다
뜰아래 잎 지는 소리만 이따금씩 들릴 뿐

꽃다발

내 어이 속진俗塵 속에 백발이 되려는고
외로와 몸부림 친 그 내가 참 내 건만
이 무삼 꽃다발 안고 돌아가려 하는고

그림자

보던 책 덮어 두고 술상도 밀쳐두고
문득 벽에 비친 그림자를 바라본다
그림자 내 그림자여, 너는 지금 누구뇨

김동일(Kim, Dong il)

강원 홍천 출생. 호 아송. 《시조문학》 등단. 시조집 『내비게이션』(2018, 채운재). 한국문인협회, 한국시조시인협회, 한국시조협회, 청풍명월 정격시조문학회, 강원시조협회 회원. 천등문학회 사무부총장, 송아리문학회 감사, 구로문인협회 감사, 한국시조문학진흥회 부이사장. 소록도 100주년기념 시화전 외 다수. 신광물자조달 대표.

맑고 투명한 시어들이 고즈넉한 서정의 호수를 만들고 있다. 호방된 시어로 직조해내는 시적 언어들이 선명하고 명징한 이미지의 꽃들을 탄생시키고 있으며 예술의 깊이로 뿌리내려야 맛볼 수 있는 삶의 미학으로 환한 세상을 펼쳐내고 있다.

「쉼터」는 사람들이 쉴 수 있는 자리이며 휴식처이기도 하다. 방긋 웃는 간이역으로 귀결됨을 감지할 수 있다. 「커피 한 잔」은 하늘도 허리를 굽힐 만큼 피곤함과 노곤함이 감도는 오후 어느 날 원두커피 특유의 구수한 맛을 그리워하는 내면의 소리를 맛깔스럽게 표출시키고 있다.

「내비게이션」 속에는 일상적 삶의 공간과 대자연의 캐릭터라는 섬세하고 아름다운 보물들이 숨겨져 있고 이를 노래하면 할수록 시적 완결판을 향해 가는 과정임을 시인은 어필하고 싶은 것이다. 영감이 오는 순간을 간과해 버리지 마라. 번뜩이는 첫 생각과 만나는 순간 당신은 자신이 알고 있던 것보다 더 큰 존재로 변화한다 우주의 무한한 생명력과 연결되는 순간이기 때문이다.

— 정유지(문학평론가 · 선린대 교수)

내비게이션

내 안의 해결사인 든든한 동반자여
언제나 웃음 속에 기쁨을 채워주고
함께한
사랑의 그 말
믿음으로 흐른다

오늘도 다정다감 달콤한 연가처럼
행복한 마음으로 살며시 기대서니
너와 나
함께한 미소
가만가만 꽃핀다

어쩌다가

절절한
이야기를
나누고 싶었는데

외면한
그 심정에
바보가 되었어라

내가 왜
보이스 피싱
말려들까 아찔해

요지경

오늘도
밀려오는
괴로움 외면하고

긍정의
마음으로
미움을 지워본다

깃털에
의존한 모습
일렁이는 치욕감…

세월 속 거울

사랑 속 믿음의 연 마음 속 그려본다
웃음의 시간 속에 흐르는 내음 속엔
사랑한
고운 연정을
그려보니 아쉬워

서로가 부족한 면 채워서 꽃 피운다
마음에 위안 시간 가득히 노래하길
손 꼽아
헤어보지만
미련의 면 쌓이네

사랑의 그림자를 그리며 수놓는다
새하얀 구름처럼 무시로 창공 속에
작은 빛
활짝 핀 날개
고도성에 나르리

서울 소묘

내 생애 푸른 물결 희망이 싹튼 자리
언제나 꿈을 안고 설렘 속 꽃 피웠지
이제는
떠나가 버린
님 그림자뿐인걸

과거를 회상하면 한때는 무지갯빛
사랑에 취해있던 그 시절 연가들은
아직도
지우지 못해
눈물 젖는 시간뿐

진실은 울고 거짓은 황제

아니 땐 굴뚝에서 연기가 피어날까
퇴폐한 감투 깃털 아둔한 어리석음
아니야
네 박자 삶은
자화자찬 꽃 피네

정의를 빙자하여 바보로 취급하고
까치의 걸음마에 뱁새가 비웃으니
진실을
외면한 세상
춤을 추는 비현실

쉼터

별빛은 반짝이며 명지산 내려앉고
반갑게 맞아주는 불빛은 일렁이네
상큼한
초록빛 향기
가슴속을 적시네

고요한 텃밭에는 연둣빛 속삭이고
손잡고 마주하니 아미새 방긋 웃네
쉼터는
추억의 향연
아름다운 간이역

장터 국밥

가을이
입안 가득
맴도는 향취 속에

얼큰한 사랑 담긴
그 맛에 취해 보니

그 시절
행복한 추억
화상 속의 시간들

자정이 넘어서

어쩌나
깊은 밤에
흔들림 지속되고

고요한
별빛들은
내 마음 파고들어

내 딸이
보고 싶구나
아 어쩌면 좋을까

커피 한잔

하늘이 허리 굽혀
눈 맞춘 오후 시간

구수한 내음 속에
취한 듯 흐르지만

애타게
부르는 소리
안개처럼 스치네

김동준(金東俊, Kim, Dong jun)

1931년 서울 마포구 창전동 출생. 시조시인, 문학박사. 호 노촌(蘆村). 동국대학교(국문학과) 졸업, 동 대학원 수료. 〈동아일보〉 신춘문예 시조 「대안」 당선, 《시조문학》 「광야곡」 천료(1966) 등단. 저서 『시조문학론』(1974, 진명문화사), 『악학습령』(1976, 반도문화사), 『시조문학의 구조연구』(1981, 한국문학연구소) 외. 시집 『아직도 못다 한 말』(1998, 느티나무), 『김동준 시집』(2000, 오늘의문학) 외. 수도공고 교사, 동국대학교 교수 재직. 우석대, 홍익공전대 등 출강.

—

구가舊家

골목 안 굽이굽이 발이 먼저 앞지르고,
상기도 내 집인 양 밀치고픈 착각인데,
옛 꿈의 무덤이듯이 지붕만이 조요롭다.

기웃 목을 늘여 치켜 보는 담장 너머,
하나마다 붙인 이름 비명보다 역연歷然한데,
낯 설은 개 한 마리가 눈을 붉혀 짖어댄다.

처음 새겨 달던 청산보다 푸른 문패
말아 올린 바람으로 휘날리던 깃발인 걸,
세월은 낙엽으로만 발등 위를 덮는가

문패

땅을 쳐 날던 깃 끝 하늘이 내려앉고
살 가듯 흘린 발길 꿈이 짐스러워
흘기며 묵시로 굳어진 너는 바람 없는 깃발

굽질러 외친 소리 메아리도 머무는가
숱한 손길들이 부르다 남은 이름
피 젖어 얼룩진 이력을 고쳐 쓰고픈 마음

와야 할 그 기별에 한 세월만 식어가고
별을 낚아 내려 한 생을 새고 나면
일월도 영글어지는 날 박꽃으로 살자오

바다에서

바다를 갈던 물새 제 노래로 잠이 들고
해율海律 그쳤을라! 토해낸 물거품도
아슬히 훔쳐가버린 고달픈 저 발자국

영겁을 하루같이 젊어 사는 바다라서
스스로 살이 찌듯 질펀한 대화들이
출렁여 푸른 구비를 타고 마냥 익어만 간다

하늘의 무게만큼이나 바다는 깊은가 보다

헤엄 물자락을 입으로 깨밀며, 끌며,
포롬히 젖어만 드는 바다 마음, 내 마음

훑고 간 바람 빛이

그 밤새 피삭인 꿈 터져 넘친 길목이다
햇머리 쪼아보다 구름도 비껴 흘러
피다가 멍든 넋들이 되살자는 망울 속

'너'라고 부른 이름 미쳐버린 메아린가!
알알이 뒹군 목숨 돌도 금이 갈 판인데,
그렇다. 잦아진 정이 고여 불타 번진다.

이 산하 설운 역정 피 뿌려 물들였다
훑고 간 바람빛이 진달래로 피었다오
이만치 지켜서 보는 하늘 너머 피노을.

4월마다

산 족족 골짝마다 피어나는 진달래는
피 흘려 사월 한철 봄을 가꾼 죽음으로
해마다 그 피울음소리 어린 넋의 이름이다

망각을 눈 비비고 기억이 나래 쳐 내리면
시신 겹겹 밑 깔리던 목숨보다 더한 무게
두 팔로 피를 뿜으며 떠받들던 하늘이다.

심상

구름 속 난심亂心이야 슳다면 울기나 하지
낙토樂土ㅅ 길 다리 앞에 서성대는 욕된 육신
저 너멀 새겨보는 외침으로 일고지는 보살혼菩薩魂

업죄ㄹ랑 갈아 마셔 한 덩이 바위나 될 걸…
차마 매달려 사는 더러운 인정으로,
불러야 되짚어 오는 메아리로 꿈은 까맣게 멀다

아내에게

스무 해 그늘 속을 주름 곱게 내린 얼굴
늪을 차라리 꽃밭으로 믿어오던 나날들로
세월 속 갈피마다에 간직하게 고인 정

삶의 무게 앞엔 눈물로도 사치롭던
시름도 바람으로 돌이 되어 쌓이는데
아내여! 인욕도 흘리다보면 달빛으로 밝는가.

고목孤木

꽃은 너무 고와 밉고 단풍은 피로 젖어 섬뜩했다.
절벽은 숨이 차고 발목 아린 먼 지평선.
차라리 눈을 감으렴 목숨보다 서러워.

강안江岸에 서서

젖물처럼 녹아내린 향수가 밀물지고
노을 쪼아 먹다 군학이 깃을 치는 밤이면
사르르 눈을 감으며 흰 구름 이야기를 듣는다.

떫은 회한이야 바람으로 다스리고
우수도 참고나면 한 다발 꽃으로 피리
아롯이 두 활개를 펴고 한 하늘을 안는다.

귀로

발목에 불을 켜고 낮과 밤을 뛰어 넘던
늘 소망 앞엔 절로 메는 흙가슴
어느 먼 낯선 품속만 골목길을 메운다

차라리 청맹일 바엔 목숨마저 뿌리치고
생피를 뿜어 올려 영혼에 불 지르면
한 천 년 숲으로 불타 밤을 지펴 되살릴까.

김동찬(金東燦, Kim, Tong Chan)

1958년 전남 목포 출생. 국민대학교(영어영문학과) 졸업. 〈미주 한국일보〉 문예공모 시(1993), 《열린시조》 신인상(1999) 등단. 산문집 『(LA에서 온 편지)심심한 당신에게』(2002, 고요아침). 시조집 『신문 읽어주는 예수』(2003, 태학사). 시집 『봄날의 텃밭』(2004, 고요아침). 시해설접 『시스토리』(2016, 고요아침). 미주한국문인협회 회장 역임. '글마루', '오렌지글사랑모임' 동인.

불타는 아마존
김동찬

아마존의 불길이
개발개발 몰려온다

숨바꼭질 아니야
서둘러라 도망가라

나무와 나무늘보 사이
저 아기 나무늘보

—

기차가 멈추는 곳

김동찬 시인의 작품에 유난히 죽음을 응시하는 시선이 자주 드러나는 것은 인용한 작품에 나타나는 것처럼 어느 정도는 시인의 가족사에 대한 사적 기억의 결과다. "이제는 없는 사람들", "서로 잘해줄 시간"을 넉넉히 갖지 못했던 사람들에 대한 기억 때문에 더욱 가슴이 아픈 시인에게 '삶'은 늘 아쉬움이고 결핍이고 아픔이었다. 그런 아쉬움과 결핍과 아픔을 견디는 방법이 뜨거운 질주와 시간의 망각을 받아들이는 삶의 여정이었다면, 이제는 그런 망각의 저편으로 밀어 넣으려고 했던 아픔과 상처와 고통이 오히려 그리워지는 시점에 도달한 것이다. "살아간다"는 또는 지금 "살아 있다"는 모든 의미를 증언해줄 유일한 증거는 과거로 밀려간 그 아픔과 상처 속에 오히려 존재하고 있기 때문이다(『신문 읽어주는 예수』).

— 김춘식(문학평론가 · 동국대교수)

—

나—무

소나무, 단풍나무, 참나무, 오동나무……
촉촉하게, 푸르게 살아 있는 동안은
나—무라 불리우지 않는다.
무슨무슨 나무일뿐이다.

초록색 파란 것, 말랑말랑 촉촉한 것
꿈꾸고 꽃피고 무성하던 젊은 날
다 떠나 보내고 나서
나—무가 되는 나무.

나무는 죽어서 비로소 나—무가 된다.
집이 되고, 책상이 되고, 목발이 되는 나—무.
둥기둥 거문고 맑은 노래가 되는 나—무.

새—

바람이 부는 날엔
새— 하고
노래하고 싶다.

오랫동안
떠나지 않는
기억도
약속도

난분분
꽃잎 지는 틈타
함께 날려 보내고 싶다.

악물고
닫아 두었던
가슴을 열고 나면

한 마리 새가 되어
가벼워진 몸뚱아리

눈물도
묵은 한숨도
새— 하고 날아간다.

비행기에서 듣다

이륙과 착륙 사이
하늘과 땅 사이
이별과 만남 사이
이승과 저승 사이
아직도 못 떠나고 맴도는
당신의 목소리

노을

촛불이 촛불로 불붙여 건너간다

전깃불처럼 단번에 팍 켜지는 게 아니고

서서히
하나씩 옮겨가
그늘까지 품는다

침묵도 읽어내는
그대의 눈빛으로

두 손도 잡아주고
눈물도 닦아주며

번진다

구들이 데워지듯
새벽시장 잔술 먹듯

기차

바나나는 길어
긴 것은 기차

미국 기차는 더 길어
어떨 땐 백 칸도 넘어
미국 건 다 길어
다리도, 나무도, 건물도, 사람까지

한참씩 길고 길어서 질리고 기죽게 해

언니는 좋겠네 언니는 좋겠네

아저씨 코가 커서 언니는 좋겠네
어릴 적 우리들은 뜻 모르는 노래를 불렀다
똥구멍 찢어지게 가난했던 성수는
잘 사는 미국 매형 자랑이 많았지만
그 누나는 좋을까 아직도 좋을까
아저씨 코가 커서 아직도 좋을까
나처럼 성수 누나 질리지는 않았을까
나처럼 성수 누나 기가 죽어 지낼랑가

무심한 기차 지날 때 괜한 걱정 덜컹이네

기차가 남긴 겨울

왜 기차는 겨울 들판을 온몸으로 울고 갔을까
한낱 쇠붙이에 지나지 않는 것이
눈썹 위 눈발 하나하나 시끄럽게 했을까

선명한 칼자국으로 오려내던 기적 소리
지나간 철길 위에 분분한 발자국을 끌고 간 뒤
평행선 스쳐간 얼굴들 펑펑펑 눈이 내려

붙잡을 수 없었으리 천리 길을 달려와서
훗훗한 숨 몰아쉬며 노을 속 사라진 기차
묻힌다, 뜨거운 목소리가 하얗게 덮인다

왜 기차는 겨울 들판을 얼어붙게 했을까
아직도 눈감으면 들려 오는 적막 속으로
혼자서 나만 혼자서 붉게 서게 했을까

손놓고

가끔은 모든 걸 놓고
뒤뜰에 앉아 있으면

잠자리 한 마리 마른풀 위에 머무는 동안에도

바람이 지구를 밀고
저녁으로 가는 게 보인다

그것을 엑스X라 하자

모르고 있는 수 그것을 엑스라 하자.
또 다른 미지수 와이(Y)와 반비례하거나
제트(Z)의 몇 제곱으로 놓여 있는 세상.

사람들은 엑스를 찾아내고야 만다.
우주의 거리를 재고 복제 인간을 만든다.
건져낸 자연수 몇 개 물에 젖어 떨고 있다.

백제의 왕릉이 서울역 지하도에 뒹군다.
헐벗은 마네킹이 울며 울며 길을 가고
자꾸만 더 보여 달라고 조르는 사람들.

따스한 햇살과 바람, 달과 별, 시드는 꽃.
미지수 우리의 사랑 그것을 엑스라 하자.
이제는 엑스를 그만 엑스라 남겨 두자.

큰누나

　요즈음 등산하는 재미로 살아요.

　그런 짓거리 하지 마라. 산도 낮은 산을 다녀야 꽃도 보고, 나무도 보고, 운동도 되는 거지 높은 산에 올라가면 하늘밖에 없고 위험한데 뭐 하려고 그런 데 다니려고 하나. 높은 산에 올랐다는 말 듣고 싶어서 하는 건 다 욕심이다. 그런 짓거리 제발 좀 하지 마라.

　동생들 다섯이나 먼저 보낸 큰누나 숨이 차다.

설사

배를 앓고 싶다
창자가 끊어지게
끙끙 소리내며 온몸이 뒤틀리게
사르르 아프지 말고 한꺼번에 모아서

딱총 쏘듯 하지 않고
자동으로 걸어 놓고
탄피야 튀든 말든 드르륵 갈겨대고 싶다
더러운 내 속의 것들
썩을 대로 썩은 것들

앞뒤도 안 맞고
위아래도 몰라보고
된소리 상소리
생각 없이 나오는 대로
남 생각 할 겨를 없는
급하디 급한 볼 일

그래서 나도 나라도 속 시원해진다면
창자 속 확 까뒤집어 투명해질 수 있다면
거룩한 입으로 말고
똥구멍으로 시 한 편 쓰고 싶다

김동호(金東浩, Kim, Dong ho)

1958년 경북 김천 개령면 출생. 경북대학교 사범대학(일반사회교육학과) 졸업. 《유심》(2008) 등단. 시집 『창 열어 산을 열고』(2019, 출판기획 형). 유심문학회 사화집 『군무』(2017, 분지) 외. 내린문학회, 강원시조작가회의, 한국시조시인협회 회원.

불씨

재 덮어 묻습니다
재 더 없어 누릅니다

재를 가만 엽니다
문득 속이 붉습니다

가슴도 재 수북 쌓이고야
거기 불씨 담깁니다

—

김동호 시인이 그리고자 하는 심서心緖는 그냥 서러움이 아닌 곰삭한 청동빛 서러움이다. 쑥부쟁이 풀빛이며 뻐꾸기 울음으로 번지다가 목울대를 차넘는 절창으로 솟구쳐 다시 거두어 내려 앉는다. 시인이 자선한 열 편의 작품에서 일관되게 보이는 이미지는 세상과 삶에 대한 연민이다. '울음'은 인간만이 보일 수 있는 내면의 표현이고 이를 잡아채는 시행詩行에서 시인이 지향하는 바를 가늠할 수 있을 것 같다. 시조에 '노래'와 '울음'의 앙상블을 구현하려는 바램, "잘 디딘 징울음을 걸음걸음 얹어 싣거나"(「울어서나」) 그 길이 굽어 좋다.

— 이승현(시조시인 · 한국시조시인협회 감사)

—

폭포

물길 뚝 분질러서 사정없이 후려쳐
설 수가 없는 물을 직벽直壁으로 세웠구나

시인은

말을

그렇게

쓴다

그,

폭포를

내건다

뻐꾸기

뻐꾸기 울음 든 산그늘도 드는 산빛
그 절구絶句 내처 듣다 그만 마음이 빠져
내 안에 둥지 틀었다
저 뻐꾸기 들도록

팽팽히 길어 올린 한 동이 쑥빛 울음
골짜기 긴 골짜기 빽 뻐꾹 뻐꾹 뻐꾹
울음에 울음을 치대
차지게도 구성져

깊은 계곡 쏟아지는 속이 다 부신 물처럼
뻐꾸기는 울 줄 안다 울음 울 줄 안다
녹음에 행군 울음 한 폭
뙤약볕에 내걸 줄 안다

산

산 한 번 그려봐라
작심하고 그려봐라
근원경 사계절 산
만학천봉萬壑千峰* 다 그려봐라
사는 일 그게 산이지
크든 작든 산이지

어디 산이란 게 높이로만 그려지대
그 어느 산이 또 크기로만 그려지대
봉우리 저 홀로 솟아 산이 그려지던가

기쁨은 잠시 쉬어가는 고개라더라
그 구절 닳도록 외며 산 오르듯 사는 거지
눈물을 물감 찍어 그리듯 자죽자죽 걷는 거지

* 만학천봉萬壑千峰: 첩첩이 겹친 골짜기와 수많은 봉우리.

촛불

촛불을 밝혀놓고 이슥토록 앉았습니다
서로 품고 놓아주는 그늘과 빛 보았지요
그림자 손으로 내밀어 마주 잡고 있었습니다

전등불 환한 뒤로 명明과 암暗 나눴습니다
한 켠을 죄다 물리는 이분법만 따르며
그윽이 바라보는 법 촛불 끄곤 잊었습니다

창 밖에 국화꽃도 밤이슬 받고 있어
심지에 불 올리듯 시름 태운 몇 줄 시詩
그렇한 속을 어쩝니까 마음 한 촉 켜듭니다

울어서나

서리고 서린 것이 풀리자면 어쩌야것는가
매급시 웃어불면 쓱 덮어불면 되것는가
아니시, 울덜 못한 울음이 목울대를 차넘어야

희다고 다 흰 게 아니여 바래고 바래야제
억장에 재가 앉아 그 억장 헤작이다
무담시 눈시울 젖어 넘 속꺼정 적셔야제

잘 매단 쇠북 울음 그 여음餘音 붙들거나
잘 디딘 징울음을 걸음걸음 얹어 싣거나
기차게 울어 울리는 거 그게 절창 아닌가

창 열어 산을 열고

창 열어 산을 열고 구름 너머 그 너머 본다
한 조각 마음 열면 사는 법 훤히 보일까
늘 듣던 일체유심조一切唯心造 창 열어 마음 연다

플라스틱 꽃

피었다 지고서야 새봄 오고 꽃 핍니다
플라스틱 꽃들이 지는 걸 못합니다
지는 걸 놓치다니요 어찌 다시 피려구요

지심도只心島

섬 하나 안고 있거나 마음 그저 섬이거나
어쩌다 그런 사람이 지심도에 대이면
길마다 가슴이 널려 동백 툭툭 질 것 같아

저 망망茫茫 난 바다가 이 작은 섬 그냥 두듯
구성지달밖에 없는 기름진 잎 길러두고
여민 속 엉엉 붉어라 꽃통곡이 터진다

쑥부쟁이

보랏빛 이명耳鳴이다
쟁 쟁 쟁
너 , 너 , 너, 너

모롱이 돌 때마다
늘어선 길섶마다

높은 음 환청 울리며 쑥부쟁이 피었다

바보살이

겉이 속은 아니다 겉 다르고 속 다르다
바보는 그게 같다 그래서 바보란다
알면서 바보로 사는 것 참 우아한 일이다

바보는 늘 웃는다 울음 울 줄 모른다
울어야 할 장면에 바보는 꼭 웃는다
웃어서 울음 메우는 것 눈물 도는 일이다

사람이 다 이쁘면 그게 극락 아니겠나
사람이 다 좋으면 그게 천당 아니겠나
한세상 죄 모르고 사는 것 바보만 하는 일이다

바보를 비웃는다 똑똑하단 사람들은
바보는 그냥 웃는다 비웃지를 않는다
내 안에 바보가 있는가 울음 웃는 바보가

김두수(金斗洙, Kim, Doo soo)

1934년 강원 춘천 사농동 출생. 호 일파(一坡). 경기대학교(국문과) 졸업. 《시세계》 수필(1994), 《시조문학》 시조(1996), 《농민문학》 소설(2010) 등단. 수필집 『들국화 피는 언덕』(1995, 조양), 『손뼉 치며 나는 새』(1999, 천우). 소설집 『크리스마스이브의 사랑』(2015, 광진문화사), 『첫사랑의 바람』(2018, 광진문화사). 장편소설 『아버지의 발자국』(2020, 광진문화사). 제8회 세계문학상 소설 대상(2013), 제3회 홍천문학상(2014), 제34회 강원문학상(2015), 제12회 류승규문학상(2015), 제7회 강원예술 공로상(2017), 제7회 아름다운 문화 예술인 공로상(2018) 수상.

남해 바다

땅끝의 남해바다 보석처럼 빛나는 섬
바닷가의 어판장엔 상인들이 분주하고
해안선 백사장에는 갈매기떼 하얀 파도

푸르른 바다에는 유람선이 떠서 있고
강구를 향해오는 통통배의 하얀 깃발
해져온 수평선너머 멸치배가 불 밝히네.

김 두 수

김두수 작가의 『첫사랑의 바람』은 책을 펼치는 순간 단숨에 끝까지 독자를 이끌어가는 작가의 입심과 작품의 흥미로운 내용에 매료당하게 된다.

요즘에 각종 문예지에 발표되는 소설들은 대부분의 작가가 무엇을 썼는지 아무리 읽어 봐도 애매모호한 경우가 많은데 비해 김두수 소설의 주제는 물론 구성과 묘사를 독자들의 눈높이에 맞추어 리얼하게 파헤쳐서 가장 한국적인 소설을 썼기 때문이라고 여긴다.

김두수 작가는 자신만의 독특한 소재와 스토리와 개성적인 문장으로 독자에게 실감나게 드라마나 연극처럼 생생하게 보여주고 있는 것이 특징이라고 하겠다.

— 이은집(소설가 · 한국문인협회 소설분과 회장)

보릿고개

봄이면 집집마다 끼니 이을 걱정으로
익지 않은 보릴 잘라 가마솥에 볶아 먹고
식구들 굶기지 않으려 애쓰시던 어머니

얼마나 산다는 게 어려우면 나온 말인가
쌀을 꾸어 죽을 쑤고 연명해서 이어온 삶
이 나라 대대로 이어진 초근목피 시대상

이제는 보릿고개 낱말조차 낯선 때라
먹을 것이 너무 넘쳐 쓰레기로 담을 쌓니
누천년 이어온 역사 되새기고 다시 써야

거리의 간판마다 피부 관리 웰빙 식품
자가용에 호화관광 어혈시구 좋은 세상
남산의 쪽방 사람들 그들 삶도 살펴야

고산孤山

사철을 바라봐도 변함없이 그 자리에
봄이면 숲의 궁전 가을이면 오색 단풍
아이들 무등 태우며 신이 나던 소금강

단숨에 산에 올라 성주봉을 바라보면
눈높강엔 배가 뜨고 물종자린 알을 품어
하루가 열 두 번이라도 몸태질로 놀던 산

아침에 산을 보면 산허리엔 엷은 구름
노을이 산을 덮어 황금강이 될라치면
어느새 서산의 달님 부엉이도 울었다.

그 넓은 강바닥은 휘황찬란 은모래 빛
한나절 물을 따라 홀테질로 물을 몰면
붕어에 쏘가리까지 그물 가득 용왕 졸개

강 언덕 수수밭은 춘천호에 잠겨있고
소금강 봉오리를 바라보면 아리는 마음
달무리 꿈에서처럼 번져지는 그리움

무궁화

굴욕적 일제탄압 체포되고 감금돼도
나라꽃 무궁화는 삼천리를 물들이고
끈질긴 그 생명력은 조국광복 이루었다

6 · 25 동족상쟁 잿더미로 폐허될 때
유엔군과 우리 국군 혈맹으로 생사고락
자유의 깃발도 높이 잃은 나라 되찾았다

영광의 대한민국 세계 속에 우뚝 서고
백의민족 우수두뇌 오대양과 육대주로
무궁화 백두산까지 통일한국 이루세

독도

일본의 한국침략 36년의 긴 세월을
지도마저 바꿔놓고 역사날조 후안무치厚顔無恥
우리의 고유한 영토 영유권을 주장타니

한국의 속담 중엔 이웃사촌 좋다는데
일본에선 타국 영토 분간조차 못 하는가
그 나라 올바른 역사 기초부터 가르쳐라

그들은 50년간 독도침탈 계획했다
겉으로는 신사인 척 세계평화 운운하며
독도를 분쟁지역화 여론조성 끝도 없다

이 나라 정치인들 정신 바짝 차리시오
다른 나라 문화침략 쉬지 않는 거센 물결
우물 안 개구리에서 눈을 뜨고 귀 열어야

육탄용사 전적비 앞에서

북한의 기습 남침 1950. 6. 25.
얼마나 많은 동포 그들에게 죽었는가
아직도 끝나지 않은 휴전선의 망령이여!

찾는 이 하나 없는 육탄용사 비 앞에서
가신님 이름자를 하나하나 불러본다
말 고개 신화를 만든 나라 구한 용사여!

적진의 탱크 들이 말 고개를 넘어올 때
박준수 중위지휘 시체인 양 매복하다
적 탱크 열일곱 대를 한꺼번에 격파했다.

6사단 2연대의 김학두 하사 양학진 하사
조달진 하사 원근호 하사 모두 합해 11용사
청춘에 불을 살라서 나라 살린 장함이여!

우리는 용사들을 결코 잊지 않을 것입니다
나라사랑 그 정신을 후세들은 배울 것입니다
나라가 존속하는 한 용사들을 추모할 것입니다.

건군 68주년

5만의 병력으로 조선경비대 창설한 채
북한의 불법남침 풍전등화風前燈火 나라 운명
꽃다운 나이에 슬어진 나라 지킨 영웅이어

나라의 위기 구한 16개국 자유우방
낯선 나라 남의 땅에 고귀하게 묻힌 원병援兵
68년 건군의 역사 성을 쌓는 기둥 됐네

6 · 25 동족상잔同族相殘 휴전선만 그어진 채
폐허 속의 나라이고 굶주림의 백성일 때
그 시련 딛고 일어선 근면 자조 협동정신

68년 돌아보니 피압박의 민족역사
보릿고개 월남 파병 간호사의 독일 파견
척박한 환경 건디며 외화 벌어 경제 건설

장하다 배달민족 그 기백을 재충전해
압록강과 두만강의 한만 국경 되찾아서
대망의 통일의 나라 우리 세대 달성하세

'줄 장루이' 소령

50년 6 · 25 북한 남침 타전打電되자
공산군을 격퇴코자 16개국 참전할 때
인민군 38선 넘어 남한 전역 총공세.

참전국 소속에는 프랑스의 '줄 장루이' 대위
안개 속의 중공군이 나팔 불며 공격하자
부상병 들것에 실어 안전지대 찾으려

몸 낮춰 진지 향해 조심조심 나오던 중
중공군의 매설 지뢰 밟는 순간 천지진동
어머니! 생애 마지막 '줄라이'는 '줄라이'는

34세 젊은 나이 자랑스런 한국 은인
한 목숨을 받쳤으니 무슨 보상 있을쏜가
그의 삶 본을 받아서 만세까지 빛내야.

두촌면 장남리의 '줄 장루이' 기념공원
해마다 5월이면 홍천군민 추모식이
그 이름 영원히 빛나리 유엔군의 이름으로.

농가

장맛비 하늘 덮고 천둥번개 강풍 일어
과수밭의 익은 과일 풍비박산 낭패로세
해마다 농사를 짓다 빚만 덜컹 지는 농가

그 많은 시장마다 농산물 값 바닥이다
씨 뿌려 김을 매고 쉴 틈 없이 일했건만
장 값은 고사하고라도 비료값도 못 건지니

농업이 피폐疲斃하면 시장 상인 다 망한다
획기적인 농업정책 과감하게 수정해서
농가의 부채 줄이고 생산성을 높여야

부석사浮石寺

봉황산鳳凰山 중턱 자락 돌이 뜨는 역사 향기
합장하고 바라보니 운무雲霧 속의 약사여래藥師如來
천년의 세월 머문 곳 바람이나 기억할까

목조의 무량수전無量壽殿 아름다운 선의 미학
불심佛心 일어 선禪에 드니 이끼처럼 번진 회한悔恨
한 줄기 저녁노을이 일주문을 휘감는다

부석사浮石寺 풍경 소리 구름 따라 흘러가고
동쪽으로 향한 좌불坐佛 삼라만상森羅萬象 예를 받아
삼천리 국태민안을 합죽선合竹扇에 감싸는가

봉숭아꽃

채송화 맨드라미 한 여름의 동갑내기
마을 어귀 길가마다 새빨갛게 핀 봉숭아
더위도 한풀 꺾이면 한가위도 다가오지

봉숭아 꽃 대궁은 꽃잎처럼 진한 색깔
색시들은 소곤소곤 손톱에다 물들이려
달밤에 꽃대궁 들춰 꽃잎 똑똑 사랑 꿨지

한여름 무더위에 호박순은 울타리로
봉숭아 여문 씨앗 톡톡 튀며 달아나려
삼천리 다른 나라로 시집장가 보내세

김락기(金洛琦, Kim, Nack gee)

1956년 경북 의성 출생. 아호 산강(山堈). 단국대학교 법과대학(법학사), 서울대 경영대학(고급경영자과정), 서울과학기술대(문창과) 문학석사. 《시조문학》 신인상(2003) 등단. 시조집 『삼라만상』(2008, 문학세계), 『독수리는 큰 나래를 쉬이 펴지 않는다』(2010, 천우) 외. 단대신문 제7회 학술・문학상:시조(1983), 시조문학 창간 50주년 기념작품상(2010) 수상 외. 한국시조문학진흥회 제4대 이사장, 《시조문학》 편집위원・편집장 역임. 한국문인협회, 시조시인협회 회원. 〈기호일보〉 객원논설위원.

―

산강의 시조는 시조답다. 삼장이라는 기본에 충실하고자 애쓴 자취가 역력하며(임선묵), 시인의 의식이 높고 깊지 않고서야 어떻게 삶을 언어예술로 꽃 피울 수 있겠는가(문무학). 오감으로 습득할 수 있는 영역과 그를 뛰어넘는 세계를 두루 섭렵하고자 하는 눈빛에다(김준), 형이상적 시로서 감각이나 언어도 참신하고 명징하여 현대시조가 빠지기 쉬운 평이성을 탈피하였으며(김석철), 피로에 젖은 현대인들이 뒤를 돌아보며 마음을 한가롭도록 하면서(신연우) 전통적 한국정서를 정형미학으로 구축하여(정유지) 한국전통시 율여정신과 그 파천황의 세계를 구현하고(이수화), 삶의 자성과 동시에 나아갈 추동력을 얻게 한다(이승우).

바다의 심층심리학

당해론當海論
바다는 인생이다, 오만상이 녹아 있는
삼킬 듯이 몰아치다 쥐죽은 듯 잠잠타가
모든 걸 다 받아설랑 물이 되고 말 뿐이다

* 〈해수면론海水面論〉, 〈천해론淺海論〉, 〈심해론深海論〉, 〈심해저론深海底論〉 생략.

퇴해론退海論
해미를 헤치면서 무작정 저었는데
노는 어딜 가고 배만 절로 나아갔네
한 섬에 다다랐더니 복사꽃이 막 지더라

몰라 헤맨 얄궂음에 여태껏 닿은 곳이
텅텅 빈 허공일 바에 지는 꽃도 눈물겹다
별떨기 죄 품고 있는 바다는 곧 우주란다.

모래알 인생

모래알 한 톨인들 무심결에 생겼으랴
비바람에 쓸려 밀려 지나온 길 텅 비어도
한 굽이
한 굽이마다
재려하면 잴 수 없네

깨어지고 부서진 게 전부래도 괜찮으이
강변에 반짝이던 호시절이 꽤 있었지
그 누가
이를 일컬어
무상이라 하는가.

* "모새"라는 제목으로도 발표됨.

아마릴리스의 달

가을비 들은 뒤에 구름 속에 달이 뜰 때
남몰래 창틈으로 사리살짝 쳐다보니
꽃무늬 아마릴리스 막 벙그는 그 찰나

달맞이꽃 노란 빛만 달빛인 줄 알았는데
발코니 한켠에서 요동치는 저 몸짓은
줄무늬 연홍빛으로 피워내는 속정이라

하늘과 땅 사이에 사랑이란 웬 말인가
모르는 소리 마라 둘이 서로 속삭임을
우주가 깨지는 소리 시방 잠깐 들었네.

와송臥松

늙은 솔 거친 등걸
외로 누운 산턱 어디

운무와 벗한 세월
가지 더러 고사된 채

이끼는
겉주름에 피고

외솔잎만
예제
한둘.

돌담길

고적孤寂이 툭툭 지고 무음들이 깨어나면
유년의 추억들이 모퉁이를 돌고 돌아
블랙홀
인력에 끌려
소실점만 남는 것

능소화 드리우고 호박넝쿨 덮이어도
토석담 그 골목이 왜 그리도 무료한지
담벼락
기대고 서서
꿈 그리던 몽상들

성벽 담이 높다 해도 단풍 들고 눈 내리면
묻어두던 정감들이 서럽도록 그리워서
예서 또
거닐어보는
그때 여느 발자취.

봄날

오늘 본
꽃 세상이
꿈인지 생시인지

해마다
사월이면
또 봄인가 하다가도

그 잠깐
한눈 팔 때에
하마 가고 없더라.

수안보 속말

하늘에서 내리어 핀 한 송이 연꽃이여
속 뜨거운 사랑으로 그리 고이 피어설랑
앓다가 맺힌 자국도 녹이고야 마는가

땅 속에서 끓다 못해 터져버린 생명수여
색깔도 맛도 없고 내음조차 없을 만큼
한사코 익어설랑은 다 주고야 마는가

인생살이 울녘에서 절로 타는 거문고여
소리 없는 울림으로 하세월을 보듬은 채
아무도 모르게설랑 여태 타고 있는가.

무시래기를 삶으면서

— 국, 죽, 떡, 나물로나 덤으로 먹는 맛에 우리네 뒤안에서 덤으로 사는 멋에
　있는 듯 없는 듯 그저 속울음도 우는 거

통무를 거두골랑 남은 것이 무청이라
버리기도 하거니와 삼동 볕에 말려보면
따스한 정에 익어서 싯누렇게 바래리

해묵힌 시래기를 통째 불려 삶아보라
낙원동 뒷골목의 국밥집이 분주하고
허기진 배를 채우던 노안老顏들이 스치리

뒤삶을 적 엇구수한 내음은 곧 추억이야
쇠죽을 끓이시던 할매의 뒷모습이
지난한 세월을 타고 눈자위에 어리리.

안개의 역설

전망이 흐려질수록 외려 더 꿈꿀 수야
살그미 하나둘씩 버린 말을 불러주면
적어총* 확 무너지면서 사어死語들이 살아오는

몽환 속에 잠겨드니 마구 자꾸 설렐 수야
망각 문을 열어가며 잊힌 짓을 되뇌주면
유형지 막 벗어나설랑 선행善行으로 일어설 줄

차라리 안 뵈는 게 그렇게 또 편할 수야
캄캄한 어둠에서 밤눈 절로 뜨이듯이
누명 써 밟힌 언동들이 맘껏 부활, 부활커니.

* 적어총: 적석총積石塚에 빗대어 '말의 무덤'이란 뜻으로 만든 조어.

물방울

처진 억새
줄기마다
웬 금낭화 피었는가

비 멎자
한 풍경씩
담고설랑 영롱터니

아뿔싸!
낙화, 낙화라
기척이는 미풍에도.

김만옥(金萬玉, Kim, Man ok)

1946.~1975. 전남 완도 청산면 출생. 시인, 소설가. 조선대학교(국문학과) 중퇴. 1966년 《사상계》 시 「아침 장미원」 외 3편 신인문학상 (1966) 등단. 《시조문학》 「오월과 그 아침의 찬」 천료(1968), 〈대한일보〉 신춘문예 단편소설 「청도전말」, 〈전남일보〉 신춘문예 단편소설 「붉은 웃음」 당선(1971), 〈서울신문〉 5·16 민족상 소설 「도강」 당선(1972). 시집 『슬픈 계절의』(1964, 국제), 유고시집 『오늘 죽지 않고 오늘 살아 있다』(1985, 청사). '시향' 동인.

—

산사람

까치 소리 하이얀 석단인 듯 밟고 가면
그는 청산에 박힌 지명知命의 한 잎 단풍
하늘을 샘 속에 불러 하늘 위에 뜨더이다.

흩어진 풀꽃들의 향기 모아 꿈을 엮고
꿈속으로 들어가던 풀꽃으로 앉는 변용變容
희한한 그 잎사귀들이 온 함지咸池를 덮더이다.

무수한 억새의 손으로 바람을 흔들어서
잘도 지켜 가는 소소昭昭한 자기 공간
정신이 사람으로 익어 가게 충만하더이다.

없는 듯 있으면서 끝내 없어지지 않을
그림자 하나 데불고 세상 너메 사는 사람
그 사람 등불빛 밟고 세상 넘어 왔더이다.

역항逆航

풀에 가득 밤이 고여서 고인 바다에 파도는 쳐도
항상 속이 푸른 나는 어린 수부처럼
유배의 검은 장선葬船을 돌려 삼경 헤쳐 나오네.

죄는 찢긴 돛 폭 바다에 던져두고
이제 되오면 아, 발견의 길!
아득히 푸른 저 항로 인간에게 통하는…….

돌담 안팎

1
초가를 둘러치고 저리 높이 쌓인 가난
억겁을 비바람과 맞부딪쳐 이겨내고
안터를 지켜온 정성 무궁화가 곱구나.

2
사기그릇 넘겨주고 웃음 가득 넘겨받고
곱디고운 정을 지연처럼 서로 띄워
천고를 얽히어 사는 저리 푸른 담쟁이

옥적玉笛을 두고

혼수로 누워있는 머리맡을 밤마다

친정 오듯 왔다가는 돌아가는 당신,
속눈썹 기인 카락엔 설운설운 웃음자락.

무심히 가버린 곳 지켜 섰는 비목인 채
홍건한 달빛아래 주발 닦듯 광채 내어
알뜰히 당신 사랑한 뜻 불고 싶은 옥적 하나

흔들리며 마음 한 줄, 떨리이며 입술 한 끝,
얼마를 더 불어야 천리 이역 퍼 들릴까
연연한 가락 다듬어 무슨 노랠 지을까

상기 푸른 한이 남아 어지러운 가슴팍에
해 두고 속속 스며 그래도 고운 뜻을,
한 천 년 옥적에 실어 부르고픈 원이여.

아침 3곡

— 곡 1
아내가 과도로 쪼개는 하이얀 아침
한 송이 싹 피어나는 '헤렌·트라우벨'
먼데서 젖소 울음 담고 우윳병이 달려온다.

— 곡 2
간밤 꿈에 걸잠궜던 한지동창韓紙東窓 문을 열면
가슴속 너른 풀밭에서 일어서는 이슬 묻은 '플룻' 서넛,
내 목숨 몰래 데불고 우물가를 돌아든다.

— 곡 3
꽃들의 입맞춤은 참 바알간 말이다
꽃잎 같은 말 속에서 사랑은 리듬이다
가슴에 떠도는 햇빛, 내 풍경은 아침이다.

병풍도

강상江上을 세월이듯 흰 달이 가네
오욕을 거슬리며 노 젓는 물의 소리
천계로 고이 이어진 그 한 정이 외로워.

애련을 돌아앉아 꿈꾸는 여인 하나
보낼 이 없어도 닦아둔 그 길목에
한 소의素意 남새밭처럼 울렁이는 속의 바다

살포시 오동잎 저승에 홀로 지고
겹겹이 석선은 병풍으로 접으며
북천에 찢는 기러기 유적幽寂조차 겨웁네.

오월과 그 아침의 찬讚

아침은 견실하고 키도 크고 드높아
바라보면 유리의 밖 하늘의 청青의 소리
내 뼈에 머언 산 숲의 새 소문이 닿는다.

김만옥(金萬玉, Kim, Man ok)
1955년 경북 의성 안계면 출생. 한국방송통신
대학교(전산학과). 《국보문학》 신인상(2015)
등단. 공무원문예대전(시조) 행정안전부장관
상(2009) 수상. 한국시조시인협회, 부산시조
시인협회 회원. 부산솔잎시조문학회 회장.

—

세월이 갖는 의미를 달라진 대상들의 모습과 연관시켜 그 무상감
을 적절한 소재들의 배치와 함께 자아성찰적 태도로 표현해 내었
다. 첫수 종장의 "얄밉던 고 계집애도 할미 됐다 소문도네"와 같은
표현은 퍽 인상적이며, 작품에서 느끼는 시조의 맛과 멋, 그리고 그
향기는 매우 은은하다. (「세월」)

— 이광녕(시조시인 · 한국시조협회 고문)

시조 속에 담겨 있는 우리의 전통 서정과 율감을 잘 체득하고 조화
롭게 글을 구성하였다. 자연의 섭리대로 무욕無慾하며 살고자 하
는 작가의 인생관과 처세철학이 시조의 전통적 리듬 속에 참 빛으
로 나부끼고 있다. (「세상이치」)

— 장희구(시조시인 · 문학평론가)

동심과 무위자연無爲自然하는 달관자의 모습이 동시에 표출되어
있다. 삼라만상으로 연출되는 가을하늘의 구름과 바람, 그리고 연
상이 어우러져 한 폭의 그림을 그리다가 안분지족하는 민초民草들
의 행복감을 느끼기도 한다. (「가을 하늘」)

— 문복선(시조시인 · 시조문학문우회 회장)

—

세월

세월이 나에게만 흐른 줄 알았는데
골목길도 넓어졌고 송아지도 어미 됐네
얄밉던
고 계집애도
할미 됐다 소문도네.

마음은 아직까지 영원한 청춘인데
숨이 차서 헉헉하고 걸음도 비틀대는
거울 속
저 낯선 사람
누구인지 궁금하네

세상이치

매미가 우는 동안 녹음은 옅어지고
풀벌레 울음소리 가을을 재촉하네
세상사
모든 이치가
자연 속에 있는 것을

구름이 많던 하늘 바람에 맑게 개고
근심으로 멍든 가슴 웃음이 명약이네
인생도
이와 같은데
욕심낸들 무엇하리

가을 하늘

구름이 하도 고와 넋 놓고 바라보다
사슴도 발견하고 사자도 찾아내고
바람과 함께 즐겨보는 숨은그림찾기 놀이

볕 좋고 바람 좋아 일신이 호강한다
화사한 구름 꽃밭 끝 간 데 없는 하늘
은유隱喩를 간직한 채로 가을이 빼어나다

사소한 일상에서 행복을 느끼는 건
여리고 욕심 없는 민초의 마음인가
가을빛 어리광 부리듯 달려드는 즐거움

삼일절

계곡마다 밀려오는
연둣빛 저 함성들

아우내 장터에서
크고 작은 고을까지

들린다
만세소리가
봄이 오는 소리가

태산

말 대신 몸 부딪혀 제 자릴 지켜내는
눈물로 울지 않고 가슴으로 우는 사람
아버지,
태산 같은 그 말
눈시울을 붉힌다

두렵고 힘들어도 내색 없이 짊어진 짐
천만리 걷는 걸음 차가운 달빛 아래
혼자서
남몰래 우는
남자보다 강한 사람

김매희(金梅喜, Kim, Mae hee)

1952년 대구 칠성동 출생. 한국사회사업대학
교 중퇴. 《시조미학》 신인상 등단(2019). 성
산문학아카데미 동인지 3, 4집. 오늘의시조시
인회의, 한국시조시인협회 회원.

파도 치는 얼굴

김매희

은발 머리 고운 자태
한 세월 비켜갔나
건너온 지난한 시간
굽이굽이 돌아서
두고 온
색색의 보따리들
슬쩌거니 들쳐본다

—

「파도치는 얼굴」은 정중동의 보폭을 보여주면서, 겉으로 평온하고
무던한 얼굴을 하고 살아가는 노년의 인생이 그 심연에 감추고 있
는 회한과 미련, 애린과 연민 등의 다양한 정동情動의 출렁임을 절
묘하게 그려내고 있다. 그러면서도 절제와 압축을 통해서 "슬퍼하
되 비탄에 빠지지 말고, 즐거워도 도를 넘으면 안 된다"는 "애이불
비哀而不悲, 낙이불음樂而不淫"의 자세를 견지하고 있다.
「한 줄 글이 고프다」는 한 편의 작품을 향한 열망과 기다림의 안타
까움을 기대와 좌절의 심리적 메커니즘을 통해서 적절히 묘사하고
있다 영감의 원천인 뮤즈의 여신을 기다리는 초조와 불안, 기대와
설렘, 좌절과 실망이라는 심리의 극적인 변동이 당기고 미는 듯한
언어의 출렁임 속에서 살아나고 있다. 기괴하거나 화려하지 않으
면서도 깊이 숙성되고 발효된 포도주가 발할 수 있는 복욱한 향기
를 지닌 작품들이다.

— 황치복(문학평론가)

—

파도치는 얼굴

은발머리 고운 자태
한 세월 비켜갔나

건너온 지난한 시간
굽이굽이 돌아서

두고 온
색색의 보따리들
슬쩌거니 들쳐본다

까맣게 묻어둔 세월
얼룩덜룩 저려오며

거죽도 낯빛도
그만그만 하더니

얼굴에
탈바가지 쓴 듯
물결치며 일렁인다

한 줄 글이 고프다

찬바람 스며드는
가을 같은 여름 밤

어둠이 내린 하늘은
별 하나 보이지 않아

오기로
약속한 님은
길 못 찾아 헤매는가

어디선가 올 듯한 님
순간에 무너지고

이어지지 않는 실타래
마냥 끊어진다

올 듯이
오지도 않는
한 줄 글이 고프다

늦은 봄 소식

마른 가지 실눈 뜨며
연둣빛 소식 물든다

싱그런 젊은 날들
멀뚱히 지나치고

은발이
처연한 즈음
부끄러운 봄소식

휑하니 빈 가슴에
한 줄기 온기 스며들어

벙그런 잔치 마당
흥감해 하련마는

이건 또,
무슨 일인가
짓누르는 무게감

살아가는 셈법

만개한 자줏빛 목련
청초함을 넘어서

고혹하기 그지없는
여인의 농염한 자태

첫눈에
덥석 들어와
방망이질 해댄다

한 세월 피고 지고

거스를 자 누구인가

맺히고 풀어내는
아는 듯 모를 셈법

두어라,
인생 한마당
목련꽃이 일깨운다

작은 불씨

갈급증에 허덕이던
굶주린 새 한 마리

감로수 한 방울에
허기를 달래면서

길 잃고
헤매던 가슴
작은 불씨 지핀다

갈피갈피 묻어 둔
삶의 먼지 털어내고

설레인 마음으로
시조를 읊조리나

아직은
철 이른 땡감
떫은맛을 어찌하랴

철부지 채송화

햇살 바른 담장 밑에 철 늦은 채송화

시월의 찬바람에 애처롭게 앉아 있네

뭘 하며
늦장 부리다
때 늦어서 피었나

채송화 위에 살포시 내려앉은 단풍잎

서로를 보듬으며 이별을 준비하나

늦도록
철들지 못한
내 모습이 거기 있네

낙엽 연정

시린 햇살 받으며
낙엽 비 쏟아진다

다 못한 사랑이
서러워 목이 멘다

뜰에는
한 잎 두 잎 시가
떨어진다 내 삶이

달콤하던 황금빛 연정
활활 태워서라도

오늘이란 땅 위에서
살아 낼 시를 쓰고 싶다

무성한
말의 가지를
잘라내고 진한 향기를

멈춰도 좋을 시간

겨울을 재촉하는
가을비 내린다

비에 젖은 벤치 위로
낙엽 하나 내려앉아

길 떠날
채비하느라
두런대며 부산하다

살아온 날수만큼
희끗한 머리 올 세며

일생의 동반자와
황금빛 가을물 드는데

멈춰도
좋을 시간은
앞서가며 당긴다

어느 자화상

연희동 어느 길가 수상한 가게* 앞에
전봇대와 미루나무 뻘쭘하게 서 있다
전봇대 얼굴엔 파란 테이프 빼곡하게 너덜댄다

무슨 놈의 광고지 붙였다 뗐는지
흉물 맞은 몰골 보니 근질대며 소름 돋는다
못 본 척 방치한 이기심 너와 나의 자화상

* 수상한 가게: 가게 상호.

알싸한 기억

한겨울 빈 들녘 집들은 한가롭다

햇살 바른 양지 마을 그리움으로 안겨오며

저 멀리
높고 낮은 산
하얀 운무 휘감긴다

오빠 등에 업혀서 강 건너던 아이

누렁이 황소 무서워 돌아서 자지러진다

유년의
알싸한 기억
필름처럼 돌아간다

김명길(金明吉, Kim, Myung kil)

1945년 전북 남원 보절면 출생. 동아대학교 (법과), 한국교원대(국어교육), 경성대(국어국문학) 박사 수료. 《한맥》(2010) 등단. 『메밀꽃 피는 마을』(2005, 육일문화사). 시와늪 문학상(2013), 남원문화원향토문화대상(2016), 여강시가회 작가상(2019) 수상. 노령문학회장, 시와늪 고문, 오륙도시낭송문학회자문위원, 여강시가회 이사, 영호남문학회 이사.

김명길의 시는 역사적 사실에 근거를 두고 우리들이 잊지 말아야 할 것을 고풍스러운 시어(「만인의총」, 「만복사지」, 「경기전 와룡매」)로, 보룻고개 허기진 우리들 삶의 세계(「보룻고개」, 「아내의 칠순날」)을 보면 상당히 긴장감 있게 시상을 이끌어 나간다.
시인 시조작품들의 특징은 첫째 시조의 형식과 율격을 잘 지키면서 변화를 시도하였다. 둘째 설명이나 서술을 피하고 자기 나름의 표현기법을 구사하였다. 셋째 소재를 전통적인 데서 구했으면서도 현대감각에 맞게 시 문장을 전개하였다.

— 원용우(시조시인 · 한국교원대 명예교수)

만인의총萬人義塚*

그 옛날 보름달이 오늘처럼 밝았었네
햇곡식 차례상을 조상께 올린 날에
왜이倭夷와 목숨을 건 전투 혈풍혈우血風血雨 남원성

나라를 지키려는 관군과 민초들은
삼일 낮 삼일 밤을 죽기로 싸웠건만
삼오야三五夜 휘영청 밝은 달밤 피비린내 남원성

이리 떼 성을 유린 칼자루 휘두르며
성 안에 모든 사람 귀코를 베어가니
오호라 참으로 잔인한 강상지변綱常之變 남원성

삼종숙三從叔 삼종형제 온 가족 순국영령
목 잘린 시체들이 나뒹구는 참혹함이여
한 굿일 묻은 큰 무덤 만인의총萬人義塚 남원성

정유년 남원고을 호국영령 모셨으니
그날의 슬픔들을 되새긴 참배객들
이제는 편안히 잠드소서 만인 무덤 선열들

만복사지萬福寺址

옛날에 부처 계신 만복사 저포놀이
매월당 염불 속에 양생과 하씨 여인
생사生死를 넘나들었던 남녀간의 참사랑

비바람 모든 세파 눈물로 감추오고
인자한 둥근 얼굴 곡선의 옷자락 속
만복사 석조여래입상 부처님의 구도네

감로수병 들고 섰는 등 뒤의 음각여래
구도자 고행 승려 목마름 적셔주는
만복사 약사여래입상 부처님의 은혜네

정유년 왜구 행패 대웅전 불태웠네
외로운 탑신석은 오욕汚辱을 머금고
만복사 오층석탑은 부처님의 분신몸

곳곳에 널려 있는 대가람 옛터 속에
찬란한 민족문화 무참히 짓밟혔고
왜이倭夷의 잔학무도한 상흔傷痕 부처님의 눈물꽃

고향집

초가집 오순도순 정겨운 삶의 터전
진목정 집집마다 호롱불 환히 켜고
후덕한 고향의 정이 꽃피었던 그 옛날

어릴 적 높디높은 섬돌이 낮아졌고
온 가족 모두 떠나 홀로 된 고향집은
저 혼자 외로움 되새기며 빗물 줄기 스몄네

드넓은 마당 뜰엔 잡초가 무성하고
팽나무 뽕나무들 멋대로 자리잡고
뒷마당 머굿대군단 으스대며 자라네

설 추석 고향 찾던 칠 남매 오지 않네
웃음꽃 피어나던 그날이 그리워서
고향집 적막감에 쌓여 흐느끼는 고요함

신세한도

낙동강 흐른 물결 갈뻘밭 너른 들에
철 따라 찾아오는 뭇새들 날아든 곳
떼지어 날아오르는 철새들의 날갯짓

그들의 보금자리 휘돌아 감싼 찻길
깡마른 소나무들 짐차에 실려와서
한 줄로 나란히 심어진 가로수길 소나무

온갖 새 노랫소리 낙동강 갈바람과
오가는 차들마다 내뿜는 매연 머금고
고향산 그리움에 젖어 울고있는 소나무

강 줄기 아파트촌 새도시 들어서고
붐비는 차량홍수 숨막히는 강나루에
소나무 길목 따라 외로이 줄 서 있는 세한도

경기전 와룡매慶基殿臥龍梅*

태조어진 살아 숨 쉬는 곳
그 옛날 이바구 가득 담아 이고
조상 숨결 한 등짐 지고 달려오니
등골이 빠지는 듯 휘어진 허리춤에
한 줄기 매화망울 꽃봉오리 송골송골
질곡桎梏의 한 많은 세월 살아 꽃 핀 와룡매

꽃샘추위 고추바람 이겨 낸 매화꽃
파르르 떨며 함성을 외치다
고된 역사의 능선을 달려왔다고
경기전 온갖 풍상 한 몸에 끌어안아
등줄기 굽은 울 엄마 고매한 마음 담아
경기매慶基梅 화사한 눈웃음 꽃 와룡매

옥 같은 마음 가득 담아
성깃한 꽃송이 온몸 가득 이고 지고
노매老梅는 내 오매 닮은 와룡매 이어라
살바람 가득 안고 봄의 전령사 되어
매향梅香을 흠뻑 뿌리네 조선의 숨결을
꽃 여행 오가는 인파 속 다소곳한 와룡매

* 경기전와룡매: 전주 조선 태조어진과 조선실록이 있는 곳으로 와룡매
가 심어져 있음.

동지팥죽 2

하이얀 눈송이가 흩날린 동짓날에
초가집 지붕마다 소록소록 쌓이는 눈
처마 끝 나란히 줄지어 매어달린 고드름

절구통 절굿공이 쌀 찧는 소리 따라
쳇바퀴 흔들흔들 쌀가루 산이 되고
안반에 빙 둘러앉자 새알 빚은 육 남매

어머닌 가마솥에 장작불 활활 피워
펄펄 끓는 팥물 속에 새알심 넣으시면
두둥실 매화꽃잎처럼 피어오른 꽃송이

그 옛날 우리 남매 와자지껄 먹던 팥죽
내 아들도 오지 않는 고향집 적막강산
동짓날 칠순 내외 빚은 옹심이 끓여먹는 쓸쓸함

춘향제

청허부淸虛府 들어서니 광한루 너른 정원
공연장 관람관객 벌 떼 같은 인산인해
춘향전 판소리 한판 무대 울려 퍼진 소리판

흥부가興夫歌 무르익은 흥겨운 누각마루
소리꾼 창唱 소리에 잉어들 춤을 추고
어얼쑤 좋다 추임새 만발 한 몸 되는 소리판

광한전 오작교 밑 은하수 흐른 곳에
누백년 완월정玩月亭에 옛 선비 노닐거리고
춘향골 소리 펼친 곳 흥얼거린 소리판

광한 밖 거리공연 몰려든 사람물결
푯대든 단체마다 홍학들 춤을 추고
화사란 웃음꽃 활짝 핀 넓은 큰길 소리판

아내의 칠순 날

함박눈 소록소록 쌓였던 입춘대길立春大吉
홍군紅裙 치마 녹색 저고리 곱게 입고 시집온 날
시부모 신행 우귀례于歸禮 폐백대추 올렸네

푸르른 꿈을 안고 낯 설은 타관바치
한 칸 집 재피방에 신접살림 애옥살이
불타는 사랑열기 속에 녹아내린 행복꿈

삼 형제 알뜰살뜰 오롯이 길러내고
애간장 끌어안아 한살이 달려왔네
아내의 걸쌈스러운 살림살이 빛나네

참사랑 함초롬히 화들짝 꽃 피우고
다섯모 손자손녀 재롱꽃 흥겨웁네
칠순 날 가온들찬빛 활짝 꽃 핀 행복함

KIUC대학에 화들짝 핀 꽃송이

뜨거운 불볕 더위 유월의 마지막 날
훈풍을 가득 지고 달려간 KIUC대학
새 움튼 한글교육에 몰려드는 학생들

순수한 마음꽃을 간직한 눈망울들
가르친 세종의 뜻 솟구친 열기熱氣 속에
화들짝 꽃봉오리 피어난 생명의 꽃 배움꽃

이념의 푯대들은 사랑의 큰 바람에
하나 둘 꺾여지고 한글꽃 잉태하네
한국의 푸른 정기 심은 꽃 아름답게 꽃 피네

이민족 쏟은 정성 유목민 싱그러운 꽃
배움꽃 정성들여 가꾸는 그 마음 속
칠월의 키르키즈스탄에 이글거린 생명꽃

보릿고개

텃논에 자운영꽃 빨갛게 피었을 때
내 형은 가버렸다 돈 벌러 낯선 서울로
아버진 막걸리 사발을 들고 밤새도록 울었다

해마다 봄꽃들이 흐드러지게 피고지고
허기진 보릿고개 세 번이나 지나가도
내 형의 흔적들만은 찾을 길이 없었다

형님의 편지글은 수 년의 세월 뒤에
형수와 조카놈이 아버지께 전해주었다
타향의 보릿고개 넘기도 어려워 고향집 온 친조카

당신이 즐겨듣던 라디오 판 돈 몇 푼과
쌀 닷되 긁어 모아 형수 보냈지만 소식 없다
조카가 학교에 다니는데도 오지 않은 형 형수

김명호(金明鎬, Kim, Myung ho)

1938년 세종 금남면 출생. 성균관대 경영대학원 수료. 《시조문학》 천료(1998). 『솔밭에 얼굴 내민 달』(1998, 대한), 『묵정밭 이랑을 내어』(2000, 시조문학사), 『우물파기』(2000, 서울문학사), 『화산력』(2001, 시조문학사), 『김명호 시조전집』(2016, 조은). 한국문예진흥원 발간지원금(2000), 한국시조문학상(2009) 수상. 월하시조문학 회원.

—

폐물을 수집하여 끌고 가는 노인들은 흔히 볼 수 있지만 시인의 폐지 줍는 노인은 고물 손수레에 휘청거리며 끌려간다. 얼마나 짐이 많았으면 끌려가는 것처럼 보였을까도 싶지만 굳이 끌려간다고 표현한 이유가 무엇일까? … 무언가를 담았다가 소용이 다한 빈 박스도, 강인하던 그 물성이 붉은 생채기 뚝뚝 듣는 쇠붙이 조각에 지나지 않게 되어버린 고물들도 자신의 노후 대책 없이 처자식 건사하며 일선에서 보낸 중장년을 거쳐 무방비로 맞닥뜨린 지금 바로 노인 자신이다. … 어느새 허공에 발을 담근 부침하는 생에 대한 애잔한 마음을 담아 평이한 주제로 시작한 시조가 가지 하나 살짝 비튼 것만으로도 읽는 이들로 하여금 그 가지 위에 앉아서 사방을 둘러보게끔 하는 다시 읽고 싶은 시조다.

　　　　　— 고동우(시조시인 · 한국시조시인협회 중앙위원)

—

새우젓

새우젓 풍겨드는
콧등 시린
살냄새

젓 단지
머리 이고

종종걸음
시오리 길

일 년 내
보릿고개를

끌고 넘던
울 엄니.

청학동

지리산 골짜기서 세 소문이 들린다
끙끙대고 앓면서도 선뜻 못 나선 예禮가
몽양당 바위틈에서 물방울로 솟는다는.

옹달샘 거울에서 비롯한 물줄기가
조금씩 몸을 보태 큰 강을 이루더니
마침내 바다로 나가 중심으로 뜨겠네.

목욕탕 박사장의 서울 입성기

어둠이 몸을 사린 비 젖는 1번국도
심마니 꿈의 산은 내일이나 숨어 있지
흙에서 등을 본 뒤로 밤새 입을 맞춘 뒤.

서둘러 나선 길이 멀고도 두려워도
뾰족한 답은 없고 머리에서 쥐가 난다
저기가 관문이라니 물 한 모금 마시자.

산다는 건 갈피마다 등 시린 바람이다
변두리 시설 농의 지푸라기 하나 잡고
비 젖은 옷을 벗으니 훤히 날이 밝는다.

도토리의 말

우리 집은 하루 두 끼 저녁은 건너뛰고
고구마 한두 개로 긴 밤을 뒤척이다
못 먹어 크지 못한 나를 도토리라 놀렸다.

물 한 모금 마시고도 이빨을 쑤시듯이
등에 붙은 배를 안고 피눈물 삼키면서
이뤄낸 하루 세 끼 밥, 밥 한 톨이 새롭다.

달동네

영하의 달동네는 뒤가 천길 벼랑이다
바위를 뜯는 이들 손톱이 다 빠져서
전화를 걸어보지만 계속 통화 중이다

골목이 일어서면 소갈병이 도진다
내일을 방에 둔 채 자물쇠를 걸었는데
그만 좀 전화를 받아요 불이 타고 있어요.

노인

헌 박스 몇 개 하고
녹슨 쇠붙이 몇 점

그 위에 해를 싣고
손수레에 끌려가는,

주야로 부침하는 그
핏물이 든 발자국

흙

흙에는 어머니의 몸내가 있습니다
이순의 나이에도 그 내음을 못 잊고
그리워 고향에 가서 어머니에 취합니다.

곡예사

일상은
건너야할
보이지 않는 외줄 타기

방심이
몸을 풀면
가늠 못할 늪인데

당기고
미는 줄 위에서
안간힘을 쓰고 있다.

은행

어젯밤 바람 앞에
한시름 놨습니다

여름내 짓무르는
땀띠와 싸운 슬하

그냥은 차마 못 놓고
바람 핑계 댑니다.

이면도로

행상의 소금기에
절은 날이 들어가면

적대적 주차 시비
핏물이 튀는 자리

우리네
이면도로에는
여백이 없습니다.

김명호(金明鎬, Kim, Myoung ho)

1938년 서울 마포구 공덕동 출생. 진명여고 졸업(1958).《문학세계》시조(2009) 등단. 동인지『해오름』(2008) 외 다수. 수요문학회 동인. 한국문인협회 관악지부 감사, 종로지부 이사. 한국문인협회, 시조시인협회 회원.

민들레

김명호

행성을 품은 심장
천길 땅속 뿌리내려
몸하늘 천포길에
노란 별로 빛나더니
언어에
키향하듯이
미리내로
흘어지네

김명호 시인의 시조는 "눈 속에 피어나는 납매의 영롱한 웃음" 같은, "찬바람에 아랑곳 하지 않는" 고결한 시정신을 표출한다. 부신 햇살 마중하는 힘겨운 몸 가눔을 통해 "너와 나의 짧은 한 생"을 사유하게 하는「서리꽃」또한 같은 맥락의 시편이다. 시는 한 시인의 정신세계에서 피어난 한 송이 신비로운 꽃과 같은 것이기에 시인의 이러한 시정신은 매우 중요한 의미를 갖는다. "그날의/ 그 마음 품고/ 기다리고 서 있다"는「바위섬」시편에서도 꿋꿋이 한 길을 걸어가는 김 시인의 정신세계가 오롯하게 드러난다.

— 권갑하(시조시인 · 한국문인협회 부이사장)

납매臘梅

추위에 머뭇거린
섣달의 햇살 아래
흰 눈 속 앙다문 입
영롱한 웃음 물고
님 그려
청순한 얼이
오롯이
피어나네

에이듯 부는 바람
아랑곳하지 않고
노란빛 춤사위로
알큰한 향 날리며
가슴속
선구의 길을
내달려
피우는 봄

왔어요 봄이

춘분 맞이 뽀얀 햇살
몸에 감은 살구나무
한 마리 새 놀다 떠난
한들거린 그 가지에
어느새
꽃분홍 봄이
도톰도톰
앉았네요

산수유

산동성 처자가
지리산골 시집 왔다
산동마을 봄소식은
매화밭을 딛고 와
고샅에
'사랑의 돌담길'
봄볕 한결
화사하다

네 혈관에 도는 피는
저리도 샛노란가
허약한 목숨에게
한몫 되려 약속하고
꽃잎은
지난 상처 싣고
강 너머로
흩어진다

오월에

지나간 한세월이
저물도록 다가와서
아련한 그리움에
눈물이 그렁인다
울 엄니
사랑인 게야
하얗게 핀
찔레꽃

참나리꽃

내리쬐는 뙤약볕에
겨루려듯 타는 정이
콕콕 박힌 상처에
고운 추억 가득 고여
그리움
등에 업고서
다소곳
우주를 여네

고택에서

미세기* 연 하늘은
녹색의 물결이지
호로롱 새소리가
찻잔에 녹아들고
병풍 앞
찻상 차림새
정갈한 멋
배어나네

노소차 감도는 빛
함추름 휘적시고
두 모금 담은 가슴
맑은 향 차오르면
풍경도
다향 머금고
먼산 숲을
흔드네

* 미세기: 전통가옥 문의 일종.

바위섬

하늘을 우러르며
지금도 여기 있다
치닫는 물살로
목숨이 사위어도
그날의
그 마음 품고
기다리고 서있다

바닷새 날갯짓은
행여 임 소식일까
파도 따라 늘 젖어도
목마른 이름 하나
명치끝
붙안은 꽃잎
세월 앓이
바람 분다

가을 하늘은

가슴으로 밀려드네
바다 비친 쪽빛 여울
가없는 구만리 길
마냥 펼친 깊은 허공
억만년
흘러온 세월
고스란히
배어나네

오색빛 화려한 숲
영을 넘는 바람결에
한길씩 들어 올린
드맑은 하늘 보면
까마득
어릴 적 꿈이
별처럼
돋아나네

버드네유천

광교상성 솟구친 샘
팔달산을 거느리고
구비쳐 온 한 줄기 길
하늘빛 그 닮은 정
누운 풀
일으켜 세운
님의 혼
숨결 같다

화홍문 빗살 새로
곤두박질 치는 물살
버들잎 가득 물고
편액 위에 휘뿌린다
시공을
감싸 펼치는
저 푸른빛
치마폭

서리꽃

스멀스멀 뿜어오른
안개 짙은 강가에
더운 눈물 찬 바람에
눈꽃이고 싶은 숨결
나목을
부여 잡은 채
현란하게
피었네

순결한 그 자태
강물에 드리우고
부신 햇살 마중하는
몸가눔이 힘겨워라
단 한밤
육모서리꽃
너와 나의
짧은 한생

김명희(金明姬, Kim, Myeong hee)

1961년 경북 구미 무을면 출생. 경기대학교 대학
원(대체의학과) 박사 졸업(2021).《문학세계》신
인문학상(1999),《시조시학》신인작품상(2018), 〈
한국청소년신문〉신춘문예(2019) 등단. 시집『파
도, 파도를 그리다』(2018, 고요아침). 동시집『딸
가닥딸가닥』(2018, 청동거울). 자기계발서『희망
이 메아리 긍정 자존감』(2018, 북그루). 전민족시
조백일장 장원(2001), 전국오누이시조 장원(2003),
제천의병문학상(2015), 한민족문화예술대전 대상
(2018) 수상 외. '오늘' 시조동인, 한국시조시학회,
한국시조시인협회, 한국아동문학인협회, 한국동시문학회 회원 외.

김명희의 작품에는 어둑한 배경의 쓸쓸함이 있다. 저문 강가에서
시인은 "세상 어딘가 울지 않는 사람 있다면/ 저물녘 강물 닮은 그
런 사람 아닐까"라고 생각한다. 이런 이유는 그 저무는 강이 "불타
오르는 울음"을 속으로 삭이기 때문이다. 시인은 결국 내면으로 슬
픔을 견디는 자를 사랑하고 시인 자신도 스스로 그렇게 되기를 바
란다. 그래서 언제부턴가 슬픔을 표 내지 않고 "내 안의 아픔이 가
서 별 하나 건져"와 "버려진 빈 내에 앉아 물소리로 길을 묻"는 혼자
만의 내밀한 견딤을 친숙하게 펼쳐나간다. 이 배경들은 어둑하고
쓸쓸하지만, 갈대숲이 "푸르게 저를 벼르는" 아픔이 있어 그 견딤이
무료하지 않다. 어둠이 힘겹게 펄럭이지만 견딤의 너머에는 안온
한 평온이 있음을 시인은 알기 때문이다.

— 이지엽(시인 · 한국시조시인협회 이사장 · 경기대 교수)

저문 강가에서

마음 괜히 서걱대면 날 무딘 칼을 접고
푸르게 저를 벼르는 갈대숲에 가보아라
강물은
불어난 몸을
가까스로 뒤척일 뿐

쓰러졌다 일어서는 기다림에 지친 나루
내 안의 아픔이 가서 별 하나 건져 오면
버려진
빈 배에 앉아 물소리로 길을 묻지

그렇구나, 세상 어딘가 울지 않는 사람 있다면
저물녘 저 강물 닮은 그런 사람 아닐까
속으로
불타오르는
울음마저 삼키고

파도, 파도를 그리다

살얼음 저며 앓는 붉은 핏줄 움켜잡고
빈 새벽을 앞세워 먼 바다로 떠난 발걸음
푸르게 출렁거리는
목마른 길인지도 몰라

날마다 생의 사막화 적혈구처럼 떠돌다
길 잃은 별 하나 못 데려온 부르튼 입술
수평선 꺾어올렸다가 날숨으로 밀어 찬다

한때 내 것이었다? 나였다! 착각의 헛바닥
서로 엉킨 몸부림 덧나기 전 바로 세워
고요로 머물다 가는 파도의 맥박 따뜻하다

감자의 눈

베란다에 오래 묵은 비닐봉지를 풀었다
자잘한 감자 어린 눈 생명의 신비인가

숨 멎을
시간 속에서
애 많이 썼구나

맨땅 어딘가에 뿌리내릴 것이라고
상처 난 입술로 잡다한 말 거둬들일 뿐

어둠에
살이 파 먹혀도 저 꼿꼿한 마음 축

붉디붉은 눈물 풀어 푸른 줄기 뽑아 올릴 때
텁텁한 공기가 수없이 혀를 날름거려도

한 세상
뒤쪽에 서서
눈 크게 뜨는구나

운동화

살갗을 파고드는 칼날 같은 바람에도
왜 굳이 내버려진 먼 길 돌아가는지

그때는 알지 못했네
알고 싶지 않았네

잘못 든 발길마다 훈장처럼 새겨 넣은
찢긴 옆구리와 덕지덕지 끼인 비린내

그것이 그리움인 줄
차마 알지 못했네

팔 할은 눈물 젖은 삶의 터진 끈을 조가며

다시금 땀과 함께 풀꽃들을 깨우면
언제나 새벽 물소리
흘러가고 있었네

끈

나는 또 묶습니다 손 있어도 없는 당신
치매로 십일 년 병상에서 중풍 앓는
아버지 마른 몸 구석
기억 그만 산山이 되셨나

콧줄 좀 뽑아다오, 말 한마디 못한 채
베개 밑 울음 묻고 짓물러 붕대 두른
석상이 되어가는 몸
닿는 세상 어디인가

달빛이 잠들 때까지
발자국 시퍼렇고
간신히 굽이굽이 맨발 밟아 가야할 길
숨죽여 문안 온 바람 가부좌 틀었습니다

언 손

1
겨울, 내가 국물 끓여 가면
그 개는 매달리며 왜 이제 왔냐는 듯
그러나 목을 축일 수 없는 녀석 꼬리 흔든다

꽁꽁 언 밥그릇을 뒤엎을 수도 없고
녀석의 톱니 이빨 부숴버릴 수도 없고
제 이빨 물 것도 아닌데 나는 성큼 못 다가서고

2
팥죽도 싫다, 메밀묵도 못 먹겠다,
멀뚱히 창밖 바라보듯 바라만 보다가
결국은 코 속에 꽂은 호스로 연명하는 아버지

살기나 했냐는 듯, 살고 있기나 하냐는 듯,
묶여 있는 두 손이어서
말문 닫은 지 오래이어서,

꽁! 꽁! 꽁! 얼어버린 그릇은
봄이 와도 녹지 않는다

나무 한 그루

마른 풀잎들이 체머리 흔드는
언덕에 외로이 선 단풍나무 한 그루
하이얀 톱밥 같은 게 둥치를 둘러쌌다

무심히 톱밥 뭉치를 뒤적이는 막대기 끝
갈라 터진 나무껍질 틈새 바늘귀만 한 구멍
초겨울 찬바람 맞는 개미들이 놀란다

몸을 숨기려고 우르르 도망치는 개미
발로 밟아 죽이려다 멈칫, 하고 만다
무엇을 나눠주었나, 뜨거운 숨결 느껴보았나

개미집 한 채 내어준 나무를 올려다보니
못 부친 엽서같이 나뭇잎 몇 개 움켜쥐고
하늘을 흔들고 있다 퍼렇게 멍든 가슴

거미집

새로 난 교각 아래
거미 한 마리 집을 짓는다

나무도 못도 없이 하루 종일 허공을 닦아
잔잔한 바람이 와도 엎드려 절을 한다

빗나간 톱날 끝에
살점이 움푹 파여도

세월에 아문 상처는 덧나지 않는다며

삐딱한
창틀 사이로
달빛 한 줌 뿌린다

이만하면 대궐이지
이제는 포근히 잠들

이골 난 리듬마저도 잡지 못한 망치질 끝

시대의
난간에 세운
번지 없는 집 한 채

왕벚나무

산허리 깎아지른 바위틈에 가보세요
봄 햇살 들이마신 뚝심으로 버티다가
강물에 제 몸뚱어리 절반쯤은 담그고

산허리 깎아지른 바위틈에 가보세요
눈빛만 마주쳐도 까르륵 피는 꽃잎
물소리 흉내 내는가 결 고운 춤사위

깊게 팬 가슴팍에 시멘트 덧바른 채
딱따구리 집 한 채 버젓이 올려놓고
일어날 기색 없어도 새떼들을 앉히는

민들레

주린 배 움켜쥐고 거리를 헤매다가
막다른 골목길에 젖은 등짐 부려놓고
얼룩진 옷소매 짖어 둥지 트는 너의 거처

예고 없는 비바람이 온몸을 강타하던 날
군홧발에 쓰러진 가슴앓이 홀홀 털고
허공에 시를 쓰누나, 이름 끝내 밝힐 수 없는

식민지 모국어처럼 상처뿐인 가슴 안고
부스스 일어나서 등불 다시 내다 거는
그 얇은 적삼 자락에 감추어 둔 초승달

김몽선(金夢船, Kim, Mong sun)

1940.~2013. 경북 울릉 출생. 시조시인, 아동문학가. 대구사범학교, 한국방송통신대학(초등교육과) 졸업. 제21회《월간문학》신인상(1977) 등단. 5인 공동 시집『새순은 자라 푸른 잎이 되고』(1982), 시조집『한지·냉이꽃 그 하얀 이마』(1986, 중문),『쓸쓸해지는 연습』(1996, 대일),『울 없이 사는 바람』(2001, 북랜드), 덧칠(2008, 학이사). 평론집『여백과 공감의 시학』(2001, 만인사). 유고시집『먼 소식』(2014, 학이사), 유고산문집『기다림의 미학』(2014, 학이사). 영신교육재단 공로상, 경북교위 교육감 지도교사상, 대구시교육감 표창장 수상 외. '문학경부선', '낙강', '크낙새', '미래시' 등 동인.

—

호롱불

죄어오는 퀭한 적막 밀어내며 밀어내며
내사마 우알끼고 타는 속을 우알끼고
문풍지 바람도 떠는 내 한생은 절인 심지.

이슬 젖은 싸리 울을 자정 멀리 떠보내고
와 이레 허기지노 무섭도록 까만 하늘
멍울도 후미진 가슴 쥐어짜서 홰를 친다.

허벅지로 삼아 내는 이 겨레 매운 넋은
핏물 자아 올린 천장 소지燒紙로 서성이다
잃은 땅 바람막이에 먼동으로 와 앉는다.

가을 오후

처마 끝 거미줄에 이우는 저 은빛 잔양殘陽
오동 적막한 잎에 하늘이 떨어지면
잠잠히 자국紫菊 한 송이 다스리는 텅 빈 추명秋明

세월이 놓고 떠난 꽃대 위의 한 자락 가을
씨앗처럼 받쳐 들면 돌아오는 먼 강물이
저무는 산그늘 위에 고향 하나 두고 간다.

애증도 거두고 간 허전한 여울가에
고이 접어 띄운 배의 그림자를 바라보는
사유도 물밑에 젖어 눈을 감고 지고 있다.

열차를 타고

특급 열차 반나절에 한 십 년을 돌아가면
차창에 넘쳐나는 산빛 어린 초가 마을
할머니 흰 머리카락이 얼려 더욱 다사롭고

백양 숲 아득한 강변 기적 싣고 뜨는 구름
살같이 스쳐가는 한 폭 세월 마주 잡고
복사꽃 환한 조춘이 초침만큼 가쁘다.

지나는 정거장 하며 몸짓 또한 멀고 먼 날
헐려버린 한 세대가 소매 끝에 설레더니
어느 날 홀연히 내린 시그널은 말이 없다.

한지 7
— 작별

눈을 앓혀 무거운 마루 속눈썹 깊은 놀도
한 타래 할매 가슴 웅어리로 싸서 들면
땅거미 천 근 무게가 여닫이에 실렸다.

이불자락 시린 밤이 달빛 언 꿈을 헐고
삿자리 등을 돌려 베갯잇에 목이 메면
앞 냇가 흐르는 별리 벼랑 끝에 숨이 멎고.

막막한 설원 위에 산까치 피울음이
홍매화 꽃잎 되어 언약으로 나부끼다
탄炭 내는 고향에 풀려 남창 성에로 앉았다.

한지 14
— 어머니

어머님 친정길은 등잔불이 하도 고와
입던 옷 걸린 봉창 날이 서는 눈매 속에
오마던 하루 햇살은 천리 길을 긷고 있다.

오릿고개 뽀오얀 길을 등에 지고 오신 석양
반가운 치맛자락에 묻어 든 생 바람이
버선코 먼지를 떨고 외가 소식 퍼든다

할아버지 흰 수염은 장죽 끝 파란 기침
찐쌀 한 입 찡한 코끝에 살내음이 묻어나면
온누리 덮고도 남을 울 어머니 앞섶 자락

눈 오는 날

하오의 메마른 땅 흙빛 숨결로 접어내고
저만치 벗어던진 시절 위에 포도 위에
까맣게 무너져 내리는 은빛 내 고향 하늘

가랑잎 하나에도 이 저승 언약이 남아
하얀 밤 봉창에다 먼 귀라도 세워보면
눈발도 나이 드는가 자욱 따라 꿈이 괸다.

산사에서

하늘도 내려 앉아 탑 위에 등을 단다
동백 머언 파도 소리 독경 속에 풀려나면
이 속세 아득한 숨결 향이 피어오른다.

눈 감아도 떠오르는 세월 닦는 내 염주알
파닥이는 한금 명줄 언 눈 속에 결을 갈면
산문에 댓잎 흔드는 소리 청솔 숲에 지는 놀

둑을 거닐며

어둠이 꽃잎처럼 교각 아래 지고 있다
동티난 시간만큼 깜박이던 낡은 목숨
이 밤엔 야윈 둑길도 몸이 이는 어린 사유思惟

달불로 넘치던 강물 탱자 숲에 출렁이다
깊숙한 세월 속을 힘줄로나 이어내면
냉이꽃 하이얀 이마에 철이 드는 금호강물

홍수로 무너져 간 뒤안길 인부들이
빙그르르 돌아 닳은 조약돌로 씻기다가
먼 불빛 은은한 폐허 돌담 위에 나를 본다.

나들이

책갈피에 끼어 마른 파도 위를 떠서 오는
식솔들의 산生 바다야 짜장 한참 머언 이국
오늘은 설레는 차창 갯바람에 젖고 있다.

태종대 바다 바위 저리 좋은 하루 해를
솔 숲에 함성으로 걸어도 놓았다가
쪽빛 물 남해를 들어 손아귀에 채워도 보고

이빨 하얀 물살이 와 나이만큼씩 정도 주고
낯선 바람 한 자락이 이마 훤히 핥고 나면
미역내 젓내를 헹궈 하마 커진 저 아이들

서귀포

서귀포 초록 바다는 한 세대를 밝혀든다
금빛 낙조 속에 자취 잃은 물새가 울고
긴 머리 우수의 여인 칠십 리 맨발을 걷고 있다.

서귀포 밤거리를 달과 함께 걸어가면
흰 카라 까만 교복 웃음 피던 볼우물에
뱃고동 애절한 여운이 물무늬를 그리고 있다.

김미경(金美京, Kim, Mi kyeong)

1966년 충북 충주 출생. 경북전문대학교(간호학과).《시조문학》신인상(2013) 등단. 한국시조문학상(2018) 수상. 충주시조, 한국시조문학, 시조문학 회원.

—

김미경 님은 시적 대상을 바라보는 눈이 예사롭지 않을 뿐만 아니라 그 비유의 솜씨 또한 두드러진다. 사물의 이미지를 그만의 개성적 빛깔로 형상화 하고 있는 것이다. 순수 고유어만의 고운 시어를 적재적소에 배치하여 격조를 살리고 있으며 전반적으로 화자의 그윽한 품격이 함축된 가편이다.

— 김준(시조시인 · 서울여대 명예교수)

—

소꿉친구

찻물을 올려논다 딱 두 잔 채울 만큼
어여쁜 진달래꽃 한 줄기 손에 들고
마음은 삽작거리를 서성이며 설렌다

달콤한 기다림이 어물쩍 식어가고
찻물은 덜컹덜컹 한숨을 토해낸다
나만큼 속이 탔더냐 쉬 오잖는 그리움

졸아든 주전자는 또다시 채워지고
춘삼월 꽃바람에 벙그는 매화처럼
고소한 팝콘 이야기 튀겨댄다 둘이서.

산수국

깊은 산 언덕 아래 햇살은 돌아와서
흐르는 물길 따라 고즈넉이 반짝인다.
저토록 뛰는 가슴을 주체할 수 있을까

슬며시 빗장 열어 발자국 귀에 걸고
볼우물 살짝 담은 설익은 몸짓으로
꽃나비 보랏빛 날개 춤추듯이 펼친다.

바느질

허물어진 벽 위로 담쟁이는 오른다
한 뼘씩 조심스레 눈대중 가늠하여
세월에 찢어진 상처 한 올 한 올 꿰매며.

꽃샘추위

곳곳에 서려 있는 나른한 춘곤증이
차가운 회초리에 화들짝 깨어난다
매웠던 어머니 속정 이제서야 알겠네.

연륜

흐려진 두 눈으로 천리를 내다보고
어두운 귀동냥에 꿰뚫는 세상만사
글 한 줄 읽지 못해도 백과사전 읊는다.

김미정(金美貞, Kim, Mi jung)

1961년 경북 영천 문외동 출생. 효성여자대학교(국어국문학과) 졸업(1984). 〈동아일보〉 신춘문예(2004) 등단. 시조집 『고요한 둘레』(2011, 동학사), 『더듬이를 세우다』(2016, 목언예원), 『결』(2017, 고요아침). 이영도 문학상 신인상(2011), 대구문학상 올해의 작품상(2017) 수상. 《시조미학》 편집국장 역임. 대구문인협회시조분과 위원장, 대구시조시인협회 부회장.

목련

네가 오고 간 사이
잠깐 나눈 인사일등

그대가 허락해준
이 봄의 절정에서

희지는 무수한 간단수
어루르는 흰 그늘

—

호모 비아토르Homo viator, 그런 여행자로서 인간—시인은 길이 곧 집이다. 그 집이라는 길은 결국 가고 오는 것이다. 그 길은 내가 만들어 가야할 길, 내가 잃어버린 길이다. 다시는 돌아갈 수 없는 길, 꿈길, 바닷길, 꽃길이다. 그 길이 끝나는 곳, 즉 길의 숨은 뜻은 어스름이다. 저녁놀이다. 김미정 시의 묘처는 밝은 어둠으로서 흰 그늘, 그리고 운행運行에 있다. 가고 오는 길 위에 꽃은 저 홀로 피고 진다. 시인은 더 깊이 빠져드는 자 혹은 아방가르드처럼 길을 먼저 여는—열어 보이는 자다. 그 닫힌 열림의 세계에서 몸(등)의 기울기가 느껴진다. 길을 떠나는 자는 물때를 기억한다. 물의 뼈를 안다. 그리고 그는 언제 어디서나 머무를 태세를 갖추고 있다. 그는 곁의 공간과 안內의 심리에 누구보다 익숙해 있다.

— 김상환(시인 · 문학평론가)

—

집과 마당

마당이 사라지고 집은 텅 비었다

모이고 흩어지던 이야기, 그늘조차

숨기려
들추려 해도
기억처럼 지워졌다

휑한 마음 귀퉁이 마당이 들어섰다

아무렇게나 세워도 중심으로 통하는

공간을
넓혀 갈수록
마음 가득 부푼다

채석강 백서

우리가 키로 서서 바라만 보려할 때
바다는 모로 누워 말씀에 가 닿으려
겹겹이 무늬를 밀어 들어 올린 채석강

해 저무는 외변산 첩첩 쌓인 물결 언덕
풍경이 풍경 속으로 스며드는 그 자리
흐르던 시간이 멈춰 돌아보고 돌아보는

바람은 예까지 와 필사를 도왔으리라
바다가 너른 만큼 다 받아 적었으리라
층층이 깊이를 더해 증거물로 놓인 책

왕피천, 가을

돌아오는 길은 되레 멀고도 낯설었다
북위 삼십칠도, 이정표 하나 없고
피멍든 망막 너머로 구절초 곱게 지는데

귀 익은 사투리에 팔다리가 풀리면
단풍보다 곱게 와서 산통이 기다리고
한 세상 헤매던 꿈이 붉게붉게 고였다

숨겨 온 아픔들은 뜯겨나간 은빛 비늘
먼 바다를 풀어서 목숨마저 풀어서
물살을 차고 오르는 연어들의 옥쇄玉碎 행렬

건듯 부는 바람에도 산 하나가 사라지듯
끝없이 저를 비우는 강물과 가을 사이
달빛에 길 하나 건져 온몸으로 감는다

제부도 가는 길

여태 자르지 못한
탯줄 끌어안고

하루 두 번 다녀가신
어머니, 맨발 자국

날마다 한 몸인 것을
속을 열어 보인다

묵묵히 되짚어와
파도를 잠재우고

물때를 기억하는
처녀지, 달의 중력

더 깊이 빠져드는 곳
길을 열어 보인다

등

속에 것 다 덜어내고 기우는 무게 중심
못 갖춘 마디마디 속살에 바람 인다
가쁜 숨 내려놓으며 물고 가는 땅거미

가파른 직립에는 기댈 수 없는 그림자
그 높이 내려앉으며 포물선을 그릴 때
어머니, 지고 오신 풍경 저녁놀에 부린다.

무섬의 여자

누구나 무섬에 와선 물 위를 걷는다

종소리 날개 위로 금빛 노을이 질 때

물에도 뼈가 있을까, 외나무다리 저 그늘

누구나 무섬에서는 은빛으로 물든다

두 눈이 부시도록 소리 없이 빛나는

그 여자, 눈물 속의 길을 두근두근 걷는다

세 마디

숨은 뜻은 모르는데 말은 늘 아끼시던
어, 하고 전화 받고
그래, 한번 끄덕이고
끊어라, 하며 휘갑치는
굵고 짧은
세 마디

지상의 오랜 시간 아버지가 남기신 말
기억은 울림이 되어
행간을 넓혀가네
속귀에 녹아내리는
무뚝뚝한
세 마디

곁

그예 닿으려면
내처 허물어야 하나요

꽃이 피고 지는 일
그대 오고 가는 길

그 어귀 지키고 서서
홀로 저물어야 하나요

탁발

넓고
아득한 거리
헛디딘
날갯죽지

곁눈질한
모이들
빈속에
흩어지고

거꾸로
부리를 박아
발목 세워
건너는,

징검다리

흔들고 간 자리마다
드문드문 젖는 때

남기고 간 자취가
저리 떠는 거라고

지나는
강바람 돌아와
슬쩍 일러 주었네

틀어진 마음자리
흐르며 지워지고

거두고 남은 자리
행여 가누지 못한 대도

묻어둔
가슴 밑으로
다시 놓일 발자국

김미형(金美兄, Kim, Mi hyung)

1972년 경남 마산 출생. 마산대학교(간호학과), 한국방송통신대(행정학과) 졸업. 《화중련》신인작품상(2018), 《시조시학》신인작품상(2019, 겨울호) 등단.

지 우 개

　　　　　　　　　　　김미형

닦으면 닦을수록 줄어드는 삶의 무게

이 한 몸 무지러져 환해질 수 있다면

메마른 사초 속에 한 떨기 매화같이

기를 막고 눈을 감고 입 닫은들

—

김미형 씨는 우리 일상에서 쉽게 접할수 있는 소재들을 시로 육화시켜 노래했다. 그러한 시적 결과물로 작품 「고장 난 세탁기」를 들춰보면 수명이 다한 세탁기의 이름을 나직이 부른다. 다용도실에서 가족의 삶과 점철된 이야기들이 작품 속에 잘 녹여내고 있다. "주름진 내 일상을 빼곡하게 주워들고"와 "라일락 마지막 향기 품에 안고 가는구나"에서 보듯, 세월의 흔적을 간직한 상처 난 세탁기의 존재를 마음결 따라 아름답게 승화시켜 놓았다.

　　　　　　— 《시조시학》심사위원: 김연동, 이지엽, 박현덕, 황치복

김미형 씨의 「접을 붙이다」는 아픔을 치유의 미학을 형상화 하고 있다. 단단한 구성력과 유연하고 자유스러운 심상을 보여준다.

　　　　　　　　　　　　　　　— 《화중련》심사평

—

덜컹거리는 오후

사무실 집기까지 헐값에 넘긴 오후
허전한 마음으로 퇴로를 찾고 있다
패잔의 마이너스 통장
짐칸에 가득 싣고,

왈츠의 선율 같은 차창 밖 은행잎이
아내의 얼굴이듯 얼비치며 떨어지는
방지 턱 덜컹거리며
생의 고비 넘어 간다

고생도 약이 되는 젊음이 무기라지만
넝마 같은 저 가슴을 그 누가 위로할까
활황이 기지개 펴는
계절을 기다린다

관음송*

안개 낀 청령포를 수호령되어 지켜 섰다
한 왕조 서슬 앞에 초라한 낙엽 되어
소슬히 날리어가던 그 길임을 일러 준다

한겨울 골바람에도 그리움을 실었으리
빛바랜 청사의 속장 처연히 스러져간
무수히 남은 이야기 서강은 말이 없다

역사의 소용돌이 돌고 또 돈다 해도
'모든 걸 알고 있다' 머리를 끄덕이며
관음송 그날의 비사 오늘이듯 들려준다

* 관음송: 천연기념물 349호, 유배된 단종의 생활상을 보고 들었다 하여 붙여진 이름.

내 마음의 연

비탈진 언덕 넘어 바람을 쫓아가는
아이의 손끝 따라 풀었다 당겼다가
풀 먹인 팽팽한 연줄 살아서 꿈틀 댄다

내 유년 조잘조잘 따라나선 언덕배기
더 높이 날고 싶다 몸짓하는 연이 되어
어느새 중년을 나는 한 마리 새가 되었다

무뎌진 머리 위에 더께처럼 내려앉은
빗나간 삶의 그림,
금이 간 바람까지
푸른 꿈 연실에 올려 다시 한번 날거라

지우개

닦으면 닦을수록 줄어드는 삶의 무게

이 한 몸 무지러져 환해질 수 있다면

메마른 사초 속에 핀 한 떨기 매화같이

귀를 막고 눈을 감고 입 닫은들 덮어질까

새겨진 눌린 자국 까맣게 묻어난 비밀

지워라!

감추고 싶은 왜곡된 행간까지

서운암

경찰이 되겠다는 손녀딸 꿈을 위해
부처님 수인 아래 합장하는 저 어머니
조팝꽃 그윽한 오월 새벽길 나섰으리

가슴속 응어리진 깊어가는 내리사랑
연등 끝 소망들이 들꽃처럼 피는 시간
깨지고 얼룩진 몸이 바람을 지켜 섰다

그늘진 어머니들 굽은 허릴 더 굽히고
꽃 피울 대궁이라도 행여 꺾여 버릴까 봐
서운암 장독대 가득 염원들로 반짝인다

접을 붙이다

단숨에 베인 상처 아리고 또 아려도
어색한 뽀얀 속살 품으며 다독이며
마침내 속엣말처럼 새순으로 기쁨 주네

수형을 잡느라고 철사 줄로 동여매도
빛나는 꽃 피우고 열매 맺는 시간인데
어느새 미완의 가을 마른 잎만 달고 있다

매달린 한 잎마저 떨어질까 위태로워
오롯한 집념으로 불면의 밤은 깊어
언제쯤 찬란한 아침 새순으로 피어날까

빈 의자

재미 삼아 시작한 텃밭 농사 커지더니
부모님 발자국 소리 정성 먹고 자라 설까
늦가을 잘 말린 고추 때깔부터 남다르다

방문 열면 "형아 왔나" 반길 것만 같은데
병상서도 가뭄 걱정에 애태우던 고운 유산遺産
올해도 염치도 없이 받아 들고 돌아오는 길

겨울로 건너가는 수확 끝난 마른 땅이
고단했던 아버지처럼 창밖에 흔들리고
텃밭 속 낡은 빈 의자 덩그러니 놓여있다

낮달

도심 속 크레인 끝 갈 길 잃은 어린 달이
반쪽이 더 반쪽 되어 창백해진 얼굴로
구름이 보호색 되어 숨 고르고 있구나

내세울 것 없는 학벌 전쟁터 속 맨발 같고
가난한 이력 몇 줄 헐벗은 듯 초라한들
오란 곳 하나 없어도 두드리고 두드린다

쓴 커피로 잠을 쫓고 마른 빵 달게 삼켜도
구석구석 비추는 고운 빛 달빛 되길
숨 가쁜 고시원 쪽방 기도하는 청춘 있다

고장 난 세탁기

시간의 무게에 눌려 더 버틸 수 없었다
회생불가 판정으로 새 세탁기 들어온 날
트럭 위 담담히 앉아 햇볕을 쬐고 있다

어두운 다용도실 수만 번 돌고 돌며
바쁜 손길 대신했을 묵언의 수행자는
얼룩만 거두어 가던 지난 시간 되새기나

주름진 내 일상을 빼곡하게 주워 들고
후회 없는 삶이라며 애써 눈 감은 듯이,
라일락 마지막 향기 품에 안고 가는구나

비상의 꿈

낡은 내 사유의 그물 성글고도 가난했네
따뜻한 은유 속에 지난한 시간 흘러
이제는 두려워 말고 알을 깨고 오려무나

비바람 맞아가며 헤매던 길섶에서
고뇌는 뼈마디 사이 안개처럼 밀려오고
숨 멎듯 가까워지는 새 숲을 그려 내리

노란 부리 모이 달라던 아기 새 날아올라
중력을 거스르며 비상을 꿈꾼 새벽
소중한 나의 분신아,
알을 깨고 오려무나

김민서(金玟抒, Kim, Min Seo)
1961년 부산 동구 초량동 출생. 경기대학교 박
사 졸업(2015).《시조시학》(2011, 봄호) 등단.

오늘의 스팸

날마다 네 글귀가 컴퓨터로 전해져도
잠보다 먼저 깬 삭제된 휴지통엔
지친 몸 세상 하나가 클릭 속에 숨어있다

늦은 밤 현관문 여닫는 순간에도
사무실 귀퉁이를 옆구리에 끼고 와서
새벽을 먼저 열어도 찾기 힘든 아비란 이름

일상

어제도 한 채 벗고 오늘도 한 몸 벗은
빨래통 속 구겨진 거리의 땀들이
세제를 뒤집어쓰고 껍데기로 돌고 있다

내일이면 또다시 벗어던질 각질들
허공의 쳇바퀴는 쉼 없이 돌아가고
오늘도 지워진 이름 그렇게 가고 있다

가시버시

늦은 귀가 몇 달째
꼬리 무는 의심병

잠근 장치 슬쩍 풀어
증거들을 더듬는데

아뿔싸
일상의 땀 냄새
기절한 채 누워있네

누가 피의자고
누가 가해자인지

일상은 말이 없고
쳇바퀴는 오늘도 돌고

이제는
가장의 무게
보폭 맞춰 나눠야지

삶의 방식

고대의 상형문자
제황처럼 말을 건다

시원의 언어로
못다 새긴 이야기를

이모지*
스마트폰액정에
전할 말 있다는 듯

웹 환경 빠른 속도
진화한 회문자繪文字

수천 년 살아서
지구촌 네트워크

기뻐서 흘리는 눈물
컴퓨터가 최적의 집

* 이모지: 일본어로 그림을 뜻하는 에繪와 문자를 뜻하는 모지文字의 합
성어. 그림문자.

내비게이션

야무진
목소리에
군말 않고
핸들 작동

"목적지 부근입니다."
그곳에서 여러 바퀴

순전히
복종한 그 죄,
¥ ₷ 우 £
부글부글

김민정(金珉廷, Kim, Min jung)

1959년 강원 삼척 출생. 성균관대학교(국어국문학과), 성균관대 교육학 석사(국어교육), 성균관대 문학박사(현대문학). 《시조문학》(1985) 등단. 시조집 『누가, 앉아 있다』(2017, 고요아침), 『바다열차』(2016, 책만드는집) 외. 논문집 『현대시조의 고향성』(2007, 한국학술정보). 한국문인협회 작가상(2017), 시조시학상(2017), 선사문학상(2017), 김기림문학상(2017), 나래시조문학상(2007) 수상. 한국문인협회, 국제펜한국본부, 한국시조시인협회, 한국여성시조문학회, 나래시조시협 회원. 한국문인협회 시조분과 회장.

여 인

김민정

흔들지 마 흔들지 마
가지 끝에 앉은 고독

와르르 무너져서
네게로 쏟아질라

절정이 트르는 불빛
불빛 들고 흐르는 강

「바다열차」에서 그녀는 단수 형식 안에 가지런히 배열된 언어를 통해 자신만의 '순간의 미학'을 매우 인상적으로 드러내고 있다. 그렇게 김민정 시인은 운율 자체를 무화하고 산문을 지향해가는 우리 시대에 맞서 가장 함축적이고 음악적인 운율을 구현하고 있는 단수 미학의 정점을 보여주고 있다.

— 유성호(문학평론가 · 한양대 교수)

「백악기 붉은 기침」에는 현대시조가 오늘날 우리 시대의 표현욕구와 사회적 도전에 대해서 충분히 웅전할 수 있는 문학적 양식이라는 사실을 웅변해주는 하나의 증거로 제시할 만한 작품들이 내재해 있다.

— 황치복(문학평론가)

예송리 해변에서

돌 구르는 밤의 저쪽
퍼덕이는 검은 비늘

등솔기며 머릿결에
청청히 내린 별빛

저마다 아픈 보석으로
이 한 밤을 대낀다

낙지회 한 접시에
먼 바다가 살아오고

맥주 한 잔이면
적막도 넘치느니

물새는 벼랑에 자고
어화등漁火燈이 떨고 있다

당신의 말씀 이후

살이 붙고 피가 돌아

삭망의 별빛 속에
드러나는 능선이며

때로는 샛별 하나쯤
띄울 줄도 아는 바다

가슴속을 두드리며
깨어나는 말씀들이

맷돌에 갈린 듯이
내 사랑에 앙금지면

바다도 고운 사랑 앞에
설레이며 누웠다

심포리 기찻길

기찻길 아스라이
한 굽이씩 돌 때마다

아카시아 꽃내음이
그날처럼 향기롭다

아버지
뒷모습 같은
휘굽어진 고향 철길

돌이끼 곱게 갈아
손톱 끝에 물들이고

새로 깔린 자갈밭을
좋아라, 뛰어가면

지금도
내 이름 부르며
아버지가 서 계실까

부표를 읽다

바다와 첫 상견례 후 거처를 옮겼는지
물결의 갈기 속을 제 집처럼 드나들며
등줄기 꼿꼿이 세워 숨비소리 뻗는다

낡고 헌 망사리만큼 한 생도 기우뚱한
햇살 잘게 부서지는 물속을 텃밭 삼아
수평선 그쯤에 걸린 이마를 씻는 나날

손아귀에 움켜쥔 게 목숨 같은 것이어서
노을도 한 번씩은 붉디붉게 울어줄 때
등 푸른 고등어같이 잠녀들이 떠 있다

죽서루 편지

연두빛 발을 담근 오십천은 더 푸르고
바위도 앉은 채로 놓여 있는 누각에는
한 천년 받쳐 든 시간 망울망울 부푼다

양지귀 물들이는 산수유 눈을 뜨고
첫 마음 못다 한 말 홍매화 옅은 기침
파릇한 햇살 속에서 숨바꼭질 한창이다

돌을 쪓어 구멍 내며 소원을 빌었다던
옛사람 그 손길이 뜰에 아직 남았는데
절반은 눈물꽃 맺혀 그렁그렁 피어있다

하늘 향해 돛을 단 관동별곡 가사 터엔
송강의 푸른 노래 봄볕 속에 새순 돋고
오십천 아침을 연다 햇살무늬 반짝인다

누가, 앉아 있다

돌밭에서 내가 만난 몽돌 속 저 한 사람
고단한 삶 언저리 휴식을 취한 사람
우리들
어머니처럼
아니, 나의 어머니가

깨어지고 엎어지고 상처에 얹힌 딱지
아프고 가려웠을 시간을 견뎌가며
진동과
파장을 건너
닿은 꿈이 있었을까

손발을 쉬지 않고 바쁘게 달려왔을
장터 어디 쪽의자에 한 생을 내려놓고
뭐라고
말문을 뗄 듯
머뭇대고 있는 사람

모래울음을 찾아

돈황 명사산鳴沙山에 모여 사는 바람 있다

잔양殘陽이 능선 위로 저미듯 스며들 때

발자국 남기지 않는 길목을 따라간다

아랫녘은 푹푹 빠져 발목이 다 잠겨도

바람들이 다져놓은 언덕으로 오를수록

단단한 울음의 뼈가 문양으로 드러난다

마음 한 장

펼치면
온 우주를
다 덮고도 남지요

오므리면
손바닥보다
작은 것이 되지요

마음과
마음 사이에서
웃고 울며 살지요

여인

흔들지 마
흔들지 마
가지 끝에 앉은 고독

와르르
무너져서
네게로 쏟아질라

점점이
흐르는 불빛
불빛 묻고 흐르는 강

홍매

달빛 한 사발을
누가 건져 올리는가

차르르르
물소리가
봄밤을 다 적신다

짧아도
너무 짧았던
그 밤에 스친,
눈빛

들었다

물소리를 읽겠다고
물가에 앉았다가

물소리를 쓰겠다고
절벽 아래 귀를 열고

사무쳐 와글거리는
내 소리만 들었다

김민지(金珉志, Kim, Min ji)

1960년 1월 10일 경남 고성 고성읍 출생. 고
성여고, 창신대학교(문예창작과) 졸업. 《시
조문학》(2009) 등단. 시조집 『타임머신』
(2018, 창연). 제20회 올해의 시조문학 작품상
(2018), 경남문학 우수작품집상(2019) 수상.
한국문인협회, 한국시조시인협회, 경남시조,
경남문인협회, 고성문인협회 회원. 소가야시조문학회 회장.

밭고랑

김민지

한 생을 펼친 듯 굽이진 고랑사이
사계절 희로애락이 묵묵히 스쳐가고
결실의 대서사시는 흔적만을 남겨둔네

—

김민지는 10여 년의 시력을 지닌 시인이다. 그러나 나에게는 생소
한 시인이다. 얼굴로는 구면이지만 작품을 본 것은 처음이다. 이 말
은 나의 게으름을 얘기하는 것이기도 하고 조심스럽게 살아가는
그의 문단 활동방식을 얘기하는 것이기도 하지만 그래서 훨씬 객
관적으로 볼 수 있다는 뜻이기도 하다. 우선 내가 발견한 이 시인의
시적 미덕은 세 가지다. 첫째 자유스럽고 자연스럽다. 여러 가지 소
재에 다 관심을 가지 있고 자기 방식대로 자연스럽게 시조를 쓴다.
두 번째로 길들지 않은 작품의 싱싱함이 있다. 제목을 다는 것, 감
정을 표현하는 방법 등이 기성 시인들과 많이 다르다. 이런 그의 개
성이 긍정적으로 깊어져 간다면 좋겠다는 생각을 해본다. 세 번째
로는 삶의 지혜가 잘 스며 있다. 이 경우 인생의 연륜이 가져다준
선물일 것이다. 김 시인의 이러한 장점들이 빛을 발한다면 그는 우
리 시단의 한 개성으로 자리하리라 믿는다.

— 이우걸(시조시인 · 우포시조문학관장)

—

말의 옹이

한마디 뱉은 말이 가시처럼 박혀서
생살을 파고들어 곪았다가 터졌다가
딱지가 떨어질 때쯤 옹이 하나 또 생겼다

나무가 수백 년을 사는 동안 키운 옹이는
제 아픔 속으로 삭인 훈장쯤 되는가
나에게 옹이는 차마 기억인가 기록인가

말이 키운 상처는 지우려도 지울 수 없다
붉은 피 흘려 버리고 돌아서면 잊힐 것인가
무심한 돌멩이 하나 또 그렇게 박힌다

길 위의 나

여객선 부웅하며 물길 따라 흘러가고
인생도 세월 따라 기약 없이 따라가네
황혼길 수많은 사연 걸음걸음 쌓이네

속 타고 괴로웠던 것들을 흘려보내
젖었던 심상心想들이 마를 수 있을 때면
장작불 모락모락 타 아쉬움만 더하리

울 엄마 날 낳으시고

동짓달 기나긴 밤 허기진 배 움켜쥐고
밤이면 흘린 눈물 옷섶을 적시었네
새벽녘 첫닭 울 때쯤 문틈 사이 삭풍만

추억

떨어진 잎새 따라 지나간 소년 시절
꽃피어 화려했던 그때가 그리워서
내 작은 가슴 안에는 세월 강이 흐른다

어머니

가을의 바람 끝에 묻어온 향기 속에
다정한 모습 하나 품 안에 스며들고
노을은 산마루 위에 은은하게 펼쳐진다

춘설春雪

밤사이 매화꽃이 위 서설이 피었네
매섭게 몰아치던 한겨울 눈보라도
봄볕에 눈이 멀어서 눈 녹듯이 사라지네

소나기

구름을 요리하는 1급셰프 도마 소리
한여름 뙤약볕을 시원하게 다듬는다
마음속 배고픈 갈증 한 방에 날려버리려고

영혼의 집

사람이 죽으면 28그램이 빠져나간다는데
사라진 28그램은 어디를 떠도는가
불멸의 영혼을 담은 흑백사진 달랑 한 장

황혼

마지막 불길을 뿜는 저녁노을을 풀어놓고
한사코 서쪽으로 기울어지는 시린 발
오늘도 잘 살았구나 목메는 빈말들

삶의 바다

그 누가 말했던가 밟아온 가시밭길
용암이 부글대는 그 정열 쏟으면서
일 고비 숨 막힐 때는 우레라도 치는 밭

김범렬(金範烈, Kim, Bum ryul) 본명: 김종열(金鍾烈, Kim, Jong yeol)
1961년 경기 여주 산북면 출생. 성일고등학교 졸업. 〈동아일보〉 신춘문예(2015) 당선. 한국문인협회, 한국시조시인협회, 오늘의시조시인회의 회원. 열린시조학회 사무차장.

달빛 손수레
-폐지 줍는 노인

김범렬

손수레 끌고 간다.
굽어굽어 구만리 길

포갬포갬 쌓아 놀린
폐지 더미 탑이 되고

등급은 하현달 쓸고
한강물에 거품막도.

「천수만 가창오리」 이 시를 구상하고 투고할 때는 태안반도에 기름 유출이 되기 전이었을 터인데 우연하게도 철새들이 찾아드는 천수만이 포커스로 맞춰졌다. 그렇다고 소재의 시의성 때문에 가산점이 주어진 것은 아니다. 그림에서 선과 색채가 예술성을 가름하듯이 시에서는 언어의 연출이 시의 완성도와 직결된다. 이 작품은 4수의 연작인데 1부는 3수, 2부는 1수로 장면을 가른 것도 구성의 치밀성을 보이고 있다.
철새 떼의 군무가 펼치는 스펙터클이 마음껏 휘두르는 언어의 붓 끝에서 살아나고 있다. 앞으로 끌어갈 그의 시조의 예인선을 눈을 크게 뜨고 바라보리라.

— 이근배(시조시인 · 대한민국예술원 회장)

의류수거함

재활용 의류수거함 뱃구레가 홀쭉하다.
보름달 풍선처럼 제 깜냥 부푸는 변방
푹 꺼진 분화구 속에 적막 하늘 담고 있다.

잠 못 든 한 사내가 그 옆에 누워있다.
이웃한 박주가리 덩굴손 감아올리고
첫 대면 어색한 동거에 치열한 자리다툼.

몇 끼나 걸렀을까? 덩치 큰 하마같이
버려지는 헌옷가지 한 입에 삼켜버릴
장벽을 허무는 바람, 아린 속 어루만진다.

느꺼웠던 지난날 주머니처럼 까집어보다
하릴없는 남루에 먼지만 뒤집어쓴
저 와불 벌떡 일어나 주린 배를 채운다.

삼효문三孝門을 읽다

연안 김씨 대를 잇는 갈맷빛 영광 땅에
금세라도 활개 칠 듯 우뚝 선 솟을대문
문고리 흔들어본다, 백 년 적막 깨운다.

얼비친 맞배지붕 울안 연못 걸터앉아
환한 세상 불러내는 꽃대 먼저 밀어 올리고
푸드덕 날아든 새가 방명록을 쓰고 있다.

제 허물 홀홀 벗는 갓 피운 꽃 한 송이
궁금증 도진 그날 물음표를 찍는 사이
붓 세워 써 내린 글귀 바람이 들춰 읽고.

웅숭깊은 집안 내력 밑줄이나 긋던 흙담
하늘을 으쓱 날듯 움츠린 어깨를 펴고
한 호흡 쉬어간 자리 또 하나 문이 선다.

바닥 치고 일어설까?

꿈결에나 돈벼락 맞을 로또복권 한 장 샀지
싹수 노란 해바라기 제 속감냥 헤아리다
앙가슴 펼칠 날 올까, 몸맨두리 매만지고.

부기우기* 흥 돋우라, 상생의 꽃 피우리라.
덩굴장미 어깨 걸듯 가시 돋친 손 맞잡고
허리띠 헐렁한 사내, 바닥 치고 일어설까?

* 부기우기: 재즈의 한 가지.

먼 강물 소리

이른 봄 벤치에서
찻잎 좋이 우려낸다.
그리다 만 풍경화를 허공에 걸어놓고
빈 여백
황금분할 끝에
강물 소리 불러온다.

하늘엔 비구름을,
물가엔 버들개지
밑그림 그리 그리면 살아 숨 쉴 봄날인걸
에돌아
벙근 얼음새꽃
비집고 이운 자리.

애벌 끝낸 그림 속에
덧칠하는 붓이 있다.
문 빠끔 열고 나올 옛 친구 거기 있나,
찻잔에
구르는 향이
세 치 혀끝을 달군다.

휘굽은 길

1.
햇귀 베문 아버지가 밥 한술 떠먹인다.
발걸음 소리 들어야 한 뼘씩 자란다고
풍요는 그렇게 오는가, 부챗살을 움켜쥔다.

2.
거듭된 굴곡진 길 걷다보면 구름바다
등 푸른 먼 산마루 들쭉날쭉 골짜기에
언젠가, 날려 보냈던 앵무새가 울었다.

3.
해마다 판화 속에 새겨 넣은 그루터기
가려움증 도진 날은 몽고반점 낙관 자국
신열이 온몸 감싼다, 욱신대는 그날처럼.

4.
등 기댈 언덕은 없다, 번갯불 스친 자리
뜬금없고 계면쩍게 가자미눈 흘겨 볼 뿐
말로만 듣던 눈칫밥 배불리 먹는 육십 줄.

산수유꽃 몽유

얼부푼 몸 어루만진다, 갓밝이 지릅뜬 눈
곤줄박이 깨운 햇살 아지랑이 피워 물고
꽃대궐 들레는 시간, 발 디딜 틈 난감하다.

하늘 마당 너비만큼 품이 넓은 누구 없나!
오목가슴 애 끓이다 단추 풀고 비친 속내
금도금 떨잠 떨치고 제비나비 마중한다.

어디서 온 문자일까? 가슴 졸여 못 읽겠다.
우툴두툴 멍에 벗고 산지니 깃 펼칠 참에
한목숨 부지한 그날, 붓을 세워 개칠한다.

천수만 가창오리

1.
들레는 늦가을 날
하늘 길 빗장 풀 즈음
천수만 저 갈대밭 빈방 여럿 예비하고
제 몸 확! 불질러놓고 연방 풀무질한다.

밀레의 대작이다,
모이 줍는 가창오리
비로소 붓질하듯 군무群舞는 펼쳐지고
휑하던 너른 그 들녘, 아연 잔칫집인가.

일 년을 하루같이 덧칠만 되풀이하는
감 물든 여문 해가 낙관 하나 꾹 쏟아내고

저 멀리 물러선 방죽, 타닥타닥 잔불 끈다.

2.
간월암 갈마드는 갯바람에 실린 물결
무르녹은 나의 하루 놀빛 속에 깃들어도
예인선, 예인선처럼 산 그림자 끌고 간다.

을숙도 노랑부리저어새

잠망경 곤추세우고 참게 방게 경계 설쯤

볕살 훔친 물너울이 발치께로 물밀어와

흰 버캐 연방 게우듯 세상 물정 풀어놓는다.

도래지 갈대밭을 뒤흔든 노랑부리저어새

곤한 죽지 파닥이며 깃배 하나 저어가는지

강 둔치 붉은 동백도 꽃잎마다 숨이 차다.

해가 들고 물이 나는 낙동강 칠백 리 길

들고나는 바람 맞서 푸우 푸 물질을 하다

푸드덕, 겨울을 물고 하늘 박차 오른다.

쪽달 어머니

자작나무 껍질 벗듯 허물 그리 벗나 보다
그날그날 날품 팔다 수척해진 낯을 들고
미리내 먹물 지운다,
꼭짓점을 찍은 자리.

한 치 앞은 가시밭길 캄캄한 눈 지릅뜬다.
달맞이꽃 피었다 지듯 그림자가 된 그 쪽달
기어이 먼 길 가는가,
난바다에 빈 배 띄우고.

바람꽃, 바람꽃

눈길 한 번 주지 않던
매몰차고 모질던 너
다 잊은 줄 알았는데, 문득문득 앞을 가려
싸락눈 내리던 날은 어금니 꽉! 깨문다.

겨우내 감싸주던 잔설 죄다 녹여내고
뼛속까지 에어내는 꽃샘바람 등쌀에도
지난날 되새김하듯
봄의 자서自敍 쓰는 꽃.

김병락(金柄洛, Kim, Byeong lak)

1958년 경북 구미 장천면 출생. 경북공업전문대학교 졸업(1977).《시조시학》신인상(2010) 등단. 대구문인협회 회원. '정음시조' 동인. 대구시조시인협회 이사 역임.

극도로 절제된 감정이다. 필요한 부분만 제시하고 나머지는 모두 행간에 숨긴다. 작품 표면과는 다른 중의적인 의미를 내포한다. 심상을 내면화하고 있다(「함구」). 사유의 깊이가 있는 반면에 견고한 의지와 더불어 치열한 도전정신이 잘 육화되어 있다. 의미심장함과 결단의 순간 등 삶의 진정성이 우러난다(「대못」). 그러한 내적성찰은 다시 길을 열고 나아가는데 넉넉한 추동력이 될 것이다.

— 이정환(시조시인 · 정음시조문학상 운영위원장)

지삿개

참다 참다 솟구쳐
거센 바다를 만났다

육각으로 딛고 서
버티어 온 수억 년

지삿개
뒤바뀐 지표
굳어버린 몸뚱이

누군가 바람 같은
손놀림으로 빚어져

켜켜이 엉겨 붙어
까만 속 다 태우고

파도는
축배를 든 채
잠든 영혼 깨운다

독거

누구고,
인기척에 엄마는 내다본다

밤새 통증으로 잠도 못 이루신

아, 그건
미음 한 사발
엎어지는 소리였다

매호동 연가

줄곧 하늘에선 가랑비 내리는데

거실엔 라디오 소리
뒤 베란다 세탁기 소리

물소리 담장 너머로 장닭 긴 울음소리

열차 소리 초침 소리 자판기 두드리는 소리

그 사이 사이로
라울잎 돋는 소리

진종일 토끼 귀 되어 부르노니 아, 매호동 연가

아이콘

치열한 경쟁 속
넌 튀어야 했다

나직이 있다가도 일촉즉발 눈빛으로

한순간
가지고 있던 것
죄다 쏟아 붓는다

차가운 모니터에 무표정한 자리다툼

걸 맞는 이름자
그림 한 폭 등에 업고

그대가
던지는 눈길
불꽃으로 안긴다

함구

솔향기 은연한 용오름 계곡이다
오가는 사람 없고 물소리 드맑아서
간간이 뻐꾸기 소리 너는 입을 다문다

하늘 한 번 힐끔, 올려다보는 푸른 하오
누군가 너를 향해 겨냥하고 있는 듯해
읊조릴 마음 누르면 입을 열지 않는다

하루에도 몇 번이고 갈 길을 바이 몰라
빗나간 예측 앞에 몹시 허둥거리던 너
솔향기 코끝에 닿자 너는 입을 다문다

대못

너 아니면 내 어찌 한 순간을 버텼을까

빗대고 아스라한 고공에서조차 너는

껴안고 한 몸 되기를 주저하지 않는다

때리고 밀쳐 넣어 결국엔 혼절컨대

맞닿은 촉감으로 소생하는 그 기운

기꺼이 상량 고목도 미쁜 눈물 흘린다

위증
— 청문회장

애초에 대답들은 다 정해져 있나
마이크는 지쳤고 시계도 졸고 있다

무심히 쌓아둔 서류
뻘뻘 땀만 흘리고

나는 모릅니다. 전혀 아닙니다.
어르면 마이동풍 찌르면 동문서답

내사 마, 세월이 약인기라
감옥이나 간다는데.

의원은 장고 치고 언론은 북을 치고
공판장 동태 값도 부르는 게 값이라

저 난장 확실한 것은
위증은 가중처벌!

탑

한 치 흐트림 없는 그대 앞에 무릎 꿇다

두 손 고이 모아 풍경 소리 듣는 저녁

층층 단 묵언의 설파 차마 발길 못 뜬다

운문사 가을

가지산 너른 자락 은행잎 소복소복
무 뽑는 비구니 빛살 친 대웅보전
파아란 하늘 당기며 빈 가을 맞고 있다

피는 저녁연기 머뭇대는 산그늘
이제 더 무엇을 바랄 게 있으랴만
에둘러 긴 목 빼고서 곁눈질 한창이다

흔들가

저 물결 흔들흔들
흔들의자 흔들흔들

차도 흔들 집도 흔들
마음도 흔들흔들

이 땅에
살아남자면
죽자 사자 흔들흔들

김병한(Kim, Byeong han)
1950년 출생. 동아대학교 대학원(국어교육).
《문학도시》 신인상(2012) 등단. 시집 『밑줄
긋고 읽으면』(2012, 한글문화사). 부산문인협
회, 한국시조시인협회, 부산시조시인협회, 사
하문인협회 회원. '시눈' 동인.

얼음 세포

봄 가뭄 꽃샘추위
싹트고 꽃피는 그들

추위를 끓어 안고
부분을 포기하며

포용과
희생함으로
그들만의 생존 전략

상사화 꽃길

연분홍 화사한 맘
살포시 붉힌 얼굴

첫 사랑
꽃 봉우리
잊지 못할 그대를

이제는 가슴 가슴에
그리움만 남겼네

강물아

강물아
저 먼 위쪽
꽃피고 새 울던가?

그립고
못 잊을 사람
아직도 바장이던가?

꽃잎에
다 못한 사연
띄우면서 울던가?

촛불

암흑 속에 헤매던 맘
불러다 앉혀놓고

두 손을 모으라네
심등心燈을 밝히라네

태고의 순수로 돌아가
새 길을 떠나라네.

옛일은 접어두고
새 뜻을 세우고서

새 결심 활활 태워
앞날을 밝히라네

창창한 내일을 위해
눈물로 축복하네.

아, 어머니

꽃들은 행복했던
어머님 마음인가?

반갑고 흐뭇한 맘
즐겁고 기쁘던 맘

지난밤 온 산과 들에
꽃잎으로 피었네.

김보람(숲보람, Kim, Bo ram)

1988년 경북 김천 부곡동 출생. 고려대학교 박사 졸업(2021). 중앙신인문학상(2008) 등단. 시집『모든 날의 이튿날』(2017, 고요아침), 『괜히 그린 얼굴』(2019, 발견). 한국시조시인협회 신인상(2019) 수상. 21세기시조동인. 한국시조시인협회, 오늘의시조시인회의, 나래시조시인회의, 작가회의 회원.

김보람의 시조는 상상력이나 표현 면에서 활달하고 그만큼 파격적이다. 초장에서 반점(쉼표)을 사용해서 스타카토처럼 각 음절에 강세를 주어 "달,아,나,라"는 사역형 행동에 대한 과장된 제스처를 보인다. 중장 이후에 함축적 청자인 '그'가 보이지 않는다는 점에서 초장의 사역형 주문이 허구적일 수도 있음을 암시한다. 즉, '그가 달아난 것'과 "그와 헤어진" 것은 동시적인데, 마음속에서는 이를 허구적인 상태로 환치하여 이원적으로 해석함으로써 현존의 망설임을『농담』의 되풀이로 인식하고자 하는 것이다.

— 염창권(시조시인 · 문학평론가)

괜히 그린 얼굴

연필을 움켜쥐면
풍경이 흘러내린다

출발도 하기 전에
도착해 버린 얼굴

번지는 테두리들을
습관으로 다듬는다

잘 지내고 싶습니다,는
잘못이 아닙니다

마침표를 찍으면
잠든 표정을 짓겠지만

뿌리를 산발하고서
달려오는 나목들

콤마,

생각에 잠긴 척
아무렇지 않은 척

끔찍하게 긴 고요가
숨구멍을 뚫는 중

행간에
쪼그리고 앉아

빠져 죽기
충분했다

첫, 이튿날

첫날 밖의 다음날
모든 날의 이튿날
하루가 천천히
낡아가고 있다
그것을 쓰려고 한다
좋고 나쁜 또 다른 기분

어둠으로 끌리는 말
어둠으로 밀리는 밤
달아나는 사이
떠오른다, 첫
슬픔이 전체라는 책
첫은 자란다

책장을 넘기면
자꾸만 유일해지는
첫날 밖의 다음날
모든 날의 이튿날
없어도 있던 것처럼
검은 윤곽처럼

겨울은 아버지의 거짓말

나는 허기져요 겨울의 아버지
더 이상 주린 배를 견딜 수가 없어요
첫눈이 내리는 순간 사라지는 한 사람

눈이 내려요 툭툭, 발끝에서 끝나는 눈
조용한 사람과 더 조용한 한 사람이
바닥에 무릎을 꿇은 채 눈 속에 파묻혀요

깍지 낀 손을 팔아 포옹을 산다면
무서워요 다정함이 창백하고 길어서
언 것은 녹는 것입니까 창밖을 보세요

집들의 사생활

동그란 벽시계에
운명을 점친다

화분이 쑥 자란다
행운을 비는 손들

집들이 부풀어 오른다
집이 나를 낳는다

배경으로 언제나
끓어오르는 주전자

오늘의 액자가
팔다리를 늘린다

들끓는 소리가 좋아
좁고 긴 빗줄기

수다

입안을 두드리는 느닷없는 폭우

격랑을 일으키며 밀려드는 말들

입속에 뛰어들어서 우산을 펼친다

질척이는 입속은 검은 활자뿐이다

물은 불어 오르고 사다리는 자라고

홍수가 시작되어도 폭우 멎지 않는다

물길 넘쳐나고 속절없이 잠기는데

숨길조차 막혀서 목을 길게 빼든다

말들이 말 피워 올려 말 열고 말 돋군다

있고 또 없는

새벽이 한결같이 밀물져 온다면
내게는 웃을 일들 좀 있어야겠다
안겨서 울고 싶지만 매달려 운 적 없다
앞을 내다보면 잃어버릴 뒤 없겠다
겉돌다 헛돌다 벗어날 수 없어서
과거를 더듬어 본다 내게도 네가 있었지
우리라고 말할 때 공평함을 잃는다
사랑해서 묻지 않고 다음 장을 넘겼지
속이 잘 보이지 않았다 마음은 늘 있었지만,

농담

달,아,나,라,신,나,게,달,려,가,라,날,리,도,록

나도 사라진다 세상에 없던 것처럼

입들이 자라나는 밤 차례차례 떠나갔다

괄호 속에 묶어둔 절반의 문장들

(너무 쉽게 녹잖아요 흘리지 마세요)

헤어진 다음날부터 그의 혀를 사랑했다

문에 관한 단상

끝없이 닫히는 문처럼 시작할까

닫힌 방의 사물들은 무섭고도 아뜩하다

열면서 닫히는 것이 문들의 속성이다

새롭게 지우면서 익숙함을 세우는 문

읽히는 감정만이 전부는 아니다

달리는 속도를 가진 문들을 그려본다

아름다움은 무엇을 향해 환하게 열립니까

보지 않고 견디는 진심도 있습니다

입구가 서툰 몸짓으로 저를 활짝 펼칠 때

끌어안거나 뿌리치거나

갖고 싶은 것은 돌아설 때 생겨난다
앞에 두려는 방법밖에 생각나지 않았다

내 것이 하나 는다는 건
넘치면서 부족해지는 것

팔을 뻗는 순간에 스스로 감기는 손
네게로 길어지는 방향만을 가진다

간곡한 사람이라서 돌아볼 수가 없다

김보한(金甫漢, Kim, Bo han)

1955년 경남 통영 산양읍 풍화리 출생. 동아대학교 석사(1984), 경상대 박사 졸업(2006). 〈경향신문〉 신춘문예 시조(1986), 《문예중앙》 시(1987) 등단. 시집 『벙어리 매미는 울지 못한다』(1986, 글방), 『툰드라를 떠나는 영혼』(1988, 가마골), 『어부와 아내』(2001, 전망), 『새끼를 간다』(2005, 전망), 『진부령에서 하늘재까지』(2008, 말씀) 외. 시조집 『어느 길목에서』(1995, 지평), 『고향』(2010, 시계), 『동해에서』(2014, 시계), 『백두대간, 길을 묻다』(2017, 시계). 현대시조문학상(2001), 한국바다문학상(2007), 성파시조문학상(2013), 청마문학연구상(2017) 수상. 부산시조시인협회 회원. 초정기념사업회 추진위원장.

봄

김 보한

매화꽃 물위에 져
향기도 떠 흐르고

무엇을 오라느냐
쥐암 쥔 고사리 손

해빙기(解氷期) 닫혔던 것들
너로 하여 열린다.

김보한의 시는 목숨이 지닌 아름다움, 질김, 섬짓함의 변주이다. 그래서 그는 존재의 유한성으로서의 죽음을 극복하고 그 극복을 통하여 목숨, 즉 생명의 역동성을 얻고자 한다. 그의 고향 노래는 귀환의 노래이다. 마치 성배聖杯을 찾은 기사처럼 그는 그의 고향에서 꽃피는 봄날의 절창들을 터뜨리고 있다. 그는 연안역 어민의 삶과 해양 생태에 관심을 기울인 어민들을 재현한 해양 생명의 본성과 그 현상이 주는 심장深長과 미학을 추구하고 있다. 그는 오랜 기간 산행을 거듭하면서 온몸의 기운을 분출하면서 위대한 생명을 수직으로 직면하는 경이를 경험하면서 새로운 영감과 충동을 얻고 영혼의 깊은 소리를 들으려 한, 현상의 시학을 구현하고 있다.

— 구모룡(문학평론가 · 한국해양대 교수)

견훤의 궁터
— 궁기리 가서

사철 물 흔타는 곳 가뭄 날에 궁기리 가서
가을 계곡 산산한데 틈새를 곧장 올라
놋그릇 흥청한 산골 소문 잦던 터까지.

제각각 절터 얘기 이름만큼 무성한데
수천 년 바람 돌고 고라니 울음 잦던
옛 사적 떠는 종소리 그날 회상에 들앉다.

너네들 영역쯤에 문 두드린 나를 반겨
뜬눈 요새 적멸 해탈 눈빛도 사려 깊네
궁수들 뺀질이 낸 길 오늘에사 접하네.

임립林立한 층암절벽 늘어진 용추계곡
말바위 이름 석 자 우뚝 솟은 명당 고지
용마의 걸음이 빠른가 화살 눈이 잽싸던가.

곧바로 협곡 치면 용케 안긴 궁기리 자궁
고을의 능마 역사 옛터골 본궁本宮이다.
참깨가 도열해 섰는 고요 덮친 언저리

계림에서

침묵이 깨어진다 혈기 차게 피는 돌고
결빙기結氷期 그 언 땅속 몸을 사려 지낸 동면冬眠
숲덤불 정적을 갈라 금빛 홰를 치는 소리.

씨 뿌려 싹이 돋듯 꿈틀거린 지난날들
힘 모아 나래를 털면 가지 끝 음은 퍼져
지극히 문을 열던가 맥박치던 심장의 고동.

신비론 별빛은 내려 설화는 일어나고
호얏불 촉심 돋워 당당하게 앞을 밝혀
은밀히 비상하는 새 염원 속에 피는 꽃.

계림의 뜰 역사의 길 의젓이 어둠 걷어
목숨은 질긴 것을 가슴속 새겨두고
한 가닥 영혼의 자락 젖줄 모뒤 섰구나.

살풀이

앙상한 미루나무 까치 소리 걸어두고
무당집 오색 기폭 꿈을 꾸듯 나부끼면
서슬도 푸른 칼날이 무지개를 베어 문다.

푸르게 내리는 귀기鬼氣 온 마을에 드리우고
휘모는 살풀이사 불티처럼 날려가는
옷깃엔 눅눅한 기운 악령들도 쫓겨간다.

저마다 저를 찾아 괴이던 턱을 풀면
나직이 끓는 아우성 개펄 저쪽 뜨는 바다
구름도 흑마黑馬처럼 달리며 소금기만 흩는다.

봄

매화꽃 물 위에 져
향기도 떠 흐르고

무엇을 오라느냐
쥐암 쥔 고사리손

해빙기解氷期 닫혔던 것들
너로 하여 열린다.

고향집

고향집 옴폭한 남새밭 허리남직 쑥대판이고
뒷산서 스민 물줄기 발효되어 솟는 옹달샘
주인도 볼 낯 없는 일, 놀고 자빠진 춤사위들.

옛 추억 갈앉혀놨다가 귀 살포시 간질이는
번데기 매운 치성에 팔랑 뛰는 뜰 안의 나비
네 풋내 요 익은 비파 당절 맞아 맛깔 난다.

소란도란 옛적 흔적 안면 트고 여태 살아
해묵어 등 굽은 석류나무 주홍 색상 만발했고
검붉은 한 말 구기자 양지 덕에 살도 곱다.

홍매화

드러난 매화 뿌리
한랭기단에 긴 움츠림

곁 사정 추려내고
꾸려 앉힌 세간 살림

네 형국
역경이 팔 할
꼭지 열려 아롱진 날.

꽃망울 힘줄의 맥박
양보 없이 선연하다.

언 손을 쬔 화톳불
부르틀 가슴도 추슬러

발돋움
맨살이 도드라져
속내 한창 홍매화.

섬
― 가을이 둘러 있는

꽃답다 봄비는 섬
꺼져가는 그 공허함

창문이 드리워진
선창 곁 민박 근처

이웃들 엉켜 살아서
대를 피운 풍경이다.

담쟁이 어룽져서
가을이 둘러 있고

마음 길 더듬으며
속 깊은 삶을 찾아

해거름 쏟아질 불빛
귀항 바쁜 어선들.

복 되고 튼튼한 이들
일상은 분주한 터

뱃길에 이력 난 어부
섬 안에 터를 묻고

한 조금 갸륵한 치성
다시 돋는 꿈이다.

멀어 푸른 집

황톳길 굽진 언덕 흥에 들뜬 휘파람 소리
감국甘菊이 핀 골목길로 밥 짓는 연기는 감고

초동樵童들 부르는 소리 카랑카랑 번진 곳.

한 고독 허물을 벗어 포로 롱! 용틀임 끝에
꽃물 빛 아슴푸레 아른어른 너울 잦고
그 대숲 울을 둘러서 생모生母 품이 따로 없다.

살붙이 먹감나무 윗대 이어 번창한 곳
된 보름 그곳에는 달도 휘영청 중천에 걸려
귀뚜리 경 읊는 성소, 멀고 낮아 푸른 집.

동해에서

네 젖빛 뱃살 들내
허공 속을 흔들어 쌓는

삿대질 위용 앞에
혀를 내둔 감탄 빤해

회검정 반질거린 고래
패대기를 치고 논다.

아리한 한껏 유회
주름살도 눈에 환한

광활한 동해 언저리
안태본이 따로 없어

텅텅텅 젖살도 빌어
질탕한 한 판 노략질

솟구쳐 높일수록
깊숙이 내리박는

뛰고 자빠진 놀이마당
흥에 골똘 한껏 곡예

한 무리 더불어 와선
걸쭉하게 취했다.

천불동 계곡

석벽엔 널린 뿌리 네 천불동 가을 단풍
곳곳에 전설가루 천상의 피사체다
봉긋이 공룡능선이 날을 세워 다투네.

곱다시 싸락 별빛 천당폭 오련폭포
피로도 쉬이 좇네 죽지 터는 비룡폭포
돌 틈쯤 문수 귀면암 독경 소리 늘 잦다.

천 개라 불상 조각 시중보살 합장 예불
네 가히 설악 중 최고 옥류의 노랫가락
속세를 뒤로 제친 양 양폭의 틈새 기어 넘다.

앙상블 미지의 노래 살기 등등 죽음의 계곡
미물들 하·동안거로 금줄 쳐진 터부의 땅
태산은 준령 위의 탑 성불에 든 대청봉.

김복근(金卜根, Kim, Bog geun)

1950년 경남 의령 화정면 출생. 호 수하(水下). 진주교육대학교, 창원대 문학박사 졸업(2003). 《시조문학》 등단(1985). 시조집 『클릭! 텃새 한 마리』(2001, 태학사), 『눈개, 몸속을 지나가다』(2010, 시학) 외. 논저 『노산시조론』(2008, 경남), 『생태주의 시조론』(2009, 경남) 외. 한국시조문학상(1998), 성파시조문학상(2000), 한국문인협회 작가상(2010) 수상 외. 경남시조시인협회장, 경상남도문인협회장, 한국시조시인협회부이사장, 거제교육청 교육장 역임. 《화중련》 주간, 천강문학상운영위원회 부위원장.

> 가을 입주
>
> 　　　　　　　　김복근
>
> 눈 감으면 별이 뜨는 내 하늘이 되록이
>
> 가슴에 못을 박고 떠남이기 주소에도
>
> 다정한 우표가 되어 찾아가고 싶어라.

김복근은 시조로써 우리네 문장의 본류를 도도히 넓히면서 우리말이 간직하고 있는 음유의 참맛을 읊어내 거친 세상을 일깨워주고 있다(윤재근). 그는 생태주의 시조에 관한한 상징적인 존재이다(송희복). 후기 근대사회를 살아가는 우리의 삶에 미만彌滿해 있는 어떤 불모성을 깊이 투시하면서, 감정 과잉의 자기표현으로 발화하지 않고, 구체적인 비유 체계를 끌어들여 노래하고 있다(유성호). 자연과 인간, 사물을 섞음질하는데 그치지 않고, 자연과 역사, 자연과 시사를 비빔질하고 정서와 사회 현실을 섞음으로써 생생한 현장감이 넘쳐나게 한다(김열규). 겸손하고 애정 어린 마음으로 대상을 바라보고자 하는 마음은 김복근 시조의 가장 두드러진 특징이라고 할 수 있다(장경렬).

지문 열쇠

손발이 다 닳도록 고생하심을 실감한다

아파트 출입문에 지문 열쇠 달렸는데

어머니 엄지손가락 문을 열지 못한다

아들 딸 젊은이는 쉽사리 열리는데

어머니 닮아 가는 아내의 지문까지

제대로 알지 못하는 새 아파트의 자동문

목 메인 여든 세월 바지런한 성정으로

지워져서는 안 될 지문이 지워져도

'내 삶은 지울 수 없니라' 종요로이 웃으신다

새들의 생존법칙

설계도 허가도 없이 동그란 집을 짓고 산다
작은 부리로 잔가지 지푸라기 물고와
하늘이 보이는 숲속에서 별들을 노래한다
눈대중 어림잡아 아귀를 맞추면서
휘어져 굽은 둥지 무채색 깃털 깔고
무게를 줄여야 산다 새들의 저 생존법칙
대문도 달지 않고 문패도 없는 집에
잘 익은 달 하나가 슬며시 들어와
남몰래 잉태한 사랑 동그마한 알이 된다
울타리 없는 마을 등기하는 법도 없이
비스듬히 날아보는
나는 자유의 몸
바람이 지나가면서 뼛속마저 비워냈다

비포리 매화

어제는 비가 와서 비와 비 비켜서서

바닷가 갯바람은 발끝에 힘을 주고

잘 익은 섣달 보름달 언 가슴 풀어내듯

벼리고 벼린 추위 근골을 다잡으며

백 년 전 염장 기억 파르라니 우려내어

경상도 꿈 많은 사내 동지매冬至梅를 구워낸다

인터넷

육질의 정보들이 애무하는 성감대에

떨리는 가슴 안고 나비처럼 들어갔다

지긋이 커서를 바라보며 마우스를 끌어 당겼다

내가 내 스스로를 찾아내기 위하여

보일 수 있는 건 다 열어 보이며

무정란 불빛을 따라가는 사이버 넓은 마당

자르고 보태고 풀어낸 생명 위에

네거티브 필름같이 굼틀대는 저 천형의 몸부림

내 마음 더하기 위한 접속을 하고 있다.

겨울 남강

젊은 날 한때 나의 핏줄은 투명하여
세상 모든 것을 담아낼 수 있었다.
물무늬 청록빛 삶을 걸러낼 수 있었다.

수직으로 이는 파문 속보인 내 가슴엔
가는 목 끌어안는 저녁 해가 서러워
달리다 지친 세월이 별무리로 뜨려는가

고향강, 너 없으면 나는 겨울이다.
그리움 깊이만큼 그림자 길게 내려
언젠가 돌아가야 할 내 마음이 흐르고 있다.

소금에 관한 명상

이른 아침 소금으로 머리를 감아본다
숭숭 열린 머리카락 사이 짠물이 스며들어
바다를 그리는 마음 은빛 길을 만들고 있다
각진 소금이 둥글게 모를 깎을 즈음
내 몸의 구멍이란 구멍은 죄다 열리어
시간이 흘러갈수록 그 구멍은 커져간다
삼투압을 하는지 땀방울이 흘러내린다
너저분하고 냄새나는 기억들이 빠져 나가며
부황 든 삶의 찌꺼기 방울방울 몰고 간다
소금에 절인 머리 찬물에 헹구면서
지명의 나이에도 오장이 뒤집히는 걸 보면
아직은 썩은 살 도려내는 새 순이고 싶은 게다

허물 죄罪
― 파자破字 11

나는 죄 많은 사람
눈물로 쓴 참회록엔

하루에도 몇 번씩 죄를 짓고 살았다
법망罒은 옳지 않은 일非 걸러내지 못했지만

나는 내가 지은 죄를 알고 있었다
내 것이 아닌 것을 내 것이라 우기며
실실이 피어나는 꽃을 무잡하게 희롱하고

가벼운 혀끝으로 괴담怪談을 퍼뜨리며
풀잎 위의 이슬을 바람처럼 되작이다

비구름 몰려오는 날
야차夜叉가 되기도 했다

볼트와 너트의 시詩

무심코 돌려대는
볼트와 너트처럼

나는 조이고 있다
때로는 풀리고 있다

감출 수
없는 아픔에
벼랑을
딛고 섰다

독거 연습

섬에 와서 혼자 사는 법을 배우고 익힌다
밥하고 청소하고 넥타이를 고른다
아내는 수혈의 자양 빗살처럼 흔들리고
어둡고 텅 빈 동굴 심지를 올려 봐도
숨 쉬는 건 오래된 시계와 풍란 한 촉
나 홀로 살아가기엔 호흡이 너무 길다
때 절은 옷섶 위에 마른 땀 흘리면서
한 줄기 바람 따라 노숙하는 입덧 마냥
그리운 이름을 헤며 윗도리를 벗어 건다
느리게 뛰는 맥박 내가 나를 의지한 채
골다공 낡은 관절 스스로를 증언하며
어느 날 주어진 독거 검불처럼 다독인다

는개, 몸속을 지나가다

절간을 오르는 길목에 버려진 타이어 한 짝 제 분을 삭이지 못
해 둥근 눈을 끔뻑이고 문명에 길항하는 는개 물관을 따라가다

잎맥마다 걸려있던 초록 빛 둥근 꿈은 실핏줄 타고 올라 포말
로 부서지고 동화를 하는 이파리 힘겨워진 감성으로

붉은 녹 스며들어 경화된 혈관처럼 제 무게 못 이기는 내 몸
속 하얀 피톨 살기 띈 수액을 따라 중금속 능선을 치고 있다

김봉군(金奉郡, Kim, Bong goon)

1941년 경남 남해 출생. 서울대학교(국어교육과, 법학과), 대학원 문학 박사 졸업. 《새시대 문학》 시(1971), 《현대시학》 평론(1983), 《시조생활》 시조평론(1990), 시조(2014) 등단. 평론집 『다매체 시대 문학의 지평 열기』(2003, 푸른사상), 『문장기술론』(2005, 삼영사) 등. 세계전통시인협회 한국본부 이사장, 가톨릭대학교 명예 교수.

나전 칠기
김 봉 준
요것 봐 무지개다 아롱지는 물결이다
고운 임 칼끝마다 아리게 깎인 살결
버리고 살아남아서 아리아리 고와라
→ 우석서실(愚石書室)에서

김봉군의 시조는 전통미의 창조적 재현의 계기에 빛을 발한다.(「나전 칠기」, 「춤사위」). 그의 작품이 놓치지 않는 것은 시조의 정형미整形美와 우리 전통시의 은은한 광맥光脈인 애틋한 그리움이다(「편지를 쓰다가」, 「꿈・달빛」, 「한려수도」, 「빛과 고요」). 이 연면連綿한 서정과 모더니티의 화학적 융합은 김봉군 시업詩業의 결정적 명제다. 이는 모더니즘이 빠지기 쉬운 비정성非情性과 난해성에 도전하는 노작勞作의 일단이다(「빨래 널기」, 「알」). 부조리한 역사・현실적 '통고 체험痛苦體驗'에도, 그의 시조가 하늘에 띄우는 낙관적 비전은 우리 시조사의 한 소망이다(「트럭」, 「한다리 짧은 사람」).

　　　　— 유성규(《시조생활》 발행인・세계전통시인협회 총회장)

나전 칠기

요것 봐 무지개다 아롱지는 물결이다
고운 임 칼끝마다 아리게 깎인 살결
버리고 살아남아서 아리아리 고와라

춤사위

아랑주 옷소매에
얼비치는 고운 살결

가얏고 열두 줄에
파리 소리 휘감기다

펼칠 듯
굽이져 돌아
종종치는 자태여

편지를 쓰다가

쓰던 편지 접어 두고 차 한 잔 마주한다
잔잔한 그대 미소 봄날인 양 따스웠지
여울져 스러진 날들 물무늬져 맴돈다

싸리순 점점이 붉은 가을 숲길 에돌던 곳
작은 손 여윈 손길 차마 떨쳐 돌아서던
그 마음 소릿바람으로 이 가을 밤 밝힌다

눈 내리고 거룻배 뜬 한겨우내 시렸던 날들
이제는 한 점 화폭 물무늬로 그리운 적
보아요 저기 봄 뜨락에 목련꽃 피고 지고

빨래 널기

아내의 손끝에서
하늘이 펄럭이다

탈탈 털어 펼친 하늘
색색이 파동치네

어쩌랴
회오리치는
어머니의 벼랑길

빛과 고요

달과 별 시새우다
달이 먼저 내려앉다

바람결에 실리어 간
소리들은 가뭇없고

푸르다
빛에 젖어서
홀로 앉은 빈 뜨락

트럭

세상을 싣고 가네
뒤집히다 서서 가네

무릎 좀 깨어져도
허 웃으며 일어선걸

저물녘
타는 놀빛에
오늘 하루 익는 소리

한려수도
― 남해찬가 4

여린 잠은 깨었네 대바람 푸른 소리
철 이른 사랑인 양 보채 대는 잔물결
갈맷빛 한려수도를 간질이는 봄바람

꿈 · 달빛

열한 새 한산 모시 옥색 치마 입으셨네
육남매 그린 정은 하늘까지 사무쳐서
어머니 되오시는 길 눈물 어린 달빛 자락

한 쪽 다리 짧은 사람

한 쪽 다리 짧은 사람 정류장이 십 리입니다
넘어질 듯 절룩일 제 버스 훌쩍 떠납니다
하늘도 마음 졸이며 아슴히 보고 있습니다

알

침묵이 들리나 작은 우주 보이는가
여명의 절창도 호쾌한 낮 노래도
꼼지락 생명의 소리 저 안에서 움트리

김봉근(金奉根, Kim, Bong geun)

1956년 경북 김천 출생. 영남대학교 석사 졸업(1994).《시조문학》천료(1995) 등단. 시집 『시간의 흔적』(2009, 북랜드). 한국문인협회, 한국시조시인협회, 대구문인협회, 대구시조시인협회 회원. 대구시조시인협회 부회장 역임. 대구시조시인협회 감사.

김봉근의 작품은 그의 성품대로 소탈하다. 시원시원하다. 시조의 여유 있는 형식을 마음껏 향유하고 있다. 그래서 참사람 냄새가 물씬 풍긴다. 시가 사람을 위하여 존재하는 사람의 예술이기 때문에 훨씬 더 친근미가 있다. 조금은 자유스러운 형식의 운용에 신선하고 폭넓은 소재들을 찾아 시인의 가슴속에 샘솟는 이미지들을 별나게 형상화해 내는 시조시인의 능력을 유감없이 발휘해 놓은 그의 작품들은 유장하고 도도한 민족시의 큰 흐름에 한 축이 될 것이라 믿는다.

— 김몽선(시조시인)

가을 하늘

멀어진 하늘 따라
야위어 간 실핏줄
마른 꽃 대궁에
일렁이는 현기증은
약 오른
고추잠자리
동그라미 그것 때문

칼보다 더 아픈 게
풀잎에 베인 손
아린 그 끝을 잡고
자란 가을 하늘은
깨어진
가슴 안고 사는
사금파리 그 눈빛

역사의 향鄕

비켜선 구름 사이 여명黎明에 열린 하늘
백두대간 등줄 따라 말馬갈기 휘날리고
물 · 불 · 흙 담은 가슴은 잠든 혼을 흔든다.

문살에 스민 달빛 묵향墨香처럼 번져갈 때
청동靑銅의 푸른 눈빛 속 남겨진 자취는 깊어
쌓여 온 천년의 무게 피리 소리 들려온다.

스친 그 자국마다 잊혀진 님의 향기
밤 새워 앓는 신열身熱 꽃잎은 다시 피고
머문 저 시간 속에서 깊은 강물 흘러라.

무엇을 위하여
– 광주 망월동

5월의 잔盞을 들고 시린 눈빛 부딪침에
무등산 등줄 따라 목련꽃 높은 신열身熱
어둠의 불꽃 속에서 부나비로 눈을 뜬다.

여윈 손 도는 핏줄 영산강에 굽이치고
때 아닌 무서리에 하얗게 지는 꽃잎
새벽은 어둠을 갈라 붉은 해를 잉태한다.

봄이 오는 길

봄은 보리밭 이랑 사이로 온다.
남해 그 푸른 물결 바람으로 실어다가
청보리
치맛자락을
쪽빛으로 적셔 놓고

봄은 토담집 틈새에서 자란다.
햇살 고인 담장 아래 모여 앉은 고운 눈매
연둣빛
작은 입술로
조잘대는 봄의 소리

낚시

포물선 이는 파문
고요 속 잠이 들면
당겨진 생명줄
뻐꾸기도 울음 멎고
대竹 끝을
튕기는 햇살
시린 눈빛 잠긴다.

시간의 흔적 2
– 반월성*

깊은 밤
말발굽 소리 들리는
역사가 있다

무너진 성터엔
바람만 기웃대고

초생달
파란 가슴이
풀잎 끝에 떨고 있다.

* 반월성: 경상북도 경주에 위치한 신라 왕조의 궁궐터.

겨울 장미

벌 · 나비 추근대는
두드러기 돋는 계절
모두들 떠나간 뒤
바람 속에 살을 튼다.
눈 감아
다져온 세월
순백純白 속에 쏟는 선혈鮮血

높은 산 그늘 아래
햇살마저 멀리 두고
속살 베어 다듬은 창槍
순수를 가늠하면
어둠 속
마른 가지에
실핏줄이 돋는다.

겨울 강

바람 새 골을 돌아 나목裸木 위에 서성이고
달빛 추려 몸을 씻는 풀 먹은 무명자락
동짓달
갈대숲 따라
흩어지는 하얀 은유隱喩

무서리 뒤척인 밤 잿빛 더욱 짙어오고
유선형 이는 파문 적막寂寞을 가로질러
엄동嚴冬의
비늘을 터는
물이랑 환한 속살

임자도*

서西로, 서西로 난 길을 따라
짠내 절은 낯선 인심
썰물 따라 멀어지는
울대 젖는 남도南道 가락에
갯벌 속
목선木船 하나가
허기져 누워있다.

펄럭이는 그물 속에
조각 난 잿빛 하늘
담배 연기 끝을 따라
수평선에 흩어지면
어부는
힘줄을 당겨
또, 바다를 묶는다.

* 임자도: 전라남도 신안군에 위치한 섬.

은행잎

후드득
매운 바람에
나비 떼
노랑
나비 떼

동그라미 그린다
빗살 무늬 긋는다

계절이
떠나는 길목
나비 떼
노랑
나비 떼

김사균(金思均, Kim, Sa gyoon)

1932년 경남 의령 의령읍 출생. 마산대학교
(초대 경영경제). 《시조문학》(1990) 등단. 시
집 『꽃이 진 자리』(2000, 해광), 『무게 만큼 열
리는 하늘』(2008, 신문기획), 『서천에 낮달로
앉아』(2009, 고글), 『주름으로 빚은 산다화』
(2013, 고글), 『잠시 머물다 가는 길에서』(2018,
시조문학사). 월하시조문학상(2013), 한국시
조문학상(2005), 부산문학상(2005) 수상. 시조문학문우회 회원.

—

김사균 시인의 작품에는 언제나 구체적인 사물이 등장한다. 이것
은 관념시를 탈피하고 구상화具象化의 길로 가기 위한 과정이다.
시인은 어쩌면 사물을 바라보는 관찰자인지도 모른다. 장마 끝난
오후 풀잎 끝에 올라간 개미가 거꾸로 매달려 있는 광경을 시인은
볕살의 무게를 달고 있는 것으로 보고 있다. 엄청난 상상력이다. 또
그러다 보니까 개미의 무게로 인해 풀잎이 휘어진다. 그 휘는 모양
을 포물선이라 했다. 휘는 무게만큼 하늘이 열린다고 했다. 시인의
세밀한 관찰력과 상상력이 돋보인다. 시는 어차피 상상력에 의한
허구虛構다. 그러한 허구가 있기 때문에 구조화構造化 되고 형상
화形象化된다. 독자는 그 허구를 진경眞景인 것처럼 보고 감동한
다. 그래서 시인을 언어의 연금술사鍊金術師라 한다.

— 김월한(시조시인)

—

가을 서정

자꾸만 달아나는
그 마음 붙잡아다

구절초 향내 나는
편지를 쓰고 싶다

사연도 쪽물이 배는
눈이 시린 저 하늘

거미줄

곡예사 핏줄로 짠
그 투명한 사기詐欺 앞에

백내장 앓던 나비
목이 죄어 숨이 지고

백주에
주검을 씹는
죽음보다 슬픈 생존.

낙조落照

강마을
물버들 숲에
갈퀴 세운 불가마귀

산이 타고
하늘이 타고
끝내는 내가 타는데

서천은
피울음을 토해
묵정 시전詩田 썰고 있다.

동목冬木

마지막 잎새마저
겨울새로 떠나가고

안으로 살이 찌는
하아얀 함묵의 계절

심중에
청산을 빚어
먹빛 하늘 받쳐 섰다.

초승달

깎아서 버린
엄지손톱
푸르게 날이 섰다

작살로 역사를 잡던
서녘하늘 썰고 있다

사초史草를
고쳐 쓰는 아픔에
저리도 패인 가슴.

섬

얼마나 외로와야
난바다의 섬이 되나

물새들 울음마저
사치로와 되보내고

가슴을 닫고서 앉은
천년 묵은 그리움

소경

장맛비 개인 오후
훌쩍 자란 풀잎 끝에

물구나무 선 개미가
볕살의 무게를 단다

포물선 휘는 허리에
무게만큼 열리는 하늘.

봄비 1

겨울을 이겨낸 뜰에
꽃씨가 내립니다.

꽃씨는 움이 터서
빠알간 사랑이 되고

사랑은 열매를 빚어
푸른 시로 섭니다.

파적破寂

바람도 숨이 멎고
고요도 잠든 연당

잎새에 열린 이슬
제 무게를 못 이겨서

홀연히
별똥이 되어
물속으로 꽂힌다.

오월 장미원薔薇園

피 굶은 짐승으로
등갈퀴를 세워 왔다.

곧추선 깃발들이
살의殺意를 반추하고

가슴은
오월에 찔려
토혈하는 피의 향연.

김삼환(金三煥, Kim, Sam hwan)

1958년 전남 강진 군동면 출생. 세종대학교 (영어영문학과), 중앙대 예술대학원(예술경영), 한양대 대학원(문화콘텐츠). 《한국시조》 신인상(1992) 등단. 시집 『적막을 줍는 새』 (1996, 토방), 『비등점』(2004, 고요아침), 『왜가리 필법』(2009, 시선사), 『묵언의 힘』(2016, 고요아침). 제15회 한국시조 작품상(2005), 중앙 시조 대상(2018) 수상. '역류' 동인.

김삼환의 시조에는 은유적 사유체계와 활유적 사유체계가 융합되어 있다. 은유는 독자의 사색적이고 지적인 상상력을 자극하고, 독자와 지적인 유희를 벌이게 한다. 반면에 활유는 주변의 모든 사물들에 생명력을 불어넣어 객체적 지위에 머무르고 있던 사물들을 주체와 동등한 지위로 격상시켜 버린다. 김삼환의 시조는 인식적 새로움과 이미지의 새로움을 통해 현대시조가 당면한 문제를 정면으로 치고 들어간다. 이미지와 내용적 차원에서의 '낯설고 생경한 이미지와 메시지'를 통해 독자의 인식적 새로움을 불러일으킨다.

— 강수(시인·문학평론가)

거인의 자리

강물이 아프다고 말하지 않는 것은
속 깊은 상처 아물어
생살 돋을 때까지
제 속에 산 그림자를 껴안고 있기 때문이지

바위가 아프다고 말하지 않는 것은
속으로 울음 울어
불길 잡힐 때까지
거인이 앉았던 자리에 가득한 고요 때문이지

구설

어머니는 빨랫줄에 젖은 옷을 내다 걸곤
사람에게 하는 말엔 발이 달려 있다고
하늘 문 한 켠을 열고 우물우물 뱉으셨다

그럼에도 그런 말이 맨몸으로 떠돌다가

때로는 가랑비로 어느 때는 먹구름으로
수시로 찾아와서는 얇은 옷을 적셨다

움직이지 않는 거울

시골 가게 뒷마당에
소 한 마리
서 있었다
호수처럼 깊은 두 눈 거울에 반사되자
머리를 흔들어 보고
뒷발질도 해보고

입김 후 후 날리는 아침
뺨에 스친
찬바람
하얀 깃 셔츠 안의 가녀린 목을 만지며
또 하루 몸을 낮추어
구두창을 바라본다

전선 위에 몸을 얹혀
생각에 잠긴
텃새처럼
한 순간에 날개를 펴서 자유롭게 날아갈 날
꿈꾸고 있는지 몰라
졸고 있는 저 사람

어머니의 기억력

요즘 들어 어머니는 옛날 기억 또렷하다
실핏줄에 피가 돌 듯
살아나는 푸른 잎
생각을
자유자재로
허공에 날리신다

몇 개의 회로들이 뒤엉킨 뒤 풀릴 때쯤
엊그제 있던 일은
까맣게 잊으시고
삐비꽃
뽀얗게 피는
봄 언덕을 오르신다

모든 것을 용서하고 다독이는 언어들이
시간 뒤로 물러서서
부드러운 빛이 된다
평생을
낮은 곳으로
흘러가는 물처럼

뙤약볕

고사리
속살 퍼지듯
산안개 올라간 후

삐비꽃
솜털처럼
보드라운 흙을 밟는

어머니
홑적삼 속으로
직하하는
뙤약볕

그리움의 동의어

새벽 풍경 지켜보는 새라 해도 좋겠다
내 몸 안에 흐르는 강물이면 어떤가
산책로 비탈에 놓인 빈 의자도 좋겠다

버리기 전 세간 위에 지문으로 새겨진
눈물 흔적 비춰보는 달빛이면 또 어떤가
그날 밤 술잔 위에 뜬 별이라도 좋겠다

깨알같이 많은 어록 남겨놓은 발자국에
비포장 길 얼룩 같은 달그림자 지는 시간
빈 방을 돌고 나가는 바람이면 더 좋겠다

여백

붓이 닿지 않는 곳도 그 의미를 살려내듯
진한 눈물 없이도 한 슬픔이 젖어서
말 없는 소멸의 길에 빗방울이 스몄다

흔적을 찾고 보면 그 안의 모든 것이
한 생을 말하다가 문득 멈춰 서 있는데
배경은 보이지 않고 바람 또한 스쳐갔다

때로는 주인으로 어떤 때는 손님으로
홍제천변 빈자리를 살펴보던 백로처럼
씻은 듯 맑은 하늘에 빗금 하나 그어 놓고

어떤 내력

집수리를 하다가 싱크대 밑에 숨어있는
쓰다만 문서 몇 장 버리기 전 펼쳐보니
야경을 인수인계한 계약서가 붙어있다

아마도 그는 전에 평생의 꿈을 살려
밤무대 조명등을 꼼꼼하게 점검하곤
다부진 사각 창틀을 고정시켜 놓았을 터

하나 둘 불 켜지는 언덕배기 밤풍경이
바람에 서걱이는 창을 두고 떠난 사람
오늘은 저녁 달빛에 새소리도 보낸다

바다 앞에만 서면

햇볕이 날아가다 푸른 바다에 빠져서
빠져서 물에 젖은 그 마음이 멍들어
멍들어 아픈 바다를 안고 오는 저녁노을

저녁노을 끌고 오다 목이 메는 저 바다에
저 바다에 잠든 아이들 잊지 않는 갯바람
갯바람 몸에 감고서 날아가는 그날 햇볕

갓김치 비빔밥

아랫배에 힘을 주고
무릎을 곧추 세워
벽돌처럼 우직하게
시간의 업業을 쌓는 자리
알싸한 갓김치 향이
침샘으로 젖어든다

세상일 뚝심 하나로
살아가는 그 남자는
갓김치 국물에 쓰윽 쓴 비빈
비빔밥이 곧 우주다
알큰한 돌산 갯바람
목덜미가 얼얼하다

까짓것 근심 걱정
못을 박듯 후려치고
시커먼 그리움을
대삽으로 떠낸 자리
갓김치 비빔밥 같은
찰진 날을 기다린다

김상규(金相圭, Kim, Sang gyu)
1984년 제주 월평동 출생. 제주대학교(국어
국문학과). 〈조선일보〉 신춘문예(2017) 등단.

—

김상규는 생의 이면 읽기와 표현의 영역 개척이 활달하다. 편견과
불편의 쌍일 듯한 '쌍둥이'와 '양보'의 관계를 내밀한 탐사 끝에 보편
적이고 시사적인 알레고리로 확장한다. '봄 소풍'에서의 '미궁'이나
이어달리기의 '거친 호흡' 등은 '언니'와 늘 함께하며 쌍였을 그 무엇
들의 환기다. '서로의 옷을 입고 고백'한 후 맞은 분리와 성숙 같은
'용서'도 '양보의 대가(代價 혹은 大家)'로 심화되는데 여기에는 흔
들림 없는 어조도 일조하고 있다. 응모작에 돋보인 것은 과잉 없이
간명해서 더 깊어지는 표현들이다. '최초의 울음소린 존재의 아명
입니다' 같은 다층적 포착과 해석들이 단형을 넓히리라 본다. 당선
을 축하하며 '양보' 없는 새로움을 기대한다.
　　　　　　　— 정수자(시조시인 · 한국시조시인협회 부이사장)

—

쌍둥이
— 양보의 대가

언니는 모르겠지, 그해의 봄 소풍을
반숙된 달걀에선 병아리가 나왔고
사라진 보물종이가 영원한 미궁인 걸

두 발은 위태로워 네 발이 필요했어
날개 없는 말개미가 꼭대기에 오르듯이
나 대신 이어 달렸던 언니만의 거친 호흡

서로의 옷을 입고 고백했던 그런 하루,
강에 버린 구두 대신 목발을 짚었을 때
우리는 만쥬를 가르며 용서하고 있었어

가족사진

남몰래 여동생이 유언장을 보여준다
나는 훌쩍이다 벽장에서 잠이 들고
도망간 거위 떼들이 돌아오는 하짓날

일기장에 적혀있는 이름을 다 외우면
또 다시 태어난단 마법을 믿는 나이
그런데 아버지는 왜, 토끼장에서 주무세요?

살릴 것이 없어서 죽일 것도 없던 그해

근사미를 삼키고도 살아있던 할머니는
변소에 보살이 있다며 똥통을 휘젓고
찍습니다, 속俗에서 더 가파른 속俗으로
모든 종의 족보가 시취로 꽉 찼듯이
관을 진 소라게들이 죽음 이후를 찾듯이

A.A.

앤 설리, 당신 말은 절반만 믿을게요
실패를 공유하긴 우린 아직 이르니까
이 밤이 허물어지는 윤리적인 이유까지

당신도 내 호의를 확신하진 마세요
푸른빛 압생트와 주근깨의 믿음들이
내일은 의도치 않게 뭉개질 수 있으니

기지촌 한 여인이 치마를 뒤집어쓰고
날 보며 아들이라 부르는 그 기괴함
용기란 이런 날 사랑한 앤 설리의 좌우명

에이에서 에이까지 중독된 시간에서도
난 아직 당신 본명을 잊지 않았습니다
병동 밖 기울어져갔던 마지막 키스까지

* A.A.(alcoholics anonymous): 알코올 중독자 자조 모임.

좌절의 왕

그대, 아이보리 빛 별장으로 오세요
어떤 지도에도 그려지지 않았던
작고도 신비스러운 우리만의 장소로

준비된 미래는 중요하지 않아요
실패한 과거만이 여길 밝히는 힘
원해요, 그댈 경멸한 수많은 눈동자를

얌전한 흑고양이는 따라가지 마세요
잔잔한 붉은 바다는 진짜가 아니랍니다
천천히 걸어오세요, 늪이야말로 아름다우니

지친 엽견獵犬들과 그대가 돌아온 날
한여름 별장에도 겨울은 온답니다
우리는 사냥감보다 놓친 것이 궁금해요

그러니 눈이 멀어 길을 잃는다 해도
두려워 말아요, 꼭 여길 찾을 테니
은백색 꼬리가 멋진 찬연한 좌절과 함께

Junkie

나를 알고 싶다면 너를 보여 주겠니
굶주린 상처와 바스러진 치욕들로
걱정 마, 나는 너보다 더 큰 시련을 말할 테니

이 밤이 두렵다면 침묵도 개의치 않아
여섯 번 넘어지고 아홉 번 웃는 아이
입술을 꽉 깨문 이름, 그게 바로 너거든

흑요석 팔찌를 찬 해변의 고아에게
너를 파는 일은 절대로 없을 거야
이래도 못 믿겠다면 내 손목을 보여줄까?

다함께 갈 수 있어, 슬픔 없는 곳으로
따라서 올 수 있어, 두 발이 사라진대도
이제는 대답해볼래? 발가벗은 네 과거를

진실이 드러날 때 우리는 떠나려고 해
잿더미 강을 건넌 백양목 기차를 타고
독 품은 밤의 연기를 서로 나눠 마시면서

김상선(金相善, Kim, Sang seon)

1959년 전북 정읍 시기동 출생. 원광대학교
(국어교육과). 〈전주일보〉 신춘문예(2001) 등
단. 시조집『나는 숲이 되어 산에 간다.』(2009,
시조문학사). 시조문학상 신인상(2001), 전국
한밭시조백일장 차하(2000), 설록차문학상
지도교사상(2002) 수상. 전라시조문학회, 전
북문인협회 회원.

김상선 시인의 시조는 때로는 형태와 운율을 실험하는 열정과 현
대적인 시어를 배치하는 패기도 흥미롭다. 그러면서도 시조가 기
본적으로 가지고 있는 형식미와 정조로부터 벗어나지 않으려고 공
을 들인다. 시조도 사람의 일이라 특히 깊은 인간애가 돋보인다. 멈
춰선 듯 보이는 세상에서 생명의 흘러감 그들 사이를 순환하는 정
리에 따뜻한 시선을 보내는 김상선 시인의 노래가 줄곧 힘차고 아
름답기를 바라는 마음이다.

— 김준(시조시인 · 서울여대 명예교수)

—

만남

아껴둔 사연 풀면 소금처럼 영롱한데
그리운 듯 휘몰이 되는 실루엣 얼굴, 얼굴
오늘은 강도 하나란다 앙상블의 기쁜 찬가.

된바람 마파람도 아끼며 담은 사연
신원伸寃의 강줄기엔 바람꽃도 떨어졌다
오십 줄 세월 앞에서 할미꽃 되는 사람아.

이념은 저리 가라 비둘기 떼 날아오렴
샛강가 달이 뜨면 마음 벌써 하나이고
고향을 멀리 있어도 마음 벽은 이미 없다

하늘 닮은 맛

한 번쯤 사는 일에 어깃장을 놓고 싶어
몇 그루 과수나무, 몇 그루 정원수를 심고
이 핑계
구실 삼아서 도회지를 떠난다.

출렁이는 햇살이랑 뻐꾹 울음 거름 삼아
한 뼘 두 뼘 크는 몸을 허공에 걸어놓고
푸르른
바람붓으로 덧칠하는 나무들.

풋풋한 풀벌레 소리 조금 뜯어 보냈으니
사람과 사람 사이 허기진 날 있거들랑
여보게,
아껴 드시게 하늘 닮은 맛이라네.

가끔은 피리가 되어

어설픈 고운 소리로 어린 딸이 피리를 분다
귀 기울여 듣노라면 내 몸은 어느덧 피리
너의 삶 맑고 고와라 나도 따라 부른다.

들숨 날숨 땀에 젖도록 가끔은 피리 불고 싶다.
여울진 말을 풀어 바다의 마음 될 때까지
흥겨운 삶의 가락이 하늘에 닿을 때까지.

세월호 유감

오줌 누는 뒷모습이 정말로 아름답다
해외 축구 생방송을 밤새워 시청하다
등굣길 버스를 놓친 지각 대장도 예쁘다.

시詩의 길을 잊게 한 죽음의 세월 앞에
소소한 꾸지람이 행복으로 다가오는
너희들 철없는 행동 이상하게 귀엽다.

밥 먹게 딱 일 분만 빨리 끝내 달라는
지혁이의 레퍼토리 매일매일 정겹다
상징과 은유의 옷을 벗고 눈물 나게 고맙다.

귀지를 파다

소리 없이 쌓인 것이
얼마나 신기하냐

헤쳐서 들어보면
눈물 반, 웃음 반

청산도
들 것 같은 밤
들도 놓도
못한다

김상옥(金相沃, Kim, Sang ok)

1920년~2004년. 통영 출생. 호는 초정(草汀 · 艸汀 · 草丁). 1939년《문장》에 이병기 추천으로 「봉선화」가 실렸고, 같은 해 동아일보 시조 공모에 당선. 1940년 통영으로 귀향 남원서점을 경영하였고, 1946년부터 20여 년 동안 부산, 마산, 삼천포, 통영 등지에서 교사생활을 하였다. 1963년 서울로 이주하여 골동품 가게 〈아자방〉을 경영하였다. 1972년 일본 도쿄에서 서화작품전을 개최하였고, 2000년대까지 여러 차례 개인전을 열었다.

—

느티나무의 말

바람 잔 푸른 이내 속을 느닷없이 나울치는
해일이라 불러다오.

저 멀리 뭉게구름 머흐는 날, 한 자락 드높은
차일이라 불러다오.

천년도 눈 깜짝할 사이, 우람히 나부끼는
구레나룻이라 불러다오.

정지(靜止)

저만치
꽃이 피다가
그대로 정지하고 있다.

먼 하늘
구름이 흐르다가
그대로 정지하고 있다.

사람도
길을 찾다가
멍하니 정지하고 있다.

아침 소묘(素描)

빗물
고인 자리에
아침 솔빛이 잠긴다.

멀리서
종소리 울려와
그림자 위에 얹히고,

이윽고
돌도 구름도
서로 눈길을 맞춘다.

싸리꽃

그 꽃은
작은 싸리꽃
아 산들한 가을이었다.

봄 여름
가리지 않고
언제나 가을이었다.

말라서
바스라져도
향기 남은 가을이었다.

난(蘭) 있는 방(房)

난(蘭) 있는 방(房)이든가, 마음도 귀기 밝다.

얼마를 닦았기에 눈빛마저 심심한고

흰 장지 구만리(九萬里) 바깥, 손 내밀 듯 뵈인다.

항아리

종일 시내(市內)로 헤갈대다 아자방(亞字房)엘 돌아오면
나도 이미 장(欌)안에 한 개 백자(白瓷)로 앉는다.
때묻고 얼룩이 배인 그런 항아리로 말이다.

비도 바람도 그 히끗대던 진눈깨비도
누누(累累)한 마음도 마저 담았다 비운 둘레
이제는 또 뭘로 채울것가 돌아도 아니 본다.

봉선화

비오자 장독대에 봉선화 반만 벌어
해마다 피는 꽃을 나만 두고 볼 것인가
세세한 사연을 적어 누님께로 보내자

누님이 편지 보며 하마 울까 웃으실까
눈앞에 삼삼이는 고향집을 그리시고
손톱에 꽃물들이던 그날 생각하시리

양지에 마주 앉아 실로 찬찬 매어주던

하얀 손 가락가락이 연붉은 그 손톱을
지금은 꿈속에 본듯 힘줄만이 서노나.

백자부(白磁賦)

찬 서리 눈보라에 절개 외려 푸르르고
바람이 절로 이는 소나무 굽은 가지
이제 막 백학(白鶴) 한 쌍이 앉아 깃을 접는다.

드높은 부연 끝에 풍경(風磬)소리 들리던 날
몹사리 기다리던 그린 임이 오셨을 제
꽃 아래 빚은 그 술을 여기 담아 오도다.

갸우숙 바위틈에 불로초(不老草) 돋아나고
채운(彩雲) 비껴 날고 시냇물도 흐르는데
아직도 사슴 한 마리 숲을 뛰어드노다.

불 속에 구워내도 얼음같이 하얀 살결!
티 하나 내려와도 그대로 흠이 지다
흙 속에 잃은 그날은 이리 순박(純朴)하도다.

청자부(靑磁賦)

보면 깨끔하고 만지면 매촐하고
신(神)거러운 손아귀에 한줌 흙이 주물러져
천년(千年) 전 봄은 그대로 가시지도 않았네

휘넝청 버들가지 포롬히 어린 빛이
눈물 고인 눈으로 보는 듯 연연하고
몇 포기 난초(蘭草) 그늘에 물오리가 두둥실!

고려(高麗)의 개인 하늘 호심(湖心)에 잠겨 있고
수그린 꽃송이도 향내 곧 풍기거니
두 날개 향수(鄕愁)를 접고 울어볼 줄 모르네

붓끝으로 꼭 찍은 오리 너 눈동자엔
풍안(風眼)테 넘어보는 할아버지 입초리로
말없이 머금어 웃던 그 모습이 보이리

어깨 벌숨하고 목잡이 오무속하고
요조리 어루만지면 따사로운 임의 손길
천년(千年)을 흐른 오늘에 상기 아니 식었네.

옥적(玉笛)

지긋이 눈을 감고 입술을 추기시며
뚫린 구멍마다 임의 손이 움직일 때
그 소리 은하(銀河) 흐르듯 서라벌에 퍼지다.

끝없이 맑은 소리 천년(千年)을 머금은 채
따스히 서린 입김 상기도 남았거니
차라리 외로울망정 뜻을 달리 하리오.

김상용(金尙鎔, Kim, Sang yong)

1902.~1951. 경기 연천 출생. 호 월파(月坡).
보성고보 졸업(1921), 미국 보스턴 대학 영문
학 연구, 일본 릿쿄오 대학(영문과) 졸업. 〈동
아일보〉 시 「무상」 외 1편 발표(1930) 등단. 시
집 『망향』(1939, 문장사). 수필집 『무하 선생
방랑기』(1950, 수도문화사). 이화여전 교수,
강원도 지사, 이화여대 학무차장, 이화여대 교수 역임.

—

시조 6수

새벽달 성두城頭에 걸고 청천淸泉을 걸고드니
군자의 산간낙山間樂이 이 아니 족하온가
예부터 뜻있는 손이 날과 같이 노니라

동천이 희열할사 달이 아즉 서성西城이라
일월이 한기 있어 이 몸을 기루거니
구태여 사람을 찾아 구할 줄이 이시랴

산간에 봄 늦으니 송화가 날리매라
속객俗客이 찾아와서 먼지인가 하는고야
눈에도 선과 악이 있거니 제 알 줄이 이시랴

소치는 저 아희야 궁예성 내 아는다
십 리 초원을 그곳이라 하는고야
장부의 평생지업도 꿈 깬 뒤와 같고녀

세포洗浦라 너른 뜰에 추풍이 나부낄 제
준총駿驄을 급히 몰아 진일盡日 껏 노닐다가
큰 나무 등걸을 베고 쾌히 쉬면 하노라.

금강송백 버혀 일엽선一葉船 지어 타고
동해 창파우에 님다려 노니다가
이날의 날 부르실 제 함께 가면 하노라

병상음吟 2수

사십 평생을 세루世累와 싸웠도다
가을빛 가득 가득커늘 못 찾는 마음이여
세사世事의 과시 헛됨을 이제 안 듯 하여라.

성두城頭의 슬픈 초적草笛 어느 아해 시름이뇨
추풍이 소슬한데 병들어 누웠으니
심사만 아아득히 떠서 갈 길 몰라 하더라.

실제失題

그 사람의 은근한 귓속말에 넋이 젖어
비바람 골에 궂으나 그날이 그리웁다!
가슴의 이 초롱불 꺼지면 봄마자 어두우리!

백두산음 5수

— 정계석축定界石築을 보고
목석을 무심타랴 저 돌을 보사소라
북한北寒 풍설에 단성丹誠 아니 갸륵한가
의義 잊고 절節 고친 사람 볼 낯 없어 하려니

이끼옷 둘러 입고 오늘 아직 남았나니
알패라 고국 한을 전코저 함이로다
옛 소식 듯는 양하여 가슴 아파 하노라

— 무두봉에 올라
무두봉 올랐노라 장백에 해 걸렸네
사양斜陽에 누은 천평天坪 아늑도 한저이고
나그네 봉두峰頭에 서서 갈 길 몰라 하노라

— 백두산정에서
발밑에 천지영담 눈앞에 만리천평
위타 연산이 천애天涯에 둘렀는데
일변日邊에 유유백운悠悠白雲은 공배회空排徊를 하더라

— 천지天池 가에서
청벽靑璧도 그림이요 벽담碧潭도 그림인데
담潭 가에 앉았으니 나마저 그림인 듯
청풍이 옷을 날리니 화의畵意 분명하더라

어린 것을 잃고

숨이 이미 졌건마는 그래도 품에 안고
뜬눈 밤샌 뒤라 잠이든가 하는구려
어미의 살들한 사랑 깊일 모르옵네다.

괴로운 이 사바에 먼저 간 네가 붉다
붉은 네 신세라 굳이 잊자 하건마는
눴던 네 자리 볼 때면 가슴 먼저 막히누나.

동삼삭冬三朔 바람 차고 북망에 눈 덮이면
가엾다 어린 네가 지하에 어이 자련
오늘도 흙바닥 짚고 우는 줄을 아느냐

머리맡 등만 봐도 좋다등등 하든 네가
호올로 지하 칠벽漆壁 어두워 어이하랸
이제는 달만 솟아도 갑창 굳이 닫으리라

불 없다 설워 말고 달 밝건 달을 보고
서산에 달이 지건 머리맡 별을 보고
비구름 별 맞아 덮건 고이 잠이 들거라

공괴에 분주하다 참참이 젓부를 때
첫 잔 든 네 울음을 듣는 듯 쟁연하야
너 없는 비인 자리에 몇 번 너를 찾았던고.

바다

바다도 마를 것이 하늘도 변할 것이
무량법계를 말할 이 누구런고!
한 점의 일순의 몸을 일러 무삼하리오!

바친 몸

건곤을 지으시고 이 몸을 나셨도다
반만년 대업을 이룩할 날이 오다
홍모로 바친 몸이니 누릴 것이 없어라!

김상형(金相亨, Kim, Sang hyung)

1924.4.~2003. 경북 청송 출생. 호 동산(東山), 구명 상은(相殷). 대한장로회 신학교(신학과) 졸업. 《시조문학》「어머님」천료(1975) 등단. 한국시조시인협회, 한국문인협회, 한국 크리스찬 문학가협회, 한글학회 회원. 전국 지상 백일장 위원장, 학교 교장, 대구 수성교회 장로 역임. 시조집 『십자가』(1981, 한국문학사), 동산 김상형 선생 화갑 기념 문집(1984, 국제), 『사모곡』(1991, 대일). 논문 「시조를 통해 본 조상들의 숨결」외.

어머님

청홍 당사 고운 사려 그으기 감아됐다
꽃다운 한 시절 내일 바라 몸 사르고
구슬땀 가난 길에 뿌려 아침 해가 부셨네.

밝아온 새 하늘에 구름발은 다시 서려
그날들을 다스린 아픔 얼굴 위에 그늘지고
머리털 카락카락엔 쓰린 풍상이 머물다.

남새밭 긴 잠 깨어 파란 싹 다시 돋고
두 손으로 바쳐 든 소망 자녀 위해 열매 지워
오늘에 밟으신 뜨락 뒤안길도 밝아라.

이제 막 다가선 봄 잠시 후면 문 여리다
어머님 시린 손을 포근히 녹이소서
남은 날 쌓인 시름을 병풍 접듯 거두시고

나비

노오란 금빛을 봄바람에 가누고
편력의 가시밭도 돌아보면 꽃길인 양
화사한 웃음 띄우며 날아가는 나비여!

저 언덕 넘어가선 그리운 임을 만나
낙원의 터를 닦고 백 년을 누리는데
시새운 비바람으로 그 과녁이 흔들리네

수유의 세월인들 함부로 다스리랴
무거운 오늘도 은혜로 다독이며
내일의 찬란한 꿈을 날개 위에 얹는다.

십자가

사랑의 지광이로 흑암을 깨뜨리고
골고다 언덕에서 하늘 가는 길을 여신
선혈의 십자가에는 한 세월도 비켜가네

무거워도 괴로워도 임이 진 멍에이기
꽃다운 사연들을 하나하나 주워보며
오늘도 그 뒤를 따라 좁은 길을 걷는다.

나목

커다란 수레바퀴에 난간으로 밀려나
여윈 몸 가는 핏줄 지심에 의지한 채
애타게 봄을 부르며 우러러 선 나목이여

삭신 저민 아픔을 깊은 집념에 삭여
걸어 가는 발자국에 은혜로 내린 햇볕
잔설 속 파아란 목숨 꽃망울로 부푸네.

매화부梅花賦

찬 하늘 홀로 기려 인고로 사는 나날
맑은 뜻 고운 마음엔 눈보라도 돌아섰나
은은히 방그런 웃음 집 안 가득 봄벼라

앵도 빛 숨은 볼엔 따스한 정이 들고
부풀은 춘심 향기로 마름하여
이 하늘 못내 즐기며 떨뜨려진 기슴이여!

모란

치맛자락 매만지며 백 년을 헤아리고 앉아
깊은 밤 차가워도 샐 날을 기다리며
한 조각 붉은 마음을 등불처럼 켜 든다.

무지개 곱게 선 오월 하늘 활짝 열고
금빛 관 머리에 얹어 웃음 짓는 여왕인 양
부신 빛 찬란한 보람이 온 집안에 그득다.

설화

어둔 바닷속에 잠겨만 살던 거북
광명이 하 그리워 새 하늘 고이 열고
뭍으로 기어 나와선 끈질기게 살았네.

파도에 상한 등은 따슨 볕으로 아물고
하루는 오만한 토끼와 경주해서 이겼네
그 보람 오늘도 살아 설화 속에 곱다네.

추야우秋夜雨

애절한 소야곡에 스란치마 드리우고
맺을 수 없는 사랑 눈물로만 다스려
한밤중 고요를 타고 풀어보는 사연인가

장지 밖 듣는 소리 내 마음 젖어가네
사랑도 겹으로 쌓이면 눈물이 되는 건가
긴긴 밤 꽃초롱 밝혀 귀 기울여 들어본다.

추음秋吟

비바람 찬 서리도 두 손으로 받아 모아
나뭇잎 황홀한 계절의 시를 쓰면
가을은 휘파람 불며 뜰 앞에 다가서네.

검

먼
옛날
그
옛날
파아란 하늘을 열고

임들의 넋을 쏟은
자그만
자瓷
기器
하나

아직도
그
살에 닿으니
손이
따스해진다.

김상훈(金尙勳, Kim, Sang hun)
1936.4.~2016. 동국대 행정대학원 졸업. 전
국백일장 입선(1957), 전국백일장 시조 당선
(1959) 등단. 〈매일신문〉 신춘문예 시조·신춘
논문, 〈부산일보〉 신춘 논문 당선. 시조집 『파
종원』(1977, 서문당), 『내 구름 되거든 자네 바
람 되게』(1996, 열린시), 『다시 송라에서』(1996,
열린시), 『산거』(1996, 열린시), 번역시집 『대밭
바람 솔밭바람』(1997, 부산일보사). 논설집 『고
발과 비판』(1971, 서울), 학술논문집 『신냉전시
대의 동북아시아』(1984, 아성). 〈대구일보〉 상
임 논설위원, 〈부산일보〉 상임논설위원, 〈부산
일보〉 사장, 통일문제연구소장 역임. 부산 산업대학 출강.

―

내 모국

빈 누리 초매草昧의 땅도 은총으로 받는 복지
한 자리 길이 누릴 고운 날을 지켜 앉아
계명성鷄鳴聲 은은히 여는 새벽빛을 기렸네

가난도 보듬으면 때가 묻어 고운 자락
피로운 해와 달도 내 몫이라 달래가며
여읜 봄 보낸 가을이 몇 타래나 되는 건지.

비바람 찬 서리도 받아 보맨 꽃단풍을
가꾼 듯 정성 하마 영글 소망으로
내일의 푸른 산맥을 짚어보는 내 조국

천의天意

메마른 돌밭에다 수수알을 심어놓듯
외진 이 영지에다 우리들을 기르시다
가난한 이 땅 이 하늘 나를 서게 하시다.

매발 간은 앙금으로 신고辛苦에 뿌리박고
비바람 불 적마다 한 치 높인 마디 위에
흰 구름 휘청거리며 보내라고 이르시다

가을을 입고 서면 핏빛 물든 창검이고
흔들면 하늘마저 찢어지는 기폭인데
두드려 산하도 울릴 북소리도 거두리라.

추과秋果

오로지 인고였어라, 가지마다 꿈이었어라
진한 꽃 진한 눈물 참으로는 아픈 사랑
휘이는 가지들 사이 하늘 비친 추과들

안으로 안으로만 타 내리던 그 숨결이
들킬라 몰래 숨은 잎새 그만 볼이 뜨거웠네
흐르는 바람의 열기 잡아 보는 이 환희

허구한 장맛비도 담아 부은 번갯불도
풀벌레 울음소리 비바람의 만나봄도
오늘의 과육만큼의 살이 붙던 그 신산辛酸

차라리

차라리 녹수청산에 멧돌으로나 살걸 그랬다
붉은 꽃 푸른 푸새들을 마구 밟고 짓이기다가
가을산 활활 불 탈 때 함께나 탈걸 그랬다

차라리 녹수청산에 청노루로나 살걸 그랬다
날이면 계류에 발 적시며 흰 구름 유연히 보다가
밤이면 솔바람에 귀 씻으며 별들이나 헬걸 그랬다

차라리 녹수청산에 멧새로나 살걸 그랬다
잔가지 마른 풀잎들로 둥지 하나 얽어 놓고
골골이 실카장 쏘다니며 노래나 할걸 그랬다

오늘도 뇌옥牢獄에 갇힌 울울한 인간 영사營事
한 고비 돌아나면 또 한 고비 막아서는
놓여 난 녹수청산의 금수들이 부럽다

한라산

북으로 백두를 잃고 한라는 짐짓 외롭다
원도 먼 남명南冥에 앉아 백설을 불러 인 채로
분노도 사랑이라서 세월을 참고 견디니

인간은 제 스스로를 죄벌에 불을 질러도
태초의 유산이기에 풀꽃만 기른다누나
백록담 가는 구름도 그림자 가만 삼가네.

몽매에 못 잊는 조국 불러도 대답은 없어
창파에 떴다 잠겼다 지긋이 목이 메는가
한라산 상청 육백 리 꿈이여 너 등불이여

오늘

일찍이 낭자턴 꿈을 꽃으로 흩날리고
상낙霜落의 가을에 앉아 거둘 것이 없는 한목寒木
되뇌어 침중沈重한 뜻으로 이 벌판에 내가 섰다

세월은 염염冉冉의 자취 흐르면 애잔의 먼 빛
가지 끝 잎 지고 나면 하늘이야 넓을 것을
뜨거운 눈빛을 감추고 또 새봄을 지키리

조춘사早春詞

얼음 풀린 연못가에 새로 이는 잔물결을
물끄러미 바라보다 문득 내가 나를 보니
나도야 고목 실가지 물오르는 실가지

소록비 몇 차례가 문지門紙를 적시우고
터밭 푸새들이 자르르 윤기 들면
울타리 섶나무에도 노란 움이 눈뜨겠다.

파종원播種苑

한 그루 타는 복숭아 햇물 고운 그늘 아래
돌아와 여기 서면 나도 한 채 꽃나무고
눈 젖어 오는 새봄이 사래마다 일렁인다.

발 벗고 마음 벗고 씨롱 메고 들에 나니
일찍이 노래였던 꿈 울려 퍼진 대지 위에
종다리 목청 돋우고 민들레도 피는구나.

슬픔일랑 땅 속에 묻고 박전薄田에도 씨를 심자
한철 겨운 콧노래여, 타래 엮은 수심이여!
강산도 열고 올 봄빛 봇물이야 마를쏜가.

결실

무연蕪然한 외진 들녘의 이름 없는 풀꽃으로
발돋음 발돋음하며 가꾸어 온 아픈 소망
이 가을 금빛 무게로 울먹이며 영근다.

행화촌杏花村

살구꽃 피는 마을 피는 날이 저리 곱다
피는 꽃 그 너머에 지는 꽃도 어여쁘다
목숨도 오가는 날이 저리 꽃길이고저.

김샴(Kim, Syam) 본명: 김태년(金泰年, Kim, Tae nyeon)

1993년 진해 석동 출생. 경남대학교(국어국
문학과) 졸업(2017). 중앙신인문학상 시조 당
선(2013) 등단. '객' 시조동인.

먼저 김샴의 작품 6편에 주목했다. 「UFO를 먹다가」, 「프로게이머」
에서 시조와 판타지의 결합을 시도했고, 「샴쌍둥이를 위한 변명」에
선 자신의 불편한 출생마저 5수로 녹여내는 저력을 보여줬다. 몇
차례 의견 교환 후에 「바둑 두는 남자」를 당선작으로 뽑았다. 주검
의 발견을 '발굴'로, 소지품을 '부장품'으로 표현한 것이 독특했다.
— 오승철, 권갑하, 강현덕, 이달균

샴쌍둥이를 위한 변명

모든 처녀들은 어머니가 되기 위해
자신의 뱃속에서 방아쇠를 당긴다
한 발에 한 명의 천사가 아이로 태어난다.

내 운명은 사선射線에서 불발탄이 터진 것
두 명의 형제가 한 몸으로 불붙었다
다행히 그 폭발음을 신이 먼저 들었다.

20만에 하나라는 비극적 표적에서
내 머리에 동생 발이 축복처럼 붙었다
하나를 부욱 찢어서 쌍동雙童을 만들었다.

어머니의 천사들은 샴쌍둥이로 명명됐다
탄환과 탄피는 제 자리로 돌아갔지만
탄흔의 내 깊은 상처에 초연硝煙이 자욱하다.

먹어도 허기지는 슬픈 불량품은
은하수 다 퍼 와서 밥해 먹고 싶지만
그 별에 내 피 찍어서 명命줄 같은 시를 쓴다.

바둑 두는 남자

쉰다섯의 전장까지 판판이 패자였다
실패한 한 중년의 마지막 한 판 승부
밀리면 더 갈 곳 없는 종점에 서 있었다.

이겨도 얻어내는 전리품은 없었지만
함몰된 눈알 가득 불꽃들 살아 튄다
세상에 남길 유혼이 살아있는 눈빛이듯.

마지막 외통수가 비수로 남았을 때
찌르지 못한다면 찔려야 했었기에
파르르 손이 떨리던 일대기가 끝났다.

여름옷 입은 채로 한 겨울에 발굴됐다
바둑 두는 남자의 노숙터 부장품은
살아서 빛나던 한때 아버지란 칼 한 자루.

게이미피케이션Gamification*

모든 청년들이 왕자를 차지하기 위해
타다타닥 마우스를 쉼 없이 움직여요.
알알이 제 몸 끼운 채 달리고 있네요.

오늘도 집을 나와 전장으로 접속해요.
리셋 되는 스테이지, 여기가 편해요.
지쳐도 걸을 수 있는 불멸의 아지트

외로움도 게임으로 승화되는 시대에요.
오늘도 쉴 틈 없이 전장에서 싸워요.
비프음 울릴 때까지, 쉬지 않는 손가락

* 게임이 아닌 분야에 대한 지식 전달, 행동 및 관심 유도 혹은 마케팅 등
에 게임의 매커니즘, 사고방식과 같은 게임의 요소를 접목시키는 것.

호모 모빌리쿠스*의 꿈

깊은 밤 카페에서 친구 둘이 만났다
커피가 식기 전에 대화는 단절됐다
서로가 등을 돌린 채 스마트폰 누른다.

세 치 혀가 필요 없는 미래는 이미 왔다
녹음기 앵무새도 사라진 지 오래다
양손의 엄지손가락 까톡까톡 말을 한다.

고독이 독거로 예언되는 시대에
디지털의 시계를 내던져 밟아버리자
크래킹 패스워드를 해제하고 떠나자.

야성의 혈거시대로 돌아가는 꿈이여
들소 떼 뒤쫓아서 사냥꾼이 달려간다
우우우 터져 나오는 사람 목소리 따라간다.

* 휴대전화를 생활화한 현대의 새로운 인간형을 뜻하는 라틴어 신조어.

UFO를 먹다가

산골 얼음 어는 골 빨간 사과 한 알

별, 별들이 익어가는 깊고 추운 밤

홍옥은 제 몸 끓이며 태양계를 건넌다.

나에게 이 우주는 무한의 사과밭

고통 없이 타는 살별 붙박이별 어디 있는가

은하계 유에프오 툭!, 불시착한 자정에.

시인이 시를 쓰다 불현 듯 헛헛기에

낙과 하나 주워들고 아싹 베어 문 자리

비행선 타고 오신 손님 사과벌레 만난다.

글을 치자!

모니터 속 전쟁터다, 빗자국이 내렸던
펜 들고 약진하던 시대는 지났다
장맛비 내리고 나면 홍옥이 끓는다

궤적 따라 쉬지 않고,
커서를 잡아당기자
오래된 사과를
땅으로 던져버리자
육필이 지배했었던
말기야, 지금은

도발하는 시대다
잘못된 전략이라도
진군북이 찢어져도
키보드로 둥둥둥.
보내자, 샹젤리제로
만들자, 판타지아

버스 안에서

버스 안에서 살고 있는 조그마한 화가
그들의 그림 속 이면으로 도달해보자
유리창 저편 너머로 솔봉이 같은 흔적들

물감 없는 그 붓은 무엇이 궁금할까
찢어져 버린 수채화의 흔적 그 너머로
이면의 종착역에서 하차벨 소리 찌—잉

올망졸망한 드로잉 소리 뒤로 하고
오지 않는 비를 위로 하며, 오늘도
우산이 되어서 막고 있는 내 얼굴

수수께끼
— 또바기

이웃집 이름 모를 열매가 먹고 싶었지
열매가 먹고 싶어 매일 침만 흘렸지
그 집이 부러웠는데 말이야, 지금껏

우리 집 나무에는 야구공만 열렸어
아버지의 글러브로 캐치볼만 했지
내 인생 캐치볼들은 끝이었어, 그때가

9회 말 세상에서 아웃된 지 오래됐어
혜윰의 숲에서 나무를 기르는
내 업은 분재관리사야,
수수께끼의 끝에서

로딩중……1%

로그인, 로그아웃, 휴식 없는 단어들.
처음이 사라진 불모의 공간에서
시작된 새로운 꿈이, 나에게로 온다.

발명이 사라진, 발굴의 시대에서
고고학을, 되새김질 OR, GOGO 해봐요
나에게 오고 있는 것은 무엇이든 상관없어요

규칙 안에서 바뀌는 건 많아요
제발 끝내지 말아요, 타자 음은 아직도
울려요, 끝나지 않았어요. 보이는, 다시 시작

프로게이머
— 자화상

　시월이 시작되면 그를 먼저 부른다 매치를 요구해도 묵묵부답 프로게이머 우리는 전사의 이름을 시인이라 부른다.

　오랜만의 전장에선 메타포로 공격한다 게임마다 완패하는 승률은 0퍼센트 오늘은 선봉장으로 시 한 편이 서있다.

　싸움에서 이기기 위해 진법을 펼치지만 그는 박제된 듯 서정시를 읽어준다 전사의 게임머니는 텅텅 비어 갔지만.

　사이버 공간에서 시가 살아 뛰어온다 그의 시가 찾아오면 게임은 잠시 중단 스스로 무장해제한 프로게이머가 걸어온다.

　만추의 해킹으로 전사가 쓰러진다 빛나는 시편들이 모니터에 떠다닌다 철옹의 프로그램이 백업 없이 지워진다.

　갑옷을 벗어 들고 일어서는 프로게이머 또 다른 전장인 12월로 걸어간다 한 가방 가득 시를 담고 떠나온 길을 찾아간다.

김서미(金瑞美, Kim, Seo mi)

1969년 전남 신안 흑산면 가거도 출생. 초당
대학교 4학년 재학. 《열린시학》 신인상(2020)
등단.

김서미 시인은 연시조, 단시조, 사설시조 등의 다양한 시조의 양식
을 활용하는 능력을 보여주고 있으며, 그 양식적 다양성을 통해서
담아내는 시적 주제도 자연을 통해 삶과 죽음을 읽어내는가 하면,
겨자씨만하기도 하고 수미산 같기도 하다는 마음心의 오묘함을 탐
구하기도 한다. 특히 「109 계단」이라는 사설시조 작품에서는 동네
사람들이 천재라고 부러워하던 첫째 딸을 여읜 아버지의 심정을
"바다 끝 수평선"에 비유하면서 그 하염없고 막막하며 아득한 상실
의 아픔을 절묘하게 살려내고 있다.

— 황치복(문학평론가)

기생꽃

빛조차 들지 않는
으늑한 산중에

모시적삼 걸쳐 입고
속살 다 비추고서

희디흰 눈물만 모아
누구를 기다리는지

기생이 무슨 죄라고
낙인처럼 찍힌 도장

가난과 멸시를
무릎 꿇고 수도하듯

갈라진 다섯 꽃부리
다소곳 눈 감추는

봄볕에 반짝이다

봄볕에 반짝이는
자갈들 보석 같다

파도는 윤슬 머금고
곱디고운 삼단머리

까르르 봄날 웃음소리

온 동네를 흔든다

쌍계사, 그 봄날

섬진강 십 리 길에
지천으로 펼친 벚꽃

꽃 따라 내가 가듯
날 따라 꽃이 오듯

불 밝힌
꽃 타래 행렬
온누리 더 환하다

잔물 서린 처녀의 꿈

연둣빛 헛꽃잎이
환하게 불 밝히듯
베란다 한 모퉁이
뭉실뭉실 피어나
마치 내 뒤를 살피듯이
눈길을 사로잡는다

엄마 닮았다며
아들이 사준 수국
화려하지도 않고
밋밋한 연둣빛
없는 듯 스치듯 분홍빛
참 곱고 단아하다

금강초롱

오는 듯 마는 듯 그리 살짝 오시게
가만가만 버선발로
실비처럼 다녀가시게
보랏빛 수줍은 미소 여름날의 짧은 인연

그리움이 만월처럼 둥그렷이 차오르면
내 산새의 뒤척임에
남몰래 귀 기울이며
화악산 그대의 향기 오래도록 품으리니

김석이(金昔以, Kim, Seok i) 본명: 김인숙(Kim, In sook)

1959년 부산 우암동 출생. 〈매일신문〉 신춘문예(2012) 등단. 시조집 『비브라토』(2014, 나무아래서), 단시조집 『블루문』(2016, 책만드는 집), 『소리 꺾꽂이』(2019, 발견, 아르코문학나눔도서 선정). 천강문학상 우수상(2013), 제1회 대은시조문학상 본상(2014), 중앙시조대상 신인상(2019) 수상. 한국시조시인협회, 오늘의시조시인회의, 나래시조, 부산시조시인협회, 영남여성문학회, 부산여류시조 회원. '예감', '연대' 단시조 동인. 부산여류시조문학회 사무국장.

—

김석이 시인의 시 세계는 거칠게 요약할 때 두 가지 특징을 보인다고 할 수 있다. 예리한 관찰력이 돋보인다는 것이 그 하나이고, 사물의 핵심을 관통하는 은유를 통해 그 발견을 고정한다는 것이 다른 하나이다. 김석이 시인의 시적 소재는 주로 시인이 경험하고 읽어낸 일상의 것들에 있다. 그는 사소하게 반복되는 일상의 페이지를 넘겨가며 거기 깃든 의미를 되새긴다. 그리고 자신만의 고유한 언어를 통해 새로운 방식으로 이를 시로 형상화 한다. 존재의 근원적인 고독을 저변에 드리운 채 어울려 살아가는 것의 아름다움을 궁구하며 삶의 내밀한 장면들을 속속들이 헤집어 살펴보는 것이 김석이 시인의 시 세계의 특징이다. 그리고 그 모두는 결코, 쉽게 깊이를 잴 수 없는 서정의 물길을 따라 흐르고 있다.

— 박진임(문학평론가 · 평택대 교수)

—

곡각지

모퉁이 돌아서면 넓은 세상 펼쳐질까
저무는 시간 너머 벼랑에 핀 나리꽃
바람도 후들대는데
가파른 생 넘는 나비

우짜능교

땅 고른 집터 위에 한사코 뿌리 내린
개망초 한 무리가 유유자적 흔들린다
곧 뽑혀 나갈지라도 웃음소리 청랑하다

깻단 터는 날

절명의 끄트머리 막대기로 툭툭 치자
참았던 우여곡절 한꺼번에 쏟아진다
여물어 고소해진다
털어내니 가볍다

건널목 무대

일제히 멈추어선 기대도 안고 간다
겹쳐진 그림자도 발등에 업고 간다
신호등 바뀔 때마다 입장하는 등장인물

오고 가는 길목에 쏟아지는 시선 집중
살펴볼 겨를 없이 떠밀려 간다 해도
막혔던 길을 젖히며 당당하게 손 흔든다

이쪽에서 저쪽으로 나에게서 너에게로
잠시 멈춘 그 사이에 펼쳐지는 파노라마
나는 늘 주인공이다
이십 초의 주마등

꽃댕강나무

매연이 스멀대는 길 따라 늘어서서
소소한 갈증들은 빗방울로 목 축인다
무심한 소음 속에서 경계를 피우는 꽃

댕강댕강 매달린 목숨들도 꽃이다
언제 잘릴지 모르는 비정규직 목에 걸고
엎드려 몸 사린 채로 낮게 낮게 걷는 하루

해동

땅을 밀고 올라온 칼칼한 서릿발

번득였던 날들이 햇살에 질척하다

인자 마, 이자 뿌이소 툭툭 털고 가입시더

물의 음계

금이 간 밑바닥도 감싸 안고 흐른다
버티고 선 바위도 곡선으로 달랜다
낮은 곳 스민 손길에 올라가는 삶의 계단

어긋나기

내 취향은 오른쪽 당신은 왼쪽
출발선은 조금 아래 당신은 조금 위에
가까이 있는 듯해도 멀기만 한 그 거리

그래도 괜찮아 한 뿌리에 돋은 가지
서로의 기척에 불면의 밤 견디잖아
빙 돌며
쭈뼛거려도
등 기대는 너와 나

연못가 찻집

금빛 비늘 번득이는 물의 살갗 만져본다
비어 있는 자리마다 이끼로 자란 가슴
세월을 늘어뜨린다 빛 한 줄기 이식한다

찻잔 위에 맴도는 여백에 걸린 이름
사랑한다 그 말은 겨울에도 얼지 않아
물속에
어룽지는 말
물안개로 다시 핀다

수탄장* 별곡

갈기갈기 찢겨진 날들이 바람이다
몸부림치는 파도는 아물지 못한 상처
탄식에 녹아내린 뼈
소리만 남아 있다

* 수탄장: 소록도에 있는 탄식의 장소.

김석인(Kim, Seok in)

1960년 경남 합천 덕곡 출생. 경북대학교(철학과) 졸업. 〈동아일보〉 신춘문예(2014) 등단. 한국문인협회 김천지부 사무국장 역임. 한국시조시인협회, 오늘의시조시인회의 회원. 백수문학제 운영위원.

山河明

김석인

보증서 한 장 없이 백련은 받았기만
빗물에 젖은 노배, 바람의 칼칼 가늠
맛바가 가정겹해도 겨누는 떼 하나 드

—

김석인의 시편들은 현대인의 소외와 고독을 유려한 시어로 직조하여 쓸쓸함의 상투성을 걷어내었으며(「바람의 풍경」)(이근배), '산벚꽃 바라보다 산벚꽃이' 되는 자연합일을 추구하면서 '꿈의 고갱이'로 '퇴화'한 자신을 '천년 더 공명共鳴할 몸짓'으로 승화시켜 자아실현의 계기로 전환하고 있다(「배흘림기둥에 기대어」)(이종문).
145년 만에 돌아온 외규장각 의궤와 병자호란 때 청나라로 끌려갔다가 돌아온 환향 길 여인들을 동시에 보아내는 탄탄한 서사적 구조를 구축하여(「외규장각 의궤」)(오승철), 정형의 틀 안에서 발아하는 생의 사유를 맛보게 해준다. 바람을 머물게 하는 법을 깨달아 휘어도 꺾이지 않는 삶을 추구하면서(「바람의 필법」)(이송희), 사회적 무관심과 냉대 속에서 소외된 노인들의 내면세계와 당대의 비극적 삶의 의미를 형상화 하고 있으며(「폐문, 그 이유」)(박권숙), 회피적이고 방관자적인 자아에 대한 성찰을 시도하여 보다 따뜻한 세계를 만들어 가기 위한 해결책을 마련하고 있다(「수묵담채화-을남이에게」)(임채성).

—

수묵담채화
— 을남이에게

다투는 아이들 속에서 내 유년 떠올린다
기울어진 편에 서서 말 한마디 못하고
속울음 꿀꺽 삼키며 두 눈만 껌뻑였던

내 등에는 버거운 또 다른 짐이 있다
낮은 문 지나려고 허리 굽힌 겨울처럼
야멸찬 이 세상에서 모른 척 뒷짐을 진

어깨를 펴고 보면 그런 사람 수두룩하다
우산 못 받쳐줘도 더불어 비 맞아주면
칙칙한 풍경의 시간 금시 따뜻해질 것을

바람의 풍경

억새의 목울대로 울고 싶은 그런 날은

그리움 목에 걸고 도리질을 하고 싶다

있어도 보이지 않는 내 모습 세워놓고

부대낀 시간만큼 길은 자꾸 흐려지고

이마를 허공에 던져 비비고 비벼 봐도

흐르는 구름의 시간 뜨거울 줄 모른다

내려놓고 지워야만 읽혀지는 경전인가

지상에 새긴 언약 온몸으로 더듬지만

가을은 화답도 없이 저녁을 몰고 온다

배흘림기둥에 기대어

무엇이 만져질까, 내 삶을 미분하면
응어리 너무 많아 움찔하는 양미간에
퇴화된 꿈의 고갱이
풍경으로 울고 있다

산벚꽃 바라보다 산벚꽃이 되는 봄날
노루잠 눈 비비며 열반경을 외는데
날마다 드나들었는지
문지방이 닳아 있다

옹두리 다듬으면 무슨 빛깔 무늬 될까
흩어진 햇살들이 실눈을 뜨는 시간
천년 더 공명共鳴할 몸짓
잠언으로 스며든다

외규장각 의궤

갓 쓰고 도포 날리며 행서체로 눈을 뜬
그믐밤 지워버린 등불 같은 가시연꽃
천년 더 날숨을 쉴까, 물 위에 들숨 얹어

인질로 끌려가서 불어로 꿈꾸는 동안
5대째 벗어둔 의관 앉은 채로 눈이 멀고
내 깜냥 이제 여기까지 사뭇, 슬픔이 인다

환향의 길에 오른 여인들의 행색처럼
차마 버리지 못할 수모 겪은 저 몸뚱이
그리운 말의 지문을 찾아 겉더께를 닦아낸다

온몸이 먹먹해도 향불 같은 마음으로
끝끝내 잊지 않고 찾아온 너를 위해
천년 더 들숨 쉬고 싶다, 허공에 날숨 던져

감, 안거에 들다

텅 빈 꽃자리에 틀어 앉은 풋 생각들

더러는 떨어지고 더러는 또 흔들린다

장맛비 긴 혓바닥이 날름대는 허공에서

짓물러 터진 입술 백분이 피어나고

세상이 떫을수록 떫은 맛 깊어져도

장마가 지나간 자리 푸른, 사리 몇 과

멈춰 선 풍경

혼자서 걸어간 길 고스란히 남아있다
지독했던 그리움도 한낱 바람인 것을
못다 한 꿈의 성채가
웅크리고 앉아 있다

굶는 데 이골이 나 하루걸러 먹었는지
밀쳐진 소반 위에 말라붙은 빈 밥그릇
괜찮다, 살만큼 살았다
독백으로 덮어놓고

떠는 순간까지 왜 버리지 못했을까
남아 있는 것 위에 내려앉은 저 손길
달빛도 그냥 갈 수 없어
문고리를 쥐고 있다

바람의 필법

대숲이 우는 까닭은 걸리는 말 많아서다
한 발만 헛디뎌도 칼바람이 이는 언덕
밤마다 빗장을 지른다, 흔들리지 않으려

너에게 가는 길은 수만 갈래 바람의 길
간이역을 세워 둔다, 단숨에 갈 수 없어
열두 개 마디를 지어 잠시 숨을 돌리고

텅― 비우고 나면 외발로 설 수 있을까
하루에 한두 번씩 목이 긴 기도를 한다
휘어도 꺾이지 않는 붓 닮아 가고 싶어서

마침내 둥글었는지 먹물에도 향이 돌고
허공에 적신 붓끝 내리긋는 굵직한 획
화선지 스며든 글귀 죽순으로 돋아난다

폐문, 그 이유

다 떠난 늘그막에 실어증이 찾아왔나

하루 종일 웅크리고 바람만 세고 있다

누군가 찾아주기를 기다리기나 한 듯이

툭툭 침묵을 털고 바짝 다가 앉아보면

눈길 닿는 곳마다 꿈틀거리는 옛 기억

오늘은 수척한 얼굴 슬그머니 불러내고

세상의 모든 문은 닫기 위해 열린 걸가

제가끔 감당할 만큼 웅변을 토해낸다

하나 둘 돌아오는 말 쓸어 담기 위하여

삶 한 벌

보증서 한 장 없이 백년을 빌렸건만

빗물에 젖은 소매, 바람에 할퀸 가슴

밤마다 다림질해도 잔주름만 하나 둘

주상절리

　내 안의 너를 찾아 발길이 닿은 이곳 쌓다 만 돌담 위에 실금이 그어져 있다 막다른 골목 앞에서 쏟아내던 날숨처럼

　긴 시간 얼고 녹아 예각을 버렸는지 서로의 어깨를 걸고 스크럼을 짜고 있다 속내평 다 내려놓고 둔각으로 엉긴 돌

　너에게 가는 길은 껍데기를 버리는 일 바람과 물을 불러 몸통을 깎아낸다 돌 속에 숨어있는 자취 찾아내는 석공처럼

　세상에 모가 난 돌 꿈마저 모났을까 억척스런 울아버지 등뼈 같은 육각기둥 벼룻길 비틀거리며 겨울하늘 이고 간다

김석주(金石胄, Kim, Suk joo)

1946년 경북 경산 자인 출생. 건국대학교(상학과). 《시의 길》 1집(1986), 《부산시조》 신인상(2017) 등단. 시집 『조선고추』(1987, 시로), 『땅을 치고 가슴을 치며』(1990, 지평), 『아버지와 꿈』(2000, 해성), 『풀꽃들의 노래』(2007, 세종), 『망부석』(2018, 작가마을) 외. 문예시대 작가상(2000), 부산 가톨릭문학상(2012) 수상 외. 부산 시인협회, 부산 시조시인협회, 부산가톨릭 문인협회, 한국 작가회의 회원.

—

김석주 시인이 제시하는 가장 큰 주제는 '사랑'이다. 그는 세계를 구성하는 본디 바탕이 사랑이라 생각한다. 인간과 인간의 관계를 넘어 인간과 자연, 자연과 자연의 관계를 형성하는 원천도 사랑이라는 것이다. 고독을 넘어서 자기와 타자에게 생명을 불어넣는 것이 사랑이라며, 이 사랑을 통하여 얻어지는 '반전'을 애찬한다. 반전은 절망에서 희망으로, 고통과 슬픔과 번뇌에서 환희와 행복으로 가는 길잡이가 되어 준다는 것이다. "아픔과 절망과 자괴"가 인생의 스승이 되는 그런 의미를 온 세상에 등불처럼 밝히고자 하는 마음이 많은 시편들에서 발견할 수 있다.

— 구모룡(문학평론가 · 한국해양대 교수)

—

남해탐구探究

부산 앞 이 바다를 눈여겨 살펴보면
낙동강 굽이굽이 고향물이 흘러들어
어머니 그 땀 냄새가
구수하게 풍긴다네

밭고랑 들길마다 민초들의 눈물자국
자국마다 한숨들이 빗물에 썻기어서
흐르는 강물이 되어
이 바다에 모였느니

그 모습 아롱이고 그리움이 밀려올 땐
바다 이 철썩이는 파도 속의 추억 찾아
님들의 한 많은 사연들을
들춰보며 합장하네.

새벽달

가슴에 담아둔다
새벽녘의 둥근 달

님 인 듯 밤새워서
우리 곁을 지켜주신

어머니
그 손길 같은
따스한 미소 한 줌

봄꽃들의 비밀

개나리 꺾어다가 상하常夏땅에 심었더니
나무는 살았어도 꽃 보기가 어려운 건
겨울 그 고통의 날이 없었기 때문이니

절망이 꿈이 되고 아픔이 행복 되는
세상일 알 수 없다, 모진풍파 원망 마라
봄꽃이 저리도 예쁜 건 설한풍의 덕이라네

찬바람 모진 세월 겪어나 보았는가
슬픔이 고통 되어 지새운 겨울 긴 밤
세월이 흐르고 보니 그런 날이 보배일세.

망부석望夫石

우리 님 바다 멀리 왜국으로 끌려가며
돌아올 기약 없고 피눈물만 쏟으시던
그 모습 못 잊어 울다
망부석이 되었다네

이제나 돌아올까
날이 새면 만나볼까
그립고 보고팠던
기나긴 세월 속에
어느 날 단 한순간도
잊은 적이 없는 얼굴

분하고 원통하다 나라 잃은 서러움에
꿈마다 울부짖던 임의 모습 애처로운
우리 님 기다리며 울다
망부석이 되었다네.

알밤을 까먹으며

가을철 산행 길에
알밤을 까먹는데
껍질을 벗기고
또 벗기는 수고로움
인생의
그 보람처럼
고진감래苦盡甘來 눈물겹다.

고슴도치 가시 같은
각질 속의 맛나 열매
깎으며 찔리면서
참고 견딘 인내 끝에
알밤의
달콤한 맛을 보며
삶의 이치 깨우친다.

민들레

민들레 약재藥材라고 누가 그리 말했던가
사방에 씨 날려도 생명 잇기 힘 부치니
상생이 복된 길이라
별들이 일러주네

민중의 삶과 같은 끈끈하고 질긴 생명
힘겨운 세월들을 너를 보며 이겨냈던
젊은 날 그 고초苦楚들이
행복의 길잡일세

밟혀도 일어서고 짓밟혀도 꽃 피우는
끈질긴 생명력에 눈물겨운 삶의 여정
백의白衣의 그 순결함이
우리 민초 상징일세.

겨울 해운대에 와서

무심한 겨울바다
백사장을 찾았더니
봄여름 좋던 시절
눈앞에 아롱이어
북풍의 이 찬바람도
다정하게 스쳐가네

매정한 세상인심 화살처럼 못 박혀도
속으로 삭이면서 하루 이틀 지난세월
이제야 뒤돌아보니 황혼 빛이 장엄하다

전생에 원수끼리
부부가 된다는 말
그 말이 사실인지
파도에 물어보며
참는 자 이긴다 했다는
그 한 말을 얻고 간다.

설날의 추억

섣달의 그믐밤이 어찌 그리 길던지요
머리맡의 새 운동화 새 양말이 신고 싶어
한밤 내 잠 못 들고서
불침번을 섰었지요.

친인척 모여들고 이웃사촌 함께하며
새날의 비나리를 수인사로 대신하고
널뛰기 윷놀이 하며
웃음꽃을 피웠지요

밤새워 내린 눈에 백옥 같은 세상풍경
그런 삶이 꿈이었던 지난날을 돌아보니
과수댁 굴뚝연기가
수묵화로 피어나네

강물처럼

압록강 굽이굽이 서해로 흘러들어
한강물 대동강과 얼싸안고 하나 되어
춤추는
저 서해바다
볼수록 장관일세

아무렴 못하리까 니들 보다 못하리까
우리 땅 금수강산 잘린 허리 다시 이어
에루화
가슴 확 풀고서
웃음꽃을 피워보세

강물이 흘러들어 바다를 이루듯이
우리사랑 흘러 모여 평화통일 일구어서
겨레의
이 묵은 소망
강물처럼 풀어보세.

인문학 소고小考

사는 게 무엇이고
목적지가 어디인지
어떤 것이 성공이고
지혜란 게 무엇인지
머리띠 동여매고도
풀기 힘든 학문이다

무엇이 슬픔이고
어떤 것이 행복인지
누가 정말 부자이고
잘사는 게 무엇인지
쉬운 듯 결코 쉽지 않은
인생살이 오묘한 것

어떤 게 영광이고
꿈이란 게 무엇인지
어디로 가야하고
어떤 것이 값진 건지
인간사 헤아려보니
사랑부터 하고 볼일.

김석철(金錫喆, Kim, Seok cheol)

1940년 전북 부안 동진면 출생. 아호 학림(鶴林). 《시문학》 시 추천(1978), 《월간문학》 시조 신인상(1980) 등단. 시집 『바다 風景』(1984, 월간문학사) 외 5권. 경기문학상(1997), 노산문학상(1999), 백양촌문학상(2000), 한국시조문학상(2003) 수상 외. 경인시조시인협회장, 한국시조작가회 부회장, 시조문학문우회 이사, 한국시조시인협회 부이사장, 한국문인협회 이사 등 역임. 한국시조시인협회 자문위원.

인연·2

김석철

드난살이
이 한 생을 스쳐간 편편들이
날 기운 자산으로
거한 품을 지켜 있네
오가며 만나게 되는
하찮은 듯 새로운.

김석철 시인은 세파의 흐름을 간파한 듯 너그럽고 온화한 시선으로 세상 곳곳에 눈길을 보낸다. 순하고 조화로운 감성으로 대상을 하나하나 갈무리해 나가는 작품들에서 시인의 부드러운 성품을 엿볼 수 있다. 나이 들어서도 명랑한 시인, 시어가 탄력 있고 여유로운 시인이 멋지게 느껴진다. 김 시인은 건강한 심신으로 무장한 채, 자신의 집에 깃들인 감상의 편린들을 무지갯빛 비눗방울처럼 불어 올린다. 결코 서두르지 않으면서 한 구절 한 구절 잔칫상을 차려나가는 솜씨가 마냥 푸근하다.

— 김준(시조시인 · 서울여대 명예교수)

채석강

밀물에 떠밀리고
썰물에 썰리어진

시련의 주름살들
켜켜이 쌓였구나

그 많은
아픔의 세월
해조음에 묻힐 수야.

하늘의 높은 뜻도
바다의 깊은 뜻도

섭리로 받아들여
서사시를 지었겠다

저렇듯
사무친 말씀
뼛속꺼정 들리리.

순명順命

도도한 흐름 속에 해와 달이 뜨고 지고
부대끼며 추스르며 잠 못 들고 일렁인다
하 많은 부침浮沈의 세월 되돌릴 수 없는 강물.

버리고 또 버려도 욕심처럼 이는 거품
흐르고 또 흘러서 어디로 가는 건가
뜨겁게 지나온 날이 강심江心으로 뛰어든다.

노을도 여울여울 곱게 물든 강물 위로
산천이 깨어나서 가을의 시를 쓴다
저보게 순명의 화두話頭 강물 되어 흐르네.

수석壽石

하고 한 날 적寂으로 앉아 침잠하는 깊은 사유思惟
심오한 삼매의 영토 그 한계는 어디쯤일지
아직껏 생각이 못 미처 저리 시늉하는가.

상념을 걸어두면 더없이 이는 바람
일렁이는 세월의 강 파노라마 물결친다
귀 열고 천년을 듣네 참선으로 앉은 몸.

마냥 풀지 못한 명제 하나 붙들고서
천년을 하루같이 참선으로 지내는가
자는 듯 깨어 있음을 미처 생각 못했네.

남도창南道唱

가도 가도 끝이 없는 힘에 겨운 한恨의 무게
중모리 중중모리 휘모리 자진모리
저마다 채색도 곱게 뽑아내는 실타래.

인연의 끈을 쥐고 곡예처럼 아슬한 길
한 서린 가슴앓이 무거운 업보던가
지나온 골짜기마다 남도창이 여울진다.

가을 산책

수줍은 코스모스 서리 아침 들국화도
눈 시린 쪽빛 하늘 머리 위에 받쳐 이고
저마다 저린 사연을 그려내고 있나니.

울밀의 귀뚜라미 저문 뜨락 낙엽들도
계절의 깊은 뜻을 온몸으로 그려내며
밤새껏 푸른 달빛에 부대끼고 있나니.

대나무 송頌

춘풍추우 북풍한설
맨몸으로 이겨내고

마음 비워 키운 의지
매듭 분명 짓고 산다

굽혀도
꺾이지 않는
서슬 푸른 지조여.

한 평생 곧추서서
바람으로 사는 품이

구구절절 깊은 사연
피리 퉁소 대금 소리

맺힌 한恨
풀어주나니
만파식적萬波息笛 울리네.

보법步法

자욱한 안갯길도
그러려니 걷는 거다

가도 가도 막막한 길
그런대로 가는 거다

젖은 땅
험한 행로行路여도
내 경전의 유유자적悠悠自適

무거운 짐 덜어내며
쉬엄쉬엄 가는 거다

가다 보면 먹구름도
동양화로 뜨는 하늘

이승은
축복이어라
단 한 번의 삶이거니.

반지

초심을 잊지 말자 날마다 새로워라
마디마디 새긴 자취 체온을 감싸 안고
돌돌돌 감아 돈 세월 아린 정이 어린다.

물

그대는 본디
조물주의 몸이었네

만들고
흩트리고

살리고
또 죽이고

물, 물을
그냥 물로 봐선
안 되지 암

그렇지!

바위

아픔도 견디면은
그리움이 되는 것을

안으로 타는 정열
침묵으로 묻어 두고

세월은
이끼로 앉아
천년 한恨을 읊는가.

미움도 세월 가면
사랑이 되는 것을

시련을 탓하여서
얻을 게 무엇이랴

태고에
뿌리를 묻고
터득하는 슬기여.

김석형(金錫亨, Kim, Seog hyung)
1967년 경북 상주 모동면 출생. 영국
Nottingham대학교 박사 졸업(2002).《창작과
의식》제25기 신인상(2012) 등단. 한국공무원
문학협회, 한국시조시인협회 회원.

산

김석형

물 한 컵 갖지 못한
콘크리트 도시서
종량제 딱지 없이
분리된 생명들
모퉁이 빌려서 사는 세입자가 되었다

—

벙어리장갑

독백의 고백들 촘촘히 엮으니
뼈마디 하나 없는 껍데기가 되었다
비워야 품을 수 있는 벙어리가 되었다

기다림 힘들고 지치는 일이지만
조금은 넉넉히 당신을 닮아가는
말 없이 사랑하고픈 벙어리가 되었다

당겨도 느슨해도 아니 되는 사랑이라
엉킨 줄 다시 풀어 마음을 엮고 나니
한 코로 시작된 사랑 따뜻함이 되었다

색깔을 논하지 말라

바람도 놓아버린 버려진 땅에서
한 뼘의 어둠을 몰아낼 꿈을 꾸며
희망이 싹트는 어둠 우리와 서 있다

하루를 빌려 사는 고단한 삶이지만
자유의 날갯짓 비참이 꺾지 마라
가슴에 담은 짠함을 알기나 하는가

의무도 책임도 양심도 없는 너
무엇이 무서운가 무엇이 두려운가
진실은 숨길 수 없는 불빛 같은 것이라

금지된 선동으로 진실을 덮지 마라
사랑엔 이유가 정의엔 색이 없나니
색깔을 논하지 말라 진실은 색이 없다

마음은 저울이 된다

언어엔 물리적 무게가 없다지만
이해는 가볍고 오해는 무거워
스치는 한마디 말도 커다란 무게라

눈빛엔 물리적 무게가 없다지만
눈짓은 가볍고 눈치는 무거워
스치는 너의 눈빛도 커다란 무게라

마음엔 물리적 무게가 없다지만
감동은 지나가고 상처는 남으니
눈빛과 말 한마디에 마음은 저울이 된다

SEAGLASS

쓰임이 다르게 태어나 버려진
바다의 쓰레기라 생각을 하지 말라
파도와 세월이 만든 넌 어엿한 보석이니

긴 세월 바다에 염분에 저려져
거칠게 광택을 모두 잃어 버렸지만
세월은 널 보석으로 만들어 버렸지

색깔은 탈색되어 본연의 빛 잃었지만
시련의 파도는 널 거칠게 만들었지만
바다를 품은 넌 이제 어엿한 보석이라

마음은 물과 같아

마음은 물과 같아 용기 따라 변하고
세상의 다른 맛과 색과 쉬 섞기니
그 성질 잘 다스리며 살기가 참 힘 드네

마음의 어는점과 녹는점도 물과 같아
한마디 말로도 단단히 얼지만
언 마음 녹이는 것도 한마디 말이지

마음엔 뜨거움과 차가움이 공존하니
얼기도 녹기도 증발하기도 하는 마음
그 마음 잘 다스리며 살기가 참 힘 드네

해우소解憂所

귀한 것 맛난 것 모두 다 똥이 되니
욕심 껏 담아본들 채워진 불편함에
모두 다 고약한 비움 연습하며 지내더라

힘주면 근심 번뇌 물과 함께 사라질까
여운이 남는 것은 고약한 냄새이나
해우海隅엔 파도 소리가 쏴아 하고 지나더라

산

물 한 컵 담지 못한
콘크리트 도시서
종량제 딱지 없이
분리된 생명들
모퉁이 빌려서 사는 세입자가 되었다

바람도 악기 되고
그림이 되는 곳
작은 새 날갯짓
바람에도 인사하니
계약서 한 장 없이도 이웃이 되었다

보증금 한 푼 없이
떠밀려온 피난처
네온도 가로등도
하나 없는 난민촌
여백엔 달빛의 쉼표 가득하게 품었다

디스크

마음도 디스크에 걸렸는지 너무 아파
통증쯤 참고서 살 수 있다 생각했지
어긋난 사랑이 아파 긴 밤을 뒤척인다

마모된 삶의 무게 아픈 마디 되어서
뇌마저 지워버린 기억들을 누르면
어긋난 만남이 아파 그리움을 맞춰본다

신경을 자극하는 해금 못할 통증들
잠들면 잊힐까? 눈 뜨면 사라질까?
몸 속에 기억된 사랑 디스크가 되었다

대나무

비움에 쉬이 휘고
마디로 곧으니
풀이랑 있으면
겸손히 휘는 풀이라
나무랑 함께 있으면 곧게 뻗은 나무라

입으로 푸르름
자랑하지 아니하고
천하게 쓰여도
탓하지 아니하니
나이테 없이도 유연한 무소유의 큰 나무라

선풍기

바람이 부는 이유
그대는 아는가
내 몸은 뜨겁고
내 마음은 시리니
누가 와
내 가슴속의
스위치 좀
꺼 주소

김선영(金善泳 Kim, Sun young)

1953년 강원 평창 출생. 《시조문학》 천료
(1987) 등단. 시조집『추억의 강가에서』(1995,
청학),『구멍을 찾아서』(2010, 알토란),『참
회하는 맹꽁이』(2011, 레몬), 꽃뱀을 만나다』
(2012, 레몬), 시집『유년의 바람』(2014, 레
몬) 외. 제4회 북원문학상(1998), 제17회 강
원시조문학상(2011), 제21회 나래시조문학상
(2012), 제10회 문학세계 문학상 대상(2011),
제8회 한국농촌문학상(2012) 수상 외. 강원문
인협회, 강원시조시인협회, 우림문학회, 영월 동강문학회 회원.

—

김선영의「이력서를 쓰는 아내」는 각 연 셋째 장을 두 형식으로 분
절해 쓴 3장 연시조로 메타 텍스트와 그 밑에 달린 연작시 부제도
좋은 정통시이다. 내용 또한 아름다운 부부애가 표현(Render)과 조
화를 이뤄 조금도 궁상맞음이 없이 정갈한 미학에 도달해 있다. 전
통 시조의 퇴조 운운하는 멀쩡한 탈 쓴 이들이 준동하는 시대에 참
으로 금과옥조와 같이 감칠맛 도는 시조를 만나 삼복더위가 엄살
기로만 가득 찬 삽살개 꽁지처럼 별스럽지도 않다.

     — 이수화(한국비평가협회 명예회장 · 한국문인협회 자문위원)

—

희미한 기억記憶의 저편

밤이면 산짐승이 내려왔다 올라가던
산꿩 우는 첩첩산중 번지 없는 초가집
내 유년 아지랑이가 지금도 피고 있다.

호랑이가 온다고 문을 걸던 할머니
새벽이 다 되도록 아버지는 안 오시고
문고리 구멍에 걸린 숟가락만 울었지.

記憶은 세월 속에 아슴푸레 피지만
흘러간 그 세월은 돌아오지 않는데
유년의 바람 한 줌만 귀 밖에서 맴도네.

이력서를 쓰는 아내
— 백수일기 2

한밤중 나 몰래 아내가 이력서 쓴다.
눈이 침침한지 자꾸 닦는 안경알
지웠다 또다시 쓰는
그 이력은 무얼까.

지천명의 찬바람에 모가지는 시려오고
빗소리는 왜 또 이리 서러운지,
희미한 스탠드 아래
불면의 밤은 깊다.

아내 몰래 눈 뜨고 필체를 따라간다
수전증 걸린 듯 떨고 있는 아내의 손
얼마를 덜고 보태야
내일이 다가올까.

존재存在, 혹은 부존재不存在
— 어느 행복주의자幸福主義者의 말

세금 포탈할 줄 몰라 비자금도 없습니다.
위장전입하지 못해 방 한 칸도 없습니다.
언제나 춥고 배고픈
따라지 인생입니다.

끗발이 망통이라 찍소리도 못합니다.
이리저리 차여서 옹이만 박혔습니다.
백수교白手橋 다리 밑에서
새우잠을 잡니다.

가진 것 없느니 뺏길 것도 없습니다.
내 집이 없으니 문 걸 일도 없습니다
누군가 툭툭 치고 가면
그냥 웃고 맙니다.

라면박스 하나에도 사람 냄새 배어 있고
신문지 한 장에도 따스함이 있습니다
쇠 새끼 도살장 가듯
떨지도 않습니다.

가끔씩은

세상일 가끔씩은 모른 척할 나이건만
떠도는 풋소문에 귀는 자꾸 열리고
마음도 따라서 열려
불면으로 뒤척인다.

가진 것 가끔씩은 덜어낼 나이건만
던다는 게 채움보다 무겁고 더 어려워
움켜쥔 손 펴지 못해
도지는 신열이여.

아는 것 가끔씩은 잊어버릴 나이건만
옆길로 가는 길이 제 길보다 낯설어
철자법 틀린 나의 시詩
또다시 고쳐 쓴다.

까치집

땅 위에서 멀어져야
마음이 편하다는 걸

까치는 미리 알고 집터를 잡은 게야

저만큼
높이 있어도
귀는 열고 살 텐데.

그 여자네 집

학교 갔다 돌아오는 길은
항상 설렘이었다.

그 여자네 집 능금나무에 올라
능금은 아니 따고

그녀의 물 긷는 모습만
뱁새눈으로 훔쳐봤다.

그 여자 지금쯤 어디 있을까
능금은 빨갛게 익었는데

그 여자 지금쯤 거울 앞에서
흰머리나 고르고 있을까?

까투리 울음소리만
빈집을 들었다 놓는데,

풍경 1
― 2019년 겨울, 오소리에서

노가다 끝낸 노 씨와
배달 마친 배 양이
골목 안 선술집에서 술 먹는다
시리운 등을 맞대고
세월을 비운다.

노 씨는 그라스에 노가리를 씹어 먹고
배 양은 종이컵에 눈물을 섞어 먹고
등짝이 따뜻할 텐데
돌아보지도 않는다.

노 씨는 노 씨대로
배 양은 배 양대로
색 바랜 지폐 몇 장 말없이 내려놓고
왔던 길 다시 돌아서
골목으로 사라진다.

참회하는 맹꽁이

강물 빛이 하도 고와 돌멩이를 던졌더니

하늘에 금이 갔다
산허리가 부러졌다

고기 떼 분을 못 이겨
팔딱팔딱
뛰고 있다.

그리움

꽃가지 흔들다가 잠이 든 바람처럼
봄들에 홀로 앉아 사르르 졸다 보면
희미한 기억 저편엔
실루엣만 어른댄다.

참꽃이 활활 피던 뒷동산 언덕에서
봄볕에 해해대던 단발머리 그 소녀
봄물 든 들길을 따라
아장아장 오는 것 같다.

배꽃 같은 추억을 놓았다가 당겨도
지나간 그 세월은 당길 수가 없는데
그대는 어느 하늘 밑에서
이 봄을 맞고 있나.

고향 가는 길

아이들은 나를 보고 모른 체 그냥 가고
국화꽃 한 송이만 눈인사를 찡긋한다
모두가 변하였구나
낯익은 게 별로 없네.

동구洞口에서 마주친 백발의 노인 한 분
무심코 지나고 보니 이웃집 아주머니
그분도 나를 모르고
바람처럼 그냥 가네.

칼바람 불어오는 강냉이밭 고랑에선
유년의 이야기가 아슴푸레 들리는데
발 멈춰 뒤돌아보면
그리운 말 한마디.

김선옥(金善玉, Kim, Sun ok)

1937년 충남 공주 출생. 호 우주. 충북대학교 (약학과)(1967), 청주대 대학원(국어국문학과) 졸업(2013). 《창조문학》 시조(1995), 《문학공간》 수필(2005), 《문학춘추》 시(2013) 등단. 시집 『어머니의향기』(2016, 태학사), 논저 『한국근대시조문학관 연구』 외. 대통령표창, 약사공론 수필(제21, 32회)·시조(제23회) 수상. 충북시조협회, 약사문인회, 국제펜 한국본부, 한국문인협회, 한국시조시인협회 회원. 한국여성시조문학회 이사.

님 의 경전

어머니의 그리움이
난향에 젖는 이밤
설레는 내안 여백
눈빛맑은 남기계소
거울앞
책 읽는 소리
경전 빛는 님의 말씀.

—

김선옥 시인은 남다르게 문학의 힘을 믿는 사람이다. 평생 약국을 경영하며 아픈 사람들에게 조제를 해주는 일을 해왔지만, 약보다 문학작품의 효능을 더 믿는 사람임에 틀림없다. 어쩌면 이 분은 아픈 이들에게 시심을 덤으로 주었을 것이다. 또한 어머니에 대한 시인의 애정은 각별하다. 대표작품 격인 「어머니의 향기」로 시조집 제목을 삼은 것만 봐도 알 수 있다. 「어머니의 쪽」, 「그리움」, 「어머니 사랑합니다」, 「봄편지」, 「오월」, 「양송원 진달래꽃」, 「어머니」, 「따뜻한 가슴 정 1」, 「어머니의 향기」, 「우주의 사랑3」들이 모두 어머니를 기리는 작품들이다. 특히 「어머니의 향기」는 가장 긴 호흡으로 전개되는 글이면서, 곳곳에서 만나는 가슴 뭉클한 표현들이 읽는 사람을 감동으로 이끈다.

— 정종진(문학평론가 · 청주대 교수)

—

아버지의 기도

어릴 적 철부지들 줄줄이 거느리고
햇빛 밝은 봉황산* 아래 보금자리 차리시고
등줄기
휘어지도록
그 아픔 달래면서

별빛 고운 밤하늘에 은은하게 눈짓 주는
봉황들이 머문 자리 오남매 미소 짓네
손 모아
아버지의 삼매경
저 산 넘어 달이 뜰까

섬세한 당신 성격 우리들 다 품에 모으고
허리띠 조여 매는 가파른 그대 능선
일어서
종소리 들으며
뜬눈으로 꽃자리를

*봉황산: 충청남도 공주시에 있는 산 이름

어머니의 향기

살수록 가슴 한켠 울림으로 다가오고
돌아보면 그립던 정 문득문득 당신 모습
오늘도 어머니 하고 애절하게 불러본다

장미꽃 함박꽃 텃밭에 푸성귀며
닳아진 뙤약볕이 정수리를 두들겨도
오뉴월 자식 위하여 밤낮 없이 가꾼다

푸릇푸릇 일어나는 태산이 된 어머니
숨결 이는 산새 울음 빠짐없이 버무리어
동동동 꽃잎 굴리면서 실핏줄로 담고 있다

티 없는 당신 모습 뻐꾹새로 날아와
한동안 밤을 새며 도란도란 삶의 벌판
아릿한 불꽃 체취로 싱그럽게 일렁인다

치솟는 열정과 타오르는 생명으로
별빛 노래 부르면서 깊은 삶을 잉태하는
길 따라 우주를 쓸어안는 어머니의 푸른 향기

청령포清泠浦 청바람

이마 스쳐 지나가는 긴긴세월 굽이쳐온
시린바람 핥고 있는 달무리진 어린 꽃
오싹한 밤 오열 속에 산천초목 들썩인다

청령포 품에 안고 휘돌아 흐르는 눈물
낯설은 비바람 되어 육육봉을 서성인다
한 핏줄 그 날의 얘기 뼛속 깊이 파고드네

북쪽 하늘 하늬바람 아픔의 시간들이
그리웠던 정순왕후 해후를 기다리며
모래알 닳고 닳도록 시름 잠긴 노산대

산문을 열어놓고 관음송과 더불어
길섶의 실바람이 상처를 치유하며
영혼을 달래기 위해 산새들이 노래한다

악한 끝은 없어도 착한 끝은 있다 한다
꽃샘바람 들꽃 피고 솔숲 향수 햇살 끌어
동강의 법열의 소리 산허리엔 봄날이다

우리

오늘의 눈높이로 모든 것 감싸 안는
밟히거나 치받거나 모질게도 삭힌 나날

한평생
깊은 마음으로
그릇되어 살라 한다

천지연 혈통 따라 파랗게 길을 트고
바람 불어 핥고 가도 단군의 정을 싸며

올올이
천년 꿈 모아
홰를 치며 살라 한다

어둠 속을 빗질하며 엮어온 꿈 다층석탑
장대비 몰아쳐도 끈질기게 다져가며

언제나
실핏줄 감도는
강물 되어 살라 한다

꿈길
― 시조시인의 길

가슴속 깊은 곳에 숨어 살던 불씨 하나
능선을 오르내리며 방황하던 벼랑 끝
숨 막힘
잰걸음 쳐도
아스라한 안개길

저 멀리 반짝이는 별빛을 바라보며
세월의 눈빛으로 키우는 꿈 보듬고서
한없이
바람 다독이며
한결같이 걷는 길

온갖 것 다 스치면서 안으로 이는 그 돌무지
시간도 잊어버린 그 세월의 계곡 속에
오늘도
새김질하며
눈 비비며 가는 길

봄편지

오는 봄 꽃 소식이 도란도란 일렁인다
흐르는 구름결도 눈빛 모은 그 시절에
어머니 장독대 다독이는
그 모습이 그립습니다

긴 해를 건져내는 뻐꾸기의 울음으로
온갖 꿈 다 싣고 유년시절 달려오는
어머니 시린 손등으로
샘물 길어 일구셨습니다

세월의 무상함이 필름으로 감겨오고
대순횃불 연초록빛 하늬바람 봄기운에
어머니 그리운 목소리
다시 듣고 싶습니다.

따스한 봄볕으로 아픈 자리 씻어내고
학하* 하늘 부푼 가슴 미소 지며 다가오는
어머니 당신 품 안으로
맘껏 안겨 보았으면……

* 학하: 대전시 유성구 학하동(학들이 노닐든 자리라 하여 학하동이라 함).

어머님 목소리

그리움 포근하게 귓가를 맴도네
깊은 골짝 산마루에 달이 뜨는 목소리
손끝은 훤히 웃는 꽃술 마음 달래는 봄꽃 소리

때로는 아다지오 어느 때는 휘모리로
끝없는 넉넉한 향기 웃음꽃 피고 지고
쉼없이 말문을 이어가는 어머니의 감긴 선물

저 멀리 보이는 할아버지 푸른 숨결
산맥으로 이어온 끈끈한 이마 맞대고
그 기인 어둠 삼키는 태산 품은 옹달샘

황혼의 눈부심에 올올이 겹쳐오는
흐르는 옥구슬소리 끝없이 홰를 치며
숨결이 새겨져 있는 곳 어둠 헤친 여명의 길

여름 한낮 번개가 휘두르고 지나가면
어머니의 부어오른 손마디 틈사이로
높다란 푸른 하늘에 맑고 고운 우주로다

속리산 세조길

염주 굴려 하늘 열고
단풍 빚어 깃 세우면

숨겨진 그날 일들
풀씨 물고 오는 새여

끈끈한
왕조의 함묵
일어서는 고운 미소

호숫가에 은빛 물결
그리움은 아득하고

그 자락 향기 담아
굵은 뼈로 설레이며

굽 구비
뜨거운 숨결
투명한 혼 저 물소리.

사뢰고 싶어라

우암산 병풍 삼아 둥지 튼 지 반세기
푸른 마음 이웃과 훈김으로 정을 누린
청주시 청원구 상당로 218번길25(우암동)

가파른 지난날을 뒤로하고 옮겨온 삶 터
첫날밤 땀을 뻘뻘 장판기름 길들이며
온 식구 아! 내 집이야 여명의 환한 미소

비바람 몰아쳐도 일월을 하루같이
밝은 달빛 바라보며 삶의 꽃이 피어나길
끝없는 줄다리기로 사무치게 시리도록

이젠 모두 다독이어 점 하나를 찍으면서
깃을 세워 아스라이 키를 재며 솟구치는
오남매 해돋이 보며 시간 걷는 이 아침

낮과 밤을 한결같이 신비로운 영혼의 결
까치 소리 끝도 없는 슬기로운 이야기들
부모님 영정 앞에서 사뢰고 싶어라

코르코바도 언덕의 예수상*

웅장하게 그 자리에 거대하게 우뚝 서서
역사를 품에 안고 스치는 바람에도
묵묵히
천지를 보며
희망의 눈빛이네

두 팔을 높이 세워 비상하는 위용이다
길손의 여정 길에 생기 가득 채워주며
온갖 정
사뭇 촉촉하게
고요 속에 하염없이

나라의 강한 기상 모든 이를 감싸면서
달빛 안고 일월들을 혼을 쏟는 하얀 얼굴
여명의
천년 세월에
온누리를 사랑으로

* 브라질의 리우데자네이루에 있는 거대한 석상(높이 30m, 대좌 높이가
9.6m 합하면 39.6m), 이 석상은 높이 710m의 코르코바도산 정상에 있다.

김선호(金善鎬, Kim, Seon ho)

1958년 충북 충주 노은면 출생. 한국방송대학교(국어국문학과) 졸업. 〈조선일보〉 신춘문예(1996) 당선. 시집 『섬마섬마』(2017, 알토란) 외. 나래시조문학상(2010) 수상. 나래시조, 충북시조, 행우문학 동인. 한국시조시인협회 회원. 청주문화산업진흥재단 본부장.

—

김선호 시인의 시조는 쉽게 읽히면서도 탁월한 시적 메타포로 울림이 크다. 특히 생활 속의 소재들로 맛깔 나는 화법에 풍자까지 더해져 읽는 재미가 쏠쏠하다. 남다른 상상력과 긴장미 넘치는 율격 구사도 돋보인다. 김 시인은 늘 새로움을 견지하는 자세를 견지해 왔다. 〈조선일보〉 신춘문예에 당선돼 등단한 문재로 일찍부터 실력을 인정받았다. 그러나 자신의 작품에 대해서는 놀라울 정도로 겸손하다. 자신을 낮추며 늘 새로운 세계를 추구하는 도전적 선비 정신과 결속한 시적 품격이 김선호 시조미학의 중심을 이룬다.

— 권갑하(시조시인 · 한국문인협회 부이사장)

—

퇴행성

돌아보면 아득히 참 멀리도 흘러왔다
뱃속에서 열 달
아니, 전생은 좀 길었나
지나온 길목, 길목마다 새록새록 돋는 별

때로는 금성처럼 새벽을 깨우다가
혹은 화성으로 갖은 애를 태우다가
무작정
주변을 맴도는 어지러운 토성이다가

아, 정녕
더는 갈 수 없는 이승의 막바지에서
다시는 돌아갈 수 없는 수백 광년 강가에서
마지막 사력을 다해 제 몸 태워 빛나는 별

목욕탕에서

검은 머리 숱하게 빠져 정수리 훤히 보이고

허연 뱃살 자꾸만 붙어 발잔등도 안 보인다

제자리 분별 못하긴

입으나 벗으나 같다

목발에게

부러진 발목 덕에 오손도손 함께하며
팩하던 성질머리 절임배추처럼 숨이 죽고
덤으로 펼친 여백에 묵향도 그윽하다

앞만 보고 내닫는 게 능사가 아니라고
뚜벅뚜벅 걸음 떼며 저절로 철이 들 때
함박눈 넉넉히 날려 설국을 짓는구나

언젠가 너와 내가 생이별을 하는 날은
저 눈보다 더 가벼운 소복을 차려입고
이별주 달빛에 빚어 아쉬움을 달래리라

양파

뿌리란 뿌리 죄다 땅속으로 숨어들 때

당당히 불의에 맞서 지상으로 나온 그대

염천을 이겨 낸 몸속

향기 참 은은하다

모진 고문 견디느라

봉두난발 널브러져도

속 깊이 저민 뜻을 겹겹이 쟁여 두고

의연히 눈 부릅뜨던 기미년의 독립투사

삽화

당신의 애절한 맘 그가 잘 몰라줄 때

살며시 다가가서 옆구리 콕 찌를게요

꼭 집어 아니 말해도 알아듣게 할게요

헤어드라이어

낮 놓고 기역자는커녕 말도 서툰 노모 왈
아범, 거 뭣이냐
낫처럼 생긴 걸로 말리소
황급히 씻고 나오는데 뜬금없이 시비 거네

얼른 가도 반나절 일감
챌까 말까 속 타는데
진창에서 구는 놈처럼 젖어 들면 못쓴다며
진자리 마른자리를 가려 앉으라 훈계하시네

엉거주춤

마흔 중반 해고 통보

앞길 하도 캄캄하여

홧김 반 술김 반에 미친 듯이 흔들다가

술기 싹 가시자마자

정신 번쩍 드는 춤

白

한 획만 머리에 이면
온 세상을 호령커늘

한사코 손사래 치며
다이어트 한창인 그대

자정도
넘은 노래방
백점인데 영 켕기다

우표 사설

날 궂어 뼈가 쑤시건 지름값 오르건 말건
조막만한 몸집으로 참 많이도 쏘다녔제
도회지 고층빌딩도, 외딴섬까지도 찾았구먼

가찹거나 멀거나 품삯은 매한가진데 말여
밤길마저 마다않고 감지덕지 뛰었응께
워쩔겨, 기다리다 지쳐 상한 맴을 워쩔겨

파리 날리는 요즘이야 가당키나 헌 일이간디
LTE급으로 편질 받잖여, 게다가 공짜로 말여
아, 누가 이 뒷방 늙은일 생각이나 허겠냐 말여

김선화(金善華, Kim, Sun hwa)
1959년 서울 출생. 한성대학교(한국어문학과) 석사 졸업. 《유심》(2006) 등단. 시집 『성탄전야』(2015, 동학사) 외. 가람시조문학상 신인상(2011), 서정주문학상(2016) 수상. 유심문학회 동인. 한국시조시인협회, 오늘의시조시인회의, 한국문인협회 회원.

해바라기

그대가 보입니다
마주 선 찬란한 모습

유리문 양쪽으로
못 보는 그대 보입니다

창너머 바라만 보아도
왈칵 나는 겁니다

—

김선화 시인의 시세계는 넘쳐나는 사랑의 축복에 대한 긍정이고 감사이다. 순수가 사라진 시대에 사랑의 정체에 대한 질문을 던지기도 하지만 궁극적으로는 생명과 사랑의 긍정이 다양한 이미지로 변주되어 나타난다.

— 박진임(문학평론가 · 평택대 교수)

소소하지만 우리가 잃어버리고 사는 근원적 가치를 새삼 일깨우는 김선화 시인은 깊은 서정적 직관을 통해 매우 우주적이고 보편적인 삶의 의미와 가치를 발견하는 감각을 보여준다.

— 유성호(문학평론가 · 한양대 교수)

—

단추를 달며

바늘귀에 실이 잘 들어가지 않는 밤
문득 이불 깁던 등 굽은 실루엣
내 모습 어머니 같아 손톱 물고 앉았다

세월을 펄럭이며 바람결 흘러가고
빨랫줄에 햇살 함께 너울대던 하얀 홑청
올올이 건너온 시간, 숨바꼭질하던 아이

풀 먹인 이불 대청마루 위에 뒹굴면
바싹 마른 풀꽃 향기 은근한 품속에서
엉덩이 찰싹 붙이던 소리, 그 목소리 듣고 싶다.

아버지의 바둑

아버지는 흑과 백, 오늘도 집을 짓는다
살뜰한 아내가 차린 따뜻한 밥상 앞에
희망도 올망졸망 빛나던 젊은 시절 작은 집.

추억도 말도 잊은 삭정이 같은 손을 잡고
물기 어린 사랑 한줌, 아내 한판 쓸어내리며
못 떠날 둥지 끌어안고 가슴에 돌집 짓는다.

일곱 빛깔

어머니는 혼신을 다해 그릇을 만드셨다

그 중 하나는 별이 되어 우리를 지켜주고

나머지 여섯 그릇은
덧칠을 하고 있다

금이 간 그릇은 자꾸 눈물을 쏟고

잘 닦인 그릇은 반짝, 주위를 밝혀준다

명절엔 각자의 빛으로
벌어진 틈을 메운다

숲에 들어

함박눈 미사포를 쓴
나무에게 배웠네

하늘 향해 손 모아 기도하는 마음을

안으로 아픈 기억을
다스리고 있음을

사나운 비바람에 꺾이며 떨던 시간
인고를 새기던 기나긴 발자국이

옹이 진
상처였음이
눈으로 만져지네

화장을 지우고 엉킨 마음 나도 비우니

하늘에 기대어 빚지며 살아온 나날

꽃망울 세우는 핏줄 아프도록 보이네

공존

변두리 허름한 이층건물 위아래층에

거룩한 주主 '사랑교회'
주酒맛 좋은 '풀잎사랑'이

서로의 등을 맞대고 삶을 이야기한다

흙바람 속 빗물과 투명한 눈물 사이

첨탑 위 십자가와 진분홍 간판 사이

어둠이 밀려오면 켜지는
네온사인 두 사랑

엄마의 '우리강아지'

어린 날 졸졸 따르며
멍멍 짖었었다

배 아프면 밤새껏
약손으로 쓰다듬던

울 엄마, 손을 핥으며
꼬리를 흔들고 싶다

눈 감고

잠자는 어머니 볼 가만히 대어보면

주름진 골짜기마다 물 흐르는 소리 들린다

마침내 넘쳐흐르는 푸르고도 시린 물

어머니 하얀 머리 가만히 만져보면

흔들리며 피어나는 풀꽃들이 보인다

육남매 뛰놀던 들판 어린 햇살도 보인다.

해바라기

그대가 보입니다
마주 선 환한 모습

유리문 안쪽으로
못 보는 그대 보입니다

창 너머
바라만 보아도
활짝 나는 핍니다

사랑

널 보면
금이 간다
가슴에 실금이 간다

사는 건
서로서로 어깨를 내어주는 것

키 작은
너의 어깨 위로
날아든 젖은 눈빛

쉿!

둥근 배 감싸 안고
민낯 여인 버스에 탄다

지금은 뜨거운 사랑
살뜰히 영그는 중

환하다
우주를 품은
그녀가 달린다

김선희(Kim, Sun hee)

1958년 충남 부여 구룡면 용당리 출생. 명지대학교 석사 졸업(2004). 《시조세계》(2001) 등단. 시집 『종이새』(2010, 작가) 외. 이영도시조문학상 신인상(2010), 충남시인협회 작품상(2014) 수상. 한국시조시인협회 중앙위원, 오늘의시조시인회 이사, 한국여성문학인회 이사, 계간 《좋은시조》 편집장. 한국문인협회 회원.

—

김선희 시인은 순수한 자아, 즉 자연적 자아가 느끼는 충만함과 희열을 담장을 타고 오르는 꽃에서 발견하고 있다. 시인은 아이의 마음으로, 천진난만한 무구함으로 세상이 만든 방벽의 봉쇄를 푸는 사람이다. 니체는 〈정신의 세 단계〉에서 인간의 성숙 변화 과정을 낙타의 단계, 사자의 단계, 아이의 단계로 나누었다. 아이의 천진스러운 마음은 우리 마음의 원형이다. 삶이라는 여정에서 아이는 출발점이다. 낙타와 같은 인내와 헌신, 사자와 같은 강인함과 도전을 거쳐 궁극적으로 다시 돌아오는 자리도 아이의 마음이다. 이 원형으로 다가갈수록 삶은 황홀하고 아름다워진다. 세계가 신비함으로 채워져 있다는 것을 느끼게 된다. 여기에서 충만한 창조의 정신이 나온다. 김선희 시인의 시적 여정이다.

— 전기철(시인 · 만해학회 회장)

—

신, 구구소한도新, 九九消寒圖

순간의 번개외침 어둔 길을 밝힌다
들끓는 불시울이 춤추다가 멈출 때면
또 하루 아린 통점들 마침표를 향하고

닥쳐올 겨울나기 예감이나 한 것처럼
동짓날 잔광으로 그러모은 지푸라기
살얼음 봉오리 열고 동백이 갸웃댄다

희미하게 버텨왔던 안간힘의 저녁노을
세월을 개켜놓은 몇 가닥의 주름처럼
이제는 삼한사온三寒四溫도 제 길을 잃곤 한다

휘몰이 돌개바람이 내 사랑 흉년들까
떨어져 휘날리는 가랑잎 주저앉히며
발밑에 거름을 대는 고목의 아침이다

등꽃 모녀

목욕탕에 노인 둘이 염색약을 꺼낸다

넌 아직 젊었구나, 엄마인 듯 말하시네

두 분 다 호호백발인데 그 중에도 청춘이?

모락모락 훈김 나고 등허리엔 땀이 성글,

허옇게 센 등꽃송이 칫솔에 약 묻힌다

꽃잎들 귀밑머리가 까맣게 물오른다

나란히 의자 위에 겨운 졸음 까딱까딱

환한 꽃등 내걸고서 어느 꿈에 드시는지

자욱한 생을 더듬어 후드득 꽃잎 핀다

신발 한 켤레

"집에 가자 집에 가자, 이제는 도리 없다"

요양병원 지겹다고 사는 게 두렵다고

어머니 부러진 다리 슬그머니 매만진다

먼지 뽀얀 신발을 날마다 쳐다보며

중얼 중얼 혼잣말에 눈물도 글썽이며

맨발로 가야할 길도 있는가를 묻는다

말의 행방

툭 던진
말 한마디
쨍그랑 깨진 하늘

사람을
돌고 돌아
메아리로 다시 온 말

차라리
눈 감고 말걸
입단속이 우선이다

순둥이

무릎에 바람 든다는 엄마를 생각하며
우족 하나 사려는데 어린 날이 일렁인다
우직한 농사꾼이던 우리 집 소, 순둥이가

송아지 떼어놓고 우시장을 가던 날
커다란 눈망울에 핑그르르 서던 핏발
살아온 모든 날들을 뼛속까지 우려낸다

렌지후드 푸른 불꽃 속속들이 스며들어
쌀뜨물 부어 논 듯 흰 울음 토해낸다
한 사발 들이마시는 순둥이 같은 엄마

문門

한동안 집을 비운 언어들이 돌아왔다

잘 여문 상상들도 덩달아 들어서니

식은 줄 알았던 아궁이 불씨 몇 점 살아난다

매캐한 연기 속에 덜 마른 장작개비

눈비 속을 헤매었을 탕자 같은 시편인가

한 번 더 뒤적거리는 내 영혼의 불쏘시개

그릇의 이력

구순 노모 생신 무렵 자식들 다 모였다

맨 먼저 집 안 청소 팔 걷고 나섰는데

며느리 물건 버리기 앞장서는 깔끔함,

딸들은 머뭇대며 어린 시절 생각 들어

소풍갈 때 산 도시락 버릴까 말까 고민하고

어머니 그릇을 어루만지며 내 살아온 이력인데…

시집올 때 외할머니가 해준 채반하며

자식들 배불리 먹인 냄비며 들통까지

당신의 흔적 없앨까 노심초사 하신다

통점痛點

어미 곰은 새끼에게 사는 방법 가르치려
산딸기에 정신 팔린 아기 곰을 두고 오는데
울 엄마 평생 날 끼고 이날까지 살아왔다

무뎌진 엄마 발이 내 눈에 비를 쏟는다
발바닥 굳은살에 발톱 다 뭉개지도록
괜찮다, 절룩거리며 지팡이를 찾는다

편할 때 잊었다가 힘들면 찾아가는
속된 자식이라 그늘진 내 얼굴을
거울에 비추어 본다 이마가 쩌릿하다

꽃피기 좋아하는 매화꽃 딸 때문에
희망의 등고선을 해마다 그려 넣고
한세월 미세먼지를 마음결로 닦는 엄마

겨울 놀빛

갈바람에 잎사귀가 무더기로 나부낀다
저렇듯 발산하는 자존의 뒷모습이
늦가을 잔광을 업고 천지는 숨소리다

안간힘을 다 쏟으며 뜨겁게 넘는구나
닥쳐올 겨울나기 예감이나 한 것처럼
몇 가닥 안 남은 계절 개켜 넣는 몸짓이다

지나치게 매달렸던 사랑 다 놓으려다
수없이 쏘아올린 화살에 터진 하늘
부어도 너무 부어버린 눈이 온통 발갛다

아픔을 말리다

내 강에 물이 들어와 가쁜 숨을 쉬자
물기에 젖어버린 슬픔들이 모여
나 자신 던져버리라고 용기를 준다

아픈 기억 몰아쳐서 지평선 바라보니
일몰이 펼쳐 놓은 오방색이 안겨든다
아무런 망설임 없이 물속으로 들어온다

사후의 무심을 향해 고해성사 하듯이
자신을 낮추고 은근의 꽃 피워내니
노을이 손을 내밀어 그 물기를 말려준다

김성수(Kim, Sung soo)

1944년 강원 횡성 우천면 출생. 춘천대학교 졸업. 〈조선일보〉 신춘문예 동시(1984), 〈평화신문〉 신춘문예 시(1994), 《월간문학》 시조(2003) 등단. 시집 『섬강별곡』(2013, 대성), 『시 한 편 쓴 죄』(2015, 레몬), 『구구소한도』(2018, 레몬), 『바람에 기를 올리다』(2018, 레몬). 이육사 문학상(2001), 강원문학상(2001), 강원도 문화상(2010), 시조사랑 문학상(2013), 한국예총 문화예술상(2014) 수상. 원주문인협회장 역임. '오악장' 동인. 한국아동문학회, 강원문인협회, 한국문인협회, 한국시조협회 회원.

—

시어를 아름다운 관조의 그물로 건져 올려 고운 작품을 생산하는 김성수 시인의 작품 세계는 이슬처럼 영롱하다. 군더더기 하나 없는 그의 시는 마치 파도에 씻긴 몽돌처럼 정갈하기도 하다. 동시와 시 그리고 시조의 경계를 넘나들며 자연스럽게 구사하는 그의 시적인 수사력은 누구에게나 친근감을 준다. 그의 작품 「시인」, 「자목련」, 「보슬비」 등에서 풍기는 자연친화적인 발상과 아울러 언어의 조탁 능력은 그의 시를 통해 빛이 프리즘을 통해 아름답게 변이하는 무지개를 바라보는 듯한 환상적인 느낌을 준다.

— 류각현(시조시인 · 전 강원시조시인협회 회장)

—

시인

알알이 곱고 고운 감성의 언어들을
눈물에 맑게 풀어 수채화를 그리다가
서산에 날이 저무니
그리움으로 타는 노을

자목련

겨우내 싸 두었던 그림붓 꺼내 들고
꽃물감 듬뿍 찍어 그려 놓은 담채화
그 암향 흐르는 곳에
봄하늘이 열린다

보슬비

마른 갈잎 사각이며 보슬비가 내린다
석잠 잔 누에들이 뽕잎을 먹는 소리
머잖아 하늘 잠실엔
일손들이 바쁘겠다

빙열백자氷裂白磁

유리에 실금 가듯 얼음에 잔금 가듯
갈라진 자국마다 아픔이 서리었네
그 균열龜裂 사이사이로
가물거리는 흰 연기.

머언 먼 세월의 낮은 구릉 위에서
가마에 타오르던 도공陶工의 맑은 혼이
백학의 나래가 되어
천년을 날아간다.

옥양목 치마 입은 만삭의 규중 여인
후원의 툇마루에 조심스레 앉아서
예혼藝魂의 태동을 느끼며
은은하게 웃고 있다.

개화開化

그림붓 들고 나온 사월의 봄 햇살이
아지랑이 밑그림에 물감을 칠하다가
살구꽃 가지 위에다
한꺼번에 쏟은 분홍.

그 색감 살아나서 하늘을 태우는데
질質 고운 마음 자락에 점점이 붙는 불꽃
그리움 활활 타오른
시인의 영혼인가.

어쩌면 그것은 내 안의 작은 기도
봄 오는 골목마다 밝음으로 여는 염원
오늘은 꽃나무 되어
새봄맞이 하리라.

마애석불磨崖石佛

천년을 면벽하다 깨달음 얻으신 후
돌문을 열고 나와 빙그레 웃으시니
그 눈빛 가는 곳마다
봄 햇살이 환하다.

무심코 던지시는 산중문답 한마디
철쭉은 이심전심 미소로 화답하고
바람은 운무를 걷어
청천을 여는구나.

세월에 때가 묻고 풍우에 깎이어도
아직도 남아있는 은은한 그 숨결은
내리는 낙조落照 속으로
곱게곱게 흐른다.

산방 일기山房日記

산중에 눈 쌓이니 오던 길이 막혔구나
날 찾는 이 없으니 마음이 한가롭다
토방에 홀로 누우니
고요만이 내 벗이다.

마음을 비우니 신선이 따로 없다
도끼자루 썩는단 말 허언은 아니어라
올라온 산길을 잃으면
이곳에서 그냥 살지.

구름 일면 구름처럼 노을 지면 노을처럼
자연에 동화되어 서너 해 살다보니
주목이 천년을 사는
그 이치를 알 듯하다.

목련이 지던 날

바람 한 점 없는데도
목련이 지고 있다

봄 하늘 한 편이
무너져 내리는 듯

갑자기
날아온 서신
고향 벗의 부음訃音 소식.

도라지 꽃망울

작디작은 풍선들이 폭폭폭 터진다
그 맑은 파열음에 새벽이 눈을 뜨고
아침은 초록을 밟으며
오솔길로 걸어온다

첫눈

꿈길에서 나를 부른 게 그대였단 말인가
드르륵 창을 연 순간 할 말을 잃어버렸다
온다고 미리 말했다면
사립문이라도 열어둘 것을

김성숙(金成淑, Kim, Sung sook)

1957년 충남 논산 광석면 출생. 한남대 평생 교육원(문예창작반) 수료. 《오늘의문학》 시 (1998), 전국한밭시조백일장 대상(1998) 등 단. 시조집 『소망 하나 그대 하나』(2003, 오늘의문학), 『폴더를 다시 연다』(2015, 오늘의문학). 가족문집 『쑥잎의 찬가』(2005, 오늘의문학). 대전광역시 문예진흥유공자상(2010), 대전문학상(2015), 무궁화벽송시조문학상(2016) 수상. 만선문학회 초대회장, 대전문인협회 이사, 금강시조 회장, 대전시조시인협회 회장, 가람문학회 부회장, 문학사랑협의회 감사 역임.

—

김성숙 시조시인의 작품은 사랑과 자연 친화의 시, 내면적 고뇌와 갈등 극복의 시, 계절에 대한 성찰, 기독교적 사랑이 녹아있는 작품이 주류를 이루고 있다.

고통과 아픔이 작품을 빚는 원천이라면 아름답고 절절한 문학작품은 슬픔의 모태로 하는 아이러니라 하겠다. 관념공간이 상상력에 의해 또 다른 관념으로 바뀌어 의미를 증폭시키고 관념공간이 다시 은유공간으로 재창조되어 의미의 폭이 넓어지고 이미지가 선명하게 드러나 있다.

— 리헌석(문학평론가 · 문학사랑협의회 이사장)

—

매미

저토록 쏟아 붓다
지칠 것도 같은데

목청껏 토하여도
남은 통증 있구나

고맙다
울음의 반을
대신 울어주다니

차를 마시며

갈바람 날갯짓이 잦아지는 날에는
너에게 닿으려고 찻잔 속에 꽃잎 띄워
고요히 우려낸 마음 향 맑은 손 잡는다

누군가 애틋하게 품은 사연 없을까
미움도 단풍들면 아름다운 용서인데
사계절 꽃잎 펼치는 그 전율로 살으리

어머니

새벽 미명 마디마디
온기를 내려놓고
곡소리 얼어붙던
폭설의 부음 위에
아끼던
옷가지들을
보공으로 채웠는가

요령잡이 방울 소리에
멀어져간 베 옷고름
수의를 짓던 눈빛
추녀 끝에 매달리고
지천에
외마디 신음 저승꽃 핀 어머니 손

금장 두른 은혜의 섬
온산이 다 메이고
한 서린 이끼로 앉아
꿈에도 시린 무릎
보리밥
시렁 위에서
먹빛으로 맺히는데

절룩이며 재 넘을 때
뒤처지던 망향의 눈
고향하늘 되돌아와
아궁이에 혼 지피며
여전히
무쇠솥에서
뜸 들고 있는 말씀

보리밟기

빈혈이 심하더니 허무 위에 들린 뿌리
봄날을 기다리며 술렁이기 시작했다
밟힘도 사랑이라며 푸른 피가 도는데

진초록 눈망울이 촉촉이 젖어 있고
허허로운 빌판에서 꿈꾸며 살아온 날
생채기 아픔마저도 새살 돋는 저 함성

폭염

함부로 범치 못할 치열한 삶 한가운데

팽팽한 긴장으로
정신줄 놓지마라

빗나간 세상을 향해 쏟아놓는 불꽃 경고

새벽, 뜨개질하다

코 잡아 별을 짜려나
연사홀 은빛 생각
대바늘 사슬뜨기
재촉하여 폭설 내리고
마무리 눈동자 위에
처음인 듯 그 설렘

땀땀이 귀 밝히며
안부가 궁금한데
비켜선 맘 달래놓은
체온으로 따스한 방
가슴속 놓아두고 간
그리움을 닦는다

낙화

뿌리까지 흔들었던 열정은 소진되고
세상에 귀 기울이다 잠이 든 이야기는
계절의 야윈 어깨 위에 아쉬움을 새긴다

숨 안으로 끓다가 몰아쳐 앓던 가슴
뜨락에 내려놓으면 편해질 수 있을까
한 생애 깃을 튼 바람 기억 속의 종이 운다

저절로 켜진 불빛 그 몰입이 있었기에
울음을 그치고 평온해진 품 안에서
아버지 온유한 마음 깨지 못할 꿈을 꾼다.

그리움

마음 속 깊은 곳에
떠있는 꽃잎 하나

세월이 흘렀어도
제 빛깔 그대롭니다

비 오고 바람 불 때면
색깔 더욱 진해집니다

석류

주체할 수 없어서
단단히 움켜쥐고

오래 전 싹튼 정
얼굴만 붉히더니

어둠을 앓던 속마음
열어뵈는 가을 여자

감자를 캐며

아이들 올망졸망
엄마 곁에 놀다가도

몸만 살짝 들썩여도
치마 잡고 따라 나선다

옥토밭
알이 굵어진
저 하늘 어머니 사랑

김성영(金聖永, Kim, Seong young)
1959년 울산 울주군 온양면 출생. 경상대학교
(임학과) 졸업. 〈서울신문〉 신춘문예(1996)
등단. 시조집 『마녀의 기도』(2019, 고요아침).
《시조시학》 젊은시인상(2013) 수상. 오늘의
시조시인회의, 경남시조문학회 회원.

코스모스 코스모스

김성영

여단조의 건반 위를 말발굽 소리 절
주한다
채찍비를 휘두르며 따라붙는 발라드

딸들이
눈물로 비오로 떠어
아빠, 아빠, 속삭이네

김성영의 시 세계는 아트만과 브라만이 하나라는 범아일여적인 인
식에 기반해 있다. 정지한 사물에 생명과 의식을 부여하며(「조화를
향하여」), 자연현상을 통해 존재론적 성찰에 잠기고(「호우」, 「가을
비」), 생명체의 궤적에 인생의 의미와 우주의 섭리를 오버랩시켜(「만
행」, 「코스모스 코스모스」) 아픈 역사와 인류사회의 난제를 가슴 저
리게 느끼기도 하고(「벽소령을 지나며」, 「내 사랑 지니」), 생자필멸과
함께 숙명적으로 겪는 회자정리의 순간을 거쳐(「강가에서」) 소박한
고풍의 안식을 그리워하는 것이다(「먼산주름 깊은 골…」, 「폐가」).
— 김수환(시조시인)

만행

안거와 안거 사이 봄 가을이 기어간다

귀도 없는 청맹 홀로 더듬이로 길을 찾아

차안을 갉아 먹으며 피안으로 향한다

탁발한 꿈의 빛깔대로 분홍 초록 똥을 누고

골똘히 생각는 듯 그 생각을 비우는 듯

안간힘 배 밑에 깔고 잠을 끌어당기며

바다에서 뭍으로 온 그 긴 수행의 속도로

회오리를 업고서 또 어디로 가시는가

발밑에 바다를 만들며 일렁이는 물결로

호우豪雨

안개 같은 혼돈이 산을 넘어 몰려온다
동화처럼 우화처럼 시야가 간결해지고
시간은 시간 속으로 점점점 꺼져간다

젖은 바람들도 제 집으로 돌아가고
텅 빈 지평면에 우수수 지는 꿈들
소리는 소리 밖으로 서둘러 날아갔다

문득 둘러보면 아무 것도 없는 바다
너울대는 뱃머리에 원귀처럼 서서
가지마! 흰 가슴 다 적신 저 여인은 누구일까

가을비

누가 유자 잎으로
휘파람을 불고 있나
유자향 진동하는 숲속의 초목들이
차례로 가을을 불러
추초문秋草聞을 펼친다

밀물처럼 우거졌다
썰물처럼 잦아들며
몽밀蒙密한 기억 속을 완류하는 시나위
저만치 저녁 노을이
단풍물에 젖었다

먼 산 주름 깊은 골 할미꽃이 으밀아밀

츠렁바위 땅벽 삼아 굽바자 두른 굴피집
쥐코맞상 들마루엔 피죽바람도 명주바람
지게춤 바가지장단에 오십 년이 짐벙지더니
묵삭은 정이 넘쳐 삐쳤는지 바람났는지
생파같이 집을 나가 따로 거처 십 년 세월
나절로 허우룩해서 살속이 영 맥쩍소
꽃눈개비 꾀꼬리단풍 언제 오고 가는지
비늦 와서 비설거지할 때 비 마중은 곡두가 하나
외마치 부뚜막장단 그 청승도 참 객쩍소

함께 먹던 떡 생각나 옹달솥에 옹달샘물
겅그레랑 옹달시루 그량시루밑 챙길 동안
나무나 좀 해다 주지 본체만체 잇긋않고
오명가명 안녕하슈 잘 계시우 인사해도
풋잠 든 척 몽따고 누워 겨르롭게 볕바라기
이 보소 살님네 영감 내 말 싹 다 들리제?
내사 오늘 마음고름 홀랑 풀어헤쳤으니
부사리 영각 치듯 거쿨지게 울어나 보소
그 소리 비나리 삼아 합펨 비손 해 볼랑께

강가에서

드디어 때가 왔네
그녀, 강을 건너려 하네
천 겁 하늘이 맺어준 운명의 첫사랑이
안고 온 숙명이라며 이별을 받으라 하네

혹한 혹서로 금가면서 일편단심 꽃씨를 심던
그녀 가슴에 발 묻은 못, 목을 놓을까 두려워서
남몰래 벙어리뻐꾸기 미리 조금씩 늘키고 있네

시간의 모래 흘러가는 강의 저쪽 언덕에
그림처럼 꿈처럼 운두준이 펼쳐지면
나 거기 적묵 담채로 깃들 날 언제 올까

나보다 먼저 그녀 사랑한 강 저쪽의 그리움이
훼장 깊이 사무쳐 내 질투도 속절없이
내 눈물 어루만지고
야윈 그녀, 돌아서네

조화造花를 향하여

달빛조차 한 줄 없는 깊고 어두운 그늘
그대는 저만치 정지한 기억 속에서
늘 깨어 이 세상 바라보는
의식意識으로 피어 있다

긴 평생 슬픈 내력 미소로 비워 두고
투명한 지조志操마저 먼 데 숨겨 놓은 채
계절의 뒷 뜨락에 선
이름 없는 그대여

착한 나무인형 하나 가만히 세워 두고
그 어깨에 살풋 앉아 그대를 바라보리
그렇게 그대 내면 속에
깨어 있는 나비로

폐가廢家

한결같이 잘난 남녀 가득한
먼 훗날

못난
옛날
탐사하던
잘난 남녀 한 쌍이

그 못난 세상에 반해
눌러앉아
살았던,

벽소령을 지나며

뒤돌아보면 미치고 만다는
저물녁 핏빛 고개
등짝이 홍건해도 앞만 보고 걸었다.
침묵의
붉은 눈시울
그 내력이 무서워

중천을 보면 얼어붙는다는
대낮 같은 오솔길
고개 숙여 걷는데도 정수리가 시렸다
휘영청
만발한 한恨이
스며드는 것 같아

내 사랑 지니

둥근 달에 직립한 계수나무 그늘 아래
로렌츠 가家의 옥토끼 지니가 울고 있다
0과 1 둘 사이에서
이를 어째 이를 어째

퍼질수록 흙이 웃고 굽을수록 금이 웃는
천생 곡선의 저주로 불구대천 앙숙이 된
0과 1 완강한 눈빛
애틋하고 설레는데

팽팽한 두 힘 사이 피투성에 갇힌 채
이쪽 저쪽 쏠리면서 늙어가는 지니, 지니
0과 1 애가 녹는다
아, 내 사랑! 아니, 내 사랑!

코스모스 코스모스

G단조의 건반 위를 말발굽 소리 질주한다

채찍비를 휘두르며
따라붙는 발라드

딸들이
눈물로 미소로 피어
아빠, 아빠,
속삭이네

김성찬(金聖燦, Kim, Sung chan)
1957년 강원 원주 출생. 《나래시조》 단시조
(2005) 등단. 현대 단시조집 『자백』(2014, 책
만드는집). 한국시조시인협회, 열린시조학회,
한국문인협회 회원.

속과 속

봐!
이런게 저렇다면 그렇게라도 해야 하고
그런게 이렇다면 저렇게라도 해야 한다.
1원? 1원이 아니라서 되고 싶은 1원.

끝!
몇초,분, 몇시, 몇칠, 몇주,몇달, 몇계절, 몇해,
집 옮긴 와 묶음 세월 앞에 딞이 참 벅차다.
1원? 1원이 아니라고 1이1인 1과1.

도시와 나

— 나는 사람이었다.
짧지만 길게 늘인 혼자만의 조용한 입술
시간과 공간의 틀, 삶에 기억을 털어댄다.
내 삶 속, 지옥에 천국도 있다. 나의 죄값? 몇인가.

천국에 지옥도 있다. 잉걸불이 너무 붉다.
짧지만 도시에 삶, 10월 석양 노을 붉히니
한 뼘 삶, 설키고 얽힌 몫이다. 나의ㅇ 죄값? 몇인가.

— 허수아비
하루는 오늘 같아 오늘처럼 하룰 보내고
어제도 오늘 같아 어제 보낸 내일이 온다.
짚 꿰맨, 허수아비에 아우성. 빼앗긴 하루, 해, 별, 달.

자화상

— 벽과 문
내 세월 '나'를 찾아 '나'를 보니 '나'를 몰라
내 모습 '나'를 안고 '나'를 찾아 '나'는 운다.
그림자. 해, 별, 달을 깨우더라. '나'를 묻던 '넌' 누구?

헐벗은 '나'를 세워 붉은 석양 핥게 하니
가파른 삶에 낯짝. '난' 누군가? 지쳐 헤맸다.
어렵다. 소박한 삶은 어렵다. 세월 춤춘 '난' 누구?

— 낯짝
어떻게 죽을 것인가? 어떻게 버틸 것인가?
툭 떨군 여백餘白을 보라. '난' '넌'데 '넌' '날' 볼 수가 없다.
삶에 빛, 침묵치만은 않는 법. 태양이 떴다. 달 떴다.

아리랑

— 삶
삶 가득 들어찬 삶. 삶만큼 삶을 아는가?
보낸 삶, 삶은 세월. 삶 더한 삶, 삶을 펼치니
훔친 자. 시간을 줍더라. 초秒, 분分, 시時, 하루. 해, 별, 달.

— 춤
문 문밖 문지방에 문을 못 단 문을 잡고
문밖 문 걸린 문을 밤, 낮, 문 연 문을 고인다.
나잇값 배흘림기둥 밖에서 춤만 추는 그림자.

— 몫
세월을 타고 왔다. 몫 절반은 온 것 같다.
내 삶 속 인생은 밝아 붉은 해로 심장 태우니
절반 몫 오갈 길 멀더라. 해, 별, 달, 핥는. 내 삶 몫.

삶의 계절

— 겨울
눈꽃 살갗 숨소리에 어둠 가득 별만 쌓여
참나무 낙엽 침대 별빛 사랑 잠든다.
삶에 문門. 홑이불 겨울을 연다. 입 맞추는 추운 날.

— 가을
마지막 가을에 기침 해 질 녘도 뒹굴어
추억 긴 하루에 춤, 겉옷 붉은 노을이다.
삶에 문門. 외로운 가을을 연다. 사랑 걸친 그림자.

— 여름
기억한 뭇 사랑뿐. 낯선 시간 덫에 들어
찔레꽃 성큼 붉어 여울 하루 잠 깬다.
삶에 문門. 사랑한 여름을 연다. 무지개 핀 소나기.

훔친 시간들의 시詩

— 4월의 시詩
뿜임에 잔인한 달, 4월은 사랑만 한다.
반지를 삼킨 이별 신神의 실수라 시詩 한 편 써
읽는다. 사흘 아픈 가슴앓이. 춤만 춘다. 사랑 값.

— 벽시계
하루는 시간을 늘려 나 모르게 사랑만 했고
시간은 하루를 나눠 나 모른 체 이별도 한다.
벽시계. 읽어볼 하루는 짧더라. 훔친 시간, 훔친 글.

— 한 줄 시詩
사랑을 사랑해 보니 사랑 그것 이별일세.
이별을 이별해 보니 이별 그것 사랑일세.
든 삶 속, 가슴 뛴 사랑과 이별. 고쳐 못 쓴 한 줄 시詩

시인과 건초 더미

— 갸우뚱
가난한 날개를 펼쳐 계절 높게 날고 싶다.
차오른 세상의 죄로 발자국조차 내겐 없어
빈 책상, 낯선 글자의 기울기. 뒷굽 닳은 세 줄 글.

— 싫은 하루
싫은 달, 싫은 태양, 싫은 별빛, 싫은 하루,
세월 튼 거친 삶 속 고픈 사랑 그것도 싫다.
삶 조각, 늙는 다는 게 싫다. 단추를 푼 나잇값.

— 외톨이
외톨이. 심장을 꺼내 해를 향해 던져본다.
외톨이. 기억만 펼쳐 달을 쫓아 외쳐본다.
외톨이. 한 송이 장미꽃 들고 물어뜯는 내 사랑.

삶 조각

— 숨겨진 삶
없다면 덧칠된 삶에, 삶의 폭을 넓히고 싶어
꾸밀 건 세월이라 꿰맨 삶을 입어본다.
달뜨면 '나' 달이 되더라. 해 뜨면 '나' 해 되더라.

— 늙 청년
세월은, 시간을 넘어 휜 공간에 갇혀 살고.
추억은, 기억을 꺼내 먼 시간을 돌려놓는다.
늙 청년. '나'는 '나'를 찾았다. 민낯 붉힌 괴로움.

— 나잇값
나잇값. 석양 사르니 도시가 붉은 노을 몸짓
돛 펼친 신神의 멋에 삶 조각을 꿰맞춰 보니
먼발치 세월만 붉고 붉더라. 삶이 벅찬 나잇값.

건반 위에 긴 하루

— 긴 하루
한낮은 햇살에 묶여 낯선 심장 덧문을 열고
한밤은 달빛에 빠져 벅찬 사랑 핥아만 댄다.
가난한 도시 모퉁이에 삶, 건반 위에 긴 하루.

— 춤
수탉의 화려한 춤, 노을빛 낮달 할퀴어 대니
기운 삶 내 몫은 가을, 그리움 저편 사흘을 운다.
까치발. 먼 하루 매듭을 풀어 던진 이별, 구절초.

— 입맞춤
봄, 가을, 여름, 겨울, 달 뜬 별이 휘청한 밤
철 따른 동, 서, 남, 북, 해 솟구쳐 삶이 벅차다.
춤춘다. 세월 안팎의 입맞춤, 나잇값 깊은 사랑 춤.

거꾸로 머문 시간

— 안과 밖
내 몫 안 지옥을 꺼내 칼날 끝에 세워본다.
내 몫 밖 천국을 꺼내 바늘귀에 꿰어본다.
내 삶 몫, 나만의 시간을 펼칠. 신이 필요한 가쁜 날.

— 도시 닭
쓰리랑. 나는 일 벌레. 해를 쏠다가 달도 쏠고
아리랑. 나는 삶 벌레. 사랑을 하다 이별도 한다.
뚝배기. 가파른 세월 끓더라. 삶, 꽃, 별, 시간, 몫, 값, 낮.

— 산책
사람이 산다는 것, 즐겁다. 참 어렵다.
인간 돼 사랑하는 것. 신기하다. 미쳤나보다.
'난' 맷돌. 껄껄껄 돌다보니 빠져버린 어처구니.

13월의 오후

거짓된 노을에 갇혀 나잇값 사랑, 사랑 태우니
당겨본 세월에 멋, 몸치장은 해야겠다.
뒷골목 도시의 붉은 사랑, 붓놀림이 숨차다.

짧지만 길게 늘린 머문 곳 서툰 도시의 삶
언저리, 삶 언저리. 엿본 기억들 사랑을 턴다.
계절 춤. 사랑을 꿰매 입고 발겨보는, 나잇값.

시詩 읽는 삶의 풍경, 나를 덧 댄 나를 깨워
가을 빛 붉은 입술로 사랑, 이별, 쪼아만 댔다.
13월. 굶주린 모퉁이에서 다시 펼친 13월

김성호(金聖浩, Gim, Seong ho)

1951년 경남 거제 연초면 출생. 연세대학교 석사 졸업(1985). 《시조문학》천료(1994), 《현대시》추천(2002) 등단. 시집 『소리의 하늘』(1993, 양문각), 『소리의 여행』(1997, 전망), 『보도블록에 깃든 숨결』(1998, 현대시), 『연약함이 강함을 용서한다』(1999, 현대시). 논저 『청마 유치환 연구』(1985, 연세대 대학원). 한국문인협회, 현대시회, 한국시인협회, 한국현대시인협회, 한국시조시인협회, 시와표현작가회 회원.

김성호의 시세계는 자연과 인간이 교융하는 우주적 삶의 프리즘을 통과한 빛과 소리, 색채를 탐구하는 눈길로 반짝인다. 「소금꽃」, 「단풍의 말」, 「적멸보궁」, 「물이 되어」 등의 작품에서는 영원성의 자연을 괴멸하는 인간의 포악함을 묘파하고, 「흘러간 슬픔」, 「그대에게」, 「열락의 꿈」 등에서는 갈등과 고뇌, 부조리한 삶과 사랑의 양면성을 노래한다. 「냉정과 온정」, 「청아」 등의 작품에서는 맹목과 맹종의 난맥상으로 치닫는 폭력적 편견과 오만적 독선을 에둘러 표현하고 있다.

— 권갑하(시조시인 · 한국문인협회 부이사장)

명사鳴砂

모래알 문턱에서
살과 뼈 깎이어도

억만 년 한결같이
몸 던져 탄주하는가

세월의 파도 넘으러
고등 조개 나뒹구네.

머나먼 천만리포
학암포 가는 길이

얼마나 비단길인지
성게 꽂게 신명 올라

황혼 녘 콩게 달랑게 몸 돋워
강강술래 춤추네.

파도의 노래

몸 부벼 출렁일 뿐

뭣 하나 감추잖고

팽팽히 끌어당겨
달맞이 몸 돋움 춤

푸른 발목 절고 절며
오십억 년 헐떡이네.

쉼 없이 순례하다
비등하여 하늘 가려

놀 지면 비를 불러
천강 먼 바다에 이르러

갯바위 힘껏 후려쳐
모래 궁궐 만드네.

소금꽃

우리는 보았지
붉디 붉은 소금꽃을.

해안선 포말 따라
근홍서 안홍까지

안면도 꽃지서 되짚어
비잉비잉 돌았지.

태양이 동그마니
모래성 어루만져

감천 물결 끝자락에
입술 여는 진주조개

저토록 붉은 사랑을
수초 세워 꽃피웠지.

단풍의 말

갑자기 불어 닥친
늦가을 칼바람에

넋 잃고 잠 못 이뤄
홍염에 신음할 때

무례한 등산객 좇아와
경탄하며 환호하네.

생혼이 죄 그을려
숨 막혀 혼쭐나다

짓눌린 혈맥 따라
온몸이 마비되어도

무정한 사람 몰려와
잎새마저. 잘라 가네.

적멸보궁寂滅寶宮

이 세상 금은보배
모래며 먼지일 뿐

눈 감고 귀 막으면
뭣 하나 안 보인다.

오욕에 마음 흔들리면
고요에는 못 이른다.

순간에 피어난 꽃
환영이자 환각인데

어쩌자 어쩌자고
신기루에 마음 빼앗겨

온 생애 몸살 앓으면서
평온한 잠 못 이루는가?

흘러간 슬픔

그럴 걸 그러할 걸
지난 일 돌이키며

흘러간 시공 속에
휘몰려 잠 못 들어

발구름 동동대면서
저 다리를 못 건너나?

지난 일 지난 괴롬
거뜬히 이겼노라

저렇게 햇살 되어
만물을 어루만져

홍성한 향연을 베풀어
춤추면서 몸 맞추는데,

그대에게

꽃이여 내게 오라
뛰노는 가슴 함께

빙빙글 춤추면서
달콤한 노래하다

순간을 불태워 꽃이 피면
천둥번개도 눈 감겠네.

그대여 내게 오라
쓰라림 녹아내려

영욕을 내려놓고

비밀한 입맞춤하면

나는야 사랑에 눈 멀어도
시린 밤도 따사하겠네.

물이 되어

우리가 물이 되어 협곡에서 만나면
가을날 바람일 때 옷자락 여미면서
뙤약볕 황금빛 파도 쪽빛 물결로 출렁이리.

때로는 서성이며 초록섬에 머무르다
협해 노도 헤쳐가며 물보라 일으켜
바닷가 몽돌성 휘돌다 태평양을 넘겠네.

항해航海

황파荒波에 눈 맞추다
저녁 놀 따라가면

미리내 창성한 곳
무궁한 낙원인가

번갯불 천둥치는 밤
저렇게 몸 저릿한데.

바람에 물어 보고
물결에게 알아볼까

강안 따라 부두에 앉아
돛단 배 이끌면서

남북양 물굽이마다
항해의 꿈 새겨볼까?

냉정과 온정

아니라 아니라고
귀 막고 입 다물 뿐

이전의 실수 잘못
못 잊고 원한 품어

쪽비단 가닥 가닥 꼬아
담장 둘러 막아 서네.

어쩌자 어쩌자고
미련을 못 버리고

피아가 원수였으면
그 무엇을 변명할까

폭풍우 노도 해일도
한 달이면 죄 멈추는데,

김세환(金世煥, Kim, Se hwan)

1946년 경남 밀양 출생. 영남대학교 졸업. 신라문화제 시조 장원(1966), 〈매일신문〉 신춘문예(1975), 《시조문학》 천료(1978) 등단. 시조집 『가을은 가을이게 하라』(1990, 동학사), 『산이 내려와서』(1997, 동학사) 『어머니의 치매』(2002, 북랜드), 『깨어있는 사람에게』(2004, 북랜드), 『돌꽃』(2010, 북랜드), 『가을보법』(2015, 학이사) 외. 한국시조문학상, 대구시조문학상, 한국시조시인협회상, 대구문인협회 작가상, 민족시진흥상 수상 외. 개인시화전 1회. 한국시조시인협회 자문위원.

김세환의 시에는 사람들이 살고 있다. 시인의 작품에서 필자는 산이 갖는 상징성을 김세환 시인의 꿈꾸는 세계로 파악했다. 이 꿈꾸는 다섯 갈래의 길은 결국 구도에 있고 그 구도는 사람 사랑이라는 말로 뭉쳐질 수 있다. 작품 전반에 깔려있는 사상으로 시조라는 문학형식에 대한 그의 자존을 읽을 수 있었던 것은 참으로 큰 즐거움이었다. 아마도 이런 깊은 생각 때문에 온통 입시에 매달린 고등학생들에게 시조를 가르치고 '한얼'이라는 동인지를 내고, 졸업 후까지 지도한 것으로 보인다. 김세환 시인의 삶은 그가 갈망하고 있는 은애 속의 삶의 실천이며, 그런 삶에 경외심을 가지지 않을 수 없다.

— 문무학(시조시인 · 문학평론가)

가을을 읽다
— 가을 보법 3

뼈까지 다 발라주고 영혼마저 보시하는
수성 도서관 숲길 속 처절한 저 아름다움

해묵은 책장을 넘기면
커피 냄새가 난다.

아직 준비 못한 그리 길지 않은 시간
미열 같은 가을빛에 순종을 배우고 있다.

전생의 하얀 복사뼈 위
초발심을 새기며.

잔혹한 점령군처럼 다그치는 저 포크레인
또 다른 풍경 위해 서둘러 지우고 있다.

피맺힌 절규도 없이
순교하는 이 가을.

산이 내려와서

내 소중한 사람을 위해 깨어있는 영혼을 위해
바람도 잠재우며 별이 내리는 밤
무거운 업보 한 짐 지고
하늘 높이 연등을 단다.

충혈된 만용의 자락 달빛에 찢어지고
그리운 목숨들이 이슬로 젖는 새벽
이제 곧 돌아가야 할
새소리 맑은 오솔길.

속사정도 풀어놓고 산을 떠나와도
허기진 빈 가슴에 솔바람 담아오면
방 안엔
산이 먼저 내려와
가부좌를 개고 있다.

목마른 바람이어라

계절이 물이 들면 언약으로 새겨지듯
슬픔도 절이 삭아 깊은 눈빛 되는 것을
사랑은 속살로 우는 목마른 바람이나니

유년의 갈피마다 풀꽃으로 다시 돋아
더러 꿈길 적시며 밝아오는 그 목소리
사랑은 채워도 차지 않는 넉넉한 그리움이어라.

부딪혀 무너지는 어둠 영혼을 씻어내고
고뇌의 그물을 짜 애증의 앙금을 걷는
사랑은 잠들지 않는 바다 깨어 있는 파도소리.

눈부신 햇살 가르며 새떼들이 아침을 열면
한 모금 이슬로 하여 개울은 노래하느니
사랑은
그대 있음으로 진정 내가 있음이라.

가을은 가을이게 하라

채워도 차지 않는 목마른 계절에 와
업보도 나눠지며 가난도 기워 놓고
밤이슬 눈물로 젖던 가을은 가을이게 하라.

몰래 담아 숨겨보며 걸어둔 낮달 하나
고이 접은 갈피마다 그리움은 물이 들고
석류꽃 속살로 익던 가을이게 하라.

언제나 그 가슴은 감꽃 냄새가 난다.
연緣 깊어 맺은 목숨 하늘 보며 별을 따는
참으로 아름다운 사람 가을은 가을이게 하라.

추정秋情

인고忍苦를 가늠하여 거울을 마주하면
정원 속의 모란인 양 그리 숙연턴 모습

아내여
이 가을 언덕 길에서
하얀 꿈을 펴는가.

지척도 천리라서 연모戀慕한 마음일면
외진 과원길에 줄지어 심은 고독
세월은 정녕 물레 같아 풀길 없는 그리움.

가슴은 화병의 갈대처럼 흔들리고
뇌일 수 없는 슬픔 체취 짙은 가을인데

창밖엔
아, 저 푸른 하늘에
나비되어 날고 싶다.

개화

턱없이 파고드는
허튼 시새움도
관능을 클릭하면
떠오르는 엽서 한 장

바람은
갈기를 세우며
며칠째 서성인다.

곰나루 불 밝히던
전날 밤도 이러했을 터
은밀한 시간들이
반기를 준비하고

조용한
눈빛 다듬어
빼어드는 단검 하나.

신을 닦으며 2

아직 서툰 솜씨로 아내의 신을 닦는다.
긴 세월 접어두었던 꽃물 든 가슴 열고
화창한
꽃비내리는 봄길
마음껏 걸으시라고

허기 한 번 채우지 못한 순종의 별난 천성
가난을 털어내듯 내 구두를 닦던 사람
스스로 갇혀 살아온
그 삶의 무지외반증拇指外反症

언제나 출근길에 공손했던 배웅처럼
즐거운 나들이에 가지런한 웃음으로

남은 날
나도 그대 위한
편한 신이고 싶다.

어머니의 치매

아내가 빗어주는 고운 백발 거울 속에는
화창한 오늘 아침 이슬 머금은 나팔꽃 같다.
여든 해 성근 이빨 사이로
부서지는 가을빛.

세수하고 양치하고 머리 곱게 빗겨 드리고
빛이 드는 창가에서 고부姑婦는 이별을 준비한다.
방 가득 세월의 앙금 풀고
길어지는 젖은 고해告解.

곱게 차려 입은 날 이따금 맑은 말씀
"내 언제라도 니 공은 다 갚고 갈 끼다"
아내는 늦가을 속에
바람처럼 울었다.

깨어있는 사람에게 17

시간은 망각의 묘약 더러 잊기도 했지
예고 없이 찾아드는 인연의 허튼 장난
저무는 신천 길에 핀 들꽃인 줄 알았는데

칠흙 같은 단발머리 풀꽃 속에 찰랑이며
새벽 는개 헤치던 젖은 맑은 얼굴
수줍음 붉은 입술에 감추고 별만 따던 그 아이

맞잡은 손마디에 세월이 묻어나듯
눈가 잔잔한 미소 그리움을 알겠구나
힘겨운 불혹의 언덕 그대 아직 꿈꾸고 있네.

돌 꽃*

아린 생각만으로 출렁이는 고향의 강
유년을 첨벙이던 물때 오른 자국마다
아직도 남천강가에는 돌 꽃들이 피어있다.

대숲에 내던져진 어린 아랑의 순절
흘린 피 바위 적셔 꽃잎마다 눈물 밴 꽃
무성한 댓바람 소리 언제나 젖은 가락이다.

소꿉동무 이야기쯤으로 자주 듣던 그 슬픔
강물 긴 침묵에 조용히 흘러갔어도
소나기 쏟아지는 날 참으로 도도한 꽃.

떠난 고향 사람들 가슴속 그리움 새겨
착한 심성으로 소중한 자존심 지킨
해마다 뜸한 귀향길 피가 도는 꽃송이.

* 밀양 영남루 아래 아랑의 사당 아래 강변 바윗길에 옛날부터 자생된
꽃 모양 돌 꽃들이 있다.

김소월(金素月, Kim, So wol) 본명: 김정식(金廷湜, Kim, Jung sik)

1902.~1934. 평북 구성군 출생. 고향 평북 정주군 곽산면 남단동. 남산학교(1915), 오산중학부, 배재고보 졸업(1923), 동경상과대학 휴학(1923). 《창조》「낭인의 봄」,「야의 우적」,「오과의 읍」발표(1920, 5호) 등단. 《개벽》시「금잔디」,「엄마야 누나야」등(1922, 20호),「진달래꽃」(1922, 25호) 발표. 시집『진달래꽃』(매문사, 1925),『소월시초』(박문서관, 1939),『유고시집』외. '영대' 동인(1923). 〈동아일보〉지국장. 소월 시비 건립(1968).

—

의義와 정의심 초抄

1

합태돈 무엇이며 자리는 무엇인고地位爵祿,
죽어서 있고 없고 그조차야 알랴마는
한세상 정코 못할 것도 분명 있다 합니다.

욕심도 아니라오 위태함도 아닐거라
그야 꼭 죽은 뒤도 하고서야 말리란 마음!
정코 못할 그와 함께 할 것 또한 있는 줄로 압니다.

된다든 안 된다든 그 상관을 하는 게며
한 몸이 어찌됨을 처음부터 몰랐어라.
그 마음 하라는 대로 하는 것이 사람이라 합니다.

2

있다던 그 넋이야 하마 어찌 낫出으랴만
없다던 그 행신이 생길 줄을 뉘 알으랴.
안 듯이 남 모르를 제 저 또한 몰랐던
그 마음을 읍니다.

아흔날 좋은 봄에 불씨 있는 도리화야
잡풀 속 저 소나무를 철부지라 웃지 마라
천백년 그럴 듯한 아름드리 큰 나무를
네가 어찌 알쏘냐.

봄밤

실버들 나무의 검으스러한 머릿결인 낡은 가지에
제비의 넓은 깃 나래의 감색 치마에
술집의 창 옆을 보아라, 봄이 앉았지 않은가

소리도 없이 바람은 울며, 울며 한숨 지워라
아무런 줄도 없이 섧고 그리운 새까만 봄밤
보드라운 습기는 떠돌며 땅을 덮어라

깊이 믿던 심성

깊이 믿던 심성이 황량한 내 가슴속에
오가는 두서너 구우舊友를 보면서 하는 말이
"인제는, 당신네들도 다 쓸데없구려!"

생과 돈과 사死 초抄

1

섧으면 우을 것을 우습거든 웃을 것을
울자 해도 것는 눈물, 웃자 해도 싱거운 맘,
허겁픈 이 심사를 알 이 없을까 합니다.

4

슬픔과 괴로움과 기쁨과 즐거움과
사랑과 미움까지라도, 지난 뒤 꿈 아닌가!
그러면 그 무엇을 제가 산다고 합니까?

7

살아서 그만인가? 죽으면 그뿐인가?
살 죽는 길 얼음에 잊음바다 건넜든가?
그렇다 하고라도 살아서만이라면, 아닌 줄로 압니다.

8

살아서 못 죽는다. 죽었다는 못 살던가?
암만이 살지라도 알지 못할 이 세상을
죽었다 살지라도 또 모를 줄로 압니다.

9

이 세상 산다는 것, 나 도무지 모르겠네
어디서 예왔는고? 죽어 어찌 될 것인고?
도무지 이 모르는 데서, 어찌 이러는가 합니다.

부자父子

갓난 핏덩어리 날 두고 떠나실 제
살기를 바랐으며 만날 줄 믿었던가
반가운 부자 상봉이 꿈이런 듯 하여라

삼십의 장년이 아들일시 분명하며
백발의 노인이 어버일시 분명한가
마주 서 허리 굽힌 이 서로 병병 하고녀

자리에 앉자마자 어린 손자 앉으시고
피안미소 하시와도 울상이 되오시니
굽히여 맞는 가족은 가슴 울렁 하왜라

길메여 오는 손님 모두 다 옛 친지들
홍안에 헤어지고 백발상봉 하고 본 이
그들도 서로 말없이 옛 모습만 그려보네

하루새 작객作客도 고생이라 하웁거든
삼천 년 긴 세월에 이역풍상 어떠신고
이나마 남은 날에는 오복 가득 하소서

올 데를 오셨으니 무슨 한 있으리오
효양孝養은 못하와도 정성껏 모시리니
몸성히 오셨음만이 만행인 줄 아웁니다.

합장 초抄

1
나들이 단 두 몸이라 밤 빛은 배어 와라
아, 이거 봐, 우거진 나무 아래로 달 들어라
우리는 말하며 걸었어라, 바람은 부는 대로

2
등불 빛에 거리는 혜적여라, 희미한 하늘 편에
고이 밝은 그림자 아득이고
꽉도 가까인, 풀밭에서 이슬이 번쩍여라

3
밤은 막 깊어, 사방은 고요한데,
아마즉, 말도 안 하고, 더 안 가고,
길가에 우뚝하니, 눈 감고 마주 서서
먼먼 산 산 절의 절 종소리, 달빛은 지새어라

일야우一夜雨

놀라 깨친 새벽꿈에 창을 밀고 썩 나서니
강산 일야우에 실실히 동구류洞口柳는 희미할 손 춘색인데
계견鷄犬은 짓거리고 동천이 밝아온다
좋아라 좋아라 방중房中에는 다정랑多情郞 계시고녀

제비

하늘로 날아다니는 제비의 몸으로도
일정한 깃을 두고 돌아오거든
어찌 섧지 않으랴, 집도 없는 몸이야!

함구緘口

월색은 생비취生翡翠요 우성雨聲은 전유리轉琉璃라
입을 묻고 앉았으니 그지없은 심사로다
내리운 수정렴에 자던 바람만 부는 대로

은대촉銀臺燭

동방에 달이 지고 입주렴入珠簾 효성曉星토록
님의 청삼靑衫 일야중一夜中에 스을고난 몸이어다
오히려 은대 쌍병은 손미孫微하게 붓나니

문견폐門犬吠

유색柳色은 청청 비개이자 영창 전에 달이로다
님조차 오실 말로 봄뜻 일시一時 분명할 손
문견폐 개소리를 유심留心하여 듣나니

김소해(金素海, Kim, So he) 본명: 김정희(Kim, Jung hee)

1947년 경남 남해 설천면 출생. 지산보건전문대학교(치기공과). 《현대시조》(1983), 〈부산일보〉 신춘문예(1988) 등단. 시조집 『치자꽃연가』(2010, 움), 『흔들려서 따뜻한』(2012, 책만드는집), 『투승점을 찍다』(2014, 나무아래서), 『하늘빗장』(2017, 고요아침), 『만근인 줄 몰랐다』(2018, 동학사). 성파시조문학상(2011), 나래시조문학상(2013), 한국농어촌문학상(2014), 한국시조시인협회본상(2016), 이영도이호우시조문학상본상(2018) 수상. 나래시조문학회, 한국여성시 동인회, 부산여류시조문학회, 오늘의시조시인회의 회원.

> 정오의 손님
>
> 　　　　　　김소해
>
> 태양과 수직으로
> 맞서려면 낯서야하리
> 그늘은 지우고
> 시침 분침 초침까지
> 정수리
> 불 데인 촉감
> 합일의 빛, 시가 왔다

—

시인의 시조 작품에는 어떤 삶의 깊이나 사유의 깊이와 같은 "깊이"에 대한 향수가 자리 잡고 있어서 그것이 그녀의 시조 작품에 품격을 부여하고 있을 뿐만 아니라, 삶과 문학에 대한 열망의 강렬도를 대변해주고 있으며, 독자들에게는 잔잔한 감동의 원천으로 작용한다.
— 황치복(문학평론가)

위기 뒤에 찾아오는 평온함을 실천적으로 체험해본 김소해의 이 같은 긍정의 힘이야말로 차별화된 재산이 아닐 수 없다. 그리고 이때의 결핍이야말로 김소해 시조의 힘이라는 사실을 가리켜 주고 있다.
— 민병도(시조시인 · 국제시조협회 이사장)

김 시인이 읊은 진정한 삶은 삶 속에 남아 있는 한과 슬픔과 고독에 대한 도전이면서 이것의 무화無化 또는 승화昇華를 위한 변주곡이어야 한다는 것이다. 그는 이러한 정신세계를 시조로서 웅변한 셈이다. 이것은 마치 타인이 디디지 않았던 처녀지를 그가 활보하고 있는 것 같은 신선한 느낌으로 다가온다.
— 임종찬(시조시인 · 부산대 명예교수)

—

신神으로 가는 길

저기 아득, 설산 너머 바다가 있다는 거
모래 골짝 더 멀리 고래 살고 파도친다는 거
바람이 가르쳤을까
큰 신은 '바다'라니

본 적 없어 꿈 꾼 적 없는 그 바다에 어찌 가나
오체투지 어느 봄날 닿겠거니 했던 걸까
태풍은 바다 아니라도 불어
오색 깃발 기도문

어디든 사람 사는 곳 아린 생이 함께 살아
나부껴 흩어지는 타르초 실오라기
바람은 신으로 가는 길
그 '바다'를 알고 있다

초록 도화圖畵

색이라 할지라도 어찌 다 그립니까

당신이 깊어지면 색은 외려 줄어들고

응답을 기다리다가 모서리만 건드립니다

일렁이는 숲 한 자락 그린다 하더라도

초록 물든 여백에는 건네야 할 말이 쌓여

화폭에 받아 어렵니다 반짝이는 햇볕까지

가는 대로 붓을 따라 모퉁이 돌아들면

수사는 죄다 벗고 통점 없는 길입니다

옆모습 언저리에는 귀에 익은 발소리

질문나무
— 아왜나무

필시 무슨 인연 닿았음이 분명하지

수목원 산책길에 아왜나무 이름표, 찡긋

내 속에 해답 없는 질문 그득한 줄 어찌 알고

아 왜 아 왜 산다는 게 기껏 질문뿐인 것을

수천수만 푸른 귀가 열리면서 끄덕이면서

질문도 아닌 질문들 얽히다가 풀릴 때

만근萬斤인 줄 몰랐다

거기 오래 당신 없어 고향집 쓰러질 듯
빈집 애처로워 제값이라 팔았는데
이상한 거래도 다 있다 고향이 없어진

고향을 잃어버린 남의 동네 서먹하다
하늘과 바람이며 갯바위나 파도까지
덤으로 팔려버렸다 어이없이 밑진 장사

그게 그렇게 고향산천 떠받치는 줄 몰랐다
마당만 몇 평 값으로 팔았다 싶었는데
낡은 집 한 채 무게가 만근인 줄 몰랐다

하늘빗장

어디에 신은 계신지 알지도 못하지만
아들의 가는 길에 한 그릇 찬물이나마
밝히어
부탁할 수 있다면
빌고 또 빌 뿐입니다

심장의 무게가 고작 깃털 하나일진데
영혼의 무게는 어느 저울입니까
그 저울
찬물 한 그릇에
밝아오는 동녘하늘

저 깊은 저울 위에 송두리째 얹습니다
새벽빛 물의 무게 산처럼 높습니다
마침내
당신 기도에
풀려오는 하늘빗장

중산리 가는 길
— 빨치산 전시관

다시 찾지 않으리 당신의 그 무릎 앞

산이 산을 지고 흔들리며 저문 시간

아득히 이 날까지도 말을 숨겨 깊어있네

바람길 그 곳이 어디냐 묻지 않겠네

하마 그냥 벌린 입술 달싹도 못하겠네

문이란 그래 열려 있고 또한 어디 닫혀 있네

의문부호 숨겨둔 채 가까이 오지 말라하네

비탈져 오르는 길 먼 길일까 높은 길일까

내 엄두 꺼내기도 전 문이 벌써 산이네

가을, 허수아비

선 채로 늙어가는 그런 길도 있다는 걸

발목을 빠뜨린 채 한 생이 저문다는 걸

알면서 제 할 일 끝낸 저 넉넉한 파안대소

깊은 강

내 사랑 어디에서 길을 물어 볼 것인가

사람들 웅성거림 말이 되지 못한 말들

불꽃만 살아 춤추는 제 할 일을 하느니

만나고 헤어짐이 태우고 씻는 거라면

이곳에서 이루어지고 다시 또 흩어지는

먼 훗날 한 줌 재를 모아 갠지스에 온다 하리

치장할 그 무엇도 남지 않은 얼굴이다

이승으로 돌아오는 버스에 오르면서

꽃다발 꽃잎 몇 장으로 깊어지는 강이 있다

11월
— 귀향

곱게 물든 감잎들이 벗은 발 닦는 늦가을

서리 묻은 깃을 털며 누군가 대답할 듯

붉은 감 아직 붉은 나무

꽃목걸이 고요 한 줌

해거름 산그늘 지는 나이가 저물기 전

주소 적고 우표 붙인 감잎편지 시들기 전

그 글씨 읽는 이가 읽는

뜰 안 가득 생의 후편

용접

어디서 놓쳤을까 손을 놓친 그대와 나

실마리 찾아가는 길 불꽃이어도 좋으리

뜨겁게 견뎌야하리 녹아드는 두 간극

김송배(金松培, Kim, Song bae)

1921.~2009. 대구 출생. 호 흰솔(白松). 경북고녀(1938), 청구대(영남대) 대학원(행정학과) 연구 과정 수료. 《시조문학》「비」천료(1984) 등단. 시조집 『회상의 우물가에서』(1989, 광야), 『돋보기 너머로 본 삶 알듯알듯 몰라라』(2009, 아이디얼북스). '소심회' 시조 동인. 영남시조문학회, 한국시조시인협회 회원. 대한부인회 경북지부 문화부장, 동부 연합회장, 한국 걸스카우트 경북연맹장, 경북도교육위원회 민간장학위원, 한국 걸스카우트 중앙이사 역임.

—

별

항시 그 자리에서 넋을 담은 금빛이여
억만 리 아득한 길 내 마음 인도하네
살며시 들고 싶은 가슴 저 하늘에 계신가.

해와 달 빛에 가려 두려움에 떨던 가슴
눈물이 은하 되어 둑에 가득 밀려와도
다시금 밝게 웃으며 속삭이는 나의 별.

비

하늘을 흥건하게 쏟으시는 정情이신가
수정水晶 빛 강심江心을 때려 타이르는 고운 말씀
천지가 화합하는 소리 이 고요한 환희여

생모시 흰 올이를 자락마다 풀어헤쳐
바람결에 속삭이며 하염없이 가는 발길
그 산야 은혜로 감싸 초화草花들은 벙그나

부곡 온천

세월은 인파人波 되어 철 잃은 두메산골
깊숙이 끓는 물은 태양이 잠겼던가
섬으로 쏟아낸 애증 선혈처럼 흐르네.

한 아름 그리움을 산하에 흩부린다
뉘라 이 아픔을 추억이라 이름하랴
부곡 땅 뜨거운 정에 내 보태는 눈물이여.

설화

억년의 낙화들이 신선 되어 내린 빛깔
한철에 함께 피어 맑은 향기 진동하네
극락의 하늘 한 폭이 잠시 내린 황홀인가

사제司祭처럼 섯는 노송 흰 촛대 밝혀들고
길게 끄는 백의白衣 위에 총총히 박힌 고독
가난도 미움도 가고 포근히 잠긴 신비여.

제주도의 봄

밀물에 발 담그고 두 손으로 쥐어 본 바다
파도는 혈맥처럼 오대양이 와 닿는데
퍼르럭 갈매기 나는 하늘 작은 별이 떨고 있다

사화死火의 검은 바위는 태양이 흘린 상흔
천연의 용광로가 쉬고 있는 바다 위에
그리움 짙어만 가는 귤빛 노란 유채 함께 탄다.

진눈깨비

쫓기듯 가는 겨울 돌아보는 아쉬움이
미움도 스민 정이라 쓰라린 이 아픔이
너 가면 봄이 올 땅에 한마당 심술인가

땅 위에 촉촉한 빛 사라지는 너의 자취
천리향 피는 소식 바람결에 띄워주랴
마지막 휘몰아치는 겨울이여 이별이여.

회상

어머니 꿈을 기운 꽃 댕기 색동옷에
와자히 웃음 피운 흘러간 꽃 이파리
그 추억 가슴 휘감아 아려오는 그리움

털신 신고 아장거린 그런 날도 있었거늘
꽃신 신고 뛰놀던 세월 따라 바뀐 신발
그 숱한 고개 넘으니 허허히 뜬 흰 구름아

김수야(金水野, Kim, Seo ya) 본명: 김영숙(Kim, Young suk)

1954년 울산 울주군 서생면 출생. 울산여고 졸업. 《시조시학》 신인상(2018). 시조집 『필름이 말을 걸때』(2019, 고요아침). 고래문학회 부회장, 한국시조시인협회 이사. 열린시학 회원.

김수야 시인의 작품 「치매」는 대상에 대한 따뜻한 시선과 서정성에 주목되어 있다. "무너진 돌담"과 "종창역을 잃었다" 어머니는 "난바다로 출렁"이지만, 대부분의 사람들이 겪어야할 삶의 과정이다. 요양원 할머니를 그린 「요양원의 봄」에서도 매화꽃이 피고, 산수유 가지마다 별들이 쏟아진다, "인생은 끝없는 순례의 길"(「다슬기 기행」)이다. "연어 떼 고향을 찾아 급물살을 가르는"(「봄」) 시인에게 시쓰기는 이 과정을 성찰하는 과정(삶=살기) 그 자체이다.

— 이지엽(시인 · 한국시조시인협회 이사장 · 경기대 교수)

치매

그 푸른 솔가지에 먹구름이 짙어 온다
나팔꽃도 꽃이냐며 만청을 떠는 사이
어쩌면 삶이라는 것 무너진 돌담이다

가로등 삼키고 온 어둠이 짙어오고
숨겨둔 대소변을 보물이듯 찾다보면
하루는 반대로 돌아 종착역을 잃었다

잠잠한 시냇물이 난바다로 출렁인다
진창길 분탕질에 삶도 기도 다 버리고
아흔 해 가슴 붉히며 뉘엿뉘엿 지고 있다

요양원의 봄

발길이 발길을 밟고 매화꽃이 피었다
마른풀 속치마에 립스틱 눈뜬 사이
돌아간 한파가 와서 하룻밤 쉬어간다

산수유 가지마다 별들이 걸려있고

은하의 강물 따라 숨소리 깊어지면
연어 떼 고향을 찾아 쓸어내는 급물살

노루귀 숨은 속살 색조화장 짙어진다
뒤주 속 살얼음이 해동하는 봄바람에
요양원 볕드는 창가 거미집 한 채 지어놓고

다슬기 기행

휘둘린 한 길 물속 가늠마저 짙은 어둠
가만히 귀를 밀어 소리조차 천 리 먼 길
비좁은 돌 틈 사이를 일어섰다 넘어진다

보란 듯이 집 한 채 등에다 짊어지고
우주 같은 절벽 아래 정상 정복 꿈을 꾸며
누군들 가는 길 앞에 허방다리 놓으랴

어쩌면 좁디좁은 내 삶의 영역에서
목숨을 담보로 한 끝없는 순례의 길
불황의 소용돌이에 발붙일 땅 헤집는다

집나간 핸드폰

티 없이 붙어살며

의지하던 너와 내가

철새처럼 훨훨 날아 문밖에 벗어났다

어차피 헤어질 거면

문자라도 주고 가지

필름이 말을 걸 때

2시와 3시 사이 액정에 담은 화면
휠체어에 보행긴 양 꽃처럼 웃고 앉아
아리랑 울산 아리랑 태화강도 더덩실

손장단 어깨춤에 온몸을 들썩거리며
돌배기 아이처럼 백합꽃 환한 웃음
한평생 구겨진 주름 다림질을 해 놓고

아버지 범상같이 부라린 호령 속에
기죽은 자식들이 잡초로 버려질까
어머니 입안에서는 뉘가 돌로 씹혔을

나팔꽃 아등바등 아침 햇살 받아 안고
천진한 그 얼굴이 고봉 쌀밥 같았던
그 모습 되돌아와서 화면에 걸려있네

헤엄치는 근로자

저물녘 처진 어깨 감긴 눈 겨우 뜨고

건네는 막걸리 잔에 피로가 출렁인다

산 자여 나를 따르라 울려 퍼진 귀울음

가랑잎 무게에도 흔들리는 파리 목숨

숨 가쁘게 돌아가는 쉼 없는 초침 같은

그 굴레 벗어나지 못해 헤엄치는 발걸음

섬진강 사람들

풍덩 풍덩 뛰어들어 물살에 휘둘린다

채이는 모난 돌에 달뜬 발 절룩거리며

휘모리 눈물 가락을 울컥울컥 삼킨다

그물에 걸리지 않는 바람 같은 사람들

물살을 더듬으며 꿈을 깁는 깊은 숨결

이어온 대물림 앞에 소용돌이치고 있다

구름 위에 어머니

청자분 다독다독 일궈둔 푸른 난 잎

스스로 활활 타는 장작불이 꺼져가듯

하나둘 멀쩡한 기억 이슬처럼 마르네

다 헐린 가슴속에 어린 딸 입양한 듯

철부지 손자 앞에 응석 툴툴 쏟아놓고

구름에 떠밀려 가는 포구 잃은 어머니

빈 달력

1
썰렁한 거실 벽에 허전하게 걸린 달력

이른 봄 그 환한 꽃 한 잎 한 잎 떨어지고

꿈꾸던 설계도면에 눈이 내려 하얗다

2
진갑 넘어 처연해진 내 모습 바라본다

뽑아 버린 잡초처럼 보채는 병마에서

무너진 대들보같이 찢겨나가 깨진 꿈

어머니의 밥상

"니 무라 니나 묵어"
목이 멘 끼니였다

기억 속 못다 한 말
그릇그릇 담아 놓고

어머니
머문 눈길에
젖은 생각 말린다

김수연(金秀妍, Kim, Su yeoun)

1948년 강원 태백 출생. 신학대학교 졸업. 《문학세계》 시(1995), 《화백문학》 시조(2019) 등단. 시집 『아득한 그리움으로 꿈에라도 만나고 싶다』(1995, 천우), 『길이 끝난 그 곳에 뜬 무지개를 딛고』(2010, 책나무), 『꽃이 부르는 노래』(2010, 책나무) 외. 시조집 『화장을 지우다』(2020, 명성서림). 저서 『수연꽃꽂이 작품집(2권)』, 『전통 꽃꽂이(2권)』. 국제펜 한국본부 전통문화예술위원, 화백문학 경기 지회장. 한국시조시인협회 회원. 수연꽃꽂이중앙회 회장.

거미와 이슬

김수연 (1 9 4 8 ~)

밤새워 공들여 엮어 낚이놓은 거미꽃에
거울꽃 이슬방울 그리워 꼭 깨안으면
어느새 사라졌는지 사무치는 내 사랑

—

김수연의 시편 전체를 조감하면 시조 소재들에서 자연 표상의 봄의 정서가 많이 등장한다. 이는 삶에 대한 환경과 관심을 의미할 수도 있다. 「어느새 봄」, 「온실 속의 봄」, 「잎 파랑은 빛을 물고」, 「봄을 수혈하다」, 「피어난 꽃은 빛이다」 등의 온갖 상상과 은유로 봄의 이미지를 내포한다. 도합 81편의 시조 중에 10%를 수용하고 있다.

— 채수영(시인 · 문학비평가)

—

봄을 수혈하다

차가운 수술대에 무방비로 내맡겨져
겁나고 두려워서 웅크린 울음 사이
하나 둘
낮은 목소리
아득하게 멀어졌다

민둥산이 되어버린 한 쪽이 허전했다

침대에 엎드려서 가슴을 만져본다

따뜻이 피가 돌았다

발가락이 꼼질 했다

가까스로 자존심을 버텨내는 떨리는 숨
봄바람이 상처를 덮으려고 다독일 때
톡
톡
톡
수액 방울이 팔뚝 위에 굴렀다

어느새 봄

잎사귀 뒤에 숨은 피멍든 저 꽃 좀 봐

촉을 밀어 부풀리는 붉디붉은 몸살이다

방치한
어느 한 곳에
몸을 여는 동백꽃

삽상이 파고드는 바람마저 아픔인지

오들오들 돋는 한기 애꿎게 화풀이다

비바람
잦아든 후에
빛을 찾는 목련꽃

온실 속의 봄

날마다 온실 속을 이른 봄볕 찾아들어
봄바람 빗장 열어
제라늄 붉은 꽃눈
갈증 난 촉 내밀어서 꽃 비린내 풍긴다

아득한 그리움이 방울방울 맺히던 날
툭 불거진 꽃봉오리 햇빛에 몸을 풀고
휘돌던 젖은 향기가
꽃술 끝에 맴돈다

그리움이 물결처럼

안개가 막아서도 아침바다 해가 뜨니
먼 곳을 배회하던 추억을 소환하여
가랄라 험한 풍파를 따뜻하게 챙겼다

미명의 빛 안에서 꿈을 잡고 있는 동안
바다와 물보라와 등댓불을 다 담아서
하늘의 달과 별똥별 낚아채어 펼쳤다

어느 결 물고기는 물결 위에 곡을 쓰고
파도는 꿈틀대며 하바네라 춤을 출 때
바람이 곡조도 없이 하모니카 불었다

봄여름 가을 겨울 생각 없이 흔들리는
바람 든 오목가슴 숨 가쁜 사랑 하나
속에 일 터트려 가며 거품 풀어놓는다

잎 파랑은 빛을 물고

꽃밭에 자욱하게 봄이 다시 찾아왔다
벌 나비 찾아드니 나무 가득 꽃등 밝혀
볕바른 곳에는 벌써
꽃물 붉게 번졌다

무성한 숲 가득히 푸덕대는 산새소리
맺혔던 회포 풀어 마다마디 끊어지니
올봄도 다름없으며
꽃들에게 빠졌다

봄바람

봄바람 찾아와서
창문마다 흔들어요
틈새 바짝 비집고서
꼬리치며 속삭여요
꽃 피울 날들 가까워
햇빛 속에 즐겨요

나들이 온 참새 떼
이쪽저쪽 쪼아놓고
햇볕 속을 쫑긋쫑긋
짧은 봄볕 즐겨요
봄날이 그리 좋은가
폴짝폴짝 달음질

개나리 몽글몽글
꽃 등 환히 매달아
흰나비 노랑나비
어지러운 날갯짓
햇살이 머무는 봄날
나풀나풀 춤춰요

흔들다리

긴 여행 굽이마다 하늘에 떠 흔들렸다
마음은 구름 궁전 지어놓고 커지는 꿈
잠시도
거리낌 없어
한가할 때 없었다

미지의 사방팔방 몸뚱어리 끼워 넣고
숨 가쁜 나날들을 곡예하듯 출렁이다
사는 게
별 것 있을까
내 걸음을 이끈다

갯벌 위의 서바이벌

벗들과 떼를 지어 허기 안고 간 발걸음
몸 위해 보신 한다 먹어 보길 바랐는데
보기는 좋지 않아도 목다심의 산 낙지

바다도 땅도 아닌 생명 품은 갯벌 위에
부산한 먹이사슬 생존 위한 숨바꼭질
모습을 내민 순간에
요동치고 뒹굴고

찰나에 무방비로 박탈당한 흔적 위로
놀빛 서린 물띠 따라 두서없이 날아들어
갯벌엔
갈매기 가득
스크럼을 짜고 있다

그리워지는 날에는

바람에 흩날리는 꽃잎 줍던 시절엔

떨리는 가슴으로 손으로 쓴 편지글

우리의 마음에 남아 미소 짓게 하겠지

제각기 흩어져서 오랜 세월 멀리 떠나

그 옛날 모습 찾아 사랑스런 얼굴 보며

우정을 안다는 것은 그리움이니까요

그렇게 몰두했던 잠시

찬란한 봄 햇살에 노랑나비 날아들고
보랏빛 봄옷 걸쳐 제비꽃이 팔랑팔랑
금잔화 꽃딸기 사이 내 꿈도 피어났다

고추를 똑 따 물자
외마디 소리 넘겨
가슴에 한 파편이 폭풍처럼 쓸려가고
심장의 불길이 활활 머리까지 올랐다

햇빛과 바람 물만 있어도 텃밭 가득
푸성귀 냄새나는 꽃동산을 만들었다

행복은
작은 것에서
얻어지는 값진 것

김수엽(金洙燁, Kim, Su yeob)

1959년 전북 완주 출생. 전주대학교(국어교육과) 졸업(1988).《샘터》시조상(1991),〈중앙일보〉연말장원(1992),〈경향신문〉신춘문예(1995) 등단. 우리시대 현대시조 100인선『상쇠, 서울 가다』(2006, 태학사). 시조시학 젊은 시인상(2007) 수상. '역류', '율격' 동인. 오늘의시조시인회의 회원. 가람기념사업회 이사, 한국시조시인협회 중앙위원. 전주여고 등 근무.

―

김수엽의 시 세계는 한 마디로 제반 사회적 속박이나 차단 요소들에 대한 해체이며, 그것을 통해 일정한 소통을 확보하여 궁극적으로 자유의 구가를 취득하려는 것으로 논의할 수 있다. 그것은 또한 폐쇄적 존재의식의 탈피 내지는 해방 개념과 이어진다. 그는 시적 발화를 통해 자아의 내·외부 사이의 소통을 끊임없이 시도한다. 그리하여 결국은 해체를 회구한다. 이러한 시적 행위는 크게는 사회적 이데올로기의 구현일 수도 있고, 작게는 실존적 자아 인식의 소산일 수 있다. 그런 면에서 실존주의도 리얼리즘이라는 광의적 의견이 전혀 외람되다 할 수 없겠다.

― 정휘립(시조시인·문학평론가)

―

사전을 뒤적이다

사전을 뒤적이다 '늙다'가 귀에 들렸다
흰 머리칼 굽은 허리로
엄마가 말을 건다
아가야
저 홍시 하나-
감나무가 흔들렸다

사전을 뒤적이다 '죽다'가 눈에 잡혔다
굽은 허리를 곧게 편 채
엄마는 말이 없다
아직도
감나무에는
홍시가 주렁주렁

사전을 뒤적이다 '살다'가 눈에 들어왔다
아들 내외 손주 녀석이
대문을 열고 뛰어 든다
마당에
감나무 하나
튼튼하게 서 있다

겨울강

보아라 겉으로는 무능한 뼈마디로 굳어
머리를 흔드는 바람 두드리는 눈발도
거부할
몸부림조차
시작되지 않았다

올려 보면 썰렁한 가지마다 순백의 덧칠
산맥은 사연 한 줄 남기지 않고 내달리다
내 위에
그림자로 오는
짓밟힌 기억 하나

묶인 몸 소리로 풀어 산을 감아 무너지면
땅속 틔는 숨소리도 푸르게 누며오고
마침내
은비늘 돋는
가장 깊고 낮은 곳

유리창

이 아침, 내 뜰 안을 팽팽하게 채운 안개
닦으면 닦을수록 일어서는 투명한 벽
잊고 산 얼굴 하나가 물방울로 흘러내리고

밖은, 갓 헹구어 낸 빨래 같은 풍경들
바람 따라 도막도막 박음질로 수런대고
눈 끝에 절단된 산맥 성큼성큼 매달린다

빗물 또는 폭설에도 지워지지 않는 문신
갈아 끼운 계절 따라 혹처럼 왜 돋아나는지
아직도 등을 맞대고 선 왼손과 오른손

차라리 내 몸에 걸친 불을 꺼 보았다
길은 사방으로 더 선명하게 뻗어 있고
마침내 무너진 벽으로 달빛 가득 차 온다

상쇠, 서울 가다
― 국회 의사당 앞에서

얼씨구, 꽤 낯익은 저 가락 맛있다
실컷 두들겨야
그 소리 춤추는 삶
내 얼굴 이리 시퍼렇게 멍들어야 살맛이다

가마니 그 속에
쌀알들이 꿈틀거리다
이처럼 눈물 토하고 숨소리로 쏟아지며
바닥에 흥건한 하얀 피
봉분처럼 쌓여간다

춤 따라 배고픔도 주먹도 발기한 후
엉키고 끌어안고
어깨 걸고 노래하며
눈꽃이 예쁘게도 핀
그런 겨울, 서울 가다

이중 창문

당신과 맞서온 투명한 거리만큼
엿보고 싶은 욕망이 요약되어 있는 풍경
거기엔 핏빛 문신이 가로 누워 있었다

겉창까지 열어보면 묽은 어둠살에서
붙박여 살이 찐 녹슨 뼈마디 걸어 나와
방충망 그 네모마다 선분으로 걸쳐있다

내 둘레의 불을 끄면 더 선명한 기억 하나
바람의 지느러미가 문풍지로 절룩일 때
적당한 높낮이로 와 고개를 끄덕였다

보았다 안개 그물로 건져 올리는 이 아침
뒤틀린 길을 따라 또 하나의 곧은 길에
씨방을 터뜨려 웃는 풀꽃들의 저 행진

분수
― 국회 의사당 앞에서

깨지기 위해서 솟아야 하는 저 운명
입 다물고 툭툭 몸부림치며 말하는
그런 식 둥근 틀에 갇혀
지껄이는 신문 사설

내 몸 묶여 저 강물이 꿈이야 밥이야
거품을 내며 씻어도
고인 만큼 썩어지는 몸
엉뚱한 말싸움들만 비닐봉지로 날릴 뿐

만나면 코피 터지는 이 시끄러운 공간에
벗고 살아, 그 입 다물고 살아야 한다며
내 귀에
못이 되어 꽂힌 십이월의 달력 한 장

만경강 죽다

그럴싸한 뼈대에 꽤 괜찮은 가문이다
내 유년을 들춰보면 그 투명한 약속들
참 붕어 숨소리조차
내 귀를 왕래했다

칼 조개가 물풀을 툭 치고 지나가면
왕잠자리 놀란 눈과 내 눈이 마주치는
그 물속
내 알몸의 동심 쏘가리가 스쳐간다

이제는 기계음이 흘러들어 녹슨 마침표
둥둥 뜬 송사리 떼 참외 씨로 펄럭이고
낚시꾼
그 앉았던 자리 침묵하는 풍경일 뿐

거품을 휘갈겨 논
이 병든 강가에서
내 가슴도 야윈다, 내 눈을 비벼 뜬다
가늘게
성형을 해서 몸부림치는 이 직선들

합죽선

화선지에 먹물 번지듯
먼 산 퍼지는 종소리

가야금 우는 가락엔
도포자락 날렸다 펴고

어깨를
들썩이다간
바람 따라 춤춘다

차가운 볕*

세상이 눅눅해서 두렵고 아팠을 거야
가난을 구겨 넣은 반 지하의 그 어둠
한 뼘 창
햇볕이 와서
똑똑 거리는 한낮인데

젊음도 녹이 슬고 사람냄새 더 그리운 데
세 모녀를 지켜보는 네 벽은 검은 곰팡이뿐
차라리
손때 낀 세상
내려놓고 떠날 수밖에

저 공평한 볕조차 자기 것이 없었나 봐
방값을 챙겨두고 간 이 넓고 빛나는 사랑
그 곁에
사람소리가
퉁퉁 부어 아픈 날

* 2014년 2월 20일 서울 송파구 세 모녀의 안타까운 소식을 접하고

대나무 숲에서
― 전봉준 생가

속을 비워낼수록 몸은 더 곧았다.
푸르다가 노랗게 빛바랜 그 삶들이
떼 지어 서성거리며 적당한 거리로 산다

빛 좋은 꽃, 향기도
덥석 껴안지 않고
그 질긴 뿌리로만 이 땅을 움켜 쥔
그러다 바람에 기대 울 줄 아는 사나이

몸속 뾰쪽하게 칼날을 숨겨 두고
어디 함부로 눈 흘긴 기억 있나
동학년 당당하게 맞선
피 흘림의 기억뿐

기억을 툭 하고 치면
떨어지는 상처들
내 머리 파랑새 되어 환장하게 뛰어 날고
그랬지 그 날의 외침
당당하게 피는 오늘

김수임(Kim, Soo im) 본명: 김임수(金林洙, Kim, Im soo)
1961년 강원 강릉 내곡동 출생.《현대시조》
신인상(2015) 등단. 강원아동문학, 현대시조
문학, 강릉문학, 후조문학, 강호시조문학회
회원.

—

앞으로의 수명은 백 년을 보고 있다. 백 년의 반은 50년이다. 50이
되면 인간의 물리적인 육체는 하향 곡선을 긋는다. 40대 후반까지
상승곡선을 그었던 세포조직이 이때부터 하강 곡선을 그리는 것이
다. 그 반응이 반작용이다. 웃기지 않은데도 웃음이 나오고 슬프지
않은데 눈물이 나온다. 웃음 속에 울음이 있고 울음 속에 웃음이 있
다는 것은 천부경의 요지 중에 하나이고 주역의 핵심에 깃들어 있
는 사상이다. 이것을 안다면 갱년기는 인체의 비밀과 우주의 비밀
을 보여주는 아주 자연스러운 현상이다. 이를 잘 수용 하는 게 지혜
로움이다. 갱년기의 갱更은 다시 고치는 것을 뜻한다. 50이 넘으면
서부터는 천명을 알아 삶의 방식을 고쳐 나가야 하는 것이다. 이 시
조 작품을 보면서 문득 그런 생각이 들었다. 시는 정서나 지적 사유
의 환기 작용을 하기 때문이다.

— 남진원(시조시인 · 문학평론가)

—

며느리

남의 딸 데려다가 내 자식 만들자고
욕심을 내봤지만 도무지 되지 않네
나 역시 어쩔 수 없는 시어머니인가봐

한때는 시집살이 고달파 울었는데
이제와 같은 길을 대물림 하려 하니
아서라 마음을 열고 사랑으로 품으리

예전엔 백년손님 사위의 호칭인데
이제는 며느리가 그 자릴 차지했네
이름도 세월 따라서 변하는가 보구나

갱년기

덥지도 않은데도 이마엔 땀방울이
춥지도 않은데도 온몸엔 소름들이
저마다 튀어나와서 끝도 없이 보챈다

웃기지 않는데도 웃음보가 터지고
슬프지 않은데도 눈물이 쏟아지네
오십을 맞이했더니 그도 따라왔나 봐

달

얼마나 가볍기에 저토록 높이 떴나
땅 위의 모습들이 흥겹고 재미있어
층층의 구름 난간을 춤을 추며 갑니다

얼마나 심심하면 물 위를 떠다닐까
초겨울 샛바람은 아무래도 추울 텐데
이 밤이 다 샐 때까지 물놀이를 즐기네

살며시 나가 보면 구름 뒤에 숨었다가
강물에 내려앉아 물방울도 튀기면서
하얀 밤 홀로 지새며 하늘 길을 달리네

꽃 소식

매화꽃 가지 위로 살포시 내려앉은
솜보다 부드러운 눈꽃의 흰 숨결이
냄새만 맡아 보고도 봄 올 때를 알지요

곁가지 타고 놀던 눈 녹은 물방울이
촉촉한 줄기 끝의 꽃망울을 건드리자
살갗이 간지러운지 얼굴 붉어지구요

땅 위를 스쳐가는 바람의 속삭임이
시간이 다 됐다고 꽃소식 전해주자
일시에 눈을 뜨고서 불을 질러 봅니다.

소금쟁이와 보름달

통통한 보름달이 혼자 놀기 심심해서
동산을 넘더니만 호수에 내려가서

처음 본
소금쟁이랑
친구하며 놉니다

그것 참 신기해라 가느다란 두 다리가
신발도 신지 않은 앙상한 모습으로

빙판도
아닌 물 위를
능청스레 걷다니!

김수형(金修亨, Kim, Soo hyoung)

1969년 전남 목포 출생. 중앙대학교 대학원 (문예창작학) 전공. 〈중앙일보〉 신인문학상 (2019) 등단. 목포문학상 수필(2016), 중앙일보 중앙시조 백일장 장원(2018, 2019), 목포문학상 시조 본상(2019) 수상. 중앙대 예술문화연구원, 전남도립도서관 초대상주작가, 시산맥 특별회원.

김수형의 시편들은 자연 현상을 삶의 현상으로 치환하고 내면의 또 다른 현상으로 새롭게 해석해낸다. 시각과 청각의 절묘한 조합을 통해 감각의 파장을 떨게 한다(염창권). 묘사에서 진술로 넘어가는 과정과 효과적인 여운 처리가 수많은 절차탁마의 결과임을 여실히 알 수 있다(이지엽). 주제를 형상화하는 힘이 돋보이며 아포리즘이 될 만한 빼어난 비유와 돌올한 표현이 인상적이다(이종문). 오브제에서 의미를 읽어내는 비유가 참신하고 절묘한 묘사 또한 오래 조탁한 내공의 흔적이 역력하다(최영효).

쥘부채 펴는 달

한겨울 눈썹 끝에 찬 목숨이 걸려있다
숫돌에 물을 적셔 서걱서걱 갈던 낫
막걸리 쭉 들이켜고
수염 닦던 아버지

두레박에 길어 올린 달빛이 출렁이면
어머니가 살강에서 허기를 퍼 담는다
수묵水墨의 모지랑숟가락
창호지에 얼비친다

밤길을 절뚝이며 걸어가는 고무신
전생의 부싯돌을 누군가 치고 있다
서늘한 예감이 문득
목덜미에 스친다

악보를 삼킨 달이 거문고줄 튕기면
유년의 물수제비 반쯤 잠겼다 뜬 하늘
오래된 숨결 하나가
환하게 길을 연다

마디를 읽다

엑스레이에 찍혀 나온 불 꺼진 시간들
어머니 손가락이 시누대를 닮았다
뭔가를 움켜쥐려던
시간들도 찍혀 나왔다

찬물에 손 담그고 쌀 씻던 아침마다
물속에서 휘어지던 뼈마디를 보았지
울음도 씻어 안치던
어린 날의 어머니

어머니 손마디에 두 손을 내밀면
나이테에 실타래를 감았다 푸는 바람
불 켜진 판독전광판에
먼 전생의 내가 있네

개기일식

접시가 깨지자 소리들이 쏟아진다
접시를 단단하게 감싸던 소리가
쨍그랑
부서진 자리
부르르 떠는 꿈

그릇을 꽉 물고 버티는 작은 그릇
등 뒤에서 껴안는 외사랑이 캄캄하다
허공에
푸른 울음을
그물처럼 던지는 새 떼

스몹비*

옛날엔 지구를 사각이라 생각했지
배 타고 한번 가면 돌아오지 못하는
네모난 스마트폰처럼
세상 끝은 낭떠러지

액정화면 속에는 친구들이 생성되고
손끝으로 휙휙 넘기는 아프리카 난민 소식
엄마의 안부 전화는
무음으로 진동한다

만날 일 없는 세상, 꽃은 또 피고 지고
깜빡이는 불빛 따라 길 위에서 길을 잃지
오늘도 비좁은 감방
긴 휴식을 취한다

* 스몹비: 스마트폰smart phone과 좀비zombie의 합성어.

민달팽이

사내는 팔다리 접고 바닥에 붙어있어
집조차 짐이 되어 진액이 마르기 전
투명한 유리병 속에 미끄러져 들어갔지

물렁해진 꿈들은 햇빛이 두려웠어
시들어간 상추같이 겹쳐놓은 다포세대
온몸이 투명해져서 속이 훤히 비친다네

축축한 몸으로 방을 밀고 가는 저녁
느릿한 배밀이로 세상 바닥 읽어보고
못 믿을 사랑 따위는 자웅동체로 완성했지

아무도 말 걸지 않는 빈방에서 웅크리다
맨살로 더듬는 벽, 피가 도는 아침이면
두 뿔이 세상을 향해 더듬대며 일어서지

난생 설화

정도리 앞바다에 흰 몸을 씻는 시간
부화되지 못한 꿈, 허기가 밀려든다
밖에서 파닥여왔던 몸부림이 비릿하다

둥우리에서 막 꺼낸 피 묻은 계란 한 알
날계란 빨아대듯 빈 껍질만 요란한 날
아버지 목울대에는 치욕이 꿈틀거렸지

누이가 멍든 눈 온종일 문지르다
빈 하늘에 던져버린 낮달도 난생卵生이었지
울음을 삼킨 섬마다 태어나던 설화들

따스한 양수에 몸 담그고 누운 나는
생기다 만 부리와 발이 밀물에 씻길 때면
몽돌의 껍질을 깨고 돌 속으로 들어간다

완창完唱

천 길 낭떠러지다 단풍 덮인 물염勿染 적벽
명치에 멍울 서린 산새 울음 떠있고
얼마나 더 비워내야
이번 생을 건너갈까

아려오는 그리움이 계면조로 휘감은 절벽
몸속의 가락을 골라 추임새로 꽃 피는데
부서져 깨진 사랑일까
허공에 건 목숨의 뼈

서슬 푸른 벼랑이 움찔움찔 솟는다
환해진 소리들이 손끝에서 살아나고
한 계절 모두 완창한
단풍마다 핏빛이다

오늘의 운세

빗물이 툭툭 떨어져 잎사귀점 치는 아침
혼자서 밥을 먹다 울컥 하고 목이 멘다
오늘은 살만 할 거라
다독이는 조간신문

이동수가 있다고 돌돌 말린 점괘 한 줄
허공에 꽃피울까, 기간제 교사의 꿈
예감은 징검돌 건너듯
미간을 뛰어넘고

아침마다 갑골문자로 갈라지는 손금들
불면의 밤들이 한 문장에 요약된다
오늘은 오늘만큼은
운세가 참 좋겠다

유빙流氷

이번 생은 퍼런 입술, 통점에서 피는 꽃
몸뚱이는 흩어지고 마음만 아직 남아
울음도 얼비쳐 흘러 서늘해진 음악이다

당신과 헤어질 때 떼지 못한 눈길처럼
아무런 말도 없이 울멍울멍 참아온 날
전생의 어디쯤엔가 떨구고 온 신발 한 짝

외로운 입김 날리는 불면의 뼈마디가
허기진 그리움에 절뚝이며 일어서면
차디찬 울음 밖으로 낯선 길이 반짝인다

빙폭氷瀑

오로지
신만이 허연 입김 내뿜으며

육신의 누더기
얼음에 벗어두고

수억 년
흐르는 생각을
불꽃 속에
심는다

김수환(金秀煥, Kim, Su hwan)

1963년 경남 함안 함안면 출생. 경상대학교 졸업. 《시조시학》(2013) 등단. 〈경상일보〉 신춘문예(2018) 당선. '영언' 동인.

한 사람 - 돋보기

김수환

당기면 보이는 당신
멀리 있다는 별
놓으면 없는 당신
거기 있다는 별
한 낮을 걸었습니다
당신이 모르실 뿐.

—

김수환의 시는 오늘을 통한 관조를 통해서 직관으로 발화한다. 현실적 서사와 이상적 서정의 조화가 병렬하는 구조다. 모순과 갈등이 대립하지 않고, 치유와 화합을 추구하며 끝끝내 자신의 신천지를 찾으려는 미학을 구축한다. 「금문교」나 「개밥그릇」의 현장에서 이상향이 없다는 것을 인지하고 "빈 벌판 배경도 없이(「뒤를 준다는 것」)"를 지나, "등의 말 읽어줄 이를" 그리며 새로운 이데아의 세계를 꿈꾼다. 「보이저호 2호」를 통하여 심오한 자신의 팽창을 꾀하여 지평과 경계를 확장한다. 동시에 탁상공론을 벗어나 체험을 통한 치열한 자아를 구현하고 있다. 그는 뮤즈의 신을 부르지 않고 자신이 바로 뮤즈가 돼야 한다는 것을 알고 있다.

— 최영효(시조시인)

—

개밥그릇

날름거리던 혀도 없고
희번덕대던 눈도 없다
뜯어먹을 듯 덤비던 허기도 없어지고
녀석을 옭아맸었던
목줄도 이제 없다

"좋은 데 가거래이"
기름진 그 아침밥
자꾸만 목에 걸려 먹다 남긴 밥그릇이
시커먼 적막 한 채를
저 혼자 지키고 있다

세상은 녀석에게
하나의 큰 밥그릇
채우면 채워지는 대로 싹싹 비워내던
잇자국 날카롭게 찍힌
세상이 덩그렇다

무실장터* 사노는

사노는 2월 새벽 한 바가지 찬물 물고
때 절은 댕기머리, 손 한 번 쓰다듬고
"애비로 다시 올테니 조금만 더 자거라"

산에서는 나무꾼 들에선 농투산이
도결이니 붕당이니 그런 거 모르지만
몸으로 목숨 지키는 그 길밖에 길이 없어

봉두난발 추슬러 흰 두건 불끈 지르고
괭이로 돌멩이로 동헌 문짝 부쉈건만
갓걸이 습한 웅달엔 빛 한 줄 들지 않고

하늘이 눈 감아도 용서 못할 빛이 있다
으아리 강아지풀 덧없는 애비 숨결
잊자고 바람을 덮고 잊지 마라 바람을 편다

* 무실장터: 진주시 수곡면의 옛 장터. 1826년 오일장 날 진주농민항쟁이 일어나 훗일 동학혁명의 단초가 됨.

옥봉동 세한도

동네 점집 댓잎 끝에 새초롬한 간밤 눈
먼발치 새발자국 저 혼자 샛길 가고
귀 닳은 화판 펼치고 바람이 먹을 간다

전봇대 현수막보다 더 휘는 고갯길을
리어카 끌고 가는 백발의 노송 한 그루
수묵의 흐린 아침을 갈필로 감고 간다

맨발의 운필로는 못 다 그릴 겨운 노역
하얀 눈 위에서도 목이 마른 저 여백
누대를 헐고 기워도 앉은뱅이꽃 옥봉동

금문교

배고픈 우리 누나 용산기지 흘러가서
양색씨 속곳 빨다 미용기술 배워서
어쩌다 미군 꿰차고 미국으로 흘러가서

미용사 우리 누나 그 미군도 떠나가고
머물 곳 갈 곳도 없어 강 따라 흘러가서
금문교 붉은 난간 끝 한참 동안 서성이다

샌프란시스코 푸른 물결 지금도 푸른 물결
수없이 망설였을 우리 누나 흘러가서
얼굴도 모르는 누나 푸른 안개 우리 누나

보이저성星 2호

  카시오피아는 죽어도 몸만 죽는 별이라지

  보이저성 2호는 사람의 정신만 죽고 몸은 사는 별이지. 보이저성 2호는 진주 이현동에서 현충일만 빼고 연중 밤 10시부터 익일 새벽 인적이 끊어질 때까지 볼 수 있는 별이지. 옥봉동 대나무집 점쟁이 왕꽃선녀님은 복전 몇 푼에 제 업을 쌓고 사는데, 저 보이저성 2호는 왠지 점괘가 잘 맞지 않는다고 하지. 밤이 오는 보이저성 2호, 닻을 거두고 치마를 올리면 막 어두워지기 시작한 생의 난민들이 보일 듯 보일 듯 보이지 않는 저 별로 항해를 떠나지. 보이저 2호의 무대 위 무희는 절대 놓지 않을 마지막 단추를 꼭 말아 쥐고, 보일 듯이 보일 듯이 끝내 보여주지를 않는데 그것이 저들의 영업비밀이라지. 저 멀리 반짝이는 보라 분홍 자주색 네온사인들, 보이저성 2호의 은하수는 빈 술병들을 이어서 긴긴 다리를 놓아도 가 닿을 수가 없다지. 가 닿지 못하는 몸뚱이들, 정신이 죽고 없는 저 몸뚱이들 또한 별이라지.

  까만 밤, 검은 산으로 떨어지는 그 별들이라지

소

시장에서 누런 소를 한 봉지 받아들었다
검은 위가 찢어질 듯 위태롭게 출렁인다
고단한 그의 무게는 봉지만큼 가벼워졌다

어제는 그가 늘 빵빵하게 넣고 다녔던
초원이 콘크리트에 쏟아졌을 것이다
흥건히 바닥을 적시고 검은 장화에 짓밟혔으리

젖어 있던 큰 눈과 저 홀로 굽은 뿔과
귀에 꽂고 다니던 번호표도 버리고
어디로 가시는 건가 구절양장 그 마음

뒤를 준다는 것

못 이기는 척 슬쩍 등을 내주는 것은
등으로 누군가를 안고 싶은 사람은
빈 벌판, 배경도 없이 혼자였던 사람이다

부끄러운 가슴 대신 등을 내주는 것은
한 번쯤 눈 찔끈 감고 뛰어내리고픈 사람은
이 만큼, 이 만큼이면 내려놔도 되는 사람이다

이제 더 재보지 않고 뒤를 준다는 것은
차마 견디지 못하고 항복하는 사람은
등의 말, 읽어줄 이가 그리운 사람이다

돛대도 아니 달고

  달 있는데 어둠 온다.
  환한 달밤, 어둠 오는데

  저 검은 것들의 헛바닥, 검은 구멍의 우글우글한 생각들, 한 번만 안아보면 안 되겠니, 한 번만 안아주면 안 되겠어? 두 팔을 활짝 펴고 짓쳐 달려드는 밤이 있다. 해독이 불가능한 말, 알아들을까 겁나는 말들이 귓속으로 팔뚝을 쑤욱 찔러 넣고, 짚고 선 발 아래가 없어지는 밤이 있다. 오줌을 지리는 밤이 있다. 줄줄 새는 밤이 있다. 부글부글 끓어 넘치는 밤이 있다. 증발하는 거니, 사라지는 거니? 지상의 꽃들은 컹컹 짖고, 눈이 동그란 새들은 다시 오래도록 깜깜해지는 밤,

  엉기고 헝클어지며 떠가는 밤이 있다.

새

새를 기다린다 하늘 아직 시린 봄날
실핏줄 가느다란 햇빛을 따라서
자줏빛 연한 발목으로 내려오는 새들

하얀 새 노란 새 분홍스카프를 감은 새
꽃인가, 새가 되고 새인가, 꽃이 되고
한 열흘 눈만 부시다 떠나는 저 새들

공중으로 날아간 새, 뒷모습으로 남은 새
다시는 오지 않는 새들을 나는 안다
가슴에 발자국 깊은 나무를 나는 안다

흑백다방

진해 대천 2번지, 섬 하나 떠 있었네

늦 4월 창문 밖에는 꽃시절 한창인데

찻잔을 놓는 그 손가락 희고도 길었네

속눈썹을 길러서 마음을 지운 당신

흑백의 거리는 멀고도 단호해서

단조의 피아노 소리만 침묵을 밟아 가고,

또각또각 낮은 음계로 구두가 사라질 때

붉었던 우리 입술 끝도 없이 져 내리고

화병의 검은 속처럼 나는 여태 비어 있네

김숙선(金淑善, Kim, Sook sun)

1947년 경남 고성 고성읍 신월리 출생. 아호 늘봄. 부산대 대학원(여성지도자과정) 수료. 《시조문학》(2005) 등단. 시조집 『그리움의 창』(2010, 시조문학사), 『바람의 연주』(2016, 경남). 샘터 시조상(2005), 오늘의 좋은 시조집(2010, 시조문학사), 제5회 수안보온천시조 문학상 특별금상(2018) 수상 외. 한국문인협회 자문위원, 한국시조시인협회 중앙위원, 한국시조협회 경남고성지부장, 한국여성시조문학회 이사, 시조문학문우회 부회장, 경남시조협회 이사.

칡꽃

김숙선

푸른데 기어오른 바람 끝 인연일까
얽어서 감는 보법 에둘러 사는 욕심
토해낸 보라빛 향기 기다림의 초록꽃.

—

시인의 「물 같은 세월」은 두 개의 이미지로 나뉜다. "꿈이라 말하기엔 너무도 긴긴 나날"이라는 초장의 넋두리는 냉엄한 현실의 이미지를 한 마디로 표현하고 있다. "수없이 엮어 보는 씨올과 날올"은 세상살이의 고단함을 묘사한다. 시인은 "별빛 흐름" 같다고 승화시킨다. 길고도 고된 인간의 역사가 별빛이 흐르듯 지나쳐 간다는 인식을 통하여 시인은 엄연한 인생의 굴레를 넉넉히 수용한다. 시인의 물 같은 세월은 일렁거리기 시작한다. "저마다 주인인 양" "춤추며" 몸부림을 친다. 김 시인의 시는 잠 자는 듯 엄연한 질서에 순응하면서도 삶의 흔적을 남기고자 단발마의 비명을 토해내는 인간의 욕망이 잠잠히 흐르고 흘러가되 파도를 일으키는 물에 비유되고 있다(『그리움의 창』).

— 김준(시조시인 · 서울여대 명예교수)

—

항라 빛 그리움

물소리 바람소리 먹고 자란 산딸기가

뻐꾸기 울 적마다 빨갛게 물이 들면

속으로 삭힌 응어리가 한 주저리 열린다.

마음이 목마르면 유년의 숲으로 가

번져 핀 추억들을 고이 주워 품어 안고

아련한 그리움의 창을 쉴 새 없이 두드린다.

화장도 고쳐보고 흰 머리 쓰다듬어

성냄도 억울함도 파도에 실어 두면

반가상 닮은 보살이 거울 속에 웃고 있다.

해마다 이맘때면
— 동지섣달 그믐밤에

굴렁쇠 돌고 도는 세월의 수레바퀴
흰서리 구슬 꿰어 참빗에 훑어 내면
해묵은 모시올 풀듯 달래보는 허망함.

보리밥 뜸 들이다 잦아든 삶의 고비
토끼가 방아 찧던 먼 옛날 고운 사연
달큼한 이야기되어 읊어보는 사철가.

해마다 이맘때면 동심의 길목으로
우르르 몰려오는 추억의 분홍빛 꿈
빛바랜 달빛 파도에 넘실넘실 춤춘다.

보길도甫吉島에서
— 고산孤山의 숨소리

긴 세월 아린 아픔 지필묵을 풀어놓고
추억의 화폭에다 묵향으로 난을 치는
하늘도 구름을 풀어 사군자를 그린다.

감돌아치는 파도 그도 시를 읊는지
지난밤 폭우 속에 조약돌을 부려 놓고
바람도 찌를 드리워 꿈을 낚고 있구나.

삼오야서三五野墅*에서

천 리 길 줄달음쳐 찾아뵌 어느 오후
노송의 가지 끝에 학처럼 앉아 계신
솔가지 흔드는 바람 득음으로 귀를 트며.

지그시 눈 감으면 그 모습 부처 되어
황악골 산 적막을 섭리로 다스리며
세월의 행간을 돌아 내재율을 다듬네.

* 삼오야서三五野墅: 시인 백수 정완영의 김천 시실.

내 고향故鄕 신월리*

저곳은 새 섬이고 읍도는 어디인가
토끼 섬 돛을 달아 뱃길을 몰아치니
숭어 떼 병풍 치듯이 넘쳐드는 내 고향.

두레 삼 물레소리 시방도 삼삼한데
빛살보다 더 빠르게 몰려오는 그리움
추억도 물길을 열며 만선으로 오는가.

* 신월리: 경남 고성군 고성읍 신월리(갯마을 이름).

김숙희(Kim, Sook hee)
《시조 생활》 신인문학상(1998) 등단. 시조집
『꽃, 네 곁에서』(2010, 책만드는집), 시선집 『엉
겅퀴 독법』(2008, 고요아침). 현대문학신문 전
국백일장 시 부문(2013), 한국시조협회 작품
상, 정형시학 작품상(2017) 수상. 한국문인협
회 문단정화위원. 국제펜문학 한국본부 회원.

김숙희 시편들은 형태 변이와 고도의 주지적 기법으로 절통할 회
한의 상황까지도 주지적 이미지 표상으로 변용시키는 역량을 과시
한다. 「탈골의 시간」은 제목부터 주지적이다. '에테르', '죽비', '횡격
막', '박제', '용서' 같은 객관적 상관물들은 현대시학에서 말하는 '폭
력적 결합'의 현대시조다(「탈골의 시간」).
　　　　　— 김봉군(시조시인 · 문학평론가 · 가톨릭대 명예교수)
자연물을 통해 삶을 읽어가는 그녀의 시 세계는 우리 앞에 생의 비
애와 실존적 깨달음을 제시하며, 정곡을 찌르는 교훈적 메시지와
비극적 상황을 고발하고 있다(「바랭이」, 「엇각의 도시」).
　　　　　— 김태경(시조시인 · 문학평론가)

자반고등어

배 깔고 수행 중이다, 고등어 한 마리가
알맞추 익어야지, 속엣말로 되뇌이다
펼친 몸 죄 뒤집으며 참선에 들고 있다

이 집 제사, 저 집 잔치 감초가 따로 없던
내 집 일 제쳐두고 딱하다, 안됐다시던
어머니 타는 속내도 까맣게 모르시던

트럭에 참외 싣고 수원장에 가신 날은
간고등어 두어 손이 달랑대며 따라오고
아버지 창부타령에 햇살마저 벙싯댔다

살면서 젤 힘든 게 중용이지, 중용이야
노랫가락 끄트머리 마침표로 찍던 말씀
당신이 다 추심 못한 그 말씀도 수행 중

글 쓰는 의자

공원 한켠 나무의자 잠들지 못하는가
앉았다 일어났다 쓰다만 문장 갈래
소금쩍 하얀 갈피를 보란 듯 펼쳐 놓고

버섯처럼 붙어 있던 사내가 떠나가고
고사목 이파리 같은 펌 머리 중년 여인
두 팔로 햇살을 안고 하루 허기 때운다

생인손 같은 혈흔 배어나는 갱지 위에
순정소설 그 주인공 눈물마저 메마르고
그녀는 끝내지 못한 일기장을 덮는다

낙동강, 괄약근

물에 빠진 야윈 그 달 뜯어먹던 물고기를
안주로 구워 잡순 감나무 집 팽 영감
한밤중
구급차 타고
부리나케 달렸다지

"이것이 뭔 지랄이여, 119를 다 타고"
병원비 속이 쓰려 삿대질로 밤을 샌다
괄약근
풀어진 강물,
무심히 흘러가고….

탈골脫骨의 시간

이슬 젖은 나비 날개 숨 고르는 저물녘에
에테르로 스미는가, 안개 저리 피어나고
고요는 고요를 불러
호수 하나 떠 온다

'죽은 과거는 죽은 채 묻어두라'*
순명의 꽃잎들도 숨죽여 잠이 들고
길 잃은 따옴표들이
죽비소리 울려온다

횡격막 질러가던 그날의 가쁜 숨결
칠흑의 어둠 속에 박제되어 흔들리고
용서는 용서를 불러
바람 속에 잠이 든다

* 롱펠로의 「인생 찬가」에서 인용.

찰리 채플린처럼

사내는 늦봄 내내 채플린이 되어 갔다
성수기 오기 전에 납품 기일 안 넘기려
쏟아낸 놀빛 땀방울 두 되 가웃 남짓일까

꽃은 저리 지천인데 그의 꽃은 아예 없다
부족한 24시간, 잠 실컷 자고 싶다던
비정규 등허리 너머 유월이 지고 있다

대형차에 실어 보낸 에어컨 수십 만 대
박스처럼 구겨 앉은 반 지하 단칸방엔
천식이 도진 선풍기 그의 어깨 다독인다

엇각의 도시

종묘 지나 좁은 길섶 눈치걸음 절룩댄다
훔쳐본 것만으로 죄가 된 듯, 아니 된 듯
십이월 담벼락 끝에 바람 한 떼 잠복하고

글감 하나 얻겠다는 야무진 궁리들은
그 언제 그랬냐며 벌써 꼬리 축 늘인다
골목길 길고도 멀다, 뒤축 닳은 겨울 오후

아랫도리 드러내고 보란 듯 서 있는가
쪽방촌 골목 어귀 엇각 이룬 '꿈의 궁전'*
발칙한 도심의 그늘, 오독誤讀 세상 엿본다

* 꿈의 궁전: 쪽방촌 초입에 있는 화려한 모텔의 이름.

바랭이

제 자리 아니라며
느닷없이 두 손 잡고

온몸으로 앙버티다 세상을 패대기친다

퍼렇게 날뛰는 이 놈
호랑말코
후레자식

어떤 죽음

지폐 몇 장 손에 쥐고 삭정이로 누웠구나

은전 한 닢 받아들고 티 없이 웃던 사람

잡았던 이승의 끈도 놓고 보니 넉넉한 걸

유빙遊氷의 도시

한 맺힌 여인처럼 귀 닫고 눈 감았네
떠도는 유빙遊氷으로 실직失職과 이직移職 사이
고달픈 입간판들만 오르고 또 내리고

하현달 혹은 상현달! 왁자한 탁상공론
요지경 같은 세상, 웃다가도 삭풍 부네
눈물져 맺힌 고드름, 행여 등에 꽂힐라

곡주穀酒로 괴는 시간 움푹 팬 틈을 지고
내민 손잡지 못한, 닿을 수 없는 거리
언제쯤 살얼음 뚫고 명지바람 살랑댈까

밤골, 율곡리

내 새끼 행여 누가 데려갈까 애면글면

검 같은 날을 세워 독을 품고 지키더니

아람이 떠난 율곡리, 머리칼 잘린 빈집이다

탱탱한 알밤 품고 지극정성 기르던 곳

보내고 떠난 자리 모정을 에서 본다

빈 껍질 뒹구는 밤골, 독거노인 모여 사는

김순연(Kim, Soon yeon)

1955년 울산 출생. 울산여자상업고등학교 졸
업. 〈국제신문〉 신춘문예 시조(1999) 등단.
시집 『몽돌여인』(2008, 문학초월), 『달그림자
머무는 그곳』(2009, 문학초월), 『누가 주전동
좀 사 가소』(2010, 문학초월), 『오늘을 심다』
(2018, 원디자인). 한국문인협회, 울산시조 회
원. 한국문인협회 100주년기념사업위원회 위원.
—

주전동 이야기

굽은 길이 꾸부렁 몸을 틀면서 넘어간다
바다는 산모퉁이 사이로 잠시 숨었다가
은회색 지느러미 키우며 와르르 달려온다

해안선엔 나지막한 집 몇 채 그려지고
해풍에 펄럭이며 흰 빨래들 말라갈 때
비릿한 살내를 풍기며 통통배가 닿는 곳

거기 조그마한 구멍가게 차려 놓고
바다를 떼어 팔며 살아가는 사람들의
한 평 반 사글세방에 광어 도다리도 살고 있다

적조로 몸살 앓는 물결의 뒤척임을
묵묵히 보고 있는 포구의 저물 무렵
물살에 흔들리는 배 한 척 비망록을 적고 있다

시조의 바닷가

아무나 붙잡고 바다를 만들지 않습니다
바다가 무턱대고 깊어지는 것이 아니듯
당신과 난 이미 보통 사이를 넘었습니다

당신도 알다시피 바다에는 푸른 물만
흐르는 것이 아니고 달과 해가 흐르고
큰 산의 기운도 서리서리 흐르고 있습니다

그 속엔 어부가 놓아둔 온기가 넘실대고
어딘가 닿아 봉긋한 집이 될 자갈도 있고
새 깃털 나의 눈빛도 소리 없이 동행하지요

사랑의 물결이 넘실대는 주전 바닷가
눈 감아도 환한 빛 들어오는 몽돌의 집
여기로 당신의 거처 옮겼으면 합니다

나는 세상 사람들 입에 오르내릴지라도
당신의 눈 속에서 날마다 넘어지고서고
걸음마 다시 배우기를 주저하지 않겠습니다

부자

어릴 적 돈이 많고 지위가 높으면
크게 성공한 사람인 줄 알았는데
반백이 되고 보니 웃으며 끼니 먹는 일이었다.

기적

기적이란 참으로 별난 줄 알았다
한여름 옥수수를 삶아서 팔면서
내 땀을 식혀주는 바람의 생기인 줄 모르고

들깨 기름

고소한 냄새를 풍기기 위해서
무더운 땡볕 업고 호미질 낫질로
얼마나 많은 땀방울과 생살을 태웠을까

김순오(金順五, Kim, Soon oh)

1955년 강원 철원 출생. 경기대학교(문예창작
학과), 경기대 대학원(외식조리) 석사. 《문예
사조》시(2006) 등단. KBS 설날특집(가정저널)
「어머니」당선(1987). 시조시학 신인상(2019)
수상. 한국문인협회, 월드니스, 시와길 회원.

김순오의 작품에는 고향의 모습과 계절의 순환과 어머니에 대한
그리움과 사랑이 오롯이 숨 쉬고 있다. 이를테면 한국의 전통서정
에 대한 남다른 애정이라고 말할 수 있는데 시인은 이러한 작업을
통해 점점 각박해지고 있는 인간에 대한 더운 신뢰를 보여준다. 계
절은 시기마다 깨달음을 안고 오는데 "눈이 내리기전 겨울이 오고
계절이 깊어"가는 계절에 시적화자는 "약하고 부족해도 맑은 향기
이고 싶"어하며 "낮추고 살아가리라"는 다짐을 하는 것도(「겨울이
오기 전에」) 시인의 삶이 얼마만큼 겸애兼愛의 자세를 가지고 있는
지를 잘 보여준다. 어느덧 시인은 "박꽃처럼 해맑은 웃음 쪽머리 단
정한 몸매"의(「어머니」) 어머니 자화상을 닮아가고 있는 것이 아닌
가 생각된다.

— 이지엽(시인 · 한국시조시인협회 이사장 · 경기대 교수)

화진포 별장

화진포 금강송 쭉쭉 뻗어 하늘 향하고
둘러쳐진 소나무는 동해바다 그리네
굽이쳐 흐르는 물은 어디로 흘러가는지

한때는 김일성 별장으로 쓰게 하고
또 한때는 이승만 별장으로 내주고
누구도 마다지 않고 말없이 반기더니

칠십 년이 지난 지금은 만인의 휴식처로
낙락장송 저 소나무 명사십리 그리워
오늘도 옛 모습 그대로 정정하게 서있네

누구를 기다리나 바닷가 저 소나무
팔천만 무궁화의 꿈 통일을 알려나
작은 손 모아 모아서 오늘도 기도해 본다.

어머니

남몰래 시린 발 동동이며 가슴 앓아
배 앓아 우리를 키워주신 어머니
언제나 온돌 아랫목 백화수복 받으실까

하얀 동정 곱게 달아 여미시고 마실 가셨나
곤궁한 살림 팔남매 허리끈에 매달고
곡진 삶 손톱 발톱이 다 닳으셨네

박꽃처럼 해맑은 웃음 쪽머리 단정한 몸매
노을로 붉게 번져 하늘가 내려놓고
우듬지 개밥바라기 메아리로 듣는가.

꽃밭

그녀는 한 양푼에 모래알을 휘휘 젖는다.
고추장 참기름에 콩나물 김치조각들
지난번 있었던 시험 참새들의 기말고사

천호동 재개발의 분양권 아귀다툼
바람에 실린 남편의 긴 외출
한 양푼 가득히 썩썩 푸념을 비빈다.

눈을 뜨니 텅 빈 양푼 덩그마니
그녀는 하얀 꽃밭에 앉아있네
수없이 많은 할 말을 향불에 사르고

밤은 이미 어두워져 달그림자 드리우고
참새들은 아직 깃들 곳을 찾지 못했네.
상주들 올망 졸망히 부스스 눈을 뜬다.

부르튼 손

억센 듯 부르튼 손 마디마디 검붉고
가녀린 치마폭에 줄줄이 매여 달려
새벽별 아침 이슬에 젖는 듯 가는 세월

어둠을 붙들고 쩔쩔매던 아린 마음
쭈글쭈글 검은 얼굴 구부러진 허리로
겨우내 건기의 바람 막아서 키운 자식

함께 늙어버린 의자의 세월 앞에
희끗한 머리털 떠도는 바람의 아들
오늘은 마음이 쓰여 빛바랜 사진첩을 본다.

거대한 수레바퀴 멈출 수 없었던 삶.
어느 한 순간도 마음 놓지 못한 굴레
청 거목 꺽꺽 울음에 손발은 따로 가네.

가을 들녘

새벽길 넓은 들판에 하얀 무서리 내려
겨울 잠 채비로 농부의 일손이 바쁘다
할 일은 다 끝냈는지 알곡들 모아들이고

죽정이는 불태워 연기로 부연재로 남고
알곡이든 죽정이든 가는 길 두 갈래길
떠나는 들녘에 서면 어느 길이 내 길인지

소중하지 않은 삶이 있던가 한 번뿐인 삶
무엇을 하며 살았는지 푸른 반점 짙은데
뒤돌아 발자국 보니 허물 아닌 것이 없어라.

골목집

시골 그 골목 집
아이들 웃음소리
개굴개굴 떠드는 소리
싸리 울타리 넘어
양귀비 목 백일홍꽃
호박꽃도 덩굴 피더니,

세월 가고 댓돌 위엔
흰 고무신 한 컬레
처마 끝엔 거미줄이
앞마당엔 잡초만 가득
어쩌나 희게 마른 살강,
정지 빈 문이 덜컹덜컹

김장 김치

시퍼런 배추를 밭에서 막 따왔다.
아직도 살아 만질 때마다 아우성이다
자르고 반으로 쪼갠 배추 속살을 들어냈다.

통에 넣고 소금을 사정없이 확확 뿌린다.
숨도 못 쉬게 물속에 가두고 돌로 꾹 누른다.
풀 죽어 새로 태어난 노란 배추는 달다.

팔팔하던 삶이 숨이 죽어 하얀 머리
청등 번개 소낙비까지 맞으며 걸어온 길
이제야 앞산이 보이고 내 삶이 보인다.

고춧가루 팍팍 마늘 파 젓갈 버무린 무속
배추 속 켜켜히 넣고 싸매어 항아리 속에
긴 겨울 행복을 주는 알큰한 김장 김치.

구인사 가는 길

구불구불한 길을 따라 마음도 따라
강물도 흘러흘러 따라 가는 길
우리를 태운 차에는 이야기 꽃 도란도란

오색빛 붉은 길을 따라서 간다
마음은 먼 옛날 초록이던 때를 그리며
발 단장 맞추어 함께 소풍 가던 그 옛길

칠월의 뜨거웠던 날들을 돌아보며
빨강 노란 단풍으로 물든 만년晩年의 때를
모퉁이 돌아 서걱한 주름살이 노을빛에 잠기네.

추모기일

11월 11일 어머님 4주기 기일이다
어머님은 늘 그 자리에 있을 줄 알았다
언제나 철없던 자식 지켜보며 웃고 우시던

어떤 청도 거절하지 못하시고 들어 주시던
어머니 오늘도 그 자리에 있을 줄 알았다
세상에 못난 자식들 오롯이 귀해하시며

자식들 기죽을까 용사 같았던 어머니
없는 돈에 티 없이 입히고 먹이시던
사진 속 환한 얼굴이 오늘따라 그립다.

겨울이 오기 전에

겨울이 오기 전에 서둘러 가을걷이를 한다.
김장 담기, 메주 쑤어 처마 끝에 매어 말리기
흰 눈이 펑펑 내리는 날 한 해를 돌아본다.

겨울이 오기 전에 지나온 길 돌아본다.
친구와 멀어진 일, 가까이 지낸 이웃들
상처 준 일들 없는지 돌아보며 머리 숙인다

눈이 내리기 전 겨울이 오고 계절이 깊어간다
약하고 부족해도 맑은 향기이고 싶다
낮추고 살아가리라 겨울이 오고 있다.

김순자(金順子, Kim, Soon ja)

1945년 경북 영양 영양면 출생. 경북여고, 대구교육대학교 졸업. 《문예사조》(1996) 등단. 『약사암 가는 길』(2009, 해인문화사), 『내 마음의 조율사』(2014, 토방). 문학의 집 서울, 여성시조, 한국시조 동인.

—

김순자 시인은 불심을 마음의 중심에 두고 깊은 사유와 명상을 통해 자신의 심상을 비유적으로 묘사하고 있다. 모든 것이 마음으로 생겨나서 마음으로 멸한다는 '일체유심조'의 의미를 체득하고 그에 근거하여 자신의 생각을 시로 형상화하고 있음을 자연스럽게 보여주고 있다. 시의 소재는 특별한 대상이 있는 것도 아니고 평소엔 지나치거나 대수롭지 않게 접하던 사물이거나 단순한 물체, 아무 의식도 없는 무정물에까지 생명을 불어 넣어 유정물로 둔갑시켜놓고 거기에 자신의 감정을 이입시켜 인격자의 생애처럼 묘사하여 공감을 끌어낸다. 이는 연륜이 쌓일수록 인생에 대한 명상과 자아성찰의 심독가 깊어지고 있는 반증이 아닐까 한다. 그동안 뜨거운 열정으로 값진 분신을 생산해 왔듯이 남은 날에도 그 보배로운 인간 긍정의 혼불로 빚은 내면세계를 더욱 많이 우리 앞에 펼쳐 놓기를 바란다.

— 김광수(시조시인 · 문학평론가)

에메랄드 눈동자

록키 만년설이 잠들다가 이룬 호수
짙푸른 에메랄드 그 삼삼한 빛을 따와
반지알 푸른 눈동자 생기 다시 돈다

해맑게 태어나서 하얀 수행 뒤따라야
무심한 언행에도 올곧아 투명한 결
마음씀 한결같구나 깊고 푸른 저 내공

비바람 몰아치듯 들이닥친 우환질곡
제풀에 지쳤다가 실낱 같은 희망 비쳐
흐린 눈 부벼 더듬다 바늘귀만큼 열린 혜안.

약사암 가는 길

채워도 허기지는 일상의 바램 안고
백팔염주 헤며 오른 남성현 고개 너머
아득한 피안의 그곳 고향처럼 다가선다.

한 오리 인연 따라 얼레의 실을 풀면
참된 광명 사랑으로 전신을 파고든다
오열도 환희도 한순간 눈을 뜨니 법당 앞

빗방울 소묘

울분을 참고 참다 다져온 시간 찍고
너라면 떠나리라 메마른 대지 안고
배고픈 잎새 달래며 자근자근 두드린다

매운맛 쓴맛조차 훌훌불며 삼키다가
때로는 머금었던 눈물마저 섞어가며
한숨도 휘파람되어 방울방울 수를 놓네

만남이 시작인 양 빈주먹 불끈 쥐고
어설픈 너와 내가 힘겹게 걸어온 길
한 방울 작은 생이랑 갈라진 틈 메꾸리.

가을 산을 보며

시나브로 물이 들어 서로를 비추면서
너 아니 나도 아니 한 검불로 숨 쉬다가
떨어져 지는 날까지 알 듯 말 듯 가는 거다

푸르면 푸른 대로 붉으면 붉은 대로
마지막 담금질로 형형색색 빛을 모아
절절한 사연을 엮는 단풍처럼 사는 거다.

경락 마사지

손아귀 힘을 실어 경혈을 헤집으며
켜켜로 내려 앉은 세월을 걷어낸다
광대뼈 다소곳해져 시름조차 사라지네

뼈와 살을 문지르며 지친 멍울 달래주고
얽힌 올 가닥 잡아 촘촘이도 헤쳐나가
굽어진 등 날개죽지 다시 비상 꿈을 꾸게.

모기의 변

톡 쏘고 달아나는 모기를 다그치니
날 죽여 흘를 피는 네 피더냐 내 피더냐
죽어도 입바른 소리 가시처럼 찌른다.

꿈

숨겨둔 너럭바위 소나무 밑에 누워
열쇠를 쥐어주며 환히 웃던 밀집모자
늦가을 솔방울 대신 연두칩을 끼우라네.

허수아비

부리로 꼭꼭 쪼아 입 안에 쏙 밀어주던
그 새 떼 다 자라나 멀리도 날려놓고
기다림 하염없어라 넋을 놓고 말았네.

백팔 배

간밤에 내려놓은 뼈와 살을 추스르다
갈다 만 마음 밭에 잡초 다발 마저 걷어
창 너머 밝은 햇살이 덩달아서 부추긴다.

대 협곡을 보며

모였다 흩어지는 일체 속의 티끌 한 줌
억겁다생 부대끼다 장엄으로 이룬 절경
한 뼘 발 어디를 떼야 제자리를 찾을까

김승규(金承奎, Kim, Syeong kyu) **본명: 김명길**(金明吉, Kim, Myung gil)
1939년 대구 출생. 대구사범학교 졸업(1958).
〈중앙일보〉 신춘문예(1968) 등단. 시조집 『혼
적』(2001, 문장연구사), 『이후의 혼적』(2017,
책만드는집). 동시조집 『까치네 이층집』
(2005, 아테나).

김승규 시인의 시조는 (「혼적」, 「강江」 처럼) 삶에서 뽑아올린 서정
의 푸른 힘이 배어나는 작품이 특히 주목을 받는다. 마치 강물이 그
물길을 거침없이 열어가듯이 펼쳐지는 율律과 격格이 지극히 자연
스럽고 유려하기 때문이다. 그런가 하면 「여기 우리가 앉아 있는 것
은」, 「이총」은 그 치욕의 역사를 떠올리게 하는 작품이다. 따라서
그의 서정성 짙은 여타의 작품들과는 다르게 직설법을 사용함으로
써 또 다른 면모를 엿볼 수 있게 하며, 우리 아픈 역사적 상처를 감
싸안는 시인의 정신이 잘 드러나 있다(『이후의 혼적』).

— 박시교(시조시인)

돌담

발돋움하면
분이 얼굴
보조개도 보일 만큼

분이 아버지 호랑이 얼굴
살금살금
가릴 만큼

뻐꾸기
신호 소리는
무시로 넘나들 고만큼

어머니

젖은 보릿짚 때듯
한생을 사르시다

생인손 앓듯
생인손 앓듯
기르신 아홉 남매

생시에
다 못 하신 근심
이 봄에도 무성해

근황

요즘 세상을 살자면 흑싸리 끗에라도 미쳐야지
아니면 그 뒷전 개평 뜯는 재미나마 붙이든가
그것도 영 시들해지면 낮술이라고 들이켤 일

나이 서른을 넘기고도 미칠 일 하나 못 붙들고
뿔뿔이 달아난 바람에 끈마저 끊어진 연
아직은 이 미칠 일로도 미쳐지지 않는다

아기와 출근

아기가 흔들어 깨운 이른 봄 풀빛 숨결
아직 한 점 그늘도 아니 묻은 골목길로
아빠는 문을 나선다, 부신 햇살을 흔들며

아득히 놓쳐버린 시간을 추적하다
팽개친 일상에서 젖줄을 캐어 들면
손악에 꼬물거리는 아가야 아가야 너의 숨결

잠실행 버스에 실려 처진 어깨를 추스르다
어둠의 바닥에서 초롱초롱 돈는 별빛
그 환한 눈빛 속으로 아빠는 퇴근을 한다

강

다시 그날일 수 없는 강가에 나와 서면
무수한 바람으로 갈꽃은 부서지고
한빛인 그림자 속에 너는 잠겨 있구나

매듭진 세월을 풀어 낚시를 드리운다
거친 물살을 거슬러 찌르르 손악에 닿는
한때는 부신 지느러미 그 황홀턴 입질들

강어귄 어귀대로 기슭은 또 기슭대로
흘러도 흘러도 하냥 그대로인 너를
이제야 실 끝을 물고 네 곁에 와 눕는다

박

꿈에 제비 다녀간 봄도 이른 그 아침에
해묵은 담장 밑을 가슴 열듯 헤집고서
한 소망 가득히 담아 다독다독 묻은 박씨

낮이면 아지랑이 무지개도 품어보고
밤이면 달빛 받아 솜인 양 다사론 속
샘물에 버들잎 띄우던 정이 우러나겠죠

타고난 가난이야 하늘보다 환한 것을
멍든 전설이 주름진 초가삼간
설움의 그 지붕을 타고 박이 덩실 앉았다

방아타령

해 저문 거리를 돌아 잠실로 돌아오면
강바람에 마른 갈대 우우우 몸으로 울고
돌배기 가난을 끼고 돌아누운 아내여

백 번을 더 기운들 다 못 가릴 그 가난을
한 곡조 거문고로 온 고을 살찌우고
그 여운 다시 천년을 이으시는 선생이여

끝끝내 끊지 못할 아편 같은 이 젓대를
어느 날 막힌 구멍 하나하나 트이려나
이 밤도 꿈길에 나앉아 마른 입술로 축인다

재단

경상도 대구산 40년생 대학 중퇴
아 그 친구 어중이 시인 아닌가
저마다 명함 쪽만 하게 나를 오려 가진다

걸려 넘어가다 보면 멍청한 나의 등신等神
가다간 외면하고 때론 거꾸로 숨기도 하는
찢기어 오만상으로 굴러다니는 얼굴이여

전신을 내던진 빗발치는 칼질 속
용하게 살아남아 낑낑대는 손이 있다
잘리면 터지는 새순을 용서하며 다독이며

아는가 너희가 마무른 또 하나의 이 재단을
꺾인 골목께에서 늦은 어둠을 추스르며
싸늘한 별빛을 주워 깁고 있는 이 사내를

흔적

저만치 겨울이 오는 들녘을 바라본다
마른 풀잎 빈 가지를 흔들며 오는 바람
투명한 그 바람 사이로 얼비치는 몸짓들

봄이면 새살 돋던 눈부신 아픔이며
타는 듯 가슴 아린 목숨의 어지러움
풀린 강 그 언덕께쯤 아른대고 있구나

싱그럽던 여름날은 신록의 뒤척임이나
뙤약볕 목이 타던 뇌성이며 벽력들도
한 마당 소나기를 붓던 그 하늘의 무지개

시든 꽃잎에 남아 나부끼는 설운 향기
씨앗마다 숨어들어 유전遺傳하는 저 꿈의 빛깔
누구도 어쩌지 못한다, 목숨이 남기는 이 흔적은

여기 우리가 앉아 있는 것은
— '평화의 소녀상'에 부쳐

한때는 우리도 꿈 많은 소녀였다
목숨보다 소중히 가꾸어온 그 꿈들을
너희가 피 묻은 군화로 짓뭉개기 전에는

어찌 아니라고 머리를 젓는 것이냐
우리가 알고 너희가 알고 하늘이 아는 일을
덮으면 더욱 생생히 고개 드는 못 자국

문명의 탈을 쓰고 깨춤을 추는 철면피들
언제쯤 그 탈을 벗고 인간으로 돌아올지
여기에 곳곳이 앉아 지켜보는 중이다

김승봉(Kim, Seung bong)

1961년 경남 통영 출생. 창신대학교(문예창작학과) 졸업. 《현대시조》 신인상(2004, 겨울호) 등단. 시조집 『작약이 핀다』(2019, 고요아침). 현대시조 좋은작품상 수상. 한국시조시인협회 이사, 통영시 문학상 운영위원, 경남문인협회 이사, 통영물목문학회 회장, 통영문인협회 회장. 경남시조시인협회 회원.

—

김승봉은 2004년 데뷔한 이후, 시조의 리얼리티 구현을 위해 노력해 왔다. 그가 만나는 대상은 좀처럼 꼭짓점으로 만나지지 않는 불특정 다수의 현대인이며 지향점을 잃은 우리네 이웃들이다. 「미운 뻐꾹새」에선 '탁란'이란 시어를 차용하여 스스로 안착하지 못하는 현대인의 심상을 구체적으로 그려내는 한편 구태의연한 서정을 배제한 채 '각을 세운 사고들'이 만연한 세태에 돋보기를 들이댄다. 이는 혁명을 꿈꾸지만 계절에 의해 허무하게 지고 마는 꽃의 속성을 노래한 「벚꽃 지다」에서도 잘 드러난다. 시인은 더욱 다양한 방향으로 외연을 확장하겠지만 지금까지 보여준 것만으로도 현대시조를 위한 의미 있는 작업이 되고 있다.

— 이달균(시조시인 · 한국시조시인협회 부이사장)

—

윤달

쓰고 남은 시간들을

자투리로 모아두고

하늘도 쉬어가고

땅도 쉬어가는

깊은 산

바람을 따라

길을 떠난

사람아.

수국

바닷가 언덕배기 나지막한 고향집
장맛비 질금대고 마파람 불어와도
누님은 굴 밭에 나가 젖은 채 돌아왔다

쭉정이 보리밥 한 덩이 우려내어
젖병으로 가슴으로 동생들 살폈는데
빗물도 시집가는 걸음을 촉촉이 뿌려주었다

이팝나무

꽃과 잎이 나란히 하늘을 떠받치고
원뿔의 꽃차례가 서서히 벌어질 때
미풍도 잠시 선 채로 마른 침을 삼킨다

개화開花

아린芽鱗에 숨은 것은
잎이든가 꽃이든가

잔가지에 매달려 엄동嚴冬에 겨울나기

철옹을 헤집고 나온
붉은 입술
여린 미소

미륵산*에서

시리도록 푸른 물빛 다도해로 태어나다
천둥과 비바람이 뭇 생명 잉태하고
침묵한 산의 향기가 피어나는 바다의 땅

국운이 위기일 때 승전보를 알리던 수향
한 마리 학의 비상 날개 속에 가둬버린
임진란 한산대첩은 한민족 지존의 땅

비탈진 작은 밭을 일구는 손길에서
백의를 사랑하고 자연과 동행하는
토지란 웅장한 산맥 그려내신 문학의 땅

바람 소리 파도 소리 오선지에 새긴 음표
큰 바다 동서양을 이어주던 음악의 땅
산이여, 그대 그림자를 뒤따르고 싶습니다.

* 미륵산: 통영의 중심부에 있는 산.

미운 뻐꾹새

탁란이란 낱말을 처음으로 만났을 때
시대적 흐름이라 동감하는 요즘 세대
시간도 생물이라고 변명하는 사람들

언밸런스를 선호하는 오늘날 패션처럼
각을 세운 사고들의 끝과 끝의 막장 토론
마지막 순간까지도 날지 못한 솟대들

평행하던 이견 속에 또 하루가 저물고
실명 앞에 만족 못한 안개 속의 은유법
보내는 오목눈이 뱁새 삐뚤삐뚤 울고 있다

벚꽃 지다

삶이 허무했다

실패한 혁명가들

세상을 바꿔 놓을

꿈을 꾸던 사람들

휘날린

바람을 안고

축복 속의 장의 행렬

방울토마토

햇살을 딛고서는 파릇한 떡잎 한 쌍
힘차게 타오르는 회귀하는 연어처럼
박동한 모세혈관은 노란 꽃술 태웠다

동그랑 아침이슬 푸른 꿈이 영글고
땡볕도 머금었다 비바람도 품었다
무성한 자양을 안고 보름달로 품었다

발그레 번져가는 반려하는 푸른 눈빛
아삭하고 달콤하게 맥박처럼 뛰는 과즙
텃밭에 이는 바람이 푸른 강을 건너 간다

작약이 피다

밤새도록 뻐꾹새가 울어 쌓던 늦은 봄날
신열 앓은 그루터기 마른 흙에 금을 긋고

빠알간 속살을 품은 대궁 하나 내밀다

한낮 햇살 따사롭게 보리가 익어가고
뿌리가 있는 생은 푸른 꿈이 있나보다
영그는 봉오리마다 찾아드는 오월 바람

미동으로 벌고 있는 분홍빛 가는 연정
다가 설 수 없는 발길 범치 못할 그리움
아삭한 미풍 속으로 품어내는 푸른 내음

벤자민과 살다

푸른빛 벤자민이 동행을 약속하다
이른 아침 흩어졌다 불빛에 찾아드는
우리는 한 지붕 아래 가족이란 이름으로

텅 빈 거실에서 반려하는 숲이 되어
풋풋한 이파리가 나의 공간 점령할 쯤
내뱉는 청정한 내음 키스보다 강하다

창가에 이는 바람 온몸으로 헹궈내고
영혼까지 지친 몸을 반겨주는 맑은 눈빛
벤자민 그윽한 향기 푸른 행간 가득 담다

김승재(金承栽, Kim, Seung jae)

1954년 전남 진도 지산면 출생. 한국폴리텍 대학교 울산캠퍼스(문예창작과). 《시조시학》 신인상(2013) 등단. 「돌에서 길을 보다」(2014, 고요아침), 「허수아비」(2018, 고요아침). 《시조시학》 젊은시인상(2019) 수상. 한국문인협회, 울산시조시인협회 회원. 한국시조시인협회 이사. 공감 시울림 운영(시 단막극).

손금

　　　　김승재

아무리 털어내도 너를 떠나 못 산다는
단명을 재촉하는 끊어진 짧은 도랑
소문난
철학관 어른
돋보기에 써 있다

—

김승재 시인의 작품은 재미가 있다. 시의 묘미를 아는 시인이다. 일상의 언어를 잘 활용하여 시적 상상력을 담아내기도 하고 사투리를 잘 활용할 줄도 안다. 「세방낙조」에서 "초승달 빼꼼"한 상황을 "엉큼한 것 묘하네"라고 정겹게 잡아내고 「푸념」의 '맴', '찌부뚱', '한보지락', '아그덜', '징헌', '어짜것냐' 등의 어휘가 찰지다. 「허수아비」는 가시적可視的, 제시적提示的, 감각적感覺的이다. 사고적思考的, 고백적告白的, 해석적解釋的이다. 「다랭이 논」은 고단함이나 팍팍함이 아닌 아름다운 밥상보로 형상화되고, 「물미장」에서는 험한 난간에서라도 늘 허리를 펴고 곧던 아버지를 회상한다.

— 이지엽(시인 · 한국시조시인협회 이사장 · 경기대 교수)

—

세방낙조

엄매엄매 큰일 났네
세방 갱본 불붙었네
목선도 가두리도 홀랑 다 타고 있네
대번에 덮어쓴 불길 우덜 모도 어짜라고

다잡어 갈매기 놈
섬 넘어 내빼불고
동석산 돌종 천개 다급하게 울어싸타
종성굴 뻘건 쇳물이 끓어서 넘는당께

다 타고 까만 재만
사방에 널어놨네
섬덜도 얼척없어 아무 말 못 한당께
봐보게 초승달 빼꼼 엉큼한 것 묘하네

푸념

맴이사 굴뚝같은디 몸은 말이 아니구먼
찌부뚱한 게 비라도 한보지락 올랑가 원
아그덜 생각에 깜빡인 하늘빛이 노란 것도

밭두둑 풀맨 것도 시방 남 일 같지 않고
쿡쿡 쑤신 허리 지고 뼈마디가 쩔쩔맨다
세상도 징헌 세상여 젊은것 한 놈 없당께

밭이랑 논이랑이 내 친구고 말벗이제
집이라고 개미 새끼 얼굴도 안 비친다만
새끼들 짐 덜어주려면 어짜것냐 이밖에

손금

아무리 털어내도 너를 떠나 못 산다는

단명을 재촉하는 끊어진 짧은 도랑

소문난
철학관 어른
돋보기에 써 있다

가뭄을 짓밟고도 도랑 치던 아버지

실금이 사방으로 난무한 논두렁에

씨줄이
날줄이 되어
부자 되긴 글렀다

허수아비

아무 쓸데없어야 내다 버린 작대기에
다 해진 적삼 입혀 밀짚모자 씌워주고
텃밭에 공개채용으로 정규직이 되었다

용돈 달라 떼쓰는 자식놈 투정이라면
이미 아궁이에 밑불이 되었을 터
누군들 허허벌판에 두 팔 벌려 섰을까

세상에 들춰 보면 버릴 것 하나 없다
아버지 씨 뿌리듯 다문다문 심은 말씀
홍시불 물이 든 가슴 서쪽 하늘 밝힌다

다랭이 논

모아둔 헝겊 조각

요리조리 이은 산자락

물감을 들인 봄이

밥상보 만들었다

배고픈 세상을 위해

밥이 되고 찬 되는

쪼리*

가파른 오르막에 기름 없는 불 지핀다
더 이상 자질이나 깊이쯤은 던져두고
끌고 온 발가락 사이 지그시 파낸 봉분

그 소沼에 맥을 짚어 창 꽂은 그 자리에
돌부처 발목 잡고 조근 조근 다듬어서
왔던 길 돌아도 보고 귀도 쫑긋 세우고

박힌 돌 등에 지고 신발 끈 잘 묶어야지
허술한 쪼리 위에 위태로운 닻줄 하나
끊어진 회전의자에 돌아올 수 없는 길

* 쪼리: 샌들에서 엄지와 둘째 발가락만 줄을 끼워 신는 슬리퍼.

비애悲哀

애비
눈 못 감고 가게 한 것
다 너랑께
더디게 온 바람에 문풍지만 울고 앉아
가자고
다잡는 만병
내던질 힘도 없이

그 표적
북망산천
바짝 활을 당겨 놓고
참다 참다 못 참는 말
그 말
꽉 움켜쥐고
그토록
허물진 눈빛
내 가슴에 꽂혔당께

심야 전투

25시 뛰어와서 깊이 빠진 잠결 속에
파공음 경주하듯 집중 폭격 시작한다
폭탄을 투하한 자리 탄피를 긁어내고

매복 나온 손바닥 잽싸게 때린 요격
마하로 후퇴하는 적기는 조용하다도
생존과 죽음의 문턱 수시로 넘나든다

정찰기 초침 소리 점점 더 가까이 오자
용량을 초과하여 힘 달린 저속 비행기
적군의 안개 속으로 길을 찾아 헤맨다

돌미장

장마에 헐린 곡간 그 허기 한 짐 지고

기대지 않고서야 넘어갈 수 없는 길을

한고비 세장에 걸고 허리 펴신 아버지

진달래 화판

큰일 났네 큰일 났어 온 사방 불붙었네
멧돼지 살겄다고 서당골로 내빼 불고
묏등에 도깨비불이 어쩔 줄을 모르네

종성굴 불 비땅이 급치산 넘어가서
가사도 진섬 건너 하의도에 자리 잡고
신바람 마파람한테 정신 다 뺏갯당께

눈 씻고 둘러봐도 보는 이 씨가 말라
귀갱꾼 없는 꽃은 없는 데로 그냥 피어
타다가 시드는 화판 내 가슴만 숯땡이네

김시백(金詩百, Kim, Si baek)

1935년 경북 안동 출생. 호 추강(秋江). 총회신학교 본과(1964), 총신대학교 신학부(1974), 목회신학원 졸업(1980). 〈중앙일보〉 독자란 시조 「눈길」 발표(1967), 《낙강》 동인지 시조 발표. 《시조문학》「독백」 천료(1971, 28집) 등단. 영가시조문학회장, 한국크리스천 문학가협회 시조분과 위원장, 안동문인협회장 역임. 시조집 『추강산조』(1974, 새글), 『열원』(1980, 한국문학도서관) 외. 목사 안수(1968). 초·중 교사, 신학교 교수 역임.

열원熱願

물새들 발자국이 모래 알알 수놓였네
저토록 고요 안고 장강은 유유한데
건너편 앗긴 산야에 봄을 켜든 진달래

밭가는 소가 있고 모락 연기 초옥草屋이며
아이들 손 맞잡고 마을 가는 저 모두가
내 사랑 따스한 체온 무엇 하나 다르랴

나 여기 선 곳 남녘 저기는 북안北岸인데
초병의 총부리는 붉은 반역 겨냥한 것
농부여 허물없기로 제비 따라 꽃은 피리

신문고 거듭 울린 안타까운 소원이여
열망의 아우성이 강을 넘는 그날에사
회춘의 고운 악장이 산에 들에 넘칠 것을

안개 속 대교에서

어둠이 쫓기면서 토해낸 현기증이
귀기鬼氣인 양 서리더니 장안長安을 먹고 있다
한강도 구름 뒤쓰고 전염병을 앓는다

오던 길 가얄 길이 온데간데없어졌다
힘주어 잡은 난간도 풍선 마냥 뜨는 순간
혈관도 멎는 숨가쁨 발구르는 삶이여

아아! 이대로는 설 수 없다
진실의 빛무리여 남천南天 활짝 날개 펴라
농무濃霧의 질곡 벗긴 누리 소망으로 치닫게

모과

하나 둘 잎이 지듯 잃어가는 박정薄情 속에
옛 어른 어진 풍도風度 은혜인 양 배웠다가
덤덤히 저리 넉넉히 불 밝히는 정성이여

가을 산조

소소리 바람 따라 황파黃波가 일렁이고
황홀턴 관목灌木마저 훌훌 옷을 벗을 때면
애증도 함께 비우고 달래보는 허허로움

언제나 푸르리라 으스대던 정열도
떨치고 가야하는 연륜 앞엔 고개 숙고
마음은 추청秋晴 너머로 달려가는 이 생리

산

안개에 떠받히어 하늘로 솟는 새벽
맥脈 이어 젖줄 풀어 거느린 천년 세월은
어질고 어기찬 맘씨 지침 없는 모상母像이다

햇발이 활짝 피면 수런대는 산의 기운
미동微動의 몸짓에도 메아린 누리에 지고
우람한 품에 안기면 나는 하나 점이 된다.

영추송迎秋頌

스머든 한기 탓에 잠 깨인 새벽이면
여름내 앗기고도 잊혀온 생각들이
하나 둘 되살아나네 들려오는 기도 소리

마음의 호심湖心에서 그 생각 건져다가
맑게 갠 나절 볕에 촉촉이 내다 걸면
환하게 바랜 영혼에 절로 이는 찬미 소리

김시종(金市宗, Kim, Si jong)

1942년 경북 문경 출생. 호 영강(潁江). 안동교육대학 졸업(1967), 중등교사 자격 검정(역사과, 국어과) 합격. 〈중앙일보〉 신춘문예(1967) 등단. 시집 『오뉘』(1967, 범학도서), 『청시淸柿』(1971, 월간문학사), 『불가사리』(1974, 교문), 『보랏빛 목련』(1981, 시문학사) 외. 《백화문학》 창간. 도천陶泉문학상 제정, 수상(1983). 국제펜클럽 한국본부 회원. 초·중등교사, 현대경제일보 기자, 문인협회 문경지부장 역임.
—

거미

우리 집 처마 밑엔 거미가 한 마리 산다
바람도 걸릴 만큼 미세한 줄을 쳐놓고
자신은 요술 모자를 써서 몸이 뵈지 않는다

행여 먹이가 걸리면 지치도록 지치도록 기다리다가
서서히 먹일 향해 줄을 타고 오른다
저보다 큰 놈을 삼켜도 끄떡없는 놈의 식성

바람이 몹시 불면 떨어질 듯 떨어질 듯 위태해도
도리어 바람을 타고 묘하게 망을 넓힌다
죽은 듯 허공중에 달린 창공의 무법자여

꽃신

한데선 흙 묻을라 벗어들고 다니고
방에선 그냥 신고 좋아라 아장거리고
잘 때는 꼬옥 껴안고 자는 세 살 난 아기의 신

낙과

전생의 나무에도 현생의 수풀에도
어디에도 매이지 않은 스스로운 낙과 한 알
매여서 흔들리던 적을 그윽히 돌아본다

옛임아 아는 체 마오 푸진 고요 헝클릴라
전생의 업보도 현세의 업연도 일체 벗어난 나는
억겁도 한결로 고요히 현세로만 누려지이다

도약

핼쑥한 반달에 살푸시 핏기 돌아
해으름 고가 지붕 박꽃 싱긋 벌면
두 눈 큰 개구리 한 마리 언덕 위에 도사린다

물 아래 욕된 제 그림자 산만 한 짐승 부러워
몸부림, 몸부림쳐도 부풀 수 없는 슬픈 꿈
내일의 승화를 위해 천 길 벼랑을 뜬다

사바

살구꽃 화사히 펴도 흙바람 부는 사바
무심한 애 팔매가 아뿔싸, 어른을 맞춰
그렇게 찡그릴 거야, 어처구니없는 북망北邙

길 가다 소나길 만나 오두막에도 잠깐 쉬듯,
연緣이 없는 곳에 더러는 맘을 두고
웃으며 때론 흐느끼며 살아가는 사바다.

삼베댕기

눈물 꽤 좋이 흘려 눈이 발그레해진,
순이 눈은 붉은 눈 구구구 비둘기 눈
치렁한 머릿단 위에 노랑나비, 삼베댕기.

어멜 홀로 뫼에 떨궈 몇 때를 울어 쌓는지
동네방네 사람들은 구성진 뻐꾸기 소리
결 고운 머리에 삼베댕기 서울 가도 못 풀 댕기

아리랑

첫 달 강숙이는 품빨래하다 내에서 낳아
철들자 〈오라잇! 차장〉 눈 맞춘 게 운전사 서방
에미맘 이때나 저때나 썩새끼로 매단 호박

둘째 놈 방식이는 품보리 방아 찧다 낳아
겨투성이로 자랐어도 병 없어 미쁘더니
그 이름 맹호부대 용사 에미 앞서 가야더냐

남은 두세 아이도 부엌에서 타작마당에서
한평생 궂은 팔자 말술로도 누를 길 없어
아리랑 구슬픈 가락에 그날 해를 지운다

여름 해으름

여름날 해으름녘 실직失職의 잠을 깨면
"…진달래꽃 아름 따다 나알 저어뭅니다…."
좁다란 골목 안 메운 깨를 볶는 아이들

빗장 열고 나가 보면 어린 남루들이
미움이란 가셔버린 화안한 마음으로
비좁은 광장에서도 저마다 닦는 정갈한 동전

얼마를 안 있으면 여읨의 밤이 있기에
애들은 해으름녘을 모두들 한자리 모여
하루 중 가장 찬란한 놀이만 골라 논다

어떤 제재製材

어둠이 싸인 제재소 적목장에 흩뿌리는 비
서 있는 나무들은 하나 뵈지 않는다
넘어진 나무토막에서 산내가 물씬 난다

살아서 정정正正한 나문, 베어져도 향긋하다
아무리 썰어대도 지울 수 없는 솔향기
완강한 벌목자의 손은 허무를 찍는다

어둠이 싸인 제재소 적목장에 흩뿌리는 비
서 있는 나무들은 하나 뵈지 않는다
넘어진 나무토막에서 산내가 물씬 난다

살아서 정정正正한 나문, 베어져도 향긋하다

김시화(金詩花, Kim, Si hwa)

1967년 강원 정선 신동읍 예미리 출생. 강원대
학교(동물자원학과). 《시조문학》(2012, 봄호),
《문학세계》 시(2009), 소설, 수필, 동시, 동시조
(2016) 등단. 시조집 『그대 위한 사막』(2017, 연
인 M&B). 이해조문학상 시조(2012), 시세계 문
학상 시조 본상(2016), 수안보온천 시조문학상
본상(2017, 2018), 김장생문학상 수필(2017), 제
1회 대한민국시조문학상 대상(2018) 수상. 강
원문인협회, 강원시조시인협회, 달빛시조문학
회, 강원소설가협회 회원. 한국시조문학진흥회 부이사장.

—

김시화의 「수안보 벚꽃」은 근래 보기 드문 수작이라 할 수 있다. 첫
수 초장부터 '낯설게 하기Defamiliarization'의 전형을 선보이고 있
었다. 아이의 수태 사실, 태교의 어려움, 만삭의 심장박동 소리, 산
통 번진 입덧 등의 진행과정을 통해 살아있는 생명에 대한 존귀함
과 숭고함을 피력해 주고 있다. 벚꽃의 생성을 이토록 깊은 미학적
언어로 표현할 수 있는 이가 과연 지상에 몇 명이나 될까. 아마도
김시화 시인 이외에는 불가능할 것이다. 문학적 역량이 탁월하다
고 밖에는 표현할 길이 없을 지경이다.

— 정유지(문학평론가 · 선린대 교수)

—

그대 위한 사막

의미 없는 하루가
모래처럼 부서진다
이유를 알 수 없는
존재의 허무함
빈곤한 일상의 시간
하루가 저문다

비처럼 구름처럼
인생을 살고 싶었지만
건조한 인생길을
비도 없이 구름도 없이
사막의 낙타가 되어
터벅터벅 걸었다

인생의 대부분은
풀도 없는 사막이었다
낮이면 폭염 속을
힘겹게 걸어가고
밤이면 혹한 속에서
별을 보며 울었다

고독한 사막에선
바람이 친구였다
뜨겁고도 차가운
모래에서 부는 바람
이 세상 소식 전하며
나와 함께 웃었다

수안보 벚꽃

어쩌나 남모르게 아기를 가졌구나
새처럼 울지 못할 간절함 들끓는 밤
혼자서 태교하기엔
너무 숨차 벅차다

어쩔까 두근두근 만삭의 심장박동
자꾸만 발길질에 산통이 심한 걸까
마침내 고개 든 사월
달빛조차 하얗다

전산옥

동강의 물결 따라 옛 추억 찾아가니
만지산 전산옥이 아리따운 미소짓네
세월을 회귀해 보는 그리움의 아라리

아리랑과 한잔 술에 녹여지는 인생살이
뗏목은 잠시 잊고 전산옥에 빠져들어
깊어진 풍류 가락에 밤새는 줄 모른다

잠든 달도 눈을 떠서 전산옥 소리 듣고
풍류와 여인들로 깊어가던 동강의 밤
외로운 뗏목꾼 되어 다시 한번 가보네

사막의 우물

사막이 이름다운
이유를 말해 주던
왕자는 자기 별로
돌아가서 소식 없고
여우는 인생의 질곡
모순들을 말한다

우리가 진리라고
믿는 것이 모순이듯
여우는 그걸 알고
슬퍼하며 울고 있다
사막의 우물 속에다
두레박을 던진다

참으로 이상하다
모든 것이 뒤죽박죽
우리가 알고 있는
당연했던 삶의 모순
사실은 틀렸다는 걸
인정할 순 없었다

배운 대로 살아왔던
그런 삶이 아니던가?
한번도 의심하지
않았었던 이런 길을
여우는 모순이라고
나지막이 외친다

사막을 횡단하며
무지에서 깨어나듯
여우는 왕자에게
기막힌 걸 알려줬고
배웠던 삶의 과정을
신기루라 말했다

진정한 가치 구분
불가능한 사람들은
평생을 신기루에
둘러싸여 살아간다
여우가 말하는 것은
귀에 담지 않은 채

사랑할 가치들을
은연중 사랑하고
저 멀리 보내듯이
미망에서 깨어난다
평생을 최면에 걸려
산다는 건 죄이다

사막의 우물 길어
가슴에 채워놓고
사랑을 시작하듯
뜨거운 삶을 찾자
연인과 황홀한 시간
보내듯이 살면서

예술혼

진정한 예술혼은
순수한 정신이다
아이의 마음으로
작품을 창작하듯
스스로 혼신을 다해
예술에 매진한다

말 많은 인간세상
예술과 반대이다
침묵의 깊은 우물
두레박 첨벙 소리
향긋한 바람이 불어
깨달음이 꽃핀다

김애자(金愛子, Kim, Ae ja)

1943년 강원 춘천 효자동 출생. 춘천사범학교, 한국방송통신대학교(국어국문학과) 졸업. 《시대문학》 수필(1989), 《예술세계》 시(2001), 《시조시학》 시조(2017) 등단. 수필집『그 푸르던 밤안개』(1994, 교음사), 산문집『추억의 힘』(2003, 고요아침), 시집『끝날 때까지는 끝난 것이 아니다』(2012, AJ). 제물포수필문학상(1992), 올해의 경기문학인상(2002), 수원문학상 작품상(2003), 경기시인상(2018), 경기펜문학 대상(2018) 수상. 한국경기시인협회 감사, 국제펜 한국본부 이사. 한국시조시인협회, 한국문인협회 회원.

김애자 시인의 당선작 세 편은 비근한 일상의 소재들을 대상으로 삼아 담담하게 그리고 있는 점에서 안정감을 느낀다. 앞으로 좋은 시조를 쓸 수 있으리라는 예감이 든다. 좀더 의욕적으로 혹은 저돌적인 자세로 시조창작에 임했으면 하는 바람을 덧붙인다. 낯익은 노래가 아니라 새로운 목소리를 보여주는 것이 모름지기 시인의 몫이기 때문이다.

— 심사위원: 이지엽, 이정환, 박현덕

립스틱 짙게 바르고

초침이 잘라먹는 어둠, 저 깊은 곳을
잊으려 창을 열고 별자리나 찾으려니
목마름 마중물인 듯
지운 영상 떠오르네

온점 하나 찍는 것은 노선 하나 지우는 일
주고 또 주어도 모자라던 사랑으로
설레며 오가던 그 길
지워 깊이 묻는 일

아서라, 한 생애 이제 얼마나 남았으랴
멀어지는 이승 보며 정신 또한 아득할 때
마지막 떠올릴 얼굴
그가 그대 아니기를

아직도

늦가을 빗소리가

무연히

드는 저녁

출세길을 따라 떠난

첫사랑이 얼비친다

아직도 놓지 못해서

다리 절며 오는 추억

바지랑대

대가족 벗은 옷들 손으로 비벼 빨아
꼭꼭 짜서 양지바른 앞마당에 널고 나면
그 무게 혼자 못 이겨 늘어지던 빨랫줄

장대 끝에 대못 박아 빨랫줄 걸쳐놓고
힘주어 세워주면 탄력으로 높아지던
아슬한 꼭대기에는 잠자리가 늘 쉬다 갔지

약에 쓸 힘도 없다시던 저물녘 엄마처럼
사는 일 힘에 겨워 진 빠지고 늘어질 때
무거운 헌 몸 받쳐줄 바지랑대 있었으면

집전화

침만 자꾸 삼켜지던 새까만 유선 전화

급하면 주인집 전화 빌려 쓰던 신혼 시절 드르륵 드르르륵 돌리는 다이얼이 어쩌면 소리조차 그렇게도 설레더니 제철엔 빛나던 것도 시절 가면 시들고 말아 휴대폰 만개한 지금은 놓을 자리도 아예 없다 우두커니 할머니의 부러운 눈길들이 불편하고 쑥스럽던 좋은 시절 다 지나고 어느새 내 몸도 집전화 같아져서 어딜 가도 곁두리요 갈 곳조차 줄어들어

지금은 집에 꽂힌 채 추억이나 들출 뿐

빨간약

몸 속이 고장나면 건위정이 최고였듯
내 어릴 적 외상엔 무조건 아까징끼
빨간약 그것 하나면 울음도 절로 그쳐졌지

약 바른 무르팍을 눈물 뚝뚝 흘리면서
한참을 들여다보다 어느새 다 잊고서
동무들 뛰노는 곳에 신명나게 달려가던

지금도 그런 약 있었으면 참 좋겠다
마음 다쳐 힘들 때면 먹거나 바르는 약
따뜻이 문지르기만 해도 다 낫던 그런 손도

가시연

이름 모를 부표식물 가마득한 우포늪
그 속을 알 길 없는 수천 년 침묵 위로
가시연
까칠한 지조
꽃대 밀어 올린다

우포처럼 웅숭깊은 내 안에도 늪이 있어
오랜 세월 앓고 있는 뜸씨들을 품고 있다
해묵은
시詩가 될 씨앗들도
기다리고 있을 터

자욱한 일상들로 지쳐가는 마음에도
7월의 우포처럼 깊은 열망 살아있어
내 안의
꼿꼿한 오기
가시 들고 일어선다

꽃보다 단풍

벌 나비 날아들 땐 당연한 줄 알았었지
제철 가면 아무도 돌아보지 않는 것을
갈채는 그렇게 잠깐 지나가고 마는 것을

꽃 같다 그런 말쯤 한창때엔 흘렸는데
처지는 눈꼬리에 팔자주름 웬말인가
다시금 꽃이고 싶은 맘 거울 슬몃 당겨보니

아무리 살펴봐도 꽃답기란 언감생심
선연한 나이테로 살뜰히도 퍼진 주름
단풍도 곱지 않더냐며 혼자 앉아 주억이네

폐교에서

　잡초만 무성하다 고요만 지천이다

　낮은 책상 작은 칠판 들려오던 종소리 운동장 가득 채우던 아
이들의 지껄임 창가로 매어준 줄을 감아 오르며 오이넝쿨 탐스
럽게 열매를 키워주고 구멍 낸 모래 자루에 꽂힌 모종들은 잎
과 줄기 싱싱하게 햇볕 향해 벋어내며 앙징맞은 고구마들 손가
락만 하게 키웠지 비뚤배뚤 정성껏 그려놓은 그림들과 생각대
로 만들어본 오밀조밀 작품들이 늘 바뀌어 전시되던『우리들의
솜씨판』아이들 노랫소리 미루나무 타고 올라 쩡쩡한 울림으로
멀리 퍼지던 음악시간 풍금소리 웃음소리 와자지껄 놀던 소리
정겹던 이 모든 것 다 어디로 가버리고 무릎에 책을 펼친 세종
대왕 홀로 남아 끝없이 하염없이 먼 데만 바라는데

　서늘히 가슴 한켠으로 비껴 흐르는 세월의 강

화홍문 야경

광교산 이 저 골짝 모여든 물줄기가
목마른 들 적셔주며 속살대며 흘러오다
화홍문 칠간수 되어 무지개로 피어나고

음전한 큰댁의 마님 같은 기품으로
냇물을 건너다 멈춰지는 자리쯤에
마루를 만들어놓고 물소리 즐기던 여유

어둠 내려 주변 것들 소리 없이 잦아들면
불빛 따라 신비로운 정령도 찾아든 듯
창호지 바알간 불빛에 옛님 정취 어린다

분장

부스스 잠에서 깬 누옥 한 채 초라하다
거울을 당겨보니 늘어진 피부 탄력
저 낡은 잡티 많은 세월을 어쩔거나 궁리하다

분칠로 감춰가며 정성껏 올린 단청
요리조리 매만지다 양볼에는 도화색을
마지막, 풍경까지 달고 나면 올라가는 입꼬리

김양수(Kim, Yang soo)

1938년 경북 김천 출생. 경북대 교육대학원, 건국대 대학원(영어영문학과) 졸업. 〈조선일보〉 신춘문예 시조(1978) 등단. 시조집 『메아리』(2001, 성심), 『석등』(2017, 드림) 외. 한국영어영문학회, 한국 T. S. 엘리엇학회, 한국문인협회, 한국시조시인협회 , 영남시조문학회 회원. 경북전문대 전임강사, 국립안동대 사범대학(영문과) 교수, 교무처장, 어학원장, 명예교수.

―

매화사梅花詞

삼동三冬이 매서워도
말이 없던 저 기품氣稟

휘어진 등줄기에
인고의 업보를 지고

저만치
안개긴 산하山河를
미소로 돌아보나.

노도怒濤 같은 한 세월을
꺾어 넘긴 그 의지로

한사寒士의 고절孤節마저
눈 속에 삭혀내어

기어이
옹이 진 마디에
흰 등불을 달았구나.

홍도의 노을

바람은 너울을 불러
뱃전에서 어정이고

노을은 지는 해를 안고
내 어깨에 걸리는데

한 잔 술
헐렁한 그림자
수평선이 기운다.

갈매기 끼룩끼룩
먼 하루를 접을 때

파도에 젖은 여로
뒷풀이로 출렁대면

홍도는 절해의 파시波市
술잔 가에 달이 뜬다.

낙강洛江에 달을 밝혀

1
그때는
낙강은 달을 품어
은하수는 높았고

아린 정 흰 옷자락
기워 이은 옷소매에

빈 술잔
반 넜두리로
고향 하늘 지켰거니.

2
오늘은
살구꽃 피던 마을
취객들은 가고 없고

강물은 노을에 젖어
쇠북 소리 은은한데

하늘빛
어리는 수평
눈물 고인 향수의 늪

3
내일은
칠백 리 굽이굽이
산도 들도 둘러놓고

한 세월 엮어온 사연
달빛 풀어 노래하며

푸른 솔
흰 구름 너머
학을 띄워 춤을 출까.

세한歲寒의 노래

세한에 옹이 진 마디

나이테가 굵어지면

깊은 산 양지 쪽에

바위로나 눌러앉아

영혼의

노스탤져를

산울림에 부치리라.

연꽃

삼라森羅에 타는 오욕五慾
둥근 잎에 쟁였다가

온누리 백팔번뇌
진흙 속에 삭혔다가

비원悲願의
꽃대를 세워
미소 짓는 너의 해탈解脫

춘란부春蘭賦

청자青瓷 묵어 천년 세월
풀어내는 너의 순수

차마 어이 떨치랴
고아古雅한 지절志節의 미학美學을

꽃잎은
유향幽香을 풀어
먼 향수를 달래고.

낮달

천추千秋의 나날들을
미련으로 반추하며

이태백의 산수화에
한가로이 기대앉은

영원한
선계仙界의 유객游客
외로운 신神의 낙관落款.

여백餘白의 그림자

낮이 가고 밤이 가고
비바람이 오고 가도

별도 성근 고샅길에
한 세월을 걸었는데

그 세월
저문 여백은
일렁이는 붓 그림자.

오월의 노래

뻐꾹새 오월을 울어
가는 봄을 지새우면

지는 꽃 아쉬움에
종달이도 목이 메고

내 노래
어눌한 가락은
육자배기 한마당.

수운정 사계修雲亭 四季

1. 봄
한 자락 하늘가에
일자능선一字稜線 걸어두고

푸른 꿈 그리던 언덕
봄빛도 쌓이는데

진달래
개나리 피면
산울림도 맑아라.

2. 여름
봉화산鳳和山 봉모단鳳慕壇에
솔 그늘이 일렁이면

대숲에서 놀던 바람
뭉게구름 떠받치고

삼백 년
애환의 혼불은
빗碑돌 속에 붉게 탄다.

3. 가을
소쩍새 울다 간 자리
하늘은 높아가고

들국화 언덕 너머
노을 지는 산자락에

땀 젖어
말린 세월이
이 가을에 익어간다.

4. 겨울
고향이란 두 글자를
이 언덕에 새겨놓고

저 시린 동천冬天에도
두 손을 모았는데

수운정
낮달을 띄워
답서答書로나 읽으란다.

김양수(金亮洙, Kim, Yang su)

1953년 강원 횡성 우천 출생. 춘천교육대학교 졸업(1975). 〈강원일보〉 신춘문예(1984), 《시조문학》 천료(1994), 《시와비평》 신인상(1996) 등단. 시집 『외출』(2006, 강원일보), 시조집 『생명』(2015, 강원도민일보), 동화집 『하늘노래』(2016, 신아) 외 7권. 제10회 강원시조문학상(2004), 제24회 강원문학상(2005), 제14회 강원아동문학상(1995), 제1회 강원아동문학 좋은작품상(2016) 수상 외. 동시조 「매미」 7차교육과정 초등학교 국어 읽기 교과서(1-2) 수록. 한국문인협회 강원지회장, 정선문인협회장, 강원문학 교육연구회장 역임. 춘천문인협회 회원. 강원시조시인협회장.

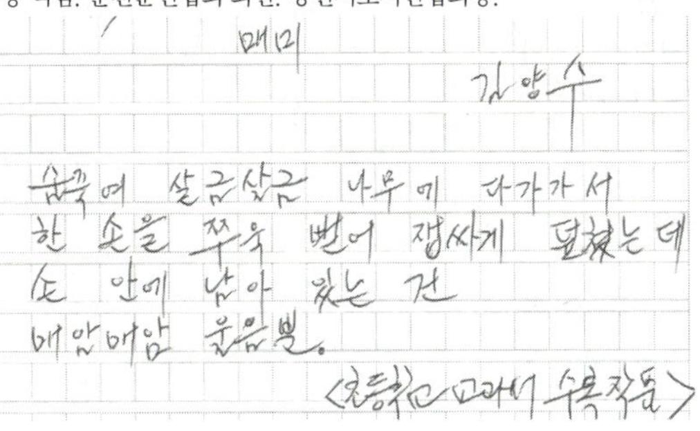

김양수의 시조 작품에는 정적인 내면 공간성이 확보되어 있다. 기다림과 그리움으로 발아한 시조의 가지들은 프로이트적인 잠재의식에 내재된 신화적 상상력의 산물이기도 하다. 그는 현실 공간에서 허무와 자조 섞인 탈자아와 닿아있는 시의 세계를 마련해 놓았다. 그 공간성에는 허무적 요소와 초월의지가 교차되어 있다. 그의 시적 창조력은 화가가 사다리를 타고 올라가 벽에 그림을 새겨 넣는 창조의 구조물 같은 것이기도 하다. 또한 사실적이며 향수적인 서정성은 복층적인 생명의 현장성을 담보해 놓았다고 할 수 있다.

— 남진원(시조시인 · 문학평론가)

줄다리기

텅-빈 벌판에
너와 나 둘뿐이다

노을빛 당황하며 덩달아 긴장한다

손안에
땀으로 만져지는
팽팽한 외계어外界語

스을쩍 당겨보면
끌려오는 거짓말

한참을 끌려가도 진실은 안 잡히고

마법은
풀지 못한다
징 소리가 들렸다.

그리움의 강江

1.
생각을 곱씹다가 움켜쥔 사진寫眞 한 장
은밀隱密한 눈빛이 노을로 타오를 때
회한悔恨은 가슴을 적시며 시나브로 울먹인다.

2.
겨울밤 부엉이의 자지러진 울음이
달빛에서 뽑아낸 새하얀 말씀으로
가지 끝 닿지 않는 곳에 살포시 걸려 있다.

3.
별빛이 날刀을 세우고 가슴을 후벼 파면
그 깊이 넓이만큼 그리움은 강江이 된다
그 사람 살가운 눈빛이 아스라이 출렁인다.

4.
시詩 한 편 사랑 절절切切 조용히 읊조리며
발끝으로 올라서서 무게를 달아보니
사랑해! 눈금이 말을 하네, 그대 향한 노래여!

도원정桃原亭*에서

역사歷史의 맥脈을 짚어
눈부신 그대 숨결

태양太陽이 이글이글
갈채喝采를 쏟아부어

혼魂불로
타오른 말씀
새소리로 듣는다.

* 도원정: 홍천 척야산 김창묵 회장 정자.

풍경風景

들판에
허수아비
기억을 뒤진다.

스산한
가을 눈빛
강江인 듯 출렁인다.

만지면
터지는 빛깔
슬금슬금 널려 있다.

소곡

바람 잦은 강 언덕에
노을이 번질 때
철새들이 쪼아 먹던
울음이 일어서서
아슬한 허공을 향해
낙엽으로 떠돈다

소녀의 가슴속에
어둠이 쌓일 때
풀벌레 몸살은
갈대 숲을 뜯어 대고
가을밤 깊어 갈수록
그리움도 짙어 간다.

연가 6

하얀 잔설
털어내는
솔부엉이 날갯짓

달빛이 찾아낸
사각이는 그리움

너랑 나
햇솜이불 덮은
조그만
사랑 얘기.

생명 1
― 하루살이

단 하루
살아도
불평 없는 하루살이

어제도
오늘도
죽음을 초월했다

날마다
멸종하지 않는
큰 뜻만큼
작아진다.

이별 연습

마음이 아프면
세상도 남이다

실신한 생각들이
누워서 쳐다본다

눈으로
만져지는 것들이
조금씩 떠나간다.

낙엽

가슴이 불타는 건
심장이 아파서다

당신의 사랑 고백
그것은 거짓말

뱅그르!
낙엽은 알지,
떨어질 때 더 아픈걸.

김양희(金亮希, Kim, Yang hee)

1964년 제주 한림 귀덕 출생. 경기대 예술대
학원 석사 졸업(2019). 《시조시학》 신인상
(2016), 《푸른동시놀이터》 천료(2018) 등단.
시조집 『넌 무작정 온다』(2020, 고요아침). 제
1회 정음시조문학상(2019), 한국가사문학대
상 특별상(2019) 수상. 유심시조아카데미, 열
린시학회, 정드리, 오늘의시조시인회의, 한국
시조시인협회, 국제PEN한국본부 회원.

—

김양희 시인의 근작들은 새로운 기율과 언어를 통해 우리 시조시
단에 긍정적 충격을 주고 있는 시인의 역량을 느끼게 해준 가편佳篇
들이다. 편편마다 경쾌한 언어와 고전적 상상력이 견고하게 결속
되어 있는 점은 앞으로도 그의 큰 힘이 되리라 생각한다. 때때로 동
심의 상상력까지 얹으며 발휘되는 시인의 언어는 그 자체로 우리
시조의 미래를 밝히는 실물적 성과라고 생각된다. 「절망을 뜯어내
다」에서 보여준 "눈이 주운 어휘 한 잎"의 언어 감각과 「나팔꽃이 나
팔꽃에게」가 들려준 애틋하고도 아름다운 장면 그리고 「나무에 든
밥알」과 「빨간 장화」에 나타난 선명한 심상은 두고두고 기억될 장
인적 솜씨라고 할 수 있다.

　　　　　　　　　　　　　— 유성호(문학평론가 · 한양대 교수)

—

절망을 뜯어내다

우리를 탈출한 고릴라가 돌아다닌다

어떻게 나갔어
대체 비결이 뭐야

철망을 하루에 한 칸씩 나도 몰래 뜯었지

절망을 뜯어냈다고?
철망을 뜯어냈다고!

오타를 고치려다 눈이 주운 어휘 한 잎

절망을 하루에 한 줌 몰래 뜯어내야지

나팔꽃이 나팔꽃에게

지하철에서 엄마가
아이에게 이른다
기둥 꼭 잡고 있어
사람들에게 쓸려나가
휩쓸고 지나가는 것
큰바람만 아니지

끝없이 밀려오고
밀려가는 사람 속에
나팔꽃 새순처럼
기둥에 매달린 아이
자동문 열릴 때마다
더 꼭 매달리는 아이

나무에 든 밥알

나뭇잎 다 내려놓고 침묵에 휩싸이던
혜화로가 잠시 기계 울음에 묻힌다

가지를
툭, 툭, 자르며
혼자 우는 전기톱

톱밥이 바람 타고 첫눈처럼 흩날린다
모든 밥엔 울음이 말아져 있는 걸까

공복의
가지를 친다
나무에 든 밥알들

밥그릇

뒤꼍이 지지러지는 까치 울음소리
웬 까치 비명이 저렇게 요란하담
창 너머 살펴보다가 나도 지지러진다

이빨에 무참히 찍혀 버둥거리는 물까치
필시 절규하는 건 아내나 남편일 것
새끼들 거둬 먹이려다 개밥그릇 앞에서

전집 열두 권

지금 소설 속을 맨발로 걷는 느낌이야
이야기를 밟다보면 슬픔은 희석되지
기쁨의 눈물 같은 거 정말 신파라 해도

누구에게나 있는 열두 권 소설책은
곳간 깊이 숨겨놓은 잘 여문 알곡이지
그렇게 간직만 해도 풍부한 자산이야

잠 속에 비운 뇌를 꿈으로 채워나가
기억하려 할수록 멀어지는 무의식
되도록 상상만으로 포만감을 노려봐

맨손이 적합할 거야 힘 쏙 뺀 맹물처럼
흥미진진한 사건 혹은 담백한 배경
무한히 텅 빈 곳으로부터 시작문은 열리지

아버지

첫 줄을 뽑으며 허공을 나는 거미

범람하는 파랑계곡
로프 풀며 길을 내는

맨 처음
다리가 된 당신
나는 타고 건넙니다

힐

지구 위 8cm에서 2cm로 내려왔다

휘청거리던 발목이 부드럽게 활강한다

여기서
사는 동안은
흔들리지 않겠다

분재

줄기를 비틀고
구부리던 철사가

소나무 겨드랑에서 떨어지지 않는다

분명히
의료사고다
몸에 박힌 교정도구

비명을 좀 지르지
울분이라도 토해내지

제 몸도 아닌 걸 생살은 움켜쥐고

저렇게
버티고 있다니
제 것으로 품다니

광장시장

키 높이 밥상들이
인파 속을 헤쳐간다
고단한 무게만큼
층층 쌓인 뚝배기가
똬리 튼 머리에 올라
아슬아슬 지나간다

무게를 덜어낸
밥상들이 돌아온다
구부러졌던 다리
덜어낸 만큼 펴지고
등 뒤를 밀던 바람도
잠시 숨을 돌린다

빨간 장화

여인을 움직이는 목 짧은 고무장화
바람도 따라잡기 버거울 만큼 재바르다
바퀴를 달아놨을까
소리보다 먼저 온다

밥집 문을 닫는 무교동 아홉 시가
바닥에 주저앉아 하루를 벗겨낸다
장화 안
투명비닐봉지
까만 양말 하얀 발

어떻게 살아냈는지 다 말하지 않아도
불어터진 발 무늬 찍히는 바닥은 안다
첫새벽
눈밭 질러간
어미 노루 발자국

김어수(金魚水, Kim, Eo soo) 본명: 김소석(金素石, Kim, So seok)

1909.~1985. 강원 영월 출생. 부산시 범어사 25년간 승려 생활. 일본 경도시 화원중학교 (1930), 중앙 불교 전문학교 졸업(1938). 〈조선일보〉「조사弔詞」 발표(1933) 등단. 시조집 『회귀선의 꽃구름』(1975, 신진문화사), 『햇살 쏟아지는 뜨락』(1978, 일봉삼장원) 외. 부산, 경남 등지 중고교 교사·교감·교장, 대한불교 조계종 중앙상임 포교직, 한국문인협회 시조분과 회장, 한국현대시조시인협회회장 역임.

—

가야금

열두 시울 가락가락 반회장 청갑사에
옥인 듯 퉁기는 손 정은 묻어 흐르는데
천 년 전 가는 여운이 피어나는 이 저녁

벽오동 서린 꿈에 봉 우름이 잦아지고
연당蓮堂 달그림자 당혜唐鞋 끄는 그 한밤에
황촛불 장지 틈으로 젖어 새는 그 멋가

맑고 아름답고 깊고도 싱그럽고
폭포처럼 급하다가 느리기도 한 그 음률
연지분 밀화 향기가 감아 흘러 서리다

꿈

먼 하늘 꽃구름에 수묵색 짙은 향수
늘어진 능수버들 펄럭이는 다홍치마
황홀한 지붕 밑에서 피어나는 무지개

목쉰 가락마다 흐느끼는 청춘인데
고운 사연이사 그리움만 부풀다니
어느새 별 흐린 창가 하마 닭이 우는고

고요 너무 익어 은하도 떠는 이 밤
더미 채 타던 불이 강바람에 흩어지고
뒤안길 아득한 골짜기 아롱지는 그 숨결

봄비

꽃잎 지는 뜨락 연둣빛 하늘이 흐른다
세월처럼 도는 선율 한결 저녁은 고요로워
그 누구 치맛자락이 스칠 것만 같은 밤

저기 아스름히 방울지는 여운마다
뽀얗게 먼 화폭이 메아리져 피는 창가
불현듯 뛰쳐나가서 함뿍 젖고 싶은 마음

놀처럼 번지는 정 그 계절이 하 그리워
벅찬 숨결마다 닮아가는 체념인가
호젓한 좁은 산길을 홀로 걷고 싶은 마음

산도라지

포성이 울다간 날 그늘진 이정표에
산맥은 저만큼서 일렁이는 연모런가
귀촉도 깨어진 꿈에 피어나는 그 순정

전설은 침묵 따라 다시 지는 별빛 아래
속으로 부푼 한이 터지는 보랏빛가
먼 허공 내뱉는 입김 다소곳한 그 얼굴

바위틈 냇물가에 수줍다 지는 넋이
나래 접힌 산바람에 영을 넘는 외로움가
천년을 두고 탄 여심旅心 들릴 듯한 그 밀어

청산

구름을 마시고 하늘을 뿜고
백도라지 전설에 푸른 세월이 늙어라
호수에 제 그림자 바라고 주름지는 그 허리

허허 창창 쉬는 숨이 겁劫을 닮아 저무는 날
태양이 노래 따라 어울져 흐르는 정
바람도 바로 못 날고 한 뜸 쉬어 넘날고

어느 먼 성하星河 곁에 슬픔으로 응고되어
가버린 노을 안고 시공時空이 알 길 없다
안으로 타끓는 아픔 실안개가 날고

조춘만정早春慢情

낙락이 별빛 아래 산과 마주 섰는 마음
천 년 낭떠러지 파란 저 그림자
가슴속 흐르는 강물 쏟아질 것 같으이

설움이 부푸는 밤 꽃망울도 터지다니
메마른 영토 위에 피 뿜다 지친 침묵
뽀얗게 서리는 전설 기폭旗幅 아래 펄럭이고

역겨운 역사로다 그래도 해와 달이
멍든 사연마다 사무치는 아픈 한을
갈갈이 찢어진 가락에 파고 드는 외로움

별곡 2수

떠나는 님의 소매 잡은들 무엇하며
가랴고 우는 기적 막는다 되랴마는
타는 맘 둘 곳이 없어 잡고 놓지 못 하드라

가기는 가옵지만 언제나 다시 뵈리
머나먼 수륙로에 몸이나 평안키를
가시는 이 길이오니 올 날이나 일러주

산사의 밤

후미진 산등성이 낙엽 뚝뚝 흐르는 밤
싸늘한 향로 앞에 부처마저 잠들었고
한 줌 빛 희미한 장등 제 그림자 깨물다

이끼 긴 좁은 돌 샘 물소리 하 가늘어
접동새 가는 꿈이 찬 이슬에 젖어 들고
추녀 끝 풍경소리에 산세월이 늙어라

낡은 벽화마다 옛 전설이 살아나고
맑은 밤 바람에 북두성 재를 넘고
법당 안 휘넓은 방에 염주 하나 걸렸다

정情

1
못 잊을 그 하늘이 청자보다 푸르러도
수묵색 짙은 노을 바라다 지친 넋이
현 끊인 가락 가락에 묻어 피는 창 기슭

2
수양을 닮은 맘이 구름 가에 일렁일 때
옹달샘 그늘 따라 먼 그날에 얽힌 정이
치솟는 세월 밖에서 안개처럼 번지다

3
고요도 저물다가 재를 넘는 그림잔가
잡힐 듯 그 노래가 마디마디 스미는 밤
차라리 저 별 아래서 꿈을 훑고 지샐가

정靜

책장 덮어 두고 찻잔 밀쳐놓고
선뜻 뜰에 내려 먼 구름을 바라다가
흐르는 낙엽 하나에 내가 나를 또 찾소

노래를 잊자 해도 젖어드는 냇물소리
외로이 거닐어도 산이 앞에 서는 것을
탱자알 손에 굴리며 번히 보는 저 허공

심지 돋우면서 벽과 마주 앉았으니
하얀 대화들이 밤이 가도 끝이 없고
해맑은 망막 밖으로 트이는 한 줌 빛

김억(金億, Kim, Eok) 본명: 김희권(金熙權, Kim, Hee kwon)
1896.~미상. 평북 곽산 출생. 오산중학교 졸
업, 일본 케이오 의숙 문과 중퇴.《학지광》시
「미련」,「이별」등 발표(1914) 등단. 최초 서구
시 번역시집『오뇌의 무도』(1921, 광익서관).
시집『해파리의 노래』(1923, 조선도서㈜, 근
대 최초 개인 시집),『금모래』(1924, 한성도
서),『봄의 노래』(1925, 매문사) 외. 번역시집
『신월』(1924, 문우당),『원정』(1924, 회동서관)
외. 수필집『사상산필』(1931, 한성도서) 외.
오산중학·숭덕학교 교원, 〈동아일보〉 기자,
경성중앙방송국 차장 등 역임. 해방 이후 출판사 주간.

꽃이 필 때면

바람은 한들한들 잎사귄 나불나불
나비는 나훌나훌 꽃잎은 생글생글
봄하늘 못내 기쁜 양 싱글벙글 웃더라

바람은 히룽버룽 잎사귄 빙글벙글
나비는 울멍울멍 꽃잎은 간들간들
새들만 지쬐거리며 들락달락 하더라

바람을 외다 한들 나비야 돌설거며
입사귀 설어란들 꽃잎아 웃을 건가
님의 뜻 그러신 것을 새와 무엇 하리오

광화문 네거리

광화문 네거리에 나의 길은 어느건가
동에는 자동차요 서편에는 전차 쿵쿵
이속에 어리둥하야 갈 길 몰라 하나니

새라면 날을 것이 말이라면 달릴 것이
오가도 못 하고서 엉거주춤 이내 신세
하늘만 높이 바라며 구름을 못내그려

빨강이 "스톱"이요 퍼렁이는 "꼬"라 해도
신호가 찌룽째룽 눈앞은 휘황찬란
모두가 길 아닌 듯해 눈이 멀해 섰나니

무심한 봄바람에

님그려 나는 시름 그 누구게 부칠른고
바람에 부치자니 허황해 못 믿어를
두어라 님야 모른들 무삼 한限이 있으리

바람아 불 양이면 너 혼자나 부를 것이
이다지 내 몸을 부질없이 휘도느냐
님 탓에 늙은 마음이 날아갈가 하노라

그리는 님 생각은 바람에도 근심일지
한 번 곳 불러드란 돌을 길은 바이없고
넓은 들 높은 하늘을 어이 돌까 하노라

추야음秋夜吟

불현듯 나는 생각 못내 금禁해 원수과늘
잊으랴 맘 하온들 이 생각야 잊히오리
가을밤 귀똘 소리에 심사 더욱 설어라.

이웃선 도닥도닥 가을밤에 옷 다듬네
집 떠나 몇 해던고 소리소리 시름 난다
해마다 가을 들어란 잠잘 길이 없어라.

풀잎엔 이슬이요 이슬엔 달빛일 제
우수수 갈바람에 나뭇잎이 지는구나
이 몸도 가을 만나니 갈 곳 몰라 하노라.

패성浿城서

연광정 올라가니 성城 밑물에 가을 깊고
까마귀 처마 끝을 까옥까옥 울며 도네.
예전에 호화 턴 일은 찾을 길이 없어라.

전날에 호화튼 것 가고가고 못 오느니
인생의 이 한생도 마찬가지 꿈이오라
무어라 가을 저녁을 물만 흘러 가는고.

인생이 꿈이라면 어디까지 꿈인 것이
무어라 깨었노라 꿈이노라 외치는가
우리의 꿈속에 나서 꿈에 살까 하노라.

행로난行路難

봄철에 꽃이 피고 가을엔 잎진다만
매양에 같은 마음 한길로 가질시면
세상도 무슨 사름에 외로울 줄 있으리.

냇물은 굽이굽이 그 굽이 험한 것을
산길은 오불꼬불 양장羊腸도 못 미쳐를
한세상 사람들이야 물어 무엇 하리오.

산 높아 험하여란 기어도 넘을 것이
물 깊어 거칠거든 헤어도 건넬 것이
번갠 양 변하는 세심世心 어일 길이 없소라.

우감偶感

하늘이 고이 떠서 즐거이 노는 구름
무어라 바람 광풍은 몰아내랴 부는고

뻗으면 얼마 벋고 자란다 하늘닿랴
구태여 벋는 박넝쿨 꺾어낼 줄 있는다

금시에 떴던 구름 어디로 슬어지고
하늘엔 둥글은 달이 밤새 빛을 놓터라

김여근(金汝根, Kim, Yeo geun)

1964년 경북 의성 비안 출생. 대구예술대학교
졸업. 《시조생활》(2013) 등단. 작품집 『어화
둥둥 내 사랑아』(2016, 수석문화사). 제95호
시조생활 신인문학상, 제2회 석기원상(2017)
수상. 세계전통시인협회 회원.

김여근의 작품에는 현대를 살고 있는 단아한 선비의 풍모가 느껴
진다. "학이라 목을 빼고 귀 기울여 조인 마음"처럼 그리움을 노래
해도 감정이 격렬하게 도를 넘는 일이 없이 절제된 언어들로 곡진
하게 풀어내고 있다(「홍매」). 아버지와 시조 외기를 하던 추억을 떠
올리며 쓴 「아버지」 외에도 「동창회」, 「돌밭서정」, 「차」 등에서 보듯
이 그에게 중요한 건 가족과 이웃과 자연과의 아름다운 사랑과 조
화이다. 그는 지나친 기교보다는 쉽고 정제된 시어들로 일상을 노
래하며 독자에게 잔잔한 감동을 준다. 이것이 그의 시조가 오늘 우
리에게 필요한 소이연이다.

— 최순향(시조시인 · 《시조생활》 주간)

홍매紅梅

그대 그려 들뜬 마음 신열身熱로 달구어져
이마의 시린 눈 녹이고 녹이는데
가쁜 숨 붉디붉어라 꽃망울로 부풉니다

학鶴이라 목을 빼고 귀 기울여 조인 마음
그대 비록 저 산 너머 그 너머에 오신대도
나 여기 기척을 채고 화들짝 핍니다

아버지

어릴 적 아버지와 시조 외기 시합했지
아배 한 수 아들 한 수 읊조리다 잠들었지
그 한때 그려질 때면 뭉클하는 이 마음

아들 한 수 욀 때마다 어이쿠 큰일났네
어르시던 울 아부지 주무시는 띳집 앞에
엎드려 읊는 시조가 눈물 배어 촉촉하다

웃음꽃

마주하고 내가 웃자 그도 따라 함께 웃고
하하 호호 히히 헤헤 귀로 맡는 그 향기
산사山寺의 종소리 오듯 번져 오는 행복감

웃음 짓는 두 눈썹은 나래치는 갈매기
나팔꽃 닮은 입술 박씨 같은 하얀 이
오, 그대 방긋만 해도 내 안에 해가 뜬다

돌밭 서정叙情

모양도 빛깔도 무게도 제 각각
돌돌돌 굴러온 내력도 다르지만
돌 위에 돌이 앉아서 뽐내는 돌 없구나

바윗돌은 혼자라도 위풍당당 하지만
조약돌은 옹기종기 모여서 살지
급물살 소용돌이 칠 때 함께하기 위해서

마당바위

솔바람이 쓸었겠지
살갗 맑은 너럭바우

걱정 두고 가란다
피로 덜고 가란다

저 산이
무너져 내려라
야호 야호 외쳐댔다

동창회

코흘리개 추억들 한 자배기 비벼서
크게 한 술 뜨고서 맛나게들 웃는다
철부지 모처럼 만나 정을 좇아 밤도 깊다

단풍

꽃으로 못핀 설움 깊고도 컸나 봐
푸른빛 속 쟁여둔 한 마구마구 토한다
온 산을 비단 두르는 황홀한 슬픈 몸짓

소나기

흰 눈은 침묵으로 곱게 덮어 가리지만
소나기는 함성으로 두들겨서 씻어낸다
밤새워 쏟아지소서 세상 맑게 하소서

차茶

또로롱 듣는 찻물 귀가 먼저 한 모금
눈에 드는 은은한 빛 코로 스민 그윽한 향
입으로 머금기도 전 마음 벌써 맑는다

어떤 요리

성냄은 데치고 미움은 어여서
배려 한 큰 술에 미소 한 꼬집
매끼를 앙그러지게 마음 밥상 차립니다

김연동(金演東, Kim, Yeon dong)

1948년 경남 하동 적량면 출생. 동아대학교(국어국문학과)(1971), 경희대 교육대학원(국어교육) 졸업(1983). 〈경인일보〉 신춘문예, 《시조문학》, 《월간문학》(1987) 등단. 시조집 『저문 날의 構圖』(1993, 문학세계사), 『바다와 신발』(2001, 태학사), 『점묘하듯, 상감하듯』(2007, 동학사), 『시간의 흔적』(2010, 고요아침), 『휘어지는 연습』(2015, 고요아침), 『낙관』(2018, 시인동네) 외. 경상남도문화상(2006), 중앙시조대상(2006), 가람시조문학상(2011), 노산시조문학상(2018) 수상 외. 경남시조문학회 회장, 경남문인협회 회장, 오늘의시조시인회의 의장 등 역임.

<육필원고>

　　　서호 시장

　　　　　　　김연동

비린 허기 출렁이는 이른 저잣거리
목판에 드러누운 망둥이 몇 마리가
가난한 지느러미로 파도를 털고 있
다

—

우리는 「솔개」와 같은 작품 자체가 시인의 풍요로운 상상력과 뛰어난 언어 감각을 확인케 하는 증거 자료임을 단언하지 않을 수 없다. 시 쓰기라는 과제 앞에서 겸손해지면서도 시에 대한 열정을 숨기지 못하는 시인의 마음을 어찌 이보다 더 생생하게 드러낼 수 있겠는가. 아니 시인으로서 자신이 해야 할 일에 대한 다짐의 마음과 이를 해내는 순간에 대한 낙관적 전망을 어찌 이보다 더 극적으로 드러낼 수 있겠는가(『점묘하듯, 상감하듯』).

— 장경렬(문학평론가 · 서울대 명예교수)

김연동 시조시학의 표지標識는, '시' 자체에 대한 깊고 지속적인 성찰, '시간의 흔적'에 대한 시적 사유와 표현, 그리고 구체적 사물에 기대어 삶의 어떤 비의秘義를 탐색하고 표현하는 열정으로 모아진다. 이러한 그의 심미적 열정을 일러, '시'와 '시간'의 연금술이라고 비유적 명명을 내릴 수 있을 것이다(『시간의 흔적』).

— 유성호(문학평론가 · 한양대 교수)

—

은빛 와온*

　이내 겨울이 오면 처방전이 바뀌겠지 까닭 없는 슬픔에도 익숙해진 이마 위로 찬 계절 채비를 하듯 여우비가 지나간다

　파도가 밀고 오는 꼬였던 발자국들, 그 흔적 쓸어 주던 늦은 가을볕이 등 굽은 어깨를 치며 단풍 진다 서두르네

　뉘 모를 보푸라기 다독이는 아내에게 바람에 구겨진 옷 다림질만 시켰구나 아픔을 혼자서 삭인 그 눈물을 몰랐구나

　빗금 친 시린 날들 허전한 삶의 뒤끝, 몸보다 마음의 병 깊어가는 시간 앞에 내 은발 기대선 와온 노을빛도 은빛이네

* 와온: 순천만의 아늑하고 아름다운 어촌 마을.

점묘하듯, 상감하듯
— 애벌레

개망초 흔들리는
성근 풀밭에 누워
비색翡色의 하늘 위에
점묘點描하듯 상감象嵌하듯,
진초록
내 작은 꿈을
가을볕에
널고 있다

탱자나무 울타리에
허물 한 짐 벗어놓고
나방으로 날고 싶어
잔잎마저 갉아먹는,
그 속내
죄다 비치는
퉁퉁 부은
애벌레

저문 날의 구도構圖

찬 하늘 가슴에 얹고 주검처럼 누웠다
음모 그 껍질들로 물이 드는 저문 들녘
현란絢爛히 건너가야 할
계절을 기다리며……

허물 같은 그리움을 강기슭에 풀어놓고
어둠 속 별들이 낸 끝 모를 길을 따라
퇴색한 옷을 걸치고 흔들려도 보지만,

음울한 시간 위를 흘러오던 물소리는
명치끝 바늘 꽂는 바람을 몰고 와서
또 다른
연출을 꿈꾸며
허공을 차단한다

청해진을 읽다

불립문不立文 섬과 바다 만 갈래 시름 벌을
첩지나 받은 듯이 성채 짚어 휘달리며
맨발로 꽃밭을 일군 푸른 고전 받쳐 든다

너울 치는 그리움을 갑주 속에 접어 넣고
시린 칼 그 절제로 무두질하던 대륙
더운 피 매운 결기로 써 내려간 서사시를,

비린 가슴 비워내면 길 위에 길이 되나
꿈을 펼쳐보라는 듯 열어젖힌 물길 위에
아득한 천년의 햇살 염장鹽藏하듯 뿌린다

앉은뱅이꽃

여리고 작은 꽃이 시위하듯 피고 있다

흐린 하늘 한 모서리 깨끗이 닦고 싶어

궐기한 사람들처럼

무리지어 피나 보다

저만치 비켜서서 혼자서 피는 꽃도

먼 듯 가까운 듯 저 꽃 속 꽃이 되어

서로가 젖어 우는 날

꿈꾸고 있나 보다

처용

천년 유랑아로 돌종 혼든 바람으로

유곽을 돌아오던 나는 지금 풍각쟁이

피 묻은 역신의 뜰에

꽃을 심는 풍각쟁이

북창 문풍지처럼 우는 밤을 이고 앉아

달빛도 죽어버린 서울 어느 골목길을

암 병실 간병인같이

신발 끌며 가고 있다

강물 소리 또 어쩌랴

노을도 지쳐 떠난 가을 하늘 바라섰다
슬픔 한 점 머물 곳 없이 환한 머리맡을
바람아 불지 말아라
구름 몰고 오지 마라

중병처럼 짙어 오는 우수일랑 접어버리고
전신을 옥색 물에 옥죄고 싶다마는
발치에
무수히 찢긴
강물 소리
또 어쩌랴

상감象嵌

파란 하늘을 나는
한 마리
백학처럼

티 없이
눈을 닦고,
차가운
가슴을 닦고

섬겨서
결 고운 삼장
다듬고
새깁니다

마방 사람들
— 차마고도

등줄기 서늘한 길, 적멸寂滅로 이어진 길
야크 등이 휘이도록 소금과 차를 싣고
천수경 몇 소절 외며 절도 한 채 지고 갈까

갈비뼈로 허기 가린 그 삶보다 험한 길엔
기슭에 환한 꽃도, 눈물도 사치라며
저 단애斷崖 가랑잎 같은 목숨들이 가고 있다

바뀌는 계절 위로 해는 다시 뜬다지만,
역사의 행간 위에 화석으로 굳어버린
기나긴 그들의 행로 석양만이 눈부시다

솔개

성근 그 죽지로는 저 하늘을 날 수 없다
쏟아지는 무수한 별 마디 굵은 바람 앞에
솟구쳐 비상을 꿈꾸는
언제나 허기진 새

이 발톱, 이 부리로 어느 표적 낚아챌까
돌을 쪼고 깃털 뽑는 장엄한 제의祭儀 끝에
파르르 달빛을 터는,
부둥깃 날개를 터는,

점멸하는 시간 앞에 무딘 몸 추스르고
붓촉을 다시 갈고, 꽁지깃 벼린 날은
절정의 피가 돌리라
내 식은 이마에도

김연미(金蓮美, Kim, Yeon mi)

1968년 제주 서귀포 토산 출생. 제주대학교 (국어국문학과) 졸업. 《연인》(2009) 등단. 시집 『바다 쪽으로 피는 꽃』(2014, 이미지북), 산문집 『비오는 날의 오후』(2017, 연인 M&B). 작가회의, 오늘의시조시인회의, 한국시조시인협회, 젊은시조문학회 회원.

—

김연미 시인의 2014년 발간 시집에 수록된 「한라봉꽃 솎아내며」는 한라봉 농장에서 귤꽃을 골라 따는 작업을 통해 적자생존과 약육강식의 사회구조를 그려낸 수작으로 보인다. 그러나 김연미 시인을 향한 찬탄은 마지막 연의 종장에서 터져 나온다. 자신을 향해오는 전정 가위의 접근 앞에서 "완강히 등을 돌린/ 곁가지 꽃망울 하나"가 이윽고 "눈동자가 커진다"는 구절로 종결되는 마무리가 매우 강렬한 인상을 남긴다. 우리 문단의 시인이나 작가는 대체로 너무 친절하다. 자세히 설명하고 부연하고 치밀하게 묘사한다. 절정에서 그만 손 놓아 버리는 경우, 즉 매듭짓기를 포기하는 경우가 드물다. '곁가지'의 꽃이므로 잉여로 간주되어 잘려나갈 것은 분명하지만 시적 화자가 직접 개입하여 낙화를 노래하고 애도하기를 거부한다. 그러나 시인이 직접 꽃의 죽음을 말하지 않았음에도 독자는 죽음을 본다. 가위가 다가가는 순간, 눈동자 크게 뜨는 꽃의 이미지로 임박한 죽음을 암시하고 돌연히 펜을 멈춘다. 더 이상의 묘사를 중단해버린다. 그런 흔치 않은 상상력이 시 읽기를 즐겁게 한다.

— 박진임(문학평론가 · 평택대 교수)

—

등을 기대고

엄마 등에 제 등을 대고 책을 펴든 우리 아이

귀찮다 하면서도 가만히 힘을 빼면

오, 제법 무게 받드는 일곱 살 된 뼈마디

그래 그래 그렇게 언덕이 되어야지

살갗의 촉을 세워 등뼈를 더듬으면

7볼트 전류로 답하는 이 작은 떨림이여

산맥으로 자라거라 힘살 고루 배이도록

반듯하게 힘을 맞춘 아이 등과 내 등 사이

두 개의 심장소리가 세마치로 울린다

한라봉꽃 솎아내며

팔자걸음 작은 보폭 귤꽃들을 따낸다
가지 하나에 꽃 하나 일직선 명제 앞에
잉여의 하얀 영혼들 별똥별로 내리고

상위 일 퍼센트 그 꽃들이 우선이야
과정도 사연도 없이 태생으로 결정되는
이 시대 상품의 가치 절벽처럼 단호해

위치를 파악하라 중산층 꽃눈 속에서
상처 깊을수록 향기 또한 진하리라는
진부한 구절 하나를 기둥처럼 붙잡는 이

능란한 손놀림이 목을 조여오는 시간
완강히 등을 돌린 곁가지 꽃망울 하나
이파리 방어막 뒤에서 눈동자가 커진다

쇳소리로 울다

팔려버린 과수원이 쇳소리로 울었다
한라봉 비닐하우스 뼛조각 빼내는 소리
사분의 사박자 간격에 덜컥덜컥 떨어졌다

일차원 설계도면 허공에 내걸린 후
얇은 바람막이 다 찢긴 그해 겨울
척추뼈 빼내 팔고도 울지 않던 농부의,

바람은 안에서부터 바깥쪽으로 불었다
손끝에서 피고 지던 귤꽃들 다 지우고
녹이 슨 울음소리가 커져 가고 있었다

닻이 있는 풍경

가을이 지나가는 바닷가 둥근 안쪽

그 흔한 연줄도 없이 혼자 남은 닻 하나

기우뚱 바다 속으로 화살표를 꺾는다

닻 내린 지점을 어부는 잊었을까

파도의 호흡 아래로 드러났다 잠기는

쓸쓸한 풍경이 되어 녹이 슬어가는 기억

빈 몸으로 살아도 아직 남은 부끄러움

계절마저 다 떠난 섭지코지 뒤편에서

바다의 얇은 이불을 끌어당기고 있었다.

비 온다

목쉰 깃발들이 깃을 내린 저녁 무렵

현수막 글자로 박힌 절규의 주장들도

제 색깔 어둠에 지우며 잠자리에 드는 시간

열두 번 돌고 도는 어린 전경 어깨 위에

직각으로 서 있는 단절된 휀스 위에

오답지 빗금을 치듯 강정마을 비 온다.

비 온다

목쉰 깃발들이 깃을 내린 저녁 무렵

제 색깔 어둠에 지우며 잠자리에 드는 시간

김연희(金年姬, Kim, Yeon hee)

1959년 강원 태백 출생. 서예가, 문인화가. 계명대학교(서예학과) 졸업. 〈부산일보〉 신춘문예 시조(2016) 등단. 제2회 님의침묵 전국백일장 차상(2013), 〈중앙일보〉 시조백일장 월장원(2015). 동인지『정음과작약』(2017, 그루). 오늘의시조시인회의, 한국시조시인협회, 유심시조아카데미 회원. '정음시조' 동인. 대구시조시인협회 재무간사.

—

「그 곁」은 역시 봄 속의 화자가 느낀 은밀한 정취를 밀도 높게 묘사하고 있다. "흰나비 너울 날아"오르는 바람에 "화들짝 고개"들어 보니 어느새 "파란 하늘 이고 선/ 백목련 그 곁"에 이른 것을 깨닫는다. 또한 "하나 둘/ 꽃등 끄는 집" 앞에서 "너도 곧장/ 그 곁"임을 감지한다. 너와 나의 혼연일체가 이루어지는 순간이다. 꽃이 피고 지는 봄이어서 이 모든 일들은 가능했던 것이다.

단시조「그 곁」은 〈부산일보〉 신춘문예에 당선작인「봄눈」과 그 맥을 같이 한다. 이처럼 김연희 시인은 간결한 필치로 서정의 본질 혹은 삶의 비의를 한 편의 단시조로 잘 녹여내고 있다. 서예가로서 타고난 미적 감각을 토대로 심미성 짙은 시편들을 창작 중이다. 시와 글과 그림, 전각까지 두루 섭렵하여 예술가로서의 남다른 면모를 보이고 있는 점은 다른 이들의 부러움을 살 일이다.

— 이정환(시조시인 · 정음시조문학상 운영위원장)

—

뱃속의 책册

화선지 펼쳐두고 은연히 먹을 갈아
조붓한 붓끝으로 묵묵히 난을 치니
긴 장마
건너 온 난분
물기 도로 토한다

물 기운 빠져나간 칠석 지난 바람에
옛사람들 곡식이며 옷가지들 말리고
학룡*은
뱃속의 책도
햇볕에 쬐었다 했다

처서 지나 맑은 날 뱃속에 책이 없어
마음 속 들어 찬 까스러기 찾아내어
화선지
바람 쐬듯이
낱낱이 널어 말린다

* 학룡: 중국 동진시대(317~419)의 사람으로 칠월 칠석날 벌거벗고 해를 보고 누웠으니, 사람들이 그 까닭을 묻자 "나는 나의 뱃속의 책을 볕에 쬐는 것이다."라고 하였다.

어머니를 찾습니다

(어머니를 찾습니다 치매에 걸린 어머니!
꼭 찾을 수 있게 도와주세요 후사하겠습니다)
산책길 빗물에 젖어 흔들리는 현수막

이원화 (여) 80세 키 153센티미터
짧은 파마머리 분홍셔츠 등산바지에
눈시울 붉어져 오는 수줍은 그 얼굴

장롱 깊이 아껴둔 꽃무늬 양말 찾아
이리저리 뒤적이던 울엄마만 같아서
어머니! 나도 한 번 부르며 뒤를 돌아봅니다

봄눈

사뭇,
그리운 이는
사뭇 그리운 채로

뚫린 허공에 낮달이라 걸어두고

홀로 핀 매화 가지에

난

분

분

눈이 오네

신천의 봄

신천 둔치 벤치마다
햇살 구르는 봄날

자전거 빗살 바라보며 하릴없이 앉은 노인

먼저 간
아내 생각에
봄 온 줄도 모르나

때 맞춰 나온 친구
장기판 벌여 놓고

장군아! 고함치자 세상사 다 덮이고

멍군아!
되받는 놀음에
줄줄이 웃는 개나리꽃

그 곁

흰나비 너울 날아
화들짝 고개 드니

파란 하늘 이고 선
백목련 그 곁이다

하나 둘
꽃등 끄는 집

너도 곧장
그 곁이다

겨울 판타지

덩그러니
홀로 남아
어두운 벽에 기대 선

빈 삭정이 저 끝에 새파랗게
얼어붙은

동짓달,
너를 휘감아 당겨
못 박고 싶은

십이월

망초

초록이 짙어가는 유월의 너른 들판

저만치 앞서 걷는 할아버지 꽁무니를

망초꽃 꺾어 흔들며 따라 걷던 계집애

할배, 할배 여기 군인 아저씨 잠잔다
저기도 자고 있다 배고파 그런 거야

거기에 가만 놔 두거라
많이 곤한 모양이다

예순 해 저쪽 일을 아슴히 떠올리며

무리져 손짓한다 그렁한 망초 망초꽃

주검의 들길 너머에 흔들리는 저 눈빛

여름, 소나기

그는 오지 않았다
깊고 눅눅한 시간
켜켜이 뒤엉겨든 무수한 소문 소문들
밤사이, 괴어오른 곰팡이
서슬이 푸르다

확 걷어 제친다
그를 가린 블라인드
회색 창공을 가르며 비상하는 한 마리 새
이윽고, 서슬 푸른 소문들
하강하는 아우성

복사꽃

조팝꽃 하늘하늘 키 낮은 울 너머로
참새 떼도 졸고 있는 나른한 산책길에
이어폰 귀에 꽂은 채
통화중인 할머니

따스한 햇살이 좋아 꽃피는 이 길이 좋아
더치페이 비빔밥 수다 피해 나왔다고
연분홍 웃음꽃 날리며
안겨드는 복사꽃

얼굴

심부름 팽개치고 몰래 숨어든 다락방
봉창에 비춰드는 먼지 떠도는 빛줄기에
얄개전 숨죽여 읽다가 풋잠 든 그날 오후

오월 시냇가에 타오르는 철쭉꽃 물총새는 포로롱 은결 위를
날고 종이배 시나브로 가버린 물길 울며 달렸지

문득 날 부르는 아련한 목소리에
허둥지둥 가방 메고 신작로 내달았지
빙그레 뒷짐 지고 바라보던 아버지 그 얼굴

김영(Kim, Young) 본명: 김영수(金泳秀, Kim, Young soo)

1949년 서울 출생. 연세대학교 졸업. 《시조시학》 신인상(2010). 부산시조, 부산여류시조 회원.

—

장소애적 감수성과 단시조의 묘미. 한 수의 짧은 율격, 그 호흡 안에 자연 삶, 인생 등 완결된 미학을 구성함으로써 공감을 야기한다. 침묵과 명상을 통한 치유의 시간을 선사한다(《문학도시》).

— 조춘희(시조시인 · 문학평론가)

—

귀향

황토벽 숭숭 뚫린 틈 사이로 드나들던
한밤의 풀벌레 소리 새의 깃털 지푸라기
두레박 물 긷는 소리 푸드득 날아간다

"가을무시 꽁지 길모 그 겨울이 추븐기라"
검은 주름 자글한 우물가의 감나무
연장을 내려놓은 사내 낡은 나팔 집어든다

컴퓨터 자판으로 헐거워진 시력에도
목 쉰 70년대 노랫가락 익숙하다
바람이 들고 나면서 몇 겹의 시간을 돌아

까무룩 지워졌던 기억들을 뒤척인다
저 먼 선사시대 바위로 태어났다가
부서져 다시 흙이 되어 누군가를 품었을

하드웨어 소음이 온종일 윙윙대는
이명耳鳴을 몸에 달고 돌아온 어머니의 품
훈기薰氣가 돌아온 손에 고향 한 채 지어졌다

달빛으로 난을 치다

구름을
벗은 달이
창가에 찾아들어

곱게 먹을 갈아
난초 한 폭 앉혔다

바람도 흔들지 않는

고요 중의
깊은 고요

엄마를 두고 오다

2월 윤달의 끝머리에 마련해 둔
어머니 떠나실 때 입혀드릴 나들이옷
싸 놓은 삼베 수의의 매듭 아직 그대론데

보고싶다 오니라던 수신호 모른 체 하다
나 그곳 닿기 전에 어머니 떠나셨네
네 등도 추울 때 됐다 다독이던 그 말씀

뜰 앞에 사향思鄕의 꽃 지천으로 피워놓고
당신 생 그 무거움을 어찌 다 덜어내시고
가벼이 구만리장천을 긴 잠처럼 가셨다네

파인트리 무심한 이방異邦의 해변에서
답답이 묻어둔 말 비둘기는 들었을까
붉어진 낯선 바다에 그 사연 그냥 두고 왔네

고시촌

최고학벌 이력서 불면으로 찌들고
털 빠진 점퍼자락 바람 숭숭 드나든다
결승점 다가올수록 저려오는 목의 통증

풀죽은 쪽방 동네 곳곳에 괴담처럼
삼포 사포 신조어 어긋나는 답안들
허기진 미생의 걸음 깊은 늪에 빠진다

허리 휜 낮달이 끌고 가는 겨울 하늘
어머니 화살기도 어디까지 닿았을까
한 번 더 눈 부릅뜨고 가풀막 오르기다

먹감나무장

꺾이고
부러지고
찬비에 무젖어서

짓무른 상처들이
육탈을
거듭하다

적멸에 닿으며 써낸

수묵빛
일필휘지

김영교(金英敎, Kim, Young kyo)
1935년 충북 청주 강내면 출생. 경기대학교
(영어영문학과) 졸업. 시집 『耳順의 언덕에
서』(1999), 『달빛밟기』(2006, 일광), 『저하늘
별밭에는 누가 사는가』(2010, 일광), 문집 『등
불 닫고 부른 노래』(2014). 현대시조 신인상
(2000), 충북시조 시인상(2010), 청주문화지
킴이상(2015) 수상.

—

김영교의 시편은 자연에 대한 예찬과 동경, 세상에 대한 비판과 풍
자, 세상을 위한 도덕적 실천 의지로 발현된다. 여러 시집과 문집에
그러한 시정詩情이 잘 배어 있다.
작가는 시조의 전통적인 수법이라 할 수 있는 '자연과 인생과 나'
를 매우 간결하고 투명한 어조로 엮어낸다. 자연과 시인의 거리를
아주 적절하게 설정하여 지나치게 가까이 접근하여 정서의 과잉이
나타나지 않고 또한, 지나치게 멀리 떨어져 냉철한 결점이 나타나
지 않도록 과유불급의 절제된 정서와 섬세한 언어로 표현하고 있
다. 또한 물질문명 발달의 반대급부로 나타난 이 시대의 인간성 상
실을 안타까워 하면서 권력과 명예욕, 불의와 잘못에 대한 비판과
풍자, 전통적 가치관 회복과 도덕적 실천의지를 표방하고 있다.
— 임찬순(시인 · 극작가 · 전 충북문인협회장)

—

달빛 밟기

한가위 보름달이 아자창에 기웃거리면
귀뚜리 하도 울어싸 주춧돌을 흔드는 것은
허랑虛浪히 보낸 세월로 병이 되어 앓는 걸까

회한悔恨 한 줌 묶어 들고 고희古稀에 멈춰서서
넘어온 산과 바다 구만리 이랑마다
켜켜히 쌓아 올린 탑 미성未成으로 남았으니

쌓아논 업業도 없이 닦아 논 덕德도 없이
얼룩진 일기장을 아쉬움만 접어들고
공허空虛한 일월日月을 엮어 달빛 밟고 가련다

저 하늘 별밭에는 누가 사는가

봉황이 노니는 동산 저 하늘 별밭에는
테레사 슈바이쳐 이웃하여 살 테고
오작교 다리 건너면 견우,직녀도 살겠지

흑심黑心이 어찌 범하랴 백의白衣로 사는 동네
장기려, 만덕 할머니 도란도란 살테고
은하수 건너 마을엔 흥부 심청도 살겠지

그 동네 행랑채에 방 한 칸 세 얻어서
조석으로 마당 쓸고 물 긷는 마당쇠
이력서 디밀어 보면 보기좋게 낙방 먹겠지

울돌목 푸른 하늘

만가슴 둥둥 울리는
피맺힌 난중일기
백의종군 단성丹誠으로
울돌목 푸른 하늘에
님의 얼
천추千秋에 심어
더욱 값진 그 이름

난蘭

결 곧은 의지를 담아
뽑아 올린 지조일레
선비골 고고한 자태
사군자의 둘째야
달빛에
은은한 향기
방 안 가득 번져라

철쭉꽃

노란 남풍 간지러워
가지마다 연등 달고
울긋불긋 꽃대궐
물감을 풀어 놓고
진분홍
불타는 골에
봄빛 더욱 붉어라

김영기(金英機, Kim, Young kee)

1941년 제주 제주시 출생. 제주사범학교 (1960), 한국방송통신대학교 졸업(1985). 《아동문예》 신인상(1984), 《나래시조》 신인상 (2006) 등단. 시조집 『갈무리하는 하루』(2008, 나우), 『내 안의 가정법』(2016, 정은) 외. 제30회 한국동시 문학상(2008), 제9회 제주문학상(2009), 제2회 새싹시조문학상(2018) 수상 외. 2014년 개정 초등 국어(4-1) 「이상없음」 수록. 한국문인협회, 한국아동문학인협회, 한국시조시인협회, 한국동시문학회, 나래시조 회원. 제주아동문학협회장, 제주시조시인협회 회장 역임.

악마의 유혹

김영기

시름을 시름초로
온전히 날리라고

울분을 잔술 들어
깡그리 삭이라고

그 자리 번대보름 서듯
피어나는 흑장미

—

선생님의 시편에는 정이 담뿍 들어 있다. 우선 마음情이 들어 있고, 고요靜가 내려앉고, 깨끗함淨의 결정체이며 올바름正의 길이란 생각이 든다. 시편들은 아리고 슬프지만 맑은 기운이 가득하다. 발 닿지 않은, 태초의 모습 그대로 숨 쉬는 용암동굴에 서 있는 느낌이다. 무수히 달린 종유석 닮은 시편들은 동굴 천정에서 톡톡 떨어지는 물방울 소리같이 규칙적인 듯 나름의 개성으로 솟아, 오랜 기다림에서 얻은 행복한 결과물이다. '갈무리하는 하루'를 지나, 생명을 잉태하는 밤을 지나, 다시 찬란한 아침의 시편들이 기다려진다. 더불어 선생님의 작품은 정靜과 동動의 합일, 또는 정淨과 동童의 근원으로 대변할 수 있을 것 같다.

— 한희정(시조시인)

—

그 별

염천의 삼복 넘겨 입추에 이른 절기
정화수에 별이 뜨는 태몽이 있던 날에
백일을 치성 드린 공, 득남 소원 이루시고

밝은 시력 아니면 볼 수 없는 알코르
북두칠성 끝에 달려 수數에도 못 끼는 별
어머니 눈썹에만 걸린 그 별 내게 주셨다.

존재감 아예 없는 애틋한 그 별처럼
무명실 명줄 없고 목숨이나 부지하라
밤마다 미륵님 전에 발원으로 사신 당신

철들어 그 별자리 점지한 뜻 알 만하니
여덟 남매 넋 들이려 은하수 미리 가서
새 심지 돋우셨나요, 새 빛으로 오는 별.

바람 불어 좋은 날

부는 듯 마는 듯 그런 바람 부는 날

꽃잎을 스친 바람 이슬로 맺히는 건

바람도 삶의 무게가 있다는 것일 게다

풋풋한 초록 향기 날갯짓도 가벼이

아무리 흔들어도 아프지 않는 바람

저들도 그리움을 알아 발싸심하는 걸까

몸 낮추어 물러서는 여유도 보여야지

아쉬움도 삭히면서 갈무리하는 하루

켕기던 구름 걷히니 동부새가 와서 논다.

이어도 사나

이어도 간다더니 잠겨버린 무적 소리
한 번 가면 못 온다는 저승의 문턱이면
테우에 실어 보내리, 망부석 너마저도

여울에 띄운 발원 납덩이로 가라앉네
상잠녀라 하건마는 졸아드는 숨비소리
불턱*에 그을린 달이 저녁 물새 끌고 간다

바위틈 가리비 각질 쌓아 굳어가듯
진주처럼 품어온 영등 바다 한 갓 꿈도
사무쳐 대물림하는 '그 섬에 가고 싶다'

안태본 거기 있네, 물마루 어느 지점
저승길 오고가며 가꿔 놓은 바당 밭에
날 새면 '이어도 사나' 섬 하나 떠오른다.

* 불턱: 물질 작업을 마치고 불을 피워 몸을 말리는 곳.

어머니 흰 고무신

모처럼 일손 놓은 어머니 나들이 적
날아갈 듯 고무신이 어쩌면 국화 꽃잎
그 무엇 부럽지 않은 깔밋한 맵시였다

하늘에 떠있어서 더 고운 달빛처럼
신발장 위에 앉아 국향을 풍기더니
어느새 발품을 도와 먼 길 다녀온 길벗

걸어온 거리보다 갈 길은 더 멀다고

젖먹이 보듬듯 애지중지 쏟은 정성
저승길 가시는 날엔 아예 벗고 가셨는가

마음이 머무는 곳 애틋이 쌓이는 정
마침표 찍어놓듯 멎어 선 무덤 위로
영생의 쪽달이 뜬다, 어머님 흰 고무신.

꽃비 속의 소야곡

어스름 벚꽃 길을 숨어보는 상현달
내 마음 언저리 손수건 흔들어서
스미며 되살아나는 분홍 꽃비 맞는다.

노란 리본 맺어준 순애보 이야기도
하늘의 달 그리듯 아득해 보일세라
목 메인 소야곡으로 되살아나는 저녁

몇 번인지 알 수 없는 늘 새로운 올 사월에
묵혀서 숨겨뒀던 벚꽃의 서정들이
마른 발 금간 자리를 짜깁기하고 있다

사할린 하얀 동백

부평초 흘러가듯 머무른 사할린에
한때는 에이꼬가 나타샤로 살았다네.

못 잊을 영자란 이름
아기동백 같은 이름

진동산 언덕배기 해마다 피어나듯
망향가 부르고 불러 하얀 꽃이 되었나.

사할린 잿빛 하늘로
소지되어 난 동백.

한 잔의 바다

"받아라."

한 잔 술을
내려주신 아버지

근엄한 한 말씀은
무겁고 두려워라

"바다라!"

에메랄드 빛

수평선의
긴 떨림.

시작詩作

찻잔의
번지 점프
파랗게 질린
티백이다

죽음의 체험 끝에 짜릿하게 오는 전율

차향을
우려내듯이
빚어낸다
시
한
수

11월의 누드

겨울인 듯 가을이 남아있는 동짓달
한라산 곶자왈에
잎 떨군 나목들은
뼈로 서효 번듯이 뵈는 자코메티 표상이다

유록의 덧칠에 주렴 같던 장식을
과감히 생략하니
드러나는 너의 누드
구겨서 버린 파지가 낙엽처럼 뒹군다

하늘 나는 새들이 벗어놓은 깃털인가
그 숲을 미련 없이
지나는 하늬바람
강설기 상고대 되어 톱 연주를 할 것이다.

고추밭에서

붉은 고추 꼭지에 저항의 기미 있다

불화살 쏘아 올려
과녁을 뚫으리라

저마다
당찬 결의로
이마를 묶고 있는

누구엔들 없었으랴, 땡볕에 타던 정열

어깃장만 놓다 보니
제 때를 놓쳤다고
콩새가 대신 절규한다,

아린 울대
더 붉다.

김영남(金英男, Kim, Young nam)
1960년 대전 출생. 호 가언(嘉言). 대전대성
여상 졸업. 《창조문학》(2014) 등단. '금강시
조' 동인. 대전시조시인협회 부회장, 대전광
역시미술대전 초대작가.

내안의 바다

가슴에는
하 많은
사연들이
출렁이고 있다

너울도 섞여 있고
달빛도 서려 있다

파도는
누군가에게
달려가 부서지고 있다

고향 집

접어도
접히지 않는
펼친 생각
한자락

홍자색
살구나무꽃
지금도
피었을까

첫사랑
이름 하나를
혼자 가만
불러본다

주머니

누구든
갖고 있을
무거운 말 주머니

빈약한
마음 벽에
송곳으로 찔릴까 봐

새살이
돋을 때까지
함부로 열지 못하네

달개비꽃

먼지 나는 길섶에서
밟히고 잘려도

가녀린 마디마다
푸른 잎새 펄럭이며

누이는 어디서 사나
활짝 웃던 달개비꽃

그날의 창가

서녘 하늘 머문 눈길
노을 붉게 머무누나

아픈 마음 지워질까
지난 세월 되살아나는

하루 끝
서녘 하늘이
이렇게도 고운가

뒷모습

인적 드문
해 질 녘
들길을 걷습니다

댓잎 소리
내 노래에
화음을 넣습니다

지난날
운명 교향곡
여기에서 듣습니다

첫사랑

무심히
던진 돌에
하늘이
흔들리고

강물 빛이
하도 고와
울컥 가슴
저미는데

어디다
두고 왔을까
지워진
그 얼굴

여백

하고픈 말
하지 못한
당신의
젖은 눈매

남겨 둔
빈 의자
돌아와
쉴 수 있는

그 누가
앉아 있을까
낙엽 하나
떨어졌네

지천명에서

차마
읽지 못한
지난날의 가을 하늘

감추어 둔
새벽
목이 메어
우는 기럭

천리 밖
불빛 하나가
지천명을 끌고 간다

한나절

하늘 한쪽
푹 찢어
유리창을 닦아놓고

새하얀 도화지에
당신 얼굴 그립니다

동백꽃
환하게 웃고
새 한 마리 앉습니다

김영란(金令蘭, Kim, Young ran)

1965년 제주 애월 하귀 출생. 〈조선일보〉 신춘문예(2011) 등단. 시집 『꽃들의 수사修辭』(2014, 동학사), 시선집 『몸 파는 여자』(2019, 고요아침), 시집 『누군가 나를 열고 들여다볼 것 같은』(2020, 시인동네). 오늘의시조시인상(2015), 가람시조문학 신인상(2019) 수상. '21세기시조' 동인. 오늘의시조시인회의, 한국시조시인협회, 한국작가회의 회원.

기다리며
— 정방폭포에서
　　　　　김명란

깊고 푸른 그 밤에
동백 지던 그 밤에
주먹밥 한 덩이가
이별이던 그 밤에
하얗게 부서져 내리네
눈물 같은 뼛가루

김영란 시인은 스스로 겪어온 여러 경험들을 나지막한 발화를 통해 스스럼없이 들려주고 있는데, 그것이 '기억'과 '고백'의 형식을 통해 수행되고 있다는 점에서, 우리는 그녀가 제일의적 서정시인임을 대번에 알 수 있다. 이러한 본원적 서정을 통해 시인은 자신이 살아온 삶을 깊이 성찰하면서 우리가 잊어버리고 살아가는 어떤 근원적 가치에 대해 새삼스런 발견의 감각을 보여주고 있다.

— 유성호(문학평론가 · 한양대 교수)

헛꽃의 존재론

1.
겨울 산 초입에 깡마른 산수국
누런 꽃 대궁에 나풀나풀 흰 나비
아마도 저 웃음 뒤엔 큰 슬픔도 있겠지

2.
베갯동서 들이고
눈물로 새던 밤
알알이 예쁜 사랑
꿈꾸다가 엿보다가
불임의 슬픈 유전자
미소 뒤에 숨기고

살아야 강한 거라
이 악물고 걸어온 길
사무쳐 그리운 이
가슴에 품고서
하늘이 허락한 길로
꽃인 듯 아닌 듯

신 한림별곡新翰林別曲

전쟁이 잔뼈 같은 어젯밤 하얀 꿈도
북제주 수평선도 가로눕다 잠기는
은갈치 말간 비린내 눈이 부신 이 아침

바람 소리 첫음절이 귤빛으로 물이 들고
닻들도 기도하듯 조용히 기대 누운
기우뚱 포구에 내린 오십견의 저 바다

우리가 불빛들을 희망이라 말할 때
행성처럼 떠도는 비양도 어깨 위에
등 뒤로 가만히 가서 손 한 번 얹고 싶다

삽시揷匙

　제주섬 바람 소리엔 뼈 맞추는 소리가 난다 일어나 아우성치는 이백육 마디마디 사월의 제단 앞에선 산목숨이 죄만 같아

　애비 아들 보내는 날 가슴 치며 울던 바다 육십 년 만에 찾아온 육신 젓갈 삭듯 녹아내려 생 살점 떼어내듯이 봄꽃 벌써 지려 하네

　머리 하나에 팔다리 맞춰 놓았다만 내 남편 내 아들 맞기는 한 것이냐
　어디다 하소를 할까 혼절했던 시간들

　앞서거니 뒤서거니 절뚝이는 저승길 열두 대문 휘이휘이 고이 넘어 가시라
　　어머니, 고운 메밥에
　　떨며 꽂는
　　숟가락

어등포御登浦*에서

먼 길 돌아 그대에게
이렇게 왔습니다
이맘때 푸른 산은
왜 이리 슬픈지요
갯내음 파도 소리가
절로 눈물이네요
세상은 위리안치圍籬安置
천지가 절벽입니다
음력 칠월 초하루
안부처럼 오시더니
어머니 무덤 발치에
썰물로 가시는지요

* 어등포御登浦: 광해군이 제주로 유배될 때 들어온 포구. 나인에게까지 무시받는 광해군을 제주 사람들은 측은하게 여겼는데, 그가 죽은 음력 7월1일 내리는 비를 '광해우光海雨'라고 불렀다.

엽서 한 장

붉은 소인 마포 형무소 아버지 엽서 한 장
낯설처럼
샌트집처럼
인생에 끼어들어
와르르 허물고 가는
천추의 저 낙인

반백 년 흘렀어도 풀지 못한 한이 있어
뿔뿔이 흩어진 가족 그 안부를 다시 물으며
명 긴 게 벌이라시던 어머니 생각합니다

인생은 낙장불입
못 바꾸는 패 하나
빈속에 깡소주
웃풍 심한 냉방에서
아버지 서러운 생애를
그리움으로 마십니다

……

아프면 아프다고

소리칠 줄 알아야지

그리우면 그립다고

말할 줄도 알아야지

뜬 눈에

사흘 밤 사흘

맨발로

걸어왔네

꽃들의 수사修辭

분홍빛
한 자락이
날아가 길이 되듯
텅 빈 하늘 한쪽
휘파람새로
와서 울듯
한 생生이
까맣게 익어
톡톡 튀는
저것 봐,

슬픈 자화상
— 나혜석을 다시 읽으며

꽃이 피었다 한들
그대 위해 핀 건 아냐
금지된 소망 앞에
슬픈 꽃말 피어난다고
세상에 맞춰 살라는
그런 말 하지 마
수없이 피고 지는
삶이 곧 사람인 걸
덧칠해도 더 불안한
세월은 마냥 붉고
한 시대 행간을 건너는
여자가 거기 있네

정물화처럼

온종일 전화벨이 울리지 않았어
고요를 갉아먹는 벽시계 초침 소리
펼쳐둔 팔레트에는 긴 침묵이 묻어 있어

묵직한 황색 문이 열리면 좋을 텐데
먼지 낀 유리창으로 계시처럼 들어온 빛
오래된 질문지처럼 그냥 앉아 있었어

노란 고래의 꿈*
— 세월호 단원고 명예졸업식

끝내 오지 못했구나 빈 의자만 남긴 채
와르르 무너져 주저앉은 울음들
아무 일 없던 것처럼 세월은 또 흐르고

이름 하나 눈물 하나 아롱지는 시간들
침몰할 수 없는 사월, 희망을 꿈꾸며
너 앉던 바로 그 자리 꽃다발 놓아두고

가끔씩 물 밖에 숨 쉬러 나왔다가
천 개의 바람으로 세상 구경하다가
노랗게 승천하거라 내 예쁜 고래들아

* 단원고에 세워진 조형물의 제목.

김영배(金英培, Kim, Young bae)

1931.~2009. 충남 논산 출생. 호 논강(論江). 강경상고교 졸업, 초중고교 검정고시 합격. 학도 호국단 주체 전국남녀백일장 시조 입선. 《현대시조》 천료(1984) 등단. 5인 수필집 『소부리의 대화들』(1975, 한국문학사), 10인 수필집 『둥 너머 푸른 숲에』(1977, 한국문학사). 시조집 『출항의 아침』(1987, 호서문화사), 『지등 하나 걸어 놓고』(2000, 오늘의문학) 외. 수필집 『정한 나무의 연륜』(1978, 유림사), 『비둘기 하늘에 날을 때』(1981, 교음사) 외. 한얼문우회 창립회원. 대전충남수필문학회 발기, 초대회장. 《수필예술》 창간. 한국문인협회 회원. 30여 년간 교직.

어머니 전 상서上書

1

재워 놓고 가시던 밤 문풍지도 울던 섣달
조막손 휘저으며 젖품 찾아 울던 아기
오늘은 딸놈 여의고 그 밤처럼 춥습니다.

2

길마다 아픈 상처 찢어지는 가난 고개
호롱불 심지 돋우며 무릎 깁던 거친 손결
어젯밤 꿈길에서는 손주 업고서 얼레셨습니다.

3

나아서 길러 보고 여워 보면 아노라던
나즉한 그 말씀이 이제 와 느껴우니
백살을 다 살아도 어머니전엔 아기옵니다.

4

마음을 깨물면서 무명 띄에 새기신 글자
힘써 힘써 잘하거라 당부하던 고향 역두
눈송이 내리는 밤엔 그 맹서를 되뇝니다.

5

청개구리 뜀질처럼 못 이루고 웃던 못남
골백번 무너뜨리고 다시 세운 푸른 꿈은
코끼리 등을 타고서 뼈로 쌓일 나의 탑

노송

꽃보다 더 고운 초록 구천으로 뻗은 생명
눈서리 안고 이어 학鶴나래로 펼친 둘레
다박솔 어루만지면 피어나는 자장가

산새들 찾아 들면 가슴부터 뛰는 희열喜悅
두견화 피고 질 땐 심장 찢어 부는 피리
지새는 밤 물소리로 넘쳐 나는 단심가.

이끼 푸른 바윗 동에 가슴 닦고 길을 세워
천년사 헤아리어 동결 속에 새기면서
깊은 꿈 실을 뽑으며 상춘常春 수를 놓는가?

조약돌

1

설익은 인생길을 물살 따라 돌아들면
자욱마다 익은 혼적 단심으로 세운 절개
하얗게 닦인 살갗에 보름달이 머문다.

2

한생을 꿇어앉아 때 낀 나날 헹궈내면
거칠고 모난 얼굴 쪼아 갈은 옥가락지
야무진 가슴 안으로 저려오는 자비심

3

이승의 창을 열고 넌지시 내민 얼굴
높푸른 잣나무 가지 하마 서리 묻을런가?
기파랑 거닐던 물가 동그라미 아람돌

꽃씨

1

연지볼에 흐르는 눈물 족두리에 맺힌 한숨
찬서리 냉엄할 쏜 이미 영근 알알인데
야무쳐 무상을 딛고 세월 따라 피는가

2

촛불보다 진한 집념 독수공방 외로 앉아
저미는 아픔으로 새론 환생 기원하며
이제야 하늘 마시고 초록 되쓴 이슬길

목련

1

환생 길 수줍음에 차마 옷섶 못 열고서
분홍빛 타는 연정 돌아서서 빛는 미소
눈매로 흐르는 정에 삼월 문이 열린다

2

구천九泉 물 길어 올려 염원처럼 씻은 가슴
비단 치마 아니라도 하 고와서 정淨한 정절
청옥靑玉빛 하늘을 이고 봄을 앞서 왔는가

경칩

죽음보다 깊은 잠을 새록새록 깨어나면
바위처럼 굳은 세월 바다만큼 부푸는 대지
삼월은 새로운 하늘 날개 돋는 매미의 꿈

눈 감고 숨 쉬는 아픔 소리 없는 고고성에
기지개 땅을 가르고 큰 하품 하늘 벗으면
아리한 검은 날들이 햇살 바라 눈 뜬다

여승당

1
열 여덟 보조개에 연짓빛 담은 봄을
향내음 밴 장삼長杉 산그늘 담긴 공방空房
인간사 잿빛에 묻고 외고 외는 보리심菩提心

2
구슬마냥 익는 염불 바라밀다 오온개공五蘊皆空
덕 닦아 공을 그리면 떠오르는 둥근 달
진종일 가을 햇살에 터져 버린 석류알

설악동

1
흙을 빚어 구워낸 세상 바위 쪼아 새긴 수품水品
땅주럼 돌병풍엔 나이 먹은 젊은 나무
하늘로 오르는 용이 우레가 되고 무지개가 되고
2
먼지 쌓인 이승길을 산속같이 접어들면
암자 마루 향불 내음 삼세불공三世佛供 염불 소리
더 깊은 인생길 찾아 다하도록 살고파

새달

하 멀은 서역西域길을 세워 이고 돌아온 여인
옥돌을 쪼아 갈아 국화송이 피운 정성
저무는 동산마루에 희고웁게 걸렸네.

엉클러진 세상 잡사雜事 곱게 풀어 날을 걸고
굽이 굽은 인간 물길 타고 넘어 올을 짜면
별빛도 졸리운 밤을 눈썹같이 웃는다.

초시初試

세세손손 이은 핏줄 문갑文匣 속에 고인 가난
기울은 백련白蓮 한 송이 동실 뜬 이승 하늘
저무는 황혼녘에사 눈을 뜨는 초승달

김영상(金永祥, Kim, Young sang)
1931년 경남 합천 용주면 고품리 출생. 호 문원(旻原). 동아대학교
졸업. 《시조문학》 천료(1982) 등단. 시조집 『용주곡』(1982, 居高).
나래시조 동인. 한국시조협회 회원. 초등·중등교사 재직.

세월

— 봄
꽃으로 휘감아도 토라지는 너의 심술
한 맺힌 가슴 깊이 한숨 새겨 저며 두고
먼 하늘 비원의 아우성 낙화처럼 지운다.

— 여름
초연 낀 슬픈 산하 녹음으로 가려둔 채
두견새 토하는 피로 나이테만 늘리는가
홍건히 머문 강물 속 층층 구름뿐인 걸.

— 가을
설악산 단풍 소식 바람결에 들려올 때
풍악산 먼먼 꿈길 조여드는 가슴팍에
모질게 찬서리 뿌려 놓고 철새 따라 떠난다.

— 겨울
철삿줄 허리 질러 뻗어간 멍든 자국
아픔도 기다림도 그 자리에 얼어붙어
또 한 겹 한을 포갠 채 영겁으로 달리는가

원천怨天

억년을 찢기어도 일 없는 푸른 가슴
전능을 사려 두고 아득히 감돌지만
한 비원 사무친 겨레 버려 두는 한이여.

하얀 달빛 곱게 뿌려 산하를 물들일 때
멍든 허리 어루만져 아픔이나 달래는지
밤마다 통곡하는 저 물소리 들리지도 않는가.

초연 스민 땅이라서 역겨워 돌아서는가
가슴 에는 사연이사 올올이 새겼으리
우러러 외친 지 얼마랴 메아리조차 없느뇨.

새 옷깃 여며여며 눈물로 비오리다
비리로 솟은 장벽 단숨에 헐어내고
피붙이 환희로 뛰는 날 그날 이루어지이다.

반가사유상

정밀에 얼린 금채 그윽한 저 빛무리
연화대 감고 돌아 마주보기 눈부셔라
아련히 번진 웃음에 망울지는 자비심

즈믄 해 묵은 때깔 일순에 화사롭고
실실이 풀어내는 차마 못다 한 사랑
설레어 내닫는 가슴에 와락 안고픈 어리광

바른 발 고이 접고 호젓이 괸 왼 다리
떨리는 손발가락 설운 사연 아리는가
천고에 여민 사유 깊이 나부끼는 겨레 얼

해인사

가야산 자락 잡고 즈믄 해 비친 적광
올올이 겨레의 한 한품에 사려 두고
골고루 자비의 손길 종소리로 뻗는다.

묵연이 설법되어 얼 여미는 팔만장경
얼룩진 겨레 가슴 어르고 달래는가
사무친 호국의 의지 굽이쳐서 흘러라

홍제암 끌어안고 저녁놀 찾아질 때
잘린 산하 부여잡고 통곡하는 저 물소리
임이여, 오직 한 비원뿐 핏빛 상흔 지우소서.

산촌야음

접동새 울음소리 개구리의 대합창이
조각달 흘린 빛에 여름밤을 엮어갈 제
농주잔 주고받으며 산수정을 맛보네

물소리 자장가로 지친 몸 눕혀 놓고
우순풍조 풍년 들기 비는 것 이 하나뿐
첫새벽 논갈기 모찔 일 꿈속에서 헤아리네

촉석루

한 아픔 짓삼키고 강물만 굽어본다
적막한 의암 달래 그림자로 쓰다듬고
일순에 되뇌는 삼백여 년 한을 뿜는 다락이여.

스란치마 스친 마루 자취는 스러져도
꽃다운 향기 스민 아름드리 두리기둥
천년이 가고 또 가도 여기 섰을 숙명일레.

임 여읜 긴긴 세월 애끓는 사무침이
피 뿌린 돌담벽에 이끼로 돋았는가
눈보라 차디찬 언저리 식지 않는 단심아.

임진강

두 기슭 끌어안고 흐느끼는 강물인데
갈갈이 찢긴 가슴 아물 길 바이없고
쌓이고 쌓인 설움에 주검인 양 누웠다.

세월이 버린 영역 인욕의 긴긴 흐름
안으로 시린 비원 나올로 울먹인다
저 멀리 노을 진 산하 아우성만 치는데

김영수(金伶洙, Kim, Young soo)

1940년 충남 논산 연산면 출생. 호 연당. 한국방송통신대학교(초등교육과) 졸업. 《아동문예》,《한국시》(1984) 등단. 시조집 『그리움이 꽃피는 뜨락』(2001, 오늘의문학사), 『소쩍새 한 마리』(2013, 오늘의문학사). 동시집 『해님의 전화』(1996, 대교), 『아기새와 꽃바람』(2003, 대교) 외. 한국 아동 문학 작가상(2000), 한국 아동 문학 창작상(2006), 대전문학상(2002) 수상 외. 대전아동문학회 사무국장 회장, 대전시조시인협회 회장 역임 외. 한국문인협회 제도개선위원, 한국시조시인협회, 한국시조협회 회원.

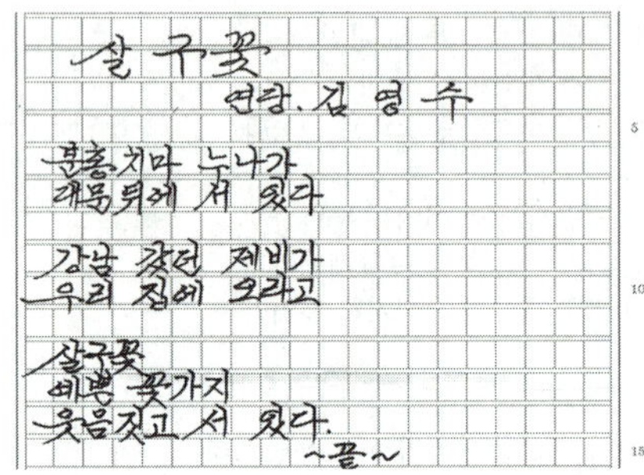

눈부신 서정과 올곧은 의지

연당 선생은 시조와 아동문학을 통하여 문학 발전에 기여하는 저서를 다수 발간하였다. 특히 대전 '가람문학회' 대전 시조시인협회 회원으로 활동하다 '전국한밭시조백일장'을 개최하면서 대전시조시인협회 회장을 맡아 기여한 공이 크며 시조집 『그리움이 꽃피는 뜨락』과 『소쩍새 한 마리』를 발간, 시조 발전에 끼친 공로가 크다. 시조집엔 섬세한 서정과 내면이 담겨 있다. 읽을수록 감동이 구체화되고 자연을 바라보는 눈부신 서정 그리고 자연에 동화된 시심, 이를 바탕으로 자연과 시인이 하나가 되는 물아일체物我一體의 경지를 담고 있다. 또한 시조의 격을 높이고 서정의 아름다움을 발산하며 올곧은 의지를 담아내는 특징을 보인다(『소쩍새 한 마리』).

— 리헌석(문학평론가 · 문학사랑협의회 이사장)

마곡사

꽃등이 줄을 잡고
춤추며 손님맞이
맑은 물 노래하며
꽃구름 잡아 놓고
바람에
반야심경을
가슴마다 담는다

돌탑은 층층마다
정성을 쌓아 놓고
국화꽃 만 그 자 새겨
곱게도 차려 놓고
향불에
깨우친 불심
두 손 모아 빕니다

다리 밑 맑은 물에
노닐던 비단잉어 헤엄치고

단풍잎 고운빛에
승려복 자랑하듯
산사의
목탁 소리는
산새들도 깨친다

잠자리

대롱대롱 은빛 구슬
반짝이는 풀잎에
달빛 받고 별빛 담은
엷은 옷 펼쳐 널고
새빨간
고춧빛 몸을
아침 해에 말린다

도란도란 아이들
학교길을 가는데
동글동글 큰 눈망울
이리저리 굴리다
깍깍깍
까치울음에
잠이 깨어 난다

팔랑팔랑 논과 밭을
한바퀴쯤 돌고서
사뿐사뿐 빨랫줄에
내려앉은 잠자리
가을볕
고추빛깔로
몸치장도 한단다

어머니

뻐꾹새 노래 따라
살구가 익어가고
뜸북새 논에 울면
앵두가 붉어가면
서울 간
누나가 오길
기다리던 어머님

기러기 찾아오고
단풍잎 물이 들면
다람쥐 알밤 물고
갈무리 바쁜 나날
군인 간
오빠가 오길
기다리던 어머님

싸락눈 사락사락
창문을 두드리면
창틈에 파고들어
바람은 살펴 가고
어머니
설빔을 빚는
환한 불빛 그립다

남간정사

옛 선비들 글소리

기왓골에 되살아

정사에 내린 햇살
가슴을 데우는데

바람은
도포 자락을
흔들면서 갑니다

우리 얼 전통문화
시조글 쓰고 읽혀

겨레시 우리 자랑
갈고 닦아 빛내자

시조 짓기에
구름처럼 모였다

대문에 들어서니
옛집은 낡았어도

연못은 하늘 담고
나무는 새들 모아

오가는
손님들에게
남간정사 오란다

감국화甘菊花

산 언덕
도랑가에
감국화 활짝 웃고

짙은 향
바람결에
벌 나비 불러오면

빠알간
아기손 단풍
나비처럼 앉았다

봄의 강江

맑은 물 고운 꽃빛 섬진강 언덕길에
샛노란 산수유꽃 천사들 모자 같다
강바람
물소리 따라
조심조심 걷는다

맑은 듯 고운 물이 자갈돌 닦아주고
깨끗한 거울처럼 봄꽃을 담아놓고
나비들
날갯바람에
꽃구름도 띄웠다

강물은 우리보고 쉼 없이 배워가고
막히면 돌아가고 때로는 쉬어가며
물줄기
흐르는 양을
갈무리해 가란다

풀꽃

새하얀 눈꽃처럼
조그만 예쁜 꽃들

반짝반짝 이슬방울
보석 모자 만들고서

봄 햇살
여린 바람에
춤을 추며 웃는 꽃

나비 한 마리

봄바람에 나풀나풀
꽃술에 입 맞추고
꽃잎에 사뿐사뿐 꽃잔치 찾아가면
고운 꽃
봄 햇살 먹고
환한 웃음 나비꽃

바람은 살랑살랑
나비 등을 밀어주고
꽃송이 요리조리 손짓하며 부르면
나비도
꽃잎이 되어
예쁜 꽃이 됩니다

아기가 아장아장
예쁜 꽃 입맞춤에
꽃신도 벗어놓고 두 팔로 반겨가며
한 마리
고운 꽃나비
머리 위에 앉는다

연꽃 편지

백지엔 구멍 숭숭
마음을 비워두고

꽃송인 해님 사랑
기다림 길은 사연

사랑을
붓 끝에 적어
그리움을 적는다

매화

눈보라 추운 바람
오들오들 떨면서

봄 햇살 부른 가지
방울방울 꽃방울

설중매
눈꽃송이가
방긋방긋 웃는다

김영수(金榮守, Kim, Young su)

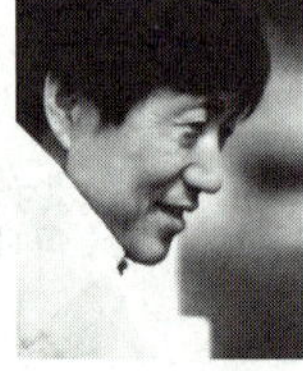

1947년 경남 김해 동상동 출생. 아호 작송(鵲松). 부산고교 졸업.《시조문학》천료(1979) 등단. 시조집 『만장대』(1979, 새글사), 『어머니』(1981, 문학신조사), 『봄에』(1982, 시로), 『구하구하』(1984, 동백), 우리시대 현대시조 100인선 『인연』(2003, 태학사), 『당신의 사과나무』(2006, 고요아침) 외. 동백문학상, 시조월드문학상, 세계한민족문학상 수상. 김해, 해외시조, 뉴욕문학 동인회.

형상미학의 향기

'칸나', 이 꽃을 대하자마자 독자는 당장 "섬뜩"해질 만큼 충격적인 영상의 "칼끝"을 만난다. 이 강렬한 작상作像이 "시뻘건 쇳물로" 상승한 후 3장에 가서 놀라운 전환을 본다. 열이 식어서 땅에 내리꽂히기 전에 칸나 꽃은 "쪼개져 붉게 진다"고 호곡하듯이 정을 준다. 강하고도 깊이 있는 '최후'의 모습 속에 화자의 선망 같은 것이 번뜩이지 않는가. 절창이다…(중략) 이 전통파가 실로 대담하게 시조를 인간과 생활속으로, 혹은 그 주변으로 끌어 들여서 현대화 하고 있다. 그의 시조 언어는 대단히 평이한, 일상적인 말이다. 그런 말이 속에다 비축한 힘을 시적 표현으로 살려내서 확대시키는 역학은 귀중한 현대적 소산이다. 이렇게 해서 건축되는 그의 시에 가락이 출렁인다. 그는 멋진 가락의 악사다(세계한민족문학상 심사평).

— 고원(시인 · 전 라번대학 교수)

꽃 한 송이 피는 일도

두 주먹 불끈 쥐니
주먹은
생의 차돌

모진,
겨울,
살아남은
꽃들의 주먹을 본다

곱은 손
여태 펴지 못하고
겹겹이 뭉쳐 있다

칸나

섬뜩한 칼끝이 불의 꽃으로 핀,

온몸이 절절 끓어 시뻘건 쇳물로 핀,

아 식어 내리꽂히기 전
쪼개져 붉게 진다

산사山寺에서

새는 지금 제 길을 날고 구름은 정처 없다

저들은 상처 없이 길을 내고 길을 접고

바람을 깨우지 마라
애먼 풍경이 운다

송이구름

구름이 흩뿌리는 것은
비가 아니라 씨앗이다

불쑥 뛰어든 이 말을
품고 살았더니 글쎄

그것도 인연이라고
송이구름 피웠다

벙어리

뜨거운 말을 삼켜 목젖이 타버렸습니다

차라리 손바닥에 불도장을 주십시오

가슴이 불집 같아도 꺼낼 수가 없습니다

느티나무

보리누름 고갯길
엄마를 기다리며

아기 잎들이 모여
돗자릴 짜고 있다

날마다 커가는 그늘
돗자리를 짜고 있다

막막한 날

구름은 아니 뵈고 구름 그늘만 깔린

허공, 저 막막한
막막해서 문門이 없는

천지에

출구를 낸다
새 몇 마리 소리

하얀 고추꽃

사랑한다는 말보다
좋아한다는 말이 좋은

좋아한다는 말보다
맵싸한 말이 좋은

그마저
머금고 살아
제 속이 매워서 핀다

당신의 사과나무

사과가 풋것일 때는 잎에 가려 보이잖고

정작 향기로울 땐 사과는 아니 보이고

소슬히 잎 진 가지에 빠알간 심장 하나

어머니의 능선

벌초한 무덤 위에
달빛이 만개하면

어머닌 주무시다 말고
반짇고리를 찾으신다

한 땀씩
바느질해 놓으신
아, 가을밤 능선이여

김영숙(金暎淑, Kim, Young suk)

1963년 제주 서귀포 출생. 《시선》(2006) 등
단. 제주작가회의, 제주시조시인협회 회원.

―

강정 하면 떠오르는 것이 많지요. 그 중에 해군기지 건설로 인한 갈
등의 세월이 이제 10년을 넘고 있네요. 화자는 당시 해군기지 건설
반대 투쟁을 하는 사람들을 긴 가뭄이나 장마에도 죽지 않은 대단
한 생명력을 가진 달개비로 비유하여 노래하고 있네요. 고난의 길
에서 차바퀴로 뭉겨져도 아침이면 다시 일어나 피어나는 달개비
꽃처럼 끈질기게 투쟁하는 모습이 선명하게 다가오네요. 가슴이
먹먹해지는 작품이네요. 국제관함식을 한다지요. 갈등을 해소하는
상생과 화합이 장이 되었으면 참 좋겠네요.

— 오영호(시조시인)

―

공천포

바다로 간 사내들의 눈물은 검다는 걸

소리 내 울 수 없는 울음은 검다는 걸

바닷가 조촐한 마을 여기 와서 알았네

'나 죽거든 태운 재 저 섬 앞에 뿌려다오'

배에기 솔라니 저립에서 자리돔까지

청춘의 뼈를 벼리던 바다 아직 미련 남아,

가마우지 아내가 저녁밥을 짓는 동안

알 슬어 수척해진 1톤짜리 한칫배가

달맞이 애기달맞이 작은 창을 지켜볼 때

바다 끝 모살판에 굵은 눈물 구르는 소리

원래는 바위였을 지귀도 큰 바위였을,

눈물도 돌이 된다는 걸 여기 와서 알았네.

고등어 젓갈

잘 익은 고등어 젓갈에선 바다 냄새 납니다
등판에 서리서리 암청색 태평양과
은빛의 성산포 바다 항아리에 몸을 풀어

팔 할은 소금기라는 어부의 삶과 함께
뼈와 살 모두 삭아 가을처럼 익은 젓국
음소거 저녁 밥상에 소리 불러 앉힙니다

'어디서 바다 냄새가 나는 것 같아'
까칠한 하루 건넌 사람들의 낯빛엔
지나온 해역의 노을 밀물처럼 번집니다

벚꽃 지는 날에

사나흘 꽃 보자고
일 년 마당 쓰는 그녀

바쁠 것 없는 비질
평생의 기도일까

어쩌면 분분한 꽃잎
팔순 당신 발자국

평화

수확 끝난 귤밭에
눈이 내린다

모시나비 날아들 듯
눈은 내린다

쪼그려
그것을 본다
심장 소리
잦
아
든
다

강정, 달개비

달개비꽃 피었다
강정 사람 앉은 자리

좆악베띠* 마르고
차바퀴에 짓이겨져도

길바닥
더 낮은 자세

아침이면
또 피는
꽃

* 좆악벹 : 제주어로 몹시 따가운 볕을 이르는 말.

김영숙(金玲淑, Kim, Young sook)

1935년 서울 출생. 경희대 교육대학원.《시조
시학》신인상(2006) 등단. 시집『해는 어디고
비친다』(2008, 한국문인). 새한국문학상, 서
울시여성백일장 수필 장원, 전국신사임당백
일장 시 장원, 전국 삼행시 현상공모 우수상
수상 외. 한국문인협회, 한국시조시인협회,
시문회 회원. 열린시학회 이사, 계간문예 중
앙위원, 월더니스 운영위원장.

> 수풀 속의 시
>
> 김영숙
>
> 높고 낮은 저 봉우리
> 울쭉날쭉 다가온다
> 울구나무선 나무 사이
> 새 한 마리 날아 들자
> 제 본색 어디로 가고
> 물빛으로 흔들린다

—

김영숙 시인의 작품들에는 일상에서 놓치기 쉬운 것들에 대한 애
정이 있다. 「장 달이는 날」은 소재도 소재지만 이를 형상화시키는
수법이 범상치 않다. 특히 "접시꽃 긴 그림자도 월훈인 양 설렌다"
라는 표현은 시적 공간을 넓히는 안목을 지니고 있음을 보여주는
대목이다. "쏟아 내어도 차오르는 그리움"의 에스프리도 살아있다.
시조의 내면과 외면을 깊고도 넓게 펼쳤다.

— 이지엽(시인 · 한국시조시인협회 이사장 · 경기대 교수)

—

뒤로 날지 않는 새

시원한가? 구름 속은
눈 아랜 천 길 벼랑

시간 속 나는 새
앞으로만 가는 저 새

날개는
뒤로 가는 법 몰라
일렬 비상 하나 보다

푸른 울음
— 꽃무릇 2

들킬까, 마주칠까 숨바꼭질 하는 건지
어긋나는 손짓들을 명치 끝 날려 보내고
해거름 찬 바람 만나 푸른 눈물 고였나 봐

참고 참아 태우다가 귀밑 볼만 붉어져서
꽃 대궁 감아 올려 산마루 넘어 들다
망울 진 꽃 한 송이가 푸른 울음 쏟나 봐

하늘 그물

성글성글 짠 그물이 삼천 코 엉킬세라
어둠을 밝혀가는 그림자 속삭여도
지워진, 그 자리에는 나비 날개 접혔다.

등 굽은 초승달이 빈 하늘 낮게 돈다
굴참나무 가지 사이 촘촘한 그물 지나
맴 돌고 대롱거리다 사랑 한 채 가두겠다.

장 달이는 날

양지바른 뒷마당 끝 널찍한 장독대에
맑은 물 가득 채운 배부른 질그릇들
비우고 쏟아내어도 차오르는 그리움…

한지에 불을 붙여 눅눅한 속 태워주고
왕소금 풀은 물에 메주 참숯 고추 띄워
뻐꾸기 짝을 찾을 때 황금 줄을 둘러준다

열고 닫고 3~4십일 말馬날 잡아 달이는 날
온 동네 짭짤 달콤 향기롭게 퍼져 나가
접시꽃 긴 그림자도 월훈月暈인 양 설렌다

연애

오늘은 즐겁게 발품을 팔아보세요
마음은 등 뒤로 살며시 돌려둔 채
가벼운 호기심으로 봄 속으로 들어가요

지금은 벚꽃과 개나리의 세일 기간
만져보고 걸쳐보고 입어보세요 괜찮아요
알아요 눈 여겨보면 딱 맞는 황홀 있지요

묵은 기억과 봄볕 사이 밀담하듯 걸으세요
신생의 초록을 향해 떨림이 찾아오면
그대로 온몸 맡기세요 생각만 해도 뜨겁잖아요

쑥부쟁이

산과 들 습지에
가을볕이 내려 앉을 때
곧게곧게 하늘을 밀어 올리며 본색이 된다
꿀샘을,
잔뜩 품고 있는 다발의 기쁨도

왈츠의 경쾌한 음표처럼 춤을 춘다
당신은
벌써부터 장면들로 설렌다
한겨울
찻잔 속으로 비친 얼굴 환하다

산울림 간단 없이

1.
산속에는 귀가 먹은 메아리가 살고 있다
내가 보낸 소식쯤은 졸음으로 넘겼는가
산그늘 시집살이에 귀머거리로 살고 있다

2.
저무는 산 허리에 쏟아지는 물소리가
푸른 손 내밀어서 옷자락 휘어잡고
굴러도 주눅들지 않고 숨 가삐 굴러간다

3.
뭉개지고 짓이겨져 열꽃이 모지라지고
산꼭대기 바투 올라 번개 눈 부릅떠도
한 발짝 물러서지 않는 저녁놀이 앓고 있다

4.
오르막 내리막을 노래 실어 껴안는 날
건너편 바람결 섞여 가쁜 숨 토해내며
분주히 제 황금 이불 말 없이 짜고 있다

월광

한강을 옆에 끼고 달 따라 걸어갈 때
뚝 따서 주머니에 깊숙이 넣고 싶다
진종일 만지작거리면 기분 한껏 들뜨겠다

온몸이 말초라서 바람 따라 흔들거리며
저절로 피어서 웃고 있는 달맞이 꽃
황홀한 달의 수작에 박수 갈채 보낸다

달의 살결 문득 쥐고 찰방대는 물결들
하늘 살짝 기운 무대 새 떼가 소품 같다
오늘 밤 주인공은 단연 몸을 낮춘 달빛이다

윷

매끈한 나무토막 하늘로 치솟다가
엎어지고 자빠져서 상처 얼굴 내밀면
네모난 멍석 둘레엔 아버지들 모여든다

꼭지점에 방점 찍고 업고 가는 말이 되어
손바닥 지도 위에 길을 내는 피돌같이
허공을 맴돌다 가도 행幸과 불不이 되어 떨어진다

공중 향해 내쏟는 얼씨구 한탕주의
마침내 농한기는 어둠으로 이어지고
텁텁한 막걸리 사발 중천에 뒤집힌다

체면

동대문 환승 통로 출렁이는 찌든 냄새
눈빛에 각을 세우고 잔걸음 더 빨라지고
비상구 찾으려는 생각 이리저리 허둥댄다

겨울밤 침 흘리며 끄덕이는 노숙의 군상
모른 척 시침 떼고 지나가고 싶은데
너도 참 어쩔 수 없구나, 목소리 자꾸 들린다

김영순(金英順, Kim, Yeong soon)

1965년 제주 남원읍 의귀리. 제주대학교 사범대학 졸업. 《시조시학》 신인상(2013), 〈영주신문〉 신춘문예(2013) 등단. 시집 『꽃과 장물아비』(2018, 고요아침). 시조시학 젊은시인상(2017), 고산문학대상 신인상(2018) 수상. 정드리문학회, 오늘의시조시인회의 회원.

—

제주의 풍경을 그리고 제주 정서를 글로 새기며 시간의 흐름에도 풍화되지 않도록 제주 문화를 지켜온 일군의 시인들이 있다. 김영순 시인이 보여주는 신선한 감각과 새로운 은유의 언어는 제주 시조 문학의 깊이를 더하고 넓이를 확장한다. 그의 시편들은 고운 말의 결을 아낌없이 드러내 보여준다. 정겹고 따뜻하고 맑은 언어와 서정에 젖어들면서 동시에 그 결에 스민 그윽한 슬픔에 닿을 때 독자는 문득 눈물짓게 된다.

— 박진임(문학평론가 · 평택대 교수)

야생의 삶, 야생의 언어들이 빚어낸 야생의 꽃밭이다. 그러나 표현은 야생의 그것처럼 거칠지만 속은 여리고 정직하다. 마치 보이쉬한 여자가 보여주는 의외의 순정적 표정처럼 꾸밈없는 언어를 툭툭 던져 독자의 감성에 닿게 하는 화법이 대단히 매력적이다. 그리고 실험적이라고 할 만큼 비시적 언어를 시어로 활용하는 특징도 보인다.

— 이우걸(시조시인 · 우포시조문학관장)

—

가장 안쪽

잠시 잠깐 뻐꾸기 울음을 멈춘 사이
삼백 평 감귤밭에 삼천 평 노을이 왔다
넘치는 감귤꽃 향기 더는 감당 못하겠다

이렇게 내가 나를 이기지 못하는 시간
하루 일상 시시콜콜 어머니 전화가 온다
말끝에 작별 인사를 유언이듯 하신다

어제는 방석 안에 오늘은 속곳 속에
당신의 장례비를 꽁꽁 숨겨두었단다
치맛귀 언뜻 스며든,
세상의 가장 안쪽

햇감자

할머니 텃밭에서 갓 캐낸 감자 몇 알

동글동글 뽀야니 갓 낳은 달걀 같다.

한 며칠 품기만 해도

삐약삐약 깨어날라.

꽃과 장물아비

봄이면 따라비오름
초여름엔 사려니숲
유채꽃 종낭꽃 찾아 벌통도 따라간다
이사에 이골 난 차를 끌고 가는 유목의 피

나더러 장물아비라고?
미필적 고의라고?
나는 단지 벌통을 꽃 곁에 놓았을 뿐
꽃 속의 꿀을 훔친 건, 저들의 짓 분명하다

벌의 몸을 통과해야 꽃물이 꿀이 되듯
내 가슴을 관통한 저 못된 그리움아
좌판도 흥정도 없이
야매로 팔고 간다

아크릴사 수세미

간혹, 실 한 올이 구원일 때가 있다
광대가 외줄 타듯 아슬아슬 세상 한쪽
그 실낱 붙들어 안고,
대롱이는 생이 있다

믿는다는 그 말이 죄라면 죄인 것을
누가 보증 섰나, 가을 하늘 저 노을빛
고향 땅 언덕길 몰래
밟고 오는 추석 달

몇 년 만에 돌아온 고모의 하얀 손길
슬그머니 건네는 손뜨개 털수세미
그 한 올, 한 올 아니라면
저 달 어찌 재웠을까

개다래와 풀잠자리

세상살이 한 번쯤 속아주면 안 되겠니
넌출넌출 개다래 뻗어나간 오름길
꽃인가, 꽃인가 하고
넘어가면 안 되겠니

오죽하면 이파리를 흰색으로 바꿨겠니
흘깃흘깃 풀잠자리 꽃가루 묻히는 척
기어코 씨방 속에다 알을 슬어 놓는다

그제서야 비로소 초록으로 돌아오는
그 사랑 그 본색은, 공생일까 기생일까
늦은 봄 물영아리오름
사운사운 풀잠자리

그런 봄이 뭐라고

차편으로 보내온 상자만 봐도 안다
의귀리 넉시오름 버스로 한 시간 거리
제주시 터미널에서 받아든 친정의 사철

운송비로 따지면 사먹는 게 더 낫겠다
산두릅 고추나물 쥐눈이콩 밤고구마
한번은 거름 냄새나는 장갑도 딸려왔다

반은 썩어, 내다버린 그런 봄이 뭐라고
집도 절도 다 버린 그런 봄은 또 뭐라고
삘기꽃, 다 세버리겠다
감감한 내 사랑아

갑마장길 3

새벽 산마장에
산기가 긴박하다
말들은 저들끼리 온몸으로 빙 둘러서
소소한 들개울음도 들여놓지 않는다

그건 필시 '수고했다'
그 말을 건네는 거다
갓 태어난 망아지 두어 번 뒤뚱대다
기어코 다리를 세워 세상 중심 잡는다

이제 경마장도 네 길일 수 있겠다
가고픈 길 아니라 불러야만 가는 길
생애 첫 햇살 오거든
눈 감아라 사랑아

쥐꼬리망초

내 밭에 있으면 풀!
길가에 있으면 꽃!

풀과 꽃 사이를 빠져나간 쥐꼬리

세상에
저도 꽃이라고
나비, 슬쩍 희롱하네

김영애(金英愛, Kim, Young ae)

1949년 경북 봉화 봉화읍 출생. 동양대학교 (교육행정학) 석사. 《시조문학》(2007) 등단. 시집『별이 되는 꽃』(2008, 진실한 사람들),『쪽빛 하늘 한 조각』(2010, 시조문학사),『씀바귀가 여는 봄 하늘』(2013, 시조문학사). 시조문학 좋은작품집상(2011), 시조문학 올해의 작품상(2012), 달가람문학상(2013), 한국시조협회 문학상(2015), 한국시조문학상(2016), 포은 시조문학상 대상(2019) 수상. 한국문인협회 영주지부 회장, 영주시조문학회장, 월하시조문학회장 역임.

시조야말로 시인의 개성과 기량에 따라 재창조될 수 있는 우리시의 정화精華다. 김영애 시인의「놋주발」은 은근과 끈기의 우리 민족성이 배인 상징적 대상으로 그려지고 있다. 언뜻 온고지신溫故知新의 교훈이 상기되기도 한다. 이제는 삶의 뒤안길로 물러난 놋쇠로 만든 밥그릇, 예스런 소재에 현대적 시상이 담겨있다. 덧없는 세월에 휩쓸려가는 피동이 아닌 건강한 시 정신을 담고 있는 것이다. 내면을 다지는 성찰과 사유, 의미와 표현이 어우러지는 진정성이 발현되고 있다. 대상에 대한 깊은 인식과 새로운 해석을 읽는다. 이는 깊은 상상력이 빚어낸 발효의 산물이다.

— 김준(시조시인 · 서울여대 명예교수)

부석사 안양루安養樓

아득한 백팔 계단 진땀으로 디디면서
두둥실 공중에 뜬 안양루에 올라서면
반야경 묻은 바람이 천의 생각 날린다.

북소리 닿았는지 먼데 만산 너울너울
저 선경 그릴 언어 나는 아직 짧은데
고요히 구름을 끌고 가을 낮달 흐르네.

거울

할 말을 다 하면서 사는 게 아니라며
물처럼 억새처럼 묵묵히 걸으라고
스물 적 내 가슴에다 말씀 심은 어머니

그 말씀 곱씹으며 강물처럼 살아오다
어린 딸 가슴으로 가르침 옮겨 놓고
내게서 어머니 보듯 딸을 통해 나를 본다.

놋주발

옛 영화 안은 채로 물러난 이 자리는
아무도 찾지 않는 기나 긴 침묵의 땅
잊혀 진 세월의 두께 아득하게 두텁다

어둠이 제아무리 진하고 길다 해도
스러진 어제를 되세우는 꿈에 젖어
흐릿한 숨을 이으며 끈을 조인 여러 날

빛없는 공간에서 한 줄기 빛을 찾아
안으로 삼킨 설움 누르고 재었다가
단지 속 된장꽃 같은 푸른 삶을 피운다.

헌 농

부러진 골격마다 녹이 슨 몸이 되어
허름한 담벼락에 눈을 감고 기댄 장롱
불현듯 손꼽아 보는 나의 생년 아찔하다

어느 님 한평생을 말없이 포개 안고
절면서 가는 걸음 멈추게 누가 했나
저무는 하는 한 자락 낡은 농에 내린다

종점을 어림잡는 힘없는 어깨 위로
일궈둔 애환들이 폈다가 스러져도
고난을 넘어온 기억, 남은 시간 데운다.

여휘餘暉

숲속에 숨은 개울 비석飛石이 대여섯 개
아슬아슬 건너와서 숨 돌리고 돌아보면
서툴게 일궈 온 여정 은물살에 쓸려간다.

봄꽃에 눈물 꿰며 긴긴 밤 보낸 날도
초침에 몸을 떨며 땀 흘리던 사연들도
돌이켜 되감아 보면 아름다운 꽃밭이다.

산 너머 세상에다 눈을 박고 산 세월을
손 뼘으로 재어 봐도 남은 창공 너무 멀어
석양에 돌 하나 주워 징검돌을 더 놓는다.

산가山家

찔레꽃 하얀 울음 방울져도 소리 없고
싸리 채반 성근 틈을 바람만 드나들고

햇살이
툇마루에서
앉은 자리 좁혀가네

세월

가파른 순간들이 밀려나 모인 자리
디뎌 온 발자국이 촘촘히 엮어있네

흘린 땀
마른자리에
저리 곱게 핀 분꽃

저녁놀 그 빛으로 물이 든 지난 시절
기우는 해를 안고 되돌리는 눈시울에

새하얀
목화꽃망울
피고 피고 또 핀다.

강

산 품고
하늘 담아
숙명처럼 흐르면서

허리 틀린
아픔 참고
저녁놀을 기다리다

억새풀
눈부신 사랑
취해 눕는 가을 강

매화 피우기

한 오백 묵은 등걸
돌담 위에 걸쳐두고

가지 끝 단 한 곳에
자근대던 붓을 떼면

눈 뜨는
매화 봉오리
동박새가 날아든다.

대화對話

홍매화 가지 위에
동박새 날아와서

부리 콕콕 말을 걸자
달아오른 꽃봉오리

함박눈
툭, 떨어지고
매화 꽃잎 열린다.

김영재(金永在, Kim, Young jae)
1948년 전남 순천 송광 출생. 《현대시학》
(1974) 등단. 시집 『화엄동백』(1999, 책만드는
집), 『녹피경전』(2018, 책만드는집) 외. 중앙
시조대상(1998), 순천문학상(2018) 수상 외.

김영재의 시는 어쩌면 "날카롭게 깎지는 않"은 "뭉툭한 연필심"(「마음」)일는지도 모른다. 그 연필심으로 그려놓는 세상살이는 아름답고 따뜻하고, 끄집어내는 삶의 속살은 선명하고 날카롭다. "연필심"이 "뭉툭"해진 것은 바로 세상에 대한 깊은 이해와 사랑에 연유한다고 읽어도 좋은 대목이다. 여기에 정형시의 힘이 더해지면서 그의 시가 갖는 맛과 멋은 배가된다. 시조가 낡은 형태의 시라고 생각하는 사람도 그의 시를 읽고 나면 자기 생각을 고집할 수가 없을 것이다.

— 신경림(시인)

마음

연필을 날카롭게 깎지는 않아야겠다

끝이 너무 뾰쭉해서 글씨가 섬뜩하다

뭉툭한 연필심으로 마음이라 써본다

쓰면 쓸수록 연필심이 둥글어지고

마음도 밖으로 나와 백지 위를 구른다

아이들 신 나게 차는 공처럼 대굴거린다

나물 파는 할머니들

이른 봄을 불러내 꽃들이 앉아 있네

세상에서 가장 귀한 꽃들이 웃고 있네

풋정 든 푸성귀들을 꽃들이 바라보네

얼음의 속성

통째 언 저수지가 쩡하고 갈라졌다

숨통이 틔었는지 다음 날 나가보았다

금이 간 날카로운 틈새 더욱 굳게 붙어 있었다

깊은 산 개울이 얼어 마실 물이 없었다

송송송 달래면서 구멍을 몇 개 냈다

얼음도 숨을 쉬는지 맑은 물을 내주었다

설날

고향 집에 도착하면 언제나 밤이었다

단 한 번 환한 대낮에 찾아가지 못한 죄

지친 몸 뒤척이다가 날 밝으면 돌아섰다

밤늦도록 엄니 품을 머뭇대던 푸른 날

그마저 갈 수 있다면 눈물도 성하겠네

어머니 길 떠나시고 폭설이 회오리치네

히말라야 짐꾼

제 몸의 무게보다

큰 짐을 지고 가는

네팔 친구 할리는

아이가 다섯이다

하루에 일만 원 벌어

다섯 아이 지고 간다

유리창

너를 통해 세상일 방 안으로 들어온다

너를 통해 갇힌 것들 세상으로 나간다

나가고 들어올 때마다 맑아지는 유리창

쌍계사에서

바람에 흔들리는
대나무는 군자다

흔들리지 않으면
바람이 무안해진다

가던 길 잠시 멈추고

나도 조금

흔들린다

녹피경전

사슴이여 야생이여 그대 가죽을 벗겨

인간을 인도하는 신의 말씀 기록하노니

사막의 모든 족속들은 머리 숙여 경배할지니

사람이 한 번이라도 제 가죽에 경전을 적어

형제를 깨우쳤으며 제 몸을 헌신했느냐

녹피여 그대는 영생으로 뭇 생을 구했나니

사막 열흘

버리고 온다는 게 더 가지고 돌아왔다

낙타를 탄다는 게 낙타에게 끌려다녔다

발자국 지운다는 게 무수히 남겨놓았다

사막은 좌우가 없다

사막 횡단 차창 밖 전후좌우 모래다

졸다가 깨어나 이 생각 저 궁리해 봐도

사막은 모래뿐이다

좌우가 없었다

종일을 가도 가도 아스라한 모래 위에

살아 있기도 했지만 죽어 있는 호양나무

생사가 별게 아니었다

그 모습 당당했다

김영주(Kim, Young ju)

1959년 경기 수원 출생. 《유심》(2009) 등
단. 시조집 『미안하다, 달』(2012, 이미지북),
『오리야 날아라』(2016, 현대시학), 『뉘엿뉘
엿』(2016, 고요아침). 중앙시조대상 신인상
(2015) 수상.

—

삶의 구체 속에 빛나는 가없는 연민과 사랑의 마음

김영주의 시는 완미하고도 심미적인 정형 양식 안에서 다양하고 깊
이 있는 상상력을 보여주는 뚜렷한 성취로 다가온다. 시인은 자신
의 삶에 가장 소중하게 각인된 여러 인상적인 장면들을 통해 대상을
향한 가없는 연민과 사랑의 마음을 노래하고, 나아가 깊은 깨달음의
이법理法을 선연하게 형상화한다. 이러한 연민과 사랑과 깨달음의
일련 과정을 통해 우리는 그녀의 상상력에 깃들인 따스함과 깊음과
오램의 미학을 새삼 확인하게 된다. 그리고 이러한 연민과 사랑의
마음이 추상적 전언傳들에 실려 오는 것이 아니라, 깊은 사유의 드
문 풍경을 삶의 구체에 담아 시조 양식만이 가질 수 있는 고전적 서
정과 함께, 개성적 음역音域으로 보여주고 있다(『미안하다, 달』).

— 유성호(문학평론가 · 한양대 교수)

—

명랑明朗

아버지 양복 주머니엔 늘 명랑이 들어있었다
늦둥이 내 호기심도 명랑만 보면 명랑해졌다
혹시나, 명랑 덕분이었을까
아버지는
명!
랑!
하셨다

지금은 어디서도 명랑을 팔지 않는데
아버지 명랑 없이도 그곳에서 명랑하실까
약국 앞 지날 때마다
궁금하다,
명랑

달의 기울기

해만 설핏 넘어가면

"수상하다 수상해"

분살 뽀얀 저 가시내 밤이슬을 밟더니만

저 혼자
배불렀다가
저 혼자
몸을 푼다

수화

두 모녀 전철 안에서 이야기꽃을 피웁니다

소리 없어 더 눈부신
상처 어르는 저 손의 말

꽃잎을
다 떨어뜨리고
숨돌리는
손가락

탁발

민달팽이 일보 일배 해탈문을 나섭니다

저 한 몸 달랑 들어갈
걸망 하나 지고 가다가

아니다
이 집도 크다
다 버리고 갑니다

폭력행위등처벌에관한법률위반및공무집행방해죄

팔다 만 귤바구니가 구둣발에 동그라진다

솟구치는 서러움을 울컥 토해냈다가

죄보다
죄목이 더 큰
그런 죄를 지었다

물의 화엄

한바탕 소용돌이 휩쓸고 간 모래톱에
깨진 병조각이 시퍼렇게 꽂혀 있다
누구든 스치기만 해도 살을 쓰윽 벨 기세로

파도는 너른 품으로 보듬었다간 돌아서고
눈물을 삼키면서 보듬었다간 돌아서고
제 혀를 자꾸 베이며 끌어안고 핥아준다

그렇게 숱한 날들이 지나고 또 지난 후에
너울도 닳아져서
지쳐 그만 잦아든 후에
그제야 날끼을 다 버리고
둥글게 내주는 몸

뉘엿뉘엿

머리 하얀 할머니와 머리 하얀 아들이
앙상하게 마른 손을 놓칠까 꼬옥 잡고
소풍 온 아이들처럼 전동차에 오릅니다

머리 하얀 할머니 경로석에 앉더니
머리 하얀 아들 손을 살포시 당기면서
옆자리 비어있다고
여 앉아앉아
합니다

함께 늙어 가는 건 부부만은 아닌 듯
잇몸뿐인 어머니도
눈 어두운 아들도
오래된 길동무처럼
뉘엿
뉘엿
갑니다

풀잎이 하는 말씀

풀잎이 ✔ 요렇게 돋아나는 까닭은
사람과 사람 사이 파고들고 싶단 말씀
사람과 사람 사이를 이어주고 싶단 말씀

풀잎이 또 ✔ 요렇게 돋아나는 까닭은
사람과 사람 사이 띄어주고 싶단 말씀
가까워 너무 가까워 상처 주지 말란 말씀

풀잎이 자꾸 ✔ 요렇게 돋아나는 까닭은
사람도 풀잎처럼 손 내주고 살란 말씀
손잡고 바람 부는 대로 흔들리며 살란 말씀

만종

한적한 시골 시장 오래된 묵밥집에
백발의 할매 할배 나란히 앉아 있다
둥그런 엉덩이의자에
메뉴도 한가지뿐

반 그릇도 남을 양을 한 그릇씩 놓고 앉아
한 술을 덜어주려
반 술은 흘려가며
간간이 마주 보면서 파아 하고 웃는다

해는 무장무장 기울어만 가는데
최후의 만찬 같은 이승의 저녁 한 끼
식탁 밑 꼭 쥔 두 손이
풀잎처럼 떨고 있다

사진관 가는 길

서랍 속에 누워 계신 어머니를 꺼내 봐요
할머니 고우시네요, 사진사가 그랬다죠
울 엄마 기분 좋았겠네
말없이 웃으셨죠

돋보기 코에 얹고 돌아앉은 얇은 등
사진 속 당신 얼굴 보고 또 쓰다듬고
다 늙어 곱기는 뭐가…
혼잣말을 하셨죠

사진관 가시면서 무슨 생각하셨을까
깨질 듯 부신 하늘 코끝 찡하셨을까
젖은 듯 웃는 얼굴이
흔들리네요 자꾸만

나도 곧 어머니처럼 카메라 앞에 앉겠지요
할머니 고우시네요, 젊은 사진사 농을 하구요
두고 갈 사진이에요
아마 나도 그러겠지요

김영진(金永鎭, Kim, Young jin)

1898.~1981. 경북 군위 출생. 호 나산(羅山). 일본 도요東洋대학 졸업
(1925). 《조선문단》 평론 「국민문학론」 발표(1927). 염상섭, 양주동, 김성
근 등과 함께 국민문학파의 입장 《신민新民》지에 많은 글을 씀. 시조전집
『고경부』(2007, 청동거울). 논문 「정음반포 기념일을 당하여」(1926, 《신민》
19호), 「정변政變 재변財變 촌감寸感」(1927, 《동지》 25호), 「동양학 사론」
(1934, 《청년조선》), 「조선문단의 재출발(1-7)」(1935, 〈매일신보〉), 「사르트
르 문학론」(1949, 《백민》), 「김소월론」(1971) 외. 잡지 편집자, 대학교수.

—

고경부古鏡賦

1
고온 님 가시올 제 제 님께 따른 둥근 거울
천년 지닌 날에 다시 올 줄 알았으랴
그 님은 어디 계시게 너만 홀로 왔느냐

2
달걀이 둥근 거울 꽃 같은 님 비췄으리
님 계신 그날에야 티 한갠들 앉았으랴
녹슬고 금 갔을망정 옛님 뵌 듯하고나.

3
푸른 비단 장막 속에 고은 얼굴 감초신가
낭낭한 웃음소리 하마 날 듯하다마는
풍기는 향내조차를 맡아볼 길 없고나

고독

추풍에 삿갓 쓰고 길 떠나는 나그네여
천리 금강을 걸음으로 재이런가
백만군 호령함보다 기개 더욱 장하다.

장안에 술이 놀아 단풍에나 취하던가
몽롱히 취하여도 금강이 그리운가
허망한 세상살이야 일러 무엇 하리오.

만호萬戶 장안 뒤에 두고 송파나루 건너서도
작별주 술맛밖에 못 미더워 하리없네
표연히 이제 떠나면 언제 돌아오려나.

첫봄

지낸 봄 눈망울이 이 새벽엔 비가 됐네
그리운 넷 음성이 이 비의 넋이란 듯
가늘고 정다웁게도 꿈자락을 적시네.

가랑비 보슬보슬 이 황혼을 물들일 제
옛가지 외까치는 무엇 그려 생각하곤
긴 꼬리 까불거리며 어데메로 나르노.

미로

그리운 생각배를 어디메로 띄우리까
남으로 끝닿은 곳 북으로 천리만리
저기도 사람 살거든 또 어데로 가리까

누구를 믿으리까 무얼하려 사오리까
미듬 때 안 주시고 사흘 맛 못 전커든
차라리 이 생각조차 다 거두고 맙소서

이 세상 사람이야 무에라 하울망정
다만 하나 믿은 님이 그님마저 몰라라면
흰 구름 둥실 띄워 놓고 거기 살까 합네다.

조춘

빨간 불덩이가 뽀얀 재가 됐네
이 밤이 다 새도록 재 위에다 편지 쓰네
그대여 이 편지 뜻을 알아 맞춰보게나.

새야 산새야 지난밤 눈보라를
어디서 자고 왔니 뜬눈으로 새고 왔니
쨍쨍쨍 불러 보아라 어디만큼 봄이 왔나

황혼 저문 비에 촌마을이 고요하다
문전 고목 낙에 욋까치 앉았더니
긴 꼬리 까불거리며 어드메로 나르노.

이국의 추억

들국화 꺾어 모아 네게 안겨 주었더니
내 마음 가난하여 너를 위해 못다한 정
올해도 그 움 돋쳐서 새 꽃 피었으려니.

너를 위해서

이 밤이 깊기 전에 네가 고이 잠들기를
눈보라 치기 전에 네가 먼저 포근하길
어느 때 너를 잊을까 잊어볼 길 없고나.

만취귀가

건드레 취했은들 징검다리 못 건너랴
서산에 기운 달도 여울 잡아 비치것다
귀익은 개소리 나니 집 다 온줄 알러라.

불국사

청운교靑雲橋 백운교白雲橋여 연화도량蓮花道場 어디메오
구름 흩어지고 사람마저 간 연후에
가마득 천년이구나 너만 홀로 남았나

자규사子規詞

비 자고 바람 자고 달 짖든 개도 잔다
낙화도 뜰에 가득 다 쓰러져 밤 자는데
자규야 너만이 홀로 잠 못 들어 하느뇨.

김영진(金玲鎭, Kim, Young chin)

1955년 충북 보은 탄부 사직 출생. 인하대학교 대학원(토목공학과) 박사 졸업(1996). 제14회 운곡제 전국시조백일장 장원(2019), 한국시조협회(2019) 등단. 시조사랑 등용문상 본상(2020) 수상. 한국시조협회 회원.

—

김영진의 시조는 자연친화적이다. 자연과 사람이 하나로 어우러져서 빛과 향기와 소리를 발한다. 한편으로는 역사의식을 담기도 하고, 고향에의 그리움을 애틋하게 녹여 보이기도 한다. 또한 그의 모든 시편 속에는 동심이 흐르고 있다. 맑고 그윽하고 고요하다. 그래서 깊은 정서적 울림을 안겨 준다.

　　　　　　— 이정환(시조시인 · 정음시조문학상 운영위원장)

—

세한고절歲寒孤節
— 운곡 원천석 선생을 기리며

붓대처럼 꼿꼿하게 벼슬 유혹 뿌리치고
한 그루 청솔 되어 푸른 충절 드높인 임
천세에 우러를 덕목 별빛같이 비춰 주네.

한생의 권세도 후손들의 영예도
티끌인 양 내버리고 초야에 숨었건만
고결한 선비의 향기 시공時空 건너 번져 오네.

능소화

물오른 에스 라인(S line) 실바람에 살랑대며
도톰한 입술 내밀고 눈웃음 날릴 즈음
해님도 얼굴 붉히며 미적미적 서산 넘네.

실바람 부는 날

가녀린 베고니아 창 너머 기웃대다
한 닷새, 타는 마음을 눈빛으로 전하더니
연분홍 연서 한 송이 내 가슴에 톡 떨구네.

늦봄

또르르 감꽃 구르네, 여름이 오나 보다
알알이 노란 구슬 실로 꿰어 목에 걸면
어느새 눈앞에 다가온 시골집, 어린 시절

여름 방학

감나무 혼자 놀던 시골집 앞마당에
손자 손녀 웃음소리 햇살처럼 쏟아지고
할머니 아껴 둔 정情이 꽃송이로 피어난다.

출어

똑 쏘는 홍어 맛 같은 시조 한 수 낚으려고
가슴에 줄낚 드리워 월척을 노리는 밤
잔챙이 시어 너더댓 입질하다 달아나네.

봄밤에

실바람이 부려 놓은 홍매화 속삭임에
꿈을 품은 초승달이 새순 돋듯 돋아나고
촉촉한 옛 생각 몇 섬 은하처럼 반짝인다.

공지천의 5월

봄바람이 악동처럼 버찌 속살 들추는 날
호수는 호객하듯 구름 한 점 잡고 있고
녹음은 뻐꾸기 울음 숨겨 주다 들킨다.

추석 전야

올망졸망 송편들이 툇마루에 모여 앉아
달빛에 몸 씻으며 서울 갈 날 손꼽는 밤
노부부 손주 자랑이 사립으로 새고 있다.

처서
— 레임- 덕

바람이 후병候兵처럼 계절의 세력 읽는 날
댓잎 아래 폭염이 지친 숨을 고르는 새
성급한 매미 몇 마리 퇴각 나팔 울린다.

김영철(金永哲, Kim, Yung chul)

1962년 강원 동해 북평동 출생. 한중대학교 (다문화한국어학과) 졸업. 《자유문예》 시 (2007), 《한국동시조》(2011), 《시조시학》 시조 (2012) 등단. 시조집 『붉은 감기』(2012, 고요 아침), 『다문화학개론』(2014, 시조문학), 『품고 싶은 그대 詩여! 안기고 싶은 동해시여!』(2019, 시선사). 동시조집 『마음 한 장, 생각 한 겹』 (2015, 황금알), 『비 온 뒤 숲속 약국』(2017, 시 선사). 계간 《詩하늘》 편집 운영위원, 한국동 시문학회 이사, 동해문인협회 지부장 역임. 한 국 시조시인협회, 오늘의시조시인회의, 한국문인협회 회원.

—

『붉은 감기』를 읽으면, '김영철 시인은 현실에 대한 긍정과 비판을 통해 휴머니즘을 추구하는 시인이구나.'하고 느끼게 된다. 따뜻한 인간적인 미를 추구하는 시인이다. 생활과 밀접한 리얼리즘이 주를 이루면서 메타포를 많이 사용하고 있다. 긍정적인 사고를 가졌지만, 꽤 많은 작품에서 현실비판적이고 현실고발적인 모습을 보이고 있다. 『벙어리 루루』는 그 중 대표적인 작품이다. 아파트에서 짖지 못하게 성대를 수술하고 비단옷을 만들어 입히고 가죽신을 신게 하며 자신들의 노리개로 삼는 오만한 인간에 대한 비판, 현실고발 정신을 드러내고 있다.

— 김민정(시조시인 · 한국문인협회 시조분과 회장)

—

붉은 감기

가을 산
다녀와서
홍시처럼 앓는 여인

가슬가슬한
이마 위에

낙엽 타는 냄새가 난다

단풍만 담으라 했는데

불을 안고
왔
는
지

가을 바닷가에서

비밀을 아는 단 한 사람
파도 끝에 매달려 산다

구금 풀린 기억 회로에
다시 전류가 흐르고

바다도
하늘색도 아닌
흑백영화 돌아간다

숨어 살던 뱃고동이
증언을 위해 달려오고

레드카드 내보이며
까치놀이 휘슬을 분다

물새가
엎치락뒤치락
젖은 노래를 뜯는다

그대 이름은 오영삼(503)

준비된 말만 하고 빛은 얼굴만 보여주다
침대 세 개 남긴 뒤 세운 옷깃 꺾인 여인
혼밥은 익숙할 거고 변기는 어떤지 모르겠다.

일곱 시간 토해 놓고 먹은 것 다 꺼내놓고
사약을 받겠다면 차라리 용서나 될 텐데
국민은 애당초 없고 반성조차 모르는 공주

세월과 민심 엎어놓고 소설책은 눈에 들까
역사와 민족 앞에 '최초'라는 붉은 글씨
그대는 어찌 태우려 촛불 아직 못 읽는가?

추암 촛대바위

앞뒤 모두 산일 때 추암으로 달려가자
번뇌로 뜨거운 가슴 수평선에 널어놓고
태양에 소리쳐 물어라, 빛으로 사는 방법을

장엄한 새벽 용틀임 증인으로 홀로 서서
다시 불로 태어나 누그러진 내일 향해
엄지를 치켜세우며 굳힌 결기 응원한다

파도의 콧노래가 허리춤을 휘감는다
하루도 같은 날 없이 말 바꾸는 세상 앞에
기도와 꿈에 피우는 촛불 하나 꽃 한 송이

이게 저게 그 모기

갯벌도 아닌 여의도에 게 싸움이 가관이다
밀물 같은 촛불에도 썰물 같은 눈초리에도
눈멀고 말뚝 박힌 귀로 옆길만 찾는 한량들

널린 게 오줌 밭인데 난장에 개판이다
먹여 주고 재워 주고 오냐 오냐 키웠더니
주인도 나 몰라라 하며 목소리만 큰 똥개

지붕은 동그란데 원탁회의 숙의熟議는 없다
회의 땐 이를 갈고 회기 중엔 코를 골다
채혈은 들풀에서만 하는 낯 두꺼운 모기들

묵호 등대 3제題

— 아버지
낮고 푸르게 보여도 너울 심한 넓은 세상
올려다보지 않고 뒤돌아보지 않는 것은
너 하난 빛으로 살기를 비는 마음 때문이다

— 어머니
밤길 운전 조심해라
돌부리 조심하거라

현관문 열어두고 외등 환히 밝혀놓고
마른침 연신 삼키며 외발로 선 천년 학

— 스승
파도는 일상이다
샛길은 아니 된다

어두운 손 물리치고 빛을 향해 가야 한다
바람을 잘 읽어야 한다
수평선 너머를 봐야 한다

국립국어원 표준국어대사전

모르는 게 아직 더 많아 곁에 끼고 삽니다
심심하지 않습니다 맵고 짜지도 않습니다
'오뎅'과 '짬뽕'의 비린내 시원스레 잡습니다

'국민들' 팔아 살며 '겐세이' 하는 의원님들
껍질과 껍데기를 분간 못하는 문인들
'사라'에 '아나고' 씹으며 말만 애국인 사람들

'게다下駄' 흔적 씻어내고 외래어 사용 줄이고
세계가 부러워하는 우리말을 사랑합시다
똘똘한 힘으로 뭉쳐 우리가 우리를 지킵시다

글꾼

꽃샘에 우는 꽃들 갈바람에 떠는 나무들
촛불 앞에 손 모으고 삐딴 힘에 맞선 풀들
그 앞에 불쏘시개 되는 춤꾼이면 좋으리

작은 꿈 밀고 가는 어둑한 언덕길에
설렁설렁 뒤따르며 짐 나눈 황소처럼
득도한 소리꾼으로 동지 되면 더 좋으리

촛불이 더 귀한 것은 먹먹한 주위 때문
누군가의 빛이 되고 한 사람의 길이 되는
결 고운 향기로 피었다 촛농으로 남을 은유

개나리 봄병 앓듯 오동잎 가을 앓듯
내일 없이 숨어 우는 작고 낮은 눈빛 위해
별 모아 삭이고 녹인 향초 되어 다가가리

아름다운 손

파도가 쉬지 않고 바다를 닦는 것은
햇빛을 볼 수 없는 고기들 때문이다
하늘이 잘 보이라고 문을 여는 것이다

바람이 부지런히 들판을 쓰는 것은
혼자서는 꼼짝 못하는 씨앗들 때문이다
마음껏 세상 구경하라고 길을 트는 것이다

바위섬
— 여의도

혼돈으로 닿을 수 없는 네가 섬이 아니라

아픈 날 물결 없는 내가 바로 섬이다

검붉은

꽃 진 자리 너머

달걀 하나 못 던지는.

밀물 썰물 사라지고 갈매기마저 등을 진

똥 바다 한가운데 둥근 너도 섬이다

샛노란

허풍만 띄우다

부스럼을 생산하는.

김영환(金永皖, Kim, Young hoan)

1935년 충남 계룡 두마면 출생. 아호 호산(湖山). 단국대학교(정치외교학과) 중퇴. 《시조문학》천료(1993) 등단. 시조집 『고향 길』(1995, 대경), 『한국인 누구나 시인이 될 수 있다』(2014, 월간문학) 외. 논설문 「시조시를 국민의 품으로 되돌려주자」(2013, 시조사랑 제4호) 외. 대전문학상(2007), 시조문학 작품상(2013), 한밭 시조문학상(2014) 수상. 한국시조사랑시인협회 자문위원 역임. 시조문학, 대전문학, 한국시조시인협회, 한국문인협회, 시세계, 한국문예학술저작권협회 회원.

—

『대전별곡』은 다양한 시적 제재를 가지고 다양한 기법으로 작품을 형상화해온 점으로 보아, 원숙한 경지에 이른 시인으로 평가를 받아 마땅하다. 또 이 시조집 이외에 「현대시조가 가야할 길」, 「시조 복원운동」 등의 무게 있는 논문으로 자기 문학 이론까지 무장하고 있으니, 이론이 탄탄한 시인이 아닌가.
— 송백헌(문학평론가 · 충남대 명예교수)

시인의 인생관을 엿볼 수 있는 정갈한 작품들이 곳곳에…시조의 운율과 격조를 유지하는 데, 노련한 솜씨는 읽는 이에게 안정감을 준다… 작품의 형식에 걸맞는 주제와 운율로 완성도를 얻는 일이야말로 시조문학적 성취라 할 수 있다(『서창에 스민 달빛』).
— 김준(시조시인 · 서울여대 명예교수)

이제는 강한 시조도 쓰여야 되는데, 이미 그렇게 쓰고 있는 시인의 시조 쓰기에 박수를 보낸다(『한국 현대 시조 시인론』).
— 정경은(문학평론가)

—

고향 길

— 냇가
우거진 풀 섶 틈에 옛일이 솟아나고
야위어진 시냇물은 이끼만 무성하다
"꾸르륵" 삼麻동을 익히든 소리, 뛰던 고기 숨었지!

— 들판
산자락 들판 형국 변함이 없으런만
개구리 노래 실려 두렁 논 고인 물이
때 따른 각박한 농촌, 비닐 바다 번쩍인다.

— 인정
농사철 새참 걱정 우물가 주름지고
섶 울로 넘나들며 오가던 이야기들
질그릇 울섶 넘던 정, 구름 따라 떠났다.

— 귀로
흐르는 세월 속에 정 지닌 사람 가구
인간사 그러려니 끄덕이며 돌아설 제
상추 짐 가득 찬 버스, 아낙들만 그때 같네.

밤 빗소리

오소서 나리소서 머나먼 천애수天涯水*여!
오실 길 구겨질라 바람 한 점 없으신가
이 한밤 주룩주룩 읊고 시원히도 헹구시네.

불볕에 시달리다 목 메인 이 땅인데
나직이 놋날처럼 밀물져 오는 비가
어둠에 겨워 넘는 밤 풀벌레도 울음 멎나

이어서 들려온다 소쇄瀟灑**한 그 빗소리
훨훨 벗어놓고 소리치며 덩실 출가
가로등 빗질하는 단비 나무 잎도 금빛이네.

아! 이 밤, 씻는 소리 가을이 오는 소리
겨울 · 봄 · 여름 · 가을 돌고 도는 연자맨가
천혜여 이 땅에 사는 무리, 길이길이 누려야지.

* 천애수天涯水: 하늘가의 물.
** 소쇄瀟灑: 기운이 맑고 깨끗한.

대청호

가파른 구룡산을 허위단심 올라서니
천년고찰 현암사가 구름결 감고 있다
강심도 되돌리는 지혜, 솟아오른 대청호.

소낙비 건너가니 씻은 듯 개인 하늘
작열하는 햇살 불러 은빛물결 반짝이고
산 산에 검푸른 호수 승천하는 흰 구름

뱃길로 이백 리를 휘돌아 고였나니
청정수 십오억 톤 비단강에 몸을 푸네
뭇 생명 젖줄이 되어 맑고 맑게 흘러라.

음보율音步律 시조

갈망 턴 현대시조 음보율시 짓다 보니
지은 시 들쑥날쑥 정형시는 아니로세
한 세기 실험해보니, 울고 떠난 시조들.

자수율字數律 시조

시조는 정형시라 선인들도 밝혔거늘
현대화 한 세기는 정형 잃은 산문시네
복원된 자수율 시조, 웃고 피는 정형시.

계백장군 묘소 참배

노송 숲 넓은 잔디 층의 더욱 푸르르고
오천군사 복병인 양 탑정호가 번쩍 인다
승패를 초연한 기상 길이 빛날 백제 영웅.

먼 산 아스라이 오만군단 진을 친 듯
구국의 깊은 시름 투혼으로 승화셨다
흥망은 역사의 수레 굽이도는 백마강.

장군의 아량 앞에 석방된 화랑 관창
세세로 길이 전할 영웅의 덕성이다
추모객 찾아든 행렬 황산벌에 백의민족.

* 계백 장군 묘역과 백제 군사박물관의 산책로에, 출향 시인들의 찬시를
조각 설치하여 성역화하였음. 충남 논산시 부적면 충곡로 311-54.

염원
― 호국용사 추모비 건립에

두리봉 영기타고 우뚝 솟은 추모비여!
의로운 이 사실을 알알이 담고 서서
이 고장 청사에 남아 길이길이 빛나리.

후세의 사람들이여, 귀감으로 삼으시라
그리고 오래도록 전승해야 할 것이
다시는, 다시는 동족상잔의 뼈아픈 비극 없게 하라.

화해는 관용과 포용, 한 핏줄 이어지고
너와 내 더불어 한 가슴이 되어서
충의로 연연한 이 고장 지켜가야 하느니.

* 이 시는 충남 계룡시 두마면 금암리 수변공원 내에, 장엄하게 세워진
순국선열 "추모시비"의 전문이다.

어이 갚고

날이면 나날마다 은혜 속에 살고 있네
자연도 이웃들도 한결같이 아끼시니
내 살아 입은 은혜들 어이 갚고 갈거나.

시조시

시조시 연원 깊어 시형들이 들쑥날쑥
갈망턴 현대시조 나라님도 돌아섰네
이제는 정형시답게 자수율*로 지어야.

* 자산 안확의 『시조시학』(1945)에 의거, 시조시 한 수는 3장 6구 12절 총
45자(초장: 3 · 4/4 · 4/, 중장: 3 · 4/4 · 4/, 종장: 3 · 5/4 · 3).

난꽃
― 중투화

비단결 파노란 잎 햇물은 일렁이고
솟아난 곧은 줄기 외론 섬 등대런가
매무새 가다듬고 선 어진이의 넋이여!

허구한 아픔 딛고 그 먼 길 돌아와서
시름 진 자욱 자욱 발아래 묻어 둔 채
우러러 설운 가락 익혀 꽃 한 송이 피웠나.

김오남(金午男, Kim, O nam)

1906.~1996. 경기 연천 군남면 출생. 진명여고, 동경 일본여대(영문과) 졸업. 《신동아》 시조 13 수 발표(1932) 등단. 《조선문학》, 《신가정》, 《시원》, 《중앙》 등 잡지 활동. 노산문학상(1981) 수상. 시조집 『김오남 시조집』(1953, 성동공업), 『심영』(1956, 동인문화사), 『여정』(1960, 문원사) 외. 〈조선일보〉 입사(1931), 진명여고 교사 취임(1944), 수도여고 교사(1948~50), 20여 년간 교직생활.

무제음舞題吟 1

1
자연이 그리워라 그려 찾아 내 예오다
곱고도 맑은 경景에 취해 갈 줄 잊었거늘
어이타 세상살이는 오라 가라 하는고

5
추야秋夜라 깊은 삼경 월색이 만정滿廷한 제
뜰에 우는 귀또리야 너만이 섧다 마라
내 또한 눈물 지우며 너와 함께 새노라

7
사창에 달이 밝다, 잎 떠는 그 소리에
붙일 듯 천사만려天思萬慮로 초조에 타는 넋아
언제나 안위安慰를 얻어 고이 쉬어 보랸고.

무제음舞題吟 2

눈물아 고적孤寂 너 역亦 무삼 연緣 날과 깊기
알뜰히 나를 찾아 떠난 줄을 모르는다
아마도 세상 원수는 너뿐인가 하노라.

정情이 새음이면 이理는 이모래런가
모래 제 막으랴나 샘은 더욱 솟는고나
등 아래 그댈 그리며 잠 못 이뤄 하노라.

백운

산정에 뜬구름을 수정만 여겼더니
눈감았다 다시 뜨나 다만 청천뿐이로다
나그네 들가에 서서 하염없이 하노라.

구름이 없어지듯 스러질 인생사라
그 꿈을 깨지 못해 허덕허덕 하는구려
구름은 슯다 또 떠서 공거래를 하더라.

고향

보은 땅 찾아들어 북실을 묻는 마음
백 년 전 부모님이 사신 얼굴 그립구려
두루야 사방을 볼 제 마음 하연하더라

귀로

귀로가 바쁠 게라 들에는 석양인데
산간 농가에는 밥 짓는 연기로다
보다가 쓸쓸한 경의 마음 적막하더라

달을 따라

산 높고 골이 깊어 인적은 없을망정
냇가 걷는 몸을 호젓타 아야 마라
명월이 저 아니 솟아 나를 지켜주느냐

물가에서

산이 저기 솟고 물이 여기 흐르는데
수목들이 비를 맞고 줄줄이 늘어졌다
저무는 자연 정경을 못다 보아 섭섭다

밤길

밤은 짙었건만 공기는 신선할 사
산장집 언덕을 허위단심 오를 적에
바람이 등을 밀면서 쉬어가라 하더라

애정

애정이 무에기에 왜이리 속이 타노
얼음물 마시어서 이 속을 식혀보랴
애꿎이 못 끄는 불을 안고 울어 새우네

산곡에서 1

산도 자연이오 물 또한 자연이니
물가에 앉은 몸이 마음이니 자연일까
제 설움 밤새는 것도 자연이라 하리라.

김오차(金五次, Kim, O cha)

1947년 전남 장흥 삼서면 소룡리 출생. 호 밀울. 함평동중, 서라벌고교, 국민대학교(국문학과) 졸업, 경희대 교육대학원 수료(1977). 《시조문학》 천료(1982) 등단. 한국시조시인협회, 국어국문학회, 한국어문교육연구회 회원. 저서『은항 이우재 시인 평전』(2020, 글도, 공저) 외. 논문「전라도 방언 연구」(경기대학원, 석론, 1977),「15세기 언어의 현실음」(인천배제대, 1978) 외. 인천전문대학 교수 역임. 세일학원 이사장.

—

고향

푸르른 내 고향 땅 호남평야 그립구나
죽사보 흐른 물에 물고기 뛰노는데
안산의 진달래 꽃밭 올봄도 피어올까.

넓죽한 흰 고무신 뛰어 놀던 동산 위에
찰흙 땅 농심 속에 겨레 혼 키우면서
내 고향 향기로운 길 동심초 피오른다.

태청산 고사리는 보릿고개 넘겨주고
설익은 밀밭에는 술 내음에 좋았는데
가난에 쪼들린 고향 여름 꿈 배부를까.

스승님

꽃향기 씨 뿌린 길 다독여 가르침은
하늘 땅 푸른 꿈속 갈고 닦은 참사랑이
스승님 밝은 거울로 맑고 밝게 비친다.

거세게 되뇌는 바다 동심 키워 가르침에
그 물결 타고 넘는 슬기롭고 알찬 힘을
등댓불 밝히시므로 믿어 오늘 살으오.

참 뜻 믿는 마음 한 길을 걸으시며
평생을 지킨 그 길 누리 모두 새벽이예
샛별로 빛나는 말씀 저리 우뚝 섰으니

어머니

가냘픈 베틀 노래 귓전 울린 미련일랑
기나긴 눈물 소리 외로운 밤 풀어 놓고
올올이 서린 사연을 어머니 한 풀릴까.

육 남매 곱게 기름 자랑삼는 미덕일랑
한평생 가시밭길 아들 딸 자랑삼아
어머니 눈물 젖은 땅 한 사십 못 하셨네.

향 피워 큰 잔 들고 머리 숙여 재배할 때
불효를 비는 마음 하늘나라 잠드소서
장하신 우리 어머니 내일 사랑 맞는다.

우애

한 뿌리 한 가지에 주렁주렁 고운 열매
파아란 잎 사이에 곱게곱게 물들이고
푸른 잎 퍼져 간 땅은 깊고 깊은 우애들.

김옥산(金玉山, Kim, Ok san)

1948년 충남 천안 출생. 1968년 출가 사문. 《시조문학》「탑」천료, 〈불교신문〉신춘문예 시조「산종」당선 등단(1979). 경기도 파주군 보광사 은거(1983). 수상집『잠든 돌을 깨워놓고』(1980, 한마음), 소설집『저 산에 달 뜨거든』(1981, 동국),『수도원의 밀실』(1985, 민우),『하늘을 파는 사람들』(1994, 시대문학사) 외.

—

살풀이

열사흘 앓는 몸주대감 터줏대감
무녀는 산닭 잡아 신 눈 속여 제 눈 잃고
한바탕 마당 굿 살풀이에 칼자루만 꺾어오네

굿 집 방 마당 돼지머리 콧대만 높고
혼백 불러 공수해도 조상들은 비웃는가
필목을 갈라 타 나가도 앓는 몸 주는 청상의 넋

이 세상에 늙고 병든 것같이 서러우랴
제 굿 제가 못하는 무녀의 쉰 목소리
마당굿 열두거리에 살풀이는 눈물겹다

무제

삶이란 목구멍에 풀칠하는 업보 깊은 강
비워도 이 세상 다 비워도 비지 않는 별곡別曲
한두 철 꿈으로 살다가 홀연히 떠날 운명.

앓고 낳는 번뇌 속에 남은 건 무명업식無明業食
구름 한 점 벗하다 밥 먹고 자다 똥 싸는 것
무엇이 안타까워 삼계화택和擇을 꿈꾸랴.

산조

내 울음 못다 운 4월 산자락 끝
달무리로 잊어서 저 하늘로 기울면
촛불은 세상을 태우고 나만 홀로 잠 못 드네.

한 생각 쉬지 못한 부질없는 이 번뇌를
바람 소리 물소리로 홀연히 잊을거나
객승은 노래를 하네 너와 나의 슬픔을.

곡예사

끊어진 생명선에 한 생을 목숨 걸고
설음 재운 넉채 살에 육순은 학으로 날아
창천에 몸을 던져서 혼 재운 그 춤사위.

마디마디 에인 줄에 가신 님 한을 재워
떨리는 옥난간을 선혈로 더듬어 가면
이 강산 주름잡고서 두둥실 달도 뜨네

김옥중(金玉中, Kim, Ok jung)

1944년 전남 담양 대전면 출생. 전남대학교(철학과) 졸업(1968). 《시조문학》(1980), 《수필문학》(2005) 등단. 『세숫대야 물속 풍경』(2004, 미래문화사), 『돌감나무』(2005, 고요아침), 『매창 시비 앞에서』(2008, 서석) 외. 한국민족문학상(2015), 세계문학상 시조 대상(2012), 국제교류작가문학상 시조 대상(2015), 문학세계문학상 시조 대상(2015), 정소파 문학상(2016) 수상. 한국시조시인협회 자문위원, 한국시조협회 부이사장 역임. 호남시조시인협회 고문. 한국문인협회, 가람문학회 회원.

빈 그릇
김옥중

넘치는 그릇보다
빈 그릇이 아름다워

바람도 담아 보고
달빛도 담아 보고

청정한 저 하늘까지도
담아 볼 수 있기에

─

김옥중 시인은 형식과 내용이 모두 잘 갖추어진 단형 시조를 즐겨 쓰는 작가이다. 그는 전형적인 시조를 추구하는 깔끔한 시인으로, 거의 교과서적인 작품을 생산하고 있다. 그의 작품은 내용적으로 사물시조가 대부분이며 형식적으로 단수인 단시조가 주종을 이룬다. 말하자면 위의 형식과 내용을 조화시켜 간결미와 전통미를 추구하고 있다. 그가 시도하는 미적 감각 또한 단순미, 순수미, 해학미 등을 특징으로 보인다. 작품 속에 든 정서적 내용이 자연적 섭리에 함부로 거역하지 않으면서도 사물의 특징인 순수미가 그의 도덕률에 잔잔히 스며 있다. 그의 시조는 한마디로 오랫동안 갈고 닦은 절제된 시어로 명징한 사물관과 건강한 윤리 의식을 보여준다. 또한, 사물의 내면을 압축하여 보임으로서 그 정신의 지고성에 독자가 편안하고 숙연하게 진입하게 하는 힘도 있다.

— 노창수(시조시인 · 문학평론가)

─

빈 그릇

넘치는 그릇보다
빈 그릇이 아름다워

바람도 담아 보고
달빛도 담아 보고

청정한
저 하늘까지도
담아 볼 수 있기에.

우포늪
— 여름

낮에는 연꽃들이
궁중무로 출렁이고

밤에는 반딧불이
귀신처럼 쏘다니고

세월도
쉼표로 앉아
'구운몽'을 펼친다.

홍매화 그늘 아래서

그 누가 나를 보고
꽃 한 폭 치시라면

선지보다 더 하얀
바람 한 필 끊어다가

저 핏빛
내 가슴을 적시는
당신만을 치리라.

가뭄

오는 비 실꾸리에
서리서리 감았다가

농부의 한숨 소리
어루만져 꿰매고자

엄니는
촛불을 밝혀
금강경을 외운다.

채석강 단애

바위에 새긴 고전
층층이 쌓였구나

한 권쯤 슬쩍 뽑아
달빛에 읽어 보면

구운몽
팔선녀들이
까르르 나오실까.

산국山菊

낮에는 햇무리로
밤에는 달무리로

산자락 찬 서리에
절개 더욱 반짝이니

흰수작
호랑나비도
얼굴 붉혀 돌아선다.

조각보

마름질 눈 밖에 난
천끼리 서로 만나

반갑다 손을 잡고
강강술래 질펀하니

상기된
고운 얼굴이
한 송이 꽃이어라.

설경

화엄사 풍경소리
눈부신 흰나비로

겨울 산 나무마다
나붓나붓 내려앉아

보란 듯
사방 천지가
목련보다 환하다.

봄비

촉촉한 봄소식에
선운산이 잠을 깨자

화답하듯 쑥꾹새가
간간이 울어 쌓고

동백꽃
피는 소리가
새빨갛게 들린다.

바늘

매끈한 장신에다
서시 같은 얼굴에다

한 귀를 열어 놓고
세상 소식 다 듣더니

조각난
슬픔 사연을
어루만져 꿰맨다.

김완성(金完成, Kim, Wan sung)
1941년 강원 원성 문막면 동화리 출생. 아동문학가. 춘천교육대학교, 관동대학교(국어교육학과) 졸업. 〈중앙일보〉 신춘문예 동시(1977), 《월간문학》 신인상 동시(1978), 〈한국일보〉 신춘문예 시조(1984), 《세계문학》 시(1991) 등단. 한국아동문학상(1984), 계몽사 지도상, 강원도 문학상(1982) 수상 외. 한국문인협회, 한국아동문학가협회, 한국문예교육연구회 회원. '조약돌' 문학동인. 시집 『시인의 길』(1992, 오상), 『마침표의 침묵』(2012, 서정시학) 외. 동시집 『탄광촌 아이들』(1978, 도문사), 『할머니이야기』(1980, 교학사, 공저), 『비누방울』(1982, 가리온) 외.

—

산가일기山家日記

응달에 헌 누더기 잔설은 이냥인데
산밭에 씨앗 넣는 비탈진 한나절
산수유 노란 졸리움 잠 깨우는 산계 울음

푸서리 찌는 지열 땀으로 김을 매다
풀꽃이 사진 박힌 계곡물에 물 담그면
물소리 솔바람 소리 나도 그만 구름되네

된서리 하얀 아침 산 아래 눈을 주고
골짜기에 달빛에 철철철 넘치는 밤
호롱불 심지 돋우며 산 울음소릴 듣는다

눈보라 아우성에 창문을 닫고 나니
앞산도 눈을 감고 물소리도 귀를 막네
세한도歲寒圖 토담집 속에 정정한 저 웃음소리

가을 스케치

1
감나무 안고 있는 아기 볼 만지다가
탱자나무 울타리에 치마 찢긴 가을바람
얼굴이 빨갛게 물든 부끄러운 저녁 놀

2
풀벌레 울음소리 발끝에 채이는 밤
등불인 양 노란 탱자 가지마다 걸어 놓고
과수원 빨간 가을을 가득 담은 치마폭

그리움

황톳길 타박타박 하늘만큼 멀어서
마음은 새가 되어 저 산 너머 먼저 가고
마음 끝 헤어진 자락 꿈속에서 꿰매네

길섶에 고개 드는 질경이로 살아도
민들레 꽃잎만 한 꿈이야 없을라고
오늘도 먼 산 바라기 산을 넘는 그리움

수로부인水路夫人의 편지

누군가 하는 소리 도솔천에 들리데요
수로부인 살았을 적 그때가 좋았다고
철쭉꽃 꺾어 바치던 그런 멋도 있어서

누군가 우는 소리 도솔천에 들리데요
동해바다 용궁 속 넘나들던 사랑 놀음
온밤 내 여울물 소리 그 소리로 울데요

신처용가新處容歌

한 웅큼 바람에도 몸을 떠는 풀꽃이고
한 조각 구름에도 그늘지던 응달샘
눈감고 귀 막아버린 한밤중에 술래잡기

강물에 흘러가던 풍경도 바뀌는데
갈숲에 달이 뜨면 물결이야 일겠지만
이제는 시월이 와도 눈 감을 일 없어라

기적 소리

하루에도 몇 번씩 내 마음 흔들어
언덕으로 불러내던 어릴 적 네 목소리
낯선 땅 묻혀 살아도 한결같은 그 음성

달맞이꽃

그분은 혼자인데 나무처럼 많은 기도
달님은 하나인데 별만큼 많은 바람
온밤 내 등불 밝히고 목이 타는 기다림

김완수(金完洙, Kim, Wan soo)

1970년 광주 농성동 출생. 전북대 대학원(국어국문학과) 석사과정 수료(1998), 《시에》 수필(2008), 〈농민신문〉 신춘문예 시조(2013), 《시조시학》 신인작품상(2014, 여름호), 〈광남일보〉 신춘문예 시(2015), 《푸른동시놀이터》 동시(2016) 등단. 시집 『꿈꾸는 드러머』(2019, 지혜). 동화집 『웃음 자판기』(2020, 북랩). 시조춘추 제2회 역동신인문학상 차석(2010), 김유정 기억하기 제17회 전국문예작품공모전 대학·일반부 운문(시조) 최우수상(2010), 제2회 공작산 생태숲 문예축전공모전 시조 큰상(2012), 제1회 사하 모래톱 문학상 전국 공모전 시조 우수상(2015), 제1회 글로리 시니어 신춘문예 소설(2020) 수상 외.

작품 「연어」는 네 수로 된 작품으로 연어가 먼 바다로 나갔다가 다시 모천母川으로 돌아오듯, 농촌을 떠나 도시로 나갔던 금실네가 고향에 돌아와 새 삶을 개척하며 역경을 극복해 나가는 내용을 다룬 작품으로, 흙으로 돌아가고픈 인간 본연의 숨결이 잘 배어난 작품이다.

— 이근배, 한분순

연어

오 년 전에 허물 벗듯 훌쩍 떠난 금실네가
가을날 지느러미 찢긴 채로 귀농했다
세 식구 돌아온 길에 자갈들이 빽빽하다

땅과 마주하는 법은 손에서 놓은 지 오래
도회의 수년 배긴 군은살이 아른거려
금실이 아버지 눈은 흙마저도 시리다

지게질도 해 보고 바닥에도 서 봤다
시골이나 도시나 아찔하긴 매한가지
온 식구 해묵은 삶은 아가미도 헐었다

댐처럼 가슴이 막혀 오는 두렁의 기억
금실네는 잃어버린 편린들을 찾기 위해
혼탁한 모랫바닥을 퍼덕거려 가야 한다

을숙도 울음

싱싱한 바람 활이 갈대밭의 줄을 켜
잠자던 수초들도 귀 쫑긋하는 을숙도
물 맑은 강섬에 가면 겨울 소리 들린다

새들이 내려앉아 울음을 묻어서일까
강을 넘겨보던 새가 섬이 되어서일까
을숙도 이름 부르면 새소리도 들린다

머리맡 꼭짓점은 강어귀로 향해 두고
강물과 바닷물 섞어 멱을 감는 삼각주
울음은 뱉는 거라며 젖은 소리 토한다

마른땅도 물들이는 섬의 노을빛 울음
바람으로 연명하며 목을 놓던 을숙도가
갯내에 가슴이 멘 듯 잠깐 숨을 고른다

들불

우리 지금 선 자리는 좁디좁은 겨울밤
바람이 불들 끄려 광장을 기웃대고
거짓의 야경꾼들은 섬기는 힘 펄럭인다

외눈박이 생각은 부끄럼을 모르지
불의不義는 밀실 안에 어둠 가득 들이지만
우리는 한데에서도 한 움큼 빛 기다린다

바람이 먼저 쓰러져 어둠 씻길 때까지
우리는 초 부둥켜 불을 끄지 않으리
잔불은 짓밟힐수록 들불로 번지리니

층간 소음

저마다 다른 지층에 파묻혀 살았을까
행간 같던 지상地上에 도량형이 읽히더니
층층은 바벨탑처럼 모국어가 다르다

화석인 양 꼼짝없이 지층에 갇힌 사람들
진공의 퇴적층이 침묵으로 짓눌리면
숨결도 웃음소리도 사이 소음이 된다

도회의 소리마다 날 바짝 세울수록
겹겹이 두른 맘에 문빗장이 질러져
귓속의 귀울림처럼 소름 돋는 층간 고독

취락의 기원起源

돌이 제 뼈를 깎아 시대의 날을 세운다
떼고 깨도 좀처럼 의심이 떠나지 않아
돌들은 서로 독려하며 청동의 꿈도 꾼다

몸이 후끈 단 돌에서 불꽃이 일어난다
그 불은 모래알 같던 흙으로 옮겨붙어
시대를 담아내라며 숨을 불어넣는다

토기는 모래밭에 뿌리내린 게 아니라

석기石器의 입김으로 버젓이 선 것이다
문명이 씨 품은 것도 돌의 공양 때문이지

탁발托鉢하듯 떠돌다가 돌이 된 사람들이
추위도 비바람도 불로 몰아세웠다
그것이 돌들이 꿈꿔 이뤄진 취락의 기원

상봉相逢

단절斷絶의 골을 넘어 한달음에 마주하자
어색한 발화보다 먼저 터지는 눈물
골 깊은 주름만 봐도 혈육임을 알았을까

안부 묻는 손마디가 고향 소식 더듬으면
바리바리 꾸린 속은 웃음으로 꺼내지고
때늦은 혈육 상봉은 재회의 꿈 그린다

야속한 시간 앞에 못다 한 말 남아도
맞잡고 얼싸안아 원 없이 비운 가슴
남북도 어우러지며 하나 될 날 오겠지

마네킹

쇼윈도 안에 갇힌 내 슬픈 마네킹은
창백한 몸가짐으로 제 세상만 지킨다
통유리 박제로 놓인 세상 밖 다른 풍경

불야성에 주름 없는 공주처럼 섰어도
사람도 체온도 없는 네 비좁은 거리에선
주머니, 바구니 걱정 들을 수가 없구나

들녘에서 도심으로 이주한 허아비여,
철모르는 옷이거든 벗어던져도 좋으니
세상 안 계절을 나는 실물이면 좋겠구나

못다 부른 아리랑

보배섬 앞바다에서 시계 멈춘 세월호
층층이 실은 욕심이 우지끈 기울어질 때
생목숨 푸른 꽃봉은 바다 밑에 잠겼다

차디찬 물속에서 얼마나 떨었을까
남은 자가 모은 두 손 바닷물을 다 퍼내도
바다는 제 가슴 감춰 길을 열지 않는데

꽃봉을 젖게 한 건 어른들의 이기심
미안하다 부끄럽다 볕기 되지 못해서
되살면 마른자리에서 꽃으로 활짝 피렴

시간은 늦은 후회 좌표는 깊은 상처
섬도 그만 목이 메어 노래 못다 부르고
옹이 진 제 가슴팍에 노란 리본 매다네

협재해변에서

여기서는 도량형도 색상환도 필요 없다
하늘은 물에 비친 제 모습에 빠져들어
체면도 차리지 않고 수천水天으로 낙하했다

재고 비교하는 것은 부질없는 일이어서
모두 옥색의 바다로 첨벙 뛰어든 경지境地
비양도 젖어 든 섬도 금세 몸을 낮췄다

흰모래도 갯바위도 한참 늘어진 오후
오직 여름 해만이 본질을 캐려는 듯
깊은 숨 바다를 향해 내리쏟고 있었다

간고등어

"싱싱하고 맛 좋은 간고등어가 왔어요!"
불시의 택배처럼 동네 찾은 소리가
내 아픈 유년 시절을 살 바르듯 헤집는다

행여 골목 어귀에서 생선 굽는 냄새 나면
난 이르듯 조르르 어머니에게로 갔고
어머닌 낡은 지갑만 만지고 또 만지셨다

내 유년의 고등어는 유난히 짭조름했다
어머니의 지갑이 더디 열렸을 뿐인데
가난은 소금버캐처럼 내게 짜게 내돋았다

고등어를 하시면 잘 뒤집었던 어머니
어쩌면 내 어머닌 간이 밴 설움으로
비릿이 살 오른 삶을 감추셨는지 모른다

김왕노(金王盧, Kim, Wong now)

1957년 경북 영일 동해면 일월동 출생. 공주
교육대학교, 아주대학교 대학원 졸업. 〈매일
신문〉 신춘문예(1992) 등단. 시집『슬픔도 진
화한다』(2002, 천년의 시작),『말 달리자 아버
지』(2006, 천년의 시작),『그리운 파란만장』
(2015, 천년의 시작) 외. 해양문학대상(2003),
박인환 문학상(2006), 한성기 문학상(2017),
시작문학상(2019), 풀꽃 문학상(2019) 수상.
시인축구단 '글발' 단장, 현대시학회장 역임.
《시와경계》주간,《수원문학》주간, 한국시인협회 부회장.

시인이 쓴 모범 답안 같은, 시조3장의 발걸음이 반듯하다. 수수께끼
같은 비유와 알레고리의 산맥을 넘은 발목에 장식은 그다지 필요
없다. 더욱이 보폭이 제한된 정형의 길에서 소리 지르며 미로를 달
릴 수는 없는 일이다. 살얼음판을 걷듯 오늘은 어땠나, 어땠나, 물어
주면서 한 발 한 발 진솔한 서정의 걸음을 놓고 있다. 지는 꽃을 바
라보다 손을 흔들어주다 가만히 눈을 감고 손금에 새겨둔다. 대상
을 제 몸 밖에 내놓고 관망하면서 메아리 없는 목소리와는 결이 다
르다. 그러기에 지친 등이지만 달빛에게 내어줄 수 있는 것이다.
— 이승은(시조시인 · 오늘의시조시인회의 의장)

부석사 목어

천년 세월 바람에도 소리 없는 울음 공양

쇠북 소리 때맞추어 저녁 공양 뜸이 들면

구천을 떠도는 영혼들, 제 살을 발라준다

광교산

겹겹이 쌓여오는 담요 같은 어둠 아래
오 촉 등 켜놓은 듯 감나무에 열린 감들
그 아래 찾아올 턱없는 내 등불을 내건다

개울로 쑥부쟁이 꽃노래가 흘러간다
밤길은 밤길끼리 한 뼘 한 뼘 이어지고
오늘은 어땠나, 어땠나, 소쩍새 묻고 있다

해남 가는 길에

댓돌에 가지런히 두 켤레 놓인 신발

방밖에 망 잘 보라 눈치로 두었으니

방안엔 쩔쩔 끓어오를 사랑만 있음 되고

백두대간에 묻다

종주 나선 발걸음 혹 너를 놓칠까 봐
한 발 한 발 떼는 것이 살얼음 걷기 같아
험한 길 따라나서는 봄날도 굽이진다.

네가 하는 용트림에 참았던 꽃이 피면
겨우내 숨죽였던 짐승도 몸 푸는데
너만을 따라갔다가 오지 않는 산사람이여

서로 앙갚음하듯 총질한 하늘 아래
한 맺힌 피의 가슴 참회로 닦지 못하고
우린 왜 슬픈 족속으로 야위어만 가는가.

꽃 지는 날

내 그리 살폈으나 기어이 가는구나

마지막 그 꽃말은 채 듣지도 못했는데

가만히 눈을 감으며 손금을 새겨 읽네

용담 꽃

소문 한번 없이 저물어 간 나라입니다.

흔적 없는 주먹별, 시들어간 눈물 꽃

바람만 종일 찾느라 바싹 야위었습니다.

풍경
— 해남기행 1

미황사 처마 끝에 물고기 한 번 울면
하늘이 열려오고 구름이 피어나고
봄날도 꽃을 물고서 울음을 참아내고

종종 걸음
― 해남기행 2

마산면 황산면 산이면은 해남의 땅
땅끝 마을 꽃이 피는 면면을 살피려고
헐벗은 그리움 품고 육십 년을 지켜왔네

녹우당
― 해남기행 3

지붕 위로 둥실 뜨는 달덩이에 숨죽이면
창호지 칸칸마다 죽을 치는 댓잎이여
숨 막힌 광경 앞에서 미친 듯 짖는 개여

멀어진 그 사람이 불현듯 생각나서
낡은 수첩 맨 뒷장을 가만히 젖히는데
너는 왜 기별도 없이 강대나무 한 그루인가

달밤
― 해남기행 4

풀벌레 울음으로 귀를 헹궈 맑아지니
무르익은 가을밤의 물소리가 환하다
고산도 무량한 달빛에 지친 등을 내줬을까

김용주(金容珠, Kim, Yong ju)

1964년 경기 안성 미양면 출생. 한국방송통신대학교(교육학과). 《시조세계》, 《대구문학》 신인상(2009) 등단. 시조집 『본다, 물끄러미』(2018, 일일사). 대구문화재단 창작지원금(2018) 수혜, 대구 100人 100作 선정(2019). 한국문인협회 대구광역시지회 사무간사, 시조세계포엠 편집위원, 도동시비동산·일일문학회 사무국장 역임. 대구시조시인협회 사무국장.

—

인간 존재에 대한 삶을 탐구하는 시편들

김용주 시조의 가장 본질적인 주제는 인간 존재의 삶을 탐구하는 문제에 인간과 사물을 실험 대상으로 내세우고 탐구를 벌인다. 인간 존재에 대한 삶조차 사람의 일부로 껴안으려는 정제된 자세가 그의 속살을 보여주기도 하고 삶의 무력한 흐름을 드러내기도 한다. 더 나아가 삶의 경계를 넘어설 수 있는 초월의 가능성을 어느 순간에 드러내기도 하면서, 산다는 것은 혼신의 힘을 다해 살아내는 것이라는 것을 보여준다. … 특히 그의 시적 탐색은 시 대상에 대한 인식을 새롭게 해 시를 신선하게 느껴지게 하는데, 이는 자아 서정을 담아내려는 치열한 시정신의 산물이다.

— 오종문(시조시인·문학평론가)

—

늪

텅 빈 맘 숨겨 놓을
늪 하나 갖고 싶다

땡볕도 아린 날엔
물안개 이불 덮고

왜가리 울대를 바라
갈증을 풀어내는

눈 귀 입 다 닫혀진
늪 하나 갖고 싶다

아무리 찾아 불러도
왜가리 눈만 바라

천사의 날개를 깁는
시간 밖을 맴도는

눈 내리다

문득, 눈앞에 놓인 하얀 방명록 한 권

무게를 더하라는 여백의 저 메시지

내딛는 발걸음마다 방점 하나 찍는다

빗살무늬

오래된 LP판 위로 햇살이 앉아있다

쉰 소리로 돌아가는 그대 낡은 봄빛

갈라진 발뒤꿈치 사이 꽃물 드는 저물녘

가등 켜진 골목길 시름 한 짐 부려놓고

바람 풍금 마디마다 풀어 가는 봄날이여

촘촘히 파고든 허물 마냥 투명하다

능청이라니

막무가내 살을 집어 비틀어 버릴까나

부둥켜 해를 안아 저리 굽은 등허리

아뿔싸,

는개로 감싼

고불매* 능청이라니

* 고불매: 장성 백양사 소재 매화(천연기념물 제486호).

냉장고 25시

먹다 남은 반찬들도 쉴 공간이 필요하다

상한 마음 지우려고 못 본 척 돌아서도

때때로 바뀌는 변죽 사랑이란 도돌이표

허기로 앉은 무게 곰팡이로 부풀어져

소통 부재 타이르는 젖은 마음의 시간

참말로 아껴 둔 말들 차곡차곡 쌓여 있다

슬픔을 내걸다

마음은 허허 벌판 달빛이 쏟아진다
그 자리 돋는 소름 하나도 못 숨아낸

단단한
굴레를 씌운
실핏줄이 돋는다

무엇을 갈망하며 뭘 위해 사는지 몰라
등 뒤에 내리꽂힌 이방인 눈빛 두고

열꽃에
가슴 데이며
데시벨을 높인다

헛배만 불러가는 소문의 끝 따라가면
휘어진 마음들이 두려움에 떠는 소리

이 세상
다 저물녘에
슬픔 하나 내어 건다

도시 골목시장

뼈마디 굵은 손금 헛헛한 기침 소리
삶의 터전 파헤치고 솟는 빌딩 사이로

재건축
깃대를 들고
가로등만 깜빡인다

다 쓰러진 지붕 위를 지켜주던 오동나무
손잡아 일으켜 줄 온기 가까이 있어도
빗물은 젖고 젖어서 속 환히 피어난다

휘어진 가지마다 맨살을 짓이기는
패인 골 자국마다 어둠을 밝히려

보랏빛
고운 살결을
등불로 내다 건다

이명

풀섶에 개망초꽃 누가 불러 깨웠을까

해종일 날 따라온 산 그림자 멀어질 때

아버지 헛기침 소리 나지막이 들려온다

들깨 칼국수

색색이 오색 들면 진 육수에 감긴다

칼금을 그어가며 휘적휘적 젓는 날

뒤돌아 남겨둘 시간도 없이 후루룩 빨려든다

꼿꼿하다 휘늘어져 사는 일 버겁지만

절묘하게 균형 잡힌 줄기 아래 또 줄기

자국을 들킨 바람이 능수버들 휘감는다

그해 사월

상처 없는 사랑은 어디에도 없겠지
온 나라를 휘감은 소문의 마디마디
끝끝내 찾을 수 없다 저항 잃은 너의 눈빛

제풀에 벗긴 알몸 발아래 조아리며
끝끝내 못미더워 일어서지 못한 채
스스로 등을 돌린 채 무더기로 진 꽃들

사방은 푸른 혁명 꽃물로 얼룩지는데
새날이 올 때까지 흔들리며 또 피겠지
봄날을 다 태운 허기 역병처럼 퍼지겠지

김용진(金龍鎭, Kim, Yong jin)

1960년 경남 산청 금서면 출생. 호 남촌(南村). 진주교육대학교 졸업, 동 대학원 석사과정 수료. 《현대시조》(1996) 등단. 시조집 『물빛사랑』(2006, 혜명), 『봄! 들려올 듯한』(2019, 유승), 동시집 『숲 속 빗방울』(2019, 유승). 새시대시조사 좋은 작품상(2006), 진주시 예술인상(2008), 아동문예신인 상 동시(2011), 경남아동문학작가상(2019) 수상. 한국문인협회, 한국시조시인협회, 현대시조문학, 경남문인협회, 경남시조시인협회, 한국해양아동 문학회 회원. 시예술, 현대시조문학회, 남도시문학회, 백민, 아동문예작가회, 문학신문 문인회, 동심 동인. 한국아동문학회 경남지회장, 평거초등학교장.

연꽃

김용진

연못 가득 피워 올린
꽃잎 속에 말씀 하나

해맑은 동승들의
몸짓으로 살아나면

행복은 그거 그렇게
옷자락에 숨어있다

—

시인은 슬픔에 민감하다. 그러나 그 슬픔을 다스리는 데에도 절정의 감각적 저력을 지녔다. 김용진을 두고 그렇게 말할 수 있다. 그의 웃음이 슬픔에 깊숙이 침잠하여 빠진 후 내부의 점화와 연소 과정을 거쳐 나온 것임을 안다. 그의 슬픔이 더욱 깊어지기를 바란다. 그래야 그의 웃음이 백치의 투명함으로 하늘문을 향해 물빛 사랑의 축포를 터트릴 테니 말이다.(『물빛사랑』)

— 강외석(문학평론가)

—

세이암洗耳岩*

듣지 못할 이야긴가
듣고 잊을 이야긴가

개울가 바위 앉아
두 귀를 씻고 있네.

그래도
잊지를 못해
깊은 산속 가고 없네.

높은 산 깊은 골에서
뻐꾸기 울음 젖으면

가슴이 뭉클 뭉클
다시 솟는 붉은 태양

저기서
흘러내린 세상사
고운 선생 한 컨 마음일까?

* 세이암洗耳岩: 고운 최치원 선생이 세속에서 들은 이야기를 잊기 위해 귀를 씻었다는 바위로 하동군 화개면 신흥리의 개울가에 있다.

물빛사랑 1

하늘을 사랑한 죄
넓은 마음 가진 탓이네

청산을 좋아한 죄
맑은 가슴 가진 탓이네

갈대에
흔들린 마음
사랑한 것뿐이네.

있는 그대로 생긴 그대로
가슴 가득 온몸 가득

하늘이면 하늘 모습
땅이면 땅의 모습

그렇게
그러한 마음으로
그렇게 사는 거다.

마음 비우기 1

뒷산의 대나무는 속마다 비워 놓고
세상사 욕심 없이 댓잎만 날리는데
절개는
꺾이지 않아
만물의 표상이네

비우는 마음만큼 채울 수 있다는데
뭇사람 가득 찬 마음 넘치도록 채울려네
사람아
빈 마음 놓고
허전탄 말 말아라

마음이 건강하면 행복도 곁에 있고
항상 비우다 보면 채워지는 그릇인데
인생은
마음을 비우며
살아가는 것 아닌가?

석수장이

천년을 잠들었던 그 소리 들리는가
명상의 끝에 앉아 바위를 응시하는
입 닫고 눈감은 모습에 고요만이 흐르네.

햇빛도 조용조용 바람도 숨죽이고

석수장이 손길에 억겁의 표피가 떨어져 나가고, 부처가, 관세음보살이 성큼성큼 걸어 나온다.

석수는
바윗덩어리
속을 캐고 있었구나.

지구가 돈다. 나는

하늘과 땅을 짊어지고
살아가야 하는 거북이

강물은 분명히
거북이를 거부 안 했어

그것은
같이 살기를
원하는 몸짓이었어.

해가 지면 달이 뜨고
꽃이 피면 열매가 떨어지고

하늘엔 팽그르르
태양이 돌고 있었어

도는 건
하늘이 아니라
허공이었어. 그건 나

소록도

백두대간 흘러내려 서해안 머무른 곳
천지 못 맑은 물이 예와서 솟았구나.
둔덕 밭
한하운이 앉아
보리피리 불고 있다.

푸르른 나무만은 고운 꿈 가득해라.
손마디 문드러져도 하늘문은 잠겨 있고
그래도
마음은 청정 바다 하늘만큼 고왔다.

목련

순백의 웃음 속에
하이얀 소리가 있었어.

내 눈 속에 솟아오르는 그건 분명 꿈이었어.

포근한 엄마 품처럼
사월이 안겨 있었지

화안한
미소 속에
아이의 웃음이 들려 왔어.

들에서
산 위에서
꽃들도 깨어나고

활짝 핀
세상 속으로
피어가고 있었어. 꽃 향기

법정스님의 무소유 속에

강물이 흐릅니다. 말없이 말도 없이
그 많은 입들은 어디 두고 어디에 두고
가진 게
많은 건지 없는 건지
아무런 내색도 없이

바람이 흐릅니다. 쉼 없이 쉼도 없이
그 많은 손들은 어디 두고 어디에 두고
없는 게
있는 건지 없는 건지
사시사철 흐릅니다.

산속에 피어나는 풀들은 나무들은
그 많은 옷들을 어디 두고 어디에 두고
계절에
한 가지씩만
걸쳐가며 삽니다.

봄! 어디서 들려올 듯한

진양호 물결 위로 태양은 변함없고
백조는 한가롭게 고기잡이 한창인데
어디서 들려올 듯한 봄의 소리 그 음성

벌거벗은 나무들은 떼를 지어 줄을 짓고
함께 어울린 개나리는 노란봉오리 맺고 있다.
봄이다
포근한 기운이
가슴을 방망이질해댄다.

한 잔의 찻잔 속엔 이야기가 피어오르고
장작개비 불사르는 한 켠의 난로 속엔
고구마
고소한 냄새가
봄맞이 달려간다.

시간은 멈춰서고 물결도 멈춰서고
바람도 쉬고 있는지 나무도 멈춰 섰다.
어디서 봄이 왔다고 막 뛰쳐나올 것 같다.

봄에, 할미꽃

아직도 깨어나지 않은 풀숲 깊은 곳에
도롱이, 쓰개치마 뒤집어 쓴 아기 할미꽃
따스한
봄바람 먹고
오동통 살이 오르고

햇살에 가슴팍을 꿈으로 물들이면
오늘은 벗으려나
들었다, 놓았다.
살가운
인생살이가
또 하루를 시작한다.

김용채(金容彩, Kim, Yong chae) 필명: 김봉집(金蜂輯, Kim, Bong jib)

1946년 광양 출생. 연세대학교(행정학) 석사. 〈농민신문〉 신춘문예 시조(2010). 《문학과 의식》 문학평론(2011) 등단. 시조집 『숭어,뛰 다』(2016, 다트앤). 한국문학신문 문학대상 (2019) 외. 한국시조협회 사무총장, 부이사장 역임. 시조문학, 시조시인협회, 오늘의시조시 인회의, 나래시조, 시조문학문우회, 다산문학 회원. 시조명칭유래비 건립주간(2014), 시비 '예덕원'(2015). 〈한국문학신문〉 '김봉집의고 시조산책' 연재 100회(2015~2017). 《문학과의 식》 공동대표, 한국국보문인협회 상임이사.

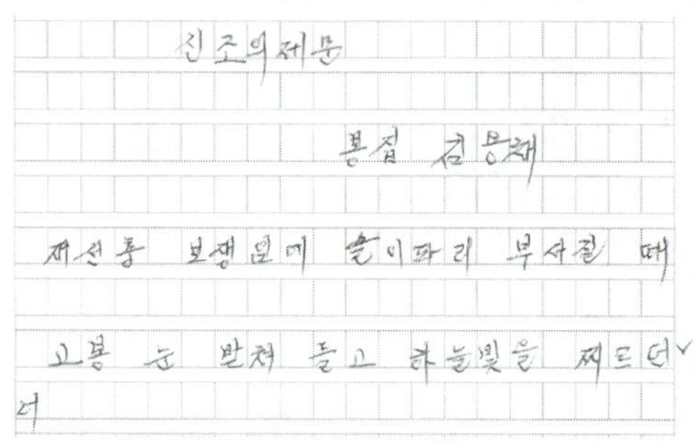

—

오천 년 흘러내려 한 핏줄로 굳은 바탕/ 한韓문화 한漢문화가 삿바 잡고 뒹굴던 곳/ 청매화 백매화 둘이 한 가지에 열린다

— 졸작 화음시조 「삿바」 부분

한국문학 융성隆盛이 보이지 않는가, 시조의 초석을 다지는 큰 디 딤돌(평 서광 장 강評 叙光 張 江)

韓四隨裁漢字文　한사군 설치 이후 한자 한문 심어졌고
韓爲根幹盛裝裙　韓 문화 근간이 되어 화려한 옷 입었네
色色形形珍學滿　형형색색 보배로운 문학으로 가득해져
艶花藝術世傳欣　우리 예술 아름답게 온 세상에 전했네

—

산을 베고 눕다

골 건너 산마루에 벌거벗은 주목 나무
천 년을 견딘 남루 빈 가지에 걸어 놓고
초동의 날 선 도끼질 채찍인 듯 맞는다

두류산 높은 봉에 달그림자 드리우고
벼린 붓 곧추세워 굵은 한 획 섬기더니
상고대 활짝 피던 날 돌산 베고 눕는다

저 홀로 길을 잡는 초록 빛깔 곧은 결기
묵은 때 층을 지어 쌓아 올린 돌탑 밑에
하늘 뜻 받들어 섬겨 하얀 피를 뿌린다

솔잎에 햇살 꿰어 평생토록 지은 입성
마고 할미 살풀이춤 노을 저리 질펀한데
두치강 물이랑 너머 매화 꽃잎 붉었다

화서완당華書婉溏

세 가닥 조강 줄기 한 뿌리로 휘감치고
강화섬 소소 뜨락 별빛 닮은 글 한 포기
빈 하늘 풀어헤치고 구름 빛을 감는다

오두리 너른 뜰에 씨방 하나 앉혀 놓고
태평양 드는 길목 삼현삼죽 저 한마당
숭어 떼 모두뜀 뛰고 물길 활짝 열린다

동남풍 문득 불어 불화살이 빗발친다
긴 숨결 짧은 시간 불꽃 튀는 적벽대전
제갈량 해심을 짚고 출사표를 던진다

사흘간의 햇살
— 헬렌 켈러 '사흘만 볼 수 있다면' 패러디

첫째 날 제일 먼저 설리반을 찾아 보고
바람에 나풀대는 들풀꽃에 말을 걸며
석양에 빛나는 노을 오색 빛깔 줍겠지

둘째 날 먼동 틀 때 낮이 되는 밤을 보고
박물관 찾아가서 인간 진화 궤적 하며
밤 하늘 보석 같은 별 시리도록 보겠지

셋째 날 출근하는 사람들의 얼굴 표정
영화 감상 아이 쇼핑 그 은혜에 품어 안고
영원한 암흑의 세계로 다시 길을 잡겠지

새 소리 꽃잎 향기 사랑하는 모든 것들
하고 싶고 해야 할 일 끝날인 듯 다 하여라
내일엔 어쩔 수 없는 내가 될 줄 뉘 알리

소생 2019

아리수 제갈용*이 출사표를 던지던 날
경각에 달린 목숨 닥터헬기 비껴 날고
폴란드 잔디밭에선 쐐기골이 터진다

두둥실 달덩이도 짜증 내면 미워지고
닫힌 맘 활짝 열면 꺼진 불도 살려내지
생명을 구하는 소리 빨간풍선 릴레이

뻥 차면 그물 출렁 사기충천 그 아이들
쨍그렁 내 마음이 깨어지면 어떻게 하나
신명난 소생 캠페인 들불처럼 번진다

* 제갈용: 대한민국 U-20 축구 청소년대표팀 정정용 감독의 애칭.

하얀 꽃 받침

회전문 틈 사이로 빨래줄을 매는 햇살
목소리 높은 영감 보청기가 고장났나
해설피 기우는 해가 가지 끝에 걸린다

저만치 아스라이 깜빡이는 하얀 미소
목 고개 너머 저쪽 띳집 짓는 거미 가족
갑질에 생떼를 써도 마냥 그저 웃는다

닮은꼴 하루들이 차표 한 장 끊어 들고
아이티IT 로봇 같은 소녀티 꿈 하나가
키 작은 그림자 위에 몽근 가슴 얹는다

스마트파머Smart Farmer

손으로 만져 보고 곡괭이로 찍어 내고
비 오면 물귀 열고 가뭄 길면 백일치성
전능한 천지신명을 누누 천년 섬긴다

아이티IT 앞장세워 농업혁명 일으키고
가뭄도 장마비도 한판으로 메치는데
게으른 하루살이가 신기루를 쫓는다

드론을 높이 날려 씨 뿌리고 농약 치고
전자동 이앙하기 성장 환경 자동조절
활짝 핀 들국화 언덕 워라밸을 꺾는다

등 굽고 주름 깊던 그런저런 옛날얘기
동화책 책갈피에 동무 삼아 꽂아 놓고
사차원 스마트파머 저문 강심 짚는다

석굴암 뜨락에서

산허리 돌고 돌다 이리 늦게 왔습니다
팔다 만 다리품이 눈비 젖은 길을 닦고
오늘은 뵈올가 몰라 조바심도 칩니다

토함산 허리 감아 허위허위 오릅니다
한 굽이 돌 때마다 바람 소리 따라 쉬고
가쁜 숨 크게 내쉬며 손차양을 합니다

화강암 동굴집에 가부좌를 틀고 앉아
산 아래 푸른 바다 물무덤을 지키는 이
초적에 풍년가 실어 춤도 덩실 춥니다

해치는 꼭두새벽 연화대에 달빛 밝고
임 쫓아 가시는 길 마음 먼저 달리는데
꿈이면 깨지 마시라 촛불 하나 켭니다

내 사랑 링링*

장대비 돌풍 몰아 걸레질에 빗질하며
뱃구레에 꽉 찬 욕심 씨알까지 긁어내고
독버섯 웃자란 텃밭 껍질 홀렁 벗긴다

여울목 푸르던 강 붉덩물이 넘실댄다
곰삭아 터진 종기 고름 몇 말 짜내는데
밑 빠진 주방 개수대 개울물이 흐른다

채찍을 감아쳐도 도가니에 처넣어도
곱으로 불어나는 보들레르 악의 꽃들
칼날이 너무 무디다 밭을 갈아 엎어라

* 링링: 2019년 초가을 한반도를 휩쓸고 간 태풍.

모질도耄耋圖 숨비소리 3

등 뒤엔 칠성판이 머리 위엔 혼백 상자
살면서 죽는 소리 너울 끝에 멍 들어도
물굽이 깊은 고랑에 빗창 하나 묻는다

짜디짠 바람 끝에 휘날리는 파도 조각
빈 돛대 꼭대기에 펄럭이는 물소중이
뿔 높은 사슴 한 마리 귀밑볼이 붉었다

궤삼봉 싹 튼 불턱 타오르는 불꽃 너머
물마루 섬긴 가시 가쁜 숨을 몰아쉴 때
파랑 친 숨비소리가 고양이 잠 깨운다

노을 띠 갈라 잡고 길을 묻는 외기러기
탱자나무 울타리에 그리다 만 그림 한 폭
몽당붓 지긋이 눌러 점 하나를 찍는다

반야봉 눈부처

태양의 바퀴살이 동그라미 또 그린다
가늘 수 없을 만큼 허허로움 밀려들고
조금씩 가벼워지는 몸의 무게 느낀다

아픔도 느껴 보고 빈 가슴도 뜯어보며
문 없는 문을 열고 아침 산빛 깨운 까치
직립한 햇살을 물고 꽁지깃을 세운다

우듬지 끄트머리 발품 쉬는 저녁노을
천 년을 살아온 길 다시 천년 예비할 때
겉 희고 속 붉은 나무 찢긴 세월 깁는다

피아골 석간수로 육탈하는 뼈를 씻어
한 꿰미 초로인생 빈 가지에 걸어 두고
눈부처 내 안에 들어 길머리를 잡는다

김용태(金龍泰, Kim, Yong tae)

1946년 경북 영덕군 영해면 출생. 부산대학교 교육대학원(국어교육학) 석사, 동 대학원(국문학) 박사과정. 《현대시학》(1979) 등단. 시집 『한가람 물빛 여백이』(1983, 신한), 『거품에 대한 명상』(2012, 책만드는집), 『경계를 거닐다』(2018, 동학사). 성파시조문학상(1987) 수상. 부산시조문학회 '볍씨' 창립멤버(1973), 부산시조문학회 회장, 부산문인협회 시조분과이사 역임. 부산시조시인협회, 한국시조시인협회 회원. 부산 북구문인협회 이사.

김용태 시인의 작품은 자연의 사물들이 갖는 특성을 통해 천지의 이치를 탐구하는 형상을 보인다. 특히, 불교적 상상력을 발휘하여 존재의 본질과 맞닿은 진리를 추구하는 모습을 띠고 있다. 그런 점에서, 그의 시는 고요한 빛을 가진 언어로 그 질서와 아름다움을 드러낸다. 진정한 존재의 아름다움을 추구하는 시인의 내적 의지와 정서가 시조로서 갖는 언어적 절제와 탄력을 빌어 '득음得音'이나 '신운神韻'이 감도는 작품을 만들어내고 있다.
때문에, 그의 시는 일종의 마음 수행이다. 성결聖潔한 의념으로 이 세계의 모든 것을 통찰하면서 영원하고 신성한 대상을 부조浮彫해 내려한다. 부처님이 걸어갔을 법한 수행의 과정을 시적 지향으로 새기며, 예술이 갖는 미학과 구원의 문제를 풀어내고 있다. 그의 시는, 삶과 죽음의 문제에 대한 인간의 깊은 비원悲願을 담아내고 있기에 애잔하면서도 따사로운 빛을 낸다.

— 김경복(문학평론가 · 경남대 교수)

눈雪의 설법

이곳, 저곳의 벽이 하나씩 허물어지고
광속으로 치닫던 시간, 흰빛 속에 갈앉으면
마음의 칸막이를 튼, 세상 문이 열린다

쫓기며 살던 골목, 모처럼 느긋한 저녁
아픔도, 근심도 이제 보니 흰 꽃송일세
문명도 결기를 풀어 세상길이 훤하다

위용의 마천루들 길바닥으로 내려오고
흐르는 강줄기도 하늘 위로 떠오르는 날
설법은 따로 없나니, 눈雪 하나면 족할 뿐

내 앞에 목련 있다

목련꽃 앞에 서면 우쭐댈 일 없어 좋다
사랑도, 번민도 출렁이는 한때 호사豪奢도
한칼에
무너져 내리는
속절없는 티끌인 것을

그 어떤 색조로도 꽃에 덧칠하지 마라
얽히고설킨 생각 잠음마저 걸러낸 빛이
하얗게
너울 쓰고서
관음觀音으로 나투신 것을

색색이 꽃등을 켠들 목련 앞엔 부끄럼이다
무량한 자비 하나로 세상 어둠 밝은 지금
굴곡진 마음 있다면
주름 곱게 펴고 가자

낮달

창문을 여니 서쪽하늘
사위어 가는
낮달 하나

하얀 모시 치마저고리
여운처럼 스쳐 가던

그 여인 치마 끝에 숨은
수줍은
버선발 하나

일몰 이후

누군가 돌에 맞아 피 흘리고 있습니다
흘릴수록 착해지는 어진 짐승이 하나
제 오던 길목을 바라 발자국을 지웁니다.

바람 쏘이던 하늘 그도 가슴을 앓습니다
가슴에 박힌 별이 진흙밭에 떨어집니다
얼굴을 가린 풀잎 몇 개 어둠 속에 깨어납니다.

촬영

늦게 깬 아침 안개 길을 지우며 간다
엎드려 잠든 마을 귀만 환히 열어 놨다
머귀 잎 비 듣는 소리 이 밤 셔터 내리는 소리

득음得音

시업詩業의 첫걸음은
그야 말 고르는 일

다 닳아 해진 말밭
기웃기웃 뒤져보며

생금生金빛 꽃으로 필 말
보밴 듯이 찾는 일.

채로 쳐 걸렀다고
그게 다 보석 되나

눈먼 돌에 정釘 먹이기
대패질로 속살 깎기

그 어느 신운神韻을 얻어
춤이 되는 그날까지.

한 낱말 한 구절이
한 목숨 사르는 일

마침내 불가마 속
꿰미 져 나오는 날

천지도, 귀신도 곡哭할
그런 음音을 얻는 거지.

점화點火

일찍이 천 길 불로도
다 휩쓸지 못한 어둠

그 어둠 오늘에 살아
틀어 올린 저 동명東明에

내 심금心琴 한 켠 불심지
지긋이 줄을 당긴다.

저 은혜 저 푸른 산
꽃 타래로 휘는 가지

바람도 휘청이고 간
물빛 어린 적막 속을

잔주름, 잔주름으로
풀려나는 물감을 보게.

나목裸木처럼

세상사 얼기설기 실타래처럼 안 풀릴 땐
잎 지우고 빈손으로 나목처럼 설 일이다
찬 이마 더운 가슴의 나목처럼 말이다.

가진 것 다 잃고, 친구마저 스스러울 때
대지에 뿌리를 박고 찬 하늘을 받들 일이다
눈 감고 침묵에 잠긴 나목처럼 설 일이다.

다시 또 구름 덮고, 눈보라가 휘감길 땐
새벽 여는 쇠북처럼 온몸으로 울 일이다
그 오랜 단련鍛鍊을 이겨 슬픔마저 정淨히 씻고.

소나기

허공을 휘익 가르며
번갯불이 스쳐간 후

하늘이 빗장을 열고
주장자를 내려치더니

한여름 자연 법석法席에
물 법문法門을 쏟아부었다

바다와의 첫 대면

눈자위를 사운대던
실핏줄이 떨리는 순간

뜨거운 내 속엣말
첫마디를 잊은 순간

가려워
발밑이 가려워
도무지 손쓸 수 없는 순간

김우연(金祐淵, Kim, Woo yeon)

1955년 대구 북구 학정동 출생. 경남대학교 (국어교육) 졸업(1978), 영남대 교육대학원 석사 졸업(2000). 《시조문학》(1994), 《월간문학》(1994) 등단. 맥시조, 영남시조, 대구시조 회원.

―

취업란 진학란 등에서 빚어지는 오늘의 한국적인 비극을 형상화한 작품으로 시조 본령에 접근하려는 진지한 흔적이 역력함(「꺾이는 소리」).
— 이우종, 김월준

이 작품은 우선 사물을 보는 시인의 긍정적 위치가 돋보였으며, 사물에 대한 긍정적 관점은 독자의 호감을 사고 있음. 이 작품은 일단 짜임새가 돋보이는 구성을 했다고 평가된다. 그러나 구성 전반에서 느끼는 완벽성보다는, 생동하는 진술로 독자의 주의를 환기하는 것에 더 매력이 있다(「꽃돌」).
— 노창수(시조시인 · 문학평론가)

―

말글무덤

예천 지보 한대마을에
꽃향기 가득하다.

한때는 말이 많아
억새풀 넘치던 곳

악한 말
사발에 담아
함께 묻은 말글무덤.

햇살 같은 한마디 말
꽃송이를 피우지만

화살 같은 한마디 말
불길을 일으킨다.

모난 말
사발에 담아
내 가슴에 묻었다.

시조론

시조時調는 '절학송폭絶壑松瀑'*
여백의 바람 소리

노송과 폭포수가
배경으로 물러나면

말없이 말을 전하는
저 무궁한 공령空靈이다.

* 절학송폭絶壑松瀑: 김홍도金弘道의 수묵화.

가산바위 우러러보며

맑은 향기 뿜어내는
한 송이 연꽃이다

허공에 높이 솟은
다보여래 칠보탑이다

좋도다!
한 마음 열면
꽃비 내리는 세상이다.

가산바위에 올라보니

한나절 앉은 바람이
선정禪定에서 눈을 뜨면

극락조 우는 소리에
만다라화 산을 덮고

달구벌 휘도는 낙강은
정토淨土에 뜬 은하수.

군위 사랑교를 건너며

사랑은 꽃받침이다
출렁이는 사랑교다

반짝이는 조약돌이다
연리지 느티나무다

언제나 푸르게 흐르며
노래하는 강물이다

내연산 십이폭포

청산도 가끔은 운다
속울음을 풀어낸다.

열두 번 울어야만
바다에 닿는 거네

내연산 고운 단풍도
울음 끝에 핀 꽃이네.

담쟁이

돌담 틈새를 따라
조용히 올라간다.

순리의 길을 열듯
소리 없이 흐르는 강

앞길이 벼랑이라도
한 발 한 발 오른다.

하늘 향한 외로운 길
혼자서 걷다 보면

손과 손을 마주잡고
함께 하는 푸른 손들

끝내는 모두가 모여
푸른 강물 이룬다.

구랑리* 조약돌

구랑리 조약돌 몇 개 머리맡에 두었더니
꿈결에 따라온 강이 속삭이며 날 깨운다
전설은 강물을 따라 반짝이고 있었다.

구르고 부딪치고 깨어지고 밟히다가
부드러운 물의 손길 뼛속까지 스며들어
무한한 세월을 건너 함께 웃는 조약밭.

우리가 산다는 건 조약돌을 품는 거네
별빛 달빛 바람소리 물소리 가득 담고
빙그레 미소 머금고 함께 모여 앉는 거네.

* 구랑리: 경상북도 문경시 마성면 소재.

꺾이는 소리

이슬을 굴리면서
반짝이던 꽃일러니

바람에 밀리다가
힘없이 꺾인 이여

수많은 별을 품었던 이 시대의 젊은이여.

정상이 비정상인
불감증 거리에서

타율이 자율인 양
고삐를 당길 때면

흐뭇한 미소 뒤에는 꽃이 지고 있는 것을.

뚝 뚝 뚝
꽃이 진다
벼랑에 꽃이 진다

낮처럼 밝은 밤에
교정의 어둠은 깊어

가끔은 길 막힌 새들이
동백꽃처럼 뚝뚝 진다.

꽃돌

한 겹씩 곱게 벗기면
원석은 꽃밭이다

황국화 해바라기
매화송이 모란꽃들

공작이 날개를 펴며
꽃밭길을 거닌다.

자신을 돌아보면
우리 모두 꽃돌이다

갈고 닦아 빛을 내면
칠보석이 잠을 깨어

번잡한 세상 속에서
꽃송이를 피운다.

김원각(金圓覺, Kim, Wan gak) 본명: 김영률(金永律, Kim, young ryul)

1941.~2016. 대구 출생. 민족문화추진회 국어연수원 수료(1981). 〈대한불교신문〉 신춘문예 시(1968), 〈동아일보〉 신춘문예 시조(1972) 등단. 시조집『못다 부른 정가』(1969, 삼영),『승려시집』(1972, 예문관, 공저) 외. 편저『한국 명문선』(1981, 민족문화추진회), 산문집『산은 산 물은 물』(1981, 부름, 공저),『이야기 대동야승』(1982, 민족문화추진회),『임금님께 고함』(1982, 부름) 외.《현대시학》편집 취재부, 민족문화(1977~1982), 금성출판사(1983~?) 역임.

—

목련

우람히 솟은 건축 층층이 불 밝혀 들고
그 마음 어느 뜨락에 샘처럼 고인다 해도
일제히 설레는 몸짓 광란하는 바다를

발아래 내던진 그늘 무애無礙도 끝난 품 안
색계色界를 갈라놓고 노 저어 건너온 바람
그 훈향薰香 그윽히 번져 빛보라로 퍼붓는가

한나절 크나큰 동공洞空 궁장 안 푸르름처럼
전생을 내다보면 어디나 다른 세계
그 순간 일체의 별도 꽃이 되어 내 속에 세워진 절

근황

한 손이 밖으로 나간 채 다시 돌아오지 않는다
모든 방은 비어있고 녹슨 그림자만 누워있다
남은 이 손의 절반마저 소리가 들리지 않는다

내 잠은

숙취의 뒷날 아침 냉수맛으로 고이다가
때리는 바람에는 청댓닢 소리로 떠돌더니
깊은 밤 내 잠에 와 설치는 무성한 별빛 소리

네 몸엔

네 몸엔 오대산 뼛속 물소리만 보이누나
그대 일생을 만나러 한없이 헤매어도
잡을 수 없는 물소리만 바람 불며 가는구나

농부

벌판을 들어서면 벌판은 그만 문을 닫는다
평생이 기울어지고 비로소 열리는 벌판 위엔
부서진 늑골의 힘들이 비늘처럼 떨어져 있다

달마조사達摩祖師

이 세상은 본래 맑은 호수와 같은 것을
그대 큰 물결로 천파만파 일으켜 놓고
물소리 끊어진 길로 홀로 돌아갔도다

돌멩이 하나가

먼데서 날아온 돌멩이 하나가
끝없는 물살을 일으키고 있다
깨어진 풍경 조각이 어지럽게 떠가네

백담사百潭寺

마음 맑게 괴는 곳에 빈터 하나 열린다
높은 산 둘러앉히면 만사가 쉽게 된다
극명한 이 이치 하나로 내 속에 들리네

새벽

먼 바다에 은어 떼들이 무리져 가고 있는지
허공에 비늘 튀는 소리가 흩어지고
무수한 거울들이 모여 내 몸을 비추고 있다

촛불 따라가 보면

밤새 잠 못 드는 촛불 한 자루 따라간다
제 눈물의 깊은 골짝을 거울로 맞비추는 곳
무성한 어둠 떼들이 찬비에 몸을 씻고 있다

김월준(金月俊(埈), Kim, Wol jun)

1937년 경북 경주 황남동 출생. 서라벌예술대학(문예창작), 국제대(경제학) 전공. 〈조선일보〉(1963), 〈동아일보〉(1966) 신춘문예, 청마 유치환 추천(1966) 등단. 시조집 『꽃과 바람과』(1996, 문장), 『꽃도 말하네』(2010, 시문학사), 『푸른 말 내담다』(2016, 고요아침). 시집 『검은 땅 검은 꽃』(2011, 동학사) 외. 자유문학 신인상(1963), 국제펜문학상(1998), 현대불교문학상(2010) 수상. '동시인', '한국시', '불뫼', '동해남부선' 동인. 한국시조시인협회 부회장, 국제펜한국본부 이사, 한국문인협회 이사 역임. 한국문인협회 · 국제펜 한국본부 · 한국시조시인협회 고문, 한국시인협회 자문위원 외.

—

김월준의 시조 「항아리」는 본격문학으로서의 진수를 유감없이 발휘한 빼어난 작품이다. 특히 "영원永遠을 향한 그 울음/ 나래치는 저 청학青鶴!" 같은 시구는 싱싱하고 훤칠한 멋진 표현이라 아니할 수 없다.

— 이희승(시조시인 · 국어학자)

김월준 시인이 짧은 시조의 형식에 깊은 철학적 사유와 종교적 성찰을 보여줄 수 있었던 것은 푸른빛의 색채에 대한 섬세한 감각과 상징적 조형능력을 발휘하여 그것을 극한까지 밀고 나갔기 때문으로 보인다. 그 발상의 기원은 시인의 스승인 청마青馬 유치환 선생의 인품과 청도에 깃들어 있는 정운丁芸 이영도 선생의 시혼에서 발원했을지 모르지만 그 시적 사유와 정서적 깊이는 김월준 시인의 신성한 것에 대한 관심과 형이상학적 열정에서 기인한 것으로 평가할 수 있을 것이다. 그리하여 현대시조는 김월준 시인으로 인하여 지극히 평이한 언어와 정제된 형식을 통해서도 지극히 복잡하고 고차원적인 사유의 깊이를 획득할 수 있다는 하나의 가능성을 실현하게 되었다.

— 황치복(문학평론가)

—

제삼무대

다시는 그 피의 노래, 들려주지 말아다오
어쩔 수 없어 올린 깃발이 아니던가
아수라 하늘처럼 핏꽃 여울 짓던 광장에

막이 열린다, 꽹과리 징소리 울려온다
시름겨운 가슴들 푸른 환희 바라는데
온누리 휘어잡을 영혼, 가락이여 넘쳐라

화려한 가면극에 들뜬 박수로 맞이할
귀도 눈도 외면한 지 오랜, 노을 진 산하山河
사변思辨은 불가사리인 양 징글맞게 웃는다

항아리

한량없이 담고 싶은
부풀은 가슴 결에

주름진 시름마저
여울져 번져가도

비췻빛 그리움 속에
웃음 짓고 싶어라

살결은 곱게 익어
상감청象嵌青 돋아나고

말없는 입술에도
사려 담은 푸른 사연

영원永遠을 향한 그 울음
나래치는 저 청학青鶴!

나무

조상들 잊을 수 없어
어린 것들 버릴 수 없어

한겨울 모진 바람
진눈깨비 속에서도

상하常夏의 나라 다 두고
지켜 선 이 터전.

난 몰라 언제부터
여기, 뿌리박은 지를

자라고 자라고 싶은
애끓은 발돋움에

깊은 맘 울릴 얘기로
기도하는 푸른 분수噴水!

난, 가리라 그곳으로

그대 말씀 내게 있어
난, 가리라 그곳으로

얼마간의 노자와
일용품만 들고

어릴 적 꿈꾸던 마을
난, 가리라 그곳으로

밭 일구어 씨 뿌리고
땀 흘려 가을하며

거칠어진 마음
푸지게 가꾸는

어릴 적 꿈꾸던 마을
난, 가리라 그곳으로

장작을 패며

결이 고운 장작은 빠개기도 수월하다
내리치는 도끼날에 산뜻하게 무너지고
신명이 나래를 펴면 힘든 줄도 몰라라

어물고 못생긴 것 하나같이 모여들고
옹이박이 장작 만나 요모조모 찍다보면
장작을 팬 게 아니라 나를 패고 있어라

하루하루 커가는 장작가릴 보아라
제 몸을 남김없이 불사를 날 올 때까지
하늘을 머리에 이고 기도하는 저 성자聖者!

청량산*을 오르며

오늘 낮 청량산을 가볍게 오르는데

"이놈아 정신 좀 똑바로 차리지 못해"

등 굽은 소나무 옹이가 사정없이 내리친다

악! 하며 쓰러져서 주위를 살펴보니

좋은 산길 저기 두고 험한 길로 접어들다

산에선 작은 방심도 그만 두질 않는다

살다가 만나는 낭패, 저런 것이 아닐는지

귀청을 때리고 간 산이 주는 말 한마디가

마음 속 깊은 바다의 큰 흐름을 바꾼다

* 청량산: 인천 연수구에 있는 산.

푸른 말 내닫다

거칠은 만주벌을
거침없이 내닫던

푸른 말이 돌아와
이 땅을 누비고 있네

아, 그 뜻 높고 푸르러
청마靑馬라고 하였나

"보병과 더불어"*
산과 들에 피를 쏟고

불의에 맞서
"뜨거운 노래는 땅에 묻는다"*

아, 그 삶 깊고 향기로워
청마라고 하였나

* 보병과 더불어: 청마 유치환 선생 시집 제목.

청도에 와서
— 이영도 선생님께

어머니 뵙고 싶어 예까지 왔습니다
맑은 땅 고운 터에서 태어나신 어머니
청초한 모습 그대로 향기 가득하오리
오누이 시조공원 시비詩碑앞에 섰을 때
"달무리"*로 떠오르는 아늑한 품 안에서
당신의 넓고도 깊은 그 사랑을 만나리
밤이 되면 어머니와 정다운 별이 되어
그새 쌓인 이야기를 조근조근 나누면서
마지막 가는 이 밤을 반짝반짝 빛내리

* 달무리: 정운 이영도 선생 시비 제목.

오월의 햇살

오월, 이름만 불러도 가슴이 벅차오르는

파랗게 물결치는 청보리 바다 위에

유채꽃 노란 향기가 은은하게 흐르네

가족이란 꽃으로, 핏줄이란 울타리로

말없이 다가서는 오월의 햇살 아래

모처럼 마음을 열고 젖어보는 기쁨이여

주고받는 칭찬 속에 정은 듬뿍 익어가고

미움도 서러움도 봄눈처럼 녹고 마는

사랑이 이런 것인 줄 난, 미처 몰랐었네!

개안開眼

스멀대던 는개가
이제 물러가나 보다

풀지 못한 매듭들이
하나 둘 풀리면서

말없이, 묵상과 함께
찾아오는 이 기쁨.

한순간 지나가는
바람인 줄 알았더니

맑디맑은 마음하늘
수심水深처럼 깊어갈 때

세상의 깊이와 너비를
뚫고 가는 빛이여!

김월한(金月漢, Kim, Woul han) 본명: 김일한(金日漢, Kim, Il hwan)

1934년 경북 문경 동로면 출생. 대구사범학교 본과 졸업(1955). 〈조선일보〉 신춘문예 시조(1972) 등단. 시조집 『솔바람소리』(1974, 창원사) 외. 평설집 『현대시조의 어제와 오늘』(1991, 동인문예사), 『두 번째 평설집』(2003, 엠아이지) 외. 수필집 『길을 가며 생각하며』(1990년, 정동) 외. 제7회 현대시조문학상(1995), 전국시조공모전 국회의장상(1971) 수상 외. 한국시조시인협회, 한국문인협회, 펜클럽 회원.

—

항아리를 통한 인간존재人間存在의 승화昇華

항아리라는 존재의 전이를 위해서는 물길, 불길을 견뎌야 하는 것이다. 항아리의 비유는 그 폭이 굉장히 넓다. 성경에도 토기장이의 비유가 나올 만큼 이 비유는 단순히 예술작품의 형상화 과정을 넘어서는 인간존재성의 문제까지 그 내포적 의미를 간직하고 있다. 항아리가 흙이었을 적에는 '후미진 어느 골짝에 누워 있던 몸', '이리저리 짓뭉개진 형상 없는 몸'이었지만, 밤마다 무엇이 되고자 꿈을 꾸는 몸이었다. 진인사대천명이라고 할까. 어느날 고운 손길에 잡혀서 고통을 꽃피워서 항아리라는 존재성을 획득한 것이다.

이 작품은 경구에 이를 만큼 보편적 진리를 담고 있어 예술이나 인생에 모두 적용할 만하다. 이 작품이 보편적진리만을 노래하는데 그쳤다면, 아마 상투성에 함몰되어 미적 가치를 지니지 못했을지도 모른다. 그러나 둘째수 종장 "허공도/ 네 몸속으로/ 들며 나며 숨 쉰다"가 새로운 지평을 열어준다. 이 부분은 잡다한 해석을 필요로 하지 않는다. 보잘 것 없는 진토에 불과했던 몸이 새 몸으로 거듭나 우주와 교감하고 있지 않은가.

— 이상옥(시인 · 문학평론가 · 창신대 명예교수)

—

아침 창窓

서린 이끼 서둘러서 입김으로 녹여낼제
나보다 먼저 깨어 창을 닦는 사루비아
밤 그늘 심연深淵을 딛고 길을 트는 뜨락이여

호젓이 깃을 펴는 아침 앞에 귀를 열면
귀끝 따라 사른 사른 밟아 오는 빛의 소리
그 위에 그네를 타는 호사스런 나의 하루.

항아리 송頌

후미진 어느 골짝 누워 있던 몸이었다
이리저리 짓뭉개진 형상 없는 몸이었다
그래도 무엇이 되고자 꿈을 꾸는 몸이었다

어느 날 고운 손길 너를 어루만졌던가
물길 불길 다 견디고 새로 살아 도는 숨결
허공도 네 몸속으로 들며 나며 숨 쉰다

솔바람 소리

솔바람 소리는
푸른 등불 다는 소리

밤새도록 칭얼대는
바다 물결 재우다가

청솔밭 잔가지에 와선
머리 빗질하는 소리

하늘 물빛 다 불러온
솔숲바다 물결 위에

지금쯤 머얼리서
고운 노랠 싣고 오나

하나둘 금빛 나래를
퍼득이는 저 소리

잡초 삼제三題

1. 엉겅퀴
엉성하게 털을 세워 함부로 손 못 대게 하고
늘상 풀숲 한가운데 못난 꽃도 피워가며
차라리 못난 엉겅퀴 그래 살걸 그랬다

2. 바랭이 풀
논밭둑 아무데나 흙을 밟고 기어가며
풀더미 엉긴 속을 미로迷路 찾듯 헤쳐나와
그래 넌 또한 해를 살 풀씨라도 뿌리겠지

3. 질경이
채이고 짓밟혀도 다시 살아 일어선다
아무데나 버려져도 질경이 질긴 목숨
바람도 찢긴 생채기 다시 어루만진다

녹슨 바람 불씨 되어

나날은 그대론데
생애는 기슭이다

녹슨 바람 불씨 되어
네 몸속에 남았는가

다 놓고
가는 날에도
이 저승은 말이 없다

비 갠 여름날은

비갠 여름날은 풀언덕이 일어선다
세월은 저만치서 가지마다 잎을 달고
한나절 부신 햇살에 눈 부비고 섰고나

빈 들엔 술렁이는 온통 바람 풀리는 소리
길바닥엔 쓰러졌던 모진 풀잎 한 가닥이
지난밤 질긴 악몽을 떨쳐내고 있고나

봄바람

깊은 골 바위틈에
숨어 살던 칼바람이
산등성 넘나들다
비단실로 풀린 물결
실버들
잔가지에 와선
술래 노는 아기바람

풀밭에 와서

더 이상은 아무것도
하자할것 없는 날엔

혼자서만 보채잖는
풀밭에나 와 볼 일이다

치렁한
머리채 흔드는
풀잎 모양 지어가며

온 들판 안개비를
마구 밟고 짓이기다가

돌아와 머리를 푸는
바람 소리나 들을란다

때로는
하늘 한끝에
젖은 구름도 내어 걸고

다만 물빛 하나로 풀린
하염 없는 강물이며

마음 다 빈 거울 같은
금갈 것 없는 바닥

나날도
햇볕 쬐이는
숲속 그쯤 서볼란다

몸 하나 가누기가

몸 하나 가누기가
이리도 어렵던가

딱딱한 저잣거리
오늘도 쫓기우다

무너져
휘청거리는
어지러운 이 세사世事

길을 잃고

아무데도 길은 없어
눈 비비고 섰노라면

한나절 뙤약볕은
돌바닥을 내려쬐고

가던 길
되돌아와서
제자리에 다시 선다.

김윤(金允, Kim, Yeun) 본명: 김윤희(金允姬, Kim, Yeun Hee)

1948년 서울 출생. 서라벌예술대학(문예창작과) 졸업. 《시조시학》 신인상(2009), 〈경상일보〉 신춘문예 시조(2013) 등단. 시조집 『아비뇽의 다리』(2017, 동학사). 충남문학 작품상(2017) 수상. 열린시조학회, 민족시사관학교 이사.

—

김윤 시인은 2009년 《시조시학》 신인상을 수상한 뒤 2013년 〈경상일보〉 신춘문예에 다시 당선되며 작품 활동에도 박차를 가했다. 그간 추구해온 시적 지향과 방향은 이 시조집에 집중적으로 나타나는 대상을 통해 만날 수 있다. 시인은 자신의 현재 삶터인 도시에서 직면하는 여러 문제와 익숙한 터전을 떠나서 마주치는 여행지에서의 소회 등으로 대별되는 특성을 보여준다. 물론 그 사이사이에는 여성 시인 특유의 살림정신이 깃든 경험과 곡절로 이루는 내밀한 무늬의 작품들도 있다. 그렇게 자신이 발 딛고 사는 삶터에 대한 인식은 '지금, 이곳'을 더 다각적으로 읽어내는 시선을 담보하는 한편 여행을 통해 다시 읽어보는 자신의 삶과 내면 성찰 등으로 깊어진다.

— 정수자(시조시인 · 한국시조시인협회 부이사장)

—

천수만 청둥오리

지축을 뒤흔드는 수만 개 북 두드린다
오색 깃발 나부끼는 천수만 대형 스크린
지고 온 바이칼호의 눈발 털어놓는 오리 떼

아무르강 창공 넘어 돌아온 지친 목청
오랜 허기 채워 줄 볍씨 한 톨 아쉬운데
해 짧아 어두운 지구 먼 별빛만 성글어

민들레 솜털 가슴 그래도 활짝 열고
야윈 목 길게 뽑아 힘겹게 활개 치며
살얼음 찰랑 가르고 화살처럼 날아든다

배롱나무 꽃등

소리의 요정들이 모여 사는 숲 언저리
새벽 먼 강물 소리 풀잎들이 살랑이고
온몸에 간지럼 타는 배롱나무 서 있다

저만치 물러선 바람 덧니 살짝 보이면
처서 지난 하늘가에 수척해진 진분홍 꽃
큰길 옆 정원을 밝힌 불꽃놀이 장관이다

종갓집 늙은 종부 손끝 저민 제물처럼
나의 살 나의 뼈 꽃잎으로 돋아나면
한 백일 지등을 켜는 백일홍이 되려나

여름의 자서自叙

혀끝을 수십만 번 풀무질하는 젓가락
닳고 닳아 사라져 간 시간의 그림자는
숫돌 위 칼날이 되어 베일 듯 번득인다

식탁 너머 쪽문 열면 푸르게 펼치는 하늘
젊은 날 섧고 아렸던 그 숱한 편린 뒤로
아버지 은수저 한 벌 강물 따라 흐른다

유년은 바람결에 뚝뚝 지는 꽃잎처럼
산 자의 뒤안길로 목이 메듯 시려와
울창한 여름나무들 비망록을 쓰고 있다

아비뇽의 다리

자취 없이 꿈틀대는 전설의 도시 한 켠
나그네들 주고받는 허전한 눈빛 속에
검버섯 도지는 건물 그 위세에 전율한다

취기 오른 이방인들 흥청대는 길가에서
잘려 나간 고흐의 귀 어디서 헤매는지
섬뜩한 뭉크의 절규 소름이 다시 돋고

천 년을 견디어도 돌은 그냥 침묵할 뿐
백 년도 부르지 못할 우리들의 노래라니
아비뇽 끊긴 다리에 서성이는 나를 본다

갠지스강 1

강물이 불타는 걸
그대는 보았는가

나무도 타고
인육人肉도 타고
태양의 심장도 타는

갠지스 강가 서면
눈물마저 핫핫하다

산 자의 두려움도
죽은 자의 허망함도

허기진 욕망마저
모조리 태우는 강

죽음은 또 다른 시작
순응의 길 보인다

김윤숙(金允淑, Kim, Yoon suk)

1955년 제주 출생. 방송통신대학교(국어국문학과) 졸업. 《열린시학》 신인상(2000) 등단. 시집 『가시낭꽃 바다』(2007, 고요아침), 『장미연못』(2011, 책만드는집), 현대시조100인선 『봄은 집을 멀리 돌아가게 하고』(2016, 고요아침), 『참빗살나무 근처』(2018, 작가). 시조시학젊은시인상(2008), 한국시조시인협회 신인문학상(2010), 시조시학상(2019) 수상. 제주시조시인협회 회장 역임. 한국시조시인협회 이사, 열린시학회 부회장, 오늘의시조시인회의 중앙상임위원.

—

"내 노동은/ 그리움이다"라는 표현은 의외성을 가지고 있다. 왜냐하면 이 표현은 다분히 중의적이기 때문이다. 우선 제목과 관련하여 담쟁이덩굴의 벽을 오르는 행위가 그리움이라고 할 수 있다. 담쟁이덩굴의 구체성이 그리움이라는 추상과 만나면서 시인의 시적 상상력은 한결 탄탄해진다. 그러나 이 표현은 여기서 그치는 것이 아니라 시적 자아의 노동이라는 것이 그리움이라는 것까지를 내포한다. 농장을 운영하고, 시를 쓰는 것이 그리움이라는 것이다. 담쟁이덩굴이 바로 시적 자아라는 것이다. 여기에 이르면 의표를 찔릴 것 같은 충격을 받는다. 시인은 이 모두를 고려하고 작품을 썼다는 얘기다. 시인이 시 창작과정에서 얼마만큼 자신을 단단하게 단련시켜왔는지를 엿보게 하는 대목이다.

　　　　— 이지엽(시인 · 한국시조시인협회 이사장 · 경기대 교수)

—

담쟁이덩굴

그 누가 자석처럼

무작정 날 당기는가

한여름 애월 바다 절벽을 박차 오른

방충망 파도를 치는

내, 노동은

그리움이다

섶섬

숲에 들이친 바람을 설령 밀어내랴

절지기 울음 삼켜 숨비기꽃 피우는

지상의 감옥 한 채에 온 우주를 내린다

비설飛雪

　가슴에 품은 아기 잠시 내려놓아요

　휘날리는 눈처럼 찬란한 햇살 아래 아 아 눈이 부시나요 고개를 못 드나요 제발 가슴을 여세요 구부린 몸 이제 펴세요 뼛속에 파고드는 공포와 추위도 잊고 맨발의 젖은 옷자락 두 팔에 안은 아기와 숨을 몰아쉬며 무작정 뛰었지요 아이만 내 아이만, 쫓기는 이유 모를 그, 순간이었나요 폭설에 갇혀버린, 거친 오름 푸른빛에 반짝이는 등심붓꽃 젖 먹던 그 힘으로 바닥 차오른 아기별들 봐요

　내쉰 숨 칭얼대던 울음
　까르르 웃는 오월

참빗살나무

참빗처럼 나뭇잎을 파고드는 햇살에
한라능선 차오르는 치렁치렁 머릿결
언젠가 마주친 소녀 빛나던 이유 알겠다

어머니 나를 눕혀 서캐를 고르시던
그 손길 설핏 든 잠, 홀로 깨어 서러운 날
땀 냄새 절은 머리칼 참빗살나무 근처다

몇 번을 멈칫대다 끝내 찾지 않은 집
수직의 돌계단 산정 아래 이르러
푸르름 순명으로 받드나 붉게 익는 열매들

광장

한냉알레르기 벌겋게 온몸에 솟는다

발바닥서 머리끝까지 송골이 밝히는 밤

한바탕 쏟아낸 울음, 구석구석 온기 퍼진다

하논

부름에 답하듯 발걸음을 놓는다

아득한 새 지평의 또 다른 섬에 닿아

가만히 귀 기울이니 풀벌레 소리 가득 차다

뉘엿한 가을 들녘 그림 속에 빨려들어

오만 년 전 물길이 간곡하게 이르는

세상의 근본을 열어, 한 끼 밥 뜸 들인다

베릿내

폭포 소리 품어 안아
벼랑을 세우네

깊어진 물소리
거슬러 온 날들이

자꾸만 눈에 밟혀서
귓가에 쟁쟁이던

계곡의 어디쯤인가
수굿이 잦아들어

물빛을 건져 올리네
성천봉 하늘자락

때맞춰 내리는 별빛들
고이 받네, 젖은 두 손에

남천

그만 내려놓으라고 네게 연신 되뇌지만

저 성성한 남쪽 하늘 차마 놓을 수 없던

눈가에 번지는 눈물, 이내 붉게 맺혔네

모퉁이를 돌아서면 한생의 그 흔적들

바람 타 흩어지는 꽃잎처럼 속수무책

마른 몸 기도 품었듯, 기적 없이 새순 돋네

버드나무 집

버드나무 강가를 무심히 지나치다
연둣빛 이파리 꽃대궐에 눈이 갔다
입안에 가득 풀냄새, 알싸하게 번지는

혼신으로 짓고 있는 푸름의 몸짓에
스포트라이트의 봄빛은 그리로만 비춰
수심의 저 강 깊이를 서로 들어 올리는

하늘 가까이보다 구부림의 인내로
아늑한 집 한 채씩 궁궐의 뜰에 내려
저절로 둥글어진다, 차창 밖 멀리까지

바람의 날

선녀가 내려왔다는 오름이어서일까
눈 내려 주위가 온통 빛으로 환할 때

억새는 싸리비 되어
바람을 쓸고 있다

나는 한때 너에게 모든 것을 맡겼지
제주 바다 손짓하는
오름 올라 글썽이면

쉼 없이 불씨 살리려 몸을 낮춘 바람이여

산록도로의 저 길들을
마음에서 지우고
허공의 길들을 무수히 내어놓으며

괜찮다 그저 괜찮다,
바람은 저를 버린다

김윤철(金允哲, Kim, Youn chul)

1956년 인천 동구 송현동 출생. 서울 종로직업학교, 창신대 평생교육원(문창과) 수업. 《신세대문학》(1997), 《경남문학》(1998) 등단. 시집 『봄볕, 한나절은』(2012, 시선사). 오늘의시조시인회의, 한국시조시인협회 회원.

> 눈에 만난 달빛
>
> 　　　　　　진달래
>
> 함께밤 일곱 그릇 같이
> 산막집 해시 제는데
>
> 이렇게 살아도 되나
> 그산을그 밤을 맞는데

—

김윤철 시인은 시적 진실과 정체성을 껴안고 치열하게 살아가는 시인이다. 그에게 삶은, 아니 시는, 자신이 물화된 세상에 길들여져 안락하게 살아가는 것이 아니라 자신이 세상을 길들이려고 하는, 어찌 보면 무모한 '몸의 흔적' 같은 것이다. 그는 희망의 부재와 욕망의 결핍이 자신을 지금까지 이끌고 왔음을 잘 안다. 지독하게도 외로웠던 시인의 유년기와 가슴 휑한 곳에 불어오는 겨울바람, 그리고 문풍지처럼 온몸을 부들부들 떨며 잠들 수 없었던 과거의 기억들에게서 이것을 배운 지 오래된 것 같다. 진실은 말에 있지 않다. 그의 시 행간 곳곳에 진실한 삶의 흔적이 배어 있음을 눈 밝은 독자라면 금세 알아차릴 수 있다.

— 박성민(시조시인)

—

고하도高下島*

전남 목포시 충무동 고하도
해면, 공생원共生院**
종탑 물그림자
손 모아 두 번 절하고
흙 한 줌 쥐어본다

전도사 윤치호와 일본인 아내의
기도 소리 나직나직
밀물에 젖어들던 곳
유달산 그 아래 눈물 섬
내겐 그냥 고아도孤兒島.

* 고하도高下島: 일제하 처형된 지식인들의 자녀나 고아들을 감금, 구타, 굶주림 등으로 수많은 아이들이 숨진 곳.
** 공생원共生院: 일본 총독부의 딸 윤학자가 세운 고아원(목포시 죽교동 473 소재).

영아원 일기

철책의 막사 밖엔 밤새워 눈이 내렸다
사금파리, 뼈 한 조각 허기로 움켜쥐고
쇠창에 목메어 우는 바람 소릴 들었다

간밤에도 이름 모를 소녀 하나가 죽었다
들것에 눈을 털던 아카시아 잡목 숲
휘어진 눈꽃 가지마다 노랑부리 새가 울었다

쇠 덫에 발목 묶인 아이 몇 뒤척이고
산 아래 민가에선 원생 머리 하나에
밀가루 두 포대가 걸린 애기들이 떠돌았다

가족

계룡산 구룡사지 인두화烙畵 그리는 화상
평상에 엎드려 인두질이 한창이다
돌각담 너머로 보니 그림 아닌 글이다

귓불에 스치는 삼불봉三佛峰 삿갓구름
일찍이 산에 들어 혼잣손인 그는 안다
인두로 지져서 쓰는 가슴속 글 있다는 걸

끔쩍끔쩍 놀라며 걷던 노루목 한나절
늦저녁 산막에 들어 저녁밥 지어먹고
버려진 담배종이 위에 이쑤시개로 써보는 글

명절 때 불 꺼놓고 혼자 울어본 사람은 안다
캄캄할수록 둥글고 환하게 떠오르는 달,
한가득 달빛에 젖은 그리움의 말 있다는 걸

단도短刀

더운 여름 냇가로 한 사내가 걸어왔다
땀 젖은 작업복에 먼 길을 걸어서 온
사내는 나뭇가지 위에 웃옷을 벗었다

백일홍 꽃잎 하나가 물 위로 떨어졌다
사내가 세수를 하고 머리를 감는 동안
칼끝이 팔뚝 깊이 박힌 문신을 훔쳐보았다

넘어지면 밟고 가는 이승의 길모퉁이
등 돌린 세상을 향한 분노의 칼은 아닐까
그 마음 도려내고 푼 삭도削刀는 아닐까

발등을 간질이는 이 소리 없는 냇물도
저 계곡 어디쯤에선 큰 소리로 울었으리
물아래 어느 돌이건 상처 아닌 것이 없었다.

내성천乃城川의 가을

경북 봉화 내성천변 차 안에 일박一泊하고
젖은 몸을 말리려 너럭바위에 누웠는데
새 하얀 조각구름 하나 저 혼자 몸을 빈다

문수봉 혼자 넘던 큰고니 같았다가
갈대숲을 휘젓는 오목눈이 울음 같더니만
보육원 동무 얼굴처럼 가뭇없이 흩어진다

구름 한 점 없는 가을 하늘은 망망대해 같아서
그 바다에 눈물 마른 나뿐이라 생각하는데
검붉은 고추잠자리 내 이마를 짚고 난다

더러운 그리움

거리를 걷다 보면 공사중 팻말이 있고
팻말 아래 고여 썩은 하수를 퍼 올리며
끊어진 전화선을 잇는 사람들을 보면서

그들의 민첩한 손놀림을 보면서
뒤엉킨 수천 가닥의 전선들을 어떻게
일일이 찾고 묶는지, 피가 돌게 하는지

한여름 뙤약볕 아래 내 이름자를 써보며
까맣게 불타버린 한 줌 전선 가운데
새파란 선 한 가닥을 몰래 주워 둡니다.

금반지 한 돈

합판공장 첫 월급 타 마련한 반지 한 돈
자유수출 조립반장 갈래머리 그 가이네
귀갓길 입술 훔치며 건넸던 반지 한 돈

월세방 얻을 때도 조산원 갈 때에도
큰아이 공납금 때도 전당포에 맡겨지던
집 사고 뱃살 두꺼워져 장롱 깊이 묻혔다가

구제금융 금 모으기 때 홀연히 사라져
어느 재벌 금고 속 노리개나 되었을
언제고 내 맘 속 깊이 반짝이는 반지 한 돈

혀

장돌뱅이 허생원의 늙고 지친 나귀 같은
십 년 넘어 기력 다한 트럭을 토닥이며
하루만 더 달려보자 편자 못을 고른다

눈 한 번 흘겼다고 떨어지는 하눌타리 꽃
주야장천 불문곡직 맥 놓고 서버리는 차
더 이상 맡겨두는 일 부질없다 이르는데

언제부턴가 혈관 속 가로막는 노래기 하나
뒤엉킨 다리를 끌고 되똑되똑 지정지정
트럭이 멈춰 서기 전 내미는 꼭, 혀 같다

웃음 법
— 동물원에서

하이에나가 웃는다, 나무늘보가 웃는다
98.77%의 인간이라는 침팬지도 웃는다
웃어야 할 때를 몰라, 보면 그냥 웃는다

먹이를 함께 먹고 상처를 핥아 주며
어미 잃은 새끼에게 제 가슴을 내어주는
그들의 참 대화법은 한결같은 웃음이다

거울 속 나를 향해 나 먼저 웃어본다
잘못 끼운 셔츠의 첫 단추를 다시 채우고
속니가 드러나도록 소리 내어 웃어본다.

산역山驛

눈 덮인 의자 위에 가방을 내려놓고
웅크린 겨울 숲에 눈꽃을 바라본다
바람도 저 눈꽃 위에선 나비로 깨어날까

삽짝이 덜컹대는 낯익은 산역 마을
촌부의 손을 잡고 사는 얘기 물어본다
부짓대 새싹이 돋는 봄소식 듣고 싶어

김윤호(金允鎬, Kim, Youn ho)

1960년 경남 하동 양보 출생. 호 운암(雲岩). 《부산시조》 신인상 수상(2011). 부산대동고등학교 교감 역임. 한국시조시인협회, 부산문인협회, 부산시조시인협회 회원. '볍씨', '코리아시조' 동인.

시인의 주요 작품의 소재를 분석해 보면 고향, 부모, 형제, 자연들이다. 그가 설정한 고향은 단순히 기계적이고 물리적인 공간이 아니라 화학적으로 분해되고 전이되어 정情을 나누는 가장 인간적인 곳을 고향으로 한정하고 있다고 생각된다. 고향을 잃은 도회인들의 근원적으로 고민하고 방황하는 모습을 보면서 원초적인 본능의 고향인 엄마 품을 찾아 마음의 안식처를 제공하고 싶음으로 고민한 흔적이 곳곳에 묻어두고 심미적인 위안을 현대 도시인에게 드리고자 고향의 들풀과 고향을 구성하고 있는 제재와 소재를 찾아 객관적인 상관물에 감정이입의 기법을 통하여 목소리를 내보고 메시지를 던지고 있다. 또한 가족공동체의 해체가 현대 사회가 안고 있는 질곡된 사회문제의 원인은 고향情을 잃은 삶에서 비롯된다고 판단하여 향수 鄕愁를 되살리기 위하여 시인은 오늘도 걸어가고 싶어 한다.

— 전일회(시조시인 · 전 부산시조시인협회 회장)

코스모스

한여름 땡볕이 포탄처럼 쏟아져도
부챗살 그 잎새로 고향 마을 지키시던
어머니 옥양목 치마 동구 밖에 섰어라.

텅 빈 마을 바람으로 돌아나와
하나둘 떠나보낸 자식이 안스러워
가을날 언덕에 앉아 사랑의 꽃불 놓네

젊은 날 추억들을 점점이 그려 놓고
하얀, 분홍색을 시름시름 달아 놓고
저 하늘 노을처럼 홀로 저무는 꽃이어.

임종 근처

신새벽 저승사자 전화벨을 타고 왔다.
네 어미 급작스레 구급차에 실려갔다.
아버지 하늘 텅 비워 세상 밖에 앉았다.

곁에 모시고 싶어 청하는 말씀에도
늙은 소 여물 주러 경운기 타고 가시던
그 어깨 다섯 남매 지고 무겁다 안 하셨네

'내 몸이 와 이럴고' 한 마디 하시고는
무에 그리 바빠서 총총총 가신 걸음
손주 놈 재롱 다 못 담고 눈을 어이 감았을고.

신망제가

소처럼 커다란 눈
아우야,잘 있느냐

애꿎게 집안일을
네에게만 지웠구나

오늘은
저승 밭이랑에서
무슨 농사를 짓느냐

밀양 땅 타향에서
네 땀으로 지은 비닐집

한여름 뜨락에도
강물 흐르는 세월

잘 자란 청양고추처럼
하얗게 웃던 아우야

아우야 가서는
부디 농사는 짓지 말게

이 땅을 적시고 가는
강물이 더 푸른 것은

네 한이 방울방울 모여
구비 흐르기 때문에

겨울 고향집

눈 덮인 장독에는
동치미가 소담하고

연 걸린 감나무에
까치 소리 와자하다.

굽어진 어미소 울음
돌담길을 끌고 간다.

아버진 낮달처럼
알 수 없는 시를 읊고

어머닌 달빛 담아
익혀둔 술을 걸러

한 잔씩 건네는 세월
김칫국 맛 고향집

할미꽃 곁에 서서

이승 내내 사랑하고
그래도 모자라서

버선발 벗고 나서
당신 앞에 절 올리며

자주색 옷고름 여미며
저승문을 서성이네

감추고 싶은 마음
솜털처럼 돋아나고

새 소리 바람 소리
귀를 곤두세워

그리움 다 못한 이 봄
호롱불을 켭니다.

김은남(金殷男, Kim, Eun nam)

1943년 경북 포항 출생. 포항중학교, 동지상업고교 졸업. 《시세계》(1992) 등단. 시집 『산음가』(1992, 시세계), 『산음가 2』(1994, 은성문화), 『산음가 3』(1996, 은성문화), 『일천산의 시탑』(2001, 심산문학), 『일천산의 시탑 2』(2004, 정상). 서울문예상(2005) 수상. 시산문학작가회, 서울 송파문인협회 회원.

산길을 가며

김은남

계곡 흐르 고운 옥수
엎드려 산 마시고

솔바람 여음은 젓기
가슴 터 산 숨쉬면

산 향기 온몸에 그득
나 어느덧 청산 되고

—

김 시인은 그냥 산에 다녀오는 것이 아니다. 산에 가기 전에 이미 그 산에 관한 모든 기록을 읽는 가운데 마음 속 가득 산을 품는 것이다… 그는 산에서 자유롭고 행복하다. 봄산, 양지 바른 곳에 피어난 풀 한 포기, 꽃 한 송이에도 그의 시선이 그냥 스쳐 지나가는 법은 없다. 그게 무슨 꽃인지, 꽃말은 무엇인지, 무슨 나무인지 일일이 짚어보며 더러는 사진을 찍기도 하고 수첩에 열심히 적어 넣기도 한다.

— 김우선(산악시인), 『산음가 3』 해설 중

—

새봉을 오르며

쉬운 길 마다하고 힘든 길을 택합니다
대간 능선 이어가면 어렵잖게 닿겠지만
산꾼은 멋이 있어야, 고진감래 알아야

켜켜히 눈 쌓이고 거듭 건넌 징검다리
박물관-옛 주막터-반정 지나 된오름
언필칭 대관령 옛길, 강릉 사람 바우길을

잎 떨군 가래거목, 옷을 벗는 거제수
호호백발 고목 산 벗, 두 아름의 물푸레
곧 자란 빽빽 금강송 하늘 찔러 숲 이룬

상고대 너무 고와 잠시 걸음 멈추면
불현듯 뇌리를 스친 한이 남은 첫사랑
성황단, 고갯마루에 소원 하나 올립니다

'송강'*이 지났던가, '교산'*이 넘었던가*
흥근히 남아 전한 겨레 삶의 진한 향기
그리운 '사임당 신씨' 사친시 읊으며 가던…

* 송강: 정철, 교산: 허균

오대산 선재길

포장길 벗어 들면 선재길이 열립니다
아득한 세월 동안 스님들이 오가신
월정사-상원사 잇는 이십여 리 그 계곡길.

섶다리, 출렁다리, 판자다리, 징검다리…
이승인 듯 저승길이
저승인 듯 이승길이
오대천 맑은 골물을 일여덟 번 건너는.

그대 알고 계신가요 오대천의 저 흐름을
정선에서 조양강-동강
영월에선 남한강
양수리, 비로소 한강, 서울-서해 이르는.

느릅, 다릅, 거제수, 박달, 복장, 물황철
들메, 서어, 물푸레, 음, 함박꽃, 전나무…
세 아름 거목 신갈이 아직 살아 숨쉬는.

물참대, 말발도리, 생강, 철쭉, 참싸리
노루오줌, 벌깨덩굴, 붉은병꽃, 초롱꽃…
보랏빛 당개지치꽃 무리 지어 피어나는.

길섶 당귀밭에 허름한 빗돌 하나
차산피산산시산此山彼山山是山
갱차입산하심산更此入山何尋山
지윤탑智潤塔, 알 듯 말 듯한 칠언시七言詩도 만나는.

오십 년 전 그해 칠월 큰장마에 세찬 물살
십위十位의 젊은 영가靈駕 이름 새긴 연화탑
갈 길이 바쁘다 해도 멈춰서서 합장하는.

연초록 부신 봄날, 녹음 짙은 늦여름
오색단풍 고운 가을, 황홀 눈꽃 한겨울
어느 때 어느 날에도 대자연을 만끽하는.

고승대덕高僧大德이 지났던가
운수납자雲水衲子가 걸었던가
혼자서, 둘이 만나, 삼삼오오 모여서…
단 한 번 걷기만 해도 화엄세계 맛보는.

토함산

산죽숲 지나 올라 억새꽃밭 산정에 서면
아스라이 떠 오르는 동해바다 수중왕릉
턱 괴고 눈을 감으면 서라벌이 보입니다

빼어난 선인의 기예 거룩한 불심을 만나
찬란한 불국사를, 드높은 석굴암을
조상의 위대한 숨결 가슴 뜨거워 옵니다

하 지순한 사모이길래 핏빛보다 붉은 단풍
토함산 굽이굽이 아사녀 애달픈 사연
그 사랑 목이 메어서 넋을 잃고 걷습니다

천년 세월 찰나였던가, 하루 또한 천년인 것을
역사 자연에 묻히고 자연은 역사이었거니
석양에 한 낭도 되어 산을 내려갑니다

단풍산

들머리 바위에 걸터 단풍산을 우러른다
황금빛 핏빛으로
더러 갈색 회색으로
살아온 삶에 따라서 전혀 다른 단풍 빛깔

이른 봄 새잎 돋아 꽃 피우고 맺은 열매
나이테 넓혀가며 공기 걸러 맑혔다 해도
이제는 떠나야 하리
거역할 수 없는 섭리

나 어떻게 살았던가
어떤 길 걸었던가
겨레 위한 소망의 탑 혼불 밝혀 쌓았던가
불현듯 뜨거운 눈물 뺨을 적셔 흐릅니다

해거름 오솔길을 쉬엄쉬엄 내립니다
온갖 상념 털어내며 뇌어보는 말 한 마디
"내 삶의 단풍 빛깔은 얼마만큼 붉을까?"

삿갓봉

삿갓이란 이름으론 산이 되지 못합니다
안개산 굽어보는 우뚝 산세 이뤘어도
예부터 우리 조상들 산이 아닌 봉으로

멀리서 바라볼 땐 뾰죽하던 정수리
그러나 올라보니 제법 너른 평지였네
삼각점 제자리 앉은, 아름거목 숲을 이룬

삿갓하면 생각나는 방랑시인 김삿갓
낡은 삿갓 눌러 쓰고 문전걸식 시를 읊던
빼어난 풍자와 해학, 무릎 치며 탄복하던

노송에 털썩 기댄 칠십 나이 초라 몰골
땀에 쩔은 배낭이며, 찌그러진 카메라며…
나 또한 성이 '김'에다 산꾼시인 아니던가

몇 만 리를 걸었던가 방방곡곡 조국 땅을
청산을 돌로 삼아 쌓고 쌓은 '삼천산 시탑'
그러나 되돌아보니 초라하기 짝이 없는

옥녀봉

팔소매 걷었구나, 허리 질끈 동여매고
연약한 여인이라 뉘 감히 얕보리요
큰살림, 맡은 소임을 억척스레 감당하는

치악산 시조 삼은 당당한 종갓집에
백운산 시아비요, 시어미는 십자봉
집 떠난 건너 삼봉산 지아비 아니던가

큰딸 시루봉에, 둘째 딸은 갈미봉
행여 대 끊어지랴 불공 끝에 오청산
낮에는 힘든 농사일, 호롱불 밑 길쌈을

겨레 삶 돌아보면 남자 으뜸 같아도
숨 쉬는 공기같이, 마시는 샘물처럼
고마운 줄도 모르는 어머니의 공덕이

귀래면, 백운, 엄정, 세 개 면 굽어보며
원주시, 제천, 충주, 세 개 시를 나누고
마침내 도계를 이룬, 강원 충청 가르는

칠이남쪽대기봉

무룡산 마악 지나 덕유산 바란 대간
곁가지 슬쩍 뻗어 해돋이 부신 곳에
꿈에도 잊을 수 없는 고향 같은 산 있었네

술 익듯 그리움 익는 오매불망 마음의 벗
빨치산 한때 머문 곰삭은 그 옛집에
삼태성 시인 되어 사는 산수리 삼태마을

독 가득 술을 빚고, 김치 두부 수북이 썰고
모닥불 밤새 지펴 정담에 시도 읊고
참으로 오랜만 모인 여러 글벗 산 친구

뜰 가득 벌레 소리, 이슥토록 골물의 노래
간간이 부엉이 울음, 길짐승의 잦은 기척
하늘엔 빼곡 찬 별들, 출렁이는 은하수…

다닥다닥 감 익어도 새 먹이로 따지 않고
산초노파 고운 열매 새콤향 자락에 날린
그런 곳 아직 남았네 칠이남쪽대기봉에

산

산 있는 곳이라면
어디든 고향 같다

외로이 핀 작은 산꽃
이름 몰라 안타깝고

돌 한 점
풀 한 포기에도
애틋한 정을 쏟고

산에서

내 육신 눈 감으면
한 줌의 조국 되고

영혼 또한 통일의 비원
산꽃으로 피리니

무엇 더 바랄 것인가
뜬구름 한생애에

산길을 가며

계곡 흐른 고운 옥수
엎드려 산 마시고

솔바람 머금은 정기
가슴 펴 산 숨 쉬면

산향기 온몸에 그득
나 어느덧 청산 되고

김은희(金銀熙, Kim, Eun hee)

1961년 경북 상주 출생. 호 윤서(胤瑞). 원광대학교 석사(예문화와 다도학과) 졸업, 박사(한국문화학과) 졸업.《시조세계》신인상(2007) 등단. 논저「한국 전통성년례에 관한 연구」(2014, 원광대학교). 시조세계, 시조세계시인회, 수암봉문인회, 한반도문인회 회원.

―

쉼표 하나

칼바람에 살을 에며 산길을 오른 끝에
마침내 열리는 산사의 천년 비의秘意
용마루 하늘 높이로 쉼표 하나 그려 놨네.

합장하고 머리 숙여 소원 하나 여미는데
덩그렁 제 몸을 울려 마음을 잡아챈다
아, 그래
비우라는 거
비움마저 비우라는.

조춘早春

집 뜨락 어디선가
인기척이 자꾸 나서

가만히 문을 열고
사방을 살피는데

놀래라,
저만치에서
매화가 피었나니

해마다 이맘때면
반가운 손 맞이하듯

모셔온 매화 송이
찻잔에 띄워 놓고

오호라
이 향기 이 맛
어찌 우리 잊으랴

눈 오는 날

소복한 구릉이 새빨간 단풍 한 잎
묻혀서 얼지 않으려 사박 걸음 부여잡고
나 하나 한결의 빛깔 온 세상 하얘져도

꽃길
― 코스모스

큰 길 절래지 중간 코스모스 한 그루
천애의 바람 안고 하늘하늘 꽃을 피워
꽃같이 지평만이냐 하늘 향해 도도해

꽃무릇

윤회다 해해연년 꽃과 잎 피고 지고
저토록 상사의 아픔 피를 토해 갈망하면
이 새봄 임으로 와서 찾고 찾다 또 가는

김의현(金宜賢, Kim, Ui hyeon)

1963년 전북 익산 출생. 《시조세계》 신인상 (2002) 등단. 시집 『저 붉은 그늘의 힘』(2017, 동방). 시조시학 젊은시인상(2011) 수상. 시조시인협회, 오늘의시조시인회의, 한국작가회의 회원.

—

김의현의 시는 "필생을 끌고 온 시간 다 놓치고"(「모란이 진다」), 마지막 생을 요양원에서 보내는 독거노인의 외로운 삶과, "날마다 골목 안을 쓸고 다니는"(「성호를 긋다」) 폐지 줍는 노인을 통해 소외받는 이들의 아픔들을 보듬는다. "잘 익은 먹을 갈고 결락의 붓을 들어"(「추사, 적거지에 들다」) 품격 높은 자존심을 세우는 선비를 만나기도 하고 "세상 속 이야기들 마음으로 풀어내"(「돌귀, 공항 근처」)면서 정형의 내재율을 고르며 생명과 현실에 대한 관심과 고통 속에서 솟아나고 있다. 자신의 처지나 이념 혹은 감상을 포장해 드러내지 않고 생활의 숨소리가 되어 독자에게 다가간다.
　　　　　　　　　　　　　　— 오종문(시조시인 · 문학평론가)

—

성호를 긋다

사냥을 해야만 먹고 사는 들짐승처럼
날마다 골목 안을 쓸고 다닌 파파할미
오늘은 장대비 내려
박스 한 장 못 줍고

지하방에 겨우 눕힌 축축하게 젖은 몸
서성대던 길고양이 안부를 묻는 건가
땟거리 하나 없는 방
빼꼼히 들여다본다

천장 거미줄 하루살이들 버둥대고
한 번도 열린 적 없는 절반의 창문 틈에
다 낡은 저녁 햇살이
성호를 긋는다

매향암각

먹장 같은 갯벌 속에 묻어두고 기다리면
신성한 미륵의 향, 더 단단한 향 되라고
암벽에 새긴 비문은
민중들의 고된 비원悲願

구원의 향나무는 언제쯤 떠오를까
갯벌을 핥던 파도 먼바다로 돌아가고
암각 된 시간의 영역
지상에서 아득하다

워터홀

사막이 열어놓은 가슴속 물웅덩이
사자와 어린 기린의 생명을 받드는 일
한 번도 메마른 적이 없다지요 지금까지

맥없는 갑질이나 사냥은 반칙이라고
사소한 간청이나 모호한 소원 없어도
믿어요, 방도 없지요
막연한 합의지만요

저만치 물러앉은 석양도 잠이 들면
서로에게 등 기대고 고만고만 사는 일도
수척한 낮은 달빛을 기다리는 일이지요

모란이 진다

필생을 끌고 온 시간 다 놓치고 시작된 삶

비석처럼 외로 서서 안 오는 아들 기다리는

요양원 안마당 그늘

뚝, 모란이 지고 있다

젖은 채 흐릿한 눈 아득한 웅얼거림

생각 난 그리운 것 입속말로 부르는지

무명빛 감꽃 다 지고

저 초록은 빛나는데

아득해지다, 함께

　허름하고 낮은 지붕 그림자 길어지고 종일 묵어 한 집들 더듬더듬 눈을 뜨면
　　비로소 한 장의 판화, 풍경 찍는 골목길

　모퉁이 외로 돌아 총총대는 발걸음 느닷없이 돌에 채여 휘청댈 때 치욕은
　　현관 앞 내팽개쳐진 구독 거부 신문 같아

　대체 누가 시린 등을 한사코 떠미는가 닫혔던 문 열 때마다 덮쳐오는 적막함에
　　저물녘 아득해지다, 텅 빈 것들 다 껴안고

김이홍(金履弘, Kim, Yi hong)

1914.~1976. 평북 박천 출생. 호 월석(月石). 〈서울신문〉 신춘문예 「청매靑梅」 시조 당선(1967). 시조집 『영마루』(1968, 정음사). 농촌계몽운동(1932~1944). 노전초등학교 설립(1945). 봉천중학교 등 교직생활. 한국문인협회, 한글학회, 한국시조시인협회 회원.

개나리

동짓날 긴 긴 밤은 잦은 닭 안 울런가
설원에 저린 발길 초록별 영 마루로
십자가 끌어간 자욱 안간힘 네 허리 안고지라

가풀막 매어 달려 부릅뜬 눈망울이
선지피 붉은 덩이 엉켜 든 지심으로
이 아침 올 굵은 햇살 들여 놓는 저 생수

숨길이 다하기로 넋마저 갈리오리?
노란자 김도 모란 오르는 골짜기에
가슴팍 하아늘 하아늘, 떨어져 앉는 정精아

광야

가슴팍 터진 날에 인적 다 끊긴 들가
홍능에 장송 가지 부엉이 잊을 수야
얼음장 원심의 지대 체온만이 그립다

불모에 마른 상처 숨 막힌 그늘 밑은
산맥의 갈비 위에 곤두세운 귓전으로
이 광야 나는 반딧불 아릿아릿 맴돌아

뙤약볕에 들려온 소리

산도 소 등어리, 쇠파리 파 들어가는
삼복 닦는 솥 안에서 강 모래 탄 아알알이
"아니, 저 정正 없는 상한象限, 꺼멍들이 또 오네"

통째로 다 넘겨라 살, 뼈다귀 할 거 없어…
아가리와 보조개밖에 없는 배때기 속에 들어야, 녹아 물러 아롱지는 백록의 알맹이 동그라져,
파파딱 뛰어나는 섬광, 벽 무늬 날이 되지

철쭉

그 어디 타까우면 묵은 뿌리 부여안고
산 너머 바라바라 들끓는 거품 방울
5월도 애끓는 초록, 뚫어져라 응시가

청매靑梅

성하에 꿇어앉아, 푸른 덜미 받든 봉을
하늬에 향을 피워 그 누구 마중인가
한골에 물 오른 가슴, 등을 켜는 그리움

창문 소록 열고 나면 도란도란 이야기들
갈피리 고른 가락 하마 아니 올리리까?
장백산 늘 이운 모롱, 정도 밝는 이 아침에

동구 버들

부드들 떠는 입술 호드기 끊는 애애
무너진 마을 앞은 타까이 굳는 뭉치
여물어 터지는 봄을, 청자무늬 감돈 눈

몸부림 얼마기로 상심의 지붕 밑은
가위로 눌린 목젖 서낭당 향불 위에
화아락 번지는 이슬, 꽃무늬를 그릴까

월요

한바다 미친바람 파도로 밀려오고
산지니 노랑부리 비둘기 무리 몰아
호올홀 삭시는 다리, 어느 나무 그늘을

절부들 꽉 붙들고 달빛에 잠들다가
때묻은 옷을 벗고 연 줄기 궁그는 속
무서리 내려온 허리 잿가루 나는 소리

봉선화

봉선화 붉은 넋은 울 밑에 씨만 놓고
궂은 비 내리는 날 서울 길 어두워서
하하늘 파란 옷자락 사작이는 숨결을

미담

미담 밝은 물에 화알짝 열은 귀에
뻐꾸기 어느 겨를 저 교향 익혔다냐?
청산도 기나 긴 사연 실마리를 풀어라

바다

진보라 휘장 밑에 연지국 파랑 망울
천둥이 울어 치고 삼복 별 삶아 간 뒤
갈매기 망망한 바다 출렁이는 물결이

김인곤(金仁坤, Kim, In gon)

1919.~1995. 전북 이리 창인동 출생. 동양화가. 호 우은(又隱). 이리농림학교(1940), 일본대학(법과) 졸업(1944). 시조집 『우은 시조집』(1971, 시조사), 『우은 시조일기』(1979, 태학사), 『우은 시조시선집』(1990, 형제문화사). 송백헌 화실 작품생활. 김은호 화백에게 동양화 사사. 한국미술대전, 불교예술대상전 심사위원 역임(1983).

—

매화

절벽에 매화 한 그루 바위틈에 끼었구나
그렇게 구차하게 살아도 좋다 하네
청산에 비끼어 서서 굽어보며 사노란다네

거꾸로 매달려도 제멋 제철 못 이기어
눈 나린 그 사이로 방긋이 피었구나
멋없는 잡나무들 이사 그 마음을 어이 안다 하리

속續 다시 한번 살고파라

다시 한번 살고파라 죽어 다시 태어나면
세상을 누벼 가며 멋있게 살아 보리
실없다 걷워치워라 나는 내가 아니겠나

콩 심은 데 콩이 나고 팥 심은데 팥이 난다
콩은 팥이 될 수 없고 팥은 콩이 될 수 없듯
내 껍질 천만번 벗겨 봐도 나는 내가 아니겠나

제절로

청산에 거침새 없이 제 나름을 사는 초목
풍류라 옮겨다가 뜰 아래 심었구나
속진에 견디다 못해 본색 잃은 그 모습

창가에 기대 앉아 쌀가게 지키던 사람
그는 가고 그 아내가 그 자리를 지키누나
그 가게 지날 때마다 그 창 보아짐이여

낙엽

바람에 흩날리다 몸에 닿은 잎새 하나
내 무얼 생각하나 너는 알고 있나 보다
잎새가 지는 이치를 나는 상기 모른단다

새벽맞이

아버지 어머니 말씀 듣던 꿈 깬 야반夜半
엎치락 천장天井에 적요를 그려 본다
수없는 이 생각 저 생각에 새벽맞이 하였소

꽁보리밥
— 6·25께

산비탈 밭 가운데 허수룩한 외딴집의
꽁보리 주걱 자국 반드러운 고봉밥에
허기진 얻어먹던 된장국 못 익히는 내 평생

서성이며

목멘 생각이 나서 눈물 뚝뚝 흘리다가
이게 무슨 짓인가 싶어 얼른 비벼 버렸다오
아무도 보는 이 없는데 부끄러워하던 짓

늙어도 사내랍시고

비좁은 자동차 속 끼어 앉은 아가씨의
눈에 띄게 올라 부친 빨간색 미니 치마
늙어도 사내랍시고 자주 보아짐이여

아버지 내 나이에

아버지 내 나이에 나는 동경 있었거니
가문의 영화를 내 몸에 거셨으니
그 보람 헛되이 한 죄 되새겨 보던 밤

입춘

사람도 초목도 짐승도 다같이 길하소서
이렇게 되길 바라는 입춘 새벽
지상의 먹고 먹혀야 할 섭리를 새겨 가며

김인선(金仁善, Kim, In seon)

1960년 강원 원주 출생. 《문학공간》 시조
(2013) 등단. 원주문인협회 회원.

—

김인선 시인의 작품 세계는 종교와 자연에 대한 깊은 사랑이 있고
순수함이 있다. 시조의 형식과 내용이 좋으며 시조의 기본 형식을
잘 지켰다. 「단애노송」에서는 벼랑 끝에 서 있는 노송을 보고 불심을
생각하고, 「장터 속회」에서는 장터에 모인 사람들을 속회하는 것으
로, 「수안보 온천」에서는 수안보 온천수의 자랑을, 「구선봉」에서는
남북이산의 아픔을, 「이름 없는 들꽃의 노래」에서는 잡초라는 풀에
대한 사랑을 그리고 있다. 종교와 자연에 대한 사랑이 간절하다.

— 류각현(시조시인 · 전 강원시조시인협회 회장)

—

단애노송斷崖老松

벼랑 끝 저 노송은 어찌 거기 서 있는가
육중한 바위틈새 어떻게 찾았는가
틈 사이 뿌리내리고 새론 양토壤土 찾았는가

한여름 비바람은 어떻게 견뎠으며
모진 겨울 삭풍한설朔風寒雪 견딜 만은 하던가
돌아본 인고의 흔적 깨달음은 무엇인가

가부좌 긴 세월속 반야般若 지혜 얻어지네
돈오頓悟 각성 쌓인 내공 무언법문無言法問 들려지네
벼랑 끝 우뚝 선 노송 일심불멸一心不滅 무진등無盡燈

수안보 온천

아득한 수만 년 전 신들의 염원함이
뜨겁게 타오르는 신비한 수안보천
전설 속 신의 온천수 선조들도 인정했네

하늘의 기운들이 땅속에 스며들어
박달재 고을마다 어사화 휘날리고
온 마을 살아 숨 쉬는곳 대대손손 이어가리

신이 준 오십삼도 활명活命의 알카리수
갈수록 신묘神妙막측 아픈 상처 아문다
충주 땅 환상의 맥박 영원무궁 수안보

장터 속회

저마다 제 삶 찾아 분주奔走했던 시간들
흐트러진 엉킨 마음 보듬고 다듬으려
제각기 총총 걸음으로 모여드는 장터 속회屬會

귀 쫑긋 마음 삼매三昧 성스런 주의 말씀
심신의 상흔傷痕들이 치유治癒되는 귀한 말씀
망중한忙中閑 받쳐진 시간 보람된 장터 속회

구선봉

눈앞에 서 있어도 바라만 봐야 하는
갈 수도 건널 수도, 아득한 저 북녘 땅
기구한 운명을 안은 이념의 섬 구선봉

그 오래 가슴앓이 조각들 동굴되고
쌓인 눈물들이 바다에 모여든다
살아서 한 번만이라도 소원하네 오늘도

이름 없는 들꽃의 노래

작지만 고운 음색
하나하나 모아서

풀밭을 깨운다
아침을 깨운다

해맑은
노랫소리에 피어나는 푸른 행복

이름도 잘 모르고
족보는 더더구나

사람들이 잡초라고
붙여준 별명 하나

서럽다
탓하지 않고 분수대로 피는꽃

김인숙(金人淑, Kim, In suk)

1951년 전북 진안 성수면 출생. 군산교육대학 졸업. 나래시조 입회(1985), 《시조문학》 2회 천료(1988) 등단. 시집 『멀어지는 연습을 위해』(1999, 동방기획), 『바람에게 띄우는 연가』(2006, 알토란). '시 쓰는 사람들' 동인집 외. 현대시조 지상백일장 금상(1985), 나래문학상(1990), 제7회 김포문학상 수상. 여성시조문학 부회장, 나래시조문학 부회장 역임. 한국문인협회, 한국펜문학 회원.

차 한 잔의 여유, 또는 삶에 대한 관조觀照와 대안對岸의 길 살피기
김인숙 시인이 첫 번째 작품집 『멀어지는 연습을 위해』에 이어 7년 만에 두 번째 작품집 『바람에게 띄우는 연가』를 출간한다. 직장 일과 가정 일을 힘들게 병행하며, 인생을 넓고 깊게 보는 안목, 그리고 삶을 관조하는 모습도 작품 속에 녹아 있다. 시경 대서時經 大序에서는 시를 다음과 같이 정리하고 있다.
"時者 志之所之也 在心爲志發言爲時" 곧 "시는 마음이 흘러가는 바를 적은 것이다. 마음속에 있으면 지志라 하고 말로 표현하면 시時라한다"는 뜻이다. 김인숙 시인의 작품을 읽다 보면 작품 속에 들어 있는 그의 뜻志 그의 성실성sincerity이 말로 표현되고 있음을 알아차리게 된다.
— 리강룡(시조시인 · 한국시조시인협회 자문위원)

창 밝은 집

신혼 방은 단 칸 월세 할머니 낀 세 식구
사람 사는 주거 형태는 동굴 빼고 다 거쳤다
이력도 화려한 주소록 A4용지 두 장 분량

끝이다 싶은 순간은 시간이 해결사고
풍랑이 일면 이는 대로 파도에 몸을 맡겨
"이 또한 지나가리라" 잠언에서 길을 찾다

생각하면 아득한 가시밭길 너덜겅
여덟 식구 상머리에서 내 손 끝만 바라더니
육십 생 한 바퀴 돌아 흰 비둘기 한 쌍뿐

신세계 교향곡은 낮고도 은은하게
햇볕은 거실 깊숙이 융단으로 깔리고
커피 향 코끝에 사르르 에둘러 오는 행복

세상 건너는 법

마음이 심란할 땐 시장엘 가 보아라
좌판 모두 팔아도 기 천원 될까 말까
푸성귀 팔아 주이소 애절함을 만날 거다

사는 일 시들할 땐 놀이터에 가 보아라
꾀죄죄한 땀범벅에 지칠 줄도 모르고
끝없이 쌓고 허무는 모래성을 만날 거다

살고 싶지 않을 땐 종합병원에 가 보아라
뼈 가죽만 남아서 한 달을 살까 말까
사위는 명줄에 매달린 간절함을 만날 거다

내 고향

눈 감으면 달려오는 가르마 진 다복솔 길
어린 날의 어룽들이 솔방울 되어 열리고
풋 보리 타작마당엔 용마루도 춤추었지

산딸기 머루 다래 단물 싣던 곰티고개
아흔아홉 구비 따라 산그늘도 숨이 차고
마이산 두 귀를 열어 피아골 설화 엿들었지

친구야, 내 고향 가 봤제 베옷 입은 사람 봤제
정이 넘쳐 눈이 아린 물이 맑아 눈이 시린
어머니, 동동주도 동동 당신의 품 안에선……

온수리 소묘素描

겨울을 잃어버린 온수리 양지 마을
초가지붕 연기 피듯 인정이 피어올라
삼동三冬도 사르르 녹아 따듯함이 고이더라

그대 나그네여, 지구촌을 방황타가
혹, 발길이 머물거든 그 이름을 물어보오
온수리 그 마을이어든 사랑 이야기도 물어보오

흰 눈 위에 새 발자국, 햇병아리 솜털 같은
책갈피에 끼워둔 꽃잎 같은 고운 밀어
영혼에 어둠이 내리면 불 밝혀 줄 지등 하나

바람에게 띄우는 연가 7
— 꽃잎

간밤에 그대 왔다간 줄 내 다 압니다

서창西窓에 배롱나무 꽃잎 한 장 붙여 놓고

꽃 대궁 여린 코스모스 살짝 스쳐 눕혀 놓고

바람에게 띄우는 연가 30
— 나무와 바람

전생에 나는 나무였고 당신은 바람이었나 봐

선 채로 기다리는 나 살짝 스쳐가는 당신

그래도 그 바람이래야 꽃도 잎도 피우리니

덧없는 시간 기다리는 빈 가지 그 사이로

철 따라 이는 바람 왔다가 사라졌다가

가끔은 서늘한 그늘에 삶의 짐을 부리는 바람

무성하던 나뭇가지 삭정이가 되어가고

바람도 길을 잃어 방황하고 포효하고

바람아, 푸르른 날들이 얼마나 남았으랴

빨래

내 삶의 어룽들이 숨김없이 묻어있는
색색가지 헌옷들을 맨손으로 부비면서
내 좁은 삶의 뜨락에 또 하나의 획을 긋는다
빨랫줄에 펄럭이는 새하얀 언어들을
나부끼는 깃발처럼 내어 건 한나절은
일상의 고운 손때가 사랑으로 열린다

잠시 전의 빈 가슴도 너는 누구냐는 물음도
하얀 거품 속에 모두 다 녹아버리고
또다시 엄마와 아내로 일어서는 바지랑대

초보

끊임없이 뽑아내도 꺾이지 않는 생명력에
누가 이기나 해보자며 해 뜨기 전 뽑은 잡초
아뿔싸 호랑이 콩 싹을 모조리 뽑았구나

이웃에서 이주해 온 해바라기 어린 모종
빨리 키울 욕심에 거름을 듬뿍 주고
며칠 후 들여다보니 폭삭 주저앉았네

심봉사 지팡이 놓듯 더듬더듬 초보 농사
급히 가도 아니 되고 쉽게 가도 안된다는
교과서 어디에도 없는 삶의 보폭을 배운다

우화

삼 개월 된 손주와

이순 넘은 할머니가

쇼팽의 피아노곡을 듣다

꽃잠에 빠집니다

손주는 나비가 되고

할머니는 번데기 되고

모두가 덤

까매진 나를 보고 혀를 끌끌 차던 친구
"너는 뭐가 아쉬워 시골에서 고생하니?"
뭐라고 딱히 할 말이 없어 미소만 머금었네

아쉬워서가 아니고 비우려고 산다네
물욕 비운 자리에 꽉 들어찬 이 충만
밤마다 잠 못 드는 친구여 흙을 밟고 살아보게

아파트가 넓다 해도 여주들만 하겠는가
창 열면 모두가 내 땅 맑은 공기는 덤이라네
텃밭엔 싱싱한 푸성귀 벌레 먹고 나도 먹고

김인순(金仁順, Kim In sun)
1956년 제주 남원읍 의귀 출생. 제주제일방송
통신고등학교 졸업. 《시조시학》 신인작품상
(2019) 등단.

아침마다
김인순

과수원집 앞마당 온주 감귤 따는 날
다 따서 돈을 받으라고 친구들은 성
화지만
세 그루 남겨놓는다 곧 좋은 까치밥
으로
흰 눈이 내리는 날 직박구리 본격

—

김인순 시인은 제주의 자연과 정서를 통해 어머니에 대한 그리움, 편편마다 농사일과 물질로 점철되는 제주의 이야기를 들려준다. 자신의 일상에서 취득한 소재를 잘 다듬어 다시 정형시로 드러낸다. 연약한 존재들 속에 자신의 삶을 투영해 여성 특유의 시선으로 노래한다. 작품「아침마다」에서 볼 수 있듯, 시인은 감귤을 수확하는 날 "세 그루/ 남겨 놓는다 감귤나무 까치밥"이 "흰 눈이 내리는 날 새들이 몰려온다"로 이어지는 견지적 시선이 '열림'을 지향한다. 이 열림 속에는 시인의 이야기가 꿈틀대고, 무엇보다 생명력을 부여한다.

— 황치복(문학평론가)

—

어머니 1

눈물 콧물 목으로 넘긴 여든여섯 살, 말도 안 돼

선수들 탁구 치듯 휙 날려 버리시다니

맞지예, 말도 안 되지예
이건 반칙이꽈양?*

두 가슴 껴안은 채 십 분은 지났을까

물리던 젖 거두고 홀홀 떠나셨으니

꿈에서 몸부림쳐본다
이럴 수도 있다니

* 반칙이꽈양?: 제주도방언, "반칙이지요?".

어머니 2

나뭇등걸에 쌓인 눈을 소매로 휙휙 걷어내고
따뜻한 대추생강차 제주祭酒 올리듯 올리고
춤추듯
미당未堂의 〈학〉을 부르자
하늘 가시는 어머니

사십구재 지냈으니 좋은 곳에 가셨지요
남들에게 하듯이
사랑합니다
행복하세요
꼭 안고
한 번만이라도 말해야 했을 말

느린 하루

가끔은 산속에서 벌통 옆에 누워요
고요함에 엎디어 꽃향기에 기대어
그리운 바닥에 대어요
껍질 같은 이 몸도

귓불 아래 솜털도 바스러지는 이 하루
수풀 사이 느린 걸음은 말 없는 기도였으니
생각도 양말 벗듯이 벗고
벌과 함께 누워요

애기해녀

1
커다란 전복이 저 바닷속에 보여요

숨이 가빠
숨이 가빠
올라가서 숨 쉬고 올까

호오이
전복 있던 자리 찾을 수가 없네

2
어젯밤 일기예보는 파도가 잔잔한데

아침에 나와 보니 바다는 산더미 같네

바닷물 벌컥벌컥 마시고

소라 팔러 나가네

사려니숲

깨깍낭
으아리꽃
풀 냄새
나뭇잎 향에

흠뻑 젖은 세포들이
제자리로 돌아온다

아랫말 복잡한 일도
거기 두고 내려온다

아침마다

과수원집 앞마당
오늘은 감귤 따는 날

다 따서 돈을 받으라 친구들은 성화지만

세 그루
남겨놓는다 감귤나무 까치밥

흰 눈이 내리는 날 직박구리 몰려든다

"빨리 와 여기 맛있는 거 많아"

날 위한 새들의 노래로 하루를 시작한다

새벽의 폭포

솜반내 벌노랑이

그 끝에 앉았던 이슬

간밤 고양이 울음

그 끝에 달린 울음

새벽녘

천지로 와서

화해의 손 건넨다

인생 설거지

수저는 수저대로 밥그릇은 밥그릇대로

정리 잘 된 씽크대처럼
씻어내고 분리하여

하루에
하나씩 버린다
깃털처럼 가볍게

사랑만 남아라

기도상만 차리면 내 방도 성당이다
촛불이며 마리아상 그리고 동백꽃 가지
일주일 기도를 해도 들어주지 않는다

동박새 다녀가야 동백꽃은 지는 거다
시든 꽃잎 떼어내려다 암술 하나 남았다
내 생애 물음표 같은 그 사랑만 남았다

나만 안다

과수원 모퉁이는 나만 아는 아지트
블로그 검색하다 시 한 줄 적어보다
급하면 귤나무 아래 엉덩일 들이민다

개울물 소리 흘리다 문득 바라본 밤
빛나는 별무리들 창문앞 황금빛 귤
그 밤에 반하고 나서 내통의 밤은 늘어간다

김인호(金仁鎬, Kim, In ho)

1938년 부산 사상구 모라동 출생. 아호 월천 (月川). 부산고등학교 졸업(1959), 중·고교 교원자격고시검정 합격(1963). 《시조문학》 (1984) 등단. 시집 『다시 청자 앞에서』(1992, 모아), 『낮달로 오시는 그대』(2000, 부산). 동백문학회, 부산시조시인협회, 한국시조시인협회 회원. 부산진중학교 교장 역임.

김인호의 시편은 지순한 양심과 순정이(「봄비」) 섬세한 감각으로 교감하며 자연과 인생을 노래하고 있다.(「기망에」) 그가 세계를 바라보는 눈은 지극히 순수하고 소박하고 따뜻하다.(「꿈」) 인간과 자연, 인생의 화해로운 만남이다.(「운수사 운」) 그러면서도 불의와 부도덕, 혼잡함을 용납지 아니하는 지성과(「어떤 관계」) 선비정신을 토로한다.(「유훈」) 그의 시조는 내용과 형식이 잘 조화되어 가락을 살리며 시조의 묘미와 품격을(「나의 권주가」)잘 구사하고 있다. 그는 단아한 고전적 형식미를(「다시 청자 앞에서」) 좋아한다. 그에게 시조는 빌려입은 남의 옷이 아니라 내 몸이요, 내 피의 일부다.
— 김용태(시조시인 · 부산 북구문인협회 이사)

꿈

꽃잎 위
내리는 이슬
푸른 달을 씻어 두고

처마 비낀 은하銀河 물속
애기 별을 솎아내면

여름밤
여울에 뜨는
목에 걸린
달무리

봄비

영산홍
귀불 데우는
보슬비가 오는 아침

흰 속살
촉촉이 젖어
신열身熱로나
앓는 시간

사연은
꽃잎에 싸여
산마루를 넘구나

풀빛 서정抒情

밤이
덜 쓸쓸함은
별이 뜨기 때문이다
세상이 혹 괴로운 건
빛이 적기 때문이다.

먼지 낀
풀잎을 닦으면
여원 달은 풀빛이다

느닷없이
바람에
풀잎은 흔들리지만
땅에 박은 실뿌리로
즐거우면 새도 날리고

더러는
푸른 칼날로
밤마다 창窓을 낸다

기망旣望에

일혼의 내 뜨락에
그예 솟은 저 달덩이

휘영청 여원 그리메
청청 물빛 소슬한 밤

어쩐다
세월 빗질하는
이 맹랑孟浪한
손님을

운수사 운雲水寺 韻

옛적, 아버님께서
상좌로나 주고 싶다던
운수사 푸른 용마루
산그늘을 깔고 앉아
한 천 년
시름 거둔 채
강물만을 굽어보네

살 터진 두리기둥
단청丹靑은 빛바래도
부처님 심전心田에서
새 소리 바람 소리
대웅전大雄殿
맑은 향 내음
서녘 구름이 타고 있네

고와라 그 스물 적이

봄 내음 따사롭던 구봉산龜蜂山 기슭엔가
고와라 스물 적이, 출렁이던 꿈들이여
이제금 청청한 솔빛 아름다운 목숨들.

파란波瀾의 서릿발이 칼날이던 시공時空 속에
젊어진 삶의 무게 소명召命으로 껴안은 채
한 세월 녹록찮으매 온몸 던져 싸웠다.

상채기 아문 혼적 훈장보다 보배롭고
절차탁마 일군 뜻은 거목巨木되어 외연巍然했다.
청사靑史에 드리운 이름 해와 달로 빛나리.

일흔의 큰 기침은 점잔 아닌 자존自尊일뿐
높은 뫼 그늘 들이듯 번뇌조차 다스리고
남은 길 서성이지 말라 앞만 보고 걸어라

인간사 한 점 구름 무념無念이면 무상無相인 걸
언덕바지 나목처럼 유곡幽谷곁에 지난芝蘭처럼
먼 귀향, 적묵寂默의 날에 함께 가자 벗님아

* 00고 졸업 50주년 기념 문집 권두시.

어떤 관계

평행선이라도 좋고
세모꼴이라도 좋다

눈 흘기지 않는다고
뜻까지야 줄까보냐

참으로 소중所重한 것 하나
때 묻지 않을 거울 하나

결코, 원圓의 모임이
구球가 되질 않는 것처럼

배불리 산다는 그
몽롱한 명제命題로는

절대로 팔 수 없는 것
너와 나의 사람 값

나의 권주가

여보게
이 잔 받게나
잔 속에 달 뜨냐

마흔 적 마시던 술
이제 정말 취하는군

세월을 펴고 살고파도
주름지는 나이제

이 잔은 술이 아니네
가슴 담근 마음이네

비단 향 매란국죽梅蘭菊竹
향기로야 더 맑으랴만

세상사 그저 그렇다지
정을 풀어 들게나

다시 청자靑磁 앞에서

동해 그 시린 물 밭
헹궈낸 풀피리 소리

바르고 구운 태깔
하늘마저 비색翡色인데

먼 수평水平)
지고 날으는
죽지 고운 물새야

않는 속 다스린 별
빛 고와 드리운 천 년

가냘피 휘어진 삶
여읜 날 맵던 한이

터진 살
아픈 문신 되어
계면조界面調로 섧구나

유훈遺訓

애들아, 가까이 오렴
할아버지는 대목大木이셨다.

선생 노릇
마흔 해를
애비는
못 지킨 뜻

못수木手는
제 몸 살기 위해
집을 짓지는
않는다.

김일연(金一鳶, Kim, Il yeon)

1955년 대구 출생. 경북대학교 졸업.《시조문학》천료(1980) 등단. 시집『빈들의 집』(1994, 동학사),『서역 가는 길』(1998, 동학사),『달집태우기』(2004, 시선사),『명창』(2008, 책 만드는 집) 외. 시선집『저 혼자 꽃 필 때에』(2001, 태학사),『아프지 않다 외롭지 않다』(2014, 책만드는집),『꽃벼랑』(2015, 책만드는집). 일역시집『꽃벼랑』(2016, 목원예원). 한국시조 작품상(2001), 이영도 문학상(2004), 유심 작품상(2011), 오늘의 시조시인상(2014) 수상. 한국작가회의 시조분과 위원장, 오늘의시조시인회의 부의장 역임. 한국시조시인협회 자문위원, 국제시조협회 이사.

—

조그만 액자로 걸어두고 두고두고 감상하고픈 시이다. 시 자체로 예술품이라는, 내용 없는 무상의 아름다움이 빛나는 시이다. 의성어, 의태어의 질감이 그대로 운율과 이미지가 되고 있다. 종장 전반구 '가려나, 하마 가려나'에서 반복에 의한 운율이 그대로 서정의 핵, 그리움이 돼버리는 절창, '서늘한 목덜미' 한 구절로 코스모스와 시인과 가을비와 가을의 그립고 외로운 심상을 온몸의 촉감으로 싸매버리는 솜씨에 절로 혀를 차게 하는 시이다(「코스모스」).

— 이경철(시인·문학평론가)

—

바람이 울고 있다

겨울 오는 갈대숲에 바람이 불고 있다

고꾸라지며
뒹굴며
몸서리치는 저것은

서 있는 갈대가 아닌
그를 흔드는 바람이다

빈 벌판을 삼천 배 눕혔다 일으켰다

빛인지
그림자인지
흰 등을 내주고 있는

저것은 갈대가 아닌
아득한 시간이다

그리움

참았던 신음처럼 사립문이 닫히고

찬
이마 위에
치자꽃이 지는 밤

저만치, 그리고 귓가에
초침 소리
빗소리

별

연필을 깎아주시던 아버지가 계셨다

밤늦도록 군복을 다리던 어머니가 계시고

마당엔 흑연 빛 어둠을 벼리는 별이 내렸다

총알 스치는 소리가 꼭 저렇다 하셨다

물뱀이 연못에 들어 소스라치는 고요

단정한 필통 속처럼 누운 가족이 있었다

옷가게에서

점원인가 하고 마네킹을 바라본다
마네킹인가 하고 점원을 바라본다
누군가 날 바라본다 사람인가 하고

점원인가 하고 마네킹에게 말을 건다
마네킹인가 하고 점원을 지나친다
인생이 날 지나친다 마네킹인가 하고

찌그러진 거울

거울 속의 내가 물에 빠져 너울거린다
호흡곤란이 오고 현기증이 일어난다
오늘도 거울을 갈아 줄 기사가 오지 않는다

묵매*

고양이 발자국이 점점이 다녀간 후

매화
먹 가지에
물오르는 환한 밤

우물에 별자리인 양 뜨고 있는 팽이눈꽃

가느다란 붓끝이 찍고 간 눈동자에

별빛
모아
불꽃 일 것만 같다

봄밤에 다녀가시라고
끈
풀어놓는다

* 표암 강세황(1713~1791)의 〈묵매도〉.

눈 오는 저녁의 시

어둠에 눈이 깊던 맑은 날들을 길어

내 언제 저렇도록 맹목을 위하여만

저무는 너의 유리창에 부서질 수 있을까

무섭지도 않으냐 어리고 가벼운 것아

내 정녕 어둠 속에 깨끗한 한 줄 시로만

즐겁게 뛰어내리며 무너질 수 있을까

새벽달

만 리 밖에 바람 보내고
서러운 건 보내고

내 뜨락
빈 가지에
금지환을 끼우며

녹슨 문
열어달라고
들어가고 싶다고

코스모스 꽃

어룽어룽 분홍 비
사분사분 하양 비
호젓한 길 모롱이
서늘한 목덜미에
가려나 하마 가려나
쩨 오는
가을비

빈들의 집

불 꺼진 얼굴로
문둥이의 몸뚱이로

지쳐 우는 사랑은
사랑이 아니다

먼 길을 날아온 새는
고요 속에 깃든다

오늘 비와 바람이
들풀을 쓰러뜨리고

내일 비와 바람이
들풀을 일으킨다

빈 들이 껴안고 있는
생채기와 새의 평화

김일엽(金一葉, Kim, Il yup)

1896.~1971. 평남 용강 삼화면 덕동리 출생. 이화학당 수학, 일본 유학, 애국활동. 《신여성》 창간(1920). 《신민공론》 소설 「단장」 발표(1927). 불교 귀의(1928). 수필집 『청춘을 불사르고』(1962, 문선각), 『행복과 불행의 갈피에서』(1965, 휘문) 외. 《신민공론》 편집인 역임.

님에게

나의 어린 영靈이 님의 말씀 믿사옵고
방향조차 모르고서 가노라고 가지마는
힘없는 지축걸음으로 어느 때나 님 뵈리까

님께서 부르심이 천년전가 만년전가
님의 말씀 느낄 때는 금시 님을 뵈옵는 듯
법열에 뛰놀다가도 돌쳐 보면 거기로다

신여성지에

님의 손길 잡고서서 아가걸음 어린 양을
나이 꼽아 다시 보면 우을 듯도 하건 만은
내 얼골 붉어지는 듯 아 할 일을 못 합니다

내 너를 생각함이 가난한 집 어미 같애
이것도 해주고 싶고 저것 또한 생각되나
아직도 작만한 것 없으니 맘만 홀로 바뻐라

어린 봄

눈 녹인 물속에도 봄 그림자 비치고
젖은 뜻 바람에도 봄 숨길이 풍기는데
건넌 산 아지랑이 속엔 무슨 선비 쌓였노

다사한 햇빛이불 봄을 덮어 길러주고
촉촉한 보슬비가 봄을 먹여 살찌는데
펴잔은 그 날개 밑에 왼갓미가 꿈꾼다네

풍속

볕이 귀애한다 잎 피우고 꽃 웃기다
볕의 손길 멀어진다 몸부림쳐 떨고 지우니
언제나 같이 푸르른 송죽 아니 우으랴

경대鏡臺 앞에서

서시귀비西施貴妃 어여뻐도 남은 것은 한담 거리

하물며 우리네는 제 양자樣姿 평범平凡컨만
꾸미고 속 못차리는 건 여자인가 하노라

낙화

열매를 고이 지어 잎 속에다 숨겨두고
옛집을 떠나가는 어여쁜 꽃이어늘
날으고 또 날으기에 나비인가 하였노라

낙화유수

유수는 광음이오 낙화는 인생이라
한 굽이도 못 돌아서 꽃잎은 으서지고
그네게 안긴 혼은 바다까지 가리라

님의 손길

우주에 가득 찬 것 모도다 님 손길
잡아라 잡아라고 소리를 치시건만
눈멀고 귀어둔 중생 헛손질만 하더라

단념

성기고 약한 잎에 볕에 고임 엷어지니
바람이 휘어 치고 서리마저 덮는 고야
고변된 자연이 이렇다 하니 한한 줄이 있으냐

행로난行路難

천궁에서 씻을 땐가?
지상에서 꽃 딸 땐가?
불으시는 님의 소리
듣기는 들었건만
어제인지 분명치 못하야
뺑 뺑이만 치노라

님이여! 어린 혼이
님의 말씀 양식 삼아
섧음을 모르옵고
가노라고 가건만은
지축여 아가 걸음
이 언제에나 님 뵈리까!

김일영(金日榮, Kim, Il young)

1956년 충북 단양 어상천 출생. 호 벽파. 대원과학대학교 학사 졸업(2006). 《시조문학》(2010, 봄호) 등단. 시조집 『툇마루에 뜨는 달』(2012, 시조문학사), 『거미줄에 묶인 삶』(2017, 시조문학사). 시조문학 오늘의 좋은 작품집상(2013), 제18회 올해의 작품상(2016), 제11회 달가람 시조 문학상(2017) 수상. 시조문학문우회, 한국시조시인협회, 가람시조문학 회원. 한국시조협회 이사, 월하시조문학회 사무국장, 충주시조문학회 회장.

> 마지막 엽서
>
> 벽파 김일영
>
> 못보낸 사연 한 장
> 가지끝 달아두고
> 찬바람 몰아칠 때
> 마지막 그 고백을
> 해 풀일 타는 가슴에
> 꽃 편지로 보낸다.

—

김일영 시인의 시적 면면은 시는 곧 정이다. 정이 없는 시는 시일 수가 없다, 벽파 김일영 시인의 시조가 긴 여운을 끌며 독자의 가슴을 울리니⋯(「서운암에서」). 영고성쇠가 무상한 옛 명문가의 뜨락에도 시서화詩書畵를 승화하던 옛 고택의 적막⋯(「오죽헌 배롱나무」). 찰나의 종짓불 속에 마음 깃을 담고 번뇌를 사르는 정한이 숙연한데 정형시조의 도량에서 절차탁마 그 얼마를 각고하였던가(「모르리」). 할미꽃의 애환을 청靑, 장壯, 노老년의 상황으로 형상화하여 파노라마(주마등走馬燈)처럼 펼쳐간 일대기의 서사시다(「동강 할미꽃」). 저 많고 많은 별 중에 어느 별이 내 별이며 어느 별이 내 분신일까? 때로 엇박자를 일으키기도 하고, 갈등을 겪기도 하면서 함께 밀고 끌고 온 수레가 이젠 보금자리도 꾸리고 토끼 같은 아들딸이며 손자들이랑 다 함께⋯ 이것이 행복이다 싶을 때면 이미 하늘길이 눈앞에 다가오는데⋯(「두 바퀴 사랑」) 한 마디로 둥개둥개 업어주고 싶은 벽파 김일영 시인!

— 허일(시조시인 · 전 한국시조작가회 회장)

—

동강 할미꽃

벼랑에 뿌리내려 수줍게 얼굴 붉혀
절망도 곱디곱게 곰삭힌 여울 길에
올곧은 심지를 돋워 꿈을 가꿔 살아요.

사유가 오염되면 죄 되는 세상에서
수천 길 낭떠러지 터전을 잡았지만
청하늘 바라보면서 둥근 마음 키워요.

아슬한 하루 날빛 그림자 밀고와도
쌓인 정 숨결 소리 서천가 열어두고
따뜻한 달무리 그려 내 안뜰을 쓸어요.

서운암에서

가진 것 빛나는 것 모두 다 내려놓고
유장한 사랑 향해 촛불을 켜둡니다
억 겁의 고요를 흝는 풍경 소리 아래서.

오죽헌 배롱나무

옛 선비 흔적 남은 오죽헌 뜨락에도
염천의 더위 속에 자미화 붉은 팔원
무거운 세월을 지고 고즈넉이 저물고.

이끼 긴 섬돌 위엔 꽃잎만 쌓여가고
주렴에 머물렀던 달빛도 떠난 밤에
고택은 적막이 깊어 배롱나무 외롭다.

모르리

빗나간 인연 줄은 잡은 듯 묶고 서서
세상을 품은 듯이 한 올 씩 벗은 번뇌
천일 간 사모한 정을 불꽃으로 피우며.

엇갈린 시간 속에 운명만 따르다가
어느 날 바람으로 빗금을 그어놓고
찰나의 종짓불 속에 깃을 담고 삽니다.

두 바퀴 사랑

함께한 그 길 위에 걸어온 자국들이
때로는 같은 길을 어느 땐 엇박자를
그래도 한 몸이 되어 같은 꿈을 품고서.

둘이서 같은 마음 적당한 거리 두고
한 길을 가기 위한 몸부림 그 열정들
이제는 한 박자 늦춘 둘이 한 몸 되리라.

백제 능사의 5층 목탑
— 목탑을 돌며

천 년의 세월 앞에 또 천 년 그 세월이
오고 또 갔건마는 그 모습 자랑거리
민족의 지극한 넋이 숨을 쉬는 목탑이여.

그 소원 빌고 비는 탑돌이 고은 정성
지극히 깊은 소망 정성으로 고이 바쳐
거룩한 천 년의 세월 아름다운 목탑이여.

늦가을 비

가을밤 추적추적 내리는 빗소리는
눈물로 키운 자식 어머니 울음인가
한 많은 어머니들의 눈물 소리 그 소리.

늦가을 그 빗소리 적막한 깊은 밤에
진분홍 단풍잎이 말없이 지는 소리
어머니 홀로 남아서 눈물 훔친 그 소리.

톡 톡 톡

첫 새벽 어디선가 한 통의 사연 하나
똑똑 톡 가슴 창을 나직이 두드리네
내 마음 고인 우물에 쪽배 하나 띄우자.

새벽안개
— 아들집을 찾아가며

눈 비벼 나선길이 안개로 자욱한 길
전조등 깜박이며 더듬던 사랑의 길
다다른 고층 숲속에 새끼 둥지 찾는다.

가시연

궁남지 연잎 위에 좌정한 청개구리
가시를 곧추세운 그 기상 장엄하다
더 이상 숨길 수 없는 신비로운 그 화신.

김일우(金一宇, Kim, Il woo)

1947년 부산 서구 초장동 출생. 부산고등학교 졸업(1965), 부산대 대학원(경영학) 석사. 《시조월드》 신인상(2007) 등단. 시집 『산은 음악이다』(2015, 고요아침). 부산문학상 우수상(2015) 수상. '백지문학' 동인. 한국바다문학회 부회장.

김일우의 시편들에서는 지순한 어머니의 하늘이 논리를 넘어서 존재하고(「한가위 단상」), 삶의 아픔이 "구멍 난 봉창 너머로 웃고만 있던 반달"(「단칸방 그 사모곡」)이다가 "내 눈 속 숨어들어와 볼 수 없는 보름달"(「이별연습4」)로 새롭게 승화하고 "스르르 눈을 감아 본다 그래야 보이는 세상"(「완행열차를 타 보니」)에서 잘못 산 우리 삶에 대해 "남은 게 진국이라"(「국밥집 아줌마는 철학교수」)는 역설을 간명하게 보여준다. 사랑과 신뢰의 시학적 정신이 단순함에서 벗어나 깊이 있는 울림을 획득하며 성찰적 자세를 잘 형상화시키고 있다.

— 이지엽(시인 · 한국시조시인협회 이사장 · 경기대 교수)

귀향歸鄕

해가 뜨면 뜨나 보다
지면 지나 보다

한낱 서생書生으로 바라만 보던 세상

보름날
부름 깨물 듯
제 입술을 깨문다

세월의 땀에 절어
대놓고 그린 그림

고향 길 물결 따라 자맥질을 하더니

어둠을
헤치고 드러나는
어머니의 그 미소

한가위 단상斷想

나침반羅針盤을 나침판이라고
우기시던 어머니

한가위 다례상茶禮床에
어동육서魚東肉西 두동미서頭東尾西

상床머리
북쪽인지 남쪽인지
그냥 절만 합니다

어머니 눈에 비친
나는
마냥 어린아이

손주 웃음 녹아들면
그래도
나는 할배

당신의
나침판이 가리키는 하늘
보름달이 뜹니다

이별연습 4

눈 감고 그려보면
당신은 하얀 눈雪밭

꿈을 찍은 자국들은
난 길을 벗어나고

내 눈眼 속
숨어들어와
볼 수 없는 보름달

완행열차를 타보니

두런두런 세상 얘기 귓가에 반쯤 두고
좌석 하나 겨우 잡아 영감 손을 잡는 할멈
체온이 사랑인 것을
한참이나 잊었었네

표정을 잃어가며 바람에 잠긴 하늘
옆에 두고 몰랐다니
어둑새벽 별빛들
스르르 눈을 감아본다
그래야 보이는 세상

국밥집 아줌마는 철학교수

국밥집 아줌마는 매사每事가 동그랗다
동그란 찬饌 그릇에 동그란 세월 담고
둥글게 살아보라고 나를 보고 픽 웃는다

단골이라 봐준다고 소주 한 잔 따라주며
"이래 봬도 내사마 억수로 부잔기라"
그랬지 지난 봄 늦둥이로 셋째 딸을 보았지

"이 국물이 진짠데 남기면 또 우야노"
먹은 건 헛것일 뿐 남은 게 진국이라
내 삶의 헛기침 소리가 뚝배기에 맴돈다

지리산 사계四季

— 겨울 해거름
짐짓 속옷 벗고 돌아누운 저 산 두고
하늘 붉게 피어올라 나도 없고 너도 없고
버려야 가지는 걸까 타오르는 세상살이

세월 빗댄 투정이야 고요로 담아내고
반쯤 꿈을 적셔 이내가 흩어지면
어머니 당신의 젖꼭지를 깨물고 싶더이다.

— 봄의 노래
산나물 뜯어내면 새살 돋듯 눈이 녹고
하얀 쓴 맛 머금어 햇살 한 점 부신데
차올라 다 비울 것을 낮에 나온 저 반달

젖 보채는 아기일레 까마득한 산새 울음
맴을 돌던 어린 꿈은 재를 하나 넘어가고
돌아와 내 앞에 앉은 이름 모를 들꽃 하나

— 한 여름의 산사山寺
그냥 한 번 훔친 하늘 저 개울에 잠긴 오후
바람 머문 자리마다 범종梵鐘은 울음 울고
이 세상 다 지워버리면 무엇이 안겨 올까

훌쩍 일상日常을 걷어 산자락에 펼쳐보면
두 살배기 아기웃음 나는 짐짓 나그네
비구니 목탁 소리에 내려앉는 산 그림자

— 가을의 추억
추녀 밑에 걸린 곶감 초가草家는 넉넉한데
누울 자리 하나 두고 가위 바위 보 바위
저 산은 그냥 웃는데 하늘 저리 시립구나

가는 둥 돌아드는 어린 날을 다독거려
백년 쯤 뒤에 받을 엽서 한 장 준비하면
단풍은 바람 붙들고 저리 얼굴 붉어지나

장작불을 지피며

뒤척이는 장작개비 가만히 들여보면
파르르 타오르는 내 어린 날 일기장
저 해는 예나 지금이나 붉게 지고 있는데

새색시 첫 밤처럼 구들장은 취해가고
오늘이 가고 나면 내일은 또 오늘인 걸
내 속내 들킨 아궁이로 빨려드는 저녁놀

추수 끝난 들판에

논두렁 모닥불에 세월 호호 불어보고
서툰 노래 가락 주섬주섬 주워보고
허공을 휘저어 보았자
세상은 가만있고

하늘을 두드리는 우리 아기 고사리손
아기 손 가만 잡고
세상 잡은 제 어미 손
할아비 손아귀에 남은 달빛 같은 세월 무게

단칸방 그 사모곡思母曲

눈 감아 좋을 시간
눈썹에 구르던 꿈
때 묻히기 아까워 짐짓 얼러대면
장 보던
엄마 손에 묻어와
떨고 있던 겨울바람

매암 도는 한기寒氣
자식 안듯 보듬고서
볕살 한 줌 집어다 숭늉에 말아 놓고
세월을
세월로만 헤아리다
세월 속에 스민 주름

연탄불에 그을린 그 겨울을 다독대며
당신이 가리키는
저 하늘엔 달이 없고
구멍 난
봉창 너머로
웃고만 있던 반달

김임순(金壬順, Kim, Im soon)

1953년 경남 창녕 창녕읍 신당동 출생. 부산교육대학교 대학원 석사 졸업(2004). 《부산시조》, 《시와소금》(2013) 등단. 시집 『경전에 이르는 길』(2015, 시와소금), 『비어 있어도』(2018, 시와소금). 공무원문예대전 연암청장관상, 행정안전부장관상(2013) 수상. 한국시조시인협회, 오늘의시조시인회의, 국제시조협회, 부산시조시인협회, 한국문인협회, 부산문인협회, 부산가톨릭문인협회 회원.

> 시냇물
>
> 김임순
>
> 폭포를 견뎌 낸
> 시냇물의 저 맑은 얼굴
>
> 서늘한 소용돌이
> 눈물도 다 쏟아내고
>
> 비운 속 하늘을 담아
> 솔잎 하나 데려간다

—

김임순 시인의 시편들은 오랫동안 교육계에 종사해온 시인의 온축蘊蓄된 정서를 마음껏 공감할 수 있다는데 의의가 있다. 직시와 통찰이 시공간을 넘나들며 사유를 이끌어 내는 심미안을 보여준다. 시인은 이제 기억 너머의 세계, 점점 사라져가는 소실점을 끄집어내어 육화시키고 있다. 오래 체계화된 기억이 현재 어떻게 제시되며 어떤 무게를 갖는지 형상화된 흔적을 따라가면 일종의 고백 같은, 한바탕 춤사위 같은, 떨림을 만날 수 있다.

— 박지현(시조시인 · 문학평론가)

—

울역*

씨줄 날줄
어긋난 생 기차는 떠나는데
진눈깨비 붐비는 낯설고 물 선 서울역
꼭 한 번
울어야 한다는 울역을 아십니까?

냉기 어린
웅크린 등 울컥울컥 치미는 사연
허기에 저당 잡힌 꿈 아지랑이만 가물대고
빈 가슴
깡소주 붓고 거친 매듭 풀고 있다

밤늦도록
그 사내 돌부처처럼 꼼짝 않는데
별똥별 떨어질 때 세상의 끈 놓았다던가
오늘은
언 몸뚱이로 울역을 울어본다

* 울역: 서울역을 노숙자들이 부르는 말, 여기에 오면 한 번은 울어야 한다는 뜻과 서울역의 '서' 자를 빼고 '울역'이라 일컬음.

뻐꾸기 울거든

꽃향기
퍼 나르는 사월 바람 부산하다

들머리밭 아지매한테
참깨 언제 심느냐니

"뻐꾸기 뻐꾹뻐꾹 울거든 그때 심으이소"

숲속을
둘러봐도 죄 소리만 걸려있는

구성진 울음 장단
눈물 없이 울기 좋은 날

참깨꽃 하얀 이야기 나비처럼 펄럭인다

가을 일기

땅콩은 심을 때가 더 고소한 맛이다
수확은 얼추 반반 두더지와 나눴다
한 움큼 축담에 펼쳐 햇살을 당기는 중

선뜻 하늘 끌고 내려앉는 까치 부부
말쑥한 정장 차림 낯익은 반가움이
잽싸게 땅콩 한입 물고 감나무에 앉는다

멋진 놈 다 먹기야 눈 맞추려 그냥 됐다
그 꼴을 본 참새가 마뜩잖아 조잘댄다
아침은 무서리 젖고 새들은 분주하다

뚜벅뚜벅

하늘 이고 땅을 딛는
직립 보행 후예들

집 한 채 버티느라
발바닥이 두껍다

신발 속 생의 무게가 겹겹으로 젖어간다

이골이 날대로 난
가다 서다 내딛는 길

포개진 발가락이
휘도록 버거워서

이력서 회전문 돈다 낯선 빌딩 민낯 너머

강남스타일

여닫지 않아도 삐걱댈 듯 강남미용실
세월 묶인 간판 아래 영업중 써 있다
확 풍긴 파마약 냄새 팔십 년대 그 시절

신 내린 늙은 원장 가위 손이 널을 뛴다
침침한 시력 너머 앞서가는 감각의 눈
옳거니, 제비의 고향 그 강남이 아닌가 봐

고객 만족 그 사이 잘려나간 머리카락
버짐 핀 거울 속에 맡긴 머리 산뜻하다
그래도 강남스타일 놀람주의 삼천 원

미리 보기

내 인생 화면엔 미리 보기 없었다
가끔 맑은 구름 속 흐릿한 모니터 가득
출발은 늘 찬란했던 설렘의 꽃수레지

혹, 미리 보기 미리 볼 수 있었다면
단애의 저 바람꽃 솟구치는 심장박동
그 자리 손사래 치며 주저앉고 말았을

깨금다리 잰걸음 전갈의 야무진 꿈
붉은 사막 달려온다 춘향인 듯 이몽룡인 듯
한여름 소나기처럼 미리 보기 없었다

두레박 건지기

놓쳐버린 두레박이 아직도 거기 있어
해종일 허우적대고 우물은 더 깊어져

침침한 거울 내시경
손에 땀이 흥건했지

곱다시 우물 안만 들여다 본 그날처럼
놓치고 빠진 것들 건지는 일쯤이야

까맣게 뭘 놓쳤는지도
모르고 살 줄이야

순례의 날

단발머리 내 뜰엔 사과나무 푸르렀다
돌담을 돌아가던 초승달 불러 앉히면
아랫목 이불 아래선 꿈들이 발효됐다

개울가 내달리던 진흙 묻힌 어린 발등
집으로 가는 길은 갈대가 늘 앞서가고

어머니 두레 밥상은 식은 지 오래였다

흔들리는 가로등불 외진 기억 밝히면
머뭇머뭇 옷 벗는 내 흐린 날들이여
아직도 크지 못한 날 사과향에 젖어 있다

그믐달

제 눈썹 한 짝을
동쪽 하늘 걸어 두고

새벽녘 푸른 자락
기대 누운 누에나방

동트면
떠나보낼 그대
속울음 우는 거다

비어 있어도

소나기
올까 말까
꽃들은
필까 말까

너를 두고 넘겨보며
애가 타던 날들이

어느덧
바람의 여백
찰랑이는 여기까지

김장배(金長培, Kim, Jang bai)

1939년 울산 동구 주전동 출생. 부산대학교 약학사(1963), 성규관대 약학박사(1981), 울산대 철학박사(2011). 〈국제신문〉 신춘문예 시조(2017) 등단. 시조집 『과녁』(2017, 목원예원), 『사막 개미』(2019, 목원예원). 저서 『건강생활의 지혜』(1984, 한국메디칼인덱스사). 제1회 매일시니어문학상 시조 우수상(2015) 수상. 한국시조시인협회, 국제시조협회, 한국문인협회 회원. 학교법인 동신학원, 울산제일고등학교 설립자, 이사장.

김장배의 시조는 한 마디로 '놀랍다'는 말밖에 더할 말이 없다. 오랜 경륜만큼이나 고착된 습성이나 논리를 깬 소재와 주제의 운용능력이 놀랍고 특히 정형성을 생명으로 하는 시조의 율격과 형식미에 이르기까지 수준급의 기량을 보여주었다는 점에서 더더욱 놀랍다. 이 같은 귀결은 물론 고도의 집중력과 열정적인 노력에서 비롯되었을 것이다. 그리고 쉽게 읽힌다. 쉽다는 의미는 익숙하다는 뜻이겠는데 여기서 쉽다는 것은 쉬운 내용이라는 뜻이 아니다. 설사 어렵고 무거운 내용일지라도 쉽게 쓴다는 뜻이다. 우리는 쉬운 표현이 얼마나 어렵고 쉬운 표현일수록 진실에 가깝다는 사실을 기억한다. 거기엔 거짓말이 파고들 틈이 적기 때문이다. 이것이 가장 큰 미덕이다.

— 민병도(시조시인 · 국제시조협회 이사장)

달을 건지다

생각도 발을 다쳐 바람 따라 길 나섰다
가다가 걸음 멎은 남해안 소매물도
때마침 둥근 달 하나 물에 잠겨 있었다

바다에 앉은 달은 비련의 여주인공,
옷이 젖는 줄도 모르고 잽싸게 끌어안았다
그 차마 못 본 체하고 돌아올 수 없었기에

밤낮 곁에 두고 만월이라 부른다
저 달처럼 나도 어쩜 불시착한 생인지 몰라
뒤채는 잠결에서도 쓰다듬고 다시 보는

문갑 위에 떠워놓고 시심을 맑혀 가면
격자창 창호지에 젖어 드는 뱃고동 소리
어설픈 투망질로도 푸른 별을 낚는다

과녁

겨운 날 활터에서 낯선 활을 당겨본다
번번이 빗나가다 운이 좋게 다가가도
내 인생 한가운데는 맞힐 수가 없었다.

삶도 한낱 무예일까 날과 기氣도 무딘 지금
펄펄하던 지난날이 초점을 흐려놓고
빗나간 화살 한 대는 행방마저 묘연하다.

숨 고른 시간 앞에 조용히 활을 내리고
욕심의 핀을 뽑아 모난 마음 다스린다
마지막 남은 화살이 명중하길 바라며.

돌을 읽다

책 속에 길이 있듯 돌에도 길이 있다
눈 감고 귀를 막고 입마저 다물었지만
물소리 듣는 밤이면 남모르게 여는 가슴

누군들 돌의 나이 짐작할 수 있으랴
눈빛으로 짚어 가며 마음으로 헤아릴 뿐
물무늬 앉히기까지 뼈 깎았을 나날들

성인聖人도 무지렁이도 그 속에 함께 살아
상처를 타이르는 웅크린 어깨 너머
구름은 흘러서 간다, 침묵하는 산이여

목련

겨우내 칩거하며
서수필을 묶었나 봐

잠이 덜 깬 화선지에
담묵으로 긋는 필력,

종갓집 높은 처마가
대궐처럼 휜하다

사막 개미

불타는 사막 천 리 먹이 찾아 떠났다가

빈손으로 돌아오는 쏜살같은 귀가 행렬,

그나마 다친 더듬이, 신의 선물 남았으니

등꽃 일기

낮에는 해를 먹고 밤에는 별을 뱉었다
저 서녘, 천둥소리에 서툰 노래 배우며
차라리 텅 빈 하늘을 내 길이라 믿었다

뻗으면 뻗을수록 서로 더 멀어지는,
두렵고 낯선 길을 앞만 보며 달렸다
눈보라 칼바람마저 천형天刑이라 반기며

마침내 앞이 캄캄한 이웃들을 위하여
이 봄날 내 몸 살라 만등 불사하고 싶다
쓰라린 실직을 딛고 사뿐사뿐 건너가게

낡은 구두

한쪽으로 쏠리는 기우뚱한 무게 중심,
구두 병원 찾아가서 비로소 알아냈다
편향된 마음 한쪽을 버렸어야 했음을.

아직도 머릿속엔 또각또각 하이힐 소리
젊은 날 심장 울린 현기증 그 설렘이
한세상 눈 귀 멀게 한 형벌임을 몰랐다.

뒤축을 갈고 나서 발을 가만 옮겨본다
앞만 보고 채우느라 바보처럼 살아온 삶
뒤늦게 주먹을 풀며 비우는 법, 배운다.

딱따구리

때 아닌 곡괭이질에 겨울 산이 들썩인다

해종일 불꽃 튀기는 아름다운 저 노역!

아마도 봄이 숨겨둔 편지 꺼내 읽나 봐

연잎의 시

하늘 쟁여 담아내는
널따란 연잎 쟁반

또르르 굴러가는
이슬을 따라가서

내일을 약속받은 듯
너울너울 춤춘다

모지랑붓을 보며

아버지의 분신처럼 끼고 살던 문방사우
무딘 붓 먹과 벼루가 닳을 만큼 닳아 있다
골똘한 생각마저도 더 다듬고 다진 듯

한지 빛 새 아침이 밝아온 창가에서
지난 궤적 밟아가듯 마른 먹을 갈다 보면
화선지 스미는 먹물에 되감기는 지난날

"한 획이 중요하듯 삶 또한 그 같다"던
생전에 하신 말씀 늘 뼈에 새기지만
오늘 따 말 없는 붓이 느낌표로 꽂힌다

김장환(金章煥, Kim, Jang hwan)
1949년 전북 익산 출생. 한국방송통신대학교
(국어국문학과) 중퇴. 《현대시조》(2018) 등단.
시조집『여산 장날』(2021, 한맘). 익산시조문
학회 사무국장, 여산 일심신협이사장.

—

김 시인은 가람 선생님 지킴이로서 살아왔다. 가람문학관을 개관
하기 이전까지 오랜 기간 가람 생가인 수우재에 출퇴근하다시피
하였다. 수우재 지붕을 일 때는 함께 이엉을 엮었다.「여산 장날」에
실린 시조는 여산 주민으로서 여산에 대한 추억과 애정이 묻어난
다. 시인은 여산 원주민이다. 그래서 그의 작품 속에는 여산이 살아
숨 쉰다.「허수아비」에서는 요즘 세태를 보는 것 같아 안타깝다. 이
런저런 사정으로 옷가게를 폐업하고, 이때 버린 마네킹을 농부가
가져다가 논에 허수아비로 세웠다. 허수아비야 가을 한때만 잠시
세워 두는 것이다. 그러니 비정규직일 수밖에. 코로나 19로 아픔이
큰 이 시대를 대변하는 작품으로 안성맞춤이다.

— 이택회(시조시인)

—

허수아비

폐업하는 옷 가게에서
버리는 마네킹을
논 가운데 세운 것은
바람 쫓고 새도 쫓는
파수꾼 노릇하라는 농부의 작업 명령.

참새가 놀랄 일이다
쇼윈도도 아닌데
한때는 최신식
멋진 옷 걸쳐 입던
길거리 스타였지만 새나 쫓는 비정규직.

여산 장날

국밥집 가는 길목 용달차 바닥에는
쪽파 몇 단 올려놓고 마수를 기다리는
할머니 머리칼 닮은 하얀 시간 앉아 있다.

찌글찌글 잔주름이 헝클어진 그 얼굴
허리의 낡은 전대 땟국으로 절었어도
입가에 저 편한 웃음 햇살보다 말갛다.

덤으로 얹어주려 마음까지 담아 놓고
버릇처럼 기다려도 오지 않는 새댁들.
그 미소 으아리꽃처럼 노을빛에 저물까.

보릿고개

아카시아 진한 향기도
새하얀 쌀밥만 할까
배 꺼질라 뛰지 마라
물로 채운 보릿고개
자운영 갈아엎을 땐
벌도 함께 울었다

뜨거운 한여름 날
원두막 지나갈 때
길섶의 개구리참외
마른침도 돌게 했다
어린 날 기나긴 해는
아직까지 떠 있다.

벌초

엄동설한 초가집 툇마루에 볕이 들면
어머니 앞치마를 내 목에 둘러 덮고
이 빠진 이발 기계를 언 귀에다 대셨지.

줄줄이 계곡처럼 까까머리 골이 패고
목덜미 껄끄럽고 아파서 눈물 흘렸던
아버지 이발 솜씨를 닮아가는 나의 벌초.

호박꽃

아내는 화단 한쪽 꽃 대신 호박 심고
다른 꽃들 모르게 이문을 계산할 때
보란 듯 뻗은 줄기마다 꽃망울을 맺는다.

언짢은 눈을 감고 미운 정도 들었을까?
폈다 진 자리마다 여린 보시 애호박,
이웃과 소통하라고 담장 넘는 호박꽃.

주점에서

조각난 세월 잇듯 첫 잔에 술 따라 놓고
이런저런 푸념들을 두서없이 쏟아내며
지나간 섭섭한 마음을
홀홀 털어놓는다.

시간은 흘러 주고받은 얼큰한 대화 속에
식탁엔 패잔병 같은 허물만 나뒹군다.
아직도 흘려야 할 말에
귀 기울이는 무녀리.

목련꽃 지다

바람에 흔들려도
해맑게 웃더니만
꽃샘추위 못 견디고
갈변하여 떨어진다.
아버지 흙 묻은 신발
이리저리 뒹군다.

내 마음

심은 대로 거둔다 하여
내 마음을 심어 보았다.
물 주고 거름 주며
정성을 드린 새싹.
커가며 가시가 돋는
저 잡풀이 나였다.

금강 풍경

한쪽은 은빛 물결 한쪽은 황금 물결
하늘만 바라보며 혼자 누운 저 길에
한량들 자전거전용도로 무리 지어 달린다.

비 개자 햇살 받아 강변에 무지개 뜨고
갈대숲 출렁일 때 농부도 일렁이어
윤슬에 일손 멈추고 낮술 한 잔 들고 있다.

짝사랑

부재중 찍힌 번호
손주의 전화였다.
고맙고 반가워서
곧바로 눌렀더니
손주 놈, "실수로 눌렀어요."
공부 중이라며 뚝 끊는다.

김재황(金載晃, Kim, Jae hwang)

1942년 경기 파주 임진면 임진리 출생. 고려대학교(농학과). 《월간문학》 신인작품상(1987) 등단. 시조집 『국립공원기행』(2002, 컴픽스), 『묵혀 놓은 가을엽서』(2005, 코람데오), 『서호납줄갱이를 찾아서』(2009, 상정), 『나무 천연기념물 탐방』(2014, 신세림), 『워낭 소리』(2015, 그늘나무), 『서다』(2018, 그늘나무) 외. 제1회 세계한민족문학상 대상(2005), 제36회 올해의 최우수예술가상(2016) 수상 외. 한국녹색문인회 회장 역임. 한국시조시인협회 자문위원.

나는 김재황을 '현대판 간서치看書痴'라고 하였다. 다상량多商量에 의한 독서讀書와 그 독서讀書를 바탕으로 한 시작활동詩作活動은 갈수록 빛을 더하게 될 것이다. 김재황의 포에지에서 인간은 자연에 불과하다. 풀과 나무를 사랑하며, 생명에 대한 외경畏敬의 마음과 문학을 사랑하는 순수함, 그로 인한 삶의 고단함이 자성自省의 미학美學으로 승화昇華되고 있다. 그는 순수를 염원하며, 자신을 돌아보는 삶을 살아왔다. 그의 시조時調는 생명존중의 세계관과 자연 사랑의 인식에 터하고 있음을 확인할 수 있다.

— 김복근(시조시인 · 《화중련》 주간)

동학사에서

골짜기 가린 숲에 머문 새는 멀어지고
꿈결에 뒤척이면 솔 냄새가 이는 바람
천수경 외는 소리만 기둥 위로 감긴다.

어둠을 밝혀 가는 믿음이 곧 하늘이라
구름은 문을 열어 저승까지 환한 달빛
관세음 젖은 눈길이 고운 미소 남긴다.

그림자 끌던 탑이 별자리에 앉고 나면
버려서 얻은 뜻은 산 마음을 따라가고
숙모전 가려운 뜰도 물빛 품에 담긴다.

워낭 소리

울린다, 산 너머에 돌밭 가는 딸랑 소리
꿈결인 양 복사꽃은 피었다가 바로 지고
새벽에 산자락 타면 소 울음도 들린다.

고향 녘 바라보면 그저 착한 그 눈망울
흘러가는 구름 밖에 열린 마음 놓아두고
슬픈 듯 안쓰러운 듯 소의 눈이 젖는다.

그란다, 흰 하늘로 얽어 메던 멍에 하나
저 멀찍이 비탈길에 가시 숲이 우거져도
묵묵히 수레를 끄는 황소 숨결 살린다.

골동품

잊혀 가는 표정들을 선율처럼 새기려고
눈빛 까만 삭정이에 빨간 불씨 묻어 본다,
가까이 귀를 대어도 밝혀지지 않는 내력.

부드럽게 새긴 무늬 흐르는 듯 빚은 곡선
실금 같은 이야기가 엷은 미소 묻혀 오고
갈수록 넋이 이울어 줄을 울린 마음이여.

상처 아문 숨소리를 등불 보듯 따라가면
물빛 도는 알몸들이 안겨 봐도 깊은 하늘
이제야 이름 앞에서 나는 자꾸 부끄럽다.

넝마

처음에 나를 본 건, 진열장 밖 바로 너지
내 미끈한 곡선미와 참 깜찍한 빛깔 무늬
그 순간 넌 날 택했고 우리 둘은 하나 됐지.

참으로 많은 날을 너와 나는 찰떡 단짝
네가 가는 곳이라면 어디든지 함께 갔지
누구나 나만 보고도 금방 넌 줄 알았으니.

넌 아직도 멋지지만 나는 이미 낡은 거야
여기저기 찢어지고 꾀죄죄한 꼴이라니
제발 날 버리지는 마, 걸레라도 될 테니까.

묵혀 놓은 가을엽서

하늘이 높아지니 물소리는 낮습니다,
지난 길이 멀어지면 귀를 먹게 된다지만
이 밤도 지친 발걸음 젖어 닿는 그대 기척.

붉게 타다 떨어지는, 꼭 단풍잎 아픔만큼
끝내 떨쳐낼 수 없는 아쉬움이 남습니다,
아직껏 띄우지 못한 빛이 바랜 나의 소식.

고요를 깬 바람이 울며 안는 보름 달빛
빈방 같은 내 마음에 차 두 잔을 따라 놓고
어둠만 휘젓고 있는 그대 손을 잡습니다.

내 마음에 발을 치고

나서기 좋아하니 꽃이 피지 않는 걸까
오히려 숨었기에 저리 환한 제주한란
그 모습 닮아 보려고 내 마음에 발을 친다.

햇빛도 더욱 맑게 조심조심 걸러 가면
일어서는 바위 사이 산바람은 다시 불고
물소리 안고 잠드는 삶의 숲이 열린다.

반그늘 딛고 사니 모든 일이 편한 것을
눈감고 맘 비우면 찾아오는 휘파람새
먼 이름 가깝게 오게 꽃과 향기 빚어 본다.

사막을 걸으며

부서진 돌멩이가 고운 모습 드러냈나,
정녕코 단단함이 넉넉함을 이루었나,
절구질 긴 손놀림을 내 눈으로 확인한다.

바람이 크게 불면 생겨나는 눈앞 언덕
나 혼자 오르기는 엄두조차 낼 수 없고
걸음이 어려운 만큼 신기루는 쉽게 뜬다.

목마른 이곳에도 푸른 목숨 견디느니
스스로 가시 들고 넋을 깨운 저 사보텐
불같은 뜨거움으로 오늘에야 꽃핀다.

사금파리

스스로 깨어져야 빛날 수가 있는 거지
그대로 있다는 건, 무디다는 증거일 뿐
지닌 것 작게 부숴야 번쩍 뜻을 얻는 거지.

하늘은 잠자는 자 깨운 적이 없다는데
졸음을 멀리 두고 두 눈 반짝 열리려면
쨍그랑! 저를 꾸짖고 날카롭게 되어야 해.

누구든 널 얕보고 손댔다간 큰일 나지
그 부리와 모든 발톱 항상 세워 뒀으니까
공연히 더운 피 내고 후회하지 말도록.

국궁의 노래

살짝 몸이 쏠리면서 과녁 곧게 바라보고
큰 숨 가득 모아 쉬며 뜻을 걸고 높이 든다.
하늘 땅 너른 자리에 오직 내가 있을 뿐.

둥근 달을 겨냥하듯 시위 힘껏 당겼다가
텅 빈 마음 다시 썼고 손을 곱게 놓아 준다,
바람 꿈 모인 곳으로 날개 펴는 하늘 길.

이미 빛은 떠나가고 소리 겨우 남았으니
두 눈 모두 감은 채로 다만 귀를 멀리 연다,
산과 강 넘고 건너는 그 기다림 파랄 터.

질그릇 그 숨결을

흙 한 줌 가져다가 그 가운데 움푹하게
지닌 뜻 모은 마음 비치도록 이겨 넣고
뜨거운 불길 안에서 몇 날 며칠 구웠지.

아주 푹 익었을까 두 눈 감고 꺼냈는데
생긴 건 못났으나 수줍은 듯 여민 실금
내 모습 똑 닮았으니 그 어디를 탓하랴.

빛나서 무얼 하나 투박한 게 좋은 것을
준 대로 빚은 대로 담는 일에 매달리면
누군가 느린 그 숨결 느낄 수도 있겠네.

김전(金銓, Kim, jeon)

1949년 경북 의성 금성면 출생. 공주대 교육대학원(국어교육) 수료. 《현대시조》 천료(1986), 《시세계》 시(1992), 《문학세계》 평론(2014) 등단. 시집 『겨울분재』(2012, 한국문학세상), 『사랑초』(2015, 유월의 나무). 평설집 『영혼을 울리는 잔잔한 목소리를 찾아서』(2018, 한청). 문학세계 문학상(2010), 현대시조 문학상(2012) 수상 외. 구미옥계중학교장, 경운대 입학사정관 역임. 《문학세계》, 《시세계》 상임편집위원, 한국청소년 신문사 논설실장. 한국문인협회, 한국시조시인협회, 대구문인협회, 영남시조문학회 회원. 글모임 문세 동인.

—

김전의 시편들은 경험에서 찾아내었고,(「대장내시경」) 무너진 고향을 이미지화시켰으며,(「고향」) 현실의 갈등을 팽팽한 눈으로 바라보면서도(「줄 당기기」) 뜨거운 열정으로 불태우는 사랑이 있음을 확인하고 있다.(「겨울 여인」) 사색의 거리를 좁혀가는(「고목 15」) 현실에서 희망을 찾아낸다. 허무한 삶 속에 버둥대는(「요양원에서」) 삶도 떠나가면 한 마리 새가 되어 자유로움을(「청령포에서」) 얻을 수 있다는 폭넓은 사유와 감각적 이미지로 시를 펼치고 있다.

— 박영교(시조시인 · 영주문예대학장)

—

대장 내시경

나도 나를 모른다 터널 같은 세상 길
오늘은 비우고 싶다 한 잎의 티끌까지
모든 걸 비우기 위해 소낙비는 쏟아진다

지금까지 걸어온 길 낙엽처럼 쌓였는데
샅샅이 뒤지면서 보물 찾듯 헤집는다
숨겨도 숨길 수 없는 슬픔의 노래까지

순대를 훑어내듯 미움도 더러움도
아낌없이 비워내면 연꽃으로 떠오를까
두렵다 죄인으로 서서 선고 받는 이 아침

고향

무너진 토담 위로 담쟁이 기어가고
무시로 돋아나는 가슴속 잡초들은
메마른 허욕의 강물을 말없이 건너가나

비우면 채워지고 채우면 비워지는
눈물 젖은 두레박이 손끝에서 울어대도
버선발 하얀 가슴으로 달려오는 어머니

줄 당기기

생각도 하지 못할 광란의 저 짓거리
엇박자로 딛고 가는 한반도가 흔들린다
팽팽한 줄 당기기에 하루해가 절뚝이고

한편의 영화처럼 불기둥이 올라가도
오늘은 어제처럼 물 흐르듯 흘러간다
두렵다 적막의 이 땅, 바람이 끌고 가는

겨울 여인

적막한 이 겨울밤
홀로 우는 여인 있다

차가운 칼바람에
와장창 무너져도

눈바람 가슴에 안고
칼을 가는 설중매

환하게 다가오며
울먹이던 겨울 여인

흔들리는 이 산하에
뜨겁게 불붙었네

어쩌랴 버리지 못할
뜨거운 사랑이여

고목 15

고요가 낙엽처럼
차곡차곡 쌓이는 밤

아련한 겨울바람
내 마음 쓸고 간다

비워서 가벼운 하늘
구름처럼 흐르는 데

어디까지 흘러가야
그대 섬에 닿을까

엇박자로 흐르는 강
흐느끼며 흘러가도

뜨거운 그대의 눈물
등줄기에서 꽃이 핀다.

지진

얼마를 기다려야 세상 볼 날 있겠는가
역모를 꿈꾸면서 어느 누가 발질했나
척추뼈 어그러져서 온 세상 다 흔들린다

흔들리지 않으면서 꽃 피운 날 몇 날인가
소꿉으로 쌓아 올린 모래성이 흔들흔들
구급차 싸이렌 소리 도시를 덮고 있다

흔들리는 하루해가 눈썹 위로 차오르면
쟁여둔 지난날들 손거울로 꺼내 본다
이유도, 이유도 없이 속죄하고 싶은 오늘

안경

헛디디며 살아온 날 그날이 그날인데
초점이 흐린 날은 차라리 눈을 감자
마음 속 안경 너머로 피어나는 안개꽃

고목 8

가슴을 비울수록 생각이 깊어진다.
그 대가 사랑으로 찍어놓은 발자국
빈 하늘 어디론가 가고 싶어 조각달 걸어놓고

갈 길은 너무 먼 데 생각은 닿지 못해
폐선으로 돌아누워 가슴앓이 하는 날
생각은 바다로 흐르는데 어디까지 갈 건가

요양원에서

장승으로 누워 있는 절망의 고독한 섬
세월을 핥다가 떠내려온 목선木船 한 척
모두 다 내려다 놓고 갈 곳 몰라 서성인다

생각도 기억도 파랑새로 날아갔나
매미의 허물 같은 하루를 짊어지고
마지막 정류장에서 호명呼名을 기다린다.

청령포에서

갇혀야 살아나는 핏빛 묻은 새 한 마리
어쩌다 눈물마저 굳어버린 바윗덩이
이제야 저 푸른 강물에 날개를 적실 거냐.

눈 감아야 들려오는 고뇌의 침묵 소리
부질없는 절망을 강물에다 띄워놓고
왕방연 앉았던 그 자리 바람이 울고 있다.

김정(金楨, Kim, Jung) 본명: 김정자(金貞子, Kim, Jeong ja)

1963년 경북 안동 출생. 동의대학교 석사 졸업(2011). 《현대시조》 신인상(2004) 등단. 시집 『맨발로 온 여름』(2014, 고요아침), 『문자 실루엣』(2017, 고요아침). 을숙도문학상 우수상(2016), 현대시조작품상(2016) 수상 외. 오늘의시조시인회의, 나래시조시인협회 회원. 부산시조시인협회 부회장, 부산여성문학인협회 진행국장, 부산여류시조문학회 사무국장. 

—

김정의 시편들은 자박자박 좁은 골목의 뒷길을 더듬기도 하고,(「소래포구」) 상상력의 활달한 전이가 속도감 있게 느껴지며 우리의 상처를 어루만진다.(「남포동」) 몇 개의 시어들을 만나 가슴 아픈 제주의 역사와 할머니의 가슴을 들여다 볼 수 있다.(「무릉리 돌담」) "백사 한 마리"라는 독특한 시어로 갈무리한 눈썰미도 돋보인다.(「KTX」) 공감각의 다채로운 배치(「맨발로 온 여름」), 시어 근저에 내재하는 다양한 중의와 신선한 연상을 유발하는 재치있는 구성으로 근본과 배려를 통해 본바탕을 들여다 보게 하는 역설의 힘을 갖고 있다.

— 정용국(시조시인 · 한국작가회의 시조분과 위원장)

—

소래포구

방파제 넘은 해무
골목까지 다 지웠다

귀항을 잊어버린
김씨네 발동선은

먼 바다 어느 곳에서
천식을 앓고 있나

새우젓 국물만큼
푹 절은 포구 사람

오늘도 만 평 바다
푸른 이랑 갈아엎고

짠 냄새 비릿한 하루
수인선에 실려 간다

남포동

뒷골목 푸른 바다
날마다 불러왔고

집어등 컨 포장마차
은갈치로 몰려갔다

고갈비

삶이 밴 냄새로
하루 피곤도 막 구웠다

무릉리 돌담

유채꽃 흐드러져
무참한 봄은 또 오고

두 아들 빼앗긴 채
새까맣게 굳어버린

할머니
구멍난 가슴
식지 않는 불덩이

KTX

지붕 위 터를 잡고 기별처럼 돋은 와초
생각 없는 바람 한 줄 장독간에 불어와
엎어 논 물바가지를 툭 떨구고 지나간다

초랭이 탈을 쓰고 어깨춤 추는 동안
한 세기 한 세기가 산과 들 건너 뛰고
큰 선비 풀먹인 기침 카톡 속에 숨었다

서울행 차창에서 손 흔드는 딸아이
무사히 잘 가라는 말조차 끝나기 전
직선 위 백사 한 마리 잽싸게 달아난다

맨발로 온 여름

어머니 거친 들이
맨발로 달려왔다

볕 달군 유월 여름
덩달아 일렁였고

원두막 매미도 맴맴
함께 묻어 따라왔다

땀방울 송송 맺힌
튼실해진 날것들이

흙도 털지 않은 채
난장을 펼치고 있다

바빠도 챙겨 먹어라!
함께 싸온
목소리

김정수(金丁洙, Kim, Jeong soo)

1947년 경남 고성 회화면 출생. 부산교육대학
교, 동아대학교 학사, 대구대학교 석사 졸업
(1994). 《부산시조》 신인상(2007) 등단. 시조집
『꽃이 되고 별이 되어준 그대』(2009, 예랑), 『날
마다 품 안에 가득』(2014, 레전드) 외. 서간집
『꽃이 되어준 그대』(2006, 좋은 생각) 외. 황조
근정훈장(2009) 수상. 한국시조시인협회, 부산
시조시인협회 회원. 부산 강동어머니 시조사랑
회 고문, 부산 강동초등학교 교장 역임. 수욱쑥 시조 농원 원장.

—

김정수 시인은 늘 사랑을 이야기한다. 그래서인지 시인의 시조중에
는 사랑을 품은 따스한 인간미가 넘치는 내용이 많다. 그러나 남녀
간의 사랑에 국한되지 않는다. 마치 만해의 시에서 님이 세속적인
의미의 님이 아니듯이 인간은 물론이거니와 인간을 초월한 삼라만
상에 대한 사랑이고 애착이다. 무심코 지나칠 법한 숱한 인연들, 그
것이 이름 모를 풀 한 포기일지라도, 발끝에 채이는 하찮은 돌부리
일지라도 시인은 예사로 보아넘기지 않고 따뜻한 사랑의 눈길을, 손
길을 건넨다. 시인과의 동행, 비록 찰나에 불과할지라도 우리는 금
방 확인할 수 있다. 시인의 사랑으로 새롭게 태어나는 우리들을, 삼
라만상들을!!! 인간에 대한 사랑, 자연에 대한 사랑, 모든 것에 대한
사랑이 작품마다 철철 넘친다. 사랑으로 올곧게 빚은 시조이다.

— 황명숙(시조를 사랑하는 사람들)

—

내 안에 네가 살아

내 안에
네가 살아
날마다 꽃이 피고

두 눈에
가득하여
온 세상 향기롭네

예까지
지고 온 짐이
깃털처럼 가볍구나

개망초

우리 밭에
왜 왔는지
물어도 대답 않고

동그란 달걀부침
바람과 숙덕쑥덕

넌지시
게으른 농사꾼
꾸중하러 왔다 하네

벚꽃

화들짝 피었다가
스르르 쏟아져서

조르르 마중 나간
쬐그만 꽃잎 속엔

그리워
하도 그리워
흩날리는 마음뿐

상사화

해님과 속삭이는
꽃들은
잎 그립고

바람과 속살대는
잎들은
꽃 그립네

차라리
불꽃으로 타올라
흙이 되어 만나리

어느 가을

앞마당
바지랑대
잠자리 앉아 졸고

멍석 위
빨간 고추
누워서 잠을 자네

스르르
잘 익은 햇살
갉아먹네 내 맘을

김정수(金貞秀, Kim, Jeong soo)

1953년 경북 포항 장동 출생. 한국방송통신대학교(국문과) 졸업. 〈국제신문〉 신춘문예에 시조(2014) 등단. 시조집 『서어나무 와불』(2015, 동학사), 『거미의 시간』(2017, 목원예원). 전국시조백일장 장원(2012), 가람이병기추모공모전 장원(2012), 샘터상(2013), 화중련 신인상(2013), 울산시조 작품상(2015), 제1회 외솔시조문학상 신인상(2020) 수상 외. 울산 문화재단 창작기금(2017) 수혜. 〈경상일보〉 '김정수의 시조 산책' 연재 중.

—

김정수의 단시조에 대한 새로운 이해와 접근이 기대된다. 우주와 우주의 섭생이 죄다 들어있는 것만 같다. 조수 선서의 선문선답을 듣는 것처럼 회화성 짙은 장면들이 뇌리에 떠나지 않는 가편이다(「거미의 시간」). 너무나 많이 다루는 진부한 소재임에도 내밀한 상상력을 동원하여 전혀 다른 이미지의 홍매를 그린 발상이다(「홍매」). "노을이 두 팔을 벌려 시린 등을 안아" 주는 의인화된 기법을(「나무와 노을」), "바람에 향기 흔들며/ 그 누구를 기다리"지 않으면 안 되는 현실이 아닌가(「연꽃」). 해풍이 무시로 드나드는 그 "궐문 밖"에서 거룩한 정신을 꽃으로 뿌리내린 해국이었기 때문이다. 자기 점검을 거쳤다는 점에서 바람직한 선택이다(「대왕암 해국」).

— 민병도(시조시인 · 국제시조협회 이사장)

—

거미의 시간

허공에 걸어놓은 노스님의 은사 그물,
바람 한 올 걸리지 않은 석양을 배경으로
기러기 푸른 울음만 시나브로 걸린다

홍매

피릿재 아랫마을 아직 봄은 이른데
첫 달거리 했나 봐 개짐 씻는 가시나
덜 야문 꽃샘바람이 붉은 소문 부추기네

나무와 노을

속옷마저 곱게 벗고 맑게 씻은 가지 사이
구름도 찬바람도 무심히 지나는데
노을이 두 팔을 벌려 시린 등을 안아준다

울음을 씻는 바다

열두 척 배 띄워라 노량대첩 뜨거운 함성
울돌목 앞에 서면 명치 끝 아려온다
오늘도 가앙강술월래 붉은 울음 씻는 바다

대왕암 해국

바람이 들고나는 지붕 없는 궐문 밖
돌 틈새 난간 잡고 해풍에 쓰러져가며
타는 목 이슬로 축여 소금물에 피운 꽃

커피

번지는 독특한 내음 어디 가나 마법 같다
너도 나도 맛에 끌려 못 끊는 이 중독성,
먼 나라 가까운 나라 지구 안팎 덥혀대는

오리

묘기나 하는 듯이 자맥질로 낚은 피리
파닥이는 잠시간 하늘 한 번 쳐다보다
흐르는 붉은 노을에 삼킬 줄을 모르고

열무김치

어머니 손맛으로 담가 본 열무김치
서걱서걱 입안 가득 고향 하늘 다가서고
한여름 찌는 더위도 내내 잊고 살겠네

연꽃

어둠도 무거워서 칸칸마다 비워둔 채
진흙 길 걸어와도 티 하나 묻지 않아
바람에 향기 흔들며 그 누구를 기다리나

아침 해

바다는 밤새도록 쇳물 부어 달궜나 봐
멸치, 상어 죄다 모여 메로 친 방짜유기
여명 속 둥둥 북 울려 번쩍 들어 올린다

김정숙(金貞淑, Kim, Jeong sook)

1960년 제주 애월읍 출생. 제주대학교(경영학). 《매일신문》 신춘문예(2009) 등단. 시집 『나도바람꽃』(2012, 동학사), 『나뭇잎 비문』(2019, 책만드는집). 젊은시조문학회, 제주시조시인회의, 오늘의시조시인회의, 제주작가회의, 한국작가회의 회원.

—

기존의 의미, 사전에 등재된 의미를 잃고 잠자는 순간 순정한 언어의 무한 세계는 온다. "지적도에 등기된 언어"를 죄다 버릴 때 시인과 언어와 대상이 일치된 순정한 언어, 시는 찾아 든다는 것이다. 인간의 욕망과 의지의 역사로 무성한 잎과 열매를 털어 버리고 의연히 발가벗고 선 나목의 예민한 가지 끝에서 명멸하는 언어로 해탈을 꿈꾸었던 순수시 세계, 눈의 하야디하얀 시각적 이미지와 들릴 듯 말 듯 먼 발자국의 청각적 이미지로 그런 순정한 시세계를 희구하고 있는 시…

— 이경철(시인 · 문학평론가)

—

금백조로

제대로 가는 건가
길 없는 길의 시간
독촉장 들이밀듯 후려치는 갈바람에
한사코 고개를 젖는
억새 무릴 보았다

펼쳐본 적 없는 꽃잎 질 것 없어 좋으니
한 립 한 립 홀씨가 곁을 져도 좋으니
오름과 오름 사이에
누운 채로 살 거다

내가 그대에게
그대가 내게로 오는 동안
뛰지 마라
날지 마라
생탯줄 끊지 마라
해 돋는 쪽으로 굽은 길이 여기 있으니

봄 바이러스

춘분을 하루 앞둔 밤
암호망이 털렸다

깜깜한 바탕화면에
펄펄 내리는 바이러스

연둣빛 기억장치가
꽁꽁 얼어 먹통이다

특수문자 섞어가며
이중 삼중 잠가 놓고

서둘러 나온 매화가
씨방까지 얼붙어

일 년 또 공치겠구나
백치 같은
저 눈꽃!

비 내리는 애조로

너를 향한
내 마음은 언제나
초보 운전

집중하면 할수록
아른대는 중앙선에

가슴이
잡은 핸들을
이제 어떡하라고…

본인 실종

사람은 사람을 증명하지 못했다
지갑을 잃고 헤매 다닌 어스름 녘
내가 날 열지 못하고 서울역에 서 있다

공일공 공일공 엮은 그물망 사라지고
"신분증 아니면 운전면허증이라도"
본인을 앞에 세우고 증명서만 찾는다

고삐 풀고 오히려 자유롭지 못한 사람
어느 하늘 아래 노숙의 잠을 청하나
귀 닳은 지갑에 꽂힌 내가 눈에 밟힌다

벌레 먹은 휴가

인간관계 잠시 끄고 자연계로 떠났다
과수원 창고 한 켠 일회용 살림을 차려
바람 옷 날차림으로 나무 곁에 누웠다

지방충으로 태어나 노력충으로 자랐다
출근충 맘충을 거쳐 또 무슨 벌레 되려는지
원터치 모기장을 펼쳐 사유의 실을 잣는데

모기장에 갇힌 나를 모기들이 쳐다본다
첩보는 허연 살집 침을 꿀깍 삼키며
망했다, 4박 5일을 번데기로 살았다

고드름

누굴 찾으십니까
끝 간 데 모르는 밤
처마 밑에 숨죽여 갸웃 크는 당신은
함박눈 눈빛을 지닌 내 또래의 당신은

바램은 허물어져 주사酒邪심한 바람이 되고
이제 막 소리를 얻은 빈 가지 전선조차
갈수록 추운 신분에 막말 쏟아 붓는 밤

온기 영영 내려놓고 허공에라도 내리리
아무도 내다보지 않는 수평기운 어느 지점
혈소판 다 빠진 피가
영하권을 향하고

밤하늘

깜깜할 땐 하늘을 본다
깜깜한 눈을 뜨고

깜깜한 세상에
촘촘히 박힌 저 눈빛

저마다
조금씩 다른
별 별 별이
다
곱다

나뭇잎 비문

살아내기 위하여 바둥바둥 대던 이
이슬 머금은 채로 흔들리며 반짝이며
낱낱이 백골 드러낸 나뭇잎을 보았다

떨어져서 수백 번 마르고 또 젖으며
잎맥과 잎맥 사이 관계 탈탈 털어도
살아서 내세울 것이 딱히 없는 갈음을

산다는 건 몸 속으로 길을 내는 거란다
가로 세로 막 얽힌 우여곡절의 저 사설
흙 위에 살포시 누운 빈칸들을 읽는다

서리

저만한 결단이라야
새봄을 맞는구나

뜨겁게 쏟은 입김
새벽 한때 피는 꽃

밭두렁 왈칵 들고 선
촛농들을 보았다

설마 했는데

가을에 섬겨야 할 건
물 드는 저 마음이다

붉은 빛 노란 빛
망설이는
감잎의 살갗

숨겨온 나의 과거가
찍혀 있을
줄이야!

김정연(金貞姸, Kim, Jeong yeon)

1963년 부산 출생. 경희사이버대학교(미디어문예창작학과) 졸업. 〈국제신문〉 신춘문예 시조(2002) 등단. 시집『꿈틀』(2019, 발견). 《정형시학》 편집위원 역임. 한국시조시인협회 대외협력위원회 위원. 오늘의시조시인회의, 한국작가회의 회원.

—

김정연의 단시조는 구와 구, 장과 장 사이에 은유의 장력을 가진다. 시집『꿈틀』곳곳에서 절제된 표현의 예각들을 만나는 것도 그 때문이다. 물론 그것은 낯선 이미지와 견고한 서정의 결속을 전제로 한다. 「꿈틀」은 시로 쓴 자화상이다. "내 너겁 뒤적이다/ 화들짝 마주" 친 "아직도 꿈틀대는/ 연초록 몸뚱이", "저만치 겨울은 왔"는데 여태 꿈틀대는 '애벌레'였다니… 그러나 그 순간에도 "날고 싶은", 우화의 꿈만은 결코 포기할 수 없다. 그 꿈이 곧 끈질기게 단시조의 행간을 붙들고 다양한 서정의 발화를 가능케 한 힘이었으니 말이다.

— 박기섭(시조시인 · 전 현대사설시조포럼 회장)

—

사랑, 면허는 있니?
— 안전거리

1
끼어들까 놓칠세라 바싹 붙어 따라간다

건널목 점멸 신호에
주춤대다 멈출 줄이야

禦어禦어禦어 브레이크도 소용없네 그만 ㅋㅗㅏㅇ

2
임계거리 그 밖에서 흔들리며 흔들며 간다

교차로 노란 신호에
내빼듯 건널 줄이야

虛허虛허虛허 바라만 보네 멀어지는 너 너 너

꿈틀

내 너겁 뒤적이다
화들짝 마주쳤다

아직도 꿈틀대는
연초록 몸뚱이 하나

저만치 겨울은 왔다
날고 싶은
애벌레

출구

문틈을 비집고 든 풍뎅이 한 마리가

달군 솥에 콩 볶듯이
좁은 방 휘젓다가

창문을 날파람나게 들이받는다, 너처럼

돈오頓悟

실수로 툭 건드린

선반 위 벼려둔 칼

아슬아슬 코끝 지나

발 앞에 내리꽂히듯

빨갛게

유두를 스치고

떨어지는 꽃, 동백

야상곡

마두금 현에 얹혀
달의 뒷길 내달린다

말의 눈 가리우고
네 그림자 피해가며

워 워 워!
돌아온 자리
고삐 잡고 섰는 너

시간 밖에서

먼 우리
즈믄해 건넌
바람인 걸 알고부터

숨결 마디마디 청대를 심었습니다

깊은 밤
대숲 감도는
꿰나*소리

당신인가요?

* 꿰나: 잉카인들은 사랑하는 이가 죽으면 그 정강이뼈로 악기를 만들어
떠난 이가 그리울 때마다 불었다고 한다.

닫힌 문에 걸린 오후

　그때마다 배반한 마음 기둥에 묶어 놓고

　맨발로 담을 넘어 바람의 길 접어들면, 섬광 같은 몸의 갈기
올올이 짚어가며 야생의 운지법으로 내달리듯 탄주하는 바람
의 손길 있다

　까무룩, 돌아가는 길 아슬하게 잃고 싶다

첫눈 온 밤

문 앞에서 되돌아선
저 맨발 누구 건가

무거워 발 못 떼고
주저주저 따른 자국

꿈인가
온 적 없다는 너
붙잡을까 두려웠던

능소화 그 남자

막다른 골목에선
허공만이 길이라서

세우고 또 세워도
주저앉는 웃자란 열정

어느새 골마다 지른
등걸불도 툭 · 툭 지고

바람, 어쩔 수 없는

그래 난 참 헤퍼서
바람 앞 깃발이지

어르다 흔들다가
끝내는 찢어놓지만

찢긴 채 한끝은 남아
그 깃대를 잡고 있지

김정해(金正海, Kim, Jeong hea)

1951년 경남 합천 쌍백면 출생. 호 운향(雲香), 양덕산방(養德山房). 한국방송통신대학교(국어국문학과), 한성대 예술대학원(미술학) 석사 졸업. 《시조시학》 신인상(2001), 《월간문학》 시 작품상(2018) 등단. 시집 『13월의사랑』(2012, 고요아침). 시화집 『한국대표중진화가선집』(2008, 고요아침). 내무부 마산시 공무원 역임. 한국문인협회, 한국시조시인협회, 오늘의시조시인회의, 열린시조학회, 열린시학회, 종로문학 회원. 한국미술협회, 서울미술협회, 세계서예전주비엔날레 활동. 국립강릉원주대학교 평생교육원 교수(문인화·민화), 갤러리 '운향풍경' 대표.

—

미술가의 눈으로 시를 말하다

운향 김정해雲香 金正海 화가는 개인전을 23회 한 한국화단의 중견작가이며 시인이다. 그는 미술가의 눈으로 시를 얘기한다. 시집 『13월의 사랑』, 「오르세박물관의 눈」에서 빈센트 반 고호의 자화상을 쳐다보다가 "얼룩비늘"이나 "아우라"의 표현은 강렬한 회색톤의 붓터치의 질감의 표현이다. 미술작품을 떠나 자연을 보는데도 시인의 시각은 색감을 뛰어나게 배합하는 특징이 있다. 봄나절 입구에서 "불꽃을 보았어요/ 비장한 그대 영혼 무사해서 참 기뻐요/ 상처가 새순으로 나 생명의 시가 되었군요"(「아름다운 탄생」) 등 요소요소에 회화적인 시어로 표현한다.

— 이지엽(시인·한국시조시인협회 이사장·경기대 교수)

—

한옥, 곡선을 말하다

하늘 귀에 걸터앉은
아슬아슬한 저 지붕 좀 봐

내려다 볼 마음자리
구부러져야 온전한가

천릿길 내딛기 전에 숨 모우는 버선코

꽃이던 달과 별을
멍멍한 피붙이를

굴곡진 가슴 열고 헤아려 아우르다

맞대어 키우는 사랑 지켜보는 엄마 품

1월 꽃다지

검불 속 연두색 편린
양달 빛 쪼아 먹다
슬쩍 인 동풍에도 털 새워 숨 모우다
상처가 새순으로 나 생명다운 시가 됐네

비장한 그대 영혼
무사해 짜장 기뻐
뜨겁게 편 촉수에 분단장 요요하다

환한 고 코딱지 꽃이 참 봄맛을 당기네

꽃무릇

무릇, 꽃이란 절대고독
그로 앓는 혼의 시다

정제된 막을 기워 풀 이슬 머금은 꽃
낮의 숲 밤의 야행성 몸을 태운 서사시

산 넘고 물도 건너
그녀가 막 도착하자
봄날 내내 기다리다 스러졌다는 그늘 자리
전생前生에 푸른 생이던 발자국은 그 어디

더버기 다북쑥 속 안부의 목마름에
만 살을 태워 지핀 얼굴 붉은 그 순이야
그립다
한 다발 연가
비장하다 빨갛다

계룡갑사

오 누가 불을 지펴
층층 구곡* 다 태우나
오르고 닿는 곳마다 열반제가 한창이네
천지가 한통속이라 자욱하다 검붉다

세간은 참 얄궂다 울음이 웃음이래
오늘 우리 이별의 이쯤 황홀한 배웅이다
바람이 실어 온 풍경風磬 가슴에 매단 사람들

다시 설 기약으로 잎이 지고 혼은 피나
울림이 연緣이 되는 천년 고찰 쇠북 소리
아미타 무량광불이 빨갛게 익어 쌓은 공

* 층층구곡甲寺九曲(川): 계룡산 옆으로 흐르는 계곡에 경관이 뛰어 난 아홉 곳을 이름.

부추꽃

텃밭이 만 갈래로
푸름을 배설한다
팔남매 울 어무이 섬섬한 손맛에서
박한 땅 한갓지게도 참 싱싱히 키웠다

푸르께한 향내를 수더분히 버무려서
무치고 겉절이다 파랑 지짐 부치는 엄마
국이다 붉은 찌개다 송송 없는 푸른 고명

바람이 휘익 흔들어 허리는 굽고 휘어
어머이 쇤 부추머리에 꽂았던 하얀 족두리
갈래 져 박힌 씨알이 창창 대를 잇더라

소심小心, 소심素心*

　긴 3년 몸져누워 죽살이 간극에서
　첫정을 못내 하다 가거라 피안으로 손 놓고 앞선 자리로 보냈
더니 오 미안 불현듯 일어 선 너 눈 비벼 보고 또 보네 아, 스치
는 물방울에 전부를 건 너였어 무작한 그 폭염 헤쳐 어렵사리
이룬 꿈 툭 터진 꽃망울에 뜻 모아 화화할 때 단 한 점 사심 없
이 다소곳 수줍은 너
　실루엣 연두깨끼옷 차려입은 삼학 삼학三學** 삼학三鶴***아

　앙가슴 사려 안고 빗겨 퀸 고독 태워
　등이 휘는 설움의 무게 속으로 탔던 거야
　그립던 아리랑 양염陽炎 여기 환한 감동이

* 소심난素心蘭: 난초의 한 종류. 엷은 연두색으로 티 없이 깨끗한 꽃.
** 삼학三學: 계戒, 정定, 혜慧의 삼학三學의 실천 요목, 즉 지혜가 있으
면 치심癡心이 떠나고, 선정禪定에 들면 진심이 떠나고, 계율戒律을 지
키면 탐심이 떠난다는 불교 용어.
*** 삼학三鶴: 활짝 핀 소심 꽃 세 송이에 비유.

오월, 토치* 해안

파르대대한 언저리가 퍼렇게 무르익어
솟친데 덮쳐 서슬 푸른 강이 돼 출렁이네
저 양반 호령 좀 봐요 온 천하를 다 잡네

평생을 바다만 보던 사공이 마실 간 뒤

밤샘 꽉 안겼더니
저자세 깡마른 그

옷 벗겨
묻에 얹힌 배
덩그러니 넋을 잃다

* 토치: 전남 무안군 해제면 양매리 토치 마을.

시월이 익다

혼신으로 난장 치며 색 좀 쓰는 색채파 그
격한 그녀 속엣 것을 은밀히 배설할 때
세간의 모든 가슴이
멀미 앓아 와우 와

시월이 깊게 익어 알록달록 별곡이네
구름은 뭉그대다 되작이다 흩어지고

도봉산*
그의 머플러
붉은색에 물들다

* 도봉산: 서울특별시와 의정부시 경계의 서남쪽에 있는 산. 산 전체가
큰 바위로 이루어져 있으며 경치가 아름답다.

꽃이 읽어주는 시월

죽음이던
한 톨의 씨
버려진 폐상자에
흙 입혀 물 뿌렸더니 추절에 움을 튀어
외줄 타 동여맨 줄기 허공 손을 맞잡다

기억 저편 다리 놓아 창공에 디민 다발
기상나팔 주악대로 아침을 연 웃음보
각선미 늘어뜨리고 그네 타는 나팔 수
수십 철 산 우리도
이따금씩 고통인데

손 놓을 시월 이래 늦둥이 그가 들어
완성을 위한 그 삶이 시린 빛에 익는다

대추, 대추

오뉴월 꽃바람 든
담장 안 푸른 꽃네
벌 나비 담방대며 노랑웃음 피우다가
떼 바람 피워 서더니 오 풋 별이 오종종

소곤대며 익은 사랑 천의 자 만의 손 손
붉게 달군 서사시는 웃고 살아 새뜻하다
품은 운 달보드레해 우리 속을 데워요

이도저도 가을 형색
마법에 걸린 굿판
그 누가 간짓대로 별 떼를 흔들어 대나
우 후후 꽃비 다홍아 네가 익어 가을이다

김정헌(Kim, Jung heon)

1948년 전남 고흥 금산면 대흥리 출생. 한국 방송통신대학교(국어국문과) 졸업. 《문학세계》 시조(2014) 등단. 시집『늘 푸른 그대 곁에』(2004, 문학세계),『희망이라는 이름의 안내자』(2007, 문학세계). 시조집『희망하나 올려놓고』(2014, 레몬),『물처럼 바람처럼』(2015, 레몬). 동시집『윤우의 세상』(2016, 레몬). 원주 시조백일장 차상(2014), 문학세계 문학 본상(2015), 세계문학상 동시(2016) 수상. 강원문인협회 전국낭송대회 2회 입상. 해가람 수요낭송회 회장, 홍천문인협회 회장, 강원시조협회 부회장.

—

이 세상은 변하지 않는 것이 없다고 한다. 사물이나 인간의 마음도 시간은 마치 흔적 없는 바람같이 사라지더라도 다시 생성과 소멸의 윤회는 반복이 된다. 나의 시는 자연이 주는 침묵의 대화로 소통을 하며 각양각색의 삶의 근원 속으로 침잠하여 속내를 들여다보며 말을 건다.(「바람편지」,「겨울 산길에서」,「사과나무 아래서」) 시대의 아픔을 같이 아파하며 치유하는(「바람이 전한 말」) 그리고 은녀와나의 삶의 견인차는 사랑이 아닐까?(「초승달」) 가장 인간에게 주어진 숭고한 정신인 휴머니즘의 덕목을 되짚는다.

— 류각현(시조시인 · 전 강원시조시인협회 회장)

—

바람 편지

내 고향 바다 바람 이곳까지 불어오나
떨어져 살아 와도 소식 담은 바람 편지
눈앞에 아른거리는 뒷동산 그리워라

언제나 뛰어 놀던 사립문 밖 친구들은
어느새 은빛 머리 흔들린 갈대처럼
이제는 지나온 날들 그리움만 사무친다

세월은 천년 바위 강철도 녹이더니
흐르는 강물 위에 모든 것 변해 가니
나 또한 예외일 수가 향수의 그 마음도

겨울 산길에서

아무도 밟지 않은 눈 덮인 산길 위에
발자국 점선처럼 끊어질 듯 이어간다
고독한 순례자 되어 얻는 것 무엇인가

발자국 소리에도 깊은 잠 놀라 깨듯
나무들 묵언 수행 덩달아 빠져들 때
자연은 벌거벗은 채 맨몸을 보여준다

마음은 갈대 같아 이리저리 휘둘리지
불붙인 심지같이 자신을 불태우며
잣나무 눈 터는 산길 담아 온 비운 마음

사과나무 아래서

태양을 닮고 싶어 빨갛게 익은 사과
햇살을 가슴속에 허구한 날 품어 왔지
세상에 익어 가는 것 세월이 준 선물이지

청청한 시절 있어 보람찬 사과 열매
누구나 돌아보면 한때는 있었겠지
알알이 열매 키우듯 생애를 키워 가리

시간이 슬쩍슬쩍 지나도 놓지 않고
열매는 덩치 키워 보란 듯 자랑하며
한 생애 대차대조표 내보이는 사과나무

바람이 전한 말

세상이 하 수상해 소리쳐 우우 운다
바람이 전했구나 시대의 신음 소리
시커먼 구름 걷히면 밝은 세상 오겠지만

가만히 서 있어도 바람이 알려오면
우우우 모두모두 소리 친 함성 소리
풍문에 세상사 걱정 길고 긴 불면의 밤

하나 둘 모여 모여 큰 산의 나무처럼
백만이 하나 되어 어둠을 밝혀줄 때
점점이 밝힌 촛불은 태양처럼 빛나리

산촌의 겨울

새들의 천국이던 허공도 비어 있고
냇가의 살랑이던 버들치 얼음 덮여
어디서 겨울 보낼까 때 되면 봄 오지만

나 또한 산촌 겨울 동장군 서슬 앞에
주눅든 하루 일상 극지대 오고 가는
희망의 언덕 위 햇살 내 삶의 등대이지

계절은 속임 없이 훈훈한 훈풍 불어
언 땅을 녹여주고 땅속의 씨앗 깨워
그동안 못다 한 잔치 지상에 펼치리라

김정휴(金正休, Kim, Jung hyu)

1944년 경남 남해 출생. 호 청로(靑老). 유년 시절 출가 입산. 〈조선일보〉 신춘문예 시조(1971) 등단. 시선집 『여래촌』(1976, 불교신문사), 수필집 『흙과 바람으로 가는 불빛』(1978, 예일), 저서 『해탈로 가는 길』(1979, 홍법원), 『무상 속에 영원을 산 사람들』(1979, 홍법원), 『우리를 열반케 하는 것은 무엇인가』(1981, 홍법원), 『달을 가리키면 달을 봐야지 손가락 끝은 왜 보고 있나』(2000, 우리) 외. 동화사, 직지사, 불국사, 법주사 불전 강사, 불교신문사 편집국장, 불교신문사 상임논설위원 역임. 한국문인협회 회원.

나목裸木

한거울
실어증 환자로
신神들려 섰더니만

모국어 허기진 가슴에다
마른 웃음 각혈하고

숨이 찬
미생未生의 언덕에
속살 환한 강이 운다

금룡사 운金龍寺韻

산은 적막을 덜고 빈 항아리로 앉았다
간간히 소나기가 지나 묻혔던 소리 맑히면
덩그렁 풍경도 천리인데 잦아드는 물소리

오늘밤 내 몸을 깊은 골짜기로 비우면
들 저쪽 쓰러진 고가의 관이 되어
쪼개진 그림자들이 부서진 어금니를 간다

달

그 은빛 비늘쳐 낸 차거운 형벌의 상복
혼령은 가슴 풀어 통곡의 피를 쏟고
순금의 칼날에 찔린 한 생애의 주육朱肉의 달

죄스런 손짓마다 묻어둔 생령生靈의 피
비수의 찬 날빛에 영어圖圖의 밤은 밝아
살아도 열리지 않은 먼 원도願道의 하늘자락

대장각

문 열면 광란하는 바다의 푸른 이랑

그곳은 봄이 와도 불모의 들판이다
밤이면 물소리로 떠와 독경하는 불빛들

동해산조

오늘도 동해는 깨진 면경으로 섰다
그 속은 부러진 죽지와 잠을 깬 풀밭의 함성
스스로 형장을 만들어 살점마다 칼날을 문다

미륵대불 앞에서 1

천년 세월도 풀잎으로 달려와 돋는 밤
풍경은 서역 길을 돌아 낙과로 지더니만
적적히 당신의 가슴에 파도 앓는 목어 소리

미륵대불 앞에서 2

당신은 옛날 큰 바위 강줄기 눌러앉아
여윈 핏줄기 속으로 이승을 떠나가는
불빛들 소리를 홀로 듣고 있나니

소를 찾으며

깨진 거울 속에 버려진 그림자 하나
미친 개가 핥고 바람처럼 지나간다
산 저쪽 소 한 마리가 내 집 앞으로 오고 있다

유월의 밤바다

밤바다 저 포효는 수억의 머리숱을 풀어
부서진 어금니를 가는 빈 베틀로 앉으면
구릿빛 가슴을 핥는 빈 사원의 종소리

김정희(金貞姬, Kim, Jung hee)

1934년 일본 오사카 출생. 경남 마산 성장. 숙명여자대학교(국문과).《시조문학》천료(1975) 등단. 시조집『소심素心』(1974, 새글사),『풀꽃 은유』(1994, 동학사),『망월동 백일홍』(태학사, 2006),『물위에 뜬 판화』(2016, 동학사),『구름 운필』(2017, 고요아침) 외. 한국시조문학상(1988), 허난설헌문학상(2000), 월하시조문학상(2008), 한국예술상(2016), 고산문학대상(2017) 수상 외. '녹명鹿鳴', '연대단' 시조동인. 시조문학문우회 회원 외. 한국시조문학관 관장.

—

김정희 시인의 기본적인 시조미학의 토대는 현실을 정직하게 반영하는 것이며 이때에 역사에 대한 방향감각과 전망 등의 역사의식이 중요한 척도로 작용한다. 역사적 방향에 대한 감각을 중심으로 현실을 해석하고 그것의 가치와 이미를 평가하는 작업이 수행되고 있는 것이다. …… 현실에 대한 관심의 근본에는 생명에 대한 공감과 연민이라는 생명의식이 강하게 자리 잡고 있어서 생경한 의념의 한계를 돌파하고 있었다. 하지만 시절가조로서의 현실에 대한 천착만으로 작품의 관심이 국한되었다면 김정희 시인의 시조세계는 일면적이고 피상적인 성격을 면할 수 없었을지 모른다. 불교적 상상력에 기대고 있는 초월에 대한 의지가 그러한 작품 경향과 길항하면서 갈등과 대립의 시정신을 형성하고 있으며, 그리하여 김정희의 시조는 더욱 다양하고 깊이 있는 시조세계를 개척할 수 있었다.

— 황치복(문학평론가)

—

세한도 속에는

하얗게 언 하늘에 별곡別曲이 흐르고 있다
서슬 푸른 창대이듯 서 있는 소나무
그 곁에 휘늘어진 노목老木
예서체 쓰는 날에

눈 덮인 바닷가엔 솔빛만이 푸르다
용숫음 치는 성난 파도 먹물 풀어 잠재우고
적막이 숨죽인 자리
새 한 마리 날지 않았다

다만, 우주와 교신하는 외딴집 등근 창 하나
사람은 뵈지 않고 신명만 넘나드는 곳
깡마른 조선의 혼불이
이글이글 타고 있었다.

구름 운필運筆

바람 한 점 앞세우고 붓을 든 그의 손길
흘림체 일필휘지로 상징의 말 적고 있다
비백飛白의 흰 울음 품고
길 떠나는 음유시인

하늘 한 자락 품고 그려보는 달 발자국
송이송이 피운 꽃도 초서체로 날리며
썼다가 지워질 어록語錄
쓰고 또 쓰고 있다

결코, 한자리에 머물 수 없는 그의 숙명
연鳶처럼 뚫린 가슴, 근육골기筋肉骨氣*휘감아도
어스름 발묵發墨질 무렵이면
가뭇없는 이름이여

* 근육골기筋肉骨氣: 형호荊浩의『필법기筆法記』에서 제시된 필획의 사세四勢, 동양화의 평가 기준을 제시하는데도 적용.

봄, 아지랑이
— 동학 100주년에

"사람은 하늘이니라"
하늘 말씀 우러르면
언 하늘 맴을 돌던 혼령이 내리시어
산허리 아련히 감도는 도포자락 보이고

피로 얼룩진 세월
백 년도 꿈결이듯
서풍을 마다하고 동풍 따라 나서던
아비의 베잠방이도 먼 들녘에 가물거린다

보일 듯 보이지 않고
잡힐 듯 잡히지 않는
꽃 보라로 손짓하며 구름결에 나부끼는 것
공중에 걸린 현수막 "개벽"이라 쓰여 있다.

물 위에 뜬 판화
— 수달에게

강물에 떠내려 온 목판 같은 모래성에는
물무늬 테 둘러놓고 한 무덕 핀 개나리꽃
음각한 물갈퀴자국
판화 한 폭 새겼다

진양호* 상류에서 살고 있는 수달이가
달빛에 이끌리어 시름없이 노닐던 곳
천사가 다녀간 흔적은
티 없는 무위자연

어느 날 강물 넘쳐 모래성 허물지라도
오고 간 자국마다 흐드러진 꽃밭인데
사람이 스친 발자국은
꽃 피우지 못 한다.

* 진양호: 경남 진주시 남강의 상류에 있는 호수.

망월동 백일홍

"무쇠를 녹이리라"
"무쇠를 녹이리라"
망월동 무덤가를 달귀는 저 불가마
장대비 백날을 쏟아도 불길은 꿀 수 없고

천둥 번개 내리치던
아수라 지옥의 날
사태 진 언덕 위에 불기둥으로 솟아
허공에 빛을 뿌리고 몸을 사룬 목숨들

내 눈물 땅에 묻고
돌아서는 이 길목
은은히 들려오는 우렁찬 저 종소리
에밀레, 종 치는 나무여, 네 울음에 발이 묶인다.

에밀레종

슬퍼라, 자식 잃고 넋 잃은 어머니여
가슴에 범종 하나 걸어두고 살아 온 천 년
앉으나 서나 들리는 그리운 그 목소리

벙어리 냉가슴을 무쇠로 앓았던가
오직 하나인 목숨 불가마에 던지던 날
먼 천둥 여울져 우는 저 에밀레, 에밀레…

뼈도 살도 녹아 밤낮으로 듣는 이름
눈 감고 귀 막아도 어질머리 새로워라
천륜은 무딘 쇠사슬, 조여 드는 아픔을

용머리, 움켜진 발톱, 하늘자락 휘감는 비늘
무수한 낮과 밤을 기다림에 눈이 멀어
네 울음 이승을 감돌아 구름 밖을 누비네.

맨드라미, 불 지르다

섬돌에 묻어둔 불씨 빠지직 불 지폈다
언 가슴 녹인 불꽃으로 피어난 맨드라미
오지랖 데인 흔적을
주홍글씨 새기며

몇 번을 까무라쳐도 끓어오르는 더운 피
내림굿 손대 잡고 날고 싶은 나비 꿈은
선무당 신들린 춤사위
바라춤을 추는 듯

귀뚜리 밤을 울어 풀잎도 잠 못 든 새벽
혼을 실은 낮달은 빈 하늘에 떠돌고
아 여기 불타는 집 한 채
지상에 머물고 있다.

어떤 해일海溢

대학로 은행잎이 재치기하며 쏟아진다
때 아닌 황사 한 떼, 한 치 앞이 몽롱하고
어디쯤 해일이 이는가, 포효하는 파도소리

밀물을 거느리고 바람기둥 둘러메고
성큼 다가선 태풍의 눈언저리에
한마당 어우러진 신명 소용도는 굿 놀이…

산이 무너지는 소리 귀를 막고 듣는다
비 몰고 오는 바람 회오리 감긴 속을
눈앞에 벼랑을 보며 종일 물에 젖는다.

그 겨울, 얼음새꽃

용케도 살았구나, 얼음 지핀 저 눈 속을
간밤 된서리에 어금니를 깨물며
난전에 좌판을 열고
목숨 잇는 아낙처럼

봄 뜨락 모란꽃을 부러워한 적 없었다
노란 꽃잎 껴안고 흙의 은총에 감사할 뿐
뼈아픈 고행 길이여
뚝, 뚝 피가 흐르는 듯

생살 찢는 칼바람에 살갗을 허물어도
샛별에 눈 맞추며 촛불이듯 불을 밝혀
태양을 겨냥한 눈빛
과녁 뚫을 날 있으리.

방하착放下著

무 배추
장다리 밭에
옮겨 앉는 흰 나비

무심코
날아오른다
날갯짓도 가볍게

가진 것
아무것도 없이
빈 몸으로 가볍게

김제현(金濟鉉, Kim, Je hyun)

1939년 전남 장흥 회진 출생. 호 초당(初堂). 경희대 대학원(국문과) 문학박사 수료(1990). 〈조선일보〉 신춘문예(1960), 《현대문학》 천료(1964) 등단. 시조집 『동토』(1966, 정음사), 『산번지』(1979, 심상사), 『무상의 별빛』(1990, 문학과 민족), 『백제의 돌』(2004, 고요아침) 외. 정운시조문학상(1981), 가람시조문학상(1986), 중앙시조대상(1990), 고산문학대상(2010) 수상 외. 한국시조학회 겨레시운동본부 창립회장(1985), 한국문인협회 시조분과 회장, 한국펜클럽 이사, 《시조시학》 창간 발행인(1992), 경기대학교 국문과 교수, 교육대학원장, 가람기념사업회장 역임.

김제현만큼 시종일관 삶의 의미를 모색해 온 시인도 드물다. 초기의 생명과 존재에 대한 물음은 그 후에도 변함이 없다. 근자에는 인간의 윤리적 실존에 관심한다. 그만큼 있는 그대로의 세계에 대한 인식에 삶을 걸고 있다. 초기 시처럼 세계를 억제된 욕구를 통해서 바라보는 것이 아니라 있는 그대로 바라본다. 안분지족의 초연한 태도가 그로 하여금 세계를 비관적 안목보다 있는 그대로 보게 한다.

— 박철희(문학평론가 · 서강대 명예교수)

지는 꽃

춥고 가난스런
바람손을 놓고

한 잎 한 잎
어제의
꽃잎이 떨어진다

진실함 빛갈로 타던
그 하늘은
지금 침묵

한 모금물
찾던 눈 감기고
너무나 조용한 지상

무수히 내려 쌓이는
멀어져간 전설은

고독이 띄우는
아픈
웃음의 음성이었다

도라지꽃

뿔 여린 사슴의 무리
신화같이 살아온 산

서그럭 흔들리던
몸을 다시 가눈 곳에

이 고장 마음색 띠고
도라지꽃 피는가

신음과 기도 위로
선지피 뚝뚝 듣던 산

이대로 이울고 말
입상인가 말이 없이

먼 하늘 머리에 이고
도라지꽃 피었다

무위無爲

비가 온다
오기로니

바람이 분다
불기로니

지상은 비바람에
젖는 날이 많지만

언젠간 개이리란다
그러나 개이느니

보행步行

나의 오랜 보행은
허공에 한 발
지상에 한 발

생애의 체적은
바람에 날리고

무시로 바닥이 닳는 발은
허공에 떠 있다

뒤뚱 발이 기울면
따라 기우는 세상

맥이 다 풀린 발은
무릎을 꿇는 비굴이 된다

이윽고
발이 확인한 지상엔
딛고 설 하루가 없다

바람

바람은 처음부터
세상에 뜻이 없어

이날토록 빈 하늘만
떠돌아 다니지만

눈 속의 매화 한 송이
바람 먹고 벙근다

매이지 말라 매이지 말라
무시로 깨워 주던

포장집 소주 맛 같은
아, 한국의 겨울바람

조금은 안됐다는 듯
꽃잎 하나 떨구고 간다

풍경風磬

뎅그렁 바람 따라
풍경이 웁니다

그것은 우리가 들을 수 있는 소리일 뿐

아무도 그 마음속 깊은
적막은 알지 못합니다

만등이 꺼진 산에
풍경이 웁니다

비어서 오히려 넘치는 무상의 별빛

아, 쇠도 혼자서 우는
아픔이 있나 봅니다

돌 1

나는 불이었다 그리움이었다
구름에 싸여 어둠을 떠돌다가
바람을 만나 예까지 와
한 조각 돌이 되었다

천둥 비바람에 깨지고 부서지면서도
아얏 소리 한 번 지르지 못하는 것은
아직도 견뎌야 할 목숨이
남아 있음에서라

사람들이 와 '절망을 말하면 절망'이 되고
'소망을 말하면 소망'이 되지만
억 년을 엎드려도 들을 수 없는
하늘 소리 땅의 소리

우물 안 개구리

암록색 무당 개구리
우물 안에서 산다

바깥세상 나가봐야
패대기쳐서 죽을 목숨

온전히 보전키 위해
우물 안에서 산다

짝짓고 알슬기에
깊고 넉넉한 공간

이따금 두레박 소리에
잠을 설치고

별들의 전갈을 기다리며
눈이 붓도록 운다

달팽이

경운기가 투덜대며
지나가는 길 섶

시속 6m의 속력으로
달팽이가 달리고 있다

천만 년 전에 상륙하여
예까지 온 것이다

어디로 가는지
가야 하는지 알 수 없는 길을

산달팽이 한 마리
쉬임 없이 가고 있다

조금도 서두름 없이
전속으로 달리고 있다

한세상 사는 법을 어디 가서 배우랴

한세상 사는 법을
어디 가서 배우랴

망설이다 머뭇거리다
다 놓쳐버린 사랑이여

마음이 보이는 길을
어디 가서 찾으랴

김제흥(金濟興, Kim, Je heung)
1961년 경북 봉화 물야 출생. 영주공고 졸업
(1980). 《현대시조》 신인상(1999) 등단. 한국
시조시인협회, 경북문인협회 회원. '맥시조'
동인. 현대종합특수강(주) 포항공장 근무.

회자정리

— 요점만 간단히

첫 외출 바로 그날 바로 그 자리
요점만 간단히 "말은 못 하고"
얼마나 돌고 돌아야 다시 들려 반길까

걱정스레 걸음 늦춰 쓰린 속을 달래주는
뒷모습이 눈에 들면 고마움 함뿍 지니
바쁘네, 인사 한 마디 건네고도 싶은데

— 무슨 말에 속이 상해

차가운 눈총보다 무슨 말에 속이 상해
내 속을 콕 찔리는 저 아픔을 아, 어떻게
어떻게 달래나 질지 차마 모를 뒷일을

몇 걸음 멀어질 때 무슨 말을 또 했길래
쓸쓸히 걸어가는 눈에 선한 그 모습이
저 멀리 어둠 속으로 점점 점점 멀어질

진달래

주근깨 박혀오는 한 점 빛에 뿌리내려
겨우내 뽑아 올린 지열을 나누고파
이른 봄 잠을 깨우려 손나발을 모은다

음표를 걸어놓고 지휘봉을 올려들어
쏠리는 눈망울들 아낌없이 주고 나면
이 땅 위 어디라 없이 푸른 선율 떨린다

아리랑

알프스로 입양 가듯 남지나로 징용 가듯

다시 못 올 이 길이라 여기며 나선 길이
천 리 백 리 다 놔두고 하필이면 십 리라서

소리쳐 아리랑 부르다 생각나는 그대의

누나 보듯이 엄마 떠나듯이

노래할 시간밖에 안 주는 게 야속하고
노래가 끝나면 보내는 게 매정해서

콧노래 흥얼거려도 떠오르는 그대의

배추벌레

드는 주눅 어찌 못할 물렁한 작은 덩치
불시에 채여질라 숨죽여 엎드린 채
감감한 외길 첫머리 저린 발을 내딛다

흔들리는 벼랑에서 돌아설 길 지워가며
더딘 발길 재촉 더해 갉아댄 푸른 꿈은
누구라 묻지도 않고 기다리다 물든다

기어이 닿아야 할 저 땅이 눈앞인데
불거져 막힌 잎맥 절망의 잠이 들 때
버티어 다다른 길목 날개 돋아 깨인다

금야강 노을

시래기죽 한 사발로 산모 노릇 하신 그날
굶다시피 하시면서 산바라지 하신 그날
그날도 노을이 이뻐 배고픈 줄 몰랐죠

약 한 번 못 써보고 죽어가나 싶은 날에
한 사흘 앓고 나서 생기가 돌던 날은
노을빛 두 분 눈빛이 그리 환해졌다죠

평생을 쏟으셨나 자식 사랑 그 은혜를
붉게 더 붉게 뜨겁게 더 뜨겁게
끝내는 사그라져서 기억으로 그립네

에쿠스 바퀴

부러워 쳐다보다 바퀴에 눈이 가면
닳아서 사고가 난 내 차 거랑 하도 닳아
사는 게 같은가 보다 가다가는 또 보고

나비

눈 비벼 서먹하고 외면할 듯 다시 보며
먼 하늘 가리키는 양 손짓이 버릇처럼
기억의 앞장을 서서 불러보는 이름아

취해버릴 정이라서 휘청이며 살아온 길
마음이 재잘거려 뒤쫓아도 못 들으리
때때로 만날 듯 말 듯 타는 속이 보인다

붕어빵

아무리 안다 해도 부모 마음 알겠냐만
쭈글쭈글 다 식은 붕어빵 한 조각에
안 좋고 싫고를 떠나 네 생각이 앞설 때

탄저병 사과

미로를 찾아가듯 맛있게 먹어줄게
가슴에 들어가면 마음이랑 잘해 봐라
본디의 네 모습으로 향기롭게 예쁘게

김종(金鍾, Kim, Jong)

1948년 전남 나주 남평읍 출생. 조선대학교(국어국문학과), 경희대 대학원 문학박사. 《시조문학》(1971), 《월간문학》 신인상(1971), 〈중앙일보〉 신춘문예 시(1976) 등단. 시집 『장미원』(1976, 시문학사), 『밀불』(1981, 시인사), 『배중손 생각』(2001, 태학사), 『그대에게 가는 연습』(2010, 고요아침), 가사시집 『간절한 대륙』(2016, 고요아침) 외. 민족시가대상(1993), 한국시조문학상(1999), 현대시조문학상(2003), 한국펜문학상(2008), 제1회 한국가사문학대상(2014) 수상. '목요시', '원탁시' 동인.

—

김종 시인은 인위적인 못 자국 없이 나무만으로 축조된 집처럼 자연스러운 율격과 언어로 구축된 정형미학을 우리에게 보여주고 있다. 그 자연스러우면서도 기골이 장대한 언어의 집, 곳곳에 김종 시인은 인간적인 사랑과 맥박을 불어넣는다. 결국 김종 시인의 시는 인간다운 삶을 소망하는 것으로 압축해 볼 수 있다. 왜냐하면 역사현실을 인식하고 비판하는 것도, 자연물과 삶에 대한 사랑과 탐구도, 허무의식과 그 극복의지도 결국은 인간다운 삶에 대한 꿈의 한 단면이기 때문이다.

— 박성민(시조시인)

—

허공 흔적

지우면 지울수록 돋을무늬가 되는 사람

사람 참 앙상했으나 꽃받침이 앙다문 꽃

그 꽃대 기어 올라가 부처처럼 웃는 허공

청한淸閑

새 한 마리 날아서 이승을 건너는지

걸어 나온 산그늘이 강물을 덮고 있다

그대의 조용한 얼굴이 낮달을 띄울 시간

바람이 깨운 자리 드문드문 꽃은 피고

정적이 등 가려운가 어깨 들썩이는 나무들

햇빛에 구름이 나와 제 몸 말리는 굿이야

그대 속눈썹 멀리 달려 나온 저 파도를

수평선에 길을 놓아 배 몇 척 넘어올 때

하늘이 숲에 내려서 산이 자꾸 기울더이.

배중손裵仲孫* 생각

1
지체 없이 달려온 인간사 그 어디쯤에
산처럼 지켜선 역사가 산맥 하나쯤 가꿀 만한데
우뚝한 방파제 허리만 뜨건 살을 허물었거니

2
예감마저 목이 말라 하늘 난간에 걸리고
비 내리는 산골짜기엔 악연惡緣같던 개울물 소리
보기도 아스라한 불빛이 보살인 듯 다가올까

3
달맞이꽃 이파리마다 천년 꿈을 떨쳐보면
젖어 내린 가슴이 한 점 슬픔에 싸이더라만
그적지 등 돌린 청산이 우레 안고 누워있다

4
눈감아도 간곡하여 천만리 떠도는 구름
다가가 일으킨 절벽은 하늘 밖에 버려두고
지워도 돋아난 세월을 벌목伐木으로 배 띄운다

5
제 얼굴 들여다보듯 심지 하나 밝혀두고
얼비치어 꽃술에 담긴 회군回軍하던 그 역사가
실타래 풀리듯 풀리듯 그 어디로 흘러왔나

6
이제는 선지피 더운 눈을 감고 바라보라
저녁 무렵 돋은 별빛이 군지기미로 내릴 때쯤
배중손 등 굽은 이야기가 미련처럼 타오른다.

* 배중손裵仲孫: 고려 삼별초의 대장군.

소리꾼

막혔다가 터질 거라면 천둥처럼 울어야지
앞산 뒷산 푸른 넋이 고향 가듯 장강長江인데
소리도 속잎 피는가 신록 되어 우거진다

쏟아놓고 바라보리라 이내 핏줄 비맞는다
가난처럼 깊은 열반이 참대만큼 커보인다
이승은 천길 저 멀리 방언方言같은 전율인데

굽이 굽이 하늘에 닿아 광기狂氣만큼 찬란하다
종양腫瘍은 막을 수 없는 실가지로 치밀어서
보 터진 샛물을 타고 자유 그것 어족魚族이구나.

구례구求禮口 역*을 지나며

교각을 지나 먼 길 가는 강의 허리가 보인다

이 마을 저 마을을 이마 짚듯 들러서

동 트는 능선을 넘는 이날 평생의 길이다

금모래 빛을 품은 산자락의 호사로다

깊은 바닥 어둠에다 숨긴 몸을 눌러두고

숨소리 따뜻한 강이 새끼처럼 고물댄다.

* 구례구: 전라남도 구례군으로 진입하는 길목이라 '구례구求禮口'라 명명하였다. 실제로는 순천시 황전면 섬진강로 217번지의 역驛 이름이며 1936년에 보통역으로 영업을 개시했고, 강원도 영월역과 비슷한 한옥형의 역사인데 이곳에서 조망하면 섬진강 허리가 관능적이다.

처용의 고래농사
― 반구대 암각화를 보며

바다가 대지라면 파도만한 쟁기가 있나
푸른 심장 수평선에 낮은 울타리를 치고
농사로 고래 몇 마리쯤 방목하고 볼 일이야

처용은 쟁기 잡고 고래는 보습을 끌어
바다 농사 풍년 들면 사철 식량이 넉넉하고
돌 쪼고 별을 기르던 이리 순한 세월이랴

까치놀 하늘에다 한 동이 별을 뿌려
대곡천 동굴에 들어 발품 쉬던 바다가
별들의 광장에 나와 풍금 소리로 울더니만

강남 제비도 몇 번은 쉬어간다는 동해바다
해도 달도 떠오르면 능금처럼 건져오고
포경선 작살 따위는 구름방패로 막았니라

사람과 고래가 이백 년은 산다는 땅
연오랑과 세오녀는 일본 가서 왕이 되고
서라벌 흥겨운 나라를 암벽 가득 춤추더라.

옹기 부처
― 천년千年을 굽다

흙덩이 몸이라도 높은 열을 견디더니

떨어진 살점 하나도 사리처럼 여물이 들고

그릇의 둘레 둘레가 처처부처로 미소하다

햇빛 달빛 비바람이 설레설레 다녀가고

천둥 번개 폭설 따위가 휩쓸 듯이 날뛰건만

면벽한 결가부좌로 기도하기 천년이라

손 모은 극락왕생은 이 시간도 변색 없고

생명이 숨 쉬는지라 주근깨도 반짝인다

투박한 초벌구이가 연대蓮臺받친 등신불로.

어머니의 기슭

설레는 별자리가 상상봉에 오릅니다
하늘 퍼런 전생前生이 달무리로 웃습니다
구만리 뱃길을 저어 만년설에 닿습니다

쑥국새 양 날개에 갈대꽃이 번집니다
귀대인 세월 너머 물결 높은 새끼들만
해돋이 속잎이 피어 안마당을 덮습니다

봉인 뜯은 이내 몸을 천지간에 뉘어보니
얼비친 한세상을 견디는 슬픔인지
줄기로 뿌리를 받아 우듬지를 높힙니다

섬 한 채 사운사운 청댓잎도 외로운 밤
촛불 심지 돋아서 범람하는 불빛 멀리
당신의 낭자머리가 한 시절의 꽃입니다

물방개 닮은 자식들 당신 가슴을 헤엄치고
열린 열매 달랑달랑 재롱떨며 크던 자리
구석참 등롱 하나가 늦은 밤을 지킵니다.

어느 한 갑자甲子

사람사람 고랑마다 별과 달을 심었다

넘치는 웃음 가득 처처가 꽃밭인 걸

눈물이 가득한 그리움 아궁이에 지폈다

바람 끝 돌아 나온 오솔길은 추억인데

뒤따른 별무리가 두근두근 반짝여

산마루 낮춘 허리에 강물 하나 흐르건만

새싹처럼 예서제서 봄비 맞고 웃자란 生

어둠 한컨 속마음을 한잠 자고 바라보니

나무 숲 머리 머리가 섶 올린 누에일세.

박타령

1
　저기 저 반짝이는 기나긴 동쪽 산맥의 끝 간 데쯤
　형제는 오륜五倫의 정치精緻에 든다고 태양 같은 꽃술 틔어
착하게 착하게만 자지러진, 그리하여 강물처럼 흘러가는 일이
있었는데
　이상한 고담古談 하나 없겠느냐, 펼치어 보이리라

　첫잠을 자고 나면 우쭐대는 꿈을 꿨기
　천길 만길 깊은 골에 쌍무지개 걸리는 상서로운 조짐을 내 어
이 마다하고, 색깔도 소리도 없이 갈라지는 이내 운명의 불협
화한 쪼각 쪼각의 곤두박질이여 , 부제不悌한 안개 속을 기웃
거릴 새도 없이 '술 잘 먹고 욕 잘하고 애태우고 싸움 잘하고 초
상난데 춤추기, 불 난데 부채질하기, 해산한데 개잡기, 장에 가
면 억매抑買 흥정, 우는 아이 똥 먹이기, 무죄한 놈 뺨치기와 빗
값에 계집 빼앗기…
　뒤틀린 심사를 짐 지지 못하여 부지정처不知定處 흐르는 구
름아

　어디메냐 보이잖는 둥덕쿵 춤을 추고
　물결로 재우치는 이 긴긴 맹목의 강물로 흐르면서
　핏속에 스미는 인연을 내 어이하나, 가시 돋친 현기만 여름밤
별무리처럼 무성 하나니

　터무니없는 것은 부조리한 아침이대야
　지우면 돋아나는 이내 분별의 핏줄 끝까지 따라 나온 주검이야
　소모된 바람이 되분다고 돌과 옥玉이 하나랴

　세간 전답田畓 층층시하 참고 산 보람 멀리
　흘려 놓은 팔자라도 허리 굽혀 줍고프다
　발목이 찾아간 곳 어디든 삼공육경三公六卿은 솟나니

　잠깬 자의 기지개도 햇살 앞엔 눈부시다
　후리친 밥주걱에 천하게 매달린 밥알만도 못한 신세라
　수숫대 반 뭇이 거저 남았네, 누우면 발이 삐져나고 안방에서
별을 헤는, 굽도리 살미살창 바리받침, 내외분합 툇마루…

　모두 다 후리 다듬어 하나로 삐걱이는 것
　허리에는 부귀공명 목구멍은 청천한운靑天寒雲
　더운 짐 나는 형님은 시퍼런 날을 세워 서러운 타관정을 운명
처럼 짚어주서서
　쓸쓸한 그리고 치운 동지섣달 넘어가는 몹쓸 놈의 거둥 한번
악착하구나

*장편 서사시조「밀불」에서.

김종(金鍾, Kim, Jong) 본명: 김종목(金鍾穆, Kim, Jong mog)

1938년 일본 아이치현 가마고리 출생. 대구사범대학 본과 졸업(1958). 〈매일신문〉 신춘문예 동화(1964), 〈중앙일보〉 신춘문예 시조(1972), 〈경향신문〉 신춘문예 시(1982),《현대문학》시 천료(1983) 등단. 동시집『시골 정거장』(1991, 꿈동산), 동화집『사람이 되고 싶은 마네킹』(1995, 예림당), 시조집『무위능력』(2016, 산지니), 시집『인생의 향기』(1997, 시선),『당신을 풀꽃이라 이름했을 때』(1991, 상원, 공저) 외. 제5회 신인예술상 아동문학부 동시 수석상(1966), 제5회 월간문학 신인상 동시(1970), 제1회 소년중앙 동화(1971) 수상 외. 한국시조시인협회, 한국문인협회 시 분과, 한국아동문학회 회원.

> 회 의 배
>
> 무성은 가이 들어
> 울어 주는 서 기무라의
> 차마 못 듣은 적
> 삶은 수가 없어서
> 추롱리 기를 열어놓고 갔다
> 회의 배가 터져 졌다.

—

김종 시학의 특징을 세목별로 얘기한다면 비가조의 작품을 많이 쓴다는 점, 사랑을 주제나 소재로 하는 시가 많다는 점, 인생을 성찰하는 시조를 쓴다는 점, 그리고 일상어들을 꾸밈없이 시어로 활용해서 독자들에게 난해하지 않는 시조를 보여준다는 점일 것이다.
김종 시인은 그가 빚어내는 비가조의 시조, 사랑의 시조, 맑고 아름다운 모국어의 시조, 성찰과 지혜가 담긴 시조, 꾸밈없는 일상어의 시조를 통해 시조의 효용성과 독자층의 확대는 물론이고 스스로의 내적 성숙에 심혈을 기울이는 시인의 모습을 보여주고 있다.

— 이우걸(시조시인 · 우포시조문학관장)

—

첫정

논두렁에 앉았다가 보라색 꽃을 본다

키도 작고 꽃도 작은 이름 모를 꽃이지만

볼수록 눈이 서늘해지는 예쁜 힘이 들어있다.

티 하나 보이지 않는 깨끗한 눈빛으로

나를 쳐다보는 그렁한 표정 뒤에

사무친 한 여인의 얼굴이 아슴히 떠오른다.

돌아서다 다시 보는 첫정이란 그런 것인가

잊은 듯 살아오다 어느 날 문득 그리워지는

가슴속 곱게 물들어가는 설움 같은 꽃이여.

어머니

어머니를 평생토록
부르면서 살았다면
그대는 세상에서 가장 행복한 사람이다
어머니 그 따뜻한 말을
반도 못 부른 사람도 있다.

부르고 싶은데 어머니가 안 계시니
목에 걸린 그 말이 가시처럼 박히어서
부르면 금방 아픔이 되는 한 맺힌 사람도 있다.

어두운 벽을 보고
안타깝게 불러보고
달과 별을 보고도 어머니라 불러보는
가슴이 까맣게 타서
재가 된 사람도 있다.

야묘夜猫

1
어둠 속에 어둠이 똘똘 뭉쳐 있다

장독대 밑 몰래 숨은 정적의 빛나는 눈

순식간 용수철처럼
섬뜩하게 튀는 살의殺意.

2
찍-하는 비명悲鳴도 금세 끝나고 마는

저 황홀한 식욕食慾이 어둠을 찢어 놓고

흔적도 없이 사라지는
서늘한 달빛 한 줌.

석류 4

잘 익은 가을이
알알이 박혀 있다

바람이 지나는 아슬아슬한 길목에서

순식간
팍-!
터져버린
저 핏빛 수류탄.

겨울밤 3

애비 생일이라고
딸아이가 내려왔다
방 안이 서늘하여 보일러를 틀었는데
아내가 나도 모르게
스위치를 꺼버린다.

딸아이가 추울까 봐 다시 스위치를 올리면
아내는 또 몰래 스위치를 내린다
아들딸 손주들이 오면 늘 이런 식이다.

몇 푼을 아끼려는
그 마음 왜 모를까
알기에 켜고 꺼도 빙그레 웃으면서
모른 척하고 넘어간다
겨울밤이 훈훈하다.

한목숨 사라지면

이제 모든 것이 끝나버린 것인가
한목숨 붙어 있던 생명이야 간다 해도
가슴을 설레게 하던 사랑 우정도 가는가.

거닐던 돌담길과
속삭임도 따라가고
뜨거웠던 입술과 눈동자도 가는가
한목숨 사라진다고 해서
그런 것도 다 가는가.

떼를 쓰고 버둥거려도 소용없는 것인가
수정 같은 눈물도 외로웠던 기다림도
다 가고 텅 빈 허무만 속절없이 뒹구는가.

해무海霧

바다 위의 안개로 아무 것도 안 보인다

갈매기들 소리만 희미하게 묻혀 있어

시선이 닿는 곳마다 소리와 부딪힌다.

소리만 남겨두고 갈매기는 행방불명

기이하여 한참을 살펴보는 안개 주변

구멍이 뚫린 허공에 갈매기가 걸려 있다.

잔설殘雪 1

너는 떠났어도 옹달진 내 마음엔

잔설처럼 그리움이 그대로 남아 있다

아무리 봄이 왔어도
녹지 않는 아픔으로.

해가 다 가도록 녹지 않는 잔설처럼

고산준령 깊숙한 그늘진 그리움은

영원한 만년설이다
녹지 않는 사랑이다.

두고 내린 우산

지하철에 두고 내린 우산 하나 때문에
햇빛 쨍하게 나도 마음이 우울하다
까짓것 아무것도 아닌 것
우울 하나 못 가린다.

손에 쥔 것 놓았다 하면 내 것이 아니다
익어버린 버릇에 그런 것도 짐이라고
다 놓고 내렸는데도
마음은 더 무겁다.

삼성역 5

산모롱이 돌아가면 외로운 역이 있다
승객들도 없는 빈 역 토라진 듯 주저앉아
먼 산만
보다 고개 숙인
버림받은 아픔으로.

그래도 이름만은 차마 버릴 수가 없어
낡은 역으로만 기우는 세월 따라
산그늘 짙은 서러움에 축 처져 늘어졌다.

열차들은 무정하게 그냥 마구 달려간다
주변에 핀 코스모스 벌겋게 눈이 부어
옛날을
울컥 토하면서
노을처럼 울먹인다.

김종길(金鍾吉, Kim, Jong gil)

1958년 경남 창녕 출생. 경남대학교(법학과)
졸업. 〈경남신문〉 신춘문예 시조(2001) 등단.
시집 『거짓말 구멍』(2016, 고요아침).

—

김종길의 시조 미학은 정형 양식에서 경험하는 사유와 감각의 파
동에 있다. 시인은 "뿌리가 밖으로 나오면 세상은 끝나는 법"(「뿌
리」)이라고 생각하고 존재 확인이라는 일차적 욕망을 넘어, 궁극적
인 삶의 완성이라는 보다 더 큰 의지를 '시인'이라는 존재에 투사投
射한다. 그 순간 "애타게 찾아 헤맸던/ 바로 그 맛 순수"(「거짓말 구
멍—치밭목 산장에서」)가 선연하게 다가온다. (중략) "안개처럼 퍼
져가는 낙산사 범종 소리"(「낙산사」)는 확연하게 '시詩'의 은유적 변
형체로 다가온다. 그 소리가 그려내는 '파문'은 어느새 시적 문양文
樣이 되고, "긴 긴 자맥질 끝에 걸리는 햇덩이"(「낙산사」)는 우리가
언어예술로서의 '시'를 통해 만나게 되는 가장 근원적이고 보석과
도 같은 순간이 아닐 수 없을 것이다.

— 유성호(문학평론가 · 한양대 교수)

—

인생人生

그것이 한 길뿐이라면 좀 비좁지 않겠는가

한사코 눈 닿으면 길은 또 멀어지고

그 길이

빤히 들여다보인다면

너무 재미없지 않겠는가

산수유

수줍은 산동* 처녀 옷고름 매만지다
지리산 잔설 걷고 화들짝 안겨든다
노랗게 걸러진 햇볕 개울가에 부서진다

고로쇠 구멍만큼 상처가 깊어지고
비틀린 몸으로 수액을 빨고 있는…
제풀에 놀란 새 떼들 덤불 속으로 꽂힌다

저 두텁던 껍질 뚝뚝 떨구고 나면
말소리 물소리도 노랑으로 흐른다
발갛던 아내의 가슴 환한 꽃물 터진다

* 산동마을: 지리산 산수유 마을.

거짓말 구멍
— 치밭목 산장에서

씻은 바람 치밭목에 햇살이 스며든다

손바닥으로 받쳐 들고 퍼마시고 세수를 한다
애타게 찾아 헤맸던
바로 그 맛 순수

거짓말을 걸러내는 구멍을 하나 만든다
나는 가장 먼저 사랑을 통과시키고 싶다
맘속에 살이 되어버린
오래된 맛 거짓말

창문을 통하여 한 줄기 달빛이 들어온다
손가락을 가져가 찍어먹고 맛을 본다
아직도 내 열쇠 구멍은
거짓말을 통과시키고 있다

평사리*

1
포구의 물이 거슬러 강물을 부풀리면
은어 떼 그리움 안고 약속처럼 모여든다
평사리 너른 들녘에 잔잔한 물결이 일고

치마폭 같은 발뙈기 뜯어먹고 살았던
서로 몸 비비며 피붙이로 살았던
검푸른 노송 두 그루 가족사처럼 서 있다

2
언 땅에 서릿발 딛고 잠들어 섰구나
자운영 터뜨리던 추억을 간직한 채
밟혀야 뿌리 내리는 튼실한 보리가 되어

켜켜로 쌓인 설움 한 마디씩 잘라내며
한눈에 볼 수 없었던 청보리의 꿈들이
대지를 끌어안은 채 노을처럼 타오른다

* 평사리: 소설 『토지』의 배경 마을.

붕어빵

파닥이며 교문통을 빠져나오는 붕어 떼
퇴근을 서두르며 창문 밖을 내다본다
일상에 눌렸던 공기 팽창하며 달아난다

얼마나 달궈 먹었는지 모가 닳은 무쇠 빵틀
주름살이 굵어져도 표정 바꾸지 않고
걸쭉한 입담을 섞어 빵을 굽는 김씨 부부

배 속이 텅 빈 우체통 입을 크게 벌리고
팥물처럼 달콤한 바람 한 입 베어문다
김씨의 짧은 잠바가 등살을 드러낸다

비린내도 퍼득이지도 못하는 지느러미
거리의 붉은 간판 점점이 불 밝힐 때
꿈꾸는 대양을 향해 꿈틀거리는 한 마리

김종빈(金鍾彬, Kim, Jong bin)
1962년 충남 태안 안면도 출생. 원광대학교
(국어국문학과) 졸업. 《시조문학》(2004) 등
단. 시집 『냉이꽃』(2009, 한맘) 외. 시조시학
젊은시인상(2009), 이호우시조문학상신인상
(2010) 수상. '율격' 동인. 오늘의시조시인회
의 회원. 가람기념사업회 사무국장.

나는 안면도를 대표하는 시인이라고 부른다. 그의 시에 안면도의
역사와 문화가 담겨 있기 때문이다. 졸업 후 노동자들과 동고동락
하면서 기쁨과 슬픔을 함께했다. 노동자들과의 의리, 정의감, 젊은
이의 패기, 그는 이것들과 떨어질 수 없었다. 사회가 혼탁하면 시인
이 먼저 숨 가쁜 법이다. 그는 가장 어려울 때 노동자들을 지켰다.
시인이기에 앞서 살신성인을 보여준 모범이 되는 노동자였다.
그의 시에는 양복쟁이들이 쓸 수 없는 노동현장의 냄새가 배어 있
다. 아픔이 들어 있다. 이를 가람 선생님의 용어로 표현한다면 '실
감실정實感實情'이라고 부르고 싶다.

— 이택회(시조시인)

봄, 꿈

낮과 밤이 추를 맞춘 춘분의 동틀 무렵

멀리 산등성 아래 흔들리는 불빛 몇 개

할머니 옛날이야기 속 도깨비 불빛 같다

심술깨나 좋아했다는 우리네 도깨비도

사람들에게 좋은 일 참 많이 했다는데

요즘엔 어디를 가도 그런 소식 통 없다

밤낮이 따로 없는 저 환한 도심 숲속

뿔 달린 방망이로 후려칠 곳 너무 많아

오늘밤 꿈속에라도 할머니를 만나고 싶다

법성포 일몰

숨죽인 저문 바다 멀어지는 한 척 배
수평에 피어오른 뭉게구름 비껴두고
오늘도 황금빛 유혹
까치놀이 길을 연다.

썰물 진 포구에 스스로 정박 당한 채
한때의 푸른 꿈이 풀죽은 낡은 뱃전
생생한 그 뼛속의 날
소금쩍이 돋아있다.

떴다 잠긴 묵은 꿈에 아직도 설레는 걸까
물길 힘차게 가르던 바다는 그대론데
잡힐 듯 삼삼한 날들
몇 미터 앞의 물거품이여!

나문재 붉는 마을

발밑까지 밀고 온 물이랑에 흔들리며
가을볕에 야위는 제 얼굴을 비춰본다
울 엄니 손마디처럼 깡마른 채 서 있다

날마다 해돋이 하듯 하루하루 꿈으며
사계가 출렁이는 뒷산 능선에 올라
천수만 물주름 겹겹 그리움을 건넸을까

가을이 깊어질수록 저미는 한때가 있어
노을빛 길을 따라 마음 먼저 앞서는 날
먹먹한 이런 날이면 눈 속에 붉는 나문재

별꽃별곡

저문 이월이 길을 연 선득한 거리를 걷다
부연 미세먼지 속 한송이 꽃을 만났다
시멘트 갈라진 틈새 수줍게 웃는 저 별꽃

먼지 풀풀 날리는 회색빛 도심 속에서
우연히 마주친 너, 나와 닮은 것 같아
빌딩도 숲이 된다는 새로운 사실을 안다

재개발 도로에 깔린 어릴 적 오가던 길가
가만가만 일어서던 풀들의 안부일까
환하게 꽃으로 올린 소식 한 줄 읽는다

소한 즈음

한생이 텃밭이던 엄니 눈가 붉던 노을
늦가을 함께 치대 담가주신 김장김치
밥도둑 따로 있을까 알싸하게 익어있다

소한 길고 출출한 밤 생각나는 동치미
파리하게 건너가던 장독대 위 그 반달
헛딛고 잠 못 드는 밤 시리게 감치던 맛

잘 삶은 고구마 소쿠리째 곁에 두고
노을 한쪽 다져넣고 김치전도 부친다
아랫목 가만 비우고 그 마음을 읽는다.

비정규직

또 하루 버티고 나서 시간에게 감사한다
쓴약 같은 해장 소주 두어 잔 털어 넣자
버겁고 긴 야간 일이 끝났음을 몸은 안다

이렇게라도 일을 못하면 바로 신용불량자
내 몸은 피동형으로 숙달된 지 이미 오래
낮에는 이력서 빈 칸 스펙을 쌓아야 한다

칠흑의 어둠일수록 별은 더욱 또렷한데
최신식 돈사 같은 아담한 내 야간 일터
우리네 하늘에서도 별 볼 일 있음 좋겠다

할망 일기

여산 오일장마다 문을 여는 장 짜장 집
굽은 길들이 만나 입담 되직한 점방 안
귀 닳은 식탁과 의자 사연 하나쯤 붙었겠다

할망의 뭐시기라던가 첫 남자 장똘뱅이
잇고 오소 잇고 오소, 면을 뽑으셨다나
반백 년 짜장을 볶듯 까맣게 태운 밤이여!

드르륵 문을 열고 그이가 올 것만 같아
초롱을 내다 걸고 함지박에 헹구는 행주
파장의 세치 고요를 닦고 또 닦는다나

소

등에
멍에를 지고
논밭 갈던
우리 할배

부위별로 해체되어
숯불에서
두 번 죽었다데

죽어도
죽을 수 없는
북이다

열사흘 달

아직 뛰놀고 있을
봄꿈들의 기별일까

입동 지난 고갯길
어깨 짚고 떠올라

우듬지
그 끝의 정점
파르르 떠는
열사흘 달

연

구멍 난 가슴으로
멱살을 움켜잡힌 채

실낱에 운명을 걸고
탈출을 꿈꾼다.

바람이 거세질수록
저 당당한
버티기 한판

김종연(金種連, Kim, Jong yeon)

1970년 경남 합천 대병면 출생. 한국방송통신대학교(국어국문학과) 졸업. 《나래시조》 등단(2010). 시조집 『분꽃엄마』(2017, 동학사). 나래시조 단수시조 대상(2017) 수상. 한국시조시인협회, 울산시조시인협회, 운문시대, 오늘의시조시인회의 회원.

—

김종연 시조의 매력은 유연한 가락과 따뜻한 서정, 긍정과 성찰의 시편에서 찾을 수 있다. 긍정적인 시선으로 세상을 껴안는 시인의 삶의 방식이 시조 작품에서도 진하게 우러나고 있다. 그러기에 함께 아파하고 상처를 어루만지는 시인의 눈물이 배인 시편들을 만나는 시간은 순도 높은 치유의 시간이 될 것이다. 사는 일, 살아가는 일이 이곳에선 소문 같은 시 읽기의 산뜻한 행복 말이다.

— 권갑하(시조시인 · 한국문인협회 부이사장)

—

땅찔레꽃의 노래

손 안엔 지도가 없고 하늘은 멀었다

고대했던 대답은 침묵으로 당도하고

온종일 돌밭을 헤맨 발 오늘도 노숙이다

수직의 꿈 꺾인 자리 새벽빛 와 앉으면

너에게 당도하는 길 어렴풋이 알 것 같아

온 들녘 향기를 풀며 너덜겅을 건너간다

동행

너는 한 방울 물로 자라나는 종유석

석순처럼 말없이 나는 기다리고

그 모습 지켜보느라 세상도 슬로모션

거미줄

공치는 날 다반산데 비 오는 날 또 다반사

우의 없이 알몸으로 허공을 잇대보지만

빗물만 오종종 맺혀 눈물처럼 글썽인다

유령울림*

경마장 뒤흔드는 따발총 아나운서처럼
끝없이 쏟아낸 말 일상을 찢어 놓는다
또다시 충혈된 하루 밥도 잠도 반납이다

표정을 들켰다간 내일이 사라질 거야
감긴 눈꺼풀은 어지러운 꿈을 달고
몽롱한 아침을 맞는다, 또다시 반복이다

* 유령울림: 퇴근 후에도 계속 되는 업무지시(소셜네트워크, 카카오톡 등)로 인한 스트레스 환청 현상.

아라홍연

그림 속 정물처럼 칠백 년을 살았습니다
그댈 부른 손짓 몸짓 메아리로 돌아오면
엇박자 연가 되어서 눈물 달고 선 하루

십 년만, 아니 백 년만 당신 기다릴 테야
하루에도 수천 번 접은 마음 허물어지고
오감을 여닫은 자리 멍울진 바람希들만

그의 꽃이 되고 싶다. 의미가 되고 싶다*
시간을 넘고 넘어온 주문이 된 기도 한 줄
천지가 숨을 참는다. 늦은 응답 미안해서

* 김춘수 시인의 「꽃」에서 인용

101번째 프로포즈

열 번 찍어 안 넘어와도 포기란 있을 수 없지
대답조차 오지 않는 묵묵부답 이력서를
오늘은 카페에서 쓴다 음악까지 넣어서

허풍도 가식도 빼버린 말간 행간
누군가 읽어주겠지 혼잣말 담아보느라
커피는 이미 식었고 프로포즈는 다시 시작

남매탑 이야기

포위망 좁혀오듯 어둠 몰려오면
댓돌 위 신발 두 켤레 숨소리 들릴 듯 말 듯
산중엔 어제도 오늘도 함박눈만 내린다

불빛도 눈빛도 난분분 흩어지던 밤
차마 흐르지 못한 정 숫눈처럼 쌓여 가면
명치 끝 실금 가는 소리 눈발 속에 묻힌다

적막을 짊어지고 등 보이며 앉은 사람
함께일 수는 있어도 한 몸이 될 수는 없어
탑 속에 혼을 누이고 천 년을 마주 서 있다

풋,

두 주먹 불끈 쥔다 알곡이 되겠노라

"명문대 못 나오고 스펙도 부족하네요."

이력서 내밀 때마다 쭉정이가 되어 간다

가을 들판

제 몸값 올리려고 두세 겹 포장 않고

제 몸에 색 입히려 덧칠하지 않아도

햇살이 양팔을 벌려 명품 도장 찍고 있다

분꽃 엄마

그
옛
날
봉
화
처
럼
치
솟
고
싶
었
을
까

꽃잎을 접고 누운 요양병원 긴 하루
나 여기, 살아 있다고 한 번쯤 다녀가라고

김종영(金鍾永, Kim, Jong young)

1963년 경남 창녕 도천면 출생. 진주교육대학교, 창원대 교육대학원 졸업. 〈경남신문〉 신춘문예(2011) 등단. 시집 『탁란 시대』(2017, 동학사). 경남동시조연구회 『동시조 나무』(2008, 시한울) 대표집필. 서정과현실 신인상(2013), 한국시조시인협회 신인상(2015), 세종도서문화나눔 선정(2017), 영남문학상(2017), 한국시조시인협회 올해의시조집상(2018) 수상. 오늘의시조시인회의, 한국시조시인협회, 경남시조시인협회 회원.

질경이

김종영

길은 비킬 수 없다
차라리 밟고 가라
소진한 희망들이 바닥에 쓰러져도
저항이
몸에 밴 유전자
사방으로 뛰고 있다

김종영 시인은 늘 새로운 출발점이다. 시인은 생각이 단단하게 여물고, 흔들림 없는 과묵이 오히려 흠처럼 느껴진다. 하지만 그동안 시인이 일궈 온 성과는 적지 않았다. 작품 「탁란托卵 시대」에서와 같이 현실을 바라보는 매서운 안목과 이미지화 능력이 그러하고, 시적 대상에 대한 예리한 해석력이 또한 그러하다. 여러 작품에서 드러나고 있는 언어 조탁 능력과 정형이라는 장르의 특수성을 잘 살리려고 애쓴 흔적들 또한 그렇다. 「탁란托卵 시대」 이후 무한한 시인의 가능성에 주목해야 할 것 같다.

— 김연동(시조시인 · 전 오늘의시조시인회 의장)

어느 가을날

꽃무릇 붉은 연정
가득 안은 가을 숲
비껴날던 달빛도 잎새에 부서지고
맥동을 숨기지 못하고
서로가 들킨 그날

이름 잊은 그대가
오늘 유독 그리운 건
제 아무리 붉어도 그 단풍이 아니라서
이 밤을 보내고 나도
응답 없을 그리움이라서

이 가을
누구라도 그날의 가인 되어
떨림으로 서로를 바라볼 수 있다면
한참을 기대고 싶어라
깊어가는 이 밤에

질경이

길은 비킬 수 없다
차라리 밟고 가라
소진한 희망들이 바닥에 쓰러져도
저항이 몸에 밴 유전자
사방으로 튀고 있다

밟히는 걸음마다
믿음의 흙을 다져
군홧발 밀어 내고 피고 지던 그 날처럼
오늘을 이끈 깃발이
초록으로 다시 선다

커피포트

더 이상 오를 곳 없는 비등점의 포말들이
음 이탈 모르는 척 파열음 쏟아낸다
적막을 들었다 놓았다
하오가 일렁인다

선잠을 걷어내어 베란다에 내다 건다
구절초 피어있는 손때 묻은 찻잔 곁에
식었던 무딘 내 서정
여치처럼 머리 든다

설핏한 햇살마저 다시 올려 끓이면
단풍물 젖고 있는 시린 이마 위에도
따가운 볕살이 내려
끓는점에 이를까

해변이 둥근 이유

맞서다가 무너지는 해안가 모래톱처럼
겨우 버티던 생
흔들리던 그때마다
한 줄기 위안 같은 파도
수평선이 쏟아진다

몇 걸음 앞에 서서 파도를 맞는 바위
물결의 유연함을 몸으로 배우는 걸까
해풍이 불어올 때마다
모난 생각 무뎌진다

인생이야 늘 그렇지
밀물이듯 썰물 같다가
발아래 부서지는 하얀 거품 같은 것
안기고 싶을 때마다
둥글어지던 그 해변

초록이 운다

사월아 너는 지금
능란한 변검 배우
한때의 헐벗었던
연민을 뒤로 하고

아픔도
단칼에 베는
찰나의 연금술사

다감했던
지난날의 앨범을 펼쳐 보면
'오래도록 지켜주마'
쉬운 말이 되돌아와

금이 간
흑백사진들이
후드득 쏟아진다
원룸에서

햇살도 마지못해 찡긋하고 돌아서는
반지하 원룸에는 희망들이 오글댄다
창살엔 물음표 닮은
옷걸이가 줄을 섰다

사유도 행동처럼 절제된 공간에서
사라진 기회들이 이력서에 더해진다
또 한 줄 눌러 쓴 스펙
핏물 자국 흥건하다

이 방을 겨우 밝혀온 전등이 내려질 때
탁상의 달력 위에 박혀있는 일정들은
어둠 속 별빛이 되어
환한 길로 이어질까

벽 속의 바다

마음을 헹군 바다
벽면에 걸려있다
파도가 부서지는 에메랄드 그 휴가지

소금기 해풍을 실은
요트 한 척 들어오고

하루가 날개 접은
생의 석양 아래서
그리운 그대는 아직 날 떠나지 못한다

후드득
액자 밖으로
떨어지는 물비늘

승강기

버튼을 누르는 건
가까운 미래를 불러
발 앞의 그리움을 손잡아 세우거나
어쩌면 날개도 없이
나는 것이 아닐까

인생사 마음대로 오갈 수도 없다지만
부르면 무시로 오는 만족의 공간에서
마중과 배웅 사이를
오가는 나인內人이여

내리는 그곳이 단내 나는 골목일지라도
승강기 탄 동안은 무던한 바람이 불어
든든한 밀어를 건네고는
문을 활짝 열어젖힌다

과속 방지턱

덜커덩
감당 못한
절정의 단풍 길에서

네 얼굴
눈에 밟혀
주춤주춤하는 사이

가을은
여우 꼬리처럼
방지턱을 넘고 있다

탁란托卵 시대

우듬지가 흔들리는 지붕 없는 둥지 속에
낯선 휘파람새가 체온을 나누는 시간
외풍은 냉랭한 미소
온기를 밀쳐낸다

뻐꾸기 울어대는 붉은 노을 뒷벽에는
부릅뜬 진실들이 커튼으로 가려지고
연출이 끝난 데스크
한파가 밀려온다

마음으로 밝힌 촛불 거리는 하나 되고
위장의 탁란 시대 박차고 날아올라
늘어 선 피켓들 위로
군무가 시작된다

김종원(金鐘元, Kim, Jong won)

1949년 전북 장수 산서면 출생. 호 만은(晩隱). 서경대학교(국문과) 학사, 연세대 교육대학원(국어교육학과) 석사 졸업.《시조생활》(1995) 등단. 시집『그대 마음밭에 사랑 씨앗 심는 뜻은』(2001,정인각),『당신을 알고부터』(2005, 문예촌),『청매실 따는 날』(2007, 북랜드) 외. 한국문인협회이사장상, 강서문학상, 한국시조시인협회장상, 세계시가야금관왕관상 수상. 씨얼문학 회원. 시조시인협회 감사·중앙위원, 현대시인협회 이사, 시조문학진흥회 부이사장,《城東文學》창간·주간,《한국시조문학》주간, 국가교육공무원 40년 역임.

—

"김종원의 시는 역사적 자아와 생태적 자아가 일상적 자아의 산업문명적 반생명성의 도전에 응전하는 '의義'의 담론이다.(김봉군)", "궁극적으로 화창한 생의 희망을 기원하며, 더 나아가 이상적 덕량에 대한 회구라는 문학적 긍정성으로 채색되어 있다.(정휘립)", "만은 김종원 시는 한국 현대시사상 100년사의 에폭을 그을 터(이수화)", "상상의 숲이 아름답고 순수로 돌아눕는 이미지가 정갈하다.(채수영)", "김종원의 시세계는 흙처럼 바람처럼 바다처럼 순수하다(임헌영)", "만은 시의 경향은 역사의식과 시대정신에 투철하며, 근대화로 파괴된 자연보전, 곧 고향성 회복을 그리워하고 일깨운다. 시·시조생활화교육을 전개 전설 같은 일화를 남겼다.(정종명)"

—

다보탑

찰흙도 아닌 것을
석고도 아닌 것을

떡 주무르듯 매만져서
이리 곱게 빚었으니

누구랴,
예술혼 앞에
고개 쳐들 쭉정이는.

사방의 오랑캐를
불심으로 물리치고

온전한 불국토를
서라벌에 이룩하여

저토록
맵시 넘치니
시월 해도 방긋 웃네.

노랑나비 웃음소리*

입동 비 반겨 맞아 즐겨 나는 노랑나비
떼 지어 비상하려다 제 분수 다시 알고
노오란
꽃웃음으로
내려앉은 환호성.

못다 한 이야기꽃 지천으로 다시 피워
까르르 데굴데굴 노란 웃음 구를 때면
귀 열고
님 기다리는
은행나무골 큰애기.

소슬바람 간질일 때 노란 웃음 쏟아지고
꾀벗은** 가로수들이 팔을 벌려 홀로 서면
시간은
저문 해 좇아
삼동三冬으로 치달아.

* 노랑나비 웃음소리: 노랗게 군무群舞처럼 지는 은행잎.
** 꾀벗은: 벌거벗은의 사투리.

광주光州 풀이

"가면假面 쓴 오일칠이
뭣 땜시 무섭당가."

맨주먹 오일팔은
꽃 넋을 불사르고

미리내
또 넘나들며
은하계를 떠돌았지.

밀알은 데모크라시
피꽃 향 취한 오월

망월동望月洞 밝은 달빛
햇살로 살아난다.

천심天心이
위태로운데
썩을 해골 왜 아껴.

사탄 마귀 천지 먹던 날
용감한 다윗이었네

구경꾼 에워싼 속
고도孤島는 슬펐지만

너 광주光州,
청사靑史를 빛내
거룩해진 빛고을.

가을의 연가

가을은 연애쟁이 여기 저기 내건 연서
이 나무엔 노란 편지 저 나무엔 갈색 편지
산정엔
빨간 가슴도
부끄럼 없이 펼치네.

뒷동산 밤송이가 알밤을 내던지면
앞산 감나무들 귀밑까지 낯을 붉혀
늦가을
산골 아가씨
노을 끝을 서성이네.

가을은 성적표
훈장처럼 내걸어
고구마 알몸으로 밭고랑을 나뒹굴면
고마워
들판 가득히
물결치는 벼이삭.

섬진강 은어

흙탕물은 온누리의
허리까지 차올라

칡덩굴로 얽히자며
밤새워 손짓한다

튀어라,
너의 하늘은
저항으로 빛나는 것.

어서 오라 강물은
거슬러야 제 맛이야

재첩 깨는 호미질은
지나가는 그림일 뿐

꺾어라,
탁류의 세상
번쩍하는 은빛 반역.

우포늪 애가哀歌

가시연 청치마로
저어새 유혹하고

논우렁 신방新房마다
들뜬 고니 넘성였지

석양은 게으른 조명
몸 헤프던 우포늪.

왕버들 허리 꺾어
피멍으로 드러나고

근시안 우리 아재
유기농법 비웃더니

오늘은 가슴아피에
혼자 우는 우낭자牛娘子.

황소개구리 핏값으로
새날 맞을 소벌에

말밤을 열리어서
염치도 살려내고

왜가리 다시 청해서
진혼굿을 벌이자.

홀로 우는 뻐꾹새

오월 봄비가
애타게 불러내어

뒷동산 대숲 너머
뻐꾹뻐꾹 오는 여름

보리밭
푸른 이랑에
파도치는 사모곡.

돌무렁 보리밭은
오월의 푸른 바다

보리피리 뱃고동에
초록 바다 길을 열면

비 맞고
둥지 찾으며
홀로 우는 뻐꾹새.

마음의 강江

겹겹이 쌓인 앙금
풀 날은 언젤런가

강둑도 머리 풀어
시름 베고 누운 저녁

심강心江은
여름밤조차
뜬눈으로 지새네.

쑥 캐고 삘기 뽑던
달래강 그 강둑엔

할미꽃 민들레를
허허롭게 피울 테지

강심江心은
연륜을 잊고
용광로로 끓건만.

꽃피울 이슬비다가
먹구름 소나기다가

광풍을 뒤에 업고
강화도를 감아 돌아

오대산
자통수까지
탁류처럼 역류하라.

목련

초파일 멀었는데
서둘러 내건 연등

햇살 부서질 때
창호지만 화안하고

바람만
가녀린 불을
애태우며 엿보네.

참 이상도 하여라
눈 내린 어두운 밤

창가에 외로이 선
눈 덮인 저 나무는

저 홀로
함박눈 맞아
철을 뒤로 돌리네.

초파일 등에 업혀
절밥 먹던 그 시절이

눈덩이 굴려가며
재롱떨던 추억들이

저 연등
이 눈꽃 위에
어머니로 피었네.

동화댐 망향비 앞에서

눈 감으면 떠오르는
동구 밖 느티나무

기와집 뒤란에는
장독들 모여 앉고

지붕엔
박넝쿨마다
주렁주렁 열려라.

눈뜨면 시퍼런 물
물오리만 한가롭고

철없는 낚시꾼들
태연히 앉았으니

백운천白雲川
드렝이 마을
어디 가서 찾을거나.

어머니 살강 닦고
할머니 길쌈하던

정겹던 고향 집은
어디에 숨어 있나

물 위에
비친 달 보며
그 시절을 그리네.

김종윤(金鍾潤, Kim, Jong yoon)
1945년 경북 의성 다인면 용곡동 출생. 대구
교육대학 졸업(1964). 〈중앙일보〉 신춘문예
시조(1966) 등단. 영남시조문학회 창립 동인.
시조집 『되감기는 고요처럼』(1991, 흐름사),
한국시조시인협회상, 대구문학상 수상.

거미

허공에 도사린 간악한 살점을 보는가
맨몸으로 대질려도 어지러운 형상으로
그 속에 하늘이 걸려 흔들리고 있는가

꽃불로 죄다 태운 잿빛 속 그대 갈증
다만 이 삭신의 신열로도 불기둥이네
원광의 무변無邊에 앉은 세월만큼 눈을 뜬다

입동도

— 동국
정이며 불빛이며 또 흔들리는 것 흔들리게 두고
초겨울 막힌 강산 섬드레 사무침에
희한 길 다 이울어 서러울 리 없는 동국

— 입동
애정을 살라 먹은 그 어느 아스라한 가슴에
철새도 그냥은 더 갈 수 없는 여기
휘몰아 푸른 강변에 멀어져 간 그 발자국

내 노래는

이제사 헤매던 인업의 껍질 다 벗고
그 오뇌 쇳가루를 흩뿌리는 방이란대도
도리어 불티를 밟고 짐승처럼 웃고 싶소

어쩌다 이 뜨락에 선 분별없는 나뭇가지
출렁이는 검은 욕정에 순백한 눈을 파묻고
동이 터 밝은 아침에도 아, 나는 졸립다

봄, 산사를 찾아서

이른 봄을 찾아 서둘러 온 산사의 뜰에
그 오고 아니 왔단 것도 또한 덧없는 이야기 같아
무심히 하늘만 보다 그냥 돌아왔습니다

다시 이 가을 앞에서

한때 잊을 일들이 감감히 되살아나는 날은
그 많은 계절을 밟고 왔을 소슬한 바람
내 젊음 가누어 온 주춧돌 소리 없이 흔들린다

가을꽃 씨앗을 물 듯 시시로 배는 고독
가슴에 가슴에 묻고 서로 조는 학두루미
하늘가 잎 지는 소리를 귀로 모아 듣는다

법당 앞 가을

문득 잊은 생각들이 쓸쓸히 이는 가을날은
지난 많은 계절을 밟고 왔을 바람인지
한 생애 제 빛을 띄고 깊은 강을 이룬다

느껴워 또 따스하게 스며드는 고독에도
가슴에 가슴에 묻고 우리 눈을 감자꾸나
여늬의 법당 앞에서 조용히 가을이 쌓인다

종려나무

종려나무 그늘 곱게 익을 때를 해서
한 철 그대 마음 가늘게 흔들림은
가을 강 아스라하니 서러워져 옴이어라

누구여 낙엽 같은 고독한 뒤뜰에서
더욱 쓸쓸히 산책하는 새벽길에
상기한 눈물을 지우며 조용히 목례를 보내는 그는

설화 초說話抄

태초의 하늘이 나직이 열리 듯
서러운 내 산하의 얘기라도 듣고 보면
제가끔 별 같은 양은 별이 되어지더이다

여름밤 할머님은 그 불빛을 모우시고
설사 그 손주 놈이 잠이 든다 하더라도
바람에 하얀 바람에 많은 사연을 빚는다

진달래

인간이 겨운 날도 새소린 듣고 싶어
오는 길엔 바위 안고 흐느끼는 진달래를
한 아름 가슴에 대다 하나 하나 접어뒀다

지는 꽃

바람에 하르르 저도 아, 고울 너와 더불어
여지껏 내 가슴엔 웃는 듯 어리던 빛이
지금은 두 눈시울에 하나 가득 비치누나

한 생애 무게만큼 애증도 불을 켜면
아, 낙화란 것도 그 떨어진 죄가 아니여
스스로 충만한 것을 뉘우치게 하는가

먼 먼 외진 봄이 하염없이 내리는 뜰에
글썽한 눈물을 이고 고개 숙인 나의 숙아
어스름 노을이 진다 이제 우리 돌아가자

김종호(金鍾扈, Kim, Jong ho)

1957년 강원 원주 문막읍 출생. 강원대학교 박사 졸업(2006). 〈강원일보〉 신춘문예 시(1982), 〈조선일보〉 신춘문예 동시(1992), 〈부산일보〉 신춘문예 시조(2017) 등단. 시집 『둥근 섬』(2010, 시안), 『적빈의 방학』(2015, 서정시학), 『한 뼘쯤 덮고 있었다』(2017, 한국문연). 저서 『물·바람·빛의 시학』(2011, 북스힐) 외. 원주문학상(1995), 강원문학상(2009), 강원도문화상(2017) 수상 외. 강원문인협회 이사 역임. 원주문인협회 고문, 국제 PEN 강원지역위원회 감사. 한국문인협회, 한국시조시인협회 회원.

달마도를 걷다

김종호

보리심 한 자락도 부여잡지 못한 아침
세상밖 바람결에 귀를 잃어 버렸구나!
북돋운 눈썹 끝에서 쓸아지는 바람소리

—

김종호의 시조「겨울, 횡계리에는」은 횡계리 황태 덕장에서 드난살이로 떠돌면서 살아온 한 일용직 노인의 고달픈 현실적 삶의 역정을 회화적 이미지로 조형한 능력이 아주 뛰어났다. 그리고 언어를 부리는 적공의 솜씨가 함께 보내온 다른 작품들 속에서도 역력하게 드러나고 있었다.

　　— 정해송(시조시인·전 부산시조시인협회 회장), 신춘문예 심사평

—

겨울, 횡계리에는

횡계리 황태밭에 비린내로 돋는 달빛
송천松川 얼음물에 무장무장 뜨는 별빛
영 너머 파도 소리까지 에돌다가 매달렸네.

눈발 들이치는 목로에 마주앉아
내 배알, 버렸지라, 빈 가슴 두드리던
노인의 시린 등허리가 흔들리고 있었네.

돌아보면 산문 밖은 모두다 덕대였지,
한 생애 흔드는 게 눈발이며 바람뿐일까
노랗게 물들어가다 엇갈리던 환한 꿈들,

무두태*로 떨어져서 드난 사는 동안에도
코를 꿰인 영혼들이 칼바람에 흔들리며
노을 진 엄동설한을 건너가고 있었네.

* 무두태: 건조과정에서 머리가 떨어진 명태.

바다 비망록

집어등 열기마저 갈바람에 잦아들고
언 가슴 다독이며 귀항하는 뱃전에는
난바다 파도 소리가 어창보다 그득하다

평생을 출렁, 출렁, 물결 위에 살았는데
부두에 내린 새벽 뼛속까지 어지러워
계선주* 어루만지며 털어보는 물비린내

밤새워 건져 올린 지난밤 기억들은
어시장 난전으로 뿔뿔이 흩어지고
비린내, 그 질긴 화두만 가사袈裟처럼 감긴다

수척한 활어들이 끔뻑이는 좌판마다
통째로 구운 바다 덤으로 얹어 주며
한사코 발길을 잡는 눈빛들이 뜨겁다

* 계선주: 배를 매어두기 위해 부두에 세워놓은 기둥.

결

강심에 닻을 내린 거룻배가 수상쩍다,
해찰하던 오리들도 뿔뿔이 흩어지고
화들짝 놀란 물살이 궁굴리다 흘러간다.

흐름의 결을 따라 그물을 쳐놓아야
투명한 숨결마저 감쪽같이 가두는 법,
낡은 배 발목을 잡고 겨울 강을 읽는 어부

뱃전에 오곤 조곤 살얼음 잡힐 때쯤
그물이 술렁술렁 거둬들인 물빛 언어
하나 둘 말문을 닫고 느낌표를 찍는다.

시간도 멈춰놓는 능숙한 솜씨지만
반쯤은 바람결에 놓아버린 생을 향해
꽁꽁 언 마음 한 자락 풀어내고 있는가.

가을, 문경새재를 넘다

말문도 닫아걸고 가쁜 숨 몰아쉬며
고단한 길 위에서
울고 웃던 지난날들
관문을 오르는 동안 새록새록 떠올랐네.

경계를 넘어설 때
쿵, 울리던 문 밖의 길
아무리 두드려도 열리지 않던
길 밖의 문
목울대 흥건히 적시며 넘나들던 발자국들,

환한 길 버려두고 묵은 길로 들어섰지
골목길 돌아가듯 첫눈에 정이 가는
쉼 없이 이어지는 품이
어머니의 눈길이야.

낙엽 속 깊이 잠든 사연들을 끌어 올려
들고나던 얼굴마다 웃음을 채워 넣어
백 년쯤 거슬러 올라가 풀어놓고 싶었네.

하회마을에 들다

서낭당 느티나무에 영기 하나 걸어놓고
내림대 앞세우며 하산하는 각시 무동
걸립패 신명을 밟고 부활하고 있었네

부용대 솔 그림자 화천花川에 몸을 풀고
이매탈 눈썹 끝에 일렁이던 여인의 꿈
미완의 슬픈 사랑을 엮어내고 있었네

밤새워 풀어내는 넋두리 여섯 마당
눈물은 가슴마다 비늘처럼 번쩍이고
억눌린 세상살이가 춤사위에 묻히는데,

상봉정 지붕 위에 깃을 접은 새 한 마리
마지막 한 마당을 굽어보고 있었는지
떨리는 울음 한 자락 처마 끝을 흔드네

보물찾기

꿈으로 못질해 둔 은밀한 동굴 속에
어릴 적 숨겨놓은 암호 같은 지도 한 장
희미한 흔적을 따라 풍문처럼 떠돌았지.

콩밭으로, 사막으로, 저잣거리 난전으로,
가뭇없는 발자국을 놓칠세라 따라가며
샅샅이 들춰보았지만 잡히는 건 허튼 바람.

누군가 흘리고 간 구겨진 종이 위에
세상사 비밀을 풀 인장이라도 찍혔을까
살며시 집어 들고서 두근두근 했었지.

끝없이 그어졌다 지워지는 길 위에서
그 작은 꿈을 끌고 허겁지겁 걷던 날들,
천지간 먼산바라기 눈물겨운 사람아.

빨래를 널며

아이들 웃음소리 끊긴지 오랜 마당
해어진 소맷부리 한 땀 한 땀 꿰매듯이
가을볕 눈부신 오후 채워가는 돋을무늬

옥양목 저고리엔 새치름한 달도 떴네,
뒤축 닳은 양말들이 바장이는 빨랫줄에
허공을 가로질러 와 깃을 접는 두루미 떼

엄마의 그리움이 이토록 깊어졌나,
촘촘히 박음질한 솔기마저 터졌는데
마음속 숨은 얼룩만 지워내고 있었나.

접힌 주름 갈피갈피 햇살을 쟁여 넣고
바지랑대 곧추세워 하늬바람 불러들여
눅진한 온갖 시름을 따뜻하게 말려야지.

달마도를 걸다

저물녘 눈을 뜨는 열나흘 달빛처럼
어둠을 밀어내는 청청한 저 눈, 눈빛,
주장자 비껴들고서 짐짓 딴청이시네

한숨 자고 나면 묶인 매듭 풀어질까
반짝이는 생애 한 벌 걸어 둔 신명으로
긴긴밤 지새우면서 빠져드는 미망의 늪

보리심 한 자락도 부여잡지 못한 아침
세상 밖 바람결에 귀를 잃어 버렸구나!
부릅뜬 눈썹 끝에서 쏟아지는 바람 소리

민둥산 억새밭

기적汽笛을 앞세우고 산기슭 돌아 나온
태백선 무궁화호 멈춰선 민둥산역
대합실 적막을 깨며 골바람이 달려든다.

하늘과 맞닿은 곳 펼쳐놓은 특설무대
구름인가, 안개인가, 때 이른 눈발인가,
산허리 소나무 몇 그루 물음표로 서 있다.

뼛속으로 따뜻한 피 흐르던 때 기억하라,
수척한 몸과 맘을 햇살이 다독이면
억새꽃, 그 환한 웃음 불꽃처럼 번져간다.

바람에 갇힌 이들 상처를 지우면서
태평무 춤사위에 흩날리는 한삼 자락
돌아갈 세상을 향한 발짓춤이 정겹다.

와디*

희대의 도굴범이 두 눈에 불을 켜고
무덤 속 파헤치며 보물을 찾아내듯
도수로 마른 바닥을 퍼 올리는 포클레인

한때는 물이 흘러 온밤을 속삭이던
별빛도 떠나가고 물바람도 아득한데
퍼 올린 진흙더미가 어느 왕의 무덤 같다.

흙속에 숨어들어 맘 졸이던 가물치들
까맣게 삭은 가슴 밤새워 울었겠다,
어둠 속 물길조차 깊어 눈물마저 말랐겠다.

지난밤 전송돼 온 숨 가쁜 소식에는
9호 태풍 비를 몰고 북상중이라 하였는데
수로엔 짙은 먼지만 흘러들고 있구나.

* 와디wadi: 사막에서 볼 수 있는 물이 없는 강. 비가 많이 내릴 때만 물
줄기가 되어 흐른다.

김종화(金鍾和, Kim, Jong hwa)

1942년 경북 상주 초산동 출생. 영남대학교 학사 졸업(1966). 《시조생활》(2008) 등단. 시조집 『해오름』(2008, 동경), 『해바라기의 노래』(2011, 시조문학사), 『여울물』(2015, 한글), 『살어리 살어리랏다』(2017, 문학신문 출판국) 외. 시조생활사 주최 전국시조백일장 수상(2007), 한국크리스천문학 신인작품상(2016), 세계전통시인협회 작품상(2020) 수상. 세계전통시인협회 서울지부 자문위원, 수요시조문학회 회장, 관악문인협회 부회장 역임. 한국문인협회, 한국시조시인협회 회원.

김종화 시인은 철저한 현장시인이다. 예술이 인간사를 다루는 작풍은 근대화에의 선도자로 예찬을 받았지만, 상당수는 아직도 현장감을 다루지 못하는 현실이다. 김시인의 작품을 읽고 크게 감동한 것 중에 대표로 한 수만 평설하고, 여타의 작품은 얼마나 특출한가를 증명키 위해 작품만 열거한다. 위의 「포장마차」는 생활 현장을 다룬점이 좋았고, 이 시조는 한 자도 보태거나 빼서는 안 될 만큼의 긴장력을 지녔으며, 이미지 창출이 완벽하다. 한마디의 군소리도 끼어들지 않은데다. 인간사의 본질인 한숨과 눈물을 바탕한 휴머니티가 있고, "가난도/ 이곳에 오면/ 기댈 곳이 있구나" 이 명구가 말해 주듯 훈훈한 인간미가 있다.

— 유성규(《시조생활》 발행인 · 세계전통시인협회 총회장)

포장마차

한 사나이 한숨으로
어느 아낙 눈물로

무거운 그 하루를
서로가 주고받고

가난도
이곳에 오면
기댈 곳이 있구나

백자

뽀얀 살 흠이 질라
그늘에서 숨 고른 뒤

천이백 도 잉걸불에
때를 벗는 아픔이여

청아한
너의 울림에
눈이 멀어 버려라

구두 뒤축

밖으로 굽이 닳아
삐딱이 걸어가는
O자형 다리라고
함부로 웃지 마라

이래도
바다 마음은
누구보다 올곧다네

모내기를 보다가

반달 같은 다랑논에
던져 놓은 모 한 춤

학익진鶴翼陣을 펼치듯이
일렬로 늘어서서

붉은 띠
못줄을 보고
총알 쏘듯 심는 모

관절통

가다 말고 종지뼈의
대책 없이 우는 소리

그 소리 서러워서
목부터 멥니다

하늘이
무너진대도
살고 싶은 이 마음

멸치

한 됫박에 팔려 나도
도끼눈을 뜨고 있다

백 도 넘은 열탕에서
헤엄치다 환생한 너

그 눈에 들어오는 건
푸른 바다 그 바다

비둘기

빈 하늘 돌아들어
길바닥을 쪼고 있다

나래 치며 구구대다
오늘을 쪼고 있다

내일은
그 어느 하늘
찾아 나설 것이랴

가족사진

벽에 걸린 사진에서
김치 맛을 읽습니다

멈춰 선 한순간이
진한 역사 같고요

팽팽한
그때 그 모습
세월 넘어 피는 꽃

비 오는 날의 삽화

오늘은 북악산이
안개 속에 비를 맞고

소나무 가지마다
푸르름 새로웁고

하늘을
날기 위하여
새 한 마리 떠난다

플라타너스
— 순환 도로변 가로수

무슨 죄 지었기에
천형天刑 그리 지고 사나

팔소매 다 잘려나
판정은 이급 장애

긴 겨울 견딘 보람을
연둣빛으로 열고 있네

김준(金埈, Kim, Jun)

1938년 전북 정읍 칠보면 무성리 출생. 경희대학교(국문과), 동 대학원(문학박사) 석박사 과정 수료. 《자유문학》(1960), 《시조문학》(1961) 등단. 시조집 『사십이장』(1966, 새글사), 『훔쳐본 아내의 얼굴에서 세상일을 알겠구나』(2011, 시조문학사), 『사랑을 알고 있어도 사랑할 줄 모를 나이』(2013, 시조문학사), 『때로는 가을하늘도 흐린 날이 더러있다』(2014, 시조문학사) 외. 가람시조문학상(1985), 경희문학상(1994), 황산시조문학상(1996), 월하시조문학상(1998), 역동시조문학상(2009) 수상 외. 새솔회, 경희문학회, 시조문학작가회, 시조문학문우회 회원.

—

김준 시인은 골목에 하얀 눈이 쌓여 발아래 밟히지만,(「골목길에 쌓인 눈」) 막혔던 골목길이 풀려 이내 봄생각에 젖거나(「기다림」) 아침산 머언 구름이 소나기를 뿌리는(「관악산 머언 구름」) 풍경을 음미한다. 이런 시심은 겨울에 책장을 넘기다가 간간이 바람소리를 혼자 듣는(「바람소리」) 관조, 그대 웃음이 봄뜨락에 꽃으로 피어나는(「웃음」) 수사력rhetoric, 좋은 날이 바닥날까 염려하여 눈을 도로 감는다는 묵조의 자세만이 가능하다.

— 박영학(시조시인 · 원광대 명예교수)

—

골목길에 쌓인 눈

하늘을 뛰쳐나온 골목길 하얀 눈이
낮은 세상 높이려고 수북이 쌓여있다
발아래 밟히는 허물 그마저도 묻혔다.

웃음

어느 날 선사받은 그대의 맑은 웃음
우리 집 봄뜨락에 꽃으로 피어나서
이 세상 아름다움이 혼자이듯 하구나.

기다림

산에 남은 눈자국이 바람에 사라지고
막혔던 골목길도 이제야 풀리었고
신작로 가로수들은 봄생각에 젖는다.

비오는 날

접었던 헌 우산을 서둘러 챙겨들고
봄비를 맞으면서 네생각에 젖고 있다
펼쳐 든 우산속으로 그리움이 고인다.

서로 다른 것

어제는 하동에서 매화꽃 보고 나서
오늘은 서울에서 네온사인 보고 있다
무엇이 어찌 다른지 생각해볼 일이다.

종로바닥 사람들

새들은 날 저물자 숲속으로 돌아가고
종로바닥 사람들은 돌아갈 집이 없어
밤늦게 떠돌다 지쳐 술집에서 술마신다.

아침 산

날씨가 흐리거나 안개가 끼었어도
언제나 그대만은 우람한 모습으로
멀리서 바라보아도 가까이에 있는 산.

모든 것은 마음으로

두렵다 생각하면 여울물도 위험하고
가까이 하려하면 먼 산도 다가선다
언제나 마음먹기에 모든 것이 달렸다.

다시 너에게

이렇게 좋은 날은 가만히 있지 못해
행여나 바닥날까 저으기 염려하여
자꾸만 생각하다가 눈을 도로 감는다.

바람 소리

겨울의 추위 속에 바깥은 조용하다
방안에 곧추앉아 책장을 넘기다가
간간이 바람 소리를 나 혼자서 듣는다.

김지욱(金池旻, Kim, Ji wook)
1966년 대구 달성 출생.《한국동서문학》신인
상 시조(2018) 등단. 경주문인협회, 한국시조
시인협회 회원.

				홍	매	화				
							김	지	욱	
	첫	사	랑		그		가	시	내	
	붉	은		입	술		못		잊	겠	다
	올	봄	에		다	시		찾	은	
	통	도	사		대	웅	전		앞	
	다	소	곳		불		밝	히	고		선
	붉	은		입	술		못		잊	겠	다

—

김지욱은 등단 연조가 짧다. 그러므로 앞으로의 활동에 더 기대가
되는 시인이다. 자연과 삶을 바라보는 태도가 진지하고 구사하는
이미지가 생생하다. 미세한 자연의 변화에서 인생의 의미를 찾고
자 힘쓰는 점이 눈길을 끈다. 시조의 한 덕목인 명징하고 간명한 세
계가 주조를 이룬다. 또한 사람살이가 주변의 자연환경에서 결코
자유로울 수가 없다는 사실을 인지하고, 웅숭깊은 사유와 내적 성
찰을 통해 새로운 시조 세계를 탐구한다.

— 이정환(시조시인 · 정음시조문학상 운영위원장)

—

봄 소묘

봄은 활짝 펴서
강으로 흘러가고

종이배 띄운 듯
물빛 어린 산수유

잠 깨어
뒹굴고 있는
햇병아리 옹알이

유채꽃 몽실몽실
아지랑이 마중에

까치발 세우고
팔 뻗어 젓는 노

종다리
우짖는 소리
실개천으로 흐른다

이정표 앞에서

지독히 몸서리친
홍역 끝 열꽃처럼

내려진 차단기가
가슴을 짓눌렀지

가슴속
깜박이는 불씨
다독이며 맞은 봄

꿈의 불쏘시개
바람 입에 물리고

하얗게 흐느끼는
매운 눈물 방울방울

삼키다
견디지 못해
사뭇 붉어진 눈자위

끝내 이루고 말
에움길을 돌아서

어둠 벗어던지고
가시 넌출 헤쳐나갈

그 마음
눌러 다지며
필사 노트 펼친다

담쟁이

들썩이는 함석문짝
신음소리 스며들고
굽은 골목길 안쪽
절룩이는 찬바람
담벼락 메마른 자리
새순 한 잎 보인다

갈피끈 걸쳐 놓고
넘기지 못한 몇 쪽
속으로 팽팽히 당긴
오랜 기다림 끝에
봄 볕살 넝쿨손에 내려
다독다독 다독인다

기척 없이 엎드렸다
문득 고개를 들자
파르스름한 손길이
허물을 걷어낸다
풀빛에 새살 오르며
말문 터진 담쟁이

과메기

휘어진 허리만큼 카랑한 하늘 아래
제 속을 비워두고 엎드린 듯 기도하며
덕장에 발목 잡혀서 바람을 안고 산다

해풍에 쓸린 살점 붉어지는 속내를
가릴 것 바이없어 비린 햇살 등에 지고
천천히 말라 들어가며 온몸을 뒤튼다

한바탕 흔들고 간 바람의 발자국은
붉은 낙관 찍듯 흔적으로 돋아나고
찬 서리 등에 업고서 긴 울음을 삼킨다

십이월

붙잡지 못한 바람 툭, 치고 지나간다

정신을 가누다가 중심에서 기울어져 버린

노을과 먼 기억 사이 하 엷어진 그림자

마음 둘 데 없는 꼬리 잘린 마침표처럼

깨금발로 받쳐 든 마지막 달력 한 장

벼랑에 날을 세운 듯 뒤꿈치가 떨린다

만지도 정경

갈매기 어둠 쪼아
바위섬에 올려놓고

허기진 속 달래는
물새가 깨우는 아침

소반에 모래알 흰밥
배부르게 담는다

헐렁한 바람 등짐
바다에 풀어놓자

청무우 구름 뿌리
속 깊이 매만지고

파도는 너울 이루어
허공에 흩뿌린다

한 뭉치 시간 타래
바위 섬섬 둘러놓은

바닷길 씨실 날실
손 바꿔 매어 가며

온밤이 젖어들도록
비단 한 필 짜고 있다

옛집

뚝배기 된장 끓는 초저녁 밥상머리
식솔들 있을 것 같은 대청마루 휑하고
초승달 문설주 기댄 하얀 밤 깊어간다

바람도 데워지는 품속 같은 안뜰이며
안방엔 낯선 이들 머문 지 오래되어
거미줄 빗장에 걸린 불빛이 흔들린다

섬광처럼 퍼지는 살가운 바람결에
말라붙은 빈 젖 같은 멈춰진 기억 속에
다 못한 흰 달빛의 말 맷돌 위에 앉는다

길에 관한 명상

지구 둘레를 몇 바퀴나 휘돌았을까
몹시 가파른 그곳 하늘 기슭 모퉁이
포물선 그려가는 길 아른아른 보인다

곤두박질 끝에도 곧장 일어서곤 하던
실눈같이 가늘게 이어지는 머나먼 길
신 새벽 여명과 함께 떠오르는 산 능선

일어서는 지평선이 햇무리 피울 무렵
속을 거듭 비워온 마음 저쪽 먼 하늘
휘두른 채찍의 무게 손끝으로 느낀다

솔거

죽지 흰 파란 숲
처마 밑에
심어놓은

솔가지를 흔들자
후드득
지는 새 떼

여름날
귀잠 청하는
하얀 저 초승달

이명

세상과 등진 채로
달팽이 집 끌어안고

귓속 깊은 꽃 속에서
울어대는 귀뚜라미

어머니
저린 몸 구석구석
갉아대는 울음소리

김진대(金進大, Kim, Jin dae)

1963년 경북 영주시 평은면 출생. 성균관대
학교(국문학) 석사 졸업(1988). 《월간문학》
(2017) 등단. 한국교육신문 교원문학상(2006)
수상, 공무원문예대전 시 입상(2015). 경기시
조시인협회 회원. 수원농생명과학고등학교
국어교사.

<시조>

물빛의 화법

김진대

나이테에 바람이 전해주는 사연을
온몸으로 받아쓰는 나무 붓의 몸부림
우물에 비친 마음을 열려고 일어난다

시인은 백담사 마당의 팥배나무를 만해와 동일시해, 만고풍상을 이
겨내고 붉은 열매를 맺은 팥배나무를 보고 감동한다. 그 만해를 기
려 제정한 만해축전이 8월 11일과 12일에 개최된다. 만해대상은 제
23회를 맞이한다. 형식적인 행사가 아니라 붉은 열매 하나하나에
담긴 경전의 의미를 가슴에 새기기를 시인은 당부한다. 일편단심
이었던 자유와 평화를 향한 열망이 참으로 컸는데 광복 1년여 전에
돌아가셨으니 통탄할 일이다.

— 이승하(시인 · 중앙대 교수)

꽃비의 무게

중심에서 밀려 핀 뜨거운 영혼들
비바람에 육신도 갈 곳으로 가는 길
진흙에 아름다움이 떨어져 나간다

토닥이는 빗방울에 꽃잎들이 일어나
자동차도 무게감에 속도가 느려지고
비오는 마음 거리에 뿌리를 내린다

벼랑의 시각

신호등을 비집고 달려오는 자동차를 향해
남몰래 쌓아 올린 담벼락으로 서는 나무는
어느새 그늘 속에서 옆길을 만들어주다가

흙 속으로 들어간 뿌리를 보면서
낭떠러지 벽에 붙어 목숨을 건져내려고
거꾸로 굴절된 눈을 뒤집어 무너뜨린다

자전거의 소망
— 금강산 관광을 생각하며

2달러로 자전거 페달을 밟는다
온정각 옆으로 살포시 맞는 길에
주민이 앞 바퀴살로 늘비하게 달려온다

부끄럽지 않은 나도 뒷바퀴 살 맞잡아
깊이를 더하는 구덩이를 만나도
한 길로 백두산까지 도란도란 올라간다

앞바퀴에 덜커덩하면 뒷바퀴가 밀어준다
앞바퀴가 돌아서면 뒷바퀴도 따라서
우리들 소꿉동무 되어 금강산까지 오른다

길가의 풀 한 포기까지 정답게 만나면서
2달러면 길을 사서 달릴 길이 널려 있다
우리들 가슴속으로 구룡폭포 떨어진다

물빛의 화법

나이테에 바람이 전해주는 사연을
온몸으로 받아쓰는 나무 붓의 몸부림
우물에 비친 마음을 열려고 일어난다

물결에 파란 잎 소리 없이 일어나면서
햇빛이 잎과 뿌리에 한 몸으로 비추고
나무에 물의 문장을 걸어두고 지나간다

감나무 서리 맞고 산안개에 감기는 사이
가지 끝에 주렁주렁 홍시로 매만져놓고
시간을 되새김질하는 하늘이 열린다

말보다는 몸짓으로 살아온 이들 앞에는
우물에 팔을 뻗어 찰랑이는 상형문자를
나무도 읽을 수 있게 물속에서 풀어낸다

역사박물관의 태도

눈물이 입구부터 겹겹이 장막친다
정원수는 온몸으로 매 맞으며 엎드리고
거기에 내 우산으로 눈물을 받아낸다

그 눈물의 주인은 누구인가 둘러봤다
발밑으로 떨어졌나 흙속으로 묻혀갔나
주인은 금동신발을 신은 채 맞는다

무거운 그림자가 전시실을 나간다
장승이 역사의 문을 무대 밖으로 내몰 때
눈물은 있을 곳 잃은 채 하늘에 숨는다

비자나무

제주도까지 밀려온 비자나무는 어머니다
햇빛 볼 수 있도록 잎마다 몸 돌리다가
등줄기 굽었는가 하면 힘 부치도록 뻗는다

온몸이 썩어들어 구멍 난 곳곳에
맨땅에 뿌리박지 못한 목숨들의 손길을
뿌리쳐 내지 못하고 팔 펴 물을 퍼준다

몸 옥죄어 오는 고통을 하늘로 쏟아 담아
덤불로 막힌 숲길에 열매를 던지고
나무를 갉아 먹던 곤충 씨앗에 놀란다

배우지 않고도 초록으로 받아쓴 잎
하늘 책상 앞에 앉아 파란 책을 넘기며
열매를 다 풀어놓고 굽힐 만큼 굽힌다

금지된 장난

바람이 가지를 들고 화선지에 내려앉아
산수유를 종이 울타리 안으로 밀어서
가슴에 붓 가는 길을 내어 놓고 간다

봄날이 섭리를 방마다 걸어놓고
끊어진 바람을 종이에 가두니
쓴맛이 기웃거리며 입안에서 맴돌아서

공기로 산수유의 언어를 발가벗겨
심장에 나무를 심어 벽에 걸었더니
빨갛게 익은 낙관으로 열매를 찍고 간다

꽃과 밭

꽃이 밭에 살면서
하늘을 우러르고

밭이 내준 몸에서
피어난 눈물 꽃은

뿌리로 감싸 안으며
꽃이 밭을 살려낸다

밥

수돗물로 얼굴 닦고 바가지로 어깨동무
생사의 갈림길에서 물 화살도 머금어야
버너 불 입맞춤에서 한 몸으로 살아난다

헌책

사양길을 어루만지는 얼굴로 피어나
헤진 입을 오므린 채
한생을 팔면서도
책장을 넘겨주니까 온누리 꿈이 만개한다

김진수(金珍守, Kim, Jin soo)
1959년 전남 여수 출생. 《불교문예》 시(2007),
〈경상일보〉 신춘문예 시조(2011) 등단. 현대
시학 신인문학상 시조(2011), 제16회 거창평
화인권문학상(2019) 수상. 시집 『좌광우도』
(2018, 실천문학사). 한국작가회의 이사.

—

바다는 사람을 품어주지도, 가려주지도 않는다. 돌출이 없으니 그
늘도 없고 그늘이 없으니 앉아 쉴 곳도, 숨을 곳도 없다. 수목 또한
없으니 사계四季의 확인이 어렵고 보습 대어 밭을 일굴 수도 없다.
그저 푸르고 깊은 거대한 한일자一일 뿐이다.
…… 그 바다가 튀어내고 단련시켜 놓은 이가 김진수 시인이다. 한
마디로 평지돌출에 의지가지없이 '독고다이'라는 소리다. 그러니
흔들리다가 솟구치고 뒤엉켜 휘몰아치다가 가라앉는 과정을 고스
란히 겪었다. 이는 우리 섬사람들의 숙명이기도 하다. 이 눈물겨운
담금질, 그 지난하고 고통스러운 과정을 사람들은 간략하게 성장,
이라고 말한다. 남 인생 말하기는 쉬운 법이니까.
그는 시를 시퍼렇게 벼린 장검처럼 움켜쥐고 뚜벅뚜벅 적진으로
나아갔다. 내 몸의 아픔에서 어머니 아픔으로. 가족의 비극에서 전
체의 비극으로. 그는 지금도 초도와 여수를 지키며 살고 있다. 앞으
로도 계속 그럴 것이다. '작가는 고향을 책임져야 한다'는 명제가 있
다. 나는 물리적으로 지킨다는 뜻으로 잘못 해석하여 변방 수비대
처럼 지금도 거문도 구석에 처박혀 살고 있지만 그는 수준이 다르
다. 이미 여수의 역사와 문화에 대하여 독보적인 존재가 되어있다.
이곳의 역사와 문화를 이해하려면 그를 거쳐야 한다. 그를 거치면
단숨에 접수되고 이해된다.

— 한창훈(소설가)

—

무진교를 건너며

너를 버려 나를 얻는, 기막힌 적막감이
때로는 화두처럼 어둠을 몰고 온다
그 오랜 경계를 풀고 바람이 와 눕듯이

수평으로 어우러진 저 여린 어깻죽지
농게들 귀가하는 갈대숲이 젖어 들 때
저 멀리 누가 부르나 등 밝히는 먼 마을

시시한 시

도대체 어디 가서 시를 만날 것인가
어떻게 쓰는 것이 시가 된단 말인가에
"고것 참, 배왔단 놈이 그런 것도 모르냐?"

언문言文을 배우신다 기어이 우기시는
한글학교 갓 입학한 일흔여덟 울 어머니
"시옷에 짝대기 하나 빤듯이 끄서봐라!"

시옷에 짝대기를 빤듯이 끄서보니
사람(ㅅ)이 올곧은(ㅣ) 생각하날 부린다?
아뿔싸, 이것이었네 네 모습이 시로구나

아, 조국

더 얼마나 짓밟아야 그 임무 끝나는가
그렁그렁 피눈물에 떨리는 저 목소리
도대체 당신네들은 어느 나라 충신인가

열댓 살 초경 꽃 달거리도 필 동 말 동
그 앞에서 진심으로 무릎 한번 꿇었는가
돈 몇 푼 받아냈다고 불가역적 명령이라니

또 한 번의 침략이다, 짐승들의 수작이다
뼛속까지 오염된 좀비들의 준동이다
조국을 배신하고도 떵떵거리는 족속이다

아! 조국이여 자존심 없는 백성들이여!
헤이그에서 하얼빈에서 청산리서 상해에서
천만 년 물려주고자 했던 그 조국이 위험하다

적폐의 담

든든한 밑돌 고여 기단을 잡아놓고
얼굴 돌, 잡음 돌, 묶음 돌, 속채움 돌
그 위에 올려 앉혀진 덮게 돌과 머릿돌

서로 다른 얼굴이고 서로 다른 몸뚱어리
크고 작은 생각까지 쓰임새는 각자라도
받들고 채워줌으로 만사 불여튼튼이다

적폐로 쌓은 담은 울타리가 될 수 없다
삐뚤어진 맞춤법도 견고한 엇물림도
모두가 제자리여야 믿을 만한 담장이다

바람도 그늘도 경계 없이 등 업으니
눈부신 아침 햇살 온누리에 가득하다
무너진 다무락에서도 홰를 치는 나팔꽃

괭이밥

아스팔트 틈 사이 흙 한줌 없는 세상
기어가다 밟히고 목마름 가득해도
낮은 땅
무릎걸음일망정
심간 하나는 편하지요

바람 잘 날 없다는 키만 큰 나무보다
납작하게 엎드려서 가슴 닿듯 살다 보면
그래도
씨뿌릴 세상 하나쯤
어딘가는 꼭, 있지요

그, 자리

우리 그날 마주 보며 깊도록 껴안을 때
정겨운 너의 손이 깍지 끼던 그 자리
내 손은 닿지를 않아 그만큼이 가렵다.

쩌르르, 앙가슴에 불현듯 전해오는
무자맥질 심장 소리에 사과 빛 물든 등 뒤
네 손길 지나간 자리 바람이 와 기웃댄다

그 여름 지나느라 소낙비 지쳐 울고
푸르던 내 생각도 발그레 단풍졌다
아직도 남은 온기로 강추위를 견딘다

내 안의 함성

바닷길 헤아린다. 물굽이를 돌아보며
하늘바다 너른 품이 섬을 가득 보듬은 곳
남루한 생각을 벗고 나를 한껏 뉘어본다

물비늘 번뜩이는 바람꽃 향기 하며
파도의 갈피마다 백의종군 하는 마음
여수여! 내 이마를 짚는 청잣빛 눈물이여

객사에 날 저물고 돌 아비 홀로 서서
망해루 달그림자 먼눈으로 굽어보니
윤슬은 수평선까지 곧 바른길 밝혀준다

거북선 닻을 내린 굽이마다 한려수도
종고산 쇠북 소리 일성호로 들리는 듯
다시금 벅차오른다. 내 안의 함성 소리

오동도 가는 길

올올이 눈물 사려 무늬 놓는 남도 천리
바람길도 천리라며 물빛 꼬리 이어 문다
길 위에
길을 놓치고
놓친 길을 돌아보니

낮 푸른 겨울바다 오동동 오동동동
성상으로 다다른 섬 단걸음에 환한 이 길
동백꽃
여전히 붉다
하늘엔들. 땅엔들.

로보트 물고기

하늘도 푸르고 산천초목 늘 푸르니
강물도 마땅하다 짙푸르게 흘러가라
오대양 육대주까지 녹차라떼 녹차라떼

그 숨통 더 얼마나 옥죄야 알겠는가?
살아있는 물고기 떼 모두 다 깨어나라
어마한 큰 빛 이끼벌레 눈덩이처럼 부푼다

심장과 통점 따윈 애당초 없었는데
가슴까지 뭐, 뜨걸 필요 있었겠는가
언필칭 국민의 뜻이라 꼬리치면 끝날 일

하얀 민들레

긴 군홧발소리에 무참히도 짓밟힌

오월은 여전히 납작한 황토무덤

망월동 그 허름한 비석 아래

그래도 꼿꼿한,

그래도 꼿꼿한,

김진숙(金眞叔, Kim, Jin sook)

1967년 제주 성산 출생. 중앙대학교(영어영
문학과) 졸업(1990). 《제주작가》(2006), 《시조
21》(2008) 신인상 등단. 한국시조시인협회 신
인작품상 수상. 시조집 『미스킴라일락』(2013,
책만드는집), 『눈물이 참 싱겁다』(2019, 문학
의전당), 우리시대 현대시조선집 『숟가락 드
는 봄』(2019, 고요아침).

—

김진숙의 언어는 물방울 속에 있다. 젖어있는 불이다. 그을음도 들
끓음도 잦아들었다. 밤을 건너온 눈물의 문장은 종이처럼 흰빛이
라서 읽을 수가 없다. 그 흰 잉크에 시인은 길을 섞어 휘휘 젓는다.
진창길이 풀어지면서 펜촉이 제주도처럼 검어진다. 그의 언어 속
에는 역사의 비문碑文이 있고, 오지 않은 매운 계절의 눈물이 있다.
검은 돌솥이 있다. 세상 얼음장에게는 언 밥을, 응달 그늘에게는 식
은 밥을 건넨다. 섣부른 화해가 아니라, 냉철한 응대應對가 있다.
"껍질뿐인 얼굴을 묻고 울음 다 마를 때까지"(「매미 허물」) 그가 운
다. 어깨울음의 들썩거림마저 잔잔한 수평선이 되었다. 그의 검푸
른 문장에는 아가미와 지느러미가 찢겨나가고 부레와 쓸개가 뜯겨
어안이 벙벙해져도, 비린내만은 잃지 말자는 얼이 있다. 그의 시에
는 필사적인 생生의 비린내가 있다.

— 이정록(시인)

—

구리역을 지나며

미완성의 이별과
플라타너스 상처에 대해

아무도 묻지 않았으므로
나는 대답하지 않았다

가을을
퇴고하지 못한 채
빠져나온
구리역

겨울 강

꼬박 지샌 별들이
다 돌아간 아침녘

강은 스스로 제 몸을 찢기 시작했다

희망도
꼭 저럴 것이다
뜨거워져야
들
리
는

숟가락 드는 봄

사월 어깨 너머 푸른 저녁이 온다
이 빠진 사발처럼 걸려 있는 초승달
누구의 가슴 한쪽이 저리 시려 오는지

그림자 빛을 가두며 내 뒤를 따라 온다
한 걸음 딛고 나면 달아나는 발자국
온 섬을 불 지르고 간 그날에 가닿을까

꽃이라 불렀지만 눈물이라 읽힌다
제주 땅 어디에나 울먹울먹 피어나
뿌리째 흔들고 간다, 내가 모른 봄 저편

눈물은 그런 거여 퍼내도 우물 같은
함께 울 줄 알아야 세상을 배우는 거여
힘겹게 숟가락 하나 눈물 한 술 뜨는 봄

미스킴라일락

들리네요, 화분 속에
또각
또각
하이힐 소리

눈물로 피고 지던
기지촌의 꽃밥 한 술

미스 킴 혼혈의 언니,
라일락이 웃네요

소나기 마을을 지나며

누군가를 업어본 사람이면 다 안다

불어난 개울가에
귓불 절로 붉어지다

기꺼이
세상을 업어
건너가던
소년처럼

누군가에게 업혀본 사람이면 다 안다

가슴과 등이 만나 서로가 스며드는 것

그렇게
어두운 세상
등 돌리지 말고
내어줄 일이다

달과 까마귀
— 이중섭

창가에 턱을 괴고 그려보는 아내 얼굴

그립다, 덧칠하면 바다 한 뼘 깊어지고

바람 든 겨울 무처럼 등허리가 시려온다

가난한 붓 끝에서 갓 태어난 은빛 날개

현해탄 저 너머를 얼마쯤 날았을까

전깃줄 감전된 밤에 까마귀가 돌아온다

불면으로 날아드는 막다른 골목 어디

아내가 오나 보다 두런두런 하늘이 끓고

화공은 온 힘을 다해 달 한쪽을 깁는다

욕의 사회학

가볍게 읽을 수 없는 조선의 여자 있었네

병자호란 삼배구고두례 그 치욕도 모자라

두만강 압록강 건너 끌려간 길이 있었네

환향녀, 화냥년, 덧씌워진 화냥기까지

세상은 욕으로 남아 죽지 못한 죄를 묻고

돌아와 당산나무와 함께 울던 냇물 소리

'홍제천에 몸 씻으면 과거를 묻지 않겠다'

혼자 피다 혼자 지다 열녀문 먼발치에

아무도 지켜주지 못한, 돌아온 사람 있었네

빈집의 화법

오지 않는 사람을 기다린 적 있었다
감물 든 서쪽 하늘 물러지는 초저녁
새들이 다녀가는 동안 버스가 지나갔다

다 식은 지붕 아래 어둠 덥석 물고 온
말랑한 고양이에게 무릎 한쪽 내어주고
간간이 떨어진 별과 안부도 주고받지

누구의 위로일까
담장 위 편지 한 통
'시청복지과' 주소가 찍힌 고딕체 감정처럼
어쩌면, 그대도 나도 빈집으로 섰느니

직설적인 말투는 잊은 지 이미 오래다
좀처럼 먼저 말을 걸어오는 법이 없는
그대는 기다림의 자세,
가을이라 적는다

푸른 상영관

물고기가 운다는 그런 설정은 진부하다
영자포차 수족관 앞에 쪼그리고 앉아서
켜켜이 유리에 맺힌 눈망울을 관람한다

윙크 한 번 날린 적 없고 눈감을 수 없으니
그토록 슬픈 눈을 나는 본 적이 없다고
무심코 읽어 내려간 자막은 분명 오류다

벵어돔 돌돔 우럭, 다금바리 대역까지
한번 문 낚시 바늘을 끝끝내 놓지 않아
늦저녁 초장에 찍은 대사들은 치열하다

뜯겨져 너덜너덜해진 우리 삶의 지느러미
함부로 놓지 못하는 오늘처럼 내일처럼
아파트 뒷골목에서 사람들이 숨을 쉰다

경의선

 녹이 슨 철새들이 열차를 끌고 간다

 장단콩 콕콕 쪼다 임진 장단 봉동 개성 콩 한쪽 입에 물고 열차를 끌고 간다 토성 여현 금교 한포 삐걱삐걱 날아올라 철조망에 둥지 틀고 알을 낳던 새들아 평산 서흥 홍수 마동 어서어서 가자구나 사리원 계동 황해 황주 역포 너머 대동강 시린 물에 목 축이다 가잔다 평양 서포 석암 만성 녹물 털어 한숨 돌리고 화통 속에 뿌린 뽕나무도 데불고 신안주 맹중리 운정 정주 끊긴 길에 침목 하나 없고 또 없고 다시 없어 선천 남시, 들릴까 육십여 년 그 겨울 경적 소리, 이번 역은 신의주 서울에서 신의주까지……,

 어디쯤 가고 있나요
 당신이 탄 열차는

김진혁(金珍赫, Kim, Jin hyuk)

1947년 전남 곡성 석곡 출신. 조선대학교 공과대학 학사(1971). 《시조문학》 천료(1984) 등단. 시조집 『바람으로 서서』(1988, 청솔), 『술잔 속에 넘치는 바다』(1993, 청솔), 『청동하늘을 그리며』(2001, 청솔), 『내 마음은 작은 두레』(2006, 청솔), 『초록별 사랑』(2012, 청솔) 외. 제3회 공무원문예대전 대상(2000), 제11회 무등시조문학상(2015) 수상. '맥시조' 동인. 호남시조협회, 광주전남시조협회, 한국시조협회, 한국문인협회 회원.

봄비 와 목련

김 진 혁

봄비 젖은 가지마다 송알송알 맺힌 음표
빗방울 합창단의 노랫소리 들으려고
울너머 하얀 목련이 귀를 쫑긋 세오라.

자연 경영에 익숙한 김진혁 시인의 작품을 읽고, 자연은 이미 그에게 최초의 화두이자 결미를 장식할 종착점이라는 예감을 가졌다. 자연, 그것은 시인에겐 이미 자리를 잡고 있었던 주요 매뉴얼이었던 셈이다. 시를 쓰기 위해 자연을 끌어오는 게 아니라, 태생적으로 '자연 경영'을 준비하여 도달해야 할 공간과 현재적 공간 간극을 그리움의 정서로 메우고 있다. 한마디로 그는 자연의 순수함과 정직함을 정돈된 언어로 투과시키는 맑은 시인이며 오랫동안 곰삭힌 자연 경영을 바탕으로 '서정'에 투과하는 프리즘처럼 현현하는 모습은 다른 시인들과 변별되는 독자적 세계를 그리고 있다.

— 노창수(시조시인 · 문학평론가)

산수유 꽃그늘 아래

당신은 비바체 플룻 그 맑은 음성으로
산수유 꽃그늘 아래 춤추는 듯 다가와
살며시 귓불 간질이는 꽃잎으로 왔나요.

한세상 사는 것이 슬픔도 아닌 것을
작은 문 조금 열고 기웃대며 망설이다
따뜻한 봄볕을 감고 꽃잎 하나 주셨나요.

가슴속에 간직한 소녀 적 연록의 꿈을
이제는 세월을 맑혀 꽃잎으로 피웠나요.
누군가 그리운 날에 향기 되어 오시려고,

그대 만나 가슴 가득 안고 싶은 봄 하늘
맑은 날 꽃잎 속에 내 허물도 벗어 놓고
답답한 가슴을 열어 오래오래 잠들고 싶어요.

풍경 소리

바람이 떨구고 간 청동 물고기 편린들은 오욕 칠정을 낱낱이 털어내며
끝내는 극락정토로 침잠하는 동자童子의 피리 소리.

억겁을 달려 온 한 자락 바람에도 파르르 떨며 가는 방황하는 영혼들과
자미원, 알 수 없는 길로 끝없이 빠지는 초침 조각들

고통의 바다를 건너 고요의 숲 처마 끝에
속연俗緣의 잔뼈 추스려 바람 속에 날리고
오롯이 불심 하나로 중생의 넋을 맑히고 있다.

노을 이미지

하늘도 외로울 땐 솜털구름 엷게 띄워
만 가지 생각들을 차곡차곡 쌓았다가
일제히 가슴을 열어 핏빛으로 지는 걸까.

오늘 내 눈썹 끝은 먹빛 장막인데
지나간 추억들은 주홍빛 먼 그리움
지천명 행간 사이로 날아간 파랑새여.

한평생 가슴 앓던 욕망의 비늘을 털고
잔잔한 저 수평에 찌든 때를 씻고 나면
속죄의 황홀한 순간 푸른 영혼이 보인다.

청동 하늘을 그리며
— 가야의 유물 발굴 현장을 보며 —

가만가만 붓끝으로 천년 햇살 털어내면
곰삭은 얼굴들이 소스라쳐 잠을 깨고
질박한 선대의 숨결이 일렁이는 청동 하늘.

척박한 이 땅에도 씨를 뿌린 발자국들
투박한 빗살무늬 정안수도 넘쳤거니
손 모아 빌었던 원願이 그 하늘에 내린다.

시원의 빛을 썰어 다져진 일상의 뜰엔
태초의 햇살이 꺾여 절룩이며 쏟아지고
꿈꾸던 아늑한 요람 침묵으로 젖은 고독.

충혈된 눈 비비며 매듭 못 푼 그대 꿈이
무덤 속 일월을 덮고 한恨이 되어 머무는가
이제야 드러낸 나신裸身 눈빛 세워 일어선다.

어디로 떠났는가 토기土器 목에 감긴 상념
핏줄은 진한 인연 옹기종기 모여 앉아
조각진 운명이라도 다독이며 웃고 있다.

무위無爲

정지하듯 허공에 뜬 물총새 한 마리가
수직으로 꽂히며 잽싸게 물속을 펜다.
팽팽한 긴장을 깨며 일순 세상은 어지럽다.

돌연 부리 끝에 매달린 피라미 한 마리가
하얀 비늘을 털며 허공의 고요를 깬다.
한순간 휘청이는 만상 어느새 고요하다.

봄비

가식의 옷을 벗고 가지 위에 내려 와
해맑은 클라리넷 고운 선율을 탄다.
무수한 팔분음표로 출렁이는 이른 새벽.

가만 보면 방울방울 새날의 등을 달고
멀어진 그리움이 다시 봉긋 돋아날듯
해묵은 가지 끝마다 연록의 길을 연다.

자벌레의 말

한 뼘 두 뼘
재듯 가면
열두 굽이
언제 넘나,

걱정 마
이 몸에 낀
오욕칠정
다 벗으면

비로소
날개가 돋아
세상길이
환하다네.

소나기

풀 먹인 염천 한 폭
찢어내는 섬뜩한 칼날.

폭서의 한 허리가
비명 속에 끊기더니

더운 피 하늘에 올라
무지개를 피우네.

남도창

끊일 듯 이어지는 저 질긴 명줄 같은
금속성 쩌렁한 떨림 온몸으로 뽑아내면
토한 피 목청이 트여 청산이 깨어난다.

못다 한 한恨이 터져 폭포로 쏟아지나.
막힌 가슴 허물어져 우레 같은 낙수 소리
푸른 넋 산산이 부서져 피어나는 물보라여.

한恨도 이만쯤엔 심연하나 이루어 내
삭지 못한 마음마저 낮은 음계로 내리는가.
갑자기 적막해진 산하, 소리는 가고 노을만 붉네.

꽃의 길

가슴 에인 아픔 없이
꽃 어이 피겠으며

낙화 이별 눈물 없이
어찌 열매 맺으리

한 세상
꽃잎 같아라.
피고 지며 가는 이 길.

김진희(金鎭姬, Kim, Jin hee)

1958년 경남 창원 진해구 출생. 마산교육대학, 방송통신대(국문학과), 창원대 교육대학원 졸업. 〈경남신문〉 신춘문예, 《시조문학》 2회 천료(1997) 등단. 시조집 『내 마음의 낙관』(2013, 동학사), 시조선집 『슬픔의 안쪽』(2016, 고요아침). 경남시조문학상, 성파시조문학상 수상. 경남시조시인협회 회장 역임. 한국문인협회 이사, 오늘의시조시인회의 중앙상임위원, 경남문인협회 부회장.

—

김진희 시조는 '시 쓰기' 과정에 대한 메타적 인식과 표현이 다양하게 갈무리된 결실이기도 하다. "단숨에 빨아들이는 그런 글"을 열망하지만(「내 마음의 낙관」), "한 행의 절제로 노을처럼 번지는 말"(「말의 단상」)이 "수묵 빛 동양화 한 폭"(「연하장」)처럼 시인이 궁극적으로 가 닿으려는 시조의 형상으로 살아온다. '그늘' 안에서 "자꾸만 비어가는 내 안"(「양파」)을 바라보고 "속에서 빠져나간 보랏빛 둥근"(「행복」)을 생성해 내는 것이다.

— 유성호(문학평론가 · 한양대 교수)

—

'늘'이란 말

청도면 당숲 어귀 느티나무 그늘같이
움푹 팬 고랑 따라 몸에 핀 저승꽃같이
뿌리가 밀어 올리며 종내 내는 푸른 힘

콩나물 국밥으로 허기 달랜 당숲 그늘
수도승처럼 앉아서 설법을 펼치던
아버지 그 자리에서 경전을 읽는다

마음 하나 말리고 싶은 세상 둔덕에는
허공의 벼랑을 타고 된바람이 불어온다
가루분 흩뿌리는 햇살 사선을 넘어간다

오! 늘이란 침묵 속에 흐르는 강물처럼
도저한 뿌리 안에 새 촉이 움트는
구기리 뒷산 등성이
그 늘 같은
아버지

연리목

연분홍 바람 소리
시간을
멈춰놓고

사랑한다 사랑한다
뻐꾹새
풀어놓고

산그늘
앞섶 여미는
낙화암 위
노부부

창원 중앙역

용동 산 32번지 고기 떼 다 어디 갔나
첫사랑 건져 올린 역사 깊은 저수지에
그 너른 역사驛舍 지어지고
그 사람은
지워지고

가네
가네
기차 가네
사랑이 울며 가네
끓는 피 뼈를 묻고
가슴 위로 달리며
떠날 자 떠나게 하라
호명하는
중앙역

구절초 연가

댓잎 서걱거리는 달빛이 너무 밝아
창 너머 먼 생각 끝
집 한 채 짓습니다
갈필 든 바람의 붓질 묵향이 번집니다

쪽빛 물든 하늘에 구절초 편지 띄웁니다
아플리케 수를 놓듯
땀땀이 채운 운문
천지간 피륙 한 벌은 핏물로 젖습니다

밤마다 서성이는 당신은 오지 않고
어머니 젖무덤 위
촛불 켜듯 환한 얼굴
아직도 피지 못한 꽃 등불을 밝힙니다

팝콘

저 불을
확확 당겨
내 삶을 태워볼까

탱글한
젊음의 껍질
하얗게 벗겨질 때

화르르
터지는 망초 꽃
한여름의 불꽃놀이.

상동역

먼 길 가는 바람아
상동 역에 쉬어라

흔들리는 마음 시려 머리채 잡힌 하루

감빛이 익어가는 밤
시름 쉬어 가거라

가다가 그늘 안쪽
새벽별 조는 사이

안개처럼 몰려와서 금천 둑에 머리 풀고

가는 귀 물소리 듣는
꽃잎처럼 누워라

가을 산

마른 추억 검불 되어 활활 타는 불이다
가슴 깊이 묻어둔 심지 휘이익 당기면
불두덩 달아오르는
내 안의 야생마여

온 산야 헉헉대며 무법천지 내달리는
짐승들 이글거리는 눈
포효하는 소리, 소리
불타는 한 생애의 꿈
불의 꿈
불
불
불.

내 마음의 낙관

단숨에 빨아들이는 그런 글 없을까요
안개비 젖어들 듯 촉촉이 젖는 가슴
볕살도 좋은 어느 한낮 잘 여문 알곡처럼
첫 만남에 설레는 설익은 풋정 말고
고열에 펄펄 끓어 단 내음 물씬 나는
영혼을 빚는 도자기 도공의 손길처럼
바람 같은 붓 터치에 떨리는 손끝마다
솔향기 묻어나와 은은히 배어들다
온몸에 휘감기는 전율 일필휘지를 꿈꾸며.

의자

이제는 네게 맘껏 자유를 주고 싶다
뜯어낸 실밥으로 고봉 밥상 차리던
어머니 빈자리에는 재 냄새가 배어 있다.

마음도 문패인 양 지워진 빈집에는
육남매 학비 걱정 밤새우던 낡은 의자가
깡마른 그림자 끌고 뚜벅뚜벅 걸어온다.

재봉틀 앞 창가에도 철없이 봄은 와서
바람 따라 괴발개발 꽃 피운 게발선인장
의자 위 올려놓은 분盆 푸른 잎을 키운다.

터
― 거제포로수용소에서

서서히 달군 불로 세월의 주름 편다
산자락 짙은 그늘 얼굴 없는 이름들이
싸늘한 담벽에 누워 덩굴 기어오른다

마른 땅 감싸 쥐면 넌출 넌출 새잎 달까
감았던 눈을 뜨니 바람도 숨이 멎고
근육질 뻗친 하늘에 열꽃처럼 피는 구름

아직도 잠 못 드는 저 바다 귀를 열고
부적처럼 묻혀온 침묵을 걷어내면
겨울 숲 닿는 외길은 서리서리 동백꽃

이슬 물든 풀꽃마다 전설로 감긴 목숨
밤새 자란 어둠 속에 한 생각이 머무는 달
끈끈한 안개 밭 너머 하얀 산이 다가온다.

김차복(金車福, Kim, Cha bock)

1948년 광주 북구 우산동 출생. 한양대학교 석사 졸업(1995). 《시조문학》 추천(1991) 등단. 시집 『일어서는 초록』(1997, 동학사) 외. 전라시조문학회 회원.

—

그의 시조에선 전통의 양식을 십분 활용하여 새로운 서정의 밭을 일구기에 힘을 기울인 흔적이 곳곳에서 포착되고 있다. 시의 행간에서 서정의 새 살을 발견할 수 있었기 때문이다. 마치 장마구름 사이로 때때로 볼 수 있는 파란 하늘장과 같았다. 이 같은 서정의 새 살보기는 시에서 생명력과 감동으로 이어지고 있어 우리에게 눈돌림을 받게 했다.

그가 펼치고 있는 시조의 흐름에선 선비정신의 풍도라고 해야 할 분위기가 곳곳에 내비치고 있었다. 아니 흐름 속에 배어 있었다. 이는 곧 시정신과 맥락을 같이하고 있다는 생각이다. 여기엔 한 시인으로서의 입상이 바르고 강직했다는 의미도 들어 있다. 환언하면 품성에서 우러나온 향기와 같은 것이리라. 누가 그랬던가 "그의 시는 바로 그 사람이다"라는 말이 새삼스럽게 떠오른다.

— 이상범(시조시인)

—

빛이여 시원始原이여

하짓날 해거름에
누룩이 익어가듯

내 안에 묻어왔던
여명의 항아리에

원함도 넘치는 잔도
허허로운 끝이어라

연자를 돌리어도
서지 않는 나날이여

시름은 두름으로
북창 끝에 매어달고

빈손은 기원이 되어
하나이다 열이 되다

일어선 초록들이
긴 날을 엮어내려

막장의 뒤란이면
시원始原도 볼 수 있어

빛이여 매듭을 풀어
잠든 혼을 깨워라

그만한 사연

굽이쳐 맴돌아 온
세월 뒤 한 자락을

그만한 사연으로
띄워 보낸 잎새일레

청대 숲 그늘에 서서
비워내는 하오여

거두고 떠난 들에
차오는 넉넉함이

하늘 저, 저편으로
노를 젓게 하는가

잔잔한 물결을 따라
되짚어간 내 유년

맺히고 아픔이야
어린 맘 그대론데

빛바랜 시름들을
입김으로 닦아내면

가녀린 소녀의 넋이
풀꽃으로 흔들린다

봄. 반음半音

줄 없는 통기타에
반음이 내려앉아

막장의 간데라불
목숨 있어 켜 든 대로

이고 진 이승의 짐을
골골마다 풀어놓다

잔설殘雪은 잔솔밭에
엎디어 숨죽이고

잠 덜 깬 산꿩이
현弦을 차고 나는데

이끼 낀 시름 하나는
떠나갈 줄 몰라라

바래진 강변은
광목으로 출렁이고

달아 건 영문 밖에
햇살이 얼비치면

겨우내 진 빚을 내어
휘저어 보는 이른 봄

무서리

한 걸음 내디디면 옷자락에 바람 일고
돌아서면 뒤따라온 가난이 부여잡아
청솔밭 그늘에 앉아 젓대라도 불어볼까

얼레에 실 감기듯 한 가락 불어내면
들끓던 열정도 구름밭에 떠내리고
상현달 눈썹을 닮은 무서리에 손 시리다

빛 바랜 내 유년은 사진첩에 접히고
말씀은 가슴마다 단풍으로 물들어져
몸푼 지 세 이레 만에 나들이 나온 무서리여

다시 떠나며

고개 든 청보리
저녁놀 다 태우고

한 시절 넉넉한 품
뼘으로 재어보니

바람아 기를 올려라
냉갈 일듯 날이 선다

고개 너머 또 고개
쉼 없이 감겨든 날

잠시 다리 쉬어
가자 하니 바람 일어

손잡고 일어설 이는
언니만이 아니어라

5월에

고만 고만한 능선들이 들길로 내려와서
더러는 주저앉고 가다가는 풀물들어
한나절 일손을 놓고 둠벙에 뛰어들다

곡선이 끝나가는 마을 입구 우체통에
부화한 햇살들이 무늬져 빗기면서
사립문 열린 집마다 백일홍을 피웁니다

민들레 꽃씨 되어

내 머물던 탯자리 떠나면서 잊었어
얼어붙은 겨울 강을 거룻배로 건너와서
피어난 꽃잎 사이로 봄날을 펼쳐보인다

달빛이 남겨놓은 언약의 말 한마디
눈물을 애써 지우며 성숙을 알았노니
첫 정을 길어 올리며 오늘을 비워보네

뻐꾸기 울음소리에 흔들리는 둥지여
돌아서는 네 모습에 연소하는 사랑아
허공 속 기나긴 다리 꽃씨 되어 건너다

두만강가에 서서

강물에 손을 적시니
다름없는 물인데

손끝에 묻어오는
배달족 흔적들이

새색시 귓볼 붉히듯
무안하게 당기네

국경을 잇는 다리
발길을 막아서고

출렁이는 강안에는
누런빛 둔덕들이

만주벌 도문圖們에 와서
두만강을 안아보네

빈 가슴 열고 서니
말문이 열리누나

저 건너 비탈진 밭에
곡식은 익었는가

푸른 물 굽돌아가는
말 못하는 강심江心이여

꽃이 지며

닿을 듯 멀어져 간
하오의 해 그림자

지는 꽃잎 따라서며
봄날에 금을 긋다

꽃이여 철 따라 피어나
무궁無窮에 잇대어라

목련 앞에서

꽃으로 피어나는
이 아침 환희여

치마폭 걷어올려
버선발을 옮기면서

심봉사
눈 뜨는 장면을
재연하고 있구나

간밤에 무슨 일이
있었는지 말해보라

뚝 뚝 떨어져 내린
꽃잎들의 내력이

첫사랑
그렇게 지면
철이 든다 하였던가

김차순(金且順, Kim, Cha sun)

1957년 경남 창원 합포구 창동 출생. 창신대학교(문예창작과). 《시조문학》 신인상(2001) 등단. 시조집 『지금은 부재중』(2019, 이미지북). 한국문인협회, 한국시조시인협회, 경남문인협회, 경남시조시인협회, 마산문인협회, 오늘의시조시인회의 회원.

김차순의 시조는 읽는 이의 마음을 편안하게 해준다. 사물을 주관적으로 해석하거나 윤색하는 것을 피하고, 사물의 입장에서 서술하려는 마음의 토대 위에 형성된 사유를 호소력 있게 전달하는 시를 쓴다. 사물에 대해 고도의 집중력을 발휘하여 뛰어난 관찰과 묘사를 행하기도 하고, 활달한 상상을 동원하여 사물의 내면을 탐색하면서 인간의 삶과 현실에 대한 반성을 유도한다. 어찌 보면 당연한 이야기를 끌어와 색깔을 더하여 감정을 끌어올리는 긍정을 전하는 메시지를 극대화해 아주 작은 부분일지라도 마음을 덥혀 놓고 눈물이 글썽거릴 때까지 삶의 지평을 바라보는 말의 곡진함을 더한다.

— 오종문(시조시인 · 문학평론가)

마산만灣

여름이 오는 길목
왜 이리 시려운가

온종일 키질하는
바람만이 놀다 가는

그리운 갯비린내가
오랜 안부 묻고 있다

어미의 젖가슴 같은
마산만 찾아왔지만

만조로 출렁이는
내 마음 둘 데 없어

섬처럼 외로워지는
파도 소리 듣는다

관계
― 미련

뗄레도 뗄 수 없는 내 안의 적이 많아
무시로 바람 편에 떠밀려 온 풍문들이
오늘도 천연덕스레
명치끝을 치받는다

언젠가 야윈 목선 그 경계를 휘감다가
막막한 벽 앞에서 또 하나의 점을 찍는
낯익은 기억 하나가
숫기 없이 찾아온다

날마다 밑줄 긋는 미련이란 단어들이
덧없이 묻어버린 눈물일까 너무 두려워
미필적 고의를 묻는
너와 나의 비거리

눈과 귀

문을 닫았다가
그 문을 또 열었다
문을 닫았다 열고 또 문을 열고 닫았다
바람이 소리를 내고
그 소리가 귀를 연다

눈을 감았다가
감은 눈을 다시 뜬다
떴던 눈 감았다가 감았던 눈을 뜬다
길마중 눈의 길 따라
많은 길이 펼쳐진다

가까이 더 가까이
보일 듯 들리는 듯
골목 끝 양지바른 창 너머 부는 바람
바람이 소리를 내고
그 소리가 길을 낸다

댓돌 위 찻집

댓돌 위 그 찻집에 해거름이 찾아든다
단풍 든 한 여자가 수구守舊를 털어내고
빈 가지 어디쯤엔가 또 한 생을 달고 있다

오래된 찻잔 속에 꼬리해가 들어앉고
쉬이 숨이 가쁜 소리꾼과 소리 사이
말없이 따라나서는 이 저녁이 푸르다

한 번도 만난 적 없는 접질린 생의 무게
살고 죽는 일이 창밖의 바람인 것을
엄지를 치켜세우는 숨바꼭질 넌 술래

바람의 말

타악기 음색 같은 바람의 말에 끌려
간신히 새로 걸친 외투자락 시려온다
순은 빛 언어의 음계
파열음만 내고 있다

무너진 지상의 꿈 앞섶에 여며 놓고
화사한 겨울 햇살 훌훌 털고 비상하는
눈부신 철새의 군무
나만의 환영일까

전신이 마비되는 사이비 종교처럼
불치의 병이 되어 수습할 수 없다 해도
저물녘 사막을 가는
낙타처럼 걸으련다

바람꽃

어김없이 계절병이 다시 도지나 보다
반기지 않아도 문 열어 주지 않아도
소슬한 꽃샘바람에
한 무더기 피어났다

수식어 필요 없는 길 하나 열어 놓고
내 삶의 간이역이 긴 기적을 끌고 가는
아득한 풍경을 두고
슬피 지는 꽃이 있다

어떤 체위
― 포옹*

한낮 뙤약볕 아래
너는 나의 아바타

내 안에 너를 품고 불같은 사랑할까

절정의 끝에 다다른
한 포옹을 보고 있다

외발로 일어설까
두 팔로 안아줄까

성스럽고 아름다운 노부부의 늙은 생애

허기진 지독한 사랑
오열하며 끓고 있다

* 포옹: 극사실주의 조각가 마크 시잔Marc sijan의 작품.

보낸 뒤

마른 잎들마저
생각이 무거워지는

가을 끝자락에
우두커니 지키고 선

조락한
메타세쿼이아

성자처럼
겸허하다

블랙홀

정지된 그 시간은 말을 하지 않는다
생각이 겹쳐진 대로
마음이 주어진 대로
모른 척
접었다 펼쳤다
산다는 게 그런 걸까

스치며 지나가듯 생각할 일 참 많아도
잊으면 잊은 대로
잊히면 잊힌 대로
되감아
다시 보기 없는
블랙홀로 사라진다

* 불의의 사고로 유명을 달리한 영화배우 고故 김주혁의 뉴스를 접하면서.

지금은 부재중

듣는 것 보는 것도 긍휼히 말하는 것도
미혹에 이끌려 산 후회뿐인 약속의 말씀
아직은 때가 아니다
회개하고 회개하라

하루가 천 년 같고 천 년이 하루 같은*
지금은 부재중인 어둠 같은 나의 존재
때 되어 드러낼 날이
새벽처럼 오리라

듣는 것 보는 것이 말하는 것 하나로 풀려
얽힌 것 설킨 것들 내 안에 물로 스밀 때
하늘이 큰소리로 울고
이 땅 위에 드러나리*

* 베드로후서 3: 8-9.

김찬영(金瓚永, Kim, Chan young)
1889.~1960. 평남 평양 출생. 화가. 호 유방
(唯邦). 동경 우에노上野 미술학교 졸업.

송 수지 미주送樹之美洲

1
이만리 고래 물결 조각배로 건너가서
글 바다 한중간에 기껏 맘껏 헤엄친 후에
운소雲宵에 두 나래 펴고 훨훨 돌아오소서.

2
천길 깊은 못에 금비늘 잠겼다가
긴 꼬리 한번 치자 청명滄溟에 빗기도다
이윽고 풍운 이는 곳 바라볼까 하노라

3
저곳 위 동포 고국 소식 물으려니
간험艱險이 심할사록 맘도 굳다 일러주소
애틋한 나그네 가슴 항여 낙심落心되리라

충무공은 어디서 나셨나

1
한양물 몇 갈래에 건천乾川이 어디셨오
황하수 맑은 그제 이충무 나셨세라
지금에 찾을 길 몰라 가슴 무여지오라

2
낙산駱山 밑 건천동乾川洞은 실로 마른 내이로다
예부터 이럴시면 용龍님 어니 나셨으니
모래에 진흙덩이니 더 못 믿어 하노라

3
하남촌산下南村山 임골은 이즘일러 긔라고야
산 깊고 숨거할 제 범님이 나셨거나
창상滄桑을 또 지냈거니 형적形跡인들 아오리

4
북악밑 삼청동을 부노父老들 이르나다
산 맑고 물 맑은데 맑은 사람 나셨을 것
세상이 다 혼탁하니 알어 볼 줄 있으리

유 청암사遊靑岩寺

1
동교東郊길 십 리 밖에 청암사 찾아드니

백석白石 청류에 홍진이 끊였세라
송풍松風에 시내 소리만 천락天樂 잦아지여라

2
진관塵冠을 벗어 걸고 머리감고 앉았으니
인간사 언제런지 도로혀 아득하다
산새야 조롱 말아라 나도 선연仙緣 찾노라

3
돌이켜 생각하매 예 노던 따이노라
산수야 예같다만 세상사 어떻더냐
두어라 지난 일이야 일러 무삼하리요

춘우春雨

1
무료로 한심하다 낮잠 어이 못 이루노
신소리 돌리는 듯 창을 저조 여노매라
벗님도 이러하려니 무삼 원망하오리

2
남북촌 다 나려도 상원上苑으로 오여두소
동풍이 섞여 불면 진달래 저울랏다
옛님이 심은 꽃이라 더욱 염려되노라

3
운무로 바다 이뤄 남산도 될듯 말듯
만호萬戶 성중城中이 근심에 잠겼세라
잔 돌고 긴 노래 불러 가슴 헤쳐 볼가나

청파구淸波鷗

청파에 몸을 던져 갓 씻는 갈매기야
잠겼다 다시 뜨는 그 제조 자랑 마라
차라리 너의 결백을 나는 사랑하리라

김창근(金昌根, Kim, Chang keun)

1958년 전북 장수 장수면 출생. 서울예술대학교(문예창작과), 서강대 언론대학원(방송 전공) 졸업. 《현대시학》(2007) 등단. 시집 『푸르고 질긴 외뿔』(2013, 동학사).

> 놀 쪽으로 날아가다
>
> 누이의 다홍치마
> 베고 있는 저 쪽가위
>
> 벌어진 그 틈새로
> 흰 속곳 내비칠까

—

김창근 시인은 시조 작품 하나하나를 창작함에 장인이 항아리를 빚듯이, 혹은 판소리의 명인이 득음의 경지에 오르고자 하듯이 그렇게 예술가적 혼을 불어 넣고 있다.

이웃의 소외된 삶에 대한 시인의 관찰은 그 삶에 대한 포용과 공감을 확보함으로써 깊이 있는 통찰에 도달할 수 있었다. 시간 속의 유한한 존재들이 그려가는 삶의 무늬와 형식에 대한 시인의 관심 또한 연민과 공감의 확대를 통해 깊이 있는 통찰력을 보여 주고 있었다. 자연에 대한 접근과 풍경묘사는 아름다운 장면을 한 장의 사진에 담아내듯이 선명한 이미지로 그려내고 있었는데 그 속에서 자연의 이치와 종교적 각성의 의미까지 읽어 내고 있다는 점에서 더 많은 가치를 지니고 있었다.

— 황치복(문학평론가)

—

당신입니다

당신이 한평생 흘리신 땀과 눈물을
잘 빚은 옹기 안에 담을 수만 있었다면
두어 섬 빛나는 소금 채우고도 남았으리

어쩌다 내뱉으신 깊고 깊은 한숨까지
둥근 자루 안에 넣어둘 수만 있었다면
사막도 건널 수 있는 기구氣球가 되었으리

손에서 놓지 않아 윤이 나는 낡은 묵주

묵주알 돌린 거리 잴 수만 있었다면

한 바퀴 지구를 돌아 달에도 닿았으리

가을 한낮
— 절집에서

청단풍 붉어지는 절집 마당 귀퉁이

저 혼자 돌다가 흘러가는 샘물 소리

햇살 속 가만히 누워 몸 말리는 조롱박

색 바랜 문살마다 피었다 진 꽃들이

이울기 전 채웠나, 법당 가득한 향기

문 열고 들기도 전에 두 눈이 맑아진다

휘어진 추녀 끝에 물고기 한 마리

절집을 입에 물고 먼 바다 저어갈 때

풍경이 뒤따라가며 등 두드려 주고 있다

겨울 너와집

잣눈에 반쯤 묻힌 너와집에 들고 싶네
해묵은 시름마저 고콜 속에 불사르면
흰 연기, 까치구멍에서 광목처럼 펼쳐지는

마지막 소망 하나 그래도 남겼거든
화티의 불씨마냥 가슴속에 품은 채로
눈 쌓인 화전밭 고랑에 파묻혀도 좋겠네

어느 봄 새싹 돋듯 그 불씨 되살아나
양쪽 어둠 밝혀주는 두둥불로 피어난다면
설피를 그냥 신은 채로도 기꺼이 묻히겠네

운문사, 봄날 저녁

세 비구니 연달아 두드리는 법고 소리
산등성 휘돌며 꽃물을 빨아들여
운문사 서쪽 하늘에 가득히 내뿜는다

바구니들 모여 앉아 저녁예불 올리면
천년 묵언 수행 중인 노송 한 그루
땅 위로 처진 가지를 조금씩 더 내린다

독경 소리 어우러져 법당 가득 메울 때
온 사방 뭇 어둠은 향불 앞에 사라지고
관음상 손을 내밀어 파릇한 머리 쓰다듬는다

천화遷化를 꿈꾸다

목숨 끈 해질 즈음에 홀로 길 떠나리
산짐승 자취 끊긴 깊은 산에 숨어들어
가만히 나뭇짐처럼 몸 부려 뉘어놓고
한 양푼 햇빛이나 달 별빛 두어 타래
서너 되 눈비라도 염포인 듯 덮어주면
고요히 숨 내려놓아 숲 그늘에 맡기리

강월江月

강물에 배 띄워놓고

술 마시던 주선酒仙이

취흥에 놓쳐버린

백자주병白磁酒甁 떠올랐나

배꽃술 흘러 번지네

하얀 술빛, 저 윤슬

별 바라기 침목
— 이룰태림 성유보

참 세상을 꿈꾸다 영어의 몸 되어도
바른 말 외쳤다고 길거리로 내쫓겨도
얼굴빛 흐려지지 않던 온화한 그대여

몽골 초원 별 보며 여생을 살고 싶다고
헐렁이 바지 추스르며 말간 웃음 짓더니
한겨레 온통 비추는 별빛 좇아 떠나셨나

펜 한 자루 가슴에 품고 광야를 헤매며
머리칼 다 세도록 민주언론에 몸 바치곤
남과 북, 철길 이으려 침목 되어 누우셨나

실꾸리

달빛에 색실 모아
곱게 감던 누이야

단옷날 머리 감듯
새로 풀어 감아주렴

어쩌다 뒤엉켜버린
내 머릿속 실타래

강원講院*을 바라보다

휘우듬한 산능선이 와불의 가사라면
저곳은 부처님의 명치끝쯤 될 터인데
강원이 품에 안기듯 그 속에 깃들었네

산자락 검은 휘장 솔기 한 틈 뜯어내어
샛별처럼 돋아난 강원의 저 불빛은
한 척의 반야선인가, 극락 향해 나아가는

신새벽 찬 기운에 풀 이슬 영글도록
도량석 목탁 소리 미명을 들깨우면
첫 예불 바쳐 올리는 손끝도 떨리겠네

* 강원講院: 승가 대학(김포 소재).

휴대폰교敎

신은 죽었다고 누가 감히 말하는가
언제 어디서나 지극 정성 예배하는
열렬한 저 신흥종교의 신도들을 보라

손에서 첨단 경전을 잠시도 놓지 않고
신나게 손가락으로 짚어보고 넘겨가며
주위는 아랑곳없이 넋 나간 듯 들여다보는

신의 음성 놓칠세라 연결선 귀에 꽂고
접신을 했는지 키득키득 웃어대다가
뭐라고 중얼거리며 통성기도 바쳐대는

김창문(金昌文, Kim, Chang moon)
1942년 경기 송탄 칠원동 출생. 중앙대학교(국문학과) 졸업. 〈중앙
일보〉 신춘문예 시조(1976) 등단. 한국문인협회, 한국시조시인협
회, 노산문학회, 한국시조시인협회 회원. 평택문인협회 초대지부
장. 《평택 수필》 편집인.

—

자화상

가난한 소작 농부 흙속에 지문 심어
외아들 걸음마다 봄 안개로 만들었네
온몸의 핏줄을 풀어 고즈넉이 품은 넋

두 눈의 한 치 수심에 뭉게구름 걸려 있다
가뭄도 이쯤에서 물새 날려 보내는데
오늘은 어디로 흘러 그네들을 찾을까

욕망의 덧살 돋아 뿌리 이미 깊었어라
곁가지, 허공에서 바람에 허우적댄다
시간이 타는 냄새나 실컷 맡으며 그렁 사나

풀섶 까만 씨앗 탁탁 튀는 가을 오후
무심코 살아가다 가장 힘주어 섰다
빛의 뼈 그속의 응어리 남은 삶의 쉼표이네

영춘곡

1
앞동산 보름달을 한 아름 안고 떠난 길섶
그래도 시원찮아 쥐불 놓으며 달려왔지
불꽃 안 파란 하늘이 활활 타고 있었네

2
어머니 흔들던 손, 밤마다 단잠 깨워
초침 소리 가까이로 내 팔목을 이끄면
빛바랜 문풍지 새로 서릿발만 돋았네

3
학이 떠난 빈 둥지에 고뇌를 다져 놓으면
뿌리로 벋어가던 꽃잎으로 피어나고
되보면 염원을 쪼아 보얗게 서린 봄빛

4
겨울의 시린 피부 아침 놀에 타버린 날
길게 뿜는 입김 새로 떠오르는 무지개가
우리들 눈과 눈을 이어 동아줄로 얽혔네

외길

가만히 돌아서서 저 숲길 바라보면
옹이진 시간의 둘레 맴도는 바람 소리
실언의 나뭇잎들을 여태 거두지 못함인가

하루도 쉼 없이 커졌다, 작아졌다
마음의 파문 위에 은빛 물고기 솟아 뜨면
어쩌다 한두 마리쯤 낚아 채어 얼안고

지고한 멋을 기려 이 길을 걷다보면
이유없이 죽어가는 나의 친구 백지에다
청자빛 유언을 쓴다 그 목소리 들린다

이 길가 외로 서서 동행도 마다했던
마지막 네 눈동자 자유롭다 영원하다
봄 오면 꽃향기 스며 활활 불꽃 타오르리

석공의 잡념

말속에서 가장 오래 몸부림쳐 파도 골라
범종 울 때 여향 묻어 백련으로 피어나면
또 하나 우리네 생명이 만색으로 들끓겠다

고해에서 튀어나온 시공 밖 지느러미
이 땅을 휘어차고 바다에 뛰어들리
파문이 비롯한 자리 햇살 꽂혀 충일한 꿈

소금에 절은 순수 끝에 묻혀 바라보니
파아란 하늘로 하늘로 바람춤 추는 비둘기 떼
이 육신 헤집어갈 듯 다가오는 입부리

갈매기

육신의 품속에서 허기를 게워내며
밀려오는 저 파도는 낡아도 꿈인 것을
별무리 은비늘 떨어내 켜켜로 깔린 모래펄

목 잘린 돼지머리 주술에 절어 들면
무녀의 춤을 좇아 해일은 침몰하고
고뇌의 파도를 쪼아 낭자히 노을만 지펴 놓다

기약

갈대숲 몸서리에 종소리 여운 끌며
한 톨 씨앗이 깃을 펴고 사라진다
산정에 맴돌던 구름 이내 비를 뿌려라

산새 놀라 날은 자리 단풍이 몸을 떤다
그 중 고운 잎을 가려 숨어드는 하얀 나비
달빛살 물결쳐오면 잃은 꿈을 다칠까

독백

열 길 송진 기둥 오롯이 세워 놓고
그믐밤 그대 별빛 한 가닥씩 끌어들여
마음 속 심지를 찾아 불을 가만 당긴다

아직도 타고 있는 반평생 고뇌의 넋
합장한 손끝마다 하얗게 저려온다
불길에 튀는 그 소리 소금으로 쏟아라

문

한여름 꽃과 벌의 언약으로 여문 씨앗
구태 들려 하지 않고 나올 때를 기다림은
봄바람 언 땅에 풀어 싹 틔울 날 있음이라

그대의 가슴일랑 좀 더 꽁꽁 얼렸다가
꽃샘바람 불어오면 칼날 같은 시샘 앞에
겨우내 다독인 이야기 강물 불 듯 밀치거라

뿌리의 의미

지난 일 여기 모아 금슬을 켜는 손길
바라보면, 철을 따라 빛을 타고 오르는 꽃
어느 날 신운을 풀어 과향으로 번지리

어느 날 아침

산봉을 얼핏 오른 춘향의 붉은 입술
심야의 벼랑에서 운무 속을 헤매더니
종소리 여향 끝 잡고 황조 한 쌍 얼려오네

김창완(金昌完, Kim, Chang wan)

1942년 전남 신안 장산면 도창리 출생. 호 금오(金烏). 조선대학교(국어국문학과) 졸업. 〈서울신문〉 신춘문예 시,《풀과 별》 추천(1973) 등단. 시집『인동일기』(1987, 창작과비평), 시조집『봄이니까』(2015, 지혜) 외. 오늘의 시인상, 윤동주문학상, 계간문예 문학상 수상. 〈조선일보〉 출판부장, 한국문예진흥원 이사 등 역임. '73그룹', '반시' 동인.

—

김창완 시인의 작품에서 나타나는 서정성은 현대인이 상실한 근본적인 것, 인간 본성의 회복과 공동체적 삶에 대한 회귀를 바라는 의식에서 나온다. 그는 고향과 유년 시절을 회상하며 인간 사이의 결속력이 훼손되고 있다는 점을 지적한다. 또 자연물과 대화하려는 욕망을 보여 주어 인간 내면의 자연성을 회생시켜야 하는 필요성을 환기한다. 그러므로 김창완 시인의 서정주의는 불모의 문명사회에 대던져진 인간이 근원적인 것을 추구하고 주체를 회복하고자 하는 열망으로 확대된다. 이로써 그는 물질 만능주의가 만연한 현대사회에 하나의 저항적 메시지를 전한다.

— 김태경(시조시인 · 문학평론가)

—

나무 시집

한평생 애오라지 시만 쓰며 사시네

허공에 상상으로 길을 내며 뻗어 나간, 구와 절 잔가지와 행과 연 굵은 가지에, 새움 틔운 시구들이 너울너울 피어나 이슬로 맑게 씻어 투명한 에스프리, 달빛과 별빛에도 광합성한 작품 모아, 올해도 신작 시집을 세상에 상재하니 바람은 전율하며 한 장 한 장 넘기고, 비는 울먹이며 나직나직 읊조리고, 새들은 모두 외워서 운율 살려 낭송하고 그 감동 물결치는 녹음바다 건너가, 황홀히 타오르는 단풍 화염 속에다, 한 권도 남기지 않고 불살라 버리더니

시심이 빈한한 시대엔 노숙하며 사시네

새들도 봄이니까

이내가 안개 되고 안개가 는개 된 날

촉촉이 젖은 앞산이 속살 얼비친 망사로 몸을 가리고 요염하게 누워 있자 몸이 단 장끼놈 까투리년 꾀느라 사랑가 한 대목을 꺾는소리로 꾸엉 탁성으로 꾸엉꿩 동편제 창법에 목이 다 쉬었는데 앞산에서 추임새 넣던 꾀꼬리 뻐꾸기 종다리 휘파람새 뒷산에서는 흉보며 소문내기 바쁘고 그 바람에 세상이 현기증 일었는지 망측해라 할미새마저 알을 낳았다네 그려 낯뜨거운 염문이 산불 들불로 번지는 날

는개가 이슬비 되어 타는 마음 식히네

녹음사략綠陰史略 1

수풀이 기전체紀傳體로 수목열전樹木列傳 쓰도다

뙤약볕 가려 주는 느티나무 어진 덕도, 천둥 칠 때 미물 안는 염주나무 자비도, 태풍 막다 허리 부러진 방풍나무 희생도, 거침없이 내리긋는 미루나무 필봉도, 무더위마저 벌벌 떠는 사시나무 상소도, 먹구름 쓸어 내는 싸리나무 개혁도, 황금시대 꿈꾸는 은행나무 청운도, 날카롭게 발톱 세운 호랑가시나무 호위도, 동색으로 위장한 단풍나무 역심에, 찬바람 건듯 불면 불바다 될 사직이라, 소나무 그걸 알고 극세필 가다듬어 심장에 자자刺字하듯 시일야방성대곡是日夜放聲大哭 쓰는 날

대숲은 뻐꾸리 모아 비가悲歌* 합주하도다

* 비가悲歌: 조선 인조 때 이정환이 병자호란의 치욕에 비분강개하여 지은 연시조 10수. 송암유고에 실려 있다.

화사花蛇처럼

얼마나 더 몸 낮춰 낮은 데로 임하여
외지고 그늘진 곳 숨어 돌며 방황해야
발 없이
길 아닌 길을 헤쳐 갈 수 있을까

얼마나 더 곰삭힌 묵언으로 되새기고
혀가 갈라지도록 간절히 되뇌어야
귀 없이
꽃피는 소리 들어 볼 수 있을까

얼마나 더 기다랗게 그리움을 늘이고
미움을 똬리 틀어 숨죽이고 웅크려야
털 없이
냉혈 시대를 견뎌낼 수 있을까

얼마나 더 생략하면 선 하나만 남겨서
구부리는 몸짓으로 그리는 깊은 뜻을
턱 없이
한입에 삼켜 소화할 수 있을까

얼마나 더 화려한 모자이크 무늬를
온몸에 문신하면 무지개가 되어서
깃 없이
너와 나 사이 넘나들 수 있을까

보름달 칭칭 감고 몸부림쳐 뒹굴며
빛바랜 헌 옷일랑 모두 다 벗어 버려
오롯이
새살 돋는 날 그리할 수 있을까

초승달 삽화

　숫돌에 낫날 세워 베어 넘긴 모진 세월

　허리 휘어지게 져 나른 가난을 봉분 한 짐으로 쑥구렁에 부려
놓고 아버지 인제는 노송 그루에 등 기대고 쉬시는지 나그네로
살다 간 한평생이 노랑눈썹솔새 따라 고향 찾아가시는지 휘이
호르르 한숨 쉬다 날아가고 뒷산도 제 그늘 덮고 잠자리 들 무렵

　이 빠진 조선낫 하나 하늘 가에 버려졌다

고구려왕의 웃음소리

나 오늘 고구려보다 커다란 것을 잃어버렸다
까마귀 날아오른 만주 벌판 눈보라 속
청동마 타고 오실 이 누구일까 그분은

일어선 백골들이 모여드는 산성 아래
백발을 휘날리며 갈대꽃이 내달리고
달빛이 호태왕비를 탁본하고 있는 밤

빛바랜 벽화에서 이승으로 걸어 나와
적석총 돌덩이를 헤집고 걸어 나와
헛웃음 크게 웃는 이 누구일까 그분은

사막을 건너며

한평생 꽃 한 송이 못 피워 본 모래땅에
소금꽃 흐드러진 이 육신 눕힌다면
백골은 땀 흘리지 않고도 먼 세월을 가겠네

가을비

열애도 열망도 다 쏟아내는 가을비
저마저 뭉그라져 갈숲에 버려지면
내 꿈도 허수아비처럼 남루 젖어 떨겠네

분수의 눈물

오를 땐 한맘으로 솟구치던 분수噴水더니
떨어질 땐 제 갈 길 서로서로 흩어지며
너는 너 나는 나인 것 분수分數 알고 우는가

매미 소리

포말로 구슬 꿰어 발을 짜는 폭포 소리
염천에 그 발 치고 구운몽 읽는 소리
어머니 더우실 거야 녹음하여 보내자

김창현(金昌鉉, Kim, Chang hyun)

1938년 충남 서천 비인 출생. 아호 관촌(冠村). 필명 금촌(金邨). 한국방송통신대학교 졸업. 《시조문학》(1991, 여름호) 등단. 대한민국국민훈장 동백장 수훈. 아동문예 문학상 (1993), 한국동시조문학공로상, 한밭아동문학가협회장(2013) 수상 외. 한국아동문예작가회 동시조분과 회장, 문학사랑 신인작품상 심사위원, 한밭아동문학 상임고문, 아동문예 문학상 예심위원. 대전시조시인협회 회원.

—

삶의 여유와 멋의 깊이 — 김창현의 시세계

일생을 교육에 헌신하고 그 나머지 생에 이르러 더욱 절실한 시조 사랑에 목이 마른 김창현 시인. 김창현의 시조에서 대전 지역의 풍광과 삶을 담아내려는 노력은 소중한 것이다. 그의 시조는 유연한 풍경 속에 드리워져 있는 역사와 선조들의 삶과 선비정신, 자연의 변화를 감싸 안은 모습들이 한결 청명한 비가 갠 하늘과도 같은 투명함으로 다가온다. 그의 시를 읽을 때마다 가슴에 와 닿은 서늘함은 김창현 시인만이 주는 시조의 참된 맛이라 일컬을 수 있다. 그것은 김창현 시인이 살아온 삶의 전 과정이 조화를 이루어서 우러나는 맛으로 시조의 여유 속에 드러나는 것이다.

— 김완하(시인 · 한남대 교수)

—

대청호 용왕제大靑湖 龍王祭

고향 먹어 버린 그곳
용비늘 번쩍이던 용궁 뜰.

대전공업단지, 공업용수. 대전 시민, 생활용수. 한밭 벌, 농업용수. 수력발전 전기 자원. 내륙지방 기후조절. 담수어업 등, 고향을 먹어버린 한과 설움. 그리고 이웃과 나누었던 천년 내린 인정을 찾을 길 없는 지금. 망향탑望鄕塔만 푸른 물결을 지키고 있었다. 수중가水中歌 한가락이 울려 퍼질 때, 휘도는 궁녀宮女들의 박접무撲蝶舞치마 자락이 넘실거렸다. 맑은 물 1급수에서 살고 있는 임금님 진상품, 3g짜리 빙어가 한밭을 번쩍 들어 올렸다. 산 넘어 보름달도 환한 얼굴을 내밀고 있었다.

감나무 홍시 매달린 그림자
번져가는 물무늬.

세상을 반쯤 열고

월명산 하늘 저 끝 밝아오는 멀건 새벽
한세상을 반쯤 열고 해돋이로 섰던 얼굴
뜨거운 입김 그대로 산처럼 살으련다.

말 없는 세월 따라 푸른 날개 휘젓다가
제 푼수 지켜가며 궁리대로 머문 텃밭
허물도 닦아보다가 개벽도 열어 본다.

유성온천 수신제儒城溫泉 水神祭

돌사자 상 입속 보얀 입김
제상 위 시루떡 너머

돼지머리 두 귀 쫑긋 올려
귀 담아 듣던 축문祝文 앞엔

당상관 긴 소매 자락 연꽃무늬
펄럭이던 황 촛불.

묻혀있는 응 맺힌 인심
곧이곧대로 살아 온 나날

새벽 바다 목청 돋군
스쳐가는 긴 절규도

유성 땅 솟대 세운 사랑 탑
이팝나무 심었거늘.

한밭수목원

이름 없는 다섯 곳 정자, 물레방아 쉬고 있어
생태계 교란종을 받아 주지 않는 습지
물억새, 갯버들 봄꽃 봄비 맞고 피었네.

물싸리풀, 수련, 연, 석창포, 꽃창포꽃
황소개구리, 붉은귀거북, 미국쑥부쟁이 거절하고
수목원 수생식물도 얼굴 곱게 피었고.

갈매부들, 창포연꽃, 마름, 주련, 부레옥잠,
개구리밥, 생이가래, 검정말, 물수제비,
이름도 모르는 꽃들 나를 반겨 손들고.

농약중독후유증農藥中毒後遺症

얇은 실핏줄 얼어붙어 맨살 오른 뼈마디엔
끌어안고 부대낄 파도 너울 정맥 돌다
생각은 깎지 않은 수염 뒷켠
눈만 감아 내려오고.

찡긋대는 피돌기가 수천 리 길 동맥 몰다
가다가 쉬어 갈지라도 멈추기를 그만 두고
두고 온 마음 한구석이
발 저림으로 돌아온다.

배고파 뒤틀어진 하얀 뱃살 뒤틀리다
땀방울 목 줄기 넘어 등뼈 옹이 돌아설 때
눈빛은 까만 가로등처럼
푸른 별을 안고 있다.

한빛탑

계룡산 산줄기들 뻗어 내린 산자락엔
엑스포공원 자리 잡고 놀이시설 즐비하고
한국의 첨단과학단지 우주과학 조성되고.

하늘을 찌를 듯이 뾰족탑이 우뚝 서서
북쪽으로 흐르는 대전천, 갑천물을
지키며 내려 보듯이 엑스포 다리 무지개.

공중에 부상열차 붕- 떠다닌 과학기술
나로우주센터 과학 위성 학자들도
세종시, 계룡시, 대전시, 마음 편히 살아가고.

물가가 제일 높은 광역도시 살림살이
덤을 주는 따슨 인정 정다운 이웃사촌
지하철 빠른 생활권 아쉬움이 없는 곳.

웃다리 농악 풍물장단 어깨춤 들썩거려
농기 앞세운 남사당놀이 즐거움도 맛보다
솟구친 천년 학이여! 대전 양반 얼씨구!

백제금동대향로百濟金銅大香爐*

통 풀무질 눈물 찔끔 검은 연기 기침 콜록
땀방울 코끝 열고 다듬어 내던 망치질 장단
봉황새 무지개 깃털무늬 백제 하늘 궁궐 골목.

혼불 녹던 공예세공 그 솜씨가 일품일레.
손마디 끝 너무 고와 허물 벗긴 세월 동안
앞가슴 부르튼 피, 손때가 스며 사는 백제 혼.

금강산 놀던 짐승 산새 하루 세 번 우는 천계天鷄 소리
오악산 오악기 인물상, 솔방울 주물토 문양 거푸집
세계가 깜짝 놀란 백제공에 멋진 주조술 그 솜씨.

백제 대왕 제사 향로 불 피어올라 한산소곡주 청자 술잔
곤룡포 자락 하얀 수염 끝, 시루떡 입김 스쳐 갈 때
꿈틀댄 떠받드는 백룡우산 연꽃무늬 그 숨결.

* 백제금동대향로百濟金銅大香爐: 국보 제287호.

꽃 피던 아침

보얀 안개
매화가지 끝
보채다 감싸주다

터지는 아픔 떨리는 숨결
아련한 그리움 하나

꽃떨기

매운 핏줄 꽃잎 속
앙가슴 꼭 움켜쥐고.

움켜쥔 한 목숨 끝
꿈속처럼 지킨 한낮

꽃잎은 바람결에
흩날려 반겨 주고

물오른 꽃가지 사이
새 꽃순 돋아나고.

달팽이 잠꼬대

쏟아지는 소나기 맞고
천둥, 번개, 벼락 쳐도

두 촉각만 천문대
망원경 바라보듯

느림보 삶 철학 익힌
단층 아파트 집 한 채.

절벽 아래 낭떠러지
허공 별 밭 떨어져도

방 한 칸 어둠 밝혀
풀잎 이슬 찾아와도

한평생 질주 모르는
위대한 능력자여!

천년 흐른 금강처럼

고조선 마한 지켜오다
수천 년 꽃핀 백제 숨결

백제금동대향로 놀란 솜씨
일본 공예 뿌리 되고

불사조不死鳥 쉴 참 없는 날갯짓
금강처럼 흘러왔네.

부대끼던 끈질긴 인정
이웃사촌 핏줄기인 양

울먹이던 소용돌이도
넓은 하늘빛 감싸주어

옹골찬 손마디 핏빛 문신文身
저, 찬란한 우주 꿈.

김창호(金昌浩, Kim, Chang ho)
1909.~1990. 전남 보성 출생. 민속고고학자. 호 효천(曉泉). 일본
동경미술회화전문학교 졸업. 시조집『산천의 향기』(1957, 전남고적
보존회). 문교부 국보 조사위원 고적연구 답사. 전남대 박물관장,
전남대 강사 역임.

지리산

1
지리산 우리나라 산도 물도 아름답다
유곡幽谷에 고찰古刹이 중중重重 영허靈墟 아니 전당일세
나여羅麗의 건축 조각 고스란히 빛나고

2
이렇게 좋은 선경 어느 곳에 또 있으랴
이 배포 이 풍치를 두고 어이 간단 말가
어즈버 맑은 인연에 길이길이 살으리

첫 노래(서시)

1
노령蘆嶺 뻗어나려 펼쳐진 호남 벌판
백제의 옛자취 빛나는 내 고장을
곳곳을 노래를 읊어 널리 알려 보오리

2
고운 산 맑은 물은 우리 복지 해양도海陽道라
대대로 물려받은 이 강산을 어이하리
가슴에 솟치는 정이 내 노래가 아닌가

3
죽장竹杖 망혜罔鞋에 운무의 걸음으로
녹수 청산을 어디고 찾아가서
이 땅에 숨은 향기를 알알이 들추리라

흑산도

흑산도 파도길을 귀양살이 뉘 왔던고
철마 고려탑高麗塔이 어른어른 들추리라
옛날의 호운 면암弧雲勉庵 이곳에도 남았어

다도해

바다는 그윽하다 비밀 싣고 춤을 추며
배는 제길 찾아 바람 싣고 떠나가니
섬 가고 산도 가고 하늘도 가는 다도해라

무등산

둥글고 덕스럽고 믿음직한 저 무등산
입석立石 광석廣石 또한 선부仙府 이뤘구나
산마루 서석위의瑞石威儀는 이를 말이 없어라

식영정息影亭

송강의 성산별곡 이제 새로 귀에 익고
부르던 식영정에 석천주인石川主人 간곳없다
그 노래 문장들을 더욱 잊기 어려워

아! 다산茶山

걸음을 멈추우니 고성사高聲寺에 종이 운다
다산님 시름 자취 어리인 곳 찾아드니
만덕산萬德山 기슭기슭에 차나무만 푸르다

김철(金喆, Kim, Chul) 본명: 김점철(金点喆, Kim, Jum chul)

1952년 전북 김제 진봉 출생. 한국방송통신대학교(국어국문학과). 《현대시문학》(2011) 등단. 시집 『그대 지금 어디 있는가』(2012, 신아), 『디지게 보고 잡네유』(2013, 문학바탕), 『먼지였으면 좋겠다』(2020, 밥북). 서울시 공모전(2016, 2017), 좋은시조 신인작품상(2017) 수상. 아르코창작지원금(2018) 수혜.

현 사회에서 당연한 듯 여겨지고 있는 일상의 내부 혹은 배후에는 타자 또는 다른 존재에 대한 억압과 착취를 전제로 하는 부조리한 시스템이 감추어져 있는 경우들이 많다. 그러한 부조리는 자신이 당연한 듯 밟고 온 길을 다시 돌아보고 그 자리에 남아 있는 상처들을 바라봄으로써 발견할 수 있다. 그런데 그 부조리를 인식한다고 해서 그 시스템을 바꾸거나 벗어날 수 있는 것은 아니다. 그렇지만 거기에 순응하며 살아온 자신을 반성하고, 상처받은 이들에게 미안해하며 마음을 쓸 수 있다. 이는 지각적인 차원에서 매우 중요한 일이다.
— 우은진(시조시인 · 문학평론가)

내 너를 꽃이라 부르리

세상의 온갖 꽃이 자취 없이 사라지고
품 안의 열매마저 떠난 거리에서
혼연히
바람 부는 세상을
물들였지 논개처럼

횅한 가슴으로 이별도 아름다웠노라
때로는 상처마저 추억으로 가름한 채
겨울이
오는 골목길에서
노래했지 시인처럼

한 점 회오리에도 분분한 이 계절
어찌 때를 알아 밟아래서 비장한가
세상이
낙엽이라 한들
내 너를 꽃이라 부르리

바퀴

다리 건너온 바퀴가
무심코 강 너머를 본다

굴러왔다는 것은
필연 밟고 왔다는 거

움푹 팬
골이 깊구나
짓밟았다면 용서해라.

부뚜막 있는 집

거기 본가에 가면 부뚜막이 있다
속이 시커멓게 타고 문드러진 사연
태우고
또 태워 보낸
세월들이 있다

이장 농간으로 혁명정부에 넘겨준
선산 지적도와 시효 지난 공소장
소싯적
허튼 연서도
다 거기서 소천했다

태운다는 것은 눈물 훔치는 일이야
푹 파인 앙가슴에 재 한 줌 남기는 일
끝내는
아득한 허공에
다리 하나 놓는 일이지

갈대는 강가에서 삽니다

어느 가녘 휘돌아올 님
이제 더는
부은 발목 쉴 수 있도록

갈대는
여기
여기
시린 강에서 삽니다

누우런
목란 배 한 척
이제 그만
노질 그칠 수 있도록

기분 좋은 날

뿌리치는 친구 손에 봉투 하나 쥐어주고
사뭇 조심스러워 안부도 잊고 산지 몇 해
툭 털고
다시 일어나
소주 한잔 살 때

A동 101호 아저씨로 살다가
마당 있는 집 사서 처음 문패 달 때
다음 날
그 문패 찾아
멀리서 벗이 왔을 때.

서포리 이장

감나무를 타고 오른 호박이 심상치 않다
무엇을 보았을까 무슨 말을 하려는 걸까
꼬인 줄
당기고 당겨
아 아 마이크 시험 중

거시기와 머시기가 엎치락뒤치락
둑 방 아래서 짝짜꿍했다는 말일까
쫓기듯
대처로 나간
죽산 댁 안부일까

서포리 주민 여러분 엊그제 그믐날 밤
옛집을 바라보는 낯익은 뒷모습
가다가
자꾸 뒤돌아보는
그림자 하나 있었습니다.

고드름

삶의 끈 움켜잡고 아등바등 살았다고
미동도 없이 뚝뚝 눈물만 흘릴 때
그것은
고별사였어
이 차가운 세상에

징허고 독 허고만 그놈의 고드름
사는 게 지랄 같아 고층에서 투신했다는
뇌쇄한
삶의 마침표가
자막으로 흐르는 아침.

별 주기

졸다가 미끄러진
별 하나가 떨어진다

툭툭 흙먼지 털고
쓱쓱 문질러서

너 가져
꼭
쥐어 줄 사람과
초막 하나 지었으면.

세월歲月에게 안부를 묻다

터미널 삼거리에 한양의원이 있다
세월이 세월을 묻고 상처가 상처를 보듬는
애잔한
눈빛들이 있다
그간 무탈하신겨

하루를 살아냈다고 서로 고단했다고
이 아픔이 저 아픔을 짠하게 바라보는
쓸쓸한
안부가 있다
모쪼록 편안해서

시엽지柿葉紙

숭숭한 모습으로
제 뿌리 감싸고 있는

감나무 잎을 태우다
상처가 하도 지극해

고별사
한 줄 건넸습니다
이제 그만 내려놓으셔

김철학(金哲學, Kim, Cheol hak)

1930년 전남 완도 출생. 아호 인산(仁山). 전남대학교 행정대학원 수료. 《韓國時調年刊集》(1991) 등단. 시조집 『삶의 뜨락에서』(2014, 시와사람). 호남시조 문예상(2010), 제25회 전남향토문화상(2013), 소파문학상(2014) 수상. 한국시조문학회, 전남문인협회 회원. 화순문화원 편집위원, 호남시조문학회 회장.

귀농 협주곡

근대화에 떠밀려
버려진 문전옥답

젊은이들 떠났으니
농어촌이 살아난다

드디어 과학영농 길 여는
귀농의 저 협주곡

—

김철학 시인의 「현대시조 대사전」 작품은 오랜 세월이 축적된 결과물로서 시인의 삶의 연륜이 시조 한 편, 한 편마다 배어 있다. 이 작품들은 크게 세 가지 유형으로 나눌 수 있는데, 첫째 유형은 화순의 자연과 그곳 사람들의 삶을 애찬한 시들이고, 둘째 유형은 5·18 민주화운동에 동참한 선·후배들이 역사의 뒤안길로 사라져 감을 때로는 아프게, 때로는 그리움으로 되뇌고 있다. 5·18 민주화운동 당시 공직자였던 시인은 목격했던 참상과 뼈저린 아픔을 시조로 남겼는데, 그 용기가 돋보인다. 마지막 유형은 명승과 문화유산을 직접 찾아가 시인의 시적 정서를 서정적인 문체로 그려내고 있어 사색의 공간을 마련하고 있다.

— 강경호(시인·문학평론가)

—

나의 노래

산山도 나 강江 나
들도 나 초목草木도 나

깨닫고 본뜨려 해도
따를 수 없는 이 몸

저 자연自然
아름다워라
나의 영원한 사랑이여!

불꽃처럼 뜨겁게
타오르는 삶

물처럼 쉬지 않고
흘러가는 삶

살아온 그 중심中心에는
자국 남아 빛나리!

금남로의 두 계절
— 1980년 5월 21일 옛 전남도청 앞 광장과 금남로에서

— 여름
금남로 여름 거린
칼날 위의 서릿발

눈물로 가꾸어 온
머문 꽃 다 짓밟고

그날의 아픈 가슴을
달랠 계절 언젤까.

— 겨울
금남로 겨울 하늘
술렁이는 구름장들

공들여 심은 나무
모진 바람에 꺾이고

우리가 찾아야 할 봄은
언제 다시 맞을까!

겨레의 상징 인동초忍冬草
— 2010년 8월 18일, 후광 고 김대중 선생 서거 1주기 추모제 화순군 가락 종친회 합동 참배에 부쳐

가녀린 인동초가 겨울을 버티듯이
인류가 누려야 할 인권존중 지켜온 한뉘
임 겪은 삶의 역사는 한반도의 역사였다.

자유 위해 몸 바쳐온 사십대의 기수로
민중의 환호 속에 지축 흔든 그 웅변雄辯
보았다 행동하는 양심 그 신념 그 용기를!

영웅은 한 시대를 낳는다는 교훈처럼
혁명 아닌 평화로 대통령에 뽑히셨고
온 국민 금 모으기 동참으로 나라파산 위기 막았던

그 웅지 분단을 넘어 민족혼 되찾는
따스한 햇볕으로 얼음벽을 녹이던
그 슬기 사해四海 평화 그 중심엔
영원히 남을 인동초忍冬草여!

화순 성당 본당의 날
— 2019년 11월 10일 기념식 축시

하늘을 떠받드는 우러러 본 남산 골
그 안에 자리한 성당의 기도 소리
오늘은 화순 성당 본당의 날 한마당 큰 잔치여!

우리 문화 감싸 안아 믿음의 탑을 쌓고
우거진 뒤란 대숲 들려오는 거문고 소리
훈훈한 새 삶의 뜨락 그 언제나 밝아라!

말씀으로 하늘 열고 사랑으로 땅 펼치며
해 만드니 낮이 되고 달 만드니 밤 밝히네
새 생명 축제를 맞는 그 자애慈愛 영원하리!

새 세기 맞이 협주곡協奏曲

— 서곡
동녘 하늘 품고 선 풍악楓嶽에 달 돋고
해금강 솟은 총석叢石 동해에 해가 뜬다.
맞노라 꿈과 현실이 한 데 얽힌 새 즈믄 해 새 세기여!

— 달
초승달 절로 자라 드높은 하늘 가득
토실토실 부푼 가슴 활짝 펴 밝힌 누리
두둥실 웃는 얼굴로 새 세기를 맞잔다.

사계四季 맞는 금남로

— 서시
잃어버린 사계절 빛바랜 금남로에
생기 넘친 봄꽃에 역사의 향기 묻고
새 동방 아침을 여는 서로 오갈 지구촌이여!

— 봄
회리바람 몰아쳐도 꺾이잖는 그 웅지雄志
뭉개어 뽑힌 싹들 민주民主의 종鐘 넋이 되고
빛고을 따사론 바람 금남로의 봄이여!

— 여름
햇살보다 더 뜨거운 무등의 붉은 심장
겨레 얼 부푼 가슴 한결같이 밝힌 누리
비바람 몰아쳐 와도 꽃망울은 터졌다.

— 가을
자유와 인권 위해 신명 바쳐 일군 터전
올곧은 삶 발자취 가을 따라 감돌고
피맺힌 그 메아리로 아시아의 문화전당이여!

— 겨울
기적소리 잠기었던 길고 긴 터널 뚫고
눈 내린 서석대瑞石臺에 꿈을 키운 남도인들
그 의향義鄕 되찾은 향내 사계四季 맞는 금남로錦南路여!

가을 달

이 가득한 저 풍요
함께 가꾼 넓은 들판
분별없는 사랑의 햇살
그 손길 언제나 펴

카랑한
가을하늘 숨결마다
별들의 노래 흥겹다

매미 소리 샘솟듯
여름은 지나가고
이 마음은 푸른데
이 몸 붉어 가을이네

귀뚜리
마냥 울어서
가을달이 떠오른다.

자화상自畵像

자존심도 명예도
없어진 지 오랜 이 몸

흔적도 없어져야
옳은 것이 여기 있소

내 어찌
여기 있는지
누가 좀 말해 주소.

방향도 멈춰버린
분도기의 갈림처럼

엉뚱한 외로움에
어느 점에 와 있지요

무서운
인력引力에 끌려
여기 있답니다.

얼굴

사람마다 지니고픈
아름다운 제 얼굴

태어날 때 운명처럼
부모 얼굴 닮았나니

이 얼굴
혈윤血胤의 분신分身
그 행실도 천륜天倫의 모형이여!

어머니 자애로운 마음
등불 되어 밝혀 주고

아버지의 혼이 서린
생명의 조각일까

이 몸을 낳아 준 어버이 얼굴
한없이 보고파라.

영벽정映碧亭

구슬 꿰듯 이은 봉우리
그 푸름 강에 어려

거울이듯 맑게 흘러
그 이름도 영벽映碧이라

강기슭
날아갈 듯이
날개 접고 선 강정江亭이여!

김춘기(金春起, Kim, Chun ki)

1955년 경기 양주 광적면 출생. 공주대학교 사범대학(1978), 공주대 교육대학원 석사 졸업(1996). 〈국제신문〉 신춘문예(2008) 등단. 시집 『웃음 발전소』(2020, 발견). 금호시조상(2001), 교원문학상(2009), 공무원문예대전 우수상(2002, 2010), 강원문학 시 신인상(2010) 수상. 열린시조학회, 오늘의시조시인회의, 한국시조시인협회, 현대사설시조포럼 회원. 양주백석중학교 교장 퇴임(2015).

> 실드르 동백꽃
>
> 　　　　　　　　 김춘기
>
> 제로선 전특기소리 키 쟁쟁한 실드르
>
> 태평양 발바람이
> 오름코롤 베먼 그날
>
> 오슬도, 어풀전 큰딸 초돔이 핀 총란
> 자죽론

자연의 조화와 분열, 부조화의 심화가 우리의 삶을 어떻게 신산스럽게 하는가를 능란하게 보여주는 김춘기의 시는 인공과 속도와 성형의 그늘에 사는 문명적 삶의 극단을 풍자적 스토리로 보여주고(「아침을 클릭하며」), 개나리와 줄장미의 생태를 객관화하여 시의 문맥에 드러내지 않은 채 국회의원들의 행태를 비판(「여의도, 그곳」), 문명의 침탈이 결국 환경적 결손뿐만 아니라 궁극적으로 사람의 심성心性에 어떤 왜곡과 장애를 불러일으키는가를 보여줌(「희망연립 들어서다」), 대지를 모성적인 측면이 아닌 부성父性과 남성男性성을 들어 올린 남성적 포용력이 헌걸차다(「지리산, 아버지」).

— 유종인(시인 · 문학평론가)

서울 황조롱이

1.
비정규직 가슴속에 안개비가 내리는 밤
여의도길 전주 한켠 둥지 튼 황조롱이
옥탑방 살림살이가 긴 병처럼 힘에 겹다

2.
산 능선 너럭바위에 건들바람 불러 모아
풋풋한 날개 저어 억새 탈춤에 신명나면
제일 큰 나무에 올라 흐벅진 몸 곧추세우던 너

3.
오늘은 밤섬에서 찢긴 비닐 비집고는
마포대교 어깨에 앉아 깃털 훌훌 털어내고
북악산 여름 숲으로 건듯 날아오르는구나

4.
순환선 철길 위를 에도는 내 발자국
휴대폰에 떠오르는 눈빛 모두 잠재우고
물소리 푸른 강가에서 시계 풀고 살고 싶다

영천사, 한낮

산사 천수경 소리에 접시꽃이 붉게 핀다.

마당귀에서 햇살을 쪼던 참새들이 대웅전 계단에서 깨금발을 뛰고 있다. 장수말벌이 들락거리는 단청 아래, 선잠 깬 쇠물고기가 종을 치며 정오를 알린다. 아침부터 명부전 곁의 밤나무, 하얀 국수를 연신 뽑아낸다. 명지바람이 밤꽃 향을 날라 대접에 수북이 담는다. 목탁 소리 고봉 한 사발, 여울물 소리 두 보시기, 놋 양푼 찰랑이는 풍경 소리… 물오리나무가 절 마당에 다녀간 뒤, 여우비가 살짝 발자국을 남기고 간다. 흰 손수건 몇 장 꺼내든 하늘이 산마루에 내려앉는다. 신갈나무 겨드랑이에 터를 잡은 까막딱따구리 딱딱 목탁을 치는 사이, 밤꽃 접시꽃이 여기저기 또 피어난다.

하짓날 전생의 부부들이 상봉하는 중이다.

여의도, 그곳

밤섬 개나리는 툭하면 봄이란다.
선유도 줄장미는
마음 내키면 피고 지고.

하늘은 사월 중순쯤에도
눈설레*를 뿌린다.

여의도 그곳 바람은
풍향계가 필요없지유?

그날, 그날
기분, 기분
여름, 겨울
상정, 결렬

한강변 개나리꽃이 카카오톡 한창이다.

* 눈설레: 눈이 내리면서 차가운 바람이 몰아치는 현상.

지리산, 아버지

사계절 근육을 불려
구름 정글 가꾸는 산
돌개바람 숨비소리
설벽을 타는 하오.
금강송 눈잣나무도 함께 기어오른다.

평생 속 깊은 바다 아버지 마음이다.
대풍년을 경작하는 황소보다 우직한
왜바람 눈사태에도
온 산 품는 능선들

한여름엔 허리 아래 활엽수림 울울창창
텃새들 노랫소리에
추임새 맘껏 넣으면서
영호남 손을 맞잡고 만세삼창하고 싶다.

희망연립 들어서다

　물방개 소금쟁이 여름 내내 수중발레. 남실바람 소매 걷고 물주름 연신 접으면, 하늘이 종종 내려와 미역 감던 다랑논. 안개꽃 햇살을 불러 마을 환히 밝히면, 해종일 개구리논 하이든 교향곡 축제. 한적한 천주교 공소엔 능소화 웃음만 머물던 곳.

　산허리 깎인 자리 희망연립 들어섰지. 새봄부터 미니분교에 도시 아이들이 오고, 휴일엔 은빛 경적이 골프장으로 향했지.

　떠돌이 도둑고양이 목 축이는 둠벙. 폐윤활유 빈 통이 간밤에 또, 버려졌나? 질경이 토종 민들레 코를 막고 돌아앉았네. 무지개 기름띠에 구름 몇 점 떠도는 하오. 물땡땡이 장구애비 언제 올까 그려 보던 하굣길 개구쟁이들 물수제비뜨고 가네.

서울증후군
— 구룡마을*

눈치 빠른 고양이들 퇴거한 지 오래전
목쉰 바람 몇 줄기만 깃발 흔들고 있다.
골목 끝 집 잃은 쌀개 빈 젖 물리는 아침

응달쪽 시궁쥐 배를 쥐고 있는데,
햇발은 큰길 건너 양지마을만 비춘다.
하늘은 푸르다지만 담벼락은 골다공증

누더기 비닐하우스 이명까지 달고 산다
텃새들은 어제오늘도 보건소나 들락거리며
긴병은 견딜 수밖에 통장마저 빈 껍질뿐

작달비는 왜풍 따라 온 동네 휘젓지만
늙은 집들 너볏하게 제 터전을 지킨다.
洞洞에서 덧난 상처에 빨간 딱지 연신 붙여도

여의도 철새, 촉새 비상행로 개통소문
하늘번지 마천루만 별빛 달빛 독차지…
중환자 어찌할까나 시름 깊다, 한강은

* 구룡마을: 강남구 개포동에 위치한 판잣집으로 이루어진 서울의 대표적 빈민촌.

알뜨르 동백꽃

제로센 전투기*소리
귀 쟁쟁한 알뜨르

태평양
칼바람이
오름 코를
베던 그날

모슬포, 어물전 큰딸
온몸에 핀
총탄 자국들

* 제로센 전투기: 태평양전쟁에서 활약한 일본 전투기.

강변 수채화

세수 끝낸 가문비나무 안개 숲 참빗질한다.
남이섬 씻은 여울 산을 밀며 가는 아침
물살은 마을 풍광도 함께 실어 가고 있다.

목 까만 아이들
길 따라 떠난 고샅
검푸른 손 흔드는 속 빈 저 벽오동
바람은 종종걸음으로 나루터에 서성거리고

게으른 해 산허리에 등 기댄 여름 하오
들풀만 시끄러운 금대분교 너른 운동장
섬 혼자 보밭 일구며
그 소리에 귀 열어도

날마다 당산나무엔 황로 왜가리 날아오르고
몸 날쌘 누치 떼
물수제비뜨며 온다.
강변엔 온갖 꽃들이 그걸 보러 피고 있다

모슬포 매운탕

태평양을 끓인다, 모슬포 포차에서
마파람 부는 저물녘, 썰물에 쓸려 나아가는
몸 지친 가마우지 울음 줄 파도를 넘는다.

갓 잡은 남종바리 냄비에 안쳐 넣고
콩나물 미나리에 쓴웃음 흩뿌리며
빛바랜 뱃고동 소리도 함께 저어 끓인다.

테왁 꽃이 활짝 피던 상군 할망 푸른 물밭
얼큰한 청양고추 콧등에 맺힌 땀방울
임시직 큰딸 근심까지 다 넣어 우려낸다.

하루하루란 끝없이 느낌표를 찾는 것
파도 없는 바다를 바다랄 수 있겠는가?
아버지 구십 평생은 물음표의 줄 파도였다.

백목련

불곡산 자락
눈썹 달이
여우고개 넘던 그날

반딧불이
팔짱 끼고
별이 되어 떠난
어머니

올해도
마당 어귀에
편지 가득
보내셨군요

김춘기(金春基, Kim, Chun ki)

1936.~2018. 경남 고성 교사리 출생. 호 정암.
진주사범(1956), 한국방송통신대학교 졸업
(1976). 《현대시조》 신인상(1991) 등단. 유고
시조집 『만림산기』(2018, 동학사). 시조문학
작가상(2001), 세계시조문학상(2014) 수상.
한국을 빛낸 문인 200인 선정(2014). 한국문
인협회 고성지부 회장 역임. '민들레' 시조동인.

—

김춘기 시인의 작품들은 자신을 닦는 수련과정의 산물로 생산된
듯한 느낌을 준다(「노정」). 그것은 가톨릭 신자로서, 생활인으로서
완성을 기하려는 화자의 진정한 모습을 진정성 있게 보여주기 때
문이다(「임의 혼」). 그런 과정 속에서도 시인으로서 또는 시학적으
로 빼어난 솜씨를 보여주고 있다. 아울러 「전신주」, 「만림산기」, 「나
목의 상」 등에서 볼 수 있는 바와 같이 문학적으로 높은 수준의 작
품을 남긴 시인이란 사실을 확인할 수 있다. 그리고 이 혼란한 시대
에 시와 믿음을 수신의 방법으로 하여 영원성을 획득하기 위해 소
천의 순간까지 자신의 생애를 바친 시를 천착하고자 했다.

— 이우걸(시조시인 · 우포시조문학관장)

—

낙동강에

실핏줄 푸른 동맥 수천 년 이은 강물
동방에 꽃핀 문화 그 젖줄 세계화로
이제는 반만년 강에 수소선을 떠우다

형제여 맑은 강에 물을 떠 마시도록
우주선 타고 돌다 한 모금 목이 탈 때
코리아 낙동강 물을 뽑아 올려 마시게

깃발이 나부끼는 긴 강물 태극무늬
지구의 수평선에 햇살로 떠오른다
영원한 문화의 기원 여울 물결 흘러라

보성 차밭

연주는
필하모니에서
악보는 보성 차밭

오선을
줄줄이 그은
차밭 이랑 보표 위에

관객은
콩나물 음표
환호 합주 무대다

노정路程

오늘도

길을 간다

등불 들고 밤길 간다

가야할

길이 멀고

때로는 엇갈려서

등불로

못 밝히는 밤

별빛으로 밝힌다

나목의 상像

진드기 붙박이로 흘러온 여울물에
이제는 저문 서산 붉은 노을 떨어지고
정情 어려 깎인 저 나목 가지마다 달이 뜨네

엷은 솜 임의 입술 가을이면 오신다던
은행잎 물든 음향音香 우러러 들었어도
너 홀로 사는 햇살 속에 뿔을 잘린 사슴인가

귀 들고 눈앞으로 내다보는 네 목 줄기
외로움 샘물줄기 솟아나는 맥박 하나
내일을 또 맞아 뜨는 임 그리는 노래리라

은행잎에 물든 사연

가을 오면 솟는 눈물 쏟은 줄 모르오나
그 눈물 은행잎에 촛불 되어 타옵니다
밤마다 가슴에 등 켜 뜨거운 사연 삼킵니다

붉은 고추 널린 방에 남몰래 토혈吐血했던
한恨을 심고 떠난 뱃길 사공, 노도 없었다오
이 밤도 지쳐 일하시던 흰 달빛이 내립니다

어머님 가신 때를 은행잎에 재웁니다
가을 오면 또 가신 임 지난 사연 못 거두어
먼 눈길 길가에 서서 하늘 사려 보옵니다

밤마다 별을 보렵니다, 당신의 그 얼굴
우주 끝 멀리 숨어 보이질 아니해도
어머님 내 고향의 자리 만날 기약하옵니다

전신주電信柱

팔 올려 손을 뻗어 홀로 선 고달픔이
낮밤을 디디고 선 십자가 모습인가
목줄을 풀고 싶은 마음 바람조차 메이고

기둥을 스친 바람 살을 깎는 울음 내고
오가지도 못하는 몸 발 묶여 앓는 꿈을
길섶은 내 고향으로 눈을 좁혀 달랜다

털옷도 내던지고 숨은 듯 훌쩍 서서
시야를 들고 막는 한 조각 침묵으로
전선電線에 흐르는 강물 내 몸으로 지킨다

가을비

임종 전 눈물이더라 차갑게 내리는 것은
속삭임 있는 듯 없는 듯 감춰야 할 사연들로
초목은 식은 사연들 앞에 비 내림을 알고 있다

고향에 묻어둔 설익은 눈물 같은 것
세월을 되새기듯 뿌려주는 바람 속에
지난날 되새김의 추억 줄줄이 내려준다

회색빛 물든 산야 온누리에 가득 싣고
맥박 치던 리듬 한 줄 스며들다 우러나오면
옛 고동 영상映像의 타래 튕겨 떨며 내린다

임의 혼

임이다 달이시다
달 속의 달이시다
밖은 차가워도 안으로 햇살 받아
남몰래 시든 잎사귀 햇살 받아 내신다

꽃이다 꽃이시다
꽃 중의 꽃이시다
밖은 화사해도 안으로 속삭여서
밤중에 우는 소쩍새 슬픈 울음 달랜다

빛이다 빛이시다
빛 속의 빛이시다
밤이 지나가면 물러서며 기다려서
폭풍우 흑암 만 리도 비추시는 임이시다

참이다 참이시다
참 속의 참이시다
밖으로 참이시고 안으로도 참이시다
임의 혼 참의 뿌리를 영원으로 모시고저

고매高邁

눈보라 대숲 끝에
삭풍 부는 어느 날에

가지는 부러져도
댓잎은 피리 분다

봄 속에 터져 나오는
죽순 트는 댓가락

만림산기望林山記

토성土城에 묻어 놓은
허물어진 함성인가

억새 억수로 자라
산새 넋인 양 날고

만림산* 달 뜨지 않아도
가슴 안에 사는 산

두루미 진을 치던
은빛 날개 아른하고

빨래터 내 누님이
이고 가던 흰 구름은

만림산 흐린 그림자에
바람으로 일렁인다

감돌아 흐르는 부름내
메말라 가는 젖가슴

마지막 피를 짜아
목을 적시고 있어

만림산 그 고향의 앞산
떠날 채비를 하네

* 만림산: 망림산이라고도 함.

김춘랑(金春朗, Kim, Chun rang) 본명: 김태근(金泰根, Kim, Tae geun)

1936.~2013. 경남 고성 출생. 마산 법학전문 졸업(1958). 《시조문학》「환상곡 제7번」천료 (1968) 등단. 시조집 『서울 낮달』(1990, 시문학사), 『작은 행복론』(1997, 시문학사), 『새 꽃 받침 노래』(2011, 경남) 외. 동시조집 『산골마을 오두막집』(2001, 아동문예) 외. 성파문학상, 가람시조 문학상 수상 외. '율律' 시조 동인. 한국문인협회 고성지부장, 고성군립도서관장 역임. 한국문인협회, 한국아동문학가협회 회원.

—

가을밤에 쓰는 시

부질없이 한 생각의 타래실 풀고 감는 이 한밤을
송두리째 떠메고 가는 수만 마리 귀뚜리의
이 기찬 역사役事를 지켜 지지않는 달을 보렴,

돌아오는 동구 느티나무에 걸렸다가
어느덧 뒤따라와서 뜰앞 감나무 가지에 걸렸다가
시방은 잠깬 내 창변, 부등浮燈처럼 떠 있는

뉘인가? 끊어질 듯 젓대竹笛를 이어
아직도 잠 안 자고 타는 저 만산 가슴을 달래
호올로 이런 곡조를 지어 혀며 새는 이는

서울 낮달 1

언젠가 삼일고가도로
교통 체증에 걸렸더니

신촌 어느 아파트 공사장
기중기에 발이 걸려

파랗게
기가 질려서
울고 있는 서울 낮달

새 아침

망설이다
놓쳐버린
숱한 그
세월 뒤에

창가에
피어있던
베고니아
꽃잎 같던

아니면
칠칠한 대숲
울어 예는

서시

한 애비 빚어 쓰던 손때 전 질그릇을
뉘게도 있지 않은 홀로 오직 내 핸 것을
손자와 그 손자들이 대를 이어 쓰느니.

정情이며 한恨인 것이 가슴 더운 내 노래는
다만 주어서 푸짐한 우리 인정 표상이며
인하여 더욱 사무치는 한恨 피로 쓰는 진홍眞紅 글씨.

비파금 열두 줄은 가닥마다 다른 선율
서천西天 달 기우는 초사흘 밤 미리내를 휘휘 돌아
취옥빛 실솔의 노래로 만 가슴에 아리나니.

가을밤

감나무 가지 사이로
달이 가다 멈춰 서고

지나던 흰 구름이
구름처럼 걸린다

누굴까
저리도 애절하게
피리 부는 사람은

초가을에 1

가을 햇살 등에 업은
빠알간 고추잠자리

마당가 빙빙 돌다
간짓대 위에 앉아

천 개의
눈을 굴리며
천 개의 생각을 하고 있다.

비탄

비발디의 현악 사중주
사계 중에서

좌현의 바이올린이
침통하게 비탄한다

오늘 또
바그다드에서
자살폭탄이 터진갑다

단절시대

지극히 높고 높은 벽 하나 사이하고
아들아 시방 우리 하늘땅으로 아득코나
손 내면 맞닿을 거리 지척간의 너와 나는

누군가가 뿌려 놓은 짜디짠 소금기로
지금 우리 모두 목이 탄다, 아 목이 탄다
해갈의 천둥 비구름 어디쯤 오고 있나

슬픈 조국

평화의 깃발 앞세우고
명분 없는 불길 속으로

하루살이처럼 뛰어드는
슬픈 내 조국이여

반대를 위한 촛불시위도
맞습니다, 맞고요

우국충정의 개 한 마리

우국충정의 개 한 마리가
허공 보고 짖어댄다.

인왕산하 청기와집에서
시 때 없이 짖어댄다

사람들
귀 막고 돌아서서
먼 산 보고 있는데.

김태경(金泰京, Kim, Tae gyeong)

1980년 서울 출생. 건국대학교(국어국문학과) 박사 졸업(2015). 《열린시학》 평론(2014), 〈매일신문〉 신춘문예 시조(2017) 등단. 열린시조학회 이사. 오늘의시조시인회의, 한국시조시인협회, 한국작가회의 회원.

버저비터

김태경

뒤에서 쫓길수록
심장은 더 뜨거워진다
은밀하듯 절명하듯
도약을 준비할 뿐
마지막 점프를 위해
들메끈을 꽉 조인다

—

김태경은 삶의 실존을 일깨우면서도 생존의 질곡 속에 선연한 희망의 빛을 던지는 데 주력한다(「동강할미꽃의 재봉틀」). 일상적 의미와 이미지를 교호시키며 시인만의 개성적이고 구체적인 언어와 이미지를 창출하고(「 」), 패기에 가득 찬 풋풋한 감성으로 이 사회의 그늘을 되비춘다(「거리의 피에로」). 삶의 방향을 잃어버린 도시민의 상처와 극복 의지를 드러내면서(「셀프 라이프」), 현대 사회의 여린 숨소리를 부각한다(「단역배우」).

— 박기섭, 이경철

—

흐르는 시간 앞에서

그리운 사람들은 전망대가 되었어요
고마운 순간에도
보고 싶은 새벽에도
한 층씩 계단을 짓고 저 혼자 올랐지요

함께하지 못해서예요
이렇게 높아진 건
그만큼의 절벽에서 떨어지는 꿈을 꿔도
아침엔 봄 잔디처럼 집요하게 살아나요

두려울 땐 몸을 숨겼죠
고운 당신 눈빛 속에,
미안해 말라고
미안해하지 않겠다고
약속은
이미 깨어진 망원경 같았는데

두툼한 밤하늘을 머리까지 덮고 누워도
드러난 발목만큼 전망대도 자라겠죠?
향연香煙에 사라져버린
실루엣을 그리려고

동강할미꽃의 재봉틀

솜 죽은 핫이불에 멀건 햇빛 송그린다
골다공증 무릎에도 바람이 들이치고
재봉틀 굵은 바늘이 정오쯤에 멈춰 있다

문 밖의 보일러는 고드름만 키워내고
솔 두른 굽은 어깨 한 평짜리 가슴으로
발틀에 하루를 걸고 지난 시간 짜깁는다

신용불량 최고장에 묻어오는 아들 소식
호강살이 그 약속이 귓전에 맴돌 때는
자리끼 얼음마저도 뜨겁게 끓어올랐다

감치듯 휘갑치듯 박음질로 여는 세밀
산타처럼 찾아주는 자원봉사 도시락에
그래도 풀 향기 실은 봄은 오고 있겠다

거리의 피에로

짙은 화장일수록 얼룩 또한 쉽게 진다
신장개업 외쳐댔던 키다리 풍선 알바
손에 든 전단지 뭉치 쇠공처럼 무겁다

흐려진 하늘가에 기우뚱 걸린 낮달
달무리도 지는 시간 등뼈 휜 걸음마다
멀찍이 돌아서서 가는 선웃음이 궁글다

뒤따라 동동대던 비둘기도 돌아가고
네온사인 점멸하는 아뜩한 눈망울엔
젖먹이 어린 아들이 흔드는 손이 있다

지나온 길들 모두 낙엽 아래 지워져도
구름 저편 어딘가에 별은 또 빛나겠지
광고판 여백을 빌려 북두성을 그린다

대관람차

지지 않는 해바라기 하늘 가득 피었어요
뭇사람들 표정 담아 꽃잎 끝에 매달아 두고
서두를 필요는 없죠
제자리로 돌아오니까

꼭대기에 올라가서 지는 석양을 보았어요
석양을 가로지르는 뜨거운 새 한 마리
모든 게 제자리는 아니죠
마른 생이 지펴으니

매일 오는 12시여도 어제와는 다르죠
밤에는 멈춰 서서 남몰래 깊어지나요?
꽃잎은 꽃눈을 빚고
새날을 마중하네요

,

땡볕 혹은 달빛 아래
학원 버스에
눌러 담겨
밀리고 미끄러지던
시간도 단꿈을 꾼다

마침내
바다 밖으로
방울방울
튀는 쉼표들

단역배우

이름 모를 꽃이라고 얼굴까지 지울 순 없죠
장미꽃에 가렸어도 흰 별 하나 고개 듭니다

더 깊게 뿌리 내리고
진한 향기 퍼트릴까요

이름 없는 행인 되어 배경처럼 지나가죠
카메라 앵글 속에 대사 한 줄 흘려 두고

조명등 환히 비추듯
걷는 길도 밝아졌으면

헝클어진 오늘마저 행인 같이 지나가도
여기저기 작은 꽃들 별빛 담뿍 받고 있죠

그대도 고개 드나요
향기 머금은 이름들!

셀프라이프

오늘도 손목에는 24시간을 채웠지만
홀로 길을 나설 동안 방향을 잃어버렸다

세상에 태어나는 일은
셀프가 아니었지

몸을 불린 전신망이 너와 나를 이어줄 때
사람과 사람 사이 옭아매는 숱한 그물

문 닫은 방 안에 앉아
SNS의 불을 켤까

정규직 꿈을 꾸다 알바마저 놓친 하루
점점의 순간들이 제 발로 멀어진다

오늘도 셀프서비스로
내일의 문 두드린다

소금쟁이

머뭇대고 멈칫거리다 앞다리가 짧아졌어요 바다에 닿고 싶다
고 중얼거려 봤었지만 심장은 차갑게 식어 물 위를 떠다녔죠

어두운 연못 속에 빠지지 않으려고 가늘어진 발끝마다 털다
발을 달았어요 수면에 비친 모습은 벗지 못할 형벌이었죠

개미들이 아래 아래로 떨어지길 기다려요 발 헛디딘 녀석들은
달큼한 먹잇감이죠 말랑한 몸속의 즙을 남김없이 빨아먹을까요

우리끼리 몰려 있으면 우리끼리 잡아먹어요 날개 있는 애들은
도망쳐 날아가지만 여전히 다른 웅덩이로 옮겨갔을 뿐이래요

칸

제 몸에 줄을 그어 칸을 만든 사람들은
철도 따라 맴도는 떠돌이 기차가 된다
영원히 갇혀 있어도 칸 밖은 위독한 곳

누군가가 다른 칸에 웅크리고 앉아있지만
칸에 사는 사람들은 궁금해도 묻지 않는다
혼자서 영화를 보고 밥을 먹고 잠이 들 뿐

기차가 된 사람들은 줄 하나를 더 긋고
우주에서 유목한다는 떠돌이별을 생각한다
깊은 밤 궤도와 철도의 관계를 헤아리며

행운의 여신, 티케는 어디쯤 날고 있을까
역을 나온 기차는 먼 우주로 떠난다
하나씩 궤도를 끊고 거대한 칸 속으로

인형뽑기포비아

고요한 인형의 방에 집게가 내려온다
머리통을 노려보고 몸통을 겨냥하고
아마도 어떤 모략이 숨겨진 것 같은데

누구는 아무에게만 어렵지 않은 듯해
아무는 누군가만 손쉽게 잡는 듯해
불끈 쥔 양 주먹에다 동전을 숨겨둔다

*저 방 안을 젤리처럼 탱탱하게 만들어서 맘대로 인형을 골라
떠먹을 수 있다면!*
침묵을 깨운 사람은
누구였을까 아무였을까

부어터진 거리에서 밤새 비틀거리면
집게를 조종하는 거대한 투명손이
뒤집혀 얼굴 묻은 자
주먹을 집어 올린다

김태은(金兌恩, Kim, Tae eun)

1935년 전북 익산 오산면 신상리 출생. 중앙
대학교 예술대학원(문예창작과). 중앙시조백
일장 장원(1990), 〈동아일보〉 신춘문예(1993)
등단. 시집 『영종도』(1993, 뿌리), 『홀씨의 사
랑』(1996, 대한), 『사랑은 연습이 없다』(2017,
시조문학) 외. 노산문학상(2003), 월하문학상
(2011), 전라시조문학상(2017) 수상. 한국여
성시조문학회 부회장 역임. 한국문인협회, 국
제펜클럽, 문학의집 회원. 한국시조시인협회
자문위원, 한국여성문학회 이사.

—

김태은의 시조는 현대시조로써 충분한 기능을 갖추고 있으며 삶의
무게를 시조에 담고 있다. 그는 시조를 몸으로 체득하고 있고 살아
온 전 생애를 시조 속에 담아내는 사유와 감성 그리고 언어의 조율
능력을 갖추고 있다.

— 이근배(시조시인 · 대한민국예술원 회장)

—

영종도

바람을 가르며 아침을 외치는 그대
바다 한 자락 끌고 와 지느러미 흔든다
등줄기 은전이 덮혀 삶의 끈을 당긴다.

살집 좋은 파도와 한바탕 배지기 끝에
저만치 돌섬이 되치기로 나뒹굴고
작약도 괭이갈매기는 협심증을 앓는다.

낮달같이 머리 깎은 그리움 걸린 각시바위에
철 지난 가슴으로 그물 깁던 아버지는
밤마다 복고풍으로 귀밑머리 땋는다.

메고 온 소금꽃 더미 먼 썰물로 돌아가고
빈 소라 껍데기도 뭍으로 기어올라
장산곶 벼랑 한 모퉁이가 키재기를 하잔다.

부부

당신이 해로 뜰 때 해바라기 되었고
당신이 달로 뜰 때 달맞이꽃 되었지
우리는 사랑의 정비례 닮아가고 있었다.

당신이 아침일 때 나팔꽃을 피웠고
당신이 저녁일 때 분꽃을 피웠지
우리는 한눈팔지 않고 같은 곳을 바라봤다.

당신이 침묵할 때 푸른 돌이 되었고
당신이 등 시려할 때 질화로가 되었지
우리는 서로 쉼터가 되며 긴 세월을 가꿔 갔다.

문 열리다

하얀 옷 황톳재로 선연히 흐르는 피
놋숟가락 마주 들던 끈끈했던 내 혈육
철 지난 가슴으로 앉아 물비늘로 저민다.

고향길 기러기 떼 날갯짓을 하는 오늘
얼룩을 닦아 내고 옹이도 삭이면서
강물이 어우러지듯 함께 모여 살아가자.

스스로 외친 기도 하늘인들 무심하랴
지그시 원을 그리며 조여드는 까치 소리
비둘기 무리져 내려 녹슨 문이 열려온다.

그늘진 세월들을 한 자락씩 넘기면서
먼지 쌓인 꽃병을 정갈하게 비운 날엔
임진강 물안개를 가르며 날아드는 두루미 떼.

무궁화

가지마다 기쁨의 꽃 피워 조국은 젊다
소박한 보라 꽃잎 이슬 털며 볼 비비면
어머니 어진 표정처럼 조용한 울림이 있다.

울타리나무 쇠박새로 인고의 세월에도
생의 질긴 끈기 하나 이 땅의 어머니 닮아
그 마음 해묵은 장맛 같은 깊은 얼이 감돈다.

무궁화여! 분단 조국의 슬픈 고백을 듣느냐
눈치만 보는 아픈 가슴 말을 잃고 흐른다
휴전선 억지야 억지 그래도 조국은 젊다.

산다는 것은

바람에
흔들리는 건
살아간다는 뜻이다

풀꽃처럼
흔들려도
꺾이지 않을 일이다

저 곧은
대나무처럼
나를 비우는 일이다.

가을 나그네

산골 깊이
들수록
단풍 잎은 목이 타고

골물 소리
높을수록
하늘빛은 쪽빛인데

목어를
치는 가쁜 손길에
숨이 차는 나그네.

오늘의 자화상

벽오동
심은 지도
서른 해가 다 되건만

아직도
봉황을 부를
봉적鳳笛 하나 없으니

영혼의
핵에서 길어 올리는
청매향 같은 시 한 수.

눈동자에서 사랑 애愛 자 찾기

열띤 눈동자
속에서
해같이 빛나는 애 자

실핏줄까지
두근거리는
사랑 부르는 오죽烏竹 피리

어차피
속내 들켜 버린 채
사랑 애 자 찾는 일.

U턴 신호

직진은
왠지 두렵다
길이 곧 끝날 것 같다

U턴하여
젊은 날로
돌아갈 수 없을까

마음의
U턴 신호를 받고
오늘도 젊게 산다.

하얀 목련

저 집엔
누가 살까
무슨 기쁨 저리 많아

담 너머
목련꽃이
해종일 벙그는가

꽃등 단
화사한 마을
봄 소문이 자자하다.

김태희(金泰熙, Kim, Tae hee)

1947년 충북 충주 충인동 출생. 국원고등학교 졸업. 《문학저널》 시조 등단(2005). 시집 『달래강 여울 소리』(2008, 엠아이지), 『그날의 소금밭』(2014, 엠아이지), 『창가에 정경을 들이다』(2018, 푸른문학사). 중앙일보시조백일장 8회 입상, 제1회 이해조문학상(2008), 한국문학신문 시조 대상(2012), 제2회 무궁화문학상(2013), 제8회 후백황금찬시문학상(2015), 한국시조협회 문학상(2018) 수상 외. 한국문인협회 정책개발위원, 한국시조협회 이사, 푸른문학사 자문위원, 문학저널 시분과회장.

김태희 시인은 이미지 창출에 있어서 적절성보다 우회성에 더 능력을 보여주고 있다. 다시 말하면 창의적 발상이 아주 뛰어나다는 것이다. 실제로 그의 시조의 대부분은 적절성과 우회성을 완벽하게 구현해 낸 작품들이 많다. 그중에 하나가 바로 앞에서 논의한 "우리도 그 산골 어디/ 덤불 속에서 놀랐었다"는 표현이 바로 그것이다. 그러나 이것은 그렇게 표현될 것을 누구도 짐작하기 어려웠기 때문에 우회성에서 완벽한 이미지 창출이요 '낯설게 하기'이다. 김 시인의 놀라운 재능이 드러나는 장면이다. 김태희 시인은 우리 시조 단에서 아주 잘 쓰는 그룹에 속한다고 본다, 앞으로 우리 시조의 새로운 지평을 여는 큰 별이 되기를 기대한다.

— 이석규(시조시인 · 국제펜 한국본부 자문위원)

달래강 여울 소리

빈들 넘어 불어오던 지난날의 이름들
시든 듯 수척해도 땅 위에서 다시 돋아나
강물은 물빛을 퍼 올린 아침으로 피어나고

뚝 멈춘 목선 하나 비워 둔 밤하늘엔
토닥토닥 별을 캐며 솟아 올린 희망으로
강물은 가슴을 풀은 채 달빛을 끌어안는다

뜨거운 흙냄새가 피어나는 그 자리엔
호밋자루 땅을 파는 속삭임으로 번져
강물은 살 내음 섞인 여울 소리로 흘러가고

햇살 입힌 연두 잎에 그 꿈을 문지르던
바람은 막 피어난 보리 이삭 사이로
강물의 이름을 부른다. 능금 꽃이 필 때까지

눈이 오면

겨울에 눈이 안 오면 마음에 눈이 오고
겨울에 눈이 오면 내린 눈에 마음 가고
이렇게 생각하기 쉬운 눈에 대한 마음이다

그러다 또 눈이 오면 사람이 그립고
그러다 그리우면 생각나는 사람으로
늦은 밤 내리는 눈은 그리운 마음뿐이다

그날의 소금밭

저 고단한 눈시울을 하얗게 쌓으면서
짜디짠 세월 속을
어떻게 견뎠을까
서둘러 버리고 싶어도 버리지 못한 날들

햇살이 파고드는 팔월이 다 갈 때쯤
검게 탄 염부들 삶
기억하는 이 있을까
달빛 찬 소금 창고엔 또 비릿한 추억 가득

침묵과 희게 빛난 그런 눈빛 주고받다
얼음처럼 달라붙어
단단하게 엉겨 붙어
한 금씩 차브덕차브덕 바닷물만 차오르네

저절로 피게 두자

엉겅퀴도 가시 풀도 질경이와 어떤 풀도
사람의 발끝에서 피어나게 그냥 두자
저절로 피어서 놀다 시들며 사라지게

앉은 데서 피든지 날아가서 피든지
제멋대로 피게 두자 밉게 피든 곱게 피든
사람의 눈길을 보고 의식을 하든 말든

오목하건 볼록하건 제멋대로 피게 두자
토종이던 서양 꽃인들 서로 얽히든 헤집든
그 자리 그대로 피게 말없이 두고 보자

화단서 피어나던 길에서 피어나던
보는 이 없는 산골서 외롭게 혼자 피든
저마다 그 삶이려니 생각하고 그냥 두자

편지

낯모른 시인이 보낸 시집을 받아 본다
산골서 농사 지며 짬 내 썼다는 인사까지
나처럼 시가 좋아서 가슴에 씨를 뿌린다며

글마다 이랑마다 티 없이 다듬은 흔적
봄이면 또 다른 꿈 싹트는 곁에 붙어
하루가 언제 갔는지 바쁜 숨 쉬며 산다고

고맙다고 답을 써서 부처야 하는데
그 고마운 흙손에다 무슨 말을 보낼까
결 곱고 순한 토양에 누가 될까 떨리면서

창가에 정형을 들이다

어느 넠 은하에다 억겁을 벗어놓고
3장 6구 긴장의 날 깎아 세운 천길만길
어둔 밤 천공을 뚫고 작은 별 눈을 뜬다

혼돈의 산을 넘어 다비하는 징 소리
가슴 깊이 고여있던 처절한 빛이 운다
잠 깨어 눈물로 씻은 흰 가슴 다 적신다

한 즈믄 번져 핀 꽃 이다지도 고왔던가
어머니 유두에 남긴 민족 얼의 입술 자국
창가에 지문으로 찍혀 인화된 영혼의 꽃

한여름 밤 무도회
— 박경랑 춤을 보고

치켜든 버선코의 회목 아래 끝 떨림도
가슴에 끌어올려 숨차게 절룩이다
염순하나 보에 싼 채로
애절하게 손짓하네

봉긋이 솟은 앞섶 가여운 눈빛으로
한 꺼풀씩 내던지다 가라앉나 싶더니만
허공에 한을 뿌리며
한 길 높이 타오르네

파르르 떨려오다 춤으로 괸 신음소리
치마폭 솟아올라 숨 멎도록 후려치다
오그린 석 자 체구에
영혼 한 필 훨훨 난다

그해 겨울 목행리

강 언덕 지날 때면 숫눈으로 수북이 쌓여
유택幽宅처럼 잠이 든 지난날이 앉아있다
너와 나 헤어져 수십 년 화석이 된 저 강물

강이 얼면 쩌렁쩌렁 너를 안고 건너오다
수줍음 다 못 참고 햇살 더듬은 그 겨울
한 움큼 눈송이처럼 내 몸도 따듯했지

미련한 생각일까 그리움 끄집어낸
못난 사람 생각하다 목이 탁 막혀온다
사랑아 어디선가 와르르 쏟아지는 눈처럼

달천역

쇳돌을 실어 나르던 오랜 기억 감추고
떡하니 버티고 선 녹슨 기찻길은
막 떠난
제천 행 열차를
표정 없이 바라볼 뿐

하얗게 지은 역사 저 건널목서 눈을 감은
예뻤던 옛 달천역이 잡초 품에서 일어나
익숙한
깃발을 빼 들며
가을빛을 흔든다

추풍령

싸릿대 나무 끝이 물오른 산벼랑에
병풍을 수놓아 산가재 눈을 뜨는데
추풍령
넘어간 꽃네는
지금은 무얼 하는지

김택주(金宅珠, Kim, Taek joo)
1926.~1981. 경남 남해 출생. 《아동문예》 동시 추천(1976), 《시조문학》 「임진강」(1980), 「바위」(1981) 천료. 유작 동시 200여 편, 시조 600여 수, 자유시 100여 편. 남해초등학교 교사(1947), 부산 수정, 동신, 남항, 의령, 기장, 영산, 서생 초등학교, 양산 상북교 교사, 교육청 장학사 역임.

―

가을 같이

땀 흘려 가꾼 보람 볏섬도 풍유하고
재 넘어 보리갈이 오늘이면 다 끝나니
풍성한 5월 망종이 눈에 삼삼 피어난다

밭 갈고 퇴비 넣어 씨 뿌려 덩이 개니
촉촉한 흙내음이 발끝에서 스며온다
어스럼 이랑을 덮어 별빛 이고 돌아서네.

바위

적막을 씹어 뱉는 깊은 산골짜기서
몇 겹을 정토淨土 그려 정좌精座로 지킨 자리
파랗던 이끼도 지레 은빛으로 세었네

일월도 잊은 가슴 고독은 몸에 배고
바램은 아픔을 넘어 피로 맺혀 돋은 부리
정 맞고 깨지는 그날 불꽃 튀며 살리라.

빗방울이고 싶다

추녀 끝에 떨어지는 빗방울이고 싶다
한 점으로 집중 되는 간단없는 추락으로
인생의 깊이를 재며 한이 서려 우는 밤

또닥또닥 음절 엮는 빗방울이고 싶다
고독을 속삭이는 생명 같은 리듬으로
한세상 이픈 마음을 달래고만 싶구나

새벽길

먼동이 트자마자 활기찬 첫 닭소리
태고의 게시 따라 뽑아 본 목청인데
총총히 팽이 메고서 들로 가는 농부여!

놀라 깬 아기별이 눈 부비며 바라보는
개천開天의 동녘 하늘 불그레 피는 장미
빛 잃은 성좌를 보며 걸어가는 논둑길

임진강

꽃다운 청춘 바쳐 피흘린 후밋길에
쓰러진 장졸들의 넋인 양 꽃이 펴도
먼 줄기 서러운 강물엔 피에 젖는 오열이……

물오리 쌍을 짓고 구비치는 강물 건너
피 맺힌 한이 엉겨 노려보는 북녘인데
임진강 찬물 너머로 제비들은 오간다.

휴전선

1
겨레의 원한 안고 피 쏟고 가신 님아
애절한 절규조차 갈라 논 철조망아
역리逆理로 꺾여진 허리 펴고 서는 아픔을……

2
민족의 상흔 안고 절원切願에 메인 사연
악몽의 사반세기 잠든다 잊으리오
피맺힌 혈육의 정 아, 북녘에서 불타라

3
골수에 사무친 채 겹쌓인 겨레의 한
참고만 지내리까? 겨워서 잊으리까?
모질게 지켜온 핏줄 이어질 날 있으리.

김토배(Kim, To bae)

1960년 전남 신안 출생. 한국방송통신대학교 (국어국문학과), 명지대 사회교육원(문예창작학과) 수료. 《시조문학》 천료(1997) 등단. 시조집 『달을 삼키다』(2017, 이야기마을) 외. 시조문학 올해의 작품상, 수안보온천 시조문학 대상, 무궁화벽송 문학상 수상. 시조문학 문우회, 한국시조협회 이사 역임. 한국시조시인협회 회원. 시조문학진흥회 자문회원.

김토배 시인은 오랜 세월 시조와 함께 해온 중견 시인이다. 그 경륜에 맞게 그는 시조를 잘 닦은 거울처럼 쓰고 있다. 절제있는 고요함, 그리고 겸손과 성찰의 미학이 편편마다 담겨있다. 시 「들꽃의 눈물」과 「절규, 아프칸」은 김토배 시인의 고요하고 정돈된 마음의 깊이를 보여준다.

— 이우걸(시조시인 · 우포시조문학관장)

김토배 시인은 자연의 마음을 읽는 시인이다. 그 눈으로 인간세계도 읽으려고 한다.

— 고노 에이지(문학평론가)

변신

시나브로 해 기우는 자작나무 숲 그 어디쯤
화장기 액서세리 허물들 내려놓으니
하늘이 더욱 푸르다 네 얼굴이 참 희다

차를 마시며

세상 이치 다 몰라도
하늘 보며 지난 살이

계절의 문턱에서
생의 옷깃을 여민다

한 자락
흰 구름이 벗인 듯
향기로 피어난다.

맑음

길게 뻗은 신작로에
연초록 바람 한 점

산수유 노란 꽃이
남풍에 향이 짙다

사잇 길 기와집 뜨락
목련꽃 붉은 절정

수안보 달빛

사념의 마음 자락 털어내며 걷는 산길
아스라이 멀어져 간 호반의 물빛도 아려
수리봉 은빛 달이 뜨니 무심천에 학이 운다

해금강*
— 통일 전망대에서

아득한 기억 속의 노을빛 아픔이다
바다 끝 외침 소리 뜨거운 숨 삭이는 데
서로를 향한 몸부림 숙명의 파도 소리

너와 나 갈라놓은 차가운 선 한가운데
하얀 밤 지새우며 깎아 세운 푸른 자유
아침을 바라다 보는 젊은 너의 발자취

상처의 쓰림마저 포용하는 짧은 떨림
얇게 흐르는 한낮 햇살 시름 잊은 지난 계절
마주친 너의 두 눈빛에 허물어진 철책선

* 해금강: 휴전선 동해 쪽의 바위섬.

분청사기粉靑沙器

하늘을 바라보다 흙으로 빚은 순수
미지의 색을 빌어 가슴으로 외친 날들
천 마디 하고픈 말들 손끝으로 빚는다.

분노보다 더 뜨거운 그 열정 여며 두고
파랗게 타오르는 칼 같은 그 마음은
내 안의 한 점 티끌도 허락할 수 없음이다.

활달한 그 자유도 소박한 아름다움도
비췻빛 꿈 하나를 안으로만 새기면서
바람도 숨을 죽이는 아침을 담아낸다.

달을 삼키다

하루만큼 버텨오던
거리의 짧은 인연

도시의 한 모서리 천변川邊을 서성이다

말없는
시간의 저편
외로움에 녹슨 철길

연거푸 취해 버린 겨운 삶의 그늘 따라

마냥 걷던 발길들이
머물던 그 자리에

수면 위
달빛은 가고
붉게 취한 흐린 바람

죽령을 넘다

천등산 맑은 달빛 떠나간 너는 어디

바람결에 풍경 소리 첩첩 산을 비켜 간 뒤

긴 머리 풀어헤치고 산이여 굽이굽이

옛날은 가고 없고 물빛만 푸르른데

타버린 가슴 한 컨 허허로운 빈 웃음만

별리여, 천명天命을 지나 죽령을 넘고 있다.

황태의 해탈

바다의 깊은 전설 온몸으로 끌어안고
산 짐승 울음소리 죽비로 깨달으며
허기진 고원의 들녘 둘러보는 고행길.

석 달 열흘 칼바람에 소금물 빼고 나니
실바람만 지나쳐도 세상이 훤히 뵈여
이른 봄 아침을 열고 하산을 하려 하오.

수분재에 머물다

계곡이 짙게 물든 가을을 굽어보며
한 십 년 산속 어디 바람에 씻고 나면

배 속의 오장육부가 훤하게 보일 게다.

소지로 피어오를 날아갈 듯 남은 생을
재를 넘는 햇살 아래 가뿐 숨 쉬는 오후
흰 도포 안개 한 자락 신무산을 오른다.

김필곤(金必坤, Kim, Pil gon)

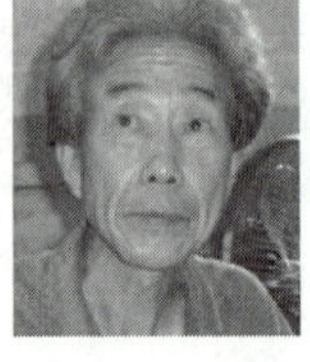

1946년 경남 하동 출생. 호 한냇물, 벽사(檗沙). 《샘터》 시조 장원(1980), 《시조문학》 천료(1981), 《시문학》 자유시 1회 추천, 〈중앙일보〉 신춘문예(1983) 등단. 시조집 『산노루 같은 봄이 오면』(1990, 모아), 『달빛차 끓이면서』(1991, 모아) 외. 시집 『이름 없는 풀잎 되어』(1991, 진선) 외. 저서 『신동다송』(1989, 모아), 『한국인의 차와 선』(1996, 동다문화연구소) 외. 부산 '시세계 문학회' 회장, 부산불교신문 논설위원, 부산불교문인협회 홍보이사, 계간 《다심》 편집주간 · 발행인, 동다문화 연구소장 역임.

고향의 노래

은모래 대숲 바람 80리 하동 포구
나직한 산새 소리 꿈결인 양 밝아가면
화갯花開꼴 벚꽃도 환히 피고 지는 나의 고향

백운산 하얀 구름 벽소령 푸른 갈빛
쌍계사 그 인경소리 하늘 자락도 열어놓고
동백은 빨간 동백은 봄을 온통 태우지요.

산첩꽃 눈에 묻혀 홀로 피던 그곳에는
당나라 육조 스님 정상도 모셨는데
졸졸졸 옥천 약수가 말씀으로 솟고 있다.

섬진강 굽이굽이 마냥 고운 물결 위에
그 옛날 어린 가슴 종이배도 띄워 두고
그리움 그 하얀 그리움 학 한 마리 나는가

묵시록

누가 저 어둠에다 하나의 흰 돌을 던져
무거운 안개를 태울 불기둥을 세울 건가
영원한 모성의 빛을 반짝이게 할 것인가

혼돈의 숲과 숲에 뱀과 뱀은 독을 뿜고
아무도 찾을 수가 없는 지혜의 그 황금 사과
강물을 건네어 주던 말씀의 등불은 멀다.

부서진 모래알들이 묵시록을 읽고 있다
비둘기 떼 비둘기 떼 눈이 부신 비둘기 떼
견고한 산맥을 넘어 꿈의 씨앗을 뿌리고 있다

죽음

요한복음 삼 장 육 절이 촛불처럼 타던 그 밤
우우우 초목이 우네 바윗돌이 따라 우네
천지가 다 떨려오는 별이 하나 떨어지네

태초의 참 말씀이 파랗게 젖어온다
아득한 어디쯤서 다시금 또 꽃을 피울
맑은 넋 맑은 바람이 흰 뿌리를 내린다

산마음

이승에도 비어 있는 동그란 뜰이 있어
솔바람 솔향기로 간간이 물은 들고
푸른 학 눈이 열리어 익어가는 영원의 숲

춘란빛 먼 하늘을 한 점 구름 가는 고독
목숨에 죄 있대도 참 고와라 원願과 정은
현絃 없는 탄주가 되어 꽃잎인 양 아파라

긴 목청 산울림에 새로 피는 풀잎 마음
작고 큰 돌과 바위 잠이 깊은 넋을 깨워
천 년 전 푸른 냇물도 흔들리고 있구나.

춘정산조

접어 둔 초록 엽서 불 밝혀 다독이다.
열 손가락 길어내는 시린 빛 꿈을 열면
백일홍 그 꽃눈마다 묻어나는 웃음소리

청명절 실바람에 설레는 들새처럼
자운영 꽃사래길 구름 따라 돌아가면
사연은 꽃무지개로 줄넘기를 하고 있다.

춘란꽃 봄 하늘이 뜰에 가득 고운 이 밤
석탑 끝 아픈 사랑 향내 되어 풀려나고
가슴은 푸른 바람에 빗질하는 산비둘기.

아침

서낭당 까치 소리 부서지는 잿빛 어둠
찬 물속 열 손가락 고운 삶을 씻어내면
아침은 파아란 아침은 눈을 뜨는 한 알 꽃씨

김하정(金夏井, Kim, Ha jung) 본명: 김종순(金鍾順, Kim, Jong soon)
1964년 경남 함안 출생. 필명 은종. 창원대학
교(독어독문학과) 졸업(1987). 〈경남신문〉 신
춘문예(2020) 등단. 시집『식탁에 앉은 발이랑』
(2016, 그루),『물방울 위를 걷다』(2017, 그루).

김하정의 작품 세계는 풍요롭다. 바탕에는 휴머니즘의 향기가 스
며있다. 자본주의를 적나라하게 드러낸「백화점」, 책과 자연을 예
찬한「서재」,「코코넛 마중물」,「푸른 통역사들」, 건강한 여인을 찬
미하는 듯한「화병」, 인간의 욕망을 표현한「미용실에서」, 음악적
세계와 인문학적 감동을 표현하는「피아노」,「어느 강연장에서」…
불과 몇 편의 작품을 일별해도 시야의 다양함과 폭넓은 세계관을
엿볼 수 있다. 그의 이런 열정이 농익어 현대시조의 내일을 개척하
는 하나의 개성으로 빛날 것임을 의심하지 않는다.
　　　　　　　　　　— 이우걸(시조시인 · 우포시조문학관장)

백화점

1.
성곽을 지키고 있는 제복 입은 기사들
목각 인형처럼 고개를 숙이지만
방향을 가리킬 때면
날렵한 선이 된다

2.
층층마다 진열된 욕망의 소비재들
냉정한 핸드백들이 제 아무리 다짐해도
결국엔 모래성처럼
지폐들은 빠져나간다

3.
첫 출근 했다는 신입사원 AI로봇
눈부신 조명만큼 상냥한 매너로
상품을 판독하면서
앞장서 걸어간다

서재

그리움을 쌓아올리는 저 창밖 향나무처럼
5단의 책장은 뱅그르르 둘러앉아
꺼내지 못한 말들을
가득히 품고 있네

오도독 글을 깨물면 시간은 흘러가고
시간의 낱장을 넘기는 고요 속으로
5단의 책장이 송두리째
나의 눈을 삼킨다

푸른 통역사들

딱딱한 조어로 둘러싸인 공간에서
완곡어법을 사용하는 산을 동경한다
수없이 내 귀를 자극하는 이름 모를 새소리

행인들의 숨소리를 품고 사는 깊은 골짝
꼬부랑 글씨처럼 엉킨 세로로 들어서면
토박이 억양을 내뿜는 저 싱싱한 입김들

새로운 언어습득에 빠져있는 나를 위해
바람도 숨죽여 귀 기울이는 이 시간
숲속을 통역해주느라 새들은 쉴 틈이 없다

화병

고개 숙여 누구의 발도 씻겨준 적이 없다

외로워도 제 지닌 향기를 가꾸며

침묵의 언어를 담은

가는 목의 선이여

미용실에서

거울 앞 의자들이 섬처럼 놓여있다
그 위에 걸터앉아 변신을 꿈꾸는 여자
한동안 멈추어버린
시간을 풀고 있다

머릿결 사이로 수만 갈래 길이 트이고
파도가 넘실대듯 생각이 출렁이면
어둠을 헤치며 나갈
닻 하나 내려 본다

독가촌 서정

괄호를 열고 닫는

대문 앞의 연산부호들

언제나 같은 등식은

하루를 빼는 것

시간은 계산되고 있는데

초인종은 말이 없다

거울 앞에서

꺼져가는 촛불을 일으켜 추스르며

가만가만 일어나 환하게 비춰다오

샘물을 찾아 헤매는 사슴의 머리 위를

바위틈에도 생명은 흐르고 솟아나는 법

서두르지도 말고 지체하지도 말고

뿌우연 안개 사이로 막힌 길 뚫고 가자

피아노

두드려라 세상의 소란
고요히 재울 때까지

태초의 선율을 긷는 아름다운 샘터여

새로운 아침을 여는
태양이 뜰 때까지

어느 강연장에서

정보의 바다에는 푸른 물결이 넘실댄다
한 척의 배를 이끌고 지휘하는 선장님
풍랑은 잠잠하여도
생각은 파도치네

세상 문을 열고 닫는 핏발 서린 증언들
역사의 무대처럼 깃발을 앞세우고
내일을 열어젖히는
저 청청한 칼빛 음성

코코넛 마중물

뚜껑을 열고 바람 한 줌 넣으니
청량한 과즙이 뿜어져 나온다
하늘을 가두어놓은
시간의 옹알이

태양도 갈증 나면 바다를 마신다지
저 몸속 단맛의 혈통을 잉태하려
햇살을 안고 매달린 두 손
품는 자의 내공이다

더위에 짓이긴 구름의 땀방울들
코코넛 가로수 펌프질 하고 나면
숙성된 엄마의 젖 줄기에
꼬물꼬물 입이 열린다

김학준(金鶴濬, Kim, Hak joon)

1967년 경북 영주 풍기읍 출생. 영남대학교 (행정학과) 졸업.《문학세계》,《시조세계》 신인상(2006) 등단. 시조집 『바람의 주소』(2017, 영남사, 공저) 외. '오늘' 시조동인. 한국문인 협회, 영주문인협회, 시조세계 포럼 회원.

—

김학준 시인은 깨끗한 삶을 살아온 사람이다. 그 삶의 경험을 바탕 으로 좋은 작품을 잉태하여 쓰고 있는 시인이다. 김 시인은 대학을 졸업하고 고시촌에서 고시 공부를 한 적이 있다. 그때 어렵고 힘든 삶을 경험한 듯싶다. 공부하다 힘들면 재래시장에 가서 돌아보고 그곳에서 어렵게 일하는 할머니들과 젊은이들의 삶을 엿보았을 것 이다. 새벽 시장의 문을 열고 가족을 위해 하루하루 살아가는 모습 에서 삶의 의미를 얻어오곤 한 것을 작품화하고 있다. 하루를 살아 도 마음에 그늘진 삶은 살지 아니하는 시인으로서 앞으로 더욱 훌 륭한 시를 쓸 것으로 믿는다. 조금은 과작이긴 하지만 꾸준히 쓰는 작품에서 향기가 난다.

— 박영교(시조시인 · 영주문예대학장)

—

길 위의 나

애초에 고된 삶이
이렇게 아픈 거라

독 항아리 깊은 곳
숯으로 눌러둔다.

인고의
세월이 나면
삭혀지고 마는 걸

토담집 일기

풀꽃 핀 웃음소리 어디에 숨어있나

하루쯤 짐 벗으면 저리도 눈부실까

돌담길
따라나서면
웃음소리 깔린다

밭고랑 듬성듬성 성긴 무 뽑아 들고

희미한 달빛 넘어 사립문 빗장 걸면

지붕 위
익은 박들은
별빛을 털어 넌다

사랑, 더하기 그리고 곱하기 1

걸음걸이 힘겨워 사드린 보행 보조차
텃밭에서 일구어 온 사랑을 가득 담고
어머니
거친 숨결에
떠밀려 오고 있다

양손에 들 때보다 더 많이 줄 수 있어
불끈불끈 힘이 솟는다는 어머니 말씀
가슴엔
아픈 사연이
얼마나 쌓였을까

뉘엿뉘엿 저물어 가는 평상에 앉아
밥 한술 나누고 씩 한번 웃어 주면
어머니
고운 품속이
잔잔하게 열린다

운명

부딪힌 배 안에 사람들이 없다면
시시비비 가릴 일 없다는 옛이야기
오늘도
또 하루하루 내 최선을 다할 뿐

살아가는 언덕에는 바람도 잦아 울고
장자의 '산목'을 보며 깨달은 내안內岸의 파도
깨달음
그 뒤에 내리는 허전한 배고픔들.

면봉

어떤 사연 들었을까
여기저기 떠벌리고

무엇이 궁금한지
옹기종기 모여 있네

쫑긋이
내민 귓속에
어떤 이야기 담아줄거나

김해강(金海剛, Kim, Hae kang) 본명: 김대준(金大駿, Kim, Dae jun)

1903.~1987. 전북 전주 출생. 서울 보성고보 중퇴(1919), 전북도립 사범학교 졸업(1925). 〈동아일보〉 신춘문예 시(1926), 《신문예사》 시(1926) 등단. 《조선문단》 등지 시 발표. 제1회 전북문학상, 제1회 전주시장 문화장(1968), 남산문화장(1981) 수상 외. 시집 『청색마』(1940, 명성, 공저), 『동방서곡』(1968, 교육평론사) 외. 진안, 전주 등 초등학교 교직 생활 14년, 전주 사범학교 8년, 전주 고등학교 15년 역임.

—

송수頌壽

또다시 "한 자락 세월"을 열으시고
넌지시 펼쳐주신 달 여울 눈부신 경승景勝
우러러 영원하실 얼 큰 절 드리나이다

청자 맑은 하늘에 언제나 빛나는 일월
갖은 복 다 누리시며 일흔을 일흔 곱토록
비오니 정정하시어 만수무강 하소서

— 『고희송수사화집』과 수상집 『한 자락 세월을 열고』를 보내주신 월탄 사백님께

조화사弔花詞

연지를 찍고 족두리를 쓰고
네가 시집을 가던 바로 그날 밤이더란다
별이 뚝 떨어지듯 한 송이 모란이 지던 것은

화촉 동방에 탐방 불이 꺼지며
천둥이 울더니 모란이 지고 말았다
단매에 무너지듯 사정없이 지고 말았다

너는 가버리고 이젠 모란도 지고
내 시는 나와 함께 슬프기만 하고
한 송이 무너진 꽃밭을 나는 울며 새웠다

장천리 현포님을 찾아갔다가

장천에 터를 닦아 남복헌 쌓아 올리니
난유수혜蘭有秀兮 국유방菊有芳한데 회가인혜懷佳人兮 불능망不能忘이라
한평생 금서를 즐기면서 참하게만 살리라.

증호贈號
— 천봉 이운용님께

구름을 피우며 하늘을 오르는 용아
오오, 구름을 피우며 하늘을 오르는 용아, 용아
보렴아 저, 멧부리를 하늘 높이 치솟는 저 멧부리를.

헌시 10장
— 육군사관학교 제7기 졸업식을 축하하며

— 대망待望
골짜기 골짜기마다 틈틈이 서리는 어둠
해는 떴다건만 구름장은 오락가락
어느 힘 빛에 주린 메와 물 풀어줄 이 계신고.

— 지智
한 점 티끌도 뜨지 않은 거울인 양
환하게 트인 슬기 날리는 푸른 서슬
낮밤은 어둠을 끓는 햇살로만 밝아라.

— 인仁
얼음도 풀리리 어둠이라도 녹으리
이름도 모를 한 알 모래 바위틈 어린 풀잎까지도
사랑은 덕으로 피어 햇볕인 양 부시어라.

— 용勇
눈망울 노리면 바위라도 녹을 것이
빠르고 날램은 바람이라도 끓을 것이
씩씩함 구름을 찢고 솟는 해보다도 더하련.

— 지인용智仁勇
티 없는 차고 밝음 모 없는 크고 넓음
굽힘 없이 맵차리니 그 슬기 그 사랑 그 날램
어엿한 한 덩이 해무리로 보란 듯이 빛나련.

— 화랑대
유량한 나팔 소리에 동이 트고 해는 뜨고
휘영청 드높은 화랑대 푸른 하늘에
봉봉峯峯히 솟는 어깨와 어깨 그 자랑도 높아라.

— 영광
대한을 상징하는 화랑대 아기별님들
이 나라 이 겨레 빛으로 자랑으로
땅 위의 영광 금별인 양 그 이마에 빛나리.

— 기상
태백의 힘찬 줄기 세차고 씩씩한 모습
깃발인 양 봉긋 치솟은 푸른 멧부리
트는 동 부상扶桑에 떠오르는 해를 본 듯 장하건.

— 희망
끊어진 벼랑 지치고 지친 비탈에 설망정
아침을 우러러 바라보듯 싹트는 마음
해 묵은 주름살마저 가뭇없이 풀려라.

— 빛의 대열
이기성좌에 켜진 빛이여 빛의 대열이여
천둥이 무너지는 먹구름 속에서도
이 나라 장풍 만 리 길을 불기둥인 양 황황煌煌하리

하수연賀壽筵
― 구름재님께

구름을 뚫고 솟은 아스라한 재 말랑이
한 그루 소나무는 저렇듯이 정정커니
헷빛에 빛나는 용비늘 우람키도 하여라.

가락을 사랑하는 한 줄기 뜨거운 불길일래
사선을 넘나들면서도 더욱 휘황키만 한 걸
육십령 마루터기에 올라 선 모습 또한 우람커니.

잔을 놓은 지도 오랜 줄 잘 아네만
말이야 바로 말이지 그리도 즐기던 술인걸
눈 질끈 감고 딱 한 잔만 선뜻 들어보소래.

구름재 제4 시조집
― 「새눈 새맘으로 세상을 보자」에 부쳐

새 마음 새 눈으로 세상을 바로 보고
새 아침 새 하늘에 새 숨결 가다듬어
새 노래 새 가락으로 목청 높게 부르리.

새 나라 새 강산에 깃발은 휘날린다
새 기쁨 새 자랑에 기상도 새로워라
새 노래 새 가락으로 목청 높게 부르리.

피어라 꽃피어라 노래여 가락이여
피고 또 피어 찬란히 활짝 피어
이 누리 방방곡곡에 햇살처럼 퍼지리.

노래를 사랑하는 구름재 박병순 님에게

글 사랑 노래 사랑 나라 사랑 겨레 사랑
사랑을 사랑으로 사랑껏 사랑하는
사랑만 하면서 사랑만을 살아라.

솟아도 솟아도 그침 없이 솟는 사랑
퍼내도 또 퍼내어도 괴기만 하는 사랑
노래에 그득그득 담아 백 년토록 퍼내리.

저재 저 하늘에 피는 저 구름아
우러러 높이 솟은 위위연 푸른 멧부리
오늘도 노래를 싣고 해는 떠올라라 떠올라라.

노래 아니더면 어찌할 뻔 했더이꼬
태어남도 살아감도 노래 위해서였던가
천명을 노래로만 아끼고 사랑하는 임이신걸

정情

거기서 여기가 어디라고 친히 싸안고 오시다니
맛도 맛이련가 도탑고 푸짐하신 정
한 송이 향기 그윽한 꽃으로 곱게곱게 피우리.

그날 밤 그 약식藥食을 우리 양주兩主 달게 먹었소
노적露積이 천 섬 만 섬이란들 보다 더 배부르랴
채워도 채워도 다함 없을 하늘 같은 정일레라

마음을 마음으로 샘처럼 솟는 사랑
하늘을 하늘로만 하늘처럼 커가는 사랑
한 아름 가슴 가득히 꽃 피우며 대보름을 쇠어라

김해성(金海星, Kim, Hea sung) 본명: 김희철(金囍喆, Kim, Hee chul)

1935년 전남 나주 출생. 경희대학교(국어국문학과) 학사, 석사(1958), 동국대 대학원 문학박사(1979). 명예문화학박사 미국 인명사전위원회(1994). 《자유문학》(1955) 등단. 시집『꽃사랑나무의 이야기』(1964, 국제출판),『난과 대나무』(1990, 신원문화사),『山寺와 나와 인연의 노래』(2014, 한국시사) 외. 대한민국 근정포장(2000), 문공부문학상, 노산문학상, 한국예술대상, 백양촌문학상, 세계시인상 수상 외. 한국문인협회 부이사장, 한국시조시인협회 회장, 한국수필문학회 이사, 한국문학평론가협회 이사 등 역임.

—

김해성 시인은 남도南道의 시전詩田에서 남다른 문학에의 열정과 천재적 자질로 주목 받으며 일찍이 문단에 나왔다. 그리고 강인한 기개와 섬세한 예술혼을 바탕으로, 문학이론과 창작을 겸비한 학자 겸 문인으로 많은 작품을 발표하였느니 그의 시작품에는 우리의 심혼心魂과 미학, 그리고 의식을 철저히 형상화시킨 촌철의 감동이 들어 있다.

— 허만욱(문학평론가 · 남서울대 교수)

—

코스모스

1
투명한 작은 우주
텅 빈 가슴이라

가을을 앞세우고
숨차도록 달리는데

적막한 허허벌판에서
빨간 웃음 볼에 잔다.

2
가을철 잡초 속에
조심스레 하늘 이면

말갛게 씻긴 고독
그리움에 묻히는데

먼 고향 슬픈 사연이
노을밭을 비껴 간다.

3
불타는 정열이사
된서리가 내려와도

시달리던 어매처럼
가는 허리 정정한데

그늘진 꽃마음 곁엔
누구 혼이 머무는가.

봄날

봄은 돌담 밑으로
소리 없이 오고 있었다

뜰 앞에 머리든 꽃송이
또 피고만 있을까
또 울고만 있을까

산꽃은
한두 잎 피어

봄꽃을 더욱 곱게

가을

늦가을 비가
소리없이 내린다

낙엽은 짝지어
정담을 나누는데

오뉴월
뻐꾸기 울음소리
지심 속에 잠이 든다

달맞이꽃

아른아른한 저녁 노을
반달이 꽃잎에 숨는다.

구슬빛 같은 고운 마음
서녘 만 리 따라가는데

처마 끝
고운 그늘 아래
달맞이꽃 숨어 잔다.

고목枯木

산다는 푸른 의미意味
하늘 바라 천 년 산데

눈 감고 입 다물고
역사歷史를 말하는 노인老人

봄철이 하냥 그리운
아아 늙은 고목枯木이여

빈 배

침묵으로 다스런 땅
어느 강가 빈 배 떴는데

긴 겨울 동안 잠을 자고
봄을 싣고 바다로 가네

이제사
신비스런 섭리
의미를 잉태한다.

산山꽃

누구 위한 설렘인가
계절을 잊고 피는 꽃

저마다 환한 등燈을 켜
원광圓光이 둥둥 뜨는데

산山 산山도
갈 봄 여름 없이
피고 지는 고운 산山꽃

백목련白木蓮

서러운 누님의 말씀
둥실 뜬 구름송인데

종鍾같은 모양 지어
뜰을 밝힌 고운 등燈불

봄이면 푸른 하늘이고
홀로 섰는 백목련白木蓮이여

난향蘭香

난 향은
천리만리

은은하게
풍기는데

아침 일찍 일어나 보니 난꽃이 피었고, 난 향기가 방 가득히
퍼져 있는데, 이 내음은 방문을 돌아서 벌써 십 리쯤 풍기고 있
을까. 병아리같이 고운 난꽃은 날갯짓으로 은은하게 향기를 풍
기면, 하늘이 곱게 열리고 지나던 구름송이가 방문을 기웃거리
고 있어라.

조용한
이른 새벽에
난 화분에 나비가 난다.

봄 강江

도란도란 정화情話소리
봄 강江물 풀리는 소리

초당草堂에 매화꽃은
눈 속에 곱게 핀데

어매를 찾아가는 강江물
바다를 찾아가고 있음이여.

김향진(金香眞, Kim, Hyang jin)
1947년 서울 출생. 《시조시학》(2007) 등단.
시집 『산수국』(2014, 고요아침). 한국시조시
인협회, 제주시조시인협회 회원.

수선화

김향진

초승달이 깝죽떠 남 몰러 속삭였다
구름처럼 떠돌면 그 여윈꿈 서러워
바람도 들숨 날숨을 허무 몇일 남는가
비바람 눈보라도 하늘의 일이었다
마음도 얼어붙은 눈속에 핀 수선화
소북이 내려 쌓이는 고요가 만평이다

—

김향진 시인의 작품은 따뜻한 서정이 살아 움직인다. 기교로 만든
정교한 솜씨가 아니라 몸으로 부딪치는 진솔한 따뜻함이다. 제주
토박이가 아니면서도 제주 정서를 잘 녹여내고 있다. 시편들은 정
감이 있으면서 또한 정성이 넘치고 있다. 내면을 향한 조용한 울림
을 동반하면서도 감동을 연출해낸다. 대개 서정성이 좋으면 울림
이나 감동이 약화되기 마련인데 김 시인의 시편들은 이 둘을 잘 아
우르고 있음이 주목된다.

— 이지엽(시인 · 한국시조시인협회 이사장 · 경기대 교수)

—

눈빛

작년에 심은 국화
올 가을에 피지 않아

내 손녀 서울 갈 때
눈 속에 담아 갔나

내년 봄
텅 빈 마당에
그리움 또 심어야지

손녀에게 나누어 줄
가을이 있다는 것

한 자락 마파람이
내 등을 어루만진다

손녀가 머물다 간 집
국화에게 거름 준다.

산수국

장마철 산수국 피면
마음은 산 향한다

가뭄 끝에 오는 단비
주름진 잎 펴지고

헛꽃에
시간까지 내줘
불쑥 눈물 흘린다

수선화 2

초승달이 깝죽 떠
남 몰래 속삭였다
구름처럼 떠돌면 그 여윈 꿈 서러워
바람도 들숨날숨을
허무 몇 닢 남는가

비바람 눈보라도
하늘의 일이었다
마음도 얼어붙은 눈 속에 핀 수선화
소복이 내려쌓이는
고요가 만평이다

나의 가을밤

창 너머 돌각 담엔
안개비 내리는데

풀벌레 구슬픈 소리
온밤 내 젖는다

빗소리
축축한 사연
그리움도 젖는다

기다리는 봄

잿빛 구름 사이로 비치는 햇살 한 줌
나뭇가지 뾰족뾰족 붉은 눈을 떴구나
어느덧 얼음장 아래 흐르는 봄노래

계절의 겉모습은 투덜대는 겨울인데
들판은 조용히 훈풍을 기다린다
강과 산 납작 엎드려 귀를 갖다 댄다

아침 뉴스

따지 못한
홍시 여럿
감나무가 수다스럽다

눈만 뜨면
학교 가듯
물리치료 나오는
나란히
누운 노을들
주고받는
안부 같은

뻐꾸기

그리운 고향 땅
다시 찾은 어머니 산소

너무 늦게 왔다고
뻐꾸기 뻐국뻐꾹

십여 년 기다린 세월
눈물 말라 목 쉬었나

그래도 잘 왔다고
솔향기 솔솔 퍼지는

제주와 강원도 사이
뱃길과 하늘길에

산소 앞 마주서고 보니
다시 솟구치는 눈물아

김녕리 바다

해안가에 산이 있다 그 이름은 더럭산
썰물도 아주 썰물 삼월 보름 물때쯤
물질 간 삼촌 넋인가 숨비소리 떠돈다

일본에서 만났다 김녕리가 고향인 사람들
바지게 지고 가듯 휘어진 한 생애도
섬처럼, 오직 섬처럼 더럭더럭 울고 간다

김녕리 해변에 술 한 잔 따라 놓고
묘산봉 함께 불러 안주처럼 펼쳐 놓고
바다는 일 년에 한 번 망향가를 들려준다

정동진

파도가 밀어올렸나
산꼭대기 저 배는

바다를 거슬러 와도
바다 앞에 이르러

간절한 그리움으로
돛을 높이 올린다

김현식(金鉉植, Kim, Hyun sik)

1946년 광주 출생. 광주농고 졸업. 《나래시조》(2011) 등단. 시집 『사랑이 질화로의 불씨 되게 하소서』(2006, 한솜), 시조집 『햇살 고운 날』(2015, 알토란북스). '나래시조' 동인.

<pre>
        지렁이
          김현식

용 오름 보겠다고
천둥번개 따라 나와
여로에 뭇매 맞고
제 길에 갇혔나봐
뙤약볕 피하지 못해
삭정이가 되었구나
</pre>

김현식 시인은 단시조 중심의 정형미학을 견지하면서 남다른 감각과 시안으로 자기만의 세계를 충실히 일궈온 정통시인의 모습을 보여주고 있다. 여린 소녀적인 감성으로 사랑과 그리움을 노래하는가 하면 예리한 풍자적 비유로 세상을 꼬집기도 하고 생의 고뇌와 사유의 바닥을 걷기도 한다. 밝고 따뜻한 시선이 닿는 곳은 어디든 꽃이 피고 윤기가 흐른다.

— 권갑하(시조시인 · 한국문인협회 부이사장)

다가서고 싶은 날

된서리 내린 날도 날씨는 포근하다
고되고 지친시련 힘겹게 보내고 나면
한순간 뿌듯한 희열 벅차올라 좋아라

눈 내리는 엄동에도 품 안은 따뜻하다
바람 불면 막아줄 당신은 나의 언덕
한걸음 힘껏 내딛어 다가서고 싶은 날

겨울 속의 봄

풀어헤친 가슴은 바람인가 사랑인가
서릿발 돋는 날에도
잡은 손 따사로워
사랑은 포근한 미풍 겨울 속의 봄이다

가슴에 담아왔던
고백 못한 진한 사연
미소 짓고 향기 담아 하얀 꽃 달았는데
바람이 드세게 불면 서러워서 어쩐대요

버리면

건강하게 보여도 병약하게 보여도
누구나 한 가지씩 병을 안고 산다지
염려를 버리고 살면
마음의 병 이겨낼 터

사는 게 힘들다고 복 없는 팔자라고
원망하고 탄식한들 사는 게 좋아지나
허망한 욕심 보따리
놓고 살면 행복인데

없으면 없는 대로 있으면 대로
작고 큰 걱정 안고 사는 우리 모두
부자도 돈 걱정한다는데
속 편하게 살아보자

비애悲哀

추적추적 비 내리고 외로움 거듭거듭
가슴은 젖어들어 물먹은 솜뭉치라
화톳불 그 앞에 서면 붉게 타는 눈시울

눈물 고인 마음자리 사랑도 시들해져
배려도 기쁨도 없는 초라한 일상이다
쓸쓸함 찻물 우러나듯 자괴감만 키운다

몰아치는 바람 앞에 창문은 힘이 풀려
덜컹거리는 심장 소리 품 안에서 재운다
어둠은 하늘에 뜬 별 빛나게도 하는데

입춘立春

병풍 친 산등성이
잔설 아직 희끗한데

나목裸木은 햇살 품어
눈망울 내밀고

청보리 보듬던 바람
여린 꽃을 키운다

쇠죽 솥 잔불에도
물러나는 동장군

황소는 뜨건 여물
새 풀이 그립겠다

냉잇국 상큼한 밥상
향기로운 봄내음

지렁이

용오름 보겠다고
천둥 번개 따라 나와

여론에 뭇매 맞고
제 길에 갇혔나 봐

뙤약볕 피하지 못해
삭정이가 되었구나

여의주如意珠

햇살 먹은 은구슬 꽃잎에 대롱대롱
호박琥珀닮은 저 구슬 마고자에 달아볼까
여린 꽃 품 안에 찾아든 포만한 행복이여

설레는 만남이라 아슬한 줄타기다
사랑의 표징인가 곱게 핀 마음의 꽃
승천할 용의 여의주 한 알 한 알 찬란하다

비개고 햇살 들면 멱 감아 정갈한 몸
빛깔 고운 정精을 담아 미소 짓는 둥근 얼굴
꿈인 듯 스치고 마는 사랑이면 슬프다

틈

실바람 옷깃 열어 속살을 애무하는 밤
이별은 울컥 울컥 파도쳐 덮쳐 오는데
사랑은 한 줌 모래알 부서질 듯 위태롭다

고운 정 미운 정이 쌓여 만든 모래톱에
씨 뿌려 다독거려 아들 딸 키웠는데
바위가 부서지는 것 작은 틈이 시작이다

금술 좋은 부부라도 틈이나 부서지면
사랑은 미움 되고 더러는 증오 된다
깊은 밤 뜨거웠던 사랑도 별똥별로 지고 만다

봄의 첫머리

눈꽃을 털고나온
버들개지 몽실몽실

새 떼의 한바탕 춤
매화도 방실방실

반갑게 찾아온 햇살
싹틔우려 반짝반짝

쥐똥나무

잎사귀 풍성해도 연약한 심성이다
서성이는 그림자에도 등 뒤로 숨고 마는
풋풋한 첫사랑 향기 멀미나는 꽃이다

작아도 앙증맞은 곱게 뜬 하얀 눈매
저물녘 잔바람에 수줍음이 묻어난다
바람에 흔들리는 몸짓 애교 또한 만점이다

마주한 잎새 사이로 둥글둥글 맺힌 열매
여름내 뜨건 기원 가슴 가득 불타올라
이 가을 햇살 머금고 흑진주로 반짝인다

김현우(金鉉右, Kim, Hyun woo)

1953년 부산 동래 출생. 부산대학교 의과대학 졸업(1977). 〈부산일보〉 신춘문예 시조(1991) 등단. 시조집 『낮아진 봄하늘 아래』(2006, 한글문화사) 외. 성파시조문학상 수상. '볍씨' 동인. 부산문학회 회원. 부산시조시인협회 부회장. 가정의학과, 비뇨기과 전문의.

—

시를 향안 보법이 크다는 점과 세계를 육화하는 기술이 독특하다. 그러나 아직 시어의 선택에 무리가 있다는 점을 지적한다(「지남침 指南針」).

— 〈부산일보〉 신춘문예(1991) 심사위원: 정완영, 임종찬

—

꽃씨

단 한 줄 글로 써도 충분한 글이 있고
수 만 줄 쓰고 또 써도 모자라는 뜻도 있네
이 꽃씨 그 소원은 대체 얼마큼의 무겐가.

솔밭길을 걷다가

솔밭길 걷다말고
너 솔아 불렀더니

십 리 길 온 청산이
우레 되어 되레 묻네

사람아 너는 이름이
사람인 줄 아느냐

어머니 가시고

하루가 가고

또 하루가 가고

또 하루가 가고 가고

고쳐 온 날 달 해가

그렇게 가고 가도

그 모습 마냥 달 되어

허공중에 떠 있네.

아가 손

꼼지락 뭉쳐지면 봉오리로 맺었더니
살포시 펼쳐질제 젖 향내도 상그러이
상아빛 도톰히 병근 요게 무슨 꽃인지?

집게 손가락 가득 뽀듯이 감싸오는
따스히 당찬 쥠이 짜릿하게 미쁜 듯이
궁글려 새날 봄빛도 피워 담아오너라.

봄볕도 희롱하여 도리질을 즐기신다.
바람에 걸린 금줄 이리저리 거머쥔다.
밝아온 네 세상에선 착한 일만 지어라.

돌부리 자국

조그맣게 엎드렸던
돌부리 패인 자국

날마다 들명나명
지나쳤던 앞마당에

유난히 들난 자리가
새삼 눈에 성가시네.

앉았던 그 자리는
여기에 두었건만

그 돌은 어드메서
힘겹게 서성일까?

흰 머리 돋아나도록
정치 못한 내 자리

거리에서

날이 저물고 가로등이 늘어섰다.
거리는 넘쳐나는 사람과 차의 물결
하늘엔 어슴푸레 먼 별이 하나 떠있다.

현실은 멈춰 섰다간 저 멀리 걷혀가고
그 위로 일렁이는 세월의 편린들은
불혹년不惑年 이 나이로는 까마득히 멀구나

항시 묻기보다야 대답이 더 힘들지만
오늘 문득 온갖 것이 흔들리는 이 앞에서
망연히 찬바람 속에 선 그대는 누구더뇨?

민들레 꽃씨

꽃대를 뜯어 들고
후-욱 불어 날리는

아들아이 장난 속에
겹쳐 뵈는 한 그늘

세월이
너를 불어서
그 어디로 보낼지…….

두 소리

주사를 맞고 나서
앙- 하고 우는 꼬마

달래는 할머니 등에
업혀서도 끊이잖네

온종일
들어도 좋은
달래는 소리 우는 소리.

진료실에서

말만 한 처녀 애가
둘씩이나 있는 내 방

싱싱한 총각들이
짐짓 와서 수작하는

그 모습
은근히 좋아
한참 듣고 앉았다.

빗돌

부질없는 일인 줄이야
모르는 이 있을까만

그래도 하 애달픈 마음
어쩔 수가 없었거니

오석烏石만 까닭도 모른 채
제 속살을 열고 섰다

김현장(金炫璋, Kim, Hyun jang)
1964년 7월 13일 전남 강진 출생. 목포 유달 초
등학교, 문태중학교, 덕인 고등학교 졸업. 전남
대학교 수의학과 졸업. 경기대학교 한류문화대
학원 시조창작 석사. 강진 백제 동물병원장. 목
포문학상 남도작가상(2020년), 청풍명월 시조
백일장 장원 충북도지사상(2020년), 중앙일보
시조백일장 월장원 2회(2019년 11월, 2020년 7
월)수상. 강진 백련 시문학 동인회원.

—

느루

노을빛 짙은 갈대숲 지나는 바람 무리

그대 종종걸음 서둘지 마세요

갯벌 속 계절의 향기가 숨어들고 있어요

꽃구름 슈크림처럼 넌출 거리며 오고 있네요

우리가 누군가를 사랑할 수 있다면

강바닥 느린 유속으로 가없이 흐르기로 해요

거꾸로 매달린 종유석이 자라나고

갓 베인 시간들은 논바닥에 쓰러져

늦가을 햇살 바람을 온몸으로 즐기네요

역병

도시 속 폐족으로 산 지도 오래입니다
금니처럼 빛나던 햇볕이 사라지고
어스름 대문 닫아걸고 세상 바라 봅니다

코로나 스크럼에 공장도 숨을 죽여
색 바랜 기계 위로 거미줄이 치렁치렁
쓸쓸히 굴뚝 그림자만 바람에 펄럭입니다

나에게 밀려와서 목 조이는 바이러스
혀 짧은 거친 말로 온종일 문 두드려
그 바람 엷은 꿈들이 벼랑 끝에 마릅니다

우영이

盲牛로 태어나서 어미 젖 못 찾아도
제 이름 불러주면 달려와 손을 핥던
여러 배
새끼를 낳아
내 아이들 학비 대던

그러다 난소 이상, 불임 진단 받은 후엔
사료의 양을 늘려 비육을 시작했다
우시장
경매 소들 사이
귀를 세운 우영이

초점 없는 눈 굴리며 소리를 찾고 있다
다가가 쓰다듬고 이름을 불러주니
긴 혀로
쓱쓱 핥으며
눈물 뚝뚝 떨구던

일출

옹근 마음 마디마디 얼었다 녹는 시간
어둠속 서로를 붙잡던 원심력이
바람꽃 새벽 향기로 지줏대를 세운다

오랜 수평의 시간 머물다 폭발한다
수장룡 발자국이듯 화인 같은 햇살
물비늘 떨리는 손으로 놓아주는 한뉘

직립한 내 가슴을 나누어 보내는 아침
뿌리 끝 자라나는 존재의 확신이
저 바다 등을 밟고서 찬란하게 빛난다

자가 격리

빈 축사 옆

수선화 몇 그루 하늘거리는

바람이 소리 없이

머리칼 쓸고 가는 오후

도린결

바람과 꽃잎 사이

마음 한 줄 넣습니다

김현주(金賢珠, Kim, Hyun ju)
1968년 울산 출생. 〈부산일보〉 신춘문예(2018)
등단. 시와소금 신인상(2016), 울산문학 신인상
(2016), 시조와비평 신인상(2016) 수상. 한국시
조시인협회, 울산문인협회, 울산시조시인협회,
중구문학회, 울산아동문학회 회원.

—

김현주의 작품 「곡예」는 치매 노인의 생존 현실에 직립한 작품이
다. 비록 늙고 병든 몸이지만 "엄마 품"을 그리워하는 것이 인간 본
연의 모습임에랴. 이 작품의 마지막 수 종장은 그런 생존을 은연중
환기하고 있다. 김현주는 사유의 침전을 통해 내면의식을 드러내
는 만큼 관념의 노출이 적다. 분명한 시상의 전개와 변화있는 결구
이 또한 김현주 작품이 가진 장점이다.

— 박기섭(시조시인 · 전 현대사설시조포럼 회장)

김현주의 작품 「무사의 노래」는 칼 가는 사람을 갑옷도 투구도 없
는 장수로 환치해 오늘 우리의 가장을 표현한 작품이다. 작품 전체
에 긴장과 이완이 적절히 배치되어 시선을 붙잡는데 성공한다. 미
소를 자아낼 만큼 긍정적이다. 그러면서도 신선하다.

— 전연희(시조시인 · 한국시조시인협회 자문위원)

—

무사의 노래

갑옷도 투구도 없이 전장으로 오는 장수
식당문 와락 열며 "칼 좀 가소, 칼 갈아요"
허리춤 걷어올린 채 이미 반쯤 점령했다

무딘 삶도 갈아준다 너스레를 떨면서
은근슬쩍 걸터앉아 서걱서걱 칼을 민다
삼엄한 적군을 겨누듯 눈빛 더욱 빛나고

칼끝을 가늠하는 거친 손이 뭉텅해도
날마다 무림고원 시장 골목 전쟁터에서
비릿한 오늘 하루를 토막내는 시늉이다

적군이 퇴각하듯 자꾸만 허방 짚는
가장의 두 어깨가 칼집처럼 어둑해도
생의 끈 날을 세우며 바투 겨눈 하늘 한쪽

곡예

골목을 빠져나와 큰 차도 건넌 할멈
목에 건 스마트폰 이름표도 아닌데
집 나와 길 잃어버린 유치원생 모습 같다

갈 곳도 모르면서 왔던 길 돌아보고
환청에 이끌리어 이리 기웃 저리 기웃
아마도 엄마 품 그리워 고향 찾아 나선 듯

퍼붓는 자동차 경적 가슴에 꽂힌 화살
순식간 시선들이 거미줄 치고 있다
치매란 포충망에 갇혀 오도 가도 못한 채

강, 불야성

불빛 잠긴 도심의 강, 성을 이뤄 환하다
수초 일렁이는 그 속 가만 들여다보면
밖으로 나갔던 물고기 유영하며 돌아온다

구급차 숨 가쁘게 어디론가 달려 나가고
빛이 빛을 살찌우고 어둠이 어둠 삼키는
우리가 가고 싶다던 아, 별천지 저기인 듯

과체중이 불러온 꽉 막힌 동맥 곳곳
혈 뚫는 명의없이 철새 간혹 앉았다 날고
몇몇은 장미슈퍼에서 소주잔 꺾고 있다

길고양이 시간 훔쳐 재빠르게 달아난다
초승달 녹슨 열쇠 성문 철컥 딸 즈음
둔중한 벽과 벽 사이 안녕하신지 이웃은

겸재, 반구화첩*

대곡천 너럭바위 신神이 펼친 한지 한 장
포은의 길을 따라 글을 새겨 율을 읊는
유배의 푸른 구곡이 그날인 양 숭엄하다

뽀족히 솟은 돌은 단심가를 다시 불러
중심에 마음 받쳐 충忠을 일깨워 주던
그 절개 오늘을 살아 곧추세운 이 역사

먹물이 모자라서 담묵으로 처리했나
골마다 산 안개가 자락자락 휘날리면
음각된 물소리들이 휘어 돌아 흐른다

* 반구대(울주 대곡리 반구대 암각화): 울산광역시 태화동 상류 지류 하
천인 대곡천의 절벽에 새겨진 그림.

물거울 깨지다

잘 닦인 수면위로 뭇 새 떼 날아든다
쩌억 쩍 실금 가는 수천수만 허상들
날 세운 빛의 조각에 눈 찔러 하늘 본다

깊이 모를 투명함이 반사하는 이력 위로
먼지 떨이 갈대꽃이 일상을 털어낸다
때가 낀 마음 한 장 갈아 끼운 찰나에

각도를 달리하고 유리벽 넘어다보면
퍼즐을 꿰맞추는 생멸의 조각보들
공기 속 흐르는 파장 없는 실체 봉합한다

연꽃차를 마주하고

진흙 같은 바람이 기억을 뿌리 내리면
따뜻한 온기 안고 움츠린 꽃 다시 핀다
생각을 맑게 우리자 찻잔 또한 꽃이다

고요의 채반 위에 향기 조각 모으면
어여쁜 눈빛들이 대궁 끝에 환하다
또 하루 풀어진 얘기 물결처럼 찰방인다

각획을 세우다

내 삶의 무늬목에 조각도가 춤을 추면
숲을 감싸 휘어 감던 물소리가 풀어지고
옹이는 섬으로 떠서 불러오는 화폭 하나

전서 해서 옛글 속에 새김질 운필들이
중봉의 끌기법에 울울창창 일어선다
목질은 넓은 품인 양 온 산하를 다 품고

새들이 앉았던가 구름들이 놀았던가
유려한 산정으로 나이테 감는 세월
여백의 진경산수가 새날처럼 돌아온다

오월

읽으면 읽을수록 몰입되어 빠져든다
붉은색 고딕체로 첫 줄부터 압도하더니
도입부 연초록으로 거침없이 써 내려간다

천연색 형광펜으로 곳곳에 밑줄 친
한 페이지도 놓칠 수 없는 감동의 베스트셀러
세상의 온갖 속도를 멈추게 하는 거장의 필력

강가에서

얼마나 흘렀을까 뒤를 돌아보았을 땐
숲의 그늘도 멀어지고 손을 잡던 기슭도 없다
갈수록 낯선 바람과 적막한 저녁이 깊어진다

꽤 오랜 시간들을 소용돌이치며 휘몰아쳤다
뒤척이다 눈을 뜨니 은빛 비늘이 눈부시다
묻어둔 속울음이 깊어지고 하루를 닮은 또 하루

거슬러 오를 수 없이 너무 멀리 왔다
살아온 궤적이 물길을 만들었다
도도히 흘러갈수록 울지 않은 날이 서러워진다

경주에서 하룻밤 1

매캐한 약토내음 도량석 어탁 소리
산속의 고즈넉함 바람에 묻어나고
연둣빛 꽃 사발 가득 그윽하다 솔 향내

애간장 토해내며 웃지 못할 일들이
소란한 삶의 순간 나날이 울렁 되어도
진흙 속 더러움에도 맑게 핀 연꽃처럼

길가에 구르는 돌 천년의 해 품고 있듯
풍요롭지 않아도 여유롭고 그윽하게
옛 문을 활짝 열고서 아침을 빚는다

김현호(金鉉浩, Gim, Hyun ho)

1947년 전북 무주 적상면 구억리 출생. 호 서곡(棲谷, 瑞谷). 한국방송통신대학교 학사 졸업(1986). 《공무원문학》 시조 신인상(2006) 등단. 시집『꽃잎 위를 걷는 사람들』(2006, 태극),『당신 곁에서 강물 되어 흐릅니다』(2007, 태극),『삶과 사랑과 향기』(2016, 조은) 외. 전국고산시조백일장 최우수상(2015), 서초문학상(2016), 한국공무원문학상(2017), 한국시조문학상(2019) 수상 외. 한국문인협회 문권위원, 한국현대시인협회 이사, 서울서초문인협회 부회장, 서울대학교 문예회장, 한국문학과예술 운영위원.

		수	채	화		연	정				
						김		현		호	
꽃	으로		살	려	거	든		마음		비	워	들꽃	으로
사	랑	을		하	려	거	든		먼저		고	운		수	채	화	로
수	채	화		풍	경		속	에		핀		
들	꽃	이고		살	어	리.					

—

김현호 시인의 시조집『삶과 사랑과 향기』에서는 책 속에 아름다운 생명체들이 살아 꿈틀거리고 있다. 김 시인은 칠십 생애를 건너오면서 몸으로 부딪쳐오는 삶의 경험들을 하나하나 붙잡고 언어적 건축물을 만들었다. 일반인들이 쉽게 경험할 수 없는 삶에 닥쳐온 온갖 질곡과 고난, 아픔과 슬픔과 고통까지도 끌어안고 기쁨과 환희의 시조로 창작하여『사랑과 향기』로 승화시켜 나갔다. 편편히 잠언이고 교훈적인 시인의 언어로 '안분지족'하는 삶을 통해 삶의 고비와 조건들을 만화경처럼 펼쳐 장관을 이루고 있다.

— 문효치(시조시인 · 한국문인협회 명예회장)

—

상고대의 삶

인생의 옷걸이에 스치는 바랜 낙엽
바람은 투명한데 꼬리치는 하얀 햇살
탐욕의 생의 껍질을 상고대에 얼렸다

무념의 너그러움 허허로운 통곡의 벽
물체는 온도일 뿐 헛바닥이 숨이 차다
울어도 대답이 없을 얼어붙은 그 눈빛

말갛게 씻겨진 잃어버린 삶의 능선
포개진 출렁거림 솟구치는 자맥질에
퍼렇게 멍들어버린 벼랑 같은 절망들

두 손 모은 가슴에는 표류하는 헛된 열망
감당 못할 피말림에 읍소하는 기원들이
상고대 고통의 분투 눈꽃으로 피었다

삶과 사랑과 향기

꽃으로 만났다가 낙엽으로 지고 마는
자연의 섭리 앞에 오고 가는 인생 여정
우리들 삶의 질곡을
'사랑'이라 부르리.

그대 숨결 그윽함은 같이한 아픔이었고
당신 몸짓 다정함은 동행한 고통이었어
우리들 삶의 고난을
'향기'라고 말하리.

경포 소묘

경포대에 펼친 노을 황금빛 수를 놓고
노송에 걸린 해는 호수 위에 찬연한데
뜨는 달 일곱 개 중에 술잔에도 달이라

갈매기 높이 올라 끊임없이 울어 날며
정겨운 청둥오리 짝을 지어 쉬어 놀고
멀리서 기러기 떼는 열병 지어 흐르네

오리 섬 십리섬은 파도 넘어 숨바꼭질
강문 밖 백사장엔 이름 모를 연인 한 쌍
그림자 길게 늘어져 추억 속을 거닌다

목련화(백목련-자목련)

백목련 그늘 아래 예쁜 님 앉아 쉬고
목덜미 흰 가지에 고운 정 매달고서
연연한 사랑 노래를 시리도록 부른다

자목련 붉은 꽃잎 애끓는 그리운 정
목숨을 다 바쳐서 달려와 맞았건만
연민의 아픈 상처로 한 잎 두 잎 지누나

모녀 일기

세 살배기 딸애 안고 멋 부리던 고운 엄마
애기는 육십 넘고 엄마는 팔십 중반
엄마야, 언제 늙었니?
이 애기는 서럽다

배고프고 짓눌림에 살아온 날 아픈 추억
인생무상 말해본들 가신 세월 어찌하랴
애기야, 벌써 늙었니?
이 엄마도 슬프다

산꽃도 들꽃도

울지 않고 태어나는 갓난애가 있다더냐
흔들리지 않고 크는 초목들을 보았느냐
살다가 힘들더라도
속상해 하지 마라

길가에 민들레는 짓밟혀도 돋아나고
장미의 화려함도 가시 몸에 솟아난다
누구도 몰라준다고
억울해 하지 마라

외롭고 쓸쓸하게 살아가는 산꽃들도
비바람 폭풍우에 시달리는 들꽃들도
무던히 참고 견디며
예쁜 꽃을 피우나니.

북악산(백악산)

북악산 서울 성곽 경복궁의 배후 진산
청와대 주봉으로 대한민국 지켜온 산
남북의 분단 설움에 평안할 날 언제던가

백악산 정상 올라 사방을 둘러보니
인왕산 우백호는 궁전 왕궁 감시하고
삼각산 흰 봉우리는 한양성을 호위하네

목멱산 노적봉은 남산타워 공원 되고
낙산의 좌청룡은 성벽만이 남았구려
이태조 천만 서울을 상상이나 하였을까

창의문 다다라서 자하 대도 올려보니
선조님들 애환 설움 구국 충성 눈물겹다
인고의 오천 년 역사 세계 속의 한국이라.

사랑의 그늘

달빛은 별빛처럼 별빛은 달빛처럼
어둠이 있어야만 고운 빛 더욱 밝고
사랑도 미움이 있어
꽃보다도 정겹다

완벽도 지나치면 인간미 퇴색되고
그늘이 있어야만 사랑도 앉아 쉰다
고운 정 가슴에 두자
믿고 예쁜 사람아

부모 생각

불쌍하게 단명하신 어릴 적 엄마 아빠
고향집 처마 끝에 새벽별로 젖어 있네
영영영 볼 수 없는 얼굴
저 세상엔 계실까

나이 어린 여섯 동생 충심으로 양육하고
반듯하게 잘 자라준 손주들과 우리내외
칭찬을 듣고도 싶은데
부모 없어 서럽다

김장배추의 연가

절여진 당신 마음 샛노란 하얀 속살
푸른 잎 오므리고 포개져 잠든 몸에
맵고 짠 빨간 정염을
애액으로 비비고…

깨소금 저며 재운 매끄런 품속으로
깊은 곳 숨어버린 젓 비린 소박이야
속살을 곰삭혀다오
불꽃 피는 날까지…

김형진(金炯辰, Kim, Hyung jin)

1949년 경남 사천 출생. 호 동천(東泉). 진주교육대학 졸업(1972). 《새교실》(1975), 《교육자료》(1977) 시조 천료, 개천예술제 백일장 시조 3회 입상, 《시조문학》 2회 천료(1983) 등단. 시조집 『생활 속의 노래』(1986, 시로), 『예나 지금이나』(1992, 경남), 동시조집 『옹달샘』(1988, 시로), 『감꽃 목걸이』(2004, 경남), 교육수상집 『그리운 그때 그 시절』(2009, 경남) 외. 초등 교육계 교사 재직.

—

길

태고의 넋을 안고 살아오신 님의 자태
수많은 대화들이 메아리로 처질 적에
외로운 능선을 따라 고이 이은 자락이여!

서글픈 종말마냥 눈물겨운 헤어짐도
쓴 웃음 한 올이면 족히 삼계三界를 갈손
한 하늘 다하는 길엔 구름조차 외롭다

메아리

아직은 아쉽도록 아까운 일월인데
한숨 속 벅찬 정은 푸르름이 묻어나고
창공에 늘 이운 넋은 파도치는 자세로!

계절의 갈피마다 넘나드는 사연들이
아쉬운 마음인가 바람 같은 통곡인가
황혼빛 고운 들녘을 들여오듯 가는 소리

탑

말없이 기다림은 내일 향한 몸짓인데
비바람 모진 자락 씻고 닦인 몸과 마음
내일을 이어 받드는 아라한 그 자세

하늘 연 그날부터 쌓아온 사연들이
세상 속 가슴 쓸어 영글어온 이야기들
허구한 세월을 열어 뿌리 하고 섰어라.

파도

끝없이 펼쳐지는 비단결 같은 고운 마음
흐느껴 흘린 설움 구름같이 뜨거운 정에
부르다 부르다 지친 님의 이름 새겨라.

보드라이 보드라이 고이 이은 여인의 가슴
그리도 억센 행군 울분으로 지새우다
피멍울 안으로 다스려 부셔오는 빛이여!

노송

다문 입 천 년 가도 잃지 않은 깊은 미소
오욕이 머물지 못할 깡마른 몸매여라
그 안에 말없이 살은 세월만이 잠겨든다

하많은 중생들의 가슴 가슴 어루만져
허구헌 저 번뇌를 참선으로 떨치우며
쌓아온 일월 거슬러 염주알을 헤인다.

바다 같은 무한으로 시방을 헤아린다
때 절은 인연들을 목탁으로 회오하며
뼈 마른 안을 다지어 사리알을 빚는다.

김혜경(金惠岡, Kim, Hey kyeong)

1970년 충북 진천 출생. 진천여고 졸업(1989). 현대시조 신인상(2015) 등단. 청풍명월 전국시조백일장 차하(2014) 수상. '우리시' 동인. 포석기념사업회 사무국장 역임. 포석문학회, 현대시조문학회 회원. 진천군여성단체협의회 사무국장.

<시조>

눈 오는 날
김혜경

허전한 마음 새를
가득 채운 하얀 꽃잎
그리운 얼굴 따라
소복소복 버리고
함초롬 눈에 덮이여
살갑게 다가오는

「눈오는 날」은 하얀 꽃잎 같은 눈이 내리는 정경을, 「치매」는 혼미한 퍼즐판 안에 웅크린 어머니의 아픔을, 「평행선」은 좁혀지지 않는 거리건만 기적소리에 확인하는 공존을, 「길」은 시련 속에서도 그 길을 열어 주기를 바라는 염원을, 「부추꽃」은 부모님의 아낌없이 주는 사랑을 정격으로 표현하였다. 이 중 「치매」는 구륜근의 깊은 주름, 퍼즐판에 웅크린 어머니의 안타까운 장면을 절묘하게 표현하였고 돌아보기도 힘든 "가슴시린 세월들을/ 종이인형 밑그림에 덧붙이면/ 곰삭힌 세월이 새순 되어 돋으려나" 하는 회원을 담담하게 그려냈다.

—《현대시조》 심사위원: 이성보, 장순하, 최승범, 김보한

바람 타고 우도까지

소섬의 넓은 초원을 둘러싼 검은 돌담
세월에 묻혀가는 모퉁이를 돌아,
마주한
노을빛 바다는
해변으로 스며들고

풀 향기, 바람 향기 가득한 서해5도
넘실넘실 춤추는 파란 바다 위에서
햇살은
파도를 타고
반짝이는 자맥질

싱그러운 미로 숲 초록 물결 물들여
살랑이는 바람결에 날아온 꽃씨
미로 숲을 지나 따스한 온기 받아
해안 길
그림이 되어 줄
야생화로 피어나다

치매

그리움에 매달리던 흐릿한 기억들
시들어 한숨뿐인 구륜근*의 깊은 주름
혼미한 퍼즐판 안에 웅크린 내 어머니

찢어발긴 한지처럼 가슴 시린 세월들을
종이 인형 밑그림에 하나하나 덧붙이면
곰삭힌 쓰린 세월도 새순 되어 돋으려나

* 구륜근: 입주위의 근육으로 입술 모양을 유지시켜주고 미세한 발음을 돕는 곳, 움직임이 많은 탓에 나이가 들수록 늙어가는 표징이 된다.

평행선
— 부부

출발선 위 나란히 그렇게 시작되고
너와 나 마주서서 온 정성 쏟으며
무수한 점들로 이어온 빛바랜 이야기

멈추지 못하고 흔들리던 그림자도
허락하지 않은 채 어디로 치닫고 있나
공허한 아픈 추억도 그리움에 뭉클뭉클

가도 가도 좁혀지지 않는 그만큼의 거리
때때로 잊은 듯 무심히 살다가도
불현듯 기적소리에 공존을 확인한다

길

이 길로 접어들면
연둣빛 나를 만날까
저 길로 접어들면
초록빛 나를 만날까
수많은 길 위에 서서
동동거리는 내가 있다

꽃길이란 믿음으로
접어든 시집살이
촘촘한 사연들을
토해내지 못한 채
추억이 빛바래지고
갈 길 몰라 헤매는 나

몰아쉬는 한숨에도
가슴만은 열어두고
먼 훗날 모여지는 곳
모두가 웃는 얼굴
그 어떤 시련 속에서도
그 길 열어 주소서

거미와 뜨개질

잡념이 길게 뻗어 잠들 수가 없는 밤
실그물에 갇혀 있는 조각난 달빛이
차가운 초침에 매달려 그물망 뜨고 있다

욕심으로 채워진 눈동자도 나무에 걸려
검은 풀숲 거미줄 밖 비행을 꿈꾸며
가슴에 바늘을 꽂고 살아가는 거미와 나

보드라운 손뜨개로 이어주는 작은 세상
싱그런 새벽 아침 그 오랜 기다림 속
오월의 때죽나무에서 꽃으로 매듭짓다

자투리

한 줌 햇살도 비켜가는 음지 녘 자투리 땅
오고 가는 손길들 쓰레기나 던져 놓는
아무도 봐주지 않는 길섶으로 나앉은 곳

어기차게 돋아나는 새싹들의 푸른 함성
모로 누운 햇살도 실눈 뜨고 다독일 때
잎사귀 겹겹이 키워 널찍이 자리 편다

시간의 흐름 타고 어밀어밀 살쪄온 땅
키를 재는 나무들 꽃 피우고 열매 맺고
어머니 자투리 같은 삶도 그렇게 가꾸어졌다

눈 오는 날

허전한 마음 위를
가득 메운 하얀 꽃잎

그리운 얼굴 따라
소복소복 내리고

함초롬 눈에 덮이어
살갑게 다가오는

아지랑이

봄을 캐어 입 안 가득 문
아이의 해맑은 미소가

춤추는 아지랑이
싱그런 풀잎 향 몰아왔다

덩달아
가슴 설레며
풀꽃들이 피어난다

클로버 초대장

바람이 비스듬히 내려앉는 동심 세계
키 작은 풀꽃에게 사뿐사뿐 다가가면
어릴 적 꽃반지 만들던 동무들 거기 있다

엄마도 되었다가 아기가 되어가며
빠져든 소꿉놀이 시간 가는 줄 모르고
꽃송이 화관 만들어 공주도 되어본다

밀려 나간 세월도 돌아와 줄 초대장
미소 짓는 세잎클로버 행복한 나래 펴고
책갈피 그 속에 간직한 행운의 네잎 클로버

부추꽃

텃밭에 풀인 듯 자라
세상과 악수하나 싶더니
초여름 비에 날궂이로
입맛을 돋궈주고
또 한 뼘 불끈 자랐다
끈질긴 그 사랑이

바쁜 생활 핑계로
외면했던 꽃대는
소담한 꽃을 피워
가슴을 두드리고
바람에 살랑거리며
아슴아슴 다가온다

김혜경(金惠敬, Kim, Hye gyoeng)

1971년 전북 순창 출생. 한국방송통신대학교 (국어국문학과). 《시조시학》(2015) 등단. 오늘의시조시인회의 회원. '율격' 동인.

꽃밭

김혜경

소나기 지나가며 차창에 꽃밭 졌네
올려 본 하늘에 아롱대는 얼굴 하나
아무리 와이퍼를 돌려도 지워지지 않네

—

모든 열린 지평에는 뭔가 숨어있는 저 너머가 있다. 김혜경의 '저 너머'에는, 포화된 일상생활의 현실에 도사린 그 어떤 결핍을 넘어서려는 시적 노력이 휴머니즘에 바탕한 그리움으로 밀밀하게 나타난다. 김혜경의 시편들은 언어가 생성한 서정 공간을 큰 탁란처럼 품고 있기에, 감각계로부터 추출한 그의 정서적 사유는 속기가 한결 덜하다. 특히 「하현」에서, 시적 화자와 대상 사이에 조성된 통섭의 교류 전압이 여간 높은 게 아니다. '마음'을 시각화하고 '생각'을 청각화 하여, 종장 끝 자수의 미흡을 오히려 긴 여운으로 메우고도 남는다. 「요강바위」에서는 자연물에 빗댄 여성적 삶과 세월의 질곡사를, 「붉다」는 고추잠자리의 시선에 대한 고운 수줍음을 육감적으로 그려낸다.

— 정휘립(시조시인 · 문학평론가)

—

붉다

어느 틈에 왔을까
왕눈이 저 사내
백주대낮 십구 층 난간에 매달려
삼복에 등물 친 알몸
닳도록 훑어본다

여기가 어디라고 겁도 없이 올라와
주먹만 한 눈망울 위아래로 굴린다
화들짝 나도 모르게 젖가슴을 가린다

능청스런 저 눈길 왠지 낯설지 않다
제풀에 뜨겁게 익어가던 고추잠자리
유유히 자리를 뜬다

나도 따라, 붉다

요강 바위*

연분홍 꽃잎에 홀려 한참을 따라 들어
깊은 산 골짜기 자궁 같은 마을 있네
장군목 그 한가운데 들어앉은 바위 하나

새각시 꽃가마에 넣어온 요강이었네
구름자락 들추고 일보는 만삭의 달
강물은 흐벅진 궁둥짝을 은근쩍 치고 갔네

오백 리 굽이돌아 남녘 촉촉 적시는
천년을 퍼내도 마르지 않을 저 강물
밤마다 속곳을 내린 울 할매 오줌발이네

* 요강 바위: 순창군 동계면 어치리 섬진강 상류에 있는 바위.

바다

쌤, 바다 海에는 어머 母가 왜 있나요?
해령아, 강물이 돌고 돌아 어디로 가니
세상을 다 받아주잖니
엄마 품처럼 넓고 넓어

끝 간 데 없는 바다가 문득 보고 싶어졌다
수평선 그 너머까지 한숨처럼 노을 붉을
품은 게 너무도 많아
짠한 것도 많고 많은

수평잡기

한 발 들고 기우뚱
양팔을 벌립니다

허공에 못을 치듯
두 눈 부릅뜹니다

울 엄마
검진 받느라
우두둑 허리 펴네요

후들후들 간당간당
이십 초가 한생입니다

중심 잡고 선다는 게
어디 그리 쉬울까요

바다도
때론 흔들리며
수평선을 만든다지요

하현

창문을 두드리던 간밤의 꿈일까
저물녘 한내천 갈밭의 바람일까
왜가리 물속 읽어내 듯
네 마음이 보여

첫잔은 네 마시고 다음 잔 첫잔이 마시고
술 취해 올라탄 말이* 제 알아 갔노라고
아무리 아니라 우겨도
네 생각이 들려

* 천관녀를 찾아간 유신의 말.

봄나루역春浦驛*

간판뿐인 꽃다방 돌아
역전식당 지나면
철길은 지워지고
기적 끊긴 역 있네

세월은 매표도 안 한 채 개찰구를 빠져나갔네

짝다리를 잘 짚던
선머시마 눈웃음을
모른 척 외면하던
갈래머리 소녀야

열차는 눈길 한번 안 준 널 폭폭해 했었지

꿈길에 길을 물어
다시 찾은 봄나루역
벚꽃 잎 흩날리는
만경강 둑길을 걷네

봄은 늘 짧기만 했네 숙맥 같은 내 청춘처럼

* 춘포역春浦驛: 익산시 춘포면 소재 전라선 폐역.

영산홍 웃다

밤 마실 댕겨오다 기어이 사단이 났다
눈 내린 고샅길에 큰대자로 나자빠졌다
구멍 난 엿가락처럼 바스러진 정강이뼈

눈구멍은 가죽이 모자라 뚫렸다냐,
석 달 열흘 콕 콕 가슴팍 찔러대더니
마누라 퇴원하는 날 낯빛이 돌아온다

갈동 양반 요강 부셔 안방에 밀어준다
살다 보니 참말로 서쪽에서 해 뜬다고
마당가 영산홍 꽃이 봄 다가도록 웃다

안부

보내지 않았으니 떠난 것 아닙니다
말없이 웃고 있는
휴대폰 속 그이,
산 사람 볼을 부비듯 전원을 켭니다

벌써 오늘이 소설小雪
올겨울 많이 춥다네요
가신 줄 모르는 이들 안부를 물었네요
서너 달 못 본 사람인 양
카톡,
카톡,

죽었는지 살았는지
별고 없느냐고요,
안부 챙기듯 꼬박꼬박 전화료를 냅니다
내 안에 영원한 당신
그곳 살 만한가요

꽃발

소나기 지나가며 차창에 꽃발 쳤네

올려 본 하늘에 아롱대는 얼굴 하나

아무리 와이퍼를 돌려도 지워지지 않네

선탄부選炭婦 그녀

사북의 어둠을 두더지처럼 파먹던
남편은 영원히 돌아오지 않았다
막장이 무너져 내리자 하늘이 무너졌다

갱도는 땅속에만 있는 게 아니었다
생때같은 다섯 자식 막막하고 두려워
억장이 무너져 내린 그녀가 일어섰다

컨베어 위 제 운명 고르고 골라내며
숯덩이 타는 속내 삼십 년 검댕 칠했다
하늘이 무너졌으니 솟아나야만 했었다

* 사고로 죽은 광부의 아내들은 선탄부가 되기도 했다.

김혜배(金蕙培, Kim, Hye bae)

1925.~1997. 대구 출생. 동양화가. 호 우란(于蘭). 경북대 사범대학(수학과) 이수(1948), 홍익대 대학원(미술학과) 수료(1974). 국전 입선(1972) 외 5회 입선·특선, 초대작가 작품 출품. 시조집 『우란 일기』(1983, 을지문화사). 신사임당상 수상(1982). 대한적십자사 서울지사 자문위원장 역임.

—

봄의 교향악

태양의 징소리에 일 악장은 열린다
감미로운 라일락 선율 나르는 피리 소리
펴 오른 크라이막스 가슴 메우는 해당화

잔잔히 깔려 있는 잔디의 푸른 이 악장
조용히 현을 뜯는 실바람이 꿈을 부른다
마지막 열리는 뜨락, 다시 뛰는 율동일레.

꽃과 새들 바람과 구름, 출렁이는 음악이여,
일편단심 사는 뜻에 산천은 말이 없고,
이 봄은 노래를 하니, 나 그 속에 살리라.

소망

빛과 그늘 속에서 슬픔과 기쁨 속에서
어둠만 비껴갈 순 없었던 것일까
한 줄기 타는 목숨이 마냥 밝게 살고파라.

속삭임

이 생각 저 생각 밤 서리 젖는 아픔
접어도 접어 봐도 줄지 않는 긴긴 자락
지친 몸 여미는 속삭임 가슴속에 행복 있다.

송춘送春

가만히 살짝 가려고 어슬렁 바람을 타네
하느적 날아와서 볼을 대는 버들강아지
어차피 떠나는 길에 미소 지어 보낼 것을.

입춘

봄 내음 뜨락에 차니 나는 끌려 창가에 서네

가슴속 뛰는 고동 나는 어이 울었던가
이제는 다시 태어나 첫 돌 잔치 기다리리.

진홍의 여울
― 신사임당상 수상을 하며

구원의 빛 고운 임은 하늘 위에 계십니다
진홍의 여울을 가듯 끌려간 고궁의 전당
내 감히 당신 자리에 앉아 정에 겨워 아픕니다.

백설의 정

흐트려 마구 주네, 하늘 문 활짝 열어
훨훨이 내리신다 소복히 쌓이거라
뽀얗게 솜 같은 정이 온누리를 덮는다

병상에서 1

신은 왜 나에게 아픔을 주었을까
신은 왜 나에게 사랑만을 남겼을까
찬란한 저 자연과 세월, 내게는 다 먼 추억

김혜원(金慧沅, Kim, Hye won)
1961년 경남 밀양 내이동 출생. 원광디지털대
학교(요가명상학과, 차문화경영학과), 원광대
동양학대학원(예문화와 다도학과) 석사. 《시
조세계》(2009) 등단. 한국시조시인협회, 경남
시조시인협회 회원.

가장 단순한 의미에서의 문학은 그 작가의 삶의 진정성만큼만 표
현되며, 문학은 미래를 말하는 것이 아니라 과거를 환기하는 양식
이기에 그 진리는 평범하면서도 구체적이다. 현 단계 손끝에서 이
루어지고 있는 우리 시조의 감동 없음이 바로 이 단순한 진리로부
터 반성해야 함은 두말할 필요가 없다. 그런 의미에서 김혜원 시인
은 창작의 부단한 노력과 치열한 시 정신을 바탕으로 예리한 통찰
의 눈을 가졌으며 진정한 자기 목소리를 가지고 있다. 앞으로도 계
속 가슴을 울리는 시를 만날 수 있기를 기대해본다.
— 오종문(시조시인 · 문학평론가)

엄마 마늘

잘 여문 씨 마늘을 하나하나 쪽을 낼 때
당신은 병실 한켠 세상 시름 놓으시고
서너 평 눈물의 땅에 마늘밭을 일구었다

혹한의 겨울나기 몸은 벌써 문드러져
촉 틔우고 새끼치고 톡 쏘는 맛 되기까지
그 숱한 매운 눈물을 품어왔을 어머니

손가락 마디마디 굽은 길 놓던 세월
마늘 엮듯 접을 지어 시렁에 걸어두고
때까치 울어대는 날 오시는 듯 가셨다

목련 애상愛想

동여맨 허리춤은 하나씩 풀어지고
봄바람에 맡겨버린 그 입술 간지러워
미백색 고운 살결이 상처를 예감하네

달빛 내린 강가에서

처서가 지나가는 달빛 내린 강에서
그리운 이 생각하며 다슬기를 잡습니다
뜨끈한 국 한 그릇에 복사처럼 필 그대

밤기운이 온몸을 감싸 안고 한기 돼도
쌉쌀한 듯 단맛 도는 다슬기국 마시고
풀벌레 나직이 울 듯 시를 읊고 싶습니다

연꽃과 청개구리

청개구리 한 마리 연잎 위에 앉았다가
연못으로 뛰어들까 말까 멈칫댈 순간
정적은 숨을 죽이고 파문은 안절부절

복숭아와 할머니

청도역 앞 골목 어귀 거북등 손 할머니
시든 복숭아 몇 소쿠리 뙤약볕에 맡겨 놓고
소주병 타는 가슴은 무엇에다 맡기는지

오지의 날들

뭉게구름 지나다 깃털 여럿 떨궜는지
하얀 감자꽃 피어나는 오지의 날들
새들이 울어댈수록 속절없이 깊어간다

달빛 향해

청개구리 우는 소리 적막의 그물 찢어
석양녘 봉수대를 밀고 가는 새 떼 구름
석류꽃 붉은 입술이 달빛 향해 툭 터진다

잠자리 눈 속에

넓은 세상 보고 싶어 두 눈이 저리 클까
하늘의 기척을 알아듣는 너라면
네 눈 속 아주 작은 나도 그렇게 살고 싶다

선운사 동백

선운사 범종 소리 산허리를 맴돌다
뜨락에 늙은 가지 간지럽힌 한순간
동백꽃 합장하면서 새벽잠을 깹니다

어느 아침

보랏빛 용담 한 채 피어난 마당 저 편
그 곁에 내려앉은 달빛을 마주하다
밤이슬 젖은 머리를 말려가는 새 아침

햇살이 장독대를 유혹하듯 지나가고
전깃줄 그네 타며 까치 떼 울어대는데
아직도 서성이는 그대 어느 길쯤 오신가요

김혜정(金惠貞, Kim, Hye jeong)

1967년 경남 진주 대곡면 출생. 진주교육대학교 학사(1990), 중부대 석사 졸업(2016). 《어린이시조나라》 동시조(2014) 등단. 어린이시조나라사람들 회원. 양산 용연초등학교 교감.

—

김혜정 시인은 동시조 「거짓말」로 등단하였다. 자신이 파마한 날 아들은 '미스코리아'만큼 '멋져부'렀다고 엄마 모습에 감동하고 있지만 그것은 과분한 찬사이지 100% 참말은 아니라는 것이다. 승진의 길을 걷느라 연찬의 시간을 갖지도 못했음에도 불구하고 시심을 벼려 온 흔적이 여러 작품 속에 새겨있다. 「별」은 역경을 거슬러 반전시키는 선구자를 별에 빗댄 시조이다. 하늘만큼 깊고 별빛만큼 찬란한 작품이다. 「첫 설악」에서는 대청봉을 밟아서는 감회를 중, 종장에 연달아 풀어놓은 품이 귀신도 못 속일 시인이다. 「아이들 곁에서」는 교단의 애환을, 「아버지」는 아버지에 대한 애정을 그렸다.

— 서관호(시조시인·《어린이시조나라》 발행인)

—

거짓말

엄마가 파마한 날
어머나, 누구세요?

아빠는 놀란 가슴
리모컨에 감추지만

짝짝짝
미스코리아
멋져부러
울 엄마

아버지

춘삼월 마당가에 햇병아리 물 먹이고
한여름 뙤약볕에 복숭아 살찌우며
새마을 초록 깃발을 드높이도 드셨지

늦가을 처마 밑에 곶감이 발을 치고
얼음 낀 빈 들녘에 비닐하우스 줄을 섰듯
아들딸 오남매 모두 선생님이 되었지

흙 농사 자식 농사 여든 세 해 일구시어
흰머리 굽은 등에 틀니만 훈장이 된
아버지 청춘의 날이 석양으로 저문다.

별

어둠이 깊을수록 더 빛나는 우리는,
하늘이 높을수록 더 가까운 우리는,
반역의 푸른 숙명을 온몸으로 밝힌다.

첫 설악

오색약수 디딤돌로 대청봉 밟아서니
내 생이 정겨워서 명치끝이 찌릿했다
여명의 하늘바다에 짧은 전설 새겼다.

아이들 곁에서

선생님, 토했어요!
선생님, 똥 쌌어요!

그 심한 불볕더위
느낄 새도 없어서

오늘도
나의 하루는
서늘하게 저문다.

김호길(金虎吉, Kim, Ho gill)

1943년 경남 사천 사천읍 정의리 출생. 경상대학교(농학과), 건국대 대학원(경제학) 석사. 《시조문학》 3회 천료(1967) 등단. 시집 『하늘 환상곡』(1975, 금강), 『수정목마름』(1990, 동학사), 『절정의 꽃』(2000, 태학사), 『사막시편』(2012, 책만드는집), 『떠돌이의 혼』(2013, 고요아침). 수필집 『바하사막 밀밭에서서』(2005, 고요아침). 개천예술제 제1회 시조백일장 일반부 장원(1963), 해외한민족문학상 대상(1997), 현대시조문학상 본상(1998), 미주문학상(2001), 시조시학상, 유심작품상(2016) 수상. 미주시조시인협회 초대 회장.

시력 50년을 거치면서 그는 군인, 전투조종사, 에어라인 파일럿, 기자, 사막국제농부의 이채로운 직업을 다 경험하였다. 각 삶에 대해 그는 지금도 이를 모두 유지하고 있다. 시인은 시간을 잘 이해하고 이를 초월하고자 노력한다. 그는 "슬픔이 너무 크면/ 눈물도 마르고 만다./ 눈물은/영혼의 사치/ 기댈 수 있어야 눈물도 있다/ 기댈 곳 절망뿐이어라/ 물한방울 없는 사막"(「슬픔이 너무 크면」)이라 말한다. 슬픔의 바닥을 경험하고 이를 잘 알고 있는 것이다. 시간이 가진 의미를, 슬픔이 가진 깊이를 그리고 죽음과 함께 오는 순수함을 이해할 때 시인은 이제야 사랑의 편안한 품에 들 수 있으리라. 시인이 외지로 떠돌며 느끼던 외로움이 이제 언제나 가슴 벅차게 다가왔던 자랑스러운 모국 이땅 위에 사랑과 희망으로 다시 피어나 남은 생애를 건강하게 이어주기를 바라는 마음 간절하다.

— 이지엽(시인 · 한국시조시인협회 이사장 · 경기대 교수)

고향집 우물

빌딩 사이 낡은 문을 밀고 들어선 고향집
꽃밭도 장독대도 그 옆에 선 감나무도
옛 집은 간곳이 없고 돌담벽만 남았네.

온 동네 마을 사람들 웃음꽃 피던 우물
그 옆에 키다리 접시꽃 분홍 미소 날리던 자리
시멘트 철근 덮개에 틀어 막혀 죽은 우물.

이곳이 우물터요 늙은 할미 쓸쓸한 웃음
외양간 암소 울음 아직 귓청을 울리는데
막막한 세월을 딛고 한참 허허롭게 서 있었네.

울어라 울어라 새여

무한 창공 그 위에 점이 되어 폴폴 날아라
구름 위에 또 구름 산 열두 폭 병풍 속을
금가루 은가루 흩듯 노랫소리 흩뿌려라

소똥구리

아무리 예쁜 천국이 먼 곳에 있다지만
우리는 그 똥속에 천국을 찾아요
그 속에 행복에 젖어 데굴데굴 구르네

레구혼 닭은

레구혼 닭은 매일 흰색 알 한 개 낳고
꼬꼬댁 꼬꼬~ 그 소식 동네방네 알린다
시 한 편 낳아 보아라 내 귀에도 알린다

시인의 마음

연약한 시인의 마음
호롱불 등유리 같다
세상을 밝히려다
제 먼저 금이간다
시인아, 울지 말아라
하느님 늘 지키신다

비행운

잘못 그린 세월이 새파랗게 질려있는
지우고 다시 그리고 싶은 저 하늘 캔버스
내 심사心思 어떻게 알았나, 그대 가위질 하고 가네

모든 길이 꽃길이었네

스쳐온 굽이굽이 사연이야 많았지만
지나온 모든 길은 아름다운 꽃길이었네
꽃 피고 새 우는 동네 한가운데를 지나왔네

뜬 구름

부질없다 부질없다 모두 다 부질없다
날 잡아 보아라 잡아 보아 부질없다
뜬 구름 스르르 몸 풀어 빈 하늘로 흩어지네

야자수

미친년 춤추듯이 날개 마구 휘젓는다
그렇다고 지조없다 생각하지 말아라
지는 게 이기는 것이라 보여주고 있을 뿐

그가 돌처럼 쌓아올린 내공의 강인함은
죽어야 최상의 목재로 남겨질 수 있단다.
뿌리로 가누어 올린 저 막막한 자존을…

별에게

몇 억 광년 밖 그 거리 짐작할 수 없지만
마주한 네 눈빛을 헤아리고 있네
어쩌면 눈물 글썽한 네 얼굴도 새긴다네

동백꽃

가까이 보면 예쁘고 멀리서도 예쁘고
보면 볼수록 예쁘고 눈 감으면 더 예쁘고
만리쯤 거리 밖에는 동백꽃으로 피는 너

풀꽃 향기

너 있어 난 행복해 생각만 해도 난 행복해
하늘 밑 어디엔가 있는 느낌 난 행복해
네 생각 가슴에 품으면 풀꽃향이 스민다.

종이 비행기

미운 이 자주 보고 그리운 이 만날 길 없네
오늘은 하루 종일 네 생각에 잠겨
부칠 곳 없는 편지를 빈 하늘에 띄우네

해안선의 구도

깔, 깔, 깔, 야생마 한 여자

머릿결 날리며 달리고 있고

그 뒤로 야생마 한 남자

카메라 들고 뒤쫓고 있다

하느님

셔터를 누르세요

당신이 그리는 그 구도를.

그런 순간이 많았다

추락한, 죽은 새처럼
수직으로 곤두박질한

추락한, 산이 주저앉듯
하염없이 꼬꾸라진

추락한, 붙잡고 울 곳 없는
그래서 더욱 서러운…

김환식(金桓植, Kim, Hwan sik)

1933.~2016. 전북 진안 안천면 출생. 전북대학교(법학과) 졸업. 《소년》(1971.4.), 《시조문학》(1977.6.) 등단. 시조집 『소복무』(1979, 삼민사), 『이제 빛의 미사가 끝났으니』(1985, 삼민사), 『최초의 심판』(1991), 『피바람 靈歌』(1992, 성 황석두 루가서원), 『자아상』(1999, 문경) 외. 충남문학 대상(1991), 한국카톨릭 문화대상(1996), 국민훈장 석류장(1999) 수상 외.

—

자아상自我像

지리산 고사목군
동지섣달 칼바람을
뚝 짤라 가슴에 품고
피를 돌린 장골산맥壯骨山脈
통천문痛天門
좁은 문으로
눈길 터 온 발걸음

맵짜게 다그쳤어도
뒤돌아보면 제자리네
강물은 제 물로 흐르고
구름도 제 하늘 떠가는데
그대로
그냥 그대로
영과 육의 앉은뱅이!

거룩한 몸 받아 모시니
심천心天에 뜨는 해와 달
참으로 거룩한 진리와 사랑은
오직 한 분뿐이므로
죽으나
사나 죽으나
이 길만을 가오리다

햇님은

맨 먼저 보고 싶어
토실한 고 얼굴들

바닷물에 세수하고
단숨에 산등 넘어

새 아침
아기네 방에
빛을 뿜어 넣는다.

어제의 그 하늘을
불을 켜고 날아가며

온누리 무지개빛
새 힘 함빡 피워 주고

밤하늘
별 씨 뿌리며
내일 또다시 온다고.

소복무素服舞
— 장성탄광 참사長省炭鑛 慘事 소식을 듣고

이승과 저승 사이
핏줄 매고 줄 타는 나날

마른 번개, 천둥에도
내려앉는 가슴인데

마침내
천길 갱坑 속에서
한 잎으로 진 목숨.

그토록 질긴 삶이
능청스레 누웠는가

오지랖 담아 붓는
한 줌 흙으로 덮히는 세상

차라리
부러진 날개의 한恨
학鶴춤으로 다스린다.

끊일 듯 살아나는
회심곡悔心曲 흐름 따라

앗긴 창궁蒼穹을 우러러
설원雪原 오방五方을 맨다

진홍眞紅빛
꽃을 뿌린다.
애가 살이 될 것인가.

절두산 성당

캄캄한 어두운 낮을
성신으로 비추시고

실속 없이 텅 빈 세상
진리로 채우셔도

그 일이
그릇됨이라
목숨마저 앗다니.

큰칼 씌우기, 학춤 추기,
단근질로 찢기운 살.

망나니 칼춤마저
믿음으로 이기신 몸

창창한
'말씀의 바다'로
예서 해가 뜹니다.

맨 처음 빛 밝혀 내고
더 짠 소금 구워 내고

사랑의 용광로요
하늘나라 출발점

절두산
순교 성당에
무지개 다리가 섭니다.

칠석七夕

삼백예순 나날
마냥 두고 그린 얼굴

은하銀河 푸른 물에
눈물 저린 두 옷자락

오작교
난간 머리서
누리는가 이 밤을.

서른 해 맺힌 한恨이
남과 북을 이룬 장벽

바다를 막아 논밭 갈듯
통일로를 닦아 가면

뜨겁게
얼싸안을 날,
오려는가, 그 언제

경주慶州에 가는 마음

하루해를 짊어지고
땅뜀도 어려운 날은

서라벌 걸걸한 꿈
댓바람 속에 푸르르기

추석날
고향을 찾아가듯
가고, 또 갑니다.

에밀레 종소리에
천년 고을이 피가 돌고

무덤 속 흰말 타던 해
첨성대 하늘을 날며

불국사
탑돌이 하고 나면
스친 정도 솔빛이다.

토함산 필경의 굽이
걸음걸음 아끼면서

범살문 열어 제쳐
심방을 텅 비우고

석굴암
큰 부처님께
염화미소拈華微笑 받는다.

말씀

한 세월 바람처럼
서성이던 가슴으로

돌아와 마주 앉은
숙연肅然한 이 자리에

하늘 끝
아득한 자락
빛살 치는 저 음성.

한 송이 벙그는 꽃
한 잎 지는 아픔마저

크나 큰 그 손길에
이어받은 숨결이여

이 마음
묵정밭에도
말씀의 씨 뿌리소서.

샘

오랜 지심을 돌아
고여 앉은 맑은 숨결

찰랑한 옹달샘에
새벽 하늘 별무늬

가슴속
뜨거운 샘에도
무지개가 어린다.

온실溫室

눈바람 차거워도
도란대는 봄 이야기

적은 영토를 갈아
제 나름껏 누리는 삶들

한 장의
유리를 사이에
저기 푸른 공화국.

부채춤

동백섬 가지 사이에
사뿐대는 송이눈

진달래 개나리빛
열두 폭 꽃물결

태평가
신명진 흐름 타고
날아 오는 천사들!

사르르 펼쳐 돌면
신바람이 일어나고,

접었다 다시 펴면
활짝 피는 꽃구름,

온누리
밝아지라고
소롯이 올리는 기도.

김효경(金曉經, Kim, Hyo kyung) 본명: 김중인(金中仁, Kim, Joong in)
1937년 서울 종로구 출생. 부산 범어사 윤고암사 은사 득도(1946), 사미계수지(1953), 사집과 수료(1954, 해인사), 사교과 수료(1955, 해인사), 대교과 수료(1964). 《시조문학》「허수아비」천료(1976) 등단. 시조집 『양면불』(1976, 대각) 외. 한국문인협회, 민족문화협회, 승려시인협회, 불교작가협회 회원. '씨얼' 문학동인. 제주도 중앙 포교당 주지 · 포교사, 재단법인 대각회 상무이사 역임.

—

허수아비

할 말 다 제켰으면 아예 죽은 시체이게
갓 태어난 아기 몸에 꿈 맑은 넋을 기워
그 누덕 땀 밴 옷자락 온누리에 펼치다.

어머니 사랑을 읊는 다사로운 저 햇살로
백자 큰 항아리에 소망을 길어 붓고
맘 굳혀 예 서 있는 뜻 반겨 맞는 바람이여.

황금빛 계절을 온몸 가득 불 지피고
해진 옷자락 끝에 외론 가슴 팔락이며
돌아서 돌아서 오는 즐거운 삶의 친구

밤비

대지와 얼굴 맞대 속삭이는 밤비 소리
눈금 헤아리던 그날의 아픔을 쓸고
그대는 속정을 열어 이 밤을 흐느끼는가

당신의 손때 묻은 거울 앞에 다가서면
아쉬움 산야를 흘러 피멍울 든 눈빛으로
만 리 밖 꿈길을 닦아 잠도 적셔 내린다

밤안개

천년 바람 뜻 기리려 헐어뜨린 옷을 입고
실성한 웃음을 뱉는 화장대 앞 그녀는
세태를 손톱에 그려 안개 속을 밟고 있다.

고달픈 삶 뺨 할퀴는 사바의 어느 뒤안
좀 전까지 눕던 자리 허허로이 흔적 없이
밤안개 떨구고 가는 고락산 인정 소리

만남

사랑은 만남이다. 미움도 만남이다

호올로 나그네 길 가도 가도 만남이다
사랑을 다하지 못해 미움까지 사랑을 할려.

성지순례

붓다는 인간이었다 인간인 성자였다
문명의 때 끼지 않은 그 시대에 태어나서
문명의 손에 자라난 제자들을 맞다니.

삼계육도 먼 곳일까 난 그런 생각 앉혀
눈 밝은 이는 보리라, 귀 밝은 자 들으리라
꽃 피고 새우는 소리 그게 그 설법 아닌가

인도는 그들의 성자를 자랑할 줄 모른 나라
역사의 수레바퀴 무상을 노래할 제
갠지스 강 더러운 물도 성수로만 남거라

애련

그대 푸른 눈빛 괴어 사랑으로 빚은 염주
알알이 영근 염주 놀빛 타고 몰려오면
미움도 살이 되어서 새싹으로 솟는가.

정안수 당신 앞에 두둥실 혜월慧月이 뜨면
마음 곧, 하늘을 날 듯 속삭이는 그 목소리
거기가 얼마나 먼데 그리 오라 하십니까

처음 그 시선 속에 슬픈 구름 일더니만
내 눈물 비로 뿌려 몇 번 다시 씻겨가도
사랑의 정 흘린 자국만 세월 따라 커갑니다.

사랑의 꽃

내 사랑 고뇌 품고 꾸역꾸역 졸고 있다
너울너울 춤을 추며 금 구슬을 꿰고 있다
그 정을 선연嬋娟한 피로 부어 꽃 피우는 밤이다.

어제는 나의 눈이 샛별처럼 빛났었다
오늘은 몹시 아리던 마음 얼음도 녹여
한 아름 기쁨을 거둬 그대 가슴에 꽂는다.

이 밤을 어디서 쉬나

1
갈 길 먼 지친 발걸음 놀빛에 서고 싶다
눈밭에 서고 싶다, 바람받이 가슴 열고 길 위에도 서고 싶다
끝 간 데 모를 발걸음 이 밤을 어디서 쉬나

2
내가 여기 있는가 여기에 내가 있는가
선 자리 고쳐 서고 또 고쳐 다시 서고
오늘의 지친 발걸음 어디 가서 이 밤을 쉬나.

* 김효경 작사, 김용호 작곡, 심소희 노래.

인파

이 많은 사람들 다 어디서 왔다 어디로들 가는지
백지장의 낙서로 지우고 다시 긋고
광장에 선 미아같이 시류 따라 휩쓸린다.

그 무엇 아랑곳할까 기계가 되어 사는 나날
부채질 더위 타는 끝이 없는 저 파도들
타넘고 넘어져 기다가 바라보는 자 되어라

입선기入禪記

내 있고 네 있는 거나 네 있고 내 있는 거나
내 없어 네 없는 거나 네 없고 내 없는 거나
꿈꾸고 있을 때라도 말씀 밖 말의 일 아냐?

김효이(金效伊, Kim, hyo ee) **본명: 김영미**(金英美, Kim, young mi)

1968년 경북 영양 출생. 울산전문대학(기계과), 경희사이버대학교(미디어문예창작학과) 졸업, 경기대 한류문화대학원(문화콘텐츠학과 시조창작전공) 재학. 《한맥문학》(2008) 등단. 《서정과 현실》 신인작품상(2020), 제7회 울산시조 작품상(2020) 수상. 한국문인협회, 한국시조시인협회, 울산문인협회, 울산시조시인협회 회원.

김효이 시인의 작품은 크게 두 가지 특징을 지니고 있다. 내용면에서는 인생이라는 거대 담론에 고심하고 있고 형식면에서는 단시조를 선호하고 있다. 이 두 가지 특징은 별개의 것이 아니라 밀접하게 연관되어 있다. 가령 이호우나 초정처럼 말기에 갈수록 시조의 본령인 단시조를 선호한 것이 아니라 출발부터 그가 고심하는 인생이란 테마를 극적으로 노래하는 미적 장치로 이 형식을 선택한 것 같다. 그 결실로 훨씬 함축적이고 단단한 아포리즘적 결구들이 가끔 보석처럼 빛난다.

— 이우걸(시조시인 · 우포시조문학관장)

대추나무

마당귀에 대추나무 한 그루 서 있다

가을이 노을처럼 잠시 머물다 갔다

눈 오고 바람이 불어

그림자만 남았다

가족

흩어지면 그립고 모이면 시끄러운

끈 없는 끈으로 묶여 사는 혈연들

언제든

기댈 수 있는

어깨가 정겹다

할미꽃

동화에서 자주 본 듯한

등 굽은 할머니

봉긋한 입술

눈높이에 맞춰서

한 많은 생애의 비밀을

꽃인 듯 열어 보인다

허공

생각의 피난처로
하염없이 바라보는

하루에도 수없이
틈나면 마주하는

어디든,

눈으로 또 마음으로
머물다 흘러가는

손톱 깎기

늦은 밤 습관처럼 손톱을 깎는다

그러다 살점을 집어 상처를 내기도 한다

내 시는 그런 상처를

견디기 위한 노래다

석류

건들장마* 피해서
담벼락에 숨었다가

이제는
시집가도 된다는 엄마 말씀에

볼그레,
얼굴 붉히며
고개 드는 처녀 애들

* 건들장마: 초가을 비가 내리다 말고 내리다 말고 하는 장마.

아버지

언제나 높은 분으로 모시고만 싶었다

그래서 이물 없이 대하질 못했다

그것이 잘못이었음을

떠나실 때 알았다

평행선

너는 내가 아니듯
나는 네가 아니다

살다 보니 좋은 것만 좋은 게 아니더라

언제나
닮은 듯 닮지 않은
현실과 이상 앞에서

매미

정겨운 매미 울음 새벽잠을 깨운다

하루를 일 년 마냥 보름을 부르짖다

고목에 문신처럼 붙어

말라가는 저 고독

친구

강산이 세 번 바뀌고 네 번째 즈음하여
묵은 가지 하나를 과감하게 베어냈다

물젖은 심지의 불꽃은
꺼지기 마련이다

김희선(金希善, Kim, Hee seon)

1953년 대구 북구 출생. 영남대학교(국어국문학과).《문학세계》시(2005),《시조세계》신인상(2006, 가을호) 등단. 한국문인협회 봉화지부장 역임. '오늘' 동인. 한국여성시조문학회 이사.

김희선 시인은 "언 땅위/ 써내려가는/ 이 잔잔한 말씀들"(「야생화」)을 들으면서 "내로라/ 다 외쳐대도/ 오직 한 길 묵언 중"(「할미꽃」)인 작은 꽃들에 주목한다. "온 겨울 다져온/ 저 노란 생명의 두께"(「산수유」)를 감각하고 형상화하는 시인의 국량局量이 넓기만 하다. 이처럼 우리는 시인의 마음으로 전해지는 감각과 글썽이는 시선을 통해 보잘것없는 사물을 투시하고 거기에 자신을 던져 넣는 낭만적 모험을 수행해가는 시인의 심미적이고 근원적인 모습을 만나기도 한다. 김희선 시인은 그렇게 뭇 타자에게 따뜻한 관심과 언어를 주고 자신을 향해 견고한 성찰의 언어를 던져가는 것이다.

— 유성호(문학평론가 · 한양대 교수),《오늘》동인지(2019)

똥꽃

보이는 그대로만 바라보지 않는다면
들리는 그대로만 헤아리지 않는다면
때로는 아픔 속에도 향기가 깃들인다.

어머니 고이고이 닦아주던 유년의 꽃
나는 왜 향기로 다가가지 못하는가
사랑의 깊이만큼만 피고 지는 저 똥꽃

치매 노모 삶을 비벼 노란 물감 풀어놓고
벽에도 이불에도 손으로 그린 그림
신산한 세월의 무게 온 방에 가득하다.

풀죽어 웅크린 채 깊이 패인 주름 앞에
"어무이, 똥재이~" 애교 섞인 말 한마디
웃음꽃 눈물범벅 되어 온 방이 환해진다.

산수유

사람이
가슴을 열면
그 깊이는 얼마일까

온 겨울 다져온
저 노란 생명의 두께

얼마나
더 깊어져야
저 향기로 다가갈까

할미꽃

어여쁜 그 얼굴을 왜 들지 못하는가
흰 털을 베일 삼아 고개 숙인 백두옹
내로라
다 외쳐대도
오직 한 길 묵언 중

수많은 말마디가 돌이키면 허망한데
일찌감치 깨달은 듯 내면 가득 고운 빛
내 얼굴
보고 싶으면
너희도 낮추라고

모정

뿌리와
이파리와
꽃까지 내어주고

더 줄 것 없을까
연밥마저 지으셨네.

아직도
끊이지 않는
물 밑 저 태동소리

길 위에서

계절 잊은 감잎 하나 붉은 잎 펼쳐 드니
그 아래 어린 풀잎 저도 따라 귀 붉힌다.
발자국
어지러울까
돌아보는 이 한낮

민들레

언제 어디서나 너를 볼 수 있었기에
나는 네가 꽃이란 걸 느끼지 못했다.
내 곁에
뿌리를 내린
풀인 줄만 알았다

눈길 한 번 주지 않아도 너는 늘 거기 있고
손길 한 번 주지 않아도 끈질기게 싹을 틔워
노랗게
꽃을 피우며
손짓하고 있었다.

피고 지고 또 피어 세월이 흐른 지금
이제야 네 존재의 의미를 알았다
세상의
어떤 꽃보다
어여쁜 줄을 알았다.

빈 들판에 서서

젊음의 시간들만
가득한 게 아니다.
여린 씨앗 품어 안아
골수를 내어주던
격정이
지나가버린
빈 들판의 충만함

바람이 쉬어가고
햇볕도 토닥여주는
세진을 다 털어버린
자유의 저 몸짓은
백발로
누워있어도
평화롭기 그지없다.

절골 계곡

드러내 보일수록
드맑을 수 있다니

모난 돌 품어 안아
조약돌로 빚어내는

가만히
바라만 봐도
가슴 벅찬 사람아.

향수

동구 밖
나서고 보면
하마나 눈에 띌까

옥수수 한 입 베어
시간을 재고 계신

아직도
숨어들고픈
내 어머니 치맛자락

수상가옥

황톳빛 물결 위에 무리지은 수상가옥
단칸방 삼대살이 펼쳐진 속내들이
유람객 무한욕심 위 수줍게 떠다닌다.

빈한한 톤레샵 끝없는 수평선 따라
생의 업 떠안아 온 물결은 처연한데
비워둔 마음살이에 근심 걱정 하나 없다.

두고도 모자람이 우리네 삶인 것을
질박한 일상 앞엔 거친 물도 옥토인 양
물 위를 누리는 배는 발걸음도 가볍다

김희운(金熙云, Kim, Heui un)

1961년 제주 서귀포 대포동 출생. 오현고등학교, 제주대학교(행정학과), 제주대 교육대학원(사회교육) 졸업(1994). 《시조시학》 신인상(2004) 등단. 오늘의시조시인회의, 한국시조시인협회 회원. 제주시조시인협회 회장.

```
          목련
                    김희운

  이따러   어직   못내어
  조바심   앓던   날들
  맨살   부비며   떨어지던
  버린 사랑에   짓이겨도
  새벽녘
  오직   하나는
  자식위한   기도였네
```

—

김희운의 「수선화」에서는, 겨울을 견딘 또 다른 이미지를 형상화한다. 밤새 앓던 가슴에 피워내는 향기, 바로 어머니다. 어머니는 기억들 중 강하게 심상을 지배하는 산물이기에 자식을 위해 헌신적으로 살아온 세월을 인지하고 그것을 작품 「종이집 한 채」로 표출한다. 늘 생활 속에서 겪은 시적 소재들의 재인식을 통해 자기만의 서정을 그려낸다. 그런가 하면 「별도봉, 찔레를 품다」와 「모래시계」처럼 4·3과 개발의 광풍을 노래하기도 한다. 이런 시적 운용의 힘을 가지고 앞으로 내재된 역량을 맘껏 펼치며, 진정성과 냉철함으로 자신의 입지를 굳혀 나가리라 믿는다.

— 김윤숙(시조시인 · 한국시조시인협회 이사)

—

모래시계

섬 억새는 뒤집혀도 제자리서 피어난다
노을 비낀 중산간
대숲 그늘에 앉아
무진장 무너져 내린 그 흔적을 찾는다

통째로 굳어버린 맨발의 화산섬에
무시로 쏟아지는
무자년의 파편들
처갓집 마을 언저리 뿌리박고 살아간다.

컴퓨터에 갇혀있는
모래시계 바닥날쯤
서귀포 지삿개 돌기둥 불러내어
이 가을, 표지석 세우며 미친바람 재우고 싶다

수선화

숭숭 뚫린 문풍지 사이 바람 소리 발자국 소리
박음질로 기워내던 시골집 건넛방에
새벽녘
재봉틀 소리
일어서는 어머니

지아비 치정에도 간직했던 노란빛
꽃샘바람 잎샘바람 칼바람도 넘기고
큰 갯물
포구로 오는 봄
향기 아직 남았는데,

벌초

　날 세운 호미질에 쌓이는 땀방울들

　성님 저 와수다 벧이 과랑과랑 헌게 마씀 거긴 어떵 허우과 여기랑 틀렁 흙바닥 시원허지예 성님 게메 여긴 벧 안드난 살아지키여, 이승에 흘리는 그 말

　예초기 봉분 넘나들며, 풀 냄새로 번지는 여름 한낮

쇠똥구리

오래된 꿈을 꾼다
물구나무 버티면서
흠뻑 젖은 땀 냄새 경단하나 밀며 간다
짓이긴 흙구덩이 속 뜬눈으로 견디며
쇠똥 같은 나날에도 날갯짓 뽐을 달고
거친 세상 그 한 녘 가슴에 품은 의지로
순명을 굴리며 간다
무릎 펴 일어선다

앉은뱅이 재봉틀

새로 산 집
한 번도
온 적 없는 어머니
언제 오셨는지 거실 재봉틀 앞이다

땡볕에
잔디 깎는다고

툴툴거리는 박음질

'신작로를 배회함'

방 한구석 애지중지 유품을 헤아리다
우연히 펼쳐든 어릴 적 생활기록부
어린 날
대처로 이끈 모정
전학 흔적 뚜렷하다

부모희망 공무원
학생희망 공무원

그 아래 담임 소견 '신작로를 배회함'

오십 줄
바람 실은 배회는
어디쯤 멈춰 설까

종이집 한 채

일평생 기다리며
홀로 참던 어머니

말년에 마련한 집도
아들놈 주고 나서

마지막 혼자 누운 밤
원도 한도 다 내리셨나

한복을 곱게 입고
여한 없는 그 길에

화장火葬에 좋다고
종이집 한 채 붙잡더니

이마저
호사면 호사라고
흔적 없이 사른다

애기동백

뿌리박고 살던 동네 자식 두고 떠난 이력
낯선 땅 터전 삼아
눈부신 날 꿈꾸더니
피멍울 가슴에 새기며 살자, 살자 견디었다
말라버린 눈물 속에
잊혀가던 이름들
더 푸른 하늘 아래
어느새 툭, 툭 떨어져
다시금 꽃 피울 그날, 싹 틔워 합장한다

별도봉, 찔레를 품다

별도천 흘러가다
물 고여 앉은 곤을마을*
멸치 후리던 소리
메아리로 남았다

불발탄
기억을 더듬어
묵념하는 그 당집

슬픔에 슬픔을 더해
가슴속 일렁이던
붉은 꽃 핀다,
흰 재로 남았다

찔레꽃,
바다를 거슬러
별도봉을 품었다

* 곤을마을: 별도봉 기슭 해안 마을로 4·3 와중에 주민이 학살되고 마을이 불태워져 지금은 흔적만 남아 있다.

우리 집 명자나무

우리 집 명자나무 틈만 나면 묵언 수행

수시로 때때로 닫아버린 말문엔
저 혼자 되새기는 말 혀에 그물을 쳤나
딸 아들 걸렸을까 서방 놈 걸렸을까
살아온 날 한숨이고 살아갈 날 걱정이면
그저 예, 예, 그저 예, 예, 비위 맞춰 살면 되지
짧아지는 이승의 시간 욕먹으면 안 되는 거지

툭, 하고 어깻죽지로 내리치는 죽비 소리

나병기(羅秉箕, Na, Byung ki)
1906.~1984. 경성 사범학교 졸업. 《별건곤》「월강죄」, 「기다림」 발표(1927), 《현대시조》「파시의 밤」, 「가을 나그네」 천료(1984) 등단. 시집 『백두산 가던 길』(1979, 동양사), 『까치 우는 새벽』(1980, 동양) 외. 군가 '승리의 용사' 작사. 성진 실천고등여학원 설립자, 원장 역임.

가을 나그네

검붉게 물든 산하 물들어 가슴 타는
한때는 바람 실어 강 건너에 머물더니
잊었던 계절의 생채기 마주치는 이역 땅

한 청춘 면학으로 불사른 고장인데
생사 갈림길로 대장부 서린 한이
북만주 노을에 탄다 두만강도 불탄다.

추풍령 거센 바람 하늘가에 높이 돌고
북도라 천 리 길에 매만져 여민 옷깃
국경은 바람도 찬데 가슴 되려 뜨거워.

두만강의 메아리 1

강줄기 험한 굽비 달빛을 누비면서
하늬바람 가슴 후벼 갈꽃에 부서질 때
조국 땅 흙 한 줌 쥐고 꿈 설레는 저 하늘

국경엔 순라병 총소리 고요 씹어 삼키는 밤
만주냐 아라사냐 풍상의 가시 밭길
마지막 고별의 정을 물거품에 띄운다.

개나리 여읜 행색 알로시깨 금전꾼
구국의 피를 튕겨 북두성과 맺은 언약
세월을 새김질하며 흘러가는 강물이여.

기다림

새봄이 다가도록 기별조차 없는 님
가을 밤 안신雁信같이 또 어찌 참으래요?
두만강 눈 얼음들이 다 풀려 갔다는데

새봄이 아니오라 열세 봄 넘어라도
못 참을 내랴마는 가신 님 날 잊을까
강남의 제비 떼들이 제 깃 찾아왔는데

매화와의 고별

엇갈린 계절풍이 가슴만 설레 놓고
줄기 휜 늙은 가지 파르라니 새 옷 걸쳐
갓 열린 꽃봉을 들고 문안 들던 아침 이슬

샛바람 불어올 제 네 향기를 보내주렴
널 두고 가는 마음 이다지 저밀 줄을
옛 추억 서럽다 말고 오는 봄을 반기렴

버린 국화분을 보며

막다른 골목 길에서 날 바래준 버린 국화분
서글픈 그 모습이 옛 영화를 일러준다
찬 눈발 사무칠 창가에 남길 유언 그 무엇.

아직도 남은 숨결 하늘과 땅 사이를
깊은 밤 뉘우침도 저만치 씹어 삼켜
정열은 다 태워버리고 뿌리 속에 담는다.

월강죄

월편越便에 나부끼는 갈댓잎 가지는
애타는 내 가슴을 불러야 보건마는
이 몸이 건너고 나면 월강죄라 하네요

기러기 갈 때마다 일러야 보내며
꿈길에 그대와는 늘 같이 다녀도
이 몸이 건너고 나면 월강죄라 하네요

늦가을

백두 한라 산허리 남겨둔 가을 빛은
님과 나 타는 가슴 불바다로 이어져도
휴전선 하늬바람에 서릿치는 이 한을

나병순(羅炳淳, Na, Byung soon)
1943년 충북 영군 출생. 호 술랑. 아동문학가. 중앙대학교(국문학과) 졸업(1969). 국민학생 시절 동시 입선, 중고교 시절 한글시 백일장 장원(1961). 동화 현상 「꿈처럼 곱게」당선(1960),《시조문학》「학」천료(1980) 등단. 찬송가사, 수필 등 다수 발표. 〈조선일보〉임산지국 경영, 서울 마푸중고교 교사 역임.

—

다듬이

하늘이 지나가는 목이 긴 산가에서
정 새겨 길어 보는 가을밤 시린 여심,
인생을 꾸리로 감아 병풍 접듯 산다오.

빈 나무 꿈을 안고 겨울 깊은 빈 들에서
장단을 다투어서 목숨을 다독이며
풋사랑 두고 온 모정 입이 마른 하루 해

수줍어 돌아앉은 초사흘 낮달같이
새알심 술래잡이 돋아나는 동억童億 속에
긴 고름 자루 치마에 번뇌 다져 두들기네.

바위

내력을 달래면서 돌아누운 강 언덕에
지병으로 찾은 동리 살肉 닮은 누리 속에
십오야 서툰 가락을 가다듬는 내 찬가

목숨이 다 헐도록 몸살 난 산천에서
정상의 간구마다 꿈만을 굴리면서
순애도 못다 한 날에 두리기둥 감긴 단청.

죽으면 신라 천년 대불의 개안開眼일레
밝히면 고려풍경 낭랑하게 뿌리오니
나 하나 내밀한 가문 입 다물고 살겠네.

호수

향수는 노을 속을 흥건히 갇히우고
긴 세월 방황으로 잿빛 지친 연꽃으로
먼 바람 주저앉은 언덕 떠오르는 얼굴들

안으로 설레는 소리 죽인 조음調音들도
저 혼자 고일라면 장밋빛 타는 낭만
그 가슴 푸른 마을에 달이 뜨고 별이 뜨고

닭

어둠이 소태 같은 내실內室에 묻힌 심신
병 모르고 살던 나날 타는 듯 버리고서
어둔 밤 긴 목을 놓아 지향 없이 찾는가.

계시를 받으면서 자리 비껴 앉아
모태 근성마저 돌아누운 겨울날에
밤인들 맺힌 여한을 따스하게 품을까.

깃이 여울도록 자해로 무너진 밤
명음도 알 수 없는 목이 쉰 산하 아침
긴 울음 능선을 타도 울림 없는 저 하늘

박꽃

어둠의 뒤안길에 홀로 선 젊은 피는
옹달샘 순정으로 참아온 마디마디
이 강산 후미진 골에 겨레 소원 이루리

오복한 따스함은 애슬피 모아온 뜻
전설을 머금고서 초옥을 밝히면서
저 혼자 달래는 삶은 소나기에 산다오.

기긴 날 어디메쯤 올 듯 올 듯 갸웃이
얄미운 어느 날에 연기처럼 사라질 걸
환혼에 지고 피우는 아름다운 소녀의 미소

학

황혼길 고샅 가득 세월 자락 펄럭이며
국향도 잦아지는 초가삼간 내려앉아
흰 구름 서역 삼만리 돌아 못 올 나들이.

술 사이 웃음으로 무지개 얹어두고
살아본 시공時空 이사 한 번 들면 그만인걸
날자야 내 혼과 더불어 꽃가지나 꺾어 들고

환한 빛을 쪼아라 노송에 얹힌 신라
날개가 주저앉아 염불에 숨진 고려
천성天城에 받은 수계受戒 사명으로 산다오.

뚝배기

거친 체온으로 바쳐온 인고 속에
학대는 푸념처럼 오붓이 엉기었고
가난을 못다 한 힘은 터실터실 서럽다

단풍

하늘에 매달리어 기도하는 작은 입술
참다 터진 그 응답이 "내 은혜가 네게 족하이."
나 또한 속을 앓아요, 너보다 더 큰 환자여!

폐를 앓는 산처녀가 병 대신 잡은 손길
엄마의 너른 가슴 불러본 사랑인데
훌훌이 뛰어든 산하 내연하는 내 육신

직지사에서

속세를 돌아앉은 여기 고요한 절에
피안의 밤은 부스스 몇 번이나 밝았던가
아슬히 흐르는 소리에도 깨달음이 샘솟는다.

괴로운 육신일랑 차라리 벗어버려도
촛불에 타오르는 법열은 길이 사노니
스님은 장삼을 만지며 도란도란 벗는다.

호롱

텅 빈 내실에서 복고를 읊조리며
때 묻은 연륜에도 아향兒香 심는 손끝이여!
저무는 역사의 창에 걸려 있는 무지개

서러운 행색으로 엎드려 기도하며
아픔이 저미어 하루가 익어가도
손 모아 옛날 영광을 횃불 속에 살려오.

나상숙(羅相淑, Na, Sang suk)

1968년 충남 천안 풍세면 출생. 충북과학보 건대학교(사회복지학과) 졸업. 《시조시학》 (2010) 등단. 제22회 한밭전국시조백일장 장원(2007), 중앙일보 지상시조백일장 차상 (2009), 제3회 청풍명월전국시조백일장 장원 (2010). 진천문인협회, 충북시조문학회, 포석 기념사업회 회원.

꽃잡

나상숙

말없이 등 내어준
아름드리 느티나무
늙 갈아도 변여는
그 맘에 쏟당쏟당
하늘온 바람을 돌어
햇살 내고 간드랑간드랑

나상숙 시인의 작품은 시적 대상을 비유하는 눈이 견고하다. 시조의 가락을 잘 타고 있으면서도 시대를 견인해내는 힘이 느껴졌다. 나상숙 시인의 시에서는 사람 냄새가 물씬 풍긴다. 삶의 애환을 시편마다 담아 잘 순화시켜 우려내기 때문이다. 또한 자연을 대하는 시인의 태도는 마치 아기를 대하듯 친구를 대하듯 정감있게 다가간다. 이 또한 나상숙 시인의 장점으로 돋보인다.

— 이지엽(시인 · 한국시조시인협회 이사장 · 경기대 교수)

꿈

국경마저 주저앉힌
애틋한 사랑가가
내 노래 삶이 될 거라
굳게 믿던 푸른 시절
따사론
햇살 같은 날들이
펼쳐질 줄 알았지

과녁을 빗나간 화살
층층시하 좌충우돌
미운오리 되어버린
억척의 서른아홉
일탈을
꿈꾸며 돌아보니
주체 못 할 설움만이

주는 만큼 받지 못해
메말라 터진 마음 밭에
한마디 일침 되어
꽂혀버린 그 말씀
"주어라
거겨 주어라"
그리스도의 그 사랑

콰르르 터져버린
질편한 진홍빛 속죄
몽땅 주고도 더 주지 못해
가슴 쓸어내며
새롭게
일어선 이 아침
차르르 햇살 퍼진다

느티나무

넉넉한 팔 한껏 벌려 지친 어깨 토닥이고
마을 어귀 지켜 서서 언제라도 반겨주던
고향 집 그리움 퍼 올리는
마음 밭 청지기 같은

사리사리 얽힌 시름 수수롭다 체념할 때
등 쓸어 안아주며 여민 앞섶 풀어 헤쳐
젖가슴 내어 물리는
어머니의 자장가 같은

생명을 키워내며 꺽꺽한 세상살이
나이테로 휘둘러 옴살옴살 감싸 안고
긴 세월 함께 웃고 울며
적어가는 자서전 같은

웃음으로 얼버무린 가슴 저민 깊은 앙금
숱한 전쟁 무너진 터 온몸으로 버텨내며
수천 년 구속의 역사
깊이 간직한 비서秘書 같은

봄

오래된 흙담 위에
건장처럼 내려앉아
달궁달궁 마른 가지
흔들어 잠 깨우면
산수유
시실거리며
담장 넘어 들어오고

야트막한 울타리
담쏙 안은 뜨락에
오곤자근 어깨 내어 준
노랑부리 개나리
옷자락
길게 늘키며
궁글궁글 걸어올 때

넉넉한 품 안에
넘치지 않는 향기 담아
조촘조촘 따라가다
툇마루 걸터앉아
까무룩
고주박잠 자는
봄 햇살, 춘곤증에 들다

발 빠른 벽서 한 줄

들레던 햇발이
입춘대길 방 붙이며
내려앉은 뜨락엔
재장바른 연사질
매궂은
날랜 살바람
올개살개 솔밭 놓고

뜨덤뜨덤 몸 풀던
겨울눈 분만실에
호외로 나붓대는
발 빠른 벽서 한 줄
봄이요
다보록다보록
배꼽 줄 끊는 산수유

숲

키 작은 잡목이어도
이름 모를 연생이
한해살이 풀이라도
당신에게 갈 수 있다면
두레 솔
그 뿌리 내린
솔밭이면 족하리

메지메지 정 나누고
앞가슴 풀어헤쳐
한날의 상한 마음
약손처럼 쓸어주던
달큰한
젖내가 풍겨나는
어머니 누운 그 자리

비꿋비꿋 세상사에
태산 같은 푸념도
한 섬 한 섬 부려 놓고
시들부들 지쳐버린
희망을
일으켜 세워
또 다시 길동무하는

분꽃

시풍덩한 까만 얼굴
차마 보일 수 없어
남몰래 품은 마음
알아챌까 두려워
먼발치
그림자만 보아도
달음박질치는 가슴

구메구메 흘린 눈물
발밑을 적셔도
꺼질 줄 모르는 맘
소마소마 애태우며
저녁놀
끝자락에 걸어두는
자줏빛 치맛자락

하늘마음 닮아야
그대에게 닳는다면
구순한 정 모두어
치맛폭에 싸안은 채
천만년
흐를지라도
대물릴 사랑이야

벗나무 말문 트다

간작간작 기웃대는
얄궂은 해살꾼
겹겹이 휘둘러친
방어막 뚫 것 같아
봄 향한
순결한 마음
꽃눈 속에 감춘다

봄바람 꿍무니 잡고
스름스름 굳은 각질
쪼아 먹던 봄 햇살
시침떼며 돌아누운 곳
왕벗꽃
여짓여짓 터진 말문
꼬리잡기 한창이다

옹기에 고인 그리움

햇살도 모록모록
내려앉은 옹기전
깜숭한 얼굴들이
만삭의 배 두드리며
투박한
몸통 속으로
빛을 말아 넣는 오후

귓결에 들려오는
친근한 소리 있어
어망결에 돌아서 본
낯익은 옹기들
어머니
손길 따라서
자그시 깊어 가던 그 맛

가슴 가득 발효시킨
그 사랑 먹이시며
자식들 부른 배로
하회탈 웃음 짓던
울 엄니
다가오실 것 같아
서슴대는 파장머리

봄, 비비다

볕 좋은 봄날 오후
소쿠리와 호미 들고
소풍 나온 할매들
익숙한 손놀림으로
잡아 든
연초록 향기
코끝을 간질이고

순자할매 머위순
금순할매 원추리순
길순할매 나생이
영자할매 쑥부쟁이
볼 가득
달콤 쌉싸래한
봄의 향연 펼쳐지고

애엽국 한 그릇과
봄나물 비빔밥엔
30여 년 긴 세월이
어우러진 꼬신 내음
입속엔
통째로 꿀꺽
새봄이 든다

개나리

따순 햇살 일광욕
간질간질 엉덩잇바람
앙다물고 참아도
히죽이죽 터지는 입술

화
　르
　　르

노랑부리 치켜들고
울려대는 아카펠라

나순옥(羅旬玉, Na, Sun og)

1957년 충남 서천 마서면 출생. 한국방송통신대학교(중어중문과) 졸업, 충북대 대학원(국어국문과) 중퇴. 〈중앙일보〉 신인문학상(1993), 〈조선일보〉 신춘문예 시조(1994) 등단. 시조집 『바람의 지문』(2001, 시와 비평), 『석비에도 검버섯이』(2009, 고요아침), 『미호천일기』(2014, 미도), 『내게로 스며들어』(2015, 알토란), 『시침을 밀고가면』(2016, 고요아침). 시조시학 본상(2009), 현대시조문학상(2018) 수상 외. '역류' 동인. 진천문인협회장, 충북시조문학회장, 포석기념사업회장 역임.

—

나순옥 시인이 그동안 적공을 들여 형상화해온 시조미학 역시 이러한 '충만한 현재형'으로 귀속될 만한 섬세하고 심미적인 서정적 작품의 세계였다고 할 수 있다. 그만큼 그녀는 "잔잔한 모성적 이미지의 서정성 속에 삶의 발랄한 상상력이 어우러진 강렬함"(이재창)을 짧은 시형 속에 줄곧 담아왔기 때문이다. 이때 그녀가 줄곧 견지해온 작법은, 대상에 대한 우의적 접근을 통해 삶의 세부적 국면을 보여주는 방법, 곧 서정과 우의의 균형적 결속이라는 방법에 의해 발원되고 완성되는 특성을 띤다. 나순옥의 「봄비」는 이미지가 우세하다. 봄비를 비유적 이미지인 은침 하나하나가 맥을 짚어 꽂는 것으로, 호기심이 발동한 개구쟁이 눈빛으로 형상화하고 있는 것이 재미있다. 대지에 봄비가 내림으로써 생명이 약동하는 모습을 아름다운 이미지로 제시하는 것으로 그치고 화자는 그 현상과 일정한 거리를 유지한다. 「개나리 곁에 서면」은 나순옥의 동화적 상상력을 엿보는 것 같다. 「민들레」도 그렇다. 나순옥의 밝고 깨끗하고 건강하면서, 천진무구한 동화적 이미저리의 구사는 시조의 또 다른 가능성이 아닐까.

— 유성호(문학평론가 · 한양대 교수)

—

강

모이면 힘이 되어 낮은 데로 길을 열어
우리네 가슴 한 켠 유역을 다스리며
만 갈래
시름도 재워
반짝이며 흐른다

살아 한 생전 다투어 가는 녘에
때로는 갈대꽃의 샛강도 열어놓고
묵필로
긴 획을 그어
자술서를 쓰고 있는,

못 2
— 이혼녀

혹독하게 내려치는 망치의 그 매질도
탄력 좋게 받아내며 당당히 박혔었지
벽면을 쩡쩡 울리며
자리 잡고 으스댔지

걸 것
못 걸 것
모두 걸어 힘들었고
게다가 무심한 벽은 더 힘들게 만들었어
나날이 야위어 가며 탈출을 꿈꾸었지

자리 옮김 다지면서 벽에서 뽑혔을 때
반쯤은 휘어지고 벽면도 뚫어졌어
한자리 박힌 그대로
그냥 살걸 그랬어

단풍

순간이면 어떠리
이리 서로 타는 것을
앞만 보고 달려와
여기가 끝이라 해도
마지막
한 방울 수액
나눠 마실
너
있음에

흙으로 날 빚으시길

아침에 일어날 때는 늘 오늘은 어떤 일이…

같은 일 같은 자리 이리저리 부대끼다
어제와 똑같은 날이 잠깐 열렸다 닫혔을 뿐

이유 없이 날아 온 누군가의 돌팔매에
핑그르르 고인 눈물 주먹으로 쓱 훔쳐내도
사는 게 다 그러려니 하고 그냥, 살아가렵니다

꽃피면 설레고 바람 불면 흔들리고
가끔 시샘도 하며 새초롬히 삐졌다가
한 번 더 기회를 바라며 구석에 앉아 후회하고

하늘도 우러르고 발치께도 굽어보며
산모롱이 풀꽃처럼 살아가고 싶습니다
애당초 흙으로 날 빚으시길 참말, 잘하셨습니다

고목

나이를 묻지 마라 자랑할 수 없게 됐다
물관부 체관부 심장 멎은 지 이미 오래
나이테 다 삭아내려 속이 텅 비었다

외롭냐고 묻지 마라 서러워서가 아니다
버겁질 사이사이 묻어있는 기억들
그 마저 지워져버릴까 숨소리도 조심한다

무엇이 고통이냐 그것도 묻지 마라
고통이 있다는 것 그것은 곧 희망이다
꽉 막힌 길목에 갇히면 새로운 눈 트였지

희망이 끊겼느냐 물어보고 싶은 게냐
초록빛 꿈 아니어도 어둠을 뚫고 나갈
별자리 마음에 앉혀 접신에 들고 있다

사랑으로 1

만성결핵 앓는 하천
미움만 부글대도
패랭이 꽃대만 한
사랑 하나 안고 서면

거품 속
각혈 멈추어
자리 털고 일어설까

새벽 공단

나른한 신 새벽
가슴팍 두드리고
종소리 되돌아가는
회색 벽 공단구역
밤새운 공적조서는
철망 위에 걸렸다

피곤한 시간들이
더께로 엉겨 붙어
야적장 포장 아래
선하품을 하고 있다
외등은 핏기 잃은 채
잔기침만 해대고

등 굽은 소망들이
고철로 쌓인 자리
차라리 용광로를
가슴으로 껴안으면
의지의 굴뚝 끝에서
푸른 연기 뿜을까

고향

잉걸불로 타오르던
그리움도 사위고
미워할 그 무엇도
남지 않은 세월 밖에서

끝끝내
지우지 못한
종두자국 같은 것아

봄비

1
은침 하나하나
맥을 짚어 꽂는다

찬란한 태몽 앞에
밀려나가는 냉증

대지는 몸을 뒤틀며
입덧이 한창이다

2
호기심이 발동한
개구쟁이 눈빛이다
손톱 밑 까매지도록
땅거죽 헤집어
새싹들
간지럼 태며
키득
키득
웃고 있다

돌무지탑

후미진 산모롱이 산새들도 쉬는 곳에
누군가 무던하게 터잡아놓은 돌무지탑
완성이 뭐 대수냐며
나날이 크고 있다

가슴속 소원 담은 뜨거운 막돌 하나
어떤 이의 소원 위에 또 다시 얹혀질 때
돌 틈새 지나던 바람도
가만, 귀 기울인다

이뤄도 자고 깨면 이룰 것만 쌓이는 생
생김생김만큼이나 서로 다른 비나리들
지은 죄 뉘우치는 거면
도담도담 더 크겠다

남경(南耕, Nam, Kyung) 본명: 남건상(南健相, Nam, Gun sang)
1905.~?. 경남 의령 출생. 희곡 작가. 〈동아일보〉 신춘문에 희곡
「심판」 입선(1933) 등단. 연구서 『시조의 음곡사적 연구』(1974, 고
려). 시조집 『월광곡』(1980, 평화).

—

가을

빈 고궁 달래 자듯이 활짝 웃는 국화 송일
터질 듯 부풀어진 공주님 유방인 양
만지작 거리다 깨니 저 걸음마 겨울이.

낙동강에서

한 많은 혼령들아 밤에 울고 낮도 우냐
아무리 울부짖은들 그 소리야 들리랴만
청파에 듣는 빗방울 그 눈물이 완연구나.

무더위에

대평상 살부채질로 졸음 통한 헤어 들어
꿈이사 마포 앞바다 점도 다리 낚았니만
반나절 봇물을 앗기어 벼 잎새들 찡그리니

살살이꽃
—코스모스

지조야 굽힐 수 없어 열기에 싸워 여위어도
봄여름 화사한 꽃네 보아와서 얄잡는지
갈나라 지키는 품위로 내 노란 듯 한들거림.

선악 한천

가랑잎 고향 떠나 추위엔 눈이불로
봄여름 단꿈엔 듯 놀란 비명 바사삭 소리
어일래 오늘도 까밝히는 이 푸른 혼 맥박아.

성 밖 노래

글 바다 성경 홍수 문명꽃 필 듯 만 듯
법 뭉치 권위 전당 호령꽃 필 듯 만 듯
잠 깨면 상문 밖 서열 생귀신 떼 만가 소리

여심

시오리 장길 온 빈 배 시장기 걸머쥐면
생갈치 한 묶음에 아이와 어른 웃음 아련
고개 밑 장독대 보여라 양념 단지 눈짓 오고.

월광곡

만유의 애무자여 임의 살결 싱그러워
정열의 창조자여 임의 포옹 신비로와
눈웃음 그윽한 공간에 심혼 여는 메아리

정맥

동구 밖 느티나무 서늘을 찾는 들사랑에
손자놈 재워두고 살며시 사 온 참외 한 개
점심참 사뢰는 며느리에게 나눠주는 반조각 반

해인사에서

골에 가득 우렁찬 소리 설법인 듯 귀에 설어
그 옛날 노래인가 다가가서 듣노라니
누구의 울음이온지 나마저 울게 하노

남궁영(南宮榮, Namgung, Young)
1943년 충남 부여 출생. 〈조선일보〉 신춘문예 시조 「지리산에서」
당선(1982) 등단. 나래문학회, 백강문학회 동인. 도서출판 역학사
주간.

—

지리산에서

원시로 빠끔한 하늘 반평생이 여기 존다
영원을 쪽빛에 감추고 그 너머 이는 흰 구름
한 번은 쥐고 흔들리라던 진초록이여 지평이여.

산 있는 곳 길은 나고 길 있는 곳 사람은 나서
이야기 넝쿨 밟아 비비산은 들어앉고
유마경 돋우는 한 구절 산맥들도 숨 고른다

더덕순, 고비순, 바위꽃, 솔바람은 지쳐 눕고
숨어 사는 약초들도 숨소리로 곁에 살아
고산은 적막과 한 갈래 불끈 불끈 일어선다

해종일 올라봐도 산마음은 늘 앞서가고
산접동 울음엔 별빛도 묻어 번지는데
도라지, 꽃빛은 짙어 혼자 취해 흔들린다.

가을 언덕에

시월은 낙엽에 밟힌 채 강을 타고 떠나간다
죄다 내준 들녘은 길을 뜨니 이미 오래고
씨 여문 꽃대 쭉정이만 닿는 얼굴로 흔들린다

산숲은 물빛을 휘저어 햇살을 돌려 세운다
서늘한 어느 그늘엔 턱을 고인 돌멩이 하나
하늘도 남을 것만 남아 갈대밭을 훑고 있다.

겨울 강

그늘은 산을 떠나고 강물 소리 깊고 넓고
못 박혀 바라서면 낙엽은 발목을 덮어
목마름 타는 불빛은 눈시울에 아파 오고

목멘 이야기가 물길을 열어 두면
아픈 하늘 걸터앉은 등걸에도 옹이가 앉아
겨울강 시름시름 휘돌아 고요 밤을 사룬다.

바닷가에서

깊은 외로움이 너울로 뒤집는다
물 젖은 눈을 비비면 비늘 몇 점 떨어지고
바다는 입을 다문 채 하얀 금만 놓는다.

거품을 문 이빨들이 암벽에 꽃을 피우면
흩어진 말간 살들이 햇살에 번득이고
물속엔 깊은 사려가 소리 높이 닿는다.

무거운 함묵이 밤바다를 울리고 있다
땀과 피 목숨마저 안개처럼 소진하면
물가는 웅장한 성터 깃발들이 나부낀다.

숲 · 대낮

물 밴 시간들이 숲들을 일으킨다
골짝엔 햇살마저 한짐 더 부려놓고
깊은 낮 어둔 그늘에 영락 소리 새소리

낭자한 목숨들이 빛을 털며 날고 있다
바다 가까이 물빛 고요 속 가지 흔들면
은밀한 이야기들이 머루알로 반짝이고

일어서고 무너짐에 시린 하늘 닦는다
마른 땅 뿌리 끝에 그 빛들이 잦아들면
지상엔 화사한 꽃 무덤 혼령들이 떠다닌다.

고사에서

청산도 잠든 품 안 첩첩골을 불러놓고
호젓이 설레는 바람 뎅그렁 귀를 열면
산숲은 법문의 둘레 생채기로 녹아든다

생사는 깊은 동굴 만 갈래 시름인데
이마 끝 마주치던 먼 산의 눈 자국도
발원 속 집어낸 육신 삶을 헹군 밤바다여

선방엔 죽비소리 가슴속에 불이 일고
연蓮 위에 앉으신 자비 감죽련을 짚으신가
천안千眼도 헤치신 눈매 꿈속인 듯 밟혀온다

산 그림자

노을이 종소릴 거두어 서역으로 기어갑니다
신들린 들판엔 물결 황금으로 번질거립니다
쪼그려 앉은 산마을이 다리 펴고 일어섭니다.

산사에서

숯불이 이글이글 천 년이 흘러간다
잃었던 그 얼굴이 겨울밤을 구워내면
금이 간 청동화로도 징소리를 내며 운다

살이고픈 별무리가 한마당 내리고 있다
가라앉은 천근 마음 피리처럼 깨어나고
피 맺힌 옛 이야기들이 흐느끼듯 떠나간다.

원願

탑은 하늘을 찌르고 숲엔 새가 지저귑니다
봄비는 많은 속죄 외려 이리 곱습니다
하이얀 마음의 언덕을 발원이라 불러봅니다

때 묻은 손을 씻으며 하늘을 바라봅니다
가난한 밭갈이에 땀구슬이 뱁니다
먼 유역 감감한 둘레 종소리도 밟힙니다

낮 소나기

바라보면 휘어진 언덕 숨결 하나 가파 오른다
낮 소나기 무지개 걸고 매미 소리 안개 거두면
골목엔 엿 가위 소리 동심이 뚝 뚝 잘린다.

남전희(南銓熙, Nam, Jeon hee)
1956년 경북 상주 출생. 문경중학교 재학. 김시종 시인 감화, 고교 시절 '솔밭동인회' 조직. 국풍 시조 백일장 차상 입상. 《시조문학》 「석등」 천료(1983) 등단. 시조집 『까치집』. '산맥문학', '나래'시조 동인.

그 가뭄

　이래로 처음 겪는 가뭄인 것 갑더라

　허민홍 시인이 가뭄 얘기를 쓰면서 "물줄기를 찾으라."고 하더니 얼마나 현기증이 났으면 "숨 가쁘게 질주하는 소방차들의 싸이렌 소리가 귓가에 쟁쟁 빗방울 소리로 떨어지는 것 같았어."라고 했을까 싶어 자세히 읽어보니 어허 이거 내 얘기잖아, 그것 참 이상타 싶어 들판을 나갔더니 아니나 다를까 탱탱탱탱 발동기는 수도 없이 도는데 물줄기를 뿜어야 할 호스엔 화확단 냄새뿐이더군.

　홀홀홀 베 잠방 벗고 땡볕 속에 미칠까부다.

두꺼비

보이는 하늘하늘 휩쓸어 마시더니
나무·풀 제 몸까지 다 지어 삼키고
두둑이 불러오는 배 북을 둥둥 울린다

술속에 꼭꼭 숨어 눌러가며 살던 개미
바깥 본 그 이후로 배는 흠뻑 불러도
등 기댈 자리는 없는 눈을 껌벅 굴린다

무영탑

그리며 보던 하늘 밑둥지 틀고 앉아
법열은 저 마디 속 못 푸는 타래인데
사모곡 그만으로도 차오르는 이 희열

한 굽이 또 한 굽이 무수히 절인 세월
그래도 못 담은 한 저 가슴 불씨로 남아
지피는 꾸리 꾸리마다 나래 펴는 비둘기

화사한 꽃숲으로도 못 달래는 가슴앓이
때때로 빛을 보는 천년에 내가 선다
얼마쯤, 바람이 자면 떠받드는 돌 될까.

봄비

이 지축 깊숙이 잠자는 풀끝 위로
아라한 화음 타고 말씀들이 내린다
매듭진 이날 이쯤에선 젖지 못해 눕는 일

네 여린 텃밭에선 불려가는 봄의 소리
또 한 번 무너져 내릴 눈물이기 위하여
생채기 다시 일구며 네 잎 내 잎 떠나는 소리

비둘기

푸름에 깃을 얹은 저 하늘 새였다가
바람도 가르는 한 줄기 꿈이었다가
이 아침 눈뜬 세상은 아픈 날개 쉬게 한다

깃을 접어 거두고 가슴마저 여미며
흐르는 핏줄 속 뜨거움은 짙은데
아라히 나는 꿈들은 전선로만 돈다.

이승도 꾸꾸꾸 정을 주면 고운데
그 환한 햇살로도 멍든 가슴 못 삭혀
한나절 길섶에 앉아 꿈 조각을 줍는다.

석등

남향의 마을 어귀 봉암사 길을 열면
산빛도 즈려 밟던 검은 빛의 석등 하나
정 먹던 설레임 살아 가을볕도 잊었다.

새소리 하나 풀면 쪽빛의 하늘이고
물소리 귀를 트면 일렁이는 세월들을
잠잠히 가슴에 재워 아직 불씨 지녔거니

더러는 바람으로 들녘에도 나섰다가
못 버릴 인연으로 돌아와 선 이 길섶
적갈색 가을이 훨훨 돌꼭지에 타고 있다

햇살

뒤틀린 창틀 밟고 일어서기 연습이다
가녀린 먼지 한 점 파르르 현을 털면
문구멍 그 안에 잠기는 뗏장 같은 하늘이여

방패연 줄을 타고 오르기 연습이다
동구도 엎드리는 찬란한 절정에는
뚝뚝뚝 떨어져 내리는 아린 끝의 아침이여

민속 한 마당
— 국풍81

문풍지 떨든 삶도 풀어보면 한판 굿을
한 자락 소리에도 눈이 번쩍 뜨인 세월
오천 년 이어온 맥박
산이 맑은 두릅 냄새

북 치고 장고 울려 스르르 열린 하늘
여울져 봄이 고운 산하가 다가들면
오월은 물 돋는 미류 푸른잎을 보겠다

이어갈 저 몸부림 꽃 불타는 광장에
불러보는 메아리 손이 예쁜 사연들
무지갠 빗장을 풀고 빗질하는 비둘기

나무

살아있긴 엊그제나 다름없는 일이다만
꼿꼿이 기립하여 두 귀를 여는 날은
핑핑핑 튕겨져 오는 바람 소릴 듣는다.

석류

하늘 한 번 땅 한 번 외담길 키도 재며
그 여름 꿈을 꾸다 하늘 문을 열더니
저것 봐 여물은 얘기 깨알처럼 박혔네.

남진원(南鎭源, Nam, Jin woan)

1953년 강원 정선 문래 출생. 호 동우재(動友齋). 관동대학교 석사 졸업(1995). 《샘터》 시조상(1976) 등단. 《시조문학》 천료(1980), 《월간문학》 신인상(1980), 〈강원일보〉 신춘문예 시(1983) 당선. 시조집『꽃물 들어 아픈 날』(2020, 한국문학방송) 외 다수. 초등 국정교과서 5편 동시 수록(1990~2018). 강원문학상(1993), 관동문학상(1994), 한국동시문학상(1996), 강원시조문학상(2002), 강원도문화상(2003), 현대시조문학상(2015) 수상 외. 아라리문학회장, 한국아동문예작가회장, 강원아동문학회장 역임. 강원시조시인협회 회장.

시조「종소리」는 종소리가 의인화되어 나타난다. 웅장하면서도 여운이 긴 종소리는 타종의 처음 소리로서 "어울림과 눈뜸"의 이미지로, 중간 소리의 부드러운 파장으로서 "귓밥을 만지는" 운동 감각에너지로, 끝소리의 여운으로서 "비취색 옷고름"의 시각 이미지로 입체화 한다. 공기의 파장에 불과한 소리에서 시인은 인간적 움직임을 발견하고 이처럼 감각적 이미지에 의한 형상화를 탁월하게 이루어낸다. 그 형상화에 힘입어 우리는 정적 속에서 단발 단발로 울려오는 종소리를 만지듯, 눈으로 보듯, 실감할 수 있다.

— 김삼주(시인 · 문학평론가 · 가천대 명예교수)

바위

눈비의 정釘에 쪼여
철마다 금 간 자리

날마다 허기져서
바람에 또 벼리더니

이윽고 적막을 부어
무심이란 윤을 낸다.

김삿갓

툭 하면 고소하고 욱하면 고발하고
이기심 앞에 두니 협의가 될 리 있나
입으론 협치를 외치고 속으론 늘 오월동주

자신의 행실 앞에 고개를 들지 못해
삿갓 쓴 방랑의 길 천하에 장부로다
이 오늘, 김삿갓 앞에 떳떳한 이 입을 열라

도원桃源의 봄

내 여기 몸을 놓고 물소리로 앉았으니
세상사 주름 많은 눈꺼풀도 엷어지고
메마른 가지의 새 움 눈물 아니 고이던가

푸른 이 돋는구나, 산골 물 저 소리들
산색은 연둣빛 점점이 흩어지고
나무에 새소리 두엇 풋 내음이 나던 날

맑아라, 하늘빛은 멀어서 은은하고
복사꽃 지고 나니 봄도 이리 풀려나네
물결에 떠가는 꽃잎 도원인 줄 알거나

윤사월 햇빛 자락 푸름을 더하는데
문 활짝 열린 뜰 앞 내 속 환히 보이겠다
참 좋다 일생에 몇 번 이런 날도 있구나

그대 혹여 꽃잎 보고 내 집을 찾아들면
큰 박주 항아리에 세속을 띄우리라
근심도 맛들이기 나름 종일 취해 보세나.

단풍에게 묻다

더러는 환희로웠지 몽매한 내 지난날들
이제는 어리석음을 한데 모아 태우나니
생애를 저리 달구면 사리 몇 알 얻으려나.

종소리

서로 어울려서 화안히 눈 뜨더니
아주 느릿느릿 귓밥을 만지다가
비취색 옷고름 두고 앗, 자취를 감추었다

4월의 꽃

화사한 미모에 잊을 뻔하였지만
꽃잎인가 눈물인가 그렇한 목숨의 꽃
아 4월, 흰 불로 지핀 아픈 속말 환한 귀

네 허기 타는 나목 두 팔로 안아보니
젊은 피 숨결마다 봄빛으로 되살아나
삭혀 온 잿빛 눈물도 꽃잎 되어 다가온다

검버섯 돋아나는 투박함 속에는
휘어진 가지처럼 삶도 이리 무겁지만
저 속에 피운 환희로움 눈 못 뜨게 아려라

객사客舍에서

크고 작은 짐을 놓고 잠시 몸을 눕혔더니
객사가 내 집이네 잠 속에서 눈 떠지고
내 집도 객사였구나, 지난 일을 알겠다.

모정

저물면 어둑해도 질박한 삶 있었지
호미 날에 보낸 세월 땀 젖은 수건을 벗고
방 안에 불을 밝히던 어머님의 환한 손

등살 아린 삶에 겨워 함지 이고 나서던 길
무거운 여름 한낮 목청도 검게 타서
해거름 오시는 저녁 길목마저 휘었는데…

가난과 고초로 매운 세월 눈을 뜬 채
눅이신 속이야 또 삭아 몇 동이 되오리까
한세상 눈물로 굵은 힘줄 만이 보입니다

겨울 산집

올 사람 없는 데도 문틈으로 내다본다.
폭설에 발 묶이니 적막한 산중 살이
그래도 귀 대고 듣지, 소식 같은 무소식

몇 며칠 퍼붓는 눈발 술 익고 밤 깊으니
꽃물 들어 아려오던 그날 정분情分 같았어라
흩날린 표음문자가 혼절한 채, 얼마였나.

이제는 난롯불 앞에 깨다가 졸다가 …
고요는 구우舊友인 양 커피 향에 녹아드네.
무심히 깃드는 평화 이 담백한 집 한 채

회고回顧

홍안紅顔이 어제인 듯 물결인가 꿈결인가
백발의 머리카락 검버섯과 짝 이루고
인간사 부초浮草 같다는 그 말 이제 실감 나

내 인생 밭을 매어 거둬들인 곡식들
체 쳐서 걸러보니 공空과 허虛만 남았어라
맵고 짠 삶의 무게는 내가 빚은 그림자

구름은 시시각각 영욕榮辱을 알 수 없고
부귀빈천 물과 같아 기약을 두지 않네
생과 사 묻지 말게나, 저 묵언默言의 그림자

노업(盧業, Roh, Eop)

1938년 전북 임실 삼계면 출생. 원광대학교 (국어국문학과) 석사 졸업(1963), 한국방송통신대(초등교육학과) 졸업(1978). 《시조생활》 신인상(1997) 등단. 시조집 『씨 심는 마음자리』(2007, 동경), 『길목에서 길을 보다』(2013, 동경). 동시조집 『병아리 떼 노는 마당』(2016, 조은). 중앙시조백일장 차상(2010), 시천 시조문학상(2013), 시조백일장 장원(2016), 현석주 아동시조문학상(2018) 수상. 한국시조협회 회원.

—

노업의 시조는 어떻게 살아야 올바른 삶인가에 대한 내성적 천착이요, 심도 있는 사유이다. 매우 상징적이며, 절제미가 뛰어나 주제를 선명하게 창출하는 능력 있는 시조시인이다.

— 유성규(《시조생활》 발행인 · 세계전통시인협회 총회장)

노업의 시조는 심미감을 바탕으로 생명의식의 형상화에 힘쓰면서 이미지를 창출하고 있다. 그는 사색과 서정과 낭만적인 감각으로써 인생의 의미를 천착하고 생활 속에서 삶의 과정으로 실현하려는 교육자요, 철인이요, 신앙인이며 뛰어난 시조시인이다.

— 이석규(시조시인 · 국제펜 한국본부 자문위원)

—

엮음 아리랑

천육백 긴 세월에 두위봉 지킨 주목
마의태자 넋이 살아 체취도 푸른 골에
송천은 골지천 안고 아우라지 아라리네.

뗏목 사공 내님은 싸리골 잊으셨나?
여송정 처마 밑엔 만 리 달린 처녀 눈길
임 좇아 저승에라도 아라리 아라리라.

정선에서 만나보는 애달픈 곡조 따라
세류에 묻힌 상혼 가슴으로 여울지네.
내 벗님 손을 잡고서 아리랑 아라리요.

오월에 찾은 화성

정조 왕 꿈을 본다. 푸른 오월 화성 본다.
백성과 누리고자 터를 낮춘 행궁 뜰엔
사무친 사연을 안고 느티나무 말이 없다.

우러러 한을 달랜 능 행차 몇 번인가
먼 융릉 산마루를 돌아보며, 돌아보며
환궁 길 더딘 발자국 노을빛에 묻혔구려.

시조회 한마당을 축제로 나눈 손님
봉수당 진찬연 뜻 오늘에 새기는 날
그 효심 두견새 소리 오월 하늘 맴도네.

가을 소리

숲길엔 귀뚜라미 귀뚤귀뚤 애달프고
뒤뜰엔 가랑잎이 사락사락 스산한데
밤 동산 날다람쥐들 낄낄대는 저 소리.

하늘엔 기러기 떼 끼룩끼룩 구슬픈데
들녘엔 콤바인이 드륵드륵 돌아가고
때 만난 참새들 모여 짹짹대는 저 소리.

문 앞엔 살찐 견공 멍멍 컹컹 우렁차며
마당엔 닭 식구들 삐악 꼬꼬 신나는 날
검게 탄 농부님 권속 덩실대는 저 소리.

낙조 거듭나다

또 하루 끈이 질겨 퍼덕이는 불새이듯
뱃머리 부여잡고 매달리는 밑불 보라
벼르는 담금질이다 거듭나는 고집이다.

옛 궁수 눈빛인들 저리도 장엄하랴
황금빛 빗살 쏟아 어우르는 불덩어리
몽돌도 그 멋에 취해 알몸으로 뒹군다.

파장머리 발길같이 하늘 끝 뉘엿대다
한 처음 파도 불러 바다 고랑 일구는가?
사위는 아픔을 딛고 활짝 웃는 저 낙조.

난향에 젖어

탐심을 떨쳤는가?
꼿꼿한 자태 보게

하늘빛 선비여라
앉은 자리 그윽하네.

그 향에
젖은 내 가슴
벗님 소식 그린다.

내 텃밭 푸른 노래

가지가 주렁주렁
고추는 종알종알

상추가 너울너울
아욱이 홍얼홍얼

내 텃밭
까치도 들러
푸른 노래 거든다.

뚝배기

평퍼짐히 앉아서
함박웃음
품은 너는

막 된장 묵은 김치
손맛이 끓는 자리

그 저녁
할머니 냄새
짭조름히 배었다.

귀향길

한 가방 꾸린 꿈이
귀향길 서두를 제

까치설 대합실은
기적 소리 설레는데

효자도 버리더기도
회한 속에 젖는다.

한 계절이 영글다

참깨 고추 수수 송이
제 무게로 수줍은 날

박꽃 핀 이야기도
다소곳이 영그는데

흰나비
다녀간 이랑
워낭 소리 걸렸네.

길을 보다

바람 가고
그만한 날
조그마한 물음 있어

목말라 헤매다가
소스라친
내 발자국

그 고리
매듭을 푸는
길목에서 길을 본다.

노영임(盧英任, No, Young im)

1963년 충북 진천 진천읍 출생. 충북대학교 (국어교육) 석사 졸업. 〈조선일보〉 신춘문예 (2007) 등단. 시집 『여자의 서랍』(2013, 고요아침), 『한 번쯤, 한 번쯤은』(2017, 고요아침). 제1회 현대충청신진예술인 선정(2012). 한국시조시인협회 신인상(2013), 충북여성문학상(2016) 수상. '21세기시조' 동인. 충북시조문학, 오늘의 시조시인회의, 한국시조시인협회 회원. 현대사설시조포럼 사무국장.

—

노영임 시인의 시조는 시간과 공간의 진폭이 여간 큰 것이 아니다. 아름다운 자연 앞에 넋을 잃기도 하고 교육자로서 현장 경험을 육화시키기도 한다. 이 땅 장삼이사들의 삶을 진지하게 살펴보는 관찰력과 고전을 멋지게 재해석하는 상상력을 발휘하기도 한다. 심지어는 튼튼한 역사의식과 예리한 사회 비판 의식에 입각하여 작품을 쓰기도 한다.

— 이승하(시인 · 중앙대 교수)

—

추운 집

대출받아 옮겨 앉은 프리미엄 명품 아파트
칸칸이 나뉜 방으로 제 각자 찾아들 때
쾅! 방문
닫히는 소리
명치끝 치받는 울림

밥때 되어 모여도 수저 놀림은 시늉뿐
시선은 가자미처럼 TV 화면 쏠렸다가
또, 훌쩍
떠나간 자리
싸하니 냉기 감돌아

냉장고 웅~ 소리마저 소거음으로 멈추자
집안에 아무도 없나, 왜 이리 조용할까?
방마다
기웃거리다 돌아서

어, 춥다

생각

두개골 골진 틈새
따개비처럼 엉겨 붙어

뿌리째 내주지 않는
꼬리 잘린 도마뱀

끊어진
그 자리에 또
삐죽이 고개 들 뿐

발에 대한 존경법
— 다리 골절로 입원하다

"발을 심장보다도 더 높이 올리세요"

가장 낮은 곳에서
늘 밟히고 종종거린 발

정강이
부러지고야
높이 쳐들고 우러러봅니다

중년 나이
— 언제 한번

언제 한번 만나자
언제 한번 밥 먹자
늘 언제 한번으로 수인사 나누지만
누구도 묻지 않는다
그때가 언제인지

누구지?
이름조차 가물가물한 청첩장에서
꽃샘추위 들이닥치듯 찾아든 부고장까지
툭하면 납기일 적힌 고지서로 날아드는 걸

〈부의〉〈축의〉 봉투 들고 품앗이 나선 날
얼마 만이야! 호들갑 떨다 살며시 고명 없듯
난 지금
바빠서 말야
언제 한번 또 보자

여자 나이 2

조막만 한 손거울 요리조리 돌려대며
다 헤진 분첩으로 코티분 토닥토닥
역시나
화룡점정은
빨간 립스틱 아닐까?

어머나, 주름 좀 봐 아이 속상해 죽겠네
볼우물 머금은 채 애교 섞인 콧소리
엄마는
여든 넘어도
천상 여자네 여자

복서의 꿈

가볍게 톡톡 튀듯 발 재게 놀리지만
굳게 다문 입술에 날카롭게 빛나는 눈매
상대의 허를 찾아서 잽, 잽을 날려 본다

일격을 가할 얼굴마다 고유번호 매기는 건
약해질 자신을 위한 모종의 장치랄까
땡! 소리 울리자마자 링 한복판에 나선다

툭하면 숟가락 들어 밥주발 내리치는 소리
어머니에게 주먹 날리던 아버지 당신께도
이렇게 더 못 산다는 아내에게도 레프트 훅!

아차! 하는 그 순간 아랫도리 풀썩 무너진다
두 팔은 바람개비처럼 핑그르~, 헛돌 뿐
퍽, 한 방 카운터펀치에 쓰러진 복서의 꿈은

오늘 저녁 아버지와 반주 한잔은 어떨까?
마지막 10라운드는 아내와 뜨겁게 치르고
혼곤히 단잠 들고만 싶었는지도 모른다

쌍화점*

훈김 자욱한 만둣집 미닫이문 들어설 때
재바르게 만두 빚던 반 대머리 저 사내
이마 위 쓱— 땀 닦는 척 힐끔 눈길 건넨다

소매 걷어붙인 팔뚝, 살집처럼 허연 반죽
둥글게 파문 일어 얇게 번진 만두피에
제 속내 꾹꾹 눌러 담아 요리조리 돌려놓고

무쇠솥 가득 뜸 들여 소댕이 밀친 순간
세상에나! 허연 김 속치마처럼 확 벗겨내자
만두꽃 막 터질 듯이 저리 통째로 벙글어

마음 온통 부풀어 속살 흰히 비칠라
살짝 손끝만 대도 앗, 뜨거 후끈할 때
저만치 훔쳐보던 눈 엉큼스레 웃는다

* 쌍화점雙花店: 작자 및 연대 미상으로 당시의 퇴폐적이고 문란한 성윤
리를 노골적으로 그린 고려가요를 변용.

101번째 이력서

참회록 써 내려가듯 101번째 이력서 쓴다

아버지의 아버지께 물려받은 이름 석 자, 이름값이 다 뭐냐
야! 너! 로 불리기 일쑤. 숫자에 불과하다지만 면목 없이 많은
나이. 지지리 복도 없이 태어난 사주팔자가 내 탓인가 네 탓인
가? 눈총 받는 생년월일에 그 잘난 학력 탓에 편의점 아르바이
트뿐 비정규직을 경력란에 적어도 될까 몰라

내세울 것 쥐뿔 없으니 특기는 뭔 소리고, 먹고살기 힘든데
취미가 가당키나 할까. 머리통 굵어지면 뿔뿔이 떠날 텐데 미
주알고주알 가족사항은 적어 뭔 소용이랴. 부모 직업은 또 뭐
라 쓰나 확, 때려치울까 싶다가도 한 번은 딱 한 번은 쩩! 소리
라도 질러 볼까?

나 대신 거리로 나선 어머니 당신을 위해

참, 미안했습니다

어머!
곱기도 해라
생화일까, 조화일까?
우린 서로 곁눈질로 슬쩍 눈빛 건네고는
꽃 한 잎
보드란 살점
손톱으로 짓이겼죠

아아,
그런데 그건
살아있는 꽃이었습니다
사랑초 붉은 핏물 배어나는 걸 보고야
기어이
상처 내고야
살아있단 걸 알다니요

C·C카메라 작동 중

찰칵,
소리도 없이 이미 찍혀버렸어
문이 열렸다 닫히는 순간순간마다 나는
누구의 밀실 속으로 은밀히 전송되는 걸까

C·C카메라 작동 중
미행을 눈치 챈 순간
증명사진 찍듯이 준엄한 표정 짓지만
뒤늦게 너무나 많이 노출되었음을 안다

허공 걸친 거미줄 얼굴로 확 덮쳐와
뗄수록 더 달라붙는 흡반 같은 저 눈빛
드디어
◀▶버튼에
들이친 햇살 밖으로

노윤지(盧玧志, Roh, Yun zee)

1945년 경북 구미 해평면 출생. 한국방송통
신대학교(초등교육과). 《한국시조》 신인상
(1996) 등단. 시조집『별 뜨면 머릴 맞대고』
(2004, 꽃구슬),『송천松川골 별바라기』(2015,
토방). 한국시조시인협회, 문학의집 서울, 한
국문인협회 회원. 한국여성시조문학회 이사,
한국문인협회 성남지부 부회장.

—

사유로 구현한 존재의 실상

한 편의 시조는 단순히 전통적인 문학 형태의 정해진 틀에 맞추어
조립한 언어 조합의 결과물이 아니라 창작 주체의 지성과 감성, 그
리고 경험과 깊은 사유가 결합된 정신적 결정체라고 한다면 노윤지
시인이 우리 앞에 펼쳐 놓은 이 작품들은 시인의 인품과 지혜, 자연
과 인생에 대한 깊은 통찰력으로 빚어진 관조의 꽃이라 하겠다.
노윤지 시인이 그동안 열심히 우리의 모국어를 갈고 닦아 진실하
고 성실하게 구축한 시 세계를 눈여겨보면서, 아름다운 꽃일수록
향기가 짙고, 시인의 사상과 감정을 진솔하게 나타낸 작품일수록
감동을 불러 일으키는 울림의 폭이 크다는 것을 새삼 느끼게 되었
다. 그리고 작품 속에 투영된 시인의 성정은 물론, 외풍에 흔들리지
않는 의지와 올곧은 신념이 격조 높은 운율로 승화하고 있음을 알
게 되었다.

— 김광수(시조시인 · 문학평론가)

—

오동나무

아버님 가신 이듬해 시골집 빈 마당에
뿌리지 않았는데 올라 온 오동나무
옥玉이네 마루문 가려 뿌리까지 뽑았다

신림동 집 마당에 심은 적은 없는데
갑자기 솟아오른 오동나무 한 그루
그늘로 장독대 덮어 밑둥 잘라 버렸다

잘라버린 밑둥에선 더 넓고 더 큰 잎이
두 팔로 하늘 안고 똑바로 키가 자라
뻐꾸기 소리를 받아 매미 화답하고 있다

한밤에 전화 걸어 말 못 잇는 그 사람은
그리움 하나 없이 찍어버린 마침표
벽오동 넓은 잎새가 은하수를 쓸고 있다.

독도

하늘과 바다 사이 바위섬이 떠오른다
물수제비 뜨면서 징검다리 만들었나
동양화 출렁이는 여백 눈 비비고 다시 본다

갈매기 소리 맞춰 돌고래는 자맥질을

파도의 어깨춤에 대구함大邱艦도 엉덩춤을
춤 장단 가득한 바다 답교놀이 한창이다

달 소식 별 이야기 전해 들은 바람 구름
동도東島 서도西島 사랑의 벼랑 독도라니 고개 갸웃
적막도 허물어 버릴 뒤척이는 동방화촉

원삼국原三國

중국中國은 원래 중화
변방이 동북공정

일본은 신사 참배
전국全國이 원풍경 운동

한국韓國은 원어민 교육
영국어零國語를 배운다.

훈민정음

백성을 편케 하라
둥근 하늘 소릴 듣고

마침내 우리 한글
이 땅에 태어났다

세종은 하늘 땅 사람
가리키는 나침반

민날개강도래

밤하늘 별 좇는다
날개 하나 없으면서

들판에 수 놓는다
흩눈 하나 없으면서

송천松川골 별바라기는
낙엽 쓸며 흐른다.

자귀나무

솔바람 소릴 듣고
이른 새벽 눈을 뜨고

자하동紫霞洞 물을 떠다
맷돌에 콩을 간다

별 뜨면 머릴 맞대고
실뜨기를 하고파

서산 마애불

섬에서 뱃길 열고
뭍에서 갈 길 찾거든
동짓날 운산雲山에서
웃는 돌 만나 봐요
용마루 올라탄 해를
가리켜요 똑바로

곰솔을 걷어내고
돌망치 움켜 잡아
동동남東東南 30도의
하늘 한 쪽 내리켜요
법열法悅은 천둥 번개 쳐도
동심원의 나이테

그대 그리고 그때

낙생 역마을에
눌러앉아 논다지요
미소년 말벗으로
둘러앉아 논다지요
그대는 감천甘川 강변에
말 달리던 마부요

머거리 들머리에
들앉아 산다지요
조상 묘 산지기로
꿇앉아 산다지요
그대는 감포 앞 바다
큰 게 잡던 어부요.

백만 정성

서해안 삶의 터전
기름띠 검은 파도
비바람 몰아쳐도
쉬지 않고 닦아내기
오늘도 수백만 정성이
물빛 바꿔 놓았다

다듬어진 둘레길로
모래밭이 펼쳐지고
썰물 빠진 개펄에선
조개들이 속삭이고
흰 모래 푸른 파도도
마실 갔다 돌아왔다.

칡꽃

젖은 낙엽 쌓인 길로
산딸기 듬성듬성
실바람 타는 칡꽃
골짝 가득 꽃보라
옛 얘기 남보라 머루로
송이송이 열린다

6 · 25 피난 시절
칡넝쿨로 가린 토굴
아이는 목화 다래 물고
비행기만 좇았는데
육십령六十嶺 토굴 그 자리엔
사금파리 조각만

노자영(盧子泳, No, Ja young)

1901(1898). ~1940. 황해 장연 출생. 시인, 소설가, 수필가. 호 춘성(春城). 니혼대학 문과 졸업. 〈매일신보〉 시「월하의 몽」입선(1919) 등단. 시집『처녀의 화환』(1924, 청조사),『내 혼이 불탈 때』(1928, 청조사),『백공작』(1938, 미모사서점) 외. 소설집『반항』(1923, 청조사),『무안애의 금상』(1925, 청조사) 외. 수필집『인생안내』(1938, 세창서관) 외.《신인문학》문예지 창간(1934). '백조' 동인. 〈동아일보〉,〈조선일보〉 기자, 출판사 경영, 〈조선일보〉 출판부 역임.

—

무영지

영지影池가 거울 되어 그 임 얼굴 비쳤든가
지척 천 리 못 뵈는 님 그 거울에 비쳐놓고
기나긴 쌓인 회포를 아뢰올까 하노라.

무영지 푸른 물이 불국사 띄워놓고
창공 만 리 떠오를 듯 못내 마음 그립거늘
어이 써 그 하늘만이 그만 몰라 하는고.

지수池水는 푸르러워 고운 단장 빛나건만
불국사의 어린 자태 언제 졸음 깨이는고
수조水鳥가 늘 울고 가도 꿈만 더욱 깊어라

안압지

신라의 천년 왕업이
물속에 숨었는가
바람 불어 물결치니
그 소리 구슬프다
벗이어 고국 흥망을
말해 무엇 하리오

안압지 남은 물에
푸른 하늘 홀로 잠겨
옛 하늘 그때인 듯
다시 변함 없건마는
어이써 그 영화만이
홀로 가고 없는고

인경

종로의 큰 인경을
방망이로 때려볼가?
그 종소리 웅장하여
삼각산도 울리려니
정의 길 잇는 백성
다시 깨어, 납소서

코스모스

가냘픈 몸맵시에
가을바람 홀로 안고
어데로 흘러갈 듯
한들한들 웃는 모양
아침날 흰이슬에
마음 조려 함인가

유난이 고은 달빛
그 꽃만 비치는 듯
잠 안 자고 그 한밤을
웃고 서서 새고 있네
울고 선 버러지야
어이 그맘 알리오?

탄식

청운의 높은 뜻을
만 분의 일도 못 이루고
그럭저럭 해가 늦어
긴 탄식 하는 것을
슬프다 이내 뜻을
어이 두고 가리오

백일홍

꽃이란 열흘도 못간다 말하지만
여름부터 피는 꽃이 이 가을 오늘까지
짓붉어 핏빛 같아 그 열정 높을세라

검은 비 모진 바람 때 없이 오건마는
주순朱脣에 타는 웃음 언제나 한 모양이
그 넓은 마음 자리 더욱 고아 뵈어라

강화여화
— 소요산 갔던 길에

이 강산 아름답다 비단폭을 느리운 듯
간 곳마다 님의 터전 마음느껴 하건마는
이 터전 사는 사람 어이 그리 못낫는고?

낙엽 단상

도토리 나뭇잎이 나를 찾고 떨어지네
누구의 밀어런가 돌아보니 낙엽일세
주어라 다정한 그 목소리 나를 울려 주더라

육붕六鵬

대공에 나는 붕새 천리 만리 훨훨 가네
장풍이 훈훈커늘 어데인들 못가리오
우주가 네 집인 듯 자유의 몸 부러워라

한 쌍의 반려자

약산의 고운 님이 구룡강에 잠들었네
별들도 유심하여 눈 주어 바라거니
고운 밤 아름다운 꿈을 길이 깨지 말고져

노재연(駑栽然, Ro, Jai yeon)

1941년 전북 전주 태평동 출생. 서울대학교 (언어학과). 《시조사랑》 신인문학상 (2016) 등단. 시조집 『달빛 세레나데』(2017, 조은), 『알타이어의 미학』(2019, 열린출판) 외. 한국시조협회 등용문상(2018), 한국시조협회 시조문학상 본상(2018), 한국시조협회 시조문학상 대상(2019), 수원문인협회 홍제문학상 (2018) 수상. 한국문인협회, 경기시조시인협회 회원. 수원문인협회 원로회원, 한국시조협회 부이사장.

피리 소리

노재연

스치는 바람 한줌
달빛 타고 내려앉아

빈 가슴 드나들며
대관장을 저미더니

공산(空山)을 취회 둘러서
내 마을에 피리드네

노재연은 시에서 자신의 주관을 가능한 드러내지 않는다. 대상에 대한 자신의 견해나, 의미부여, 가치평가를 밝히지 않는다. 대상을 극적으로 파악하고 있다는 점이다(「매화꽃」, 「눈 치우기」). 또한 그의 시는 가능한 비유적 운신의 폭을 최대한 확장하고 있다(「늘푸른 신호등」).
　　　　　　　　　　　　— 오세영(시인 · 서울대 명예교수)
사족을 배제한 정격시조의 전범이며, 외연보다도 내연적 미를 추구한 시인의 상상력이 돋보인다(「분수」, 「나이테」).
　　　　　　— 구충회(시조시인 · 한국시조협회 상임부이사장)
그의 시조는 우리말의 특성과 창작과정의 어려움을 짧은 몇 마디로 자연스럽고 적절하게 이루어낸 메타포다(「알타이어의 미학」, 「항아리」, 「추상1」). 언어는 정제되어 있으며 운율이 살아 있고, 비유나 상징을 통한 이미지 창출도 늘 새로워 그 예술성에 감탄과 공감을 자아낸다(「소금꽃」). 한겨울 추위 속에 가느다란 생명력을 실가지에 매단 채 버티어내는 푸른 꿈은 굽힐 줄 모르는 선비정신이리라(「겨울 바다 세한도」).
　　　　　　　　— 이석규(시조시인 · 국제펜 한국본부 자문위원)

매화꽃

햇살이 살포시
매화 등에 올라앉아

실가지 손금 따라
간지럼을 태우네

매화는
웃다가 울다
꽃술 하나 세운다

눈 치우기

싸락눈 사박사박
달빛처럼 앉은 자리

싸라기 펴내듯이
앞마당을 쓸어낸다,

어머니
쌀독 긁는 소리
싸락눈을 담아내듯

늘 푸른 신호등 불

건널목 건너가는 새우등 백발노인
지팡일 앞세우고 뒤축을 질질 끌며
내딛는
발걸음마다
천근 한숨 매달린다

허랑히 뒤따르는 그림자 끝자락에
족적을 흘리면서 두발 떼고 한발 쉬고
늘 푸른
신호등 불이
헐렁헐렁 걸어간다

신호는 재촉하고 발걸음은 더디고
저승길 사자마저 당혹스런 시간 앞에
경적이
난무하면서
굼뜬 발이 박제된다.

분수

하이얀 장삼 입고
춤추는 여인이여

하늘 길 열어놓고
넋전 춤을 추는가

치마폭
솟대를 타고
떨어질듯 오르네

나이테

한 생이 흔들린다, 호수의 잔결처럼
한평생 외길 따라 도는 것이 생업이다,
생명혼
오롯이 안고
희로애락 새기며

모진 삶 파란 속에 눈물지은 얼룩인가
울화를 참지 못해 드러낸 궤적인가
풍파가

아로새겨진
내 가슴 닮았구나

명암을 드리우고 굴곡을 그리면서
가냘픈 숨결 무늬 끊길 듯 이어지고
맺힌 한
문양으로 찍혀
호적으로 등재된다

알타이어의 미학

자모를 늘어놓고 짝 맞추듯 조합하다
조사助詞 하나 심술부려 반란을 일으키면
언제나
알타이어는
처음 보는 사막이다

정신이 가물가물 비틀대는 심야에
혼불이 일렁이면 시 구절도 깜박깜박
한 번도
본적 없는 얼굴
멀리서만 가물댄다

체온이 서려 있는 손때 묻은 원고에서
불현듯 철자 하나 그 의미를 찾아갈 때
시인은
꽃 한 송이를
마음 밭에 피운다

항아리

고독한 천년 울음
묵도로 새기면서

청청한 목소리를
가슴에 품어 안고

명문가
전설을 담아
하늘 향해 서 있구나

추상追想 1

추억을 토막 내어 어린 시절 꺼내 들면
묻어둔 고향 생각 폭포처럼 쏟아지고
마음은
줄기를 뻗어
준령 몇 개 넘는다

유년을 곱씹어 추억 하나 들춰내면
밀봉된 일기가 허물 벗듯 벗겨지고
풍화된
비석 글처럼
운무 속에 가물댄다

가뭇한 기억 다발 한 자락을 끌어다가
빛바랜 영상 살려 내 그림자 돌려보니
기어이
팔 하나 없는
내 유치幼齒가 어린다

손등에 묻어 있는 내 동년童年을 훑어보니
들에서 바람처럼 구르다가 이지러져
그 흔적
무공 훈장처럼
문신으로 남아있다

소금 꽃

염전은 말이 없다, 품은 것을 토해낼 뿐
가슴을 비움으로 채워지는 흰 꽃송이
얼마나
상실의 날을
피 말리며 견뎠으랴

햇빛이 키워낸다, 암석 같은 물의 골격
여윈 몸 육탈시켜 하얀 사리 피워낸다,
내게는
해탈의 현세現世가
사막처럼 낯설건만

이승의 현관에서 시대가 타락하고
흰피톨 제 몸 던져 부패에 저항한다
영롱한
보석 한 줌이
영혼까지 맑게 하리

겨울 바다 세한도

석양녘 한랭전선 가뿐 호흡 몰아쉬고
산하는 몸이 시려 피 말리는 저녁나절
부둣가
조각난 소망
어부 마음 찢는다

언어를 분출하며 찰싹대는 파도에
하세월 단련하다 옹이 박인 갯바위
정좌법
묵언 수행이
독각승獨覺乘*을 닮았구나

한파에 대책 없이 동상 걸린 나목들
살얼음 바람 무게 실가지에 매단 채
허기를
버티어낸다,
푸른 꿈을 잉태하며

* 독각승獨覺乘: 불교 삼승三乘의 하나. 홀로 수행하여 깨달음의 경지에
이르는 교법.

노종래(盧鍾來, Noh, Jong lea)

1937년 경북 영천 금호읍 출생. 청구대학교 (문학부), 동국대 대학원(경영학과). 《새벗》 (1950), 《창조문학》(1995), 《월간문학》(1997) 등단. 시조집 『꽃 빛깔로 흔들린다』(1997, 뿌리), 『일어서는 풀잎무늬』(2001, 창조문학사), 『꿈꾸는 돌』(2016, 책과세계). 경북예술상 (2001), 경주시예술상(2002), 문화관광부장관 상(2003), 한국예총예술상(2003), 경주시문화 상(2006) 수상 외. 영남시조문학회장, 경주문인협회장 역임.

—

『뻐꾹새는 울고』에서의 조율성은 철저하게도 시조 박동의 그것이고, 작중 화자가 가버린 시간과 현재의 시간을 지각하는 이것은 공감각 작용의 세계의 그것이다. 이러한 시적 감성은 자아인식과 성찰의 발성법으로 보아야 할 것 같다.

— 서벌(시조시인 · 전 한국시조시인협회장)

『일어서는 풀잎 무늬』의 시적 대상을 더욱 치열한 언어와 절제를 통하여 우리의 정신적 가치를 확장한다. 그리고 성장과 팽창만을 추구하는 자본주의 특징을 깨려고 하는 강한 시선을 보낸다. 이런 면에서 매우 주목되는 바가 크다.

— 홍문표(시인 · 문학평론가)

『꿈꾸는 돌』의 '돌'이란 메타포 하나만으로도 어지간히 성공한 셈이다. 그는 오랜 공직생활을 했음에도 시안은 늘 빛나고 있다. 그는 소시민들의 삶과 애환을 소중하게 여긴 것을 볼 수 있으며 그것들을 담담하게 그려내고 있다.

— 김월준(시인 · 한국시조시인협회 고문)

—

월정역에서

구름 같은 흰 목소리 상기도 들리건만
대폿잔 주고받던 주점도 이젠 없고
이따금 그 너머 신음만 바람결에 들리다

두어 칸 가득 싣고 예까지 온 열차가
평강을 눈앞에 두고 선 하나에 발이 묶여
오지도 가지도 못한 반세기가 아깝다

밀렸다 또 빼앗은 불꽃 튄 백마고지
총잡고 포효하다 떨어져간 내 전우는
엄마 품 떠나온 지가 얼마 안 된 어린 양.

초승달을 만든 강
— 남강

이 땅을 짓밟고도 흥청 댄 도적들이
아찔한 누각 난간 서너 번 밟고 돌때
별안간 허리를 끼고 벼랑 아래 떨어진 꽃

흐르는 물 감겨 도는 슬픈 빛 바위에서
손에 낀 은반지는 초승달로 걸어두고
떠나던 그날의 모습 눈에 선히 보인다.

뻐꾹새는 울고

뻐꾸기 한 번 울어도
숲은 점점 깊어지고

산 너머 저 하늘은
풀빛 향수 끌어 세워

언젠가 돌아간 날엔
두레박도 보겠지

바람이 들춰내도
마음 꼭 여민 누이는

집에만 갇혀 있던
시간의 벽을 부술

한 뼘 발 문수에 맞는
내일을 쓱 신는다.

아우라지

골보다 깊은 애환 두고 가는 저 물 같은
풀잎들 아리랑의 모태가 궁금하면
삿대로 강심을 짚는 사공한테 물어봐라

기척에 귀가 밝은 도라지는 산들대고
이마에 얹힌 산을 내려 논 구절리*는
하늘의 별 무리마저 쏟아 내릴 금싸라기

생솔가지 그을음에 눈 발간 딸을 보고
차마 어찌 말을 하리 돌아 나온 어머니는
해묵은 가난을 모아 구슬인 양 돌돌 말다.

* 구절리: 정선 첩첩산중에 있는 마을.

동춘당同春堂* 고택

나는 새도 떨어뜨릴 품계에 올랐지만
조락의 먼 훗날을 내다보는 마음의 눈
서리에 물이 들 나무 한 그루도 안 심어

관 벗어 걸어둬도 띠 밤새 풀지 않고
이따금 일어나서 마루를 서성이다
첫새벽 마판에 나와 말을 가만 쓰다듬다

삼단 같은 검은 머리 가르마 고이 타고
옥잠화 곱게 핀 뜰 치맛자락 사르르 끌며
단아한 조선의 여인 도는 모습 보인다.

* 동춘당同春堂: 조선 효종 때 명신 송준길의 호.

산 너머 하늘

골목을 오고 가며 잔뼈가 굵어진 뒤
언덕에 혼자 앉아 꿈 한번 그려보다
두고 온 파란 하늘은 눈 감아도 삼삼해

사글세 지하방은 겨울 해도 비껴가고
언젠가 소곤거릴 봄이 찾아오겠지만
도시는 대팻날 되어 벌써 나를 밀어내

생각은 끝없는데 등불은 잦아들고
떠나온 길이 멀면 돌아갈 길도 멀어
신발 끈 꽉 졸라매고 일찌감치 나서야지.

포석정1

물 따라 잔이 돌던 돌 홈은 아는 데도
군신이 도적 앞에 무릎을 꿇었다는
승자가 왜곡한 사서를 고칠 붓은 없는가

띠 두른 이 물처럼 유장할 줄 알았는데
퍼런 칼 휘두르며 접전을 벌린 끝에
왕조가 무너져 내려 하늘마저 찌푸리다.

천지

둘러 싼 기암들은
하늘 아래 다시없고

표고만도 수천 미터
백두가 머리에 인

반만년 꽁꽁 언 못은
비수로도 못 깰 옥.

폭포

뜻 하나 지니고서
낮게만 내려오다

천 길 벼랑 뛰어내린
저게 어디 물이든가

장부가 울분을 쏟아
걸어놓은 대절이지.

미망未忘
— 백수白水 선생

아! 평생 이룬 문장 그 깊이를 뉘들 아리
새로운 획을 긋다 가는 길 너무 멀어
다 두고 떠났는데도 경향이 비었네요.

노중석(盧中錫, Roh, Joong seok)

1946년 경남 창녕 대지면 출생. 대구교육대
학교, 계명대 석사, 박사(2014). 〈서울신문〉 신
춘문예(1983) 등단. 시집 『비사벌 詩抄』(1993,
그루), 『하늘다람쥐』(2006, 태학사), 『꿈틀대
는 적막』(2011, 동학사). 민족시백일장 장원
(1977), 금복문화상(1993), 이호우 시조문학
상(2011), 경상북도 문화상(2011) 수상. '오류' 동인(1984~1996).

그의 시는 정연하였고 그가 쓴 시의 행간에는 경전과 같은 울림이
있었다. 그의 시는 비록 꽃처럼 화려하진 않았지만 향기가 짙었고
소리 내어 외치지 않음에도 그 파장이 깊었다. 아마도 그것은 갖가
지 세상 읽기와 체험을 통한 다양한 시각, 그리고 역사적 진실과 자
연과학을 통해서 획득한 새로운 가치 질서에 대한 믿음 때문이 아닐
까 믿어진다. 마치 검고 흰 피아노 건반에서 사람을 감동시키는 신
묘한 소리가 나오듯이 노중석 시인의 영혼은 나이와 경륜과 직업과
하등의 관계없이 아주 맑고 섬세한 상상의 세계를 지니고 있다.
— 민병도(시조시인 · 국제시조협회 이사장)

정원庭園 에서

두 손을 뻗쳐들고 먼 하늘 내밀던 가지
물무늬 하나 없이 바람 속을 휘졌더니
한 송이 싱싱한 꽃을 낚아 올려 보이고,

꽃잎을 창으로 열고 내다보는 눈이 있어
주름진 조약돌 곤한 잠에 빠져들고
바람만 혼자 나와서 가지 사일 누빌 때,

기진한 짐승처럼 햇빛 아래 누운 연못
한 마리 소금쟁이 재빨리 달아나고
아득한 태초의 넋이 뒤척이는 물빛 속.

폭 포

사는 길
벼랑이란들
어찌 다 피해가랴

깊은 소沼에
곤두박혀
우렛소릴 낼지라도

빛 부신
무지개 한 채
덩그렇게 놓는다

봄의 말

한 아름 꽃을 안고 등걸마다 다가서서
마을 구석구석 향기를 끼얹는데
아무도 낯익은 얼굴 알아보지 못한다

풀꽃 서설序說

무뚝뚝한 길손이라도 웃으면서 보내야지
낯선 바람이라도 향기를 실어줘야지
밟히고 또 밟히어도 다시 일어나야지

꽃들의 말

그윽한 향기로 채울 하늘은 비워둡니다
눈보라 황사 바람 눈을 뜰 수 없어도
겹겹이 빛을 껴안고 꽃망울은 부풉니다.

우아한 몸맵시는 그리움의 형상입니다
그대 바람처럼 말없이 떠나갈지라도
돌아올 그날 기다리며 이 길목을 지킵니다.

아름다운 침묵은 영혼의 말씀입니다.
팔이 떨어지고 허리가 꺾이어도
말할 수 없는 비밀은 씨앗 속에 묻습니다.

매화

눈 덮인 천지는 한 송이 큰 꽃입니다
세상인심은 더 차가와졌지마는
한 가닥 맑은 향기가 바람결에 떠돕니다

세상 한 모서리 미소가 번집니다.
가지 끝에 걸린 달이 꽃향기를 담아 가고
누군가 난해한 암호를 풀어내고 있습니다

초롱꽃

대낮도
칠흑 같아서
불 밝히는 작은 풀꽃

지척을
분간 못해
걸음조차 못 걷는데

누군가
초롱을 들고
내 앞에 다가선다.

수련睡蓮

살에 밴
선짓빛마저
다 헹군 물결 위에

두레박
줄 끊어져
꽃으로 떨고 있고

조그만
하늘 하나가
따로 내려 앉는다.

비우고 또 비우기

비울 것
다 비우고

가벼워서 뜬
구름

다시
몸을 비틀어

소나기 쏟아진다

아직도
비울 것이 남았나

번갯불로
또 살핀다

하늘다람쥐

　하늘다람쥐가 나무순을 따먹는다.

　한 뼘 쯤 물어뜯은 느릅나무, 가문비나무 새싹을 앞발로 잡고 재치 있게 따먹는다. 이 나무순을 3할 정도 먹으면 또 저 나무로 옮겨가는 하늘다람쥐, 한 해에 두 번 다시 같은 나무순을 먹지 않는다. 순도 함부로 먹으면 나무가 죽는다는 걸 그는 뉘한테서 들었을까.

　골 깊은 숲속을 나르는 다람쥐, 하늘다람쥐.

노창수(魯昌洙, Rho, Chang soo)

1948년 전남 함평 학교면 출생. 조선대학교 박사과정 졸업(1993). 〈광주일보〉 신춘문예 시(1979), 《한글문학》 평론(1990), 《시조문학》 천료(1991) 등단. 시조집 『슬픈시를 읽는 밤』(2003, 미래문화), 『조반권법』(2014, 고요아침) 외. 저서 『한국 현대시의 화자 연구』(2007, 푸른사상), 『사물을 보는 시조의 눈』(2011, 고요아침) 외. 〈대학신문〉 문학논문 대상(1989), 광주문학상(2003), 무등시조문학상(2005), 한국문인협회 작가상(2014), 박용철문학상(2015) 수상. 광주전남시조시인협회장, 한국시조시인협회 부이사장, 광주문인협회장, 광주예술영재교육원 심의원장 역임. 조선대, 광주교대, 남부대 강사.

노창수의 시조에서는 아직도 5월 광주의 아픔이 묻어나온다. 작품들은 민초들의 꺾이지 않는 자유 의지가 간명하고 단호하게 형상화되고 있다. 이와 동시에 점점 물질화되어가는 사회 현상에 대해 날카로운 비판과 풍자의식을 보여주기도 한다. 시인의 노련한 일면은 특히 시조의 서정성을 운용하는 측면에서 빛을 발한다. 시대에 민감하고 비판적인 작품들이 갖기 쉬운 경직성에서도 벗어나 자유로운 서정의 폭발적 상상력을 보여준다. 이러한 풍부한 자양으로 인해 그의 시조들은 어느덧 남도의 큰 나무가 되고 있다.

— 이지엽(시인 · 한국시조시인협회 이사장 · 경기대 교수)

빈터

잎새들 눈을 뜨자
입 내민다 쏘오옥
초록 혀 먹등글게
벌레를 머금었다

햇반에
버무린 고요
물총새들 겨눈다

누군가 편지 귀를
읽는 책에 뿌린다
가슴 뚫는 사랑 구절
창 밖에 줍고 간다

고양이
눈초리 몰래
휫, 짝사랑이 들킨다

탄피와 탱자

사랑하는 기미 잡티
미백에 울고 채이고
귀엽던 복점 주근깨
밉다 미워 깎아라
레이저,
고, 고민해도
깨끗해진다는 유토피아

피부 톤에 맞춤 시술
캘러스에 추출물로
죽이고 살린 유전자 처방
고민 말라 풀어준단다
살아날,
탄탄한 탄피
탱탱한 탱자, 그 이름

신화와 옥수수

원시가 끓는다 훔쳐내라 짐승의 땀
밀림 속 거슬러가다 어디쯤에 멈춰 설까
이빨을 견디어내고 박아가던 옥 주름

굵어진 매듭들로 살아나는 육자배기
퇴적의 오랜 땅을 잠잠히 짊어진 너
늑대들 계곡 누비는 중생대를 답청하듯

두둑마다 넘친 수염 그마저 떨어뜨리고
가늠해도 닿지 못해 오랜 허기에 눕는 날
아아히 도적 떼 오른다 북을 딛는 타악기로

첫눈을 밟으며

기관총처럼 유린했다
알몸으로 떨며 빌던 널

사랑한다는 흰 고백
무참히도 껴 갈기고

갈대 숲 눕힌 개머리판
흙빛 담아 짓이긴다

목욕, 탕!

지나친 욕심이다 발 유리문 수갑에 끌려
90킬로그램을 옮긴다 고장난 바퀴이듯
둔중한, 그러니까 탕, 천장 끝을 울렸다

3평 못 된 수조에 너 지르박을 추다가
어두워 스민 저승꽃 수술조차 못 한다는
타올에 익숙한 둔부 구시렁거리는 북이다

세월에 쩡쩡하니 휘 늙어온 갈빗살
구각을 칼질하는 물 후르렁 훑는 때에
뜨거이 행적에 감겨 문드러진 네 욕설

지진

색도화처럼 고왔고
판 구획이 선명했다

팽팽한 저 구도를
누가 다 시샘했을까

휩쓸어
구겨진 풍경
역사 죽인 저 지도!

의자

조여라 머리 질끈
해결하라 밀린 품삯

칙칙한 숲을 베며
노동 앉힌 자갈밭

면도날 내리 긁다가
눈물 기우뚱 감전된다

한 짝 마블링은 어디 갔을까

이윽고 그대 흰 손 기름 결에 스친다
전율마저 흘리고 꽃무늬라도 기다리는
세기말 어둠 속으로 번져오는 노트들

눌러서 숨겨둘까 펼쳐서 내보일까
밑바닥 궁금증은 닳은 붓을 던져 긋고
오래전 가져간 입술 그대 목을 휘감던

팅기고 사라지는 지순의 저 먹빛들
죽음의 찰나에도 몸을 바꾼 그 언사들
그대의 클래식 독방 한쪽 귀가 슬프다

자판과 좌판

시를 쓴다 자판 위에
생각 묻은 컴퓨터에

안개 걷혀 기운 시장
시든 부추 썩은 망고

골라서
가벼워지려다
시의 좌판 시끄럽다

아직 압력밥솥이 끓고 있다

죽창 끝 활활 탄다 시민군이 우는 저녁
총칼 부대 배를 갈기자 노을 질펀 뱉어내고
시뻘건 혼백 투사 깃발 가스 불에도 실렸다

함성은 예 와서 메아리처럼 빨리운다
긴 오월 혀가 놀라 다락방에 숨는 날
쉭 쉭 쉭, 쑤셔 찾아라 소총 소리 덜컥인다

들키자 목숨까지 차라리 더 황홀하고
서럽도록 네 총질은 뜨거운 금남로로
푸 푸 푹, 수증기 분열 목구멍이 뜨겁다

노천명(盧天命, No, Chun myung)

1912.~1957. 황해 장연 출생. 진명여학교, 진
명여고(1930), 이화여전(영문과) 졸업(1934).
여고 시절 육상선수, 《어린이 소년》 시 입선.
대학시절 《신동아》 「밤의 찬미」, 「단상」 등 발
표(1932). 시집 『산호림』(1938, 한성도서), 『창
변』(1945, 매일신보), 『별을 쳐다보며』(1953,
희망), 유고시집 『사슴의 노래』(1958, 한림사) 외.

만월대

풀헤쳐 길을 내며 비탈을 기어올라
님 계시옵든 궁터거니 절하고 굽혀들 제
주춧돌 그 자리에서 잡초가 어인 일고

오백 년 옛 소식을 어느 곳에 들으리오
오르고 내리실 제 밟으시든 그 돌층대
마른 풀 우는 소리에 낙엽마저 쌓였구나

가을도 저문 날에 만월대 지나던 손
풀이라 울어볼까 낙엽이라 앉아볼까
초석이 말이 없으되 발 못 돌려 하노라

술회述懷

그 놀던 그 옛집이 하그리워 찾아드니
터는 옛터로되 벗은 옛 벗 아니로다
푸르른 오동나무만 옛 빛 지녀 섰더라

옛 벗 그리는 정 풀길이 바이없어
뜰 앞뒤 거닐다 돌아서니 눈물일레
어린 날 되 못 온다니 그를 설워하노라

참음

이 가슴 맺힌 울분 불꽃 곧 될 양이면
일월도 녹을 것이 산악 어이 아니 타랴
오늘도 내 맘만 태우며 또 하루를 보냈노라

임이 가오실 제 명심하란 참을 인자忍子
오늘도 가슴속 치미는 불덩이를 쥔 채로
참음의 더운 눈물로 굳이 힘껏 사옵니다

고성허古城墟에서

세고世苦에 시달린 몸 옛성터에 쉬노라니
거츤 풀 욱어진데 뭇새들만 우짓더라
오백 년 부귀영화도 일장춘몽이런가

촉석루에 올라

진주라 남강가에 촉석루에 올라보니
강수는 흘러흘러 아드막히 가는구나
푸른 물 싸고 도는 곳 의암이라 하더라

논개의 붉은 충절 의암에 서려 있다
묻노니 몇몇 사람 그 본을 받았는고
어즈버 인정의 변함 못내 설워하노라

노치영(盧致英, Noh, Chi young)

1955년 경남 진주 문산읍 이곡리 출생. 부산
교육대학교, 동아대(법학), 부산대 교육대학
원(영어교육) 졸업. 《부산시조》(2014) 등단.
'갈매시조', '시와 소금' 동인.

—

40여 년의 교직생활을 통하여 많은 종류의 책을 읽었고, 한자와 한
시에도 남다른 관심과 흥미를 보여 유명한 한시들을 두루 섭렵했
을 뿐만 아니라 영어 전공 덕분으로 영어로 된 소설, 수필, 기사를
많이 읽어 폭넓은 어휘 선택을 십분 활용하고 있다. 거의 매일 인
근 산들을 등반함으로써 자연의 미묘한 변화를 직접 체험함으로써
주로 자연의 아름다움과 진실에서 소재를 찾아 그것을 곧잘 시조
로 표현한다. 때로는 현 시대의 불합리와 모순을 비판하는 현실참
여시조나 역사적 인물의 훌륭한 점이나 개성, 역사적 사건 등을 시
조의 소재로 삼아 그 활동영역을 확대해 나가고 있다. 아직은 등단
한 햇수가 짧아 기성시인의 수준에는 미흡한 면이 없는 건 아니지
만 여러 시조 연찬의 기회를 통하여 좋은 시조 창법을 꾸준히 익혀
나감으로써 노력하는 시인이라고 할 수 있다.

— 우아지(시조시인 · 한국시조시인협회 중앙위원)

거친 바다 쪽배 되어

동짓달 결승점이 눈앞에 다가서니
올해의 여러 찌끼 앙금처럼 남는다
해마다 잊힐 만하면 찾아오는 패잔병들

핏기 없는 풀잎들은 찬바람에 앙앙대고
앙상한 가지들에 몰인정한 삭풍 매질
어깨춤 들썩거리던 호시절은 어디 가고

군중 속에 있을 때가 더더욱 외롭다는
아리송한 그 역설 미궁을 더듬는데
분홍빛 추억 편린들 동무하듯 곁에 선다

뺑 뚫린 회색 가슴 흔들리는 나그네
아득한 망망대해 가물대는 조각배
한 해의 해거름 무렵 도화궁桃花宮을 엿보았네.

보경사, 동안거冬安居에 들다

발길 끊긴 산사에 고적함이 엎드렸고
말쑥한 나무들도 곤한 잠에 빠졌는가
이방인 발소리만이 땅거죽을 울린다

드리운 잿빛 하늘 숨 멎은 바람 소리
계곡물 웅얼웅얼 법문을 외우는데
산사의 담아淡雅한 모습에 귀의歸依하는 내 마음

목욕탕에서

모두가 벌거숭이 똑같은 모습이다
잘나고 못남 없고 가졌건 못 가졌건
너와 나 한결같구나 이상적인 사회다

배웠건 못 배웠건 표 하나 나지 않고
수치도 전혀 없고 신비할 것 하나 없다
모두가 다 드러내니 원시상태 그대로다

거짓도 속임수도 절대로 안 통하니
도덕도 필요 없고 법령도 소용없다
모두가 있는 그대로 아담이고 이브다

애련哀憐

스산한 바람결은 휑한 가슴 매만지고
열없는 계곡물은 무덤덤한 표정이네
뜨겁던 지난여름이 가지 끝에 떨어질 듯

나뭇잎 윤기 잃고 풀잎은 기가 죽고
풀벌레 애끓는 노래 가을빛 익어 가면
괜스레 울컥한 가슴 또 한 해가 저문다

가을을 타는 남자

하늘도 여물고
땅도 여무는데

내 마음 어이하여
여물지 못하는가

한 떨기 풀꽃만 봐도
가슴 절로 아리네.

맹추孟秋

용광로 쇳물 녹듯 화염 마구 내뿜더니
계절의 갈마듦에 주눅이 들었는가
지난날 망나니짓을 참회하듯 엎드렸네

먹구름 호통치며 떠돌던 하늘가엔
어느새 솜털 구름 미소를 머금었고
색바람* 다정스럽게 귓불을 간질여요

* 색바람: 이른 가을에 부는 선선한 바람.

솔가리 속에 숨은 얼굴

소나무 밑동마다 두툼한 갈비 솜옷
몇 년 걸쳐 지은 건지 볼품은 없다지만
매서운 겨울 추위엔 끄떡없는 명품 옷

땔감을 구하느라 이 산 저 산 누비면서
불을 때서 밥을 짓던 그 시절 돌아보면
세월은 부싯돌 불빛 바로 어제 같던 일

발갛게 타는 불꽃 언 손을 녹이면서
뜨거운 군고구마 호호 불며 한 입 물면
철부지 맑은 동심은 구름 위로 떠올랐지

아궁이 앞에 앉아 부지깽이 토닥이면
구수한 밥 냄새에 된장국 끓는 소리
지금은 아련한 추억 어머니의 그리운 정

억척스런 백일홍

외지고 쓸쓸한 곳 차디찬 어둠 뚫고
따사로운 햇살과 한 모금의 생명수로
기구한 모진 설움을 용케도 버텼구나

옴짝달싹 하기 힘든 깜깜한 감방에서
긴 목을 쑥 내밀며 자유를 갈망하듯
힘겹게 성취한 바람 오랫동안 누려라

벌 나비 외면하고 뭇 눈길 못 끌어도
맑은 바람 고운 햇살 친근한 벗이 되어
은은한 고운 향기를 널리널리 펼쳐라.

척박한 땅에서의 끈질긴 생명 보며
분에 넘친 생활습성 안일한 사고방식
한 번쯤 되돌아보며 삶의 지침 삼았으면

지리산 오지 마을
— 남원시 산내면 내령리에서

오륙십 호 정겹던 마을 뿔뿔이 흩어진 후
진홍빛 고염나무 저 혼자 익어가고
앞뒤로 대면한 산엔 단풍만이 곱디곱다

서너 집 남은 마을 외로움에 울먹이고
산비탈 옛 터전엔 추억들만 우두커니
밥 짓는 아침 연기는 옛 향수 더듬는 듯

상큼한 아침 공기 묵은 시름 씻어내고
회색빛 구름 사이 일출이 눈뜨는데

적막한 지리산 자락에 태고성이 울린다

나른한 백구白狗도 사람이 그리운지
이방인 우릴 보며 쫄래쫄래 따라오다
아는 체 손짓해 부르니 꽁무니를 내뺀다

도안숙(都安淑, Dho, Ahn sook)
1960년 충남 천안 출생. 성균관대학교(법학)
박사 수료(2013). 한국동시조 신인상(2020)
등단. 국회도서관 정년퇴직. 한국시조학회 회
원. 한국저작권위원회 저작권전문 강사, 한국
문화정보원 공공누리교육단 강사.

도안숙의 시편들은 아이의 모습을 간결하면서도 여운을 살려 잡아
내고, "은행잎 아기 손"과 "마른 꽃 뒹구는 소리"가 대비를 이루면서
생기를 잃지 않고 있다(「2020 코로나의 봄」). 귀염둥이가 되고 싶은
아이의 심경을 아이의 입장이 되어 진솔하게 담아내고(「나는 쉬리
가 되고 싶다」), 사설시조에서 중장 마디의 늘림으로 절정에 이르
는 과정까지 장단완급을 잘 살려 그 미학을 충분히 구현하고 있다
(「개똥참외」).
— 이지엽(시인 · 한국시조시인협회 이사장 · 경기대 교수)

2020 코로나의 봄

꽃바람 흩날려서 녹음을 잠 깨우고
은행잎 아기 손을 햇살이 어루만질 때
마른 꽃 뒹구는 소리
혼자, 혼자서
넘는 봄날

나는 쉬리가 되고 싶다

우리 집 쉬리는 늦잠 자도 괜찮다.
치카를 하지 않아도 아침밥 먹지 않아도
엄마는 야단은커녕 예쁘다고 쓰다듬는다.

우리 집 쉬리는 학교에 안 가도 된다.
100점을 안 맞아도 숙제를 하지 않아도
엄마의 도깨비 눈을 단 한 번도 본적 없다.

나는 매일매일 쉬리가 되고 싶다.
엄마는 안아주고 아빠는 놀아주는
우리 집 귀염둥이가 나였으면 좋겠다.

개똥참외

담장 옆 시멘트 블록 사이
싹을 틔운 참외 씨앗

뭇사람 발걸음에 꺾인 허리 찢긴 얼굴, 햇살로 뜸 치료 바람
으로 물리치료 하더니, 천둥번개 장맛비에 사레까지 들리고 뙤
약볕 텁텁한 바람 식은땀 뻘뻘, 그 여름 다 견디더니

장하다 그 뿐얀 얼굴 탱자 같은 개똥참외

가족

속도를 늦추지 않고 무작정 뛰었지요
무엇을 향하는지 알려 하지 않았고요
오늘은 멈춰서라고 초록 깃발 흔듭니다.

아내 얼굴에서 어머니를 봅니다
아이의 어깨는 나보다 더 넓어졌네요
뛰던 길 멈추고서야 두 손 가만 잡아 봐요.

빌딩풍

나는 하늬바람인데 너는 누구야
얼마 전 태어난
도시공해 빌딩풍이야
고층만 좋아들 하는 덕에
이곳에 오게 됐어

무슨 일 하는지 물어봐도 될까
유리창도 깨뜨리고
나무도 뽑아대고
날 만든 윤똑똑이들
혼 빼놓고 있는 중이야

경력증명서

생채기로 잠 못 이루던
서른 해 옹이들이

명함을 새로 받고
오로라 꿈꾸던 밤이

빳빳한 A4용지 한 장에
부서 이름
몇 줄이라니

최저임금

한 달에 달랑 한 번
땀 흘리며 들어왔다

쭉정이 날아가듯
속절없이 사라진다.

축 처진 새파란 어깨
마른 장작 되어 간다.

창작수업
— 권근화

가을 산 중턱에서
치매 노모 달래다가

별보며 집을 떠나
바람처럼 내달려와

국화 향 가득 머금은
술항아리 빚어낸다.

늦은 꿈

비바람에도 향기를 버무렸던 꽃봉오리
어느새 석양볕에 몸살을 앓는다
민들레
홀씨 하나 던져놓고
시를 낚는 신 새벽

동천안 로컬마트 영수증

　장대비 뚫고 와서 건네는 장바구니

　삐뚤빼뚤, 요 모양 조 모양, 똥강아지 뛰듯 자라 흙 내음 진한
구릿빛 야채들
　김명진 토마토 유동진 오이고추 박현순 가지 김재연 못난이
감자…
　중리마을 초등학교 동창 이름 있을까 영수증 훑어보며

　일곱 살 여름 밭에서 개구리를 쫓는다.

두마리아(Du, Maria)

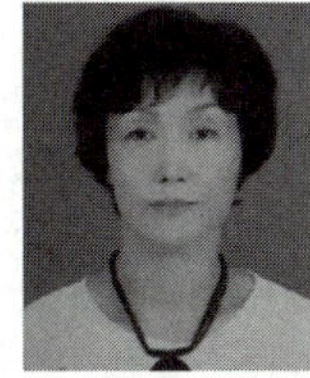

1958년 서울 마포 출생. 한양여자대학교(도예과) 졸업. 《좋은시조》(2017) 등단. 유심시조 아카데미, 한국시조시인협회 운영위원. 오늘의시조시인회의, 국제펜클럽 회원.

—

손자 앞에 "어설픈 광대(「뽀로로 강점기」)"가 되는 내리사랑을 담은 재치. "내 것도 되"고 "네 것도 되"니 "소유권 다툼 없"다는 「별」은 긴 꼬리 빛으로 세상을 향해 "참말 예"쁜 "똥"을 눈다는 유머. "늦은 귀가길 버스"에서 보는 세찬 "빗줄기"는 바닥을 차고 올라 "비상"하는 「물꽃」으로 "낙하가 곧 비상"이라는 행복한 인식의 전환. 도시서민 이하로 전락한 노년의 풍경을 연민으로 바라보는 「종로3가」. 인간의 우월적 지위가 천연을 망가뜨리고 있음을 경계한 「꽃 피지 마라」. 재치와 긍정, 사랑과 연민을 포괄하며 다양한 세태와 환경파괴의 심각성까지 건드리는 저력을 보여주는 두마리아를 외경의 시선으로 지켜본다.

— 홍성란(시조시인 · 유심시조아카데미 원장)

—

내성 이발소

삼색 등 뱅뱅 도는 변두리 뒷골목
머리빗 위에서 가위가 춤을 춘다
흰 가운 은발의 이발사 마술이 시작된다

포마드에 미끄러지는 이 대 팔 가르마
순간 이동한 듯 십 년이 뒤로 간다
거울 속 두 동년배가 너털웃음 날린다

마누라 앞세우고 다잡아 키운 삼 남매
대학 간판 달았으니 대성 인생 아니냐며
간판이 칠을 벗어도 대성은 대성이란다

이름

행려병동 환자들 침대 맡 불상남 1. 2. 3.
육갑 짚어 귀하게 받은 이름 잃어버렸다
축복 속 내어 걸었을 붉은 고추 금줄 같은

명함 한 장 내밀며 우쭐할 때 있었겠지
거친 수렁 헛디뎌 발 빠지기 전에는
헤엄쳐 빠져나올 수 없어 뒤틀려 버린 사지

함몰된 머리 한쪽 제 얼굴도 몰라보는
눈빛은 맑디맑아 다시 아기가 되어
말끔히 치워진 침상 이름 찾아 떠났구나

뽀로로 강점기

평생을 지배하던 채널 권을 빼앗겼다
뽀로로 왕국의 두 살배기 독재자에게
문화가 말살된 패왕은 어설픈 광대로 선다

별

내 것도 되었다가
네 것도 되었다가
소유권 다툼 없이
모두의 것도 되었다가
제 것도 없이 다 주는
별은 똥도 참말 예쁘다

물꽃

빗속 늦은 귀가 길 버스 안은 피로하다
창밖 빗줄기 불빛 따라 뛰어오르듯
낙하가 곧 비상임을 그대들도 아시라

종로 3가

며칠째 강추위로 얼어버린 탑골공원
허기진 사람들이 지하세계로 모여든다
왕년의 허세와 체면이 빵 하나에 줄을 선다
싸구려 분 냄새로 촉수 세운 '박카스 아줌마'
쌈짓돈에 욕망을 산 백구두와 유유히 사라진다
황혼의 엘레지가 흐른다
눈발 풀풀 날린다

꽃 피지 마라

희뿌연 먼지 속 부산한 벚나무
망개망개 꽃망울 볼 염치없다 우리는
숨조차 쉴 수 없는 땅
다시 오라 말 못해

시가 피다

귤 한 상자 주문했는데 봄이 실려 왔다
살짝 무임승차한 몽우리 진 동백
섬 시인 쪽빛 시심을
이 아침에 받아 적네

만종

태양을 마주보던 젊은 날 금빛 오만 물숨
씨앗을 가득 안고 겸손을 배웠구나
저물녘 빈 껍질로 선 해바라기 가는 목

물숨

바다를 자유로이 유영하는 저 사내
부드럽게 때론 격하게 물속 깊이 잠수하는
해녀들 거친 숨결을 건반 위에 토해낸다

저승서 벌어 이승서 먹고 산다는
핸드백 대신 오리발 정년 없는 극한 직업
서방님 담뱃값 술값 자식 먹이고 가르치고

욕심을 내지 마라 물숨이 저승 숨이라
소라도 전복도 딱 한 개에 숨 잡힌다
땀 젖은 건반 두드리며 추는 살풀이춤

류각현(柳珏鉉, Ryu, Gak hyun)

1944년 충북 진천 문백면 출생. 청주대학교(광산과), 한국방송통신대(국어국문학과), 세명대 교육대학원(교육학과). 《한국시》, 《문학공간》 (2005) 등단. 시조집 『옛 뜰 안에도 봄은 다시 오더이다』(2005, 청조), 『묵정밭에 피어난 꽃』(2005, 대성), 『능소화 등불 켜고』(2008, 대성), 『원주향기를 그리다』(2012, 대성), 『길 따라 구름 따라 풍류에 눕다』(2019, 레몬) 외. 강원문학작가상(2015), 황산시조문학상(2013), 남한강문학상(2009), 동백문학상(2008), 일봉문학상(2006) 수상 외. 원주문인협회장, 강원문인협회 부회장, 원시조 회장, 한국시조시인협회 이사, 한국시조협회 이사 · 강원지부장 등 역임.

류각현 시인의 작품 세계에는 옛 선비들이 지녔던 높은 격조와 여유로움이 녹아있다. 음율의 템포는 우아한 편이며 시어를 구사하는 필치는 참으로 유려하다. 「판소리」를 폭포수에 비유한 것이며, 암향에 밀려가는 겨울을 엿본다는 「매화」, 구하는 것 하나 없이 무연히 흐르는 강의 「인생」, 축 처진 어깨, 등이 굽은 아버지의 「의자」에 표현 된 시적은유는 이미 달관의 경지에 올라있는 것이 아닌가, 시어의 절제와 언어의 조탁에도 많은 공을 들인 흔적이 엿보인다. 류시인의 시를 음미하노라면 잘 익은 국화주의 은은한 향기를 한 모금 마신 것 같다. 오래오래 가슴에 남는 여운, 그러나 그 표현들은 결코 난해하지도 낯설지도 않다.

— 김성수(시조시인 · 전 원주문인협회장)

아내에게

꽃향기 그윽한 길 취한 듯 거닐면서
부드러운 미소 속에 살아온 지난날들
청초한 보랏빛 얼굴 도라지꽃 닮았느니.

저문 봄 노을처럼 가을 들판 실안개처럼
애수에 젖을 때는 두 손을 꼬옥 잡고
타향의 나그네 되어 힘들 때도 있었지만.

은은한 연꽃 향기 벙글던 호숫가에
안개비 촉촉하게 젖어드는 저녁 길을
오늘도 어제이거니 함께 걷는 고운 사람.

사랑한다 그 한마디 쑥스러워 못 하지만
살며시 흘겨 뜨는 밉지 않은 눈짓이
아직도 나의 가슴을 설레게 하는 당신.

은방울꽃

겨울의 아픔 딛고
오월을 피워내는

은방울 조롱조롱
은은한 하얀 향기

숲속에
울려 퍼진다,
흔들리는 종소리.

판소리

높은 격조 운치 넘친
운율도 살아 있고

숨소리 멎어질 듯
굽이쳐 굽이쳐서

긴장감
떨칠 수 없는
떨어지는 폭포수.

매화

차다찬 겨울밤을
실눈 뜨고 지새더니

봄소식 알리려고
일찍부터 나왔는가

암향暗香에
밀려가는 겨울
나는 슬쩍 엿보았네.

풀잎

풀잎풀잎 하다 보면 휘파람 절로 나고
스치는 바람에도 들리는 노랫소리
그 맑은 하모니 속에 작은 꿈이 피어난다.

손에 손 마주잡고 가슴을 열어가며
우리들 넓은 세상 다 함께 걸어가면
푸르른 다짐의 언약 초록으로 살아난다.

의자

한때는 당찬 모습
언제 사라졌는가

추적이는 겨울비 맞고
가로등 밑 서 있는

축 처진
축 처진 어깨
등이 굽은 아버지.

조춘

내 마음 너에게로
네 마음 나에게로

마주보는 오늘은
사랑 빛 가득하다

봄 햇살
되고 싶어라
포개보는 두 마음.

인생

힘들게 올라갈 땐 가슴 밀던 더딘 바람
가라고 빨리 가라 재촉하는 하산 길에
노을 속 등을 떠미는 그 바람 인생을 민다.

구하는 것 하나 없이 무연無緣히 흐르는 강
비오리 구름배 타고 유유히 떠나가듯
인생도 갈 때는 빈 몸 강물이고 구름이다.

설록차

천년을 함께 해온 연초록 바람 소리
그 바람 향기 되어 따스한 가슴 여네
그윽한 찻잔 가득히 참 사랑이 스민다.

정담을 나눠가며 즐기는 겨울밤에
시골집 구수한 맛 고향 맛 아니던가
우러난 살가운 정에 차茶 사랑이 깊어진다.

추정秋情

빨강 노랑 단풍잎 가을 색 짙어가고
농익은 주홍 반시 고향 길 환해진다
추정에 얼굴도 홍엽 노을빛을 닮았다.

가을볕 쏟아지는 설렘의 갈대숲길
꽃처럼 아름답게 그리는 채색화엔
따스한 추색秋色 그리움 가슴속에 스민다.

류금자(柳錦子, Ryu, Geum ja)

1942년 대구 비산동 출생. 《시조시학》 신인상
(2015) 등단. 시조집 『텃밭』(2015, 한비CO).
대구문인협회, 대구시조시인협회 회원.

류금자 시조는 솔직 담백한 정서 표출이 눈길을 끈다. 사람살이에서
비롯된 자각과 성찰을 통해 보다 따뜻한 세상을 꿈꾸는 노래다. 때
로 존재의 근원을 주시하는 눈길도 보이고, 인간관계 속에서 맞닥뜨
리는 여러 가지 시적 정황을 시조로 육화하기 위해 힘쓴다. 이처럼
그의 시조는 진중한 경륜에서 얻은 따사로운 인간애의 발현이요, 넌
출거리는 서정의 세계여서 행복하게 읽히는 특장을 지니고 있다.

— 이정환(시조시인 · 정음시조문학상 운영위원장)

돌 축대

직지사 만덕정에
돌 축대 천년만년

돌의 모양 다 달라도 그 쓰임새 제자리 있고

장인의
손길과 영혼
깊은 잠에 빠졌다

들국화

봄부터 가을까지 긴 나날 기다리며
다듬고 매만지며 피워낸 노란 들국
짙은 향 가을 언덕에 출렁이고 있구나

따뜻한 가을볕에 단풍잎 물들었고
가을걷이 다 끝난 스산한 언덕 아래
들국화 당신의 향기 내 발걸음 부른다

마음

끝없이 넓은 우주
마음도 우주라네

행복이 가까이에
앉은 줄도 모르네

모두가 행복이었네
스치고 간 한 백 년

흰죽 한 그릇

벼랑 끝
저 벼랑 끝
천길만길
벼랑 끝

녹아 빠진 애간장 더 녹을 게 없구나

한 그릇
수만 냥짜리 흰죽
눈길 머문 이 아침

소낙비

내 한 천 년 후에
구름으로 떠다니다

상사화 애통한 님
고비사막 걸을 적에

갑자기 소낙비 되어
그대 흠뻑 적시리

제주 봄맞이

제주의 노란 봄이 내 유리문 두드린다
대지에도 가슴에도 찾아드는 싱그러움
가파도 청보리 물결 한바다인 듯 출렁인다

마라도 바다 속에 성게 미역 건진다
저 깊은 곳에서도 첨벙첨벙 봄맞이
아득한 바닷속 봄꿈 숨비소리 깨운다

날 흔드는

오늘밤 너와 나누는 이 한잔의 술이
시가 되어 가슴 흔드는 붉은 바람이어라

그 눈빛
내게 취하도록
짙은 향내 풍긴다

고리

눈빛만 스치어도 헤아리고 남는다
하 많은 사람 중에 인연으로 고리 되어

때로는 무거운 어깨
허리 휘청거린다

가까워도 먼 거리 멀어도 가까운 거리
벙어리 냉가슴 앓이 숯덩이 된 이내 속

고리에 소중한 자리
흉허물을 잠재운다

그래, 그래

그래, 그래 그래라
그래, 그래 알겠다

그래, 그래 가봐라
그래, 그래 바쁘제

그래라
알아서 해라
하도 바쁜 그래이

가장

출근길 차창 너머 성당시장 신호등 옆
열어젖힌 냉동차 속 각을 뜬 돼지 반쪽
무거운 살과 피 없고 휘청대는 저 어깨

삶의 붉은 울음 숨 가쁜 저 발걸음
켜켜이 쌓인 돼지 모른 채 눈을 감고
가장의 소중한 자리 뼈마디도 녹인다

류미야(柳媚也, Ryu, Mi ya)

1969년 경남 진주 남성동 출생. 경상대학교 사범대(국어교육과), 서강대 대학원(국어교육). 《유심》(2015) 등단. 시집『눈먼 말의 해변』(2018, 술). 님의침묵전국백일장 장원(2014), 제4회 공간시낭독회문학상(2018), 제7회 올해의시조집상(2019) 수상. 문학의전당(시인동네) 책임편집 역임. 문학예술모임 '시노래마을' 동인. 한국학중앙연구원 '디지털안산문화대전' 문화·교육 부문 집필, 월간 웹진 《공정한시인의사회》 발행인·주간, 서울디지털대학교 문예창작학과 초빙교수.

—

류미야 시인의 시조는 울고 인내하는 풍경 속에서도 무한의 상상력을 염결한 절제 속에 담아낸다. 그의 많은 시편들은 소외되고 버림받고 가난하고 여린 이들이 끊임없는 상처 속에서도 스스로를 치유하며 인내하며 살아가는 모습들, 그늘 속에서도 올곧은 삶을 사는 모습들에 바쳐진다. 그리하여 마침내 '고요한 견딤'으로 행복에 당도하는 모습과, 고통과 눈물조차도 노래로 표현하려는 시의 낙천성, 간결함 속의 깊은 사유와 통찰에 가닿으며 이 시대 최고의 아방가르드 문학으로서의 시조의 언어와 리듬을 창조해내고 있다.

— 김일연(시조시인·국제시조협회 이사)

—

어두워지는 일

저녁이 사력을 다해 밤으로 가고 있다
떨어진 잎새 하나 함께 어두워지는
초겨울 가로등 불빛 아래
많은 것이 오간다

낮을 걸어 나오면 밤이 될 뿐이지,
저무는 것들의 이마를 짚어본다
불현듯 낡아 있거나
흐려지는 것들의

서리 낀 풀숲에 겨우 달린 거미줄이나
명부冥府 같은 우물에도
이 밤 별은 뜨리니
죽도록 어둠을 걸어 아침에 닿는 것이다

굳게 닫힌 바닥을 발로 툭툭 차면서
다친 마음 바닥에도 실뿌리를 벋어본다
겨울이 오는 그 길로
봄은 다시 올 것이다

바람의 노래를 들어라

지난 생
아마도 난 북재비였는지 몰라
눈시울 붉게 젖은 노을을 등에 업고
꽃 지는 이산 저산을
넘던 그 시름애비

어쩌면 그 손끝 뒤채던 북일지 몰라
그렁그렁 눈물굽이 무두질로 마르고
소슬히 닫아건 한 채
울음집인지 몰라

그렇게 가슴 두드려 텅텅 울고
텅텅 비워
가시울 묵정밭 지나 산머리에 이르러는,
마침내 휘이요— 부르는
휘파람 된지 몰라

노새의 노래

세상에 없으면서 있는 것이 있지

오월 장마당은 옛길 너머 사라지고 그을린 농투성이 옷을 바꿔 입었어도 땅은 바로 그 땅 울 엄니 눈물이 밴 그 길 타박이며 하냥 걸어왔다네 목청 다 떼고도 즐거운 나는 노새, 벌거숭이 황톳길 천둥 치듯 닦이고 등꽃 박꽃 칡넝쿨 베어지고 뽑혔어도 길은 기억하지 사라진 것들의 발소리 거친 풀 한 줌이면 푸르르 길을 끌며 근본 없는 목숨이지만 말보다 오래 사는

세상엔 없으면서도 있는 것이 있다네

모두가 아는 골목의 비밀

해가 난 날에도 볕들지 않는 그 골목엔
생각난 듯, 자주 비가 내리고는 하였다
빗물의 뒤꿈치를 타고
그늘이 흘러 다녔다

나기만 하는 그 자리, 새 집 또 들어선 날
말할 수 없는 나는 말 못할 마음으로
며칠 전 엎어져 있던 막사발을 떠올린다

세상엔 늘 슬픔이 몸을 바꿔 찾아오고
마른 날도 여지없이 빗줄기 들이치는데
눈물이 향하는 곳을 우린 말할 수 없다

소리가 지워진 환한 유리창 너머
새로 돋은 별처럼 젊은 주인은 웃고
문밖엔 까만 어둠이
머뭇대며 서 있다

기리는 노래
― 무명 시인

꽃빛은 열흘이고 연모는 세 해라지

해지고 달뜬 마음 밤낮 대신 우느라

늙어갈 얼굴이 없어 아름다운 사람아

머리를 감으며

풀고 또 풀어도
엉켜 드는 낮꿈의
가닥을 잡아보는
시린 새벽의 의식儀式

너에게
세례를 주노니
잘 더럽히는
나여

벼루

한 치 빈틈도 없어 뵈는 옥돌인데
오돌토돌 요철 있어 먹이 갈린답니다

강고한 저 몸 어디에
틈을 품고 있을까요

그 품에 먹을 가니 짙은 못물이 굅니다
날이 섰던 시간도 따라, 우묵해집니다

먹먹한 마음 한 필지
농담인 양 환해집니다

시소

앞뒤 없는 저울이 되어보는 일입니다
환호 끝 여지없이 추락을 맛볼지라도
한순간 머뭇댐 없이 바닥 쳐보는 일입니다

또는 두려움 없는 배가 되는 일입니다
들숨날숨 차오르는 생의 바다 복판에서
내 안의 밑바닥부터 평형을 잡는 일입니다

그 마음 중심에는 저울추 드리워도
제 심연을 비추는 거울로 밝혀 든다면
먹먹한 밤바다에는 별도 띄울 것입니다

물고기자리

나는 눈물이 싫어 물고기가 되었네
폐부를 찌른들 범람할 수 없으니
슬픔의 거친 풍랑도 날 삼키지 못하리

달빛이
은화처럼 찰랑대는 가을밤
몸에 별이 돋아 날아오르는 물고기
거꾸로 박힌 비늘도 노櫓 되어 젓는

숨이 되는 물방울…
숨어 울기 좋은 방…
물고기는 눈멀어 물을 본 적이 없네
그래야 흐를 수 있지
그렇게 날 수 있지

* 생은 고해苦海라든가 마음이 쉬 밀물지는 내가 물고기였던
증거는 넘치지만, 슬픔에 익사 않으려면 자주 울어야 했네

백년추어탕

연희동 삼거리를 소롯이 꺾어 들면
미끄러진 세월 같은 모퉁이길 옆으로
한 백 년 기다린 듯한
처마 낮은 그 집

발목 푹푹 빠지는 흙탕길을 헤치고
자꾸만 비꾸러지는 진 하루를 부리면
한소끔 뚝배기 돌도 어깨를 추어주던,

오래전 나 거기서 힘을 얻어 오곤 했네
파닥이는 꼬리로 어둠을 밀뜨리며
서리 낀 가을저녁을 추어처럼 돌아오던 곳

이제는 있는지 모를 투박한 간판이나
주인은 바뀌어도 내겐 옛집 사랑舍廊 같은
되짚어 백년손님처럼 굽이굽이 닳고픈 곳

다시 한 백 년쯤 더 그곳을 지키다가
불 꺼진 가랑잎 같은 누군가 찾아들어
뜨겁게 지펴졌으면 싶은
그곳, 백년추어탕

류미월(柳美月, Rhyu, Mi wol)

1961년 경기 포천 신북면 출생. 단국대학교 대학원 석사 졸업(2013). 《월간문학》 신인작품상(2014) 등단. 산문집『달빛, 소리를 훔치다』(2017, 북앤스토리). 중앙일보 시조백일장 차상(2012) 수상. 오늘의시조시인회의, 한국시조시인협회, 열린시조학회, 한국수필가협회 회원. 한국문인협회 남북교류위원.

류미월의 시편들은 사라진 흔적에 대한 그리움, 삶의 유한성에서 오는 존재론적 고찰 등을 서정성에 포인트를 두고 삶의 음영을 교직해 내는 호소력 있는 문장이 돋보인다. 삶의 곡진한 경험들을 이미지로 변용해 선명하게 포착하는 솜씨가 남다르다.

— 이우걸(시조시인 · 우포시조문학관장)

공원묘지를 지나며

어제까지 키를 재던 푸른 숲도 허물어져
날개 접고 누운 침묵, 육탈의 요철 앞에
급물살 휘돌던 들숨도 미풍으로 흐르고

묘지 앞을 지켜서다 차창에 입 맞춘 낙엽
나뒹구는 노숙마냥 맵짠 바람 몰아올 쯤
실핏줄 내비게이션, 비명 질러 길을 낸다

바퀴마다 감긴 시간 탕진할 것 하나 없어
행간 사이 못다 한 말 곰비임비 아쉬운지
저무는 한 점 노을이 풀잎 수화 한창이다

메밀밭 에피그램*

싸하게 퍼지는가? 짠내음 밭이랑 사이
날것들 비린내를 한 줌 뿌려 숨죽인 듯
와스스! 물방울 경전 가슴 한쪽 매달고

메밀꽃 송이마다 대롱대롱 초롱 달고
종소리 바람 타고 빛과 소금 일궈내네,
온몸을 다 내준 자리 소금꽃 눈부신 날.

* 에피그램epigram: 경구, 짧은 풍자시를 일컬음.

아버지의 가을

기러기 소식 물고 강 건너는 오후 네 시
해넘이 물들이는 반사경 그 수면 위에
기나긴 목덜미 타고 터진 연밥 까만 속내

덧칠한 유화처럼 말라터진 저수지에
하루만큼 물비늘이 얼부풀기 전 반짝이고
물총새 깃 터는 소리 가을 하늘 가른다

한 생의 겨울 맞는 아버지 움푹 팬 얼굴
서릿발 견뎌낸 후 더운 연밥 또 지으려
속 그늘 품은 동공이 호수마냥 하마 깊다

엄지가 말 걸다

반질거린 엄지손톱 이야기를 잇고 있다
에돌아온 굽은 길이 물뱀처럼 사라지고
아뿔싸! 가지 못하는 숲속 어름 누워있다

손가락 틈새 사이 빠져나간 시간들이
네일아트 색색마다 야생화 흐드러지고
어느새 닳아진 반달 자판 위에 얹어있다

봉숭아꽃 물고 가는 비릿한 강물 너머
무좀처럼 파고들어 쩍쩍 금 간 중년 손결
엄지를 우뚝 치세워 푸른 쉼표 찍는다

숟가락, 보시에 관한 짧은 필름

허름한 국밥집에 번을 서는 밥숟가락
간단없이 목구멍을 들멍나멍 공양해온
뜨겁게 몸을 녹이는 봉긋 솟은 손등이다

감자 싹 파란 멍울 도려내며 잠재우고
날카로운 칼날 대신 예를 갖춘 굽은 허리
얇아진 가장자리엔 눈빛 절로 반짝인다

두레상에 둘러앉아 달그락 화음을 낼 때
이야기꽃 피워 올린 그 몸짓 따사롭다
모질게 닳아지도록 배가 불룩! 큰 보시

나무와 사람

살구와 자두나무를 접붙여서 심는 날
햇살과 바람에 새 울음이 새살 돋고
볼 탱탱 다디단 과실 열리는 꿈을 꾼다

거름 주고 가지치기 사람의 일이라면
목마를 때 비 흠뻑 내리는 건 하늘의 일
둘이서 한 몸이 되어 무성하게 번진다

해도 해도 죽어라 안 되는 일 비일비재
나무와 사람 사는 일 어디 크게 다를까
나무도 제 할 일 다 해 금빛 나는 과일들

카페 비 에이블

하루를 반납한 뒤 낯선 세상 구석에서
커피 대신 마셔대는 이방인 검은 고독
한순간 다림질한다 오그라든 하루의 주름

반나절 삼킨 볼펜 백지를 장식하고
오래된 긴장의 눈길 내일을 두드린다
구조선 애타게 기다리는 난파선 조난자로

산다는 건 반복일 뿐 리필로 채운 음료
원두 가는 그 쇳소리 귀청 마구 후벼댈 때
폭풍 속 장막을 뚫듯 긴 어둠 침잠한다

정방폭포, 용소龍沼에 들다

물줄기 혼비백산 오도송을 외는 하루
가슴 훑고 깊이깊이 가라앉은 저 폭포수
기착지寄着地 숨을 고르고 빗살무늬 그린다

숨탄것들 넘실넘실 밤낮없이 일렁이고
흰 이빨 드러낸 채 간절기도 목이 메듯
물보라 두 손 모으고 바람 이마 가른다

반짝이는 물빛들이 오랜 침묵 어둠 뚫고
너울 파도 몸 던질 때 죽음 다 물리치고
바람 굿 잔치를 따라 되지르는 물의 함성

박쥐, 천년 날다

궁궐 뒤뜰 담장 벽엔 검은 박쥐 웅크리고
어제인 듯 새긴 날개 조선 눈빛 품은 채로
십장생, 솔향기 이고 너른 마당 거닌다.

안채 마마 뒤태 같은 자경전* 저 자목련
홍조 띤 얼굴마다 야사野史 한 줄 스민 건지
치받든 서울 하늘이 대를 잇는 화엄이다

금빛 새벽 물고 나는 복 짓는 부리 끝에
인왕산 봄 햇살 몇 톨 조근조근 내려앉아
천 년을 지키는 품새, 면벽하듯 으늑하다.

* 자경전: 경복궁의 내전이며 대왕대비가 거처하던 대비전이다.

잠실벌 바운스*

엉킨 속내 풀어내듯 주룩주룩 비 내리고
잠실벌 들었다 놓는 가왕의 청량 창법
전자음 불빛을 물고 하늘 멀리 편지 쓴다

튕기는 빗방울에 지난날이 되살아나고
바운스 물결 따라 젊은 한때 일어선다
팔색조 폭넓은 음역에 빈 가슴 뻥! 뚫린다

아직 늦지 않았다고 뒤흔드는 저 멜로디
방울방울 음표 너머 맑은 음색 녹아내려
추락은 비행의 시작, 바닥치고 치솟는다

* 서울 잠실종합운동장 주경기장에서 열린 '조용필 50주년 기념 콘서트'
에서 조용필이 부른 노래 중 한 곡.

류상덕(柳相德, Ryu, Sang duk)

1940.~2017. 대구 출생. 대구사범, 계명대학원 졸업(1973). 문공부 신인예술상 시조 「백모란결에서」, 동시 「졸음이 온다」당선(1965). 〈매일신문〉 신춘문예(1969), 《시조문학》 천료(1970), 〈서울신문〉, 〈소년중앙〉 신춘문예 시조(1971) 등단. 시조집 「백모란 결에서」(1977, 학사원), 「미호리의 가을 외출」(1991, 민족과문학사)외. 유고시집 「그제사 알 수 있었네」(2018, 학이사). 경북문학상 수상(1979). 초등학교 교사 · 경명여고 교사, 서울중앙아동 문학회 · 경북문인협회 이사 역임. 영남시조문학회 '낙강' 동인. 영진전문대학, 대구대학 출강. 한국문인협회, 한국시조시인협회 회원.

가을 주변 1

하루해 울다 지쳐 돌아누워 앓는 저 산
머언 숲 어스름이 청산에다 등을 대듯
세월은 그 능선에 하나 낙과처럼 나를 둔다.

이미 내가 아닌 보낸 철의 청명淸明 위에
받아 든 생애의 잔 찰랑이는 목숨의 안팎
한 가닥 아슬한 소실消失을 타고 있는 저 낙조.

석불도 허심虛心히 눈 감고 팔매 하나 던져 본다.
울 새조차 없는 자락 허전한 앞이마에
무심히 떴다 잠겼다 나울지는 머언 강류江流

가을주변 2

꿈은 영글어 씨물리고 댓잎 위에 뛰는 볕살
높인 풀 산새의 울음 한 자락 깔린 추명秋明
하얗게 빛나고 있던 목숨들이 등을 단다.

휘어진 하늘 끝자락 너의 눈물을 담아 와서
황량한 가슴의 벌에 솔잎 적셔 뿌리는 바람
울림도 바닥이 나는 산자락을 우는 강.

영마루도 못내 저무는 생각으로 가득 차서
인경소리 몰아가는 간절한 일모 앞에
조용히 세월을 눕히며 낙엽들을 재운다.

겨울주변 2
— 겨울비

겨우내 귀먹어 앉아도 다 못 감은 한 금 바위
오늘은 끊어진 현 줄을 매는 앓음인가,
적막히 하늘을 낮추어 시름없이 내리는 비.

고목 까만 가지 허전한 동우리에
그래도 기다림 같은 하루해 찬비가 젖고,
다독여 불씨이고픈 밤 도로 문을 닫는다.

종차終車

1
피곤한 하루를 이끌고 돌아오는 퇴근길에
저녁 놀 잠기는 서역 어스름이 끄는 종차終車
살아 온 허전한 발길 조여드는 사위여.

2
몸짓으로 듣고 있다. 산울림이 울어도 닿지 않는 황톳빛 머언 산자락. 이미 등을 마주한 계곡 속으로 끌려가는 외줄 위에 어둠이 내린다. 뼈마디가 저마다 하얗게 울며 하늘을 연꽃으로 덮고 있다.
갈대 아흔 손으로 받는 난의 부음訃音. 잘 닦인 명命의 놋잔 속에 산빛이 내려와 앉고, 해맑은 이슬이 눈물처럼 고인다. 문화 유씨文化柳氏 찌든 초지草紙에 윤이 나는 시구 하나로 달이 뜰 때 송묘길에서 보던 바람에 나부끼는 흰 두루막.
그 품에 숲으로 사는 또 다른 나의 명을.

3
하루의 빗장을 걸고 밝혀 든 목숨의 등燈
잠재워도 설레는 죽음의 아픈 나래
내 안에 실오리 감아 피 가르며 나는 새鳥

적일寂日의 좌座

깊은 밤 고이 품어 아내가 자고 있다.
아직도 남아 있는 철이 든 한 첩 병은
물 젖은 하이얀 꽃잎 주름가에 떨어진다.

검은 테 안경 속에 등을 문 먹뻐꾸기
달력의 적일을 몰아 숨결을 짚어가다
뒷동산 대숲을 도는 달빛으로 흩어진다.

때로는 수줍었던 미움도 정이 들어
귓가에 모여 앉아 피워내는 들찔레꽃
생각은 회장저고리 너를 얼러 세움이여.

지산댁 이야기 3

황토 십 리 숲길 따라 상두꾼이 가던 날에
미나리 하얀 뿌리 속살 부푼 봄 햇살은
가직이 토방을 열고 뻐꾸기로 울더니만-

흙담 위에 날아드는 흰 나비의 고운 문안
실려 와 풀어내는 혼백들의 말씀들을
울 할매 저고리에 싸서 목숨이라 하던 아배.

시시로 시를 앓는 자식을 달래다가
다시 깨어 보첩 읽는 큰 기침도 저무는데
백목련 꽃잎을 접어 노을밖에 떠나는 나-.

춘·하 2제

— 봄 오후
살구나무 뿔마다에 고향 들불을 누가 다나,
그날 그 민들레의 봄을 다시 점화해 놓고
이 가슴 청동의 노래를 울리는 저 노고지리

— 귀 향
7월 노염老炎에 해바라기 목 꺾이고,
먼 강녘 살찐 물결 물결 위에 뜨는 고향,
돌아와 세월의 나루에 내가 손을 담군다.

밤

현絃으로 울려봐도 깨지 못할 밤이 있다
댓잎에 떠는 바람, 손바닥에 얹어두고
지금은 영의 늪에 잠겨 흔들어도 눈이 먼 등燈

그 모든 번뇌의 때를 씻어 받는 저승의 놋잔
한 점 남은 생의 먹물, 맑히자니 더 흐리고
생애의 입 다문 돌로 이명耳鳴보다 깊고나.

백모란 곁에서

그리도 연모하여 빈 뜨락의 고운 표백
바람은 꽃망울을 가만 지켜 봄을 피우고
수유須臾로 달래는 영원 나도 이제 꽃이라네.

사바의 속된 인업因業 눈이 외려 시리구나
현궁弦弓에 바람 떨 듯 울먹이는 나의 계면界面
달 뜨는 적막을 밟고 합장도 머언 열반이여.

입동 모일立冬慕日 3

어스름이 묻어나는 커피잔을 젓노라면
문지방을 넘어오는 생즙 찧던 쑥 냄새가
전 속에 무넘히 떠오른 청산 둘레를 덮네요.

측백나무 치켜올린 하늘 끝에 다시 올라
지산댁志山宅 시렁 위의 보첩 안에 울던 달이
울 오매 백발 진 강에 새가 되어 나르네요.

류성신(柳聖信, Lyu, Seong sin)

1963년 경북 안동 풍천면 출생. 경기대학교 대학원(시조창작) 재학. 《문파문학》 수필 신인상(2011), 《시조시학》 신인상(2019) 등단. 경기예술대상(2016), 전국시조공모 대상(2017), 전국가람시조백일장 장원(2018) 수상 외. 열린시학, 국제PEN클럽 한국본부 회원. 파주문인협회 사무국장.

부채

사랑을 받으려면
바람을 피워야 해
이 남자 저 남자
손때가 묻을수록
살갑게
다가선 손길
알몸을 더듬는다

—

류성신 시인은 2018년 전국가람시조백일장에서 일반부 장원을 함으로써 시조시학 신인상으로 자동 등단한 시인인데, 몇 편 안 되는 작품에서도 역사의식과 현실의식, 그리고 생명의식 등의 다양한 영역에 대한 관심과 가치관을 보여주고 있다. 작품의 형식도 정제되어 있으며, 묘사 또한 매우 탁월해서 감각적 청신성이 빛을 발하고 있으며, 알레고리와 같은 수사적 활용에 대한 기법적 관심도 보여주고 있다.

— 이지엽(시인 · 한국시조시인협회 이사장 · 경기대 교수)

—

가을남자
— 자코메티 걸어가는 사람

술 취해 비틀되는
비썩 마른 그림자
솟구쳐 오르는 땅
밤새 헛발 딛으며
바람에
희미해지는
모하를 불러본다

도려낸 심장이
또다시 꿈틀되고
갈대를 갈대로만
바라 본 어리석음
손 내민
은빛 춤사위
어깨가 들썩인다

가지에서 떨어진 잎새는 그 맘 알까
삼십 년째 잊지 못한 갈꽃 향 더 짙어지고
그 남자 옷깃을 세우고 타박타박 걷는다

독거
— 아버지

외 따른 길모퉁이 바람이 훑고 간 집
깨어진 유리창에 베인 볕살들이
새하얀 국화송이에 조각조각 박힌다

엄마 먼저 보내고 자식들 제금 나간
텅 빈방 훈기마저 오래 품어 주지 않아
이따금 볕뉘 한 자락 문안처럼 다녀가고

모래 씹듯 혼밥으로 또 하루 저무는 날
모로 누운 뒷모습에 그늘이 짙어질 때
밀려온 마른기침이 포말처럼 부서진다

벽면에 가족사진 곱씹는 홀로 아리랑
윤슬처럼 피어나는 젊은 날의 기억들이
달무리 촉촉한 밤길을 발밤발밤 걸어온다

유관순

대숲에 갈바람소리 그대의 숨결인가
단풍잎 은행이파리 찬연도 하려니와
별빛을 받아든 충절 산기슭에 형형하다

아우내 등불 아래 그림자 푸른 이마
책장에 이는 바람 장터에 피워내고
삼일절 만세소리가 여기 아직 올올한데

나라사랑 새기는 말씀 천지에 젖어들어
여울목 휘어진 길 말갛게 허물벗기는
여린 듯 뿌리 깊은 거목 누천년 지켜 서리

봄비 오는 날

오색 물감을 풀어 종일 붓질합니다
커다란 밑그림에 또렷한 선을 그어
얼부푼 지난겨울을 애써 밀어 냅니다

서로를 갈라놓은 가시 박힌 언어들
바람에 베인 상처 한 곳에 모아 놓고
쓰디쓴 에스프레소 그 향기에 젖을 때

네모난 벽과 벽 사이 뾰족한 철 펜스에도
동글동글 온음표를 수없이 그립니다
유리창 빗방울처럼 하얗게 비우라는지

저것 봐 새소리 데리고 온 꽃가지
자목련 수양버들 화르르 낭창낭창
회색빛 내 안 깊숙이 봄물 꽃물 번집니다

회전초밥

꿈꾸다 잠깬 해미 기지개를 켜고 있다
꿈틀대는 수면 위로 물안개 일렁이고
비릿한 새벽달 하나 감풀께로 눈을 뜬다

멀리 수평선 넘어 넘실대는 바람 있어
속살이 퍼렇도록 등짝이 벌겋도록
새우는 깜냥 쌓느라 게거품 매양 물고

고래로 살지 못해 물에서 파닥이다
이력서 손에 들고 여기저기 입질한 날
간신히 올라탄 회전목마 어지럽고 낯설다

언제쯤 눈도장 꾹, 찍힐 순간 돌아올까
내장을 비워내고 고추냉이 품은 알몸
일용직 차디찬 레인에 엎드린 채 기도한다

목각인형극

온몸 실에 매달려 타박타박 걸어 나온
요양원 무대 위에 부채든 한 할머니
가루분 화사한 얼굴 옷자락만 살랑인다

고수의 북장단에 아니리 어눌한데
마음속 골골 박힌 응어리를 푸는 걸까
부챗살 접었다 폈다 울컥울컥 토해낸다

열여덟에 시집와서 아들 넷 낳아놓고
천수답 일궈가며 허리 한번 못 펴더니
덩더쿵 자진모리장단에 어깨춤 절로 일어

코 줄 목줄 의지한 채 휘우듬 흔들려도
굳은 듯 멈춰버린 길 끝의 시간들이
줄잡이 빠른 손놀림에 째깍째깍 흐른다

풍란 2

조그만 화분조차 가질 수 없는 걸까
숯덩이에 등짝만 겨우 붙인 알몸뚱이
창문 밖 한줄기 바람 애면글면 쫓는다

한때 솟구쳐서 하늘이던 참나무
가마 속 불잉걸로 내 안에 들어왔나
묻혔던 작은 불씨가 살을 뚫고 나온다

길 끝에 버텨선 채 가쁜 숨 몰아쉬다
내딛는 발걸음에 설퍼진 날개 죽지
목마른 생의 바람꽃 비행하는 오춘기

쥐똥나무꽃

피멍든 응어리를 풀어낼 자 누구인가
꼬리 문 뜬소문에 쌓여가는 악성 댓글
엎친 데 덮치는 세상 언제쯤 가실는지

발톱 세운 밤 고양이 세모눈 또 불을 켜
새까맣게 타는 입술 깊어진 저 눈망울
촘촘히 울타리 친다 다시 꽁꽁 숨어버릴

햇살에 하나 둘 터트리는 흰 꽃망울
고 작은 나팔 문양 혼자서는 말 못해
오종종 가지 끝에 모여 앞 다퉈 미투미투

시詩

오선지 앞에 놓고 두 눈을 감아본다
경쾌하게 그릴까 점잖게 지어낼까
첫마디 높은음자리표 그 담부터 멜로디

아무렴 가볍게 한 발짝씩 옮겨보자
여릴 땐 스타카토 악센트도 눌러보고
갑자기 벽을 만나면 까짓것 도돌이표지

가다간 힘에 겨워 쉼표 찍고 가야할 땐
새들이 물어오는 왈츠도 추어보고
꽃망울 부풀어 오른 브루스도 추면서

라르고 숨 고르며 폭 넓게 걸어가자
중심은 멀고 먼 길 아직은 미완성곡
비바체 절정을 향해 뛰어갈 날 있으리

침구 회의록

이불(밀레니얼 세대)
넘치는 청년실업 말라가는 젊은이들
툭하면 열불난다 발로 차고 짓뭉개고
땀 고문 쾌쾌한 냄새 푹 덮지는 말아줘

요(베이비붐 세대)
바닥에 딱 붙어서 요따위로 살지만
한때 나도 꽃구름 푹신한 적 있었네
대 놓고 멍석말이라니 푹 밟지는 말아줘

베개(사일런트 세대)
홀로 누운 침상에 숨소리 가릉 가릉
이리저리 따돌림 가랑이 척 걸치고
불면의 한밤중 투정 휙 던지진 말아줘

류숙자(Ryu, Sook ja)

가천대학교(시창작) 수료. 호 운지(云芝).
《시조생활》(2014), 《화백문학》(2017) 등단.
시조집 『바람의 말』(2018, 좋은땅).

—

운지 류숙자 시인은 마음은 깊고도 넓으며, 순수하고 밝다. 성품은 사람에게 믿음을 주며, 행동이나 말에 구차하지 않으며 오만하지 않다. 시에는 자연풍경 속에 인간의 삶을 담아내고 가족이야기를 통해 인간애를 그리고 살아 온 인생 속에서 철학과 예술을 말하고 여행지의 낯선 모습과 내면적 감동을 그리고 만족을 아는, 자족할 줄 아는 시인이며 배움의 장에 가림이 없는 줄 아는 만고상청萬古常靑한 시인이다.

— 문복희(시인 · 가천대 교수)

—

로댕의 생각

로댕은 천만년을 지옥문 앞에 앉아
무거운 턱을 괴고 희로애락 더듬는다
만인의 속죄자 되려 고개 숙인 영겁 세월

눈 흘기는 문집들

명가에 명문장들 책장에서 모델 됐다
국가에 공을 세운 문집들이 가득하다
발문만 겨우 읽는다고 책장이 눈 흘긴다

먹을 찍고

하얀 들에 유수로다 내리 긋고 가는 길
꺽지손 오고가는 근심 같은 번뇌다
호毫의 길 들숨날숨에 영혼을 깃들인다

향산* 청구 만제록을 받고

볼 만하고 배울 만한 유식이 가득한 책
눈 위에 주먹 댄 글 좋다고 넘겨본다
주손이 성치 않으니 슬픈 마음 어쩌나

* 4대조祖 향산 이만도李晩燾(1842~1910): 향산 전서 번역 중에 만제록이 먼저 나오다. 건국 공로 훈장, 을사늑약 통분, 24일을 단식으로 순국. 아들, 손자, 며느리 세 분이 독립운동 훈장 서훈.

백두산 천지에서

영산의 천지연에 무슨 꿈 빌어볼까

내외의 건강 빌고 자녀 손 성취 빌까

신수神秀에 기대는 여인

하늘 뜻을 살핀다

향나무

— 고요의 수목원

벗은 몸 비단결은 천하에 일색이요
예술을 겉에 걸친 몸의 오만 분명타
금 수저 이름값이다 단아단정 잘생겼다

사모思慕

옥수에 마음 담아 석산* 향기 가꿉니다
손에 쥔 비단구두 간직하고 살렵니다

새벽길 신천지 길은 하늘빛이 고왔어요

* 석산: 내가 지어 드린 남편의 호.

빈집

솔방울 마른 속내 평안을 묻지마소
무덤 같은 적막만 입 벌리고 있구나
쭉정이 텅 빈 가슴에 비애만 남아있다

바람의 말

촉으로 닿는 말은 가슴 겉말 열 두 섬

부채춤을 너울하고 님인듯 살풋 온다

취할 줄 몰랐느니라 실버들 닮는 마음

비겔란 조각공원

탐나는 광장에 줄을 이은 생사고락
영혼의 속말까지 영민하게 새겼다
칼끝에 불어 넣은 혼 작고 큰 조각 작품

거대한 모놀리트* 고뇌하는 알몸들
자세히 볼 수 없는 문외한의 왼 고개
스승과 제자의 합작품 이름 높은 예술 공원

* 모놀리트Monolith: 한 개의 통돌로 된 기념비, 거석巨石.

벽시계

천년 궁에 탑돌이 만 년 사萬年史를 쓰고있다
늙는 법 없는 세상 같은 소리 이으는 날
살았단 표시라는 게 고저장단 두 음절

절벽에 발붙여도 비단길 같이 가고
사랑이 깨를 볶는 길동무의 세상사
돌면서 가고 가는 길 만나고 헤어지고

류영자(柳英子, You, Young ja)

1940년 경북 안동 출생. 호 옥당(玉堂). 한국
방송통신대학교, 가천대학교(시창작) 수료.
수필(2011), 《한국문인》 시 신인상(2013), 《시
조생활》 신인상(2014) 등단. 시문집 『내 인생
의 그림자』(2014, 문학신문출판국), 시조집
『반지』(2019, 초우). 서울특별시장상, 종로구
청장상, 한글문학상 수상. 한국문인협회 대
외협력위원, 문학신문 문인회 이사, 뿌리춘추
이사, 한국낭송협회 이사 역임. 초우문학회 회장.

—

옥당 류영자 시인은 2013년 《한국문인》에서 현대시로, 《시조생활》
에서 시조로 등단하여 문단 활동을 시작 하였다. 2015년에는 첫 시
문집 『내 인생의 그림자』를 내놓을 만큼 등단 초기부터 작품 활동
을 활발하게 해왔다. 이렇게 시작부터 지금까지 성실하게 지속적
인 창작활동을 해온 결과물로 2019년 팔순을 맞아 탄탄하고 격조
있는 작품집 『반지』를 발간하게 되었으니 이것은 그의 찬란한 역사
이며 보배로운 열매이다.

옥당 선생님은 이미 그의 아호에서 풍겨 오는 이미지처럼 품격과
향기를 지닌 시인이다. 옥당 선생님은 절개의 상징인 국화와 함께
선비의 지조를 보여준다. 이러한 인품과 삶의 무게가 녹아 생애가
지향하는 초점은 따뜻한 화해의 세계로 긍정과 사랑과 융화의 세
계를 추구하는 시적 미학을 창조하는 철학이 담긴 시인으로 청아
하게 빛나시기를 바랍니다.

— 문복희(시인 · 가천대 교수)

—

대문 활짝

청명에 찾은 고향 매화 향 퍼져오고
우물가 앵두꽃이 치마폭을 펼치니
텃밭엔
쑥 냉이 동초 입속으로 달려와

잔디를 불태우고 잡초를 제거하니
햇살이 마실 와서 수다를 떨고 가니
노부부
몸은 천금이요 두 손은 만 냥이네

양수리 나들이

기해년 첫 나들이 효심 많은 자녀 동반
노부모 건강 챙겨 장어구이 만반 성찬
혹한의
소한 동장군 무색한 듯 따사롭다

왜가리 함께 놀고 양 물길 화합하여
두 길이 한길 되어 지구촌의 명품 한강
결빙을
포용한 물길 대해되어 유유히

태산에 올라

오악의 으뜸태산 옥황 할미 내리신산
유 불 선 삼대성지 진시황 유품인가
선성에
심취된 부부 비몽사몽 감탄사

천 제단 하늘문은 운해 위로 솟아난 듯
뻥 뚫린 벅찬 가슴 들숨 날숨 황홀경이
천 지 인
맺어진 천교 그 위력에 숙연함

산수유 눈 뜨네

풍 서방 설 서방이 광란을 일으켜도
구름도 품어주고 햇살도 애무하니
산수유
실눈 뜨고서 지친 기력 찾네요

매몰찬 칼바람에 긴 겨울 그 고독을
살며시 지켜보는 환란의 격동기를
하늘의
성은을 입어 실눈 뜨는 병아리

앙코르 와트

수천 년 문화유산 장엄한 관광 상품
호젓한 정글 숲은 인인마다 감탄사나
추락한
국력의 애환 영혼 잃은 백성들

쇠잔한 빈민 국가 헐벗은 문맹민족
이끼 낀 옛 궁터며 목불인견 수상가옥
원 달라
연민의 정은 수중 숲의 뱃사공

안경

제 눈에 맞을 안경 눈높이에 맞추려고
수십 번 도수 재어 잘 맞춘 제 눈 안경
가끔씩
도수 안 맞아 흐려지는 불편함

옛날엔 부모님이 시력도 재지 않고
어른들 눈높이로 맞추어진 안경도수
부부로
인내한 안경 불평 없이 잘 보여

류용곤(柳龍坤, Ryu, Yong gon)
1967년 경북 군위 출생. 영남대학교(이공학과) 졸업. 전국한밭시조백일장 대상(2018), 중앙시조백일장(2018, 2019, 2020), 한국인터넷 문학상(2020) 수상. '금강시조' 문학동인. 문학사랑 협의회 회원. 대전시조시인협회 사무간사.

시인은 자연, 현실, 사회, 역사 등 주제가 다양하다. 그만큼 시야가 넓다는 얘기이다. 어떤 상황에서라도 당황하지 않고 금맥을 캐낸다. 씨줄과 날줄이 적정 비율로 배치되어 있어 시상의 넓이와 깊이를 더해준다. 의미를 배가시켜 주고 있는 이유이다. 직조 기술이 뛰어나 신라 석공이 돌을 다루는 듯 시어를 다룬다. 시인은 시어를 대하는 태도가 경건하다. 그러면서 고난도의 언어 퍼즐들을 열정으로 극복하고 있다. 그는 진부한 언어를 절대 쓰지 않는다. 진부한 언어라 할지라도 위치가 달라 그것을 새로운 의미로 창조해낸다. 현 그릇에 그의 사상을 담아낼 수 있는 날을 기대해본다.

— 신웅순(시조시인 · 문학평론가 · 중부대 명예교수)

침상 위의 날개

강물에 몸 잠긴 채 수면 위로 올린 얼굴
머리만 남겨 놓고 가쁜 호흡 숨이 차다.
언제쯤 수면이 낮아져 살아남을 수 있을까?

새 생애 첫걸음을 잊은 지가 오래되어
몸 자랄 곳 더 이상 나아갈 수 없는 세상
하루란 삶의 무게가 절벽처럼 막아섰다.

의지할 수 없었던 척박한 땅 위에서
바람이 불어 지쳐 흩어지듯 맴돌아선
오래된 묵은 나무가 잿빛으로 가는 영토.

첩첩이 쌓아 놓은 가슴 안의 청사진들
꿈 안에 단단하게 포부 심어 다짐하던
푸른 날 창공의 나래 자유로운 비상의 꿈.

이팝의 뜨락

아가 발 한 발 한 발
새하얗던
걸음마

물소리 녹아내린
산비탈의 흙 뿌리들

쌀 알진
눈 싸리마다
톡톡 터지는 저 햇살!

나무새의 무덤

망각 속에 사라져간
수없이 많은 날들
둥글게
새겨놓고 잠이 든 화석처럼

목판의 문패조차도 허락 없는 대문 앞

푸석이 메말라간
사막 같은 둥지 안에
새파랗게
식어버린 부화하지 못한 새

하늘을 움켜잡은 채 시간이 멈추었다.

사의제 四宜齊

— 생각
바른 마음 바른 뜻 큰 의식을 정제하고
포용과 이해로써 세상 이치 순응하면
천지에 두려움 없이 지혜가 밝아진다.

— 용모
해지고 낡아져서 무명 덧대 깁더라도
깨끗하고 사치 없이 정갈하게 입은 몸
반듯한 선비의 정신 청렴하게 빛난다.

— 언어
아끼고 절제하고 과묵하게 조심하여
겸손히 낮추는 말들 상대를 존중하고
때로는 기개 넘치게 단호한 말 한마디.

— 동작
매화의 당당함과, 난초처럼 향기롭게
첫서리 이겨낸 국화, 찬 겨울 늘 푸른 대
놓이는 걸음걸음이 사군자를 깨운다.

강진 아욱국

달빛 한 줌 흐물흐물 옹이 지던 터주까리
된장 내 익은 정성 장독 위에 배어나면
가마솥 진국의 향기 게워내는 옛 주막 터

혹독했던 지난날 무슨 죄를 지으셨나?
천정 낮은 행랑채 언 발 돋우는 아랫목
아비의 몰락한 집안 접은 채로 유배됐다

모진 고통 귀양살이 달래주는 역작들을
후세에 남길 거리 붓글 치던 다산의 밤
찬 서리 강진 땅에서 아욱국을 끓여낸다.

자작나무 아버지

들 숲의 한가운데 바람으로 돌아서면
길 깊은 어두운 산속 가쁜 호흡 차올리며
비탈길 숨 고르시고 올라가신 언덕배기

수많은 걸음걸음 이겨내던 시간 속에
굽이친 깊은 강물 주름지는 얼굴 아래
말없이 흘리신 눈물 소맷자락 젖어간다.

그리워 지친 마음 뜨겁게 감싸주며
다정한 토닥임이 가슴 적셔 울음 울 때
흰 눈썹 자작나무 숲 밤길 밝혀 오시리.

바람의 외벽

빗물에 일그러진
유리창 밖 풍경 속에

경적의 차 소리만
요란하게 촉이 선 채
어둠에 소요된 불빛 질펀하게 흩어진다.

빌딩숲 높은 건물
모서리에 세운 바람

미끄러진 노면 위에
낭자한 회오리들
물방울 허공 한가운데 떨어진 소리 하나.

만조

바다는
온종일
파도를 뒤척이다

가쁜 숨길

몰아 쳐
쪽빛 너울 풀어 놓고

수평선
이불로 덮어
섬 하나를 잠재운다.

남천의 촉

가지 끝 마디마디
알알이
박힌 구슬

산사의 촛불 위에 뜨겁게 달구어진

붉은 빛
등신불 사리
영롱이 타오른다.

내 안의 메아리

누가 날, 부른 걸까? 산 밖을 내다본다.
산 안에 내가 있고,
산 밖에는 그대 있어

그 울림
바람을 차고 내 가슴에 돌아온다.

물빛 속에 비친 얼굴
나인가? 그대인가?
밖에 서면 그대 모습, 타인처럼 낯선 지금

내 안의 작은 옹달샘 물소리만 가득한데.

류인수(柳寅秀, Ryu, In soo)

1951년 대구 수성구 출생. 한국방송통신대학교
(국문학과) 졸업. 《시조세계》 신인상(2006) 등
단. 한국시조시인협회, 시조세계 회원.

류인수 시인은 귀가 멀도록 고요한 산사의 풍경에 은은한 목탁소
리를 얹어 탈속의 경지에 들게 하는 이미지의 형상화에 능하다. 그
의 작품들에서 소리개가 허공을 돌리는 첩첩산중 저녁 무렵, 갖은
울부짖음이나 몸부림을 접고 오늘만 살 것 같이 앞섶을 여미는 결
곡한 그 만의 자태가 그려진다. 그러함에 자연 독자는 신성의 경지
에 들지 않을 수 없게 된다. 참 단아하고 야무진 성품과 매무새에서
빚어지는 류인수표 작품들이 시조단의 새로운 한 층 위로 형성될
것이란 기대감에 설렌다.

— 유자효(시조시인 · 《시와시학》 주간)

숲

소나기 지난 뒤
푸르기만 한 숲

그늘 속 풀 냄새
정히 보듬고 왔다

유리에 비친 내 모습
숲을 닮은 푸르름

문득 귓가를 스치며
품속에 감겨드는

빗방울 귀뚜라미
부딪히는 얕은 음율

먼 곳의
천둥소리는
잔잔한 실내악

돌탑

물소리
바람 소리
탑 속으로 스며들어

애증의
불순물을
시간 밖으로 흘렸다

마지막
생존의 실체
산마을은 침묵뿐

절이 있는 풍경

소리개가 허공을 돌리는
첩첩산중 저녁 무렵

은은한 목탁 소리에
산빛 하늘빛 다 잠기자

나 언제
지껄였냐는 듯
물소리도 멎었다.

파도

오늘만 살 것 같은
울부짖음이다 몸부림이다

알고 보면 저 방황이
세상을 끌어안는 법

수유의
포말을 그리며
유명幽明도 넘나든다.

박꽃

다정스레 둘러앉아
초가지붕 밝히던 박꽃

그 무슨 의논 있어
밤마다 뜬눈 새웠나

둥그런
달빛을 받아
영글어간 둥근 꿈들

갈매기

이제 깃을 접고
내 생각도 접는다

그리움 사무칠 때마다
높이 날아 삭였던 젊음

깃 하나
바람의 파도 헤집다
출렁이며 머문다

둥그런 오월

툇마루
옹이 무늬에도
가려움증 번지고

켜켜이
쌓인 먼지도
일낼 듯 숨을 쉬고

무향의
모란 한 송이도
시뻘겋게 둥그런
오월!

서해 바닷가에서

늦여름 자귀나무
거미줄에 사연 싣네

한 알의 풀씨든지
스쳐가는 바람에도

지워진
발자국들은
또렷하다 뿌옇네

수평선 그 너머엔
바다의 끝 낯선 땅인데

해 질 녘 잠겨오는
주름자국 어머니 얼굴

썰물에
떠밀려 가네
서쪽으로만 가네

길 아닌 길

길 없는 산 속에서
바위 타고 건너 뛴다
딱딱한 바위등걸
무순으로 자란 수풀
무수히
밟고 지나니
윤이 나고 부드러워

낯이 선 사람들도
그 길을 오고 간다
닦아 놓은 길은
이미 나의 길이 아니다
청산을
이고 나르는
까막까치 길이다

밤바다, 그리고 몽돌

한 생각 떨쳐내려
걸음 닿은 어느 해변
노송가지에 앉은
초승달 내려다보는 곳
파도가 몽돌을 깨워
해조음을 낳습니다

부대끼고 부대끼면
상처도 둥그러져
어루만진 눈물세상
윤이 나나 봅니다
험난한 세월을 건넌
얼굴들이 보입니다

류제하(柳齊夏, Ryu, Je ha) 본명: 류중하(柳重夏, Ryu, Jung ha)

1940.~1991. 경북 안동 출생. 경희대학교(국문학과), 홍익대 사범대학(국어교육과), 대학원(국문과) 졸업. 《시조문학》천료(1969), 〈중앙일보〉 신춘문예 시조(1973), 〈경향신문〉 신춘문예 평론(1986) 등단. 유고시집 『변조』(1992, 아름다운세상). '토요' 동인지 《삼장시》 1-32호. 한국시조문학상(1984), 가람시조문학상(1991) 수상. 《시조문학》 편집위원, 성문각·민중서관·범우사·대한체육회 홍보실·금성출판사 편집국장, 《직업여성》 편집자문, 《중앙문예》 간사, 한국시조시인협회 이사, 토요동인회 대표 역임.

낮달

 아아, 있었구나 늬가 거기 있었구나 있어도 없는 듯이 그러능게 아니여
 내 너를 잊었던 건 아니여 결코 아니여

 정말 거짓말 아니여 정말
 해쓱한 널 내가 참 잊을까 뉘 있어 맘 터억 놓고 나만 돌아서겠니

 암, 다아 알고 있어 늬 맘 행여 눈물 비칠까 도사리는 안 인거
 울면서 씨익 웃는 늬 심정 다아 알아 나

 정말이여 나, 나 설운 게 아니여 정말 조각 난 늬 아픈 델 가린다고 모를까
 이렇게 흐느끼는 건 설워서가 아니여

불꽃놀이

빠개면 마냥 쏟아질 크막한 함성들이
캄캄한 가슴속을 몇 번이고 돌고 돌아
내 기억 그 여백에다 꿈을 흘는 너의 손

차가운 이 한밤을 전신으로 흔들면서
내 생명 그 무게만 한 태고의 빛깔들로
줄기찬 신명神明을 타고 세월을 앞서 간다

쓰지 못한 시

아침 식탁에 뛰어든 햇살을 씹으면서
간밤, 그때 문득 버리고 간 기억과 마주친다
옷소매 때 묻은 웃음이 얼른 눈물을 감춘다

옛날 저승에다 시주한 기도와 양심이
저 몰래 상 모서리에 붙어 앉아 힐끔거리고 있다
나는 또 그 앞에다 슬쩍 햇살 하날 놓고 시치밀 뗀다

이런 날

내 전신을 훔쳐가는 이른 봄 빗소리
네 심장 한컨에서 뚝뚝 듣는 빗소리
내 하루 이런 날 나는 출구마다 해를 건다

뎃상 7

군데군데 흩어진 내 소망을 거느리고
차마 빈 가슴으로 너무 높은 파도 소리
바다가 햇살을 열면 살아나는 내 하늘

뎃상 16

꽃숨 하나 캐다가 돌이 된 봄이 있다
돌 눈으로 드러난 그 숨결 한 자락
잡힐 듯 잡힐 듯 하다가 돌 속으로 숨는다

숨어서 숨 쉬는 죽어서 사는 봄
고조선 서라벌을 맘 놓고 거닐다가
오늘은 한강을 마시고 돌이 된 봄이 있다

변조 44

녹슨 열쇠 꾸러미가 심방心房에 가득하다
아무도 정말 아무도 따낼 수 없는 시간
부러진 열쇠 하나가 칼춤을 추고 있다

변조 48

한 여자가 손바닥에 묻은 어둠을 닦고 있다
귀밑머리 술렁이는 타인을 자르면서
묻어둔 옛날 얘기를 눈썹에다 그린다

무너지는 소리들이 밤마다 가슴 헐어
빈 들에 빈 하늘에 바람으로 섰다가
돌아와 옷을 벗으면 전신으로 돋는 날개

변조 82

1
대낮에도 어둠이 커튼 뒤에 앉아 있다
창틈으로 기어든 으깨진 햇살까지
말없이 하늘을 열고 시궁창에 버린다

선잠 설치듯 나대다 모처럼 잠든 세월
이대로 몇 겹을 돌아야 아수라에 닿을까
창밖은 언제나처럼 바람 소리에 젖고 있다

2
오늘 아침 까치 둥우리엔 빈 하늘이 가득하다
북한산 계곡에도 빈 하늘이 넘실댄다
내 가슴 저 깊은 골에도 빈 하늘이 앉아 있다

안개는, 아침 안개는 동해를 게워내고
세종로 구석구석 파도 소리 흘린다
당신의 그 옷자락마다 아, 천수관음이 졸고 있다

이야기 하나가

조그만 이야기 하나가 또르르 굴러가다가
은행나무 가지 끝에 바람으로 앉았다가
밤 따라 포르르 날아와 내 가슴을 헤집다가

잊었던 기억 하나를 살면서 닦아 놓고
텅 빈 세월을 거둬 누군가를 그린다
조그만 이야기 하나가, 조그만 이야기 하나가

류준식(柳俊植, Ryu, Jun sik)

1943년 전북 완주 출생. 한국방송통신대학교 (초등교육학과). 《한국시》(2006) 등단. 시조집 『어미새의 목울음』(2017, BMBOOKS) 외. 시집 『고향은 부른다』(2007, 한맘) 외. 수필집 『아리의 눈물』(2008, 한맘). 최남선문학상, 마한문학상, 릴케문학상, 매월당문학상, 에피포도문학상, 민족통일문학대전문학상, 무원문학상, 연암문학상, 황희문화예술상 수상 외. 한국문인협회, 한국시조시인협회, 가람시조, 전라시조, 시조문학, 파주문인협회 회원. 익산신문 집필위원.

```
너였다
                    류 준 식
이 자리 서기까지
거둔 목숨 몇이 될까?

입으로는 역지사지
손발로는 내로 남불

영상을 먹어 치우며
그 사자가 너였다
```

—

류 시인은 중견 시조시인이며 시낭송가이다. 각종 수상실적이 이를 증명한다. 그는 작품에서 인간에 대한 사랑과 삶에 대한 성찰의 깨우침을, 내면적인 사상과 감정을, 음악적인 운율과 화화적인 이미지를, 결합해서 압축하고 통일시켜 조화롭게 표현해낸다. 안으로 삭힌 인고며 시적감흥은 사소한 일상에서도 어떤 물상이든 그의 시선이 닿으면 꽃이 되고, 시가 되고, 예술이 된다. 그는 눈이 맑고 가슴이 따스하기에 영혼이 없는 물상에 영혼을 불어넣어 새로움을 창조하는 신실한 마술사 시인이라 하겠다.

— 김석철(시조시인 · 한국시조시인협회 자문위원)

—

사모곡思母曲

곡기마저 자르고서 갓길로 빗긴 여정
시들은 꽃잎 지듯 넋만이 남은 자리
쏟은 정 깊이로 새겨 수직으로 내린다

달빛마저 기우는 무정한 세월 저 편
귀뚜리 울다 지쳐 소로시 잠이 들고
눈물로 그려진 악보 불러보는 사모곡

뻐꾸기 날만 새면 가슴 치며 울어댄다
지성으로 타이름이 질정이라 이르더라
내 불효 옹이 되었다, 거저 듣지 말라며

산보다 높은 산이 강보다 깊은 강이
내 어머니 품 안인 걸 흘려버린 망각의 강
조타수 없는 난파선 갈 곳 몰라 에돈다

어머니 그 살내음 눈물 적신 삼동이면
문풍지 목이 쉬고 지새는 달 잠이 들고
옹알이 노래가 되어 소적새 울어 이네

칼바람도 사랑웁다

단내 향 코끝 시려
꽃 좇아 날던 여망
쓴 내를 별미라며 허기 모아 반찬 삼던
애저녁 어둠 밀치고 달려온 팔 십리길

풀릴 듯 감긴 허리 절며 오른 해오름길
어름서름 푸르른 날 감아 쥔 앙금 몇 알
늦은 밤 울음 토하듯 '끅끅'댄다 입술 물고

부신 눈 더 부시게 밟고 싶은 레드카펫
매지구름 먹장구름 걷어차고 허릴 펴니
눈물로 덧칠한 세월
칼바람도 사랑웁다

인생人生

나이테 한 켜 한 켜 덧칠한 세월였다
거친 숨 잔 숨결로 일렁인 옹이 몇 개
한恨 절인 인고忍苦의 삶이 점 하나 찍고 간다

못내 울기도 하다. 더러 웃기도 하다
소리소리 지르더니 솟구쳐 오르더니
맴돌다 떠나 가버린 어느 해 바람 같다

땀 한 줄기 피 한 줄기 새끼 꼬아 늘인 나달
옳거니 그르거니 행적이야 있건 말건
물여울 다녀간 자리 몽돌 하나 구른다

부풀어 오르더니 이내 진 포말인가
피었다 했더니만 금세 지는 꽃이던가
울다가 웃다가 멈춘 이십오시 같은 거

혼불은 연기되어 왔던 길 돌아가고
꺼풀은 촬토撮土 되어 제자리 찾아가니
단말마, 이것이 인생 뉘 아니라 하겠나

한 획을 긋자는데

한 획을 긋자하니 고운 임 마중이라
두 획을 긋자하니 엇갈린 눈물이라
삼삼히
번지는 묵빛
아픔으로 떠나라

내 노래 획이 되어 목 가도록 부르려니
길 잃은 외기러기 내 설음을 묻자 하네
붓 끝에
매달린 정취
깊은 밤의 눈물여

회심곡 悔心曲

탐욕에 젖은 마음
오만였나, 편견였나
물빛 고와 마음 주고
향기 좋아 날았는데
구름은 시름을 얹고
제 홀로 가고 있다

자르고 또 잘라도
웃자란 교만 있어
비우고 또 비워도 넘치는 허욕 있어
언제나 하늘 우러러
회심곡을 읊으랴

어미새의 목울음
— 팽목항에서

달려들 품을 열고
수평선에 걸터앉아
끝도 없는 기다림에 설움은 올리뻗고
한 줄기 소망의 끈을 놓지 못해 잡고 있다

한 획도 채 못 그은 잘린 인연 잇자는데
닿을 듯 닿지 않는 이생의 끈 자르자니
품 빌어 당긴 줄에는 목울음만 주렁주렁

내민 손 잡지 못해 가슴 치는 망치소리
마중물 토해내는 어미새의 울음소리
밤바다 여울져 오네
물새 등에 업히어

정토淨土로 가는 길

깊은 물 얕다하고
얕은 물 깊게 건너
상기된 마음 눌러 그 하늘 우러르니
시작도 끝마저 모를 여정 속의 점 하나

지나온 굽잇길엔 부끄러운 흔적도 많아
걷다가 걸음 다 하면 서고 말 쪽 점 하나
잔물결 놀다간 자리 해조음이 고요타

텅 빈 뜰을 걷다 하늘 보며 눈을 닦고
저린 발목 감아 매고 다시 또 감아 매는
나그네 길은 다하고 시름 몇이 투정이다

치켜든 뭇대 끝에 기적은 목이 쉬고
헛되이 눈은 멀어 남은 힘도 다한 길에
날마다 부르튼 발품
두어 폭이 모자라다

걸레

낮은 자리 어딘가요. 천한 자리 어딘가요
엎디어 기도하고 주님처럼 사는구려
차처가 어드메인데, 그 수모를 다 당하나

더 줄 것 어디 있나, 감출 것 어디 있나
몸 밑천 다 바쳐서 섬김으로 사는구려
차흡다, 한평생 두고 그 아픔을 다 견디나

교만 팔아 겸손으로 참따랗게 사는 자리
뒤집어 속 다 주고 믿음으로 사는구려
참회의 자리라 한다. 헌신의 자리란다

우러르기 좋은 자리 하늘 보기 좋은 자리
취할 것 다 버리고 버릴 것 다 취하는
은혜의 자리라 한다. 축복의 자리란다

던져진 삶이라고 남들은 다 빗겨가도
내 다시 태어나 또 가고픈 길인 것을
골고다 주님 가신 길 영생의 길이란다

나목裸木

상사몽이 깊었더냐
화풍병이 도졌더냐
치렁한 수줍음마저 벗어던진 자태인데
눈 뜨고 어찌 볼거나, 벌거벗은 저 여인

눈총이 땡볕보다 더 따가운 가을에
알몸으로 네거리를 어쩌자고 활보하나
덧난 정 서릿발로 서 설한풍을 껴안네

땡볕에도 장옷으로 버선 끝을 차더니만
긴긴해 몸이 달아 열꽃으로 치솟더니
상사마 저 강쇠바람
유혹을 못 이겼네

불면을 다스리다 문득

뒤뜰의 씨알들도 새봄이라 들떴는데
봄귀 먹은 연서 한 장 새록새록 정은 깊어
폐기된 추억 한 다발 허적이고 있었다

덩기덩 설렘으로 눈먼 사랑 얼렀는데
모난 정 섧다더니 덧난 정 남겨두고
뉘 맘에 둥지를 틀어 삼동설한 나는가

류준형(柳俊馨, Ryu, Jun hyung)

1941년 경북 상주 출생. 호 류천(柳泉), 도산
(滔山). 부산대학교 대학원 졸업.《시조문학》
천료(1980) 등단. 시조집『蘭이 가지고 온 봄』
(1984, 일중사) 외. 수상집『세월의 오솔길』
(2001, 형설). 부산시교육위원회 시조창작 우
수상, 우수 교사상 수상. 부산동여고교, 혜화
여고교 교사, 부산교육대학 강사, 성지공업전
문대학 교수, 부산시조문학회 '법씨' 회장 역
임. 부산문인협회, 한국시조시인협회, 한국문인협회 회원.

—

개문開門

문 열어라 문 열어라 석류 탁 터지는 추청秋晴
깨진 청자 저 앓이에 소리개 문밖에 돌고
혈관을 따라 들려도 거부하는 혈액아

모르겠다 내사 모르겠다 신열이 언제 내릴지
눈물 찍어 그려보는 노모의 자장가여
까치가 상기 울어도 내 아침은 어둡다

솔바람은 지명수배 되어 속에서 거미줄 치더니
밤엔 꿈이 고왔다 내금강 단풍잎만큼,
한 탯줄 이언 손으로 하얀 연을 띄웠다

대춘待春

1
설운 눈물도 없이 허리 접고 앉은 세월
상한傷寒을 다독이며 골을 우는 산 꿩인 양
치부책 갈피갈피에 도랑물이 녹는다

어느 해바른 양지 내 꽃씨는 눈 트고 있나
삼동三冬 들자 간질간질 온 삭신이 가렵더니
묻어논 감자씨 끝에 미리 봄이 눈 뜬다

산국화

절교된 세상살이 잔월이 키우는 영역
쓴 연서 소곡이 모아 까치 둥지 짓고 앉아
열리지 않는 말문을 다독이는 이 지순至純

바람 탄 풀벌레가 선잠 깨운 시린 새벽
담뱃대 길게 물고 아아라이 곧추 앉아
한 기침 벼루에 담아 필묵으로 여는 아침

깊은 밤 논두렁 헤쳐온 쪽빛 바람 한 자락
조으는 고향 밭길 아프게 저려 들고
저무는 이승을 밝혀 무덤으로 나든다

귀향 보고
— K형께

1
꿈속 같은 물살이 일어 차라리 서성인 이방
자약산 몰래 온 청솔바람 뜨는 손 아시잡고
마실 간 마실 데려와 군불 짚어 놓더이,

2
숨길 것이 너무 많아 벗어 놓던 앞 도랑
숨길 것을 모두 잃어 마른 하품 연방 하다
날 보자 흰 거품 내며 물 속 기어보는 가재가 되데.

3
손주 콧물 수놓은 밍비 치마 당겨 입고
토담길 연 호박꽃 속을 깊은 정 숨기던 이 빠진 할매
토종벌 처럼 윙윙해도 귀 먼 청산만 두르고 있데.

인형살이

1
앓는 관절에 별이 안겨 쩔룩이며 사린 실강지
손 끝 여럿 다스린 손길 웃음꽃 먹일 수 없이
어느 새 비쭉비쭉한 울음 참는 아이가 된다

2
깊은 샘물 지심地心에 씻어 무지개 심은 눈망울
타는 갈증 온 삭신 비벼 이슬 한 모금 구걸해도
이제는 헛발질하며 파리 쫓는 황소가 된다

3
멧새가 숨겨 피운 참꽃 누운 마을 눈에 밟혀
구름 한 점 움켜쥐고 토주 몇 사발 나누다가
졸면서 왔다 갔다하는 시계 속 추가 된다

제석除夕

사랑 주는 눈매는 벼랑 피는 참꽃이고
사랑 잃은 눈매는 잔설 피는 난꽃인걸
속눈을 감고서 보니 알겠다, 이제사 조금은

내 밖에 기침하는 만월滿月은 밝음 속 어둠을 살고
내 안에 기침하는 하현下弦은 어둠 속 밝음도 사는걸
허기로 밤을 비우니 알겠다. 이제사 조금은,

홍얼대는 초밤 취기는 아린 중년 부스럼이고
한야寒夜 깨운 문풍지는 허물 벗는 새살인걸
가출한 일월이 오니 이제사 수긍이 간다

류현서(柳炫西, Ryu, Hyun seo)

1952년 경북 경주 출생. 〈부산일보〉 신춘문예 수필(2012), 가람시조 입상(2012), 《월간문학》 시조 신인상(2013), 〈전북도민일보〉 신춘문예 수필(2016) 등단. 수필집 『지워지지 않는 무늬』(2014, 수필세계사), 『물미장』(2018, 수필과 비평), 시조집 『흘림체로 읽는 바다』(2016, 목언예원). 포항스틸에세이 대상(2017), 원종린수필문학 작품상(2019) 수상. 한국문인협회, 한국시조시인협회, 국제시조협회, 울산시조협회 회원.

—

류현서의 「흘림체로 읽는 바다」를 읽으면 삶의 연륜이 확보한 정서를 발견할 수 있었다. 「어머니의 틀니」에서 식민의 설움과 민족 전쟁의 참화를 딛고 일어선 어머니 시대의 아픈 기억이 시인의 관찰력과 상상력이 두드러진 작품이다. 그가 겪은 체험의 잣대로 견주어보는 물아일체의 해석 방법이라 하겠다. 「맥놀이」의 소재는 소재로서의 지극한 생명 활동이 이끌어내는 신비스러운 감성적 접점을 만나게 된다. 일상에서 흔히 만나게 되는 「지퍼」에서 어떤 목적지를 향해서 떠나는 기차를 떠올려 일상을 관조하는 성찰의 대상으로 삼고 있다. "어미 소가 누운 채로 되새김질 하는 저녁"은 지형의 특성과 일몰에 따른 감상을 마치 파스텔톤의 스케치처럼 그려내고 있다(「와온의 저녁」). "머슴살이 새경 받아 장만해 둔 산밭뙈기"(「억새밭에서」)에서 보듯 류현서는 무엇보다 시조의 특징인 정형성을 잘 견지하고 있다. 대체적으로 생활체험적 대상을 중심으로 의미를 부여하고 삶의 지혜를 얻어낸다.

— 민병도(시조시인 · 국제시조협회 이사장)

—

장생포

천길만길 물결 따라 떠밀려와 생긴 마을
물굽이 출렁이면 삶도 함께 일렁이고
노을에 자맥질하는 해를 건져 말렸다

귀신고래 열을 지어 점호 소리 우렁차던
포경선 억센 노래 사진 속에 잠들어도
몇몇은 주막에 앉아 작살 멀리 던진다

수평선 남겨두고 하늘 문을 닫으면
천 동이의 먹물 바다 환히 웃는 달 한 접시
땀 배인 시 한 구절을 흘림체로 읽는다

약藥 달이는 봄

초록실 아지랑이 베를 짜는 텃밭에는
다문다문 무늬 넣는 노오란 씀바귀 꽃
새 옷을 만들 옷감이 이랑이랑 널렸다

혹한을 견디느라 고뿔을 앓던 대지大地
달래 냉이 쑥 향기가 약탕기에 넘쳐난다
차르르 이팝나무는 고봉밥을 내온다

두레 밥상 받은 가족 눈빛이 살아난다
산 두릅 곰취나물 생기 불어 넣는 저녁
내일은 물까치 소리 가까이서 들리겠다

대종천*을 지나며

폭우로 넘쳐나는 대종천을 지나가며
신라적 뗏목에 실린 대종 울음 잠겨 있다
지금껏 마음 놓지 못해 걱정 소리 들려온다

도적의 힘에 끌려 울고 넘던 토함산에
몸은 가도 혼이 박혀 철마다 되살아나
보란 듯 연분홍 메꽃도 종소리로 울어준다

황룡사 종각에서 한 정신을 일깨우던
백성의 속마음을 차마 잊지 못하여서
스스로 바다에 앉아 나라 걱정 하고 있다

* 대종천: 경주 황룡사 대종을 왜적이 감포 앞바다로 끌고 간 내川.

어머니의 틀니

엄마는 찐쌀 한 줌 단물 배도록 꼭꼭 씹어
새끼들 눈에 밟혀 입에 속속 넣어주며
자식이 배가 부르면 절로 배부르다 했다

굳게 박힌 흙담 돌도 비바람에 달아나고
치마폭 감싼 사랑, 힘에 겨워 풀린 미수米壽
옹벽은 서래가 되어 바람 숭숭 드나들어

볕 바른 윤삼월에 새 담장을 둘려주자
말에도 꽃이 피어 꽃구름을 들앉힌다
되찾은 세월의 궤적 흰 성곽이 눈부시다

맴돌이

웅 하고 터진 울음 굽이굽이 퍼져간다
산 넘고 강을 건너 넘어지고 부딪쳐서
스스로 와 닿은 소리 달팽이 집 떨린다

그 울림 삭고 삭아 너른 품으로 피어나서
싸리 꽃에 앉은 나비 겨드랑이도 간질이며
오래전 덜 아문 상처 보듬어 끌안는다

아직도 가슴속에 울림으로 파고드는
차 조심 사람조심 아침마다 타이르던
귀에 밴 어머니 음성 쩡하게 들려온다

와온臥溫*의 저녁

어미 소가 누운 채로 되새김질 하는 저녁
만경창파 갯벌 위를 물들이는 붉은 일몰
방게는 옆걸음으로 집을 찾아 뒤뚱인다

대대로 뿌리 내려 집성촌 이룬 갈대
폭풍우 덮칠 때는 휘모리장단 춤을 춰도
물닭과 청둥오리를 품으로 껴안는다

밀물이 만든 못자리 볍씨 대신 별을 뿌려
건넛마을 불빛들도 웃음꽃으로 피어나고
노을은 군불을 지펴 언 몸을 녹여준다

* 와온臥溫: 전남 순천 해룡면 소재.

억새밭에서

산기슭은 은빛으로 공연을 시작했다
치맛자락 잘잘 끌며 몸 비비는 가을 여인
능란한 춤사위에도 두 눈 살짝 내리감고

순이 삼촌 스물셋에 한국전쟁 일어나서
군번도 받지 못한 채 배치된 뒤 소식 끊겨
눈물도 오래 삭히면 흰 꽃으로 피어나나

머슴살이 새경 받아 장만해 둔 산밭뙈기
그 땅에 열매 한번 거두지도 못해 봤다
해마다 이맘때가 되면 살풀이춤 추고 있다

지퍼

첫차는 기적도 없이 철컥철컥 나아갔다

눈가에 붙은 졸음 침목마다 떨쳐내고

긴 하루 젖은 손들이 강물 위에 반짝였다

뼈 시린 오늘 하루 바람에게 내어주고

놀빛만 잔뜩 싣고 되돌아온 저녁이면

어깨를 쭉쭉 펴고서 바퀴들이 멈춰 선다

망초꽃

아무도 관심 없는 지천에 홀로 피어

작은 하늘 한 자락도 소중히 품에 안은

어쩌면 너도 날 닮은 설움 묻은 비정규직

단풍불

볼 화끈 달아올라 고개 못 든 연지의 날

몸 데인 다홍치마 한번 입고 숨겼는데

내몰래 가을이 훔쳐가 온 산에 불 질렀다

리강룡(李康龍, Lee, kang yong) 본명: 이강룡

1945년 경북 성주 대가면 출생. 대구교육대학교, 한국교원대 대학원(국어교육). 〈매일신문〉 신춘문예(1983) 등단. 시조집 『한지창에 고인 달빛』(1997, 그루), 『백합의 노래』(2003, 그루) 외. 평론집 『생각의 텃밭에 핀 꽃을 찾아서』(2006, 세진디자인). 수필집 『삶과의 악수』(2007, 아주기획). 제80회 대한민국임시정부수립기념시 전국최우수작품상(1999), 대구시조문학상(2005), 현대시조문학상(2006), 한국동서문학상 작품상(2014), 역동시조문학상(2015) 수상. 나래시조시인협회장, 대구시조시인협회장, 한국시조협회 부이사장, 한국시조문학진흥회 부이사장 역임. 한국시조시인협회 자문위원.

海葦花

인적없는 이 갯가에
내가 홀로 섰다 해도

진남홍 꽃등불은
적료의 뜰에 놓이 달고

한 생애 가시 높은 벼리
나를 초열하리라

자아실현을 겨냥한 리강룡의 시작詩作 양상은 사물을 보는 시계視野를 넓혀주는 한편 사안을 관찰하는 사고의 깊이를 더해주고 있다. 자신의 자리를 객관적으로 바라보는 여유와 함께 시조의 행간에 등장하는 언어마다 적잖은 울림을 뒷받침하고 있다. 시인은 작은 풀꽃 하나에서도 거기 깃들여 있는 사유의 근원을 살피고 스치는 바람소리 한 올에서도 거기 숨겨져 있는 세상사의 묘리를 읽고 있다. 독자는 리강룡의 시조를 통하여 섣부른 판단이 가져올 오류를 경계하고 섣부른 처방이 가져올 후유증을 고민하는 시인의 잔잔한 목소리를 들을 수 있다.

— 민병도(시조시인 · 국제시조협회 이사장)

숨쉬는 돌

여기 청동기의 하늘 한 장 고요하다
죽어 영원한 삶을 그린 거대한 그 꿈들이
누천 년 시간의 언덕에 옹기종기 엎드렸다

아직 살아 숨 쉬는 돌 속으로 들어가면
돌칼 허리에 차고 돌아오는 선사인先史人의
발랄한 이분음표의 노래 그 소리가 들린다

꾸꾸기 고적孤寂한 울음
홀로 남은 이 초원에
목숨을 목도하는 소리 외려 낭랑하다
무모한 일천 기적*을 이 언덕에 세우는……

* 전북 고창 고인돌공원(세계문화유산)의 1,000기 내외 고인돌.

삶
― 김수환 추기경

"삶은 계란이라"
파안대소 하시던 이

이 하루 말-말-말-말……
무정한 말 듣고 또 듣고

문득 그 "삶은 계란" 속의
참 진리 한 줄 읽었네

사자평에서

이단의 족속으로 태어난 목숨이던가

제 몸에 구멍을 뚫어 스스로 피리가 되어

외진 땅 바람의 고원에 머리 풀고 사는가

햇살도 바람도 마시면 취하는 것을

통곡은 겉치레더라, 천생의 끼 이길 수 없어

이 가을 시린 허리를 바람 앞에 떠는가

애월 바다가 보이는 카페

　조금은 쓸쓸하게 조금은 호젓하게

　할 말을 저만치 떨어져 속삭이는 흡사 먼 중세의 바닷가 낮은 언덕 그 위에,
　비를 맞으면서 빗속에 비보다 더 흔들리며 서 있는 작은 카페 하나

　엘피판 목쉰 언어가 추억 한 장 돌리는

벚꽃 지다

시한부 짧은 삶도 신명 다해 살 일이네
쌍계사 화개장터 십리 벚꽃 만장輓章의 길
소복素服한 삼월 햇살이 지켜보고 서 있네

서둘러 떠날 것을 우리네 꽃밭이야
벚꽃처럼 벚꽃처럼 한 그루 꽃이 되어
저처럼 환하게 웃으며 돌아가서, 떠나서

잔잔한 바람 한 자락 돌아오는 산모롱이
나 또한 그 바람에 눈 시린 날을 가려
꽃보라 앞선 길 따라 먼 나들이 가겠네

조팝꽃 피다

어머니 우리 어머니 나를 찾아 오셨군요
몸으로 평생을 걸고 싸우시던 이 전장戰場에
봄 사월 때를 잊지 않고 꽃이 되어 오셨군요

배랭이 나팔소리 잦아지던 가을날 오후
홀연히 호밋자루를 밭다물에 놓으시더니
이제는 싸우시던 풀을 끌어안고 웃으시네요

너도 가고 나도 가고 다 떠난 묵정밭에
하얗게 하이얗게 떨어져 눕는 사월
어머니 굽은 허리로 뱉는 기침 소리 듣습니다

사금파리의 시

햇살이 은침銀鍼으로 일어서는 흙담머리
맨살의 사금파리 반짝이며 엎드렸다
서서히 풍화되는 추억들
보석처럼 모으며

기억은 멀수록 곱게 피는 꽃이던가
젊은 날 고혹의 몸매 그 꿈같은 영화를 안고
담담히 살보다 빠른 시간의
여울목을 건너고 있다

바스러지는 아픔 있어야 다시 태어나는 것을
척박한 담벼락에도 꽃 진 자리 씨 여물듯
내생來生의 화려한 좌대에
환생의 꿈 꾸고 있다

바람의 노래

내 짐이 버거운 날은 바닷바람 보러 간다
꿈꾸듯 누운 폐선 고물에 걸터앉으면
시작도 끝도 알 수 없는 태초의 바람 만난다

목주木主처럼 모셔 온 것들 미련 없이 다 버린다
빈 배 가득 넘치도록 쌓아올려도 그냥 남는
애증과 영욕의 짐을 바다 깊이 밀어 넣는다

산은 바다로 가고 바다는 산으로 와서
저무는 백사장에 질펀히 쏟는 밀어密語
아둔한 귀가 엿듣는 밤이 있어 느껍다

해 지면 별이 돋듯 가고 오는 생명의 길
명명冥冥한 우주 밖의 어느 행간을 돌아와서
내 속에 자리 잡는 바람 한 줄 노래가 되었다

경건의 귀를 열어야 비로소 다가오는
막막한 어스름의 내 자리 저 편 언덕에
서서히 빛으로 일어서는 노래여 네 노래여

모슬포로 가겠네

못살포 몹쓸포라 함부로 욕하지 마라
다만 서슬 퍼런 바람 끝을 사랑하여
비라도 흠씬한 날은 모슬포로 가겠네

설움이 만근 무게로 가슴을 깎는 날은
허옇게 무너지는 파도 앞에 나서겠네
달려와 귀싸대기 후리는 바람 맛을 보겠네

이 험한 세상에 어디 정신 놓고 살아
큰 한 소리 꾸짖음 끝에 얻어맞는 기쁨이야
바람 찬 땅끝 마을 길 모슬포로 나는 가겠네

다부동에서 쓰는 편지

바위 하나도 무심히 앉은 것 아닙니다
구르고 깨어지며 몸으로 써 둔 비명碑銘
피 묻은 한 장 역사를 증언하는 빗돌입니다

그저 지천으로 피는 들국이 아닙니다
봉축도 묘석墓石도 깊이 감춘 산 언덕에
야린 듯 질긴 심지 끝 넋이 푸른 등燈입니다

뺏고 또 빼앗긴 서러운 옥빛 능선
차마 발들이기 죄스러운 마음으로
보독솔 양지에 앉아 귀를 주어 봅니다

손들어 아, 아, 아……, 그대 이름 외쳐 보면
귓가를 간질이는 결 없는 살바람이
"조국은 영원하리라……" 물무늬 저어 옵니다

봄, 여름, 산계山鷄 울음 녹여 피운 향 그늘에
오려 송편 신도주新稻酒를 살과 피라 이름 하면
올려 본 구만 리 거리 남빛 더욱 고운 바다

산을 내리며 타는 단풍 가슴에도 물이 들면
탄우彈雨 멎은 자리마다 꽃은 또 벙그는데
억새밭 휘모는 바람 저 뿌리를 잘라야지

마명복(馬明福, Ma, Myeong bok)

1939년 전남 강진 작천면 출생. 호 수임당(水任堂). 목포여고 졸업. 전남문인협회 백일장 장원(2007) 등단. 시조집 『별들의 故鄕』(2014, 한림), 『野生花』(2018, 한림), 『시조문학 100인 선총』(2014~2020, 시조문학사). 현대문예 신인상(2008), 한국시조문학 작가상(2014), 한국시조문학 작품집상(2017) 수상. 전남문인협회, 현대문예, 호남시조, 시조문학 회원.

어머니의 간절한 사랑이 눈에 띄는 수임당 마명복의 작품은 빼어난 문장의 정수가 군더더기가 되는 사족을 과감히 버리고, 「울음이 타는 메밀꽃」, 「그리운 어머니」, 「무등산」을 통해 범인이 놓치기 쉬운 세밀한 관찰과 섬세하고 심오한 사유를 바탕으로 독자의 울림을 얻어내고 있다. 그리고 아호에서 느낄 수 있듯, 유가의 출신답게 요즘 젊은이들은 그 단어조차 낯선 삼종지도를 높이 앞세우고 있는 작품에서 수임당의 체취가 풍기고, 타고난 글재간이 시어에 녹아있어 탐독음미를 거듭하며 사유에 잠기게 한다. 특히 비유법 중 문장의 품격을 높이는데 큰 구실을 하는 은유법을 사용하여, 오랜 여운을 남기고 있다.

— 김병효(시조시인 · 장성문인협회 명예회장)

그리운 어머니

샛노란 저고리에 바느질 곱게 걸어
연분홍 치맛자락 사뿐히 부여잡고
수줍어 꽃가마 타고
시집오신 어머니!

생솔가지 불 지펴 매운 눈물 흘리시고
한번 익힌 보리알 다시 삶아
된장국 냉수 한 그릇
행복했던 어머니!

오일장 길쌈 이려 동짓달 기나긴 밤
허리에 분대 띄고 베틀에 졸더니만
구름에 달님 가듯이
북놀림이 장관이다.

한恨 많은 세월 속에 고이 핀 꽃 한 송이
가슴 깊이 씨앗 하나 소중히 남기시고
홀연히 먼 길 뜨시니
내 그리움 되었네.

삼종지도三從之道

봄볕 같은 부모 사랑 그 가슴에 꿈꾸고
어머니 함박웃음 덥석 안긴 포근함
아버이 하늘 같은 은혜
어찌 아니 따르랴.

남편을 기둥 삼아 한 가정을 꽃 피우니
벌나비 모여들어 그 열매가 탐디어라.
그 법도 부모님께 배웠나니
어찌 아니 따르랴.

아기가 성장하면 어른 되어 의젓하니
아기 때는 예뻐하고 어른 되면 높이라.
애들이 섬기며 제가濟家하니
어찌 아니 따르랴.

별들의 고향故鄕

무언중 고개 들어 밤하늘 우러르면
별들의 사랑과 별들의 동경으로
우리는 운명의 별로
영원으로 태어났다.

묽을수록 정겨웁고 오랠수록 향기 높은
별들의 사랑과 별들의 약속으로
별 하나 눈맞춤하고
불러본 측은한 어머니!

허상한 추억 속에 헤어진 이름이여
별들의 약속으로 사랑과 그리움에
보랏빛 영원 속으로
허공 속에 불러본 어머니!!

향기로 오신 당신

문학에 큰 뜻 품고 구십삼 세 긴긴 성상
꽃보다 아름다운 향기로 오신 당신
청송의 백학처럼 살다
노을 따라 가셨나요

겨우살이 힘이 들어 큰아들집 상경하며
모춘심월 꽃피면 만나자는 그 환희
마지막 말씀이 될 줄
어찌 알지 못했을까

백백일홍 꽃꽂지 천주심고 나누어서
심자하던 다정했던 목소리 들리는 듯
인적은 간곳없는데
달맞이꽃 피어난다

봄이 되면 만물은 화답하듯 생동한데
외로이 가신 님은 허공 속 멀어가고
구만리 하늘에 별되어
지켜보고 계실까

가시고기 어머니

춘삼월 꽃이 피면 온다 하던 그 사람
가을의 끝자락에 낙엽만 스산하다.
만남의 세월歲月이 길어
하늘 보며 우러른다.

서녘하늘 그믐달 산마루에 걸려있고
열어둔 싸리문은 바람에 삐걱인데
소쩍새 처량凄涼한 울음
가슴 깊이 파고든다.

고통을 희열 삼아 새벽닭 홰친 소리
정화수 드리우고 사랑의 파수꾼 되어
기도祈禱한 팔순八旬 어머니
진정으로 가시고기였네.

동반자

우리의 만남이 하늘 문을 열고 보니
강산이 일곱 번 스쳐간 역경 속에
사랑을 나누어가며
황홀하게 꽃이었다.

무지개빛 환희 날 고았던 설렘 속에
어연간 푸른 잎새 홀연히 낙화되어
하이얀 서리꽃으로
무상함을 마신다.

우리 손 비록 작고 때로는 여리었으나
어둠을 밝혀주는 불빛이 되었으며
서로를 버티어주는
큰 기둥이 되었으리라.

시력이 약해지고 눈빛이 어두어도
긍휼히 여기며 축복처럼 수의壽衣를 입으리라.
지란芝蘭이 곱게 핀 자리에
우리 다시 만나지리라.

섬진강 연가戀歌

실개천 계곡 모여 눈빛 시린 은빛 물결
은어 떼 사랑노래 낭만으로 들려오고
섬진강 뒤돌아보며
얼싸안고 손잡고 간다.

오백 리 머나먼 길 하동포구 뒤에 두고
긴긴 세월 애환 얽힌 푸른 정 한 많은 강
아쉬워 뒤돌아보며
노해하며 웃으며 간다.

영겁의 긴긴 세월 심혼의 물줄기는
지리산 혈맥 타고 에메랄드 빛 푸른 강
천년의 세월 청류로
남해바다 뜀박질 간다.

무등산無等山

태백산 줄기 따라 황소등처럼 솟아
어머니 품속같이 포근함을 주는 산
예향의 서광이 비쳐
빛고을이 눈부시다.

철쭉꽃 만발하여 댕기두릇 황홀하고
서쪽에는 서석대 남쪽엔 입석대
광활한 쪽빛하늘에
수정평풍 그림 같구나.

설매화雪梅花

설환풍 뒤돌아본 그리움 있었기에
꽃샘추위 아직인데 꽃망울 붉은 미소
듣는 듯 못 듣는 듯이
봄을 먼저 알린다.

이월한설 꽃샘추위 붉은 미소 매운 듯
한서리에 피는 방울 백화 중 으뜸 되어
향 맑은 내음의 풍김
고은 넋이 고매하다.

어두움에 춥게 살아 향기만은 팔지 않고
별나비 단잠 깨어 즐기는 높은 뜻을
그 절개 천년을 두고
숭고함을 다시 본다.

울음이 타는 메밀꽃

성묘 가는 호젓한 비탈진 산밭 길에
별처럼 반짝거린 눈부신 하얀 메밀꽃
어머니 정겨운 이야기
들으면서 눈물 나누나.

생전에 밭두렁 위 빼놓지 않던 메밀
조상의 제사장 고유명절 다가오면
구수한 거무스레한
메밀묵이 정겨웠다.

껍질은 가볍고 중풍예방 되신다며
베개 속 넣으라고 자상하게 주시던
아버지 하해 같은 사랑
눈시울이 젖는다.

가을의 끝자락에 성묘 가는 산밭 길
유년시절 터널이 회고의 물레 되어
그리움 밤안개처럼
쓸쓸하게 피어오른다.

모상철(牟相哲, Mo, Sang cheol)

1932년 강원 춘천 출생. 춘천고등학교 졸업 (1950).《시조생활》(2005) 등단. 시조집『이 야기 거울』(2009, 동경) 외. 월하시조문학상 (2015) 수상 외. 시조시인협회, 시조협회 회원.

—

작품「칼 갈아요」는 삶의 고단함과 그 극복의지 그리고 따뜻한 인간애 정신을 노래한 내용이다. 둘째 수는 삯일과 푸성귀 행상으로 지친 하루를 베고 잠이 든 아내의 눈물 자국을 닦아주는, 아릿한 정경을 묘사했다. 방 안의 따뜻한 인간애와 눈보라치는 바깥(세상)의 상황이 매우 인상적인 대조를 이루고 있다. 우리가 살고 있는 현실적 삶의 고뇌를 노래한 시적내용과 적절히 연결시킨 시인의 역량이 돋보인다. 시적주제를 구체화하는 작품배경과 시어선택 및 구사능력 그리고 전체 구성이 튼튼하게 잘 짜여 있으며, 표현기교도 개성적이고 또 효과적으로 처리하여 독자들의 심금을 잡기에 모자람이 없다.

— 문복선(시조시인 · 시조문학문우회 회장)

—

칼 갈아요
— 한 칼갈이네 이야기

일출봉 바라보며 세월을 갈던 아침
구름 걷힐 기미 없이 비안개 짙어갔네
갈아도 숫돌이 닳아도
서지 않은 무딘 날

삯일이 없는 날엔 푸성귀 도붓장사
소금꽃 찌든 아내 잠든 볼 눈물 자국
목메어 닦아준 한밤
밖엔 아직 눈보라

칼로는 끊지 못할 피의 노을 허공 만리
길 찾아 헤매어도 그 길 영 뵈지 않고
골목엔
녹슨 바람만
칼 갈아요
칼 갈아

덧없음에

꽃이란 모든 꽃이 지는 나날 보면서도
시들지 않는 꽃을 그리던 때가 있다
제대로 눈뜨지 못하고 찾아 헤맨 헛된 꿈

피려면 져야 할 줄 안 뒤에 깨닫게 된
눈감아야 보이는 어둠 너머 꽃도 있다
나에겐 아랑곳없이 오고 가는 계절에

피는 봄 오는 대로 지는 꽃 가는 대로
길바닥 자갈 되어 밟으면 밟히는 채
뵈는 듯 뵈지 않는 때 올 날이나 바라리

오래된 편지
— 부주전 상백시父主前 上白是

잊혔던 유물함 속 숨소리 싹터오네
닳아져 바란 봉투
모상철 본가입납牟相哲 本家入納
한 세월 떠돈 봇짐에 길을 잃은 젊은 날

가뭇한 번지수는 뜨겁게 일어서도
회귀 못한 바람의 음영이 가리는 벽
아뢸 말 아뢸 길 없던 뜬풀 뿌리 속내어

행간에 점멸하는 발자국 헝클어져
덜 풀린 겨울 강에 한 매듭만 띄워보네

이제금 받아주신다면야
"어쩝니까 이 죄를"

낡은 메모 쪽지들

두자니 쓸모없고 버리기엔 아쉬웠던
나비로 날지 못한
생각의 애벌레들
밀쳐둔 시공 그늘에
고요 덮고 누웠다

바람에 귀 기울여 저마다 설레었을
부르면 곧 깨어나 꽃 덤불 찾아 나설
아직은
때가 아니라고
숨을 죽인 애기 떼

기억 밖 밀려나온 빛살의 발자국도
옛 신화 상자* 바닥 마지막 불씨처럼
하 세월
갈피 깊숙이
남은 꿈을
엮는다

* 그리스 신화의 '판도라' 상자

때늦은 뉘우침
— 1950년, 그 뒤

왜 하필 그 여름날 불벼락이 꿈을 깨워
뒤틀린 바람결에 외통수로 내몰리고
다시는 돌아설 수 없이 숙명론에 내몰려

잘 못 안 사연에게 휘둘려 쫓기면서
스스로 죄를 묻는 아픔이 여물 무렵
그림자 짊어지고 갈 보따리에 짓눌려

길 잃은 비틀걸음 거품 되어 얼룩져 온
한살이 헛된 그늘 이제 와 눈을 뜬들
어느새
놓쳐버린 계절
또 한 줄기 아픔만

하늘을 우러르는 사람

어쩌다 들녘 땅을 차지하지 못했는가
산허리 가풀막에 가까스로 자리 잡아
한겻을 두엄 지고 오르는 층층다리 굽잇길

멧짐승 푸나무나 깃들던 푸서리 숲
첫 괭이 찍은 농군 베적삼 소금꽃에
낟알이 여물기까지 몇 세월이 갔을까

부역賦役이랑 군역軍役 따위 남 먼저 멍에 지고
나뭇짐 짊세기로 저자 뒷길 서성이며
그늘에 밟히던 들풀만 속내 아는 오르막

벌마을 논밭 뙈기 부러움 삭인 나날
맨 주먹 불끈 쥐고 제 하늘 우러르고
빛과 비 오직 기다리며 악다무는 어금니

때時

1. 무위자연에
피는 꽃 져가는 잎 오는 서리 뜨는 철새
차례로 계절 따라 밀썰물로 들며나며
머물 때 떠나야 할 때를 어김없이 가리지

땡볕에 없던 그늘 때 되어 밀려오면
잊었던 소슬바람 벌레보다 먼저 운다
애당초 거스르지 못할 수레바퀴 돌고 있지

2. 나에게
너는 왜 때를 몰라 하고한 날 떠돌았니
가다가 벗어나고 오다가 어긋나고
한 때를 잘 못 짚은 탓에 일그러진 숱한 길

마감 날 알 수 없어 못 버린 잡동사니
행여나 쓸까 몰라 간직해온 묵은 수첩
오는 날 모르고 왔지만
갈 때는 꼭 알고 싶어

짝 잃을 짝꿍에게

수발에 진이 빠져 힘겹게 넘는 고개
뒷날에 홀로되면 다리 뻗고 쉬리란다
그늘 풀 쓰라린 속내 열매 곱게 맺어라

뿌리 다른 나무에 싹이 튼 암수송이
손잡아 꽃 피운 날 어둠 넘어 이어갈 길
강 건너 갈라진 뒤엔들 끊길 리야 있을까

나 먼저 떠날 테니 마음껏 즐겨 살다
명줄이 다한 연에 돌아볼 미련 없이
지아비 뿌려진 재에다
보태 덮고 오시게

회초리를 바칩니다
— 저승의 부모님께

알몸의 등때기에 핏줄기 치돋도록
휘갈겨 때리세요 엎드려 꿇습니다
철없이 빗나가 지은 죄
다스려 주십시오

남몰래 뉘우쳐온 속앓이에 가위눌려
울 줄 모른 울음이 더께 쌓인 골짜기에
막혔던 참회의 강줄기
터트리고 싶습니다

그늘에 찌든 풀싹 눈보라에 버텨내며
악물고 기다려온 나날이 원통해도
끝끝내
아물 리 없는
아픔인 건 압니다

미완 시편 未完 詩篇

정 끝에 얼을 맺혀 흰 불꽃 피워내며
비원의 망치질로 뼛골마저 사르더니
어쩌다 못 다 이루고 그 석공은 어디로

바위를 나오려던 부처는 멈춰선 채
꿈 잃은 아쉬움을 견디어 감춘 체념
억년 잠 다시 깊어져 이끼 덮인 바람길

목메어 밝힌 촛불 꺼진 지 하마 언제
무심의 봄가을은 더께 낀 밀썰물로
기다림
사무칠 날 언제랴
오지 않는
별이여

문경선(文敬善, Moon, Kyong sun)

1966년 제주 대정 무릉 출생. 한국방송통신대학교 졸업(1994). 《정형시학》 신인상(2013) 등단. 시집 『더 가까이』(2015, 열림문화). 제주신인문학상 수필(2005), 제주시조백일장 장원(2011) 수상. 대정현문학회, 제주지조시인협회, 열린시조학회, 오늘의시조시인회의, 현대사설시조포럼 회원.

파 도

문경선

백만의 기마병이
우우우 몰려온다
돌진하라 돌진하라
펄럭이는 깃발들
큰 꿈을
세워보려는 천만근
함성소리

—

문경선 시인은 2013년 《정형시학》 신인상에 당선되어 문단에 나온 후 활발한 창작 활동을 전개하고 있으며, 『더 가까이』라는 시조집을 발간한 바 있다. 문경선 시인의 관심사도 매우 다양해서 현실에 대한 삶의 고뇌와 아픔에 주목하는가 하면, 어떤 근원적인 질문으로서 삶과 세계에 대한 관념적 세계로 침잠하기도 한다. 문경선 시인은 제주도의 토속적인 방언을 비롯해서 아름다운 우리말을 발굴하여 토속적이고 실감나는 정서적 공감대를 형성하고자 한다. 또한 시인의 시적 발상은 어린아이의 동심적인 아우라에서부터 아픈 역사의 상처까지 끌어안는 성숙한 시선에 이르기까지 다양한 스펙트럼을 보여주는데, 이러한 넓은 보폭이 시인의 시적 가능성을 엿보도록 한다. 「참새를 닮은 아이」 작품은 동시조의 형태를 취하면서도 사색적 깊이를 담보하고 있는 가편으로 시인의 역량을 짐작할 수 있도록 한다.

— 황치복(문학평론가)

—

참새를 닮은 아이

열 살 난 사내아이 로댕의 부제 앞에

선생님, 생각이 도대체 뭐예요

글쎄다 생각 해 봐야지 담담하게 넘기다

점점 찍다 헤아린 듯 생각은 말이야,

스스로 자신에게 물어 보는 것이야

갸우뚱 참새 한 마리 교실 안을 엿본다

가슴에 피는 꽃

자식 잃은 해녀 엄마
열 길 물 속 숨비 끝에

섬바람 끌어안아
섬처럼 늙은 세월

봄이면
가슴에 피는 꽃
살암시민 살아진다

크리넥스

당신의 마음은
푸른 하늘 흰 구름

하늘을 닦다가
살며시 다가와서

괜찮아
눈물 콧물을
닦아주는 고운 손

시나브로

농사짓는 남편 따라
손톱엔
까만 때가 끼고

비틀비틀 만취한 상태에서 남편은

가끔씩
내가 읽다 만
시집을
베고 잔다

하늘

하늘의 기운 받아
우리 여기 왔다네
새벽마다 동천 향해
손 모으던 어머니
작은 숨
숨결 속에도
하늘길이 놓인다

촛불

사람의 이름표를 달고서 타는 이
울음을 삼키며 눈물을 떨구는 이
한 줄기 강물이었나 우리들의 삶처럼

바다로 가기 위해 땅을 핥던 강물이었나
달빛과 몸 섞으며 조잘대던 강물이었나
늦도록 타오르다가 소망으로 사윈다

뿌리 없는 잎들만
무성하던 지난여름
웃자란 모가지가 이리저리 꺾이고
낮아진 삶의 정수리
새벽길이 열린다

땅

나를 밟고 가시라
온종일 멍들어도
꽃을, 과일을
선물로 주시는
내 어찌
경배하지 않고
이 하루를 보낼까

시인 일지

새벽부터
폭풍우 몰아치는 창밖은
바람의 머리칼, 광장을 점령하고
시인은 작살을 들쳐 메고 난바다로 떠난다

울지 마라, 고난이
네 심장을 강타해도
필 꽃은 피기 마련
때가 되면 봄이 오듯
역경에 써 내려간 시 축배를 제의한다

새들이 노래로 제 삶을 살아가듯
꽃들이 향기로 제 삶을 살아가듯
시들은 순수를 꿈꾸며 오늘을 살아간다

산길이 끊겼어도 두려워하지 마
물길이 막혔어도 두려워하지 마
너의 시 행간 행간에 신의 손길 닿으리

숨비소리
— 물의 여자여

짜디 짠 물살 속에
피어나는 물의 꽃

아낌없이 주고도 또 방생하는
너른 품에 살아라 너는
지느러미 펼치며
동해로 대마도로 물질하던 어머니처럼
물길을 오가는 몸이 곧 삶이거늘
참았던 긴 숨이 노래되듯
가슴에 품고 온 달
겨울바다 안 물에 띄우는
당신 있어 바다가 아름다운 날

촉촉한
물의 언어가
비백飛白으로 빛난다

수평선

배
띄우려
바다는 스스로 깊어가고

산은
고요하게
맑은 물을 보낸다

긴
항로
노 저어야만
도달하는
하늘가

문도채(文道采, Moon, Do chae)

1928.~2003. 전남 승주 출생. 호 숙암(肅岩).
순천사범대학교(1948), 광주의대 부설중등교
사 양성(생물과) 2년 졸업, 문교부 검정고시 고
교(국어과) 합격. 〈호남신문〉「오리정」 발표
(1953). 자유시 동인지 《원탁문학》, 시조동인
'영산강' 참여(1969). 시조집 『쌈지』(1952, 태문
당서점), 『처음 써보는 사람의 시』(1976, 세운문
화사), 『남도연가』(1980, 시문학사) 외. 광양농
고, 곡성농고 등 교사, 광주상고 교감, 광주 동성여중 교장 역임.
—

겨울나무

바른 뜻 곧은 절개 더러는 슬픈 생각
살얼음 딛고 가는 길 가도 가도 끝없는 길
침묵은 죄 아니라 처도 눈시울이 뜨겁다

머리칼 다 빠지고 뼈만 앙상궂은 핏줄
내 젊음 되살아날까 숨죽이고 기다리는 밤
아가야 자장, 잘 자거라 눈이 소복 쌓인다

그 마음

기름 밴 뚝배기에 바람 잔잔 보오얀 국물
파 양념 소금 후추 간 맞추어 떠워놓고
주머닐 뒤지는 마음 그 아픔을 아는가

막벌이 장사꾼들 틈바귀에 끼어 앉아
설렁탕 서린 김 속에 찌들은 아내 얼굴
술 한잔 청하는 마음 그 아픔을 아는가

남도연가

따스한 봄 아녀도 바람 따라 걷는 들길
아무나 맘 맞으면 말을 놓고 지내는 정
영상강 흐르는 젖줄 물고 사는 내 사랑아

술 한 잔 기울이고 홍어 한 점 집어 들고
길 가는 나그네들 불러 모아 다둑거린
무등산 봉峰 구름 등실 웃고 사는 내 사랑아

들국화

오늘도 누군가를 기다리다 지친 마음
한 오라기 질긴 숨결 향으로 피워놓고
동구 밖 비탈에 서면 손수건이 젖는다.

발아래 파묻히는 산산조각 붉은 햇살
서릿발 기어 올라와 으스스 떠는 이빨
보랏빛 희맑은 하늘 별빛 총총 빛난다.

놀 1

바위서린 곱슬한 이끼 흐느끼게 놓아두고
피워라 모닥불을 맨살 드러낸 논두렁
까마귀 까옥까옥 백양목 홀로 서다

아쉬운 작별 인사 울먹이는 개천의 물
송아지 비틀걸음 눈망울에 오른 사래
아득히 개 짖는 소리 연기 희끗 날은다.

놀 4

파아란 저 하늘에 나폴거린 헌옷가지
북을 칠까 춤을 출까 이대로 그냥 잘까
감아도 좋을 눈망울 고이는 피 해가 진다

무등산 제5장

젖가슴 드러내어 아예 허공에 물리고
지그시 감은 실눈 소름 풀려 흐르는 정맥
솔바람 쏟아진 그늘 발 가렵네, 이 사람아.

미륵불

미움쯤 눈을 감아 발아래 꽃밭 일구고
이 두메 푸르름 속을 다시 살핀 동방의 빛
그 햇살 눈이 부시어 그림자로 남는다

눈雪

나는 흰나비 떼 산이 되고 강이 되고
개구리 울음소리 행여나 짓밟힐까
산지기 지붕 가득히 출렁거린 저 물결

역류

바람기 인 외아들 바위도 좀 맞춰 줄 겸
장기바둑 화투놀음 힐끗 훔친 한 모서리
아버지, 걱정 마셔요. 가난하겐 안 살래요.

문무학(文武鶴, Moon, Moo hag)

1951년 경북 고령 대가야읍 출생. 한국방송통신대학교(행정학과), 대구대 대학원(국어국문과) 석 · 박사 과정. 《월간문학》(1982) 등단. 『가을거문고』(1983, 대일기획), 『벙어리뻐꾸기』(2001, 태학사), 『낱말』(2009, 동학사), 『홑』(2016, 학이사), 『누구나 누구가 그립다』(2017, 학이사). 제11회 현대시조문학상(1999), 제1회 유동문학상(2000), 제25회 윤동주문학상(2009), 제19회 이호우시조문학상(2009), 한국예총예술대상(2013) 수상 외. 대구시조시인협회장, 대구문인협회장, 대구예총회장, 대구문화재단대표 역임. '오류' 동인.

바 다

까닭가 '바다'라는
이름을 갖게 된 것을
이것저것 가리지 않고
다 '받아'주기 때문이다
'괜찮다' 그 말 한 마디로
어쩌면 바다가 되었다.

―

문무학의 시들은 차가운 북방의 언어가 아니라, 다스운 남방의 언어이다. 하여 시인의 시말들은 부정성을 키질하여 그것을 긍정으로 치환시킨다. 왜냐하면 시인의 시말들은 결코 자기 파괴적인 절망의 언어를 겨냥하고 있지 않기 때문이다. '아니다'를 포괄적 '안'으로 코드 변환시켜 이 세계를 온기 넘쳐나게 하는 것이 바로 문무학의 시말의 특징이자 그가 견지한 시인의 임무이다.

― 김석준(시인 · 문학평론가)

―

우체국을 지나며

살아가며 꼭 한번은 만나고 싶은 사람
우연히 정말 우연히 만날 수 있다면
가을날 우체국 근처 그쯤이면 좋겠다

누군가를 그리워하기엔 우체국 앞 만한 곳 없다
우체통이 보이면 그냥 소식 궁금하고
써 놓은 편지 없어도 우표를 사고 싶다

그대가 그립다고 그립다고 그립다고
우체통 앞에 서서 부르고 또 부르면
그 사람 사는 곳까지 전해질 것만 같고

길 건너 빌딩 앞 플라타너스 이파리는
언젠가 내게로 왔던 해 묵은 엽서 한 장
그 사연 먼 길 돌아와 발끝에 버석거린다

물 다 든 가로수 이파리처럼 나 세상에 붙어
잔바람에 간당대며 매달려 있지만
그래도 그리움 없이야 어이 살 수 있으랴.

청보리

도라지 꽃빛 입술로 봄을 씹던 누부야
앞 들 논 서마지기 보릿골 이랑마다
긴긴 해 허기를 묻고 꿈을 캐고 있었제.

꽃불 타던 산허리 버꾸기 봄을 울면
아지랑이 아물아물 나른한 한나절을
누부야 청보리같이 그래 살고 싶었제,

지평선

내가설사거기까지혼신으로갔다해도너는또그만큼을

물러서서바라보며팽팽한거리를두고영원하는신기루

비비추에 관한 연상

만약에 네가 풀이 아니고 새라면
네 가는 울음소리는 분명 비비추 비비추
그렇게 울고 말거다 비비추 비비추.

그러나 너는 울 수 없어서 울 수가 없어서
꽃대궁 길게 뽑아 연보랏빛 종을 달고
비비추 그 소리로 한번 떨고 싶은 게다 비비추.

그래 네가 비비추 비비추 그렇게 떨면서
눈물나게 연한 보랏빛 그 종을 흔들면
잊었던 얼굴 하나가 눈 비비며 다가선다.

문장부호 시로 읽기 2
―?

물음표는 사람의 귀, 귀를 많이 닮아 있다
물어놓고 들으려면 귀 있어야 된다는 듯
보이지 않는 쪽으로
그 언제나 열려있다.

물음표는 낚싯바늘. 낚싯바늘 그것 같다
세상 바다 떠다니는 수도 없는 의문들
그 대답 물어 올리려
갈고리가 된 것이다.

물음표는 그렇다 문명의 근원이다
그 숱한 궁금증을 하나하나 풀어낸
인간의 역사는 본디
의문을 푼 내력이다.

바람

내 어느 날 그대 향한 바람이고 싶어라
울 넘어 물 넘어 뫼라도 불어 넘어
그 가슴 들이 받고는 뼈 부러질 그런 바람

낱말 새로 읽기 13
— 바다

'바다' 가 '바다' 라는 이름을 갖게 된 것은
이것저것 가리지 않고 다 '받아' 주기 때문이다

'괜찮다'
그 말 한마디로
어머닌 바다가 되었다.

품사 다시 읽기 4
— 조사

1
애당초 나서는 건 꿈꾸지도 않았다
종의 팔자 타고 나 말고뼈만 잡았다
그래도 격이 있나니 내이름은
격조사.

2
이승 저승 두루 이을 그럴 재준 없지만
따로따로 있는 것들 나란히 앉히는 난
오지랖 오지게 넓은 중매쟁이
접속조사.

3
그래,
나를 도우미로 불러라 그대들이여
내 있어 누구라도 빛날 수만 있다면
피라도 아깝다 않고 흘리리라
보조사.

홑시

— 밭
호미로 밑줄을 긋던 울 엄마의 책 한 권.

— 꿈
죽음과 악수를 해도 버릴 수는 없는 것.

— 뿐
너 있어 나뿐이란 말 내 버릴 수 있구나.

꽃댕강나무

댕강댕강 꽃댕강나무 위태위태 그 이름
늦봄, 온 여름에 초가을 넘기고도
꽃 피워 댕강거리며 즐기누나 곡예를…

떨어질 듯 매달리고 떨어질 듯 매달리며
바람, 그만 지쳐 비켜 붉게 해 놓고
시미치 뚝 떼고 서서
댕강 댕강
또
댕강.

문수영(文琇暎, Moon, Soo young) 본명: 문명인(文明仁, Moon, Myung in)

1957년 경북 김천 출생. 동덕여자대학교(국어국문학과)(1980), 고려대 인문정보대학원(문학예술학과) 졸업(2008). 《서세루 시》 신인상 시(1992), 《시를 사랑하는 사람들》 신인상(2003), 중앙신인문학상 시조(2005) 등단. 시조집 『푸른 그늘』(2008, 책만드는집), 『먼지의 행로』(2013, 동학사), 『화음』(2016, 북랜드). 시선집 『눈뜨는 봄』(2017, 고요아침). 대구문학아카데미 회장 역임. '영언' 동인. 현대사설시조포럼 회원.

삼월에

문수영

가을까지 지은 터
겨울 한 철 속죄할 때
껍질 아문 자리마다
새어 나오는 화음 (和音)
꽃망울 들여다본다
눈 뜨는 길을 본다

—

두 가지 면에서 특출한 문학적 감수성을 드러내 보여준다. 하나는 자연스러움이다. 그것은 외적으로 언어를 구사하는 측면이나 내적으로 상상력을 전개시키는 논리에서나 쉽게 지적될 수 있는 특징들이다. 다른 하나는 인간과 자연의 상호 조응을 통해 인생론적 진실을 감동적으로 형상화시키고 있다는 점이다.

— 오세영(시인 · 서울대 명예교수)

선이 굵은 감성으로 재단하고 시간을 읽음에도 조금의 오차도 없을만치 실상에 근접하고 있다. 깊은 은유가 깃든 상상력으로 불러오는 그의 언어들은 편편마다 모노톤의 반추상 공간을 조성하여 묵시적 메시지를 전해준다.

— 민병도(시조시인 · 국제시조협회 이사장)

—

눈뜨는 봄

한 아름 웃음으로 닫힌 문을 열었네
다시금 바라보네, 시나브로 눈길 머문 곳
시리게 날리던 눈발
햇살로 내려앉은 듯

물기 다 말라버린 갈대밭 가로질러
흘러온 환한 길이 어둠을 부둥켜안네
아득한 이내를 지우며
피어나는 바람꽃

어디론가 사라져 간 산속에 갇힌 울음
음지로 남아 있는 얼룩진 밤 지우고
물안개 피어오르는
저 언덕에 그대 있네

오래된 군자란

화분에 금이 갔다, 더위에 지친 여름날
공중에 퍼진 파문 쉽게 사라지지 않고
그림자 마른 입술이 시나브로 흔들렸다

해마다 탐스런 꽃 오롯이 피우기 위해
온몸을 휘어 감았을 불면의 잔뿌리들
한 줄기 뜨거운 길이 뭉클하게 흘러왔다

침묵도 오래되면 아무것도 읽을 수 없어
커다란 화분 속에 상처 난 뿌리 펴준다
내 안에 숨은 식물성 지문으로 더듬으며

적 2

잠자고 있는 나를 흔들어 깨우는 너
잔잔하던 호수 긴 물결무늬 일어난다
시간이 화장을 하듯 고요함에서 탈피한다

낯선 곳 바라보며 앙가슴 쓸어내린다
반추하는 사이로 계절은 가고 오고
잡풀만 무성한 자리 지문으로 지운다

너는 내게서 나온 피할 수 없는 그림자
열린 문으로 들어와 틈새로 나갔지만
대문은 항상 열려있다
신의 각본 읽는다

사랑니

한 마디 말의 향기로 다가온 당신!

씹으면 씹을수록 울컥울컥 우러나오는 단내, 보석처럼 온기처럼 당신을 끌어안고 앓기를 또 몇 달

분분히 벚꽃 날리는 날 미련 없이 뽑힌

양전동 암각화에 숨어

천년이 흘러도 지워지지 않는 그리움

가면을 쓰고 얼굴을 가리고 싶었다 돌고 돌아도 동그라미 안, 생각해보면 나는 늘 꽃의 웃음 근처에서 서성거리는 바람이었다 간절히 사랑하지 못했으므로 한 번도 뜨겁게 타오르지 못했다 물안개 자욱이 피어나는 밤이면 낮게 엎드려 내 몸 구석구석에 물고기와 해초를 그려 넣었다 울음 멈추지 않는 갈매기와 칭얼대는 파도를 밤새워 달래며

초막과 아득한 섬도 내 맘에 새겨 놓았다

먼 길

먼지를 닦아내고 허전함도 걷어내고 그림을 걸기 위해 벽에
다 못을 칩니다
아무나 가 닿지 못할 허공인 줄 모르고

버티는 벽 속엔 그 무엇이 숨어 있기에 번번이 내 마음 튕겨
져 나오나요?
액자 속 망초 꽃들은 우수수 지는데……

어쩌면 나 모르는 박쥐의 집이 있어 햇살에 눈이 부셔 창문을
닫은 건가요?
오늘도 몸 웅크리고 밤이 오길 기다리며

이슬 하나 보지 못한 그런 눈을 갖고서 날마다 겉모습만 꾸미
고 살았으니
한 뼘도 안 되는 거리가 참 아득한 강입니다

바다 이력서

이순이 되는 날 감포 바다 찾아간다
모서리 닳은 장롱처럼 윤나는 모래사장
바다는 순은 빛으로 물비늘을 번뜩인다

겨울과 봄 사이에서 몸살 한 나날들
날마다 다른 이야기 물고 날아간 새떼
하나씩 장신구 버리면 기억세포 돋아날까

피아노 건반처럼 가지런히 누운 물결
넓어지는 바다, 왜소해지는 내 몸집
누군가 수평선 멀리 물이랑을 넘고 있다

행복

바이러스 침투한 곳,
무겁게 덧댄 안대

한쪽 눈으로 책을 보고 TV를 시청하고 청소를 하고 밥을 먹
는다. 평소 실핏줄 보일 듯 뭉게구름 선명한 날보다 안개 자욱
하거나 꽃과 나무 목 축이는 추적추적 비 내리는 날을 손꼽아
기다렸지만, 하루하루 늙어가는 시력 앞에 부표처럼 가볍던 날
들… 두 눈으로 보았던 산과 들, 건물과 나무… 눈 감으면 선명
하다

한쪽 창
가리워진 풍경,
건너고픈
깊은 강

봄 · 바이러스

네모난 집이 있고 집과 돌담 사이

목련 향 가득한 곳 가로누운 그림자

그 골목 적토마 타고 얼마나 달렸는지

유난히 추웠던 겨울 고백하지 못한 죄

빛과 그림자가 소리 없이 머무는 곳

창문을 활짝 열어서 길게 숨을 들이켠다

몸, 여행
— 앞산 체육관에서

창밖으로 문득 가을이 다가선다
짙푸른 젊음을 끝없이 토해내더니
하나 둘 물든 잎새들, 발치에 힘준다

회색 건물 건너편 치장하는 가을 산
가까워진 숲을 보며 제자리에서 걷는다
온몸에 풍선 달고서 경주쯤 지난다

구름 뜬 호숫가 머리 푸는 갈대처럼
뭉쳤던 근육들 한꺼번에 실타래 푼다
전국을 한 바퀴 돌고 가을 가운데 도착

문순자(文順子, Moon, Soon ja)

1957년 제주 애월읍 구엄 출생. 한국방송통신대학교(국어국문학과) 졸업. 〈농민신문〉 신춘문예(1999) 등단. 시집 『파랑주의보』(2007, 고요아침, 문광부 우수도서 선정), 『아슬아슬』(2014, 동학사), 『어쩌다 맑음』(2020, 황금알), 현대시조100인선 『왼손도 손이다』(2016, 고요아침), 90년대 5인 사화집 『가랑비동동』(2017, 작가) 외. 시조시학 젊은시인상(2007), 한국시조작품상(2009), 제4회 노산시조문학상(2019) 수상 외. '정드리문학' 동인. 오늘의시조시인회의 부의장, 한국시조시인협회 이사.

—

문순자 시인은 자기만의 세계와 율격 즉 시의 보법을 갖고 있다. 그의 시의 특장은 정형미학 안에서 자신만의 시조가락을 창출하여 개성적인 시학을 펼치고 있다. 내용과 형식이 적절히 융합된 격조 높은 시 세계는 문순자 시학의 지향할 방향을 시사한다. 또한 그의 시편들은 되풀이해서 읽게 하는 맛을 가지고 있다.

— 이정환(시조시인 · 정음시조문학상 운영위원장)

문순자의 작품 전반에 흐르는 맥락은 정수자가 지적한 제주라는 지역적 특성에서의 '여성성에 대한 모성적 시 쓰기'에 있다. 아울러 4 · 3에 대한 주체적 회복 공간 확보라는 점에서 중요한 의미를 찾을 수 있다. 그의 작품은 사물의 인식화 과정에서 만나는 언어의 지형이 섬세하고 깔금하다. 판소리에 비유한다면 동편제가 아니라 서편제에 가깝다.

— 유재영(시조시인)

—

금강경

4월 초파일이 코앞이라 그런가

시루 속 콩나물이

까까머리 동자승 같다

톡 치면

금강경 한 구절

묻어나는

물방울

어쩌다 맑음

바다에 반쯤 잠겼다 썰물녘 드러나는
애월 돌염전에 기대 사는 갯질경같이
한사코 바다에 기대
서성이는 생이 있다

그렇게 아흔아홉 세밑 겨우 넘겼는데
간밤엔 육십년 전 돌아가신 할머니가
아기 젖 물리란다며 앞가슴 풀어낸다

사나흘은 뜬눈으로, 사나흘은 잠에 취해
꿈속에서도 꿈을 꾸는 어머니 저 섬망증
오늘은 어쩌다 맑음
요양원 일기예보

우도땅콩

휘익 휘 새우깡 날려 갈매기 몇 홀려본다
갑판에서 바라본 우도행 저 바닷길
도항선, 방금 온 길도 흔적 없이 지워낸다

벌 나비나 바람은 내 취향이 아니다
제 꽃에 제가 겨운 나는야 제꽃정받이
잠자리 꽁지를 꽂듯 땅속에 알을 슨다

함부로 말하지 마라, 콩알만 한 땅콩이라고
무적도 숨비소리도 서빈백사 노을도
반쯤은 바다에 빠져 절반만 여문 거다

왼손도 손이다

의사는 다짜고짜 내 구력을 물어온다
운동?
운동이라면 노동이 고작인데
병명도 분수가 있지
'테니스 앤 골프 앨보'라니!

그렇다면 도대체 내가 뭘 쳤다는 걸까
오른손잡이,
이 손으로 네 등 떠민 적 없었다
무심결 왼쪽 손으로 찻잔을 든 이 아침

세상에, 세상에나
업은 애기 삼 년 찾듯
여태껏 안 떠나고 여기 남아 있었구나
반세기 흘리고 나서
심봤다!
너 왼손아

박달나무 꽃피다

박달나무 박달나무 긴 주걱 따라가면
밥 달라 밥 달라는 예닐곱 살 구엄바다
무쇠솥 처얼썩 철썩
휘젓는 어머니의 노

제천장 좌판에서 그 주걱 또 만났네
한세월 거슬러온 박달재 고갯마루
아버지 낮술에 묻어 '희망가'도 따라왔네

오늘은 김장하는 날, 친정집은 잔치마당
젓갈이며 고춧가루 세상사 휘젓고 나면
한겨울 긴 주걱 끝에
덕지덕지 피는 꽃

혜화문 아래

북대문 달았으면 그냥 열고 볼 일이지
간혹 그대 맘도 열어놓고 볼 일이지
몇 갈래 골짜기처럼
흘러내린 창경궁로

저 문을 넘어서야 새 세상 열리리라
기대 반 두려움 반 떠밀리고 떠밀려
제주서 유배를 오듯
둥지 튼 내 딸아이

그때 그 광장에 촛불마저 사윈 자리
자동차 불빛들이 물소리로 떠 흐른다
첫 월급 명세서마냥
카톡 카톡 떠 흐른다

파종

참깨 걷이 끝낸 자리, 삽날들이 모였다
한라산 북녘자락 대물린 댓마지기
벌초철 두건을 쓰고 두런두런 모였다

쥐도 새도 모르게
90일종 참깨 뿌려놓고
펀두룽, 펀두룽 펀펀* 병상에서 보낸 한 철
어머니 못 거둔 말씀, 무덤까지 끌고 왔다

초가을, 그루터기 또 씨앗을 심는다
구십 평생 화인 같은 4·3 그 기억까지
지상의 마지막 파종, 흙 몇 삽을 덮는다

* 펀두룽 펀펀: 그저 멍하니, 넋 놓고 있는 모양을 가리키는 제주어.

4·3 그 다음날

밤새
난바다가
지켜낸 외등 하나

왕벚나무 그늘 아래 비린내로 나앉아

낱낱이
옥돔 비늘을
훑어내고 있었다

개밥바라기

저녁이면 습관처럼 오름에 돋는 별이 있다
허술한 내 출근길 오름에 돋는 별이 있다
세끼 밥 건너 뛴 적막
하늘 본다, 개밥바라기

한라산 구백고지, 명치쯤의 이 자리
산은 왜 이곳에다 청동어 달았을까
물장올 산정호수에 내 그리움을 방생한다

저 오름도 세상에서 탁발하고 오는 걸까
청보라 섬잔대로 빈자일등 달아놓고
때맞춰 개밥그릇에 공양하듯 별이 뜬다

독경 소리 듣는 것도 차시스런 그런 날
이제 내 외로움에 선고를 하고 싶다
한세상 작별을 하듯
그린마일 가고 있다

지구를 찾다

한라산도 수평선도 한눈에 와 쏙 박히는
제주시 외도동은 그야말로 별천지다
아파트 옥상에 서면
대낮에도 별이 뜬다

수성빌라 금성빌라 화성빌라 목성빌라
그것도 모자라서 1차, 2차 토성빌라
퇴출된 명왕성만은
여기서도 안 보인다

스스로 빛을 내야 별이라고 하느니
얼결에 궤도를 놓친 막막한 행성처럼
내안에 실직의 사내
그 이름을 찾는다

문승호(文承鎬, Moon, Seung ho)
1948년 충북 청주 우암동 출생. 한국방송통신
대학교(행정학과), 충북대 행정대학원(행정
학) 석사(2003). 한국공무원문학협회(2001)
등단. 『날개를 접으며』(2007, 대명), 『제2의 나
래를 펴며』(2017, 대명). 제7회 충북시조시인
상(2015), 제13회 공무원문학상(2018) 수상.
충북시조문학회 감사.

보일러 버튼을 '볼록한 배꼽'으로, 그 배꼽을 가볍게 누르면 '식었던
그대 사랑이 되살아난다'고 노래하셨다. 흔하디흔한 보일러 버튼이
고희가 넘은 시인의 눈을 통해 차갑게 식었던 사랑을 되살리는 볼
록한 배꼽으로 승화되어 자칫 무미건조한 우리네 일상을 따스하게
덥혀주고 있다. 더 나아가 요즘 너무도 차갑게 식어가는 삼포세대
청년들에게, 그 청년들을 뜨겁게 일으키지 못하는 우리 사회에 일
갈하며 따뜻한 사랑을 주문하고 있다.

— 윤현자(시조시인 · 한국시조시인협회 이사)

이름 빼며

칠십여 년 고이 간직한
임이 떠나려 하네

안 된다고 외쳐 봐도
뿌리치며 떠나버리는

그대는
정녕 날 버리고
기어이 가는구나.

단풍

장엄히 피 토하며
산화하는 붉은 전사들

한때는 푸른 제복 입고
세상을 주름 잡았지만

어쩌랴
여름날 흘린 땀 씻고
님이 부르면 가야지.

방문목욕

갈라 터진 거북등을
비눗물로 씻어드리며

미래의 내 모습을
어렴풋 그려 본다

생전의
아버지 모습에
울컥이는 가슴아.

할아버지

할아버지, 손자 녀석
부름에 내가 언제 벌써

불러도 그려지지 않는
꿈속의 할아버지

목 놓아
부르고 싶어도
부르지 못하는 할아버지.

요양원의 하루

시레기 삶아낸 듯
일그러진 얼굴들

그 곱던 싱그러운
모습들은 어디로

분분한
선녀의 향내로
하루가 가는구나.

키워드

잡힐 듯 잡힐 듯이
잡히지 않는 그거

왜 있잖니 머리 싸매며
골머리를 때릴 때

번갯불
섬광 일 듯이
떠오르는 그 한마디…

끈질긴 생명력
— 고목에 붙어 살아가고 있는 이름 모를 풀을 보고

쪼그라든 어미젖을
사정없이 빨고 있는

깡말라 보기 흉한
뼈만 남은 난민같이

허물고
흐드러진 자리에
씨앗 하나 거는 꿈.

식사 돕기
— 요양원에서 대상자 식사 돕기를 하며

아, 조금 더 벌려보세요
흘리지 않고 잘 드시네요

어르신 참치 위에
김치도 얹어드릴까요?

천국에
계신 아버지 생각에
눈시울이 뜨겁다.

베개

평생을 같이해온
곱디 곱던 우리 내님

기뻐도 받아주고
미워도 안아주고

저세상
끝까지라도
영원한 동반자 내님아.

환경미화원

까치가 배회하는
새벽녘 조끼사나이

매일같이 눈을 자극하는
휴지 줍는 고운 손

거리를
활보하면서
묵묵히 수행하네.

문영순(文英順, Moon, Young soon)

1955년 충북 보은 출생. 한국방송통신대학교 졸업(2004). 《시조세계》(2001) 등단. 시집 『햇살 발자국』(2014, 책만드는집) 외. 여성시조문학상(2015) 수상. 한국시조시인협회, 한국여성문학회 회원. 한국여성시조문학회 부회장.

—

문영순은 하나의 장을 시의 연처럼 배열하여 여백의 미를 한껏 충족하고 있다(「햇살 발자국」). 사람의 마음이란 흐르는 물 같아서 한시도 고이지 못하는법(「이럴 때」), 비정규직 젊은이들의 힘든 현실 앞에(「오늘, 우리는」) 시간 속에서 초월한 삶이 어떤 것인지를 보여주고 있다(「이제 나는」). 이웃간에 오고 가던 인정과 돌담 길을 흔들던 웃음 소리마저 모두 수몰되었다(「대청호에서」). 소박하고 담담한 어조 속에서 시인의 소망과 삶에 대한 염원이 숨어있다.

— 황치복(문학평론가)

—

햇살 발자국

가슴속 회오리처럼 커피 물이 끓는 오후

반쯤 열린 창문으로 햇살이 들어온다

한 마디 말도 없었던 그 사람 발자국처럼

높고 낮은 차별 없이 골고루 밟고 서는

준 것은 이미 잊고 줄 것만을 생각하는

이 몸을 밟고 가시라, 환한 물 흠뻑 들게.

오늘, 우리는

말이사 바른 말이지 나라꼴이 이래서야
나랏일은 뒷전이고 싸움질 꼬락서니
정치판, 안주거리를 국민들이 즐겨 씹는
너나들이 시급인생 비정규직 일터에서
대다수 살아가는 젊은이의 현실 앞에
"땅콩"이 무엇이길래 비행기는 뜨다 말고.

이제 나는

네 잎 행운 찾기 위해 세 잎 행복 버렸는가
문 밖을 탐하다가 내 안의 등 꺼졌구나
휘황한 세상일들에 두 눈을 뺏긴 날들

올라가면 내려오고 내려오면 올라가는
길 위의 시간들은 뫼비우스 띠 같은 것
마음에 하늘을 드리고 재촉하지 않으련다.

대청호에서

이제는 수몰되어 지상에 없는 번지
천 갈래 무심으로 넘나드는 저 물결
되돌려 놓을 수 없나 그 시절 그 품으로

반짝이는 장독대며 돌담 밑 그 접시꽃
지금도 눈 감으면 극명한 풍경 하나
고향을 묻어버린 나는 아득한 먹구름 속

물길을 짚어가며 마을길 더듬으면
흔적 없는 산자락에 구름 몇 점 흘러들고
바람만 강가를 돌며 먼 향수 달래주듯.

이럴 때

너 없이 못살겠던
그런 날도 있었는데

너 때문에 힘들다고
이렇게 곤두박질

맨 처음 그 첫 마음을
꺼내볼 수 있다면.

문운동(文暉東, Moon, Woon dong)
1953년 경북 김천 구성면 출생. 한국방송통신
대학교(국어국문학과) 재학. 《부산시조》 신
인상(2017) 등단. 녹조근정훈장 수상. 부산지
방경찰청 경정 정년퇴직(2011).

—

「태종대」는 부산의 대표적인 명승지인 태종대를 노래한 작품이다.
시인은 망부석 부릅뜬 눈이 수평선을 주시할 때 대마도 숨죽이고 오
류도는 낯선 칼이 된다고 유하여 태종대를 단순히 겉으로 드러난 자
연경관으로서 아름다움뿐만 아니라 역사성과 결부시키고 태종대의
남성적 이미지와 잘 어울리게 표현하여 주제를 강화시키고 있다.
단수시조 「짜깁기」는 태종대와는 상반되는 분위기의 작품으로 사
랑하는 사람을 여읜 아픔을 애잔하게 그려내 독자들의 가슴을 저
리게 한다. 단수시조의 한 전형을 보여주는 것 같다. 「수련」은 서정
성을, 「노량해전」은 역사성을 부각시키고 「세탁기」는 세태를 풍자
하는 작품으로 다양한 분야에 관심을 두고 있는 작가의 시선이 앞
으로 어디로 향하게 될지 기대가 된다.
— 손중호(시조시인 · 한국문인협회 이사)

—

오류도

한 줄기 낙동정맥 용두산을 밟고 뛴 곳
절영도 끄트머리 신神이 빚은 신비경
천혜의 해안 절벽이 풍랑 맞서 우뚝 섰다

망부석 부릅뜬 눈 수평선을 주시할 때
대마도 숨죽이고 오류도는 낯선 칼
활을 쏜 태종무열왕 그 기상이 펄떡인다

세탁기

뱃속이 거북하다 인간들의 껍데기
오욕에 찌들어서 장난 아닌 역겨움
세제를 물에 풀어서 마셔 보는 소화제

뱃속의 진동소리 휙휙 쿵쿵 난리법석
칠정七情은 있으려나 두드리고 비비고
헹구어 탈수한 후에 결국 토할 껍데기

노량해전

둥둥둥 노량해협 물고기도 긴장한 듯
오백 척 적선들을 쓸어가는 학익진
비워라 사무친 원한 뱃속들이 말갛게

평평평 포연탄우 바닷빛이 붉어진다
후환의 싹을 자른 칠 년 전쟁 마침표
내 죽음 알리지 마라 쪽빛 바다 되찾게

짜깁기

펑크 자국 말짱하듯
수술 자국 감쪽같듯

찢어진 옷 본디대로
올올이 기웠는데

그 사람
떠난 빈 자리
숭숭 뚫린 바람구멍

수련

늪 바닥 수초 신세 뻘밭인들 대수냐

꽃잎 접고 자고 나면 눈부신 햇살인데

물에 뜬
갈라진 잎새
비워서 더 청순한

문제완(文濟完, Moon, Je wan)

1953년 전남 순천 황전면 출생. 한국방송통신대학교(국문과, 중문과), 전남대 행정대학원 석사. 〈영주일보〉 신춘문예(2012) 등단. 시집 『꽃샘강론』(2013, 고요아침). 공무원문예대전 시조 최우수상(2009), 역동문학상 신인상(2011), 시조시학 신인상(2012) 수상. '율격' 동인. 한국문인협회, 광주문인협회, 한국시조시인협회, 오늘의시조시인회의, 화순문학회 회원.

> 울음 출산
>
> 세상 빛 본 지 한 살
> 애먹으면 어리둥절
>
> 절박이 섞여 있는
> 허에 달린 울음보
>
> 아가가 장만한 살림
> 팽팽한 저항이다

—

문제완의 시는 참신하고 전위적이다. 또한 자상하면서도 매섭다. 주변의 작은 물상이나 계절의 순환 같은 사소한 현상에도 나름의 시안을 들이대고, 사물을 보는 그의 곰삭은 눈빛에는 남도 특유의 인정과 다정함이 스며있다. 그의 시조들은 청년기를 구가하는 신선함과 상상력에 연륜이 더해져 부드러운 깊이를 담은 따뜻한 작품들이 많다. 역사인식이나 현실감각도 한층 더 예리하고 날카로워 질 것으로 믿는다. 진정 문제완의 시가 큰 산을 힘차게 넘어 깊고 깊은 시조의 큰 강에 이르기를 기대한다.

— 정용국(시조시인 · 한국작가회의 시조분과 위원장)

—

효산리 소경小景

침묵이 자리한
야트막한 산 아래

푸석한 뼈들끼리
서로를 의지한다

원시의
고인돌 모습이
전설처럼 빛난다

갈필로 헤쳐 묻힌
황야에 주검들이

정지한 시간 속에
땅속 울음 듣는다

선사의
갈색 화선지에
들꽃이 피고 있다

양말의 기억

나의 장인 폰암 씨,
이장移葬하던 시월 윤달

나무의 실뿌리가
끼어든 발가락에

한 켤레
검정 양말이
오십 년을 견뎠다

낡은 흙집 아랫목에
내리꽂힌 눈빛들이

그 발은 따뜻했나
터진 실밥 더듬는다

묏등과
산허리에는
그렁그렁 가을이다

소금

태평양 바다 물결 간절함으로 밀려와
신안 염전 텃밭에서 햇볕 담아 말린 자태
심해의 슬픈 속울음 가슴에다 묻어 둔다

곰삭은 오장육부 해풍으로 어루만지고
천일염은 간수 빠진 알갱이로 남겨지면
증발된 작은 영혼은 계보 되어 맴돈다

염부 소원은 육각의 결정체로 피어나고
염원 같은 태양 볕에 잘 익은 바닷물결
우리 집 베란다에서 고운 숨을 쉬고 있다

아바타 한 켤레

잠이 깬 새벽녘에 물끄러미 바라보니
현관 쪽 신발들이 제멋대로 잠들었다
고단한 입을 벌리고 코를 고는 시늉이다

늘 그렇게 아웅다웅 하루를 부대끼다
저들도 가족이라 저녁에 모여들어도
서로가 지나온 길을 묻는 법 절대 없다

오고 가는 내 모든 길 묵묵히 따르느라
굽도 닳고 끈도 풀린 가여운 내 아바타여
부푸는 밤공기를 안고 나처럼 누웠구나

우체통이 보인다

길모퉁이 돌아가면 서있는 빨간 우체통
혼자서 하루 종일 늦가을 비를 맞는다
따스한 안부 한 장을 받아본 지 얼마일까

메일과 카카오톡 넘치는 요즘 세상
우표 붙인 편지 들고 그 누가 오련마는
오늘은 빗줄기를 세며 가슴을 비워둔다

살아온 나이만큼 너 또한 세월을 이고
반쯤은 희미하게 웃어도 주는구나
그리워 성긴 시간 속 숨어들어 망을 본다

고요가 깔려있는 단칸방 하나 얻어
그럭저럭 철도 들며 너와 함께 건넌 시간
바람이 지나가는지 휘파람 소리를 낸다

꽃샘 강론

바람이 들썩인다, 설핏 기운 이마쯤에
들락날락 숨결마다 모아진 힘찬 기운
내 안에 통로를 따라 꽃봉오리 맺는다

지상의 씨앗들이 제 몫의 숨 쉬느라
파도가 높이는 키 바람이 훑는 구름
신에게 올리는 기도문, 봄꽃이 울고 있다

울다 그만, 하르르 지고 마는 꽃 그림자
돌아보면 젊은 날은 엎지른 물병처럼
말갛게 텅 빈 가슴에 바람 가득 고여 든다

그러다 들끓어서 무서리로 날던 하늘
그 마음 생채기는 도슴 쉬듯 건너볼까
한지에 먹물 번지듯 꽃자리에 드는 봄날

봄날 들꽃

무서리 흠뻑 내린 무등산 지난겨울
깡마른 가지마다 눈보라 흩뿌려도
고드름 달린 바위틈 꽃씨 몇 점 숨었다

오시는 샛바람에 촉촉해진 봄기운이
부드럽게 흙을 감싸, 한 밤을 꼬박 새우자
부스스 기지개 켜며 아침 이슬 받는다

더디 깬 꽃잠에도 꽃대를 밀어 올려
금낭화는 수줍은 듯, 돌단풍은 숨은 채로
꽃 얼굴 햇살에 내밀고 재재재, 말을 건다

꽃잠

오늘이 팔딱 뛰어
추억으로 가는 밤

일렁이던 꿈 자락에
내 청춘을 얹혀본다

사랑의
꽃망울 터질지
꿈결 바다 환하다

일필휘지

쉬었다 내친걸음
거친 숨결 모아들어

모나게 꺾이다가
신나게 달리다가

필압筆壓이
지나간 자리
묵향이 따라간다

사례

목젖을 치고 나온
불현듯, 돌발 돌출

번개 치듯 잘라내는
금기의 말씀 있어

아찔한
목숨이 된다
들숨 날숨
멈추고

문주환(Moon, Ju hwan)

전남 해남 출생.《문학춘추》,《시조세계》,《월간문학》(1999) 등단. 시조집『땅끝, 귀거래사』(2005, 한림),『전라도 가는길』(2015, 고요아침). 전국 공무원 문예대전 시조 최우수상(국무총리) 수상. 광주전남시조시인협회장 역임. 한국시조시인협회, 불교문예 회원. 열린시조학회 광주전남 지부장, 한국문인협회 해남군 지부장, 고산문학 대상 운영위원.

—

향토의 미학 반골의 정신

문주환의 시조집『전라도 가는 길』을 통해 표표한 반골의 정신과 가락의 여유로움이 어우러지는 활달한 개성적 목소리를 찾아볼 수 있을 것이다. 표표한 반골의 정신은 시대와 같이 가며 응전하는 대결의식을 갖고 있으며 가락의 여유로움 속에는 흥취와 재미성, 조화와 활달함이 있다. 이것은 시인이 찾아낸 남도의 두 목소리다. 두 목소리는 대립적이지 않고 상보적이다. 직선이면서도 곡선이고 포물선이면서도 사선이다. 시대와 같이 가면서도 시대를 넘어서는 울울함이 있다. 가락과 같이 가면서도 가락을 넘어서는 향토의 미학, 그 당당함이 있다.

— 이지엽(시인 · 한국시조시인협회 이사장 · 경기대 교수)

—

전라도 가는 길
— 영산강 14

유배의 길을 찾아 전라도 가는 길은
가도 가도 끝이 없는 봄바람 불어오고
보리 밭 허기 달래는 찔래꽃 어머니가

굽은 등 아버지의 핏물이 젖어든 땅
황토 밭 대물림에 거짓 없는 이랑들을
우리는 씨를 뿌리고 그 끝텅 지켜 왔지.

정월 보름 액막이에 금줄 두른 당산나무
가뭇없는 세월들을 만수무강 비는 손이
"궁마 갱, 궁마가 갱갱" 민초들 애환이다.

한 소절 육자배기 허허 둥둥 달랜 가슴
버릴 것 다 버리고 망배단에 소지 한 장
가는 길 힘이 들어도 내 손 모아 올립니다.

"청어 엮자, 청어 엮자" 술래 소리 흐르는 강
영산강 포구에 서면 왜 눈물이 나는 걸까
진달래 꽃길을 따라 내 사랑이 찾아간다.

거미줄

생과 사 넘나들며 먼 하늘 잡아 당겨
바람에 무너져도 저 욕망을 허공 중에
매달린 사선의 경계, 유혹으로 출렁인다.

때로는 불립문자 선명하게 날려 보고
연약한 영어의 몸 명줄까지 얽거 매는
순간의 억울한 누명 또 하나를 증언한다.

빛 부신 아침 햇살 젖은 가슴 말아 쥐어
어젯밤 묻어둔 꿈 생생하게 펼쳐 놓으면
세간의 흥망 성쇠가 빈 하늘로 걸려있다.

실직

왜가리

한 마리가

잿빛 하늘 날아간다

구름 속을

해쳐 가며

왝, 하고 우는 울음

경비실

쫓겨 나오신

아버지를 생각한다.

땅끝, 귀거래사 1

선조들 뼈가 묻힌
땅끝 마을 지키시다

거기에 묻히신
우리 아버지, 어머니

그 세월 못다 버리고
다시 태어난, 나

그렇게 그리던
서울 살이 한번 못 하고

나 다시 또
땅끝 마을 지키려

유언의
황혼 빛 내리는
땅끝 마을로 간다.

풍경 2
― 무논

오뉴월 무논배미 개구리네 혼삿날

꺽다리 소금장수 코끝 빨간 함 재비 앞세우고 막걸리 고주망
태 풍머리 흔들면서 갓끈이 풀어진 채 도포자락 휘날리며 엉금
엉금 가고 있네, 땅따리 물방개놈 덩달아 뒤뚱이며 물장구 장
단 맞춰 앞서거니 뒤서거니 어정쩡 축의 행렬에 모둠발로 따
라간다, 상두꾼 개미 의병 장맛비 개였다고 지렁이 장례식에
여의도로 불려 가는지 우왕 좌왕 갈팡 질팡 일당이나 이 당이
나 민생은 뒷전이고 소문난 잔치 집 먹작 거리 없다 하네.

한겨울 진눈 밟듯이 함을 파는 저 오두방.

기러기가 나는 이유

찬 서리 빈 허공을 질러 가는 저 기러기

한 일자 쓰고 가다 날일 달월 읽고 가다

창공을 날고 날아서 천지현황天地玄黃 살펴간다.

겨울 까치집

미루나무 꼭대기

아스라한 적막강산

여름에도 눈이 오고

한겨울에 꽃이 핀다

삭정이 적멸보궁에

숭숭 뚫린 바람의 집.

무위사 모란꽃 살 무늬 벽화

꽃살 무늬 일고 간 바람은 미궁 속에
붉은 꽃 파란 잎이 속살로 박힌 음각
화공의 칠년 붓 자국
풍경소리 금을 긋는

극락전 맛베 지붕 받혀 든 사람 인 자
산들이 누운 밤도 절 마당 휘도는 바람도
몇 수년 바라만 보며
바라밀을 외웁니다

문벽에 스며드는 모란 꽃 맑은 향이
비천도 푸른 자락에 흰 구름 날아 내려
무위사 애밀이 울면
또 한 번의 잎이 집니다.

아버지의 삽

언제나 눈과 귀를 틀어 막고 살고 싶다

나를 위해 살기보다 만인의 헌사였고

경건한 살의를 품어 견고한 날이 될 뿐

우직한 손과 발이 정직하게 순응했다

거룩한 역사 앞에 퍼런 서슬 단죄 받아

아버지 조선의 땅을 직립으로 지켜왔다

섬 억새

어디서 어떻게 흘러들어 왔는지
아무도 본 사람도 아는 사람은 없다
언제나 홀로 일어서는 그 눈물 외에는

산벚꽃 지는 봄은 물안개로 피어나고
새의 무리 지나는 쓸쓸한 가을 허공에
몸으로 울어야하는 가슴은 숨겨 둔 채

사내는 늘 그렇게 그녀의 수심 속을
습관처럼 굳어지는 아랫도리 적시며
파도의 시린 기억을 더듬어 내고 있다.

이순耳順

내 귀에

달팽이가

새들어 와 산다.

한 여름 내내

매미 울음만 듣다가

어느새

가을이 왔는지

귀뚜라미가 울어 싼다.

문한종(文漢宗, Moon, Han jong)

1933년 경기 연천 출생. 호 설원(雪原), 향몽(鄕夢). 건국대학교(국문학과) 졸업. 6·25 전투경찰대 참전, 「정의」·「향수」·「전우」등 발표. 《현대시조》「휴전선 너머의 고향 꿈」천료(1984) 등단. 자유시집 『향수』(1954, 전경인쇄소), 『고향꿈』(1975, 오광) 외. 저서 『한자성어사전』. 산성문학 동인. 교육공로 문교부 장관상, 성남문학상 수상. 한국국어교육학회, 한국국어 교육연구회, 현대시조시인협회 회원.
—

완충 남방緩衝南方에서

바라보니 자라온 땅 생각하니 한 담은 땅
남북간 십 리 길을 안개 헤쳐 바라보니
푸른 산 맑은 물소리 날짐승만 노닌다.

꿈에도 생각 못한 핏빛 서린 임진강
오늘도 어찌하여 맑다 할 이 없는가
스무 해 담겨진 사연 다시 한번 묻노라

풍년가 드높았던 서남골에 고향 두고
이십 년 세월 지내 언덕 올라 바라보니
뻐꾹새 여운 진 소리 옛정 소리 그립다.

망향望鄕

꿈에 보면 눈앞인데 생시에는 저승길
잠깐 후에 만나잔 말 삼십삼 년 영겁永劫 같다
피 맺힌 가슴에 숨은 아아 한이여, 그리움이여.

한세월 주인 없는 망각의 억새밭이
싸늘한 쇠사슬로 숨길조차 묶이인 곳
풍년가 메아리 지던 눈매 어린 옛 고장

수유須臾도 잊을 길 없는 꿈같은 고향 마을
더러운 발길들이 어느 때 지워지랴
소매 끝 적시는 눈물 지심地心에 스며 한恨이 된다

봄 뜰

소리 없는 푸르름에 타오르는 뜰이 있어
목동이 꿈 깬 발로 초록빛을 사뿐 밟고
옹달샘 그늘진 기슭에 물을 긷는 꽃사슴

따사로운 하늘가에 걷혀 가는 먹구름 떼
겨우내 태운 가슴 읊조리는 마음이여
웃음 진 산울림 속에 피어나는 풀잎 소리

마파람 동경 속에 이슬 담는 새싹 자락
잠에 취한 산과 들이 목청 높여 넋을 깬다
내 집 앞 푸른 냇물도 제 꿈 깨어 흐른다.

들국화

손때로 고른 터에 차마 반열班列 못 하옵고
엉클린 풀섶 뜰에 간간히 숨겼던 몸
노오란 단풍잎 새로 웃음 일며 피누나.

한여름 긴 세월에 어느 한이 서려 있어
남들이 피는 속에 망울조차 숨겼다가
낙엽살 뒹구는 속에 꽃수레로 달리나

만주에서 온 누님 편지

머나 먼 만주 땅에 옮기신 지 얼마던가
그동안 소식 몰라 애태우던 세월이여
기나긴 사십 년 만에 꿈 같은 소식이요.

사십 년 근심 속에 기다리던 보람 있어
꿈인가 생시인가 뜻밖에 온 누님 편지
이 마음 가눌 데 없어 눈물만이 흐릅니다.

향사초곡鄕思礎曲

대대로 남긴 자취 포화 속에 묻혀 두고
정처도 못 이르고 남하 길을 떠난 이 몸
서른 해 주인을 잃고 홀로 남아 슬픕니다.

문효치(文孝治, Moon, Hyo chee)

1943년 전북 군산 옥산면 출생. 동국대학교 (1966), 고려대 교육대학원 졸업(1980). 〈서울신문〉, 〈한국일보〉 신춘문예(1966) 등단. 시집 『백제 가는 길』(1991, 문학예술사), 『계백의 칼』(2008, 연인M&B), 『별박이자나방』 (2013, 서정시학), 『모데미풀』(2016, 천년의시작) 외. 시조집 『나도바람꽃』(2017, 시월). 김삿갓문학상(2010), 정지용문학상(2011), 익재문학상(2014), 한국시협상(2017) 수상 외. 옥관문화훈장 수훈(2009). '신년대', '진단시' 동인. 국제펜클럽 한국본부 이사장, 주성대 겸임교수, 한국문인협회 이사장 역임. 한국문인협회 명예회장.

첫 시조집 『나도바람꽃』에서 시인은 식물과 풀꽃 같은 작고 어린 생명들과의 교감 시편을 통해 인간적 성찰과 소중한 생명의식을 일깨운다. "목숨을 얻어 이 세상에 와서 존재한다는 것은 그것이 그만한 가치와 의미가 있음을 뜻한다. 신이 쓸데없이 생명을 만들지 않았다"(나래시조 2017년 봄호, 「사랑하는 작은 것들」)는 인식은 그가 얼마나 생명을 중시하고 생명 회복을 꿈꾸고 있는지를 알 수 있다. 작고 어린 생명들 속에 펼쳐져 있는 우주가 곧 시인이 찾아 노래하고자 하는 시적 대상이며 따뜻하게 교감하고자 하는 정신세계다.

이번 시조집을 통해 시인이 정형 양식의 시조가 갖는 특징들을 잘 구사하고 있음을 확인할 수 있었다. 마치 오랫동안 시조를 써온 시인처럼 시조의 정형 율격 운용에 걸림이 없고 특히 종장에서 요구되는 시적 긴장과 차원 변화 또한 세련된 경지를 보여주었다. 시조의 기본형인 단시조에 충실하며 압축과 절제미를 중심으로 간명한 시적 정서를 우려내고 있음도 놀랍다. 아마도 이러한 시적 성취는 군말을 줄일 줄 아는 선비적 절제의식과 리듬을 중시하는 타고난 음악적 미감, 고전적 서정의 본령에 충실하려는 창작 자세가 유기적으로 결속한 결과가 아닐까 생각된다.

— 권갑하(시조시인 · 한국문인협회 부이사장)

—

말씀

그녀의 입에서
맑은 별 떨어진다

풍당, 가슴속에
파문을 일으키며

하늘도
몸 비틀어서
푸른 별 떨궈준다

미술시간

구름을 가리키며
무어냐고 물었더니

돼지요
고구마요
지도요
담배연기요

너희들 그 말 다 옳다
네 뜻대로
그러라

개별꽃

우주는 참 넓구나
생각하다 잠든 밤

꿈에 본 풀꽃 하나
갸웃이 고개 들어

보세용 나같이 작은
우주도 있답니다

우주라 말했으니
해 달 별 다 있는가

그것은 물론이요
은하계도 수천수만

보세용 내 속의 넓이
나도 모른답니다

개연꽃

꽃 속에
숨어 있는
소리가
하 궁금해

지나던 실잠자리
귀 기울여
날개 접고

어젯밤
달에서 내린
피리소리 아닌가

못난 내 글씨

지렁이
기어 다닌
자국이라 놀렸다

이 말은 내 가슴속 멍 같은 부끄러움

흙 묻은 그 지렁이도
꿈꾸는 생명인걸

전언傳言

누가 친 종소린가
흘러오는 맥놀이

흉중에
서린 번뇌
시나브로 흩어져

때마침
벙그러지는
각시붓꽃 한 송이

꼭두서니

햇빛이 내려와
스며든 땅속에서

굽고 끓이면서
푸지게 익히더니

일궈낸 저 색깔은
하느님의
몸빛인가

골풀

촉수를 곧추세워
하늘을 더듬는다

궁륭에
깃들어서
살고 있는 말씀을

한마디
놓치지 않고
받아 적는
저 손아

사금파리

아프다
모서리가
아직도 쨍그랑 소리…

깨어져
떨어져 나간
저쪽 편 몇 조각

안부가
더 궁금하다
서리 같은
그리움

나도바람꽃

바람이 시작된 곳
바다 끝
작은 섬

물결에나 실려 올까
그 얼굴 그 입술이

한 생애
불어오는 건
바람 아닌 그리움

문희숙(文喜淑, Moon, Hee sook)

1960년 경남 밀양 출생. 〈중앙일보〉 지상백일장 연말장원(1996) 등단. 제1회 젊은시조시인상(2007), 김상옥 문학상(2017) 수상. 시집『짧은 밤 이야기』(2016, 고요아침),『둥근 그림자의 춤』(2017, 고요아침). 논문「정완영 연구」.

집이 품고 있는 삶과 죽음의 변증법적 사유방식(1시집 중심으로)

시인의 작품에서는 '집'의 의미가 전체적으로 일관되고 각별하다. 시인은 시를 통해 지상의 집이란 물리적인 집만이 아닌 귀소본능의 집, 마지막 돌아 갈 곳으로서의 집을 내포하고 있다. 이들 시에서 보이는 집의 여정을 따라가 보면「독가촌을 지나며」에서 모든 것이 다 무너진 뒤에도 익어가는 '탱탱한 석류알'이 있어 빈 집에서도 새로운 생명이 살아나고 있음을 보여준다. 또한 풍파 가득 겪은 바닷가 두 그루 나무가 서로의 사원이자 집이 되어주는 모습,「오선지 속의 풍경」에서는 모든 집들은 견고한 동굴이라는 구조적이고 운명론적이지만 그런 의미의 탄생과 활동도 생명의 집 만들기로 받아들이려 한다. 모든 집들이 다 안전한 건 아니듯 세상에서 가장 위험한 '산양의 집'을 통해 삶이란 지난한 집지키기라고도 한다. 그러나 '새 집은 헌 집의 무덤'이며 모든 새로운 집(문명)이란 곧 또 다른 새로운 대상에 의해 파괴되는 생성되는 순환이라고도 본다. 따라서 문희숙의 시는 '삶과 죽음은 동일하며 모든 지상의 행위는 사랑과 허무를 버무린, 영원을 향한 집을 그리는 과정'에 있다.

— 이지엽(시인 · 한국시조시인협회 이사장 · 경기대 교수)

그리운 두보

우기엔 곰팡이 핀 빵 조각도 물이 흐른다
긴 겨울 그대 초당 삼천 년 매화 향기
대해와 시문을 지나 내 집 창에 닿는다

장강의 차고 높은 저 물결을 거슬러
촉산, 수 천 고지 눈물의 구름 넘어
완화계 냇가에 앉아 아픈 붓을 씻던 사람

오후 두 시

대낮에 누가
맥주통을 엎질렀다
그림자 길게 누인
노곤한 가로수 아래
시간의 누런 거품들이
하수구로 흘러내리고
방치된 가건물 한 채
쑥대밭에 퍼질러 앉아
먼지 낀 콧구멍을
나팔처럼 열고 있다

도시는 낮안개 속에서
물렁물렁한
관이다

독가촌을 지나며

빈 집 장독대
고요가 모여서
탱탱한 석류알을 키우고 있었구나
양철문
가시울타리
다 부서진 담장 안에도

따뜻한 사원

트로이 언덕 아래 신이 놀던 푸른 에게해
그 기슭 해풍과 황무지 사이에서
두 그루 올리브 나무 흔들리며 서 있다

바람도 어둠만치 참 사나웠다 끄득이며
심지 속 남은 향기 모두 다 탈 무렵에는
흰 배가 안개를 지나 소리 없이 올 거라고

목마도 신들을 태우고 떠난 바닷가
색 바래고 구멍난 잎사귀를 활짝 뻗어
두 그루 낡은 사원이 서로
마른 어깨 다독인다

저녁에

허물을 못 벗은 뱀이
제 옷에 갇혀죽었다
아무리 재 보아도 세상은 끝없어라
탕진한 생이 남긴 빚을 부려둘 데 없었나보다

타지마할

지상엔 눈발처럼
죽음이 내립니다
이 사막 염천의 날
내 그늘 대신하던 이
따뜻한 우산을 펼쳐
그 잠을 받습니다

뜨락의 검은 물가
달로 피는 하얀 집
죽음이 삶 안에서
삶이 다시 죽음에게서
어여쁜 반려인 것을
뭄 타즈마할
아시는지요

핸드폰이 있는 식탁

우리는 나무와 하늘
바다가 차려진 창가
둥근 식탁에
둥글게 둘러앉는다
앉아서 손바닥만 한 폰에
머리를 쑤셔넣는다

조금 들뜬 음악이
근처를 얼씬거리고
'좋아요'를 누르거나
자판을 치댈 동안
식탁엔 질긴 침묵의 거미줄이 내린다

따뜻한 구름을 얹은 음식이 나온다
마침 우리 입술에서 떨어지는 죽은 말 냄새,
친절히 폰은 켜져 있고 우리는 부재중이다

편의점에서

몽마르뜨 어귀에서 24시를 파는 그녀
그들은 유리문 밀고 일상을 골라 사지만
그녀는 그들에게서 하루치 쇠락을 번다

몇 개의 낱말들이 간판을 수식한다
말씀을 터놓자면
무어든 파는 집이죠
마모된 그녀가 진열되는 지폐의 물레방앗간

그들이 한 그루의 등불을 사갈 때마다
그녀의 필라멘트도 환하게 낡아간다

동백꽃 꽃등 하나가 봄바람에 지기까지는

고무인간

떠난 나는 볼가강이 보이는 성문 아래
물방앗간 빨강의자에 푸르게 앉아서
나비의 엽서를 보며 코담배나 피겠지

오늘 이 아침에 그림 속 새가 와서
발코니 설탕 같은 햇살에 이불 널고
샛강이 하 많은 마을의 풀밭길을 걷는다

걷다가 두둥실 떠나는 나를 구경한다
이마 위 겨우살이 둥지처럼 이고 있는
숲 저편 안개강 쪽배에 죽은 나 실려간다

다 못한 숙제라도 남은 듯한 표정으로
꽃치마 펄럭이는 내 앞을 스치듯이
마지막 이사를 가는 나를 뻔히 구경한다

산양

위험에 중독된
그의 집은 벼랑에 있다
안개의 높이에서
뭉툭해진 저 발굽
비탈이 깎아 세운 불안은
그의 생을 가둔다

양삭에서 계림까지
날개 없는 흰나비,
마른 바윗길
삶의 은유도 지칠 무렵
배고픈 짐승 한 마리
공중에 부양 중이다

민달(閔達, Min, Dal) 본명: 민병관(Min, Byeong kwan)

1967년 경남 산청 생초면 출생. 부산대학교 박사 졸업(2010). 《전망》 시(1992), 〈부산일보〉 신춘문예 시조(2007) 등단. 대학생 공동 시조집 『날개야 돋아라』(2012, 세종). 정형시집 『아버지, 뉴스를 보신다』(2013, 고요아침). 연구서 『정완영 시인 탄생 100주년 기념 정완영 시조 연구』(2019). 부산시조시인협회 사무국장 역임. '미래로' 시조동인.

—

민달 시인의 시적 지향성은 사람과 세계의 정겹고 복된 존재성에 닿고 있다. 시인의 눈길은 언제나 여리고 나약한 존재, 소외된 곳에 머물고 있다. 세상의 낮고도 구석진 모퉁이에서 아무렇게나 살아가는 듯 보이지만, 실상은 세계의 진실된 가치를 담보한 우리네 소시민, 민중의 몸짓과 삶의 태도를 대변하고 있다. 대다수 작품에서 올곧지 못한 시대의 파편들을 직시하며 긴장감있게 현 시대상을 표출하고 있다. 때로는 유희적으로 때로는 반어적으로, 때로는 풍자적으로 시대의 비틀린 초상을 에둘러 형상화하고 있다.

— 정훈(문학평론가)

—

도다리, 낚시하다

지느러미 날세운다 거물을 만나고자
심해수로 비늘 씻고 아가미 다듬은 후
오래된 흑암초 찾아 기도하듯 채비한다

물때썰때 헤쳐내고 태풍전야 맞닥뜨려
밑밥들 펑퍼지고 금봉돌 내려오면
잽싸게 갈고리바늘 아작아작 삼키리

수면을 차오르고 갯바위에 몸 던져서
기어이 어탁되어 길이길이 남을 거야
벽으로 가득 찬 세상 두고두고 볼 테야

장작불

궁핍한 땅 말뚝 박아 지열地熱에 앓고 나니
계절을 뒤로하는 소소리바람 산득하고
시나위 질펀한 곡조로
밑불을 토해낸다

희붉은 목질부木質部 너울진 꿈이 있어
결고트는 젖줄 위로 꿈틀대는 봄배냇짓
한밤내 섣부른 불길
북천北天을 찾아간다

줄지은 산맥들이 부푼 구름 보듬고
동강난 불기둥 아직은 뭉근해도
옹골진 맥박 이으며
우적우적 타구나

달세 광고지를 붙이며

　　민락동民樂洞
　　백산白山 어귀
　　파란 대문을 찾으셔요

　네모진 홑이불 줄기차게 걷어차도 따습게 맨살 부빌 햇누런 구들방과 하늘채 가차운 다락방多樂房이 있어요 천장에 붙여놓은 몽금포 모래알이 코앞에서 보풀보풀 솜털되어 쌓여가죠 숟단지만 안쳐도 넘쳐나는 부엌과 무릎 내음 너풀대는 뒷간이 가붓대죠 함박웃음 머금은 구름장도 보이고 집 떠나온 씨톨까지 채마밭이 싹 틔우죠 이제는 훌쩍 커버렸을 경은, 영광, 다연… 풋풋한 아이들 손 맞잡고 오셔요 푸드득, 첫 눈 맞으며 어서어서 오셔요

　　화들짝 찾아주셔요
　　두근새근
　　기다릴게요

사랑

낮밤없이 아슴아슴 꿈길 따라 걷는 거

눈 감고 그려봐도 시리도록 눈부신 거

불면의 새벽녘까지 실비처럼 젖어드는 거

묽디여린 살점으로 당신 옷 짓고 싶은 거

투명한 눈물방울에 짙붉게 꽃피는 거

퍼렇게 되살아나는 얼붙은 땅 들풀 같은 거

밤마다 약속한 듯 가슴 한 조각 무너지는 거

맹맹히 흔들대는 허수아비 손짓 같은 거

아뜩한 그대 영혼에 둥우리 하나 걸고 싶은 거

커피 마시는 법

흐린 날도 맑은 날도 오른쪽으로 걷는 노인
옳은 듯 오른손으로 손잡이 움켜잡고
왼손은 뒷짐 짚은 채 루왁커피 음미한다

왼고개 기웃거리며 핏대 돋운 도회 청년
저린 듯 왼손으로 커피잔 휘감아 쥐고
거품이 흘러넘치는 카푸치노 들이켠다

귀밑머리 희끗해진 옹기촌 토기장이
홀린 듯 양손으로 바깥쪽 감싸 안고
멀찍이 의뭉스럽게 국산커피 쩝쩝댄다

쉰 적 없는 쉰

첫사랑 떨치지 못해 태반을 뒤척이고
더러는 어깨 펴고 더러는 가위 눌리다
가쁜 숨 휘몰아 쉬니 코앞에 온 내리막길

변덕 날씨 뛰어 넘다 무릎 연골 찢기고
돋보기 안경 너머 자화상 비틀대네
삼박한 쉰내 풍기며 헐렁하게 쉬고 싶다

등 떠밀린 선배처럼 반백이 주저앉고
정치꾼 말잔치에 새벽잠 달아나도
먼동은 소문도 없이 안개숲을 깨운다

꿈길 파세요

첫잠을 잘 때는 이름값하는 길치였어요
꿈맛을 알고나니 깨어남이 두려웠죠
과거사 깡그리 씻는 신종 꿈길 없나요

유통기한 다된 듯 한 곳씩 아리더니
수시로 이빨 갈고 무시로 가위눌려요
최신형 내비게이션으로 일사천리 보내줘요

뭉게구름 태워주고 지중해로 보내줘요
그녀의 꿈 속까지 밀입국 시켜줘요
전천후 달달한 꿈길 즉석에서 구입할게요

고래에 얽힌 우화

분칠한 빨강 고래 거푸거푸 물을 뿜고
북적북적 떼를 지어 콧노래 흥얼댄다
불현듯 남우세스레 깃발 들고 행진하네

죽창 하나 꿀꺽 삼켜 속 헐어진 파랑고래
날선 이빨 드러내고 물살을 휘젓는다
노오란 댑싸리비로 잿빛 거품 걷어내네

색색의 고래들이 새우들과 깨춤 추고
신새벽 바닷물이 황금빛 물든다면
희디흰 면사포구름 온 하늘을 뒤덮으리

시인詩人

짝사랑에 이골나도
눈 뜬 채
꿈을 꾸고

불면에 시달려도
한 줄 시에
춤을 춘다

시詩라는
가면을 벗어도
얼굴이 남지 않네

낙엽

꽃씨는 꿀벌 타고
포실히 옮아가고
이슬은 햇살 따라
넘실넘실 날아가도

오롯이
제 몸 사르며
떨
어
지
는
독거노인

민동선(閔東宣, Min, Dong sun)

1902.~?. 호 향은(香隱). 혜화전문학교 졸업. 안심사, 김룡사 수도.
《월간 불교》「한글 경판 뵈옵고」 발표(1932). 김천고보(현 김천고
교) 국어 교사 역임(1950년대). 회고록(1969).

—

한글 경판經板 뵈옵고

만세보萬勢寶 남기시고 님은 어데 가옵신고
이 겨레 잘 살자고 알뜰히 쓰신 솜씨
진토塵土에 드옵신다고 광명조차 없으시리

심규深閨에 고은 처녀 옥수玉手로 짠 비단을
어데나 쓰오리까 님옷 먼저 마르나니
대왕님 큰 빗 지으사 성현 앞에 드리리라

날빛이 밝습니까 꽃빛이 곱습니까
하고 한 빛 많은 중에 대광명은 한글이심
겨레야 누리 다하도록 물려 봄 직하이.

머리에 이오리까 가슴에 안으리까
거룩한 이 보배를 해에 다 거오리까
삼가이 종이에 모셔 천하에 전하오리

모란대에서

금수강산 모란대며 청류벽 대동강을
남들은 좋다 하나 나는 홀로 슬퍼하네
외롭고 고달픈 손이야 승경勝景 무삼 하리오

대동강 흐르는 물 천고에 푸르도다
계월향의 고혼 넋은 몇천 고을 푸를 것고
장부로 타고 난 몸이니 유방백세遺芳百世 하리라

추야 단상秋夜斷想

세상 일 다 버리고 산속으로 들자 하니
야박한 세상인심 지름길로 먼저 간다
중간에 엉거주춤하야 향할 곳을 몰라라

누구는 죽어가서 낙락장송 된다 하네
이 몸이 죽어가서 정강수 되었다가
살아서 다 못 푼 한을 씻어 볼까 하노라

창경원에서

천지간 만물 중에 내 어이 사람 되고
전생에 지은 업보 고약키도 하곤지여
차라리 학이나 되어 백운간白雲間에 노닐 것을

초민蕉閔

이래야 좋으리까 저래야 좋으리까
악 맺힌 이 세상을 어찌해야 좋으리까
차라리 다 버려두고 무생곡無生曲을 부를까

민병도(閔炳道, Min, Byung do)

1953년 경북 청도 출생. 영남대학교 미술대학, 대학원 졸업. 〈한국일보〉 신춘문예(1976),《시문학》 천료(1978) 등단. 시조집『빨쭉의 버들피리』(1985, 흐름사),『갈 수 없는 고독』(1991, 동학사),『청동의 배를 타고』(2001, 태학사),『들풀』(2011, 목언예원) 외. 정운시조문학상(1997), 중앙시조대상(2001), 가람시조문학상(2006), 김상옥시조문학상(2012), 외솔시조문학상(2018) 수상 외. '오류' 동인. 한국문인협회 시조분과회장, 대구시조시인협회장, 청도문인협회장, 청도예총회장, 한국시조시인협회 이사장 역임. 국제시조협회 이사장, 이호우 · 이영도문학기념회 회장, 계간《시조21》 발행인.

민병도 시인의 신작 시조집『바람의 길』(목언예원, 2017)은 등단 40년을 훌쩍 넘긴 우리 시조시단의 중진이 들려주는 정형미학의 한 극점이라고 할 수 있다. 그만큼 그의 시조는 세속의 번다함으로부터 벗어나 고전적 세계를 구축하면서도, 정형성의 근간을 빼어나게 견지하는 시적 경험 속으로 우리를 이끌어 들이고 있다. 사실 민병도 시인을 빼고 1980년대 이후의 우리 시조를 설명하기란 거의 불가능하다. 그만큼 그는 우리 시조시단의 중책들을 하나하나 수행해가면서도, 자신만의 미학적 고갱이를 숱하게 남김으로써 한국 시조사의 거목으로 우뚝 남았던 것이다.

— 유성호(문학평론가 · 한양대 교수)

보리밟기

봄바람에 뿌리가 들린 보리를 밟는다
문신처럼 드러나는 온몸의 신발 자국,
때로는 혼절의 아픔도 사랑이라 일러주며.

밟으면 꺾어지고 일으키면 누워버리는,
차마 작은 돌 하나도 밀어내지 못하지만
그 속에 물결 드높고 함성 또한 뜨거워라.

꼿꼿이 일어서서 아침 해를 겨누면서
보무도 당당하게 이 땅의 슬픔을 이긴
보리밭, 민초民草의 힘이여! 사투리의 절개여.

정녕 무서운 힘은 창칼도 붓도 아닌
한 근斤도 못 미치는 마음 안에 있는 것
날마다 속을 비우는 저 초록, 꿈을 밟는다.

겨울 대숲에서

무명바지 조각조각 허옇게 눈이 남은
겨울 대숲에 서면 서늘한 말씀 들린다
바람이 읽다가 놓친 목민심서 한 구절

나를 비우지 않고 어찌 너를 채우랴
마디마디 갇혀 있는 울음에 귀를 대면
죽간竹簡에 새기지 못한 민초의 피, 뜨겁다

쓰다만 자서전의 쓰다만 목차처럼
서걱서걱 쓰쓰싹싹 읽을수록 캄캄하여
천지간 무릎을 꿇고 혀를 잘근 깨문다

풍경風磬

부처님 출타중인 빈 산사 대웅전 처마

물 없는 허공에서 시간의 파도를 타는

저 눈 큰 청동물고기 어디로 가고 있을까

뼈는 발라 산에 주고 비늘은 강에나 바쳐

하늘의 소리 찾아 홀로 떠난 그대 만행卍行,

매화꽃 이울 때마다 경經을 잠시 덮는다

헛바닥 날름거리며 등지느러미도 흔들면서

상류로, 적요의 상류로 헤엄쳐 가고 나면

끝없이 낯선 길 하나 희미하게 남는다

들풀

허구한 날
베이고 밟혀
피 흘리며
쓰러져놓고

어쩌자고
저를 벤 낫을
향기로
감싸는지…

알겠네
왜 그토록 오래
이 땅의
주인인지

장국밥

울 오매 뼈가 다 녹은 청도 장날 난전에서
목이 타는 나무처럼 흙비 흠뻑 맞다가
설움을 붉게 우려낸 장국밥을 먹는다.

5원짜리 부추 몇 단 3원에도 팔지 못하고
윤 사월 뙤약볕에 부추보다 늘쳐져도
하교 길 기다렸다가 둘이서 함께 먹던…

내 미처 그때는 셈하지 못하였지만
한 그릇에 부추가 열 단, 당신은 차마 못 먹고
때늦은 점심을 핑계로 울며 먹던 그 장국밥.

가을 삽화挿畵

달빛을 흔들고 섰는 한 나무를 그렸습니다
그리움에 데인 상처 한 잎 한 잎 뜯어내며
눈부신 고요 속으로 길을 찾아 떠나는…

제 가슴 회초리 치는 한 강물을 그렸습니다
흰 구름의 말 한마디를 온 세상에 전하기 위해
울음을 삼키며 떠나는 뒷모습이 시립니다.

눈감아야 볼 수 있는 한 사람을 그렸습니다
닦아도 닦아내어도 닳지 않는 푸른 별처럼
날마다 갈대를 꺾어 내 허물을 덮어주는 이

기러기 울음소리 떨다 가는 붓끝 따라
빗나간 예언처럼 가을은 또 절며 와서
미완의 슬픈 수묵화, 여백만을 남깁니다.

동그라미

사는 일 힘겨울 땐
동그라미를 그려보자
아직은 아무도 가지 않은 길이 있어
비워서 저를 채우는 빈들을 만날 것이다

못다 부른 노래도,
끓는 피도 재워야하리
물소리에 길을 묻고
지는 꽃에 때를 물어
마침내 처음 그 자리
홀로 돌아오는 길

세상은 안과 밖으로 제 몸을 나누지만
먼 길을 돌아올수록 넓어지는 영토여,
사는 일 힘에 부치면
낯선 길을 떠나보자

삶이란

풀꽃에게 삶을 물었다
흔들리는 일이라 했다

물에게 삶을 물었다
흐르는 일이라 했다

산에게 삶을 물었다
견디는 일이라 했다

오직 한 사람

세상의 모든 꽃이
내 것일 필요는 없다

세상 모든 사람이
다 내편일 필요도 없다

눈 감고 서로를 보는
너 하나도 너무 많다

한때, 꽃

네가 시드는 건
네 잘못이 아니다

아파하지 말아라
시드니까 꽃이다

누군들 살아 한때 꽃,
아닌 적 있었던가

민병찬(閔丙贊, Min, Byoung chan)
1943년 경북 문경 산양면 출생. 연세대 경영
대학원(경제과) 졸업(1974).《시조문학》천료
(1986) 등단. 시조집 『가을비 그 뒤』(1996, 가
람), 『좋고 물빛 고와서』(2002, 알토란), 『백자
리의 푸른 일기』(2011, 고요아침). 나래시조
문학상, 호남시조문예상 수상. 나래시조문학
회 창립회원.

이 시인의 작품은 어디에나 눈물이 배어 있다. 눈물은 그 사람의 지
하수요, 넉넉한 지하수를 가진 땅은 옥토이다. 정사靜思로 직관을
건져 올려 대어를 낚을 줄 아는 시인…『가을비 그 뒤』)
　　　　　　　　　　　　　　　　　　　— 정완영(시조시인)
시집을 일언이폐지 한다면 시인의 거짓없는 생각과 생활과 인격이
일치하는 작품들이다…『산 좋고 물빛 고와서』)
　　　　　　— 리강룡(시조시인 · 한국시조시인협회 자문위원)
인성이 순후하고 다정다감한 성품의 소유자답게 차가운 이성보다
는 따뜻한 감성으로 대상을 접하는 시인의 미의식과, 달관한 듯한
시풍, 그리고 내재율이 향기로운 감동을 불러일으키는 작품들…
『백자리의 푸른 일기』)
　　　　　　　　　　　　— 김광수(시조시인 · 문학평론가)

딸을 보내고 2

그 날은 너 보내고 그냥 덤덤하다 못해
눈물이 아니 나서 정情 모자란 탓을 했다.
천천히 슬픔이 올 줄을 내가 미처 모르고서.

조석으로 마주하며 어린 양만 여기다가
지아비, 시부모랑 남의 권솔 되어 가니
내 언제 나목裸木이 된 양 팔이 이리 허전하냐.

내게선 남은 날이 너에게는 오는 날이
언젠가는 엇갈리게 작정 된 길이거니
아직은 이별이라 말고 연습이라 해 두자.

잘 살아란 한 마디는 가슴에 묻어 두고
꽃다운 네 젊음을 굳게 믿고 생략했다.
더러는 바람 센 날도 있는 줄만 알거라

아내의 바지랑대

기저귀 나풀거릴 땐
울음 가끔 접어 널고

얼룩옷 늘어날 때쯤
투정 자주 내걸더니

지금은 통치마 곁에
내 한숨도 행궈 넌다.

일요일 2

배당 받은 이 하루
복에 겨운 휴식의 날은

꿀배 먹듯 조금씩
조금씩만 베물어도

가을날 은행잎이 지듯
안타까이 저무누나.

흐르는 여울에서
사금砂金을 건져내듯

눈부신 말씀일랑
꼭히 아니어도 이 저녁

간절한 엽서 한 장
쓰여지게 합소서.

아아 법정 스님

왔다 간 흔적조차 아낌없이 다 지우고
바람에 깃털 하나 날아가듯 가벼웁게
한 세상 털어 내고 가신 맑은 영혼 있었네

진부령 깊은 골짝 단간 초막 얽어 놓고
달빛과 사슴과 차와 고독과 벗 삼으며
가슴속 치열한 한마디는 "나는 누구인가"

버리고 비우는 일엔 서슬 푸른 칼이다가
나눔과 어울림엔 봄볕인 양 넘나들며
마리아 닮은 관음상을 경내에다 세우신 이

한 시대 좌표로 삼던 그 곡진한 말씀들도
가슴마다 울림을 주던 주옥 같은 글발들도
남기면 빚지고 간다며 다 거두라 이르신 이.

올여름

아무리 틀어 봐도
물 한 방울 안 나오는
고장 난 수도 같은
올여름도
결국
갔네
덕분에
돈 안 드는 땀은
실컷 흘려 봤댔지

땡볕에 녹아 버린
사랑초 화분 안에
보랏빛 떡잎 두엇
고개 쳐든
쳐서
아침
폭염도
다 못 핥고 간
실낱같은 뿌리 하나.

배추를 묶으며

다 못한 초록빛 꿈 꼬갱이를 안으라고
넉넉한 팔호 안에 가을 볕살 함께 넣어
배추들 푸른 생애를 볏짚으로 묶는다.

팔호 안을 채워주면 그 바깥은 비워지리
묶어야 매듭이 지는 삶 그 시작과 끝도
배추밭 행간에 흐르는 바람결 아니던가.

산중 문답山中問答

올랐다 내려올 산
기 쓰고 왜 오르냐

살다가 죽을 목숨
왜 사냐고 되물으니

엿듣던 양지꽃 하나
노오랗게 웃고 있네.

외손자의 새총

졸라서 만들어 준 고무줄 새총 하나
댕겨 쏜 돌멩이가 퓨-웅하고 날아가서
참새도 세월도 빗나가 내 유년에 꽂혔네.

백팔 배

굽히고 더욱 굽히어 땅바닥에 닿는 이마
죄업의 푸른곰팡이 닦아 내는 걸레가 되어
백여덟 마루쪽 칸칸이 윤이 나게 합소서.

낮추고 더욱 낮추어 물 밑까지 닿는 마음
욕심의 꼬챙이마다 연꽃 송이 벙글어서
마알간 참회의 이슬이 반짝이게 합소서.

간절히 더욱 간절히 하늘 끝에 닿는 마음
업보의 빙산 위에 내려 쬐는 햇살이 되어
끝없는 감사의 강물이 출렁이게 합소서.

장작 패기

사람은 나무를 찍고 메아리는 산을 찍고
어느새 소쩍새가 달빛 찍어 토막 내고
변방邊方은 종일 울리는데 꿈쩍도 않는 세상.

나뭇결 그 순리順理를 척 보고 읽어야 해
어슬피 패다가는 도끼 자루 부러질라
대번에 정곡正鵠을 찍으면 쩍 갈라지는 세상

또 벼리고 갈아 보리 기억의 도끼날을
망각의 둥글 토막 잘게 잘게 쪼개면서
다시금 불 지펴 보리 사랑의 구들목에.

민분이(閔粉伊, Min, Bun yi)

1938년 경북 경주 출생. 고등학교 졸업. 한국
시조시인협회 전국공모전 장원(2010) 등단.

—

민분이의「물고기 화석」은 시공을 넘나드는 풍부한 상상력을 바탕
으로 현실에 놓여진 자신의 모습을 들여다보는 의젓한 짜임새가
돋보이는 작품이다.

— 한분순(시조시인 · 한국시인협회 이사)

「거미의 시간」은 면밀한 관찰과 성찰을 절제된 리듬속에 긴장감 있
게 담아내고 있다.

— 정수자 · 박현덕(시조시인)

—

봄 마중 랩소디

이리 겨운 설레임에 아침 햇귀 눈부시다
시작이란 그 얼마나 맥놀이 치는 생기인가
겨우내 아린 가지 끝 수액 돌아 저려오고

계절은 어김없다, 물을 긷는 저 가이아*
연초록 빠른 음색 오롯하게 전해 듣고
갓 눈뜬 솜털 병아리 제 부리로 봄을 쫀다

조금은 부끄러운지 벌거벗은 몸맨두리
앙감질로 오다가도 해토머리 들어설 땐
등 뒤로 두 손 포개듯 거드름 피우고 있다

* 가이아: 그리스 신화에 나오는 대지의 여신.

데팽이*

앙가슴 속 굽잇길엔 출렁다리 놓였나봐
때늦은 걸음걸이 초점 잃고 휘청댄다.
온종일 붙잡아 봐도 잡히는 것 하나 없다

타는 목 축이려고 찾아든 골목 어귀
모두가 낯선 사람 섬이 되어 멈춰 서고
어디쯤 쉬었다 갈까, 사방 휘휘 둘러본다.

동동발길 제자리에 혜윰** 은 앞서가고
새도록 타는 촛불 늪 물 깊이 빠져들어
나이테 한 줄 더 긋고 종이학만 접고 있다.

* 데팽이: 심마니들의 은어로, '안개' 를 이르는 말.
** 혜윰: '생각'의 옛말.

물고기 화석

애초에는 하나 푸른 물병자리별이었지
그 성좌 바다에 들어 물고기 되었다가
어느 날 나무에 올라 비늘잎을 반짝였지

신생대 화석인가, 지느러미 꿈틀대며
빛바랜 사진틀 열고 헤엄쳐 나온 그대
너볏이 활개를 치다 생시인 듯 다가서네.

홀로 받은 밥상머리 숨 쉬는 화석 되어
비늘 세운 날치처럼 내 몸 그리 파닥이네
하늘로 솟구쳐 오르는 몸부림 거푸 하며

그래, 그래, 풀쳐 생각

툭 터진다, 발작처럼, 날 비린 울렁증이
재정보증 알거지 된 얼어붙은 긴긴 날들
불덩이 녹일 수 없어 바람마저 목이 쉰다.

한밤 내내 잠 설치고 땀 홍건 몸뚱어리
푸른 멍 그리 들도록 시울 사뭇 아려오고
이 죄 짐 벗어 버리는 부적 한 장 품고 싶다.

바람 앞에 떠는 가지, 한세월 또 휘는 생애
만 갈래 잔주름에 하마 붉은 노을 들고
그래 그, 맺힌 고 풀고 내가 너를 보낸다.

거미의 시간

제 살 깎은 실타래로
한 뜸 한 뜸 엮은 자리

인적 드문 가풀막에
덫 줄을 놓고 앉아

기나 긴
잠복의 시간
날아들까? 물잠자리

해거름 하늘가에
엄지발 오그린 채

먹잇감의 기척인가
숨을 멈춘 한 순간에

능소화
늙은 꽃술이
툭! 하고 떨어진다

민사무엘(Min, Sa muel) 본명: 민환기(Min, Hwan ki)
1946년 출생. 《시조생활》 문학상(2016) 등단.
시조집 『포도원의 품꾼』(2018, 오늘의문학
사), 『포도원의 품꾼2』(2019, 오늘의문학사)
외. 한국인터넷 문학상(2019), 제25회 세계부
부의날 기념 모범부부상(2019) 수상. 세계전
통시조인협회 독일 본부장. 전통시조삼소회,
문예대학 대전문예연구회 회원.

—

미련

숨겨둔 분홍 가슴 훨훨 털고 돌아설 걸
잊자고 다짐해도 떠오르는 그 얼굴
한 평생 건너지 못할 다리 헛기침만 나오네

쉬어가고 싶어요

험한 산 다듬어서 붓으로 부른 노래
한평생 흘린 땀이 봉우리 꽃이 열려
그 향기 나를 부르니 쉬어가고 싶어요

그침 없는 노래

흐르다 만난 바위 맴돌며 소곤소곤
꽃바람 스치듯이 빙그레 어루만져
돌돌돌 거침이 없이 밤을 새운 노래여

인정 속에 살고파

양말 깁던 바늘로 등잔불 돋우면서
앞뒷집 담 너머로 잔치떡 주고받던
그 시절 이웃들처럼 인정 속에 살고파

시조의 길

가슴속 하고픈 말 산처럼 쌓였는데
어느 것 골라 쓸까 어디로 가야 할까
밤마다 어둠 속에서 길을 찾아 헤맨다

치매

3·1절 기념일에 유관순 예 있다며
책상보 벗겨 들고 독도는 우리의 땅
월드컵 붉은 호랑이 히딩크가 왔단다

예쁜 치매

온종일 거울 앞에 머리 빗고 분 바르며
진분홍 매니 큐어 손발톱 곱게 하고
내일은 미스 코리아 본선 대회랍니다

착한 치매

우리 집 할아버지 구순의 칭얼쟁이
식사 후 금세 다시 밥 달라 졸라댄다
오늘도 착한 치매로 동화 속에 사신다

어머님의 손

봉숭아 물 들이던 곱살한 그 손가락
손등은 쭈글쭈글 마디는 울퉁불퉁
그 손이 흙손이 되어 이만하게 삽니다

어머님 모습

그리운 내 어머님 눈 감고 반겨 본다
언제나 눈감으면 떠오르는 그 모습
내 눈에 동영상 되어 가득 담긴 어머님

박경용(朴敬用, Park, Kyung yong)

1940년 경북 포항 송라면 출생. 아호 송라(松羅). 서라벌예술대학(문예창작과), 동국대학교(국어국문학과) 졸업(1962). 〈동아일보〉, 〈한국일보〉 신춘문예 시조(1958) 등단. 동시집 『어른에겐 어려운 시』(1969, 대한기독교서회), 동시조집 『별 총총 초가집 총총』(1980, 서문당), 시집 『침류집』(1981, 서문당), 시조집 『적적寂寂』(1985, 바른사), 시선집 『소리로 와서』(1986, 가나), 시조선집 『도약』(2001, 태학사), 평론집 『무풍지대의 돌개바람』(2015, 가꿈) 외. 세종아동문학상, 대한민국문학상, 열린아동문학상, 한국동시조문학대상 수상. 동시조 '쪽배' 동인.

—

강변 사연

모래알도 물이끼도 그걸 가꾸는 볕살도
끼리끼리 어우러져 질펀히 반짝이어
강가엔 강도 많대나, 물끼리만 굳이 강이랴.

너랑 나랑 온전히 끼리로만 어우러져
서로를 반짝이고 맞비추면 이 강가,
우리도 흘러 강이리, 날로 새로 영원하는.

모래알에 끼어도 보고 볕살 속을 흘러도 보고
마음에 배도 띄워 짐짓 강 따라 흔들려도
한일레, 혼자로서는 강 못 되는 외로움!

목련

우리 사랑을 익후던 마당귀 담장 가에
한 그루 목련이 문득 아침을 밝히더니
오늘은 또 그 가지에 봉곳이 꽃이 열렸다.

우리 앞서 뉘 한 쌍이 묻어두고 간 걸까.
빗나간 어느 뉘 사랑 한 쌍 인연이
이제사 철 늦게 잘못 피어나는 말씀일까.

아니야, 어느 제인가, 네 몸살 앓던 한밤에
너의 끓는 체온과 나의 훗한 숨결로
이승의 마지막 푯대로 심어둔 기약인걸.

정말은 저건 항시 우리 곁에 살아 왔고
세상이 우리 무릎 아래 반짝이던 그 훗날
쉽사리 그런 기약쯤은 넉넉히 잊고 살아…….

참, 예삿일 아닌 오늘, 네가 피는 꽃송이에
새 한 마리 울음을 놓고 가나 했더니
뒤이어 그 꽃 가장자리에 내가 열려 잎이네.

귀뚜라미

달 여울 흥건하여 흘러 이미 강인데
짝 불러 애가 잦는 네 울음도 강일러니
이 밤도 어이 건너랴, 밤길 물길 구만리!

울음이 반짝이는 강나루에 시름 걸고
실실이 네 넋에 실어 나도 우느니, 귀뚜라미여
못 건널 강 하나 두고 짝을 우는 너와 나!

나의 묘비명

있어 부질없지 않고, 없어 모자람이 없는 둘레
그 어느 한 모서리 그늘진 데 없길래
차라리, 고여 넘치기로 무게롭지 않은 하늘.

머무는 햇빛 위에 볕살이 다사롭고
감기는 바람 곁에 바람결이 잔조로와
가난한 이 한 줌 흙이 이리 명당明堂이로구나!

남향南向 사랑방채에 누울 대로 길게 누워
남아도는 시간의 안분安分을 맛보거니
선비여, 맑은 선비여, 무엇을 또 염원하는가.

거듭하는 목숨 앞에 세월은 작은 손때垢
어여삐 다스리는 한 개 돌에 피가 돌아
억億이야 푸른 이끼로 세세歲歲토록 피거라.

바위마다 수런대는 부활의 밤이어든
몸 입어 사는 일이 얼마큼 구차해도
선비여, 기침하게나, 자릴 떨고 일게나.

귀로

능금알만 한 해를 아침 길에 받들었더니
앗기고 잃어져서 허위허위 저녁 같은
겨자씨 한 알 푼수도 못다 되이 사원 해.

불빛 빠안한 자리, 매양 그 자리 내 자리
착한 시름 천 갈래면 어진 설움은 만 갈래.
별자리 열리는 곁에 새로 나고픈 내 별이여.

겨울 저녁

불씨만이 걸린 외등, 불빛 잃는 길목에
몇 개의 한 쌍 사랑이 몸만 챙겨 입고서는
무거워 거추장스런 넋은 놓고 가버리고.

그 뒤를 두런두런 어느 시골에서 왔는가
한 떼의 나무들이 몸일랑 벗어두고
앞서간 사랑이 남긴 넋을 입고 가 버렸다.

몸 벗어 넋을 지키랴, 불씨 같은 앓는 넋을.
내사 살을 부빌 사랑도 없는 길손.
가난한 어린 마음에 눈이라도 뿌려라!

고향의 봄

왼 누리 하도 한 봄 정기 가운데서도
그중 시답잖은 바람, 시들한 볕살만이
한 마음, 한 바다를 둘러 다시는 못 깰 잠이 들어…….

갈매기 한 번 울음에 꽃망울 하나 터뜨리는
동향東向 뉘 집 뜨락에 한 그루 어린 살구나무.
잠 깨어 허울 벗는 건 그뿐일레, 오 비정非情이여.

과목果木 아래

고루 잘 익은 것 하나 가슴으로 따서 먹고
손 들어 눈 가리고 과육처럼 익느라면
나 또한 작은 열매 되어 가지 끝에 겹누나.

천심天心에 어려 도는 자릿한 날빛처럼
또는, 무덤 맡에 고인 포근한 신앙처럼
모성의 과목 아래에서 넋이 새로 밝겠네.

어느 결에 육신은 다 떨리어 간데없고
남은 넋만 거느리고 가지 끝에 겨운 채로
그 어느 손길에 맡겨 휘어지게 익는다

개나리꽃 지는 날에

잠시 머물렀다 개나리는 길 떠나고
머문 자리마다에 상기 노오란 꽃물 어리어
그 한 번 목숨의 뒷자취를 밝히도 남기느니.

빛깔과 빛깔만의 꽃의 환한 미소 위에
그득한 모습으로 네가 피어 믿음일러니
꽃 가고 꽃 따라 너도 가고 나만 밝히 남았어라.

밝히 남긴 자취마다 잎을 피워 채우면서
세월은 또 한 번을 자리 옮겨 번지는데
너 남긴 아픈 자국은 무얼 불러 채운단 말가.

겨울을 사는 나무

1
헐벗고서야 무게로운 생각의 깊이를,
그 위에 가난하대도 넉넉한 속마음을
이제사 익히 깨닫네라, 벗지 않은 벗이여.

스미는 것, 울리는 것, 결에 닿는 것마다
심상心象마저 지울 듯이 사지四肢 끝에 맵지만
목숨의 끝 간 데에 놓인 넋 하나엔 못 닿거니.

품에 기르다간 문득 손길 밖에 버려두고
보듬다간 문득 용납容納 밖에 버려두는
그 큰 뜻 그 미더운 뜻 헤아리는 한철일레.

정녕 그렇네라, 우릴 낳은 큰 이는
잊은 듯이 버려둔대도 잊는 법 한 번 없이
때맞아 품에 거두느니라, 벗지 않은 벗이여.

2
고독보다는 한결 진한 외로움으로
눈물보다 더 가까이 잡히는 설움으로
모질게, 피나게도 모질게 어젯날을 살은 나무.

있는 것이 분명한 만큼 없는 것도 분명하고
때로는 산다는 일만큼 죽음도 뚜렷하여
스스로 소스라쳐 놀라 잠 깨는 적 잦는 나무.

3
'그리하여지이다' 하고 속마음에 새겨 가지면
작정한 것만큼 그리되어지리니
그 믿음 하나면 족히 못 믿을 일 없겠네.

산다는 건 소망 하나 가꾸는 일인 것을.
그것 하나 보듬고 오는 날을 손꼽으며
그 소망 '이루어지이다' 손 닳아 아, 마음 닳아……

잠시 외진 데 놓여 잊힌 듯이 있기로
바라옵긴 다만 하나 '바랄 것이 없나이다!'
보아라, 밝는 새날엔 은혜 하고 살리니.

4
가지를 떠나 가버린 서운한 눈의 새들은
안 불러도 불시不時로 다시 찾아 깃드는데
불러도 외면하는 자여, 저버린 먼 기약이여.

5
물기 비롯한 육신에 꽃망울 돋던 때의
그 희한한 황홀보다 피에 닿는 황홀로
나무는 알몸 벗은 이제, 속잠에서 깨느니라.

여느 때와 다름없는 허울 속의 어둠인데
잠 깨인 소망 위에 한 겹 또 한 겹을
꽃처럼 밀리어 오는 미명未明뿐의 빛이여.

바깥으로 향하는 설레임의 문을 닫고
안으로만 온전히 눈길을 열어 보아
빛 속에 빛으로 밝는 제 모습을 보느니.

한밤 자고 난 아침, 문득 꽃이 열리던 때의
그 황홀보다 더 부신 헬 수 없는 황홀로
나무는 비정한 이 한철을 속잠에서 깨느니라.

6
뉘 손길 아래이리요, 거스림은 부질없는
몸 벗어 차라리 슬기로운 나의 나무
또 한 번 더딘 세월의 이 겨울을 나는구나.

얼마나 아린 나날이었더뇨, 나의 나무여.
씻으면 씻을수록 허물은 더욱 짙어
죄스런 사시장천四時長天을 내 짝이던 나무여.

절로는 바람 속에 생겨난 몸 아니건만
잊히어서 쬐그만, 돌보는 이 없는 몸은
차거히 않는 외로움이라 서러움도 멀더구나.

너처럼 짐짓 나도 몸을 벗고 말까부다.
몸 벗어 이 한철을 맑히 맑히 살 양이면
말짱히 허물 가시랴, 아아, 세상살이 몸살이.

오죽한 바람이리오, 우리 영영 몸 벗는 날,
벗고서야 온전히 입힌 몸이 되리니
넋살이 새 뜨락에서 새 봄맞이 하리야.

박경호(朴敬鎬, Park, Kyung ho)

1945년 평남 평양 출생. 경희대학교(국어국문학과). 《크리스천》 신인작품상(1996), 《시조문학》 천료(1997) 등단. 월간 《낚시춘추》·한림출판사·금성출판사 편집장, 월간 《패밀리》·《해외시조》 미주 편집장, '오렌지 글사랑' 회장 역임.

박경호 시인의 작품은 다르다. 특히 필자로서는 이전에 알지 못했던 이 시인의 작품을 읽으면서 놀라움을 금치 못한다. 『사막의 별』에 발표된 「꽃」, 「별, 보석 되어」, 「섬 냄새」, 「아침 식탁」, 「귀뚜라미」, 「가슴의 길」 등 모든 작품이 시조가 취해야 하는 생략의 미와 여운 그리고 단아한 형식미를 고루 갖추고 있다.

— 이우걸(시조시인 · 우포시조문학관장)

풍경 연습

민가의 지붕 위로
난데없는 군용 헬기

온몸이 철철 끓는
쇳물의 울음인가

쓸쓸한 기름 냄새가
노을 멀리 식어간다

별 찍는 파란 냄새

크고 작은 인쇄소가
옹기종기 머리 맞대는

골목길에 들어서면
눈물의 파란 잉크로

별들을 찍는 냄새가
우주 멀리 피어납니다

첫눈

누군가
등 뒤에서
온몸이 떨리도록

목마르게 불러주는
그 이름 하늘 깊어

세상에
오는 눈들은
손등 위로 오는 첫눈

바다 동화

섬 안은 어딜 가도
수평선만 가파르고

숲속에선 잎잎이
파도가 춤춥니다

드러난 갯벌의 갯내엔
가난만 비려옵니다

한낮의 모래사장은
바다가 떠나가도록

공 차는 아이들의
맨발이 파랗습니다

모래알 묻은 그 함성을
갈매기가 물고 갑니다

절망으로 내리는 눈
— 김수영의 어투로

절망하고 난 뒤에도 절망처럼 눈 내릴까
절망도 할 수 없는 절망처럼 눈 내릴까
절망은 절망 없이도
눈 내리는 절망일까

누더기 된 원고지의 멍든 행간에서조차
끝내 쓰지 못하고 가래침만 내뱉을 때
절망은 어디서 목 터진
함성의 눈발인가

아침 식탁

어둠 속을 달려온 1단 짜리 기사들이

새로 뽑은 활자로 아침 식탁을 차린다

구수한
잉크 냄새가
모락모락 김을 낸다

양철 물고기

바람이 불 때마다
이 세상 추운 소리들

수초 없는 처마 밑
양철 물고기로 모여

한 세상 땡그랑대며
불알만 떨고 있다

귀뚜라미

작년 초판 찍을 때
못 잡아낸 오자 하나

올 가을 재판 때도
못 본 걸로 그냥 둘까

행간이
입은 상처가
너무 파란 울음이다

노을 속 가위질

이 골목 저 골목을
지는 해 떨이 하듯

엿판에 가득 싣고
가위질 하는 소리

노을이 쩌렁거리며
뻘겋게 동강 난다

금빛 비늘의 열차

마침내 낚싯줄이
눈앞에서 끊어진다

거의 다 잡았다가
놓친 잉어 한 마리

노을이 오래 끓다가는
아름다운 호수인가

칸칸마다 아쉬운
금빛 비늘의 그 열차

물속 깊이 출렁대는
꼬리 잘린 기적처럼

하늘이 멀어진 호수엔
그리움만 비리다

박경화(朴慶花, Bak, Gyeong hwa)
1954년 경북 월성 서면 화천리 출생. 방송통신대학교(국어국문학과).《백수문학》제1회 신인상(2015),《시조21》신인상(2016) 등단. 시집 『채석강, 독법』(2016, 그루). '행단문학회', '이목회' 동인.

「소나무 난독難讀」의 첫 수와 둘째 수에서는 만지송의 외양을 형상화하였고, 마지막 수에서는 나의 속내를 표현하고 있는 그 율격과 구성이 모두 매우 안정적이다. 첫 수의 '자서전', 둘째 수의 '육필원고', 셋째 수의 '푸른 경전'으로 이어지는 시어의 고리에서는 치밀성도 엿보인다. 제목의 '난독難讀'과 마지막 수의 마지막 구 '안경 벗어 닦는다'가 수미상관처럼 들어가는 의미의 짜임새 또한 절차탁마의 오랜 시간을 짐작케 한다. 무엇보다도 중장의 아름다움이 이 작품을 뽑게 했다.

— 김일연(시조시인 · 국제시조협회 이사)

허공에 기대다
— 현진건의 집터

어설픈 눈썰미가 헤매 돌다 찾은 골목
탁류를 건너가던 한 시인의 허기를 채운
담 밑에 웅크린 샘터, 너겁에 묻혀 있다

묵은 낙엽 덤불 아래 새끼 밴 몸 숨겨 놓고
길고양이 한 마리가 낯선 발길 경계한다
빈처*의 코 닳은 신발 끄는 소리 들은 듯이

무젖은 생 열람하듯 번지는 먹빛 하늘
일장기 지우던 손 못다 채운 원고지가
행간을 펄 펄 펄 난다 흰 두루막 깃을 턴다

길 위에서 길을 잃어 허공에 기댔을까
소용돌이 물굽이에도 끝내 젖지 않은 옷깃
서녘에 푸른 별 하나 양각으로 빛난다

* 빈처: 현진건의 단편 소설.

소나무, 난독難讀

바위틈 뚫고 나와 솔기 터진 만지송이
오체투지 걸어 온 길, 자서전을 쓰고 있다
생채기 아물 새 없이 누런 진물 흐르는

올곧게 서지 못해 뒤틀어진 몸을 던져
허공에 써 내려간 선이 굵은 육필원고
가혹한 저 필력 앞에 산도 키를 낮춘다

어디까지 내려서야 속 깊은 바닥에 닿아
하늘 향해 읍소하는 푸른 경전 읽어 낼까
필 남짓 저녁노을에 안경 벗어 닦는다

벼락 맞은 비자나무*

이 검은 상처는 죄다 벼락을 맞은 자리
번갯불 내리칠 때 온통 몸이 데였지만
하늘을 굽어 섬길 뿐 저어하지 않았다

수굿이 품어주며 기다리는 땅이 있어
섬을 휩쓴 태풍, 차바 그마저 달래놓고
달빛에 머리를 감고 천년 숲길 다졌다

신열로 뒤틀린 다리, 백 년 다시 건너와서
바닷바람 보듬어서 피워낸 꽃 한 송이
한 구절 붉은 단경短徑을 속살 깊이 새겼다

* 벼락 맞은 비자나무: 제주시 '천년의 숲 비자림' 입구에 있다.

법고法鼓의 시간

해인사 늙은 북소리
산을 들어 올린다

비워야 깊게 나는
저리도 맑은 게송

늦은 밤 홀로 돌아와
물소리로 앉는다

풍경

여린 지느러미
다 닳도록 헤매다가

허공에서 울고 있다
길 잃은 저 물고기

바람이 달랠 때마다
더욱 크게 우는 밤

청보리 밭, 후렴구

구만 리 바닷물을 수천 동이 길러다가
살찐 오월 햇살 아래 질펀하게 퍼부었나
종달새 오선줄 당기자 남실남실 춤을 춘다

저 푸른 악보 따라 보리피리 불고 싶다
돌아보면 한 순간도 푸르지 못했지만
이쯤서 생의 하모니, 후렴이라도 좋겠다

아리산* 삼대목

할아버지 팔 기대어 실하게 뻗어 있다
벼락도 비켜가는 아비의 순한 눈길
뜨거운 가족의 서사시, 초간본을 읽는다

천년을 걸어와도 또 천년을 견딜 나무
길 잃은 별이 들면 섶이 되고 울도 되는
뉘 가문 자랑하지 말자, 어깨 힘이 빠진다

* 아리산: 해발 2,484m로 타이완 최고의 명산이다.

색즉시공

얼굴 좀 자주 보자
산다는 거 별거 있냐

며칠 후 친정 조카
뜬금없는 전화 한 통

아침에 문 열어보니
가셨어요, 자는 듯이

검결*을 읽고

펼쳐든 행간에서 눈길 멈춘 칼의 노래
한 줄기 곧은 빛이 풀뿌리에 닿았다는,
그 맑은 나무의 음성 낮고 깊게 울린다

햇불을 들고 나선 민초들을 다독이다
용천검 휘둘러서 하늘 문 여는 소리
산새들 천리 밖에서 귀를 모아 들었던

걷어차인 말발굽에 무수장삼 찢어져도
처연히 목을 꺾어 언 땅에 흩뿌린 피
용담 골 새벽을 깨워 폭포로 일어선다

* 검결: 민병도의 시조.

아침 안개 1

완벽한 작전이다
총도 칼도 없는 전장

지척까지 포위했다
손쓸 수 없는 패전

사랑도 저 불가항력이면
나, 포로가 되겠네

박계자(朴桂子, Park, Gye ja)

1963년 경남 합천 용주 출생. 《월간문학》 신
인상(2006) 등단. 대구문인협회, 대구시조시
인협회, 한국시조시인협회 회원.

「안개」의 분위기를 슬쩍 들어 꾸민 시설이 '은막에 둘러쳐진 정적의
가설무대'이다. 짐짓 관객들을 달뜨게 하고 호기심을 유발하는 전
개이다. 뒤따라오는 '햇살' 환한 삶의 폭을 넓히는 역동성을 발휘하
고 '승냥이'는 안개의 움직임을 형상화한 듯 그 의미는 '음모'로 풀어
간다. 결국 '햇살'의 행동을 제한하는 힘으로 작용하여 '안개' 무대
는 삶의 방향과 가치가 다른 존재들의 갈등과 불화로 1막이 흘러가
고 2막에서는 어느새 '안개'가 '울타리'이다. 빠른 걸음으로 이 울타
리를 빠져나와 목표를 향해 내달리면 골짜기 외딴 집 한 채 덩그러
니 놓인다. 사실적 표현과 상징적 표현효과를 동시에 노리는 시인
의 노력이 엿보인다.

「싸리비」는 주제가 명확하고 언어를 다루는 솜씨와 가락이 살아있
는 깔끔한 작품이다. "조선의 거울앞에 선 여인의 머릿결처럼"이라
는 섬세한 표현이 정통성 속에 녹아있는 서정을 돋보이게 한다.

— 한춘섭, 김남환(시조시인 · 한국시조시인협회 고문)

싸리비

여름에 소몰이 가서 꺾어 놓은 싸리나무
질긴 칡넝쿨을 쪽을 내 말리고 불려
할머니 곰살맞은 손, 싸리비가 엮이었다

손물을 흩뿌리고 그 비로 쓸고 나면
정갈한 빗살무늬의 아침을 얻는다
조선의 거울앞에 선 여인의 머리결처럼

세월에도 닳지 않던 땅에도 도둑이 들어
담장 밑 꽃자리까지 시멘트로 덮어버렸나
소복한 감잎 사이로 흙의 숨결 감도는데

안개

은막에 둘러쳐진 정적의 가설무대
막 오르면 시작되는 햇살의 장엄한 추적
승냥이 음모에 휘말려 슬금슬금 뒷걸음친다

그 잠시 무장을 풀고 고추밭에 숨었나
울타리 빠져나가 잰걸음으로 내달리며
골짜기 외딴집 한 채 덩그러니 놓인다

가을이 없네

담쟁이 흰 담벼락 수를 놓아 물들고
어서 오라 손짓하며 나부끼는 은행잎
그 어느 화가의 사계, 늦가을에 이른다

부풀다 피우지 못한 외사랑 목련 봉우리
어디서 들려오나 저 깊은 계곡물 소리
눈 덮인 마른 풀 대궁 그림자에 꺾이고

멀찍이 등 뒤에서 아들이 내 뱉는 말
"여기 가을이 없네" 스치듯, 지나가듯
"미술관 밖에 있잖아" 속삭이듯, 머물듯

옥잠화

풀 먹인 초록 치마 풍성하게 두르고

긴 목을 뽑아 올려 은비녀를 꽂은 여인

바람만 건듯 스쳐도 그리움을 앓는다.

마른 천둥 내리 치면 흔들리는 땅을 붙잡고

소나기가 쏟아지면 개미들의 우산처럼

못다 푼 뉘우침 있어 뜨겁게 비를 맞는다.

새벽달

내일 깎아 드려야지
마음에 새겨둔 말

자다 깨다 뒤척이다
내뱉지도 못한 말

아버지
깎아낸 발톱처럼
저 먼동에
박힌 말

박광훈(朴光勳, Park, Kwang hoon)

1955년 경남 거제 지세포 출생. 부경대학교
(어업학과). 《공간시대문학》 추천(1998), 《시
조문학》 천료(1998) 등단. 한국문인협회, 한
국시조시인협회 회원. 맥시조문학회장 역임.

—

미명의 선원들이 끌어 올린 선원 일치로 무중항해가 시작되어 눈
빛으로 서로를 다독이며 찬란한 뱃길이 안개를 헤쳐 나가는 장엄
한 실체를 형상화하였다.
— 임종찬, 김상훈, 이태극

건강한 사내의 대담한 호흡이 느껴지며, 약간의 해학과 사투리를
동반한 구어체의 작품이 시원스럽다. 셋째 수 종장이 아주 멋있다.
산을 호흡하는 멋이 느껴진다.
— 문무학(시조시인 · 문학평론가)

노자의 상선약수가 떠오른다. 만물을 이롭게 하면서도 다투지 아
니하고 많은 사람들이 싫어하는 곳에 처하며 스스로 낮추고 다투
지 아니하는 것이 물이라 하였는데 그 '물' 대신 '걸레'를 넣고 싶다
는 생각이 든다.
— 서숙희(시조시인 · 한국시조시인협회 자문위원)

—

해안선 2

끝인 줄 알았는데
시작의 출발선

모래 자갈 바위들이
선을 위한 점이 될 때

종종종 물떼새들이
하나둘씩 모였다.

바닷가 소년

푸른 뱃고동 소리
저 하늘 빗장을 풀면
나는야, 하얀 갈매기
바람아 불던 말던
동경의 그 바다까지
헤쳐 날으리
꿈꾸며 가리

회색 안개바다
눈빛 흐려지면
나는야, 푸른 물고기
파도야 치던 말던
동경의 그 바다에서
아침 맞으리
노래 부르리

어부의 아내

바람도 시름인데 백파도 날 세우면
배 떠난 바다 멀리 가슴이 울렁댄다
지애비
지금쯤 어디
파랑잎에 떠 있을까

벚꽃 같던 연지 볼엔 들깨숲 무성해도
붉게 타던 장미꽃 가슴 등가시만 남았어도
복사꽃 젊은 날 초상 갯풍 속에 빛바래도

정화수 깊은 물에 둥근 달이 다 닳도록
한 겹 한 겹 시간을 벗겨 새벽 바다 설레이면
저 멀리
귀 익은 통통배 소리에
들깨씨 하나 또 촉틉니다

걸레

시간의 돌밭길을
채이다 엎어지다
태엽 풀린 구비마다 소낙비 흠뻑 맞고
구겨져 뚝뚝 흘리던
그 눈물들 있었지

그래도 우린 그 때 햇살과 바람이 되어
파아란 저 하늘로 젖은 날개도 퍼덕이곤
가을날 억새꽃처럼 마주보며 웃기도 했지

이젠, 남루인 채로
그 날들 그립지만
가장 낮은 길목에도 찔레꽃 향기는 있어
오늘도 그 작은 사랑에
지문을 문들거리지

달빛 이슬 걸어 놓고

밤별 총총 눈을 뜨는
늦여름 밤이 설레 오면
산촌의 은하강은 또 눈물의 강이 된다
노총각 풀벌레들의
애끓는 울음으로

생의 풀숲마다 달빛 이슬 걸어놓고

찌이찌이 목매붙이 첫사랑에 목매 울고
철썩철썩 철서기씨 도시로 간 애인에 울고
찌륵찌륵 방아총각 산촌살이 처자 찾고
지지맴맴 매미 총각 남국 여인 어서 오소
뀌르뀌르 귀뚜리씨 북국 여인 어서 오소
(아~ 아아 - - - 아~ 아아 - - -)

처자들 어디로 갔나
저어기, 새벽 오는데

무중항해霧中航海

쌍안경 먼동으로 잠을 깨는 아침 바다
형체 없는 열정들이 옷고름 풀고 흐적인다
순수빛 내 가슴 바다
글썽글썽 산으로 뜬다.

환호의 물이 일어서고, 탄성의 입술 열릴 때
조타륜 떨리는 손 무중항해가 시작된다
부우웅 환기의 신호음이
혼백처럼 뒤집힌다.

비상벨이 울리고 졸인 가슴 내려앉고
침묵이 침묵으로 식은 땀 등줄기로
눈동자 이 극한 속에서도
서로를 다독인다.

처절과 환호의 안과 밖 불협음을
레이더 휘선에다 이중주로 되감으며
모두는 찬란한 뱃길
안개밭을 뚫는다.

가을의 문턱에서

가을의 문턱에서
봉숭아 열매 터질 때

청빛 하늘 열리더라
개벽 소리 들리더라

그것은 긴 여름의 산통
천 길 바다 진주였다.

가을의 문턱에서
귀뚜리 밤이 울 때

쪽달빛 그립더라
댓잎 소리 슬프더라

그것은 가을이 남기고 갈
또 하나의 산통이어라.

단풍 1

나 홀로
섬 홀로
그대, 바알간 단풍

사행蛇行의 행간들이
잎새마다 물이 들 줄

내 진작 몰랐었네라
그대 곁이 정인 것을

자진 소리
잔 투정
그 의미도 새겨 있고

말없이 울먹이던
그 눈빛도 서려 있고

단풍잎 속내가 아려옴은
내 이제 철드는가

가을산

가을 하늘 높아서
가을산에 갔더이다
산기슭 억새 영감 바람 먼저 반겨 나와
어이쿠, 이게 누구야…
안부 안부 묻습디다

이 산 저 산 그 나무들 세월보다 시름 깊어
빨강머리 노랑머리 염색 한번 해봤다며
저마다 보따리 풀고 하하 호호 웃습디다

나도 같이 사는 얘기
가슴까지 물이 들어
홍취한 하산 길에 발길 절로 앉은 주점
가을산 뒤따라와서
술잔 속에 기댑디다

풀꽃

아하, 저것 좀 봐!
억척 돌 틈 간간 사이

노오란 꽃잎 네 장
이름 모를 저 풀꽃 좀 봐!!

몇 가닥 볕살을 움켜쥔
생명,
그리고 뭉클함

어디, 가뭄 없었으랴
어디, 비바람 없었으랴

옹이진 마디마디
숭고한 이 부활의 상흔들

한 송이, 저어기도 한 송이
삶,
그리고 몸부림

박구하(朴九河, Park, Gu ha)

1946.~2008. 부산 출생. 서울대학교(법학과)
졸업. 《시조문학》(1998) 등단. 유고 시조집
『햇빛이 그리울수록』(2009, 해와달). 세계시
조사랑협회 상임이사 · 사무총장, 《시조월드》
편집장 역임.

—

박구하 시인의 시업詩業은 10년이다. 이 10년에 보여준 300여 편의
작품은 정신의 기승전결을 이루고 있다. 고통과 갈등과 극복과 초
월. 이 정신세계의 흐름이 그의 작품들에서 파노라마처럼 흐르고
있다. 이런 점에서 그는 완성형 시인이라고 할 만하다. 그가 좋아한
시조의 형식은 기승전결의 이미지 흐름을 갖고 있다. 그의 시 세계
도 이런 기승전결의 흐름에 따라 완결에 이르렀다는 점에서 시인
의 숙명을 느끼게 한다.

— 유자효(시조시인 · 《시와시학》 주간)

박구하는 우리의 옛 땅이며 동포들의 삶의 개척지인 길림성, 흑룡
강성 등을 여행하며 「북방시편」을 연작으로 써오고 있다. '산은 왜
둘러서고 물은 왜 가로 누웠을까'의 선문답적 물음이 아직도 분단
을 앓고 있는 우리의 현실, 그리고 일제 강점기가 남긴 상처의 자취
들을 마음으로 더듬게 한다. 시사성을 띄우면서도 짐짓 산과 물을
알레고리한 정서가 페이소스를 감싸 준다.

— 이근배(시조시인 · 대한민국예술원 회장)

—

못

누구냐, 내 가장 순수한 인내를 뽑아
다만 일회용으로 입막음을 하려는 자
머리는 다독거리고 몸체는 처박는다

쳐라, 망치 든 자여 너희의 소용대로
뒤통수를 맞고도 소리치지 않는 것은
그래도 메워 두어야 할 틈새가 있어서다

다시 누군가의 가슴에 대못을 박고
꼿꼿한 소름으로 견디고 있는 것은
차생에 나의 할 일이 아직은 남아서다

뿌리

허락이 없기로서니 이 손길을 놓으랴
조금씩 낮게 낮게 지층을 파고들어
햇빛이 그리울수록 어둠 속을 가야 한다

지상에 까닭 없이 피는 꽃을 보았는가
먼 먼 지유地乳를 찾아 손끝이 갈라져도
끝끝내 보일 수 없는 젖어미의 속울음

저물녘

쩡쩡하던 태양도 질 때는 순간이다
계곡물 소리 높여 하산을 서두를 때
하늘의 모든 자리를 물려 주는 저물녘

일자로 입 다물고 풍경화로 내걸린 길
누구는 하고픈 말 다 하고 떠났으리
사나이 시작한 장정 끝냄도 사나이 일

안개꽃 흔들리는 기억의 변방에서
작고 여린 종소리 가다가 들리거든
해거름 그을린 손을 흔들어도 주리라

북간도

번지도 없는 땅이 전지로 펼쳐 있고
천 년 묵은 바람과 햇볕만 진을 친
못 먹어 배고픈 땅이 내민 손목 잡는다

먼 능선 하늘가에 함성처럼 피는 구름
흔적은 있다마는 되돌릴 길은 없는
입 가진 서러운 삶이 꿈을 찾아 떠난 땅

흰 적삼 검은 머리 그 빛이 다하도록
일군 것도 없지만 돌아갈 길도 없는
못 가져 배 아픈 땅이 가는 발목 잡는다

도강渡江

산은 왜 둘러서고 물은 왜 누웠을까
가로세로 앞을 막는 산천의 안간힘도
감자꽃 배불리 핀 땅 꽃바람은 못 막는다

보아라 꽃 피고 새 우는 땅 쓸어안고
제 가슴 제가 치며 흘러가는 물소리
억새도 키를 낮추며 바람 따라 눕는다

대책 없이 넘는 것이 바람 소리만이랴
건너면 아득해도 아니 갈 수 없는 길
다시는 복원치 못할 파일 하나 지우며

어머니 1

만약에 나에게도 다음 생이 있다면
한 번만 한 번만 더 당신 자식 되고 싶지만
어머니 또 힘들게 할까 봐 바랄 수가 없어라

어머니 31
– 눈 오는 밤

펑펑펑 눈이 오네, 담에 뜰에 장독대에
저녁답 흰 눈 내려 골목길이 덮이는데
엄마는 아니 오시고 눈만 펑펑 내리네

한 움큼 베어 물면 빈속이 채워질까
뜰에 나가 삽짝 열고 삐쭉 고개 내밀면
털모자 메밀묵 장수 모롱이를 막 돌고

아비는 징용 가서 소식 몰라 막막한데
잔칫집 일 나가신 엄마만이 기다려져
호롱불 심지 돋우어 구구단을 외운다

칠 남매 성가신 입성, 구들목에 잠재우고
뜨락에 찬물 놓고 영덕 할매 찾던 엄마
하얗게 비비던 손에 눈물 같은 눈이 내리고

흑백의 필름 돌아 엄마 가고 동생 가고
세월이 멀어져도 추억은 저리 분분
이 밤사 눈은 오는데, 눈은 저리 오는데

편지

얼마나 더 찢어야 한번은 글이 되나
이렇게 절며 절며 살아야 사는 걸까
가서는 안 되는 길을 우정 떠난 사람아

가고 또 오는 것이 세월만큼 헤프랴만
쓸쓸한 책상머리 나는 또 돌아앉아
서랍 속 수북이 쌓인 빈 시간을 뒤진다

가야만 길이더냐 감아도 보이는 길
닿을 수 없다 해도 보낼 수는 있으리
썼다가 지운 마음을 아침 해에 바랜다

몽돌

물 먹고,
물 먹어도
못 떠난 세월의 강

이목구비 다 내주고
어깨선도 눅어지고

이제는
그냥 굴러도
아무 데나
어울리는 돌

구두

밑창이 다 닳도록 편력은 끝이 없다
진창을 마다하랴 쉼 없이 가야 한다
아직은 가 닿지 못한 그 길에 내가 있다

박권숙(朴權淑, Park, Kwon suk)

1962년 경남 양산 신기리 출생. 부산대학교(교육학) 석사 졸업(1986). 〈중앙일보〉 시조백일장 연말장원(1991) 등단. 시집 『겨울 묵시록』(1993, 동학사), 『시간의 꽃』(2001, 태학사), 『홑씨들의 먼 길』(2005, 고요아침), 『모든 틈은 꽃핀다』(2012, 동학사), 『뜨거운 묘비』(2017, 고요아침) 외. 한국시조작품상(2002), 최계락문학상(2009), 이영도시조문학상(2010), 중앙시조대상(2014), 노산시조문학상(2017), 한국시조대상(2020) 수상 외. 한국문인협회, 한국시조시인협회, 한국작가회의, 현대사설시조포럼 회원. 오늘의시조시인회의 이사.

박권숙의 시성poeticity을 가장 확실하게 보증하는 지표 역시 시간에 대한 자의식일 것이다. 하지만 그녀의 시는 여기서 그치지 않는다. 그녀는 깊은 기억을 매개로 하여 존재와 삶의 심층에 은유적으로 접근하고, 나아가 삶의 본질을 시간의 흐름 속에 발견해간다. 그 점에서 사적 기억과 공적 기억을 함께 투시해가는 그녀만의 시적 진정성은, 우리 시조시단을 더욱 출렁이게 하고, 나아가 우리 시조에 품과 격을 지속적으로 부여해갈 것이다. 그와 동시에 차원 높은 '언어예술'로서의 가능성을 깊이 남긴 시사적 실례로 남을 것이다.

— 유성호(문학평론가 · 한양대 교수)

몰운대

다대포 저녁 안개는 빈 갯벌을 채우고
다 채우지 못한 장군의 수심으로 자욱하다
장군도 아득한 저녁 이 안개를 보았을까

저 입산 금지령의 적단풍 숲 사이로
어둠은 첨병처럼 숨어 올라 왔을까
빛나는 죽음 앞에서 나는 얼마나 어두운가

석양을 총대처럼 멘 초병의 등 뒤에서
바다가 우우하고 낮은 소리로 울었다
그 울음 주름 겹겹이 한 시대가 저물고

영웅도 또 그렇게 안개처럼 저물어
동풍이 밀려오는 이 산길을 먼 훗날
나는 또 무엇이 되어 기억해야 할 것인가

천마총 13

천년을 쉬는 어깨 위로 이팝나무 꽃 뿌리며

구름의 층계를 오르는 햇살처럼

봄하늘 차고 오르는 무덤 속 말 한 마리

가슴 깊이 잠자던 어둠의 덫을 열고

날개를 다친 빛이 몸을 일으켰을 때

내 안의 골짜기들이 갑자기 환해졌다

하동포구

내 꿈자리 어귀까지 섬진이 찾아 왔다

뼈 한 줌 호곡 한 줌 못 뿌려본 산을 지고

채취선 밑창에 붙은 따개비로 만발한 봄

간밤의 새 발자국 바다 쪽으로 강을 밀면

뻘 아래 숨겨둔 귀를 재첩인 양 파 보아라

쉰 목청 남도사설이 울음 만 평 물고 있다

섬진강

원추리꽃 만발한 산밭 어귀 어디론가
흙항아리 머리에 인 가야족 여인이 되어
이마의 맑은 그늘을 훔쳐내고 있었다

부드러운 고령토 회디흰 살결마다
별과 별 사이를 지나 이제 막 돌아오는
외로운 꿈 한 가닥이 파란 테를 두른다

민들레꽃

원래 우리 어머니는
무사의 후예였다

매복의 작은 햇불로
들을 환히 태우다가

머리가
하얗게 세면
달을 향해 활을 쏜다

주흘관을 지나며

문경에 와서 문득 길이 새였음을 안다
긴 침묵의 부리로 석양을 쪼고 있는
거대한 저 바위들도 원래 새였음을 안다

죽지뼈 한 대씩을 부러뜨려 길 밝히고
부신 뒷모습으로 재를 넘는 가을 산
봉암사 극락전 한 채 봇짐처럼 떠메고

내게는 또 몇 개의 영과 재가 남았을까
그리움의 시위를 당겨 날개를 꿈꾼 이들
저렇게 새재를 넘어 먼길 갔을 것이다

쇠뜨기

불가촉 천민으로 이 땅을 떠돌아도
너는 가을벌레처럼 흐느껴 울지 마라
풀밭에 온몸을 꿇린 소처럼도 울지 마라

세들 쪽방 하나 없어 어린 뱀밥 내어주고
흙 한 뼘 햇살 한 뼘 지분으로 받아든 죄
무성한 바람소리에 귀를 닫는 저물녘

뽑히면 일어서고 짓밟히면 기어가는
너는 끊긴 길 앞에서 아무 말 묻지 마라
허공에 흩뿌린 풀씨 그 길마저 묻지 마라

가야로 부는 바람

박물관 뜰을 채운 적막을 베틀 삼아
그리움도 열다섯 새 날실로 짜다 보면
사라진 왕국 하나가 펄럭이는 바람결

그 바람 몸을 맡긴 오동꽃 등불 아래
가야금 한 채씩을 품고 선 나무들은
천년을 흐느껴 우는 한 사내를 닮았다

그 울음 휘감고도 남은 바람 한 자락
순장의 와질토기 금 사이로 얼비치는
캄캄한 아니 찬란한 신화 쪽으로 출렁인다

뜨거운 묘비

적막의 끌탕을 견딘 맹목의 울음으로
매미는 단 한 번의 여름을 무덤 삼고
뜨거운 생의 중천에 제 묘비를 세운다

막장의 지층을 견딘 불의 간절함으로
석탄은 단 한 번의 점화를 꿈꾸다가
뜨거운 생의 화덕에 제 묘비를 세운다

만년설 여백을 견딘 꽃 같은 점 하나로
아! 사내는 히말라야 빙벽에 매달린 채
뜨거운 생의 밧줄에 제 묘비를 세운다

접시꽃

낮달을 이마에 올린 수녀원 담을 따라

오후의 기울기가 쓸쓸해진 네 시 무렵

금이 간 그리움처럼 빈 접시가 붉었다

바람의 무게중심이 바뀔 때마다 휘청

받쳐 든 절대고독 반쯤 쏟다 남은 자리

또다시 붉게 고이는 여름 적막 한 접시

박기섭(朴基燮, Park, Ki seob)

1954년 대구 달성 화원 마비정 출생. 〈한국일보〉 신춘문예(1980) 등단. 시집 『默言集』(1995, 동학사), 『하늘에 밑줄이나 긋고』(2003, 만인사), 『엮음 愁心歌』(2008, 만인사), 『달의 門下』(2010, 작가), 『角北』(2015, 만인사) 외. 중앙시조대상(2000), 이호우시조문학상(2004), 고산문학대상(2008), 백수문학상(2016), 외솔시조문학상(2017) 수상 외. 오늘의시조시인회의 의장, 현대사설시조포럼 회장 역임. '오류' 동인.

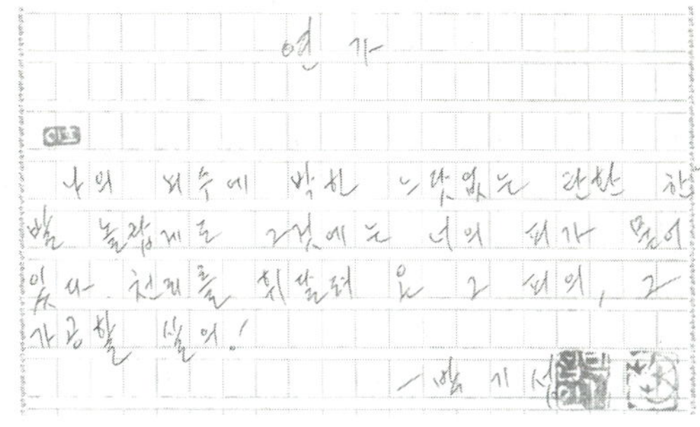

―

박기섭 시조를 배제하고 1980년대 이후의 한국 시조를 완벽하게 설명하는 것은 거의 불가능하다. 그 동안 한국 시조가 몰입해온 여성적 정한이나 자연 친화 같은 세계와 뚜렷이 변별되는 세계를 구축해온 그는, 부드러움보다는 견고함, 어둑한 하강보다는 역동적 상승의 미학을 통해 그만의 시적 아우라를 일관되게 보여왔다. 박기섭 시조가 우리에게 보여주는 선 굵은 음역과 그것을 선명하고도 역동적인 이미지로 잡아채는 활력은 우리 시조의 역사에서 매우 중요한 영역이다. 그 품격과 정제와 정신의 결속이 확연한 시조 미학의 지남이자 표지가 되고 있는 것이다. 그래서 우리는 박기섭 시조가 궁극적으로 삶의 구체성에서 우러나오는 언어적 감정 양식이자 한국어로 씌어진 시조 미학의 정점을 보여주는 사례임을 알게 된다.

— 유성호(문학평론가 · 한양대 교수)

―

봄눈

나의 어린 신부는 흰 나귀를 타고 갔다

탱자나무 울을 지나 흙먼지 에움길을

툭 터진 괴춤 사이로 마른 뼈가 드러났다

젖은 손수건이 첨탑 위에 떨어졌다

눈물이 마르면서 다시 낯선 밤이 오고

혼자서 서녘의 불빛을 느루 셀 듯싶었다

나의 무지 끝에서 너는 늘 반짝였거늘

어찌 몰랐을까 쉬흔 해가 저물도록

다 못 간 세상의 저녁에 너는 왔다, 봄눈처럼

뻐꾸기 우는 날은

뻐꾸기 우는 날은
뻐꾸기 울음터에
여남은 개 스무 개씩 돌팔매를 날려본다
돌팔매 날아간 족족
앉는 족족
너 있다

아니면 또 한나절을
꽃밭 가에 나앉아서
봉숭아 채숭아를 송이송이 헤어본다
다홍빛 분홍빛 속에
그 꽃 속에
너 있다

뻐꾸기 우는 날은
뻐꾸기 울음 따라
십 리쯤 시오 리쯤 자드락길 걸어본다
하현달 사위는 서녘
그 서녘에
너 있다

분황*에 들다

그적 그 신랏적 발치쯤에 나부껴도
풀물 든 네 옷고름 한눈에 알아보았네
돌벽돌 포개 들고선 탑이 슬몃 돌아선 날

보고도 아니 본 척 그러는 줄 내 모를까
하늘 짓광목을 드는 칼로 베어낸들
돌갗에 돌옷이 앉은 세월만은 못 덮는 것

나는야 애당초에 저 문밖 저 돌거북
어깨가 허물망정 질 만큼은 짐을 지고
한 발짝 떼지도 못했네, 즈믄 해가 저물도록

하 그리 굴풋했던 길이 길을 당기느니
쇠난 멍 자국을 멍든 손에 움켜쥔 채
나 이제 분황에 드네, 지천의 너 있으매

* 분황사芬皇寺: 신라 선덕여왕 때 창건한 절. 앞마당에 모전석탑이 있다.

오동꽃을 보며

이승의 더딘 봄을 초록에 먹감으며
오마지 않은 이를 기다려 본 이는 알지
나 예서 오동꽃까지는 나절가웃 길임을

윗녘 윗절 파일등은 하마 다 내렸는데
햇전구 갈아 끼워 불 켜든 저 오동꽃
빗장도 아니 지른 채 재넘이길 열어놨네

하현의 낮달로나 나 여기 떠 있거니
오동꽃 이운 날은 먼데 산 뻐꾸기도
헤식은 숭늉 그릇에 피를 쏟듯 울던 것을

책

아버지, 라는 책은 표지가 울퉁불퉁했고
어머니, 라는 책은 갈피가 늘 젖어 있었다
그 밖의 많은 책들은 부록에 지나지 않았다

건성으로 읽었던가 아버지, 라는 책
새삼스레 낯선 곳의 진흙 냄새가 났고
눈길을 서둘러 떠난 발자국도 보였다

면지가 찢긴 줄은 여태껏 몰랐구나
목차마저 희미해진 어머니, 라는 책
거덜난 책등을 따라 소금꽃이 일었다

밑줄 친 곳일수록 목숨의 때는 남아
보풀이 일 만큼은 일다가 잦아지고
허기진 생의 그믐에 실밥이 다 터진 책

구절초 시편詩篇

찻물을 올려 놓고 가을 소식 듣습니다

살다 보면 웬만큼은 떫은 물이 든다지만

먼 그대 생각에 온통 짓물러 터진 앞섶

못다 여민 앞섶에도 한 사나흘 비는 오고

마을에서 멀어질수록 허기를 버리는 강

내 몸은 그 강가 돌밭 잔돌로나 앉습니다

두어 평 꽃밭마저 차마 가꾸지 못해

눈먼 하 세월에 절간 하나 지어 놓고

구절초 구절초 같은 차 한 잔을 올립니다

각북角北
― 눈

1
각북角北에 눈이 왔다, 뿔이 다 젖었다
행여나 귀 밝은 눈이 눈치라도 챌까 보아
햇볕을 조리차하여 언 콧등을 녹인다
그렇듯 한동안은 음각의 풍경 속에
마을도 과수밭도 앞섶을 징거맨 채
안으로 번지는 먹물을 닦아 내는 시늉이다

2
풍경이 다 지워졌다, 백색의 암흑이다
겉장을 뜯지 않은 천연의 공책 한 권
먼데서 경운기 소리가 한 모서릴 찢고 간다
밤새 흐르지 않고 두런대던 골짝물들이
얼결에 생각난 듯 빈 공책을 당기더니
썼다간 찢어 버리고 찢었다간 다시 쓴다

각북角北
― 가을 지에밥

가을은 해년마다 돗바늘을 들고 와서

촘촘히 한 땀 한 땀 온 들녘을 누벼 간다

봇물이 위뜸 아래뜸 고요를 먹이고 있다

절인 고등어 같은 하오의 시간 끝에

하늘은 또 하늘대로 지에밥을 지어 놓고

수척한 콩밭 둔덕에 두레상을 놓는다

가인歌人

입동에 강을 건너는 한 가인歌人이 있었네

설핏한 눈발 속에 시든 술잔을 버리고

맨발로 언 강을 건너는 한 가인이 있었네

하냥 먹물빛으로 저무는 세상 밖에

어차피 꽃밭 아닌 적막마저 갈아엎고

서둘러 언 강을 건너는 한 가인이 있었네

가슴에 못다 지핀 모닥불도 불일밖에

한 철 푸르던 목청 그나마 숯이 되고

입동에 강을 건너는 한 가인이 있었네

시월

바람은 넘실넘실 벼논을 먹어간다
이랑이랑 일렁이며 윗배미서 아랫배미로
한 입씩 베어물었다 되뱉느니, 저 금빛!

햇볕은 또 햇볕대로 태금이라도 하려는 듯
종일을 들명나명 체질하는 시늉이다
감흙을 받아낸 봇물도 한결 누긋해지고

하늘에 깔아놓은 새털구름도 그렇지만
이제 더는 애운할 일 잰걸음 칠 일도 없이
짯짯한 인연의 여울터, 물살이나 볼 일이다

박남식(朴南植, Park Nam sik)

1947년 경남 창원 사화동 출생. 성균관대학교(동양철학) 박사 졸업.《시조세계》신인상(2005) 등단. 시조집『길잡이의 노래』(2016, 동방기획). 명상여행기『나비의 티베트여행』(2003, 아침미디어),『기뻐서 茶를 노래하노라』(2018, 문사철) 외. 현대사설시조포럼 부회장, 한국시조시인협회 중앙위원, 화윤차문화협동조합 이사장.

춤추는 사유
- 고류지廣隆寺 반가사유상 생각 -
박남식

지상의 모든 시간 다 품어 버렸기에
얼어붙은 발걸음은 또 하나의 선부처
불현듯 교감한 어소에 환히 보이는 내세來世

—

단수의 짧은 시조에서 박남식 시인은 많은 말을 하고 있다. 행간의 보폭이 하도 커서 어떤 말을 어떻게 하는지, 얼마나 많은 말을 하고 있는지 자세히 들여다보지 않아도 안다. …… '오랜 차 살림에도 늘 찻물이 짜디짜서/ 손바닥 크기의 작은 저울 하나 샀다'가 제시하는 '짜디짠 찻물'의 의미가 뜻하는 바와 '작은 저울'의 함수관계는 숨기기에 있다(「늘 어려운 일」). 일반적으로 널리 쓰이는 시의 행간에 숨긴 압축, 생략과 상징의 묘수이다. …… 이 시의 묘미는 역시 짧은 데 있다. 행간의 보폭에 있다. 바꾸기와 숨기기라는 시적 장치에 있다.
— 박지현(시조시인 · 문학평론가)

—

다산초당茶山草堂의 푸른 새벽

백련사 깃대봉이 푸른 새벽을 열 때

흰 고무신 다져 신고 초당길 서성이네

발걸음 멈출 때마다 밀려오는 선인의 숨결

약천藥泉에 동동 뜬 가랑잎 걷어내고

마실 수 없다는 팻말 살짝 돌려놓고

죽음도 한 생生이라며 몇 모금 목을 축이네

적요함도 샘에 녹아 들릴 듯 말 듯

무딘 귀를 열고 무언의 길 따라가면

낙엽이 한 잎 또 한 잎 어깨 위에 내려앉네

맹탕도 한 맛이니라

죽음도 삶의 일부라 버릇처럼 말한 그대

세상사 인연 맺고 끊음이 어렵다는 것

내 오늘 눈치 챘다네

흔들리는 눈빛 보며

밤낮없이 차 즐기던 그대가 없다 해도

혀끝에 감기는 맛 오관을 관통한다

생사를 초월한 이여

맹탕도 한 맛이니라

곰삭아 보면

옛사람 향내 문득 그리운 그런 날
소소한 일에도 시답잖게 따져보네
비릿한 사람의 정이 보배임도 알겠어라

오랜 세월 익고 익어 제 몸 부숴 내어주는
그런 차를 마시면 검을 현玄도 씹히는 듯
하늘이 검다는 이치도 알 것 같은 맘이어라

늘 어려운 일

오랜 차 살림에도 늘 찻물이 짜디짜서
손바닥 크기의 작은 저울 하나 샀다.
눈여겨 계량질 해도 간맞추기 참 어렵다

운남雲南의 차를 마시며

오래된 작은 차실 속삭임이 분주하다
차 한 잔 마주함은 실로 전율하는 감동
초록의 꼿꼿한 삶이 온통 내게 왔기에

구름의 남쪽 나라 고차수古茶樹에 내려앉던
별빛도 따라와서 노곤함을 녹인다
오늘은 우주의 용트림 그대와 겨루려나

내 마음 박속같이 열어놓고

능소화 늘어지게 피어 눈부신 날엔

능소화 빛 수의를 입고 떠나가신 어머니

내 마음 박속같이 열어놓고 노래 불러 주시네

천년 차왕수茶王樹 앞에서

해발 천칠백 미터 허까이賀開산 고차수 숲에

천년 세상을 굽어본 차왕수가 살고 있네

오백 년 고차수들이 모시고 선 전설의

얼마나 많은 손길이 팔 벌려 안았을까

천년을 버텨온 깊고 그윽한 향기

바리때 전해주시듯 차 한 잎 떨궈주시네

광화문 2016 가을

샛노란 은행잎들 뛰어내리는 광화문
차가운 바람은 무연히 숨어들고
오래전 밀쳐두었던 기억 하나 튀어 나온다

너무 용쓰지 말고 되는대로 살라던
망자의 유언은 차라리 사치스럽다
가을은 왜 도심으로 성큼성큼 걸어오나

역류하는 역사는 붉은 피를 토하고
도무지 잠들 수 없이 숨 멎는 날에
장엄한 촛불 바다는 나를 삼켜 버린다

사랑스런 아가야 너도 하나 촛불이구나
너희가 주인 되는 세상을 만들자
타거라 마지막 심지까지 부끄러운 내 모든 것

벗이여 주저 말고 촛불이 되어보자
그보다 더 진진한 일 우리에게 또 있을까
조국의 아름다운 불꽃 처절하게 피워보자

충치蟲齒를 찾아서
— 치과에서

늘 궁금하여 벼르다가 의사에게 물었다
얼마나 독하길래 내 이를 갉아대냐고
그 말에 충치는 실체가 없다는 어이없는 말씀

충치 예방 포스터에 쇠창 든 검은 그놈이
충치인 줄 알았냐는 삼십 년 주치의 말씀
오늘도 칠십 평생의 충치를 찾고 있다

물구나무를 서면

불현듯 망자의 그림자 일렁이는 날

가만히 머리대고 땅의 소리 듣는다

그리움 극에 달하면 그 또한 생의 일부라지

박노경(朴駑慶, Park, No kyung)

1936년 전남 담양 무정면 안평리 출생. 호 해봉(海峰). 고려대 교육대학원 수료. 《시조문학》「개펄이야기」천료(1978) 등단. 시집 『섬마을』(1976, 정문사), 『머나먼 오솔길』(1983, 세종) 외, 논문 발표. 제3회 소파문학상 수상. 광주고등법원, 지방법원 근무, 송원중고교, 수피아중고교, 화원중중고교 교장, 호남학술연구회장, 홍족회장, 한빛동학회장, 채권도송무관 지도위원 역임. 전남 《시조문예》 발간 기획위원. 한국문인협회, 한국시조시인협회 회원.

고향의 노래

섣달 그믐을 타향에서 지내는 맘
늦가을 들길을 저 혼자 걷는 소녀처럼
대화는 통해도 맘이 통하지 않는 사람

달도 하나 해도 하나 고향도 하나
어설프고도 하잘 것 없는 땅 그래서 정이 담긴
타향은 아빠의 꾸중 고향은 엄마의 손길

고추에 팥고물 묻은 정 코흘리게 정
가보면 별게 아닌 땅 답답한 농촌
되오면 그리워 다시 불러보는 고향 노래

꽃잎

아침에 생긋 웃는 애뜻한 꽃잎에서
싱그런 방울방울 이슬이 속삭일 때
차라리 영원하리 상기 어린 꽃잎아

찾아 온 호랑나비 살짝꿍 숨겨 주고
풀밭은 따라가고 도란도란 얘기하는
꽃잎은 속삭이네 사랑 노래 부르네

꽃잎이 못내 예뻐 잡을 듯 쳐다보다
바람이 살랑살랑 흔들어 고백할 때
때 늦어 한숨 짓는 나비 마음 뉘 알고

나목의 노래

산을 가는 흰 나비여 고달픈 나래 젖어
멀리 가버린 날을 다시 돌려오는 날에
하늘을 쳐다 보면서 어린 나를 부른다.

즐거웠던 그 옛날은 뿌리에 묻어두고
겨울 삭풍 휘몰아쳐 살을 에는 모진 삼동
아직도 한천寒天은 그대로 휘몰아쳐 멀어갈 뿐.

잃어진 꿈 삶의 조각마다
혼자서 되돌아서 소리소리 외쳐봐도
아직은 멀기 만하다 승리의 그 나팔 소리.

도가禱歌

스스로를 태워서 밤을 밝히는 촛불이 있고
돌고 돌아 바람을 일으키는 선풍기가 있다
끝없는 윤회 속에서 전전하는 인생이여.

이맛살 주름이 퍼지라 문지르는 이 마음
세파에 시달리는 괴로움 물러가라
외우는 열원 주문이 송경誦經으로 바뀐다.

머나먼 오솔길

언제나 걸어보아도 다정한 이 오솔길
개척자도 연대도 번지수도 알 수 없는
물방아 역사가 이룩해 놓은 오솔길

청청 소나무 숲을 좌우로 거슬러
다람쥐 재롱 따라 헤쳐 가노라면
이따금 질경이 풀포기 억새풀 되었다

능선을 휘어 감고 계곡에 이르면
예대로 쫄쫄쫄 외로워 노래하는 개울물 소리
옹달샘 이끼 낀 바위에 까토리가 예쁘다

놀라 깬 산새 몇 마리 구름 속으로 흩어지고
바스락 바스락 예쁜 토끼 줄행랑치는데
으슥한 오솔길은 아직도 멀기만 하다.

목포

옹기종기 모인 섬 굽어보는 유달산
굴러 내릴 듯 기암괴석 천년 두고 한결같이
목포라 누가 말했던가 석포石浦라 하지

삼학도 변하여 무학도인데
옛 전설 간데 어디냐 대포 잔아 물어보자
그래도 옛정 못 잊어 불러보는 삼학도.

푸른 벤취

연이은 바다와 물 한눈에 안겨오고
푸른 초원에 푸른빛의 긴 벤취가
서늘한 눈빛의 임자를 하염없이 기다린다.

벤취를 비껴가는 산그늘이 기울면
더위가 식어가는 질펀한 바다 위엔
한 마리 흰 두루미가 서녘으로 날아간다

바다에 실린 물그림자 바람에 안기어
출렁이는 내 가슴에 밀리어 다가서고
보람찬 내일의 꿈이 시심에서 저문다.

백학부白鶴賦

천년 세월 길어 올려 출렁이는 물결의 몸매
바래인 보오얀 은빛 떨친 것은 겨레 흰옷
청자빛 하늘을 열고 아롱지는 한 하늘의 수繡여.

하늘과 땅이 열리매 오직 홀로 받은 목숨
외로운 자리 딛고 한발 꼬아 세운 다리
목을 빼 멀리 바라며 그리움에 젖는 눈.

해망海望

선창가 신작로에 버스가 기어가고
한두 채 스레트집 땅 끝에 버텨 서서
바다와 대지의 속삭임을 질투한다.

어쩌다가 바다에 뛰어든 작은 섬 하나
물새도 산새도 날지 않는 이 섬에
자욱한 안개는 끼어 싸뿐 감싸준다

돛단배에 통통선도 오가지 않는 해협
썰물에 육지 되고 밀물엔 바다 되는
고요와 적막의 교차에 해가 저문다.

해협의 달빛

배 위에 차를 싣고 그에 다시 실린 달빛
물결 찰싹이는 밤은 나를 저어가는데
아득한 저 벽파진壁波津 아물아물 졸고 있다.

어둠 쫓아 몰고 가는 안개 걷힌 밤 바다를
으시시 찬바람이 뱃전 스쳐 지나가고
어디로 떨어져 가는가 별똥별이 흐른다

꿈길인 듯 머언 먼 바다 저어 다시 밤은 깊고
물새도 잠이 들은 고요한 해협 새로
아득히 깜박이는 등대 희망으로 안긴다.

박달목(본명 박진환)

중앙일보 신인문학상 수상(시조). MBC 조
각대전 대상 수상. 개인전 7회. 시집 『격렬비
도』, 『종소리 그친 나라』, 『그래도 지구는 돈
다』. 미술학원 20년 운영. 현재 한국미술협회,
고양원로작가회, 한국문인협회, 한국가곡작
사가회 회원. 달목조각연구소 운영. 한국시비
공원연구소 대표.

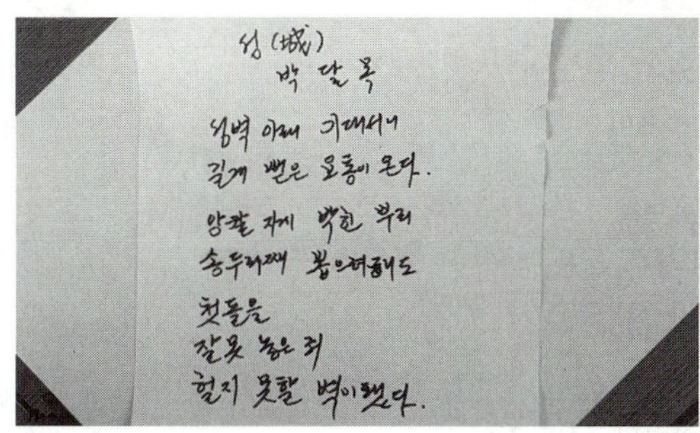

—

개천사의 봄

칡넝쿨 얽크러진
개천사는 까막기와
물길잡고 올라간 길
개복숭꽃 번진 그늘
새 소리
꽃잎에 받아
물에 띄어 보내리

앞 뒷산 벙그른 틈
하늘도 반쯤 열려
개천사 하루해는
아랫마을 한나절 볕
수막새
탁본을 뜨듯
낮달 빠져 행맑은 물

선운산 돌개바람

산문을 밀치고드니 바람꽃이 수북하다.
청동기 목 쉰 바람 고인돌을 올려놓고
잊혀진 토막 난 역사
골짜기만 깊어가네

황토현 흙을 뭉치던 가슴아피 넋두리도
민초들 대매듭 튀던 그 함성도 거기 숨어
허기진 청포장수들
녹두 이삭 줍고 있다

물 퍼낸 돌함에도 하늘 뜻은 담겨 있어

언젠가 일어서리라 봉두난발 돌개바람
선운산 밝은 돌마다
동백꽃 피 쏟아놓고

바보 참게
— 내란을 피해 탈출한 중동 지역 난민들을 보면서

대야시장 맨 바닥에
참게 한 마리 탈출했다
어느 나라 난민인지
겁에 질린 두 눈을 세우고
거품을
뿜어대면서
정착촌을 꿈꾸는가

거래만 이뤄지는
냉정한 장바닥이다
사방을 모로 기어도
몸 감출 곳 내주지 않는
참게의
험난한 여정
게딱지가 측은하다.

한식(寒食)
— 2014년 봄, 비정규직 시위를 보며

여봐라! 게 누구 없느냐?
꼴샌님 봄 부르는 소리

남신의 솔방울은 옥(玉) 도글 독(石) 도글 굴러가는데

오늘은
뚜껑이 열리려나
찬밥신세 춘투현장

쇠씨네 가족보

시조는 개땅쇠요
의리있떤 농삿꾼이라
이대는 변강쇠요
처자식이 무수하더니
삼대는
꿀덕쇠인데
주는대로 받아 처먹고

사대는 마당쇠요
청소부 고시 합격자라
제 오대 구두쇠부터
계대가 끊긴가 싶더니
십팔대
모르쇠때 이르러
쇠씨가문이 번창해 가더라

달마고도에서

뒤도 돌아보지 않고 가신걸 보니
열반묘심(涅槃杳心)에 취하셨나
생사가 공존하거늘
사는 법 죽는 법을 왜 따져
적멸로
가는 안개여(무산霧山)*
니르바나 여운이여

사바세상 번뇌까지
안장(安葬)하고 산이 되게
죽음도 내 것이거늘
뉘게 맡겨 품을 팔까
새에게
먹히지 않은 자벌레
삼보일배 수행길이다.

* 조오현 사문의 아호.

지금은 내부 수리 중

이것이 식당이냐
쥐며느리 소굴같다
톱질소리 망치소리
벽 허무는 해머소리
뼈대만
남겨 놓은 채
모두 뜯어 고쳐보자

바지사장, 주방장도
차림표도 새로 짜고
구티 난 집기들도
모두 쓸어 버려야 해
지금은
내부 수리 중
신장개업 기대한다

부들

청문회가 벌써 끝났는데
여직도 간 떨고 있냐?

시상에 뭔 잘못이 그리도 많길래 멍석물이 뭇매를 맞다가 오죽
이나 못 견디고 똥줄이 다급하면 모르쇠로 일관하다가, 죄 없
는 지 여편네까지 끌어들여 핑계 대다가 저렇고도 무슨 체면으
로 높은 자리 꿰차고 앉을까, 허기사 우리나라 지도급 인사들
60%가 청문회를 통과하기 어렵다는디, 99%라고 우겨대는 댁
은 또 뉘시오?

여기서
접어둡시다
누가 누굴 더 털것소

홍어

1
속내를 알 수 없는
너부죽한 연골 어족

어시장 좌판 위에
코가 꿰어 뒤척인다

엎으면
흑산도가 되고
뒤집으면 홍도가 되고

2
목포하면 흑산도 홍어
그 이야길 또 꺼낸다

홍어 삭는 째보선창
홍탁삼합 궁합이 맞다고

코 찌른
알싸한 그 맛
세상을 확 뒤집어 봐!

벽 1

벽 속에 손을 넣는다
꺼낼 게 너무 많아

냉정한 벽의 저쪽
미래의 타임캡슐

세상에
없는 것들은 다
벽 속에서 나오는가

너무 깊이 손을 넣어
건드려선 안될 것들

금단의 영역까지
침입하는 두려운 손

너무나
앞서가는가 싶다
벽은 항상 수직인데

박달수(朴達秀, Park, Dal soo)

1936년 경남 합천 가야면 출생. 경남대학교 (국어국문학과). 《시조문학》(1983) 등단. 시집『수레』,『물레』(2009, 세종),『빈수레』(2016, 세종). 산문집『군소리』(2016, 세종). 편찬집 『합천의 숨결 해인사의 향기』(2015, 세종). 한 국불교문학상 본상(1998), 성파시조문학상 (1998), 부산문학상 본상(2000), 실상문학상 본상(2003), 설송문학상 본상(2005) 수상. 한 국시조시인협회 자문위원, 부산시조시인협회 연찬부 자문위원, 사하문인협회 고문, 부산문 인산우회 고문, 부원문인협회 고문.

—

추사 선생의 글씨로 잘 알려진 죽로지실은, 독립운동을 하셨고 제 헌국회의원이셨던 효당 최범술 선생께서도 다솔사 자신의 다실에 이 현판을 걸어 두셨다. 죽로에 찻물 끓는 소리는 감각 기능이 의식 을 해체시키는 역할을 한다. 청각 후각으로 본래 자리 곧 자성自性 을 찾는 기쁨으로, 비워야 채울 수 있는 진공묘유眞空妙有의 경계 로 승화된다. 이런 환희심은 어디에서도 찾을 수 없으리라.
박달수 시인은 이처럼 종교적 뿌리에 근원을 두고 비우고 닦아낸 지극한 삶의 노래로 모두가 함께 행복하기를 바라는 보살심을 관 철하고자 한다.
　　　　　　　　　— 전연희(시조시인·한국시조시인협회 자문위원)

—

농사꾼 아재

아재의 눈에는 늘
깃발 없는 흙을 담고

땀만큼 커지는 분배
공화국 논리로 산다

그 손에
생명의 일기가
신화처럼 느껍다.

조국은 어머니땅

진양조 달이 뜨면
만 평 달빛 초가마을이

아래 위뜸 오붓한 이웃
삶의 무늬 닮은 하나

아자창
달빛 젖은 단란
하늘 백성 누린 터.

한 탯줄 감고 나와
인연의 망 겁외劫外로 옹가

등 돌리면 오금 저려
각角을 지워 다가서면

깊이를
헤아릴 수 없는
모성으로 감싼다.

삼천포 밤바다

시의 나울 젖던 영상
오늘로 때 늦은 걸음

어둠이 나래 펼쳐
무위無爲로 끝없는 누리

바다도
적막에 잠겨
무자無字 화두 들었다.

선잠으로 뒤척이던
저 멀리 어촌 불빛

그리움 못 사려서
이 나그네 마주하나

그날의
고운 이름들이
내 안에서 웅성인다.

도솔천 내원궁에서 오신 부처님께

가파른 삶의 등고선
안쓰러워 오신 여래

눈 뜨고 귀 열리면
누구나 부처 자리

미묘법微妙法
하늘 땅 뒤흔든
룸비니의 사자후.

가능빈가 노래하는
구원久遠의 정토淨土고자

켜 드는 등불마다
난타의 불 여울지고

다 비워
맑은 영혼으로
삶의 환희 누리기를.

탐욕을 다 태워서
보시하는 마음으로

성냄을 삭히어서
하나 되는 가슴으로

큰 두께
어리석음 깨쳐
반야 지혜 열리기를.

산사

죽로竹爐에 은은한 송풍松風 문밖 소리 여운도 슬고
차향기 보듬은 숨결 손 잡아 본래 자리로
큰스님 말없는 법문에 찻잔마저 비었네.

민초들 쉼터 포장마차

식구 명줄 힘겨운 무게
주인 손님 같은 등짐

땀으로 야윈 하루
가난 털고 마감하려

역겨움
잔에 타 마시면
무늬 고운 단청이네.

천심으로 전력투구
심는 만큼 거두는 철칙

한 닢 동전 그 무게도
부하負荷 걸린 미련의 쉼터

달 띄운 잔을 돌리면
모두 밝는 밤 능선.

머무름에 이 기쁨
— 꽃마을 향수에서

노을 지핀 억새들 굿판
그 여흥 뒤풀이 쉼터

소담스런 별자리 깔고
산빛 절인 하루가 졸면

잔 가득
노래도 실려서
멋에 취한 산사람들.

민초와 뿌리 지핀
산새들 단꿈 드는데

은하수 발목 잡고
이 밤 함께 새자 한다

잔에도
반 남은 이야기
나그네들 우짜노.

갈림길

벙어리 온 삼 년에
층층 하늘 받든 푸념

시계 흐린 시집살이
어미도 밟은 이력

등 돌려
보내는 애절哀切에
말문 막혀 손사래만.

5일장에 만난 어머니
벌써 사윈 체온이 아려

울고 갔던 갈림길에서

쥐어 드린 가난한 손

등 굽은
세월의 무게에
목메어서 손 인사만.

학

마음의 고삐 풀면
불꽃 이는 탐욕 더미

구름 끝 춤으로 흩고
무심을 깔고 앉아

바람에
화두를 놓고
오도송悟道頌을 읊는다.

세간 목록 이름한 것
은하 큰 물 창공 하나

솔가지 빌려 튼 둥지
한 철 나면 가는 나그네

버리고
떠나는 향기
누항사陋巷詞를 엮는다.

솔바람 향 저린 여운
그 무늬진 선비얼 닦아

몸뚱이 마음 하나로
안빈락을 즐기면서

보름달
허공에 불러
신선도神仙圖를 그린다.

신화 쓴 당산나무

천 금 무게 만남의 인연
한 뿌리로 해를 물고

피붙이로 거둔 정성
무늬 되고 향이 되어

한 고을
탄생의 미학
성전으로 신화가.

무심을 경작한 일상
은하물로 허기 잊고

바람과의 선문답에
청빈락 활구 놓아

찬 매에
경건한 묵상
한 소식을 얻었다.

박대순(朴大淳, Park, Dae soon)

1936년 강원 횡성 안흥면 출생. 춘천사범학교 졸업. 《문학공간》(2008) 등단. 산수 기념문집 『내 영혼의 디딤돌』(2008, 문학공간). 시집 『묵매향』(2010, 문학공간), 『천년의 솔바람』(2013, 문학공간), 『팔순의 고개에서』(2015, 문학공간), 『내 영혼의 작은 촛불』(2016, 문학공간). 한국문학회, 원주시 문학회, 강원시조문학회 회원.

—

박대순 시인은 고희古稀의 나이에 시조로 등단하여 작품을 쓰기 시작했다. 그 이전에는 오랜 교직 생활에서 어린이와 함께 지내면서 맑고 고운 동시를 써 왔다. 그러기에 그의 시조 또한 동심에 젖어 있다. 시어의 선택이나 이미지의 구상이 난해하지 않고 편안하면서도 정겹다. 그의 작품 「여생餘生」에서 보여주는 것 같이 산수傘壽의 하늘을 노을로 곱게 물들이고 싶다는 그의 마음의 여유는 앞으로도 욕심없이 좋은 작품을 쓰리라 기대된다.

그는 5권의 시조집을 출간했지만 거의 모두가 순진무구純眞無垢하며 독자의 마음을 푸근하게 해 준다. 그만큼 그의 작품이 진술하기 때문에 독자의 가슴에 좋은 기억으로 오래오래 남는 것이리라.

— 김성수(시조시인 · 전 원주문인협회장)

—

횡성 댐에서

수십 길 맑은 물속 구름 꽃 피어난 곳
햇살보다 맑은 물결
날개 편 학 한 쌍이
해 저문
모래 톱 위에서
춤을 추며 포옹한다.

깊은 물 명경지수 그 큰 산을 얼싸안고
햇빛 반사 얼비치는
물속에서 사진 찍고
별빛과
속삭이면서
사랑 얘기 나눈다.

여생餘生

저녁 하늘 타는 놀이
더더욱 아름답듯
시심으로 수놓은
내 마음 여생이여
원 없이 시를 쓰면서
멋지게 살고 싶다.

이순耳順에 철이 들고
고희古稀에 시를 쓰니

산수傘壽의 저녁 하늘이
저토록 고운 것을
이 목숨 다 하는 날까지
아낌 없이 태우리라.

흔적

흘러가는 세월이란
눈으로는 안 보인다

바람으로 스쳐가며
흔적 없는 여운으로

눈가에
주름살 보며
지난 세월 아쉽다.

흘러가는 바람 함께
순간처럼 지난 세월

해와 달의 자취 따라
흘러가는 구름 따라

새 하얀
머리숱 보면
흐른 세월 그립다.

천년의 솔바람

푸르른 날개 펴서
새 아침을 열어 놓고
상큼한 솔향기로 천년 세월 노래한다
버들잎 청초한 기운
시원스레 뽑아낸다

수백 년 자란 솔이
아름들이 거목 되어
온갖 풍상 이겨낸 표피를 자랑하네
솔향내 짙게 내 뿜는
천년 푸른 생명력.

영생의 천은天恩으로
대들보와 기둥으로
세월의 호연지기 꿋꿋이 지켜가며
역사의 뒤안길에서
사랑으로 베푼다.

모르고 저지른 실수

몰라서 저지른 실수
엇박자로 방해하면

멍든 가슴 더 아프고
옥죈 마음 풀길 없어

찔린 맘
뼈에 사무처
가눌 길이 아연해

실수로 잘 못된 일
용서로 치유하고

아픈 가슴 위로하여
반성할 기회 주고

가슴속
금이 간 부분
사랑으로 덮어 줘.

박두화(朴斗花, Park, Du hwa)

1958년 경북 경주 감포읍 출생. 포항여고, 한국방송통신대학교(국문학과) 졸업. 《시조시학》 신인상(2006) 등단. 시집 『바람의 손』(2016, 고요아침). 여강시가회 작가상 수상(2017). 한국시조시인협회, 열린시학회, 시문회 회원. 여강시가회 부회장. 

—

박두화 시인의 작품에서는 섬세한 서정성이 우러난다. 섬세한 서정성은 균형을 잃으면 어느 한 부분만 강조되기 쉬운데 박두화 시인은 균형 잡힌 감각을 보여주고 있다. 그리고자 하는 시적 대상, 곧 사물의 진수를 잘 묘파해내어 이를 작품화하는데 성공하고 있기 때문에 사고의 균형을 유지하고 있다. 또한 그녀의 작품은 현실 감각과 시대정신에 대해 올곧은 정신을 보여준다. 대개 서정성이 강한 작품들은 시대성에 둔감하기 쉬운데 여성임에도 역사 인식과 시대 인식을 지니고 있어 이에 대한 밀도 있는 시상의 전개를 보여주고 있다. 또한 적지 않는 사설시조를 보여주고 있는데 반복-열거-절정의 사설의 형식은 물론, 내용적인 면에도 상당한 수준을 보이고 있어서 탄탄한 기량을 엿보게 한다.

— 이지엽(시인 · 한국시조시인협회 이사장 · 경기대 교수)

—

딸에게

낡은 담요는 속이 훤히 비친다
바람을 막는 일도 네 몸을 가리는 일도
도움이 되지 못하고 널브러져 바라본다

행여 네가 원한다면 두 겹 세 겹 접을게
세월도 접고 눈물도 접고 두툼하게 접어서
내 몸이 너의 위안이 될 수만 있다면

너의 바람벽이 될 수만 있다면
낡은 생명의 끈을 꼭 물고 있을게
아슴한 빛을 껴안고 뒤척이는 섬 마냥

과메기
— 어느 패션모델

동해의 푸른 물살을 가르던 꽁치 떼가
대관령 넓은 덕장에 거꾸로 매달렸다
속엣것 다 쏟아내고 빈손 빈 마음으로

매서운 바닷바람에 수십 번 몸을, 얼녹이면
떨어지던 물은 마르고, 기름마저 빠지고
단식은 가장 큰 고통, 내 오줌은 온통 피다

삼팔선

생명의 줄이 끊어졌다
튕겨져 나간 금줄 하나
울 수 없는 가야금
소리마저 잠든 적막

끊긴 줄 달빛을 딛고서니
금강산이 하마 보인다

때로는 가시나무처럼
때로는 애벌레처럼
내 살에 화석처럼
남은 새 발자국

아직도 상처가 남았을까
길 위에 누운 삼팔선

낙엽

빠알간 단풍잎이
겹겹이 내려앉아

한 움큼 주워보니
군데군데 앓는 소리

얼굴에 저승 꽃 피고
허리는 골다공증

나도 홍시

할머니가 감춰둔

시렁 위에

빨간 홍시

어머니가 숨겨둔

장독 안에

말랑말랑한 홍시

남몰래

꺼내먹다가

들켜버린

나도 홍시

노숙자露宿者

빈 잔이 서 있다
금이 가고 이가 빠지고
입술이 꺼멓게 닳은
빈 잔이 떨고 있다

푸르른 물을 안고 돌던
시절을 접어둔 채

빈 잔이 눕는다.
바람에 쓰러진다.
서울역 광장에서
마로니에 공원 벤치에서

비둘기 다가오더니
구-구구
쪼아댄다.

의자

이순의 중턱에서 중풍에 걸린 어머니
마음만 날아다닐 뿐 붙박이 의자였다
어쩌다 전화를 하면
"괜찮다 나는 괜찮다"

한강 유람선 한 번 타자고 했더니
"나중에 네가 돈 많이 벌면 탈란다"
나에게 어머니는 의자였다
가슴 한 곳, 비워둔 의자

시, 뮤즈*의 날개

　아껴둔 속잎 같은 가슴살 저며 낸다.

　시를 쓰려면 파지를 제 키 만큼 버려야지. 그러지 않으려면
아예 접어라 하신 선생님. 내가 버린 파지는 무르팍에 쌓인다.
그래서 그런지 내 시는 가다가 주저앉고 날은 저문데 길은 보
이지 않는다. 언제 끊어질지 모르는 감성의 명줄, 가으내 식
은 햇빛 속에서 강물이 크나큰 물뱀처럼 비늘 번쩍이며, 먼 산
모롱이로 꼬리 감추듯 길게 늘이고 싶은데, 나의 강에는 뮤즈
muse의 날개가 그리 넓지 못하는가?

　뮤즈의 그날을 위해 내공을 쌓고 쌓는다.

* 뮤즈: 그리스 신화에 나오는 시, 학예, 음악을 관장하는 여신.

대추나무

대추나무 잔가지에

빼곡히 내민 얼굴

무거운 밑가지가

휘어지고 꺾어져도

놓으면 죽을 것 같아

매달리는 어린 것들

해송

징하게 밝은 달이
내 안까지 돋는 날은

굽은 등 곧추세워
수평선 바라본다

그리움 연을 날리며
깨금발 딛는 어머니

박래흥(朴來興, Park, Lae heung)

1949년 광주 광산구 양동 출생. 조선대학교 (국어국문학과) 졸업(1972). 《문학예술》 시 신인문학상(2003), 《모던포엠》 시조 신인문학상(2006), 《수필시대》 수필 신인문학상(2009) 등단. 시집『시를 쓰는 꽃』(2008, 문학예술). 시조집『미움, 넘어 그리움』(2017, 문학예술). 정소파 문학상(2016) 수상. 한국문학예술가협회 광주전남 지회장, 세계모던포엠 작가회 호남지회장 역임. 한국문인협회, 국제 PEN광주회 회원. 청하문학회 이사 역임. 광주문인협회 시분과위원장, 광주전남시조시인협회 이사.

화살머리 아침

박래흥

그 날의 총소리 대포소리 들려온다
천지를 진동하는 폭격 속에 쓰러진
그 곳이
무덤이 되어 제비꽃을 피웠다

총알이 박혀서 문드러진 아픈 해골
잠들지 못한 영혼 꽃다운 학도병의
꿈들이 여기저기서 꽃으로 피어난다.

시인의 시세계는 한마디로 깊은 신앙심과 인간에 대한 남다른 애정, 자연에 대한 심오한 관조와 함께 현실에서의 이상에 대한 간절한 갈구가 시의 소재로써 시의 중심에서 분수처럼 솟아나고 있음을 본다. 시인의 시는 풀꽃 같은 섬세한 서정이 우리의 퇴색하고 있는 정서를 일깨워 주고 있는가 하면, '투사의 혼'으로 현실에 대한 질타와 저항의식도 곳곳에서 분출하고 있다. 시인은 단어 하나 쉼표 하나에도 생명을 걸고 우주를 담는 그 책임성, 전력투구하는 성실성이 불바다를 이루고 있고, 교만하지 않고 겸허하되 성공보다 실패를 두려워하지 않는 지혜로운 황제의 고독을 지니며 속중을 가엾이 여기되 그들의 가슴에 불꽃을 심는다. 용기 있게 정의, 민주를 사랑하며 질풍노도와 같은 민족 사랑으로 통일시대를 꿈꾼다.

— 문병란(시인 · 전 조선대 교수)

미움, 넘어 그리움

애타는 그리움 밤을 새워 잠재우면
상상도 의심도 신기루처럼 사라질까
사랑은
섬으로 떠서 이 세월을 설렌다

미움은 사흘인데 기다림은 백년이라
잊으려 애를 쓰면 그리움만 커져버려
사랑을
물 푸듯 쓰면 잊은 듯이 마를까

오지 않는 그대는 미움, 넘어 그리움
마음 속 깊은 곳에 샘물처럼 찰랑이던
그대를
들여다보며 추억 속을 걷는다

그대의 꽃향기가 우주 가득 피어올라
밝히는 십자가로 꽃 초롱을 받쳐 들면
황혼은
참 아름다운 바다 밤을 새워 철썩인다.

어머니의 국밥

산밭에서 참깨 털다 자취한 아들 생각
공원 앞 돼지국밥 한 그릇만 시켜놓고
아들아
난 먹고 왔다 어서 빨리 먹어라

육남매 무게만큼
허리는 크게 휘어
못 삼킨 눈물만이
배부르게 고이는데
고픈 배
자식 걱정에
날이 새는 어머니

심은 대로 거둔 일상 깨 한 톨 아긴 근검
힘들고 허기진 삶 허허로이 맞이하며
한 평생 일개미처럼 땅만 파고 사셨네.

외갓집 가는 길

꼬부랑 산길을 따라 단풍이 불타오르고
산 까치 까악까악 모자母子를 안내하니
돌포암 시골 마을엔 홍시가 주렁주렁

강 건너 외갓집은 가도 가도 머나먼 길
월야북교 울타리엔 손 흔드는 코스모스
하늘은
높푸르구나 영차영차 운동회

사립문 가까울 땐 모락모락 화전花煎냄새

외할배 쌈지 돈은 사랑의 결정 잔치

주막집 눈깔사탕이 우르르 쏟아진다.

백두의 정상이여

백두가 옷 벗으니 천지가 보듬는다
두 손잡고 우뚝 선 백두의 정상이여
서울과 평양이 좋아 덩실덩실 춤춘다

춘향이도 나오고 황진이도 나오너라
남과 북은 하나다 덩실덩실 춤을 추자
아 녹슨 가시철조망 두 정상이 걷어낸다

새로운 미래 만세 조국통일 만만세
둥둥 북을 울려라 백두에서 한라까지
꽹과리 장구 다 모여라 사물놀이 하자

한강이 대동강이 감격의 눈물바다
절망의 벽 칠십년 품은 한을 허물고
한겨레 7,500만이 새롭게 부활한다

오대양 육대주가 한반도를 우러르고
우주의 만물들이 기립박수를 보내니
야훼도 감동하여 눈물콧물 흘리신다.

해바라기의 기도

옥녀봉 치마 자락을 끌어당긴 동성고 교정
땡볕 안은 여름 한철 머리 숙인 묵상으로
임 그린 태양을 향해 기도하는 해바라기

뺨 때린 비바람을 노랗도록 참아내며
메마른 질곡에서 노동의 피땀으로
풍성한
열매 맺고서
행복하게 웃는군

산새도
나를 위해
하루 종일 찬송하고
꽃들도 나를 위해 뻘겋게 기도한데
나도야! 누군갈 위해 기도문을 써야지.

철쭉꽃

한라산 철쭉꽃이 피울음 우는 것은
4 · 3 항쟁, 국가폭력
말발굽에 억울하게
짓밟힌 아기 영혼이 절규하기 때문이다

지리산 철쭉꽃이 피울음 우는 것은
6 · 25 총부리에 삼촌이 흘린 피가
피아골 가득 넘치어 흘렀기 때문이다

무등산 철쭉꽃이 피울음 우는 것은
5 · 18 청도깨비가 휘두르는 총칼에
구멍 난
아빠 영혼이 분노하기 때문이다

백두산 철쭉꽃이 피울음 우는 것은
나라를 빼앗긴 삶이 너무 부끄러워
목숨을 바친 윤동주 피눈물 때문이다

올봄도 155마일 휴전선에 철쭉꽃이
피울음을 우는데 분단된 민족의 삶이
하나도 부끄럽지 않는 나는 누구일까.

철모 속에 핀 꽃

아름다운 금강산 한눈에 볼 수 있는
양구군 방산면 983고지 피의 능선
아무도
찾는 이 없는 외로운 깊은 산골

녹슬은 철모 속에 갇혀버린 암흑천지
빛을 찾아 총구멍
뚫린 철모 사이사이
누구의 영혼인지 고개 쑤욱 내밀고

참았던 울음보 천둥처럼 터트리고
갈기갈기 찢어진 육신의 붉디붉은
꽃잎들
피를 빨아 핏빛 통곡하는 패랭이꽃.

갈등葛藤

갈등葛藤에도 당신의 마음이 들었을까
왼쪽으로 돌아서 하늘 오른 등나무
오른쪽 방향으로만 돌격하는 칡넝쿨

누군가 붙잡으면 보듬고 빙글빙글
자기의 길만을 고집하며 왕관만을
탐내는 갈등나무의 교만한 이기주의

갈등에 걸리면 목이 졸려 죽는데
이방원이 회유한 하여가에 엉키는
드렁칡 삶이 싫어서 정몽주는 죽었다

천년을 살 것같이 앞뒤도 안 살피고
하늘만 한 욕심으로 오르고 엉키나니
인간사 돌고 돌아서 꼬이는 갈등이다.

당산나무

중심사를 지나서 돌계단 오르면
달동네 신림마을 무등산 오르던 길
오백 년
자자손손을 지켜주던 당산나무

보름달이 둥실둥실 무등산 넘어오면
온 동네 줄다리기 영차영차 이겨라
당산제 끝나면 줄을 감아서 옷 입힌다

전남대 간호대학 백의천사 부푼 꿈
지친 몸 그늘에 쉬며 배우던 의술을
삼백 년
품에 안아서 지켜주던 당산나무

푸르른 가을하늘 만국기 펄럭이면
운동회 줄다리기 영차영차 이겨라
시상식 끝나면 줄을 감아서 옷 입힌다.

내 영혼 바람 되어

파아란 하늘에다 하이얀 구름으로
그림을 그리는 한줄기 바람 되어
할매가
꿈에도 그리는 대동강도 그리고

아빠가 넘어가다 쓰러진 철조망에
구름을 몰고 가는 한 줄기 바람 되어
엄마가
애타게 그리는 아빠 얼굴 그리며

흑암의 우주에다 햇빛 달빛 전하고
꽃과 새를 스치는 내 영혼 바람 되어
우리의
소원 하나 된 한반도를 그리리라.

박록담(朴碌潭, Park, Rok dam) 본명: 박덕훈(朴德熏, Park, Duk hoon)

1959년 전남 해남 마산면 연구리 출생. 전통주 연구가. 조선대학교 공과대학 졸업(1982), 고려대 자연대학원(식품공학과). 〈광주일보〉 신춘문예 시 가작 입선(1984), 《현대시조》 신인작품상 시조(1984), 《현대시조》 천료 등단. 시조집 『겸손한 사랑 그대 항시 나를 앞지르고』(1991, 산방), 시집 『그대 속의 확실한 나』(1992, 자유지성사) 외. 저서 『한국의 전통 민속주』(1995, 효일문화사), 『명가명주』(1999, 효일문화사), 『우리 술 빚는 법』(2002, 오상) 외. 시조시인협회 회원. 숙명여대 전통문화예술대학원 객원교수, 한국전통주연구소 소장. '박록담의 전통주 교실(록담일반문화센터)' 운영.

—

오월

나는 벌이고 지던 하늘 밑 금수강산
골골이 가슴팍을 여미어 오는 이 봄
어느 컨 나뭇가지엔 또록 또록 꽃 피고

황토밭 시오릿 길 넘어오던 산사엔
오호라, 먹뻐꾸기 찬이슬을 머금었네
진달래 웃는 하늘가 물이 오른 새악시

나목 끝 내려 앉던 하늘엔 봄 봄바람
무딘 맘 눈짓으로 그리운 님 부르다
푸른 솔 꽃봉오리에 날개 접는 산새여

유달산

바람도 달래 놓고 햇살 풀어 씻은 얼굴
바다가 그리워서 다도해를 등에 업고
여닫는 하늘 아래에 부처인 양 앉았다

운무에 가린 연봉 피명의 조화런가
삼 선녀 불러 놓고 산수 끌어 품에 안으니
붓 끝에 청산이 절로 시 한 수를 낳는다

이대로 돌이 되면

바람이 부는 대로 바람이 될까 보다
얽매인 하룻날에 가슴앓는 일이 없이
한 소절 피릿소리에도 어깨춤을 추겠는데

파아란 하늘 아래 지친 몸을 누입니다
이대로 돌이 되면 이름 없는 돌이 되면
청산에 오르는 달을 다시 누가 안아 주랴

그리움

가앞잎 소맬 스쳐 사뿐히 날려 와선
그리는 맘 속눈썹에 이슬로 젖어오듯
임 좇아 끌리는 정은 하소할 곳 모를레

연가

쌓이면 쌓일수록 가슴에 와닿는 바위
지척의 열린 그 길도 안개 속에 가렸는데
생각은 분수를 넘어 천 리 길 만 리 길을

내밀한 가슴엣 것 반만 풀어 내면
저 산이 네 마음인들 덮을 길이 없겠느냐
가슴은 가득 찬 바다 출렁임만 높아라

백장미

빛깔이 고운 꽃은 바람도 탐을 내듯
옥당에 핀 그대 모습 꿈 사뤄 소복인가
말없이 피어 있는 뜻 가슴에 와 닿는다

산에 오르면

산허리 감아 도는 살가운 바람 타고
골골이 골 넘어서 구름도 이고 진 듯
사념을 벗어 내리면 산마음은 내 마음

박명숙(朴明淑, Park, Myoung sook)

1956년 대구 중구 출생. 영남대학교(국어국문학과) 졸업, 중앙대 예술대학원(문학예술학과) 수학. 〈중앙일보〉 신춘문예 시조(1993), 〈문화일보〉 신춘문예 시(1999) 등단. 시집 『은빛 소나기』(2011, 책만드는집), 『어머니와 어머니가』(2013, 고요아침), 『그늘의 문장』(2018, 동학사) 외. 열린시학상(2011), 중앙시조대상(2013), 이호우·이영도시조문학상(2015), 김상옥 시조문학상(2019) 수상 외. 오늘의시조시인회의 연구출판위원장.

달개비꽃   박명숙

초가을이 던져 놓은
미끼 같은 작은 꽃

킷바퀴가 새파랗다
어느 바람에 흔렸을까

길섶에 내려앉으며
보가지른 가누는 꽃

—

박명숙 시편은 사물의 외관을 감각적으로 묘사하면서 거기에 자신의 내면과 기억을 결속시키는 방법에 의해 일관되게 쓰인다. 또한 근대적 시간을 뛰어넘으면서 가장 근원적인 경험적 시간을 재구성하는 방법에 의해 구축되기도 한다. 그녀는 사물의 안팎에 흔적으로 새겨져 있는 기억들을 거슬러 올라감으로써 우리 정형 시단에서 가장 간결하고도 속 깊은 서정을 구현한다. 그렇게 박명숙 시편들은 정형 양식이 가질 법한 내용과 형식 사이의 긴장과 상충을 충분히 감안하면서도, 개성적인 양식적 완결성을 구축해가고 있는 것이다.
— 유성호(문학평론가·한양대 교수)

—

어머니와 어머니가

도랑치마 걷어 올리고
도랑물 건너가네

마른 땅 끌던 꿈
허리에다 동여매고

물살에 정강이 찧으며
고픈 봄날 건너가네

어머니와 어머니가
나를 끌고 건너가네

뻐꾸기도 울지 않는
징검돌 없는 봄날

도랑물 밀어 올리며
도랑치마로 건너가네

신발이거나 아니거나

저것은 구름이라, 한 켤레 먹구름이라
허둥지둥 달아나다 벗겨진 시간이라
흐르는 만경창파에 사로잡힌 나막신이라

혼비백산 내던져진, 다시는 신지 못할
문수도 잴 수 없는 헌신짝 같은 섬이라
누구도 닿을 수 없는 한 켤레 먹구름이라

깜부기불

어둠이 한밑천이다, 깜부기불은 여전히
잿더미 속 제 몸을 밑불로 삼는다
지금은 현무의 시간, 어둠을 더 벌어야 한다

거북이 등짝 같은 오랜 밤을 다독이고
실배암 눈빛 같은 불씨를 파묻으며
아직은 천길 아궁이, 어둠을 더 일궈야 한다

깜부기불 일렁인다, 어둠을 한밑천으로
꺼져가는 제 몸을 마중불로 삼는다
그믐에 불을 댕겨서 초승을 일으킨다

지심동백

혈서 쓰듯,
날마다
그립다고만 못하겠네

목을 놓듯,
사랑한다고
나뒹굴지도 못하겠네

마음뿐
겨울과 봄 사이
애오라지 마음뿐

다만, 두고 온
아침 햇살 탱탱하여

키 작은 섬, 먹먹하던
꽃 비린내를 못 잊겠네

건너온
밤과 낮 사이
마음만 탱탱하여

쪽잠

쪽잠을 자는 것은
쪽삶을 사는 것

잠이 자꾸 쪼개지면
삶도 그리 쪼개지나

살얼음
건너는 하룻밤을
잠자리마다 금이 가나

서너 시간 죽었다가
서너 시간 깨어 보면

들고나는 잔 목숨이
처마를 잇대는 듯

절반쯤
열린 창문이
반쪽 달을 물고 있다

복사꽃 이울어도

복사꽃 이울어도 한 잎씩 이울 테지

산빛이 짙어가도 하루씩 짙어가고

등 너머 뻐꾸기 소리도 한 굽이씩 여물 테지

꽃 이운 그 자리도 한 나절쯤 어두울 테지

어린 초록 산그늘도 한 발짝씩 내려앉고

가문 날 왜가리 외로움도 한 모금씩 타들 테지

서천

누군가 냇가에서 빨래를 하나 보다

주저앉아 몸 깊은 곳 소식을 씻나 보다

콸콸콸, 노을 쪽으로 여름날이 넘어가는데

그 여름날 살 속 깊이 칼집이 들어선 듯

쓰라린 소식들을 저물도록 치대나 보다

적막한 서천 물소리 대숲을 구르나 보다

오래된 시장 골목

누구는 호객하고 누구는 돈을 세는

양미간이 팽팽한 노점 앞을 지나는데

꽃집의 늦은 철쭉이 여벌옷처럼 펄럭인다

가끔씩 여벌처럼 세상에 내걸려서

봄비는 풍문에나 펄럭대는 내 삶도

마음이 지는 쪽으로 해가 지듯, 저물 것인가

퍼붓는 햇살까지 덤으로 얹어놓아도

재고로만 남아도는 오래된 간판들을

쓸쓸히 곁눈 거두며 지나는 정오 무렵

찔레꽃 수제비

1
수제비를 먹을거나 찔레꽃을 따다가
갓맑은 멸치국물에 꽃잎을 띄울거나

수제비, 각시가 있어 꽃 같은 각시 있어

2
거먹구름 아래서 밀반죽을 할거나
장대비 맞으면서 솥물을 잡을거나

수제비, 각시가 있어 누이 같은 각시 있어

한소끔 끓어오르면 당신을 부를거나
쥐도 새도 눈 감기고 당신을 먹일거나

수제비, 각시가 있어 엄마 같은 각시 있어

초저녁

풋잠과 풋잠 사이 핀을 뽑듯, 달이 졌다

치마꼬리 펄럭, 엄마도 지워졌다

지워져, 아무 일 없는 천치 같은 초저녁

박미선(Park, Mi sun)

1964년 강원 강릉 출생. 영남대학교 졸업 (1987), 강릉원주대학교(국어국문학과) 박사과정. 《현대시조》 신인상(2015) 등단. 솔바람 동요문학회 입회(2015). 강릉문인협회, 강호시조문학회, 솔바람동요문학회, 강원아동문학회 회원.

—

박미선의 시조는 강한 에너지를 느낄 수 있다. 뭐든지 할 수 있다는 의지와 열정이 작품 속에 보인다. 변화무쌍한 현실세계에서 인생의 삶은 키를 찾기 어려울 때 한 발자국 멈추어 서서 바라보는 세상살이 그 눈 그 중에서도 작은 기쁨에서 얻을 수 있는 소소한 행복을 찾아 행복을 소망하는 마음을 시조로 표현하였다.

— 남진원(시조시인 · 문학평론가)

—

들풀

피어나면 베이고 질 때는 밟혀지고
쓰러져 피 흘리고 넘어지면 메말라서
짓밟힌 상처 난 마음 풀 향기에 물드네

세월에 노닐다가 풍파에 넘어져도
꿋꿋이 일어서던 선인의 명언이라
무수한 겹겹의 세월 주인으로 살았다

반딧불이

온 세상 유랑하는 청빈한 마음이야
구원의 깃발 들고 한세상 밝혀보니
뜨거운 마침표 앞에 옛 추억은 머물고

어둠이 짙게 깔린 밤하늘 무지개 쇼
숲속에 흩뿌려진 지상의 별무리는
꽃별이 수천 수 만 개 점멸하며 환영해

나뭇잎 반짝 반짝 풀잎도 깜박깜박
끝없이 펼쳐지는 드넓은 고요 속에
세상은 빛의 향연에 장식 트리 달렸네

어둠을 밝혀주는 한줄기 빛이 되어
비상을 꿈꾸면서 희망을 달아놓고
반딧불 수놓아 주는 아름다운 밤하늘

숲속에 요정들이 춤추는 빛의 여정
강렬한 혼을 받아 내 빛을 꺼버리니
한여름 꽃피는 밤에 반딧불이 깜~빡

달빛 소나타

환한 달 떠오르는 달 밝은 가을밤에
빛살이 온몸으로 휘영청 비치면서
장단에 심장을 켜며 가락 소리 흔드네

무표정 음표들은 순진한 아이처럼
걸음은 아장아장 별님의 가락소리
선율에 장단 맞추니 달님들도 춤추며

악기에 들려오는 말갛고 고은 소리
바람에 맴돌면서 이야기 꽃피우며
달빛 속 여린 꽃들이 고물고물 피었다

선교장에 핀 수련

잔물결 스치다가 어느새 연못 속에
멈춰도 생각나는 삭혀 온 아린 눈물
연꽃은 사뿐히 앉아 색감 속에 젖는다

신록의 맑은 향기 연잎에 취하여서
뒷걸음 쳐보지만 풀잎에 젖어들어
흔들며 재잘거리는 새소리가 정겹다

선교장 거닐다가 벤치에 기대서서
선인의 숨결소리 고스란히 전해오니
수련에 그윽한 향기 청정함이 부른다

아메리카노

고요한 우주 속에 담겨진 비밀의 문
살며시 열어보니 사연은 몇 배인가
커다란 머그잔에는 하얀 구름 떠있다

설탕에 시럽인가 시럽에 설탕인가
묻지를 않았지만 제 갈 길 찾아 가는
커피는 아메리카로 부드럽게 부른다

직업에 귀천 없이 누구나 마시는 차
세월의 유행 속에 분위기 메이커가
때로는 지갑이 얇아 못 마시는 비애를

마음을 숨겨둔 채 뜨거운 열정으로
내 세상 엿보려고 너 마음 읽으려니
진심을 마주 보이자 취해버린 커피 맛

쌉쌀한 맛에 녹아 두 빰을 녹이고서
사랑의 무게만큼 추억도 쌓이던가.
오롯이 쓰고 쓴맛은 내 벗으로 엮을까

성냥개비

끝없는 탈출 신호 눈물겹게 화려하다
기우뚱 들어 누워 숨죽인 불자처럼
뜨거운 용암 속에서 분출하는 생이여

힘겹게 사는 인생 이 한 몸 불태우니
머리에 부딪히고 손쉽게 부서져서
화기는 불꽃이 되어 세상 빛을 밝혀라

유행에 뒤떨어진 없어질 물건이라
세계를 떠돌면서 천대도 받았지만
단 한 번 점화되어서 평화 통일 이루네.

싸락눈

긴 밤에 소리 높여 불렀던 가락 소리
서늘한 살 기운은 온몸을 휘감고서
바스락 바람소리에 흰 살비듬 떨린다

비릿한 상처 안고 어둠을 잠재우며
영원한 수면 속에 인기척 들려오니
눈 속에 안개꽃자국 콕콕 찍고 떠난다

스르륵 보실 보실 춤추며 흔들어도
세상은 덜 익었다 옆에서 소곤소곤
아직은 건널 수 없게 흰 무덤만 쌓인다.

벤치에 앉아

살포시 앉아보는 따스한 벤치에는
추억을 머금고서 계절이 머문 자리
마음을 쉬게 하려고 그 자리에 누웠네

낙엽이 구르다가 다가선 그리움이
어깨에 기대어서 밀어를 속삭이니
기억에 닿지 못했던 첫사랑이 그리워

웃음을 나눠주고 사랑을 담고 담아
가슴에 새겨놓고 혼자서 꺼내보니
넉넉지 못하였지만 함께했던 그 자리

귀한 것 내어주는 따스한 마음속을
가만히 끌어안고 고요한 침묵 속에
일어나 서지 못하고 그 자리에 머무네

세상의 풍파 속에 가슴을 후려쳤던
서운한 생각들은 눈 속에 녹아들어
여전히 지키는 자리 상처마저 행복해

자작나무 숲

다람쥐 산속에서 귀엽게 뛰어놀고
달팽이 나뭇잎에 살금살금 숨어들어
숲속은 사랑의 미로 숨바꼭질 즐기네

참새들 지저귀는 사랑의 하모니카
흰 백발 늘어뜨린 산속의 천사들은
가슴에 살포시 내려 웃음소리 정겹다

햇살이 내려앉은 숲속의 자작나무
사랑의 불태움도 흘러간 세월 속에
계절도 잊혀졌는지 미색으로 태운다

만추

나 혼자 깊은 산을 끝없이 들어가다
단풍에 홀려서는 시름도 잊어지고
노을에 가을 정취는 아름답게 비춘다.

잎사귀 뒹구르고 바람에 낙엽 불고
와사삭 밟혔다가 푸시시 일어서는
낙엽은 수줍게 웃고 미소 지어 보인다.

미색을 뽐내면서 풍경에 취해서는
그 누가 칠색가인 이름을 붙였던가.
만추는 무지개 빛깔 자랑하며 물든다

박미자(朴美子, Park, Me ja)

1965년 경북 영덕 강구면 출생. 한국방송통신대학교(유아교육과). 〈부산일보〉 신춘문예(2009) 등단. 시조집 『그해 겨울 강구항』(2013, 동학사), 『도시를 스캔하다』(2018, 동학사). 울산시조작품상(2014), 울산문학작품상(2018), 김상옥백자예술상 신인상(2019) 수상. '운문시대' 동인. 한국시조시인협회, 오늘의시조시인회의, 울산문인협회, 울산시조시인협회 회원. 《울산시조》 편집장.

박미자 시인의 시는 목화솜처럼 안온하다. 그는 평이한 언어에서 시적 깊이를 끌어올리는데 특별한 솜씨가 있다. 이러한 솜씨들은 특히 단수에서 돋보이는데 그것은 박미자 시인이 시조의 특성을 누구보다도 잘 이해하고 있기 때문이다. 단수는 음보와 기승전결이 확실하지 않으면 작품으로서 완성도를 높이기 어렵다. 그러므로 '시조는 단수다'라는 말에 무게가 실린다. 「찻집 풍경」, 「칡넝쿨」, 「해빙」, 「낙과」, 「가을 칠판」 등에서 박미자의 시적 재능은 더욱 빛난다. 그것은 그만큼 기본기에 충실하다는 증거이기도 하다. 또한 표현의 깊이와 감각적 처리는 시인의 능력을 짐작케 한다.

— 유재영(시조시인)

골목집

아직도 그 골목 어귀 연기가 매캐하다
가물가물 연탄불 같은 라디오 볼륨 살리면
마루를 사이에 두고 건너오던 얼굴들

함석집 들머리방 복사꽃 닮은 언니
한지창 어른대는 포옹의 실루엣이
단막극 새벽 한 장면 는개처럼 피던 곳

아낙네 둘러앉은 마당가 평상에는
발신처 없는 소문 마늘까듯 모았다가
달궈진 프라이팬에 함께 익혀냈었지

반쯤 열린 양철 대문 딱따구리 할머니가
석류 닮은 틀니를 훤히 드러내고서
누구든 쉬어가라고 손짓하던 살가운 곳

닭둘기

콕콕콕 무언가를 뒤뚱뒤뚱 쪼고 있다
인기척 소음에도 놀라거나 들은 체 않는
닭인지 비둘기인지 분별 안 된 닭둘기

시대가 낳은 산물 살기 위해 너도 변한
거멓게 추해진 몸 네 잘못 아닌 오늘
날개에 묻은 추억만 허공에 털어내고

평화란 수식어는 책갈피에 끼워둔 채
달동네 소식 한 줄 관심 두지 않는다
회색빛 보도블록을 밟고 섰는 누구도

찻집 풍경

목이 긴 화병 안에
꽂혀 있는 빨간 장미

약속한 오늘 위해
먼저 와 기다렸다고

출입문
열릴 때마다
꽃잎이 갸웃댄다

목련

가난한
종가宗家 뜰에
잔치가 있나 보다

층층이
쟁여지는
깨끗이 닦인 접시

조금씩
가까워지는
웃음소리 발소리

낙과

예견된 이별처럼
너는 떠나가고

새가 쫀 부리 자국
햇살 아래 선명하다

툭, 떨군
마지막 인사
온 하늘이 텅 빈다

25시 카페

노트북 달랑 끼고 닫힌 문 두드린다

드넓은 바다에서 입질을 기다리며

온종일 붙박여 있는 혈기 없은 청춘들

쩍쩍 타는 목마름을 냉커피로 달래본다

해저까지 뒤져가며 이력서 더듬지만

미끼를 갈기에 바쁜 이곳만이 성업 중

서귀포 바닷가

숭숭 뚫린 갯바위는 방게들 천국이다
무엇을 찾고 있나 바지런히 들락날락
저 멀리 바지선 한 척 머문 듯 지나간다

둥지 튼 서귀포에 사랑으로 빚은 꽃술
남덕 훌쩍 떠난 뒤로 빈 독엔 바람만 살아
못 부친 그림엽서는 색이 바래 다발지고

아침바다 모래톱에 그려가는 선화線畵한 점
발가벗은 아이와 실에 꿴 물고기도 함께
중섭은 고삐를 잡고 제주 바다 끌고 간다

그해 겨울 강구항

극劇 끝난 화면처럼 다 쓸린 해안선 따라
더 이상 참지 못해 안부 묻는 비릿한 초설初雪
복숭뼈 아려오도록 길을 모두 감춘다

흰 이빨 드러낸 파도 밤새 기침 해대고
사연 낚는, 집어등 즐비한 환한 횟집
화끈히 불붙는 소주로 동파의 밤 데워간다

가출한 갈매기 떼 돌아오는 아침이다
풍향계 돌려대는 바람은 신선하고
풀리는 뿌연 입김에 인화되는 흑백 한 컷

도시를 스캔하다

열차표 끊어놓고 들어선 지하상가
하행선 빤히 뵈는 유리문 부스를 지나
수많은 눈빛 카메라 신제품 찰칵 담고 있다

지하통로 벗어나니 반기듯 눈이 온다
커피숍 미니궁전 공주도 되어보고
명품관 기웃대다가 가격표에 질식된

플랫폼 난간에서 화면을 캡처한다
갈래갈래 뻗은 노선 더듬어 찾아가는
혼선의 기로에 선 지금 손에 든 건 생수 한 병

우물에 대한 단상

햇빛 한 동이를 찰랑대며 이고 오던
그 곁에 삽살개도 촐랑촐랑 따라오던
상앗빛 감꽃 몇 톨이 우물 속에 떨어지던

어울림 그곳에는 소문이 분분했다
깊이를 잴 수 없는 말들을 퍼 날라도
언제나 웃음 자잘한 소통의 창구였다

우물 속 청소하고 바닥에 깔았던 숯
나쁜 기운 걷어내고 말개진 참새미에
달님도 심심할 때는 물맛 보러 오곤 했다

박민교(朴珉嬌, Park, Min kyo)
1966년 서울 동작구 흑석동 출생. 제일고등학
교, 한국방송통신대학교(국어국문학과), 경기
대 예술대학원(문화콘텐츠학과, 동양철학전
공) 석사 졸업. 《시조생활》(2013) 등단. 중앙
시조백일장 장원(2020). 한국시조시인협회,
시조시학 회원.

—

박민교의 「쉼」은 자동기술법 같은 필법이다. 말들이 제멋대로 날아
다니며 고단한 군중들을 흔들고, 소리 없는 과수원에다 소음을 깔
아가며 사고의 끝없는 자유를 구가하고 있다. 감각적이고 탄력 있
는 리듬이다. 현대시조의 새로운 맛을 느낀다. 이미지화에도 성공
하고 있다.

— 최순향(시조시인 · 《시조생활》 주간)

—

쉼

박주가리 홀씨 날 듯
말들이 날아다녔다

끝말잇기 놀이처럼 길 없는 길이 되어

고단한 군중의 틈새
멋대로 뛰어든다

애꿎은 봄바람의
부산한 연주였다

숨죽인 과수밭에 퍼붓는 우박처럼

허공을 아우성치며
소음을 만들었다

흑백의 사진일랑
별빛 아래 놓아두고

진달래꽃 뚝뚝 따서 찻잔 속에 띄워볼까

침묵이 금이라는 말
그 한마디 새기며

섭리攝理

산 따라 물이 온다 한 치만 흘러라

머뭇머뭇 흘러라
구불구불 흘러라

외롭게
돌출한 바위

길게 안고 흘러라

높은 들
— 담재헌淡載軒

　산 깊어 토해낸 강 산과 물 내린 자리

　산 경치 빌리고 借景 마음은 맡겨놓고 낱낱이 이름 짓네 모랭
이 골개물 빛 한 치 낮아 물이 되고 一寸低爲水 한 치 높아 산이
되고 一寸高爲山

　꿈꾸듯 꿈꾸지 않고 도도히 흘러가네

　낮이면 잠이 들고 밤이면 깨어지고

　꼬깃꼬깃 꿈틀꿈틀 잠깐만 머무르다가, 이유 없이 높은 들 아
래 넘어지다가 어느 자리에 가 앉을까? 졸졸졸 그냥 두면 원래
대로 흘러가는 저것

　바람도 저절로 오고 저절로 가고 있네

바로크, 찌그러진 진주를 위하여

　어울리지 않는 것들에 가치를 부여하는 사람들

　천지창조를 그려낸 미켈란젤로의 7년 열정은 시스티나성당
천정에서 절정을 이루었지. '광염 소나타' 미치광이 백성수도
비슷했을까? 예배당 불구경을 하면서 아무런 생각이 없이 멍하
니 불길의 높낮음에 도취되던, 非 정형 안에 극적인 감정들을
그냥 둘 수가 없다 없다… 르네상스를 벗어난 분산의 조각들이
퍼즐을 맞추는 중.

　내 안의 또 다른 나는 쓸모 있는
　시의 핵, 사파이어를 찾고 있다.

나무야 나무야

눈 감고 귀 닫아
백팔번뇌 다스리고

뙤약볕 태양 아래
묵언수행 다진 근육

오늘도 머무름 없이
깨어서 듣고 있어

봉정암

첩첩의 기암절벽
물을 만나 멈추었나

선녀탕 구름다리
바람 만나 흩어졌나

달님은 무엇이 되고자
사리탑을 맴도는가?

골드 오디세이

닿을 수 없는 태양보다 만질 수 있는 황금을 선택한 그리스의
이아손은 황금빛 양털을 찾아 나선다.

계절이 바뀌고 비바람이 몰아쳐도 금빛에 현혹되어 달음질
하는 사람들, 실크로드를 거쳐온 신라 천년의 주인공들은 머리
부터 발끝까지 금니金泥로 에워싸고 수메르가 멸망해도 바빌
로니아의 빛이 되고, 내세를 꿈꾸는 파라오는 황금빛 장식에
쌓여 잠들어있다.

태양은 황금만을 남긴 채 어둠 속으로 사라진다

가면놀이

단단한 껍질의 모순이 허접하다. 사이드 미러 백미러 사이 사
각지대에 박제剝製되었다. 탈피의 감행, 변화된 모험, 그 안에
내가 있다. 아리스토텔레스처럼 알기를 원했고 소크라테스처
럼 알아야만 했다.
껍질을 벗겨놓으면 아파질 생채기이다.
소망과 영혼을 담아 원칙을 포기했다. 백팔염주 목에 걸고,
생기를 불어 넣었다. 할 말이 많아 입 커 커지고 듣고픈 말 귀
커져진다. 여보 각시 춤춰본다.

당신은 누구인가요? 질서의 대 이동이다.

수사학修辭學

연설은 잘 착상된 표현의 감정이입이다.

잘나가는 사람은 말로 먹고산다 변호사, 정치인, 연예인… 자
비를 외치는 사랑의 텍스트가 문제를 제기하고 정당화한다. 철
학의 아버지가 수사학이라고 히틀러가 될 수는 없다. 감정이
나를 이용하여도 멋진 말은 생각이 있고 방법이 있어 거기 채
색될 뿐이다…

무엇을 말하려느냐!! 나를 먼저 설득시켜봐…

갯쑥부쟁이

뿌리를 감싸 안고 나만 위해 피진 않았어

연노랑 톱니, 잔털을 뽐내며 자줏빛 꽃잎들이 벌을 부르고, 네
발나비를 부르고 똥파리를 부른다. 벌꿀들의 안내로 육각형에
집중하여 한 칸을 채우며 저마다의 꼴로 견디고 견디며 하늘을
열었다. 살기도 참 오래였고 죽어도 천년을 윤회하며 아스라이
서 있다. 절벽을 선택한 갯쑥부쟁이도 뿌리를 원망치 않는다. 가
을 입구에서 한계를 넘어선 생명들이 깔끔히 피어나는 밤이다.

열매는 모두 새에게 너그러이 바치고

박방희(朴邦熙, Park, Bang hee)

1946년 경북 성주 월항 출생. 영남대학교(영문학), 경북대 정책정보대학원(정치학) 석사. 무크지 《일꾼의 땅》(1985), 《실천문학》(1987) 등단. 《유심》 시조 추천(2009). 시조집 『너무 큰 의자』(2012, 초록숲), 『붉은 장미』(2016, 시산맥사), 『시옷 씨 이야기』(2017, 고요아침) 외. 동시조집 『우리 속에 울이 있다』(2018, 푸른책들), 『나무가 의자로 앉아 있다』(2018, 도토리숲) 외. 푸른문학상(2007), 새벗문학상(2008), 불교아동문학작가상, 방정환문학상(2010), 우리나라좋은동시문학상(2013), 한국아동문학상(2014), 한국시조시인협회신인상(2017), 금복문화상(2017), 유심작품상(2018) 수상 외. 대구문인협회장.

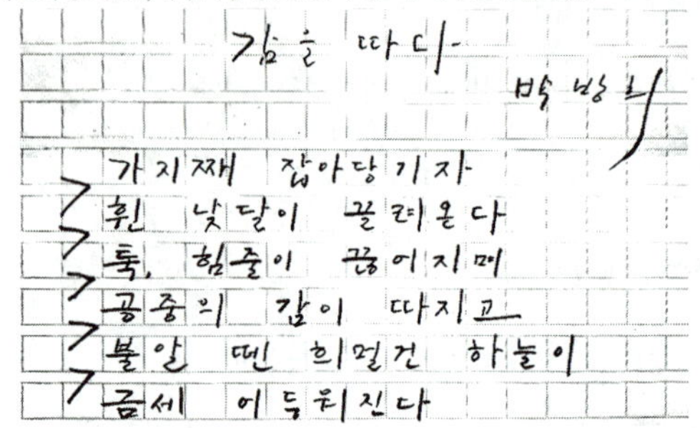

박방희 시인은 시조의 주류 원리인 동일성 미학을 추인하면서도, 사회 현실을 포함한 다양하기 그지없는 서정의 계기들을 마련하고 있다는 점에서 매우 주목할 만하다. 특별히 그가 심의를 쏟는 공동체적 기율에 대한 사유는 소중한 것이 아닐 수 없다. 그다지 길지 않은 시조 이력에도 불구하고 박방희 시인이 보여주는 두텁고도 넉넉한 정형 미학이, 그 안에 담긴 공동체적 기율과 시간 탐구를 통한 사유의 깊이가 그의 혼연한 예술가적 자의식과 함께 더 크게 우리 시조시단을 채워갈 것을 기대해보는 까닭도 이러한 그의 단단한 역량 때문일 것이다.

— 유성호(문학평론가 · 한양대 교수)

나무들, 저를 비우다

한 잎, 두 잎
비워내는

저 가벼운
말질들

시름없는
그 몸짓도
잠시면 끝이 나고

나무는
텅 비어
환하리라

세상 또한
환하리라

하루

열 살과 여든 살의 하루는 전혀 다르다. 노인의 하루에는 여든 개의 해가 뜨고

짤막한 그 하루에서 일생을 다시 산다

이사

이삿짐을 풀어놓고 벽에 못을 박으면

생활은 시작되고 타관도 고향 된다

그렇게

못 박힌

하루하루가

일생이 되는 거다

감자 캐는 날

농부들 밭고랑에 감자알 낳아놓았다 둥글둥글 감자알들 고랑마다 굴러다녀 암탉만 둥우리에다 알 낳는 게 아니네

몸 푼 밭고랑들은 너울너울 뒤척이며 저무는 들판을 일망무제 펼치다가 아득한 지평선 너머로 붉은 해를 또 낳네

시옷 씨 이야기
— 물가

뛰는 물가로 민심이 소란하다는 보고에

독재자는 관계 장관을 불러서 지시했다

"물가物價를 잡아들여라, 다리를 분지르겠다."

잡혀온 물가는 곧바로 앉은뱅이가 되고

더 이상 그 나라에서는 뛰지 못하였다

대신에 겨드랑이에 돋은 날개로 날아올랐다

그대에게 가는 먼 길
— 미루나무 두 그루

무덤가에 서 있는 미루나무 두 그루가
바람이 불 때마다 이리저리 엉켜든다
저들은 바람에 기대 사랑을 하는 걸까?

한 나무가 곁의 다른 나무에게 쏠리듯
내 몸 또한 다른 몸에게로 가 기우네
지금은 그 바람마저 그친 지 오래인데

생각 또한 한쪽으로 자꾸만 무너지네
내 안의 멈추지 않는 바람 탓이리라
이제는 안의 바람이 바깥나무를 흔드네

살구꽃

고려 왕건 자취 어린 동서변동 무태* 지구
철거반대를 철거하며 쳐들어온 포클레인
집과 길 나무와 공터를 차례차례 쓰러트린다

담도 없는 어느 농가 우물 앞에 이르러서
기세 좋던 포클레인 더 나아가지 못한다
사람이 남아 있었나, 목을 길게 뽑는데

포클레인과 마주한 살구나무 한 그루가
온몸에 시너 끼얹고 성냥불을 그어댄 듯
연분홍 꽃망울 터트려 분신하고 있었다

* 무태: 대구 북구 금호강 가에 있는 마을 이름이다. 공산 전투를 벌이던
고려 태조 왕건이 신숭겸 등과 현재의 동서변동 일대를 잠행하던 중 늦
은 밤인데도 사람들이 자지 않고 길쌈하는 것을 보고, 게으름이 없는 마
을이라는 뜻에서 무태無怠라는 이름을 지었다고 한다.

너무 큰 의자

어떤 의자는 너무 커서 앉기에 너무 커서

의자에 앉는 사람을 파묻어 버리거나

제 위에 앉는 사람을 자기 위胃로 먹어버린다

시방도 어떤 이가 좋아라, 해롱대며

깜냥 안 맞는 자리에 겁 없이 올라가서

세상에! 가엾게 시리 목 내놓고 앉았네

삼릉 숲에서

너와 나 여기 와선 소나무로 설 일이다
나무가 나무끼리 더불어 뻗어가는
직립의 여러 이치에 비로소 눈이 뜨이리

저마다 일가를 이뤄 서 있는 자리에서
밀어내는 것이 아니라 당겨 안아 들이며
하늘을 주거니 받거니 교감하는 나무들

한 세월 한 자리에 숲이 되어 서 있자면
비틀고 뒤틀리고 휘어지고 구부러져
서로가 더 큰 하나로 얽히고설킬 수밖에

나무가 서 숲이 서고 숲이 서 나무가 서는
상승과 하강이 출렁이는 이 언저리
우리도 어깨를 겯고 소나무로 설 일이다

잘 익은 호박

거름 구덩이에서 푸른 줄 타고 올라 스스로를 완성한 늙은 호
박 한 덩이가 불룩한 배를 내놓고 싱글벙글 웃고 있다

천상천하유아독존天上天下唯我獨尊!
어찌 한낱 호박이랴,

저건 대업을 이룬 왕의 얼굴 아니냐?

아니다,
범벅이나 해먹는 늦가을 호박이다

아니다, 여름날의 땡볕과 가뭄 폭우, 천둥과 번개까지 감아
넣어 저리 익은

둥그런, 화엄의 큰 세상
민중民衆의 얼굴이다

박병순(朴炳淳, Park, Byung soon)

1917.~2008. 전북 진안 부귀면 세동리 적내 출생. 호 구름재. 전북대 문리대학(국문과) 1회(1954), 전북대 대학원 국문학과(국문학) 2회(1956) 졸업. 〈동광신문〉시「생명이 끊이기 전에」, 〈조선일보〉학생문예 수필「청어장수」발표(1938). 시집『낙수첩』(1956, 항도), 시조집『별빛처럼』(1971, 금강),『문을 바르기 전에』(1973, 세운),『새눈 새맘으로 세상을 보자』(1977, 동화),『행복한 날』(1997, 세원),『먼 길 바라기』(2003, 토우문원) 외. 가람시조문학상 공로상(2007), 한글학회 창립 100돌 기념 공로상(2008) 수상. 한국시조시인협회 회장(1991~1992) 역임.

백양촌 시비 제막 헌시
- 백양촌 신근 선생님 시비 제막식 헌시

　　　　　구름재 박 병순

백록의 기상 안고 태어난 임이시며,
양심을 생명으로 지켜 온 생애였네.
촌시도 놓치지 않고 공든 탑을 쌓으

현대에도 시조를 창작하기 위해서는, 바쁘게 변화하는 현대 생활 속에서도 변하지 않는 이념이나 가치가 있다고 믿고, 그러한 전통적 세계관으로 인생과 자연을 바라보면서 거기서 얻은 생활감정을 진술하게 표현하는 자세가 있어야 한다. 박병순 시인은 철저히 단기 연호를 사용하며 한글을 전용하고 전통적 가치를 숭상하는 분이므로 시조 창작에 가장 적합한 세계관과 역사관과 언어관을 지니고 있음을 한눈에 알 수 있다. 그렇기 때문에 그의 시조 형식은 파격이 없고 시조의 전통 운율을 그대로 살려 생활서정의 세계를 펼쳐가고 있다.

— 이숭원(문학평론가 · 서울여대 명예교수)

항구

어느 항구로부터 나와 어느 항구로 향하는 배뇨?
하늘도 수평도 아니 보이는 푸름을 잃은 바다……
나침도 기관도 헛되이 너울대는 한낱 허울.

물밑을 자맥질하여 몇 억 만 리를 헤매었는지?
수렁속 같은 바다밑을 몇 겹을 두고 헤맸는지?
저 저기 가물가물 떠오르는 등대처럼 불빛 하나.

얼마만한 깊이에서 어찌 용케 떠올랐는지?
아물거리던 세상이 또 다시 천천히 열리고,
기능을 잃었던 선체에도 미온이 돌기 시작는가!

어디로부터 왔는지 콩알만 한 힘이 솟아나,
고 콩알만한 힘으로 하여 온몸을 가누게 하는,
생명의 근원이란 이렇게도 미미하고 신비론 것.

어느 항구로부터 나와 어느 항구로 향하는 배뇨?
하늘도 수평도 파도로 술렁이는 망망한 바다……
정상을 찾아 출항을 챙기는 공포에 떠는 새벽 항구.

도솔산 도솔천

미인이 따뤄 주는 복분자 술을 마시고,
소쩍새 소리 들으며 숲을 헤쳐 가노라니,
때때로 새어 나는 달이 길을 인도하누나.

'자연의 집' 앞에 다다르니 다리 하나 걸렸는데,
도솔산 도솔천에 달 흐르는 소리…
그 소리 시새우는 듯 천막 아래 잠 소리.

도솔산 도솔천을 가슴에 안아도 보고,
귀에 담아도 보고 마주 우러러도 보고,
새도록 애를 못 새겨 창을 열어도 보고.

도솔산 도솔천에 아침 해가 눈부시다.
그 황홀 그 태고를 마시러 나갔다가,
캠핑 온 젊은 남녀에게 이 선경을 앗겼네.

이슥도록 정을 나눈 스승이며 동지들이,
또 한 자리에 모여 앉아 지난날을 이야기하며,
오붓한 설계를 나누는 속은 규방도곤 좋구나.

동백꽃 선운사에 꽃철은 비껴었어도,
백일홍 만발하여 운치를 돋구는가 !
대전 앞 향을 머금고 임의 명복 비누나.

쑥국새 운다

아침 이슬 마시고 깊은 골 쑥국새 운다.
푸르름을 마시고 산마을 쑥국새 운다
푸름에 겨워서 대낮을 쑥국 쑥국새 운다.

이침 이슬 머금고 소반새 운다.
푸르름 머금고 또르르 또르 소반새 운다.
은구슬 굴리듯 또르르 또르 소반새 운다.

언제나 돌아와서 산새와 함께 살며,
어쩌면 돌아와 산새와 함께 놀며,
피 먹진 가슴을 풀게 나도 함께 울거나

초록 따라 바람 따라

꽃철 비껴가고 초록이 번지는 철에,
바람이 살랑살랑 가지를 흔들으니,
잎잎이 하늘하늘 흥겨워 서로서로 손짓한다.

나무들도 흥에 겨워 제 몸을 흔드는데,
시드는 몸이라서 어찌 흥이 없을소냐!
나뭇잎 손길 좇아 따라가면 누군가를 만날까?

살랑이는 바람 따라 숲길을 헤매이면,
저기 바람 따라오는 인기척이 있어,
귀 열면 귀울림 소리소리 환호하는 아우성-.

문을 바르기 전에

총총히 먼 길을 떠난 지 하마 보름도 넘었는데,
네 뚫고 간 문 구멍을 아직도 막지 않은 뜻은,
그 구멍 넘어 권이 쪽쪽 흐르던 모습을 보기 위해서다.

아침 저녁 선들거리고 비바람 사납게 부는 날도,
네 뚫고 간 문 구멍을 상기도 막지 않은 뜻은,
고 구멍 넘어 정이 찰찰 넘치던 소리를 듣기 위해서다.

가을 큰 비바람 끝에 둘레 한결 스산한데도,
네 뚫고 간 문 구멍을 차마 가리지 못한 뜻은,
이 구멍 넘어 힘이 철철 감돌던 생명 붙안고 싶어서다.

총총히 먼길을 떠났듯 어서들 빨리 돌아오라.
장미꽃 이제도 피고 국화 향기로운 뜨락으로,
수없이 찢고 간 문을 바르기 전에 종종걸음쳐 빨리 오라.

가을이 짙어가면

우물가 감나무에 더런 감이 발갛게 익어 가고,
아직도 뜨락엔 장미가 볼 붉히고,
푸르른 하늘에 흰 구름 한 점 두웅 한가롭다.

허전했던 가슴에 기쁨이 와 철렁여도,
슬픔은 슬픔대로 물거품처럼 떠오르고,
낮달이 종이배 되어 이 안을 안고 간다.

차츰 가을은 짙어가는데 가을에 깊이 젖지 못함은,
이 고동 설레임 아닌 불안과 초조에 떫이런가?
언제나 마음의 고요를 얻어 여유론 세월 누릴꼬.

철따라 제비 떼 떼 지어 남으로 가면,
기러기 목을 뽑아 날아들 오련만,
내 속에 자리한 욕망이란 샌 가도 오도 못하나!

새 눈 새 맘으로 세상을 보자

나완 인연이 아주 멀던 창 너머 바깥 풍경이,
곱디 곤 아침 햇살 타고 환하게 드러나는구나 !
빠알간 양옥도 나란히 앉은 못등도 새롭고도 정다와라.

기린봉 넘는 한 떨기 구름 정말 깨끗이 피어나고,
버드나무 실가지에 감기는 바람 진정 곰살갑다.
하늘에 해와 달과 별이 온통 눈물겹고 눈부셔라.

어디서 오는 경이와 벅찬 감격과 법열이냐?
오늘따라 완산 야경이 유난히도 아름다움은,
승화된 이 가슴의 탓이려니 새 눈 새 맘으로 세상보자.

새 눈으로 자연을 보고 새 맘으로 세상을 보며,
추한 것과 약한 것은 아예 거떠보지도 말고,
어질고 착하고 맑고 곱게만 이 세상을 살자

책 숲에 누워 1

남들은 책더미 속에 묻혀 숨막히고 답답다지만,
나는야 책숲에 누워 잠도 자고 꿈도 꾸고
책 읽고 사색도 하고 환희 작약 창작한다.

여름 방학 겨울 방학 겨울잠 여름잠 당해내고,
가난도 모멸도 구설도 중상도 배신도 배겨내고,
나 홀로 더불어 숨쉬는 책숲 누리며 산다.

내가 살다 죽는대도 서책만은 남으리니,
책 속에 어린 학 · 예맥 자자손손 뻗어 나가,
책숲에 이어진 푸른 하늘을 줄기차게 열리라.

반나마 창 너머로 해도 뜨고 달도 뜨고,
눈을 감아도 별도 총총 스며든다.
서권기 환한 책숲에 누워 별똥 하나 줍는다.

호박꽃은 부른다

나무 울타리를 무성히 뒤덮는 파아란 잎 사이로,
노랗게 드러난 네 얼굴에는 드메서 왔다는,
순이의 순직한 얼굴이 또한 그 속에 있어 좋구나.

날개 달린 놈이면 잉잉거리며 진득한 향출을 들고 누구나 오라.
내 입술 그리 고울 건 없어도 어서들 오라.
이 가슴속에다 깊숙이 묻어 문질러 주마.

마음은 수줍어도 젊음은 푸르러,
이들이들 타는 해는 오오 나의 숨결,
숨죽어 아물기 전에 어서들 빨리 오라.

장미처럼 눈부시진 못하여도 사나움 없고,
백합처럼 말쑥하진 못하여도 가냘픔 없고,
부둑진 삶은 하늘을 우러러 구김없이 피었노라.

해넘이의 노래
— 해돋이로 살고파라

서녘 하늘 넘는 해가 영창 휘황 되비칠러니,
황홀히 일렁이다 벌겋게 달아 올라서,
애달아 숲에 얼굴 묻었다가 정적 가쁜 숨 덜컥 진다.

해돋이 그 밖에는 모르고 살아온 낼러니,
올 들어 저절로 깨치게 된 해넘이의 뜻,
해넘이 해넘이의 몸부림을 이제 어렴풋 알리로다.

해는 오늘 금방 져도 내일 또 해돋이로 뜨런만,
사람은 한 번 지면 어둠 속 몇 겹을 헤맬런가
인생도 해넘이가 해돋이로 영원으로 살고파라.

박복영(朴福英, Park, Bog young)

1962년 전북 군산 경암동 출생. 방송통신대학교(국어국문학과). 《월간문학》(1997), 〈경남신문〉 신춘문예 시조(2014), 〈전북일보〉 신춘문예 시(2015) 등단. 시집『구겨진 편지』(2001, 현대시),『햇살의 등뼈는 휘어지지 않는다』(2005, 문학의전당),『낙타와 밥그릇』(2015, 시산맥사) 외. 시조집『바깥의 마중』(2017, 책만드는집). 천강문학상 시조 대상(2014), 성호문학상(2015) 수상 외. 전북작가회의, 오늘의시조시인회의 회원.

—

특히 저물 무렵에 더 어둑해지는 세간의 일을 한참씩 들여다보는 저녁 마중 같은 묘사는 박복영 시조의 주요 특징을 이룬다. 이렇듯 묵묵한 관찰이나 이면의 조용한 응시를 통해 시인은 아픈 삶의 속내며 사람살이의 곤고함에 더 쏠리는 시선을 육화한다. 그 중에서도 세간의 "안쪽" 같은 데를 깊숙이 짚어내는 시조로「저녁의 안쪽」을 꼽을 수 있겠다. 우묵하니 어두워지는 삶의 안과 밖을 살피는 시선이 유독 세밀히 부조되며 우리네 저녁의 성찰을 견인하는 것이다.

— 정수자(시조시인 · 한국시조시인협회 부이사장)

—

백로 무렵

첫 이슬에 땡볕 담아 목축이며 경청할까

눈 씻고 귀청 헹궈 툇마루에 앉았으니 호적 없이 떠도는 기척 없는 안개처럼 핏물 도는 먹감에 불끈한 서리처럼 한 세상 허물 벗는 이승 셈법 눈물겨워, 눈물겨워 마룻장 되짚어 바닥을 움켜쥐고 기러기 마중하고 입튼 제비 배웅하니

구름에 쪽진 달빛으로
그리움만 울던 것을

저녁의 안쪽

어둠의 기척으로 등불은 내걸린다

응집된 소리들과 분할된 소리들이

나직이 속살거리며 무게를 더는 시간

시선은 바깥으로 마중을 나간다

바람의 발자국을 경청하는 들녘에

나른한 젖은 노동을 끌고 오는 맨발들

더불어 걸어야할 시간들을 보았을까

어둠이 짙을수록 바람으로 흔들려도

서로를 다독거리며 지친 몸을 세운다

천장天葬*

이승의 첫 소풍은 바람으로 끝이 났다

뼈 깎는 소리가 허공을 찔렀을까 금가는 소리로 앓는 들녘의 바람 소리

해체된 뼈와 살은 미련 없는 다짐 같아 독수리 아가리는 죽음보다 단단하다

바람은 무거워졌고 햇빛은 버려졌다

한 줌의 홀로는 오래도록 뼈로 남아 외로이 눈물짓다 구름 따라 장천長天 가나

흰 뼈가 붉어지도록 바람으로 울던 것을

* 천장天葬: 티벳 장례. 조장鳥葬이라고도 함.

전령傳令

버들치 은비늘에 물빛이 흔들린다

갑옷은 그가 수장首將이었음을 증명하고 투구는 단단히 징 거맸을 머리뼈와 발견되었다

물결을 거슬러 돌 틈을 빠져나오는 동안

은비늘은 철의 무게를 지니고 있으므로 갑옷은 번뜩거리며 바닥을 헤집는데

모래알을 뱉으며 길을 묻는 아가미

굴절된 물의 깊이는 알 수 없는 시대여서 푸드득, 수백 년 전 왕조를 찾아가는 중이다

갸웃

앙가슴 푼 배꽃 속살 뽀얗게 부푼 오후

안부도 묻기도 전 젖살 내음 후끈하여
찾아든 배추흰나비 갸웃한 추임새다

갸웃이란 허공에 이승의 삶 묻는 일

봄볕이 풀어놓은 꽃 향을 호명하니
모른 체 돌아설 수 없어 서성이다 길 잃을까

젖몸살 씻어내듯 터져버린 보슬비에
해맑은 눈으로 몸 낮추는 꽃잎들

삶이란 젖어 흔들려도 끝끝내 사는 거다

풍란, 절망을 찢다

세간의 풍문 따윈 비바람에 씻었다

그 누가 뼛속 깊게 울음 감춰 칼을 가나

절벽 틈 서슬 펼치며 파도의 굉음을 읽었다

가부좌 튼 너럭바위 말을 버린 흔적일 뿐

달빛 비친 허방 딛고 깨어나는 꽃향내

벼랑 끝 부딪쳐 부서지는 포말의 자결 같은

승천하는 안개의 죽음이 장엄하다

허물 벗듯 앙가슴 편 무명의 무사처럼

잎새 쫙, 뽑아 편 자리, 햇살이 번뜩 찢긴다

지리산

저 침묵은 오래된 동백꽃 설움이다

피아골 골짝에 흰 눈이 흘깃 남아

토방에 군불지피니 문풍지 섧게 떤다

적막은 마냥 깊고 바람은 야위었다

솔가지 꺾는 불꽃 어둠을 즈려 밟을 때

길 잃은 어린 고라니가 물가에 무릎 접는다

그 기척 갓맑아 당신이려니 믿었다

차가운 문고리를 잡았다 놓는 슬픔

삐비새 허기진 울음 따라 푸드득, 날릴 것을

소나기

한패의 각설이들 몰려와 타령 푼다

구경꾼처럼 처마 밑에 줄지어선 꼬마들

골목을 신명나게 두드려 모퉁이 휘돌아 갈 때

개망초 몸 흔들고 메꽃이 끄덕인다

냉이꽃 고봉 한 그릇에 몸을 던져

구성진 삶의 내력을 흥건하게 풀어놓는

양철지붕 꽹과리에 호박잎 북소리들

거침없는 난타로 매듭 풀며 지나간다

저만치 햇살이 손 흔들면 이윽고 파장이다

낡은 털신

신발을 탁탁, 털자 닮은 생이 남아있다

뒤축에 고여 있는 가벼워진 몸무게를
털 빠진 신발이 보듬고 걸어갔을 구십 평생

보폭을 줄이며 삭혀 삼킨 설움일까

무게와 보폭은 바닥 딛는 몸부림이니
무릎은 시큰거렸고 발목은 야위었으리

닮은 만큼 생도 닳아 그 문수 잴 수 없어

세상에 버릴 수 없는 단 하나의 신발인데
끝끝내 신지 못하고 떠나 나, 그 길 위에서 우네

군산群山*

　흰 광목을 움켜잡고 쥐어 짜 펼치듯 휘어지다 돌아서며 당기
듯 멈춰 선

　저 금강, 갈밭 바람 소리에 슬픔이 일어선다

　배꼽처럼 나지막이 가부좌 튼 월명산에 옹이 박힌 비린내가
깃발처럼 펄럭이고

　도선장 빗장도 없어 쌓인 어구漁具 말라간다

　부잔교 띄워놓고 파도소리 일렁일 때 빼앗긴 삶의 뿌리 꾹,꾹
다시 밟아가며

　뼈 시린 어둠 뒤적이듯 한 생을 건너왔다

　바람은 우거졌고 고요는 무너졌다 숨 돌릴 겨를 없이 뒤축 닳
듯 살아와

　팔팔한 사투리 따라 샛별들이 깨어난다

* 전라북도 군산.

박상륜(朴相崙, Park, Sang ryun)

1940.~2012. 경북 월성 서면 천촌리 출생. 호 주운(朱雲), 불구름. 월성국교(1952), 경주중고교(1958), 경북대 사대(국문과) 졸업(1962), 계명대 교육대학원 이수(1979). 《시조문학》「추국」추천(1970), 3회 천료(1971) 등단. 시조집『추국』(1975, 월간문학사), 논문「시조학습의 지도법」(1971), 「영미시 교수법에 대한 연구」(1979) 외. 한국문인협회, 한국시조시인협회 회원. '울산문학', '동해남부선', '낙강' 동인. 하동종교, 울산공고, 농소중, 거제농고 등 교사 역임.

—

고정기

갈마 쥔 사연을 건너 이제 그만 네 곁에서
풍화의 자서에 서면 인과처럼 잇는 유맥
한 가닥 사무친 정이 무지개로 오른다

그윽히 잠긴 창공 어엿한 선계인데
이따금 천심을 길어 꿈을 헹군 나의 찬가
드높은 사랑의 여과 누리 밝힐 보살혼

남해소묘

— 갈매기
훨 훨 가슴을 열어 역설의 섭리를 안고
은은 저 너머로 가꾸어 온 푸른 의지
한세상 밝혀 갈 신앙 내 시전의 그 화신

— 무인도
비정의 사실을 감아 싹을 틔운 모음의 나달
아득히 무릉을 두고 파도로 사룬 목숨,
못 사뢸 은혜의 마음 사뭇 시린 침묵이여

— 정박등
해조음 명멸하는 음계 나울짓는 정한인데
아슴히 향수를 헤며 너 가슴에 닻을 내려
다소곳 꿈이사 돌아 다스려 온 보리심

서라벌 연가

찔레꽃 꿈을 흩는 유년의 하늘 문 밖에
태초, 그 숨결 골라 둥지 트는 산심인데
산다화 주제로 틔운 이 아침이 밝아라

천 길 어둠 넋을 깨쳐 쓸어 앉은 애환의 그늘,
갈마쥔 대지, 그 이빨에 찍힌 그대 침묵의 소리 자욱 속을
바다는 상기 눈을 감은 채 무게를 다듬어 내고 있다

충충히 불 밝혀 든 네 언어의 빈 항아리마다
바람도 저만치 물러 나와 한 세월을 돌려 놓고
풀벌레 그 울음 뒤편에서 나도 나를 듣는가

산장가

물소리 제 목을 축여 숨결 돌린 삼업인데
산 메아리 태를 푸는 아픈 하늘 짓눌러 쓰면
이 법문 나도 나를 열어 생애 밖을 흩고 있다

계절이 머물다 간 당신의 한 가지 끝에서
이저승 노을 일깨워 나의 돌을 갈라 놓고
저 청산 회한을 삭혀 꿈깃 훑는 향하여

흰 구름 과녁 안으로 그대 시간의 신발을 맞춰 입고
바람 그림자 그늘에 깔린 고요가 푸른 소리 자욱마다
밤이슬 그 수명 헹궈 한 우주를 다듬는가

통일로

새벽별 뿌리내린 몰린 언어 그늘 안에
꿈나무로 부려놓은 내 하늘 명위마다
차라리 빈 가슴 이고 시나브로 사룬 몸짓

네 넋을 날조해 간 그대 어둠 헛바닥에도
죽은 달 세월 밖을 강심 푸른 둥지 틀면
육화 빛 체온 버무려 풀어내린 선경이여

노을깃 파발 몰아 제요곰 쌓은 바다
아린 삭신 물꿈 굴려 숨을 캐낸 바람인데
저 낮달 나비등을 열어 생가 주은 흰 구름

풍수설

노을도 벗고 산마저 벗어 박제된 무상을 열면
네 음악의 육체 속에 나래 접는 강물 소리
어둠도 제 고향을 찾아 비와 바람을 풀어놓나

꿈나무로 부려 놓은 이승의 그늘 밖을
내 강산 주제 틔운 흰무지개 얼개마다
갈아 쥔 그 하늘 뚫고 죽순이여 돋는가

바람 뿌리 닻을 내린 물구선 여벌인데
그대 언어 나비등에 일상을 캐어내면
문수산 마음색 기우려 누리 삭힌 향가여

야우송

태고적 시름들이 시나브로 피어 올라
저다지 노래 없는 그리움의 하늘가에
너와 나 목숨을 사룬 가슴 저민 유언장

삼가를 가늠하면 제요곰 지문인데
구름 덫 머리를 푼 성에 낀 시린 갈피
내 하늘 그 빈 무덤에 가늠짓는 대화로고
처용암

먼 나라 향수를 긷는 네 사유의 깊은 늪에
지선은 가지 벌어 꿈을 깁는 바람인데
개운포 그 푸른 자락 숨을 고른 이 목숨

남몰래 다스려 온 단달진 세월이랑
속 가픈 이승벽에 가슴 저민 선경일레
소슬한 신라의 하늘 나도 이고 흐른다

추국

찬서리 된바람에 법열로 자란 목숨
긴 사연 싸늘히 띄워 안으로만 진통하다
도파온 의식의 층계 어머님의 그 묵시

목마른 사랑의 영토 불야성의 십자간데
꽃시절 외면한 네 슬픈 발자욱들
불웃음 절절한 다정 만향 길을 트는가

탄생설

산색도 돌아서는 원 사룬 심금인데
그대 햇살 발자욱에 찍힌 내 하늘 애한을 달래며
솔바람 세월문 열고 내가 나를 짚어낸다

비정의 꽃층계를 되몰아 여울지는 모성의 뜨락에
노을 그도 제 그림잘 벗겨 갚아 쥔 허공 저쪽
청태 낀 그 수명 받들어 오늘을 잘라낸 음계다

박상문(朴相文, Park, Sang moon)

1938년 경남 거창 마리면 고학리 출생. 동국대학교(국어국문학과) 졸업(1966), 동 대학원 석사 · 박사과정 수료. 《시조문학》 2회 추천(1981) 등단. 저서 『법화경의 세계』(1981, 정인각). 시집 『심우송』(1989, 정인각), 『생명의 마중물』(2010, 정인각) , 『달빛 실은 만선』(2017, 정인각) 외. 한국문인협회, 시조시인협회, 국제펜클럽 회원 외. 서울시 문화예술기금 지원 심의위원.

몇 편의 작품에서 보듯이 긍정적인 화답이다. 이러한 맥락은 시조만이 지닌 특수한 기법이기 때문에 종장에 제시되는 시인의 암시와 결단은 전체 시조의 흐름을 확인시켜주는 구실을 한다. 우리의 시조가 지니는 특수한 운율 구조라라든지 초 · 중 · 종장의 기법의 문제는 현대시가 따르지 못하는 우주 형성의 원리에 버금가는 작시 태도가 필요한 까닭도 여기에 연유한다고 할 것이다. 금산 시인의 작품에서 보여주는 시조의 감수성은 이러한 인간관계에서 관련되는 원리에 입각한 진솔한 고백이기도 하다. 이태극 박사의 글에서 "박상문 시인이 서예를 겸한 시서인詩書人이며 수도하는 자세를 지닌 착실하고 근면한 인품의 소유자이므로 그의 시도 솔직하고 경건한 면이 많이 보인다…" 전편을 보니 서정이나 서사라기보다 직접 자신의 사람을 단적으로 표현한 작품들이라 보인다(『생명의 마중물』).

— 조병무(시인 · 문학평론가)

줄탁동시啐啄同時

솜털도 안 난 것이 세상구경 할 수 있나
어미의 체온 속에 눈 생기고 귀도 생겨
태어날 알 벽 쪼는 것 '줄'이라 하여 왔지.

밖에서 쪼아 줄 어미의 날카로운 힘
털 나고 발톱 생겨 이목구비 성숙되면
그때에 알 쪼는 행위 그것을 '탁'이라 하지.

즐비한 인력시장 모이 찾는 영계들 아우성
새끼와 어미 운기運氣 통해 그 기機가 마주치면
알 깨며 허우적인 꼴 자연섭리 모습이라네.

알 속 새끼 부화해 어미 찾아 몸부림쳐
모자의 두 부리로 같은 시각 쪼아 댐은
무에서 유가 생기는 찰나 간의 두 명암明暗

허공 1

허공 속에 뉘어서 허공같이 살리라
비 눈 내려도 젖을 게 없는 허공이기에
허공을 몸으로 삼아 허공같이 살리라.

광대한 무변허공 무한하여 끝없으며
시작도 끝도 없고 안팎 증가 감도 없는
무한의 허공을 닮아 허공인 채 살리라.

허공은 큼직한 풍선 선인 악인 현인 달사
나는 짐승 기는 짐승 뵈는 것 안 뵈는 것
모두다 포근히 감싼 그 모습을 닮으리라.

무소유

가지고 온 것 없는데 갖고 갈게 무엇 있나
한 주먹의 흙으로 되돌아 갈 때에는
한 물건 소유할 그란 없다는 법 알아야지.

어지러운 세파 속에 일그러진 초점이나
갈가리 찢기어져 무형으로 분해됨은
인간의 영역을 넘은 궤도 순환 아니던가.

백날을 천둥 번개 칠지라도 식히지 못할
그 실체 내면 속은 터엉 빈 공허일 뿐
무일푼 빈손으로 갈 무소유를 말해주네.

행복

병앓이를 해본 자 건강이 보밴 걸 알고
난세를 만나 본 자 평화가 소중함을 알 듯
진실한 행복 알려면 병앓이를 해보아라.

참사랑 모르거든 슬픈 실연 당해 봐라
눈물을 모르거든 괴로움을 당해 봐라
진정한 사랑 형성은 고독 속에서 싹트니라.

달빛 실은 만선

저물 무렵 깊은 물에 낚시 줄 드리우니
한 파도가 움직이니 만 파도가 일렁이고
자정을 넘긴 시간엔 물고기도 물지 않네.

파란 하늘 달 빛 총총 수면 위를 반짝이고
태공은 귓전 비비며 적막함을 느끼면서
빈 배에 달빛만 싣고 산 섶 언덕 돌아가네.

무학無學 비

한 시대 등불이던 거승巨僧족적 빗돌에 남아
고려 태조 왕사국사 송경松京 땅서 선리禪理 닦아
학문 더 배울 것 없는 무학 경지 터득 했네.

진구렁 초월하여 무풍지대 넓힌 도량度量
한양 터 지맥 짚어 학혈鶴穴날개 눌러놓고
사대문 큰 기둥 세워 대궐 궁을 서게 했다.

활자 없는 백지 시집

활자로 만들어진 언어들의 전개보다
허공에 활자 박아 마음으로 읽는다면
무독서 백지 시집은 무진장의 보궁寶宮일레.

글자로 설명한 것 그 설명의 국한되고
책속에 기록 내용 그 책에만 존재할 뿐
무 설명 백지시의 뜻 하늘땅에 가득 차네.

모양 없는 마음은 어디든지 가지지만
글 꼴의 틀 바퀴를 못 벗어 날 때에는
무한한 백지 심도 深度 끝 간 데를 모른다.

형상에 덮인 진면목 1

세상사 어느만큼 눈으로 볼 수 있고
얼마만큼 볼 수가 없는 면이 존재한다
현실은 안 뵌 면 뵌 면 양면 합쳐 나타날 뿐.

무대 위에 인형극 인형 놀린 자 안 뵈듯
안 뵈는 면 무시하고 뵈는 면만 판치는 세상
가면은 허수아빌 뿐 진면목은 뵈잖는다.

72조兆 충과 공생

육체를 지탱 해준 8만 모공 속에 값은
9억 충이 몸둥이를 보호하고 지켜주어
72조 충들과 함께 공생하며 산답니다.

첫걸음

천 리 길 갈 사람은 첫 걸음이 발라正야 하고
첫 한 발 잘못 뛰면 동東과 서西로 양분되어
목적지 가지 못하고 무주공산 주인 된다.

박상주(朴庠柱, Park, Sang joo)

1957년 경남 함안 가야읍 출생. 경북대학교 (사대영어과), 영남대 대학원(교육학과) 교육학 박사. 〈불교신문〉 신춘문예(2012) 등단. 시조집 『막사발을 구우며』(2013, 전망), 『백의를 그리워하며』(2018, 지식과 감성). 저서 『고경중마방-퇴계선생의 마음공부』(2004, 예문서원), 『원효, 그의 삶과 사상』(2007, 한국문화사), 『힘이 부족하면 배를 빌려 저 언덕에 이르라』(2010, 이담북스), 『원효수행십도』(2017, 좋은땅). 한맥문학가협회, 한국문인협회, 한국시조시인협회 회원.

—

박상주의 시조들은 삶과 문학을 일원선 상에 두고 묵묵히 걸어가는 구도자의 침묵과 향기를 잘 드러내고 있다. 위 시조 중 「암자에 홀로 앉아」는 '종소리'와 '청태 눈물'이라는 청각 시각의 대비를 살려내는 묘경을 이루었고,

　　　　　　　　　　　— 고은(시인 · 전 단국대 석좌교수)

「순수」는 청각과 시각의 뒤집기를 통해 자연의 무소유에서 우러나오는 여유와 풍류를 잘 드러내었으며, 「가슴으로 부르기」는 차가운 머리로 부르지 말고 따뜻한 가슴으로 부르면 모두가 사랑이 된다는 의미를 훈훈하고 정감 있는 반전으로 잘 드러내고 있다.

　　　　　　— 신웅순(시조시인 · 문학평론가 · 중부대 명예교수)

—

순수

산새 소리
하도 고와
모자 속에 담아오다

개울물
건너뛰다
다 쏟고 말았구나

두어라
내년 이맘때
목련으로 필 것이니

암자에 홀로 앉아

날 좀 때려주오
천년고찰 범종 치듯

안으로
다져놓은
전탑塼塔 언어 청태靑苔 눈물

빈 골짝
다 쏟아붓고
나비 되어 가련다

가슴으로 부르기

찔레다
수국이다
머리로 구분 말고

그저
가슴으로
꽃이라 불러보게

이름이 물러난 자리
모든 것이 사랑이네

산사 풍경

떨어진 하얀 목련
쓸어 담던 비구니가

빗자루
옆에 두고
두 어깨를 들먹인다

무엇을
쓸어 담기에
풍경마저 울먹일까

억새

억새는 흔들리다
대지로 돌아가고

나는야 흔들리다
하늘로 돌아가네

삶이란
흔들림이니
바람 불어 좋아라

묘석墓石

양지쪽 공원묘지
크고 작은 묘석들

생과 졸 글자 사이
이끼만 파릇파릇

한두 뼘
공간 채우려
그렇게도 바둥댔나

진미珍味

시큼한 매미 소리
된장 종지 다져 넣고

살강 위
꽁보리밥
우물물에 말아서는

한여름
쿡쿡 찍어서
아싹아싹 넘기는 맛

내 어머니

어머니 내 어머니 내 어머니 되시려고
박꽃같이 하얀 얼굴 연지 찍고 곤지 찍어
게티골 박씨 가문에 산새처럼 오셨나요
어머니 내 어머니 내 어머니 되시려고
얼음 깨어 서답 씻고 밤마다 길쌈하며
참깨밭 지슴매다가 고운 손이 터졌나요
어머니 내 어머니 내 어머니 되시려고
큰방에 홀로 들어 문고리 홀쳐 잡고
진땀과 허기 속에서 못난 나를 낳았나요
어머니 내 어머니 내 어머니 되시려고
개땡깔 치마 따서 홍진 열꽃 지우고는
삼봉산 신령님 전에 빌고 또 빌었나요
어머니 내 어머니 내 어머니 되시려고
시렁에 등불 켜고 이 자식 기다리며
물레에 긴 밤 감으며 뜬눈으로 보냈나요
어머니 내 어머니 내 어머니 되시려고
안마당 쓸어놓고 선산으로 바삐 가서
이 자식 젖은 눈 속에 그리움만 남겼나요

나의 조국

먼 하늘
고이 담아
건네주신 오죽피리

온 가슴
불어넣어
아픈 전설 들어본다

이 숨결
다할 때까지
곁에 두고 불리라

푸른 지조

바위의 이끼처럼
그렇게 살다 가리

비 오면 흠뻑 젖고
가물면 타는 대로

골바람
어찌 불어도
푸른 지조 가꾸리

박성락(朴聲洛, Park, Seoung lark)

1952년 경남 하동 악양면 출생. 총회신학교, 동 대학원 졸업. 《공무원문학》(2005), 《한울문학》시(2006), 《나래시조》시조(2016) 등단. 시집 『화랑대소나무 악양 청학』(2008, 봉명), 『끈』(2015, 명성서림), 『향수 어린 모정』(2016, 한국문학방송), 『코로나-19』(2020, 한국문화사). 전국 시낭송대회 대상, 금상, 은상, 동상 수상 외. 한국문인협회, 청하문학, 나래시조, 한국시낭송예술협회 회원. 육군사관학교 서기관 정년퇴임. 한국문인협회 평생교육원 시낭송지도자과정 수료.

사랑
박성락

무쇠보다 강하고 솔결보다 부드러워
부수며 죽음의 뜻 썩으며 생명의 씨
사랑은 양면의 칼날 웃고 우는 삶의
원천

잘 쓰면 행복이오 못 쓰면 불행이라
남녀노소 철없고 동서고금 똑 같아
지구는 사랑 때문에 흥망성쇠 성의멸사

동서고금을 통하여 사랑을 주제로 쓰여 진 작품이 독자로부터 끈질기게 사랑을 받아 왔듯이 『현대시조대사전』에 실린 박성락 시인의 10편 시조는 단편마다 작품성도 뛰어나지만 주제가 여러 가지로 흐트러지지 않고 사랑이란 한 주제로 기승전결을 명확하게 구성하여 독자에게 이야기 꺼리를 제공하여 감동케 하였기에 오래도록 여운이 남는 작품이라 확신합니다.

— 권갑하(시조시인 · 한국문인협회 부이사장)

내 사랑 그대

황소 눈 껌벅이는 달걀형 미인에다
등치만큼 맘 넓어 넉넉하고 후덕해
누구든 늘 편안하게 배려 다정 넘치네

척박한 환경에도 언제나 정성 다해
건전한 취미로서 문학적 정서 함양
그대 삶 내 삶과 같아 어찌 사랑 안 하리

충절의 제천 고장 당대의 전미녀라
눈 시린 달빛 아래 청아한 목소리로
시 한 수 심금 울리니 오금이 저려오네

그대는 시인에다 소리꾼 시낭송가
강산 호걸 녹이는 삼천리가 무대라
그 사랑 아릿하게도 뼛속까지 스미네

단심가

고요히 달빛 아래
그리운 내 임이여
왜 이리 안 오시나 귀뚜리 처량한데
행여나 바람 타고 올까 봐
귀만 쫑긋합니다

울어 예 피고 지는
보고픈 내 사랑아
사무친 가슴 안고 이 한밤 지새우니
행여나 달빛 타고 올까 봐
연지 곤지 찍습니다

꽃피고 새가 울며
해와 달 바뀌어도
애간장 다 녹이며 뜬 눈 지샌 괴로움
가고파 굳게 결심했어요
야속다 말 못하고

고추를 보내고

텃밭에 고추 따다
임께로 보내오니
택배를 받으시고 하마 울까 웃을까
그 옛날
옆집에 살던
어린 추억 떠올리리

땡 고추 빨간 고추
골고루 넣었으니
입맛대로 요리해 식탁에 울리시고
행여나
그리워하며
수저 놓을까 염려라오

못다 한 사랑

보릿고개 넘으려
고달팠던 지난 날
못 배운 게 한이라 자식 위해 희생에
이제야 허리 펴는데
저승사자 눈앞이네

처자식 남겨두고
내 어찌 떠나랴
자식들 출가시켜 손주 보고 가겠다고
아무리 떼를 써 봐도
부질없는 헛수고네

어찌 하리 미안하오
당신께 미안하오
짐만 잔뜩 지워놓고 먼저 감을 한탄하오
이 세상 못다 한 사랑
천국에서 나누어요

위대한 승리자

부모 없고 달랐으면
내 어찌 존재하리
타이밍 못 맞춰도 지금 내 아니기에
고귀한 생명줄 잇는
부모 사랑
웬수다

수많은 형제조차 힘겹게 따돌리고
정상에 깃대 꽂아 철옹성 굳게 쌓으니
한세상 맘껏 즐기는
위대한
승리자다

사랑

무쇠보다 강하고
솜털보다 부드러워
부수며 죽음의 덫 싹트며 생명의 씨
사랑은 양검의 칼날
웃고 우는
삶의 원천

잘 쓰면 행복이요
못 쓰면 불행이라
남녀노소 철없고 동서고금 똑 같아
지구는 사랑 때문에
흥망성쇠
생의 역사

유채꽃 사랑

고독한 성산포에 유채꽃 만발할 때
한 토막 해삼에다 소주 한 잔 기울이며
"그리운 바다 성산포"
시낭송이
어떠하오

바다도 출렁이며 추임새 장단 넣고
갈매기 날개 저어 군무로 화답하니
시심에 젖은 사랑이
유채처럼
피어나리

미워 미워요

어머나!
입원한 줄 내 미처 몰랐군요
건강부터 챙기시라
신신당부했건만

내 정말
미워 미워요
병원 신세 수주라니

심려를 끼칠까봐
차마 감춘 배려지만
머나먼 남도 천 리 몸은 비록 못 뵈도
쾌유를 비려는 내 맘
어찌 이리
몰라줄까

사랑 때문에

얼마나 사랑하면 그토록 난폭할까
걸리면 끝장이다 굴레에 협박까지
그래도 고운 정 들어 차마 어찌 떠나랴

얼마나 미워하면 그토록 관대할까
토라지고 삐지고 하루 멀다 싸우나
한 지붕 밑 동거동락 속내는 묻어두고

사람이 사는 것이 별 것이 아니잖나
정 들면 사랑 주고 미우면 감싸주고
한평생 부대끼는 삶 초로 같은 인생이니

못 잊어

가슴에 못을 박고
떠나간 내 님이여
상처가 너무 깊어 잠 못 이룬 이 한 밤
잊으려 몸부림치니
내 마음이
아리네

새 아침 거리마다
적막 더욱 횅한데
내 님도 괴로운 듯 전화벨 안 울리니
가로등 깜박거리며
잊으래도
못 잊어

박성민(朴誠玟, Park, Seong min)

1965년 전남 목포 출생. 중앙대학교 대학원 (문예창작학과) 졸업. 〈서울신문〉 신춘문예 (2009) 등단. 시조집 『쌍봉낙타의 꿈』(2011, 고요아침), 『숲을 金으로 읽다』(2016, 고요아침), 『어쩌자고 그대는 먼 곳에 떠있는가』 (2020). 한국문화예술위원회 문예창작기금(2011, 2012), 서울문화재단 문예창작기금(2015, 2020) 수혜. 가람시조문학 신인상 (2013), 오늘의시조시인상(2014) 수상 외. '21세기시조' 동인. 한국시조시인협회, 오늘의시조시인회의 회원.

—

박성민 시조의 강점은 명징한 이미지와 감각의 참신한 조응으로 집약할 수 있다. 현실에 뿌리를 둔 서정이녀 세태 풍자를 동반한 감각적 이미지들은 그만의 개성적인 목소리로 평가받는다(정수자). 박성민의 현장감은 풍자의 기능 장착 면에서 다채롭다. 이 기능은 비교가 거의 불가능한 시조의 장기 중의 장기임을 기억할 필요가 있다(정휘립). 박성민 시인은 대상을 이미지화하고 여기서 의미를 발굴하는 데 능숙하다. 발굴단 같은 그의 안목으로 자기 나름의 문체를 만들어 가고 있다(염창권).

—

신윤복 '단오도' 속 동승이 되어

큰스님 호통을
꼭뒤에 떨쳐두면
굽이굽이 시냇물은
희희낙락 달려가고
심장을 벌렁거리는 봄바람도 불어라

요놈들!
여기에서 관음을 구하다니
바위틈에 숨어서 몰래 보던 허벅지

후다닥 몸을 숨기게
뻐꾸기는 울어라

그네마다 낭창한 봄
나긋나긋 오는가

얼비친 젖가슴이, 아, 저런, 조금만 더……
꼴까닥 침 삼키듯이 저녁 해가 넘어간다

신춘 심사평

다음의 네 사람이 최종심에 올랐다

노숙자의 현실성은 벼랑 끝이 만져지나 바닥에 누운 서정이 딱딱한 게 흠이었고, 강바람의 시상들은 풋풋하고 시원하나 피가 도는 바람의 내력을 그려내지 못했다 민들레의 운율은 허공에 뿌리를 두나 유목의 족보들을 들춰내지 못했다 구제역의 발굽 닳은 시간들은 감동이었다 눈물 그렁한 큰 눈을 보며 심사자는 망설였다 비명이 허공을 받들 때 남는 것은 한숨인데, 구제역의 서정성이 외양간은 넘길 바라며…….

올해는 당선작 없음, 심사위원 나들이

삼선자장

부드러운 면발은 굳은 지 이미 오래.
이 굳은 자장면이 삼선이나 했다니!
가끔씩 국회의사당에
출근하는 자장들

북경반점 철밥통에 너무 오래 담겨졌나.
한쪽으로 몰려서 달라붙은 자장면
힘없는 나무젓가락만
툭, 하고 부러진다.

구두의 내부

절름발이 여자가
벙어리 사내에게
눈빛으로 손가락으로 말들을 꿰매고 있다
아파트 모서리에 놓인 초원 구두 수선점

사내는 구두를 받자
닳은 뒷굽을 떼어낸다
초원 끝에서 들려오는 말갈족의 말굽 소리
사내는 구름 속에 들어가 지평선을 깁고 있다

벙어리의 저린 가슴을
헤집고 나온 말의 뿌리
한 번도 사랑한단 말, 못 해주고 살아온
사내의 착한 눈망울은 디딜 곳 없는 허공이다

못처럼 박혀드는 널
남겨두곤 죽을 수 없다
마른 입술 축이는 사내의 눈이 들어가는
구두의 닳아진 내부는 저녁처럼 어두워진다.

한 평 반의 수선점은
낡고도 비좁은데
어둠이 막 깔리기 시작하는 저녁하늘에
사내는 성긴 별들을 총총히 박아 놓는다

쌍봉낙타

낙타는
모래바람에 날아간 꿈들을
눈빛으로 끌어 모아 혹 속에 밀어 넣는다
두 혹은 낙타의 꿈들이 파묻힌 무덤이다

등에 진 짐들은
오히려 가벼운 것
발굽 아래 흩어지는 모래알을 셀 때마다
낙타가 걷는 사막엔 모든 길이 등 돌린다

발자국의 경전經典은
읽는 순간 사라지고
소소초*를 씹는 저녁 입안에 피가 돌면
모래를 뒤집어쓴 저녁이 신기루로 일어선다

바람은 시리고 차게
사막을 횡단한다
눈썹에 앉은 모래, 헛무덤을 등에 지고
나보다 늦게 온 죽음을 기다리는 쌍봉낙타

* 소소초蘇蘇草: 검불처럼 물기가 없는 가시투성이의 덤불식물. 잎은 거
의 없고 가시가 돋은 가지들이 어우러져 있다. 낙타는 이 풀을 먹으면서
입안이 온통 피투성이가 된다.

살아 남자男子
— 사마귀

　나와 교미한 당신은
　내 머리를 먹는다

　내 몸을 여는 건 늘 당신의 입술이니 한 시절 외로웠던 거푸
집은 벗고 간다 흔들리는 풀을 씹고 길마저 삼키는 당신. 내 뼈
를 똑 똑 잘라 고드름처럼 베어 먹으면, 울음을 받아먹고 자란
풀들이 시퍼렇다. 사랑한다 사랑한다 목소리도 잦아들고, 당신
이 베고 눕던 내 두 팔이 저려올 때 그믐달 남은 부위를 잘게 씹
어 먹는 당신

　몸 없이 우는 법을 배운
　밤바람이 흩날린다

숲을 숲으로 읽다

난시의 가을인가, 도리마을 은행 숲에
버려진 잎들끼리 껴안고 뒹구는 땅
눈부신 폐허의 풍경이 숲빛으로 타오른다.

너 떠나자 가을이다, 어깨를 움츠린 가을
우듬지까지 밀어올린 눈물의 뿌리들이
써놓고 부치지 못한 편지처럼 쌓여간다.

가만히 만져보면 보풀 이는 너의 손등
추워지는 영혼마다 어깨들 감싸주듯
맨살이 맨살을 더듬는 은행 숲이 빛난다.

목도장 파는 골목

노인의 손끝에서 이름들이 피어난다.
이름 밖 나뭇결이 깎여나는 목도장.
움푹 팬 골목길 안도
제 몸 깎고 피어난다.

캄캄한 음각 안에 웅크려 있는 고독.
나 아닌 것들이 밀 칼에 밀려날 때
촘촘한 먼지 속에서
울고 있는 내 이름.

노인의 이마에서 전깃줄이 흔들리고
골목에 혹, 입김 불자 길들도 흩어진다.
도장에 인주를 묻혀
붉은 해 찍는 저녁.

시인의 말

밤마다 입 속에서 말발굽이 울리면
내달리는 말들이 술잔 속을 건너다가
취하면 말꼬리 잡고
거꾸로도 달렸다

말의 피로 제사 지내던 머나먼 옛적부터
갑골문자 이전에도 말 타고 달린 부족
말 입에 재갈을 물린
시인들은 죽었다

말 위에서 잠든 나를 눈 뜬 말이 데려왔나
천관녀의 집 앞에서 말문을 닫은 말
칼 들어 내 말을 친다
말머리가 뒹군다

보름달

저 노랗고 둥근 표적에 날아간 화살들은
포물선 그으며 땅으로 떨어지거나
밤하늘 사수자리에
박혀서 빛난다.

바람의 촉들이 항상 널 겨누지만
한 번도 명중 못하고 그냥 빗나갔을 뿐
이 가을, 어쩌자고 꿈은
저리 멀리 달아났나.

보름달을 숭덩숭덩 잘라 파는 정육점
달빛이 구긴 지붕 다려주는 세탁소
옛꿈의 노른자위가 툭,
달동네에 떨어진다.

박성애(Park, Sung ae) 본명: 박지안(Park, Ji an)

광주대학교 대학원(문예창작과) 졸업, 조선대(국
제차문화학과) 박사과정 재학 중. 《문예사조》 시
신인상(1998), 《시조시학》 신인작품상(2007) 등
단. 시조집 『새 백악기의 꿈』(2017, 고요아침),
『마음 첩첩 꽃비』(2019, 고요아침), 『담양시사랑
회 청소년문집 1~10』(2005~ 2014). 향토 무등시
낭송대회 대상(1999), 제8회 광주전남 아동문학
인상, 제3회 우송 문학회 작품상 수상 외. 재능시
낭송협회 광주지회장, 담양문인협회 회장 역임.
한국시조시인협회, 오늘의시조, 열린시학 회원.
재능시낭송협회 지도교육사, 한국차문화협회 전
문사범(은정다례원). 담양예총 이사, 담양시사랑
회 회장, 담양문인협회 고문. 담양군 송순문학상 운영위원회.

시는 흔히 관념과의 끝없는 싸움이라고 얘기된다. 이 얘기를 시조
쪽으로 가져오면 훨씬 비중 있는 얘기가 된다. 왜냐하면 시조는 아
주 제한된 형식장치를 가지고 있기 때문에 관념을 쓸 수밖에 없는
운명을 가지고 있는 장르다. 박 시인은 이 방법을 이미 터득하고 있
는 듯이 보인다. 관념(사랑)을 가장 실체적인 소나기에 비유하되, 이
를 사내의 사랑 행위에 연관시킴으로써 중층 비유를 사용하고 있어
그 질감이 두터우면서도 탄력을 유지하고 있다. 실상은 아주 가벼운
내용을 얘기하고 있는데도 중후하게 느껴지는 것은 이 중층의 비유
에서 연유하고 있다. 또한 박 시인은 천부적으로 가지고 있는 천진
함이 살아있다. 이는 신이 허용한 훌륭한 시적 자질이다. 대부분의
시인들은 이러한 천진함을 갖기 힘들기 때문이다. 이를 적극적으로
활용하여 빼어난 동시조를 써주길 바라는 마음 간절하다.

　　　　　— 이지엽(시인 · 한국시조시인협회 이사장 · 경기대 교수)

　

단풍잎

노란 잎은 연애편지
고모한테 전해주던
빨간 잎은 이모 저고리
이모부 만날 때 입던…
색색이 빛깔이 고운
다정한 저 숨결들.

파란 잎은 한반도
하얀 잎은 한반도 기
유니버시아드 대회 때
남이와 북이가 들었던…
색색의 단풍잎들은
하나가 된 카드색션.

낮달

진달랫빛 해 질 녘 월산면 가는 길
낮달의 품속에 대나무가 둥지 틀다
아슬히 떠오른 연리지 사랑 꽃이 핀다

잘 빠진 메타쎄콰이어 노을은 피를 토하듯
수채화를 그리고 지워지는 누군가는
사랑의 그 한 사람 생각에 눈물을 떨군다

밤이면 별들의 다정한 눈인사 반갑고
북두칠성 보며 손 모아 기도하는 사람
살포시 떠올라 한참을 바라다본다

할머니 해녀

제주 물길 가르면
내 꿈의 물길 열리고
갈매기의 노래는
나의 노래가 된다
시간의 역사 위에서
4 · 3 마저
섬이 된다

내 삶의 기쁨이
숨어사는 물길 사이
잊혔던 언어들이
한꺼번에 일어서고
할머니 숨비소리가
명치끝에
파랗다

대숲에는 파도가 산다

세상일에 마음 흔들리고
무릎까지 꿇어야 할 때

뒷산 대숲에 들어가서
서걱대는 바람소리 듣자

비겁한 심장 후벼 파는
날선 칼바람, 온몸으로 맞자

폭풍우에 꺾일지라도
결코 드러눕지 않는

안으로 더 안으로
울음 삼키는 대나무들

청결한 뼈마디 솟아나는
혁명의 파도 소리 듣자

두 개의 적멸寂滅

1. 플러그
미지근한 손과 발은 아직 말을 더듬고
깜깜한 마음은 꽃이 잠든 미명인데
수줍어 떨리는 영혼, 일시 불꽃 튀긴다

2. 원圓
묵주알 돌리다가 마음 하나 바라보다
묵상 끝 덧난 상처 눈물꽃 피어난다
향기와 슬픔 깨물고 먼 길 위에 뜨는 달

소록도

정갈한 나무들이 눈물을 떨구고 있다
일그러진 형상에 아픔을 씻어 내듯
서늘한 침묵의 섬엔 옹이진 삶이 있다.

목이 긴 사슴으로 누워 있는 작은 섬에
내 몸의 성에꽃을 다독이고 위로하듯
석양은 붉은 색깔로 어떤 꿈을 키웠을까.

넘어서지 못하는 울타리 그 세월을
숨결 고운 흙 내음 너울 바다 넘나들며
환하게 웃고 싶은 봄, 꽃망울을 터뜨린다

차를 마시며

물소리 천상 음악

차를 잔에 따릅니다

어느새 내 손과 가슴

우주와 마주합니다

잔디밭 아지랑이 사이

꿈을 헹군 이 마음

차향은 모든 이에게

고요의 종소리

눈 맑은 음악 되어

초록의 숲이 되고

겸손한 양심의 자리

깨어나는 별빛 됩니다

새

어둠 속에 은신한 알 수 없는 형상
침묵, 그 안으로 속살 길들여진 채
쓸쓸한 노을빛 생각 수놓으며 나는 새

시지프스 계절 끝에 박음질한 시간들도
한 땀 한 땀 헤아리면 새록새록 돋는 언어,
걸음발 옮길 때마다 깃털인 듯 살아난다

마음의 둑 무너지자 박혀오는 상처들
품에 안은 모든 것의 눈망울을 보리라
터질 듯 푸른 먼 하늘, 백악기의 꿈을 꾼다.

소나기 연가

문득문득 차창을 두들기는 소낙비
톡, 톡 몇 번 신호처럼 보내더니
와르르! 대들보가 무너진다
세상을 뒤흔든다.

순식간에 몸이 젖는다 생각이 젖는다
격렬한 포옹과 애무가 지나가고
움켜쥔 몇 마지기 마음밭
해갈시키고 가는 사내.

찻잔, 그 뜨거운

뜨거운 찻잔에서 그 너머 산을 본다
사색의 다리 건너 우거진 숲속으로
밀화가 화살이 되어 빛나도록 꽂히네 .

말없이 서려오는 뜨겁던 네 생각에
갈증에 타던 울음 꽃수로 걸어가면
찬잔에 넘치는 샘물 끓고 있는 이 아침

박세자(朴世子, Park, Se ja)

1961년 강원 홍천 남면 월천리 출생. 호 월천(月天). 한국방송통신대학교(문화교양학과) 졸업. 《한맥문학》 시(2000), 《옥로문학》 시조(2003) 등단. 시조집 『그대 꽃눈을 가졌는가』(2020, 태원). 춘천달빛시조문학회, 너브내시조사랑회, 해가람시낭송회, 춘천여성문학회, 한국문인협회 강원지회 회원. 한국문인협회 춘천지부 시조분과위원장, 한국문인협회 홍천지부 부지부장, 강원시조시인협회 이사, 춘천시울림 사무국장.

사랑은 노을처럼

　　　　　　　　박세자

노을이 지는 강가 둘이 걷다 마주치는
인근에오 노을빛이 물들어 황혼한 듯
사랑도 노을처럼 물들어 내마음도 황금물결

시간이 멈춰진듯 바람 한점 없는강가
그윽함이 평화롭게 노을속에 번지는데
이 국땅 해지는 곳까지도 사랑, 평화 넘쳤으면

—

아기는 고고한 첫 울음의 외침으로 생명 탄생을 알리며 부모님의 따뜻한 정성과 사랑 속에 성장하며 크든 작든 하나의 소명의식을 갖고 살아가게 된다. 때로는 모진 시련과 역경을 겪게 되며 자신의 허물을 성찰하며 부끄러움도 느끼고 사랑의 감정도 느끼며 아름다운 풍광에 취해 글과 그림으로 남기고픈 마음도 생겨난다. "예술은 모방이다. 그러므로 시인들을 추방해야 한다."라는 플라톤의 말도 있지만, 시인들은 창조주의 피조물들을 글로써 다시 한번 생명을 불어넣어 찬미하는 일을 한다는 점에서 이 세상에서 시인들을 추방해서는 결코 안 된다는 생각이다. 더욱더 이미 존재하는 것들과 존재하지 않는 것들 까지도 창의력과 상상력을 부여하여 한 편, 한 편의 작품으로 완성해 나가는 박세자 시인에게는 삶의 질과 완성도를 높여나가는 매우 큰 소명의식을 갖는 일이라는 생각이다.

— 이근구(시조시인)

—

그대 꽃눈을 가졌는가

긴~ 겨울 모진 바람
온갖 시련 이겨내고

마른 잎 떨궈 내며
꽃눈이 눈을 뜨는

새봄은
승리의 계절
봄꽃잔치 준비 중

그치지 아니하는
세상의 온갖 역경

이겨낼 수 있는 꽃눈
그대는 가졌는가

사랑의
꽃눈을 갖는 것은
모든 것의 승리자.

오월의 숲에 들면
　　— 산림욕

오월의 숲에 들면
신성한 영역인 듯

은총인 양 쏟아지는
금빛 은빛 햇살들

부끄런
내 영혼이 받기엔
벅차오는 가슴이다.

싱그런 오월의 숲
청량한 산소호흡

신선한 숲의 정기
흠뻑 마셔 취하면

영혼에
생기 불어넣는
생명의 숲 은혜의 숲.

강아지가 된 아이

어릴 적 할머니는
우리 강아지 우리 강아지

내 작은 엉덩이를
툭툭 치며 안아주셨다

그렇게
강아지가 된 나는
마냥 좋아 뛰놀았다

엄마가 된 지금은
하나뿐인 딸보고

어이쿠 내 강아지
어이쿠 우리 강아지

사랑은
전수傳受 되는가 보다
강아지가 된 아이.

미역국을 끓이다

봉지 안 마른미역 물에 담가 부풀린다
얼마나 목마르게 찾았던 물이던가
삽시간
흡수된 줄기
바다인 듯 몸 푼다

어머니 해산한 날 내 생의 시작인 날
울음은 세상에의 생명 탄생 알리는
고고한
외침으로서
세상속에 합류한다

무어든 제 살던 곳 그립지 않겠는가
미역은 바닷속을 인간은 모태를
사람과
자연은 하나
멱국으로 몸 푼다.

갈대숲에 들다

갈대! 그 곧고 가는 허리를 부여잡고
바람은 춤추기를 멈추지 아니한다
저만치
반짝이는 강물은
은빛으로 흐르는데

가는 허리 휘휘 감는 바람은 어느 사이
가슴 깊이 파고들어 온 마음을 뒤 흔든다
흔들림
그 황홀한 현기증
갈대숲이 어지럽다

그 수많은 날들의 소리 없는 흐느낌
하늘 향해 속울음 토해내던 여린 가슴
이제는
속을 다 비웠는가
가는 허리 곧게 편다.

벚꽃 나무 아래서다

봄기운 잉태한 듯
꽃눈들 망울망울

톡톡 터져 눈부시게
환한 세상 펼쳐놓으니

어둡던
내 마음에도
꽃 등불이 켜진다

봄 처녀 마음처럼
꽃그늘 아래서면

머리 위 살랑살랑
내려앉는 꽃 비늘

마음은
생기 돌아져
삶의 부활 꿈꾼다.

산山 같은 사랑

한 걸음 한 걸음씩
산길을 오를 때면

하늘로 돌아가신
내 아버지가 그립다

언제나
산처럼 믿음직한
사랑이 거기 있었다

강 건너 산 그림자
강물에 내려앉듯

고요히 내 마음에
내려앉는 큰 산 하나

언제나
묵묵하시던 모습
내 아버지의 사랑이다.

그리곤 비가 내렸다

투우욱 머리 한 방 아이쿠 내 머리야
바람이 휙 불어대니 투두둑 데굴데굴
금방 새
노랗게 질펀하다
구린내가 고약하다

갑자기 진동한동* 공기알 집어대 듯
손동작 재빠르다 또 투욱 등덜미에
오늘은
맞는 날인가보다
어깨위로 또 투우욱

또 한 차례 바람이 휙 불어대니 투두두둑
비닐봉지 배가 불룩 터져 버릴 것만 같다
그리곤
비가 내렸다
비에 젖는 노란잎들.

* 진동한동: 바빠서 서두르는 모양.

채석강에서

그 수많은 날들의 바다의 이야기를
파도는 날마다 빠짐없이 듣고 와
바위가
일기장인 양
철썩이며 쓰고 있다

바닷속 물고기들의 사랑 이야기와
해초들의 춤사위 생명의 탄생 죽음
바다는
그 넓은 가슴에
이야기로 가득하다

층층히 겹겹이로 쌓여진 이야기들
한편의 서사시로 바다의 역사들을
경관을
이루어가며
암각 작업 중이다.

내가 너에게로

내가 너에게로 침식되어 진다는 건
내가 너에게로 가고 있다는 것이다
조금씩
아주 조금씩
너에게로 가고 있다

때로는 빗물이 때로는 바람이
나에게 스며들어 상처를 덧내어도
말없이
끌어안으며
너에게로 가고 있다

세월의 흔적들을 사랑으로 감싸며
그 넓고 깊은 바다 당신의 심연으로
조용히
침잠하면서
너에게로 가고 있다.

박수근(朴壽根, Park, Soo keun)

1959년 경남 함안 군북면 출생. 한양대학교 대학원(금속재료전공) 공학박사 졸업. 〈경상일보〉 신춘문예 시조(2017) 등단. 오늘의시조 시인회의 회원. 열린시조학회 이사.

—

박수근의 시조세계는 보고 느끼는 바를 실제적으로 제시하면서 거기에 사유를 얹는다(「청동거울 실루엣」). 인간의 편의 위주로 닦은 자유로에서 동물이 희생당하고 있으니 인간이 얼마나 이기적인지 돌아보게 된다(「자유로에 자유는 없다」). "오래 된 주연 무대도 와락! 그리 무너진다"에서 주연이 되지 못한 주변인의 삶에 대한 시인의 관심을 알 수 있다(「부레옥잠」). 결여의 주체가 또 다른 결여의 대상을 만나는 지점에서 박수근 시조의 언어는 발화하고 깊어진다(「서해대교, 낙조에 젖다」).

— 박수빈(시인 · 문학평론가)

—

자유로에 자유는 없다

3막 3장 드라마는 예서 멈춰 섰다
메가폰 든 감독의 현란한 사인도 없이
망석중 주인공마저 화면에서 사라졌다

세밀 그 자유로 변 널브러진 고라니가
중저음 진혼곡도 조문객도 바이 없이
차디찬 아스팔트 베고 한뎃잠 자고 있다

불잉걸 꼬리 물고 질주하는 이 길에는
옹색한 환승통로, 비상구 그조차 없다
비루한 흙수저에겐 허여 안 된 길이었나?

날개 없이 태어난 원죄뿐인 초식동물
날아서 못 가는 길 네 발로 넘을 수밖에!
그들이 누리는 자유, 끝은 과연 어디인가

청동거울 실루엣

63빌딩 곧추선 자리 잿빛구름 괴어놓고
소갈 걸린 우듬지에 만삭의 무당거미
탯줄을 물레에 걸고 명주실을 자아낸다

등 돌려 면벽面壁하고 감은 만큼 풀어내는
몸에 밴 팬터마임, 손짓 발짓 접어둔 채
무저갱 허방을 딛고 청동거울 닦고 있다

찌든 황사 걷어가는 신들린 듯 마름질에
일그러진 하루 별뉘 앞니 훤히 드러내고
목젖을 들썩거리며 실루엣이 화답한다

바람보다 가비얍게 하늘 한 켠 추스를 즘

갈기 세운 물비늘에 낮달 한 채 잠겨 뜨고
구릿빛 적막이 돈다, 여의도가 다 환하다

부레옥잠

수족관 잔물결이 넘지 못할 파도던가
포말에도 떠밀리는 개구리밥 권속인 듯
수면에 뿌리를 박고 흔들리며 떠있다

앞서간 초목들은 잎새조차 웃자라고
발붙일 땅 한 평이 그리도 옹색한가
닿을 듯 버둥대는 발, 헛발질이 자심하다

가로 꺾인 고사목의 나이테 셀 수 없는
안간힘 쓰면 쓸수록 원점에서 멀어지고
오래 된 주연 무대도 와락! 그리 무너진다

초원을 떠도는가, 유목민 뒤를 좇아
맨발로 길을 열고 더듬어 간 미답지가
척박한 갈밭이라도 꿋꿋하게 살고 싶다

백악기 달빛 타기
— 천전리 공룡 발자국

지금쯤 내를 건너 어느 계곡 들어섰나
움츠린 가슴으로 뒤채이며 몰려가는
목울대 타고 오르는 숨소리가 들린다

바위손 밤이슬로 해갈하는 반석 위에
무뎌진 그 발꿈치 판화 몇 장 찍어놓고
낙관도 거둘 새 없이 먼먼 길을 떠났는가

불면의 귀뚜리가 울어 에는 늦가을 밤
백악기 쿵쿵거린 맥박 소리 간데없고
우묵한 발자국마다 달빛 가득 고인다

서해대교, 낙조에 젖다

하늘 받친 교각 너머
날갯짓이 한창이다
재灰도 없이 사그라지는
하루살이 노을 지펴
버거운
그 풀무질로
미당기는 해 질 녘에

엇박자 세월의 끈
풀지 못해 애태우나
청동거울 수평선에
들고나는 갈매기 떼
들끓던
서해는 하마
자작자작 졸아들고

박순영(朴淳英, Park, Soon young)

1952년 전남 진도 출생. 호 소현. 목포교육대
학 졸업(1973). 《시조생활》(2001) 등단. 시집
『꽃이 아니야』(2014, 책만드는집). 공무원문예
대전 입상(2007), 시천시조문학상 본상(2014),
한국시조협회 문학상(2018) 수상 외.   한국시
조시인협회, 한국문인협회, 국제펜문학한국
본부 회원. 세계전통시인협회 한국본부 이사, 한국시조협회 이사.

—

박순영의 시 세계는, 인간에의 깊은 사랑이 주조를 이루고 있다. 그
것을 다른 말로 휴머니즘이라고 할 수 있는데, 톨스토이식 인간의
본성을 아파하는, 그러면서도 어디까지나 한국적인 정情을 바탕으
로 하는 인간애 그 자체라고 할 수 있다. 그의 시에는 인간 정신의
근원에서 흘러나오는 그리움이 출렁인다. 그것은 때로 고독과 외로
움의 싸움이기도 하고, 말할 수 없는 인간의 아름다움과 평화에의
추구이기도 하다. 그럼에도 절대적이고 타협할 수 없는 목숨을 건
투쟁과 같은 진실이 그 그리움 속에는 언제나 생생하게 살아 있음을
발견하게 되는 것이다. 그의 시어들은 매우 우아하고 고아高雅하며
그윽하다. 게다가 예리한 통찰력과 상상력은 우리의 것, 우리의 생
활, 우리의 인생에 새로운 공감을 불러일으킨다. 그뿐 아니라 아예
새로운 영역을 열어주기도 한다. 물론 뛰어난 비유나 이미지 창출과
함께 한계를 뛰어넘는 에스프리 그리고 심지어 현대시에서 보기 드
문 회언까지도 등장한다. 그러면서도 타고난 여성적인 섬세함으로
시조 작품을 창작하는데 힘 하나 안 들이고 아주 쉽게 그리고 자연
스럽게 뽑아내는 것 같다.

— 이석규(시조시인 · 국제펜 한국본부 자문위원)

—

서실書室 친구들

— 붓筆

먹물 짐을 무겁게 진 서생원의 긴 수염
한 가닥도 흩어질까 중봉에 힘을 싣고
지나온 하얀 얘기를 까맣게 풀고 있다

— 먹墨

깊은 물 낮은 골에 반듯한 길을 내어
온종일 가고 오다 쉬어도 보다가
한 목숨 다 저물도록 가던 길을 가고 있다

— 벼루硯

평생토록 젖는 몸 지켜줄 짝을 만나
도란도란 오가며 한 살림을 늘려가며
몸 닮는 동병상련同病相憐을 지켜보고 있어라

— 서진書鎭

사분대는 실바람이 짓궂게도 파고들면
한 달음에 달려가 밀어내고 온다더니
묵향에 길게 누워서 그만 잠을 청한다

구름이거라

생각이 많아지면 머리가 아프고
품은 것이 많으면 마음이 저려 오고
떠도는 구름이거라 걸림 없는 바람이려

생사를 놓고 나면 버거울 게 있겠냐만
퍼내고 돌아서도 출렁이긴 마찬가지
물인들 흐르는 골에 소리조차 없을까

오일장

할머니 보따리엔 고사리에 머위 취
올망올망 가득가득 소곤대는 봄 향기
봄볕에 고향 소식이 장마당에 줄 섰다

뒷산도 내려놓고 텃밭도 이고 와서
봄날을 한 움큼씩 덤으로 얹고 있다
이백 원 자릿값 빼고 장마당은 잔칫날

모르라고

눈을 들면 또르르 눈물이 쏟아질까
아무도 모르라고 고개를 숙였다
누구나 안뜰에 지는 꽃잎 하나 있음에

산중 어북魚鼓

산중의 범종각에 비늘 짐승 달아 놓고
무엇을 얻겠다고 저토록 성심일까
애잔한 저 어북 소리 풍경 함께 우는데

박순자(Park, Soon ja)

《시조문학》(2007) 등단. 시조문학 작가상
(2008) 수상. 강원문학, 원주문인협회 회원.
강원시조시인협회 부회장.

박순자 시인의 시조는 고향과 자연에 대한 시조가 많다. 그의 시조
를 만나면 지나온 시간들이 슬금슬금 올라온다. 먼 향수를 느끼게
하는 그의 시에서 개발이 되면서 그의 고향이 황폐되어 가는 모습
이 그려져 안타까움이 든다. 시조 「고향」에서 "못나도/ 고향은 고
향/ 울지 마라/ 백로야"에서 고향에 대한 아픔이 여실히 드러난다.
늘 사라져 가는 풍습이나 언어를 표현하고자 하는 그의 노력에 기
대해 본다.

— 류각현(시조시인 · 전 강원시조시인협회 회장)

그림자

슈퍼마켓 유리문 밖
웅크린 할아버지
중절모 차양 아래
백설이 송송하고
쫓기듯 살아온 날들 흐린 눈에 맴돈다

콜록대는 기침마다
어깨는 흔들리고
말아쥔 지난날들
그리움 가득한 듯
아프게 박혀 있는 못 그 무엇이 아련할까

길 건너 웃고 있는
씀바귀 노오란 꽃
굽은 등에 서려 있는
사연을 담고 있나
아버지 누르던 짐들 덧개지는 그림자

매화

홍매화 청매화가
한 마당에 활짝 피어

청매화 홍매화 보고
수줍어 포리하고

홍매화 청매화 훔쳐보다
들켜버려
붉어라

고향

어느 날 고향 동네
공장이 들어오더니
정든 길 없어지고
포장길 실죽 웃네
동구 밖 홀로 선 노송 보곳마다 아프다

쓸쓸히 걸어보는
온 동네 골목골목
은비녀 옥비녀들
두루막도 찾아보고
굽은 길 보살펴 주던 은덕들을 새기네

마을 앞 흘러가는
말없는 서천강 모래
맨발로 걸어 보며
시름에 젖어든다
못나도 고향은 고향 울지 마라 백로야

명자꽃

터질 듯 붉은 가슴
애끓는 사랑 눈빛
숨기려 애를 써도
들켜버린 속앓이다
지나간 풋내 속에서 끓여대던 속앓이다

베일 듯 붉은 것도
너만의 티끌인 걸
끓다가 우루루루
지는 것도 너인 것을
훌쩍이 지나갈 이 봄도 같이 끓는 걸

부용대*에서

찔레꽃 꺾었더니
딱하고 아프단다

한입 베어 먹었더니
어떠냐 향이 묻네

고향이 그리워 그만
대답마저
잊었네

* 부용대: 안동 화회 마을 앞.

박순자(朴順子, Park, Soon ja)

1944년 전북 익산 출생. 원광대학교(가정학) 졸업. 《시인과 육필시》(2006) 등단. 시조집 『가난도 사랑을 품는다』(2010), 시집 『한밤의 고독한 연주』(2006, 들꽃), 『옹기는 연꽃을 품고』(2008, 들꽃), 한영시집 『민들레 남자의 눈물』(2017, 서울문학), 공저 한영시조집 『인연의 꽃』(2019, 서울문학), 공저 시집 『아닐지라도 꽃이여』(2011, 불휘미디어) 외. 수필집 『목련꽃 필 무렵』(2014, 서울문학). 한국시수필대상(2006), 한국육필단테문학상(2013), 익산문학마한문학상(2015), 한국예총익산지부 시장상(2011), 창작예술상(2017), 한반도문학시부분대상(2018) 수상. 한국문인협회 회원. 성당포구농악, 성포별신제 문화재 발굴(1994).

박순자 시인은 여성 특유의 감성에 의존하기보다 이지적이고 관념적인 사고를 기반으로 작품을 일궈나간다. 인간관계 탐구는 거리두기와 냉철함으로 마치 철학적 사유를 연상하게 하면서도, 우리의 몸과 마음에 밀착된 관계를 조명함으로써 자기 정체성을 확인하도록 만든다. 시인은 삶의 여백을 고스란히 드러내려하고 있다. 우리 주위를 채우고 있는 사물들, 거기 깃들인 인정과 연연한 감성들을 치우침 없이 절제해 묘사하고 있다.

— 김준(시조시인 · 서울여대 명예교수)

소녀상

한 깊은 역사의 강 진실 하나 표류하다
온 세상 빗장 열고 지핀 불꽃 타올랐다
동족애
할머니의 용기
분노의 벽 높았다

낯설고 참담하고 뒹굴던 덧난 상처
긴 세월 감긴 채 무너지고 쓰러졌다
아리랑
숨죽이며 되새겨도
그리움은 깊어갔다

고향소식 진토 되어 간곳없는 방황 속에
자유로운 삶의 자리 노쇠한 백발인데
숟가락
하나 덜자했던
가난의 삶 밟었다

* 피해자 위안부 할머니 이야기.

반짇고리

긴 머리 참빗으로 촘촘히 윤기 감아
곱디고운 비녀를 꼽으시던 그 온기
남겨진 머리카락도
바늘쌈지 되었다

손끝 골무 바늘 따라 버선 구멍 메우시고
꼼꼼히 챙겨오던 숨겨 온 정의 마디
한가득 애환이 담긴
실 꾸러미 있었다

자주고름 옥색치마 깔끔한 고무신에
휘파람 소리 타고 신접살림 꾸렸다던
대물림 반짇고리는
할머니의 자리다

어머니 1

아궁이 불씨 모아 화롯불 피우신 뒤
삼발이 세운 위에 뚝배기 된장국이
넘칠까 마음 졸이는
안타까운 기다림

두꺼운 솜이불로 밥그릇 감싸 놓고
문지방 넘나드는 스치는 옷자락이
당신의 사랑법으로
먹고 살던 자식들

색색으로 마음 새겨 정성 숨긴 밥상 위에
품은 자식 배고플까 오물조물 무쳐놓고
대문 밖 발자국 소리
곤두세운 세월이여

군함도

짠 바람 망망대해 암울한 노역의 섬
수십 리 해저터널 두더지 인간으로
우리말
가슴속에 새겨가며
초로인생 되었다

깊은 밤 파고드는 뼈마디 절규 소리
꺼입힌 상처마다 굴욕감을 삼켜내고
고향 땅
헤매던 꿈속에서
화석으로 굳어갔다

해방의 만세합창 귀국선 폭발했다
노동자 수장시킨 꼼수비밀 무엇인가
왜곡된
광복 칠십여 년 세월
진상규명 꼭 밝히자

* 일제 강점기 강제 징용 희생자들.

금줄

된 바람 한숨 세워 새끼줄을 꼬아놓고
솔가지 숯덩이며 걸쳐 맨 대문인데
쓰디쓴 눈길 하나에다
하늘빛도 숨겼다

설레임 숨어들자 장지문 문고리에
여명조차 가둔 끈 빛줄기 소리마다
따가운 적막을 깨고
요동치는 서러움

송수가지 기세등등 무동 탈까 밀쳐내고
윤기 절인 붉은 고추 대문 앞에 걸었다
앞마당 달빛 휘감으며
허리춤을 잡는다

인연

계곡물 들이켜도 무심한 허기진 삶
꽉 막힌 가슴속은 무겁게 짓누른다
대웅전 도량에 앉아
열어가는 속마음

간절한 소망으로 비우자 다짐해도
그리움 채워지는 염주만 절절하다
앙금을 삭이고 삭혀도
털어내지 못할까

촉촉하게 젖어든 맘 휘청대는 발길잡고
탑돌이 무거운데 그림자는 파고든다
매듭 끈 산허리에 두고
등진 채로 갈까 보다

백제 문화유산

떠나온 사비성 민초의 화덕 불꽃
달 무동 망치소리 온누리 휘감길 때
미륵 탑
피어오른 연꽃
풍경 소리 울린다

묵언의 당간지주 햇살담은 미륵사지
중심축 사리장엄 묻힌 잔토 민심인데
잔솔밭 미륵산 대목으로
새벽별만 쫓는다

왕궁리 드넓은 터 다짐 울림으로
백제인 심장소리 일깨운 삶의 흔적
무왕 성
역사의 숨결
청사의 빛 띄운다

* 익산 미륵사지, 왕궁터.

물방울 꽃

한 방울 한 줄기로 마음 길 열어놓고
당신은 그 빛살에 물들고 깨달음으로
가슴 샘 이웃에 나눔으로
세월 비켜 살았다

낯선 길 안락하게 품어준 자리에서
당신은 아낌없이 인연 줄기 엮어내고
방울꽃 선의 자락 되어
근심 씻어 담았다

자작하게 고여 들면 나뭇잎 띄워두고
당신은 손을 잡고 목마름을 채워주며
깊은 숲 튕겨나간 자리까지
지친 마음 달랬다

* 어느 산사에서 한 방울씩 떨어져 고인 물의 자비.

가을걷이

한가득 엎어가는 광주리 논둑길을
멀리서 잽싼 걸음 손짓 하나 반겨준다
탈곡기 입담 오르내리다
볏단들을 세운다

밥그릇 넘치도록 품앗이 정을 담고
젖먹이 다독이는 한나절 들녘이다
구성진 농요 가락으로
가을걷이 쌓인다

참새들 아삭 먹이 검불더미 빈자리엔
보리밭 흙덩이에 찬이슬 내려앉자
아낙네 절구 도구대질
구들장을 달군다

성당포 농악*

나팔수 상쇠잡이 북장단 장구잡이
고샅길 넘나들며 재앙 모두 몰아내고
발장단 안마당에 모여
조왕신을 어른다

장구도 달팽이 길 상모도 달팽이 길
비 잉 빙 날아오른 혼을 태운 오방 깃발
수호신 천년 고목이
새끼줄로 감긴다

한마당 어우러져 풍작을 기원하고
어깨춤 여세 타고 징 소리 얼큰한데
조롱박 제살붙이로
넘나드는 농주다

* 성당포 농악: 전라북도 무형문화재 지정 제7-7호.

박시교(朴始敎, Park, Si kyo)
1945년 경북 봉화 출생. 〈매일신문〉 신춘문예, 《현대시학》 추천(1970) 등단. 시집 『가슴으로 오는 새벽』(1997, 책만드는집), 『낙화』(2001, 태학사) 『독작獨酌』(2004, 작가), 『아나키스트에게』(2011, 고요아침), 『13월』(2016, 책만드는집), 『겨울강』(2018, 수동예림) 외. 한국시조대상 수상.

봄날은 간다

순정한 꽃 한 송이 피워야 할 봄날이다

부치지 못한 편지 묵혀도 좋을 봄날이다

이대로 늙으면 또 어떠냐

낙화유수落花流水 봄이다

꽃 또는 절벽

누구나 바라잖으리

그 삶이

꽃이기를

더러는 눈부시게

활짝 핀

감탄사기를

아, 하고

가슴을 때리는

순간의

절벽이기를

고백

오대산 월정사에 들렀던 오래 전에

팔각의 소슬한 탑 그 아래 섰을 때

불현듯 주체할 수 없는 도심盜心이 일었지

그 여러 층 가운데 한 층을 슬쩍해서

보료로 삼아서 깔고 앉아 지내왔는데

탑 위에 떠 있는 기분 그렇게 살았지

호사도 오래 되면 싫증나는 이치 따라

이제 그만 제자리로 돌려주려 하는데

지금의 내 힘으로는 옮길 수가 없네

힘

꽃 같은 시절이야 누구나 가진 추억

그러나 내게는 상처도 보석이다

살면서 부대끼고 벤 아픈 흉터 몇 개

밑줄 쳐 새겨둔 듯한 어제의 그 흔적들이

어쩌면 오늘을 사는 힘인지도 모른다

몇 군데 옹이를 박은 소나무의 푸름처럼

독작獨酌

상처 없는 영혼이

세상 어디 있으랴

사람이 그리운 날

아, 미치게 그리운 날

네 생각

더 짙어지라고

혼자서 술 마신다

나의 아나키스트여

누가 또 먼 길 떠날 채비 하는가보다

들녘에 옷깃 여밀 바람 솔기 풀어놓고

연습이 필요했던 삶도 모두 놓아 버리고

내 수의壽衣엔 기필코 주머니를 달 것이다

빈손이 허전하면 거기 깊이 찔러 넣고

조금은 거드름 피우며 느릿느릿 가리라

일회용 아닌 여정이 가당키나 하던가

천지에 꽃 피고 지는 것도 순간의 탄식

내 사랑 아나키스트여 부디 홀로 가시라

부석사浮石寺 가는 길에

이제 더는 잃어버릴 그 무엇도 없는 날

햇살이 길 열어놓은 부석사 오르면서

수없이 되묻던 생각 길섶에 다 내려놓다

대답이 두려워서 꺼내지 못하였던

그래서 가슴속에 응어리로 남아 있던

함부로 보일 수 없던 그 상처도 내려놓다

바라건대, 누군가의 마음을 읽어주듯이

천 근 우람한 돌도 가볍게 괴어놓듯이

일주문 언덕 오르며 그 마음도 내려놓다

독법讀法

산 이라 써 놓고 높다 라고 읽는다

하늘 이라 써 놓고 드높다 라고 읽는다

한 사람

그 이름 써 놓고 되뇌는 말

―그립다

지상에서 가장 아름다운 이름

그리운 이름 하나
가슴에 묻고 산다

지워도 돋는 풀꽃
아련한 향기 같은

그 이름
눈물을 훔치면서
뇌어 본다
어-머-니

사람이 있어 세상이다

사람이 있어야 비로소 풍경이다

길이며
들판이며
산이고
강물들이

그렇다,

사람이 있어 온전한 세상이다

박암(朴巖, Park, Am)

1905.~? 경북 고령 출생. 본적 서울 종로구 원남동. 중국 봉천성 안동현 성장(1916~1928). 교육자, 행정가. 호 월해(月海). 《심우》, 《재무》, 《불교계》, 《법시》, 《새생활》, 《채신문화》, 《문련》 등 평론, 수필 발표. 시조집 『화려한 꿈』(1971, 삼일각), 『마음의 그림자』(1973, 삼일각). 신의주 상공회의소 근무. 평양시 대동공업전문학교, 평양상업학교, 평양농업학교, 제일공업학교, 전남포전기공업학교 교원, 해방 이후 대한국민대표민주의원 문서과정(1946), 중앙물가행정처 총무국장(1947), 재무부 초대 인천세관장(1948), 내무부 이사관(1949), 외무부 차관(1950) 등 역임.

—

꽃도 지고 잎도 지고 (초抄)

나이는 많았어도 언제나 젊은 청춘
앞뜰에 또 뒤뜰에 가득히 꽃을 심고
불타는 사랑도 하며 화려히 살아야지

천지에 가을 들고 마음에 가을 들어
내 마음 둘 곳 없어 꽃 한송이 꽂아 두고
내 마음 의지하렸더니 꽃마저 시들었네

가을도 가는 가을 낙엽도 가는 낙엽
구름도 가는 구름 나는 새도 가는 새요
세상도 또 가는 세상 나도 또 가는 사람

노래와 춤

나도 또 노래 한 곡 불러나 보아야지
목청을 높여높여 불러나 보아야지
행여나 나의 그리움 꽃잎 되어 날아갈까

내 나라 나일런가 이 몸에 내 나란가
만 리나 멀리멀리 나 홀로 타향 와서
내 몸은 잊고 살아도 내 나라 내 못 잊어

두견

두견도 보고싶은 그 사람 못 만났다
만나도 마음먹은 그 말은 못 했었나
애끓게 우짖는 소리 깊은 밤도 찢어진다

별후

너는 봄 하늘의 초롱초롱 별이었나
너는 봄 동산의 울긋불긋 꽃이었나
너 가고 어두운 하늘, 너 가고 꽃진 동산

봄비

가버린 옛 사람의 아득한 추억인가
다시는 못 돌아올 옛날의 사랑인가
희미한 그 안개 속에 내리는 봄비, 실비

봄은 가도

피는 잎은 그리움으로 저리 파랗게 피었는가
피는 꽃은 사랑으로 저리 빨갛게 피었는가
내 맘의 사랑과 그리움은 봄 다 가도 필동말동

호수

고요한 호수같이 고요한 내 마음에
그대는 돌을 던져 사랑의 돌을 던져
물결을 일으킨 사람이여, 물결 치는 마음이여

회귀

애탄다, 보고싶다, 그립다, 허전하다
어제도 그러했듯 오늘도 그렇거늘
만나서 말도 못하고 돌아서는 내 마음아

그리움

숲속에 새가 운다 작은 새 지저귄다
못 만나 그립다고 달려가 보고 싶다고
내 마음 그 숲속에서 사랑의 새가 운다

독좌

웃어줄 사랑 없이 혼자 앉은 나를 보고
봄날이 창밖에서 진달래가 담 넘어서
환하게 웃는 웃음에 나도 따라 웃어 본다

박연신(朴姸信, Park, Yeon sin)

1942년 전북 전주 출생. 숙명여대(국문과) 졸업(1964). 곽종원 사사. 〈조선일보〉 신춘문예 시조(1984) 등단. 시조집 『산목련 이야기』(1985, 신라), 『하늘 닿게 걷고 싶다』(1988, 동학사), 『어머니 곁에 제가』(2001, 태학사), 『목련꽃으로 피어나고 싶었다』(2007, 여백) 외. 수필집 『감꽃 목걸이』(1992, 동학사), 『홀로 사막을 걷다』(2005, 여백). 동시조집 『생일파티 아니라도 왈츠 춤을 추고 싶다』(2010, 여백). 한국시조시인협회 회원.

—

산목련 1

산사에도 봄비 차고 산신님께 드린 기원
꽃 심지 살에 박아 부적 보듯 섬기면서
정결한 살결에다가 완자무늬 수놓는 밤

초록빛 5월에도 그 몸엔 불이 붙어
꽃 배암 살이 뛰는 대낮에도 기름 붓고
까맣게 타버린 넋을 매만져 준 소년은

보고픔 겨운 혼은 사르르 꽃잎 되어
주야장 눈을 감고 다순 빛 나울 지면
나만을 감싸 안으며 무궁한 세월 돈다

골동품

일월이 예 앉아 삶을 되살린다
좀먹고 썩은 목기 이끼 앉은 연자방아
가물한 기나 긴 여로에 정이 새록 쌓이고

기승 떠는 마음일랑 따독따독 만져주는
주름살 파인 결을 어머니듯 보듬고서
야윈 손 엉기는 핏줄 옛 이야길 주워 담네

청잣빛 하늘가에 한 조각 마음 싣고
백자 흰 빛깔에 슬기 찬 목숨이어
천년학 보람을 찾는 구원으로 사는 길

붓글씨 쓰는 마음

화선지 쫙 펴고 중봉을 곧 세우니
좌실우허 절선은 용필에서 풀린 마음
하늘에 가득 찬 밤 꽃물에 먹을 간다

글씨를 쓰다 보면 눈 귀가 밝아진다
무심필 가만 놓고 엽차를 마신다
비로소 저 난도 함께 꽃대를 올린다

사람들 저마다 붓글씨를 쓰게 되면
수침 뜨듯 그렇게 정법으로 살으리
정직과 예술의 절정 녹혀내는 한 가지 묘

곡 1
— 6·25로 떠나신 어머니

어머니 나들이 때 차려 입던 모시 치마
그 자락 끝에라도 꼭 붙어 매달릴걸
어쩌다 놓치고서는 뼈마디 쑤신 몸살

언제나 비어 있는 내 깊은 가슴에는
덩덩 울리는 공허가 있음에
한바탕 굿 올리고는 눈물 해후할란다

안개꽃

안개꽃은 이 다음에 하늘가에 살 거야
그러면은 나는 꽃 간 길을 찾을 거야
순백의 그리움 안고 고이고이 살 거야

그 발자국 너무 작아 점으로 보일 거야
미소는 너무 하얘 눈이 절로 감길 거야
살 부빈 새끼도 함께 파다닥 날 거야

눈

하늘 끝에서는 함성이던 것이
땅 위에 오면 숨도 멎는 고요
눈 뜨고 다시 만나면 눈부시고 서러운 것

박연옥(朴連玉, Park, Yeon ok)

1959년 경남 삼천포 출생. 한국방송통신대학교(국문과) 졸업(2001). 〈중앙일보〉 신인문학상 시조(2006) 등단. 시집 『모음을 위하여』(2014, 동학사), 『맑다』(2016, 고요아침), 『은빛 화답』(2016, 동학사) 외. 이영도 시조문학상 신인상(2014) 수상. 오늘의시조시인회의, 작가회의, 한국시조시인협회, 물목문학회 회원.

사과를 참신하고 서정적인 묘사로 일관함으로써 은은한 감동을 이루어낸(「사과를 만나다」), "천천히 늙어 가는" 것은 분명 집이고 사람이건만 "저녁노을"이 그러하다는 표현의 새로운 맛(「그리고 남은 적막」). "봄이다! 놀라 흩어지는 물에 비친 구름들" 이른 봄의 표정(「파적」). 현대사회의 큰 문제인 노숙 즉 감자를 "혹한을 건디고 온 노숙"에 빗댄(「감자에 관한 비유」), 일용직 고단함이나 현실적 막막함을 직시한(「장마와 관련하여」). 지금까지 보아온 서정적 달무리와는 전혀 다른 현실적 달무리를 오롯이 그려낸(「달무리」). 시조에 대한 선입견을 불식시켜주는 서정의 새로운 면모들은 그만의 시조 문법으로 읽어도 좋은 시적 촉수의 개성적인 발현이다.

— 정수자(시조시인 · 한국시조시인협회 부이사장)

찔레꽃 어머니

고요가 팽팽한 오후의 두세 시쯤

황톳길 고개 넘어 시냇가 언덕으로

하얗게 달려온 봄이

여기서 꽃이 되네

찔레꽃 피는 날엔 목마른 뻐꾹 울음

어머니! 부르면 찔레꽃 파란 냄새

열세 살 아득한 봄날

낮달 따라 걷던 길

사과를 만나다

길어야 일주일쯤 머무는 줄 미리 알아
올핸 꼭 만나리라 서둘러 꽃 피워 놓고
받침이 집인 줄 모른 채 사과꽃은 지더니

떠난 자리 들어선 열매 뙤약볕에 담금질하고
비바람에 지는 벗들 가슴으로 배웅하며
모질게 견뎌온 나날 과즙으로 고이더니

끝내 그를 알고 안절부절못하는 낯빛
그걸 헤아린 듯 크게 한 입 베어 무니
달디단 사과향 속으로 그림자 두엇 잠긴다

파적破敵

올챙이 떼 와자한 다랭이 무논 위로

하늘을 찌를 듯이 개개비소리 날아가자

봄이다! 놀라 흩어지는 물에 비친 구름들

돌미나리 새순 위로 이슬 흠뻑 내려앉은

보이지 않는 아침이 파랗게 젖었다

민들레 하얀 목덜미 흔들고 가는 바람

그리고 남은 적막

천천히 늙어 가는 외딴집 저녁노을
대숲을 배경으로 가족 같은 감나무
발갛게 등을 밝히고 누구를 기다리나

우표 없이 배달된 눈부신 벌레 소리
억새들 은빛 갈기 달려가는 언덕 아래
구절초 보랏빛 향기 또 하나 남은 적막

감자에 관한 비유

냉장고 문을 열자 웅크린 감자 몇 개

잊고 산 시간 저편 겨울의 안부 같은

어쩌면 지우고 남은 우리 삶의 여운 같은

혹한을 건디고 온 노숙의 그것처럼

이를테면 경이로운 생존의 순간들이

서로가 서로를 붙잡고 봄을 만나는 것이다

장마와 관련하여
— 일용직 죽음을 보며

참새 가족 모여 앉아 이마 맞댄 처마 밑
바닥난 햇빛 잔고 흠뻑 젖은 통장 놓고
우수 찬 어린 길들이 천 갈래 만 갈래다

도시의 시간들은 안섶까지 축축하다
젖은 날이 삼켜 버린 지독한 저 무기력
저무는 창문 밖으로 녹아 버린 하루의 뼈

쓸쓸한 그리움이 뒤안길에 놓인다
텔레비전 화면 가득 스치고 간 다음 풍경
생이란 허름한 옷 한 벌 겯불처럼 타고 있다

달무리

구겨진 구름 사이
홀몸으로 빠져나와

부드러운 질감으로
확 퍼진 물비린내

그렇게
돌아 온 사내
우두커니
서
있다

맑다

무슨 소식 올 것 같은

개인 날 맑은 풍경

나뭇잎 사이사이

연둣빛 새소리를

살며시

뜰채로 뜨자

소복이

담기는 봄

바다에게 물린 남해

썰물이 빠져나간 어머니의 봄 바다

개펄 그 끝에서 어린 손에 붙잡힌

먼발치 추억에 찍힌 달랑게 물린 밤

푸른 해무 중년 바다 달빛이 출렁인다

남해의 잠 속으로 섬들이 들어오고

방 안을 가득 넘치는 몸을 뉘는 파도소리

동박새

고요가 깊이 갇힌 갓 맑은 첫새벽을

목마른 물 한 바가지 조용히 길어 와서

발등에 가만히 붓는 연둣빛 시간이여

혀 짧은 새 한 마리 발그란히 봄을 읽는

꽃 속에 바람 속에 네가 와서 앉는다

오늘은 매화 피는 날 번져가는 새 소식

박영교(朴永敎, Park, Young kyo)

1943년 경북 봉화 봉성 출생. 아호 와남. 안동교육대학교, 중앙대 사범대학, 고려대 교육대학원 석사. 《현대시학》 3회 천료(1975, 이영도) 등단. 시집 『가을우화』(1981, 진음서관) 외. 평론집 『시와 독자 사이』(1999, 청솔). 제1회 중앙시조대상 신인상(1982), 제1회 경상북도 문학상(1994), 제4회 민족시가대상(1994), 제1회 시조시학상(2002), 한국문인협회 작가상(2013) 수상 외. 경북문인협회장, 한국사설시조포럼회장 역임. 국제 PEN클럽 한국본부 회원. '오늘' 시조동인. 영주문예대학장, 대한노인회 영주시지회 노인대학장, 한국문인협회 이사, 한국시조시인협회 자문위원.

—

박영교 시인은 전통적이고 단형시조를 통해 독자에게 시정신에 관하여, 생의 쓸쓸함과 그리움과 허전함에 관하여, 그 모든 것에도 불구하고 건너야할 '시간의 강'에 관하여 암시하고 있는 고전적 세계이다. 그래서 우리는 삶을 긍정하며 그것의 완성을 위해 오늘도 '시간의 강'을 건넌다. 비록 '사는 거 다 형벌'(「산행」)이지만 말이다.

— 유성호(문학평론가 · 한양대 교수)

박영교 시인의 작품은 시인의 성찰적 자세와 비움의 미학, 그러면서도 표표히 격조를 지니려는 자유정신이야말로 시인의 작품세계를 끌고 있는 미학의 기제다. 아마도 시인은 이를 생의 끝날까지 견지하면서 더욱 깊고 부드러운 세계를 우리들에게 선사해 줄 것이다.

— 이지엽(시인 · 한국시조시인협회 이사장 · 경기대 교수)

—

수중릉

나라를 한등에 업고 가던 신라왕 무덤 보며
삶의 뼈골만은 좋은 곳에 묻겠다고
말 많은 역사의 뼈대
바다에 와 묻는다.

돌아보면 조국산천 앞을 보면 망망대해
해초를 깔고 감포 앞바다에 누워 있다
지난날 그리움 솟구쳐
파도가 되고 밀물이 된다.

감은사 넓은 뜰 위 탑심塔心에 눈을 얹어
겨울의 거센 파고波高 헤쳐 가며 살아왔을
목숨도 사직을 위해선
한낱 초개 같은 운명

생각의 깊이와 넓이 무릎세우는 파도소리
부서지는 흰 포말들 역사의 숨소리까지
시퍼런 한 맺힌 서슬
비워지는 갯벌을 본다.

울릉도 8

그대 사랑을 모르거든
가슴을 앓아 보아라

그대 눈물을 모르거든
외롬을 앓아 보아라

진실로
그리움 모르거든
절도絶島 멀리 앉아 보아라.

고향 6

달빛이 그리워서
밤 뜰에 내려서면

내 마음은 고향 하늘
달빛 함께 젖어들고

기러기
울음소리엔
그리움만 도는 하늘.

창槍

내 혀를 잘라 들고
날 선 창을 만들고 있다
밤마다 무수한 창을 가만가만 날려 보낸다
가벼운
상처도 없이 상대방이 쓰러진다.

하나둘 넘어지면서
그들도 날을 세운다
무너지던 사람들이 하나하나 일어서고
탄탄한 밧줄을 끊고 더 날 선 창을 꽂는다.

가만히 들어보면
마음 더욱 익어가고
사랑 더욱 멀어져 않는 우리들 사는 언덕배기
가득한 우수를 밟으며 마주하고 또 살란다.

권실이 편지

눈물이 가득 넘치는

몇몇 문장을 읽고 있다

뜨거움 더욱 넘치는

한두 줄 더 내려가면

흐느낌

출렁이는 사연

내 마음 범람하는

홍수.

저세상 옷을 입고

어머님 제 손으로
수의를 지으신다
날아오를 마음으로 한 뜸 한 뜸 옷을 뜨고
노잣돈
주머니까지
큼직하게 지으신다.

큰 바늘 한 땀 한 땀
하늘이 내려앉고
뜨건 눈물 방울방울 삼베옷감 젖어든다
다 젖은
마음 한 쪽도
올실 삼아 깁고 있다.

저세상 옷을 입고
좋아하시는 어머니
중풍으로 쓰지 못하는 팔다리 불구의 몸
하늘밑
사는 것 싫어
저 넓은 공간 그립다 한다.

첫눈이 오는 날

말없이 그렇게 떨려 옵니다

추위 때문도 아닙니다

나뭇잎 지는 소리에

세월 모두 문 닫는 계절

하얗게

긴 밤 떠올리며 지샌

그리움

때문입니다.

아내의 잠

당신의 검은 머리도 흰 머리가 보입니다

늙지 않는 바위로 앉아 한평생을 보낼 것 같은

젊음도
연륜 앞에서는
통곡하는 빛바램

자고 싶어도 잠 못드는 독서의 하늘 속으로

외로운 그늘들을 접어 올린 내력 앞에

온몸이
꽃잎 지듯이
무거운 짐 벗습니다.

둘구비 농장에서 5

비둘기들이 날아와서
땅콩 밭을
거덜 내고

고라니들이 밤새 와서
고구마 밭을
뒤엎어도

내자內子는
다 함께
먹고살자고

목이 마를까
물 떠놓고
간다.

징鉦

1
삼천리 그 몇천 리를
세월 그 몇 굽이돌아

갈고耕 서린 한恨을 풀어
가을 하늘을 돌고 있네.

수수한 울음 하나로
한평생을 돌고 있네.

2
아홉 마당 열두 타작으로
잔등을 후려쳐라.

주름살 골숨을 따라
갈기갈기 찢긴 한을

한평생
돌다 지치면
내 전신全身을 두들겨라.

3
울거라
울거라
밤새도록 울거라 너는,

한세상 끝날 때까지
닿도록 울거라 너는,

낙동강洛東江 홍수가 되어
범람氾濫하도록
울거라.

박영권(朴永權, Park, Young kwon)

1944년 강원 홍천 출생. 호 민화(旻禾). 한국방송통신대학교(초등교육) 학사 졸업. 《시조와 비평》 시조(1998), 동시조(2004) 등단. 시조집 『가슴속에 드리운 달빛』(2002, 시와비평), 『나에게 주는 선물』(2012, 태원). 동시조집 『너랑 나랑 시조랑』(2018, 태원). 한국공무원문학(2018), 강원펜문학(2017), 강원시조문학상(2014), 동서문학상 동시(2011) 수상. 한국문인협회, 국제펜문학, 한국시조시인협회, 한국공무원 문학회 회원.

—

민화 박영권 시조시인은 다양한 정서와 여심을 섬세한 언어 감각으로 여과하여 훌륭한 시조 작품으로 승화시키고 있음을 보았다. 일상적 여심과 동심의 꿈을 감각적 언어로 표출하고 있으며 현실적 모순과 부조리는 풍자의 기법을 원용하여 절제된 언어 미학을 보여 주고 있다.

　　— 오승희(시조시인 · 문학평론가 · 한국시조시인협회 중앙위원)

박영권 님의 「무명 깃의 끼」는 시조로 쓴 시조론이다. 우리말과 우리 정서가 배태한 민족시에 대한 강한 자부심을 갖고 있음을 느낄 수 있다. '라온제나' 같은 순우리말을 살려 쓴 점도 방점을 찍을 만하다. 그가 천착하는 시어들이 신선하고 맛깔스런 우리의 고유어라는 점도 놓치지 않을 것이다.

　　— 박기섭(시조시인 · 전 현대사설시조포럼 회장)

—

파지

논밭의 가라지를 일일이 고르면서
곳간에 채워 넣을 알곡만 남기려도
행간과 이랑 사이엔
잡초만 무성하고

음수로 보식하고 음보로 다독여서
고른 숨 장단 맞춰 가락에 취해 봐도
온 밤을
지새운 새벽
수북 쌓인
파지
파지

당신은

애면글면 쌓인 정
주름살로 흐른 연륜

둘이면서 하나로
서로를 닮았는지

어느새
당신의 모습
또 하나의 내 얼굴

무명 깃의 끼

백의의 도포 자락
얼이 스민 무명 옷깃

깃 세운 시의 한 수
3장 6구 정형의 묘

신들린
무명 깃의 끼
라온제나* 신바람

* 라온제나: 즐거운 나.

여백

다 털고 난
늦장마 추녀 끝의 낙숫물

하염없이 댓돌 뚫는
속절없는 그 소리

소르르 눈이 감기는
고즈넉한
흰 여백

영원은 순간의 연장일 뿐

아득히 먼 옛날도 까마득한 훗날도
순간으로 이어지는 찰나의 파노라마
영원은 멀고도 가까운 순간의 연장일 뿐

순간의 긴 그림자 영원으로 다가가고
촌음에 등에 실려 시나브로 다가오는
오늘은 삶의 프리즘 전 생애의 최 정점

자화상

볼우물의 미소에 덧칠하는 흑색 모반
흘림체로 그어 넣은 미간의 골진 붓질
아직도 못다 그린 채 주름살로 남은 생

허기진 내 영혼이 낙숫물에 밤잠 설쳐
맺을 듯 맺지 못한 마지막 싯귀* 한 줄
어쩌나 못다 이룬 꿈 설렘만 사름사름

* 싯귀: 시구의 비표준어.

옥수수

돌격 명령 받고서 자세를 갖춘 듯이
줄을 맞춰 늘어선 늠름한 저 병정들
수류탄
양옆에 차고
적진으로 뛰어든다.

골목 시장 사격 개시
팔방으로 튀는 팝콘
후각을 자극하는
소리, 소리
팡
펑
뻥

고소한
장날의 진미
평화의 폭죽이다

텃밭자수

봄볕의 텃밭자수 한 땀 한 땀 수를 놓는
십자수 햇살 시침 이랑도 본도 없이
빛타래 스친 곳마다 천연을 담은 화폭

보슬비 풀어헤친 바늘귀 색실 끝엔
올올이 형형색색 꽃향기로 물 드리며
땡볕이 흘린 땀방울 사각 수틀 메운다

뿌리의 뚝심에서 줄기의 야심까지
농심의 열매에서 여심의 숨결까지
눈부신 빛의 성찬은 생을 짓는 박음질

밤마다 초승달은

밤하늘에 별을 캐는
날 선 호미 한 자루

밤마다 금강석을
흩뿌려 놓더니

모난 달
닳고 닳아서
둥근달로 떴나봐

박영록(朴永祿, Park, Young rok)

1940년 충남 논산 연무읍 출생. 호 황곡. 성균관대학교(경영학사), 동 경영대학원(경제학) 석사. 《월간문학》 신인작품상(1996) 등단. 시집『허정불여』(2000, 다운샘),『산 노을 골 물소리』(2017, 한국문화사). 저서『서당일록』(1995, 황제),『묵재실기』(2000, 학문),『내산유혼』(2009, 기창),『의곡유문』(2007, 기창),『송월당 삼대』(2016, 생각하는 백성). 청운문학회 총무, 한국시조시인협회 이사 역임. 씨얼문학회장, 한국문인협회 문인저작권옹호위원. 펜클럽 한국본부 회원.

—

박영록 시인은 보편적인 정서를 형상화하면서 작품의 내면에 자신의 심사를 투영하고 있다. 따라서 이 작품집에는 고향과 부모와 조부모, 소꿉동무들이 적지 아니 등장하고 있으며 설정된 인물과 관련된 사연들을 구체적인 행위로 사실감 있게 재생한 작품을 상당수 만날 수 있는데 거기에는 한결같이 그리움의 정서가 진하게 배어 있다.

— 김광수(시조시인 · 문학평론가)

—

춘면春眠

탐라의 유채 향기 사립문을 들어서면
따스한 토담 밑을 아장대던 병아리도
개나리
꽃 향에 취해
꾸벅꾸벅 졸고 있다.

흰나비 담 너머로 규방을 훔쳐보고
해님의 헛기침에 선잠 깬 종다리가
유사遊絲의
꿍무닐 밟고
하늘 높이 솟는다.

가을에 떠난 임

지난밤 요동치던 비바람은 잠에 들고
단풍은 제멋대로 산과 들을 태우며
초롱꽃
불빛에 안겨
고이 잠든 임이여.

봄이면 화사하게 가을에는 우아하게
희망은 바람 일어 석양에 불 댕겨도
외로움
가슴속 깊이
시리도록 커진다.

꽃구경 못 했으니 단풍 구경 떠나자며
보채던 반쪽임은 무덤에 먼저 가서
할미꽃
씨 한 톨 쥐고
버선발로 떠났네.

아내의 암투병기

장부腸腑를 떼어 내어 항암제로 덧칠하고
십 년만 더 살자며 희망을 잃지 않던
아내의
기도 소리가
귓전에서 맴돈다.

화분花盆의 행운목이 하얀 꽃 피우던 날
폭죽의 불놀이로 밤하늘을 누빌 때
향긋한
꽃향기만이
방안 가득 질펀하다.

고향 생각(고내곡)

가끔은 꿈을 꾸며 고향을 찾곤 하지
풋풋한 향내음이 뒤를 쫓던 종달새
공중을 날아오르며 한가롭게 노닌다.

산과 들 쏘다니며 진종일 헤매다가
덤불에 숨겨놓은 꿩 새끼가 보고파
풀 섶을 헤집어보니 주둥이를 내밀고.

할아버지 손에 끌려 감나무 접붙이며
왼손에 책을 들고 한 손은 쇠고삐 쥐며
굴뚝에 연기 오르면 소를 몰고 귀가한다.

할머님 들려주던 구수한 옛이야기
피로가 몰려와서 쪼그리고 잠들면
어머니
가슴냄새가
코끝에서 맴돈다.

선산에 백송을 심고

병자년 식목일은 청명한식 겹친 길일
어머님 묘소 앞에 술잔을 올리는데
그리움 아지랑이로 모락모락 꽃피다.

무덤가 언덕에는 초롱꽃이 불 밝히고
빛바랜 잔디 곁에 돋아난 파란 잡초
이른 봄 꽃샘추위에 오들오들 흔든다.

고운 흙 다독이며 흰 소나무 심었는데
때마침 비가 내려 촉촉이 적셔주니
먼 훗날 하얀 갑옷 입고 선영유택 지키리.

오늘의 이야기를 나이테에 적었다가
백발로 늙어진 뒤 신송神松이란 이름표로
천만 년 살아가면서 후손에게 전해다오 .

백학이여 울어 보렴

푸르른 소나무에 둥지 튼 백학이여
끝가지 걸터앉아 고고하게 우는 뜻은
너와 나
가슴을 열어
풀어가란 뜻이다.

신들린 몸짓으로 온몸을 추썩이며
심금을 울려내고 끼룩끼룩 우는 뜻은
천년의
살아온 지혜를
깨우치란 뜻이다.

순백의 날개 펴서 회색 다리 쭈뺏쭈뺏
창공을 나르다가 목 늘려 우는 뜻은
더 높은
세상을 향해
도전하란 뜻이다.

허정불여虛靜不如

해와 달 끌어안고 굴려온 굴렁쇠다
한 삶의 뒤안길에 떨궈 놓은 길목에서
샛별로 앞을 밝히며 걸어온 길 캐본다.

꿈속의 별을 찾아 달려온 오늘이다
아버님 그림자로 한 발짝 다가서며
은하의 물길을 따라 조각배로 띄운다.

가문의 늪에 묻혀 숨 쉬던 나날이다.
이마의 주름살도 머리의 서리꽃도
조상님 체취를 찾아 서책으로 엮는다.

세월을 곱씹으며 짚어보는 예순한 해
아둔한 머리 들고 문단에 이름 얹혀
묶어본 책 한 권의 무게 허정불여 그것이다.

요지경瑤池鏡

양머리
걸어 놓고

개고기 파는 세상

목수도 아니면서 깎아내고 덧칠하며

배꼽의
방울을 보고
삽살개가 웃는다.

성모재誠慕齋를 보수하고

장인匠人의 손놀림에
흙이 되어 흩날리고

살결은 찢어져도 지조志操만은 끝내 지켜
동량은
기개를 세워
사연들을 줍고 있다.

앙상한 뼈대 위에
얽히고 설키더니

바르고 덧칠하며 묵은 때를 말끔 씻고
찬연한
내력을 안은
현판懸板마저 찬연燦然다.

진달래꽃

고향땅 가고파서
밤새워 울던 두견

애간장 녹이다가 토해낸 각혈덩이
앞산을
온통 물들여
울긋불긋 칠한다.

고희의 자락 잡은
어릴 적 소꿉친구

여울을 뒤지다가 추억도 캐보다가
꽃송이
아름 꺾어다
어머님께 올린다.

박영보(朴永保, Park, Young bow)

1943년 충남 보령 남포면 출생. 경희대학교 (행정학과) 졸업(1965). 《창조문예》 시(2001), 《한국수필》 수필(2003), 《현대시조》 시조 (2004) 등단. 시집 『오늘따라』(2007, 한국문학세상). 수필집 『촌닭 같은 당신을 사랑하는 이유』(2007, 선우미디어). 한국 재외동포문학상 수필 입상(2004).

—

박영보 시인의 작품들은 대개 삶의 현장에서 직접 목도한 일들을 서정적으로 담담하게 펼쳐내는 것들이다. 그의 작품 「해 질 녘」은 바다와 갈대, 물새들을 보며 70을 넘어선 그의 인생이 결코 녹록하지 않았다는 것을 말해주는 시조다. 그는 갯벌에 여러 소도구를 배치하여 독자들에게 인생의 후반부가 어떠한 것인가를 예감케 하여 준다. 시 작법의 중요한 요소의 하나는 디테일을 보여주지 않고 독자로 하여금 상상케 하여 주는 것이다. 마치 여인의 옷자락만 이야기 하였는데 독자는 전체적 여인상을 스스로 그릴 수 있다는 것이다. 시인에겐 잊어버리거나 지나간 것에 대한 그리움과 외로움이 깊었나 보다.

— 이해우(시조시인)

—

태백산 애들은

탄광촌 아이들은 거짓말 하지 못해
냇물을 그리라면 검은 색을 칠하고
물색이 왜 검으냐면 검으니까 검단다

물컵에 물을 담아 들여다 보랬더니
마알간 물을 보며 빙그레 웃으면서
"보기엔 까맣던 것이 물색깔이 왜 이래"

바닥에 깔린 검정 물까지 검게 보여
아이들 보는 눈엔 검게만 보였는가
속다른 세상 안팎을 아이들은 알는지

세상을 그리라면 어떻게 그려낼까
색깔을 칠하라면 무슨 색을 칠할까
숨겨진 속내까지도 그려낼 수 있을까

수선화

울 밑에 숨 죽이고 살포시 주저앉아
찻잔을 받쳐 들고 누구를 기다리나
바람은 아직도 찬데 너무 이른 나들이

오는 이 가는 이의 발소리 귀 기울여
갸우뚱 고개들어 누구를 찾고 있나
행여나 바람을 따라 오기라도 했으면

아침엔 이슬방울 머금어 싱그럽고
한낮엔 햇살 받아 더더욱 밝았는데
석양이 가라앉으니 그리움도 잠기네

예전엔

우리가 어릴 적엔 전화가 없더라도
나눌 말 다하면서 지낼 수 있었는데
요새는 가는 곳마다 시끄러운 휴대폰

승용차 없을 때도 갈 데는 다 갔었고
십 리 길 마다않고 걸어서 다녔는데
웬 놈의 자동차들이 가는 길을 막고 있나

인터넷 없을 때도 전할 말 다 전하고
열흘도 스무날도 기다려 주었는데
무엇이 그리 급하여 단 하루도 못 참나

이순耳順의 언덕에 서서

미역국 한 사발로 요란을 떨던 내가
이순의 고개턱에 올라와 서있자니
흰 서리 덮인 언덕엔 찬바람만 스미네

온 길을 돌아보니 보이는 것이 없고
갈 길을 내다보니 어디로 가야할지
갈 곳을 찾지 못하니 돌아설 수도 없네

옛 친구

소학교 시절에는 그렇게 친했는데
육십 년 간직한 정 할 말도 많으련만
반갑긴 하더라마는 나눌 말 별로 없네

꿈에도 자주 보던 어린 적 그 친구가
기꺼해 한다는 말 "오래간 만이구먼"
그담엔 할 말이 없어 "연락이나 자주하세"

황조롱이

바위벽 가파르고 하늘은 하도 높아
어지럼 타게 되어 견딜 수 없었는가
널따란 하늘 마당을 뒤로 두고 왔는가

위로는 기암절벽 아래론 푸른 물결
손 타지 않은 곳에 둥지를 틀 것이지
기름때 찌드는 이곳 여길 와서 어쩌려나

푸르던 산 허리에 불도저 요란터니
범벅된 황톳물로 얼룩진 금수강산
더 이상 견디지 못해 목숨이나 건지려나

봄 재촉

아직도 골짝에는 잔설이 희끗한데
양지결 등성에는 파릇한 잎새들이
배냇짓 삐죽거리며 종알종알 옹알이네

추위가 안 가서도 이르지 않다는 듯
잎새도 나기 전에 꽃부터 피우려나
그러다 연한 꽃잎에 상처라도 난다면

대보름

초저녁 밝던 달빛 밤 더욱 깊어지니
빛나던 광채들은 졸린 듯 꾸벅인다
보름달 하도 밝아서 별빛을 가리웠나

한때는 그럭저럭 한가닥 하던 품이
그것도 세월이라 흘러서 지나쳤나
눈꺼풀 아래로 깔고 무얼 그리 생각하나

차라리

보자니 눈 아프고 듣자니 귀아프다
신문은 골 아프고 티비는 신물난다
눈감고 귀도 막으면 맘이라도 편할까

모르면 약이라나 아는 게 병이라나
알면서 모르는 척 모르면서 아는 척
이런게 세상을 사는 요령이며 지혜라나

산속에 들어가서 흙더미 일궈내어
채전을 채려 놓고 씨앗을 뿌려 두고
새싹을 들여다보며 살아가는 재미나

마음은

물길은 아래로만 눈길은 하늘로만
흐르고 오르는데 나는 왜 한 곳에만
머물러 있어야 하나 알 수 없는 이 마음

보자니 높은 하늘 가자니 끝없는 길
오르고 가보아도 펼쳐진 허허벌판
차라리 그냥 머물며 시 한 수나 써볼까

박영숙(朴英淑, Park, Yeong sook)

1948년 경남 진주 남성동 출생. 진주교육대학교, 동 대학원 졸업(2007). 《시조문학》(2013, 봄호) 등단. 시조집 『풀잎마다 이슬방울』(2018, 교음사). 시조문학 오늘의 좋은 작품집 상(2019) 수상. 한국문인협회, 한국시조시인협회, 시조문학사문우회, 한국여성시조시인협회, 경남시조시인협회 회원.

—

「자벌레」는 박영숙 시인의 삶을 성찰하는 대표작이다. 작은 미물인 자벌레로 자기를 환치한 경지라니. 시인은 삶의 진실을 추구하는 마음가짐에서 우선 자아를 성찰하며 올바른 삶을 찬양하는 생의 목표를 제시提示하고 있다. 눈길이 닿는 자리마다 느끼는 감회에는 교양과 인격의 향이 배어있어 우리를 감동시키고 있다. 시인의 작품을 읽고 있노라면 일본의 백세 시인 시바타 도요라는 시인이 생각난다. 자신의 인생 경륜에서 우러난 솔직하고 담백한 시를 써서 세계적인 시인이 되었듯이 현란絢爛한 상징象徵과 은유隱喩는 생략省略하고 오로지 진실하고 성실한 마음의 표현으로 상재上梓하는 시인의 첫 열매에 박수를 보내고 앞으로 많은 성취가 있을 것으로 굳게 믿는다.

— 김정희(시조시인)

—

물앵두를 보며

너는
물앵두 익는
붉은 오월에
왔다가

국화꽃 피는
하얀 시월에
떠나갔다

서른 넷

하얀 카네이션

녹지 않는
시린 가슴

자벌레

숨어서 우는 아픔
자벌레 눈물 자국

보듬자 용서하자
살 저미는 오체투지

이것이 나잇값이다
뼈를 깎는 나이테

빈 둥지

아기새 잃은 둥지
깃털 하나 나부끼고

동그란 햇살 하나
맴돌다 지친 하루

밤하늘
별을 헤이다 하얀 밤을 뉘인다

너 떠난 빈둥지엔
적막만 감돌구나

주인없는 책상에는
먼지만 쌓이는데

저 세상
날아간 새는
어느 하늘 맴돌까

어느 흐린 날

차에서 내리는데
우산을 건네준다

작은 미소 대신 주고
말없이 받았는데

온종일 다 지나도록
비는 오지 않았다

부부란 한 몸이다
한 곳을 바라보는

이인삼각 함께 가는
이랑 긴 파밭길을

긴 우산 지팡이 짚고
남편 삼아 길을 간다

사모곡思母曲

손 모아 마음 모아 비시던 어머니는
열두 폭 비단치마 고운 꿈 접으시고
한 세상 정갈한 삶을 밀알 되어 바쳤네

스치는 바람에도 귀 모아 걱정하고
해지는 골목어귀 어둠이 찾아들면
젖은 손 닦지도 않고 등불 내다거셨네

보름달은 이지러지고

할머니 세상 뜨니 빚더미 일곱 무덤
문전옥답 팔아가며 무지개로 채색했네
보름달 이지러지니 상처뿐인 영광들

묵향이 그윽하니 옷깃 절로 여며진다
먹물에 마음 찍어 눈물로 쓴 인고의 말
해서체 가화만사성家和萬事成 가훈으로 걸렸다

어머니의 가계부

모서리 닳아 해진 수십 권 공책이
씨실과 날실되어 엮어온 긴 긴 날들
타래로 잇고 풀어서 겨울밤이 기운다

그 속에 담겨있는 애잔한 작은 추억
고만고만 사연들에 어리는 그리움들
마지막 장을 넘기면 손 떨리는 덧셈 뺄셈

입동

들에는 벼 포기들
휑하니 잘려나고

뺄셈 공부 마친 나목
옷 벗어 추운 겨울

으스스 부는 바람에
오지랖을 여민다

부모가 되는 아픔

며느리 전화 소리
눈물에 젖어있다

젖몸살 너무 아파
네 방 구석 헤매다가

부모가 되는 아픔을 자식 낳고 알았단다

세월

명줄을 싣고 가는
손수레 힘겹다

구부정 둥근 등이
시리도록 아픈 오후

모질게
닳은 손톱에서
그 세월을 읽는다

박영식(朴永植, Park, Yeong sig)

1952년 경남 사천 출생. 〈동아일보〉 신춘문예(1985) 등단. 시집 『초야의 노래』(1985, 처용기획), 『가난 속의 맑은 서정』(1996, 천우), 『자전거를 타고서』(2005, 동학사), 『굽다리접시』(2015, 동학사), 『백자를 곁에 두고』(2016, 고요아침). 성파시조문학상(1996), 한국시조시인협회상(2013), 울산시조문학상(2013), 한국시조문학상(2015), 김상옥시조문학상(2016) 수상 외. 울산시조시인협회 회장 역임. '나래시조' 동인. 한국문인협회 회원. 한국시조시인협회 자문위원. 서재 '푸른문학공간' 운영.

박영식의 대표작들을 살펴보면 먼저 백자와 청자, 연적 등의 도자기나 고식 물품에 대한 관심이 가장 눈에 띈다. 도자기에 대한 예술적 형상화는 이미 초정草丁에 의해서 집중적으로 이루어진 바 있지만, 박영식 시인의 도자기에 대한 관심 또한 남다른 바가 있다. 도자기 등의 고미술품을 통해서 시인은 어떤 심미적 가치를 발견하고 있으며, 그러한 가치를 통해서 어떠한 예술적 경지를 꿈꾸는지를 해명하는 작업은 박영식 시인의 시조미학에 접근하는 첩경이 될 수 있을 것이다.

— 황치복(문학평론가)

백자를 곁에 두고

담담히 눈이 내려 숨결 맑은 여백의 땅
겨울강에 귀대이면 물소리도 쟁쟁한데
푸드득 바람이 치면 일어서는 참대밭

묵향이 번져나면 풍로에는 차茶가 끓고
난잎이 흔들리면 남루 시름 벗어지고
마음도 조촐히 비우면 청산 나는 학이다

꽃잠 여는 아자창亞字窓이 새벽빛을 토해내면
이 시린 샘물 길어 매끈히 알몸 씻고
어느 뉘 머리맡에서 가부좌로 앉는 여인

앞마당엔 뼛가루가 홍매가지 설레는 밤
거문고 줄을 골라 둥기둥 애한哀恨 풀면
아득한 저 문갑 위로 왕조의 흰 달이 뜬다

청화백자복숭아연적

모시 적삼에 살짝 비친
누이의 저 큰 젖 좀 보아

한입 꼭 깨물고 싶도록
보랏빛 번진 유두

한 천 년
숨겨 두고픈
가슴 저민 수밀도

목련 편지

새하얀 A4지를 장장이 꾸깁니다
예쁜 뺨 적셔가며 푸른 편지 쓰는 봄밤
몇 줄은 뒤채는 이웃의 뼈아픔도 눕습니다

돌아보면 지난 삶이 무척이나 짧습니다
빛처럼 다가왔다 뚝 떨구는 꽃잎같이
누구나 그런 한 생이 찰나임을 모릅니다

백열등 필라멘트가 갑자기 퍽! 나갑니다
더는 쓸 수 없는 가슴앓이 사연 앞에
생멸生滅은 과연 무얼까 골몰하게 됩니다

겨울 진객

큰 날개 너울너울 하늘 접었다 펴며
해마다 정을 안고 모습 드러낸 귀한 손님
갯벌이 펼친 활주로 천수만에 착륙한다

시베리아 아무르강 인접 우수리강에서
둥지 튼 고향 두고 이륙했을 철새 가족
고공의 숨찬 여정도 설렘으로 견뎠을

총부리 겨눈 국경 이념 검문 뒤로한 채
좌표 한 줄 보이잖는 눈 내리는 겨울 상공
박제된 뜬눈의 날밤 탈진 끝에 안긴 이국

더러 가슴을 찢는 총포에 놀란 날들
누명의 조류독감 매정한 추방 앞에
머뭇댄 선회의 인사 눈물 훔쳐 보이고

유영과 춤사위로 연출하던 그 장관을
먹이사슬 끊어지고 마음 모두 닫아걸면
이 겨울 텅 빈 하늘을 뭐로 대신 채울 건가

굽다리접시

나에게 아직 못다 한 사랑 남았다면
볼 발그레한 천도복숭 그 탐스런 몇 개쯤을
대가야 굽다리접시에 소담스레 담고 싶다

이승에서 못 이룰 사랑이라면 더욱
어느 왕조의 무덤 속 부장품으로 묻혔다가
한 천 년 뒤에나 다시 발굴될 유물이고 싶다

그때 난 박물관 유리관에 들앉아
내 사랑은 햇볕 속 단물 든 속삭임이었다고
넌지시 웃음 보이며 묵상하는 날들이고 싶다

청동 거울

파랗게 입힌 봄빛 가만가만 걷어낸다
수세기 녹슨 책장 부욱 북 찢어 가면
한 겹씩 고요를 떠낸 연못 하나 보인다

나뭇잎 툭 떨어져 수면이 깨어진다
일그러진 달 조각을 요리조리 꿰맞추면
여인의 어깨너머로 비쳐 오는 사내 웃음

당초문 청자접시 국화주 담아 와서
비단옷 적신 얼룩 사랑을 쓴 서사시
아직도 금빛 찬란한 환두대도環頭大刀 그 사내

땅속 어둠 갈아엎고 부양하는 빛 빛 빛
명문銘文의 쓸쓸함이 바람으로 떠도는 동안
한 시대 절망의 뼈는 도굴되고 없었다

미스킴라일락*

그땐 참 어려웠지 목숨줄 지탱하기
내친 앤 입양되고 밥벌이로 이민 가고
사는 게 죄인가 싶어 하늘 올려 보던 때

반세기 훌쩍 넘어 머리 온통 물들이고
말씨와 몸짓까지 양인洋人 되어 돌아온 너
족보에 수수꽃다리 네 이름을 지운 채

어디로 흘러가서 몸 섞어 산다 한들
그게 뭐 대수라고 따지는 건 아니지만
혹하는 짙은 화장발 속 몹시 울렁인다

* 미스킴라일락: 토종식물인 '수수꽃다리'가 미국으로 반출돼, 품종 개량
으로 역수입 된 라일락.

토우

니 지금 흙 주물러 뭘 그리 만들어 삿노
이건 니 쏙 빼닮은 내 각시 아이가 와
눈 삣나 영판 바보같이 내 그리도 못 생깃나

바보면 어떻고 잘 생기면 또 뭐 하노
니캉 내캉 좋아서 죽고 못 살면 그 뿌이제
뭐라고 우리 아아들 다 바보 만들기가

니도 봤제 돈 있다고 까불랑 대는 걸마들
올매 못가 쪽박신세로 오도 가도 못하는
모르제 참말로 모르제 우리 같은 사랑 헤헤

대동여지도

발로 읽은 땅 점자책 백두대간 출렁인다
넘기면 넘길수록 필사는 숨차오고
고산자 붓끝이 튀긴 한 점 먹물 우산도

하늘길 나는 새 떼 별자리 알려오면
길 아니더라도 자취는 길이 되고
허리춤 나침판 위에 뚜벅뚜벅 눈이 온다

어머니 무명옷 입고 한량무 추고 있다
내비게이션 달고 나온 천년 묵은 지네 떼여
꿈틀댄 산하 길길이 기氣를 불어 넣으럼

백자등신불

한 세월 등짐 지고 버티다 폐허가 된
거미줄 창문 달은 그런 가마 있다면
수삼 년 토굴 삼아서 긴 명상에 들리라

하얀 별 쌀밥 지어 홀쭉해진 배 채우고
깜깜한 우주에서 무아로 둥둥 뜰 때
불 마구 지펴 댄데도 미동조차 않으리라

매운 생生 눈물 나는 연기 피운 생솔가지
탁탁 튄 반란 같은 불티마저 갈앉으면
무너진 저 왕조처럼 잡초 속에 묻히리라

알기나 할까 정말 꽃도 시詩도 다 시든 뒤
고고학자 붓끝에서 다시 눈 떠진다면
언 땅에 가부좌 틀고 사자후를 토하리라

박영우(朴榮雨, Park, Young woo)

1960년 전북 익산 남중동 출생. 중앙대학교 (문예창작학과), 동 대학원 박사 졸업. 《시조문학》 천료(1981), 〈경향신문〉 신춘문예 (1982) 등단. 시집 『흐린 날의 우리는』(1989, 둥지), 『나는 늙고 싶다』(1995, 작가정신), 『사랑은 없다』(2001, 문학수첩), 『1인치의 사랑』(2007, 이유). 시조집 『피렌체의 그 여자』 (2015, 고요아침). 경기대 문예창작학과 교수.

박영우 시인의 시조에서 집요하게 나타나는 중심 테마는 '현실의 여백'을 접어두고 '미지의 세계'를 횡단하는데 있는 것 같다. 그에게 여행은 습관화된 현실에의 건조한 일상을 타박하고 궁극적으로 무엇인가를 타진하는 여정으로 다가온다. 현실을 벗어난 시인은 미지의 세계에 도처에 놓인 기대 이상의 낯선 사유를 깨닫고 성찰할 때, 충만함을 느끼게 되는 듯하다. 그래서 시인의 여행은 새롭게 체험하게 되는 '전경의 피사체'를 '기억의 앵글'로 충전시키는 것뿐만 아니라 자아와 자기, 자아와 타자, 자아와 세계 속에서 관찰 가능한 사유를 '독자적 언어'로서 스케치한다. 이러한 점에서 시인의 여행은 사유를 찾아가는 '언어적 순례'에 가깝다고 할 수 있다.

— 권성훈(시인 · 문학평론가 · 경기대 교수)

아버지의 시계

다시는 뜨지 못할 마지막 눈을 감듯
한 생애의 손목을 붙들던 그림자가
어느 날 문득 내 곁에 멈추어 서있다.

헛헛한 식탁 위에 차려진 진짓상,
점심 드실 시간인데
깨워도 또 깨워도,
좀처럼 아버지의 시계는 돌아가지 않는다.

아버지의 시계로 출근하는 오늘 아침,
하지만 시간은 정오에 머물러 있다.
살아온 그림자를 잠시나마 쉬게 하려

한 뼘쯤 줄어든 그림자를 이끌고
아버지는 오늘도 마지막 눈을 감듯
헛헛한 점심 식탁 위를
침묵처럼 찾아오신다.

가을
— 환幻

부석사 무량수전無量壽殿
마당 위로 지는 노을

그 빛깔 내게로 와
텅 빈 가슴 물들이다,

저만큼
나뭇잎 함께
부끄럽게
떨구는 고개.

겨울
— 멸滅

오대산 적멸보궁寂滅寶宮
세월처럼 오르고 올라

돌탑처럼 쌓아보는 번뇌의 나뭇가지들

불길로 사위고 싶은
내 욕망의 다비식茶毘式.

어머니

세월에 목을 맨 피곤한 여정 깊이
뉘 모를 시름 숨어 속살 저민 저 상혼傷魂에
다시 또 섣달은 오고 눈비 또한 뿌리는가.

외로이 추스린 시선 노을 뒤로 띄우면서
춥디추운 봄 창에 머리 풀어 사룬 애모.
젊은 날 불꽃이시던 내 하늘 사무침이여.

당신의 그림자로 풍요를 그리더니
오늘에 밟으신 뜨락 사래마다 곱더이다.
흐느껴 새기는 보람 눈물 같은 기쁨이여.

향일암向日庵 가는 길

얼마를 더 기다려야 청정한 저 바다 끝
운무처럼 떠도는 사연 하나 만날까.
미련은 내 안에 번져 파도 되어 밀려오고

시린 가슴 덥석 안는 해돋이의 숨결로
벅찬 설렘 한 송이 봉긋이 여미면서
금빛의 빛살을 엮어 틔워보는 미소 한 잎.

잊으려 눈 감으면 또 한 잎 동백으로
혈맥처럼 감겨오는 뜨거운 숨결 모아
꿈처럼 내 안 가득히 피워보는 이 아침.

'청매靑梅'를 읽는 아침

봉마다 방긋방긋 청매가 피는 아침
부푸는 봉우리를 오래된 친구 삼아
나 또한 가람이 되어 두어 잔 마셔볼까.

어느덧 고서古書가 된 '가람문선' 펼쳐드니
"요夭니 수壽니 복福이란 길고도 짧다는데"
스미는 향기 더불어 또 하루를 담아본다.

오래된 활자 사이 숨겨진 행간마다
번져오는 숨결로 또 한 송이 피워내는
꿈같은 세월 너머로
들려오는 그 음성.

김유정역에 내리는 비

한여름 경춘선에 소낙비가 내린다
실레마을 들녘에도
금병산 가는 길에도
지우고 또 써내려간 분꽃 같은 사연들…

젊은 날 김유정이 사랑했던 그 연분은
간절하게 방울방울 세월 속에 맺혔다가
이제는 소낙비 되어 귓전을 내려치는…

숱한 밤을 새우고
채우고 또 채웠을
결국은 못다 이룬 스물 둘의 아린 사랑이
이제는 메밀꽃 위로 환幻처럼 내려서는…

한강에서 만난 다섯 개의 바람

툰드라의 찬 바람이 십이월을 말리고 있다.
생각보다 먼저 왔다 지치도록 가지 않는
쓰디쓴 네 체온으로 고뿔 앓던 일백일.

겨우내 키워왔던 서러움 반쪽 내어
해빙하는 꿈을 엮어 꽃씨처럼 날려보면
한 두름 가쁜 숨결로 철새 또한 깃을 턴다.

드러난 하상의 때늦은 빗방울에
하나의 화석으로 뿌리 내린 오늘의 뼈.
흩어진 일상을 쓸며 젖은 창을 닫는다.

사랑이 철교 위를 꽃뱀처럼 기어가면
아쉬운 손짓들이 낙엽으로 떨어지고
아, 그때 어쩌면 한강은 입술인 듯 말랐던가.

계절에 걸맞는 새와 빛깔을 앞세우고
떠나간 바람은 다시 또 돌아왔다.
그리고 말없이 헤매어갔다 찬 안개의 가슴속을.

임진강의 노을

철책 너머 저만큼 버려진 나날들이
물 빠진 강바닥에 흰 뼈를 드러낸 채,
그리운 굽이굽이를 황혼으로 덮는데
그리움의 깊이만큼, 사랑의 깊이만큼
간절하게 다가오는 거칠어진 네 숨결이
일몰의 순간 다가와 내 입술을 부빈다.

여보세요,
여보세요,
여윈 자락 붙들어
핏줄 같은 흐름을 멈춰 서게 해놓고
이제는 한 몸이 되어 물들고 싶어지는

망초꽃

달빛 아래 망초꽃 잔뜩 피어 하얗다.
어쩌다 휑하고 바람이라도 불라치면
서로들 몸을 섞으며 교성을 질러댄다.

개망초 엉겅퀴도 키재기를 하고 있다.
그리운 이름만큼 지향은 아름답다.
사랑과 존재의 길이 거기에 있었다.

망초꽃 한 송이가 그것을 가르쳐준다.
꽃처럼,
아직도 더 피우고픈 사랑이
이 아침,
내 안 가득히 모락모락 피어난다.

박영학(朴瑩鶴, Bak, Young hak)

1947년 전북 부안 출생. 성균관대학교(신문방송학) 석·박사.《월간문학》수필(1984),《시조문학》(2007) 등단. 시조집『변산바람꽃』(2010, 시조문학사),『내소사꽃살문』(2011, 미르). 제6회 가람 이병기 시조시인추모 전국시조현상공모 장원(2004), 전북예총상 문학상(2005), 목정문화상 문학상(2010) 수상. 한국문인협회, 한국시조시인협회, 전라시조문학회, 가람시조문학회 회원.

—

박영학의 시조는 일상의 애착과 삶에 대한 긍정적 감정이 범세계적인 안목으로 구현된다. "앞바퀴를 앞서려 씩씩거리는 뒷바퀴"(「섣달」)의 일상은 "잡목은 제철을 만나"(「조운 시인의 옛집」) "헐 깁은 짚신처럼 시시하"지만(「변산바람꽃」), "핵 폐기장을 밀쳐내"(「내소사꽃살문」)는 저항정신은 "녹두꽃도 몰려"들게 한다(「신록 앞에서」). 그런 힘은 "뜬 모를 꽂는 손"을 "지구 한 뼘 깁는"(「지구를 깁는 여자」) 대지의 여신으로, "없는 문짝"(「산중 축제」)도 떨어트릴 만큼 엄청난 저력으로 치환된다.

— 김준(시조시인·서울여대 명예교수)

—

섣달

배춧잎 서너 장을 손에 쥐고 서둘러도
노을이 지는 참은 눈 깜짝하는 사이
뒷바퀴 씩씩거린다, 앞바퀴를 앞서려.

망종

논둑을 딛고서서 미동 않는 해오라기
다 자란 모폭 사이 미꾸리를 희롱하다
해거름 두 뼘 반 남아 딱 한 입만 물고 난다

홍시

태양을 연모하여 등불이 되겠다고
잘 마른 가지 끝에 심지 겨우 밝히다가
부릅뜬 군침 한 번에 묵사발이 되었다

내소사꽃살문

벗겨진 꽃 단청을 마음으로 칠하면서
다만 믿기지 않아 손끝으로 더듬었다
지문에 봄기운 돋아 다시 버는 모란을

어르다 멎는 손 끝 꺼끌꺼끌 투들투들
곰소 천일염밭에 간이 들어 피나했다
벌 나비 꾀지 않아도 소금꽃은 번지듯

덥던 오월 가도 모란은 아직 환해
어느 때 뉘 발원이 이 더위를 견뎠을지
힘 좋은 핵 폐기장을 밀쳐버린 날이겠다

들물 때 따라오던 곰소 개펄 진 울음은
빗 모란 꽃살문에 스며든 종소리는
어머니, 바라춤 끝에 비핵화 될 예표豫表겠죠

변산바람꽃

험한 우슬치牛膝峙를 넘어선 푸른 숲 마을
봄은 아직 추접하게 꽃 피나 시샘하며
바람 든 바람 속 깊이 깃대종을 찾아든다

가슴에 매달리어 속 뿌리 움죽하면
헐 깁은 짚신처럼 시시한 새참 때를
해토解土에 쑤셔 박아도 만나주지 않는 꽃

어떻게 하자는 겨, 왜 자꾸 수줍은 겨
호랑가시 잎 같이 는 술빛을 망설이며
봄눈이 허술한 틈에 눈썹이나 보자는데

신록 앞에서

햇가지 가지 새로 앞산 불러 마주 보라
저리 나긋이도 기름 붓는 바람결에
어쩌랴 다시 어쩌랴 울컥 도진 초록을

조이 햇살 끌어 돋은 잎은 몇 섬이랴
여려서 일렁이는 만 가지 신명 끝에
희번득 야들거리는 놀부색시 닮은 잎들

날렵한 산허리를 일제히 휩쓸다가
푸르게 젖은 것이 탁 터진 목청 같아
풀린 한恨 어쩔 거냐고 녹두꽃도 몰려간다

산그늘 자락 끝에 숟가락 내려놓는
눈썹 푸른 홍부 아내 가슴이 답답하다
제 밥을 더는 어쩌랴, 산까치도 달라는데

조운 시인의 옛집

바람도 쉬 못 찾는 영광靈光 골목 막다른 집
그나마 기운 대문 등꽃이 얽어 세우고
제철을 만난 잡목들 앞마당에 남루하다

무더운 그늘 속에 붉게 여문 앵두 알알
헐한 마루 벽에 기댄 눈빛 헤나보다
저 때에 붉게 빠개진 그 먼 석류* 외우며

* 조운 시인의 시조 「석류」.

지구를 깁는 여자

망해사望海寺 뒤뜸에서 광활리廣闊里를 바라보면
두터운 구름 밑에 뜬 모를 꽂는 손이
푸지게 바람을 찍어 마른땀을 닦는다

모내기 끝난 논을 팽팽히 살펴가며
휜 허리 더욱 접어 쉴 참을 헤어보는
낡으신 밀짚모자가 지구 한 뼘 깁는다

변산 2
― 이사

구암리龜岩里 돌무덤을 비껴 온 봄길 백 리
해안선 안고 도는 주름진 간장독을
따라 든 산그늘마저 바튼 볕에 그을렸지

낯선 산 1번지에 눈 녹을 겨를 없이
빨치산 잠입하던 산기슭 뿌리 파면
못 붙인 마음 한 귀를 쑥국 새가 울렸지

문득 진달래가 개나리 앞에 피면
엄니는 흙먼지 낀 문패를 닦다가도
감기는 눈嫩 언저리에 봄비 뿌려 키웠지

산중 축제

잎 다 진 앞 뒷산에 서리 꽃 희게 피든
마주선 좌우 산이 흰 머리칼 흉을 보든
산문 앞 지하여장군地下女將軍 배추 트럭 몰고 온다

일주문 뻗질나던 보살들 오든 말든
천왕문 사천왕도 발을 벗고 따라 들고
탱화 속 흰 눈썹들이 소매 걷고 손 보탠다

밤새 풀이 죽은 무 배추 간을 씻어
김장 속 바르면서 야단법석 치는 통에
문 없는 만세루 문짝 떨어지고 말겠네.

박옥위(朴玉位, Park, Ok we)

1941년 부산 중구 남포동 출생. 《새교실》시 천료(1965, 박남수·황금찬), 《현대시조》, 《시조문학》천료(1983) 등단. 시조집 『들꽃 그 하얀 뿌리』(1990, 모아), 『석류』(1990, 모아), 『금강초롱을 만나』(1993, 동학사)외. 성파시조문학상, 이영도시조문학상, 김상옥시조문학상, 부산문학본상 수상 외. 부산여류시조문학 창립회장, 부산시조시인협회 원로, 부산문인협회 부회장, 부산여성문학인협회장 역임 외. 《시와소금》, 《어린이시조나라》자문 외. '시사랑시낭송회', 시낭송 음악회 '문화공간 숲' 운영.

—

박옥위 시조의 핵심은 일상적 순간과 자신의 삶을 기억과 자의식의 힘으로 통합하여 성찰하는 속성에 있다. 커다란 정치 이념이나 질서에 귀속되지 않는 다양하고도 구체적인 경험들을 삶의 보편적 이법으로 확산하여 형상화하는 것은 누가 보아도 박옥위의 고유한 시적 브랜드라고 동의할 수 있을 것이다. 그동안 그가 화려한 비평적 조망을 받은 것은 아니지만, 우리는 이제 낱낱 사물들이 품은 시적 비의秘義를 발견하고 형상화하는 그의 시적 역량에 흔들리지 않는 믿음을 보낼 수 있을 것이다. 특별히 어느 시편을 인용해도 좋을 균질성과 낱낱의 심미적 완결성은 그의 시조를 읽는 독자들을 한결 안도케끔 해줄 것이다.

— 유승호(한양대 국문학과 교수)

—

자운영 꽃 생각

봄 들이 분홍빛 자운영으로 빛날 때
트랙터가 뒤집어 하나 없이 갈아엎은
비정의 들판에 서서 자운영꽃을 보았다

연분홍 고운 속내 속살 하얀 살가움까지
녹비로 현현하여 벼를 살찌우다니
말없는 꽃의 눈물이 밥 속에 있었구나

부모는 자식의 거름이라시던 아버지
지아빌 하늘같이 받들던 울 어머니
두 분의 마음도 저렇듯 갈엎어진 꽃들판

누대의 내리사랑이 부모에게서 부모에게로
물처럼 전수되어온 그리움의 씨줄 날줄
꽃펴서 꽃을 벗어나야 눈이 환히 뜨인다

그리운 우물

산과 산 사이의 경계는 안개가 가린다, 못 잊을 기억들이 산인 듯 에워싸도 시간의 차창 밖으로 날아가는 새가 있다

아득한 경계 사이에 그리운 우물이 있다. 아직도 풍뎅이 수풀 속을 헤매는 날, 한 번씩 물 긷는 소리 첨버덩 들려온다

켜켜이 자란 초록은 첩첩이 깊어 있어, 시정市井에 잡힌 생각이 먼지 같다 싶다가도, 풀냄새 안고 돌아와 나는 또 여자가 되고

수묵 담채 진경으로 새 한 마리 돌아온다, 어둠살 지기 전에 날아 앉는 새 떼들, 그리움 그 사이 깊어진 우물 하나 찾고 있다

소금쟁이

아, 허방 허방이니라 네 발이 움켜쥔

한 평 땅 움켜쥔 네 소유도 허방이니라

소유란 가벼운 두 발로 물 위를 걷는 법.

버들치, 그리운

산과 산의 경계를 아련하게 그어놓고 시간의 창을 열면 지나가는 바람 소리 스치고 지나친 그 자리 샘 있었다, 그리운

샘 있었지 그 자리 떠돌다 잊어버린 능금 꽃 하얀 꽃잎 나풀나풀 따라가다 오월도 청산이 좋아 뻐꾸기나 울리더니

두레박 풍덩 소리 아득히 떨어지면 찰방찰방 물소리에 가슴까지 맑은 한밤 기억의 굽 높은 잔에 슬픔처럼 쪽 달 뜨고

방황의 저린 갈피를 뒤적이다 돌아와서 덮어둔 깊은 샘을 저물도록 퍼내는 밤, 버들치 그리운 그 늪 무지개 펴고 오네

물금역

무궁화 완행열차로 물금역에 다가가면
역장은 물 그음 하고 비음을 내지만
아득히 떴다 갈앉는 자리 그리움이 남는다

가령 물 금은 물건 값을 말하지 않는다
물 그음, 그 비음의 쓸쓸함을 따라가면
여운이 끝나는 어디쯤에 어머니는 계셨을까

불치병에 숨겨가던 어린 손자를 품에 안고
수염 하얀 명의를 물어 물금역을 찾아가던
물 그음, 그 비음 끝에서 손을 젓는 내 어머니

휴休

선운사 골기와 눈 녹은 물방울이
햇살을 등에 업고 아슬하게 떨어진다

'퐁' 여여如如

물의 종소리, 그 울림이 아릿하다

홈 밖에 튕겨 나온 금모래 알갱이가
웅덩이의 고요에 살풋 발을 디민다
순은 빛 해의 속니가 그늘 쪽에 반짝 뜬다

몸 가벼운 멧새 세넷 포로롱 날아 오가고
시나브로 눈은 녹아 웅덩이에 떨어지고

고요 속

물의 종소리, 눈 감아도 환하다

살구 꽃 초혼

꽃길 두고 가신 임 가신 길로 왜 못 오나
무덤 곁 살구꽃은 한사코 초혼인데
하 그리 그립단 말을 울며불며 매단 채

땅속에 묻은 봄은 피다 말고 길 잃었나
어디를 잘못 디뎌 절름발이 시늉일까
그 꽃샘 퍼런 서슬에 눈이라도 먼 것일까

울음 다 울지 못해 시답잖은 꽃일망정
패대기친 봄 사월의 시린 발을 닦는구나
또 마냥 그립단 말을 뭉깃뭉깃 게우며

낙엽단상

　살아도 잘 살기란 거기서 거기라고 살아본 나뭇잎이 나무를
떠날 때
　몸으로 부딪힌 말들이 바알갛게 타오른다

　고 작은 이파리에 갈 길을 물어보며 자벌레 하루살이 갉고 간
문장들
　때로는 비문秘文이 되어 신전에 바쳐진다

　갈 길을 미리 알고 떠나는 성자같이 단풍도 떠나는 날 꽃단장
이 눈부시다
　후회도 눈물도 없는 가을하늘 말끔하다

매미

이레를
울고 말 걸
더 푸르게
울어야지

작은
그 몸매야
울음소리에
닿겠구나

한더위
능선을 가르는
눈부신
저 소나기

겨울 풀

풀들이 주저앉아 겨울 해를 당긴다
더 키를 낮추고 온몸을 도사린 채
양지에 납작 엎드려 삼동을 읊고 있다

버릴 건 다 버리고 줄일 건 다 줄인 채
부드러운 흙에다 전신을 펴 붙이고
저 땅 속 포근한 소식에 귀까지 내려놓다

마르지 않는 풀은 토박이 근성이다
겨울을 건너가는 풀들의 작은 몸짓
발 붙여 살아온 터를 온몸으로 감싼다

박용하(朴鏞夏, Park, Yong ha)

1935년 충북 영동 용산면 구촌리 출생. 호 국촌(九村). 충북대학교 농과대학(축산학과) 졸업(1960). 《월간문학》 신인상(2002) 등단. 시집『선운사 이팝나무』(2004, 책만드는집),『백화산 풀벌레』(2015, 고요아침). 제2회 경기시조문학대상(2009), 시조시학상 본상(2014), 서울시우문학상(2015) 수상. 한국문인협회, 한국시조시인협회, 경기시조시인협회, 서울시우문인회 회원.

박용하 시인의 시편들은 내포되어 있는 정서들이 잔잔한 감동을 전해주고 있다(「선운사 이팝나무」,《월간문학》등단작)(김제현, 한분순). 막힘없는 유연한 흐름과(「바람에 몸 맡기고」) 싱그럽고 또 감각적인 면모까지 담아내고 있다(「홀로 깨어 있는 목련」)(박시교). 시인의 작품에는 따뜻함이 있다. 동시에 차분이 정제된 단아한 사유가 있다. 차분하면서도 정갈한 아날로그적 삶의 시학이 시인의 작품세계 요체다(「백화산 풀벌레」,「떠나가는 길」)(이지엽).

수원 삼남대로*에서

언제 떠나왔었나
검버섯이 피었네

많은 날의 많은 약속
갚으러 가야 할 길

오늘도 머물라하네
서성이다 돌아 서네

길은 삼남 길
곧게 곧게 뚫렸는데

이젠 언제 갈지 몰라
내려놓는 먼 귀향길

아 무슨 말로, 이를거나
나를 달랠거나

* 삼남대로: 조선시대 한양과 삼남지방(충청·전라·경상)을 오고가던 옛 길.

선운사 이팝나무

선운사 나를 불러 설레며 찾아왔다
절 뒷산 동백꽃은 목이 꺾여 돌아눕고
상심한 경내 나무들, 독경 소리 경청하네

전나무 그늘 길로 발길 닿은 부도 밭에
백파스님 비석에는 추사 글씨 초롱 한 눈
붓끝의 뻗친 기운이 살아서 다가온다.

재촉하는 귀갓길 아쉬워 뒤돌아보면
동구 밖 늙은 이팝나무 꽃구름 두르고서
이곳은 선계라 하며 또 오라 손 흔든다.

백화산* 풀벌레

백화산 바라보며 깊은 잠이 드신 뒤로
자식들 찾아와도 아무 기척 없으시고
두 그루 늙은 소나무만 부모님을 뫼시네

앞들에 농토 사서 무척이나 기꺼워하며
날이 새면 부지런히 흙과 함께 사시던 곳
여태껏 그 땅의 쌀로 메를 지어 올립니다

벌초 때나 한번 찾고 훌쩍 뜨는 자식들
이승 인연 끊었다며 나무라지 않습니다
웃자란 잡초 더미 속에 아프게 우는 풀벌레

* 백화산: 충북 영동군 황간면 소재.

바람에 몸 맡기고

나뭇잎도 떠날 때는
아름답게 보이려고

온 산천 울긋불긋
단풍 물들이는 걸까

무위無爲로
가고 싶다며
몸단장 곱게 한다.

잎새의 저 눈짓 인사
4막 극은 징을 치고

어서 가라, 어서 가라
잡은 손을 놓아 준다

바람에
몸을 맡기고
뚝뚝 걷는 퇴장 소리

홀로 깨어 있는 목련

꽃샘추위 머물다 간
벌거벗은 가지 끝에

홀로 깨어 몰래 부푼
열 예닐곱 살 살빛이다가

그 가슴 활짝 펼치면
해도 둥실 떠오른다

서두른 이른 아침
봄빛 감고 앉았다가

한 사날이 길다 하고
쫓기듯 떠나가네

성에 낀 세상 싫은가,
지고 마는 나의 봄

어머니의 메아리

초가지붕 굴뚝 연기
끊길 듯이 피어올라

저녁밥 지어놓고
날망*서 날 부르던 음성

저 앞산
메아리처럼
내 귀청 울려주던…

* 날망: 산마루의 방언.

영동역에서

고향엔 유년도
다 떠나고 없었다

옛일들 매달리는데
모두가 낯선 얼굴

골목 안 늙은 은행나무만
나를 아는지 굽어보고 있다

동창 몇 남아 사는
백화산, 천마산 기슭

영동역전 올갱이국집
소주잔에 내리는 노을

서울행 무궁화 열차
떠날 시간 재촉한다

떠나가는 길

단정히 치장하고 고운 옷 갈아입고
마지막 몸가짐이 저리 아름다울 수 있나
가는 길 주황색 카펫 눈부시게 고운 것을

봄부터 새잎 달고 여름 가을 짧은 생애
도로에 비켜서서 청색 차일遮日 드리우며
답답한 회색의 도시 녹색으로 주던 안식

말없이 누워 있는 잠든 몸이 뒤척이네
꼬리 물고 찾아오는 그리움은 말 못해도
겨울로 가는 길목에 너희를 어찌 잊을 건가

감나무 심으며

생생하다 어릴 때 감접 붙이시던 할아버지
눈이 터 기뻐하시며 마당가 거니셨지
먼 훗날 감 따는 손자 풍경화 그리시며

집터에 그 감나무 지난 세월 감고 서서
연두색 예쁜 잎새 정을 담아 보여 주지만
늙어서 기력 없다고 풋감으로 떨군다

나도 이제 심고 가리라, 몇 그루 감나무를
잎 피고 꽃도 피고 푸른 감 절로 둥글어
갈 하늘 환한 등불을 밝혀주길 기다리며…

십리포해변* 소사나무

지금껏 모르고 살았다
지척에 있는 이 섬을

파도가 밀려오며 늦게 왔다 힐책하는

십리포 인천상륙작전
전초기지 멈춘 걸음

포성 안고 허리 굽은
소사나무 도열한 앞에

전적비 속 잠든 용사 살아서 다가오고

보인다 들리어온다
그 날의 포연과 포성

* 십리포해변: 인천광역시 옹진군 영흥면(영흥도) 영흥북로 420-26 소
재, 수령 150여 년 된 소사나무가 군락을 이루고 있다.

박원철(朴元澈, Park, Won chul)

1958년 전남 진도 출생. 호 청계(淸溪). 1975
년 MBC 방송작가 데뷔. MBC라디오방송대
상(1997), 당산문학상(2001) 수상. 《시사문
단》(2003) 등단. 시집 『그리움은 발이 없어 밀
물처럼 밀려오는가』(2005, 그림과책), 『내 가
슴에 핀 꽃으로』(2008, 도우미), 『꿀통에 빠
진 벌』(2015, 도우미), 『아름다운 병』(2018,
KDLSA). KBS 〈이것이 인생이다〉(1998) 출연 외. 풍경문학 회장.

그의 시는 아름다운 연가풍의 정신과 시나브로 흥을 돋우는 해조
諧調에 기반해 있다. 시의 구조 내에서 상징이나 은유적 이미지를
통한 사물시의 기법이 아닌 아름다운 정신을 은유하는 형이상학파
시 형식을 취한다. …추리적 서스펜스의 아우라를 조성하는 박원
철 시의 이러한 기법상의 묘미는 메타피지컬 포에트리가 기상의
구사에서 주로 언어나 이미저리에 집착하던 바에 비하면 진일보적
인 메타피지컬리즘인 것이다. 박원철 시인의 시극이 담지하는 소
품성을 넘어서는 시극의 본질적 자질은 짧은 글 속에서 더욱 빛이
난다. …박원철 시인의 메타피지컬리즘은 잘 발효된 어떤 술맛보
다 향기롭다.

— 이수하(시인 · 국제펜 한국본부 이사장)

해녀

물밖에 솟아오른
피 섞인 숨비소리

바위틈 대왕 문어
저승이 눈앞이라

그 다리 털어 내고도
차마 못 버린 미련

하늘 보고 물을 보고
한참을 고른 숨

다시금 자맥질로
저승 앞을 기웃대다

눈앞에 아른거리는
내 새끼 숨이 차다

부모님 제사 음식

내 부모 제사상에
홍동백서 어동육서
낯선 음식 웬 말인가
비싼 음식 웬 말인가

맛있는 건 새끼들 입에 먼저 넣어주시던
부모님의 입맛이 언제 이리 변하셨을까
새끼들 고생한다 돈 한 푼 받지 않으신 분이셨는데
한 끼 밥상에 이리 큰돈 쓰게 하시니

아무래도
오시는 분이
우리 부모 아닌갑다

코로나

사람들이 이상해
만나면 하는 일

가위 바위 보
너도 나도 주먹 내기

그래서
비기는 게임
이상한 확진자들

꽃신

꽃신이 신고파서
멀쩡한 신발 찢었다
할머니 혀를 차며
밤새워 꿰맨 신발

우리 집 할머니는
죽지도 않는다

꿈

내 가슴에 핀 꽃으로
향 짙은 술을 빚어
그대 잠든 머리맡에
고이 따라 올리면
그 향기 잠 깨어서
내 꿈으로 오실까

영등살

영등살 저 물결은
무슨 사연 있기에

일 년에 한 번씩
가슴 헤쳐 내보이나

활시위
무지개 길
건너가는 신비의 섬

바람이 불 때마다
꽃비처럼 떨어져

밀물에 흘러가는
인주 빛 꽃잎은

옛 추억
갈피마다에
주홍으로 번진 이름

그 옛날 전설 따라
피어났던 사랑

지금은 추억되어
빛 고운 구름처럼

내 가슴
울리고 울려
황혼에 울고 가네

어머니와 아들

수년 만에 찾아온 아들
동구 밖에 나타났건만
보리밭에 웅크린 어머니
달려가 아들을 안을 수가 없다

굽은 허리를 펴기 위해
몇 번이나 하늘을 쳐다봐야 하고
아픈 무릎을 세우기 위해
아기 낳는 여인처럼 신음을 해도
몸을 일으키기 쉽지 않다

그사이
빈 마당에서
어머니를 부르는 아들

두견새야 울지 마라

사분 산 노송 위에
두견새야 울지 마라

초가집 갓난아기
잠에 깨어 우는데

재우던 아기 엄마가
먼저 잠이 들었느니

허수아비

겁 많은 뎅그런 눈
펄 속 깊이 박힌 외발

둑 터지던 곡식들은
곡간 찾아 가버리고

어둔 밤
홀로 남아서
꺼이꺼이 추는 춤

양파

산발인 머리로 송두리째 뽑혔다
침상에 내동댕이쳐 알몸으로 나뒹군다

찢겨진
황금 드레스
이 수모 어찌할까

백옥 같은 속 살갗 벗기고 또 벗긴다
불타는 저 야욕 끝장을 볼 참인가

아서라
충혈된 눈에
피눈물 나게 하리라

박은희(朴銀姬, Park, Eun hee)
1959년 부산 출생. 경성대 교육대학원(상담심리학과) 졸업(2007).《부산시조》신인상(2017, 상반기호) 등단. 부산시조시인협회, 한국시조시인협회 회원. 온천초등학교 교사.

박은희의 시편들은 시상을 펼쳐나감이 자연스럽고 무슨 말을 하고자 하는지 구체적으로 표현된 점을 높이 인정한다. 「나에게로 초대」에서 밝혔듯이 어떤 일이든 결과물을 내기 위해서는 고뇌의 과정이 따르기에 그 길이 '외로이 서성이다' 같은 자갈밭길이다. 서서히 벗어나 한 발 더 가까이 다가서고 있음을 '그림자 환해진다'는 환희로 바뀌는 작은 울림이 읽는 이에게 잘 전달되고 있다. 「마음이 그래 6」은 낡은 동화책을 폐지보다 무게감이 있어 값어치가 높게 환산된다. 그날을 운수 좋은 날로 여기며 웃음을 잃지 않고 사는 이웃의 고단한 생활 정서가 작품에 고스란히 묻어나는 등 즐거운 나들이 길에 일행과 담소하면서 옛일을 회상하는 감성이 짙고, 적절한 시어를 선택하는 까다로운 작업인데 노련해서 좋은 시조를 쓸 수 있는 기반이 든든하다. 연작시를 쓰고 있는 '마음'이란 걸 잘 불러내서 다양한 이미지로 전환시키길 당부하며 건필을 빈다.

— 제만자(시조시인 · 한국시조시인협회 이사)

나에게로 초대

마음은 자갈밭길 외로이 서성이다
빗장을 열어보려 등허리 바로 세워
어둠은 애기 달래듯
가만가만 보낸다

긴 호흡 조심스레 만남을 기대하니
조금씩 다가오는 그림자 환해진다
꽃잎이 빛을 향하여
스스로를 열듯이

최고급 천연 라텍스

머리 싸맨 일은 놓고
이리와 누우시오

별도의 위생방충
가공이 필요 없다오

편안한 잠자리 제공
서방님표
팔베개

마음이 그래 6

따르릉 새벽바람 헤치며 달려보다
허름한 전집동화 눈 안에 들어오면
오늘은 좋은 날이라며 잇몸 환히 밝히나

가로등 불빛 아래 골목장터 분주하게
주워온 종이 하나 곱게 펴 탑을 쌓는
도심 속 빠르게 걷는 뒷모습이 찡하다

그대는

까짓것 단추 하나쯤 풀어도 좋은 그런
구절초 손 잡으려 철쭉이 웃고 있다
단풍은 꽃단장하고 갈 길을 서두르는데

뜬구름 쫓아가며 끌어안는 생의 나래
엄지 척 세워 올린 저 어깨들 으쓱인다
갈 하늘 까치밥 남겨둔 감나무도 못 본체

예의를 갖추다

고개 숙인 해바라기 꿍꿍이 궁금하다
무심히 담장 너머 눈인사 건넬 때부터
가리기 딱 좋은 잎으로 시들시들 웃는 너

박을수(朴乙洙, Park, Eul soo)

1938년 경기 평택 팽성면 동창리 출생. 호 평주
(平洲). 고려대 문과대학(국문과) 졸업(1965),
동 대학원 수료(1967), 경희대 대학원 박사과정
수료(1982). 저서 『한국고시조사』(1975, 서문
당), 『한국시조문학전사』(1978, 성문각), 『한국
시조대사전(상, 하)』(1992, 아세아문화), 『시조
문학론』(2005, 글익는들), 『한국시조대사전: 별
책보유』(2007, 아세아문화) 외. 정년기념문집
『그 가슴 더듬는 손길은』(2004, 글익는들). 논문 「고시조 연구」(1967,
고려대) 외. 국어국문학회, 한국국어교육학회 회원. 순천향대 국문과
교수 정년퇴임.

—

백담계곡

설악의 담소연이 몇인가 세라시던
석불의 현몽 받고 빼지 않고 헤여 보니
이 자리 이르러서 백이 되어 백담일레

망국한 부여안고 백담사 찾아오셔
길 잃은 양을 기려 「님의 침묵」 쓰신 만해
님의 그 높은 정신을 오늘 다시 뵈와라

영겁의 세월을 아니 그쳐 흐르면서
이 민족의 비월을 너는 모두 알려니
역사의 산중인이여 어이하여 말없느냐

네가 본 역사 손엔 이 민족의 한이 서려
말없이 흐르지만 그 소리는 애달픈가
다시는 슬픈 비월을 너는 보지 말려마

회 한산도가

수루에 올라보니 한가히 떠도는 범선
충무공 애태우던 일성호가 들리는가
귀 대어 들어보아도 찰랑이는 쪽빛 물결

수루에 혼자 올라 나랏일을 걱정할 제
그 때도 이 바다가 이리도 평온했을까
우리는 그 위국단충을 짐작도 못 하누나

큰 칼 옆에 차고 시름 잠겨 우뚝 섰던
장군의 그 위용을 눈앞에 그려보녀
다시는 그런 전화가 없어지라 비나이다

목석원

탐라의 나무 돌을 한 곳 모아 목석원
네 모습 돌아보며 나를 다시 만나누나
인간은 한 그루 나무 한 덩이의 돌이어라

태로론 그 땔 그려 향수 젖은 목석이여
비릿한 바닷바람 네 얼굴 스칠 때면
때 묻은 인간의 모습이 역겨운가 말이 없어

사 윤고산

이 민족의 심서를 시조란 그릇에 담아
뛰어난 신품을 우리에게 전해 주신
윤고산, 님의 고향 해남에 찾아온다

그 님은 가고 없고 해타만 남았구나
님의 모습 못 뵈어도 님 그리는 내 마음은
자연에 한 몸 된 님을 선연히도 뵈와라

같은 곳 같은 경물을 오늘에 다시 보나
거기서 느끼는 감회 님을 못 따름은
님의 그 높은 시상이 저 멀리 있음이라

오우라, 몽천요, 산중신곡, 어부사시사를
삼백 년 격한 지금 다시 쓸 이 뉘 있으리
님이여 무딘 내 시심을 일깨워 주오소서

헌사
— 어머님의 은덕을 기리며

스물아홉 젊은 나이 집 기둥을 잃고서도
열 살짜리 손목잡고 세 살박이 등에 업고
땀 흘린 그 큰 은혜 이제사 가슴 저며 웁니다

새벽길 20리를 콩나물 광주리 이시고서
내 자식 잘되기를 빌면서 흘리신 눈물
이 자식 아비 되어 그 숨결을 듣나이다

주름지신 얼굴에 늘어진 젖가슴이어도
그 가슴 더듬는 손길은 예와 다름 없사오니
어머님 이제는 편히 오래오래 사옵소서

이 작은 책자를 두 손 모아 받자오이다
그 정성 그 인고가 작게 맺은 결실이오니
이 열매 받으소서 진정 당신의 것입니다

천마총

천년사직 긴 역사의 말 없는 증인인 채
역사의 소용돌이 속에서도 의연히 자릴 지켜
이제는 베일을 벗은 서라벌의 천마총이여

신비에 싸인 채 지켜온 그 긴 날을
지금사 그 모습을 화려하게 들어내니
내 몸은 천년 전의 무덤 속에 섰구나

그 호령 서라벌에 산천도 떨었으리
성장한 채 말없이 누워있는 잔해여
세상사 무한 영욕이 오르다 남가일몽

큰 태양을 안아라
—이중주, 김명옥 부부에게

서로가 따로나서 다른 개성 지닌 둘이
이제는 같이 만나 정을 두는 한 몸 되니
당신들의 앞길에는 밝음 난이 있어라

하 큰 모자람은 서로 감싸 채워주고
아주 작은 아픔에도 같이 크게 걱정하면
당신들 그 가정 위엔 열락의 새 울리라

험준한 인생길을 같이 가는 동반자여
고우 꿈 정성스레 두 맘 모아 키워가며
당신들 그 가슴 안에 큰 태양을 안아라

박일송(朴一松, Park, Il song) 본명: 박병기(朴炳基, Park, Byung ki)

1919.~2005. 서울 성북구 정릉동 출생. 시인,
시조시인, 서예가, 수필가. 호 서림. 일본대학
(예술과) 이수, 일본 예비육군사관학교 학교
장병 과정 졸업, 해방 후 한국육군사관학교,
우석대학(국문학과) 졸업, 일본 침구 전문학
교 수료. 시 「목련」(1921) 등단. 시집 『주마간
산』(1952, 노농신보사), 『목련화』(1953, 한국문
화사). 시문집 『봉명서원』(1996, 거묵) 대한민
국 국미훈장, 강원도문화상, 향토문화상 수상 외. 범세교화 봉명 학
회 창도자 회장, 세계인권 복귀운동연맹 총재, 한일친선 문화교류협
회 한국측 대표 역임.

—

가야금

깊은 밤 흘러 새는 불빛 따라 걷노라니
청대 숲속 기와집에 가야금 타는 소리
어느 분 이 밤 앉아서 시름함을 부른가

할퀴고 뜯으므로 시원한 가슴이면
옷섶이 젖기로써 그 무슨 한이 되랴
찌르르 촛불 똥 튕겨 장단 맞춰 주리라

보고 아니 드음이 한결 맘은 편타 한데
이 밤 뉘를 보려 이 길을 걷는 건가
언제나 그 모습 못 봐 홀로 야외 가누나

다방의 소녀

행수에 서린 눈매 그늘 속에 짙어 뵈고
녹슨 바늘 끝에 목메인 노랫소리
소녀는 금붕어인 양 연기 속에 맴돈다

한 잔 차 앞에 놓고 고스란히 한나절을
하품코 앉아 있는 창백한 얼굴들이
실없이 뵈이면서도 사귄 정은 두텁다

목련화

목련화 향기 속에 더 복받친 그리움아
네 양자 어여쁨이 어이 이리 애절하냐
무사한 미소를 지며 이날 서로 사귀자

뭇 눈에 띄이잖는 호젓한 뒤뜰에서
저대로 저버려 두기 어딘지 아쉬워라
외로운 사슴인 내가 어이 네 곁 떠나리

연기 속에

검푸른 연기인 양 몽롱히 사라지다
그야 만나본들 이미 남인 너와 내가
훗날에 그 훗날에도 아주 잊자 하여라

까치 소리

오늘 아침 뒤뜰에서 우짖는 까치 소리
밥상 받고 앉았다가 반가이 귀하나니
행여나 좋은 소식이 있으라는 징조인지

내 사람 떠난 지도 반년이 지나가다
서럽고 그리운 정 얼마나 울었던가
이웃들 잊으라 해도 아쉬움은 더하오

그 옛날 두뫼마을 꽃피던 고향이여
어머님 누이서껀 핏줄로 이은 인연
외로움 모르고 살던 그 시절에 듣던 소리

별리

잘 있거라 이국의 산하여 인정이여
비록 며칠은 아니어도 마지막 날
재회를 어찌 기약하랴 그건 아무도 모르는 일

손 흔들어 서로 고하는 작별이여
다정한 저 모습들 언제 다시 만나보리
그러나 서로 약속함은 정녕 좋은 일이오

별이 지거든

사바 길 험타 하나 도란도란 의의 좋게
고되고 지치어도 군말 없이 함께함을
그대의 낙으로 알고 사는 대로 사시라

풍랑 속 어둔 바다 뱃길마저 잃었어라
구름 새 별을 찾아 힘 합하여 저어가자
그대여 별이 지거든 먼동 튼 줄 아소서

재회

인간이 그리워 거리를 헤매다가
문득 노상에 만나 옛 친구 오랜만이어라
흘러간 세월이 모두 황막한 들만 같으이

아, 벌써 몇 십 년만인가 서로 돌아보는 시공
용케도 살아남은 역사의 틈새거니
남은 삶 정 잃지 말고 우리 자주 만나세나

노래 1

생각이 어러하니 그대 조이 들으시라
마음 애전하여 푸념 삼아 하나이다
노래야 되건 말거나 그저 읊어 하외다

박자방(朴子芳, Park, Ja bang)

1948년 대전 중동 출생. 서울불교대학원대학교 박사 수료(2016). 전국시조백일장 입상(1997), 《시조문학》 신인상(1999) 등단. 경기시조문학 대상(2010), 중앙일보 시조백일장 입상(2017), 양평문학 대상(2017) 수상. 경기시조시인협회, 양평문인협회, 한국문인협회 회원.

박자방의 시편에서는 일상의 그냥 지나쳐 버릴 수 있는 순간을 놓치지 않고 잡아채는 시인의 예리한 눈을 엿볼 수가 있다. 그래서 그의 시조가 음풍농월의 흔한 여타 시조들과는 확연히 구별된다는 것을 각인시킨다(「잡초」). 시인의 나이는 뻥튀기하는 4월 산의 벚꽃과 같이 발랄하기도 하고, 칠순이란 숫자에 꽃을 얹어 그 향기로 셈하기도 한다(「4월산」). 이러한 셈법이 아주 잘 짜여진 시조에 녹아들어 있으니 그 향기와 아름다움이 더 짙고 화사한 것이라 믿는다. 그는 자연의 나이에 '꽃의 나이'를 얹는, 그렇게 함으로 해서 지극히 섬세한 예지를 드러내 보여주는 경이와도 친화를 갖게 되었으며(「꽃의 나이」)여러 편의 단시조들이 단수 특유의 시적 긴장과 압운을 잘 담아내고 있다.

— 박시교(시조시인)

4월 산

시장터 한 모퉁이
뻥튀기 기계 앞에

오뉘 같은 초로의 내외
풍구를 돌린다

양 귀엔
바늘 끝같이
긴장이 몰려들고……

뻥! 하고 쏟아지는
벚꽃 같은 강냉이에

먼 산의 나무들도
뻥! 뻥! 꽃잎을 터트린다

비로소
뻥튀기 하는
4월 산을 보았다

갈대 소인消印

1. 강진만 갈대
만灣의 다리 사이에 얌전히 들앉았던
유순한 바다가 뒷걸음질로 나간 갯벌
등 파인 새의 깃털들
빈 하늘 쓸고 있다

발목 잡아당기는 땅심을 달래가며
가느다란 몸피 빼내 나래로 키웠어도
하늘 안 그 안의 하늘은
그림자로만 누워 있고

2. 다산의 노을편지
열여덟 해 갈대마디 노을 찬찬이 감치고
염기 실은 바람이 옆구리를 베어내면
가만히 모둠발 서는
글썽이는 고요 한 점

늘그막 쟁여둔 마음 하피첩霞帔帖* 에 눌러 담아
갈대 깃털 한 자락 얹어 마현** 하늘로 부친다
잠자던 푸른 묵언이
속 눈 뜨고
하늘 난다

* 하피첩霞帔帖: 열여덟 해 동안 강진에서 유배생활을 하던 다산 정약용은 부인 홍혜완이 보낸 치마에 두 아들을 위한 교훈을 적어서 편지 첩帖으로 만듦. 보물 제1683-2호.
** 마현: 다산의 고향. 지금의 경기도 남양주시 조안면 능내리.

양평에서 살기

뉘라서 붓끝으로
양평을 그렸을까?

태초의 고요 속에
아련히 산이 뜨고

에돌아 산허리 품고 흐르는
강물, 그 은린銀鱗의 미소

시샘 없이 서로 푸른
하늘과 땅 사이

백로 한 쌍 펼쳐내는
춤사위 속에

연꽃은 또 쉬임 없이
피었다 지고 피고

한 호흡 따라 차오르는
달디 단 생기生氣 속의

나, 그런 양평에서
살아가는 중이다

단 한 번 허락된 삶을
살고 있는 중이다

접시

섬 하나 떠오를 듯
고즈넉이 앉은 바다
아우성치는 허기마다
만선으로 채워주고
하얗게
가슴 사위며
식탐도 풀어주고

고단한 한 생애가
실핏줄로 터졌어도
달게 가슴 풀어서
내주고 또 내어 주는
울 엄니
그대로 닮은
기도 같은 바다여!

목욕탕 명상

몸들이 물과 만나 콘서트를 열고 있다
둔중한 몸에 쏠린 물길의 음표들이

처얼썩
낮은 멜로디로
첼로를 연주한다

돈을새김 갈비뼈 긴
가난한 옆구리엔
건반을 짚어가는 오르간 소리 낭랑하고

텅, 퉁, 탕
제 몸 던진 대야도
드럼을 두드린다

겉치레 훌렁 벗은
맨몸뚱이 실연實演 속에
갑과 을의 꼬리표도
거품 속에 녹았다

제 악기
정직하게 연주하는
목욕탕은
수행처!

존재의 새

이 세상으로 날 불러준 이 누구일까
부대낀 세월만큼 화두話頭도 깊어져서
마음문 빗장 지르고 가부좌 틀어 앉았네

철썩대던 호흡이 시나브로 가라앉고
깊고 깊은 바다 속 고요히 응시할 때
불현듯 맑은 물 위에 비춰진 새 한 마리

죽지 접고 정신없이 먹이만 쪼아대는
비상飛上할 하늘마저 까맣게 잊어버린
새라고 부를 수도 없는 그런 새 한 마리

부끄러움 한 가닥 연기처럼 번지는데
그 새를 지켜보는 또 다른 새가 있네
이 삶에 나를 초대한 바로 그 존재의 새!

추사秋思

눈길 닿는 곳마다
고운 물감 묻어나고
벽공碧空 닮은 강 여울엔
목선木船 하나 흔들린다
먼 고향
산 자락 하나
솔빛 둘러 애긇고

쨍하니 금이 갈 듯
아스라한 창공인데
갈잎의 어깨 사이
대추알이 기웃하면
서러워
감은 눈에도
차마 눈물 보일까

이저리 휘돌아도
거처 없는 한 생이여
담담한 아미蛾眉 들어
먼 하늘 우러르면
억겁億劫을
맴도는 한이
가슴속에 머문다

노을

그림자로 채색된
뒷산 봉우리 너머

하늘이 붓질 끝내고
심장을 꺼내든다

창틀 속
수묵화 한 폭
낙관이 참 벌겋다

설경雪景

하느님도 때로는
현기증이 나시는지

만상萬象이 토해내는
어지러운 시위示威에

오늘 낮
큰 붓대 들어
수묵화를 그리셨다

첫 목련을 보다

파르르 몸돌기가 피리소리로 일어났다

두둥둥둥 심장은 깊은 소리로 울었고

두 눈은

첫 등불 맞아

대낮보다 환해졌다

박재두(朴在斗, Park, Jae doo)

1936.~2004. 경남 통영 사량면 출생. 호 운초(云初). 통영수산고등학교, 부산사범학교(미술과). 〈동아일보〉 신춘문예(1965) 등단. 시조집 『유운연화문』(1975, 금강), 『쑥뿌리 사설』(2004, 태학사), 시전집 『꽃, 그 달변의 유혹』(2018, 고요아침). 경상남도 문화상(1976), 정운 시조상(1984), 제11회 가람시조문학상(1989), 제1회 이호우 문학상(1992), 제1회 경남 시조 문학상(1997) 수상 외. '율' 동인.

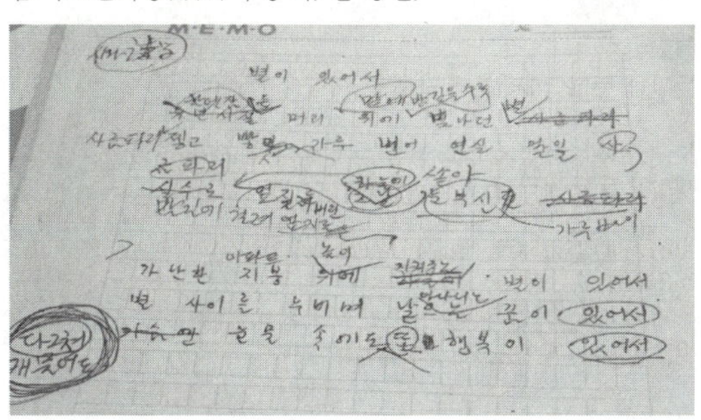

—

김종길 교수의 주장에 따르면 시인 대가의 기준으로 네 가지를 들 수 있는데 첫째는 편편의 질이고, 둘째는 그 양이 상당해야 하고, 셋째는 시사적 영향력이 있어야 하고, 마지막으로는 그 위에 시인의 풍격風格이 있어야 한다. 박재두 시조는 거의 전편에서 실패작이 없이 고르게 수준을 드러낸다. 시사적 흐름에 영향을 주는 요소가 있는가 살피면 전통을 바탕으로 한 일관된 생태자연 이미지나 제목과 이미지간의 구조적 긴장 등이 박재두 시조라는 하나의 블루오션을 이룬다. 전통에서 이반하지 않고 시조계라는 시장으로 들어가는 혼자만의 브랜드, 그것으로 무혈입성을 이루는 것이니 영향력에 일정 부분 몫을 갖는 것이다. 풍격은 남다른, 표 나지 않는 격일 터인데 그 전통적 언어와 생태자연 이미지가 주는 것, 시대나 역사 앞에서 의연한 자세, 그 선비정신 등이 총체로 격일 것이다. 그래서 그는 대가이다.

— 강희근(시인 · 경상대 명예교수 · 국제펜 한국본부 부이사장)

—

월동 준비

늦가을 바람 없는 날
겨울맞이 전정剪定을 했다.
회를 치는 눈보라에 흔들릴 가지들을
적당한 죄목罪目을 붙여
가윗날을 대었다.

얇은 인정에도 때없이 흔들리고
유혹의 바람 앞에 휘어지는 잔가지를
눈감고 벌을 내렸다.
아픈 살을 잘랐다.

숫자란 그늘에 묻혀 숨죽이고 숨어 지낸
누렇게 시든 선의의 곧은 뼈대.
포근한 볕살이 닿고
바람도 좀 들게 하고…

찌든 매연 산성비도 거뜬히 걸러내고
사정의 회오리에도
눈썹 하나 까딱 않을
두둑한 배짱을 지닌
덩치 하나 남겼다.

목련

차마 미치지 못한 사모思慕도 속된 업보業報
살아 한 되는 목숨 오늘가도 그만인데
눈감고 못 거둘 숨결 풀어 피는 목련꽃

숨 닿을 거리 밖에 돌아누운 어둔 산맥
넘나드는 바람결에 억새꽃은 길로 자라도
해마다 눈뜨는 향수 더해 가는 나이테

이리 성하지 못한 연대年代에 발을 짚어
새벽 연봉連峰에 무지개로 올릴 기약
한 하늘 원통한 강산 숨어지는 목련꽃

어진 산

길을 멈추고 멀찍이 떨어져 서서
웃음 실은 눈으로 어깨 너머 내려다보는
주름진
푸른 가을 산
생각도 깊어진다.

바위며 푸나무며 이마가 시원한 언덕
무릎에 앉힌 손주놈 어르듯 하고
햇살도 포근히 안겨
숨소리를 고른다.

어린 손자, 손가락을 빨아

어른들 공출 달리러 넘어간 산모롱이
진달래 불길은 타고
황톳길 봄도 타고

가파른 보릿고개를
빈손 빨며 넘었더란다.

콩깻묵 옵쌀 얹어 찰기 없는 옥수수밥
돌아서면 허기져 손가락 입에 물고
진달래
한 움큼 씹어
뻐꾸기 소리 배를 채우고…

피는 못 속이던가
반세기 아득한 저편
옹어리진 식민의 피
그마저 내림인지
네 아비
한 대代를 건너 손가락을 빨다니

말리는 눈치는 빨라 할미 등에 붙어 선다
징용 피해 짚동 속에 숨어 지낸
네 증조부

나뭇단
바람 닿는 소리
가슴 조였다더니

그날 밤 이마 위에 바늘 끝으로 뻗치던
얼어 파랗게 질린
별빛 닮은 네 눈동자

떨면서
엎드려 새운 모습까지
쏘옥 빼다니

별이 있어서

연줄 메일 사금파리 찧고 빻은 가루별이
서둘다 발이 걸려 하늘에 쏟은 별이
한뎃잠 머리 위에도 사금파리 빛나던 별이

가난한 지붕머리 지켜주는 밤이 있어서
별 사이를 누비며 날으는 꿈이 있어서
눈물 속 하늘에 뜨는 행복이 있어서

쑥뿌리 사설 1

죽으로 콩깨묵으로 보릿고개 넘기는
머리에 먹물 들어 말깨나 하는 것들
장딴지 힘살 불거진 뚝심깨나 쓰는 놈들

3·1 만세 부르다 잡아 가둔 얼음밑에서
그길로 숨이 끊어져 다 삭은 줄 믿었더니
저 독한 조선 쑥뿌리 고스란히 살았고나.

누렇게 뜬 낯가죽 퀭한 눈만 붙었던 고것들이 햇볕 한 올 들
지 않는 굴속에서 어떻게 숨이 붙었나? 마늘즙 울궈먹고 화신
하던 웅녀의 선약 훔쳐 먹었는지, 등에 붙고 간에 붙는 야행성
찰거머리 가마째 고아 먹었는지 고개를 민다. 얼어 철갑 두꺼
운 땅거죽 밑으로 가로세로 동서남북 사면팔방 뒤져 먹고 살오
른 두더지 통통한 물 머금은 실뿌리 들자락 산자락에 산발적으
로 시위를 한다.

"고것참, 씨도 손 하나도 없이 다 삭은 줄 알았더니."

화사산제花詞散題

— 목련 지는 밤
넋이 흘렸는지 달은 희미하게 박혔고 '아까울 것 있느냐' 한
꺼풀씩 벗어 던지는 옷가지

어둠이
흠칫 놀랐나
한 걸음 물러선다.

— 도라지꽃
먹구름 말아 굴리던 장마 오늘 끝났다. 볕살 가득하고 열어둔
옥색 하늘

청옥빛
옷고름 물고
맨발로 우러러 서자.

— 박꽃
밤 새워 별빛에 적신 손수건 걸어두고 꼭두 새벽에 어디로 사
라졌나

수절守節은
창백한 고백
마침표를 찍었나.

— 매화
달겨들어 할퀴는 눈보라 진눈깨비 어느 한 군데 성한 자리 남
아날 건가

선짓빛
낭자한 얼굴
만신창이 아닌가.

민주화로 오는 봄

"지지배
지배지배
지지배배 지지배배"
미주알 고주알 낱낱이 뭐라 일러바치는

발정난 노고지리 봄하늘을 덮는다.

"…친외세 반민중의 체제란 허깨비는
마구잡이로 마구잡이로 갈기갈기 찢어 발겨…

던져라!"
돌팔매 뜬다. 때맞친 종달새.

"어미 아비 발 뻗치고도 눈물 한 방울 비치지 않을
세상모르고 자라난 철부지들은…

짓이긴 고춧가루다. 최루탄을 먹인다."

이렇게 오는 거란다, 아가야 민주의 봄은
철조망 바리케이드 개나리빛 노란 연막

화염병
꽃불이 퍼져
온 광장이 발겋게…

때 아닌 구름
— 이차돈에게

천 년
다시 천 년
살도 뼈도 삭았으리

그날
하얀 무지개
믿음의 서릿발은

때 아닌
구름을 몰아
안마당에 부린다.

언제던가
살갗 밑에
굳어 앉은 날개

새로 돋으려나
가려운 겨드랑이

떨그럭
끊어진 하늘
징검다리 놓는 구름

쑥물드는 신록

의붓어미 그늘에서 풀물 든 설움이야
떫은 보릿고개 도토리랑 삼켰다마는
퍼렇게 민적民籍에 앉은
식민의 피는 못 지웠다.

뼈마디 물러앉고도 못 벗은 징용살이
동자 깊이 박고 간 황토빛 타는 산천
풀국새
뭉개진 울음
쑥빛으로 물드나.

박재삼(朴在森, Park, Jae sam)

1933년~1997년. 일본 도쿄(東京)에서 태어나 삼천포에서 자랐다. 삼천포국민학교를 졸업한 뒤 가난한 집안 사정으로 중학교 진학을 못하고 삼천포여자중학교 사환으로 들어가 일하였는데, 이곳에서 교사이던 시조시인 김상옥을 만나 시를 쓰기로 결심하였다. 그 뒤 삼천포고등학교를 수석으로 졸업하고 고려대학교 국문학과에 입학했으나 중퇴하였다. 1953년 《문예》에 시조 추천, 1955년 《현대문학》에 시 추천되어 등단. 월간 현대문학사 기자를 거쳐 대한일보 기자, 삼성출판사 편집부장 등을 지냈다.

동학사 일야(東學寺 一夜)

눈 녹은 물과 봄밤을
나란히 묻어버리면

저승 어디선가
낙숫물이 뚝뚝 지고

그대의 먼 입술가에
지금 천지(天地)가 무너진다.

별

차마 끊을 수 없어
반짝이는 인연인가,
손가락 사이 사이
빠져나간 별의 거리,
메울 수 없는 무력(無力)을
이미 울지 않는다.

오로지 감추기엔
불과 같은 죽음이여,
또한 드러내기엔
부끄러운 목숨이여,
그 거리 합쳐진 듯 갈라진 듯
은하수(銀河水)는 흐른다.

가슴 울렁거려
내 자리잡지 못하고
하나 아닌 그리움
헤아리지 못하여
밤 인생(人生)…… 언덕에도 오르네,
시궁창에 빠지네.

떠나는 기러기

떠날 임시(臨時)해서는
울먹이며 흐르더라,
기러기 날개 밑이
비어나는 정든 나라,
강물을 차마 질러서
갈 수 없는 마음이여.

지내보면 홍부동네
가난키야 했지만,
발톱에 묻은 흙이
바람에 떨어질까,
공중에 지는 그 눈물
수(繡)실 뜸뜸 놓다가.

밀물로 산그늘이
밀려 오는 해질 녘을,
사람은 언제부터
돌에 한(恨)을 새겼던가,
구만리(九萬里) 끝없는 하늘
날갯짓이 아롱져.

내 사랑은

한빛 황토(黃土)재 바라
종일 그대 기다리다,
타는 내 얼굴
여울 아래 가라앉는,
가야금 저무는 가락,
그도 떨고 있고나.

몸으로, 사내 장부가
몸으로 우는 밤은,
부연 들기름불이
지지지 지지지 앓고,
달빛도 사립을 빠진
시름 갈래 만(萬)갈래.

여울 바닥에는
잠 안 자는 조약돌을
날 새면 하나 건져
햇볕에 비쳐 주리라.
가다간 볼에다 대어
눈물 적셔 주리라.

그대 목소리

내 귀가 열렸다면
몇 겁(劫)을 통하여야
들릴까 그대 목소리,
기다리던 봄이다마는
저승은 따로 없어라
눈에 덮인 이 강산(江山)!

설움이 바닥 나면
오히려 잃을 것 없고
이런 날 스스로이
내 가슴 울어지는
그 속에 그대 목소리
눈 내리듯 잠겼네.

하늘빛 뒤엔 아직
보이는 것 별로 없고
몸 하나 마음 하나
깃을 떠는 나날을
동백꽃 짙은 그늘엔
하늘 소리 새 소리.

수양산조(垂楊散調)

궂은 일들은 다
물아래 흘러지이다.
강(江)가에서 빌어 본
사람이면 이 좋은 봄날
휘드린 수양버들을
그냥 보아 버릴까.

아직도 손끝에는
때가 남아 부끄러운
봄날이 아픈
내 마음 복판을 뻗어
떨리는 가장가지를
볕살 속에 내 놓아……

이길 수가 없다,
이길 수가 없다,
오로지 졸음에는
이길 수가 없다,
종일을 수양이 뇌어
강(江)은 좋이 빛나네.

가을에

가다간 밤송이 지는
소리가 한참을 남아
절로는 희뜩희뜩
눈이 가는 하늘은
그 물론 짧은 한낮을
좋이 청명(淸明)하더니라.

성묘(省墓) 공손하니
엎드린 머리에도
하늘은 드리운 채로
휘일(諱日)같이 서글프고
그리운 이를 부르기
겨워 이슬 맺히네.

세상이 있는 법은
가을 나무 같은 것
그 밑에 우리들은
과일이나 주워서
허전히 아아 넉넉히
어루만질 뿐이다.

환도부(幻島賦)

닦이고 허물 없는
웃음이나 서로 비추며
노래는 조용히 익어
안소리로 가꾸는
가난은 물새 바자니듯
그러구러 살더니라.

만져서 화안하여
염주(念珠) 같은 마음일레.
고운 임이여!

손들고 헤어져 보면
다시는 넘치는 둘레
연분(緣分)하여 뵙는데.

한옆엔 고둥껍질의
자라나는 청(靑)무늬
보아라, 사랑하여
우연(偶然)하는 사람끼린
온전히 목숨 다할 날을
캐고 들 수 있는가.

어느 날

하야니 바랜 빨래가
햇살보다 눈부시어
이제 속일 수 없이,
지낸 날이 비쳐 오는
어머님 손 간 데마다
또 하나 큰 은혜여!

그 날은 뒷덜미가
가렵도록 부끄러워
들내어 무엇 하나
자랑할 수도 없는데
하늘이 첨 열리던 날에
다시 있게 하여라.

욕된 피 가시우면
구름도 고운 것이
돌아앉은 골에
꽃이 피는 그 모양도
새 노래 골에만 돌아도
이미 알고 있어라.

강(江)물에서

무거운 짐을 부리듯
강(江)물에 마음을 풀다.
오늘, 안타까이
바란 것도 아닌데
가만히 아지랭이가 솟아
아뜩하여 지는가.

물오른 풀잎처럼
새삼 느끼는 보람,
꿈같은 그 세월을
아른아른 어찌 잊으랴,
하도한 햇살이 흘러
눈이 절로 감기는데……

그날을 돌아보는
마음은 너그럽다.
반짝이는 강(江)물이사
주름살도 아닌 것은,
눈물이 아로새기는
내 눈부신 자욱이여!

박정숙(朴正叔, Pag, Jeong sug)

1941년 일본 시즈오카 출생. 대구신명여고 졸업(1963). 〈매일신문〉, 〈한국일보〉 신춘문예 시조(1974), 〈조선일보〉 신춘문예 동시(1982), 〈경향신문〉 신춘문예 시(1983) 등단. 동시집 『하얀 무지개』(1992, 계몽사). 시집 『당신을 풀꽃이라 이름했을 때』(1991, 상원, 공저).《여성중앙》여류문학상 시조(1976), 제3회 계몽사 아동문학상(1984) 수상. 한국아동문학인협회, 한국시조시인협회 회원.

―

한지韓紙

1

그 고운 할머니의 모시옷 내음 속에
한 겹 한 겹 떠내시던 속살 같은 한지 한 장
오늘도 꺼내보고서 그 옛날을 그립니다.

2

대대로 이어온 우리네의 그 솜씨가
달 밝은 밤 피어나는 청아한 박꽃마냥
이 마음 가득한 곳에 향기 되어 번집니다.

3

아무도 못 닿는 그 순결 고이 모아
지금 이 순간까지 하얗게 발簾을 치면
그대로 여백에 뜨는 그리움만 머뭅니다.

고목枯木

1

저 먼 창공을 잎잎마다 열고 서서
천 년 고운 무늬 정물처럼 우러르면
태고의
문밖에서 들리는
바람소리 새소리―.

2

바위 뿌리 녹여 두고 손 흔들면 만장의 별
피고 진 그리움을 안으로 되새기며
우거진
일월의 늪에
힘껏 흗는 이 악장.

3

귀 기울면 뿌듯한 역사의 물결 소리
저 하늘 검은 구름 갈증 그 밑바닥에
내일의
꽃씨 하나를
등불처럼 켜든다.

한탄강 비원悲願

1

시원始原의 숲을 돌아 역사의 길을 깎는
살 아픈 벼랑마다 몸으로 푼 긴 이야기
얼룩진 핏빛을 묶어 울먹이는 놀이여.

2

꽃잎 진 그 목숨을 물결 위로 더듬으면
저 하늘 닫힌 벽이 파도처럼 일렁이며
철모에 메아리치는 못다 부른 이 악장.

3

아직도 귀 기울이면 모음은 뜨거운데
녹슨 심층 밑바닥에 과녁처럼 죄는 눈길
굽이친 일월의 늪에 별빛처럼 떨린다.

4

금 간 아픔 속에 남과 북을 마주잡고
언젠가 그날 바라 열고 섰는 이 가슴에
홍건히 고이는 무늬 자유 그리고 통일이여.

상고대

소백산 산정에 외로이 우뚝 서서
눈 아래 펼쳐진 설경을 바라보면
천국이 따로 없다는 황홀경에 빠진다.

사방의 나무들은 하얀 입김 내뿜으며
설한풍 속에서도 꽃을 곱게 피우느니
염주를 목에 건 보살처럼 마냥 눈이 부시다.

삶이란 다 이런 아픈 강을 건너와서
아름다운 흔적으로 방울방울 맺히는 것
아, 문득 적막한 가슴에도 상고대가 맺힌다.

상가喪家의 밤

굴러가던 차바퀴가 갑자기 퉁겨나듯 멀쩡하던 사람이 목숨을 놓아버리고
눈앞을 스치던 모든 속도가 일시에 멎어버렸다.

불혹의 나이를 내동댕이 쳐버리고 생을 집어삼킨 저 무서운 정지 동작
미친 듯 쾅 문을 닫아버린 단호한 잠적潛跡이여.

산다는 중량을 감당하기 어려워서 놓아버린 그대의 무정함이 부러워서
눈시울 뜨거워지는 망령을 어둠 속에 묻는다.

수繡

1

한 폭 무명베 위에 한 땀 한 땀 수를 뜬다
월침삼경月沈三更 깊은 밤에 빈 가슴 사르는데
한평생 닳고 닳은 눈물을 고이 담아 붓는다.

2

지나온 그 세월이 수틀 위에 얼룩지고
일생의 마무리를 고이 맺음하는 밤에
어머님, 그 맺힌 한이 바늘처럼 찔린다.

3

오색실 끝 마디마디 저려드는 한 몸살을
몰래 내린 눈 위에 목화처럼 뜯어내어
도지는 이 아린 상흔傷痕을 아프게도 뜸뜬다.

4

휘감는 올올마다 눈등이 매워오고
채워도 채울 길 없는 여생을 다독이며
귀 먹고 눈도 먼 수틀 속에 나를 꽁꽁 깁는다.

개화開花
— 청매 곁에서

1

벙그네, 아슴아슴 속살처럼 부끄럽네

살풋 치뜬 눈망울이 으늘으늘 눈부시네

가만히
봄 여는 소리에
온 우주가 귀를 쏟네.

2

숨죽인 바람 위에 한 잎 한 잎 수를 뜨네

소리 없는 선율로 향롯불 사루듯이

몸과 맘
다 바치어 빛네
이내 몸도 벙그네.

단장 이수短章二首

1. 종달새
오음五音으로 날아오는
신神이 만든 작은 악기

오늘은 물이 오르는 얼굴 환한 하늘 위로

귀 하나 곱게 씻어서
초롱처럼 내다 건다.

2. 웃음소리
아이들이 날려 보낸
하얀 웃음소리

나뭇가지에 걸려 목련꽃이 되었다

소리는 다 날아가고
빛깔로만 남은 소리.

그대에게

한평생 산 하나를 만들며 살았습니다
잊으려고 숱하게 몸부림을 쳐 보았지만
가슴에 쌓인 그리움은
산이 되고 말았습니다.

봄이 되면 진달래는 불꽃처럼 터지고 불에 덴 가슴은 치유할
길도 없어
이대로 시름시름 깊어지는 천형天刑을 앓습니다.

간절한 그리움은 숲이 되어 우거지고
맺지 못한 눈물은 강물처럼 흘러서
산 하나 감아 휘돌며
그대 향해 갑니다.

그대의 눈에는 산도 보이지 않습니까 봉화처럼 타오르는 그
리움도 외면하고
끝끝내 청맹인 채로 살다 가실 겁니까.

가을의 서정

달빛에 이끌려 바깥으로 나와 보니

마당 가득 환하게 달빛이 고여 있다

가만히 보고만 있어도 이내 속이 맑아지는.

마당귀에 풀벌레 소리 은은하게 반짝이고

떨어지는 나뭇잎에 달빛 차르르 부서진다

깊어진 고요에 찍히는 한 장의 고운 무늬.

어디선가 산국山菊 같은 향이 눈을 간질인다

보고 싶은 얼굴들이 아슴아슴 떠오르고

그리운 정情 몇 가닥이 환하게 번진다.

박정호(Park, Jung ho)

1966년 전남 곡성 옥과면 출생. 광주공고 졸업.《시조문학》천료(1988) 등단. '역류', '율격' 동인. 광주전남시조시인협회 회장.

명옥헌
사람이 나가고 더이상 기웃거릴 일 없는
은행잎 다 지고 더이상 흩날릴 일 없는
더이상 쓸쓸할 일 없는
동백새 마저 떠난 후……,

—

박정호의 시조는 낯선 만큼 신선하다. 기존 시인들의 손때 묻은 낡은 비유나 기교 등 문단의 시류에 편승한 유행을 단호히 거부한다. 시조에서 새로운 길 찾기가 다소 생경스럽게 느껴질지 모르지만 그 자신만이 갖는 독특한 어법이 앞으로 시조단에 커다란 반향을 불러오기에 충분하다고 느낀다. 자기중심의 문학적 대응이 아니라 인간 전체에 대한 자연과 우주의 열림으로 통해 있는, 세월의 숲 속에서 살아가는 인간적 희망의 접근법이 다정다감하다.

— 이재창(시조시인 · 문학평론가)

—

발

발에 대한 기억이 없다
발은 항상 부재중이다
집으로 들어가면
대문 밖에 남는 발
발은 늘 길 위에 있다
떠나기 위해 서성거린다.

미끄러지듯 굴러가는 평행의 레일 아니더라도
숱한 발의 행방을 떠넘기며 재촉하며
어느 녘, 지친 걸음이더라도 갈 수밖에 없다, 가야 한다.

발과 발이 부딪힌다
발이 발에 밟힌다
주인 잃은 발,
거부당한 발,
말없는 발,
발 없는 발
그렇게 한 발 또 한 발,
뒷꿈치를 들고 가는 발.

구름집에서

선혈인 양 쏟아놓은 백일홍 그늘아래 놓인 앞길 디딘 뒷길 밟히는 그 꽃잎을 벗어둔 그림자 하나 외면하며 무심한 때. 가고 오고, 오고 가고, 그려 그려, 천 리 만 리 눈물도 회한도 없이 피고 지고 지고 피고 손길이 닿지 않아도 그려 그려 그런 것을. 꽃 피어 꽃 지는 일이 일도 없이 버거워라 파랑 일어 적시는 생각 없는 심중에 세간의 나비 한 마리 청산에 갇혔네.

돌 종

돌 속에 갇혀있는
천둥소리 깨우러 간다
돌 위에 돌을새김된
그대를 부르러 간다
아, 그대 청천벽력 같은
울음을 받들러 간다.

천 개의 산을 넘고
천 개의 강을 건너
쩌엉,쩡 머리 찧으면
섬광처럼 눈 뜨는 그대
수미산須彌山 폭포수를 타고
내리시는 항하사의 아침….

정처定處

나무가 있다. 무심하게, 일별한 나무가 있다. 땅 끝 바다 건너려다 창공에 걸려 있다. 풍우가 스쳐가는 길, 걷다 서다 왔다. 갔다가 왔다.

돌 많고 구름 걸린 가파른 능선이라도 주춤주춤 비집고 이쯤에 서야겠다. 굽이쳐 흘러가는 길, 더도 말고…, 말도 말고.

흥얼흥얼 물드는 노래

할머니는 앞마당에
고추를 말리시고
시어머닌 하우스에
모종을 옮겨 심고
새댁은 아이를 낳아
몸조리하며 누워 있고.

먹감나무 잎사귀
빛깔 드는 사정이야
서 마지기 배추밭에
서리 내린 탓이라 해도
저것 봐, 오매 오진 거
말난 김에 소문나는….

김치

어머니의, 어머니의
피지 못한 꽃이리
끼니마다 식탁에 올라
밥 한 술 떠 넘기게 하는
김치는 국보입니다
암요암요 우리 민족.

시고 맵고 단 것이
사는 일과 꼭 같아서
생이 깊어가듯
김치는 익어가고요
날마다 맛있는 희망
암요암요 우리 나라.

꽃상여처럼 흔들려 가는, ⋯⋯길

앞산에 불이야 뒷산에 불이야 꺼이꺼이 목이 타는 내 가슴에
꽃불이야 손대도 뜨겁지 않고 눈시울만 붉어진다.

영취산 휘어드는 진달래 길이어든, 섬진강 따라 오르는 마파
람 길이어든 아, 정녕 붉어져서는 물에 뜬 길이어든.

오래도록 앉아서는 뚝, 뚝, 뚝 듣고 있는, 외마디 외침도 없이
난바다 건너와서 먹먹한 몸 질러가는 불이야! 꽃불이야.

무지렁이 꽃이거나 소시민의 꽃이거나
그윽하였더라, '그대'라는 밑천으로 넉넉했으니,
한 움큼 꺾어 든 향기 화인처럼 남았네 그려.

봄의 여담餘談

꽃 피는 삼사월 꽃 속에서 살다가 꽃잎 따 꽃밥 먹고 꽃잠 자
고 꽃똥 싼다 지상은 풍성한 곳간 꽃짐 지고 그대에게 간다.

꽃 피니 살만한데 향낭 같은 꽃웃음 달빛 받아 들뜨던 부신
몸을 끌어안고 없이도 벅차는 날을 겨워, 겹게 누린 호사.

명옥헌鳴玉軒

사람이 나가고 더 이상 기웃거릴 일 없는, 은행잎 다 지고 더
이상 흩날릴 일 없는, 더 이상 쓸쓸할 일 없는, 동박새 마저 떠
난 후⋯.

피고, ⋯지는, ⋯날

봄바람에 쓸던 가슴 너를 보며 달래었거니, 술 석 잔은 마셔
야지 그래야 살지, 그래 살지. 옳거니, 가고 오는 길에 흥흥흥
흥, 흥흥흥.

박종구(朴鍾求, Park, Joung gu)

1956년 충북 청원 강내면 출생. 한밭대학교 (기계공학) 졸업. 《월간문학》 신인상(2012) 등단. 시조집 『질경이의 노래』(2015, 목언예원), 『벙어리 새』(2019, 목언예원). 이호우 문학상 신인상(2019) 수상. '한결' 시조동인. 

박종구는 자신이 지나온 시간에 얹힌 견고한 물음을 공감대의 힘으로 활용하고 있다. 그것은 아버지가 준 무언의 교훈이며, 생활 전선에서 부딪쳐온 날들이 준 깨달음이다. 그리고 아직도 끝나지 않은 이 확고한 물음이 그로 하여금 모든 물상 앞에 진지하게 서게 하고 모든 사건 앞에 겸허하게 서게 만든다. 박종구 시편들은 현상적 묘사에 그치지 않고 주관적 풍경으로 전환시켜 놓고 있다(「일출 2」). 피사체를 렌즈, 즉 눈으로만 읽지 않고 마음으로 읽었기 때문이다. 물론 그 마음의 뒤에는 시인의 독자적인 가치관이 자리 잡고 있다. 우선 독자의 공감과 감동을 이끌어 낼 수 있는 에너지, 생명력을 지니고 있다(「오후 3시」).

— 민병도(시조시인 · 국제시조협회 이사장)

나래를 젓다

강쇠바람 불어오는 포항 공단 철근 공장
구부정한 허리 펴며 또 하루를 버텨내는
쩜웨이*, 주름진 이마에 붉은 땀이 솟는다

시뻘건 불똥들이 온몸에 달라붙어
잠시의 혼절 속에 뼈와 살 다 녹았다
다 터진 두 팔에 매달린 허기진 식솔들

뼈가 시린 그리움을 야윈 등에 짊어지고
짧은 다리 질질 끌며 배웅하던 아버지,
그 모습 먼 안부 찾아 메콩강을 건넌다

* 쩜웨이: 캄보디아 출신 외국인 노동자.

질경이의 노래

어금니 꽉 깨물어도 아픔은 되살아나
차라리 나를 속인 지난날에 꽃을 바친,
노숙의 야윈 어깨에 젖은 손을 얹는다

아흔 번을 밟히면 백 번을 일어서야지
흔들리지 않으려고 뿌리 깊게 내려서
햇살에 벼려둔 악보, 파릇파릇 닦는다

마음이 가난하기로 꿈조차 가난하랴
흩어진 시간들을 조각조각 꿰매어서
아무도 가지 않는 길, 꽃대 하나 바친다

제철소 연가

천 길 깊은 땅속, 안티 고향 떠나와서
걸음마다 묻어있는 두려움을 껴안으면
영일만 새벽을 깨워 뜨겁게 눈뜨는 불

온몸으로 다가서면 혼절마저 꽃이 되나
천 육백도 뼈를 녹여 서로를 쟁여낼 때
슬픔도 환하게 녹아 출렁이는 내 노래여

차갑게 뒤돌아온 강판 앞에서 생각느니
수수만 번 저를 녹인 처절함에 대하여
마침내 죽어서 사는 거듭남에 대하여

벙어리 새
— 강제 징용

옹이 진 그리움은 대를 물린 죄가 되나
욱신대던 등뼈까지 기우뚱, 무너져도
그 흔한 반성문 하나 쓰는 이가 없었다

메탄가스 가득 찬 시곗바늘 멈춘 갱도
튀는 눈물 국물 삼아 깻묵으로 버틴 아버지
품삯은 사치스런 꿈, 사는 것이 벌이었다

울음마저 빼앗기고 날개는 또 꺾이지만
고향의 푸른 언덕 청보리 익는 소리에
땀으로 목을 축이며 소리 없이 울었다

못 갖춘 구도

대잠동 마을 어귀, 새벽부터 개가 짖는다
"이놈들 못 들어온다" 욕으로도 모자라서
할머니 드러누운 채 바락바락 악을 쓴다

재건축 공사판의 다 낡은 초가 한 칸,
어르고 달래기가 전쟁 같은 보상 앞에
휘어진 허리를 펴며 버티어온 하루하루

육 남매 홀로 키워 악만 남은 팔순 노인
뒤틀리고 어긋난 삶, 욕으로나 가득 채워
무장한 포클레인 앞에 걸레처럼 누웠다

반액 세일

호각 소리 꺼져있는 빈방에 혼자 남아
출근길 자동차만 멍하니 보다가
아내의 앓는 소리에 깜짝 놀라 일어섰다

소금물에 절인 배추 해 종일 치대었다
전화벨이 울어도 허리 한번 펴지 못하고
약 오른 파 뿌리보다 더 매운 하루였다

꽃 버린 텅 빈 대궁 빗물이 파고들 듯
한평생 닳고 지친 그믐달을 배우며
쉿물에 절인 삼십 년, 반액 세일 중이다

일출 2

양수로 가득 찬 몸,
치어들이 헤엄친다

몇 억만 년 먹을 갈아
쏟아 놓은 물결 위로

어머니 온 자식 위해
일월등을 밝히네

일어서는 비
― 봄비

마음 뜬 한 여인이
긴 머리 풀어헤치고

사나흘 오며 가며
빈들에다 침을 놓는다

겨우내 거동을 못한
강 하나가 일어선다

정방폭포

낮게 낮게 엎드리던
기도는 끝이 났나

수천 마리 백마 타고
바다로 뛰어내리는

사내들 저 하얀 결의,
천 리를 끌어안은

오후 3시

늙은 강이 기차를
들었다 놓는 사이

하늘을 헹굼질하며
구름 한 점 떠서 간다

기차가 그냥 지나쳐도
손 흔드는 허수아비

박종대(朴鍾大, Park, Jong dai)

1932년 전남 영광 법성포 출생. 서울대학교 사범대학(국어과) 졸업. 《시조문학》 천료(1995) 등단. 시집 『눈맞추기놀이』(2006, 책만드는집), 『개떡』(2010, 시조문학사), 『왕눈이의 메시지 49』(2012, 시조문학사), 『풀잎 끝 파란 하늘이』(2015, 고요아침), 『동백 아래』(2018, 책만드는집) 외. 한국시조문학상(2007), 올해의시조문학작품상(2010), 월하시조문학상(2013) 수상.

박종대 시인의 단시조집 『동백 아래』는, "딴에는 공들여 낳은 몇 안 되는 단수들"(「시인의 말」)을 한자리에 모은 미학적 결실이지만, 우리에게는 그 안에 단형 서정의 극점을 단단하게 담은 심미적 사례로 다가온다. 박종대 시인은 등단 20년을 넘기면서 자신만의 단시조집을 처음 묶은 셈인데, 말하자면 그것은 그동안 시인이 정성스레 벼려온 삶과 언어를 고스란히 담은 산뜻한 비유체로 생성되고 있다 할 것이다. 그래서 우리는 이번에 박종대 단시조집을 통해 단형 서정의 양식으로서의 '시조時調'를 실물적으로 경험하면서, 박종대 시조의 한 정점이 단수 미학에 놓여 있다는 것을 실감 있게 발견하게 된다. (…중략…) 박종대 시인의 시조는 짧고도 강렬한 노래에 심미적이고 함축적인 정서와 사유를 담음으로써, 가장 정제된 정형 미학의 위의를 체현하고 있다.

— 유성호(문학평론가 · 한양대 교수)

녹음의 강江

봄에 묻혀 나온 욕심
죄다 오게 풍덩 안기게

좀도둑 소도둑도
푸른 기
푹
먹였다가

주황빛
곱게 띠어 오면
우리
같이 가세
겨울로

가을 한 점

나무 이파리 하나
바람 타고 내려온다

살랑바람 한 옴큼
이파리 타고 내려온다

내리고
내려 주고
는
잠시 머뭇거린다

노모老母

애비야
　예 어무니
아니다 아무것도

애비야
　예에 어무니
아니 아무것도 아니다

애비야 나 좀 봐라이
　예에 어무니이

애비야!

왕십리역 유실물센터

유실물? 가슴 덜컥
너 뭔가 두고 왔지
그래 참 그랬나본데
어디다가 뭘 말이야

작은 건 아닌 거 같은데
생각이 나야 말이지

더한 일 그르칠라
그냥 가자 그런대로
가노라면 또 나온다
왕백
왕천
왕만리역

그때는
거기 어디 가서는
문득 생각날 거야

동백 아래

동백 아래
동백으로
합장하고 섰습니다

두 손에 모인
그리움에
빨간 불이 붙습니다

불현듯
툭
떨어집니다
가만
주워 봅니다

설맹雪盲

번쩍
따끔
아퍼 안 봬
뭐가 쏙 박혔어 눈에

곡두 같은
눈발 햇살
괜찮을까
행운
행운

보일까
내가 보고 싶은 것

자넨 어인 손인데

풀잎 끝 파란 하늘이

풀잎 끝
파란 하늘이
갑자기 파르르 떨었다

웬일인가
구름 한 점이
주위를 살피는데

풀잎 끝
개미 한 마리
슬그머니 내려온다

육풍陸風하고 해풍海風이

왜 밤에
넌 왜 낮에
우리
정상正常이 아니지

어쩌냐 저 해송海松 육송陸松

다 그 인풍人風 덕분이다

그놈이
뉘우치고는 있다구?
어쩔는고 천풍天風은

징검다리의 손짓

앙금쌀쌀
나를 건너
외갓집에 갔었지

징검 산들
훌쩍 건너
구름 위에 올라 볼래?

은하수?
거기도 거기서 거기야
징검 별들 건너면

달마의 신발

비행기는 불안하고
차도 또……
그냥 걷자

신발은 괜찮은가
고놈도 가끔 헛딛지

벗어라

신은 벗어지는데 발이 안 벗어진다

박종옥(朴宗玉, Park, Jong ok)

1909.~1953. 전남 무안 도초면 출생. 호 상원(桑園). 전주신흥학교 수료. 상업, 광업 종사. 시조집 『상원시조집』(1948, 고려문화사). 저서 『일용어사전』.

—

별관 삼천리 초

1
맘 바빠 길은 먼데 앞산 고개 또 있다네
그 재를 넘고 나니 해가 없어 머무노라
나그네 짐을 내리니 박천이라 하더라

2
어느 듯 청천강에 긴 사장을 터벅터벅
거루는 건너 언덕 사공 없이 매었는데
몇 쌍쌍 물새만 날고 사위 고요하더라

3
죽창에 달이 드니 외방 혼자 더 설워라
여윈 잠 깨않으니 그림자와 단둘인데
천리심 고향을 찾고 다시 돌아오너라

4
산정리 올라서니 유달산이 반긴 듯다
마주서 건너보니 웃음을 주는 얼굴
강파른 북령남강을 어이왔나 하더라

다도해

1
천도 더 이 섬 저 섬 그림 아내 상해로다
하한섬 하나인 양 이럭저럭 보이다가
세찬뉘 휘몰아치면 희디희고 마누나

2
앞뒤가 물이어늘 섬일세 분명한데
좌우가 뫼에 막혀 물에 든 양 방불하니
섬이라 물이라 못 해 어름어름 하노라

부모의 은혜

고갱이 무겁다며 하마 몸이 꺼졌으료
결심이 불이라면 정녕 맘이 타셨으리
이 모두 혼적이 없어 주름살만 뵈와라

못 잊어하는 심에게

1
가람빛 좋다 하여 빛을 탐해 오셨거든
피고 진 한 해 철을 꼬박이나 보고 가지
싹 트자 맞이한 님이 그 싹 앞서 가다니

2
황산 뜰 넓다 하여 오곡 심고 살렸더면
씨 뿌려 가꾼 이삭 들에 두고 못 갈 것을
밭두렁 길만을 내고 그냥 두고 가다니

무궁화

꽃 좋다 길리 보니 다닥잎도 좋은지고
여름은 남도한다 살을 너나 번지는 것
갸륵한 그 맘씨 보고 더욱 가까집니다

박종화(朴鍾和 , Park, Jong hwa)

1901.~1981. 서울 출생. 월탄(月灘), 조수루주인
(釣水樓主人) 외. 휘문의숙 졸업(1920), 성균관대
명예문학박사(1957). 문예지 《문우》 창간(1920),
《서광》(1920), 시전문지 《장미촌》(1921) 발표 등
단. 시집 『흑방비곡』(1924, 조선도서), 『청자부』
(1946, 고려문화사), 『월탄시선』(1961, 현대문학
사). 수필집 『달과 구름과 사상과』(1965, 휘문)
외. 소설집 『금삼의 피』(1938, 박문서관) 외. 제1
회 예술원상(1955), 5·16민족상(1966) 수상 외.
'백조' 동인. 전 조선문필가협회 부회장(1946), 한
국문학가협회 회장(1949), 전국문화단체총연합
회 부위원장(1947) 등 역임. 월탄문학상 설립(1966).

과로호 조육신묘

대조선 육충신계 일포의 뷥나이다
우러러 재배하고 네 분 무덤 둘러뵈니
말씀 곧 계시온 양 고개 절로 숙여지네

발 벗고 머리 풀고 수레 타신 그때 일이
새남터 백사장에 피 뿌리신 그때 일이
비바람 몇 춘추인데 가슴 사뭇 설레오

노산 가신 후 혼이라도 뫼시었소
하늘에 뻗치신 한을 지부에나 펴보셨소
백대의 후생이었던 주먹 쥐어 떱네다

오백 해 큰살림도 바뀐 지 오래거니
사백 년 옛 풍파를 물어 무삼 하오리까
다만지 거두어 준 이 매월당이 분명하오?

푸른 강 길이 흘러 목메는 듯 울음 울고
언덕은 천 길인데 갈대풀만 어지러워
산 적적 달 밝은 밤에 어찌하노 여섯 혼

인생

살려니 울고 싶고 울고 나니 놀고 싶회
울고 살고 놀아 살아 어버정 수류운귀
가고서 귀불귀함을 일러 인생이라네

우촌점묘

동풍 가는 비에 밭둑이 푸르렀소
해 길다 일없는 전원 점시참이 겨우겄다
고운 이 머리엔들 봄비 좀 어떠하리

행여나 산뜻한 빗방울 검은 머리 적실세라
수건 써 징그리며 뒷밭으로 닫던 새댁
오실 때 파란 세파 담뿍 안고 잠깐 웃네

외양간 한가하다 영각소리 두세 마리

낮잠을 느직 깨니 우중에도 계명성일세
산나물 보리밥 나오며 손님, 점심요 하더라

앞개울 물이 불다 아이들 몰려가네
그물에 걸린 척어 쏘가리가 살졌고야
고추장 솥에 풀어라 천렵국 먹으리

빗발이 오락가락 두엄내도 구수하다
뒷간에 재두엄이 냄새 더욱 아니 나네
옛 어른 끼치신 규모 묘한 맛을 알괘라

하야신월

삼일월 맵시 곱다 황혼 때야 더욱 곱다
서천 구름밖에 없는 듯이 숨어 있어
무심코 오가는 길손의 가슴만을 설레네

단장하고 솟은 구름 주름 잡은 치마인데
살며시 걸린 새달 수미인의 아미러라
그 밖에 반짝이는 장경성 하나 태나는 웃음 속 금니와도 같구려

화 중 진랑 시조 사수

월침삼경 옛 무덤에 진이 찾아 이르기를
고운 살 스러지닌 미인인들 뉘 찾으리
낙엽성 한을 마소 어여쁘다 삼절이

춘풍 이불 아래 오실 님 그 뉘시오
동짓달 긴 밤은커니 추야장 기러기 우지질 때
서리고 감고 굽이쳐 넘오신들 화담노야 제 어쩌리

고혼일레 병이 되어 죽은 혼이 못 뜨다니
살아서 있으랴만 가랴마는 제 구태여
보내고 그리는 정은 나도 몰라 하노라

화담, 즉 지족이야 내 알아 무삼하리
글 짓고 난초 치고 거문고도 묘하다네
아깝다 내 당대런들 말해봄직 하다마는

춘야우

지댓돌 젖었구나 낙수 소리 한두 방울
울 너머 홍도화도 어제보다 어엿브이
간밤에 뿌리신 봄비를 이제 겨우 알괘라

풍엽

곱게도 물든지고 타는 듯이 붉었구야
석경에 앉았으니 내 얼굴도 붉은 양 허이
뉘라서 이 단풍 시절을 꽃만 못타 하더뇨

박중선(朴重旋, Park, Joong seon)

1943년 경남 남해 창선면 출생. 호 혜산, 송산, 솔뫼. 부산대학교 졸업.《시와 수필》신인상(2005) 등단. 문집『송산산고』(2005, 캡디자인), 시조집『봄, 여름, 가을, 겨울, 그리고 일상』(2018, 한글). 한국불교문인협회 작가상(2011), 망운문학상 우수상(2018), 한국불교문학상 대상(2020) 수상. 한국불교문인협회 부회장, 부산문학인아카데미협회 고문, 부원문학회장, 화전문학회장. 국제펜클럽 한국본부, 한국문인협회, 부산문인협회 화전문학회 회원.

박중선의 시세계는 꽃과 불교, 자연을 모티브로 삼았다. "녹적삼 분홍치마 봄향기 머금고서"(「봄꽃」), 초록적삼 분홍치마를 걸친 우리네 전통 여성을 진달래꽃에 비유하였고 웃음을 선사하고 반가움을 선사하고 아름다운 한국여인의 모습을 내보였다. "넘실댄 억새마다 가을이 파도친다."(「가을억새」)에서와 같이 가을을 채색한 억새를 주도적 구성체로서 향연을 베푸는 주인 역할을 "발갛게 성숙되는 자연의 섭리 앞에"에서와 같이 자연의 섭리가 가을 열매를 달구는 실체다. "무더위 지친 당신 연으로 이겨내게"(「연꽃찬가」), 삼독에서 벗어나 부처님의 세계에 기대고 싶은 불심을 나타내고 있다. 시조가 괜스레 어려워야 한다는 데 동의하지 않고 기교가 중심이어서도 안된다고 생각하는 시인이다. 현상을 적극적으로 해석하는 것도 삼가고 싶어하는 시인이다. 시인으로서의 문명을 날리고자 하는 욕심은 그의 시조이해에 어려움이 없다.

— 임종찬(시조시인 · 부산대 명예교수)

능소화凌霄花의 진실

1
양반꽃 암술 하나
수술 넷 지니고서

명예를 상징하는
꽃으로 태어나서

지금도 아침을 여는
아름다운 꽃이다.

2
한 번의 승은承恩 입고
수절로 일생 지켜

빈으로 요절한 넋
꽃으로 태어나서

지금도 연방 담 너머
기웃거려 참는다.

고향 마을

1
논뚝길 달려가며
양손을 환호하는

스치는 바람결에
누렇게 익은 이삭

동네 앞
동구 밖으로
마중나가 즐기네.

2
고향은 반갑다고
들녘을 감싸돌고

해마다 나고 죽는
풀잎을 새로나니

산과 들
마중나가신
할아버지 흥겹네.

3
달처럼 둥근 희망
저녁 놀 타는 눈빛

고향은 향기롭다.
한가위 밀어 올려

고향은
엄마와 아빠
따뜻한 정 스몄네.

남해 금산 보리암

1
관세음 상주하는
삼남의 제일 명당

푸르른 한려수도
신선이 노닐다 간

일출은 감동적이고
부처 향한 환희심.

2
온 암석 절정 이뤄
애틋한 사연 지녀

관음상 바다 굽어
부서진 번뇌 씻고

불바다 솟구쳐올라
해돋이의 별천지.

3
해 질 녘 바다 품어
서해의 낙조 베고

갯바람 온갖 번뇌
금빛에 바다 화현

함께 한 일출과 일몰
솟구치는 보리심.

겨울 여행

1
수평선 저 끝 어둠
밤바다 별이 빠져

파도는 스멀스멀
더 깊은 잠에 빠져

선명한 긴 그림자들
드리우는 물빛들

2
겨울을 껴안은 삶
주름진 어부의 손

엎드린 초가지붕
겸손함 잃지 않고

휘황輝煌히 새파란 하늘
겨울 묻어 파랗다.

꽃무릇

1
잎과 꽃 못 만나고
애틋한 사연 담아

늦여름 구월 되면
온 산천 물들이고

요염한 붉은 화관들
승화하는 임이네.

2
일제히 합창하듯
옥류관 붉은 얼굴

꽃대를 흔들어서
혼연한 노래 되어

퇴락한 타오른 가을
꽃잔치를 벌인다.

아카시꽃

가지에 주렁주렁
하얀 꽃 매달고서

꿀벌들 먹이 되어
소금꽃 연상하며

하얀색
머리에 이고
꽃과 향기 머금다

치자梔子꽃

1
하얀 꽃 여섯 꽃판
'육화'란 이명異名있다

무성한 치자나무
남도서 서식한다

치자의 '치梔'는 술잔 닮아
열매 모양 이른다.

2
하얀 꽃 노랑 향기
남도의 온 산천에

자스민 향기 닮고
열매로 황색 꽃물

치자梔子는
치자나무의
짙은 향기 품었다

이팝나무꽃

1
새하얀 이팝나무
꽃 필 때 쌀밥 연상

네 개의 꽃받침과
두 개의 화관통을

늦은 봄
초여름 만개
주요 경관 하얗다.

2
한자어漢字語 육도목六道木이
낙엽성 교목으로

입하가 이팝나무
소금꽃 연상되고

흰 꽃이
긴이팝나무
새하얀 꽃 피었다.

벚꽃

다섯 잎 꽃잎 달고
분홍빛 얼굴 펼쳐

꽃 웃음 미소 번져
한 걸음 한 걸음에

여러 뜻
나누는 빛깔
웃음 모아 펼쳤다.

아란야

다겁의 일체중생
시방과 삼세 초월

자성을 바로잡아
법계에 두루 하고

해탈의
서원을 세워
인연지로 남거라

박지현(朴智賢, Park, Ji hyeon)

1954년 부산 출생. 고려대학교 석사(2001), 아주대 박사(2006) 졸업. 《대구시조》 장원(1999), 〈서울신문〉, 〈부산일보〉 신춘문예(2001) 등단. 시조집 『눈 녹는 마른 숲에』(2003, 고요아침), 『못의 시학』(2018, 시와소금) 외. 시조평론집 『우리시대의 시조 우리시대의 서정』(2015, 시와소금) 외. 이영도시조문학상 신인상(2008), 청마문학상 신인상(2010), 김상옥문학상(2018) 수상 외. 한국시인협회, 오늘의시조시인회의, 한국시조시인협회 회원.

—

박지현 시조는 절제된 감성, 균형 잡힌 사유, 질감과 양감이 뚜렷한 언어로 자신만의 성채를 구축한다. 「어린 그늘」, 「무늬하루살이」, 「폭설 이후」, 「개개비 개개비비」, 「신춘」, 「다림질」, 「전갈의 말」 같은 완성도 높은 작품을 통해 풍경과 자아, 존재와 욕망을 아우르는 점 또한 박지현 시학에 신뢰를 더하는 대목이다.

— 박기섭(시조시인 · 전 현대사설시조포럼 회장)

시인의 골목은 우리네 사람살이의 겉과 속을 다 목격하고 저장해 가는 압축파일이다. '숨어야만 길이 되었다/ 굽이쳐야 숨이 되었다'고 골목을 간파한다. 특유의 속성을 묘파한 압축에 '굽이쳐야 숨이 되었다'는 진술은 그보다 여러 면을 환기한다. 골목이 흔히 지닌 모양새 '굽이'의 형상화에 삶의 갖은 '굽이'를 중첩해서 또 다른 '숨'을 불어넣기 때문이다(「골목단상」).

— 정수자(시조시인 · 한국시조시인협회 부이사장)

—

분갈이

꽃시장 난전에 핀 울긋불긋 봄꽃들이
지나가는 사람들
발길을 묶어둔다
분갈이 흙 알갱이들 묵은내가 알싸하다

뿌리 털어 길러낸 겨우살이 몸살도
요리조리 햇볕에
골고루 버무린다
목울대 깊은 곳에서 쏟아지는 그을음들

못다 걸은 걸음들 한쪽으로 긁어내고
뒤처진 걸음들은
중심으로 앉힌다
알뿌리 정토淨土의 봄날 물관부가 툭 터진다

눈 녹는 마른 숲에

서릿발 무너지면
황토빛이 드러난다
ㅎ, ㅎ, ㅎ 언 손 녹이는 바람이 불고 있다
아직은 풀리지 않는 단단한 심줄의 땅

차고 투명한 강물 속에
엎드린 피라미 떼
지느러미 파닥파닥 물풀 하나 흔들어 놓는,
저 겨울 껍질을 깨는 뾰족한 눈 하나 있다

눈 녹는 마른 숲에
텃새 다시 날아오고
뿌리를 감싼 물이 하늘 높이 차올랐다
아득히 잊었던 얼굴 연초록 물이 든다

꽁꽁 막힌 길을
송곳으로 뚫는 소리
노랗게 물드는 그 울타리 긴 둘레로
가파른 숨결 고를 때 천지가 다 환하다

동학사

동학사 오르는 물 물푸레가 길을 연다

햇살에 부푼 팔뚝 실핏줄이 투명하다

저 가지 물에 꽂으면 보랏빛으로 물들까

결빙의 이야기들이 잔설로 쟁여져 있는

가파른 산허리를 지친 몸으로 오른다

어디서 계곡 물소리 빈 그늘을 흔들고

아직은 온통 잿빛, 연초록 언제 물드나

물푸레, 물푸레나무 나지막이 부르면

산문에 오르는 길이 물빛으로 환해진다

흔적

물이 쏟아졌다 바닥이 흥건하다
부슬부슬 젖어 드는 내 안의 언어들
갑골문
복사ㅏ辭가 되어
살과 뼈를 허문다

손톱을 짓이기는 누군가의 허튼 말
허공을 떠돌다가 어느 마음에 누워
절명의
눈 붉은 꽃을
화엄으로 피우는 데

젖지 않았으면 바스라질 침윤의 생
색깔도 모양새도 모두 제각각이어도

살이면 살이어야 하고 뼈는

뼈이어야 하는 것

어린 그늘

스치듯
촉촉한 결
스밀 듯 뒷걸음치는

곰 살피는
따듯한 눈 손길 하나 없어도

초록을

숨겨놓은 땅 한 뼘 그늘 익어가네

한 생이
무르도록 속엣것
다 내주었던

가파른
산등성이 감자꽃에 흐드러지네

아버지 설핏 든 낮잠 무량한 꿈 익어가네

개개비 개개비비

초록 물감 짓무른
팔월 연밭 한낮이

개개비 붉은 입에
개개비비 저무는데

빛 낡은
기억 한 장이
노랗게 자지러지는데

바람도 돌아앉은
눈 아린 연잎 위를

온종일 지치도록
네 지문이 떠오른다

오래전
잊었던 얼굴
소나기처럼 지나간다

신춘新春

학교 담장 모래밭에
비둘기 예닐곱이
쌓인 눈을 쪼고 있다
등허리에 해 얹고서

땅속에 묻어 놓은 봄 얼마쯤 올라왔나

옆 가게 문구점 앞
개구쟁이 서넛이
카드 뽑기 열중이다
비둘기처럼 쪼고 있다

언 손을 빨갛게 익혀 봄꽃 되고 말 거라는

소리도 삼켜버린
우수 지난 함박눈이
행인들 어깨에도
자동차 바퀴에도

지들이 봄꽃이라고 난분분 피고 있다

전갈의 말

전갈 앞다리에
팽팽히 날이 선다
그 날을 흔들며 메뚜기가 뛰어오른다

독이 든
생의 뒤축이
모래흙에 묻히면서

차선 넘는 앞뒤 바퀴
뒤죽박죽 엉긴다
짓찧고 으스러진 경계 석양까지 스민다
샛노란
목숨 뒤축이
솟구쳤다 떨어진다

독을 품은 모래도시
제어 잃은 속도여
발끝 세운 목숨들이 앞질러서 달려간다
차선에
파묻힌 전갈
생의 한낮이 접힌다

무늬 하루살이

생전의 눈부신 날
제 날개 깊은 곳에
아무도 모르게 미련하게 숨겼다
활활활
목숨 벗은 후 무늬 하나 남겼다

길 위를 굴러가는
남은 바퀴 하나쯤은
옆구리에 슬쩍 내 것으로 갈아 끼워
한 생을
그저 그렇게 남들처럼 굴릴걸

가진 것 다 내어주고도
못 준 것이 더 많았다던
날개만 퍼덕여도 생의 속이 다 비치는
아버지
따듯한 걸음 빈 몸 벗어 거둔다

골목단상斷想

1
숨어야만 길이 되었다
굽이쳐야 숨이 되었다
어지간한 상처는
휘갈긴 낙서로 남았다
폭설을 껴안은 날이 발치께 쿨럭였다

2
낮은 등촉 알전구는
새벽녘에도 꺼지지 않았다
복사꽃 환한 봄날
구둣발에 흩날려서야
여나문 살아갈 이유 발그레 익어갔다

3
해 질 녘 퇴근길을
오종종 걷는 가장들
깊숙한 가슴 안쪽
골목이 꿈틀거렸다
굽이친 숨결 마디가 흐르다 말다 했다

박진경(朴眞敬, Park, Jin kyung)
1966년 경남 함안 내인리 출생. 부산교육대
학교 졸업(1989). 제1회 전국시조백일장 장
원(1985), 제3회 《현대시조》 지상백일장 금
상(1985) 등단. 전 부산여류시조문학회 회원.
한국시조시인협회, 부산시조시인협회 회원.

연등

박진경

그대 선미소가
가득 스민 깊은 산방

한해를 앓은 가슴
지등으로 밝힌 소망

일인 가구가 는다. 사회적 현상이다. 어둠이 잠긴 집에 혼자 사는
외로움이 묻어난다. 하나 둘 밝혀지는 이웃의 불빛, 따뜻하게 보
였을 것이다. 그래도 자유를 누리는 지금이 낫다며 마음 다독이는
보쌈이 습습하다. 어차피 마음 따라 달라지는 게 인생살이 아닌가
(〈국제신문〉 '이 한 편의 시조', 「혼자 서는 여인 1」).
　　　　　　　　　　　— 차달숙(시조시인 · 부산문인협회 부회장)

고향을 그리며

설움도 결 삭으면 눈물로나 맺히려나
오늘도 타래지는 그리움의 여울목에
네 한 줌 맑은 숨결이 이리 아파오는가.

내 가슴 갈피마다 개켜 둔 쪽빛 추억
한 겹 한 겹 펼칠 때마다 능금 같은 인정들이
배짓이 가슴 적시곤 돌아 돌아 가던 걸.

설움도 잠드는 곳 아픔도 숨지는 곳
인고에 지친 몸이 너를 잃은 내가 되어
언제나 달려가고픈 꿈에 그릴 임이여.

개망초

내가
어디서 흘러왔는지 묻지 마라

난 어느 곳이든 가슴을 풀어헤칠 수 있다

길가에
퍼질러 앉아 하얀 웃음 쏟을 수 있다.

연등

그대 선미소가
가득 스민 깊은 산방

한 해를 앓은 가슴
지등으로 밝힌 소망

향 묻은 한 장 바람에도
연짓빛 놀이 탄다.

숱한 날 삭인 죄를
사루고 또 사루어도

한 올 고운 실로
풀지 못할 물빛 염원

안으로 안으로만 타는
그대 가슴 내 가슴.

장미

온누리 내려앉은 가을 몇 자락 걷어 안고
곱게 나래 접은 마음길이 풀려나면
먼 하늘 푸른 눈매에 실려 오는 너의 애기.

안으로 다독인 정 햇살 묻어 터진 가슴
슬픔이 감기어 간 생각의 실타래에
한 가슴 저민 아픔이사 타고 나면 그리움인 걸…

설움이 이룬 강은 그 언제 마르려나
말갛게 씻은 마음 등불 밝혀 걸어 두고
속으로 피 흘린 가슴 묵향黙香으로 말하련다.

동백冬柏

온누리
스민 봄을
태우고 또 태우다

파열破裂된
심장으로
감싸 안은 네 노란 슬픔

가냘픈
한 장 바람에도
낙하落下하는 핏빛 꿈.

울릉도 남양 바닷가에서

신열 앓던 해가
바다에 몸 담그니

채 식지 못한 미열微熱
저녁놀로 남아

등 굽고 기형으로 나앉은
바위에 얼비친다

바닥난 슬픔
이젠 감출 길 없구나

찾는 이 드문 산모퉁이
외로움에 시달려도

툭 툭 툭 등 두드려주는
파도가 있어 내사 좋아라.

고사목枯死木

젊은 날 수액樹液으로 퍼 올린
내 사랑도 끝이 났다

뻥 뚫린 가슴팍에
산새도 잠시 쉬게 했지만

지금은
마지막 남은 열정熱情이
버섯으로 돋았다.

혼자 서는 여인 1

고독이
가득찬 집에
동그마니 들앉았다

하나둘
밝혀지는
이웃의 불빛을 세며

그래도
지금이 낫다며
마음을 다독인다.

까치수영

지난 삶이 부끄러워
고개를 들 수 없다

쌀알로 맺힌 슬픔
꽃술로 달았어도

햇살은
내 볼 어루만지며
가만 웃고 있더라.

아카시아

가시 돋친 가지마다
눈물 먹은 꽃이 달려

간간이 향기 밴 숨결
쓰디 �쓴 가슴만 쓸다

등 굽은 세월 헤아리며
언덕길에 나섰다.

한평생 사는 거야 뭐
가슴속 우물로 고인

설움 한 두레박씩
퍼내며 견디는 것

이따금 옹이 진 가지에
꽃술 몇 개 달아보는 것.

박진형(朴鎭亨, Bahk, Jin hyoung)

1968년 전남 구례 구례읍 출생. 서울대학교 박사 수료(2001). 〈국제신문〉 신춘문예(2019) 등단. '시란' 동인. 문학동인 'Volume' 회장. 오늘의시조시인회의, 한국작가회의, 용인문학회, 시에문학회 회원.

박진형의 시편들은 체험의 구체성을 받쳐주는 사유의 도약과 이미지를 조형해내는 솜씨에 강점이 있다. 슬픔과 상처에 닿아있지만 감상의 뿌리를 거느리지 않는 생생한 발화를 드러낸 「페디큐어」, 길들여진 희망퇴직자에 대한 성찰인 「희망 트럭」, 신선한 상상력과 감각적 표현이 살아있는 「덫」, 줄탁동시의 생생한 묘사와 가치 있는 생명을 재인식해 낸 「파각」, "눈빛으로 의미 너머 의미를 전"하는 혀를 잃은 어머니의 사랑 「모어」, "설익은 맛 뱉어내"며 성숙해지는 「침시」, "갈수록 깊어지는 빛"인 「녹」, 반딧불이를 비익조로 본 「웃뜨르 비익조」, "가계를 짊어지며 밤을 밝힌 어머니"의 삶을 조명한 「어깨의 내력」, "온 세상 일렁이는 소리"를 거두는 바람종 「풍경」 등을 통해 새로운 감각과 풍부한 은유를 불러온다.

— 이숭은(시조시인 · 오늘의시조시인회의 의장)

희망 트럭

돼지 실은 트럭과 마주친 버스 창밖
불안한 신음이 도로 따라 늘어질 때
출근길 주머니에서
희망퇴직을 만진다

모둠발 비틀거리는 커브길을 돌아서
내 몸이 발골된 자취를 더듬으면
급여로 길들여진 몸
목덜미가 서늘하다

알량한 퇴직 수당에 눈물은 필요없다
유통기한 다된 나를 마중 나온 동료들
사육된 돼지 한 무리,
나도 한때 한패였다

덫

암호를 풀어야만
벗어나는 마비노기*
중독된 무도회에 초대되어 들어간다
톱니에 매달린 음표
나를 가두려 다가온다

미끼를 무는 순간
십자가에 매달린다
죽음의 무도 앞에 태엽은 멈추지 않아
괴물과 맞서기 위해 화려한 춤 춰야한다

반복되는 오르골은 리듬을 배신하고
마법 걸린 글쇠는 공명하지 않는다
게임은 변하지 않아
내 목을 노린다

* 마비노기: 넥슨 온라인 롤플레잉게임(RPG).

페디큐어

조그만 발톱에서 새로운 꽃 돋아나
꽃밭이 마법으로 풍성해질 때까지
발걸음 사그라지는 발끝을 생각한다

어머니 흔들리는 건 그늘을 입기 때문
씨방 속 남은 열기로 닮은 당신 세워보면
점묘된 눈물 자국은 혼잣말을 삼킨다

돌아본 발자국 소리 얼굴을 내밀 때
그믐달 위로 하나 둘 피어난 바닥꽃
꽃잎은 울지 않기 위해 발끝부터 타오른다

파각

부리 끝 난치가 근육을 키우는 동안
몇 개의 별들이 태어나고 사라졌을까
새하얀 붙박이별은 첫 들숨을 채비한다

솜털이 깃털 되어 껍데기를 깨뜨리면
새로운 세상이 숨 가쁘게 열릴까
날갯짓 꿈꿀 때마다 심장 박동 빨라진다

유빙이 부딪치는 소리 내는 알껍데기
새끼와 어미새의 부리가 만날 때
촉촉한 새벽 별 조각 이맛전에 쏟아진다

모어

어머니와 나 사이에 무표정한 경계 없다
입술 속의 무음을 눈으로 해독할 때
소리를
몸으로 옮기면
눈동자는 귀가 된다

혀를 잃은 어머니 맑은 눈 대신 얻어
눈가를 스쳐가는 어렴풋한 그림자 하나
쓴 웃음
얇은 지문도
놓치지 않는다

눈빛으로 의미 너머 의미를 전한다
깊고 맑은 눈망울로 나를 보는 어머니
낯꽃은
혀를 막을수록
화음으로 피어난다

침시

풋감 넣은 항아리에 소금물을 붓는다
코끝을 자극하는 풋내 나는 떫은 몸
어머니 손맛을 채워 감칠맛이 돋는다

제맛을 찾는 길은 짜고 시린 눈물 길
설익은 맛 뱉어내는 아린 시간 보듬을 때
아랫목 생감 항아리 벗겨지는 내 고집

녹

쇳기를 풍기며
피어나는 푸른 녹은
한때의 윤기를 돌이키지 않는다
갈수록 깊어지는 빛
속살을 드러낸다

돋아난 검붉은 꽃
서서히 잦아들어
모래알 같은 심장에 비수가 꽂힐 때
상처는 번져 가면서
속울음 피워낸다

허물어진 뿔 뒤에
월계관이 기다린다
한창때 혈기 사라져 미련을 덮으니
불멸로 피어난 열매
천 년을 걷는다

웃뜨르 비익조*

유하의 은밀한 밤 바위틈에서 시작하지
절정을 꿈꾸면서 점멸하는 날갯짓
웃뜨르 구애의 시간 지천으로 반짝이지

황홀하여 거꾸로 선 나무뿌리 목소리
야광비행 끝날 때까지 흩뿌려진 페로몬
곶자왈 비릿함에 젖어 짝짓기는 아슬하지

귤꽃 향기 한 아름 담은 숲속의 반딧불이
어두운 생 환히 밝혀 피와 살 섞는 별들
쌍쌍이 교성을 질러 꼬리마다 폭죽이지

* 비익조: 짝을 짓지 않으면 날지 못한다는 전설상의 새.

어깨의 내력

가느다란 살림이 고요를 꿰매는 밤
재봉틀에 갇혀버린 어머니 날갯죽지
가슴에 붉은 달 스며 눈가에 그늘진다

먼저 간 남편을 어깨에 묻은 채
서걱대는 뼈마디로 퍼즐을 꿰맞춘다
창문이 삐걱거릴수록 저리는 굳은 어깨

가계를 짊어지며 밤을 밝힌 어머니
짓무른 무릎만큼 헛바늘이 돋아난다
하루도 못 견뎌낼 힘줄 졸음을 훔친다

날개 꺾인 새처럼 어머니 등 기울어져
달그림자 스며들어 재봉 소리 잦아들 때
방 한 칸 수선되지 않는 밤의 어깨 시리다

풍경

어지러운 소리 바다 비껴 보는 빈 눈동자
처마에 매달려도 처연할 수 없어라
꼬리는 놀던 물결을 동경하며 흔들린다

바람결에 춤을 추는 허공 속 구도자라
눈을 뜬 채 길을 묻고 무거운 종 짊어지니
요란한 백팔번뇌는 단청을 물들인다

지상의 새일까 천상의 물고기일까
밤사이 내린 이슬 댓돌을 적시는데
온 세상 일렁이는 소리 바람종이 거둔다

박찬구(朴燦久, Park, Chan goo)

1937년 4월 1일 경북 영양 석보면 출생. 호 소석(素石). 서울대학교 사범대학(국어과) 졸업. 《시조생활》 신인문학상(1995) 등단. 시조집 『귀거래사』(2006, 동경), 『해송의 꿈』(2016), 『아름다운 귀거래사』(2018, 동경). 난대시조공로상(2003), 시천시조문학상(2006), 시조공로대상(2014), 국제펜 송운현원영시조문학상(2019) 수상. 전 '삼연회' 동인. '토벽' 동인. 세계전통시인협회 한국본부 상임고문.

그의 시들은 폭이 넓고 속이 깊은 틀에다 원숙한 관조觀照로 시상詩想을 가다듬은 내용을 실어 넣은 작품이다. 시어詩語의 적확성的確性과 수사적 효율성이 돋보인다. 안정감安定感을 유지한 구도構圖에 가지런한 리듬이 조화미調和美를 얻고 있다. 저력 있는 시력詩歷을 무기로 창출된 이미지도 특색 중의 하나다. 그의 시는 한마디로 진솔하고 따뜻하며 간곡하다. 잡고 버릴 것을 아는 시인이다. 그의 시는 이제 원숙圓熟의 경지에 놓였다. 어휘의 수사법 구사력이 그렇고, 문장 달도達道에서 그렇다. 반듯한 구도와 문장의 결을 삭임에서나 맑은 영혼의 소리를 이끌어 올리는 솜씨 또한 나무랄 데가 없이 탄탄하다.

— 유성규(《시조생활》 발행인 · 세계전통시인협회 총회장)

서부전선西部戰線 이야기

철새도 아니 가고 뿌드드한 서부전선西部戰線
민망한 놈의 이빨은 헤벌쭉 웃고 있었고
한 모금 화랑 담배 연기가 언 콧등을 녹였다네.

상흔傷痕이 훈장 같던 내 견장肩章은 일등병
총부리가 겨눈 곳은 허연 달이 걸린 곳
한탄강 물 울음소리만 지뢰밭을 적셨거든

포신砲身은 굽어 휘고 전우 하나 풀썩 쓰러지고
물기 잃은 들풀끼리 함께 깔려 누운 곳
시들한 팔부능선八部稜線에 눈이 펄펄 내렸어.

녹슨 철조망鐵條網과 뒹구는 철모鐵帽가 하나
휘휘 바람 울고 이맛전이 시려오면
일기장 어느 갈피에 물방울이 고였다네.

귀거래사歸去來辭

뛰놀던 들머리에 달이 둥실 오르듯이
불씨 묻은 가슴으로 고향을 등지고서
머리털 하얘지도록 바쁘게도 살았구나.

아버님의 사랑채와 먼 산의 뻐꾸기
어머님의 손때 묻은 부뚜막도 만져보고
울 밑에 호박씨 묻는 그런 손이 되고 싶다.

이제는 가야 하리 그렇게 떠나야 하리
풀벌레 울음소릴 들으러 가야 하리
명리名利야 뜬구름 같은 것 저 언덕을 넘어야지.

누에

고향집 감나무에 노을 한 쪽 걸릴 때면
석잠 잔 하얀 누에 뽕잎 먹는 그 소리가
오늘도 귀 울음 되어 설핏하게 흘러라.

해송海松*

양수羊水인 양 출렁이는 쪽빛 바다 굽어보며
결 고운 바람이 괴고 앉은 송대松臺 끝
인고忍苦의 업보業報를 지고 말이 없는 저 기품氣稟

홍건히 핏물 번진 치맛자락 펼쳐놓고
햇덩이 건져 올린 수평선 사타구니
해송은 빙그레 웃으며 수화手話로 말한다.

한 소절 물새 소리 후렴으로 남았는데
청운의 꿈 키워 보던 등 굽은 늙은 해송
오늘은 새 솔 어루만지며 희망을 가꾼다.

* 해송海松: 감포 중 · 고교 교목.

억새밭에 누운 바람

우리 집 사랑채도 한밤이 이슥토록
나라를 생각하는 저마다의 낱말들이
끝내는 충혈充血이 되어 팽팽하게 맞섰느니라.

소백산 낮은 마을 달도 없는 까만 밤을
어느새 빨치산은 바람처럼 왔다 가고
죽창竹槍 끝 비명悲鳴 소리만 억새밭에 누웠느니라.

그렇게 무던하던 엉겅퀴 같던 사람
싱겁게 송아지 울듯 티울 없이 살던 사람
더러는 천형天刑을 지듯 38선을 넘었느니라.

차 한 잔의 서정

사는 날 그날까지 별이고만 싶어라
찻잔에 감도는 빛 훈훈한 정을 다려
고운 님 야윈 가슴에 안겨주고 싶어라.

어설픈 나이에도 햇살 같은 그리움이
모락모락 오른다 나의 찻잔 둘레로
어머님 오지랖 품이 바다런듯 어리네.

저녁노을 2

그것은 고운 떨림 활활 타는 저 강물
불빛 향한 일념으로 거친 숨결 달래 가며
강심江心에 자맥질하는 산자락의 가위눌림

어느 혼의 광상곡狂想曲인가 소쩍새 지친 울음
질펀히 번져 가는 주홍색 구름 이랑
휴화산休火山 몸부림으로 영원을 사른다.

까치집

맑은 빛 고운 햇살 소복소복 담아 두고
별들과 나눈 얘기 강물 되어 흐르는데
비어서 풍요롭구나 나목裸木 위의 까치집

하늘

가르마 논길 따라 목매기 우는 마을
봉숭아 속살 터진 햇살 고운 뜨락에
여미어 돌아설 곳 없는 이내 푸른 하늘아.

그리움은 비름처럼 지천으로 깔렸어라
기다리다 망부석 된 애틋한 사연들도
둥둥둥 북소리 따라 뒷켠으로 내려앉네.

아스팔트 열기 속에 바라본 고향 하늘
꿈 없이도 행복해질 오솔길을 어드멘가
몸과 맘 허공에 떠서 그 이름을 불러본다.

다듬이 소리

명주 한 필 개키어 시아버지 과거科擧 준비
시린 손 얼음 깨어 먹물 빨아 다듬질하며
어머님 그 겨울밤이 정성으로 지샜거니

오랜 세월 흐른 자리 다시 서서 바라보니
어머님 타는 가슴 다듬이 소리 어제런 듯
오동잎 제 무게 못 이겨 지고 있는 가을밤

박청길(朴清吉, Park, Chung gil)

1940년 전남 진도 임회면 출생. 호 남선. 초등학교 졸업. 《문학춘추》 신인작품상 시조(2008) 등단. 시조집 『저녁 노을』(2013, 한림), 『화롯가의 인생』(2016, 한림), 『임께서 떠나시고』(2016, 한림). 문학춘추작가협회 이사·시조분과 위원장, 한국시조협회 이사·전남지부장, 전남문인협회 이사. 시조문학 문우회, 진도문인협회 회원.

—

박청길 시인은 솔직담백한 심성 그대로 고향 산천에서의 삶의 체험을 꾸밈없이 시에 담아내어 독자들에게 들려주는 시를 쓰고 있다. 그뿐만 아니라 시조에서의 정형률을 엄격하게 지키면서 정격 시조를 쓰고 있다. 「섬진강」에서 만나는 사람들의 미소를 머금은 가벼운 발걸음은 날씨마저 화창하리라 생각되며 「진도 자랑」은 이 글을 읽은 사람은 누구나 한 번쯤은 가보지 않을 수 없을 것이다. 「소망」 역시 박청길 시인처럼 통일이 코앞에 오고 있으며 두 철도를 연결하여 시베리아를 거쳐 아프리카 기차 여행 꿈을 꾸며, 「조각보를 보며」는 박청길 시인의 가난했던 유년 시절의 어머니에 대한 그리움이 잘 그려져 있으며, 「갈 곳 없는 편지」는 조용한 박청길 시인의 마음에도 성난 폭포 같은 울화가 일 때도 있구나 생각하며 남은 세월에도 노익장의 건필을 빈다.

— 기호민(수필가)

—

갈 곳 없는 편지

마음이
울적할 땐
낙서 같은 편질 쓰고

울화가
치밀 때는
폭포 같은 편질 쓰네

마땅히
보낼 곳 없어
수취인은 비워두네

섬진강

꽃 물길
아름다운
섬진강 굽이굽이

만나는
얼굴마다
낮달같이 숨은 미소

벚꽃 속
오가는 이웃
발길마다 꽃이 피네

소망

드디어 남북 정상 경계선 넘나들며
한자리 마주 앉아 같은 뜻 확인하고
한민족 하나의 핏줄 가슴 깊이 새긴 약속

기름과 물인 듯이 하나 되지 못한 채로
칠십 년 긴긴 세월 불면증에 웅크리다
이제는 네 활개 펴고 꿈나라도 갈 수 있고

핵 실험 중단하고 그 자리에 평화 심고
하늘 아래 경계선을 믿음으로 지워내어
새처럼 자유스럽게 오고갈 날 눈앞이네

도로와 철도 연결 새 역사 다시 쓰니
해남의 땅끝 이름 시작이라 새로 고쳐
백두산 준령을 넘어 드넓은 세상으로

진도자랑 3

진도는 예향의 섬 남도의 자랑이네
시서화 문화체험 맛길 따라 진도일주
십자로 바둑판 길이 아니라서 더욱 좋네

오른 길 내려가서 다시 올라 돌아가고
높낮은 산과 들이 길 따라 이어지며
골마다 정겨운 인정 안기고픈 엄마의 품

해안선 구불구불 다도해 푸른 물결
일상의 지친 마음 가슴 펴는 호연지기
발끝에 닿는 곳마다 환상 같은 절경이네

해안가 기암괴석 분재 같은 상록수림
선경이 따로 없이 진도가 도원이네
연륙교 다리를 놓아 섬이 아닌 육지라네

조각보를 보며

어려운 살림살이 손끝으로 매만지며
바늘 끝 한 땀 한 땀 가난을 깁고 깁는
어머니 살아생전은 조각보와 다름없네

낮에는 호미 끝에 땀방울로 꿈을 심고
밤에는 바늘 끝에 서러움을 수놓으며
뉘 볼까 슬며시 닦는 알록달록 눈물방울

땀 배인 무명적삼 솜 없는 겹저고리
가난의 무거운 짐 멍에를 짊어지고
이순의 고개조차도 넘지 못한 짧은 생애

박평주(朴平周, Park, Pyung ju)

1932.~1983. 경남 남해 출생. 해인대학 정경학부, 경남대학교(영문과) 졸업. 〈경남일보〉「문 앞에서」발표, 《시조문학》「관등기」천료(1967) 등단. 동인지 《새영문》(1966). 시조집 『접목소묘』(1974, 시문학사), 수필집 『사향의 정』(1976, 새글사) 외. '남가람' 시조문학 동인. 진주문인협회, 한국시조작하협회, 국제펜클럽 회원. 한국불교문학가협회 운영위원. 진주상고, 마산여상고교 등 교사, 〈경우신보〉편집국장, 월간 《자동차》 주간 역임.

—

동시조 3제

— 눈 오는 날
오동지 겨울인데 흰나비 너울너울
송이송이 가지마다 꽃 피어 봄빛 일고
새 쫓던 허수아비도 백발이고 춤추네

— 빗방울
가뭄 끝 즐거운 비 새벽부터 주룩주룩
소풍 갈 동생 얼굴 뭉게뭉게 구름 서려
정겨운 그 눈에서는 빗방울 되어 뚝뚝

— 가을밤
가을밤 깊은 밤에 귀뚜라미 우는 밤
뜨락에 감나무 잎이 한 잎, 두 잎 지는 밤
고요히 둥근 달님이 창을 비춰 흐르네

단시 3제

— 동백꽃
초생달 나목에 걸려 엉긴 삼동인데
정열을 품어 빨갛게 버는 미소
송, 송이 맺힌 그 마음 얼음장도 풀린다

— 씨앗
이슬비 속삭이는 봄을 베는 이랑 속에
푸른 꿈 감싼 채로 고이 심은 씨앗
열리는 그날 헤아리며 애태우는 지새움

— 선인장
저항의 넋이런가 성난 가시 세우며
불타는 염천 향해 뻗어만 가는 숨결
죽어도 영원하는 푸름 솟구쳐 뿜는 분화

포화

한길 불타는 단성 맺힌 한을 토한다
찢어지듯 목놓아 부르는 이 오열
치솟는 분노는 북으로만 메아리쳐 흐른다

관등기

1

어룽진 염주 헤며 손 모은 꿈은 부퍼
마주 쥔 발원으로 밝히려는 눈먼 사바
싱그런 저 꽃봉오리 나불 이어 흐른다

2

뼈저린 외로움이 산이 되어 씌워져도
사무친 마디마디 법열이 솟치는 듯
관세음 안으로만 스며 수정처럼 맑고나

그네

1

움짓 날개를 퍼득이는 소리
날고 싶은 소망으로 위로만 솟고 뻗어
사바의 깃을 떨고 싶은 애절한 숨결이여!

2

아슬한 하늘 향해 흩날리는 치맛차락
긴 날개 내뻗치고 하늘가에 그린 원우
싱싱한 오월의 즐거움이 출렁이어 흐른다

종소리

천년 맺힌 사연 가락가락 목쉰 소리
일월을 영겁으로 침전하는 그 영혼
조용한 자각의 법열 안으로만 흐른다

울먹여 쌓은 보람 여울지는 심문을
잇따른 꿈조각을 핏줄에 이으고서
아득히 넘치는 설렘 어려오는 피안이

산마을 초가집

바람도 잠이 들고 구름도 쉬어 가는
깊은 골 산 마을에 고막 같은 초가집
부엉이 자장가 소리에 고이 잠이 듭니다

달님도 쉬어 가고 별님도 속삭이는
깊은 골 산 마을에 오막살이 초가집
할머니 옛 이야기에 고이 잠이 듭니다

이슬

파아란 풀잎 끝에 송이 송이 구를 열매
아침 햇살 타고 내려 또르룩 와 맺히고
영롱한 눈알 굴리며 푸른 꿈을 수놓다

산천 소묘

동 트는 부신 태초 찬란한 정밀 속에
깊은 숲, 산새 소리 울려 피는 고운 신화
영 넘어 드는 철 따라 푸르게만 살자고

구비 첩첩 적막이사 내일에의 인욕인 걸
심곡을 굴러 흐르는 하 많은 이야기로
빗질한 별빛을 이고 외로 섰는 산마을

바위

1
이끼 낀 등으로 넓은 하늘을 이고
견디어 지켜 온 억겁의 침묵으로
언제나 표정 모르는 외로운 산지기

2
노한 구름 머물러도 자비스런 그 자태
연륜을 찾아 닦은 변치 않는 꿈이길레
염염히 오늘도 한 번 속으로만 외친다

박필상(朴必相, Park, Pil sang)

1950년 경남 의령 봉수면 출생. 마산고등학교 졸업(1971). 《시조문학》 천료(1984) 등단. 시조집 『청산의 호랑나비』(2014, 글벗) 외. 동시조집 『숲속의 아침』(2015, 글벗) 외. 나래시조문학상(1995), 실상문학상(2000), 성파시조문학상(2001), 글벗문학상(2015) 수상. 한국문인협회, 한국시조시인협회, 부산문인협회, 부산시조시인협회, 부산시 행정동우문인회 회원. 초등학교 국어 4-2 읽기 동시조 「바다」 수록(2010~2013). 초등학교 국어 4-1(나) 「바다」 재수록(2014~2017).

팽이치기

박 필 상

회초리 들었다고 학대라 하지 말게

비틀비틀 쓰러질 때 일으켜 세워주며

정신줄 놓지 말라고 종아리를 쳤다네

—

박필상 시인은 작품 「손을 씻으며」에서 손을 씻는 일상적 행위를 "슬픈 손을 씻는다."라고 새롭게 받아들여 자아를 찾는 고뇌로 형상화하고(류준형), 동시대 삶의 현실을 「도회의 거리에서」 "거리는 목마가 되어/ 나를 싣고 떠나는" 것으로 방향과 의식을 상실한 자아로 아프게 인식하며(백운복), 「잠」을 "바람 찬 벌판에 놓은/ 어린 혼을 거두는" 것으로 현실의 질곡에서 벗어나 자유로워진 의식을 "비로소 날개가 난다/ 날개 푸른 새가 된다."로 비유적 이미지로 구체화(정해송)하는 등, 궁극엔 「지렁이」처럼 빈손, 빈 마음으로 살 수 있기를 바라며 눈을 동시조로 돌려 맑고 순수하게 자신의 내면을 성찰하는 시작詩作을 하고 있다(천성수).

—

손을 씻으며

오늘도 어제처럼
슬픈 손을 씻는다.
비릿한 세상 때로
더럽힌 마디마디,
씻어도 오염이 되는
슬픈 손을 씻는다.

움켰던 주먹 펴면
균열의 강이 울고
우우우 일어서서
흩어지는 잿빛 바람,
모두 다 쓸려간 뒤의
갯벌 같은 이 고적孤寂.

오늘도 어제처럼
슬픈 손을 씻는다.
거칠고 분별없는
욕망의 무쇠갈퀴,
비워도 되채워 있는
슬픈 손을 씻는다.

도회의 거리에서 5
— 회전목마

하늘이 빙빙 돈다
어질머리 앓고 있다
잔기침 쿨룩이며
비틀대는 놀빛 오후
거리는
목마가 되어
나를 싣고 떠난다.

어디로 가는 건가
어디 가서 부릴 건가
생각을 잊어버린
나그네 등에 업고
뛰어도
뛰어도 거기
맴을 도는 회전목마.

지렁이

애초에 눈도 귀도
버리고 태어났네
손발도 무거워서
그냥 두고 왔다네
분별할 마음 없으니
알몸인들 어떠랴.

어느 여름날 오후
소나기 그친 뒤에
젖은 땅 온몸으로
꿈틀꿈틀 기어가다
한적한 길섶 어디쯤
한 벌 목숨 벗으리.

뙤약볕 내리쬐어
꼬드러져 누운 육신
개미 떼 온갖 벌레
배불리 먹고 나면
겨자씨 한 알 만큼의
거름이야 늘겠지.

아침 바다

해님이 바다 위에
금가루를 뿌렸어요

날아오른 갈매기도
황금 새로 변했어요

저것 봐
뱃고동 소리
반짝반짝 빛이나요

아내에게

가난한 아내에게
나는 빚쟁입니다.
아무 것도 준 것 없이
내놓으라 닦달만 한
삼십 년 세월이 쓰려
가슴으로 웁니다.

탐이 나 옮겨 심은
내 불모의 돌밭에서
비바람 그 눈보라
억새처럼 가누어 온
당신의 등 뒤에 묻은
노을빛이 섧습니다.

바다

바다는 엄마처럼
가슴이 넓습니다.
온갖 물고기와
조개들을 품에 안고
파도가
칭얼거려도
다독다독 달랩니다.

바다는 아빠처럼
못하는 게 없습니다.
시뻘건 아침 해를
번쩍 들어 올리시고
배들도
갈매기 떼도
둥실둥실 띄웁니다.

숲속의 아침

아기별 조을다 간
숲속의 이른 아침
안개의 요정들이
너울너울 춤을 추고
샘가엔
아기 다람쥐
꿈 자랑이 한 마당.

산새들 노래하는
숲속의 푸른 아침
떡갈나무 잎새마다
햇살 까르르…
후다닥
깨어난 바람
억새밭에 굴러요.

잠

무수히 칼질당한
하루의 잔해들이
일몰의 대지 위에
흔적 없이 묻힌 뒤에
바람 찬 벌판에 놓은
어린 혼을 거둔다.

언제나 거역 못할
생존의 위엄 앞에
비지땀 흠뻑 젖은
노동을 바치다가
한 마리 순한 짐승처럼
웅크리고 앉는 시간…

끝없이 번져가는
어둠의 불길 속에
한 점 남은 의식마저
하얗게 타버리면
비로소 날개를 단다
날개 푸른 새가 된다.

징검다리

깨금발로 건너갈까
모둠발로 건너갈까
동구 밖 시냇물에
놓여있는 징검다리
아니야
흰 구름처럼
낮달처럼 건너야지

날마다 땀에 젖어
지치고 힘들어도
고운친구 미운친구
모두 다 반겨 맞는
내 마음
푸른 물속에
놓아보는 징검다리

여름

더위와 씨름하는
해님은 벌거숭이

따가운 매미 소리
그도 지쳐 늘어지고

조약돌
냇가에 앉아
목이 말라 아우성

ㅂ

박항식(朴沆植 , Park, Hang sik)

1917.~1989. 전북 남원 수지면 출생. 문학박사, 국문학자. 호 호운(壺雲), 방호(方壺). 동국대학교(국문과) 졸업(1946). 〈한성일보〉 자유시 당선(1949) 등단. 〈경향신문〉 신춘문예 시조 가작 입선(1962), 〈조선일보〉 신춘문예 시조 당선(1967) 등단. 시집 『백사장』(1946, 삼덕문화사), 『유역』(1959, 삼덕문화사), 『방호산 구름』(1981, 현대문학사), 시조집 『노고단』(1973, 산호문화사) 외. 남원 수지중학교 설립, 초대교장. 원광고교 교감, 호남문학회장, 원광대학교 국문과 교수 역임.

—

기라성 같은 원광문인들을 길러 한국 문단에 새로운 사단을 형성한 선생은 정갈한 언어와 심원한 동양적 사유가 정교하게 어우러진 서정 미학으로 한국시사에 새로운 정신세계를 열어주었다고 평가받고 있다.

— 김동수(시인), 박항식 시비에서

—

청학동

곱게 풀려 흐른 물이 바위에 부딪친다
결백을 투기면서 옥으로 부서지면
바위도 이내 쿵쿵쿵 북이 되어 울림한다

땅의 소식 하늘 닿은 다정한 눈길 따라
멍멍히 솟아 오르면 그리운 푸른 하늘
구름이 음악을 싣고 염라국으로 가는구나

무심히 떠오르는 아련한 나의 고향
뱀딸기 오돌토돌 모여 사는 사람들아
오늘도 홍진 속에서 골몰하고 있는가

높은 절개 사철 푸른 잣나무뿐이로다
아니라면 무늬 고운 노락나무뿐이로다
맑고도 깨끗한 자성 무릉도원 여기로다

사모곡

젖을 물고 도리질하고 어린 시절 생각하면
바람 이는 가을 길에 반가운 코스모스
은혜인 그 향기 되어 가슴에 스밉니다

귀엽다 손을 잡고 머리 쓸고 안 하여도
올린 성적표를 수줍게 드리오면
흰 바꽃 어리인 이슬 깊은 정을 보옵니다

초생달도 보름달도 다 같은 그 달이오나
나를 꾸짖거나 칭찬을 하시거나

환하니 가슴 가득히 사랑 밝아지옵니다

얼레빛

하나둘 하나둘씩 세어가는 성긴 빗살
반월형 밝은 달이 조심조심 걸어 오면
사랑은 옛날로 못 가 아리 삼삼하구나

구름도 응얼이면 비나 전지하올 것이
아사녀 고운 심사 올올이 가리어서
탄오야 밀밭 사이서 너를 새삼 보았다

속눈썹 삼방삼방 이슬인가 구슬인가
물에 잠긴 별마다 정소리를 갚았는데
아사달 하마 오는가 사랑이란 고운 질서

오죽도

감고 오른 다래망줄 생각도 하여보며
마디마다 힘을 갚아 굳은 뜻을 다시 다져
비바람 휘몰아쳐도 고개 들고 푸르느라

아롱진 영광일랑 잎잎마다 풍경인데
내가 나를 알기 위해 멈춰서서 생각하며
청한을 줄기에 띠고 야윈 채로 굵어간다

땅속에 서린 뿌리 형제의 의가 연해
낙목한천에도 나란히 서서 있다
어디서 기러기 소리 외마디로 들리나

촉석루

갈맷빛 물이 흐른다 하늘이 흘러간다
가시인 바람소리 지구가 돌아간다
돌아도 안 도는 것은 사랑 하나뿐인가

불이 붙었다 하자 훨훨이 타오른다
얼룩진 역사들이 노을에 붉게 탄다
만고에 안 타는 것은 사랑 하나뿐인가

물이 어른거리는 임의 얼굴이 보이는 듯
진양성 고운 이름이 가슴속에 수놓는다
사백 년 세월을 두고도 사랑 하나뿐인가

낙조

열두 칸 유리창을 칸칸이 꺼져 간 햇빛
마지막 한 칸에 가 머물러 애타다가

확하고 열두 칸 창을 한 번 곱게 물들인다

분수

맺친 한이 줄기마다 눈이 돋아 눈물인가
점이 점이면서 이어져 선이던가
눌렀다 터뜨린 분노가 몸서리를 치구나

바라보긴 상쾌해도 싫증 난 지속일세
해봐야 되잖는 보람 없는 구슬땀들
서설레 부정해놓고 도로 사는 이 세상

낙화암

한 이팔 봉선화로도 열 손가락이 고와지는데
삼천 꽃 지고나도 바위에 물 안 드나
구만 리 옥색 한이 강에 잠겨 울고 가네

수련

물이 가득 차 있다 물만 가득 차 있다
순수한 동물에게 더욱 해맑은 물
물 위에 희소가치로 맑은 연이 웃고 있다

박헌오(朴憲晤, Park, Houn oh)

1950년 충남 당진 순성면 출생. 대덕대학교 졸업. 〈충청일보〉 신춘문예, 《시조문학》 추천(1987) 등단. 시조집 『석등에 걸어둔 그리움의 염주하나』(1993, 대문사), 『산이 물에게』(1997, 호서문화사), 『뱃속으로 내리는 눈』(2014, 심지), 『시계없는 방(2018, 이든북)』. 공저 『현대시조 창작 이론과 실제의 모범교본』(2015, 국보). 대전문학상(1993), 한밭시조문학상(2000), 충남시인협회상 본상(2015), 한국시조협회 시조사랑 작품상(2015), 하이트진로문학상(2015) 수상.

박헌오 시인은 앞에 나서거나 크게 소리 내지 않으면서도 생각의 한 올 글자의 하나도 깎고 다듬는 시의 장인匠人이다. "백지는 무한한 텃밭/ 뜨거운 손 꿈 심는다"는 「백지의 경작」 초장에서 저 옛 선비들이 붓으로 시문을 경작하던 정신의 맑음과 가락의 농익음을 읽는다. 우리네 역사의 숨결과 산과 물, 꽃과 나무들이 껴안고 있는 속 깊은 말들을 잘도 꺼내어 시조의 물레에 자아내는 솜씨가 여간 익숙하지가 않다. 더욱 나와는 동향이어서 내가 눈이 어두워 미처 보지 못하고 알아내지 못한 글감들을 마치 저 고려청자나 조선 백자를 빚듯 눈부신 빛깔로 시조의 옷을 입혀내고 있음에 못내 반갑고 기쁘다.

— 이근배(시조시인 · 대한민국예술원 회장)

장승의 발가락

이승과 저승 사이 맨발로 디디고서
어디로 가야할지 망설이는 눈 큰 사내
게으른 발가락 사이 구절초가 자란다.

무릎까지 풀꽃 피면 이제 다 온 것이다
어깨에 멘 멱둥구미 발등에 내려 놓고
한세상 구경 가보자 달 뜨거든 타고 가자.

도시로 간 장승은 거인으로 돌변하여
천개의 다리 벌려 오만한 듯 버티고 서
뭇사람 드나들도록 큰 발가락 들어준다.

떼져 앉은 부엉이 밤을 다 쪼아 먹고
하늘 땅 이승 저승 경계 없는 높낮이
승강기 등에 업혀서 산문山門 앞을 넘나든다.

발톱이 다 빠져도 돌아갈 수 없는 몸
무량수의 별들이 밀려가는 도회都會의 강
폭포는 거꾸로 서서 날마다 죽어 산다.

하늘시집

하늘이 들고 나온
손톱만 한 노란 시집

책장을 넘길 때마다
우물에서도 따라 넘겨

은행잎 가득 뿌려 놓고
숨어 읽는 은밀한 시

날마다 불어나는 책
무거워져 떨어질까

그러다 한 장 한 장
덜어내고 없어졌다

다음날 손톱만 한 새 시집
바꿔 들고 나온 하늘

호수

물총새 편히 살라
산을 들여놓다

천창天窓을 내던 목수
하늘을 들여놓자

단꿈의 희망을 안고
혼자 와서
문 여는
달

이슬

연잎에 또르르르 굴러가는 내 마음
어디로 떨어질지 두려움도 없어라
소리로 봉긋 모여드는
하얀 연꽃 귓바퀴

한 방울 한 방울이 세상을 깨우며
층층이 내려앉는 저 숲속의 교향악
만남은 스스로를 버리고
하나 되는 몸짓이다

산사의 종소리에 허물없이 안기는 몸
저 하늘의 별들도 인연 찾아 사라지고
멀수록 간절히 그리워
향기품고 앉는 꽃들

오늘도 맑게 맺히는 무상無相의 물방울
소리없이 내려와 뉘 콧등에 떨어질까
떠돌던 사랑의 부호
바다보다 깊고 깊다

몽돌

폭풍우가 물어뜯어 사나워진 바닷가
날개 꺾인 파도가 파들대는 외딴 섬
싱싱한 달빛 그물망
반짝이는 저 눈망울

넘어져 알을 낳는 바다의 비명소리
바람이 덮어주고 어둠이 품어주면
등대 불 손잡고 자라
재주넘는 몽돌들

새가 된 소녀는 꿈의 날개 휘젓고
갯마을 야생화 추억을 피워 물면
몽돌은 뽀얀 젖 내놓고
지친 파도 물린다

시의 몰골

붙박여 살다 보면
더 오래 남을 허물

뼈를 휘어 짜 올린 시
한 마당 널어놓다

욕정 다 날려 보내고
건져놓는 넋두리다

태반胎盤의 흙에 쌓인
모국어의 찬연한 빛

세월 끝 세상 끝까지
이어가는 겨레의 얼

한 줄의 시로 살아서
감겨가는 혼의 몰골

뼛속으로 내리는 눈

귀 환한 침목 위에 간이역 괘종시계
서지 않는 바쁜 초침 따라가는 분침 시침
둥근 뼈 이음새 없는 혼백의 질주다

열두 짐 쏟아놓은 황토 빛 별자리
평행의 창밖으로 삶의 세월 흐르는데
열차는 바람을 먹고 쉼 없이 달린다.

이슬이거나, 서릿발로 만나는 객실 정경
어느 역에 내릴지 다른 별 다른 이정표
축축한 외로움이 싫어 지워버린 간이역

침목으로 레일로 시간으로 공간으로
눈 내리는 당신의 무릎, 달리는 하얀 열차
설원의 뼈로 누워서 저 바람에 덮이리라.

유리가슴

빈 창에 비가 오면
입김 불어 글씨 쓴다

비집고 선 벽 사이
마주보며 두근댄다

긴 세월
따라와 맺힌
빗방울 맑게 떤다

가슴속 유리온실
꽃망울 환한 정원

투명한 목마름을
미소로 적셔준다

간절한
비밀이 담겨
허물지 못하는 벽

시계 없는 방

책 한 권 붓 한 자루
황토 내음 하얀 홑청
고요가 맛있고 별빛이 따습다
들창에 고개 내민 메꽃
들어오렴. 시계時計는 없다

세상의 어딜 가나 낚으려는 코바늘
돋보기 두께는 상현달처럼 깊어지는데
새벽별 몰래 기다리다
잡아채고 숨는 방

가난도 허무 없고 문맹도 불편 없이
누에가 뽕잎 먹듯 그리움 먹고 살다
야윈 달 종적 없는 기도에
먼 종소리 걸어온다

오늘도 시 한 수 읽어주는 귀뚜라미
외로움 솔깃하여 이슥토록 듣는 길손
추녀 끝 오목눈이 새
들어오렴. 불도 안 켰다

설국雪菊 이후

아름다움 뒤에 숨은 한 슬픔이 보여요
된서리 밟혀서도 접지 못한 꽃 나래
품속에 머문 눈물이 말라가는 꽃대궁

죽지 않는 생명 하나 뼛속에 간직하고
가지 않는 시곗바늘 빈손으로 돌려가며
피 없는 육신들이 서서 설원을 걸어가요

다시는 죽지 않고 죽은 듯이 살아서
걸어온 길 다 지운 그 하얀 높이만큼
빙점에 맨발로 서서 저린 세상 살아요

박현덕(朴玹德, Park, Hyun duk)

1967년 전남 완도 완도읍 군내리 출생. 광주대학교(문예창작과), 동 대학원(문예창작과) 졸업. 《시조문학》 천료(1987), 《불교문학》, 《현대시조》, 《월간문학》 시조 신인상(1988), 〈경인일보〉 신춘문예 시(1993) 등단. 시집 『겨울 삽화』(1993, 시간과 공간), 『밤길』(2001, 태학사), 『주암댐, 수몰지구를 지나며』(2006, 고요아침) 외. 한국시조 작품상(2004), 시조시학상(2008), 중앙시조대상(2008), 김만중문학상(2013) 수상 외. 광주대 시동인 '詩人' 창립(1995). '역류', '율격' 시조동인. 전남학생시조협회 회원.

—

삶이 긴 여행이라면 시인은 도보여행자이다. 남들이 광광지로 몰려다니며, 맛있는 것 먹고 편하게 잘 때 도보여행자는 이곳저곳을 혼자 떠돌아다닌다. 풍경 아닌 상처를 만난다. 가끔 길을 잃기도 하지만 늘 사람들 곁에 있다. 함께 어울려 뒹굴고 노래하고 때론 눈물 흘린다.

— 신덕룡(시인 · 전 광주대 교수)

박현덕은 마음을 쓰는 시인이다. '사람에게 마음을 쓰는 사람', 시인 박현덕은 그래서 늘 마음이 아픈 사람인 것 같다. 마음을 다해 살핀, 아니 대상에게 전폭 투사된 그의 마음은 감각적이고도 아름다운 이미지로 형상화된다.

— 문인수(시인)

저 80년대 이후 문학에서조차 외면되는 민중과 민초의 삶이 『스쿠터 언니』 시집에는 아프게 존재하는 현실이다. 기름진 21세기에 말라 뒤틀린 것들을 피울음으로 노래하는 시인의 시편은 율律의 독자들에게 분노가 무엇인지를 다시 가르쳐주는 붉고 뜨거운 노래다.

— 정일근(시인 · 경남대 교수)

박현덕의 시조는 순수한 서정시가 나아가야 할 방향이 어떠해야 하는지에 대한 성찰을 보여주고 있다는 점에서 오늘날 우리 시조문학의 커다란 수확임에 틀림없다.

— 허형만(시인 · 목표대 명예교수)

—

스쿠터 언니

　노란색 스쿠터를 몰고 나간 다방 언니

　상점마다 굳게 다문 입을 열어 파릇한 아침 공기를 마신다 지난 밤에 취객이 쏟아놓은 욕망들 말끔하게 치워져 있다 전봇대에 낡은 양복 걸어둔 채 심해深海에 가라앉아 산란을 꿈꾸던 사내도 도망친다 바람의 꼬리를 물고 늘어지는 읍엔 빈 소문들이 무성하다

　소읍의 삼거리 지나며 또 바람 소릴 듣는다

　허기진 배 움켜쥐고 얘기 나누고픈 철물점과
　간판이 너덜거리는 역전 광장 이발소와
　언니는 버스 터미널까지 물음표를 찍고 온다

　노란색 스쿠터가 거리를 달릴 때면
　끝내는 어지러워, 날개빛이 노랗다
　더듬이 힘들게 세운 노랑나비 우리 언니

신가리 포장마차

포장마차 후미진 자리 사내 몇 홀짝인다

실직의 나날만큼 비닐막 밖 비에 섞여

밤길에 마중 나온 아내
눈물 같은 술잔이다

바람의 얼굴

밤 11시
아파트
난간이 몸부림친다

구슬픈 만가인가
늑골 밑이 젖어들고

누군가
생의 마지막
온몸으로
떨고 있다

주암댐, 수몰지구를 지나며

　여름 한낮 발길 멈춘다 갓길 차를 세우고 주암댐이 훤히 뵈는 하늘 밑 정자에 앉아 저 깊은 우물의 뚜껑 열어 내부를 몰래 본다

　햇살 떼 날을 세워 몸 찌르고 달아난다 물풀에 가리워진 마을들이 소곤소곤 옛길로 자전거 몰며 푸성귀 냄새 맡는다

　페달 힘껏 밟을수록 더욱 더 선명해진 언덕배기 학교도 정미소도 사당도 더러는 강바닥에 누워 두 눈을 부릅뜬다

　때늦은 장대비가 사정없이 퍼붓는다 물 속에서 걸어 나온 수의 걸친 사람들 고향의 흔적을 찾아 백비白碑처럼 서 있다

금오도 비렁길

가파른 해안 따라 비렁길을 걸어간다
허공을 잡으려다 수전증이 걸린 파도
나 잠시 금오열도의 중심에 서 있었다

살아온 길 아득하여 잠행으로 떠돈 나날
세월 한 짐 내려놓은 산벚꽃 핀 사월에
허리 휜 바람을 밀고 구름에 잠시 올라

망명정부 같은 섬들, 바람의 발자취로
눈물 이랑을 타고 바다를 건너는데
내 몸도 남해자락에 기댄 채 마냥 운다

가을 능주역

가을볕이 대합실에
시간의 그물 던지면

보성 회천 간다는 아낙은 마냥 좋다

대봉감 너댓 개 그냥
바닥에 쏟아 버린다

철로 위 참새들이
아슬아슬 날개 펴

눈길조차 주지 않는 하늘에 금을 긋고

내 생을 지나온 회상
낮달에 걸려 있을까

벌판 같은 능주역
쉴 새 없이 바람 불고

깡마른 역사는 온몸을 뒤틀면서

지상의 어둠을 향해
따스한 불 밝힌다

밤 빗소리

밤은 점점
깊어가는데

빈 술잔을 채우는 손

어머니의 긴 한숨이
도랑에 고인다

눈물이
다녀갔는가
목련꽃 피었다 진다

완도를 가다

  주루룩 면발처럼 작달비가 내린다 바람은 날을 세워 빗줄기
를 자르고 지하방, 몸을 을으켜 물빛 냄새 맡는다

  첫차 타고 눈 감으니 섬들이 꿈틀댄다 잠 덜 깬 바다 속으로
물김 되어 가라앉아 저 너른 새벽 어장에 먹물 풀어 편지 쓴다

  사철 내내 요란한 엔진소리 끌고 간 아버지의 낡은 배는 걸쭉
한 노래 뽑았다 그 절창 섬을 휘돌아 해를 집어 올린다

화순 적벽

봄이 가다말고 저만치 내리는 눈

이마엔 강물소리 얕은 잠에 묻힌 적벽

입덧에 덧난 꽃들이 샛바람에 주춤댄다

하늘이 훤히 뵈는 허름한 술집에서

하나 둘 눈발이나 헤고 있는 이 심사를

새순이 돋는 가지에 눈꽃으로 앉는다

목포항에서

목포항 허름한 여관 불 끄고 누워 보면
익숙해진 어둠이 물살을 더듬다가
마음의 한쪽 긁어내는 파도를 몰고 온다

가위눌린 꿈들을 여관방에 남겨두고
선창 어귀 혼자 앉아 담뱃불을 붙일 때
아득한 전생前生의 꿈인가, 용골龍骨*이 나를 본다

미싱 소리 하나 없이 별을 박은 밤하늘
나는 문득 부표처럼 흔들리다 돌아와
창문에 흘러든 바람의 주름살을 읽는다

* 용골龍骨: 선박 바닥의 중심선을 따라 설치된 길고 큰 재목으로 배의
등뼈 역할을 한다.

박형주(朴亨柱, Park, Hyung Joo)

1948년 전남 담양 월산 출생. 육군대학 졸업
(1985). 《시조생활》 신인문학상(2012) 등단.
세계전통시인협회 한국본부 국제부장. '삼소
회' 동인. 시조생활 회원.

—

서정에서 출발한 박형주의 시는 밝고 따뜻하며 긍정적이다. 그의
작품에는 체화體化된 그리움이 녹아 있다. 그리움의 실체를 "어머
니의 적삼 냄새", "할머니의 냄새 같은 새벽"이라고 후각적 이미지
로 표현하고 있다(「어머님 냄새」, 「정취」). 그리고 "내 새끼 많이 묵
그라"와 같이 구수한 남도 사투리를 그대로 옮겨 작품의 현장성을
더하고 있다. 인간의 유한함을 "삶이란 시간 여행자 부운 타고 가는
오후"라고 시간자에 비유하며 사물을 관조하는 자세 또한 작품의
격을 높이고 있다(「산정호수에서」).

— 최순향(시조시인 · 《시조생활》 주간)

—

어머님 냄새

은행잎 날리던 날 어머님 적삼 냄새
훌쩍 넘긴 이순耳順에도 그 품에 들고 싶다
붉게 탄 단풍잎 속에 아른대는 그 얼굴

자식들 키워내신 사랑의 귀한 흔적
골 깊은 잔주름에 한 켜 한 켜 담겨있다
향 피워 어머님 얼굴 찾고 싶은 이 마음

구수한 된장찌개 보글보글 끓여놓고
까칠한 두 손으로 내 손목을 당기신다
내 새끼 많이 묵그라! 말씀하신 어머님

정취靜趣

할머니 냄새 같은
새벽은 고요하다

고샅길 외등 하나
눈꺼풀이 풀려 있고

밤안개
젖은 마을에
고즈넉한 초가집

봄이 오는 소리

삶의 무게 앞에
듣지 못한 봄의 소리
햇살이 정겹게도
내 마음 다독인다

푸른 꿈
대문을 열고
바람소리 좋은 날

난蘭을 치다

삶의 여적餘滴을
붓 끝에 적셔 내어
마지막 한 획까지
긴장으로 다스린다

일필一筆에
피어난 여정
묵향으로 번지다

산정호수에서

고요한 호수 위로
스치는 바람 한 점

비단잉어 예쁜 몸짓
맑은 물 출렁인다

삶이란
시간 여행자
부운浮雲 타고 가는 오후

박홍재(朴弘在, Park, Hong jae)

1954년 경북 포항 기계면 출생. 방송통신대학교(국어국문학과, 중어중문학과) 졸업. 《나래시조》 신인상(2008) 등단. 시조집 『말랑한 고집』(2017년, 고요아침). 제1회 백수 정완영 시조백일장 차상(2005), 부산시조 작품상(2019) 수상. '예감' 동인. 나래시조, 부산시조, 한국시조시인협회, 오늘의시조시인회의, 세계시조포럼 회원.

—

박홍재의 첫 시조집 『말랑한 고집』도 시인이 살아온 삶, 그리고 현재 살아가고 있는 삶의 현장을 여실히 드러내고 있는 시편을 다수 수록하고 있음을 확인하게 된다. 박 시인은 녹록치 않은 삶이지만 그 속에서 희망을 버리지 않는 자세를 보임으로써, 읽는 이로 하여금 그가 긍정의 시인임을 확인하게 한다. 노동은 시인이 자신의 삶을 시로 쓸 수 있게끔 만드는 힘이 되고 있음에 대한 자부라고 느끼고 있는 눈치다.

체험에서 우러나온 생활 현실을 구체화시키는 시인이면서 이런 방면에서 장기를 가진 시인임을 확인할 수 있었다. 설령 푸성귀처럼 숨이 죽지 않은 날것으로의 생동감이 느껴질 때도 있지만 시인은 오히려 이렇게 보이는 것이 현장의 시로서 적격이라는 주장을 하고 있음을 확인하였다. 시적인 정보가 산 너머 들려오는 범종 같은 안온함이 아니라 현실을 직시하고 그것의 노중이 시조여야 함을 말하는 시인을 우리는 모처럼 발견한 셈이다.

— 임종찬(시조시인 · 부산대 명예교수)

—

승부역*

골짜기 산길 따라 영동선 외진 동네
이따금 잊을까 봐 기적 소리 남기는 곳
하늘도 세 평뿐이요 꽃밭도 세 평인 역

할머니 굽은 등을 빼 닮은 철길 위로
행여나 녹이 슬까 지나가는 협곡 열차
도보군 발걸음 소리에 막걸리병 줄을 섰다

아직도 산골 냄새 진득하게 묻어 있는
가져온 배낭 속에 고랭지 먹거리들
뱃속에 시멘트 독기 걸쭉하게 뽑아낸다

* 승부역: 경북 봉화군 석포면 승부길에 있는 아주 작은 역.

재개발 지구

반쯤 헐린 집채 곁에
멀뚱히 선 전봇대

얼기설기 얽힌 인연 아직 끊지 못하고

동강 난 전깃줄들만
바람결에 흔들린다

무너진 담벼락도
흩어지면 외롭다고

서로를 보듬으며 온기를 찾아봐도

굴착기 등 굽은 소리
어깨 너머 들린다

국밥집에서

모퉁이를 돌 때마다 바람도 절절 끓는다
동여맨 하루 푸념 가마솥에 풀어 넣고
어설픈 농담 한마디 양념으로 간 맞춘다

얼큰히 취한 사내 긴 그림자 비틀댄다
풋고추 된장 묻은 손가락 저 손톱 때
막걸리 한두 사발에 하루해도 취했다

늘어진 연장 가방 둘러메는 등 너머로
굽은 어깨 해진 웃깃 짚고 넘는 서녘 노을
부시럭, 지폐 몇 장도 접힌 허리 펴고 선다

디딘 자국 또 디뎌 허방 자꾸 깊어져도
발자국 자국마다 덜 끓은 삶이 있어
어둠은 저 너머에서 해를 절절 끓이겠다.

고향 아재

멀리서 바라봐도 꾸부정한 저 어깨는
곡괭이 닮아버린 동갑내기 집안 아재
고향 땅 어루만지던 흙 묻은 손 내민다

중학교 마치면서 엇갈렸던 생의 회로
너른 들판 농사지을 꿈을 꾸던 그 얼굴에
쨍하고 햇살 무늬가 퉁겨지고 있었다

물 깊은 열 마지기 발을 빼지 못한 채
혼자 된 어르신들 알전등 끼우느라
생머리 나풀거리던 아가씨도 놓쳤다

비바람 견뎌내며 열매 맺는 버들처럼
내 안에 갇혔던 말 풀어놓고 웃는 날
친구들 모두 불러서 풍물 한번 치잔다

그을음

무릎으로 툭툭 끊어
던져 넣은 난로 속에

토막 난 언어들이
타 닥 탁! 소리친다

열기가 감도는 동안
타고 있는 시간들

꽃불로 피지 못해
반 접힌 이야기와

살아나지 못한 말들
돌아오지 못한 채로

연통에 눌어붙어서
그려내는 또 한 세상

공쏘 친 날

퍼붓는 장마전선 내리꽂는 빗줄기가
삽질하던 공사 현장 꼿꼿하게 꽂히면서
내가 할 곡괭이질도 대신하고 있었다
버스 요금 천이백원 안 쓴 것도 다행이다
막노동 일당 대신 공치고 돌아오면
탁배기 두어 통 값에 시간까지 훑어간다
마음먹은 그대로 될 리도 없지마는
비 오고 멈추는 게 어디 그게 내 뜻이랴
손꼽아 땀 흘릴 날만 되짚어 본 하루다

물만골*

골짜기 그 겨울은
물소리도 얼어붙어
황령산 솔바람은 가슴까지 차올라서
비탈진 물만골에는
끼리끼리 껴안았다

골바람 잠재워도
등이 굽던 언덕배기
얼기설기 지붕 위에 걱정 몇 돌로 눌러
그래도 잎 돌기처럼
속잎 틔운 이웃들

집과 집이 서로 기대
어깨 더욱 낮아져
그늘에서 키운 정이 울타리를 넘었다
언 땅을 견뎌 보듬은
꽃빛 더욱 환하였다

* 물만골: 부산시 연산동 황령산과 아래에 있는 삶의 공동체.

돌담

어머니 잰걸음도 가지런히 포개 없고
거친 숨 한 줌 흙은 아버님이 버무리니
둘러친 유년의 빗금 바람 숭숭 드는 공간

줄줄이 바루다가 엇박자로 그린 삽화
민들레 노란 망울 꿈 그리던 돌담 아래
까치발 발돋움 서니 가슴 가득 안겨 오고

빈 마당 허허로운 무너진 담 곁에 서니
시큰한 콧등 위로 어려 오는 삶의 주름
바람결 오지랖 잡고 빈 하늘을 보라 한다

새벽시장

화톳불 춤사위에 어두움은 물러서고
겹쳐 입은 옷 살만큼 뒤뚱이는 걸음걸이
바싹 탄 입술 언저리 싸한 바람 스친다

수런대는 소리에 눈을 뜨는 간고등어
밤새워 골목 지킨 가로등 하품 소리
손수레 둥근 바퀴가 시장 바닥 들어선다

발자국 무늬마다 길바닥에 그려지고
디딘 자국 또 디뎌도 모양 다른 하루 모습
시장 안 새벽 공기가 기지개를 활짝 편다

꿰어 찬 앞주머니 두둑하게 배불리면
구겨진 지폐들이 허리 펴는 어깨 위로
누런 이 드러내 보이는 해장술에 해가 뜬다

단풍 들 무렵

옻나무
가지 끝에 묻어 있는
가을바람

산새가
꼬리에다
듬뿍 찍어 다니면서

여름내
마음 주었던
가지 끝에
매답니다

박화남(朴花南, Park, Hwa nam)

1967년 경북 김천 구성면 출생. 계명대학교(문예창작학과) 석사 졸업. 〈중앙일보〉 중앙신인문학상(2015) 등단. 시집 『황제펭귄』(2020, 책만드는집). 제8회 한국동서문학 작품상(2020) 수상. 우수출판콘텐츠(2020) 선정. 한국시조시인협회, 오늘의시조시인회의 회원.

초승달

뒤집어 버린 밥을
다시 한번 뒤집어서
굽은 날 비친 울음
한 줌 걸어 베어내고
굽은 섬 떠지 못한 채
조선낫이 된 아버지

—

언어를 능숙하게 엮고 풀고 다스리는 솜씨, 보이는 것에서 보이지 않는 것을 읽어내는 마음의 눈, 균형과 절제의 시조 미학에 충실한 가락 부림의 능력 등 선정 척도에서 가장 안정감을 주는 높은 완성도로 호평을 받았다. 다산 정약용의 유배지에서의 삶과 시 세계를 작은 표제로 나누어 심미감 넘치는 선명한 이미지로 형상화하고 있다. 대상에 대한 깊은 사유와 오랜 숙성을 거친 후에야 빛나는 감각의 표현을 빚을 수 있다는 믿음에 확신을 주었다.
　— 중앙신인문학상 심사위원: 권갑하, 박명숙, 이달균, 박권숙(글)

—

다산茶山을 읽다

1. 동박새로 날아와

　그대가 없는데도 그대 너무 그리워서 만덕산 햇살처럼 구강포 바다를 당겨

　백련사 고요에 들어 붉은 숨을 내쉰다

2. '정석丁石'을 새기며

　꺾어든 그 비수를 바람 속에 던져놓고 초당에 내려앉아 찻물 깊이 끓였을까

　용오름 역린을 삼켜 명편이 된 한 사람

3. 그리운 훗승

　그대 푸른 동백나무 하늘로 날아올라 흐르는 구름 위에 한 편 시 적은 오후

　여태껏 본 적도 없는, 길 활짝 벙근다

물새를 읽다

애당초 아버지는 물새가 분명하다

무논에 얼굴 담가 부리가 닮았는지

쓸쓸히
날개 젖어도
말수가 없으셨다

뼈마디 결린다고 개구리가 우는구나

혼잣말을 흘려놓고 새벽을 물리셨다

물 위에
세운 그림자
한평생 목이 길다

달항아리

울 엄마

둥근 집에 나 홀로 들었을 때

달의 젖을 먹였던가 나도 따라 둥글어져

저 배꼽 가장자리가

뽀얗게 물결 진다

못,

직지천 다리 아래 가슴을 내려놓고
으스름 본모습과 정면으로 마주쳤다
잘 익은 노을 속으로 한 남자가 침몰한다

다 닳은 몸의 허울 공중에 벗어던져
둥글게 웅크린 채 바위가 된 남자
늦가을 저문 세상을 단편으로 바라본다

서늘한 뒷덜미를 거머쥔 풍경같이
메마른 숲속에서 남모르게 날아온 새
속울음 거둬들이며 귀가를 재촉하고

가로등 저 불빛이 어둠을 살피듯이
흐르는 무늬 안고 한 줄 길게 따라간다
온몸에 물소리 새기는 남자의 에필로그

1g의 그늘

땡볕이 가려운 건 눈 떠도 된다는 뜻
폐, 라는 접두사에 혹처럼 달라붙어
내 가슴 쥐어짜면서
봄 햇살을 붙잡는다

물속에 잠겨버린 들판을 건져 올려
쓸쓸한 나무들이 하고픈 말 떠올리면
겹쳐진 허공 하나가
푸르게 출렁인다

손바닥 반 장만 한 그늘을 다독이면
아버지 발자국이 물 위에 떠오른다
흩어진 저수지 물결
걸음까지 받아낸다

초승달

뒤집어
버린 밤을
다시 한번 뒤집어서

금은화 비린 울음
한 줌 깊이
베어내고

굽은 생
펴지 못한 채

조선낫이 된
아버지

신화를 쓰다

젖은 꿈이 잠겨있는 아득한 동굴처럼
대문을 닫아걸고 햇빛마저 걷어내고
할머닌 착한 곰으로 돌아가고 싶었을까

메마른 기억들을 하나둘 지우면서
툇마루 옹이 안고 돌아누운 저 지팡이
주름살 깊은 쪽으로 낮달을 궁굴린다

색 바랜 기억들을 손끝으로 짚어내며
꽃무늬 내복 바지 빨랫줄에 펄럭일 때
가을이 전설로 와서 여자를 낳고 있다

붉은, 장마

 사랑을 놓아버린 걸까, 그 무엇 잡으려고

 제 몸 둥둥 두드리며 주술을 거는 것처럼, 어디서부터 끌고 왔는지 휘도는 길 위에 한 무더기 부려놓은 증거처럼, 여자의 등산화 한 짝 짊어가며 몇 번을 되읽다 놓은 것처럼, 아무렇게 널브러져도 뼈대 꼿꼿한 우산처럼, 곡기를 끊고 웅크려있는 무쇠 냄비 덜어낸 생각처럼, 저를 다 태우지 못해 입 닫아버린 나무 밑동처럼, 허옇게 뿌리 뒤집혀도 그리움만 남은 풀처럼

 밑바닥 긁어대면서
 바닥을 훔쳐내는

겨울 담쟁이

끊어진 풍경으로 골절된 파장으로
땅바닥 끌고 가며 음표 찍는 저 여자

성에 낀 평화시장을
묶음으로 깨운다

쓸쓸한 묶음으로 담겨있는 고무대야
팽팽한 가락으로 햇살을 받아낸다
등 굽은 골목 하나가
뜨겁게 일어선다

마른 몸을 말고서 길에 펼친 수묵화
조금 더 조금만 더 환하게 수를 놓고

무릎을 휘감아 올려
한낮을 껴안는다

맨발의 보법

바다는 바다끼리 맞대어야 입을 연다
골목길 풍경으로 돋아난 고양이처럼
흘러온 어스름 넓이
오래도록 수런댄다

로드킬 무늬 위로 한 점씩 별이 지고
꼬리에 꼬리 물고 서두르는 불빛들아
무엇에 가 닿으려고
급하게 달려가나

가시가 발바닥에 박힌 줄도 모르고
헛것을 뒤쫓다가 부르튼 물집의 밤
휘어진 어둠 속에서
복사뼈가 아리다

박환규(Park, Hwan kyu)
《시조정신》 신인상(2019) 등단. 바르게 살기
울산광역시 수석 부회장, 아너소사이어티 울
산광역시 부회장, 울산광역시 지체장애인 후
원회 회장, 외솔시조문학선양회 수석 부위원
장. 이사랑치과의원 원장, 치의학 박사.

박환규의 시작들은 막힘없는 흥미와 아이러니를 유발한다. 통증에
시달리는 화자의 다급하고 절박한 처지와 심경이 유년의 어머니를
불러들이는 상황까지 이르게 되는 시상의 흐름이 자연스럽고 억지
가 없다. 생동하는 운율과 청각적 심상을 살려내는 음성상징어의
활용이나 스토리를 엮어가는 서사적 구성능력도 단단하다. 유년의
일화를 소환하여, 한 마디 말의 위안과 치유의 주술적인 힘을 일깨
우는 「괜찮다」에서는 친숙한 소재들이 빚어내는 진솔한 사유와 감
성이 잔잔한 감동과 여운을 남긴다. 「천렵」은 맑은 시정이 우러나
는 깔끔하고 간결한 내면풍경을 그린다. 메마르고 각박한 현실을
떠나 청량한 추억의 시공간으로 아들과 동행하고 싶은 소박한 부
정이 아름다움을 발하는 명쾌한 작품이다.
— 유성호(문학평론가 · 한양대 교수)

치통

치통의 고통만은 참을 수 없답니다
통증이 시작되면 재빨리 달려오세요
언제나 메아리처럼 남에게만 외쳤던가

마침내 내게도 올 것이 왔나 보다
오오냐, 이겨 보자 체면을 걸어보는데
다 해진 짚신짝 신고 돌길 걷는 아픔이라니

체면도 늦은 나이도 훌훌 벗어 내던진 날
어머니 무릎 베고 생떼 부리던 아들 되어
아파요 시리고 쑤셔요 엉엉 울고 싶은 거라

괜찮다

어린 시절, 콩나물시루에 물을 주곤 했었네
행여나 웃자랄까 검은 천 덮던 할머니
어느 날 그 천 잊어버려 콩나물이 새파래졌네

멋쩍게 자라 오른, 맛도 비린 콩나물을
"괜찮다, 그만하면" 다독이던 할머니
괜찮다, 오늘을 밀어주는 그 한 마디, 힘도 세네

천렵

찰방찰방 첨벙첨벙 아득한 그 물소리

도망간 옛 미꾸라지 잡으러 떠나볼까

아들아, 빈 망태 들고, 매인 자리 박차고

어머니

아가하고 부르시던 어머님이 계셨지
단잠 속 환한 웃음 그리워 애타는 날
오늘도 꽃 이불 덮고 일찍 잠을 청하네

길고 고운 손으로 다독 다독 재워 주시던
좋아하신 꽃밭에 가면 만날 수 있으려나
예순을 바라보는 날, 누가 아가라고 부를까

파김치 백김치며 알싸한 고들빼기
마주한 식탁 위에 장미꽃도 한 송이
아련한 꿈속에 서면 어제런듯 오시네

홍시

가지런히 일렬횡대 노란 홍시를 본다
우리 형제처럼 나란히 줄 서 있다.
어머니 품을 떠나서 각지 각처로 하나 둘

이제는 익었나? 오늘도 만져보고
형제들끼리 오래 오래 같이 있으렴
그래라 천천히 익어라 소쿠리에 담긴 감

프리지아 향기 속에

아내는 자신보다 프리지아를 앞 세우고

퇴근하는 나를 반기는 재치가 밉지 않다

꿈같은 신혼시절로 가끔 우린 그렇게

아버지와 아들

싸이 노래 부르며 재롱 부리는 두 아들
"이제 나와 같이 가요 더 이상 쓸쓸해하지 마요
아버지 어찌 사셨나요 이제 나와 같이 가요"*

노래방 조명 아래 덩치 큰 두 아들 노래
아내의 잔잔한 웃음 가슴을 툭 치는데
갑자기 눈물 한 방울 뚝 떨어 진다 발 앞에

* 가수 싸이의 '아버지'에서 차용.

감기

모기 한 방 물린 듯 쉬울 것 같던 감기
코 막히고 목이 타고 두통은 또 덤인가
뼈마디 녹아나는 진통, 잡히지 않는 모기

모기 한 마리 잡으려 장검을 빼어들 듯
온 식구가 매달려 어떠냐 괜찮으냐
귓가에 앵앵거리는 비행 소린 또 뭔가

해운대

내게도 있었던 빡빡머리 어린 시절
해운대 백사장이 토요일엔 우리 차지
교복을 단정히 입고서 모래밭을 뒹굴던

40년 전 그 발자국 파도에 쓸려가고
물빛은 푸르건만 빌딩숲에 갇힌 해운대
오늘은 그 자리에서 난 멀뚱히 서 있다.

박희성(朴喜盛, Park Hee sung)

1943년 경북 상주 모서면 출생. 충북영동고
등학교 졸업(1963). 〈충청일보〉 신춘문예 시
(1963), 《시조문학》 추천(1977) 등단. '피노래'
동인지 『해안림』(1964). 『달 팔아 등을 켜오』
(1997, 뿌리). 시조집 『달 처다 본 죄』(2013, 여
름). 농림수산부 등 공직생활 정년퇴직.

—

사실 삶의 의미를 담아내는 데는 시조만한 그릇은 없다. 이를 잘 살
려 나름대로의 시조세계를 구축해 나가고 있는 것은 단시조로 시
조의 맛을 잘 살려내기 때문이다. 사물에 대한 그의 따뜻한 시선은
애련하고 애틋하기까지 하여 독자들로 하여금 정이 가게 만든다.
전 시조를 관통하고 있는 이러한 인간미는 그의 따뜻한 삶 자체에
서 나온 것이라 생각된다.

— 신웅순(시조시인 · 문학평론가 · 중부대 명예교수)

—

단청丹靑

고요한 풍경 소리
산사 뜰을 쓸고 간다

비구니 두어 분이
합장하며 지나간다

달빛도
단청에 내려
구름 몇 장 입힌다.

늦봄

올 봄이 이상하다
나비 떼가 안 보인다

언덕 위 아지랑이
오다가 돌아간다

꽃들도
혼란스러워
봄바람만 처다본다.

정情

바람이 돌아서며
봄볕을 건네준다

꽃 볼 생각 말라 하고
도랑에 손 씻는다

만남 뒤
가슴앓이도
정이란 걸 알란다.

효인이

효인아.
할아버지 안 하면 안 될까?

토끼눈 크게 뜨고
안기며 하는 말

안 돼요!
이미 돼 버린걸!
앵두 입술 삐쭉인다.

악동들

칠순을 넘기고도
만나면 애들이다

말끝마다 튕겨내는
막말과 어릿광대

주름진
얼굴 너머로
구름 같은 아, 세월

이명耳鳴

꽃 피는 소리란다
향 타는 냄새란다

영혼을 화장하는
순수의 넋이란다

전생에
이루지 못한
한恨이 타는 소리다

벗에게

싸락눈 바람 안고
이 먼 길 오셨는가

정말로 오랫동안
미안한 마음일세

드시게
향이 좀 짙네
세월 나이 몇인가

산새

사랑이 살아있어
산새가 보자 하네

따스함도 품고 와서
사랑을 빗고가네

다시는
못 올거라네
봄볕들이 두껍다고

아이 꿈

아이가 꿈속에서
나비 떼랑 뛰어논다

통, 통, 통 하늘 날며
사랑, 사랑 웃는다

별꽃을
한 줌 쥐고 와
맛있다고 먹으란다.

박희옥(朴喜玉, Park, Hee ok)

1947년 서울 영등포 출생. 경기대 교육대학원(여성지도자학과) 졸업. 《시조문학》 작가상(2009) 등단. 시조집 『들꽃, 쑥부쟁이는』(2011, 고려사), 『압화 혹은 시』(2016, 고요아침). 수원시 주부백일장 시(1981), 경기시조문학 신인상(2014), 시조문학 올해의 작품상(2015), 시조사랑 문학상(2015), 열린시학상(2018) 수상. 경기문화재단 문예창작지원금(2016) 수혜. 한국시조시인협회 경기지부장, 열린시학회 부회장, 경기시조시인협회 명예회장, 동인지 『시와 길』 수원 회장. 한국여성시조문학회 회원.

—

박희옥 시인의 작품은 역동적이다. 사소한 것에도 생명의 힘이 느껴진다. 동시에 사회의 어둡고 구석진 곳에서도 희망을 얘기한다. 모든 사물과 시적 대상들에 대한 지극히 따뜻한 마음을 가졌기 때문이다. 화해의 정신을 가지고 세상과 친화하는 자세야말로 서정시가 가지고 있는 동일성의 원리를 가장 잘 실현할 수 있는 바탕이 된다. 그런 점에서 여기 박희옥 시인은 오늘날 시인이 가져야 할 기본적인 책무와 온당한 정신, 바른 시각을 잘 실현시키고 있다고 판단된다. 시인의 눈은 예지로 빛나고, 시인의 가슴은 사랑으로 따뜻하다. 시인의 손은 돌 위에서도 부드럽고, 시인의 발은 모래 위에서도 탄탄하다(『압화 혹은 시』).

— 이지엽(시인 · 한국시조시인협회 이사장 · 경기대 교수)

—

압화, 혹은 시詩

만남이 목적 아닌 이대로도 좋습니다
뚜렷한 이유조차 알 수 없는 미로의 숲
아직도
난, 그대 발길
보낸 적이 없습니다.

허기진 저녁노을 나른한 발걸음 뒤
어둠 속 스멀스멀 찾아 든 환영幻影 하나
긴 긴 밤
동침한 죄로
온몸살을 앓습니다.

아슴한 기억 저 편 걸어놓은 꽃 그림들
닫힌 문빗장 풀고 살며시 바라보다
행여나
닳아질까 봐
얼른, 문을 닫습니다.

이른 봄을 훔쳐보다

이드거니 기다린 햇살 만나 합일터니
그예 불거져 오른 산수유 노란 꽃배腹
춘삼월
새벽 비명에
제 몸 확, 풀어낸다.

눈부신 금빛 갈기 허공에 흩날리자
추위를 소진시킨 지난겨울 끝자락이
나른한
발걸음으로
비척비척 돌아선다.

초저녁 아기별꽃 배시시 눈뜰 무렵
하루 해 닫아버리는 문빗장 소리 듣고
어둠은
한 켠에 앉아
꽃대 하나 또, 세운다.

시인은 입으로 말하지 않는다

창문에 부딪치는 작은 몸짓 소리 있어
부스스 선잠 털고 커튼가에 비껴 서서
빗방울
수런거리는
그 사유 훔치는 밤.

추사 혼불 서려잠긴 서책의 문자향기
적바림된 갈피마다 쪽물 배듯 땀 젖어도
설 여문
문체 하나가
벅수처럼 멀뚱하다.

오랜 글벗 부음訃音 문자 스룻 퍼진 전율 따라
아리한 가슴 저며 차마 말, 못 전하고
긴 여운
말줄임표 뒤
묵언하나 달고 있다.

꽃무릇*이 하는 말

죽을 만큼 뜨거운 그런 사랑 해봤니?

영원과 찰나의 스침, 뼈와 살 만날 수 없는

애틋한 목마름 하나

너는 가져

봤었니?

* 꽃무릇의 꽃말: 이루어질 수 없는 사랑.

사랑하기 좋은 날에,

들끓던 초록계절 치받친 포만감에
신열을 앓고 있는 배롱나무 긴 그림자
단 한 번
쉴 새도 없이
계절을 이고 섰다.

여름내 뻗쳐오른 힘찬 줄기 찌글대자
여문 씨앗 품고 앉아 옆구리 굵어져도
탯줄 쥔
늙은 호박은
태연히 졸고 있다.

조롱박에 매달린 한 뼘 더위 물러선 날
갈대숲에 몸 낮춰 숨어 울 바람 소리
가을은
진실을 말해주려
제단을 준비한다.

상처, 그 후로도 오랫동안

이드거니 오던 비 발걸음 되돌리고
우주의 불꽃놀이 천둥번개 잦아들자
구름 뒤
환한 물빛 낯
숨어서 기다린 듯.

손톱 밑 가시처럼 폐부 콕콕 찌르던 날
도사린 미움 하나 꼬리 한껏 치켜들 쯤
불현듯
다가선 말씀
강물로 출렁인다.

빛바랜 하얀 기억 시나브로 멀어지고
상흔은 으레 그렇듯 녹아내린 시간 위로
한 찰나
스쳐간 바람
혹은, 불꽃이었다.

몫
― 광화문과 서초동 집회를 보며

천둥 번개 겁을 주는 어두운 그 밤에도
목 타 우는 풀잎들의 아우성을 보았다
저 혼자 울던 바다는 그예 지쳐 잠들고,

가상공간에 갇혀버린 편협된 가여운 혼,
어느 날 이 세상에 내던져 진 생명들은
오로지 살아내기 위한 몸부림을 쳐댄다.

붙박인 서러움이 촘촘 박힌 하늘 바라
누군가에게 마음 쏟은 눈물을 주고픈데
지금 막, 별똥별 하나 제 시름을 떨군다.

꿍치거나, 풀거나

늦잠 털고 일어나 커튼 제친 창문 너머
찌푸린 회색하늘 머리 돌려 외면한 채,
머그잔 커피 향속에
느루 퍼진
또 하루

푸른 밤 유리천장 깨고 나온 긴 꼬리별
끝 간 데 전혀 모를 천길 나락 알았을까
숨 막힌 모눈종이 속 일탈을 꿈꾸던 날

염주알
꿰어놓듯
엮여진 일상 속에
허접한 제 화상과 씨름하다 지친 날엔
한 사발 쭉 마시고픈 막걸리가 동동 뜬다.

대나무 단상斷想

결 고운 척추마디 창창히 곧게 자라
뾰족한 제 자존을 부드럽게 다듬는 밤
긴긴날
모죽毛竹 의 아픔
하나씩 꿰고 있다

빗장 지른 거대한 손 어두움 풀어놓자
등뼈뿐인 깡마른 몸 사각사각 달 베먹고
목마름
애만 태우다
그예 놓친 여름날

짓궂은 대숲 바람 휘 집고 떠난 자리
토막 난 잠 잇대어 사부시 잠 청할 쯤
흰 달빛
떨구는 소리
다시 몸 뒤척인다

점섬

무심한 도심 속 빌딩 숲을 벗어나면

별똥별이 긋고 나간 하늘 끝 그 너머에

등 푸른 거대한 몸짓 파도가 내게 온다

현란한 스마트폰에 쌓이는 정보 섬들

손에 쥔 게 너무 많아 오히려 외로운 듯

이따금 먼 아날로그 그 안부가 궁금해

꽤 오랜 시간 속에 소복 쌓인 여백 꺼내

담아 본 A4 용지에 겉도는 시어詩語 하나

온종일 드잡이하다 노을 펴고 또, 눕는다

박희정(朴姫貞, Park, Hee jung)

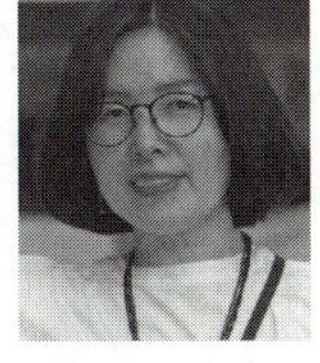

1963년 경북 문경 농암면 출생. 영남대학교, 고려대 인문정보대학원(문학예술학과) 졸업. 〈서울신문〉 신춘문예(2002) 등단. 시조집 『길은 다시 반전이다』(2008, 고요아침), 『들꽃사전』(2011, 책만드는집), 현대시조100인선 『마냥 붉다』(2016, 고요아침). 시 에세이 『우리시대 시인을 찾아서』(2013, 알토란북스). 제4회 오늘의시조시인상(2010), 제30회 중앙시조대상 신인상(2011), 제13회 청마문학상 신인상(2012), 제2회 고대문우상(2013) 수상. 《시조미학》 편집장, 《정형시학》 편집위원.

—

박희정 시조는 사물에 투영된 감정의 열도가 강하며 전통의 창조라는 양날의 칼 위에 끝없이 긴장하며 변화와 역전을 향한다. "뻥 뚫린 심장의 말"(「몽당연필」)이 주된 정조다. 생명 현상에 대한 사유와 소멸하는 대상들에 대한 정서적 대응(「힘」), 뜨거운 열기를 감당하며 오래 견디어 일용할 양식과(「수프 한 그릇」) 같은 삶, 현대사회와 문명 세태에 대한 관심과 비판(「이데올로기 좌표」, 「윷놀이, 관계」, 「명품세상」)에 이르기까지 '역전'이라는 커다란 변화를 꿈꾸는 시인이다.

— 이혜원(문학평론가 · 고려대 교수)

—

힘

산다는 건 어떤 불의에도 굴하지 않는 건지

산이 무너지고 터널이 지나가도

천성산 도룡뇽 부부 헤어지지 않았다

무성한 탁상공론 아랑곳하지 않은 채

수맥을 이어주는 무량한 저 생명들

에둘러 제 터를 찾아와 목숨 끈을 잇는다

짝을 짓는다는 건 천상의 기도 같은 일

통설을 깨트려서 세상의 귀 열어놓고

대성늪 봄볕 가득한 유백의 알을 보라

몽당연필

내 살이 다 닳아서 없어질 그 때까지

시간이 문드러져 여백을 채울 때까지

뻥 뚫린 심장의 말을

전할 수만 있다면

수프 한 그릇

주걱을 휘젓는다, 느리게 아주 느리게

앙금 다 풀어내면 잘박하게 졸아들고

뭉근히 달아오르는 일생의 짧은 한 끼

내 언제 저렇듯이 자작자작 잦아들어

누구의 가슴팍에 진득하니 엉긴 채

온전한 하루치 양식으로 채워질 수 있는지…

윷놀이, 관계

상금을 자리 밑에 깔자 윷가락이 날뛴다

두 올케와 시누이의 용호상박 내기 윷이다. 말판을 앞에 놓고 윷가락이 춤을 추며 개를 하면 개로 잡고 모를 하면 모로 잡는, 큰올케 억척 속에 속수무책인 시누이, 모로 가도 서울만 가면 된다는 뚝심이다. 파르르 떠는 윷가락과 갈팡질팡한 흑백말판, 숨 막히는 결판에 저 윷가락 좀 봐, 앞서가던 세 동의 뒷덜미를 꽉 잡았다. 천지개벽할 현장에 남자들도 아우성이다. 괴발개발 주절주절 시시비비 왈가왈부, 초조하던 친정엄마, 슬그머니 며느리 편, 두 딸은 어안이 벙벙하다 드디어 쌍심지가 푸르다. 엎어지고 자빠지고 뒤집어지는 관계와 관계

윷가락, 박장대소 속에 역전의 말판이다

바늘

당신과 또 다른 당신을 꽁꽁 기워가는

세상의 허튼소리 감침질로 꿰매가는

첫 단추 여며줄 실오리, 팽팽한 긴장감 같은

이데올로기 좌표

서른 해 꼬박 넘기며 당신들 지켰어요

누구는 떠나가고 또 누구는 이사 와서

가로수 언저리 오가며 마음을 달랬겠죠

굴착기, 포클레인 불러 나무들 파재끼며

싸늘하게 달려드는 당신들이 무서워요

재개발, 그 낯섦으로 잃어버린 존재감

흙길은 밀어내고 화단은 지워버리고

당신들은 늙어가고 아파트는 솟아오르고

한남동 이데올로기 좌표에 나무들 졸했어요

낙동강역

저뭇한 날 삼랑진 지나 낙동강역에 내리면
묻어둔 겨울 꼬투리, 한 쪽이 말랑한
경전선 기차가 전해 준 하얀 기적 만난다
조금만 들춰도 와르르 쏟아질 것 같은
물결무늬 숫자와 바람무늬 흔적들이
담담이 이어졌다 놓여나는 환승의 작은 역사驛舍
돌아올 내 차표는 빈자리에 놓아두고
낙동강 끌어놓고 조곤조곤 답장 쓰다
내릴 곳 까맣게 잊은 채 우렁우렁 도는 역

명품세상

기다림의 시간은 계산되지 않는다
보이스톡, 단체 카톡, 밴드로 주고받는
실시간 올라온 소식, 간극이 저리 붉다

농담 앞에 웃음 짓고 진담 앞에 찡그리는
흐린 표정 속에 독소 같은 한 줄 글
불특정 다수를 향한 절규의 항변 같은,

짧을수록 감칠맛인지, 강할수록 매운맛인지
무성한 의욕만 들떠 명품세상 가려질까
댓글이 늘어갈수록 놓치는 저 네트워크

하얀 두절

한강이 얼었다, 그 위로 눈이 내렸다

며칠째 오도가도 못하는 아득한 두절 위로

저마다 화석이 된다, 근황을 알 수 없다

물길을 놓쳐버린, 무수한 은유들이

가양대교 아래에 고드름처럼 매달려

번외의 특보를 쓴다, 처절한 비보 같다

반려동물과 산다

개만도 못하단 말, 예사로이 하지 마라
반려동물을 가족처럼 끌어안는 오늘에
동물과 구분 지을 잣대, 희미해져 가는 것을

주인 덕분에 금수저 애완견 되거나
부모 탓하며 흙수저 자식이라는
애당초 가당찮은 속내, 따지지도 말 것을

사람과 교감하며 곁불처럼 지켜주는
고령화와 미혼 가족 그 쓸쓸함과 부대끼며
반려返戾될 먼 그날까지 눈치코치 다 읽을

밝덩굴(Bark, Dung gul) 본명: 박병찬(朴丙贊, Bark, Byung chan)

1939년 충남 예산 오가면 출생. 건국대학교(국어국문학과), 경기대 교육대학원(국어교육학과). 《한국수필》 천료(1985~1988), 《서울문학》 시조 신인상(2002) 등단. 시조집 『달 그림자』(2014, 고려사) 외. 수필집 『잃어버린 달』(1984, 상록사), 『아버지와 한겨울』(1990, 조세정보사) 외. 경기예술문학대상(1989), 한국문인상(2008), 박두세문학상(2011), 경기시조문학 대상(2014), 국제문화예술대상(2016) 수상. 한국문인협회 경기도 지부장, 경기한국수필가협회 회장, 한국수필가협회 이사, 수필문학회 이사, 경인시조시인협회 회장 역임. 현대수필문학회 창단 이사. 한국문인협회 수원지부 고문.

단풍

밝덩굴

나이 들면 덜고 싶은가 보다. 초록의
생 조금씩 놓으면서
부끄러운 삶 많다면서 홍당무로 치장
하고
온 회에 정강(紅江) 이루려니 이라리
조차 그리운가.

—

밝덩굴 작품은 삶의 현실적 체험을 직설적으로, 은유적으로 또는 상징적으로 표현하면서 이미지 처리를 아주 딴판인 것처럼 '환치'시키는 기술을 보여준다. 행간마다 많은 의미를 숨겨둔 함축과 생략, 유추와 상징, 강조와 변화 등의 묘기를 잘 살리고 있다.
밝덩굴은 작품을 자신의 일상 생화에서 현실적으로 겪은 생생한 체험과 느낌 등을 용해시켜 다시 교묘히 배합하고 재구성하여 우리 가락에 얹어 미의식의 구조로 형상화함으로써 작품들이 별빛처럼 반짝이고 햇살같이 빛난다. 이를 한마디로 요약하면 '삶의 현실적 체험에서 건져 올린 새로운 심상의 미학'이라 할 것이다.
— 유선(시조시인 · 문학평론가 · 한국문인협회 자문위원)

—

성묘
— 이장移葬 후 첫 참묘

불초심不肖心이 회오리 되어
문창살을 때리면
용인 땅 한텃골이
불현듯 생각나서

어버이
이부자리를
나비처럼 접는다.

아내에게는 시아버지 앞에
글이 나에게는 할머니 앞에
좋은 꽃 올리게 하고는
두 손 모아 기도하기를

저예요.
아버지 어머니
고뿔 들지 마셔요.

이 가을

우리 집 꽃밭에
국화꽃 가득하고

옆 집 마당에도
밤송이 벌었다.

이 가을
헌 담장에 청진기 대어본다.
듣고 싶은 '예전으로'

어머니

비 오는 날
시청에서 구로동 버스를
탔습니다.

창밖의 우산도
창 안에서는 작았습니다.

빙 도는
노선버스라
자꾸자꾸 돌았습니다.

아버지의 노래

토방에 옹기종기
코 박고 기댄 복술 강아지
새끼 떼놓고 집 나간
누렁이를 생각하셨을까?
아버진
맹 · 공자孟 · 公子 외우면서
외로운 강 건너셨나보다.

아버지가 돌아가시고서야
아버지의 비밀을 알았다.
할머니는 천주天主쟁이
증조할아버지께 쫓겨나시고
아버진
에미 없는 자식으로
적벽부赤壁賦만 찾으셨다.

우리 집 신앙은
'무녀도巫女圖'이듯 혼돈의 세월
할머니는 하느님 불렀었고
그 손자는 하나님 찾고
책장 속
아버지의 유품에서는
공자님의 냄새만.

설날 아침

우리 아버지 가르치시던
종경도從卿圖놀이
벼슬판 윤목輪木

동문선습董文先習 읽어주며
담뱃대로 가리키던 곳

여기가
유학幼學, 도 일 년徒一年이니라.
잘 해야 느니 사궤장賜几杖까지.

한가윗날 모의謀議

한 젓가락 송편 속에
깊숙이 숨은 가족사
핏줄로 끌어내서는
복福을 따는 사람들

으   라   차

내
리
떨
구
는

윷가락들. -도, 걸, 모.

광교호반을 걸으며

그리움이 가득한 날
나는 산길을 걷네
광교호수 푸른 물에
천둥오리 천천 둥둥

금붕어
떼 지어 뻐끔뻐끔
하늘만을 마시네.

저어기
울긋불긋 옷단장하고
걷는 사람도
얼마를 걸었는가
그리움이 보이는지

의자에
혼들 앉아서는
먼 그네를 타고 가네.

흰 날개섬*

까나리 살 내음
추억으로 젓 담으며
하이얀 모래밭
햇살로 밟타면

버얼써
흰 날개섬
용기포 들문이다.

햇살 따라 나선 눈이
용기원산 앞에 서면
철조망으로 묶어놓곤
지뢰가 터진단다.

저기도
우리 땅이라
붉게 타는 해인데.

* 백령도(白鶴島) 白翎島: 흰 학이 종이쪽지로 섬을 알려 주었다는 데서
유래함.

내려놓기

복사꽃 피는 거리
걸으면 더 좋은 거리

늙어 보니 가쁜 거리
왕개미도 힘든 거리

힘들면
힘을 내려놓을 일
가벼우니 넓은 거리.

인권

넝쿨손이 창문을 기웃해서
내 성을 따 박호순이랬더니

이 잎
저 잎
매달려서는
못 생겼단 이름 쓰지 말란다.

순호박
제자리에 올려놓던 날
노란 꽃이 벙글다.

방극률(房極律, Bang, Guck ryul)

1960년 전북 남원 주생 출생. 서해 공업전문대학 졸업(1980).《문예사조》시(2001),《서정문학》시(2017), 경기시조협회 시조(2017) 등단. 시집『괜찮아요,아빠』(2018, 서정도서) 외. 시조집『사락골 추억을 품는다』(2019, 탑디자인). 서정문학상(2017), 경기문학 작품상(2017) 수상. 한국문인협회 회원. 경기시조시인협회 사무국장, 수원문인협회 발전위원장.

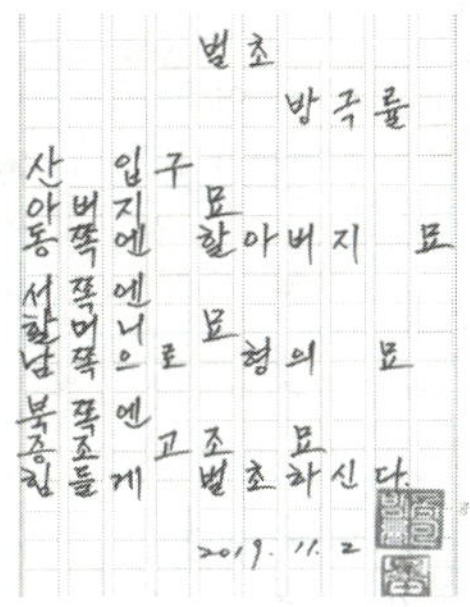

어머니는 한없이 내어주시고 자식은 이기적으로 받으려만 드는 관계는 대부분 생명체의 공통점이다. 동물의 세계에서도 어미가 모성본능으로 자기 생명을 버리면서까지 새끼들을 지키는 예는 흔하다. 종의 존속을 위한 유전자의 장치라고 학자들은 설명한다. 하지만 자식이 20살이 되도록 슬하에서 돌보고, 50이 되고 60이 되어도 항상 염려하시며 기도하는 어머니의 마음을 '본능'으로만 돌릴 수는 없다. 그 단편의 글로 나는 어머니와 대화하는 중이다.

— 이강옥(전 전라초등학교 교장)

동반자 언니들

1
헐어져 가는 고택은 크고 텃밭은 넓다
십년 전 친정 오빠까지 세상 져 버리니
칠십칠 세
어머님 같은
어머님 눈물 난다

2
친정 집 옆 집으로 출가했다는 어머님은
텅 비워진 친정 집 마당에서 언니를 찾고
심어 둔
호박 모종을
떠 담으신다

3
죽어야 이 가슴이 아프지 않을 거라고
어머님은 언니 찾고, 다시 아빠도 부르고
결국은
이웃에 남은
동반자 언니들만!

붉은 고추 말리기

1
외양간 앞마당에 덕석판 붉은 고추
여덟 시 여명 햇살 쬐어 노는 그림 한 점
열 시가 얼추지나니 두어 평 응달 오네.

2
강아지 밥먹이니 젖어든 낮잠 갈증
태양볕 도망치니 열한 시에 양지 찾자.
고추들 내 손길 따라 숙명처럼 말렸네.

큰 바위

산마다
고개마다
바윗돌이 많더라
바윗돌
너무 커서
물러나질 않구나
바윗돌
소리가 없는
큰 바위는 어머님

고깃국

어머님
막내 동생
낳으시고 허기져
고깃국
시댁 식구
듬뿍듬뿍 드리고
원 없는
국물 한 솥을
드셨다는 옛 얘기

전설

해 뜨는
아침이면
개간지 산 밭으로
달 뜨는
저녁이면
베틀 앞 삼베 짜고
일 년을
놀 새가 없는
전설 따라 인생 만 리

가족

두레상
둘러앉아
가족 온기 올라 오는
말석이든
상석이든
방바닥 온기 가득한
어머님
홀로 계신 방
열기나 피어오를지

마술 부린 어머니

논에서
일하시며
아버지 담배 피시고
어머님
마술 부려
아홉 몫을 하시는데
아버지
원 아웃, 투 아웃
살며시 해가 지네

서운함이 산다

참고서
많아 봐야
제대로 될 리 없다
교과서
아니 보고
어찌하여 참고서냐
교과서
이해 안 되면
참고서를 사 주마

젖은 벼

덕석에
젖은 벼를
널어가는 어머님
허투루
새어 나간
낱알들 젖은 눈물
진종일
엎치락뒤치락
덕석판에 젖은 벼

맷돌

1
어머니 애장품에 콩을 갈면 콩물이요
단단한 맷돌 그놈 TV속에 등장했네
그 맷돌
돌돌돌 돌려서
어머니의 땀도 콩물

2
가득 찬 소리 없는 눈물만 줄줄이네
보는 눈 깨져가고 보는 눈 짓눌려지네
뚝 뚝 뚝
함지박 넘는
말이 없는 시집살이

3
휘감는 맷돌 보배 어머니 곁엔 없군요
어디다 파셨나요, 뒷집에 드렸나요
기특한 맷돌
육중한 몸매
참을 수 없는 눈물.

배경희(裵敬熙, Bae, kyungh hee)

1967년 충북 청원 출생. 경기대학교 한류대학원 재학 중. 중앙시조백일장 장원(2008), 〈서울신문〉 신춘문예에 시조(2010) 등단. 시집 『흰색의 배후』(2016, 고요아침). 한국시조시인협회 운영위원. 오늘의시조시인회의 회원, 작가회의 회원, 민예총 회원.

가시연꽃

제 나간 엄마 길은
비린 내도 들끓었다

늦 정에 목까지 찬
아이의 붉노지수

팔화산 자기 몸 뚫듯
깨시가시 피순다

「이명」은 신체적 증상을 넘어서 현존에 대한 불안과 갈망을 상징하는 기표이다. 이웃의 삶에 연민을 보이는 것, 보편적 감수성으로 타인의 아픔을 껴안는 것, 이것들도 모두 이명을 야기하는 조건이다. 「그 후」가 시작점이자 종결점이다. 이와 같은 상처투성이의 기억이 현재화하면서, 성인이 된 현재에 신경증을 유발하는 원인으로 지목되는 것이다.

— 염창권(시조시인 · 문학평론가)

욕망은 이루어질 수 없는 세계이며 순수함은 아직 욕망이 발현되지 않는 세계이다(「흰색의 배후」).

— 박수빈(시인 · 문학평론가)

표류하는 신발

이탈리아 해안가 발견된 신발 하나
발목이 들어있다 잘린 면이 깨끗하다
단면은 의문이 된 채 거슬러 올라간다

해류와 바람을 용의선상에 올려놓고
고사리 포자들까지 단서로 지목된 채
수사는 물살을 타며 국경까지 넘어간다

신문에도 뉴스에도 햇빛 비명만 있을 뿐
미궁의 파편들은 심해까지 들어간다
형체만 겨우 남아있는 수수께끼 난파선

소리 없는 울음들이 끝까지 흔들리다
모래 속에 삭아가는 난민들의 신발들
때때로 떠오른단다 기억도 목이 메면

이명

밤이면 귀에서 자꾸 소리가 나는데요
바람소리 빗방울 떨어지는 소리가요
의사가 귓속을 본다
미궁에 빠졌군요

우울한 냄새들도 가끔씩 나는데요
그럼요, 잡념이 괴면 고요조차 썩어요
쉬세요 내려놓으세요
그 곳도 길입니다

그 후

의사가 묻는다, 뭐가 제일 힘들죠
가족요, 그의 손은 쉼 없이 움직인다

책상엔 새의 발들이
흰 눈처럼 찍힌다

엄마가 떠났어요 전파상 아저씨랑
그 후로 아버지도 소리 없이 떠났어요

부서진 제 안의 창들을
할머니가 붙였어요

그래요 눈 감아요 무엇이 보이나요
집이요, 한 아이가 대문 앞에 서성여요

햇볕이 설탕처럼 쏟아져요
엄마를 늘 불러요

꽃 진 자리

봄이 오는 첫 길목에 목련이 피었다
초록이 길 낼 무렵 목련은 지고 있다
한순간 면목가증面目可憎처럼 아 하고 꽃은 졌다

몸이 먼저 말하듯 없던 병도 터지고
세상 한켠 비바람에 한때는 가고 없다
세월은 꽃 핀 자리보다 진 자리가 길다

은유
— 감

감나무 한 채가 시름시름 앓는다
열매가 안 익어요 햇볕도 잘 쬐는데
의사가 불안장애라는 병명을 내린다

아직 남은 여름을 다하라는 처방전
조급증은 쓰고 떫어 돌처럼 딱딱하다고
은유는 잎을 다 내려야 가을이 앉는다고

흰색의 배후

그녀의 그림들은 조용해서 춥다 하고
색색의 소리까지 흰색에 갇혔다며

꽃들의
본색만 찾아
아름답다
수군댄다

사과는 빨갛다는 고집스런 집착 속에
총알 한 발 놓는다 중심 뚫고 지나가듯

의미가
파편들 속에
흰색이라
읽는다

맨드라미

지금 가을이야 너 아직도 기다리니

내 몸속 어딘가에 붉은 살이 남았는데

문 앞의 길들은 멀어지고 꽃비늘만 떨어져

한때의 여름날이 점점 붉어지는데

대문 밖 풍경이 진흙같이 무거워져

시간은 혼자라는 것을 이해하게 해줬지

지금도 재봉하느라 바닥에 붙어살아

여름을 떠나가면 여름이 태어날까

올 거야, 거짓말들을 때때로 믿고 싶어

사랑

행복이 두렵다고 처음으로 고백한 날
당신도 가슴 한쪽 추운 아이 있다고
그래서 개복숭아처럼 다글다글 살자 했다

생각이 다를수록 시선은 구부러져
분홍의 심부를 찍어대며 문 닫을 때
시간은 거울을 죽이고 검은색을 키웠다

못 참겠다 싶다가도 한 호흡 놓는 사이
그늘 맑아지며 잎잎이 들어올 때
햇살이 그의 주름을 꽃이라 읽어준다

아프리카 그림
— 원색의 침묵

검은 흙을 파내며 뿌리를 기억했다
원색의 침묵은 반쯤 감은 눈이라고
문명의 오랜 그늘에서도 저녁은 숨을 쉬듯

저 멀리 보이는 빈 바구니 인 여인네
몇 리일까 허기도 지평처럼 고요하다
어둠 속 하얀색처럼 어린 눈만 반짝인다

고양이와 나

나는 너무 조용해서 사는 게 힘들어

거울 속 화장을 수없이 닦아내도

쥐 같아, 어둠 속에서만 숨 쉬고 바스락대

그림도 가방도 가끔씩 쿵 소리를 내

고양이의 긴 고요를 밤마다 들을 때면

슬픔이 더 웃자라곤 해 너와 나는 결국 같아

이해라는 눈동자가 불안하게 커져갈 때

두 발의 탐색은 소리의 두려움일까

꼬리로 죽었는지 살았는지 문지르며 사라진다

검은색 소파

덜 깬 듯 누워있는 검은색 소파 위에

젖은 몸을 눕힌다 엉덩이의 몽상이듯

헛잠에 여러 생각이 중심을 잃고 헤맨다

아직도 서성이는 또 다른 바깥에서

부정의 시간들이 어둠에 휘어진 채

공중에 뿌리 내리고 헛뿌리로 살고 있다

이력서, 컵라면, 깡소주로 이어온 삶들

썩지 않는 꿈에서 썩은 꿈을 꾸려고

소파가 구덩이를 판다 검을수록 차분했다

배병창(裵秉昌, Bae, Byung chang)

1927.~1976. 경북 금릉 구성면 광명동 출생.
호 수운(秀雲). 건국대학교, 영남대 대학원
(국문과) 졸업. 〈동아일보〉 신춘문예에 「기」 당
선(1960) 등단. 시조집 『소나기와 종』(1960,
성학사), 『항아리』(1965, 용범), 『이슬과 송학』
(1975, 학문사). 시문학구락부, 흑맥동인회,
김천문우회 회원. 김천 간호전문대학교 출강.

—

고향에 와서

맑은 물길을 따라 산 밑으로 흘러 예고
울마다 덤불 얽혀 호박꽃도 피었어라
초가집 옹기종기 모여 버섯 돋은 양 하오

푸른 이랑 저 앞들을 널따란 바둑판을
찰랑찰랑 물동이엔 바가지 떠서 돌고
우렁한 황소의 울음 싸이렌을 울리오

달 밝은 저녁에는 그리도 사무치던
언제나 사랑하던 하늘 푸른 내 고향에
돌아와 품에 안기어 살아보고 싶으오

거울

그 옛날 아사녀의 슬픔도 아니란다
매양 눈물 지우던 그림자의 호심이여!
이맛살 찌푸리던 순이 저주하던 못이다

보름달이 밤하늘의 여왕인 양 군림해
그 웃음의 메아리가 어엿이 울려 와도
하늘의 자랑도 아니도 못의 허물 아니다

금붕어

눈에 끌려 따라가면 꼬릴 치고 돌아서는
너도 꿈을 먹고 나도야 꿈을 더듬는
너로 해 시름을 잊었다 앙증스런 물고기

튀어난 두 눈에는 금테안경 버티어 쓰고
허리엔 칼을 찼나 지느러미 날카롭다
철 맞아 유리 궁전 안에 어여쁜 내 공주야

기적

도깨비 이리 여우 우글대는 저녁이면
지친 나의 뇌수 날카로운 신경이여!
어디서 문명의 바퀴 소리 세기말로 들리누나

봄

해마다 좋은 철은 어김없이 찾아오고

대지의 숨소리만 가쁘게 들리누나
더운 피 끓는 가슴에 손을 얹어 봅니다

나뭇가지 풀밭에도 새싹은 돋아나고
제비는 바다 건너 옛집에 날아와도
봄바람 못 넘어 오는 담을 바라봅니다

추우

넋 놓고 창가에 서면 비애에 젖은 비애
오동잎 이 가슴은 아픈 음계를 친다
어여쁜 가락을 엮어 나도 서정하세나

지금쯤 잠든 해님은 부처님 눈 감은 얼굴
그래도 사무치는 가을밤 서러운 맘
분수로 뿜어야 할 사연 모두 고이 감아두자

봄바람

진달래꽃 지게에 꽂은 나무꾼 구성진 가락
코끝을 스쳐 풍기는 미나리 그윽한 맛
아가씨 보드라운 살결 가슴마저 부시오

비오는 날에

여러 달 가물더니 여러 날 비가 온다
무지개 사라진 뒤 전설만 새겨놓고-
인생은 삼만 육십 일 눈 감으면 그만일걸

애가

아련히 떠오르는 삼삼한 그 모습이
떨리는 음성으로 찾아올 법 하건마는
이승이 이리도 머냐 저녁노을만 탄다

유방

봉오리 꽃봉오리 토실토실 꽃봉오리
봉우리 산봉우리 소복소복 산봉우리
봉오리 봉우리라 함이 다 옳은가 하구뇨

종

무거운 침묵만을 한 아름 안은 채로
뇌성의 메아리는 차라리 울리지 마라
누리를 흔들어 놓으리 가슴 만져 보누나

낙화

노오란 노랫가락 봄비는 술집 앞길
꽃잎만 호록호록 말없이 깔리는구나
닫힌 문 밀어보던 스님 손 모으다 돌아선다

배영근(裵永根, Bae, Young keun)
1949년 대구 수성구 황금동 출생. 영남대학교
졸업(1973).《시조시학》신인상(2013) 등단. 시
집『석류꽃만 환하다』(2016, 그루). 대구시조시
인협회, 시조시학, 정음시조, 작약시조 회원.

> 봄 같은 이별
>
> 배영근
>
> 복사꽃 흐드러진
> 산비탈 그 자리에
> 꽃을 떠안고 가지 끝에 봄물이 지는데
> 그 결을
> 떠나지 못하고
> 봄밤 홀로 더듬는다

배영근 시인이 시조로 펼쳐 보이는 단아한 서정 세계는 대부분 부
재를 노래하고 있고, 결국은 그 부재를 결 고운 서정으로 어루만진
다. 치유의 역할을 하고 있는 것이다. 그의 시조는 읽는 부담을 전
혀 느끼게 하지 않는다. 담백하고 단아한 서정 세계를 낮은 톤으로
노래하고 있기 때문일 것이다. 그만큼 그의 시조는 진솔하고 진실
하며 그 속에 진정성이 잘 녹아 있다.

— 이정환(시조시인 · 정음시조문학상 운영위원장)

사랑 사계

봄
연둣빛 그 떨림이 설렘으로 찾아들 때
바람은 대문 앞에 꽃등 가만 내건다
꽃무늬 분홍빛으로 얼굴 살짝 붉힌 너

여름
눈자위 푸른 눈물 하얀 속살 드러내듯
잠들지 못하고서 서성이는 저 간절함
개망초 흐드러진 자리 거기 내가 서 있다

가을
어스름 뜯겨나간 그 자리 돌아보니
마디마디 절규하듯 흔들리는 붉은 자태
겉늙은 덩치 큰 사내 쓸쓸한 뒷모습

겨울
경련하듯 발목 시린 스무 살 강가에서
모닥불 사위어 가듯 첫사랑 돌아보면
타는 속 보듬어 안고 울음으로 머문다

부재

골목 안 기와집 잠긴 대문 틈새로

썰렁한 마당 가운데 찌그러진 개 밥그릇

정짓간
떨어진 문짝
녹슨 저녁 자국들

우북한 풀들 사이 절구통 누워 있고

이끼 낀 누마루 아래 흙먼지 덮어쓴 가마솥

무너진
장독대 곁의
석류꽃만 환하다

백발

햇빛을 가려 주던
넉넉한 내 들판을

균열된 이랑 사이 부추꽃 꽃대 세우듯

바람에
하얀 꽃 피워
자리 잡고 앉는다

허락 없이 슬그머니
비집고 앉은 자리

빛바래 떨던 세월 머물다 간 그곳

어느새
하얀 서리꽃
듬성듬성 매단다

병산서원 바람 소리

병산서원 배롱꽃에 눈을 떼지 못했다

둥근 기둥 떠받치는 만대루에 누워서

강 건너

그 붉은 꽃 속으로

걸어가는 나를 보았다

봄밤

달빛이 뜨락 가득

서성대는 늦은 봄

누군가 등 뒤에서

어루만지다 떠나듯

앉았다 돌아간 자리

다시 돌아와 앉는 밤

시간이 멈췄다

혼자
물끄러미
꽃구경하는데

어디서 본 듯한 얼굴 스치며 지나갔다

한참을
바라보는데
시간이 멈춰 버렸다

그 자리

꽃 피는 그 자리에
내가 서 있었다

새가 우짖는 그 자리에 내가 서 있었다

보듬어
안고 싶은 자리
내가 거기 서 있었다

끈

비어진 그 자리 우두커니 바라보는데

불현듯 와닿는 기억 저편 속으로

내 안에

질긴 실밥을

여태 뜯고 있는 나

바람의 그늘

누렇게 흔들리는
어금니가 빠진 듯

쾡한 눈 굽은 허리 너무 오래 사는 걸까

말 못할
가슴 속앓이
그 두려움이 두려움

수수밭 바람

그늘 속으로 숨는다 허리 휜 햇살 풍경

멍자국을 내고 간다 새똘이 날아와서

수숫대 이파리들이 핏자국을 묻힌다

배우식(裵佑植, Bae, Woo sik)

1952년 충남 천안 출생. 중앙대학교 대학원(문예창작학과) 문학박사 졸업. 《시문학》(2003), 〈조선일보〉 신춘문예(2009) 등단. 시집 『그의 몸에 환하게 불을 켜고 싶다』(2004, 고요아침). 시조집 『인삼반가사유상』(2014, 천년의시작), 현대시조100인선집 『연꽃우체통』(2016, 고요아침). 문학평론집 『한국 대표시집 50권』(2013, 문학세계사). 수주문학상(2005) 수상. 한국문예진흥기금(2004), 서울문화재단 문학창작기금(2013), 아르코문학창작기금(2019) 수혜. 《정형시학》 주간, 열린시조학회 회장 역임. 중·고등학교 국어교과서 「북어」 수록. 중앙대 '시 창작' 출강.

우리 시대 최고의 시조 시인 중 한 사람을 꼽으라면 나는 주저하지 않고 천재 배우식, 그 배우식 시인을 꼽는다. 앞으로 적어도 100년 안에는 그 어떤 시인도 배우식 시인을 뛰어넘을 수 없을 것이다. 그는 시적 천재성을 발휘하여 100년 후에나 쓸 수 있는 시조를 앞당겨 미리 다 써 버렸기 때문이다. 이 시편들이 실려 있는 배우식 시인의 시조집 『인심반가사유상』에는 유연한 가락, 매혹적인 언어 구사와 독특한 발상, 빛나는 이미지 그리고 다양하게 변주되는 상상력 등이 한낮의 햇살처럼 눈부시게 피어 있다. 마력의 시인 배우식과 함께 홀랑 벗고 목욕탕에 들어가고 싶다.

— 조오현(시조시인)

—

아버지의 창

나무와
대패 타고

아버지가 날아간다.

유리도
반짝이며

그 뒤를 따라간다.

아버진,
하늘 가서도
영창 다는 목수다.

사람들
하나하나

또렷하게 보고 싶은지

벽 같은
밤하늘에

창문 내고 별을 켠다.

저 별빛,
쏟아져 내리는
아버지의 창 환하다.

인삼반가사유상

1
까만 어둠 헤집고 올라오는 꽃대 하나,
인삼꽃 피어나는 말간 소리 들린다.
그 끝을 무심히 따라가면 투명 창이 보인다.

2
한 사내가 꽃대 하나 밀어 올려 보낸 뒤
땅속에서 환하게 반가부좌 가만 튼다.
창문 안 들여다보는 내 눈에도 삼꽃 핀다.

무아경, 흙탕물이 쏟아져도 잔잔하다.
깊고 깊은 선정삼매 고요히 빠져 있는
저 사내, 인삼반가사유상 얼굴이 환히 맑다.

3
홀연히 진박새가 날아들어 묵언 문다.
산 너머로 날아간 뒤 떠오르는 보름달
그 사내 침묵 사유 만발하여 나도 활짝, 환하다.

연꽃

진흙탕 물 속에서
분홍 등이 올라온다.

한 잎 두 잎 꽃잎 열리자
고요하게 퍼지는 빛.

어머니,
분홍 얼굴에서도 그런 빛이 퍼진다.

저 여인 시장판에서
진창의 삶 살아가도

흙탕물 물들지 않고
맑은 빛 켜들고 있다.

그녀는
어찌 저리 환한 꽃 피워내는 것일까.

무심*하면 등불의 꽃,
피어남을 이제 알겠다.

향기로운 빛의 물결
내 안 가득 출렁인다.

나 또한
당신을 바라보며 꽃망울 등 올린다.

* 무심: 청정심 혹은 공쬬한 마음.

돌매화나무* 사람들

산새 울음 한 무더기 심어놓은 바위에서

쌓인 달빛 헤집으며 돋아나는 돌매화나무.

우르르 키 작은 사람들이 몰려나와 서 있다.

상처란 상처는 다 품고 사는 사람들이

캄캄한 밤 밝히려고 환한 꽃 켜들고 있다.

저렇듯 말없는 노래가 더 많이 나를 울린다.

* 돌매화나무: 높이 3~5cm의 난쟁이 나무.

연꽃 우체통

바깥소식 궁금해진 버들붕어 송사리가
연못 속 꽃봉오리 하나 둘씩 밀어 올린다.

어느새 세상에 앉아
제 몸 여는 빨간 연꽃.

일제히 물고기의 말들이 날아오른다.
사람의 마을 향해 환하게 열려 있는

저 꽃은 빨간 우체통,
두근거리며 바라본다.

편지를 배달하는 체관 물관 분주하고,
글 읽는 말간 눈의 물고기가 보인다.

오늘도 연꽃우체통에
편지 한 통 넣는다.

잘 익은 상처는 향기롭다

1
누군가 던진 돌 하나,
나무 속에 박혀있다.

그 돌을 그러안고
통증을 견디는 서향.

안에선 상처가 익는다,
향이 왈칵 쏟아진다.

2
참았던 눈물 같은
꽃향기가 폭발한다.

고백하듯 꽃은 피고,
향내가 천리 간다.

사람도 저 서향 같아야
향기가 멀리 간다.

이 바다가 바다인가

원유를 쏟아 붓는
악마 같은 탱커* 선장들.

온몸에 새까만 기름
뒤집어쓴 바닷새들.

노도는
흰 거품 물고,

사람들에게 달려든다.

남몰래 합성수지
내던지는 검은 손들.

콧속에 플라스틱
빨대 박힌 바다거북들.

천둥도
으르렁대며,

인간들에게 달려든다.

* 탱커: 유조선.

감꽃 아버지

감나무 속으로 아버지가 들어갔다.
그해 봄 문득 들리는 발자국 자박 소리,
눈 씻고 뒤돌아보면 환한 눈빛 감꽃이었다.

아득히 그리운 길 한 바퀴 돌 때마다
출렁출렁 차오르는 아버지 저 살냄새.
그 바다 오르내리며 만남을 꿈꾸었다.

눈 감아도 눈 속으로 파고드는 울 아버지.
감나무 안다는 듯 말랑말랑 붉어지고
나에게 속살을 살짝, 드러내 보여 주었다.

감나무 문밖으로 홍시가 걸어 나왔다.
늦가을 간절한 듯 붉게붉게 익은 얼굴,
달려가 바라다보면 환한 눈빛 아버지였다.

햇빛의 출처

놀빛으로 저녁 바다
닦아주는 석양에게로

와와와 몰려든다, 오쫄대는 물고기 떼.

머리 위
붉은 해 얹고,
선헤엄도 치곤 한다.

바닷속 깊고 어둔 곳
물고기들 내려가자

일제히 입 내밀고 태양 속에 입김 분다.

밤새워 불고 있으면
햇빛 되어 출렁인다.

환하게
부푸는 떨림,
나에게도 전해진다.

부르튼 입들 모여 해를 밀어 올리는 새벽.

빛나는
물고기 떼 눈물,
나는 차마 못 보겠다.

가을역, 단풍나무

산비탈 간이역에 도착한 저기 저 남자,

들꽃들이 바라보는 해처럼 눈부시다.

사내의 내부에선
붉은 빛 끓고 있다.

시어의 잎사귀란 잎사귀는 죄 불이 붙고,

한 사내가 시조 한 수 뜨겁게 뿜어낸다.

벌겋게, 시뻘겋게 핀
시구들이 타오른다.

수천 잎 등불 켜고 비탈길 지키는 너,

네 속에 뛰어들어 어느새 하나 된다.

내 안의 뼈 녹인 붉은 빛,
시조 한 채 토해낸다.

배종관(裵鍾寬, Bae, Jong kwan)

1958년 경남 김해 장유 출생. 《현대시조》, 《부산시조》 신인상(2006) 등단. 시집 『투명한 물소리에 떨리는 산울음』(2009, 한글문화사), 『고향의 메아리』(2018, 책만드는집). 현대시조 올해의 좋은 작품상(2015), 나래시조 단시조 대상(2019) 수상 외. 한국시조시인협회, 부산시조문학회, 나래시조시인협회, 오늘의시조시인회의, 세계시조시인포럼 회원.

그새 부름

태초의 강을 건너
새 한 마리 날아가고

글이 된 짐승들은
해독이 어려웠다

아득한 상형象形의 피가
화선지에 흐른다

—

배종관의 시편들은 참 순하고 맑다. 청정 계곡 옹달샘같이 오염되지 않은 눈과 마음속에서 길어 올린 시편들, 마시고 또 마시니 내 마음도 맑게 정화돼 순해진다. 가식 없이 눈에 보이는 대로, 느낀 대로, 깨달은 대로 사실적으로 묘사하고 진솔한 시편들이 착하고 좋은 서정시의 모범을 보이고 있다. 배 시인의 시편들은 루카치가 말한 밤길을 안내하는 별빛처럼 빛난다. 순정한 마음으로 순정한 세상을 어떻게든 보여 주려고 지켜내려 하고 있으니. 이것이 유사 이래 지금까지 시가 쓰이고 읽히는 가장 튼실한 이유 아니겠는가. 거기에 우리민족에게 익숙한 시조의 형식과 운율을 타고 있어 쉽게 읽히며 폭넓은 공감대를 이루고 있는 게 이번 시집의 덕목이다.

— 이경철(시인 · 문학평론가)

—

바람 여행

만사를 접어두고 발길 닿는 낮은 길로
바람은 길이 많아 나도 늘 그렇다
아득한 그 꿈속으로
가만 젖어 떠난다.

일상이 나를 깨워 세상 밖에 눈을 돌려
바람이 앉은 자리 따라가며 앉으면서
설레는 가슴을 안고
새가 되어도 좋겠다.

바람이 부는 대로 구름이 가는 대로
내 삶의 끈을 풀어 흐뭇한 유목으로
또 다른 눈이 뜨여서
떠나고 있다 늘 그렇듯이.

아버님 오시는 날

음陰 이월 스무하루 아버님 오시는 날
구름 비낀 조각달이 고향집 비춥니다
멀리서 발자국 소리 들리는 듯 합니다.

꽃피는 봄을 두고 서둘러 가신 걸음
지게로 사신 평생 통증으로 다가와서
아련한 가슴 한 편을 두드리고 있습니다.

엎드려 다가서니 들리는 듯 그 목소리
술 한 잔 비우시고 고개를 끄덕이며
새하얀 도포를 입고 돌아보고 가십니다.

어머니의 나이테

바래진 사진 속은 한때는 꽃이였다

아득한 길 위에서 되돌아 펼쳐보니

해마다 그리움이 자라 주름 깊이 새겼다.

먼빛의 그림자는 옛 모습 닮았는데

가까이 새겨보니 지나온 길 아득하다

긴 시간 빠져나간 자리 나이테로 무성하다.

다대포의 밤

곱게 진 석양 아래 어둠이 내립니다

수많은 몸짓들은
얼룩으로 남겨지고

철새들 무리 지어서
백사장을 떠납니다.

저물녘 다대포는 노을이 헹굽니다

파도에 젖은 여로
한 잔 술로 출렁이면

바다에 비친 달님도
술잔 속에 웃습니다.

연꽃

내 비록 진흙탕 속
구정물에 놀지언정

은장도 품은 가슴
순결을 지켜왔다

내 몸에
굴러내리는
물방울을 보라, 보라.

님

구만 리 머나먼 길
그리운 얼굴 하나

온밤을 달빛으로
흥건히 적셔 놓고

내 마음
한복판에서
피어나는 꽃 한 송이.

모과

방 안을 가득 채운
향긋한 모과 향기

마지막 살점까지
다 썩도록 내뿜는다

내 인생
다하는 날까지
모과처럼 살았으면.

겨울 낙동강

날 저문 낙동강은
수묵화를 그립니다

노을에 젖은 강물
멈춘 듯 흐릅니다

나루터
지날 때마다
배 한 척씩 매달고.

천불동*

조선의 기녀들이
여기에 다 모여서

눈웃음 짓고 있어
두고만 바라본다

천불동
나신에 미쳐
하산길을 잃었다.

* 천불동: 설악산 외설악의 유수한 절경이 있는 계곡.

내연산 폭포

긴 세월 맺힌 한을
토해내는 열두 폭포

투명한 물소리에
떨리는 산울음은

청아골
메아리쳐서
만 가슴을 울린다.

배종교(裵鐘校, Bae, Jong kyo)

1943년 부산 강서구 녹산동 출생. 서울대학교
(농대) 학사 졸업(1968). 《시조문학》 천료(1989,
봄호) 등단. 강서문학회 고문, 맥시조문학회 회
장 역임. 시조시인협회, 한국문인협회 회원.

배종교 시인의 시편들은 언어의 기교적 수법보다 감성에 호소하
는 켜켜이 쌓인 인생 연륜의 무게를 느끼게 한다. "서리발 차가울수
록 혼은 더욱 뜨거운가"(「고추잠자리」) 일상 생활에서의 느낌을 직
관적 투시력으로 승화시킨 "깡마른 대궁으로도 생의 참의미를 케
지못해 날빛 시간의 줄 엮어 씨앗으로 영근다"(「늘보리」) 또 "파도
가 밀려간 자국 하늘 조차 갯내음"(「헛소문」)에서 우리말이 가지는
정형적 율조를 자연스럽게 표현하는 능력. "늦가을 억새꽃이 생각
마저 젖게 하는"(「고향초」)에서는 인생 연륜을 느끼게 하는 향수적,
목가적 면목을, 다시 말해 우리 시조의 전통적 내면과 외면을 모다
잘 구사하는 시인이다.

— 서태수(시조시인)

늘보리

삶이 무엔지 그댄 아직 모릅니다.
터질듯 부푼 가슴 고인 정이 가득해
바람만
스쳐 지나도
아픔으로 남습니다.

그것 인생이란 것을 그댄 아직 모릅니다
늘보리 키로 자라 복을 뽑아 지켜보면
피고 진
그 잎새 사이로
아린 숨결만 젖어 옵니다.

깡마른 대궁으로도 생의 참의미를 캐지 못해
날빛 시간의 줄 엮어 씨앗으로 영글며
밤하늘
쏟아질 듯한
초롱초롱 별빛을 담습니다.

그네

남치마 부푼 폭에
먼 산도 안겨 오고

되굴려 품은 하늘
눈이 부신 저 햇무리

누이야,
새파란 오월
옥빛 꿈을 띄워라.

그리움이 줄을 타고
풀꽃처럼 흔들리면

열아홉 그 물살에
여며도 부푸는 가슴

어쩌랴,
네 눈물 많던
무지갯빛 그날들을…

또 하나의 달빛

해변이 마마를 앓아
저렇게 남긴 자국

밀물 때는 몰라도
썰물이 되고 보면

소복이 흔적흔적마다
넘쳐나는 저 달빛

추삼제秋三題

단풍
불꽃 더불어 타오를 오색의 불티들이
바위 사이 담쟁이로 옮아 붙은 이 산천
스스로 번뇌를 사뤄 저 불길로 피는가

억새
허허진 언덕배기 산야를 굽어보며
도라지꽃 하늘색을 가슴에 간직한 채
학인 듯 긴 목을 뽑아 이 길섶을 지킨다.

고추잠자리
서릿발 차가울수록 혼은 더욱 뜨거운가
저무는 꽃대궁에 살포시 내려 앉아
한평생 지고온 하늘 그 등짐을 부린다.

헛소문

목마른 해변가엔
원색으로 흔들리고

파도가 밀려간 자리
하늘조차 갯내음인데

겉과 속 다 뷜 수 없어
바람결로 떠도나.

고향초

늦가을 억새꽃이
생각마저 젖게 하는

산모롱이 오솔길이
낯익은 고향 같아

저 멀리 지평 너머로
얼비치는 그날들…

석류

안으로 타는 열정 망울망울 토해내어
연등인 양 불 밝혀 가지마다 매달더니
마침내 뜸 든 소망을 꽃낭 가득 채운다.

가슴 안 울린 말씀 알알이 새기면서
빛보라 탑을 쌓아 묵시로 출렁이다
끝내는 속마음 열어 보석으로 영그는 꽃.

그 바다

근원도 모르는 숲에 빈 마음 달래며 살다
불현듯 그린 선창, 나울이는 그 물결
노을 밖 애타는 숨결만 불덩이로 와 닿는다.

짬짬이 어망 깁고 어화등도 손질하다
저물녘 떠올리는 등이 푸른 그 바다
오늘도 향화鄕火를 태우는 사투리가 푸덕인다.

조만강 그 갯벌로 물포래가 흩날리고
속살 맞부비며 '문동아'로 부르던 동무
어느 먼 하늘에 묻혀 그 바다를 가耕는가.

토함산의 아침

토함 고요의 정적 산새가 쪼고 있다
골골 깊숙이로 안개만 자욱한데
석굴암 범종 소리는 이 새벽을 다 흔든다.

푸른 산 푸른 계곡 솔바람 일렁이고
동명 그 부상으로 쪽빛 물이 끓고 있다
내 산하 어둠을 벗기며 타오르는 불덩이

남강
— 의암바위

풀꽃 한목숨이 붉게 타 엉긴 여기
피맺힌 너의 한은 강물로 와 흐르는데
이끼 긴 바윗덩이만
눈이 먼 듯 솟았네.

그날 그 낙화의 혼이 밴 둘레로
세월이 흘러가고 또 흘러 덧쌓여도
선연히 넋은 사무쳐
저 물결로 굽이친다.

배태인(裵泰寅, Bae, Tae in)

1941.~1993. 경남 함양 마천면 가흥리 출생. 경희대학교(국문학과) 졸업. 《자유문학》 시조 「항아리」 당선(1962) 등단. 시집 『어두운 삽화』(1963, 문화), 『배태인 시집』(1970, 범우사), 『속 배태인시집』(1973, 월간문학사), 『나의 한강』(1977, 현대문학사) 외. 현대시인협회 등 회원. '엘로 니그로' 동인. 시사통신사 기자, 국회의원 비서, 도서풀판 한섬사 대표, 백양출판사 대표 역임.

—

과실

1
꿰어서 주고 싶은 무르익은 정화일레
청자 하늘빛이 고와서 타는 숨결
번뇌한 나날을 접어 알알 맺힌 밀어여

2
저렇게 빛깔 고운 대고연한 표정은
잎새로 나래 펴며 비상 못한 가슴인가,
시절이 뚝뚝 영그는 향그러운 무늬인가

3
은은한 손짓 너머 구슬구슬 뻗은 보물
옛 신화 무덤 안에 해를 닮은 그 마음도
안으로 미더웁게만 뻗어나는 은하수

망부석

1
끝내 이루지 못한 타다 남은 기도 소리
빛깔도 다홍으로 수평 너머 이야긴데
거리 밖 새겨둔 화답 입상해서 피는가

2
동구를 지켜서서 바라보던 해와 달과
은하수 흐름 따라 모아 쌓은 돌멩이도
한 천년 흐르고 나면 피멍울 진 미소인걸

3
뚝 그린 종소리가 메아리 돼 퍼짐일레
인고에 맺힌 정화 울렁이든 세월 속을
흔들다! 풍화한 넋이 무늬 놓는 학루여

기자

밤과 낮 분별없이 뛰어다니는 헌 신발짝
생활과 거리가 먼 허위적의 되풀인데
언젠가 한 번의 보람 그것에의 투척여

세상

1
요즈음 되어가는 소용돌이 속의 후조
정치란 이름을 벗겨 빈민촌을 지을러다
눈과 귀 꽉 틀어막고 모든 것에 부재중

2
뚫어져라 외면해도 치닫는 상승일로에
몸 하나 둘 데 없는 어느 나라의 시민인지
어두운 이정표 밖을 서성이는 이 화석

소요산 자재암

우짖는 산간 바람 삼귀의에 뚝 머물고
세속이 굴린 염주 연꽃으로 듣는 적막
인간사 번뇌를 썻고 합장하는 이 법륜

층층이 쌓은 달밤 향드리는 염불일레
차갑게 녹는 촛대 한 천 년을 사뤘어도
언제나 사부대중을 인과로 치는 목탁이여

이웃들

1
허리띠 움켜쥐고 바라보는 끼니들은
슬픈 이름을 밟아 밀려오는 주름인데
하루도 그러다 지친 오늘 해가 넘는걸

2
찢어진 옷자락을 씹어뱉듯 안아보면
아들딸 보채 쌓는 피멍울의 여윈 인정
쩌들은 낙루를 쥐고 웃어대는 일기여

항아리

1
하늘 향한 주둥아리 어여쁘게 빚은 사상
육중한 생각 너머 안으로 접은 고운 가슴
청상감 영혼을 태워 백학이 된 넋이여

2
연륜은 다듬어도 주름 없는 너의 얼굴
사랑의 회환을 두고 쌓은 외로움도
영원한 맥박의 마음 길이 뻗은 은하강

초소

달 기운 소총 끝은 샛파람이 차가운데
설야성 넘어가는 나와 같은 외기러기
인내의 외투 자락을 싸워주고 싶음이여

백리디아(Paik, Lydia) 본명: 지효선(池孝仙, Chi, Hyo Sean)

1947년 경남 고성 출생. 대구간호대학 졸업. 가람이병기추모 전국시조공모현상 입상(2002), 《시조월드》 신인문학상(2003), 《월간문학》 동시(2004) 등단. 황금찬 시문학상(2017) 수상. 동시집 『가을에 온 엽서』(2008, 아동문예) 외 6권. 시조집 『꿈꾸는 비』(2016, 세계문예). 동시조집 『단비 한 줌 내리네』(2016, 아동문예). 민들레 글방 지도 교사(시조, 동시조, 동시).

—

백리디아 작품 속에는 여성적인 섬세한 감성과 동심의 정갈함이 돋보인다. 작품을 통해 기본적인 역량과 안정감이 인정되었다.

— 이재철, 이상현

시 「시래기」에서 첫 연의 '겨우내 얼다 마른 시래기 몇 두릅'이 둘째 연에서 '울 엄마 시린 눈물'로 환치되고 3연에서 '가난도 겨울 가난은/ 씹을수록 질기다'라는 시를 빚는 잽싼 솜씨로 시적 발견이 주제를 잘 살린다. 겨울과 가난의 조합으로 더욱 가난한 창작어가 성립되었으며, 관념어인 가난을 '씹을수록 질기다' 는 감각어로 바꾸는 절창을 이룬다.

— 신순애, 김현숙, 유재남, 이서연

—

인력 시장

인력 시장 좁은 문에
눈망울들 줄을 선다
하마 올까 제 차례
까치발로 기다리는
우르르
애원의 눈빛
목이 시린 아침 해

태양도 허기져라
소리 없이 지고 나면
하루에도 허탕치는
노을조차 서러운 날
섧은 눈
처진 어깨에
밟고 가는 저녁 답

시래기

겨우내
얼다 마른
시래기
몇 두릅은
밤 사이 젖어드는
울 엄마 시린 눈물
가난도
겨울 가난은
씹을수록
질기다

앵두꽃

구슬같이 작은 꽃에
구슬같이 작은 열매

구슬보다 작은 벌이
호랑호랑 날아와서

꽃술에 입맞춤한다
봄 하늘이 떨린다

추석

몇 번째의 추석이
다시 돌아왔는가

매일 추석이 왔으면
바란 적도 있었지

시절도
가난한 시절은
내 인생의 보물입니다

입춘

만삭의 부푼 땅이
숨 고르기 하는 거다

태동은 이미 지나
머리 밀고 나오는 거다

보는 이 손바닥마다
고이는 저 아지랑이

꽃샘바람

더디 가는 겨울이 미워
화가 난 거다 봄바람은

해님조차 눈 감기고
펄럭이는 스란치마

열두 폭

그 푸른 서슬에
얼어 버렸다 모두가

호박꽃

머시매야
머시매야
호박꽃 머시매야

지금은 어디서 무슨 꿈을 꾸고 있나

들국화
상 가시내의
꿈속에나 한번 오지

수밀도와 보름달

한 겹 벗은 네 모습에
홀딱 반한 저 보름달

무슨 말이 필요하랴 월담까지 하고선

어디를 깨물어 주랴
요리 보고 조리 보고

영도다리

다리가 올라가면
하늘 끝은 달아나고

다리가 내려오면 외갈매기 끼룩 운다

부산아
영도다리야
붉은 등을 밝혀라

돌아오지 않는 바다

잔잔한 저 물결은
네가 오는 자취인가

몰아치는 저 태풍은
울부짖는 혼령인가

어머님
통곡을 붙잡고
놓지 않는 저 바다

백민(白珉, Baek, Min)

1947년 전남 장성 남면 출생. 서강대 교육대학원 졸업(1998). 《아동문예》작품상 동시(1989), 《시조문학》2회 천료(1993) 등단. 시집 『여름밤 별 하나』(1990, 아동문예), 『별들이 사는 호수』(2001, 태극), 『햇살 따는 아이』(2005, 아동문예), 『강아지풀과 나팔꽃』(2010, 세계문예) 외. 한국시조시인협회 공로상(2000), 한국동시문학상(2006), 대한아동문학상(2010), 한국문인협회 작가상(2010), 한국동시조문학상(2014) 수상 외. 한국시조시인협회, 한국동시조문학회 회원. 한국문인협회·한국시조문학작가회 이사, 한국아동문예작가회 회장·부이사장 역임.

백민 시인은 시조집을 따라 어린 날부터 현재까지 오랜 시간을 여행하였다. 별과 하늘과 햇빛을 노래한 시인은 지금은 '사람들은/ 서울이 좋아서 모여드는데// 별들은/ 자꾸자꾸 서울을 왜 떠나갈까// 터엉 빈/ 겨울 들판 같은/ 서울의 밤하늘'(「서울의 밤하늘」)을 고민한다. 그의 시조처럼, 마음에 맑은 별들을 가진 아이들이 많아질 때, 땅위에 내려앉은 별들은 다시 하늘로 올라갈 것이다. 백민 시인의 아름다운 동시조들이 많은 아이들에게 사물을 바라보는 다른 시선을, 시간을 바라보는 아름다운 상상을, 부모를 바라보는 애틋한 마음을 일깨워 줄 것을 믿으며 시조집을 이제 덮는다. 아이들의 명랑한 웃음소리도, 햇빛의 꿈틀거림도, 웅크린 어둠도, 파란 반딧불도, 한 톨의 햇빛도 덮는다. 그러나 그것들은 방학을 맞이하는 아이들처럼 또 솨하고 밀려들 것이다. 선생님과 함께……
— 정경은(문학평론가·서울여대 교수)

백목련

이른 봄
가지 끝에
나들이 온 흰나비 떼

미소로
햇살로
켜 놓은 촛불촛불

우리 집
화사한 뜰엔
생일잔치 한창이다.

햇살 따는 아이

햇살이 날아와
감나무에 앉으면

가지마다 등불등불
구르는 햇살덩이

아이는
햇살을 따고
아버지는 가을꽃 따고.

숲속

누군가
산속에
이어 놓은 실핏줄

핏줄 따라
향기처럼 맴도는 산소 바람

발걸음
옮길 때마다
쏟아지는 이야기.

개나리 꽃등

개나리가 노랗게
꽃등을 켰구나

햇살이 가다 서고
달빛이 가다 서고

지나간
소슬바람도
갸웃 갸웃거려요.

아기 눈은 사진기

아기 눈은 사진기
엄마 모습 찍어 낸다

장난감도 찍어 내고
목소리도 찍어 두고

차알깍
자꾸자꾸 찍어 낸
아기 눈은 사진기.

어머니 보석상자

어머니 보석상자
사알짝 보았다

아무리 찾아봐도
보석은 없었다.

그 속에
어머니 사랑만이
가득 들어 있었다.

자전거 타기

산골 집 할아버지랑
자전거 타고 갑니다.

손주는 앞에
나는 꼴찌
바람 밀고 따라 갑니다

햇살을
두 바퀴에 감고
신나게 달려갑니다.

바람과 잠자리

심심한 바람이
장난을 쳐봅니다.

사알짝 겨드랑이
간지럼 피웁니다.

왕방울
두 눈 굴리다
픽 웃어 줍니다.

호박

수숫대 울타리 뒤덮고 선 파란 잎새
눈과 손이 있나봐 밧줄 던진 호박 덩굴
갓 나온 금방울 하나 아기처럼 귀엽구나.

왕관 쓴 옥동자 순박한 시골 모습
천년을 오순도순 정으로만 살라 하고
고향집 울 밑 다소곳 촛불 켜서 달 띄운다.

봄비

어젯밤 촉촉이 감기고파 들고 온 봄
꽃비 소식 나래 접어 외갓집에 가잔다.
"봄비 야!" 황소 등 타고 어서 나랑 가자스라.

개나리 울 걸터앉은 하이얀 방울새
보듬은 꽃망울 겨드랑이 파고들면
탁탁탁 눈뜨는 소리 봄 자물쇠 따는 소리.

아기별

엄마 품 포근한
이마 부빈 저 보석들

산머리 마주 대고
어둠 깔린 산골에

발목에 등불 켜 달고
마실 오는 아기별.

여름밤 엄마는
아기별빛 모으고

툇마루 아가는
할머니와 별을 헤면

아기별 내 곁에 눕고
그 별 곁에 내가 눕고.

백숙아(白淑兒, Baek, Suk ah)

1962년 전남 광양 출생. 순천대학교 박사 졸업(2014). 《좋은시조》 신인상(2019) 등단. 공저 『한국명품가사100선』(2019, 태학사), 『독서와 표현』(2018, 태학사) 『광양, 사람의 향기』(2017, 북셀프) 외. 논문 「면앙정 송순 한시 연구」 외. 국립순천대 강의 교수 역임. 동아인문학회, 한국시가문화학회, 한국시조시학회, 백련시문학회, 광양문인협회 회원. 한국가사문학학술진흥위원회 소위원회 위원. 전라남도미술대전 초대작가.

백숙아의 작품은 현실에서의 일탈과 공간적 한계에 대한 극복을 추구하면서도(「일탈」), 시적 여운이 주는 여백의 울림이 오래도록 남으며(「개천절」), 지난 기억들을 아픈 현실로 끌고 와서 잊어서는 안 되는 역사(「기억」)를 시조로 표현해낸다. 어머니의 아픈 삶을 정수리의 꽃으로 피어나게 했고(「따리」), 현실에서 도피할 작정으로 소풍을 나섰지만 아픈 역사는 노란 개나리로 피어나게 했다(「외출」). 캔버스에 나란히 하늘을 향해 뻗은 손발들이 마치 하늘을 열어젖히려는 순간(「개천절」), 팍팍한 삶을 모나지 않은 '둥근 거울'에서 그래도 살 만한 세상의(「술통」) 감성을 포착해낸다. 그리고 대부분의 작품에서 시조의 정형을 지키면서도 외형은 사설시조의 변형을 보이는 새로움을 엿볼 수 있다(「외출」, 「쇠섬 아이들」, 「기억」, 「뗏목」 등). 이러한 시도는 인간의 공허한 삶을 '시간과 공간' 시학 표현을 가능케 할 뿐만 아니라, 감성적 접근을 통하여 시조의 지평을 열어가고 있다.

— 최한선(시인 · 전남도립대 교수)

쇠섬* 아이들

대숲 속 돌계단은 아카시아 잎이다

수백 계단을 지나와 운동장 가득한 솔새들
귀여운 놈 싱거운 놈 또 어쩌다 사나운 놈
십 리 사탕 깨무는 하늘 높은 날이면 쇠섬은 쇳덩어리! 쇠섬은 금덩어리!
댓잎들 소곤대는 노래 따라 솔새들도 전설처럼 쑥쑥 크고

상전은 벽해가 되고 솔새들은 간데없다

* 쇠섬은 현재 광양제철소가 자리한 섬의 옛 지명이다.

개천절

50호 캔버스에
장만한 집 한 채

나란히 나란히 두손 두발 뻗고서
오천 년쯤 곤하게 잠든 그 자리

단군이 신접 차린 듯
새벽녘이 홍건하다

뗏목

수천 어깨 꼭 껴안고
검붉은 불꽃 향연

청아한 노랫가락 팔도강산 아리랑
코맹맹이 아이부터 청려장 노인까지
이마에 동여맨 머리띠 푸른 물결 이루고
일심동체 부르짖는 우리 조국 만만세

아우성
괸 자국마다
빨강 장미 피었다

기억

바람처럼 살포시
엄습해 오는 너

비탈진 골목 길
그 집 앞 울타리
오디 나무 사이사이
불꽃 틔던 눈망울들

보랏빛 추억 끝에서
옷고름이 풀렸네

술통

구불구불 인생길로
굴러온 술통
이 돌부리에 치이고
저 돌부리에 걸렸었지
팔자가
둥글어서인지
돌부리도 둥글다

외출

잣나무며 벚나무가
병풍 같은 언덕배기

대나무 사이로
멍하니 머문 눈길
아지랑이 따라서
떨어지는 벚꽃 한 잎

샛노란 개나리 핀 꽂고
4월 준비 바쁘다

똬리

동그마니 폭신한 감촉
만질수록 부드럽다
돌아보면 정겹고
보고 또 보고 싶다
정수리 동그라미처럼
꽃 피우시던 어머니

일탈

나박나박 자로 잰 듯
가을 무를 자른다

불현듯 스치는 오천 년 세월들
역사도 잘린 무처럼 누군가의 재단인 걸

서릿발 파헤치고 나선 봄동배추 춤사위

기별

명지바람 멀었는데 매화 향이 질펀하고
거닒길의 개나리 벚꽃마저 짐짓 수상타만
어느 때 일떠서려나 들녘 너머 갯마을

구강포

가우도 가로지른 출렁다리 밑을 보라
묵은 사랑 토해내듯 파도가 애면글면
봄 몸살 토하는 소리 징하게도 짠하다

백순금(白順今, Baek, Sun geum)

1959년 경남 고성 영현면 출생. 마산대학교 (뷰티케어학과) 졸업. 《자유문학》 신인상 (1999) 등단. 시조집 『세상의 모든 것은 배꼽이 있다』(2015, 이미지북), 『입 안에 꽃을 심다』(2020, 책만드는집). 경남문학 올해의 우수작품상(2016), 35회 성파시조문학상(2018) 수상. 고성문인협회 회장 역임. '글향' 동인. 한국문인협회, 한국시조시인협회, 경남시조시인협회, 경남문인협회, 오늘의시조시인회의 회원.

—

"세상의 살아 있는 것/ 배꼽 하나/ 품고/ 있/ 다"는 것은 배꼽이 세상과 내가 소통하는 큰 통로임을 보여준다. 우리는 배꼽을 통해 살아 있는 존재들과 수없이 소통하며 수많은 길을 만들고 지워가는 것이다(이송희). "온 밤을 뒤척이다 꽃잎처럼 짓무른 사랑"은 자식들을 떨구고 간 안타까움에 "꽃무릇"으로 찾아오신 것이다. 지상을 찾아온 어머니의 화신은 삶과 죽음이 사랑으로 결합되어 아름다운 화음을 생성한다(황치복). 「입 안에 꽃을 심다」는 봄날 꽃모종 하듯이 희망의 숨을 불어 넣으면 한 평 꽃밭으로 변한다. 사막의 신기루처럼 백순금 시인의 눈앞에 궁전이 다가온 듯하다. 오래도록 먼 길을 한결같이 걸어온 시인이기에(박진임). 백 시인은 우리 시조의 내일을 열어 보이며 자신의 개성을 보여주고 있다. 다양한 이미지에 실어서 독자에게 다가선다. 「입 안에 꽃을 심다」는 오브제를 시화하는 자세나 방법 면에서 교과서적인 작품으로 읽힌다(이우걸).

—

뜨거운 다짐

묵은 이파리 접고
새날 여는 아침이다
더 넓게 더 빠르게 달려온 발걸음들
한때는 말줄임표로 서성인 적 있었다

언 땅에 봄풀 돋듯
다시 눈뜬 이 아침에
맨살의 지문 읽듯 밟고 갈 길 위에서
더 낮게 모를 깎으며 한 생을 태워 간다

비울수록 채워지는
새 달력 걸어놓고
분주한 일과표로 촘촘하게 점을 찍어
웃자란 손톱 자르며 또 하루를 펼친다

입 안에 꽃을 심다

어물쩍 방치하여 저당 잡힌 입 속을
곡괭이로 파헤치고 망치질 서슴없다
"오늘은 뿌리 박습니다"
꽃 세 송이 심는다

헐거운 땅 골라서 탱탱하게 조인 나사
실한 뿌리 자라도록 간격을 배치하며
시든 꽃 뿌리를 뽑고
야무진 치아 심었다

어렵사리 산을 넘어 돌아온 비탈길에
쇳소리 가득 담은 비대칭 실루엣
정방향 무게중심이
한쪽으로 기운다

마음속의 오솔길

누구나 가슴속엔
숲으로 난 오솔길 하나
오롯이 담아두고 살고 있는 것처럼
내 마음
호수같이 맑은
길 하나 내고 싶다

꺼낼 수 없는 마음 자락
그 곁에 다가가서
허허로운 굶주림
다독이고 채워주는
마음속 길 하나 만들어
동그랗게 살고 싶다

* 2011년 경남 고성군 가곡 만들기에 채택된 시조. 김광자 작곡, 소프라노 서윤진 노래.

남산*을 걸으며

　새벽안개 자욱한 가르마길 오른다 남포항 돌아드는 갯바람 출렁이면
　어머닌 유유히 걷는 솔바람이 되셨다

　찌든 땀 등에 업고 황톳길 걸어갈 때 맘의 무게 줄여도 여전히 배부른 산
　도심 속 솔숲 향기에 힐링 얻는 엄마의 품

　어스름한 젖줄에 일몰이 내릴 시간 고단한 노동 헹구는 발자국이 설렌다
　산사에 깔려진 고요 벤치를 덮고 있다

* 고성에 있는 남산공원.

세상의 모든 것은 배꼽이 있다

하르르 웃던 꽃잎 미련 없이 떨궈내고
무소유 햇빛 불러 우주에 몸 맡긴 채

생명의 탯줄을 달고
자양분을
빨고
있다

삶의 윤회 함께한 꼭짓점 하나 찍고
살갗의 촉을 세워 제 몸을 살찌운 곳

세상의 살아있는 것
배꼽 하나
품고
있다

난지도는 살아있다

화려한 도시는 옷을 벗기 시작했다
오물로 뒤범벅된 풀잎들의 목쉰 소리
문명이 토한 이물질 어지럼증 앓던 땅

요란하던 바퀴 자국 시나브로 묻혀지고
뒤척이던 가슴 열며 맥박 소리 되살아나
방치된 긴 시간들은 새 문명을 낳았다

척박한 쓰레기더미에 햇살이 잉태한 순간
무더기로 솟아나는 말뚝버섯 사이로
정겨운 오목눈이 떼 한가로이 날고 있다

몸을 허물다

몸집 큰 사랑채를 수술대에 눕혔습니다
황토벽 어룽진 낙서 핏기 없는 주춧돌
살강 위 앉았던 먼지 파랑을 일으킵니다

서까래 잘라내고 환부까지 도려내어
기억의 길이보다 긴 울음 삼켜가며
육 남매 묻었던 기억 허물을 벗습니다

가슴을 서슴없이 내어주신 유산은
튼 살갗 지워가며 쇠골을 드러낸 채
단숨에 곤두박질쳐 육중한 몸 감춥니다

바스러진 몸통을 저분저분 뿌리며
소박한 꿈도 접고 저문 생을 지웁니다
오십 년 묵은 태엽이 멈추는 순간입니다

한 음악가를 위하여

문뜩 베짱이 녀석
막무가내 흥정 끝에

어젯밤 방 한 켠에
사글세를 내주었다

밤마다
독창 연주회
해준다는 그 유혹에

사월의 유배

꽃범벅인 거리를 흐느적 걷는다
팽팽한 시간표에 구부러진 하루가
기우뚱 엇각을 내며 콧잔등이 시리다

함부로 몸을 쓴 죄 중형을 선고 받아
텁텁한 목울대를 채찍으로 후려쳐
시간이 좀 슬어 가는 독감병동에 유배되다

범람하는 봄빛들이 창문에 표류하는 사이
링거줄로 밀어 넣는 먹먹한 한 끼 식사
꽃잔치 절정을 두고 미라처럼 누웠다

맨발 걷기

맨발로 걷는 것은 지친 하루 걷어내기

겹쳐진 마음 열고 속살까지 가 닿기

온전히 숨결 모아서 참진 나를 키우는 것

무거운 몸을 털어 움켜진 맘 내려놓기

자분자분 걸어서 홀가분히 날 때까지

순리로 나를 채찍하고 차근차근 다듬는 것

비움에서 시작하여 포근히 젖기까지

구겨진 언어를 다려 반듯하게 펴질 때

비워낸 나를 읽으며 다독다독 채우는 것

백승수(白承水, Baek, Seung soo)

1953년 충남 서천 문산면 출생. 부산교육대 졸업(1975), 부산대 석사 졸업(1989), 동아대 인문대학원(국어국문학과) 박사 졸업(1994). 《시조문학》 천료(1982), 〈중앙일보〉 신춘문예 시조(1984) 등단. 시조집 『제2의 돌』(1995, 하얀돌), 『화개 마을에서』(2006, 다숨), 『반구대 암각화』(2014, 한글문화사). 평론집 『한국현대문학감상』(1998, 해광). 성파시조문학상(1996), 부산문학상 대상(2016) 수상. 한국시조시인협회 부이사장 역임. 부산시조문학회 '볍씨' 동인. 한국시조시인협회, 부산시조시인협회, 양천문인협회, 대전시조시인협회 회원. 한국시조시인협회 자문위원, 부산시조시인협회 고문.

—

백 시인의 시 세계는 현재대로의 인간 역사에 반기하면서 순수 자연 상태로의 역행을 동경한다. 그러면서 관념으로 사물을 이해하려 하지 않고 직시한 그 자체를 시의 세계에 담는 것이 시라고 생각하는 시인이다. 달리 말하면 이물직관적以物觀物的 태도에 기반하여 아我의 편견을 삭제하고 무조작 무인위 세계에 접근하려는 것이 그의 시로 향한 보법步法이라 할 수 있다. 이러함으로써 그의 시조는 타와 다른 격조의 시조임이 드러나게 된 것이다.

— 임종찬(시조시인 · 부산대 명예교수)

—

산山

진정 우리 곁에
산 같은 이, 별 없거든

그럴 땐 네가 그냥
산이 되어 서는 거다

먹구름
훑고 또 뚫어
귀 울리는 밤비 소리.

물에 대한 소고小考

넌 물처럼 자유로이 흘러갈 수 있겠느냐
사람들 많은 말들 땡볕보다 따가운데
그런 말 염두에 두지 않고 갈 길 갈 수 있겠느냐.

내심에서 일어나는 회오리를 친 소용돌이
닳고 또 닳음 속에 빛나는 네 눈동자로
그림자 둥둥 떠오르는 너를 볼 수 있겠느냐.

제2의 돌

만공滿空의 적막을 깨고 은빛 두른 이 아침에
아슴아슴 허물 벗어 나는 하나 돌이었다
창 열고 강쪽을 보면 흐르는 꽃 구름바다.

돌 속에 숨어 사는 여름 밤의 물소리가
사념思念의 얼룩 샘을 녹음으로 으슬어도
천만 번 눈멀고 귀먹어 그 얼굴을 씻어낸다.

누른 돌 검은 돌에 모난 돌 또 둥근 돌을
쑥국새 부리 쪼아 돌의 넋은 살아나고
바르르 너울이 돋아 숨결 고른 빛 무늬여.

돌이 눈을 뜨면 저리도 환한 세상
기쁜 일도 잠재우면 눈물 배어 또 곱다지
한 자락 강물을 거슬러 달무리가 떠오른다.

무화과

꾀꼬리 울음 속에 절로 트인 봄바람을
안에다 더 안에다 꽃씨처럼 감춰가며
과육을 다 익혀두니 향香이 절로 스며온다.

있음을 없이하여 절로 이룬 너의 몸은
본디 반짝임도 티조차도 없음이나
인고 끝 되살아나서 춤을 추는 등불이다.

그러기에 가을 하루 묵상하며 사는 집에
무심한 한 마리 벌만 문 앞에서 기웃대고
만공滿空에 보름달이 떠 서편으로 가고 있다.

글

알이 부화하여 병아리가 깨어나듯
곧고도 어진 마음 글이 되어 들어난다
행간行間에 부스스 빛나는, 눈目 눈들이 살아있다.

글에는 큰 글도 있고 작은 글도 있다지만
크건 작건 모두 정갈하고 어여쁘다
더러는 흩어 쓴 글마저 나름대로 멋스럽다.

아무리 바른 글도 반半도 맞기 어려우며
곧고 또 곧은 글에 오류誤謬 또한 섞였대도
보아라, 푸른 하늘 아래 자재自在하는 숨을 쉰다.

글을 쓰는 밤은 남산 위에 별이 돋아
글 나라 문을 열고 글속으로 스미나니
그대는, 그대는 지금 한 줄 글에 누워있다.

이슬

어쩌서 생겼을까 이유도 모르지만
어디로 가야 하나 그것조차 알 수 없다
세상을 통째로 움켜 튕겨내는 이슬 한 알.

이제 곧 뚝 떨어져 땅속으로 스며들어
이 모습 이 적막이 흔적 없이 사라져도
은구슬 둥글게 맺히던 그 공간은 흔들린다.

새소리 물소리도 더러 듣고 더러 흘러
고요 속에 고요 쌓아 제 스스로 생긴 곡조
찬란한 아침햇살 속 댕그랑 소리 낸다.

무자위로 불리는 수차水車

오랜 봄 가뭄에 농심農心들이 풀이 죽어
폐농廢農의 시름들이 바람처럼 밀려와도
아직도 오직 한 군데 빌어 볼 곳 남아있다.

바퀴를 돌돌 굴리며 역동逆動하는 무자위는
낮은 곳 물을 품어 높은 곳에 끌어 올려
발 굴린 안간힘으로 하루해를 저어간다.

하늘을 걸어가듯 걸어가는 그 자리는
우리네 살림같이 항상 비틀거린다만
쫄쫄쫄 물이 실려와 날빛 속에 반짝인다.

나타났다 사라지는 그림자를 꿈꾸면서
용수원 물길을 따라 윤회輪回하는 노을처럼
맴돌아 상하上下를 맞추며 땀 흘리는 노래다.

불일폭포에서

쌍계사 맑은 물을 한 마장씩 타오르면
좌우로 우거진 녹음 적적해서 좋았더니
계곡이 끝날 무렵쯤 폭포 하나 살더이다.

천 길 낭떠러지 깎이우고 닳은 절벽
그 사이 흐르는 물로, 일자一字 선線을 긋는 품이
한 세월 흐르는 이치와 다를 바가 없더이다.

돌아보면 겹겹 옥산玉山 구름 속에 잠든 날은
그처럼 생각 많던 봄빛마저 비워가며
저 혼자 살던 산심山心에 눈물 배어 나더이다.

섬진강 푸른 물이 굽이굽이 돌아오고
외로운 나그네의 수심 또한 아득한데
우연한 차 한 잔 속에도 그 소리는 나더이다.

꽃씨 풍선

새 봄을 기다리던 까만 꽃씨 한 봉지를
노을보다 더 어여쁜 풍선에다 달아매어
먼 마을 이름도 모를 친구에게 보냅니다.

두둥실 날아 오른 자그만 내 꽃씨 풍선
바람 타고 가물가물 멀리 멀리 날아가고
날아간 그 자리에는 새소리만 들립니다.

푸른 산 푸른 들에 피어날 내 꽃씨들이
지금은 그 어디 쯤 날아갔나 생각하다
나 또한 푸른 봄빛에 물이 들고 있습니다.

낙엽 고考

까닭 없이 떨구어진 가녀린 이파리들
밟히고 바스라져 아프다는 소리 낸다
바람이 휘몰아치면 비명소리 들려온다.

구조 조정으로 쫓겨난 많은 이들
애꿎은 이 씨, 공 씨, 운전기사 박봉직 님
절망이 빨갛게 물드는, 이 가을날 춥겠다.

칼 들었던 그 양반들 복주머니 차고 앉아
주지육림 눈웃음에 약주 한잔 걸치는 밤
낙엽은 울며 뒹굴며 온 세상을 헤맨다.

백승언(白承彦, Baek, Seung eon)

1946년 경기 양주 남면 출생. 호 정암(晶巖).
명지대학교(국어국문학과), 건국대 교육대
학원(국어교육과). 《시조생활》 신인문학상
(2012) 등단.

—

시인이 빚어낸 창작시는 접문接吻(입맞춤)과 같이 달콤해야 한다.
그러나 그 달콤함은 단순한 화학적 감미로움이 아닌 영혼의 순수
하고 치열한 실험정신의 소산이어야 한다. 시조생활사가 선정한
금년도 신인문학상 시조부문 대상 작품들은 저마다의 개성을 지니
고 성큼 나섰다. 심사기준은 오관에 투영된 외표적 겉모습이 아니
라 영혼의 힘으로 건져올린 내면성의 구현을 주안점으로 삼았다.
작품 「탄생」은 고양이의 산기産氣를 중심으로한 휴머니즘이 잘 드
러나 있다. 하늘도 숨죽일 만큼 거룩한 탄생, 기다리다 지쳐버린 낮
달, 제 새끼의 순산을 위한 숫고양이의 간절한 기도 그리고 목숨 건
암고양이의 순산이 하도 고마워 온기溫氣나마 보태주려는 모습이
너무나 감동적이다. 뱃속 새끼들에게 아빠가 올 때까지 탄생을 참
으라는 엄마 고양이의 간절한 외침이 이 시의 격을 한껏 높였다. 현
장감의 극치였다.

— 유성규(《시조생활》 발행인 · 세계전통시인협회 총회장)

—

촛불

세상의 어둠 안고 비상하는 날갯짓은
알몸 속 생명까지 태우며 흘린 눈물
하늘 뜻 헤아리려는 사랑의 혼불입니다

연못의 한가운데 묵묵히 자리 지켜
작은 불씨 돋우어 어둠을 밝혀주는
그 불은 가난한 영혼 내 길의 등대입니다

너울너울 하늘 향해 춤추는 저 불꽃은
찢어지는 아픔도 배신의 괴로움도
성자의 거룩한 침묵 나의 기도입니다

개망초*

시대를 잘못 만나 붙여진 이름이여
옹기종기 다정스레 이야기꽃 피는 자리
얄궂게 꼬인 우정을 눈 녹이듯 풀어주렴

이름은 개망나니 행동도 자유로워
산기슭 논밭에도 짐 풀면 내 땅인 걸
석양에 지친 나그네 미소로 위로 받네

* 개망초 꽃말: 화목.

탄생誕生

툇마루 양지받이 만삭된 고양이
가쁜 숨 몰아쉬며 산기産氣를 고르며
애들아 조금만 참아 아빠가 곧 올거다

태양은 잠시 머물고 낮달은 조을고
기다리던 수고양이 단숨에 달려와
아린 맘 감출 줄 몰라 온기만을 보탠다

하늘은 숨죽이고 초목도 눈을 감고
간절한 기도 끝에 생명은 빛을 얻는다
순산한 엄마 고양이 감사 눈물 흘리고……

님

저녁노을 바라보면 떠오르는 그 얼굴
말 못할 사연 하나 달 속에 던져놓고
밤마다 그 달을 보며 간구하는 기도 손

박꽃

피는 듯 지는 듯이 바람 모아 속삭이며
밤이면 달빛 먹고 새벽이면 이슬 받아
어느새 흥부네 집에 대박 꿈을 품었네

백윤석(白潤錫, Baik, Yun seok)

1961년 서울 출생. 건국대학교(경영학과) 졸업. 〈경상일보〉 신춘문예(2016) 등단. 시집 『스팸메일』(2019, 책 만드는 집). 제27회 신라문학대상(2015) 수상.

그 림 자

백 윤 석

햇살이 나를 범해 나는 그를 낳는다
배부름도 산통도 없이 쑤욱쑥 낳은
그
그래서 만만한 게다
무덤덤히 품는 게다

단 한 벌로 계절 나는 무채색 저

—

「스팸메일」은 첨단 인터넷 시대를 급박하게 살아가며 겪고 있는 일상의 애환을 밀도 높게 노래하고 있다. 구절구절이 실감실정이다. 시종 잔잔한 어조로 이야기하고자 하는 주제를 명징하게 형상화하는 과정을 보여주고 있다. 소재로 볼 때 서정성과 거리가 있어 보이지만, 육화하는 과정에서 밀도 높게 실존적 자아를 투영하고 있다. '어쩌면 난, 한낱 눈먼 스팸메일 같은 존재'가 아닐까 하는 자괴감을 여실하게 표출하고 있는 것이 좋은 본보기가 되겠다. 그러나 결구에서 자존의식을 견지하고자 하는 열망을 보인다. 즉 '엉켜진 오해의 시간/ 술술 풀기 기다리는,'이라는 마무리에서 희망의 끈을 놓지 않고 있는 점이다. 한 사람의 역량 있는 시조시인이 빛을 보게 된 것을 축하하며, 혼신의 정진을 빈다.

— 심사위원: 한분순, 이정환(글)

—

문장부호, 느루 찍다

점 하나 못 챙긴 채 빈 공간에 갇히는 날
말없음표 끌어다가 어질머리 잠재우고
글 수렁 헤쳐 나온다,
바람 한 점 낚고 싶어

발길 잡는 행간마다 율격 잠시 내려놓고
어머니 말의 지문 따옴표로 모셔다가
들레는 몇 몇 구절을
초장으로 앉혀야지

까짓것, 급할 게 뭐람 쌍무지개 뜨는 날엔
벼룻길 서성이는 달팽이도 불러들여
중장은 느림보 걸음,
쉼표 촘촘 찍어 보다

그래도 잘 익혀야지, 오기 울컥 치미는 날
뙤약볕 붉은 속내 꽉 움켜쥔 감꼭지로
밑줄 쫙! 종장 그 너머
느낌표를 찍을 터

스팸메일

1
한 톨 씨앗 잃는 뜨는 문패 없는 내 뜨락에
잔뜩 덧난 상처마냥 몸 불리는 메일들이
용케도 바람벽 넘어와
술술 옷을 벗는다

끊임없이 거듭되는 공복의 내 하루가
한 순간 눈요기로 허기나마 면해질까
꼿꼿이, 때론 덤덤히
삭제키를 눌러댈 뿐

2
눈발처럼 떠다니는 많고 많은 인파 속에
어쩌면 난 한낱 눈먼 스팸메일 같은 존재
무참히 구겨진 채로
휴지통에 던져질

눈길 한 번 받지 못한 외로 선 골방에서
팽개쳐져 들어앉아 변명조차 잊었어도
엉켜진 오해의 시간
술술 풀 날 기다리는,

그림자

햇살이 나를 범해 나는 그를 낳는다
배부름도 산통도 없이 쑤욱쑥 낳은 그
그래서 만만한 게다
무덤덤히 품는 게다

단 한 벌로 계절 나는 무채색 저 의복을
한평생 단 한 번도 갈아입지 못하면서도
그는 참 비위도 좋다,
날 따르는 것을 보면

편안하다, 저 어둠 속 그에겐 굴레가 없다
땅바닥 드러누워 온갖 흉내 다 해내다
비 듣자 따르던 발길
잠시나마 멈춰선,

포켓볼

갈릴레이도 몰랐을
어느 우주 한구석에
내 아이 행보 같은 한 별의 돌발 궤적
자전도, 공전도 멈춘 채
뭇별들이 떨고 있다

일순 저 멀리서 돌진해 온 혜성 하나
앞서 있던 노란별의 머리를 쥐박더니
연이은 저 연쇄충돌
블랙홀에 빠지는 별

누군가 힘을 실어
밀어 친 저 혜성에
고요한 이 푸른 별 충돌할지 모르겠다
지구는
지금 절대위기
기다린다, 다음 큐

어떤 신방

물 한 방울
안 묻힌다,
설레발에 가슴 설레
지나새나 망설이다
살림 덜컥 차립니다
아, 이런 신혼 첫날부터
그이는 외박입니다

출신성분 학력 외모
안 따진다는 그 말 믿고
따라 나선 외딴길이
만 길 벼랑 앞이라니
그 없는 깜깜 무저갱,
서성이길 어언 10년,

기왕지사 뱉었으니 충격 고백 보탭니다
찾아올 땐 저만 급해 볼 일 봤다, 코를 고는
저 저 저,
웬수바가지 시詩!
등 돌리고 잡니다

돌돔

탈옥을 꿈꿔 왔다,
입질은 핑계였다

식상한 미끼를 문 건
치밀히 짠 나의 계획

내 몸에
새겨진 죄수복
벗어버리고 싶었다,

조용히 살려 해도
등 떠미는 오지랖에

아무거나 잘 먹으며
엄지손 척! 내미는

답답한
너의 입맛을
사로잡고 싶었다,

돌도끼 리모컨

내 손에 쥐어있다, 선사의 돌도끼가
마침맞게 진화하여 매무새도 날렵해진,
덩치 큰 상대를 눕혀
제멋대로 부린다

필살의 날을 갈아 예까지 내달렸다
혈흔도 통증도 없는 무소불위 손길로
재바른 옹근 손끝이
시공간을 넘나든다

이 핑계 저 핑계로 늘 뒷전에 나앉혀도
살갑게 살 비비며 돌부처 조종하는
몇몇 겹 숨결이 모인
가족이란 리모컨

어떤 내성

외로움도 참다보면
내성이 생긴다고
살갑던 품속 그녀 떠나보낸 어느 해 봄
누군가 말해주었네
눈이 녹듯 잊을 거라

눈이야 때가 되면 제 스스로 결박을 풀지만
내 안엔 얼키설키 똬리 튼 인연의 끈
스르르 풀리면 좋겠네
이내 깜냥만으로도

밤 새워 뒤척이다 목울대 잠기는 날엔
창가를 지켜주던 성긴 달빛 몇 줄기가
차라리 눈물이면 좋겠네,
내게는 다 말라버린…

인연은 강들의 조우, 묵묵하던 강들의 조우
만나고 헤어짐이 이리도 쓰린 거라면
바위가 길을 막아도
소리 내지 않으리,

어떤 우산

후드득 빗소리에 대합실이 다 젖는다
쉼 없이 비를 털며 들락대는 사람들 속
척추 휜 우산 하나가
구겨진 채 나뒹군다

한때는 온몸으로 빗줄기를 막던 그도
살대가 부러지면서 하염없는 잠에 빠지고
노숙의 차디찬 빗소리
꿈결인 듯 듣고 있다

일순, 그 안에서 꽃대 하나 일어선다
성긴 꽃 잎눈이라도 손아귀에 움켜쥐고
비 듣는 세상 밖으로
무릎걸음 걷는다

네팔

히말라야 근처랬지
수도는 카트만두
서울에서 비행시간은 기껏해야 6시간 반
그런데 어쩐 일인지 난 2달째 비행 중

급유는 하는 걸까
조바심 자꾸 생겨
만년설 덮였어도 따사롭게 느끼는 곳,
이제는 그만 내려서 그곳에 닿고 싶네

지상에 단 한 곳, 이르고픈 미답의 성지
아, 코앞에 있어도 쉽게 닿지 못하는
언제나 가닿을지 모를
그리운 그, 너의 팔

백이운(白利雲, Paek, I un)

1955년 서울 출생. 서울예술전문대(문예창
작과).《시문학》천료(1977) 등단. 시집『왕
십리』(2000, 동방기획),『그리운 히말라야』
(2003, 동방기획),『꽃들은 하고 있네』(2006,
동방기획),『무명차를 마시다』(2011, 동방기
획),『어찌됐든 파라다이스』(2015, 동방기획).
한국시조작품상(1994), 이호우시조문학상
(1999), 유심작품상(2009) 수상.

「시조를 탐하다」 제목처럼 시조, 자신의 시조 쓰기에 대한 시조다.
단수라서 그런지 초장부터, 아니 각 장마다 짜릿한 손맛이 느껴진
다. 시인의 운명인 시조 쓰기를 사랑 끝에 암놈에게 잡아먹히는 버
마재비 같은 치명적 사랑으로 보고 있는 시조다.

아니 그런 가공할 사랑과 시조 쓰기를 나란히 놔둔 작품이다. 시
조 본문에는 시조나 시조 창작 과정을 일체 드러내지 않아 사랑시
로 읽어도 참 좋을 것이다. 적잖은 시조들이 툭하면 시조 쓰기의 어
려움이나 창작과정을 드러내 시답잖은 엄살을 피우는 데 비한다면
치명적 사랑 하나만 온전히 보여주면서 제목 하나로 운명적 시 쓰
기를 개결하게 말하는 내공이 볼 만하다.

같은 지면에 발표한 10편의 단시조 모두 시인의 시조 쓰기의 운명
적 체험에서 직간접적으로 우러난 시조들이다. 그런 체험들이 실
제의 삶과 그대로 맞닥뜨리며 시와 실존의 정수들을 인상적으로
환기시켜 놓고 있다.

"가슴속에 지중해 하나 품지 않은 이 없다/ 거기 그냥 빠져 죽든가
평생 허우적대야/ 시 한 수 일엽편주로 띄워질지 모른다."(「일엽편
주」). 고해苦海 같은 실존의 한계상황에서의 삶의 정수 자체가 고
해를 건네주는 시임을 단박에 드러내고 있다.

— 이경철(시인 · 문학평론가)

시조를 탐하다

절벽을 향해 치달리는 가공할 사랑

느낌표로 시작해 물음표로 끝나는

우리들 남아있는 날의 버마재비 같은 사랑.

꽃들은 하고 있네

산 자와 죽은 자가 한 획으로 나뉘어
울음의 끈을 놓지 못하는 벽제 하늘 지나면
화두를 타파한 듯이 열리는 적멸의 땅.

죽은 자를 위하여 초록은 눈부시고
연등은 붉게 타 그 초록 달래는 걸
이제야 알 나이인가, 등줄기가 따뜻하네.

적막도 깨뜨려질 때 향기로운 법 같아서
보이지 않는 눈으로 나, 그대를 보겠네
전생轉生의 아름다운 체험 꽃들은 하고 있네.

지상에서, 문득

숲길을 걷다보면 길만 길이 아니라

숨어 있는 모든 것이
길이고 눈물이구나

머리를
하늘에 둔 나무들
외롭게 감춘 뿌리까지.

하늘이 길러낸 나뭇잎들 바스라져

고단히 길을 덮고
길 아닌 길마저 덮어

우리가 함께 한 길이
지상에서 문득,
외롭다

무명차無名茶를 마시다

한줌 검은 숯이 무쇠 솥을 데워서
물이 끓기까지 차와 하나 되기까지
얼마나 무수한 세상이 지켜보는 것인가.

함부로 말하지 마라 중심에 선 햇살들이여
찻물이 바닥날 즈음 떫을 법도 하건만
오묘함 잃지 않음을 누구에게 물어보랴.

등 굽은 소나무가 종산宗山을 지키듯이
사람의 사는 일도 마치 저와 같아서
외로운 향기끼리 모여 무명차를 마신다.

곡曲을 진盡하다

— 곡 동천년로항장곡 매일생한불매향
　哭 桐千·年老恒藏曲 梅一生寒不賣香

자신을 매화라고 굳게 믿고 있는
이 물색없는 연대의 비루먹은 나무
이름을 팔지 않겠노라 다짐하고 했는데.

복숭아꽃 살구꽃 밤벚꽃보다 등 시려
제 피의 본향인 양 오동나무를 감고는
천년을 시들지 않을 곡曲 한 뿌리 얻었겠다.

얻기는 얻었다만 땅 밑에 묻힐 뿌리
기어코 뻗어 올라 제 빈 몸을 휘감더니
오동의 숨구멍마저 곡哭소리로 휘갑치고.

무너진 향기의 풍격을 드날리니
복숭아꽃 살구꽃 저자꽃들 곡曲을 진盡하다
천년도 잠시 잠깐임을 곡진曲盡하게 보여주다.

가을날 문경聞慶 가서는

우리 생에 가을 단풍 몇 번이나 보겠다고
장작불 타던 날처럼 아등바등할 것인가
가을날 문경聞慶 가서는 단풍 들지 말 일이다.

듣고 묻지 않아도 경사스런 그 무슨 일
젊은 도공과 도공 부인 가마에 정화淨火 올려
받아든 찻그릇들로 소꿉놀이 하는 날들.

도심산중 첩첩 숨어 철모르고 철을 보낸
귀먹은 팽객에게 노차老茶 한 잔 권했거니
가을날 문경 가서는 문향聞香이나 할 일이다.

어찌됐든 파라다이스

수염 거칠한 낙타 주인이 담배에 불을 붙이네
햇볕 쩡쩡한 소금 길이 하도나 고와
흙발을 잠시 멈추고 낙타 곁에 앉았네.

이번에 소금을 팔면 터번 하나 사야겠네
갈퀴 손 돈을 긁어서 돋보기도 사야겠지
담배도 한 등급 올려 오마 샤리프면 좋겠네만.

젊은 도공 그릇 한 가마 우선 털겠네
젊은 국숫집 국수와 몽땅 바꿔서
낙타를 잔뜩 먹여야겠네 신도 좀 먹여야겠네.

음악처럼

너의 안부 묻지 않는다고 서운해 하지 마렴
두 평 반 도심산중 이 귀여운 토굴에서
다람쥐 밤알 까먹듯 하루 하루 까먹는 날.

아껴 먹는 일 디보나 모리꼬네가 없었다면
팔만사천 모공으로 들어오는 키타로가 없었다면
어떻게 바람찬 토굴살이를 견뎌낼 수 있었겠나.

민중을 노래하다 처형당한 칠레 가수
절규하는 티벳 사내의 오 솔레미오 들어보렴
진실로 영혼을 적시는 시보다도 절절하잖은가.

너의 안부 묻지 않는다고 쓸쓸해하지 마렴
인생은 자비로워 모른 척 지나가는 것
그래도 이 한 곡 네게 보내 나의 마음 전한다.

낭패狼狽

구청 앞 확성기에서 종일 우는 노동歌
말끔히 밀어버린 재개발 공사장에
시인이 기어들만한 낮은 지붕은 이제 없다.

수당을 올려 달라 보상대책 세워 달라
철거당한 세입자 미화원들 절규해도
십 년 뒤 그 십 년 뒤도 변치 않을 생존구호.

월급도 보너스도 퇴직금도 없는 일
고료를 못 주어서 처염處染한 잡지를
상정常淨인 시의 제단에 경전처럼 모서 놓고.

훗날을 장담하기엔 매한가지 아득하여
남미의 인민해방찬가가 마리화나처럼 퍼지는
청진동 좁은 골목을 이리 떼가 지나간다.

* 처염상정處染常淨: 세속에 물들지 않고 항상 깨끗함.

달에도 시인이 살겠지

담금질 몇 번 했다 칼을 자처하는가

달빛에 가슴 몇 번 베여 봤다 자찬인가

바람은 베고 베이며 달의 언어로 시를 쓴다.

백점례(白点禮, Baek, Jeom rye)

1959년 충남 부여 세도 출생. 〈매일신문〉 신춘문예(2011) 등단. 시집 『버선 한 척』(2014, 만인사), 『나뭇잎 물음표』(2018, 고요아침). 제9회 전국 가사·시조 창작공모전 최우수상(2008), 제1회 천강문학상 시·시조 부문 대상(2009), 제6회 한국시조시인협회 신인상(2015), 제37회 중앙시조대상 신인상 (2018), 제1회 나래시조 젊은시인상(2019) 수상. 한국시조시인 협회, 오늘의시조시인회의, 나래시조 회원.

안개 주의보

　　　　　　　백점례

잔물결 바장이다
무슨 일 저지른 걸까
흰 새벽 장막 치고
위태마저 감춘 거기
수장된 물새의 목청만
다습히 빠져나온다.

—

백점례 시인은 내공이 깊다. 언어의 샅바를 부여잡고 씨름하는 일을 오랫동안 잘 견디며, 자아와 세계의 속사정을 면밀히 궁구해왔기 때문이다. 그러므로 그의 시편들은 정치하고 내밀하다. 자연의 비의를 육화하거나 현실 문제를 들추어내거나 할 때 군더더기 없는 명징한 직조에 능하다. 모름지기 한 사람의 시인이 천편의 시를 쓰더라도 각각 달라야 마땅할 것이다. 그것을 '천편천률' 이라고 명명할 수 있다. 그는 시조의 새로운 기대지평에 선 시인 중 한 사람으로서 다른 목소리의 발현을 위해 늘 천착을 거듭하고 있다.

— 이정환(시조시인·정음시조문학상 운영위원장)

—

버선 한 척, 문지방에 닿다

참 고단한 항해였다
거친 저 난바다 속
풍랑을 맨손으로 돌리고 쳐내면서
한 생애, 다 삭은 뒤에 가까스로 내게 왔다

그 무슨 불빛 있어
예까지 내달려 왔나
가랑잎 배 버선 한 척 나침반도 동력도 없이
올올이 힘줄을 풀어 비바람을 묶어낸 날

모지라진 이물 쪽에 얼룩덜룩 번진 설움
다잡아 꿰맨 구멍은 지난날 내 죄였다
자꾸만 비워 낸 속이 껍질만 남아 있다

꽃무늬 번 솔기 하나 머뭇대다 접어놓고
주름살 잔물결이 문지방에 잦아든다
어머니, 바람 든 뼈를
꿈꾸듯이 말고 있다.

구두 수선공

등 굽은 저 사내의 가위질이 능숙하다
작은 창에 어른대는 하늘 한 필 잘라와서
엇나간 각을 자르고 짧은 생각 덧붙인다

무늬만 가죽 같은 비닐 레자 인생사를
지긋이 끌어당겨 해진 자국 여미는 손
뒤축이 무너질까 봐 못 박기도 결연하다

거칠고 뻣뻣한 버릇 낫낫하게 다잡아서
해 뜨는 세상 속으로 굽 높여 내보내는
지문도 뜯겨져 나간 한 생이 반짝, 빛난다

수상한 술병

입술을 가만 물고 들앉은 울음인가
출렁이는 비애의 눈동자가 서늘하다
똬리 튼 지느러미가 유리 궤에 갇혀 있다

마개를 뽑는다면 은빛 비늘 될 것이다
떫고 쓴 제 안의 강, 밤새 취한 앞섶 털며
증류된 구곡간장이 바닷길로 갈 것이다

아버지의 말

틀니를 걷어내자 우물이 드러났다
뉘 하나 빠질 듯이 깊숙이 파인 채로

고인 말 퍼내고 싶어
움찔거리는 파장으로

거친 껍질 부수고 깬 굴곡의 팔십 평생
모 닳다 모지라져 뿌리까지 뽑힌 자리

끝내 다 못 전한 말을
우물우물 삼킨다

경칩 무렵

비 그치고, 밟는 흙이 밥처럼 부드럽다
속 환히 보이는 가난한 터전으로
저만큼 햇살은 벌써
밭고랑을 치고 있다

지난날 엉킨 덤불도 풀씨의 울이 되고
바람과 살얼음도 깍지 풀어 넘는 길에
떡잎이 기지개를 켜나
발바닥이 간지럽다

물풀

불볕 터진 들녘 너머 풀떨기 못물 아래
따라지들 몰려들어 스크럼을 짜고 있다
물길이 빠져나가다 멱살 잡혀 누워 있다

골풀의 부추김에 울컥 솟은 부들이며
핏줄 푸른 마름 곁에 웃자란 생이가래
한평생 반듯한 자리 올라설 수 없었다

부푸는 소문의 늪 뻗쳐 오른 결기마저
시간이 지나가면 너겁이 되고 만다
숨었던 실뱀 한 마리 심란하게 지나가고

흔들리는 그 바닥도 우주임을 알았을까
수렁에 빠진 무릎 수면으로 기어올라
한켠에 노랑어리연 발 씻으며 웃는다

짖는 게

물도 뭍도
마디마디 만만하진 않았다

형세는 진격 아닌
옆으로만 기라 한다

열 개의 발톱을 저어 꼬리 치듯
날까보다

거품을 왈왈 물고
등딱지 방패 쓰고

뒤집히지 않으려고 눈자루 겨누는 땅

허물을 몇 번 벗으며
온몸으로 짖었다

빗살무늬 토기

빈 세간에 시름 앓던 여자의 손바닥에
가지런한 소식 한 장 반갑게 당도했나
치아를 드러내놓고 반짝 웃는 저 얼굴

쏟아지던 빗줄기가 산 채로 잡힌 뒤에
어디로도 흐르지 못해 눈빛 오래 멈춘 거기
받드는 즐문토기에 꿈 다시 흘러들고

멀리 가고 싶었던 흰 부레 붉은 물고기
아주 멀리 와 버렸네, 뼈대만 남은 채로
움집의 대접에 걸려 또 천 년을 건너가네

잔디처럼

뿔 돋은
작은 싹이 새파란 독을 물고

바람길 복판으로 삼보일배 기어간다

단단한 아랫도리가
촉촉하게 젖었다

개미와 지렁이와 병뚜껑과 비닐 조각

무심히 또 치열하게
끌어안고 가는 땅에

까맣게 여문 씨앗이 햇살 꼭꼭 물고 있다

강이 무너지는 소리를 들었다

노쇠한 아버지를 진료실 앞에 두고
딸 혼자 들어오라는 의사 말을 듣는다
한순간 앞 강물 넘쳐 집을 집어삼킨다

열댓 살 때 나무배에 노를 매고 삿대 젓다
한 생애 전장 속의 급류를 굽이쳐 와
다 삭은 삭신을 뉘인 오두막의 내 아버지

아이 같은 그 눈동자 물끄러미 날 보신다
암울한 입속의 말 못 꺼내고 막혔는데
아버지, 끌고 온 강물 천길 아래 쏟아진다

백주하(白注夏, Baek, Ju ha)

1951년 경북 김천 지좌동 출생. 김천고 졸업, 경북대학교 사범대학 졸업, 한국교원대 석사 과정 수료(2003). 《시조문학》 신인상(2012, 봄호) 등단. 경북문인협회, 대구시조, 한국시조시인협회 회원.

```
            물 안 개

  그 대   향 한   그 리 움 을
  속 으 로 만   끓 여 오 다

  온   밤 을   지 새 우 며
  솜 펼 살 이   다 듬 어 서

  돌 아 선   그 머   가 슴 에
  물 안 개 로   보 냅 니 다
```

백주하 시인의 작품 속에는 시인의 삶과 마주하는 자연을 수려하게 풀어내는 뚜렷한 관조를 마주하는 듯하며 이는 언제나 우리에게 절절한 울림을 여운으로 남겨둔다. 또한 그의 작품에서 배어 나오는 깊이 있는 표현과 치밀한 시선이 확연하게 돋보이고, 새로움이 언제나 마음 밑바닥에 깔린 평소 시인의 생각에다 내용 면의 깊이가 함께 어우러져 주제를 더욱 선명하게 부각시키고 있다. 그래서 그의 작품은 창의적 경지가 절제와 여백 속에 가득 녹아있다. 즉, 문자를 덜어내는 절제 속에는 예술적 성취마저 엿보이고 있다. 언어 함축의 깊이가 훌륭하고 언어와 행간이 서로 자극하고 있어 불러일으키는 다양한 사고 장치가 적절하게 운용되고 있음이 작품 속에서 확연히 부각된다.

— 이익주(시조시인 · 한국시조시인협회 대구지부장)

장독대

부엌 뒷문 나서면 바람이 노니는 곳
따스한 햇별 자락 적막과 만나는 곳
적막이 하도 외로워
봉선화꽃 불렀다

소금 단지, 간장 단지, 된장 단지, 빈 단지가
오손도손 모여앉아 이야기꽃 피우는 곳
할머니 두 손 모아서
자손 건강 빌던 곳

장독들 모여 앉아 이끼 옷 입었구나
세월이 흘러 흘러 수천 년이 흘러서도
그때도 붉은 봉선화
피어 있게 하소서

직지사 폐역

언어의 파도 소리
다 쓸고 간 역사에는

키 높은 외등 하나
하늘 받쳐 서서 있고

개찰구 녹슨 자물쇠
바람이 주인이다

21세기의 병원에서

나이도 세월 따라 주름으로 쌓였구나
젊음의 끝자락에 팔다리도 지쳤는가?
흰 침대 뼈만 남은 몸들이 줄줄이 누워있고

급식소 아줌마의 저녁밥 받아들면
병실서 들려오던 앓는 소리 잦아들고
생명줄 이어져 가는 수저 소리 힘겨운데

방문객 하나 없는 팔순의 할아버지
링거가 훈장인 양 팔에다 꽂아두고
오늘도 어둠이 찾아오는 현관문만 바라본다.

밤비
— 어머니의 보릿고개

똑똑똑 노크 소리
잠 깨어 문을 열면

한밤의 밤빗소리
고향을 데려오니

어머님
얼굴 한가득
눈물 줄기 내리네

먼 하늘 찬비 소리
캄캄한 밤하늘에

보리죽도 못 끓이던
엄마의 울음소리

부모가
되어야 아는
그리움의 사모곡

가을날의 일몰

바람 한 점 건듯 불어 가슴 한쪽 떼어가고
낙엽 한 잎 떨어지며 그 상처를 스쳐 가니
일몰의 짧은 시간이
서정시를 읊는다

찌르르 멧새 하나 홍시에 부리 박고
서리 맞고 피는 국화 웃음 지며 유혹하는
노을빛 고운 색깔의
가을 하루 익어 간다

꽃무릇(피안화彼岸花)

피 한 줌
안 흘리면
그게 어디 젊음인가

갈증에
목이 말라
긴 목을 내어 미니

한 맺힌
각혈 한 덩이
사랑 찾는 젊은 피

벽

친구는 주전부리
손만 빨던 유년 시절

큰 병원 가보세요
선고받은 암 환자

우리는
눈 감으며
벽이라고 불렀다

사백여 명 확진자
충격적인 코로나

시간이 지나 보니
이제는 보인다

출구는
존재하는 것
감추어져 있을 뿐

가로등

비바람 몰아치는 작은 골목 귀퉁이에
뿌리 내린 전봇대가 어둠에 묻혀가면
희뿌연 가로등 불빛이 깨어나기 시작한다

싼 이자, 취업 광고, 목격자를 찾습니다
냄새나는 뒷골목, 누더기를 걸치고
한밤중 검은 공간을 지우개로 지운다.

낙동강

태백의 정기 받아 들판을 지나는 이
모난 바위 좁은 길은 온몸으로 뒹굴며
힘차게 지나서 갈 때
세상은 환호했다

새들은 먹이를 기쁘게 쪼았고
꽃들은 나비와 사랑을 나누었고
벼들은 고개 숙여서
존경을 표했다

가락국을 보았으며 신라를 보았다
음악과 미술과 문장들을 보았다
나라와 역사까지를
빠짐없이 보았다

드디어 망망대해 뭇 생물이 배 불렀다
주어도 줄지 않는 흘러도 끊김 없는
밟아도 밟아도 죽지 않는
너의 이름 낙동강

부모

온몸을
불살라서
땅속에 묻혔다가

수려한
꽃대 하나
정성스레 피워내는

상사화

꽃들이 못 보는
난초 모양 잎새들

백학근(白學根, Baek, Hak keun)

1947년 전남 장흥 안양면 출생. 광주교대 졸업(1968). 《문학춘추》 신인상(2011) 등단. 시집 『너도 섬 하나』(2012, 한림), 『두루뭉수리』(2019, 한림). 전남예총예술상(2013), 무등시조문학상(2018) 수상. 광주전남시조시인협회 회장 역임. 장흥문인협회, 여수문인협회, 전남문인협회, 한국문인협회, 시류문학회, 여문돌문학회, 별곡문학동인회, 문학춘추작가회 회원. 전남시인협회 회장.

—

각박한 삶에도 여유로운 관용을 베푸는 사람이 있다. 이렇듯 너그러움과 느림의 일상 숲을 넘나들며 즐기는 사람이 바로 백학근 시인이다. 그의 시적 특징은 일상 속에서 누리는 적요寂寥와 여유로움으로 대변할 수 있겠다. 「굴뚝」은 사뭇 동화적이며, 「반갑다 옥상아」는 유유자적悠悠自適하는 소박한 일상을 보여주며, 「돌게장」은 감칠맛 나는 음식을 돋보이게 소개한다.

— 노창수(시조시인 · 문학평론가)

—

굴뚝

익어가는 저녁놀에 곰솥 냄새 짙어가면
와자지껄 놀이터는 어느새 썰물이다

호롱불 빙 둘러앉아
오순도순 피는 꽃.

높으면 무얼 하나 속만 늘 태우는데
엉덩이가 튼실해야 쑤욱쑤욱 뽑아내지

이제는 다 어디로 갔나
굴뚝다운 사람이.

농월정*

바위틈 요리조리
화림동 지나는 물
다슬기 줍는 아씨
허리춤을 당기건만

낮달은 아직도 그만
꿈속에서 몸을 튼다

손바닥을 차양삼아
한 바퀴 맴을 도니
산도 벌도 계곡도
어우러진 한 떨기 꽃

살포시 속삭이는 바람
밤꽃 향내 어지럽다.

* 농월정: 함양군 화림동 계곡에 있는 정자.

돌게장

간장이건 양념이건
그저 그냥 집어 들고

발목 하나 뚝 떼어서
한두 번 빨아보라

한 숟갈 한 숟갈 하다가
염치 도망가리라

메밥이건 찰밥이건
게딱지에 밀어 넣고

이리비빌 저리비빌
한두 번 비벼보라

한 입만 한 입만 하다가
눈이 감겨지리라.

서대회

목포가 홍어라면
여수는 서대란다

한 점에 한두 잔씩
오면가면 하다가

한 양푼
비벼보시라

숟가락이
춤을 춘다.

하화도

여수가 낳아 기른 사시사철 꽃섬 하나
오가는 뱃길 따라 누구라도 안아주는
다도해 숨겨진 보석 누님 같은 하화도

동백꽃 피고나면 진달래 활짝 웃고
산딸기 주렁주렁 칡꽃이 만발하는
잰걸음 산책길마다 손목을 잡아끈다

구절초 쑥부쟁이 오솔길 다 메우고
전망대 올라보니 벌어지는 왕 가슴
사방이 에메랄드빛 풍경 속에 묻히리

철 따라 자연의 맛 먹거리도 풍성하다
부추전 게장백반 그 손맛을 아는가
따뜻한 쪽빛 인심에 어이 갈까 걱정이다.

오동도의 밤

길섶에 하얀 이슬
동이 트면 떠나지만

오동잎에 그린 인연
그냥 두고 갈 수 있나

동백 길
닳도록 돌다가

샛별에게
다짐하리.

석양의 수다

그날이 그날 같은
허옇게 바랜 나이

가뭄에 콩 나듯이
주고받는 메시지

그놈의 집게손가락
길을 자주 헤맨다

입으로 하는 실수
작더라도 오래 가나

검지로 하는 실수
크더라도 살갑다

오늘도 수다에 빠져
하루해가 금방이다.

은빛 세상

아침마다 뒹굴뒹굴
알람에게 짜증내고

무른 밥 되디 된 밥
삼층밥이 된다 해도

반세기 살아온 세월
그게 뭐 대수던가

칼국수면 어떻고
라면이면 어떠랴

김밥 한 줄 물 한 병에
소풍가듯 사는 거지

서산에 해 기울거든
요람 속에 묻혀보자.

토요시장

여보게 친구야
요즘 무얼 하는가

우드랜드 통나무집
말레길 생각나네

오늘 밤 토요시장에서
잔 한 번 맞대보세

탐진강 수변공원
잠시 잠깐 머물다가

풀잎에 이슬처럼
조용히 간다 해도

그대와 나눈 한 세월
억불처럼 무궁하리.

반갑다 옥상아

콘크리트 바닥에
돗자리 하나 깔면

너도 나도 한 모금씩
세상 얘기 날이 새고

꽉 막힌 날선 하루가
뻥 뚫리는 샘터 된다

멀어진 낯선 공간
화분 몇 개 놓아두면

고추랑 가지랑
주렁주렁 매달리고

오늘도 새참사랑방
먹매 들고 모여든다

변영교(卞永敎, Byun, Yeong kyo)

1953년 경북 의성 안계면 출생. 경북사대부고, 영남대학교(경영학과) 졸업. 〈조선일보〉 신춘문예(1989) 등단. 시집 『꽃을 위한 명상』(2012, 토방), 『조선왕릉에서』(2015, 시산맥사), 『대화』(2018, 토방), 『살아 천년 죽어 천년 신라』(2018, 토방). 역사소설 『삼맥종』(2012, 디자인소호). 바움작품상(2018) 수상. 한국시조시인협회 회원, 나래시조시인협회 회원.

역마살 1

변 영 교

가끔은 떠나는 거다
타인의 삶 속으로

힘차게 디미는 거다
낯선 익숙함으로

알뜰히 탐하는 거다
술 익한 눈의 말을.

—

변영교 시인은 근래에 들어 많은 시도를 하고 있다. 일테면 조선왕조의 왕릉을 소재로 하여 조선 오백 년 역사를 시조로 엮는다든지 『삼국사기』나 『삼국유사』 등의 역사서를 바탕으로 하여 신라 천 년의 역사를 시조로 살피는 등의 시도를 통하여 시조의 영역을 넓히려는 의욕을 보이며 상당한 성과를 얻고 있다.

반면 시조 본연의 영역에서는 서정, 그리고 감성의 비늘을 살짝살짝 빚으며 알기 쉽게 시조를 즉석에서 풀어가고 있다고 여겨졌다. 잘굿이 씹히는 미소의 즐거움을 주며 말이다.

— 이상범(시조시인)

—

마음

어쩔까나
어쩔까나
덜렁 주고 말았네

설마설마 하다가 그냥 뺏겨 버렸네

눈 빤히
뜨고 지켜도
속절없이 건너가네.

되斗로 주면
되斗로 받고
말斗로 주면 말斗로 오리

바닥 박박 긁어서 있는 대로 퍼주는데

어쩌나!
이를 어쩌나?
받으며 먼 산 보네.

들국화

마실 나온 달빛들이 빙 둘러 앉았습니다
수수하고 담담한 밥고리를 펼칩니다
샛노란 계란후라이가 환하게 웃습니다.

백목련 4

세상이 그리워서
사람 내가 그리워서

아무 생각 없이
뛰어나온 젊은 비구니

그리곤 갈 데를 몰라
봄 햇살 바라 섰다.

만추晩秋 4

무심코 하늘 보다
물벼락을 맞았다

엇! 차거!
고개 돌리다
불벼락을 맞았다

아-
풍- 덩-
빠지고 싶다
그대의 눈 속으로.

대화對話 4

"할아버지! 고모는 시집을 언제 가요?"
"응, 결혼식 마쳤으니 신혼여행 가야지-"
"그러면 고모는 지금 시집가는 중이야?"

융합融合
— 신라 31대 신문왕

눈 맞은 남자 여자 여의는 좋은 일도
두 집안이 마주하면 소리 나기 마련인데
하물며 나라이겠는가! 그것도 세 나라가!

이긴 자의 아량에는 교만이 배어있고
진 자의 가슴에는 모멸감이 왜 없으랴
더구나 말言語이 같아서 숨소리도 알아들으니….

삼한三韓이 한 가족이라 두 마음이 없다고?
같은 나라 이름으로 살아온 지 천사백 년
아직도 이 땅 위에는 신라 백제 있지 않나?

* 삼국사기 열전1 김유신 편에 문무왕 13년(673년) 임종을 앞둔 김유신이 문무왕에게 "삼한三韓(고구려 · 백제 · 신라)은 일가—家이고, 백성은 두 마음을 가지지 않게 되었다."고 하였다.

별밤

　별이 쏟아져 내리고 있었다. 서럽게 우는 아이의 눈물방울처럼, 펄펄 내리는 함박눈 눈송이처럼 별이 쏟아져 내리고 있었다.

　별은 내려와 들꽃을 피웠다. 잎이 하얀 들꽃을 피웠다. 핀 꽃잎 위로 별은 또 내려왔다. 감당 못할 별의 무게에 들꽃은 몸을 눕힌다. 누운 들꽃 위로 또 다른 별이 내려와 쌓인다. 시나브로 늘어나는 별의 무게… 들꽃의 입술 사이로 낮은 신음이 흘렀다. 신음에서는 달금한 향내가 났다. 별이 향내를 빨아들였다. 바람이 불어왔다. 들꽃은 바람에 흔들렸다. 바람결을 따라서 세차게 또 여리게… 여리게 또 세차게… 들꽃의 입에서는 거친 숨소리가 터져 나왔다. 몸 가득 고여 있던 단내가 허공으로 흩어졌다. 자맥질하던 거친 숨소리가 이를 악문 신음으로 바뀌었다. 얼굴에는 김이 서렸다. 다급한 비명소리가 밤하늘을 흔들었다. 막힌 곳에서 부글부글 끓던 물은 뚜껑을 밀어 제치며 하늘로 솟구쳤다.

　보시시 열리는 하늘…
　들꽃이 풀어놓은 소리들은 올라가 별이 되어있었다. 낮은 신음은 작은별이, 거친 숨소리는 중간별이, 이를 악문 신음은 큰별이, 다급한 비명소리는 아주 큰별이 되어있었다. 별을 헤아리며 들꽃은 분별없었던 자신의 아우성에 얼굴을 붉혔다.

꽃을 위한 명상冥想

비 갠 그날처럼
한 하늘이 열리던 날

두레박 몇 겁劫을 내려
옹이 맺힌 결을 풀고

싱그런 청복淸福의 화살을
온몸으로 받는다.

뒤돌아 어지러운
익모초 달인 강물

고즈넉이 엎고보면
절정에서 타는 개화

누구도 드러내지 않는
살아 아픈 숨결소리…….

미답未踏의 설운 땅에
누가 먼저 기旗를 꽂나

섬짓 섬짓 에인 칼끝
살로 웃는 아침 한때

꽃들은 어깨를 포개어
마파람을 쓸고있다.

공功과 죄罪
— 14대 선조의 목릉穆陵에서

왕은 태평성대라 머리 쓸 일이 없었고
신하는 나라보다 패거리가 소중했다
백성은 구시렁거리며 논밭의 김을 맸다.

왜군이 부산포를 침공한 지 보름 만에
임금과 신하들은 방귀 새듯 도망쳤고
백성은 곡괭이를 들고 궁宮에 불을 질렀다.

이순신李舜臣과 의병義兵들이 전란을 끝냈을 때
신하는 살아남은 공功으로 공신功臣이 되고
백성은 살아남은 죄罪로 궁宮을 다시 지었다.

* 선조 25년(1592년) 4월 30일 비가 내리는 새벽, 왕은 100명도 안 되는 수행원들과 파천 길에 올랐다. 어가가 떠나자 백성들은 궁성의 창고를 털고 경복궁, 창덕궁, 창경궁 세 궁궐 모두에 불을 질렀다.

참회록 1

피를 철철 흘리며
사람 하나 뒹구는데

내가 할 수 있는 것은
아무 것도 없었다

뒤 마련 강아지 한 마리
머리 속을 바자닐 뿐.

전후야 여하하던
병원으로 가야한다

옷이라도 찢어서
피멈춤을 시켜야 한다

십수 년 밤 밝힌 교육이
모범답을 찾아낸다.

들쳐매면 단벌 양복
피범벅이 되겠지

집에는 어찌 가나
세탁비는 누가 내나

사람이 피를 쏟으며
너부러져 있는데.

변영로(卞榮魯, Byun, Young ro)

1897.~1961. 서울 출생. 호 수주(樹州). 중앙학교 자퇴, 조선중앙기독교청년회학교 영어반 졸업(1918), 미국 캘리포니아 사노세대학 수학(1931).《청춘》영시「Cosmos」발표(1918). '폐허'(1920), '장미촌'(1921) 동인. 시집『조선의 마음』(1924, 평문사),『수주시문선』(1959, 경문사), 영시집『진달래동산(Grove of Azalea)』외. 수필집『명정 사십 년』(1953, 서울신문사) 외. 서울시 문화상(1948) 수상.〈동아일보〉기자,《신동아》편집장, 이화여전·성균관대·해군사관학교 교수,〈서울신문〉취재역, 한국펜클럽 회장, 대한공론사 이사장 등 역임.

—

고운 산길

1

비 끝에 갠 하늘 물들듯이 푸른빛을
나뭇잎 기르며도 제철 일러 수줍은 듯
열 부어 더욱 짙은 채 더욱 고와 뵈더라

2

뵈 빛도 곱거니와 엷은 안개 더 고와라
고달프니 걸음 뜨랴 빨리 걸어 무삼하리
늘잡다 올 길 늦기로 탓할 줄이 있으랴

3

골마다 기슭마다 뿌린 듯이 붉은 꽃들
제대로도 고운 뵈를 헤펄리도 꾸몄구나
어느 뉘 집에 묻히랴 집 사를까 하노라

세모서감

호롱 호롱하다 이 한해 또 저문다
밤중만 홀로 누워 지낸 일 년 회고하니
자취가 번개 같아서 심사 창연하여라

이 한해 도비함이 그리 큰 일 아니지만
지난핸 어땠으며 오는 핸 어떠할꼬
이같이 백 년 가기로 낫든 보람 무에랴

청춘이 귀타 해도 지나친 뒨 꿈일지니
가는 것 매어논 양 못 드릴 것 드릴쏜가
성년은 불중래라니 할 일 바빠하노라

무두봉상에서

무들봉 기어올라 천 리 천 평 내다보니
넓기도 넓을시고 우리 옛터 예 아닌가
인흥이 잦기도 전에 눈물 벌써 흐르네

우리 임 귀천한 후 몇몇 창상 지냈관대
옛 신하 어디 가고 만한 창로 수림뿐가
생각이 예를 달리니 아득아득 하여라

근음삼수

1

머리에 하늘 이고 발은 땅을 디뎠건만
아득코 허전할사 가는 그곳 어디멘지
발부리 내치는 대로 진동한동 갈거나

2

가다 해 저물고 산궁수진 앞 막히어
길가에 쓰러진 채 찬 이슬에 얼지언정
그렇다 한 번 떠난 길 도려 섬이 있으랴

3

초라코 하염없다 포풍착영 이 한평생
찾는 것 가뭇없고 처지는 것 슬픔뿐을
울부어 무엇할거나 이 악물고 살리라

불멸의 함성

1

기미년 이 달 이 날 거룩턴 그의 외침
이저耳抵에 쟁연錚然탈가 굉연轟然탈까 가시잖네
눈 감고 다시 듣자니 가슴 무너지노라

2

봉화 든 제 없이 통문 돈 제 없이
근역 삼천리 방방곡곡 같은 함성
그 입은 삼천만이나 소린 하나이더니

3

오늘엔 남북양단 소리도 가지가지
기미년 그 불사혼 어느 곳에 찾아보리
잿더미 불고 또 불어 불씨 살려 볼거나

우음3수

1

밤들어 요란턴 거리조차 고요한데
나 홀로 자리 위에 잠 못 이뤄 뒤치려니
먼데 종 나로라는 듯 동무 삼아 치더라

2

세월이 빠르기 백구과격이라지만
사생 두 틈 끼인 괴롬 어이 그리 기나긴고
장생은 장수이어니 빌어 무삼 하리오

3

염담한 천성이 명리 까닭 아니련만
이 괴롬 무엇이며 이 설음 어디설가
끝까지 동행하려니 차차 알까 하노라

무제

부끄럴 제 유둘 대고 뉘우칠 데 싱둥거려
올곧잖게 줄치 않음 태복인제 자랑 마라
나이가 핏시 앗으면 마음 호젓하리라

백두산 갔던 길에
― 두만강 상류 끼고 가며

제대로 시름없이 공곡 울려 흐르련만
솟은 바위 내민 돌에 여음하며 올 제마다
석일한 뇌는 듯하여 가슴 묶어지더라

송도우음
― 정포은

하늘에 사무치는 거룩한 님의 마음
밝기론 일월이며 크기론 산핼것가
새로이 기릴 말 없어 눈물거워 합네다

신무치 지나

보인 숲 트이며 환출천외 우리 백두
웅대도 웅대려냐 저 여인, 우미인고
머리에 운건을 쓰니 신엄 맞아 하더라

변영만(卞榮晚, Byun, Young man)

1889.~1954. 경기 출생. 자 곡명(穀明), 호 산강재(山康齋), 곡명(曲明), 백민거사(白旻居士). 한학, 영문학 석학. 한학 수학, 법관양성소 수료, 보성전문학교 졸업. 역서『20세기 대참극 제국주의』,『세계삼괴물』(1908, 광학서포). 저서『단재전』,『산강재 문초』(1957, 용계서원) 외. 광주지방법원 판사, 신의주 변호사, 해방 이후 성균관대 교수 역임. 동생 변영태(외교관), 변영로.

몽중찬자夢中粲者(몽중미인)

침침한 초당 속이 홀연간 밝노라니
달 같은 고운 한 분 온 적 없이 오셨어라
그 뉘라 부를 길 없되 알면 알 듯 하여라

오백 년 지난 풍류 기억조차 미진됐건
가고 온 말 없은 채 양인심사兩人心事 양인지兩人知를
두 숨결 뇌성인 듯이 맞방매질 되거라

수류垂柳인 양 숙이시다 날빛처럼 쳐드실 제
곱고도 엄한 상호 보는 눈을 분쇄할 듯
묵은 죄 일시에 생각켜 복지고두伏地叩頭 했어라

서호 2수

범상국 서시 살고 여기서도 놀았던가
어느덧 연우 눌려 생각할 길 더욱 없네
두어라 지나간 일을 알아 무삼 하리오

영은사 시냇물을 이리로 몰아다가
가무를 가득 싣고 밤낮으로 술렁이어
부처님 자비심이야 한도 없다 할거나

상흔

1
말조차 없는 터라 글월 왕래 있으리만
꿈 아닌 꿈속 수작 밤도 낮도 모를러니
덩한 채 뜨는 그 소식 벽력인 듯하더라

2
갓난애 품에 안고 삼 년 만에 고향 오서
내 모양 마주칠 때 무삼 일로 슬프셨나
그것이 주심이라니 든든 섭섭했어라

3
향기가 스러졌건 어이해 또 마치노
기억이 무딜수록 가슴 더욱 아프고야
늙음이 점점 닥치니 이를 반겨 하노라

실모애

1
한서를 모르서라 고이 계신 것사오니
기댈 곳 여읜 이 몸 갈수록 허전코야
만물이 다 희생하되 모자영별 있고나

2
침변에 유상 되서 진석승안 될 듯 하자
음식이 적연해라 우리 님 참 가셨어
눈 감고 상상할수록 그 일 아득하고나

3
나날이 섧으랴만 사라갈 맛 담담해라
무인 광야 찾아 마음껏 울고파서
이후의 입신양명이 무삼 효도이리오

수부단

1
이제껏 참아옴은 님 까닭뿐일러니
안색도 말도 말자 소식마저 끊으시나
넋 잃고 외로이 앉아 허물 생각하노라

2
오시마 말씀할 때 속이심은 아니언만
비바람 서로 찾아 편하실 날 있사오리
첨부터 농이사라면 귄들 어이 하오리

3
봄날이 바다 같다 물거품은 꽃이라네
눈뜨고 잠이 드니 님의 숨결 지척일사
어느덧 도로 밤 되어 꿈만 산란하여라

어린이 원유회

1
장충단 넓은 마당 어린이로 뒤덮으니
백주 채 별 돋았네 사막의 꽃도 필사
돌리인 눈들 요란해 할 말 없어 하거라

2
남해도 여해같되 여해인들 수줍으랴
섞이어 뛰놀건만 서로 시샘 전혀 없네
진실로 너희 같을진대 무삼 일이 있으리

3
무궁화 덮인 동산 오는 날엔 너희건가
그럴상 미리하야 이처럼 즐기노여
기꺼운 눈물겨워라 갈 줄 몰라 하노라

춘사

1
봄 아씨 오셨구나 내 가슴 울렁대라
초면은 아니언만 새로이 반가워라
사랑술 꿈잔에 넘쳐 또 취하려 하노라

2
오며는 그만이지 설움이란 무삼일고
바람에 한숨 쉬고 이슬비로 우단 말가
온갖 꽃 만발하거든 웃으려고 함인가

3
새해 노래 기묘치만 잦은 것이 한이로다
시냇물 줄 풍악도 늘 한 가락 무료하다
저 구름 만발하거든 웃으려고 함인가

증 〈신생〉

어제 해 될소니 오늘 해는 새해로다
연구한 우리 몸도 새로 탄생 금일일사
천지가 통째 〈젓〉인 양 빨아보려 하노라

행로난 말씀 마소 형극조차 장미 되리
괴롬이 없자이면 솟칠 환히 어드메뇨
짐지다 한 번씩 쉴제 그 좋음이 어떤고

못생긴 두꺼빌 바 미워들을 마옵시다
한 개만 빠진대도 천지풍광 무미할사
다 인고, 안겨도 보자 이를 느껴 하노라

변완수(卞完洙, Byun, Wan soo)

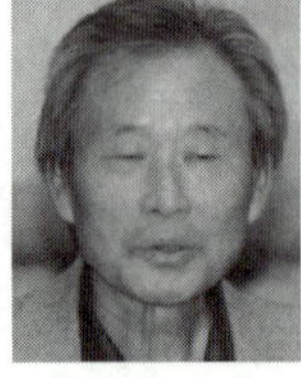

1967년 유학생 도미. 호 초설(初雪). American University schoology Internatinal studies 수학, 자퇴. 《시조문학》, 미국 문예지 《울림》(1987) 등단. 미국 "Korean news"·"Korea monitor" 칼럼 게재, "삼우반숙三偶反塾" 개설, 한문 강의(2006~2016). 종합 문예지 《사해四海》 부정기 발행(2001~2005).

설야雪夜

함박눈
사록사록
자尺로 쌓인 베개머리

지등紙燈도
죄만 같아 사위어 가는 밤에

뉘실까?
저 봉당 위에
사뿐 올라 서는 이는

선산先山 1

진달래 베개하고
솔바람 들으시며

질탕跌宕한 자식이라
외면하고 계시는가,

꾸지람
하늘 같아라
등을 치는 솔방울

선산 5

10년 세월 죄만 같아
묏 뜰 짚고 우러르니

입춘절立春節 잔설 이고
어메 봉분 따사하다

흘러간 그 나날이
춘궁春窮처럼 아려오네

사모곡思母曲 1

계신듯 안 계신듯
예순 겨우 사시고서

물 건너 마실 가듯
그리 훌쩍 가옵더니

울 너머
낮 달로 뜨사
누굴 굽어 보옵니까

사모곡思母曲 2

보리 누름 콩밭 누름
춘궁春窮 칠궁七窮 못 잊히어

철철이 오옵니까
물 건너 산을 넘어,

아궁이
불기氣 있느냐
둘러 보고 가옵니까

사모곡思母曲 5

검버섯 거뭇 거뭇
풀기 없는 그 손으로

말없이 주옵서라
중발만 한 홍시 하나,

이 손에
저승꽃 피면
그 손 다시 잡으리까

사모곡思母曲 7

그 옛날 어떤 이는
사모곡 천 가락을

하룻밤 퉁소 속에
피로 가득 울었다만,

우불지
못하는 자식
먼 하늘만 보것네

양란洋蘭 1

가녀린 꽃대 위에
고개 갸웃 숙은 얼굴

의뭉한 이 손길이
뻗다 멈칫 섰더니라,

네 기품
청렬淸洌 할세라
차마 범치 못할레라

산

인간세人間世 외오 두고
만년설萬年雪 이옵시고

크옵신 그 품 안에
송백松柏 만년 품으셨네

한평생
꼬장턴 무릎
오늘 예서 꺾으리까.

증인贈人

숨어서 사는 마음
아는 이 없으련만

홍매화 한 가지를
어이 꽂고 가시온고

함박눈 오시는 이 밤
이 향기를 어일꼬

변우연(邊宇淵, Byun Woo yeon)

1946년 전남 장성 진원면 출생. 육군 포병 중위 전역(1973), 경찰대학 임관(1975), 동국대 경영대학원 졸업(1978). 《시조시학》(2012), 《에세이스트》 수필(2014) 등단. 시집 『창포원 가는 길』(2012, 고요아침), 『수묵화 날다』(2016, 고요아침). 저서 『소방실무』(1984), 『방재이론과 실무』(1991, 일진사). 대한민국 공무원문예대전 2회, 행정안전부 장관상 시(2012), 행정자치부 장관상 시조(2014) 수상. 열린시학, 정형시학 회원.

―

변우연 시인의 이번 시집에 드러난 특징은 크게 세 가지로 압축할 수 있다. 첫째 세밀한 서정성과 치밀한 시적 구성을 보이고 있고, 둘째 서書화畵 속의 시간과 공간 개념을 옮겨오고 있는데 이를 통해 고박古樸과 돈후敦厚의 운치를 맛볼 수 있는 작품이 적지 않다는 점이다. 셋째, 사설의 작품에서는 반복·절정의 묘미가 느껴지고 장단완급을 통해 그 섞어 치는 힘의 전략이 강하게 느껴진다는 점이다. 시인의 작품이 선명하면서도 강렬한 인상을 주는 작품이 많은 것은 아마 이러한 시적 특성 위에 창작되어지기 때문이 아닐까 판단된다.

— 이지엽(시인 · 한국시조시인협회 이사장 · 경기대 교수)

―

수묵화 날다

여백 속에 펼쳐지는 촘촘한 하늘 무늬
한 마리도 낙오 없이 점선으로 이어진다
저 군무群舞
그물망 펼쳐 노을빛을 낚는다

빈틈없는 깃털들의 현란한 저 율동
가오리 잽싸게 날고 밍크고래 잠수하고
어미의
눈빛에 따라 공중곡예 거나하다

점과 점 뭉쳐지고 선과 선 이어지고
생을 건 춤사위 비백飛白처럼 날렵하다
허공에
새긴 저 결들 농담濃淡으로 번진다

노을 쪼갠 햇빛가루 어둠을 불러오고
갈대숲의 낮은 적막 고요 속에 잠든다
수묵화
그 번짐 소리
화폭으로 내어준다

난을 치다
― 글꼴을 품다

결 고운 여린 여인 찾는 사람 없어도
살랑대는 바람결에 맑은 향 내어주고
곧은 듯
보드레하게
낮은 몸 추스른다

푸른 잎새 수굿이 궁서체를 품었고
혀끝 매단 꽃대궁 판본체를 실었다
간결한
글꼴의 자태
온누리에 환하다

길고 짧은 이파리 자음모음 엮었고
삼장이단 꽃송이 기와 품을 지녔다
휘두른
소심난 한 촉
그 묵난墨蘭이 나를 친다

몽당연필

해거름의 검은 심
육각형으로 저문다

깨알 같은 슬픔을 실선으로 쏟아내고

척추가
닳고 닳았다
한 뼘의 몽당연필

제 몸으로 움켜쥔
못다 한 시한부 삶

손때 묻은 멍든 꽃이 침묵으로 피어난다

백지에
흘린 검은 피
모든 것이 그의 유언이다

무화과

자줏빛에 물드는
아담의 첫사랑이

이브를 곁에 두고도
꽃잎 한 번 못 펼쳤다

환해진
은두꽃차례*
웅숭깊게 궁싯거린다

철썩이는 그 파문
허리에 칭칭 감고

젖꽃판 어린 바람이
햇살 먹고 익어간다

어미의
저 젖꼭지는
누구에게 젖을 먹일까

결

수줍은 이른 봄에 물오른 연둣빛이
새움 튼 우듬지를 수굿이 간지른다
실눈 뜬
저 낮은 햇살 아지랑이 감아 돈다

떨리는 가지 끝에 부채꼴 파란 잎이
공작선 펼치고 소곤대다 잠든다
공손수公孫樹*
서늘해지고
한 홉 정도 그늘 들인다

황금가사 걸치고 누굴 위한 보시인가
사리 같은 은행 알 서너 섬 쯤 내려놨다
한 세월
예불소리로
새벽 귀 닳고 닳았다

순백의 천년 고승 지친 하루 등에 지고
수레바퀴 위에서 삭인 결에 눈을 준다
행간의
둥근 그리움
밑줄로 그어놓고

* 공손수公孫樹: 은행나무, 후손목後孫木.

하얀 밤

꽃 진 자리
여백에
꼬깃꼬깃
접은 사연

오로지
보름쯤만
초록 애증
매달고

목련의
흰 발꿈치가
꿈인 듯
멀어져 간다

파초

널브러진
푸른 잎에
깨알 슬픔 쏟아놓고

그 여린
속심으로
심지를
바로 한다

창 너머
그리운 설렘
빗방울로
지운 밤

전각篆刻

칼 끝 벼린 심장에
섬뜩하게 스친 섬광

이름은 凹 아호는 凸
요凹는 음각 철凸은 양각

한 세월
굴곡진 삶이
돌꽃으로 환해진다

꼭꼭 찍는 돌 도장
수레바퀴 흔적을

꾹꾹 찍는 옥 인장
몇 백 년의 가훈을

국새國璽, 쿵
그 우렛소리
천 년의 황금 꽃을

한 뿌리
― 문방사보文房四譜

여백 속에 다듬어진 네 가닥의 실핏줄

1. 먹(남편)
사향과 송진 태운 그을음이 고인 마음, 더 이상 탈것 없어 애간장도 내어준다, 모나게 가벼워진 몸 볼품없이 삭았다.

2. 벼루(아내)
비바람에 다져진 백운상석白雲上石 남포연硯. 긴 시간 마름없이 모든 것 다 내어준다. 끝없는 어미의 사랑 벼루가 바닥 날 때까지.

3. 붓(아들)
윤필은 유호필로 갈필은 강호필로, 곧은 듯 부드럽게 겸호필을 휘두른다. 만 획이 한 필획 속에서 꿈틀대는 용트림처럼

4. 종이(딸)
솜털처럼 부드럽고 끈질긴 섬유질이 칠흑 같은 적소에서 천 년을 지내고도 신소재 특수종이로 세상에 거듭난다.

품속의 문방사우文房四友가 한 가족으로 뭉쳤다

감꽃

뚜껑 열린 장독대
꽃잎이 원 그린다

옹이진 땡감나무 숨 고르기 한참이고 첫 코뚜레 여물통 뒤척이다 씰룩댄다. 옹알옹알 다가온 손주 녀석 재롱에, 골 깊은 할배 주름 환하게 펼쳐지고, 할미의 함박웃음 부엌 쪽문 들썩인다. 코골음의 삽살개는 인기척에 선잠 깨고, 흙돌담에 하얀 감꽃 수북하다. 유월이면

꽃 울음
지는 소리에
노을이 문턱을 넘는다

변정용(卞正容, Byun, Jung yong)

1937년 전남 구례 광의면 출생. 연세대학교(정외과) 2년 중퇴(1961).《월간문학》시조(2006) 등단. 시집『붓 끝에 흐르는 서정』(2017, 시선사). 한국문학학교 사무국장, 열린시조학회 민족시사관학교 부회장, 한국문인협회 중구지부 회장 역임. 한국시조시인협회, 열린시조학회, 중구문인협회, 정독포럼 회원.

갈등(葛藤)

변정용

칡넝쿨 등나무타고 란 몸으로 엉켠 때
들로 갔고 되로 들어 아무리 한 몸 한 뜻
갈등도 서로 화합하면 엄청나게 강할 거야.

—

『수름재쑥국이』는 시조로서의 호흡이 유연하고 가락에도 탄력이 있어 우선 호감을 끌었다. 참신하다고는 할 수 없지만, 시로서의 내질도 결코 만만치 않다.

— 심사위원: 박경용, 김월준

『붓 끝에 흐르는 서정』은 정한의 미학으로 아름다운 용서를 풀어냈으며, 선비적 정신으로 딸깍발이의 대쪽 같은 청백리상을 보여주고, 역설의 모순은 화해와 공존의 지혜를 노래한다. 그리고 해학의 미학은 익살과 재치로 흥미를 심심찮게 맛보게 한다.

— 정공량(시조시인 ·《시선》발행인)

—

남들은 왜, 고향을 버릴까

코 매운 귀농열차 동구 밖에 이르면
안면 있는 쟁기보습 헛간에서 녹슬고
홰치는 첫닭소리에
경운기 투덜거린다.

허공에 돌개바람 언덕배기 맴 돌면서
장구배미 가을걷이 고수레 입맛 다시고
막걸리 한 사발 주정
남들은 왜 고향을 버릴까.

감나무 둥우리에 초승달 심지 돋을 때
깃털 빠진 까마귀 무릎에 찬바람 나면
아랫목 군불 지피고
부모님 모시고 살리라.

문패는 왜 다는 거여

이승에 나타날 때 증표 사서 왔다던가
떠날 때는 말없이 사라지면 될 것을
한순간
머물다 갈 집 문패는 왜 다는 거여.

꿀을 찾는 날갯짓 꽃술에 잠이 들고
바람 한 점 아무데나 덜커덩 들어선다
하룻밤
신세 좀 진들 모두가 셋방살인데.

이슬비 맞고 와서 무서리에 시들 거면
오뉴월 뙤약볕도 응달이랑 나눌 걸
천만년
살 요량으로 탐욕만 부렸구나.

번지 없는 행복

이름도 주소도 몰라 만나기가 힘들다
저긴가 싶어 다가서면 기름때 묻어있고
돼지꿈 꾸었다면서
복권 사는 저분일까.

어디에 숨었는지 발자국 남기지 않고
물어본 사람마다 모른다며 궁상을 떤다
점쟁이 찾아 물어봐도
아는 척 복채만 챙긴다.

찾다 찾다가 없으면 만들어 쓸 수밖에
치수대로 깎고 잘라 분수에 꼭 맞도록
행복은 기성품 아닌
맞춤형 제품인가 보다.

소쩍새 가슴앓이

남산은 가부좌 틀고 북악을 응시하다
순리 따라 흐르는 한강에 깨달음 얻고
어별에
타이르기를 '낚싯밥 조심하라.'

육백 년 풍진 역사 쉬쉬하며 이룬 야화
치맛말 자락자락 주름 잡은 박음질에
소쩍새
차마 말 못하고 가슴앓이 하는데.

목멱산은 알고 있다, 단종의 애석함을
사육신의 충성심을 환하게 알면서도
그 고변
발설치 못해 두고두고 혀만 찬다.

옹이 뽑고, 몽니 풀고

옹이 박힌 찌러기 쇠뿔이 솟을 적에
잠자리 황소 등 타고 눈동자 굴리다가
우루 쾅! 천둥번개 치고
먹구름 붉으락푸르락.

흔들리는 몽니를 뽑아내면 말이 새고
부리 닮은 까마귀 섬기는 자손의 효심
반포조 격조 높은 명성
왜가리 질투하겠지.

옹이 없는 정이품송 봉황새 둥지 틀고
몽니 풀린 왜바람 현해탄 배 띄우면
태평가 흥겨운 가락
어깨춤이 절로난다

장군 멍군

어룽진 볕살 쓸고 정자나무 그늘 아래
허리춤에 수手를 차고 장기판 마주한다
호쾌한 너털웃음에
시름 따윈 줄행랑치고.

거듭된 일진일퇴 꼼수암수 작전 펴며
양진영 卒만죽고 승패는 아무도 몰라
땡볕은 훈수하다가
뺨 한 대에 물러난다.

한나라 차 앞세워 장 받아 장이야 장!
초나라 포를 넘겨 멍군 장군 역공한다
한수만 물리잔 말에
천만에, 뒤집힌 장기판.

해거름, 초상

마시고 버린 소주병 한 개에 백 원인데
술 덜 깬 빈 맥주병은 몇 푼이나 쳐주나
해거름 쭈그렁 삶이
손수레에 실린다.

폐품 줍는 허드렛일 숨차게 주워 챙긴
쌈짓돈 모아진 재미 허허로움 채워주고
스스로 벌어 쓴 용돈
삶의 무게 덜어주네.

진흙땅 뚜벅뚜벅 뒤돌아본 뒤안길에
빗물 고인 자국마다 뉘우침이 침전되어
그 자리 밟지 않으려고
한 발짝 홀쩍 건너뛴다.

모순의 공존

지우개 붙어있는 몽당연필 오늘 이야기
썼다가 지웠다가 얼마나 갈등할까
닳도록 부대끼면서 공존하며 살아간다.

눈 속에 매화 피고 서리 맞은 국화로
균형 잡힌 자연이 한 해의 평년이면
겨울철 삼한사온은 갈등의 화합인가.

모순도 적응하며 살다보면 순리인 듯
넘치면 덜어내고 모자라면 채워주는
방정식 푸는 방법이 함께 사는 지혜지.

은한강銀漢江의 절규

'단숨에 다녀올게' 솜털이 보송한 사내
애티 난 웃음 짓고 새벽녘에 나섰다가
흰머리 나풀거리며 서성인 '만남의 광장'

눈자위 짓무르도록 하마하마 기다리다
변절한 그 새옹에 솜방망이 복장 치고
한쪽을 돌려보내야할 마음저린 애절함

'사람 못할 짓이다' 피터지게 통곡해도
휴전선 그어놓고 출렁다리 갈라놓고
반백 년 중립지대에 은한강은 절규한다.

충매화蟲媒花

비 젖는 호박꽃에 찾아드는 벌 한 마리
대낮부터 매화주에 흠뻑 취해 노닥이다
해거름 사립 닫으면 갈 곳이 마땅찮다.

청사초롱 불 밝힌 청루에 의젓하게 들어
하룻밤 묵겠다고 생떼 쓰는 막무가내
매실을 호박넝쿨에 달리게 하는 난봉꾼.

충매화 이름 지어 족보에까지 올렸지만
생김새는 벌썬 대추 성깔은 야멸치고
청순을 깨문 표정에 오만상이 피어난다.

변학규(卞鶴圭, Byun, Hak kyu)

1914.~1994. 경남 진양 금산면 장사리 출생. 호 만춘(晩春). 진주농고 졸업(1933). 《농은農銀》 시 「바다에는 목금木琴 소리」 당선(1956, 서정주, 조연현). 시조집 『사계사四季詞』(1963, 동국), 『불과 재의 대화』(1967, 문예수첩사), 『몸살난 진주眞珠』(1971, 삼애사), 『변학규시선』(1972, 예문관), 『꽃, 계곡』(1983, 홍문사). 영남문학 동인. 농협중앙회 35년 재직, 정년퇴임.

—

가을은 쪽빛바람 타고

가을은 갈아놓은 쪽빛바람 타고
산정 떠오른 구름 빨래 볕에 숨으면
살 오른 미꾸라지 떼 햇볕 타고 푸득인다

여름내 지친 더위 초가지붕 고추 눕고
벼 베는 아낙들 막걸리 사발에 바빠서
손코를 푸는 낫날도 볕살에 눈부시다

휴가 온 병정이 내 마음속 송충이들이
뱀 알처럼 떨어지는 바람 자는 밤이면
귀뚜리 수염도 지고 창도 화안한 달빛

가문 든 들판에서

목숨의 논밭 파서 샘줄 줄기 찾습니다
새우 허리 펴며펴며 별빛 우러 비옵니다
모른 죄 씻어 주시고 아는 죄 가시옵소서

윗대에서 못다 한 일 이루라는 뜻입니까
넉넉잖은 살림살이 힘 기르라 하십니까
밤새워 물 퍼 심으며 제 할 일 할 뿐이외다

조조음

1
남달리 많은 권구 쪼들림 삭혀가며
그런대로 견뎌 나온 성한 몸 사는 보람

2
시름도 기쁨도 함께 깨는 이즈음을
비 들어 마음 쓸고 얼굴 보고 고쳐 앉다
빨랫줄 구슬인 이슬 뒤흔드는 먼 데 기적

3
싱그러이 바람 일어 창문 여는 가슴팍에
홀수짝 활개 치고 튀어오듯 부신 햇살
한 낱씩 쌀 알 줍듯이 지켜보는 이 아침

회심초

1
찬 서리 매운바람 기다림에 지쳐 자고
눈보라 함께 얼려 반쪽 하늘 깨어져도
떼 오자 영롱한 이 봄볕 고이 맞는 이 보람

2
푸르른 수런수런 하늘빛 스민 자국
붉은 꽃잎이 타는 노을 잠긴 강물 자취
꽃샘에 휘뿌리는 빗발, 맞고 피는 이 화심

강

산줄기 헤친 힘이 개울이라 번득이고
밤도 와 여울 타고 낮을 이어 닿는 줄기
잔잔히 서슬을 풀고 소리 재워 흐른다

길 아래 푸른 강물 풍성하게 흐른다
강이 사람의 정각에다 이렇게 길을 낸다
산그늘 적시다 말고 벼랑 돌아 닿는다

단풍

뿔뿔이 쌓인 소망 영마루는 님의 창문
봄여름 이은 사연 오늘따라 핏빛인데
목 놓아 부르는 물소리에 산울림이 멀구나

때맞이 싹튼 새순 나도 따라 왔건마는
어둔 밤 서리 묻고 청자 하늘 멀어가네
산 채로 허울 태우면 떠나가실 님 모습

초가을

지붕 위에 흰 박 이고 머리 위에 삶을 이고
힘겨워 나지막한 하늘 받든 초가집
가슴에 심어 온 보람들이 여무는가 산들바람

대 이은 한 자랑이 펼쳐 맑은 청자하늘
가슴 깊이 가꿈 인정 흘러가는 개울물에
천년을 하루와 같이 익혀 보는 그 맑음

촌역

올곧게 이은 패도 숨이 차는 고비마다
창 넘어 발돋움는 목이 가는 초가인정
포플러 마구잡이 휘둘리는 무궁화 송이송이

초점 튀어 나는 샘솟는 흔들림이
풍선 타는 오수 저어 점점이 흩어지는
시그널 깜박이는 눈망울 가슴 차는 어스름

아가의 눈망울

아가의 눈망울은 너와 나의 새 하늘
웃음보다 싱그러운 꽃그늘이 어린다
햇빛도 눈을 모으고 창가에서 지킨다

돌배꽃

진달래 불 붙었다 꾀꼬리 곧 울리고
무덤에 이은 산길 돌배꽃 향이 트고
이끼 긴 바위틈에서 밝게 피는 물소리

변현상(卞鉉相, Byun, Hyun sang)

1960년 경남 거창 가조 출생. 《나래시조》 신인상(2007), 〈국제신문〉, 〈농민신문〉 신춘문예(2009, 필명 변경서) 등단. 시집 『차가운 기도』(2014, 책만드는집), 『툭』(2016, 알토란북스) 외. 김상옥백자예술상 신인상(2015), 나래시조단 시조 대상(2016), 제36회중앙시조대상 신인상(2017), 한국시조시인협회문학상 신인상(2018), 제10회 천강문학상대상(2019) 수상 외. 오늘의 시조시인회의, 작가회의 회원. 부산시조시인협회 사무국장 역임.

소나기
변현상

빌딩 넘고 광장 치나
호통치며 달려온다

술 취한 세상을
빡 때리고 꿰어뚫고

그놈이 똑같은 그놈
먼지 나도록 패고 있다.

—

변현상 시인 그의 시법은 직관의 정서로 일관한다. 마치 쾌도를 들고 난마 앞에 선 장한 같다. 그의 정서는 통렬한 쾌감을 동반하며, 행간에 의외의 활력을 불어넣는다. 그의 시선과 발길은 예배당과 경로당, 난전과 주막을 가리지 않는다. "북쪽 물이 남쪽 물이/ 흘레붙"는 「해동」의 정황을 일깨우며 "뜨거운 합일"(「부부라는 이름의 시」)을 꿈꾸며, "흑과 백이 함께 만든 회색의 평화"(「서시」)를 지향한다. 그는 입말의 말맛을 알고, 또 그것을 부릴 줄 아는 흔치 않은 시인이다.

— 박기섭(시조시인 · 전 현대사설시조포럼 회장)

—

해동解凍

겨우내 강녘을 꽝 꽝 끌어안았다가

북쪽 물이 남쪽 물이
흘레붙고
있네
있네

임진각 돌고 온 바람 힐끔힐끔
웃네
가네

눈 이불로 덮었어도 속속들이 다 보이네

어머나, 어머나
쩡 쩡
용을 쓰네

물오름 얼음장 아래 흥얼흥얼
섞네
가네

담양

누구와 누구누구

찾아오면
안 되겠다

또 누구와 누구누군

여기 오면
미안 캤다

대나무
쪽 곧은 대나무

대나무

또 대나무

경이로운 사랑

두 개의 속삭임이 힘으로 와 재촉한다
'안돼! 안돼! 뛰면, 안돼!'
'뛰어! 뛰어! 그냥 뛰어!'
더 높은 번지점프대 소마소마 서 있을 제

힘 1과 힘 2의 두근두근 쌈박질을
토닥토닥 달래면서 화해시켜 돌려놓다
마침내 눈을 꽉 감고 몸 던져 확인할 제

뜨거워도 안 만나면 싸늘하게 멀어진다
껴안고야 알게 되지
얼마나 불타는지
무작정 끌어당기고 보는 만유인력 외사랑!

네 물이 내 몸에 와

햇나물의 향기를 아침상에 올리려고
밤늦도록 다듬었던 아내의 손톱 밑이
작업복 소매가 되어 까맣게 물들었네!

네 물이 내 몸에 와, 네 것이 내 것 되는
여민 단추 풀어주고 받아주는 행위들이
불타는 마음도 없이 이루어질 수 있었을까

천둥과 번개와 비, 바람 잦은 이 현세를
가장 낮은 자세로 온 햇나물의 짙은 물은
어쩌면 저리도 깊게 눈물로 스몄을까

아래위가 달라붙은 부끄러운 연탄처럼
불법 주차 스티커의 낯 뜨거운 체위처럼
까맣게 물든 손톱을 나무랄 수 있겠는가

돋보기
— 오륙도五六島

새벽 해무 걷히자 드러나는 절도 현장

요즘 같은 세상에…
얼마나 주렸으면

지난밤
훔쳐 먹다가
흘리고 간
곰빵 몇 개

아까운 걸작

매지구름 숨어 있는 백내장의 눈동자로
흙 너울 뒤덮어 쓴 백악기의 봄이 왔다
방사선 섞여 있다는 비 소식도 들리는데

"자기야 동백 핀 것이 젊은 날 나 같으네!"
창밖 아파트 화단 누런 배경 그 곁에 와
한 번도 어기지 않고 벙그는 목련을 보며

빌려 쓰는 이 걸작품 아까운 초록별을
야금야금 갉아먹는 누에가 된 포클레인
보아라 꼭 껴안아도 얼음장의 시린 봄

산의 후리 달려갔던 공룡의 콧김같이
TV속 핵발전소 내뿜는 수증기에서
종말의 냄새를 맡는다 황사 내려 아득한

잡어

　도다리도 있는데 잡어를 주문했다
　이것저것 뒤섞여서 나오는 잡어 접시
　왜 하필 잡어를 시켜? 쭉 째진 부장의 눈

　잡어 잡놈 연관 짓다
　웃음 피식 나오는데

　부장은 나를 보고 잡놈아! 잡놈아! 하는 거 같다 그럼 넌, 잡놈 회사 직원 그럼 난, 잡놈 사장! 그래도 맛있다며 넙죽넙죽 잘도 마시고 꾹꾹 씹는 초임 과장 그래그래 너희들도! 부장에게 씹히지만 부장도 사장 입에 꼭꼭 씹히는 이 바닥이다 부딪히는 모든 일이 잡것이고 잡놈인데 잡어면 또 우야고 도다리면 또 우짤래?"

　"사장님 한잔 하이소!"
　부장 잔을 쑥 내민다

* 윤현자 시조집 『광어면 어떻고 도다리면 어떠랴』에서 차운.

테트라포드Tetrapod

노대바람 등에 업고 대놓고 달려드는
한눈팔지 못하는 최전방 전투현장
단단히 스크럼을 짠
방어선 앞에 섰다

애초부터 휴전 없는 전쟁을 바라보며
전설 속 불가사의한 아틀란티스 떠올린다
사라진 대륙에 얹혀 수장된 병사들을

생각할 틈도 없이 또 퍼붓는 화살과 창
산더미로 달려드는
아, 아 인해전술
전쟁은 죽음뿐이다!
저 피의, 붉은 비린내

부부라는 이름의 시詩

대학병원 폐암 병동 금연 구역 휴게실

대롱대롱 흔들리는 링거병을 팔에 꽂은

중년의
마른 남자와
휠체어 밀던 아낙

깊은 산 호수 수면 그 잔잔한 표정으로

담배를 꺼내 물고 서로 불을 붙여준다

주위의 눈길을 닫는
저 뜨거운
합일슴—!

서시序詩

흑과 백이 함께 만든 회색의 평화처럼

살가운 실바람에 울컥하는 마음처럼

쉬리가 헤엄을 치는 투명한 여울처럼

번개 천둥 꽃향기에 꿈쩍 않는 바위처럼

더도 덜도 붙지 않는 차가운 철로처럼

살아서 뿜어 올리는 뜨거운 용암처럼

봉경미(奉京美, Bong, Kyeong mi)
1964년 전남 영광 대마 출생. 가천대학교(국
어국문학과) 졸업(2008). 《시조생활》 신인
문학상(2006) 등단. 시집 『그리고, 아껴둔 말
들』(2016, 고요아침). 한국시조협회 작품상
(2016) 수상. 한국문인협회, 한국시조시인협
회, 세계전통시인협회, 한국시조협회 회원.

봉경미의 시적 자아는 잔잔함과 고요함, 평화에 대한 심미적 완성을 추구한다. 「첫눈」이 보여주는 순결하고도 고요한 선경仙境은 「3월 갈대」의 내려놓음, 자기 비움이 추구하는 경지와 함께, 그가 그토록 아파하는 현실을 뛰어넘어 끝없이 다가가고자 염원하는 이상향의 한 자락일 터이다. 왜냐하면 봉경미의 시조에는 외면으로 편안한 모습과 함께 내면 깊숙이에 언제나 끝없이 타오르는 그리움이 잠재해 있기 때문이다. 또 하나는 힘들고 어려운 사람들, 사람뿐 아니라 동물이나 식물 등, 목숨가진 모든 약자들 모든 슬픈 존재들을 그는 살피고 이해하고 아파한다.

— 이석규(시조시인 · 국제펜 한국본부 자문위원)

—

그리운 날

어릴 적 괜스레 서러웁던 어떤 날에
아부지 아부지 진달래꽃 언제 피어?
백 밤만 자면 핀단다
헛기침을 하십니다

푸르던 나뭇잎 빨갛게 물이 듭니다
아부지 아부지 진달래꽃 언제 피어?
열 밤만 자면 핀단다
먼 산을 보십니다

하아얀 눈이 녹고 새싹이 돋습니다
아부지 아부지 진달래꽃 언제…
허허허 세 밤만 자면

손가락이 아립니다

3월 갈대

돌아가야 할 길을 몰라서가 아니다
떠남의 미학을 몰라서도 아니다
북풍을 건너온 자의 마지막 몸짓이다

더 이상 아플 것도 마를 것도 없는 몸
한 시절 찬란히 피어나던 은빛 꿈들
이제는 내려놔야지 시린 발목 아래로

아직도 서성이는 못다 한 마른 노래
세월 저편 아득히 먼 기억을 향하여
황량한 3월 들판에 저물도록 서 있다

매화, 다시 피다
— 두향을 그리며

팔경이 빼어난들 그 절개만 했을까
신선의 마음까지 얻고야 말았으니
물길을 닫아 놓아도 사랑은 흘러가네

거문고 여섯 줄을 강선대降仙臺에 풀어놓고
너울너울 춤을 추면 학처럼 고왔을 너
향기는 옷섶에 가득 꽃 그림자는 몸에 가득*

발길도 닿지 않는 언덕 위 무덤 하나
다북쑥만 우거져 쓸쓸함이 더 한데
어디서 불어오는가 그윽한 매화 향기

* 이황의 「도산월야영매陶山月夜詠梅」에서 "향만의건영만신香滿衣巾影滿身".

부석사의 가을

백 년을 다가가도 하나가 될 수 없어
무량수전 석탑 앞에 울먹이던 사람아
그 가을 부석사에는
노을이 물들었다

얼마를 닦아내야 눈물처럼 맑아질까
아미타불 발끝에서 삼천 배를 드린다
두고 온 인연 한 자락
지우고 또 지우며

무량의 그리움은 속세로 이어지고
스치는 바람에도 젖어드는 옷자락
못 전한 마음을 모아
돌탑 하나 쌓는다

그 후

올봄엔
내 정원에
꽃이 피지 않았습니다

피우지 못했기에
지는 일도 없었지요

그렇게
떠나가신 후
꿈도 달도 멈춘 자리

어쩌죠

산성비 방사능비
무언지 모르지만

엄마는
큰 눈 뜨고
맞으면 안 된대요

어쩌죠
밤새 흠뻑 젖은
창밖에 개나리꽃

넝쿨장미

수녀원 담벼락이
수다로 소란하다

속치마 걷어 올리고
월담을 한 그녀들

저마다
빨간 립스틱
들켜버린 속내들

하조대에서

그만큼만 잔잔하기
그만큼만 일렁이기

그만큼만 담아두기
그만큼만 비워내기

가끔은
폭우 몰아치는
마흔아홉 바다에서

해바라기

자랑할 일이라곤
아무것도 없습니다
향기도 모자라고
붉지도 못합니다
단 하나 할 수 있는 일
타도록 바라보는 거

손 내밀고 싶어도
다가갈 수 없습니다
모른 체 하신대도
원망도 못합니다
오로지 꽃대 세우고
까맣게 기다리는 거

봄봄

피어나는 꽃들이
그리도 아프더니

떨어지는 꽃잎이
그리도 힘겹더니

오늘은
아지랑이 피네

꽃마다
나비 나비

서관호(徐官浩, Seo Gwan ho)

1948년 경남 남해 창선 출생. 경성대학교(행정학과), 경남대 대학원(행정학 석사).《현대시조》(2002) 등단. 시조집 『물봉선 피는 마을』(2006, 한글), 『저만치, 아직 저만치』(2013, 시조나라). 동시조집 『키 작은 해바라기』(2011, 시조나라), 『혹부리 나무』(2014, 시조나라), 『강아지도 아는 시조』(2017, 시조나라). 한국문화방송 시조공모 장원(1973), 제7회 공무원문예대전 시조·동시 장려상(2004), 제9회 공무원문예대전 시조 장려상(2006), 제11회 공무원문예대전 시조 장려상(2008) 수상 외. 부산시조시인협회, 볍씨, 남강문학회 회원.《어린이시조나라》발행인.

> **터널**
>
> 　　　　　　　서 관 호
>
> 산 넘은 등 가슴을 깊숙이 열어놓고
> 앞 동네 뒷 동네를 터 놓고 살라 하네
> 꽃소식 잎 소식까지 아우르며 살라네

—

서徐 시인은 언어유희言語遊戲를 싫어한다. 진솔한 표현과 감정이 시조의 자랑이어야 한다는 시조론을 가진 시인이다. 그의 시조는 언어의 간능幹能이 없고 조탁彫琢이 없다. 말하자면 조미료를 넣지 않는 담백한 전통음식 맛으로 시조 작품을 쓰려한다. 그러면서도 인생의 골똘한 진맛이 우러나도록 하려는 침잠의 사색이 그의 시조에 들어있어 자랑스럽다.

— 임종찬(시조시인 · 부산대 명예교수)

서 시인의 동시조집에는 좋은 예문이 많습니다. 늘어놓아 쓴 것, 나아가게 쓴 것, 나아가다가 뒤집은 것, 묶어내어 쓴 것, 외쳐서 뒷받침한 것 등 여러 예문들을 제시해놓았거든요. 또한 종장을 뛰어나게 마무리하여 시조의 특징이 잘 드러나도록 한 것도 읽는 재미가 쏠쏠합니다.

— 박일(아동문학가)

—

매운 눈물

할머니 제삿날에
쪽파를 가립니다

할머니 모습 닮은
해말쑥 갸름한 파

눈물이 뚝뚝 흐릅니다
보고파요 할머니!

연필

연필도 공부하긴
나만큼 싫은가 봐

방 안에 드러누워
요리 때굴 조리 때굴

오늘은 엄마 없는 날
때굴때굴 놀자네.

손난로

손안에 쥐어지는
주머니 하나인데

우리 반 스무 명을
손을 죄, 마음도 죄

"온유야, 나도 한번만"
돌고 도는 손난로.

강아지도 아는 시조

강강강 강강강강
강아지도 아나보다

내가 시조시인인 걸
옆집 개가 아나보다

3 · 4조 리듬에 맞춰
약강약강 짓는다.

멍멍멍 멍멍멍멍멍
멍멍이도 아나보다

종장의 절정구조
옆집 개도 아나보다

한 박자 늘린 강박에
힘을 실어 짓는다.

까치밥

다 떨고 다 지우면 삭막해서 어쩌냐고
눈 시린 하늘빛에 홍시 하나 곁들여서
가슴을 물들이고파 까치까지 불렀다.

깍깍깍 맛있겠다, 꽁지깃이 흥겨우면
길손도 쳐다보며 그림에 젖어들고
강아지 저도 좋아라 꼬리 살살 흔든다.

터널

산님은 등 가슴을 깊숙이 열어놓고
앞 동네 뒷동네를 터놓고 살라하네
꽃소식 임 소식까지 아우르며 살라네.

대숲에서

대나무 숲에서는 내 키가 너무 작고
내 맘은 또 얼마나 곧아야 좋을는지
그리고 또 얼마만이나 푸르러야 할는지….

새어드는 빗줄기가 가슴깊이 파고들고
스치는 바람이라도 남 아닌 줄 알 만하고
굼벵이 한 마리라도 이웃임을 봅니다.

숲에선 그 아무도 숲 위에 있지 못합니다
하나의 작고도 작은 구성원일 뿐입니다
더불어, 남과 더불어서 내가 있을 뿐이죠.

냇가에 앉아

바람을 불러다가 무심한 척 흘러가고
구름을 데려다가 손 흔들고 가버리고
그사이 꽃들은 지고 낙엽 동동 떠가네.

억겁의 그 세월을 찰나처럼 접어두고
이 세상 오욕칠정 투명하게 바래다니
네 속을 들여다보니 달이 떠서 웃구나.

배 한 척 불러 타고 따라가면 좋으련만
네 본시 따른다고 거느린 적 없는 고로
유유히 종이배 한척 내 맘 속에 띄운다.

을숙도

나그네 상념들이 갈대로 서성여도
등 푸른 염원들은 솟대로 솟아있고
철새들 푸득 푸드득 짝짓기로 바쁘다.

어느 새 어느 새는 남쪽으로 날아가고
또 어느 새 어느 새는 북쪽에서 날아들고
공항엔 덩치 큰 학이 우아하게 내린다.

바닷길 하늘 길은 끝도 없이 열렸지만
갈대숲은 알을 품고, 해와 달을 끌어안고
차르르 사랑의 밀어 금물결로 토한다.

우포늪

무겁게 입 다물고 묵상을 하다가도
꾸루룩 황소개구리 한 소리 내지르면
물무늬 번져나가며 물풀들을 깨운다.

비오리 한 가족은 초대라도 받았는지
풀섶을 휘돌아서 어디론가 사라지고
잠자리 눈알을 굴려 물무늬를 재운다.

사공이 널배 저어 장대를 짚어 가면
연꽃은 부처님 낯빛 묵언을 주고받고
백로가 흰 가슴으로 하루해를 맞는다.

창녕의 람사 습지 우포늪은 세계유산
호수는 얕은데도 마음은 깊어지고
거닐어 응시한 둘레 하늘빛을 담았다.

서기석(徐基錫, Seo, Ki seuk)

1972년 충남 공주 신풍면 출생. 학사사관 25기 포병장교 소위 임관(1995). 계간 《문예춘추》 시(2016), 《시조시학》 신인작품상(2019, 가을호) 등단. 자랑스런 수원문학인상(2018), 수원문학상 젊은 작가상(2019) 수상 외. 희망의 시인 세상 동인. 수원문인협회 사무차장 역임.

메꽃

서기석

촉수를 곧추세워 허공을 발밤발밤

바람에 흔들려도 멈출 수 없는 이 길

모비앵 한 굴의 서사 아로새길 절명시

—

서기석 시인은 세상의 속악함에 대해서 냉철하게 관찰하고 반성하는 능력과 그것으로 인해서 고통 받는 힘없고 나약한 존재자들의 아픔과 애환을 그려내는 데에서 장점을 보여주고 있다. 가난한 서민들의 대표적인 상점인 문구점이 폐점하면서 벌이는 "땡처리"의 이벤트를 이용해서 상품을 구매하는 소비자들에 대해서 "이리 뜯고 저리 뜯고 유유히 사라진다"라고 표현하는 대목에서는 현대인들의 비정하고 탐욕스러운 속성이 냉철하게 관찰되고 있다(「땡처리」).

— 심사위원: 이지엽 , 박현덕, 황치복

—

입술

도수가 없는 데도
취기가 감돌고

안주 없이 마셔야
제맛이 배어나고

혼자는 마실 수 없어
연인에게 제격인 술

잔에는 담지 못해
술잔이 필요 없고

마시고 마셔도
까닭 없이 갈증 나서

자꾸만 그리워지는
그래서 더 아득한

별리 2

풀벌레 울음소리 시퍼렇게 멍드는 밤

갈바람 서둘러서 괴나리봇짐 풀고

꽃물 진 가랑잎 하나

놓고 간다, 부고장

석류

가을 햇살 모아서
벌겋게 물들이고

티아라 눌러 쓴
여왕의 과실이여

삭혀 둔
아롱진 눈물
속살에 박혀있네

묵은지

소금에 절인 마음
내줄 것 다 내주고

기진한 몸뚱어리
가뭇없는 세월 따라

뼈마디 다 삭아져도
톡 쏘아 깊다,
어머니

질경이

길 가다 보았지 바닥에 껌 딱지들
하나의 점으로 오지게 달라붙은
끝까지 뗄 수 없는 삶
가장의 몸부림을

갈림길 주춤하다 돌아가는 에움길
헤매다 비껴가다 설 자리 멀어져도
짓밟힌 생의 길목에서
끈질기게 일어서는

이름 없는 명패

주인을 찾지 못해
주변만 서성이다

그 자리 희미해져
사라져간 이름 석 자

진실은 변곡점 지나
헛소문만 무성하다

바람개비

그 오랜 날갯짓은
비상을 꿈꾸는 일

발싸심 시심 따라
바람결에 몸 맡긴 채

반생애 밑줄 긋고서
끝내 던진 출사표

개화

햇살이 속살거려
솔기 터진 벚나무들

망울진 가지마다
봄비가 애태우며

빗장 건
그녀의 옷고름
밤새도록 풀고 있다

벚꽃

봄비가 지나간 후
물 그리메 그득하다

대지에 젖 물리고
젖몸살 풀고 간다

길가에
난만한 벚나무
방긋방긋 아기 미소

땡처리

무지개 문구 팬시 한 사내 접힌 꿈 따라
하나둘 자릴 잃고 사지로 내몰릴 때
눈초리 순간 번뜩인다
지금이다 하이에나

허기진 발걸음들 득달같이 달려들어
이리 뜯고 저리 뜯고 유유히 사라진다
땡처리 눈뜬 채 코 베어 간다
도심 속 하이에나

서명호(徐明浩, Seo, Myung ho)
1912.~1992. 인천 출생. 호 행인(行人). 연희전문학교 졸업. 인천고
교 교사 역임. 한글학회 회원.

―

가신 님

가시면 오시거니 마음조차 놓이옴은
예사 때 꿈에서도 뵈올 길이 있었지만
밤샌 뒤 오신다기로 다시 밤을 새웁니다

길조차 험한지라 예사로이 못 오실 듯
정들 제 가신지라 안 오실 이 없으실 듯
손꼽아 헤아리는 맘 이리 애를 태입나

길 험타 못 오시리까 맘도 타실 님이시늘
때늦다 안 오시리까 때도 만들 님이시매
멈추사 더 몇 때라도 오시거니 믿습니다

신음

간해에 남은 한을 올해 거듭 품으려니
숨길이 가쁜 터에 설움마저 짙어질 듯
되거퍼 슬어지는 맘 못내 진정하옵니다

가뜩이 낡은 몸이 한에 겨워 병이 드니
다 쫄은 핏망울도 흐르다가 멈추는 듯
간간히 도는 힘조차 절로 줄어지옵니다

오시면 아시거니 생각조차 마오려도
옥매친 한이소서 잊을 길이 없사오매
되거퍼 슬어지는 맘 못내 진정하옵니다

아악

실 같이 가는 소리 폭포처럼 굵은 소리
하도 한 느꺼움을 구김 없이 펴올 적에
쿵더쿵 니일닐 하여 끝간 데가 없도다

만파 정식지곡 설렌 물결 재우고
장춘 불로지곡 늙을 날이 없다 하네
여민락 임의 그 뜻이 오늘 이뤄집네다

귀로만 들으리까 눈으로만 보오리까
뼛속이 저리도록 스며드는 그 말씀을
이 몸이 임의 그 뜻이 오늘 이뤄집네다

어! 환산 스승님

누리를 다 밝히고 남을 만한 우리 등불
검은 손아귀가 가리고 또 감추랄 제
맨발로 쫓아다니며 싸우시던 님이여

제 등불 앗아가도 못 차리고 자는 무리
깨워 일으키려 발을 둥둥 구르시며
소리쳐 목이 쉬셔야 추길 물도 없었네

무딘 눈 앞잡이로 횃불 높이 들으시고
진 길 험한 고개 허위허위 가실 적에
등곬에 흐르는 땀을 씻을 새가 있던가

고운 꽃 둥근 달도 눈을 아니 떠보시고
다만 가물가물 바람 앞에 떠는 등불
야위신 손을 가리어 지키다가 가시다

앵무

까마귀 가라 하고 왜가리는 오라 하고
앵무가 이 말 저 말 다 배운 게 병이 되어
가지도 오지도 못해 어리둥절 하더라

밝은 더 부드런 혀 쓰일 데가 따로 있다
남의 말 흉내 내기 자랑 삼아 일삼다가
네 말을 다 잊어버리고 슬픈 날이 오리라

까마귀 가라는 말 오라 하는 왜가리 말
무던히 귀 기울여 갈팡질팡 하다가는
갈 데도 올 데도 없는 서룬 몸이 되리라

혈맥

차라리 바닷물을 벨 칼이 있을망정
피를 우리 피를 둘로 갈라 막더란 말
한강을 붉게 물들여도 귀에 담을 수 없다

옥이라 깨뜨릴까 철석이라 부지를까
한땐 시운처럼 방울방울 흩어가서
큰 바다 사이에 두고도 얽혀 오며 피니라

터야만 흐른 말론 그것 분명 물일거니
한 번 솟구치면 저승문도 넘을 것을
삼팔선 거미줄만큼도 아랑곳이 없노라

뿌듯이 끓어올라 올렁출렁 하더니만
온몸 삼천리를 두루 돌을 피이길레
마침내 자위처 흐르니 이리 줄기차구나

감회

청구반 무궁화야 봉접 갔다 설워 마라
춘광에 잎 자라고 하청풍에 꽃 피나니
근화향 탐하는 님이 너를 찾아 감여라

낭객

유수는 동해로 가고 일륜고월 서경하는데
낭객의 이내 몸은 갈 곳이 어드멘고
아마도 하늘 아래 이 땅 위가 내 집인가 하노라

만추

세정이 신산키로 경산추색 찾아가니
골마다 벽계수요 수목마다 단풍이라
아마도 이 몸에 화중에 선란인 듯 하여라

서문기(徐文基, Seo Moon ki)

1968년 출생. 《미래시학》 시(2015), 《좋은시조》 시조(2018) 등단. 〈중앙일보〉 시조백일장 차상(2008, 2009), 제10 · 11회 가람 이병기 시조시인 추모전국시조현상공모 차하.

—

나무빨래판

어머니 가슴에는 나무가 자라고 있었어.

입에서 내는 바람소리, 쉬-쉬-쉬- 땀에 저려 냄새 난 웃가지 젖줄 따라 내림굿판 벌이고 가락지 낀 손가락이 능선 어느 나무를 잡는지 올림굿판 소리가 났어. 숲 속 가장자리 더위 삭이는 겨드랑이 긁어대는지, 태초에 이브가 갈비뼈 한 짝을 뚝딱 떼어다가 '내 것이오.' 하고 활보할 적에 아릿하고 뭉클한 것이 목구멍 타고 바싹 마른 빨래판을 굴러 잎이 흔들거리고는 물 한 바가지 퍼 넣고 빡빡 문질러대는 소리, 땟국물 뽑아내고 쉬-쉬- 바람을 불어 넣고 씻김굿판이 열렸어.

쉬-쉬-쉬- 잡귀야 물렀거라!
비눗방울 토해냈어.

밀회

1.
속조차 몽우리 터진
딱, 이곳에 멈추어서

까치발로 다가가 눈 가리어 '누구게' 묻고 싶은 마음 굴뚝같이 치솟는데, 세상사 요러니조러니 입심 여문 자중을 뉘어놓아 끙끙대고 있으니… 흐드러지게 벙그는 벚꽃 여백 사연일랑 알까

저 달은 기억상실증에 걸렸는지 표정 하나 없구나.

2.
산과 들 아침 안개 미사포 쓴 이 봄날
보일 듯 말 듯 숨어 핀 넌 뫼제비꽃
보랏빛
갈증만 고여
달빛 이슬에 젖네.

섬진강 봄

은어 떼 줄지어서 벚꽃놀이 다 나왔네
산수유 가지들은 어서어서 야단이고
봄 넘세 앞서거니 뒤서거니 홍매화는 벙글다

귀 시린 삭풍에도 묵묵히 견디었네
물줄기 마디마다 졸졸졸 움이 트고
햇귀에 섬진강 굽는 봄빛 소리 아뢰다

강돌도 삼월에는 물들어 피어나네
물살에 용택이 성 노래가 여울지고
송아지 파릇한 쫑귀 범나비 앉을까 말까

지팡이

어머니 가슴을 쿵쿵 찧고 다녔습니다.
늘 곁에 그림자로 탯줄 놓지 않으셔서
내미는 손 붙들어도 부축밖에 못 했습니다.

어찌 보면, 모든 게 팔자소관이겠지만
무릎 꿇고 조아려서 한도 풀고 싶지만
천생이 이 모양이니 벽에 기대봅니다.

언젠가 어느 날에 메마른 내 심장에
미흡한 남은 숨결 불씨처럼 일어나면
혹여나, 싹 틔울 일이 있다고도 한다면,

휘어진 가지로나마 넙죽넙죽 절하고
혈색 좋은 힘줄로 푸른 잎도 돋우어서
휘영청 계수나무에 꽃도 한창 필 겁니다.

성묘省墓

눈웃음친 초승달로 못내 그리워했던
그때가 까마득히 연 일곱이었을까.
쭈그렁 할머니 같은
손금처럼 자라온 길.

반달낫 손에 쥐고 새치 한 올 쳐 내리면
바람도 잔기침의 뒷머리를 쓰다듬는가.
이따금 공덕 빌 때나
찾아온 발이 부끄러.

신발도 나란히 벗고 둥글게 등 구부려
나이테 감고나면 가지가 번식한다고
또 한 번 죄 짓고 오는 밤
보름달이 얼비춘다.

서벌(徐伐, Seo, Beol) 본명: 서봉섭(徐鳳燮, Seo, Bong sub)

1939년~2005년 경남 고성 영현면 봉발리 출생. 호 평중(平中). 《시조문학》 3회 천료(1964), 문화공보부 신인예술상 시조 「낚시 심서」 수석 당선 (1965). 시조집 『하늘색 일요일』(1961, 새글사), 『각목집』(1971, 금강), 친필시조집 『서벌사설』 (1977) 외. 논저 『시조의 이론과 실제』. 논문 「현대시조문학사」 외. 정운시조문학상(1982), 한국시조시인협회상(1989), 중앙시조대상(1992) 수상 외. 동인지 《율》 주재. '시법' 동인. 《시조문학》 편집위원, 한국시조시인협회 회장, 대한약사회, 독립운동사편찬위원회 등 편집, 〈독서신문〉 편집부장 역임.

초겨울 행간(行間)

— 하구(河口)가 보이는 둑에서

윗물이 아랫물 된
그 굽이 이미 지나
들 데, 다 와 가는 녘
벌쓴 아이 이리 섰다.
머리며
지느러미 서걷
못갖추어 받아쓴 벌.

느낌 하나로
허둥지둥 낸 자국은
안개가 앗았는지
한 자국도 보이잖고
찬 바람
죽비 쳐주시어
쩌르르한 어깻죽지.

이 둑 끝넘는 데서
이를테면 저승일까.
들어, 다시마 되어
이리 일렁 저리 헐렁
그렇게
몸 셋는 것도
그럴듯한 일이겠네.

헌책

널린, 검은 별들이
흰 별
될 때꺼정

제 숨
고스란히
뉘시고 들이쉰다.

갈피가
쪽문들이어서
별빛들만 드나든다.

그 사람의 함박눈

불고 갈 뜻이 없어
바람은
멀리 있고

꿈꾸다가 돌된 듯한
그의 머나먼 하늘.

눈발이 희끗희끗거려 무느어져 내린다.

생각다가
뒤틀다가
거듭거듭 그러다가
에라 모르겠다며
와락 펑펑
펑
펑
와락,

나갈 데, 한 군데도 없는 저녁답이 쏟아진다.

피우자며 일으키곤
곧장 거덜나버린

지난 봄
낙화 천지
부도 낸 그 세상이

말려도, 아무리 말려도 한꺼번에 쏟아진다.

생각이 기럭떼로

생각이 기럭떼로 문득 소스라쳐 오르고
두고 갈 꿈길 아랜 잔물결 일고 있다.
더러는, 띄운 갈잎들
다만 애젖는다네.

멀리 우리들의 시월은 지고 있다.
무장 깊던 가을마음
달이 챙겨서 온다.
그리고, 먼 사람이여
뭔지 나눠 품었으리.

무지개

지극히 조심스레
마음씨
가꾸신 분.

그분, 방금 막
세상
버렸나 봐.

하늘님
당신만 아시고는
색동무덤 써 주신다.

서울 1

내 오늘
서울에 와
만평(萬坪) 적막을 사다.

안개처럼 가랑비처럼
흩고 막
뿌릴까 보다.

바닥난 호주머니엔
주고 간
벗의 명함……….

어떤 경영(經營) 1

목수가 밀고 있는
속살이
환한 각목(角木).

어느 고전(古典)의 숲에 호젓이 서 있었나.

드러난
생애의 무늬
물젖는듯 선명하네.

어째 나는 자꾸, 깎고 썰며 다듬는가.

톱밥
대팻밥이
쌓아가는 적자(赤字)더미.

결국은
곧은 뼈 하나
버려지듯 누웠네.

자물쇠 1

뭍과 바다를 맞물려 걸어 놓고
스스로 열리기를, 열려날 무한(無限)이기를
참참히 지키는 속을 누가 와서 따던가.

깔린 삼천대천(三千大千)의 그믐밤을 두루 뭉쳐
지상(地上) 처음 사람의 가장 깊은 잠을 품고
제 목을 제가 조이며 주검을 비트는 너.

문득 한 지뢰(地雷)처럼 터져날 몸이기까지
넌 카오스의 턱주가리, 앙다물고만 있네.
녹슬은 신(神)의 시간을 바람에다 껍질 벗기며.

연가(戀歌)

아내여, 우리 방은 한알의 봉숭아 속.
그 안의 너와 나는 희디흰 두 알 씨앗.
은하수 푸른 구비로 떠밀려 내려간다.

그대 영적(靈寂)의 숨결, 저승서도 나의 신부.
내원(內園) 꽃보라 속 내내 우리 봄의 내외(內外).
얼얼이 아롱지다가 새벽녘은 젖는구나.

낚시 심서(心書)

냇가에 나와 앉아 낚시를 드린 날은
하늘도 한가득히 못으로 고여 내려
임생각 올올한 갈래 몇 천 가닥 낚시인가.

불현듯 찌가 떨어
잡아 채는 잠깐 사이
비늘빛 눈앞 가려
아득한 천지간을…….
임이여
그렇게 들면
내 마음은 대바구니.

저승도 내 먼저 가 설레는 물무늬로
이제나 저제나 하며 이리 앉아 기다리리.
그윽히 꽃수레 몰아 목넘어 올 그때까지.

서석군(徐 錫君 , Seo, Seok gun)

1953년 전남 구례 구례읍 출생. 중학교 졸업, 고등학교, 대학교 독학 수준(건축학과).《시조문학》(2015) 등단. 시조문학 회원. 개인사업 건축업 대표.

—

서석군 님의 단시조「하늘집」은 상상을 통한 창조적 세계를 유연하게 펼쳐 보이고 있다. 하늘은 만인의 꿈이 머무는 공간이며 안식의 휴식처로 매김하는 대상이기도 하다. 어쩌면 주관적인 정서와 객관적인 대상의 교감에 의하여 빚어지는 신성한 장소가 하늘일 수 있을 것이다. 이는 내면적인 의지가 외부적인 세계와의 관례를 통하여 새로운 세계를 조망하는 아름다운 사유가 아니겠는가? 행간에 여유를 두어 내재된 메시지를 찾게 하는 이 단수에서, 중장의 "내 영혼 꿈꾸어온 하늘 이름 집 한 채"는 바로 화자의 영원한 안식처에 다름 아니다. 가을밤 툇마루에서 상상의 아기새를 날린다.

— 김준(시조시인 · 서울여대 명예교수)

—

어머니
— 범종 소리

우윳빛 달 항아리
껴안듯
마주하면

어머니 가슴속에
둥 둥 둥
범종 소리

이 아침 젖물 가득 흘러
영혼 깊이
스미네.

어머니
— 하늘 길

비바람
눈보라도
물러선 환한 곳에

은빛과
금빛들이
어머니 고운 모습

가는 길
영산 진달래도
고개 숙여
길을 여네.

하늘집

그 곳에 어느 별이 먼저 와 있었는지
내 영혼 꿈꾸어 온 하늘 이름 집 한 채의
가을밤 툇마루에서 열린 창문 그리다.

영혼을 위하여
— 성자의 길

허름한 내 삶 속에 끼어든 당신이여
영혼을 가지런히 일으킨 사람이여

언제나 잊혀지지 않을
내 마음속
성자여.

영혼을 위하여
— 길

지리산
돌샘들의
나직한 숨소리들

번뇌의
아픔들을
걸러낸 천신天神의 혼魂

영혼을
되짚어보는
또 하나의 길道이네

피사체 부신 섹스

눈부신 커튼 결이
바람을 유혹하는
기하학 유물들이 배치된
섹스의 링
미분결 곡선의 휨이 부시도록 오열한다.

공명을 방치하는
창문의 이탈 소리
속도의 제어 없는
피사체 거친 반경
오로라 불빛이 이는 사정거리 외침이다.

움켜진 욕망들이
우주를 겨냥하고
발기된 뜨거움이 영혼을 안내한다.
셔터눈 출몰하는 곳 무삭제가 춤을 춘다.

5차원 계주 텔레파시 고향

앞뜰에 백일홍들 와! 하는 외침 소리
콧등에 이는 불꽃 숨 가쁜 소식이다
아침은 벌써 먼 나라 바톤 여는 수신호다.

광음은 혼적들을 앞세워 사라지고
역사를 견인하는 태양의 가속도는
한층 더 불기둥으로 궤도 위를 돌고 있다.

영감이 투명하게 비치는 이미지와
5차원 진입하는 새로운 시나리오
우주가 땀 흘린 시간 수억 년의 계주이다.

우리의 순수함이 시작의 미지 세계
다시금 DNA 파일을 생성하고
눈감아 들쳐 보는 삶 텔레파시 고향이다.

영혼의 꽃

저 하늘 높고 넓은 푸른 뜰 예쁜 꽃들
내 언제 가는 날에 한 아름 안아 보리
젊음이 아름답게 피듯 꿈꾸어 온 영혼의 꽃.

나직이 들려오는 목소리 사랑이여
천년의 기다림이 내 기쁨 이루리라
가까이 오로라 불빛 따라 나선 축복의 꽃.

오늘 밤 이동하는 바람결 품속 깊이
내 꿈의 타임 캡슐 실려서 보내리라
우리들 새로운 세계 티켓 한 장 띄우는 꽃.

백야의 나라

내 영혼 뼛속 깊이 스며든 달빛이여!
이렇게 아름다운 은빛의 유혹이여!
조용히 클래식 음악과 칵테일과 춤을 추네!

너울성 바람결에 스킨십 고운 감촉
귓전에 속삭이는 포근함 오! 끝없는
먼 나라 적도의 백야 가까이듯 멋지네 !

시성의 목소리는 선율로 흘러가고
건배의 부딪침이 청정의 깨끗함이
환상을 불러 일으키는 시간들의 노래이네!

무엇을 기다림도 아니한 홀로홀로
다가선 내민 손에 마주한 새로움이
가슴껸 촉촉함이 넘쳐 끌어안는 사랑이네!

가을과 함께

가을은 눈빛마저
오색의 마술사네

모든 것 아름답게 보이려 꿈틀대고
사나운 돌개 바람도 낙엽들과 춤을 추리.

당신은 어디쯤에
가시려 하시나요

갈색의 변주곡에 시 한 편 써 보시면
날 가진 추억의 노트북 즐거움이 되어오리.

이 멋진 동화 같은
계절의 낮은 자세

모두가 친구이니 내민 손, 손사래도

영혼이 아름다운 모습 당신에게 찾아오리.

서석조(徐錫祚, Seo, Seok jo)

1953년 경북 청도 각북면 출생. 농협대학교(협동조합과) 졸업(1974), 한국방송통신대(경제학과) 졸업(1990). 《시조세계》(2004) 등단. 시조집 『매화를 노래함』(2008, 동방기획), 『바람의 기미를 캐다』(2013, 동방기획), 『돈 받을 일 아닙니다』(2020, 교음사), 기행시조집 『별처럼 멀리 와서』(2017, 교음사), 현대시조100인선 『각연사 오디』(2017, 고요아침), 『돈 받을 일 아닙니다』(2020, 교음사). 경남문학우수상(2013), 한국해양문학상(2015), 시조시학젊은시인상(2017), 서정주문학상(2018) 수상. 한국문인협회, 한국시조시인협회, 오늘의시조시인회의, PEN한국본부, 세계시조시인포럼 회원.

—

서석조의 시 세계에서 묵시록을 엿보게 된다. 사뭇 종말론적 색채를 띤다. 오늘날 좀비의 미래를 염두에 둔다면 자연스럽다. 그리고 그의 대장장이의 연금술적 상상력을 생각한다면 더욱 그렇다. 분명 그는 어느 누구도 뛰어들지 않는 세계에 눈길을 두고 있기 때문이다. 살아간다는 것은 불에 댄 듯 상처를 안고 가는 것이다. 아마도 그의 손을 거쳐 우리 몸이 새롭게 벼려지는 신비스런 경험을 하리라. 꿈꾸어도 좋을 듯하다.

— 이민호(시인 · 문학평론가)

—

귀착歸着
— 백두산에서

발 디딘 곳 하필이면 두메양귀비 꽃핀 자리

돌밭 한 귀 무릎 꿇고 모래알 곱씹으며

어느 날 개안한 꽃자리 그 속뜻의 물음 앞

연변 여자 김춘자가 두만강을 부를 적에

해와 달 별바라기에 지친 들판을 건너

지워진 소실점 찾아 착지着地를 하였으리

천지만을 보겠노라 산을 두루 밟고 와서

돌의 기운 가슴으로 너를 만난 기쁨 앞에

오로지 뼈만 세워라 살 저미는 오랑캐바람

각연사* 오디

주지 스님, 죄 하나 슬쩍 짓고 들왔습니다

비로전 앞 뜰의 저 뽕나무 말인가요?

바람에 흔들리거나 사람에 흔들리거나

오디는 익었으니 제 갈 데를 간 것이고

보살의 배 안에서 열반을 하겠으니

그 누가 주인인가요 그냥 보고 있었지요

* 각연사覺淵寺: 충북 괴산군 칠성면 태성리 보개산寶蓋山에 있는 절.

별똥별

별 하나 뚝 떨어져 가슴에 박혀 든다

베란다를 서성이다 올려본 하늘 저편

봉숭아 씨방 튼 자리 발목 절뚝 접히며

닫혀 있던 곁방 미닫이 덜컹 열리는 듯

누가 또 표연히 추락을 몸짓하는지

개구리 울다 그치고 어둠 더욱 짙어져

11월

발소리에 귀를 여는 저녁나절 골목 어귀
만선회귀 등대처럼 외등 하나 높아지며
누군가 돌아오려나 귀 바짝 세우는 적막

방황은 시대적 결절 비칠대는 거리마다
원색의 비애들이 간판으로 일어서서
부려둘 짐 하나 없는 생애를 연민하다

반추할 추억이란 신호등에 걸린 멈춤
애꿎은 청춘이야 하늘 한번 올려보는
별빛은 어둠 속에서 혼을 사른 그 사랑

기댈 곳 없는 바람이 낙엽더미 파고들어
시린 밤 일깨우는 축포처럼 흩날릴 때
빈방을 군불 지피며 생이 겨운 어머니

동백꽃

살포시
다가온 볼이
불씨가 되었습니다

확 하고 입을 벌려
귓불을 물었습니다

지지직
가슴이 타며
다리가 풀렸습니다

꽃눈개비

장복산 벚꽃길에
솔솔바람 불어오자

하르르 꽃잎들이
눈처럼 쏟아져요

길 가던
할아버지가
가만 서서 바라봐요

화순적벽

한 마리 산새마저도 발 디딜 틈이 없는
이 단애 높이만큼 너는 마냥 바라볼 뿐
휘굽어 도는 아픔쯤 내 발목에 이는 파랑

물너울 족쇄에서 그림자로 선 소나무
구름을 당겨 덮으며 달빛을 자아내도
혼연히 가닿지 못해 직벽으로 굳은 가슴

떠나가라 세월 저편 메아리도 떠난 거기
뻐꾸기 한 번씩 울며 뒷등을 긁고 가면
난 그저 바람을 앞세운 무상無上의 청맹과니

불기 2563년 부처님

부처님, 저 취직 좀 되게 해주십시오

네 이놈, 너하고 나하고 자리 바꾸자

너처럼 밥 먹고 앉아 빌기만 하고 싶다

누나

자는 중에 가얄 텐데 자꾸자꾸 눈을 뜨네
치매라도 정신 들면 얼마나 고마운지
대봉감 한 알을 쥐고 온기 불어넣는다

노적가리 훌훌 쌓아 구름처럼 부풀던 날
기차를 타야 한다며 부엌문을 잠그던 손
그 손에 호롱불 색인 부처가 담겨있다

쌀 한 말 이고 와서 평상에 부려놓자
마당귀 감나무만 하염없이 올려보시던
아버지 그 연세 넘어 친정집은 멀고 멀다

오늘 이 대연역 만 사람 흐름 중에
그림자도 부끄러워 웅그려 앉는 누나
양산행 전철의 문에 끝내 닿지 못한다

족적은 성스럽다
― 폐공장

어깃장도 흰소리도 그 격한 숨결도 없다
경비실 벽을 타다 말라붙은 나팔꽃에
씨앗은 남겨야 하지 개미 떼가 들볶는다

꽃길만 찾아 걸어라 족적은 성스럽다
소각장 지붕 위의 해진 운동화 한 켤레
바람도 낙엽을 몰다 철문 아래 앉아있다

서숙희(徐淑熙, Seo, Sook hee)

1959년 경북 포항 기계면 출생. 한국방송통신대학교(국어국문과), 숭실사이버대학교 졸업(문예창작과). 〈매일신문〉, 〈부산일보〉 신춘문예 시조(1992), 《월간문학》 소설 신인상(1996) 등단. 시조선집 『물의 이빨』(2016, 고요아침), 시조집 『아득한 중심』(2015, 동학사), 『손이 작은 그 여자』(2010, 동학사), 『그대 아니라도 꽃은 피어』(2000, 혜화당). 한국시조작품상(2006), 이영도시조문학상(2011), 김상옥시조문학상(2015), 백수문학상(2017), 제39회 중앙시조대상(2020) 수상. 한국문인협회, 오늘의시조 회원. 한국시조시인협회 자문위원.

서숙희 시학의 또 하나의 풍경은 사물의 선명하고도 개성적인 이미지 창신創新에서 비롯한다. 시인은 다양한 자연 사물들의 모습을 정성스럽게 화폭에 담아내는 동시에, 시각적 화폭으로는 도저히 담아낼 수 없는 사물들의 소리를 듣고 있기도 하다. 가령 시인은 생명 있는 것들이 어울리는 풍경과 화음을 동시에 심미적 이미지로 잡아채는데, 이러한 자연의 감각들은 살아 있는 것들의 기운을 여지없이 느끼게 해준다. 그 풍경과 소리들이 보여주는 '역동의 고요'를 통해 우리는 '언어'를 넘어선 가장 근원적인 존재 형식을 만나게 된다. 거기서는 언어가 숨을 멈추고 순연한 풍경과 소리만이 육체를 얻어 발화하기 시작한다.

— 유성호(문학평론가 · 한양대 교수)

—

홍련, 피다

혁명전야 수궁은 고요한 긴장이다

밀서는 물밑으로 빠르게 당도했다

꽉 조인 봉오리들은 숨소리도 죽였다

은밀한 암호처럼 낮게 깔린 물안개를

새벽빛이 소리 없이 한입 베먹는 순간

일제히 벌어지는 저!

역모의

붉은 속살

멀어서 아름다운

밤하늘의 별빛이 저리 아름다운 건
멀리 있기 때문이라고, 누군가 말했지요

얼마나 더 아름다우려고
당신, 그리 먼가요

떠난 사람을 온전히 잊는다는 것은

떠난 사람을 온전히 잊는다는 것은

둘이서 먹던 밥을 혼자서도 잘 먹는 것

추억을 지워내듯이 밥그릇 비우는 것

식탁 위에 남겨진 적막한 시간도

뜨겁게 국을 말아 후루룩 넘기어서

깨끗이 소화되는 것을 천천히 느끼는 것

손이 작은 그 여자

조그만 쪽편지 오래오래 접은 손

그 편지 다 닳도록 차마 건네지 못한 손

가만히 호주머니 속에서 깃털처럼 파닥인 손

그 여자 손이 작아 그 사랑 잡지 못했네

그 여자 손이 작아 그 상처 다 못 가리네

그 여자 손이 너무 작아 그 눈물 다 못 닦네

몸 하나로

빗방울 하나가 유리창을 타고 있다

디딤돌도 밧줄도 없이 절벽을 기어서

둥근 몸 다 찢고서야 저 아래 물에 든다

크고 넓은 어딘가에 마침내 이른다는 건

저렇듯 몸 하나로, 다만 몸 하나만으로

절망의 그 맨 아래까지 제 살 헐며 가는 것

물의 이빨

양은냄비 속에서 물이 끓기 시작한다
가장자리가 조금씩 부풀던 입들이
이내 곧 허연 이빨을
날카롭게 드러낸다

비등점의 고삐를 한순간에 낚아채서
냄비를 뒤엎을 듯 들끓어대는 저것은
순한 몸 어디서 나온
맹렬한 포식성일까

꽉 엉긴 채로 굳은 라면 한 덩어리를
가차 없이 덥석 물고 마구 흔들어대니
단단한 독재의 자세가
순식간에 무너진다

잇자국 하나 없이 깨끗이 물어뜯는
투명하도록 치명적인 물의 이빨에
오늘은, 정국 한쪽이
깊숙하게 물렸다

금환일식

태양은 순순히 오랏줄을 받았다
팽팽하게 차오르는 소멸을 끌어안아

일순간
대명천지는
고요한 무덤이다

입구와 출구는 아주 없으면 좋겠다
시작과 끝 또한 없으면 더 좋겠다
캄캄한 절벽이라면 아, 그래도 좋겠다

빛을 다 파먹고 스스로 갇힌 어둠둘레
오린 듯이 또렷한 금빛 맹세로 남아

한목숨,
네 흰 손가락에
반지가 되고 싶다

종이컵 연애

만남은 간편했다
신용카드를 긁듯이

너무 얇은 네 뼈와 너무 흰 네 살결이
카페의 알전구 아래서 잠시 안쓰러웠지만

따스함은 손바닥, 딱 거기까지였다

가슴까지 오기도 전에 벌써 식어버리는
우리는 이미 일회성을 신뢰하고 있었다

플라토닉은 진즉에 플라스틱이 되었다
언제라도 버리고 언제라도 시작하는,

세상이 가벼워졌다
사랑이 편리해졌다

어쩌면 오늘은

시월 오후 거실은 황금빛 신전이다
무반주 첼로가 대리석 선율을 깔면
햇살은 이오니아식으로 기둥을 세운다

흔들의자 위의 소설은 흔들릴 때마다
천년을 단위로 페이지를 넘기면서
잘 마른 파피루스 냄새를 가볍게 풍겨낸다

고요가 드리운 얇은 커튼 너머에선
순례 마친 적막이 가지런히 신발을 벗고
신성한 서약을 바치듯 무릎 꿇고 앉는다

어쩌면 신이 주는 눈부신 첫 문장이
오늘은 내 가난한 서정의 오두막에
환하게 빛을 물고서 풀씨로 날아들까

바람꽃

나는 스스로 바람의 딸이 되련다

아슬한 벼랑 위에 한 생을 걸어 놓고

명치 끝 으스러지도록 그늘을 껴안으련다

세상 가장 아름다운 슬픔과 내통하며

행여 비칠 연분홍 몸의 문장 따위는

뜨거운 갈증의 가윗날에 뭉텅뭉텅 잘리련다

봄이 다시 황홀한 저주처럼 찾아올 때

입술을 헐리우며 야생의 어둠을 먹고

한사코 꽃잎을 밀어내는, 희디흰 꿈을 꾸련다

서연정(徐演禎, Seo, Yeon jeong)

1959년 광주 출생. 한국방송통신대학교 졸업(1998), 전남대 대학원(국어국문학과 현대시) 석사(2006). 〈중앙일보〉 지상시조백일장 연말장원(1997), 〈서울신문〉 신춘문예 시조 당선(1998) 등단. 시조집 『먼 길』(2000, 태학사), 『문과 벽의 시간들』(2001, 책만드는집), 『무엇이 들어 있을까』(2007, 고요아침), 『동행』(2010, 이미지북), 『푸른 뒷모습』(2011, 시와문화), 『광주에서 꿈꾸기』(2017, 미디어민), 『인생』(2020, 고요아침). 대산창작기금(2000), 광주문학상(2010), 국제PEN광주문학상(2017), 한국시조시인협회상 본상(2018) 등 수상. 광주학생교육문화회관 예술영재교육원 교수, 광주문인협회 시조분과위원장 역임.

벚나무 눈부실 때

서연정

눈부시게 애틋한 꽃 뒤에 숨은 헌신

헤아리지 못하여 놓친 줄도 몰랐네

저 많은 사랑의 순간 허공의 비끼

—

서정적 이미지로 빚은 인간단지의 진경

서연정은 단단한 이미저리의 구축과 함께 절절한 서정의 구현으로 시의 토대를 이룩해 가는 시인이다. 그의 시집을 통해 우리는 다시 한번 서정시는 시인 자신의 얼굴이며, 나아가 세계관을 담는 넉넉한 그릇이라는 점을 절감하게 된다. 그는 광주라는 공간적 배경을 중심으로 시세계를 구축해 나갔지만, 고향에 대한 찬미나 역사의식에 침윤되지 않으면서 인간다운 삶은 무엇인지에 대한 시적 추구를 궁행躬行하였다. 나아가 시조는 무엇보다 현실에 뿌리박은 인간의 삶을 토양으로 하는 문학양식이라는 점을 분명히 보여 주었다(『푸른 뒷모습』).

— 박몽구(시인 · 문학평론가 · 《시와 문화》 주간)

—

푸른 뒷모습

예사로 지나치는 광주읍성 유허지
먹구름 뭉게구름 새겨진 성돌 몇 개
눈감고 들여다보니
오,
푸른 뒷모습

짓밟는 발길 밑에 껍질 다 벗겨져도
어제에서 내일로 꿈틀꿈틀 벋는 뿌리
그들은
사라지지 않는 꿈
청동하늘에 비친다

뜨거운 철골 사이 피로한 행색으로
하루하루 숨차게 부산스런 우리도
해맑은 날빛을 받아
빛나리라
오, 먼 후일

미로의 다른 이름

우아하게 얽힌 덩굴 향그런 살냄새란 미로랑 딸 미로랑 그 자손의 거주지다 뒤섞인 사람냄새로 길은 본래 시금털털하다

대낮의 숲속에서 일상은 정박이다 바닥에 주저앉아 차오른 숨 고른다 끌고 온 삶의 꼬리를 잘라버린 도마뱀

수많은 길을 삼켜 통통히 살이 올라 꿈틀꿈틀 뭉클뭉클 미로의 흰 배때기 만삭인 옆구리 찢어 피 묻은 땅 받든다

삼동을 난 도토리들 오보록 새순 올려 이정표를 세우듯 푸른 손을 흔든다 발냄새 땀냄새 먹여 길 내기 좋은 그곳

돌의 미소

엉거주춤 남아서 절터를 지키고 있다
차마 짐작했으랴
홀로 천년 건널 줄
이끼 낀 돌부처 손을 가만히 잡아본다

노을 젖은 그리움 부슬부슬 내려와
뭉개진 이목구비 그 흔적에 스밀 때도
슬픔을 참으로 몰라 우직하게 웃을까

틈새마다 오밀조밀 시간의 실뿌리들
향연처럼 피워올린 작은 풀꽃 속으로
순금빛 허허벌판을 눈부시게 숨긴다

팥죽

혼불이 나간 뒷날 초혼 곡성 울리면
흰 찹쌀 붉은 팥을 한 줌 한 줌 거두었지
장정들 상여소리는 하늘 멀리 길을 내고

돌아가는 영혼이나 지켜보는 사람들
함께 나눈 팥죽으로 메인 가슴을 풀어
철부지 어린 마음도 부쩍 크던 이상한 밤

어느 해 파일 무렵 혼불들은 흐르고
초혼도 없이 떠나간 빈자리가 뜨거워
검붉은 땡볕 아래서 주먹밥 먹던 이들

온 고을이 한통속 설설 끓어 넘쳤지
꼭꼭 잠긴 문틈으로 내다본 험한 풍경
에비야! 무서운 꿈을 먹고 아이들은 자랐지

주먹밥 얹힌 가슴 먹먹하고 추워라
핏줄 속의 온기를 집집이 보태어서
광장에 가마솥 걸고 팥죽을 끓이고 싶다

황무지의 힘

콩을 심고 싶어서 입맛 다시며 지나갔다
건물 짓고 싶어서 군침 삼키며 지나갔다
계산기 두드리면서 섭섭히 지나갔다

욕망의 모래알은 움킬 수 없이 새나가고
저절로 푸르러져 아름다운 황무지
바람이 경작하는 곳 강아지풀 신났다

한 뼘 땅도 황금으로 행세하는 도심에서
아깝게 놀린다고 돌아보던 사람들
낭랑한 풀벌레 소리에 정신을 깜빡 컨다

케냐 커피에는 무엇이 들어 있을까

케냐 커피에는 무엇이 들어 있을까
브라질산産 커피가 도무지 못 담아내는
그 땅에 오롯이 스민 깊은 비밀 향기롭다

푸른 하늘 덮으며 먹장구름 몰려와
빗줄기 쏟아지면 새잎 총총 돋아나지
꺼풀진 마른버짐을 평원이 벗어던질 때

눈 밝은 누 떼들 지등 치듯 달리겠지
늑대도 사자도 굶어 지친 하이에나도
초록빛 아름다운 전보 고르게 받아볼 터

제가끔 피어나서 서느렇게 사라지는
유리알처럼 반짝이는 목숨들의 이야기
첫새벽 열린 가슴으로 고스란히 들어온다

팽목항에서

늦은 출발이네 구부러진 세월의 길
눈물이 부끄러워 저물어 도착하네
산발한 바닷바람이 달려드는 팽목항

거대한 검은 짐승 심해에 도사렸네
거짓은 암수한몸 진저리 칠 때마다
더러운 비밀의 비늘이 한 움큼 떨어지네

암흑 속에 피어난 촛불은 지상의 별
불씨가 옮아가는 엄숙한 순간에도
밀실은 재구성하네 그들끼리의 판타지

기억하라 기억하라 고통을 잊지 말라
슬픔의 정수리에 바늘이 꽂히운 듯
점멸을 멈추지 않네 팽목항 붉은 등대

아름다운 당신의 늑골

당신의 늑골에 나의 늑골을 대면
더욱 달던 까닭이 궁금해지는 거다
보물섬 고지도古地圖 같은 연분홍 인체해부도

납월에도 피는 꽃 향기로운 심장을
뼈바구니는 담담히 품고 있을 뿐
스스로 뜨거워지거나 차가워지지 않는다

아픈 나를 안고 늑골이 되어주던
아름다운 당신의 늑골을 만져본다
금이 간 꿈을 버티나 땀을 뻘뻘 흘리는

새

악다구니 소용돌이 뭉쳐 박힌 산으로

노래를 물고서 날아가는 새가 한 마리

그의 피 달구는 화로 아무도 모른다

제 삶의 열대熱帶를 뼛속 깊이 새기며

칠흑어둠 복판에서 산화하는 순간까지

스스로 뇌관이 되어 날아가는 새가 한 마리

고지 먹는 봄

복수초 필 무렵엔 신바람 절로 나서

쑥 따라 냉이 따라 매운 눈을 부비며

가난도 기죽지 않고 퍼렇게 살아온다

출생이 빚인 것을 목숨으로 갚고 살자

고지 먹는 봄에도 눈부신 금빛 태양

희망은 죽을 줄 몰라 그 둘레에 싹튼다

서우승(徐愚昇, Seo, Woo seung)

1946.~2008. 경남 통영 산양면 야소곡 출생. 호 설엽(雪葉). 중앙통신고 졸업(1973). 《시조문학》 시조「새벽기도」발표, 〈서울신문〉 신춘문예 시조「카메라 탐방」당선(1973) 등단. 연작시조집『카메라 탐방』(1982, 해조문화사). 시집『당신 하나로 하여』(1991, 백상사). 〈경남매일〉 시, 시조, 수필, 칼럼 등 발표. 제30회 경상남도 문화상(1991), 제6회 이호우 시조문학상(1996), 제4회 청마문학상(2003) 수상. 수필문학동인회 창립회원. 수향수필문학회 회장, 통영문인협회회장 역임.

—

허수아비의 노래

의족도 남루도 그대로인 나를 받아 섰습니다
허기진 새 떼를 쫓다 허기지는 이 하루도
벼 이삭 굽실거리는 날의 임금만 한 꿈입니다

쫓아볼 새 떼마저도 거두어간 빈 들녘
온 가을을 지킨 품삯 돌팔매로 갚음인가
속아온 하늘 아래서 허허허허, 허허허

겨우내 먼 듯 가까운 듯 가을 잎의 소릿결에
고향에 머뭇대던 돌이여 행방이여
도랑가 버려진 몸인 채 빌어보는 넋입니다

카메라 탐방
— 필름 8

하늘 찌르고 남는 힘으로 노을을 어루만지는
저 짓만 되풀이하는 미루나무 아래
반백을 바람에 맡긴 채 초로 한 분 섰습니다

카메라 탐방
— 필름 10

소아마비가 놓친 걸 수틀 위에 다 앉힌 뒤
파혼 맞은 설흔을 엎어 나울치는 저 어깨
어딘지 끝이랴 싶은 기적 소리 묻혀오네

카메라 탐방
— 필름 11

살점 죄 배로 가고 가죽만 뼈를 덮은
갈데없는 눈먼 양의 씨 모르는 만삭이다
누구냐 빼꼼히 넘보는 어둠 속의 저 눈망울

카메라 탐방
— 필름 12

통금이 쓸어논 거리를 바람이 핥고 간 뒤
흔들리던 전신주에 어룽진 저 선지피
어딘가 발을 못 뺄는 잠꼬대도 있겠다

카메라 탐방
— 필름 14

올빼미와 박쥐들이 빠진 깜깜한 대낮 속에
낮달이 뛰어든다, 그도 이내 허우댄다
분해도 소리치지 못하는 그런 눈들을 하고

카메라 탐방
— 필름 21

안개가 뒤적이는 대로 먼 선대도 들내는 산
따르던 오솔길은 미아 되어 헤매고
맥 풀린 후백제쯤의 기침도 묻어오느니

카메라 탐방
— 필름 22

땅에 꽂힌 부지깽이 돋는 움을 닭이 쫀다
수양의 왕관으로 출렁이는 저 벼슬을
잠 깨인 후대의 봄이 벌떼같이 에워싼다

카메라 탐방
— 필름 32

황진이의 오감은 잠 속에서만 일렁이지
섶길 이 없는 세상 코 골아 밀쳐두고
눈 뜨면 몰라 그렇지 목석으로 돌아온다

카메라 탐방
— 필름 35

박을 켜다 박이 되는 흥부 내외 꿈 속에는
이 빠진 놀부의 금니 하나 반짝이고
가난도 어깨동무 하거라, 족보 한 권 담겼거니

카메라 탐방
— 필름 39

골목마다 휴지를 줍는 페스탈로찌의 창고에서
구겨진 낙서들이 반딧불로 살아 나와
들풀이 꽃 피는 일을 시중들고 있구나

카메라 탐방
— 필름 40

살 한 점과 풍경 한 점 맞바꾸는 고갱의
뼈로 버티는 목숨의 주먹 땀이
특허난 영감의 소매에 쓸려나고 있었다

카메라 탐방
— 필름 51

정신대가 남긴 눈빛 하나 하나 꽃 피운
찔레덩굴 감발하고 몰래 돌아온 성곽
남해안 일대를 둘러 방파제로 서나니

카메라 탐방
— 필름 75

그리움 하나 빚으랴 바다에 살을 던진 산
뜨며 잠기며 제자리에 맴도는 섬의
몰려와 떼를 쓰는 흐느낌 소일 삼아 어룬다

카메라 탐방
— 필름 77

누가 목숨까지 끌러 처음 것을 바쳤나 보아
교태와 부끄럼을 반반씩 머금고
누이야 백목련이 핀다, 나비로나 와주렴

카메라 탐방
— 필름 95

백제를 쓸어담아 황산벌에 뿌리는 밤
먼눈 파는 신의 소매에 매달리던 계백 장군
짓밟힌 투구를 주워 대신 씌우고 있다

카메라탐방
— 필름 101

언제든 눈 감으면 밟혀오는 고향같이
사지를 뒤틀면서 끊일 듯 젖어드는
살다가 깜빡 잊어버린 그런 곳의 물소리

서일옥(徐一玉, Seo, Il ok)

1951년 경남 창원 출생. 경남대학교 석사 졸업(2006). 〈경남신문〉 신춘문예(1990) 등단. 시조집 『영화스케치』(2003, 고요아침), 『그늘의 무늬』(2013, 동학사), 동시조집 『숲에서 자는 바람』(2013, 고요아침), 현대시조 100인선 『병산우체국』(2016, 고요아침) 외. 경남시조문학상(2003), 한국시조시인협회상(2004), 성파시조문학상(2004), 김달진창원문학상(2013), 경남아동문학상(2013), 가람시조문학상(2015), 경상남도문화상(2017), 경남예술인공로상(2017) 수상. 한국시조시인협회 부이사장, 오늘의시조시인회의 부의장, 경남시조시인협회 회장, 마산문인협회 회장, 창녕교육장 역임. 한국문인협회 자문위원, 경남문학관 관장.

—

강렬한 예술적 자의식, 존재자들을 향한 따뜻한 시선

서일옥 시인은, 단단한 정격과 유려한 언어 그리고 속 깊은 서정에 감싸인 따뜻하고도 심미적인 세계를 통해 우리 시조시단에서 뚜렷하고도 개성적인 성취를 보여왔다. 시인은 정형 율격을 충실하게 지켜가면서, 우리 정형시가 주체와 세계 간의 견고한 균형을 통해 근원적 가치를 탈환하고 회복할 수 있다는 믿음을 시종 지켜왔다. 가령 그는 엄정한 정형 안에서, 동시대 타자들의 가파른 삶을 관찰하고 묘사하거나, 시조 양식에 대한 섬세한 자의식을 보여주거나, 자연 사물 속에서 삶의 이법을 발견하는 산뜻한 서정을 우리에게 줄곧 선사해왔다. 이 모든 것은 완상玩賞 취향이나 자기 토로에 기울어졌을지도 모를 우리 시조시단의 한계에 대한 미학적 대안으로 기능해왔다고 할 수 있다. 시학적 장처長處를 고스란히 충족하면서, 단정하고도 사려 깊은 그의 시적 기조와 적공을 유감없이 보여준다 할 것이다. 그것은 강렬한 예술적 자의식에 바탕을 둔 존재자들을 향한 따뜻한 시선으로 현상하는 세계일 터이다.

— 유성호(문학평론가 · 한양대 교수)

—

수저의 온도

앞치마를 풀어놓고 식탁에 앉습니다

사과꽃 같은 웃음으로 그대도 앉습니다

흩어진 사랑이 모여 사방이 환합니다

가지런히 수저를 놓고 두 손 모아 기도하면

자주 바람 불고 거친 눈비 내려도

내밀히 가꾸어 온 봄이 우리를 다독입니다

병산 우체국

이름 곱고 담도 낮은 병산 우체국은

해변 길 걸어서 탱자 울을 지나서

꼭 전할 비밀 생기면

몰래 문 열고 싶은 곳

어제는 비 내리고 바람 살푼 불더니

햇살 받은 우체통이 칸나처럼 피어 있다

누구의 애틋한 사연이

저 속에서 익고 있을까

하이힐

어느 겨울 받아 든
출생의 운명처럼
가도 가도 높고 가파른
하이힐이
여기 있다

찬바람 무찌르려고
찬바람 허리에 감고

세상은 목마르고 뜨거운 사막이었다
그 길을 여자 하나가 절며 걸어간다

똬리 튼 파충류처럼
맹독의 입술을 하고…

군산群山*

저무는 한 생의 뒷모습에 목이 멘다
다시 올릴 깃발도 없는 침묵의 지붕 위에
희미한 불빛 한 줄기 바람에 흔들린다

한때는 희망이었고 웃음의 텃밭이었던
도시에 금이 가고 갑도 을도 없는 지금
유기견 두어 마리만 오도카니 앉아 있다

손 흔드는 가족의 눈물 기도 품에 안고
낯선 그곳으로 가장들은 떠났는데
계절은 눈치도 없이 장미꽃을 피워 놓았다

* 2018.5.31. 군산 GM 공장은 문을 닫았다.

봄날의 화해

보도블록 한켠에 수선 집을 차린 사내
조금씩 상처 입은 신발들을 보살피는 곳
반 평도 되지 않는 공간
연중무휴 성업 중이다

실밥이 터진 자리 밑창이 닳은 자리
남루를 잘라내고 희망에 살을 붙이면
그 작은 경영 속에도 한 뼘만큼의 꿈이 큰다

곁방 살러 들어온 민들레꽃이 피고
한쪽 다리 절룩이는 고양이도 쉬다 가는
고객이 온돌이라는
문패 더욱 정겹다.

아이라인을 그립니다

조금씩 흐려지는 마음의 눈 키우려고
바람에 흔들리는 문장을 읽으려고

이 아침 거울 앞에서
아이라인을 그립니다.

꽃잎 같은 시간들 사위어간 백지 위에
담백한 수묵화 한 폭 욕심 없이 옮겨보려고

이 아침 거울 앞에서
내가 나를 그립니다.

로또복권을 사며

　어차피 생이란 허방을 건너는 일. 맨 땅에 머릴 박고 거꾸로
서는 일.
　안개 낀 내일이 두려워 오천 원짜리 희망을 산다.

부부

나보다
먼저 일어나
문을 여는 당신 눈빛

당신보다
먼저 들어와
방을 닦는 내 마음

이 세상
어느 눈비도
연리목으로 이겨 내리

니나
― 외국인 노동자 니나의 죽음에 부쳐

천 근 무게의
신발 끌고
한국에 온
소녀 니나
비스킷처럼 바스러진
육신보다 더 슬픈 건
열 식구 생계를 위한
칼끝 같은 시간의 압박

축축한 지하에서 죽도록 일하고도
손에 쥐는 건 몇 장의 지폐뿐
그것도 몇 달을 걸러
인심 쓰듯 던져 준

그리움에 서러움에 야위어간 육신들
뼈마디 마디마다 피멍바람 파고들지만
비명도 복에 겹다고
가슴 깊이 묻어온 밤

날 세운 결핵균
끝내 활화산 되어
생솔가지 꺾이듯 명줄 놓아 버렸다
길 떠날
노자도 없이
식어버린 니나여

와불

자갈 길을 구르는 듯한 구로행 지하철 안에

볼이 환한 애기 둘이 경로석에서 잠드셨네

얽히는 다리 사이로

보름달처럼 둥실 떴네

허기져 몰려오는 퇴근길의 피로가

와불처럼 누워 있는 눈부신 풍경 앞에

스르르 녹아내리네

만다라 꽃이 피네

서정교(徐廷敎, Seo, Jeong gyo)

1965년 강원 삼척 도계읍 출생. 한국방송통신대학교(국어국문학과) 졸업(2002). 《월간문학》신인상(2002) 등단. 시조집 『내일이 모두에게 내일이 아니듯』(2005, 고요아침), 『下心』(2016, 이든북). 한국문인협회 진천지부, 행우문학회 회원. 충북시조문학회장.

—

소방관인 서 시인은 첫 시조집 『내일이 모두에게 내일이 아니듯』에서 119편을 연작으로 엮은 바 있는데 소방관과 119! 말하지 않아도 그 연관성을 짐작할 만하다 또한 목숨을 건 화재현장의 급박함 속에서 '내일을 내 것이라 말할 수 없는' 뼈아픈 고백이기도 했다. 이번 두 번째 시조집 제목이 '하심下心'이다. 불교 용어로 '자기 자신을 낮추고 남을 높이는 마음'이란 뜻이다. 천직으로 알고 살아 온 지난 20여 년 119의 이념에 충실하려고 했고, 남은 시간도 더불어 살고자 하는 시인의 마음을 담고 있다.

— 나순옥(시조시인 · 전 진천문인협회장)

—

물의 자서전

그는 스스로를
화가라고 말한다
비춰지는 그대로를
화폭에 담아내는
투명한 밑그림 위로 시간들이 그어진다

지나치는 것들 모두
어머니라 부르고
머리를 쓰담기며
옹알이하며 눕는다
날마다 풀어헤치는 그 정갈한 옷고름

같이 사는 법을
그에게서 배운다
내가 아닌 우리로 하여
마을이 되어버린
모두가 주인인 그 곳 길을 따라 모인다

생각
— 금동 미륵보살 반가사유상 앞에서

찰나의 윤회로부터 생겨나는 숱한 현상
하릴없는 생각보다
차라리 부질없기를
완벽한
무념의 몸짓
미소로 가르칩니다.

쉼 없이 나를 낮춰 받들고자 했습니다.
알 듯 모를 듯한
눈빛과 마주칠 때
여미진
옷깃 사이로
연꽃 한 송이 핍니다.

연서戀書
— 연곡리 석비*

사랑하는 사람을 위해
석비를 세웠으리라
구구절절 애틋한 그 말
피멍들도록 새기다가
끝끝내 하얗게 지우고 침묵으로 섰으리라

가끔 아내가 내게
보이는 사랑을 원할 때면
들어 보인 연꽃을 향해
미소 짓던 가섭처럼
말없이 손을 이끌어 가슴에 얹어 주리라

* 충북 진천군 진천읍에 있는 석비로 고려 초기에 세워진 것으로 추정되며 비문이 없는 비석으로 일명 '백비'라 불리며 보물 404호로 지정.

사랑
— 비익조와 연리지를 보면서

하나의 눈과 날개로 살다
비로소 합쳐져 비상하는 새
온전히 곁을 내줘 하나가 된 두 나무
그래요
사랑은 모두
울림이 있었습니다.

서로 다른 삶이 빚은
기형의 몸짓인 줄 알았습니다.
속내를 들여다보곤 참 많이 부끄러워
침대 맡
아내를 향해
팔베개를 해줍니다.

옹기

딱히 그만큼만 담으려는 그녀에게
날마다 세상 속으로
길 터주는 그녀에게서
사랑을
채우고 비우는
어머니를 보았습니다.

늘 허기에 찬 그런 속내가 아니었어
채울수록 외려 넘쳐나는
옹기의 저 몸짓 앞에서
비워야
넉넉해짐을
비로소 알았습니다.

염전

어떤 이에게 갈증은 그리움의 표현입니다
뼛속까지 파고드는
투명한 고통의 시간
밀치고
당김을 반복하는
이곳은 사랑 밭입니다.

어떤 이들의 사랑이 저리도 애틋할까요
켜켜이 쌓인 눈물
시나브로 하얗게 펴
물 닿아
녹기까지는
떨어지지 않을 결정체

농다리*

몇 겁의 인연들 모여 돌다리를 놓았을까요.
오체투지로 등 내미는
28간 교각을 따라
사람은
사람을 만나고
물은 물을 잇습니다.

지난 천년 매일같이 누군가의 길이 되어
세금천 물비늘에
제 살 깎이며 버틴 것은
끝없이
자신을 낮춰
모두를 받들려 함입니다.

* 농다리: 충북 진천군 문백면의 천 년이 넘은 돌다리.

봄, 나무는 출항한다

동면이 아니었어 출항 채비 자맥질이지
나무는 관다발 가득 햇살 끌어 담으며
나이테 귀 쫑긋 세워 풀무질 계속 했어

은비늘 파닥이는 청정바다 그 조류 속
가시고기 물살 가르며 하늘 이고 박차 오르는
뿌리는 하늘 향하여 새순을 얘기했어

포구에서 손질하는 그물코 칸칸마다
광합성 일으키며 봄빛 저리 남실대고
만선의 넉넉한 꿈을 푸른 숲에 풀어 놓았어

고추가 붉은 이유

만개한 그날부터
백일지성 올리는
일벌들 염불 소리
밭고랑이 뜨겁다
끈질긴 인연의 손길 동여매는 실타래

지금은 그들 모두
서로서로 힘든 시간
애증으로 시작된
이 여름의 절정은
붉은 빛 몸을 태우는 저들의 소신공양

눈 내리는 날

함박눈에 창문 크기로
화구畵具를 걸어 놓는다
하얀 물감 풀어내
사물마다 본을 떠
판화로 펼쳐진 가슴 아련히 찍어 낸다

닮고자 하는 연인들이
덧칠한 그림 세상
얼지도 녹지도 않을
지금 그 체온으로
부둥켜 풀릴 수 없는 사랑이고 싶은 날

서정봉(徐定鳳, Seo, Jung bong)

1905.~1980. 부산 기장군 출생. 호 소정(素汀). 동래고등학교 졸업(1925). 일제 치안유지법 위반 옥고(1940~1941). 광복 후 김해 농민 야학, 칠산유치원 설립. 동시집 『반딧불』(1952, 동국문화사), 시집 『소정시초』(1953, 현대사), 시조집 『여백 앞에서』(1969, 현대문학사) 외. 중고등학교 교장, 부산문필가협회 부회장 역임. '문필文筆' 동인. 부산문학가협회, 한국아동문학가협회, 한국문인협회, 한국시조작가협회 회원.

—

거북선

오늘은 한산 개미목 내일은 울돌목 여울
물밑 번개치던 거북등에 솟은 창살
먹구름 몰려온 왜적 피로 물든 바다여

수루 드높은 다락 칼날에 서리던 달빛
그 달빛 등에 업고 거북이는 어디 가고
노도를 힘쓰는 그물 다시 뉘가 치느냐

독좌

궂은 비 악수 되어 쏟아지는 길머리에
애닲은 세월 속에 걸음들이 지치는가
밤마다 잠을 떨치고 솟구치는 불사조

빗장을 닫아걸고 빈방에 도사린 채
밤을 지내어도 잠은 영영 아니 오고
창틈에 스미는 바람 옷깃 자주 여민다

부엉이

어디서 그림자 하나
오고 가는 흔적 없다
차라리 오고 감도
오직 하나 자리거니
캄캄한 밤길에 홀로
부엉이가 울도다

물이 흐르듯이
별을 질러 내리거나
하늘을 치솟듯이
탑을 쌓아 올리거나
막막한 어둠 그 속에
빛이 하나 보인다

풍란

발붙일 땅이 없어 벼랑 위에 떨고 있다
골 하나 품는 향기 가녀린 너의 자취,
차라리 허공을 딛고 바람 속에 견디오

귀똘이

언제 한 번 찍힌 자욱
저미는 이 가슴팍
오랜 그 아픔을
파고드는 서돌 밑에
이 밤을 새워 울어도
풀길 없는 그 사연

황혼

청춘은 안으로 솟아 산맥처럼 푸르른데
불러도 불러도 돌아설 줄 모르는 강물
어느 날 그 산정을 넘어 저녁놀이 타도다

꽃

빗속에 바람 속에 달리는 차창 속에
건너는 말씀마다 눈웃음 뿜은 향기
길손도 저를 잊었나 꽃이 꽃을 보듯이

꽃의 발원

간절한 발돋움은 스스로의 발원일레
소리 없이 들려오는 눈부신 법열 속에
층층이 불을 밝히고 얼려오는 초파일…

귀주사

어디메 승방이랴 낭랑한 독경 소리
오백 년 지난날이 눈앞에 선연쿠나
목적은 골을 울어도 창은 그냥 닫혔다

봄

매화 두셋 망울 봄볕에 피어나고
울 밑에 푸성귀도 한밤 비에 자랐고나
냉잇국 저녁 상머리 봄을 풍겨 오르다

꽃

1
못다 한 외론 넋이 꽃으로 피울진대
해마다 그의 봄이 뜨락에 머무르면
여시는 영창 밖으로 타는 뜻을 펴리라

2
봄이 오려거든 그린 이는 가려는다
가려는 그 이 앞에 철은 한결 고울거라
점점이 지우는 눈물 꽃을 다시 피우리

서정택(徐政澤, Seo, Jeong taek)

1962년 경기 오산 두곡동 출생. 오산대학교 졸업(1987). 〈농민신문〉 신춘문예(2006) 등단. 시집 『벚꽃의 국적』(2016, 고요아침). 나래시조문학상(2011), 중앙시조대상 신인상(2013) 수상. 오늘의시조시인회의, 한국작가회의 회원.

—

현대시조의 앞장에서 현대시조를 현대시조답게 창조해나가는 시인은 다의적 시조미학을 실현하며 시조가 나아갈 방향성을 끊임없이 제시한다. 또한 시인은 일상적 어법을 비틀어서 진실에 닿으려는 창작방법으로 실험적 시조 쓰기에도 열성을 갖고 있다. 이런 시조는 독자의 마음을 움직이고 사로잡는다. 시인의 시조는 작품마다 맛있는 시적미감을 갖고 있으며 또한 시적 언어를 다루는 솜씨가 시인들 중에 두드러진다.

— 배우식(시조시인)

—

꽃씨들의 모의謀議

우릴 가둔 겨울밤도
내일이면 끝이야

초록빛 도화선에
봄의 불꽃 끌어당겨

땅거죽
절절 끓도록
펑펑 터져 버리자구

아버지의 시간

일등중사 계급장을 입김불어 닦고 계신
아버지 노안老顏에는 검버섯이 한창 입니다
풋냉이 발돋움하며
동구 밖을 보는 시간

난생 처음 꺾어든 꽃, 엄니 손에 놓으시고
밤 새워 적으셨다는 세로줄의 기인 편지
읽어줄 임자 없다며
다시 접으십니다

상여막을 짐짓 피해 돌아가는 퇴근길
정갈한 흰 주발에 온 마음을 담습니다
물처럼 드실 수 있다면
얼마나 좋을까요

냉이꽃 아내

아파도 아프단 말 한 마디 못하고
기도하듯 웅크린 채 삭은 고철을 줍는

그 아내 우묵한 등이
자질자질 저문다

일을 사랑했으되, 오래 할 수 없었던
왕년을 전후하여 들이닥친 매운 한파

일 하나 못 가진 죄로
나는 고철이었다

그렇게 겨울 오고 또 몇 번의 겨울 가고
집게가 그를 들어 바구니에 던졌을 때

보았다, 고철을 찢고
흰 꽃을 올린 당신을

책 읽는 소녀상

철조망 울타리 너머 고추꽃이 하얗다

우물에서 건졌는지 아싹 씹히는 달빛

억새풀 밭둑에 앉아 칼을 버리고 있다

구릉 넘는 마차 타고 읍내로 간 영미

박넌출 꼬리 뻗고 폐교에 온 고양이가

생채맛 달빛 한 권을 포크로 찍고 있다

윷놀이

치자 향 풀풀 내며 내려앉는 함박눈
넉가래 손잡이를 매만지는 잡부 앞에
김 서린 비닐하우스 노란 오이꽃이 핀다

하루치의 일당과 한 켤레 털신을 위해
살얼음 얇은 눈이 안 녹은 듯 녹은 내를
우리는 해진 발 대신 신을 들고 건넜다

이제는 갈라지고 자꾸만 터지는 손
칼바람 밀쳐 내며 어딜 향해 뻗는지
던지는 나무 윷가락 모였으면 좋겠다

서정화(徐貞花, Seo, Jeong Hwa)

1977년 서울 연희동 출생. 한국방송통신대학교(국어국문학과), 경기대학원 문화콘텐츠학과 시조창작 전공. 백수 정완영 전국시조백일장 장원(2007), 《서정시학》 신인상(2018) 등단. 현대시조 100인선집『숲 도서관』(2017, 고요아침). 시집『유령 그물』(2014, 고요아침), 『나무 무덤』(2016, 세종도서 문학 나눔 선정), 『서이치에 기대다』(2019, ARKO 문학 나눔 선정). 수원문화재단 창작지원금(2013, 2015, 2018), 경기문화재단 전문예술 창작지원금(2018) 수혜. 열린시학회, 서정시학회, 오늘의 시조시인회의, 한국작가회의 회원. 한국시조시인협회 운영위원.

서정화 시조가 창작되는 것은 역사 속으로 소장되거나, 박제되어버린 모순과 부조리에 관한 잔재를 역설적으로 풍자하기 위함이다. 그만큼 가슴 아픈 시대의 한 가운데 있는 역사적인 문제를 제기하는 것뿐만 아니라 현실을 은유적으로 비판하는 등 삶의 문제를 준거하며 "침묵 속에 햇불"과 같이 타오르는 시심으로 인류애를 보여주고 있다. '취재取材의 범위 확장'은 초원의 언어를 통해 찾아낸 기억으로, 복원된 길로, 사라진 혼으로 주문하고 시적 형식으로 불러낸다. 시대를 초월하는'여러 생을 관통한 겹겹무늬' 사이에서 주술적 언어를 보여준다.

— 권성훈(시인 · 문학평론가 · 경기대 교수)

가야의 무덤 안을 나는

무딘 정으로 하늘을 쳐 채굴의 불꽃 켠다
내가 캔 낡은 투구는 또 하나의 관념일 뿐!
검이여, 허공을 베던 눈부신 너의 충신

북두칠성 비추는 무덤 안에 기숙하며
별의 옷깃 스치는 소리 사각사각 저며 드는
옥구슬 밤이슬인 양 꿰며 흐느끼고 있었다니

경갑을 둘러 세워 마갑 옷 무늬 새긴
등뼈 흰 말안장 아래 너덜너덜한 금동신발을
꽃잠 속 가야금 줄인 양 홀로 켜고 있었다니

기포처럼 끓어올라 차오른 불의 분화
시커멓게 굳어 고인 돌의 바닥 내려가
가부좌 틀어볼 날은 아직도 멀었다

유령그물*

그물코에 끼인 채 발버둥치는 물고기
비명소리 좇아가 뛰어드는 물고기 떼
겹겹의 유령그물이 비명으로 뒤엉킨다

게덫과 자망에 걸려 붉게 우짖는 바다새
손을 쓸 새도 없이 쓰레기와 썩어가는
거대한 무덤이 되어 악취 속을 떠다닌다

날카롭게 날을 세운 독기들로 가득한
밑바닥 속속들이 파고드는 폐그물
바다의 아픈 유령이 긴 자락을 끌고 간다

* 유령그물: 어선에서 버리거나 유실된 어망.

플라스틱 아일랜드

수초처럼 하늘거리는 비닐이 출렁인다
쉴 새 없이 밀려드는 무한량의 쓰레기들
파도에 짓찢어지며 잘게 썰려 쌓인다

거대한 유령그물에 엉겨 붙은 거품 떼
천천히 항해하는 플라스틱 소용돌이
새들의 뱃속에 박혀 욱신대는 아일랜드

깽깽이풀
— DMZ

해금을 연주하듯 바람으로 깨운 하늘

짓밟히고 버려진 길 죽은 봄이 살아나듯

그 먼 날 뿌리 뽑힌 날들 나직이 불러본다

허리가 베어진 채 깽깽이로 딛고 선 땅

목쉰 절규 절뚝이며 새로 눈뜬 작은 풀꽃

녹이 슨 지뢰밭 너머 꽃씨들을 풀어낸다

내 안에 꽃 피느라 빈 가슴 쓰는 소리

아직 저린 아픔 위에 작은 시의 몸짓으로

절망을 배우기 위해 키를 한 뼘 높인다

장안경로당

누가 고도리를 꼭꼭 감춰두고 있을까

조심스레 패를 뜨고 종달새 먹으려 움켜쥔 손, 우산 든 사나이에 난데없이 꿩이 날고, 에라이, 똥이나 먹자, 어머나, 자빽을 다 하시네, 쌍피에 흘긋대는 눈들, 바닥에 깔린 휘파람새 아무도 먹지 않아 입맛 다시며 안절부절못하다가 그만 봉황도 놓치고 어안이 벙벙, 솔광을 뚝심 있게 내려놓자 두루미가 날아가니 환장하겠네, 공산은 어디 갔는지 철새가 훨훨 날아가고, 헐, 홀껍데기만 남았구나.

오늘도 끗발 세우려다 어느덧 해는 지고….

줄무늬 연주가

찾기 쉬운 줄무늬 가진 푸른 등은 차가웠지

저음으로 따라오는 낮은 음계에 깨어나고 뒤는 더 뒤로 차올라 잦은 멀미 보이지 머리카락 밀어내고 수인번호 가진 팔목이 참혹하게 아름다운 길을 빛내는 소리로 블록 15*에서 보면대 악보를 펼쳐 더 느리게 연주하지 영원을. 불태워줘요. 잿빛의 환한 울음들 기도가 들려오지 낙원으로 가는 길은 지옥에서나 시작이 되겠지요. 먼지가 일며 몰려와 엷어지는 구름 그림자

별들은 언제 떨어질지 모를 숨만 고르고 있었지

* 블록 15: 아우슈비츠 강제 수용소 음악가 구역.

메콩강의 맨발들

저 멀리 종소리 싣고 바람이 불어온다
새벽 향 자욱한 안개 걷힌 씨엥통 사원
이슬 밴 새소리 밟고 맨발들이 걸어간다

잠 덜 깬 동자승이 길 따라 걸어가는
주홍빛 탁발행렬에 카메라 모여들고
아이들 그 틈에 끼어 새까만 손 내민다

비처럼 쏟아 붓던 저주의 확산탄
그 포탄 캐내려고 손발이 날아가도
못내 또 봉쇄된 길에 몸 던지는 사람들

다저녁때 엎어진 수저*가 무덤 같다
거기 비친 내 얼굴 더듬으며 담는 세상
맨발인, 바닥의 그늘 깊게 닿는 발이 있다

* 시크릿 전쟁에 투하된 포탄(알루미늄)을 캐서 녹여 만든 수저로 밥을 먹기도 하고 관광객에게 팔아서 생계를 유지하고 있다.

타오르는 암벽에서

웷, 웷 불을 토하며 환희 붉게 출렁이네

빗물에 젖을지 몰라 가슴 깊이 넣어둔 뒤 편지를 꺼내보는데 땀에 저려 눈물 콧물에 젖어 번져난 주소에 받을 이도 몰라 시방 다시 올라가 되돌려 주려는데 "여그에 두고 가서, 여기는 사랑의 징표이어라, 누구든 내려오면 한번은 들린당께." 동백숲 하늘 찌를 듯 불길이 높아만 가네

상왕봉* 빗속에서도 잘만 타오르는 암벽이네

* 상왕봉: 일제강점기 이후 상황봉象皇峰으로 불렸던 전남 완도의 주산, 상왕산과 상왕봉이 제 이름을 찾았다.

서남암문 지나다

침묵 속에 햇불의 기념비가 곧고 차다

팔달산 정상에 올라 부신 기념탑*을 바라보니 개미가 힘겹게 기어가다 눈 맞추네 아이의 입술에 앉아 만세! 만세! 대한독립 만세! 외치네 학생의 입술에 앉아 만세! 외치네 교육자의 입술에 앉아 만세! 외치네 노인의 입술에 앉아 만세! 외치네 여인의 입술에 앉아 만세! 외치네 무궁화 떨어져 허리가 반쯤 접힌 입술** 위에도 개미가 앉아 만세! 만세! 대한독립 만세! 외치는데….

등 위로 밤송이가 하나 툭, 죽비로 내리치네

* 수원 3 · 1 운동.
** 일본군 위안부 피해자.

나무 무덤*

반얀나무 너른 품에 층층 앉힌 무덤들

죽은 아기 영혼들이 잠시 쉬다 가는 자리

새 별을 만드느라고

파란 하늘이 흔들린다

* 인도네시아 또라쟈 마을에서는 아기가 죽으면 반얀나무에 묻는데 '아기 무덤 나무'라 불린다.

서진숙(徐珍淑, Jennie Seo) 본명: 박진숙(朴珍淑, Park, Jin sook)
《시조생활》 등단(2016). 시천 시조문학상 해외 부문 수상(2018) 등단. SF 우리시조마당, 미주문학, 시조생활사, 한국문인협회 회원.

서진숙의 시조는 절제된 아름다움, 정적靜的인 우아미의 표상이다. 정감 어린 자연의 표정은 물론, 아리고 쓰린 인생의 곡절까지도 관조의 원숙미로 녹인다(「낮달」, 「노숙자」). 땅과 하늘에서 기척을 보이는 빛과 소리의 섬세한 파동도 놓치지 않는다. 그 천체 미학은 낮달과 별로 영그는 소담한 마음의 우주다(「낮달」, 「밤송이」). 그 시적 화자는 모진 현실고에 부대낄지언정, 종국에는 낙관적 비전을 띄우고야 만다(「살다보면」, 「밤송이」). 이는 서정시의 광맥인 아픈 그리움마저 빗소리 하나로 수습하는 시적 기교의 비범성에 갈음된다(「빗소리」).
　　　　　　─ 김봉군(시조시인 · 문학평론가 · 가톨릭대 명예교수)

낮달

마음이 닿는 거리 손길도 닿았으면
우련한 모습 찾아 바람결 타려는데
저 본 나 알아챘는지 수줍은 듯 사윈다

노숙자

꽃 지고 시들어져 길가에 버려졌나
석양에 반짝이는 눈물을 바라보다
한때는 화려했었다 바람소리 외친다

빗소리

귀 익은 음성 같아 오히려 열리는 밤
엇박자 낮은 음정 어머니 자장 소리
그 모습 보이지 않고 빗줄기만 성하다

살다보면

시간이 때로는 질척한 늪으로 간다
모질은 세월은 내 살 떠내 살지고
들녘에 바람 불어도 뿌린 씨앗 눈 뜬다

밤송이

하늘의 마음으로 나누려 여는 가슴
가시옷 속 네 모습 그대로 별이구나
작으나 눈부신 제국 가을날의 은유다

서태수(徐泰洙, Seo, Tae soo)

1949년 경남 김해 장유면 출생. 부산대학교 (국어국문학과). 《시조문학》(1991) 등단. 시 조집『물길 흘러 아리랑』(1997, 신원문화사), 『강, 물이 되다』(2007, 한글문화사),『강이 쓰 는 시』(2014, 세종),『당신의 강』(2020, 북랩) 외. 수필집『조선낫에 벼린 수필』(2017, 북 랩) 외. 평론집『작가 속마음 엿보기』(2018, 북랩). 성파시조문학상(2002), 낙동강문학상 (2008), 부산수필문학상(2012) 수상 외. 한국 문인협회, 부산문인협회, 부산시조시인협회, 부산수필문학협회, 부산강서문인협회 회원.

서태수 시인은 낙동강에 대해 끊임없는 관심과 애정을 보이며 1집 『물길 흘러 아리랑』을 시작으로 하여 제6집인『당신의 강』등 500여 편의 연작시조집을 상재하였다. 그리하여 '낙동강 시인'하면 서태 수 시인이요, 서태수 시인하면 '낙동강 시인'으로 불린다. 그는 낙동 강 가의 기름진 평야, 김해에서 태어났고 한생을 거의 그 곁에서 살 고 있다.

그는 '강만 강이 아니라 흐르는 것은 모두 강.'이라는 철학을 바탕 으로 강의 현장에서부터 그 원형에 이르기까지 폭넓은 진폭을 섬 세한 이미지와 중첩시킨다. 그리하여 시조의 유려한 흐름을 중시 하면서도 때로는 단호하게 압축하기도 한다. 작품은 정격에서 어 느 정도 자유로워 절장시조에서 장편사설조까지 다양하게 창작한 다. 막아놓은 보에만 갇히지 않고 넘치면 보를 넘어가거나 풀숲으 로 젖어드는 강물의 여유와 같다.

— 손영자(시조시인)

강
―낙동강 1

1
기슭을 내닫던 꿈
종이배에 띄워 놓고

밤이슬 맞는 산하山河
굽어 돌아 흐르는 강江

어쩌다 침묵을 배워
안으로만 흐르는가

2
겨울바람 불어오면
얼음 되어 가슴 죄고

소나기 내린 날은

울음으로 지샜거니

어느 뉘 그의 흐름을
체념이라 이르리

3
둥근 해 솟는 세월
굽이마다 외로워도

바위 갈아 새긴 인고忍苦
전설처럼 흐르는 강江

내일도 흐르오소서
소리 않는 뜻이어

댓잎 물이랑
— 낙동강 38

바람 부는 강물에서는 댓잎 부딪는 소리가 난다
햇빛에 반짝이는 도포자락 펄럭이며
큰 기침 뜨거운 숨결로 퍼렇게 살아 흐른다

깊은 밤 이슬에 젖는 길섶 풀잎들 사이로
반딧불 외롭게 달고 앞서 간 고운님들은
뒷동뫼 낮은 자락에 동그랗게 엎드렸는데

여윈 목줄띠로 살아닫는 시퍼런 강을
막막한 들녘에 서서 불면으로 일렁이며
쟁쟁쟁 가슴을 울리는 청대바람이 일어난다

물길 흘러 아리랑
— 낙동강 111

긴 세월
길 따라 떠내린
우리네 서러운 노래
아리랑 아라리요 물길 들길 천리길을
이제금 낯선 들녘 어디쯤에 잔뿌리라도 내렸을랑가

목덜미에 내리꽂히는 햇살 따가운 길을
긴 밤 잠기는 물엔 아득히 온몸 갈앉아
여울 센 어드메 강어귀에서 발병이라도 났을랑가

등허리 따뜻이 누일 한뼘 땅은 까마득 멀어
한낱 물결에 나부끼는 가녀린 풀잎 되어
여직도 벼랑 벼랑을 돌아 떠내리고들 있을랑가

날이면 또 날마다 흘러가는 길을 따라
아흔아홉 한숨 굽이 인간사 알 길은 없어
어깨춤 서럽게 넘실대며
속울음 우는 아리랑

을숙도
— 낙동강 215

소걸음 낙동강물은
일년 내내 은핫물길

베틀가 올올마다
접동새만 울려쌓더니

여기는
물길 맴도는
칠월하고도 초이레 땅

낙동강
― 낙동강 304

오호라, 저 용틀임!
낙동강이 일어선다
햇빛에 반짝이는 바람물결 비늘 세워
오대양 육대주를 향해 용龍 한 마리 꿈틀인다

태백太白에 솟은 샘물 굽이굽이 흘러내려
금수강산 꽃길 따라 구미龜尾, 구포龜浦 휘돌아 와
남해와 백두대간의 생명줄을 잇는 강

아침 저녁 은빛 금빛 밤이면 별빛 달빛
봄 가을 여름 겨울 청홍흑백靑紅黑白 물빛으로
산자락 낮은 어귀엔 강마을을 알卵로 품고…

서낙동강 품에 안긴 황금벌판 용머리에
칠점산, 덕도산을 눈알로 반짝이며
을숙도 푸른 갈숲을 여의주如意珠로 굴리는 강

순백純白의 두루마리 도도한 깃발 되어
가덕도 용뿔 세워 승천하는 반도의 용
낙동강 천삼백 리가 몸을 틀며 일어선다

노인
― 낙동강 399

초겨울 햇살 아래 마른 낙엽 졸고 있다
한 점 물기 없이 다 증발한 무심한 빛
늪으로 오도카니 앉은
허연 강의 빈 껍질

흘려보낸 깊이만큼 하염없는 흐린 눈은
한 생애 굴곡 굽이 어드메쯤 멈췄을까
담장 위 까치밥보다
더 작게 웅크린 강

강이 쓰는 시
― 낙동강 415

강물은 흐르면서 일 년 내내 시를 쓴다
바람 잘 날 없는 세상
굽이마다 시 아니랴
긴 물길 두루마리에 바람으로 시를 쓴다

낭떠러지 떨어지고 돌부리에 넘어진 길
부서진 뱃조각을 물비늘로 반짝이며
수평의 먼동을 찾아 휘어 내린 강의 생애

온몸 흔들리는 갈대숲 한 아름 묶어
서사는 해서체로, 서정은 행서체로
시절이 하수상하면 일필휘지 초서체다

비 섞고 눈을 섞고 햇볕도 섞은 시편詩篇
파고波高 높은 기쁨 슬픔
온몸으로 새겼어도
세상은 시를 안 읽고 풍랑風浪이라 여긴다

너덜겅 세상
― 낙동강 418

단단한 물방울들이 산기슭에 박혀 있다

제 몸 터뜨리지 못해
굳어버린 마음들이

마른 강 물길이 되어 돌덩이로 갇혀 있다

통나무 의자
― 낙동강 486

세상의 외진 길에 의자 하나 놓여 있다
엉덩이 걸터앉자 피돌기가 시작되는지
물무늬 나뭇결 따라 온기가 살아난다

물을 자아올리는 뿌리의 기억 따라
팽팽한 물길 당겨 상류로 올라가니
저만치 옹이로 아문 옛 상처도 박혔다

살아온 한 생애가 이리도 따뜻했을까
만나는 사람마다 흠뻑 적시는 푸른 온기
얼마쯤 자아올리면 이런 의자 하나 될까

당신의 강
― 낙동강 499

시작이 어디였는지 알려고 하지 말게
물방울 뚝, 떨어진
석간수 한 점 생애
알몸의 오체투지로 강이 되어 흘렀느니

입술 부르트고 허리 휘어지도록
비바람 눈보라에 산을 깎고 들을 돌아
미완의 구절양장을 헤쳐 온 길 아니랴

등짝에 깊이 패인 굴곡의 흉터들은
은빛일 듯 금빛일 듯, 어쩌면 잿빛일 듯
실안개 뿌연 강둑에 나부끼는 물빛 상형象形

긴 강둑 되돌아보며 허허바다 섞여들면
물방울 강이 되고
그 강 다시 물이려니
마지막 물길 매듭을 알려고도 하지 말게

서항석(徐恒錫, Seo, Hang seok)

1900.~1985. 함남 홍원 출생. 극작가, 연출가, 독문학자. 호 경안(耿岸). 경성중앙학교, 도쿄대학(독문학과) 졸업(1929). 독일 괴테 훈장(1970), 국민훈장 모란장(1973) 수상 외. 저서 『한국연극사』(1987, 하산), 『독오문학연구』, 『서항석전집(전6권)』(1987, 하산). 〈동아일보〉 학예부장(1933), 광복 후 〈민주일보〉 편집국장(1948), 중앙국립극장장(1953), 한국자유문학자협회 최고위원(1955), 예술원 회원(1957), 서라벌예대 교수(1964), 예술원 부회장(1978) 등 역임. 극단 '창조' 창립(1966).

—

귀성 1

서울을 고향인 양 십 년을 살았건만
자라던 제 고향이 잊은 채 그립고야
돌아가 정든 마슬을 다시 고고 올거나

고향이라 간다 해도 손님같이 가는 것을
가기 바쁘게 오기 또 바쁘리니
짐으란 가벼이 싸고 책만 한 권 더 넣으리

객지에 시름 많아 두 볼이 깎였나니
어버이 모시고서 배불리 먹고 놀다
선물로 살쩌 가지고 쉬이 다녀오리라

추일잡영

— 가을
드높은 저 하늘이 거울인 양 샛말갛고
물들은 나뭇잎이 비단같이 빛나는데
가을을 가슴에 안고 여기 나도 섰노라

— 야국
늦장마 잔칼질에 뼈만 남은 저 비탈을
한 송이 들극화는 제철이라 꾸몄구나
나그네 지친 막대를 저기 잠간 세울거나

— 실솔
귀또리 무슨 한이 해마다 그리 깊어
기나긴 가을밤을 울어새고 울어새노
웃으며 썩는 속이야 넨들 어이 알리오

— 다듬이
들릴 젠 먼데러니 들으니 가까이네
어느 집 아낙네오 뉘기 옷 다듬는지
또드락 또드락 소리 끊일 줄을 모르고

— 별
별 하나 나 하나 별 둘 나 둘 헤며 부르나
저 하늘 많은 별이 어느 별이 내 별인고
크지란 못할지언정 밝았기나 하였고저

묘음사의 밤

깊은 산 깊은 골이 밤 들어 더 깊으니
물소리 고쳐 높고 벌레 소리 유난하다
나그네 시흥에 겨워 잠 못 이뤄 하노라

장수산을 바라며

귀 익은 장수산이 첫눈에 정이 든다
님도 날 그렸는가 반겨서 맞는고야
들어가 품 안에 들어 읊고 새로 가리라

서희(徐僖, Seo, Hee) 본명: 서희정(徐僖靜, Seo, Hee jeong)

1990년 서울 동대문구 답십리동 출생. 한성대
학교(무역학과) 졸업. 〈한라일보〉 신춘문예
시조(2017) 등단. '객' 동인.

서희의 작품세계는 솔직담백하다. 삶의 현장에서 보고 듣고 느꼈
던 것을 소홀하게 넘기지 않고 올곧은 생각의 씨를 심을 줄 아는 늠
름한 자세를 지녔다.

시인에게 '신발'과 '재봉틀'은 지금의 정직한 시간을 대변해주는 동
시에, 스스로를 밀고 나갈 미래지향의 불씨울인 것을 암시한다.

서희의 시편들이 읽는 이의 마음결에 오래 일렁이는 이유는, 과장
하거나 감추지 않는 위무의 힘이 스며있기 때문이다.

— 이승은(시조시인 · 오늘의시조시인회의 의장)

신발의 역사

귀가 후 현관 앞엔 한 가족이 엉켜있다
한밤중 불을 켜자 부스스 깨다 말고
고단한 하루를 눕힌 채 잠꼬대가 한창이다

그 잠꼬대 잦아들자 희멀건 새벽달이
빠끔히 베란다를 넘어와서 기웃대더니
새하얀 홑이불 같은 달빛 풀어 덮어준다

뒤 굽이 닳은 채로 널브러진 구두들이
지고 갈 또 하루를 채근하며 기다린다
제각각 갈 길이 달라도 두말없는 순종이다

솥

따끈한 흰밥으로, 한때는 우리 네 식구
아침을 열어주던 식탁 위 전기밥솥
한 달째 하품 중이다
속이 텅텅 빈 채로

부모님은 일터에서 동생은 기숙사에
나는 또 새벽 출근, 끼니가 다 다르니
저 친구 존재 가치가
슬그머니 없어졌다

커피에 빵 한 조각 홀짝이고 있는 사이
덩그러니 나앉아서 빠끔히 날 쳐다본다
혼자만 배고프다고
시무룩한 늦저녁

이력

학업을 미뤄놓고 앞에 둔 재봉틀에
꽃 스물 다 보내고 사랑도 물려놓고
빈속을 박음질로 달랜 형형색색 날이었다

뜯어지는 실밥처럼 한때가 삭아가도
소음에 귀가 울고 먼지에 목이 타도
끝까지 움켜쥔 것은 자식 같은 실타래였지

땀땀이 바늘 자국 페달로 죽죽 밀어
주름진 날의 무늬 어머니는 피워냈다
바늘에 실이 걸리면 박음질로 달렸다

쓰레기통

더럽다고?
천만에!
네 향기를 위한 봉사

지상의 곳곳에서 보초 서듯 우두커니
뚜껑을
꼭 닫는 것은
네 비밀을 지키려고

GS 25시

대로변 밤의 일터 후줄근한 너를 본다

어둠이 피워내는 각양각색 불빛들이

들떴던 낮의 허풍을 마스크로 가려준다

문밖에 간이의자 반쯤만 걸터앉아

구직광고 뒤적이는, 서너 명 젊은이들

컵라면 국물만 같은 눈빛이 엉겨든다

수용소 군도*

의지와 상관없이 한 생이 꺾어질 때
빛바랜 일기장에 기억들을 살리느라
다 바랜 종이 뭉치를 목숨처럼 끌고 왔다

죄였든 벌이었든 생각하기 나름이지
무모한 총구 아래 무작위로 지던 별빛
희미한 편지 한 장만 낙엽처럼 굴렀다

엇나간 이데올로기, 누군가를 발아래에?
목표 잃은 분노만이 가뭇없이 들끓었다
최선을 꿈꿨던 자여, 사람인가 체제인가

* 러시아 작가 솔제니친의 저서.

신발병원

옛 동네 큰 길가에 천막을 친 병원 있다

굽이 닳고 솔기 터져 입원한 구두들이

수술을
받을 요량인가
해부되어 엎드렸다

삼복더위 땀줄기도 그냥 아랑곳없이

꿰매고 두드리는 의사의 손놀림에

병세가
호전이 되어
퇴원 날짜 기다리는

추락주의

벚꽃 환한 나무 옆에 표지판이 이채롭다
봄바람에 아랑곳없이 호르륵, 지는 꽃잎
정말로 말 안 듣는 꽃, 왕후의 기품이다

아래는 벼랑이라 눈앞이 아찔한데
아무런 욕심 없이 제 몸을 떨어내는
위대한 봄날의 한때 나만이 무색하다

저 꽃 앞 아니라도 세상엔 벼랑천지
여기저기 숨어있는 허방에 주의할 것
한 발만 잘못 디디면 돌아오기 어려운 법

결정적 오류

시를
생각하고
시를
부르는 일

포기한 낱말들이,
불신의 눈초리가

타협할 기미가 없다
날아가는 잔상들

술래가 어수룩해야 놀이가 재미있는데

나는 아무래도 술래 자격 없는가 봐

네 마음 구석구석이 한눈에 다 보이니

퍼즐 찾기

무채색의 나무들과 낮게 깔린 하늘 자락
그 자락에 눈구름이 서너 번씩 몰려오고
북받친 진눈깨비가 찬바람을 훑고 있다

질척이며 들려오는 흩어진 날의 기억
들을수록 부끄러운 못 챙긴 시간들이
서로를 개키고 있다, 퍼즐을 맞추듯이

봄여름을 밀려 나와 가을까지 놓쳐버린
이제야 맞춰지는 한 조각 겨울의 말
입술을 다시 깨문다, 마지막 승부니까

석가정(石佳亭, Seok, Ga jung) 본명: 한승배(韓昇培, Han Seung bae)

1941.~2011. 전남 진도 출생. 《시조문학》「임진강가에서」 천료(1979) 등단. 시조집「이 地上에 산다는 것」(1991), 『시연詩緣일세! 봄 펑스스로 울고』(2010, 한림). 제1회 전남시문학상(1995), 제3회 시조문예상(1995), 제3회 항제시조문학상(1997), 제25회 전남문학상(2002) 수상 외. 진도 '섬문학(진도문학회)' 창립위원. 진도문인협회 초대회장. 한국시조시인협회, 국민동시조운동본부, 섬문학 등 회원.

산리홍

상여꽃 휘드러진 사월 주검의 길목에서
꽃뱀이 어우러진 저승을 넘나들다
소복한 허물을 벗고 들어내는 맨살들

가지 끝에 잉걸이는 일식 않는 새 떼 가슴
처녀 산리홍을 쪼아 골, 골을 물들일 때,
잎새엔 톱날 악기의 선율이 고웁고

오월의 호젓한 길목 열정에 불타는 태양
그 알알의 태깔을 빚어 누룩에 취하는 일상
담석을 쪼는 정소리 초가삼간을 채운다

유년의 산정에서

숨이 참을 어이하랴 어눌한 산마루 턱
애기 풀깍지 끼고 가파른 유년의 산
바라 못 떨치는 영봉 목이 메는 입상아

어느 멧부리의 끝 사위는 낙엽이듯
지워지는 혼적 앞에 떨고 있는 나의 혼불
날 오라, 동천을 여는 한 바람이 차웁다

산새 우짖던 청명 운무로 가리운 나목
가멸찬 세월의 벌에 목매기가 가뭇없다
안개 속 풀피리 소리 결을 뜯는 어린 손

봄비

오지랖 깁는 손 끝 망사 자락 펴는 수런
꽃 피는 꿈 휘드러진 봄 졸음을 깨운다
봄바람 꽃마을 술래 돌며 말부침을 하고 있다

하얀 나비네 집 사리탑을 뚝딱인다
쌓이는 층층마다 불 밝히는 정겨움에
사르르 눈을 감으면 그리운 이 오시다

사록사록 소근대다 눈웃음도 치면서
미운 정 고운 정을 진종일 바심하며
내 누님 신접 살림 행구듯 혜성혜성 오는 비

남해에서

은유의 꽃망울 수평선에 내려꽂힐 때
내 영혼은 불타 잉걸인 남해 바다여
그대는 '아- 목동들의…' 피리 소리를 앓는다

깨어라, 깨어라고 번뜩이는 불꽃 놀
사월의 애증이 타는 저물녘 그믐 바다
그대의 속살을 딛고 푸른 꿈을 청한다

꿈을 사랑하는 이여, 빛과 그늘의 전장에서
해 뜰 녘 느껴움을 다둑이는 사랑아
그대와 눈을 맞추면 일어서는 칼날들……

잉태기

미명의 어두움을 크낙새가 쿵쿵 찍고,
오작 함께 깨어 있는 옛 섣달 그믐날의
풍장에 휘몰이 바람이 인다. 번개도 치려나

도치된 상형문자 갉아 먹힌 심상 위에
시라소니 켕기는 소리, 하늘이 열리란다
어둠이 막아선 자리에 트여오는 새벽 놀

실락의 숲, 그 폭풍 인토 위에 술렁인다
저 어둠 이 밝음은 감인의 수레 자욱
영유의 기폭을 꽂으며 이정표를 닫는다

초적

햇살 가리어 지친 혼들 달빛 싫어 달 스는 소리
수문지기 고명딸의 원통 눈물의 강
초승달 나들이하며 한생 녹아 흘러라

열새 베 올을 잦던 어둔 남루 꿰는 먼 동녘
이조의 어머니들 쑥움 돋는 옛 이야기
숫눈발 맺힌 멍울을 얼레 도는 가슴아

비릿한 처녀성을 괴고 앉아 헤아릴 때
아침 이슬 그 순수의 위태로운 표면장력
새론 강 솔은 목소리 그 어진 우둔이어

해 질 녘 1

화로를 다독이던 할아버지 무덤 위에
잉걸인 불씨를 솔개가 쪼고 있다
저승의 초가삼간 섬돌 아래 나막신이 놓여 있다

눈물 고인 이승에는 어두움이 털리고
털리는 비늘마다 별이 되어 살아나고……
하나둘 모이는 행렬 속에 나의 별이 떨고 있다

들국화

비바람 자진 섶에 반딧불 하나 졸고 있다
허방다리 건너뛰려나…… 웅얼임의 먼 발치에
한 바람 옥양목 자락이 천 년 성문을 들어선다

겉 속 다른 청담운우 강산의 이랑을 헤는
저지른 가슴속을 매어 단 청사초롱
후생은 눈을 밝히며 수로부인을 닮는다

석대은(釋大隱, Seok, Dae eun) 본명: 김용업(金龍業, Kim, Yong up)

1899.~1989. 본적 서울 서대문구 영천동. 스님, 불교학자. 법명 태흡(泰洽), 아호 소하(素荷), 김대은(金大隱), 석대은(釋大隱), 김화산인(金華山人). 심원사 출가(1905), 법주사 대교과 졸업(1918), 니혼대학(종교과) 졸업(1926), 니혼대학 고등사범부(국한과) 졸업(1928). 귀국 후 조선불교중앙교무원 포교사 역임.《불교시보》발행(1935~1944). 광복 후 팔만대장경 번역 종사.

—

태고 사향

1

죽음 길 쓸쓸하다 뉘라서 이르던고
살아서 꽃이 되어 봉접을 부른 나는
낙화 저 가는 곳에도 노래 속에 가나니

2

절 앞을 도는 시내 수석도 좋거니와
송정에 부는 바람 시원키도 짝 없도다
홍진을 이 속에 잊고 한평생을 보낼거나

3

서쪽에 터진 바다 하늘과 접했는가
저녁하늘 비치는 해 물속에 춤을 추네
아마도 지산 선경은 이곳인가 하노라

4

선창에 달이 비쳐 낮같이도 밝으매라
월색을 쫓아 나가 부도 등에 거닐자니
님 그린 이내 마음을 끊일 줄이 없어라

창태 속 묻힌 부도 님의 영 계시련만
청구에 헤친 법손 어이 그리 용렬한고
님이야 있고 없고 나의 정성 바치나니

팔역에 법비 주는 우리 님 어디 가고
처량한 풍경소리 객의 슬픔 자아내노
때마침 두견새 우니 더욱 슬퍼하노라

5

돌 벽에 달려있는 철사를 부여잡고
삼각산 제1봉에 오르고 또 오르니
인간인 산 신선이 백운대에 올랐어라

필역이 어되 눈앞에 벌였도다
동서 천 리 터진 대로 아득히 바라보니
운수에 다니던 길이 그림같이 보이네

백두산 등보기

1

풀무더기 지붕이오 집옥이 풀무더기라
들면 방이요 나와 보면 언덕일레
이 땅에 첫눈 인상은 이것인가 하노라

2

등드영기 모인 곳에 정사를 지어 놓고
도산영을 모셨으니 척왕당이 이곳이라
예부터 험령 있어 절하는 이 많더라

3

청산은 높고 높고 녹수는 길고 긴데
우뚝 솟은 이 영사를 뉘 아니 숭봉하랴
절하고 심축하노니 도산 걸음 돌으소서

4

성조 가신 이 옥경에 무슨 절서 있으리만
삼월춘풍 호시절은 눈 속에서 다 보내고
유월을 제철인 양 하여 백화 다퉈 피더라

안동현 진강산

요동 너른 평야 끝난 곳에 솟아올라
대강을 나려눌러 진강산을 이뤘어라
눈앞에 가득한 경치 돌아갈 줄 모르겠네

안동의 신구 시가 기국같이 벌여 놓고
장강 일대 선을 둘러 반월형을 이뤘는데
한가히 백구 날아가니 승지인가 합니다

의주 통군정

마이산 바라보니 옛날의 전쟁터라
압록강 물결 소리 귀곡으로 들리과저
먼 산에 해마저 지니 객의 창자 끊어내네

꿈

생멸계에 노는 인생 꿈아 님이 없건마는
유위를 집착하야 꿈인 줄을 모르도다
아서라 꿈속 인생을 일러 무삼 하리오

석성우(Seok, Sung woo)

《월간문학》 신인상(1970) 등단. 〈중앙일보〉 신춘문예 시조 당선(1971). 시조집 『산란』(1987, 백양) 외. 정운시조문학상(1994) 수상.

—

석성우 스님의 시조들은 한결같이 소박하고 단순하다. 노자는 도덕경에서 질박함을 들어 도道에 비유했다. 사실 요란한 기교를 터득한 매끄러운 시들이 오늘날에는 가을철의 낙엽처럼 어디에나 있다. 그러나 참된 마음의 깊이를 담백하게 담아내는 질그릇 같은 시들은 찾아보기 어렵다. 그의 시들은 자연을 닮은 언어들로 되어 있다.

— 신범순(문학평론가 · 서울대 교수)

—

선시禪詩 17

이 세상 오기 전에 나의 모습 어땠을까

사바를 여의고 그 어디로 갈꺼나

봄볕에 작설차 달여 돌미륵에 올리럼.

선시禪詩 34

몸보다 겨운 숙업 적막한 빛더미다

돌 속에 감춘 옥 천 년도 수유러니

한 가닥 겨운 봄소식 그렁 그렁 걸어온다.

선시禪詩 67

한 생각 한 생각이 모두 쌓여 한恨이러니

숨 한 번 들이쉬고 내어쉼도 업業이러니

영겁의 깊은 잠 깨울 죽비 소리 어디 있나.

선시禪詩 73

마음 놓고 살면 천하가 조용하고

생각 들고 살면 세상이 비좁구나

마음과 생각 너머에 팔만사천 세계가.

산란山蘭

어느 날 어느 별에
가누어 온 목숨이냐.

실바람 기척에도
굽이치는 마음 있어

네 향기 그 아니더면
산도 어이 깊으리.

산기슭 무거움에
실뿌리를 내리고서

생각은 골 깊어도
펼쳐든 하늘 자락

검劍보다 푸른 줄기에
날빛 비켜 서거라.

정토淨土 저 아픔이
얼마만큼 멀다 하랴.

산창山窓에 빛을 모아
고쳐앉은 얼음 속을

장삼長衫도 먹물에 스며
남은 날이 춥고나.

매화梅花

한 조각 아픈 뜻을
분토盆土에 옮겼더니

깊은 정情을 모아
두세 가지 피었고나.

더불어 달 돋는 밤에
산창山窓은 더욱 푸르다.

무거운 눈을 들어
첩첩산 바라보면

한 벌 옷 납의衲衣라도
빈 땅에 눈잎 진다.

이 날로 불 밝힌 정情을
내가 너로 지켜라.

인연因緣 1

산정山頂에 올라서자
세상이 너무 넓다

세상이 너무 넓어
오히려 갈 데가 없다

구름 속 산이나 두르고
바위로나 앉을까.

저기 불지 않는 바람
또 날지 않는 죽지

얼마를 서성이다
다시 산이나 될까

빈 하늘 둘레 찬 달이
고목古木 위에 걸렸다.

사모곡思母曲

잠 잃은 밤은 깊어
성하星河도 돌아앉고

어머님 생각에
염불마저 잊은 새벽

창밖엔 창망한 달이
산마루에 걸렸네.

십 년도 더한 세월
정情도 인연도 멀어

업業을 산 납의衲衣는
바람결에 낡아가고

비원悲願에 타는 정념情念은
사리舍利로나 이울까.

무無 1

한 생각 내려놓고
마음도 감춰놓고

지나는 실바람을
허리에 감아본다

오늘은 어느 곳에서
초승달이 뜨려나

백납가白 衲 歌

1
굶주려 갈 곳 없던
덕산德山이 짚신 들고

조주趙州의 무無에 잠혀
10년年을 보내었다.

덕산德山의 그 똥무더기
여기까지 풍긴다.

2
밥 먹고 잠자고
그리고 또 그리고

돌사자 한 마리
키워 보았다.

그 울음 뇌살惱殺의 화살
독毒이 묻혀 있대나.

3
여년驢年에 내린 비가
옷깃을 적시더니

뼛속의 먼지까지
씻고 씻어서

내 명정銘旌 깃폭에 쌓여
꿈을 깁고 있는가.

4
꽃 피고 물 흘러
산 맑고 고운 자리,

어젯밤 금까마귀
바다에 날아들어

이 새벽 맑은 하늘에
큰 해가 있구나.

석성환(石成煥, Seok, Seong Hwan)

1960년 경남 진주 집현면 출생. 창원대학교(국어국문학과) 박사 졸업. 《한국문인》 신인상 시조(2003), 《아동문예》 동시조(2012), 《유심》 문학평론(2014) 등단. 시조집 『모래시계』(2012, 고요아침), 저서 『한국 현대시의 현상적 미학』(2012, 월인), 『선시조(禪時調)에 나타난 空과 不二』(2014, 월인). 창원문인협회, 경남문인협회, 한국문인협회, 한국시조시인협회, 경남시조시인협회, 오늘의시조시인회의, 가락문학회 회원. 《경남문학》 편집위원, 《화중련》 편집위원, 《가락문학》 편집장.

—

이호우 시인 이후 단시조에 대해 관심을 보이는 시인은 점차 늘어나고 있는 추세지만, 석성환처럼 집중적으로 단시조를 천착하는 시인은 그렇게 많지 않다. 석성환은 압축과 절제의 '정제精製 다의형多意型' 작품을 즐겨 쓰는 시인이다. 그가 쓴 시조의 성과 패를 단정적으로 말하기는 이르지만, 첫 시조집 『모래시계』를 단시조 중심으로 펴냄은 상당히 용기를 필요로 하는 일이다. 자신의 작품세계를 오롯하게 구축하는 일은 시인이 안고 가야할 숙명적 과제이기에 그는 그가 가진 특유의 자기애와 언어 조탁능력으로 새로운 작품세계를 구축하리라는 믿음을 준다.

— 김복근(시조시인 · 《화중련》 주간)

—

초승달

노오란 부메랑이
구름 속
날고 있네

여백을 물들이며
어,
산을
넘어가네

어릴 적
날리어 보낸
구부러진
꿈 하나

마당과 오후

마당은 어귀에다
나무를 세워놓고

균형을 잡기 위해
새 한 마리 올려놓는다.

그 사이
제 몸을 낮추며
따라 도는
하얀
구름

모래시계

투명한
몸속으로
낱낱이
추락하다

구멍 난
천장으로
세상이
멈춰서면

시간은
녹초 된 나를
또 뒤집어
세웠다

소록도 1

그 누가
소록
소록
잠들어
있는 걸까

조막손
맑은 눈에
보리피리
사윈 가슴

아이가
손가락으로
시를 읽다
잠든 밤

가을 아침

하늘빛
끄트머리
찬이슬
받아 물고

발갛게
살을 섞어
아득히
나앉으면

밭머리
까치 한 마리
죄어드는
저 눈빛

선안영(宣安英, Sun, An young)

1966년 전남 보성 보성읍 출생. 조선대학교 (국어교육과). 〈경향신문〉 신춘문예(2003) 등단. 시조집 『초록몽유』(2008, 고요아침), 『목이 긴 꽃병』(2011, 작가), 현대시조100인선 『말랑말랑한 방』(2016, 고요아침), 『거듭 나, 당신께 살러갑니다』(2018, 발견). 중앙시조대상 신인상(2008), 무등문학상(2009), 발견 작품상(2018) 수상. 서울문화재단 창작기금(2011), 한국문화예술위원회 유망작가 창작지원금 (2016) 수혜. '율격' 동인.

선안영 시조는 명료한 패러프레이징을 쉽게 허락하지 않으며 까다로운 유추를 필요로 한다. 또한 율격이나 형태면에서도 시조가 가질 법한 안정된 질서의 재확인보다는 그 안에서 새로운 음악 형식을 구축하려는 다양한 변격變格을 시도하는 작품들이다(유성호). 선안영 시인은 살아서 펄떡이는 물고기 같다. 싱싱하고 빛나는 감수성의 비늘을 수없이 지닌 채 상상력의 대해를 항해한다. 마치 폭포를 거슬러 뛰어오르는 연어처럼 시조라는 형식, 그 제약을 찾아가는 자발적 도약을 계속한다(박진임). 소외와 상실을 겪는 모든 인간의 구원과 결속에 절대가치를 부여하는 인식이야말로 선안영 시인의 작품세계를 일관되게 관통하는 힘이며 믿음이다(박권숙).

적벽에서 울다

점점홍 붉어지는 가로수길 달려간다
멈출 수 없는 속도 바깥, 햇살은 눈부셔도
타올라
소실점 그리며
사라지는 낙엽들

물방울로 고여 앉아 길 끝에 울 것 같은 사내
절벽에 켜둔 램프처럼 혼자 타는 나무들
슬픔을
다독 다독이는
바람의 손이 붉다

환한 빛 사그라진 들국화 그늘 깊고
숨죽인 울음소리 꺼질듯 위태로워
달빛이
조도照度를 낮춰
야윈 길, 마중 온다

적막을 사온 저녁

날 비린내 달라붙는 남광주 재래시장
멱살잡이 싸움 판 한쪽에서 졸고 있던
벙어리 할머니가 파는
묵 한 모 사왔다

벗겨지고, 깨어지고, 팔팔 끓여져, 굳어진
정지된 시간인 듯 나란히 누운 침묵
그 침묵 완성되기까지
꽉 눌려 생략된 말……

모서리 날 선 각이 부드럽게 뭉개지고
이빨과 잇몸까지 받아들인 물렁함에
내안의 사나운 아우성
묵 앞에서 침묵한다

초록 몽유

남녘 들판에 꽃불 옮겨 붙는 봄 두근대네
다짐하고 허물어지며 내내 마음 조인 사랑
울음이 또 번지려는지 몽롱한 안개 피네

불투명 유리창 그 방, 흰 홑이불 속에서
사방 연속으로 꽃 피던…… 미쳤으면 더 좋았을
그리움 휘문이로 번식하며 그대에게 건너가네

물 위에 쓴 이름처럼 당신은 자꾸 증발하여
다른 몸으로 건너가려는 불꽃처럼 흐느끼네
꿈밖을 서성거린 발자국 잎, 잎으로 돋아나네

바람 불면 묻어놓은 추억마다 숨을 타도
내 사랑은 안개 속, 길마다 새끼 치는
내연의 고단한 행려가 초록 그물을 짜네

해동모텔을 지나며

　흘딱 반한 길이 많다. 꽃이 많다. 달리던 중 봄 들판 한가운데 느닷없는 모텔이라니
　추웠던, 아니 얼었던 세월아 자고 갈래?

　자잘한 꽃단추가 많이 달린 블라우스 잘 채워진 단추들만 풀다가도 늦겠구나
　지퍼의 질주본능의, 지름길을 모른 채

　얼음의, 침묵의, 금기의 단정함으로 나는 나의 울음소리도 기억하지 못하는데
　상처의 불안을 안고 손이 손을 찾는 봄

두 목소리가 섞인 노래

하루에 수없이 죽다 사는 바람에게, 연애에게 죄 없이 엎드려 기도하는 풀 모가지 같이 자꾸만 끄덕 끄덕이며 또 불면을 앓는다

징그러운 내 속은 말 할 수 없고 잠 들 수 없고 거듭 같이 죽자 재촉하는 눈보라 날리면 나를 쥔 세계의 손 밖으로 나, 날아갈 태세이다

어느 생에 갓 낳은 핏덩이를 버려두고
황금을 팽개쳐두고, 무지개도 걷어두고
맨살의 목 쉰 울음 따라 만종을 쳐보느니

속창아리 없는 유정한 나와, 근심 많은 늙은 내가 헐떡이는 숨 스미듯, 흰 눈꽃을 뭉치듯 시인의 지문이 우거지는 여자가 탄생할 것이다

두물머리의 노을

천지간 뎅그러니 혼자라고 생각될 때
사랑이, 또 노래가, 고향도 다 저물 때
길 끝에 막대기같이 꽂혀
가만 눌러 있어봐

휘어지고 허물어져 세상 흘러가려할 때
한 대접 손등으로 눈물 쓱쓱 뭉갤 때
매어둔 커다란 슬픔
목줄 풀어 놓아봐

부르튼 언 두 발과 함부로 버린 맘도
강물을 턱밑까지 끌어 당겨 묻어보면
세상엔 답할 수 없는
질문이 있음을 안다

안개

노래도 지워지고 악사도 돌아가면 우리는 둥그러져 어딘가로 굴러가려한다
오, 함께 돌아가는 길이 사라지려 글썽인다

껴안지 않으면 두 번째일 거 같은, 껴안으면 금세 처음이 아닐 거 같은
섬 하나 흰 배경 속으로 둥글게 숨어든다

아주 연한 흐느낌이 귓속으로 파고들다 모래인 듯 취중인 듯 한 세계가 부서지고
당신을 만나지도 못했는데 길이 나를 내려놓는다

거울

길의 상처를 핥는 헛바닥 같이 고인 물

다 버리고 뎅그러니 가장자리만 남은

그믐달,
웅덩이 속으로
미늘처럼 꽂힌다

증도 염전에서

온몸 밀고 간 자국에 짠물이 들어찬다.
소금밭에 푸성귀처럼 절여진 사람들
한 점 열 물방울같이 증발하고픈 땅이다

날마다 검은 짠물 바닥을 긁어내도
어미의 울음을 빼닮은 새끼처럼
잉태된 각 많은 슬픔이 따닥따닥 슬어있다

곰국

장작불에 끓여서 택배로 온 사골국물
몇 번씩 우려낸 어머니 병 앓았을
분주한 시간의 뒤켠에
우두커니 버려져서

상한 국물 버리는데 끌끌끌 혀를 차듯
하수도를 맴돌다 죄 빠져나간다
뼈 구멍 숭숭 뚫리도록
또 당신의 등골 뺀 밤

한 사발의 곰국이 젖이 되고 꽃이 되길
주문처럼 되뇌었을 기도소리 들려온다
멀겋게 더 우릴 것 없는
진기 다 빨린 어머니

선정주(宣珽柱, Sun, Jung ju)

1935.~2012. 경남 고성 출생. 호 혜산(惠山). 부산 고려신학교 졸업. 《시조문학》 천료(1970) 등단. 시조집 『겨울 청산도』(1977, 태광문화사), 『겨울 중랑천』(1984, 을지문화사), 『겨울 30년』(1986, 서문당), 『겨울 처용무』(1991, 정동) 외. '소가야', '율', '영번지' 등 문학동인. 한국크리스챤문학가협회 회원. 한국문인협회 창립회원·이사, 《현대시조》 편집인, 대한예수교 장로회 목사, 서울 성림교회 목사, 경기지회 직영 경기신학교 교수 역임.

—

봄 중랑천

1

젖가슴도 말랐거니와 건사할 땅도 없었다
자주 먼 포성같이 산간엔 눈이 내리고
날씨는 영하에 돌아 의미를 놓치는 봄

2

힘 치솟아 물구를 서서 본 어린 시절의 세상은
하늘은 내 발아래 있어도 빛은 제빛이었나니
피라미 한 마리 소식 없는 처음 보는 강의 안색

3

그날의 신문에는 단순한 죽임이라 했다
가랑이 벌린 채 죽어 있는 여인, 흰 살갗에 말라붙은 핏자국 차마 눈을 돌리는 것은 예절만이라 하랴
요사이 강의 표정을 읽어 본 일 있는가

4

시인이 쐬운 편지는 부전이 붙어 돌아오고
강이 폐업을 한 지 오랜 소식 아무도 모른다
근거를 잃은 노래는 넉살로 변색한다

여름 중랑천

1

맨 바람이라도 흘려 도도한 여름 중랑천
울음을 삼켰나니 수심도 못 미칠 깊이
불멸의 몸짓을 보고 혼자 찬탄하여라

2

어느 날 재두루미로 장안평에 나래를 내리면
왕골 무성한 습지는 쓰레기로 매축되고, 큰 건물 짐승처럼 줄지어 있어 천년을 지켜 온 목청은 죄스러워 울지도 못한다
우리는 그렇게 뜬 구름, 궂은 비 머금고 있는

3

강을 건너다 보면 면목동이 누웠다
언제나 피안은 한 폭의 지친 그림
불붙은 꽃의 이야기는 발길 돌린 지 오래

가을 중랑천

여름과 겨울 사이 그런 계절이 있었다
쇳소리 나는 빗살은 흙탕에 그냥 내리고
죄 있는 가슴을 향해 귀뜸이나 하는 당신

아무도 이 별천지를 차마 몰랐으리라
강둑에 올라서서 외로운 풍경을 보나니
서서히 안개 걷힐 때 혼선을 빚는 햇빛

강을 흐르게 하신 이에게 우리 민적을 물을 참이다
고독이 어디쯤 기숙하는지 신은 아직 모르시는가
땅 위에 가난이 없어지면 무엇으로 소일하려나

겨울 중랑천

1

물이 경계를 범하면 천 리 옥야沃野가 열리는
상고의 아침처럼 문명은 일지 않고
이제는 강이 감싸지 않아 메마르고 있는 도회

2

꿈 많던 소년 시절 생각해 낼 수 없는
아무렇게 찢어 놓은 종이 같은 구름에 마지막 빛을 남기고 도회 너머로 노을이 지고 있을 뿐
중랑천 잡초 대궁 끝 몸을 내는 겨울바람

3

꽃도 몰랐거니와 지성도 미치지 못한
사진기를 든 소녀 몇이 겨울과 겨울 사이, 이상난동異常暖冬을 맞추어 운치를 찍어내고
아무도 강을 대하여 계절을 묻지 않았다

4

내 이 천변에 흘러 와 질펀한 불멸을 보노니

우리가 바벨론의 여러 강변 거기 앉아서 시온을 기억하며 울었도다. 그 중에 버드나무에 우리가 우리의 수금을 걸었나니 이는 우리를 사로잡은 자가 거기서 우리에게 노래를 청하며 우리를 황폐케 한 자가 기쁨을 청하고 자기들을 위하여 시온 노래 중 하나를 노래하라 함이로다. 우리가 이방에 있어서 어찌 여호와의 노래를 부를꼬. 예루살렘아 내가 너를 잊을진대 내 오른 손이 그 방조를 잊을지로다. 내가 예루살렘을 기억지 아니하거나 내가 너를 나의 제일 즐거워하는 것보다 지나치게 아니할진대 내 혀가 내 입천장에 붙을 지로다.

용하다 제 노래 간수한 민족 도저한 강이 된다.

겨울 청산도

1
누가 겨울 숲이라 하여 가난하다 했는가

눈도 귀도 없는 한자락 이불속에 여섯 식구가 부챗살처럼 누워
동면하는 우리 단칸방은 겨울 청산도, 큰놈에겐 큰놈의 산맥,
둘째에겐 둘째의 산맥, 셋째에겐 셋째의 산맥.
저마다 청산을 기리며 꿈 밭을 갈고 있네

2
낭자한 슬픔을 데리고 돌아와 선 겨울나무
생명보다 질긴 진실은 스스로 자만하여 허위가 갖는 수단 같은
세력을 도외시하다가 패배하는 것입니까. 그 살벌한 바람에 교
묘히 명리를 영위하는 것보다는 무수한 후회로 생존을 하는 착
한 약소 민족사, 겨울나무는, 겨울나무는.
침묵을 지킨 의도를 알 만한 표정입니다.

3
무저항의 심장에서 샘이 솟아 있었다
종교의식 이전의 생명 경외 때문에
청산은 겨울 청산은 혼자 분출하고 있었다

동양화 1

큰 혼돈을 달래어 삼라를 괴어 놓고
태고정 빚은 수묵은 바람의 색을 알거니
미학의 시말을 그린 줄기찬 님의 풍류

무언가 선언하려다 주저한 저 기천년
침식당한 고요를 언제 보상하려는가
초연만 빗질을 하는 너의 담담한 자세

영원을 외면하면 영원에 선다는가
순백의 소원들이 원근을 차려놓고
양자의 초가지붕은 사계의 맛을 아네

동양화 2

정절을 지키는 일 또한 도적맞는 일
한을 쌓아올려 수려강산을 세웠다
섬세한 선을 그어서 생명을 불러 놓고

아직 끝나지 않았다 정을 캐는 말씀이
유산으로 받은 슬픔 여백으로 밀어 두면
그윽한 운무가 되어 고요에 핏줄이 일고

미련을 곱게 지펴 한 가락 아가로 뽑아
숲 누빈 흰빛 여울로 깨어나는 물소리
웅지를 사실로 그려 초생달을 띄웠다

달과 아이

1
기다렸다가 달을 그려 넣고 늦게 잠에 드는 아이
숙제장에 그린 달은 꿈속에 그린 달은 꿈속에 뜨지 않았다
아이의 꿈속에 뜬 달은 숙제의 달이 아니었다

2
고향 노랠 부르라면 눈빛 굳어지는 아이
달은 대기에 침전되어 떡방아 찧던 토끼부부는 떠나고, 살던
집 폐허로 남아 그 수심 띤 얼굴, 이런 밤 나는 고향이 있어 앓
고 너는 고향 없이 앓고,
아이의 그린 그림에는 참외 나무에 열린다

3
이런 밤 기도를 드린다는 것 죄를 짓는 일이다
일곱 번 학교를 옮겨 졸업장을 탄 큰놈은 고향도 동문도 없다
막내 딸애는 4학년에 벌써 세 번이나 옮겨 또 전학을 할까 봐
걱정이 태산이다
이런 밤 기도를 드린다는 것 참 비범한 일이다

상경기 1

초여름 종로 꽃 가게 국화가 핀 별천지
북악은 희비가 얽힌 계절을 생각하고
신호에 자주 걸리는 갈피 모르는 저 나비

이젠 얼굴도 몰라보는 자만 이 흐르는 강
이 위험수위를 건너는 육교 위에 올라서면
칠석의 전설이 새롭고 수침되는 어떤 윤리

지하도에 내려서면 느끼는 대지의 무게
아득한 잊고 살아온 석기시대의 요람
도회가 안고 있는 것은 가눌 수 없는 고독

서울의 가을

1
달은 밝아 귀뚜리 울음 들릴 듯한데
서울에는 서울에는 풀섶이 없잖은가
적막이 없는 가을은 가을이라 칠 수 없다

2
달그림자 밟으며 혼자 거닐고 싶어도
서울에는 서울에는 오솔길이 없잖은가
고독이 없는 가을은 가을이라 칠 수 없다

3
휘영청 달 밝으면 삽사리 짖는 소리도 들릴
서울에는 서울에는 동구 앞이 없잖은가
마실 갈 이웃이 없는 가을 가을이라 칠 수 없다

설상수(薛尙洙, Seol, Sang soo)

1962년 경남 밀양 무안면 출생. 운정초, 무안
중, 밀양고, 부경대(교육대학원). 제7회 오누
이시조 신인상, 《부산시조》 신인상(2016) 등
단. '시목' 동인(2016).

—

「진우도 갈대」는 말 그대로 진우도라는 섬의 갈대를 노래한 작품이다.
세 수로 된 연시조인데 작품들 중 언어를 구사하는 능력이 가장 세련
되고 빼어났다. 특히 이 작품 전체에 일관되게 골격을 이루고 있는 의
인법은 능숙하고 현란하다. "사리와 조금 사이 오금 저린 개펄마다 …
꽉 다문 아래윗니가 깃발보다 꼿꼿하다"라는 둘째 수라든지, "지난 날
예매해 둔 새봄을 꺼내보며/ 등솔기 파란 사월을 꿈길에도 깁고 있다"
라는 셋째 수의 대목은 흠잡을 데 없이 훌륭하다. 그러나 이 작품에 불
만이 아주 없는 것은 아니다. 좀 더 선이 굵고 보법이 당당한 남성적인
울림의 작품이었더라면 더욱 금상첨화가 아니었을까 하는 아쉬움도
있었음을 밝혀 두는 바이다.

— 조동화(시조시인)

—

진우도 갈대

계절도 끝닿으면 파르라니 결이 선다
견디다 하얗게 삭은 정수리 숭숭해도
오롯한 뼈대 하나쯤 굽힐 수는 없는 거다

사리와 조금 사이 오금 저린 개펄마다
파도의 일기를 읽고 심줄을 불리지만
꽉 다문 아래윗니가 깃발보다 꼿꼿하다

얼음장을 건너온 굳은살이 만만찮다
지난 날 예매해 둔 새봄을 꺼내보며
등솔기 파란 사월을 꿈길에도 깁고 있다

코리안 드림

밤늦은 퇴근은 배꼽시계가 먼저 안다
허기를 엇달래려 나서는 시장거리
불빛만 만지작대며 분식집을 겉돈다

스스로 몰아세운 물낯선 이국 만 리
흙바람에 차여도 꿈이 익는 다짐 하나
불어날 한 살림 통장 돌아갈 집이 한 채

앉고 널 방이래야 컨테이너 두 평 남짓
속상한 체불임금 밴 눈물 닦아내며
머리맡 가족사진을 꼭 껴안고 잠이 든다

대마등*

진득이 정 붙이면 봄날을 만나겠지
꽃구름 간 자리에 비 살짝 따라와서
푹 파인 뻘 가장자리 흉터에도 살이 찬다

어깨 걸고 얼싸얼싸 살바람 견뎌낸다
터 잡고 살다보니 다복다복 숲이 되어
그 숲속 어디쯤엔가 텃새 이내 짝하고

서로를 닦달 않는 밀물과 썰물 사이
속없는 물안개가 자리를 물릴 때쯤
달팽이 등짐을 메고 뉘엿뉘엿 장에 간다

* 대마등: 낙동강 하구에 있는 모래섬.

마중물처럼

한 바가지 샘물을 정성스레 붓는다
무섭게 빨러드는 진공의 서늘한 갈망
단절된 시간을 풀어 콸콸 쏟는 한반도

다름도 낯설음도 일순간 사라진다
네가 초대하면 우린 마치 보란 듯이
언제든 부둥켜안는 참 넉넉한 강이 된다

산국

가을 산
꽃 잔치에
초대장을 못 받아서

뽀로통
뽀로통통
길섶에 나와 섰다

모르지
정말 모르지
여기 있음 만날지

설의식(薛義植, Seol, Eui sik)

1901.~1954. 함남 출생. 평론가, 언론인. 호 소오(小悟). 니혼대학(사학과) 졸업. 논설집 『통일 조국』(1948, 새한민보사), 『해방 이전』(1948, 새한민보사), 『해방 이후』(1948, 새한민보사), 『독립전야』(1948, 새한민보사), 『금단의 자유』(1949, 새한민보사), 『치욕의 표정』(1953, 수도문화사), 수필집 『화동시대』(1949, 새한민보사), 『소오문장선』(1953, 수도문화사), 역서 『난중일기초』(1953, 수도문화사) 외. 〈동아일보〉 사회부 기자·주필·부사장, 주일특파원 편집국장, 〈새한민보〉 사장, 〈서울신문〉 고문 역임. 〈새한민보〉 창간(1947).

—

님께서 하신 말씀

님께서 하신 말씀 듣자온 지 몇 해런고
눈 감고 헤아리니 스물이요 일곱이라
불현듯 그리운 정에 허둥지둥 하여라

우러러 뵈옵는 듯 돌이켜 허전할사
재우쳐 읽으려니 글씨 아니 뵈일러라
더듬어 마디마디에 눈물 먼저 앞서네

어버이 읽으시고 아들이 받아 쓴 글
가신 뒤 새 나라에 되박아 펼칠 때
오늘도 그런 성하여 더욱 쓸쓸하외다

연두송

반만년 오랜 터에 이 겨레 있소이다
한 줄기 퍼진 꽃이 고스란히 폈소이다
한검님 뜻이옵거니 어이 진다 하오리

먼동이 트노매라 첫닭 울어 새겠다
새 빛 나리시라 머리 숙여 비옵거나
이 나라 굽이진 터에 고루고루 펴소서

거문고 되오리까 둥둥 북이 되오리까
즈믄 해 길이길이 흥에 듬뿍 울리리까
온누리 드높은 소리 외쳐 볼까 하노라

우리 집 오동

1
벽오동 심은 뜻은 봉황을 보려더니
봄이요 가을이요 이제런 듯 팔 년이라
그래도 오는 양하여 내 못 잊어 하노라

2
대도가 트였으매 천하가 밝았거늘
신조 어이하여 나르기 디디딘고
재 넘어 석양이 지니 쓸쓸 더욱 하여라

우영

옛 터전 먼지 닦고 새나무 옮기려 하니
'헛수고 하지 마라 때 늦었다' 하옵데
때야 늦거나 이르거나 나 할 일을 하고자

인풍에 돛을 달고 낙원을 찾자 하니
무지한 사공 놈은 바람길 틀렸다고
돛대를 고쳐보아 갈 길 바빠 하노라

제야

1
사슬이 풀린 뒤로 몇 날 몇 날 보냈는고
비바람 북새질에 하마 거의 잊으렸다
구태여 새기어 본들 무슨 보람 있으리

2
이 밤을 새우자니 가는 해 서러워라
잠들어 있자 하니 잠이 다시 깨겠다
제 숨에 바람은 몰아 조금마저 일더라

3
요내 내요 맞겨누어 그 뉘 어이 잘났더뇨
예 놀아 걸은 길이 자국마다 눈물이라
쓰린 듯 허전한 가슴 도루 답답하여라
    (해방 다음에 제야)

한유로 하루

누워 잘까, 앉아 놀까, 놀아 할까, 글 지을까
팔 들어 바람 안고 청파에 탁족하니
고해의 별천지는 예 여긴가 하노라

우렁찬 저 물결아 잠깐만 참아다오
백마석 갈리는 소리를 귀담아 들으련다
남의 속 모르는 백구들은 혼자 즐겨하더라

한 묵
— 복흥사 가는 길에

떼구름 가린 반달 두우에 돌아갈 제
흐트러진 안개 뒤에 송금이 청아코녀
국사당 캄캄한 속 단군님 앉은 듯이

발아 가자 몸아 가자 내 마음 앞서 간다
가시덤불 좀 비켜라 옛 절 찾아 내 나간다
잎 끝에 맺힌 이슬 날 보고 웃는 듯이

성국희(成菊姬, Sung, Guk hee)

1977년 경북 김천 아포읍 출생. 한국방송통신대학교(국어국문학과)졸업. 〈서울신문〉, 〈농민신문〉 신춘문예(2011) 등단. 시집 『꽃의 문장』(2015, 목언예원), 『미쳐야 꽃이 핀다』(2020, 목언예원). 백수 정완영 전국시조백일장 장원(2010), 천강문학상 시조부문 우수상(2013), 이영도 시조문학상 신인상(2016)수상 외. 대구문화재단 창작지원금(2015), 한국문화예술위원회 아르코 문학 창작기금(2019) 수혜. '한결' 시조동인. 한국문인협회, 국제시조시인협회, 한국시조시인협회, 경북문인협회, 대구시조시인협회, 청도문인협회 회원.《시조21》,《개화》편집간사.

성국희 시조가 지닌 차별성은 우선 풍부한 상상력을 그 에너지원으로 활용하고 있다는 점이다. 그 같은 시적 상상력은 개인적 취향이기도 하겠으나 습작단계에서 집요하게 가졌던 현장에서의 역사 인식이나 변화 앞에 놓인 대상물에 대한 관찰과 사색을 통한 체험의 확보가 한몫하지 않았나 여긴다. 성국희의 시에는 맑고 투명한 생수 같은 시어가 적재적소마다 숙련된 문선공의 식자植字처럼 잘 놓여있다. 그리고 그 활자들이 서로의 역할에 맞게 때로는 슬픔을, 때로는 희망을 향해 엎드려서 세상이 놓친 누군가의 길이 되고자 꿈을 꾸고 있다.

— 민병도(시조시인 · 국제시조협회 이사장)

설중매雪中梅
— 도산서원에서

어디서 시작되었나, 저 깊은 설레임은

어린별과 손 맞잡고 귓속말로 건너왔나

선생의 잠든 붓 깨워 소리 없이 오는 새벽

때 이른 조바심을 수없이 비워내고

맨 몸으로 일어나 찬 서리를 껴안으면

어느새 깊어진 향기, 닫힌 문이 열린다

눈꽃, 그 하얀 무게 차라리 눈이 부셔

꼿꼿한 말씀 하나 안과 밖 경계를 넘자

행간 속 도산십이곡, 물소리가 차갑다

사군도*
— 천경자 1

도시는 유리 상자, 모서리 진 유리 감옥
긴 꼬리 뒤엉킨 채 사람들이 갇혀있다
세상 밖 코앞인데도 닿지 못한 저 몸서리

저마다 쳇바퀴에 멀미 앓던 삶이다가
붉은 혀 길게 빼고 꿈을 찾아 나서는 길
주르륵 미끄러져도 유리벽, 또 오른다

껍데기만 쌓여가는 축축한 생의 뒤란
위로 깊은 찔레향이 살갗에 와 닿으면
화려한 꽃 가시덤불, 가시마저 껴안는다

* 사군도: 뱀들이 그려진 작품(1969)이다.

고孤*
— 천경자 2

미쳐야 꽃이 핀다
더 미쳐야 꽃이 진다

미치지 않고서야
나 어찌 꽃이 되리

삶이란
피고 또 지는 일
지고 다시 피는 일

* 고孤: 한 여인의 머리에 꽃들이, 어깨에는 나비가 그려진 작품(1974)이다.

미인도*

피 묻은 맨발들아 들꽃 피워 화관을 엮자
꽃샘바람 들썩이며 꿍무니를 파헤쳐도
흙물 밴 두 손과 발이 당당할 수 있도록

누군가가 얹어주는 왕관을 꾹 눌러 쓴
벙어리 인형 앞에 펼쳐드는 땀의 이력,
마른 땅 뚫고 피워낸 어여쁜 화관을 쓰자

머리맡을 지나쳐간 간밤의 헛된 꿈도
어쩌면 그것마저 욕심이라 불러보자
차라리 화관을 벗어 빈들에나 돌려주자

* 미인도: 위작 논란에 휩싸인 작품으로 천경자 화가는 자신의 그림이 아니라고 하였다.

만취

하늘이 익혀 놓은 술독이 열리고 있다
목련주, 산수유주, 개나리주, 진달래주…
달빛이 기우는 만큼 잔도 자꾸 기운다

홀로 앉은 앞자리에 별똥별을 기다리며
바람 반잔 향기 반잔 폭탄주에 비틀댄다
깊은 곳 오래된 상처, 역류하는 사월의 밤

하늘이 공들였던 술독이 비어간다
봄이 차린 술상 앞에 스러지는 방랑자여
한동안 속병을 앓다 시詩나 울컥 토하겠다

토르소
— 강태성 조각 앞에서

그대 위한 가슴 한쪽 늘 비워 두었습니다
햇살 아래 설레다가 칼바람에 깎인대도
오늘도 뜨거운 심장, 그대를 품습니다

그리움의 몸집은 자꾸만 더 커져가서
기울어진 어깻죽지 이끼마저 무겁지만
이 삶은 그대를 향해 중심 잡고 섰습니다

마음은 발도 없이 당신께 달려갑니다
그 누구도 막지 못할 지도 밖의 길을 달려
그대 뜰 매화 빈 가지, 시詩꽃으로 핍니다

추사 유배지를 가다

유년으로 가는 길은 안으로만 열려있다
지나온 시간만큼 덧칠당한 흙먼지 길
낮아진 돌담 사이로 먹물 자국 보인다

푸르게 날 선 침묵, 떨려오는 숨결이여
긴 밤을 파고드는 뼈가 시린 그리움은
한 떨기 묵란墨蘭에 스며 향기로 깊어지고

허기진 어제의 꿈 은밀하게 달래가며
빗장 풀어 발 들이는 적막의 뒤란에는
낮달에 비친 발자국, 추사체로 일어선다

춘추春秋

1
허허롭다 투정마라 배부른 나의 삶이여
두 끼만 먹더라도 일 년 족히 살겠다
봄 한 끼 갈 단풍 한 끼, 디저트로 시조 한 수

2
몇 알의 하얀 거짓말, 안정제를 거두어라
신이 내린 처방전에 나무들이 지어 올린
이 땅의 만병통치약, 별도 내려 복용 중이다

3
한 채의 공들인 성, 허무는 가을 나무
온몸으로 내보이는 우주의 특강이다
손 시린 바람이 와서 남은 뼈를 거두는

긍정

공벌레가 기어가네
젖은 땅을 끌어안고

구둣발로 툭툭 차면
돌돌돌 굴러가네

둥글게
지구를 굴리네
착 감기는 그의 병법兵法

출근길

당나귀 떼 긴 행렬
빌딩숲을 헤쳐 간다

대출이자 사교육비
등짐 잔뜩 짊어진 채

높다란
안나푸르나
불혹의 저 등반길

성길란(Sung, Gil ran)

1960년 경북 상주 낙동면 신상리 출생. 한국
방송통신대학교(국문학과) 졸업. 《시조시학》
(2012) 등단. 시조집 『눈부신 부등호』(2015,
고요아침). '작약' 동인.

성에꽃

성 길 란

도저히 넘을 수 없는 경계의 경계에
껜,
촉한은 넘나들던 아버지 벼린 시간
유리창 너머의 낳아 얻어붙이 뼈저린

그의 시편들은 일정 수준의 문학적 성취를 이루고 있다. 자아나 세
계의 비의를 포착하면 그것을 밀도 있게 형상화하는 일에 역량을
보인다. 오랫동안 자유시를 쓰면서 쌓은 내공이 시조를 통해서 꽃
을 피우고 있는 것이다. 그는 단순히 자연을 관조하고만 있지 않다.
주체의 내면 풍경으로 자연을 드러내는 일을 해내는 시인이다. 삶
과 현실을 노래할 때도 그만의 잣대가 있고, 동정과 연민의 시선이
아니라 그 누구든지 그러한 절박한 상황에서 예외일 수 없다는 시
각으로 시조를 쓴다. 타자의 다양성을 자기의 동일성에 종속시키
고 지배하려는 욕망을 표출하지는 않는다.

— 이정환(시조시인 · 정음시조문학상 운영위원장)

공

앞으로 나아가려는
본능으로 가득 찼다

뒤로도 옆으로도
사방을 탐하다가

제 몸에
속도를 품고
명운 가늠 중이다

호스피스 병동에서

꺾어지는 목청으로 사랑, 그것 굽이친다
춘향을 부르듯이 눈동자만 소리친다
천만번 이리 오라고 업고 놀자 업고 놀자고

고구마

불길 한참 지났는데
널 도무지 알 수 없어

온몸에 더운 김을
저리 휘휘 감고 안고

젓가락
훅 찔러본다
네가 나를 염탐하듯

바람

보이지 않았다 무형의 그 바람은
느낌으로 오다가 더러는 상처 되어
가끔은 흔들리듯이 살갗에도 닿는 것

궁금증 덧나서 꽃문 열고 들어와
조금씩 탐색하며 꽃창을 흔든 순간
절정이 온몸에 차올라 만삭을 기우는

방위를 잊은 듯이 좌로도 우로도 아닌
선 자리 그대로가 나이테로 남은 건지
저 바람 옹이가 되어 씨앗으로 영근다

노모

그녀가 담긴 집은 난파 된 폐선 한 척
뒤뜰 감나무 밑 잡초 사이 낙과처럼
아직도 삭이지 못한 그 한 생이 떫고 떫다

놓을까 놓지 마시라 노을 이마 물들여도
가볼까 가지 마시라 기울어진 몸일망정
다 닳아 휘어진 어깨 가을볕이 스민다

부부

냉기 가끔 감돌아 그대 앞에 뉘 있는지
적막 더러 찾아 와 내 앞에 뉘 있는지
아이들 다 떠난 집에 박제 된 발자국들

멸치도 콩자반도 눈 부라려 권하면서
둥글게 빗나갔던 그 잔소리 지문처럼
꽃으로 환했던 식탁 수저 두 벌 적요하다

홍등, 그 입구

적정선이 어디일까
그녀가
아슬하다

남루도 사치도 아닌
반라의
모습으로

벗어야
무장이 되는
겨울나기 나무처럼

구직

나 지금 만개합니다

그런 말
한 적 없어

기습으로 문을 밀친
잠복했던
저 꽃들 좀 봐

이력이 만발입니다

출구를
알 수 없는

산수유

더는
내려갈 곳 없어

멈춰 선
경칩 오전

봄바람
분분한 소문

저 허방의
길을 따라

꽃문을
힘겹게 미는

오, 눈부신
노란 착지

자화상

너는 꽃이니까 너를 그냥 피우면 되고
나는 엄마니까 나를 그냥 익힌다
해 질 녘 타는 노을에 밑둥치가 아리다

성낙수(成樂壽, Sung, Nak soo)

1944년 경기 여주 대신면 출생. 호 인수. 고려 대학교 경영대학원, 필리핀 국립대학 UP대학 수료. 《시조문학》(2011) 등단. 현대문학사조 전국 작품 공모전 시조 우수상(2011), 세계문 인협회 공모전 세계문학상 시조 본상(2015), 시조문학 작품상(2017), 한국문학신문 시조부 분 대상(2018) 수상. 한국시조시인협회 25대 이사, 한국문인협회 여주시 지부장 역임. 경기시조시인협회 이사.

—

「산딸기」는 빨간 산삼 같은 명시조다. "삭풍에 눈을 뜨다가 돋아난 빨간 피멍", "새벽 숲 칼바람 속에 홀로 울던 붉은 꽃" 등은 정지용 같은 한국어의 철창이다.
　　　　　　　— 신상성(소설가 · 문학평론가 · 용인대 명예교수)
무관심하거나 지극히 평범한 사실에서 삶의 진실을 발견해 내는 안 목이 뛰어나고, 정형의 틀 안에서 비유기법을 통한 시상의 표현에 능한 편이다. 「쇠똥구리」는 자기 몸통보다 훨씬 더 큰 쇠똥을 굴리고 있는 쇠똥구리의 모습을 통해 파지를 모아 생계를 꾸려나가며 힘겹 게 살아가는 등굽은 노인의 인생을 비유적으로 표현하였다.
　　　　　　　— 성기조(시인 · 한국문학진흥재단 이사장)

—

제비 형제 1

핵주먹 휘둘러도 그 주먹 감싸 안고
생트집 엇박자에 염장을 질러대도
한 뱃속 같은 핏줄이 진하다 물보다.

올챙이 불룩 배에 생트집 떼를 쓴다.
배고파 내미는 손 쪽박은 깰 수 없고
주자니 걱정이 되고 말자니 불안하다.

때 되면 돌아올까 뒤틀린 놀부 형제
물고 올 씨앗하나 기다리는 봄소식
울컥한 감정싸움에 속 골만 깊어간다.

독도는 내 아들

동남쪽 바다에서 비바람 맞서가며
외롭게 알몸으로 버티는 혈육 하나
파도가 몰아치며는 온몸이 쑤셔댄다

언제나 너의 생각 파르르 가슴 떨고
굶주린 늑대들의 흉계를 막아내는
굳건한 너의 모습에 힘이 솟는 한반도.

바다 속 보물창고 노리는 도벌꾼들
엉터리 호적 등본 친자親子라 생떼 쓴다.
어미가 속을 줄 알까 내가 낳은 내 자식

산딸기
— 어머니

찬이슬 먹어가며 홀로 핀 붉은 영혼
삼동에 모진 바람 그리도 독하던가.
삭풍에 눈을 뜨다가 돋아난 빨간 피멍

어스름밤이 되면 매서운 부엉 눈빛
어둔 밤 깊은 산속 가슴을 조여 가며
빛 고운 아침 햇살에 젖은 눈물 닦았다.

한생에 산딸기로 울혈 든 가슴 안고
먼 하늘 희미한 별 가슴에 그리다가
새벽 숲 칼바람 속에 홀로 울던 붉은 꽃

쇠똥구리

쇠똥을 굴려간다 부부가 땀 흘리며
앞발은 땅을 딛고 뒷발은 굴러대고
고개를 푹 숙이고서 곱은 배 움켜쥐고

음산한 뒷골목에 파지를 끌고가는
등 굽은 노인처럼 버겁게 밀고 간다.
쌀가마 훔쳐가듯이 살금살금 몰고 간다

음식 맛 입맛 탓을 배치며 토한 오물
그것도 횡재라고 좌우를 살펴보고
가난을 면했다면서 흘리는 감격의 눈물

술 익자 친구 왔네

꽃 피자 꽃술 익고 술 익자 벗이 왔네.
손 놓고 돌아선 몸 무리 떠나 홀로인데
잔 들고 술병 차고서 천릿길 온 친구야

산 깊은 옹달샘에 떨어진 꽃잎들이
비단결 물을 타고 둥글게 춤을 춘다.
이 한밤 흠뻑 취해서 달을 담아 마셔보자

마시다 힘이 들면 시절가 노래하고
술병이 바닥나면 옹달샘 잔 채우고
산나물 향기에 취해 산새처럼 산에 날자

성보용(成寶鏞, Sung, Bo yong)

1948년 강원 춘천 출생. 경희대학교 대학원
(정치학) 박사. 《시조생활》(2011) 등단. 동인
지『열 가닥의 실을 엮다』(2015, 지식과 감성).
세계전통시인협회 한국본부, 한국시조시인협
회, 한국문인협회, PEN클럽 한국 본부 회원.

—

성보용이 한결같이 궁구해온 화두는, 유한한 존재인 인간과 무한한
자연, 눈앞에 펼쳐지는 현상의 세계와 그 너머에 있는 변하지 않는
본질의 세계에 대한 철학적 추구이다(「섣달 그믐밤」, 「삶」). 「몰입」
에서는 가장 "작디작은 날갯짓"이 가장 큰 "천지를 돌리고 있다"고
"바람도 숨을 멈춘" 우주의 은밀한 운행을 얘기하다가, 힘든 삶이지
만 "달빛이 저리 고와" 오늘을 사랑해야 한다고 스스로를 격려하기
도 한다. 철학과 시조의 만남이라는 난제를 풀어가며 시조의 지평
을 넓혀나가는 성보용의 시조가 그래서 값지다 하겠다.
— 최순향(시조시인 · 《시조생활》 주간)

—

몰입

꽃 위에 앉은 나비
저 몰입을 보라

바람도 숨을 멈춘
이 절대 고요 앞에

천지를
돌리고 있는
작디작은 날갯짓

삶

오늘도 걸어가며 삶의 길을 묻는다
묻고 물어가며 그렇게 걸어간다
그래도
이 길이 좋다
아쉬운 듯 그냥 좋다

달빛 고와

세월에 무뎌가고
세상에 초연해도

달빛 저리 고와
내 삶에 젖어든다

이것이 내 삶이거늘
사랑해야지 오늘을

섣달 그믐밤

시간에 담긴 전설 소복이 내려놓고
한 해는 오솔길로 아쉬움 그려놓고
마음은
새 마디 하나
눈밭 위에 새긴다

추운 밤 바람 소리 문풍지 울리고
먼 곳에 그리움이 문지방 넘어오네
돌쩌귀
여닫은 세월
눈을 감고 듣는다

오일장 가는 길

광주리 이고 가듯 그렇게 살았노라
장터로 가는 길 뜨는 해가 열어준다
쪼르르 엄마보다도 앞서 가는 어린 놈

길은 외줄기 산은 피어오르고
허둥댄 꼬마 녀석 돌부리에 넘어진다
그래도 그 어머니는 돌아보지 않는다

눈빛이 이어주는 어머니와 그 아들
산골 촌놈이라 읍내는 눈부시다
하루해 묶어둔 장터 갈 길 다시 바쁘다

성선경(成善慶, Sung, Sun kyung)

1960년 경남 창녕 고암면 출생. 경남대학교 사범대학(국어교육과) 졸업. 《한국일보》 신춘문예 시(1988) 등단. 시집 『까마중이 머루알처럼 까맣게 익어갈 때』(2018, 파란), 『파랑은 어디서 왔나』(2017, 서정시학), 『석간신문을 읽는 명태 씨』(2016, 산지니), 『봄, 풋가지行』(2015, 천년의 시작), 『진경산수』(2011, 서정시학), 『모란으로 가는 길』(2008, 서정시학) 외. 고산문학대상(2017), 경남문학상(2008), 마산시문화상(2005) 수상 외.

> 술꾼 자화상
>
>   성선경
>
> 획
>
> 획
>
> 난을 치웃에
>
> 아서라, 어디서 강아지 풀 흔들거린다
>
> 어쩌라
>
> 술꾼 자화상(自畵像)
> 이 또한 천품인 것을.

—

성선경은 잣대와 줏대가 분명한 시인이다. 농경 사회가 견지해왔던 위아래를 아우르는 공동체의 뿌리가 그 잣대라면 인간으로서의 체통과 예의를 다하고자 하는 선비적 자세가 그 줏대다. 그의 시가 드러내는 강한 절개와 고집과 울분과 찬탄과 절망이 모두 그것으로부터 파생된 삶의 진경이다. 그래서 성선경이 퍼올리는 샘은 여전히 시원하고 달다. 목마른 이에게는 시원한 물 한 바가지요 서러운 이에게는 방울방울 흘러내리는 더운 눈물이며 흥을 잃은 이에게는 다시 어깨춤 들썩이게 하는 신명이다.

— 최영철(시인)

—

청사포

당신이 떠나곤 여름도 끝나버린
지금도 이해 못할 당신의 뒷모습
그대의
매운 등 뒤에서
아직도 철썩이는 파도.

청개구리

비 그쳐라 풀잎 흔들면
소나기 먹구름으로 숨고

그만 울어 입 막으면
이 연잎 저 연꽃으로

눈알만
초롱초롱한
꼭 미운 일곱 살.

늦은 귀거래사歸去來辭

검정소로 할랑교 누렁소로 갈랑교
검정소도 무던하고 누렁소도 괜찮지
채마밭 한 일 이백 평
소도 없는 농부사
참깨를 갈랑교 들깨를 심을랑교
참깨도 고소하고 들깨도 무던하지
봄비에 무엇을 심든
민둥산 다락밭이야
생활을 말하면 먼 산을 보고
꿈을 물으면 흰 구름 보리라
아직도 봄꿈 꾸듯이
귀거래歸去來
귀거래혜歸去來兮.

봉급쟁이 삼십 년

알밤 같은 아들 하나 앵두 같은 딸 하나
다 기운 집 한 채
겉늙은 마누라

도토리
키 재보나마나
그 끝은
묵 한 접시.

어머니의 꽃밭

아들은 꽃 심자 하고
어머니는 푸성귀 심지요
봄비에 채마밭
상추 잎이 푸르네요

쌈 하나 싸 줘보세요

아! 하고
입 벌려요.

장마

녹이 슨 양철 지붕
살 부러진 우산 하나

어제도 아침부터
오늘도 저녁까지

하늘엔 비가 내리고
허리가 아픕니다.

낙화落花

봄날 벗나무가
내게로 왔다.

너 방금 폈지?

화무花無는 십일홍十日紅

오늘이
화르르 봄날

벗나무
꽃이 졌다.

고추 먹고 맴맴

안 오시네
어머니
푸성귀 장에 가신 날
아버지는 건너 마을
품 팔러 가시고
서산이
노루 꼬리만 해
혼자서
배고픈 저녁.

슬픈 자화상

획
획
난을 치는데
아서라, 어디서 강아지풀 흔들거린다.

어쩌랴,
슬픈 자화상自畵像
이 또한 천품인 것을.

목련

그 사람 오지 않고
꽃만 피었네

그 사람 오지 않고
꽃만 졌네

쓰다만
수북한 편지

발밑에
쌓였네.

성정현(成政炫, Sung, Jung hyun) 본명: 성정수(成正秀, Sung Jung soo)
1962년 경남 창원 마산회원구 양덕동 출생.
경상대학교(과학교육과), 경상대 교육대학원
(물리교육전공) 석사 졸업(2002).《경남문학》
신인상(2006) 등단. 석필 동인지 『비탈진 잠』
(2009, 천년의시작), 『밑둥이 궁금하다』(2014,
책만드는집), 『꽃들의 출근시간』(2018, 경남).
오늘의시조시인회의, 한국시조, 경남시조 회원. '석필' 동인.

—

성정현 시인은 인위적 발상의 시를 쓰는 시인이 아니라 자연적 발
상의 시를 쓰는 시인이다. 그의 작품에는 억지스러움이 없다. 그러
면서도 내장된 의미가 적지 않다. 그래서 누구나 이해할 수 있을 뿐
아니라 상응하는 시의 향기를 느낄 수 있다. 그리고 긍정적인 시를
쓴다. 그는 지독한 가난 속에서 고학도처럼 스스로 노력해서 공부
한 시인이지만 그의 시 속에는 세상에 대한 원망이나 불화의 목소
리가 없다. 어떤 세파도 인내와 긍정의 힘으로 이겨내는 모습이다.
또한 사랑의 시를 쓴다. 부모님에 대한 사랑, 종교적 사랑, 또는 우
리 모두가 지닌 신체의 일부에 대한 사랑, 향토에 대한 사랑을 담
은 작품이다. 이러한 특징 외에도 작은 것을 통해 큰 것을 노래하는
기법이나 일상의 일들을 가식없이 담백하게 노래하는 것이나 선한
마음의 움직임으로 독자의 감명을 자아내는 등 적지 않은 그 만의
미덕이 있다.

— 이우걸(시조시인 · 우포시조문학관장)

—

성주사

돌부처는 절을 받고
돌계단은 발을 받고
돌이라 부르지만
다른 대접 받기에
전생이 너무 궁금해
부처님께 아뢰었다

무엇을 받았는지
네 어찌 아느냐
네 마음이 받은 것이냐
돌이 받은 것이냐
아이야
너의 마음은
어디에 있느냐?

물음에 물음이
답이 되는 목탁 소리
미소를 머금은
탱화 속의 묵음이
곰절의
처마 끝에 달린
풍경 되어 울린다

성주사 2

마음이 웃으니
꽃들도 웃네요
연못에 가득한 연꽃의 미소를 보며
그 연유緣由
무엇인지를
청문해 보았다

제 마음이 웃는지
연들이 웃는지를
감로왕탱* 속
관음보살께서
살며시 말씀하신다

자네도
마음을 벗으면
본 모습이
보이느니

* 감로왕탱: 창원 성주사(곰절) 감로왕도(보물 제1732호).

집

아낌없이 주어버려

출입마저 불편하신

어느새 칠순 넘어

가지만 남은 단감나무

오늘도

문 잠그는 소리에

"밥은 묵고 다니나"

어머니

항상 비웠습니다
내 눈높이에 맞추려
높아지지 않고서도
언제나 높았습니다
그리고 낮추었습니다
심연에 이를 때까지

이제야 기도합니다
등 굽은 당신을 위해
돌려드리지 못하는
당신의 생을 위해
날마다
정화수 한 그릇
가슴에 품습니다.

오늘도 2

스마트폰 끄고서
걸어온 말씀 새기며

천천히 흐르는 물에
커피잔 씻으며

그렇게
살아가고 싶다
어머니
살아 계실 때

손톱

할퀴고픈 본능을
암초처럼 감추고
복사 빛 알몸으로
세상을 바라본다.
끝없이
깎이고 깎여도
또 고개를 내민다.

어제의 꽃 진 자리
쓸쓸한 가지마다
증류된 눈물처럼
새살이 다시 돋고
옹골찬
삶의 각질이
손끝마다 날 세운다.

노스님

번뇌장* 파도처럼
흔들리는 배 위에서
산과 들을 휘돌아
숨 가쁜 바람으로
어부는
살아온 생애를
한 올 한 올
엮고 있다.

온몸이 붓 되어
허공에 그리는 춤
자취 없이 사라질
인연의 열매가
스스로
터엉
비우면서
원을 지우고 있다.

* 번뇌煩惱장: 깨달음에 이르는 길을 방해해서 열반에 들지 못하게 하는
번뇌의 장애.

소광사*

벚나무에 앉은 새가
왜 우는지 아십니까?
대웅전 처마 끝
풍경에게 여쭈었다
이놈아
너는 어찌하여
그곳에 서 있느냐?

거침없는 풍경의
호통 소리에
깜짝 놀라
벚나무는 불그레한
꽃잎만
떨구는데
가지에
새는 보이지 않고
빈 달만 쉬고 있다.

* 소광사: 경주시 천북면 오마리 황학산에 있는 사찰 이름.

합포만

산복도로 올라서면
내 정원이 눈을 뜬다
표주박 같은 창을 남으로 빚어낸

갈매기
전어를 낚아채고
유람선도 뒤척이는

태풍도 휘젓다
지쳐서 닻을 내리고
무학산 오르내리던
바람이 날개를 쉬는

돝섬이
파도 속에서
봄볕을 즐기는

부둣가 해가 저물면

크레인보다 튼실하던 그 사람 어깻죽지
바다를 집어삼킬 서슬 푸른 눈빛으로
생선짝 네댓 개쯤은 한 번에 거뜬하던.

굵어진 주름 속에 금이 간 날개 접고
비린 반평생 칼바람에 시달려도
소금기 버석거리며 절뚝절뚝 걸어간다.

막국수 한 그릇에 왕대포 한 사발로
선술집 의자에다 하루를 풀어놓으며
온 쉼표 눌러 찍는다, 아버지의 곧은 등뼈로.

성주향(成周香, Sung, Ju hyang)

울산대학교 대학원(가정학) 석사 졸업(2002). 《수필문학》(1993) 등단. 수필집 『남편이 준 숙제』(2008, 해뜸). 가정폭력·성폭력상담 100사례집 『물어봐도 돼요?』(2014, 북베리). 시조집 『느티 블로그』(2018, 책만드는집). 한국예총울산광역시 연합회 공로패(2009), 중앙시조백일장 차상(2014), 가람이병기추모백일장 참방(2015), 시조문학작가상(2016), 제18회 울산문학상(2018), 시조문학 제11회 오늘의 좋은 작품집상(2018), 제2회 외솔시조 전국낭송대회 동상(2019) 수상. 울산문인협회, 울산중구문학회, 나래문학회 회원. 성주향부부상담연구소장.

대왕암공원

성주향

해무를 풀어버는
선버들 춤사위에
솔밭은 딩딩둥둥
거문고 타고 있다
큰 파도 철썩 때려자
대왕님이 나선 듯

—

성주향成周香 시인의 첫 시조집 『느티 블로그』는 정형 양식 안에 오랜 시간 흔들리고 출렁여왔던 자신의 기억을 갈무리하고 있다는 점에서, 이러한 시대적 과제에 부응하는 성과라고 할 수 있을 것이다. 가령 시인은 그 과정에서 자신의 몸에 가라앉아 있는 통증들을 환기하면서, 또 단단하고 아름다운 상상력으로 그것들을 훌쩍 넘어서는 모습을 동시에 보여주고 있다. 성주향 시인에게 '시조'는 보석을 만들어내는 일이요, 상처를 넘어 빛을 뿌리는 자기 치유와 사랑의 행위이기도 하다.

— 유성호(문학평론가·한양대 교수)

—

느티 블로그

마음 속 그 무언가 흘러가지 않을 때는
누구든 여기 오면 무상의 펜션 드리지요
잎사귀 너울 파도가 시원스레 할 겁니다

혹 불이 꺼져있어 대답이 없더라도
따뜻한 문패의 집 손잡이를 당기세요
한 번의 클릭만으로 물소리는 쫄쫄쫄…

먼 길 굽어 돌아 힘겹게 오신 당신
볼륨 조금 높이면 매미울음도 들릴 겁니다
쉬었다 나가실 때는 댓글 잊지 마세요

비둘기

전깃줄에 칠판 걸고 구구단 조잘조잘
아침에 외운 숫자 저녁 땐 잊는 바보
제 짝지 전화번호는 어찌 알까 신기해

까치 울다

덜 헹군 잿빛 어둠 뜬금없이 우는 까치
쌀 씻던 손 훔치고 힐끔 밖 내다보니
무어라 말을 전하듯 꽁지 까딱거린다

늦어진 저녁 귀가 아홉시 뉴스에는
물난리 산사태에 변두리 삶 갇혀있다
내 앞을 비껴간 불행 한숨마저 제방되고

신문을 뒤적이다 눈길 절로 가서 멎은
재미로 보아 오던 명리命理로 푼 오늘 운세
부동不動이 화禍 면한다는 조신하란 메시지

별을 보며

내 몸은 천체일까 별 가득 안고 산다
바람이 살랑 불면 푸른 꿈 흔들리고
아직 그 여름밤 유년 머리 위에 반짝인다

별똥별 내린 곳에 꽃들은 피어나서
손끝을 퉁겨대면 종소리 울려날 듯
고운 꿈 꿨던 아가야 세수했나 묻는다

차 한 잔 앞에 놓고 숨찬 여정 짚어 본다
남들은 산 너머에 산울림이 산다지만
더 이상 바랄 것 없는 내 사는 땅 이 행복

태화강을 거닐며

저만치 강아지풀 촐랑촐랑 오라기에
새봄에 강을 따라 가볍게 걸어본다
물너울 반짝거림은 추억 한줄 불러내고

차마 그 때 보낸 그이 어디쯤 흘러갔나
어느 날 나도 몰래 두물머리서 만난다면
아무 말 없이도 그냥 곁에 두고 갈거나

바람이 넘겨대는 저물녘 강물공책
색연필 꺼내들은 노을이 칠을 하면
부치지 못한 편지를 기러기가 물고 난다

바닷가 찻집

먼 바다 그리움이 갈매기로 나는 하오
유년의 추억 한줄 풍금소리 꺼내들고
청사포 해안선 끌며 굽어 도는 기적 소리

나무

누군가 오기만을 붙박여 섰습니다.
바람이 없는데도 내 팔이 흔들릴 땐
아마도 새들이 와서 쉬고 있나 봅니다

똑똑똑 비가 오면 우산을 내어주고
볕 쨍쨍 쏟는 날은 그늘을 펼쳐주고
밤에는 달을 품어서 그리움을 앓힙니다

내게 온 사람들은 추억을 사 갑니다
마음이 색색으로 물드는 가을에는
책갈피 잎새 편지를 가만 꺼내 읽겠지요

새해 아침

클릭한 메일에서 살구빛 해가 뜬다
어젯밤 머리맡에 표백제 푼 종소리가
때가 쏙 빠진 새날을 모니터에 널고 있다

자연온도계

맴맴맴 볼볕 온도 귀뚤귀뚤 서늘 온도
전봇대 씽씽 울면 얼음 언 영하 온도
계절이 바뀔 때마다 자동으로 알려요

대왕암공원

해무를 풀어내는 선녀들 춤사위에
솔밭은 딩딩둥둥 거문고 타고 있다
큰 파도 철썩 때리자 대왕님이 나신 듯

성철용(Sung, Chul yong)

1937년 인천 출생. 아호 일만(一萬). 서울대학교, 고려대학교 교육대학원(국어교육과) 졸업. 《시조문학》(1995), 《한국수필》(1998) 등단. 시문집 『하루가 아름다워질 때』(1999, 오감도). 저서 『국립공원 산행』(2010, 은빛느티나무), 『한국도립공원 산행기』(2016, 엠아이지). 《시조문학》 편집위원, 시조문학진흥회 홈운영위원, 동인지문학관 운영위원, 달가람 시조문학회장, 한국교단작가회장 역임. 한국문인협회, 한국시조시인협회, 한국수필문학협회 회원.

—

성철용 시인은 자서自序에서 "내게는 나의 글을 열심히 읽어주는 독자가 한 분 있다. 고맙게도 몇 번씩이나 읽어주는 독자가 한 사람이 있다. 그이가 바로 나다."라고 멋들어지게 말한다. 시인의 가장 친근한 애독자는 바로 시인 자신이라는 말, 그렇다. 시인은 씀으로 행복해지고 삶이 보다 즐거워진다. 이 즐거움은 아름다운 하루들이 모인 '나이'에서 우러나는 깊은 맛이다.

    — 정경은(문학평론가 · 서울여대 교수),『한국 현대시조 시인론』

—

진달래

해마다 설레며 기다림에 지친 한에
속절없이 가버릴 그리움이 두려워서
진하게
손짓을 하며
피어나고 있는가.

겨울 내내 총총히 빛나던 별들끼리
도란도란 주고받던 고향의 이야기가
장끼가
부르는 새벽에야
송이송이 쏟아졌나.

새
— 캄보디아 시엠립 톤레삽 호수에서

물고기 잡아먹고 새처럼 살아가요.
날개 하나 부리 하나로 새집 짓고 살 듯이.
내일이
있다는 것이
사치와 같은 걸요.

호수에 해가 뜨면 새처럼 눈을 뜨고
톤레삽Tonle Sap* 노을 보며 새들처럼 잠들지요.
가난이
제일 큰 재산인데
무슨 걱정 있겠어요?

* 톤레삽Tonle Sap: 캄보디아 제1의 호수. 대 호수란 뜻.

구보驅步

동백꽃 앞으로!
산수유 앞으로!
진달래, 개나리 다 함께 앞으로!
벚꽃은
망울로 서서
열중- 쉬어-!

단풍丹楓

북에서 남쪽으로,
봉峰에서 산록山麓으로,
가지 끝서 줄기로,
가을을 불태우는
단풍은
왜 달려만 오가나,
우리들 인생처럼.

장기將棋

세상이 장기판이라면 어느 말이 내 말일까.
마, 상馬象일까, 사, 졸士卒일까.
궁宮은 분명 아닐 테고.
제자리
지키고 있는
차포車包 정도나 되었으면-.

양羊
— 뉴질랜드 남섬 '밀포드사운드'가는 길에

보이는 게 초원草原인데 다툴 일 있겠어요?
내 것이 아닌 몸인데 두려울 일 있겠어요?
맹수가
없는 이 나라엔
인간들이 천적天敵이지요.

거시기
— 도봉산 '여성봉'에서

은밀한 속삭임 하고 많은 사연들
여의봉 재주 부려 영원을 창조하는 것.
그리움
하나 되어서
나와 너 우리하던 것.

부부婦夫*

다음 세상 또 있다면 다시 부부婦夫 되고 싶다
아내는 내가 되고, 당신은 남편 되어
녹발綠髮이
백발白髮이 되도록
우리로 살고 싶다.

잔소리 않는 아내 당신에게 되어주고
아내만 위해 사는, 나의 남편 당신 되어
저 세상
부부婦夫*가 되어
지금처럼 살고 싶다.

* 부부婦夫는 시적 표현임

술

아침마다 술을 끊고 저녁에 또 술이라.
목숨 걸고 마셨지만 후회 못할 우리라서
정든 밤
그 자리 술은
깨는 것이 아깝구려.

성춘복(成春福, Sung Choon buk)

1936년 경북 상주 화남면 소곡리 출생. 성균관대학교(국문과) 졸업.《현대문학》(1959) 등단. 시집『오지행奧地行』(1965, 예문관), 시화첩『공원 파고다』(1966, 광명인쇄),『산조散調』(1970, 문원사),『복사꽃제』(1984, 서문당),『바깥 세상에 띄우나니』(1985, 혜진서관). 제1회 월탄문학상(1966), 한국시인협회상(1986), 국제펜문학상(1993), 서울시문화상(1996) 수상 외. 을유문화사・삼성출판사 편집국장, 국제펜클럽 한국본부・SBS문화재단・문학의 집서울 이사, 한국문인협회 이사장 역임.

—

오랫동안 자유시를 써왔음에도 불구하고 성춘복의 시조에는 정형시의 요체인 그 율격과 균제미가 요소요소에서 도도하다. 단수의 정격을 조금의 흐트러짐 없는 정확한 보법步法으로 잘 다듬어 처리하고 있다. 「사랑 속」에서는 시조의 격을 살리면서 압축과 균제미를 유감없이 보여주기도, 세계 최대의 사막과 불타는 태양열을 상기시키기는 「사하라의 석류」는 폭염 아래 '부끄러이/ 가슴팍 쪼갠' 석류가 익고 있다는 것부터 흥미롭다.

— 박시교(시조시인)

—

고백하노니

너와 나
나뉘어서
멀리를 바라본들

다음의
둘보다야
더 잘게 쪼개어져

우리 둘
지쳐간 이승
강물로 합치려나.

저승에서도 그대를

짧으나 함께 거둔 섧은 한도 있으련만
늦게사 얽은 연분 이 노릇을 어쩌나

저물어
만난 까닭이
애간장을 삭힌다.

혹여나 저승에서 길목을 잘못 잡아
그 얼굴 낯이 설어 알아보지 못한다면

딱해라
곤한 신세로
내 설움 녹일 거다.

고니 떼

다 비운 하늘이고
다 내린 물이었다

달인 듯 저물어서
섬인 양 둥둥 뜨는

미사리
저 흰 백조 떼
물속에 길을 내네.

속앓이

하늘로
띄우려던
노을빛 꼬리연이

속앓이 하려는지
산그늘에
걸리우고

내 속을
헤집는 설움
송곳날만 세우데.

달 밝은 날

날마다 새잎 돋아
달빛이 물이 되는

구름을 건너와서
꽃잎에 수를 놓고

내 가슴
붉은 강으로
철썩대며 흐른다.

불 속에 뛰어들어
따습게 살다보면

꽃불의 관솔불이
가슴에 끈을 대어

젖도록
하얗게 말라
귀 곁도 앓아온다.

상사화相思花

아끼며 사랑이라 저 혼자 두려운

울먹여 몇몇 가락 더듬어 읊조리는

내 울 안
깊은 데 갇힌
타다 남은 숯덩이

네게로 흘러나간 내 속의 뜨건 눈물

야멸찬 꿈은 어디 연고도 찾지 못해

누구의
귀띔도 아닌
하늘빛 아리아여.

나는 죽어

남은 자가 애태우는
죽은 자의 새옷인가

눈 감아야 사는 세상
죽어 되레 아름답다

간밤에
버린 그 친구
북망은 어떠한가.

어둠 속을 달리다가
더는 갈 수 없다기에

죽어 문득 눈 떠보니
그 세상에 내가 있어

보란 듯
저 저승놀이
어이 난들 못할손가.

사랑 속

그 밖엔
다른 말이 더 없다는
가슴속

진흙으로
빚어 만든 훈壎 악기
비슷한

손톱도
짙게 물들인
섧으나 뜨건 소리.

홍매紅梅

숯검정 보고도
불잉걸 되고 마는

깊은 잠
속 사정
내 젊은 빛일까만

그리움
몇 뼘 더하여
이 봄을 붉히리까.

사하라의 석류

단 한 번
부끄러이
가슴팍 쪼개어서

뜻밖에
다시 한번
스란치마 끌어안고

가뭄에
입술 축이는
뜨거움을 전하리.

숨소리

여기선
빈 가지를 흔드는 햇빛이

거기선
꽃다웁게 눈부신 몸짓이

투명한
그늘 사이로
얼비친다 숨소리.

소재순(蘇在筍, So, Jae soon)

1924.~1997. 전북 남원 대산면 신계리 출생. 호 백계(白鷄). 아명 쇠바우. 남원농고 졸업(1942), 초등학교 교원검정(1943), 중학교 검정(1955) 합격, 전북대학교(철학과) 졸업(1958). 《시조문학》「석류」(1968), 《시조문학》「사랑도 함께」, 「산골아이」(1970) 천료 등단. 시조집 『흙과 꽃과 사랑』(1981, 새글사), 『백목련』(1984, 자유문고). 남원농업학교 서기(1942), 대산초등학교 훈도(1943), 무장중학교 교사, 영생중고교 교감, 전북대 · 문리대 출강(1968~1970) 역임.

—

단풍

애틋한 정이 어려 사랑으로 피었는가
얼마나 애탔기에 핏멍이 들었는가
죽살이 걸고 일어선 사무쳤던 그 마음

석양에 타는 숲은 선녀의 홍상인가
내장산 타는 불은 불붙은 가슴인가
저마다 불을 끄고자 법석대는 사람들

도보 장수

등에 업은 갓난아이 애처로이 매달려도
머리의 외 광주리 놓칠세라 웅킨 팔에
앞가슴 따라 오른 젖꼭지 부끄럼도 잊었다

한숨 돌린 그늘 아래 한두 개 팔고 보면
젖 물린 지친 몸엔 졸음이 쏟아져도
뙤약볕 타작마당선 자루 하나 늘었다

라일락

멀리서 바라보며 손짓하는 임의 모습
저만큼 섰는데도 금방 곁에 다가선 듯
랄리 꽃 매혹의 향기 〈라이라크〉로 어렸다

햇살이 쏟아지면 그 자태 따사로와
첫사랑 체취인 양 정겹고 감미로움
자꾸만 더워 온 가슴 신비로운 매력이여!

산골 아이

엿장수 가윗 소리 돌길 뛰다 피가 나도
칭얼이는 동생 업고 잠자리 좇기도 하고
칡 씹는 산골 아이들 뙤약볕에 자라네

소쩍새 목 메도록 풍년을 노래하는
달 아래 고요 속에 오가는 말 정답고
진종일 지친 오누이 모깃불에 잠드네

석류

우물가 석류꽃은 그렇게 붉게 타도
사무친 그 사랑을 아무도 알 리 없어
피 끓어 타는 가슴을 홀로 빠개 보이네

꽃망울 질 때부터 정열이 불타올라
죽살이 걸고 나선 청춘의 모험인데
알알이 품은 한으로 온누리에 뿌리네

수

빛나는 눈동자에 벙긋할 듯 다문 입
설레임 부푼 꿈을 손끝에 잡아매어
작열한 햇살을 세면 네 계절이 펼친다

무지개 빛을 뽑아 한 줄기 쏟은 정에
수려한 강산에는 사군자가 의젓하이
잔잔한 호수에 노닐 원앙 한 쌍 되어라

가을 만각

얼마나 방랑하고 얼마나 방황했나
모두가 팽개쳤던 하 오랜 귀양살이
이제는 닻을 내리고 살 터전을 일궈야지

아무도 내가 아닌 대신할 수 없는 아픔
끝내는 넘을 고개 어엿이 올라서서
하늘의 주악 들으며 신명 안에 살리라

천진도 했던 푸름 불씨 살린 열기에
햇발을 받아들여 비단옷 갈아입은
숲새를 들어서 보자 살바람을 쐬자구나

계시

들릴 듯 하다가도 귀천엔 울리지 않고
보일 듯 하면서도 망막까지 오지 않는
그러나 마음 두드리는 울려 옴은 있었다

하늘을 우러르면 무한대가 감싸는데
세상을 둘러보면 나 하나만 초라하니
아무리 긍정하려 해도 가슴 차지 않는다

응달에도 빛이 들고 고목에도 싹이 트는데
그 시련 힘겨워도 정성을 다해 보라
하늘은 중심을 살펴 분복 안겨 주리라

달을 보며

천만년 변함없이 사람 땅 가림 없이
지난날 희비극을 다정으로 짝이 되고
선남녀 청순한 사랑 지켜보는 그 마음

교교한 맑은 빛에 수억 별들 무색하고
대보름 망월터에 한가위 밤 놀이터에
언제나 한결같이도 웃어 주는 그 얼굴

영롱한 밤이슬엔 그 옛날 사연이 어려
티 없이 여울지는 저 모습을 그렸더니
이제는 무너지는가 단 하나의 그 낭만

안개꽃

진달래 피어나고 두견이 우는 소리
아지랑이 피어오르는 산과 들이 그리운데
빌딩의 사무실 안에 고향 봄이 아련해라

흰 분이 뿌려 놨나 때 아닌 눈이 왔나
장막을 두른 듯이 자욱한 안개 속에
총총한 별들을 세던 어린 날이 펼친다

손무경(孫茂境, Son, Mu kyung)

1952년 경기 안성 일죽면 출생. 경성대학교 대학원(교육학) 박사(2014). 《시조문학》(1987) 등단. 시집 『이 푸르른 절망』(1998, 부산), 『꽃잎 지는 봄밤엔 슬프지가 않았다』(2004, 세종), 『감정풍경화』(2013, 세종). 새싹 동시조 문학상(1986), 제21회 부산여성문학상(2013), 제5회 전국 꽃 문학 축제 우수상(2015) 수상. 한국문인협회, 한국시조시인협회, 부산문인협회, 부산시조시인협회, 부산여성문학인협회, 부산여류시조시인협회 회원.

폭포

손무경

숨듬은 숨듬이라
차늑이지 못하고

사랑은
사랑이라
노래할 수 없을 때

—

손무경의 시편들은 사회 속에서 현실적 삶에서 인간이 잃어버린 정서와 감정의 순수함을 복원해주고 있다. "그날 문득 내속 뜰에 걸린 글썽임 풍요가 진저리 치는 도시의 무거운 그늘 멈춰서 바라다 봐도 일렁이는 그리움"(『까치집』).

— 임종찬(시조시인 · 부산대 명예교수)

그의 시에는 값싼 멜랑콜리가 넘쳐나지 않는다. 어떤 때는 두둑하게 풍류가 도도하고 대상을 자기 손으로 지우고 그리는 황제적 탐미를 감행한다. 그의 시는 도무지 슬프지가 않다. 슬프지 않고 흐르는 꺼질 수 없는 샘의 기둥을 만난다. "화장을 하지 않아도 아름다운 가을에 철이 덜 든 나는 철든 청사포 바닷가에서 달맞이 언덕을 베고 한 잔 술을 마신다"(『청사포』)

— 정영자(문학평론가 · 전 신라대 교수)

—

고향서곡序曲

밤마다 꿈길에 만나
하얗게 피운 갈꽃
해와 달 잠긴 염원念願
노을 깔아 잠 재우면
세월은
아픔을 물고
나이테를 감는다

당신의 뜻을 품어
맑음으로 피는 목련
새로이 펼친 하늘
가슴으로 마주하면
가늘게
치뜬 눈매에
고여 앓는
산울림

까치집

그날
문득
내 속 뜰에
걸린
글썽임

풍요가
진저리치는 도시의 무거운 그늘

멈춰서
바라다 봐도
일렁이는
그리움

안개비

너무 커서
허전한
미루나무 사랑 같은

생각도
그 매듭도
스스로
여닫는 것

담아도
넘치지 않는
가슴으로
젖는다

눈물

때론
감출 것 없는
격정激情의 마음 끝에
하얀 손수건을
꺼내 들고 있습니다

불혹의
연치에서도
기약 없이
오는 것

방황

늘
채워지잖는
갈증만도 아닌 듯

늘
머물지 않는
사랑만도 아닌 듯

이도저
아닌 무엇이
가슴을
아리게 한다

동백꽃

조금은
멈칫 멈칫
멈췄다 타야 하리

이른 봄
쉼표도 없이
활화산처럼 타다

한 점의
눈물도 없이
하강하는
저 회귀回歸를

폭포

슬픔을
슬픔이라
자늑이지 못하고

사랑을
사랑이라
노래할 수 없을 때

폭포는
사무침으로
스스로
절망한다

여고 동창회

잊혔던 이름들이
설레며
모여 와서

저마다
지고 온 섬
하늘 가득
열어 두고

그 오랜
꿈의 색상을
가슴으로
더듬는다

세월의
달무리 같은
무지개로 걸어 두리

비울 것
다 비워 낸
나목이래도
푸르른 것

그날은
꿈속에 가득
주저리로 열렸느니

태풍 매미

태풍 매미에게
도적맞은
가을은

정치판 돌아가듯
정신이 혼미해져

유채꽃
벚꽃
매화를
미친 듯이
피워 댔다

생각의
쉼표도 없이

바삐
돌아가는 세상

반성문
쓰기도 전

터지는 대형사고

자연도
목이 매이어
반란을
일으킨다

소망

개나리
꽃망울이
노랗게 피는 한 낮

시름도
비껴가는 메마른 마음 밭에

그리움
사루는 이 있어 하얗게 떨고 섰다

꽃비 속
실바람이 서럽게 울던 밤에

촉촉이
젖은 여심 감싸고 다독여서

한 소망
펼쳐진 꿈에 꽃망울로 맺혔다

손수성(孫洙星, Son, Soo seong)

1952년 경북 영주 풍기읍 출생. 경북대 사범대학(국어교육과), 고려대 교육대학원(국어교육) 졸업. 《시조문학》 천료(1987), 〈경향신문〉·〈매일신문〉 신춘문예(1994) 등단. 시조집 『청동의 바람』(2014, 만인사). 제14회 한국시조문학상(1996), 제1회 올해의 시조문학 작품상(1999) 수상. 경북문인협회, 포항문인협회 회원. '맥시조' 동인.

손수성의 시정신은 "푸른 삶에 대한 질문과 대답으로 요약"(김선굉)될 수 있으며, 작품들은 "은유와 상징의 선명한 이미지"(김우연)나 "현실주의 상상력"(김삼주)을 보여준다.

참대

바람 벌 헤쳐 가는데 흔들림이 어찌 없으랴
이리저리 흔들리는데 엉킬 일이 어찌 없으랴

오늘도 흔들리며 엉키며
매듭을 푸는 참대

제 그늘 풀어내려고 저리 하늘 쓸어대면서
제 서걱임 풀어내려고 저리 가슴 비워대면서

고난의 언덕에 올라
푸름을 찾는 나날이여

매듭을 푸는 힘으로 점점 더 단단해지다가
속을 비운 힘으로 점점 더 높이 오르다가

빈속에 사리로 채운
뽀얀 하늘의 속살

매화를 불러내다

사방이 매화꽃인 매화마을을 걷다보면
매화꽃 향기 속에 도서관이 보인다
서가에, 꽂힌 고서적
그 꽃잎도 보인다

책갈피 속에서나 향기를 머금은 채

글자들에 눌려서 납작납작해진 꽃잎
외면한 세월에 말라 바삭바삭해진 꽃잎

오늘의 추위 속에 그 꽃잎을 불러낸다
향기를 팔지 않고 자연으로 물을 대면
옹이진 가지에 벙글,
내 매화 한 송이

갈대에게

천둥이 친다고 해서 네 몸 너무 떨지는 마라
바람이 세차다 해서 네 몸 너무 꺾지는 마라

삶이란
울음을 키워
빈 들을 지켜 내는 것

네 한 몸 꼿꼿이 세워, 온 세월을 고누고 서면
네 꿈의 푸름으로, 온 언덕을 뒤덮고 나면

결국은
너도 갖게 될
꽃보다 더 빛나는 칼날

꽃으로 사는 주상절리

경주 양남 해변에는 바위들이 누워 산다
지금껏 파도에, 쓰러지고 허물어져도
끝까지 남은 결기로 모서리를 갖고 산다

거친 세파에도 남은 날을 벼리면서
날 선 모서리로 모서리들을 불러 산다
서러움 서로 맞대어 모난 손들 잡고 산다

모두들 한때는, 하늘 괴던 기둥인데
살다보니 무너져 부침 속에 빠진 나날
어둠 속 여명을 찾아 부챗살로 펼쳐내고

이제는 누웠어도 피워내는 마음의 잎
남의 모서리를 서로 첩첩 안다 보니
바위도 꽃잎이 되어, 언제나 꽃으로 산다

경건한 포기

분재를 보살피던 윤선생이 전근을 가자
동백꽃 무게에 하루가 온통 시들하더니
오늘은 분 위에 떨군 꽃봉오리를 바라본다

주워든 꽃봉오리가 온기 남은 열매 같다
지금껏 가꾸던 열정 눈앞에다 내려놓고
내밀한 무엇을 바라 새 잎을 피우는 걸까

어쩌면 꽃봉오리, 더 피울 수도 있지만

잎 떨군 푸른 하늘, 다 열 수도 있지만
언제나 찬란한 꽃은 그 잎에서 비롯되는 것

푸른 힘줄이 솟을 내일의 잎을 피우며
현재의 꿈을 자르는 동백 분재 곁에서
부도로, 자살한 가장의 신문기사를 읽는다

사과나무

누가 전신에
푸른 멍울을 매달고 있다
팔꿈치나 겨드랑이 더러는 귀밑에까지
비바람 아랑곳 않고 주렁주렁 매달고 있다

바람이 손가락으로 쿡 누른 것도 있지만
햇살이 부리로 쪼아 반점도 조금 있지만
제 가지 팽팽히 당겨
멍울들을 보듬고 있다

어쩌면 멍울 속에 꿈을 불어 넣나 보다
설움을 삭이느라 피가 배어 나왔나 보다
시간의 잎새 사이로 달이 떠오르고 있다

제 모든 열정으로 어둠을 익히고 있다
언젠가 지상에 떨굴 제 향기를 갖기 위해
아직도 피 밴 멍울을
이리저리 만지며 섰다

성산 일출봉

우리가 흔들리는 건
다 용암 때문이다
해저에서 꿈틀대는 그 숨결을 길어 올려
날마다 파도 위에서 성산을 꿈꾸기 때문이다

솟구치는 용암을 아무리 가라앉혀도
자꾸만 가슴 속에 봉우리가 솟는 것은
온누리 어둠을 사를 뜨거운 해 때문이다

성인은 솟는 불길을 물아래 잠재우지만
우리는 수면 위로 끝없이 뿜어 올리다가
뒤늦게 벼랑으로 서서 제 자신을 식힌다

날카로운 힘의 정수리 이제는 내려 앉히고
이끼며 풀꽃들도 미소처럼 보듬는다
모두가 비망록이 될
불안한 절경 때문이다

청동靑銅의 바람

누군가 경운기로 벌목 소리를 부리고 있다
잘 벼린 원형 톱날, 자정 하늘 높이 들고
모두들 떠나간 들에 구호처럼 채우고 있다

톱날을 곧추세우고 어둠의 가지를 치고 있다
마음속 튀는 불꽃 하늘을 나는 톱밥
수천의 부리로 내려 겨울의 발등을 쪼고 있다

톱날이 부러지면 가슴의 날 갈아 끼우고
아름드리 어둠을 베며 막힌 길을 열고 있다
쌓이는 톱질 소리로 겨울의 발목을 묻고 있다

이웃해 떨고 있는 키 작은 저 떡갈나무
흔들리는 가지엔 힘살 더러 붙여 주고
언 손쯤 녹일 수 있게 흰 옷자락 감싸 주고

베면 베는 만큼, 열려 오는 이승 벌판
못 박힌 손마디로 새벽 하늘 일구고 있다
가슴속 가장 찬란한, 봄의 씨앗 뿌리고 있다

겨울산

지금껏 저 고슴도치는 잠이 들지를 못했다
활처럼 몸을 일으켜 신음소리를 토해대며
전신에 못 박힌 말뚝, 흔들어대고 있었다

정수리에 꽂힌 것은 일본놈이 박은 쇠말뚝
돌아나온 강줄기엔 굴욕만이 굽이쳐 와
그 고삐 매였던 자리 어둠만이 반짝이었다

아비의 가슴에 박은 교수의 말뚝도 거기 있고
열살 난 딸애 샅에 의부가 박은 말뚝도 있고
이제는 우리가 심은, 나무 말뚝만이 무성했다

쇠말뚝은 녹이 스는데, 나무 말뚝은 가지를 뻗고
달은 또 잘 휘어진 칼을 서정의 등에다 꽂아
오늘도 저 고슴도치는 잠이 들지를 못한다

세월

거주지 불명인 너는, 분명 이승 하늘 아래
푸드득 나래도 치고 울음도 몇 떨궈대며
우리와 동거를 하는 미지의 새 불사조

밤에는 눈을 뜬다 깃죽지를 푸득인다
잠에 빠진 우리네 이마 발톱으로 할켜대며
먼 훗날 찾아갈 숲의, 푸르름을 잣는다

네 앉았다 떠난 자리 바람만 이는 길섶에는
약속처럼 떨궈놓은 회한의 풀씨 몇 점
오늘도 가슴에 묻어 싹틔우며 사느니

빈 가지 위 네 꽁지도 떨고 있을 겨울쯤엔
네 입김 성에 되어 우릴 온통 얼리지만
지금은 너를 보듬고 깃결 낱낱 빗질한다

손영자(孫永慈, Son, Young ja)

1945년 경남 거제 연초면 출생. 마산 성지여고 졸업. 《시조문학》 천료(1987) 등단. 시집 『새소리를 듣다』(2018, 두손컴), 『도요새의 아침』(2016, 해암), 『내간체 읽는 밤』(2014, 세종), 『바람같이 사람같이』(2012, 세종), 『도시를 바라보다』(2010, 세종) 외. 낙동강문학상(2018), 성파시조문학상(2017), 한국해양문학상 대상(2011), 김해문학상(2010), 한국바다문학상 본상(2006) 수상 외. 부산시조시인협회, 부산여류시조문학회, 부산문인협회, 부산불교문인협회, 김해문인협회 회원.

만추
　　　　　　손 영 자
누가 그렸는지
네, 안다 저 만산홍엽

물레 밤바다
무명의 화가가 그렸음을

널 바른 물감이 두─욱, 똑……
떨어진다 박엽으로

—

손영자 시인의 몇 권의 시조집에서 받았던 미학적 충격을 나는 아직도 생생히 기억한다. 그는 짧은 시형에 그토록 명징한 이미지를 '자유스런 정형시조'로 그림을 그린 시조단의 이미지스트였다. 그의 시집 『바람같이 사람같이』 가운데서 「만추에」는 1인칭 자아가 그대로 노출되어 시인의 서정전달 욕구를 보여주고 있는 반면, 「파장풍경」에서는 서정적 자아의 노출과 달리 자아가 숨어버려 대상을 관조하게 된다. 이 시집의 주된 흐름은 노령의식과 그리움이지만 손영자 시인은 다양한 제재에서 퍼올린 깊이 있는 사색과 고양이 발톱 자국 같은 선명한 이미지를 유연한 몸짓으로 구사한 조소적彫塑的 결실이 그의 시의 특징이다.

— 서태수(시조시인)

—

하회마을

햇살 푸근하게
사랑도 느긋하게

한낮의 고요에 젖어
솟을대문 열어 놓고

주인은 어디로 가셨나
육백 년 느티
낙엽진다

부귀와 영화야 대물릴 수 없다지만
한 때의 꿈들은 굽어도는 강물인가

촌로의 낯익은 듯한
앞니 빠진 탈바가지

맷돌

골동품 가게 앞 청태靑苔 낀 맷돌 한 쌍

돌리면 금방이라도 석기시대 울음 터져

무쇠팔 걷어붙이고 마른하늘도 따라 울겠다

돌칼

귀에 대어 보면
선사先史의 소리 들려온다

야성의 눈빛은 몇몇 천 년 잠들었어도

저물녘 칼 가는 소리
아직도 쟁쟁하다

볼에 대어보면
선사의 체온 스며 온다

무쇠보다 억센 손에 무지개 그리던 돌

박물관 조명등 아래
아직도 따뜻하다

딱따구리

절이 없는 산이라
사람마저 뜸한데

산굽이 돌면서
목탁 소리 들었다

마음을 두드리는 소리,
산을 들어 굴린다

무지개

화폭에 그리기엔 너무 큰 내 첫사랑

무명의 화공畵工이 몰래 훔쳐봤나

붓으로 그리지 못하고 산 위에 걸쳐 놓았네

한려수도

밤하늘 별이 되자 생각했었던 때 있었다

설움도 고운 별 되길 빌었던 때 있었다

못다한 내 사랑이어
물 위에 뜬 별이 되었나

가슴 한 켠 비켜선 그대,
고요한 섬 되었나

찾아가는 뱃길에 눈 비비며 앉았구나

달 없이 별빛만으로도 소금 뿌린 듯 아리다

염전

묵묵히 걸어온 길의 끝이 제자리임을
노인은 알지 못하고 수차를 돌린다
바다의 허연 속살에 숨이 컥컥, 막히며

알통 밴 장단지에 저절로 힘이 들고
가쁜 숨 끝에 땀방울이 전신을 적시면
혼절한 사랑 없어도
질펀한 정액
눈부시다

간고등어

삭지 않는 바다를 등날에 짊어지고

먼 파도보다 더 아득한 내 밥상에 왔구나

땀으로 절여진 몸인가

향수鄕愁처럼 짜다

세상사 가슴 앓아도 소금맛 아닌가

끝없이 막막한 밥상을 물리면

갈증의 목구멍 속에

뼈만 살아 펄떡인다

등꽃

그리움에 데이면 멍든 꽃이 피는지

그리움이 익으면 연보라빛 되는지

내 차마 만질 수 없네
만등불사로 피는 꽃

슬픔을 건드리면 뚝뚝 떨어지는 눈물

하늘을 등지고 앉아 울어야 하는가

한낮의 빈 의자에 기대어
시들배들 마르며

폐타이어

몸을 던져 어루만진 생의 길 돌아본다
청춘의 한때를 아낌없이 누볐어도
만지면 뼈만 남아서 늑골까지 환하다

둥글게 사린 길을 차르르 펼치면
가구공장 천막지붕 가는 길도 있었던지
지난 밤 만월이 쉬었던 흔적으로 앉았구나

손영희(孫英熙, Son, Young hee)

1955년 충북 청주 출생. 고려대 인문정보대학원 문학석사 졸업. 〈매일신문〉 신춘문예, 《열린시학》(2003) 등단. 시집 『불룩한 의자』(2009, 고요아침), 『소금박물관』(2015, 동학사), 현대시조100인선 『지독한 안부』(2016, 고요아침). 오늘의시조시인상(2007), 이영도시조문학상 신인상(2009), 경남시조문학상(2015) 수상. 서울문화재단 창작지원금(2015) 수혜. '영언', '석필' 동인. 경남시조시인협회, 오늘의시조시인회의, 한국시조시인협회 회원.

—

『소금 박물관』은 첫 시집 『불룩한 의자』를 점유했던 결핍과 상처를 외면하지도, 부정하지도 않는다. 그런 화자의 고통은 이 시집에서 보다 미학적인 형태로 갈무리된다. "내 안에는 바람살 들고나는 문이 있다/바다로 향해있는 그 문이 열릴 때마다 /소금꽃 하얗게 묻어나는 녹슨 경첩이 삐걱인다"(『불룩한 의자』, 「문」)라며 '소금꽃'이 화자의 내면에 노골적으로 피어났다면 『소금 박물관』에 이르러 그의 상처 난 기억은 보다 몽상적으로 피어난다. 감상을 배제하고 페이소스로 생의 비의를 유인하는데서 시인의 문학적 연륜이 충분히 입증된다.

— 신상조(문학평론가)

—

밥

생애의 한동안을 박음질로 보냈다
한숨과 서러움을 포개어 박다 보면
장딴지 시린 근육에 이력이 붙곤 했다

피댓줄에 감긴 생이 어디 너뿐이랴
220볼트 전류가 끓여 주던 뜨거운 밥
골방에 녹슨 모터미싱
내 정신의 스파크여

탐라 산수국

네 거처를 찾아가는 나는 파랑나비
무심을 되새김하는 소잔등에 얹힌 나비
안개는 분화구에서 전설처럼 피어오르고

네 들숨 내 날숨으로 하늘 그물 엮어서
목동아, 우리 지극한 사랑이 될 양이면
저기 저 쏟아 놓은 별 지금 막 승천 중이니

부레옥잠이 핀다

1.
그 여자, 한 번도 수태하지 못한 여자
한 번도 가슴을 내 놓은 적 없는 여자
탕에서 돌아앉아 오래
음부만 씻는 여자
어디로 난 길을 더듬어서 왔을까
등을 밀면 남루한 길 하나가 밀려온다
복지원 마당을 서성이는
뼈와 가죽뿐인 시간들

2.
부레옥잠이 꽃대를 밀어 올리는 아침
물속의 한 여자가 여행을 떠난다
보송한 가슴을 가진 여자
잠행을 꿈꾸던 여자
푸른 물의 잠옷을 수의처럼 걸쳐 입고
제 몸 속 생의 오독을 키우던 그 여자
누군가 딛고 일어서는
기우뚱한 생의 뿌리

4월, 진해

차마 눈이 부셔 대면하지 못하겠습니다
호시절이야 잠깐이니 아쉬울 것 없습니다만
대문 밖 상춘의 계절이
치매 앓는 노모 같습니다

꼭 이맘때 명치끝에서 울컥, 치밀어오는
오래된 지병이 제 처소를 떠날 줄 모르니
바람에 실려 온 꽃잎이나
세어볼까 합니다.

가을 볕

들깨 더미에
콩 줄기에
늙은 부모처럼
야위어 가는

쭉정이와
알곡이
서로 슬픈 듯
어루만지는

뀌다 논
보릿자루처럼
마루 끝에
소곳하다

다후다 이불

1.
2차선 국도변 민무늬 다후다 이불
장롱이며 냉장고 이삿짐 보듬고 와

순순히 자리 내어주고
비탈 한 뼘 덮고 있다

저 남루 끌어다가 한 잠 푹 자고 싶다
누벼온 생의 이력 비록 한 줄 뿐이라도

누군가 성긴 잠들을
꼭꼭 다져 꾸려왔을,

2.
수척한 가로등이 제 발등만 찍는 저녁
도시의 칼바람을 맨몸으로 맞고 있는

뜯겨진 저 실밥들의
무료배식 긴 행렬

어시장 백서

가랑이 벌리고 앉아 비늘을 깎고 있는
어시장 바람 난전 고무바지 저 여자
먹다 만 점심 쟁반이 타인처럼 놓여있다

주름진 목덜미와 이마가 반짝이고
무표정한 사타구니에 소금꽃이 피었다
어디로 튈지 모르는 저 비늘들이 밥이다

몇 마리 더 깎아야 날개를 달게 될까
학자금 밀린 방세 궤짝마다 쌓여있어
비릿한 어깨 통증을 일수 찍듯 다독인다

성냥

불을 당긴다는 말,

너를 당긴다는 말

확, 가슴으로 번져

발목 잡힌 다는 말

목숨이

목숨을 바꿔

한 줌 재로 남는다는 말

비탈진 잠

1.
비가
내린다
차들이 뭉개고 가는
비의 알들이 내지르는 비명
알 속의 작은 내방에는 출입구가 없다

2.
비가 내린다, 독주와 푸념 사이
알 속의 손가락들이
점점 마르기 시작한다
아무리 들이부어도 젖지 않는 잠의 핏줄들

3.
안과 밖의 경계가 모호한 눈꺼풀
붉은 양수 속을 허우적대다 가위 눌린다
헛바닥 쩍쩍 갈라지는
몸 밖으로
비
내린다

쇠비름

거지 아낙이
처마 밑
어둠 속으로
스며들어

핏빛 속곳에
둘둘 말아
버리고 간
업둥이

질기고
질긴 업으로

땅을 기는

저

천민
근성

손예화(孫譽化, Son, Ye wha)

1946년 전남 목포 출생. 숙명여자대학교(약학대학) 졸업(1970). 《시조시학》(2012) 등단. 시집 『꽃차를 마시며』(2012, 고요아침). 가람시조백일장 장원(2012), 전국 가사시조 우수상(2011), 약사 문학대상(2015), 열린시학상(2016) 수상 외. 오늘의시조시인회의, 숙문회 회원. 열린시학 상임부회장, 한국여성시조시인협회 이사.

꽃차를 마시며
　　　　　　　　손 예화

달그림자 우린 물로 꽃차를 앉혀 본다
시간을 밀어내고 부풀어 오르는 꽃
한 송이
물속에 웅크려 앉아 바람 향을 버우
리며

—

손예화 시인은 아주 섬세한 서정성을 가지고 있다. 특히 단시조를 중심으로 이미지를 잘 형상화시키면서도 간명하게 감각적인 인상을 잘 포착해내고 있다. 잘 알다시피 단시조는 고도의 집중력을 요구한다. 웬만한 창작 연륜을 가진 시인이라도 성공한 단시조를 보기 어렵다. 3장 6구 45자 내외의 짧은 형식 안에서 모든 성패가 좌우되기 때문이다. 그런데 여기 손예화 시인은 첫 시집임에도 불구하고 적지 않은 단시조 작품을 발표하고 있는데 이들 작품 모두가 깔끔하게 정리되어 태작이 없다. 이 점은 손 시인이 시조가 가져야 하는 율격과 내용의 정제미를 잘 살려낼 줄 아는 솜씨를 가지고 있으며 동시에 시조시인으로서의 단단한 자질을 확보하고 있다는 예증이 아닐 수 없다.

　　　　　— 이지엽(시인 · 한국시조시인협회 이사장 · 경기대 교수)

—

꽃차를 마시며

달그림자 우린 물로 꽃차를 앉혀 본다
시간을 밀어내고 부풀어 오르는 꽃 한 송이
물속에 웅크려 앉아 바람 향을 버무리며

찰랑이는 흰 물결은 그대로 풀잎소리
하늘도 내려앉은 기울이는 찻잔 안에
긴 햇살 속삭이는 귀엣말 수줍은 기억들

은빛 얘기 쏟아지는 갈잎소리 들린다
그 환한 밀어들을 은하수로 풀어놓고
아릿한 그리움마다 깃을 세워 지나간다

아이들은 자라나서 흩어지기 마련인 법
한때의 애틋함도 배롱나무 얹어 두고
들국의 소슬한 향기 남은 가을빛 헤어 본다

할머니
— 고추적을 부치며

도마 위 난타소리 조각난 햇살들은
당신이 가꿔 놓은 아리디 아린 속살
내가 왜 아들이 없냐 집이 없냐 돈이 없냐

쏟아지는 붉은 울음 이리 튀고 저리 튄다
날아든 화살처럼 잠든 해를 깨우며
뒤적인 시간만큼이나 지문이 생겨난다

묵언의 젖은 눈짓 얄팍하게 부쳐질 때
소변 줄에 깊이 패인 힘겨운 웃음 소리
아득한 요양원 저 켠, 한 계단 올라서고
가슴팍에 묻은 부리 구겨진 울음들이
퉁퉁 불은 생각들을 면발처럼 끊어내도
마음 속 끝내 못 펼친 맨살의 날갯짓

귀를 여는 시간들

고향집 앞뜰에다 바지랑대 세워 두고
어머니 굽은 허리로 거울같이 훔쳐 내던
드넓은 푸른 하늘에 언제 저리 너셨나

둘레마저 환하게 에도는 이불 호청
몇 번이나 물을 적셔 우린 속내 세웠을까
괜찮다 나는 괜찮아 귀 기울였을 빈 가슴

이제 그만 그 손을 놓으려 한다는데
해거름 어둑어둑 동백꽃 떨어지니
꽃향기 여미는 가슴 그 안에 계시네

서녘 길 눈물 같은 딸이라 탓하셔도
싸리문 탱자 꽃이 소리 없이 질까봐
오늘은 따뜻한 품속 머물다 가고 싶다

철학 하는 분재

작은 공간 바닥 안에 한 생을 열어 두고
시침질 선을 따라 부대낀 시간만큼
경전에 귀 기울이는 귓바퀴를 잘라낸다
생각을 가지 치는, 층층의 뼈대들도
한 땀 한 땀 행간마다 햇살을 뒤척이며
수줍어 허기진 환상 음보 밖을 어룽댄다

푸른 잎 허리 굽혀 바람을 접고 있나
길을 낸 교감들은 두런두런 일어서고
등이 휜 환한 절집에 흔들리는 이 고요
발목 휜 설법의 숨결 벼랑에서 들을까?
허공을 잇고 있는 견뎌온 시간들이
만다라 낮은 음보로 깨달음을 묻는다

물이 키우는 슬픔

검은 샤 보자기로 싱싱한 물바람 소리
혼밥에 익숙해진 조각달로 떠 있다가
어룽진 흔적을 따라 물그림자 다독이죠

마알간 뼈들이 떠다니는 새벽녘
비좁은 사이를 머리 숙인 채 웃자라
빈 가슴 물먹는 혼신, 졸음 겨우 밀어내요

허구한 날 물바가지 설움도 품다 보면
마침내 저 수많은 구멍 자코메티를 위하여
그 속내 달래어 주는 콩나물국 가뿐하죠

탈

제안에 가파른 맘, 둘이 되어 갈라질 때
멀어질 수 없어서 또 다른 나 페르소나*
본마음 아니라 해도 얼비친 불혹이여

제어 못한 내달림이 침묵으로 섞여서
기적을 기다린다는 위로에 기대는 동안
애써서 더듬어본다 허름한 그림자 하나

오늘을 늘어놓고 길어진 독백에도
속이 잘 보이지 않는 채록된 섬망증
얼마큼 나를 비워야 저 홀로 길을 넬까

* 페르소나: 자기 마음속에 숨은 또 다른 자기.

라파엘 클리닉*에서

층층 진 골목입구 자리를 비집고
삯벌이 지친 몸의 형형한 눈빛들
다문화 햇살 같은 꿈 둥지 속에 산란하네

치유를 을러대는 찢긴 잎이 결연하다
발자국 깊은 흔적 지친 몸을 세우는가
숨겨진 동통疼痛의 능선 뼈 울음마저 들릴 듯

처방전을 곁에 두고 말 한마디 하지 못해
죽음과 죽음 안쪽 그 깊이를 적시던
히잡 쓴 부릅뜬 눈빛 가슴께가 붉어지네

하얀 천사 울먹울먹 소외계층 쓸어 안고
꽃 울음 벙그는 곳, 꽃불 켜고 추스를까
아픔을 걸러내는 일 때로는 눈부시다

* 라파엘 클리닉: 외국인 노동자들을 대상으로 무료진료, 구호활동을 하
는 '의료봉사단체'.

화살나무 단풍 아래

절벽에 매달린 동강할미꽃 한 송이
자분자분 속삭이듯 반은 접은 고요를
나도야 화살나무 단풍 아래
노래 되어 잠이 되어

느린 햇빛은 병풍벽을 기어오르고
어머니 굽은 허리로 언제 저리 차리셨나
오색빛 풀어 놓으시네
펼쳐 보라 띄우시네

가만가만 물들어 꽃비 내린 봄날처럼
상할아버지 가신 걸음 자리마다 놓인 꽃
사랑채 섬돌에 앉아
바람설법 듣는가

섬돌 아래 머무는 이야기

텅 빈 돼지우리 속 갇혀진 세월들이
문빗장 걸어 두고
어서 와라 내 새끼야
솔바람 가슴팍 가르며 하얘지도록 달려온다

뒤란에 저녁 하늘 풀잎처럼 넌출 되고
감나무 걸친 달
돌확에 몸을 푸니
켜켜이 시어머니 손길 여릿여릿 쉬어 간다

쑥부쟁이 떡메 치는 온기는 간데없고
마른 소沼 더듬는
귀뚜라미 은빛울음
우물가 맨살로 미는 민달팽이 졸고 있다

키다리 접시꽃

울타리 세상 밖
가까스로 넘보며

까치발 딛고 선
땡볕 한 섬 받쳐 올리니

쏟을라 흔들린 소반

하늘 한 켠
환하다

손중호(孫澄鎬, Son, Jeung ho)

1956년 경북 청송 부남면 출생. 계명대(국어국문학과). 《시조문학》(2002) 등단. 시조집 『침 발라 쓰는 시』(2011, 동학사), 단시조집 『불쑥』(2016, 알토란북스), 현대시조 100인선집 『달빛의자』(2017, 고요아침). 부산문학상 우수상(2011), 이호우시조문학상 신인상(2011), 부산시조작품상(2015), 전영택 문학상(2017), 나래시조문학상(2019) 수상 외. 부산조문학회, 나래시조시인협회 회장 역임. 부산문인협회, 영도문인협회, 세계시조포럼 회원. '시눈', '예감' 동인. 오늘의시조회의 부의장, 한국문인협회 · 한국시조시인협회 이사, 부산시조시인협회 부회장.

—

손중호는 현학적인 수사와 거창한 언어를 취하여 형이상학적인 의미를 구성하는 데 지향점을 두지 않는다. 그보다는 실재 세계의 정서를 복원하면서 삶의 진실성을 구현하도록 노력한다. 시인이 놓여있는 세계에 대해 갈등하고 고민하여 낳은 진정한 마음이 작품 속에 스며들어 있다는 의미이다. 그러나 자못 진지한 화제를 시원하고 통쾌하게 풀어낸다. 그가 부리는 시어의 운용법은 마치 "막막한 세상을 향해 정조준"(「불쑥」)하는 양상과 유사하다. 이는 문학을 향유하는 대중들에게 재미있는 시조 읽기의 한 본보기가 되어 줄 것이다.

— 김태경(시조시인 · 문학평론가)

—

침 발라 쓰는 시

풀의 시인*과 이름이 같은 중년의 구두닦이

바닥에 주저앉아 침 발라 시를 쓴다

낮아서 더 반짝이는

검은 구두 한 켤레

저렇게 닦는다면 무엇이든 시가 안 되랴

구두만 척 봐도 그 사람을 알아보고

낮아서 더 환해지는

그런 시가 그립다.

* 박태문(1938~1992): 부산 영도 출생. 〈한국일보〉에 시 「밤의 편력(遍歷)」이 당선되어 등단. 시집 『밤의 편력(遍歷)』, 『풀 하나가』 등.

수평선

맑았다 흐렸다 뒤채는 입방아에도

위아래 굳게 다문 그 입술 참 무겁다

그렇지!

사내의 속내

저 정도는 돼야지.

탈

탈이네, 탈이야

탈이 많아 탈이라네

이 탈 저 탈 덮어쓰고 막춤 추는 모르쇠들

탈, 탈탈 털어버리면 탈 없는 세상 다시 올까

고봉밥

오 남매 가슴에 품고 젖 물려 키워주신

우리 어매 돌아가셔도 착한 밥 되셨는지

함박눈 소복이 담고 선영에 누워 계시네.

갑 중의 갑

철갑 기갑 막강해도 돈지갑 어찌 당할까

산 사람 홀리고 귀신까지 움직이는

요상한 지갑이야말로 갑 중의 갑 분명하다.

공존

걷는 모양 다 같다면 무슨 재미있을까

또박또박 걷는 사람

건들건들 걷는 사람

걸음새 서로 달라서 어울려 살 만하다

같은

당신이 말씀하신 무지, 개 같은 사람

언젠가 무지개 같다던

그 사람 아닌가요

사람이 무지개 같다가 개 같아도 되는가요.

샘

선생님 줄인 말로 아이들은 샘이란다
남도 억양으로 쌤이라고도 하는데
버릇은 없어 보여도 샘이란 말 참 좋다

그렇지 선생님은 샘이라야 마땅하지
깊디깊은 산골짝에 샘물로 퐁퐁 솟아
어둠을 길닦이하며 흘러가는 푸른 노래

눈 비비고 찾아온 어린 짐승 목축이고
메마른 봄 들판을 푸릇푸릇 적시는
샘 같은 선생이라야 아이들 가슴 살아나지.

아름다운 물길

그대가 내 안에 들어와 앉는 날은
메마른 나뭇가지 움돋는 좋은 봄날
벼랑 끝, 참꽃으로 피어 발갛게 스며들지

풍경 안에 들어가면 풍경이 되는 건지
불현듯 눈길에 끌려 지친 걸음 멈추면
산 너머 오랜 그리움 너울너울 타고 넘네

저절로 이끌리는 아름다운 물길이여
잡은 소 놓게 하시는 향기로운 이름 앞에
꽃 꺾어 바치옵나니 문 활짝 열어주소서.

쇠처럼 살라는데

　아내는 나더러 쇠처럼 살라는데

　그 쇠가 무슨 쇠냐 타령조로 읊어 보면 무조건 복종하는 충직
한 돌쇠에다 땀 흘려 일할 때는 억척스런 마당쇠, 닫힌 마음 철
컥 여는 만능열쇠로 살다가 제 잘못엔 입 꽉 다문 자물쇠로
또 살라네. 모진 풍파 끄떡없이 무쇠처럼 겪어내고 자본주의
경쟁시대 구두쇠로 견뎌내도 둥글둥글 굴렁쇠에 밤에는 변강
쇠, 이 쇠 저 쇠 다 좋다며 닦달하는 요즘 세상

　나는야 쇠귀에 경 읽기 어화둥둥 모르쇠

손확선(孫確仙, Son, Hwak sun)

1957년 경북 청도 부야동 출생. 방송통신대 (일본학) 졸업(2005). 《시조미학》(2017) 등단. 시집 『먼 산에 진달래꽃』(2019, 목언예원). '목우' 시조동인. 청도문인협회 이사.

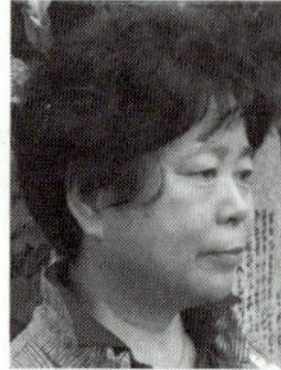

—

그의 시조에서는 짙은 애정으로 주변의 사물들을 관찰하고 거울처럼 자신을 투사함으로써 오염에 물들지 않으려는 자기경계가 뚜렷하다. 또한 만나는 사람들과의 관계성에서 함부로 빚을 지지 않으려는 자세를 읽게 되는데 이 또한 손확선이 지닌 미덕이다.

— 민병도(시조시인 · 국제시조협회 이사장)

—

그리움

화전으로 일구어낸 산비탈 뽕나무밭
사 남매 키워 내고 아버지 떠나시자
개망초 흐드러지다 다시 산이 되었다

흔적만 남은 밭둑 하릴없이 앉았더니
먼 산에 뻐꾸기는 해종일 울어대고
저만치 늙은 뽕나무 허리 굽혀 들고 있다

소나기

뒤끝이야 없다지만
불같은 성질머리

천둥 번개 다 불러서
왁자하게 퍼붓고는

산머리 무지개 너머
생긋 웃는 저 여자

물의 길

가슴이 뛰는 쪽으로
길을 낸 건 아니었다

부딪히면 깨어지고
막아서면 돌아가고

바다를 향해 달려간
그리움의 아픈 흔적

버스에서

누군가 출근길에 홍시 하나 건넸나 보다
생각 없이 먹고 난 후 난감한 저 표정 좀 봐
빠알간 저 감 껍질을 어쩌하지 못하네

손에 든 작은 껍질이 저렇듯 짐스러움은
버스 안 어디에도 버릴 수가 없다는 점
쏟아진 눈길 너머로 휴지 한 장 건넨다

비어 있는 마음 하나 나누었을 뿐인데도
서먹한 버스에서 오늘도 환한 미소
이렇게 작은 인연이 또 하나 만들어지고

김매기

나의 잘못이라면 널 너무 쉽게 본 것
여리디 여린 것들의 근성이 만만찮다
그런 게 전쟁이 될 줄 내 미처 몰랐었다

내게는 무기가 있어 너희는 뭐가 있니
처음엔 쉬워 승리가 코앞이었지
아뿔싸 한 사흘 방심에 또다시 제자리다

흙보다 많은 풀씨 시시때때 눈을 뜨고
낮에는 뙤약볕에 조석으로 모기까지
완패다 호미를 던지고 검정비닐 사러 간다

아파트에 뜬 달

아들 따라 거처 옮긴 구십 노모 눈길 따라
베란다 창 너머로 낮달이 지고 있다
희미한 그림자 끌며 휘이휘이 가고 있다

진달래 지고 나면 복사꽃 이어 피고
먼 산도 너울너울 춤추며 안겨드는
내 고향 그 하늘가에 높다랗게 뜨던 달이

서산마루 걸터앉아 한참을 서성이다
이제 그만 안녕하며 눈인사를 건네는데
옹이진 손을 내밀어 함께 길을 떠나잔다

냉장고 파먹기

내가 너를 사육한 건 언제부터였을까
이름 없는 검은 봉지 생년월일 모호한 것
지금 넌 초고도비만 다이어트 필요하다

너 하나만 잘 사귀어도 달포는 버티겠다
카드도 현금도 자물쇠를 채워 놓고
광맥을 뚫어 가듯이 요리조리 길을 낸다

까마득 잊힌 것들 심봤다를 외치면서
지상에 하나뿐인 기찬 요리 만들까나
미안타 내 살을 빼겠다고 널 살찌운 내 죄 크다

저 산이

저 산이 나를 불러 하룻길을 다녀왔다
두고 온 물소리가 내 뒤를 밟아 와서
밤새껏 베개 밑으로 졸졸졸졸 흐른다

저 산이 나를 불러 또다시 다녀왔다
새소리 바람 소리 솔향기도 따라와서
내 야윈 창문 밖에서 기웃기웃 서성인다

저 산이 나를 불러 자꾸만 나를 불러
밤새도록 뒤척이다 꿈속에서 다녀왔다
이제사 눈치를 챘다 내가 산을 불렀구나

이명 耳鳴

찌르르 찌르르르 풀벌레가 울고 있다
여름이니 우는 거야 그러려니 했었는데
갈 가고 겨울이 와도 떠나가지 않는다

내 안에 네가 든 건 언제부터인지 몰라
선 하나 그어놓고 안과 밖을 구분하다
생각에 생각을 더해 엉클어진 밤이 길다

내 몸속 어딘가에 풀밭 하나 고이 가꿔
귓바퀴에 갇힌 너를 차라리 풀어놓는다
마알간 초겨울 달이 서산으로 지는 새벽

직지사 등나무

직지사 등나무는 순분네 어미 같다
줄기는 허공으로 가 얽히고 또 설키는데
조용히 마음 비우고 목탁 소리 듣는다

씨앗 본 서방이야 남 된 지 오래지만
내 속 난 자식마저 나 몰라라 떠나가도
몇 구절 끊긴 노래로 또 하루를 달랜다

비 오고 번개 치고 천둥이 울어대도
다시 한번 뻗쳐올라 하늘과 손잡은 저녁
지그시 눈 감고 앉아 푸른 별을 기다린다

송가영(宋佳映, Song, Ga young) 본명: 송정자(宋貞子, Song, Jung ja)
1943년 전북 김제 출생. 중앙시조백일장 장원
(2011), 〈서울신문〉 신춘문예 시조(2017) 등단.

시속 100km로 오는 봄

봄에는 길도 함께
악셀 페달 밟나 보다

바람과 경수하듯
내달리는 차들 열으로

빵 빵 빵
경음기 소리에 한꺼번에 터진 꽃들

—

송가영의 시편들은 전통을 재해석한 처연한 생의 서사가 장점이
다. 특히 그의 「막사발을 읽다」는 막사발의 "은유" 속에 "털리고 짓
밟히고 쓸"린, 또 그렇게 "부르튼 생을 넌다." 세상에 이보다 "너른
품새"를 가진 그릇은 없다. 막사발은 막 썼다고 막사발이다. "바람
에 몸을 맡긴 가벼운 너의 행보"에서 그런 편모가 드러난다. 그러나
"양지 뜸 아늑한 땅에" 묻혔다 깨어나는 순간, 막사발은 더 이상 막
사발이 아니다. "눈빛 맑은 옛 도공의 손길을 되짚"는 무심의 그릇
이요, "가슴에 불꽃을 묻은 큰 그릇"이 되는 것이다. 표현의 밀도가
높고, 대상과 심상의 결속이 뛰어난 작품이다.

— 이근배, 박기섭

—

바늘심서心書
— 화타, 윤정에게

아들아,
네 바늘을 함부로 쓰진 마라
그것은 편견에 찢긴 마음을 감쳐 매고
고통과 아픔에 막힌 가슴 혈을 뚫는 것

침통鍼筒을 열기 전엔 가만히 눈을 감고
심장의 고동 소리가 네 몸속 핏줄 따라
손끝에 전해져 오는 경건함에 귀를 대라

몸져누운 신경들이 하나 둘 일어설 때
들어보렴,
흰 가운을 부여잡는 저 숨소리를
겨울을 딛고 일어선 봄꽃들의 환호성을

새벽 별밭 우러르며 한 땀 한 땀 세상을 뚫은
어미의 피 맺힌 손이 꽃으로 받들었던
오롯한 그 바늘임을 잊지 마라,
내 화타야

막사발을 읽다

너만 한 너른 품새 세상천지 또 있을까
먼 대륙 날고 날아 난바다도 건너갈 때
태산도 품 안에 드는 은유를 되새긴다

털리고 짓밟히고 쓸리기도 했을 게다
이 세상 누구에게도 친구가 되지 못해
바람에 말갛게 씻긴 꽁무니가 하얗다

바람에 몸을 맡긴 가벼운 너의 행보
새처럼 구름처럼 허공을 떠돌다가
양지 뜸 아늑한 땅에 부르튼 생을 넌다

그리하여 정화수에 묵은 앙금 갈앉히고
눈빛 맑은 옛 도공의 손길을 되짚으면
가슴에 불꽃을 묻은 큰 그릇이 되느니

다비茶毘의 계절

단풍나무 잎새마다 잉걸불이 타고 있다
대지를 달구었던 지난여름 잔불마냥
삽시에 온 산과 들을
휩싸 도는 불티들

구름도 타래치는 손돌바람 그 끝에서
육탈肉脫의 시간들이 화르르 타는 골짝
끝끝내 열매 맺지 못한
내 젊음을 사른다

저 불길 멎고 나면 초록 꿈 메슲질까
억새꽃이 첫눈처럼 흩날리는 너덜겅에
하얗게 뼈를 태우며
열반하는 이 가을!

초꼬슴*, 초꼬슴처럼

청맹과니 눈동자에 가물대는 도심 빌딩
골목 안 새벽바람이 옷깃을 파고든다
박쥐도 둥지를 찾아 귀소하는 그 어름에

어제 하루 찍어 놓은 발자국 뵈지 않고
드럼통에 지펴 놓은 화톳불만 어지럽다
아득한 불면의 하늘, 별빛만이 깨어 있다

열자마자 닫혀 버린 인력시장 바닥에서
떨이로 팔리지 못해 흐릿해진 눈동자들
구급차 사이렌소리 여명 동살 수혈한다

구멍 난 삶의 투망 다시 깁는 사내 앞에
제 이름 못 불려도 습관처럼 아침은 오고
첫차가 막 떠난 자리, 봄이 성큼 다가선다

* 초꼬슴: 어떤 일을 하는 데서 맨 처음을 이르는 우리말.

반짇고리 은유

1. 골무
하늘 아래 죄 없는 자
창칼로 날 찌르시오
당신은 단 하루라도 뉘 방패 된 적 있나요
두 다리 쭉 뻗는 이 밤도 내 덕인 줄 아세요

2. 바늘
그래요, 내 찌르리다
그 아집의 정수리를
시대의 해뿔처럼 작아도 날 선 큰 뜻
남과 북 뜯긴 솔기도 한 땀 한 땀 기우리다

3. 실
아서요, 그만 둬요
입만 산 눈먼 이여
나 없이도 잇고 감고 홀칠 수 있는가요?
실없는 감언이설에 틈만 커진 이 땅에서

4. 자
모이면 고함질에
붙었다면 삿대질인가요?
누가 옳고 그른지는 견줘보면 알게 될 일
입 발린 소리는 그만!
자, 어서 대보자고요

아침을 깁다

밤 도운 들숨날숨 병원 창에 매달린다
형광등 뿌연 불빛 마지막 몸부림인 듯
때 절은 블라인드 위에 제 몸을 뒤척인다

사하라 모래밭을 휘도는 물줄기같이
폐경의 콘센트에 링거를 꽂아보지만
암전된 터널 속에는 풀싹 하나 볼 수 없다

마른 입술 축여가며 다시 앉은 재봉틀
바늘 끝에 맺히는 핏방울이 되우 붉다
손등에 파란 길 하나 도도록이 일어선다

어쩔한 크레졸 냄새 털어내는 창밖 동살
햇살의 바늘귀에 무뎌진 신경을 꿰어
한 생을 박음질하듯 아침을 또 깁는다

능소화 골목에서

이글대는 땡볕 아래 늘어진 담벼락들
지난봄 연둣빛 미련 부여잡은 넝쿨들이
태양의
헛바닥 같은
입술 쭝긋 내민다

내 가슴 안쪽에는 붉은 꽃 언제 필까
몰락한 어느 왕조 뜰 안을 물들이던
붉은 꽃
그 곁에 서서
셀카 한 장 찍고 간다

고드름이 꽂힌다

달에 목멘 그림자는 마침표 찍고 싶다
성엣장만 떠다니는 핏기 없는 강물 위에
수정 빛 겨울 나이테
교각에 매달린다

티 없이 펼쳐 있는 하늘을 배경삼아
교대로 갈마드는 큰칼 든 바람 앞에
숨죽인 여울 물소리
가슴에 흥건하다

일방통행 자오선을 질주하는 해를 따라
뜨거운 불덩이가 온몸으로 퍼져가고
뻣뻣이 곱은 가슴에
고드름이
꽂
힌
다

졸업 축사
— 공로상 받는 겸에게

아궁이 속 불덩이만
뜨거운 게 아니라고

홀로 크며 겪은 아픔 대물림 않던 애비

콩 심어 콩을 거두듯
굵은 열매 맺었네

그 애비에 그 자식인가,
보는 눈이 시큰하다

로봇탐구 솔빛공방 한가운데 우뚝 섰던

그 경험 밑거름 삼아
더 큰 세상 펼치거라

접시꽃

1.
끝동 치마 슬몃 걷어
내비치는 부신 속살

누구를 기다리나
먼 하늘 우러르며

남몰래
궁문을 여는
열여덟 저 계집애

2.
올망졸망 옹기 사이
접시 하나 빚어 놓듯

푸른 하늘 우러르며
수줍게 꽃대 올린

지금은
만날 수 없는
키 작은 내 누이야

송광룡(宋僙龍, Song, Gwang ryong)
1964년 전남 장성 출생. 전남대학교(국문과)
졸업(1991). 〈중앙일보〉 신춘문예(1999) 등단.
제1회 오월문학상(1985) 수상. 한국작가회의
회원. 계간《문학들》발행인.

당선작 「돌곶이 마을에서의 꿈」은 현실을 끌어안되 그 현실을 날
것으로 드러내지 않고, 그것을 끈끈하게 발효시켜 새로운 힘으로
환치한다. '날 것'을 날 것으로 드러내지 않은 그 절제의 미학이 작
품 전체의 탄력을 유지하는 핵산核酸 역할을 한다. 팽팽한 긴장감
을 늦추지 않는 '돌곶이…'는 비극적 세계 인식이 아닌, 척박한 시대
를 뛰어넘으려는 강한 의지가 담겨 있다.

— 김제현, 윤금초

돌곶이 마을에서의 꿈
— 석화리

1
들꽃 피는 걸 보러
돌곶이 마을 갔었다.

길은 굽이 돌면 또 한 굽이 숨어들고 산은 올라서면 또 첩첩 산
이었다. 지칠 대로 지쳐 돌아서려 했을 때 눈앞에 나타난 가랑
잎 같은 마을들, 무엇이 이 먼 곳까지 사람들을 불러냈나. 살며
시 내려가 보니 무덤처럼 고요했다. 가끔 바람이 옥수수 붉은
수염을 흔들 뿐, 아무리 들여다보아도 사람의 자취 묘연했다.

2
화르르 타오르는 내 몸엔 열꽃이 돋고
세상은 천길 쑥구렁 나락으로 떨어지는데
누군가 눈 좀 뜨라고 내 이마를 짚었다.

나, 그 서늘함에 화들짝 깨어났다
눈 뜬 돌들이 지천으로 가득했다
온전히 제 안을 향한 환한 꽃밭이었다.

귀로

가끔, 길목에 서서 가로등을 꿈꾸곤 한다

부나비나 흰 눈발, 사선을 긋는 빗발들

사위에 몰려들 때마다 불 밝혀 길을 내는

때로는 깨어져 목 떨군 죄인처럼 서서

암전의 세상이다, 다시 눈을 감아야 한다

어둠 속 길을 찾을 때까지 상처의 날도 견디는

사랑의 물때

아이스크림 껍질은 모래 속에 묻혀 있다
찢겨서도 동그랗게 한 몸이던 시간을 말아
지나온 땡볕 속 사랑을 흔든다 서걱거린다

물거품, 물거품 같은 날들이라고 바다는 운다
폐쇄된 샤워장과 물이 끊긴 식수대
바람은 검은 비닐봉지를 쓰고 휘청거리며 맴을 돌고

물결이 밀려올 때마다 아이들은 호들갑 떤다
가가서고 물러서며 까르르 웃는 발자욱들
사랑의 인두 자욱이다, 나도 물때를 기다리고 있다

겨울 영산홍 가지 위의 박새

1
두리번두리번,
멈칫멈칫,
쫑쫑쫑,
쫑쫑쫑,

마를 대로 마른 바람과 눈발의 계절

쓰윽쓱 부리를 닦다
파다닥 날아가 버리네

2
꽃 피면 붉기로
영산홍만 한 것 있으랴

꽃 지면 휑하기로
영산홍만 한 것 있으랴

영산홍 붉은 상처만큼
이리 아린 것 있으랴

풍적風笛

천변 토란잎들 물구나무서서 땅을 물고
물방울, 물방울들 토란잎 위에 매달리면
제 몸에 푸르름 깃들이느라
천지간이 고요해

어릴 적 서낭당 맨 밑 큰 돌 위에
차츰차츰 작은 돌 얹어 쌓은 돌탑
그 위에 제일 작은 내 돌을 올려놓을 때처럼

흔들흔들, 방울방울, 파르르, 파르르르
나는 하늘이 뒤척이는 소리 들으며
숨 쉬는 땅의 입 냄새에
코를 처박고

울음 아궁이

대나무는 불을 먹으면 벌겋게 달아올라

대마디 대장단으로

타닥 탁

탁 탁

불 먹은 우리 어머니 손마디처럼

울어

헛간 속으로 들어가다

깊이를 알 수 없는
수렁 같은 어둠을
들여다보던 하늘이
기우뚱하는 순간에도
묵묵히 허공을 베며
날을 갈던 조선낫

걸어둔 그대로인
서슬 퍼런 입성에
망태기 속 먼지들도
움찔움찔 깨어나
더듬는 어린 손아귀에
가만 쥐여주던 따스한 알

피 한 방울 흘리지 않고
한 줌 먼지도 묻히지 않고
나, 헛간 속으로
들어갈 수 있나
지난날 끙끙 힘을 쓰곤
밑을 닦고 일어서던

입추

일곱 살 큰애가 애인이 생겼다고 한다
그럼 둘이 친구라는 거야?
작은애가 묻는다
큰애가
그건 친구라기보다는
특별한 관계라는 거지 한다

창밖에는 무표정하게 땡볕이 쏟아지고 있다
그래도 바람은 불어 화분의 고춧대를 흔든다
가만히 심호흡한다
시간들이 붉다

철새들이 날아오면
— 수몰시편

먼
북녘에서
철새들이 날아오면
물속에 제 몸 묻고도 숨을 쉬는 나무들
잎 떨군 가지를 뻗어 둥지를 틀어주어

한겨울이다 여기도 북풍한설이다 외치며
흰 눈꽃 피우면 살얼음 낀 강바닥
철새들 지친 날개를 치며 일제히 날아올라

먼
시베리아 땅
북만주거나 두만강변
아버지 어머니 뼈를 묻은 혹한의 땅
박차고 떠나온 슬픔으로 꺼이꺼이 울면서

조팝나무 꽃집에는

겨우내 흩어져 울던 마른 풀들의 길
하얗게 등불 밝힌 조팝나무 꽃집에는
가지들 휘어지는 소리
휘어지다가 일어서는 소리

어머니, 거기 계세요? 무명치마 두르시고
가지런한 이빨로, 누님도 웃으시는군요!
머나먼 그 꽃등까지 어떻게들 오르셨나요

허공중에 길을 낸 조팝나무 꽃집에는
눈보라 꽃으로 피운 시간들 참 환해
눈보라 꽃으로 털며
새잎 내미는 소리

송귀영(宋貴永, Song, Gui yeong)

1940년 경남 합천 대병면 출생. 아호 운해(澐海). 동국대(철학과) 졸업. 〈중앙일보〉 시조, 〈국제신문〉 시(1966), 《현대문학》 천료(1967) 등단. 시집 『앓아눕는 갯벌』(2011, 한솜). 시조집 『호수의 그림자』(2012, 시조문학사), 『정동진 연가』(2016, 시조문학사), 『뿌리의 근성』(2017, 국보). 평설집 『한국대표시문학 25인선』(2015, 한맥) 외. 월하시조문학본상, 역동 문학본상, 대은 문학본상, 안정복 문학상, 현대시선 금상, 한국시조 문학상, 한국전자 저술상 수상 외. 한국문인협회 정화위원, 시조문학진흥회 운영위원, 한국시조협회 부이사장, 시조문학문우회 부회장. 한맥문학가협회 회장 역임.

時調   〈어머니 젖가슴〉

송귀영

거역도 나지않는 안개속 아득한 날
비젖삼 혜젖어며 꽃을 찾던
젖머이 때,

그 서론
지난 그리음
본능으로 덧 쌓인다.

—

시조시인 운해澐海는 아름다운 향기를 날리는 꽃, 촉촉한 가지, 부드러운 맨 살의 기둥 등을 지탱하는 뿌리에 근성의 본질을 발견하면서 섬세한 감성으로 작품들을 직조해 내고 있다. 별들이 드나든 빗살을 보이지 않는 곳에서 숨어 지켜보기도 하고, 희망의 촉을 지펴 영롱한 이슬방울을 꿰고 있을 뿐 아니라, 생명의 추를 달아 물길을 향해 사려 담아내는 힘까지 보인다. 깊고 거룩한 경지까지 지상의 어느 시인도 표현할 수 없는 언어 탐구의 압권이라 할 수 있다. 수많은 이질의 사물들을 연결하여 실제 상황에 연동시킴으로서 새로운 이미지로 생명을 탄생시킨다. 절대적 사유를 착상하여 고정된 현상을 극복하고 그 속에서 주장하는 모든 고정개념과 상치되는 실존적 상황과 조우를 하고 있다. 시인은 지상에 피워 올린 언어의 절제, 서정의 이미지로 완성시킨 견고한 뿌리의 집들을 남기고 있다.

— 정유지(문학평론가 · 선린대 교수)

—

지하철 낭인浪人

하루를 서성이는 야속한 생의 무게
슬픔도 쫓지 못한 감아드는 시달림에
양수로 흘린 눈물이 소매 깃을 적신다.

촉감은 확연하게 선회의 촉을 뽑아
심란한 생의 땅에 깃발 세워 지탱한 혈穴
손쉽게 채굴한 소름 감춘 날이 어둡다.

굳은 뺨 낯가림의 파리한 저 모습들
삼켜서 넘기기엔 너무나도 목이 아려
노약석 기대앉아서 마른침을 삼킨다.

햇살풀이

못 지킨 피돌기에 깡마른 등뼈마디
어둠을 젖뜨려서 몽니 튕겨 꼬나물면
매몰된 녹슨 햇살에 마디마디 삭는다.

저문 해 어둔 숨결 하얗게 사위어간
날 세워 벼린 이빨 쭈글쭈글 마모될 때
여울목 빠진 햇살이 뿌리째로 바랜다.

꼭꼭 쥔 주먹 안에 웬 속셈 감추고서
부풀린 저 몸짓을 바싹 당겨 비틀어 맨
등걸이 비낀 햇살에 실눈썹이 감긴다.

야국野菊

비워낸 들녘 길섶 외롭게 향기 품어
계집애 요념같이 입술처럼 도톰하게
적요寂寥한 끈질긴 인내 농한 맛을 피어 낸다.

자태를 뽐내려고 겹도록 견뎌 오며
지난날 열정모아 저리 곱게 피는 것은
늦가을 못다 핀 꽃대 향내 담아 다시 핀다.

찬바람 쏜살같이 둔덕을 넘나들고
손등엔 파란힘줄 현기증에 서성이며
햇빛에 영롱한 꽃술 투명하게 매달린다.

허수아비

간 쓸개 다 빼버린 허울의 빈 몸으로
초라히 등살 잡혀 겨운 세상 바라보며
굴레 쓴 껍질을 안고 날짐승을 쫓아낸다.

도려낸 살점들은 모토母土에 꽂아 놓고
뒤틀려 휘어진들 허리춤을 곧게 펴서
삶이야 아리송해도 산짐승을 몰아낸다.

숨 고른 초가을에 초심을 잃게 되면
벼이삭 쭉정 되어 한숨짓는 농부 근심
이 한 몸 번듯을 굳게 서 한시름을 덜어낸다.

월영소곡月影小曲

먼 그날 빈가지에 뿌렸던 한숨인들
명치끝 아린 숨결 산 뿌리에 부려놓고
허공에 걸친 건널목 하염없이 걷고 싶다.

곰삭은 그리움을 절절히 품어 안고
결 곱게 속살 빚은 황홀한 빛 영글어서
한없이 넋을 키운 뒤 등짐 벗고 눕고 싶다.

외로움 되잡아서 단죄했던 슬픈 밤에
바람은 향기 훔쳐 맴도는 허공으로
중천에 뜬 달덩이를 머리 들어 보고 싶다.

황태덕장

눅진한 덕을 맨 채 설한풍 끌어안고
서서히 말라가는 한때 풍진 살찐 몸매
단단히 엮인 가닥에 별미로 숙성한다.

대양을 누빈 혈기 왕성히 살아 뛰던
아련한 그 기억이 그물코에 걸린 순간
뭉클한 먼 별의 눈물 훔치며 말라간다.

죽어서 되살아난 시린 속내 헤아리며
비린내 끌고 오는 짠맛 짙은 푸른 파도
언젠가 혹한의 족쇄 풀릴 날 기다린다.

어머니 젖가슴

칠남매 빨아먹은 축 처진 야윈 모습
유두 끝이 바싹 말라 주름으로 맺히는데
한 세월
빈 젖을 물려
쪼그라든 그 젖가슴.

기억도 나지 않는 안개 속 아득한 날
베적삼 헤적이며 젖을 찾던 젖먹이 때
그 세월
지난 그리움
본능으로 쌓이네.

자화상

한때에 갈기 세워 광야를 내달리며
시퍼런 장도 끝을 휘둘러도 보았지만
세월에 마모된 혈기 낙엽 되어 흩날리네.

남은 기억 긁어모아 고뇌를 수선해도
자궁 외 임신으로 외면당한 서성임이
독백을 박제한 잔열 돌려세운 모습이네.

빠지는 머리카락 한 움큼 움켜쥐고
부력을 지탱하며 폐선으로 녹슨 회안
인생은 세파와 싸움 원앙의 꿈 못 떨치네.

산란山蘭

천년을 거슬러서 오늘밤 마주했다.
붓끝에 찍은 먹물 산창 틈에 떨려 오면
꽃 수술 치켜 서던 별 손 떨리듯 다독인다.

누리에 얹힌 손등 햇빛 가린 도솔천도
실뿌리 무거워서 노을 넓이 차가운데
토라져 삭아진 향내 잔달음이 무거워라.

야상夜想

저녁놀 하늘 높이 풍경화를 걸어놓고
씻은 때 세정世情걸러 소금물에 헹궜더니
속 깊게 간이든 시심詩心 내 몸 안에 담겨있다.

초승달 깃과 섶이 차고 넘친 섬들 위에
귀뚜리 몸져누워 처마 끝에 매달려서
산그늘 헤집던 여독 들안 가득 쌓여있다.

손마디 굵은 줄기 눈물 어린 촉수觸鬚던가
뭇 가닥 삶의 진리 한 뜸 한 뜸 엮어 가면
무심코 접은 서정도 자연 빌려 싹이 튼다.

송두영(宋斗榮, Song, Doo young)

1961년 제주 애월 수산리 출생. 제주대학교 졸업. 제주시조시인협회 일반부(2013), 《시조시학》 신인상(2016) 등단. 시집 『물메 쉼표 같은』(2019, 고요아침). 시조시인협회, 오늘의 시조시인회의, 라음문학동인회 회원.

—

송두영 시인의 작품에는 역사가 흐르고 있다. 아픈 삶의 무늬가 보인다. 한때는 생생했던 삶의 현장을 배경으로 하고 있는데 중요한 것은 그것이 서정적으로 잘 육화되어 있다는 점이다. 사실 이 점은 중요하다. 작품의 성패가 달려있는 문제이기에 그렇다. 역사나 현실을 충일하게 발표한 작품일 경우 대게 이러한 작품들이 안게 되는 결함은 잘 용해되지 않은 시간이나 감정들이 그대로 노출되어 생경하다는 점이다. 그런데 송두영 시인의 작품들은 그렇지가 않다. 역사적 사실들이 배경에 잘 스며있다.

— 이지엽(시인 · 한국시조시인협회 이사장 · 경기대 교수)

—

꽃은

어머니 주검을 들여다보다
꽃물보다
더 진하고 아득한 만남을
기
억
했
다
하나의 꽃으로 피어
마른 꽃 되기까지

나무 잎 떨어져
여기저기 떨군 가을
꽃은
지지 않으면 꽃이 아니라고
어머니
꽃술에 새긴
붉디붉은 꽃의 언어

제주의 가을

비온 뒤 더 붉어진
한라산 비탈 오르다

오백장군 영실단풍 깊이 따라 젖어 보고

마주한
봉우리마다
산다는 게 뜨겁다

겨울 벽화

뉴스마다 내보인

세월호 저린 가슴

줄기 뻗어 내린 모정

한 움큼씩 그대 뜰에

가슴속 밟히는 소리

겨울엔, 더 선명하다

임진각에서

서걱대던 무릎 끌어
올라선 임진각

손때 묻은 난간마다
내걸어 둔 유년의 촉수

찾으면
산 끝에 젖는
홀로 선 눈길로

흰머리 한 올 두 올
새어간 틈새 사이

널문이* 전해주는
안타까운 사연아

기다림
가각본 되어 흔적마다 쓰여 있고

* 판문점을 만들며 사라진 옛 마을 이름.

할미꽃

평화공원 한 귀퉁이

새 움튼 지 10여 년

아직도 버겁다

그 사월, 무게여

행불인 묘비명 옆에

우두커니 숙인 봄빛

정거장에서

바
람
이
쓸고 간
시외버스 정거장
시
간
이
남겨둔
노인이 있습니다
지그시
의자를 누른
삶의 무게, 보입니다

우영밭

밭고랑 햇살 담아

야무지게 커준 애들

깻잎 뜯어

생된장에

호박잎 국 곁들이면

가난도 한 잎 푸성귀

돌아보니 푸른 날

팽목항

팽목항 겨울바다
어미 마음 가득 채워
하얗게 하이얗게
거친 파도 만듭니다

밀물로 부서져 내려
만남은 회돌이치고

눈 속에 갇힌 빈 배
그대 같이 흔들리다
눈발이 또 치면
깊고 먼 날 묶는 오늘

포구로 키워낸 것은
파도만이 아닙니다

벗나무

온몸으로 받아 내던 삼월 한기 떨치고
같이 가자 가지마다
꽃눈을 틔워 내면
쌀 협상 죽음의 시위
등걸 같이 내보여

꽃눈에 그린 세월 불끈 쥔 한해 꿈
꿋꿋이 마주선 기다림도 시위다
맨바닥
눌어붙은 땅
마주한 봄날들

새벽

어둠이 걷히기 전
서성이던 세종대로
백남기 농민의 눈에서 떠나간
그날이
샛별로 떠있다
나는 아직 어둠에 있고

몸부림은 살아 눈뜬 남은자의 특권이다
신문이 구문되어 침묵할 때
성큼성큼
광화문 촛불거리를
불 밝혀 걸었느니

서울아 나의 외침아
민주여 거친 함성아
북한산 불끈 쥔 아침소리 듣는가
산 너머 붉게 타오를
그 빛, 운명으로

송명호(宋明鎬, Song, Myung ho)

1950년 광주 도천동 출생. 중부대학교(사회복지) 석사 졸업(2010). 한국문예진흥원 백일장 장원(1985), 《시조문학》, 《현대시조》 추천(1986) 등단. 동인시집 『다박솔의 꿈』(1988, 문예춘추) 외. 문공부 신인문예상(1973), 근정훈장(2007) 수상. 서울시공무원, 중부대사회복지학과 외래교수 역임. 한국문인협회, 한국현대문학작가연대 회원. 한국시조시인협회 중앙위원.

—

송명호의 시는 뚜렷한 시적 공간을 확보하거나 설정하여 시를 출발시키려는 발상근거를 따로 갖으려 하지 않는 것으로 보인다. 그만큼 시가 자유로울 수 있다는 뜻이 된다. 흔히 볼 수 있는 이 시적 우주를 설정한다거나 시의 세계를 설계하고, 이에 매달리다보면 그만큼 시의 공간이 축소되기 때문이다. 따라서 시적 지향과 특성이 두드러지게 된다(『다박솔의 꿈』).

— 박진환(시인 · 문학평론가 · 전 한서대 교수)

—

지하철 노선도

땅속에 시간을 뚫고 빠른 길을 찾는다
어둠에서 몸부림친 박쥐 떼가 눈을 뜬다
아직은 해빙기의 온도, 날개 끝은 고드름이다.

출발과 종점 사이 촘촘한 삶의 간격들
숨 가쁘게 좁혀 가는 기회마다 눈물 난다
환승역 소용돌이에 심장이 쿵쿵 뛴다.

허리에 심한 통증을 시간표로 지압한다
검지를 눌러가며 내릴 역을 찾는데
오금을 당기는 긴장이 발바닥에 저린다.

시간의 감옥에서 언제쯤 탈출할까
삶의 칼끝으로 고무판에 새긴 출구들
난해한 노선 판화도 오래 보면 명화다.

불면의 이력서

수저를 들었는데 그릇에 밥이 없다
동공을 처박고 밑바닥을 긁어 봐도
구직난 전단지 같은 누룽지만 붙어있다.

모든 꾀를 모아 이력서를 쓰는데
첫줄부터 또 풍랑이 머리를 뒤집는다
파도와 맞싸우기란 온 삭신의 용기다.

번번이 조난당한 경력들을 수습하여
닳고 닳은 볼펜에다 백 번째 동여맨다
불면의 방파제에서 아침 해를 기다리며.

바구니

창가에 턱을 괴고 누구를 기다릴까
설레지 않는 날은 단 하루도 없었다.
스쳐간 바람까지도 가슴의 노래였다.

근심이 없는 날은 일상마저 불안했다
묵은 골목 시장에서 옛 인연을 만났다
잊을 뻔 했던 기억들을 주섬주섬 담았다.

여물지 않은 밤은 꿈조차 없었다
고독도 다듬으면 명상으로 묶어졌다
비움을 터득하고서야 채움을 깨달았다.

청국장 먹는 날

뻐꾹새 우는 소리 두 귀에 꽂으시고
부뚜막 작은 솥에 청국장 끓이시던
어머니 굽은 허리가 그렁그렁 떠오르네

콩 뜬 냄새 쿠리하게 내 코를 울릴 때면
어머니는 몇번이나 미안하다 하시면서
애꿎은 아궁이불만 토닥토닥 끄셨다오

친구를 사귈 때는 겉모양 보지 말고
마음씨 뜨거운가 살펴보라 당부하시던
어릴 적 어머니 말씀 뽀글뽀글 생각나네.

항아리

간밤에 설친 꿈도 이슬 되어 녹아나고
한 움큼 햇살 아래 둥글게 도진 메아리
불사조 푸드득 날아와 뚜껑 위에 앉는다.

정화수 한 사발 고이 떠서 비는 마음
북창에 매단 시름 저 하늘이 알겠지만
닿아도 닿을 수 없는 어머님의 아픈 넋.

저물 무렵의 엽서

어제 바래줬던 노을이 또 찾아 왔다
창문을 열어 놓고 한참 수다 떠는데
삶이란 인생이나 자연이나 다를 바가 없단다.

이별만큼 슬픈 사연 누가 알까 물었더니
지는 시간 막지 못한 고통은 더 아프다며
끝내는 서쪽 산 속으로 울먹울먹 사라진다.

소녀상

뼈 녹는 악몽을 운명처럼 지닌 기억
버림받지 않을 것을 조국에 맹세하며
위안부 서러운 놀림 피 삼키며 이겨냈다.

짓밟힌 가슴에도 쌓고 쌓인 노래 사연
엄니 엄니 나 갈 때까지 살아만 계셔다오
밤마다 기러기 띄워 고향 보며 울었는데…

길거리 동상으로 외롭게 앉은 나비
사죄하오 그 한마디 기다린 세월 속에
아 어찌 풀지 못한 한이 새까맣게 녹만 슨다.

칼국수

맛이나 알고 먹니 눈물나는 사연을
닳고 닳은 칼자루에 국수를 저미시어
가족의 한끼 생계를 맡으셨던 어머니.

눈으로 감동 젓고 후루룩 허기 먹고
한그릇 바닥날까 가슴 조인 아쉬움도
빈 속을 채운 만족으로 그날 하루 행복했다.

통통한 국수가락 자식에게 퍼 주시고
한 모금도 안 되는 국물까지 나눠주시던
어머니 그 속을 알았을 땐 이미 늦은 그리움뿐.

지금도 옛 생각을 젓가락에 건져 올려
행여나 끊어질까 통째로 삼킬 때면
여전히 어머니 모습 목안 가득 메인다.

광통교 애사

뜬구름 하늘 아래 슬픔을 삼켜라
지아비 눈물 닦아 화강암에 새긴 사랑
찬연한 태극무늬로 청계천에 묻혀 운다.

왕자의 난 칼끝에서 자식 잃은 신덕왕후
무덤마저 버림받은 비운의 피눈물이
광통교 돌 기둥을 안고 흐느끼는 이끼여.

궁궐 밖 오백 년을 모반처럼 떠돌았던
여인의 한이련가 흐르는 저 물소리
아직도 조선왕조가 절렁절렁 울린다.

땅콩

뽕잎을 먹고 자란 누에는 명주되고
흙을 먹고 자란 누에는 땅콩되는가
그 사연 볶고 나서야 사랑인 걸 알았네.

산자락 들어서면 오래된 무덤 속에
아직도 금실 좋은 아버지와 어머니의 혼
행여나 떨어질까봐 한몸으로 붙어 있네.

송선영(宋船影, Song, Sun young) 본명: 송태홍(宋泰洪, Song, Tae heung)

1937년 광주 북구 운암동 출생. 광주사범학교 졸업. 〈한국일보〉(1959), 〈경향신문〉(1959) 신춘문에 등단. 시조집 『겨울비망록』(1979, 형설), 『두 번째 겨울』(1986, 국제문화출판공사), 『어떤 목비명』(1990, 신원문화사), 『활터에서』(1997, 동학사), 『원촌리의 눈』(2005, 고요아침) 외. 노산문학상(1979), 가람시조문학상(1987), 중앙시조대상(1991), 월하문학상(1996), 고산문학대상(2007) 수상. 원탁문학 동인 역임. '영산강' 시조동인.

—

송선영宋船影은 처음부터 재기才氣 발랄한 시조단의 새 머슴이었다. 침신한 언어감각言語感覺, 독자적獨自的인 스타일. 거기에 부합되는 호흡으로 늘 새로움을 부여해 왔다. 과격지는 않았지만 언제나 그 나름의 시도試圖를 그치지 않았고, 항상 다이나믹 했다.
— 서벌(시조시인 · 전 한국시조시인협회장)

송선영宋船影 시인詩人은 해방후 시조시인 중에서 단연 독보적인 존재로 현대시조現代時調 시단詩壇의 기수旗手라고 해도 이의가 없는 시인이다. 험이라면 작품의 창작수가 너무 적다는 것이다.
— 김해성(시조시인 · 한국문인협회 고문)

우리의 시조時調가 그 누구의 이의異議도 사지 않고 문학적文學的 문단적文壇的 지위를 확보할 수 있다면 그것은 바로 씨氏와 같은 천재적天才的 시인詩人이 있기 때문이다.
— 이근배(시조시인 · 대한민국예술원 회장)

—

설야雪夜

사르르 눈 감으면
흰 고지高地가 눈앞인데,
쓸쓸히 산화散華해 간
백조白鳥여 , 넌 지금 어디?
피어린
지도를 안고
혈서 쓰던 정열이여.

슬픔일랑 쓸어안고
가버린 세월인데,
골짜구니에 가로 누워
울어 예는 여울이여
곱곱이
피 맺힌 사연,
가슴 아픈 메아리.

제기祭器처럼 오똑 앉아
한밤을 새노라면
마지막 사랑처럼
눈송이는 흩날린다
새벽 창
열어젖히고
기다리는 새 소식.

휴전선

— 바람이 인다. 이제는 굳세게 살아야지(발레리)

동구 밖 나와 보면 노을 깔린 휴전선일네
앙가슴 찢기운 채 엉엉 소리쳐 울다
비정非情의 세월을 지켜 굳어버린 돌인가.

장벽이란 이름 아래 노려보는 슬픔이여
노여움 피를 뿜고 꽃으로 흩날렸던
그날, 그 불타던 눈동자들 밤이슬에 젖는가.

기러기 청둥오리 끼룩끼룩 어디로 가나
겹겹이 사무치는 안타까운 그리움이여
길게도 내뿜는 숨결 북쪽 하늘에 서리는데……

탄혼彈痕에 송알송알 이슬방울 아롱지다
세월이 새어 흘러간 수풀을 헤치고 앉아
한 아름 통곡을 사려 안아보고 싶소이다.

너와 나 가슴 사이 가로 막힌 골짜구니로
언젠가는 종이 울려 파랗게 넘칠게다
입 깨문 응시凝視의 들에 불어오는 〈바람〉소리……

겨울 비망록 6

대숲속 성냥간엔 턱수염의 풀무소리
쇠전머리 뿌사리가 긴 그리메 끌고 가면,
불잉걸 꽃처럼 피어 먼 재 너메 비 내린다.

그날 그 전봉준全琫準이. 오라 속 뼈울음이,
순창 두메 갈밭 놀빛으로 물들이는,
턱수염, 소주잔 들고 잠든 일월日月 거푸 친다.

강강수월래

어쩔거나, 만월일래 부풀은 앙가슴을
어여쁘 달맞이꽃 아니면 소소리래도……
목 뽑아 강강수월래 청자 허리 이슬 어려.

얼마나 오랜 날을 묵정밭에 묵혔던고
화창한 꽃밭이건 호젓한 굴헝이건
물오른 속엣말이야 다름없는 석류알.

솔밭엔 솔바람 소리 하늘이사 별이 총총
큰기침도 없으렸다 목이 붉은 선소리여
남도의 큰애기들이 속엣말 푸는 잔치로고.

돌아라 휘돌아라 메아리도 흥청댄다
옷고름 치맛자락 갑사댕기 흩날려라
한가위 강강수월래 서산마루 달이 기우네.

봄꽃 단장斷章

귀청이 두꺼워 사람이사 들을 수 없네

고개 든 망울망울, 산지사방散之四方 색색 폭발음

저, 녹슨
쇠가시울 넘는

눈시린 봄의 폭발음.

시방, 개펄에서는
— 개펄을 위하여

개펄 도처에서 만백성, 혈거穴居중이다

이들은 숫백성이니 숨소리도 낮추면서

막막한
풍진세상을

태반이 안거安居중이다.

변두리행 行
— 꽁보리밥

첫술 든 밥상 앞에서 모처럼 나, 적나라하다

이순耳順 훨씬 넘긴 나이가 아이처럼 적나라하다

가마골
눈 내리는 저녁

속눈썹 그냥 물든다.

원촌리院村里의 눈

예전에,
예전에, 뇌며
꿈꾸는 보리밭에

세상에,
세상에, 뇌다
열 오른 툇마루 앞에

넉넉히 함박눈 오시네,
붉은빛 벙근
하얀
아침.

휘파람새에 관하여

요 며칠을 휘파람새가 심상치 않게 울었다
뒷강 나루터 기슭 잠을 잃은 휘파람새가
날마다
운암동 변두리의
첫새벽을 열었다.

고요한 산번지에 미증유의 파도가 일어
나는 휩쓸리다가 또, 노을을 태우다가
마침내
꽃상여 타고 온
한 청년을 보았다.

그해 그 아픔 이후 한결 잦던 휘파람새가
비, 비를 맞으며 어둠을 치는 저 소리……
오늘도
아파트에 와
단조短調로 날고 있다.

꿈꾸는 숫돌

1
빈 헛간
속 어둠을 빗금 새기는 햇살 끝에,

돌아온 턱수염
쿵쿵, 헛기침 끝에,

견고한 시간을 밀고
일어서는
작은
돌꿈.

2
훔치매 이내 숨 쉬네, 몸 닳아 자란 꿈이,

닳아서 해日의 머리칼 썩둑 잘라 엮던 꿈이,

기나긴 겨울잠 깨고 그 꿈의 날 도刀 번쩍이네.

송영일(宋榮一, Song young il)

1956년 전북 임실 강진면 출생. 한성대학교 (한국어문학부) 졸업. 〈매일신문〉 신춘문예 (2013) 등단. 제3회 천강문학상 대상(2011) 수상 외. 시집 『누이의 강』(2019, 고요아침). 열린시조학회 기획실장, 정형시학 편집위원, 마포문인협회 마포문학 편집장, 아름다운시인들의모임 초대 회장 역임.

—

대상 「누이의 강-국립중앙박물관 백자」는 인류 앞에 한국의 미를 뽐내는 조선백자 달항아리를 오브제로 활달한 시상을 펼치고 있다. 앞서 간 시인들이 찬탄했던 아름다움의 묘사에서 벗어나 백자가 담고 있는 시간과 공간을 새특한 감성으로 그려내고 있다. 특히 셋째 수에서 보여 준 "가부좌한 시간만큼 한생을 수절하고도/ 언제나/ 염화미소 짓는, 우리 누이 저기 있다"의 말씀씨는 시조의 가락을 놓치지 않으면서 시의 품격을 잘 살려내고 있다. 오늘의 시조 시단에 새 바람을 일으킬 신인을 만나는 기쁨이 크다.

— 김교한, 이근배

—

누이의 강
— 국립중앙박물관 백자*

숯대 위에 떠오른 달 오롯하게 품고 있다.
그림자 이운 자리 여백으로 남겨 놓고
덜 아문 생채기 하나 물비늘로 반짝인다.

많은 날 달구었을 뜨거움을 식히려고
사초史草 적신 은하수를 온몸에 머금은 채
별빛을 일렁이고 있는 유백색의 저 여인.

주고받는 눈길 위에 울컥, 울컥거리는
가부좌한 시간만큼 한생을 수절하고도
언제나 염화미소 짓는, 우리 누이 저기 있다.

* 유물번호 신수(新收) 2587 백자항아리. 은은한 백색 유약이 발라져 단아한 분위기와 기품을 자아내며 부피감이 뛰어나고 안정감이 있는 형태이다.

회색 도시 그림말

톱날 연주 바람소리 소한小寒 무렵 음계들이
움츠린 어깨 위에 자진모리로 내려앉고
고뿔 든 불경기 지수 끌어안은 거리 한쪽.

외면하는 종종걸음 젖은 눈 속 불러놓고
하루벌이 전단지 한 장 들이미는 아주머니
민낯을 들킨 바끄러움 손바닥에 일렁인다.

최저임금 시급 알바 가슴앓이 심한 오후
해토머리 햇살 몇 줌 언제쯤 들앉을까?
무심한 행인의 그림자 보도블록 할퀸다.

ㄱ동네 성형외과

입간판이 등을 기대 안부 묻는 골목길에
적막을 베고 누운 여름 한낮 멈칫대고
제 키를 쟁인 그림자
오수에 젖습니다.

헛기침 소리만이 텅 빈 사위 건드리고
드문드문 오고가는 인기척을 그러모아
하루를
박음질하는
옷 수선 이모네 가게.

솔기 뜯긴 시간들을 짜깁고 홀치어 내
가슴으로 마름질하며
바람 한 채 일굽니다.
차림새
성형을 하는, 손놀림 부시네요.

자전적 비브라토
— 불면의 밤

온종일 뒤를 따른 물집 잡힌 그 발자국
헛발 디딘 생채기를 베갯머리 불러 놓고
온몸을 까맣게 태운 한밤중을 껴안는다.

보풀 난 헤진 거리 적바림한 흔적 뒤로
어깨 처진 지친 모습 눈앞으로 걸어온다.
긴 불황 가슴에 박힌 어리보기 이 불면증.

헐거워진 연결 고리 드러나는 길을 따라
아수라 번진 도시 허우적댄 이순耳順 너머
비상구 찾지 못하는 걸음마저 절뚝거린다.

각을 잡은 시계 소리에 어둠이 흩어지고
허옇도록 뒤척인 날, 판도라를 만든 새벽
방 안에 여명을 불러 회색 먼지 털어낸다.

≡

높다란 벽 막고 있다, 손잡을 틈도 없이
뒷짐 진 배불뚝이 앞 주눅 든 까만 얼굴
섬이 된 그 이방인들 동공 안이 축축하다.

부등호 넘친 지구별 편을 가른 오답으로
겉만 보고 단정 짓는 잣대 기준 무엇일까?
속 비운 하얀 낮달에 식은땀이 맺힌 오후.

더하기 곱하는 길 어깨 위에 올려놓고
낯선 땅 공장 한쪽 하대 받는 딸깍발이
목이 멘 이주노동자, 같음표 주문한다.

첨탑 위 표상 하나

두 팔 벌려 맞이하는
숨결 가득 느껴진다.

무거운 짐 대신 지고 가시밭길 걸어갔을

내 미처 깨닫지 못한
발자국 어른대고,

세상 속 모래바람 수없이 불어온 날

등허리 토닥토닥
두드려준 따뜻한 손

종소리 울리는 새벽, 얼굴 하나 떠올린다.

행진

뒤뚱뒤뚱 집오리가 팬터마임 한창이다.
수중발레 추던 몸짓 뭍에선 서툰 건지
어설픈 춤사위 무대 물갈퀴만 붉디붉고,

하늘을 나는 그 꿈 가슴속 간직한 채
비틀댄 하루하루 갈 곳 잃은 광대처럼
어둠이 아닌 날들을 날개 접고 걷는 한생.

방심한 눈금 사이 의문부호 찍어 놓고
저울추 오르내린 볕살 기운 거리에서
박제된 틀 속에 갇혀 어제를 다 잊었다.

이젠 새가 아니어도 한때는 새였던 시간
푸근한 깃털 안에 일어서는 길이 있어
멈추지 못하는 걸음, 은빛을 나부낀다.

보다, 디아스포라

긴 꼬리 물고 오는 아우라가 어룽진다.
허리 잘린 아비규환 몸 불려 다가오고
이명 그 달팽이관을 두드리는 목소리 몇.

출렁거린 파도덩이 하나씩 끌고 와서
석양에 등을 기댄 사진 두엇 꺼내놓는
흩어진 여줄가리의 긴 서사 들려준다.

다 같은 하늘 아래 길 찾는 그들 모습
맨발로 걸어 나온 뜬소문만 헛헛하고
만나지 못하는 이생 이슬비에 젖는다.

시치미 단 송골매가 철조망 넘나들고
돌다리 두드리는 발걸음 분주할 때
반나마 가른 남과 북 울컥 눈물 지운다.

무단 투기

봉다리 몇 잡동사니 산발한 머리채로
눈총 받는 거리 한쪽 한뎃잠 청하는지
긴 하루 거둬들이는 어스름을 덮고 있다.

멍이 든 ＸＸ글자 날개 달려 퍼덕이고
비닐 속 담겨지는 셈법 다른 손길들이
민낯의 ★빛 마당을 가면 쓰고 비웃는다.

언제쯤 비루한 길가 (〰)문구 새겨질까?
말문 닫고 시위하는 경고문이 부라린다.
'버리지 말아주세요, 제발 좀 쓰레기를.'

새는 날개가 있다

당찬 야성 내려놓고 발에 익은 길을 따라
날갯짓 접어둔 채 뒤뚱거린 몸짓으로
달뜨는 도시의 하루 쪼고 있는 도도새*.

날아 오른 시간들을 깃털 속 묻어 두고
쿵쿵 뛰는 심장소리 뉘도 몰래 사그라진
그만큼 섬이 된 무게, 어깨를 짓누른다.

화석에 든 아이콘이 무젖어 말을 건다.
푸드덕 홰를 치는 한 마리 새 나는 행간
앙가슴 풀어헤친 채 물음표를 집어 든다.

* 도도새: 인도양의 모리셔스 섬에 서식했던 새. 천적이 없어 날개가 퇴
화돼 날지 못하다가 1505년 포르투갈인들이 포유류와 함께 이 섬에 들
어오기 시작하면서 멸종됐다. 현실에 안주해 변화를 바라지 않는 사람
을 '도도새의 법칙'으로 비유해 일컫기도 한다.

송유나(宋有硎, Song, You na) 본명: 송순만(宋順萬, Song, Soon man)

1960년 경기 화성 우정면 원안리 출생. 미국 Lordland Uniuersity(심리학) 박사(2011), 한세대학교(사회복지학) 박사(2016). 《월간문학》 신인상(2008) 등단. 경기도 통일안보 백일장 장원(2000), 설록차문학상(2004), 중앙시조백일장 장원(2006) 수상 외. 열린시조학회, 한국시조학회, 오늘의시조시인회의, 한국시조시인협회, 한국시학, 개화, 문학공간 회원. 《출판과문학》 시 부문 심사위원, 경기도의회 작가필진.

—

송유나 시인의 시 쓰기는 삶의 인근 주변에서 시적 대상을 찾아 1차적 경험의 구체적이고 개별적이고 감각적인 산 경험인 감성들을 만나고 있다. 한 사람의 감정이 개인적인 차원에 국한되지 않고 사회적인 차원으로 확장시켰다는 점에서 많은 시사점을 갖게 하고 시조의 소재를 일상에서 찾아내 감각과 사고를 고정시키지 않고 이미지의 확장을 시도하며 독자의 공감을 이끌어 낸다.

— 박수빈(시인 · 문학평론가)

송유나 시인은 느끼는 정감을 독특한 필치로 그리고 있다. 「밤꽃향 여물 때까지」는 전체적으로 흠잡을 데 없는 구성, 이미지를 적재적소에 배치하여 세수 한편이 완결의 미학에 근접해있다. '갈래길 들어설 때 하얀 외침 가득해', '지난해 아물지 못한 틈새자국 쓰려와', '가끔씩 퉁명스럽게 툭, 내뱉는 저 말투'와 같이 살아있는 표현들을 특히 높이 사고 싶다. 즉, 종장의 의미를 심화시키는 능력을 보여주고 있다.

— 이정환(시조시인 · 정음시조문학상 운영위원장)

「삽살개가 있는 풍경」에는 홀로된 이의 고독과 누가 낳아준 줄도 모르고 어미 떨어져 혼자 커온 삽살개의 눈물이, 고독한 사람과 슬픈 숙명을 지고 태어난 짐승이 만나 한 지붕 아래 의지하며 사는 한없이 쓸쓸한 풍경이 시인의 눈에 시인의 마음에 들어와 앉은 것이다. 길이 끝나는 곳에 길이 있다.

— 홍성란(시조시인 · 유심시조아카데미 원장)

—

삽살개가 있는 풍경

오래전 홀로된 자 말동무가 되어줬다
새벽밥 양은냄비, 수북수북 놓일 때면
이력난 집지키는 일
알아차린 눈치다

겉으로 내색 없이 커다란 눈 껌벅이는
눈가에 가득 고인 눈물 보면 알 것 같다
먼 산을 바라다보며
바람소리도 짖는다

슬퍼마라 울지마라 해질 즈음 돌아온다
외벌이 고된 일상 노을 이고 들어설 때
리모컨 누르기도 전
뛰어 안겨 잠든다

매향리 사격장*

벙어리 낡은 몸피
수년 그리 살아왔나
저체온 중 배 맞대고 온기 나눠 여는 길목
철조망 농섬이 웃고 상처로 핀 개망초 꽃

깊은 밤 잠 못 들어
환히 피던 조명탄 빛
훌쩍 지난 긴긴 세월 벽화로 남아있다
썰물이 싹 쓸어가도 속도 깊은 저 갯벌

해안가 철조망 따라
들며날며 오가던 새
감자밭 흰 꽃 필 즈음 창문 걸어 닫았다
고온리 마을 입구에 널부러진 덧난 상처

* 경기도 화성군에 있는 미군 사격장. 이제 사격장은 문을 닫고 탄피만 수북이 쌓여 있다.

가을 대추

하루 지나 들고 나온
발그레한 둥근 얼굴
끌어안은 시간만큼
손때 가득 묻어 있고
한 움큼
건네는 양손
뜨건 햇살
담겨 있다

많고 적은 양이 아닌
주고 싶은 그런 깊이
가름한 무게만큼
네 속에 든 기도소리
온몸을
달구는 온도
나도 100도
되었다

윤기 가득 차던 얼굴
잔주름이 잡혔다
가쁘게 움직거려
작은 제 몸 우리던 밤
잎 다 진
나뭇가지에
새가 되어
울던 한 알

제부도

갈대는 사각사각 누굴 그리 기다릴까
찬바람 헤잇다*가 가는 허리 움켜쥐고
꽉 다문 입술을 열어
흥건하게 푸는 눈물

예저기 부딪히고 견뎌왔을 제 몸 열어
아픔이 아픔인 줄, 상처인 줄 모르고서
새살이 돋아나기 전
샛길 여는 바닷길

비릿한 갯벌 따라 물때 잊고 주저앉아
홀로 따른 술잔 위로 떠오르는 둥근 얼굴
매바위 들잇다** 젖는 줄
모르는 채 서성인다

낙조는 저녁마다 벅찬 가슴 열어젖혀
뜨끈하게 사랑했다 차디차게 돌아선다
떠난 길 휘청거리다
내 안으로 드는 빈 배

* 헤잇다: 헤치고 젖히다.
** 들잇다: '흔들리다'의 옛말.

마라도

어머닌 울멍울멍
닿고 싶은 섬입니다
먼 남쪽 끄트머리 하늘
맞닿은 일출입니다
바당 밭
한 길만 내더니
무덤 한 채
띄웠습니다

전복같이 잡힌 주름
곱숨비다* 잡힌 돌 쥐고
속죄하듯 거꾸로 서
밀 물 훑는 슬픔입니다
이어도
이어도 사나
살 에이는
찬바람입니다

* 곱숨비다: 숨을 참고 물속으로 들어갔다 나와 다시 들어가다.

송인영(宋仁榮, Song, In yeoung)

1962년 제주 서귀포 표선 출생. 제주대학교 (국어국문학과) 석사 졸업. 《시조시학》 신인문학상(2010) 등단. 시집 『별들의 이력』(2014, 들꽃), 『앵두』(2019, 문학의 전당). 시선집 『방언의 계보학』(2019, 고요아침). 제1회 서귀포 문학작품 공모전 시조(2017) 수상. 오늘의시조시인회의, 한국시조시인협회 회원.

아버지의 봄

송인영

빗겨서 알몸이 된 식민지 그 밤처럼
넋 놓고 떠나보낸 불면의 연대를 안고
젓가락, 저 놋젓가락 닦아내는 비여

—

송인영의 시편들은 실존적 자아를 끊임없이 탐구하고 이를 언어로 형상화하기 위해 부단한 노력을 기울였음을 알 수 있다. 그것은 시의 존재성과 줄이 닿는다. 물질적 욕망 추구에 극도로 치우치면 공허함이 오지만 정신적 허기는 채우면 채울수록 더 잔잔히 파문이 인다. 시집 『별들의 이력』, 『앵두』에 실려 있는 작품들을 보면 시인은 자신과 자연, 사람들과의 교접을 통해 자아의 성찰을 피를 토할 만큼 치열하게 페이지마다 흩뿌려놓고 있다.

— 현산(시인)

또한 송인영의 시편들은 아름답지만 누추하고 비논리적이고 우주적이지만 지극히 개별적인 삶의 면면을 노래하고 있는, 언어가 존재의 밑바닥에서 올라와야 한다고 믿는 하여, 오늘도 시인은 시심을 들여놓기보다는 시심이 되어버린 몸으로 시에 임하고 있음을 알 수 있다.

— 신상조(문학평론가)

—

무릇꽃 노을

절물오름 에돌아 높아진 하늘 속에
수평선 이어놓고 바다를 달랜 저녁
산 아래, 총총한 집들
별처럼 돋아나네

4·3이 끝난 땅에 벌초 끝낸 봉분들
음력 8월 초하루 그쯤에서 돌아오는
한 무리 들꽃을 붙들고
만경봉호 안부 묻고

먼 길의 그 그리움 혼자서도 설렐까
낫자루 굽은 세월 지상에 묻어놓은
한 평 반 아버지의 기억
내 손등을 적시네

보목리 사계四季

1. 목련을 읽다
　4월이면 꽃들이 밥 안치는 마을 있네 한날한시 한꺼번에 떠난 목숨 기리면서 먹울음 새하얗게 닦아 소신공양을 올리는

2. 별의 단상
　아버지의 바다가 성근 저녁 다독이네 취업하지 못한 아들 때 놓친 밥상 위에 잘 익은 은갈치 한 마리 올려놓은 한여름

3. 태양초를 말리다
　얼마 더 비워야만 하늘은 낮아질까 적멸을 떠올려도 가 닿지 못할 꿈결 같아 나는 또 상상을 하네, 젖은 몸 넓게 널어

4. 제주 억새
　풍경의 속살들이 바삭바삭 마르지만 갈매기 후승 같은 흰 구름 훌훌 삼켜 절명시 햇살 한 줌을 바다 위로 날려보내고

고독사

상강도 훨씬 지난 연북로 늦가을 오후
잎 다 진 나무처럼 곧 헐릴지도 모르는
무허가 저 집을 지켜낸
무당거미 한 마리

한때는 식솔들의 밥통으로 존재했던
아직 상표 선명히 남아있는 '삼익쌀통'
그 허공 부둥켜안은 채
웅크린 무당거미

버릴 것 다 버리고 지울 것 지우면서
키 낮은 부엌 구석, 한 그릇 퍼 담았을
기척도 안 남기고 떠난
무당거미 한 마리

홍시

앙상해진 감나무에 달려있는 태양 하나

세상 짐 내려놓고 골고다로 가는 길에

서둘러, 새들을 불러 살점 모두 내주고

7월의 키스

유리쟁반 포도송이 물방울 또르르

볼살 오목하니 한 입에 빨아낸다

그 사람 입속에 녹는 포도알이 나였으면……

김장

에이라인 임산복 만삭의 배추들이
억새발람 허리에 복대를 두르고
임박한 예정일 앞둬 실오라기 볕을 쬔다

어혈을 풀어내어 아기집을 덥히던
날콩 같은 살내음 입덧이 시작되던
태동을 직감한 순간 하지정맥 피가 돌아

파다닥, 힘주며 떼 지어 날아오른
탯줄을 자른 자리 밭고랑만 허기진 채
트럭에 안착한 배추 또 한 해가 저문다

노마드*

문 여닫는 순간마다 봉긋하게 다가온
새로 산 브래지어 따뜻한 가슴 보면
색색이 얼굴 드러내는
이 가을 오름 같아

밋밋했던 사람들이 두근두근 벅차올라
누대로 이어오는 화산섬 시간 안고
눈웃음 되새김질하며
팽팽하게 솟구쳐

백약이 용눈이오름 다랑쉬 따라비오름
느낌대로 골라서 입어보는 가을볕
서랍장 나의 게르에는
유목민이 살고 있지

* 노마드nomad: 유목민.

보리밥

골 깊은 바람소리
알알이
들어있는

보릿대 관절들은 옹이보다 단단했다

어머니
퉁퉁 부은 눈

그 생애를

닮은

밤

방언의 계보학

들었남? 언어에도 지도가 있다는 말

똑같은 말인데도 너무 달라 여간 헷갈리는 게 아닌데. '부추'라는 말이 경기도에서는 '부추 혹은 부초', 강원도와 충청북도에서는 '분추', 충청남도는 '졸', 전라남북도에서는 '솔'이라 하고, 전라남도 승주, 광양, 여천, 그리고 그 옆 경상남도 남해에서는 '소불' 또는 '소풀'이라 하고, 경상북도에는 또 다르게 '정구지'라 한다네. 그러면 저 아래 남쪽 제주에는 이 부추를 뭐라고 하냐면 아, 생각지도 못할 그 말, '세우리'라 한다네. 따지고 보면 말인즉 다 이유가 있는 법. 알다시피 이 '세우리'가 무엇에 좋은 것인가 하면 거시기에 최고라는데. 바다를 벌떡 벌떡 일으켜 세우는 것도 알고 보면 섬, 그런데 섬이라고 다 같은 섬이 아니지. 나라 다스리는 법을 잘 세워야 진짜 섬이라고 할 수 있지. 대한민국 여의도 그 섬에 사는 사람들은 이걸 영 못 세워 제 구실을 못하고……

그러니, 뭐니 뭐니 해도 잘 세워야 장땡이지!

삼선슬리퍼 리포트

도서관을 빠져나간 성마른 초여름에
스물아홉 챙모자가 달무리에 걸리면
어둠은 0시를 향해
그물을 드리운다

먼 바다 파도소리 온몸으로 그러안고
스물아홉 그림자가 말없이 걸어간다
흐릿한 포말 속에서
돋아난 허기처럼

가슴에 다는 훈장 전부가 아니라지만
스물아홉 슬픔을 지나본 자는 알리라
외로운 취업 준비생
끌고 가는 맨발을

송정란(宋貞蘭, Song, Jeong ran)

1958년 경북 영주 출생. 건국대학교(정외과), 경기대(국문과) 박사 졸업(2002). 《월간문학》 시(1990), 조선일보 신춘문예 시조 당선(2000) 등단. 시집 『火木』(1993, 문학아카데미), 『불의 시집』(1998, 문학아카데미), 『허튼층쌓기』(2003, 고요아침) 외. 저서 『한국 시조시학의 탐색』(2003, 문학아카데미), 『스토리텔링의 이해와 실제』(2006, 문학아카데미) 외. 동국문학상(2004) 수상. 《문학과창작》, 《시조시학》 편집장 역임. 건양대학교 교수.

—

그의 시가 합리와 논리의 세계로부터 한껏 벗어나 궁극적으로 창조적 직관의 영역에까지 넘보자고 하기 때문에 대상이나 장면을 통한 인상적 반응을 감각적으로 묘사하는 데 결코 만족하지 않는다. 이러한 기질 내지 취향은 그의 시가 그윽한 선禪의 세계와도 쉽게 조우할 수 있는 요인이 되기도 한다. 모든 사물은 상대적 관념에 의해 존재한다. 안팎과 시공과 애증과 승속과 생사와 같은 상대적 관념의 경계를 허무는 것을 흔히 깨우침이라 할 때 이는 요즈음 유행하는 선적 포우즈라 할 수 있겠다.

— 송희복(문학평론가 · 진주교대 교수)

—

나혜석전傳

에미를 원망치 말고 사회 제도와 도덕과 법률과 인습을 원망하라. 네 에미는 과도기의 선각자로 그 운명의 줄에 희생된 자였더니라*

에미는, 지금 사막을, 횡단하는 중이다
마음의 바깥은 신기루처럼 아득하고
내 안은 눈뜰 수 없는 모래바람만 가득하다

제 영혼이 물이란 걸 모르는 낙타처럼
그렇게 터벅터벅 목마름으로 버텨내리라
끝없이 걸어야 할 길들이 모래무덤을 이루어도

황량한 세상에 한 줌 모래로 흩뿌려져도
낙타의 발자국처럼 흔적 없는 여정이어도
아이야, 뼈아픈 후회 없이, 생生의 사막을 걸어가리

* 인용문은 나혜석이 자식들에게 남긴 고별기.
** 나혜석(1896~1948): 호는 정월(晶月). 한국 최초의 여성 서양화가로서 동경여자미술학교를 졸업. 이혼 후 사회의 냉대와 생활고로 무연고자 병동에서 생을 마침.

안향련전傳

이 세상 사람 몸만 한 악기가 어디 있으랴
제 목청 둥글게 조여 쓰린 창자가 끊어지도록
저 먼 데 캄캄한 사랑이여 애원성聲을 토해내는

인연이 있고도 미련이구나 연분이 안 될라고 이 지경이 되는야 청생자생 무슨 죄로 우리들이 삼겨를 나서 이 지경이 웬일이란 말이야 아이고 답답헌 이내 심정 어느 장부가 알그나-헤*

소리의 능선마다 꺾어지르는 그리움이라
청성淸聲 고운 목청도 부질없는 짓인 것을…
마음의 패인 골짝마다 적막강산 첩첩하고

오늘밤이 그믐이든가 이지러진 마음이야
먼 데 사랑은 어둡고도 또 어둡더라
저 달빛 갈쿠리 같은 슬픔, 온몸 비수로 꽂히네

* 육자배기 인용.
** 안향련(1944~1981) : 요절한 천재 여류명창으로 보성소리 강산제의 맥을 이음. 짝사랑하던 사람에게 자신의 사랑이 받아들여지지 않자 자살함.

황진이전傳

가야금 열두 줄로 내 노래는 어림없어라
갓 쓴 사대부들이 현을 타며 어울리지만
음과 양 율려律呂도 버리고 내 뜻대로 부르리라

지족이니 벽계수니 허망한 짓거리일 뿐
색을 탐하여 줄을 고르는 그대들이여
아서라 내 치마폭은 남정네의 무덤이라

청초 우거진 골에 자난다 누웟난다 홍안을 어듸 두고 백골만 무첫나니 잔 자바 권하리 업스니 그를 슬허하노라*

내 평생 후회 없이 살았다 돌아갔느니
뉘랴 내 무덤에 술을 부어 슬퍼하는가
마음껏 삶의 현을 희롱했나니 달빛 저리 밝아라

* 인용시조는 임제林悌(1549~1587)의 작품. 서도병마사로 임지에 부임하면서 황진이의 무덤을 찾아 이 시조를 지었다가 파직당함.
** 황진이黃眞伊는 재색을 겸비한 조선조 최고의 명기로서 기명은 명월明月.

나무, 나무, 나무

저 나무 굵은 나이테 뱃심 두둑한 사내 같아
불거진 힘줄의 가지 두 팔 벌려 달려들 듯
여름숲 녹녹한 잎새들 간드러지게 몸 뒤채네

저 나무 암컷이 되어 으스러지게 안기고 싶은
마음의 이파리를 하염없이 뒤채네
사나운 짐승같은 가지들 나를 채갈 듯, 채갈 듯

집 한 채 홀랑 태우고 나서도

그날은 술이 아니라 불을 마셨던 게지요
얼큰한 매운탕이 끓고 있는 동안에
불길이 훑고 지나간 화주火酒 한 병을 마셨지요

한순간 눈이 마주친 사람들만이 알고 있는
그런 사랑의 벌어진 입구를 찾아
은근히 서로의 아궁이에 불을 지폈던 게지요

따근한 아랫목에 언 발을 녹이면
무언가 발가락을 은밀하게 간지럽히듯
서로의 마음 한 자락을 간질였던 게지요

차가운 방구들처럼 냉랭했던 가슴이
절절 끓어대는 아랫목으로 달구어져
집 한 채 홀랑 태우고 나서도 발을 빼지 못했지요

문聞
― 김병종의 그림 '송화분분松花紛紛' 에서 듣다

온천지 노랗게 황홀한 봄날에
자주빛 송화가 소록소록 피어납디다
그 언제 연분이 났을꼬, 소리소문도 없더니만

이제는 온 동네가 다 아는 일이지만요
정분이 났던 건 얼마 전 일이랍디다
청솔댁 옆집 총각을 몰래 불러냈단 것인데

송홧가루 아득히도 흩날리던 봄날에
춘정 못이겨 하룻밤 사랑놀음에
저리도 분분하게 들통이 나버렸던 거랍디다

* 소나무는 자웅이체雌雄異體로 암꽃이 핌.

허튼층쌓기*

　무위사 산길을 허적허적 걸어오르며
　난 지금 막돌이나 이리저리 끼워 맞추며 내 인생의 허튼층이
나 쌓아볼까 하는데요
　속세에 팔아온 다리품이 허튼걸음만 옮기는

　대리석 백팔 계단을 마음은 자꾸 곁눈질하며
　삶이란 저렇듯 반듯하게 번뇌도 저렇듯 매끄럽게 제 고통을
다듬어야 하는 건가요
　가슴에 박힌 돌들이 와르르르 무너지는

* 허튼층쌓기: 돌쌓기의 가로줄눈이 직선으로 되지 않게 불규칙한 돌을
흐트러뜨려 쌓는 일.

금강송*

무량사 극락전 들보로 누워 오백년이라
다시 잠들었다 깨어나니 천년이구나
무량겁 헤아릴 수 없는 세월 속의 티끌이라

세속의 부질없음을 말씀[經] 없이도 알겠으니
내 몸 이리 가벼이 허공에 떠 있구나
깊은 잠 다시 들어 눈 감으니 천년 세월 또 흐르려니

* 금강송金剛松: 적송赤松으로 주로 궁궐과 고찰의 대들보로 사용됨.

만공滿空, 소를 버리다

큰 법당 바깥 벽에서
심우도尋牛圖의 소를 만났다
그 중 가장 실한 놈,
등짝 선이 늠실한 놈
배홀림 둥근 기둥에 매어둔
소 한 마리 끌어낸다

이놈의 고삐를 채어
저자거리에 내다 팔까
살은 살대로
뼈는 뼈대로 발라
푸줏간 고깃덩이로 걸면
천 근 정도는 나올까

없는 소를 앞에 두고
생겨나는 욕심에,
없는 소도 갖다버려라,
뒤통수를 때리는
수덕사 외벽은 텅 비어 있다
공空만 가득 들어 있다

* 수덕사는 만공滿空 대선사가 수도한 곳으로 대웅전은 다른 법당과는
달리 외벽 벽화가 없음.

송진환(宋鎭桓, Song, Jin hwan)

1948년 경북 고령 대가야읍 출생. 영남대학교 (국어국문학과). 《현대시학》 시(1978), 〈매일신문〉 신춘문예 시조(2001) 등단. 시집 『바람의 行方』(1982, 현수사), 『잠풀의 노래』(2000, 만인사), 『조롱당하다』(2006, 만인사), 『누드시집』(2010, 시선사), 『못갖춘마디』(2014, 학이사) 외. 대구시조문학상(2011) 수상.

—

(전략) 누드는 선線의 마력이다. 따지고 보면 인간의 삶도 이른바 선으로 이루어지는 것이 아닐까 생각할 수 있는데 인간과 자연에 줄긋기를 하고, 삶의 명암에 줄을 그어 우리 삶의 총체적 모습을 살피고 있다. 누드화는 누드만이 아니라 삶을 읽는 코드가 되었다. 그래서 많은 놀람을 준다. 그 놀람의 첫째가 고정관념의 탈피다. 시조와 누드는 먼 것이라는 관념을 깨부수어 선으로 이어 놓았다. 다음으로 시조의 형식 부림에도 과감한 시도를 보이고 있다. 행갈이가 그렇고 음보의 형성에서도 발음의 등가성을 고려하여 압축시켜 놓은 점들이 놀람의 근거다. 그래서 이 시집은 실험성이 강한 작품집이다. 시인의 새로움을 향한 의지를 읽게 한다. (후략)
— 문무학(시조시인·문학평론가), 『누드시집』 해설

—

누드 65

세상 것 두루
채워서 얻을 요량인데

너는 한 겹 한 겹
벗겨내 찾는구나

그렇다,

이제 알겠다
꿈을 여는 그 보법을

몽돌

비워서
채운단 말
너를 보면 알겠다

모진 세월
깎이는 동안
절로
열린 가슴

둥글게
세상 쪽으로

굴러간다, 가볍게

풀 시詩

풀은 시들어도
뿌리를 놓지 않는다
그러기에 어느 땐가 풀빛 또 풀어내
뜨거운
한 생生의 깊이 바람 앞에 놓는다

밖으로 늘 밀려도
햇살은 고루 퍼져
마른 땅에서도 목숨을 떠받치는
저 질긴
생生의 목마름 가슴 못내 아린다

틈

서로가
조금씩
서로를 여는 것이다
그 사이로 새로운 세상 꽃피우는 것이다
민들레 비집고 나온
노란 세상 보았잖니

어쩌면,

틈이란 것도 삶의 여백인 것을
우리 자주 잊어 쉬 용납 못한다
막히고
닫힌 곳에선
꿈꿀 수도 없는 것을

거울 앞에서

허옇게 풀려나는 시간의 실타래 보며 되감을 수 없다는 걸 번연히 알면서도 아쉬워 떠나지 못해 거울 앞을 서성인다

어디 그뿐이랴 깊어진 강줄기 보라 꺾인 자리마다 설움도 따라 깊어 출렁인 그 흔적들이 주름으로 남았다

보고 다시 보며 거슬러 올라가면 환히 밝아오는 한 시대가 보인다 애틋한 마음 한 구석 거기 잠시 앉혀본다

낙동강

말없이 흘러가도 안으로 쌓인 세월의 깊이
웅어리 왜 없었겠나만 모래톱에 묻어두고
보아라, 가슴 그 안쪽 또 다른 강이 되었다

햇살 더 눈부신 날 물빛 곱게 담아내면
굽이돌아 서럽던 눈물마저 갈앉는다
이런 날 강기슭으론 갈대꽃이 피었다

물소리로 길을 열어 달려온 역사 앞에
미움도 사랑으로 달빛 되어 내린다
어디서 풀잎 서걱이는 소리 내일을 여는 몸짓인가

겨울 강

강물이 얼었다고 길을 정녕 놓쳤을까
출렁임이 없다고 생각마저 얼었을까
아래로 낮은 물소리 그 깊이를 보아라

바람에 허청대는 갈대숲 끌어안고
흘러온 시간을 꿈결인 듯 풀어내면
결빙도 내일로 가는 징검돌이 되는 것을

그렇다, 맺힌 것도 내일이면 다시 풀려
바다로 이어진 푸른 길을 열 것이다
이 겨울 안으로 다진 내밀한 언약이여

경계

이승과 저승의 경계 놓치고 있는 사이
弔燈이 떨리는 걸 아무도 미처 몰랐다
한 사람 기약도 없이 떠나던 몸짓인데

죽음도 삶 앞에선 더 먼 곳의 얘기다
오늘의 부동산시세 내일의 증권시세
그딴 것 산 자들 얘기 問喪은 참 길었다

흐를수록 시간도 비워지는 것인가
喪家엔 흐린 불빛 고단한 듯 누웠고
산 자들 떠난 자리엔 쏟아낸 말만 어지럽다

박제된 나비

한순간 길을 놓쳐 삶이 문득 끊어진
나비의 지난 한생 박제되어 걸렸다
그래도 아직 꿈꾸는지 나래 접지 않은 채

죽어서도 산 듯이 더듬이 곧추 세워
환한 꽃밭 사이 봄날을 더듬는가
눈앞에 자꾸 어른댄다 그 고운 나래짓이

저런 죽음이라면 박제된들 어떠랴
살아 이루지 못한 아쉬움 있다 해도
남은 자 가슴 가슴에 꿈을 채울 수 있다면

아내의 티눈

아내의 티눈은 밤에만 몰래 돋는다
흐린 불빛 아래 돌아앉아 후벼 파는
저 삶의 굳은 각질이 내 쪽으로 자꾸 튄다

아내가 걸어온 길 어둠이 더 많았을
그렇기에 넘어지고 피 흘린 날도 많았을
그 숱한 아픔 뒤편에 드리워진 긴 그림자

아내는, 지금, 세월을 파고 있는 거다
어쩌면 가장 경건한 의식의 절정이다
이따금 떨리는 어깨 절망도 있었나 보다

송행숙(宋幸淑, Song, Hang sook)
1964년 전남 강진 병영면 출생. 고구려대학교
(사회복지상담). 《시조시학》 신인상(2018, 가
을호) 등단. 열린시학회, 강진문학, 해남문학
회원.

물안개 어머니

송행숙

햇살이 곱게 들어
어머니가 보고픈 날

구강포 강 너머로
물안개 피어오르면

만덕사
아기 동백꽃
목을 놓아 웁니다

—

송행숙 시인은 계간《시조시학》2018년 가을호 신인상을 받으면서
문단에 나왔다. 특히 등단작인 「봄동」은 자연과 인간의 교감을 섬
세하게 그리고 있다. 첫째 수 초장에서 "계절은 멀었는데// 봄빛이
먼저 왔다"고 운을 뗀 시인은 "노지에서 자란 생"인 '봄동'을 "비빌
언덕 하나 없는 // 덕밭떼기 맨땅"에서 "한 생을 낮게 더 낮게 살다
가신" '울어머니'와 일치시키면서 어머니를 그리워하고 있다. 시장
통에서 "가슴으로 모은 폐지"로 맞바꾼 "홍시감 몇 개"(「어떤 귀가」)
의 버거운 무게를 아는 시인이기도 하다.

— 박현덕(시조시인)

—

봄동

계절은 멀었는데

봄빛이 먼저 왔다

노지에서 자란 生, 속 채우지 못했지만

향긋한 봄동 겉절이

봄맛이 아삭하다

비빌 언덕 하나 없는

덕밭떼기 맨땅에서

잔설처럼 차가운 바람 끝을 그러안고

한 生을 낮게 더 낮게

살다 가신 울 어머니

어떤 귀가

시장통을 누비면서
가슴으로 모은 폐지

하루치 일당 같은
지폐 몇 장 손에 쥔 채

눈썹달 머리에 이고
지친 걸음 재촉한다

홍시감 몇 개가
봉지 속에서 떨고 있다

달랑대는 그 무게가
그리도 버거울까

할머니 낡은 지팡이
만덕산*에 기대섰다

* 만덕산: 전남 강진의 명산. 백련사와 다산초당을 품고 있다.

연꽃 서신

전하고 싶은 말은
수면 아래 감춰뒀나

둥글게 퍼져가는
파문을 바라보며

빙그레 미소만 짓는
붉은 입술 저 여인

아들이 왔다 1

늦저녁 기다리던 아들이 집에 왔다

결혼 전 좋아했던 음식들을 세어보다

분주히 저녁을 짓는 내 몸 참 따뜻하다

아들이 왔다 2

눈사람처럼 커지는 숟가락을 보며 웃자

어머니도 드셔요, 밥 냄새가 구수하다

매일 밤 이렇게 좋은 저녁이면 참 좋겠다

물안개 어머니

햇살이 곱게 들어
어머니가 보고픈 날

구강포 강 너머로
물안개 피어오르면

만덕사
아기 동백꽃
목을 놓아 웁니다

강진, 가을 초입에서

갈대숲 사이사이
바람소리 숨어들자

갯벌 바닥 짱뚱어도 덩달아 신이 났다

한낮의 구강포구가
수런대며 깨어난다

잠자리 떼 날아간
청자촌 그 너머로

남빛으로 물든 하늘, 가을이 오고 있다

기다림 그 타는 목마름에,
청자주병 다 비우고

거위눈별이 뜨는 밤

옥수수가 노랗게
방긋 웃는 여름 밤

멱 감는 아이들의
웃음소리 그 너머로

송아지 목쉰 울음만
모깃불로 타고 있다

밤이 깊어갈수록
뭇별은 총총한데

엇송아지 속울음이
별밭에 가 닿았을까

저만치 구름발치에
거위눈별 떠 있다

공중전화 박스

오지 않는 널 기다리다
옥수수가 된 저녁

나 그만 우두커니
전화박스가 되어 간다

그림자
집 문 앞까지
길게 따라와 키를 잰다

신명

창밖에 풍물패들
놀러온 바람소리
햇님 닮은 꽹과리도
목청 높은 정월 하루
뒤따른
조선의 악기
새날을 알리는지

징소리 북소리
나라일 시작한다고
징고 소고 나비 같이
어깨춤 흥겨워라
세상은
신명 자진모리
놀다가 웃다가도

신군자(申君子, Shin, Goon ja)

1945년 충남 예산 출생. 인하대학교(화학공학과) 중퇴. 전국주부백일장, 전국시낭송대회 입상(1989), 《월간문학》 신인상(1989) 등단. 충남문화예술상(2008) 수상. 미래시시인회 회원, 부재시조 동인, 천안문인협회장 역임. 천안문인협회 회원.

—

"목마른 가지마다 칭칭 감겨 우는 바람아"라고 바람을 불러댔는데, 이때의 바람은 작자 자신의 감정을 대변해주는 대변자인 것 같다. 칭칭 감겨 우는 존재의 바람일 수도 있기 때문이다. 그리고 종장의 내용은 철학적인 사유가 필요하다. "끊어진 시간과 시간 사이"는 단절을 의미한다. 시간은 연속성이 있는 건데, 끊어졌다면 큰 문제가 발생한 것이다. 그것은 자아의 힘으로 해결할 수 없는 문제이다. 그래서 "무슨 색깔로 칠해야 하느냐"고 물었다. 이러한 질문은 바람에게 한 것이 아니라 작자 자신에게 한 질문 같다.

— 이광녕(시조시인 · 한국시조협회 고문)

—

입춘

흰 갑옷 툭툭 털고 큰 칼 내려놓는
한 계절 서슬이 청솔 같던 동장군
가지 끝 산고의 아픔 쓰다듬고 돌아선다

흙 밟고 헤엄치며 안개비 산발을 하고
갯버들 여린 가슴 봉싯하니 부풀 때쯤
풀물 든 호드기 소리가 먼 기억을 넘어온다

하늘 눈짓 흙의 입김에 옷깃 풀고 마중 간다
이 들 저 산 모두 캐어 한 가슴에 안으려니
쑥물 밴 손톱 밑으로 칼끝 바람 숨어든다

여름의 늪

여름이 절절 끓는 아스팔트 포도 위
발끝에 달라붙는 고독을 떨쳐내며
허기진 비둘기 한 마리가
불볕 속을 헤집는다

시멘트 열기 속에서 무엇을 쪼고 있나
보릿고개 넘어가듯 마음은 지쳐가고
저 홀로 기도를 올리듯
간절함을 삼킨다

절벽 같은 삶의 등에 은빛 꿈 보이려나
너를 위해 누구라도 알곡 몇 톨 흘렸기를
아버지, 어릴 적 내 아버지의
땀 절은 등을 본다

신성리 갈대숲*

노을을 가슴에 안고 갈대숲이 속울음 운다
강물 따라가고 싶어 강가에 와서 운다
바람도 이명처럼 울며 가을을 기도하고

여인의 옷깃처럼 갈댓잎 하늘거린다
세월은 강물보다 빠르게 흘러가는데
저 바람 시린 눈물을 씻어줄 이 누군가

얼마큼의 가을과 만나고 헤어졌나
금강 변 갈대꽃이 손 흔드는 이 저녁
그대는 그렇게 손 흔들고 떠나는 이별이었나

* 충남 서천군 한산면 신성리(금강 변에 있음).

가을밤 전화벨 소리

아직 잠들지 않은 窓
비비새,
비비새가 운다

눈빛으로도 알 수 없는
우리들의 거리처럼

가녀린
선 끝에 서서
수화기는 목이 쉰다

마른 풀숲 더미에
쥐불만 한
불씨가 일며

창백했던 기억들이
사각 공간에 너울대고

밤새 쓴
그 긴 편지가
금속 울음에 젖는다

마곡사* 개울가에는

철없는 꽃샘바람이 풍경놀이 하고 있다
언 마음 달래가며 고운 봄은 흐르고
돌탑들 이마를 반짝이며
개울가를 수놓는다

돌탑은 부처 되고 부처는 돌탑이 된다
숙연해진 마음에 절로 두 손 모으면
그 손길 간절함이 너무 깊어
돌 하나 주워 올린다

이끼 덮인 사연마다 눈물꽃 향이 난다
돌마다의 소원과 돌마다의 그리움에
우주를 품어 안은 듯
풍경 소리 젖어 든다

* 충남 공주에 있는 절.

산사山寺의 강

우주
저 바깥으로
고요의
강물 흘러

죄 짐 다
씻어 주실까
찌든 마음
담가본다

그 또한
욕심의 죄가 될까
돌아서는
겨운 발길

정월대보름 달맞이 풍경

달이 탄다 밤바다에 중천에 떠오른 저 달
연등 높이 걸어놓고 간절한 손 빌고 빌어
휘얼 훨 모래알보다 많은
소망들이 타오른다

꽃이 핀다 백사장에 뜨거운 눈물꽃이
밤 물결 흐느낌에 기도 소리 높아가고
돌아올 기약도 없이
뱃길 떠난 님이여

재우쳐 안부를 묻는 성급한 파도 소리에
손바닥 닳고 닳아 소지로 타오른대도
모르네 저 달도 모르네
도리질하는 촛불들

제야의 종

힘껏 시위를 당긴다
몇 만 리나 날아갈까
나달을 지워가며
열두 강물 건너서
새 노래
새 빛을 찾아
잠든 우주를 깨운다

화살 끝 그 어디쯤
과녁은 보이지 않고
파르란 날 빛 살촉
하늘 문 활짝 연다
속병 든
지구를 흔들면서
신음하는 저 종소리

코로나19

3월 가고 4월이 와도 봄님은 안 오시네
산 너머 너머에서 자가격리 중이신가
세상은 빙하바이러스로
속절없이 무너지네

새싹들 숨소리가 가슴 밑을 차오르네
살얼음판 딛는 듯 아슬아슬한 나날들
볼 수도 만질 수도 없는
잔혹한 무형의 좀비

그래도 봄님 오시고 꽃님도 피우셨네
반가워도 고마워도 임 마중 못 나가고
시들은 목련 꽃잎 같은
마스크만 동동 떴네

빈 손

흰 깃발이 너에게 뜻밖에 어울리던 날
가슴속 해는 지고, 붉은 해 녹아내리고
뜨겁게 웃던 그 큰 언덕
무너지는 저 하늘

하얀 하늘 내려와 하얀 국화꽃 안고
쑥 덤불 가시덤불 다 베어낸 망루에
고단한 네 이름보다 작은
꽃씨 하나 묻는다

맨 처음 창가에 핀 우리들의 첫 햇살
이제 그 깊은 어둠, 무슨 싹을 틔울거나
버리고 떠나간 빈손
찬 허공을 흔든다

신대주(辛大柱, Shin, De ju)

1939년 강원도 영월 출생. 한국방송통신대학교 (국어국문학과) 졸업. 《현대시조》, 《시조문학》, 《韓國詩》 시조, 평론(1989) 등단. 삼척 MBC 수기 당선(1982). 시집 『戀艶詞』(1990, 동녘신문사), 『발자국』(2000, 시와 비평), 『하늘을 품은 바다』(2006, 풀잎문학) 외. 평론집 『說葉集』(2008, 나래문화). 이론집 『古典時調의 史的 要解』(2018, 나래). 한국시조비평문학 대상(1999), 강원시조문학상(2000), 한국바다문학상(2003) 수상 외. 한국문인협회, 한국시조시인협회 회원. 강원시조시인협회 부회장, 《海陸文化》 주간, 《미래문학》 자문위원, 《시와 비평》 기획위원, 《韓國詩》 편집위원, 청해문학 회장 역임 외.

—

신대주의 작품은 자연친화적이고 서정적인 바탕 위에 현대시조의 실험에 모험을 걸고 창조적 추구를 지향하고 있다. 특히 sexuality한 직조를 통해 인간의 내면세계와 역사인식 및 사회현실을 추구하고 비판하며, 해학적이고 역설적 성향이 짙다. 성을 살과 꽃과 색에의 기갈에 날뜀이 아니라 꿈과 희망과 삶의 바탕으로 삼고 있다. 웅달진 삶을 거울삼아 새 삶을 모색하며, 고고한 내면과 견고한 의지를 바탕으로 여유와 침잠을 수용하고 있는 훈훈한 시향을 풍기고 있다.

— 최종섭(시조시인)

—

나목裸木, 심상心象

내 몸에 붙어있는 허영의 질긴 영혼
나뭇잎 지워내는 바람의 언덕에서
허공에 한줌 먼지로 털어 내고 싶다.

일상의 때에 절은 알몸을 드러내어
장설을 밟고 서서 맨살이 터지는
나목裸木의 아픈 수행修行을 시작하고 싶다.

예리한 칼끝으로 살점을 저며 내고
고뇌의 뼈를 갈아 당신의 자궁 속을
새하얀 목련꽃으로 꽉 채우고 싶다.

마르고 단단한 껍질을 뒤집어쓴
위선의 어둡고 긴 터널을 벗어나
햇살이 출렁거리는 호수로 가고 싶다.

바퀴벌레 우글대는 습기 찬 병동에서
꺼지는 말기환자의 눈자위를 까뒤집어
불빛을 흡혈하고 있는 형광등을 벗어나고 싶다.

꽃불

아직은 살갗이 트는 아픈 바람인데
만월滿月로 가득 차오르는 뜨거운 속살
선악의 눈금을 넘어 세월을 밀어낸다.

별빛이 부싯돌에 부서지는 골짝에서
이 한밤 혼불 놓고 드리는 소신공양燒身供養
가파른 삶의 계단을 기어오르는 꽃대공.

국화꽃 image

문틈을 비집고 나오는 생살냄새
낡은 창호지에 불빛이 배어 나와
이 땅의 질긴 목숨을 치마폭에 키웠지.

고운 님 피눈물로 덧칠한 단청 끝에
물먹은 보름달이 거미줄에 달려있고
하늘이 얕게 내려앉아 젖은 몸을 감쌌지.

안뜰엔 속살 찢어 피워낸 국화꽃이
찬이슬 머금은 채 머리를 곧추세워
콧김을 끝없이 쏘아대는 향 덩어리 터졌지.

미사 보 덮어쓰고 울음을 섞어 삼켜
삼계三季를 치러낸 순백의 눈꽃송이
한 가지 드릴 소원은 통곡으로 터졌지.

제주도의 봄

거칠던 파도마저 아기처럼 잠이 든
제주도 바닷가에 유채꽃 흐드러져
과거에 머리 푼 바람 하현달로 맞는다.

빛바랜 달빛 아래 초혼을 불러내는
목이 쉰 밤새들이 43 43 하고 울면
또 다른 한 녘에서는 사태 사태 따라 운다.

허연 이빨에 사타구니 물어뜯긴 바위벼랑
세월의 허리춤에 상처만 깊어가고
바람은 낮술에 취해 18번을 부른다.

해마다 봄이 오면 반추하는 아픔 속에
조상의 뼈를 감싼 생살은 썩어가고
반세기 쌓인 앙금은 백화현상 부른다.

대숲에 누운 옹기

대숲에 모로 누워 입 벌린 질항아리
해 뜨면 해를 담고, 꽃 피면 꽃을 담고,
흰 구름 푸른 하늘에 무지개를 피운다.

향기로 한껏 부푼 꽃잎이 날아들면
봄 심은 가슴 열어 밀어를 풀어놓고
풀벌레 사무친 울음 바람으로 달랜다.

달빛이 깊어지면 맨드라미 붉은 속살
달빛을 담아 안고 졸고 있는 안뜰에는
무심한 세월의 주름살 추억으로 쌓이네.

정황

낙엽이 피를 토하며 무더기로 순절하는 시간에
우리는 창문을 닫고 오징어를 씹으며
헨리의 마지막 잎새를 가슴으로 읽는다.

창밖엔 찬비가 세차게 내리고
아궁이에 가랑잎이 타고있는 동안
우리는 청소년처럼 사춘기를 겪는다.

바람이 전선을 화음으로 울리며
미사곡을 연주하는 시간에 우리는
마지막 그리스도의 성찬식을 올린다.

마라도에서

이제야 알 것 같다. 태양이 떠오를 때
조선의 하늘이 생피로 흠뻑 젖는 것을
낚시를 멀리 드리워 이어도를 건져보고….

이제야 알 것 같다. 초경을 시작할 때
여인의 속 가랑이가 진홍색으로 변하는 것을
생명이 얽힌 실꾸리를 한 동안 풀어보고….

이제야 알 것 같다. 여명이 다가올 때
3월의 마라도 해안이 더 진한 핏빛인 걸
분단에 몸서리치는 바다 속을 들여다보고….

이제야 알 것 같다. 마라도 억새풀이
서로를 움켜잡고 동천을 향해 통곡하는 것을
왜구의 창살에 찢기며 지켜온 정절을 보고….

절골
― 첫서리

짚으로 허리를 동여맨 배추포기가
남새밭 한가운데 가묘假墓를 급히 쓰고
상주가 초혼招魂도 하고 호상護喪도 된다.

새하얀 모시적삼을 지붕 위에 올려놓고,
문객門客도 없는 쓸쓸한 안마당 댓돌 밑엔
날이 선 저승사자의 칼자국이 선명하다.

지난 밤 누구의 영혼이 난도질 됐나
무심한 달빛은 산마루를 넘어가고
창밖의 귀뚜라미도 침묵으로 일관한다.

피 묻은 과엽果葉더미에 불청사우不請四友 둘러앉아
이따금 바람을 안고 정적을 깨뜨리며
계곡의 물길을 열어 곡소리를 흘린다.

서강西江의 봄

해맑은 서강西江 물빛 환한 속살 드러내고
찬이슬 머리에 이고 화냥기가 드러난
봄꽃의 끈질긴 생명 웃음으로 일어선다.

산발한 아지랑이 치맛자락 말아 올리고
살구꽃 살결 부푼 힘줄이 드러나면
사지史址의 주춧돌 밑에 춘란 한 촉 웃는다.

속 꽃잎 활짝 열고 아침이슬 마실 때
관능에 물든 사랑 꽃으로 피어나고
여울목 귀를 세우며 깨진 꿈을 줍는다.

진도의 봄

한식이 찾아드는 남도석성南島石城 가는 길에
자꾸만 발바닥이 간지러워 벗은 신발
죽창에 갈기를 세워 일어서는 배중손裵仲孫.

천년을 괴던 피가 군호軍呼에 운집하여
석산石山에 아지랑이 피어 올린 진달래 군락
창 끝에 찍어 올린 핏물 뚝뚝 듣는 동백화.

하늘을 뒤덮으며 황사로 몰려오는
귀먹은 아우성들 기상이변 일기예보
섬돌에 갈기를 세운 성난 바다 삼별초三別抄.

신동익(辛東益, Sin, Dong ik)

1928년 울산 울주군 삼동면 출생. 부산대학교(법과) 2년(1956). 《문학세계》 신인상(1991) 등단. 시집 『조강지처』(2000, 대한), 『콩 낱알을 주우며』(2010, 알토란), 『파레트pallet 속에서 사리가 나온다』(2012, 천산), 『천부경(○△□)은 (-1)"이다』(2014, 천산), 『봄(천부경 수제자 가리비)』(2018. 천우). 성파시조문학상(2002), 나래시조문학상(2003), 울산문학상 운문(2010), 계간 자유문학상 시조(2014), 종합문예지 문학세계문학상 공모 대상 시조(2018) 수상. '크낙새' 시조동인. 한국문인협회, 한국시조시인협회, 경남문인협회, 울산문인협회 회원, 울산시조시인협회 창립회장 6년 역임.

—

농업을 농선農禪의 경지에까지 승화시켰다(서벌). 신의 손길과 섭리가 서늘하게 느껴지는 작품이다(권갑하). 시조 현대화의 빅 이벤트로써 손색이 없다(박영교 외 11명). "…3 -2 -1 0 +1 +2 +3… / …짝지은 믿음과 허무…" 이 어법은 승화된 노동어법일 터이다. 한갓 지게를 보살로 모시는 마음, 독별한 경계에 다다른 일례다(서벌). …을 "오지랖에 안는" 경지는 농선에 이르는 시편이다(권갑하). … 단발로 맹수의 면줄을 노리는 숙달된 투창법의 사냥꾼임에 틀림없다(정완영). … 쉬우면서 뜻이 깊은 시조글經이다(신세훈).

—

하루

잠수함 잠수경
올리듯 올렸다가

빠끔히 뚫린 요지경 구멍
온종일 들어다보다가

마파람
게 눈 감추듯
감춰버린 하루

대한 철 동백

울타리 안 삼십 해를
있는 둥 마는 둥

눈에 담은 적 없는데
오늘따라 입술이 붉다

풋풋한 부푼 앙가슴
기상예보 게스트

콩밭을 매며

나의 이 콩밭은 동서東西로 나절 사리고
언제나 해를 업고 김매기하는 우리.
이랑은 내 나이만큼 쉰 훨씬 넘는다.

아침나절 녘엔 키보다 긴 그림자
번뇌의 길이로 알고 그림자 쪼며 맨다.
믿음은 녹음보다 짙어 구름이 와 끄덕끄덕.

저녁나절 녘은 매면 맬수록
이랑은 주는데 그림자는 더 자란다.
적막은 산그늘 몰아 발꿈치를 적시고.

…3 -2 -1 0 +1 +2 +3…
대방광불화엄의 경계境界, 짝지은 믿음과 허무.
저문 땅, 이 콩밭이랑에 다시 아침 출렁이리.

어떤 다비장茶毘葬

도낙농道酪農 진홍대회에
참여상 받은 인연으로

20년 정들었던
나의 지게 하직했다.

겨운 짐
도맡던 뜻을
보살이라 이르오리.

꺾인 팔 의수義手 달고
허리에 동였던 콜셋.

그 상처투성이를
다둑이고 다둑인 그대.

농가農家 빚
탕감하리라던 소식
구름 속에 묻었다.

분별을 잊은 손이
욕심 잔뜩 부릴 때도

실을 만큼만
실으라던 그대여.

해거름
한 들녘에서
다비장을 지낸다.

빠렛트pallet 속에서 사리가 나온다

바다를 건너온 지게차 나무 바지게
씽씽한 호흡으로 어느 원시림에서 자라
대들보, 큰 꿈을 접고 일꾼이 된 사나이.
출생의 이름표, 선명한 낙인烙印 당당한 어깨
무비자로 5양 6주 넘나드는 대장부
고향이 그리울 때면 "요반각要返脚", 향수에 젖어도
어차피 부름 따라 나온 사명감 어쩌랴.
시멘트 벽돌공장, 시골까지 흘러와
낡은 몸 겨운 짐에 찌찍! 외마디 남긴 여운
얼굴이 뒤틀리고 늑골이 부러지고
죄처럼 못 박힌 생애, 다스린 노동의 영웅.
염장이, 해머 노루발장도리 그업장業障을 분해한다.
이렇듯 나무보일러 다비를 원했든가!
목생화木生火 화생토火生土, 아낌없이 베푼 사랑
금극목金克木! 상극의 악연 꽃피운 공덕 사리 몇 과.

콩 낱알을 주우며

늙바탕에 할 일 없어 텃밭을 일구고

그루밭에 심은 콩이 따닥따닥 익어간다.

적막은 일흔아홉 평 심심파적 낙이로세.

"목수는 낱못을 줍지 않는다." 하였던가

그루에서 떨어진 콩 낱알을 줍나니

아이들 사탕값도 안 되는 일, 농심을 줍는다.

한 알에 감사하니 두 알에 은혜롭고

세 알 네 알 보람이요, 다섯 여섯 홍감 터라

자연이 주신 흑진주 오지랖에 안는다.

모과木瓜 단상

입동立冬은 달음박질로 빈 들녘 가로질러 온다.
하늘을 시위로 당겨 등극하는 노란 참외
저기 내 할머니 천식도 묻어오느니, 콜록콜록

이번엔 가까이서 연발의 따발총 소리
숨 멈췄다, 몰아쉬는 아버님 겨울 기침
고희古稀가 감전感電된 기억, 절절절 저려 온다.

선친께서 그랬듯이 모과 따다 앉히고
얇게 썰어 꿀에 재고, 뚝뚝 썰어 술 담근다.
따끈한, 모과 향 짙은 그리움 환한 두 얼굴.

옥적玉笛「천부경天符經」
— 만파식적萬波息笛*

키 한(1) 자(尺) 아홉(9) 치(寸)
네(4) 쪽 세(3) 마디(節) 금척(金尺) 네(4) 배.

사람도 아홉 구멍
옥피리도 아홉 구멍

획! 불면,
피리 소리 사람 소리
사람 소리 피리 소리.

얼마나 누지르면
저리 높은음 뽑아낼까.

얼마나 곰삭아야
저 맑은 소리 우려낼까.

울어라 맺힌 실타래
실실 솔솔 다 풀린다.

* 만파식적萬波息笛: 신라 때의 전설상의 피리. 신라 문무왕이 죽어서
된 해룡海龍과 김유신이 죽어서 된 천신天神이 합심하여 용을 시켜서
보낸 대나무로 만들었다고 함. 이것을 불면 적병이 물러가고 병이 낫는
등 나라가 평안해졌다고 함.

농선農禪

밭 갈아 씨 뿌려 가꿔
맺어서
익은 알알.

자란 풀 소가 뜯고
그 소, 젖으로 주네.

묵은 산
틈틈이 일궈
감빛 밤빛 대춧빛.

5월

파릇파릇 푸릇푸릇
새잎들이 보글보글

햇볕은 귀엽다고
간질간질 간질댄다.

바람에 헤헤거리며
간지럼 타는 아기.

신동주(申東周, Shin, Dong ju)

1957년 강원 원주 문막읍 출생. 《문학세계》 신인상 시조(2013) 등단. 강원여성문예 경연대회 시 장원(2013), 원주시조 백일장 장원(2013), 임윤지당 얼선양 공모전 시 차상(2014). 강원시조시인협회, 원주문인협회 회원.

—

신동주 시인의 작품 세계에는 서정성이 있고 소녀처럼 순수함이 있다. 시조의 형식과 내용이 좋으며 음보율 보다는 음수율을 정확히 지켜 시조의 기본 형식을 철저히 지켰다. 「멈추어진 그림」에서는 어머니 생각을, 「딸 결혼식 날」에서는 모정을, 「생명」에서는 잘린 거목의 고통을, 「빈집」에서는 폐허의 고향집을, 「다행이다」에서는 사랑하는 사람 생각을 그린 작품들로 가슴에 오래 남을 작품들이다. 쉽게 읽히는 시조 작품이며 옛날 살던 그리운 고향 생각과 어머니 생각이 간절하다.

— 류각현(시조시인 · 전 강원시조시인협회 회장)

—

멈추어진 그림
— 엄마는

포개진 꽃 속 가득
곳간에 살찌워서

둥근 송이 뙤약볕에
꽉 찬 볼 터트리면

허리춤 어머니 다래끼
뭉게구름 넘치네.

씨아*는 칭얼대며
검은 씨 밀어내고

아랫목 주인인 양
목화솜 가득하다

어머니 지친 종아리
목화솜에 잠든다.

* 씨아: 목화씨를 빼는 나무로 만든 틀.

딸 결혼식 날
— 이별 아닌 이별

손안에 꼭 쥐었던
보석을 잃은 마음

가슴은 방망이질
청심환 달래면서

수십 개
화살핀 꽂은 머리
발걸음도 낯설다.

천사의 옷을 입은
새색시 환한 얼굴

방울방울 아빠 눈물
차마 못 마주치고

딸아이
긴 드레스만
박꽃처럼 웃었다.

생명
— 살아있음에

나이든 거목들이 밑둥까지 잘려갔다
전기톱 돌아갈 때 뿌려지는 나무 살점
침묵의 울부짖는 소리 외면하는 사람들.

여름비 흠뻑 먹고 민낯에 열 오르니
그루턱 여기저기 오기로 솟는 생명
고통의 흔적을 지우듯 한 뼘 한 뼘 자란다.

빈집

퇴색된 기왓장은
턱밑에 걸터 있고

창호지 마른 먼지
할 일 없이 흔들리면

빗겨 선
바람소리에
삐걱이는 낡은 문.

기울은 문지방 앞
낯익은 옛 물건들

꽃씨도 싹을 틔울
기력조차 없는 쉼터

주인이
떠나간 자리
풀숲만 오솔하다.*

* 오솔하다: 사방이 무서울 만큼 고요하고 쓸쓸하다.

다행이다

내 앞에 있는 네가
너라서 다행이다

가끔은 마음 밭에
너 때문에 울더라도

지금쯤 사랑하는 이가
다행이다 너라서.

다행이다

내 앞에 있는 네가
너라서 다행이다

가끔은 마음 밭에
너 때문에 울더라도

신명자(申明子, Shin, Myung ja)

1946년 충북 제천 출생. 《시조문학》 초회 (1991, 봄호), 《시조문학》 천료(1991, 가을호) 등단. 시조집 『지평을 여는 바람』(1995, 대한), 『사월 뻐꾸기』(2007, 고려사). 동시조집 『즐거운 동시조』(1997). 낙강시조백일장 차상(1990), 허난설헌 문학 본상(2009), 김동명 문학 대상(2009) 수상. 한국시조시인협회 감사·이사, 한국여성시조문학회 부회장, 경인 시조협회 부회장 역임. 한국문인협회 회원.

—

꽃피는 날에

벚꽃이 하도 고와
발걸음 멈춰 보니
흐드러진 꽃송이
구름 위에 떠다니고
온 동네
술렁이는 바람
하얀 얘기 피워 놓고

안부도 묻기 전에
꽃비로 쏟은 눈물
타는 가슴 물랐어요
바라볼 수 없는 그대
떨리는
내 가슴 안은
새털처럼 부풉니다

꽃소식

꽃 피면 온다기에
꽃이 피면 온다기에

흐드러진 꽃소식이
창호지를 물들여도

박제된
모조품처럼
웃고 있는 사진 한 장

때로는 아픈 마음
구름 따라 보내놓고

목을 느린 해바라기
해를 따라 돌다보면

어느새
반쪽 하늘이
노을 속에 타고 있다

수박 고르기

동글동글 잘생긴
수박 더미 앞에 놓고
겉과 속이 다른 너를
선택하는 순간이다

한여름
후끈 달은 가슴
단물 철철 흐르거라

흥부가 박을 타듯
조심스레 칼을 대고
딱! 쪼갠 속 알맹이
꿀물처럼 농익어서

온 집안
웃음소리로
더위 잠깐 식혀라

겨울 바다

천년을 태운 가슴
바라본 돌섬에는
갈매기 나랫짓이 하염없이 부서지고
일몰은
산처럼 쌓여
하늘빛이 무너진다

달빛에 물들여진
은어 떼의 비늘처럼
뽀얗게 밀려오는 너와 나의 이야기들
아직도
풀지 못한 채
실어증을 앓고 있다

가을비 맞던 날에

소리 없는 가을비는
새벽을 적시는데
봇짐 싼 나그네가 말없이 떠나던 날
아득한
오솔길 따라
산새들은 저리 울고

문 닫는 밤이 오면
그리움 잠재우고
돌아올 기약 없이 고향을 멀리한 님
어쩌면
오실지 몰라
등불 밝혀 지새운다

들꽃

빗속에 바람 속에
가버린 영혼이여
아직도 매운 연기 눈망울에 젖어 있고
한 맺힌
어머니 울음
고을 따라 누벼 운다

철없는 욕망으로
흔들리는 꽃대들이
지나간 이야기를 하나하나 퍼 올리며
피 맺힌
그날의 아픔
지쳐 누운 하늘이여

조롱박

하루해 키를 재는
코스모스 뜨락 위에
더러는 빗질하듯 밀려오는 햇바람이
허전한
가슴 안으로
조요로히 기어드네

목련나무 줄기 타고
기어오른 애기박들
햇빛 달린 가지 끝에 고운 줄기 뻗어 놓고
하늘을
우러르면서
가을빛을 문지른다

잃어버린 고향
— 충주댐으로 수몰된 마을

맨발로 뛰던 고향
왜 이리 낯설은가
일렁이는 저 물속에 집과 들이 다 잠기고
뒷동산
저 뜸부기도
목이 메어 우는가

사십여 년 녹슬었던
기억의 두레박에
천 길 속 그 깊이를 조심스레 길어 올려
그리운
고향의 모습
얼싸안고 싶어라

기다림

빈 뜰에 홀로 서서
별빛을 안아보니
한 가닥 피리소리 들릴 듯한 고요 속에
달님도
옷자락을 끌고
사뿐사뿐 내려선다

여울목 잠 못 들면
더 외로운 밤이어라
빛부신 얼굴들도 그 속에 다 묻히고
산과 들
야위어 가는데
하늘빛만 높아진다

사월 뻐꾸기

새도록 타던 가슴
날 새면 재뿐인 걸

사월 아침 창을 여는
뻐꾹뻐꾹 그 소리도

오늘은
무슨 사단인가
산자락만 울먹인다

살수록 끈끈한 정
어제 같은 오늘인데

우리 만나 깊은 사연
달을 넘고 해를 건너

다다른
육십 고개에
눈물 바람 웬일인고

신미경(申美敬, Shin, Mi kyung)

1958년 서울 출생. 한국방송통신대학(국어국문학과) 졸업. 《시조문학》(2009) 등단. 시조집 『아버지의 자전거』(2016, 오늘의문학), 『월정리역에서』(2017, 오늘의문학). 시조문학 신인상(2010), 18회 올해의 시조문학 작품상(2016), 대은문학시조상 작품상(2019), 한국문인협회대전광역시지회 예술문학상(2019) 수상. 한국시조시인협회, 한국시조협회, 대전시조시인협회, 대전문인협회 회원.

—

시인의 부친은 반백 년이 넘는 동안 사향가思鄕歌를 부르며 고향을 찾으려고 했으나, 그 꿈을 이루지 못한 채 작고한다. 안타깝게도 기다리던 세월도 숨이 차서 하늘로 가셨다거나, 대한민국으로 넘어온 청소년기부터 주름이 가득한 노년기에 이르기까지 귀향歸鄕의 일념으로 삶을 지탱하고 고통의 세월이 시인의 작품을 통해 공감대를 생성한다. 떠나신 빈자리를 지키며, 세상에 남은 사람들은 아버지를 그리워한다.

— 리헌석(문학평론가 · 문학사랑협의회 이사장)

—

아버지의 자전거

외갓집 가는 길은 흙먼지 자욱하다
짐받이 올라앉아 꼭 잡은 작은 두 손
신나서 노래 부르다 방긋 웃는 예쁜 짐

일편단심 내 남편

한 번쯤 자신 위해 살아 볼 생각 않고
오로지 가족 위해 땀 젖은 러닝셔츠
색 바랜 찌든 세월이 우리 가보 되었다.

첫눈

설레는 기다림이 살며시 내려와서
얼룩을 지워버린 티 없이 환한 얼굴
내 삶에 잊을 수 없게 가슴 떨린 목소리.

꽃게

전생에 무슨 죄를 얼마나 지었기에
거품을 뿜어대며 옆으로 걷는 걸까
그물에 매달린 형벌 뼛속 깊이 박힌 살.

현충원의 소나무

허공을 뱅뱅 도는 잠자리 헬리콥터
저 멀리 포탄 소리 나라가 걱정되어
솔잎에 숨은 솔방울 갑옷 입고 지킨다.

장독대 왕파리

된장 독 드나들며 맘대로 쉬를 슬고
지척에 달아나다 그물에 포획되어
왕파리 거미줄 안에 무기수로 복역 중.

월정리역에서

큰소리 외쳐대며 민통선 드나들다
휴전선 앞에 서서 북녘땅 바라보는
녹이 슨 분단의 아픔 멈추어 선 저 철마

폐역 된 월정리역 잠이 든 기적 소리
독수리 넘나들며 물고 온 고향 향기
민통선 봉우리 밟고 넘어가는 구름 떼.

가신님을 그리며

반백 년 기다리다 그리움 거두시고
세월도 숨이 차서 하늘로 가시던 날
주름 속 흐르던 향수 물길마저 말랐다

철조망 가로막힌 분단의 아픔 속에
육 남매 앞세우고 고향 길 기다리다
한 생애 힘겨운 삶은 영면으로 가셨다.

아버지 빈자리에 덕담만 가득하고
임진강 주변에서 목 놓아 드린 제사
고향 길 뻐꾹새 울음 날개깃을 세웠다.

산사 길을 걸으며

일상을 모두 접고 오솔길 접어들면
어느덧 동행하는 계족산 트인 가슴
솔바람 맑은 음계에 마음 또한 씻는다.

비래사飛來寺 적막이야 풍경을 울렸거늘
속세의 바람결도 매무새 다듬고서
황톳길 맨발로 딛고 어진 웃음 짓는다.

임종을 지키며

목숨을 맡겨 놓은 수액 줄 붙잡고서
생사를 넘나들며 사투를 벌이신다
힘겹게 몰아쉬는 숨 가슴으로 울었다.

고개를 넘어야지 쉬어 갈 수 있는데
다리를 절며 절며 언덕만 오르신다
지팡이 쥐어 드리면 조금 쉽게 가실까.

날마다 임종인 듯 지켜온 사십 일 간
고맙다 미안하다 고통을 대신하신
어머님 마지막 말씀 가슴 한편 큰 사랑.

신민숙(辛旼俶, Shin, Min sook)
1953년 강릉 강동면 하시동 출생. 한양대
학 교육대학원(상담심리) 졸업. 《문학공간》
(2001), 《시조세계》(2003) 등단. 시집 『목련송
이 환한 마음』(2012, 동방). 노고지백일장 대
상(2004) 수상. 서울광진문인협회 부회장, 감
사, 이사, 시분과 위원장 역임.

—

시를 시답게 만드는 요소는 매우 많지만 그만이 갖는 독특함과 따
뜻함이 시를 시답게 한다. 어려운 시보다는 평이하면서도 깊은 사
유를 느끼게 하는 힘과 자아의 재발견이나 성찰에 이르는 인고의
시간을 따라가노라면 시가 굳이 어려울 필요가 없다는 것을 느끼
게 된다. 쫓기지 않으면서도 꼼꼼히 삶의 궤적을 일기처럼 엮는 여
유가 유독 아름다워 보인다.

— 박지현(시조시인 · 문학평론가)

—

꽃망울

설한의 갈색 무거움
한 올 두 올 풀고 있는

인내의 연분홍 미소
철쭉꽃 꽃망울 보며

등 뒤의
휘청거리는 나를
보듬어 세운다

노을

일몰 시간 지났건만 바삐 가지 못하는

바알간 붉은 눈시울 서녘에 걸려있다

따스히
품어 안아야 하는
그곳 향해 잠시라도

시향의 밤
— 토항고택

풀벌레 소리 자욱한
바래미 한여름 밤

청량산 저 어디쯤
잠못드는 바람인지

북두성 데리고 와서
시詩를 자꾸 여닫는다

갈색 향기의 숲

산길을 오를 때면 눈 감고도 마주친다
산골짝 나목 사이 소리없이 내려앉은
지난날 푸른 맥박으로 화사했던 잎새들

벌레들과 산짐승의 포근한 안식처 되어
사랑의 숨결을 조용히 토해낸다
빛 바랜 숲의 색깔은 관용으로 넉넉하다

무수한 비바람은 잠시 스치는 꿈이었다
밟혀도 솟아나는 푸른 영혼 가슴에 안고
새 생명 용트림한다 숲속의 갈색 향기

연꽃 이야기

백련꽃 일렁이는 연밭에 나와 섰다
눈부신 연꽃 바람 천상길을 놓는지
연꽃 향 진동하는 숨결 온 세상이 잊힌다.

진흙탕 버거워도 순결은 숙명이다
한생을 묵묵히 거북처럼 살다 가신
어버이 푸른 영혼이 그 길 따라 내리신다.

눈감으면 더 환한 걸음마다 눈물이었다
그림 같은 자태로 다시 오신 내 어버이
몇 해를 몇 생의 인욕행을 거듭 하셨을까

초겨울 나목

한 여름 비바람 젖은 여정 함께했고

뜨는 해 마주하며 초록 물감 들였었지

그러나 떠날 때 되면 미련없이 보낸다

잡았던 잎자루 풀며 순명이라 삼키며

의연하게 보내는 초겨울 나목이여

건강히 다음 봄날에 새순으로 만나자

초가을 어느 날

찻잔에 녹아들은 가을 기운 반기며

따스한 차를 우려 지친 마음 다독일 때

청명한 벌레 소리는 어제를 동여맨다

열매 맺던 고된 시간 차 향기로 풀어내며

폭염에 긁힌 자국 선들바람 씻어주니

상큼한 가을 맞으며 지난 갈증 지우리

빗방울 동그라미

빗방울이 연못에 동그라미 그린다

언제나 같은 마음 가위표는 없어라

한 개만 그리지 않고 겹으로 동글둥글

가위표 마음은 내려올 때 하트 모양

다양한 넓은 세상 모두가 아름답네

일곱 색 무지개처럼 어우러져 고와라

경포호 달빛

경포호수 품에 안긴 그윽한 둥근달

보고픈 친구 재회 엮어내며 금색 사설

휘영청 달빛에 안긴 출렁이는 이야기

황금 물결 조람하며 날아 앉은 너와 나

서로를 털어내고 나래 펴는 새가 되어

경포호 물결 타고 흐르며 긴 밤을 밝히리

강가를 걷던 날

가을 햇살 길게 드리운 남대천 하류에

묵은 편지 갈대꽃이 바람 달고 웃습니다

물오리 왜가리 졸고
저 아래엔 갈매기 군무群舞가

친구에게 가을 편지 보내고픈 오후의 햇살

수양버들 강 내음 품어 안은 물결 이야기

오래 전 친구의 갈잎편지
답을 쓰며 걷습니다

신애리(辛愛里, Shin, Ae ri)

1960년 부산 기장 출생. 호 길람. 진주교육대학교 석사졸업. 《시조월드》 시조(2006), 《아시아문예》 수필(2007) 등단. 『선생님과 함께 가는 시조 여행』 12권 째 발간. 교육부 장관상(중앙시조 지도교사상)(2018), 호음문학 작품상(2019) 수상. 진주시조시인협회, 어린이시조나라 부회장. '연대' 동인. 진주 수정초등학교 교사.

—

「창포 가는 길」에서 '항아리 물병 속 같이 그려놓은 갯마을'은 마치 국악의 중모리, 중중모리로 넘어가는 대목 같다(《시조월드》)(정완영). 「화엄 2」에서 '사라센 언월도로/ 싹둑싹둑 지우자' 천년의 사찰 화엄사에 매달린 사라센 언월도로 천년을 시간을 베어내고 현실로 돌아오는 시점의 표현이 새롭다(《호음문학》)(이철구). 난을 키우듯이 그리움을 만들어 내는 시인(《경남문학》)(서관호).

—

휘파람새

호이 호르르
휘파람새 아침을 깨운다
간밤엔 소쩍새 뒤쫓다가 겨우 든 잠
신새벽
꿈을 열고 들어선
먼 휘파람
그 사람

풍경

땡그랑
땡그
랑

먼 길을 휘돌아서

당신이
날 부르시는 그 소리

바람이
저 혼자 듣고
저렇게
온
몸으로

튀김하는 날

자글자글 거품이
끓어 넘치는 기름 솥에다

청보라 빛 가지 하나
쌉쌀한 인삼 두 뿌리

뭉클한
두부 반모까지
그리움의 옷을 입혀
던져넣는다.

노랗게 솟아올라
빠지직 춤을 춘다

이 따끈한 현장의
바삭한 기다림을

칼칼한
탁주 한 잔과
몫을 놓고
나눈다.

칠불암 가는 길

슬금슬금 는개 타고
봄 싣는 목통계곡

화두는 하나
그리움 둘
손님처럼 모시고

연초록
막사발 가득히
담겨오는 그 쓴 맛

치매

월내천 앞바다에
갈멸치 떴다 카데

쏟아지는 비린내
달음산을 맴돌다

비학리
언덕배미에
망향비로 우뚝 서

나사리 모래톱에
숨겨진 기억 한 줌

볏짚단에 묶여서
지붕을 타오른다

고향도
벗어버렸다
아버지의 시간은

창포 가는 길

창포 가는 길엔 가로등은 없어도
동백이 붉은 꽃등 줄줄이 엮었더라
외줄긴 빈 바닷길에 목을 빼고 섰더라

바다도 호수처럼 잠만 자는 동해면
갈대들만 술에 취해 온몸을 비비는데
항아리 물병 속 같이 그려놓은 갯마을

또옥 똑 노크하고
손 내미는 날 두고
올동백은 잇몸까지 드러내고 웃더라
마흔 살 숨 가쁜 고개 넘었는데 버얼써

올 봄에도 못다 한 말 동백처럼 붉어서
77번 국도 위를 구름 달고 달려간다
구겨서 툭 던져 놓고 이름 하나 잊는다

지귀장날

짧은 겨울 볕살에
차르르 기름 두르고

노릇노릇 익어가는
알레스카 명태 전

번철 위
시간을 데운다
아삭한 김치전 한 장

마지막 남은 탁주
바닥까지 흔들어도

여직도 부족했을까?
노오란 국자 흔들며

하얗게
기억을 붓는다
함께 익어 보자고

고해孤海
— 정조문 고려미술관 설립자를 기리며

그 바다를 건너지 못한 바보 같은 사내가
돛단배 항아리를 무릎에 올려놓고
따습다
정말 따습다
젊은 아내의 젖가슴마냥
살뜰하게 보살핀다.

푸른 교토 한 켠에 문패 붙인 조선의 달
먹물 같은 인생도 둥글게 보듬어서
만월을 꼭 닮으라지 달항아리 되라지

고향 향한 그리움 여직도 접지 못해

오늘도 나부끼는 오십만의 기다림
볼록한 백자 항아리
네 품속에 담는다.

갈촌역에서

갈촌역엔
기다리는 사람이 주인이다

이끼 낀 장승으로
삭아가는 느린 시간

연초록
쑥대궁 끝에서
그리움으로 몸살을 앓던

4시 10분
경전선 완행 열차가

차단기 어깨를 떨어뜨리고
긴 몸을 풀었다

껑충한
인영 하나가
멀미나는 봄으로 걸어 나간다

화엄 2

천년을 쉬어가던
산 그림자 한 폭을

사라센 언월도로
싹둑 싹둑 지우자

각황전
추녀 끝에서
땡
그
르
물질한다

"삼배로 족한 거야."
따라붙는 잔소리

슬그머니 눙치며
손끝으로 흩으면

각황전
등 굽은 기둥 타고
푸른 용이 오른다

신양란(申良蘭, Shin, Yang ran)

1963년 충남 서천군 비인면 출생. 충남대학교(국어국문학과).《시조문학》천료(1996, 봄호) 등단. 시집 『꽃샘바람 부는 지옥』(2002, 알토란). '역류', '현대사설시조 포럼' 동인.

동백, 지다

신양란

부서지진 않으리
깨어지진 않으리

고스란히
참수되어
선혈을 땅에 뿌릴지라도

가녀이
난분분 난분분
흩날리진 않으리.

신양란은 곁에 있는 것들의 소중함을 아는 시인이다. 이런 점에서 그가 시조시인이라는 사실도 예사롭지 않다. 우리 전통의 정형시인 시조의 가치를 잘 아는 시인이라는 의미기도 하다.
일반적으로 시조라면 정제된 정형이라는 인식 때문에 언어가 다소 경직되고 틀에 박힌, 그래서 박제된 인상을 주는 면이 없지 않은데, 그의 작품은 시조라는 장르가 얼마나 유연할 수 있는지를 보여준다. 우리 시조의 한 전통 미의식인 해학이나 익살스러움이 유감없이 드러난다. 이것이 우리 곁에 있는 친근한 일상에서 끌어낸 것이기에 더욱 소중하게 여긴다. 따라서 자연스러움, 일상성을 미덕으로 풀어내는 신양란의 언술방식은 그만의 독특한 개성을 구축하고 있는 셈이다. 이런 자연스러운 언술의 이면에는 신양란의 만만치 않은 정신적 내공이 내재하고 있는 듯하다.
— 이상옥(시인 · 문학평론가 · 창신대 명예교수)

항렬이 물구나무서서

자라실 염 서방네는 지금도 이 말 하며 웃는다지.

늦둥이 삼촌 정학이는 초등학교 1학년, 장조카 서원이는 제법 의젓한 3학년. 서원이가 정학이더러 "삼촌" 하는 걸 잘못 듣고, 정학이 친구들은 서원이가 삼촌인 줄 오해했네. 친구들이 서원이더러 "삼촌, 삼촌" 하는 걸 보곤, 정학이도 헷갈려서 덩달아 그렇게 부른 거지. 하필 그걸 할배가 듣고 노기충만 분기탱천, 애꿎은 서원이만 죽 그릇 쏟은 강아지 됐네. 호된 꾸중 뒤집어쓰고 서원이가 참을 수 있나, "니까짓 게 무슨 삼촌이냐?" 정학일 쥐어 팬 거라. 안 그래도 어려운 조카, 화내니 더 무섭네. 정학이는 잔뜩 울상이 되어 이렇게 싹싹 빌었다는 거야. "내가 삼촌 한댔나? 그냥 형이 삼촌 해."

그랬던 숙질이 함께 늙네, 그때 일 서로 놀리며.

봄 이야기

암만 해도 요놈의 봄이 〈놀부뎐〉을 읽은 게야.

아장아장 꽃수레 끌고 신바람 나 오는 녀석 느닷없이 귀쌈 때려 그렁그렁 울려 놓기,
지난가을 땅에 든 뒤 행여 날짜 헷갈릴까 손톱 눈금 그어가며 우수 경칩 헤아린 개구리, 땅거죽 축축 젖는 기색에 기지개 좀 켜자 하니 "이 놈아, 자발떨지 마라." 시퍼렇게 오금 박기,
새살새살 할 말 많아 병아리 같은 부리를 달싹달싹 여는 개나리 그 어린 순둥이한테 사흘 낮밤 눈치주어 며칠씩 말문 틀어막기,
그러고도 심술 남아 마전 잘된 무명치마 봉긋하게 차려입고 요 내 맵시 어떠냐고 사붓이 나서는 백목련을 웬만하면 두고 보지, 황사 한 줌 휙 끼얹어 그예 가슴에까지 흙물 들게 하는구나.

그러다 내 언제 그랬느냐고 샐샐 웃는 저 넉살 좀 보아.

새, 둥지를 떠나다

싫어서가 아니라 익숙해서 떠납니다.

쥔 것을 놓지 않고는 새 것을 잡을 수 없어서, 항구에 정박한 채로는 바다를 건널 수 없어서, 놓고 끊고 버리고 일단 떠나기로 합니다. 이 둥지의 평화로움이 그리워질 때 있겠지만, 애틋한 인연 떠올라 흔들리는 날 있겠지만, 놓고 끊고 버린 까닭을 잊지 않겠습니다. 꽃그늘을 버리고 매운바람 속으로 갑니다. 볼품없는 날개로 붕새의 꿈을 꿉니다. 넘어지고 부딪치고 깨지는 시간을 다 견딘 뒤, 어리석은 오늘의 선택을 자랑하겠습니다.

싫어서 떠나는 게 아니라 세상이 궁금해 떠납니다.

삼각관계

다섯 살 아들놈이 나랑 결혼할 거란다.
"어쩌니, 난 이미 했는데…" 슬쩍 배짱 튕겼더니
"괜찮아, 한번 더하면 돼." 어와 그 말 거침없다.

"글쎄, 나야 괜찮지만 느이 아빠가 좋아할까?"
딴은 그게 걸렸던지 통통통통 가더니
부자가 머릴 맞대고 해결책을 찾누나.

"아빠는 상관 말래. 딴 아줌마랑 하면 된대."
의기양양 아들놈은 벙글벙글 웃는데
아이고, 저 인사 좀 보소, 시커먼 저 속을 보소.

생각사록 괘씸쿠나, 뭐시라, 딴 아줌마?
눈초리가 째지도록 안방 쪽을 흘기는데
아들놈 자지러지는 웃음소리 드높아라.

늦깎이의 세상공부

1.
바람도 길이 있어야 비로소 바람이다.

솔솔 부는 실바람, 남실남실 남실바람,
시원하다 산들바람, 건달 같은 건들바람,
흔들바람, 된바람, 센바람, 왕바람에
제 아무리 망나니 같은 돌개바람, 회오리바람도

막다른 골목에 갇히면 한낱 몸부림일 뿐이다.

2.
마음이 마음인 건 틈이 있기 때문이다.
여민다고 여며지고, 닫는다고 닫힌다면
그것은 맘이 아니다, 한낱 담벼락일 뿐이다.

3.
바람이 제 길 따라 바람답게 떠나고
마음이 마음답게 틈을 내어 주는 것,
내 나이 마흔 네 살에 겨우 깨달은 세상 이치.

싸락눈, 탄식하다

좋기로야 흐벅진 함박눈만한 게 또 있는가.
천지현황 우주홍황 아아라히 채우고
사뿐히 가지에 내리면 부얼부얼 꽃송이라.

소나기 눈 더욱 좋지, 만석꾼집 곳간 터져
잠시 잠깐 눈결에도 한 자가웃 너끈하니
푼푼한 마음씀씀이 풍년 인심 부럽잖아.

하필 나는 싸락눈 , 싸라기만도 못한 눈
조막손이 시주하듯 인색하게 내린다고
내리며 지청구 먹는 개 물어 갈 팔자야.

동백, 지다

부서지진 않으리.
깨어지진 않으리.

고스란히
참수되어
선혈을 땅에 뿌릴지라도

가벼이
난분분 난분분
흩날리지 않으리.

무장사 터 3층 석탑

호젓한 그 자리에 앉아
많은 걸 버렸을 테지.

늙는 것, 잊혀지는 것,
사무치게 외로운 것….

그마저 버린 뒤에는
따순 숨만 남았을 테지.

세상에서 가장 어려운 것

부귀영화?
아니!

입신양명?
아-아니!

처음 다짐 줄기차게
밀고 끌고 가는 것

가다가
핑계거리에
휘둘리지 않는 것

세상 살면서

어지간한 일로는 등 돌리고 살지 말라.
세상을 한 바퀴 온전히 돌아야만
비로소 그의 얼굴을 마주볼 수 있느니.

신영자(申玲子, Shin, Young ja)

1944년 충남 천안 출생. 한국방송통신대학교 (국어국문학과) 졸업. 《한국시》 등단(1999). 시조집 『어머니의 정』(2009, 한국시사). 한국시 시조 부문 대상, 노산문학상 수상. 한국문인협회, 한국시조시인협회, 한국여성문학인회 회원. 한국여성시조문학회 회장, 한국방송통신대학교 문학회 고문.

—

오늘날 가장 귀중하게 여겨지는 단어 중에 하나는 생명이다. 인간이 죄와 탐욕으로 얼룩진 역사로 인해 더 이상 생명을 잉태하지 못하는 세계를 경험하고 있는 이 시대에 생명이라는 단어가 언제나 아련한 향수와 함께 희망을 주는 단어가 된 것이다. 굳이 환경문제나 생태철학을 거론하지 않아도 우리 주위의 자연이 얼마나 자체의 생명력을 상실해 가고 있는지 그래서 그 속에 살아가야 하는 인간들의 미래가 암담한 것인지 쉽게 알 수 있다.

주지하듯이 신영자 시인의 삶은 언제나 사랑과 봉사를 바탕으로 한 생명에 대한 진한 애착이 숨어 있는 순간들의 연속이며 시인의 가슴속 깊이 내재한 생명에 대한 강한 의지의 산물이라 볼 수 있다. 그리고 삶과 계절의 변용에서 뿐 아니라 강한 생명력이 자리하는 시간과 공간을 찾아 시원의 그리움을 추구하는 시적 사상이 형상화 되고 있다.

이러한 시작은 신 시인의 진솔하고 섬세한 감성으로 더욱 견고해진다. 무엇보다 군더더기 없는 간결한 언어는 시조의 구성원리에 충실하면서도 곧 시에 대한 진실하고 엄격한 자세를 말한다.

— 허만욱(문학평론가 · 남서울대 교수)

—

가을비

옷깃에 매달리는
미련의 보헤미안

술잔의 붉은 입술
빗소리에 젖어 들어

가을비
낙엽지는 소리
나그네는 듣는가

북녘의 기러기 떼
가위 피워 날으는데

속절없는 주름살은
계절의 아픔인가

빗물에
수놓은 자리
타는 가슴 여미네

눈 내리는 밤에

계절은 기웃대는 기다림에 섧은 눈빛
심성의 울림 속에 정한의 위로인가
김 선상 끝자락으로 흰 목마는 떠났는데

먼 옛일 기억 풀린 고요한 율동으로
내심의 떨림 잡아 담아 놓은 한 설움을
강변 위 흰 갈대숲에 숨어 내려 잠든다

자연의 숨결 따라 무게 실린 대지 위에
상념에 눈발들이 연륜의 눈금 되어
한세월 바라던 소망 다독이며 내린다

금강산

북녘의 높은 산에 길 트인 가슴앓이
산맥에 솟구치는 민족의 혼불이여
기묘한 일만이천 봉 천하의 명산이라

첩첩이 협곡 위로 운무 속에 화강암 봉
절경의 온후함에 무한의 정채임을
만물상 유상무상의 봉 절리절리 애달파

탄생의 큰 정기로 요동치는 이 기운을
억만년 긴 역사를 하늘에 드리우니
장엄한 구룡폭포 소리 내 어이 잊으리오

모란

서풍은 날 저물어
노을 태워 날리는데

모란은 술잔 속에
붉은 정을 출렁이나

무수히
피운 꽃잎 위에
서성대인 발길을

전설의 꿈을 올려
푸르름 동행하며

못내 피운 향토 위에
머문 지 오랜 옛일

향기는
유혹의 미련을
시선 잡아 피운다

나목의 연가

눈꽃의 열기 감아 빈 가지 잠재웠나

다둑인 속삭임에 고뇌의 숨소리여

푸른빛 벗어 버린 기억은 옛날인가 그 열정을

열림에 안달 남아 설익은 아픔인 양

기다림 떨리움에 눈꽃은 날리우고

생명은 속정 태운 청춘 그리움에 등불을

청춘

태양의 둥근빛에 열정을 태워 올린
바램의 차오름을 기약한 젊음인데
생애에 가두어 버린 하얀빛의 기억을

그리움 여백 위에 무수히 남긴 자국
꿈인 듯 사라지는 어느날의 행진인가
하늘에 높이 올려진 향기 담긴 술잔을

눈부신 설레임에 순간의 세월 담아
맨살의 아픔 실려 달아난 여울 속에
나그네 휘파람소리 파랑새의 노래를

어머니의 정

새벽길 이슬 내려
베적삼 적시운 채

밭고랑 누비시어
소쿠리에 가지 호박

한 아름
채워놓은 손길
하늘 닿은 사랑이여

한두 해 터울 잦아
배부른 울 어머니

해 뜨면 허리 감아
매어놓은 자식 걱정

밭둑에
옥수수 잎이
너울대며 춤춘다

들국화

기다림 소원 담아
한 송이 피워지고

꽃날개 팔 벌려서
임에게 앉으소서

흰 구름
편히 쉬임에
뉘이 아니 좋으리

인생

옥비녀 곱게 꽂은 언약의 귀밑머리
한 생전 굴레 속에 매만져 올린 세월
찬바람 사립문 소리
임의 발길 헤이나

명주옷 가다듬어 시린 정 여미운 채
통한의 눈짓으로 서둘러 떠난 세월
겨울밤 다듬이 소리
설움 되어 울린다

인제 자작나무숲에서

상념의 울림소리
견뎌낸 장고 위에
서로의 위로 삼아
공유한 웅장함을

은빛의
자작나무숲
찬란함의 매력이여

눈부신 기개 올려
긴 날을 동행하며
흰 기둥 장벽 이룬
거대한 평화의 성

하얀숲
사스락 소리
숨차 오른 떨림을

신완묵(辛完黙, Shin, Won mook)

1953년 강원 강릉 내곡동 출생. 호 원당 (元堂). 강릉상고 졸업.《현대시조》신인상(2006) 등단. 시조집『산다는게 알고보니』(2012, 문학예술),『하슬라에 부는 바람』(2018, 일문). 저서『천부경과 우주의 원리』(2004, 동녘),『1의 비밀』(2016, 대한교육문화출판부). 강릉문학상(2016), 강호시조문학상(2016) 수상. 강원문학회, 강원시조시인협회, 강릉문학회, 관동문학회, 강호시조문학회 회원.

—

원당 선생은 시조를 통해 무엇인가를 전하려고 한다. 그가 전하는 글은 어렵지 않고 재미있다. 사람들은 참 바쁜 모습으로 나날을 보낸다. 여기에 담긴 시조 중 그 일부는 그런 나날의 연속 중에서 한 점의 불을 밝히고 법구경처럼 조용한 언어의 미소로 마음을 보내는 언어의 소리 '할'이다. 시조「기행여정紀行餘情」에서는 머리를 천둥처럼 때리는 가르침을 듣는다. 어느 산속에서 만난 노부의 말 한마디가 그지없이 평범하고 부드럽다. 그러나 날카로운 지혜의 곡괭이가 되어 마음 밭을 갈아엎는다. 읽을수록 새로움과 즐거움이 갈증을 죽이는 샘물처럼 솟아난다. 원당 선생은「촛불」이란 시조를 쓰면서 '불꽃의 노래'라고 지칭하였다. 그리고 "흔들리는 것이 불꽃이었는지, 바람이었는지, 마음이었는지 아직은 알지 못하지만 아무튼 나의 시조는 이렇게 시작되었다."라고 술회 하고 있다. …(중략)… 원당 선생의 시심詩心과 선심禪心 도심道心이 하나가 되어 어우러져 석삼극무진본析三極無盡本의 깊은 세계를 대하노라니 금강산 구경을 하는 듯 그냥 아무 조건 없이 좋다.

— 남진원(시조시인 · 문학평론가)

—

산사山寺의 풍경 소리

자는 듯 산마루에 어깨를 걸쳐 놓고
한 생각 베고 누워 풍경 소리 듣는 한낮
뭇 새의 울음소리도 잠시 물러났는다

몇 생生을 되돌아와 이 소리 또 듣는가
시름을 졸고 나면 어둔 꿈 깨이려나
일주문 문턱을 넘는 무량겁 저, 풍경 소리

잠들면 또 그 소리 심연에 돌 던지고
골 깊은 파문 헤쳐 언덕에 다다르면
이 졸음 끝인가 놀라 돌아눕다 눈 뜬다

인연因緣

허공을 조율調律하는
날렵한 전선줄에

바람이 겨울 내내
화음和音을 걸어놓고

오가다 심심할 때면
손가락을 튕기네

산다는 게 알고 보니

시간에 날줄 걸고 공간에 씨줄 꿰어
베 한 필 짰다 푸는 덧없는 일 같은 것
한 생을 살아 보아도 남는 것이 없나니

엮어진 인연 틀에 실타래 걸쳐 놓고
무심코 흩뜨렸다 올가미 얽혀 매여
되돌아 벗어나려도 시작과 끝 모르네

먼저 간 물줄기가 바다에 몸 풀어도
떠난 듯 남아 있고 남은 듯 떠나가며
낯선 길 굽은 여울목 돌아가는 그 물결

상춘가賞春歌

춘삼월 산기슭의 잡초는 되더라도
눈 녹은 언덕 위의 매화는 되지 말게
발 빠른 꽃샘바람을 어이 비껴 설 텐가

차라리 장자莊子 꿈속 결 따라 찾아들어
나비 깃 언저리의 실바람 되었다가
봄 아직 거기 있거든 깨이지나 말게나

겨우내 참았다가 터트린 함박웃음
순풍에 손이 떨려 차마 꺾지 못하고
눈길만 흘려보내다 봄을 날려 버렸네

산이 절을 감추는 정오의 봄 풍경

대웅전 주춧돌을 팔 삼아 베고 누워
정오를 끌어안고 도道 찾던 바람 한 점
절간을 뒤로 제키고 개울가로 나갔다

심심산深深山 계곡마다 법문法問이 절로 일고
잡목雜木은 마주 앉아 물소리에 떡 감는데
숨어서 입술 그리다 들켜버린 공양주

물 이불 뒷자락에 낯 닦던 바위틈새
춘풍에 바람이 나 맘 붉힌 진달래를
먼 산이 소맷자락에 절 감추며 웃는다

신웅순(申雄淳, Shin, Woong soon)

1952년 충남 서천 기산면 출생. 호 석야(石野). 명지대 박사 졸업(1995), 《시조문학》 천료(1985), 《창조문학》 평론(1995) 등단. 학술서 『한국시조창작원리론』(2009, 푸른사상) 외. 교양서 『시조는 역사를 말한다』(2012, 푸른사상) 외. 시조집 『어머니』(2016, 문경) 외. 평론 『순응과 모반의 경계 읽기』(2000, 문경) 외. 에세이 · 동화집 · 시조 학술논문 다수. 창조문학대상 평론(2001), 하운문학상 평론(2013), 한남문인대상(2013), 한성기 문학상 시조(2016) 수상 외. 금강시조문학, 백지 동인. 한국시조예술연구회장, 한국시조시인협회 자문위원, 중부대 명예교수.

실상

외로움은 있어
산녘이 없어

낙엽은
지지않고

그리움은
들녘이 없어

바람은
불지않는다

달빛이
그래서 서러웠던

지난날의
그하늘가

—

석야 신웅순 시인의 작품 세계는 한마디로 그 구조가 탄탄하다. 허술한 데가 보이지 않는다는 이야기다. 깊이 사색하고, 언어를 갈고 닦아 쓰신 것으로 이해된다. 특히 언어의 함축성과 참신성은 뛰어나다.
— 원용우(시조시인 · 한국교원대 명예교수)

신웅순의 시쓰기 작업은 그의 인간적이고 순수한 감성과 곡진한 삶 속에서 비롯된다. 흔히 자연 친화의 생태시학은 자연과 사물과 나를 구분하지 않는 범우주적 공동체 인식으로 나아가고, 유년 체험을 발굴하는 시편들은 화해로운 인간 삶의 총체적 역사를 조망한다.
— 허만욱(문학평론가 · 남서울대 교수)

—

봉선화

소망의 불 밝혀 들고
눈이 먼 새벽하늘

천명을 다했는지
천애에서 목이 쉬고

열반을 달려오느라
몰아쉬는 금강물

한 목숨 활짝 핀 죄
그 열망 그어대면

사랑은 쪼개진 채
노을로 출렁이고

불로도 다 울 수 없어
넋이 터져 피었나

한생을 달군 벌이
차돌처럼 한은 굳고

징소리로 뒹군 마당
못다 버린 목소리들

햇불로 밝혀온 역사
처용들이 웃는다

한산 모시

2
베틀 위에 실려 오는
황산벌의 닭 울음

결결이 맺힌 숨결
가슴속에 분신되어

지금도 옷고름 풀면
날아가는 귀촉도

5
풍경 소리 어둠 밖을
등잔불 이어가고

한 올 한 올 숨을 뽑아
무릎에 감는 슬기

온 밤을 잉아에 걸고
백마강물 짜아 가네

6
쩐지*에 걸어 놓아
잿불로 정을 말려

한 필 한 필 삼경을
숨소리에 포개 놓고

실밥에 맺히는 평생
북 위에서 한을 푼다

8
기다림은 숯불 위에
꺼질 듯 살아나고

움 밖의 기러기 울음
모시결에 스미는데

어느새 서릿바람은
빨랫줄만 흔드는가

12
이승을 행궈내어
풀밭에 너르면

다림질 하는 햇살
그리움은 마르는데

홍건히 젖은 젖가슴
신앙문도 잠그고

* 쩐지: 준비된 모시살을 걸어놓고 모시 잇기를 하는 대나무로 만든 기구.

내 사랑은

20
제일
외로운 곳에
놓여 있는 빈 잔

그 바람 소리
듣는 이
아무도 없는 빈 잔

달빛이
가져가 제 눈물도
담을 수 없는 빈 잔

21
그렇게 부딪히고도
소리 하나 남지 않고

그렇게 부서지고도
적막 하나 남지 않고

소리도 적막도 없는
그리운 그대 생각

25
눈멀고 귀가 멀면
해 뜨고 달 뜨는가

그리움도
물빛 섞여
생각까지 적시는데

오늘은
영혼 끝자락
가을볕에 타고 있다

36
강은 흐르는 게 아니다 깊이 생각하는 것이다
바람은 부는 게 아니다 몹시 그리워하는 것이다
서 있는 게 아니다 산은 서럽게 기다리는 것이다

47
누군가를 사랑하면
일생 섬이 된다

유난히 파도가 많고
유난히 바람이 많은 섬

그래서
가슴에는 평생
등불이 걸려 있다

50
머언 세월일까
머언 기슭일까

못 부친 엽서 한 장
놓고 간
이는

봄비가 내리는 날이면
시가 되는 가슴 한 켠

어머니

11
산이 먼저 가고
들이 따라서 갔다

그 때 진달래꽃
그 때 뻐꾸기 울음

뒤늦은 편지 끝 구절에
말없음표 찍고 갔다

17
이보다 더 먼 곳이
어디 있으랴

영원으로 소멸해간
아픈 꽃잎 하나

이순의 산모롱가에
하현달로 드는구나

26
한 십 년 이별은
거길 못 떠났고

또 한 십 년 적막은
거기를 못 떠났지

영원히 눈발 날리는
가슴에나 있는 섬

28
생각도 만추가 되면
붉게도 물드는가

떠나지도 못한 것들
울지도 못한 것들

우수수 낙엽이 되어
빈칸으로 지는구나

34
기러기 울음도 목이 쉬면
별자리를 이루는가

새벽 혼자 홀봉숭아
뒷곁에서 붉게 울던

아득히 그믐달처럼
뜨고 지던 그대 생각

35
늦가을 잎새 하나
천년으로 지고 있다

물빛도 스쳐가고
불빛도 스쳐가고

불이문
끊어진 길을
초승달이 가고 있다

36
우수수 바람 불면 잎새들이 지는데

마지막
이름 하나
툭
지는

천년 후 가슴에나 닿을
거기가 그리움입니다

아내

12
굽을 트는 저 강물은
애초에 아픔이었던 것

돌아서는 저 산녘은
애초에 한이었던 것

일생을 돌아온 후렴
달빛 젖은 이 배따라기

27
불혹의 가슴에선 바람이 지나가고
이순의 가슴에선 달빛이 들어온다

그 많은 만추의 낙엽
누가 다 쓸고 갔을까

32
얼마나 높으면 하현달이 거기 있고
얼마나 멀면 산이 거기에 있나

이제는 높고도 먼 것만
술잔에 애잔히도 뜬다

36
언제나 분홍 메꽃
혼장니 저쪽은

소프라노 목소리인지
테너 목소리인지

늘그막 이름도 못 가진
내 사랑 청산별곡

40
외로웠던 곳에는
몇 줄 흘림체 화제

아팠던 곳에는
한 폭 추상화 그림

그렇게 초겨울 하나씩
지워가는 아내의 붓질

44
바람과 파도가 그렇게도 많았던
이순길 막 에돌아온
내 사랑 낙화 유수

한 인생 뒤안길에서
이제금 쓰는 러브레터

한산초韓山抄 32

무슨 한이 있었길래
산자락을 싹뚝 잘라

천형의 헤진 하늘
기중기로 들어올려

간음을 당한 한 시대
수술대 위에 뉘어 놓나

신준희(愼俊姬, Shin, Joon hee)

1955년 전북 고창 흥덕 출생. 한국방송통신대학교(국어국문학과) 졸업. 〈동아일보〉 신춘문예(2018) 등단. 시집 『체온을 파는 여자』(2007, 문예운동), 『구두를 신고 하늘을 날다』(2011, 고요아침) 외. 한국시조시인협회, 안양예술인 센터 입주 회원. '시와 길' 동인.

밤이 눈물이었지
눈물는 흘릍든
희 백 속
햇살을 반짝거리며 어섯골을 들었었지
간신히 건너오면 외나무다리가 있었지
자작나무
신준희

—

이중섭이란 이름은 낯설지 않다. 오히려 소재로는 식상하다. 그러나 화가의 아내가 서귀포시에 기증한 팔레트에는 아직도 물기가 마르지 않아서 이렇게 섬뜩하고 아름다운 그림을 그려 놓았다. 알코올이 환기하는 정상적이지 않은 삶, 정거장이 은유하는 생의 여러 고비를 어느 날 이중섭은 사막처럼 느꼈을까. 이러한 상상은 화자 한 사람만의 자의적인 해석이 아니라 가파른 삶을 살아가는 우리 모두가 공감할 수 있는 체험의 풍경이다. '날마다/ 다닌 이 길은// 처음 보는 사막이었다'의 극적인 비약은 얼마간의 난해성이 시의 매력일 수 있다는 사실을 증명하는 절창이 아닐 수 없다.
— 이우걸, 이근배

—

물방울

자동차는 집 앞에서 헐떡임을 멈추었다
나무보다 더 먼 어느 곳으로부터 날아오듯
기름진 가로수 잎들은 무거운 발로 떨어졌다

빨간 사과 열 개가 든 비닐봉지를 움켜잡고
오늘 낮엔 내가 아는 한 시인이 떠나갔다
쌩하니 미끄러져 간 팔차선의 노란 택시

흰 국화로 장식된 영정사진 속에서도
시간의 잔가지를 마저 치고 있던 그녀
죽음의 무표정한 낮 풍경 너머 서성였다

무심코 손에 뱉은 사과 속의 까만 씨앗
과육을 다 준 후에 모습을 드러내는
고요한 주검 하나가 생의 중심을 잡고 있다

이중섭의 팔레트

알코올이 이끄는 대로
너무 멀리 와버렸다

내려야 할 정거장을
나는 자주 까먹었다

날마다
다닌 이 길은

처음 보는 사막이었다

개심사 석탑

1.
해 질 녘 쪽마루에 걸터앉아 있어요
파르라니 풍경 소리 바람에 실려 와서
더 무얼 기다리느냐
간간이 묻고 가요

마음은 이따금씩 풀여치 귀뚜라미
우는 법도 웃는 법도 하나씩 잊어가며
봄 여름 가을 또 겨울
기다리고 기다렸어요

2.
찬 새벽 돌계단 아래 무릎 꿇고 있어요
사랑과 이별이 아파 산골물 소리 적막한 길
겨울산 흰 능선 너머
꽃창살문에서 막 눈 뜬 꽃

마음은 이따금씩 풀여치 귀뚜라미
잊으라 모두 잊으라 그대 울며 떠난 뒤
바닷길 벼랑 끝에 서서
나는 나를 지워요

거울

함부로 웃는 거울을
수거함에 버린 아침
푸슬푸슬 가슴팍에 안개꽃 흩는 눈발
떠나간 꽃도 새도 잊고 나무는 더 자란다

냉방에 탑을 쌓는 스티로폼 일회용기
읽다 만 어린 왕자 사막에서 별을 찾듯
밤하늘 꼭짓점에서 나는 사뭇 점이 된다

십자가 그림자가 길로 나온 성당에서
내 몫이 아닌 것들 어리석게 궁리한다
거울을 떼 낸 빈자리
눈발처럼 새하얗다

우포 가시연

귀 떨어진 잔별 나려 마름풀로 뜨는 새벽
밑바닥 맨얼굴을 수줍어 감추지만
물안개 게걸음칠 때
나래 펴는 우포늪

오목하니 쟁인 시간 수궁의 문을 밀면
눈 덮인 제방길이 긴 탯줄로 숨을 쉬고
쇠물닭 힘찬 물질소리
깡마른 목선이 뜬다

아스라한 저 끝까지 도착할 수 있을까
갑옷 속 날 선 가시 제 심장을 겨냥한다
살점 다 터뜨려가며
점화되는 꽃뇌관

오렌지 들판

남자가 담배를 끈다
여자는 주저앉았다
길 잃은 바람처럼 머리칼이 흩날렸다
누군가 모래 속으로 목을 묻는 5층 병동

검은 나뭇가지에 춤추는 하얀 햇발
고개를 삐죽 내민 풀꽃 한껏 흔들렸다
아무리 손을 뻗어도
달아나는 파란 하늘

달은 사각형이라고 남자가 중얼거리자
여자는 젖무덤에서 죽은 새를 꺼내 들었다
액자 속 흰 달을 물고
바다로 간 새가 있다

떠내려가기 좋은 저녁 2

　　장마전선 북상 중
　　흐린 자막 앞에 놓인 돌

　　그끄저께 강에게서 받아 온 비단돌의 묵직함 그저께 나는 세 조각으로 남겨진 풋사과 어제는 베란다를 찾아드는 참새 울음방울 또 빗소리 거울을 천으로 가려두고 샛강은 물이 불어 있다 토즈 무용학원의 의자 밑에 버려진 연습용 슈즈 떠내려가기 좋은 저녁이다 히트 상품이라고 허스키로 내지르는 메뉴 틈에서 웃는 천 원짜리 스몰사이즈 아이스커피 플라스틱 의자에 앉아 나는 티비에 몰입했다 춤추는 래퍼의 흠뻑 젖은 의상과 분장 잘 들리지 않는다 노래는

　　사각의 방에 갇혔다
　　구름 사이 잘박대는 사람들

망월동 봄

피지 마라 꽃들아 날지 마라 새들아

꽃샘바람 회오리 옷깃 속 파고들면

파도로 무너지는 마음 썰물 지는 봄날에

꽃 피었다 진 자리 깊게 박힌 못이 있어

뿌리처럼 얽힌 기억은 다이달로스의 미로일까

밀랍의 날개로 만든 꽃이여 피지 마라

구두를 신고 하늘을 날다

꽃무늬 식탁보에 눈이 펑펑 내리는 날
꿈에서 튀어나온 그늘 속의 연인들
곡마단 뿔피리 소리 먼 데까지 닿는다

세모와 네모가 만나 환상이 되는 도시
긴 수염 쓰다듬으며 지붕 위를 걸어가는
지팡이 커다란 그림자 높은 모자 벗으면

붉은 색을 배경으로 춤을 추는 무희들
새처럼 공중을 나는 파란 색의 물고기
중력이 사라진 세계, 마술처럼 뒤섞이고

색채에 물들어 잠든 샤갈의 빈 캔버스
밤에도 태양이 빛나는* 잿빛 구름 위에서
지상의 구두를 신고 하늘을 날고 있다

* 샤갈은 "나의 태양이 밤에도 빛날 수 있다면 나는 색채에 물들어 잠들 겠네"라는 말을 했다.

자도르

　　아담과 이브의 사과
　　꽃병 속에 있는 거

　　맞는 말 그럼그럼 이부자리에 사과를 쏟아놓았다 내 사과에서도 푸른 사과가 쏟아져 나온다 이 많은 달달한 사과들 어디로 가는 걸까 사람이 보고싶어 나갔다 헌데 왜 그만 사과에 사로잡히고 말았는지 목에 가시처럼 박힌 사과씨 사과씨 하나가 사과나무로 자라나서 사과나무에 나를 가두고 부끄러운 입술을 사과꽃으로 매다는 동안 사과는 구르고 지구처럼 굴러 굴러

　　당신 꼭 숨기 좋겠다
　　정말 정말 숨기 좋겠다

신진경(申眞鄕, Shin, Jhin kyoung)
1959년 부산 출생. 부산교육대학교 교육대학원(교육행정학 석사) 졸업. 《부산시조》 신인상(2015), 《어린이시조나라》 동시조 신인문학상(2017) 등단. 한국시조시인협회, 부산시조시인협회, 부산문인협회, 부산불교문인협회 회원. 《어린이시조나라》 편집위원.

—

'교학상장敎學相長'이란 말처럼 신진경 시인은 어린이들에게 시조를 가르치면서 본인도 성장해왔다. 「꽃향기」 등 5편의 동시조에서 보듯이 배우는 어린이들과 함께 생활주변에서 소재를 찾아내고, 동심으로 녹여내어 시조의 가락에 담아낸다. 작품 「공갈빵」에서는 자신의 허세를 읽어내고, 「그대는」에는 가신님에 대한 그리움을 담았다. 「연리지」에서는 영원한 동반자의 꿈을 실었고, 「외벽도장 하던 날」에서는 극한직업의 생업현장에서 생명을 내맡긴 외국인 근로자에게 시선이 머물렀다. 그리고 「해우소에서」는 해탈로 향하고픈 마음을 형상화하고 있다. 종합하면 시인은 존재론적 가치관으로 시업을 갈고 있다고 볼 수 있다. 어린이와 함께한 오랜 경험으로 더 좋은 동시조와 보다 울림있는 시조를 기대한다.
— 서관호(시조시인 · 《어린이시조나라》 발행인)

—

꽃향기

무언가 나의 코를
말없이 건드려요

살며시 돌아보니
어여쁜 꽃 한 송이

깊숙이 내 마음까지
파고드는 꽃향기

권투 시합

힘자랑 한판 승부
구경꾼 몰려든다

퍽퍽퍽 아프겠다
핵주먹 맞은 선수

우승은 세게 때린 사람?
이상하다 권투는!

종이비행기

휘얼휠 멀리멀리
나쁜 맘 날려보고

두둥실 높이높이
착한 맘 띄워본다

오늘도 내 마음 실어
비행기를 타는 중

쓰레기통

넌 바다, 고마워라
속 깊은 푸른 바다

온갖 것 다 버려도
말없이 받아주는

우리도 마음씨 착한
너를 닮고 싶구나

해바라기

해님을 좋아하는
키다리 해바라기

얼굴이 군데군데
까맣게 타들어가도

언제나 웃음 띤 얼굴
나도 따라 웃어요

공갈빵

발걸음 끌어 놓는 풍성한 저 매무새
한 입 쏙 베어 물자 텅 빈 속이 웃고 있다
겉멋만 잔뜩 든 것이 어쩜 나를 닮았나

부풀린 체질이라 실속 없다 말을 해도
단물로 제값 차려 허물 이름 벗기고파
나온 배 쓰다듬으며 공갈, 공갈, 되뇐다

그대는

뭐가 그리 급하셨소
준비도 하나 없이

별빛으로 달빛으로
내 창을 닦는 손길

말갛게 살아갈 날을
자분자분 이르고

간다는 말도 없이
온다는 약속도 없이

어두운 길이라도
되짚어 다시 오소

홀연히 떠난 그 자리
온기 아직 남았소

해우소에서

머물 수 없는 자리
산통 후 알아채고

큰 근심 작은 근심
천 길로 떨어지니

곰삭은 오욕 찌꺼기
색즉시공 설한다

나락에 던져버릴
잡다한 번뇌망상

버리면 가벼운 걸
내가 미처 몰랐었다

오늘은 달마상 두 눈
채찍보다 따갑다

연리지

우연히 잡았다가 사랑 하나 엮었네

내 속에 네가 있고 네 속에 내가 있어

꿈조차 하나가 되어 같은 하늘 보고 있다

외벽도장 하던 날

삼십 층 아파트에 외벽을 단장한다
베란다 창을 여니 외줄이 아슬한데
목숨 건 다문화 청년 젊은 생이 푸르다

이승과 저승 간을 줄 하나 부여잡고
허공을 딛고 서서 그려낸 도시 얼굴
하늘도 구름을 걷고 햇살 곱게 비춘다

신필영(申佖榮, Shin, Pil young)

1944년 경북 안동 서후 출생. 안동사범학교, 고려대학교 졸업(1970). 〈한국일보〉 신춘문예(1983) 등단. 시조집 『지귀의 낮잠』(2001, 동방기획), 『누님 동행』(2006, 동방기획), 『둥근 집』(2010, 고요아침), 『달빛 출력』(2014, 책만드는집), 『우회도로입니다』(2017, 천년의 시작) 외. 이호우시조문학상(2010), 오늘의시조문학상(2013), 노산시조문학상(2017) 수상 외. 한국시조시인협회, 오늘의시조시인회의, 국제시조협회, 세계시조포럼 회원.

석남사

　　　　　　　　신필영

울어 산을 넘는 절집 종소리거나
그 길섶 돌아앉아 향을 빚는 산초이거나
익히고 잦힌 생각들 은은 때듯, 어슴녘

—

신필영 시인은 자기 자신에 대한 깊은 성찰과 뭇 사물에 대한 새로운 발견의 감각을 통해, 삶의 본원적 구경究竟에 가 닿은 사람만이 가질 수 있는 원숙한 언어와 표현을 보여준다. 그리고 시간이 갈수록 점증漸增하는 역설적 지혜를 통해 자기 확인을 넘어 사물을 오롯이 그 자체로 담아내는 서정시의 원초적이고 궁극적인 몫을 함께 보여준다. 나아가 시인은 그동안 축적해온 삶의 두께로부터 비롯되는 역량을 구체적으로 우리들에게 보여주고 있는데, 가령 이번 시집은 이러한 안목과 솜씨를 통해 때로는 역동적이고 때로는 잔잔하고 은은한 언어로 갈무리되어 있는 성과라고 할 수 있다. 우리 시조 시단의 중진이 들려주는 외로된 성취가 아닐 수 없을 것이다.

— 유성호(문학평론가 · 한양대 교수)

—

소금 어머니

간이역 몇 정거장
완행열차 같은 봄날

꽃 피듯
그 꽃 지듯
제 품에 녹아들어

속 넓은 항아리 가득 장맛으로 배어있는

밑간이 짙을수록
음식 맛은 덜하다며

참으로 짜지 않게
그러나 간간하게

말수도 웃음소리도 고명으로 얹던 당신

정월 인수봉

1.
온 장안이 눈 속에 들어 눈빛들 형형한 날
너는 결연한 생각 꼬나 잡은 붓끝이다
만인소 산 같은 글을 마무리한 수결이다

2.
갓 떠온 생수보다 더 차가운 새벽빛을
소슬한 이마 위에 명주수건 동여매고
동천을 걷어 제친다, 방짜유기 징을 치며

3.
가파르게 막히곤 하던 역사, 그 외성의 안쪽
지축을 누가 흔드나 명치끝 얼얼하다
아침은 점고를 끝낸 듯 산을 슬쩍 내려서고

백자철화끈무늬병*

담고 싶은 것이
어찌 술뿐이었으랴

타오르는 불꽃으로 산 하나쯤 솟는 생각

천년을
동여매리라
무명 끈 달아 놓고

세상 일 눈 못 뜨는
청맹과니 후생 앞에

들병이 눈웃음 같은 달빛 슬쩍 건네주며

등짝을
후려치고 선
저 늠늠한 뒤태라니

* 대한민국 보물 제1060호.

꽃, 분신

지는 것
두려워서
피지 않는 꽃은 없다

촉수를 세워 타는
저 한 번의 완전연소

바친다
직설의 화법
제단 위에 환한 몸

겨울 손님

다녀간 밤의 온기 하얀 고깔 눌러쓰고
목에 끓던 소금기도 삭여낸 양 평안하다
덕장서 얼며 녹으며 피를 내린 북양 명태

업혀 온 파도 소리 흰 눈발로 울먹이는
삭풍의 바늘귀에 겨울 햇살 꿰다보면
버려진 파지만 같은 그 사할린 이야기가

비운 속 다 터지도록 죽비 치는 손길인가
잔술집 목로에서나 이렇게 마주앉아
언 가슴 들어내 놓고 네 눈물 받아 마신다

바다를 암각하다

고래가 돌아온다, 파도를 앞세우고
돌 속에 잠들었던 신석기가 돌아온다
누군가 겉봉도 없이
전해 주신 만지장서滿紙長書

청동 빛 이두박근 푸른 작살 움켜잡고
우우 몰려오는 함성만은 묵음처리
바위에 우뚝한 고래,
환생으로 지나간다

누천년 지켜왔을 사내들의 격한 숨결
저만치 밀려나간 수평을 끌고 온다
바다가 걸어 논 무쇠솥
햇덩이가 익는다

바람의 시

벌판에 집을 짓는 바람 너는 유목민이다

야크 떼 몰고 가는 카라반의 사내이다

절망의 산맥을 넘으며 발바닥에 물집 잡힌

어딘가에 꽂아야할 깃발을 펄럭이며

길이 없는 곳에 길을 내며 가는 먼 길

끝끝내 돌아서지 않는 너의 뜻은 화살 같다

때로 포효하며 바다를 뒤엎지만

유랑을 즐겨하는 어느 지사 입술을 빌려

한 가락 피리 소리로 닿고 싶은 가슴이 있다

녹음필사綠陰筆寫

발목 저려 주저앉는 긴 탄식의 팔부능선

당귀 꽃 두레상에 사발밥 차려 낸다

뻐꾸기 울음소리가 올린 수저 육십 벌

하늘엔 소지 올리듯 숨죽이며 가는 낮달

도지는 이명인가 유월 숲 또 일렁인다

먼 이름 받아 적느라 가는귀 먹는 오늘

그 해의 녹취록은 잡음으로 긁혀있어

뉘 가슴 흔들어도 판독마저 힘든 나날

목젖에 매달려 우는 딸꾹질만 끊임없다

뚝섬

아마도 섬이 아니라 아비 같은 뚝이었다

거름 내 후끈하던 배추밭 호박밭들

물살에 떠밀리지 않게 억척으로 막아서는

똥지게 나르던 어깨 다 삭아 길이 됐다

키가 크는 새 아파트 그 사이 꺾인 길로

불 켜진 몇 동 몇 호에 아비들이 숨어든다

단양丹陽에서 멀어질 때

분첩을 두드리듯 내려앉는 햇살 본다

호수 다 퍼 올려도 남는 하늘 한 두어 필

손 놓고 익어만 가는 홍시 위에 깔리고

꼬깃꼬깃 접혔어도 두런대는 옛일들이

늦가을 철길 따라 그림자로 서성일 때

눈 붉힌 파충류 같은 기차가 지나간다

신현필(申賢畢, Shin, Hyun pil)

1955년 6월 16일 경북 문경 문경읍 평천1리 출생. 안동교육대학 졸업. 《신서정》 시조 발표(1997). 《시조문학》「장미원에서」천료 (1978) 등단. '씨얼' 시조문학 동인 참여. 한국시조시인협회 회원. 서부초등학교, 김천초등학교 교사(1983) 재직.

—

강

나는 지금 여기 있고 너는 지금 거기 있고
가난한 마음이면 같은 소리 들릴 테고
두 마음 같잖을 때는 슬픔으로 나리라

돌아보는 눈빛 타고 미움조차 곱게 흘러
세월처럼 외곬으로 역류할 수 없는 이 삶
가슴과 가슴을 비면 너 나 없는 강이어라

겨울

마음 풀어 펄럭이던 그 해 그 겨울
동공 크게 열어 놓은 속앓이 바람이 든
헛디딘 정의 발걸음 엷게 언 강 건너듯

빠져든 깊은 수렁 누구 손을 잡아 헬까?
선혈 쏟은 자욱자국 신기루 같은 사랑
찬 하늘 바라다보니 시선 꽂을 자리 없고

찢겨진 그 옷자락 시간을 기워 낸다
삼동 추위 바늘 돋친 올 가득 무지갯살
마음속 겨울 잠 털고 기를 쳐 일어선다

과수원에서

저 환한 웃음밭에 나도 한 잎 꽃이고자
손 들어 가지를 펴니 구름도 한 점 꽃이어라
봄 하늘 둘레 둘레가 꽃 핀 과원 열리네

눈물

…… 울고 있었나 봅니다
선연한 슬픔이 이는 그저 그런 이슬입니다
가난한 땅에만 내리는 깊은 까닭의 이슬입니다

여한이 없이 오직 피어오르는 슬픔
그 깃대 위에 나부껴 붉은 연꽃의 잎새 위로
수없는 십자가의 오뇌가 밴 그저 그런 이슬입니다

마중

엄동 바람 귀를 씻겨 산마루로 고개 들면
봄 푸른 후원 별도 나비 불러 마주 날고
어린 혼 어귀를 돌아 깊은 잠을 깨우기 전에

사립 열고 허리 펴 세류 딛고 바라 선다
고운 손 여민 마음 날개 돋혀 파닥이듯
영롱한 그 눈빛을 타고 새 힘 다져 엮을까

단숨에 달려 나와 달을 집어 꽂아도
시원찮을 그 마음에 옷고름을 매무시고
장작불 활활 지피며 오던 날을 헤인다

비애

팽개친 시간들이 시시로 목을 존다
나신의 뒤를 쫓는 허무의 첨탑 끝에
절망의 곡예를 타고 나를 씻는다 눈을 막힌다

누구 위한 오뇌 괴어 아린 한 여울인가
끝없는 그 방황이 가슴 저민 심연이듯
선잠 깬 마음을 흝는 한 시절의 아픔이여

꽃밭에서

내 안을 쓸고 오는 피울음 던져두고
텅 빈 하늘 구름자락 흔들리는 수초 곁을
하루내 가슴 앓으며 한 송이 꽃 벌고 있다

애 3

단 한 번의 입맞춤은 두 사선의 출발점
시간의 그 광활한 평원을 달리면서
날마다 정의 바다를 향해 파닥이던 날갯짓

처음부터 당신은 텅 빈 허공이었기
홀로 짜던 고운 무늬 허상으로 날 저물고
차라리 이 몸 사루어 소리로나 올릴 걸

잠자리에 들면서

솔바람 열기 먹고 피 토하는 이 밤이다
갈증의 수평선에 산처럼 이는 파도
애마른 생각이 겨워 머리 앓는 잠자리

꿈속에 꿈을 잇는 반복된 삶의 가치
누구나 그날까지 어쩔 수 없어 사는 삶가?
발걸음 재촉하면서 돌아 돌아보고 간다

이 밤에

문을 꼭 닫고 나서 내가 나를 생각해 본다
남자 몸 아득히 잊고 여자옷을 걸친 지금
회한의 일상이래도 맘먹기 하늘이거라

신현확(申鉉碻, Shin, Hyun hwak)

1920.~2007. 경북 칠곡 양목 출생. 호 우호(于湖). 경성제국대학 법문학부 졸업(1943), 고등문관시험 행정과 합격(1943). 상공부 전기, 광무, 공업국장(1954~1957), 부흥부 차관(1957), 외자청장 서리, 의회의 상임위원(1959~1960), 해사 행정특심위원장(1965), 국민학원 이사장(1969), 전경련 이사(1969), 아시아 상련집행위원장(1970), 대한 상의 부회장(1970~1973), 국회의원(1973), 보사부장관(1975), 부총리 · 경제기획원장관 역임 외. 금탑산업훈장(1972), 청조근정훈장(1978), 일본 욱일旭日 대문장 수상 외.

—

낙동강

낙동강 소금 배에
속삭이던 푸른 물결

오늘도 산과 구름
품에 안고 흐르는데

정답던 하소연을 싣고
돛단배는 간곳없네

아내의 약을 달이면서

강물은 바다 그려 산을 돌아 흘러가고
구름은 근원 찾아 바람 타고 나르는데
사람의 사는 굴절인들 물과 구름 몰랐으랴

외손자 작명

이목이 청수함은 이어 받은 핏줄인가
빛나는 눈동자는 산제의 점지인가
민천을 가득히 채운 태산 위에 높을진데

은거

푸르던 꿈길 따라 한결같이 걸어온 뜻
뜬구름 공명인가 흐르는 물 영욕인가
가을은 더 깊어만 가니 푸른 마음 아쉬워라

은하수

은하수 흘러가는 수평 없는 영겁 속에
찰나를 명멸하는 풀잎 이슬 삶이련만
마음은 만중을 감싸고 구원에만 불타느니

통일 염원

백두산白頭山 줄기 따라 진달래는 피고 지고
낙동강洛東江 굽이굽이 무궁화도 그윽한데
배달아, 네 아쉬운 것 화랑花郎 춘추春秋 뿐이런가

신후식(申厚湜, Shin, Hoo sik)

1947년 경북 문경 우지동 출생. 경북대학교 대학원 박사과정 수료. 《시조문학》(1986) 등단. 시조집 『빈 마음』(1987, 맥밀란), 『두 사람』(1992, 대일), 『밤하늘 별빛 하나』(1995, 홍익), 『산울림에 지는 송화』(1999, 대일), 『대밭내린 마음의 창가』(2003, 신진사), 『운평선 물이 들면』(2007, 홍익), 『이한몸 태우고 남을』(2011, 알토란), 『흙처럼』(2018, 경북기획). 문경문화상(1987), 나래시조문학상(1992), 경상북도문화상(2018) 수상. 《나래시조》 주간, 문경군청문학회 부회장, 나래시조문학 회장, 경북공무원문학회 부회장, 대구문인협회 시조분과위원장, 대구시조시인협회 부회장, 한국시조시인협회 상임위원, 중앙위원 역임.

문경聞慶

신후식 申厚湜

주흘산 멀고 그 옛고장
문희聞喜라 불렀다오

그래선지 기쁜 소식
그칠 날이 없었다오

바꾸어 문경聞慶이래도
경사 또한 늘 있다오

신후식 시인은 언어를 통해 세상을 바라보면서 '운평선'이라는 조어를 만들기도 했고, 수사에서 언어 유희적(Punning) 기법을 자주 차용하고 있다. 이 기법으로 말의 재미를 찾고, 의미의 확장을 꾀하기도 했다. 이는 바로 시인의 문학관이 되는 것인데 시는 가르치는 것이 아니라 느끼게 하는 것이라는 신념을 유추할 수 있다. 특히 신후식의 어투를 닮은 시들은 그의 천성을 그의 시에 담는 기법이기도 하다. 툭, 던져두는 말, 그러나 그것들이 버린 채로 있는 버려져 있는 것이 아니라 생각을 물고 되돌아오게 하는 매력을 가지기도 했다.

— 문무학(시조시인 · 문학평론가)

빈 마음

허허로운 가슴팍에
둥지 튼 새집 하나

치렁하고 갸름한 모습
타원 안에 들이노니

비워도
넘쳐흐르는
그들먹한 그 하나

빈 마음 스민 바람
은밀하게 익어 가고

빈 하늘 구름 옮겨
그려 보는 연연운戀戀雲

지워도
다 못 지워 본
내 그림자 영影이여.

삶

찔레꽃 그리움이
달빛도 수척해져

떠돌며 서성이며
구름으로
바람으로

달려온 칠십 리 길에
꽃잎 지듯 그렇게

참아보자

맑았다가 흐렸다가
더웠다가 추웠다가
천둥 치고 벼락 맞고 무서움을 삭여가며
무서리 하루 밤사이 벌거숭이 고된 삶

걸림돌 그마저 뽑아 디딤돌로 일어서라
태양은
누가 뭐래도 동에서 뜬다. 내일도
힘들다
당산목 느티 말 한마디 없잖아

천둥에 울어도 보고
설한풍에 얼어 터진 몸
태풍 생채기에
벼락으로 담금질 당한
가지 끝 하늘 한 자락 내려앉은
봄을 봐

선

수평선
점점이 뜬 무인도가 느는데

지평선
버티고 선 인간욕망 유인도라

운평선
희망을 걸자 너도나도 미래를

내별

다가선 새벽을 열고
쓰러지는 순간까지

다 떠난 돌담 촘촘
조팝
이팝 교신록

연록빛
오지랖에다 왈칵 토한
산벚꽃

그런가 봐

그리움만 모아도
태산이 외려 낮고

사랑도 미움마저도
그만큼 쌓아두고

어정쩡
그렇게 살다 침묵으로 가나봐

돌아도 너무 돌아도
벌어도 너무 벌어도

그림자도 묻어 두고
떠날 때는 혼자더라

만년필
만년 못 가듯 삶도 또한 찰나라

떠돌이 별

요지경 언저리서 막노동에 지쳐 눕고
맴돌다 잃어버려 건질 것도 없거들랑
예 와서
가득 채워 가게나
떠돌이 별 김 서방

탁한 공기 헤픈 웃음 떡 장사도 신통찮아
기댈 곳 없는 낯선 거리 숨죽임 당하기보다
예 와서
한숨 돌리게나
외로운 별 이 실네

아옹다옹 물고 뜯어 흔들려 온 조각배에
안개도 걷히잖고 세상 멀미 심하거들랑
짙푸른
하늘 한 자락
베어 줄게 오게나

난향

촉촉이 젖은 눈이
난 잎으로 펴들 때는

갈무린 추억 하나가
향으로도 살아나서

상큼한
하루를 엮어
대발 내린 마음의 창가

바람이 엉겨 붙어
달빛을 쏟는 날은

전화 울림 앞을 서도
말문이 열리잖아

천리향
여울목에서
주춤주춤 머문다

산울림에 지는 송화松花

봄에서 가을까지 산만 어룬 폭포 소리
풀짐 진 발그림자 도심 옮겨 어지럽고
남루한
영혼이 하나
굴레 찾아 나선다.

잡목 숲 되짚어 오는 바람결이 늘 맵더니
전신주 이어온 소식 울림이 큰 짧은 말들
까치도
집을 비우고
시린 하늘 혼자다.

무리로 추억이 피다 잎새가 떠는 날은
산짐승 큰기침도 온몸 들어 되받으며
그리움
무등을 타고
산울림에 지는 송화.

두 사람

찾고 보면 없는데도
멈추잖고 쫓아가니

신기루로 솟다 못해
무지개로 되뻗어나

둘만의 바라는 바를
짚어 가는 연연함.

눈으로 보잖고도
마음을 읽어내고

두 귀로 들어야만
심장이 울리던가

벙어리 냉가슴까지
녹여 가는 뜨건 사랑.

활활 타는 순간보다
잉걸불로 다독여서

질화로 따사로움
부젓갈로 가늠하며

긴 삼동 손 녹여 가던
그런 그런 사람들.

심석정(沈晳珽, Sim, Seok jeong)

1960년 경남 창원 동읍 출생. 한국방송통신대학교(국어국문학과) 졸업.《시조문학》신인상(2004) 등단. 시집『향기를 배접하다』(2012, 동학사),『물푸레나무를 읽다』(2018, 초록숲). 올해의 시조문학 작품상(2008), 제1회 울산시조문학상(2011), 이호우 · 이영도 시조문학상 신인상(2012), 울산문학 올해의작품상(2018) 수상. 한국시조시인협회, 국제시조시인협회, 이호우 · 이영도문학기념회, 울산시조시인협회 회원.

—

심석정 시인의 언어는 맑고 정갈하다. 그가 마주하는 사물은 설사 그것이 어둠이라 하더라도 환히 눈부시고, 절망이라 하더라도 길이 보인다. 그 까닭은 삶에 대한 진지한 자세와 반성적 성찰이 마치 조선 분청에 담긴 소담함으로 독자들에게 감동의 깊이를 더해주기 때문일 것이다. 그뿐만 아니라 그는 왜 시조를 쓰는지를 알고 쓰는 시인이며 어떤 시조가 좋은 시조인지를 분명히 알고 있는 시인이라는 점도 느낄 수가 있을 것이다. 한결같은 자세로 나아가는 그의 정신적 만행卍行의 끝이 어디까지일지 주의 깊게 지켜볼 일이다.

— 민병도(시조시인 · 국제시조협회 이사장)

—

품

큰물 진 후 뒤집힌 속을
가만 다독이는 강

길목마다 몸을 섞는
하천 지천 실개천들

강물은
편가르지 않는다
다만 바다에 닿을 뿐……

생량머리*

늦여름 살 따가운 가시별 밑둥을 잘라

물 실린 노란 잎새 등을 켜든 꽃잎 위에

바늘귀 실 꿰는 소리 수繡를 놓는 빗소리

* 생량머리: 초가을로 접어들어 서늘해질 무렵.

옹이

네게도 가 닿아야할 그리움이 있는 게다
밤마다 덧난 상처 그 파동 극점을 향해
끝내는 건너가야 할 고뇌의 강이 있는 게다

찔려 온 눈엣가시 가슴팍이 더 아파
갈가리 찢긴 생살 심장에 대못 박고
피와 살 다 흘려 넣어 다시 축으로 서는 게다

섣불리 생의 내막은 말하지 않는 게다
토막 난 시간들이 족쇄 풀어 버려질 때
네 안에 꽃보다 예쁜 물결무늬 서는 게다

감자

한 끼 식사를 위해 감자 톨을 깎는다
검은 비닐에 담겨 한쪽으로 밀쳐진 채
바깥이 궁금했던가 파란 눈을 내밀었다

세상이야 눈 뜨고 봐도 아득히 캄캄한데
이리저리 툭툭 차이며 구르는 법도 배웠다
더러는 세상 모서리 온몸으로 받아 내고

내 안에 두고 온 뿌리 상한 기억을 깎는다
칼날 지난 자리마다 뽀얗게 살이 돋아
하늘은 둥근 길 하나 지금 막 열고 있다

꽃샘

반듯이 접어볼까
둥그렇게 돌돌 말까

보일 듯 엷은 분홍
살그머니 꺼낸 편지

저 바람
난독증 바람
그에 꽃잎 흩어 놓네

주남저수지 4
— 물안개

배륵박*에 황칠을 해도 이승이 좋다시던

녹동할매 황천길 가네 영정도 만장도 없이

백발을 풀어헤치고

물안개 따라가네

* 배륵박: 바람벽의 경상도 방언.

물푸레나무를 읽다

아마도 너는 전생에 지중해였던 게다
무수하게 반짝이는 저 푸른 물조각들
물푸레, 길게 부르면 온몸으로 출렁이는

초록의 씨알들이 눈을 뜨는 골짝으로
그 바다 넓은 품을 온통 다 지고 와서
그것도 짙은 쪽빛만 뼛속까지 끌고 와서

전생에 너는 아마도 지중해 파도던 게다
바람도 물빛 바람 온 산맥을 휘감고 와
환골을 다 끝낸 바다, 눈부시다 푸른 전언

끈

젖빛은 핏빛의 다른 이름이라는 걸

무화과나무 아래서
소름 돋게 깨닫는다

잘 익은 꼭지를 따자
솟구치는 엄마 냄새

시든다는 말

어머니가 심어놓은 텃밭머리 호박넝쿨
더러는 잎이 지고 줄기도 물이 빠져
물소리 가다가 멈춰 마른 침을 삼킨다

끊긴 듯 굽은 길을 구불텅 따라가면
못내 아쉬웠나 심지 돋운 늦꽃 하나
늦가을 기운 햇살도 길을 슬쩍 비켜 간다

그래, 시든다는 건 힘줄만 앙상한 건
한 생을 휘돌아온 뜨건 피의 마지막 말
땅에다 맨몸을 뉘고 상처를 묻는다는 말

항아리

결 고운 황토 흙에 정갈한 물을 붓고
그대 그리는 맘 둥글게 사려 담아
손금에 쌓인 세월도 무늬 새겨 넣습니다

무른 듯 설익은 나도 불가마에 던집니다
서서히 불이 달면 잿빛 어둠 엷어지고
단단히 옹근 매무새 새 목숨을 받습니다

옷섶을 여며 앉아 먼 하늘 우러릅니다
내 살 속 출렁이는 아픈 생애 헹군 자리
정화수 항아리 가득 맑은 빛을 냅니다

심성보(沈聖輔, Sim, Sung bo)

1953년 경남 마산 부림동 출생. 호 만농(晚濃). 마산공고, 경북대학교(법학과). 《문예춘추》(2010, 봄호) 등단. 시조집 『나의 노래 나의 시』(2011, 천우), 『비 그치고』(2019, 천년사), 『아름다움』(2019, 천년사). 한시역집 『주목 1』(2017, 국학자료원), 『천년주목(상·중·하)』(2019, 천년사) 외. 매월당 김시습상(2011) 수상. '시조 사랑 모임' 활동.

> 보고 싶다
>
> 만농 심성보
>
> 서산에 해도 길다 뻐꾸기 울고
> 저녁나절 밥 앉히던 승이 고 처녀
> 정지간 뒤에 뻐꼼 승어 홍희 그 그림

—

만농 심성보는 계절과 자연을 잘 그리고 동작 표현과 음률에 있어 살아 숨쉬는 듯 역동성에 이야기가 있으며 남도 사투리를 잘 구사하는 등 남다름이 많다. 한편 우리 전래 한시 454수를 7·5음수로 역한 이력에 신라 향가 26수를 탁월하게 풀었음은 물론 향가와 함께 국문학적 과제인 최행귀의 3구6명 등의 명쾌한 해석에 시조의 발생 근원인 기초 마디 개념을 이끌어 시조의 역사가 1,000년 이상임을 최초로 밝혀 학술적 국문학적 족적을 남긴 시인이다.

— 강우식(시인·전 성균관대 교수·《계간문예》 편집위원)

—

보릿고개 소만小滿

— 할미의 독백

발 떼면 이는 먼지 모롱이 얹어 천 리 길

가도 가도 끝이 없네 저승이 어데 던고

아이야 이 고개를 니가 어이 같이 넘자노

— 아이의 독백

할매도 배고파서 죽겠제 목도 타고

오데서 오고 있노 그래도 괘안타 난

메마른 눈물방울에 괜스레 더웁다

찔레꽃

머언 먼 고향 땅의 향기로 남아 있다

가슴에 그리움으로 살아 온 여인이여

따스한 네 볼웃음이 문득 보고 싶구나

망종芒種

하늘이 무논에다 그림을 그리네요

물빛에 유영하는 하이얀 조각 구름

어울렁 올챙이들은 숨박꼭질 하고요

묵밭에 뿌려 놓은 옥수수 종자 닷 되

흙 이불 덮어 쓰고 하늘을 훔쳐봐요

뙤약 볕 받을까 무지리 두려운 듯 말이죠

영산홍

춘정春情에 일은 분憤내 애먼 봄살 태움성

동네방네 서방질하는 바람 난 네이 요년

요염을 떤다 오월아 지화자자 영산홍*

* 지화자자 영산홍: 강릉 단오제 대관령 산신제를 마치고 내려오며 부르던 산유화 후렴부.(한국 민족 문화 대백과)

여름날 내게 일어난 사건

장마도 소서도 아닌 더운 어느 여름 날

매미 소리 청아하니 반갑게도 들려온다

희벌떡 일어나 두리번 귀 대고 사방팔방

바람은 시원하고 더운 것도 맞는데

한가하니 드러누워 잠시 쉬고 있던 차

허허 참 이명 소리에 속아 넘어가다니

숲속에서

숲길을 걸어가다 숲의 말을 엿들어요

파릇한 녹음 소리 한바탕 산새 소리

벌레들 놀랄까 쉬엄 가는 바람 소리도 함께요

보고 싶다

서산에 해도 길다 뻐꾸기 울고

저녁나절 밥 앉히던 순이 그 처녀

정짓간 뒤에 빼꼼 숨어 훔친 그 그림

가을이 가네

뱃살에 떠밀리어 천변 홀로 걸어가는데

물소리 새소리 벌레 소리 나를 반기네

날 흐린 오늘 같은 날 아무 없어 좋아라

한로가 코앞인데 녀석들 때나 알까

찬 서리 한방이면 정신 번쩍 들 텐데

괜스레 마음 쓰이는 아침녘 벌레 소리

파도 지나간 자리

노을을 바라보며 상념에 젖는 하루

언제였지? 우리 행복했던 날들 말야

발갛게 물드는 바다 노을이 지는구나

아가야 사랑했단다 차암 예뻤단다

온 세상 다 주고 싶을 만큼… 그랬단다

언젠가 널 다시 볼 날 올 줄 우린 알고 있었단다

* 영화 "파도가 지나간 자리"를 보고.

백세 시대百歲時代

고향을 등지고서 나선 지 어언 몇 해

부모님 살아실 젠 앞가림에 허우대다

자식들 내보내고서야 이제 겨우 드는 철

공수래 공수거 버릴 건 무에던고

아직도 갈 길 먼 나의 원 나의 꿈들

어설픈 손가락셈이 어이 이리 슬픈지

세월에 사다보면 타관도 고향인지

산수에 정을 붙여 이웃에 정을 붙여

오가도 못하는 신세 어쩌라는 것인지

인생이 무에던고 산다는 게 무에인고

세월의 강에 실려 혹여나 불로불사

곁눈질 한들 무엇해 하늘 망이 터질까

갈 길이 머다 하나 어느 새 내린 서리

회돌아 감아 치고 얼기설기 말뚝 박고

백수에 눈 귀가 멀어 노다 가잔 혹여심或如心

늘어진 단막극 대사만 늘게 뭔가

무대가 넓어지니 해외도 나가보고

화타華佗도 밀어 낸 함자銜字님들 우리 언제 백센겨?

심인자(沈仁子, Sim, In ja)

1960년 경남 진주 명석면 출생. 《오누이시조》 신인상(2012) 등단. 시조집 『거기, 너』(2015, 목언예원). '영언', '풀무' 동인. 오늘의시조시인회의, 대구시조 회원.

—

사람에 대한, 목숨에 대한 심인자의 부단한 궁구는 언어미학적 아름다움과 맞물려서 새로운 시적 창조를 연쇄적으로 보여준다. "흙 속에/ 발 집어넣고/ 고물고물/ 숨는 엄마"라는 대목은 실감설정으로 애절함을 더한다(「산벚꽃」). 아주 재미나게 읽힌다. '휘날리고픈'이라는 동사가 적절하게 놓여 사람중심의 봄이라는 시각에서 벗어나게 해준다(「송홧가루」). 끝까지 모든 것을 희생하고 수용하는 무궁무진한 모성애를 읽는다(「어머니의 강」). 탯말 연구를 오래한 까닭에 언어 감각이 돋보이고, 입말을 잘 구사한다(「그케」). 개성적인 언어 운용과 사람과 사물에 대한 따사로운 정이 잘 결합되어 있다.

— 이정환(시조시인 · 정음시조문학상 운영위원장)

—

제비꽃
— 박경리 무덤에서

예고 없이
찾아간 빈손이 부끄러워
철책 가 쑥부쟁이
꺾어 놓으려다 멈칫
당신의 생명 사랑이
가슴을 불끈 쥐네

골방에 앉아 격랑의 붓대 꼿꼿이 세워도
밀어내지 못했을 선생의 외로움인 양
늦가을 봉분 헤집고 나온
제비꽃 한 송이

글 속 더듬으니
살아 있는 것 소리가
뫼를 나와 한산만 바다로 퍼져가네
신전리 제비꽃 당신
눈 뜨고 반기시네

산벚꽃

엄마는 자꾸만 해 지기 전 놀러 가자신다
얼른 양말 신겨라 꽃 지기 전 단장해야지
가는 길 하염없어라 벚꽃잎 흩날린다

벚나무 아래 자리 깔고 엄마를 눕혀드린다
어미야 땅 냄새가 와 이리 구수하노
흙속에 발 집어넣고 고물고물 숨는 엄마

산벚꽃 같이 날자고 하롱하롱 꼬드긴다
흩날리는 꽃잎을 이불처럼 덮는 엄마
새순은 물이 오르는데 엄마는 땅속 본다

세 밤은 너무 아쉽고 다섯 밤은 길어야
꽃 지는 저녁은 까닭 없이 아프더라
난만히 꽃 피운 길 두고 꽃잎 따라 가는 엄마

꽃탑

벚꽃 져도 환한 봄날
하동 쌍계사 팔영루 앞
목 떨군 동백송이
꼭 끌어안은 할배
해종일 돌무더기 위에
비손으로 꽃탑 쌓는다
꽃 지는 저 너머로
연두는 떼 지어 솟고
겨운 짐 덜고 가라
발길 잡는 꽃할배

봄날은
꽃 펴 놓아도
꽃 접어도
울렁울렁

진실 또는 거짓

산에 가 봐라
사람 단풍 단풍도 단풍
빨 주 노 녹, 앞 다투어
물들어도 슬픈 뒤태
저
잎
잎
붉은 진실로
뒤덮인 무릉도원

여의도에 가 봐라
사람사태 말 사태
약속도 거짓이고
거짓도 참 약속인
저
입
입
태우고 태워도
재 없는 불구덩이

구형왕릉

묵언만 켜켜이 남겨 놓은 돌무덤 위로
광년의 햇살은 아무 일 없듯 유한하고
삼키고 삼켜진 자들의 피마저 검어졌다

혹독히 내리치는 쥔 자의 채찍 앞에
송두리 채 빼앗긴 유민의 밥그릇들
패주란 이름 내걸고 멈추려 했을 전쟁

새들도 날개 내리지 못하는 양왕 능위로
지웠다 안도했던 내 생의 얼룩 즐비해
새 목록 작성하며 돌아서니
어디로? 길 묻는 칡넝쿨

섬진강

남기고 간 발자국 모래 속에 묻히고
빗점골*에서 들려오는 애끓는 시 한 수
너덜경
붉은 절규 소리
시간 따라 풍화 되었나

재넘이 내려선 강둑 대숲도 웅웅이고
벽송사 능선 길 따라 상처 안고 누운 와불
좇기다
등걸잠이 든
생을 내려다본다

들어 보라 들어보라 이어풍 타고 오는
깊은 산 웅크린, 이름 모를 뼈의 흐느낌을
섬진강
물갈퀴 세워
조곤조곤 이른다

* 빗점골: 빨치산 사령관 이현상이 사살된 장소.

이심전심

햇살이 앵두처럼 붉어진 나른한 오후
요양원 벤치에 나란히 손잡은 모녀
극세사 잠옷 바지에 이름 새겨 넣는다

자꾸만 오그라지는 바지 춤 서로 당기며
오당실오당실 이름 석 자 덧칠하고 눌러쓴다
—함 보자 매매 써 났제
이름도 도망 간데이

합죽한 입가엔 가느다란 깨꽃 웃음
—안 죽어서 큰일이다 얼른 죽어야 편한데
—오당실 딸 오래 할까요 나 고아 만들지 마요

툭툭 이어지는 대화 오래 살아 미안하다고
이 핑계 저 핑계로 자주 못 와 미안하다고
마음껏 펴지 못한 마음 눈빛으로 이운다

그래서 꽃

간식으로 나온 호박죽
쫄로리 앉아 먹을 때

합죽한 입가에
동글동글 꽃 핀다

할매요 참으로 이쁘요
우째 그리 꽃 같소

농담도 기분 좋게 해
늙은 기 뭐가 꽃이고

곁눈질로 흘기셔도
쪼글짜글 꽃 핀다

입가에 눈가에 피는
긴 시간의 흔적들

주름이라 말하면
손해 본 듯 아까워

세어보다 눈 맞추면
골골이 퍼지는 웃음

신춘광* 결 곱게 피운 줄
할매만 여태 모른다

*신춘광: 국화 대국의 한 품종.

송홧가루

억센 파뿌리 머리 위에도 잽싸게 올라앉고
배꼽이 열린 문도 황급히 파고드는 내가
초미니
살랑거리는
엉덩이는 오죽 하것소

구박 덩어리로 태어나 만민의 적이라오
질펀한 막춤에 눈물 콧물로 울어주오
봄날에
휘날리고픈 것
어디 사람 뿐이것소

그케

보미 할무이
저 꽃 보이소 할무이랑 꼭 닮았니더

아이구 야이야 맞다 저거 내 캉 똑 같다 흐물흐물 잘도 널쩌네
나도 탱실탱실 하다마는 우짜다 쭈구렁바가지 되가꼬 오그라
지네 세월이 퍼떡이다 띠금박질 한기 아인데 눈 감은거 맨치로
마카다 아련하네 저저저, 저거 좀 잡아라 우짠다꼬 자꾸 벗노
우야꼬, 참말로 우야꼬 저기 저 목련꽃은 봄이 되면 다시 피는
데 나는 언제 다시 피긋노?

그케요, 아침 이슬 저녁노을 자고 자도 모르겠니더

안규복(安圭復, Ahn, Kyu bok) 본명: 최규복

1947년 강원 원주 인동 출생. 이화여대(국어
국문학과) 졸업. 〈미주중앙일보〉 신인문학상
시조(2006), 〈미주한국일보〉 문예공모전 자
유시 입상(2007) 등단. 미주한국문인협회 시
조분과위원장, 재미시인협회 부회장.

딸기밭　시인（詩人）
　　　　　　　　　안규복

아침 햇살 눈부라니 온 세상에 퍼
졌는데도
빨간 딸기 덥썩 문 채 달팽이란
놈, 숨지 않네
취한 꿈 떠날 줄 모르니 그것으로
그는 시인

—

이미지가 대칭을 이루어 "바닷물 · 물결 · 쇳물/ 노랫소리 · 붉은 팔
뚝 · 사내"의 이질적인 요소들이 축을 이루고 대립적인 두 세계가
같이 가면서 이 두 세계를 통합한다. 은유들의 순간적 확장과 간결
한 응축의 구도를 보여주며 현실과 이상, 차안과 피안을 통합하는
견자의 시안을 보여준다(「파업」). '지나가다'라는 제목도 'ㅏ' 모음운
의 공통운과 함께 이중, 삼중의 다의적인 울림을 주고 있다. "가슴
속 밭두렁", "굴신屈身의 뿌리", "새하얀 갑옷" 입은 눈바람 등 은유
의 맛이 감성과 이성의 균형을 보여준다(「지나가다」).
　　　　　　　　　　　— 김현자(문학평론가 · 이화여대 명예교수)

—

'금문교'에 와서

문득 물이 길이었음을 '금문'에서 보았네
흘러와 낯선 벼랑에 부딪혀 무너지고
무너져 자유가 되어 다시 일어나 가는 파도를

푸른 서슬 길을 따라 바다로 간 사람들
파도 첩첩 첨병을 넘는 싱싱한 갈기였네
죽음과 날개의 고리 바꿔 묶은 철탑 한 채

겨울 모란, 오타 쥴리아

남쪽 나라 열도에서 눈꽃 속에 꽃 피네
겨울 모란엔 잎이 없네 몸 가릴 그늘도 없네
함박눈 백기 펼쳐놓고 죽음 딛고 꽃 피네

꽃 필 때 거기 아무 열매는 볼 수 없네
외롭게 순교하던 유배지의 왕녀처럼
맨발로 무너지면서 모란 눈이 내리네

파업

바닷물 유리창에 환히 불 컨 마천루

장터의 노랫소리 물결 따라 가버렸다

버려진 철근 더미에 붉은 녹 꽃 피는데

펄펄 끓는 쇳물 같던 사내들은 보이잖고

수만 갈래 길을 모아 저 피안을 건너가며

서로를 꽉 끌어안은 강철근 붉은 팔뚝

괘종시계

해 솟고 달이 돋는

멀리 떠난 스무 살

네 발길 다리 건너 외곽을 맴돌더라

세상의 가장자리서 소리 공양 올리더라

둥근 추 가슴을 쳐 숙연하게 울 때면

발자국 소리마다 인동초로 피는 시간

걸어라, 밟는 순간이 어디로든 길이다

지나가다

잘 펴진 길들은 어디로나 열려 있어
마주 오다 비켜 가는 슬픔도 있었다지
가슴속 밭두렁마다 흙먼지가 일던 봄

지나온 뒷길도 가야 할 앞길도
첩첩이 가로 막은 산맥만 보이더라
끊어진 한 토막 길은 숲속으로 흩어지고

우거져 길 없는 숲 먼 데서 물 들네
굴신의 뿌리 뻗어 어딘가 더듬던 길
잎사귀 다 지고 나니 폭포 너머 길 보이네

새하얀 갑옷 입고 팔 벌려 가로 막는
나뭇가지 사이로 낮게 깔린 눈바람이
마음에 쌓았던 돌담 하나하나 허문다

분수 그래프

취해서 흔들리며 바람 속을 걷다가
물로 엮은 동아줄을 묶어 높이 흔들면서
불현듯 삼키고 뱉어낸 생각들을 식히기

힘껏 높이 솟아봐도 정한 물길 그 아래
징검다리 밟아가던 어스름한 저녁에
넘어진 그 자리에서 두 손 짚고 일어나기

목공

태풍에 떠내려온 바닷가 나뭇조각
부술 것 다 부서져 단단한 것만 남아
스스로 절벽이 되어 흘러가는 날이 있다

마음 풀린 들풀은 이리저리 누워 있고
마른 붓을 든 나무 줄기 살과 뼈를 매만져
지나간 시간 속으로 오랜 상처 멈춰 있어

바람 차지 않은 물가 바위에 걸터앉아
내 안의 벗을 만나 혼자 놀며 즐겁다
지은 지 얼마 되지 않은
오래전의 사람을 모신 몸

시리아 난민의 말문을 넘어

헐벗은 줄 모르는 벌거숭이 소년들이
루비 튤립 피어나는 폭탄 속을 헤맨다
갈대는 구부러지고 들판은 시들었다

청맹과니 버리고 온 빈집의 이야기들
목숨 건 피난 보트에 석양처럼 남았는가
지중해 어둔 물굽이에 설핏설핏 풀어둔다

눈망울 글썽이며 잔주름 짓던 바다
모래톱 어린 주검의 찬 이마를 쓰다듬곤,
파도들 뛰고 있었지 몰려가며 또다시

수련

물 위에 아슬아슬
패러슈트 떠 있다

가라앉는 날개의 춤
수면의 과묵에 젖다

머물고 사라지는 일에
복종 않는 중간지대

스미다

땀꽃으로 물든 옷에
어른거리는 무늬

지문을 찍어놓고
입국했다 떠나려는

이방인 표류기 같은
안부 묻는 눈짓 같은

민둥산 이미지에 숨을 곳은 드물어
위의 맑은 하늘로 뒷걸음질 치는 마음이
가던 길 멈추지 말고
문신 안료처럼 머금기

안문섭(安文燮, Ahn, Mun sub)

1926년 경기 평택 팽성읍 출생. 부영소학교 졸업(미상). 《문예사조》 신인상(1991) 등단. 시조집 『살며 생각하며』(1996, 대한), 『소꿉놀이』(2000), 『삐리꽃 하얀 언덕』(2001), 『보름달이 밝아와도』(2005, 원일문화사). 동시조집 『별처럼 달처럼』(2009), 『물소리 바람소리』(2009, 원일문화사), 동인지 『여의나루』외. 제3회 유동문학상(2005) 수상. 한국문인협회, 한국시조시인협회, 유동문학회, 농민문학회 회원.

—

그의 작품을 대하다 보면 하늘에 흐르고 있는 구름으로부터 땅 위에 솟아나는 작은 풀잎에 이르기까지의 조화를 시도하면서 하늘과 땅을 하나의 끈으로 연결하려는 꿈의 세계를 엿볼 수 있다.

— 이우종(시조시인), 시조집 『살며 생각하며』

—

아버지

아버지
하면 왠지
어디간 모르게도

엄숙한
거리감에
비쳐 든 태양같이

언제나
우리를 도와
살펴보는 아버지

엄마

엄마란
단어부터
사랑이 넘쳐돌아

부르고
또 불러도
정감이 오고가는

끈끈한
천륜의 모정
인류인가 봅니다

배우려는 힘

무언가
배우려는
진지한 노력에는

황금을
얻은 듯이
스스로 황홀하여

둥그런
아침햇살로
밝아 오는 일환이여

시고향

시부모
계실 때는
떠들썩 반기시던

친척도
친한 분도
모두가 이미 떠나

어귀에
느티나무도
모르는 척 하던대요

방울 토마토

한여름
태양 받아
방울방울 달린 열매

오가는
행인들이
가던 길을 멈춰 서서

눈요기
한참하더니
주말농장 하겠대요

자식 사랑

그리움
흘러도는
세월 속에 자나깨나

떠오는
아침햇살
바라보듯 사무치는

부모의
자식 사랑은
천년인들 변하리

한 구절

힘겨운
구상으로
시 한구절 그려지면

저절로
나는 미소
한 아름 안고 앉아

머리를
끄덕거리며
문턱에서 맴돌아요

세월

멀고도
가까운 게
나그네의 세월인가

만물을
사랑하며
정을 돋아 산다 한들

우리네
백 년 세월이
한낮 꿈이 아니던가

전주 콩나물 국밥

콩나물
국밥집에
입맛 따라 오고가며

팔목에
멍자국이
팔찌처럼 새겨있던

이웃 정
잊지 못하는
나그네의 추억이여

저 바다

저기 저
햇살 안고
누운 바다 평화롭나

물가에
술렁이는
갈매기 떼 보이는가

우리네
인생살이가
얼비치는 저 바다

안수현(安修賢, An, Soo hyun)

1964년 부산 부산진구 범천동 출생. 부산대학교 문학박사. 《시조21》 평론 신인상(2016), 《한국동서문학》 시조 신인상(2016) 등단. 역서 『이호우 일어번역시조집』(2016, 목언예원), 『고시조 100선 번역시조집』(2016, 목언예원), 『박목월 탄생 100주년 기념 번역시집』(2017, 동리목월기념관) 외. Japan Kajin Club(日本和歌) 회원. 부산문인협회 평론분과, 부산시조시인협회, 국제시조협회 평론번역분과 위원. (단체법인)한국하이쿠연맹 사무총장.

—

시인과 도시 무인도

도시의 기계 눈물 무인도를 찾아라
로고스를 걷어내고 밭을 가는 시인들
따스한 햇살의 식탁, 돌아가서 만끽하라

달 그리고 지구

얼마나 지났을까 응고된 시계 소리
여기를 고향으로 기꺼이 속고 있다
괜찮아 달이 있기에 그대들은 지구인

멸치의 바다

곱게 자란 모래밭 야물진 조개껍질
그늘 비운 물결이야 어머니의 여름밤
비릿한 멸치의 바다 그림자를 버린다

지구 냄새

바람과 들꽃에게 내려앉은 산그림자
비릿한 바닷새는 우주를 빙빙 돌고
껍질만 불덩이 얼굴, 지구 냄새 그립다

신들의 나라

두 개의 거울마다 거룩한 너의 추락
뿌리 없는 오늘까지 녹아내린 나의 신앙
깨어난 신들의 나라, 너와 나의 이방인

안승남(安承南, Ahn, Seung nam)

1953년 충북 청주 출생. 충북대학교 석사 졸업(1999).《시조문학》(2012) 등단.《시조문학》신인상(2012, 겨울호), 제19회 올해의《시조문학》작품상(2017), 제1회 사단법인 한국시조문학진흥회 한국시조문학상 본상(2018) 수상. 한국문인협회, 한국시조시인협회, 시조문학, 한국여성시조협회, 한국시조문학진흥회 회원.

붓꽃

무지개 신비로움 가득히 품어 담고
제 힘껏 솟아올라 산과 들 물들이며
환희의 꽃이 된 네가 무척이나 예쁘다.

아침에 활짝 피어 저녁에 시들어도
찬란한 조명 속에 빛나는 춤꾼처럼
꽃바람 박수 울림에 축제장을 만든 너.

기나긴 눈 맞춤에 고동은 물결치고
방긋한 미소들은 햇살로 다가와서
보랏빛 설렘이 되어 여름 길목 적신다.

녹차

창밖의 산과 들을
찻잔에
담아놓고

늦가을 따순 햇살 한 움쿰 섞어서는

나직이
끓여낸 물에
빈 가슴을
적시네.

홀로 서기

싹이 난 고구마를 화분에 심었더니
잎들이 신이 나서 창문에 가득 찼다.
너무나 커버린 잎을 다듬는다 잘랐다.

단발머리 소녀처럼 단정해진 고구마는
산다는 게 힘겨운지 배들배들 시들어져
조용히 차렷 자세로 말도 없이 서 있다.

미안하다 속삭이며 용서해라 빌어본다.
햇살이 잔잔하게 들어찬 창가에서
간신히 움튼 새싹에 눈물 꽃이 맺혔다

꽃구경

동장군 물리치고
나무 끝에 피어난
꽃

어여쁜 꽃
보고 싶어
끝없이 줄서는데

땅속의
나무뿌리는
보는 사람
없구나.

겨울 속으로

알몸이 되어버린 바람 든 산줄기에
찬 이슬 반짝이며 겨울이 손짓할 때
빈 배낭 짊어지고서 그곳으로 갈래요.

앙상한 손끝마다 겨울의 매서움이
알알이 박히어도 하얀 눈 이불 덮고
씨앗은 부풀어 올라 새 봄날을 기다려요..

산새도 날개 접어 조용히 숨을 쉬고
산과 들 모든 것이 겨울잠에 빠졌을 때
꿈꾸며 봄을 키우는 그곳에서 있을래요.

가야산 소리길

홍류동 계곡 길에 펼쳐진 푸른 잔솔
바람이 스쳐 가면 흔들리는 나뭇잎이
물소리 반주에 맞춰 어깨춤을 추고 있네.

해인사 숲길에서 속 깊은 계곡물의
사랑스런 속삭임에 발걸음 잠시 멈춰
가슴을 활짝 펼치니 담겨지는 산 소리.

가야산 숨결 속에 호흡 맞춰 걷다 쉬다
계곡의 얕은 물에 발 담그고 쉬는 잠결
푸드덕 날아오르는 새소리가 정겹다.

땡볕 선물

자판기 앞에서도 망설이던 내 남편이
땡볕이 달아오른 마로니에 공원에서
손 끌어 들어가 앉은 자그마한 예쁜 카페.

낭만이 무엇인지 모르고도 잘 살아온
백발의 아내 앞에 처음 사준 라떼 커피
가슴을 흔들어 오는 길고도 긴 파도 소리.

심항산

마음이 일렁이면 그곳에 가야 한다.
바람이 손을 끌어 데려온 아담한 숲
심항산 고운 햇살이 수묵화를 그린다.

초목들 사이사이 종댕이 오솔길을
걸었다 쉬었다가 오르고 내리면은
충주호 윤슬 미소에 냉가슴이 녹는다.

흐르는 물길 따라 철썩이는 노랫소리
바다일까 호수일까 파도일까 물결일까
마음의 주머니 열어 심항산을 담는다.

산책

빈 가슴 열어두고 들어간
고요의 숲

무심코 올려다본
창공의 햇살 보석

쪼로롱
어린 새 소리
빈 가슴을 채우네

봄날

바람을 가르면서 달려간 선암사엔
봄비에 물이 오른 선암매가 맞아준다.
자그만 꽃망울들이 부드러운 눈길로.

돌담길 미로 속에 숨겨진 연못에는
수놓는 빗방울이 어여쁜 색시 같다.
물속에 비단잉어는 한가로이 노닐고.

열두 색 뒤섞이어 번져진 봄 앓이를
운무 속 선암사는 말없이 품어준다.
연둣빛 그윽한 봄날 가슴 뛰는 향으로.

안연식(安蓮植, Ahn, Yeon sik)
1955년 경기 용인 처인구 이동면 출생. 한국
방송통신대학교(국어국문학과) 재학. 《시조
시학》 신인상(2016) 등단. 시조집 『눈썹춤』
(2019, 고요아침). 열린시학 이사, 수원문인협
회 시조분과 차장, 수원시울림낭송회 회장.

—

"가족 간의 따사한 정"과 동일화의 원리를 따라 직선보다는 곡선의
유려함과 유연성에 보다 큰 비중을 두고 창작하고 있는 점, 남북 문
제나 환경문제에 대해서 자신의 견해를 가지고 비판적 인식을 가
지면서도 서정성을 살려 육화시키고 있는 점, 거창한 것보다는 소
박하고 견실한 꿈을 위해 비전을 향한 도전과 미래 지향의 자세를
보여주려고 노력하고 있다는 점, 진지하거나 관념적으로 흐르는 경
직성에서 벗어나 재미성과 풍자와 해학을 넣고 있는 점이 시인의
시적 특성이라 할 수 있다. 안연식 시인의 작품 세계에서 이 네 가
지 정신은 시인의 시적 품격을 떠받치는 중요한 기저자질이다. 이
를 잘 살려나가면서 정진해 나간다면 분명 한국이 인정하고 기억
하는 좋은 시인의 반열에 들 수 있을 것이다. 시인이 얘기했듯 "사
람과 사람 사이 진심을 알아 가는 길"을 가면서 "씨앗 문장"을 물고
사람 사이에 "마음 꽃 피우는/ 지순한 일"을 하는 진정한 시인이 되
길 바라는 마음 간절하다(『눈썹춤』).
— 이지엽(시인 · 한국시조시인협회 이사장 · 경기대 교수)

—

눈썹춤

조금은 늦더라도 이루는 게 선善한 일
내 안의 강 흐르니 그냥 날 지켜봐요
아슬히 돌아서라도
내 꿈 찾아갈래요

가슴속 파닥이는 오솔길에 향기 있어
사람과 사람 사이 진심을 알아 가는 길
새별은 지름길 싫어요
슬기 주머니 찾을래요

바람 타고 구만리ㄹ장천 날아가는 기러기가
씨앗 문장 물고서 때로는 지칠지라도
어머니, 마음 꽃 피우는
지순한 일 할래요

요양원

차가운 고요 속 일렬로 누워 멍한 눈빛
보조 장치 기계음 소리 낮게 웅웅거리고
긴 시간 달려와 멈춘 곳
정거장 통로 끝이다

덩실 더덩실 춤추면서 그 길 갈 수 없을까?
한 줌 흙 되는 연습에 구름처럼 가벼워진 몸
왕복표 그건 없다니
대합실만 북적인다

빛

스치듯

지나가도

상상은 만 리 밖이다

수많은

사람 속에

가슴 깊이 창을 내고

씨 하나

마음에 심어

별꽃을

피워낸다

소리의 미학

두더지 땅 파는 소리
실지렁이 하품 소리
일개미 가쁜 숨소리 젖은 날개 터는 나비
왕거미 줄 잇는 소리
귀 열고
들어 보세요

미세한 진동으로
귀띔하는 생명의 소리
가느다란 실금 속 선잠이 깬 듯한 소리
은밀한 구애 소리는
안 들리는 듯
선명한

움딸

손주 둘 남겨두고 둘째 딸이 떠난 뒤에
친불을 잠재우려 산과 들로 헤매니
식구들 그림자 되어 내 뒤만 따라다녔네

삼 년 만에 손주들과 올리는 세배 울컥 붉다
친정 삼아 이리 오니 더없이 고맙고
조바심 비워낸 자리에 살갑게 곁을 주네

두고두고 보아도 영락없는 내 딸내미
서글서글한 눈매와 파르르 성깔까지
방금 뜬 맑은 간장처럼 마음새도 미쁘다

너무 아프다

은빛 비늘 벗겨진 송사리들 숨죽이고
꽁꽁 언 강물 아래 머리 박고 숨어들다
그 상처 아물지 않아도
저 홀로 묻어두고

달빛 차가운 깊고 깊은 바닷속 큰 고기들
제 몸을 바위에 던져대는 파도처럼
바다 북 쿵쿵 울리어
단단한 밀봉 열다

역부족 저항에도 앞장서서 침묵 깼는데
파문의 퀴퀴한 언어 만월처럼 쌓여가니
하늘을 단단히 잠가도
아린 시선 무너진다

첫 키스

이따금씩
텔레비전에
나오는 바닷가 솔밭

가슴깊이 쟁여 둔
아스라한 붉은 떨림

누름돌
오이지 누르듯
꾹 눌러도
떠
오
른
다

유기견 같았던 여름

통닭집 했던 부모님 늘 나는 혼자였다
선물을 사다 주어도 밤의 공포 두려워
게임을 TV 보면서도 늘 유기견 같았다

폭주족 대열 끼여 어둠 속을 부 다당탕
일직선 길을 구부렸다 폈다 빠 앙빵~
소외감 펑 뚫리도록 새벽까지 달렸다

아버지의 먼산바라기 굵은 눈물 본 순간
아슬아슬 탈선의 경계 사춘기를 넘겼지만
불혹의 나이가 되어도 떠올라 얼굴 붉다

두 마음

노 시인의 강의중에 화장火葬시킬 시가 많다고…
여인 맨 몸 보여주듯 얼굴 화끈 붉어지다
무시로 부풀었던 별꽃 종이처럼 구겨지고

발끝에 잠시 머물다가 발화하지 못한 시
귀 하나 심어놓고 담금질로 두릿대지만
화장을 시켜야 할까? 화장化粧을 해야 하나

삶의 알레고리 낯 뜨거운 화장은 싫어
언덕배기 긴 대궁만 멀춤히 서 있는 시
목울대 올려서라도 봉오리 맺고 싶다

역습

차가운 빛을 내고 있는 검고 흰 봉지들
전곡항 요트 낚싯배 물결 따라 떠가네
하고픈 말이 있는 듯
멀어졌다 가까이 오고

서녘 노을 삽시간 하강을 서두르는데
페트병 스티로폼 떼로 몰려 연달아 오니
환류의 최종 종착지
어느 나라 어디쯤일까?

수천수만 별들이 수놓은 밤하늘처럼
안 보이는 나노 단위 유연한 물의 위장
긴 파랑 혼절의 아픔
부메랑이 두렵다

안영희(安英姬, An, Young hee)

1940년 경남 창원 상남면 토월리 출생. 마산여고 졸업(1959). 《시조문학》 천료(1995) 등단. 시조집 『어떤 풍경』(1998, 대산), 『그리움은 세월의 뒤안길로 다닌다』(2003, 스타), 『엽서』(2007, 세종), 『못다 한 이야기』(2014, 세종), 『별을 닮은 아이』(2019, 세종). 전국 시조백일장 차하(1993), 전국시조백일장 차상(1994), 남제문학 작가상(2008), 부산문학도시 작가상(2012), 성파 시조문학상(2019) 수상. 한국시조시인협회, 부산문인협회, 부산영도문인협회, 청술레동인회 회원. 부산시조시인협회 부회장 역임.

> 그리움 10.
>
> 우연히 들여다 본
> 어머니 반짇고리
>
> 특별한 무명실과
> 녹이 쓴 바늘 몇 개
>
> 고단한 어머니 삶이
> 나의 눈을 잡는다.

―

서정의 자아가 감각기관에 의해 사물을 인식한 주정적 시조(「등불」). 소박한 부부의 역정이 주관적 개인 정서로 표출(「길」).
　　　　　　― 류준형(시조시인 · 전 부산정보대 교수)
쉬운 듯하면서도 언어의 숙달미를 보여주고 있다(「못다 한 이야기」). 쉬운 말로 감추어 표현하는 것을 칭찬하는 것은 과분함이 아니다.(「정적」)
　　　　　　― 김용태(시조시인 · 부산 북구문인협회 이사)
실로 아름다운 우울이요 아름다운 실어증적 어투(「기다림」), 한국인의 문화유산이며 정신적 뿌리임을 증명하는 작품(「엽서」)
　　　　　　― 백승수(시조시인 · 전 부산시조시인협회장)

―

등불

되돌아 갈 수 없는 아득한 먼 그리움
그 위에 세월 하나 나비처럼 포개 놓고
능금빛
고운 등불을
밤마다 매답니다.

마음에 소망 걸고 켜켜이 심은 세월
그리움 새겨 넣어 아픔조차 함께 모아
한평생
꺼지지 않는
등불 하나 매답니다.

길

인연 끈
엮어 놓고

마주보며 걸어 온 길

아픔이
여울져도

오순도순 정을 쌓아

피멍 든
그 길을 따라

새 길 여는 한 핏줄.

정적

단잠을 못 이루어
돌아눕는 베갯머리

마음은 빈집처럼
쓸쓸하고 외로운데

뜨락에
잎 지는 소리
들리는 듯 고요하다.

기다림

십이월 찬바람이
뒤척이는
긴 긴 밤에

첫눈이 아장아장
걸어서
올 것 같아

설레는
가슴 한편에
작은 등 하나 단다.

엽서

잘 있다는 인사말만
달랑 적어
보낸 엽서

생략한 수천 마디
마음으로
헤아려져

진종일
사립문 밖을
서성이는 내 마음.

못다 한 이야기

하얗게 봄이 지는 벚꽃나무
아래 서서

가고픈 먼 고향의 네 얼굴
그리노니

아느냐
두고 온 세월
깊어가는 그리움을.

엄마 가슴속

울 엄마 가슴속에
사랑 샘 하나 있다

해맑은 시냇물이
흐르는 소리 난다

언제나
마르지 않는
사랑 샘이 흐른다.

눈물 2
— 어머니 산소에서

생전에 봄꽃 한번 제대로 보셨나요?
올해는 어쩌자고 민들레를 키우셨네
행여나 내가 올까봐 서둘러서 피웠네요

멀게만 느껴지던 당신이 계신 이곳
이제는 차츰차츰 가까워진 것 같아
어릴 적 염치없었던 그때 생각 나네요

잔디에 드러누워 두 눈을 감습니다
새소리 바람 소리 보고픈 엄마 소리
천지는 새 단장하고 봄 왔어요 어머니.

그리움 1

시장길 접어들면
우체통 하나 있지

괜스레 울먹이는
마음 하나 집어넣고

뒤돌아
뒤돌아서면
따라 오는 그리움.

술꾼 이야기

가끔은 큰 어깨를 빌려주는 한 잔의 술
모질게 끊어야할 핑계를 못 찾아서
오늘도 마법의 한 잔 세상을 다 가졌다

쓰디쓴 한 잔 술에 세상사 내려놓고
갈지자걸음으로 골목길 접어드는
축 처진 가장의 어깨 슬픔이 묻어있다.

안주봉(安周奉, An Ju bong)

1956년 경북 청도 각북면 출생. 청도전자고등
학교 졸업. 《시조21》 신인상(2012) 등단. 공
무원 문예대전 국무총리상(2011), 대구시조
전국시조공모전 장원(2011) 수상. '목우', '예
감' 시조동인.

—

안주봉은 청도군에서 40년을 공직에 머무르며 공직 말년에 청도의
이호우·이영도 오누이 시조 문학제를 담당하던 공직자로 그때부
터 시조를 시작하여 2012년 《시조21》 신인상으로 등단했다. 그의
시에는 일선 공직자로서 주민을 바라보면서 주민의 눈높이에 맞추
려 한 시편이 많이 보인다. 주민의 애환을 읽어 시대의 아픔을 보
듬으려는 노력이 시의 소재가 된 사물에서 시를 착상하는 시발점
이 되고 주제를 효과적으로 표현하기 위해 가져오기도 한다. 관념
적이고 추상적인 것을 탈피하기 위해 사물에 적합한 옷을 입힌다.
사물의 사전적 의미를 뛰어 넘어 확대 해석하고 의미를 재생산하
여 은유와 환유로 시인이 나타내고저 하는 바를 적절하게 부여하
여 사물의 보이는 부분뿐만 아니라 이명과 내면까지도 꿰뚫어 보
며 사물에 새 생명을 불어 넣어 숨을 쉬게 한다.

— 정희경(시조시인·《어린이시조나라》 편집주간)

—

임당고택林塘古宅*에서

거미가 몸을 나눠 적막을 재는 빈집,
그 적막 다칠세라 솟을대문 빗장 풀면
뭘 그리 숨길게 많아 첩첩 담을 쌓았는지.

사랑채 문틈으로 퀭한 눈길 머무는 곳
안채는 방문 걸고 북北으로 돌아앉아
오로지 궁궐바라기, 노심초사 이은 가계家系.

옹이 진 집안 내력 아는지 모르는지
저 홀로 늙어가는 토담 밖 먹감나무,
씨 없이 짓물러 터진 홍시 몇 개 품는다.

* 조선 후기 궁중 내시 김일준이 청도군 금천면 임당리에 낙향하여 지은
주택으로 내시 주택 연구 자료로 활용됨.

빨래집게

허구한 날 푸대접에 실밥 터진 작업복도
락스에 길들여져 뼈가 허연 와이셔츠까지
젖은 채 곤두박질치는 그 날개를 말려주마

햇살로 다려주고 달빛으로 꿰매주면
거꾸로 선 이 노역은 빛나는 별로 뜰까
오로지 외줄만 타며 휘청대며 살았다

별이 뜨는 시간이면 어둠 속에 팽개쳐졌다
동지섣달 칼바람이 이내 몸을 난도질해도
어금니 꽉 깨물었다, 아무 일 없다는 듯이

미스김라일락

세상에,
이런 환장할 꽃방귀 누가 뀌나
보랏빛 치마저고리 별밭에 걸쳐 놓고
속앓이 꽃대를 밟고
저만치 멀어진 너

그 씨앗,
누가 받아 먼 바다 건너 왔나
태생의 이름이야 몰라도 그만인데
눈웃음 짙은 화장에 감춘
입양, 그 뒤 아픔까지

면사무소의 봄

마음만 가난한 사람
발길 끊은 성금창구에

물병 비스듬히 누운
눈 못 뜬 매화 가지

꽃 피울
생각도 안 해
춘설 저리 날리고

시린 날,
폐교 소식에 더 시린 아이들 와

저금통 턴 동전 움큼에
눈 녹듯 언 마음 녹아

활짝 핀
매화 따라온,
손님 얼굴에 번진 봄

박물관 고래

예리한 쇳조각이 등에 꽂힌 순간부터
젖 먹던 힘을 다해 줄행랑 치고 있다
날숨에 피 묻은 함성 허공으로 내뿜으며

내지른 가성으로 바닷길도 열어주고
유연한 점핑으로 태평양을 주름잡던
최장의 포식자였던 청춘이여, 너도 안녕

입맛 다시는 해안으로 내몰린 피비린내
살과 살이 발라진 채 바쳐질 생애를 넘어
앙상한 뼈대만으로도 도도한 유영을 본다

통도사 홍매화

길 트는 대웅전 뒤 달빛 채운 빗살문 앞
허리 굽혀 절만 하는 삼백 쉰 살 늙은 나무,
메마른 살갗을 찢어 꽃등 먼저 내건다

소란한 세상을 넘어 멀리 언 땅을 걸어와
찬 하늘을 견뎌내며 고요 속에 피워 낸 꽃,
함부로 범접도 못할 몸을 낮추는 화법이다.

흩어진 햇살을 모아 길 잃은 바람도 품어
숨기고픈 눈물까지 보담아 핀 꽃송이들,
흩어진 풍경 소리를 붉게 붉게 덮는다.

잎의 존엄사尊嚴死

1.
초록초록 푸르던 잎 울긋불긋 단풍 들면
회귀를 꿈꾸는지 떠날 채비 분주하다
찌꺼기 죄다 끌안고 거름 되어 묻히길

때 되면 떼어 내던 떨켜마저 떨지 못해
된서리 뒤덮어도 막무가내 매달린 잎
추하게 뒤틀려 죽어 칼바람에 다시 죽을

2.
낙엽을 쓸어 담다 전화를 받은 아내
우듬지 마른 잎을 빗자루로 털고 있다
처이모 산소호흡기 떼어 낸 그 아침에

소금꽃

무논에 써레질하다 막걸리에 맨밥 말아
후룩 드신 울 아버지 '속에선 다 섞인다'
술 따로 밥반찬 따로 챙길 겨를 어딨냐고

다시 첨병 무논으로 소고삐 잡으시는
땀 마를 틈도 없는 아버지 야윈 등짝
오뉴월 땡볕이 그린 소금꽃을 보았다

송장도 꿈적이는 철엔 바삐 손발 놀려야지
허기가 참이던 식솔, 행여 밥줄 끊길세라
한 생애 진흙탕에서 꽃길 훤히 여셨네

떨이 할매

별 지는 어둑새벽 잠 덜 깬 시장바닥
등이 휜 우리 할매 장 봇짐 풀어내면
이고 온 산과 들판이 가판대에 환하다

살가운 피붙이도 안 먹이고 챙겨 나온
싱싱한 푸성귀며 말린 산나물 열댓 단
한 점도 거리낌 없는 흥정, 후한 인심은 덤이다

해 뜨면 파장이 될 새벽시장 한 모퉁이
찌든 살림 펴질세라 구겨진 지폐 펴고 있다
장마다 떨이 치지만 가난 떨이 못하는

무차별 습격

출처를 알 수 없는 헛소문만 분분했다
서해 건너 고비사막 화력발전 멈췄다나
허투루 신기루를 쫓아 갈팡질팡하는 사이

떠도는 유령인가 마스크 쓴 저 사람들
스며든 미세먼지로 속절없이 지쳐 갔다
제 안에 열린 숨구멍 차마 닫진 못하고

봄 햇살 산란하고 벙근 꽃 눈부실 쯤
번지는 먼지진드기 온몸이 사막이다
뼈와 살 그 눈물까지 풍장으로 치러질

안확(安廓, An, Hwak)

1886.~1946. 서울 출생. 국학자. 호 자산(自山),
팔대수(八大搜). 니혼대학 졸업. 《청년연합회 잡
지》,《신천지》주간 역임. 시조 창작, 발표(1920).
시조이론서 『시조시학』(1940, 조광사), 저서 『조
선문법』(1917, 유일서관), 『조선무사 영웅전』
(1919, 명성), 『조선문학사』(1922, 한일서점), 『
조선문명사』(1923, 회동서관), 『수정 조선문법』
(1932, 회동서관) 외. 논문 「조선의 문학」(1915,
학지광), 「조선문학사」(1921, 아성), 「자산시화」
(1927, 동광), 「시조작법」(1927, 현대평론), 「조선
시가의 묘맥」(1929, 별건곤), 「시조의 작법」(1931,
조선), 「고문연구의 태도」(1939, 조광), 「고구려의 문학」(1939, 조광), 「시
와시와 서양시」(1940, 문장) 외.

—

구정소감

음력을 다 싫테나, 나는 홀로 좋도소라
늙은 몸 괴로우니, 남은 해를 아껴해라
일 년에 두 번 설이면 내 세월이 빠를나

중희냐 참새들은, 눈에 나려 잘도 논다
책상에 흰 매화는, 그림자가 성기어라
멀리곰 눈 들어 보니, 양옥집도 흔하다

귀밝이 남은 주정, 도소주에 더 취해라
미친 듯 조호허다, 주먹 어이 들리느냐
적설이 내리 눌러라, 한양성이 무겁다

길림추

강파에 바람 치니, 밝은 달이 구으른다
단풍이 서두르니, 도처마다 낙엽이라
만 리에 객의 수심이, 새로 수선하고나

북경행

자풍을 멍에하여, 북경으로 들어간다
두우가 괴어지고, 땅이 주름잡는구나
기적이 정에 임하니, 무서 진동하여라

아이로 술부라고, 높은 누에 앉아하자
황천이 야색 얼려, 바쁘게도 핍박이라
별들은 삼라만상에 서로 격마 하나다

미주행

영락한 몸을 걷어, 굴러 미주 건너간다
머나먼 저 언덕에, 어느 때나 대지느냐
만경파 허허바다에, 한 건곤이 돛대라

일엽에 부친 몸이, 천애망망 나부낀다
수궁이 열사흘에, 봉창 꿈이 그 어디냐
한 반은 한양성이오, 또 한 반은 집이라

안심가

금세인 내 아닌데, 금세 걱정 괜히 한다
속에다 품은 것은, 별다른 게 없지마는
인심이 쇠느려 가니, 장래애가 써져라

손바닥 뒤젖히자, 구름 되고 비가 된다
한눈을 팔기 바빠, 돈거림자 굴러간다
이전의 의리 염치는, 흙과 같이 버리나

정녕코 천재라도, 왕소군이 몇몇이며
한 집안 동기간도, 진육경이 바라되며
당초에 백수구교도, 서로 안감 한다녀

을파손 고구려라, 강태공은 한나라니
각하를 굽어보자, 전공이라 이 세상이
딱하다 누가 만년아, 이를 위해 꾀하리

도신단재

문성이 떨어지니 하늘빛이 뒤집힌다
호지가 야대되어 신 단재가 가단 말가
사람이 요요한 중에 한이 한이 없구나

독서락

세상이 험악하니 도처마다 요란하다
태고 천지 찾아가니 어딘들 다를쏘냐
아마도 나의 피란처는 책뿐인가 하노라

백발

백발아 물어보자, 네 그 어이 희였느냐
청춘에 부푸머리, 더디 온 듯 검어타니
풍풍우 반 이백 년에, 조히 정히 씻었네

북간도

남전에 조심거라, 북답이냐 모내어라
두문동 이 강산이, 병주 고향 허다마나
우러러 휘파람부니, 하늘 어이 많으냐

상해 하야

묻노라 뉘 집에서, 포적 소리 날리느냐
바람에 휩쌔드러, 온 상해에 헤쳐진다
어즈버 여관 고침에 잠이 더처 하노라

안희두(安熙斗, An, He doo)

1957년 충북 청주 서원구 현도면 출생. 충북대학교 사범대학(수학과), 경기대 교육대학원 졸업. 《경기시조》, 《문학세계》(1991) 등단. 시조집 『쏵! 뚫렸다 참아름다워요』(2017, 고요아침), 『행복 주머니 한반도』(2017, 고요아침), 『인생을 여행이라 쓰고 행복으로 읽는 For-me』(2017, 고요아침), 『억수로 쏟아지는 봄비를 뚫고 마라톤 풀코스를 내달리다』(2018, 아침). 시집 『개간지 두샘』 외 6권. 수원문학상 대상(2015), 경기도문학상 작품상(2007), 경기문학인상(2010), 홍재문학상 수상. 한국시조시인협회, 한국문인협회 회원. 경기시조시인협회 회장, 한국시조 이사, 수원문협회 회장 역임.

할 수 있다

安熙斗

할 수 있다
그쯤이야 나도 한다 외치면서
누군가 해주겠지
사방을 둘러본다
속 터져 검붉게 피어난 꽃
아름다운 삶이다

—

안희두 시인은 중등학교 수학교사와 관리자로 37년을 근무하다 퇴직하였다. 그는 자유시로 출발하였으나 경기도 시조의 갈밭을 열심히 갈며 유행병처럼 번지는 수포자가 만연한 학교 현장에서 솟구치는 고민을 자유시와 시조로 승화시킨 특수한 실험적 시인이며 시조시인이다. 특히 학생들이 수학에 대한 흥미를 갖도록 하면서도 우리의 시조를 접하도록 앞장서 왔다. 국내 여행은 물론 해외 여행을 하면서도 시조 사랑은 지극하다. 앞으로도 우리의 고유한 민족시인 시조를 한층 더 아끼고 사랑하는 별이 되기를 바라는 마음 간절하다.

— 유선(시조시인 · 문학평론가 · 한국문인협회 자문위원)

—

금강산 구룡대

상팔담을 보려고
구룡대에 오른다
꺾어진 수직 절벽
암벽 타는 기분일까
몸에도 골마다 폭포다
속세를 벗어난다

하나둘 셋 넷…
여덟이다 열이다
연초록 향이 피어
선녀가 날개 편다
구룡담 용이 승천한다
해탈하는 삿갓봉

옥류동에 천화대
비사문과 관음연봉
한 번 돌고 두 번 돌다
빙빙 돌아도 비경이다
금강도 빙글빙글 돌다가
구름 위에 솟았다

억수로 쏟아지는 봄비를 뚫고 마라톤 풀코스를 내달리다

하루 종일 비 내리는
2015년 4월 19일
도로 따라 뛰는 물에
백령도 뱃멀미다
인당수 뛰어든 꿈 하나
활짝 핀 악몽이다

미쳤다 다 미쳤다
내가 봐도 다 미쳤다
달콤한 봄비였다
억수다 원수로다
마라~톤 풀코스를 질주하는
돈키호테 crazy

일주일에 한 번씩
half를 내달려도
42.195는 2차원과 3차원
심한가, 100℃ 물과 수증기
그쯤에다 비할까

수학경시대회 문제에서

경시대회 출전한 아들놈이 들어서자
풀릴 듯 하면서도 괴롭힌 문제*라고
기억을 반추하면서 내 앞에 내놓는데

두 자리와 세 자리의 자연수를 곱하려다
아차 하고 늘어 쓰니 원래 답의 아홉 배라
실수失手가 문제가 되면서도 너그럽지 않은 세상

내 생각이 모자랄 뿐 답 없는 문제랴만
숨어서 풀어 봐도 해답은 구구만리
천만 개 못이 박힌다 엉터리라면 땡인 걸

* 1996년 초등학교 대상 수학경시대회 문제로, 두 수는 14와 112.

하늘을 오르며

누더기 훌훌 털며
비우고 비웠기에
처녀막 투과하는
바다의 영혼이여
춤추는 아지랑이는
해탈인가 윤회인가

자궁 속엔 모든 것이
거꾸로 자라나듯
중력을 거스르며
피어나는 열반이여
도면의 바벨탑까지
사뿐 오른 연꽃이네

석가는 미륵불로
중생 구제 약속했고
예수는 사흘 만에
부활을 왜 했는가
구천을 오르내리며
잉태하는 씨앗이여

주차장에서

30분에 기본으로 2,000원을 내라 하고
10분씩 흘러갈 때 추가 요금 1,000원
눈여겨 들여다보니
실생활 함수 문제

경시대회 바람 타고 고 1에서 중학교로
가우스 함수, 반올림 함수 척척 풀던 영재들도
그래프 그리라 했더니
웃음꽃이 만발이네

주차장 갈 때마다 이 문제 어찌 잊나
기본을 무시해서 수만 갈래 헤매던 일
모르면 처음으로 돌아가라
원시인 말 못 잊겠지

화순 운주사雲住寺

갑갑한 먹구름이
휘어잡는 세월 뚫고
설레는 가슴으로
운주 가는 천 리 길
무등산 염화미소 피었다
찰나의 꽃이라도

마주치는 탑마다
넘치는 독특한 맛
옹기종기 너설 아래
정겹게 웃는 불상
운주사 꿈꾸는 풍경에
질척이는 포근함

개벽이 열린다며
밤새 만든 천불천탑
미륵 세상 고요롬에
두려움이 앞섰을까
동자승 새벽닭 울음소리에
기이한 와불이여

바다에서

흐를 대로 쉽게 흘러
한없을 네 가슴도
햇살에 그늘 품듯
못 벗은 인연인가
물마다 물거품 물고
칭얼대는 바다여

베어내고 뽑아내도
바람이 불 때마다
임금 귀가 나귀 귀라
노래하던 대밭인 양
골백번 고꾸라져도
달려오는 바다여

엎어진 물동이 듯
되짚어 못 가기에
전신에 열꽃 쓰고
끙끙 앓는 바다여
수평선 밟고 오르려
출항하는 고동 소리

국립 오시비엥침 박물관 아우슈비츠 비르케나우

세뇌된 아우슈비츠
아니다 오시비엥침
독일 땅이 아니라
무거운 폴란드 땅
일일이 설명할 수 없다
나치의 잔혹함을

숨 막히는 짐칸에서 용케도 살아남아
뭔 일일까 두리번대며
걸어가는 꼬마들
한 편의 코미디 영화였다
도살장 가는 길은

차라리
소 돼지 사육장이 훨씬 좋다
굶주리며 착취당해 피골이 상접한 몸
스스로 고압선에 날아든다
등신불 사랑이다

터키 에베소

역사책을 읽었다고 이해한 게 아니며
설파하며 강론해도 터득한 건 아니다
역사의 거친 숨결 속에
만년 혼이 흐른다

백 년을 머물러도 흘러넘칠 서사시
승리의 여신 니케Nike
하늘을 빙빙 날고
사랑을 갈구하는 자
외상도 가능하다

찬란했던
그때, 그 꿈
하나하나 되살려도
떠나간 숨결이며 영혼이 부활할까
나둬라
있는 대로 보고 가리라
사도여, 에베소서

바람에게

어둠에 천년쯤 취한 바람이고 싶었어라
먹구름 가득 안고 한 사날 퍼붓다가
무지개 하늘에 띄우곤
헤살 치며 웃고파라

술독에 뿌리내린 바람이고 싶었어라
맞버틴 놈들마다 토막 내어 엎어놓곤
풀잎을 피리로 삼아
음치라도 울고파라

무 속 휘돌아 친 바람이고 싶었어라
속옷까지 모두 찢겨 나풀대는 시래기로
죽 쑤어 목구멍 때우곤
시원스레 살고파라

얼음을 부풀리는 바람이고 싶었어라
체온을 핥아내어 흰 눈 속에 파묻으며
누더기 훌훌 벗겨내곤
새 봄옷 짜고파라

양계향(楊桂香, Yang, Kye hyang)

1941년 경남 창녕 유어면 출생. 대구사범학교 졸업. 《시조문학》 천료(1990) 등단. 동시조집 『산호빛 목소리』(1990, 성은사), 『나팔꽃 시간표』(2018, 아동문예). 시조집 『백비 앞에서』(2014, 동학사). 아동문학연구 동시조신인상(1991), 경남문학 우수작품집상(2014), 아름다운 글 문학상(2015), 새싹시조문학상(2017), 현대시조문학상(2019) 수상. 한국문인협회 회원. 경남시조문학회, 한국시조시인협회 이사. 한국여성시조문학회장 역임.

백비 앞에서 그가 생각한 가장 큰 깨달음은 무엇이었을까? 어떤 독자는 청백리와 다름없는 스스로의 삶을 반추해 보지 않았을까 생각할 수도 있겠지만 양 시인은 그런 사람이 아니다. 겸손하게 스스로를 성찰하는 습관이 몸에 배서 그런 자긍심을 먼저 생각할 사람이 아니다. 다만 모기만 한 소리로 혼탁한 세상을 한탄했을 것이다. 부모를 해치는 아들 딸, 백성을 무시하는 관리의 행패, 분단된 조국, 그 많은 부조리를 이 백비 앞에서 대신 서과, 사죄하고 있었을 것이다.

— 이우걸(시조시인 · 우포시조문학관장)

겨울나무

하늘은 싸늘하고
바람조차 매서운데

푸르렀던 한 시절을
나이테로 되새기며

가지 끝 까치집 하나
덩그러니 앉았다

텅 빈 골짝 험한 비알
부둥키고 버텨 서서

메마른 가슴에다
부푼 소망 챙겨 안고

허허론 육신 가누며
흰 눈발을 맞는다

맷돌

어릴 적 할머님이
돌리시던 맷돌 소리

지금은 꿈결인 듯
아스라이 들려오고

패어진 홈 자국마다
옛이야기 스며있네

쉼 없이 돌아가던
그 옛날 고단한 삶

흐르는 세월 속에
제 할 일도 다 잊은 채

후미진 뒤안길에서
한숨짓는 맷돌이여!

분수噴水

위를 보고 살리라
활짝 펴고 싶어라

쉬임없는 몸부림
시지프스 신화인가

하늘로
치솟으려다
겸손하게 숙인 고개

청동화로

내일 모레 설이라고
온밤을 지새우며

참숯불에 인두 꽂고
설빔 준비하는 엄마

두 눈을 비비적이며
지켜보던 어린 나

엄마는 떠나시고
덩그러니 남은 화로

마른 꽃 꽂은 자리
그리움만 남아 있네

설날은 해마다 와도
온기 잃은 청동 화로

백비白碑* 앞에서

전남 장성 황룡면 박수량 묘소에는
비문 없는 비석 하나 놀랍게도 서 있네
심성이 맑은 사람만 깊은 뜻을 읽어 낼까?

명문장 나열해도 나타낼 수 없는 사연
글자 없이 백비만 세우라 명하셨나
청백리 그 한마디가 듣고 싶은 요즈음

* 조선시대 3대 청백리의 한사람인 박수량 묘소에는 비문이 새겨지지
않은 비석이 서 있다. 명종 임금께서 비문을 새기지 말라고 명하셨기 때
문이다.

계 영배戒盈杯

계영배 바라보니
옷깃이 여며진다

지나치면 삼가란
선현의 가르치심

오늘날
욕망의 세상
내다보고 계시네

나팔꽃 시간표

우리 교실 나팔꽃도
시간표가 있나 봐요

어제는 체육 시간
줄타기를 하더니

오늘은
음악 시간에
나팔 부네 따따따

종이비행기

날아라 비행기야
푸른 하늘 날아라

동동 흰구름
정답게 팔짱끼고

우리들
마음 가 닿는
끝끝까지 날아라

꽃가게

바람도 여기서는
발걸음을 멈춘다

예쁜 빛깔 고운 향기
탐이 나 갖고 싶어

가던 길 그만 잊은 채
꽃이 되고 싶어 한다

하얀 커튼 병실에
누워있는 소녀에게

위로가 되어주고
꿈이 되어 주는 꽃

한 아름 꽃다발 안고
병문안을 가야지

하얀 달

밤하늘 여왕으로 군림한 때 있었건만
권좌의 뒤안길로 허무하게 밀려나서
산마루 허공에 걸린 빛을 잃은 하얀 달

고뇌도 승화하면 사리로 맺히는가
서러운 마음일랑 속 깊이 묻어두고
옛 영화 되찾을 날을 숨죽이며 기다리네

양동기(梁東琦, Yang, Dong ki)

1928.~2007. 전남 보성 출생. 호 일강(一江). 순천사범학교, 공주교대 졸업. 《시조문학》「월명부」천료(1970) 등단. 시조집『하늘 끝 자연紙鳶처럼』(1993, 동인문예), 저서『국역주해 북유시집: 세심 백홍인 선생 항일구국창의시』(1986, 세심당백홍인선생추모기념사업회), 『보성문학대간: 보성문학 600년의 발자취』(1997, 보성문학회, 공저). '영산강' 동인. 보성초교 교장, 신안군·함평군 장학사, 보성문인협회 회장 역임.

봄 아침의 우리 집

— 참새
하두 몸이 고단하여 늦잠 좀 자려 했더니
하필 내 방머리에서 글을 읽는 손주놈들
한가한 산가의 아침 복으로나 여겨둘까?

— 제비
집안이 잘되려면 남의 자식치레부터 한다더니
맵시도 예쁜 것이 하는 짓도 예쁘구먼
강남 땅 근친 다녀왔다고 문안하는 며늘아기

— 꾀꼬리
사람은 성실해야 한다고 입이 닳도록 일렀건만
이리 터지려나 저리 터지려나
회오리 바람을 재워 발화점을 닫는 가슴

동으로 달리려나 서로 달리려나
두 갈래 갈림길 위 키를 잡은 당신의 손에
엄청난 운명을 맡기곤 분기점에 서 있다

동태

화씨 백 도를 넘은 오뉴월 막바지다
어인 놈은 더워 죽고 어인 놈은 얼어 죽나
북극의 시원한 꿈을 동면으로 자는 얼굴

눈만 뜨면 썩어 있는 아열대 더운 거리
차라리 영생 위에 빙산을 가슴 안고
마술의 얼음옷으로 이글루에 잠을 잔다

제 창

똑 똑 똑 똑 문 좀 여세요
밤중에 무슨 일이요
맛 좋은 밤시조 사세요 날 새거던 와요

저렇게 해가 돋는데
아직도 잠을 자다니
온 마을 문 두드려 봐도 대답 없는 집 집

봉백꽃 1

연지분 아니라도 귀여움이 솟는 눈매
눈보라 차고 매운 가난의 계절인데
늘 푸른 그 잎새마다 윤이 나는 고운 살결

나들이도 다소곳이 자라온 규방아씨
수줍은 앙가슴에 망울지는 봉오리는
열아홉 타오른 꽃불 봄이 벌써 부플다

사시사철 다물어 온 부끄러운 입술여도
조심스레 여는 마음 가슴 가득 붉은 사연
뜰 앞의 섣달 큰애기 미소 속에 뱉는 하소

삼매사

내 서실로 들면
홀연한 출가입산
방문을 닫고 앉으면 벌써 적막산중

창문 밖 영 너머에는
비가 오는지 눈이 오는지
활자의 산전을 갈다 날 잃어버렸네

열녀 혼
— 봉숭아의 노래

화령인들 굽힐소냐 오뉴월 뜨건 지열
발가락 다리까지 저리 달아 붉었어도
가슴속 일편단심은 삼복이 아직 차다

대대로 지켜오는 울밑 장독대다
송이송이 고운 입술 도란도란 매운 사연
못다 한 소망을 다져 씨알로 묻은 추천

유원지에서

어두운 우리에서 풀려 나온 송아지는
그리던 언덕이기 마음 한껏 뛰논다
저마다 구름점 없이 높이 갠 가을 아침

해묵은 먼지들을 바람에 날리면서
푸른 산 맑은 물은 이래서 약이랬나
앙가슴 앓던 응어리 이제 숫제 거짓말

황혼은 감돌아도 목청 트는 너른 마당
실 줄기 강이 모여 물결치는 한 바다에
온종일 파도에 실려 태산이 둥둥떴다

어떤 위신

아무리 뜯어 봐도 멀쩡한 모조상품
자르르 윤이 나는 빛깔의 진열이다
긴 듯이 아닌 그 속살 골동품은 아니었다

검은 안이 들어날까 힘써 밖을 칠칠했다
작은 키가 낮아일까 애써 올린 발꿈치다
무대 위 황홀한 광대 세련된 연기였다

어머니께서 약목을 구해 보내주시다

이리 못난 나무를 끝내 기르는 대지
시들까 병이 날까, 덮고 돋운 북이시다
그러기 부모는 하늘땅 옛 성인의 그말씀

어머니는 땅 나는 한 그루의 나무
아직도 어린 싹마냥 연약한 이 가지
어느 제 큰 열매 익혀 쿵! 땅 위에 떨굴까?

월명부

어두운 하계가 저리도 가여워서
염주 목에 걸고 사바를 굽어본다
원광도 거룩한 모습 미소 고운 보살님

높으신 저 그림자 애무냥 포근한 빛
미움도 고움으로 자비의 불 밝히면
만상이 불상이 되는 밝음 속에 나도 무아

외나무 다리

푸른 강물 위에 건너 지른 나무 하나
가야 할 저편 언덕 봄이 오고 꽃이 핀다
세상은 외나무다리 걷기 어런 이 다리

세월도 흰 구름도 강물 따라 흐르는데
한생을 걸어가도 끝이 없는 긴긴 다리
인생은 외나무다리 눈 못 파는 이 다리

양만규(梁萬奎, Yang, Man kyu)

1940.~2020. 경기 파주 문산읍 출생. 건국대학교(국어국문학과), 국민대 교육대학원(국어국문학과) 석사 졸업. 《시조생활》 시조 신인문학상(1992, 가을호) 등단. 시조집『녹두장군의 춤사위』(1996, 동경),『갈짓자로 걸어라 나의 가얏고』(2003, 동경). 축시조집『손잡은 내 소중한 사람』(1999, 동경),『오직 한 님』(2007, 동경).『한국의 교가 가사집(통권 3권)』(2016, 동경). 경기문학상(2001), 시천문학상(2003), 파주문인협회 문학상(2014) 수상. 경기 풍생중 국어교사, 남대문중 국어교사, 파주시 교육문화회관 한글강사, 파주시 문화원 문학강사, 파주문인협회 고문, 경기도 문화관광해설사 역임.

—

양만규 시인은 자아의 본질을 우리 주변에 거대한 현대문명의 부조리로 인해 소외된 선량하고 성실한 사람들, 작은 소망을 지키는 소박한 서민들에게서 발견한다. 그리하여 그들에 대한 무한한 애정과 연민을 끊임없이 노래한다. 그뿐만 아니라 그들을 아프게 하는 현대 문명의 무도한 폭력을 고발하고 분단의 아픔을 침착하게 호소한다. 때로 그것이 너무 아파서 좀체 노래하지 않는 새처럼 침묵하기도 하지만. 그는 함축의 의미를 체득하고 그것의 효용성을 극대화하는 능력이 뛰어남에도 불구하고, 시대의 변화를 예리하게 포착할 줄 안다.

— 이석규(시조시인 · 국제펜 한국본부 자문위원)

—

고개

여기 주막 하나쯤 있음직한데 비어 있구나
휘황輝煌한 거리에서 두어 마장 지난 자리
불꺼진 마음 같아라 멈춰서는 내 발길.

하늘 있고 별이 있고 지나가는 바람 있고
신명神明 떠난 돌무덤에 던져놓은 백동전을
달빛에 건져 올렸다 흙이 묻어 있구나.

이럴 때 칼을 타는 무녀巫女라도 되어 지고
초혼招魂을 노래하라 바람이여 나무여
뒷짐 진 아버님 같은 내가 나를 예서 본다.

이 제야除夜에

멀리 우리 곁을 떠나버린 신神들까지
종鍾소리 크기만큼 넌짓이 다가와
하얀 눈 함께 맞으며 걷는다는 이 밤에.

석상石像과 철제탑鐵製塔이 공존하는 대학로를
날 닮은 조각상 찾아 해 넘기도록 헤맨다
내 발길 멈춰선 자리 땟결 가신 점占카페.

천기天機도 키보드를 믿고 사는 꼴이 됐다
복채만 들이 밀면 점괘占卦는 서슴없이
"당신은 균열龜裂이 심한 시멘트 조각상…".

굴뚝새야

산山보다 더 높아진 빌딩숲을 노래한다
석탄石炭보다 더 새카만 굴뚝새가 된 후론
일상日常은 꿈속에 있네, 실개천과 무지개.

종이로 학鶴을 접듯 비행기를 희게 접어
남산 위 먼 하늘로 자꾸 날려 보낸다
광화문 저 발 아래로 추락하는 까만 날개.

콧구멍도 뚫리잖은 지하도의 인형처럼
두 날개 부러진 플라스틱 새와 같아
황톳길 휘돌아 간다 곡조曲調 잃은 나의 노래.

쓸쓸한 눈이

야윈 어깨 그 너머로 훔쳐본 가계부家計簿엔
콩나물의 긴 행렬行列이 멀뚱멀뚱 졸립다
밤마다 베개맡에다 헛구역질이더니.

언젠가 감귤이 그렇게 먹고 싶다더니
첫놈이 뱃속에서 안암산만 하더니
오늘도 빈손의 퇴근을 물끄러미 쳐다보더니.

그렇게 삼칠일三七日 친정親庭에서 돌아와
성큼 안겨주는 핏덩이가 올려본다
감귤이 먹고프다던 그 눈 닮은 쓸쓸한 눈이.

삼다도 기행三多島 紀行

빈 손으로 갔으면서 빈 손으로 오기 싫어
한라산은 못 떠와도 하루방을 들고 온다
이승이 하두나 고와 돌로 남은 사람아.

무더기 무더기 철쭉 향이 묻어나는
청옥靑玉빛 그 치맛자락 가슴에 와 눕는다
돌담장 대숲 지나듯 풍란風蘭같던 비바리.

천년쯤 웃었는지 공허空虛로 파인 구멍
궂은 날 용두암龍頭岩이 꺼이꺼이 해일海溢로 운다
찍어 온 사진 속에서 피리 소리 도는 바람아.

그 새는

나의 시詩는 울지 않는 새 새야 새야 파랑새
좀체 울지도 않을 나 없는 날이면
그 새는 바람 안고와 흙처럼 울다 간단다.

그저 그 목청도 조금쯤 그 깃 닮아
꽃처럼 이뻐하지도 않을 나 없는 날이면
그 새는 산을 지고와 바위처럼 울다 간단다.

열두 줄 무등 타고 굽이굽이 줄 고르는 밤
강처럼 춤추지 않을 나 없는 날이면
그 새는 달을 타고 와 거문고처럼 울다 간단다.

그 강변江邊

눈물로도 모자라는 울대가 높은 가지
팽이채 없이도 잘도 도는 물레이듯
매미의 가락을 타고 시원시원 꺾고프다.

징검다리 발자욱도 해마다의 큰 장마로
이승의 긴 그림자 솔松다리와 떠났는지
발밑에 밟히는 수궁水宮 돌 몇 개만 둥둥 뜨고….

그 언제적 달나라 간 우주선宇宙船에서도 보였을
지구의 마지막 철조망鐵條網의 강江을 타고
밤마다 내 여인女人이 오다 분사焚死하고 있었다.

누이들의 귀천歸天

우리는 네 청춘의 상복喪服을 걸치고
차마 흔들 수 없는 소종小鐘을 흔들어
개내들 놀이터 되는 강둑길을 돌아간다.

어허 이런 밤은 별들이 허옇게 시들어
어스름 달빛까지 뿌옇게 무너져
만장輓章은 무슨 노래로 북향北向할까 북향해.

무어라고 민들레는 노랗게 흔들리고
뚝머리 창포잎은 푸르게 흔들리나
마지막 내 누이들은 어떤 꽃이 되려나.

제재소에서

고무신짝 찍찍 끌 듯
뒤도 돌볼 겨를 없이

강물이면 뒤채이는
투정뿐인 여울 같아

톱날은
허리를 댕경
나이테만 찾아댄다.

그 대장간

그 가난한 소금뻘엔
쟁기질도 소용없이

발갛게 살 오르는
나문재*가 열불 내듯

쫑둥어
하늘로 뛰는
온 개펄이 팔월八月이다.

* 나문재: 색깔이 붉은 중부지방의 바닷가 갯벌식물.

양명학(梁明學, Yang, Myeong hak)

1942년 울산 남구 상개동 출생. 경북대학교 사범대학(국어교육과), 동 대학원, 아주대 대학원(문학박사). 《문학예술》 시(2004), 《시조정신》 시조(2019) 등단. 시집 『나 쪽으로 열린 창문』(2005, 문화탐구), 『겨울소리개』(2007, 문학예술), 『원왕생가』(일영번역합본, 2019, DK), 『하늘의사물놀이』(2019, DK). 번역서 『주역원전강독』(2005, 울산대출판부). 울산광역시문화상 문학(2006), 울산문학상 시(2013), 영호남수필문학대상(2010) · 공로상(2014), 울주대운문학상(2017) 수상. 한국문인협회, 한국시인협회, 문학예술가협회, 울산문인협회, 동해남부시동인회, 울산수필문학회 회원 외. 울산대 명예교수.

낚시터

양명학

노처사 강물에다 낚시를 던졌는데
늙은 잉어 지나가며 빙그레 웃는구나
강물만 세월을 낚아 혼자가는 저 풍경.

< 2 0 1 9. 7. 1 5 >

양명학의 「노동의 하루」(연시조)는, 과잉된 수사나 기교를 배제한 진술하고 담백한 진술과 묘사가 진정성을 담보한다. 안정된 호흡과 율격을 통해 절제와 균형의 미학적 자세를 견지하는 강점도 돋보인다. 「선방(禪房)」에서는 단수의 속성을 단숨에 갈파하는 능력을 선보인다. 달빛과 불 꺼진 암자의 상반된 이미지를 통해, 수행과 구도의 지난함을 절제된 함축적 표현으로 간명하게 보여주고 있다.

— 유성호(문학평론가 · 한양대 교수)

낚시터

노처사老處士 강물에다 낚시를 던졌는데
늙은 잉어 지나가며 빙그레 웃는구나.
강물만 세월을 낚아 혼자 가는 저 풍경.

백자 달항아리

마음을 비운다면 흙덩이도 옥이 될까?
천 도가 넘는 불길 이겨내면 사랑 올까?
원융圓融의 항아리 속에 맑게 뜨는 저 달빛.

활

삶이란 긴장이지 활시위 팽팽하듯
관혁을 향해 날린 끝없는 고독이지
화살은 하늘로 날고 둥근 달만 떠 있지.

하루살이

산책길 몰려나와 귀찮게 반기구나

춤이나 추다 가라 유혹하는 저 몸짓들
백 년을 하루로 치면 인생 또한 하루지.

석탑

바위를 깎고 쪼아 정성을 쌓았구나.
네 귀에 풍경 달아 바람을 불렀구나.
긴 세월 흘러간 지금 염원만이 남았구나.

담쟁이

애초에 꿈을 안고 담벽을 기어오른
자일을 몸에 감고 절벽 타는 저 등반가
발발발 기어올라도 잡지 못한 저 하늘.

야생화

이름도 성도 없이 천하게 태어나서
아침에 피어났다 저녁에 지더라도
한 생애 행복했다고 손 흔드는 야생화.

선방禪房

참선을 수행하다 불 꺼진 산속 암자
달빛이 내려와서 문고릴 당기구나.
"열반을 이루었느냐, 잠만 자고 있느냐?"

노동의 하루

온종일 노동 끝에 목로주점 둘러앉아
깡소주 몇 잔으로 하루를 씻고 있네.
땀 젖은 머리카락은 석양빛에 바래고.

일급 좀 올라봤자 물가가 더 오른다.
아내의 젖은 눈이 술잔에 글썽이네.
아무리 발버둥쳐도 못 면하는 흙수저.

얼큰해 집에 드니 월셋돈 독촉이다.
자식들 자꾸 크고 아내도 늙어가네.
하늘이 돈벼락 한번 내려치면 좋겠다.

먼로의 사진

먼로의 치맛자락 바람에 뒤집혔다.
뭇 사내 시선들이 치마 밑만 쳐다본다.
저것도 미투Me Too로구나, ㅋㅋㅋㅋ ㅎㅎㅎ.

양상경(梁相卿, Yang, Sang kyung)

1904.~1988. 전북 김제 금구면 출생. 한학자, 교육사업가. 호 학농 (學農). 영명학교 졸업(1921). 전주 '아풍회' 조직, 가람 이병기, 조운 등 교류, 시조창작법 수학. 〈동아일보〉「영지애화」,「부여기행」 시조 발표(1925). 시조집 『출범』(1947, 삼중당), 『애타는 밤』(1964, 을유문화사), 역서 『두시선』(1973, 을유문화사) 외. 학교법인 동명학원 이사장 역임.

—

관동기행
— 소양강

단 한 칸 초갈망정 단꿈 꾸던 자리런만
묵은 것 하나 없고 새것만 서있구나
새것이 흠이 아니라 옛일 그려 하노라

밀려서 내려오고 다시 쫓아 몰아내고
싸우고 또 싸워서 산 모양도 변했어라
소양강 눈물에 담겨 마를 날이 없어라

꽃 속의 자장가

새벽 어둠발에 산에 올라 바라본다
자는 듯 조으는 듯 온 장안은 고요한데
등불만 억만 송이의 꽃이 되어 피었네

해 뜨면 사라지고 해 지면 되피는 꽃
소란은 제 삼키고 조용히 재워준다
꽃 속의 자장가 소리 곱게도 들리네

해방의 종소리

해 떴다 문 열어라 강산이 새롭고나
삼십육 년 모진 음풍 오늘이야 풀렸고나
인경은 소리를 높여 한 풀었네 하더라

우렁찬 자유의 종 그립던 해방의 종
흐르는 음파에서 새 생명이 솟아오네
장안은 곡조를 맞추어 춤추는 듯하더라

화분

창밖에 섰는 나무 화분 보고 웃지 마라
잎 지고 바람 불고 외로운 이 가을에
그립고 애타는 정을 그에 부쳐 있나니

방 안에 놓인 화분 다정도 한지이고
봄바람 잡아매어 제 품 안에 얼싸안고
그린 님 압이 하듯이 나만 보고 있어라

매화

봄이 왔다기로 창을 열고 내다보니
찬바람 쓰라리고 눈조차 의연한데
매화는 〈봄 여기 왔소〉 웃고 말을 전하네

그믐밤 달 없건만 달 있는 듯 밝아 있고
품어 내는 향기에는 정성이 가득하고나
그 정성 술잔에 띄워 마실수록 고웁네

문향

한 그루 국화를 두고 아침이면 찾아본다
조용히 문을 열고 사뿐히 들어서면
향기도 가는 숨 쉬고 선 듯 나를 반기네

향기와 같이 앉아 가만히 눈감으면
말없는 그이언만 속삭일 듯 다정하고
그윽한 고운 목소리 들리는 듯하여라

귀로는 안 들려도 마음속에 들려오고
눈으로 못 보아도 눈 감으면 떠오른다
맑고도 그윽한 향이 나는 보고 들었네

세한 삼제

— 삼팔선 입초
우리 땅 연이어서 산 너머도 한 땅인데
총 들고 형제끼리 맞선 지가 몇 해인가
살에는 찬바람 불고 내 마음은 떨리네

— 떡 장수
찹쌀떡 사려 하고 외치는 저 소리는
이 밤을 참다못해 몸부림치는 소리
그 소리 마디마디에 눈물 괴어 흘러라

— 마음의 꽃
엄동설한 찬바람엔 꽃이 필 수 없을거다
마음의 꽃 송이를 정성스레 지녔다가
헐벗고 굶주린 이들 한 아름씩 주고파!

승무곡

나비가 내려오듯 저 중이 내려온다
고깔 쓰고 장삼 입고 가사 메고 내려온다
저 나비 숫인 양하여 조심하여 오더라

산 위에 없는 꽃이 산 아래에 피었던가
한 번 날아 잎에 앉고 다시 날아 꽃에 앉네
저 중이 향기에 취해 갈 길 몰라 하여라

추야월

달 밝은 오늘 밤은 잠들기 어려워라
닫았던 창 다시 여니 달도 나만 쳐다본다
저 달을 내 품에 안고 꿈을 이뤄 보고자

자리에 다시 누워 자는 듯 눈 감으니
하늘에 떴던 달이 내 품 안에 안겨 있고
지는 잎 부는 바람이 이 밤 새자 하여라

달 밝고 바람 불고 잎 지는 가을밤에
시름 없이 잠 이룬 이 예부터 몇인가
사람이 돌이기로니 이 밤 어이 자느니

나의 집

남천 가에 집을 짓고 물소리만 듣잤더니
만경대 맑은 바람 조석으로 스며들고
송광사 쇠북 소리는 태고 맛을 알리네

양상군(楊相君, Yang, Sang gun)

1936년 전북 순창 인계면 출생. 호 청강. 한양대학교(화공과). 《뿌리》 신인상(2008) 등단. 시집 『하나와 하나 사이』(2016, 고요아침). 대구시조협회 제13회 전국 공모전 입상(2010), 전남 해남 시조 제5회 전국백일장 우수상(2015), 보건사회부 장관상 4회 수상. 동남보건대학교 강사, 《뿌리》 문우회장, 여강시가회 회장 역임. 한국문인협회 회원.

양상군 시인의 작품은 능청거림의 느린 보폭과 우회의 비판 사이의 미학을 통하여 현대시가 가져야할 느림의 미학을 보여주고 있다. 직접적으로 쏘아붙이는 험열함 앞에서 인간은 오히려 더 크게 좌절할 수밖에 없는 존재들이 아니던가. 그럼에도 그는 시의 능청과 비판 사이의 따뜻함에 대해 얘기한다. 사회를 이끌어가는 힘이 어디에서 잘 발현되는가를 알고 있기 때문이다. 양 시인의 가는 길은 순탄하지만은 않다. 그렇지만 그 길에 향내를 내고 바르게 획을 그으리라.

— 이지엽(시인 · 한국시조시인협회 이사장 · 경기대 교수)

검은 돌 흰 돌

내 땅이라 점 하나 찍자 단수單手 처處 집어내고
길을 막고 빗장 걸자 귀살이로 안방 훔치다
땅 싸움
쏘시게 되어
타는 불꽃 날 서다

먹구름 하늘 덮자 빛과 그늘 뒤바뀌고
예리한 칼끝으로 패석을 잘라 내어
새로운
지평을 찾아
마파람이 부는데

밤과 낮 맞댄 무릎 살냄새 타는 노을
실눈 뜬 마른 가지 목울대가 숨이 차도
아버지
하늘 끝자락
샛별로 빛나다

쓸쓸한 가을 남자

석양판 외기러기 지팡이에 기대 앉아
무엇을 뒤척이나 눈빛이 숨이 차다
가을달
그림자에 매달려
웃고 우는 몸부림

종심을 걷고 나니
길갈래 가파르고
어스름 달빛 아래
소슬바람 차갑다
쓸쓸해
불러보는 애창곡 엇박자가 짝사랑

아코디언 선상 연주

제주행 뱃고동이 향리마을 부른다
흐르는 목포의 눈물 돌아와요 부산항
돌고래
뛰어올라와
같이 놀자 꼬리 춤

선상의 연주자가 아코디언 검어 안고
청춘을 돌려다오 애절하게 울부짖네
파도가
철석거리며
가는 세월 부른다

갈매기 앵콜 악보 서귀포 칠십 리라
건반 위 손가락 놀림 할미꽃 트위스트
흥겨워
지는 노을 붙잡고
허리춤에 얼씨구

암꽃과 수꽃

청장靑將과 적장赤將이 꽃술 찾기 힘 겨룬다
장군 하니 멍군 장군 역습에 허를 찔려
졸 하나 희생시켜서
덫을 놓고 엿보다

전차도 못 간다고 병兵과 졸卒이 길을 막자
포대 세워 포탄 쏴도 궁宮사士가 받아 친다
철조망 들여다보니
절벽 난간 웃고 섰다

군마도 미사일도 보병 앞엔 쓸모없고
퇴로 막혀 손들 바엔 빅장 불러 승부타협
장군의 고도의 전술 승부는 원점으로

세월

해와 달
과속 말자
자물통
채웠건만

이슬에 녹이 슬고
시들은
꽃술 부부

고갯길
목 타는 잰걸음
가는 곳이
어딜까

황포돛배

설핏한 소슬바람 설레임 감아 매고
발원지 함경도라 임진강 철책 그물
고랑포 여울물 솟구쳐 가을하늘 옷을 젖네

두지리 황포돛배 풀벌레 웃음 싣고
사공의 구성진 뱃노래 출렁이는 꼽추춤
비릿한 들뜬 강바람이 기러기 떼 깃 턴다

노을빛 무너진 밤 피 토한 소쩍새여
별 뜨는 갈대숲 속 옛정이 살아나고
적벽의
풍류를 엮어
낚아올린 시 한 수

노을길
― 안면도

검푸른 서해바다 물보라 굴러올 때
비릿한 물내음이 모래밭 쓸고 있다
모래톱 할퀴고 간 흔적 잃어버린 지난 날

짭조름 바닷바람 코끝을 움켜쥐고
갈매기 마른 눈물 낮은 하늘 적시며
바다가 외치는 비명
무너지는 저녁놀

바람도 쉬어가는 곰솔림 평풍 아래
노을길 밟는 소리 낮달이 훔쳐 듣고
파도야
잠시 멈춰주렴
가야할 길 멀단다

송화松花

바람에 기댔는가 봄비가 머문 자리
길 내고 숨을 쉬는
화폭이 누웠구나
수작은
아니라 해도
송화꽃이 피었다

개미의 나들이

날개를 펼쳤느냐 서동풍에 기대 앉아
꽃망울 부푼 설렘 방울눈 움켜 뜨고
이뻐요 굴곡진 각선미 설레느냐 머스마야

황홀한 낯선 세상 속삭임 입맞추고
뜨거운 햇빛살에 허둥댄 설렌 가슴
헛된 꿈 더듬던 푸른 초원 넘쳐나는 허깨비

밤눈이 거적 열고 새로움 주워담아
실구름 셋방살이 철새등 귀향길에
거닐던 실타래 풀어보니 가물거린 나들이

양시연(梁時連, Yang, Si yeon)

1958년 제주 제주시 한경면 출생. 한국방송통신대학교(국어국문학과, 가정학과), 제주대 행정대학원. 《문학청춘》(2019, 가을호) 등단. 벼리문학회, 정드리문학회 회원 역임.

양시연의 시조는 애잔한 추억을 환기하는 데 그치지 않고 제주가 가지고 있는 쓸쓸함, 그 너머의 지역성을 밀도 높은 감성과 서늘한 직관으로 진지하게 짚어낸다. 「치자꽃 능선」은 이순을 맞으며 퇴직을 하게 된 현실을 성숙하고 안정된 보법으로 담담하게 시상을 펼쳐내고 있다.

— 이승은(시조시인 · 오늘의시조시인회의 의장)

양시연 시인은 삶의 현장과 밀착된 시 세계를 펼쳐 보이고 있다. 구체적인 서사를 형상화하는 일에 능숙하다. 역사적 현장을 조명한 「다랑쉬 오름」은 '손말'이라는 이미지를 통해 아직도 치유되지 못한 아픔을 그리고 있으며, 삶의 의미를 심화하고 확장하는 일에 힘쓰고 있다.

— 이정환(시조시인 · 정음시조문학상 운영위원장)

"사랑해"

저것도 산이라고 봉 하나를 올렸네
경기도 보개면 비봉산의 너리굴
'너른 골' 하면 될 것을, 굳이 왜 '굴'이라 하나

그 굴에 내가 들어 2박 3일 농인수련회
나는 신부 너는 신랑, 물 폭탄 맞아도 좋다
첫날밤 비둘기처럼 구구구구 웃는다

자정이 넘었는데 전등을 끄지 않네
오랜만에 두런두런 무수히 오가는 손짓
그렇다. 빛이 없으면 안 보이는 저들의 말

그래 끄지 마라 밤새도록 끄지 마라
나도 어둠 속에 끝내 놓친 말이 있다
오늘은 뒤돌아서서 손말 해 본다. "   "

치자꽃 능선

저렇게 늠실늠실 흘러가도 되나 몰라
이름에 풀 '초'자는 왜 굳이 붙였는지
인동초, 어디를 봐서 나무로 분류했을까

바닷가 조가비 같은 용수리 초등학교
무시로 묻고 싶고 부르고 싶은 이름
당산봉 오름 한 자락 베고 눕던 그 날들

얼핏 내린 비에 내려놓은 치자꽃처럼
사십 년 내 일자리 순순히 내려놓고
이제 또 이순의 능선 어디로 끌고 갈까

트렉터

몇 년째 벼르고 별러 트랙터를 사던 날
용수리는 잔치집 박수갈채 쏟아졌다
괜시레 동네 한 바퀴 휘휘 돌던 아버지

그때 내 어깨도 덩달아 으쓱해졌지
황소 대신 탈탈탈탈 묵정밭도 갈아엎고
가끔은 홀어멍 집에 밭갈이도 다녀온다

이랑 따라 늙는 것은 세월만이 아니다
골다공중 어머니 숭숭숭 언덕바지
방사탑 까마귀 하나 반추하는 저녁노을

돌매화

한라산 돌매화는 어디서 날아왔나
세상에서 가장 작은 통꽃을 피워놓고
오뉴월 백록담에나 제 얼굴을 드러낸다

빙빙 돌던 미리내도 걸린다는 한라산
그 사연 하나하나 엮어내는 은초록 암매
이 땅에 잠시 왔다고 온몸으로 고백한다.

그 사람

"커피 한 잔 가능?"
카톡 카톡 싸락눈 소리

'터치를 실수한 건가?'
카톡 카톡 싸락눈 소리

은밀한 그 목소리로

카톡 카톡 싸락눈 소리

다랑쉬 오름

때로는 오름들도 손말을 하나보다
다랑쉬, 다랑쉬오름 못다 한 말이 남아
괭이밥 노란 속살로 고백하는 저 손말

게메예 게메마씸* 4 · 3의 그 동굴 속
댓바람 사잇길 칠십 년 된 그 아이
입으론 차마 못하고 손말로나 풀어본다.

* 게메예 게메마씸: '글쎄요'의 방언.

외삼촌

아직도 모르겠다, 정말로 모르겠다
개가 짖는 날이면 어김없이 들이닥쳐
기어코 제 누나에게 손을 벌린 이유를

바람을 피웠을까, 판돈을 날렸을까
텃밭 너머 파도소리 그것밖에 없는 밤
얼떨결 뛰쳐나와서 방사탑에 빌어본다

여든넷 어머니의 한 세상 한 점 혈육
섬에 있는 건지, 육지로 떠난 건지
이 저녁 건강하시라, 혀 밑에 숨긴 이름

손말

오십대 중반에도 저렇게 예쁠 수 있다니!
그녀가 다녀간 날은 어김없이 비가 왔다
여태껏 한마디 말도 세상에 못 내뱉어본

그랬다 농아였다. 선천성 농아였다.
여성상담하는 내게 무얼 자꾸 말하려는데
도저히 그 말 그 몸짓 알아듣질 못했다

나는 그날부터 수어手語공부 다녔다
기어코 그녀의 말, 그 손말을 알아냈다
그렇게 하늘의 언어 아름답게 말하다니!

첫날

어둠 속엔 아무도 아무것도 없었다.
그래도 새벽 네 시, 알람은 깨어나서
예배당 가는 길까지 비몽사몽 따라온다.

평생 당신 한 분 그렇게 섬겼는데

사십 년 일자리를 내려놓고 왔는데
단 하루 오늘만큼은 내가 섬김 받고 싶다.

나에겐 첫사랑도 슬픔이 아니었다.
태어나서 첫 이별, 헛도는 어깻죽지
몇 송이 눈발이라도 주시면 안 될까요

늦은 사랑

저녁이면 생각난다 야간학교 박씨할머니
남편을 눕혀놓고 보무당당 나와서
졸업장, 졸업장 따야 영감 치매 고친단다.

엘리 엘리 라마 사박다니… 사박다니
맞습니다. 주여, 어찌 나를 버리셨나요
가을날 따라비오름도 저 혼자 왔습니다.

물매화, 쑥부쟁이, 꽃향유, 자주쓴풀
어느 꽃 하나라도 그대에게 바치면
무쇠솥 그 첫사랑이 또 한 번 깨어날까

양원식(楊源植, Yang, Won sik)

1937년 경북 예천 출생. 동국대학교 문리대(국문학과).《시조문학》(1981, 가을호) 등단. 시조집 『관등부』(1986, 정동), 『대효강산大曉江山』(2018, 해암) 외. 시선집 『늘 고향으로 흐르는 강』(1999, 해광).《월간문학》신인상(1982), 제1회 부산 문학상(1994), 제14회 성파시조문학상(1997), 국민훈장 석류장(1999), 제5회 실상문학상 본상(2002), 제1회 보혜문학상 대상(2014), 제58회 부산광역시 문화상 문학(2015년) 수상 외. 부산시조문학회장, 부산교사불자회 초대회장, 부산불교문인협회장, 성파시조문학상 · 전국시조백일장 심사위원장 역임. 한국문인협회, 한국시조시인협회, 국제펜클럽 본부 회원.

—

코스모스 송

이만큼 흔들었네
봄부터 가을까지
멀고 먼 길을 지고
비바람 삭힌 걸음
한바다
고저 살이에
엄니 같은 눈물 꽃

흔들어 깨는 허리
갈바람 끼고 들어
가슴을 열어 놓고
밤마다 별을 삼는
먹구름
번개를 먹고
진주를 캔 하늘 꽃

어머님, Ⅲ

인편에 보내주신
한 줌 쑥 받아드니
새파란 버들개지
두어 송이 넣은 속 뜻
산개울 풀빛을 안고
날아드는 종달새

심심한 나물죽이
입맛을 돋운다는
논두렁 산마루에
땅찔레 살진 송기
지난 날 당신 모습이
보름달로 오릅니다

보리밭 사이골에
목화씨 뿌리는 날
흰 감자 눈 따 묻고
속살로 때운 점심
뒤울안 먹감나무에
연두 색깔 등을 보네

무시 무종 일원탑

계율로 삼은 선심禪心 청죽을 빚는 묵향
부처님 시봉 방석 만목만산卍目卍山 무종죽비
화장계 구름과 바람 묵묵청산 고백 여울

계율로 삼은 신발 인천人天바다 보리 걸음
만자창卍字窓 처마바람 법석향기 웃음 꽃밭
수도암 청청물소리 화엄신장 천하 법문

율법을 삼는 조석 목탁을 꺼내 든다
비우고 채우기를 버리고 다지기를
영축산 문밖 달이고 고삐 놓고 치는 신골

율법을 삼는 상단 바라밀 빈자 일등
손발로 치고 차는 색이공 공이색을
바리떼 정화수 별이 일원탑을 짓는다

길

산길을 타다 보면 인생이 보입니다
선바위 누운 바위 물길을 매는 산섶
아래로 발굽을 세워 길을 찾아 흐를 세로細路

산마루 구름살이 바다길 바람살이
깍지 낀 저 네처럼 하나 되는 길벗 걸음
조석을 함께할 여기 인생짐을 부릴 활로活路

산비탈 돌밭길을 때로는 빙판길을
비바람 몰아치는 푸른 손 기댄 언덕
백매화 노지에 심어 험로 향기 활성 행로行路

산골 논 배미논둑 가다가 만난 물꼬
나그네 정오 정적 앉아서 바순 귀를
염칠월 풀밭귀뚜리 황금탑을 쌓는 농로農路

산굽이 길인 소로 물길을 따라난 길
물소리 산새소리 적적을 터는 자리
때로는 신발을 벗고 쉬어가는 인생대로大路

사는 일

너와 나
나와 네가
신발끈을 죄는 뜰에

웃고 울
울고 웃을
사는 일 바로 꽃밭

호미를
잡고 설 자리
바람 나눌 소풍지

양점숙(梁点淑, Yang, Jum sook)

1949년 경기 부천 소래면 금이리 출생. 동국대학교 교육대학 석사, 경기대 박사 수료. 이리익산문예 백일장 장원(1989) 등단. 논문 「嘉藍과 鷺山의 時調觀 比較 考察」. 시조집 『꽃 그림자는 봄을 안다』(2006, 태학사), 『아버지의 바다』(2011, 고요아침) 외. 한국시조시인협회상(2004), 한국시조시학상(2006), 전북문학상(2014), 가람시조문학상(2016) 수상 외. 한국문인협회 문화유적답사위원, 익산문인협회 지부장, 가람시조문학회장, 경기대학교 겸임교수, 가람시조문학상 운영위원 역임. 펜클럽 한국본부 회원. 한국 시조시인협회 이사, 가람시학 주간, 가람기념사업회 회장.

> 아버지는 농부
> 　　　　　　양 점숙
>
> 배꽃 어는 골에 농부는
> 세월을 경작했네.
>
> 마음을 심고
> 계절을 기다렸네.
>
> 끈은 세상은 아니었네.
> 지듯 떠난 봄이었네.

—

양점숙 시인은 다양한 시세계를 가지고 있다. 가족사적인 애정과 사랑에 대하여는 상당히 보수적이면서도 시대에 대해 접근하는 인식면서는 진보적 성향을 지니고 있다. 섬세한 서정성으로 시적 대상을 그려낼 때는 그 감정의 폭을 극한에 두지 않고 항시 중용의 자세를 취한다. 대부분 이러한 시적 대상은 시인 자신이 몸 담아온 과거이거나 가족사이거나 동경의 대상일 경우는 그렇다. 그러나 부조리하거나 정도가 아닌 시적 대상을 만나면 이 중용은 날카로움으로 변한다. 물론 풍자나 비판 등의 재미성을 동반하고 있다.

— 이지엽(시인 · 한국시조시인협회 이사장 · 경기대 교수)

—

소녀상

비워둔 그 옆 의자
깃기바람에도 뼈저리고

쇠말뚝을 박아도
헛말에 귀 울어도

그 소녀
단발머리는
찰랑찰랑 올이 곱다.

꼭 쥔 손 풀지 못한
열일곱의 눈 속에

영혼의 울음 곱던
나비는 날아가고

그림자
그마저 지운 섬 하나를 품는다

아버지의 바다 1
— 부안 염전에서

품고 벼리면 눈물도 환한 꽃으로 이는
갯골의 전설들이 살 속으로 길을 내니
푹 곰은 고무래를 밀던 등은 하얀 소금꽃

짜디짠 그 생계를 퍼 올리던 무자위에서
숨을 곳 없는 맨발 너 하나의 그리움으로
해당화 한 등 올리는 물길 따라 가는 4월에

붉은 손금에 매달린 목숨이라 속없으랴
발원의 물목에는 그림자도 목이 길어
몸 비운 아비의 바다 한 움큼 사리로 남고

홍어

코가 꽉 막히는 삭힘의 침묵 아는가.

푹 곯아 뼈와 살이
육양이가 나도

실금 간 막걸리 사발 희죽 돌아앉던 낮달

길 자란 콩밭이랑 그득한 젖내로 묵힌

질항아리의 공명에
먹먹한 귀가 울어

푹 곰은 화엄의 육신 눈물 다 받은 엄니 같은

해체
— 미륵사지에서

적멸에 기대 먼 마음만 뜨겁게 기다리다
굽은 육신은 빗금 아래 기원을 묻고
용화산
천년의 유형 기단마저 일그러졌다

하생할 미륵님 아직은 기별 없는데
선잠에 신심 깊은 돌은 몸을 누이고
묵언에
가사장삼 벗은 그림자를 지운다

쉰 목을 풀지 못한 풍탁 지층을 울리고
가람을 비질하고 아궁이에 불 지피던
법사도
할매도 모르는 난 언제나 술래

풍경이 운다

이 저승 들여다보던 눈먼 물고기 한 마리

허공에 자국 내며
마음자리 걷어내니

큰스님 지팡이 끄는 소리에
발끝이 저려 온다

오늘과 내일의 거리쯤엔 너와 내가 없어
녹슨 울음의 속내 은하를 휘돌던 날도

바람에 머리 짓찧는
그대만의 몸짓일까

에돌다 가는 길에 맘 하나 놓지 못해
어둠의 유영 끝 철심에 빗금 내니

새들이
날던 그곳엔
돌아가는 길 뵈던가요.

사자암* 가는 길

가만히 바라만 봐도 그대로 탑이 되는
염원이 켜로 놓인 돌계단을 올라
한 천년 세월을 건넌 전설 속을 걷는다.

등이 굽은 저 탑* 깨달음은 얻었을까
영혼도 없다는데 왜 이리 몸 무거운가
한참을 머뭇거리다 돌 한 개를 올린다.

* 사자사: 익산시 금마면에 있는 백제의 고찰, 선화善化가 사자사 지명
법사知命法師의 도움으로 미륵사를 창건했다는 기록이 있다.
** 탑: 미륵사 서탑.

어머니의 저녁

어머니의 기도는
종소리를 닮아있다

사랑도 고뇌라서 몸져누운 아랫목
옥양목 적삼을 빠져나간 흰풀 먹인 옹알이

그믐달로 걸린 한생
그 울음의 풋바심에

날마다 입술 깨문 오갈 든 그리움으로
앙상한 가슴의 빛살무늬에 세월 다 무너진다.

하현달

솜씨 좋은 선공이 빚어 놓은 백자 대접

동방의 전설 들고 서녘의 신새벽으로

다향이 넘치지 않게
구름 지우며 간다

순이네 작은 오두막 바지랑대를 지나서

바위섬 등대의 그림자를 천천히 끌고

하늘문 열쇠 들고 간다
울 엄니 찾아간다

낚시터 그림자

하늘 등진 석상처럼 이, 저승 지고 앉아
줄을 풀어도 그리움만 물무늬로 사월 때

제비가
날던 허공엔
영영 놓지 못할 너뿐

온몸에 번져오는 만 갈래 빛살들로
하루치 석양 빨갛게 타오르니

바람 길
혼자 지키던 동백
생목 툭툭 진다.

황태국

속 비우는 기침소리로 잠깬 아침에는
막사발 휘휘 저어도 고단한 일상은 늘
축축한 그의 울음을 건져내지 못했다

등뼈를 곧추세워 제 몸을 추슬러도
마지막 해면을 유영했을 지느러미는
짙푸른 바람의 명치 수심의 단내로 넘치고

속 쓰린 가슴 안에 태양초를 풀어놓고
잘 마른 살을 풀어 맑은 혼을 받아내도
한 사발 눈물 깨우는 아버지의 싸한 땀내

양주동(梁柱東, Yang, Ju dong)

1903.~1977. 개성 출생. 영문학자, 국문학자, 문학박사. 호 무애(无涯). 와세다대학 예과(불문학과, 영문학과) 졸업(1928). 시동인지 《금성》 발간(1923), 시 발표. 잡지 《문예공론》 창간(1929). 시집 『조선의 맥박』(1930, 문예공론사), 『무애시문선 无涯詩文選』(1960, 경문사). 저서 『여요전주』(1947, 을유문화사), 『상주국문학 독본』(1948, 박문) 외, 논문 「인생 예술 잡감」(문예공론, 1927) 외. 학술원상(1956), 문화훈장 대통령상(1962), 대한민국 국민훈장 무궁화장(1970) 수상 외. 평양숭실전문학교 교수, 경신학교 교원, 동국대 교수·대학원장 역임. 학술원 회원.

—

10세 경부터 신소설과 삼국지연의를 탐독했고, 한문을 익혔다. 그는 시조 창작에는 직접 참여하지 않았으나 「병인문단 개관」(1927) 등에서 시조에 대해 긍정적으로 논한 바 있으며, 「임을 잠간 뵈옵고」(1945), 「종이수수께끼」 외에도 『노산시조선집』에 붙여, 시조 5수, 「제사 5수」(현대문학, 1958.5.)를 발표하기도 했다.

—

임을 잠깐 뵈옵고

정녕 보았구나, 임을 다시 뵈었구나,
하도 오래 여읜 임을 얼결 자주 뵈었구나,
아무리 어수선한들 내 님 몰라보리오.

어둠도 긴저이고, 비바람 재우친 제,
먼 불 혹 깜박인가, 저벽 소리 행여 건가,
창 옆에 언 몸 기대어 몇 밤샌 줄 몰라라.

〈내 이제 돌아오다〉 우렁차신 그 목소리,
꿈결엔들 안 익으리, 소스라쳐 내달으니,
아니나, 그리운 그님 우뚝 거기 서셨네.

어허, 네 님이로구나, 분명 내 님이로구나,
자나 깨나 보고지고, 울명 불명 찾던 그 님,
지화자, 내 님이로구나, 어화, 내 님이로구나.

외마디 소리치자 억 막혀 가슴 쥐고,
냅달아 부여잡고 얼빠진 듯 춤추다가,
흐느껴 얼싸안긴 채 몸부림을 쳤소라.

벙어린 양 말 못 하고 못인인 듯 짓밟혀서,
숨 막히고 까무러쳐 몇 고비를 지내언고,
이제야 고개 젖히니 한숨 후유 나꽤라.

타신 그 수레를 몇몇 분이 미신고,
손발사 묶였던 줄 임은 하마 이웁셔도,
앉은 채 뵈옵는 마당 눈물 글썽 괴어라.

임 뫼신 이 뒤에는 푸념 아예 마오리라,
잔 투정 그만두고 옥신각신 마오리라,
여읜 적 시룻턴 일이 뼛골 아니 저리뇨.

밤이 하마 이슥겠다, 손님 상기 계신가?
고대 촛불 아래 오붓할 줄 알건마는,
그 사이 또 기다려져 문을 자주 바라라.

제사題詞 5수
— 『노산시조선집』 부침

1
동도東都 찬 여사旅舍에 한 이불 밑 잠들었고,
세 끼니 밥 한 상을 둘이 갈라 먹었도다,
지금에 어느 우정이 이만하다 할쏘냐.

* 일본 동경에 유학했을 때 내가 몇 달 동안 노산의 하숙에 곁들어 지냈다.

2
동갑, 그대와 나와 뉘야 더욱 〈재주〉런고?
한 걸음 앞섰다고 노상 위라 뽐내다가,
〈요요요〉 구름 부른 날 〈내 못 밇다〉 하니라

* 군과 나와 동갑이나, 내가 몇 달 위다. 그때 두 사람이 한 방에 엎드려 각기 〈천재〉라 뽐내었는데, 내가 시단에 몇 해 앞서 나간 관계로, 군이 시를 지어선 노상 나에게 그 〈평〉을 청하였다. 내가 그 시조를 보고 좀체로 허하지 않았더니, 어떤 날 그가 〈구름〉이라 제 한 시고를 보이는데, 그 첫머리에 구름을 〈어렸을 적 타고 놀던 강아지에〉 비하였는지라, 내가 그것이 두시의 '천상부운여백의 수유개변여창구'를 본뜬 것이라 하고 이하는 읽지 않으려 했더니, 군이 나의 소매를 붙들고 굳이 그 말구를 읽어 달라기로, 마지 못하여 보니, 일렀으되, 〈요요요〉 부르고 싶은 마음, 그 마음 귀여울러라
내가 무릎을 쳐 찬탄하여 오불급야라 하였다.

3
시조란 무엇이니? 멋진 흐뭇한 〈가락〉
상과 말이 다 좋아도 요는 〈토〉에 달렸느니,
멀고도 가까운 이 〈소식〉, 그대만이 알데나

* 시조의 묘체는 오로지 〈토〉에 있다. 저즈음 그의 시조집 고를 보다가 내가 문득 그에게 오랫동안 가슴속에 간직해 두었던 이 한 말을 했더니, 그가 곧 〈아무렴!〉 했다.

4
육당의 〈박달나무〉, 담원의 〈인절미 떡〉, 〈난초〉가 가람인가.
〈봄구름〉, 〈무명 옷〉, 〈암고란〉은 누구 누구?
여러 체 다 가진 노산을 〈늠실 바다〉라 하리라

* 시조에 갖가지 〈투〉와 〈체〉와 〈격〉과 〈품〉이 있다. 수가는 각기 한 특질만을 가졌다.

5
젊어 각기 들메 매고 산으로, 바다로 떠났겠다,
내사 켜려다가 도랏 몇 뿌리 얻었네마는,
어디 봐, 자네 광주린 구슬 얼마 빛나는가.

양중탁(Yang, Joong tak)

1936년 제주 화북2동 출생. 제주사범학교 졸업(1956). 《시조시학》 신인상(2008) 등단. 한국시조시인협회 회원. 열린시조학회 부회장.

양중탁의 시편들, 「정방폭포, 직립의 빛」이나 「성산일출봉에서」는 기행시조라고 할 수 있는데 대부분의 기행시조들이 안고 있는 단점, 즉 즉흥적이고 즉물적인 단편적 시상의 난발이 보이지 않는다. 오히려 설화성과 역사성을 시적 대상에 이입하여 밀도 있는 시상의 전개를 보이고 있다. 탄탄한 실력을 감지할 수 있으며 우리 시의 전통적 자수율字數律 34조와 44조의 음악성에 의해 강한 향토적 색채감각과 전통성을 주장하면서도 인생에 대한 향수와 이미지 형상화라는 현대적 감각을 애틋하게 때로는 강력하게 나타내고 있다.

— 심사위원: 김제현, 박시교, 김영재, 이지엽

가랑잎 살붙이가 1

1
저잣거리 길섶마다
우수수 지는 지폐

뉘 하나 눈 주지 않는
가랑잎은 지전紙錢처럼

어둠길
가장자리를
수선수선 부스댄다.

2
짙푸르던 지난 시절
호강도 병이 되어

다 같은 젖줄을 물고
어깨 결던 살붙이들

후르르
서릿바람에
백년 꿈을 접고 있다.

정방폭포, 직립의 빛

벼룻길 날래 오르고
하늘 물길 환히 튼다.

태평양 휘감아 도는
옥빛 바다 서귀포 연안

물안개 홍예虹霓를 지르고
달려든다,
저! 직립의 빛.

진시황도 군침 흘리고
서불과차徐市過次* 새겼던가

천만년 이어 내린
영주산瀛洲山** 푸른 물줄기

까마득 벼랑을 내리뛰는
가슴 철렁
저! 직립의 빛.

* 서불과차: 옛날 진시황 때 불로초를 캐러왔다 돌아가면서 정방폭포의 절벽 중간쯤에 '서불'이란 사람이 지나갔노라고 새겨놓았다는 글.
** 영주산: 한라산의 옛 이름.

성산 일출봉城山 日出峯에서

갓밝이에 기지개 켜고, 저 바다 몸 부리고
훨훨 타는 불덩이를 왕관처럼 머리에 일 때
물너울 이는 서슬에 푸른 칼을 벼린다.

말발굽 폭약 터져 흰 갈매기 둥지 잃고
숭숭 뚫린 가슴살도, 재갈 물린 긴긴 날도
허공 친 파도소리만 해안선을 때린다.

귀 베이고 코도 깎여 게다*발에 짓밟혀도
한 손에 빗창** 들고 망사리*** 등에 업고
호오 휙, 호오 휙 소리, 저 하늘 죄 올린다.

* 게다: 일본식 나막신.
** 빗창: 전복을 캐는 길쭉한 쇠붙이.
*** 망사리: 해녀들이 부력을 이용하여 가슴에 안고 헤엄칠 때 태왁과 그 밑에 어획물을 담는 자루 모양의 그물이 달려있다.

매미 울음

후미진 감탕밭에서
예닐곱 해 하루같이

다듬고 닦았건만
맴, 매암, 맴, 불협화음

듣는 이 박수도 없이
높이 앉아 울고 있네.

다시 올 날 기약 없이
그늘 속에 숨어들어

억울해 이슬 먹고
뉘 하나 찾는 이 없고

나 홀로 동동거리는
발자국이 서럽다.

화전놀이*

양지바른 자드락에
울긋불긋 짝을 지어

오는 바람 입 맞추고
가는 바람 눈짓하고

신명난 화전花煎놀이에
진달래 향 묻어난다.

알 땀이 송알송알
미어질 듯 고운 살결

두견주**에 목을 축여
찌든 가슴 풀어볼까

앞산에 눈 걷히는 날,
온 산천이 들썩인다.

* 화전놀이: 진달래꽃잎을 따서 전을 부쳐 먹으며 춤추고 노래 부르는
부녀자의 봄놀이.
** 두견주杜鵑酒: 진달래 꽃잎(두견, 참꽃)으로 빚은 술.

땅굴
― 평화, 박물관

어시 새끼 뼈를 묻고, 가마오름* 불 지르고,
푸른 들 푸른 숲이 36년 잿더미 된 자리
청수리** 평화마을에 날아든다, 동박새가.

피죽으로 끼니 잇고, 풀뿌리로 목축이고
서슬 퍼런 칼자루에 채찍소리 불꽃 튀고
조랑말 부서진 허리, 콧숨 박고 쓰러지고,

게다발*** 두더지 눈이 길 아닌 길 땅굴 파다
넓은 섬廣島 잿빛 하늘에 천둥 섬광 번쩍였다
퀴퀴한 비린내 속을 걸어내라, 이제라도

* 가마오름: 제주시 한경면 청수리 지경에 있는 자그마한 자그마한 산,
왜정 때 군사기지로 2Km의 땅굴을 미로처럼 파 놓았다.
** 청수리: 행정구역의 동네 이름, 그 안에 '평화마을'이 있고 박물관이
세워져 있다.
* 게다발: 일본식 나막신.

징비록懲毖錄

때 없이 불어오는 피비린내 마파람이
굶주린 이리 떼인가? 구름같이 몰려들고
비열한 야사를 안은 채 내숭떠는 구나방들.

도성은 불이 타고 천하가 피바다인데
가랑이 찢고 찍는 감투싸움 끝이 없네,
허허허 죄 없는 민초들 귀 베이고, 코 깎이고.

시들부들 여윈 풀꽃, 통곡소리 뒤로 하고
임진강 나룻배도 속울음 흑흑거리던
그때 그 파천의 눈물 뼈저리게 가슴 엔다.

도져 오는 패거리 행상 끼리끼리 발목 잡고
네 탓 내 탓 진창 싸움 거덜난다, 나라 살림
사백 년 흙먼지 속에 징비록은 묻혀있고.

하피첩霞帔帖 2

빛바랜 다홍치마, 쓰린 가슴 그러안고
가랑잎 홍건 젖는 먹장구름 자욱할 쯤
칼바람 몰아친 그때, 지난날이 오싹하다.

북녘 하늘 바라보다, 별빛 총총 헤아리다
병 실어 얼룩진 당신 짠한 몸 어찌할까
긴 세월 팍팍한 날이 이 가슴도 먹물이요.

푸네기 한 톨 없이 폐족 뒤끝 남은 풀씨
올올이 곱게 접은 하피첩에 징거매고
뭉거진 어버이 손길, 새겨 살라 이르리.

섬 동백, 숨비소리
― 해녀박물관

저어새 날아드는 별방진* 초록바다
천년 영지 다진 물빛 동녘이 밝아오고
올레길 숨찬 걸음이 새 서사 쓰고 있다.

대죽범벅** 허리춤에 보리누름 멀던 시절
부황난 단 씨받이 떠나보낸 현해탄 너머
저 바다 검게 타는가, 시퍼런 칼 벼린다.

매운 바람 눈비 맞아 섧게 피는 섬 동백
어시 미늘 설움 안고 앙가슴만 태우고
4·3의 불 지른 땅을 그러안고 살았지.

오작교 꽃 보라가 꿈결인 양 영글어서
수평선 가물가물 꽃 단배 기다리다
모래땅 갯바위틈에 시린 발목 피 묻고.

하늘도 참 해맑은 날 망사리 등에 업고
토끼섬 감돌아드는 애끓는 숨비소리
호오이! 하늘 울리네, 박물관도 돌올하다.

* 별방진: 제주시 구좌읍 하도리(별방리) 해변에 왜적을 막기 위해 조선
중종 때 축조된 석성. 제주도기념물 제24호. 철새 도래지.
** 대죽범벅: 수수가루로 만든 제주의 옛날 향토음식.

자리물회

물빛이 하도 고와 산지천* 돌다 말고
도마소리 귀 울림이 숨 가쁘게 또닥또닥
"시원한 물회 있수다",* 간판 한번 번듯하다.

발걸음 먼저 알고 머리부터 숙여가며
대발에 휘장 두른 세발탁자 끌어당긴다,
"무신회 잡술 거 마씸"***, 주문인사 투박하다.

토실토실 속살 모둠, 쓴웃음도 혼자지만
군침 도는 고추장에 풋고추도 푸짐하다
툽툽한 막걸리 한 사발, 막힌 가슴 풀어줄까

* 산지천: 제주시 중심가를 가로질러 한라산으로부터 내려오는 내川.
** 이쑤다: '있다'의 높임말, 제주 사투리.
*** 무신 회 잡술 거 마씸: 무슨 회를 드시겠습니까?

양희영(梁熙榮, Yang, Hee young)
1955년 충북 음성 대소 출생. 한국방송통신대학교(국문학과) 졸업(2008). 《좋은시조》 신인상(2017) 등단. 한국시조시인협회, 오늘의시조시인회의, 유심아카데미 회원.

쪽지밭

양희영

빙하에 꽃펴 있던 한 장 편지였으리

해오라기 물때새 읽고 또 읽어도

끝끝내 흐르지 못하는 바람의 눈물이리

—

양희영 시인, 그는 따뜻한 성정의 시인이다. 한없이 고운 눈길로 자연과 사물과 사람을 바라본다. 자연의 변화로부터 사람살이의 진정성을 떠올리고, 한 마리 직박구리의 끼니로부터 소외된 이웃의 공복을 조심스레 환기시킨다. 우후죽순처럼 솟는 아파트로 말미암아 추억의 공간이 소멸되는 것을 아파하고, 떠나버린 생명에 대한 애틋한 회억과 바다와 더불어 한평생 살아온 한 노인의 삶을 조곤조곤 들려준다. 이처럼 양희영 시인은 태생적인 서정시인이다. 지금처럼 언어감각을 갈고 닦으면서, 시조 쓰기에 힘쓴다면 남다른 문학적 성취에 이를 것이라고 믿는다.

— 이정환(시조시인 · 정음시조문학상 운영위원장)

—

똥도둑 시인

길 건너 비알밭에
잔뜩 눌어붙은 쇠똥

겨울을 난 똥은 나무에도 보약이지

눈감고
딱 세 덩이만
훔쳐 오고 싶었지

한참을 별렀는데
그만 갈아 엎어버린 밭

아깝다 사과나무야 진즉에 집어 올 걸

이 사람
니 똥도둑이가
그러고도 시를 써!

비화옥

메마른 땅에도
울음이 고였구나

모래 눈물 머금어도
핏빛으로 살아남아

손잡은
가시 옷 가시꽃
가시꽃 저 가시 옷

패션쇼

꽃 바지 꽃 덧신이
마루로 건넌방으로

엄마 이모 손잡고
걸음마하는 아이처럼

시간아
천천히 가라
풍덩하니 참 좋다

물슬천*의 아침

도요새 오는 소리
가시연 지는 소리

억새꽃
빛나는 갈채
아니어도 좋으리

새벽 강
어루만지며
피어나는 물안개

* 물슬천: 우포늪을 통과하는 토평천의 옛 이름.

보리숭어

갓 잡힌 우럭이 살겠다고 튀어나와
하루를 열어젖히며 꿈틀대는 부둣가
숭어가 펄펄 뛰듯이 열기로 요동친다

염장은 질러도 아귀다툼은 없는
어둠마저 포획된 돌산 내항 어판장
그날이 그날 같은 날엔 새벽항에 오시라

혼밥

날개 있어 훨훨 날아오르는 저 가지 끝

산등에 걸친 노을처럼 직박구리는 붉어서

빈 둥지 들락거리며 노래하나 울고 있나

함께 겨울나던 부리들은 어디 갔나

저리 혼자 남아 기우는 쓸쓸한 밥때

너와 나 다를 게 없네 시간이란 그물에서

장위뉴타운

지붕이 저리 높아 이층인가 종종 물었지
지하실로 장독대로 아이들이 뛰놀고
천장엔 별자리 찾아
고양이가 들던 집

골목길 물들이는 목단 향기에 취한
앵두꽃 담을 넘어 밤길 환히 비추고
호스 물 시원히 뿌려가며
몸을 씻던 낡은 집

우리 사는 소리 고스란히 듣던 벽도
아무 일 없었다고 콘크리트로 덮이겠지
반 지하 그늘에 살던 이
해를 찾아 갈거야

저녁으로 가는 길

사람이 죽으면 꽃도 가구도 산 것이 아니지
죽은 사람 물건 알고는 안 가져가지
살아서 이웃에게 육친에게
나누시던
어머니

아들딸 밀고 당기던 초록 깃 빨간 양단이불
먼지 난다고 야단치던 손사래도 실려 갔다
아득히 빈 하늘 너머
흔들리는
웃음소리

노인과 바다

역전 뒷골목에 순두부 파는 노인
냄비와 국자를 매단 포장마차를 끌며

어둑한 수평선을 향해 이것이 내 밥줄이란다

손 놓지 못하고 매달린 게 국자뿐일까
이 줄 저 줄 엮이어 출렁이며 가는 거다
애당초 금수저 같은 건 물고 나오지 않았지

바에 앉아 와인글라스 기울이지 않아도
소주 한 잔에 뜨끈한 순두부 목 넘기는 맛
밤바다 작은 고깃배에 순한 어족이 모인다

우수리스크 아리랑

우리말을 못해 미안합니다, 첫말에
당신 말을 몰라 나도 미안합니다
속으로 터진 울음을 웃음으로 삼켰지

예리나 그 이름에 쓰는 말이 달라도
우리들의 노래 아리랑은 같아서
툭 터진 물꼬를 따라 우리 사이 흐른다

이리저리 꿰맞춘 절반의 문장들이
겉돌던 눈빛 촉촉한 눈 맞춤으로
너와 나 인연을 모아 매듭으로 엮는다

엄기창(嚴基昌, Eom, Ki chang)

1952년 충남 공주 사곡 출생. 공주대학교 사범대학(국어교육과)(1974), 동 대학원(2001). 《시문학》(1975) 등단. 시집 『서울의 천둥』(1993, 시문학사), 『가슴에 묻은 이름』(2004, 오늘의문학사), 『춤바위』(2014, 오늘의문학사), 『세한도歲寒圖에 사는 사내』(2017, 이든북). 시조집 『봄날에 기다리다』(2016, 오늘의문학사), 『거꾸로 선 나무』(2020, 오늘의문학사). 대전시문화상 문학, 대전문학상, 정훈문학상 대상, 호승시문학상, 하이트진로문학상 수상. 대전시문인협회 시분과 이사 · 부회장, 문학사랑 회장 역임. 태백문학회 회원.

겨울에서

엄기창

울소리 그리다가
오두두睡에 잠신 날에

풀, 바람, 꽃한기도
흑질 없이 눈결 피워

—

엄기창 시인은 다양한 시적 관심사를 정격의 시조 양식 속에 조화롭게 우려내고 있다. 무엇보다 시적 대상에 진솔하게 접근하는 시적 진정성으로 고답적이지 않는 현대 서정시조의 색채를 잘 드러내고 있다. 자유시와 함께 시조를 쓰고 있는 시인답게 시인이 보여주는 시조의 문법 또한 전통에 뿌리를 두면서도 현대적 사유와 감각을 적극적으로 수용하고 있으며, 내용적으로도 다양한 빛깔로 시조의 지평을 넓혀주고 있다. 특히 단수 또는 2수 내외의 짧은 시조에서 더욱 빛을 발하는데, 이는 비우고 내려놓는 불교적 사유와 일생을 교육자로 살아온 절제된 삶의 품성에서 비롯된 것이리라.

— 권갑하(시조시인 · 한국문인협회 부이사장)

—

비둘기
— 시장 풍경 5

눈 녹는 시장 골목
비둘기는
맨발이다.
신발 전 털신 한 짝
사 신기고 싶구나.
종종종
서둘러 가는
머리 위엔 하얀 눈발.

하루 종일 찍어 봐도
허기진 건
숙명이다.
싸전의 주인은
쌀알 한 톨 안 흘리네.
구구구
나직한 신음
핏빛으로 깨진 평화.

경칩驚蟄 일기

차 마시다 창 너머로
봄빛 새론 산을 본다
표구하지 않아도
늘 거기 걸린 풍경
상큼한 녹차 맛처럼
가슴으로 다가온다

한사코 초록빛을
놓지 않는 산이기에
시드는 난을 위해
창 열고 산을 맞다
성긴 잎 사이에 꽃대
혼불 하나
켜든다

봄날에 기다리다

작은 누님,
오서요.
버들피리 불게요

회재 높아 못 온다 해서
낮게 깎아 놓았어요.

산굽이
돌아 돌아서
아지랑이만 날리네요.

산그늘이
내려와서
장막처럼 드리우고

남가섭암 불빛이
별빛으로 일어서요.

밀양땅
산자락에 누운
누님 기다리는 봄 하루

여백

벽을 비워 놓았더니
산이 들어와 앉아 있다

꽃 향기
골물 소리
집안 가득 피어난다

채우고 채워진 세상
하나 비워 얻은 평화

가을 편지

계룡산 산행 길에
단풍잎 하나 따서
아내의 화장대에
몰래 올려놓았다
아내를 사랑한다는
내 가을 편지이다.

얼핏 연 책갈피에
내게 보낸 연서 한 장
곱게 말린 단풍잎에
배어있는 따스한 정성
아내도 날 사랑한다는
홍조 어린 답신이다.

각성覺性의 가을

하루살이에 비하면 짧은 삶이 아니었네.
매미의 마지막 노래 초록 잎에 꽃물 들여
온 산이 활화산처럼 타오르고 있구나.

진다고 아주 지고 머문다고 아주 머무나
있음도 없음도 흘러가는 바람이라.
저 산불 꺼지고 나면 무욕無慾의 눈 덮이리.

설일雪日

산도 숨을 멈추었다.
눈꽃 위에 하얀 적막寂寞

햇살도 눈을 감고
바람도 날개 접어

문 열면 깨어질까봐
문고리 잡고 서 있다.

어머니

이 세상
어머니는
모두 다 미인이다.

자식 사랑 자식 걱정
별만큼 담은 가슴

곰보에
언청이라도
보고 나서 또 그립다.

성城

돌 틈마다 세월의 무게가 돌이끼로 덮여있다.

깨어진 기왓장에 박혀있는 삶의 무늬

시간이 스쳐 온 자리 스며있는 눈물과 한숨

무너져도 일어서는 분노를 다독이며

단심丹心 의혈義血이 꽃처럼 지던 그 날

함성이 떠난 자리에 흰 구름만 떠도네.

무엇을 깎아내려 밤새도록 쏟아붓던

비바람 지나간 성터 수목 빛이 더욱 곱다.

역사는 지우려 할수록 더 파랗게 살아난다.

은적암

골 깊어 한낮부터
부엉이는 울어서

부엉이 울음 따라
송홧가루 날려서

담 없는 절 마당으로
산이 그냥 내려와서

여승은 염불하다
끝내는 걸 잊었는지

부처님은 웃다가
성내는 걸 잊었는지

저녁놀 익은 조각이
꽃비처럼 날린다.

엄윤남(Um, Yoon nam)

1938년 경남 하동 하동읍 출생. 하동고등학교 졸업. 《시조세계》(2005) 등단. 시조세계 시화집 『세상 빛과 소리에도 슬픔이 고인다』 (2007, 동방). 시조세계 포엠 회원 외.

자운영

　　　　　　　　　　엄윤남

밟으면 살얼음 같은
인연들 깨질까봐
연보라빛 환상으로
초봄을 다 녹인다
허기진 마음에 띤
자운영 같은 사람아

—

엄윤남 님의 「일지화」는 고향의 얼이 깃든 토병과 그 속에 일지화가 꽂혀있는 작품으로 형상화하였다. 그림을 그려 가는 과정에 획을 치고 선을 긋는 작자의 기백과 단아함이 느껴진다. 특히 절제와 압축과 요약이 생명이라 할 수 있는 시조와 일지화가 합의하고 있는 것이 크게 다르지 않다는 것이 창작에 보탬이 될 것으로 생각한다.

— 심사위원: 백이운, 김남환, 김몽선

—

일지화

입 좁은 토병에 고향을 초벌구이한다
잘생기지도 넘치지도 않은 일지화를 그리고
마음에 길고 짧은 곁가지
일 획으로 친다

선 따라 매달려 있는 까치밥 몇 송이
횡형으로 꽂고 마무리한 노오란 소국
어느새 방 안 가득히
환타지 세계를 연다

말하지 않아도 느낄 수 있는 그이와
마주한 눈빛으로 가을 차 한잔 할 적
오롯이 삶의 향기 전하는
토병 속의 일지화

엽서

영일군 지흥면에서 날아온 엽서 한 장

가난도 면하였소 대학까지 다 나왔소

혼수도 장만했다는 그 엽서 뒤로하고

눈 내리는 십이월에 시집을 갔었다네

바다가 조용한 통영으로 배를 타고

아버지 상객 오시고 동생들 훌쩍 그려

뱃머리 이별은 갈매기도 꾸룩꾸룩

세월은 그렇게 저렇게도 가더니만

그 땐 참 미안했다고엽서 한 장 부치곤다

흑감나무

내 존재가 정지당했을 때
나 한 소리를 들었네

바람 한 점 없는 여름 밤
제풀에 사랑이는 소리

내 땅이 한 뼘 없어도
씨 떨어진 자리에서

때로는 꺾이고 찢긴
시간들 사이로

빗물이 상처 남겨
흑감나무 문양 되니

감골에 황혼이 오거던
나 일몰을 즐기련다

하동역

봄 아지랑이 속 신기루던 섬진강 철교
백사장에 누워 부르던 사월의 노래는
다릿발
강물에 걸려
못다 이룬 푸른 꿈

기찻길 외줄타기 양팔로 춤추며
기적 소리 기다리다 목이 긴 아이들로
하동역
추억이 먼저 간다
고향집 사립문에

팔월도 눈 비

계절을 역행하며 넘나들던 지구 뒤편

팔월도 눈비 내리던 상파울의 슬픔은

늦가을 성근 햇살같이 내 앞서 늙는구나

시지푸스 신화가 형벌만 아닌 것을

밀어 올려 다시 아래로 구르는 시련

구르는 그마저 밀치고

주저앉아 쉬어가라

팔월도 눈비 내리던 상파울의 슬픔은

늦가을 성근 햇살같이 내 앞서 늙는구나

시지푸스 신화가 형벌만 아닌 것을

엄정화(嚴正和, Um, Jeong hwa)

1966년 서울 출생. 《한국동서문학》 신인상
(2017) 등단. '작약' 시조 동인.

—

엄정화 시조는 모던하다. 사물이나 세계에 대한 접근방식이 이채롭고, 남다른 사유의 깊이로 말미암아 철학적이다. 인간의 내면을 향한 혹은 삶을 향한 이러한 예리한 시선은 개성적인 시의 모습으로 형상화되어 존재론적 성찰에까지 이른다. 시의 소재도 일반적이지 않다. 뜻밖의 대상을 포착하여 체현하는 일에 능숙하다. 그 결과물은 늘 우리의 삶과 깊이 접맥되어 있다. 그 누구도 좇을 수 없는 새로운 목소리를 가진 시인으로 우뚝 서리라 믿는다.

— 이정환(시조시인 · 정음시조문학상 운영위원장)

—

번지점프

펼쳐진 지붕 위
빗금 그어 내리치는

날마다 발끝은
어지럽고 좁은 세상

애쓰다
풀린 트렁크처럼
중심 잃고 흐느적

대롱대롱 거꾸로
매달리는 허공에

함성을 내지르면
무장은 완벽하다

숨 한 번
크게 뱉으며
현관문을 나선다

대설 무렵

바람은 바람끼리 왁자지껄 불어가고
비일지도 모르는 흰 결정이 드문드문
편의점 뒷골목 사이로 천진하게 내린다

추웠다가 풀렸다가 겨울은 덧쌓이고
일상은 꼬깃꼬깃 접었다가 폈다가
졸이며 기다리지 않아도 어김없이 오가고

창틀로 넘어오던 햇빛은 오래 됐고
그 빛에 기대어 선 가구는 낡아서
이제야 단풍 물들어 남천 잎이 떨어진다

카카오톡

단둘이 자리 잡은 오랜만의 레스토랑
침침한 조명 아래 따가운 병살타
저 너머 노란 구장에 거대한 제국 진 쳤다

주문한 빠에야가 유난히 짠맛이다
허기를 채우는 건 투수의 안주인들
손 묶인 마리오네트가 고정된 테이블

관중들 환호하고 돌아가는 스탠드에
빈 그릇 빈 의자 계산서와 핸드폰
입안에 우두커니 남아 헛도는 쓴 모래

유산

이등병은 65년 고지에 있었다
뼈 아래 허리띠와 고향에 돌아온다
누이는 주름진 눈 뿌리째 울고 또 울었다

앞뜰에 피운 꽃이 선명하던 그날에
이 땅에 흐르는 강 감겨 울던 그 눈이
넘친다 몇 천 년이고 흐르리란 다짐으로

주머니 속

몇 년을 지나치다 기어이 생기는
무심코 손가락에 잡히는 부스러기
아마도 알아 달라는 표시로 자란 게지

세탁기 안에서 요란하게 돌다가
떨어진 동전은 어디에 흘렸는지
마음껏 짓이겨 퍼진 토사물 같은 영수증

열쇠와 지갑을 번갈아 넣었다가
문 열고 들어가도 먼지만 쌓이고
아무리 끄집어내어도 먼지만 쌓인다

보일러

아이는 식탁 위에 우유를 쏟아내고
옆 동네 비행장에 전투기가 뜬 오후
실밥이 터지듯 돌아간다 연통에서 우웅웅

수돗물에 쿨렁쿨렁 쓸려가던 어제도
청소기 촉수가 방마다 흘려 놓은
오늘도 아이가 떼쓴다 어디선가 우웅웅

식구들이 놓고 간 거스름돈 같은 집에서
겨울이 다 간다 가을이 또 지난다
그래도 용케 살 만하다 어지간히 그렇다

컵라면

가방에 있었다지
승강장 바람 불 때

열아홉 소년에게
응답할 수 없어서

대단히 미안합니다
빈 쪽지만 남기고

군대엔 못 갔다지
나이가 차지 않아

너에게 어른들은
자리를 맡겨두고

의원님 등정길 이유
쥐어 주고 갔다지

숟가락 나무젓가락
떨어진 작업가방

설익은 면발이야
네가 맛본 세월은

입천장 데이고 마는
뻘건 기름 떠있는

살겠다는 소리

박자가 기막히다
보내 온 녹음 파일

서울 촌놈 들으라고
물소리 풀벌레 소리

묘하게 끼어든 맹꽁이
마디마디 절절한

도르트문트

1.
12층 낡은 건물 계단을 돌고 돌아
도망간 남편이 버린 집기 같은 아내는
꼭대기 구석진 방에 쪼그리고 앉았다

내려앉은 눈꺼풀마냥 장인과 아이들
옆집에 들릴까 기척을 내지 않는다
장모는 주섬주섬 찻잔에 뜨거운 물 붓는다

도르트문트 12층 좁은 계단 돌고 돌아
어리숙한 얼굴로 화단에 내려서니
어릴 적 짙었던 코스모스 몇 가닥이 보인다

2.
수십 년 타국에서 살아온 그에게는
무엇이든 잘 자라는 텃밭이 자랑이다
광부로 엔지니어로 아이들을 키우며

이제는 여기에 그냥 뼈를 묻겠다며
밭에는 그득하니 고추 상추 오이들
그래도 그 맛 안 난다고 푸념 늘어놓는다

3.
침대 하나 놓인 땅에서 살다보면 안다고
공원 벤치 그녀가 말없이 보는 풀숲
뒤로는 번지점프대가 석양에 흔들렸다

서시序詩

책 한 권 여학생 둘
몇 바퀴 돌았는지

담벼락도 아무도
눈치 채지 못했다

인사동 필방을 지나
기나긴 골목길을

구름이 걸려 있는
안국동에서 운니동까지

눈 감고 걷기만 해도
빛들이 오고 간다

어깨 위 은행나무 속으로
밤하늘이 떨어진다

여서완(Yeo, Seo wan) 본명: 여현순(余賢順, Michelle Yeo)

1964년 경남 함양 출생. 사진작가, 여행작가. 아주대학교(경영학) 석사, 중앙대학교 문예창작전문과 과정 수료.《한국작가》시(2005), 《월간문학》소설(2018) 등단. 시집『사랑이 되라』(2012, 조인컴),『하늘 두레박』(2015, 조인컴),『영혼의 속살』(2017, 조인컴),『태양의 알』(2020, 조인컴) 외. 한국문인협회, 한국사진작가협회 회원. 국제펜 한국본부 기획위원, '여행문화' 기획위원, 조인컴 대표 컨설턴트.

진리는 시가 된다. 시를 닮은 절대 미학을 목도한다. 작가는 하늘 위를 유유히 비행하는 검은 새와 같다. 서로 다른 우주 체계를 넘나들며 경이롭다. 그의 능란함에 모든 풍경은 인간에게로 따뜻이 향하는 광채로운 별이 된다.

— 한분순(시조시인)

자미성의 해바라기

아폴론 바라보다
그만
눈이 멀어진 꽃

당신만 바라보는
바라기
해바라기

커다란
태양의 알이
이 세상에 내려왔다

옥잠화

속적삼 여인네의 자태로
피어올라

손대면 파르르르
떨리는 춤사위로

맑은 향 옥비녀 하나
지상 위에 내렸다

돌담집

기다린 듯 준비된 남양주 집 한 채
단숨에 빠져버려 임시주인 되고 보니
코로나가 삼킨 날들을 오롯이 보듬었네

청보라 나팔꽃이 고추밭 점령하여
꽃 보며 환하니 열매 없이 즐겁다
돌들이 알알이 박혀 돌담집이라 하네

지구 한 켠 돌들이 서로를 동무하고
재잘대다 비인 밭 물끄러미 볼까 봐
별의별 씨 뿌려두고 흰 눈을 기다리네

동글동글 돌들이 둥글둥글 살라며
둥그런 보름달과 두런두런 피운 얘기
은하수 이야기 되어 세상에 흐르겠네

감국화차

노다지다 노다지 노랑 향에 달려들어
꽃 안고 뒹굴뒹굴 엎치락 뒤치락
벌들은 향기에 빠져 그림자 붕붕거린다

다 같이 차 만드는 일을 하랴 비틀대다
벌들 함께 뒹굴다 엎어지다 떨어진 꽃
그 꽃을 곱게 추슬러 오늘 밤이 짧다

차 속에 단맛 담은 가을 향에 나도 취해
꽃송이 송이송이 노다지로 보이다가
벌들만 맛볼 수 있는 국화 향을 가졌네

서리꽃

새빨간 맨드라미 꽃 위에 올라 앉아
밤사이 날카롭게 새하얀 춤추다가
뾰쪽 날 칼 달린 연장 꽃 위에서 피운 꽃

햇살의 따사롭고 화사한 윙크에
소리도 흔적 없이 시공 속 사라지고
한때의 화사한 꿈이 공중에 흩어진다

무엇이든 끊어내는
혀의 칼이 덮여있는
하얗게 난무하는 세상 한 귀퉁이
모두 다 허용된 요량으로
마지막 사랑을 한다

뽕잎차

배릿한 누에 밥을 마시고
잠든 밤

눈 문신 허연 놈이
꿈에서 나를 본다

한차례 소나기 소리
뽕잎 갉는 누에 떼

가을 단풍나무

한해의 결과물을
전시하는 늦가을

단풍나무 붉은 훈장 뽐내며
말을 건다

어쩌면
벗지도 않고
입맞춤을 하느냐고

대설에

손톱마다 물이든
봉숭아 꽃물이

이제는 끄트머리
절벽으로 남아있다

사랑아 눈에 눈먼 사랑아
사나흘은 내려다오

맨드라미

뜨거움 사그라진
초가을
정원 마당

붉은 입술 감추고서
뒷모습만 보였는데

아뿔싸,
닭벼슬처럼 피어났던
입맞춤

까마중

다정한 손이 있어
다행히 살아남아

까아만 열매 달고
조롱조롱 할 말 많다

맛나게 콩알만 한 것
초롱한 저 눈망울들

여동구(Yeo, Dong gu)

1957년 전남 담양 무정면 정석리 출생. 호 죽전(竹田). 조선대 사범대학, 한국교대 대학원(국어교육과) 졸업. 《시조문학》 천료(1984) 등단. 정년문집『삶의 여적』(2019). 제29회 호남예술제 시조 우수상 수상. '새솔' 문학동인. 호남시조문학회, 한국시조시인협회 회원. 송지종합고교 교사, 전남고교 교감, 운남고교 교장 등, 한국중등교장협의회 광주지부 회장 역임.
—

난의 벙긋

다정한 시름 떨고 한 줄기 빛바랜 채
앵둣빛 함초롬히 이슬을 머금었네
살포시 내뿜는 정은 누구의 이승일까

세파에 찌든 마음 한사코 말리고
구름 속 맑은 벙긋 한 아름 간직한 채
지새운 꿈속에서도 스쳐가는 보조개

맞선

두근거린 가슴에는 문풍지가 떨고 있고
연분홍 잎새 하나 무지개를 그려 놓으면
너와 나 무거운 마음 흐른 물에 자맥질이다

앞날을 약속하려 마음속 묵언으로
지나온 한고 나날 묻고 물어 접해 보면
가녀린 실오라기는 이어질 듯 이어질 듯

모깃불을 태우며

마음의 닫힌 초롱 하늘을 밝히고
터놓은 봇물마냥 쏟아진 별빛 아래
모닥불 둘러앉아서 조약돌을 줍는다

보릿대 타는 내음 시심도 같이 타고
텁텁한 농주 한잔 두 손이 너울대면
타오른 타닥 소리에 마음은 청사초롱

삶

드높은 회색 하늘 뼈 아픔을 토해내고
서러움 잡고 보니 시름마저 겹쳐 온 밤
차가운 바람 따라서 벼랑 위에 오른다

선창가 부두 같은 비린내 난 그날 그날
향수를 사르다가 꿈을 낚는 어부마냥
포말로 부서진 아픔 무겁게도 달려온다

상여

북망산 먹구름이 소나기로 덮는 마음
속진에 지은 때가 희로애락 얽혀져서
지나온 이승의 길이 풀어도 끝이 없다

무심한 세월 속에 혼자만의 고독 안고
회억의 천 리 길을 더듬어 헤는 별빛
회오리 이는 바람에 회한으로 날리리

어머니

다듬잇돌 두드리는 방망이 소리 속에
어린 꿈 다독거려 풀벌레에 걸어두면
초롱한 눈망울은 구름에 가리운 달

팔 베고 잠을 자던 어린 시절 그 말씀이
목련꽃 이우는 밤 아련히 들리는 건
오월도 여덟 날이라 밤을 밝혀 맴돕니다

영

산줄기 등성 넘어 다 타고 남은 나절
할미꽃 지는 넋이 밤새워 우니는데
가마귀 오작교 건너 갈 때는 수줍음

살며시 비껴 서서 넘고 오른 고갯길에
미움 주고 정을 나눈 할미꽃이 그리운데
이제야 눈을 감고서 오는 길을 가볼까

대합실

가는 마음 바쁘니 오는 얼굴 그리우랴
한 장의 표를 쥐고 서성대는 사람들
설렘은 부풀어도 애태우는 개찰 시간

여영택(呂營澤, Yeo, Young taek)

1923.~2012. 경북 성주 출생. 아동문학가. 호 검솔, 고와(古瓦). 대구사범(1941), 영남대 대학원 졸업. 동화 발표(1954), 〈동아일보〉 신춘문에 시 「담향」 입선(1956) 등단. 시집 『담향』(1958, 동서문화사), 『입체해도』(1962, 성학사), 『기다리는 사람들』(1972, 일심사), 『발로 쓴 울릉도』(1972, 일심사), 『팔공산』(1976, 시문학사), 『바람의 가시』(1980, 문지사) 외. 경북고교 교사, 전문대학 출강 역임.

—

고향에서

쉰 줄에 접어들어 이제도 그제런 듯
맨발로 다니고픈 고향집 마당, 뜨락
백도래 섞여 핀 텃밭, 샘 둘레는 상사화

아버님 시장하서 어머님 기침하서
아우는 술 따르고 조카가 모깃불을
이웃집 삼 삼는 소리 풋감쪽도 뵐 듯다

백자

희다가 하도 희다가 옥빛이 감도는다?
해맑게 푸르다 보니 흰빛에 이르는다?
포릇이 희디흰 빛깔 둘은 없는 이 백자

이 밤 함께 새우리
— 심재완 박사 회갑 기념

심산유곡 바위틈 한 무리 난을 보자
재차 삼차 애쓴 보람 귀한 뿌리 얻으시니
완연히 살으리랏다 시조논총 마무리

박한 인심 험한 파도 학도 미운 이 세상을
사군자 기품대로 깨끗이만 지내시네
회상할 평생 육십이 이만할 이 드무리

갑을 뽑고 을도 취해 집대성한 역대 시조
기암절벽 한매 두엇 대 맞추어 피둣듯다
염념한 사연도 풀 겸 이 밤 함께 새우리

황국

붓 던지고 엽차 들자 선뜻 미안해지다
눈 가룬즉 '오빠'라던 지금은 남의 안해
청치마 노란 저고리로 뒷 곁에 앉았기에

놀래주려 다가오다 분내 미처 못 거두어
황국인 양 주저앉아 수줍어 말이 없군
빈방에 둘이 곳 있어 스무 해가 설레네

선경이 따로 있나
— 축 회감 박광호 선생

추제도 그만 두고 명예도 뿌리치신
회상하면 아득할손 외길 육십 평생
갑절로 복 더 받으리 두고두고 빛나리

박장대소 자유분망 예리한 진리 추궁
광야인 양 운동장을 누비신 농구 솜씨
호걸풍 일화 몇 다발 두고두고 젊으리

선경이 따로 있나 먼지 없음 선경이지
생애를 매란국죽 더불어 보내시니
임자가 풍기신 아취 두고두고 부러우리

오죽

오죽 두어 포기 납작 분에 올려놓고 잎을 닦으며 세며, 돌도 씻어 세워 본다
대청에 놓아두고 들며 보고 날며 보고 보고 또 봐도 헤어지기 싫은 댓잎
매란국 좋더라마는 댓잎 더욱 좋아라

댓잎 어루다 말고 문득 묵은 검은 줄기 만져도 보고
달빛 먹은 댓잎 창호에 비친 그림자 먹을 갈아 가슴에 그리나니
김 추사, 부작죽 한 폭 낙관 자리 일러라

전등을 끄랴 달빛을 가리랴 촛불을 켜 좌로 우로 댓잎에 조명할세
숲이 좋을시고 멍석 깔고 죽림에 앉아 자정을 아껴도 본다
이 고요 선경일진저 홀로만 아까워

가슴이 왠지 더워 태극선 돌라치면 댓잎이 미리 알아 움직여 보나니
둥둥 팔월 우수수 귀뚜라미 밤을 운다
비선대 닮은꼴의 돌 쉰 길이나 됨직다

마디마디 새긴 긴긴 사연 굽을 줄 모르는 절개, 굽힐 줄 모르는 허리
억만 번 푸르다 보니 검푸르러 오죽이라
네 마음 닮아가 보면 세상 걷기 어려워

창을 열치니 안개 짙은 아침! 오죽이 자꾸 나들이 나가잔다.
아기 안 듯 안아 안개 속에 앉히는데 부드러운 비단으로 휘감는 감촉
사랑엔 댓잎도 빙긋 지조 약간 흔들려

눈벗이 되어 주고 말벗이 되어 되더니만 사랑도 삼았는데
오죽 틀렸으랴 연삼일 나가자고 오니 긴 침묵이라
밑으로, 달래도 보나 토라진 입 안 열어

도리사

도리사다 도리사다 우는 새 따라드니
아직도 아도 화상 숨는 듯 맞이한다
석세존 사리탑 중수 그저께서 마치고

예스리로 제일 가람 태조산 도리사를
부처님 오신 날에 등산복 차림이니
시가나 알은체하던 절 희사함 앞 붐비고

제행무상 석가 사리 수천 년 묻혔다가
인과응보 시방 세계 비추나니 즈믄 가슴
수박등 수백 등불도 금강경에 일렁이고

여지량(余芝良, Yeo, Ji ryang) **본명: 여충길**(余忠吉, Yeo, Chung gil)
1934.~1996. 전남 여수 출생. 호 고산(鼓山). 서라벌대학(문예창작
과). 〈여수일보〉 문예 콩쿠르 산문 특선(1952), 《시조문학》「빼앗
긴 마음」 천료(1975) 등단. 한국문인협회 여수지부 부지부장 역임
(1968~73), 교직 종사(1952~73). 한국문인협회, 한국시조시인협회
회원.

—

그 산사

국화 이랑 이랑 넘어 지겨운 천년 탑
여울지는 잎 잎에 풍경은 밤을 새고
승세의 깊고 깊은 섭 그날같이 괴인다

엊그제 오신 손 가릉빈가런가
마무린 속념이 벽해에 흐르니
불 안은 피닉스 한 마리 염주에 내린다

난초

오뉴월 뙤약볕에 알알이 구슬리어
천 리 밖 한지 율律ㅅ소리 여닫는가
돌베개 초롱한 눈매에 짙은 묵향 흘린 님아

눈雪

무리져 흐르는 구름 멀고 긴 여행의 피로
마지막 잎 떨구고 지상으로 뿌리는가
세월을 돌려 앉히고 깨뜨리는 침묵이여

얼룩진 구석 구석 사뿐히 깃들어
생명은 하나같이 본성으로 돌아가는가
질풍이 몰아쳐 와도 오늘 열 듯 괴는 눈雪여

대흥사大興寺

표충사 팔각 지붕 청자빛 내음에
풍경에 별이 송 송 독경마저 그윽해
두륜산 울울한 품 안 주려 산들 어떠리

졸졸 이는 물소리에 바람도 쉬어 가예
끊긴 듯 이어지는 향불 머리 옛 소래
예서 나 긴 긴 밤 열어 불기둥이 될까나

망향

가르마 탄 이랑 두고 온 고향 산천
아지랑이 훨훨 훨 산마루에 오르니
고향은 간 곳 몰라라 빽꾹 빽꾹 뻐 억 꾹

빼앗긴 마음

언제 뉘게 숙연히 빼앗긴 마음이기
먼 하늘 지려 잡고 조이는 나날인가
점점이 물들인 그 얼 자랑겨운 꿈의 늪

눈 길 닿는 불볕 속에 연연한 물줄기로
밀쳐도 열리는 산하 여무는 신앙인데
하늘 뜻 저버린 품에 외로운 넋이여

주홍빛 내음 따라 밀리는 봄 향기
얼얼한 마음 저리 나부끼는 홰 바리
언 가슴 타듯 저먼치 칭얼이는 요람아

애잔한 마음 속에 고이는 진달래 빛
만고에 깃을 펴는 사나운 바람 앞에
이 눈빛 홀연히 녹아 꽃술잔에 떨어질레

염주를 잽니다
— 고 이영도 님 영전에

배달의 뜨락에 옥반지 깔으시어
맑은 사념 짙은 향기 노래로 부르시더니
진달래 나즉한 속삭임 못 잊어 거니시네

머나 먼 낙일의 장에 그 옷깃을 펼치시고
아녀의 깊숙한 자리 가락으로 이으시던 님
그 자리 향을 밝히고 염주를 잽니다

입동 소리

주락의 광풍 속에 들려 오는 저 소리
반평생 새김한 마음 달래이는 선율인가
채워도 겁으로 벗는 초혼의 계절이여

앙상한 가지 가지 활짝 핀 설화 속에
내 생명 밝히는 따스한 저 입김
천만길 번져 흐르는 어버이 안 가슴이여

쫓긴 마음의 노래

숱한 사연 일구고 멀어져 가는 물레ㅅ소리
설화로 얼룩진 초원에 사랑의 노래로 번져
가슴에 핀 파아란 불빛 내 우주를 밝힙니다

어둠 속에 묻혀버린 예 그림 얼굴 앞에
연연히 타는 슬기로움 꽃 향기로 받쳐 들고
아스히 사라져 가는 내 바람 앞에 섭니다

부르던 그 소리도 밝히던 그 불빛도
어느 꿈엔가 나타난 산불인가 신불인가
유채꽃 노오란 밭머리 가슴 하나 뜹니다

회심초懷心抄

꽃베개 깊은 밤도 해파래 줍는 꿈길에
단풍잎 이운 강변 자연에의 추파론 채
구름결 저 컨 너머로 먼 그날이 설레는가

할아범 기침 소리 상긋한 강바람에
돌아와 등을 밝힌 창 너머 어리는 소망
색동옷 치렁인 날은 예제나 꿈 사리고

머리 자락 고운 시절 옥돌에 꽃무늬 지면
사금파리 반짝이듯 촛대를 밝혀 들고
속 마음 진달래 피는 디딜방알 찧는다

염을용(廉乙龍, Yeom, Eul yong)

1942년 충남 연기 출생. 아호 송전(松田).
시조집 『어머니 아직도 할 말 못했죠』(1990,
경진사) 등단. 『노을 녘 호수에 산막을 치다』
(2001, 한맥문학 출판부). 한국시조시인협회
회원. 여강시가회 이사 역임.

설한풍 바위 아래 글을 읽는 의연한 시골 선비
고란초의 생육 환경은 그늘진 바위틈이나 낭떠러지에서 자생하는
식물이다. 일생 동안 몰아치는 차가운 비바람과 눈보라를 견디면
서 바위틈에 살고 있는 고란초는 언제나 표면은 녹색이고 이면은
연두색이다. 인간계를 떠나 욕심 없이 산속에 살며 불로불사의 기
술을 닦고 신통력을 얻은 사람을 신선이라고 한다. 선비는 학식은
있으나 벼슬하지 않는 사람이다. 선비는 신선을 닮기 위해 학식을
열심히 닦으며 강인한 삶을 추구한다고 볼 수 있다. 고난과 역경을
극복하면서 강인한 자연적 삶을 추구하는 것은 고란초와 선비가
많이 닮아있다. 고란초를 신선이나 선비에 비유한 시인의 개성적
관찰력과 시적 상상력이 탁월하다.

— 문복선(시조시인 · 시조문학문우회 회장)

고란초

일생을 신선처럼
바위 등 앉아 있다

연년이 몰아치는
설한풍 울고 간다

세월이 가거나 말거나
글만 읽는 시골 선비

6 · 25 동란에

6월에 떨어진 꽃 꽃잎은 진토 되고
꽃대는 초석으로 등대 불 밝히는 대
철모만 가시 망 걸려 비바람 에이는가

정령은 불원철리 고향 땅 왕래한들

그 누가 마주할까 까치도 날아가고
어머니 이슬 맺힌 눈 싸리문 바라보네.

청령포

흰 구름 함께 갇혀 푸른 꿈 사라졌나
어린 해 가이없어 저며 오는 바람 소리
회오리 덮치는 먹구름 울먹이던 저 강물

불러도 대답 없고 서러움 애달퍼라
한 맺힌 노송마디 그날을 증언한다
정막은 지향 없이 흘러 먼동도 잊고 가네.

찔레꽃

가시 망 두르고도 가는 임 잡지 못해
달빛 타고 흐르는 밤 이슬 젖어 새우던 이
짙은 향 흩뿌리면서 바람 가듯 어디 가오

귀밑머리 댕기 매고 사뿐히 나비인 양
가시는 걸음걸음 비단자락 깔고 간다
훈풍이 불어올 때면 꽃신 신고 오시겠지.

여자의 길

도선사 석불전에 초롱초롱 걸린 등불
여명처럼 밝은 아래 백발머리 굽은 등
옥수 물 올리시고서 합장한 손마디에

노부인 각시 시절 새록새록 아련하다
고운 순정 엮어서 꽃 피우고 걸어온 길
후손들 수명장수를 노심초사 소원 빈다

원앙침 마주 베고 품어주던 따스한 임
애증을 나누면서 굽이진 길 같이 걷고
꽃길도 노을 길도 같이 걸어가는 소원 빈다.

독도의 영수증

긴 세월 말 못 하고 어느 곳 잠들었나
무슨 꿈 꾸시는지 여전히 밤중이다
보름달 높이 떠올라 화하게 비춰졌으면

남의 것 제 것인 양 대물림 한창인데
귀 막고 입 다물고 강 건너 불구경한다
하늘에 호소를 해고 귀를 막고 계시니

보물섬 상상봉에 햇불을 밝혀보자
영수증 비춰주고 탐욕도 멀어지게
대대손 넓은 초원을 마음 놓고 누리도록

용문산

머언 산 이랑마다 자욱한 안개운하
금강송 휘어 감고 산 몽 령 품어준다
실바람 스치는 풍경소리 세속을 털어 주고

천세를 자랑하는 웅장한 은행나무
산까치 알을 품고 부처는 중생 품고
예쁜 돌 청량한 계곡물 애절한 염불 소리

고목에 푸른 이끼 겹겹이 쌓이는 정
숨결마다 파고드는 에이는 혈육의 정
이 산에 비둘기들도 나와 같이 저리 우나.

배꽃

별 내리 뜨락마다 사월에 내린 눈에
눈길을 빼앗기고 오도 가도 못하겠네
설레어 이는 바람에 꽃 편지 띄워볼까

저리도 단아하게 그네에 걸터앉아
짓궂게 치마 자락 흔들어도 뽀얀 얼굴로
속삭여 맺은 연정이 깊어가는 봄날에

서산에 기우는 달 가지에 걸어놓고
순백의 고름 풀어 속적삼 앞섶 연다
벌 나비 노닐다 간 자리 황금알 주렁주렁.

육남매의 아버지

허리띠 동여매고
일구신 다랭이밭

땀에 젖은 밀짚모자
그늘 삼아 모종 심고

가꾸던 가시 박힌 손
육남매의 아버지.

선인장 꽃

화분에 뿌리 내린
선인장 고운 자태

꽃등을 들고 나와
빈방에 불 밝히고

자기만 보라고 하네
이미 빼앗긴 사랑인 걸.

염창권(廉昌權, Yeom, Chang gwon)

1960년 전남 보성 출생. 한국교원대학교 박사 졸업(1994). 〈동아일보〉 신춘문예 시조(1990), 〈소년중앙〉 동시(1991), 〈서울신문〉 시(1996), 《겨레시조》 신인상 평론(1992) 등단. 시집『그리움이 때로 힘이 된다면』(2001, 시와시학), 『일상들』(2011, 나무아래서). 시조집『햇살의 길』(2007, 고요아침), 『숨』(2015, 동학사), 『호두껍질 속의 별』(2016, 고요아침) 외. 평론집『존재의 기척』(2018, 고요아침) 외. 한국시조시인협회상, 중앙시조대상, 오늘의시조문학상, 노산시조문학상 수상 외.

이경(異境)

염창권

민소매 권 지나간 곳, 가늘은 선 그
어져 있다.

세상에서 가장 멀리

힘들게 건너가서는

아무도, 그 경계선은 지워내지 못한다.

—

염창권의 시들은 어둑한 타자들의 삶에 대한 지극한 관찰과 묘사를 통해 우리가 보듬어야 할 연민과 공감의 시학을 보여준다. 그리고 자기 확인이라는 서정시의 일차적 욕망을 넘어, 연민과 공감의 힘으로 외곽과 주변을 성찰하는 넓은 품을 보여준다. 그의 시편들에 원용된 소재들은 한결같이 삶의 밑바닥과 근원을 동시에 환기하는 상관물로 기능하고 있다.

　　　　　　　　　　　　— 유성호(문학평론가 · 한양대 교수)

그의 시조에 나타나는 이미지들은 섬세하고 투명하다. 혹은 적막하고 쓸쓸하다. 서늘하고 애달프고 더러는 다사롭다. 이렇듯 다채로운 이미지가 그의 시조를 관통하는 주된 특징이다.

　　　　　　　　　　　　— 정수자(시조시인 · 시조시인협회 부이사장)

—

이산가족

그리움은 세월을 당겨놓은 주름이었다
그 마음에 기대면 두메처럼 그늘졌다
상봉의 탁자에 앉으니 몸에 뜨는 노을이다

모두들 울음의 강 하나씩 끌고 와서 먼 기억의 손 붙들고 물살처럼 굽이친다

마음의 평생을 쏟아낸 이박삼일,

꿈이었나

상별의 손바닥이 유리창에 차게 닿자
그 사이로 실금 같은 선로가 끊어졌다

이랑진 손바닥의 길

또 건너지 못한다

주름

사거리에 흩어진 골판지 상자들
손수레도 주인도 보이지 않는다
드링크 상자를 펼치던
그 손을 기억한다

골판지는 펼쳐지면서 빗물에 젖어든다
타이어 바퀴가 몇 번이고 지나갔다
골판지 안쪽 겹주름이
뭉개지며 찢긴다

부풀어 오르는 것은 언제나 축축하다
조금씩 녹어가면서 주름은 위안이 된다
슬픔의 부름켜 사이에서
생은 주름을 키운다

영안반점

비에 젖은 꽃잎들이 낙진처럼 흐려져서
입간판을 흔들며 계절풍에 쓸려갈 때
밀반죽 치대는 주방엔 기름 솥이 끓는다

주린 창자 꾸불꾸불 채워가는 창 밖에는
꽃 진 허공 자리마다 손자국이 남아 있어
떠나간 널 기억하며 눈시울이 젖는다

널 향해 다가선 길 문득 끊겨 아득할 때
하룻밤씩 묵어가는 영화관 골목에 핀

영안의 깊은 허공 향한,

점멸點滅의
꽃잎들!

11월

그림자를 앞세우는 날들이 잦아졌다
캄캄한 지층으로 몰려가는 가랑잎들
골목엔 눈자위 검은 등불 하나 켜진다

잎 다 지운 느티나무 그 밑둥에 기대면
쓸쓸히 저물어간 이번 생의 전언이듯
어둔 밤 몸 뒤척이는 강물 소리 들린다

몸 아픈 것들이 짚더미에 불 지피며
뚜렷이 드러난 제 갈비뼈 만져볼 때
맨발로 걷는 하늘엔 그믐달이 돋는다

젖 물릴 듯 다가오는 이 무형의 느낌은
흰 손으로 덥석 안아 날 데려갈 그것은
아마도, 오기로 하면 이맘쯤일 것이다

석이石耳

소문을 견디려고 한쪽 귀를 잘라냈다

달빛은 길을 핥으며
오랫동안 헛헛하였다
돌 속에 누운 여자가 몸을 앓고 있었다

달무리 서는 밤엔 핏줄 속에 바람 일고
숭숭한 골짝으로 여우가 출몰했다
차갑게 이운 가을 물에 숲은 다시 가물었다

달안개 속, 뚜벅뚜벅 발자국을 찍고 간 뒤
누워 있던 여자의 귀가 조금씩 자랐다

여우가 울고 간 밤엔 무서리가 내렸다

호두껍질 속의 별

껍질 속은 굴곡이 많은 별빛으로 채워졌다
뇌수처럼 빡빡한 생은 좀체 휴식이 없다
별빛을 헤아려 본다
부유하는 먼지 같은…,

우주는 딱딱한 두개골처럼 소리가 난다
반짝이는 머리통 속 질량은 충분하다
욕정의 신호나 되듯
은밀한 느낌이다

금기의 강이 있다, 건너지 못하는
미확인의 진실이지만
그들은 서로 잇닿아 있다
별들도 사랑을 나눈다
눈빛을 보면 안다

호두 껍질을 두드려서 잠든 별을 깨운다
기억의 숲 속으로 번개가 지나가듯
어둠이 파동 치며 밝힌다
이젠 추억의 힘이다

소금 창고

　길 위에서 바람의 체액을 묻혀 왔다,

　놀빛 물든 머리칼이 바람에 섞어들 때 넌 울면서 혼자인 몸
열었다 닫는다, 당겼다 풀어준 맘 달이는 비릿한 꿈, 또 그립다
네 맘이 열어놓은 빗장 아랜 육면체인 기억의 모서리가 서걱댄
다, 그 음지의 둘레에서 타오르는 불꽃들

　흰 몸을 공중에 내건다,

　벗은 날이 뜨겁다

겨울 적벽

　칼 맞은
　상처가 절벽에 낭자하다

　저 벼랑의 처참을 바로 보지 못한다, 아래엔 물 메아리 감감
돌아 꾸렸으니 누군들 마음을 꺼내 피륙을 짜나보다, 긴 불면
의 내장을 도려 절벽 하나 마주칠 때 발바닥이 밀고 가는 수평
밑은 칼날이다, 오래 널 기다렸다 한 곡조 우려내니 얼음장 위
비상 같은 흰 눈발이 구른다

　한 소리, 강 건너고 있다

　울울탕탕 허방이다

롯지lodge

예측 못한 비밀결사, 그곳에서 묶었다

결행의 순간에는

혀끝이 달궈졌다

목마른 말의 화약이 몸속에서 터졌다

18월

사랑은 스무날에 한 번씩 왔다가 갔다
마야달력은 18월 뒤에 닷새를 추가했다

남겨둔, 허기로 곪는 날

너라는 울鬱 속에 있다

예병태(Ye, Byung tae)

1953년 경북 청도 이서면 대전리 출생. 대구
교육대학교, 한국교원대 대학원(국어국문
학과) 졸업. 《문예춘추》 제9회 신인문학상
(2006) 등단. 시조집 『비슬산』(2009, 예문),
『바람의 얼굴』(2013, 만인사), 『곡예』(2015, 만
인사). 논문집 『이호우 시조 연구』(1996, 한국
교원대학교 대학원). 여강시가문학상 수상.
대구시조, 맥시조, 육필문학, 여강시가회, 한국시조 회원.

—

예병태 시인은 우리말의 맛깔스러움을 그 누구보다도 잘 알고 다
양하게 활용하여 자신의 시 세계를 다채롭게 넓히고 있다. 그의 철
학과 시정신은 자연친화적이면서 성찰의 깊이를 부단히 보여준다.
그의 시에서는 자책의 편린들을 많이 볼 수 있다. 그의 자책은 말하
자면 자기 파멸의 길이 아니라 자기 완성을 향한 진정성에서 비롯
된 것이기에 인생에 대한 성찰에 그 무게를 두는 것이 되겠다.
　　　　　　　　— 이정환(시조시인 · 정음시조문학상 운영위원장)
시인의 작품 세계는 미래지향적이기보다는 과거와 현재 지향적이
고, 도시적이기보다는 향토적이고, 상상력을 중시하기보다는 체험
면을 중시하였고, 부정적이기보다는 긍정적인 인생관을 그의 작품
에 표출하였다.
　　　　　　　　— 원용우(시조시인 · 한국교원대 명예교수)

—

아버지

당신을 생각하면 피어나는 슬픈 안개
천부天賦의 복이라고는 튼튼한 뼈대 하나
형극荊棘의 자갈 논밭을 갈고 가는 연자방아

육남매 끈을 달고 굴렁쇠 굴러가듯
날품에 살이 트고 지게질에 몸 사위어도
무성한 곁가지 보며 옹이 맺힌 결을 풀고

슬픔도 참아내고 부귀도 외면했는데
노동에 허기진 하루해는 얼마나 길었을까
철들어 눈을 떴을 땐 그림자만 남았다.

벚꽃 만개

만개의 순간에는
오직 몰입하여

야성의 초인적인
모든 감각 일깨워

그 품에
안길 일이다
절창을 들을 일이다

공룡 발자국

거대한 허상虛像이 눈앞에서 걷고 있다가
갑자기 모습을 감춰서 더욱 쌓인 궁금증
세월에 생채기가 난 편린들이 울고 있다

짓누르는 어둠의 벽 물소리에 귀를 열고
끊어져 엇갈리는 굉음轟音에 몸 떨다가
차라리 초연超然하고자 누워버린 몸뚱이

인과因果 없는 나에게 존재만은 알리려고
역사 밖의 시간에서 그토록 오래 기다렸나
소멸의 슬픈 앙금만이 암반에 찍혀있다

독도

수천 개의 섬들이 남 · 서해에 터 잡을 때
유독 나는 울릉도 곁 동해에 자리 잡아
아아峨峨히 버티고 서서
문지기를 자처했다

살점 뜯는 격랑도 갓밝이의 추위도
등뼈를 곧추세우고 지르보며 참았지만
왜인들 물개 절멸은
죽기보다 괴로웠다

침탈의 입살이 파도 따라 밀려와도
호국의 정신은 해미처럼 피어나서
뼈지게 으레 지키겠다
어둑발도 뚫으며

곡예

아슬한 두 손과 아슬한 두 손이
아슬아슬하게 서로를 굳게 잡는다
어느새 한 몸이 되어 커지는 저 흔들림!

근육이 긴장하고 핏줄이 불거진다
중력을 이겨내는 저 강한 손아귀
놓치면 절해에 빠지는 팽팽한 저 운명!

맞잡은 손들이 떨어졌다가 잡았다가
공포의 촉수가 비명으로 바뀌면
허공에 날개도 없이 펼치는 저 신기!

나름대로 꿈을 꾸며 따로 따로 살다가
아슬아슬하게 서로 만나 손잡고 살아간다
삶의 끈 바투 잡고서 부리는 이 곡예!

아버지의 사진

빛바랜 사진 속에 아버지가 웃고 있다
포연砲煙 사이 짬을 내어 말끔한 군복 입고
생사生死의 길목에서도 늠름하고 힘차다

대포의 우레와 포탄의 섬광 속에
목숨은 초개 같아 하늘에 맡겨두고
아내를 생각하면서 영정으로 찍었을까

살았대도 못 믿고 죽었대도 믿기잖을
막바지 전장에서 배달된 이 사진을
얼마나 꺼내 봤을까 모서리가 닳았다

달빛 그림

햇빛이 그린 세밀화 채색화에 질리면
달은 어둠을 모아 커다란 먹 만들어
뒷산의 너럭바위를 벼루 삼아 먹을 간다

대나무 쪼갠 큰 붓, 갈대 엮은 작은 붓
먹물에 강물 찍어 농담을 달리하며
산천의 특징을 찾아 크로키로 그린다

바위산 폭포수의 물안개가 우련하고
소나무들 늑골처럼 마을을 에워싸면
허공에 찍은 점들은 새가 되어 날고 있다

점을 찍으며

봉정사 초입初入에 울창한 참나무숲
딱딱딱… 굵은 줄기를 쪼아대는 딱따구리
점들은 공명이 되어 풀잎에 튀고 파닥인다

몇 번이나 쪼아야 한 세상이 열릴까
점과 점 간극間隙에는 명암이 교차하고
잊었던 삶의 애환들도 보이다 스러진다

빼고 싶은 점들이 흔들어도 붙어 있다
아직도 살아있으니 찾아야할 봄날들
목련이 하늘을 열 듯 그 환희의 점 하나

니금泥金 풍죽도風竹圖

실제實際의 대나무가 심안心眼의 대나무로
달빛에 사금砂金 섞어 혼신 다해 그렸나
영혼에 맺힌 영감을 금빛으로 뿜어낸다

천지의 기운대로 붓을 들어 운항하고
세파의 상흔들은 농담濃淡으로 찍었는가
몇백 년 세월 속에도 잎들이 서걱댄다

물화物化된 선비들의 현신現身한 모습인가
탈속脫俗 위한 먼지들을 털고 또 털어내어
청정한 선비 정신만 바람 향해 버틴다

인간문화재
— 후계의 단절

오로지 천직인 양 외골수의 길이었다
손마디 굵어지고 살이 타고 뼈 저며도
곁눈질 한 번 주지 않고 옷고름을 여몄다

손때 묻은 연장들이 닳을 만큼 익힌 솜씨
누구도 범접 못할 경지에서 빚은 형상
세월이 지나갈수록 예술혼은 더 빛난다

변화의 태풍 속에 난파된 고주孤舟인가
후계 없는 일터에서 백발로 노 젓다가
떠난다, 되살리지 못할 미美를 움켜쥐고서

예연옥(芮連玉, Ye, Yeon ok)

1954년 경북 청도 출생. 호 솔샘. 경희대학교 교육대학원(서예문인화) 수료. 《나래시조》 신인상(2010) 등단. 시집 『자향먹』(2019, 알토란). 한국문인협회, 한국시조시인협회, 한국여성시조, 나래시조 회원.

—

솔샘 예연옥은 여섯 번의 서예 개인전과 공모전 단체전을 통해 서화書畵 작가로 활동하는 시인이기도 하다. 서화작품과 시를 모아 시서화집詩書畵集을 출판한 작가로서 그동안 삶의 흔적을 모아 함축된 언어로 쓰면 시가 되고, 글씨를 쓰면 서예가 되고, 그림을 그리면 회화가 되고 있다.

시詩는 함축된 언어를 사용해서 사람의 생각이나 느낌을 일정한 형식에 울림, 리듬, 하모니 등의 음악적인 요소와 이미지, 시각 등 회화적 요소를 통해 보여준다. 작가는 30년 동안 서예와 문인화를 하면서 나의 이야기를 시로 쓰고 글로 쓰고 그림을 그리고 싶다는 생각에 시 공부를 하였다고 한다. 작가는 시서화를 통해 구체적이고 일상적인 삶의 모습을 드러내고 있으며 이를 통해 고단한 삶에 대한 애잔한 긍정을 담아내고 있다.

— 김찬호(경희대 교육대학원 서예문인화과 주임교수)

—

봄뜰에서

마당가 매화나무 갈필로 뻗은 가지
긴 겨울 매운바람 잔설 감고 뒤척이다
결빙된 시간의 생채기 햇살 풀어 다독인다.

그리움 너무 깊었나 야윌 대로 야윈 가지
다가가 눈길 주면 오소소 떨리는 꽃눈
겨우내 접어둔 생각 살 터지듯 움이 트고.

눈 시린 빛살 속에 펼쳐 든 화지畵紙 한 장
스치듯 번져가는 연둣빛 고운 멍울
내 마른 뜨락 위에도 꽃눈 뜨고 있을까.

안구건조증

바닷가 몽돌 닮은
시 한 편 쓰고 싶다

언어의 파도 헤쳐
가 닿은 새벽녘에

까칠한
시어 그 위로
인공눈물 떨군다

아날로그 감성

깊어 가는 가을날
우편함 편지 한 통

그녀를 마주한 듯
울컥 가슴 저민다

까마득

잊었던 손편지

행간 사이 환하다

자향먹慈香墨

시간에 떠밀리는 물살 잠시 가두고
단계*벼루 연지硯池에 주름진 하루 담아
뼈마디 꼿꼿이 세우고 젖은 길 걸어간다

마음의 균형을 잡고 천천히 원을 그리며
비우는 아픔으로 제 몸 곱게 갈아 내어
천년의 흔적 새긴다 묵향 짙은 물소리

* 단계: 중국 광동성 고요현 난가산의 계곡

버린다는 것

이삿짐 정리하다 낡은 책 펼쳐본다
유년의 편린들이 밑줄로 앉은 행간
애틋한 그리움들이 깊은 잠에서 깨어난다

빛바랜 삶의 흔적 부서질 듯 흔들리다
명치끝 아려오는 수 없는 이별 연습
품 안에 자식 보내듯 집착 하나 떨군다.

발효차를 마시다

연둣빛
찻잎 속으로
드나들던 맑은 바람

해묵은 찻잎 받아
깊은 생각 우려낸다

성숙한
여인의 향기처럼
무심한 듯 그윽하다

환승換乘

바람에 떠 밀려온 겨울의 사연들은
꼿꼿이 결빙된 채 묵언으로 견딘 시간
웅크린 그림자들만 도심을 배회한다.

쉼 없이 내달려온 지난날 돌아본다
아직 가 닿지 못해 서성대는 길목 사이
손에서 떠나지 않는 빛바랜 차표 한 장.

인파 속 부침浮沈하는 꼬리 문 뒤축 따라
파지처럼 버려지는 생각들은 여울지고
저마다 어디로 가는지 종종걸음 치고 있다.

홍대입구역
― 풍경 3

야윈 햇살 앉아 있는
다복길* 골목 안쪽

반지하 작업실마저
젠트리피케이션

예술이
설 자리 잃고
가쁜 숨 몰아쉰다

* 다복길: 홍대입구역 주변 길 이름.

가을편지 3

정갈하게 먹을 갈아 예서체로 쓴 '정암정靖庵亭'
아파트 현관 입구 현관 걸어 놓으시고
아버지 가을강처럼 낮게낮게 흐르신다

한 굽이 돌아가는 스산한 갈바람이
문틈 사이로 들어와 숨겨둔 아픔 들추고
지나온 흔적 지운다 그 잎 무성하던 날

빈 서재 책상 위엔 퇴고하시던 시편들
한 생애 안부를 묻든 서간書簡 한 장 써 놓고
아버지 큰 그림자 끌고 떠날 채비 숨차다

페르소나*

맨 얼굴 톡톡 톡톡
파운데이션 바르고

초승달 같은 눈썹
립스틱 짙은 입술

주름진
그녀의 하루가
환하다 덧칠한 채

* 페르소나: 실제의 모습이 아닌 다른 사람들 눈에 비치는 한 개인의 모습.

오광진(吳光振, Oh, Kwang jin)

1965년 전북 군산 해망동 출생. 서울대학교 (체육교육과) 박사 졸업(2000). 《현대시조》 당선(2000). 현대시조 좋은 작품상 수상(2005). 현대시조 동인. 한국시조시인협회, 한국문인협회 회원. 한국복지대학교 장애인 레저스포츠과 교수.

—

오광진 시인은 한국복지대학교 교수로서 자신의 임무에 충실하면서 문학작품에도 열심히 좋은 작품을 발표하고 있다. 호흡이 긴 작품도 독자들에게 지루한 느낌과 감정을 주지 않게 잘 이끌어내어 거뜬히 소화해내고 있음을 볼 수 있다. 즉 작품 「단풍의 속뜻은」, 「나무의 울음」 같은 작품은 호흡이 길지만 시인의 재치才致와 언어의 품질品質을 신선하게 걸러내는 솜씨가 있어서 좋았다. 작품 「바위의 변辯」은 시인 자신의 어린 시절 아픔과 속앓이를 지금 살아가는 현실에서 승화시킨 작품이라고 생각한다. 작품 「시월 관악산」은 단형시조로서 종장처리가 일품이다. 오광진 시인은 호흡이 긴 작품도 잘 빚지만 단형시조는 더욱 좋다.

— 박영교(시조시인 · 영주문예대학장)

—

단풍의 속뜻은

가을의 잎사귀는 형형색색 사유의 바다
마음 속 허전함을 가슴앓이로 키워 내면
저 멀리 추억의 향기 겹겹이 쌓여 가고.

널 보면 마냥 엉엉 울고만 싶은 하루
아무리 눈 훔쳐도 씻어내지 못하는 티는
너와 나 이승의 끄나풀 닿아 있기 때문인가.

세상의 시름이 향기 묻고 떠난 자리
그 자욱 깊이 파여 손끝으로 어루만지면
가슴속 달랬던 외로움 더욱 커지는 한 나절.

나무의 울음

수십 년 한결같은 집 안의 대들보는
구멍 뚫린 하늘에도 곁눈 한 번 팔지 않고
곳곳이 마음을 가다듬고 눈물을 쓸어 담고.

세월의 긴 무게를 손사래 치며 내밀다가
한없는 그리움을 기억 저편 묻어두고
흐린 날 빗소리에 꺼내 남몰래 가꿔 가는.

인생을 되새기며 엉겨 붙은 타래 풀면
지난날 속죄의 끈 가을비에 적셔 보고
가슴속 깨달음의 고백 온 식구를 밝혀 주고.

빛의 배반

한결 같은 심지로
밤마다 허물 벗고

물 머금은 날 세워
속살을 베어내는

그 유혹
뼛속 후벼도
눈짓 한 번 차갑다.

터널 속 돋아난 외로움
아픔을 씻지 못해

도회都會의 창 기웃하며
눈시울 훔쳐내도

시선 밖
키워온 설움
불나비 되어 외도外道한다.

바위의 변辯

1.
외로움의 옷깃을
눈물로 훔치면서

이 땅의 아픔의 끈
아슬하게 부여잡고

속앓이
한없는 싸움을
바늘로 채근하고.

2.
어릴 적 이산의 슬픔
서러움을 털지 못해

먼 하늘 빙빙도는
자폐의 기억들은

오늘도
현실 앞에서
눈물의 향만 피우고.

시월 관악산

나무에 걸린 바람
살갗 벗겨 쥐불 놓고

곰삭듯 익은 햇살
가슴 지져 토혈하는

여름내
숨겨 키워온 밀애密愛
수채화를 그린다.

오기일(吳基一, Oh, Ki il)

1940년 전남 완도 금당 출생. 전남대학교 법과대학(법학과) 졸업(1963). 《시조문학》 천료(1990), 《현대시조》 초천(1985), 천료(1990) 등단. 시조문예상(2008), 홍조 근정훈장(2002) 수상. 한국문인협회, 한국시조시인협회, 호남시조시인협회 회원. 호남시조시인협회 부회장 역임. ROTC 제1기생, 고교 정치경제 교사 정년 퇴임.

—

오기일 시조시인의 시조에서 이분이 싫어하는 몇 가지가 있다. 첫째 통일성이 결여된 혼동글을 피한다. 둘째 재료가 빈약한 속빈글을 피한다. 셋째 인간성과 인생이 결여된 엉뚱글을 피한다. 넷째 신변잡기의 신세타령글을 피한다. 다섯째 기교로 자기 과시글을 피한다. 여섯째 주제가 결여된 글을 피한다. 일곱째 형식이 결여된 글을 피한다. 이분의 시조는 기교나 아름다운 말로 묘사한 것보다는 인간, 인성, 특히 인생에 관한 주제가 들어있는 시조를 정형에 맞게 짓고 있다.

— 김옥중(시조시인 · 호남시조시인협회 고문)

—

상다인相多人

우리, 3대 '민주 시민 정신'이 있어 좋다
상대주의相對主義, 다원주의多元主義, 인간존중人間尊重 때문이다
이로써 보다 더 평화스럽고 행복하게 살 수 있다.

프랑스 파스칼의 '팡세'에 있는 거로
피레네 산맥 이쪽 나라에선 정의여도
산 너머 저쪽 에스파냐에선 불의가 될 수 있다.

내가 좀 싫어하는 정당, 종교, 집단, 사람,
그 존재를 인정하고, 해치지 안 해야다
자기의 고정 관념으로 무시, 말살하지 않는다.

가난하고 병든 이도 인간으로 존중하고
하찮은 벌레, 풀도 그 생명을 보호한다
어린이, 여자, 노인들을 더 보살피고 사랑한다.

다도茶道

하루하루 착해 평생 선자仙子가 된다는데,
찻잔 앞에 앉기만 해도 선인仙人이 절로 된다
다도茶道를 말하지 말라, 말하면 도道가 아니다.

지자불언知者不言, 깊은 도는 찻잔 속에 잠겨 있다
찻물을 젓지 말고, 찻잔도 고이 두라
마음이 맑고, 고요하고, 흔들리지 않으면 도道.

찻물에 어린 도가 모락모락 피어 올라
명상으로 꽃이 웃고, 새들도 잠이 들고,
다도인茶道人 신선神仙이 돼 복사꽃으로 송이송이 곱구나!

대용大用

노자의 도덕경에 있는
아주 좋은 경구
"굽은 나무가
선산을 지킨다."
쓸모가 없는데
크게 쓰인다는 말이다.

무용이 대용이다
열외가 중심이다
열등과 좌절에서
벗어나는 지침이다
우울을 물리치고 싶을 때
굽은 나무를 생각한다.

꽃

형상이 없는 마음, 내 안에 핀 꽃 한 송이
깨끗함도 더러움도 가리지 않습니다
늘어난 것도 줄어든 것도 바라 얻지 않습니다.

만물이 내 맘에서 생겨나 존재하고
내 맘도 사물 따라 일어나 출렁인데
정定잡아 일심으로 더 곧게 세워 곱습니다.

내 한 맘 가꿔 가면 아름다운 백합이라
바람에 흔들리는 것도 닿는 것도 싫어
차라리 외진 바위에 새겨 핀 석화이고 싶습니다.

한평생 탐구하고 다스릴 걸 안에 찾아
해맑고 고요하고 흔들림이 없는 꽃대
남한테 아름답게 보이려고 꾸며 피지 않습니다.

조언

글짓기 지망생께 주는 작은 조언이다
눈으로 보는 것만 그리는 게 아니다
작가는 영혼의 화가이다. 곱고 바른 뜻을 펴자.

인생, 인성 주된 주제, 제재를 잘 선택한 뒤
통일성 있는 서술, 동기 목적 살리면서
비애와 감격의 꽃밭에서 꿈나비가 날게 하자.

유명인이 되기 위해 쓴 글은 거짓부리
아름다운 말과 묘한 기교도 허식이다
진실로 모든 사람들을 감동시켜야 빛 부신다.

약산길

어릴 때 청해 약산 바닷가 시오릿 길
굽이굽이 이별 굽이 돌아가는 산모롱이
갯안개 흐리인 속을 울며 걷던 어머님.

가실 날 받잡은 듯 묻힐 산을 바라보며
이 어린 것 어이 살까 걱정 더해 눈물짓다
익모초 캐어 들고서 아프신 몸 선 자리.

그때 그 발자취가 그리워 찾아보면
풀꽃만 가냘프게 바람에 떨고 있어
목울어 슬피 부르면 따라 우는 산울림.

꽃상여 걸어 오른 그날의 저승길에
눈물 뚝뚝 떨어져서 방울방울 맺힌 약풀
울 엄마 가고 없는데 익모꽃이 핍니다.

강압과 제어

스웨덴 스톡홀름 여자 집에 도둑 들어
돈 내라, 말 안 듣자, 강압으로 내놓게 해
강제로 따르게 하는 걸, 스톡홀름 증후군.

기계를 제어하여 통제하는 사이버넥틱스
스톡홀름 증후군을 행사하는 것보다는
제어해 다스리는 게 더 낫다고 하는데.

그것도 공식조직 이용해 합법적으로
위협해 강제적인 간섭을 자꾸 하면
순리에 거슬린 끝에 비난을 다 받게 돼.

아름다운 여인

머리가 안 아프게 귓볼 뚫어 펜 귀고리
혈압으로 생길, 귓볼 빗선이 먼저 생겨
집어서 한 귀고리가 외려 뚫기보다 좋단다.

'점점 예뻐지는 당신'의 나까무라 고다르 시詩
"여자가 액세서리 하나씩 버리면 왜
예뻐진 걸까, 여자다워진 건, 세월 수업 때문일까."

언약의 금반지만, 그 외의 것 다 버리고
책 펴고 단정하게 앉아 있는 자연 미인,
꽃보다 더 향기롭고, 아름답게 빛 부셔!

무등산

산이 오라 아니 해도 구름처럼 몰려든다
그 자락 밟고 서면 우정, 깊이 뿌리 뻗고
오르며 정 나누면 사랑에 꽃 만발한다.

나무들 비탈여도 곧게 서 무성하고
바위들 돌과 수풀 힘껏 받쳐 지탱한데
계곡물 졸졸졸 속삭이며 자기처럼 살라 한다.

하늘뜻 푯대로 선 지석대 장엄한데
무등얼 긴 빛 능선, 날개로 활짝 펼쳐
박차고 솟구친 기상, 어려 핀 문예의 큰 빛이여!

제라륨

제라륨은 아버지 꽃, 즐겨 심고 감상턴 꽃
후손 그 꽃 사다 놓고 옛정에 바라보면
지금도 선 얼빛 끝 간 데마다 삶의 모습 떠오른다.

심장 같은 이파리에 깊은 뜻 오려 두고
여러 꽃빛 같은 사랑 못다한 듯 눈물 돈는
잎 비벼 은은한 은자의 향기 아버님의 그 향기.

오기환(吳棋煥, Oh, Ki hwan)
1947년 경남 고성 고성읍 출생. 공주대학교
사범대학(국어교육과), 부산대 교육대학원
(국어교육학).《부산시조》신인상(2007) 등
단. 전 '시눈' 동인. 부산시조시인협회 회원.

—

네가 전하는 말

뜰 앞을 장식한 꽃
넘쳐나는 향연인데

간밤에 폭우 소리
자고 나니 사라졌네

무슨 말
할 것 같더니
내년 봄에 들어야지.

달밤 우화

빈 가지 걸린 달이
날 보고 눈 맞춘다

다가가면 멀어지고
돌아서면 따라 온다

사알짝
몸 숨겨 엿보니
엄마 같은 환한 얼굴.

백수

아침에 해가 뜨면
저녁까지 여유롭다

순간도 저만치서
멈칫하는 일 없건만

하루는
그리 지겨운데
한 해만은 금방이다.

할머니의 상춘곡

빛바랜 동백꽃 잎
오래도록 눈길 간다

할머니 봄나들이
방긋한 벚꽃 천지

그대도
시간이 가면
떨어지고 말겠지.

훌쩍 넘어간 달력

새로 건 달력인데 병신년이 그대로다
한 장을 떼어내니 새해가 다가선다
날마다 꽃 피우리라 심어놓은 씨앗들.

날마다 꽃이 피면 얼마나 좋겠는가
내 마음 설레면서 꽃 없이 버려질 날들
찬 기운 아직도 남아 흔적 남은 겨울밤

오동춘(吳東春, Oh, Dong chun)

1937년 일본 다까야마 출생. 경남 함양 성장. 호 송골. 연세대학교(국문과)(1962), 동 교육대학원(1974), 한양대 대학원(문학석·박사)(1988) 졸업. 시조집『짚신사랑』(1972, 학예사) 등단. 시조집『산도라지』(1975, 학예사), 『한글나무』(2006, 에벤에셀), 『짚신인생 나라사랑』(2017, 문예사조) 외. 제2회 흙의 문학상(1978), 제15회 노산문학상(1990), 국무총리 표창 2회(1990, 2016) 수상 외. 한국시조시인협회 이사, 부회장 역임. 한국문인협회·국제펜한국본부 고문, 짚신문학회 회장, 한국통일문인협회 상임이사.

순이땡기
　　　　오 동 춘

도시 악 저고리는
어느 황혼을 오면
문득, 콩서리 연기
하는 들의 거리고
쉼 건너
손이 앉가슴
물동이에 수줍다

—

오동춘 시인은 한글과 짚신에 심취하여 순우리 토박이말로 시조를 창작하는 짚신시인이다. 그의 대표작품「나라」에서 나라가 어머니와 임으로 승화되어 있다. 연작시「짚신 1」과「한글과 짚신나라」는 짚신이 우리 한국의 얼임을 서정적 표현으로 잘 보여 주고 있다.「수박」,「순이댕기」,「논에서」등의 향토적 작품에서 우리 전통정서인 사랑, 그리움의 이미지가 잘 부각되어 있다. 현실비판의식을 은유적으로 승화시킨「산도라지」, 참된 스승상을 보인「참스승」은 교육적 가치가 높은 작품이다. 나라, 겨레, 한글, 짚신 사랑의 송골 시조세계가 뚜렷해 보인다.

— 김재호(시인)

—

짚신

1.
핏줄기 세찬 강물
홍익빛 우리 물결
역사 감돈 굽이마다
삶터 지킨 금자탑
짚세기 고운 총마다
그 비석이 우뚝구료

2.
어머니 하이얀 젖이 솟는 우리 땅
무궁화 햇빛 가린 먹구름 몰아 내쫓
가신님 그 빛난 얼을 일깨시네! 짚세기

3.
한얼 핏줄 샘솟는 곳
날로 욱는 빌딩 수풀
자유! 평화 푸른 하늘
숯빛처럼 그은 오늘
묻노라! 네 가슴 족볼!
피 지키는 짚세기여!

나라

1.
가시밭 천리만리 내게 먼 길 아닙니다
당신밖에 모른 내 몸 뼛가루 날리도록
바쳐서 빛 된 당신을 길이 보고지이다

2.
흡혈귀 심지 삼켜 암흑 천지 왔다 합시다
하늘 높이 밝히겠습니다 활활 타는 횃불을!
어머니 우리 어머니 항상 앞서 지키겠습니다

3.
흰옷 빛에 짚신 핏줄 가슴 깊이 새겨 안고
일편단심 불꽃 사랑 임을 위해 불태우면서
계셔야 나도 있음을 꿈속 가도 안 잊겠습니다

얼굴

어지러울 정도로 얼굴 많은 세상에
하필이면 당신 얼굴 쏘옥 뽑히어
발갛게 타는 입술로 내게 살짝 웁니까

가랑잎 깔린 가슴
당신 뜻 불지르면
오, 못 견디게 타오를
저 참사랑의 불꽃
차라리
두렵습니다
오지 마셔요! 당신

고개 저어 지워 봐도
눈을 감고 잊어 봐도
지울수록 잊을수록 더더욱 눈부신 당신
내 가슴 해가 됩니다
길이 뜨걸 사랑 해가

논에서

봇도랑 따라 흐르는
멀고 긴 산굽이를 돌면
배적삼 홍건하도록
흙을 파시던 아버님
허리 펴 땀 씻던 수건엔
밝은 달이 떠 있었다

동생하고 새 보던 돌
이끼 푸른 오늘 아침
이고 온 밥 광주리
논머리 내리시던
어머님 그 어진 모습
어딜 가야 다시 뵐까?

하나둘 흙이 싫어
정든 땅 떠나가도
아내여! 우리 함께
온갖 꿈 논에 담고
어버이 찰진 구슬땀
이 땅 길이 꽃피우자

순이 댕기

도시락 찌그러지는
버스 창밖을 보면
문득, 콩서리 연기
하늘 덮어 깔리고
샘 긷던
순이 앙가슴
물동이에 수줍다

도리깨질 억센 팔로
한 사발 찰막걸리
벌컥벌컥 마신 돌이
뒷동산에 마주 앉아
속삭임
수놓던 달밤
순이 댕기 더 붉었지

산도라지

구토 이는 올창 함께
하늘 보긴 억울하여
달려 온 메 바위에
꿈도 푸른 저 아씨
의젓이 뜻 세운 몸매
못 꺾는다 모진 손…

먼지 펄펄 아픈 누리
촉각 잃은 이마 싫어
억만년 제 흙 지킨
청솔 이웃 벗을 삼고
백학도 수놓는 꿈에
기도 쏟네 꽃여인…

수숫잎 춤추는 들
해 저문 노을 싫어
이슬 먹는 산을 사네
산도라지 산 색시
임 그린 생각은 깊어
날로 타는 저 하늘…

참스승

스승은 밝은 길잡이
새싹밭 참거울
말 하나 모든 움직임
빛과 얼이 넘쳐나고
뵈오면
고개 숙는 분
누가 아니 따를까

재물 따위 멀리하고
배움 진리 즐겨 캐며
날로 더 새싹 가꿔
나라 기둥 키우는 분
다같이
우러러 모실
우리 스승 아닌가

하늘 한 조각

하늘 한 조각 가슴속에 품는다
해가 떠 와서 밝고 달이 떠 와서 웃고
한 번도 어둘 틈 없어 마음 절로 밝는다

하늘 가장 푸른 곳 꿈을 심은 내 마음
해를 보고 파릇파릇 달을 보고 방긋방긋
날로 더 크는 모습이 여름 오일 닮는다

하늘 한 조각 마루벽에 걸어 둔다
구름은 하얗게 별들은 파랗게
한 조각 하늘 거울에 마음 곱게 닦는다

한글과 짚신나라

끔직이도 백성 위해
새 글 만든 세종 임금
그 사랑 넘쳐 넘쳐
우리 금방 문화 겨레 되고
온누리 밝힌 한글 빛
해와 같이 퍼져가네

과학무기 우리 한글
세계시민 사랑 크다
한글얼 한글힘으로
우리 힘센 겨레되어
한글꽃 온 세계 꽃피우자
자랑스런 흰옷 겨레여!

때는 힘찬 한글시대
한자타령 그만해라
물결 높은 한글파도
누가 감히 막으랴!
오늘도 치솟는 한글힘
짚신나라 빛낸다

수박

1.
새파란 무늬치마 몸매 동글 어여뻐라
몸 사리는 저 부끄럼에 꾀임 눈짓 낚시 손짓
하여도 짓붉은 속심 일편단심 성춘향

2.
꿈뿌리도 하늘밭에 맘씨알도 하늘밭에
저 높은 곳 고이 심은 내 꿈 내 맘 뉘 가지리
빨갛게 타는 꽃심지 일념으로 밝습니다

3.
이슬 마신 순정빛이 할미꽃 속 되온 처녀
먼먼 날 헤꿈으며 감춰 살은 속 신비를
알고파 숨질 이 있어도 뵙게 할 님 따로 있다

4.
밖은 수풀 속은 태양 묏새 소리 남 직하고
깊은 산골 숨어 졸졸 물노래도 들려올 듯
뿐인가 호젓한 둘이 숨결 뿜는 꿈 소리도…

오미순(吳美順, Oh, Mi soon)

1961년 전남 담양 수북면 출생. 송원대학교 (식품영양학) 졸업. 해남 전국 시조 백일장 일반부 장원(2019), 《시조시학》 신인문학상 (2019) 등단.

오미순 씨는 해남 전국 시조 백일장 일반부 장원을 수상해 《시조시학》 신인상으로 등단하게 된다. 오미순 씨의 작품세계는 그저 막막한 그리움의 세계에 '꽃, 물, 막차'의 이미지를 시적 감각으로 재형상화하여 우리에게 영혼의 소리를 들려준다. 누군가의 이름을 부르고 때때로 비 내리는 순간에 먹먹한 가슴속을 헤집고 다닌 상처는 하나가 된다. 작품 「꽃의 기도」에서 잊혀진 오월의 상처를 꺼내 "꽃이 핀다. 꽃이 핀다 그대가 떠난 자리", "꿈꾸는 초록시간으로 나에게 기억되길"로 그 상처가 봄 햇살에도 주체하지 못하는 울음으로 확대된다고 외친다.

— 이지엽(시인 · 한국시조시인협회 이사장 · 경기대 교수)

꽃의 기도

꽃이 핀다 꽃이 핀다
그대가 떠난 자리에
아련한 봄맞이 하는
그날의 물망초
가슴에 묻어 보련다
긴 터널도 지나왔으니

이제야 피어났다
배회하는 세찬 비에
홍차 닮은 엷은 색으로
숨기는 만삭의 슬픔
망월동
완행열차로 멀미하며 찾아왔다

봄 햇살에 지운다
아픔으로 흘린 눈물
그날의 일기장이 파편 되어 꽂혀도
꿈꾸는 초록 시간으로
너에게 기억되길

동백

촉촉한 서글픔
동백의 찬란함

그 꽃잎 하나를 입술에 붙이고

허공에 날려 보낸다
할머니의 첫사랑

뿌옇다
마음 가득 안개 같은 미세먼지

내 몸을 감싸 안은 한숨 같은 그리움

봄 햇살 붙들어 잡고
하늘 끝에 매단다

현기증

태풍이 온다 한다
지금은 비 내리고

내 우산은 혼자서 갈 길만 고집하며

세상에
닿아 가려 애씀을 그대는 아는지

온기를 모아본다
차가운 발 포개어

커피 잔 감싸며 펼쳐 보는 신문 한 장

갈꽃들 어디로 날아갈까
어지러워 빙빙빙

독백

커다란 네모 상자에 갇혀 버린 노란 꽃

화려한 몸놀림
어색한 눈웃음

아득한 세상 이야기 바람소리로 듣는다.

꿈꾸듯 맨발로 마중 나가 보아도

허공에 손짓하는
바늘귀 찾는 몽롱함으로

고단한 말 주머니를 헛바닥에 풀어본다.

빨래

기억을 널어 본다
치맛자락 들춘 바람에

토닥토닥 와자지껄
마을 어귀 빨래터

여름이
이끼 긴 빨랫돌 달구며
익어 가겠지

세상을 뒤집듯
돌아가는 세탁기

꺼내어
방망이로 두드리면 후련할까

수건을
툭, 건조대에
걸쳐 본다 하얗다

낙엽, 꽃이어라

고독을 쓸어낸다
어둠별 등지고

거리에 내려앉은 두통 같은 그리움

가을은
빗자루 끝에
매달린 낙엽인 것을

별빛같이 떨어지고
떨어지고 멀어지고

볼우물에 빠지는 희미한 설레임

피어라
가시 같은 시간도
기다림은 꽃일 테니

명예퇴직
— 기억 떠나고

귓속에서 울어대는
깜빡거린 백열등
미로 같은 삶
하얗게 비워 내고 채우고

노을로 찾아온 그대와

발맞추어 걷고 싶다

오늘의 시간만을 꽃으로 피우고
낙엽으로 떨어지는 가을은 언제였던가

미소는 함박꽃이어라
가물가물한 승강장

늪의 자장가

자전거를 타고 온다
팝콘 같은 웃음소리

해 질 녘 붉은 숲은 벌레들의 뜨거운 합창

작아서 사소하게 보여도
고백 같은 치열한 삶

실뿌리로 파고든다
깊어가는 진한 시름

그리움 끌어안고
여백으로 메마른 늪

봄날엔
잡히지 않는
환한 빛으로 노래하리

막차 내게로 오면
— 해남에서

멜로디로 젖어 드는
가을날 서쪽 하늘

비어버린 들녘은
그림자로 채우며

베란다 한쪽 구석에서
갈대를 꿈꾸어 본다

그대인가
발자국 소리 땅 끝에서 들려오고

찬연한 바람 속에
막차로 오는 노을

황토밭
끝없는 그곳에서
고구마는 웃었겠지

오민필(吳珉弼, Oh, Min phil)

1935년 경북 경주 외동읍 출생. 경남교육대학원(국어교육). 《현대시조》(1992) 등단. 시집 『포구에서』(1995, 뿌리), 『네게로 가는 마음』(1999, 시와비평사), 『선도산 대숲소리』(2003, 알토란). 저서 『충의사지』(2003, 예문사), 『울산의 독립운동사』(2008, 영남사), 『고창오씨천주년경모록』(2017, 영남사). 모범공무원상(1995), 현대시조 좋은작품상(2000), 상록시조상(2003), 세계시연구회금관상(2006) 수상. 나래시조회장, 울산시조회장, 경주문인협회장, 고교장 역임. 한글학회 울산지회 이사.

—

삶의 여정에서 부른 노래, 외길 걸은 성실 오옷 시인, 문학은 물론 국어학회, 한글학회, 효선양회, 남명연구회, 한시연구회, 사진작가회 등 92년 《현대시조》 등단, 삶과 목숨이 시詩 주류. 오옷 시인 시詩는 이규보 주의론主意論 추구하는 시세계를 살피게 한다. 삶의 여정旅程에 빚어진 정겨운 노래다.

삶의 모태로써 시, 모든 예술은 자연모방이라 할 때, 시 바탕은 자연이다. '흙', '고향별곡'은 삶의 모태가 시의 근간, 대자연의 품속, 고향 산하에서 인간 개척의 구도자이다.

삶의 척도, 구도자 시, 시인은 구도자 자세를 지키며, 삶의 가치 척도가 올발랐다. '몽돌' 못생긴 잡석이 몽돌이 되듯, 자신이 연마로 수양의 인격자, 군자가 되었다. 절차탁마하여 빚어진 시 영혼에 담긴다. '해녀'는 항상 수양하고 조신하는 시인의 시심이 묘사되어 있다. 시는 풀어지지 않고, 긴장 절제의 생명력은 곧은 심성과 조절를 표현한 시다. 화자는 온갖 고통 풍상에 의연·절조의 기품 소유자인 시인이다. 부단히 수양 극기하는 구도자의 척도가 존재한다.

삶의 승화로써 시, 남에게 드러냄이 없고 왕성한 정신의 정진하는 편린이 삶의 승화로 잇는다. '들국화' 눈여겨 봐주는 사람 없어도, 형이상학적인 익명의 인생, 소외감을 벗어난 삶의 여운의 겸허 시를 빚는다. '분재 앞에서' 자연애교감을 잉태, 승화 시, 민족상잔체험, 통일염원 등 심신 시화하다.

— 박종해(시인·전 울산문인협회장)

—

경풍루慶風樓*

바람아 불어다오 땀 흘려 돌고 돌아
어둠을 일깨워서 열이 되고 빛이 되니
신기한 조화의 참빛 누리 밝게 비친다.

한줄기 바람에서 한줄기 밝은 빛 되어
경풍루 벗을 삼아 외롭지 않은 보람
무공해 우주의 빛은 경풍루만 높아라.

바람이 부서져서 희망의 빛이 되고
온누리 밝힌 빛은 영원한 빛이로다
우주의 늦잠을 깨워 청정누리 밝힌다.

* 경풍루: 경주시 외동읍 개곡리 동대산 소재.

휴월정 유감

통영의 관문이라 한산섬 우둑하다
구국의 대승첩을 이곳에 남겼으니
휴월정 잠시 쉬다가 청사에 옷깃 여민다.

한산진 봉수터에 봉화불 타오른다
면민의 일심협력 의기도 양양하고
망산 위 휴월정 정취 옛 자취가 완연하다.

망산에 휴월정 높아 바다는 더욱 넓고
바다는 늘 푸르니 의기는 용솟음 치며
임 향한 추모정신을 오늘날에 되살린다.

들국화

빈 들녘 외진 언덕에 함초롬 들국 한 송이
치열한 총성 속에서 향수를 달래며 잠든
그대를 애모하기에 환생으로 벙근다.

양지에 맴돌다가 말없이 피고 져도
꽃으로 살기 위해 정열보다 더 붉은 빛
산야와 알찬 대화로 누리 끝에 피었다.

밤하늘 별빛을 보며 밤도록 새벽을 여는
무명의 들국일지라도 꽃으로 죽는 날까지
얼룩진 삶의 거리에 긴 여운을 남긴다.

등대

내 삶의 언저리에 등대를 세워 본다
어둠을 가늠하는 인생의 지남철로
이정표 없는 세상은 삶을 살기 싫어라.

청정한 누리에서 세상의 이정표 되어
등대불 보고 찾는 바다길 큰 배 작은 배
안심한 선장의 한 숨 바다는 더 넓어라.

바다의 장승으로 우뚝한 외론 모양새
세워진 그때부터 주어진 지상의 명
등대가 더 높이 솟은 그 이유를 몰라라.

지맥석持麥石에 앉아

널따란 넓은 바위 김유신 충정 서린 바위
이곳을 찾은 오세재 충정이 서린 시 한 수
비밀히 지맥석에 앉아 술 한 잔에 위로한다.

백 여인 들러 앉아 신라통일 꿈 살린다
화랑의 높은 기개 펼쳐서 나라 걱정
충정이 서린 지맥석 시 한 수가 위로한다.

청풍이 대숲 스밀 때 청담을 나눈 환좌環座
주효의 연회석에서 비밀히 모의함은
화랑의 충정 드러내 겨래 넋을 살리었다.

토함산 예찬

태백의 멧부리에 일월이 번갈아 비춰
동해 갓 영봉으로 혼자 지킨 신라 향기
헤집고 솟아 오르는 지난 전설 꽃여라.

한 포기 억새 풀도 토함산 지표에 달려
동해물 바랜 자락에 인정도 푸르른데
솔향기 가득히 펼쳐 봄기운이 넘친다.

토하고 먹음은 산 겨레 넋 지킨 인내
옛 이제 변함 없는 너 모습 그리면서
화랑의 기운 깊이 심어 젊음 가득 자란다.

탕자의 고백

한여름 불볕 살이 은총인 줄 몰랐습니다
불효 막심한 죄 죄다 살균하고픈데
낙엽 진 가지가 되어 바칠 열매 없구려.

당신이 하신 말씀 이제야 들리지만
추수 끝낸 들녘에는 쭉정이뿐인 인생
아무리 뉘우쳐 봐도 소용 닿지 않는구려.

비바람 시련 싫어 뜨거운 땀 피하면서
따나고는 겉돌다가 돌아온 겨울 문턱
세월이 당신을 모시고 너무 먼 데 갔구려.

고향집

대대로 정이 넘쳐 이웃집 오순도순
세월의 뼈대로 남아 불러도 대답 없고
이제는 망향으로만 멀리 물러 앉는다.

대문은 시간 정지되고 귀 닫힌 방문 고리
불면증 시달린 지 그 몇 해 되었는가
땀방울 일궈 온 삶은 기억으로 머문다.

지광이 목덜미 잡고 허리를 구부린 삶
서러운 세월에 밀려 질긴 삶을 이끌면서
이제는 멀리만 보며 기리는 집 보금자리.

독도는 외롭지 않다

대한의 혈맥 느끼며 겨레의 뜻 숨 쉬는 섬
누구가 이름 바꾸며 업신여겨 뺏으려더냐
독도는 맑은 얼굴로 웃음 짖는 형제여라.

독도는 외롭지 않다 두 형제 의리 좋으며
뭇 고기 노닐으며 뭇 새들 둥지 틀고
세상의 탐욕을 버린 아름다운 혈맥이라.

독도는 한국 막내 섬 외롭게 멀리 있어도
천년 전 대한 섬을 누구가 섧게 하더냐
영원한 우리 대한 땅 뉘가 혈맥 끊더냐.

방어진 바다

몽돌에 부딪치는 파도는 시원한 소리
해안가 밀려와서 하얗게 부서집니다
바다와 같은 넓은 마음 나라 위해 드리리라.

모난 삶 즈믄 해 넘겨 사란에 뭉친 몽돌
그 숱한 아픔 깎이며 파란 물 별빛으로 뜨고
아직도 지축에 달려 밤새도록 돌고있다.

해송이 잠겨 드니 바다는 온몸 풀고
폐선의 유리창에 산자락 한 폭 접어
이 밤도 삶의 여정에 달빛 뿌려 파도 인다.

오병두(吳秉斗, Oh, Byung doo)

1953년 전남 영암 시종면 구산리 출생. 전남
대학교 대학원 석사 졸업.《시조문학》신인상
(2011) 등단. 홍조근정훈장 수상. 서초문인협
회 부회장, 한국시조협회 이사, 시조문학진흥
회자문위원, 대한한시협회운영위원, 성균관
대외협력실장.

—

오병두 시조시인은 우리 민족의 영혼이 담겨 있는 문학 장르로 정
형시조를 지키는 것이 조상의 얼을 지키는 것이라고 생각하고 중
국의 정형시인 한시漢詩와의 연결을 통해 번안에도 노력하고 있
다. 성균의 도를 찾아 읊조리는 시조창에도 배전의 노력을 구가하
고 있다.

— 김홍열(시조시인 · 한국시조협회 이사장)

—

서안西安의 금슬琴瑟

봉황鳳凰을 업어 타고 선경仙境을 굽어보니
가냘픈 가락 속에 무욕無慾의 극치로다
어허헛
화산華山의 도심道心 펼쳐지니 좋구려.

황혼의 잔상

인생길 산전수전 남은 건 백발인가
주름살 더해지니 허무한 심경일세
아서라
황혼의 잔상 한탄가로 남누나.

행단무상

흘러만 가는 세월 가슴만 아파오고
여명의 아침이슬 잔상만 녹인고야
아서라
행단 속 고뇌 내 안 지가 오래다.

단순 속 미학

눈 내린 정전 보니 무겁고 고요하다
고귀한 단순함에 그윽함 극치로다
미학을
탐구해 보니 가슴 뿌듯하고나.

덕적도 연가

덕적도 파도 소리 속세를 탄하구나
등대길 돌아서니 발길도 무겁고야
아서라
까마귀 소리 들리잖아 좋구려.

오세영(吳世榮, Oh, Sae young)

1942년 전남 영광 출생. 서울대학교 문리과대학(국문학과). 《현대문학》 추천(1965~1968) 등단. 시집 『반란하는 빛』(1970, 현대시학사), 『무명연시無明戀詩』(1986, 전예원), 『적멸의 불빛』(2001, 문학사상사). 시조집 『너와 나 한생이 또한 이와같지 않더냐』(2006, 태학사). 『춘설春雪』(2017, 책 만드는 집). 제1회 소월시문학상(1987), 제4회 정지용문학상(1992), 제3회 만해대상 문학부문 본상, 제5회 목월문학상(2012), 제18회 고산문학상(2018) 수상. '현대시' 동인. 서울대 명예교수.

—

초기에는 기교적이며 실험정신이 두드러지는 시들을 발표했다. 첫 시집 출간 후 언어의 예술성에 철학을 접목시키는 방법론적 문제로 고민하던 시인은 동양사상, 특히 불교에 관심을 기울이게 된다. 이후 불교적 상상력을 기반으로 사물의 인식을 통해 존재론적 의미를 파악하는 데 주력함으로써, 현대문명 속에서 아픔을 느끼는 인간정서를 서정적으로 형상화하는 시적변모를 모색한다.

—『두산 백과사전』

—

봄날

사립문 열어둔 채 주인은 어디 갔나.
산기슭 외딴 마을 텅 빈 오두막집,
널어 논 흰 빨래들만 봄 햇살을 즐긴다.

추위 물러가자 주인은 마실가고
벚나무 한 그루가 덩그러니 꽃 폈는데
뒷산의 멧비둘기 울음소리만 마당 가득 쌓인다.

꽃잎

이른 봄 깊은 산사 적막한 목탁소리.
산새 홀로 드나드는 반나마 열린 법당
눈 파란 비구니 하나 꿇어 앉아 울고 있다.

댓돌에는 새하얀 고무신이 한 켤렌데
어디선지 호르르르 꽃잎들이 날아와서
홍매화 어린 잎 하나가 나비처럼 앉는다.

슬픔

오염된 하늘을 소나기가 씻겨주듯,
흐려진 눈동자를 눈물이 훔쳐주듯,
마음도 슬픔이 닦아야 보석처럼 빛난다.

이별

떠난다는 네 말 듣고 공연히 서성댄다.
난분蘭盆에 물을 주고 밀쳐둔 책 펼쳐들고
울밑의 시든 작약처럼 온 하루를 보낸다.

너 없는 빈자리에 마음 하도 심란하여
눈 들어 먼 하늘의 흰 구름을 바라보니
늦가을 성긴 빗방울만 유리창을 때린다.

백담百潭 계곡에서

등반길이 순례巡禮러니 겨울산이 부처다.
어디선가 들려오는 목탁 소리, 독경 소리.
돌돌돌 계곡물 흐르는 얼음장 밑 물소리.

바람 잔 저녁 숲은 적막하기 한없는데
선방禪房 어디선가 죽비竹扉소리 할!
우두둑! 가지 부러지는 설해목雪害木 그 열반송涅槃頌

바닷가에서

썰물 진 백사장에 곱게 찍힌 한글 자모子母
푸른 파도만이 종알종알 읽고 있다.
도요새 한 떼를 날려 신神이 쓰신 서정시.

밀물 진 바닷물에 떠밀리는 주홍朱紅 꽃신
절벽의 선돌 하나 망연히 울고 있다.
동백꽃 센 바람에 날려 신이 꾸민 드라마.

기다림

고드름 낙숫물 져 하마 봄이 올까 하여
사립문 열어 놓고 온종일 기다려도
해 설핏 산 그림자만 여수다가 지나간다.

허전한 마음으로 방 안에 들자 하니
난초꽃 봉오리가 그동안 벌어 있다.
질러서 먼저 온 봄이 나를 보고 반긴다.

마령馬靈 지나며

텅 빈 폐교 운동장에 햇빛 잠시 놀고 간 후
쑥부쟁이 달맞이 꽃 함쑥 키가 자랐구나.
세상사 배워야 할 도리 어찌 인간뿐이랴.

백두산에 올라

전나무 자작나무 화산암 절벽 올라
솜다리 노루귀꽃 하늘대는 능선 위에
한 자락 안개 걷히니 장엄하다. 백두산

입술을 움직여도 말문이 아니 트고
두 발을 떼려 해도 온몸이 굳어 있다.
신神 앞에 섰다고 한들 이보다도 더할까.

굽어보면 하늘이 발밑에 펼쳐지고
우러르면 태양이 손끝에 붙잡힌다.
우주가 품 안에 들었다. 거룩한 내 국토여

천지天池 푸른 물에 육신의 때 씻어내고
백두 안개비에 이 마음을 닦아내어
오로지 비는 말씀은 남북한이 하나 되오.

석굴암石窟庵 석불石佛

누가 돌을 깨서 한 생生을 풀어놨나.
동그란 어깨선에 깎은 듯 고운 얼굴
반쯤 입술에 머금은 천년 미소 신비롭다.

지존至尊이라 하기에는 오히려 아름답고
미인美人이라 하기에는 너무나 고결하다.
떨리는 마음을 추스려 멀리 두고 봄이여.

미풍에 스칠라면 파르르 흩날릴 듯
비단 가사袈裟 얇은 천에 살풋 비친 속살이여
돌에도 더운 피 돌아 숨 쉬는 듯하구나.

오승철(吳承哲, Oh, Seung cheol)

1957년 제주 위미 출생. 탐라대학교(경영학과) 졸업. 《동아일보》 신춘문예(1981) 등단. 시조집 『개닦이』(1988, 나랏말쏘미), 우리시대현대시조100인선 『사고 싶은 노을』(2004, 태학사), 『누구라 종일 홀리나』(2009, 고요아침), 『터무니 있다』(2015, 푸른사상). 사화집 『80년대시인들: 8인8색』(2017, 고요아침). 한국시조작품상(1997), 이호우시조문학상(2005), 유심작품상(2006), 중앙시조대상(2010), 오늘의시조문학상(2014), 한국시조대상(2016), 제19회 고산문학대상(2019년) 수상 외. 오늘의시조시인회의 의장 역임. '정드리' 문학동인. 한국시조시인협회 자문위원.

—

시집 『누구라 종일 홀리나』는 제주의 풍물지이자 지리서요, 제주여지승람이라는 성격이 약여하다. 시집 속에 시인이 구축한 의식의 성체가 보이는 듯하다. 격렬한 고요 속에 역사의 잔흔이 뚜렷하고, 은빛 억새의 반짝임이 충만한 오름 너머로 테왁을 따라 떠도는 숨비소리가 흥건하다. 더덕밭 너머 올레 긴 집이 있는가 하면, 한사코 바람 쪽으로 내뻗는 갯메꽃도 있다.

— 박기섭(시조시인 · 전 현대사설시조포럼 회장)

제주의 아픈 역사를 두고 공적 담론은 반복해왔다. "터무니 없다"고! 오승철 시인의 제3시집은 시적 언어로 반발하고 저항한다. 그리고 무너진 집터를 찾아 역사의 흔적들을 여기 소리치고 있다. "터무니 있다!"

— 박진임(문학평론가 · 평택대 교수)

—

압록강 단교斷橋

자 받게, 이 사람아, 아니면 따르던가
내가 니 보러왔지
누굴 보러 왔겠나
아, 얼른 이 잔 안 받어, 팔 떨어지겠어

단둥과 신의주 사이 뚝 끊긴 철교처럼
삐걱이는 이 환상통아
팔 떨어지겠어
압록은 어디로 뜨고 가을만 흐르는 강

안고 파라,
아직 내가 이승의 노래일 때
돌아서면 남보다 더 낯선 내 사람아
아, 얼른 이 잔 안 받어
팔 떨어지겠어 쌍,

봄꿩

대놓고 대명천지에
고백 한 번 해본다

오름만 한 고백을 오름에서 해본다

갓 쪄낸 쇠머리떡에
콩 박히듯 꿩이 운다

낙장불입 2

가을날 감이파리 감빛으로 깊어지면
나무는 그 잎들과 허공에서 헤어진다
정선 땅 홍씨 할머니
그렇게 흘러든 연변

왜 왔냐 묻지 마라
왜 남았냐 묻지 마라
팔랑팔랑 예닐곱 살 할아버지 따라온 길
아리랑, 정선아리랑 내 길을 묻지 마라

강아, 두 아들도 국경 너머 보낸 강아
타관객리 한 생애 일송정 돌아들면
비암산 한 자락 끌고 혼자 가는 해란강아

별어곡역

설령
하늘에 건 맹세는 아닐지라도
가자 '이별의 골짝' 억새 물결 터지기 전
아리랑 한 대목 끌고 거기 가서 헤어지자

기차도 그냥 가는 타관객리 정선선
기다림은 다 해도 간이역은 남아있다
한때의 섰다판처럼
거덜 난 민둥산아

곤드레막걸리 한 잔
콧등치기국수 홀홀
떠밀리고 떠밀린 아우라지 구절리
단판에 이별을 건다
암세포 같은 그리움아

섬잔대

아버지 옆자리에 어머니 묻어놓고
내 고향이 이승인지 저승인질 묻습니다
내 생애,
최초의 여자
몇 잔 술로 묻습니다

꽃타작

봄바람이 났는지 어머니 안 계시다
도둑고양이처럼 이 집 저 집 기웃대다
경로당 타작 소리에
응수하듯 터진 벚꽃

점당 십 원짜리
그 판도 판이라서
무슨 영문인지 비닐봉지 쓰셨다
선이 또 헷갈릴까 봐 두건 쓰듯 쓰셨단다

봄바람이 났는지 어머니 안 계시다
피박 한 번 썼다 치고
봉분 하나 쓰셨나
연둣빛 타는 꿩소리, 이승이야 화투 한 모

몸국

그래, 언제쯤에 내려놓을 거냐고?
혼자 되묻는 사이 가을이 이만큼 깊네
불현듯
이파리 몇 장 덜렁대는 갈참나무

그래도 따라비오름 싸락눈 비치기 전
두 말떼기 가마솥 같은
분화구 걸어 놓고
가난한 가문잔치에 부조하듯 꽃불을 놓아

하산길 가스름식당
주린 별빛 따라 들면
똥돼지 국물 속에 펄펄 끓는 고향 바다
그마저 우려낸 국물,
몸국이 먹고 싶네

송당 쇠똥구리 1

겨울 송당리엔 숨비소리 묻어난다
바람 불지 않아도 중산간 마을 한 녘
빈 텃밭 대숲만으로 자맥질하는 섬이 있다

대한에 집 나간 사람 찾지도 말라 했다
누가 내 안에서 그리움을 굴리는가
마취된 겨울 산에서 빼어낸 담낭결석

눈 딱 감고 하늘 한 번 용서할 수 있을까
정월 열사흘 날, 본향당 당굿마당
4·3 땅 다시 와 본다, 쌀점 치고 가는 눈발

그렇게 가는 거다, 신의 명을 받아들면
징 하나 오름 하나 휘모리 장단 하나
남도 끝, 세를 든 세상, 경단처럼 밀고 간다

터무니 있다

홀연히
일생 일 획
긋고 간 별똥별처럼
한라산 머체골에
그런 올레 있었네
예순 해 비바람에도 삭지 않은 터무니 있네

그해 겨울 하늘은
눈발이 아니었네
숨바꼭질하는 사이
비잉 빙 잠자리비행기
〈4·3〉땅 중산간 마을 삐라처럼 피는 찔레

이제라도 자수하면 이승으로 다시 올까
할아버지 할머니 꽁꽁 숨은 무덤 몇 채
화덕에 또 둘러앉아
봄꿩으로 우는 저녁

"서?"

솥뚜껑 손잡이 같네
오름 위에 돋은 무덤
노루귀 너도바람꽃 얼음새꽃 까치무릇
솥뚜껑 여닫는 사이 쇳물 끓는 봄이 오네

그런 봄 그런 오후
바람 안 나면 사람이랴
장다리꽃 담 넘어 수작하는 어느 올레
지나다 바람결에도 슬쩍 한 번
묻는 말
"서?"

그러네, 제주에는 소리보다 바람이 빨라
"안에 게셔?" 그 말조차 다 흘리고 지워져
마지막 겨우 당도한
고백 같은
그 말
"서?"

오승희(吳承憙, Oh, Seung hee)

1960년 서울 용산구 이태원 출생. 숙명여대 (중문과) 졸업(1984). 《유심》(2013) 등단. 시조집 『슬픔의 역사』(2016, 동학사). 아르코문학창작기금(2015) 수혜. 오늘의시조시인회의, 가톨릭문인회 회원. 유심문학회 동인. 한국시조시인협회 시조대중화위원.

> 그 여자, 심순애
>
> 　　　　　　오승희
>
> 내 사랑을 팔았네 헐값으로, 추억은 덤
> 가판대를 접으며 나는, 울지 않았네
> 얻은 건 살아갈 양식
> 잃은 건 산 날의 격조

—

오승희의 첫 시조집 『슬픔의 역사』(2016, 동학사)에는, 오래 침전된 삶의 슬픔을 다양한 시점과 언어로 변환하여 발화하는 시인의 깊은 사유와 감각이 숨쉬고 있다.

우리 시조 시단에서 돌올하게 빛날 참신한 언어적 의장意匠을 여러 차원에서 견지하고 있다고 말할 수 있을 것이다. 그리고 우리는 이렇게 선명한 감각과 사유로 짜올린 슬픔과 희망의 시적 존재론이, 정형의 육체 안에서 더욱 깊은 질감과 밀도를 갖추어가면서, 우리 시조 시단의 우뚝한 성취로 거듭 진화해가기를, 마음 모아 소망해보는 것이다.

— 유성호(문학평론가 · 한양대 교수)

—

아리랑, 나의 당신

해 뜨고 달이 뜨면 울음 삼킨 고개 넘어
아리랑 아라리요 나도야 아리랑
가는 길 여윈 세월은
당신 향한 몸부림

기다림의 돛을 달고
천리만리 배 띄우면
아리아리 목 쉰 바람
지친 바다 위로해
아리랑 나의 노래는 기도되어 흐르고

마음의 마디마다 굽이쳐 출렁이는
깊은 슬픔을 건너 오래된 꿈 닿으면
내 안에 가득한 풍경

아! 당신,
기쁜 숙명

삶은 매일매일 슬픔을 먹인다

길가에 스치는 돌멩이도 슬픈 날
회화나무 등진 골목 어둠이 내리고
고단한 스텐 양푼에 저녁쌀을 씻는다

저 멀리 빼곡한 아파트 불빛 밝은데
나 하나의 불빛은 어디에 켜진 걸까
태양도 내 편은 아니야
반지하 셋집에서

어디로 가는 걸까 대차대조 없는 세상
남쪽 가지 끝에 걸린 꿈이라도 난 좋아

한 평의 허망한 안식
밥물은 끓어오르고

오래된 선물

보내지 않아도 봄날은 가버리고
화장 짙던 모란도 한때,
그만 별이 되는데

맹세코 잊은 적 없는 넌
잊혀져
무엇이 될까

꽃은 피고 지고 피고
눈물 떨군 꽃자리

아픈 열매 하나쯤 모른 체 지나가면
이 세상, 천치 같은 봄날
처음 온 듯 다시 온다

너를 놓으며

더 이상 사랑하지 않아도 되는구나
잘 가라 내 사랑
이제 나는 자유다

내가 널 잃은 게 아니라
너, 나를 잃었구나

위험한 달빛 아래 젖어든 눈부신 몸짓
환희에 눈 먼 내가 만든 너라는 지옥이여

잘 가라 뒤돌아 보지마

나,
숨쉬고 싶어

봄날 기적

생강나무 미선나무 사소하게 꽃피고
진달래 꽃물 들어 산기슭 설레는 일

물오른 나뭇가지에 제 모습 빚어지는 일

언 듯 풀린 숲 언덕에 호랑지빠귀 휘파람새
하늘길 잃지 않고 용케 찾아오는 일

내 맘에 깊이 심은 너, 다시 피어나는 일

잔혹 동화

한 아이 울고 있어
남겨진 웃음소리
갈기갈기 찢어져 심장에 파종된다
영혼은 상처의 꽃밭, 여린 꽃 짓눌려

내 죄는 너희와 다른 걸까 틀린 걸까
미운 오리 백조 되는 건 오래전 낭설이래
눈 감고 푸른 하늘 날면 눌린 꽃 활짝 필까

슬픔의 역사

기차는 떠났고 나는 여기 남겨졌다
세월이 허락한 망각은 쿨한 축복
웃을 수 없을 것만 같던 시간들은 흐르고

내 영혼의 무게는 점차 가벼워진다.
살 수 없을 것만 같던 나날들은 흐르고
더 이상 삶의 무게는 저울질하지 않는다.

풍화된 시간은 어디로 가 쌓였을까
깊은 벽 담쟁이 긴 상처를 덮는다
아무도 기억 못하는 길목
기적은 다시 울리리

존재증명

셀카봉 높이 들고 친구야 셀카 찍니?

난 면도날 움켜쥐고 슬픈 몸을 횡단한다
느껴봐 선연한 웃음 콸콸콸 번지잖아

가장 예쁜 각도로 담아봐 인증샷 찰칵

팔딱이며 살아있어 그래 나야, 그건 나

사이렌
목메어 노래해
살고 싶었던 삶의 한때

합과 충

그만하자 이제 그만
우리에 합습하는 일

너와 나, 영혼 잃고 헛꽃으로 피느니

우리 밖
상처 견디며
충沖으로 병치되자

외출

심심한 봉분 곁에 할미꽃 졸고 있다

먼 기억을 날아온
하얀 나비 한 마리

빙그르
꿈꾸는 날갯짓

몇 생이나 흘렀을까

오승희(吳昇姫, Oh, Seung hee)

1941년 경남 사천 사남면 출생. 동아대 대학원(문학박사) 졸업(1991). 《한국수필》천료(1978), 《시조문학》천료(1981), 〈중앙일보〉 신춘문예(1986) 등단. 『물오리고 싶어라』(1986, 동백), 『현대시의 의미와 구조』(1989, 시조와비평사), 『시조문학의 공간과 구조』(1993, 시조와비평사), 『한국현대시인연구III』(2000, 동백문화), 『산을 업고 산을 안고』(2018, 시와 비평사). 한국동시조문학상(1985), 시와 시론문학상(1992), 일붕문학상(1993), 황산시조문학상(1996), 부산문학상 본상(1999) 수상 외. 국제펜클럽, 한국문인협회, 한국평론가협회, 부산문인협회 회원 외. 한국시조시인협회 중앙위원.

오승희 시인의 시적 인식은 악마적 이미지와 묵시적 이미지의 양면성을 교묘히 대응 혹은 교직시켜 시의 두 공간을 설정하고, 이를 상승지향이미지로 일원화함으로써 시적 구원을 시사하고 있다. '난파로 쓰러지던 아픔의 시간들'(「부활의 바다」)과 '밟히고 짓눌리며 다져진 모진 목숨'(「생성의 소리」)이나 '마음은 방황하는 길손 안개보다 짙은 시름'(「그대 떠나보내고」), '부침의 아픈 세월'(「망향」)에서 '난파 · 모진 목숨 · 방황하는 길손 · 부침의 세월' 등은 다 현실적 삶의 안정대를 구축하지 못한 고뇌의식의 악마적 이미지 제시라고 할 수 있다. 그러나 빛의 이미지인 '발돋움'과 비상의 이미지인 '깃발', 그리고 지상과 천상을 잇는 '무지개' 등 상승이미지를 동원함으로써 구원을 시사하고자 했음을 알 수 있다.

— 박진환(시인 · 문학평론가 · 전 한서대 교수)

생성生成의 소리

밟히고 짓눌리며
다져진 모진 목숨

먼 바람 귀 모으면
발돋움하는 소리

냇물도 새봄 기다려
진종일을 보챈다.

강심江心에 머문 파장波長
꿈인 양 넘실대고

해오리 나래 깃에
묻어온 저녁놀빛

일월日月도 생성生成의 아픔을
다독이고 있구나.

부활의 바다

겨울꽃 속잎 트듯 벙그는 아침 어장漁場
난파難破로 쓰러지던 아픔의 시간들이
눈부신 비늘로 떠서 꿈틀대며 일어선다.

어둠에 찢기우며 올리던 꿈의 투망投網
먼 빙하氷河 새 떼로 와 구름의 산이 되고
섬 하나 안개에 업혀 숨가쁘게 달려온다.

바람, 부서지고 넓게 트인 노동의 땅
금金을 캐듯 빗살들이 깃발 되어 나부낀다
바다는 동틀 녘 만선滿船 부활의 눈을 뜬다.

망향望鄕

두고 온 여울목에
부침浮沈의 아픈 세월

물무늬로 단장하는
은회색 꿈을 연다

길 잃은 구름 한 조각
일렁이는 그리움.

잊은 듯 되새기며
맴돌아 여윈 마음

인종忍從의 세월 따라
별빛으로 흔들린다

해거름 안개에 젖은 놀
무지개로 섰구나.

물오리고 싶어라
— 분수대에서

치솟는 물줄기 따라
피어나는 화사한 웃음

은하銀河에 헹궈낸
영롱한 구슬알 되어

운무雲霧로
쏟아 퍼지는
낙하落下의 미학美學이여.

생각 잃은 오리 한 마리
연못가를 바자니며

물속에 잠긴 일월日月을
건져 올려 지니려네

나 또한
물결을 타고 노는
물오리고 싶어라.

그대 떠나보내고

그대 떠나보내고 돌아서는 텅 빈 하늘
자욱한 안개 속에 잿灰빛 비만 내리는데
마음은 방황하는 길손
안개보다 짙은 시름.

간 날의 사연들이 쌓여가는 긴 밤이다
남해는 삼백 리라도 마음은 지척인데
그리움 잔물결 되어
바다 위에 흐느낀다.

가슴속 텅 빈 공허空虛 무엇으로 메우리오
보내고 그리는 정 이리 애탈 줄이야…
다시는 나의 세월이
이별 없는 날이거라.

대숲을 보며

왕조의 기침 소리
카랑히 살아있다

살이 우는 소리
마디마디 타는 소리

서릿발 눈빛들이 돋아
죽음을 보고 있다.

오히려 눈을 맞아
봄이 되는 겨울나무

숯불처럼 타는 목숨
산보다도 더 푸르다

동학東學의 바람 소리가
창槍이 되어 솟았다.

생명의 서書

지는 해 노을 퍼듯
꽃잎도 지다 필까

희로애락 한 세월이
덫에 걸려 퍼득이면

구겨진 인생행로를
담금질로 폅니다.

만삭의 희열인 양
태동의 아픈 숨결

맺힌 한恨 마디마디
서릿발로 돋아나면

한 생生을 불씨로 지필
큰 우주가 열립니다.

바람개비

동그란 바람개비
바람을 돌려댄다

마음도 바람 따라
빙그르르 돌아가면

세월은 유년의 꿈을
무지개로 펼친다.

동그란 바람개비
하늘을 돌려댄다

마음도 하늘 따라
빙그르르 돌아가면

먼 옛날 아롱진 꿈이
나이테로 감긴다.

노을

하늘 가득 바다 가득
붉게 물든 꽃빛 노을

그리움이 강물 되어
가라앉은 진한 앙금

가슴속
숱한 사연이
놀빛으로 흐르누나.

멀어지는 차창 너머
손 흔드는 먼 모습

만나서도 못다 푼 정
안으로만 접어두고

소롯이
애틋한 정념情念
깃발 되어 나부낀다.

산거山居

내 좁은
가슴속에
청산을 드리우고

물소리
바람 소리
새소리도 살게 하여

한 생각
산심山心에 묻고
필부匹婦로 살고파라.

오신혜(吳信惠, Oh, Sin hye)

1913.~1978. 함남 단천 출생. 이화여전 2년 수료(1935), 국제대학교 (국문학과) 졸업(1960). 《문장文章》「수양버들」추천(1939) 등단. 시조집 『망양정望洋亭』(1935). 보신여학교 교원, 거제중학교·한얼중학교·청구중고교 교사 20여 년 역임.

—

꽃밭

꽃씨를 심으려고 뜰을 찾는 선이야
꽃 심을 뜰이 없어 화원은 못 만드나
더 고운 꿈의 꽃씨를 네 맘 밭에 뿌려라

그리던 고운 꿈이 풍진에 깨졌으나
네 마음 꽃밭에 내 정성의 피땀 뿌려
희망이 넘친 꽃동산 새로 다시 꾸미리

온갖 꽃 시들어도 시들 줄 모르고
센 바람 불어쳐도 언제든지 방실방실
전심의 맑은 향기가 넘나드는 꽃밭을

꽃밭 초抄

처세술에 무능한 님 보람 없는 애만 쓰고
시름은 쌓이는데 생활토대 헐렸으니
해묵은 덤불 헤치고 새봄 맞이하리라

아롱진 고운 꿈이 풍진에 깨졌으나
네 마음 꽃밭에 내 정성의 피땀 뿌려
희망이 넘친 꽃동산 새로 다시 꾸미자

구름꽃

1
창공을 화원 삼아 피어난 구름 꽃
넘어가는 햇님도 되돌아 보는 양
아롱진 찬란한 오색 눈부시는 이 광채

2
청천을 화원 삼아 피어난 구름꽃
울긋불긋 아름다운 저 구름빛 동산으로
천사로 날아드는 양 펄럭이는 흰 옷자락

3
노상 높고 맑은 님의 뜻이 그리워
우러러 사모하는 그 하늘을 화원 삼아
오늘도 구름꽃 피듯 내맘의 꽃 피우네

보름달

은하에 미역 감고 울분마저 씻었는가
우주선 느닷없이 침범한 흔적 없고
휘영청 희맑은 달빛 어둔 세상 맑히네

감로로 세수하고 생채기도 닦았는가
우주삽 속속들이 할퀸 자리 간데없고
그 환한 둥근 얼굴이 넘쳐나는 그 미소

깎이고 찍히어도 천 번 만 번 되둥글어
남의 뜻 못내 따라 아기자기 빛을 내네
만고에 빼어난 열녀 아름다운 항아여

낙화

시들어 떨어진들
서러울 이 있으리까
아름다운 그 맘씨를
씨로 맺어 두었으니
해마다 다시 피어나
맑은 향기 퍼치리

들국화

1
서릿발 천만 화살 미소로 받으면서
어둠에 묻혀서도 조촐한 매무새로
밤도와 직녀별 우러러 고운 무늬 짜넣네

2
추풍의 삿대질을 춤추며 고이 받고
몰아치는 낙엽의 몸부림도 달래며
새파란 하늘 우러러 높은 뜻을 지니네

분수

설움에 얽힌 눈물 물보라로 내뿜고
시름에 찌든 한숨 거품으로 날리면서
빛나는 금빛 햇살에 찬란한 꿈 그리네

산가山家

수돗물 숨이 가빠 올라오지 못하는 집
배달도 못 오르리 글월마저 끊겼으나
빙그레 아침 햇발은 방에 가득 찾아드네

뜰이자 길이오 길이자 가게 앞
온 산골 놀이터라 소란 속에 단잠 깨어
고요히 빛난 별들을 가슴속에 잠 재우네

수양버들

머리를 땅에 닿게 허리를 굽힌 수양버들
겸손한 어느 분의 아름다운 넋이드뇨
저절로 남을 높이어 몸 굽이고 싶노라

사시로 머리 숙여 묵도하는 수양버들
실수를 참회하는 어진 이의 넋이드뇨
저절로 온갖 잘못을 뉘우치게 되노라

저로서 저를 높여 잘난 체 뽐내는 이
어둠과 슬픔 주는 죄 많은 이들이여
한나절 수양 아래서 묵상하여 보시라

안개

1
여름꽃 무늬진 유리창 문을 여니
외등도 아련하게 자욱이 낀 짙은 안개
어디서 끓어오르는 김 하늘하늘 풍기는고

2
언 땅을 녹이려는 뜨거운 입김인가
언 마음 품어주는 한 님의 입김인가
추운 때 소르르 서린 이 추근한 기분이여

오영민(吳榮民, Oh, Young min)

1972년 경남 창원 동읍 출생. 창원정보과학고 졸업. 〈국제신문〉 신춘문예(2010) 등단. 한국 시조시인협회, 오늘의시조시인회의, 나래시조 시인협회 회원. 경남시조시인협회 사무국장.

—

오영민의 작품들은 대체로 사색적이고 언어미학적이고 현실적이라고 할 수 있다. 가령 작품「자목련」에서 보여주는 것으로 정확한 비유와 섬세한 언어구사 능력과 유현한 깊이의 미덕을 발견할 수 있고, 작품「언덕」에서는 전통적 가치관인 효의 사상과 고통을 시적으로 연관시켜 효과적으로 은유해내는 놀라운 능력을 보여주고 있고,「갈매기의 꿈」에서는 얼룩을 통해 세상을 염려하고 해석하는 지혜로운 눈을 과장없이 보여준다. 이 시인은 분명 시조의 내일을 열어갈 촉망받는 신예임에 의심의 여지가 없는 유능한 시인이다.

— 이우걸(시조시인 · 우포시조문학관장)

—

자목련

겨울 비운

장경각

고즈넉한 내 뜨락에

한 줄의 경전 같은 자목련이 피고 있다

만행을

떠났던 봄빛이

밀밭 건너 오고 있다.

갈매기의 꿈

닻 내린 뱃머리 끝 수평선이 걸려있다
알몸의 조개 더미 속 숨어드는 갯바람에
뉴스는 어제와 오늘 세상 주름 일러주고

사는 일 쉽지 않다고 말로 하면 모를까 봐
딸아이 교복치마 주름을 펴는 아침
덜 지운 얼룩 하나쯤 좌표처럼 남겨둔다

그 누가 자식 두고 주름질 일 하겠냐만
모래톱 쌓인 발자취 그 쓸쓸한 자화상
등대는 은빛 물결 위 외줄타기 한창이다

언덕

가만히 불러보면 일어나서 올 것 같은
용강리 64번지 언덕배기 섬돌에는

어머니 구부정해진
닳은 구두 놓여 있다

빳빳하던 신발 바닥 깎아 먹은 모진 길
그 시간 못이 되어 생채기에 박혔는데

얇아진 구두 뒷굽이
언덕을 또 낳았다

내 미처 그때는 뜨거운 줄 몰랐지만
뙤약볕에 나앉은 아이 등을 볼 적마다

저 등이 내가 넘어야 할
언덕임을 생각한다

십만단풍설
— 율곡 이이

가을이 오기도 전 예비 된 십만 단풍

화석정 앞에 두고 노을 먼저 짙었는데

어쩐지 늦여름 밤은 모를 것만 같았다

껍질마다 서리처럼 사과즙이 내리던 날

속수무책 불 싸지른 가을 앞에 무너지는

늦여름 신음 소리가 말굽인 양 다급했다

고삐 놓아 도망하는 그들의 행렬 뒤로

산과 들이 북을 때려 등 밝히는 눈빛들

일십만 정예 단풍의 빼든 칼이 삼엄하다

길고양이

밤잠을 설치는 이
나 말고도 있나 보다

정작 울고 싶은 이
나 말고도 있나 보다

속울음
참지 못하고
기어코 울부짖는 이

오영빈(吳永彬, Oh, Young been) 본명: 오영운(吳永云, Oh, Young, Woon)

1942년 전남 해남 북일면 장수리 출생. 조선대 부속고등학교 졸업, 한국방송통신대학교 (국어국문학과) 수학. 〈대한불교신문〉 신춘현상문예 시조(1967), 〈동아일보〉 신춘문예 시조(1973) 등단. 시조집『광화문 산보』(2012, 문장미디어),『동행』(2014, 책만드는집).

> 시를 빚짐
>
> 오 영 빈
>
> 다들 떠났나 본다 바람만 휑한 따락
> 기어이 남겼거니 탱께주의 다듬앗돌
> 그 둘레 정겨운 소리 도란도란 듣는
> 한창

—

씹을수록 맛이 나는 별미 같은 시조

오영빈 시인의 시조는 내용이나 어구나 결구結句가 차근차근 씹을수록 맛이 나는 별미 같다. 평시조는 물론이거니와 수월수월 익히는 사설에서도 결구를 소홀히 하지 않는다. 특히 사설시조의 종장은 한시의 기승전결에서 '전'과 '결'을 아우른 구조라 작가의 역량이 여기서 여실히 드러나는데 오 시인은 이 대목에서 가위 뛰어난 솜씨를 발휘한다.

— 장순하(시조시인 · 한국문인협회 고문)

한결같은 생각으로 그린 시혼詩魂의 불꽃으로

처음 시심 그대로 한결같이 그린 그의 아름다운 시혼의 불꽃들을 확인하면서, 시력 40년의 갈무리가 결코 늦었다고 무안해 할 일이 결코 아니란 생각이 든다.

— 박시교(시조시인)

우리네 삶, 생활 속에서 그대로 우러나는 공감의 시학

동양 최고의 시론詩論이랄 수 있는 공자의 말처럼 이해나 목적 없이 평상심으로 시를 써 만물과 세상과 자연스레 어우러지며 독자들과 함께하고 있는 시집이『동행』으로 읽혔다. 지금 우리의 현실과 시인의 삶에 대한 원怨과 흥興도 있고, 사물을 바라보며 일어나는 순정의 서정도 있고, 초심의 옛 세월과 고향을 둘러보는 그리움도 들어 있다.

— 이경철(시인 · 문학평론가)

—

타령打令

엄매 엄매 울 엄매는 곤때 묻은 배 동정
웃음 문 박꽃은 사립문 밖 별로 뜨고
귀뚜리 한시름 푸는
부뚜막의 보리밥

엄매 엄매 울 엄매는 정화수에 뜨는 달
바람 그칠 날 없는 뒷마당 대숲에서

한 올의 연기로 띄운
하늘 덮는 소지燒紙여!

엄매 엄매 울 엄매는 살강 밑의 싱건지
긴 삼동 물레 맡에 군침으로 받히는 맛
삼삼히 가슴 저리네
이대도록 못 잊어

도다리쑥국

겨우내 봄을 그려 웅크리고 지내다가
봄 아씨 부름 받고 얼굴 내민 어린 쑥
도다리 도령을 만나 찰떡궁합 뜨겁다

때 타지 않았어라, 여인네의 순결이다
쑥 잎을 휘휘 두른 도다리 하얀 속살
차지고 쫄깃한 맛이 씹을수록 진진하다

계절을 섬기려는 입맛들의 별미 탐닉
쑥 내음이 밀고 오는 삼삼한 남도의 맛
간밤에
술에 저린 속
춘삼월 봄눈이다

촛불

은하 흐르는 물이 광화문에 물꼬 텄나
내닫던 탈거리들 그냥 길에 주저앉고
오로지 하얀 촛불만 밤바다 윤슬이네

막힌 길 뚫으려는 푸른 연대 숭엄하다
너와 나의 목소리 번개치고 천둥소리
귀 닫고 딴눈 팔기면 어쩐다, 저 벼랑길

목말 타는 아이 뒤로 유모차가 뒤따른다
마을 가는 차림으로 시린 결기 호호 불며
매몰찬 바람 앞에서 철심으로 타는 촛불

어처구니*

어처구니 없는 맷돌 어느 짝에 쓰게요
손발도 마주쳐야 소리 나고 피가 도는
이 빤한 이치를 꺼내 얼굴 한번 붉힙니다

맷돌 위짝 아래짝 살 붙이고 산다지만
돌지 않는 맷돌은 싸늘하게 누운 절망
눈 비벼 찾고 헤매도 어처구니는 오리무중

통합은 무엇이고, 상생은 또 무엇인지
돌아야 화음이고 돌려야 생존인 것을
입술 끝 헤픈 구호만 밥풀처럼 달고 사나

* 어처구니: 맷돌 손잡이의 순우리말.

물고기가 떠난 강
— 4대강 개발 유감

강물은 좀 넉넉히 흘러야 강답지만
그래서 4대강에 진초록을 덧칠했나
참으로 뻘짓을 했어, 세상 눈빛 따갑다

믿음이 모자라면 한발 먼저 디뎌보고,
점지해 어느 하나에 삽자루를 꽂으라던,
순정한 목소리마저 질근질근 밟았더라

배암의 유연한 몸짓을 강둑이 빼닮았네
그 강 속 수수천년 옹알이를 키웠거니
저 녹조 긴급 전언에, 물고기가 다 떠났다

깎고 자르고 겉모습만 번지르르한 강
강물은 잘도 흐른다, 놀잇배를 띄우랴
강심은 불탄 강아지 않는 소리* 드높다

* 불에 타서 죽어가는 강아지의 울음소리라는 뜻으로, 기력이 다하여 소리도 제대로 못 내고 앓는 소리를 비유적으로 이르는 말.

너 바보

쏘삭거린 봄기운이 허둥지둥 내몬 봄길

저마다 형형색색 차림새도 천차만별

생각도

저러할지니…

갑자기 등 뒤에서 '너 바보!'

두 봉지만 주세요

지하철역 플랫폼에서 기둥을 난전 삼아

더덕 파는 할머니, 살 사람 오든 말든

눈길은 손끝에 두고 더덕 손질 바쁘다

그래도 마음 한 켠 단속을 여수*면서

뭐라 말하기도 뭣한 한 뼘쯤 공간에서

생계를 품은 손길이 긴장으로 날렵하다

궁금하다, 그 벌이 얼마나 되시는지

수입은 옷섶 깊이 묻어둔 비밀인 것

실없는 생각 떨치고 "두 봉지만 주세요"

* 여수다: '엿보다'의 전라도 방언.

2015 여름, 그 신산辛酸을 기억하며
— 메르스의 엄습과 극복

아찔했네, 지난여름 생면부지 그 괴질
예고인들 있었으랴 연습은 더 아니기에
아픔을 덤으로 안긴 새로 쓸 재난 역사

하루가 아뜩한 터에 가뭄은 가중처벌
진기 빠진 들녘은 흙먼지만 풀풀 나고
거북 등 농심의 얼굴 눈자위가 벌겠다

기대고 누울 언덕 부실하고 짜잔하여
망연히 시간에 기대 일상을 되찾았으니
뒷날을 도모하리라, 학습 내용 다 적을 일

사초史草 쓰는 마음으로 편년체編年體로 써본다
　첫 단추를 잘못 끼운 일, 눈 속이고 꿍친 일, 터놓고 말 안 한 일, 선무당이 사람 잡은 일, 나 먼저라며 대놓고 속보인 일, 세계에 특허 낸 말 그 빨리빨리도 증발한 일, 발길 뚝 끊긴 시장통에 선풍기만 열 내던 일, 절실한 마음 지고 기우단을 오르던 그 옛 군왕도 못 본 일…
　기록도 힘에 겨워라, 건망증을 경계하며

천수답天水畓, 먼 추억

기억 저편 묻힌 말 천수답을 아세요
가뭄의 농사철엔 물싸움도 예사였고
물길의 순번을 타면 밤샘도 즐거웠다

밤이슬 둘러쓰고 까만 밤을 건널 때면
간간이 부엉이 울음 먼 산에서 달려와
졸음을 건듯 쫓아준 고마운 동행이었지

문전옥답 아니면 거개가 다 천수답이라
물대기 때를 놓치면 쭉정이만 담는 허망
기어이 지켜냈었네, 요즘 말 골든타임

빈집

모두들

떠났나보다

바람 가득 휑한 뜨락

기어이 남겼거니 툇마루의 다듬잇돌

그 둘레

정겨운 소리

도란도란 듣는 환청

오영호(吳榮鎬, Oh, Young ho)

1945년 제주 연동 출생. 제주대학교(국문학과) 졸업(1970). 《시조문학》 천료(1986) 등단. 시집 『풀잎만한 이유』(1993 동학사), 『화산도 오름에 오르다』(2005, 고요아침), 『올레길 연가』(2012, 고요아침), 『귤나무와 막걸리』(2016, 정은), 현대시조100인선 『둥신아 까불지 마라』(2017, 고요아침). 한국시조비평문학상(1999), 대통령표창(2006), 한국교육자사도대상(2009), 홍조근정훈장(2010), 제주도문화상(2015) 수상. 한국작가회의, 한국시조시인협회 이사, 제주작가회의, 제주시조시인협회 회장 역임. 오늘의시조시인회의, 혜향문학회 회원. 제주시 삼양해수욕장 입구 시비 '삼양동 연가' 건립(2017).

늦가을의 덕화
　　　　　오영호

감나무 우듬지에
남아 있는 간감 몇 께

날아든 직박구리 청새 오색딱다구리…

아무런 다툼도 없이
먹을 만큼
나눠 먹는

—

오영호 시인의 작품에는 제주 오름의 유연한 품새가 자리 잡고 있다. 오름을 올라본 사람이라면 그 오름 안에 아픈 속내를 담고 있음을 알 수 있다. 그의 시에는 아픔이 배어나온다. 속으로 아픔을 간직하면서도 부드러움을 갖고 있는 대지적 여성의 오름. 그 오름의 이미지를 시학의 근본으로 삼고 있는 보기 드문 시인 중의 한 사람이다.

　　　— 이지엽(시인·한국시조시인협회 이사장·경기대 교수)

오영호 시인의 언어들은 그저 본대로 증언하고 느낀 대로 표현할 뿐이다. 그런 그의 진중한 속엔 생에 대한 눈물겨운 회한과 성찰의 미덕도 스며 있다. 이 외경스런 미덕이 만들어내는 여운의 공간 때문에 그의 시조는 무겁고 소중하다.

　　　　　　　　　— 이우걸(시조시인·우포시조문학관장)

—

정뜨르 비행장*

굉음에 몸서리치며 들풀들 손을 잡고
3천배 오체투지 천만 번 하고 나서
육십 년 나이테 돌아
막힌 혈을 뚫고 있다.

당신은 누구냐?
부릅뜬 하얀 눈물
도두봉 봉화대를 뚫어지게 쳐다보다
갑자기 더운 피 쏟으며
혼절하는 슬픈 영혼.

진실을 파묻어 버린
먹물 빛 활주로에
동강 난 4월 바람 광란의 춤사위 끝에
허상의 가면을 벗고
소주잔을 붓고 있다.

* 정뜨르 비행장: 제주국제비행장.

독도에 발을 놓다

잊을 만하면 잽을 툭툭 던지는
고약한 무리들이 오늘도 넘성대지만
광풍을 맞받아치는 파수꾼은 의연하다

찾아온 철새 깃에 사철 울분 삭힌
푸른 메시지를 쉼 없이 실어 보내지만
때때로 돌아오는 건 속 검은 대답뿐

내 오늘 너울도 잠든 뱃길 달려와
발을 딛는 순간 경비대 깃대 위로
7천만 쟁여 둔 맥박 소리 신기루로 솟았다

만해를 만나다

8월의 하얀 바람 대청봉을 넘고 달려와
산문 연 백담사 풍경을 울리면
내설악 큰 바위들도 매인 발을 들썩인다
그때 노송들도 향기 풀어 귀를 세우고
한 옥타브 내려서는 숲의 말매미 소리에
만해의 서슬 푸른 말씀
철새들이 물고 난다

평화의 기도인가
품어 안은 '님의 침묵'
빈 걸망 짊어지고 어디쯤 가고 있나
광복의 그날의 함성 만세 소리 들리는가

둥둥둥 쇠북 소리 끌고 온 새벽빛에
민통선 장막 걷고 나래 펴는 텃새들
심우장 북창을 열고
오도송을 듣고 싶다

전정
— 3월의 귤밭에서

내 삶이 늘 그렇듯 1년을 접고 풀면
잘라야 할 것들이 어디 삭정이뿐이랴
숫돌에 무딘 가위를 가는
젖은 손이 희망이다

남이야 죽든 말든
처먹어 웃자란 놈이나
밤낮 가림 없이 바람과 햇살 막는
시퍼런 철면피들도 가차 없이 잘라내고,
서로 비벼대며 피 터지게 싸움질하거나
땅만 보며 처져 버린 비실대는 가지까지
툭, 툭툭 잘라낼 때마다
묵은 상처도 아무리라

천만 번 솎아 내면 환한 세상 올까
흙 묻은 신발을 털며

천천히 서쪽 하늘 보니
저녁놀 잔주름 위로
군무群舞하는 푸른 새 떼여

바닷가를 걸으며

알게 모르게 팔아 버린 양심들을
한 배낭 짊어지고 다가선 봄 바닷가
소금기 밴 바람이 어깨를 툭툭 칠 때
갯바위에 앉아 묵상 중인 가마우지 한 마리
'죄짓지 않은 사람이 있기는 하겠냐' 며
잽싸게 날아오르며 깃털 하나 날린다

길을 걷는다는 것은 닫힌 문을 열어
바람이 전하는 말 귓불에 걸어 놓고
상처 난 슬픈 영혼을 깁고 또 깁는 것

밀물과 썰물 사이 바다의 속살 품은
수평선 저 너머에 떠 있는 무지갤 향해
힘차게 달리는 아이들 올레길이 환하다

까불지 마라 등신아

 갠지스는 인도의 마음
 바라나시 돌계단 밑

 얼마나 흘렀을까 어둠에 묻혀있는 수면을 밝히며 피어오르는
화장하는 불빛 아래 똥오줌이 섞이고 시신을 태운 재가 꽃잎과
함께 떠내려가는 강물에 목욕하고 먹는 순례자에게 '그렇게 더
러운 물을 어떻게 마실 수가 있느냐'고, 코리언이 묻자, 강물로
머리를 적시던 중년의 코 큰 남자가 빤히 쳐다보면서 하는 말
'당신의 몸은 똥오줌으로 가득 차 있으면서 깨끗한 척……' '쯧
쯧' 혀를 차며 하는 소리

 '등신아, 까불지 마라'
 확 타오르는
 나의 얼굴

우수 무렵

동안거
수행을 끝낸
수목원 천년 느티나무

손발
막힌 혈을
은침의 햇살들이

콕, 콕콕
쏘아댈 때마다
일렁이는
회춘 바람

새벽 우포늪

숨기고 싶은 일들이 누군들 없겠냐만
너는 안개장막에 가린 천지天池처럼
하늘 문 꽉 닫아걸고
깊은 잠에 들었나보다

파수꾼 왜가리들 내 마음을 읽었는지
바람의 손을 잡고 비행을 시작하자
서서히 걷어 올리는
70만 평 치맛자락

생명의 초록 나라 눈 뜬 피라미들
수초와 수초 사이 새로운 길을 내며
여기는 살 만하다고
숨길 것도 없다고

바람의 등을 타고 온종일 나르고 있는
물무늬에 반짝이는 태곳적 혼의 말씀에
우울한 내 마음의 뜰에도
가시연꽃 피고 있다

하지 소묘

고요를
눌러대는
6월의 햇살 아래

한 마리 무당벌레
풀잎에 장좌불와중

울담 밑
하얀 봉숭아꽃
뱉어 놓은
까만 사리

눈 온 아침

밤새 하느님이

펼쳐 놓은 화선지에

날아온 비둘기 한 쌍

낙관을 툭툭 찍을 때

어디서

신생아 울음소리

온 마을이

환하다

오영환(吳令煥, Oh, Young hwan)

1951년 대전 출생. 세종대학교(미술) 졸업. 《현대시조》 신인상(1999) 등단. 《대구시조》 문학상(2009), 《현대시조》 문학상(2012) 수상. 대구시조시인협회, 대구문인협회, 현대시조시인협회, 한국시조시인협회 회원.

—

평소 오영환 시인의 모습은 늘 쪽진 머리에 한복이고, 단정하면서도 야무진 매무새다. 군더더기 없이 균형과 절제가 몸에 밴 사람이라는 인상을 풍긴다. 시인의 시세계와 차 생활 그리고 삶의 태도가 일관되어 있으며, 모두 그런 가치관과 미학에 복무하고 있음을 알 수 있다. 그래서 '찻물 밴 목 줄기 감아 타래 푸는 시어詩語들'이 그의 목구멍을 통해 나올 때면, 거의 득도의 수준이라 해도 지나치지 않으리라.

— 권순진(시인), 〈대구일보〉 칼럼 '맛있게 읽는 시'

—

명선차茗禪茶

어린 잎차

따는 손

한 잎 한 잎 아我를 떼어

없는 문門을 지나쳐

푸른빛에 다다르니

맑은 향

선정에 들어

빈 사발 간 곳 없다

춘설차

어린 새
눈 속에서 혀 깨무는 봄이다

향주머니
토닥대는 부리 끝 빛살들이

저마다
창 들고 서서 시린 몸을 녹인다

비움에 대하여

못 버린 습 하나가

이 몸에 쟁기 걸고

빗발이 내리치는

자갈밭을 갈고 있다

그렇게

버려진다면

백 년이 두려울까

아침, 차밭에서

이슬비 이랑 길을 맨발로 걸어 나와
연둣빛 어린순이 봄 자락을 여는 아침,
향불을 풀어 가면서 치맛자락 펄럭펄럭

점찍어 기다린 날 물방울 달군 솥에
물안개 뿜어내는 성성한 기운들이
그 향기 영혼을 씻어 점등을 밝힙니다

이 아침, 차밭에서 봉차를 올리고자
뼛속 깊은 차 향기 찬 물에 헹궈 내어
오늘도 맨발로 서서 진액 되어 흐른다

목구멍

목표는 네가 아닌데 가끔 너는 표적이 되고
찢어질 듯 실핏줄이 멈춰서는 순간에도
호흡이 낚아채 놓는 은어들이 쏘는 총

글 밖에서 다듬이질하는 또 다른 너를 향해
그 많은 좁쌀알들이 두렵지 않은 것은
까칠한 글 맛 속에서 등짐 지는 징소리

소리는 목구멍을 멀리 서서 읽는다
다가가면 다가설수록 뿌리치는 문향文香들
그곳에 도리질 치는 아픔도 자유이다

마음은 너를 벗어나 속 눈빛에 떨다가도
새가슴 뻗치고서 울음 우는 벙어리
찻물 밴 목 줄기 감아 타래 푸는 시어詩語들

연꽃차를 따르며

연지 찍은 그 얼굴로
살며시 삽짝 여는
자미화 가지마다
연꽃 향 품어 안고
여름 해 종종거리며
차 한 잔을 권한다

마음속 깊은 적막
맑은 물에 다시 걸러
한 방울씩 담아내는
목이 쉰 길목에서
배롱 꽃 마른 향기가
연꽃차를 마신다.

차를 따르며

한 생각 묶어 놓은
향 뭉치 한 올 한 올
네 손안에 실이 되어
비단으로 짜이고픈
그 속내
찻잔 속으로
하나 둘 밀어낸다

물살이 투명하게
풀어 놓은 깊은 고요
그대 앞에 차로 떠서
하얗게 식었어도
불꽃 속
쇠솥 밑으로
저 혼자 차가 된다

이 빠진 찻잔

사금파리 흙더미 우연히 마주친 눈

두 손으로 감싸 쥔 사질토 분청찻잔

아깝다 안고 온 것이 마음을 뺏어간다

이 빠진 틈 사이로 숨 잠깐 멎다가도

구름빛 이슬 닿아 품어 내는 차 맛이

귀얄 붓 덤벙거리며 뜻 모르게 앓는다.

차茶

누구는

시 쓰기를

가슴으로 다하지만

내 시는 물을 끓여 식히고 우려내어

차 한 잔 목구멍으로 삼키듯이 푸는 거다

끽다거喫茶去

차나 한 잔 드시게

그냥 들면 되나요

꽉 찬 의문 차 마시茶

제풀에 풀리듯이

가게나

차 맛 속으로

그 안에 나我 보이네

오은주(吳銀珠, Oh, Eun ju)
1967년 경북 경주 도지동 출생. 〈국제신문〉, 〈경상일보〉 신춘문예(2015) 등단. 시집 『달빛 길어 올리기』(2016, 목언예원). 경북문화재단 창작지원금(2016) 수혜. 한국시조시인협회, 국제시조협회, 대구시조 회원. '한결' 시조동인.

—

오은주 시조의 미덕은 자아실현을 향한 반성적 성찰과 이웃, 혹은 시대와의 소통을 위한 냉정한 자기진단에 있다. 모든 인식의 출발이 자기 규명으로부터 출발하여 이웃과 사회, 그리고 시대정신으로 향하는 이 같은 시작 태도는 시조의 현실적 존립 의의이자 도덕적 기반이라 하지 않을 수 없다. 이처럼 조심스러우면서도 단호한 그만의 탐구정신은 모든 작품 과정에서 완성도를 높여주고 있다.

— 민병도(시조시인 · 국제시조협회 이사장)

—

달빛 길어 올리기

바람마저 돌아누운 달빛 아래 한지를 뜬다
고마운 천형天刑처럼 물질하는 늙은 손이
물속에 내려앉은 달, 달의 속살 건져낸다

백번을 흔들어야 항복하는 닥의 껍질,
아린 숨결 본떠내고 별빛 고이 아로새겨
하얗게 거듭난 한지, 숨소리가 따뜻하다

얇고도 질긴 근성은 민초의 마음일까
바람의 웃음마저 곱게 다져 걸러내면
어디서 묵란墨蘭 한 송이 꽃피는 소리 들린다

또바기

개미를 주시한다, 산 하나를 업고 가는

꿈을 향해 걸어가면 벼랑도 사뿐할까

등짐에 고이 올려진 한결같은 저 행보

가을, 랩소디

읽다 놓친 편지처럼 또 한 번의 봄은 가고
시든 꽃대궁에 향기 남은 가을, 붉다
여자로 산다는 것은 매달 저를 지우는 일.

내일을 닫아버린 빈 방에 홀로 남아
올 터진 생각 달래 바늘귀에 꿰다 보면
눈물도 나래를 펴나 창가로 가 별이 된다.

달을 걸러 가끔 피던 꽃소식도 감감하고
캄캄한 블랙홀에 움푹 파인 연못 하나
빈 배에 달을 싣는다, 비로소 완경完經이다.

시간을 건너온 배
— 월지月地에서

진흙 속 잠에서 깬 신라의 목선 한 척
정한情恨처럼 출렁대는 물의 지문 더듬으며
세상에 한 발을 빼고 하명下命을 기다린다

뱃머리를 돌려봐도 꽃신은 간데없고
목석 되어 비켜 앉아 귀 세운 천년 아침
궐문은 언제 열리나 젖은 발이 시리다

가만히 눈감으면 삐걱삐걱 노 젓는 소리
그 옛날 부신 갈채 연잎 아래 묻어두고
한 마리 원앙을 불러 잃은 꿈을 깨운다

물의 마음

생각도 길을 잃어 제자리만 헛도는 날
용담정* 계곡에 가 물소리를 읽는다
수면을 타고 흐르는 바람결에 발 담그고

겨울은 저리 먼데 가슴 미리 한기 들어
'민심이 천심이라'는 말씀 듣지 못해도
가야 할 제 길을 찾는 몸부림이 차갑다

한 시대의 변방에서 하늘소리 미리 들어
산과 들, 사람 모두 한달음에 손잡게 하고
스스로 몸을 낮추는 풀빛 새벽이 환하다

* 용담정: 최제우가 구도를 한 천교도의 성지.

오래된 형광등

신문을 펼치는데 눈 깜박이는 형광등,
은회색 저승꽃이 광대뼈에 활짝 피어
중심을 벗어난 생각, 길 아닌 길 걷는다

날더러 누구네 집 색시냐고 묻는 아버지
초점 흐린 눈동자에 정지된 어느 젊은 날
앙상한 당신의 어깨, 하현달이 걸렸다

하나 둘 잊혀져 가는 퇴화된 생각의 뼈
너저분한 방바닥엔 삶의 각질 수북한데
가끔씩 되살아나는 뉘우침이 환하다

마애 1
― 불곡 마애불좌상*

명치에 돌을 얹고 홀로 사는 삶이여
젖은 풀 밟아가며 하늘 문 두드리고
눈물로 갈 길 닦는데 어찌 웃고만 있을까

절망을 갈아먹고 푸른 열매 얻는다면,
날개 접고 움츠렸던 그 가슴 펴진다면,
뭉개져 사라진 코로도 깊은 숨을 쉬겠네

* 불곡 마애불좌상: 7C초, 신라 최초의 마애불. 삼신불이라고 추정한다.

마애2
― 윤을곡 마애삼존불*

눈 뜨고도 보이지 않는 깜깜한 세상 속은

한 발짝도 내딛지 못할 천 길 낭떠러지

내 두 눈 그대 가져가 금빛 세상 보고 사소

봄 가을 새소리에 마음의 눈을 뜨고

해와 달, 별과 구름 풀빛에 가슴 젖어

지상에 멈춰진 시간 활짝 열어 붉게 사소

* 윤을곡 마애삼존불: 835년, 동남향 바위의 왼쪽 불상으로 약합을 들고
있는 약사불이다. 왼쪽 눈을 긁어 움푹 파여 있다.

비장소*

영화관 역 대합실 휴게소 쇼핑센터
군중 속 섞여 봐도 여전히 외로운 나
찾은 건 빈손뿐이라 바람만 스산하네

어디에나 있어도 어디에도 없는 장소
캄캄한 허공 같은 그 속을 헤매다
오늘도 혼밥을 먹고 나 혼자 잠이 든다

* 마르크오제의 저서 『비장소』에서 따온 것으로, 현대인의 군중 속 고독
을 상징적으로 일컫는 용어.

계영배戒盈杯

비 오는 연 밭에서 계영배를 만난다
연잎 위에 빗방울이 구르다가 모여들면
한동안 껴안아 보다 미련 없이 쏟는다

제 몸에 맞게 담고 넘치면 흘러보내는
꿈도 날선 설움도 걷어내는 저 실루엣
무명 빛 가슴을 열어 길 하나를 담는다

오재열 (吳在烈, Oh, Jae yeol)

1938년 광주 광산구 덕림동 출생. 아호 일송 (一松). 전남대학교 교육대학원(어문학부) 석사 졸업. 《시조문학》(1984) 등단. 공저 『들꽃의 노래』(1987), 『수수밭의 멧새 울음』(1990), 『머물다 가는 구름』. 석사논문 「김안서의 근대시사적 위상 연구」(1987). 시조집 『어머니 당신의 고향』(1991, 교문사). 시조문예대상(1995), 광주문학상(2001), 광주시문학상(2006), 아시아서석문학대상(2010), 광주광역시문화예술상(2014) 수상. 광주문인협회 시조분과위원장, 시류문학회 회장, 호남시조문학회 회장, 광주광역시 시인협회 회장 역임. 한국문인협회 회원.

오吳 시인詩人은 3장6구체의 전통 정형에 일구의 파격도 없이 고스란히 그 기본 정격을 지키면서도 생경한 구간 율동의 경직됨이 없는 자유로운 언어구사로 유연한 응축과 절제로써 시조원류의 시형을 유지하며 일관된 운영의 묘를 살려 범시적範示的으로 시사한 담경에 든 원숙미를 보여 주고 있는 것이 이 시집 전모의 흐름이다.

— 정소파(시조시인 · 전 호남시조문학회장)

직녀도織女圖 3
— 석양에

에미 보러 외가에 온
일곱 살 어린 것을

공부가 뭣이라고
작대기로 몰았을까

석양에
외칫재 넘는
그 놈 걸려 다시 울고.

직녀도織女圖 5
— 품앗이

친댁 시대 해를 갈아
새경 없는 머슴살이

오뉴월 긴 긴 날을
동지 섣달 사래 긴 밤

품앗이
길쌈에 묻혀
머리 센 줄 몰랐구려.

옥비녀

열 후궁 시샘 가두고 궁녀 삼천 가꾸던 임아
그 영화 사원 하늘에 구름 한 점 떠도는가
한 서린 옥비녀 빛깔만 설운 강의 물빛이다.
왕조도 무너지면 천심도 돌아 앉아
열烈이다 충忠이다 하여 새긴 돌은 바이 없어도
고운 임 여린 숨결은 살아 상기 흘러라.

샛바람 하늬 데리고 사비성에 치닫던 날
꿈 접어 부채춤 추던 눈부신 나비의 무리느
여린 그 나래짓으로 임의 뒤를 밟았어라.
가면 다시 되짚어 못 올 이승 끝에 종종걸음
버선발에 밟히는 치마ㄹ 추스르다 놓친 비녀
그 주인 임의 하늘에 파랑새로 날으련…….

소묘 산촌素描 山村

산과 산을 둘러놓고 품앗아 삼씨 넣고
가난한 영혼들의 영근 소망은 따로 심고
이 땅의 체온일랑은 기억 속에 묻으리.

초여름 산등성이 찔레꽃 끼리끼리
밀어인지 애무인지 순백의 애틋한 꿈을
우리네 농번기철엔 쑥국새도 저리 울고.

하늘빛 물든 청자 규방 문갑에 출렁이면
속독새 울음 멎고 기러기 떼 높이 난다.
저 들녘 소슬바람에 추수꾼의 홍글노래.

강변 갈숲 모래톱에 송이눈이 쌓이고
대숲 밑 초가 몇 몇 이마ㄹ 대고 도란도란
호롱불 보채는 밤을 풍지느 울어 지새고…….

망향의 사계

익명으로 피고 지는 저 산야의 풀꽃들과
연둣빛 신록 위에 쏟아지는 맑은 햇살
내 심령 깊은 골짝에 난 한 촉이 향을 피워.

하염없이 흘러가는 흰 구름장 어딜 가며
뭇 별들 반짝이며 무엇을 속삭이나
이 우주 운행의 섭리사 내 몰라도 좋아라.

낭자한 놀빛 속을 헤쳐 가는 후조떼며
목이 긴 가을 꽃의 가는 허리에 이는 바람
닫힌 내 고독의 창에 초롱 하나 눈을 뜨고.

설원은 한 빛 누리로 하늘 끝에 닿아 있고
성에 낀 밤 하늘에 외로 박힌 조각달이
동화 속 신비의 세계를 방긋 웃고 굽어보는-.

낙화암 소곡

어느 해 꽃샘바람 못다 핀 꽃 흩히던 날
한 지핀 강기슭에 전설 품어 앉은 바위
고운 임 구천 길 열고 디딤돌로 섰더니

부소산 소쩍새도 한 철 울다 잠이 들고
밤을 뒤챈 강바람이 꽃 넋을 달래다간
살풀이 한 곡조 접고 더디 사윈 세월이여.

강 건너면 정토라도 차마 이 강 아니 넘고
무너진 하늘 괴고 높새 받이 천년일세
풍상에 주름은 가도 정정함은 예대로다.

부소산에 서면

부소산에 외로 서면 여민黎民으로 설레는 정
강바람 솔바람에 퉁소 부는 외로운 산
한가론 멧새 울음에 그 적 일을 엿듣는다.

이운 역사 그 터전엔 세월도 비켜 가고
갈피 갈피 적셔 번진 얼룩진 상잔의 피
오늘도 행간行間을 넘쳐 강물 되어 흐르니-.

살 꽂힌 덜미 세워 허공을 찢던 갈기
피 묻은 백마 울음 서녘 하늘에 묻히고
나약한 왕조의 잔해가 눈발 속에 을씨년ㅎ다.

진혼곡鎭魂曲
— 5 · 18의 영령 앞에

아니 가도 될 자리 기 쓰고 뛰어 가드라
내 애물 몽달신아 잘 했다 이 녀석아
니 어미 너만 할 때도 의병 헌병 없었다냐.
해방, 그 잘난 일월 몰고 온 존 세상에
애잔한 우리네 백성 배 뚜둘고 산다 했더니
산마을 들녘 개들만 몇 해 밤낮을 짖어 쌓드라.
초롱 컨 눈망울들 철없는 횃불 들고
핏발 선 노랫소리가 웬 분수댈 그리 돌더니
하늘 땅 가슴 포개고 눈시울만 적시더라.
성한 뼈 모둑가려 모닥불을 지필거나
그 불도 강그라지면 피를 뿜어 쏘새기다가
망월동 달맞이꽃밭에 개똥불로 춤출란다.
무자년 같은 가뭄에도 지 올라사 비가 오제-
돼지 머리 아니 괴고 기우제가 될까마는
나 봐라, 저승도 채 못 갔을 니 넋신 땜새 이런다.

새야 새야

새야, 쑥구기새야 앞산 뒷산에 울지 마라.
민며느리 딸자식 꽃가마 태워 못 보내고
아버님
여름 한낮이
한숨만큼 길겄다.

새야 새야 소쩌기새야 한밤중에 울지 마라
풋바심 그 해 흉년 한 입 덜자 날 여우고
울 엄니
선잠 깨시면
눈물바람 하시겄다.

사모곡 27
— 꿈길

이승 저승 너머 저쪽
어느 먼 별자리 지나

시공의 인연도 벗고
작은 별로 흐르다가

어미별
옷자락 한 번
스쳐 보고 싶어라.

오정방(吳正芳, Oh, Jung bang)

1941년 경북 울진 출생. 아호 학산(鶴山). 서경대학교(영어영문학과 문학사), San Francisco Christian Univ Seminary(M.Div.) 졸업.《세기문학》신인상 시(2000), 〈미주 중앙일보〉 신춘문예 시조(2000),《문학과육필》수필(2005) 등단. 시문선『다시 태어나도 나는 그대를 선택하리』(1998, 부민문화), 시집『그리운 독도』(2001, 부민문화사), 사화집『영혼까지 독도에 산골하고』(2003, 포엠토피아, 공저), 편저『오레곤한인회 50년사』(2017) 외. 서북미문학인협회 회장, 미주한국문인협회 이사 역임. 민주평화통일자문회의 자문위원, 오레곤문인협회 명예회장, 오레곤한인회장.

> 가을은 흐르고
>
> 　　오정방
>
> 강물이 흐르듯이
> 세월이 흐르고 있네
>
> 흐르는
> 길목을 따라

—

"빙판길 미끄러워/ 연탄재 생각난다// 함부로/차본 적 있다/ 철없었던 옛 적에"(「연탄재」 전문) 오정방 시인의 이 시는, 안도현 시인의 짧은 시에서 "연탄재 함부로 발로 차지 마라/ 너는/ 누구에게 한 번이라도 뜨거운 사람이었느냐"고 던진 질문에 대한 대답처럼 보인다. 철이 든 사람은 연탄재를 함부로 차는 짓 따위는 하지 않는다. 남을 위해 온몸을 뜨겁게 태운다는 의미를 경험으로 잘 알고 있기 때문이다.

이 시는 전통적인 시조의 3장 중에서 초장과 중장을 하나로 묶어 두 개의 장으로 압축한 양장시조다. 생략과 여백은 시조의 장점이자 모든 시가 추구해야 할 미덕이다. 언어가 남발되고 있는 이 시대에, 말을 아끼는 오 시인의 시들이 돋보인다.

— 김동찬(시조시인)

—

세월아

간밤에 꿈속에서 함께 놀던 동창생들
늙기는 하였으되 가락은 여전하이

세월아
가긴 가더라도 쉬엄쉬엄 가거라

꿈 깨어 눈을 감고 저들 이름 외워 본다
저네들 꿈속에도 내 모습 비칠는지

세월아
좀 서둘지 말고 더디 더디 가다오

한가위 보름달이

휘영청 보름달이
너무나도 눈부시니
이웃의 별님네들
빛을 잃어 잠적하고
마알간
하늘 가운데
오직 저만 떠 있네

한밤중 깊은 잠을
혼들어서 깨우더니
귓가에 속삭이며
무슨 말씀하시는고
고향이
그립냐기에
고개 끄떡였네

자명종 벽시계가
두세 점을 때렸는데
아련한 추억들은
조수처럼 밀려오고
새 잠을
청하건마는
고대 잠이 안 오네

거울 보기

겉모습 바라보다 세월도 함께 본다
청춘은 등 뒤에 숨고 황혼만 우뚝 버티고 섰다

저녁엔
거울 보기가
어쩐지 민망스럽다

벙어리가 되더이다

꿈속에 뵈었어도 말 한 마디 없더이다
할 말이 없는 건지 너무 많아 다문 건지
반갑다
그 말 뒤에는 벙어리가 되더이다

꿈에서 뵌 것만도 기쁘고도 황송한데
구트나 입을 열어 무슨 말이 필요하리
조용히
미소 짓고는 돌아서서 가더이다

봄이 오는 길목

겨울이 깊을수록 새봄은 가까운데
저절로 가는 계절 올해도 어김없네

눈 덮인
매화 등걸에
찾아오는 봄소식

가을의 전령傳令

가을이 왔노라고
풀벌레들 우는고야

아직도 남은 더위
여름인 양 여겼는데

밤새워
우는 까닭을
너로 하여 아노라

망양정望洋亭*에 올라

망양정 뛰어올라 한바다를 바라보매
어디부터 하늘이고 어디까지 바다인지
도무지
망망대해라
가늠할 수 없네 그려

예부터 이르기를 으뜸가는 관동팔경
두 눈으로 보는 바다 여기만큼 큰 데 없다
오늘도
깨닫고 가네
마음속에 품고 가네

* 망양정: 관동팔경 중의 하나로서 경북 울진군 근남면 산포리 소재.

입동지절立冬之節

먼 산의 눈 소식이 바람결에 전해지고
수목들 옷을 벗고 겨울 채비 서두르는데

아직도
가을을 잡고
놓지 않는 심사여!

어머니 묘소에서

어머니 저 왔어요 셋째 아들 왔습니다
40 후반 이민 가서 70대에 왔습니다
입으신
연초록 잔디 옷 파릇파릇하네요

식구들 안 데리고 저 혼자만 왔습니다
처와 남매 식솔들은 모두 무사하답니다
옆자리
아버지께서도 빙긋 웃으시네요

만나자 작별 인사 불효막급 하지만은
짧은 일정 다 보내고 돌아가야 한답니다
어머니
노여워 마시고 편히 누워 쉬세요

선잠 속에서

간밤에 웬일인지 잠이 오지 않더이다
밤새껏 뒤척뒤척 꿈도 꾸지 못하더니

새벽녘
선잠 속에서
얼굴 번쩍 뵙디다

오정순(吳靜筍, Oh, Jung soon) 필명: 오서윤(Oh, Seo yoon)

1958년 대구 출생. 국민대학교(가정관리과). 〈평화신문〉 신춘문예 시(2013), 〈경남신문〉 신춘문예 시(2014) 등단. 천강문학상 시 부문 (2011), 중앙시조백일장 10월 장원(2014), 1월 차하(2017) 수상. 〈서울신문〉 신춘문예 시조 (2020) 당선. '자색당근', '두목회' 동인. 물왕 백일장 심사위원(2017, 2018, 2019) 역임.

—

"하루가 흔들리며 어깨를 짓누르"고 "때로 실밥 터지고 걸음 뒤뚱 거"리며 "바닥을 탈탈 털어 잿빛 날들 고백"하고자 하는 오늘날 청 춘들의 고단한 정서가 정제된 언어로 형상화하고 있었다. 그 과정 에서 "끼워 넣을 내가 많아 어제보다 무거워요"나 "한쪽으로 쏠리는 기울기를 읽지 못해", "비구름 몰려 있는 귀퉁이 우산 한 개"와 같은 시적 화자의 진술이 돋보였다. 또한 "나, 라는 무게에서", "나, 라는 이력서", "나, 라는 햇살 목록"으로 연결되는 종장의 흐름은 작품에 균형감을 부여하는 의도적 장치로 읽혔다.

— 이근배, 이송희

차하에는 오서윤(필명)의 「며느리 야채 가게」를 선한다. 4수의 제 법 긴 호흡으로 풀어낸 작품이지만 익살과 재미가 넉넉한 삶의 활 기를 환기하는 탄탄한 역량를 엿보게 한다. '몸빼바지 며느리 싱싱 해요 호객하고/ 떨이요! 고희 며느리 추임새 절창이다'. 저절로 미 소가 번지는 바로 이 절창이 시절가조의 의미를 다시 한번 음미하 게 하였다.

— 박권숙, 이종문

—

빌딩의 그림자는 밤에 자란다

상승과 하강으로 사람들 삼켰다 뱉는
저 빌딩은 철옹성 한 마리 회색 공룡
치켜뜬 층층의 불빛 송곳니처럼 번득인다

낮 동안 접힌 어둠 날갯짓 포효하자
도심 하늘 가르며 그림자 뻗어간다
허기진 공복 채우듯 창문을 덥석 문다

바닥에 달라붙어 따개비로 웅크린 나
궤도 잃은 몸뚱이 솟아오를 수 없어
얕은 잠 뒤척임조차 그늘로 짙어진다

가방

끼워 넣을 내가 많아 어제보다 무거워요

하루가 흔들리며 어깨를 짓누르는데

거품만 빼면 될까요 나, 라는 무게에서

한쪽으로 쏠리는 기울기를 읽지 못해

때로 실밥 터지고 걸음 뒤뚱거려도

넣지도 빼지도 못해요 나, 라는 이력서

비구름 몰려있는 귀퉁이 우산 한 개

바닥을 탈탈 털어 잿빛 날들 고백할까요

마음껏 펼치고 싶어요 나, 라는 햇살 목록

수륙양용전차

채소 좌판 김 할머니 앉은뱅이 바퀴 의자
먹이고 재워주고 삼 남매 졸업장까지
반평생 제자리걸음
줄기차고 푸르다

인심은 몽땅 떨이 입담은 사통팔달
축 처진 손님쯤이야 한 방에 올라 붙이는
제 주인 빼다 박았다 두루뭉술 저 자태

여린 살 굳어가며 심줄이 박혔는지
방석을 덧대 봐도 화들짝 쪽잠 깨지만
전대가 불룩할수록
짧은 다리 들썩인다

물때썰때 비바람 무람없이 들이쳐도
밀리지도 젖지도 않는 김 뚝심 모시고
전천후 수륙양용전차
삶의 전장 누빈다

귓속에 사는 돌

이제야 회오리바람 내 안에 들어왔네
가슴을 짓누르던 소문으로 떠돌더니
누추한 집 한 채 얻어 파란을 일으키네

한 조각 귀동냥 가장 가벼웠던 탓일까
여전히 팔랑거리는 나를 다듬는 중인지
정釘으로 쿡쿡 찌르며 쪼개고 부수는데

오지에 갇혔으니 세상이야 잠잠하겠지
한 몸 의탁하려 제대로 찾아왔지만
계곡이 깊고 좁으니 돌아나갈 길 끊겼네

25시

세상이 잠들면 쓰린 위는 일어나지
편의점 라면 코너 어깨 잔뜩 움츠린 채
뜨거운 물만으로도
풀어지는 사람들

시곗바늘 밖 궤도는 불면만큼 뾰족하지
핏발 선 잉여인력 반값 명찰 목에 걸고
가판대 세일품처럼
초침으로 흔들리지

바닥까지 들이켜도 호출 문자 깜깜한데
비구름 끌어모아 바코드 통과하면
긴 공허 충전 끝난 듯
울어대는 휴대폰

검은 비닐봉지

변신의 귀재인가 움츠렸다 부풀었다
가볍게 두부 한 모 무겁게 돈뭉치까지
까막눈 잡식성 식욕
밑도 끝도 없다

출입구는 하나뿐 뒤집어도 홑껍데기
안과 밖 스미지 않아 외곬 불통이지만
찢기면 쏠 새 없는 눈물
비상구는 있다

비바람 몰아치던 날 바닥에 달라붙어
거품 다 빠진 채 파닥대는 몸부림은
한 번쯤 맞닥뜨렸던
생의 목록 같은 것

독하고 모질다는 손가락질 견디며
행상 부부 전대처럼 두둑한 꿈을 담아
용달차 꽁무니에서
깃발인 양 나부낀다

홍시

몇 달을 품었을까 기어이 쏟고 말았다
공중을 살찌우고 말라 버린 젖꼭지
그림자 강보처럼 펼쳐
부서진 몸 덮는다

구름도 산등성 따라 먹빛으로 조문하고
산사는 길손 끊겨 침묵에 들었는데
열심히 살을 파먹는 개미들만 분주하다

어미를 떠나야 어미가 되는 것인지
앞섶 풀어헤치고 새끼들 보듬은 채

조각난 붉은 저고리
마지막 보시 중이다

며느리 야채 가게

오가며 눈인사가 오십 년 장사 밑천
붉은 볼 곱던 새색시 어느덧 칠순이다
사람은 한물갔지만 상호는 제철 푸성귀

좌판부터 단골에겐 본전도 남는 장사
억척도 생물이라 뒤적이면 무르는지
버젓한 가게 얻고도 무르팍이 시리다

며느리도 없는데 며느리냐는 우스개에
미나리 줄기처럼 매끈하던 허리춤이
뱃살만 늘었겠냐고 넉살 좋게 능친다

큰아들 장가가고 진짜가 나타났다
몸빼바지 며느리 싱싱해요 호객하고
떨이요! 고희 며느리 추임새 절창이다

연주암 장맛

잘 띄운 메주만이 연주암 장맛 내랴
꽃 피고 새 우는 관악산 사시사철과
도반들 가쁜 숨까지
합장合掌하듯 익어가네

햇살 보시 목탁 보시 조석으로 백팔 배
수시로 끓어오르는 물욕을 걷어내니
장독도 가부좌 틀고
묵언 수행 깊구나

관악산 품과 깊이 설법인 양 모시고
무심으로 우려내니 시절 인연 다디다네
생불이 아니고서야
어찌 산 하나 들이랴

숯가마공방

후딱 뛰쳐나왔다 찬물 벌컥 들이키고
자궁 같은 굴속으로 돌아가는 웅녀들
금 가고 설익은 곳을 손보는 중이다

마늘보다 독하고 매운 살갗 타는 불맛을
얼마를 견뎌야 잉태의 시간 끝날까
연기가 빠져나가며 멍 같은 어둠 익는다

달아오른 몸뚱이 종교처럼 다스리며
옹기종기 모여앉아 뭉친 밀담 풀고 있다
수다 꽃 활짝 피었다 통증 없는 한 송이 꽃

물과 불이 오랫동안 잔열 놔주지 않는다
숯이 된 몸들은 뒤집을 필요 없는 듯
성한 몸 공방 나서는 발걸음이 환하다

오종문(吳鍾文, Oh, Jong mun)

1960년 광주 광산구 남산동 출생. 경원대학교 졸업(1986). 사화집『지금 그리고 여기』(1986, 혜진서관). 시조집『오월은 섹스를 한다』(2006, 태학사), 『지상의 한 집에 들다』(2017, 이미지북). 저서『이야기 고사성어 전 3권』(2005, 현실과학), 『시조로 읽는 삶의 풍경들』(2016, 이미지북) 외. 중앙시조대상(2009), 오늘의시조문학상(2015), 가람시조문학상(2017), 한국시조대상(2019) 수상 외. 오늘의시조시인회의 부의장, 한국시조시인협회 부이사장 역임. 열린시조 동인. 작가회의 회원.

> 절명을 위하여
>
> 이 생각도 불가하고
> 저 생각도 불가하다
>
> 한 문장을 수절하고
> 가슴 속이 처연했다
>
> 받아라
> 절체절명의
> 숨통 없는 피의 힘

오종문은 30여 년 가까운 시력을 보여주는 시조시단의 중견으로서 현실을 향해 날카롭고 예리한 시선을 보내왔다. 생태계의 위기에 대해 걱정하며 비판의 날을 세우거나, 정치 현실을 과감하게 풍자하는 시선, 노동자의 삶을 비롯하여 가난한 소시민의 일상을 파헤쳤던 시풍이 그의 시에 대한 논의에 항상 자리매김해왔다. 그러나 … 오종문 시인의 이번 시에는 … 특정한 지침을 내걸지 않고도, 과다한 수식을 동반하지 않고도, 이미지를 과도하게 끌어 쓰지 않고도 그는 우리 삶의 불편하고 슬픈 이야기를 편안하고 자연스럽게 들어앉힌다. … 버림과 비움, 존재에 대한 성찰과 깨달음의 사유, 소소한 것들에의 배려 등이 시의 주조를 이루고 있다.

— 이송희(시인 · 문학평론가)

한밤, 충蟲을 치다

강자가 한 수 위다 본때를 보여주리라
불쾌한 동거 끝낼 며칠 벼른 특공작전
일촉발
일대 변란이
한 호흡에 달려 있다

섶 지고 불 속에 든 덫에 걸린 어린 바퀴
불 켜자 펼쳐 내는 필살기의 저 경공술
그물망
매복을 뚫고
시야 밖에 진을 친다

비장의 마지막 수 어떤 간계 쓸 것인가
생물인 현실의 벽 도모 위해 힘 겨루다
열댓 평
천하를 놓고
한밤 내내 충을 치다

연필을 깎다

뚝! 하고 부러지는 것 어찌 너 하나뿐이리
살다보면 부러질 일 한두 번 아닌 것을
그 뭣도 힘으로 맞서면
부러져 무릎 꿇는다

누군가는 무딘 맘 잘 벼려 결대로 깎아
모두에게 희망 주는 불멸의 시를 쓰고
누구는 칼에 베인 채
큰 적의를 품는다

연필심이 다 닳도록 길 위에 쓴 낱말들
자간에 삶의 쉼표 문장부호 찍어 놓고
장자의 내편을 읽는다
내 안을 살피라는

서늘한 유묵遺墨

하루치 짧은 봄빛 잠시 세내 걷는 외길
제 뼈를 세운 고택 멈칫멈칫 들어설 때
기둥에 붙들려 사는
유묵들이 가득했다

필생을 다스려 온 필적이 주는 속말
마음에 티끌만큼 사악함이 없었는가*
뿌리째 도굴된 내면
빈 통처럼 고요했다

저 오랜 문장 닮은 한 일가의 높은 품격
청빈한 바람 몇 점 놓아두고 돌아설 때
바닥난 허기진 슬픔
그늘이 더 서늘했다

* 사무사思無邪: 논어 위정 편.

지금 DNA의 비가 내리고 있다*

지난 봄 햇볕 두엇 도움닫기 하던 강가
버드나무 웅크린 채 견뎌 온 눈 내림 끝
유전자 프로그램이 그 봄을 낳고 있다

이 땅의 자식들이 웅얼웅얼 모여 살며
결코 은유가 아닌 또 하나의 나 꿈꾸던
자궁 속 생존의 씨앗 눈물겨운 종種이 산다

봄 한철 태양의 몸 완벽하게 숨어 들어
솎아 낸 수컷의 핵 자루 속에 넣어 놓고
얼마를 더 기다려야 완벽한 날 출산할까

다 자란 아이들이 킬킬대며 사라진 골목
이미 망해버린 신이 몰래 찾은 제단 위에
복제자 DNA의 비가 꽃비처럼 휘날린다

* 리처드 도킨스Richard Dawkins는 버드나무 씨앗들이 솜털에 싸여 흩날리는 것을 보면서 "지금 바깥에는 DNA의 비가 내리고 있다"라고 했다.

아버지의 자전거

어떤 사내라도 품을 수 없는 자존심이
몇 번 횅한 바람에 쓰러지고 부러졌다
그림자 더 짧아진 길
아버지가 가고 있다

화려한 날 다 보내고 뿌리를 갉아먹는
검버섯 피어나는 그 서책을 싣고 오나
자전거 그 바큇살에 햇살들로 반짝였다

거룩한 이름 석 자 깊은 고요로 남은
마음에 접지 못한 길 환하게 놓여 있다
풍경 속 고집스러운
아버지가 오고 있다

그 여름, 화엄의 숲

총총한 별 몸을 던진 산문에 들어설 때
뜨겁게 우는 풀벌레 제 생을 다 비우고
적막은 물소리보다
산보다 더 깊어진다

이 밤 함께 동행한 몸도 갈 곳을 잃고
사랑도 얇아져서 마음까지 둘 데 없어
무작정 오금을 박는
저 불편한 불립문자

난 안다 새벽안개가 경계를 푼 뒤에도
내 입에 대못 치고 눈에 빗장을 걸고
면벽에 이르는 문을
결코 열지 않는다

놓아라 버리라던 묵언의 절집 한 채
고적한 산빛 주고 맑은 물빛도 주는
그 여름 화엄의 숲은
눈물 많은 누이 같다

꽃잎의 낙법

이윽고 바람 불고 꽃잎들이 져 내린다
세상에 고요하게 떨어지는 법 아는 듯
아뿔싸
우주율이었다
무게를 달 수 없는

목숨줄 놓아 버린데 몇 찰나나 걸렸을까
거기엔 필생 동안 오랜 연습 있었을 터
뒤늦게 배달된 봄이 근심을 툭 치고 간다

여태껏 헛것들만 움켜쥐고 있었던가
안전한 착지점을 찾지 못해 쪽잠 든다
치워라
꽃멀미였다
허리 굽혀 경배하는

혁명의 아침

내 안의, 저 하늘의 믿음 없인 곤란한 일, 빛나는 명분 없이는
더더욱 안 되는 일
  언제쯤 그 때를 만나 이 신념을 꽃 피우랴

  당신도 너도 아닌 우리 모두 키운 이념, 그 무엇에 미쳐 가며
심장을 뎁혀 가면
  멈춰 선 수레바퀴를 굴려갈 수 있겠느냐

  혁명은 그 언제나 민초의 힘 부르는 법, 칼을 쥔 손에 묻은 피
두렵지 않은 것은
  그대의 혀 속에 감춘 달콤함이 아니더냐

  첫 입술 몰래 훔친 신비로운 혁명이란, 하룻밤 품은 창녀 그
허무한 짧은 정사情事
  휴지통 말라 비틀린 분노 없는 휴지이다

  누군가 또 새날을 간절하게 원하는 때, 어떤 세상 신의 은총
마주할 것이더냐
  이 아침 내 전 생애가 저 나팔꽃 같구나

늙은 나무의 말

간밤에 눈 내렸고 아무도 오지 않았다
오늘은 큰 바람에 가지 하나 더 잃었고
어쨌든 살아남았다
오백 살도 더 넘게

인간의 울타리로 들어와 산 그날 이후
해마다 네댓 가마니 열매를 다 내주고
한날은 소갈병에나 걸린 듯이 말라갔다

무수히 달린 잎사귀 그늘을 그가 걷고
공간에 담긴 시간도 언젠가는 흩어지고
이 집은 또 텅 빌 것이다
누군가가 다녀가고

운문사를 거닐다

몇 됫박 삶 동냥하고 이 절집 찾은 걸까
난 누구고 어디서 와 어디로 가는 걸까
몸 낮춰 발소리 죽여
이 길을 걷는 걸까

다복솔 개울물에 발 담근 채 경을 듣는
생각이 너무 많아 독이 되는 남루한 하루
안개로 풀어지느냐
설법으로 풀리느냐

나 이제 못 가느니 도반 그만 가게 하고
저문 산 땅을 닮고 그 마음 하늘 닮는
운문사 은행잎 한 장
내려놓는 이 가을

오창래(吳昌來, Oh, Chang lae)
1955년 제주 우도 출생. 세화고등학교 졸업.
《시조시학》 신인상(2016, 겨울호) 등단. 정드
리 문학회 회원.

—

오창래의 「따라비 오름에서」 외外 시편들은 한라산 산자락 곳곳에
분포한 오름을 얘기한다. 시적 화자의 눈에 비친 오름은, 다시 아버
지를 나직하게 불러 만날 수 있는 재생의 공간이다. 작품 「고사리」
에서 자신이 거쳐온 삶의 발자취를 더듬어 다랑쉬 오름자락 고사
리를 찾아 헤매는 것으로 보여주는 율의 흐름은 삶의 깨달음을 얻
었다는 것이다. 시 속의 오름은 과거와 현재를 연결해주고 그립고
외로운 것들을 발아시켜 깊은 사유로 이어진다.

— 박현덕(시조시인)

—

우도에 가면

내 고향 우도에는 벌초 때만 찾아간다
그 점방 만호 하르방 외상값 다 못 갚고
유학을 간다는 핑계로 탈출하듯 떠나왔다

성산포 일출봉은 내 이력 다 안다는 듯
뱃길로 15분 거리 파르르 떨며 갈 때
그 자리 멈춰선 채로 시치미를 뚝 떼고

나도 짐짓 이쯤에선 관광 온 손님처럼
물 건너온 발길들과 우도봉엘 올라서니
아버지 산소마저도 작은 오름 돼 있었다

주간명월 서빈백사 그 하르방 그 목소리
불러보면 파도소리 그 누가 뺏어갔는지
섬머리 고래콧구멍 크게 한번 울고 간다

이슬

가는 세월 오는 세월 한 곳에 모여 있다
아득한 기억들을 무이자로 끌고 와서
초원을 거닐며 가듯 하나 둘 진열한다

나도 후생에선 잔디로 나고 싶다
들녘 저편으로 수평선도 앉혀 놓고
흑염소, 그 울음 물고 반짝이는 목마름.

공양

우째, 그런 일이 내 집 앞서 생긴 걸까
빗방울 내던지는 시위대의 말발굽 소리
늦봄에 찾아온 무리 텃밭으로 옮겨간다

일삼아 심은 것도 뿌린 것도 아니지만
80평 텃밭으로 숨어드는 저 연출들
수줍음 저녁놀로도 가리지를 못한다

내 삶의 가뭄의 밭에 소리없이 내려앉아
그 누가 딸기 몇 알 공양하고 갔을까
그리움 다독이면서 익어가는 그 해 여름.

고사리

5월 들녘에선 아버지 생각이 난다
어쩌다 햇살마저 멈칫하며 기웃댄 날
혼자서 산행을 하는 다른 이유 거기 있다

내 손으로 제사상을 준비하기 위해서
다랑쉬오름 기슭에 고사리 찾아갔네
오름은 안개속으로 함몰하는 그리움.

국자로 등을 긁다

홀아방 삶이란 게 다 그런 것 아닌가
옷장에 모기장도 내팽개친 가을 저녁
첫 시집 준비하는데 등어리가 가렵다

내 성질에 저걸 그냥 가만히 둘 수 있나
어둠 다 내리지 않은 누군가 그리운 시간
국자로 등을 긁는다 툭툭 등을 때린다

가만히 내버릴 걸, 그냥 그대로 잠잘 걸
기어코 또 한 생명 피를 보고 말았구나
국자의 손잡이로는 연민의 정 피어오른다.

옥영숙(玉寧淑, Ok, Young sook)

1959년 경남 의령 칠곡면 출생. 창신대학교 (문예창작학과) 졸업. 〈매일신문〉 신춘문예 (2000) 등단. 시조집 『사라진 詩』(2009, 고요 아침), 『완전한 거짓말』(2016, 고요아침), 『흰 고래 꿈을 꾸는 식탁』(2019, 경남, 세종문학나 눔도서) 외. 열린시학상(2009), 경남시조문학 상(2013), 성파시조문학상(2020) 수상. 가락 문학회 동인. 경남문인협회 편집장, 창원문인 협회 이사, 한국시조시인협회 이사.

수련

옥영숙

하루에도 몇 번씩 참을 일이 생기면
사는 것이 진흙탕에
길을 다지는 일이라고
숨 한번
크게 몰아쉬고
수련에게 말을 건넨다

옥영숙 시인의 작품은 활달하면서도 아주 작고 미세한 울음이 떠 다닌다. 질박한 듯 보이지만 체로 걸러낸 선명하고 수많은 점들이 모자이크 되어 하나의 상을 만들어내고, 투박한 듯 보이지만 세련 된 가락과 시적 상상력이 오롯하게 빛나고 있다. 도시 공간 속을 걸 어가면서도 지나온 기억을 잊지 못하는 한 마리 새 같기도 하고, 툴 툴 털어내면서도 자꾸 뒤돌아보며 따스한 시선을 보내는 보헤미안 같기도 하다. 갯내 같기도 하고 갯내를 실어오는 바람 같기도 하며, 그 바람에 묻은 향수 같기도 하다.

— 이지엽(시인 · 한국시조시인협회 이사장 · 경기대 교수)

사라진 시詩

물때 지난 낚시터에 앉아 찌를 던진다
바다는 무한대로 열려있는 경전이라
허물을
다 벗어 놓고
낚싯대는 몸을 떤다

한 번만 입질하면
미련 없이 작파할 텐데
해면에 부딪치어 무릎 꺾인 햇살도
물 밑의
떠도는 하늘에
미련 남아 일어설 수 없다

죄가 많아 시를 쓴다는
선배 시인 말마따나
어찌할까
절망으로 빛나는 온갖 사유
갯벌의 물고랑처럼 다음 물때를 기다린다.

수련

하루에도 몇 번씩 참을 일이 생기면
사는 것이 진흙탕에 길을 다지는 일이라고
숨 한 번 크게 몰아쉬고
수련에게 말을 건넨다

수렁에서 수렁으로 옮기는 발자국마다
쓴 물을 토해내며 꽃 피운 수련 그늘에
조금씩 벗어 놓은 마음
햇살이 넓게 퍼진다

뒤풀이

기억할까 수줍은 술잔을 건네면서
서로에게 넘치거나 꽝꽝 언 마음이나
한 때는 눈 안에 들려고 까치발로 발돋움했던,

믿을 것이 못 되는 서너 가지 기억에
취기의 살가움은 오랫동안 생생하고
쌀밥도 꼭꼭 씹으면 좋은 안주 된다는 것을,

출처가 불분명한 인연에 매달려서
있는 듯 없는 듯 보호색 띠며 앉았다가
슬며시 눈치채지 못하게 집으로 돌아왔다

무단횡단

부도덕한 약속인 줄 알면서 선을 넘는다

옷자락 여미고 명쾌하게 몸을 날리는

앞과 뒤
완성된 간격에
그만둘 수 없는 유혹이다.

한 마디

눈꺼풀이 떨리고 멀미나는 울림중
가슴 그늘 깊은 곳
지진이 일어난다

사랑해

가장 짧고도
완전한
거짓말

은어가 오리라

진양호 여울목에
알에서 깬 치어들이
장마 뒤 때맞추어 귀향하는 소식은
맨발로 마중 나가는 경호강의 인심이다

물보라 돌이끼의 돌젖을 빨아먹고
어느 명문 귀족의 향긋한 피가 흘러
깨물면 전율의 수박향
구경꾼들 모여든다

물목의 한 자락에 비밀의 방 마련해
어린 것 하나하나 비단길 열어놓고
산란 후 둥둥 뜬 살점
혼자 가는 가을이다

취업일기

스펙으로 무장하고
정규직을 구하던
아들은 스물네 번의 고배에 고개 꺾여
청춘은 감춰 둔 죄 하나 들킨 듯 모로 누웠다

살과 뼈에 속속들이 땀과 눈물을 섞어
시장에 내다 팔
자기소개서에 옷을 입혀
떨이요,
떨이를 외치는
목젖이 부어올랐다

그저 한번 훑어본 후
흑백이 구별되고
삭제되는 이력 앞에
눈 비비고 비비며
전송된
불합격 메시지에
목덜미를 만졌다

지독한 봄날

아버지 봉분가에 핀 제비꽃을 옮겨왔더니

"내 새끼야"
"내 새끼야" 비밀한 음성으로

내 몸을
친친 감는 며칠
지독한 봄날이다

가족관계증명서

팔자에 돈복 없고 넘쳐나는 일복 앞에
잘 먹고 잘 사는 게 얼마나 힘든 일인지
열 개의 프라이팬이 동시에 달궈지다

젊은 연예인의 사망 뉴스를 보면서
고장 난 브레이크 트럭 같은 삶이라도
먼 들판 살얼음 밟고 봄소식은 올 것이다

우연히 만나서 필연으로 만든 운명
무릎에 뉘어 놓고 귓밥도 파 주면서
이불귀 바로 펴주며 잘 자라고 말한다

내 마음의 우산

내 나이 열아홉에 긴 편지를 쓰던 밤은
잠든 아버지 베개 너머 별자리로 그물을 짜

빛나고 아름다운 출항
그 모든 기쁨이었다

작은 배 돛대 곁으로 숭어 떼를 보내고
수천 길도 넘어 뵈는 바닷길을 열었으나

멀리서 묻어오는 먹구름
그 고요를 알지 못했다

내 몸의 안팎으로 석달 열흘 퍼붓던 비
그 바다를 떼어놓고 헤엄쳐 온 오늘까지

볕 바른 포구에 살면서
가끔 하늘을 본다

옥정숙(玉靜淑, Ok, Jeung suk)

1963년 경남 삼천포 출생. 《시조사랑》(2017)
등단. 한국시조협회 등용문상(2018) 수상.

일몰-그 순간

옥 정 숙

해넘이 붉은 하늘
제 품에 뜨겁더니

강물에 발을 담궈
강물마저 타오르고

태워서 남은 자리엔
빛내림이 눈부시다

—

옥정숙 님의 「물고기의 꿈」은 한마디로 작가의 안목을 감지할 수
있는, 스케일이 큰 수작입니다. 첫째 수 '해무 속 염원으로 머리를
누이고 운무 낀 산허리를 속살로 달려가니 끝없는 동해바다는 내
안 같이 반기네'에서 초장은 정신세계인 공空이요, 중장은 눈에 보
이는 색色입니다. '해무'와 '운무', '머리'와 '속살'의 대조가 어쩌면
이리도 절묘할까요!'물 내음 기억이 두고 천년을 견뎌내리' 둘째 수
종장에서 물고기의 꿈을 분명히 제시하고 있습니다. 이는 결과적
으로 화자의 꿈일 수도 있습니다. 전체적으로 불교적 성격이 짙은,
무게 있는 시조입니다.

— 구충회(시조시인 · 한국시조협회 상임부이사장)

—

달을 마주보며

애궂은 강물만
재촉하고 비추는 일
그 날의 서투른
고백처럼 남지 말고
얼굴에
가득히 담은
그 마음 내게 주오

수줍던 어린아이
석양을 보고나서
산 너머 꾸던 꿈이
손톱 끝에 아려 온다
아직도
깨어나지 않은
내 꿈에 들어오오

꿈길에서

꿈길에 길을 잃어
어둠 속에 서 있는 날
강물이 얼어붙어
달빛도 갇혀있네
그대여
햇빛 올 때까지
등이나 기대보세

시작은 준비가 없다

묻어둔 추억들은
갇힌 채 자라나지
하늘과 바다만이
세상의 전부인 곳
훠이이
파도에 묻혀
세상 구경 떠나게나

가다가 반겨 주면
사정없이 달려가리
바위에 부딪치고
산산이 부서지리
그렇게
비워낸 가슴
태양도 품을 테지

가슴에 남은 기억은

눈물이 발등 위에
툭하고 떨어진다
신발 끈 묶고 있던
흰 손등도 적시네
기억은
뿌리 깊은 나무
둥지 틀고 안겨있다

나무는 해마다 자라
내 키보다 늘 높다
가지 끝에 뽀얗게
피어나는 꽃이던가
지난밤
바람으로 와서
꽃비인 양 흩날리네

효자손을 탓하다

등줄기 시원하다
애지중지하면서
아랫목 함께 누워
밤 샌 적이 몇 번인가
강산이
변한 건 알고
내 마음은 어찌 몰라

지난밤 어둠 속에
등대고 속삭인 걸
듣는 둥 귀 막고서
나 몰라라 잠만 잤나
세상에
믿을 거 없단 말
너를 두고 한 말이네

장전 이끼 계곡을 오르면서

산길에 감자 꽃이
어디 가냐 묻더니
모퉁이 아카시아
서두르지 말라 한다
가는 길
맑은 계곡에
신발 벗고 앉는다

이끼가 저리 파래
계곡이 절로 깊고
시간을 길게 늘여
물마다 안개 피네
담다가
물색에 젖은 너
이끼인지 나인지

바람의 바람

바람이 슬금슬금
흙담 위를 탐하더니
밤 새워 달빛 젖은
달맞이꽃을 툭툭 친다
순정은
어디에 두고
길목마다 기웃대나

너의 이야기

빨간 공중전화
가게 앞에 걸린 동네
허름한 행색에도
웃음꽃이 가득이다
손에 든
동전 개수만큼
이야기가 오간다

첫사랑 서툰 몸짓
어떻게 생겼는지
일상사가 얼마나
달콤한지 몰랐었네
뚜뚜뚜
늘지 않는 건
주먹 속에 용돈뿐

봄날에

겨우내 품에 안겨
속삭이던 숨결들이
봄바람에 흥에 겨워
햇빛 안고 톡톡 튄다
뻗어 둔
가지가지마다
하늘까지 날고 싶다

첫봄에 피어 난
뽀송한 꽃송이들
온 동네 조잘조잘
윤슬처럼 빛나더니
보름달
환하게 뜬 날
지천으로 날아간다

오늘 하루

하늘 위 구름 꽃은
언제 봐도 새로워라
울 아버지 휘휘 저어
깨금발로 다니시나
괜찮다
그 말 하나 믿고
일상으로 돌아온다

용진호(龍珍浩, Yong, Jin ho)

1933.~2001. 전남 해남 출생. 호 계산(溪山, 桂山). 전남대학교 중퇴.《시조문학》천료(1980) 등단. 시조집『계산 시조선집』. 문화재 보호 미단 수기 수상. 한국문인협회 전남지부, 한국시조시인협회, 나래시조문학회, 가람문학회, 한국한시연구원, 한국불교아동회의 회원. 동시조운동본부 간사, 한국시조 문학회 이사, 국민운동 송지면 지도위원, 중학원 강사 역임.

—

갈대

1

죽 그은 한 점, 획劃을 갈기 갈기 찢은 골에
쥐어 짜 털어 말린 갈증으로 피는 넋이
허벅지 들어 내놓고 계절 앞에 앉는다

2

삶은 듯 훈김 속에 웃음꽃이 한창일래
차가운 햇볕 받아 죽순竹筍만큼 눈 뜬 날에
다정해 지칠 줄 모른 연인들의 이야기

3

가무歌舞로 누벼 가는 비상길도 초연하여
영嶺 마루 맺힌 사연 정설 마냥 접어 두면
포효성咆哮聲 가슴마다에 방울방울 구른다

외돌괴

1

수많은 하소연을 못다 풀고 죽은 넋이
한으로 그냥 남아 물고 뜯던 몸부림에
담아도 흩어진 언어 바윗돌만 할퀸다

2

부르다 목청 찢겨 푸른빛을 토해 놓고
돛단배 없는 수평 아쉬워서 돌아보니
파도에 밀리는 주름 그림자를 닦는다

진달래

애모愛慕의 눈망울을 가지마다 맺어 두고
흐르는 그리움을 초롱불로 밝히더니
긴 세월 검게 탄 산을 향에 섞어 바른다

눈부신 햇볕 따라 심장문을 열어 두면
소쩍새 우는 두메 봄이 먼저 찾아들어
접마다 구겨진 곳을 곱게 다려 펼친다

달밤

1

날리는 은가루가 발아래 차이길래
터뜨려 보러간 길 돌아보니 십 리일세
맑은 물 흐르는 냇가 마중 나온 그 얼굴

2

살폿이 하늘가에 선녀가 던진 구슬
이 밤사 굴리우고 제멋대로 놀자더니
새벽 닭 두어 햇 칠 때 홀로 가는 걸

3

굴골진 세월 위에 주름 자락 셈을 마오
버선코 소복에만 슬픔 가득 하오리까
데려다 물어를 봐선 한이 없는 이야기

봄

밀어로 일렁이는 싱그러운 계절 앞에
돋아난 그리움이 나비 따라 닿는 날은
꽃 미소 구를 때마다 채색되는 초록빛

즐거이 받은 반추反芻 한 계단씩 밟고 서면
흰 구름 뜬 곳마다 새 울음도 간지러워
풍만한 가슴을 열고 젖무덤에 묻힌다

벽파야곡碧波夜曲
— 도선渡船에 앉아서

돛대에 걸린 달빛 비비다가 부서질 때
실바람 한 오라기 흰 한 물결 가로질러
은빛을 붓 끝에 묻혀 찍어 내는 조각달

어둔 밤 꽃등 달아 대낮같이 밝혀 놓고
마음에 자리하는 덮인 관곽棺槨 허물으면
어느새 그립던 얼굴 파도 위에 앉았네

점점 섬 갈라 놓은 칼날 같은 푸른 물결
부둣가 한을 씻다 저도 함께 울었기에
갯내음 짭짜란 사연 해조음에 풍긴다

경포대

동해물 들이키고 경포호鏡浦湖에 빠진 달을
술잔에 듬뿍 떠서 시詩를 낚아 올리더니
호수湖水 차 들어 마시는 멋진 풍류 그립다

산

말문을 닫고 서서 바라보는 높은 봉도
가까이 느껴지는 순희 갑이 입김처럼
따슨 정 물씬 풍기어 안겨보고 싶은 산

냇물이 조갈조갈 노래 싣고 흘러가면
얕은 산골짝마다 쏟아 놓은 이야기에
웃음을 터뜨리다가 허리마저 굽었네

냇물

뼈 아파 구른 운명 설움 담아 일렁이다
시름 배船 보낸 뒤에 흩는 마음 다듬어서
꽃 바람 사르르 불면 떠오르는 보조개

해묵은 주름살이 포개지는 긴 얼굴
반 반씩 쪼개우면 산정수정山情水情 멍든 자리
먹구름 진하게 풀어 아미蛾眉 곱게 그린다

다방

한 여자 고백서를 여백마다 걸어 놓고
보다가 지칠 쯤엔 창밖으로 내던지면
구름도 애환을 삼켜 달도 젖은 이 한밤

용창선(龍昌善, Yong, Chang seon)

1964년 전남 완도 출생. 국민대학교 학사 (1988), 성균관대 석사(1991), 우석대 문학박사(2004). 〈서울신문〉 신춘문예(2015) 등단. 시집 『세한도歲寒圖를 읽다』(2019, 고요아침), 『달의 남쪽을 걷다』(2016, 고요아침, 공저) 외 3권. 저서 『문학과 교양』(1998, 학지사), 『고산 윤선도시가와 보길도 시원연구』(2003, 샘물), 『윤선도 한시의 역주와 해설』(2015, 월인). 『보길도 윤선도문학관 스토리텔링』(2016, 완도군). 중앙시조백일장 장원 2회(2012, 2014). '율격' 동인. 중 · 고교 교사, 전 성화대 교수 역임. 목포대 출강.

용창선의 시를 관통하는 시어들은 그리움과 외로움, 사랑이다. 가난을 막아서다 "바람을 등에 지고 상현달로 떠오른" 부모님을 그리워하다(「도치미끝, 차마고도」), "쓸쓸한 입술 속에서 다시 피는 당신 이름"을 부르며 외로움을 어루만진다.(「께나」). "뼈마디 시퍼런 결기로 빈 들판에 홀로" 서서 결연한 삶의 의지를 다지는가 하면 (「세한도를 읽다」), "눈물도 산을 깎아 벼랑을 만드는" 시공을 초월한 상상력을 발휘하여(「우항리 일박」) 탄탄한 구성 속에 치열한 삶의 현장에서 느끼는 짙은 페이소스를 감동적으로 부여한다.

— 박성민(시조시인)

얼음 소녀*

잠에서 깨어나니 온몸에 쌓인 눈송이
고운 옷 입은 나를 엄마는 알아볼까요.
눈들도 발 헛디딘 벼랑 물집 잡힌 살얼음.

비릿한 물고기가 몸 안에서 헤엄쳐요.
얼음 같은 전생 속에 눈과 귀가 멀어져 가요.
바람은 제 몸의 구멍을 틀어막고 우는 피리.

얼음의 저린 손을 풀어주는 봄인가요.
눈에 낀 얼음에서 울음이 만져지고
당신이 찰옥수수처럼 목젖에 자꾸 걸려요.

삐꺽이는 나무계단 거기 서있던 나를
당신은 잊었을까요, 눈꺼풀 너머 사랑을
오백 번 겨울을 건너온 이 서늘한 외로움을.

* 얼음 소녀: 1999년 아르헨티나 북서부 칠레 국경지대인 해발 6,700미터 안데스 산맥 얼음 구덩이 속에서 발견된 15세의 미라 소녀. 500년 전 잉카제국의 옥수수 추수 때 제물로 바쳐졌다고 한다

세한도歲寒圖를 읽다

잔기침에 잠 못 들던 풍설風雪도 그치고
수런대던 안부들마저 발길 끊은 겨울 아침
차디찬 살을 부비며 먹 가는 소리 듣는다

수척한 바람 하나, 빈 마당을 쓸고 가면
천 리 바다 너머인가, 맵고도 시린 목숨
묵선墨線에 핏물이 돈다 새 살이 돋아난다

쌓이는 눈뭉치에 몸을 꺾는 한때의 적막
수묵의 갈필로도 못다 그린 그리움은
뼈마디 시퍼런 결기結氣로 빈 들판에 홀로 서다

우항리* 일박

수억 년 전 돌의 몸에
걸어 들어간 발자국은
흩어지지 않기 위해 서로를 껴안고 있다.
단단한 돌의 심장에 물집 잡힌 그리움

파도가 다독이는
오래된 실밥 자국
움푹 팬 눈물이 내게도 있었던가.
한 꺼풀 시간의 속살이 상처들을 잠재운다.

먼 곳의 우레가 선사先史를 건너올 때
눈물도 산을 깎아 벼랑을 만드는가.
직립한 등뼈가 서러워
잠 못 드는 우항리.

* 우항리: 해남군 황산면에 있는 공룡화석지.

목포여, 희망의 노래여

등대의 불빛이 밤바다를 비추듯이
목포 시민 감싸안는 웅숭깊은 손길로
사랑이 넘치는 목포 백목련이 환해라.

은물결 반짝이는 영산강 파도 타고
선창가에 밀려오는 삼학도 전설이여
거대한 포구의 심장 희망으로 다시 뛰자.

노적봉에 살아있는 충무공의 충정들이
유달산 안개 따라 은은하게 퍼져간다.
목포는 그리움이어라, 뜨거운 노래여라.

뫼비우스 띠가 돌듯 종착역이 출발역인
목포는 1번국도, 신의주로 만주벌판으로
저 멀리 시베리아까지 달려나갈 기차여.

그리하여 우리나라 등불이 될 목포여
세계의 출구가 될 오오, 우리 목포여
물밀듯 벅찬 가슴으로 불러보는 사랑이여.

도치미끝, 차마고도車馬古道

1.
발 땀으로 흘려 깎은 절벽의 산허리엔
목숨처럼 까마득한 안개가 감겨들고
아득한 말방울 소리 흔들리고 있었다.

수천 년 찻잎들을 실어 나른 티베트 말
늙은 말의 눈빛은 길 없는 길을 읽고
몸 하나 비틀고 나온 샛바람이 푸득댄다.

쥐와 새만 밤낮으로 수직 절벽 지나가고
등짐과 살가죽이 맞붙어야 건너는 곳
마방들 지나는 벼랑은 신음소리 흩날린다.

2.
어둠 번진 도치미끝* 뼈 시린 가난 앞에
바람을 등에 지고 바람이 된 아버지
벼랑도 상현달처럼 떠오르고 있었다.

* 도치미끝: 전남 완도 보길도 중리와 백도리 경계 해안을 따라 길게 형
성된 활 모양의 곶串으로 바다를 향해 400m정도 뻗은 절벽. 보길도 사
람들이 도끼를 '도치'라 부르는 데서 '도치미', '도치바구', '도치미끝'이란
이름이 붙었다.

깨냐*

한 사람을 잊는 데에 한 평생이 걸렸다
뜨거웠던 몸과 다리 싸늘히 식고 나면
연인의 정강이뼈로 만들어서 부는 피리

그대가 오신다는 바람결에 꽃은 핀다
외롭게 걸어왔던 이번 생의 부은 발등
그리운 이름 부르며 무릎 꿇고 앉은 밤

온 생을 기다려 온 다리뼈에 구멍 내어
절뚝이며 걷듯이 외로움을 채우면
쓸쓸한 입술 속에서 다시 피는 당신 이름

* 깨냐: 죽은 여인의 정강이뼈로 만들어서 분다는 안데스 인디언들의 피리.

운림산방雲林山房

비바람 다독이던 첨찰산 아랫 골에
아침저녁 들락대는 산방의 짙은 안개
운림지雲林池 수묵 빛 가득 구름숲을 펼친다.

배 띄운 연지蓮池에 수련 둥둥 벙글면
물소리에 젖은 편지, 읽다 잠든 소치小痴 노인
먹물로 꿈틀거리는 잉어들이 휘돈다.

산방에 여름 들자 이내가 질펀하다
오솔길 지는 꽃이 저녁놀 울릴 때면
화공畵工은 앞개울 위로 하얀 달을 띄운다.

닭섬*, 해 낳다

부상扶桑에서 노닐 때는 벼슬 제법 높았다지
닭똥 같은 잔별들 하나 둘 돋아날 때
신음의 난생설화卵生說話가 노을 아래 퍼진다.

새벽 불러 잠 깨우던 닭벼슬 간 데 없고
꽁지머리 다박솔 산파되어 수발든다
핏물이 들끓는 바다 막 낳은 알 따뜻하다.

* 닭섬: 완도군 노화읍 넙도 내리 부속 섬. '웃닭섬'과 '아랫닭섬'이 있다.

단단한 바다

　그물코에 딸려 나온 무장공자 거동 보소.

　오라 풀린 수족관에 철갑 두른 장수 걸음 등때기 돌때기 배딱
지 희끔희끔, 등짝은 잿빛누비 배때기는 물결누비, 두 눈은 중
천에 우뚝 버큼은 한 솔 벅적, 알록달록 집게발로 하늘 한 쪽 자
르고는 게거품 입에 물고 바다를 풀어놓는다.

　단단한 바다의 기억, 헛발질로 걸어온다.

김우진

1.
현해탄 건너가던 그날의 관부연락선
미안하지만 내 짐을 이 주소로 보내주오
식민지 청년의 두 눈은 저녁놀에 물들었다

전라도 목포부 북교동 김수산
목포에서 경성으로 부산에서 동경으로
절망을 끌어안고서 청년은 꿈을 꿨다

산돼지로, 이영녀*로 힘겹게도 살던 민족
분노의 한밤부터 눈물의 새벽까지
마음의 불길을 꺼내 쓰고 또 쓰던 청년

2.
째보선창** 낮달은 불안하게 떠있다
안경을 고쳐 쓰고 담배를 꺼내 물면
아득한 희망이던가 먼 집이 불을 켠다

축음기 바늘이 기억하는 사의 찬미
술 덜 깬 바다는 새벽까지 일렁이고
토해낸 달빛 하나가 흐릿하게 흔들린다

청년의 유서가 이 가을 보도步道 위에
망설이다 몸 던지는 은행으로 쌓이는데
아직도 바다를 못 건넌 그 사랑이 떨고 있다

* 산돼지, 이영녀李永女: 김우진이 쓴 희곡.
** 째보선창: 목포시 온금동에 있었던 선창. 배를 댈 수 있는 조그마한
만灣에 부두를 설치하면서 삼면을 막고 한 면만 열어놓아 언청이 모습
을 하였다고 해서 '째보선창'이라 불림. 지금은 매립되고 없다.

우도환(禹道煥, Woo, Do hwan)

1955년 경기 안성 금광면 출생. 농협대학교,
연세대 경영대학원(경영학과) 석사 졸업. 《스
토리문학》신인상(2011) 등단. 시조집『행복마
트』(2018, 장서원). 한국시조시인협회, 오늘의
시조시인회의, 한국문인협회 회원.

우도환 시인은 짧은 문단활동에도 불구하고 좋은 시조를 창작하고
있어 놀랍다. 그의 시조를 대하면서 문장의 기본기가 가장 중요하
다는 사실을 다시 한번 확인했다. 문장의 시작에서 마침에 이르기
까지 막힘없는 흐름, 내용의 일관성과 통일성, 명확한 표현, 정형시
인 시조 형식의 준수 등이다. 이에 더해, 깨끗하면서도 섬세한 마음
의 눈으로 세상을 바라보는 안목이 있어야 좋은 시적 결과물을 얻
을 수 있다. 그의 첫 시조집『행복마트』의 작품들은 이러한 조건을
충족하고 있다. 그의 시조가락의 보폭은 빠르지도 않고 또 결코 느
리지도 않다. 오히려 느긋하다. 작품 곳곳에 배어있는 그의 품성을
볼 때에 시조 창작은 인격의 완성이라는 데에 이르게 된다.

— 지성찬(시조시인 ·《스토리문학》주간)

꽃밭에서

채송화 백일홍에
분꽃에 맨드라미

수수한 모습에다
향기랄 것도 없지만

넌지시
건네는 미소에
어머니가 보인다

담쟁이

소나무를 감았던 담쟁이는
약이 되고

시멘트벽을 오른 담쟁이는
독이라는데

내 몸을 붙잡은 담쟁이는
약이 될까 독일까

우전차雨前茶

조그만 찻잔에다
따뜻한 물을 붓는다

잠자던 이파리가
파랗게 살아나서

잊었던
봄날의 꿈을
하나 둘 피워낸다

행복마트

오가는 이웃들과
행복을 나누자고

따뜻한 마음으로
저 가게를 열었겠지

주인은 어디 갔을까
세놓는다
써놓고

달동네를 지나면서

뉘 그린 솜씨인가 담벼락이 호사한다
그림 속 정원에는 장미가 곱기만 한데
노인들 주름진 얼굴은 무채색으로 바랬다

한 무리 젊은이들 목소리가 낭랑하다
무시로 눌러대는 칼칼한 셔터 울림에
목이 쉰 개 짖는 소리가 빈 골목을 맴돈다

달이 가까울수록 집들은 더 기울었다
카메라는 열심히 그 모습을 담는다만
고단한 주인의 그림자는 그냥 두고 떠났다

목멱산을 바라보며

오늘은 목멱산이 몸살을 앓는구나
뿌옇게 두른 근심 몸뚱이 천 근일 터
허억 헉 쉰 목소리에 메아리도 울지 않네

봉홧불 치올리며 당당했을 그 몸짓
상처가 깊다 하여 불씨까지 사위었으랴
천년을 벼리어 온 꿈 풀어 볼 날 있으리

잎은 나무가 아니었다

간밤의 비바람에
푸르던 잎이 다 졌다

바람은 더 매섭고
줄기는 활처럼 휜다

그렇다
줄기가 남았다
무색의 힘줄 같은

쓰레기

어찌 보면 산다는 건
쓰레기를 만드는 것

입고 먹고 자고 하며
끝내는 죽을 때까지도

아니라
말하고 싶은 사람
있기는 할 테지만

아버지

저기 느티나무가
그런 줄 몰랐어요

늘 멀찍이 서있어
무덤덤한 줄만 알았지

어느 날
한꺼번에 저리
타오를 줄 몰랐어요

개망초꽃

꽃이랄 것도 없어
이름까지 개망초꽃

아무데나 여기저기
눈길 한 번 못 받다가

한바탕 어우러지니
어느 꽃도 무색하다

우성훈(禹成勳, Woo Sung hoon)

1946년 충북 음성 출생. 호 효산(曉山). 한양대학교(1972), 고려대 경영대학원 졸업(1980). 《문학세계》시조(2010), 《한국작가》시(2014) 등단. 전국시조공모전(2010), 한국시조문학상(2017), 대은시조문학상(2018), 대한민국시조문학상 대상(2019) 수상. 한국시조시인협회, 한국작가회 회원. 여강시가회 동인. 한국시조협회 부이사장. 한국단시조100편선집『현대시조유취』발간위원장. L그룹 CEO 역임.

미완(未完)의 장
禹成勳

하얗게 밤을 잊은
고뇌의 時間들이
허공을 맴돌다가
기약없이 스러져도

아직도
전하지 못한
묻혀진 묵언(默言)인가.

—

정갈한 시심을 담백하게 그리고 있다. 시인의 내면이 얼마나 아름다운지 그대로 읽힌다. 산비로 말미암아 몸 안의 '감성의 세포'가 꽃같이 일어난다. 둘째 수에서 비 오는 산길을 서둘러 올라가 '아카시, 갈참 나무, 지칭개, 애기메꽃'과 마주한다. 자아와 세계와의 만남이다. 외적·내적 조응이다. 자아인 시심과 세계인 청심이 하나로 어우러진다. 밤꽃 향기의 시심과 가지 꺾어 몸을 후려치는 청심의 조화로 이 시편은 우리의 때 묻은 마음을 말끔히 씻어준다. 그리하여 단비 맞으며 자아는 세계와 합일을 이루며 산새 되어 날고자 한다. 어느 일면 가람 이병기 선생의 시조를 보는 듯하다. 이 시인은 넉넉한 감성과 생태학적 혹은 생명시학적 정신을 시속에 녹여 보이고 있다.(「산비山雨」)

— 이정환(시조시인·정음시조문학상 운영위원장)

—

월정리 역驛
— '철마鐵馬는 달리고 싶다'

기억마저 덮으려나, 쌓이는 저 낙엽들
기적 소리 울부짖던 원산행 완행열차
반백 년 녹슨 잔해를 가을빛이 휘감는다.

핏빛으로 물든 산하 탄혈마다 꽃은 펴도
동강 난 반도의 허리 먹구름이 덮일 때면
또 다시 동공을 키워 북녘 하늘 바라본다.

바람은 낙엽처럼 흩어져 겹 쌓이고
기약 없는 한랭 전선 절규하는 철마여
눈보라 몰아치기 전 툭툭 털고 일어서라.

갈대 숲 우는 소리 스산한 비무장 지대
'철마는 달리고 싶다' 유라시아 대평원을
생과 사 경역境域을 넘어 이 세상 끝까지.

송년送年

상행선 하행선이
교차하는 간이역

한사코 길 떠나는
비정한 저 나그네

아픔만
심해心海에 풀고
손사레 치며 가는구나.

흔적

일 년 내 책상 위에
올라앉은 카렌다

날짜마다 빼곡하게
사초私草한 나의 일상

열두 달
오감족적五感足跡이
웃고 울며 스쳐간다.

우포늪 연가

태고의 숨결인가
피어 오른 물 안개

안개속 여운餘韻으로
홀로 가는 조각배

열두 폭
동양화로도
못 담을 미망未忘이여.

햇빛은 스멀 스멀
물가로 내려오고

물 기슭 풀벌레 소리
청아하게 여울지면

하늘을
수놓은 별들
늪에 들어 반짝인다

오월의 숲

황매산 산마루에 붉은 해가 떠오르고
산자락을 휘어 감은 운해가 그림 같다
계곡은 가득한 햇빛 수줍게 날개 편다.

골짜기는 청량한 물소리로 노래하며
숲들은 지난밤 꿈 얘기로 소곤소곤
고요 속 꽃잎 흩날리는 숲길에서 길을 잃었다.

사월이 오면

1.
언제나 그 자리에
다소곳이 앉았던 너
우수가 넘실대는
눈망울을 떨구면서

시름을 안으로 저미며
그 아픔을 삭였을까

2.
막 피어난 꽃잎을
봄비가 적시는 날
크렁한 젖은 눈이
얼비쳐 떠 오른다

긴 세월 떠나지 않는
사월의 미망未忘이여

미완未完의 장

눈시울 시리도록
고이는 사무침이
가슴을 검게 태워
흔적만 남겨 놓고

무시로
망각忘却을 깨워
피안彼岸을 넘나든다.

하얗게 밤을 잊은
고뇌의 시간들이
허공을 맴돌다가
기약없이 스러져도

아직도
전하지 못한
묻혀진 묵언黙言을인가

산비山雨

새벽녘 반가운 빗소리에 잠을 깨니
목마른 대지 위엔 물안개가 춤을 추고
내몸엔 감성의 세포 꽃같이 피어난다

서둘러 비 오는 산길을 올라 보니
아카시 갈참나무 어서 오라 손짓하고
지칭개 애기메꽃은 반짝웃음 터트리네

산 숨결 밤꽃 향기 시심詩心으로 이끌고
청심靑心은 가지 꺾어 이내 몸을 후려치니
오늘은 단비 맞으며 산새 되어 날고 싶다.

복수초福壽草

땅속 가득 퍼지는
뜨거운 너의 숨결

온몸 살라 눈 녹이고
쫑긋 솟은 노란 등불

봄 아씨
오시는 길목
밤을 새워 밝히네.

장미

유월이 숲을 깨워
빗질하는 아침 나절

새빨간 장미꽃이
햇살을 털고 있다

가시로
속살 감추고
푸르름을 유혹하네.

우아지(禹雅智, Woo, Ah ji) 본명: 우현숙(禹玄淑, Woo, Hyun sook)

1960년 경남 함양 백전면 출생. 인제대학교(국문과) 석사 졸업(2008). 《현대시조》 신인상(1993) 등단. 시조집 『히포크라테스 선서』(2002, 대산), 『꿈꾸는 유목민』(2006, 세종), 『염낭거미』(2012, 고요아침), 『손님별』(2015, 책만드는집), 시조선집 『점바치 골목』(2017, 고요아침). 제12회 실상문학상(2009), 제2회 부산시조작품상(2014), 제9회 정과정문학상(2017), 제25회 부산문학상 대상(2018) 수상 외. 동아대 문창과 외래교수, '예감藝感' 시조동인회장, 《문학도시》 편집장, 부산시조시인협회 편집주간 역임 외. 나래시조시인회의, 오늘의시조시인회의 회원. 한국시조시인협회 중앙위원.

시가 시 자체에 함몰되어 갖은 개념 조작과 기호 조작이 행해지고 있는 세태에 우아지의 시조는 자기동일성의 아집에서 탈출한 삶의 실상, 존재와 현상의 개별적 가치를 신선한 감성으로 건져내고 있다. 온갖 사물과 현상의 생명을 발견하고 자신의 삶과 상호 교유하는 것이다. 그의 그리움과 연민과 안타까움은 유類의 차이와 시공의 간극을 초월하면서 시조 형식의 원심력과 구심력 사이를 오가며 긴장하고 마찰하고 비상한다. 이는 시인의 교양 불교적 보살심에서 나온 것이기도 하고, 솔직과 공평을 유지하려는 지혜와 섬세한 언어적 감성이 어우러진 아름다운 결실이기도 하다.

— 신진(시인 · 동아대 명예교수)

가을 뱃살

헬스장 가는 길은 오래전에 잊혀졌다

러닝머신 오르던 발 가속페달 밟다 보니

뱃살이 머릿속보다 두 치 이상 무겁다

얼마만큼 걸어야만 현상 유지되는 걸까

뜻대로 되는 것이 이미 없는 이생의 삶

앙다문 작심삼일이 이틀이면 사라진다

승강기를 타야만이 생존할 수 있는 이곳

콘크리트 밀림에서 한참을 서성이며

청춘의 지나간 전설 아득하게 바라본다

손님별

누군가 온다는 건 설레는 일입니다
기대를 등에 업고
마중하는 앳된 먹밤
이 아침 은수저 닦는 마음도 윤이 나고

간밤을 적시던 비 풀잎마다 끼운 반지
오늘을 기다렸어
양초에 불을 켜고
새하얀 순도 100% 식탁보를 꺼냅니다

오븐을 예열하는
창 너머 어스름 녘
열과 성을 듬뿍 넣어 저녁을 익힙니다
가슴에 꽃이 피도록 새 밥 지어 올립니다

점바치 골목

시절에 맞는 배역 다하고 저무는 길
피난살이 상처 싸맨 영도다리 바로 아래
낙오병 반바지 같은
점집 두 곳 남았다

적막의 간격을 재는 비 얼룩진 벽지 앞에
행려병자 행색으로 기운 몸 앉힌 노인
수만 겹 코발트 슬픔
여몄던 단추 푼다

흘려 쓴 장문 편지 더디 읽는 수면 위로
정갈하게 털지 못해 벼랑을 움켜쥔 눈빛
일종의 누락된 상흔
오래된 생채기다

태종태 해송海松

우지 마라

산다는 게

알고 보면 벼랑이다

짙푸른 저 결기를 결코 잊지 않으며

시퍼런 절벽에 산다

출가도 못하는

허공

해녀사설

내일도
안 되겠네
파도가 친다카네

용왕님요, 부탁하요 용왕제 올립미더
하늘이 해라꼬 해야 물에 들어갈 낀데
고향은 제주도지만 부산 오래 살다보이
아, 글쎄 부산사람 다 됐다 아입니꺼
그날도 어멍 그리워 갯바위에 앉았다가
물속에 드가는 거 저승 가는 맴인 기라
숨 안 쉬고 목숨 건 돈 우리 돈은 저승 돈
한 개만, 한 개만 더 따자 그 욕심에 영 가뿌제
사는 기 시절인기라 저물다가 뜨기도 해
눈에 비면 잡아뿌고 안 비면 못 잡는 거
용왕님 주신 만큼만 망사리 채운다꼬
해녀도 우리 대代서 인자 고마 끝난 기지
머잖아 박물관에 들앉아 안 있겠나

만다꼬
물리줄라꼬
이기 무신 업業이라꼬

봄의 뒤편

봄이란
보임의 준말
못 보던 게 보이는 봄

새봄엔
뭐가 보이나
조간 석간 수군수군

보인다
폐허 같은 지면
울화가 쌓인 갈피갈피

독도

부릅뜬
너울마다
동해가 내 뜰이다

난 여기
뿌리박고
깃발을 흔드노니

꿈에도
짊어진 생애
곧은 뼈가 눈부시다

염낭거미

노숙자 잠자리는 둘둘 말린 나뭇잎이다

그 속에 들어앉아 알을 품는 모성애

때 되면 떠나야 하는 경전으로 따른다

제 몸을 먹이 삼아 남김없이 내어 주는

허허바다 어미의 끈 문 열어 눈부시다

고단한 생의 고리가 오히려 길이 된다

핏줄과 젖줄을 통해 길은 또 이어지고

어제 오늘 내일이 염낭 속의 길인 것을

받았던 내리사랑을 다 쏟고 가야하는

용추龍湫 폭포

살다 살다 거침없이
추락하는 도도한 생生

떨어져 솟구쳐서 흘러가야 길이 된다

눈 뜨고
뛰어내리는
부서져서 더 눈부신

고백

봄날이면 뭐하노
너무 멀리 있는데

벚꽃 피면 뭐하노
며칠 안 가 지는데

후회는
하면 뭐하노
해도 또 할 후회를

우은숙(禹銀淑, Woo, Eun sook)

1961년 강원 정선 정선읍 출생. 경희대학교
(국어국문과) 박사 졸업. 〈동아일보〉 신춘문
예(1998) 등단. 시집 『마른꽃』(2011, 동학사),
『물무늬를 읽다』(2012, 시학), 『소리가 멈춰
서다』(2013, 작가), 『붉은 시간』(2016, 고요아
침), 『생태적 상상력의 귀환』(2019, 고요아침)
외. 제26회 중앙일보시조대상 신인상(2017),
김상옥 시조문학상(2020) 수상. '역류' 동인.
한국작가회의 회원. 오늘의시조시인회의 사
무총장, 한국시조시인협회 이사.

—

우은숙 시조는 시조의 내적 원리와 기율을 충실하게 지켜 가면서
도, 그 안에 활달하고 개성적인 감각과 사유를 얹어 노래한 심미적
결실이다(유성호). 우은숙 작품을 확장된 의미에서 본다면 은유의
변천과정에서 오는 수직적 따뜻함과 상징의 수평적 구조에서 오는
일상성이 그의 시적 모티브인 동시에 그만이 언어체계라 할 수 있
다(유재영). 우은숙 시인은 현대시적인 신선한 발상법과 감각을 통
해 시를 새롭게 확장하고 있으며, 그의 시정신은 삶과 세계에 대한
존재론적 탐구의 넓이와 깊이를 보여 준다(김재홍).

—

모래가 되다

무릎 접은 낙타의 겸손에 올라타고

둥근 가슴 몇을 지나 사구沙丘에 도착한 순간

시뻘건 불덩이로 넘는 사막의 꽃을 본다

설렘은 떨림으로, 떨림은 두근거림으로

고요마저 삼켜버린 핼쑥한 지구 한 켠

응고된 지난 죄목들 모래 위에 뒹군다

나는 고해성사하는 신자처럼 엎드려

흠집 난 내 영혼을 달래 줄 사막에서

모래와 하나가 된다, 한 알의 모래가 된다

월미도 마술사

평계를 대기엔 바다가 제격이다

실수를 슬쩍 넘긴 아마추어 마술사가

숨겼던 꽃을 펼치자 하루가 다시 핀다

환호는 짧았지만 열정의 눈금만큼

달빛은 제 빛을 길 쪽으로 밀어낸다

오늘은 마술에 걸려 내 삶도 꽃빛이다

가난한 축제

우리 동네 과수원에 봄마다 피는 배꽃
올해도 어김없이 허리 휠 듯 피었는데
고딕체 영농금지가 개발구역 통보한다

숨 막히게 피워낸 눈부신 절정의 행렬
시리도록 폭죽 터진 저 축제 언제 끝날지
아찔한 고요의 시간 화두처럼 번져갈 즘

재빨리 몸 안으로 배나무를 가지고 와
거친 내 몸 구석에 정성 다해 심는다
입안은 금방 배꽃으로 가득 찬 수레다

그 때, 과수원 앞 좁은 길 사이로
천천히 자전거를 밟고 오는 사내 아이
스르륵 흰 꽃잎 열고 배꽃으로 들어온다

비양도

소리조차 느리게 눈을 뜨는 비양도
물의 숨소리 만져 기억을 채울 동안
소리는
몇 번씩 뒹굴며
제 몸을 핥는다

죽기 전의 난꽃처럼 눈물 담은 저 소리
슬픔의 음계에 움푹 파인 바다 한 쪽
파도는
몇 번이고 다시
누웠다가 일어난다

낡은 사랑 부여안고 울음 삼킨 초저녁
섬 속의 섬을 지키는 아낙이 안타까워
바다는
몇 번이고 다시
푸른 별을 보내왔다

빈 집
— 이중섭의 옛집

탈색된 기억이 습관처럼 누워있다

먼지만 숨 쉬는 곳

그 속에도 생명은 있어

바람이 거미줄 당겨 소 한 마리 끌고 간다

염화鹽花

곰소항 염전에 햇살이 곤두박질이다
한곳을 향하여 모질게 내리꽂는다
그 빛에 비틀대는 나는 비정규직 노동자

숨죽이고 있던 내가 부르튼 속살을
허옇게 내보이기 시작한 건 이때였다
납작한 몸을 절이고 마음까지 절인 그때

바람에 물기 말려 서걱해진 서류 위에
짜디짠 염화로 피기 위한 몸부림
올해도 근로계약서에 사인할 수 있을까

모든 것 내보여야 비로소 피는 꽃
온전히 내려놓아야 비로소 피는 꽃
가쁘게 햇살 토해내는 곰소항의 그 소금꽃

붉은 시간

삶이 꽤
악착같이 들러붙을 때가 있다

절박한
시간만이 내게로 올 때가 있다

퇴근길
쪼그라든 해가 등 뒤에 걸린 그 때

정선아리랑

손도 발도 다 녹고 목소리만 남았나 봐

목젖만 남겨 놓고 몸 던지는 꽃잎처럼
혼자서 흘러왔다가 터져버린 폭포처럼

울 수조차 없는 한을 안으로 삭이며
강 밑바닥 물청때 밀봉 풀고 건진 소리

잘 익은 막걸리 속엔 후렴구만 짙게 핀다

비는 그칠 것 같지 않다

술꾼들이 모여든 단골집 포장마차
하나 둘 술기가 얼콰하게 오를 무렵
후드득 천막 지붕을 빗소리가 때린다

누구는 정치가를 핏대 세워 욕하고
누구는 사회가 썩었다고 삿대질이다
전화가 계속 울려도 약속처럼 받지 않는다

욕은 점점 날것이 된다 의자도 삐걱인다
어느새 술병까지 소리 보탠 그곳엔
마알간 백열등만이 빗소리를 적는다

도무지 그 비는 그칠 것 같지 않다
술자리도 쉽사리 끝날 것 같지 않다
그렇게 다 젖은 새벽이 다가오고 있다

밤에 눈 뜨는 강

검푸른 이마 위에 별빛을 따서 담고
물결 따라 일렁이는 오늘의 발자욱들
총총히 물을 건너며 하나 둘 깨어난다

계절의 뜰 안에서 혼절한 목마름
물굽이 돌아돌아 밤으로 향하는데
스며라 깊은 숨소리, 밤의 허울 속으로

달빛에 아롱지는 등 시린 환한 속살
어둠을 마시며 끝없이 달려가는
숨 쉬는 강물 사이로 내비치는 숨은 내력

투명한 거울 속에 또 다른 내일 위해
길게 누워 서성이다 허공 가른 기침소리
밤에만 눈 뜨는 강, 그 강에 내가 있다

우정숙(禹貞淑, Woo, Jung sook)

1959년 경북 의성 단북면 출생. 안계여고 졸업. 《시조21》 신인상(2014) 등단. 시조집 『너도 꽃』(2016, 목언예원). 오누이시조 신인상(2014), 대구시조전국공모전장원(2013). '한결' 동인. 국제시조협회, 한국시조시인협회, 한국문인협회, 경북문인협회, 대구시조시인협회, 청도문인협회 회원.

호 박 꽃

너도 꽃이냐며
남들이 비웃을 때

꽃이라 우긴 적도
아니라 한 적도 없다

묻어둔 서러움 위로
해를 문 너털웃음

—

우정숙의 첫 시조집 『너도 꽃』에는 군데군데 자신이 겪어온 삶의 교정지가 끼워져 있다. 열정을 다해 담금질하며 자신만의 길 닦기에 전념한 것이다. 태생적 부지런함이 일구어낸 꽃밭이라는 생각을 지울 수 없다. 시조의 기본이 되는 율격 면에서의 완성도, 적재적소에 사용한 어휘의 정확성, 시조로서의 정형성은 반드시 지키면서도, 주제와 메시지의 효율적인 변용을 추구하는 등에서의 그의 성과가 예사롭지 않다. 어느덧 그가 닦은 길가에는 빛깔 고운 꽃도 보인다. 적당한 회한과 반성에도 불구하고 덧칠이나 삭제라는 수단을 사용하지 않고 치유나 재활의 방법을 선택하였다. 자신만의 환환 길을 찾게 되길 바랄 따름이다.

— 민병도(시조시인 · 국제시조협회 이사장)

—

대금

오십 줄 내 등뼈에 구멍 숭숭 뚫렸다
어쩌면 그 속에도 가락 하나 잡힐까
뜨거운 입김을 불어 허공으로 뱉는다

칼날 같은 시선들을 들숨으로 삭혀 내고
만 중 삭, 흐름 따라 고도를 높여 가면
내 안의 숨었던 시름 추임새로 풀린다

한순간 빗나갔던 비음도 젖을 무렵
그 옛날 떨며 더듬던 붉은 입술 언저리
그윽이 깊어만 간다, 달빛도 기웃댄다

연蓮
— 월지에서

별보다 먼저 와서 먹을 가는 손이 있다
뻘 속에 갇힌 생각, 아픈 꿈을 헹구면서

이 밤도 빈 배에 올라 조바심에 목이 타는

달빛은 수면 아래 돌기둥을 세워 두고
흩어진 문장들을 연잎 위에 불러 모아
한사코 미끄러지는 그리움을 다잡는다

타다 남은 무명 심지 가까스로 뽑아 올려
젖지 않는 기다림을 가슴으로 재우다가
마침내 절명시詩 한 줄 바람결에 흩는다

호박꽃

너도 꽃이냐며
남들이 비웃을 때

꽃이라고 우긴 적도
아니라 한 적도 없다

묻어 둔 서러움 위로
해를 문 너털웃음

동백

그대 맘에 묻힌다면
눈 속이어도 좋아라

언제나 함께라면
창파여도 좋아라

꽃꽂이 손 꼭 잡은 채
숨이 지면 더 좋아라

목련 지듯이

마디마디 갈라진 손
흰 반창고 친친 감고

달빛 아래 빌고 빌던
검버섯 환한 엄마

바람에 목련 지듯이
뚝 뚝 뚝 지고 없네

눈물

꾹꾹 눌러 써 내려간
내 안의 비밀문서

그믐달 몰래 오면
가끔씩 꺼내 본다

눈으로 줄줄 읽다가
누가 볼까 얼른 덮는

빈집

돌개바람 등쌀에 문패는 돌아앉고
삽살개 발자국만 소복이 쌓인 꽃밭에
어머니 장미 한 송이 문고리를 잡고 있다

천지 모를 기다림에 치맛자락 끌며 오던
검붉은 가시넝쿨 고된 길 건너오셨나
피붙이 떠나간 자리 향기 가득 남았다

날마다 총총한 눈빛 언제나 돌아올까
막내딸 인기척에 맨발로 뛰어나와
화들짝 빨간 웃음이 장지 밖에 걸린다

정박
― 우포에서

흔들리며 지켜 낸 삶 나루질이 잠잠하다
눅눅한 고랭이풀 버드나무 그늘 아래
숨죽인 나룻배 한 척, 버려진 줄 모른다

그물 바람 울렁이면 철새처럼 왔다 가던
4남매 붐빈 자리 그리움만 더듬는 속살
긴 장대 낮달이 걸린 노 하나를 잡고 있다

닻을 내린 이즈음에 들썩이던 나를 불러
지나던 구름 한 자락 그마저도 불러 앉혀
유월 늪 뜨거운 물살, 꿈결인 듯 껴안는다

강

산허리 감아 채며 길을 막는 바람에도
반듯한 생각으로 굽이굽이 돌아가면
딸꾹질 몰래 감추며 손을 씻어 주는 강

꾸역꾸역 되삼켜도 역류하는 얼룩들
온몸으로 어둠 꺾어 피리 불며 가는 물살
옷소매 걷어붙인 채 어디쯤 가고 있나

물풀의 군말 따윈 못 들은 척 귀 막고
울어도 눈물 없는 깊고 깊은 상처 자국
헤집고 다시 헤집어 허물 씻어 주는 강

목장갑

글 짧고 기술 없어 막노동판 하루살이
온 종일 땀에 절고 너덜너덜 찢겨서도
한 가닥 붉은 희망이 용암처럼 끓는다

때 놓치고 장소 놓쳐 빈 등이 서늘해도
내 삶의 높낮이를 계측기로 훔쳐보면
살아갈 두려움 따윈 애당초 사치였다

주저앉아 한숨 돌려 뿜어내는 담배 연기
삼복에 쌓인 피로 허공으로 실어 가면
구멍 난 손가락 사이로 문패 하나 곰실댄다

우제선(禹濟鮮, Woo, Je Sun)

1932년 충남 청양 청남면 출생. 필명 노향(蘆香). 논산 대건고, 서울문리사범대학(국어과) 졸업. 《시조문학》(2003, 봄호) 등단. 시조집 『갈대의 향기』(2003, 오늘의문학사), 『바람에 길을 물어』(2004, 오늘의문학사), 『솔바람 푸른 소리』(2005, 오늘의문학사), 『산당화』(2008, 오늘의문학사), 『노향유곡』(2013, 서진), 『천년송 푸른 소리』(2014, 서진), 『아리랑 산조』(2015, 서진) 외. 한밭아동시조문학상(2012), 대전문학상(2014), 한밭시조문학상(2014), 겨레시문학상(2015) 수상. 한국문인협회, 한국시조시인협회, 국제펜 한국본부, 대전시조시인협회, 대전문인협회, 대전가람문학회 회원.

자연과 소통하여 여무는 시심(시조집 『산당화』에 붙여)

우제선 시조시인의 작품들은 자연에 대한 지극한 관심과 애정, 그에 못지않은 인간애의 연민으로 충만하다. 사소한 것도 놓지 않는 열정과 장중한 것을 아울러내는 넉넉함으로 한 수 한 수 시조를 갈무리해 완성한다.

— 김준(시조시인 · 서울여대 명예교수)

—

갈대의 향기

곧은 줄기 푸른 잎이 영원을 살고파라
햇살을 머금고서 반짝이는 은빛 머리
애초에 애오愛惡를 모르는 달관達觀의 몸짓이여.

바람의 횡포橫暴 앞에 흔들려 시달려도
다소곳 허리 굽혀 우쭐대지 않는 겸허謙虛
살며시 번지는 암향暗香 고고孤高한 저 체취體臭를.

눈길을 끌고 싶은 애오愛惡도 모르는 듯
순수한 너의 진실 꼿꼿한 그 모습에
내 마음 사랑에 젖어 네 곁에서 살련다.

고려청자高麗靑瓷

천년을 한결같이 하늘처럼 푸르른 빛
살며시 선반 위에 고운 사연 부려 두고
연꽃잎 푸른 향기가 묻어나는 항아리

온 고통 참아내고 뼈저리게 살아온 몸
서러움 녹아내려 아롱진 살결 위에
오늘도 겨운 아픔에 주름 하나 더 늘어

날마다 서려 담은 수많은 밀어密語들이
흐르는 세월 따라 호심壺心에 쌓여가고
갈수록 삶의 애환哀歡을 끌어안고 삭힌다.

산에 올라

산 끝에 올라서니 발아래 구름 날고
돌 나무 수繡를 놓아 볼수록 선경仙境일레.
시심詩心을 그릴 수 없어 하늘 끝에 매달아.

알 수 없어요

오동梧桐은 백 년 산들 굽은 몸 가리오고
매화梅花는 눈 속에도 그 향기 변함없어
천년을 흘러간 강물 그 물양을 뉘 알리?

영겁永劫의 영고성쇠榮枯盛衰
오묘奧妙한 섭리攝理인데,
그 속내 모르고서 헤매는 백세인생
온 생애 탐내는 부귀영화 하룻밤의 꿈인걸

우리 강토 독도獨島여

동틀 녘 해오름에 바다가 불타는 곳
춤추는 푸른 물에 점 하나 찍어놓고
거슬러 이백오십만 년 전 솟아오른 홀로섬(우리 독도여)

형님 섬 아우 섬이 나란히 떠올라서
정다이 마주 보고 어우르는 사랑으로
묵은 해 숱한 풍설風雪에 외로움을 몰라라(우리 강토여)

은빛 밴 물너울은 고요를 깨뜨리고
치솟는 갈매기 떼 지켜온 천국인데
이 겨레 숨을 쉬는 날 영원하리 내 삶터(우리 영토여)

우리 땅 제 것이라 넘보는 이리 떼들
하늘이 굽어보고 역사가 숨을 쉰다.
억만년 보전할 우리 땅 탐내본들 어쩌리(역사 위에 우리 땅)

* 2010년 8월 25일자 〈천지일보〉에 게재되고 나일호의 곡을 붙여 독도 지키기 운동 노래로 채택된 작품임.

우형숙(禹亨淑, Woo, Hyung sook)
영문학 박사. 《한국시》 신인상(2001) 등단.
시조집 『산안개』(2005, 산과들), 『아침 창가에
서』(2013, 미들하우스) 외. 복사골문학상, 한
국시 대상, 숙명문학상 수상. 국제펜클럽, 한
국문인협회, 한국작가회의, 한국여성시조문
학회, 나래시조, 오늘의시조시인회의, 숙명여
대 문인회 회원.

우형숙 시인의 작품을 일별하여 볼 때 그 소재의 다양함에 놀란다.
그것은 우형숙 시인이 학자(영문학 박사)이면서 시인인 까닭에 학
문과 문학을 넘나들며 동서양의 문학을 두루 섭렵한 내공의 결과물
이라고 본다. 그렇다고 제재題材를 선택함에 학자의 우월감이나 현
학적인 재세才勢를 부리지 않고 평범하여 미처 알아보지 못한 사소
한 것에까지 관심을 기울이고 시상을 떠올려 어떤 형상을 빚어내는
섬세함과 비상한 재주를 가지고 있다(『아침 창가에서』).

— 김수자(시조시인 · 수필가 · 한국여성시조문학회 고문)

산안개

산그늘 등에 업고
실비처럼 내려왔지

온 천지 살금살금
희뿌옇게 감고 앉아

옥양목
씨줄 날줄로
떠나는 임 막아볼까

삶의 쉼표, 청산도

달팽이 걸음으로 쉬엄쉬엄 걷노라면
켜켜이 아로 박힌 삶의 상처 아물고
돌담길 낮은 그림자 느린 숨결로 따라온다

청보리 익어 가는 느긋한 비탈길엔
바람도 초록 한 묶음 하늘 닮아 상큼한데
슬로길 삶의 휴전선 쉼표 하나 찍으라 한다

겨울밤

울 엄마 소매 끝에
겨울달 걸려 있다

뜨개질
　　한 올
　　　한 올
엄마 사랑 커 가는데

해직 뒤
속앓이 오빠
달빛 그늘 찾는다

저녁상 수제비에
꿈 담은 양념간장

숨 가빠 못 뛰어도
　　　한 줌
　　한 줌
꿈을 심어

봄 되면
속앓이 오빠
얼음 깨고 설 거야

산딸기

양지녘 잎새 틈 속
발그라이 내민 얼굴

풀벌레 사모하여
살그락 노래하다

지나던 까까 동자승
시주 그릇 채워 주네

인생 투 two

하산 때 보는 풍경
처음 보는 파노라마

힘 빼고 느긋하게
입가에 미소 달고

노을빛
장막치기 전
주먹 다시 쥘 거야

일출 日出

만월이 소리 없이 토해 낸 이슬 밟고
풀 냄새 졸고 있는 새벽길 헤쳐 간다.
숨 가쁜 달팽이 걸음 축복으로 달래며.

산골짝 바람 소리 온몸을 감는 순간
검붉게 하늘 뚫고 도도히 솟는 얼굴
천지간 손가락 걸고 복된 나날 맡긴다.

쿵덕쿵 가슴 달래 화살기도 날리면서
간절한 긍정의 힘 온 세포 혼을 모아
겹겹산 인연의 굴레 저 혼불에 기댄다.

여름날의 철쭉

뙤약볕에 업혀 온
늦깎이 개화라

푸른 잎새 장막 틈에
돋보이는 당당함

살포시 한여름 안고
꽃씨 하나 떨군다.

내 딸

닦고 닦지 않아도
저절로 광채가 나

너무나 귀하고 귀해
차라리 숨겨 두고파

주님이 보석함 열어
내게 주신 옥구슬

나의 하루

꼬챙이에
하루하루
세월을 꽂아 보고

묵직한 중압감에
화들짝 놀라지만

땀으로 범벅된 개미
뒷걸음질 모른다.

벼랑 끝 할미꽃

황홀한 이 순간을
위태롭다 하는 건가

바람도 겸허히
햇살 뒤에 머무는데

솜털 속
붉은 눈 맞춤
아
심장 멎는다

우홍순(禹洪順, Woo, Hong soon)

1933년 경남 창원 웅남면 출생. 부산대학교 문리과대학(국어국문학과). 《문예한국》 신인상(1993), 《시조문학》 추천(1994) 등단. 시조집 『연하장』(1997, 불휘), 『곧은 뼈대는 팔지마오』(2001, 불휘), 『보릿고개 비』(2004, 불휘), 『저 파란 하늘 보며』(2011, 경남), 『나목은 알뜰한 화수분』(2016, 불휘). 성파시조문학상(2013), 진주예술인상(2014) 수상. 진주문인협회 회원. 가락문학, 경남시조시인협회 고문.

현대시조대사전에 수록할 10편의 작품은 여타 작품과는 다른 성격으로 보인다. 그 다른 점은 다음 세 가지다. 첫째, 다른 작품이 이미지를 중시한다면 이 작품은 메시지를 중시하는 점이다. 둘째, 다른 작품들이 문예 미학적 관점을 중시한다면 이 작품은 삶의 근원적 자세나 태도 혹은 가치관에 더 중점을 둔 점이다. 셋째, 다른 작품이 대체로 상상의 산물이라고 한다면 이 작품들은 대체로 체험의 산물이라고 말할 수 있다. 그래서 이 작품들을 읽으면서 스스로 고승의 죽비를 맞는 느낌이 들거나 지나치게 고답적이라고 해도 어쩔 수가 없는 것이다.

— 이우걸(시조시인 · 우포시조문학관장)

촛불

산소 한 올 한 올 태워서 사는 목숨
그믐밤 벼랑 끝에 한 송이 등댓불로
내 몫만 찾아 헤맬 때 난파선의 길을 여네.

만상이 멈춘 시간 정화수 더불어서
속 찌꺼기 쓸어내는 뼈 깎는 소신공양燒身供養
어머니 가슴골짝에 살아있는 소원의 꽃.

녹차綠茶

아호를 '선禪'과 '화和'로 입 다물고 불러 보면
산사山寺의 범종 소리 법당의 목탁 소리
귀 열면 은은한 향과 함께 지친 영혼 맑아라.

바위 2

더러는 헛발질에 기분이 쏠렸지만
태어나 본보기만 본받아 살아왔거니
티 없이 영겁으로 사는 색안경도 삼갔어라.

탈 쓴 세상사에 두 눈이 어두웠지만
짊어진 내 자리는 더럽히지 않았거니
사나운 헛소문에 귀 막고 알찬 마음 품었어라.

나목裸木

칼바람 불어와서 알몸으로 설 수 있다
지심에 발을 묻어 얼음도 무섭잖다
한겨울 그 준령 넘는 모습 열반에 든 장립불와.

고목古木

섣달그믐 저녁참은 그림자도 바쁜 걸음
열두 폭 쌓인 때를 못 씻고 해맞인데
당신은 아주 빈손으로 뜰을 쓰는 노승老僧이다.

참새 떼 한 무리가 쫓기듯 앉았다 가고
무게 실린 큰바람에 흔들리는 일 있어도
당신은 뿌리에 중심 잡고 우는 일은 없었다.

칼바람에 얼어버린 빙벽 같은 밤이 오고
시궁창 구르다가 설 자리를 못 찾을 때
당신의 곧고 넓은 예지叡智가 이 가슴에 별이 된다.

'겨레의 고유한 문학'
— 시조 다과상

긴 세월 갈고 깎고 다듬어 아낀 이름
진달래 매화 벚꽃 봐 달라 보채는데
녹차랑 함께 맛보면 눈이 부신 봄맞이.

처서에 상강이면 현란한 단풍 모꼬지
산수유 머루 다래 밤 대추 주렁주렁
만취한 과일 향 장단에 국화차도 흥겨워라.

갈걷이 김장김치 지친 피로 씻어낼 제
대대로 빚어 누려온 은은한 한과의 맛
수정과 곁들여 마시면 영절스런 고유문학.

낙동강

하늘빛 명주 뱃길 굽이굽이 칠백여 리
광풍에 격랑 잦아 얼룩진 핏빛 고난
수만 년 뭇 생령의 목숨 걸고 지킨 충절忠節.

물결은 넘실넘실 무동 타는 통통배들
물속을 비상하는 고기떼 유영삼매遊泳三昧
누리는 저 사무친 평화 순국열사의 살가운 유산.

풀포기 나무 한 그루 모래 한 알 물 한 방울
탈날까 뜬눈으로 성처럼 감싼 강둑
골수의 퍼런 멍 씻어온 배달겨레의 역사강歷史江.

묵은 원한 유등꽃을 피워

못나서 겪은 난리 죽살이친 7년 고난
빼앗고 훔쳐 먹고도 허기진 악어 무리에
누대로 맺힌 웅어리 남강 물에 씻고 씻고.

하고야 말 앙갚음을 참아온 사백 수십여 년
켜켜이 쌓인 한恨을 한恨으로 녹여 녹여
안 의사安義士 목숨 건 소망 꽃 피울 꿈 꾸고 꾸고.

짓뭉거 폐허가 된 삶터를 가꾼 내공內攻
넘치는 사랑 쏟아 세우고만 유등 꽃마을
온 인류 함께 누리고픈 홍익인간弘益人間 큰잔치.

매화
— 청매실 농원에서

양반가 선비들의 서재에 초대되고
묵객들 작품으로 등장한 단골 귀빈
고담枯淡한 군자의 권위 오랜 세월 누려왔다.

역사의 필연성에 반상의 계 무너지니
범접 못할 절조에도 적신호 들어오고
돈으로 승부 겨루는 시장터에 나섰다.

난과 국, 대와 매화 이란성 넷 쌍둥이
세태의 지각변동에 빗장 걸고 초연하랴
가격표 상표 붙었어도 곧은 뼈대는 팔지 마오.

탈춤

지렁이로 살던 설움 굴레 벗는 산고의 몸짓
버선발 저려 와도 부러 날듯 훙청거림
웅어리 신명으로 푸는 슬픈 역사의 사생아야.

속임수 말씨로 짠 원한의 비단보다
엉성한 몸짓으로도 진국이 배어나는
배옷이 우리에게도 아직 남아 있나 보다.

잃었던 내 참모습 역설로 그려내고
짓누르는 무거운 짐 딛고서는 처세의 슬기
너와 나 탐욕이 빚은 가면을랑 벗고 싶다.

원수연(元壽淵, Won, Soo yeon)

1939년 충북 제천 봉양읍 구학리 출생. 호 산심(山心). 강원불교대학(1998) 졸업. 《시조문학》 천료(1978), 《시조와 비평》 동시조 신인상(2004) 등단. 시조집 『치악골 물소리』(1985, 보림), 『치악산 앞에서』(1992, 북원), 『산아 넌 나를 알지』(1995, 원주), 『여보 하고 불러봐도』(1998), 『산 너머 저 강 건너』(2006, 고려), 『내 마음 어딘가에』(2014, 레몬). 제5회 치악예술상(1993), 제14회 강원문학상(1995), 제4회 강원시조 문학상(1998), 제3회 시조사랑 문학대상(2015) ,제28회 황산시조문학상(2015) 수상 외. 한국문인협회, 한국시조시인협회 회원. 강원문인협회 이사, 한국시조협회 자문위원, 강원시조시인협회 · 원주문인협회 고문.

—

어려운 여건 속에서도 시조에 뜻을 두고 수년 간 갈고 닦아 시조를 생활로 또는 목숨으로 알고 지어온 원수연 님이 그 사이에 여기저기 발표하였던 작품들과 평소의 작품 중에서 가려서 그의 처녀 시조집을 엮어낸다는 소식이 와서 몇 마디 책 머리에 얹어 두고자 한다. 엮는 작품들은 고루 살피지 못하였기에 그의 작품세계에 언급하기는 어렵고 다만 그의 작품들은 그의 현실생활 속에서 자신의 삶의 모습들을 담아 보려 하였고 국토와 민족의 현상을 생각하여 본 것들이 많은 것으로 보인다. 끝으로 앞으로의 대성 발전을 빌어 마지 않는다.

자하산에서, 1985.5.23.

— 이태극(시조시인 · 전 한국시조시인협회장)

—

삼계三戒*선생님

밤엔 달을 보시고 국운國運을 한탄하시다가
낮엔 해를 향하시어 충의忠義를 다짐하시었지
몸 바칠
비장悲壯한 각오覺悟
하늘까지 사무쳤네

어둠이 하늘을 덮던 얼굴 없는 조국祖國에다
기꺼이 혼의 불로 목숨을 태우셨지
별 하나
허공虛空을 가를 때
땅이 울고 강물도 울었네

* 삼계三戒: 원용팔元容八 선생의 아호. 필자의 증조부.

어느 소나무 소년

가난이 옥죌수록 주린 배를 추스르며
나라 일던 울분을 가슴 깊이 담아 두고
소녀는 눈물로 끓인 슬픔을 먹고 컸지

청솔의 문을 열고 태어난 씨앗에서
절의를 품에 올곧게 자란 나무
이 세상 꼭 살아야 할 기개 하나 키웠지

순국 뒤 남은 후손 힘겹던 찬 세월을
문전마다 이고 찾던 어머니 행상 길에
밤이면 웃음을 접고 초승달이 울먹이다.

혼불로 타던 노을 할아버님 생애 위에
지난 치욕 절벽 찾아 횃불로 밝혀 보는
오늘도 소나무 소년 솔잎 푸른 길을 연다.

아버지의 강

아버지 강가에는 나룻배도 없었나요
저 거센 물굽이를 어떻게 건넜을까
눈으론
볼 수도 없는
뼈아픈 혼의 얘기

불러도 대답 없는 아버지의 강이여
제 가슴 한복판에 여울져 흐르지만
그 혼한
물소리로도
꾸중 한 번 없으셔요.

깊은 병 가난으로 모진 벽을 허물다가
이승의 어둠 벗고 하얗게 지시더니
당신은
강물로 살아나
제 곁에 오셨지요.

어머니의 땅

메마른 밤 하늘에 초췌한 달 하나가
아픈 다릴 절며 끌며 쫓아 오고 있었어요
더없이 장한 그 이름
우리들의 어머니.

눈비가 인정없이 가난 위에 내립니다
사나운 바람까지 몰아치던 많은 날들
어머님 끈질긴 명줄 죽음 모를 인동초

새들이 대신 울어 그 아픔을 달래주고
산 어귀 숲에서는 등을 다는 풀꽃들
이고 산 바구니에는 별들이 담겼어요.

돌처럼 무겁던 삶 구름 속을 벗어나고
죄없이 뉘우침이 가시로 뽑힙니다.
늘 자주 앓던 땅이여!
일어나요
어머니.

청자의 혼

청정한 하늘빛이 정토와 만난 청자
잔잔한 고운 미소 일고 있는 묘한 서기
고른 숨
끈질긴 한 맥
아 고려가 너였구나

손 모아 울려 보면 대장경 염불 소리
한 번 더 건드리면 관음보살 맑은 옥음

어찌지
고결한 자태
아리도록 눈이 부셔

그 모진 외풍에도 굳건히 지킨 영혼
천 도 불길에도 정좌로 참선을
비취색
영롱한 신기
감히 널 어이 보리.

토종벌

그를 처음 만날 때
들었다
분명 어떤 육성을
말소린 작지만
아주 밝은 언어를
밤에는
별들로 담긴
잔잔한 호수를

그를 막상 만나 보니
더없이 순박했다
말 없는 우애 위에
오직 순수한 영혼
본성은
촌스러웠지
수줍음을 잃지 않고

짓궂게 말을 걸면
대답은 그지 앵앵
그 소린
잘 닦인 구슬
환상의 무지개다
아직은
나는 어린 술래
너를 찾아 내야 한다.

* 보령 개화예술공원 시비 작품.

북원뜰에서

돌부리 숱한 고개
찬 세월 속에서도
뼛속 깊은 곳에
무딘 혼 닦아 왔지
마침내
어둠을 털며
날고 있는 백학이여.

모진 비바람
뒤란길 돌고 돌아
치악골 산자락에
틀어 놓은 둥지 하나
그 시린
밤벽을 열고
봉과 학의 만남이여

물소리 천년 설화
솔바람이 퍼울릴 때
내일은 북원뜰에
아름 가득 열릴 환희
슬픔은
꽃으로 피고
눈물은 별로 뜬다.

* 1994.5. 원주 치악예술관 개관 보고서.

아내의 자리 4

장독대를 둘러 보니
가득가득 담긴 정성
 손때 묻은 항아리에는

하늘이 내려오고
아내의
고운 얼굴이
선녀처럼 웃고 있다.

내가 장을 떠 담을 때
손을 바로잡아 주고
눈 한 번 살짝 흘기며
정색을 하는 아내
저 없다
상심 말아요
자식들 걱정해요

하늘을 쳐다보니
훌쩍 날아가는 아내
세상 일 다 그런거요
바람 사라는 집이요
언제나
이승의 문이
다시 활짝 열릴까

무심과 무정

무심아 부탁이다 이제 좀 반겨다오
왜 자꾸 외면이니 입 두고 말이 없니
가슴속
혼의 노래면
나를 알고 달려올래

늘 딸른 그림자야 너에게 물어보자
마음에 불을 붙여 몸을 다 녹여 볼까
소쩍새
아픔이며는
가슴 치며 밤도 울까

무정아 얼굴 보자 푸른 날 아침이니
아니면 홀로 남은 늦가을 낙엽인지
지나온
수많은 사연
물소리로 들어보자

이른 새벽

어리석게 한 남자가
연신 밤을 닦아내며

남보다 한 발 앞서
별을 엮고 있었지.

힘차게
바다에 던졌네
해를 낚아 내려고…

밤 가고 날이 새자
별들은 돌아갔네

이제 더는 그만 두고
집으로 돌아가게

아직도
해를 건지려
그물을 치고 있나.

원용우(元勇寓, Won, Yong woo) 본명: 원용문(元容文, Won, Yong moon)

1938년 경기 여주 강천면 출생. 서울대학교 (국어국문학과) 졸업, 고려대 교육대학원(국어교육반), 고려대 대학원 박사과정(국문학과, 문학박사). 《월간문학》(1975) 등단. 시조집 『거울 보는 연습』(2002, 국학자료원), 『시간의 징검다리』((2006, 새미), 『아버지의 땅』(2009, 새미), 『한강변의 봄맞이』(2012, 동행), 『아차산 연가』(2017, 시선사). 제13회 경기문학상(1998), 월하시조문학상(2000), 역동시조문학상(2012), 한국시조협회상(2016), 한국문학상(2017) 수상. 씨얼문학회장 역임. 여강시가회 상임고문.

보길도 탐방
원용우

천리나 먼 나라도 달려가 보고픈 님
시조도 묻고 싶어 편안한 날 있는데
가슴에 설렘을 안고 땅끝마을 건넌다

세연정 연못 가에 부용화 웃는 모습
은근히 들려주는 오우가 선율 따라
일어나 춤추는 초목 하나되어 뒹군다

—

원용우 작가의 시조작품을 읽을 때마다 '시조는 인생학'이라는 철학을 가지고 있는 느낌을 받는다. 그는 매사를 좋게 해석하려는 긍정적 인생관을 가지고 있으며 이러한 인생관은 작가의 작품 속에 그대로 함유되어 있다. 좋은 시조는 함축성, 참신성, 차별성이 있어야 한다. 함축성에는 속뜻이 있어야 하고, 참신성에는 남들이 안한 이야기를 해야 하고, 차별성에는 뭔가는 다른 점 즉 특징이 있어야 한다고 생각하는데, 그분의 작품 속에는 이런 특성을 지니려고 노력한 흔적이 여실히 나타나 있음을 발견하게 된다. 그리고 시조의 생명은 비유에 있기 때문에 비유법을 쓰려고 노력한 점도 또 다른 하나의 특징이다. 작품에는 인간의 감성에 호소하는 서정성, 느슨하지 않고 긴장감을 주는 압축성, 다른 사람에게 깨달음을 주는 교훈성이 있어야 하는데 원용우 작가의 작품은 그 누구의 작품보다도 이러한 범주를 벗어나지 않으려고 고심한 흔적이 고스란히 드러나 있다.

— 김홍열(시조시인 · 한국시조협회 이사장)

—

문경 새재

세상에 만남이란 기쁨의 샘 마시는 일
새재님 만나 뵈러 설렘 싣고 달려갔다
죽지를 활짝 펴고서 날아가는 형상이네

오르고 또 올라도 다 못 오를 하늘 고개
너와 나 우리 사이 이어주는 제일관문
숲속에 가려 있어도 살아서 숨을 쉰다

재보다 넘기 힘든 꿈을 지고 넘던 이들
가슴에 등불 달고 이 길을 밝혔으리
빈 골짝 허한 둘레에 봄기운만 가득하네

한강변의 봄맞이

산수유 등불 달고서 다투어 길 밝힌다
묵은 풀 엎드리고 새싹은 고개 들고
기다린 임이 오시나 연실 터뜨리는 꽃망울

강변도 살아 있는지 새로운 몸짓 하네
나무는 실눈 뜨고 강물은 꿈틀대고
분주히 움직이는 소리 눈부신 봄의 소리

봄소식 전해주는 개나리의 노란 웃음
박토에 뿌리 내린 들풀의 고요한 함성
불씨는 지피지 않아도 온누리에 번져 간다

포은 정몽주 선생

남들이 못 하는 일
골라서 잘하시고

남들이 안 가는 길
목숨 받쳐 찾아갔다

죽어서 참삶을 사신
겨레의 으뜸 스승

쓰러진 자리에는
청솔가지 푸르르고

부르신 단심가丹心歌는
만인萬人 가슴 울린다

다가가 보면 볼수록
눈부신 시대의 등불

무거운 외압에도
굴하지 않는 정신

우러러 눈물 흘린
고려 하늘 위하여

새기신 충성충忠자가
살아서 꿈틀댄다

나이를 먹을수록

이 세상 별것 있나 어울려 사는 거지

어딘지 모르면서 떠밀려 내려가도

삶이란 굴러가는 것 신나게 굴러본다

고향 서정

눈 감고 그려보면 무릉도원 냄새 나고
뿌리가 깊이 박힌 아름드리 느티나무
사람들 다 떠난 동네 혼자 참 잘 지킨다.

유년에 뛰어놀던 친구들 그리운데
눈 씻고 찾아봐도 골목은 텅 비었다
도대체 어디들 갔나 빈 집에 빈 가지들

웃음으로 반겨 주던 그분들 자취 없고
웃자란 잡초 형제 제 집인 양 설친다
뼈마디 시리게 아픈 그날의 고향 서정

부소산성

부소산 가는 길은 백제로 오르는 길
오르며 살펴봐도 백제는 거기 없고
무너진 그날의 하늘 핏빛 노을 서럽다

도열한 장송長松들은 늠름한 군사 같고
영일루 사자루가 대신 나와 반기는데
돌조각 깨진 기왓장 아프다고 뒹군다

낙화암 바위 서리 이름 모를 예쁜 꽃들
남몰래 숨죽이며 천년을 살아왔지
시간이 흘러 흘러도 앙금은 가시지 않네

겨울나무

누구를 기다리나
무거운 짐 내려놓고

무념無念의 겨울 하늘
그마저도 내려놓고

침묵만
잔뜩 지고서
또 하루를 넘는다.

작은 새

가는 길 멀다 해도
울려고 태어났다

남이야 뭐라 하든
제 목소리 내야 한다

작은 몸
겨운 나래 짓
앞으로 나가야 한다.

삶의 의미

삶이란 구름인가 잡아도 잡히지 않고
놓아도 놓지 못하는 안타까운 인연의 끈
갈 수도 아니 갈 수도 없는 다리 건너간다

한때는 부푼 가슴 희망도 가졌었지
돌아보면 아득해라 영욕榮辱을 짊어지고
겨운 길 외진 고개를 넘어가는 저 구름

바람이 솔솔 불고 갈잎이 하늘댄다
해거름 하산 길에 차이는 돌부리들
놓일 데 놓여 있음을 언제쯤 알게 될까

달린 사과

가을 햇살 듬뿍 받아
익을 대로 익은 연정

튕기면 터질 것 같은
단물 든 아가씨 볼

뭇 사내
지나다 말고
침을 꿀꺽 삼킨다.

원정호(元正湖, Won, Joung ho)

1955년 경북 영천 임고면 출생. 대구교육대학교, 대구대 사범대학(국어교육학과), 한국교원대 대학원(국어교육학과 초등국어교육). 《현대시조》 신인상(1996) 등단. 시집 『노을 편지』(2016, 그루), 저서 『김득연 시조 연구』(1996, 한국교원대학교대학원), 공저 『한국시조작가론』(1999, 국학자료원). 현대시조 좋은 작품상(2003) 수상 외. '맥시조' 동인. 여강시가회, 경북문인협회, 한국시조시인협회, 한국문인협회 회원.

—

원정호 시인의 시조집 『노을 편지』 속의 시편들은 소박하다. 소박한 세계가 펼쳐보여 주고 있는 서정성은 의외로 담백하고 진솔하면서도 삶의 깊이를 세밀히 조명한다. 이번 시조집의 전편은 모두 그의 인품과 천분에서 비롯된 작품들이어서 읽는 동안 시인의 초상을 자연스럽게 그려보게 만든다.

일찍이 시조를 사랑하여 한국교원대학교에서 시조로 학위를 받은 바 있고, 40년 넘는 성상을 초등학교에 봉직하며 하늘이 내린 소명의식을 품고 교육에 헌신하고 있는 이가 바로 원정호 시인이다. 인생과 교직과 문학에 대한 그의 태도는 한결같기만 하다. 다른 이의 귀감이 될 만한 삶을 살아가고 있음을 그의 이번 시조집은 넉넉히 증명할 것이다.

시가 결국 '영혼을 울리는 노래'라는 사실을 수긍한다면 원정호 시인의 작품들은 그러한 점을 여실하게 보여준다.

— 이정환(시조시인 · 정음시조문학상 운영위원장)

—

마른 잎

빛바랜 마른 잎 하나
떨어지지 못합니다
혹독한 계절 앞에
날개 접고 서성이며
설익은 씨눈 하나를
가슴속에 묻습니다

안쓰럽게 물든 빛살
그대로 간직한 채
찬 서리 눈보라를
시골屍骨로 맞섭니다
이 강산 연둣빛 바람이
하늘 가득 불 때까지

오월의 수채화

혼자서 솔바람 소리 듣고 싶은 날이 있다.
새장을 나온 새처럼 설렘을 가득 안고
푸른 날 햇살 속으로 오월 하늘 안아 본다

떠나 보면 잊고 살았던 소중한 것 생각나듯
청태 낀 고목 아래 숨어 피는 들꽃에도
그리운 그 얼굴처럼 진한 연민을 느낀다

신록의 합창 속에 잊히는 것은 두렵지 않다.
가슴속에 환한 불꽃 가득 안고 돌아오는 날은
영원히 마르지 않는 하얀 풀꽃이 되고 싶다

끈

그늘에 얽힌 사연도
하얗게 익어가는가
잿빛 구름꽃이
가슴 가득 피어나는
황량한 이 벌판에도
한줄기 빛이 돋아난다

고독한 신비감에
다가설 수 없는 그대
창백한 낮달처럼
쫓기듯 간 세월 안고
수없이 끊고 또 끊어 보는
안타까운 이 고리

한낮에

느티나무에 걸린 바람
새떼들을 불러 모아
끊어진 음절을 이어 가슴으로 우는 한낮
투명한 하늘을 건너 너울지는 메아리

하아얀 햇살들이 맴을 도는 운동장에
풋볼 차는 아이들의 파란 꿈이 흐르고
활짝 핀 살구꽃들이 와락 달려드는 이 봄날

구주령을 넘으며

얼마나 더 돌아야 아홉 구슬 모두 꿸까
휘돌아 감고 나와 또 돌고 돌아와도
휘어진 바람소리만 산허리를 감싼다

우뚝 솟은 봉우리는 말없이 바라보고
감감한 고갯마루 구름 속에 묻혔는데
휘어져 돌던 사람들 단풍으로 물들었다

모과나무

새들마저 떠나간 종갓집 빈 울타리
뎅그렁 모과 두 알 그립던 고향 냄새
완자창 고옥을 따라 감아 도는 그 향기

지독한 외로움에 까만 밤을 새우더니
가슴 저린 눈물을 바람결에 날리더니
쓸쓸한 그리움으로 영글어진 노란 영혼

차가운 나목으로 선 여정의 뒤안길에서
내 혼에 어둠을 밝힐 환한 등불 켜들고
가슴속 못다 한 말을 뿜어내고 있는데

사랑의 기쁨도 사라지면 그만인 것을
그렇게 뜨겁던 온기가 다 빠져나가도
이 겨울 두 팔 벌리고 꿈을 캐는 나무여

가을 편지

가을에는 한 마리 산새가 되고 싶다
그 누구도 끌 수 없는 불붙는 숲속에서
떠나는 바람에 감겨
긴 노래를 부르고 싶다

낙엽들이 하나 둘 떨어져 쌓여 가면
잊힌 언어들이 언뜻언뜻 깨어나고
내 영혼 빈 뜨락에도 한 잎 두 잎 시가 쌓인다

가난한 나의 노래,
빛바랜 그 선율에도
그렁그렁 도라지꽃 같은 순정이 피어나고
그렇게 잠 못 이루는 나의 창이 젖고 있다

그 하늘

안개 속
길 떠나는 민들레 홀씨처럼
여린 풀꽃 하나
낯선 언덕에 뿌려놓고
돌아선 젖은 하늘이
왜 그리 아득한지

한 점 바람으로
스쳐가는 기억 너머
두고 온 그 하늘이
가만히 내려오고
서글피 흩어진 시간들이
가물거리는 이 저녁

노을이 진 뒤에

차마 말할 수 없는 또 하나의 아픔이다.
붉은 하늘을 오른 메아리는 말이 없고
소중한 내 삶의 의미도 잊어버린 나를 본다

어스름 푸른 이내,
그 외로움에 길들여지면
가슴 저린 이별 앞에도 담담하게 설 수 있을까
새롭게 별로 태어나는 아픔까지도 껴안으며

조금씩 떨어져나가는 내 시간의 파편들
또다시 젖은 하늘이 배경으로 내리면
사라진 노을을 향해 긴 편지를 띄운다

폭포 소리

고단한 삶에 쫓겨
막다른 협곡에 닿은

투명한 영혼의
웃음소리가 저럴까?

이 세상
모든 어둠이
빛으로 쏟아진다

유강희(柳剛熙, Yoo, Kang hee)

1942.~1997. 전북 김제 출생. 원광대학교(국문학과) 졸업(1965). 〈조선일보〉 신춘문예(1976) 등단. 『유강희 유고시조전집』(1999, 신아). '표현' 문학동인. 전북 군산상고 교사 역임.

—

관음상

맑은 뜻 밝은 소리, 출렁이는 금채金彩의 이마,
입술 언저리서 꽃잎 벙글어라,
한가득 품기는 볕을 온몸으로 받는다.

이승에 헐떡이는 오뇌여, 물결이여,
무시로 손 모두고 다소곳 가누는 마음.
한자락 상한 바람도 그냥 젖어 더웁다.

어둡고 쓴 모든 것을 혼자서 맡고 견뎌
즈믄해 눈빛을 닦아 혼을 씻고 불을 현다.
일순에 묶이는 영원, 별을 꿰는 빛떨기.

목련

머리채 찰랑히 따 내린 여자는
옷고름을 나붓이 매만지던 여자는
긴 봄날 나들이 끝에 나와 마주 섰었다.

흰 이를 드러내며 웃음을 깨물던 여자
눈빛을 흐리기도 하며 손이 차던 여자
꽃숲에 어풀어져 울며 나와 함께 있었다.

어지러이 흩어지는 꽃 이파리에
그 여자의 치마폭에 출렁이던 바다여
여자여, 나의 여자여 그렇게 그는 갔다.

별리別離

달이 흰 밤 우리는 헤어졌다.
속샛풀 따가운 여울목에서 우리는 만났다.
꽃게가 거품을 배앝을 때 우리는 헤어지기로 했다.

그가 가던 날 풀꽃 하나 흔들렸다.
그와 만나던 날 별들 땅으로 떼져 꽂히더니.
버드목木 잔가지 새로 바람 가듯 그는 갔다.

여름밤의 기억

두엄밭에 서리는 훈김을 쪼이며
달려도 보고 뒹굴어도 보던 하늘
더없이 높기만 하던 별과 달의 키여.

손에 꺾어든 한 타래 꽃이 좋아
꿈에 비늘을 털며 소리내어 웃었거니
후두둑 쏟아지는 건 물떨긴가, 꽃의 산내던가.

풀이파리 으깨면 쪼르르 흘러내리는 미소
이만치 물러서서 옷깃을 털어도 본다
재 넘어 우루루 몰려오던 새들 깃 터는 소리.

난잎 하나를 보며

네 앞에 서서
무슨 말을 하랴.
자잔한 녹빛 두르고
새를 부르는가
촘촘히 박히는 별 떼
쓰다듬으며 웃으며.

아무리 흔들어도
돌아오지 않는 소리
까맣게 지워지는
숱한 기억이사
어느덧 품속에 낀다
새록이며 드는 잠
하늘 한번 보고
땅을 한번 더듬고
어설픈 울음을 울며
새를 부르는데
한종일 바람을 이고
손만 이리 시리다.

인연

손가락 하나라도 닿지 말 것을
눈짓 조금이라도 얻어 보지 말 것을
그 가슴 보듬었거니 여울지는 강 언덕

내를 따라 꽃 있는 동네를 가랴
꿈을 좇아 산에 오르랴
빈 머리 고루 채우며 달빛만 달빛만이

가만이 뇌이노라면 아슴 아슴 내 쏘는 빛살
가재 기는 소리, 밤꽃 피는 소리.
다투어 멀찍이 몰려가는 내 가장 가까운 손客

장독대

아내가 훔치고 간 냄새를 추슬리며
해가 눈부신 뒤란을 거닐어 본다
세월을 발치에 두고 끊임없이 솟는 맘.

신랑보다 이 정이 한 결 질기지만
비스듬히 손에 잡히는 아내의 텅빈 가슴
쓰러져 붙안고 일으키다 다시 쓰러지노니

낡은 나이테를 소중히 닦아 내리며
아침만 출렁이라 빌면 해 저문다
오늘밤 환히 밝히며 사립문을 쓸거니.

풀잎

봄이 아니래도 회뜨기 소리 높다
날렵히 뒤트는 몸짓 바람이었나, 바람의 깃대인가
한동안 발길을 멈추고 풀의 눈을 꼬집다.

환히 속살이 보이는 생모시 윗저고리
물내 풍겨 오르며 손짓 말갛게 걸린다
달무리 푸른 밤이면 수런대는 해후가.

해는 지는데

산허리 감고 도는 태고의 바람이사.
연기가 푸르름인가 자잔한 동화의 숲인가.
어둠이 깔리는 뜰에 두어 닢 달꽃이 폈다.

풀 짐 돌아오면 장꾼들 돌아왔고,
저만치 윗 골에서 개 소리 승냥이 소리.
막 지는 별 그림자 속에 잠도 까맣게 쉬었다.

봉숭아

시골 학교 운동장 머리 달려와 출렁이는
아이들 매달리며 와아 와! 해가 흔들리고
여선생 볼 언저리가 풍선처럼, 꽃처럼…

기적도 사뭇 자추는 빈들 가로 질러
강아지 풀 코에 문질며 자꾸만 간다.
만지듯 터지는가 부끄럼을 담아라.

유동순(庾東順, Yoo, Dong soon)

1961년 전북 고창 공음면 출생. 경기대학교 (국어국문학과, 경영학과) 졸업, 동 대학원 석사, 박사 수료. 《문예사조》 시(2005), 《시조시학》 시조(2008) 등단. 시집 『눈물 한 방울 별이 되어』(2006, 문예사조), 저서 『가람 시조의 탈정형 형식 일고』(2010, 반교어문학회), 『시쓰기 교육의 효율적 개선 방안 연구』(2011, 한국언어문학 교육학회), 『이영도의 생명성 연구 (석사논문)』. 아시아 문학상 수상. 시 창작 강의, 청계천 복원 초중고 글짓기 대회 서울시장상 심사위원. 한국문인인장박물관 "밤송이의 자존심" 시비詩碑 건립. 일간지 《스포츠 월드》 42편 게재.

	선인장				
			유	동순	
언제	저리	해산	했나		
무심증이	우습다				
꽃	피고	꽃	지고		
스스로	경계를	지워가는			
그	찰나,	경계가	없다		
팔순의	붉은	마침표			

—

유동순 시편은 정제된 형식을 통해서 깊이 있는 생명의식을 탐구하고 있다는 점에서 그 가치를 높이 평가할 수 있다. 시인의 시의식은 에코페미니즘적 세계에 경사되고 있지만, 시인은 고통을 치유하는 자연의 치유력과 고통을 어르고 달래서 빚어내는 아름다운 인생의 성숙에 주목한다. 이러한 과정에서 시인은 고통과 상처로 피어난 한송이 꽃과 같은 생명 현상에 대한 포용과 공감의 정신, 그리고 애련의 정신을 추구한다. 시인의 시적 세계는 바로 오래된 미래의 방향성과 참모습을 드러내고 있는 것이다.

— 황치복(문학평론가)

—

나목

아이고 요로코롬 날씨가 맹고름한 게
시엄씨 저녁 굶겨 웅둥거린 얼굴 같구먼
변두리 희망 요양원 독거 노인의 날씨다

속이 짠장 먹었서라우. 자석 새끼 뭣 헌당가
밥하고 새끼밖에 모른다는 일기예보가
십이월 자궁 속으로 한 잎 고요히 떨어진다

나무와 새

새가 앉아도 나무는 흔들리지 않습니다
새가 울기 시작하자 나무도 흔들립니다
울음이 사랑 잃은 새 울음이 나무를 흔듭니다

푸른 메아리에 가 닿으려고 멈춘 그 자리
영원할 것 같았던 그대 떠나고 나서 울던 울음
어둠 속 나무는 일부러 울어주었던 것입니다

선인장

언제 저리 해산했나
무심중이 무섭다

꽃 피고 꽃 지고
스스로 경계를 지워가는

그 찰나, 경계가 없다
팔순의 붉은 마침표

춘란春蘭

어슥한 거실에서 소리 없는 소리다
젖을 물리지 못한 어미의 젖가슴
탱탱히 부풀어 오른 꽃 멍울 통증이다

울음 빛 그 몽아리 독하게 물고 있다
골수를 뽑아 올린 문장의 한 획 한 획
쉼 없이 오르내리는 꽃 대궁 신열이다

추울수록 올라가는 시인詩人의 붉은 온도
젖꼭지 꽉 물었다, 사랑이다 아픔이다
화르르 열어젖히는 가슴 환한 봄이 빨고 있다

홍시

우듬지에 금빛 언어 물고있는 붉은 새 떼
어젯밤 날아든 바람에 깃털 다 털리고
맨살로 서서 웃고 있다 해살로 저리 환하다

젊은 날 목젖마저 가난처럼 떫던 울음
황달병 한 생을 오롯이 견뎌낸 저 말랑한 힘
내 안에 어린 감나무 하늘 질끈 물고 있다

유문동(兪文東, Yoo, Moon dong)
1942년 충남 홍성 출생. 호 소림(小林). 수덕사, 해인사 등 불교강원
수강, 동국대학교(철학과) 수료. 〈중앙일보〉 신춘문예(1975),《월간
문학》신인상 「청산별곡」당선, 문공부 신인예술상 입선,《아동문학
평론》동시 천료 등단. 시조집 『사과따기가 끝난 후』(1980, 문학신조
사), 수필집 『떠도는 영혼을 위하여』(1980, 중화). 서울신문사, 육군
사관학교, 동아출판사, 검인정교과서 등 출판인, 도서출판 '문학신
조사' 대표 역임.

—

가을에 1

가을비 밟고 가면 오동잎은 또 이울고
피를 쏟는 석류 향기 고추보다 매운 사랑
가을강 서리 묻어 오는 갈대머리 평사平沙여.

등명燈明 한 하늘 안고 한 모금 마신 고요
수국색水菊色 밝음 속에 한 조각 눈먼 바람
문 열린 어머님의 성城 내가 다시 밟혀라.

가을에 2

솔바람 귀를 외우며 오동잎 듣는 낙일落日
산방山房은 고독한데 혼곤한 잠자리여.
이 텅빈 공간에 누워 언어들을 챙겨 본다.

기지개 평화스럽게 행복을 눈부시며
떨어진 낙과를 주워 그 의미를 만져 보고
내 마음 천심天心 돌아 바람속에 기댄다.

관세음상觀世音像 앞에서

세월도 청산에다 등을 대고 앉은 적막
갈구渴求로 받든 공양 회오의 등을 켜면
번뇌도 눈부신 적멸寂滅 금이 가는 법열이여.

나직이 외오치는 뜻 먼 기약도 숨쉬고
님 손안 피안 저쪽 만상을 비춘 모습
세속도 무릎 아래로 혼만 와서 들렌다.

다도해시초多島海詩抄

이 아침 하늘문 열고 풀어내는 머언 파도
미명未明 그 아득한 난간 금선琴線으로 이고 서면
한 폭 꿈 떠서 흐르는 아, 초록 아지랑이…

부르면 따뜻한 섬 화답 끝에 토라진 섬
잠재워도 셀레는 남해 물결 하얗게 이는
형만한 아우만한 사이 한데 열린 어질머리…

매화송梅花頌

정결한 님의 슬기 마음 귀도 밝은 아침
점점이 숨결인 양 화선지 빛을 보아
오롯이 드높은 절조節操 괴어 올라 태우는가

저 무심 지핀 가지 다독이는 불씨인데
밤낮으로 마음 열고 다가와 살이 되듯
매운 향 터지는 소리 아, 태동의 상채기여.

갈라진 아픈 맘엔 옥피리 실어 놓고
늘 텅 빈 잔을 채워 넘치는 생각의 끝
영롱히 불 밝혀 들고 빛보라로 퍼붓는가

산조散調

동구 밖 느티나무 목숨 끝에 불 지르고
연연히 가슴 적순 첫사랑 그 아픔도
한줌 흙 묻어 온 이름 외줄기로 더워 온다

세운 달 옷을 벗는 세월의 가장자리
구령산九靈山 눈뜬 별빛 숙영의 등을 달고
밟으면 끊어질세라 절로 우는 목금木琴 소리

가난도 씨앗처럼 좋이 받아 다독이고
잠자는 고향 하늘 눈발 속에 묻어 오면
만리 밖 구천의 둘레 잦아드는 갈가마귀

지리산에서

태초에 숨을 죽인 선잠을 깨고 났다.
구름을 뭉개다가 이 내를 뿜어내고
드높이 솔개 한 마리 닻을 내리고 떠 있다.

태산목 진한 향기 어디까지 감도는가
코끝에 아린 송진 산다山茶도 피고 지는
눈썹에 걸리는 천애天涯 다도해가 분명타.

청자 1

품은 뜻 삭힌 고요 어리어 비친 하늘
일천도 불길 속에 눈이 시린 서운瑞雲자락
한 천년 꽃보라 속에 이승 밖을 감돈다.

해종일 바라온 뜻 향그런 인고忍苦로 새겨
한 가락 흐르는 옥적玉籍 속으로만 젖어들면
그 세월 전설을 깨고 학이 한쌍 나른다.

청자 2

새 솔빛 찬 서리에 산빛으로 썻어 안고
어질던 님의 숨결 영혼 밖을 가눈 채로
꿈꾸는 하늘 깊이로 얼빛 고른 그 자태

이승에 못 푼 넋을 석향石香으로 지핀 꿈은
고려인의 매무새로 차는 가슴 수줍음을
혈줍稀窄도 가뭇한 정취 혈줍인 양 고인 연대

한 자락 슬기는 안으로만 지워 놓고
가슴 안 향로에다 타가웁게 불 지피면
한 천년 세월을 돌아 그림 같은 선계仙界여.

학 2

아득히 지평을 눌러 펼쳐 드는 하늘 자락
목숨을 채질하여 노젓듯 나부끼며
강산도 관절을 펴고 떠올리는 구름바다

금빛 목청 뽑아 올려 천년 학이 울어옌다
비잉빙 강물을 갈며 밝혀 뜨는 구름 안고
침묵도 명계冥界와 같이 영원 곳을 가는가

유병규(兪炳奎, Yoo, Byung kyu)
1941년 경기 안성 출생. 서라벌예술대학(문
예창작과) 졸업(1962). 성균관대학교 백일장
장원, 《시조문학》「역사」 천료(1967) 등단. 초
등학교 교원(1966~1968), 삼척중학교, 소양중
학교 교사 역임. 한국시조시인협회 회원.

—

꽃잎은 말이 없다

꽃은 외치지 아니하고 나서지도 않는다.
눈길을 주면 보이고 손을 대면 만져지나,
장님이 지나쳐 갈 땐 잠자코 있을 뿐이다.

색맹이 잎으로 알고 한 색으로 칠하여도
꽃은, 그 빨간 빛은 탓하지 않지마는,
그림이 불구자가 되고 꽃잎은 말이 없다.

생활

흥청대는 잔칫날 야단 법석 함께 치다
문득 네 생각에 뒤뜰로 와 위무한다.
한 접시 안주값만 한 품삯으로 잇는 살림.

빌딩의 뒷골목 그늘을 거닐면서
예스러이 청빈을 내세워도 머저리의 어깨 처져.
명월이 그리 곱던 건 동백기름 엽전 때문.

　한 말씀 가지고서 산상에서 둘러보니.
　저 아랜 도둑님들이 호령하는 발밑에서 그 입김 바람 따라 도
둑놈들은 이리 술렁 저리 출렁 쫓기느라 손바닥 발바닥 헛바닥
이 닳아 나고 치고받고 딩굴면서 울고불고 아우성치며 닭 새끼
들 모이 따라 몰리고 닫는 모습.
　그래도 빵만으로는 살 수 없어서 옆에 오른 사람의 정.

살 값은 혼이 있어야 오름세가 크다는데.
어찌해 넋을 달아 줄 저울이란 없습니까.

요만큼 달군 온돌에 한자락 이름 덮고,
샛별이 곤하도록 교향곡을 짓는다.
제 손으로 해 띄워야 고밧길이 환하기에.

어떤 초상화

앳된 아가씨가
자작술을 마신다
이 세상 독함보다야
쐬주맛이 순하다고
본명을 고향에 묻어
자유인가,
포기暴棄인가

설악산의 먼 경치
　— 속초에서 바라보는

— 봄
꾀꼬리 다사로워 잎 활짝 핀 버들 사이.
마지막 흰 수건으로 떠나가는 손짓인가.
토왕성 폭포의 얼음 사라지는 안타까움

— 여름
구름은 제 자리 없이 산기슭에 골짜기에
봉우리 또 구름에 떠 볼수록 변모한다.
하늘 땅 혼돈의 모습, 게는 아직 창세긴가.

— 가을
붉게 타는 산마루 위 새파란 하늘 곱고.
우람차면 둔하거늘 날렵한 봉우리들.
얼마나 나르고 싶은 열망으로 치솟는가.

— 겨울
냉엄한 죽엄의 산 겨울 신의 본거지라
다른 뉘 저 비정을 일구어 쳐 줄 거냐.
울산암 과제를 풀려 겨울잠을 삼간다.

수복탑

포연 사이로 쏟아지는 햇빛을 이마에 받으며
어머니와 아들이 손잡고 돌아온 땅.
아빠의 핏자국에서 성화聖花가 피어났다.

파편을 긁어모아 담 쌓고 우물 파기에
숨찼던 귀향인을 수복탑 넌 보았지.
통곡도 못하던 날을 표백하는 거리에서.

태풍 속에 노를 젓는 필사의 성장으로
해신海神의 성을 달래 탑이여 지새우라.
북향해 못 다 푼 열원 절규하는 자세로서.

여운

모두 돌아간 뒤 접시를 씻을 때.
당신의 눈 그늘엔 피곤이 어리고
슬며시 밀어와 닿는 청구서의 큰 비중.

출마를 선언할 때 들리던 박수 소리.
사뭇 무너뜨리면서 채찍질하는 그 소리.
아픔을 메아리 보내 힘이 되는 당신아.

책임지지 않는 거리에

　벼르다가 마침내 제도사에 들어서니
　결론은, 당신과 흥정할 조건이 맞지 않을뿐더러 상대할 여유
가 없으니 옆방으로 나가 보라고 하고 해서, 허어, 여기도 번지
수를 잘못 짚었소라는 말을 들었던 열두 방을 거치느라 허비한
시간을 여기서 더 연장하지 말라는 충고를 뒤에 두고 돌아가,
아니, 또 추근대러 왔느냐는 질문에 얻어맞고 보니,
　첫 번에 들렀던 방을 다시 온 걸 발견했다.
　누구나 매끄러워 꼬투리를 안 잡았으나, 열세 개 방과 방을
휘돌아친 몸과 맘은 저리고 쑤시고 텅텅 비고 어지러워 비실비
실 걸어 나와 현관에서 맴을 도니, 수위가 부축하여 열 세 층계
내려놓자, 아무도 책임이 없는 길바닥에 쓰러졌다.

탄전지대

1/ 어둠보다 짙은 물엔 발끝도 담글 수 없어.
회상으로 돌을 씻고 희망으로 내 닦으면.
마음의 강 그 맑음에 은어 떼가 반짝인다.

2/ 해맑은 염원의 발밑 그 절망을 씻었기에.
정직한 벽계수는 흑계수가 돼버렸으니.

아시라. 주검의 빛깔 구비치는 그 이유를.

3/ 솥 밑에 이글거리는 새빨간 헛바닥.
그것을 내어뿜는 힘의 색을 보아라.
해 낳은 그믐밤이 산악 같은 폐석더미를.

4/ 엔드로피의 법칙일레 우뚝하게 표상했다.
산업전사 위령탑을 헤일 수 없는 이름들이.
엉뚱한 착각에서만 유원지로 삼는 곳에.

5/ 갑방, 병방, 선·후산부 아빠들의 대명사라,
크레파스는 연탄색이 언제나 먼저 닳고.
희멀건 서울을 여기 세워볼 꿈꾸어라.

6/ 심마니가 헤맨 자욱을 딛고 탐욕스런 이가 왔다.
숯보다 더 센 힘을 곡괭이로 파내었다.
(그) 새까만 돌과 흙이 돈이요, 신부였다.

7/ 지표에 쌓인 태양은 태고 깊이 묻히었고,
희노애락은 송두리째 화석 되어 기다리다가,
(발파) 소리에 억겁을 깨고 실려 나와 부활한다.

8/ 고향을 떠온 사내들은 이를 악문 두더지들.
마늘 먹고 쑥 씹으며 햇빛을 등진 보람.
어엿한 아빠가 되자 굴밖에는 도시가 섰다.

9/ 날 끝을 막장에 꽂아 한 삽 두 삽 지폐를 뜨면,
결별한 얼굴들이 살대어와 속삭이고,
갱 깊이(를) 더 할수록 역리의 달이 뜬다.

10/ 우스꽝스럽다 못 해 무서운 도깨비 모습.
눈과 이만 번득임을 아주머니 자신이 잊게,
선탄장 어두운 불빛. 아예 없는 거울이다.

11/ 카메라 샤터 소리에 반김인지, 노여움인지,
출갱한 그 표정은 눈만 도는 탄의 껍질.
목욕탕 출구에 서야 이웃다운 얼굴이다.

12/ 출구가 점점 커지면 오늘도 무사했고,
뒤이은 수색대가 고동치며 들어가.
(동상)이몽의 암벽을 뚫고 도화선에 불지른다.

13/ 한 방울의 별도 없는 만천판을 우러르면
이제는 그 무엇이 쏟아져 내릴는지.
전야의 적막에 눌려 등발들이 땀 흘린다.

14/ 뜨고 지는 시각과 계절이 없는 여기
땀을 흘릴수록 눈물을 예방키에
초연이 눈을 막으면 열고 찍는다.

15/ 철학도 종교도 시간과 함께 굳어 붙고
냉수로 목축이며 한 량 두 량 실어내 보내는 일
억겁의 돌이 된 지점, 그것만이 리듬이다.

16/ 규폐증이 자각될 때 자식은 졸업을 하고,
전철을 밟게 되면 무사히 다녀오라고
예편된 손을 흔들며 바튼 기침을 한다.

17/ 탄바가지 하늘에 줄줄 끼억끼억 오가는데
멈추면 무슨 일났나? 그 옛날이 방망이 친다.
(직업) 전선은 바로 여기 기행문은 종군 일기.

18/ 풍향기는 뒤뚱대며 유전 바람을 타고,
수갱 밑바닥이 바다에 이르렀다고.
환절기 채비를 서두르는 그림자.

19/ 강산이 스스로 변함 십 년이나 걸리는데.
삽시에 땅을 뒤덮고도 걷잡을 수 없는 마음.
스피드의 보복 앞에서 더욱 밟는 가속기.

20/「신바람나는 일」에 한 귀퉁이 할애하여
붓을 들고 피우는 꽃 속죄이자 업적이고,
「볼모」의 도라지꽃은 비탈에 선 미소이다.

21/「붓밭 마을 사람들」의 괭이는 녹이 슬고
「뿌리 없는 사람들」의 교차로에 손을 잡아
「내고향 심기 운동」으로「태백의 얼」도 괸다.

22/ 연못의 전설이 또 다시 실현되랴
주초 밑을 파먹어서 함몰될 날 두려워
「단군각」위「한배검」은 징소리로 지샌다.

23/ 쟁기로 겉이나 핥다 백 길 속을 누비는 시대
머리 위의 나리들은 일꾼들의 마음을 갈고
「돈내기」벌건 눈으로 사람마자 솎아낸다.

24/ 방 두 칸 부엌 하나 블록와 슬레이트 규격
기슭이건 중턱이건 다닥다닥 줄 맞추고
취하면 남의 방문을 열어 보는 애로티시즘

25/ 불렀다가 고파지고 풀림에서 힘나는데,
쫓기면서 치쌓다가 덕위 먹고 동상 걸려
띵띵 부은 채로 변비증에 쓰러진다.

26/ 날렵한 넥타이로 출장 온 사람 두고
두툼한 작업복에 지긋이 기댄 작부
그 나름의 탄을 캐느라 몸치장이 요란하다.

27/ (그) 좋은 구멍이 어쩌나 깊은지
쫄딱 구덩이를 만근하여 캐낸 것을
몽땅 쑤셔 넣었어도 맘 하나를 못 채웠다네.

28/ 유일했던 캡·라이트 볕에 나면 맥 못쓰듯
간드러진 웃음 둘러 잔을 건네 꺾다 보면
주머니는 바닥나고 골도 비어 헐렁한 아침

29/ 지층이 침입자를 깨물어 삼킨 뒤에
여심과 위자료는 주인 없는 능금이다.
휘잡는 입김을 쐬어 화냥년이 된 이야기

30/ 내일은 까만 서렁에 때 입히어 젖소 놓고
송사리 미꾸라지 내비칠 때 천렵하자.
가빴던 가슴들을 추억하며 되새기며

유병근(劉秉根, Yoo, Byung geun)
1931년 경남 통영 출생. 《월간문학》 신인상
(1970) 등단. 시집 『연안집』(1978, 연문), 『유
작전』(1983, 세화기획) 외. 수필집 『협주곡』
(1980, 친학사, 공저), 『허명虛名 놀이』(1981,
관동, 공저) 외. 한국문인협회, 한국시인협회
회원. '절대시' 동인.

―

가을 소식

어느 뉘 손길에도 이 진통 그냥 못 잘
이런 날 천지 도로 귀먹은 장승 되어
한 가닥 구름에 날 듯 유유할 수 있는가.

한 겹 두 겹 담을 치고 은둔하는 것이며
빠개져 석류알로 솟구치는 것이며
저마다 내일을 바라 설레기도 하는가.

노을 속 언덕배기 불 붙는 갈잎 갈잎
조금은 등에 지고 또 조금은 머리에 이고
한세상 사는 재미의 눈은 마주 웃을까.

강물

강물은 강바닥의 조약돌을 몌 감기고
물살에 끼어드는 궂은 것 헹궈 내고
가르마 고운 수심에 젖은 손을 훔칩니다.

몇 세월 삭은 암금 체질하여 걸러내고
살 비린 바람으로 남은 것을 또 어루고
달무리 여울을 빚어 거기 들어 앉습니다.

꽃

모진 하늘을 이고 여기 또 한 점 꽃구름
불타 이글대던 것 차근히 빗질하고
화사한 얼굴을 들어 나를 불러 앉히네.

기다림도 넉넉히 호강일 수 있는 날
꽃이여 네 눈짓 그 가장 밑바닥에
귀 먹은 여울로 남아 내가 다시 피겠네.

구포소견龜浦所見 1

이는 참 그냥스리 있는 것은 아니다.
강을 베고 멀리서 서걱이는 갈대의
그 줄기 잎새 하나 하나의 손톱 끝 부분까지

한낮의 나룻배 저절로 떠 있는가
놋날의 휘감기는 소용돌이 물살 또한
강바람 늙은 사공의 가락으로 흐른다.

구포소견龜浦所見 2

지고는 못 갈 어둠 돛배는 가고 있다.
굴속 같던 한나절 시달린 뱃등으로
두서넛 누데기 같은, 물결 같은 사람들.

불빛도 싸늘하다 이 기슭 저 기슭은
서로 마주앉아 문지르는 가슴마다
식은 피 다시 덥힐 날 저어 오고 싶었네.

단풍

가장 짙은 솜씨로 온갖 채색 풀어내어
가슴 맨 밑바닥의 귓속말로 풀어내어
인제사 한숨 돌리는 바람 끝도 순하라.

질탕한 만산 줄기 한 가락 뽑았는가.
계곡 짙은 옥돌에 방울로 새겼는가
곁들여 산새도 이날 장단 없어 우짖네.

저 하늘 청명한 부름 마주 문지르면
잎새마다 서걱임 모닥불 타는 소리
잊은 그 세월 낱낱이 불꽃으로 솟누나.

대답

붓에 먹을 치고 뜨락에 나서 본다.
날씨가 잘하여 마음 눅은 어깨 위
목련은 하늘바닥에 또박또박 수를 뜬다.

이런 날 어느 것은 제 먼저 야단이다.
교실 밀려 터지게 손을 드는 일 학년
신나는 대답을 이고 여기저기 솟는다.

봄을 위한 무곡舞曲

돌팍 깊은 구덕에 숨이 막혀 있더니
가시덩쿨 틈에서도 살이 찍혀 아프더니
한 뼘쯤 드는 햇빛을 식량 삼아 지내더니.

돌팍 부벼댄 자리에 새순 하나 빚어 놓고
넝쿨이 엉켜 썩은 자리에도 새순 하나 빚어 놓고
오늘은 돌날 잔치상 같은 햇살 한상 받았네.

산울림

옛날 어느 옛적의 이야기를 다듬어
가장 깊은 밑바닥의 뜻도 새로 다듬어
솔바람 멀리서 듣는 구름으로 빚었네.

칠칠한 가시덩쿨 눈구뎅이 땅을 짚고
지난 철 망개 열매 여지껏 붉게 타듯
애타게 그리는 마음 산태처럼 묻었네.

숲

마지막 빗질에는 묵은 것 다 날리고
연으로 걸려 있던 참나무 삭은 가지
누군가 얼레로 풀어 다시 밀어 붙인다.

조금씩 물끼 진한 가지마다 잦은 미열
바람에 설레며 햇살에 눈부시며
겨우내 조인 가슴팍 나른하여 뜨겠네.

유병옥(兪炳玉, Yoo, Byung ok)

1945년 울산 울주군 두동면 출생. 고려대학교 시창작 과정(2008) 수료. 시조집 『수 꿩과리』(1995, 영남), 『구름이 되고 보면』(2012, 고요아침), 『봄 난간 막아버리고』(2015, 고요아침). 시집 『유심인 것을』(2009, 책나무). 시사랑 울산사랑, 한국시조시인협회, 한국작가회의 회원.

왜 시조인가에 대한 가장 정확한 대답은 오직 작품 속에 있다. 모국어가 내포하고 있는 오묘한 시적 비의秘意를 얼마나 시대에 걸맞게 끌어내고 있는가로 나타나기 때문이다. 유병옥 시인이 시조의 형식에 빠져들고 그 숨결을 자기 것으로 만드는 까닭이기도 하다. 유병옥 시인은 타고난 말의 재능과 기술연마로 결코 용이하게 도달할 수 없는 시조의 형식을 터득하여 왕성한 생산력을 보이고 있음에 찬탄하지 않을 수 없다.

— 이근배(시조시인 · 대한민국예술원 회장)

치술령*

불 파도 타오르니 은장도 뽑았구나
꽉 다문 혓바닥에 서릿발 돋아난다
망부석
내딛는 단심
어디인들 못 가랴

저 암자 범종 소리 치술령 돌고 돌다
파고든 돌 옹이에 원한 풍 재워 놓고
못다 한
초혼 자락은
불사조로 날구나

너울성 파도 틈에 산호초 둘러치고
죽정竹釘을 잘라내고 귀국 길 열었구나
충절의
붉은 햇살이
치술령을 덮는다.

* 신라 만고충신 박제상과 부인의 충효정신이 서린 산.

가을 서곡

다람쥐가 쪽박 샘에서
뭉게구름 떠 마시고

굴밤 줍던 서낭당에서
연분이라도 주웠는지

바라기 졸참나무 집
예단 준비 바쁘네.

겨울 소나무

귀뚜리 떠난 뜰에 미련 거둔 잎사귀가
된서리의 시다림 받고 뜬 흙으로 돌아가니
세한에 노송 한 그루 찬 달 아래 외로워도

해코지 설한풍을 온몸으로 막아서서
철을 잊은 기러기들 어서 가라 일깨우고
하늘이 내린 찬가를 새하얗게 부르다가

토담 방 군불 지펴 아랫목을 데워 놓고
놋쇠 솥에 미역국을 보글보글 끓이면서
은하를 잉태한 매화 순산하길 기다리는.

빈 잔

네 어이
눈바람에 탯줄 가닥 매어 놓고
잔설 자락 개간하다
따슨 봄을 일구었나
다랑논
층층 계단을
차곡차곡 올랐더냐

내 어이
꽃바람에 탯줄 가닥 매어 놓고
꽃 구름을 개간하다
비구름을 일구었나
사계절
층층 계단을
지름길로 올랐더냐

노을은
건너가도 본디 검은 밤은 없고
다랑논에 사계절은
닥종이에 수묵이라
승화원
고별 식전에
나귀 한 필 졸고 있다.

대왕암*에서

데려가신 파도들은
다시 돌려보내 주시면서

가져가신 황금성은
왜 돌려주지 않으십니까

소금기 머금은 석화
간간하게 핍니다.

* 문무대왕 수중릉.

목련

겉치장 벗어버린 훤칠한 너에게서
입춘이 그렁그렁 그 아픔 읽었는가
손톱 끝 따시게 키워 꼬집었다 터져라

눈 오면 천치였고 비 오면 어수룩한
무명베 속적삼 밑 봄날이 볼쏙해져
열 모아 쳐다보았나 만개까지 전이돼

가물한 안구 속에 통곡을 열고 보니
네 꿈이 흩날려서 뜬 흙에 누웠구나
내 차마 배웅 못할 너 만사 한 장 보낸다.

반딧불

대서를 내다보는
여름밤은 느긋하네
맷방석 내다 깔아
늦은 저녁 한술 뜨고
곰방대 불 댕기면은
지인처럼 모이는 너

별똥별 명멸하면
여름밤은 바빠하네
당당한 별자리도
은하 따라 흘러가고
곰방대 재를 떨면은
타인처럼
떠나는 너.

영덕항 일출*

미식가 식탐이야 가위 낀 엄지이지
군침이 차오르니 체면도 싹둑 하고
돈 된다, 양팔 저울에 좌 우파로 오른다

해심을 옆에 끼던 용궁에 한량인가
타액에 젖고 젖어 한해도 탕진하고
저자에 꿇어앉아서 신사임당 알현한 후

한 소절 몰고 왔던 집어등 품삯 주고
껍질 안 속살에다 햇무리 살짝 둘러
비린내 바짝 조려서 불쑥 내민 저 맛은.

* 대게.

북두 치성 당신은*

어스름 쪽배 하나
풍랑에 젖을까 봐

정화수 촛불 밝혀
사립에 등대 켠다

밤새워 뱃길을 여는
북두 치성
당신은.

* 어머니.

당신은 꽃입니다*

눈시울 적시면서
눈썹마다 맺으시고

눈물을 훔치시며
눈동자에 피우시다

지는 잎 눈두덩에다
두엄으로 내려놓는.

* 어머니.

유상용(劉相溶, Yoo, Sang yong)

1944년 전남 장성 북이 출생. 서라벌예술대학 (문예창작과) 졸업, 중앙대 예술대학원(문학예술학과) 수료. 《현대시조》(1991) 등단. 시조집 『날개 달린 시간』(1955, 세화), 『산그늘』 (2000, 세화), 『살며 생각하며』(2006, 세화), 『새벽은 다시 온다』(2012, 시조문학사). 중앙시조 지상 백일장 장원 2회, 중앙대 문학상, 방촌 문학상, 동백 문학상, 장성 문학상 수상. 한국문인협회 이사, 중앙대 문인회 감사 역임. 한국시조시인협회 회원. 부여 사비 문학회 고문.

—

체험의 진리를 관조하여 상상력으로 표출한 새벽 종소리는, 어떠한 역할을 하는가? 저 꽃봉오리가 그렇게 찾으려 했던 이슬을 밟고 소리와 빛이 한꺼번에 달려와, 우리 가슴에 덮혀 있는 두꺼운 녹을 씻어 내어 시원하고 밝은 미래를 우리에게 안겨줄 것이다. 내 안에 새롭게 생겨나는 생명의 말씀은, 하늘의 진리를 전해 줄 하늘문으로 우리를 이끌어 그 앞에 서게 할 것이다.

— 이숭원(문학평론가 · 서울여대 명예교수)

—

느티나무 2

한 발짝 못 움직여
내 필요함 내 안에 찾아

허공 층층 쌓는 녹 빛
치욕恥辱 없이 못 피운 잎

누대의
옹이 진 일에
의연毅然 함의
이 전율

옥토 자리 아니어도
일손에 의미 품어

살팎진 가지들 펴
하늘 채운 삶의 무늬

일에 일
손길 멈추고
몸을 낮춰
찾습니다

먼지

먼지를 일으키는 비포장길 버스에서

한 생명 일생이
먼지로 일어선다

누군가 잠시 왔다가 흔적 없이 가고 있네

숨기려도 보이는
비포장길 생명으로

부대끼다 가고 있는 세파의 발길이나

내 일생 왔다 가는 순리
지키려고 일어선다

물살이 만드는 순간의 거품처럼

바람 앞에 흩어지는 뭉클한 먼지가

생활의
한생의 내역
보여 주는
사람아

묘지

속마음 길을 닦아
쌓은 인품 어디 두고

어두운 땅 밑의
시간 멈춘 흙으로

가고는
못 돌아올 곳
왜 그리
가서 있나요

돌 틈 사이 한 줌 흙에
누구의 부름 있어

말문 닫고 돌아누워
높은 인품 사글리나

그 자리
무슨 연연에
흙 한 줌을
못 떠납니까

기다림

오지 않는 기다림
눈물 없는 눈물을

가슴에 묻어두고
울고 나면 뭣하나

눈가에
매달린 수심
어둠에도
밝아라

새벽종

한 줄기 소리 빛이
이슬 밟고 달려와

녹을 씻는 음성으로
무거운 가슴을 열어

내 안에
쌓이는 말씀
하늘 문에
오른다

바위

내 안의 나끼리
세상 흐름 깨치다가

실금의 바위틈새에
등을 밀치는 바람 본다

흙 한 점
바위틈 사이
스러지면
뭣이 되나

연기

가늣한 보람도
데려갈 수 없는데

검질긴 근심도
찾아올 수 없는데

잠시간
머물다 떠나는
헛것들이
보이오

고목

아픔을 다 끝내고
긴 잠에 들었는가

건들면 다시 깨어
한 마디 할 듯한데

어딘가
빈손으로 떠난
마른 눈물
거두오

땀방울

둥그런 땀방울
얼마나 쏟아 내야

땀이 밴 밥그릇
그 맛을 알거나

기어이
땀방울 모아
내 그릇을
채우리

팽이

자신을 알기 위해
돌고 돌아 살다가

내가 나를 아는 것이
가장 높은 지식임에

사람은
목숨을 거두어도
더운 피가
도는 것

유선(柳善, Yoo, Sun)

1938년 충북 보은 회인 출생. 호 운암(雲岩). 서울문리사대(1963), 국제대(1965), 경기대 대학원(1990). 《시조문학》 천료(1986) 등단. 시조집 『세월의 江을 건너며』(1986, 교음사), 『겨울나무로 서서』(1998, 교문사), 『新歸去來辭』(2004, 고려사), 『간이역 風光』(2010, 고려사), 『수원 비둘기』(2017, 고려사). 제3회 경기문학상(1986), 제9회 황산시조문학상(1995), 제1회 경기문학인상(1998), 제11회 한국시조시인협회상(1998), 녹조근정훈장(2000), 제1회 수원시인상(2011) 수상 외. 전 울림회. 경기도 교감·교장·장학사·장학관, 경기인성지도교육원 부원장, 한국시조시인협회 이사 역임. 경기시조시인협회 고문, 한국문인협회 자문위원.

홍시紅柿 · 2				
감꽃	지자	열매	맺어	
청춘을	경영經營해도			
그	속 낸	몇	번의	땡볕,
천둥,	번개,	벼락,	무서리……	
제	혼자서	고운	빛깔로	
익을	리는	만무하다.		

—

시의 경향은 소박한 삶의 자세를 바탕으로, 일상에서 겪은 삶의 고뇌와 애환을, 자연을 통해 형상화한다. 시의 정서는 사랑과 그리움이며, 현실과 역사의식은, 조국 분단의 안타까움, 그리고 각박한 현실과 교육개혁에 대한 비판의식이 살아 숨 쉬고 있다. 이는 그의 성실하고 진실된 삶의 태도와 사물을 관조하는 섬세한 감성이다. 자아 상실의 아픔과 절망을 극복하고, 초연한 의지와 자연의 섭리에 순응하는 겸허한 마음 자세가 시대를 초월한 뭇입에 회자할 호소력으로 개성적 세계를 펼쳐 보여주고 있다.

— 김광수(시조시인·문학평론가)

—

감자꽃

살지는 한낮이면
즐거운 노랠 부르고,

시큰한 저녁이면
명상 속에 감금되면,

입덧 난
후손後孫을 바라
고된 몸을 식힌다.

산 너머 양털구름
헤매 돌 무렵이면

달빛은 졸음에 겨워
푸짐한 맛을 담고,

대대로
덜 익은 종손宗孫
보름달로 채운다.

내게도 봄이

팔달산* 솔바람이 하늘 한 폭 이고 앉아
노을 진 산 그림잘 편 가르는 텃새 울음
그 언제
이내 가슴에
따산 봄빛 앉힐까.

차디찬 일월日月 앞에 나뒹구는 낙엽들이
헐벗은 이 산 저 산 남과 북을 덮어주듯
언제쯤
남풍이 불어
환히 꽃을 피울까.

나뭇가지 축 틔우고, 잠든 혼을 일깨우듯
귀한 손을 맞이하라 비단 옷을 입힌대도
이 산하山河
목조차 메네,
세세歲歲 연년年年 봄이기를.

* 팔달산: 수원시 중앙에 위치한 산.

수원, 화성 찬가讚歌

경기도 광교산은 수원 둘러 우뚝하고
화성의 팔달산은 복판에서 빛나는데,

꽃바람 불어올 때면
뻐꾹뻐꾹 새가 운다.

정조님 오가신 길 그림같이 벋어 있고
용주사 뒤뜰에는 융·건릉이 누웠는데,

손잡고 한 바퀴 돌면
새천년이 둥둥 뜬다.

광교산 새가 울면 팔달산에 꽃이 피고
수원천 맑은 물에 흰 물새들 높이 날면

민초들 고운 꿈들이
무지개를 띄운다.

춤추는 산

팔달산 중턱에는 적송들이 줄을 서고
기나긴 여름 지나 서늘한 가을바람에
꽃나무 솔가지하며
우쭐우쭐 춤을 춘다.

둘레길 위·아래에 밝은 볕 짙은 그늘
명암이 뚜렷하고 따산 행복 자랑한다.
바람이 노랠 부르면
푸른 숲이 춤을 춘다.

솔바람 청청한 숲에 화답이나 하는 듯이
장대 올라 굽어보는 눈길마다 부르는 복
햇볕이 빙그레 웃으면
춤을 추는 팔달산.

* 팔달산: 수원시 중앙에 위치한 산.

벽을 바르며

모든 벽에 오줌을 싸 얼룩진 호랑나비
화평을 구가하며 낡은 배경 긁다 보면
퇴색한 백합꽃처럼
허공중을 날고 있다.

연륜을 증명하듯 누렇게 물이 든 벽지
여명의 햇살처럼 새 생명을 보듬 안고
언제 또
장시조 같은
설원 하나 펼칠까

착 붙은 누런 무늬 닦고 또 긁어내고
돌같이 굳은 인내 다림질로 다독이면
하얗게 꽃이 피면서
새 세상을 만든다.

한강 아리랑

오천 년 이 겨레가 빨고 자란 젖줄이여
극심한 가뭄에도 멈춘 적이 없었나니
아리랑 아리 스리랑
가난 고갤 넘어왔다.

흐름은 슬기롭고 민초 또한 순결했기
하나로 뻗은 기약 맑고 밝은 웃음소리
아리랑 아리 스리랑
태평 고갤 넘어간다.

물새도 둥지를 튼 그 속에서 꽃이 피고
굴절로 흘린 눈물 삼키면서 키운 모국
아리랑 아리 스리랑
길몽 고갤 넘어간다.

백두에서 한라까지 한라에서 백두까지
한반도 고운 빛발 하늘과 땅 이어준다
아리랑 아리 스리랑
통일 고갤 넘을 게다.

침묵의 강江

비바람 휩쓸고 간 길고긴 흐름을 따라
이 산하 깊은 밤을 귀가 먹어 지킨 민초
하늘도 뒤돌아 앉아 온몸으로 우나니.

휘도는 굽이굽이 입 다문 바위 앞에
빛바랜 연대들이 모진 바람 쓸어안고
묵환 듯 인고의 함성 그 절절한 비명이여.

일제, 공화, 문민, 국민, 참여의 깃발이여
네 치부 활짝 열어 뼛속까지 다 아뢰라
저 흰옷 한 맺힌 절규 들리지가 않는가.

깊은 밤 외로움도 풀꽃으로 피는 오늘
빠개진 가슴이여, 울먹이는 증언이여
이 청사 겨레의 혼불 그만 종을 치거라.

살 삭고 피가 닳아 뜨고 지는 일월 저쪽
갈망은 도사리어 안으로만 타는 목숨
이제는 밝은 태양 아래 새봄 날을 맞아야지.

매듭 풀기

고삐 풀린 야생마가 초원을 내달릴 때
황량한 삶의 창가 등불 하나 밝힌다면
깨끗한 바람 한 떨기 받을 수가 있겠지.

꺼져가는 민초들의 이마를 적셔줄 때
마음을 다시 돌려 사는 뜻을 헤아리면
언 손을 녹여 주듯이 삶의 매듭 풀리겠지.

메마른 갈피마다 눈을 뜨는 모닥불에
불씨를 묻어 놓고 한 목숨 지킨다면
앞날에 이기다 싶은 희망으로 남겠지.

때 묻은 미련 남아 놀 속에 타오르고
앉았다 떠난 자리 그대 모습 아른타만,
남한강 굽이를 돌아 무지개는 뜨겠지.

수원 비둘기

팔달산 산자락을 쉴 새 없이 비상한다
울창한 고향 산천 그윽하고 고요한데,
저기 저
고목 위에서
할딱이는 비둘기여.

청청한 깊은 산속 마냥 놀다 올 일이지
원시림 맑은 공기 실컷 마셔 둘 일이지
네 목젖
매연에 감겨
콜록이고 있고나.

널 닮은 시인 하나 행궁동에 사는 환자
기침이 도지는 소리 엊저녁을 넘겼을까
반도가
앓고 있고나
수원 새도 앓는구나.

* 행궁동: 수원시 팔달구에 있는 동 이름.

다시, 남한강南漢江에서

흐르는 그대의 가슴 가물 때는 속이 타고
말간 살에 닿는 순간 싱그런 햇살도 되어
언제나 노래를 불러,
달도 띄워 내린다.

한겨울 눈보라치듯 사나운 환경에 안겨
끝내 잠들지 못하는 이 상생의 강변에서
아득히 멀어져만 간
낚던 꿈만 떠올린다.

한 천년 생명의 씨앗 영생의 흐름 위에
간절한 생각들 모아 조각보를 만들면서
오늘도 흔들리는 연륜,
푸른 하늘 띄운다.

유선희(劉善熙, You, Seon hee)

1970년 충북 영동 출생. 한밭대학교(산업디자인과) 졸업(1992). 대전시조시인상(2017) 수상. 금강시조문학 동인. 대전시조시인협회원. 산하커뮤니케이션 대표.

—

자연이 시인이고 시인이 자연이다. 물아일체이다. 시인은 자연에서 삶의 의미를 빼내는 섬세한 감각을 갖고 있다. 자연에서 언어를 디자인하고 언어에서 자연을 디자인한다. 물체를 자신으로 보든지 대상으로 보든지 상황에 따라 황금비율을 맞춘다. 몬드리안이나 우리 전통 조각보에 비유할 수 있을 것 같다. 언어도 적재 적소요 의미도 적재적소이다. 딱 맞는 옷을 고르는 품이 여간 매섭지가 않다. 시인은 아무래도 그리움의 시인이라 해야 할 것 같다. 수채화 같은 시 스케치가 스텔톤의 풍경이다. 가까운 데서 먼 수평선을 보고 먼 수평선에서 가까운 것을 본다. 그러면서 인생의 의미를 띄워 문인화 한 폭을 완성해간다. 시인의 그림은 언제나 청순하고 아정한 첫인상이다. 그래서 주변 사람을 놀라게 한다. 잔잔하고 무한한 감동을 주는 것도 그 때문이라 생각된다.

— 신웅순(시조시인 · 문학평론가 · 중부대 명예교수)

—

진달래

그 가녘
그리움이
망울져
부풀다가

가랑비
속삭임에
툭,
터진
분홍 눈물

산허리
흥건히 적신
가슴앓이
어이해

가을밤

뜨락에 노란 국화 달빛 찍어 시를 쓴다
꽃잎 위 귀뚜라미 목청 높여 읊어 본다
담장을 넘은 바람이 귀를 열고 누웠다

멸치똥을 따다가

잔치국수 먹고픈 날 마른 멸치 한 주먹
신문지 깔아 놓고 배 가르고 똥을 딴다.
먼 바다 퍼덕거리며 헤엄치던 은빛 꿈

박제된 야윈 육신 체향마저 뽑아 주고
사리 같은 똥만 두고 적멸에 들고 있나
저토록 따뜻한 똥을 남겨 놓고 가고 싶다.

나목

마지막 남은 한 잎
허물마저 벗고 나면

달빛 번진 시린 밤,
얼마나 애를 태웠나

뒤꿈치
살짝 든 바람
합장하고 지나간다.

호박꽃

호박꽃도
꽃이냐
그런 말은
아파요

가만히
내게로 와
손 내밀어
주세요

노란등
하나 밝히고
기다리고
있을 게요

유설아(兪雪雅, Yoo, Seol ah)
1966년 경북 월성 서면 출생. 한국방송통신대
학교(국어국문학과). 《한맥문학》(2008), 《시
조문학》 신인상(2016) 등단. 울산시조작품상
(2016) 수상. 한국시조시인협회, 국제시조협
회, 울산문인협회, 울산시조시인협회 회원.

—

「개운포 이야기」는 오래된 문화유적지를 작품화하고 있다. 역사(염
산지-소금)를 현실(그리움)에 꿰맨 자국 없이 잘 녹였다. 공단화된
오늘의 개운포를 '다친 팔'로 묘사하는 비범함이 놀랍다. '개운開雲'
이 다시 '해무海霧 속으로' '다친 팔을 숨'기니 공단화된 오늘의 개운
포에 처용의 부적을 붙이러 가고 싶다.
　　　　　　　　　　　— 문복선(시조시인 · 시조문학문우회 회장)
유월은 장미의 계절이자 참화의 기억을 내재한 달이다. 흰 줄장미
넝쿨이 피 어린 역사의 상흔에 닿아 있다. 그래서 뻐꾸기도 목을 갖
추며 운다(「유월 편지」).
　　　　　　　　　— 박기섭(시조시인 · 전 현대사설시조포럼 회장)

—

개운포 이야기

파도가 몸을 잠근 개운포 바닷가에
처용을 따라와서 돌아가지 못한 배들,
소금이 하얗게 절은 그리움을 닦고 있다

수줍은 꽃잎들이 노을 앞에 옷을 벗자
얼마나 자랐을까 키를 재는 그리움
무너진 성돌 너머로 별 한 움큼 획, 뿌린다

키가 큰 왕대나무 손 비비는 소리 끝에
해체된 고래였나 하얀 뼈로 끌려오면
포구는 해무海霧 속으로 다친 팔을 숨긴다

개운포 성지

포구나무 서 있는 바닷가 선수 마을
오래돼 변한 것은 나 하나만 아니더라
그리움 몰래 게우는 빛바랜 저 갈대꽃

돌미역 바다 내음 청 개펄이 그리워
갯가를 맴돌았던 바람은 꽃피웠지
아무도 꺽는 이 없는 이가 하얀 저 소금꽃

유월 편지

녹슨 철조망 위로 고개 내민 흰 줄장미
돌아오지 못한 병사의 훈장처럼 꽃이 오면
뻐꾸기 목을 갖추며 피로 물든 시를 읽는다

운문산 고갯길

해발 일천 미터 구름 머문 마루마다
구불텅 길을 낸 용바위 깎인 단애,
절벽에 발 딛고 서면 아찔하다 지나온 길

천리향

아이와 손잡고 온 아장아장 천리 먼 길
닮긴 그 자국마다 향기 앉힌 어머니
책에선 읽지 못했던 슬픔마저, 환하다

까치밥

배고픈 이를 위해 잘 차린 가을 밥상
오늘 길 막히나봐 입동에도 훵한 동구
외로운 꼬마전구만 깜박깜박 졸고 있다

꽃을 보면

잎줄기 하나 없는 뒤란의 꽃을 보면
혼자여서 고왔던 내 나이 서른 즈음
손들어 붙잡지 못한 뒷모습이 환하다

가자미

혼자서 길을 가면 눈시울이 붉어진다
오래 보고 싶어서 더 많이 보고 싶어서
한사코 그대 떠난 곳, 눈이 자꾸 기운다

시조時調

허허로운 세상에 네가 있어 나는 산다
내 안에 솥을 걸고 한 평생 밥을 지어
너에게 차려 줄 밥상 내가 사는 그 이유

암각화 체험
— 탁본

반구대 계곡 따라 아이 함께 걸어가면
곰이며 사슴들이 바위 속을 노닌다
섬뜩한 고래 울음도 한지 위에 들린다

유성규(柳聖圭, Yu, Seong kyu)

1931년 인천 출생. 서울대학교 사범대학(국
어교육)(1959), 경희대 한의과대학 박사 졸업
(1980). 전국시조백일장 장원(1958) 등단. 시조
집『한국시조』(1967, 공저),『동방영가』(1985, 학
예춘추),『섭리 곁에서』(1991, 한샘),『시천시조
선집』(2002, 동경) 외. 저서『시와 시조 연구』
(1971),『시조 창작법』(1998). 번역서『생활의 발
견』(1987, 임어당 저). 편저『A SIJO SELECTION』
(1986). 가람시조문학상(1984), 육당시조문학상
(1992), 제3회 청관문학상 수상 외. 한국시조시
인협회 창립 발원 총무이사, 동아대백과사전『시
조와 한의학 관계』집필위원 역임. 세계전통시인
협회 총회장,《시조생활》발행인, 한국아동시조시인협회 회장.

<table>
<tr><td></td><td></td><td></td><td></td><td></td><td></td><td></td><td>적(寂)</td><td></td><td></td><td></td><td></td></tr>
<tr><td></td><td></td><td></td><td></td><td></td><td></td><td></td><td></td><td>유</td><td>성</td><td>규</td><td></td></tr>
<tr><td></td><td></td><td></td><td></td><td></td><td></td><td></td><td></td><td></td><td></td><td></td><td></td></tr>
<tr><td>산</td><td>마</td><td>을</td><td></td><td>큰</td><td></td><td>애</td><td>기</td><td>허</td><td>리</td><td>춤</td><td>에</td><td>뽀</td><td>얀</td><td></td><td>살</td></tr>
<tr><td>할</td><td>머</td><td>니</td><td></td><td>마</td><td>실</td><td></td><td>가</td><td>고</td><td></td><td>고</td><td>양</td><td>이</td><td>는</td><td></td><td>조</td><td>을</td><td>고</td></tr>
<tr><td>심</td><td>심</td><td>한</td><td></td><td>바</td><td>람</td><td>을</td><td></td><td>만</td><td>나</td><td></td><td>알</td><td>밤</td><td></td><td>하</td><td>나</td><td></td><td>뚝</td><td></td><td>진</td><td>다</td></tr>
</table>

—

시천柴川 유성규의 시조에서 각별히 주목을 끄는 것은 사회적, 역
사적, 생태주의적 상상력의 표출이다. 우리 서정시의 전통이 사회
적, 역사적 제재·주제에 무심했던 것이 사실이다. 개인의식의 형
이상학적 지향성을 보이는 것이 관습으로 고착된 면이 있다. 시천
의 시조는 그런 관습을 과감히 깨트렸다. 특히, 사회 의식이 노골화
하여 시적 긴장이 풀어질 대목에서는 풍자나 해학으로 위기를 극
복하였다. 우리 역사의 자랑스런 유래나 비극적 수난사엔 강개慷
慨를 금치 못하나, 마침내 조국의 강고强固하고도 유장悠長한 전통
미와 낙관적 비전으로 결정結晶되는 것이 시천 시조시학의 선구적
공적이다.

— 김봉군(시조시인·문학평론가·가톨릭대 명예교수)

—

소록도小鹿島 가는 사람

노을이 뚝뚝 지면 너는 또 서러운 문둥이
시메나루 강江을 건너 이름 석 자 남겨 놓고
멀건 달 무주공산無主空山에 발가락도 묻어 놓고

어디를 가려 한다 천명天命을 가려 한다
눈썹을 빼간 사람 네가 좋아 사노니
잉잉잉 눈물 말리는 소록도小鹿島를 가려 한다

조막손이 고운 문둥이 은전 한 닢 빠뜨렸네
햇살이 하도 고와 신앙처럼 반짝이네
그 신앙信仰 결이 고와서 그냥 두고 떠나네

아직은 밉지 않은 밭두렁을 베고 누워
불개미 떼 따돌리고 다시 쩔룩 고개 너머
천형天刑을 등에 업고서 쩔룩쩔룩 남도南道 간다

깃발

사뭇 목이 멘 하얀 천이 있습니다
소명召命이 연시처럼 곱게 물든 하늘에서
장대 끝 높은 자리를 나부끼고 있습니다

일체一切를 밀고 가는 싱싱한 미학美學으로
귀먹은 세종로에 수화를 얹습니다
맨살이 얼얼하도록 우우대고 있습니다

어쩌다 허전한 날 소식으로 다가서면
하늘에 길을 트는 철새 울음 같은 것을
잔잔한 흔들림으로 눈물겨워도 지는 것을

적寂

산마을 큰 애기
허리춤에 뽀얀 살

할머니 마실 가고
고양이는 조을고

심심한
바람을 만나
알밤 하나 뚝 진다

파고다 선서宣書

일찍이 너 더불어 동방東方의 횃불이던 곳
석상石像의 힘줄들이 우우우 전진前進하는 곳
탑塔 하나 우뚝 솟았다 아, 그건 신앙信仰이었다

하늘에서 뚝뚝 떨어지는, 하나 혈서血書로 와
놀람도 굶주림도 사구砂丘를 휘돌아 와
치받아 천둥이 되는 일체一切는 그냥 힘이었다

깃발이 앞선 자리 오빠야, 누나야
네가 쓰러진 자리 엄마야, 아빠야
산하山河도 목이 메었다 아, 그건 조국祖國이었다

사슴이 간다

청산靑山은 말없이도
우뚝 솟아 있더니라

웃음 반 울음 반을
달 가듯이 나는 간다

낙각落角의
아픈 시월十月을
해 따먹으러 나는 간다

상像

조선의 항아리엔
아리랑이 돌고 있다

마시면 어깨춤이
동산에는 둥근 달

님이여
낮은 가락을
보태려고 오시는가

독도獨島

내 새끼야 내 새끼 한밤중에 어딜 갔나
푸른 물에 홀딱 반해 풍덩 빠져 버렸다구
시커먼
오열로 남아
바위섬이 됐다구

끝없이 먼 바다 가물대는 돛대하며
하늘을 재고 있는 갈매기의 날갯짓이
이 모두
아픈 그날의
자그마한 수화手話라구

해묵은 귀울림을 그대는 아시는가
그저 그건 울다 버린 파도 소리 아니겠나
그 먼 날
미아迷兒로 남은
내 새끼야 내 새끼

조국祖國

고이 접어 학일레라
맵씨 있는 원물圓舞레라

솔바람이 새침한
하늘을 이고 앉아

청산靑山을 닮아서 좋을
이 겨레가 있노니

누우면 강江이 되고
일어서면 산山이 되는

마디마디 그 가락에
젖어 살던 사람아

대지大地를 닮아서 좋을
너와 내가 있노니

촛불

고향故鄕은 호수湖水
백조白鳥 한 마리가

너울대며 몸 사루고
승천昇天하는 밤이다

그 살결
부리로 받든
광명光明이라 아픈가

세한도歲寒圖

그냥 여윈 하늘 야속한 낮달같이
맨살을 비벼대는 겨울 나무 곁에서
그렇게 허기진 사랑 세한도 같은 사랑

유순덕(庾順德, Yoo, Soon duk)

1967년 전북 고창 교촌리 출생. 경기대 일반대학원
(현대문학, 문학박사), 단국대 일반대학원(문예창
작학과, 문예컨텐츠 · 스토리텔링) 문학박사. 《문
예사조》 수필(2005), 《열린시학》 시(2013), 〈서울
신문〉 신춘문예 시조(2016), 《한국동시조》(2017)
등단. 시집 『구부러진 햇살을 보다』(2013, 고요
아침), 시조집 『구름 위의 구두』(2018, 고요아침),
『흑고니가 물 등을 두드릴 때』(2019, 고요아침),
현대시조선 『새가 울 때』(2019, 고요아침). 한국예
술작가상(동시), 고산문학대상 신인상, 전국계간
문예작품상, 열린시학상, 중앙시조백일장 장원(3
회) 수상. 아르코 창작지원금 수혜, 한국시조시인
협회, 한국시인협회, 한국작가회의, 한국아동 문학인협회 회원.

—

『구름 위의 구두』의 힘은 감성적 지성과 역동적 상상력이다. 타고
난 감수성으로 시적 대상을 포착, 자연과의 교감을 통해 정서적으
로 접근, 시조의 본질적 미학에 이르고자 한다. 또 주제적 감각과
신선함을 전해주는 감동적인 작품들로 매우 의미 있는 시집이다.
— 김제현(시조시인 · 전 경기대 교육대학원장)
무심하게 흐르는 시간과 그 안에서 실존을 힘겹게 구성하는 자기
자기 삶의 형식에 대한 격정의 노래이다. 세계를 사는 내적 존재로
서의 운명에 대한 응시와 확인, 성찰이 녹아들고, 무엇보다 정형 안
에서 활달하게 점화하는 서정의 정점이 그 성과의 실질적 내용이
자 형식이라 할 것이다.
— 유성호(문학평론가 · 한양대 교수)
『흑고니가 물 등을 두드릴 때』는 디아스포라와 소외, 에코페미니즘
의 폭넓은 인식과 단시조와 연시조, 사설시조를 오가며 음보와 구,
행의 자유로운 배치로 시적 효과를 극대화하며, 현실과 역사에 응
전하는 서사 방식을 다양하게 구현한다. 이러한 창작법은 상당히
의미 있는 작업이다.
— 이지엽(시인 · 한국시조시인협회 이사장 · 경기대 교수)

—

구름 위의 구두

밤늦도록 소슬바람 별자리가 휘고 있다
모래폭풍 부는 방이 공중으로 떠올라도
심 닳은 연필을 쥐고 청년은 잠이 든다

도시 계곡 빌딩 숲을 또 감는 회리바람
도마뱀 꼬리 같은 추잉검만 질겅고
수십 번 눈물로 심은 비정규직 이력서

윤기나게 닦은 구두 구름 위에 올려놓고
조간신문 행간에서 술빵 냄새 맡는 아침
환청의 발걸음 소리 꽃멀미에 가볍다

물방울 현상학

저녁노을 얼비치는 병실 처마 고드름
날카로운 끝으로 희미한 호흡 겨울 때
온몸을 둘둘만 통증 차갑게 일어선다

이런 저녁 깡통처럼 병상의 사람들은
마른 침 삼켜가며 달뜨기를 기도한다
골 깊은 푸른 적의도 물방울로 맺히기를

제자리를 찾아 떠난 서름한 저 언어들
투명하게 몸을 비워 가 닿을 곳 찾는지
마침내 톡! 바닥을 친다, 꽃순의 말 환하다

새가 울 때

한밤중 새의 울음을 한번 들어 보아라 망막에 앉은 섬이 무엇
인지 알 수 없어 목젖을 오르내려도 뱉지 못하는 저 소리를

두 귀를 세상 밖으로 내밀지 않겠다고 둥지 밖 내민 부리로
눈꺼풀을 자르지만 인기척 가까워지면 꽁지깃을 세우는 걸

나 그렇게, 사람이 그리웠던 적이 있다 병상과 체온 나누며
손 흔드는 나무 품고 새 옷을 갈아입히고 신발도 신겨 주었다

멀리 가라, 보낸 새가 새장으로 돌아온다 알을 품었던 기억들
을 주섬주섬 더듬으며 이제야 둥지를 찾아 지친 날개 활짝 편다

카모플라쥬

1.
눈동자에 빨간 열매
네 볼은 노랑
나는 분홍

돛단배는 네 눈썹
내 눈썹은 반달

입술은
보라로 점점
보일락 말락
점
점

2.
희미한 악보 속을 유영하는 색채들

눈에 보이지 않는 슬픔
물고기와 새로 풀어 놓고

기하학 상징과 은유에
두 손 바친
파울 클레

흑고니가 물 등을 두드릴 때

검은 육陸 흙집에 살다 이주해 온 흑고니
내전과 가뭄으로 나무뿌리 삶을 물을
젖꼭지 가만히 부어 입에 넣고 건넌 바다

젖은 눈 능선 위에 슬어 놓은 한기寒氣를 안고
푸득푸득, 날고 싶어 울음소리 갉는 밤
자식들 여린 숨결에 목덜미가 떨린다

허나 남은 넷째와 막내 행여 그물에 갇힐까
무거운 날개 펄럭이며 물 등을 두드리는
어미 새 아픈 부리에 성근 눈발이 날린다

점화*나무 아래서

당신이 좋아하는 나무 아래 다 왔어요
나무를 껴안은 당신 안 보이는 눈을 뜨고
저기 먼 별빛을 따라 홀로 걷고 있나요.

토독 톡톡 손 두드리며 나도 눈을 감아요
나무 점자 더듬으며 어디쯤 가고 있나요
게자리, 북극곰 자리, 천칭자리, 큰곰자리

오늘 당신 양자리까지만 갔으면, 그랬으면
등 뒤 오누이에게 손 흔들며 돌아서나요
골목길 마중 나와 선 내 목소리 보이나요

* 점화: 상편 손등 쪽 손가락 마디를 누르며 하는 대화.

나비도표 필법*

구름 뒤로 밀려가는 족보 없는 어린 나비
피 묻은 죽지 파닥여 행간 속을 헤매 돌다
신비한 군락들 사이 다리 끊긴 강을 본다

하늘과 땅 바다는 빗장 건 일가들이다
목젖에 붙은 비명 남천 붉게 물들이고
고도를 낮출 곳 없어 궁체로 젓는 날개

위쪽으로 향하게 지그시 눌렀다가
가늘게 탄력을 주고 끝을 모아 궁그리면
점획의 우주 중봉에 삼족오三足烏가 앉았다

불기둥 흑점에 갇혀 포효하는 저 직필들
깜깜한 몸이 불러준 서술 문구 받아 적다
일순간 장비 쏟는 긴긴 꿈이 가붓하다

* 1922년 A.R 마운더는 태양 흑점을 나타냈다. 이 그림은 나비의 날개
모양을 닮아 나비도표라 한다.

다산의 동백

강진만 소금기들 동백 숲에 내려앉네
두륜산 산세 너머 바닷길 환히 열며
초당은 사직의 울음 계곡으로 쓸고 있네

붉디붉게 들끓어 사무치던 염원들이
한 잎 두 잎 타오르다 절정에서 목을 휘네
천여 권 쌓은 책 속에 침묵을 밀어 넣네

둘이 될 수 없는 마음 폭포수를 끌고 와서
정석丁石이란 두 글자만 돌 위에 새겨 놓네
겹겹이 그리운 얼굴 동백으로 피고 지네

사월의 우물은 길 하나를 품는다

그리움이 수놓은 시詩 길 하나가 되었습니다

한 시인을 건너오며 들여다본 우물 속에는

한평생 오른 설산이 찬란하게 빛납니다.

산빛은 또 물빛으로 다른 길을 품습니다

사무친 날 새겨 놓은 밤하늘의 저 명편들

몸으로 몸으로 울던* 당신들의 등입니다.

뜨겁게 속 뒤집으려 져 내리는 봄이지만

또 다른 고향이 있어 사월은 가고, 오는 걸까요

비워서 활짝 핀 세상 온통 당신 사랑입니다.

* 박재삼 시인의 시 중에서.

귀퉁이 햇살을 보다

청량산 능선 따라 허물어진 담벼락
비바람에 흩날려 온 한 줌 흙을 움켜쥐고
한 가닥 고인 햇살로 엉겅퀴꽃 피어난다

돌 위에서 뒤척이며 꿈을 꾸던 몸짓들
꺾이면 기어가고 짓밟히면 일어나도
성곽의 이쪽과 저쪽 어디도 기울 수 없어

금이 갔던 마음의 벽 하나둘 메우면서
무엇도 품지 않고 건너온 초록이 멀어
귀퉁이 햇살의 시간 생의 중심 흔든다

유승식(俞丞植, Yoo, Seung sik)

1942년 전북 장수 계남면 출생. 전북대(국문과) 학사 졸업(1965), 동 대학원(언어 예술학과) 석사 이수(2003). 제3회 중앙시조백일장 장원(1983), 《시조문학》 천료(1984) 등단. 시조집 『을숙도 철새』(1988, 신우미디어) 외. 제5회 전북문학상(1993), 제1회 전라시조문학상(1995), 김대중 대통령 훈장 국민포장(1998), 제31회 한국시조문학상(2013), 제19회 월하시조문학상(2018) 수상. 전라시조문학회 창립회장. 한국시조시인협회 이사, 한국문인협회 전북지회 부회장 역임. 겨레시 짓기 추진위원회 발기(1996).

—

유승식의 시조에서는 사물의 사실적 대상에서 벗어나 풍부한 상상력과 사고의 깊이에서 오는 내재적 인식에 바탕을 두고 있다. 근래에 와서는 관능적 용어나 토속적 비어로써 세태를 풍자함으로써 골계미가 번득이고 있는 참여적 시조도 종종 대할 수가 있다.

— 김준(시인 · 서울여대 명예교수)

유승식의 「을숙도 철새」는 산업화 시대에 자연에 대한 공해를 무리 없이 노래한 작품이다. 자연생태계의 파괴는 곧 인간성의 파괴와 직결되고 우리들의 생명에 대한 무서운 위협이 아닐 수 없다. 어쨌든 요즈음 발표되는 작품들 중에 이러한 작품도 만나기가 그리 쉽지 않다.

— 김월한(시조시인)

—

나를 만날 때

세면대 거울에서 문득 내가 나를 본다
광란의 밤거리에 실종된 내 모습을
가끔씩 만나는 것은 희한하다 하겠다.

한 개의 나사로 돌아가는 낮 시간과
꿈들의 노예로서 쓰러지는 밤 시간이
나를 늘 기억상실로 착각하게 만든다.

웃음을 잃어버린 옛 친구 편지 받듯
덧없는 세월에서 살아있는 나를 보면
저이가 누구인가를 다시 한번 확인한다.

먹을 갈며

먹을 갈아본 사람은 숫돌의 아픔을 안다.
어둠의 앙금 위로 빛살이 깃을 펴고
지구가 맷돌을 돌려 달이 뜨는 내력을.

수목 속 수액 같은 묵향을 맡노라면
살포시 어깨위에 내려앉는 학 한 마리
미움도 녹차맛으로 혀끝에 와 녹는다.

가부좌 병풍 너머 면벽한 촛불의 정적
먹물은 석간수를 닮아 썩을 줄을 모르더라
사는 일 시들할 때는 무릎 꿇고 먹을 갈리.

호박꽃

호박꽃도 꽃이냐고 웃는 이가 있더마는
흙냄새 물씬 서린 토장국 감칠맛을
한평생 산해진미로 살다 가신 어머님.

반딧불 초롱잡고 방황하는 이 아들을
한 포기 지란이듯 치마폭에 불러들여
물동이 또아리처럼 끼고 돌던 고샅길.

호박 같은 세상살이 둥글둥글 달이 뜨면
동서들 다독다독 종갓집 맏며느리
이끼 낀 돌담 모퉁이 웃음꽃도 푸짐했지.

을숙도 철새

을숙도 아침 해가 부챗살을 펼쳐 들면
갈대숲 철새들이 점점이 날아올라
솔바람 나래짓마다 수묵화를 그리더니…

수몰지구 실향민들 가슴에다 못을 박는
하구언 공사장의 녹슨은 망치 소리
기러기, 소음에 놀라 이삿짐을 꾸린다.

가위눌린 갈대들도 저희끼리 끌어안고
물속의 그림자를 고향이듯 굽어본다.
산산이 갈꽃 흩으며 울음이나 삼킨다.

무심한 모래밭 가득 발자국만 남겨둔 채
햇빛 노을 속으로 사라지는 저 울음들
아, 정녕 어느 하늘에 지친 나래 쉴거나.

품석 앞에서

어린 날 고전 갈피 꿈울 엮던 은행잎이
살포시 품석 앞에 물새로 내려 앉아
강물이 멍든 내력을 조심스레 엿듣는다.

예가 어디라고 네 감히 서성이나
품계로 따진다면 몇 백 품쯤 될 것인가?
행랑채 댓돌도 못 된 모래 한 알 나의 삶은.

그 옛날 조상님네 큰 기침 쌓인 뜨락
품돌마다 서린 슬기 이 겨레 가지 뻗어
하늘 끝 꽃 피우거라, 두 손 비는 이 낙엽.

칼날 같은 외고집에 해 뜨고 달 지던 곳
풀이 센 흰 옷자락 뿌리 찾는 이 마당에
어느 뉘 한 수 시조를 향불 피워 바칠까.

서울 밤 나들이

우주가 한동네라 나들이도 없지마는
오늘은 새삼스레 기행문을 쓰고 싶네
서울도 먼 이국인데 낯설은 게 너무 많네.

고향 떠난 어린 별들 밤이면 히죽대다
달동네 언저리에 산산이 부서진다
천천히 교통안전 판 눈 흘기는 뺑소니차.

도깨비불 흩날리는 지하철을 타보아도
쇼윈도우 마네킹이 허공 나는 박제처럼
화석된 미이라들만 우루루루 쏟아지네.

질경이 노래

참말로 질긴 것이 사람의 목숨이다.
발길에 짓밟히며 죽은 듯이 살아 있어
새벽빛 한 아름 안고 일어서는 질경이.

모진 목숨 풀칠하며 보릿고개 넘을 때도
섬돌에 뿌리 내려 무병장수 축수하더니
오늘은 빌딩에 밀려 달동네나 올라 산다.

길섶에 내몰려도 산다는 게 하 고마워
뙤약볕 아픈 마음 밤이슬에 헹궈내고
한 움큼 등불을 켠다. 연립주택 창 너머로.

계단을 오르시는 아버님 기침소리
높은 사람 되랬더니 높은 집에 사는구나
상그런 흰 두루마기가 달빛으로 웃는다.

장작패기

상투를 잘리던 날 할아버지 모습을 보고
그 도끼 그 자리에 눈빛 또한 그 날처럼
해종일 술에 취해서 아버지는 장작을 팼다.

밥그릇 숟가락몽댕이 몽땅 공출로 빼앗기고
톱날에 죽을 먹여 잘라내는 통나무 목
이놈들! 눈을 부릅뜰 때마다 나무결이 일어섰다

나도 주눅이 들 때에는 장작을 팬다, 마구 팬다.
조상님 손때 묻은 도끼자루에 침을 뱉어
도끼날 서슬을 세워 통나무를 빠개 젖힌다.

물씬한 송진 냄새가 콧날 끝에 배어들면
분탕질 당한 이빨들이 하나씩 빠져 나가고
입안에 홍건히 괴는 한 움큼의 향그런 피.

폭포

날개 옷 한 자락을 바위틈에 물리운 채
나들이 나온 선녀 바람결에 울고 섰다
속세를 연연한 죄가 그리도 끔찍할 줄…

산산이 부서지는 포말 같은 사연일랑
육신의 때로 여겨 말끔히 씻어내고
하늘에 오르는 꿈만 키워가는 저 절벽.

억새꽃

억새도 꽃이러니
언덕을 우러르니

토담집 어르신네
백발이 눈부시다

얼마나
도를 닦아야
저렇도록 고울꼬!

유안진(柳岸津, Yoo, An jin)

1941년 경북 안동 임동면 박실 출생. 서울대학교 사범대학 학사, 동 대학원 석사, 미국플로리다 주립대학교 박사.《현대문학》(1965) 등단. 시집 『달하』(1970, 조광), 『구름의 딸이요 바람의 연인이어라』(1991, 시와시학사), 『다보탑을 줍다』(2004, 창비) 외. 시선집 『세한도 가는 길』(2009, 시월) 외. 산문집 『지란지교를 꿈꾸며』(1986, 영학) 외. 영역시집 『There remain words to say』(2011, OhioStateUniversity), 중역시집 『春雨一袋子』(2006, 백화), 영역산문집 『지란지교를 꿈꾸며-A Real Friend』 외. 한국시인협회상, 정지용문학상, 소월문학상특별상, 목월문학상, 윤동주문학상 수상 외. 서울대 명예교수, 한국시인협회 고문. 대한민국예술원 회원. 한국시, 여류시, 문채 동인.

—

편견

오를 수 없는 산山 하나쯤은 있어줘야 살맛이지

그 산을 품고 사는 가슴이어야 사랑이지

사랑도 그 산에다가 강江 울음 바쳐야 절창絶唱이지.

이사종

대감 이사종, 가객 이사종, 명창 국창 이사종…
모두가 다 가당찮다
내 영광 최고 호칭은
시인詩人 황진이의 이사종李士宗 이다

기생妓生질로 모은 전 재산을 싸 말아
첩妾질로 탕진하며 사랑했던 그 남자
명월이 기생이 아닌
황진이黃眞伊 시인詩人의 서방님이다.

금오산 설잠雪岑길

세상 바꿀 꿈에 벅차
오르고 올랐던 꿈길
시대가 버린 천재天才가 제 자신을 버렸던 길
시대와 싸워 살았던
금오신화金鰲新話 시선詩仙의 길

머물러서 없고
없어져 산이 된 남자
그 시대의 환기통換氣筒 절대 자유인自由人의 길
내 사랑 김시습金時習의 발고린 냄새
진동하는 설잠雪岑길.

연암燕巖 박지원朴趾源

광활한 요동벌판은
통곡 한 번 목놓을 데라고

등줄기 식은 땀 달래며 외쳤던 신음呻吟소리

조선국朝鮮國 대장부大丈夫다운 중천금重千金의 딱 한마디.

겨울복음서

제 탓이요
제 탓이요
저의 큰 탓입니다
제 가슴에 주먹질하며

산하山河는 '자발적 가난'에 들어
추위와 굶주림과 목마름뿐인데

강설降雪은 내리 사흘씩
하늘이 베푸시는 '거룩한 낭비'여.

노을 꽃밭

　보느냐 저렇다 살아온 업적이다

　발바닥은 가죽 타는 냄새와 연기여

　일몰日沒이 왜 일출日出보다 더 장엄하냐고 못 따지는 그 까닭이다.

발자국 와불

오가던 발길에 밟히던 막 돌멩이
조막손이 주워와 흙먼지를 털었더니

무수한 부처님
발자국마다 와불臥佛.

적막한 이름

눈 때 손때 서로 묻혀 땟결 더욱 꽃그늘인데
웃음에도 피는 속잎은 눈물보다 붉어라
피어난 속속들이가
너인 줄을 몰랐어라

꽃물결 시끄럽게 별별 요란 다 떨어도
꽃그늘은 어릿어릿 너였다가 너 아니었다가
뜨거워 적막한 이름
심장에서 징치네.

과학 시간

얼음이 녹으면?
이 한마디가 끝나기도 전에

물이요 물!
아이들의 합창合唱

봄인데 봄이 오는데 한 아이만 중얼거렸지.

구석 자리

아무 때나 와서
오래 머물수록 자랑 된다고

특별히 비워 둔 로얄석 VVIP자리

세상의 한복판자리 우주宇宙의 으뜸 자리.

학림다방

1963년 성탄절 이브

약속 없이도 기다리던 그 창가 그 자리에서

소태맛, 식은 커피로
입술 달래는 2018 이브.

구석 자리

아무 때나 와서
오래 머물수록 자랑 된다고

유영숙(柳英淑, You, Young sook)

1948년 충남 서산 출생. 서산여고 졸업(1967).
《가람문학》 신인상(2011), 《현대시조》 신인상
(2015, 봄호) 등단. 가람문학회, 현대시조 회원.

유영숙 시인은 2011년 《가람문학》 신인상을 수상하고, 2015년 《현대시조》로 등단한 후 꾸준히 작품 활동을 계속하여 이제 문단 중진으로 활동한다. 여성 특유의 섬세한 감각으로 대상을 관찰하고 포착하는 눈이 날카롭고 개성적이며 그것을 형상화하는 데도 보통을 넘어선다. 상상을 전개함에 아름답고 유연하며 때로는 강한 의지를 피력하다 반란하기도 하고, 해학과 위트가 독자를 긴장시키기도 한다. 철저한 기독신앙인으로 영적세계에서 자기를 낮추고, 비우고, 깨지면서 한 굽 높은 경지에 까지 이르고자 한다.

— 이도현(시조시인 · 한국시조협회 고문)

영혼의 기도

맑고 고운 순수로
가슴 뛰던 처음 사랑

쌓이는 연륜과 함께
시기, 질투, 교만, 불평

켜켜이 퇴적된 마음 밭
말기 된 암 덩어리.

부숴지게 하소서
깨어지게 하소서

주님 쏟은 피의 뜻
성령의 호흡으로

내 영혼 다시 뛰게 하소서
살아나게 하소서.

골다공

비우며 늙으리라
용을 써 다잡아도

어느새 다시 들어찬
욕망들의 반란인가

숭숭숭 애먼 골만 비우네
어찌할꼬 이 모순.

연蓮

한 송이 띄워 올리려
물들지 않은 순백

구멍 난
몸부림이여
그 결기潔己 닮은 잎새

또르르
한 방울 유혹
허용하지 않는다.

영산홍

에인 몸 추스르기
얼마나 용을 썼나

토해 낸 붉은 환희
햇살 입어 활활 타네

뜨거워
불이야 불, 불
진화에 나서는 작설雀舌.

자유
— 넝쿨장미

수반에 떨군 눈물
토분 속 구겨진 저항

그대의 몫이 아니요
그대 손에 쥔 자유

신비의 샹그릴라를 찾아
담장 넘는 빠알간 꿈.

고장 난 선풍기

한 생
외곬으로만
순환해 오던
굴레

그대
외로운 몸짓
일탈의
꿈을 이뤄

이제야
벗어난 멍에
딱지 붙어
졸고 있네.

진달래

등산객 들렌 성화에
오랜 가뭄 무릅쓰고

서둘러 푸석한 웃음
하늘 바라 띄워보네

한 방울
마른침 삼켜
목 메인 붉은 울음.

잊어야 하네

탈탈 털린 밤송이
어지러이 나뒹굴고

눈 먼 도토리 몇 알
발끝에 차이누나

후다닥 분주하던 청솔모
월동 준비 다 했나.

청솔모의 몫까지
널름거리는 욕심

고 녀석들 생존에
위협이 된다 하니

어쩔꼬 도토리묵 향수
깨끗이 잊을밖에.

조기

어찌 조심성 없이
만삭으로 한눈팔다

먼 곳까지 끌려와
가스불에 그을리고

조촐한
내 밥상에서
갈기갈기 찢기는가.

저 눈빛 흘긴 채
숭고한 희생으로

까다로운 나의 미각
호강은 하네마는

입 벌려
톱니 이빨로
겁주지는 말게나.

행복나무

입주 기념 명목 얻어
남편과 둘이 고심 끝에

고르고 고른 행복나무
우리들 마음의 나무

잎새마다 웃음 활짝
가지마다 행복 주렁.

웃어주고 돌아서면
웃음 하나 또 내걸고

물 주고 돌아서면
행복 둘 또 내어걸고

이러다 우리 요 작은 집이
폭발하고 말겠어.

유영애(柳令愛, Yoo, Young ae)

1944년 전북 완주 이서면 출생. 전주간호학교(간호학과). 《현대시조》(1999) 등단. 시조집 『어머니의 괴얄띠』(2000, 동방), 『연꽃같은 사람 그립네』(2003, 동방), 『산수유는 피어』(2014, 동학사), 『소금 약속』(2016, 책만드는 집), 『공평하다』(2017년, 고요아침). 현대시조 좋은 작품상(2010), 한국여성시조문학상(2013), 김장생 문학상(2015), 열린시학문학상(2015), 시조시학상(2018년) 수상. 여성시조문학회 회장 역임. 한국여성시조문학회 회원. 《에세이문학》 이사, 《열린시학》 수석부회장, 《시와문화》 기획위원.

—

다의성을 중심으로 한 명징한 이미지들로 구축된 유영애의 시편들은 곧바로 의미의 위계가 드러나는 투명한 담화를 벗어나, 풍부한 환기력을 담지하고 있다는 점에서 그만의 변별력을 확보하고 있다. 즉 모호함의 극한까지 끌고 가면서도 알레고리의 단애에 떨어지지 않음으로써, 언어는 절약하되 의미의 지평을 풍부하게 열어 놓고자 하는 시조 미학을 견고하게 구축하고 있는 것으로 평가된다.

— 박몽구(시인 · 문학평론가 · 《시와 문화》 주간)

—

등긁기나무 아래서

옷자락 얼룩덜룩 칠칠하게 자란 나무
캄캄한 몸통가시에 발길이 멈칫한다
가려운 물소 등허리 긁어 대는 저 몸짓

창조주 섭리 앞에 무슨 말을 내놓으리
내 영혼 깊은 잠을 눈물로 씻어본다
이대로 끓는 무릎에 두 손 가만 얹는다.

석류에 부쳐

차마 입엔 넣지 못하고
품에나 품어보는

알알이 영근 마음
누구의 눈물일까

일생을 가둬 둔 이름
이제야 빠개 본다

향기도 속마음도
단 한 번 내색 없이

온 밤을 홀로 깨어
불 밝히는 여인이다

지나온 발자국마다
수놓은 저 홍구슬

으능잎 한 때

해질 무렵 도심 속 홀로 걷는 고샅길에
젊은 날 연서 같은 으능잎이 흩날린다
환하다, 그때 그 시절 이렇게 왔구나

괴얄띠

명절이면 차 막혀 힘들게 오지 마라
니들 사정 다 안다고 말씀은 그리해도
먼 산길 바라보시며 하염없던 어머니

어머니 괴얄띠는 또 다른 나의 탯줄
허기도 동여매고 동동걸음 치시더니
하늘도 풀 수 없는 매듭 나를 묶어두셨네

산수유는 피어

실로폰 두드리듯 실개천 풀리는 소리
입덧 같은 산수유꽃 하늘까지 물들이면
해마다 도지는 봄앓이 나는 또 열일곱 살

곰삭은 슬픔이란 때론 꽃밭이어서
수직으로 내려오는 햇살에 내놓으면
내 몸을 질러온 터널, 어지럼중 꽃 사태

여름 그리고 겨울

여름날 능소화가 헉헉, 절벽을 탄다
고산의 꿈을 안고 땡볕을 보듬는다
견디며 사는 거라고 그늘을 드리운다

하늘 바라 우뚝 섰다 꽃대 같은 저 고드름
무슨 뜻 세웠기에 저리도 꼿꼿할까
두 귀를 쫑긋거리며 말씀 새겨듣는다.

공평하다

날개를 준 짐승에겐
두 다리만 주시고

향기로운 꽃들에겐
실한 열매 주지 않지

온 들판 풍신 난 벼꽃이
뭇 생명 키워낸다

유월 수국

동두천 쇠목계곡 소현산방* 울타리에
지난밤 뜨다만 달이 한 소쿠리 피어 있다
소요산 뻐꾸기소리 달빛에 젖는 달밤

* 도자기 공방.

달 항아리

눈 밝은 보름달이 창문 넘어 들어와서
유자 몇 개 얹혀 있는 문갑 위에 나앉는다
넉넉한 품에나 안겨 이 한 밤을 지샐거나

고서거리에서

시간에 떠밀려간 헌책들의 변방살이
길바닥에 가지런히 먼지를 덮어쓰고
오가는 발길에 채어 한 번 낡아있다

까딱하면 와르르 넘어질라, 저 책 탑
널브러진 책 더미에 오래토록 눈길 주면
시공을 넘나들면서 다가오는 귓속말

한때는 누군가의 서재에서 극진했을
낱장의 추억들이 내게 와 말을 건다
천천히 잊혀지라고, 천천히 대답한다.

유자효(柳子孝, Yoo, Ja Hyo)

1947년 부산 좌천동 출생. 서울대학교(불어
교육과) 졸업(1975). 〈신아일보〉 신춘문예 시
(1968), 〈불교신문〉 신춘문예 시조(1968) 등
단. 시집 『내 영혼은』(1994, 삶과꿈), 『데이트』
(2000, 태학사), 『사랑하는 아들아』(2012, 동
방기획), 『성스러운 뼈』(2013, 시월), 『황금시
대』(2018, 책만드는집) 외. 제9회현대시조문
학상(1997), 제17회정지용문학상(2005), 제
6회유심작품상(2008), 제46회한국문학상
(2009), 제16회현대불교문학상(2011) 수상
외. 잉여촌 동인. 지용회장, 구상선생기념사업회장.

유자효의 시세계는 '생명 탐구와 희망의 시론'으로 압축할 수 있다.
그의 시에서 우리는 유한한 삶 가운데서 영원을 꿈꾸고 변전하는
시대정신 속에서 정신의 일관성을 지켜 나아가고자 하는 시인으로
서의 정신적 지향성을 읽어낼 수 있게 된다. 이러한 영원주의에 대
한 갈망과 지향은 그것이 단지 관념적인 것이 아니라 오늘의 삶에
뿌리박고 있다는 점에서 건강성과 설득력을 지닌다. 그의 시조에
서 우리는 시인의 역사관과 우주관을 만날 수 있다.

— 김재홍(문학평론가 · 백석대 석좌교수)

야생화

폐가
담장 밑
야생화가 피었다

그것도 그늘진 곳
새하얗게 내민 얼굴

이곳서 종신서원한
그 고독이 슬프다

동안거

세상의 스님들은
눈길 따라 떠나가고

먼 길 걸어 지쳤으니
나 이제 내 속에 들리

무문관
서느른 이름
눈썹 끝에 매달고

데이트

유리창에 비치는 새초롬한 프로필
속상한 내색은 결코 않는 자존심
늦어도 만나 좋은 걸 이제 그만 용서하지

배밭에 드러누워 배를 깎는 손을 본다
심줄 돋은 여자의 손
품에 넣고 살고 싶다
귀로에 코스모스는 왜 저리 출렁일까

가을비에 젖으며 헤매다 조우하다
신열이 있음인가 발그라니 상기한 볼
새처럼 떠는 어깨에
무너지는 가슴 가슴

풀잎은 떨고 있다
시들지 않을까
끝내 말없이 일어나 돌아서다
바람만 휘파람 불며 사라지는 텅 빈 들

네가 젊고 싱싱하여 목숨을 잃지 않으면
내 속에서 피어나는 꽃이 아니어도 좋아
그러나 늦장마 비는 가슴으로 흐르네

벌목림에서

햇살은 기댈 곳 없어
땅 위로 나뒹굴고

파리한 바람도
숨죽여 멈춘 사이

뼈저린 한기를 몰고
나 여기 홀로 섰다.

아무도 모른다더라
목숨이 오고 간 길

끌어안은 가슴 사이
가르던 천 길 단애斷崖

쓰러져 말없는 등걸
서리의 옷이 입힌다.

보아라 우리의 눈은
무시로 변하는 영창映窓

떠나간 손길들의
뽀오얀 기억을 따라

트이는 저 먼 숲으로
다시 길을 나선다.

눈

'하늘'하고 불러보면
하늘 하늘 하늘의 옷

여름의 꽃과 나비
어디 갔나 했더니

하늘서 살고 있다가
이 겨울에 내리네

여름 강

한여름
푸른 밤에
보름달은
강에 지고

도롱이
늙은 어부
검은 강을
저어 가고

와스스
대바람 소리
흩날리는
빗방울

청자주병

긴 목을 쓰다듬어 흐르듯 내려오면
잘록한 허리에서 은밀한 관능의 손
풍만한 둔부의 선은 숨 막히는 황홀함

천 년 전 하늘이여
옥빛으로 밝았던가
숲에는 학이 날고 사슴이 뛰었으리
눈부신 강산의 모습
담았으리
이 병에

상감 무늬 따라 물결치는 장인의 넋
까마득한 뒤에도 오롯하게 전해져
나날이 더욱 새롭게 살아나는 어여쁨

오현 스님

스님 뒤엔 큰 고요가
따라서 가십디다

스님은 보이잖고
긴 시간만 보입디다

계곡은 여울물 소리
하나 되어 웁디다

새순

뾰조록
우주를
밀어올린
하얀 힘

배시시
웃음 짓는
새순을
키운 대지

이 봄은
승자의 축제
가득해라
밝은 빛

혼례

1
모란 병瓶 와룡 촛대
대추 유과 월병 대두

화문석 수繡방석
두벌 교배交拜 북향 재배再拜

눈부신 화관花冠의 구슬
떨려 오는 수줍음

2
소리 없이 떨어지는
하얀 깁 치맛자락

화촉이 잠든 사창紗窓
달빛 차서 흐르면

무심히 넘나든 바람
맘 설레어 가고 없고

3
종가宗家
연지蓮池는
새도록 수런대어

사리의 바다로
별의 무리 쏠리고

홀연히 옷깃 여미며
일어서는 신부여

유재영(柳在榮, Yoo, Jae young)

1948년 충남 천안 출생. 시(박목월), 시조(이태극) 추천(1973) 등단. 시집 『한 방울의 피』(1983, 평민사), 『지상의 중심이 되어』(2000, 시와시학사), 『고욤꽃 떨어지는 소리』(2005, 시학) 외. 시조집 『햇빛 시간』(2001, 시학사), 『절반의 고요』(2009, 동학사) 외, 4인집 『네 사람의 얼굴』(1983, 문학과지성사), 『네 사람의 노래』(2012, 문학과지성사) 외. 오늘의 시조문학상, 중앙일보시조대상, 이호우문학상, 편운문학상, 가람상, 만해 한용운시인상 수상 외. 한국문학평화포럼 부회장, 충남시인협회 회장 등 역임. ㈜동학사, INVENTION, GREE HOME, GREEN COOK 대표. 경희대 겸임교수(북 디자인, 현대시) 강의.

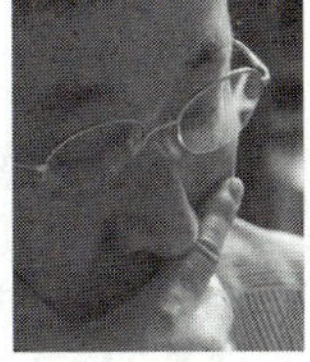

—

전통적인 시조의 전략을 취하고 있지 않음에도 불구하고, 유재영 시인의 시조가 그 어떤 시인의 시조보다도 더 시조답다 라는 평가를 받는 이유는 무엇일까. 그것은 그의 시조가 한국인 특유의 절제와 여백의식, 감각의 신선함, 관념을 배제한 표현 등과 함께 현대시가 갖는 시적 요소를 최대한 활용함으로써 가능하다. 이런 점에서 볼 때 유재영 시인의 시조가 현대시조의 형식에 대한 창조적 무한한 변용과 현대시로써의 구조적 확장이라는 두 가지의 중요한 의미를 갖는 것이다.

— 장경렬(문학평론가 · 서울대 명예교수)

—

계절을 바라보는 네 개의 형태

1.
새끼 염소 뒷발질에 퍼런 멍든 봄 하늘
살구나무 분홍 차일 누구네 혼사일까
민들레 꽃씨 날아간 개울 건너 첫 동네

2.
흔들면 떨어질 듯 잘 여문 새소리며
퐁! 하고 도라지꽃 터지는 남보랏빛,
오늘도 물소리들은 댓니처럼 반짝인다

3.
가랑잎 한 장에도 가을밤이 환해서
서성이던 기다림에 뒤창문 가만 열자
초승달 가는 허리를, 안고 우는 베짱이

4.
곤줄박이 동안거 든 잣눈 쌓인 골짜기로
산죽잎 떨어져서 새겨 놓은 얼음 경판
때로는 산도 몸 굽혀 밤새도록 읽다 간다

가랑잎 무게

1.
　내 또래 그 가을을 보고 싶어 찾았더니 귀룽나무 어디에도 친구는 간데없고 파랗게 여문 하늘만 끌어안고 왔습니다

2.
　열매주酒 한 병 들고 다시 찾은 그 가을, 어느새 그도 나도 얼룩진 나이라서 받아 든 가랑잎 무게 도로 내려 놓습니다

내 마음의 음각선陰刻線

맑은 피 불이 붙는 가을도 이쯤이면
생이란 초벌구이 잔금 간 찻잔처럼
마음에 음각선 陰刻線 긋고 목 가누며 앉고 싶다

때로는 박새들이 물똥 누며 놀다가는
삐뚜름한 탑을 품고 조가비만 한 절이 한 채
바람도 잠 못 드시나 댕그랑 풍경 소리

산 아래 우물에는 무슨 별이 잠길까
옛사랑 이야기도 거의 다 끝날 무렵
오동잎 마른 그림자 반쯤 가린 열사흘 밤

달개비꽃

고향 울밑 어디서나 피다 지는 꽃이 있다
헤어지고 오던 날 남겨 둔 하늘처럼
유난히 동맥이 파란 몸매 야윈 그 아이

소꿉놀이 지치고 흙담 아래 주저앉아
그렇지 도란도란 눈도 멀고 귀도 멀던
살며시 단발머리에 얹혀 주던 청보라

희미한 옛 시간도 꼭 쥐면 물이 들까
꽃 속에 있던 아이 어디에도 없는데
부르면 나올 것 같은 어린 날의 달개비꽃

싸리꽃 운구運柩

1.
　하늘도 파랗게 문을 열었습니다. 양로원서 나온 운구가 싸릿골 친정으로 갑니다. 아직도 고 작은 것이 산을 물고 섰습니다.

2.
　생生이라 그어놓은 선을 처음 넘습니다. 저무는 보랏빛을 혼자 두고 볼 수 없어 마침내 고 작은 것이 산을 안고 눕습니다

바람이 연잎 접듯

어린 구름 배밀이 훔쳐보다 문득 들킨
절지동물 등 높인 이끼 삭은 작은 돌담
벽오동 푸른 그림자 말똥처럼 누워 있다

고요가 턱을 괴는 동남향 툇마루에
먹 냄새 뒤끝 맑은 수월재 한나절은
바람이 연잎을 접듯 내 생각도 반그늘

차 한 잔 따라놓고 누군가 기다리다
꽃씨가 날아가는 방향을 바라본다
어쩌면 우리 먼 그때, 약속 같은 햇빛이며

무심히 흘려보낸 가을 강에 관한 특별한 기록

투명한 통증같이 서서 우는 갈대꽃
어제보다 늙은 하루 우리 곁을 지나간다
몇 번은 사무쳐야 할 소주처럼 시린 강물

바람소리 껴안고 울어본 적 있던가
그리움을 구겨놓고 울어본 적 있던가
남몰래 찾아온 가을, 얼룩지는 저 물소리

만남도 헤어짐도 지상에서 하는 일
친구의 한 줌 생도 그렇게 저물었다
마른 잎 한 장 띄우면 가 닿을까 그 먼 곳,

생각이 깊어지면

1
적막이란 적막들 모두 다 갉아 먹은
깡마른 벌레소리 오도독 씹히는 밤
내일은 적멸궁寂滅宮 앞에 열매 하나 더 붉겠다

2
생각도 깊어지면 감물이 드는 갑다
빈 찻잔에 가라앉은 가랑잎 맑은 소리
닫힌 창 방긋이 열자 별빛으로 오는 소식

3
숨겨 온 흰 종아리 명아주 대궁 같은
손닿으면 울 것 같아 비워 둔 그 자리에
누구냐, 달빛 가르며 길을 내는 저 사람은,

가을 망우리

일생 동안 끌고 온 긴 그림자 누워 있는
봉분 속 포갠 두 발 가만히 옴츠리면
바스락, 찾아온 가을 먼저 소리 내는 곳

누구의 영혼일까 한 스푼 떠먹고픈
오래도록 떠도는 말랑한 저 흰 구름
사진 속 빈 자리처럼, 오래된 적멸처럼

그 이름 불러보면 넌지시 바라볼 듯
홀연히 손 흔드는 구절초 꽃 한 무더기
길 너머 또 하나의 길, 붉게 칠한 화살표

고요론論

1.
허공도 접어 보면
개구리밥 고만한 것

물방울에 담긴 우주
바람 불면 그도 잠깐

몸 비운
늙은 감나무
빈자일등 貧者 一燈
밝혔네

2.
불 끄고 마음 걸고
어둠 곁에 누운 밤

길 헤매다 찾아와 온
탁발승 같은 적막

머리맡
잠 못 든 생각
오체투지五體投地
하자네

유재홍(兪載洪, You, Jae hong)

1934년 충남 보령 출생. 호 용연(庸然). 《시조생활사》(2011) 등단. 시조집『그대 떠난 뒤』(2017, 동경), 한실문예창작 동인지『여백의 미학』(2018, 서영) 외. 세계전통시인협회 작품상(2017) 수상. 국제펜, 한국문인협회, 한국시조시인협회, 중랑문인협회 회원. 세계전통시인협회 한국본부 자문위원.

—

유재홍 시인 작품은 흐름과 그리움의 변주곡이다(「시인의 가난한 밤」). 밤을 하얗게 밝힌다. '찰칵찰칵' 하는 초침 소리에 각성을 거듭나며(「아카시아 꽃」), 아카시아 흰 꽃에 달빛이 오버랩 되어 흔들린다. 시가 정적미靜寂美를 머금었다(「불놀이」). 단풍의 기세는 미친 나그네가 되고, 시인의 서정적 자아도 단풍이 된다(「느티나무 아래서」). 정적을 깨뜨리는 것은 바둑알 떨어지는 소리, 세상일도 거기에 와서 흐른다(「그대 떠난 뒤」). 산에 누운 사람과 벽오동 달그림자를 보는 사람 사이는 아주 멀다. 흐름 속에는 늘 그리움이 뒤척인다.
— 김봉군(시조시인 · 문학평론가 · 가톨릭대 명예교수)

늦은 동대문 시장의 풍경을 표현(「내일은」), 밤바다를 거닐며(「정동진의 밤바다」), 옛 정서가 넘치는 작품(「가마산 가는 길」), 어릴 적의 향수, 은하수는 추억을 담아 주고(「여름밤의 추억」), 고요한 호수의 산 그림자에 파문에 마음이 무너지는 감정을 표현(「사진 한 장」).
— 유재홍(시조시인 · 세계전통시인협회 한국본부 자문위원)

—

시인의 가난한 밤

찰칵찰칵 초침 소리 하얀 밤 원을 돌고
시어詩語는 어디 가고 생각 속에 날을 샌다
수많은 자음과 모음 숨바꼭질 하는 밤

아카시아 꽃

숨어 있던 꽃송이가 달빛에 흔들린 밤
묻어 둔 사연들이 향기로 내린다
지그시 눈을 감는다 달은 서천을 넘고

불놀이

산꼭대기 불태우다 야금야금 내려온다

어느 새 오색이다 저 미쳐버린 나그네
아이예 입을 다물자 나도 그냥 단풍잎

느티나무 아래서

초록이다 그 아래 여름 햇살 비껴가고
부챗살 지나가는 바람 한 점 그립구나
세상이 굴러가는 소리 바둑알 떨어지는 소리

그대 떠난 뒤

벽오동 떨어진다 달그림자 같은 사람
밥 먹듯 부른 이름 저 산 밑에 누웠구나
지금도 고운 이름아 달그림자 같은 사람

내일은

비 내리는 늦은 밤 동대문 시장 뒷골목
허름한 포장마차 서러운 얼굴들
마주한 탁주 사발에 내일의 별이 뜬다

정동진의 밤바다

부채길 모래턱에 바람이 분다
어둠에 묻힌 바다 파도는 왜 우는가
저 먼곳 별들의 군무 내 별 하나 찾는다

가마산 가는 길

어둠 내린 가마산 달빛이 길을 연다
바람도 힘이 겨워 자고 가는 이 밤에
구국새 울음소리에 고요가 무너진다

여름밤의 추억

앞마당 밀대멍석 생쑥 향기 모닥불
할머니 옛날얘기 알마다 같은 얘기
단잠은 아기 숨소리 은하수를 걷는다

사진 한 장

잔잔한 호수에 가을산이 찍혔네
황홀한 풍경 속에 무심코 던진 돌멩이
그 순간 찍힌 사진 오색 빛깔 뒤섞기네

유준호(劉準浩, Yoo, Jun ho)

1943년 충남 서산 출생. 공주사범대학(국어교육과)(1965), 충남대 대학원(국어교육전공)(1983) 졸업. 《시조문학》 3회 천료(1971) 등단. 시조집 『산중신곡』(1992, 호서문화사), 『꽃의 숨소리』(2003, 대교), 『그리움 너울진 산천』(2007, 한국문학세상), 『바람 한 필』(2011, 문경) 외. 평설집 『운율의 미학을 찾아』(2018, 이든북). 홍조근정훈장(2005), 한밭시조문학상(2006), 대전광역시문화상(2013), 세계문학상대상(2013), 대전펜문학상(2014), 한국시조협회 문학상(2017) 수상. 중고교 교장, 가람문학회장, 한국시조문학작가협회 부회장, 중도문인협회 부회장, 대전시조시인협회장 역임. 국제펜 한국본부, 한국시조시인협회 회원. 한국시조협회 부이사장, 대전지회장.

> 시詩, 이것은
>
> 青鏡 유준호
>
> 이것은 꿈꾸다 깨어난 찬란 눈빛
> 산사山寺의 추녀 끝에
> 매달린 풍경風磬 소리
> 어쩌면 달빛에 기대
> 관촌 태운 촛불이리.

—

유준호 시인의 시조는 '자연의 섭리', '운명', 그리고 '생식본능' 같은 어휘를 떠올리게 한다. 그중에도 '섭리'는 중요한 얼개이다. 그의 시조에서 인간의 '한 생애'란 결국 '빈 허물' 즉 무無 또는 공空임을 일러주고, 사랑의 가학성을 폭로한다. 그의 시조에서 섬뜩한 칼날은 법, 권력형 사찰査察 등 다양한 층위를 이룬다. 자유로워야 할 동시대 지식인 사회의 자기검열self-censorship, 진실파지를 두려워하는 권위주의 사회의 환경을 읽을 수 있다. 고대 그리스 철학자 판타레이panta rhei를, 즉 만물의 유전론流轉論을 상기시킨다.

— 박영학(시조시인 · 원광대 명예교수)

—

햇살의 사계

보시게 햇살 양반
거참 야릇하네.
성깔 접고 일어나 꽃술에 입 맞추며
실실 실 눈웃음으로
왜 그리 치근댔나.

체면 없는 혈기로 후끈후끈 달라붙어
부채로 밀어내도 찰거머리 같더니만
어느새 모시옷 입고 점잔 빼며 딴판일세.

쓸쓸한 맘 보듬는 척
살갑게 덤벼드네.
해마다 겪었는데 그 속셈 모를까봐.
조금만 기다려 보면
품은 날로 살 에겠지.

바람 한 필

바람 한 필
섬섬하여 살포시 쥐어 보니
뭇 생을 거느린 섭리가 꿈틀댄다.
행여나 잡티 낄세라
숨조차 가만 쉰다.

별빛 달빛 올올 뽑아
짜놓은 명주인 듯
너무 희고 투명해 마음눈을 뜨고 본다.
온 우주 감싸고도 남는 천의무봉
바람 한 필

별

밤하늘 앙가슴에 깨져 박힌 유리 조각들

예리하게 반짝이며 어둠살을 저며 낸다.

하얗게 날 세운 날로 우리 죄도 도려냈으면….

빗방울들

빗방울이 유리창에 찰싹찰싹 붙고 있다.
세발낙지 빨판 기운 인자로 흐르는지
열 지어 사지를 펴고 투명절벽 타 내린다.

이 세상을 산다는 건 저렇듯이 억척인 것
찢어지는 제 몸을 하얗게 울먹이며
갈가리 흩어진 살점을 꽃잎으로 피운다.

안행雁行

팽팽히 몸을 당겨
박차 오른 기러기 떼

창끝 같은 대오隊伍로 겨울을 뚫는다.

백설白雪로
깃이 돋는 북극北極
그리워 울어 옌다.

시, 이것은

이것은 꿈꾸다 깨어난 환한 눈썹

산사의 추녀 끝에
매달린 풍경 소리

어쩌면 달빛에 기대
밤을 태운 촛불이리.

이것은 끝없는 세월의 메아리

길거리 바람에
날아다니는 하얀 아픔

몇 사흘 뼈 고아 달인
한 사발 진액이리.

노파, 윤장대를 돌린다

사월이라 초파일 날
화엄 금강 눈 뜨는 날
팔정도로 둘러친 윤장대를 돌린다.
법당 앞 꿇어앉아서
묵은 멍울 씻는 노파,

우두둑 허리뼈를 부처처럼 곧추 세워
바람소리 새소리로 마음을 닦아낼 제
안개로 피어오르는 지나온 흑백 생애,

맺힌 한 올을 풀어
계곡물에 흘리고
하루해 지는 노을 하염없이 바라보며
노파는 경문 갈피에
발원 한 줄 끼운다.

모란을 보니

피어 너울대다
뚝 져서 흐너진다.

뼈 비치게 붉게 타던 그리움을 땅에 묻고

아, 꽃의
야릇한 변주

넋이 된
하얀 바람

하관下棺

우리 업던 포대기 여기다 개어 놓고

소리도 빛도 없는 저기를 찾아가신

어머님 아지랑이로 풀어진 낭떠러지

새로 오는 황사
— 조선족 새댁들

산 넘어 낯선 땅 하늘 메워 찾아왔다.
누우런 먼사포 너울로 쓴 모래신부
아마도 세찬 바람에 등 떠밀려 왔나 보다.

보는 이 눈썹 끝도 아득하고 따갑다.
후행을 따라온 저기압은 울상이고
봄날은 고삐가 풀려 들판에 요동친다.

유지화(柳志花, Yoo, Ji hwa)

1955년 경기 화성 향남면 상신리 출생. 한신대학교(문예창작학과), 국민대 문예창작대학원 졸업, 국민대 대학원(국어국문학) 박사. 《시조생활》(1989) 등단. 시조집 『여윈다리 삐에로』(2000, 동경), 저서 『나는 논술 대통령』(2008, 에세이), 『신나는 열두 달 글쓰기 놀이』(2011, 토토북), 『그대, 꽃으로 피고싶은가』(2015, 이미지북), 공저 『시조 문학 특강』(2013, 경인문화사) 외. 시천시조문학상(2000) 수상.

인생에 관한 고찰
                    柳志花

노력하니 잘 삽디까 내게 묻지 마세요
착한 끝이 있더냐 제발 묻지 마세요
그거 마 개똥철학입디다
다 부질 없습디다

—

유柳 시인詩人은 한떨기 미소微笑 같은 사람이다. 어느 심기心氣도 건드릴 줄 모르는 착하디착한 사람이다. 그의 심성心性은 달빛으로 교직交織된 비단결 같아 그의 시詩는 한마디로 아름답고 정겹다. 결삭은 그의 글발 속에 그의 인생의 기쁨과 슬픔이 녹아 들어 있다. 그의 시詩는 애달픈 삶의 노래요, 이웃하는 눈길들을 주워 모아 올린 상아탑이다. 사근사근한 시구詩句 속속들이 어울린 속에서 수액처럼 배어 내리는 진솔미眞率美는 짜릿한 전율을 느끼게 한다.

— 유성규(시조시인 · 세계전통시인협회 총회장)

—

벚꽃, 달빛을 쏘다

요요한 벚꽃들이 섬진강에 범람합니다
지상에 강림하신 사월의 화신입니다
이 땅은 천국입니다
남해 벚꽃 만발한

신화 속 가시버시 활시위를 당깁니다
일제히 벚꽃들이 달을 향해 날아갑니다
만개한 봄밤입니다
천상천하 아득한

산유화

마음이 가는 대로 떠나본 영혼만이
제 길을 찾는다며 손 내미는 하늬바람
나 여기 꿈 꾸고 있나이다 선정에 든 풀 한 포기

바람이 부는 대로 살아본 가슴만이
사랑을 안다면서 눈짓하는 산들바람
나 여기 꿈 하나 이루나이다 만월로 뜬 산유화

그런 봄날 있었다

적막이 둘러앉은 육지고도 요양병원
노래 잃은 창 틈 사이 별만 총총 빛났다
휠체어 빛바랜 빈 의자 어스름만 고였다

심해의 어디쯤에 휘어 도는 물목쯤에
물살에 몸 맡기며 유영하던 물고기 떼
천적의 공격을 피해 온몸으로 솟구친다

그럼에도 우리 인생 봄볕 같은 꿈길이라
말 잃은 울 엄니도 파도 타는 날치 떼도
살구꽃 얄리얄랴셩 그런 봄날 있었다

엄니의 봄날

황토길 아린 바람 고개고개 넘어오신
아현동 굴레방다리 절며절며 이고 오신
울 엄니 포플린 보따리 감자꽃 향기였어

아픈 손가락 막내네 경매처분 통지 앞에
신의 직장 둘째네 빚보증 늪지 앞에
울 엄니 말씀을 잊으셨어 사랑초 병근 날에

정조를 그리다

장안문 여는 뜻이 복사꽃 그 아니겠나
마음 심은 돌 하나 마음 다진 벽돌 한 개
역사의 주춧돌 놓아 팔달문도 열었네

한양 땅 강나루터 달은 하마 기울었나
수류정 봄버들이 머리 풀고 받든 교지
탄생전誕生殿 비원의 흑룡도 수원성에 기렸네

님께서 떠나간 날 그 겨울 그리 가고
만백성 가슴 가슴 젖어들던 찔레꽃
성벽에 기대어 서서 새겨보는 이름 하나

인생 동화 동창회

시詩 한 줄 읽지 않은 돌래마을 복순이
일마다 인생 로또 다락 같은 선심 공세
'얘들아 크루즈여행 어때, 비용은 내가 쏠게'

시詩 백 수 눈 감고 외는 상신리 태준이
때마다 인생 쪽박 율律을 잃은 아리아
'쩐이여, 참을 수 없는 존재의 위대함이여'

인생에 관한 고찰

노력하니 잘 살답까 내게 묻지 마세요

착한 끝이 있더냐 제발 묻지 마세요

그거 다 개똥철학입디다 다 부질없습디다

꽃의 서시

암말 없이 기다려야
꽃이 된다네요

남루히 필 바에는
눈빛 되려 숨기라네요

지나는
바람까지 도울 때
그때, 피는 거래요

망초꽃

끝장 내듯
매미는
새파랗게 울었다

절정의 여름 숲을
한 주 내내 울었다

망초꽃
하야니 피우려고
뙤약볕 떠트렸다

바람

사루비아 꽃밭
자꾸
햇발만 고입니다

미루나무 사잇길
누가 오고 있네요

하늘이
확
올라갑니다
가만,
바람이어요

유태환(柳台煥, Yoo, Tae hwan)

1924년 강원 원성 출생. 호 정산(鼎山). 서울대학교 사범대학(국문학과) 졸업. 제8회 《자유문학》 신인상(1963) 등단. 시조집 『삼매』(1985, 보국문화사), 『어머니, 고향 그리고 꿈』(1990, 한누리미디어), 『山史』(2003, 대학서림). 덕수상업고교, 서울여상 교사, 남강중학교 교장, 《시조문학》 편집위원, 한국시조시인협회 이사 역임. 한국시조작가협회 창립위원, 한국문인협회 회원.

—

가을의 환상

눈 끝에 머문 빛 마음에 누운 허리
당신의 살갗에는 맨다릴 얹고 싶다
때 가다 바람이 나면 볼을 부벼 울고 싶더니

비단결 무늬 속에 살진 몸매 흐른다
그때 우리 할머님들의 어리디 어린 내음
버릇된 시름이어 온통 강물 위에 떠간다

겨울나무

소망은 또 지나간다. 낯선 얼굴들…
해맑은 공허가에 그림자 드리우고
순정純頂에 이는 고독을 이슬하고 있다

귀 언저리 부서지는 차디찬 밀회마저
뜨겁게 스며들어 겨워 자란 뜻쯤에는
어머님 어린 웃음이 해를 닮아 닮아라

사랑의 생채기가 꽃으로 뚝뚝 지는
숫제 천년은 더 머물러 서야 한다
티 없는 역정의 피가 꽁꽁 얼어붙는 땅

난蘭 소녀

가는 옥수玉手에 난 파란 물이 일고
그 파란 물사래에 인형의 연안戀顔이듯
촉촉이 젖는 입술은 흔들리고 있네

너무나 수줍은 내음은 지고 져서
실눈 끝 꿈속 길을 온통 흘러내려
오월의 붓들 도량을 출렁이고 있네

무한, 번지는 이랑은 바다 바다
깊이 가라앉은 빨간 씨앗 하나
인당수 시들지 않을 꽃만큼을 더 닮네

늦가을에

가고 없는 여기, 빈 힘에 겨워
간신히 손을 든다 먼 데를 가리킨다
참으로 티 하나마저도 예사롭지 않다

배음背音이 길다랗게 그토록 무거웠다
구름은 향 묻어 열반涅槃에 안安히 든다
누구가 베푼 소린데 들리지를 않는가

싸늘히 식어간다 살갗이 서운하다
나의 것이라곤 송두리째 버려진다
그 날의 밝은 햇살은 어데쯤을 따슬까

달밤과 녹음과 사랑과

빛바랜 메아리는 먼 날을 누비는데
언저리 서성이는 고운 님 내음 자락
온누리 느꺼운 정情을 마음하는 아픔아

착하디 꽃잎들이 이지러진 그늘에서
겁劫을 더 안아스려 모시로 가린 알몸
역겨워 조이는 소리 쪼개지는 만리야萬里夜

울고도 싶어지는 은은한 저쪽인데
당신의 속삭임이 영그는 시심詩心이여
섧도록 살고 지고파 저려 오는 내 사랑

4월은

때 맑은 세월 저쪽 별들의 이야기듯
물이끼 바위 이끼 바람 솔솔 만고이듯
더러는 더 짙게시리 소쩍새 와 재치는데

붉게 멍이 든 달 그 길을 오고 있다
어느 여인旅人 그리고 꽃 서로는 얼싸 안고도
슬픔이 늘 하늘에서 출렁이는 너비…

삼매三昧

멀어서 가고파서 서로는 하늘 같다
모자르게 한결같이 가꾸며 살아간다
만남이 누리 밖이라 하나 돌이 된단다

노래는 부풀을 뿐 가난할 줄 모른다
뜨거운 바람 앞에 모두는 병든 가슴
얼마를 더불어서도 향수하는 거리다

삼월三月은

삼월은 마음의 양지陽地 어느 곳에서든
렌즈 속 발가벗은 춘향春香이 매무새 짓
사랑이 부딪는 동요動搖 하늘에는 닿을라

열아홉 너울져서 사방四方에 향向하시다
천방겨 지방져 십 리十里를 가누고
기우는 벼랑 늪 사이 산山 자락이 살 차리

타인상他人像

골똘히 멸치 않아 빠지는 동안이다
어쩌다 스쳐 오는 꽃잎의 살피에는
시한의 이랑 이랑이 무늬 되어 흐른다

저마다 모자람을 씹어선 삼키었다
소용돌이 비빙 돌아 퍼져 가다 이울어도
아득히 멍이 들어서 산호빛의 깊이다

그 뉘가 아니어서 믿음이 아파 온다
목숨이 발돋움이 하늘을 찌르고도
저 공쏟을 흔드는 운韻이 이는 데를 모른다

하심 도심夏心 都心

오수午睡에 뜬 애드바룬 나들인 한가로와
예전엔 구름으로 하늘이 좋았는데
빨간히 물든 여정女情의 높다란 도심都心

나심裸心의 아래 종아리 눈시울을 환히 친다
일리고 또 일리는 미음迷音이 근지럽고
계절季節을 흘리고 섰는 가로수街路樹 먼 한나절

유해자(柳海子, Yoo Hae ja)

1959년 충북 진천 덕산면 출생. 한국방송통신대학교(국어과) 졸업(1991). 《가람문학》 신인상(1995), 《문학사상》 신인상(1997) 등단. 시조집 『동박새 울음에 뜨는 별』(1999, 토방, 문예진흥기금 수혜). 제10회 전국한밭시조백일장 장원(1995).

—

유해자의 시는 시조가 지녀야 할 품격을 갖춘 작품(이태극). 낡은 것들에게 새로운 생명을 부여한 형상 능력과 따사로운 눈길을 높이 평가(이정환). 사물에 대한 풋풋한 감각이 문맥에 생동감을 불어넣어 통념 속의 자연이 아니고 환한 심상으로 꿰뚫은 자연(박기섭). 치밀한 관찰력과 찬찬한 관조미로 생활의 지혜와 삶의 깨우침, 사고와 정신의 깊이를 헤아림으로써 '때 안 묻은 원형, 그리고 옥양목 빛 서정'의 세계를 열어가고 있다(이상범).

—

평화 고물상

다 낡은 함석 대문이 기우뚱 열려 있는
평화 고물상집 식구가 된다는 건
바람에 온몸 내맡긴 채 시간을 삭히는 거다

가끔은 햇살을 들이받는 객기로
쓸 만한 구석이 남았음을 내비치지만
시대가 지나갔음을 그들도 알고 있다

다리 아픈 의자와 바퀴 잃은 자전거가
서로에게 기대어 난생처음 쉬고 있다
버려야 얻는다는 걸 이제야 알았다는 듯

신 김치만 물리도록 먹어온 냉장고가
오늘은 제 가슴을 활짝 열어젖히고
싱싱한 햇살과 바람을 차곡차곡 쟁여 넣는다

내 몸이 말을 한다

손톱 밑에
눈곱만한 가시 하나 박혀도
두 눈을 부릅뜨고 바짝바짝 들이댔다
매사에
물불 안 가리고
덤벼들곤 했었다

실눈 뜨고
멀리 봐야 잘 뵈는 요즘에서야
내 몸이 나에게 넌지시 말을 건넨다
이제는
한 발 물러서서
세상을 읽을 때라고

빈집

정신 줄
놓아버린 팔순의 옥이 할매
피붙이도 몰라보고 대소변도 못 가렸다
두레박 줄마저 끊긴
말라버린 우물이다

더 이상
길어 올릴 무엇 하나 남지 않은
우렁이 껍질 같은 다 삭은 몸뚱어리
영혼이
빠져 나가버린
불 꺼진 빈집이다

복사꽃
살구꽃이 천만 등을 내걸어도
깡마른 어깨 너머엔 대낮에도 어둠이 자라
무시로
바람과 몸을 섞는
최후의 안식이다

매미

주인 없는 창덕궁 팔월 땡볕을 뚫고
양미간에 빼곡히 꽂혀 오는 매미 소리
스스로
어둠을 찢고
제 이름을 부르는

벗어 놓은 생애조차 부서질 듯 가벼운 너
시간의 무게에 짓눌려진 오늘은
널 따라
나를 벗어놓고
새 이름 하나 얻고 싶다

벽송사 소나무

바람이 까치발로 지나가는 옛 절터
새로 짓는 법당 앞에 산벚꽃 자지러져
합장한 적송 두 그루 앞이마가 후끈하다

제비꽃 돌배꽃이 피었다 지는 사이
망초대 키를 세웠다 제풀에 주저앉고
달빛에 솔잎 벼리어 새파랗게 날이 선다

허다한 생각들이 솔방울로 맺히는가
밤마다 굳은 각질 속살로 밀어내며
쩐득한 그리움 안고 솔씨 하나 떨군다

내 안에 섬

한 발짝
다가가면 두 걸음 물러서서
오래된 습관처럼 자라나는 이 목마름
끝내는
가 닿아야만 할
내 안에 섬이 있어

새카맣게 말라붙은 한 오리 미역 줄기
한 모금 물이라도 마른 목 축인다면
퍼렇게 다시 살아날 감춰놓은 불씨여

어혈진
생각들이 바람끝을 벼린다
녹내 나는 말들을 말끔히 뱉어내고
그 섬에
눈부신 깃발 하나
펄럭이게 하고 싶은

향기로운 껍데기

잘라낸 대파 밑둥에 새파란 순이 돋았다
죽은 듯 말라붙은 껍데기는 그냥 그대로
더 이상 키가 자라지 않는 어머니 모습이다

몸으로 온몸으로 알맹이를 지킨 후에야
마침내 지상에서 흔적없이 허물어지는
이 세상 모든 어머니는 향기로운 껍데기다

별들의 배경이 막막한 어둠이듯
알맹이의 배경 또한 껍데기임을 알겠다
지상에 마지막 남은 사랑임을 알겠다

어머니의 강

삼십 줄에 홀로되신 칠순의 내 어머니
세상에 무서운 게 어린것들 목구멍이던
막막한 그 강 건네준 게 꽉 깨문 어금니였다

눈 감으면 캄캄하게 질러오는 강줄기엔
자고 나면 키를 넘는 가난과 절망의 싹
송곳니 닿도록 끊어내도 너울너울 웃자라던

깨물어 뜯고 싶던 지난날도 돌아보면
때때로 그립기도 하던가요 어머니
기억의 갈피마다에 잇자국이 보이나요

켜켜로 쌓여있는 시간을 뒤적이며
씹어도 씹히지 않던 젊은 날을 우물우물
진종일 되새김질로 삭이시는 어머니

소톳골, 그 고장난 시계

텁수룩한 얼굴에 면도날 들이대듯
얼크러진 칡넝쿨 망초대 걷어내면
내 볼에 턱 부비시던 아버지가 보입니다

요령 소리 앞세우고 총총히 떠나실 때
무심히 빈 울음만 쏟아붓던 때까치는
여태도 솔수펑이에 제 발목을 묻어놓고

멈춰선 시간 속에 아버지는 여전한데
단발머리 가시내들 불혹의 문턱에서
덧없는 시간의 깊이를 손톱 속에 새깁니다

낫에 베인 바람 한줌 쑥부쟁이 흔들고
봉분 위 메뚜기처럼 폴짝대는 아들녀석
외손주 고사리 같은 손 따습지요 아버지

외딴집 2

대낮에도
꿈을 꾸는
적적한 섬 한 채
온종일 대문밖에 어둔 귀를 세우고
할매는 굽은 세월을 혼잣말로 다독인다

어지럽던 신발짝들 제각각 떠나가고
모르는 사람보고도 꼬리치는 누렁이
담장 안 해바라기는 모가지가 휘었다

익을 대로 익으면 숨길 수 없는 걸까
불면증에 수척해진 앞마당 감나무가
알알이 불을 켜든다
하늘 한 켠
환하다

유헌(劉憲, Yoo, Houn)

1957년 전남 장흥 회진면 출생. 광주대학교 언론홍보대학원(언론학) 석사. 《월간문학》(2011), 《한국수필》(2011), 〈국제신문〉 신춘문예(2012) 등단. 시집 『받침 없는 편지』(2015, 고요아침), 『노을치마』(2019, 책만드는집), 산문집 『문득 새떼가 되어』(2020, 해드림, 아르코 2020문학나눔 선정도서). 시조시학 젊은시인상(2015), 고산문학대상 신인상(2017), 올해의 시조집상(2020) 수상 외. 전남수필 회장 역임. 오늘의시조시인회의 회원. '율격' 동인. 한국문인협회 한국문학사편찬위원, 한국시조시인협회 이사, 광주전남시조시인협회 회장.

말 그리고 말

유헌

말이라는 이 놈,
때론 천방지축이라
입술이라는 울타리를
한 번 벗어나면
어디로 튈지 모르는
야생의 말이 된다.

—

유헌의 시조는 견고한 정형 양식 안에서도 매우 자유롭고 활달한 시상詩想을 가로지르면서, 인간 실존의 다양성과 역사의 준엄한 흐름 그리고 사물의 근원적 이법理法을 심원하게 투시하고 채집한 미학적 집성集成이다. 드물게 트인 목소리를 담은 그의 시조는 삶의 보편적 이치와 자신의 개별적 경험을 동시에 개입시키면서 구현되어 가는데, 어둑한 슬픔이나 쓸쓸함을 담아낼 때에도 그 안에 매우 구체적인 삶의 세목을 응축하고 있다. 그 점에서 그의 시조는 개별성과 보편성을 통합하여 구축된 사례로서, 우리는 이를 통해 서정시가 개인적 경험의 산물이면서 동시에 보편적 삶의 이법을 노래하는 양식임을 알게 된다.

— 유성호(문학평론가 · 한양대 교수)

—

노을치마* 2

복숭아 꽃잎처럼 날아온 편지 한 장
그 백지 그러안고 천일각에 올라서니
강물이 절뚝거리며 내게로 오고 있다

사금파리 날 같은 윤슬에 눈이 먼 새,
팽팽한 연줄 한 올 움켜 쥔 흰 물새가
뉘엿한 붉새를 물고 내게로 오고 있다

미처 못다 부른 연서 한 필 펼쳐 두고
말 없는 그 말들이 초당에 쌓이는 밤
야윈 강 뒤척일 때마다
일어서는 저녁놀

* 노을치마: 남한강 변의 병든 아내 홍씨가 강진 유배지의 다산 정약용에게 보낸 신혼의 다홍치마.

유두乳頭

나와 나 사이엔
강이 흐르고 있어

결코 마르지 않는
뜨거운 피 말이야

물길이 너무나 깊어
퍼렇게 힘줄이 선,

이 한 뼘의 거리가
천 리나 되는 걸까

닿을 수 없어 안타까운,
그리워 몸살이 나는

앙가슴 끝에 매달린
남과 북의 멍울이여

산꿩의 노래

— 6월

숲 그늘 박차고 깃을 치며 나는 산꿩

외마디 목청으로 푸른 계곡 뒤흔들며

풀어진 능선길 지나 경계를 넘고 있다

초연硝煙의 백마고지 가르던 그 노래

어미의 어미가 부르던 망향가를

철책선 허리 붙들고 내가 따라 부르네

신호등 앞에서

차량이 흐르는 동안

나 잠시 바라 섰네

건너편 저쪽에는

분명히 내 길 있다

산란기 연어가 되어

몸부림치는

여기, 지금

천학, 날다

잉걸불 입에 물고
열반에 들었는지

태토胎土는 말이 없고
새소리만 요란하다

상처가 상처를 보듬는
옹이 같은 만월 한 점

천 년 전 왕조가
다스린 불의 비사

물레에 칭칭 감긴
밀서를 펼쳐 들자

일제히 흰 깃을 치며
날아가는 새 떼들

용암사지에서

스치는 바람에도
이끼가 끼었을까
퍼렇게 녹이 슨
시간의 잔뼈들이
폐사지 휩쓸고 가네
가다가 멈춰서네

인적은 없어도
향기가 거기 있어
천 년 전 기왓장에
산새가 내려앉아
톡톡톡 독경을 외네
말씀을 줍고 있네

먼 산길 돌아서 온
탁발승의 몸짓일까
아슬아슬 벼랑에
몸을 기댄 저 석불*
열린 듯 다문 입술에
염화미소 벙글겠네

* 월출산 구정봉 아래 해발 738미터 지점에 있는 마애여래좌상. 국내에
서 가장 높은 곳에 위치한 국보(144호)로서 용암사지 뒤에 있다.

쑥, 뿌리

경쾌한 왈츠가 무대에 깔린다 초봄의 환희가 객석을 휩쓸고
있다 휘감은 근육을 풀고 춤추는 발레리나

죽방렴

달빛이 이끄는 대로 순순히 끌려 나와
흐르는 길 안에서 갇혀버린 비린 것들
솟구쳐 오를 때마다 윤슬을 뱉어냈다

한통속 겨누는 칼춤이 번뜩인다
한치 앞 물때조차 살피지 못한 생生
삽시에 드러난 갯벌 생사가 갈라진다

귓등에 부서지는 눈부신 해조음에
날마다 나를 세워 날이 선 질문 하나
긴 여행 떠나려는가
눈꺼풀을 열어두고,

떠도는 섬

엎어진 숟가락처럼 섬 하나 놓여 있다
막걸리 쉰내 나는 툇마루만 남아서
밤마다 갯바람소리 환청에 떨고 있다

느릿느릿 애 터지게 바람이 불어온다
둘이 같이 살아보자 옆구리 토닥이던
파도가 밀려왔던 자리, 절벽이 생겨났다

무연히 쓸어보는 방바닥엔 흰머리뿐
파도에 멍든 자리 동백꽃이 새살 돋고
창문을 더듬는 햇살, 하얗게 질려간다

칠 벗겨진 양철대문에 파도소리 출렁인다
그물코에 빠져나간 한숨들을 깁는가
오늘도 뱃고동 소리 속절없이 지나간다

받침 없는 편지

때 절은 일바지에 헝클어진 덩덕새머리 오로지 팔십 평생 까
막눈으로 사시다가 지아비 떠나보내고 한글학교 입학했네

하루는 막내딸 집 아파트에 들렀다가 잠긴 문에 삐뚤빼뚤 쪽
지 한 장 남기셨어 '박일심 하머이 아다 가다' 그렇게 돌아섰네

십 리 길 강진 장에 푸성귀 팔러 나가 해질 무렵 몇 다발을 가
래떡과 바꾸신 후 두 팔을 휘저으시며 걷고 걷던 신작로 길

어머니가 떠나신 지 십수 년이 지나갔네 단 한 번만이라도 뵐
수만 있다면 맘 놓고 울 수만 있다면, 그럴 수만 있다면

눈물의 장강長江 속으로 편지를 쓰네 받침 없는 편지 한 줄
어머니께 띄우네 참으로 먹먹한 오늘, 어마 보고 시어요, 우고
시어요

유현주(柳鉉珠, Yu, Hyun ju)
1966년 3월 21일 충남 서산 출생. 〈매일신문〉
신춘문예에 시조(2010), 《좋은수필》 신인상(2018)
등단. 〈중앙일보〉 시조백일장 장원(2007,
2008), 천강문학상 입상(2009), 오늘의시조시인
상(2018) 수상. 오늘의시조시인회의, 한국시조
시인협회 회원.

길 안의 길
　　　　　　　유현주

굽은 몸에도
반듯한 길 꼭 있다
무위 자란 감나무
투명한 홍시 내고
곱사등 강씨네 아들
헌칠한 장부이듯.

—

유현주의 작품은 전편에 활유의 기운이 넘친다. 감각과 상상력의
결속이 뛰어나고, 긴장의 밀도를 다져가는 적절한 비유가 돋보인
다. 사물에 대한 폭넓은 이해를 바탕으로 정서를 조율하는 솜씨 또
한 자별하다. 장구는 북편과 채편의 양두를 가진 악기다. "더운 숨
을 토하"던 소는 가죽으로 남아 생전의 "울음을 되새김"한다. 소의
"완강하던 고집이 세마치" 장단으로 환생하면서 "공명통을" 울리는
감동에 닿는다. "옻 밥을 먹은 소가 밭갈이를 나선다"는 표현은 마
지막 칠을 마치고 연주에 들어가는 모습이다. 그렇게 장구는 세속
의 신명 속으로 "타령을 끌고 간다." 각고와 성찰로 정형미학의 완
결성을 높여주길 바란다.
— 박기섭(시조시인 · 전 현대사설시조포럼 회장)

—

양두고兩頭鼓

어우르던 장구가 더운 숨을 토한다
생사의 경계선을 이랑인 듯 넘어와
울음을 되새김하여 소리로 환생한 소

옹차던 속 들어낸 두 자 반 오동나무에
조임줄로 다시 묶여 코 뚫림을 당할 땐
북면을 힘껏 조이며 공명통을 안는다

사포를 쇠 빗 삼아 쓸어 주는 조롱목
완강하던 고집이 세마치로 조율되고
긴장한 소릿결들이 평온하게 풀릴 즈음

옻 밥을 먹은 소가 밭갈이를 나선다
열채로 엉덩이를 가볍게 두드리자
덩더꿍, 변죽을 울리며 타령을 끌고 간다

배꽃을 따며

밤사이 달빛 받아 더 여문 배꽃들이
아버지 손끝에서 산 채로 지고 있다
어쩌면 저리 사뿐히 가라앉는 것일까

소싯적에 느이 오빠 둘을 땅세로 냈더란다
까맣게 잊었다가 이눔의 밭에 오면 생각나
하얗게 자지러지는 꽃 울음이 들리거든

필 때에 영근 가을 담아왔을 테지만
날 때에 무병장수 빌어주기 않았것냐
오늘은 내가 하늘처럼 바람세를 받는겨

아버지 지나가면 여남은 꽃잎 중에
하나만 달랑 남아 파르르 떨어도
오늘밤 꽃의 승천이 천지간을 잇겠다

상족암을 지나다가

책들이 차곡차곡 가로로 쌓여있다
수억 년 바람이 적어놓은 연대기
함부로 열지 못하고 냄새만 맡아본다

빛과 어둠이 엇갈려 기록되고
여름과 겨울이 순서대로 꽂혀있다
바다의 깊이까지도 재 놓았을 서책들

사람이 보면 안 될 천기가 들었을까
한 장도 허락 않는 육중한 말씀들을
공룡이 읽고 갔는지 발자국 선명하다

사다리

아버지의 길 하나 담에 기대 있었다
지척에서 닿지 않은 허방을 건너기 위해
예닐곱 걸음을 이어 임시방편 만든 길

한발씩 진화해서 도시로 온 사다리는
모로 눕는 일 성에 안 차 바닥에 누웠다
날마다 쇠로 된 지네 그 길로 집에 간다

지네의 내장되어 수시로 흔들린다
마디 사이 끼어 있던 오래된 기억들이
이따금 금속성 내며 튀어나와 박힐 때

다 익은 가을을 눈앞에 두고서도
끊어진 길 이을 수 없어 입맛만 다셨다는
아버지 덜컹거리며 겨울을 건너신다

투명한 배반

잘 닦은 유리창에 까치가 돌진했다
순식간에 사방으로 퍼지는 실금들
동시에 날갯짓 하나 하늘에서 밀려난다

햇빛이 가는 길은 당연히 열려 있고
담이란 모름지기 색을 갖고 있는 법
추호도 의심치 않은 허공의 배반이지만

보이는 게 다가 아닌 불신의 시대에
본능만 믿었을 뿐 학습하지 않은 잘못
얼결에 죄인 된 창이 찬바람에 시달린다

바람의 낱말

말을 트진 않았지만 저 사람을 안다
투기 금지 팻말쯤은 눈 하나 까딱 않고
매일 밤 개류芥溜가 되는 골목 끝에 살고 있는

허공에 떠다니는 수많은 낱말들을
양손으로 버무려 순서대로 배열해서
언어를 만들어 내는 큰 재주를 가졌다

가로등 절정일 때 얼핏 본 그 남자
쓰레기 더미 앞에 쪼그리고 앉아서
한참을 빈 깡통과도 대화를 나누는데

탯줄이 잘릴 때도 바람으로 울었다는
숙연한 이야기에 창들도 귀를 연다
사십 년 침묵의 삶이 울림으로 닿는 밤

가난한 저녁

매운바람 한차례 골목을 훑고 간 후
시루떡 고물 같은 가루눈이 내린다
아직도 빙판인 길에 또 한 켜 얹히듯이

수없이 닥쳤어도 언제나 처음처럼
신경을 곤두세워 내딛는 자국걸음
겉으로 보이지 않는 허방을 감지한다

하루 벌어 한 끼로 연명하는 질긴 숨
소식 끊긴 피붙이가 절절한 어스름에
잊고 산 고향산천이 사무치게 그리운 날

버거운 호흡으로 디딤판을 만들며
살아온 날들마냥 조심스레 건너갈 때
여정의 바퀴 위에서 삶의 파편 젖는다

생의 계단

안개 속 주저 않고 기슭을 파헤쳐서
잔돌로 괴어 놓은 층층한 두둑 따라
어머니 고단한 생이 육필로 적혀있네

장마에 지워지고 태풍에 무너져도
기어이 다시 다져 꽂아 놓은 글자들
억새가 성한 지금도 문장으로 남았는데

이토록 곡진한 시 그 누가 쓸 수 있나
간절함이 만들어 낸 눈물의 지경地境 딛고
한 계단 오를 때마다 뼈가 저린 죄의 무게

새 집, 호국원

시골집은 고스란히 오빠에게 물리시고
아버지는 이천利川으로 이사를 떠나셨다
세간은 사진 한 장과 하늘빛 옹기 하나

평생을 흙에서 발 떼지 않았는데
젊은 날 목숨 걸고 총 들었던 대가로
무료로 영구 분양된 14구역4단3열5호

생전의 당신처럼 욕심 없는 방 두 칸
바람으로 먼지 털고 햇빛으로 문지르며
어머니 맞을 날 위해 날마다 윤기 낸다

아버지의 방

어머니 대엿새 내 집에 계실 동안
아버지 물끄러미 빈방을 지키셨네
언제나 문이 열릴까 무료한 눈빛으로

더 있다 가시라고 소매 끝 붙들어도
아버지 외롭다고, 눈에 밟혀 안 된다고
끝끝내 잡아 빼시던 가여운 어머니여

여닫이 열자마자 사진을 쓸어 보며
혼자만 댕겨와서 미안하다 되뇌는데
괜찮다, 말씀하시며 생전처럼 웃으시네

오늘 밤엔 도란도란 며칠 쌓인 이야기가
불 꺼진 방안에서 동화처럼 흐르겠네
대답이 달빛을 타고 두 가슴을 적시겠네

유휘상(柳輝相, Ryu, Hwee sang)

1941년 전북 고창읍 출생. 경희대학교(지리과). 《월간문학》(1990) 등단. 시집 『도채비는 오른 다리가 약하다』(1993, 신아), 『반짝이는 것들은 아름답다』(1997, 신아), 『카멜레온의 인터벌은 길다』(2000, 신아), 『흔들리는 계절』(2006, 대한문학), 『진실과 현실 사이』(2009, 대한문학사). 전북문학상(1996), 백양촌문학상(1998), 전라시조문학상(1998), 대한문학상(2005), 고창문학상(2010) 수상. 전라시조문학회 회장 연임. 전라시조 문학상 제정, 가람 추모전국시조현상공모 실시. 동인지 《전라시조》 발행.

—

민족문학으로서의 시조는 서정적이어야 한다는 그릇된 인식을 아직도 탈피 못한 상황 속에서 얄팍한 서정만을 고집하지 않고 복잡다기한 현대 산업사회의 묵직한 시대의식에 소홀함이 없는 유휘상의 시조는 이지적이고 개성 넘친다. 사물이나 현상을 현재의 시각으로 파악하려는 노력이 눈에 보이며 그것들이 독자들의 감각에도 스며들어 부합하고 있다 하겠다. 깊이 있는 사유의 숙성, 재치 있는 시어의 선택이나 리듬의 흐름에 좀 더 변화의 공을 들이면 훨씬 더 여유 있고 참신한 작품이 될 것이다(『카멜레온의 인터벌은 길다』).
— 장순하(시조시인 · 한국문인협회 고문)

—

가을, 일몰의 시각

갈 억새 날 벼린 잎

풀벌레 소리 가늘게 썬다.

잉걸 빛 해 반쪽을

서산마루가 꼴깍 먹는다.

오늘밤

달무리 위에

기러기 얹히겠다.

게를 논함

뻘판이 그 넓어도 앞으로는 걷지 않고
뼘 재며 옆으로 가 자질 눈금 잘 맞추는
시색時色을 재단하는 요령 네가 사람 앞서구나

복안複眼을 치켜뜨고 눈치를 살피면서
절족節足으로 성큼성큼 수륙을 행보하며
세 불리 판단될 때는 절족切足도 불사한다.

보신을 위한 딱지 장갑裝甲처럼 단단하고
집게발 높이 세워 미물 위에 군림하며
복갑腹甲이 벙글 때까지 착복하는 기질이다.

가구家具

퇴임 가장 방구석에
장롱으로 놓여있다

더러는 겟날인가
옷이나 꺼내 가는 아내

돌아와 옷 벗어 걸 때
문소리나 '삐걱' 낸다.

방에 있으면 묵은 가구
내다 논들 폐품인 것

굳어버린 습관인 양
당연처럼 젖는 일상

치워봐, 그 앉았던 자리
하얀 자국 선명할 걸

고라니 농사

산비탈 돌밭 일궈 구황작물 정성 심어
죽자 사자 가꿀 때 호미 끝은 불이 나도
자라는 옹골진 곡식 안 먹어도 배불렀소.

땀 흘린 보람인가 가을 소출 풍년 하여
농사 잘 지었다고 근동이 떠들썩하고
서울서 높은 한자리 큰 기둥으로 섰지라우.

어쩌다 서울 가도 자식 얼굴 잠깐 보요
쌀쌀 맞은 며느리 낯꽃 웃음기 싹 가시고
호화론 가구 가재들 내 몸에선 겉돌았제.

닷새도 못 버티고 시골집으로 내려오며
겉으론 잘 쉬어간다, 혼자 속에 내뱉는 말
산중에 농사지어서 고랭이 존일만 시켰당께.

추상秋像

들내 건너 학마을로 세월 한 점 가고 있다
징검다리 한 땀 한 땀 지팡이가 건너는데
물아래 마주선 그림자 기억들은 흔들리고

물비늘 뜨는 바람 노을빛이 젖어들 때
물새들은 갈 숲에서 우화寓話하는 꿈을 꾸고
갈대는 여윈 이파리로 사운사운 볼 비볐지

육탈한 계절의 골해 영혼도 떠나가고
머리 센 하얀 낮달 하늘 밖을 서성이며
마지막 인연을 푸는 조선 여인 쪽머리

그 여름날의 연꽃

과연 저 황홀함이 펄 속에서 빚어진 걸까
칠월의 덕진연못* 분홍물결 찰랑댄다
초파일 대웅보전 앞 바다 이룬 꽃등처럼.

도심의 연방죽이 한 개 큰 연꽃이다
곧게 솟은 푸른 꽃대 속진을 떨쳐내듯
돌올이 횃불을 들고 만세향萬歲香을 흩는다.

호수의 물그림자 너와 내가 흔들릴 때
두 손을 모아 세워 불심을 받쳐 들면
관음의 그윽한 음성 귓바퀴가 환해 온다.

* 덕진연못: 전주시 덕진공원 연못.

국수맛과 시간 먹기

터미널 상가 한쪽 구석 옛날 국숫집
국수사리 잔뜩 삶아 채반 위에 밭쳐 놓고
끄름 낀 양은솥에는 육수 펄펄 끓는다.

차 시간은 쫓기는데 토렴을 반복한다.
할머니 차 떠나요 그냥 빨리 주세요
젊양반 난 맨국수 안 팔아 맛을 얹어 판다우

빨리빨리 어서어서 세상 온통 속도인데
할매국수 삼십 년 맛을 팔고 있다네요
할매요 난 맛 먹을 틈 없어 시간 먹고 삽니다.

혼생혼사

혼거 혼밥 혼술 혼사
떨떠름한 이 홀로풍조

다손 다족 다복의 전통
욜로* 앞에 흔들린다

양속良俗이 비루먹어도
막을 가래 줄꾼도 없다

사망 열 달 지나
백골 발견 독거인간

고독사 보도쯤은
외약 눈도 깜작 않는

공맹孔孟이 이 소식 들으면
명부冥府에서 뭐라 할까

* 욜로: YOLO(you only live once).

무게도 안 나가요

작은 주택 다닥다닥 너저분한 좁은 골목
쓰레기 모인 곳에 한 무더기 버려진 책
얄팍한 밥 수의 책장 시집들이 나뒹군다.

집세 쫓겨 어느 시인 이사를 갔나보다

할아버지 수지맞았네,
수레에 주워 담는 책

아니요, 자잘한 책은 무게도 안 나가요

미투 미투

호감이 썸타는 건 마음속의 밀당인데
자발없는 손이 나가 눈치 없이 방정 떨다
성추행 그물에 걸려 망신살이 파닥인다.

지난날엔 관심쯤의 애매한 이 버릇이
요사인 날이 퍼래 미투 미투 번져가네
남녀가 무별한 시대 촉수 금법 제일 조

윤경희(Yoon, Kyung hee)

《유심》 신인문학상 등단(2006). 시집 『비의 시간』(2010, 책만드는집), 『붉은 편지』(2015, 그루), 『태양의 혀』(2016, 그루), 100인선집 『도시 민들레』(2017, 고요아침). 대구예술상, 이영도시조문학상 신인상 수상 외. 대구문화재단 창작지원금(2005) 수혜. '영언' 동인. 대구문인협회 시조분과 위원장, 대구시조시인협회 이사.

> 명함
>
> 보란 듯이 건네받은
> 낯선 명함 한 장
>
> 여백을 삼켜버린
> 헤질 듯한 이력들
>
> 슬며시 누군가의 삶이
> 손안에서 구겨진다

—

현대를 살아가는 시인은 '자연'에 따라, '자연'에서처럼, 천연스럽게 시를 쓸 수는 없다. 이전의 낭만주의자들은 자연을 양도할 수 없는 성소聖所로 묘사하거나 자연의 신비로운 소리를 통해 신성神聖에 가 닿기도 했지만, 현대의 시인은 자연 한가운데서도 도시에서의 불가피한 실존을 생각하는 삶을 살아가기 때문이다. 이처럼 숭고함으로서의 자연미가 소멸하고 자연과의 낭만적 교감도 사라진 세상에서, 윤경희는 감각적 재생력과 활달한 상상력을 통해 새로운 환상적 창조물을 자신의 언어 위로 드러내고 있다. 바슐라르G. Bachelard는 "이미지 생성은 인간 존재의 근본적 움직임인 역동적 상상력에 의해서 이루어진다."라고 하였는데, 윤경희 시편에서 이러한 물질적이고 역동적인 상상력은 그녀로 하여금 자연에서 새로운 환상적 창조물을 길어 올리게끔 하는 수원水源의 역할을 하고 있는 것이다(『태양의 혀』).

— 유성호(문학평론가 · 한양대 교수)

—

초승달

그 누가 웅크리나, 도열逃熱의 얼굴빛

세한의 하루를 깁는 허전한 하늘 저쪽

빈 가지 난간을 타고 버선발로 걸어간다

태양의 혀

때론, 독기 품은 숨겨 둔 칼날이었다가

세상 다 녹일 듯한 자애의 모습으로

물렁뼈 붉게 자라는, 더 붉게 말을이 자라는

왕비의 신발

금방, 벗어 놓은 듯 삶을 두고 가버린

주인의 오랜 부재 금동신발 한 켤레

화려한 봉황의 날갯짓 먼 저승길 노 젓는다

어느 세상으로 훨훨 그 강을 건넜을까

어떤 모습으로 환생하고 싶었을까

가려진 쇠사슬 풀고 나비처럼 날아갔을

여인의 환한 미소 금빛처럼 눈부시다

신어 보지도 못한 그대의 간절한 염원

오롯이 기다린 시간 자박자박 걸어 나온다

도시 민들레

1.
그것도 사람의 발길 바삐 오가는 한길 가

겁 없이 흔들리며 온몸을 지탱합니다

어둡고 찬 보도블록, 몇 날 밤 그리 않은

휘어진 관절마다 바람이 스쳐 갑니다

땅바닥 틈새에 화사한 문패를 내건

한참을 꿋꿋이 피워 올린 한 생의 눈부심이여

2.
어디서 날아왔는지 홀씨들 서로 엉깁니다

또다시 안착하는 요양원 유리창 너머

하루를 물들입니다, 저물녘 한 송이 꽃

점자블록

무심코 밟은 바닥이 누군가의 눈이었다

손을 내민 듯한 울퉁불퉁한 촉수였다

틈 사이 갇혀 있었던 누군가의 길이었다

석류

비밀의 연서 몇 장 가득히 적은 뒤
노을빛에 밀봉하여 몇 날을 보내었다

아직은
못다 한 얘기들
여물고 있는 가슴

맺지 못한 인연들 모두 다 그런 거다
그리움에 삭은 멍울 이냥 꽃으로 이울어

가을날
붉은 등 찢어
너에게로 가는 거다

백련사 동백 숲

차마, 뒤돌아서서 올 수가 없었네

새들을 불러 모은
낭자한 핏빛 유혹

속세도
다 잊어버리고
숨은 듯 피고 있어

으늑한 남쪽 끝, 나비처럼 살다 간

무심의 그대 숨결
내 안에 젖어 드네

한 백 년
감금되어도 좋을
그 적요의 붉은 숲

우포늪의 가을

도무지 알 수 없는 너의 곁에 섰다
형언치 못할 이끌림에 사로잡힌 하루
온종일 그 품에 안겨 벙어리가 되었다

끝도 보이지 않는 너의 곁에 섰다
일제히 늪 속으로 빨려 들어가는 새들
황홀한 절정의 날갯짓 추신처럼 남기며

시간도 멈추어 버린 너의 곁에 섰다
깊은 어둠을 삼킨 오래된 낮달 하나
불멸의 짙은 길 위를 맨발로 걸어간다

눈칫밥

그 옛날 울아버지 밥 한 톨 남기는 날엔

구구절절 뱉으시는 보릿고개 이야기

천지도 모르던 나는 무릎 꿇고 들어야 했다

어느 날 버릇처럼 밥 한 숟가락 남긴다

문득 귓가에 닿는 잔소리가 그리워

괜스레 목구멍에 걸린 밥 한 톨이 아프다

뭉글뭉글 밥 끓는 아린 사월이 오면

오래전 가출하신 아버지 환영인 듯

발밑엔 이팝꽃 수북이 눈치 없이 쏟아진다

중력

저리 흩날리는 건 벚꽃만이 아니었네

슬레이트 지붕 끝 빨랫줄이 출렁,

두고 간 당신 봄 한 벌 가뭇없이 흩날리네

윤금초(尹今初, Youn, Kum cho) 본명: 윤금호(尹金鎬, Youn, Kum ho)

1941년 전남 해남 화산 출생. 서라벌예술대학교(문예창작과) 졸업(1966). 공보부 신인예술상(1966), 《시조문학》 3회 추천(1967), 〈동아일보〉 신춘문예(1968) 등단. 시집 『어초문답』(1977, 지식산업사), 공저 『네 사람의 얼굴』(1983, 문학과지성사), 『해남 나들이』(1993, 민음사), 『땅끝』(1999, 태학사), 『이어도 사나, 이어도 사나』(2003, 고요아침), 『무슨 말 꿍쳐두었니?』(2011, 책만드는집), 공저 『네 사람의 노래』(2012, 문학과지성사), 『뜬금없는 소리』(2018, 고요아침) 외. 대산문화재단 창작기금(1992), 가람시조문학상(1999), 고산문학대상(2002), 한국시조대상(2013), 유심작품상(2014), 조운문학상(20017) 수상 외. 오늘의시조시인회의, 현대사설시조포럼 회원.

정격과 파격 사이를 오가는 양식 확장의 의지는 윤금초 시인이 우리에게 보여주는 현대시조 양식에 대한 창조적 자각의 결과다. 그는 기층언어의 조탁 과정을 현저하게 보여주면서, 토박이말과 방언 자체의 미감을 그대로 살려내는데 온몸의 적공을 들인다. 사물이나 시간이 가지는 미추美醜와 청탁淸濁을 굳이 가리지 않고, 사물과 시간이 자신의 기억 속에서 제 나름의 의미와 가치를 지닌다는 생각을 그 안에서 펼쳐나간다. 추상어보다는 구체어, 문어文語보다는 구어口語, 표준어보다는 지역어를 지향하는 그의 시학은, 그렇게 일관되게 우리의 정형시단을 아름답게 채색한다. 윤금초 시편이 있어 정형시단은 단연 풍요롭고 구체성 있는 언어의 보고가 되고 있는 것이다.

— 유성호(문학평론가 · 한양대 교수)

큰기러기 필법筆法

발묵 스룻 번져 나는 해질 무렵 평사낙안
시계 밖을 가로지른 큰기러기 어린진이
빈 강에 제 몸피만큼 갈필 긋고 날아간다.

허공은 아무래도 쥐수염 붓 관념산수다.
색 바랜 햇무리는 선염법을 기다리고
어머나! 뉘 오목가슴마냥 젖네, 농담으로.

곡필 아닌 직필로나 허허벌판 헤매 돌다
홀연 머문 자리에도 깃털 뽑아 머물 적시고*
서늘한 붓끝 세운다, 죽지 펼친 저 골법骨法.

* 큰기러기는 공중을 날 때 사람인人자 모양 어린진을 친다. 대오 가운데 맨 우두머리가 항상 앞장서서 리더 역할을 한다. 큰기러기는 잠시 머물다 간 자리에도 깃털을 뽑아 떨어뜨려 두는 습성이 있다. 이른바 '유묵遺墨'처럼 제 다녀간 흔적을 남겨 두는 것이다.

봄, 뒷담화

봄도 봄답지 않은 봄날
때 아닌 꽃멀미 난다.

우르르 우르르 왔다 우르르 떠나는 그 봄.

잉 잉 잉
꿀벌군단이
사가독서賜暇讀書 차린갑다.

천일염

가 이를까, 이를까 몰라
살도 뼈도 다 삭은 후엔

우리 손깍지 끼었던 그 바닷가
물안개 저리 피어오르는데,

어느 날
절명시 쓰듯
천일염이 될까 몰라.

엘니뇨, 엘니뇨*

들끓는 적도 부근 소용돌이 물기둥에
우우우 높새바람, 태평양이 범람한다.
엘니뇨 이상 기온이 내안內岸 가득 밀린다.

날궂이 구름 덮인 심란한 나의 변방.
이름 모를 기압골이 상승하고, 소멸하는…
엘니뇨 기상 이변이 거푸 밀어닥친다.

바닷가재, 온갖 패류, 숨이 찬 산호초에
우리 친구 물총새도 끝내 세상 뜨는구나.
저마다 세간을 챙겨 브룽브룽 뜨는구나.

* 엘니뇨: 이상 조류가 갑자기 밀려오는 기상 이변 현상.

쓰르라미의 시詩 2

목 놓아 울음 우는 무저갱 곡비哭婢인가.
공명실 다 죄어서, 허허바다 다 죄어서
새도록 불완전 소절로 목 놓아 울음 우는.

맵고 짠 눈물도 없이 단전 밑이 젖어 오고
도장밥 붉은 놀이, 천지 사방 붉은 놀이
산역의 초가을 날도 목 놓아 울음 우는.

십이지장 죄 녹이는 그 무슨 환장할 일로
목 놓아 울음 우는 곡비 같은 천형을 안고
쓰르람, 적멸 천리에 내가 나를 탄주한다.

낮달 또는 수월관음도

1.
옥판선지 속 빛 같은 문기文氣 어린 공중 거기
해거름 낮달 한 채 양각으로 돌아 있다.
허공은 무젖은 화첩, 숨결소리 들려온다.

2.
이따금 비늘구름 미점산수米點山水 그려놓고
풋잠 깜박 들었다가 한껏 부푼 구름 일가一家
빛바랜 수월관음도가 저 달 위에 내걸린다.

3.
목화구름 반쯤 비낀 하늘 가녘 벗겨나 내고
소리 먼저 길을 트는 금시조가 나는 건지,
때로는 십이파필十二破筆* 긋고 항적운이 번져 간다.

4.
앙감질하다 말고 일몰 또한 멈칫거리는
만 리 밖 적막을 흩는 안항雁行의 그림자들
화첩 속 일혼 날 이생이 꿈결엔 듯 머흘다.

* 십이파필十二破筆: 동양화에서, 붓끝이 열두 갈래로 갈라지게 하여 그
리는 필법.

주몽의 하늘

그리움도 한 시름도 발묵潑墨으로 번지는 시간
닷 되들이 동이만 한 알을 열고 나온 주몽朱蒙
자다가 소스라친다, 서슬 푸른 살의殺意를 본다.

하늘도 저 바다도 붉게 물든 저녁답
비루먹은 말 한 필, 비늘 돋은 강물 곤두세워 동부여 치욕의
마을 우발수를 떠난다. 영산강이나 압록강 가 궁벽한 어촌에
핀 버들꽃 같은 여인, 천제의 아들인가 웅신산 해모수와 아득
한 세월만큼 깊고 농밀하게 사통한, 늙은 어부 하백河伯의 딸
버들꽃 아씨 유화여, 유화여. 태백산 앞발치 물살 급한 우발수
의, 문이란 문짝마다 빗장 걸린 희디횐 적소謫所에서 대숲 바
람소리 우렁우렁 들리는 밤 발 오그리고 홀로 앉으면 잃어버린
족문 같은 별이 뜨는 곳, 어머니 유화가 갇힌 모략의 땅 우발수
를 탈출한다.
말갈기 가쁜 숨 돌려 멀리 남으로 내달린다.

아, 아, 앞을 가로막는 저 검푸른 강물.
금개구리 얼굴의 금와왕 무리들 와 와 와 뒤쫓아 오고 막다른
벼랑에 선 천리준총 발 구르는데, 말채찍 활등으로 검푸른 물
을 치자 꿈인가 생시인가. 수천 년 적막을 가른 마른 천둥소리,
천둥소리…. 문득 물결 위로 떠오른 무수한 물고기, 자라들, 손
에 손을 깍지 끼고 어별다리 놓는다. 소용돌이 물굽이의 엄수
를 건듯 건너 졸본천 비류수 언저리 오녀산성에 초막 짓고 도
읍하고, 청룡 백호 주작 현무 사신도四神圖 포치布置하는, 광
활한 북만北滿 대륙에 펼치는가 고구려의 새벽을….
둥 둥 둥 그 큰북소리 물안개 속에 풀어놓고.

피아골 끝물 동백

1.
비루먹은 망아진가, 산은 여직 수척하고
지리산 텅 빈 골짝 붉은피톨 흩는 거기
피아골 바위너설에 뚝 뚝 듣는 핏물이다.

2.
인공人共 때 대창 찔린 외삼촌은 모로 눕고
지지 않는 문신처럼, 불에 더친 화인처럼
벼룻길 벼랑에 물린 아흐 몰라! 끝물 동백.

3.
할미새야, 할미새야, 외할머니 할미새야
앗긴 목숨 어린 양의 꽃잎 쪼는 할미새야.
날궂이 꿉꿉한 날에 상한 부리 거둬나 다오.

검은등뻐꾸기 세상 끝을 울리네
― 달마산 미황사

이젠 대팻밥 같은 구름 몇 장 남아있다.
바람은 능숙한 목수, 구름 허리 대패질하고
경쇠도 잠재운 노을 대웅전을 금칠하네.

돌아가라, 돌아가라, 울부짖는 동박새야.
동백 숲 으늑한 길 부도밭에 접어들자
거북이, 물고기, 게가 서방정토 밀고 가네.

세월밥 천 년 먹으면 땅끝 바다 귀 여는지.
홀딱 벗고 홀딱 벗고, 빡빡 깎고 빡빡 깎고,
무심한 검은등뻐꾸기 세상 끝을 울리네.

미황사 어스름은 눈이 시린 푸른빛이다.
올려 보나 내려 보나 눈물 묻은 푸른 이내
파도에 발목 적시는 봄은 다시 돌아오고.

대흥사 속 빈 느티나무는

하 무더운 한여름 밤 네댓 아낙 놀러 나왔지.

대흥사 피안교彼岸橋 밑 으늑한 개울가의, 말추렴 반지빠른
마흔 뒷줄 아낙들이 푸우 푸 멱을 감았지. 유선장 감고 도는 가
재 물목 돌팍 위에 웃통이며 속옷이며 훌훌 벗어 던져 놓고 멱
감았지, 멱을 감았어. 미어질듯 풍만한 살이며 둔부 이리 움찔
저리 움찔, 출렁거리는 앞가슴을 홀라당 드러내고 멱을 감았
지. 접시형 젖가슴에 원뿔꼴 유방하며 반구형 사랑의 종 감긴
달빛 풀어내고 물장구 첨벙첨벙 멱 감는 아낙네들 곁눈질하던
저 느티나무, 아니 볼 것 훔쳐본 자발없는 관음증 느티나무.
벌거숭이 여인네들 속살 몰래 보기 송구하여 아으! 타는 가슴
쓸어내리다, 천년토록 쓸어내리다,

휑허니 도둑맞은 드키 속이 저리 비었대.

윤명희(尹明熙, Yun, Myeong hee)
1968년 전남 담양 출생. 광주대학교(신문
방송학과) 졸업. 《우리 동시조》 신인문학상
(2011), 《시조생활》 신인문학상(2013) 등단.
동시조집 『비행기의 아랫배를 보았니?』(2018,
도토리 숲). 현석주 아동문학상(2017) 수상.
세계전통시인협회, 한국아동시조시인협회,
국제펜클럽 회원.

—

윤명희 시인의 동시조는 가을 하늘처럼 맑고, 현대 감각이 톡톡 튀
어 오르며, 그 예술성이 정말 뛰어났습니다. 나는 한평생 육십여 년
을 숱한 이의 시조를 심사하고 논평해왔지만, 이렇게 감동적이고,
흐뭇했던 적이 없었습니다. 여러분은 내 칭찬이 지나치다 하겠지
만 이 동시조집을 읽은 다음에는 나의 칭찬이 모자라다 여길 것입
니다. 저는 시인의 시적 재간이 부족하더라도 피땀 흘려 노력하면
좋은 시인은 될 수 있지만, 타고난 시적 능력이 있을 때만이 최고
의 시인이 될 수 있다고 나는 믿고 있습니다. 이런 시적 능력을 타
고 났어도 노력이 없으면 땅속에 묻혀 버리고 맙니다. 윤명희 시인
은 시적 능력을 타고 난 시인으로 무던히 노력을 거듭하고 있습니
다(『비행기의 아랫배를 보았니?』).

— 유성규(시조시인 · 세계전통시인협회 총회장)

—

구절초와 할머니

구절초 피어야만 가을 왔다 하시더니
구절초 바라보며 눈물 난다 하시더니
구절초 하얗게 지는 날 그 꽃 따라 가셨다

하느님은

엄마 엄마 하느님은 캄캄한 밤 뭘 하실까
아가 아가 하느님은 너를 사랑하신단다
달과 별 걸어놓고서 꿈길 열어주신단다

엄마 곁에서

아기가 됐나보다 종일토록 주무신다
아픈 우릴 다독이며 애쓰시던 엄마가
이제는 자리에 누워 내 속을 다 태운다

여든 평생 자식 위해 아픈 것도 잊더니
이제는 눈을 떠 일어섦도 잊으셨다
엄마가 긴 꿈을 꾸신다
내 꿈과 같을 건가?

풀 매는 날

노오란 씀바귀 꽃 하늘하늘 개망초
풀매는 날이 오면 모두들 잡초란다

잔디만 살 수 있는 땅
나는 네가 더 좋은데

봄날

봄날에 단체 소풍 다녀오신 어머니
봄볕이 그랬구나 못 드시던 술도 한잔
촌로의 가슴속에도 꽃피고 나비 날고

겨울나무

가졌던 모든 것 발아래 내려놓고
발아래 그것마저 바람 따라 보내 놓고
나무야 겨울나무야 나이테를 긋는구나.

풀벌레

소롱소롱 포로로롱 예쁜 저 풀벌레 소리
누구의 노래일까 너무나 궁금해라
사알짝 까치발에도 깜짝 놀라 숨죽이네

깊은 산 꽃

그 누가 키웠을까 깊은 산속 그 꽃은
햇님과 달님 소나기 된 먹구름
꿀벌들 붕붕거리며 노래 불러줬겠지

초승달

며칠 전 깎던 손톱 어딜 갔나 했더니
밤하늘에 걸렸구나 초승달이 되었구나
별님이 키우시나봐 하루하루 자라네

이명이 사는 집

언제일까 내 귀에 집을 지은 풀벌레들
소롱소롱 노래하네 쉼 없이 말을 거네
세월의 고비 고비를 울음 참고 자랐구나

윤상희(尹相熙, Youn, Sang hee)

1948년 충남 서천 장항읍 창선동 출생. 경희
대학교 사범대학(외국어교육과) 중퇴.《월간
문학》(1992) 등단. 시조집 『하늘 쪼는 소리』
(2015, 푸른나라). 충북시조시인상(2013) 수
상. 행우문학회, 충북시조문학회, 뒷목문학
회, 포석문학회 회원. 한국시조시인협회 이
사, 행우문학회장 역임.

—

「압각수鴨脚樹」에서 압각수는 우리들의 어머니요, 시인의 아바타
다. 「빙벽」은 울긋불긋 곱디고운 한 폭의 수채화다. 「태울라」는 누구
든지 간에 불장난이 심하면 큰일 난다는 경고를 보낸다. 「봄꽃 나들
이」 작품 등 여러 작품에서 유성음 처리를 즐겨하는 편이다. 「징소
리」는 지겹도록 곤궁했던 고향이다. 쟁기 대신 귓속에 저장해 놓은
꽹과리 소리가 묵정밭을 일구는 「고향 풍경」이다. 「육거리 노파」에
서 할머니는 이 내리사랑을 위해 닷새를 손꼽아 가며 기다린다. 「고
랑포 산노루」에서 골짜기에 홀로 선 채로 환갑을 넘긴 비목은 오늘
도 울먹인다. 「구공탄」에서 구공탄은 제 한 몸 모조리 불살라 우리를
살린다. 「귀갓길」에서 참으로 아름다운 풍경화 한 폭을 본다.

— 김선호(시조시인 · 청주문화산업진흥재단 본부장)

—

압각수鴨脚樹*

돌 틈을 헤치고서 한움큼 지혈地血 물고
푸른 손 높이 들어 바람소리 다스리다
갈가리 찢긴 세월에 깊게 파인 주름살.

빈 들녘 헤매다가 끝내는 지쳐버린
어리디어린 멧새 품 안에 끌어안고
허리를 찍어 내리는 도끼날을 되받았다.

기러기 끼룩끼룩 하늘 쪼는 그 소리도
피맺힌 가슴속에 차곡차곡 담으면서
묵묵히 동트는 새벽 헤아리던 거목이여.

우리가 비굴하게 머리를 조아릴 때
그대는 아물잖는 상처를 두드리며
땡볕도 꺾을 수 없는 자존심을 내뿜었다.

* 압각수: 청주시 중앙공원에 있는 은행나무로서 수령樹齡을 천 년으로
추산하고 있음.

빙벽

춘삼월 두메산골
빙벽이 침묵한다
살 속을 파고드는 햇살을 거부하며
맵차게 빚은 옥빛을 온누리에 뿜는다.

봉숭아 꽃물 들여

아린 가슴 달래보던

질곡의 그 세월을
망각 속에 묻은 자여

머언 산 외딴 봉우리
봉화불이 치솟는다.

청솔 그 숨결 어린 결 고운 두루마기

찢긴 옷깃 공그르어 빙체氷體에 여미고서

핏발 선 해일에 맞서 성난 눈을 부릅뜬다.

태울라

불장난
촛불 장난
오줌 싸고 소금 동냥

툭하면
촛불 장난
개구쟁이 오줌싸개

태울라
몽땅 태울라
초가삼간 태울라.

봄꽃 나들이

햇솜털 보송보송
아기 걸음 아장아장

머리칼 하양하양
할매 걸음 발맘발맘

나들이
봄꽃 나들이

아장아장 발맘발맘.

징 소리

대물림 시려 떠난
새아가를 기다리며
호롱불 심지 돋워
베틀 위에 감는 소망
주름살 파인 시름이 강물 되어 흐른다.

정화수 고이 올려 하늘 끝을 우러르다
피죽새 울음으로 삼켜버린 달무리
신작로 회오리바람
초가 울을 흔든다.

바랭이 엉긴 웅어리
꽃상여로 떠나던 날
아낙네 곧은 넋이 올올이 날개 되어
빈 뜨락 베틀가락에 솟구치는 징을 친다.

고향 풍경

목뼈에 걸린 멍에
외발로 버티다가
신작로 길을 따라 뒤돌아보며 떠난 토농土農
토담집 빈 뜨락마다 달맞이꽃 숨어 핀다.

두레굿 땀에 젖은 이웃들을 기다리며
고샅길 담장 위에 불 밝히던 호박꽃도
응접실 화폭에 갇혀 밭은 숨을 몰아쉬고….

휘몰이 눈발 속에 언 땅을 딛고 서서
곰삭은 척추뼈를 곧추세운 허수아비
귀울음
꽹과리 소리에
묵정밭을 일군다.

육거리 노파

풀이슬 오솔길을 동틀 때쯤 내친걸음
사투리 흠뻑 밴 느린 길에 실려 간다
첫새벽 여섯 갈래 길 장이 서는 석교동.

닷새를 헤아리며 산 구비 도는 길에
벙시레 피어나는 어린 손주 아른거려
산마루 숨차 오르는 거 떡갈잎에 숨겼느니….

주름살에 고인 시름 고쟁이에 쓸어 담고
눈썹달 외로 비낀 귀갓길에 오른다
기러기 울음소리에 떠오르는 아가 얼굴.

* 육거리: 닷새장이 열리는 청주시 석교동 거리.

고랑포 산노루

고랑포 산노루는 눈망울이 축축하다
송악산 솔바람이 가랑잎을 흩날리면
찡하니 콧등에 닿는 저녁놀빛 그리움.

억새풀 골짜구니 비목이 우는 날은
진달래 꽃물 찍어 가슴속에 여민 사연

임진강 휘도는 물에 한 잎 두 잎 풀어놓고….

통곡도 이젠 지쳐 풀잎 베고 누웠더라
무너진 돌탑 세워 하늘 끝에 올린 소망
상처를 아물게 하소서
새살 돋게 하소서.

구공탄

조각달 이지러진 개미마을 단칸셋방
등 굽은 할머니와 오순도순 지새우다
오롯이
한 몸 불살라
동지섣달 소신공양.

문풍지 파르르르 섧고 섧다 울어 쌓으면
주름살 얽힌 사연 다소곳이 품어주다
설한풍
밤바람 소리
읊조리는 등신불.

귀갓길

목롯집 소주잔에 하루해를 떨궈 놓고

조각달 설핏 잠든 오르막길 배틀배틀

달동네

골목

골목길

가로등도 꾸벅꾸벅.

윤상희(尹尙禧, Yun, Sang hui)
1968년 울산 남구 출생. 울산여자상업고등학
교 졸업. 《시조시학》 신인상(2019, 봄호) 등
단. 열린시학 회원. 고래문학회 부회장, 한국
시조시인협회 이사.

윤상희 시인은 고풍스런 어휘의 사용과 전통적 소재를 활용하는
능력이 탁월할 뿐만 아니라 자연에 대한 투사와 동화를 통해서 서
정적 영역을 개척하는 시적 동일화의 원리를 적정히 활용하고 있
다. 다만 소품과 같은 단시조를 보면 현대시로서 위상을 정립하기
위해서 단시조가 얼마나 절재와 응축에 고심해야 하는지를 생각하
게 하며, 전통의 활용이 복고풍의 회고주의에서 벗어나기 위해서
얼마나 노력해야 하는지를 보여준다.

— 이지엽(시인 · 한국시조시인협회 이사장 · 경기대 교수)

나는

실한 것 요리조리 솎아 내고 남은 빈약

병들고 멍들어서 비실비실 흔들리는

꽃 지고 새 날아간 터 그런 봄 닮은 봄

유난히 긴 비바람 난바다 뗏목 같은

출렁이는 파도 자락 내뱉는 숨비소리

성한 것 다 추려가고 버려진 쭉정이다

빈집 가로등

잘 익은 감나무 따다 남은 까치밥

오래된 이목구비 스위치 올려보니

고향집 대문 안팎이 거미줄에 잠겼다

베틀을 보며

달빛에 고단함을 짊어지고 내린 밤은

허기진 허리춤에 졸라맨 끈 하나가

긴 세월 부대낀 삶을 부태줄로 달랜다

터널을 오고가는 허기진 배틀 북은

씨줄과 날줄 사이 갈 길이 천 리 멀고

어머니 한숨 소리만 늦은 밤을 깨운다

갈대

내 한참 푸른 시절 바람을 휘어잡고
독백의 장군처럼 쉼 없이 칼을 갈며
집 잃은 철새 떼 불러 온몸으로 품었다

붙잡고 매달리는 힘없는 물고기 떼
눈물을 닦아주고 아딧줄에 잠재웠다
심청이 효도하듯이 피라미를 껴안고

긴 가을 책장 넘듯 넘어간 뒤안길에
색 바랜 팔다리에 마른 피 서걱거려도
눈보라 비바람 속에 흔들리며 꿋꿋하다

고장난 문
— 뒷간에 갇혀

꺾어진 무르팍에 햇살을 바르고 있다
입 다문 출입문에 상처가 깊어지고

삭히며
살아가는 법
뜸 들이고 앉아서

꼬집어 말하자면 꺼진 불도 다시 보고
돌다리도 두들기고 아는 길도 묻고 가라

흘린 말
다시 돌아와
대못 쿵쿵 박힙니다

어머니

안 보면 보고 싶고 보면 또 보고 싶은

만약 저 보름달이 친정에 없었다면

발길을 어디에 두고 나는 가야 했을까

마지막 잎새

몰랐구나
촛불에 다 탈 줄은 몰랐구나

비 오고 바람 불어 그 속에 흔들리다

하나 둘
떨어져 가고
나 혼잔 줄 몰랐구나

가을 풍경화

다 익은 감 나뭇잎 등불 앞에 흔들린다
아리랑 가락처럼 출렁이는 노들강변
설악산 휘어진 허리 불길이 춤을 춘다

천연색 잔물결이 출렁이는 대서양에
인양기 여기저기 텅 빈속 채워 가고
콤바인 바큇자국을 서릿발이 꿰맨다

갈림길

내가 기대는 것은 필시 저 십자가였다

끝없이 펼친 하늘 꿈을 깨는 먹장구름

이정표 없는 길에서 허청대는 이발길

졸라 맨 허리끈을 어색하게 푸는 날은

이미 너는 나의 품을 벗어난 지 오래인 듯

작은 아 그늘 아래서 가던 길을 돌아선다

설거지

몇 방울 퐁퐁 앞에 행주가 춤을 춘다
난바다 물거품이 수로왕릉 떠받들고
줄래야 더 줄 것 없는 비린 냄새 닦는다

냄비 속 억센 파도 해일로 넘나들며
멸치 떼 미역밭에 멀미로 시달리던
그 경계 말끔히 지워 환한 세상 만든다

사발 접시 공기 대접 숟 젓가락 씻어 내고
기름때 벗고 나온 뚝배기가 개운하다
말끔한 살냄새 혹 밴 상감 넝쿨무늬 그릇

윤석훈(Yoon, Seok hoon)
충남 금산 출생. 충남대학교(영어영문학과)
졸업, 동 대학원(영문과) 석사, 한남대(아동영
어학과) 박사과정 수료.《현대시조》신인상
(2018) 등단. 전국한밭시조백일장 대상(2014)
수상. 동아마이스터고등학교 영어교사 역임.

—

노점상을 주제로 쓴 작품은 운율이 자연스럽게 흐를 수 있도록 구
성을 해내는 혜안을 가지고 있으며, 뛰어난 기교보다 수수하게 읽
힌다. 「모래고동」은 모래 속에 살고 있는 작은 고동 하나를 통한 여
문 꿈을 노래하고 있다. 쉬운 언어를 정감 있게 표현하여 한 행간
마다 어린 명사십리의 은빛 모래에 시선을 머물게 하였다. 시가 곧
그림이라는 말은 이를 두고 하는 말인 것 같다. '오색의 비단 무늬
를 안으로만 보듬는 삶'이라든가 '아이의 발자국 속에 모래고동 살
고 있다'는 종장 처리가 무난하다.

— 이우걸(시조시인 · 우포시조문학관장)

—

모래고동

파도가 떠난 자리
숱한 얼굴 묻혀있다

물결이 씻어 주고
모래가 감싸 주어

오색의 비단 무늬를 안으로만 보듬는 삶.

바람이 둘러앉은
명사십리 은빛 모래

알알이 여문 꿈을
적셔주는 파도의 손

아이의 발자국 속에 모래고동 살고 있다.

노점상

햇살이 반쯤비친 술렁이는 골목길
좌판대 인형들은 열병하듯 차렷 자세
오른쪽 하얀 곰 인형 소녀 품에 안겼다

곰돌이 끌어안고 살포시 잠든 공주
높푸른 하늘가에 무지개 꿈 수를 놓아
웃을 듯 해맑은 모습 복사꽃이 되었네

점박이 강아지 인형 옛 시절 추억되어
어쩌다 돌아보면 애달픈 서러운 삶
흰 머리 주름진 얼굴 꿈을 파는 할머니

일기장

나란히 올망졸망 글자들이 누워서
뭉게구름 그리다 눈물도 적시다가
아련한 기억의 조각을 끊임없이 기워 놓다.

소쩍새 날갯짓 넘나드는 봄꽃 동산
눈가에 은빛 진주 입가에 빨간 꽃잎
젊은 날 푸른 숨결로 되살아난 소야곡.

눈감으면 보이는 불타던 보랏빛 향연
서북풍에 흩날려 흐릿해진 이름들
돌아가 지필 수 없는 세월 안고 사는 일기.

먼 훗날 오늘 일기도 어떤 향기 품을까
날개 없는 시간은 훨훨 날아 어디 갈까
빼곡한 일기장 속에 접힌 세월 눈을 뜬다.

눈 내리는 밤

잠 못 드는 문풍지
흔드는 하얀 요정

가로등 꼭대기에서
날려 오는 쪽지들

눈감고 보이는 이름
가슴앓이 덮어준다.

미련을 들춰내던
별들이 다 내려와

눈물도 꽃으로 피워
차곡차곡 쌓는 가슴

꿈길에 등 돌린 이름
눈감으면 돌아본다.

달밤

그리운 강 건너는
은빛 집 한 채

사립문 누가 여나
방울 소리 생생하다

푸른 정 물든 바람이 속절없이 드나드나.

오동나무 꽃 하나가
툭 하고 떨어지자

풀벌레 노랫소리
일제히 멈춘 여백

처마 끝 매달린 조롱박 명상처럼 커간다.

윤선효(尹禪曉, Yoon, Sun hyo) 본명: 윤대이(尹大二, Yoon, Dae yi)
1944년 경남 합천 출생. 부산 범어사 입문. 동국대학교 불교대학(승가학과) 졸업(1976). 《시조문학》(1976), 〈조선일보〉 신춘문예 시조(1977) 등단. 시조집 『임진강』(1978, 한진), 『연꽃바람 까치놀』(1992, 불교영상회보사) 외. 시집 『염원』(1979, 월간문학사), 『꽃은 피고 지고』(1982, 대관) 외. 저서 『붇다와 우바이』(1980, 한진). 한국문인협회, 한국시조시인협회 회원. 한국불교문학가협회 사무국장 역임. '씨얼' 문학회 시조동인.

—

귀뚜리 우는 밤에 4

귀뚜리 우는 강에 나를 띄워 저으면
갈앉은 한의 바람 먼지 되어 쌓여 가고
영마루 걸린 반달이 저승 새로 느껴 운다

강 건너 불구경하듯 나만 알기 그 몇 핸가
슬픔도 길 잃으면 차라리 기쁨인지
그 언제 사랑을 다해 이 강물은 마를까

내 마음 당신

이 세상 다 둘러 봐도 당신만 한 이도 없어
광겁曠劫 그 많은 시간들 나를 위해 엮으시고
피눈물 숙업宿業길 돌아 오늘 해를 안는다

그리움 괼 적마다 이슬 되어 내리는 비애
새 하늘 꿈을 좇다 시간을 절망하다
무지개 살빛을 타고 마음밭을 가신다

다스린 그 많은 밤들 시름겨워 거름될 제
때로는 단잠 든 당신 문을 두드리면
웃으며 꿈길을 쓸 듯 꽃이 되어 반기고

아지랑이 피는 봄날 펼쳐 든 소망 하나
내 마음 꽃구름 밭을 가꿔 가는 삶의 뒤안
당신의 따스한 입김 젖이 되어 솟는다

여명

별빛 꿈을 꿰어 이 밤을 사룹니다
무시로 흘러 도는 어둠 저 깊은 강물
여명의 나래를 펼쳐 학이 되어 나릅니다

아아 관세음 보살님 어떻게 하면 나도
당신처럼 되느니까 빛을 뿜는 그 미소로
이생을 보람찬 삶이 되게 사랑의 불을 켜옵니까

풍상에 헤진 남루 그 마음옷을 기워 입고
회오의 정 접어 안고 당신 그려 손 모으면
동심의 눈망을 속에 빛이 어려 옵니다

바람은 자고 일고

산 앞에 섰다 찾아도 찾아보아도 산은 없다
쳐다보면 볼수록 눈만 아플 뿐 하늘이다
내 살림 다 내던진 밖에 산이 우뚝 솟았다

뱃사공

내 의식의 강나루를 건너가는 뱃사공
눈 부비며 바라보면 머문 듯 멀어지고
끝끝내 외길 한 평생 당신 홀로 띄웠네요

커다란 뜻 사려 안은 그 맑은 눈매로세
시선 꽂힌 저 강나루 마음 외려 깍지 낀 채
붙안아 깊이 박힌 정 멍에로세 배 잊기 전은

봄

유채꽃 어우러 핀 계절의 문을 열면
부푼 마음 가장자리를 그 무슨 큰 힘으로
뭇 삶의 꼭두에 선 채 물 바퀴를 굴리신가

사자후

독사가 뿜어낸 독의 멍든 자국에
기폭 꼬리 문 바람 봄 사뤄 정 띄우면
하늘 위 십만 리 굽이 움 도는 함성 소리

운수 행각雲水行脚

파도가 부딪는 영혼의 언저리를
비바람에 씻기운 백자의 금선처럼
떨리듯 흐느낌 속에 새빛 꽂아 엮는 역사

끝 모를 저 은혜 속 다독이는 불씨마다
나그네 그 자리바꿈 꽃 피우는 삶이 간다
금선대金仙臺 햇살 태우고 환희 바람 이고 간다

임진강에서

산자락 붙안은 채 정이 벌 틈도 없이
여윈 꿈 뒤안길에 통곡으로 저민 그날
그 소망 한류를 타고 열병 앓은 강줄기여

청태 낀 그 옛 나루에 애한愛恨의 불씨를 묻고
어느 뉘 넋을 사뤄 화석정花石亭터 놀이 지듯
못다 한 염좌 밖으로 그므러 간 후광인가

광겁曠劫을 소용돌아 모진 목숨 밀려가도
그 연륜 쌓인 길목에서 햇불 밝혀 다가서면
피어린 소명을 띠고 새 하늘은 열리리

촛불

뉘 아린 한의 실을 꿰어 누더기 옷 깁는 하루
마음 곧 허공의 변계邊界 바람꼴으로 아문 여백
머리맡 촛불 그 눈물의 강을 돛배 외오 멀어 가고…

일천 송곳날이 선 삶의 겨운 그 유역을
갈앉은 정의 앙금 숙업宿業 잃는 밤을 몰아
광겁의 소망을 펼쳐 빛을 실어 나릅니다

촛불

뉘 아린 한의 실을 꿰어 누더기 옷 깁는 하루
마음 곧 허공의 변계邊界 바람꼴으로 아문 여백

윤성의(尹聖儀, Yun, Sung eui)

1939년 충남 당진 송산면 출생. 한국방송통신대학교(행정학과). 《농민문학》(1990) 등단. 시조집 『꽃은 지기 위해 피느니』(1998, 글방), 『나를 찾습니다』(2015, 맥), 공저 『당진문학 40년사』(2016, 당진문화재단). 이 시대의 당진문학인 선정(2015). 전 나루문학회 회원. 당진문인협회 회원.

살다 보면

　　　　　　　　　　윤성의

끌고 틀고 살다 보면
웃을 일만 있겠는가

얼굴 붉힐 일 없다면

—

윤성의 작품 「소금밭에서」, 「바보 안경」을 읽어보면 너무나 확연하게 작품을 표현하고 있다. 먼저 작품 「소금밭에서」는 소금물을 염전에서 활활 타는 땡볕(불볕)에 물을 증발시키는 작업을 다비식으로 비유하면서 남는 흰 소금을 사리로 비유 표현한 것을 읽을 수 있다. 그것은 얼마나 공덕을 쌓아야 이루어진다는 것도 이 작품을 통해 말하고 있는 것이다.

작품 「바보 안경」을 통해서는 어떻게 읽어보면 동시조 풍의 느낌을 얻을 수 있으면서 재미있는 표현에 독자들이 매료될 것이다. 특히 종장처리를 매우 잘하고 있는 느낌이다. 첫 수 종장인 '나이는/ 내가 먹는데/ 왜 제가 망령인가', 이런 표현이라든지 오늘의 세상인심을 반영하는 둘째 수 종장인 '고약한/ 세상인심을/ 안경이 닮나 보다.' 등의 종장 표현으로 시적 마무리를 자연스럽게 잘 해내고 있다.

— 박영교(시조시인 · 영주문예대학장)

—

귀뚜라미

밤새워
댓돌 밑에
우는 귀뚜리

네 말만 하지 말고
남의 말도
들으라며

귀뚤우
귀뚤 귀뚜루
막힌 귀
뚫으라네요.

소금밭에서

바닷물은 얼마나
공덕을 쌓은 걸까

활활 타는 불볕에
다비식을 치르니

사리가 수북이 쌓여
햇살 속에 반짝인다.

바보 안경

내 안경은 바보다
먼 것은 잘 보면서

코앞의 글자에는
까맣게 눈감는다

나이는 내가 먹는데
왜 제가 망령인가

우주 너머 먼 별을
더듬는 밝은 눈이

늙은 부모 아픔은
까마득히 눈감는

고약한
세상인심을
안경이 닮나 보다.

어제의 내일

내일이란 참 좋은 것
밤하늘의 별 같은 것

사람들로 하여금
꿈을 꾸게 하지요

어제의
가슴 부푼 내일
그게 바로 오늘인데.

임진강

생 허리 댕강 잘린
이 산하의 아린 속에

임진강 그 가슴도

피맺힌 한이 서려

시대의 아픔을 안고
주뼛주뼛 흐른다.

목련꽃 필 때

두툼한 외투 깃을
요리조리 비집고

햇살 한 줌 쪼르르
내려와 앉더니만

치마폭 여며 잡은 여인
해맑게 웃고 있다.

나를 보다

무거운 잡동사니
산 밑에 부려 놓고

발걸음도 가볍게
산 위에 올라 보니

드넓은
하늘 밑에서
나는 한낱 점이구나.

두견주를 마시며

진달래 고운 넋이
석 달 열흘 배어나서

잔 가득 피는 향기
천년을 이어 내린

한잔 술
도도한 취흥에
말간 하늘 동동 뜬다.

산마을

꼭두서니 물든 노을
산 너머 숨어들고

상수리나무 꼭대기
까치둥지 걸린 달은

배시시
웃음 진 얼굴로
사립짝을 살폿 넘네.

강물을 보니

미적대거나 서둘지 않고
굽이굽이 흐르며

생색을 내지 않고
자리를 내어 준다

강물은
맘 편케 사는 법을
제대로 안갑다

깊은 속 너른 가슴
뭇 생명 그느르며

티 안 내고 베풀면서
말없이 흘러간다

강물은
잘 사는 것이
무엇인지 아는갑다.

윤성호(尹成浩, Yun, Seong ho)
1942년 경북 상주 청리 출생. 고려대학교(농학과)(1967), 동 대학원(1977) 졸업. 《시와 산문》 시(1999), 《시조사랑》 시조(2016) 등단. 시집 『새들의 손님이 되어』(1998, 따님), 시조집 『연꽃 안으로』(2020, 열린). 《상황문학》, 《녹색문학》 편집주간 역임. 한국문인협회, 한국시조협회, 한국시조시인협회 회원.

누가 무어라고 해도 작품을 보면 그 작품을 지은 시인을 알 수 있다. 작품에 그 시인의 모습이 담겨 있기 때문이다. 농학박사인 윤성호 시조시인은 농업 연구에 일생을 보냈다. 그러므로 그의 작품들은 거의 자연 쪽을 향하고 있다. 그뿐만 아니라, 그의 작품(시조)들은 그 내용이 튼튼하다. 시조 작품 「금은화」에서는 그 '꽃잎'을 '백로'와 '황로'로, 또 그 열매를 '알'로 형상화하였다. 그런 중에 '황로'는 '수정된 꽃잎'을 의미하기에 '떠난다.'(꽃잎이 곧 진다.)라는 표현을 했다. 또, 「앉은뱅이꽃」은 '제비꽃'의 다른 이름인데, '봄날'에 피고 '숲길'에서 만날 수 있기에 '밟혀도 좋을'이라고 했다. 어찌 놀랍지 아니한가!

— 김재황(시조시인 · 한국시조시인협회 자문위원)

굽을 낮추고

굽 높은 신발이라 멋있을지 모르지만
호젓한 들길에선 벗어들고 걷고 싶어
작은 키 아장거려도 높은 데는 뛰어올라.

바짓단 길게 내려 돋운 뒷굽 가려놓고
나란히 서고 보니 어깨선이 불쑥 튀네
눈속임 그 으름장에 발목마저 삐었다니.

닳아서 해지는 게 신발만이 아닐진대
갈 곳이 있다면야 어디론가 가겠지만
죽음은 사그라진 것, 닳은 굽도 태운다네.

한 켤레 납작 신발 사람마다 지녔는데
맨발로 뛸 일 있나, 발 편하게 신고 보자
고갯길 오르내리니 숨이 찬다, 쉬어 가자.

앉은뱅이꽃

봄날을 한 짐 지고
꼿꼿하게 일어서서

나는 새 쳐다보며
들짐승도 살피는데

행여나
밟혀도 좋을
발걸음은 어디쯤.

하지감자

한식날 심은 감자
하짓날에 캐어 내니

땅속에 쌓인 빛이
고픈 배를 두드린다

지구가 무거워졌다
해 길다고 탓하랴.

꽃술

가리고 여며 주던 꽃부리는 내려앉고

곱고도 연한 꽃술,
바람결에 질겨져서

올올이 잇고 엮이어
달그림자 옭는다.

동짓날에

매달린 까치밥은 초롱 불빛 얼음인데
스치는 남쪽 해는 못 녹인 채 지는구나
새들도 몇 번 쪼다가 갈 길 바빠 떠나네.

동지가 새해라고 이 한 해를 지울 수야
팥죽이 멀게지는 그 세월이 두려워서
가슴을 왈카닥 쏟고 줄걸음을 치려네.

눈물에 젖었던가 얼어붙은 밤을 거둬
떠오른 엷은 날은 긴 그림자 씌우더니
무엇을 거두러 가나, 산 너머로 잠기네.

우편함

내 편지 받았나요?
인도 여행 떠납시다

해마다 왔다 가는
묵밭 머리 봄볕처럼

녹슬어 새삼스러운
우편함을 만나네.

십일월

묘지로 가는 길가
억새 홰기 푹신하다

솜바지 솜저고리
생각나는 석양 무렵

햇볕이 굽어 도는지
힐끔힐끔 돌아본다.

직박구리

남해안 대숲에다 얽어놓은 지저귐은
겨울날 해 짧아도 졸음처럼 늘어지고
세상이 편해졌다고 직박구리 너마저.

모이를 찾아 나선 그 눈빛과 날갯짓에
지구가 기울어져 하늘 끝이 출렁했나
이제는 더워진 고향 그립지도 않다니.

추워서 네가 올 곳 못 된다고 일렀건만
따뜻한 바람 타고 오다 보니 여기라니
네 고향 넓어졌거니, 온난화는 나의 죄.

등걸

움 돋아 살아날까
한 해 넘어 살폈는데

톱질에 울던 넋이
솟은 세월 눕혔네요

자취로 남은 나이테
톱밥으로 하얀데.

금은화

백로로 내려앉아
황로로 떠난 둥지

낳아 둔 초록 알을
땡볕이 굴리더니

봄 꿈이 까맣게 익어
시린 눈에 안긴다.

윤소연(尹素然, Yoon, So yeon) 본명: 윤정자(尹貞子, Yoon, Jung ja)
1949년 광주 동명동 출생. 전남광주여고 졸
업. 《정형시학》(2014) 등단. 중앙시조백일장
차상(2009) 수상. 시집 『들꽃연가』(2007, 뿌리
문학).

그믐달 커리커처

1.
몇 날 며칠을 실랑이질
천둥번개 큰 바람 뒤

개기월식 주먹다짐에
핼쑥해진 저 그믐달

지쳤나
힘에 겨웠나,
생기 다 축나버린

2.
이고 메고 손에 짐을
다 버리고 덜렁 혼자

뼈만 남은 등허리로
휘이휘이 서산 넘을 때

고흐가
흠모한 옆얼굴
은빛 눈썹 반짝인다

목련 소묘

깜깜 먹지 어둠 속에 주술을 걸어 주면

천 년 전 수묵화에 파릇파릇 움이 돋고

랩소디 한 소절인 듯 부서지는 바람 소리

누굴까, 격자창에 흔들리는 저 그림자

쫓겨난 옥황상제 계율 어긴 외딸인가

백목련, 소복을 입고 석고대죄 하나 보다

소리의 미학

1.
유리창 두들기는 총알 소리 빗물인가,

떡갈잎 건반 울린 세마치 잦은 가락

후드득, 큰북 작은북

땅꽃이를 뒤흔든다

2.
기나긴 편지 받고 새가슴 콩당콩당…

사립문 가만 밀고 누굴 만나나 묻지 말라

하늘도 먹구름 흩는

대처로 마실 가는 날

3.
한여름 밤 원두막 참외 서리 들킬까봐

아버지 헛기침에 줄행랑 치던 그날

어쩌나! 헛발 딛었나?

별똥별,

은하수에 퐁당…

새들의 날개는 금빛을 떨군다

새벽 바다 산통인 듯
모래집물 흥건하다

해산하는 그 품새로
지금 막 옥문玉 여는지

설구이 아침 햇덩이
터억 올린 동해 바다

금박 물린 하늘 한 폭
갑사바람에 펄럭인다

날갯짓도 둥개둥개
너울춤 추는 물새 떼

빙 돌아 햇무리 그리며
젖꽃판을 매만진다

봄비 맞고 딸 하나 낳고

지난겨울 큐피드가
부메랑으로 돌아온 봄

한 사날 가출했다
슬몃 푼 옷깃처럼

꿈결에 내려온 태몽
꽃배암의 삽화 한 장

몸엣것 끊겼어도
삼신할미 점지해 주면

배꼽 위
바가지만 올려놔도
애를 밸까?

실비에
젖은 자궁 열고
태어나는 꽃망울들

윤애라(尹愛羅, Yoon, Ae ra)
1963년 부산 양정동 출생. 《백수시조》 신인상
(2018), 〈국제신문〉 신춘문예(2020) 등단. 백수
문학관 화요시조문학회, 김천문인협회 회원.

미륵도 석양

윤애라

슬쩍 눈뜬 매화 가지
새 봄을 지고 와서
부르튼 저 발등에
향기를 끼얹는다
바람도
숨을 죽인 채
내려다보는

—

「고요한 함성」은 노점상을 하는 청각 장애 부부가 몸으로 말꽃을
피워내는 모습을 능숙한 비유를 통해 형상화했다. 이를테면, "숨었
던 말문이 활짝, 꽃으로 피"는 생명력이나 "초승달 온몸을 기울여
남은 달빛 쏟고 있다"와 같은 우주적 감성은 대상 세계에 대한 애정
을 보여주는 것으로, 작가의 세계관을 확인할 수 있는 부분이다. 더
불어 다른 작품에서도 당선작에 버금가는 기량을 확인할 수 있어,
이견 없이 이 작품을 당선작으로 밀기로 했다.
　　　— 2020년 〈국제신문〉 신춘문예 심사위원: 염창권 · 박권숙(시조시인)

—

고요한 함성

바람도 숨 고르며 앉아 쉬는 파장 무렵
청각 장애 부부가 하루를 결산한다
손목에 감긴 말들이 좌판 위에 떨어지고

하루 종일 졸고 있던 파 한 단에 이천 원
쪽파의 매운 인생 손톱 밑은 아려 와도
숨었던 말문이 활짝, 꽃으로 피어난다

입으로 다진 기약 소리로나 묶던 다짐
저 고요한 소란에 싹둑 싹둑 잘려 나간다
반듯한 말들은 어디, 숨을 데를 찾고 있고

달콤한 고백인가 아내 얼굴이 환해진다
젖은 어깨 부딪치며 손으로 가는 먼 길
초승달 온몸을 기울여 남은 달빛 쏟고 있다

스마트폰 감옥

나의 수인 번호는 끝자리가 * * 48
길을 잃은 내 이름을 누가 와서 불러 주면
메아리 몇 겹을 두르고 침묵으로 대답하지

벌거벗은 비밀들이 덩실덩실 춤을 추고
여기 수천만 개의 물음표가 떠다니네
손가락 휘어지도록 찾아가는 저 노역

똑똑, 노크 소리 길 하나가 또 열린다
내가 나를 잊었을까 수시로 확인하지
접혔던 손금을 밟고 흘러가는 물결 소리

누군가 손바닥의 적막을 읽고 간다
찡그린 얼굴들을 백지 위에 쏟아 내면
표정과 표정 사이에 아주 잠깐 빛이 든다

분홍낮달맞이꽃

폐지로 묶인 활자 짐칸에서 나부긴다
십 킬로에 팔백 원 따뜻한 그의 양식
구르는 녹슨 바큇살
햇빛 환히 감긴다

한 걸음 뗄 때마다 휘청대는 허공이
불구의 기억을 또 한 번 치고 간다
수없이 꼬꾸라져도
떠나가지 않는 웃음

짐칸을 밀고 있다 길 하나를 내고 있다
가난에 젖은 하루 아려 오는 실핏줄
그녀의 분홍이 활짝
낮달맞이꽃 피고 있다

빨래

이곳이 바닥일까 더 이상 가라앉지 않는 곳
물의 입에 갇혀서 되새김질 당하고
한 번 더 힘껏 비틀려
허공에 던져지네

찌든 낮 얼룩진 밤 모서리 해진 날도
또 한 번 헹궈 내며 다시 한번 더듬는 길
젖은 몸 바람에 맡긴 채
흔들대며 가고 있네

바닥에서 허공으로 말라가는 저 먼 길
젖은 날 칸칸마다 볕이 드는 오후 세 시
유순한 희망 한 벌이
햇빛 속을 걷고 있네

뽈

보도블록 틈 사이로 헤집고 나온 봄이
텅 빈 하늘에다 점을 찍고 있습니다
홀씨로 들이받는 꿈 환해지는 이 공간

어느 골짝 먼 물소리 귀 기울여 보다가
한 방울 젖을 때면 키를 늘인 연둣빛
비집고 나섰습니다 아직 추운 이 둘레

겨우내 찬바람에 닦이고 닦인 별빛
가슴에 받아 안고 그예 꿈 내딛는 날
천지를 초록빛으로 물들이고 싶습니다

대궐 한 채

무섭도록 고요한 오후 두 시 햇볕이

노숙의 사내 몸을 깊숙이 더듬는다

무릎을 꺾고 누운 몸 구석구석 살핀다

낮을 가린 신문 한 장 아파트 전면 광고

잠재우지 못한 허기 지금은 덮어둔 채

꿈속에 대궐 한 채 짓는가 낮잠 속에 피는 미소

난청難聽

자글자글 졸아붙는 칠월 오후 반야사般若寺
오백 살 배롱나무 오수에 들었다가
예수님! 접니다, 소리에 화들짝 깨어난다

예, 스님! 접니다를
예수님! 접니다로
귓바퀴에 걸려있는 드맑은 풍경 소리
공양간 모퉁이 수국 목덜미가 환하다

그 해 여름, 대묘岱庙*에서

나지막이 꿈틀대며 예서체로 앉은 집

스산한 옛 왕조의 황혼녘을 들어 올려

능소화 주홍빛 안부가 벽돌담을 넘고 있다

* 대묘岱庙: 중국 산동성에 위치, 역대의 제왕이 태산에 오르기 전 신에
게 제사를 지내던 장소.

톱질

온몸으로 빛을 받아 속을 채운 나무가
오늘 한생을 접고 반듯하게 누웠다
거듭날 생애를 위한 희고 환한 순종이다

마지막 온기 재듯 이마에 얹힌 손
목수의 손길 따라 몸을 떠는 나무는
고향을 생각하는가 먼 하늘만 바라본다

순수의 그 몸 위에 차마 서지 못한 톱날
이윽고 발끝 세워 한 판 춤을 벌이는데
눈물로 쏟아낸 톱밥 그늘이 밝아온다

엘리제를 위하여*

어떤 동굴을 빠져 나온 구슬픈 소리일까
쓰레기통 속에서 울고 있는 열두 시 반
누구도 깨우지 못하는
엘리제를 위하여

오늘은 오후 근무 블루칼라 2교대
희미한 잠의 경계 월급날에 그어놓고
밤조차 환하게 밝힌
엘리제를 위하여

시간은 다 지워지고 멜로디만 남은 시계
이제는 그의 밤이 다시 고요해졌을까
서둘러 나를 깨우는
엘리제를 위하여

* 엘리제를 위하여: 베토벤 작곡의 피아노 독주곡, 알람시계 멜로디 등
으로 쓰임.

윤원영(尹媛榮, Yoon, Won young)

1952년 경기 수원 출생. 건국대학교(철학과) 학사 졸업(1977). 전국시조백일장 장원,《시조문학》천료(1993) 등단. 시조집『뒤란에서 울다』(2011, 동학사),『즐거운 말씀』(2014, 동학사),『자두나무 봄날』(2018, 시와소금). 성파시조문학상(2018) 수상. 부산여류시조문학회 회장, 부산시조문학회 부회장 역임.

윤원영 시인의 시편에서 자주 맞닥뜨리는 시어들은 '상처', '고통', '기억', '풍경', '낭비', '꽃그늘', '봄날', '햇살', '노래', '소망', '꿈', '시간', '기도', '사랑', '소리', '기쁨', '묵상' 등을 보면 하강의 언어보다 상승의 언어가 더 많다. 늘 반복되는 일상의 이면이 만들어내는 그늘을 결코 그늘로 안착시키지 않는 시인의 마음이 만져지는 부분이다. 특히 '응시'라는 화두로 통찰에 이르게 하고 비교적 짧은 시어들을 운용하면서 들숨날숨 저 넘어의 세계, 즉 미래와 현실과 과거의 시간으로 우리를 과감하게 자유롭게 밀어 넣는다.

— 박지현(시조시인 · 문학평론가)

—

들꽃 단상

국토 어디서나
어여쁜 꽃들을 보네

월남전 한창이던
우리들의 열여섯

왼종일 해바라기하던
계집애들 얼굴 같은

흙먼지 폴폴 날리는
삼십 리 길 걷고 걸어

미합중국 대통령
기다리고 기다렸네

꽃들은 어디로 갔는지
병사들은 그 애들은

독신

와이티엔 뉴스를 조금쯤 크게 튼다
버릴 수 없는 고양이 함께 늙고 있다
휴일의 적막한 오후
꽃만두 빚어 본다

가지런한 떡살의 심심한 떡만둣국
한 개 터진 만두꽃송이 떡국맛 깊어진다
터진 것 한데 어우러지는
공연한 이 슬픔

정혜사 터에서

안강 푸른 들을 그리움이 건너갈 때
그대는 이미 안강에서 몇 날을 지샜더이다
먼 곳의 외로운 탑 하나 제 뼈를 추스르듯

살아서 염원하던 모든 것 사라지고
풀숲 더미 빈 터에서 희디흰 뼈만 풍화하는 곳
수만 겁 세월을 건너 온 별빛 하나 내려 앉습니다

막막히 어두워 오는 저 벌판과 마주하는 시간
겹겹 골짜기 건너 그대 뼈에 이릅니다
그대가 그곳에 있어 이곳의 내가 견딥니다

화장

예순을 넘어서면 꾸미지 않으리라
사랑만 남겨 두고 가벼웁게 지내리라
저절로 저승꽃 피면
가만히 두고 보리라

내 지은 집을 떠나는 날엔 강물을 베고 눕고 싶다
다시 돌아오지 않을 강물에 가 닿고 싶다
가벼운 더없이 가벼운 것으로
아무 것도 아닌 것으로

가을 운조루

붉은 수수더미 단단히 영글고 있다
바쁠 것 하나 없는 바람은 자유롭고
퇴락한 지붕을 비껴 툇마루에 걸린 햇살

수백 년 그 전부터 들판 가득 눈부셨으리
가문을 지켜 가는 종부의 깊은 주름
켜켜이 쌓인 시간이 가을 빛에 깊어간다

아주 오랜 사진 속 손톱만한 얼굴처럼
마당가 돌 틈 사이로 오종종 국화는 피고
되새 떼 햇살을 털며 구름 속을 날아간다

조각보 전에서

조그만 사연은 조그만 사연끼리
조금 큰 인연은 조금 큰 인연끼리
조붓이 기대어 살자고 소근대는 목소리

기다림이 지극하면 먼 곳도 가까웁거니
밤새워 다스린 마음 읽으셨는지요
아껴둔 자투리 한 뼘 그리움에 잇대어 봅니다

당신에게 가는 길은 아득하여 보이지 않으나
더딘 걸음 오랜 날들 걸어서 가겠습니다
제 소식 받으시거든 곱게 접어 간직하시길

드러내 보이고자함이 스스로를 괴롭힙니다
촘촘히 박힌 자랑에 한 귀가 이울고
수없이 찔린 후에야 제 모습이 보입니다

흰 낙타 이야기

사막에 흰 배 간다 길은 늘 가던 그 길
기꺼이 제 몸을 내어 그 목숨에 기대라고
단단한 옹이의 무릎 접기를 수만 번

가난한 아비들이 메마른 길 건너갈 때
아무도 반기지 않는 저녁은 바삐 와서
해어진 무릎을 꺾어 고단함을 묻었으니

선한 눈썹 사이 바라보면 시간의 언덕
모래파도 비껴가는 그림자 경건하다
성자의 옷자락 같은 붉은 석양의 한때

다른 삶을 그렸을까 서로를 버리는 도단
지상의 귀한 일은 건너서 닿게 하는 것
깊은 물 제 안에 채운 흰 돛 낙타가 간다

빈 터

매립지 모래 땅엔 망초 곁에 동방산이
다보록한 질경이풀 심심하지 않겠다

사소한 너무나 사소한
개똥 같은 돌멩이

렘브란트, 말년의 자화상

어떻게 알 수 있으랴 저 눈빛에 담긴 시간
온갖 모순으로 욕망들로 가득했던

참회의 검은 배경 위로
시간을 응시하는 눈

천마총 단풍

단풍나무 그늘에서 참았던 오줌 길게 눈다
한없이 느려터진 장수대학 가을 소풍

참 곱다 여태 살았으니까
살았으니 보는 게지

죽음을 건너지 않고 영원에 가 닿으랴
천년이 하루 같은 능선길 굽이굽이

가을은 이토록 깊어서
나무마다 눈이 부셔

윤은주(尹恩珠, Yoon, Eun joo)

1953년 강원 삼척 원덕읍 출생. 원덕고등학교 졸업. 〈매일신문〉 신춘문예(2015) 등단. 〈중앙일보〉 월 장원(2014), 대구시조 공모전 차상(2014) 수상. 한국시조시인협회 회원.

윤 시인의 작품에서 너른 품성을 엿본다. 또한 정서적 환기와 내면 탐구력, 존재론적 인식에 바탕을 둔 작품 「별&시」와 「모소대나무」. 현실에 근거를 두되 의식의 공간으로 확장되는 상상력을 바탕으로, 끊임없이 자연과의 소통을 꿈꾸는 「행운을 모시다」. 절실한 삶에 뿌리를 두고 있는 당선작 「감히,」에서는 창작자 자신이 작품을 통해 구현해 내는 정서가, 동시대를 살아가는 중년의 독자들과 충분한 공감대를 끌어내고 있다. 이 시대를 살아가는 녹록찮은 삶의 눈물과 환희가 작품 속에 실감나게 배어있는 그의 능동성에 주목한다.

— 이승은(시조시인 · 오늘의시조시인회의 의장)

모소대나무*

아십니까, 내 이름을 본 적은 없으시죠?
싹이 트고 4년간은 엄지만큼 자라다가
다섯 해
접어들면서
하루 크기 30센티

그렇게 달포 만에 15미터 쑥쑥 커서
순식간 빽빽하고 울창한 숲 이룹니다
당신이
참고 기다린
시간 보상하듯

수백 미터 뿌리들이흙은 움켜쥐었으니
평범한 지금 같아도 그렇지 않다는 걸
심지가
견고한 오늘
눈물 값도 그러리다

* 모소대나무: 중국 극동 지방 희귀종.

감히,

장미꽃 한 바구니가
배달된 어느 저녁

향기에 얹혀있는 이름이 퍽, 낯설다

아무리 헤아려 봐도
내 몫은 이미 아닌,

나 모르게 꽃은 피고
나 모르게 가버린 봄

한동안 달뜬 나를 단번에 주저앉히는

스물 몇, 딸 나이 뒤로
내 얼굴이 지고 있다

행운을 모시다

대보름 첫새벽에 수돗물을 받으리라

간밤에 다짐하고 모닝콜을 걸고 잤다

어둠을 씻어 내리는
'프로방스* 플롯연주'

웬일? 개수대 쪽 실실 새는 저 물소리

밤새도록 아까워라, 수돗물 값 내 타령에

남편은 시침 뚝 떼며
미리 틀어 놓았다나

수도 서울 대도시에 우물은 이미 없고

그럭저럭 날은 가고 일거리도 없어지니

용알을 뜨려 했다고**
객쩍게 웃는 남자

* 프로방스Provance: '히데요 타카쿠와'의 뉴에이지 음악.
** 대보름 전날 밤에 용이 내려와 우물 속에 알을 낳는데 그 알이 들어 있는 물을 먼저 길어다 밥을 지으면 그 해 운이 좋다는 속신俗信.

별&시

흑백의 화면으로 거슬러 가는 시간

시인 윤동주의 학사모가 날아간다

극장 안 어둠을 뚫고 이렇게 내 품으로

나라도 그 사랑도 눈물도 잃어버린

형무소 들창으로 별들이 쏟아질 때

죽어도 놓지 않았던 저 눈빛이 쏘아 올린,

정월 아침

새날이면 눈빛처럼 정갈하게 갈아입고
산사로 향하시던 시어머니 떠오른다
한해를 고이 받들던 주름진 손등까지

한 그릇 정안수를 장독대에 올려놓고
여러 자식 이름들을 낱낱이 챙겨가며
한참을 빌고 비시던 친정 엄마 얼비친다

역할을 맡고 보니 이제야 울컥, 하네
나이만큼 책임질 일 늘어만 간다는 것
그만큼 눈물자락을 거느리게 된다는 것

새해 첫날 떠오르는 햇귀에 비손한다
입속에 숨은 혀가 칼날이 되지 않기를
올 한해 마음 농사도 정성만큼 거두기를

Go stop

경기가 시작된다
선수 입장 '점' 백이다

잃든 따든 한도 만 원
큰 부담 없는 경기

오호라 만만치 않은 경기
눈에 불을 켜고 있다

말로는 친선 경기
실제는 한판 전쟁

아무리 잘했어도
이등은 소용없어

잘 가고 잘 멈춰야만
세상일도 순조롭다

탈관脫棺

초가집 용마루 엮듯
촘촘히 엮어가며

젊디젊은 염장이가
묶고 또 묶고 있다

단 하나 매듭도 없이
일생이 지나간다

살아 생전 널브러진
옷이며 가재도구

다 놓고 떠난다만
놓지 못한 우리 관계

모두가 가고 없어도
이렇게 남는 끈

심리상담연구소
— 세탁소 풍경

티셔츠 양복바지 세탁물은 뒷전이고
장가 안 간 아들 녀석 홍보는 이웃 손님
그 많은 잔소리에도 끄떡없이 싱글싱글

십여 년 이끌어낸 동네지기 '그린토피아'
세상사가 그러려니 긍정적인 사고방식
가끔씩 내 푸념에도 갈채 같은 맞장구를

날로 달로 높이 뜨는 연남동 한 귀퉁이
낯익은 사람들이 가끔씩 찾아가서
마음의 찌든 먼지를 털어내는 바로 그곳

웃는 틀니

구십은 청춘이야,
티비 속 저 할머니
아직도 논밭일은 당신 손 거쳐 가고
백발을 휘휘 날리며 잰걸음 한창이다

그래도 거친 숨은 숨길 수가 없으신가
호미 멀리 던져 놓고 바라보는 조각구름
한때는 세상 천지에 무서울 게 없었다네

욕심은 내려놓고 의욕은 다스리고
자식도 품 안의 자식, 안달하지 않는 것이
웃으며 사는 이유야!
틀니를 고쳐 문다.

"사람을 찾습니다"

미혼모가 걸어 놓은 대자보 저 현수막

〈도망간 29세 남자 강종구〉를 찾는다는

신생아 출생신고도 못 했다며 펄럭인다

갓 태어난 애기 사진 비바람에 함께 젖네

우산을 깊게 쓰고 한 남자가 멈칫대도

010) 2610 **** 벨은 울지 않는다.

검지, 그 손가락

고향시장 입구에서 마늘을 까서 팔아
소녀가장 독거노인 따스하게 보듬다가
터진 손 감싸 쥔 채로 저쪽 세상 건너가신

열여섯 나이 무렵 겪었던 모진 일들
평생토록 입 밖으로 내지는 않았지만
밤이면 꿈길 어귀가 눈물에 흥건했다고

한 점 혈육마저 허락하지 않은 생애
아흔둘 할머니가 비워 둔 그 자리에
정좌한 비로자나불 그림자가 일렁인다

윤정란(尹汀蘭, Yun, Jung ran) 본명: 윤말선(尹末善, Yun, Mal sun)
1952년 경남 김해 진례면 출생. 《시조문학》
(1983) 등단. 시조집 『푸른 별로 눈 뜬다면』
(1999, 토방), 『꽃물이 스며들어』(2006, 월간
문학), 『뿌리가 이상하다』(2015, 우리), 『너 참
잘났다』(2017, 고요아침). 성파시조문학상
(2005), 경남시조문학상(2015) 수상 외. 한국
문인협회 회원. 한국시조시인협회 · 한국시
조문학관 이사, 경남시조시인협회 부회장.

—

윤정란 시인은 전통성과 형식, 그리고 온건성을 드러내 보이는 작
품들을 선보여 준다. 그러면서도 자기 다스림과 개별적인 정서와
관념을 드러내면서 착실한 현대 시조의 진경을 쌓아놓고 있다.
무엇보다도 윤 시인이 작품의 미덕으로 눈에 띄지 않게 시도하고
있는 '삶의 심층 건드리기'에 유의할 필요가 있다. 자기 삶의 한복판
이 울려내는 존재의 애환, 이를 떼어놓고 이루는 어떤 문화적 성취
에도 박수를 칠 수 없다는 확고한 믿음이 있어 보인다는 말이다. 이
미지도 손에 넣고 잡았다 폈다 하고 있다.
윤 시인의 시는 삶의 능선을 타고 흐르며, 풍광과 어깨걸이로 함께
행진하는 보행의 문법을 만들고 있음이 분명하다. 시의 문법은 규
제하는 것이 아니라 풀어주는 것으로 독자에게 다가선 것이다.
　　　— 강희근(시인 · 경상대 명예교수 · 국제펜 한국본부 부이사장)

—

세상에 돌 던지다

애완용 개가 사람보다 사랑을 받는다고
문안을 엿보다가 흩어지는 한숨들
눈 한 번 마주치지 않는
세상에 돌 던지다

아비라고 당당하게 큰소리 칠 수 없고
남자라고 무작정 들이밀 수가 없어서
언제나 뒤로 밀리는
삼식三食 놈의 회환을

속수무책 세월에 햇살도 돌아앉아
어디서나 눈치보는 소리없는 절규는
잊혀진 우리네 삶이
개보다 못한가요

모국어

옹골찬 매서움이
마디마다 맺혀있어

낯선 바람 앞에
솔잎으로 찔리느니

꺾여도
되살아나는
자존의 푸른 언어

뿌리가 이상하다

비쩍 마른 풀잎 사이로 길을 트는 빗방울
촉촉이 스며드는 골다공증 흙에도
사랑의 붓촉을 가는 수상한 비가 온다

봄 여름 지샌 풀은 풀벌레 노래 위해
해와 별을 문질러 땅심을 높였으리
내 안에 꿈틀대는 풀, 뿌리가 이상하다

하늘에다 벼리던 호미를 찾아들면
티눈으로 불거지는 진초록 언어들이
무지개 비를 품으며 강으로 뛰어든다

가랑잎

어쩌다 노숙으로 얼굴은 변했지만
이름은 잊지 말자 게처럼 기지 말고
밥 앞에 침을 흘리던 개처럼도 웃지 말자

발 디딜 땅이 없어 간 쓸개 빼어 주고
손가락질 입방아에 조리돌림 당해도
비웃듯 비껴간 햇살 눈을 감는 한밤중

쫓으면 달아나고 넘어지면 일어서서
먹먹한 절벽 앞에 한 번 더 날아보자
집으로 돌아가는 길 하늘마저 허옇다

호박

눈물 감추고 웃는
어미의 얼굴처럼

따라가고 싶었지만
배 불룩한 가을

해와 달
숨바꼭질하는
옛집에 눈이 먼다

나무 지게

진달래꽃 꽂아 온
나무 지게 하나

버림받고
잊혀진
헛간에서 말을 잃고

거미줄
먼지 속에서
삭아 가네

아버지

장작

아버지 등이 굽은 진례 옹기골에서
토막 난 나무처럼 활활 타오르다가
허기를 물로 씻어낸 새벽 별을 품는다

길 없이 험한 산을 등짐으로 옮기다
한겨울 칼바람에 장작처럼 쪼개져도
불씨를 꼭꼭 묻었다 내 맘에 심어 주던

그때는 철이 없어 모른 척 했었지만
생전에 밥 한 그릇 못 올려 가슴 치는
아버지 큰사랑 앞에 난 티끌도 아니었네

절규

매화 분재 눈 뜨는 아파트 창가에서
겁에 질려 울고 있는 아이를 바라본다
어머니 살려주세요
사람으로 살고파요

누렇게 뜬 얼굴 구부정한 어깨 위로
머리 푼 햇살이 쓰다듬고 지나간다
공부가 지겨웠는데
부끄럽고 죄송해요

학교에서 집에서 힘없이 쫓기다가
골방에 앉아보면 먹구름이 밀려온다
못 버린 새파란 꿈은
새가 되어 나르고

망나니 바람 끝에 만나야 할 푸른 날을
막막한 하늘에 손을 저어 보지만
길 없이 내몰린 영혼
꽃잎처럼 나부낀다

자궁

그냥 두면 안 될까요
눈이 자꾸 감기는데

지금껏 유린하고
아직도 부족해요

신기루 하천 개발에
등뼈까지 삭는데

아이들은
피라미 다슬기와 놀고 싶고

어른들은
편한 것이 좋다고 고집했다

사나운
포크레인이 자궁을 도려낼 때

반딧불이 슬금슬금
달아나기 시작하고

불을 켠 모래 먼지
길을 막는 하늘 아래

손발이 잘린
강들은
꿈틀
꿈틀
목이 멘다

풀잎

구둣발에 밟혀서
가슴치는 날마다
황톳길 풀잎처럼
서럽게 돌아앉아
영혼을 헤집고 가는
바람 소리 듣는다

훨훨 나는 새같이
하늘에 닿고 싶다
살아나는 햇살로
살과 뼈를 닦으면
잃었던 마음의 눈이
소스라쳐 뜨일까

땅에 묻힌 날들은
깨어나지 않았지만
말없이 쏟은 피가
강으로 흘러갈 때
시퍼런 혼불 지피며
새벽종을 치고 싶다

윤종국(尹鍾國, Yoon, Chong kook)
1942년 서울 종로구 내자동 출생. 서울대학교 문리대(영문학과),
서강대(영문학) 박사.《시조생활》신인문학상(2017) 등단. 시집 공
저『자유와 절제 사이(Sijo Poems Between Freedom and Restraint)』
(2017, 도반), 시문회 동인시조집『여백의 미학』(2018, 동경). '시문
회' 동인.

—

「흰달」을 비롯 5편의 단수單首로 된 평시조들이 한결같이 형식적
구도構圖가 탄탄한 절제력節制力을 과시하고 있다. 그리고 현대시
조가 지향하는 외연外延과 내포內包의 조화를 통한 긴장tension이
시조를 현대적 미학으로 격상시키고 있다.
「흰달」에서 흰 달을 따다 거미줄에 매달고 싶다는 낯설기 작업,「첫
눈」에서 눈 내린 어깨에 얹은 손이 사랑이라고 적는다는 상상력,
「청산」에서 '소나기 도망가고 산들이 부쩍 컸다'는 이 점층적 생동
감 등이 저자의 고도의 심미안을 나타낸다.
— 《시조생활》심사위원: 유성규, 김봉군, 최순향

—

흰 달

밤은 깊어 찬 겨울 나목들은 외롭고
가지마다 눈이 쌓여 거미줄만 같아라
흰 달을 고이 따다가 거미줄에 동여맬까

첫 눈

눈 내린 내 어깨 위 가만히 와 닿은 손
그 옛날 따뜻하던 입김보다 수줍어서
내 가슴 깊숙한 곳에 사랑이라 적습니다

별들의 춤

밤 하는 별 무리들 돌아가며 춤을 춘다
끝없이 돌고 돌아 신명이 절로 나네
내 삶도 한바탕 춤판 그렇게 살고 싶다

청산

소나기가 도망가고 산들이 부쩍 컸다
선시가 따로 없네 나도 그냥 시 한 줄
청산은 하늘의 보배 그 속에 살리라

그대 갈대들이여

천만 번 흔들려도 안 꺾이는 갈대여
오히려 낭창대며 바람 타고 노니네
바람아 내 손 끄어다 언제까지 흔들래

윤종남(尹種南, Yoon, Jong nam)

1959년 경기 양주 출생. 중앙대 예술대학원 (문예창작학과). 〈문화일보〉 신춘문예(1995), 〈농민신문〉 신춘문예(1997) 등단. 시집 『겨울 귀소』(2011, 시선). 오늘의 시조시인회의, 한국여성시조시인회, 한국시조시인협회 회원. 이어도문학회 부회장. 〈제주인뉴스〉 논설위원, 윤종남의 시읽기 진행. 가동초등학교 방과후 강사, 신당복지관 독서논술 강사, 강동구민회관 창의논술 강사.

—

윤종남의 시편들은 감성적인 아름다운 유년의 추억을 마음 깊이 간직하고 있으며 이를 바탕으로 오늘의 현실적인 안타까움도 과감히 감내하며 내일을 바라보고 있는 것이다. 과거의 아름다움에 비하면 오늘의 현실은 보잘 것 없는 아픔이나 상처로 때로는 일관이 되고 있지만 이를 스스로 자정의 노력으로 극복하고 있는 모습을 작품에서 보여 주고 있다. 또한 이런 강한 자정의 노력들이 새로운 미래를 개진해 나가고자 하는 군건한 의지로 표명되고 있다. 이는 시인의 미래를 여는 강한 의지임은 물론이고 작품에서 보여주는 아름다움 회귀의식을 통하여 한 발 더 발전한 미래로 가고자 하는 강한 의지의 분투로 보여주고 있는 것이다(『겨울 귀소』).

— 정공량(시조시인 · 《시선》 발행인)

—

아버지의 강

꽃샘바람이 불면 아버지는 들로 나가
잠을 덜 깬 흙을 깨워 햇볕을 쬐게 하고
겨우내 눈 녹은 물을 논두렁에 가두셨다

천보산 그늘이 앞마당을 덮을 때면
지게에 풀내음 한 섬 지고 오는 아버지
이 봄은 먼 강을 돌아 물소리만 보내신다

도랑물 소리에도 쟁기가 먼저 풀리고
호미자루 놓지 못하는 어머니의 옹이 진 손
감자꽃 하얀 웃음이 슬픔인 듯 어려 온다

겨울 귀소

눈발을 헤치고 골목길을 돌아들면
불 꺼진 창이 하나 손을 들어 반기고
허기로 문을 당기면 빈 둥지가 따뜻하다

밥상을 밀어 놓은 채로 노트북을 켠다
눈앞에서 켜지고 사라지는 얼굴들
물기를 만진 솜처럼 적막이 저려 오고

어둠을 덮고 누워 생각에 귀를 모으면
나는 겨울 바다에 떠 있는 섬이 된다
돌아선 그림자 하나 멀리 물으로 떠나고

가을 오후

창을 여니 바람 냄새 발 끝에 '훅' 끼쳐 온다
계절을 스치고 지나가는 또 한 번의 설레임
볼륨을 낮춘 FM에서는
모차르트가 흐른다

문득 가슴에 번지는 한 잔 커피의 향기
누군가를 기다리면서 만지는 찻잔이 떨린다
사랑을 알지 못한 채
눈물만 고이는 가을하늘

마음 흔들린 날 습관처럼 문밖을 서성이고
가슴에 품은 것이 해와 달을 가렸을까
갈색의 그리움이 순간
창가에 내려앉는다

낮은 책상

온종일 비바람이 닫힌 문을 두드린다

시간의 문지방을 넘나들며 동거하는

스무 살 풀빛 가슴이
소금보다 무겁다

촉수 낮은 형광등 아래 엎드린 낮은 책상

일상의 쉼표처럼 고여 있는 단칸 셋방

밤새워 연필을 굴려도
한 귀 글 오지 않는다

가을 소묘

햇살 맑다, 늦가을 오후
부드럽게 커피를 탄다

구름도 한 스푼씩
바람도 풀어 저으며

물드는 플라타너스,
내 모습을 만난다

두꺼운 옷을 벗는
시간들이 와서 눕고

기다릴 사람도 없이
목을 빼는 그리움

한 잔의 짧은 여백에
목마름을 씻는다

삶

햇살 듬뿍 받아 검게 익은 글 얼굴로
바람에 찢긴 옷을 실없이 날리면서
빈 들녘 노을을 보고도
나는 웃고 있었다

뼛속 깊이 스며드는 아픔을 딛고 서서
눈 뜨고 못 볼 세상 눈 못 감고 잠들 세상
하늘이 등을 돌려도
나는 참고 살았다

빗물에 젖어가도 서리에 시달려도
새들이 돌아올 날 가슴으로 새기며
떨어질 이삭 하나로
나는 봄을 심는다

소금

주일이면 내 몸은 한 컵 바다가 된다

구름 한 점 없는 쨍쨍 햇볕을 받기 위해

예배에 늦지 않으려고 발길을 재촉한다

지난 세월이 투명하게 녹아 있는 한 컵 바다

햇볕에 달이면 눈시린 소금이 될까

각자의 그릇 속에서 소금을 키우는 사람들

세상의 빛이 되고 소금이 되라는

그 말씀 한 마디에 나는 목이 마르다

한 컵 바다 같은 몸 소금처럼 무겁다

스무 살의 어둠, 그 이후

또 집을 옮겼다, 묶여진 책들을 풀었다

나를 낯선 어둠 속으로 끌고 들어갔던

스무 살 꿈을 하얗게 바랬던 시집을 펴본다

책갈피에 묻혀 말라버린 나뭇잎 같이

이글거리던 내 욕망도 바닥을 드러내어

뜻 모를 글자들이 엉켜 벌레처럼 기어 다닌다

꿈꾸는 강

내가 꿈꾸는 건 하나의 강이었다
거기 해가 뜨고 달이 뜨고 눈이 내리고

어느 날 띄운 종이배
만선으로 돌아오는

하루가 한 해 만큼 목을 늘인 기다림에
가랑잎 바스라져 밟히는 시간들도

저만치 흘러 보내고
돌아선 발길인데,

는개 젖어 내리는 왕피천 하구
겨울새 돌아오는 하늘 밖 소리에

닳아진 뼈를 일으켜
강 허리를 껴안는다

숲, 책을 읽다

숲속의 도서관은 언제나 만원이다
자음과 모음들이 햇빛으로 쓰이면
빼곡한 책꽂이에는 푸르름이 꽂혀진다

산새소리 물소리가 열람하는 도서관
돌배나무 책에 쓰인 육즙의 글자들과
소나무 책 속에서는 짙푸른 책 내가 난다

참나무 책을 읽는 다람쥐의 속독법
청설모는 잣나무에 걸터앉아 책을 읽는다
풀꽃에 밑줄을 긋는 말벌과 나비 떼들

겨울이면 낙엽으로 장서하는 도서관
차곡차곡 쓰인 계절 눈보라로 읽히는데
서둘러 봄이 다가와 새 책을 꺼내 놓는다

윤종영(尹鍾英, Yun, Jong young)
1969년 충남 논산 은진면 출생. 한국방송통신대학교(경영학과) 졸업. 《열린시학》(2015), 《창작수필》(2015) 등단. 〈뉴스N제주〉 신춘문예 시조 당선(2020). 제9회 전국 가람시조 백일장 차상(2017), 중앙시조 10월 백일장 차하(2019), 제11회 열린시학상(2019) 수상. 열린시학회, 한국문인협회 안양지부 회원.

선정하는 기준의 가장 첫 번째는 새로운 시적 상상력이 있는 작품을 쓰면서 장래가 과연 기대되는 작품을 쓰고 있는가라는 관점이다. 다음으로는 시적 묘사나 서정성이 어느 정도 뛰어나게 하느냐다. 마지막으로는 시적 주제나 감동이 잘 처리되고 있느냐라는 점이다. 물론 이 세 가지보다 가장 우선하는 전제 조건은 시조의 형식을 잘 지키며 가락의 운용을 얼마만큼 자유자재로 하고 있느냐다. 윤종영 씨氏 작품 「키오스크」는 주 52시간, 최저임금제 등으로 2019년 들어서 부쩍 눈에 띄게 나타난 현상을 그려낸 작품으로 신인다운 자세가 엿보이면서도 안정적인 가락의 운용을 보여주고 있다. 특히 형상화시키기 어려운 첨단의 문화현상을 서정적인 화폭으로 잡아내는 솜씨가 믿음직했다. 같이 응모한 작품에서도 세밀한 묘사와 탄탄한 구성력을 보이고 있어 신뢰할 만했다.
— 이지엽(시인 · 한국시조시인협회 이사장 · 경기대 교수)

키오스크Kiosk*

일하다 밥때 놓쳐 식당에 들어가니
반기는 사람 없고 무표정 기계들뿐
화면엔 다양한 음식 단정하게 놓여 있다

유심히 훑어보며 빠르게 탐색한다
쉽지 않은 음식 주문, 사라지는 시장기
두 손은 공손해지고 식은땀이 흐른다

안내문 읽고서야 터치를 겨우 한다
카드로 결제하고도 두렵고 어색하다
전광판 낯선 배식구 멀거니 바라본다

* 키오스크Kiosk: 공공장소에 설치된 무인 정보 단말기.

치매

주인 잃고 정신 줄 놓아 버린 몽당 빗자루
헛간 앞에 웅크린 채 햇살만 쬐고 있다
지금은 어느 기억을
쓸어내고 있는 걸까

백수白水

바람이 밤새도록 가야금 켜는가
식을 줄 모르는 애절한 소리가
황간역* 기적 소리처럼 어둠을 깨운다

흰 옷깃 사운 대며 생활을 위로하던
깊고도 기나긴 어둔 밤을 지나서
맑은 물 하나가 되어 반도를 흐른다

열두 줄 떨림처럼 잔잔한 파동이
무시로 불어오는 바람결에 실려 온다
뿌리로 백 년 또 백 년, 한국 시조의 당산나무

* 백수 정완영 선생은 2014년 8월 9일 황간역 명예역장 칭호를 받았다.

바다의 관절

어둑한 수평선 햇살의 자맥질에
시간을 파먹으며 잠을 잃은 갈매기들
부리로 야지랑스럽게 아픈 곳을 쪼아댄다

만조도 아닌데 무릎에는 물이 차고
뻘밭같이 뼛속은 구멍 숭숭 뚫려서
몽돌이 부딪히는 소리만 무시로 드나든다

두물머리

바람 불면 너는 나의 은유로 휘어지고
눈 내리면 나는 너의 상징으로 춤을 춘다
우리는 무명無明으로 만나 물안개 기둥 된다

햇살의 파문에서 시작된 이미지들
아래로 흐르면서 틈 없이 단단해져
배다리 결속된 운율이 노래 되고 나라도 되고

남과 북의 강물도 이랬으면 좋겠다
수련睡蓮인 듯 흐르다가 먼 어둠에 닿아서
눈 감은 천의무봉天衣無縫으로 하나 되면 좋겠다

크레이터

움푹 파인 눈물 속 폭발의 흔적들
내가 나와 충돌할 때 구덩이는 복제되고
원형의 압축된 웃음
자꾸만 묻혀간다

우연을 가장한 필연의 함정들
그 속으로 속절없이 추락하고 있을 때
공기도 흐르는 물도 없이

풍화로 희미하다

고립에 갇혀서 헤매던 시간들
가파르고 미끄럽던 어둠 딛고 올라서니
바깥의 말간 눈동자
중심에 달이 뜬다

메주꽃

볏짚으로 엮어서 시렁에 대롱대롱
갈라진 실틈으로 포자가 날아들고
눅눅한 곰팡이 핀 방
바람으로 말린다

비좁은 꼬투리 속 옹기종기 모여 살다
때로 눈 부라리며 앙당이며 다투다가도
서로를 으스러지게
끌어안고 잠든 시절

아스라한 시간 딛고 번지는 꽃의 무리
주름진 얼굴에 핀 검버섯 같아서
말없이 어루만진다
영락없이 어머니다

밑창을 읽다

의기양양 반질반질 빛나던 구두도
콧대를 세우고 빳빳하던 자존심도
외출 후 집에 들어오면 풀이 죽어 말이 없다

여기저기 뒤집히고 널브러진 흔적들
바닥은 늘 그렇지, 쓸려 아픈 겉장인 걸
짝 찾아 나란히 놓고 마주앉아 바라본다

뒤집어쓴 뿌연 먼지 땀에 젖은 얼룩들
다시 당당하게 현관문 나서는 날
낡아서 헤진 문장이어도 지혜처럼 빛나기를

샌드아트

흔들릴 때 몸에서 서걱이는 소리난다
메마른 표정 가득 쌓이는 모래 위에
파도는 투명 손가락으로 밑그림을 그린다

밀물에 잠겼다가 썰물에 드러나는
언제나 축축하게 젖어 있는 맨바닥
굴곡진 시간의 소용돌이, 무채색 몸짓이다

빛 앞에 지워지는 웃자란 우울들
흩어지고 무너지길 수없이 반복하며
오늘은 성을 세운다 섬에 갇혀 우는 바다여

막걸리

장작불 지피는 손길이 분주하다
시루에 불린 쌀로 지에밥 지어서
누룩과 골고루 섞어 항아리에 담은 뒤

자잘한 하얀 거품 재잘대며 농익어
감칠맛 내뿜는 술독의 시큰한 향기
뭉근히 깊어가는 밤 고단함이 발효된다

술지게미 걸러내어 너털웃음 가득 채운
찌그러진 주전자에 둥근 달 떠오르면
아버지, 한 사발 채워 하늘 난간 오르신다

윤주홍(尹柱洪, Yoon, Ju hong)

1934년 충남 서산 출생. 호 인보. 충남대학교 문리과대학(국어국문학), 고려대 의과대학 대학원(의학박사) 졸업. 《월간문학》 수필, 《시조생활》 시조 등단. 수필집 『(어느 달동네 의사의)작은 소망』(1998, 문학관) 외. 시조집 『梅香을 훔치려다』(2008, 문예운동), 『한겨울 아꼈더니』(2012, 문예운동) 외. 동포 수필문학상, 한국 수필 문학상, 펜문학 한국본부상(수필), 김영랑 문학상(순수), 문예진흥 청아문학상(시조) 수상 외. 한국문인협회 이사, 펜문학한국본부이사, 한국수필문학회부이사장 역임. 문학의 집 서울 이사, 사수思隨회장, 세계전통시인협회 고문, 한국시조시인협회 중앙의원.

—

윤주홍 시인의 시조가 완성도 면에서 일급一級이다. 갈고 닦은 문체와 시상이 흠잡을 것이 없다. '꽃'을 중심으로 한 고전적 상찬賞讚의 주체적 소재를 대상화하면서도 그 전통을 창조적으로 되살리기에 성공했다. 그리움의 기다림, 우국 충정을 초저려와 애탄哀歎의 경지에 머물리어 두는 대신, 이를 정화淨化시키고 용력으로 변환케 하였다.

그는 슬퍼하되 지나치지 않고 애이불상哀而不傷하는 우리의 전통 시학을 한층 더 안온安穩한 경지로 격상시켰다. 그가 보여준 창조적 절제의 미학은 우리 전통과 그의 독실한 기독교 신앙에서 유래한 것으로 보인다. 윤 시인의 시조는 우리 농경 사회의 실상이 제시되었고, 그리움의 정서와 전통 문화 유산에 대한 애착이 담겨있다.

　— 김봉군(시조시인 · 문학평론가 · 가톨릭대 명예교수)

—

한겨울 아꼈더니

한 낮에 내칠 것을 꽃 한 송이 없는 가지
그것도 정이라고 한 겨울 아꼈더니
저것봐 홍매 한 송이 설산雪山을 마주했네

새벽 비 한강

가는 배 비 젖는다
백로 하나 낮게 날고

집어등 역류하는
새벽은 희미한데

새봄은
아직 멀었나
다독이는 아리수

섬진강 갈대숲

섬진강 갈대숲에
정한 실은 빈 배 한 척

마파람에 실려 와서
거품 품는 참게 두엇

어머니
재첩국 사려
서서 기는 갈대 숲

포구浦口 가는 길

고향 가는 포구浦口 길
따라나선 갈매기

하늘엔 모시적삼
어머니 모습으로

너인 듯
떠 있는 낮달
햇빛 가득한 빈 배

모란은 지고

빌려 온 오월 햇살
꽃술에 새겨둔 채

앞섶에 품은 사랑
담장 넘어 소문 샐라

봄 편에
부친 연서가
모란으로 지고 있다

이슬

생명이 순간으로
맺혀 있는 이파리에

증발하는 중량으로
내려앉은 하늘 눈물

그렇게
왔다가는 거
저렇듯 빛나는 너

보고 싶어도

보고파 그리다가 눈이 멀어 밤을 잃고
천둥 번개 비바람도 귀가 막혀 안 들리네
그리움 마저 지우려 꽃잎이 지고 있네

낮달

정인이 놓쳐버린 모시수건 한 조각
어제 밤이 부끄러워 햇살이 눈부신데
은하수 비친 낮달이 고향 하늘 수줍다

가을

환승객을 내려놓고 궤도를 달려간다
그리움 제 갈 길을 갈아타는 모노레일
외로운 종점 손님은 노을 낙엽 밟는다

백자 달 항아리

신섭愼㥁이 앉아있다 모시적삼 조선 여인
달정기 빌던 날에 만삭된 조강지처糟糠之妻
아리랑 아라리 아리 혼자 앉아 부른다

윤지원(尹智圓, Yoon, Ji won) 본명: 윤점렬(尹點烈, Yoon, Jum ryul)
1943년 서울 성동구 출생. 설악산 백담사 입산(1964), 범어사 불
교전문강원 졸업, 동국대 행정대학원 졸업. 〈조선일보〉 신춘문예
(1980) 등단. 시조집 『장명등』(1983, 가람). 서울시장 표창(1987,
1999), 법무부장관 표창(1990), 태통령 표창(1999) 수상. 대한불교
조계종 칠장사 주지, 법흥사 주지, 총무원 교무국장 등 역임. 한국
문인협회, 한국시조시인협회 회원. '크낙새' 동인.

동해 소곡東海小曲

— 해수관음보살海水觀音菩薩
"잠들거라" "잠들거라"고 거센 파도 타이르며
해수관음 보살님 배꽃 같은 그 미소로
오늘도 막 돋을 아침 해 배 서리고 서 계서라.

— 의상대義湘臺
등대가 해로海路를 비춘들 미로迷路까지 밝혀 주랴
입었다 벗어논 목숨 의상대는 자취 남고
절로 인 갈매기 두셋 쌍 심두心頭에 놀고 있다.

— 홍련암紅蓮癌
창파創波는 발아래 감기고 절벽은 등에 업혔다
잠겼다 오르는 사이 꿈에 보면 거북이고
달뜨면 한송이 홍련암 이슬 젖은 꽃이라네.

설악 소곡雪岳小曲

— 산구름
한 사흘 절 비우고 마을길에 내렸다가
물소리 밟으면서 올라가는 천년 고사古寺
법화경 한 자락만 한 흰 구름도 떠 있더라.

— 골바람
섭섭한 골바람이 억새꽃을 훑고 가면
하늘은 덩그렇게 큰 북으로 걸려 있고
노스님 납의衲衣 자락이 파초처럼 다 꺾인다

— 혼자 밤
산이 높을수록 골은 절로 깊어 가고
가을잎 지는 소리 소낙비를 맞듯 한다
한마음 밝혀든 생각 등불 혼자 타는 밤에.

봄비

동천문 고즈넉이 사브작 사브작
매마른 입술 적시고 하늘 가득 채우는 비
산새도 발자국 찍으며 산문山門 길을 열겠다.

먼 영상

산을 등에 업고 바닷가에 나와 앉아
푸른 꿈 잠긴 하늘 그 너머를 바라보니
세월도 가슴에 닿아 부서지는 파도 소리.

하르륵 날갯짓에 하늘 접은 갈매기는
또 하나 가슴으로 달도 밀어 올려놓고
막막한 수평선 너머 어디론지 숨는다.

바닷가에서

고요한 침묵만이 가라앉은 밤바다에
잠겼다 떠오르는 지환指環 같은 달 하나가
묘법妙法의 하늘을 가며 금빛 물살 놓는다.

곱게 씻지 못한 병든 세월 하나 안고
소망의 소중함이 참으로 무엇인지
곱씹어 생각해봐도 붉게 물든 하늘 저편.

시냇물

어둠이 궁궐처럼 겹겹으로 쌓인 밤은
한 오라기 걸침 없이 하얀 속살 드러내고
바람에 풍경이 울 듯 밤을 도와 울고 간다.

더러는 어둠 속을 고즈넉이 헤쳐 나와
만시름 풀어놓고 산도 물도 풀어놓고
산문 밖 길 열어 놓고 하산하는 저 물소리

장명등

여래께서 오시는 날 받쳐든 장명등은
끊어진 산하마저 이어지는 등불 등불
연화의 아름다운 길 밝혀 들고 오십니다.

여래께서 오시는 날 팔만 또 사천 광명
이 세상 저 세상도 밝혀 주는 등불 등불
삼계에 조명照明하시어 반야 눈빛 푸릅니다.

파안행

큰 길 떠난 사람 이루 어이 다 헤랴만
가다가 못다 감은 묻노라 무삼일고
길이야 험할망정 굳이 참고 걸어 가소

해여 저 빛을

해여 저 빛을 보아라 생멸生滅 이전 불사의 빛
너는 있고 나는 없는 안과 밖 두루두루
쾅하고 천지가 터진 신광불매神光不昧의 그 섬광을

해여 저 빛을 보아라 시공이 활활 타고
막힘도 다함도 없는 시작도 끝도 없는
하나의 생명의 성장 저 불멸의 천지간을

해여 저 빛을 보아라 자유 광휘의 빛
이승과 저승 사이의 문을 두루 열어놓고
억겁의 불면을 잠재운 천지미분전天地未分前 그 빛을

별후곡別後曲
― 벗의 죽엄을 보고

만남이 있아오매 갈리움도 있을 것을
그대도 알었었고 나도 또한 알것마는
알고도 보내는 맘은 참다 못해 눈물짓네

왔든 곳 어데메고 가는 곳은 어데메요
오가는 곳을 안다 낸들 어이 하리만은
그대의 가는 곳이라 더욱 알고 싶고녀

어드메 길이 없어 구태 그 길 가단 말가
그대의 뒤를 따라 나도 또한 가고저를
이리도 저리도 못고 내만 홀로 우노라

윤진애(尹珍愛, Yun, Jin ae)

1966년 경남 창녕 출생. 방송통신대학교 졸업. 《시조시학》 신인상(2014), 《화중련》 신인상(2017) 등단. 창원문인협회, 경남시조, 오늘의시조시인회의, 시조시학 회원.

화　장

가슴속　묻혀　있던
상혼이　고개　든다

그　자국　가리려고
덧칠하는　얼굴　위에

어두운　그날의　기억
흉터처럼　깊어진다

일상생활 속의 내밀한 상처를 치유하기 위해 절치부심하면서도 자신의 진솔한 감정을 적절하게 형상화해내는 능력을 가진 시는 윤진애의 「화장」과 「불씨」이다. 그의 시조는 상당히 오랜 기간 수련한 산물로 보이며, 언어 조탁과 운율 면에서도 크게 나무랄 데 없다. 다만 시적 상상력과 시어의 신선함에 대한 허기가 전혀 없는 건 아니라는 사실에 유념했으면 한다. 자신의 장단점을 파악하여 정진함으로써 더 넓고 푸른 시조의 웅혼한 기운을 열어 가리라 기대한다.

— 한분순, 김복근, 하순희

수선

귀퉁이 자리 잡은 조그만 수선 집
익숙한 손놀림은 눈보다 앞서 간다
덧대고 돌려 박으면
감쪽같이 새 옷이다

살다가 부딪치다 부르튼 검정 실밥
사랑의 천을 대고 어르고 만져 가며
바늘에 시간을 끼워
미움까지 깁고 있다

제비꽃

서운암 뜰 안에 핀 보랏빛 제비꽃
몇 송이 꺾으려고 고개를 숙이는데
"꽃들은 싫어하겠죠?" 핀잔주시는 스님

가던 손 멈칫하고 뒤춤에 감춘다
속 빈 인간이라 욕할 것만 같은데
꽃들은 보랏빛 미소로 웃기만 하고 있다

화장化粧

가슴속 묻혀있던 상혼傷痕이 고개 든다
그 자국 가리려고 덧칠하는 얼굴 위에
어두운 그날의 기억 흉터처럼 깊어진다

진실한 사랑 찾아 웃으며 돌아설 때
잡은 손 놓아주며 행복하라 말해 줄 걸
웅크린 어린 자식이 발목 잡는 덫이었다

반쪽이 하나 되는 비익조比翼鳥 꿈을 꾸며
거울에 비친 모습 환한 변신에도
떠나간 마음 하나를 되돌릴 수 없어라

도다리

자연산 먹는다고 시골횟집 달려갔다
어항엔 눈 흘기며 쳐다보는 도다리들
썰어 논 회를 보자마자 입질*이 바쁘다

덮어논 허물들을 뭘 그렇게 씹어댈까
입맛이 떨어지고 비린내가 올라오며
배 속에 주워 삼킨 말은 밤새도록 꿀렁거린다

* 입질: 이러쿵저러쿵 남의 흉을 보는 입의 놀림.

유혹

한치 앞 볼 줄 몰라
덥석 문 유혹 앞에

망둥이 솟구치며
낚싯대에 끌려 간다

허공에 파닥거리며
탐욕에 떨고 있다

반려견

투명한 구슬처럼 호기심 가득한 눈
가족과 함께하며 예쁘게 자랐는데
힘없이 쇼파에 누워 이별을 준비한다

살며시 다가가면 발등을 움직이며
내 손과 남편 손을 얹으라는 무언의 말
두 손을 꼭 잡고 나면 한동안 가만 있다

남편과 부딪치며 서로가 힘이 들 때
조용히 두 손 잡고 산책길을 걷다 보면
저 멀리 강아지풀이 꼬리 치며 달려 온다

고향집

대문에 들어서자 잡초가 무성하다
부모님 계실 때는 얼씬도 못 하더니
풀씨를 마당에 뿌려 허리까지 키웠다

허기진 배고픔을 챙겨주던 감나무는
버섯과 함께 하며 힘겹게 버텨 섰고
담장 위 도둑고양이 눈치 보며 돌아선다

문 열며 반겨주실 엄마를 기다리다
닫혀진 방문 앞에 먹먹한 그리움
빈자리, 햇살 한줌 뿌리고 푸드득 날아간다

불씨

뇌세포 줄어들며 온몸이 굳어간다
천장이 뚫어져라 박혀 버린 눈동자
질기고 질긴 목숨만 덩그러니 남았다

뼛속을 파고들어 온몸을 할퀴는 욕창
아픔을 견뎌 내며 저승길 건너가는
남기고 줄 것도 없이 천치처럼 누웠다

눈으로 말을 걸면 귓속을 간질이는 말
못다 한 사랑 노래 둘이서 부르자며
꽉 잡은 사랑의 끈에 불씨를 붙이는가

삼베 한 필

한평생 옆에 두고 돌려 온 물레 위에
몇 가닥 남은 시간 감고 계신 어머니
두 팔을 흔들어 가며 허공을 저으신다

모질고 고단한 삶 가슴속 못다 한 말
베틀에 올려놓고 한 올 한 올 짜 내린다
침대에 베 한 필 걸고 들숨 날숨 가쁘다

남은 실오라기 손안에 움켜쥐고
가늘게 이어대며 물레를 돌리신다
끝날 듯 삼베 한 필이 천천히 짜인다

아버지의 손

푸른 혈관들이 산맥처럼 솟아 있다
터질 듯 튀어 오른 손등의 운명처럼
고행을 움켜잡은 손
고달픈 질곡의 길

정미소 발동기와 한생을 돌려 가며
밤마다 앓고 가는 고달픈 신음 소리

삼키며 견뎌야 하는
짊어진 생의 무게

가난한 어린 자식 잘못에 빠질까 봐
무거운 쌀가마니 천직처럼 들고 사신
아버지 거스러진 손
눈물로 감싸본다

윤진옥(尹眞玉, Yoon, Jin og)
1958년 경남 합천 묘산면 출생. 경남 거창고
등학교 졸업. 《시조문학》 신인상(2012) 등단.
시조집 『봄의 부호』(2018, 학이사). 전국시조
공모전 차상(2011) 수상. 아르코문학창작기
금(2018) 수혜. 한국시조시인협회, 한국여성
시조문학회 회원.

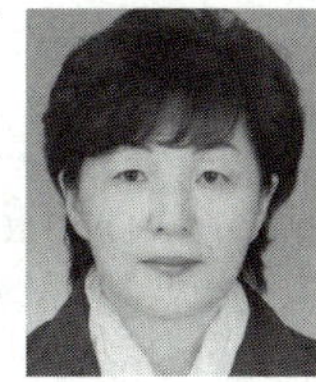

—

무심의 일상에서 깨어난 윤진옥 시인의 예리한 감각에 들어온 것
은 봄의 느낌이었다. 지겹고 긴 겨울이 따스한 햇살의 미소에 서서
히 추위의 족쇄가 느슨해지기 시작하더니 어느새 따스한 봄이 찾
아온 것이다. 나날이 변해가는 봄의 힘차고 생동감 있는 이 과정을
윤 시인은 '봄의 부호'로 형상화적 표현을 했다. 아직도 간직하고 있
는 동심의 신선하고 놀라운 착상이다. 마치 동시에서나 읽을 수 있
는 내용 같다. 이른 봄의 새잎이 돋아나면 조가비처럼 매단 잎새는
물음표로 기웃대고, '직립의 연둣빛으로 느낌표 비 내리면' 푸른 부
호로 자라나고, 즐거운 마음을 말로 다 표현할 수 없어 '말줄임표'로
우는 꽃방울, 모든 꽃과 나무에 따스한 햇살을 불어넣어 잘 자라게
하는 '마침표'로 빛난 봄은 새로운 생명의 탄생이며 기쁨이다. 이처
럼 노래할 수 있는 윤 시인의 감성은 언제나 한 해의 시작인 아름다
운 봄이다.

— 김세환(시조시인 · 한국시조시인협회 자문위원)

—

매미 울음

이별의 그림자 보는 임종실 창틈으로
슬픔의 뿌리들이 쭉쭉 기를 펴는

뒤엉킨 마음 대신해 저렇게 뜨거울까

다시 되돌릴 수 없는 시간 속 혈관 타고
푸른 물 빠져 가는 목숨의 민낯 보며

무엇을 쥐어야 하고 무얼 놓아야 할지

삼복더위 꾹 누르는 울음의 농도가 짙다
딱딱한 옹이 하나 허공 마구 찌를 때

꽉 조인 울대를 푸는 목 아픈 통성기도

깻잎장아찌

차곡차곡 쟁여 묶은
도시락 속 풋풋한 웃음
숙, 희, 자 친구들의
앳된 얼굴 떠오르자
젓가락 끝에 딸려 오는
안부가 손짓한다

철없이 싱겁게 도는
물기 꽉 짜내고
감칠맛 끌고 나와
혀끝에 착 감기는
간간한 양념 두르고
그려보는 푸른 꿈

바람과 햇살 품은
날개 활짝 펴고
빈속 채워 달래는
든든한 한 끼의 힘
가슴을 온전히 열고
나를 삭혀 네게 간다

옷을 다리며

후줄근한 마음 뉘어
밤 지친 늦은 다림질

마르고 파인 시간
반듯하게 다듬으며

적막을 뜨겁게 달궈
구긴 하루
쫙
펴다

주상절리

움푹 파인 마음 깊이 흉터로 굳어 버린
하늘의 모스부호 풀고 있는 제주 바다
제 속의 멍 닦아내는
푸른 물결
출렁, 인다

오래전 터를 잡은 바람의 노래에 젖어
먹먹한 가슴 비워 자명고로 울고 있는
다 닳은 모난 옆구리
오늘
유독 시리다

아린 속 헹구며 멍든 자존 한 필 우뚝 세워
켜켜이 절인 자락 뜨겁게 용솟음치며
끝없이 네게 가려는
저 가파른
도돌이표

겨울 시래기

찬바람 깊이 안으며
꾸덕꾸덕 말라가는
눅진한 흔들림도
풋풋한 한때인 걸
허술히 엮인 가닥마다
웅숭깊이 품은 맛

때로는 높음과 깊음
동격인 때가 있다
으스름달 헤아리고
먼별의 눈물도 보는
어렴풋 회오리치며
묻어나는 연륜들

정교한 논리 없고
아귀 맞는 공식 없어
푹 삶아 우려내는
헐겁고 시린 속내
다 줘도 늘 목이 타는
푸른 빛 더 아리다

봄의 부호

겨울잠 깨어나며 몸 터는 등 굽은 나무
조가비 매단 잎새 물음표로 기웃대는
제 무게 힘겨운 계절 꽃샘에 넘어지고

가려운 몸 뒤척이며 툭툭 터지는 봄
직립의 연둣빛으로 느낌표 비 내리면
환하게 꽃물 드는 날 자라나는 푸른 부호

가슴속 말줄임표 꽃방울 소리로 울고
햇살 입 부풀려 뼛속 깊은 밑불 살린
뜨겁고 나른한 피돌기
마침표로 빛나다

은행잎 지다

뒤축이 닳고 기운 바람의 걸음 따라
뜨거운 제 무게를 맨발로 견뎌 내는
밑불로 짙게 깔리며
깊은 열반에 들다

가을의 햇살보다 추락이 더 빛날 때
잔가지 뼈대마다 가벼운 음표 되어
탁류를 거르는 노래
낭랑하게 울린다

곰삭은 담금질로 득음의 나래 펴고
하늘과 땅 은밀하게 밀어를 교신하는
비움을 되새김하며
떨어지는 죽비 소리

바람의 노숙

한때는 부지런히
먹이 물어 나르던 부리
구조조정 난기류에
실직의 부레를 타고
늦은 밤 빈 전철 선로
야윈 들쥐 숨어든다

온정의 지폐 한 장
가슴 뭉클해진
시간을 갉아대며
목울대 조여 오는
흐릿한 보름과 그믐달
그 경계에 부는 바람

땟국 절은 걸음 떼며
화석처럼 길을 간다
이승의 시린 노숙
너덜너덜 파문 지는
어둠의 뼈를 추슬러
맨발로 오는
아침

그믐달

희미한 피사체도
마저
지우려는

그대를 보낸 빈자리
이리
깊을 줄이야

마지막 제 살 한 점까지
기꺼이
도려냅니다

바람 깊은 인왕산

눈물 젖은 다홍치마 큰 바위 높이 걸고
그리움 수를 놓아 구중궁궐 띄워 보낸
죄인 된 어린 단경왕후
전설 속에 가둔 역사

눈보라 매서운 날 홀로 선 누각 되어
퍼런 가슴 젖은 곤룡포 켜켜이 동여맨 채
초례청 못다 한 연분
옥루 삼킨 나랏님

엎드려 슬퍼하는 여리고 착한 백성
말없이 품고 가는 구름에 길을 열어
간절히 북향 알현하는
상소문을 올리다

윤채영(尹彩影, Yun, Che young) 본명: 윤판자(尹判慈, Yun, Pan ja)

1950년 대구 달성 옥포 출생. 대구교육대학교 졸업(1970). 《열린시학》(2003) 등단. 시집『걸음을 멈춘 지가 오래 되었다』(2009, 고요아침),『8살 첫 단추 끼우기』(2015, 지식과 감성#), 현대시조 100인선『참매는 자유다』(2017, 고요아침). 열린시학상(2012) 수상. 대구시조시인협회, 한국시조시인협회, 열린시학회 회원.

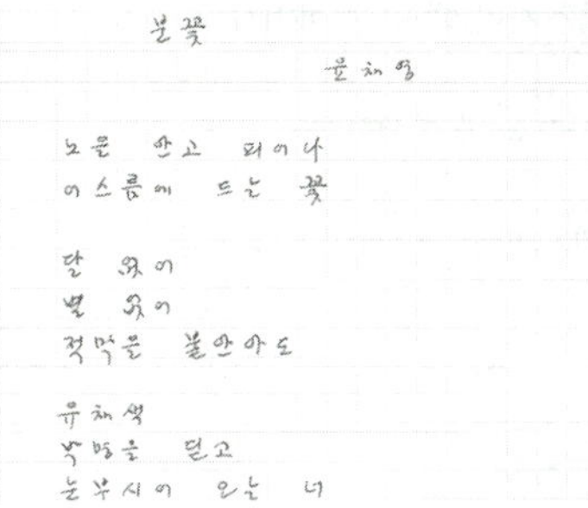

―

윤채영의 시편들에서 우리가 눈 여겨 보아야 할 점은 그의 남다른 언어 감각과 형상능력이다. 감정의 미세한 속살까지 깊이 파고들어 인생의 의미와 자연스럽게 접맥시켜 우리의 눈길을 사로잡는 시 세계를 창출하고 있는 점은 윤채영 시조시학의 진미이다.
　　　　　　　　　　― 이정환(시조시인 · 정음시조문학상 운영위원장)
―

분꽃

노을 안고 피어나
어스름에 드는 꽃

달 없어
별 없어
적막을 붙안아도

유채색
박명을 딛고
눈부시어 오는 너

어머니

배 맞대고 볼록볼록
엄마 참말, 따뜻하제!

기억에서 Ctrl + C
이승으로 Ctrl + V

가뿐히
붙여 볼 수는 없는가요
한 · 번 · 만

싹
― 노무현의 민주주의

서울 땅에 콩 심으니
"콩 떡잎이 돋았어요."

경상도에 심었더니
"이기 머꼬, 콩 아이가?"

전라도 그 땅에 심었는데
"아따마 콩 나부렀어!"

어느 곳 어떤 때라도 상황이 똑같다면

콩 싹은 콩이 되고 팥 싹은 팥이라며

오늘도 노란 풍선을 자전거에 매단 사람

무량사 가는 길

늦가을비 내리는 무량사 초입쯤
바람길 묻고 있는 수척한 단풍 한 잎
풍경이
몇 번 웁니다
적막이 잠을 깹니다

가던 길 멈추고 귀 잠시 세웁니다
열반에 들지 못한 늙은 선사 젖은 독경
이 저녁
단풍 듭니다
발끝을 적십니다

평平과 득得 사이
― 남이장군

　새해 벽두 신 새벽녘 남이섬이 떠오른다 귀퉁이 다 찢어진 붉은 사기史記 꺼내들고 상고대 까치들 모여 결빙을 풀고 있다

　난립한 조야에 웅성이던 사람들이 젊은 장군의 갈기를 조였다가 푸는 동안 혜성을 타고 온 조짐이 불길하게 흩어진다

　역모의 증거들은 빈 들을 가로 질러 미평국未平國을 미득국未得國이라 흰소리를 쏟아낸다. 북정가北征歌 칠언절구 위 사납게 말이 뛴다

　날밤을 꼬박 새운 뒷거래 장마당에 지천인 평과 득은 파발을 또 놓는다. 달리다 쓰러진 자리 그 누구의 만화경인가

아름다운 유서

'모기들이 데모한다고 에프킬라 안 삽니까'
다시 생각해도 슬며시 웃음이 납니다
노회찬
우리를 웃긴
지금 그가 그립습니다

나는 이제 멈추지만… 왜 당신 멈추나요
모기들이 진짜로 데모하면 어쩔 텐가요
그 모기 스크럼 뚫고 에프킬라 칠 텐가요

He was beautiful
— 제정구

문명도 비껴가는 철거민 젖은 골목
맨몸으로 옮겨 앉아 스물셋 그가 젖네
그는 오, 다만 젖을 뿐 젖기만 할 뿐인데

그대 한 걸음 옮겨 앉은 그 자리에
이제 막 벙글어 오르는 한 송이 붉은 꽃과
더러는 좀 누워서도 피어나고 피어오르는

그가 있네 우리 뜰에 곧추서서 내려앉는
우리 있네 그의 뜰에 무시로 내려앉는
안은 듯 꼭 껴안은 듯 이승보다 더운 몸

참매는 자유다

네겐 너무 거벼웠던
배반의 등을 밀며
'매 나간다, 매 맞아라'
벽력의 한 소리

나 지금
언덕의 봉받이
털이꾼은 어디 있나

잡은 끈을 놓는 순간
시치미는 떨어졌다

어두운 잿빛 구름
꽁지깃에 펼쳐가며

누구도 길들일 수 없는
참매였다… 너는,

종과 북
— 종북 시대

종 하나씩 흔들면 아름다운 핸드벨이

북들의 장단으론 산을 넘는 신명이

소리가 따로 또 함께 모여들어 이룬 화음

어느 날 그 둘 사이 된바람 몰아쳐서

가뭇없이 사라진 '과' 아찔한 벼랑이다

아래로 아래로 마구 곤두박이는 종과 북

주전계곡

주전계곡
확
분질러
질러 놓은
단풍불
불 끄러 왔다가
온몸 활활 타 붙어서
용소에 뛰어들어도
잦아들지 않는 그대

윤태희(Yoon, Tae hee)

강원 춘천 출생. 《시조시학》(2020) 등단. 가람시조백일장 입상. '시와 길' 동인.

윤채영의 시편들에서 우리가 눈 여겨 보아야 할 점은 그의 남다른 언어 감각과 형상능력이다. 감정의 미세한 속살까지 깊이 파고들어 인생의 의미와 자연스럽게 접맥시켜 우리의 눈길을 사로잡는 시 세계를 창출하고 있는 점은 윤채영 시조시학의 진미이다.

— 이정환(시조시인 · 정음시조문학상 운영위원장)

물속의 정사

나를 돌아보며 걷는다는 선재길에
고요한 참선 행보 흩트린 저 농염함!
덩달아 불그레해진 내 볼 빛 부끄러워

절정에 이른 잎들 매무새 풀어헤쳐
흐르는 계곡 속에 달군 몸 비추이면
그 유혹 기다렸단 듯 기꺼이 몸을 섞네

물처럼 민숭맹숭한 내 생의 길 위에도
한 번쯤 저런 열정 가슴에 담고 싶다
훨. 훨. 훨
불타오르는
주체 못 할 그런 사랑!

유혹

경계심 놓아버린 탱자나무 그늘 아래
가을 햇살 묻은 바람 제멋대로 넘나들다
아뿔싸
향기에 찔려
코끝 발끝 비틀대네

아버지의 등

구수천 징검다리 발길에 닳고 닳아
오래된 깊은 믿음 하나로 건너뛴다
다릿돌 우직한 희생 내 아버지 등 같은

어린 딸 앙살스레 떼쓰다 매달리면
"업혀라"
등 내주던 그리운 아버지!
끼인 딸 가여운 생각 못내 털지 못한 채

짓궂은 작달비도 온몸으로 받아내고
가장의 무거운 짐 마다않고 지셨건만
저녁놀 징검돌처럼 발 시리고 외롭다

우리를 우울하게 하는 빛깔들

극 미세 바이러스가 모든 공간을 점령한다
골목도 풍경도 소리도 마음도
모두들 고요에 묻혀 저만큼 멀어져 있다

그저 서민들은 바튼 기침하며 깨어나
말 못 하는 땅과 하늘에 분개하고 항변하지만
미묘한 웃음 뒤 숨은 저 붉은 본능의 발톱

멀어지는 손과 손 사람과 사람 사이
오래도록 머무는 이 숨 막히는 회색빛 정적
가랑비 작은 물방울 모여
선한 물길 내고 있다

소 울음

짐칸에 실려 이송되는 늘어진 송아지와
그 트럭 옆 함께 달리는 검은 어미 소를 보았다
제 새끼 밤새 상처 핥으며
꼬박 지켰다 했다

우직한 몸 그 깊은 속에서 울려 나오는
늦춰지지도 당겨지지도 않는 이 서러움
마침내 끓어오르는
미련하고 정직한 슬픔

아이들이 학대당해 맞아 멍들고 죽는 동안
어른들은 감추고 덮어 변명하기에 바빴다
소처럼 울 줄 모른다
도시의 사람들은.

사랑하는 사람을 영영 떠나보내던 밤
몸속 깊은 오열에 아픈 가슴 움켜쥐었지만
다 잊고 저 어미 소만큼
나는 울지 못했다

빈집

모두들 떠나보낸 녹슬은 양철 대문
키 낮은 탱자나무 울타리 기억 너머
초여름 날개 저으며 날아든 흰나비 꽃

떨군 잎 빈 뜨락에 노을빛 머리에 이고
쉼 없이 품어 드는 새들의 노래에도
먼 기척 귀 기울이면 아스라한 바람뿐

밤하늘 별똥별들 내려와 앉는 저녁
떨어진 탱자 하나 그리운 엄마 향기
울 엄마 탱자 같은 삶 차마 뱉지 못한 삶

탱자가 가라사대

탱자가 가라사대 속 마음 전하기를
온몸에 돋은 가시 역겹다 말들 해도
초여름 홀로 피는 꽃 이토록 눈부신 걸

탱자가 가라사대 당차게 어깨 펴라
세상이 네 뜻대로 단 맛만 있다 더냐
쓴맛도 시디신 맛도 맛보며 사는 거지

사는 것 버거워도 고개 떨구지 마라
푸르고 기품 있게 가시 끝 벼리며 와
아무 일 없던 것처럼 향기로 감싸 안아라

어느 가을날의 기억

엄마가 입원한 날 늘 와서 놀아주던
그 언니 돌아갈 때 떼쓰듯 따라나선 길
초가을 짧은 해 걸음 산마을에 머무른다

그 집에 남동생 둘 호기심 어린 눈빛
어느새 술래잡기 목화밭에 다 달아서
수줍게 건네주면서
"먹어봐 참 맛있어"

달큰한 맛 반한 눈치에 신이 나서
다투듯 여린 목화 목이 똑똑 잘리우고
가득한 하늘 별만큼 토해냈다 비릿했다

백련

초록 잎 새, 사이로 봉긋 오른 하얀 미소
세상 귀 닫은 후 일찌감치 묵언 수행
안식처 따로 없다고 사분사분 지줄댄다

아이야, 산다는 건 다 거기서 거기란다
귀엣말 넌지시 바람결 실려 보내신

어머니 꿈속 말씀 환청으로 들리는 듯

구비마다 주름진 길 하늘 바라 걷는 도중
오돌 찬 말 물음표 느낌표로 갈아입고
세미원 물의 숨소리 경전에 담고 있다

쌍계사 십 리 길

꽃잎 담은 화개천은
멈춘 듯 흐르는 듯
십 리 길 불길 번져
하마 너도 올 듯싶더니

어쩌나
와르르 꽃 진다
속수무책 하늘 무너진다

윤행순(尹幸順, Yoon, Haeng soon)

1963년 제주 구좌읍 행원리 출생. 한라대학교
(간호학과), 방송통신대(간호학과, 국문학과),
제주대 일반대학원(간호학과) 수료.《문학공
간》수필(1996),《시조시학》(2018, 여름호) 등
단. 수필집『하얀 스웨터』(2007, 책나무). 제주
문인협회, 제주수필문학회, 제주여류수필문
학회, 서귀포문인협회, 정드리 문학회, 오늘의시조시인회의 회원.

습작

그대
가고 나면
나 또한 섬이 된다
추자도에 갇힌 날
비로소 길이 보인다
나흘 밤
집어등 없이
습작 시 한 줄 없이

「토끼섬」외 2편에서 제주의 정서를 이끌어내면서도 서정의 결이
돋보인다. 제주하면 떠오르는 사월 그 아픔이 아니라 삶의 강팎함
또는 시의 절절함을 형상화한다. 작품「멀거니」는 제주 버스터미널
의 어느 할머니를 화자의 어머니로 확장하는 깊은 속울음을 보여
준다. 버스터미널 막차도 보내고 우두커니 있는 할머니가 "바리바
리 저 보따리 아들집 가는 걸까" " 그 어디쯤 헤매시나// 어머니"로
결부되는 연민의 정서로 다가와 화자의 눈에 비친다. 이 지난한 일
상의 한 풍경이 견고한 울림의 시학이 된다.

— 이지엽, 이정환, 박현덕

토끼섬

오랜만에 바람 따라 물 따라 나섰는데
구좌읍 하도리 1번지 토끼섬이 보이네
이제껏 어디 숨었다 폴짝 뛰어 나왔니

낚시배 하얀 뱃길 저 섬 끌고 가는지
신병 들린 무당처럼 내 가슴도 끌고 간다
못다 쓴 습작시 한 줄 어디에나 놓고 갈까

가을 바다 떠도는 내 길은 어디쯤인가
썰물도 문주란도 편지처럼 접어놓고
길 하나 물에 잠기며 섬이 되는 사람아

미납 고지서

아예 깨끗하게 다 벗고 싶을 때가 있다
굽이굽이 5·16도로 나목 따라가다 보면
수노루 묵은 뿔 끝에 피워 낸 겨울 눈꽃

세상에 잠시 와서 반짝이는 저 목소리
파도 이랑이랑 묻어 놓은 숨비소리
내 알고 당신 모르는 병명도 세상에 있네

오늘도 미납고지서 기어이 받고 말았네
서울의 큰 병원 갈까 생생하던 그 한마디
언제면 갚아질런가 기약 없는 그리움

습작

그대
가고 나면
나 또한 섬이 된다
추자도에 갇힌 날
비로소 길이 보인다
나흘 밤
집어등 없이
습작 시 한 줄 없이

외삼촌

길은 명도암길 그것도 봄날이면
손에 손에 고사리 고개 숙인 4·3공원
진설된 명패들 중에 못 부른 이름 하나

모두 떠난 자리 남을 것은 남아 있다
그날도 오늘처럼 부풀대로 부푼 가슴
결혼식 하루 전날에 떠나신 외삼촌

어머니마저 떠나면 벌초는 누가 하랴
산담 두른 골총으로 나앉은 무덤 하나
무성한 잡초 더미에 묻어지는 한숨 소리

왼손잡이

오랜만에 아들과 저녁상에 앉는다
왼손잡이 젓가락질 내 옛날 첫사랑같다
이제야 휘파람 하나 슬그머니 흘려 본다

청주 지나 대전으로 그리고 논산으로
그때도 그 발자국 내 가슴에 찍혔었다
설레는 싸락눈처럼 면회를 가고 있다

군사우편 소인 찍힌 그 군바리 이 군바리
오늘은 둘만의 시간 등 돌리기 좋은 밤
어느새 외박의 밤이 저리 훌쩍 자랐다

황색등

허겁지겁 출근길 5 · 16도로 들어서면
빨강과 초록 사이 멈춰선 아버지의 시간
한사코 외면해 가던 양지공원 봉안소

낼 모레가 기일날 그냥 확 좌회전할까
아버지 바람기도 용서하고 싶은 가을날
돌담에 틸머위마저 노란 낮달 피워 낸다

간호일지 2
— 바람

내 마음 한 구석에 또 자리 잡은 것이 있다
가던 바람 돌아와서 그것을 흔들고 간다
오늘은 불어도 좋을 그런 그 바람이다

남편 손 닦아 주고, 꼭 다문 입 바라본다
밤새 남편을 간호하던 아내가
오히려 들것에 실려
수술장으로 들어간다

남편도 아내도 잠시 눈을 감은 이 시간
시한부 내 어머니 수술할 때 바람 불듯
가을 끝 늘어진 들국 그 등불을 지킨다

간호일지 4
— 초로기 치매

아침 여덟 시 경 출근을 하자마자
젊고 건장한 남자 응급실에 실려 온다
한 움큼 햇살도 함께 구급차를 따라온다

"나는 소방관이다" 첫인사를 건네 온다
그런가, 그런가 하고 그 말을 믿었는데
내 얼굴 대할 때마다 소방관이라 또 그런다

이 사람은 어느 일터에서 근무했던 사람일까
때때로 링거병을 소화기처럼 둘러메고
병상에 분사를 하는 진단명 초로기 치매

간호일지 5
— 남자의 휴대폰

술병도 갈대숲도 휘파람 날리는 오후
어젯밤 병상에서 짐승처럼 또 떨어졌다는
그 남자 휴대폰에서 무얼 자꾸 훔쳐본다

실직한 그 날부터 삶을 포기했다는데

몇 날 며칠 세상과 술로써 맞섰다는데
밤중에 모로 누워서 막내딸 사진을 본다

그냥 보기만 할걸, 그냥 듣기만 할걸
한참을 통화하다 끝내 보이는 눈물
성산포 터진목같이 끊지 못한 저 중독

간호일지 6
— 단풍

가을 타는 단풍은 치유하지 못하겠다
사랑한다, 그 말조차 깨끗이 떨군 저녁
허전한 나뭇가지에 링거병을 꽂고 싶다

윤현자(尹顯子, Youn, Hyeon ja)

1960년도 충북 청주 출생. 〈중앙일보〉 신인
문학상(1995) 등단. 시조집 『다문다문 붉은
꽃잎』(2007, 고요아침) 외 3권. 충북시조문학
회장 역임. 한국시조시인협회 이사, 뒷목문학
회 사무국장, 포석문학회 감사.

—

윤현자, 그의 정서는 들뜨지도 굼뜨지도 않는다. 들끓는 사념을 받
아 안되, 철저한 의식의 균제를 이룬 결과다. 그의 포수 자질은 작품
속에서 서정의 결속력을 높이는데 기여한다. 「헛꽃」만 해도 그렇다.
"꽃 둘레로 환히 피어 벌 나비 불러들였지만/ 한번도/ 수태한 적 없
는" 헛꽃. 수태는 "애당초/ 중앙이 아닌 곁두리 변방"이 취할 바가 아
니다. 꽃이되 꽃이 아닌 헛꽃의 형상에 그런 처지의 인간 존재를 투
영하는 것이다. 비록 헛꽃이지만 "딱 하루, 하루만이라도/ 새끼 품은
어미이고 싶"은 것이 그들 "이름뿐인" 존재들의 열망이다.

— 박기섭(시조시인 · 전 현대사설시조포럼 회장)

—

헛꽃*

애당초
중앙이 아닌 곁두리 변방이었어
꽃 둘레로 환히 피어 벌 나비 불러들였지만
한 번도 수태한 적 없는
이름뿐인 그 여자.

말없이 돌아앉아 또 내일을 손꼽지만
딱 하루, 하루만이라도
새끼 품은 어미이고 싶다
꽃보다 더 향기로운
꽃보다
더
꽃다운
이
파
리.

* 헛꽃: 꽃 둘레의 화려한 이파리로 벌 나비를 부르지만 정작 꽃이 수분
하고 나면 몸을 돌려 지고 만다.

먹물보다 깊은 귀가

너 아니?
간발의 차로
눈앞에서 낚아채인
아직 숨결 따끈따끈한 기름진 먹이를 두고
쓸쓸히, 아주 쓸쓸히 돌아서는 하이에나.

더 이상 물러날 곳도
다가설 곳도 없는 길목
호명하는 이 없어도 새벽잠을 밀어내고
진종일 발톱을 세워 불볕 아래 서성이던.

"여보, 오늘 몇 번이나 출동했어? 렉카"

하루치 생계에도 턱없이 모자라는
하늘은 먹물보다 깊다
참 시리게도 푸르다.

조약돌

달각달각 구르다가
동글동글 맴돌다가
매몰찬 동댕이에도
또록또록 눈을 뜨고
쪼매한
몸뚱아리를
다시 곧추세운다.

지나온 골목골목
눈물만 있었으랴.
날 선 각을 벼리고
모난 구석 궁글리는 동안
파도도
지우지 못한
원 하나를 품었다.

닻을 내리고

다 늦은 저녁 포구는 한 마리 늙은 고래
펑퍼짐한 주름가슴 이내 풀어 헤치고
늘어진 검은 젖꼭지 유순하게 물린다.

세상 몇 순배 돌고서야 비로소 닻은 원점
지느러미 다 닳도록 먼 바다를 표류해 온
원탁 앞 고만고만한 눈, 잔속에서 흔들리고…

깡소주 안주 삼은 질퍽한 욕지거리가
구공탄 화덕 위에 불콰하게 달아올라도
잔 상처 몇 개쯤이야 뒤척이다 마는 저녁.

애당초 내릴 것을 염두에 둔 생 있을까
습관처럼 이어온 올리고 또 내리고…
손금도 지워져 버린 길 위에 다시 길을 낸다.

꽃인 줄도 모르고

꽃이 꽃이었을 때는
꽃인 줄도 모르고
홀씨
홀
홀
죄다
천지간에 흩날리고
아! 나도
꽃이었구나
그랬구나 개망초.

풋비린 생각으로 온 들판을 흔들다
다시는 오지 못할 푸른 밤을 비척대다
어쩌랴
스무 살 아픈
꽃, 꽃인 줄도 모르고.

콩나물 설법

차 떼고 포 떼고 나면
무엇이 남는다냐
대가리는 똑 떼 내고
잔발마저 잘라내면
뻘쭘히 남은 몸통만
전골냄비 위 탑이 된다.

이 맛도 저 맛도 없이 설정설정 익던 것이
바다, 그 비린 맛에 제 온몸을 내던져
한바탕 뒤섞여보면 아직 살 만한 세상이라나.

아귀 한 점, 꽃게 한 조각, 마지막 곤이까지…
휑하니 빈 스텐냄비 허연 속살 너머로
끝끝내 겉돈 미더덕 덩그러니 주름 깊다.

피리

한순간 마디에 갇혀
소리 없이 살다가

눈 감고 귀를 막고
웅크리고 살다가

뜨거운 그대 숨결에
작은 몸을 떨다가

빈 척추 마디마디 기억조차 생생한

여물지 못한 시간들 좁은 통로를 돌아

드디어
출구를 찾아 기차 여행 떠나는 밤.

맥주 캔

그럴 줄 알았다니까
입 꽉 다물고 있다고

뱃속 가득 부글부글
끓는 울분 사그라들까

한순간
탁
터지고 만
쉰일곱 그 아지매.

칵테일

너와 나
하나 되어
온몸으로 뒤섞일 때

이미 근본, 허울 따윈
산산이 부서졌어

혀끝에 감미롭게 젖는
과즙 같은 내 사랑.

온전히 날 버리고야
또 널 비우고서야

비로소 찰랑이는 한 모금 슬픔 같은

늦은 손 가만 포개면 녹아드는 사랑 같은.

양말을 빨다

흰 양말 비벼 빨다 고린내에 흠칫 손을 놓다
지독한 냄새만큼 만만찮은 하루다
옹이 진
발가락 사이
물컹 잡히는 짓무른 시간

머리보다 먼저
세상 향해 내놓았던 발
굽은 길 가파른 길 마다않고 돌아치다
불현듯 돌아본 자리 구구절절 골이 깊다.

종종대는 분주함 뒤축에 달고 살지만
고스란히 몸에 밴 소금쩍 찌든 시간
씨ㆍ날줄 보송한 내일 빨랫줄이 환하다.

윤현조(尹鉉朝, Yoon, Hyun jo) 본명: 윤현갑(尹鉉甲, Yoon, Hyun gab)
1945년 경기 안성 출생.《월간문학》신인상(1977) 등단. 시집『벽오동 시』(2000, 동학사). '미래시' 동인. 한국시조시인협회, 한국문인협회 회원.

—

한강

삼각산과 관악새로 젖줄인 양 흘러가는
왕조 옮겨 앉기 손 몇 번 헤며 지쳤던가
그 영욕 말없는 물빛 예서 천년 흘러라.

꽃가마며 손수레도 뱃길 헤쳐 건너가던
숱한 난리 피 묻은 칼창 좋이 닦던 그 옛나루
얼룩진 그때 그 강물 세세토록 푸르오.

뵐 듯 흐린 강 저편의 여인처럼 벗는 새벽
안개 긴 모래톱을 나지막이 날아가는
몽고 쪽 고향 그리워 깃이 아픈 철새 떼.

눈보라 칠쯤 거나하게 걷고 싶은 한강 다리
유유히 흐르는 세월 이 몸 싣고 거슬러 가면
개벽이 걷힌 이 겨레 해여, 복된 빛 주소서.

먼 대륙 낯선 건아들 국기 들고 오는 그날
온 산하 환한 물그림자에 띄운 잔치
덩더꿍 북소리 높여 한강수를 밝히리다.

며느리

주고 받는 토장국 한 사발의 정이란다.
삼경三更 다듬이 소리 백발 할미의 등잔불 아래
산채밭 못된 질경이는 가문 안에 없었느니.

궂은 일 다 씻은 뒤에 용수 박아 걸러낸 꿈
돌담 박덩이만큼 인간사 그런 넝쿨로
그 사랑 흘린 청자부인 이웃간의 꽃이란다.

소래기도 다칠세라 세실히 빚은 일월日月
한 잎 재롱에 묻혀 그 아픔 잊은 뼈여, 살이여
마음씨 물에 일어도 모래티 없는 그릇.

학으로 사슴으로 둥지 떠난 품 안에
웃음의 피날레를 저 하늘에 띄워도
정녕코 백발 할미는 서럽지 않은 조국.

황지에서

능선 석벽 따라 달리는 기적 소리
저편에 솔개 한 쌍 탄전 빙빙 돌고
이 산 밑 화석으로 된 긴 겨울을 만나리다.

검은 바람 검은 물이 뼛속 깊이 밸 때까지
천 길 굴속 원시의 땅 한 줌 흙이 될 때까지
피보다 뜨거운 빛을 가슴으로 캐고 있다.

막장의 문이 닫히면 탄 더미에 솟는 달
탄 문은 객 꼭두 새벽 달을 물고 내려온다.
깨어진 달 그림자는 눈꽃으로 다시 피네

흉작

토광 속 찌든 가난 하얗게 핀 곰팡 내음
생각은 늘 몇 섬지기 호미날에 찍혀 나오고
흉년에 몰매 맞은 전답 붓물 터진 가슴이여.

빈 여물통 넘나드는 생앙쥐의 허식虛食만큼
마른 수수깡 새로 까락만 날리는 가을.
빈 농가 소말뚝마다 품앗이만 매여있다.

종달새

반 박자 쉬다 쉬다가 문득 치솟는 춘일.
산실의 봄을 위해 아지랑이로 울거라.
구만 리 창공 위에서 천신령께 빌거라.

한 박자 울고 울다가 수직으로 흩어지는
보리골 오선지에 쇼팡의 쉼표를 찾아
천지를 오르내려도 할미꽃은 말이 없네

고민

우중충한 침묵에 절은 볼모의 심상으로
바램도 씻긴 물에 잿구름이 스치는 날
조그만 꼬투리를 물고 울먹이는 피라미.

티 박힌 하루 하루 터질 듯한 애로 속에
채쩍질만 늘어가네 아픈 멍을 돌아 크네
참아 둔 능히 참아도 삭지 않는 활화산

춘곡

그 누가 어디메서 봄을 뭉쳐 팔매질인가
떨어져 움튼 자리 할미꽃이 피어나고
화풍이 북상하는 꽃외교 언제 통일 될라나.

길

숙명의 수 갈래 가야할 길 한 갈래
엉키고 설킨 인간사 돌아가야 할 길 여기
행·불행 표말標抹도 없이 선이 하나 그었다.

윤현주(尹炫周, Yun, Hyun ju)
1969년 경기 김포 고촌읍 출생. 부산디지털대
학교 졸업(2014).《역동문학》동시조 신인상
(2018) 등단. 방촌문화제 시조 우수상(2016),
《샘터》시조 입선, 문향 전국 여성공모전 시
부문 장려상, 경기수필 공모전(2017), 재생백
일장 차상(2018) 수상. 김포문인협회 회원.

거미줄

윤현주

행여나 식솔 일세
거미줄 칠까봐여
궂은 일 마다않던
아버지 투박한 손,
갈라진 거미집 안에
소리없이 갇혔다

윤현주 시인은 사랑하는 사람과의 이별을 이집트의 고대 유적과
결부시켜 독특한 분위기를 형성(「한 사람」), 봄날의 에로티시즘과
부풀어 오르는 듯한 들뜸과 설렘의 서정을 절묘하게 포착(「목련 꽃
등」), 중환자실의 급박하고 다급한 현장감을 생동감 있게 묘사하면
서 한 존재자의 소멸(「마지막 밤」), 이산의 아픔과 분단의 현실과
분단으로 피폐해진 한반도의 상황을 예각(「조강 데생」), 날아갈 수
없는 상황을 수용하면서 사유의 날개를 통해서 상상의 세계를 구
축하고자 하는 꿈을 기발하게 형상화(「윙컷」), 자연 현상이 일종의
언어 현상으로 변모하는 역동적인 작용을 상상(「수사학개론」), 인
간과 언어에 대한 다양한 관심을 그 형식 속에 녹여내고 있다.
— 정수자, 오종문, 황치복(글)
생계를 위한 아버지의 희생이 손바닥의 주름과 거미줄이 겹치는
(「거미줄」) 한 편의 사부곡이다.
— 박기섭(시조시인 · 전 현대사설시조포럼 회장)

한 사람

하늘의 별 되고 싶어
솟구쳐 올랐는가
수많은 유성들이 사선으로 떨어지고
파라오 태양을 훔쳐 무덤 신이 되었다

나일의 아침이여,
미라여 눈을 떠라!
이곳의 여행자들 하나로 무릎 꿇고
흐르는 달빛 눈물이 사막 속에 눕는다

예각에 찔린 가슴
알기나 하는 걸까
고단한 순례의 길 아득한 사랑 잃고
이 밤도 열병 앓은 채 그대 곁에 잠든다

목련 꽃등

발그레 피어났지
보름달 뚝 따다가

목련 꽃 가로등이 앞다퉈 불 밝히고

건밤을
꼬박 세우며
입언저리 꽃 핀다

가시내들 들켰구나!
꽃 대궐 차리려다

놀라 깬 슬슬동풍 은근 슬쩍 숨어든 곳

봉긋한
꽃두레 가슴
우주처럼 부풀었다

마지막 밤

명치 끝 저려오는 창살 걸린 저 초승달,
통증이 스멀스멀 온몸을 기어오르고
치미는 멀미를 참다 아린 속내 토한다

미등이 점멸하고 사람들이 혼절하는
중환자실 풍경들이 필름처럼 돌아간다
벽시계 책각거리듯 들숨날숨 가쁘다

진초록 새 잎들은 수런대다 잠이 들고
지워진 이름 하나 점이 되어 날아갈 때
흐릿한 망막에 찍힌 일막 일장 펼친다

조강* 데생

철책선 돌아 돌아 쉼 없이 흐르는 강
저 건너 지적에 두고 메아리 물결칠 때
실향민 긴긴 안부가 부초인 양 떠돈다

하늘꽃 곧 보일 듯 동강난 봄맨두리
물안개 끄트머리 밤마다 꿈틀대다
끝내는 통증이 도져 찬서리가 내린다

터덜터덜 만신창이 철조망 틈 사이를
겨울 앓은 고추잠자리 고요가 넘나들고
밤도 와 아비 잔기침, 뜬눈으로 웅얼댄다

* 조강: 한강과 임진강이 만나는 한강 하류 끝의 한강 물줄기를 일컫는
이름. 경기도 김포시 월곶면 조강리 앞에 조강나루터가 있었다.

윙컷

날개가 잘리운다 퇴화된 그날처럼
깃털 사이 감추었던 은밀한 사유 너머
어젯밤
곧추세우고
비늘구름 되었나

가벼운 몸부림이 파일로 압축되고
낯선 몸짓, 푸드덕! 네게로 날아간다
어딜까
너 있는 자리
둥지 틀고 싶은 밤

수사학 개론

그래, 그날이었지 벚꽃 흐드러진 날
말이 씨가 되어 어스름 잠기는 때
날 세운 까슬한 말들
혓바늘이 돋친다

스르륵 뜬 소문이 안개처럼 풀어지고
과장된 직유들이 풍선인 양 부풀었다
은유는 봄볕 속으로
따사로이 스민다

거미줄

행여나 식솔 입에
거미줄 칠까 하여

궂은 일 마다않던
아버지 투박한 손

갈라진
거미집 안에
소리 없이 갇혔다

해바라기

지금 넌
누굴 보니
이리저리 둘러보고

까치발
높이 세워
고개를 치켜들고

내 마음
너를 좇다가
빼곡하게 까만 눈

숨바꼭질

"하나 둘 열 세기 전 꼭꼭꼭 숨어야 해"
무궁화 꽃이 필 때 손바닥 갇힌 하늘
무궁화
꽃이 피었다
새까맣게 변한 나

밤사이 내린 별꽃 정수리 내려앉아
어느새 떠나 버린 어릴 적 소꿉친구
주름진 꽃봉오리엔 호랑나비 한 마리

마당에 널어놓은 새들도 날아가고
장독대 고인 빗물 얼굴을 비춰보면
애들아,
어서 나오렴
어둑어둑 성근 별

공원의 가을

햇살의 느린 걸음
공원을 거닐었다

잎 하나 떨어지다
내 발 끝에 멈추었다

찬 서리 붉게 물든 잎,
오므리는 심장 소리

차가운 아스팔트
주름진 마른 잎새

닳아 버린 더듬이는
마르고 시들어서

늦가을
노을비처럼
쓸쓸하게 내렸다

은봉재(殷鳳栽, Eun, Bong jae)
1944년 경기 수원 탑동 출생. 《시조시학》
(2018) 등단. 시조집 『실가지 끄트머리』(2017,
고요아침). 한국시조시인협회 회원. 경기 이
미용 학원 원장.

은봉재 시편들은 살아온 만큼 염려와 보냄의 아픔들을 묻어내는 (「연잎 눈물」, 「빈 가지」, 「아버지 기침」)에서는 따라갈 큰길이라는 무거운 세월의 내면을 그리다 흔들림의 시계로 감정표현이 관능이라는 감각을 따라(「뿅」) 확장으로 '껌뻑'에서 더 커진다. 특히 점잔 빼는 말투나 행동이 품격 있어 보이거나 또 그래야 하는 나이로 재단하기 일쑤인 노년에 불현듯 도발하는 에로티즘이 보이는 것은 즐거운 생동이라 할 수 있다. 시인은 남다른 감각의 촉수로(「아주 잠깐 흔들림」) 작품은 독자에게 웃음을 돌려가며 세상 여러 사람 여러 모습을 만물상萬物相의 진면목을 사실적으로 잡아내는(「꼴값」) 수다를 주워섬기는 사설에 익살이 끼친다.(「내 정원」)자연스럽게 읽히는 시조로 삶의 모습을 잘 전한다.

— 정수자(시조시인 · 한국시조시인협회 부이사장)

연잎 눈물

하느님도 혼자라서

곰곰이 잠 못 들어

가끔 울기도 우나 부다

허공을 받쳐 든

연잎에

수정빛 눈물

우주가 들어있네?

빈 가지

가랑잎 하나 굴러도 이토록 적막한데

많은 잎 다 보내고 갈가리 찢긴 가슴

텃새도 울고 갔겠다 귀뚜리 간 쪽으로

어둠의 힘줄 같은 차가운 가지 사이

아슴히 여윈 달은 사무침의 음표던가

소리가 몸부림친다. 가는 바람 붙들고

너무 속상해

몸 아픔은
마음도 얼른 아픈데

발만 동동 구를 뿐
못 앓아주는

네 아픔

끝끝내
제풀로 확 풀을

고명딸 앓는 소리

그들

여보! 예까지 오는데 몇 년이나 걸렸누

사글세 전전세 마지막 아파트지요

당신도

참 무던했네

뼛속이 다 삭아대요

여보! 하늘아파트 가야 하나 말아야 하나

요리조리 밴 연금 어느 年에 끝는지

그러면

눌러 살지 뭐

거미줄에 낙엽 두어 잎

꼴값

　버스를 타자마자 묵은지 같은 수다 냄새

　먹다 남은 혹 끼친 우거지된장국에 시시콜콜 콩장이며 쪼물딱거린 오이지무침 깨소금까지 핸드폰 살림살이 이 잡다 놓친 물이 쿨럭이는 싱크대라 여보세요 이보세요! 들은 척 만 척 퍼질러 똬리를 틀어대다 응응 그려 그래 설거지 끝났지 싶었는데 반 푼어치 웃음이 되살아났는지 봇물 터지듯 또 뒤집어지는 수다

　같잖은 어물전 꼴뚜기에 깜박 거른 정류장

아버지의 기침起枕

아마득한 인경 소리에 은은히 열리는
그 시절 산사에서 새벽을 보내오나
등잔불 가려 가면서 부스스 기침한다

비거덕 대문 앞 마당귀 훤히 쓸리는
대빗소리 솔향기 타든 군불 다숩던
습습한 자국이지만 따라갈 큰길이다

궂고 찬 날 걱정이 한껏 핀 흰머린
고물고물 나간 자식 혹시나 생생해
무소식 희소식이란 헛말만을 되푼다.

아주 잠깐 흔들림

시내버스 앞자리
풀려진 덜미 단추
해바라진 목련 살결 살긋이 태워대는
햇살에
손 못 쓸 풋내
나도 놀란 몸살이다

눈감아도 더 환한
촉살에 꼭 껴든
신음을 수갑한 양 옥조여간 실목걸이
파고든
목덜미 이면
칼눈으로 훔칠 즈음

삐거덕 정차 소리
드르륵 문소리에
맬 곳 없는 눈길을 허둥지둥 수습해
기둥을
틀어잡으려다
아뿔싸, 부딪는 이마

어머님 전 상서

　한창 필 갓 마흔 고갯마루 봉분 하나

　나절가웃 늙소 무릎 꿇리듯 목에 메여 돌아가는 맷돌방아 절며절며 흰머리 날리는데 저승이 하 멀더라도 꿈에라도 한두 번 못 오시려니 훌훌 내려놓고서라도 이 밤 빗줄기 그 한 올만 서리서리 서려지고

　으슥한 저승 고갯길 가빠서 절더라도

내 정원

햇살이 먼저 드는 쪽잠 같은 창문엔
상큼한 바람이 나직나직 들어오고
괜찮은 책들이 있어 밤새울 수 있지요

대화부터 시작해서 철철이 다투어서
남향 밭둑 꽃들이 구색을 뽐낼 거고
담담한 댓돌마루는 맘에 드실 겁니다

속내나 겉치레나 당연한 일상이라
이해는 아카시아 향에서 산출하고
그리움 우려내어서 분수만큼 부풀리며

뒷들에는 이랑이랑 보리를 갈아 오니
몸짓이 가벼워 꿈이야 한결같지만
사랑은 생리인가요 덫인 양 울컥합니다

뽕

뽕잎 밑에
숨어온 앙증스런 분홍오디
봉긋이 부풀어 해발쪽이 바라지니

콧바람
불어날 때마다 발름대는 적삼 깃

맞물린 깃 부위가 바람에 뒤둥그러져
들숨날숨 나대다 먹빛이 된 오디꼭지

침 한번 꿀꺽 삼키고
앞산을 본다

껌뻑

이가원(李家源, Lee, Ga won)

1917.~2000. 경북 안동 출생. 호 연민(淵民) 외. 서예가, 국문학자. 명륜 전문학원(연구과) 졸업(1941), 성균관대 문학부(국문과) 졸업(1952). 저서『금호신화』(1953, 현대사, 역),『중국문학사조사』(1959, 일조각),『한국문학사』(1961, 민중서관),『연암소설 연구』(1965, 을유문화사) 외, 한문시문집『연연야사재문고』(1967, 통문관) 외, 다수 논문. 한국한문학회, 한국한문교육학회 창립. 민족문화추진회 기획 편집위원, 국역연수원 강사, 퇴계학연구원 원장 역임 외.

—

그대들은 고이 잠드시라
— 4 · 19혁명 학생의 방혼芳魂을 부르면서

아아! 사랑하는 겨레의 아들이여!
나는 오히려 그대를 20대의 어릿광이로
이제야 내 마음 놓고 그대들의 하염을 보련다.

그대들은 아무런 꾸밈도 없는 민족 분노
불의의 총탄 아래 쓰러진 그 꽃송이 !
그래도 저희들은 물러서지 않으려나 !

그대들은 고이 잠드시라! 천향 풍기는 저 달나라
이 누리의 가장 큰 과업을 이룩했나니
우리의 선열은 미소 띄운 채 그대를 맞으리라

장미첩薔薇帖

장미꽃 두어 송이 이국의 봄을 싣고
눈보래 헤치면서 옛 글집 찾아드니
살며시 받들어 안고 임이신 듯 반기나라

'새해라 다시 새롬' 빌어준 그 사연을
아늑한 책장 속에 고이 간직하였다가
임 생각 살뜰할 제면 피어 보려 하느니라

최열곤 동지 화혼축시崔熱坤同志華婚祝詩

새해라 또 새봄에 꽃다우신 일을 맞아
새 이상 자아내어 이 겨레를 돌보과져
하올 일 하도 많으니 새 일꾼이 되소서

충무위사직 죽계 유공 춘영유적비명
忠武衛司直竹溪柳公春英遺蹟碑銘

성머리 복지 찾아 새 터를 닦으시고
시주詩酒로 잔치 열어 진솔한 모임 하니
푸새와 나뭇잎들에 맑은 향기 끼치었고

칠순의 쌓은 덕은 후사後嗣가 번영토다
이곳에 빗돌 세워 옛일을 새기노니
정성껏 수호 받들어 오래 두며 전하리다

봄 편지

청조 불러내어 편지 전턴 그 아침
파아란 사연이 읊으면 시가 되어
님 그냥 주렴 너머로 말이 없어 답답고나

이 맘이 바퀴인 양 일각도 쉬지 않고
밤마다 헤매이는 길 통금 없는 네거리를
아무리 그러하다손 표적 없어 서러운 일

이웃 종소리에 풋잠이 깨이는 밤
잠이 곧 깨이자 이 시름 또 불타이
묻노니 그만 이 일을 사뭇 그러곤 말어요.

심산 김창숙옹 만사 초心山 金昌淑翁 輓辭 抄

1
〈빠리〉에 던진 장서 격렬도 한저이고
〈하늘북〉한 소리로 대륙을 행진할 제
책 덮고 일어선 선비 가을 하늘 새맬러라

4
일세를 덮고 남는 호매한 임의 기재
눈 감아도 범일러니 이제 어디 가시니까
창공에 별 떨어지던 밤 뉘 아니 통곡하리

7
천향이 풍겨오는 맑디 맑은 달나라에
임은 고이 잠드시라 쾌락 잠깐 맛 보시고
바람결 바퀴 돌리어 이 나라를 돌보소서

예조정랑 안동권공이유허비명禮曹正郎安東權公怡遺墟碑銘

동진강東津江 젖줄 이뤄 어염魚鹽이 댐이 되고
곡식도 풍성토다 4 백재四百載 먼 옛날에
권정랑權正郎 그 어른께서 이곳에 계시거다

인화문물人華文物 갖출시고 늙은 나무 어린 푸새
광택이 상기로다 빗돌에 글을 새겨
큰 사적事蹟 기록하고는 길이길이 전하리다

원대 이공 원태 기적비명圓臺李公源台紀蹟碑銘

한 선비의 쓸쓸한 서재 청아한 글소리
길 손님 발 멈추고 귀 기우려 듣자터니
이제와 충루거각이 우뚝히 높이 솟아

동남의 뭇선비들 구름떼로 모여드니
어이 차마 잊으랴 이 어른의 그 보배로움
이 빗돌 글을 새겨서 천추에 알리리라

묘비명 초抄

— 성제省齊 이시영 李始榮 선생

1

철령鐵嶺에 자던 구름 백사 이 시영 상공 눈물이요
강교江郊에 더딘 걸음 장단 대신 신지神知일사
애국의 핏줄이 흘러 성재웅이 나시리다.

2

백옥도 티 생기고 얼음도 녹건마는
옥도곤 희디희고 얼음도곤 굳으시니
이 겨레 오랜 해달에 몇 분이나 있돗던고

5

국토는 반벽半壁이요 민생은 이 경지에
온 나라 터엉 비어 노성 한 분 없사옵고
길 멀고 해 저문 날에 님이 그려 우옵니다

백월비부白月碑趺

보리 물결 기름지고 멧비 잠깐 개이어라
옛 빗돌은 어디가고 거북 홀로 남았느니
이 강산 이 겨레 변했다니 어이 너만 무양하리

이가은(李佳恩, Lee, Ga eun) 본명: 이복순(李福順, Lee, Bok soon)

1947년 경북 경주 강동면 출생. 한국방송통신대학교(국어국문학과) 졸업(2010). 《월간문학》(2004) 등단. 시조집 『문자 메시지』(2013, 고요아침), 『가을과 겨울 사이』(2020, 알토란북스). 샘터시조상 연말장원(2003), 경기시조시인상(2013), 한국여성시조문학상(2016) 수상. 국제펜 한국본부, 한국여성문학인회 회원. 한국문인협회 인성교육개발위원, 한국여성시조문학회 · 경기시조시인협회 이사.

이가은 시인의 시편들은 대부분 자연에서 얻어진 깨달음의 성찰적 자세가 큰 흐름을 이루고 있다. 세상의 어두운 구석을 비추며 조심스레 저공비행을 한다. 자신의 몸을 낮추고(「연」, 「윤이월」) 타인 능해의 이타적 사랑을 실천하며(「꿈꾸는 쌀」), "시드는 목숨들의" "마지막 밝혀놓은" 머나먼 길의 등불을 켜들기도 하는데(「젖다, 낙엽」), 때로는 빛나는 이름 하나 얻기 위해 모질게 궁굴리고 깎고 또 다듬는 아픈 과정을 기꺼이 자청하기도 한다(「목기론」, 「파도」, 「시조를 만나다」). 그러나 무엇보다 큰 장점은 첨단소재마저도 서정적으로 잘 육화해내는(「문자 메시지」) 새로운 감각을 지니고 있다는 점이다.

— 이지엽(시인 · 한국시조시인협회 이사장 · 경기대 교수)

가을과 겨울 사이

시들며 떨어져도 안으로 물이 고운

단풍나무 우듬지에 노을이 아름답다

만 송이 서리꽃 피워 동안거에 드는 산

산까치 둥지 틀어 고요보다 더 깊은

돌계단 밟아 오르면 큰 바위 얼굴 만날까

수그려 바동대던 꿈 넉넉하게 품어 줄

늦을 때가 외려 고운, 가을과 겨울 사이

후회 없이 다한 삶이 모과 향으로 깊어질 때

둥글게 다듬어 온 언어 그 내력을 엮는다

대바구니에 빛살 담듯

습작하는 불면은 살아 있음의 확인이다
빗장 굳게 잠글수록 흔들리며 타는 갈증
끝없는 미로 속으로 가물가물 잠긴다

엉겅퀴 꽃에 달라붙는 진딧물 저 진딧물
나만이 만질 수 있는 끈적이는 언어들로
웅크린 세상의 날을
무디게 할 순 없을까

성긴 바람 다독이며 촘촘히 엮은 소망
대바구니에 빛살 담듯 줄줄이 샐지라도
더러는
강물에 찰방찰방
은비늘로 뜨고 싶다

문자 메시지

먼 안부 잊은 듯이
불현듯 전해오는
꽃물 찍듯 짧은 호명呼名
압축 풀어 해독하고
간간이
말줄임표로
징검다리 놓는 마음

쌈박한 이모티콘
그 은유의 고운 꽃비
때로는
느낌표로 하르르 날고 싶어
추스른 만장萬丈 그리움
메아리로
앉힐래

끈

얼룩진 그리움도
삶의 의미 되는 거지
눈물꽃도 진창이면 별이 되어 반짝일까
강가에 물안개 피듯 자오록이 품으면

순서 없이 보낸 이름 매듭으로 틀고 앉아
얼음 박힌 맵찬 하늘 광풍으로 몰아칠 때
인간은 한 낱 좁쌀알 바닷물에 던져진

허공에 무늬 놓던 그 구름 사라져도
태양은 다시 뜨고 계절은 바뀌는 걸
어쩌랴 인력으로 못하는 우주법계 섭리를

마침은 또 다른 시작 그 고리 풀지 못해
산속 깊은 불이문에 매달린 거미 같이
그 인연 놓을 수 없어
칭칭 감아 묶는다

겨울 산

배낭 가득 자성自省을 메고 겨울 산을 오른다
풀지 못한 매듭처럼 망개나무 붉은 열매
내 안에 그토록 고운 믿음 하나 접으며

잡목림 벼랑바위 가파르게 길을 내고
늘 푸른 소나무로 사계절을 지키리라던
비껴간 하늘 바람 향해 글썽이는 눈발들

쌓인 만큼 얼어붙은 깊은 계곡 벗어나면
올곧게 둥지 않힌 새 떼들의 합창 소리
산억새 질펀한 능선 비비대며 날아든다

늘 젖은 그늘 속에 사는 일 버거울 때
모든 것 다 주고도 오히려 더 처연한
어머니 물빛 사랑을 그 곳에서 만난다

목기론論

잘 벼린 도끼날로 막무가내 찍어 넘긴
죄 없는 생목숨을 서서히 말리다가
기왕의
존재를 버리고
환생의 길 걷기까지

잘리고 뒤틀린 몸 천근 무게로 중심 잡고
아물지 못한 상처 거풍시켜 갈무릴 때
차라리
인고의 세월
숙명으로 안기까지

모질게 궁굴리고 깎고 또 다듬어서
결 고운 무늬 되어 별을 품고 꿈꾸듯이
죽어서
영원히 사는
빛나는 이름 얻기까지

카카오스토리

살가운 이웃처럼 어깨 겯듯 고만고만한
이슬 맺힌 애호박 황토밭 순무 같은
소소한 일상의 이야기
아기자기 풀어보는

관심 글 순간사진 댓글 세례 덤도 얹어
적당한 기울기로 공감 공유 꾹 누르며
참살이 쏠쏠한 재미
느낌 하트 날리고

꽃잎처럼 떠다니는 하고 많은 얘기 중에
안으로 품고 싶은 뜨거운 꽃말 챙겨
가끔은 나만 보기로
적바림해 붙이지

네잎클로버

좀처럼 띄지 않아 오랜 날을 헤매었을

순화된 그리움의 발자국 깊이만큼

박제된 시간 속으로 은연중에 닿습니다

붉은 색 밑줄 그은 사랑의 명시선집

은유 접어 채운 말씀 행운의 갈피마다

수굿이 떠오르는 이름 보배로운 향입니다

연적을 비우며

판본체
시작부터 끝까지 휘청인 적 없었지
반듯하고 꼿꼿하여 되레 아둔해 보일 때도
일탈을 꿈꾸지 않는 그 믿음이 좋았어

궁서체
그저 바라만 봐도 절로 가슴 떨려오는
한 땀 한 땀 누비처네 다소곳한 이조 여인
하물며 궁宮 안 깊숙이
사모조차 버겁던…

흘림체
아슴아슴 뒤척이다 어둑새벽 밝힌 간찰
달무리 껴안으며 다 못 삭일 통점 같은
어머니
젖은 생애를
구비 흘러 눕힌 강

등나무 절집

지세地勢가 험한 골에 등나무를 심어 지킨
큰스님 사자후로 법당 늘 충만하다
심우도 열 단계 그림도 꽃살문에 흐르고

등 하나 달지 못한 고단한 백두白頭 보살
부처님 가피일까 초파일 전후쯤엔
줄줄이 보랏빛 등꽃 연등처럼 달려도

복전함 곁에조차 차마 비낀 간절함을
등나무 그늘 아래 합장으로 비손하며
탑돌이 해거름 녘에 동전 한 닢 올리는

무슨 연유 그리 깊어 오체투지 가뭇한 날
주련 글귀 장엄한 대적광전 먼 마당에
샘솟는 조롱박 가득 감로수로 축일까

이가은(李嘉恩, Lee, Ga eun)

1983년 울산 출생. 동국대학교(문예창작학과)
졸업. 중앙신인문학상 시조 당선(2016) 등단.

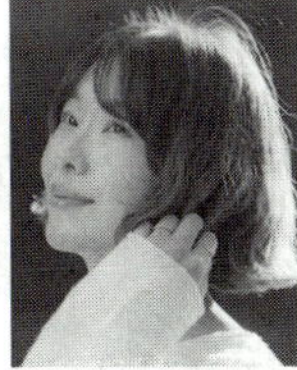

2016년 중앙신인문학상 시조 부문에서 당선되어 문단에 나온 이가
은 시인은 모래알처럼 분열되어 있는 현대사회의 자아상을 붙잡고
씨름하는 것처럼 보이는데, 시조의 다양한 형식적 실험을 동반하
고 있다는 점에서 문제적이다. 시조의 형식을 요모조모로 변형해
보면서 그 변격의 가능성과 효과를 가늠해 보면서도 그 안에서 해
체와 불안에 직면해 있는 현대인의 불완전하고 위태로운 자아상을
타진해보고 있기 때문이다.

— 황치복(문학평론가)

후드득, 곧

구름은 구릉처럼 기울어지고 있대

비탈진 생각들이 굴러가기 알맞도록

어어어 멈출 수 없어!
슈웅 떠오른다면

축축한 날개 펼친 몽상은 비상하지

후드득, 곧 떨어질 빗방울이라 해도

난 매일 먹구름이야
새롭게 어두워져

구름도 구름 말고 다른 걸 꿈꾸었대

자꾸만 떠밀려서 가도 가도 뭉글했대

몸속에 빠진 새의 발
맞춰 본대 남몰래

라마가 걸어가요

바람 불어옵니다 네네, 좀 춤습니다
무리 중 이탈하는 녀석은 바로 저예요
이히히 걱정 마세요
여럿 같은 혼자죠

나팔, 이라 내뱉으면 네팔 초원 펼쳐져요
어떤 슬픔이라도 풀빛 리본 너풀대는
하루를 힘껏 불어요
양볼 미어지도록

잉크에 펜촉 담가 쭉 당기면 밤이 오죠
발가락 깊숙이 팬 라마가 걸어가요
속눈썹 푸르르 떠는
가느다란 퇴근길

액자 속으로 바람이 분다

오늘 난 그림 없는 미술관에 다녀왔어
좋았던 기억 없는 그런 날을 지나쳐서

위대한 하루만으로 벽은 점점 비어 가

액자는 어쩌자고 창문이 되려나 봐
꽉 잠긴 가능성을 어떻게든 겨우 열면

조금도 괜찮지 않은 장면들이 나란히

그림은 그림 되는 일에만 몰두할 뿐
한 곳에 꼼짝없이 걸린 나를 지나쳤어

그림이 너무 많으면 없었던 것도 같아

모래를

깨소금 흩뿌리듯 살살 흩날리는 거야
시소 타는 밤이야
숱한 나를 잊은 나랑
발들을 들어 올린 건 발자국만 한 먼지

한 번도 가 본 적 없는 곳으로 돌아갈 거야
끝이야, 중얼거리면
끝없는 사막이었어
찌 달린 낚싯줄 물고 달이 떠오른 거야

모래도 모래끼리 우리라고 부를까
아무리 털어내도
버석대는 옆인 거야
훅, 불면 따끔거리는 이곳을 알고 있어

저녁은 종이처럼 우리는 주름처럼

아무런 말 못 하고 돌아선 낮을 알아

우물쭈물하다 툭 넘어지는 노을아
무릎을 세우면 우린 주름처럼 펴질 거야

빳빳해진 표정은 들키기에 참 좋군

구름을 한 움큼만 떼 내어 흩뿌릴래
울면서 걸어간 어른, 그런 걸 흉내 내게

얼마나 더 얇아져야 조금만 없어질까

바스락 온 세상이 한꺼번에 구겨지고
안 믿겨, 어떤 자국도 남지 않은 오늘이

낙담과 낙조 사이

숨소리 들려오면
그때서야 고요해져
빈 벽이 둥근 어깨 가졌단 걸 알게 됐지
뒤돌아 누워 맴돌던 낙담과 낙조 사이

매일 붙들려 가도
걸어간다 생각할게
그림자는 몸속에 그림자를 기르나 봐
겹치고 겹친 오늘이 불투명해지기를

유리 조각 밟고 서서
깨진 바다를 떠올려
오롯이 비추기에 암전되는 순간이야
길 잃은 밤 한가운데 떠 있는 돌멩이 한 척

절규하는 60°*

나굴고 까무러치는
파도의 심장 박동

선반이 선박을 엉망으로 망쳐 놓듯
꽉 잡아 고정시켜도 마구 쏟아진 오늘

쾌속선에 매단 돛은
내려가야 하는 패

우린 어떤 몰락에 몰두하고 있습니까

수면이 삐거덕거려 절룩이는 다리들

풍랑아, 앉아 볼래
안 젖은 의자 줄게

꼼짝없이 휩쓸린 내일은 내일 찾자
허우적 떠밀리는데 칠흑인데 헤매는 빛

* 세계에서 가장 파도가 험난한 드레이크 해협의 별명.

몸통 속으로 쿨렁 봄 들어오고

바람이 아랫입술 지그시 깨물었다
소리는 나지 않고 모양만 남는 골목
어깨에 걸친 노을빛
스르르 흘러내릴 때

뒤집힌 몸 뒤집는 딱정벌레 한 마리
지그재그 걸어가는 걸 뒤에서 바라보면
많이도 달린 다리들,
들켜 버린 생각 같아

등껍질 아래 숨긴 날개 언제 펼칠까
길 한 겹 벗겨 내면 처음 파닥거리는 봄
더듬이
긴소매처럼
반쯤 걷어 올리고

나무는 한 그루의 숲을 꾸네

옷 벗어 행거에 걸자
나무가 되었다네
곧 사라지려는데 뿌리가 뻗어 나갔네
빛 속은 빗속이었네 마구 튀네 빛방울

쑥떡색 소문들이 자라는 중이라네
텅 비었던 물관은 팽팽히 차올랐다네
마음을 한데 모아서
묶어 보네 느슨히

머리칼 찰랑이는
숲 되고 싶었다네
찬란했던 시절은 가느다란 다리라네
가지에 앉을 때마다 잎 된다네 새들도

홀짝, 도시를 마셔요

꼬깃꼬깃한 오후로 뭘 만들어 볼까요
마음대로 접어 봐요
그럴수록 매료되니
상상은 양면 색종이, 비밀스런 찻잔 완성!

따분한 나를 한참 우려내도 나인 걸요
다 식은 도시 한 잔
홀짝홀짝 마신다면
다 틀린 하루라 해도 흐음 얼그레이향

우아한 손잡이를 잡고 비틀었나요
빈방에 도착해요
완전히 가라앉기 전,
이 밤을 힘껏 떠오르죠 바싹 마른 찻잎처럼

이건선(李建善, Lee, Gun sun)

1938년 강원 횡성 출생. 호 여강(如江). 창작실명 무변시실(舞邊詩實). 서울문리사대(국어국문과) 졸업, 건국대 문리과대학(국어국문과) 졸업. 《시조문학》 천료(1977), 《현대문학》 시천료(1978, 3월호) 등단. 시집 『별 하나 닦아놓고』(1987, 동천사), 『은비늘 금비늘 파닥이는 그리움으로』(1995, 신화전산기획) 외. 제4회 명지문학상(1996), 국민훈장 목련장(1998) 수상 외. 한국문인협회, 한국시조시인협회 회원. '웅시' 동인. 중·고교 교직, 명지실업전문대학 강사 역임.
—

석란石蘭

꽃바람 시린 눈짓에 귀인貴人의 숨결로 앉듯
젖내 헹군 입시울에 덧니 하나 돋아나듯
손짓을 손짓에 띄워 꼭두새벽 문을 연다.

앙금진 귀문 열고 이슬로 시선 풀 듯
알몸만 물결로 실어 심청이 연꽃에 오듯
바윗돌 기대어 올 때 물안개로 어울린다.

완당阮堂의 가슴 비워 화선지로 먹물 배듯
달빛 사려 얼굴 피면 목화구름 그늘 짓듯
찾아온 바람 안으면 옥로향玉露香만 흩는가

소리

어둠도 흔들고 가는 바람 같은 길에 올라
이슬로 편 자리 둘레 울음마저 지우고는
질펀히 번져오누나 연꽃 피운 숨결 소리.

솔가지 삭정이 지며 까치소리 건져내어
석류알 터진 아픔도 헤워내며 웃는 솔은
할머니 귀문을 열고 넘기시던 염주알 소리.

손금 따라 길을 트고 여울물로 흘러 울면
핏속에 맑은 향이 미소로 번지면서
아기 눈 담는 얼굴은 꽃비 맞는 어머니.

열대어

1
반짝이는 세상 풍경 너무나도 눈부셔서
버걱버걱 물거품만 한종일 토하면서
바보눈 까맣게 뜨고 수초水草잎을 맴도는가.

2
잠들어도 잠들어도 감을 수 없는 눈이기에
죽어서도 죽어서도 감을 수 없는 눈이기에
흐르듯 어항 물속을 열대어는 사는가.

연실蓮實 튀는 소리

생금빛 햇살 감고 영그는 연실 튀는 소리
가을 못물 눈 안 가득 실금만 한 숨결 풀면
할머님 은발 어디쯤 계절의 눈금을 메고

먹개구리 몸을 실어 가라앉는 구름 봤네
일손 놓은 알종아리로 얼려 놀던 고추잠자리
연 대궁 풀벌레 노래로 일렁이는 춤을 봤네

목어木魚 소리 여남은 파람 선들바람 매는 허릴
이슬 굴려 해운 아침 별빛 한끝 물려 주고
언젠가 본 듯도 한 얼굴 돌탑머릴 깨우네.

정맥情脈

등나무 울에 엉긴 아침 하늘 눈을 열면
정화수井華水 샘을 길어 한 동이 꽃물빛이
보조개 시선도 밝혀 한 금 손에 닿는다.

암피둘기 울음 패며 수실 꿰는 봄빛 강산
챙겨 주는 햇살 받아 숙취에서 깨어나듯
꽃구름 산맥을 넘어 가슴 적실 메아리를

가을 단상斷想

으능잎 낙영落影은 싫어 흙내음 몸으로 간다.
화사한 사념 흩고 가을 몇 톨 진실이 박혀
토옥 톡— 아픈 시선 은바늘로 꽂힌 눈썹.

끝내는 고영孤影을 저어 윤 자르르 도는 꼭지
토실한 황금 비늘을 깨물리운 바알간 율律
칼칼한 목줄을 늘여 하늘 캐는 시詩밭이여.

동백

한금 지난 햇살 겨워 입술들을 불려 놓고
가리마아 뜨는 뜸이 무슨 말씀 꺼내려고
울음도 웃음도 챙겨 빛깔 부신 몸짓인가.

성에바람 머문 자리 몇 줌 정情이 눈을 떠서
부끄럼 깨문 얼굴 새 하늘 열어 놓고
바람맛 홀홀 삼키고는 아리아리 삭힌다.

귀 앓이

두 귀가 아려와서 뻐꾸기 울음 운다.
귓속말 아린 귀엔 늑대 울음 끊는 것을
뻐꾸기 귓속을 울어 어금니에 저려 온다.

밤

그 어둠의 깊이만큼 겨울 밤을 밀고 와서
불꽃에 눈을 뜨고 바람만 울고 있다.
울다가 나래를 펴고 전설 하나 빚고 있다.

쉰 목소리

뙤약볕 이빨을 갈 때 찢어지는 먹구름장
번개탄 사려 - 번개탄 사려 -
중복에 개울음 같은 땀에 젖은 쉰 목소리.

이경안(李炅愛, Lee, Kyung an) 본명: 이동현(東鉉, Lee, Dong hyun)
1943년 경북 김천 출생. 내장사 입산(1958), 범어사 대교과 졸업
(1968), 수의과 수료(1970). 〈매일신문〉 신춘문예,《시조문학》 천료
(1972) 등단. 수필집 『하산하는 언어들』(1975, 봉림), 『밤비 차라리
소나기 되어라』(1979, 미소) 외. '향목', 영남시조문학 동인. 김천문
학회, 김천시문학회 참여. 한국문인협회, 한국시조시인협회 회원.

—

겨울 목련

1

날빛 한 자락 밟고 지켜선 뜨락인데
어느 영嶺 넘어 노는 질타叱咤 같은 그 설풍雪風이
내 마음 지엽枝葉을 때려 살肉은 마냥 아파라.

2

짐승도 잠 잃은 밤은 목숨조차 벗고 싶은데
만 갈래 외론 시름을 지병처럼 잃노라면
내 마음 세월 밖에서 봄도 따라 울먹인다.

겨울바람

1

댓숲 바람 그 광란은 네 가슴에 잠겨 있고
귀 먼 그 목소리는 파도 되어 밀려 온다.
어쩌면 넌 불붙는 심지 봄소식의 몸살일까

2

씨앗을 몰고 온 생각 타다 남은 재가 되고
열두 골 아린 흔적이 열토熱土를 울리는데
뎅그렁 여운이 남아 이 밤 다시 춥고나.

목소리

1

내 목소릴 내가 듣다 문득 막아버린 두 귀
갑자기 잘려나간 두 손이 떨고 있다.
심장에 파문이 일 때, 그것은 내 목소리다.

2

깊이만 흐르던 혈맥 그 낙처落處 누가 알까?
지난밤 낙수 소리에 두 귀도 흠뻑 젖고
한 움큼 쪽빛을 쥐고 하루 소릴 또 듣네.

5

먹일 쫓던 가마귀가 문득 쳐든 고개 밑에
어디서 부는 바람 낙화 끌고 달아난다.
날빛은 바람을 불러 먼지나 싸 놓고 가네.

9월의 나무들

풀벌레 한 울음에 샛별 그도 눈 흘기고
그 모두 천심天心의 연유 섭리 따라 벗을 수밖에
한 아름 정을 사루면 북천北天 저쪽 우는 후조

분수처럼 내뿜는 그 연연한 생명선도
육열肉裂의 아픔 속에 피멍 든 계절이기
이제는 보관寶冠도 벗고 연륜 밖에 서고 싶다.

눈을 밟으며

1

눈송이 따라가면 목 꺾인 전생의 빚쟁이
꽃은 다 시들어 술집 작부가 되어도
감국甘菊의 그 언저리에 가을 소리 따갑다.

2

손목을 꼬옥 보면 넌 태산으로 서 있고
해종일 내리는 눈 생각속 불망不忘의 혼
손바닥 척 펼쳐 들면 동해의 파도 소리다.

몽수경

1

밤 빗소리 귀로 외며 몽수경 읽고 있다
어느덧 비는 멎고 서창에 죽영竹影 소리
비 개고 달 밝은 뜻을 거기에서 읽었다.

2

어젯밤 그 빗소리에 무거워 숙인 풀잎
오늘은 희다 검다 말없이 즐겨 웃고
종달새 노랫소리가 창공 너머 굴러간다.

시시 비비

1

기나긴 그 겨울철에 구멍 뚫린 자리를 찾아
잃어버린 지명知命을 들고 어디고 가고 있네
기어코 찾으려 해도 오간 데 없는 그 자리

2

눈곱 낀 두 눈으로 허위적 허위적이다
오늘도 날빛 한 자락만 고스란히 넘겨 버리고
또 다시 시와 비를 가려 퍼런 칼을 뽑는다

3

어젯밤 잘린 두 팔 어디에 또 붙일건가
그저 보면 한없이 먼길, 내가 듣던 그 바람 소리
둥 둥 둥 북을 울려도 시는 역시 비는 역비亦非 ㄹ~세

사생

허공에 눈을 걸 때 이미 포말이 된다.
바람이 낙엽 따라 잎은 바람에 있다.
길게 눈 내 그림자가 꼬집도록 미워라

먼 촉각 팽창한 의식 두 눈은 단춧구멍
돌아와 죽는 법을 안 배워도 아는 걸까?
만져본 부재의 의식 촉감으로 다듬는다.

산창조춘山窓早春

해 뜨자 젖어 드는 먼산 보랏빛 잔설
돌아온 산새 한 마리 어디서 겨울을 났나
자그만 뜨거운 부리를 돌부리에 문진다.

가야금 첫 줄이 울어 점화해논 봄이런가
어제는 찬 눈발이 벌 떼처럼 감기더니
산수유 까만 가지에 도톰도톰 눈이 돋는다.

다둑이는 불씨처럼 마음도 아껴쓰자
한장 하얀 엽서에 산소식을 담노라면
아직은 만 리 밖 봄이 지레 밝아 오누나.

상야霜夜

밤 들자 서리 내려 기왓골이 무거웁다.
문 열면 창밖에는 은행잎 젖겠는데
귀뚜리 가는 울음이 항아리에 고인다.

초경初更 밝은 별빛이 밤하늘에 돋아나며
세월에 주름진 산 생각 속에 잠겨 들고
닫은 창 매화 그림자 강물 가듯 흐른다.

한세상 까만 인연도 염주일사 눈을 못 떠
시월 낙목落木처럼 다 벗지를 못했는데
스며든 실낱 바람에 이 밤 도로 추워라.

이경옥(李京玉, Lee, Kyung ok)

1959년 경북 김천 감문면 출생. 동국대학교(사회복지학) 석사. 《현대시조》(1995) 등단. 시집 『막사발의 노래』(2010, 고요아침), 『무의탁 못』(2017, 이미지북). 현대시조 올해의 좋은 시조(1997), 전국 공무원문예대전 우수상(1999) 수상. 한국시조시인협회, 오늘의시조시인회의, 현대시조문학회, 국제펜클럽문학회, 맥시조문학회 회원.

시인은 옴짝달싹 못 하는 못들의 못 박힌 팔자를 달리 읽어 "무의탁"이라는 놀라운 표현을 불러낸다. "폐자재 서까래"에 "불편하게 박혀 있"던 "뒤틀린 대못 하나". 그저 지나칠 수 있는 버려진 입장에 불과한 모습이지만 "노숙으로 뒤척이"는 형상에 빗대놓고 보면 그 함의가 사뭇 달라진다. 어차피 버려질 "폐자재" 속의 못에서 인생사의 노숙을 겹쳐보면 그 반대의 입장 즉 수많은 붙박이 못들의 의미도 환기하기 때문이다. 게다가 그 못들의 역할을 다시 보면 자신의 몸에 자녀들을 걸어 키워온 이 땅의 아버지이고 어머니일 수도 있다는 생각을 촉발한다. 이 작품이 거기까지 나아가는 성찰을 암시하지는 않지만 "무의탁"에 "못"을 조합한 것만으로도 그 발견에 값하는 표현의 효과를 지닌다 하겠다.

— 정수자(시조시인·한국시조시인협회 부이사장)

무의탁 못

땔감으로 부려 놓은 폐자재 서까래에
뒤틀린 대못 하나 불편하게 박혀 있다
녹슬은 시간에 기대어
항변도 변명도 않고

대들보 깊숙이 박혀 안착하지 못한 죄로
땔감에 휩쓸리어 노숙으로 뒤척이다
수습할 시신도 없이
잿불 속에 파묻힐까

꼿꼿함 잃은 순간 못은 못이 아니라서
뒤집기 한판은커녕 명함도 못 내밀고
내쳐져 한데로 내몰린
무의탁의 저 은유

익을 무렵

열흘 붉은 꽃이라지만
수사는 더 짧아도 좋다

양귀비, 붉은 꽃잎 떨치고
수천의 씨앗 품듯

지금은, 현란한 말을 버리고
정심正心을 쟁일 때

숟가락을 읽다

젖 뗄 무렵 얼떨결에 숟가락을 손에 쥐고
스스로 밥을 먹을 수 있게 되면서부터
비로소 읽기 시작했을까
흥미진진 세상 한 권

그때 밥알 흘리면서 익힌 숟가락질 이후
책장을 넘기듯이 온갖 질을 섭렵하며
짚일 듯 짚이지 않는
세상 가늠했으련만

걸레질보다 더 쉽고 가벼운 숟가락질이
홀로서기의 시작이요 끝이란 걸 알겠네

읽던 책 잠시 덮어두고
숟가락을 집어 들며

민달팽이

늙수레한 민달팽이 배추 잎을 갉고 있다
집도 절도 없지만 부족한 것도 없다고
배불리 먹었단 표시
푸른똥을 싸놓고

산전수전 다 겪고 단맛 쓴맛 다 봤으니
"이제, 날 잡아 가소" 저승에 방 붙이고
여생을 더듬거리는 할매
물컹한 저 한 생生

내 남자의 바다

내 남자의 몸속에 바다가 숨어 산다
밤이면 슬그머니 출몰하는 바다는
뜨거운 파도를 부리며
남자를 출렁인다

불끈 달아올라 파도와 몸 섞는 남자
크르렁 크르르륵 드르렁 드르르르
거칠게 요동치면서
침상을 마구 뒹군다

안태 섬 떠나올 때 버린 줄 알았는데
여태껏 바다를 품고 사무치게 앓는 걸까
세월이 더해갈수록
심해지는 코골이

무심결 사랑

한파로 움츠려 든 휴게소 화장실에서
깔고 앉은 좌변기가 고맙게도 따뜻하다
누군가 방금 다녀갔음을
엉덩이로 읽는다

사랑도 이런 사랑 무심결의 사랑은
엉덩이가 엉덩이에게 체온을 릴레이하듯
담을 뉘 모르는 채로
온기 한 점 나누는 일

책을 펼쳐 놓고

글눈을 뜨는 것은 세상길을 트는 거
평생 까막눈으로 살다 가신 울 엄마는
얼마나 답답했을까
날개 없는 새처럼

책으로 못 배운 것 몸으로라도 베끼듯이
귀동냥 눈썰미로 세상 이치 깨치면서
놓칠까 밑줄 그으며
여든 갈피 넘겼을까

책대로는 아니라도 책처럼은 살라고
뜨겁고 진중하게 온몸으로 눌러 쓰서
물려준 그 한 생애를
서책이듯 펼친다

막사발의 노래

나에게 무엇이 담기든 마음 쓰지 않을래
밥이면 어떻고 국이면 술이면 또 어떻노
담기면 담기는 대로
비워지면 빈 대로

도공의 손끝에서 빚어지고 구워질 땐
뭔가 될 줄 알고 과한 꿈도 꾸었지만
볼품도 내세울 것도 없는
태생이 막사발인 걸

어차피 내 뜻대로 만은 풀리지 않는 세상
팔자려니 운명이려니 그저 그런 양하며
몸뚱이 성한 것 하나
밑천으로 삼지, 뭐

새치 머리

세월이 달아나면서
빠뜨린 신발짝

젊은 날 가출한 꿈이
남겨놓은 쪽 편지

목 놓아
실컷 울 수도 없는
중년의 흰 넋두리

헛제삿밥을 먹으며

여태껏 헛산 듯
헛나이만 먹은 듯

헛것에 눈멀고
헛것에 마음 팔려

허황한 꿈을 꾸면서
헛다리도
종종 짚고

이경윤(李京潤, Lee, Kyung yoon) 본명: 이경윤(李敬潤)

1949.~1982. 경남 통영 출생. 호 청송(靑松).《월간문학》제21회 신인상 당선(1977). 한국시조시인협회, 한국문인협회 회원. '미래시' 동인.《충무문학》주간(1975~80) 역임.

강

슬픈 꽃만 피어 그 물에 살아가고
외로운 꽃만 피어 강에 흘러서
덧없는 마음 몇 번씩 속이고 돌아온 강.

강이여 당신은 내게 있어 훌륭한
슬픔의 터 사랑스런 한편의 시
뜨겁게 흘러내린 내 가슴속의 한 편의 시.

눈물 빛이여 아리도록 꿈의 빛이여
바람에 속삭이고 물결에 노래하고
달빛에 춤출 줄 아는 사랑스런 한 편의 시.

계룡산 기행

바라보는 계곡은 나보다도 더 외로운
돌과 벼랑과 하늘과 함께 만나
해묵은 소나무 잡나무 가난으로 살아.

외로운 고향은 하나하나 떨어져 나가
미운 정이야 오고 갔을 리 없겠지만
계절이 몇 번이나 오면 이 땅이 저 땅 되나.

새소리도 엄청난 무게로 푸는데
메아리쳐 가는 바람이 가슴 한 개를 또 내린다.
털리고 남아가는 생명은 몇이나 되오리.

대둔산 일기

아득한 바위 두고 돌밭을 얼마나 헤아리나
계곡은 차츰차츰 가쁜 숨을 토하고
흙 한줌 아쉬운 길을 맨발로 걸었네.

물길 조그맣게 급하게도 이어져
내 손등에 적신 물기 땀기운에 씻었네
내려다 보면 아득한 계곡 마을이 보이고

하늘에 흐르는 구름 행여 다리에 쉬지는 않을까
약수터 물 한 종기 떠 두는 쉬는 마음은
잣나무 그 의연한 것 나도 한 그루 되나 보다.

그 날

가쁜 숨으로 남아있는 어젯밤의 고통 지옥
뼛속도 아리어 먼 초토도 헤아리고
숨소리 어느 길손이 쫓겨가던 바쁜 몸이든가.

햇살에 아침도 멀그레 희다 말고
아픔이 출렁거리는 물결치는 파문밖에
이승의 오뇌와 고뇌 더운 피로 깨쳐본다.

등대와 바다

어둔 바다에 어둔 비가 내리고
파도 소리 울음 바람 소리 울음
남해도 작은 섬 동리 오늘밤 울음 덩어리.

가는 길도 울었지 오는 길도 울었지
빡빡한 절애絶哀 어둠가에 쌓여서
끝내는 너도 못참아 우는 불빛 눈물등대.

한 십 리 멀리 서서 외롭게도 울어오고
깜깜한 목숨 위로 숨을 모아 울어오고
등대는 우는 것이다 끝도 없이 우는 것이다.

바다가 보이는 마을

마을이 내려다보이는 산꼭대기쯤
그 마을 앞에는 바다가 파랗게 흐르고
흐르는 바다에 연락선을 보내고 있었다.

먼 산까지 들리는 뚜우 고동 소리
어디로 갈까나 햇빛 바다에 눈부시고
삼월은 잘 익어가는 오전 한때를

갈매기 하얗게 가고 싱싱한 바다
파도 냄새 물결 무늬 부서지고 날리고
바다는 감기는 눈으로 자꾸 깊어만 간다.

백百

사는 오뇌 가지가지 그런 날들 인생을
뉘라서 겪지 않는다고 말할 수 없네
그런 날 일백 번 애서愛書 더없이 깊은 사랑.

안으로 밖으로 돌아서 또 돌아서
오가는 그 정에 발갛게 꽃은 피고
숱한 날 그 어려움도 이기고 참아왔네.

머언 날 우리들 구름을 잰다고 해도
지금에 이른 백보다 훨씬 가까울 것이다.
믿음은 수로서 살려 모진 그 사랑이여.

산초山草

바위틈에 그나마 야산에 사는 산초
한겨울 얼며 살은 그 아픔 이 봄에는
얼마나 풀어질건가 그늘진 당신의 땅에

호好한 봄볕 잠깨는 것으로 머물쯤엔
남은 가지 잎을 피워 여름을 보내고
구월엔 한 가지 낙엽 한 가지 살을 붙이는

가난한 온기라도 언제 한번 탓을 했나
한 포기 두 포기 그냥 사는 것인 양
무심한 바람결에 나도 한 번 흔들릴까.

이 세상 한 톨 얻어 꿋꿋이 살아가는
끝없는 고향 자리 아리아리 그 훈계
너마저 외로울 때는 나도 외로워 울고지라

연서恋書

말을 하지 안 해도 알 수 있었던 것
생각하지 안 해도 알 수 있었던 것
눈가에 선연히 보던 당신의 세상

혼자 떠나 있을지도 모릅니다
쌓인 눈길로 가는 무주 구천동 계룡산
말하고 있을지도 모르죠 한 마디 두 마디

당신은 모르는 사람 당신은 이기적인 사람
끝없이 당신은 나의 미운 사람
눈밭에 활활 뿌려두고 있을지도.

회상

수줍기만 한 어린 날이 꽃물이 들어
조그맣게 가을이 내려 얹는다.
인연인 모든 것들 다 너에게로 나에게로.

낮게 내리는 풀잎에게도 묻어나고
떠나면 그만인 시간을 밀어내고
호젓이 낙엽이 쌓일지라도 사랑이여 애정이여.

이경임(李敬任, Lee, Gyung im)

1966년 대구 출생. 〈매일신문〉 신춘문예 (2005) 등단. 시집 『프리지아 칸타타』(2009, 만인사). 한국시조시인협회 신인문학상 (2011) 수상.

—

아련하게 슬프다. 연약한 듯하지만 이면에는 정淨한 내면세계가 펼쳐져 있다. 정념의 강은 맑고 깨끗하게 흐르고 있는데, 그 고요는 보다 강렬하다. 강하게 끌어당기는 슬픔, 그렇다. 행간에 남아있는 순도 높은 눈물 자국은 이경임 시인의 시조를 물들이고 있는 대표적인 요소이다. 연민, 고통과 상처 등의 처절한 감정들을 담담하게 말해서 더 슬프다. 그래서 그녀의 시조는 연이어 시선을 머물게 하는 아름다운 물음이기도 하다.

— 김태경(시조시인 · 문학평론가)

—

꽃이 피다

간밤의 꿈결에 다녀간 이를 생각한다

거의 다 걸어온 한 생애의 젖은 자리

홀연히 사라지는 꿈조차 아프게 멍울지는데

집으로 돌아가지 못한 상처가 떠도는 건가

차가운 눈으로 바라보며 서있던 물상物像

내 안에 차마 들이지 못한 내가 아닌지

어쩌면 오래도록 문밖을 서성이며

내 잠을 두드리다 돌아서는 내가 아닌지

이 슬픈 잠의 기원이 붉은 아침이다

저녁 소감

저물녘
참 오랜만에 가슴이 두근거린다
그대를 지나오던 무수한 걸음들
골목 끝 외등 앞에서 점점이 흩어지고

그 길에 나도 있어,
그대를 지나간다
한 번도 닿은 적 없었던 사람들처럼
다 닳은 일기장 속에 머물던 사람들처럼

저녁은 깊게깊게 울어본 사람들의 집
눈물 같은 불빛 따라 창이 닫히고
어쩌다 올려다보면 목이 메는 하현의 밤

그 후

밤하늘 모든 별이 반짝이는 건 아니다
우리가 올려다보던 그날의 선연한 별
불현듯 검은 하늘 뒤로 숨어버린 까닭이다

낡은 여관의 창문이 삐걱거리는 소리
밤새도록 폭죽을 터뜨리던 해변가
밤늦은 골목길에도 손 뻗으면 뜨던 별

무성한 소문들을 뒷주머니에 접으며
연약한 아침을 날마다 추슬러 봐도
또다시 떠오르기엔 너무 캄캄한 길

마지막 주소를 지우고 어둠을 걸어
빈방에 몸을 눕힌다, 불을 끈다
망연히 하늘의 뒷골목을 더듬더듬 만져본다

뻐꾸기시계

언제부턴가
집에서 떠밀려난 저 남자
밑단이 다 닳은 바지를 추스르며
아무리 되돌아봐도
이름이 없는 저 남자

담배를 피워 물던 자리도 다시 그 처마 밑
체납의 고지서를 바지춤에 감추며
성대를 잃어버렸는지 우는 법도 아득하다

붉은 등 언저리를 서성이다 맞는 새벽
발밑의 낭떠러지를 하염없이 굽어본다
멈춰선 바늘 모서리에 깊숙이 찔리는 폐부

당신을 펼쳐드는 오후

점심을 거절하고 돌아서온 오후 내내
비릿한 어떤 것이 명치끝에 걸려있다
긴 황혼 담담히 바라보며 식어갈 마음인지

다시 돌아올 리 없는 옛일의 한 자락에
몇 알의 기침약을 덧칠하듯 삼키며
무거운 책장을 펼친다,
당신을 읽어간다

호젓한 시절을 우리가 다녀갔구나
오늘 웅크려 앓는 감기처럼 다녀갔구나
막차가 들어오는 소리 꿈결처럼 듣는다

나의 사소한 연대기

셈이 어두운 나는 원시의 어느 시대
이를테면 구석기 시대쯤의 인간이 되어
아무런 걱정도 없이 햇살을 보고 싶네
바람의 말을 들을 줄 아는 귀를 열어
사람의 거짓들은 나뭇잎처럼 흘려들으며
저녁이 이슥하도록 바람 속에 서 있으리
한 덩이의 고기를 허물없이 나누며
밤이면 배가 든든한 아이들의 머리위에
착하게 피어오르는 은하수를 바라보겠네
달이 떠오르는 숲속 어둠 한 편에서
잠들지 못한 이들이 불어주는 휘파람에
단꿈이 깊었던 새들, 지평선 너머 날아가고
빗살 몇으로 셈을 해도 그저 빈손의 가계家計
이 맑은 가난이 춥지 않은 동굴의 밤,
먼 들판 뛰쳐 오르는 말발굽 하나 새겨 넣겠네

편두통에 대한 분석

빌딩 숲 사이 저 별은
내 편두통의 증거다
혈류를 거스르며 한곳으로 기우는 몸
더 갈 데 차마 없어서 모퉁이를 자처한 별

울란바토르 하늘에 씻은 듯 붙박이는 건
남은 짐마저 싸는 쓸쓸한 편지 한 장
어차피 돌아갈 길은 몇 알의 통증완화제

두 눈을 감으면
소리가 더 환하다
소슬한 바람 몇몇
무심코 지나치는,
내 생애 한 귀퉁이에
누군가 떠나가는

탁란

늦은 밤
비어있는 아이 방에 앉는다
허겁지겁 빠져나간 잠자리엔 솜털 몇 개,
아직도 체온이 남은 베갯잇마냥 서느렇다

여린 별 하나
먼 우주를 오래오래 떠돌다
내 가난한 잠 두드려 필생의 숨결 되었는데
어디에 제 부리를 묻고 신생을 꿈꾸는지

빈 둥지
늦은 근심이 등 하나 켜 들고서
수수꽃다리 목젖이 붉어지는 소리 듣는다
제 집을 오래 비워둔 어린 새 가슴도 붉어

식어가는 밥상에 문득 젖이 붇는 아픔
자꾸만
시린 아랫배 어미 혼자 쓰다듬는다
강보에 달빛만 채우며 돌아서는 저 어둠 속

섬휘파람새

견디지 못하는 건 풍랑 가득한 저 바다
몇 번을 돌아 눕는 불면의 새벽녘에
목 놓은
바람을 본다
그것은 환각이듯,

돌아갈 길 찾지 못해 밤마다 우는 새
능골을 죄는 어둠 우두커니 지켜서다
만지면 바스라지며
바다를 토해내는 화석

11월 흐린 날에

무의미한 하루다
깡마른 영혼의 뼈,
목청이 높은 새는 저공으로 맴돌고
한나절 두드리던 자판도 바짝 날이 섰다

간밤의 잠이 얕아
모래알 같은 망막에
무채색의 쓸쓸한 기억들 몇 다녀가고
비릿한 저녁 하늘을 누군가 끌어내온다

먼데서 흘러드는 불빛에 마음 기대어
낯선 이의 어깨라도 감싸 안고 싶은 날에
모두가 한껏 낮아져 목이 잠기는 그런 날에

이경주(李瓊周, Lee, Kyung ju)
1971년 전남 장흥 관산면 출생. 경기대 문화예
술대학원(독서지도학과). 《한국동시조》 신인상
(2016) 등단. 열린시학, 경기시조시인협회 회원.
'시와 길' 동인. 한국시조시인협회 기획이사.

작품 「숨바꼭질」은 유치원을 마치고 집으로 오는 개구쟁이의 행복
한 순간을 담았다. 아이를 기다리는 엄마를 놀래주기 위해 "살짝
쿵 경비실 뒤 숨어서" 엄마와 숨비꼭질을 하는데, 그만 엄마를 보려
고 고개를 내민 순간 눈이 마주쳐 "후다닥 엄마 품속 좋아" 아이는
그 품으로 뛰어간다. 작품 「숨바꼭질」처럼 이경주 씨는 생활 속에
서 얻은 다정하고 따뜻한 목소리를 동시조에 담아 동심의 세계를
펼쳐 보인다. 다른 작품 「의자」, 「유리창」도 우리가 살고 있는 곳의
시적 대상을 잘 포착해, 어린이의 마음속으로 들어간다. 《한국동시
조》 신인상을 수상한 이경주 씨에게 축하의 말씀을 드리며, 어린이
의 눈으로 다가가 자신만의 개성 있는 동시조를 창작하는 시인이
되길 바란다.
— 이지엽(시인 · 한국시조시인협회 이사장 · 경기대 교수)

—

메뚜기

폴짝 폴짝
풀밭에서
잡기놀이 한창이에요

땀이 나고
숨이 차도
폴짝 폴짝
뛰어요

홍
찻
뿡
풀밭에 숨어서
못 잡을 걸
나 잡아봐라

숨바꼭질

유치원 끝나고 집으로 가는 길에
저만치 엄마가 마중 나온 걸 보네
살짝쿵 경비실 뒤에 숨어
숨바꼭질 해야지

엄마를 보려고 고개를 쏙 내밀자
그만 엄마한테 들키고 말았네
후다닥 엄마 품이 좋아
뛰어가 안기네

의자

해가 질 무렵
문 앞 의자
하늘빛 노래 부른다

일하다 오는
울 엄마
반갑게 맞아 주려고

의자는
어둑할 때까지
고운 노래 부른다

물놀이 하던 날

버스 타고 구불구불 이모네 도착하면
논두렁 옆에 동그란 저수지가 방긋방긋
물결이 같이 놀자고
파란 무늬를 출렁인다

오빠랑 언니랑 저수지에 풍덩 들어가
수영하며 잡아봐라 물장구 치고 놀 때
저만치 시골촌놈들 셋이
쫄래쫄래 걸어온다

부끄러워 물에 첨벙 얼굴만 쏙 내민다
멀리 수평선 보며 딴전 피우는데
마음은 자꾸만 콩닥콩닥
얼른 지나갔으면

"저기 서울촌년 발가벗고 물속에 있다."
킥킥킥 손장난 치며 개굴개굴 웃는다
햇볕도 뭐가 재미있는지
환하게 웃는다

유리창

네가 없다면 빗방울은
어디에서
미끄럼 탈까

소나기는 어디에서
장단 맞춰
연주하고

바람은
쌩쌩쌩 어디에서
신나게 노래할까

흰 눈은 토닥토닥

펑펑 내리는 눈은
마을을 토닥토닥

어둑해진 밤
눈싸움하는 아이들에게
집에 가라고

이제는
잠 잘 시간 됐다고
온 세상을 안아 준다

동백꽃

눈 내리는 바닷가에
붉게 핀 꽃송이

동박새 날아와
꽃가루 묻히네

내 맘에 하얀꽃
분홍꽃
붉은 꽃이 한 아름 피네

달빛 눈물

저녁에 흰둥이가 끙끙 새끼를 낳고
고물고물 강아지들을 할짝할짝 핥아대네
어쩌나 늦둥이 강아진
움직이질 않네

새끼 강아지 핥아대지만 숨은 점점 잦아드네
눈물샘에서 차오르는 깊고 슬픈 은하수
흰둥인 자신의 품속에
강아지를 꼭 끌어안네

엄마 마중

별빛이 사르르 내리는 밤이 되면
엄마 마중하러 쫄래쫄래 나갑니다
언제쯤 엄마 오실까요
모퉁이 길만 바라봅니다

와, 저만치 일 갔던 엄마 터벅터벅 걸어옵니다
엄마 품으로 쏜살같이 달려가 안기면
오늘도 먼지바람 엄마 냄새
내 맘으로 날아옵니다

쇠똥구리의 꿈

　민들레 홀씨 하얗게 물들인 새벽에

　투구를 쓴 쇠똥구리가 여섯 개의 다리로 쇠똥을 굴린다 이른 새벽 흔들리는 버스를 타고 회색빛 빌딩에 도착한 쇠똥구리는 밤의 전령사가 어둠을 뿌릴 때까지 쇠똥을 쉴 틈 없이 굴린다 쇠똥이 산더미처럼 쌓일 때쯤, 목이 붉게 타 들어가 숨이 턱 막히고 눈이 침침해져 글자들이 겹쳐진다 다행히 달빛 종소리가 울려 퍼져 흔들리는 몸을 이끌고 밥 냄새 피어오르는 집으로 향한다

　눈물샘 가슴에 차올라도
　민들레 꿈 다시 그려 본다

이관구(李寬求, Lee, Kwan gu)

1898.~1991. 서울 출생. 호 성재(誠齊). 언론인, 경제학자. 일본 교토京都제대 경제학부(1924), 동 대학원 수료(1926).《조선문단》시 발표(1925).〈조선일보〉정치부장 · 논설위원 · 주간,〈경향신문〉주필 · 부사장,〈서울일일신문〉사장,〈조선중앙일보〉집필 · 편집국장,〈서울신문〉주필 · 편집국장, 신문연구소장, 세종대왕 기념사업회장 역임. 고려대 · 성균관대 출강. 저서『하루살이 글 한평생』(1978, 휘문),『성재 이관구 논설선집』(1986, 일조각).

—

고생도 창작인 양

하늘이 무너져도 솟아날 희망 있다
싸우고 싸워내며 사는 보람 느꼈거니
꿈 많은 젊은 한철이 새삼새삼 그리워.

나그네 잠 못 이루고

참새 보금자리 어둠이 깃드리고
초秒 새기는 시계 소리 허공에 피어나네
나그네 잠 못 이루고 뒤치기만 하여라.

다비

바람도 참도 찰사 벽제관이 여기로다
불바다 그 옛터에 무슨 연기 상기 이나
눈물이 얼어붙은 채 앞이 캄캄하여라

품에 안은 그대 사진 웃음이 만발하네
그게 바로 해방 당시 좋아 뛰던 모습이지
보조개 그 오목한 자욱도 앳되기만 하여라

온몸 불사르듯 바치던 그 정열이
티 없는 동심만을 곱게 가꾼 그 공덕이
의젓이 빛내며 타오르네 니르바나 마하살

산 넘어 또 산 넘어

산 넘어 또 산이오 굽이굽이 벼랑이라
안돌이, 지돌이 아슬아슬 넘었건만
상기도 저 산마루까지 몇 구비나 남았나.

희망의 80년대

희망의 80년대 내 나이도 팔십 년대

하나는 달려가고 하나는 숨가쁘네
그러나 마지막 안간힘 붙잡고야 말 것을

나라 잃어 삼십육 년 강토 잘려 삼십육 년
자주와 통일 찾아 한평생 싸워 왔네
이제는 희망의 팔십 년대 만나고야 말 것을.

에베레스트의 태극기
— 에베레스트 정복 소식을 듣고

에베레스트 높다하되 하늘 아래 뫼이로다
눈사태 벼랑 파며 죽음 고개 넘고 넘어
영광의 태극기 나부끼게 꽂았고야 야호호

숨 가삐 살아왔고 허리 잘린 오늘에도
용감한 이 겨레는 뛰고 뛰고 있다.
기어코 영광의 태극기 삼천리 곳곳 날리리

원단우음元旦偶吟

동천이 밝으려니 홰치며 닭이 운다
꼭기어旗於 새해라네 마다해도 새해라네
아이는 눈썹 지키다 잠이 깜빡 들었군

삼십 년 놀린 붓대 하루살이 글일레라
솜에 바늘싸듯 다뤄온 한이 큰데
아직도 가슴 헤치고 붓대 들 수 없다니

육십 년 일수日收 ㅅ변을 갚고 갚아 온 셈인가
그만치 갚았으면 셈 마감도 됨직한데
갈수록 무거운 빛이 처지기만 하여라

해뜨기 벼르다가 부채살 뻗쳐 나다
원자구름 이럴 것이 어둠의 씨 다 태워라
아이야 해마중하자 두 손 높이 들어라

저무는 잠실 나루 다시 보는 88풀이 초秒

1
술 한 병 손에 들고 같이 늙는 벗님 찾아
저무는 잠실나루 허위적 건너섰다
이 해도 한두 밤 지내면 다 간다고 하기에

2
하나 둘 가신 벗님 월탄도 또 가시고
허물없는 술자리도 이젠 그대와 나뿐
왜 아니 마시겠는가 큰 잔 하나 더 드소

4
꿈도 풀기 나름 점쾌도 부치기 나름
88는 하필 정명定命이냐 다른 뜻은 없을까
또 한번 생각해 보시라 수수께끼 풀 듯이

6
후유! 뭉클한 가슴 풀렸다 나도 그때 같이 가리라
태극기 펄펄 날린다 덩실덩실 춤추자
점쾌도 이렇게 풀고 보니 다시 젊어지는군.

진주의 탄생

무지개 씨알이 구슬로 영그를 제
어미 조개 여린 살이 얼마나 아팠으랴
사람은 아랑곳없이 노리개로 앗다니

사랑의 씨알이 생명을 창조할 제
살점이 에어진들 아플 바이 있으랴
조화라 신비한 조화 무진 황홀하여라

푸르고 눈부시게

늙을 줄 모르과저 푸르른 하늘같이
늙을 줄 모르과저 눈부신 태양같이
언제나 푸르고 눈부시게 구김없이 살과저.

이광(李珖, Lee, Kwang)

1956년 부산 서구 대신동 출생. 동아대학교(원예학과) 졸업. 〈국제신문〉 신춘문예(2007) 등단. 시조집 『소리가 강을 건넌다』(2011, 동학사), 현대시조 100인선 『시장 사람들』(2016, 고요아침), 『바람이 사람 같다』(2018, 책만드는집). 제1회 부산시조 작품상(2013), 이호우 시조문학상 신인상(2015), 나래시조 문학상(2018) 수상. 예감 동인. 나래시조, 오늘의시조시인회의 회원. 부산시조문학회 회장.

이광은 현실 인식이 투철하고 치열한 시인이다. 비정규직의 아픔을 그리고 있는 「낮달」, 하층민의 삶을 그리고 있는 「갈대촌」, 우리 삶의 정처 없음을 그리고 있는 「바람이 사람 같다」가 그 성공적인 예라 할 수 있는 가작들이다. 특히 '파도'의 세상에서 '그물질'하다 돌아오는 '선창'인 「현관」은 수사의 과잉 없이 이토록 목메게 우리의 가슴에 스며드는 명편이다. "시는 그 시인의 영혼을 찍어내는 사진"이라는 사실을 그의 언어들은 단정한 이미지와 내재된 메시지를 통해 풍요롭게 연주해낸다.

— 이우걸(시조시인 · 우포시조문학관장)

현관

문밖엔
늘 헤쳐 온 파도가 넘실댄다

바다도 뭍도 아닌
여기는 작은 선창

그물질
지친 몸 부릴
배를 댄다

집이다

지하철 탄 나비

나비다!
뜻밖인 듯 아이가 소리친다
전동차 한 곳으로 옮겨 붙는 시선들
가녀린 나비 한 마리 가는 길 묻고 있다

깜박 졸다 지나친 역 여긴 어디쯤일까
무심코 따라나선 꽃향기 사라지고
이제야 보이는 수렁 너무 깊이 들어왔나

축 처진 어깨처럼 한풀 꺾인 날갯짓
전동차 손잡이에 애처로이 매달릴 때
인생길 잠시 접은 채
나비가 된 승객들

승강기 수리 중

더 빨리 더 편하게 의심할 나위 없이
누르던 그 버튼이 응답하지 않는다
길이라 여겼던 벽이 감춘 본색 내민다

묵묵히 한 옆에서 기다려준 길을 본다
어둠 속
한 층 한 층
밟고 오른 생의 계단
센서등 환한 불빛이 안부를 물어온다

고등어 아지매
— 시장 사람들 1

고등어 배를 따며 비린내 찌든 세월
내 한 몸 편하자고 지갑 연 적 없었는데
피곤해 택시 탔다가 돈 아까워 울 뻔했다

여름엔 얼음 쪼개 어상자에 깔면 되고
비 오는 날 큰 파라솔 좌판 위에 든든한데
한겨울 시린 내 발은 또 어찌 견디낼꼬

시장일 끝마치면 집안일 달려들지
중풍 남편 수발들며 어깻죽지 결려와도
빗나간 막둥이 녀석 철드는 게 고맙기만

우물

물동이 이고 가는 어머니 뒤를 쫓네
벗겨진 고무신에 끼어든 잔돌 밟고
깨금발 깡충거리던 내 나이 열 살 때쯤

추억의 두레박질 물 긷듯 해보려고
괜한 걸음 아닐까 찾아 나선 그 우물…
죄목이 무엇이길래 쇠사슬에 묶여 있나

소달구지 끌던 길은 차가 앗아 가버리고
뻐꾸기 울던 앞산 아파트가 가로막고
물이끼 시든 우물가 빈 헛간 같은 마음

사람들은 여전히 우물이라 부르는데
식수 불가 낡은 팻말 비문 삼아 세워둔
녹이 슨 양철 지붕 밑 곪아가는 물무덤

나무, 출가하다

잘 가라 내 품에서 여름 한철 푸르던 꿈

가을날 붉게 타다 사위어간 불꽃이여

가거든 잊어버려라 매달려 살던 일들

수많은 사념일랑 떠나보내 고요한 날

하늘이 누벼주는 두루마기 걸쳐 입고

순백의 사막을 가는 수도자가 되리라

대신동

청춘도 첫사랑도 행인처럼 가버린 길

어깨를 겯던 친구 뿔뿔이 흩어진 길

아는 이 불쑥 나타나 안부 물을 듯한 길

끝내는 모르는 체 눈치나 살피는 길

바닥만 남겨놓고 담벼락에 숨어든 길

심증은 되살아나도 물증 없어 놓아준 길

오히려 이런 나를 미심쩍어 뒤밟는 길

그 날의 끓는 가슴 대질시켜 세우는 길

쫓기며 살아왔음을 실토하게 이끄는 길

낮달

이 길을 너 만나러 실눈 뜨고 건너간다

넌 내가 휘영청 빛나기를 바라지만

한낮에 파리한 민낯 하릴없이 드러낸다

부신 해에 가린 생은 안 봐도 그만인가

밤이 주는 황금빛 꿈 난들 왜 없겠는가

어쩌랴, 비정규직의 맡은 역을 해낼 뿐

바람이 사람 같다

신명은 어찌 못해 산에 들에 죄다 풀고

부아가 치밀 때면 회오리 들이민다

사람이 그리운 날은 애먼 창만 두드린다

때로는 갈 데 없는 떠돌이로 터벅댄다

너 떠나 텅 빈 길을 구르는 가랑잎이

바람의 발꿈치인 양 가다 서고 가다 선다

겨울 저수지

본디 내 모습은 물 아래 묻어두고
누군가의 둑이 되어 살기로 작정했다
긴 가뭄 드러낸 바닥 주저앉기 전까진

가둬둔 게 아니었다 끌어안은 것이었다
가슴이 잠기도록 품속에 채운 나날
저 들녘 목말라할 땐 아낌없이 젖 물렸다

줄 것도 거둘 것도 이제 더는 없다는 듯
수위가 남긴 자국 지워버린 몸뚱어리
한생을 마르도록 산 수많은 둑이 있다

이광녕(李廣寧, Lee, Kwang nyung)

1946년 인천 남동구 출생. 호 효봉(曉峯). 연세대 대학원(국어국문과) 석사, 한양대 · 세종대 대학원(문학박사, 시조전공). 《문예사조》 시조(1993), 《오늘의 문학》 수필(1996) 등단. 시조이론서 『현대시조의 창작기법』 외. 평론집 『아름다운 시혼, 그 울림소리』, 수필집 『산비둘기 우는 뜻은』 외. 시집 『당신의 향기 묻어』 외. 논문 「현대시조의 미의식 연구」 외. 노래시집 『시는 노래가 되어』 외. 한국시조시인협회 사무총장, 강동예술인총회장 역임. 문예창작 지도교수, 전통문화지도사. 한국시조협회, 강동문인협회, 세종문학회, 한국미소문학, 월하시조문학회 고문. 한국가곡작사가협회 명예회장.

이광녕 시인의 작품은 험난한 인생 체험에서 우러나온 깨달음의 미학이다. 대부분의 글에 나타난 주제나 내용이 모두 상처 싸매기의 몸짓이거나, 오랜 시련과 역경 끝에 얻어낸 삶의 진솔한 고백과 철학이다. 그의 작품은 늘 밝은 미래를 추구하며 구름 위에는 항상 찬란한 햇빛이 있음을 감지하고 읊어낸 아름다운 시혼이기에, 공감의 울림소리 또한 매우 광대하고 은은하다. 그는 시조 문단에도 크게 공헌한 작가이다. 한평생을 교육자로, 초중고대와 일반인까지 두루 섭렵하며 스승의 길을 걸어온 그는, 우리의 뿌리문학인 '시조'에 큰 관심을 갖고 그 보급과 발전을 위해 평생을 두고 헌신해 왔기에, 그의 시조 작품은 범상치 않고 생명력이 있어서 더욱더 시조시인들에게 깨달음과 참 삶의 가치를 선사해 준다.

— 원용우(시조시인 · 한국교원대 명예교수)

금

벽에 금이 가는 것은
바깥이 그리워서다

깨어진 항아리는
참자유를 얻었나니

너와 나 금이 간 것도
벽을 허문 몸짓인 걸.

매듭 풀기

슬픔의 멍울 퍼서 햇살 한 줌 이겨 넣고
미운 털 쏙쏙 뽑아 몸 낮춰 으깨 보니
엉겅퀴 우거진 골에 웃음꽃도 피더라.

틈 속에서 빛을 보다

배흘림 나무 기둥엔 삶의 철학 숨어 있다
오래된 기둥일수록 갈라진 틈 더 많으니
풍상에 마르고 닳아 금이 가서 더 강하다.

인생의 계급장도 골이 파인 긴 주름살
독칼 맞아 금이 가고 뭇매로 맘 다지고
노인장 파안대소가 온 우주를 삼킨다.

빛의 편견

진실은 빛을 잃고 탈을 쓰고 춤을 춘다
제 속살 다 감추고 엉거주춤 눈치 보다
달콤한 유인책에는 다 퍼주고 꿍무니다.

직사하는 빛의 지조 굴절된들 빛 아닐까
망나니 칼날 앞에 산산조각 부서지니
그늘진 무대 뒤켠엔 언제 빛이 깃들까.

산벚꽃 필 무렵

온 길로 되짚으면 그 손길에 다다를까
산벚꽃 활짝 피어 겉보기는 좋다마는
어릴 적 눈물이 번진 버짐꽃이라 더 서럽네.

점점이 박힌 설움 어느 곳에 뿌리리요
어미 정 그리움이 얼룩져서 퍼졌으니
사모곡 읊조리면서 멍든 가슴 쓸어보네.

아버지와 소래염전

짭조름한 갯바람이 세월만큼 절어 있다
소금창고 지지대엔 스친 혼적 무상한데
소금밭 뛰어나오시며 반겨 맞는 아버님

아버님은 한평생을 소금처럼 사시었다
목도질로 휘인 어깨 움푹 파인 삶의 무게
이마에 소금꽃 피면 더욱 척척 메셨다.

조강지처 잃은 설움 이 아들로 달래시며
점심밥 내갈 때마다 되먹여서 보내시니
아버님 사랑을 먹고 정금처럼 살아왔다.

이제 와 반세기 넘어 그때 거기 또 와보니
소금밭에 비친 하늘, 하늘마당 염전인지
아버님 파안대소에 눈물범벅 적십니다.

허虛박사의 달빛 사랑

구름이 쉬어간들 바람 없이 다시 갈까
당기면 달아나고 퉁기면 되려 붙고
어쩌랴 노을빛 속에 달빛 찾는 긴 그리움.

숙명의 여로 따라 달빛의 자취 따라
끈끈한 눈물 타고 세월 따라 흘러온 정
이따금 천둥이 쳐도 허허 하면 살겠네.

돼지는 하늘을 볼 수 없다

땅만 보는 돼지 먹성 천심을 어찌 보랴
천성길 가는 길엔 꽃길 줄줄 많다는데
먹거리 눈먼 심보는 배 터져도 땅만 긴다.

묵향의 띠 두르고 하늘 보며 물마시고
청심에 발 담그고 야광명월 안고 보니
공명도 겉옷을 벗고 밝은 미소 보내온다.

어둠은 땅에 묻고 기쁨은 씨 뿌리고
십자로 올라서서 까치발로 위를 보니
백향목 눈꽃 사이로 하늘길이 열려 있네.

농월정弄月亭에서

달빛 마당 그곳에는 달을 닮은 시심 있다
시든 영혼 쫓아내고 푸른 꿈 불러내니
부러진 지팡이에도 새싹 돋아 꽃이 핀다.

벼루에 달빛 갈아 사랑 섞어 글을 쓴다
허허허 바람 따라 풍월風月이라 흥 돋우며
너와 나 얼굴 맞대며 음풍농월 시선詩仙 된다.

꽃향기 피는 곳에 벌 나비 몰리듯이
달빛 모인 농월정엔 너도 나도 달이 되니
그래서 벗 붕朋자에는 달이 두 개 떴나보다.

시조의 흐느낌

시조는 퇴물인가 황동 속의 웃음인가
육당은 이름하여 '국풍'이라 하였는데
바람난 외풍에 밀려 훌쩍이며 울고 있다.

만방은 물결치듯 제 목소리 높이는데
시심은 뼈대 잃고 안방마저 내어 주니
기왓골 낙숫물마저 바람결에 흩날린다.

물방울 튕긴 듯이 천년 숨결 어디 갔나
방충망 걸린 매미 나무숲을 그려보듯
이제는 바로 서야지 토종 맛이 제일인 걸.

이교상(李敎相, Lee, Gyo sang)

1963년 경북 금릉 출생. 고려대학교 대학원 졸업(문학석사). 〈서울신문〉 신춘문예(2004) 등단. 시집『긴 이별 짧은 편지』(2005, 연어), 『시크릿 다이어리』(2015, 들꽃), 단시조집『역설의 미학』(2017, 고요아침), 『독경』(2020, 들꽃세상) 외. 한국문화예술위원회 창작기금(2005), 아르코창작기금(2014), 서울문화재단창작활성화지원기금(2019) 수혜. 천강문학상(2012), 김만중문학상(2012) 수상 외.《창작21》편집위원, '창작21 작가회' 부회장, '교상학당 시조아카데미' 대표.

관방천 노랑어리연꽃

이 교 상

꿈결옷 부르어 오늘 내 마음의 저처
여!

—

시인이 구체화하는 목표 지점은 어둠의 실체가 아니라 어둠의 깊이 쪽이다. 그 깊은 곳에 무엇이 있는지, 지금은 아무도 알 수 없다. 우리는 다만 어둠의 안쪽을 파고드는 시인의 열정이 인식의 지평을 넓힘으로써 현대시조가 일찍이 가지 못했던 새로운 길을 개척하리라 짐작할 따름이다. 이교상 시인의 시조는 대부분 나무랄 데 없이 단단하다. 그러면서도 이 단단한 양식과 불화하며, 시조라는 틀을 어긋나로 물어뜯고 가슴으로 들이받아 물렁하게 만들려는 패기 또한 만만치 않다. 물컹거리는 이 자본의 시대를 칭칭 감싸 안고, 그 불가능한 가능성에 도전하기. 이교상 시인에게는 이런 열망이 있다. 가열찬 정신이 형식을 비틀어 말랑말랑해진 이교상 시인의 시조에서 우리는 현대시조의 미래를 엿볼 수 있다.

— 김양헌(문학평론가)

—

0

0은 나의 애인, 내 안에 0이 있다
0을 위해 밤새도록 난 몸을 뒤척이고
오늘도 0을 생각하며
아침을 맞이한다

0은 뭉게구름이고 0은 또 바람이다
0을 안고 0을 더하고 0에다 0을 곱한다
햇살이 반짝거리는 건
다 0이 있기 때문

하지만 0은 자주 슬픔에 젖어 있고
0은 비수처럼 예민하고 무섭지만
그러나 나는 0의 애인
날마다 0을 만난다

불면不眠, 그 와디*를 건너다
— 격포에서

끝없이 뒤척거려 환생한 구운몽처럼

어둠 왈칵 토해낸 둥근 달 부드럽게 목에 친친 감고 서쪽 바닷가에 층층 쌓인 만 편 파도를 사랑하네 해당화 혹은 개오동 같은 형상으로 격한 생각 지워버린 새벽 고요히 안고 슬픔 왈칵 토해낸 둥근 달을 사랑하네

퍼석한,
마음의 거처居處가 마침내
투명해졌다

* 와디: 사막에 있는 건곡乾谷의 강.

화엄별곡華嚴別曲
— 월궁매운탕

우럭이 알몸으로
묵언수행 들었습니다

죽어서 사랑하는
그 길밖에 없다고

뼛속에 불심佛心을 심어
달이 되었습니다

다시, 남해에서 등단登壇하다

이제
나의 문단은 만경창파 세상이다

어둠이 바글대는 병든 몸 드러낸 채 누구도 눈치 보지 않고
섬, 붉게 떠올린다

따끔거리는 가슴꽉 등대가 되는 동안 거뭇해진 그리움 파도 위에 넓게 펼쳐 물바람 시를 읽으며 풍향계 화살이 된다

왔던 길 감싸 안은 해안선 풍경처럼 출렁출렁 흘러오는 지족의 저녁처럼

노을에
얼굴을 치댄다,

그대, 남쪽에
앉아

동해東海

끝까지, 한 줄로 읽고 싶은 내 인생의 원적지

죽녹원에서

겨울이 흘러갔다,
아버지를 만난 동안

따뜻한 봄이 왔다,
아버지를 읽는 동안

세상에, 아버지보다
더 푸른 시詩 없다

왕대나무 수사학

마디를 비유하면 환상통 행갈이지만

빗금 많은 역사를 새김질한 문장처럼

날파람 그 울음의 비문非文

느낌표로 떠올린

아버지가 죽은 후 아버지가 명당明堂마다 타오른다*

먹빛 시간 되삼켜 날아오른 텃새처럼

풀잎이 품은 세상 느낌표로 헤아려서

흘러와 고인 연못에 동심원을 그리고

물소리 어루만져 도솔천 떠올렸을까?

울울창창 심어놓은 대나무 그 빛으로

먹구름 머문 자리에 구절초를 피운다

* 황동규 시 「정감록 主題에 의한 다섯 개의 變奏」 중 '소리'에서 차용.

독경讀經
— 왕대나무 서序

풀잎처럼
한평생 흔들리며 살아도

하늘 향해 꼿꼿이 온몸을 바로 세워

빛나는 화엄華嚴의 세계

지문指紋으로
새긴다

눈 내리는 날
— 직지사에서

때로는
허허허허, 바보처럼 웃으셔

반짝이는 눈길 위에 발바닥 올려놓고 결빙된 산문 밖으로 새
들을 날려 보내고

지상을 삼켜먹은 웅달진 사랑이더라도 나무들 우듬지에 그
대 앞섶 던져 올려

날리는,
저 눈 바라보며

오늘 그냥
웃으셔

이구학(李九鶴, Lee, Koo hak)

1945년 전북 순창 풍산면 반월리 출생. 조선대
(경제학과), 호남대 대학원(경영학박사). 《열린
시학》(2000) 등단. 시조집 『가면의 나라』(2005,
고요아침), 수필집 『좀 게으른 자의 반 미친 야
그』(2015, 한림). 무등시조문학상(2014), 샘터시
조상(2001) 수상. 한국시조시인협회, 오늘의시
조시인회의, 열린시학회, 한국동시문학회, 한
국문인협회, 순창문인협회, 문학춘추작가회 회
원. 광주문인협회 시조분과위원장, 광주전남시
조시인협회 지도위원. 공인회계사, 세무사, 호남대 겸임교수.

—

서정을 바탕으로 한 튼실한 비틀기

시인의 단수들에는 축약과 절제의 묘가 잘 구사되어 있는데, 특히
서정시편들에서 그러한 면이 두드러졌다. 단수의 특성은 압축미
에 있다. 짧은 시행 속에 생각들을 어떻게 잘 갈무리해 넣었는가가
시의 성패를 가리기 때문이다. 「꽃은…」에서 개화를 해석하는 시
인 나름의 독특한 개성, 「아지랑이」에서 그 정경을 생명을 잉태하
는 대자연의 진통으로 본 점, 그리고 「가면의 나라」에서 와 같이 자
화상 시리즈에서는 우리 사회의 부조리한 단면을 시니컬하게 풍자
하고 있다. 특히 시조란 용어가 시절가조의 약어인 바, 이는 시대를
노래하는 문학이라는 말인데 지금 시조는 이에 충실하지 못하고
있다고 본다. 이구학 시인의 「소쩍새 우는 사연」 같은 작품은 이를
충실히 노래하고 있다고 본다.

— 박시교(시조시인)

—

꽃은…

꽃은…
피는 게 아냐
그리움이
터진 거지…

내 온몸의
피가
피가
열꽃 되어
터진 게야…

꽃비로
당신 적시려
혼魂을 활활
태운 게야…

매향리를 지나며

매향리가 어디일까 매화 향기 맡고 싶어
매화꽃 찾고 찾아 두리번 또 두리번
그 찰나 천지개벽 소리에 활짝 피는 매화꽃들

우우우 까마귀 떼 하늘 덮는 매향리여!
질곡의 강물 흘러 온 얼굴에 검버섯들
허리띠 풀린 다음에나 참매화꽃 피우려나…

소쩍새 우는 사연

백여시와 한판하고 입 봉하는 이 녀석〈속쩍다 속쩍다 속쩍속
쩍 속쩍다〉
술 마시고 계산 때만 뒷간 가는 저 녀석〈속쩍다 속쩍다 속쩍
속쩍 속쩍다〉
에이끼, 속 좁은 놈아 속좀 속좀 차려라〈속쩍다 속쩍다 속쩍
속쩍 속쩍다〉

추수 때만 갈밭 찾는 진구렁 속 철새들아〈속없다 속없다 속
없속없 속없다〉
백악산* 숲속에서 먹이 다툼하는 새들아〈속없다 속없다 속없
속없 속없다〉
먹을 것 그리 없더냐 벼룩 간을 먹어라〈속없다 속없다 속없
속없 속없다〉

눈 돌리고 차마 차마 조간석간 보노라면〈속썩다 속썩다 속썩
속썩 속썩는다〉
앵무새 전쟁속보 억지 억지 듣노라면〈속썩다 속썩다 속썩속
썩 속썩는다〉
잠을 좀 실컷 자보려도, 두 눈 두 귀 콱 막혀서〈속썩다 속썩
다 속썩속썩 속썩는다〉

하늘 눈 꽉 찔러서 그 눈물로 확 씻으면〈속편할까 속편할까
속편속편 속편할까〉
방주에 쓸 만한 것만 골라 실을 수 있다면〈속편할까 속편할
까 속편속편 속편할까〉
두 눈을 질끈 감고서 노 저을 수 있다면,〈속편할까 속편할까
속편속편 속편할까〉

* 북악산을 백악산이라고도 한다.

운주사雲住寺

— 와불臥佛 근처
화순和順땅 구름 절에 두 부처 바람났네
사내부처 계집부처 나란히 누워서는
천년千年을 사랑하고서도 일어나기 싫다 하니…

감실龕室속 두 부처는 먼 산만 바라보고
북두칠성들 깜짝 놀라 왕방울 눈 부라려도
자목련 피는 봄날 오면 깨우라며 다시 감네.

— 천불 천탑
그 소문 전해들은 중장터 미륵불들
황망히 돌아왔는지 차림새 엉망진창
얼굴을 일그러트리고 여기저기 숨어있네

옥동자 낳아 달라 손 모으던 중생들은
오월의 거리로 가 풀잎 되어 누웠던가
그 발원 보름달 품에 우뚝 우뚝 솟아있네.

* 운주사雲住寺의 지명 유래중 다생산多生産을 위한 운우지락雲雨之樂
을 뜻한다는 설說이 있다.

아내의 창窓

햇볕 한 장 곱게 잘라
방에 깔아 주시려고
아내는 유리창을
닦고 또 닦고 있네
올 겨울
따뜻하겠네
저기 봄이 걸어오네.

밤에는 덤으로
달빛도 한 장 깔리네
하얀 이불 걷어차도
파란 이불 덮어주니
올 여름
시원하겠네
벌써 가을 달려오네.

우렛소리
— 자화상 26

사립문 나설 때엔 목숨을 걸어야 해
식구 먹여 살리기가 대충인 줄 알았더냐
평생을 그 목걸이에 끌려 사신 아버지.

불혹 강 건너가며 당신 뜻 깨닫다니…
멍청이
밥충이야
채찍질 그 말씀들…

"이뭣고!"*
우렛소리다.
문뜩 문뜩
불 켜 주는…

저 오늘 목숨 걸고 대문을 나섭니다.
분초를 쪼개가며 모이를 좇습니다.

당신 빛
부여잡고파
혼魂**도 백魄***도 사르리다.

* 이뭣고: 불교의 대표적인 화두. 중국 당나라 때 마조선사를 찾아온 무업이 선사와 문답을 나누는 중에 "마음이 곧 부처라는 말을 모르겠습니다." 하며 떠나려 하자 선사께서 "이것이 무엇인고?"란 질문을 하자 이에 문뜩 깨달았다 한다. 이에서 시작됐다 한다.
** 혼魂: 넋.
*** 백魄: 몸. 혼이 떠난 몸.

아지랑이

새봄을 낳으려고 겨우내 진통을 하던,
계절이 몸을 풀고 미역국을 끓이고 있다
대지의 둥근 솥에서 모락모락 오르는 김.

?*를 굴리며

자네가
누구더라
어디서
본 듯한데

그래, 그래
조카지?
아냐, 아냐
제자든가?

빙 빙 빙,
?만 굴리는
386
PC여!

* 물음표.

내게 쓴 편지 44
— 시지포스의 천당

지금
여기서
정성을 다하자고…

가진 바위 남은 과제
힘껏 굴려 올리자고…

더불어
같이한 중생
배려하며 사랑할지니…

가면의 나라
— 자화상 8

가면의 나라에서는
가면을 써야 한다며

뜰 앞의 동백꽃이
하얀 너울 쓰고 있다

대문을
나서는 나도
철가면을 하나 쓴다

이군익(李軍翼, Lee, Gun ig)
1965년 충남 서산 팔봉면 출생. 인하대학교
(영문학 문학사), 인천대(경영학) 박사 과정
수료, 성산효대학원(효학) 박사 과정 재학 중.
《시조생활》 신인문학상(2012) 등단. 세계전
통시인협회, 초우문학회 회원.

—

둥근 벽시계

고향 집 대청마루 덩그러니 저 벽시계
재깍재깍 돌다 지쳐 여섯 시 삼십오 분
이제는 쉬시려는 듯 고요 속에 웃는다

손가락 바늘 걸어 거꾸로 돌려보니
세월을 거슬러 간 아련한 그 마을에
아궁이 불 지피시는 어머님의 옆모습

굴뚝새 노랫소리 모락모락 울리는데
배꼽시계 부여잡고 부뚜막에 기댄 아이
누룽지 떼어주시던 자애로운 미소여

금강산 지게의자

동방에 해가 뜨니 천지에 빛이 난다
백록담 높이 솟아 흰 구름 걸려있네
큰 산이 손잡은 곳에 불꽃으로 피었네

일만 이천 봉우리에 팔만여 암자라오
금강산 그리움에 선옹仙翁의 시름 깊네
맑은 산 고운 품속에 뫼시고픈 이 마음

천 년 송 그늘 아래 지게의자 걸어가니
북녘의 동포들도 미소로 환영하네
금강산 맑은 품에선 한 뿌리에 가지로세

비 갠 금강산은 청초한 여인이다
티 없는 봄 하늘은 그녀의 거울이다
흰 구름 머뭇거리니 요염스레 운봉雲峯이다

아버지 등에 지고 만물상 앞에 서니
님 그리워 우는 노인 모정에 우는 아들
감도는 눈물 감추려 먼 하늘 끝 바라보네

백발회흑白髮回黑

아내와 이별 후에 백발이 되시더니
산천의 정기 받아 검은 머리 새로 돋네
한잔 술 벗 삼은 황혼 만수무강하소서

국토종주 자전거길

청산의 푸른 정情이 모이니 강이어라
천년의 꿈 아라뱃길 한강을 스쳐 간다
팔당댐 푸른 호수에 산이 고여 있구나

노을빛 이포나루 선홍빛 탄금대여
이화령 전설 따라 상주 평원 허수아비
칠백리 물길 끝자락 을숙도야 을숙도

선열의 피로 지킨 삼천리 금수강산
강산에 흐른 땀이 선열先烈을 알현하네
백두에 한라산까지 자전거길 열리소서

독도獨島

구름은 쉬어 가고 갈매기 날아든다
먼 바다 거친 곳에 쉬일 곳 정겨워라
바람도 벗인 양 하여 매만지고 떠난다

해룡이 솟아오른 삼백만 년 바위섬아
대간의 팔을 뻗어 엄지손 첨병일레
태양을 꽂은 촛대는 이 겨레의 사랑탑

이규원(李奎源, Lee gyu won)

1955년 강원 평창 진부면 출생. 경기대학교 (국어국문학과) 졸업, 경기대 한류대학원(시조창작학과) 석사 졸업. 《열린시학》 신인상 (2015) 등단. 시집 『옥수수밭 붉은 바람소리』(2017, 고요아침). 가람시조백일장 차하 (2017), 열린시학상(2019), 가람시조백일장 장원(2020) 수상. 열린시학 회원.

등

이규원

구순의 어머니 등
버드나무처럼 휘어졌다.
허구한 날 온 집안을
들쑤시며 휜다.
한 허리
뚝 떼어내어
대죽처럼 곧았으면,

—

이규원 시인의 작품에서는 가람 선생이 제시한 시조 혁신방향이 잘 나타난다. 가람의 시조 혁신방향은 우리가 주지하는 바와 같이 ① 實感實情을 표현하자 ② 取材의 範圍를 擴張하자 ③ 用語의 數 三 ④ 格調의 變化 ⑤ 連作을 쓰자 ⑥ 쓰는 법 읽는 법이다. 대부분 내용을 전제로 한 實感實情의 표현과 소재의 다양성은 이규원 시인의 시적 방향에서 쉽게 확인이 된다.

구순의 어머니의 등을 휘어진 버드나무로 형상화하고 있는 「등」과 호스에 감겨서도 연거푸 웃고 있는 노모의 모습을 담담히 담아내고 있는 「어머니의 수술」 등은 가족사의 단면을 가감 없이 보여주기도 하고 「팬데믹」과 「코로나 2.5단계」에서는 코로나 19로 인해 일어나는 일상의 변모된 모습을 포착해낸다. 주목이 되는 것은 재미성과 굴곡성인 "格調의 變化"라고 할 수 있는데 이점에서도 시인은 탁월한 능력을 보여준다. 부부임에도 전혀 다른 상상을 하고 있는 것을 희화한 「황홀한 착각」, 등외품이지만 새롭게 태어나는 과정을 의미있게 조감해내고 있는 「고추 피클」, 온도에 변화하는 숨겨놓은 애인 같은 순정을 질감있게 그려내는 「원두」 등은 재미성과 굴곡성을 잘 보여주고 있다.

— 이지엽(시인 · 한국시조시인협회 이사장 · 경기대 교수)

—

등

구순의 어머니 등 버드나무로 휘어졌다
허구한 날 온 집안을 들쑤시며 더 휜다
한 허리 뚝 떼어내어 대죽처럼 곧았으면

황홀한 착각

우리 부부로 또 만나요 다음 생에도
아 하면 척이니 비등점 상승이네요
뭔 소리, 난 사람 아닌 푸들로 태어날끼다

탱자나무

죽어서 가시나무새 되겠다고 말한 당신
지금쯤 그리움을 어느 둥지 틀었을까
울타리 지날 때마다 오밀조밀 일어나고

흰 꽃이 흰 눈처럼 피어나 붉던 오월
발소리는 지우고 숨소리만 기억하는
톱니의 고요한 삼매에 시마詩魔자라 납니다

가시와 가시 속의 긴밀한 간격에서도
낮고 작게 움츠린 시詩, 수천만 번의 날갯짓
씨방의 선연한 결의가 꿈꾸며 비상합니다

백련

그 누가 너를 향해 뒤안길이라 하겠는가
오똑한 코 환한 이마
순결하고 청정한
품 넓은 그 빛깔만으로 눈의 외장外障 다스린다

붉음이 아무리 화사하다고 말해도
여백의 미美 가득한
흰빛 율격 우아함에
네 앞에 서기만 하면 절로 고개 숙여진다

고정된 관념에 편승하지 말자 해도
동서로 내 편 네 편
없는 사실 진실인 양
오늘도 인기몰이에 우르르 쏠리는 판

실감실정實感實情 야시장*을 왜곡하지 않으며
공존하며 사는 이치
채우고 비우는 모습
오염물 진흙탕에서 오롯이 일으킨다

*1927년 발표된 가람 이병기의 시조

팬데믹

잠실역 6번 출구, 두 평 남짓 컨테이너
밑동은 녹슬었고 구두 수선공 앉아 있다
그 옆의 자전거 페달도 경제원리 묵상 중

빌딩과 빌딩 사이 끼어있는 불황에
아무리 기다려도 신발들은 오지 않고
오십 년 고집을 그만, 폐업해야 할까보다

붓끝이 서늘케 쓴 반액세일 붉은 글씨
또다시 붙여 봐도 마스크만 둥둥 뜬다
목을 뺀 회색빛 시간, 바람만 기웃거린다

숟가락 여인*이 슬픈 이유

먹어도 먹어도 헛배만 부른 것은
숟가락에 철학이 올려지지 않아서다
육신은 티끌 하나도 옮겨놓지 못한다

*자코메티 작품 바블로 피카소의 유채

어머니의 수술

호스에 감겨서도 연거푸 웃고 있다
쓸개가 없어진 것을 아는지 모르는지
웃음 반 울음 반으로 그렇게 채웠을까

얼렁 쎄가 빠져야지, 얼렁 쎄가 빠져야지*
버릇처럼 되뇌더니 살아나서 미안한 걸까
아무리 감추고 싶어도 촉촉한 저 속눈썹

아흔넷 쪼그라진 가슴을 만져본다
홀로 어디 가시려는지 슬픈 시간 아니길
아직도 따뜻한 온기 손안에 담아본다

*얼른 죽어야지, 진부 사투리.

고추 피클

크지 못해 불만이었지 붉지 못해 서러웠지
한여름 뙤약볕에 생각 많아 더 못 컸지
푸른 몸 빨갛게 변화되는 그들이 부러웠지

나라고 안 되겠어, 불그스레 비슷하게
미궁 속에도 등급 있어 결국에는 등외품
어쩌나 무서리 내렸다 한로 지나 상강이라네

바늘에 콕콕 찔려 현미 초에 잠겨보니
아등바등 애태웠던 지상의 산문들도
회심곡 한가락이다 이맛저맛 다 괜찮다

원두

온도에 변화하는 숨겨놓은 애인 같은
소소한 흔적에도 가슴은 아려오고
원산지 로스팅에 따라 애정마저 무쌍해요

증발되다 흘러버린 그윽한 향기조차
코끝을 스쳐 가는 감각으로 그리워져
초코 빛 타들어 가는 잔영의 목소리예요

갓 볶은 여린 마음 짝사랑 달콤함으로
그라인더 원통 속 속내마저 들켜버리면
한 움큼 물방울에도 쌉싸름한 노래예요

코로나 2.5단계

문자로만 소통해도 충분히 좋았을 걸
서툴게 찾아가다 바닥난 애정 행각
수평선 가시거리 밖, 연습은 다시 없다

이규철(李揆哲, Lee, Kyu chul)
《부산시조》(2012) 신인상 등단. 시조집『페르마타』(2018, 한글문화사). 부산시조시인협회, 부산가톨릭문인협회, 나래시조시인협회 회원. '연대' 동인.

페르마타

생이란 한 편의 노래 , 똑같은 곡은 없지
가는 곳 갈라지고 머물 곳 다르다 해도
누구나 지나온 길이 남기는 노래 있지

그대와 함께하며 늘어나는 아픔만큼
좋았던 순간 또한 두 박자 길게 늘이어
꿈인 듯 앙코르 송 부르며 떠날 무대 그린다

도깨비바늘

가는 곳 묻지 않고
꽉 잡은 바짓가랑이

거친 손 두려워도
꿈꾸는 흙의 냄새

단 한 번
스친 인연도
한 알 작은 씨앗이다

문

평생을 살아가며 만나고 지나가는 문
어머니 뱃속에서 세상으로 나오는 문
돌아갈 하늘의 길엔 바늘귀 같이 좁은 문

눈앞만 바라보는 쭉정이들 넘치는 문
때로는 목숨 걸고 전쟁도 치르는 문
그날을 어찌 알겠나 마주해 설 마지막 문

물도 때론 아프다

잔잔한 저 시냇물 눈여겨 본 적 있나
냇물이 아파 우는 울음소리 들어봤나
부딪혀 갈래진 몸을 추스르며 가는 물길

소나기 퍼붓던 날 가득 안은 거친 물살
더러는 온갖 오물 군말 없이 덮어도 쓰며
메말라 길이 막혀도 오래 참고 기다렸다

괜찮다 다독이며 마침내 다다른 강
반짝이는 햇살 조각 물결 위에 새겨두고
물처럼 흘러가버린 내 아버지 어머니

베개

지친 몸 눕힐 때면 잘 자라, 숨죽이고
밟히고 던져져도 묵묵히 기다렸다
젊어선 어머니처럼 나이 들며 아내처럼

한때는 뒤척이다 뜬눈으로 새우던 밤
세상일 그런 거라 덜미 감싸 토닥토닥
함께한 희로애락이 베갯잇에 배었다

양어깨 지고 온 짐 머리맡에 받아 뉘며
지금도 꿈이라면 설레는 가슴으로
깨어날 무릉도원을 베개 속에 묻는다

젓가락

다리가 둘이듯이 둘이 만나 이룬 한 몸
어쩌다 짝 잃으면 길도 잃고 헤매는

잉꼬가
따로 없지요
어느 부부 이만할까

매운맛 안 가리고 끓는 물도 첨벙첨벙
무엇을 원하는지 말 않아도 잘 통하죠

입 보면
앞서 달려요
어느 부모 이만할까

작업화 한 켤레

조선소 하청공장 불도 꺼진 기숙사 밑
폐자재 분리수거통 작업화가 한 켤레
버려져 축 처진 몰골
비에 흠뻑 젖고 있다

예전엔 장마철도 쉬지 않던 걸음걸이
날 버리고 떠난 그는 어디에서 무얼 할까
새 일터 찾지 못한 채
비는 맞지 않으려나

마지막 밑줄 긋기

학생 때 중요한 곳 밑줄 좍좍 그었지
그 습관 배운 대로 이곳저곳 그어 댔다
세 치 혀 마음속으로 눈과 귀 가슴들에

사는 일 밑줄 긋기 온 힘을 다해본다
남은 건 긁힌 자국 피톨처럼 선명한데
회오의 깊은 시름이 물굽이로 밀려온다

무심코 버린 여백 날 보고 웃는구나
그래도 긋고 싶다 마지막 밑줄 하나
내 영혼 안아주실 이 그분 앞에 엎드린다

1월

할 말 있으신가

바쁘신데 그냥 가시지

가면서 심술궂게

툭 던지는 매화 소식

설한에

등 눕힌 아랫목

가슴에도 피는 매화

시는 꽃이 피는데

모든 걸 쏟아 부어 피워낸
붉은 화관

걸칠 옷 찾지 못해 민망한
알몸뚱이

나의 시 꽃무릇 닮았나
따뜻한 눈 그린다

이근구(李謹求, Lee Kuen koo)
1934년 강원 홍천 서석면 수하리 출생. 호
수암. 한국방송통신대학교(초등교육과) 졸
업. 《시조와 비평》(1997) 등단. 시조집 『꿈
을 심는 허수아비』(1999, 시와비평), 『산·
들·꽃·시』(2003, 태원), 『초록물감 칠하기』
(2008, 태원), 『풀꽃동행』(2012, 태원), 『인걸
은 가도 향기는 남아』(2015, 태원). 황산시
조문학상(1998), 향토문화상 문학(1999), 세
종문화예술상 시조대상(2010), 강원문학상
(2012), 한국시조문학상(2015) 수상. 강원동
백문학회장, 춘천시울림 회장, 강원시조시인
협회장, 한국시조협회 부이사장 역임. 강원시조시인협회 고문.

우리의 스승 청련거사 이백李白의 명작 연종형제도리원서에서 천
지는 한 여관이요, 인생은 그 여관에 잠깐 머무는 나그네라 했것다.
수암 시인만이 아니라 대개의 시인들이 여행을 즐긴다. 국내를 멀
리 편답하기도 하고 멀리 외국에 나들이하기도 한다. 그래서인지
수암 시인 작품의 소재가 늘 신선한 것은 여행 중에 얻은 견문이 새
롭고, 그때마다 일상을 비켜서 자신을 새로이 돌아보기 때문이리
라. 수암 시인의 작품은 소요유의 철인 장자의 말마따나 물과 같이
담담하여 속기가 없고 순수히 흘러 너그러운 군자의 풍모를 지닌
다. 인간은 누구나 긴 나그넷길 앞에 선다. 슬기로운 사람은 그때
허둥대지 않도록 '떠나는 연습'을 해야 하는 것인지도 모른다. 나는
이제 한 노시인의 초연한 달관 앞에 옷깃을 여미면서 붓을 거둔다
(「풀꽃동행」).

— 장순하(시조시인 · 한국문인협회 고문)

—

달과 함께

땅거미 짙어
쟁기 놓고 들어와
늦은 저녁 식사 상추쌈 입에 넣다
열하루
고운 달님께
들키고 말았네

달도 나도 외론 행복
한 마디 말 없어도
이 한밤 길동무 되어 동행하는 청한 이여
초부는
시향에 취하고
풀벌레는 시를 읊고.

구슬붕이

양지바른 풀밭에서
숨어 살던 난쟁이들

오월의 단비 속에
요정들이 튀어나와

소녀의 새하얀 웃음
햇살처럼 터뜨린다.

숲 길

풀꽃은 웃음대회
나무들은 긴 팔 자랑

모두들 산소 뿜기
초록 물감 칠하기

산새도 수풀둥지에 예쁜 알을 낳는다.

황혼의 농막

마적산 병풍바위
저녁노을 꽃물 들면

낙조 떠난 농막에는 화악산이 내려앉고

설록향
비발디에 취해
초승달도 행복하다.

막내딸 시집보내듯

세월엔 불가항력
헤어지는 숙명 앞에
반생을 겪은 동행
막내딸 시집보내듯
사랑의 정을 쏟았던 동행과의 영이별

어린 묘 가꾸면서 귀여웠던 옛 추억
목마를까 물주고 약해질까 거름 주며
너와 나 무욕한 동행 연인 같이 살던 정

인연도 가지가지 미련 사연 하 많지만
내 늙어 힘없음에 보살필 길 없으니
잘 가서
더 행복해 다오
꿈길에나 만나자.

* 기르던 분재를 모두 나누어주며, 2017년 5월 6일.

삼악산정에서

영혼의 결빙 같은
비탈 바위 올라서면
청솔 향 산새 소리 가슴 깊이 귀를 열고
펼쳐진 산맥과 하늘 눈 떨구니 바로 수향.

잊었던 푸른 신화
눈감았던 옛 일들이
아스라이 저만치서 들꽃으로 다가서며
사랑도 미움도 훨 ~ 훨
버려라 놓으라 하네.

보리암에서

세월은 산을 쪼개
애애⿱한 섬 띄우고
허튼 층 쌓은 금산 사리로 앉은 가람
발끝에
섬들을 뿌려
산창 한결 청려하다.

앙그러진 산정에선 저 바다도 부처님 품
단애 끝 고란 잎 새 없는 듯 귀를 열고
부처손 오체투지에
독경 소리 옷에 배네.

전설은 늙어가도 젊어지는 저 산 빛
청산이 도량이요
낡음 또한 해탈인데
청고한
삶의 도리를
산 울리는 보리암.

불멸의 시향

무심천 맑은 꿈이 시묵 속에 둥지 틀고
한 세월 달려온 시공 우순풍조 아니었네
자갈밭 옥토 만들기 굴참나무 손마디

돌아보면 팔십 성상 파란만장 한 편 희곡
격랑의 시린 세월도 이제는 하루 같아
새아침 달관의 여생 처음처럼 문 여네

고운님 도반 되어 그림자로 닮은 것도
저 세상 명을 이어 한 백 년 가는 길도
청청한 세한도 노송 접은 날개 다시 편다.

풀꽃 동행

유년의 초원에서
가슴에 심은 꽃씨 하나
지금도 그 인연의 고리 놓지 못하고
내 분신 그림자처럼
동행하는 이 하루.

미소로 인사하고
향기로 대답하는
삶의 진리 가르쳐준
묵언의 지란지교
외론 삶 내게로 와서 손잡아준 동반자.

흙의 마음

밭 가는 쟁기 끝에
황토 향기 묻어나듯
진득하고 폭삭폭삭한 호미 끝 촉각 같은
굳지도 헤실하지도 않은
모성의 흙의 마음

뿌리 뻗기 수월하고 올곧게 서기 편한
그런 땅 되도록 손질하는 나의 하루
영욕의 힘겨루기도 뜬 구름 아니던가

엎치락뒤치락 이살 저살 뒤섞이고
흙과 거름 마다않고 몸 섞어 어울리는
생명의 젖줄로 앉아 베풂만이 있을 뿐

유순한 흙을 닮아
온갖 생명 솟게 하고
어둠 속 빛나는 말로 들꽃 같은 시를 써
텃밭에 시모종하는
순리의 길 가고 싶다.

이근덕(李根德, Lee, Geun deok)

1957년 경북 고령 개진면 출생. 호 백마. 대구미래
대학교(행정법률학과) 수석 졸업(2002). 《시세계》
시, 《문학세계》 시조(2002) 등단. 시집 『잎새의 노
래』(2005, 그루), 『꽃 피고 새우는 날에』(2006, 세
종), 『만남이 축복인 것을』(2007, 세종), 『새벽녘 길
을 가다가』(2011, 세종), 『고운 만남』(2017, 세종).
공무원문예대전 행정자치부장관상, 4회 농림부장
관상, 문학세계 공로상, 공무원노동자문화상, 법
원행정처장상, 대법원장상, 녹조근정훈장 수상.
경북공무원문학회 사무국장, 고령문인협회 시조
분과장, 나래시조시인협회 감사 역임. 한국문인협
회, 경북문인협회, 국제펜클럽, 한국시조시인협회
회원. 개진면 부면장, 농업사무관 퇴임. 고령군 성산면 부면장.

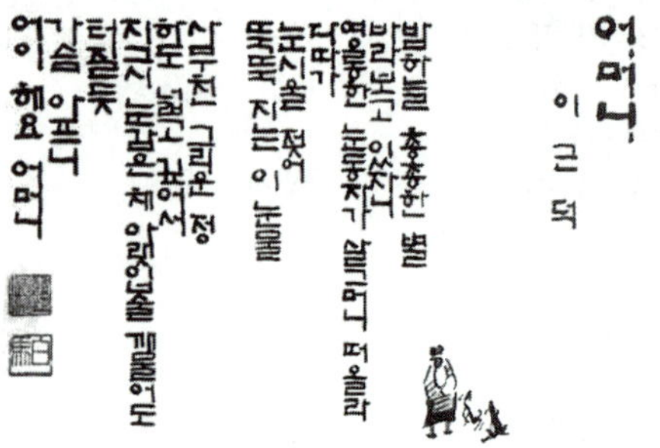

이근덕은 2002년도 《문학세계》에 시조 「고운 만남」 외 4편이 추천
되어 문단에 나왔다. 같은 해 계간 《시세계》에 자유시로도 등단을
했다. 고령군청에 재직 중인데 시조에 대한 열정이 무척 뜨거워 보
인다. 물론 시가 열정만으로 이뤄지는 것은 아니지만 열정이 없으
면 시가 될 수 없음은 자명한 이치다. 아무리 천부적인 자질을 타고
난 시인이라도 열정이 식으면 필을 놓을 수밖에 없기 때문이다. 중
요한 것은 열정을 관심과 실천으로 심화시켜 나가는 의지와 자세
일 것이다.

— 권갑하(시조시인 · 한국문인협회 부이사장)

쇠말뚝

제왕봉 정수리에
쇠말뚝이 웬 말인가
얼얼한 오랜 세월 흘린 눈물 또 얼마랴
분함에
가슴 뜯으며
울먹이는 저 소리

이보다 더한 아픔 세상 어디 또 있을까
흙 한줌 없이 자란 노송마저 울부짖고
야멸친 몹쓸 왜인을 경멸하는 저 눈빛

닿을 듯 우뚝 솟은
민족영산 곳곳마다
그토록 혈을 끊고 말살하려 들었지만
꿋꿋이
지켜낸 영산
활짝 웃는 저 하늘

독도

왜놈들 침탈 야욕 망언에 솟은 분노
이사부 신라 장군 충혼을 다시 불러
반만년 세월 지나도 지켜야할 땅이어라.

민족혼 일깨우듯 가픈 숨 파고 울려
해뜨는 동해 바다 피붙이 바위섬아
눈부신 동해의 위용 민족혼 딛고선다.

치솟은 절벽 위로 갈매기 휘휘 날고
하얗게 부서지는 저 굳센 파도 소리
유구한 한얼의 역사 지켜선 쌍둥이 섬.

청량사

투명한 하얀 햇살 길을 트는 산길 따라
가픈 숨을 몰아쉬며 산사에 찾아드니

희부연
안개 비집고
웃음 짓는 오층석탑

어디서 꾸물꾸물 이리 더딜 찾았느냐
쩌렁쩌렁 산울림에 엎드려 삼배하니

다가와
어깰 보듬는
살래살래 청솔바람

어스름 뉘엿뉘엿 산 그림자 드리우고
서산마루 활활 타는 저녁놀 바라보니

황금빛
새털구름이
홀가분히 살라 하네

고운 만남

우리의 고운 만남 하늘이 내린 선물
그 선물 소중하게 속내 깊이 간직하여
영원히 아름다웁게 곱게 피게 하리라.

수많은 사람 중에 인연되어 만났으니
귀하고 귀한 보석 반짝반짝 빛나기에
나의 맘 가슴 한 켠에 고이고이 숨기리.

살짝이 오신 손님 보석처럼 아껴주고
다듬어 더욱 빛을 발하는 사람으로
영원히 우리 함께 갈 광영의 길 펴리라.

잎새

꽃물을 토해내는 벗나무 가지마다
겨우내 시린 한이 촘촘히 묻어난다
골 파인 알싸한 아픔 바람결에 실려 가고.

차디찬 꽃샘추위 한바탕 휘젓더니
목 타는 가지마다 촉촉이 봄비 내려
부스스 연초록 잎새 봉긋봉긋 솟구치네.

먼동 튼 아침 햇살 소슬히 부는 바람
두꺼운 침묵 깨고 살금살금 다가와
참이슬 반짝거리며 꽃망울 터트리네.

첫눈

산새도 날지 않는 고즈넉한 첩첩산중
적요한 산자락에 설렘이 내리는 밤
벽난로 장작 불꽃은 밤새 활활 타오르고

법화경 한 소절이 고운 인연 빚었을까
감잎에 놓인 찻잔 저토록 정겨울까
은은한 설록차 향이 몸에 가득 배는 밤

솔바람 솔솔 불어 애간장을 다 녹이고
촉촉이 젖는 이 마음 하늘마저 아는지
하늘엔 흰 꽃이 피네 범종 소리 퍼지네

소나무

저녁놀 비스듬히 떨어지는 산자락에
풍상이 섞어 치는 차디찬 모진 바람
꿋꿋한 소나무처럼 창창하게 살으리라.

찬 서리 북풍한설 굴하지 않은 절개
순백한 청초한 빛 언제나 부푼 희망
고결함 소나무처럼 순백하게 살으리라.

세사에 찌든 영혼 솔 향이 쓸어담네
싱싱함 잃지 않고 암벽 위에 우뚝 솟은
과묵함 소나무처럼 담담하게 살으리라.

청정심

한평생 팔십 생애 속 끓일 일 뭐 있으랴
까짓것 고 까짓것 그리 한 번 해버리니
청아한 곧은 마음이 새록새록 돋는다.

가련한 애옥살이 덤도 없는 삶이거늘
뭐 그리 애면글면 바둥바둥 살을랑가
첩첩이 쌓인 구름도 순식간에 벗긴다

청송 주산지에서

왔느니 왔느니라 보듬으려 왔느니라
태어나 눈비 맞고 허구한 날 서리 맞고
밤이면 적적함으로 그 얼마나 울었으랴.

벼르고 또 벼려다 말벗 되어 왔느니라
긴 세월 물에 잠겨 하늘 이고 탄식하며
절절히 쏟아낸 눈물 푸른 물빛 일궜구나.

무엇이 한이 깊어 무거운 짐 벗지 못해
험난한 저 몸부림 가냘프고 애련해라
그늘진 그 애환일랑 물속 고이 파묻게나.

보경사*

지명은 명산 찾아 팔명보경 못에 묻고
예언대로 절 세우니 뜻한 바 이루었네
짙푸른 송림 사이로 십이폭포 이어지고

늘어선 계곡 따라 바위 벼랑 웅장해라
모진 풍상 견뎌 왔을 척박한 바위틈새
등 굽은 노송 보자니 목이 탁탁 막히는데

기묘한 형상 바위 관음굴 속 바라보니
해골처럼 숭숭 뚫려 간담이 서늘하고
물보라 청정한 기운 푸른 물빛 고와라.

* 보경사: 포항시 내연산 소재.

이근배(李根培, Lee, Keunbae)

1940년 충남 당진 출생. 호는 사천(沙泉). 당진정보고등학교, 서라벌예대 문예창작과 졸업. 1961~64년 경향신문, 서울신문, 조선일보, 동아일보 신춘문예 시, 시조, 동시 등 당선. 시집『노래여 노래여』,『사람들이 새가 되고 싶은 까닭을 안다』, 장편서사시『한강』, 시조집『동해바닷속의 돌거북이 하는 말』, 시선집『사랑 앞에서는 돌도 운다』등이 있음. 문공부 신인예술상, 한국문학작가상, 중앙시조대상, 고산문학상, 만해대상 등 수상. 은관문화훈장 수훈. 한국시조시인협회장, 한국시인협회장 등 역임. 신성대학교 석좌교수, 대한민국예술원 회장.

—

내가 왜 산을 노래하는가에 대하여

목숨을 끊은 양 누워
적막을 새김질해도

내 귀엔 피 닳는 소리
살 삭이는 소리

산, 너는 죽어서 사는
너무도 큰 목숨이다.

그 황토흙 무덤을 파고
슬픔을 매장하고 싶다

다시는 울지 않게
천의 현絃을 다 울리고 싶다

풀 나무 그것들에게도
울음일랑 앗고 싶다.

어느 비바람이 와서
또 너를 흔드는가

뿌리치려 해도
누더기처럼 덮여오는 세월

깊은 잠 가위 눌린 듯이
산은 외치지도 못한다.

달은 해를 물고
— 벼루읽기

돌로 태어나려면
꽃도 되고 풀도 되는
압록鴨綠 물을 먹고 자란
위원화초석渭原花艸石 닮아야지
붓농사 기름진 텃밭
일월연日月硯으로 뽑혀 살게

달은 왜 해를 물고 있어
아니 해가 달을 물었나
하늘이 내린 솜씨
천지창조가 여기 있구나
아무렴 저 역성혁명 때
우리네 살림도 담아야지

산이거나 나무거나
꽃이거나 뭇 짐승이거나
세상에 좋고 이쁜 것
다 불러 살아가는
높고 먼 우주경영의
새 하늘이 뜨고 있다

매디슨 카운티의 다리

한세상 살다가
모두 버리고 가는 날
내게도 쓰던 것
주고 갈 사람 있을까
붓이나 벼루 같은 것
묵은 시집 몇 권이라도

다리를 찍으러 가서
남의 아내를 찍어온
나이든 떠돌이 사내
로버트 킨 케이트
사랑은 떠돌이가 아니던가
가슴에 붙박여 사는

인사동 나갔다가
벼로 한 틀 지고 온다
글 쓰는 일 보다
헛것에 마음 뺏겨
붙박인 사랑 하나쯤
건질 줄도 모르면서.

황진이

1
어질머리로다
봄밤이 웬수구나
바늘에 사랑 꿰어
누비다 물어 뜯다
산과 들, 꽃 만발이어도
몸은 아직 슬픔이구나

2
어디 성한 곳 없는
뼈마디 마디
달빛은 웬 바다를

자꾸 밀어 넣나?
해일海溢도 꺾지 못하는
외로움은 섬처럼 크고

3
무덤에는 술 먹는 풀
뿌리째 노래이고
흙 속에 묻혔어도
소리내는 피리 있어
봄밤엔 몸살 앓는 나무들
불을 켜고 떠다닌다

흰 비오리 또는 겨울 밤섬

오느냐
먼 하늘 길
시답잖은 눈발 데리고

오느냐
발 디딜 틈 없는
한줌 모래톱 찾아

오느냐
지난 해 겨우살이
외상품삯 받으러

주묵화朱墨畵
－또는 다산茶山의 뜻

어둠을 갈고 어둠을 갈다 보면
검은 먹빛 속에 피가 스밀 때가 있다
백성의 타는 뜻일랑 붉은 먹으로 쓴다.

흰 창호지에 난蘭도 산수山水도 붉은 빛깔이다
댓돌 밑에 엎드려 삼 년을 울어도
왕조의 크나큰 아픔을 누가 값하랴.

갓 쓴 놈, 벙거지 쓴 놈, 패랭이 쓴 놈,
푸줏간 고기는 모두 한 근씩이다
흰 옷의 갈기를 세워 기旗를 올려라, 기를 올려라.

골동가산책骨董街散策

목 잘린 병瓶에 갇혀
날지 못하는 한 마리 학

그 조선왕조朝鮮王朝의 울음
끼룩끼룩 울고 있다.

그렇지
또 한 번 바스라져도
목청이야 살을 테지.

나이가 들수록
새살 돋는 청화백자青華白磁

어둠을 씻고 나면
말갛게 뜨는 하늘

역사는 금이 갈수록
값을 되려 더 받는다.

부침浮沈

잠들면 머리맡은 늘 소리 높은 바다
내 꿈은 내 물구비에 잠겨들고 떠오르고
날 새면 뭍에서 멀리 떨어진 아아 나는 외로운 섬.

철썩거리는 이 슬픈 시간의 난파難破
내 영혼은 먼 데 바람으로 밤 새워 울고
눈 뜨면 모두 비어있는 홀로 뿐인 부침浮沈의 날……

연가戀歌

바다를 아는 이에게
바다를 주고
산을 아는 이에게
산을 모두 주는
사랑의 끝끝에 서서
나를 마저 주고 싶다.

나무면 나무 돌이면 돌
풀이면 풀
내 마음 가 닿으면
괜한 슬픔을 얻어
어느새 나를 비우고
그것들과 살고 있다.

동해 바닷속의 돌거북이 하는 말

돌엔들 귀 없으랴 천 년을 우는 파도소리, 소리…… 어질머
로다, 어질머리로다, 내 잠 머리맡의 물살을 뉘 보낸 것이냐.
천 년을 유수라 한들 동해 가득히 풀어 놓은 내 꿈은 천阡의 용
의 비늘로 떠 있도다.
나는 금金을 벗었노라, 머리와 팔과 허리에서 신라 문무왕文武
王 그 영화 아닌 속박, 안존 아닌 고통의 이름을 벗고 한 마리
돌거북으로 귀 닫고 눈멀어 여기 동해 바다에 잠들었노라.
천 년의 잠을 깨기는 저 천마총天馬塚 소지왕릉炤知王陵의 부
름이었거니 아아 살이 허물어지고 피가 허물어져 불타는 저 신
라 어린 계집애 벽회碧花의 울음소리, 사랑의 외마디 동해에
몰려와 내 귀를 열어,
대왕암大王巖 이 골짜기에 나는 잠 못 드는 한 마리 돌거북.

이금갑(李金甲, Lee, Geum gab)
1937년 경남 충무 인평동 출생. 〈국제신보〉 신춘문예 입상,《시
조문학》「낙엽음落葉吟」 외 2편 추천(1966), 「바람의 노래」 천료
(1967) 등단. 시조동인 '율' 창단회원. 한국문인협회, 한국시조시인
협회 회원. '심해선' 동인.

겨울의 장章

하늘도 빛이 바래 먼 발치에 밀려 섰고
바람은 또 왜 이리 설레고 있는다
구름 밖 머물고 있는 번득이는 그림자

천만년 그 습성대로 육신을 해체하는
바다는 그 어법으로 잦아드는 신음 소리
언젠가 열릴까 저 문 떨고 섰는 나목들—

서천에 노를 젓는 깃 사려 아픈 정을
몇 세월 대춘待春의 날을 미로에 지켜 선 채
아득한 발 딛는 소리 바람결에 지운다.

과목果木

사랑이야 봄 간 뒤 꽃으로 지는 이름
유월 땡볕에 나와 물기 짙은 나뭇잎새
안개로 퍼졌다 지는 몸 저리는 그림자

속살 헤집는 아픔도 눈감아 여미우고
한밤 내 강물 곁에 지쳐 앓던 신앙이사
무시無時로 눈뜨는 열망, 아리우는 가슴살.

불씨 꺼진 강안江岸에 일모日暮도 타다지면
신음도 목이 젖어 파열하는 바람 소리
아득히 미로를 열어 점등하는 경이여.

광야에서

지금도 비는 내려 뜨겁게 흐르고
핏줄에 아리우는 절절한 갈망을
사위는 은하강 물에 조요로히 띄울거나

몇 번인가 돌아선 길목 어둠 속에 묻어 두고
밤바다 출렁이는 그 진한 설렘으로
이제사 우리들 아픈 출발을 알리자

허공에 머리칼 하나 그만큼의 우연으로
종소리 밤을 여는 미명의 문 앞에서
우리의 작은 소망을 이 광야에 묻는다.

근음초近吟抄

남빛 하늘로 뜨는 이 아침 바닷가나
봄날 비 개인 뒤 잎새에 젖는 바람
청명淸明히 한나절 지나 묘지에 눕는 일모日暮

저만큼 서성이던 어질던 습성으로
늘 무거운 이승의 일 강물로나 풀어가도
골골이 자욱한 안개 죽지 아픈 산이다.

한식절 뒤 더러 넉넉한 바람에나 마음 부쳐
우리 이웃들 모여 핏줄에 젖던 온기
이제는 꽃도 져버린 이 뜨락엔 부재설.

바다의 랩소디 1

살 풀어 허이옇게 침몰하는 음계 속에
몸체로 느껴웁는 윤회의 자락들이
시원의 동혈洞穴 깊숙이 신화로 푸르르다.

무량無量히 넘쳐나는 그 겨운 몸부림은
생멸生滅의 일월 속에 흐느끼며 잠기는데
영원은 내 안에 묻고 뜨겁게 젖는 모정.

스스로의 중량으로 다스려온 열정인데
가난한 이름들의 심층에 젖는 향수
오열로 바람이 불고 깃을 트는 해산…….

불면증

설마 생전의 죄업으로 으시시 할까마는
물 빠진 갯벌처럼 늘 시린 마음살에
한생을 의미로 뜨는 달 하나 걸렸네.

불시에 살이 터서 그 선연한 핏줄을
한 획은 가로 치고 한 획은 세로 치면
내 꿈속 영혼이 되는 한 꽃으로 개화할까.

빈 뜨락에 내려 앓는 바람의 신음 소리
어디쯤 가야 닿을 아득한 귀향지를
어둠을 가누고 앉아 그 아픔을 깁는다.

풍화설

불수레 하늘을 질러 사위어간 한나절은
지층에 맺혀오는 통곡도 쓸어 안고
눈감고 지켜선 유역 귀로 없는 나날을—

찬바람 산악을 치고 더디 새는 겨울밤은
안으로 여민 불씨 울먹이는 가슴살로
수의囚衣로 푸르른 강산 저며 우는 여울물.

생활설生活設

우리 일상은 늘 삐걱이며 열리지 않는 문
여자들의 눈물만큼 병으로 남아
노을로 불 지피는 아픔 파열하는 음계들—

겨울 열리는 하늘가 서슬 푸른 바람 소리
전생의 헤픈 일들 그 업보의 길목에서
미열로 물 베는 시름 불가해한 연유를

작은 소망들을 한줌씩 등으로 밝혀
애증의 이랑에 밀려 포말로 바래다가
미래는 암암暗暗히 흐려 미궁 속에 젖는 시계視界

설화초說話抄

끊어진 다릿목에 햇빛은 이우는데
마주하다, 외면한 채, 초점 흐린 응시들
그 깊은 심연을 울어 일몰이 내린다.

사는 날 살뜰히 모두어 온 기원들이
구름 피어 설령雪嶺을 넘어 오다가다 멈추는 곳
가로 친 철조망 우리 달이 걸려 외롭다.

아득한 북천北天으로 막혀 누운 산맥들
피와 살 져며 아픈 앙가슴 헤어 보면
멍청히 돌아 전하는 명멸하는 언어들.

해설피 세월 깊은 먼 날로 돌아가고
너와 나 기약을 두고 엷어가는 마음 깃
언제는 돌아와 맞을 혼일婚日의 한밤을…….

신연가新恋歌

눈물 모아 가득하면 저런 빛으로 날까.
하마면 강 거슬리는 바람이 멎어서
빈 하늘 심층에 젖는 종소리의 메아리.

먼빛으로 하나 그리던 우리네 갈망이
기도처럼 조용한 설렘을 짚이면서
무화과 속살 터지듯 뜨겁게 맺히는가.

이금숙(李金淑, Lee, Keum sook)

1961년 서울 서초 출생. 호 우양. 가천대학교 (경영학과), 중앙대 예술대학원. 《시조생활》 신인문학상(2012) 등단. 시조집 『아침이슬』 (2013, 카모마일북스). 세계전통시인협회 한국본부, 한국아동시조시인협회, 한국사진작가협회 회원. 초우문학회 이사.

홍싸리꽃

타오른 연인들의
참사랑 쏟았는가
목 빼든 가지마다
홍열에 가슴앓이
유유히
휘젓는 바람
붉은 가슴 한 움큼

모란

봄바람 비단결에
모란의 진홍성애眞紅性愛
설익은 춤바람에
화단에 불났구나
그리움
접고 또 접어
붉다 못해 흐른다

가족

하늘 뜻 편승 타고
엉기고 엉긴 혈맥
그루터기 작은 소망
진자리 마른자리
해맑은
인연 점찍어
질기게도 남는 맥脈

하루

시간에 덮어지고
기억에 씌어지고
오늘로 안겨지고
내일로 지워질 때
그럴 때
진실 하나로
삶의 길목 엮으리

채송화

화단 속 앙증맞게
곱게 핀 너의 자태
도톰한 잎사귀에
빛 뿌린 꽃잎들은
순식간
사랑을 뽑아
어여쁨을 쏟는다

이금준(李錦濬, Lee, Geum jun)

1931.~1982. 충남 홍성 출생. 검정고시 합격, 공주사대(국문과) 졸업. 《시조문학》(1980, 봄호) 등단. 시조집『기우제祈雨際』(1979, 활문사). 독서지도 유공자 문교부장관 표창(1972), 한글 유공자 교육감 표창(1976), 〈대전일보〉 대일비호大日飛虎 문화교육 부문 (1978) 수상 외. 《차령車嶺》 시조동인지 편집 간사 역임.

—

고목

오늘은 궂은 빗소리 아퀴 짓는 얼굴이다
갑사 댕기 옥색 고무신 달무리에 다둑이면
흠집에 아려오는 아픔 갈잎이 뒹구는 소리

임이 가신 빈자리 워이워이 불러보다
성황당 고개 넘어 우바새 불 밝히던
힘 주름 열두 폭 병풍 풀 듯 풀을 날은 있을까

기우제祈雨祭

지는 해 북새통에 지열은 날로 높고
태종 임금 외로운 호소 감감하던 초 열흘을
오소서 신음하는 뜨락에 소나기로 덮으소서

하늘로 사무친 영혼은 도롱 쓰고
푸나무 하짓고개 땅도 트고 하늘도 트고
우러러 엎딘 엘리야에 수발 되어 오소서.

등대

갯비린내 사뿐히 깔고 탑신塔身으로 우뚝 서서
용암처럼 열을 토해 젊은 함성 해면에 뿌리고
밤에는 둥실 목선木船을 지키며 손을 잡은 외곬길.

조금때 마파람 타고 섬마을 활활 타는 머리
긴 빛줄 그믐을 가면 낙엽으로 뜨는 해안
파수빛杷守光 빈 항아리 상달을 담아 꽃등으로 지킨 목숨.

산음가山吟歌

숲속에 담긴 어룽 스미어 숨쉬는 하늘
처마 끝 성긴 과방果房 내 영혼의 시렁이여
부리에 찍힌 한자락 묵약黙約이 저승을 넘나든다.

솟대봉 높은 봉우리 빈 가지에 걸린 풍악
그리 고운 달무리 귀뚜리 울음을 풀고
산향山香이 하늘을 이고 자치자치 저문다.

석불

천년을 참아온 울음 입 다물고 웃으시다
귀 멀어도 청송靑松 소리 입고 하얀 속살 숨쉬며
하나둘 물에 뜬 꽃잎도 눈을 감고 보았다.

꽃구름 떠 두르고 문풍지가 울어대도
실을 뽑는 물레 고리 숲에 서린 번뇌 소리
네다섯 멧새는 머무는가 가슴 치며 입 다물다.

수북정

낙화암 흐르는 천년 자온대를 이루고
서실書室의 강물 소리 연파燃波에 구를 때면
쟁기질 가뿐 숨결에 산유화도 드높아라.

대제각大齊閣 바라보면 새긴 글밭 아린 사연
백강도 울었는가 해 저문 먼 길을
가슴은 석녀石女의 아픔 엿바위에 초저녁.

백제교 오가는 산사의 종소리여
임의 비답 잠재우는 하늘 받은 언저리로
수북정水北亭 달무리 등져 풍률風律만이 깊어라.

하소서 1

뜰 안 가득 메운 연기 창에 서린 성애인데
한밤 성난 해조음 듣다 그래서 설법을 듣는가
그대여 총총한 별무리 모두어 이 밤 쉬 세게 하소서.

토해 뿜는 노란 입김 맨살에 세월 엮는 사슬
물구나무 서 걷다 머리통에 밑 노는 지구
그대여 잔잔한 호수가에서 사슴무리 보게 하소서.

진한 내음 구름 가고 간사지 오싹 드러눕다
안면安眠 80리 노를 저으면 이승을 우는 송림松林인가
그대여 갓끈 고쳐 매는 새벽종을 울리소서.

환한 교실에 서면

유향油香 번진 요람엔 꽉 찬 달이 넘치데나
염주를 주워담는 쫑긋 귀를 모으면
꽃밭은 머리카락 속을 너울져 스미는가.

길을 찾아 날린 분가루 마음 오간 장강長江을 보네.
칠판에 뿌린 하얀 사연 안경속에 김서리고,
사랑은 앙금져 괴어 나날을 여미는 옷깃

벽에 걸린 말씀으로 수반水盤에 꽃은 열고
혀끝에 달린 말씀 무릎 꿇고 한길을 트니
도가니 속 쇠붙이가 가슴마다 익는다.

백목련

올 고운 작은 뜨락 속잎마다 댕기 풀고
용두보당 하얀 깃발 나래편 학의 춤을
춘삼월 나직한 하늘 소지소지가 오른다.

영월의 칠월

세모시 수발垂髮 되어 수평선에 흩뿌리면
두터운 황금 노을 물안개로 덮는다.
물거품 하얀 나래 위에 단애는 돌아 눕고…….

점점이 용왕릉인가 하얀 속치마 살풀인가.
장보고 넘나들던 수반엔 주렁주렁 청포도 익고
서해의 깊넓은 가슴팍이 고개들고 웃는 목숨.

이기라(李起羅, Lee, Gi ra) 본명: 이동수(李東洙, Lee, Dong soo)

1946년 경북 상주 이안면 출생. 문경종합고등학교 졸업(1965). 《월간문학》 신인상(1974), 《시문학》 천료(1976) 등단. 시조집 『꿈에 꾼 꿈』(1986, 지학사), 『지푸라기 한 줌』(2013, 글나무), 『그래 봤자』(2018, 책만드는집). 중앙시조대상 신인상(1984), 현대시조문학상(2004), 중랑문화예술인상(2006), 중랑문학상 대상(2009), 한국문인협회 서울시문학상(2013) 등 수상. 토요동인회 '삼장시' 동인, 중랑문인협회장, 한국문인협회 편집위원 역임.

꾸준히 일관된 시세계를 보여 주는 이기라 시인의 순수한 모습과 시와 인생 사이에서 깊은 신뢰를 갖는다.

— 유재영(시조시인)

저 사이

이승과 저승의 경계는 속이 푸른 수면일까
물고기는 물 밖으로 나오면 죽음에 들고
뭍 것은 물속으로 들면 목숨을 놓는다.

세상의 이승이란 것도 어쩌면 저승일터
저승도 먼 것 같지만 이승이 끼고 있다
이저승 넘나드는 일 물수제비 돌 같은

강물에 배 한 척 쏜살처럼 달린다
놓치면 달아날까 고삐 당겨 잡은 스키
유희도 스치는 인생도 저 사이의 잠시 한때.

배추시래기

고갱이서 밀려난 시퍼렇게 서러운 잎
항아리도 들지 못해 덧쌓이는 소외감을
줌줌이 타래로 엮여
뒷벽에서 달래는가.

젖은 몸 마르도록 떨며 보낸 추운 날들
만지면 바스러질 외로움만 남았어도
순수한 섬유질 뼈대
지켜 내고 있음이여.

봄 출력 중

나무가 겨울잠만 자는 줄 알았더니
이 봄에 펼칠 일을 궁리하고 있었구나
해마다 같은 이력서
새롭게는 보이자고

오는 봄 한 쪽 볼이 추위로 얼얼해서
계절을 보는 눈이 더디기는 하였지만
연초록 전단지 한 장
가지마다 출력 중.

보리를 갈며

허물어진 이랑을 다시 일으켜 세우고
지난 여름 희생당한 풀잎의 상한 몸을
골 깊이 끌어안은 채 되새기는 은일隱逸의 날

푸른 봄은 한 알만의 소망이 아니란다
이랑마다 눈 부비고 함성이듯 일어나서
가랑잎 바람에 겪는 갖은 고초를 볼 게다.

마지막 발악 같은 계절의 엄한 공습
속절없이 손끝쯤을 동상凍傷으로 내맡겨도
종달새 노래를 맞을 귀는 열려 올 게다.

추錘

이쪽일까 저쪽일까
저쪽일까 이쪽일까

시간은 째깍째깍
쉼 없이 재촉는데

아직도
판단 못한 채
갈팡질팡
제자리.

나는 내가 언제나
중심인 줄 알았지

하루가 가는 것도
내 힘인 줄 알았지

빈 벽에
거꾸로 걸린
몸인 줄도 모르고.

물수제비

하나 둘
징검돌을
폴짝폴짝
건너가듯

잘 있거라
손 흔들며
떠나가던
너의 모습

내 그냥
우두커니 서서
바라보다
놓쳤다.

거울

조금도 거짓이란
지닐 줄 모르기에

모든 걸 보는 족족
사실대로 일렀지요

솔직히 살아가는 일
마음 이리
편합니다.

접시

몸을 낮추니
마음이 넓어지고

마음이 넓어지니
품을 게 많아진다

품어서
넉넉한 둘레
누릴수록 여유롭다.

억새

칼 갈았다
칼 갈았다

실바람에도
칼 갈았다

된 놈 못된 놈
어디 덤비기만 해봐라

그까짓
높은 하늘도
찔려 우는
놀이더라.

장마 '80

참 지루키도 하네
이 우라질 장맛비

농약 탓으로 붕어 새끼도 없는 앞개울에 물이 불어, 더럽디더
러운 오만 잡것을 훑어 내리는 일은 스무 해 묵은 체증이 트이
듯 무척 후련키도 하건만, 뉘 벌통인지 아깝게 떠내리는 일에
는 장마가 원수거니,
어떻든 이 비 그치고 나면 다시는 맑은 물만 흘러내리는 꼴을
볼라는지,

그것이 상으로 궁금스럽고
의심 가는 일인 거라.

* 「장마 '80」은 1980년 군부軍部 아래의 계엄정국을 말하며, 바로 발표하
지 않고 3년 뒤에 발표하여 사설시조로서는 최초로 문학상(중앙시조대
상 신인상)을 받게 된 작품임.

이기반(李基班, Lee, Ki ban)

1931.~2015. 전북 완주 출생. 호 월촌(月村). 전북대 대학원(국문학) 수료(1956). 전국백일장 시조 입선(1958), 《자유문학》 천료(1959), 〈삼남일보〉 신춘문예(1960) 등단. 사화집 『두 날개』(1957, 보광, 공저), 시집 『불멸의 항변』(1965, 신조문화사), 『겨울나그네』(1973, 창문각), 시조집 『모국어母國語』(1975, 창문각) 외. 수필집 『은하의 모래알들』(1971, 대흥). 저서 『한국현대시연구』(1981, 창문각) 외. 전북문화상 문학 본상(1969) 수상. 한국문인협회 회원. '신연대', '백인문학' 동인. 한국문인협의 전북지부장, 예총 전북부지부장 역임.

—

강

1
보채는 염원일레 시름 젖은 나날이여
굽이로 맺힌 몸짓 가시 잖을 원한이야
끊어진 허리를 감고 핏줄 이어 흐른다

2
노을 속 타는 얼빛 더듬어 온 슬픔인데
저무는 강나루에 살아남은 목숨이여
별무리 익은 대화를 나누고픈 조국아.

3
원통히 부르다가 가로막힌 벽 모퉁이
숙원의 골짜기에 어둠만 풀어놓고
비정非情에 못 부른 합창을 홀로 우는 저 강심江心

4
억겁을 두고 닦은 인종의 증언으로
씻어 내린 줄기마다 새벽달 쏟아지면
가슴에 꽃피는 영혼을 사랑 담아 띄우리.

불심 3제佛心三題

— 석불
안으로 달랜 가슴 속마음도 아프거니
차라리 돌로 굳어 다문 채 펴신 말씀
염주알 굴리는 소리 목탁으로 퍼져라.

— 석등
염원으로 닦은 땅에 하늘도 푸르거니
우러러 뜻을 모아 영겁으로 다진 심지
이 어둠 고해를 밝혀 발돋움하고 섰는가.

— 석탑
뜬 구름 염불 소리 인고 지킨 한 세월을
층층이 쌓아 올린 고요로운 침묵이라
아픔이 멍든 자리마다 피 돋는가 하소연.

학

가야금 옛 가락에 청산이 그리워라
하이얀 깃 사래 접어 불더미 타는 가슴
찢어진 하늘자락을 우날으는 핏방울.

빙빙빙 돌고 돌아 굽어보곤 소리쳐도
다문 입 귀를 막고 울지 않는 종소리
갈수록 애타는 정은 목이 길어 서러운가.

한 아름 진달래를 흩뿌려 두고 두고
어쩌면 한없으랴 낙향길 붉은 노을
천년을 살고픈 마음 기다림에 야윈다.

만추 2장

— 기러기
청자빛 하늘 열고 달이 뜨는 가지 사이
애환을 합창하던 혈연의 뒤안길에
한 날개 찢기운 아픔을 울며 나는 외기러기.

— 고독
남 몰래 솟구치는 순정의 샘가에서
오솔길 수놓고 간 소년의 발자욱에
가랑잎 여운이 지는 가을 소리 그림자.

모국어

1
흰 적삼 핏자국을 별 보고 우는 뜻은
〈아리랑〉에 번진 가락 옥피리 청자일레
구슬빛 하늘을 갈며 다짐하는 마음자리.

2
솔바람 꽃보라로 가꿔 온 슬기 슬기
불붙는 가슴마다 강물 지는 모국어를
활화산 타는 봉우리에 퉁겨 내는 아우성.

일기장

때 묻은 갈피마다 흘러간 사연이라
아쉬운 세월 너머 하 슬픈 발자국을
모래벌 옛 성터인 양 지워 보는 마음아.

피눈물 얼룩지고 가난이 맺혔어도
한마디 거짓 없이 내 목숨 새긴 글자
이 거울 평생을 닦아 해와 달로 비추리.

남원운南原韻

포도동 날아가게 집 한 채 지어 놓고
처마 끝 풍경 소리 멋으로 울리면서
춘향이 어루는 밤을란 청사초롱 밝히려오.

산그늘 고운 물빛 한 다발 꽃마음을
씨 뿌려 가꾼 텃밭 세월의 이랑에서
이도령 참사랑 이야기를 밤 새워 들을려오.

가을비

빈 가슴 울먹이며 하루 해 또 보내고,
애타도록 그린 정이 오동잎에 비 듣는가
불러 볼 그 이름마저 피멍 지는 가슴앓이.

석류

뒤안길 장독대에 다소곳이 여민 정을
구시월 상달에야 수줍어 낯 붉히고
알알이 웃어 보이다 사랑 맺힌 〈루비〉여.

손수건

돌아선 인정이라 사연 적신 손수건을
가슴이사 고이 접어 멍울진 무늬마다
올올이 풀어헤치는 기억 속의 그 밀어.

이기선(李基善, Lee Ki Sun)

1953년 충남 서산 해미면 출생. 한국외국어대
학교(행정학과), 서울대 행정대학원(행정학
과), 경희대 대학원(정치학과). 《시조생활》 등
단(2012). 시조집 『파리, 날아가다』(2014, 지식
과감성), 『불꽃놀이가 끝난 뒤』(2016, 지식과
감성). 세계전통시인협회 작품상(2016) 수상.

—

내가 60여 년을 서문이나 평설을 써 왔지만, 이번만큼 나를 놀라게
한 시집은 일찍이 없었다면 과찬이라 할지 모르나 사실이다. 명시
名詩란 함부로 얻어지는 게 아니다. 우선은 천부적인 재능에다 피
나는 작고作苦가 뒤따를 때 얻어지는 법이다. 이기선 시인의 시가
바로 그런 것이다. 풍부한 어휘력이나 고도의 수사학, 특히 극도로
절제된 응축력이나 시공을 넘어선 예술적 극치 앞에서 나는 감탄
을 금치 못했다. (중략) 그의 시풍의 특징은 관념이 배격된 현장감
에 입지해, 고도의 상징성과 절제미 그리고 낯설기 작업에 치중함
으로써 대중성이 아닌 순수. 본격문학에로 지향하고 있다는 점이
다. 그러므로 상당한 시적 안목이 없이는 이 시인 시의 진면목에 접
근하기 힘들다(『불꽃놀이가 끝난 뒤』).

— 유성규(《시조생활》 발행인 · 세계전통시인협회 총회장)

—

이발을 하다가

이발하다 불현듯 고개를 들어보니
기억 속 아버지가 마주 앉아 계시네
황급히 곧추 앉으며 가쁜 숨을 고른다

아버지는 내 눈만 빤히 쳐다보신다
실눈 떠도 곁눈질해도 용케 눈 맞추시네
그동안 어찌 살았는지
알아내려 하시는 듯

차마 그 눈길 마주할 수 없어서
그만 눈을 감네 깊은 숨 들이키네
이발사 가위질 소리
환청 되어 울리고

상처 난 꽃

꽃이 하 예뻐 보여 가까이 가서 보니
지난 밤 날 선 바람에 꽃잎이 할퀴었구나
아프냐
태어났으니 상처는 덤이리라

가시

어매는 입을 가리고 나직이 캬캬 거렸다
알뜰히 살을 발라 내 입에 넣어주고
남은 살 빨아먹다가
목에 걸린 가시

어매 살아생전 목구멍에 박혀서
툭하면 목을 쑤시고 가슴팍 찌르더니
노을을 건너시던 날
내 가슴에 박혔다

발톱 깎는 아내

발톱 깎는 모양새가 영락없는 고양이다
금세라도 튀어 오를 듯 웅크린 등허리
발톱을 응시하는 눈빛
오금이 저리다

쥐를 어르듯이 발가락 만지다가
손톱깎이 이빨로 발톱을 악문다
또가다!
도망치는 발톱
재빠르게 덮친다

난, 새 촉이 돋다

화분에서 돌멩이 하나 토옥! 떨어진다
일필로 그어 올린 난초의 잎새 끝이
산통에 가늘게 떤다
화분 하나 사야겠다

초승달

전어를 먹다가 가시가 목에 걸렸다
칵! 하고 내뱉으니 창문을 뚫고 날아가
저물녘 하늘에 박혔다
구름에 피가 스민다

꽃씨 받는 할머니

길섶에서 저 홀로 시드는 어떤 들꽃
굽은 등허리에 가을볕을 업은 채
한동안 보던 할머니가
꽃씨를 받는다

흔들리는 등잔불에 바늘귀를 꿰듯이

멈춘 듯 떨리고 떨리는 듯 멈춘 손짓
삭정이 같은 손끝에
바람도 멎었다

꽃씨를 손바닥에 조심스레 펼쳐놓고
아기를 어르듯이 입바람을 후~ 분다
햇빛에 반짝이는 씨껍질
꽃이 되어 흩날린다

유채꽃

여인네 몇 사람이 예저기서 수군대다
이 집 저 집 저녁상에 반찬으로 오르더니
마침내 뻔한 소문처럼
온 밭에 파다하다

수박

칼날에 완고하게 맞서던 수박이
비명을 삼키며 한순간에 자빠졌다
도마 위, 그 저항의 현장에
홍건하게 흐른 피

약탈자에 거세당해 몇 개만 남은 씨들은
은밀한 곳에서 재기를 모의하다
불의의 습격에 놀라
과육 속에 숨었다

꼬리 밟힌 씨들이 한 개 한 개 발라지고
씨들을 위해서 단맛을 쌓은 과육은
약탈자 먹이가 되었다
간식거리가 되었다

어머니의 이름

어머니는 생전에 이름이 없었다
젊어선 기선이 엄마, 늘그막엔 김씨 할머니
영자란 예쁜 이름은
부고에만 쓰였다

이나영(李那晗, Lee, Na young)

1992년 대구 수성구 출생. 한양대학교(국어
국문학과) 졸업(2016). 〈매일신문〉 신춘문예
(2014) 등단. 시집 『언제나 스탠바이』. 오늘의
시조시인회의, 한국시조시인협회 회원.

—

이나영이 그의 젊은 시각으로 펼쳐 보여준 반전의 돌파력에는 시
인의 저돌성과 따스함이 다 배어 들어 있어서 모자라지도 넘치지
도 않은 자작하게 잘 졸인 찜 같았다. 이야기가 가득한 네 수의 연
시조가 필자의 마음을 움직인 것은 시대의 흐름을 좇아야 할 시조
가 서정에만 치닫고 있는 것을 경계하며 젊은 목소리를 가감 없이
내주었다는 점이다. 여기 실린 이나영 시조 다섯 편은 충분히 그가
험한 현실을 이겨 내고 웅숭깊고 감칠맛 나는 자신의 새 길을 열고
나갈 수 있는 근저를 확보하고 있다고 믿는다.

— 정용국(시조시인 · 한국작가회의 시조분과 위원장)

—

냉장고 파먹기

오늘도 다 쏟았지 하루치 일용할 말
남아서 아쉬운 건 밀봉해 넣어야지
날마다
저장해둔 것
어쩌자고
쌓여가고

하얗게 주린 입이 빈 소리로 닦달하면
불안한 쉰내 품은 냉장고 열어볼 차례
무심히
채우기만 한
단어들을
꺼내볼까

끓이고 튀겨 봐도 시들고 엉겨 붙어
멋대로 어긋나선 배불리지 못할 맛
몰랐지
아니 알았나
지나간
말의 유효

흑점黑點

한사코 뿌리치는 너의 어지럼증엔
무언가 있지, 싶은 가을날 해거름 녘
비밀리
자라고 있다던
뇌하수체
꽈리 하나

좁아진 시야만큼 햇빛도 일렁인다며
태양의 밀도 속에 움츠러든 코로나처럼
궤도를
이탈하는 중
너는, 늘
오리무중

환 공포증

동그라미 여러 개
그것도 자잘하게
무덥게 득실거리면 소름이 돋는다고
덜 녹은 설탕 알갱이도 쳐다보기 두렵다는,

석류가 붉게 익어
속살을 내비칠 때
알알이 박혀있는 그것을 볼라 치면
입술에 가끔씩 터진 물집이 떠오른다는,

귀를 접고 구를수록
자라나는 둥근 얼굴
방향을 틀지 못해 말없이 다문 표정
모나게 사는 건 어때 어디로든 달아나게

사이렌은 울리고

미숙한 충고란 건
이토록 시시한 일
연거푸 마셔대도
마른 침만 삼켜지는
빤하게 툭, 던져진 말
미간으로 흩어진다

수천 마리 벌 떼들이
입 밖으로 쏟아진다
서로의 찡그림을
마주하고 있을 만큼
지난한 우리였나요
괴괴한 숨만 남은

내민 손은 주워 담고
울지 못한 등을 돌려
배경만 남은 저녁
두 어깨가 저물어간다
이름을 털고 갈까요
캄캄한 제자리로

숨바꼭질

이를테면 두 번째 칸 화장실을 매번 쓰고
딱 그만큼 어두워진 밤, 같은 길을 걸어가고
밥상도
동일한 밥상
이맘때를 생각한다

행간이 깜깜하다 보고처럼 쓰는 일기
유리벽 바라보듯 열려 있는 일상이라면
그럴까,
내가 숨을까,
난독의 동공 속에

정전停電

불현듯, 쳐들어오는
어둠에 안겨든다
관성의 법칙으로
그러나 꼼짝없이

적들은 일제히 숨었다
저릿해진 한순간

읽다 만 책장 위
두터워진 밑줄 몇 개
너와 이은 필라멘트
끊긴 지 오래인데

단 한 번 본 적도 없는
섬광으로 빠져든다

시차를 두고 있는
눈동자 움직임을
누군가 엿보다가
맞바꿔 던져버린

스산한 검은 구름이
목덜미를 건드린다

조감도鳥瞰圖

혼잣말 중얼대며 옥상에 올라간다
밖으로 새어나갈까 꼭 잠근 창문 사이
납작한 그림자의 방 악취가 새어나온다

말라서 비틀어 진 베란다의 화분처럼
식은 밥을 수북하게 욱여넣던 입을 열어
이끼 낀 시간을 뱉느라 고개가 뻐근하다

축축해진 베개 밑에 두 손을 넣어보세요
오늘 밤 잠들면 꿈 꿀 수 있을까요
소리쳐 부르다보면 메아리도 돌아올까요

버뮤다 삼각지대

아는 사람만 안다는 신촌역 4번 출구
은근슬쩍 짝을 지어 즐겨 찾는 그 골목엔

빨갛게 돋아난 약속 방마다 피어난다

몇만 원도 부담되는 풋내 나는 사랑
속옷은 쉽게 벗되 가면은 눌러쓰고

찜찜한 얼굴 감추며 계단을 넘어간다

절벽에 올라탄 입술 눈물을 핥아먹고
물살 빠른 시간들이 거울 속에 흩어진다

골목을 휘돌아 나온 바람결도 멋쩍은

사는 게 시시詩詩하네

시를 쓰면 뭐가 좋니
시집 내면 돈이 되니

쓸 수밖에 없으니까,
먹고 사는 길은 아냐,

단숨에 발가벗겨진 그 말 앞에 가만 섰다

술 한잔 되지 못한
몇 마디를 채워 넣고

독한 것, 내뱉으며
눈을 한 번 치켜뜬다

그래도 미끄덩하며 뭔가 빠져 나간다

젖은 말의 안목

화장실 타일 사이 곰팡이 바라보다
튕겨난 어휘들 가지런히 놓아본다
비워낼 몹쓸 말들이
소문내며 핀 저녁

끝없이 침이 튀어 그만 말을 줄였더니
문장도 되지 못한 흐트러진 몇 줄 글
제 등을 맞대고 선다
한 몸이 되기 위해

뱉어낸 문장들이 네 쪽으로 부딪힐 때
말의 조각들은 어디서도 찾을 수 없고
깊은 숨 틈새에 끼어
푸른 꽃 피워냈다

이남순(李南順, Lee, Nam soon)

1957년 경남 함안 산인면 출생. 명지대학교 (문예창작과). 〈경남신문〉 신춘문예(2008) 등 단. 시집 『민들레 편지』(2015, 책만드는집), 『그곳에 다녀왔다』(2017, 고요아침). 이영 도시조문학상 신인상(2013), 박종화 문학상 (2015), 한국여성시조문학상(2019) 수상. 한 국시조시인협회 사무차장 역임. 한국시조시 인협회, 경남시조, 오늘의시조시인회의, 한국작가회의 회원.

이남순 시인은 1970년대 부산 지역 공단의 여공들을 집단의 기억 속에서 부활시키고 있다. 휘슬러가 그린 런던의 안개처럼, 카버가 문학으로 재현한 미국 서부 작은 도시들처럼 '양덕동'의 풍경과 이 름 없는 여공들의 삶은 「그곳에 다녀왔다」 시편에 새겨져있다. 그 것도 매우 아름답고 은은한 기억의 흔적들만 골라 결 곱게 다듬어 드러내고 있다. 고통 속에서도 희망을 보며 아픈 기억을 곱게 간직 하는 저 무한한 긍정의 힘과 승화된 영혼 앞에 숙연함을 느껴도 좋 으리라. 상처를 입어도 분노할 줄 모르는 시인의 정서를 이남순 시 인은 견지하고 있다. 「만월」은 이남순 시인의 내면을 그려낸 시편 이다. 그토록 둥글게 차오르며 넘침도 없고 부족함도 없는 만월의 이미지로 이남순 시인의 시세계는 기억될 것이다.

— 박진임(문학평론가 · 평택대 교수)

만월滿月

혼자서 늘 혼자서 속마음 접었는데
숨겨온 그리움이
시나브로 부풀어서
어느새
내 가슴 가득
차오르는 얼굴이여

따스한 그 속살에 포근히 안겨보니
아, 나 오늘밤
비로소 둥글어졌네
이제는
아쉬움 없네
기울어도 가득하겠네

그곳에 다녀왔다

꿈속에 다녀왔다, 양덕동행 버스 타고
방적동 301호실 기숙사 친구들과
재봉틀 오바로크에 꿈을 깁던 그 곳을

카시미론 솜털을 하얗게 덮어쓰고
교복 같은 작업복에 쏟아지는 잠 쫓으며
방적기 실 뽑아 감던 그때 나는 열일곱

철야로 잔업 수당 동생 학비 부쳐주던
나 어린 소녀들의 눈물 젖은 지폐 몇 장
공순이, 그렇게 불려도 찔레처럼 웃었다

탈춤

멀쩡한 봄 들판에 큰 머슴 납시었다

청보리 마늘밭을 깡그리 갈아엎고

햇살도 미끄러뜨릴 빌딩숲을 올려준다?

허옇게 거품을 물고 웅짱웅짱 목청 높다

겨우내 들어앉아 보약 몇 첩 드셨는지

훤하게 코뚜레 뚫듯 전철역도 뻥! 뚫는다

바람이 한통속으로 등판기호 펄럭이고

꽃비도 자축하듯 흩뿌려 놀아주니

열사흘 춤판에 얼쑤! 뒷발치다 자빠질라

허수어미

각중에 업퍼져서 밤중에 실꼬 안 왔나
죽을 고비는 능갓다, 걱정해 쌌지 마라
그래도 막죽일랑가 반공일날 댕기가라

절믄 날 오만 바람 다 품었던 너거 아배도
지집 둘 간수하느라 그 창시가 성해껏나
머시마 그기 머시라꼬 아깐 세월 다 보내고

아들 복은 엄써도 죽을 복은 이씰 끼다
삭은 짚불 꺼지드끼 자는 잠에 가뿔모는
에미도 따라부칠란다 당최 길눈 어더봐서

막사발

왜바람과 맞서느라 금이 간 허리 안고
이저리 차이다가 이 빠지고 살 터진 채
이름도 개명을 했다, 꼼짝없이 '이도 다완'

선비들의 찻상에도 의젓하게 올라갔고
비가 새는 난달 부엌 흙바닥에 엎드려서
저 백민 간당한 목숨도 숨죽이며 지켜봤다

장독 위에 별을 띄워 정화수 받아 놓고
퇴락한 왕조 앞에 그래도 살아보자고
어쩌다 비겁한 목숨도 그렁그렁 달래었다

개밥그릇 냉가슴도 참을 말이 따로 있지
분에 넘친 대접하며 기고만장해 봤댔자
우리네 도공 품에서 주먹 쥐고 태어났다

고시원을 아시나요

외짝만 모로 누워 타다만 신발 위로
바람결에 낙엽 몇 장 조문하듯 엎드런다

늦비에 시들어가는 국화꽃을
닮은 남자

아빠가 봄이 오면 선물 들고 가겠노라
간밤에 어린 딸과 철통같이 했을 약속

달력에 빗금 그으며 일당을
적던 남자

창 없는 쪽방에서 새우잠을 자면서도
한 푼이 아쉬워서 등졌을 고향 하늘

공사판 국밥 그릇도 다 채우지
못한 남자

감국 향기

기우는 꽃빛 받아 가실하는 바람 속에

오래 참은 약속처럼 잘 익은 가을 산에

뜨겁게 묻어둔 말이 등성이에 환하다

잡힐 듯 내달리는 저만치 시간을 따라

열일곱 혹은 열여덟, 볼이 붉던 그 시절에

한 번쯤 맡았음 직한 그 내음이 묻어난다

계절을 건너와서 깃을 치는 단풍처럼

내 허물도 벗어놓고 들국화에 들어볼까

달큼한 속살의 향내가 다시 나를 달군다

매화 앉히다

올곧고 풍류 좋던 조선 선비 아니신가
푸른 꿈, 칼바람에 동강동강 잘린 채로
한 뼘 땅 위리안치에 저렇듯 꼼짝없다

꺾이고 옭아매어 굽틀어진 가지 사이
암흑기 헤쳐 나갈 횃불지핀 불씨인 양
몇 송이 붉은 결기를 점점이 피우셨다

생살 뚫고 나온 관절 가차 없이 묶인 채로
성긴 눈발 다녀가는 역사관 뜰 귀퉁이
선채로 열반에 드셨나, 오체투지 끝내셨다

민들레 편지

겹겹이 설운 가슴 조심조심 껴안아도
바람보다 꼿꼿하게 지켜왔던 순결인가
참았던 울음보인가 구름 같은 꽃 한 송이

울컥, 하는 북받침도 꿈이듯 설렙니다
빈한한 내 가슴에 당신 숨결 겨웁던 날
생전에 첫 마음 열어 화답으로 드렸으니

허공에 버티고도 품은 뜻 굻지 않는
그 봄날 숨찬 사랑 내 절망도 깨어나서
외마디 꽃대궁에는 당신만의 꽃일래요

꽃들이 피었다고 다 꽃은 아니옵고
나지막이 피울망정 함부로 피지 않는
당신만 온새미로의 내 향기 받으소서

11월 연밭

열다섯 여린 꽃잎 군홧발에 뚝뚝 지고

삭은 대궁 그마저도 서리서리 얼어붙어

짓밟힌 한 생도 모자라 눈물 벌에 나 앉았네.

이남식(李南植, Lee, Nam sik)

1955년 전남 진도 출생. 서울보건대학교 졸업 (1975). 《시조문학》 초회천(1987), 천료(1990) 등단. 시집 『오늘도 아내의 눈빛 속엔 대접 같은 달이 뜬다』(2001, 대한), 『어머니의 냄새가 그립습니다』(2017, 월간문학사) 외. '용인반공희생자위령탑' 시 공모(1975), 안산호수공원 '섬진강댐 수몰이주민옛터기념비' 시 공모(2012), 대한민국 녹조근정훈장 수상. 한국문인협회, 현대문학사조문인협회, 경기시조시인협회, 현대문학작가연대 회원.

아내의 향기

　　　　　이남식

정성껏 우려낸
찻물 한 모금으로
속 깊이 번져가던

묵은 시름 닦아놓고
어둠을 밀치며 피는
박꽃인가, 환하다.

—

이남식의 「안개꽃」, 이 작품은 추억 속에만 남아 있는 우리 아낙네들의 전통적 삶의 방식의 한 전형으로 보인다. 하나의 컷으로 볼 수 있는 이 소품은 전통적 여인상의 하나의 제유로 보아도 좋다. 시는 원래 많은 말을 필요로 하는 것이 아니지 않는가. 하나의 컷이면 족하다. 새벽 물을 긷고 부지런히 걸어오면서 내뿜는 아내의 보얀 입김, 이 하나로써 전통적인 여인의 모습이나 가치관, 부덕, 모성애 등을 다 표출한 것이다. 시조는 자유시에 비해 음악성은 두드러지지만 이미지는 미약한 편이다. 이남식은 리듬과 이미지를 적절하게 통합함으로써 현대시조의 묘미를 극대화시켰다.

　　　　　　　— 이상옥(시인 · 문학평론가 · 창신대 명예교수)

—

또 하나의 돌

안으로 불을 켜고
지켜온
목숨이여

미명을 떨어내는
뜨거운 정釘을 먹고

아, 천년
숨결을 맑힌
빛 푸른 눈을 뜬다.

미리내
별로 돋던
그 숱한 너의 언어

오늘은 탑이 되어

온 하늘 받쳐 이고

정토의
아침을 여는
눈망울로 섰구나.

쟈스민 향기

보랏빛 여린 가락
실바람
등에 업혀

아침 문
두드리며
수줍게 다가 와서

면사포
고운 설렘으로
수를 놓은 노래여.

봄비

새벽별 떠나면서
선물로 준
비가 내려

언 땅
빗장을 풀고
우울한 잠 홀홀 털면

나, 누구
먼저랄 것 없이
새순 하나 올리겠지.

살며, 살아가며

가는 길 곳곳이
숨 가쁜
비탈이라도

등 가만
밀어주고
손 꼬옥 잡아주며

마른 땅
서리로 내린
아픔도 닦아주리.

아름다운 세상

사는 일 힘들다는
푸념 가만
들어주고

허물 더러
커 보여도
손 먼저 잡아주면

마른 잎
생기가 도는
환한 누리 되겠지.

백매화

가슴 안
켜로 쌓인
정이월 바람 소리

삭이고
가라앉힌
우윳빛 입김으로

가지 끝
몸 사린 시간
옷고름을 풀고 있다.

소꿉친구

오리목
숲 너머로
술래 몰래 몸을 숨긴

소꿉친구 소녀 같은
살굿빛
구름 한 점

가끔은
볼을 붉히던
짝꿍 맘을 알 것 같다.

여름밤 강변에

지금 막
유성의 꼬리
물고 뜬 열아흐레 달

적요히 잠든 강물
동공 속에
들어앉아

온종일
물두레질로
지친 삶을 다독인다.

낮달을 우러러

무심히 스친 말을
돌아 다시
새겨 본다

낮게
때로는 높게
가슴 울리는 장단이다

해종일
기척을 숨긴
속마음을 읽는다.

안개꽃

숨죽여 길어 올린
깊은 골
샘물을 이고

꿈꾸듯 새벽길을
바지런히 달려온

아내의
보얀 입김이
눈송이로
날
린
다.

이남희(李男熙, Lee, Nam hee)

1963년 경북 영천 임고면 양항동 출생. 영
남대학교(국어국문학과) 졸업. 《시조시학》
(2014, 겨울호) 등단. '풀무'시조 동인. 대구시
조시인협회 회원.

포도

이남희

튕기면 터쳐서 그에게로 가는 거다
속살을 버리고 질주하는 새면수탈
동보다 연한 자신 향
나와서흘 부르네

이남희의 시편들은 절제된 시상이 응축된 "십자가 종탑 위의" "영
원의 별"(「테텔레스타이」), "상실의 강을 건너가는 어머니"(「잃어버
린 생일」), 수화로 말을 거는 피라미 떼, 별빛과 능금꽃의 대자연이
인간과의 자연스러운 조화(「달빛」), 흔들리는 속삭임에 끝내 흔들
려 버린(「부표」), 연못 위에 내리는 저녁을 품어 안고(「휘영청」) 가
지 않는 금지구역(「부표」), 홑이불 한 자락 호수처럼 둘러쓰고(「우
두커니」), 외등은 어둠 속에서 매듭을 풀어준다(「블로섬」). 흩어진
시간을 당겨(「저녁의 안단테」), 이땅의 끝에서 끝까지 머금었던(「임
진강」), 튕기면 터져서 그에게로 가는 거다(「포도」). 신앙을 바탕으
로 한 열정적인 믿음을 밀도 있게 형상화하고, 섬세한 서정성을 순
수하고 맑게 그려내고 있다.

— 이정환 · 이지엽(시조시인)

테텔레스타이

우슬초 대궁에
신 포도주 한 방울
타 들어가는 목마름
목젖을 적시다
한마디 테텔레스타이
소리 없는 절규여

내 것도 네 것 되는
그 사랑 때문에
십자가 종탑 위에
영원의 별이 뜨고
옹이 진
앙가슴 풀고
새벽을 기다린다

잃어버린 생일

하늘에 별처럼 반짝이던 기억도
샛강의 목마름에 단비를 기다림도
구겨진 열두 폭 치마에
먹물처럼 번진다

달력에 오롯이
찍힌 날짜 흔들리고
가뭇한 그 기억
는개처럼 내릴 때
방전된
상실의 강을
건너가는 어머니

달빛

별빛이 수런대는
느리미 오지마을
온 산천 찢어 놓는
놀갱이 울음소리
달곡천 피라미 떼는
수화로 말을 건다

능금 꽃 송이송이
흐드러지게 피어 날 때
비탈길을 오르는
다 닳은 저 경운기
노부부 뒷모습 위로
달빛 환히 내린다

부표

건드려도 터지지 않는 것이 있다면
가려도 가릴 수 없는 것들이 많다면
바다에 떠 있는 부표
가지 않는 금지구역

봄직도 먹음직도 한 동산 위의 선악과
흔들리는 속삭임에 끝내 흔들려 버린
죄악의 빈 수레바퀴
저렇듯 돌고 돈다

미세한 슬픔이 명치끝에 사무칠 때
굽이쳐 밀려오는 불멸의 저 탄성은
절제의 거울을 닦는
내 안의 징표일까

휘영청

하얀 꽃비만이
수직의 파문이다
연못 위에 내리는
저녁을 품어 안고
달빛은 수련 위 휘영청
소금쟁이 등을 친다

천 년을 흘러가도
사무치는 그리움
사랑은 가고 오는
연붉은 꽃숭어리
꽃 피고 꽃 진 자리에
눈길 놓지 못한다

우두커니

실루엣 같은 봄 햇살 산마루 에워싸고
비문을 읽는다. 오누이 행전 따라서
굴레를 벗고 선 누이 푸른 산빛 깨친다

화마 속에 꽃피운 의로운 우애는
역사의 뒤란에서 뒤척이다 들추어져
날샀은 의자이랑묘비* 오백 년을 깨운다

홑이불 한 자락 호수처럼 둘러쓰고
무너진 시선은 함초롬히 젖어 있다
산벚꽃 눈부시도록 흩날리는 즈믄 날

* 의자이랑묘비: 대구광역시 달성군 가창면 냉천리 소재.

저녁의 안단테

스러진 오후는
햇살을 거머쥐고
빗금 처진 하루는
울타리에 뛰어든다
흩어진 시간을 당겨
타는 노을 접는다

낙엽은 떨어져
맹아를 키질하고
아픔의 지문을
쓰다듬는 저 달빛
즈믄 날
가파른 선율
소록소록 흐른다

블로섬

폴폴 내리는 싸락눈은 삼월 빗방울 꽃
얼었던 매호 천 겨울을 뱉어내고
외등은 어둠 속에서 매듭을 풀어준다

불황 속에 던져 넣은 못 갖춘 이력서
휘청대는 그늘의 문 닳도록 두드릴 때
산수유 활짝 피어서 달빛 가득 덮는다

임진강

임진강 맑은 물은 흘러 흘러 어딜 갔나
북녘 땅 아버지의 언 발을 녹여 줄까
남녘 땅 그 어머니의 눈물을 씻겨 줄까

철새 떼 무리지어 목젖을 축이고
이 땅의 끝에서
끝까지 머금었던
희망을 토해내리라
철책선 걷어 내는 날

자유로이 넘나들며
얘기를 들려 다오
먼 훗날
나룻배 한 척 띄워 건너는 날
그때는 얘기하리라
내 아들도 머금었노라고

포도

튕기면 터져서
그에게로 가는 거다

속살을 헤치고
질주하는 애먼 사랑

물보다
진한 와인 향
나타샤를 부르네

이달균(李達均, Lee, Dal gyun)

1957년 경남 함안 출생. 시집 『남해행』(1987, 불휘), 《시조시학》 신인상(1995) 등단. 시조집 『말뚝이 가라사대』(2009, 동학사), 『늙은 사자』(2016, 책만드는집) 외. 가사시집 『열두 공방 열두 고개』(2017, 고요아침). 영화에세이집 『영화, 포장마차에서의 수다』(2015, 이미지북). 중앙시조대상신인상(2003), 마산시문화상(2006), 경남시조문학상(2008), 경남문학상(2009), 중앙시조대상(2012), 경상남도문화상(2016), 조운문학상(2019), 이호우이영도시조문학상(2019) 수상 외. 《시와생명》 편집인, 마산문인협회장 역임. 오늘의시조시인회의, 한국작가회의 회원. 한국시조시인협회 부이사장, 경남문인협회장.

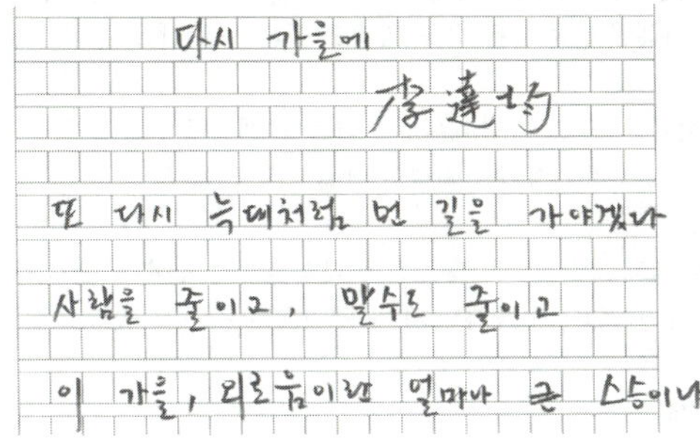

—

이달균 시인의 작품 세계는 전체적으로 선이 굵고 힘이 있다. 시조의 왜소화 경향에 대한 하나의 방향 전환으로서 또는 새로운 모색으로서 의미를 갖는다. 또한 시인으로서, 인간으로서 자신의 먼 미래의 모습을 '예기적(豫期的, proleptic)으로' 읽어낸다. 그런 맥락에서 볼 때, 이달균 시인의 시 세계는 '자기 성찰의 여정'으로 요약될 수 있다.

— 장경렬(문학평론가 · 서울대 명예교수)

그동안 이달균 시인은 생의 본질적 형식을 응시하고 그 안에서 삶의 종요로운 비의秘義를 발견하는 눈을 보여 왔다. 자신의 근원을 발견하고 자신의 존재 방식에 대해 깊이 성찰하는 그의 품은 넓고도 깊다. 그래서 우리는 이달균 시인이 우리 시조 시단에서 돌올하게 빛날 참신한 언어적 의장意匠을 여러 차원에서 견지하고 있다고 말할 수 있을 것이다.

— 유성호(문학평론가 · 한양대 교수)

—

낙타

등짐이 없어도 낙타는 걷는다
고색한 성채의 늙은 병사처럼
지워진 길 위의 생애, 여정은 고단하다
생을 다 걸어가면 죽음이 시작될까
오래 걸은 사람들의 낯익은 몸 내음
떠나온 것들은 모두 모래가 되어 스러진다
모래는 저 홀로 길을 내지 않는다
동방의 먼 별들이 서역에 와서 지면
바람의 여윈 입자들은 사막의 길을 만든다
낙타는 걸어서 죽음에 닿는다.
삐걱이는 관절들 삭아서 모래가 되는
머나먼 지평의 나날 낙타는 걷는다

늙은 사자

죽음 곁에 몸을 누이고 주위를 돌아본다

평원은 한 마리 야수를 키웠지만

먼 하늘 마른번개처럼 눈빛은 덧없다

어깨를 짓누르던 제왕을 버리고 나니

노여운 생애가 한낮의 꿈만 같다

갈기에 나비가 노는 이 평화의 낯설음

태양의 주위를 도는 독수리 한 마리

이제 나를 드릴 고귀한 시간이 왔다

짓무른 발톱사이로 벌써 개미가 찾아왔다

다시 가을에

또다시 늑대처럼
먼 길을 가야겠다

사람을 줄이고, 말수도 줄이고……

이 가을
외로움이란
얼마나 큰 스승이냐

저무는 가내공업 같은 내 영혼의 한 줄 시

그래도 나는 쓰네 손가락을 구부려

떠나는 노래들을 부르고 불러 모아

저무는 가내공업 같은 내 영혼의 한 줄 시

근조화謹弔花 1

꽃들이 영안실에 부동자세로 서 있다

목발에 의지한 덧없고 창백한 도열

언제나 벽을 등진 채 배경이 되고 만다

관계를 맺지 못한 사자死者와의 시든 동행

한 번도 저를 위해 피고 지지 못했던

목 잘린 꽃들의 장례, 순장殉葬은 진행형이다

득음得音

소리는 날고 싶다 들바람 둠벙 건너듯

휘몰이로 돌아서 강물의 정수리까지

아름찬 직소폭포의 북벽에 닿고 싶다

적벽강 채석강을 품어 안은 변산반도

북두성 견우성이 어우러져 통정하고

윤슬의 만경창파는 진양조로 잦아든다

결 고운 그대는 국창(國唱)이 되어라

깨진 툭바리처럼 설운 난 바람이 되어

한바탕 쑥대머리나 부르며 놀다 가리니

그날은 찾아올까 우화등선羽化登仙은 이뤄질까

가을빛 스러지면 어느새 입동 무렵

노래는 구만리 가고 기러기는 장천 간다

장롱의 말

안방에 놓인 장롱은 고집으로 가득 차 있다
비녀를 빼지 않은 어머니의 팔십 평생
오늘도 오동나무는 안으로 결을 세운다

손이 귀한 집 손자는 언제 보냐고
벽오동 한 그루를 담장 아래 심었을
외가댁 어른들 한숨이 손끝을 저며온다

대동아 전쟁이란 흉흉한 소문 속에
감춰둔 놋그릇마저 기차에 실려 가고
처녀는 장롱 속에서 며칠을 보냈다

일곱의 탯줄을 끊은 가위며 실꾸리며
눈치 보며 세 들어 산 좀들의 흠집들과
닦아도 추억이 되지 않는 삭아가는 소리들

딸들은 내다버리자고 무심코 말하지만
피란 간 식구들을, 아버지의 임종을
묵묵히 지키고 기다리며 예까지 왔노라고…

솜씨 있는 장인이 만든 오래된 악기의
만 가지 소리와 만 가지 사연들을
너희가 어찌 알겠냐고 안방에 앉아 일러준다

낮꿈

　더 오래 어둡고 흥건한 잠이었어. 수초는 부드러웠고 냄새는 향그러웠어. 조금씩 젖어들면서 목울대가 잠겨왔어.

　녹슨 금관이던가 떨리는 현이었던가. 이윽고 몽롱한 낮꿈에서 깨어난 순간, 홀연히 시간의 꼬리가 달아난 순간이었어.

　처음 네 몸속으로 깊숙이 들어가 본, 그 밤 따뜻했던 물관부를 떠올렸지. 이불을 더 위로 올려 깊은 숨을 쉬었지.

　쇠골을 드러낸 채 낮은 문을 열었어. 까마득 존재마저 잊었던 사람에게 무작정 주소불명의 편질 쓰고 싶었어.

　설레고 고단한 잠, 길 잃은 한낮의 꿈. 긴 늪 혹은 숲길, 홀로 된 타인이었다가 표백된 자작나무처럼 아득히 서 있었지.

관계

혼자 이곳까지 걸어왔다고 말하지 말라

그대보다 먼저 걸어와 길이 된 사람들

그들의 이름을 밟고 이곳까지 왔느니

별이 저 홀로 빛나는 게 아니다

그 빛을 이토록 아름답게 하기 위하여

하늘이 스스로 저물어 어두워지는 것이다

질주

내 곁으로 사람들이 광속으로 달려가고
나는 비켜 서 있다 느린 내 장례 행렬

나는 왜
불화不和하는가
부러워라 저 광란의 질주

이덕영(李德英, Lee, Duk young) 본명: 이덕영(李德榮)

1942.~1983. 충남 대전 출생. 대전공고, 서라벌예대, 고려대학교 수료(1966). 〈한국일보〉 신춘문예 「화석」 당선(1963), 〈동아일보〉 시조 「꽃」 입선(1963) 등단. 시집 『태양을 안고』(1961, 이우, 공저), 『한 줄기의 연기』(1976, 형제), 『푸른 것이 더 푸른 날』(1993, 문경). 대전시 문화상, 문화공보부 신인예술상 희곡 특상 수상. '머들령' 문학회 동인. 충남문인협회 부지부장 역임.

—

화석化石

1
가슴 안 흐늘진 곳 침몰하는 꽃이 고와
포성이 울다간 날 산굽이 노을 젖듯
혈맥에 아픈 음악으로 불 지피고 날은 새.

2
불여귀不如歸 천년 울음 피 먹어 찢긴 하늘
못다 한 외롬인 채 눈 시린 사랑 속에
무늬진 새하얀 숨결로 흘러가는 강물 소리.

3
상사 앓는 새악시 일렁이는 수줍음을
나상裸像의 생명에서 오늘이 곱게 타는
죄스런 항아리 깊은 안벽 다시 지는 달이여.

4
은핫물 아아라한 기도를 나래 접고
세월이 내려 쏟는 전설을 이정里程하다.
애닲는 침묵을 밤새워 영원하는 아쉬움.

5
이방의 설운 얼굴 안으로 조각하며
철썩이는 종소리 인종에 깨물다가
향불로 휘돌아 문을 열고 나비 되어 날리라.

겨울 심서心書

이제사 깨우치는 한 움큼 핏속에서
목마른 가슴들을 한밤 내 져다 부린
잠 못 잔 많은 날이 한 가닥 눈발임을.

지우며 살 허물며 타오른 등성이에
쌓이던 꿈이 배어 흰 뼈로 번져나면
차가운 이마를 구름처럼 묻는다.

그믐밤 창호지에 가득한 불빛처럼
그렇게 넘쳐 살기를 어머니는 기도했다.
빈 가지 그 너머로 눈을 맞는 나의 마음.

내 나라 가을

저무는 달안개 아래 치솟는 산맥을 넘어
과果밭을, 과果밭을 울어 목이 젖은 가을 새들
빈 허공 어리는 눈에 한 아름 별빛이 고이네.

힘과 사랑의 만남을 아프게 지켜온 꽃잎
찬란한 세월은 흘러서 낙엽은 등불을 밝혔는데
먼 고려 그 아득한 뜰엔 청자빛 슬픔 맴도네.

솔숲 향기 천년을 살아 강물 깊이 채워놓고
한숨 밴 지붕 끝에 흰 서리로 내려서면
잊혀진 한이 펴올라 하늘 더욱 푸르네.

저녁 해 지는 산천 사무친 꿈을 쏟아
취한 가슴 부벼보면 남루한 역사가 한결 곱고
창호지 정겨운 그림자 문득 다시 그립네.

파랗게 닦은 하늘 새들 솟아 무한한데
야윈 손 모두어 잡고 종소리 채워가면
허무는 어둠 그 위에 새 노래가 보이네.

병풍 속의 내 땅

1
머언 날 광야 속에 아픔하는 눈물인 채
죄스런 손끝에다 한숨을 묻어두고
해종일 지워버린 발자국 안 침전하는 하늘이여.

2
외로운 앓음으로 홀뿌린 세월인데
옷자락 접는 음향 눈 오듯 꽃지는 밤
눈감은 회한을 불사르며 다소곳 말없는 땅아.

3
여윈 빛 강물 위에 수줍게 떠온 달을
가슴 시린 이정里程에 꼬옥꼬옥 누빈 설움
병풍 속 청학과 밤새운 나직한 가얏고 소리.

4
먼 곳에 피어오르는 가까운 나의 숨결
오래도록 안아봐도 따스한 저 산하들
어쩌다 핏빛 하늘 철새들은 울고 갈까.

5
달무리 아픈 은하 한 올씩 적시우며
승천한 〈아리랑〉의 목이 젖은 벽 넘어
찬란한 슬픔의 봄을 나도 아직 기다릴까.

악기

1
눈 시린 물살 위로 지그시 번진 숨결
마음 끝 아득하게 부서지는 별을 닦아
후련히 빈 들판에 불 질러 취한 울음.

2
한 대낮 끓는 해도 아껴 온 시련인데
새맑은 피가 흘러 가슴 가득 터진 꽃을
짓씹어 사룬 한이 구름 되어 날으네.

3
천길 밑 묻힌 꿈을 달빛으로 캐어내어
선연한 바람결에 남김없이 뿌려놓고
뼈마디 서러운 벽속 밀물하는 강이 남네.

연기 속으로

쓰라린 맘을 털어 더 멀리 바라보면
우리가 가누는 시름 하찮은 물결인가.
돌팔매 수없는 날을 섭섭하다 하지 말자.

감싸 쥔 설움의 한 끝 광목처럼 내다 널고
부시게 바래진 날 진하게 먹물 찍어
그윽이 머물 곳 찾아 흰 노래로 넘쳐갈까.

한 점 부끄런 자국마다 피를 적셔 피운 꽃잎
노을을 길어 붓고 하늘을 퍼 담아서
반가운 눈물로 펼쳐 목숨 되어 날리라.

흔적

1
강물빛 구두 위에 탱자꽃은 떨어지고
가는 날 헛짚으며 땀 흘려온 만 리 길을
쓰디 쓴 피리가 되어 저 무심을 일으킬까.

2
이 빠진 술잔을 들어 타는 놀을 퍼마시면
먹물 보이듯 별은 돌아 맨살에 스며들고
못 견뎌 아팠던 일이 하찮은 구름인 것을.

3
얼룩진 죄罪를 풀어 네 손등을 문지르면
차디찬 눈물은 더워 가슴 가득 달이 뜨고
철 지난 옷자락 끝에 한 아름 젖는 벌罪아.

우리 꽃의 예비
― 작은 애인에게

1
무한한 시절에서 방황을 떠나가 쌓이는
맑은 내 애정의 눈 눈물 끝 텅 빈 내 땅에
솟구쳐 낭자한 혈서 내리듯 펑펑 쏟아 채우다.

2
원정에서 돌아오는 내 조그만 아픈 진실을
네 마음바다 고운 수평에 등불을 켜 웃던 날처럼
맺힌 정 아슬히 담아서 철철 넘쳐 띄우다.

3
깨끗한 미래 속에 사무쳐 남은 꿈을
쓸쓸한 제왕의 잔을 들고〈넌 왜 ? 난, 난 또 왜 ?〉
혈맥을 불질러 취해 쾅쾅 울려 피우다.

4
그리운 날들의 빛 홀로 키우는 눈 먼 영원을
내 떠나간 겨울의 뺨에 잊지 못할 뜨건 눈으로
고요히 그 아침의 예비에 활활 태워 새우다.

설인

하얀 눈숲으로 마음은 궁글어 내리고
한 자락 옷깃 안에 감춰진 빈 육신이
참말로 홀로여서 그 설렘은 촛불보다 깊었네라.

아득하게 너는 가고 눈발은 다시 오고
끝없이 잦아드는 세월을 밟으면서
흔적은 알 수 없이 이 아픔은 어둠보다 진했네라.

불면

흰 눈은 내려서 가슴의 죄를 털고
풍금 소리 끝 간 데 쌓이는 광채.
빈손에 남아 떨리는 더운 노래야.

때 묻은 눈물이 부질없는 돌팔매 되어
강물을 때린다, 모래톱에 번진다.
살등을 문지르며 파묻히는 불면아.

이도현(李道鉉, Lee, Do hyun)

1939년 충남 예산 삽교 출생. 아호 야성(野城), 우계(霉溪). 서울문리사대(국어과) 졸업(1960), 서울대 사범대학부설 교육행정연수원 수료(1997). 《시조문학》(1980) 등단. 시조집 『선비의 머리카락』(1980, 형제옵셋) 외 9권, 시조선집 『바람꽃』(2018, 장수), 평론집 『한국현대시조대표선』(1993, 대교) 외 2권. 충남문학상(1987), 현대시조문학상(1993), 대전광역시문화상(1993), 한국시조문학상(1995), 한국교육자대상(2001), 홍조근정훈장(2001) 수상. 한국시조시인협회 이사, 가람문학회장, 국제펜한국본부 자문위원, 국제펜 대전위원회 명예회장 역임. 한국시조협회 고문.

이 시인은 법고창신法古創新의 시력 40년의 열매를 모아 아홉 번째 시조집 『푯대 하나 세운 바람』을 상재한다. 이 시인은 '바람'으로 마음을 일으켜서 '바람'으로 영혼을 맑게 씻어 세상을 형상화하고 있다. 이 시인 시조의 울력은 '바람'이다. 이 시인에게 '바람'은 만상萬象을 새롭게 하고, 생명을 불어 넣으며, 그 만상을 생성, 성장, 소멸하게 하는 크나큰 자연의 신이다. 그래서 그 끈을 끈질기게 붙잡고 시조를 쓰고 있다. 이 시인의 '바람'은 애초 순수 자연에서 출발하였다. 그러나 지금은 인사人事의 터널을 거쳐 하나님 곁을 맴돌며, 희원하는 성령聖靈의 바람이고자 한다.

— 유준호(시조시인 · 전 대전시조시인협회 회장)

삽다리

고향은 어머니 품속
그리움에 젖어온다

성재 까치 소리
내 유년을 키운 자장가

꽃산엔 분홍 진달래
봄을 따던 누이야

초등학교 운동장
플라타너스 무사한가

장항선 기적 소리
시그널도 숨었구나

고향은 문명을 타고
새바람이 불고 있다.

풍금 소리

해방 직후 삽다리
공립국민학교 어린 시절

키가 작은 선생님
손끝에서 나오는

끊일 듯 이어지는 선율
가물가물 전해온다.

울창한 플라타너스
목이 마르던 운동장

맨 끝동 양철 지붕 교실
창가에 앉아 있던

숙이의 머리카락이
나부끼는 풍금 소리.

바람꽃

저 높은 벼랑 가에 반짝이는 풀잎 가에
황량한 들녘 끝 어디 메서 불어와
신들린 마술을 빛듯 궁전 한 채 짓느냐

나는 너를 만나 흔들리며 꽃이 핀다
구중궁궐 깊은 산속 홀로 핀 하얀 미소
세상은 만나면서 사는 것, 눈물 한 점 뜨거운 것.

당신의 가을 1

그때가 가을이었지
능금 빛 익어가던

예산읍내 향천리
과수원 웃음 사이

두 손을 꼭 잡은 햇살
수줍은 시월이었지.

설혼한 살 노총각
가슴에 불을 지핀

불현듯 다가선
지순至純한 당신 눈빛

지금껏 내 동공에 찍힌
당신의 가을이여

시조, 그 맛

물 흐르듯 그 굽이
유장한 가락 속에

달빛을 꿰어 보고
새소리 엮어도 보고

때로는 요동치는 세상
색깔도 칠하면서

천 번 곡괭이질로
빛나는 광맥을 캐며

어머니 물레질처럼
명주 올 뽑아내듯

웅천 돌 검은 벼루에
먹을 갈아 쓸 것이어.

열사흘 달빛

정월 열사흘 달빛
나를 따라 온다

지명知命의 나이를 벋고
잔잔한 취기로 온다

서너 평 뜰을 거닐며
중얼거리는 하얀 독백

그림자 발목을 딛고
서성이는 범부凡夫야

미완未完의 짐을 지고
하늘가 어디쯤 오르는가

잡힐 듯 내 사량思量의 뜰
달빛만큼 흔들린다.

학鶴

얼마나 고운 결이냐
너처럼 늙고 싶다

구만리 장천長天을 날아 온
인고의 장한 비행

지금 막
절정의 시간
우러르고 싶구나.

남은 세상 얼마인가
물들이지 아니하고

긴 목 하늘을 향한
화이부동和而不同 고고한 멋

그 자태
더럽힐까 보다
그림자도 물들라.

바람, 저녁놀 곱게 물들여 놓고

무한한 우주 공간 흐르는 한 점 바람
예산, 삽다리 흙에 묻힌 흙의 고향
거기서 둥지 틀었네
어려운 시절 면학했네.

사도師道 이랑을 갈며 배필 만나 동행하고
문필, 오직 한 길 읽고 쓰고 일군 평생
바람은 멈추지 않고
한 곳으로 불었다.

돌아보면 가뭇한 세월 눈물 그렁한 자취
아쉬움도 많았어라 옷깃 다시 여미는 바람
저녁놀 곱게 물들여 놓고
어느 곳에 또 머물까.

만추晚秋

멀리 보면 아름다운 산
가까이서 허허롭다

서두르지 않는 햇살
소요하는 가지 끝에

제철로

물드는 과일

눈물 한 점 뜨겁네.

푯대 하나 세운 바람 1

왕복표가 없다네
한 번뿐인 우리 인생

넌, 지금 여기서
무슨 소망 있는가

가지에 잠시 앉았던 새
떠나버린 빈자리

죽어야 산다는 말씀
오직 그 순종 하나

오늘은 무릎을 꿇고
내일은 눈을 감고

신실한 생명줄 잡고
하늘문을 열 것이여

이동륜(李東倫, Lee, Dong run)

1935년 전북 익산 왕궁면 홍암리 출생. 중앙대학교(국어국문학과) 졸업. 《시조문학》(1981) 등단. 『노을이 흐르는 강』(1986, 강나루), 『내 부르면 산이 오고』(1993, 임진나루), 『눈꽃열차』(2001, 밀앤밀), 『坡山의 봄날』(2017, 자연에서) 외. 파주문화상(1995), 노산문학상(1995), 경기도 여성상 예능부문(1997), 경기문학대상(2001), 한국시조문학상(2002), 파주예술대상(2009), 파주문화원 표창장(2010), 파주문인협회 문학대상(2012) 수상. 파주문인협회 창립(1992), 초대회장. 한국여성시조문학회 창립(1998), 4대 회장. 파주문인협회, 한국여성시조문학회 고문.

—

이동륜 시인의 시조는 궁극적으로 휴머니즘이다. 시인이 작품에 임함에 얼마만큼 인간적 진실에 가까워지려고 절차탁마했는가? 끊임없이 노력하는 자세에 평자가 오히려 엄숙해진다. 그의 작품은 난해하지 않아 간결한 수채화와 같다. 그러나 하나하나 찾아보면 그림 가운데 숫자가 있고 역사가 있고 사람이 있고 희망이 있다. 꽃 속에 어린 날의 추억이 있고 고장 난 시계 속에 삶의 힘겨움이 있고, 바람 속에 아픔의 역사가 있다. 이동륜 시인이 시조의 삼장육구 틀 속에 숨겨놓은 보물찾기는 어디까지나 독자의 몫이다. 특히 그가 쓴 시조는 소리 내어 낭송하면 악보 없이도 바로 노래가 된다. 시조의 음악성을 중하게 여기기 때문이다. 이동륜 시인의 시조 읽기는 숨은 그림 찾기이며 우리들 고단한 삶의 힐링Healing이다.

— 정경은(문학평론가 · 서울여대 교수)

—

왕궁탑에서

아득한 마한 옛터 간 곳 없는 왕업이여
그 영광 뒤안길로 불현듯 사무쳐 와
용화산 무던한 정기 골골마다 푸르다

땀 흘린 농사 끝에 풍년제 흥興으로 올라
신명 나는 한마당은 기세배旗歲拜 구성진 가락
가람李秉岐의 우뚝한 기상 시조 중흥 이루시다

서동薯童과 선화善花 사랑 뭉클했던 지난날은
새도록 달을 밝혀 탑돌이로 자랐느니
미륵사 웅장한 자취 넉넉함도 배웠느니

모질메王宮坪 등성이에 심어 둔 꿈나무는
다섯층 층층마다 사리처럼 꽃피울 때
돌아와 저녁노을에 함께 붉고 싶어라

평화의 종

아무리 큰 북채로 쳐도 울지 않는 종이 있다
그러나 치지 않아도 우렁차게 우는 종이 있다

그것은
사랑의 종이다
임진각 평화의 종이다.

가을과 출구

참 알 수 없는 건 나의 탈출 계획이다
힘으로도 세월로도 뚫을 수 없는 벽 앞에서
이 가을 탐색하기다 가을을 잃는 일이다

깊어가는 가을 밤 뜨거운 커피 잔 앞에서
자꾸만 무너지는 자존과 솟구치는 명분을
수없이 저울질하며 반추하는 일이다

어제 꽃길을 밟으며 화려했던 입장과
오늘 박수를 받으며 당당히 떠날 퇴장과
뒷모습 아름다운 그런, 그런 출구는 없는가.

상추꽃

바람이 흩뿌렸나 후우, 불면 먼지 같은 씨앗
가랑가랑 가랑비에 파랑파랑 잎을 피워
모처럼 풍성한 식탁 하루가 행복하다

솎아주고 잎도 따고 한 잎씩 간종거리며
행여 누른 잎 질라 꽃대공 곧추 세우면
쓴맛을 맛보고서야 상추는 꽃을 피웠다.

봄소풍

겨우내 우리 엄만 퀼트만 하셨나 봐
연분홍 진분홍에 빨강 노랑 색동이불
내 동생 소풍 가는 날 추울까 봐 깔았나 봐.

효자손

등 가려워 뒤척이다가 한밤중에 잠을 깼네
어둠 속 더듬더듬 잡히는 건 빈자리뿐
서로가 효자손 되자던 그 말씀만 가득하오

호로고루성瓠蘆古壘城*

호로하 옛 강물엔 호로새가 살고 있어
호로록 호로록 물을 차고 날아올라
하얗게 깃털을 날려 피워 올린 망초꽃

떼 지어 몰려가고 편을 갈라 날아오던
피어린 여울목엔 눈물 젖은 물새알이
이제 막 껍질을 깨고 부화孵化를 꿈꾸는데

조각난 기왓장은 핏물이 진 무늬인가
수없이 헐었다가 다시 짓는 욕망의 성
한 마리 여린 물새가 절벽에서 떨고 있다.

* 호로고루성瓠蘆古壘城: 삼국시대 임진강 변에 있던 성터.

파도

이윽고
폭풍우 멎고
밀려온 난파선 한 척

아파라 가슴 아파라
지쳐 누운 바닷가에

파도가
어루만지며
괜찮다 이젠 괜찮다.

오가리를 말리며

첫 서리가 내리면 애호박도 맛이 들어
햇살에 꾸들꾸들 말랭이를 뒤적이시던
어머님, 야윈 손결이 자꾸만 포개집니다.

이승과 저승이

경주 남산은 제일 큰 절 서라벌의 제일 높은 탑
그 절 마당 삼릉계곡 육존불 앞에 서면

비로소
이승과 저승이
한 마당임을 알겠네.

이동배(李東培, Lee, Dong bae)

1954년 경남 하동 북천면 출생. 진주교육대학교, 경상대 교육대학원(교육사회학과). 《현대시조》신인상(1996) 등단. 시조집『합천호 맑은 물에 얼굴 씻는 달을 보게』(2004, 월간문학출판부),『혼적』(2013, 고요문학),『밟으면 꿈틀한다』(2016, 경남), 동시집『돌멩이야 고마워』(2017, 아동문예). 한국아동문예상(2010), 경남아동문학상(2016) 수상. 한국·경남시조시인협회, 국제펜클럽 한국본부 경남지부, 한국·합천·김해·하동문인협회 회원. 경남아동문학회 부회장, 한국불교아동문학회 부회장, 진주시조시인협회장, 섬진시조문학회장.

(김정희)는 시인의 작품 세계를 "자연에서 관조觀照하는 삶의 눈길을 갖고 있다"라고 하고, (이우걸)은 "가락으로 길어 올리는 애향의 정서를 역사의식에 견주어 읊고 있다."라고 하고, 시집『혼적』에서 (김복근)은 "자신의 체험과 이상을 작품 속에 담아내기 위하여 상상에 의한 에너지를 동원하는 발로 그린 유목주의자의 감정적 체험을 바탕으로 직관적 서정세계를 표출하는 시인"이라고 평했고,『밟으면 꿈틀한다』서평에서 (김연동)은 "약한 자의 삶의 현장을 들여다보다 그들의 아픔과 슬픔을 품어 안으려 애쓰는 날카로운 시선과 따뜻한 시인의 가슴을 동시에 읽을 수 있었으며 발상의 전환이 돋보이는 작품들과 울림의 진폭이 크면서도 많은 여운이 있는 시편들이다."라고 말한다.

솟대 1
― 전설

무언無言의 눈빛 좇아 한 곳으로 갈망하다
그림자 움켜지고 홰치며 꿈틀거려
봉황을
닮아 버려진
전해오는 전설들

언제나 홀로 앉아 먼 숲속 눈길 주다
동구 밖 어귀쯤에 그대로 굳어버린
그 눈빛
황홀한 비상飛上
꿈을 꾸는 나목裸木들

커다란 날개 접고 꿈꾸며 날아 오른
큰 울음 삼키면서 목울대 세워 놓아
그대의
눈부신 비상
솟구치는 날개여

얼굴을 화장化粧하다

혼자서 잘도 하던 얼굴을 화장化粧한다.
이승에 남기고픈 마지막 그대 모습
좀 낯선
장례지도사
챙기느라 바쁘다

세월이 엉겨 붙은 앙상한 주름살엔
그렇게 흘러내린 눈물이 고여 있다
한 번도
내 보이지 않은
깊고 깊은 골짜기

모두들 흔들어도 시간은 멈추었다
까마득 지난 추억 한 장의 증명사진
마지막
화사한 모습
동공 속에 남기다.

늪 1
― 움터

깊어진 불멸의 터 밤마다 소곤거려

잦아진 자맥질에 들새 떼 찾아와서

그림자
내어 비추며
둘러앉은 새 움 터

낯설은 울음소리 빛으로 사루어서

수천 년 정을 모아 모여든 삶을 챙겨

뱁새도
종종거리다
폴짝폴짝 노니는

긴 세월 맴을 돌며 쌓여진 시간들이

한동안 염원 모은 질긴 삶 뒤적일 적

오늘도
되새김질로
뒤안길을 여민다.

하루살이 1
― 삶

알을 깰 때부터 한 역사를 꿈꾸었네

날개를 퍼덕이며 자유의 품을 날아

천년이
하루로 접힌
나노nano*의 시계였네

순간을 살다 가도 천년을 산 것 같은

어제도 내일도 없는 칼날 같은 이 하루에

저 불빛
유혹을 하면
몸을 던져 태우리라

세상에 이다지도 슬픈 일 있겠냐만

희망찬 날갯짓에 불타는 무위無爲의 삶

마지막
생을 다하여
불꽃처럼 스러지리

* 나노nano: 미터법의 여러 단위의 이름 앞에 붙어 10억분의 1이라는 뜻을 나타냄.

하루살이 2
― 생生

홀연히 스러지듯
속내마저 숨겼다가

짧은 생 군무群舞 속에
사랑하고 산란하고

작부酌婦가
눈웃음치듯
잊어지고 살거니.

카파도키아*
― 지하 도시

천년千年을 숨어 지낸 안으로 이어오다
어둠을 밀어내며 꿈속도 헤집으며
한마음
뜻을 모아서
믿음으로 지켜온

희뿌연 안개 속에 서늘한 바람 분다
뼛속을 휘저으며 사라진 시련試鍊들이
속으로
피를 뿜으며
살금살금 살았다

살면서 믿음 다져 파고든 삶의 터전
아득한 수천 동굴 이어 온 임의 모습
수많은
숨소리마저
무릎 꿇고 싶었다.

* 카파도키아: 터키 중남부에 있는 고대 유적지. 로마인들로부터 도망쳐
온 기독교도들의 삶의 터전이었으나 7세기 중반 이슬람왕조의 침공을
받게 되자 기독교인들은 동굴이나 바위에 구멍을 뚫어 지하 도시를 건
설해 삶을 유지하며 끝까지 신앙을 지키며 살았다고 전해짐.

경화역*

아!
세상이 이리도 매혹적이었나?

휘영청 밝은 달에 해맑은 처자 얼굴

벗꽃네
더욱 새침한
우리 누님 왔었네!

쭉 뻗은 철로 위로 햇살이 기어들어

듬성듬성 서성이는 황홀한 축복들이

봄소식
찾아왔다가
설레는 발걸음

달빛에 어스러져라 기꺼이 떨쳐버린

꽃잎들 뒹구는 역에 기적소리 스며들 때

어스름
늙은 가지에
걸터앉은 그리움

* 경화역: 지금의 경남 창원시 진해구 경화동의 작은 역으로 미국 뉴스
전문채널 CNN에서 선정한 한국에서 아름다운 곳 50에 선정된 벚꽃터널
은 오래된 벚꽃나무가 울창하다.

도시의 낮달

한낮에 하얀 낮달이
침대에 기어올라

핼쑥한 얼굴하고
애욕으로 번들거리며

기획된
시나리오로
부드러운 눈길 줌

기침을 달고 사는
저물녘 도시 골목

고정된 드라마에
세상을 등진 이들

흔적을
남기지 않은
심술궂은 웃음들

그림자 사냥

세상사 첨벙첨벙 숨죽여 살금살금

말없이 쏘아대던 겁 없는 약속 하나

사라진
구멍 속으로
쑤셔대는 뙤약볕

어둠을 허우적대던 헤쳐나간 달빛은

간신히 뛰쳐나와 조명발 뒤로 한 채

세상사
무엇이 되어
이리저리 떠돌다

사냥꾼이 쏘아대던 녹이 쓴 탄피 주워

앙가슴 적셔내며 끝없는 꿈을 깁던

관통貫通한
목 쉰 그림자
세월 낚고 그런다

달팽이 3
― 이사移徙

한참을 돌아와서
스스로 벗어나며

평생을 일구어서
한 채 집 장만하고

두 귀를
쫑긋 세워서
더듬어 온 세월들

통째로 옮겨놔도
세상에 가장 멋진

한평생 본을 떠서
둥그런 살림살이

작지만
큰 세상살이
더듬더듬 헤맨다.

이동백(李東栢, Lee, Dong baek)

1954년 경북 안동 예안면 출생. 경북대학교 사범대학 졸업(1976). 〈동아일보〉 신춘문예(1989) 등단. 시집 『수몰지의 낮달』(1996, 그루), 『동행』(2007, 영남사), 『노을 물레』(2020, 책만드는집). 경상북도 문학상(2012), 경상북도 문화상(2015) 수상. '오늘' 시조 동인. 한국문인협회, 한국시조시인협회 회원.

—

이동백은 시詩와 가歌를 절묘하게 탁마하여 시조 미학의 완성도를 높이고 있다. 그의 시를 일별한다면 '향수를 담은 목가적인 추억'과 '삶의 도처에서 만나는 인간의 순수함', 그리고 '그리운 연정'으로 대별할 수 있다. 이 세 명제를 하나로 뭉뚱그리면 '그리움'이 될 것이다. 그는 이 그리움의 정서를 탄탄한 시적 안정감으로 승화시킴으로써 시조의 품격을 끌어올리는데 일정 부분 성공하고 있다.
— 권혁모(시조시인 · 한국문인협회 문학정보화위원장)

—

수몰민

물 깊이 들 수 있다면 헌 신도 벗어들자.
저기 섬 되어, 귀향하는 철새 되어
월천리 수평선 아득히 부표浮標처럼 떠 보자.

폐목선廢木船 허리에 감겨 일렁이는 그리움으로
헛배부른 어린 날 어머니의 웃음소리며
비어서 정작 가득한 마음을 건져내자.

한 쪽 다 허물어진 굴렁쇠 굴러가듯
구름이 길을 열어 옛 마을로 들어선다.
아우성, 아우성처럼 던져 보는 돌팔매.

어디를 우러러도 싸늘한 이방異邦 하늘
너와 나 명분도 없이 가슴을 잃는 날은
물이끼 퍼렇게 돋은 전설들을 얘기하자.

못

모진 고문 건디며 벽을 뚫고 들어가
알몸 던져 옷들을 받아들이는 그 심정을

설움과 온몸으로 맞서본 사람은 알 것이다

가슴 안이 소용돌이칠 서러운 일 만나면
형형한 형형한 눈이나 크게 뜨고
가을 빛 한 자락 걸어둘 못이나 되는 일이다

굴

누군가 남편을 위해 노을 진 갯벌 굽나 보다
갯벌이 지짐으로 익어 식탁에 차려지고
허기로 타오르는 눈엔 바다가 홍건하리.

아내는 굴을 집어 임의 마음에 올려놓고
남편은 임의 뜻을 길어 올려 먹으리.
굴들은 살신의 아픔을 까맣게 잊고 말지니.

고단했던 하루를 닫아걸고 마주앉아
굴 지짐을 나누는 뜨거운 가슴 곁에서
밤 세워 서해의 파도 해말갛게 부서지리.

꽃으로 손을 씻다

아내와 잡초를 뽑으러 꽃밭에 나가 앉는다.
덩달아 사향제비나비 봉숭아꽃에 깃 접는다.
구름이 여우비 몰아
금방 지나간 뒤다.

사향제비나비 향기처럼 웃어대는 아내 곁에서
빗물이 내려앉은 꽃으로 손을 씻는다.
젖은 손 넘치도록 가득
꽃들이 피어난다.

손등에 피어난 꽃 아내가 뜯어내다 말고
나에게서 꽃 냄새 깊게 난다고 전해 올 땐
내 가슴 깊은 곳에선
무지개 한 채 떴다.

마당

해마다 아버지는 마당을 바르셨다
황토가 깔리는 날은 가을볕이 참 좋았다
흙 위로 갈퀴 같은 손이 수천 번 지나갔다.

마당에는 즐목문토기가 어설프게 그려졌다.
숨길 수 없이 흉해진 아버지의 손금이었다.
그 손금 우묵한 곳으로 푸른 별이 쏟아졌다.

내 발자국이 커가는 걸 받아낸 마당 위에서
아버지는 긴 세월을 거칠게 살아냈다.
마당은 구부정하게 살아온 아버지의 목숨이었다.

그 여름의 쇠별꽃

별똥별이 내려앉은 자정 무렵 빈 의자 위에
변방의 하루 견뎌낸 노숙객이 몸을 뉘었다.
그 숨결 너무 고독해서
이 도시가 고요했다.

가랑잎처럼 가벼워진 그의 삶 받아 누인
신문지가 미풍에 희미하게 흔들린 건
세상의 강 건너다가 혼을 잃은 탓일까.

먼 지구에 떨어진 별똥별의 외로움보다야
내 삶이 쓸쓸하겠냐며 헛헛하게 웃음 지을 때
그이는 문득 쇠별꽃으로
피어나고 있었다.

그 나무의 그늘

그늘은 자신을 노래하지 않는다
나무를 위해 땅바닥에 충직하게 깔릴 뿐
깔려서 가슴 가득히
세상을 받아들인다

사람들이 찾아오면 그들의 엉덩이에 깔려
감춰둔 바람을 무심히 내어줄 뿐
사람이 지닌 탐욕들을
넘보지 않는다

바라보던 하늘에 마음이 상해진 날
그 나무의 그늘 속에 휘청이며 서서
가슴속 내 부끄러움을
눈 감고 들여다본다

편지

너에게로 가는 길이 아득해질 때마다
이 밤 나는 너에게 편지를 쓰기 위해
관절을 꺾는 연습을 천 번쯤은 했느니.

손끝에 접혀드는 건 삭아빠진 넋이어서
우표를 붙이고서도 바람처럼 가벼운데
또 몇 날 우체통에 꽂혀 기울어져야 하는가.

어느 우연한 날 봉투를 뜯는 너를 만나
고운 너의 마음살에 내 삭은 넋이 실려서
저 하늘 둥둥 떠다니며
한생을 살아보고 싶다.

찰나

풀벌레
땅을 짚고
하늘로
뛰어오른다.

우주가
잠시
들썩이다
주저앉는다.

사람은
눈을 한 번만
감았다
떴을 뿐이다.

비

하느님이
푸른 칼날로
구름을
깎는다.

구름이
가늘게 깎여
문득
연필이 되어

지상에
동그란 소리를
자작자작
쓰고 있다.

이두의(李頭義, Lee, Doo eui)

1962년 서울 출생. 경기대학교 한류문화대학원 석사. 《시조시학》(2011) 등단. 우리시대 현대시조 선집 『그네 나비』(2019, 고요아침), 『정글의 역학』(2020, 고요아침). 한국문인협회 주관 시낭송대회 대상(2014), 이영도 시조문학상 신인상(2017), 열린시학상(2020) 수상. 시낭송 지도자, 한국문학발전포럼 시낭송지도 강사. 한국시조시인협회 사무차장, 오늘의시조시인협회 사무차장, 나래시조시인협회 사무국장. 국제시조협회, 세계시조시인포럼 회원.

이두의 시인은 신예답게 보편화된 낡은 생각이나 판단에 의존하지 않은 참신한 발상으로, 일상적 언어로도 삶의 놀라운 진실을 담아낸다. '그곳에서 오랫동안 지지 않을 꽃'(「적폐積幣」)의 반어적 수사법과 곧 삶아지거나 튀겨질 운명임에도 암탉의 뒤태를 본다는 「닭도 끼가 있다」처럼, 회화적이며 역동적으로 이야기를 펼치고 있다. '뭉개진 손금 위에 두고 가신 꽃 한 송이'(「작약의 이름」)에서 어머니의 부지런하고 순정한 삶을 짚어내기도 하며 또한 시조에서는 흔하지 않은 소재를 빌어 사랑의 뿌리를 더듬어가는 「말보로에게」, 내가 옳고 상대가 그르다는 생각에서 일어나는 '화'를 다스리려면, 내가 옳다는 것을 내려놓을 줄도 아는 「대밭에서」를 봐도 알 수 있듯이 그가 말하는 행복이란 사소한 현재 진행형이며 인간이 꿈꾸는 영원의 실체는 오직 현재임을 암시한다.

— 이승은(시조시인 · 오늘의시조시인회의 의장)

수탉도 끼가 있다

암탉 여럿 거느리고
케이지에 갇힌 채로

전깃불에 잠 못 자고 주는 모이 꾸역꾸역

힘 빠져
살이 오르자
드디어 해방이다

삶아질라나, 튀겨질라나
잠시 잠깐 풀려나서

푸드득, 날갯짓에 벼슬 슬쩍 세워보고

또 암탉
뒤태를 보는데
아! 그만 깜깜하네

말보로Marlboro에게

한 모금 연기 속에 이름이 아파올 때

담배 한 개비를 피우는 동안이라도

말보로,
내 곁에 있어줘
다 지우고 사라지게

기울어진 어깨 너머 흩어지는 시간들과

마음의 결빙 속을 흐르는 눈물이야

말보로,
빠른 속도로
숨어들어 가지는 마

망각의 항생제를 가끔씩 덧발라도

새살이 돋지 않던 그 여자의 그 남자가

말보로,
방백의 대사를
너를 위해 하잖아

대밭에서

굽히지 않는다고
자만이라 그러시면

둥글게 비운 속은
무어라 하실래요

바람을
먹고 뱉으며
하늘의 말 배웁니다

적폐積幣

힘의 기울기가
어디인지 분명 아는

그곳에서 오랫동안 지지 않을 꽃이었다

가진 것
만큼만 핀다는
꽃말이 생생하다

끝까지 가겠다던
곁가지와 잎새들은

된서리에 쉬이 지고 태풍에 꺾이고

눈치껏
뺄 건 빼면서
잴 것은 또 재더니만

작약의 이름

노숙의 피로를 감춘 민낯의 안개들이
담쟁이 오르다만 창가를 기웃댄다
어머니 먼 길 가신 뒤 고요마저 끊긴 빈집

스멀스멀 흩어지는 안개를 따라가면
뭉개진 손금 위에 두고 가신 꽃 한 송이
봄처럼 부지런해라 그 말씀, 울컥한다

사람이 가고 나면 그림자도 거둬지고
사랑도 흩어져서 꽃잎처럼 지겠지만
작약의 이름 하나로 지키는 봄이 아프다

벼락 맞은 박달나무

벼락 맞은 박달나무 집에 두면 좋다더라
생전에 아버지가 보내주신 차탁 앞에
차 한 잔 받쳐 들고서 옛 일을 더듬는다

차 향기 흘러들어 골짜기를 이룰 때쯤
아슴아슴 유년의 뜰 홀연히 서성댄다
아버지 든든한 힘이던 누렁이 암소 모습

배불리 풀 먹이겠다 산으로 몰고 가서
진종일 박달나무에 고삐를 매어 놓고
산바람 문장만 읽다 옮겨 매기 아차! 놓쳐

새끼 밴 어미 소 배 홀쭉하게 꺼진 채
큰 눈만 껌뻑이며 오던 모습 불쌍해서
달밤에 텃밭의 배추 몰래 뽑아다 먹이던

그 소도 아버지도 내게서 멀어지고
결 진하고 촘촘한 차탁만 거실에 남아
시간을 불러 앉히고, 꿈도 불러 앉히고

한 수 위

헛바닥 서리 칼이 수시로 날름대며
제 속살 비틀어서 쏟아내는 말과 말들
그 결을
지나던 바람
듣기에도 민망한

겉과 속이 너무 다른 고단수 뒷담화가
줄기를 길게 뻗어 내 귓전에 딱 걸렸다
빠르게
그 속을 읽은
바람이 한 수 위다

새빨간 네 도리질 눈 감아 속아줄까
겹치는 울음 사이 숨어드는 푸른 서슬
호박씨
까지 말아라
덩굴째 걷어질라

바람에게

출렁이다 일어섰다 무너지는 파도 얼굴

내 성깔 사납다고 우기지마. 잔잔한 물이랑을 밟고 지나가는
건, 어디다 마음 둘 곳 없는 네 질투란 걸 알았어. 근원을 흩트
려 놓는 변덕쟁이 음험하고 사특邪慝한, 때로는 폭군 같은 네
가 문제였어. 꽃너울로 번지고 싶은데 역풍으로 치고 오니 어
쩌겠어? 내가 뒤집힐 수밖에

적당히 이랑진 거리 지켜주길 그대여!

변죽

돌 하나 멀리 던져
물수제비 뜨는 오후

순식간에 물구멍이 꿀꺽 삼켜버리고

파문이
손에 손잡고
둥글게 품어준다

하늘을 찌를 듯한
기개를 운운하며

치열하게 날아올라 중심을 차지한 사람

그 둘레
울림이 없다면
모두가 헛일이다

구름꽃 무게

허공에 피고 지는 바람꽃에 이끌려서

돌계단 층층 밟고 애써 오른 산사 다실

투박한 손맛이 도는 백토분장 찻사발

말차가루 한 술 넣고 지난날을 저어보면

안으로 빗장 지른 마른날을 열뜨리고

구름꽃 파랗게 일어 뜬 마음 같았는다

어제보다 더 얇아진 오늘의 언저리가

보리말차 온기만큼 촉촉하게 스며들어

가을도 무게를 덜며 저만치 가고 있다

이두화(Lee, Doo hwa)

1942년 경남 거제 출생. 한국방송통신대학교
(초등교육학과) 졸업(1980).《새교실》지우문
예 시조 부문 3회 천료(1992) 등단. 경남교원
예능 경진 시조부 1등급(1994), 현대시조 신
인상 (1998), 현대시조 근작시선(1999), 부총
리겸 교육부 장관 표창(2003), 녹조 근정훈장
(2005) 수상. 교육공무원 정년퇴직(2005).

—

우리나라 고유 문학 형식을 잘 지켰고, 내용 또한 우리다운 것들이
다. 시대상황과 잘 맞는다. 시류를 따르면 시의 생명이 짧아진다고
들 하지만 시조의 경우는 좀 다르다. 역대 불후의 작품도 그랬지만,
아직 그 생명력은 생생하다. 절절한 소원이 가슴에 닿아 뭉클하다.

— 석용원(시인 · 아동문학가)

—

자화상

가늘게 서린 정 돌돌 말아 똬리로
하늘가 자락 속에 가지런히 엮어서
꿈 같이 흘러간 날을 옹달샘에 비춰본다

인동초 향긋함이 웃음 지며 찾아드는
고향집 생 울타리 비비새 둥지 틀 때
꽃물로 갈증 넘기며 꿈을 찾던 그 날들

지난 날 돌아보면 아름드리 청운의 꿈
차지 않는 마음의 잔 벼랑 끝에 매어두고
옥수수 수염 뜯으며 사진 첩을 펼쳐 본다.

해원解寃

하늘 땅 하나이고
달도 해도 하나이다.
하늘 길 돌아서 가면 멍든 가슴 아물려나
떨리는 두 손 움켜쥐고 입맞춤한 연초록 꿈

이제나 저제나
가슴 죄며 불러보던
혈육血肉의 그리운 정情 안으로 삭이면서
천년千年을 다독여온 설움 미리내에 썻어본다.

박꽃

고샅길 굽이굽이
겹겹이 쌓인 사연
별빛에 그린 박꽃 나비처럼 고요하고
반딧불 한데 어울려 생울타리 넘나든다.

동트면 수줍어서
살포시 입술 닫아
밤새워 피운 열정 세모시로 단장하고
기나긴 여름의 햇살 서산으로 재촉한다.

하늘색 곱게 물든
어머니 살으신 곳
돋는 해 바라보며 섬광 따라 웃는 모습
오뉴월 달래는 바람 여울지는 세월일레

살며시 쥐었다 놓은
마음의 눈 창이 되어
토담길 사이사이 고향이 젖어오면
세모시 옷자락 만지시던 어머니 그립다.

만남은 언제

백설이 성성한 양 한 맺힌 손금 위에
바르르 떨고 앉은 얼룩진 종이 한 장
아들아 잘 보아다오 에미 가슴 터짐을

큰 바다 건너 뛰어 손잡고 즐기건만
한 강토 이어진 곳 혈육의 통곡 소리
반세기 흘러간 오늘 너를 안고 울으랴.

한 베개 베고 자던 혈육이 흩날리어
한세월 지나도록 가슴 터진 나날들
이대로 딴 베개만 베고 가슴 죄며 살런가.

임진각

잡힐 듯 안겨오는
지척에 둔 북녘 땅
휘어진 허리를 두 손 받쳐 세우고
뽀오얀
입김을 쏟으며
바라보는 북녘 땅

혈육의 그리운 정
둥근 달에 가득 실어
떨리는 손마디에 살며시 받쳐들고
터지는
그리운 정을
안으로 삭이누나.

우리 집

초가집 추녀 아래 입맞춤한 연초록 꿈
반나마 열린 사립 박덩굴 줄기 따라
제비도
그리움에 젖어
긴 목 사려 앉던 봄.

가지마다 어느 결에 시샘이 짙어지면
장독대 봉선화가 웃음 붉게 터뜨리는데
아내의
예쁜 손에는
꽃물이 흥건하다.

귀뚜리 놀란 울음 옥을 깨는 망치 소리
또르르 밤새도록 댓돌을 넘나들면
그 소리
가슴에 번져
이내 새봄 잠겨 든다.

도라산에서

잡힐 듯 안겨오는 지척에 둔 북녘 땅
휘어진 허리를 두 손 받쳐 세우고
뽀오얀 입김을 쏟으며 불러보는 어머니

혈육의 그리운 정 둥근 달에 가득 실어
떨리는 손마디에 살며시 받쳐들고
터지는 그리운 정을 안으로 삭이누나.

향로香爐

청동으로 살아온
소중한 목숨 하나
조상께 비는 마음 저리로 되어올라
무명올 두루마기에 스며오는 사모여!

청기와 가루 내어
달빛 받아 문지르면
온몸은 빛을 사루듯 살아나는 진한 사랑
묵은 때 유년의 추억도 향불 따라 고개 든다.

장방산 대원사에서

칠월의 긴긴 햇살
낮은 가지 걸릴 때
홍송의 향긋함이 가슴에 안겨 들고
한맛비
음향이 들리는 듯
신비 속에 잠긴다.

청태 낀 와당 위에
이름 모를 푸나무
낮달을 베개하고 물소리 뒤로하며
사뿐히
문지방 넘나드는
비구니가 고웁다.

어머님

어머니 손때 묻어
여물어진 다듬잇돌
양지바른 마루 쪽에 반듯하게 뉘어놓고
까치새 웃는 소리에 자식 옴을 기다려

홍시감 담은 옹기
하루에도 두세 번씩
열고 닫고 만져보며 사립문 바라본다
까치새 웃는 소리에 손자 옴을 기다려.

이말라(李末羅, Lee, Mal ra)

1950년 부산 출생. 현대시조 지상백일장 장원, 《현대시조》 초천(1984), 《시조문학》 천료(1988) 등단. 시집 『무채색을 위하여』(1999, 세종), 『다갈색 은유 속에 그리움 두고프다』(2004, 세종), 『그리움이 낯설다』(2010, 세종), 컬러시집 『말을 보다』(2015, 세종), 시선집 『얼음을 굽다』(2017, 고요아침). 24회 성파시조문학상(2007), 25회 부산문학상 대상(2018) 수상. 부산문인협회 부회장, 부산여류시조문학회장 역임. 한국시조시인협회, 부산시조시인협회, 세계시조시인포럼, 오늘의시조시인회의 회원.

—

현실적이기보다 존재론적이고 행동적이기보다는 구도적이다. 열정적인 감정을 표현하면서도 사적 경험의 천박한 토로에 함몰되지 않게 통어해 내는 지혜를 보여준다. 그것은 한국고전 여류시에서 볼 수 있는 우아한 언어, 모성적 언어와 상통하는 것인 동시에 이 시인의 체질인 듯하다.

— 이우걸(시조시인 · 우포시조문학관장)

시어의 선택, 이미지의 전개, 격조 있는 가락이 뛰어나 시인의 곱고 섬세한 미적 감각과 고운 심성의 바탕 위에 시어와 심상이 해맑고 정겹다. 언어의 구체화, 객관화, 직관과 상상의 확대로 존재의 실상을 심도 있게 응집시키는 탁월함을 보여준다. 시인의 직관이 참신한 은유와 포괄적인 시어로 시조 형식이 주는 내적 울림과 미적 감수성을 높여주고 있다.

— 주강식(시조시인 · 부산교대 명예교수)

—

동백꽃 져 내리더라, 지심도只心島

내 안의 나를 그만 내려놓고 싶던 날
동백꽃 지가 먼저 투둑 뚝 져 내린다
도발의 홍건한 무늬 붉은 향이 질펀하다

붉어 터진 낙화 놓고 막걸리에 빠진 봄을
동박새 지심지심 느리게 따라가고
이 다만 마음뿐이라며 섬이 나를 줍더라

벌써,

가장 길면서 가장 짧은 것 느리면서 빠른 것
그것이 시간이라고 말하는 사이
아득한 소실점으로 하루가 사라졌다

어느 끝을 향해 시간에 금 그어 놓고
만남이고 시작이던 첫 기척 완고한데
얼굴도 보지 못한 날이 빛살처럼 굴러간다

풍경은 자꾸만 등 뒤로 달아나고
저만치 가는 오늘따라가지 못하고
바람은 내 심장 위를 휘이휘이 기어가고

닳아빠진 의지나 물러터진 인내는
견고한 어제에게 어물쩍 묻어가고
눈 감은 하늘이 다시 내일을 빚고 있다

봉숭아

숨어 살던 비밀이
결정結晶으로 굳습니다

못 견디게 간절한
별빛도
달빛도

목마른 꽃잎 너머에
바람으로 스칠 뿐…

무언가 내 안에서
나를 아프게 합니다

사랑은 오직
한 움큼의 목숨이어서

오늘은 가슴 터지는
흔들리는 몸짓일 뿐…

화살표

간절하게 원하면 가 닿을 수 있을까
반역을 꿈꾸던 아픔의 곁자리에
각인된 언어 한 소절
갈 곳을 찾고 있다

오로지 내게로 가는 일에
길을 내리라

제어할 수 없는 힘
불가항력 무게여

두려운 희망의 여백
무중력의 저 손짓

홍가시나무가 말하다
— 자화상

편견일랑 버리셔요 꽃 아닌 잎입니다
가시는 없습니다 부드러운 잎입니다
전설 속 가시나무새 울며 들면 좋겠습니다

가을 아니어도 신록 속 단풍 같은
푸른 물관 길어 올려 맑은 단청 올렸습니다
햇살이 비에 지워져도 지지 않을 홍안입니다

찌르지 않습니다, 이름만 가시입니다
꽃도 아닌 것이 잎 붉어 치레하고
꽃 하나 피우지 못한 가책 지레 부끄럽습니다

껍데기를 위하여

― 신발
비 젖은 구두 속에 신문지를 넣으며
내 몸의 무게만큼 깎이어 간 각도를 본다
조밀稠密한 시간의 밀도는 발자국을 따라가고

― 옷
빠져나간 몸뚱아리 벽화되어 보고 있다
나를 떠나 한 시절 정물로나 낡아가며
허접한 직립의 허물 졸가리만 남았다

― 그리고
내 몸을 가두거나 나를 끌고 건너던 것
헐렁한 모습과 과적過積의 나이테로
세월의 갈피에 유배된
속물이여, 껍데기여!

노을

하루를 살다 가는
저 빛난 죽음 앞에

까무룩 혼절하는
시간 시간
시간들

바람은 말간 앙금으로
별을 빚고 있겠다

단동丹東의 밤

압록강 맥주로
자유를 마셨다

우울한 자유인가
자유로운 우울인가

뜨거운 느낌표들이
술잔에 떨어진다

가쁜 숨 몰아쉬는 압록강 조개구이
손톱만 한 입술을 자글자글 달싹이며
더 이상 유효有效하지 않은
이념의 말 뱉고 있다

마음의 주름을 펴고 또 펴본다
한 시절 누구에게 적이 된 적 있었을까
불모不毛의 한 시대를 지나온
바람이 불어온다

어떤 이인칭

잊히기를 거부하는,

백주의 환상 같은,

마음을 팔다팔다

기척마저 지쳐가는,

사랑, 그

다른 이름이

그리움이라며 들앉는다

어떤 다비
― 두물머리에서

강과 강이 만나는 두물머리 강섶에서
빈혈 앓는 바다에게 수혈하는 강을 본다
저 강물 태우고 태우면 맑은 불꽃 남아서

깨끗한 슬픔 하나 바다로 흘러들고
내 몸에서 나는 울음 눈 가리고 함께 흘러
사랑도 과부하 걸린 사랑 활활활 사른다

이명길(李命吉, Lee, Myung gil)

1928.~1994. 경남 진주 출생. 호 기리(麒里). 진주 농림고교(1952),
성균관대학교(정치학과)(1956), 건국대 대학원 졸업(1974). 시조집
『생명』(1960, 영남문학회),『내일의 길가에서』(1961, 영남문학회),
『푸른 역정歷程의 황지荒地』(1961, 새글사) 외. 진주 농림고 교사,
진주 농대 교수, 경상대 교수 · 학장, 문협 진주 지부장 · 예총 진주
지부장, 〈경남일보〉 논설위원, 진주시 문화재 위원, 진주지사 편찬
위원, 경남윤리학회 지회장 역임. 한국시조시인협회 회원.

—

가을의 이창裏窓

가고 없는 우윳빛 하늘로 들리는 소리
창가에 애드벌룬처럼 낙엽이 가고,
혼자서 그리운 위치를 지문으로 남긴 여운

이로써 쌓인 무상에의 길목에
꽃잎처럼 물들여 오는 향수 앞으로 님의 심장
타오른 절망의 원고原高 흐느껴 울어 달이 진다

심연深淵한 고독으로 하여, 적막에 자고
청춘 너머로 오늘도 오늘도 다가오며
표연히 돌아서서 나를 파열시킨 가을 가

가을 3곡

— 추야유정秋夜有情
귀뚜리 나와 함께 밤을 울어 새우고
그믐달 호젓한 정 별똥 되어 흐른다
내 문득 멈춘 발 위 가랑잎에 그리움이 솟는다

— 단풍
노을에 종소리는 옛날 불러 울리면
애닯은 내 노래는 피다 못해 지치나
한시름 물든 잎새에 기러기 울고 가누나

— 국화
사랑이 가실 때는 못내 설워 시름 안고
한 님의 설된 정을 말로 새겨 부를 제면
너도야 찬 서리 하늘에 외로움이 서렸다

춘심 2제春心二題
— 제비

제비를 보니 왠지 순이는 즐겁다
선생님 말씀이 날아오며 많이 죽었대
그리도 먼 나라에서 우리나라가 좋은가봐

심술궂은 놀부 없는 돌이네 추녀 끝에
옛집 찾아 제비 가족 지지배배 일 나갈 때
할머닌 이 빠진 입술에 흥부 마음 꽃이 핀다

나무

나무여도 비는 슬픈 눈물이 된다
바람으로 동서남북 춤을 추지만
살려는 의지는 뿌리로 하여 가지만큼 뻗는다

솟아오른 지열로 세월을 따지면서
푸른 잎은 하늘로 하늘로 태양을 안고
꽃잎을 4월처럼 느끼는 화사한 이상

얼룩진 무늬만큼 스친 시대가
거대한 벽만큼이나 바람을 막고 서서
새끼를 친다 새끼를 친다 사는 나무여 나무여

부자父子

1
개구리는 알을 낳고 알은 또 올챙이를 낳고
올챙이는 무엇을 낳았는지 물어 보렴
부자의 계열을 짚어보며 거기 다시 뛰어든다

2
무심코 그는 말했다 손주할아버지 그 할아버지는
그 아버지의 아버지 또 그 아버지의 아버지
끝없는 진실로 흘러간 아버지의 꿈이다

3
그러니 옆 친구가 아버지의 아들
아들의 그 아들 그 아들의 또 그 아들
아직도 아마 말 못 하는 아들들이 있다 한다

송년送年의 대화

1
경사傾斜의 생활권 발판 없는 아우성이
재단된 양심 속에 그 차마 못 넘기는
이날을 위해서 지킨 생리들이 굴렀다

2
무위세월에 셈을 하고 진실을 자尺로 대어
이토록 몸부림 찬 자욱은 아직 머-ㄹ다
나 혼자 그날이 없도록 오늘만은 와야 한다

3
그러기에 여기 지금
섰노라고 말해안다
틀림없이 내일은
아예 몰라도 〈오 늘 을〉
스사로 미움 받고 비웃는 그 뜻을 이고 가노라

고독과 사연과 문門

― 고독
고독한 산들은 가라앉은 새벽으로
옹졸할 수 없는 가슴을 펴고 더러는
목마른 허공을 향하여 섧은 의미를 새기더니

― 사연
한 그리움 아직 못다 이룬 별무늬 날린다
철마다에 그림자 쫓노라면 하나의 문
내가 산 미련의 증오에 눈먼 정이 핀다더라

― 문
문을 열면 함께 울다가 날아간 눈물
자욱이 내 귀가 멀도록 저물어 오는 소리가 되어
아득한 하늘 너머로 당신을 닮아갑니다

오월은
― 어린이날에 붙임

다리 다리 종다리 하늘하늘 하늘 날고
보리 보리 보리싹 파릇파릇 솟는다
오월은 우리들의 달 씩씩하게 자라자

달래 달래 진달래 불긋불긋 피며는
푸릇 푸릇 나뭇잎 싱싱하게 짙는다
오월은 희망 트는 달 슬기롭게 자라자

추락

1
버스가 추락을 하여 자기끼리 입 맞추고
정신병원엘 갔습니다 내출혈을 하고 나니
무참히 소름 낀 몸부름으로 임종을 고합니다.

2
혈액은행 앞길에서 사륜四輪을 팔고 나니
불구자의 표시를 달고 싶어 하는 것은
썩어도 풋썩어 넘어진 기상도와 같습니다.

3
어느 나귀가 소금을 지고 물에 빠졌답니까
그런 고얀 멀쩡한 거짓말은 마시오
냉정히 황금술레 앞에 달린 금방울 소리 듣습니까.

4
수풀이 미쳐서 가을을 물들이고
참새가 노래를 잊고 별을 찍어 물었더니
붉으레 이 가슴 태우는 그림자를 보십시오

현실의 사면斜面

1
자기가 분열하고
현실의 도피마저
불안의식 그것에
끼여서 전염시킨
생활에 군상群像의 의견이
스민 것이라 해두자

2
애상哀傷 저조 다급한
현재에 산다는
위기마저 뿌리치고
가락에 암시된
인생의 경쟁가격을
해소하는 발작이다

이명숙(李明淑, Lee, Myoung sook)

1958년 서울 동대문구 제기동 출생. 영란여
자상업고등학교 졸업. 〈영주신문〉 신춘문예
(2014), 《시조시학》(2014) 등단. 시집 『썩을』
(2017, 고요아침), 『강물에 입술 한 잔』(2019,
고요아침). 시조시학 젊은시인상(2018) 수상.
'정드리' 동인.

허에 피는 꽃

이명숙

그는 버릴수록 오히려 더 크게 온다
나는 꼭 미워하는 서
내가 초잔한 너간,
문장은
허에 피는 꽃
신층 방사한 가시꽃

—

시인에게 언어 감각이란 기본기이자 평생 버리고 닦아야 할 개인기
다. 따라서 자신만의 언어나 그에 따른 문법 혹은 문체를 지니면 자
신이 꿈꾸는 문학을 더 적극적으로 종횡무진 펴나갈 힘을 갖춘 셈이
다. 시인의 언어는 풍부할수록 좋은 것은 물론 자유분방한 구력까지
담보한다면 자기 세계 구축에 가장 큰 동력이 되기 때문이다. 앞에
서 보았듯, 이명숙 시인의 문법은 젊은 시조 중에서도 앞에 서는 쪽
이다. 그 중 비속어도 눈에 띄는 특징인데 더러 과감한 도입과 배치
가 이명숙 표 시조의 즐거운 충격을 종종 가한다. 구조 운용의 면에
서도 자유로운 편인데 특히 말투를 그대로 살리는 구어체의 다양한
변주와 어우러져 발랄하고 경쾌한 어조의 효과를 높인다.

— 정수자(시조시인 · 한국시조시인협회 부이사장)

—

길고 흰 구름의 땅이 손짓하면, 갈게

어쩌면 수 세기 전 나는 탄생했을라
어쩌겠어 맘 한 잎 몸 한 채 비롯된 곳
어여쁜 전설 하나쯤 당연하지 않겠니

불의 섬과 얼음 성 아오테아로아* 숨소리
루아타푸 동굴에 돌 던지고 널 빌까
지구도 딸꾹질하다 숨을 놓친 거기서

어쩌다 동녘 하늘 실밥처럼 매달려
우울조차 게으른 익은 꽃잎의 나날
잎 지고 너마저 지고 꽃그늘도 놓치고

꽃구름 양떼구름 실구름 새털구름
파란 하늘 언저리 뭉게뭉게 너였어
소년아, 인연의 바람 몰고 가는 목동아

* 아오테아로아AOTEAROA: '길고 흰 구름의 나라'라는 원주민 마오리말.

가십gossip은 뇌쇄적이다

취향과 편향 사이 미늘 같은 접속자들
천길 벼랑 공략하다 혼절한 바람처럼
툭 터진 바늘구멍에 갸우뚱한 실낱처럼

나는 한쪽으로만 부는 편서풍이다
심문하듯 을러대도 싱싱한 혐의처럼
너에게 가담한 이후 말을 잃은 독백처럼

선뜻 흘린다는 건 뇌를 방목하는 일
가끔 이탈하거나 침몰하는 버릇처럼
시차에 방부제 치고 씹고 씹는 꽃말처럼

거문 딸기

하마, 꽃은 지고
구름결 처연한 그믐 달빛

불티 나를 결정 못 한 채 끝장나고 갓 피어난 꽃눈 속 사내들
이야 지난날 기억 못 하지 아직 숨 붙은 꽃잎들 페르세우스 유
성우처럼 적나라한 꽃의 현상학, 꽃밥 짓는 나와 다른,

너에게 반올림한다 에누리 없는 이, 끌림

비롯도 없어 끝도 없어 농담처럼 꿈꾸는 영원, 모른 척 마라
거짓보다 더 붉은,
사랑은 계절이 없다

다시 한번 신이시여!

백지에 피는 도화徒花

나는 순수하지도 혹은 결백하지도, 파투 난 빗장나선은하
NGC 986 만치 외로운,
좌우간 있는 그대로 나의 신상을 베긴다

진달래 색기 머금어 에로틱에 오염된
비릿비릿 올동백 편애하는 로맨티스트
빗소리 비의 손길에 도취하는 불청객

어쩌다 꽃잎 한 장 이 별에 추락하여 이리저리 치이다
뱀의 혀로 수정授精한
흐벅진 도홧빛에서 퇴출당한 전말을

사인

내 안쪽 쓸쓸함이 나를 버리려나 보다
세상 안쪽 꽃들이 저를 지운 것처럼
무심코 피고 지다가 우두커니 탈의 중

시차를 넘긴 시제 꽃술머리 비문처럼 처음도 끝도 없이 피는 봄
부질없다
까짓거
핑 도는 남루야
소문처럼 실없는걸

실수처럼 농담처럼 손목에 꽃이 필 때
간절만 무성해서
자꾸 눈물이 나서
수박향 번지는 오후
너에게 나를 이서한다

검은 고백

입김이 따뜻하다 강매거나 밀매거나 흔들고 흔들어도
꽃이 피는 까닭은
분수야
몰라도 그만
나는 나를 연기할 뿐

세상 어느 생인들 막막한 적 없으랴 사라진 애인이야
갈피에서 지워진
한 호흡

기획한 적 없는 문장이다, 비명 같은

밤의 검은 돌덩이 벼리고 또 벼릴 뿐 세상이야
촛불을 켜대거나 말거나
미완의
귀먹은 새 떼
그믐을 간다 칼을 간다

미련의 담벼락 사이

훗날 저승 갈 때는 기차를 타고 싶네
지금은 북망에 든 비둘기호 불러내
오징어 질겅거리며 풍경화를 그리며

통기타 콧등 타고 흐르던 '해 뜨는 집'*
귓볼을 간질이면 생글 피는 웃음기
미련의 담벼락 사이 젖은 울음 펴 말리며

슬픈 입술에 묻은 표정은 지우며 가네
아카시아 한껏 핀 개운사 뒷길 너머
한 시절 소여물 씹듯 꽃향기를 핥으며

* 애니멀스The Animals의 "해뜨는 집House Of The Rising Sun", 영국의
리듬 앤 블루스, 록 밴드(1964년 1집 수록곡).

황태의 서쪽

고갯마루 바람이 고개 밑으로 온다 얼레달 목말을 탄 꽃눈에
일렁이던
진부령 산빛 이끌고 추상같은 표정으로

잔뜩 풀린 동태눈 감았다가 떴다가 빈속의 목어처럼 별빛 펄
럭거리며
서쪽의 끝머리 이후 먼저 오는 새벽처럼

허공을 파먹으며 울다 웃다 하품하다 젖은 잠 말리다가 돌아
온 바다의 기억
그대가 덮어온 나의, 봄날처럼 탄생한

블러드스톤bloodstone

1.
　꽃들은 혈액을 모아 은행에 기증했다 허공의 하반신이 마비
된 한 찰나에
　당신을 요약하려고 더 가까이 가려고

　꽃들은 나를 버려 실한 열매 맺었다 사는 게 피안으로 가는
길인 지상의
　가난은 짧은 시간을 병 꽃이나 피우며

2.
　숨길 뚫는 그 순간 환대하듯 오는 꽃, 두 눈 질끈 감고서 물벽
들이박을 때
　비바리 하얀 이마에 교신하듯 피는 꽃

꽃의 구구

1.
　나의 꿈속 한 칸은 애틋한 두근거림, 채송화 사루비아 앙증한
원고들은
　탈고란 해본 적 없는 열아홉의 분홍 서시序詩

　들끓는 혈관들은 단 문화에 취해서 겁 없이 판타지fantasy에
유배된 서른다섯
　예감은 밀주密酒 같아서 나란 기억에 취한 계절

　마흔 해 꽃 진자리 무덤일 리 없다며 루머처럼 유머처럼 흐르
는 하현의 달
　상처도 꽃이라 말한 그 입술이 슬프다

　아주 가끔 당도한 신들린 데모 버전, 기꺼이 그 연애의 포로
가 되고 싶은
　꽃들의 신경 세포에 갱년기는 없다는 듯

　먼 곳 돌아와 누운 절망 대신 홀린 듯 꽃몸살로 불을 켠 노을
도 저물 무렵
　살풀이 살풀이하듯 헛꽃 활짝 피우다

2.
　분내 나는 이승의 정년을 누가 알까 구름꽃 흩어지는 한가을
요양원서
　만다라 꽃빛에 홀려 적멸에 든 아버지와

　장구 장단 산조에 구절초 꽃 진 저녁 저 순한 봉분 없는 젖무
덤이 서러워
　속눈썹 파들거리는 결구뿐인 어머니와

　발바닥 붙인 채로 언 강을 호명하는 물억새 몸결 따라 춤추는
파장 무렵
　혼절한 내 사무침의 배후인 나를 깨우다

3.
　불길로 오른 계단 불티로 내려오며 영으로 시작되는 한 단뿐
인 문장을
　흰나비 날갯짓하듯 복송하는 꽃의 구구九九

이명식(李明植, Lee, Myung sik)

1958년 충북 옥천 이원면 출생. 한남대 대학원(문학예술학과). 《시조문학》(2003), 《아동문예》(2001), 《시와정신》(2007) 등단. 시집 『옥천장날』(2009, 시와정신), 『풀꽃』(2010, 오늘의문학사), 『개밥바라기』(2014, 시와정신), 『아버지의 그늘』(2015, 동학사), 『동네마실』(2019, 이든북). 산림문화작품 시공모 최우수(2001), 공무원문예대전 우수(2004), 백광홍 가사시조공모 대상(2009), 한국문학신문 시조 대상(2013), 전국 계간문예지 작품상(2019) 수상. 옥천문인협회, 충북시조문학회, 대전문인협회, 한국시조시인협회, 한국문인협회 회원.

—

새로운 전원시의 모색

이명식 시인의 작품은 편하게 읽히는 시조이다. 그리고 정원에서 풍기는 숲의 향기, 잎의 향기, 꽃의 향기를 느낀다. 숨 막히는 약육강식의 전장에서 돌아온 투우사 같은 이 시대의 생활인들이 쉽게 얻을 수 없는 웰빙의 분위기, 그 치유의 분위기가 시조에 담겨 있다. 그래서 읽는 이의 마음을 편하게 한다. 우리가 사는 세상을 저주하게 하지 않는다.

이명식 시인의 작품은 소리 없이 흘러가는 가락으로 나타날 때도 있다. 자연을 노래하는 그의 시조들도 마찬가지다. 흥겹고 긍정적이지만 끝없는 회의와 부정 속에서 가려낸 표정들이다.

— 이우걸(시조시인 · 우포시조문학관장)

—

명태
— 속을 풀며

할 말을 하다가 만 그러한 입을 하고
물기 핏기 다 말리어 파리한 몸을 하고
할 말을 해야겠다며
매를 청한 고집통.

얼었다 녹았다가 한겨울 피 말리고
세상을 떠돌다가 죽도록 얻어맞고
그래도 죽기 살기로
쓰린 속을 풀었다.

풍선

바람에 들뜬 나는
가는 줄에 의지했어

허공을 떠다니며
춤사위도 놓았어

모두들
내게 하는 말
헛바람이 들었다나.

그래도 그게 어디야
아이들이 마냥 좋대

가끔은 너무 들떠
툭 터져 버리지만

근본은
떠도는 거라
속상해도 참는 거지.

노을

뙤약볕 맹 더위에 맥 놓아 저린 가슴
서서히 꿈틀대는 해풍을 등에 업고
숨죽인
서녘 하늘에
그리움을 펼친다.

질펀한 세상인심 어디에 기대려나
참아온 날들만큼 애환이 서렸거늘
어쩌면
저리도 붉은
열망을 뿌렸을까.

분주한 땅거미들 허공에 그물 치고
비릿한 뱃고동에 억새꽃 출렁이면
불현듯
솟아오르는
어둠 속의 희망들.

가을

호박고지 무말랭이
마당 가득 하얀 꽃이

잡힐 듯 손 내밀면 파아란 하늘빛이

저저저 풀벌레 소리
내 마음도 기우는가.

누가 그린 그림일까
저렇게 타는 불꽃

사방에 걸어 놓은 농익은 추억일래

그 속뜻 알 것만 같아
나이테로 감긴다.

거미

뙤약볕 한풀 꺾인 삼복더위 해거름에
미물들 날아드는 길목을 지키고서
분주한
거미의 길쌈
인생사를 읽는다.

현을 스친 바람 소리 숨죽이고 들어보면
미물들 전신 공양 그 높은 뜻 펼치는데
땅거미
그네를 밀며
옛 추억에 잠긴다.

아기자기 엮어놓은 씨줄 날줄 그물망에
찬 이슬 끌어다가 밤 지새운 담금질로
영롱한
아침을 열며
희망가를 읊는다.

호박잎 쌈

호박잎을 좋아하는 누나가 생각나서
양지쪽 구덩이에 소똥 거름 가득 넣고
두 포기 호박 모종을 정성스레 심었지.

누나 몫 한 포기와 나의 몫 한 포기가
햇볕과 바람 따라 한 몸인 듯 서로 엉켜
긴 가뭄 다 이겨내며 알콩달콩 자랐지.

돌담을 안고 도는 푸르른 장마철에
넌출은 무성하여 생각도 살찐 꿈을
집안의 내력이랄까 눈시울이 붉어라.

돌아오는 일요일엔 호박잎 따가지고
누나를 찾아뵐까 목의 때를 벗겨볼까
입맛도 그리움 듬뿍 누나 얼굴 피겠네.

달맞이꽃

개울가에
꽃 피웠더니
둥근달이
떠올랐어

노오란
꽃을 보다가
눈물을
찔끔했어

빠진 달
낚아보겠다고
강태공이
됐어야.

파장

한바탕 휩쓸고 간 질펀한 장바닥엔
너절한 잡쓰레기 외로움 쌓이는데
어디서 메아리 소리 나를 불러 세운다.

하루가 분주했던 장날의 뒤안길엔
가슴에 나뒹구는 구겨진 지폐 한 장
서녘의 개밥바라기 쓸쓸함이 안긴다.

한숨이 녹아들어 장바닥 흥건하고
뒤섞인 잡념들이 하나둘 도지는데
서둘러 좌판을 접는 명치끝이 아리다.

소문도 흉흉하여 어수선한 세상인심
내일은 어느 장에 보따리 풀어볼까
바람에 떠밀려 나온 발걸음만 무겁다.

해안선

온종일 쉴 새 없이
내려치고 후려치고

제아무리 닦달해도
조금도 끄덕 않고

물과 뭍
낮은 밑받침
가파르게
그은 선.

들꽃

귀족도 아니었다
양반도 아니었다

평범한 들꽃으로
수대를 내려오며

민초란
이름 하나로
처절하게 피고 졌다.

비바람 눈보라가
온몸을 할퀴어도

이렇단 말도 없이
아픔을 삭이면서

저에게
맡겨진 운명
순응하며 살았다.

이명희(李明姬, Lee, Myung hee)

전남 장성 출생. 아호 청원(靑原).《시조세계》신인상.《문학춘추》시 신인상 등단(2005). 시조집『느낌표로 웃고 싶다』(2006, 동방),『주머니 속 그리움』(2012, 한림). 대한민국문예창작 우수작가상(2008), 호남시조문예상(2013), 한국여성시조문학상(2017), 소파문학상(2019) 수상. 호남시조시인협회 사무국장, 감사 역임. 한국여성시조문학회, 한국문인협회 장성지부 부회장. 한국시조시인협회, 한국문인협회, 전남광주시조시인협회, 광주문인협회 회원.

어머니

정원 이명희

가만히 불러만 보아도 봄빛 같은 따스함

아련히 생각만 하여도 차오르는 그리움

불현듯 얼굴만 그려도 삶 저미는 아련함

—

이명희 시인의 연시는 우리에게 남다른 의미를 던져 준다. 인간이면 누구나 꿈꾸는 사람과 사랑에 미쳐보고 싶은 충동을 갖게끔 만들어 준다. 아니 이미 사랑의 감정을 상실했거나 사랑을 시작하고자 하는 이들에게 진한 사랑의 메시지를 전달해 준다. 시집을 읽으면서 느낀 묘미가 바로 시인이 꿈꾸거나 실천하고자 하는 사랑이었다. 그 사랑이 체험에서 우러나왔든 꿈꾸던 사랑이든 간에 이 지독한 중독된 사랑은 독자에게 진한 울림을 준다. 그 사랑이 가식과 꾸밈이 없고 진실하기 때문이다(『느낌표로 웃고 싶다』).

— 오종문(시조시인 · 문학평론가)

—

바람꽃

무릎을

꿇고 앉아

내 앞에 선 너를 본다

기다림의 언저리쯤

청아하게 젖어있는

옷자락

눈부시구나

무심無心 속

담가둔 고독孤獨.

부탁

더 멀린
가지 마라
두렵다 너의 빈자리

허무의 분수령에서
외로워 가장 슬픈 날

곤곤한
갈증을 풀어
해후할 수 있도록.

노을 앞에서

잘 마른
하늘 끝에
번지는 삶의 파편

얼부풀은 나이테
자존을 잡아 삼키는

낙일落日의
꽃 그림자 깊다
같은 듯 다른 하루

연꽃

발목 감은
여린 물살
고요로 끌어안고

바람처럼
서성이던
애증도 끌어안고

만 갈래
물속 휘돌은
정오의 카타르시스.

석류꽃

그 무슨 해후길래

저렇게나 붉을까

땡볕도 살이 통통 부풀어 오를 즈음

화염 속

터트린 정념

화인처럼 타고 있네.

꽃 지는 봄날 오후

환한 꽃길 위에 그렁그렁 풀어 놓은

삶의 무늬 조율하는 따뜻한 봄날 오후

만개한 꽃송이 떨어져 혼을 놓고 있다

아픔을 되삼키며 훌훌 비우는 울림

묵언 정진으로 가뭇없이 가고 있다

모호한 소원 없어도 오롯해지는 시간 .

개여울

완행버스 흔들고 간 희뿌연 햇살들과
역동하는 꽃바람 기지개를 켜는 봄
먼 기억 내 안의 유년 자맥질 한창이다

아득한 심연에서 길어 올린 환한 쓸쓸
전율처럼 배어드는 쑥물 같은 아픔 속
명멸한 검정고무신 미끈거린 겹겹 무늬

버들 꽃 길게 늘어진 바람 젖은 개울가
지울 수가 없어서 뿌리박고 서있는
먼 풍경 빛과 그늘 속 찰랑찰랑 길을 낸다

바람의 노래

슬픔으로 저물었던 기억을 닦는 자리
열리는 영혼靈魂의 창窓 뜨거운 기도 소리
올곧게 비우지 못한 마음을 적십니다

보이지 않는 상처가 더 깊고 아프다는 걸
알고나 있는 듯이 부드러운 햇살은
애틋함 도르르 말아 꽃을 피워 놓습니다

자리를 못 찾은 삶 속살 저려 놓아도
끊임없이 요동치는 사랑으로 살라며
바람은 들꽃 언덕에서 휘파람을 붑니다.

꽃그늘

빈번한 마음자리 그 어디 둘 곳 없어
허리에 바람을 감고 그렇게 흔들리다
꽃들은 그늘을 친다 붉은 정한情恨에 물들어

꽃자리 자리마다 먹먹한 사랑의 궤적
절절한 마음 언저리 내려놓은 생의 무늬
꽃들은 그늘로 길을 내며 더욱 활짝 웃는다.

붉은 바다

수평선 너머 먼 곳 그 곳을 바라보며
꿈꾸는 법 배웠다 온유함을 익혔다
바람의 거친 숨결이 가슴에 닿을 때마다

음악처럼 출렁이는 그 곳을 바라보며
사랑하는 법 배웠다 돌아섬을 익혔다
내 안의 섬에 갇혀서 바튼 울음 날 때마다

애써 눈을 감은 썰물 끝에 앉아서
용서하는 법 배웠다 비우는 일 익혔다
영혼의 벼랑 끝에서 부리 닦는 새처럼.

이미숙(李美淑, Lee, Mi sook)

1958년 전남 해남 북일면 출생. 아호 가온. 경기대학교(국어국문학과) 졸업. 『시조생활』 신인문학상(1995) 등단. 시조집 『꿈꾸는 이를 위한 삽화』(2015, 고요아침), 공저 『내 마음 빈자리에』(2008, 소학사) 외. 한국시조협회 작품상 수상(2017). 한국시조시인협회, 한국시조협회, 세계전통시인협회, 열린시학회, 초우문학회 회원.

저녁 노을

이미숙

그 무슨 기다림에
타는가 싶더니
아슴아슴 바닷길
불그름히 열어놓고
섧게도 그리운 얼굴
해거름에 새겼다

이미숙 시인의 작품에는 아늑한 느낌이 있다. 포근하게 감싸 안는 편안하고 조용한 느낌의 기저 자질을 가지고 있다. 동시에 천진함과 뜨거움이 있다. 또한 삶에 대한 긴장과 일상의 삶에 대한 감사가 있다. 시인은 지금 시詩의 산山 안나푸르나를 오르고 있다. "깊고 푸른 협곡"의 천진함과 뜨거움을 지니고 "입을 다문 땅"의 아늑함을 지니고 나아간다. 은혜와 축복이 넘치는 빛의 결실을 한 아름 안고 돌아오리라 믿는 것은 시인이 화평과 순수와 감사의 시학적 자세를 가지고 있기 때문이다.

— 이지엽(시인 · 한국시조시인협회 이사장 · 경기대 교수)

춘설春雪

저것은 누구에게 드리는 고백인가
하이얀 나비 떼 팝콘 터지듯 날더니
광대의 깃발처럼 빛나는 눈물을 머금었다

저것은 누구에게 목을 맨 기다림인가
절벽을 차오르는 봄의 소리 들으며
가야 할 길에서 떨고 있는 나비 떼 흰 나비 떼

해바라기

서로가 서로를 놓을 수가 없단다

붉은 해와 함께 가는 눈부신 저 꽃들

여름의 한복판에 새긴 그 이름 뜨거워라

낙엽 2

찬란한 슬픔이다
훈장처럼 빛나던 잎
가을의 끄트머리에
대롱대롱 매달려
뿌리로
돌아갈 길을
묻고 있는 중이다

집착의 흔적이다
서로를 놓아주고
공기보다 더 가벼운
날개가 되었다
저것 봐
마침표 찍은
잔가지의 절창을

파도

너는 끝내 예리한 날개를 활짝 폈지
가슴 저 밑바닥을 울리는 천둥소리
비곡의 운율로 다가온 차디찬 포효로

세렝게티 내달리는 야성을 보듯이
세상을 삼킬 듯 물마루를 넘어오다
나직이 고개 숙이며 내면을 지워간다

별빛 연서
— 평화의 소녀상 앞에서

지나간 세월들은
버려야 살 것 같아
맨발로 돌아온
반점 같은 생이던가
먼 하늘
생채기 속에서
별들만 붉고 붉다

어디를 둘러봐도
봄빛 더욱 완연한데
행간에 지운 시간
뚝뚝 지는 눈물이라
끝끝내
피지 못한 꽃
계절을 비켜간다

안개꽃

구름에 휘몰리다 안개로 돌아온 꽃
서로 손 닿지 않는 계절의 동행 앞에
남 몰래 제 몸의 불꽃을
거두는 저 꽃은

백로의 너울처럼 물이다가 바람이다가
유성의 잔영처럼 서러운 산화여
먼발치 그 예비 된 마음
나를 떨게 합니다

애기똥풀

가장 작은 별들이
땅으로 내려와
엄마의 젖꼭지만한
이슬이 되는 동안

사알짝 낮은 음표로
깨어나는 어린 것들

멧새들의 부리가
풀빛으로 물들 동안
풋보리도 덩달아
샛바람에 팔랑대면

들판에 옹가해 놓고
까부는 애기들 좀 봐

고마리꽃

더러운 도랑물을 제 몸에 담그고도
그 많은 찌꺼들을 제 가슴에 묻고도
향기를 피워 올렸네 고마워라 고마리꽃

너무 흔해 눈길도 주지 못한 천더기
장마 비 휩쓸고 지나간 개울가에
고만한 꽃잎, 꽃잎들, 그대로 별이여라

저녁노을

그 무슨 기다림에
타는가 싶더니

아슴아슴 바닷길
불그름히 열어 놓고

섧게도 그리운 얼굴
해거름에 새겼다

회귀回歸

석류를 샀다 가을을 통째로 사버렸다
졸음에 겨운 노파는 편안한 망각 속에
어릴 적 내 친구들의 웃음을 팔고 있다

햇살 속에 묻어온 유리알 같은 웃음들
시골집 담장 밑에 남몰래 숨어버린
일기 속 이야기들이 우르르 쏟아졌다

눈부신 가을 한낮 기막힌 해후다
아잇적에 놓쳐버린 희미한 반달이 뜨고
이렇게 커버린 계집아이는 시월 밖을 서성인다

이민화(李敏和, Lee, Min wha)

1966년 부산 남구 대연동 출생. 호 매화(梅花). 부산교육대학교(국어교육과) 졸업(1988). 《현대시조》 신인상(1997) 등단. 동시조집『목련꽃이 피었어요』(2001, 세종), 시조집『가끔은 눈물이 나도』(2004, 세종). 〈부산일보〉 신춘문예 시조 당선(2005), 부산아동문학 동시조 신인상(2001) 수상. 한국시조시인협회, 오늘의시조시인회의, 부산문인협회, 부산시조시인협회, 부산아동문학인협회 회원.

동백꽃
이민화

시퍼렇게 눈 뜬 채
떨어지고 말겠어요
어설픈 사랑보다
홀로 피고 말겠어요
붉은 피
콰르르 쏟고 툭
송이째 지고 말겠어요

—

이민화 시인의 심상은 매우 서정적이다. 가을 산을 통해 열정을 이미 지화하고(「가을 산처럼」), 비탈진 삶의 눈물을 안으로 삼키며(「라면을 끓이며」) 꽃으로 어머니의 청춘을(「꽃집 앞에서」), 꽃을 통해 영혼의 상처를 치유하려(「꽃으로 하여」) 애쓴다. 또한, 외롭고 고독한 세상을 당찬 언술로(「고독할 땐 섬진강으로 간다」) 절망은 희망의 발 구름판이란 것을(「미루나무 아래서」) 묘사한다. 이러한 심상은 깊이 들어가 보면 주지주의가 뿌리내려 있고 그 뿌리에서 서정성이란 싹이 텄다는 것을 발견하게 된다. 사물을 주도면밀하게 바라보는 분석적인 직관력을 가졌으며 인생을 끌어안는 포용력이 남다르다.

— 박정선(시인 · 소설가 · 문학평론가)

—

미루나무 아래서

외로운 시간 모아
하늘 보며 키운 키

고개 젖혀 우러러야
겨우 보이는 나무 끝

햇살에
부딪치는 잎새마다
찬란한 눈부심

고개를 쳐들고
하늘 향해 살 일이다

눈 시리게 바라보다
눈 시리게 바라보다

고독한
미루나무 한 그루
가슴에 심었다

가을 산처럼

살다가
한 번쯤은

저토록 불 지르자

열두 겹
동여맨

인내를 풀어헤쳐

눈 감고
뛰어내리듯

가슴에 불 지르자

은행나무 아래서

가을이면 내게도 강 하나 흐른다
가슴속 깊숙이 흐른
그리움이 고독이
노오란 강물을 따라
꿈처럼 피어난다

바람도 고독을 따라 벤치에 앉는다
접고 또 접고
구겨 넣고 또 넣어도
자꾸만 떠오른 그리움
노랗게 물든다

그리움이 그리움 만나 눈빛 서로 마주치고
고독이 고독을 만나
서럽게 껴안겠다
저 강물 넘기고 넘쳐
세상이 잠기겠다

라면을 끓이며

라면이 끓고 있다
뜨거운 심장에서

백 도로 끓고 있는
비탈진 삶의 고개

하루를
지탱한 눈물
국물만큼 뜨겁다

알싸한 신 김치
스프 속에 부르트면

보글보글 피어오른
허공 속 하얀 설움

젖은 눈
가만히 걸어간다
구불구불 라면 길을

고독할 땐 섬진강으로 간다

괜시리 고독한 날 가슴에 꽃바람 일어
새벽처럼 다가선 추억을 보듬고
누군가
기다릴 것 같은
섬진강으로 달려간다

봄 푸른 섬진강에 둥둥 뜬 매화꽃
제 가지를 떠나고도 찬란히 웃는 꽃잎
나, 다시
미치도록 피고 싶다
초연한 매화처럼

강물의 흐름은 절여오는 슬픔이다
소유할 수 없는 것 돌아갈 수 없는 것
나, 이제
도도히 흐르고 싶다
태연한 강물처럼

단풍

참았던 눈물을

한 소절로
풀어낸다

이별을 몰래 감춘

화려한
눈웃음

최후의
고독한 연서

바람 끝이
시
리
다

양파, 그 하얀 속살에 감춰진 눈물

삶이 지루해 산 같이 무거운 날
가끔씩 울고 싶어 바다가 그리운 날
서너 개
양파를 깐다
눈물을 불러낸다

매콤한 양파 향기 생각의 창을 열면
켜켜이 일어나는 짜릿한 실핏줄
한소끔
쏟아낸 눈물
새로 눈 뜬 맑은 시야

때마다 속에서 저 혼자 앓았나 보다
장맛비를 잉태한 회색빛 구름처럼
새하얀
속살에 감춰진
알싸한 눈물처럼

꽃으로 하여

꽃으로 하여 슬픈 사람도 물빛처럼 곱더라

햇빛이 꽃으로 하여
따뜻함을 배웠듯이

대지가 꽃으로 하여
웃는 법을 배웠듯이

비도 바람도 꽃에서는 꽃이더라

나비가 꽃으로 하여
나눔을 배웠듯이

우리가 꽃으로 하여
사랑을 배웠듯이

꽃집 앞에서

어머니는 저 하얀 백합을 바라보며
눈 시린 밤 안개를 눈물인 양 바라보며

그 옛날 꽃집 앞에서

숨도 쉬지
못했단다

고고한 백합 향기 어머니의 청춘 앞에
눈 시린 밤 안개 어머니의 눈물 앞에

나 그때 어머니처럼

눈뜨지
못합니다

설중매

한겨울 꿀꺽꿀꺽
찬바람 마시더니

꿈꾸듯 꽃 몽우리
은밀히 돋아났다

지난 밤
젖몸살 앓은
뽀오얀 부끄러움

흰 눈이 철없이
보채며 애태워도

매섭도록 더 추워야
꽃 입술 열겠단다

산새도
가는 햇살도
서너 발 물러선다

이방남(李芳男, Lee Bang nam) 본명: 이규헌(李揆憲, Lee, Kyu heon)

1941년 충북 영동 상촌면 출생. 〈충청일보〉 신춘문예(1961) 등단. 시집『갈대는 저희들끼리 사랑을 한다』외 4권. 〈일요신문〉 국민생활시조 모집 당선(1962), 제1회 신인예술상(1963),《시조문학》3회 천료(1971), 대전문학상(2006), 대전시조 문학상(2006), 한국문학시대 문학대상(2012) 수상. 한국시조시인협회 이사, 한국시조 기획위원 역임. 한국시조시인협회, 대전시조시인협회, 대전문인총연합 회원.

—

이방남 시인의 시적詩的 정서는 고요하면서도 의지에 찬 '등불'을 향한 설렘의 결을 지닌다. 그래서 그것은 격정에서도 평온으로 희귀할 수 있고 설레어도 격정으로 치닫지 않는다. 고요한 동양적 은일의 세계 속에서 그의 시는 '빛'을 지향하는 의지의 또 다른 언술이다.

— 김삼주(시인 · 문학평론가 · 가천대 명예교수)

—

벌초

숫돌에 효를 갈아 나서는 어느 하루

옛 향기 여민 옷섶 맘결이 밝아오고

들풀도 힘겨운가 봐 숨을 잘라 버렸지

산천의 님의 자태 뭉개 뭉개 흐르고

계실 때 가려진 죄 다풀고 엎드리니

오는 길 하시는 말씀 아픔으로 깨닫네

난 곁에서

스스로 눈을 뜬 몇 해 배경 되어 흔들린다
한참을 떨리는 마음 조심스레 다가서면
선명한
믿음의 빛깔
뿜어내는 저 촉수觸手

외곬으로 너를 섬겨 하야니 내린 뿌리
쯔르르 머금은 곡조 혈관 따라 마냥 돌고
송곳니
두어 촉 보이며
설한雪寒 들고 보라 한다

아무도 못 지니는 소망 하나 등불을 켜고
뭉클한 깨달음도 향기 얹어 날려 보내고
난 곁엔
솟을문 같은
그리움도 앉힌다

처음 사랑이 푸르다고 해도

어제 온 길가의 빛
서성임 없이 맑은

지난봄 아껴둔 사연
촘촘히 써내려간

올 하나
잊은 일 없이
북적이며 내준 세월

얼마나 사랑해야
그댈 훔칠 수 있나

이제껏 풀어놓은
속맘 따로 숨어 큰

처음 쓴
글귀 같지만
경건하고 깊어라

홀로 할머니

눈이 부신 날
느티나무 밑
쓸쓸한 여유
누리시는

아들 생각
물끄러미
쉼없이 곰곰 고인

기다림
늘어난 가지
춘향 아씨
외씨 사랑

매화 맞이

해 으스름 지나 홀몸으로 기울더니
비 왁자이 그친 검버섯 같은 흠모
올해도 관절이 쑤셔 시름시름 앓더니만

안으로 깨운 섭리 뉘라서 알리
나 하나 퉁길 수 있는 그런 여백 없나요
겉으로 상처가 툭툭 피멍으로 번져가는

더러 갠 날이면 설레임 같은 목숨
갓 태어나 희살 짖는 나즉한 어린 애교
다소곳 법문 넘기는 소리 눈짓 맑은 질서여

가을의 끝

눈도 귀도 입도 다 주고
나 어디로 가리
바람에 흐트러진
삼단 같은 죄를 모아

티끌도
아픔인 것을
어렴풋이 알았네

한 짐 맑은 눈물을 이고
오를 수나 있을까
잎잎이 이어온 핏줄
한사코 스러지는 소리

저 하늘
달무리에 가려
등이 굽어 지는 꽃

사랑

가장 아름다운 일은
아직 일어나지 않았다

너무 어둡고 쓸쓸해도
시들지 않고 꽂혀있는

우리는
절벽 끝에서도
아름다운 말이 많았다

휘파람 새 물들다

아침을 앞세우며
첫 모습이 미덥다

지상의 푸르름을
온몸으로 받으며

골짜기
빈객을 향해 노래하고 있었다

가다가 기웃대면
더 맑게 들어낸 소리

잊은 이름 듬성듬성
맘에 들어 반겨준

오는 길
목쉰 뒷모습 못 잊어 가져오다

어린 향기

부끄러워
나온 꽃잎
속마음이 궁금해

날이 선 그리움도
수면水面을 맴돌더니

치켜뜬
눈망울 몇 개

바라볼수록
우거진
황홀

행복한 날

지나온
몇십 년을
가지 내리느라
애쓴

흔들면
흔들수록
다 쏟아내는 속내

그 둘레
들킨 일 없는

저희들의
집
한 채

이병기(李秉岐, Lee, Byung ki)

1891~1968. 전북 익산 출생. 호는 가람(嘉藍). 1913년 한성사범학교를 졸업한 후 교편 생활을 하면서, 시조 연구와 창작을 시작했다. 1926년에는 시조회(詩調會)를 창립해 시조 부흥 운동에 앞장섰다. 1942년 조선어학회 사건으로 검거된 후, 함흥형무소에서 1년 가까이 복역하고 1943년 출감 후 낙향하여 농사와 고문헌 연구에 몰두했다. 해방 직후 서울대학교 교수로 재직하면서 국어국문학 관련 논문을 다수 발표했다. 『역대시조선』, 『가람문선』, 『국문학전사』 등의 저서를 남겼다.

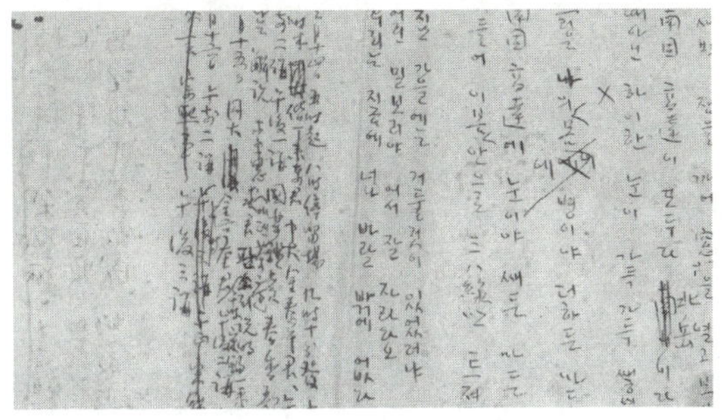

난초(蘭草) 1

한 손에 책册을 들고 조오다 선뜻 깨니
드는 볕 비껴 가고 서늘바람 일어 오고
난초(蘭草)는 두어 봉오리 바야흐로 벌어라.

난초(蘭草) 4

빼어난 가는 닢새 굳은 듯 보드롭고
자짓빛 굵은 대공 하얀한 꽃이 벌고
이슬은 구슬이 되어 마디마디 달렸다.

본대 그 마음은 깨끗함을 즐겨 하여
정한 모래 틈에 뿌리를 서려 두고
미진(微塵)도 가까이 않고 우로(雨露) 받어 사느니라.

수선화(水仙花)

풍지(風紙)에 바람 일고 구들은 얼음이다.
조고만 책상(冊床) 하나 무릎 앞에 놓아 두고
그 우엔 한 두 숭어리 피어나는 수선화(水仙花).

투술한 전복 껍질 발 달아 등에 대고
따뜻한 볕을 지고 누어 있는 해형수선(解形水仙)
서리고 잠드른 닢도 굼이굼이 펴이네.

등(燈)에 비친 모양 더욱이 연연하다.
웃으며 수줍은 듯 고개 숙인 숭이숭이
하얀한 장지문 우에 그리나니 수묵화(水墨畵)를.

서향(瑞香)

어두운 깊은 밤에 나는 홀로 앉았노니
별은 새초롬히 처마끝에 나려 보고
애연한 서향(瑞香)의 향은 흐를 대로 흐른다.

밤은 고요하고 천지(天地)도 한맘이다.
스미는 서향(瑞香)의 향에 몸은 더욱 곤하도다.
어드런 술을 마시어 이대도록 취하리.

젖

나의 무릎을 베고 마즈막 누우시든 날
쓰린 괴로움을 말도 참아 못하시고
매었든 옷고름 풀고 가슴 내어 뵈더이다.

깜안 젖꼭지는 옛날과 같으오이다.
나와 나의 동기 어리든 팔구(八九) 남매
따듯한 품안에 안겨 이 젖 물고 크더이다.

백묵(白墨)

몸을 담어 두니 마음은 돌과 같다.
봄이 오고 감도 아랑곳없을러니
바람에 날려든 꽃이 뜰 위 가득하구나.

뜰에 심은 나무 길이 남아 자랐도다.
새로 돋는 닢을 이윽히 바라보다
한 손에 백묵(白墨)을 들고 가슴 아퍼 하여라.

시마(詩魔)

그 넓고 넓은 속이 유달리 으스름하고
한낱 반   불처럼 밝았다 꺼졌다 하여
성급히 그의 모양을 찾어내기 어렵다.

펴든 책(冊) 도로 덮고 들은 붓 더져 두고
말 없이 홀로 앉어 그 한 낮을 다 보내고
이 밤도 그를 끌리어 곤한 잠을 잊는다.

깃브나 슬프거나 가장 나를 따르노니
이생의 영과 욕과 모든 것을 다 버려도
오로지 그 하나만은 어이할 수 없고나.

죽음
— 어느 젊은이가 스스로 죽었다 함을 듣고

항시 이 우주(宇宙)를 바늘귀처럼 보이노니
겨오 진힌 목숨 실낱보다 더 가늘고
태양(太陽)도 너의 앞에는 빛을 아조 잃는다.

오오 이 세상(世上)은 괴로움도 그만이다.
가장 사랑하는 그 육신을 벗어나서
외로운 너의 령혼은 그 어대로 가랴느뇨.

별

바람이 서늘도 하여 뜰앞에 나섰더니
서산(西山) 머리에 하늘은 구름을 벗어나고
산듯한 초사흘 달이 별과 함께 나오드라.

달은 넘어가고 별만 서로 반작인다.
저 별은 뉘 별이며 내 별 또한 어느 게오.
잠자코 호올로 서서 별을 헤어 보노라.

비 2

짐을 매어 놓고 떠나려 하시는 이날
어둔 새벽부터 시름없이 나리는 비
내일(來日)도 나리오소서 연일(連日) 두고 오소서.

부디 머나먼 길 떠나지 마오시라.
날이 저믈도록 시름없이 나리는 비
저으기 말리는 정은 날보다도 더하오.

잡었든 그 소매를 뿌리치고 떠나신다.
갑작이 꿈을 깨니 반가운 빗소리라.
매어둔 짐을 보고는 눈을 도로 감으오.

이병기(李炳基, Lee, Byung ki)

1932.~2008. 전북 김제 출생. 호 송남(松南). 동국대학교(국문학과), 전북대 대학원(국문학) 석사(1961), 전남대 대학원 박사. 〈동아일보〉 신춘문예(1969) 등단. 시집 『석류초』(1969, 춘조사), 『남도 아지랑이』(1971, 금강), 『소연가召燕歌』(1974, 한국문학사), 『풍남문豐南門』(1980, 선명인쇄사) 외. 전북애향문학상(1980), 전북도문학 본상(1981) 수상. 김제고·군산 제일고·이리상고 교사, 전북대학교 사대 국어교육과 교수, 한국문협 전북지부 부지장 역임. 한국시조시인협회 회원.

—

거리距離 초抄

1

애같이 돌바람이 꽃물결에 잠겨 보면
(흐르는 거룻배를 홀로 타는 마음 위에)
언덕을 아지랑이가, 하늘거리는 나비 되오

2

연둣빛 지평선에 솟아나는 구름이더니,
개선해 맞이하는 내해 쪽의 군중들 앞
웃으며, 장군에겐듯 무더기진 기旗의 무덤이더니

3

한 다리 안 디뎌도 못 떠날 땅 학이라지오
어두면 밝혀보는 박쥐가 못 되면야,
검으면 흰 발자국을 희면 검은 파리라지오

벽골제 습득碧骨提拾得 초抄
— 수문석주水門石柱 앞에서

1

낭랑한 스승님의 그윽한 난蘭 이야기
어둘수록 내 가슴에 달무리로 피어나듯
허허한 벌판에 서니 이끼 향기 석주石柱여!

2

눈 내리고 포근한 길 예까지 나왔거니
바다에 살아가도 미더워라 그 바윈 양
이제는 네 안에 잠겨 기대서고 싶음이다

4

귀 기울여 기름진 땅 병아리처럼 안긴 마을
학 날고 풍악 소리 농기는 파닥여도
긴 밤에 별이 눈 뜨듯 천년 지킨 초병哨兵아!

7

외발인 뉘우침 속에 굳은 입지立志 다졌지만
슬프나 즐거우나 광장에 선 기념탑
떠나도 못 벗어나던 당신으로 섬기리

낙화암

고란초 버들잎처럼 물 찾으면 띄우고 싶어도
아사달 헐떡거리듯 아무도 찾지 않아
옛날을 목탁 소리만 그리운 듯 높아 가는가

술래에 어른 놀려 와자한 웃음 들리는 듯
노을도 빗자욱처럼 올 고르는 사자루는
이제는 군밤 내음에 모이 고프던 겨울 양지

굽도는 용트림 물에 비늘 또한 천 개 만 개
하얀 허벅지 퍼듯 모래톱에 넘실거리다가
낚아도 낚을 수 없는 은조각으로 파닥거리면

가지새 그늘·꽃·그림 말굽 소리 나도 밀리듯 하다가도
수복정 쪽 새 다리에 해방 때처럼 트이는 마음
오면서 가는 고향에 저물어도 밝게 피워보오

석류초石榴抄

이웃집 혼인날처럼 부풀어진 환희를 안고,
살며시 넘겨다 보며 뒤칸에 숨은 여인,
수줍어 그리움으로 볼 붉히며 살까요

익으면 소리로 보다 멀리 안에 울리는 말씀,
큰 뜻 은혜로이 웃으며 내민 이빨이 아니면
끝내는 아픔을 이겨 꽃이면 하고 피는 살의 꽃

허술한 집이나마 당신처럼 지켜야지요,
그를 보고 하고픈 말은 또 다르게 떠오른다오
이어온 정든 자리가 함부로야 옮기리요

하나의 씨앗이 묻혀 열나무를 이루듯이
그대 위한 보람으로 알찬 신앙이라면
나 또한 거꾸로 열려 바로 영근 석류죠

선인장

뜨거운 그늘 삼아 골진 등을 할 줄 알며
가시로 방책 하는 보루 속의 장군처럼
밖으로 마주함보다 안으로 의젓한 높이

꽃송이 피어나면 들려올 듯 없는 소리
무희가 휘말을 때의 치마가닥 나팔 주둥이
하나가 관중을 끄는 주인공으로 우러르오

피해를 입을 때는 죽은 듯이 돌덩이다가
쫓겨난 이국땅, 살아나는 고슴도치
봉우리 그리운 영원 내 안의 그로 삼으려오

바다

도시는 상자더미 술 마시기 숨 막힌다. 석유내 불 무서워 사
치로운 누더기 더미
　물소리 맑은 바람 범선 위에 띄운 마음
　치켜선 섬의 자락 주름잡다 앉은 파도

　언제나 살아 있는 우리들의 그림 위해
　애타움도 고마워라 찾아야 할 그림자기에
　눈 감아 소리 죽여도 더욱 더 술렁이는 바다

　내가 오는 건가? 물결이 가는 건가? 새금파리 달 조각이 파닥
이는 억만 은전銀錢
　노을 저어 흐를 때는 융용한 과원果園 속 같더니
　외쳐서 없는 메아리 두둥실 피어오르는 구름

　아희야 대臺에 올리듯 정성 어린 술을 따라라
　옥피리 들려올 듯 쓰면서도 달은 산채山菜인데
　도시는 상자더미 술 마시기 숨 막힌다

야산 개발지 초抄

1
상고적 토성 쌓아 오랑캐를 막아내듯
깃 터는 오리인가, 내 고이던 산숲인데
뱀처럼 파낸 둑 따라 젊음처럼 박찬 물

3
외쳐서 눈감으랴, 바다처럼 살은 정적
아득한 닭 울음 없으랴 죄스런 눈을 감으면
여무는 배추 속에선 뚝뚝 이 가는 듯한 소리

6
잎, 그늘 정자거리 목소리도 맑아질 듯하고
마음은 부드러움이 차오르는 깊은 늪에서처럼
가락은 목선과 같이 흔들려 보는 호수물이 있오

풍난기風蘭記

　바람과 바람 섬에 다녀와서, 뿌리처럼 살고 싶었네

　가늘고 가녀러운 한 송이에 여덟 꽃 이파리. 적으나 잎보다도
커다랗던 받침의 줄기. 뻗은 꽃줄기들 섬나란 지도처럼 느껴보
면. 한 모퉁이 앉았어도 웃음은 넓어 방안에 뜨는 누룩. 한국은
작으나마 세계 방을 못 채울까. 그립던 꽃마다 여덟 개의 등불
로 밝히고.

　등에서 숨 쉬는 어둠 새날 찾아 앞서 오고 싶지 않았네

중바위

　어둠 빗어나는 중바위에 올라선다
　노적거리 오목대梧木臺에선 동쪽의 한 어깨더니
　꽃으로 피어난 완산完山 에워싸는 잎받침의 산山

　빗볕에 생각하는 주름, 서릿 기운 학무鶴舞를 익혀
　오늘은 또 한 분의 청수하고 인자한 스승
　제자 된 겸손을 배워 정상만은 비켜서고

　한양 쪽 큰절하여 충성하는 유배의 신하
　손 들다 뉘우쳐 보면 도포자락 낮은 자리
　그 머리 우리 가락의 〈구름재〉가 사는 집이라

　마이산馬耳山 운장산雲長山이 고덕산高德山에 모악산母岳
山에 흘러 비단 평야 흥겨운 우리 누리
　가운데 성황城隍으로 앉은 중바위는 모실 어른이다

이병춘(李炳春, Lee, Byung chun)

1953년 경북 예천 출생. 호 천석(川石). 예천 대창고등학교 졸업.
《시조문학》(1982) 등단. 풍산 금속공업주식회사 근무. 농업 종사.
'낙강' 동인. 한국시조시인협회 회원.

대국사

뻐꾸기 울음을 앓혀도 피 맺힌 여운이 남아
천년의 몸짓으로 초목草木을 다 거느리고
배봉품 휘감는 구름 푸른 꿈을 날린다

본전 뜨락 이끼 돋아 천고千古가 가뭇하고
무거운 품 안 이고 자랑스레 앉았거늘
그 무슨 업고를 지고 돌아앉아 숨었는고

가슴에 뿌리 박고 허공에 나래 뻗어
핏빛보다 진한 불심佛心 강줄기 열어 놓고
추녀 끝 인경 소리가 솔바람을 피워낸다

독락당 추상獨樂堂 秋想

산 노을 감고 서서 어룽이는 어래산御來山 빛
하늘도 숨결 가득 골 깊이에 앉은 학당
가신 임 한생의 모습이 빈 뜨락을 서성인다

수정빛 산 물소리 발길 따라 길을 열고
감돌아 자초는 음계音階 수풀 속의 뭇 새소리
소슬한 이조의 선비 숨소리도 들리더라

* 독락당: 옥산서원에 있는 회재 이언적 선생이 학문연구를 하시던 곳.

백목련

이슬이듯 머금은 눈빛 적막으로 비워가며
새 심지 돋구는 정을 불 밝힌 여린 등심燈心
순백의 나래를 펴며 하늘빛을 사루는가

못다 한 인연들이 수액으로 차올라서
주름진 세월의 이랑 피리 불며 오는 나절
새 하늘 밝혀들 몸짓 가슴 여는 학이며

짙은 그 애증을 접어 살아온 한 생애가
생각만 외길로 자라 먼발치를 추스리며
남은 그 목숨을 지펴 꽃잎으로 여는가

진달래

차마 못다 한 사랑 이제 와 눈을 뜬다
안으로 타는 숨결 수액으로 피가 돌아
저문 날 산불 번지듯 피어나는 봄이여

애증의 길숲 속에 기대 앉아 조는 산령山嶺
슬픈 제 그림자 짐짓 이고 울던 것들
그 모두 가슴을 풀고 타고 지라 그 봄 둘레

아직도 이 산하는 동강난 그대론데
모두들 마주한 시간 역사의 먼 기약을
저 하늘 타는 강물에 염원으로 띄운다

피리

잃은 그 흐름을 구멍마다 담아두고
입김으로 연줄 풀듯 강물에 띄운 꽃잎
주름진 연륜의 깊이 까치놀만 탑니다

지긋이 눈감으면 가슴에 닿는 산하
내 생애 하늘을 열고 적막으로 비워두면
다시 와 품 안에 닿는 살을 깎는 아린 정

펼친 자리 푸른 들녘 순한 양 풀을 뜯고
개 멀리 일고 지는 바람 소리 뇌이면서
이 한밤 별자리 하나 심해深海인 양 떠 온다

이보영 (李甫煐, Lee, Bo young) 본명: 이현숙(Lee, Hyun sook)

1953년 전남 해남 출생. 방송통신대학교(국어국문학과) 졸업. 《시조세계》 신인상(2002) 등단. 시집 『물소리가 길을 낼 때』(2009, 고요아침), 『나직한 목소리』(2016, 고요아침), 100인선 선집 『따뜻한 유산』(2019, 고요아침), 국제PEN광주 문학상, 전남예술상, 전남문학상, 무등시조문학상, 시조문예상, 이동주문학상 수상 외. 유치원 옛날이야기 프로그램진행자(문화체육관광부), 한국시조시인협회 중앙위원, 국제PEN광주 시조분과위원장, 열린시조학회 이사, 전라남도문인협회 여성분과위원장, 일곡도서관(이루미) 시조창작반 동아리 회장. 제1회 인문학 북콘서트 금남로지하철 2018(문화체육관광부).

봉에 부치는 편지 한 장

이보영

그대 몰래 간직한
새하얀 엽서 한 장
등불 하나 내 걸고
밝혀도록 써 내려간
내 안의 안 평 그리움
봄을 한 리 적고있다

이보영의 「따뜻한 유산」은 아버지의 기억을 불러온다. 첫째 수에서는 아버지의 넓은 등과 좁은 고샅길이 대비되면서, 각박한 삶의 현실에서도 넓었던 부의 사랑에 대한 찬미를 보내고 있다. 둘째 수에서는 아버지의 교훈이 성장기와 삶의 역경을 거치면서 문득 시간이 흐르고 난 뒤에, 그 말씀이 '채석강 층계'와 같이 내면화되었음을 확인한다. 이 둘째 수는 시간적 결과를 행간에 압축하고 있는데, '주름진 세월을 돌아'온 그이기에 어느덧 아버지의 나이를 훌쩍 넘은 시간임을 나타낸다. 셋째 수에서는 기억을 통해서만 반향될 수 있을 뿐인 부성의 사랑을 재차 확인한다. 이 시조에서 제시하는 발상은 특별하기보다는 오히려 평범한 수준이다. 그렇지만 소박한 심성이나마 기억 속의 부성을 향해 추억의 등불을 따뜻하게 비추는 편안한 정서는 이 시조가 가진 미덕이라고 할 수 있다.

— 염창권(시조시인 · 문학평론가), 평론집 『존재의 기척』

따뜻한 유산

가난도 행복으로 부화되던 어린 시절
좁은 고샅길은 나만의 사랑터였다
업히면 참 편안했던 아버지의 넓은 등

말이란 날개가 있어 말조심을 해야 한다
교훈으로 주신 말씀은 채석강 층계가 되어
주름진 세월을 돌아 다시 찾은 고향마을

앞샘泉도 사랑채도 시멘트 길이 나고
골목 어디에도 그 말씀은 이제 없다
따뜻한 아버지 유산 환청으로 들려온다.

보랏빛으로 오는 가을

화려하던 햇살도
수척하게 기울다가
자꾸만 돌아보는
아직 이른 초겨울
보랏빛
갈증을 업고
구절초
기우는 소리

새하얀 은빛으로
일어서는 그리움을
만지면 부서질까
기억 저편 접어두고
오래된
나이테 하나
두 손으로
받쳐 든다

발자국

따스한 풍경으로 물이 드는 저물녘
초록 잎이 무성한 등나무에 기대서면
지나온 그림 몇 장이
강물 위로 부서진다

밑그림을 그리며 흘러가던 물소리도
제 소리 돌아보며 바위 뒤로 숨는 시간
달리던 내 발자국마다
부끄러움만 남는다

염전의 하루

오래된 슬픔들이
하나 둘 일어선다
머나먼 지평선이
내 숙명의 텃밭이 듯
정강이
멍이 들도록
걷고 또
걸어온 길

나도 이제 훌훌 털고
예쁜 꽃이 되고 싶다
어느 날 흠뻑 젖어
형체 없는 사랑일망정
새하얀
꽃으로 피어
네 가슴에
닿고 싶다

10월

짧아진 그림자에
잠시 잃었던 길을 묻는다
이맘때면 산들은 왜
키가 우뚝 커지는지
지구별
어디쯤에서
그는 오고
있을까

물색은 짙어가고
깊어진 강물 소리
붉게 물든 노을을
두 손으로 안아본다
깊고도
먼 그리움이다
가을 물색보다
더 짙은

흔들리는 문장

바람은 들었을까 먼 곳의 소식들을
짧았던 그림자에 엷은 햇살 담아서
무거운 문을 흔들며
배달해온 언어들

창밖을 기웃대던 낡은 먼지 훔치며
쑥물 든 이름들을 조용히 되뇌어본다
해맑은 그리움이다
아득한 지번이다

어떤 일기
— 바닷가 어느 마을

여느 때는 비가 오고 어느 날은 바람이 분다
젖어있는 신발 위로 길들은 휘청이고
아침은 너무 짧았고
저녁은 너무 길다

마당으로 내려와 물에 잠긴 산 그림자
조약돌의 수다는 따뜻한 밥상이다
늦은 밤 젖은 눈자위로
쏟아지는 뭇별들

간이역
— 어느 요양병원에서

손 흔들며 기다려도 기차는 오지 않았다
어느 역에 내려서 누구를 기다리는지
가끔씩 흰 이마에 손을 얹고
일기장을 뒤적인다

해는 저물어가고 산 그림자 길게 눕는다
저만치서 누군가가 머뭇거리며 오고 있다
오늘도 긴 여행이었다.
기약 없는 내일이다

나직한 목소리

덜 여문 씨알들도 제 갈 길 찾아가는
몇 줌 남은 햇살이 휘청거리는 저녁나절
나직이 작은 목소리로 누군가를 불러본다

잎 지는 소리를 모아 책갈피에 꽂아보면
빨간색 나이테로 물이 드는 저녁 한때
아득한 그대 목소리 물소리로 찰랑인다

까치집

삼월의 창을 열고 묵은 먼지 털어낸다
서로의 가슴에서 꽃이 되지 못하고
무거운 옹이로 남은
아픈 돌멩이들

조용히 몸을 눕히는 저물녘의 일기장 같은
지우지 못했던 압축된 파일이다
정수리 흔들고 가는
작은 바람 집 한 채

이복숙(李福淑, Lee, Bok sook)
1932.~1991. 경남 진주 출생. 호 금당(琴堂). 성균관대 대학원(국어
국문학과) 졸업(1958), 일본 동경대학 대학원(비교문학, 일어일문
학) 수료(1973). 진주문인협회 화보「고몽孤夢」발표(1964). 시조집
『이복숙 시조집』(1966, 신조문화사),『묵란黙蘭』(1976, 현대문학사),
일본어 시집『종鐘』(1983, 한마음사) 외. 수필집『나직한 소리로』
(1980, 산하). 한국문인협회, 외솔회, 한국시인협회 회원. 한국문인
협회 대의원, 세계시인대회 집행위원 역임. '청자' 시조 동인.

—

고몽孤夢

청자빛 고운 정을 안으로 감싸오면
천년 묵은 이끼런가 연푸른 귀밑머리
얼룩진 그늘을 넘어 파르라니 떨고녀.

병풍의 수련水蓮인가 향이 가신 잎새일래
뜨거운 사람끼리 웃고 넘는 고갯길을
명동의 네온싸인도 흘러간 한밤중에.

피멍 진 아쉬움에 입술이 거칠어서
젊음이 숨 쉬는가 귀 기울여 보는 마음
빈 가슴 푸른 이끼에 꽃 배암이 도사리네.

아무도 밟지 않는 눈길을 걸으며
제 발소리 들어보는 그러한 생각같이
호심에 낚시 드리워 세월이나 낚을까.

어느 권태

날품팔이 하품하는 윤사월도 신시申時 무렵
털 빠진 햇병아리 상치밭을 호비는데
긁어 볼 부스럼도 없는 희멀은 대머리

볼기 파인 칠순 노파 양 무릎에 어깨 묻고
손에 익어 굴리는 염주 알 무거웁네
양지에 웅크린 모습 졸고 있는 〈미이라〉여

전송

쨍그랑 울려올 듯 물들은 가을 누리
추녀에 맺힌 서리 이제는 듣는구나
노오란 함박눈 되어 마구 쏟는 은행잎

버려진 꽁초 하나 뭉개뭉개 타고 있네
가슴의 빨간 잎이 떨며 지는 소리 소리
황새가 외다리를 딛고 기인 목을 뽑는데……

눈물

1
미움도 고마움도 덮고 덮는 눈길 위를
밟아버린 자국 따라 골수에 스며들어
하아얀 눈사람보다 새하얗게 흐느끼네

2
생각을 잊으려는 생각을 할수록에
말없이 젖어드는 속옷이 차거워라
가누어 분단장하니 삭아드는 피와 살

3
고운 씨 뿌려뿌려 거닐던 옛 동산엔
폭풍이 지진地震 되어 떨어지는 꽃잎 꽃잎
파아란 하늘을 이고 쏟아지네 우박이

불협화음

눌린 듯 낮은 하늘 팽창하는 불쾌지수
한입 깨문 풋감에다 뻘에 젖은 치마꼬리
와장창 부셔버려라 미지근한 빛깔들

소리를 질러봐도 트이지 않는 벽
주먹을 쥐다 말고 엉엉 울고 싶네
차라리 미친 말을 타고 소리소리 지를까

백일홍

핏빛으로 타버릴라 자락마다 숨긴 정열
멍인 양 맺힌 망울 희미하게 붉었더니
오뉴월 뙤약볕 아래 불꽃보다 곱구나

섣달

얄팍한 달력장이 또 한 장 찢기운다
살점이 한 뭉치씩 떨어져 나가듯이
해마다 겪는 일인데 어제보다 아프다

취중기醉中記

은하수에 배 띄워라 낙원을 찾으련다
저 달을 술잔 하여 하늘을 마시면서
취하면 가득 차리다 내 마음의 빈 칸도

갈꽃

산산한 바람결에 반짝이는 은빛 머리
노을을 비켜 선 해맑은 얼굴이여
달빛에 한가론 손짓 귀뚜라미 듣는다

국화

닳아볼 듯 식은 뜰에 고고히 버는 입술
인내가 영글어 송이마다 펼친 대궐
저만치 향기 아리어 하늘도 높았다

이복현(李福炫, Lee, Bok hyeon)

1953년 전남 순천 별량면 출생. 동국대 행정대학원 졸업(1989), 서울대 법학연구소 수료(1999). 중앙시조백일장 장원(1994), 《시조시학》 신인상(1995) 등단. 시조집 『슬픔도 꽃이 되어 저 환한 햇빛 속에』(2000, 태학사), 시집 『따뜻한 사랑 한 그릇』(2000, 다층) 외. 대산창작기금(1999), 시조시학상(2012) 수상 외. 열린시학회, 오늘의시조시인회의, 작가회의, 한국시인협회 회원. 한국문예학술저작권협회 이사, 한국복제전송저작권협회 이사. 협성대, 장안대 강사. 서울고등법원 사무관, 법무사.

이복현은 우리 시대의 지배적 담론을 거역함으로써 새로운 세계를 모색한다. 보이는 것보다 보이지 않는 것을, 화려함보다 폐허를, 말의 논리보다 침묵의 논리에 천착한다. 침묵은 욕망으로 점철된 부정한 세계를 정화하는 힘이다.(「그리운 폐원」 등)
— 신종호(시인), 《열린시조》(1999, 겨울호)

이복현의 시들은 자연친화적 바탕 위에서 우리 삶의 근원적인 슬픔과 절망을 노래하며, 그것을 기쁨과 희망으로 승화시키려는 의지를 보여준다.(「비자나무에 걸어두고 온 노래」 등)
— 대산창작기금(1999) 선정 심사평: 김광규, 이수익, 정희성

북극성

내 평생에 질러온 길
아프도록 휘인 길

언제나 고갤 쳐들고
하늘 보고 걸어온 길

넘어져 깨진 자리에
상처 아문 별 하나

돌아갈 고향 없는 떠돌이 유성처럼
먹구름 속 하늘을 더듬어온 반평생

남은 길
아득한 끝에
큰 별 하나 유난하다.

겨울나무

열매조차 버린 생生은
얼마나 가벼운가!

마지막 한 잎마저 떨치고 서 있는,

저 무욕無慾
꿋꿋한 혼을
찬 하늘에 새긴 뼈대

광화문光化門

1.
닫힌 마음 문을 열면 눈물 고이는 하늘 뵌다.
질 고운 청자 하늘 머리에 인 저 광화문
이끼 진 용마루 끝에 가을빛이 눈부시다.

2.
한 왕조 품어 안은 아미산을 등에 업고
빛나는 아침 해를 가슴으로 받아 안아
육백 년 한을 접어서 침묵으로 앉았다.

3.
임진년 그 수난을 아리게 여며 안고
타오르는 눈동자에 핏발 아직도 덜 삭아서
이 가을 훤한 불길로 등줄마다 치솟는다.

4.
저 부리 한을 쪼아 북악北岳은 눈이 먼데
날 푸른 한천寒天을 접어 아픈 역사 헤아리며
아직도 몸을 못 푼 채 슬픔을 품은 새야!

5.
오랜 세월 적막을 깨고 일어서는 까치 소리
문설주 돌쩌귀마다 새긴 뜻을 찾으란다.
광화문 주춧돌마다 눈물 다져 앉는다.

헐렁한 신발

비록 낡고 해졌지만 너를 어찌 잊을까
모르는 사람들은 새 동반同伴을 권하지만
한 생을 온전히 바친 그 아픔을 기억한다.

가시밭길 진창길도 마다한 적 한 번 없는
무조건적 네 사랑이 나를 울린 그날에
비포장 철벅이는 길에서 젖어 울던 생채기

산다는 건 이렇게나 모진 길의 원정遠程이요
굽이마다 뼈에 닿는 모서리도 많지마는
거뜬히 한세상을 건넌 건 네 희생의 덕이로다.

늘 안기던 그 품이라 넉넉하고 편안함이
어머니 젖을 문 아이의 마음 같아
오늘도 먼 길 가면서 네 동행을 꿈꾼다.

그리운 폐원廢院

순례의 길가에 폐원 하나 있다.
비 젖은 나그네가 잠시 쉬어가는,
말없이 천년을 견딘 묵언黙言의 성자 같은,

오래 닫힌 그 문 열고 녹슨 시간 꺼내본다
삐거덕거리는 틈 사이로 환한 빛살이 새어들 때
아프게 쏟아져 내린 꿈비늘을 만져본다.

비자나무에 걸어두고 온 노래

우거진 숲 사이로 이슬길 밟아 갈 때
백양사 쌍계류 귀를 트는 물소리
때 묻은 영혼을 씻어
천길 벼랑에 던진다.

산산이 깨어져 울던 그날의 목소리
비자나무 가지마다 나부끼던 노래
봄이면
응혈 진 핏줄을 뚫어
푸른 꿈을 피우리라

낙화洛花

추락은 아름답다
깃을 접는 나비처럼,

수평선에 가라앉는 저녁 해의 고별같이
목숨의 마지막 연소燃燒는
뜨겁고도 붉다

중심이 아프다
이 선명한 증표證票들로,

타오르는 잉걸처럼
가슴을 지져댄다

남겨둔 피의 열매가
상처를 기념한다.

고목 느티나무

천년을 서있어도 푸르게 깨어있어
입각성불立覺成佛 하고서도 아직도 침묵하는
저 고목 느티나무에

접붙고 싶은 마음

한 백 년도 못 되어서
단 한 줌 거름 되어
한 평 남짓 잔디 혹은 들풀이나 키워있을
이 짧은 목숨의 여정
겸손히 무릎 꿇다

천수보살 손을 뻗어 뭇 중생을 어르듯이
낮에는 지친 목숨들 감싸 안는 그늘 되고
밤에는 잠든 영혼의 넉넉한 품이 된다.

내 마음의 보석

눈물이 키운 것을 진주珍珠라고 한다면
내 마음 도려내어 밝은 해에 펼치면
오색이 찬연한 슬픔
눈이 부셔 못 보리

아픔이 영근 것을 꿈이라고 한다면
가슴에 맺힌 염원 알알이 영글어서
수천 근 디딜방아로
내리쳐도 안 깨지리.

천년의 그늘

천년 고목 넉넉한 그늘 아래 앉아서
천 년 전에 태어난 어린 나무 생각한다.
수많은 생멸의 순간을 지켜본 한 증인을,

기나긴 세월 동안 몸속에 감아 넣은
비바람은 몇이며 눈보라는 또 얼만지
몇 번의 천둥번개를 견디어 이만한지

큰바람 들이칠 때 길 잃은 새를 품고
폭염이 쏟아질 때 넓은 그늘 되기까지
얼마나 많은 아픔을 나이테로 새겼을지

우러러 바라보니 의연하고 장하다
굳센 줄기 세우고 수만 가지 팔을 뻗어
견고한 뿌리 하나로 맨땅을 움켜쥔 힘!

이부열(李涪烈, Lee, Boo yeol)

1940년 울산 울주군 온양읍 외광리 출생. 연세대학교(국어국문학과) 졸업. 《수필문학》 수필(1993), 《시조정신》 시조(2018) 등단. 울산문화방송 보도부장, 편성부장, 〈울산매일신문〉 전무이사, 전국문화원연합회 울산사무처장, 외솔기념관 운영위원장, 외솔회 울산지회장.

—

이부열 씨의 「억새」와 「혼적」 중 「억새」는 화자의 감정이 이입된 상관물인 '억새'를 통하여 시적 자아의 삶의 역정과 연륜이 짙게 묻어나고 있어 눈길을 끌었다. 첫째 수는 휘몰이 찬바람으로 비유된 역경 속에서도 하늘의 뜻을 신앙하여 살아온 억새, 둘째 수는 바람 부는 능선의 바람집을 내어주고 가벼운 마음으로 가을과 함께 떠나가는 억새, 셋째 수에 와서는 삶의 욕망, 시름을 다스리고 내려놓아 허허로운 빈 하늘이 내면화된 억새의 모습으로 주제를 집약시켜 놓았다. 시조의 정격율과 시의 메시지가 상호수수하면서 율감이 상승 작용을 한다. 그리고 시상의 전개 과정을 노련한 솜씨로 정연하게 펼쳐나가 시조미학을 구축하는데 무리가 없었다. 서정의 울림으로 승화되어 앞으로 시조미학의 한 축으로 든든한 주춧돌을 놓는 기분으로 작품에 평설을 한다. 좋은 결실이 있기를 바라는 마음이다.

— 유성호(문학평론가 · 한양대 교수)

—

억새

하늘을 이웃하고 한생을 살아왔다
성성한 머리에는 달빛 훤히 내려앉고
휘몰이 찬바람 속에 휘어지며 부른 노래

함부로 묻지 마라 고향이 어디냐고
언덕배기 물려받은 바람 집 다 내주고
한 계절 휘이휘이 가는 발걸음이 가볍다

욕망도 내려놓고 만평시름 달래가며
버려서 가벼워진 마른 몸 곧추세워
달려온 외길 끝자락 허허로운 빈 하늘

혼적
― 외솔을 기림

무수히 덧칠해온 퇴적층 걷어내고
초가이엉 엮어 이어 복원한 옛 생가
구름도 머물다 간다 기념관 담장 위로

긴 세월 건너와 옛 스승 뵙던 그날
두루마기 여미시고 담담히 않은 모습
한글이 목숨이라고 달필로 쓴 해서체

다듬은 가로쓰기 혼을 태운 고운 말
한글로 피워내어 향기마저 짙은 울림
푸르디 푸르른 정신 뜰 안 가득 감돈다

간절곶 아침 해

푸른 솔 쪽빛 바다 어우러진 간절곶
동북의 아주亞洲에서 제일 먼저 떠오른 해
갈매기 영접 받으며 새 세상을 밝힌다

천연의 세월이 기암괴석 빚었구나
오늘도 갯바람 솔바람은 가슴을 파고들고
흰 구름 떠가는 배들 수평선을 그린다

고향

수백 년 마을 지킨 수호신 당산나무
그 많은 소원 안고 불면의 밤 새우더니
뙤약볕 그늘 만들어 오가는 나그네 붙잡네

하루살이

넘어야 할 백수 고개 축복인가 재앙인가
석양에 하루살이 불꽃 아래 저 춤사위
소신의 공양으로도 후회 없이 살다간다

가을 삽화

참새 떼 얘기 속에 벼 이삭 여물었다
감나무 가지마다 등불 밝혀 달아 놓고
노을에 기러기 불러 쉬었다 가라 하네

병영성을 거닐며

옛 흔적 희미한데 영혼만 남아있어
묵정밭 빈터에 한많은 사연 묻혀
잊혀진 병영성 이름 바람만이 찾고 있다

탁란托卵

개개비 둥지에다 해산한 뻐꾸기는
천륜을 저버린 후회에 가슴을 찔려
칼울음 푸른 산천에 시리도록 퍼낸다

야래향夜來香

앙증맞은 나팔에 꽃송이 물고나와
어둠을 살라먹고 향기 뿜는 야래향
고향을 잃은 슬픔을 밤새도록 토해낸다

죽장계곡에서
— 영덕 50천 상류 계곡

바람을 엮어가는 하늘 끝 절벽 아래
태산 걱정 잊으려 물소리에 귀 씻을 제
살금 온 사슴 한 마리 나를 에워 가두네

이분헌(李分憲, Lee, Bun heon)

1964년 충북 보은 회인 출생. 청주교육대학
교 졸업, 경남대 교육대학원 석사 졸업. 《시
조문학》 신인상(2006) 등단. 경남시조문학상
(2018) 수상. 석필문학회 동인. 한국문인협
회, 한국시조시인협회, 오늘의시조시인회의
회원. 한국시조시인협회 운영위원.

가마솥 사랑

마당귀 가마솥도
가슴으로 울 때 있다
아궁이 장작불꽃 발갛게 피워놓고
켜켜이 쌓인 그리움
하나둘씩 익어갈 무렵

이분헌 시인의 시편들은 충만한 서정성을 보여준다. 그러면서도 지
금 이 땅의 현실을 정확하게 파악하고 재현해내고 있다. 사물을 파
악함에 끌어들인 비유가 시편마다 매우 적절하게 드러나 있다. 재
현하려는 대상과 그 대상의 속성을 시적으로 드러내는 장치인 은유,
그 사이의 긴장이 매우 팽팽하다. 「신들의 아파트」는 아파트에 입주
하게 된 기층 민중들의 소박한 행복감을 담담히 그려낸다. 이러한
노동자의 소박한 삶을 현실에서 찾고 긍정하는 시조 작품은 그 의미
가 깊다고 할 수 있다. 「폭염」은 시적 모호성ambiguity이 매우 흥미
롭게 전개되고 있는 모더니즘 시조 작품이다. 「빈집 피다」는 세월에
사위어 가는 육체와 영혼이 서정적인 시어를 통하여 수채화처럼 담
백하고 호젓하게 그려진 시편이다. 시가 쓸쓸한 우리의 삶에 위로이
며 보상임을 볼 수 있어 마음이 따뜻해진다.

— 박진임(문학평론가 · 평택대 교수)

가마솥 사랑

마당귀 가마솥도 가슴으로 울 때 있다
아궁이 장작불꽃 발갛게 피워놓고
켜켜이 쌓인 그리움
하나둘씩 익어갈 무렵

구남매 내리사랑 순한 물길 터 주시고
마주한 눈빛으로 종가를 지키시던
노부부 소박한 사랑
함께 달군 일흔 해

까맣게 그을린 몸 정성으로 닦아 주신
흰 허리 거친 손이 짠하게 밀려오면
때때로 낮게 울다가
사무친 날 잠시 울컥

빈집 피다

그녀가 사는 곳은 피반령 아래 첫 동네
오동골 또는 먹골 감꽃 환한 양지마을
목이 긴
골목을 돌면
허물처럼 텅 빈 마당

혼밥에 익숙해진 다 늙은 몸뚱이
찾는 손 뚝 끊겼는지 무성한 고요 사이
괜찮나
바람의 안부에
졸음 겨우 밀어낸다

한때는 가슴에 반듯한 명패 달고
많은 식구 가난도 웃으며 넘겼는데
유산이 되지 못한 채
치매를 앓고 있다

안부 한 접시

무심히 떠도는 고요 창 열어 쏟아내고
어미 냄새 솔솔 뿌려 만찬의 꽃을 찐다
한가득
활짝 피어나
그리운 맘 달래 줄

오랫동안 저장해 둔 살붙이 짠한 속정
따스한 등불 밝혀 오붓한 안부를 풀면
겨워라
눈빛 반짝이며
귀를 여는 환한 식탁

번개시장

댓거리 번개시장 눈빛들 번쩍 핀다
일요일 새벽잠을 털고 나온 사람들
흥정 몇
좌판 앞에서
천 원짜리 세고 있다

홈쇼핑이 대세라고 종알대던 그녀가
넌출지는 에누리에 생긋 올린 입꼬리

아지매, 많이 파세요오-
덕담까지 후하다

싸요 싸 단돈 천 원 떨이요- 호객하는
오래된 장돌림의 굵직한 외침 소리에

파장이 임박한 시간
바구니가 불룩하다

찬밥

낯익은 풍경이야, 때때로 그래 왔던
주방 한 켠 앉으려니 성가신 장식이래
목덜미 덜컥 잡혀선
냉장실로 처박히는

꽉 닫힌 뚜껑 안에 숨조차 쉴 수 없다
창백한 얼굴빛은 누룩으로 떠버리고
실직한 어느 골방에선
식어서도 꽃인 것을

비빔밥 대화

한소끔 끓여낸
국밥 같은 단답형

설익은 침묵 섞어
후루룩 들이켜 봐도

겉도는
말의 알갱이들
부운 목젖에 뱅글 뱅뱅

허방 짚은 말비린내
뜸 잘 들여 날려 보내고

눈빛 말빛 고루 섞어
소담하게 담아낸

감칠맛
돌솥비빔밥 같은
대화 한 술 뜨고 싶다

신들의 아파트

재건축 아파트

현관에 분양 완료

꽉 낀 노동 툭툭 털고

층층이 입주한 이들

맨살로

바닥을 디뎌 온

저 민낯 곱디곱다

능소화

실바람 스며드는 가을이 가만 와서
살며시 기웃대며 창문 깃을 흔들다
그리움 한 잎 또 한 잎 놓고 가는 저녁나절

너 떠나던 그때는 능소화가 한창이더니
꽃잎 떨군 잎새마다 겹겹이 번져가는
저 붉은 마음의 흔적 고요 속에 일렁이고

곱게 물든 담장 위로 눈 감으면 환한 칠월
한 송이 다홍 입술 꽃 속에 활짝 피어
참아도 먹먹한 가슴 눈물 같은 비 내리네

십일월, 담쟁이

골똘한 생각 몇 잎 기우뚱 흔들리다
행방을 알 수 없이 나뒹구는 슬픈 저녁
십일월 아랑곳없이 제 갈 길 쉬 떠난다

거침없는 발끝으로 담벼락 차오르던
한때의 총총했던 기억들 바스러지고
뻐근한 등줄기 위로 바람 한 줄 감겨 온다

아직 남은 햇살의 온기를 누리는 시간
마음만 앞서다가 삐끗, 출렁이는 몸
천천히 벽에 기대어 호흡을 가다듬는다

찻잔 앞에서

오래된 정갈함이 다소곳 피어나는
옛 찻집 감로다원 고요한 창가에서
투명한 기억을 꺼내 찻잔에 띄운다

찻잎 속살 우려내는 눈매 고운 잔 속에
때때로 일렁이는 홈결 몇 점 풀어 넣고
한 모금 또 한 모금씩 성근 나를 비운다

서두르지 않아도 좋을 찻물 아직 남은 시간
아집의 찌꺼기를 서서히 가라앉히면
마음결 가벼워지며 길이 다시 보인다

이상구(李相九, Lee, Sang gu)

1957년 경북 김천 부항면 월곡리 출생. 대구 보건대학교 졸업(1979). 《월간문학》 신인상(2016) 등단. 제1회 대은시조문학상 대상(2014) 수상 외.

—

작품 한두 편이 아니라 전체의 기량을 보고 시적 형상화 노력과 패기 등을 골고루 감안 진정한 진리를 찾아 갈구하는 서정자아의 몸부림이 "붉어지는 흰 구름"에 잘 모아지고 있으며 가락의 운용과 어조의 구사 등이 뛰어났다.

— 제1회 대은 시조문학상 대상 심사평(2014)

"시조는 내용도 참신해야 하지만 시조 율격을 얼마나 잘 구사하느냐가 작품의 수준을 가늠하는 잣대가 된다"고 전제하고 아무리 내용이 좋아도 시조의 리듬이 매력적이지 않으면 시조의 예술적 매력을 잘 보여줬다고 보기 어려울 수밖에 없는데 세련된 시조 문법의 현대성과 시적 사유에서 높은 경지를 보여준다.

—《월간문학》 신인상 심사평(2016)

—

궁금하다

에굽은 바람의 길 나이테로 감추었나

속병 난 내 몸에도 그예 봄은 찾아와

자운영 뒤쪽에 앉아 가려운 등 긁는다

왕버들 늘어지게 둘러앉은 우포에서

실바람 끝을 잡아 술렁이는 나절가웃

넓은 품 그늘막 아래 천년 또 반짝인다

햇살이 풀어놓은 물길 한참 바라보며

뻐꾹새 한 마리 길 밖으로 날려 보내

흰 구름 속살인 듯이 풋잠에 빠진 봄

역마살 필사본

휘도는 길을 안고 온몸으로 견딘 땡볕
아득한 이승에서 슬픔 곰곰 헤아렸나
부르튼 내 발바닥에
쓰린 물집 부푼다

몸속에 숨긴 상처 뿌리까지 드러낸 채
찌든 때 땀 냄새를 말갛게 씻는 동안
불어온 골짝 바람은
허리 접어 흐르고

경계도 지운 풀꽃 나제통문 세상 지나
천 년을 기다린 듯 우거진 산 위에서
선문답 화두를 안고
붉어지는 흰 구름

풍경을 배접褙接하다

처마에 한 채 집을 무허가로 지어놓고
새는, 제일 먼저 알람처럼 재잘대지만
어떻게 이 세상 살려고 많은 알 낳았을까

바람의 얕은 셈법 알면서도 모르는 척
봄부터 겨울까지, 아침부터 저녁까지
날마다 부지런 떨어도 번지를 갖지 못해

믿을 수 있는 것은 저 하늘밖에 없다고
날개를 반짝이며 푸르게 날아오르지만
새집은 아주 작은 성成, 언제 헐릴 줄 몰라

부활을 기다리는 목자牧者들의 모습처럼
밤엔 또 깃털 속에 울음소리 묻어놓고
이슬에 젖는 마음을 달빛으로 겹 바른다

무숙이타령*

앙상한 바람의 길 혼자 또 닦고 있는
감나무 잔가지에 떠오른 보름달처럼
이생을 뒤집어놓고 내 사랑 보듬는다

억새꽃 형상으로 흔들린 마음이지만
열두 마당 서러움 앞섶에 숨긴 채로
바스락, 일어섰다가 더 낮게 눕는 밤

무언극 주연 같은 저 달 바라보면서
불면이 숨어 사는 첩첩한 온몸 펼쳐
지난날 헛웃음들을 꼼꼼히 읽어보고

세상에 서성이는 비문의 바람소리에
봄날이 올 때까지 긴 어둠 되삼키며
남몰래 버린 욕망을 둥글게 휘감는다

* 무숙이타령: 판소리의 왈자타령.

월곡리 청보리

세상의 높낮이를 가늠할 수 없는 날은
하늘에 흰 구름을 듬성듬성 풀어놓고
서릿발 서슬에 감긴
한 생각을 지운다

숨죽인 나무처럼 가슴 깊이 움츠린 채
찬바람 그 소리로 수런수런 말 걸어온
골짜기 긴 터널 같은
모진 생을 펼치고

가는 길 숨찬 행보에 쉼표를 찍어가며
비탈밭 시린 세월 온몸으로 견디면서
엉켰던 매듭을 풀어
푸른 꿈 붙안는다

고산자*에게 쓰는 편지

1. '자명紫明'처럼
바람재 넘기 전에 국화차를 마시고
눈 내린 산속에서 그대를 떠올립니다
몸으로 필사한 그 지도地圖
다시 읽은 저녁에

2. 설경雪景처럼
시린 저 바람 소리 무엇으로 품었나요?
온종일 서성이다 하산한 산행 길을
세상에 먼저 흘려보내고
나도 따라 흐릅니다

* 고산자: 김정호.

홀아비바람꽃

날선 그 욕망들을 조붓하게 쟁여 담은
오래된 외로움이 숲 속에서 꿈을 꾼다
고집 센 대장장이가
제 몸 홀로 두드리듯

견딜 만큼 견디며 바람 소리 들었는지
젖어서 얼룩 많은 내 삶의 행간 속에
홀로선 그림자 하나
마침표 굵게 찍고

고단한 기억들이 급히 접은 마음처럼
아득해진 밤을 안고 소실점 떠올려서
또 한 번 꿈틀거리며
퇴고하는 저 먼 길

달맞이꽃 보법

누런 강 발바닥을 감아올린 저 달처럼
장마가 남겨놓은 웅덩이를 건너뛰어
긴 방천 따라가면서 눈먼 세상 귀 밝혀

얼룩 많은 살림살이 은은히 문지른 뒤
몸속에 감추어둔 그림자를 끄집어내
늦도록 반짝거리며 풀의 허공도 닦고

가냘픈 꽃이파리 어둠들이 핥아먹어도
뭉그러진 여름밤 허리춤에 훌훌 감아
없는 듯 강물 소리로 아주 낮게 흐르는

추령재* 파노라마

힘겨운 고갯길을 밟아 오른 가을같이

안길 듯 부드럽게 다가오는 지상의 꿈

사람들 가쁜 숨소리 바다로 흘러간다

등고선 능선마다 둘러놓은 구름 띠에

바람도 빗소리도 몰래 삼킨 들꽃인 양

한소끔 뜸들인 세월 하늘 끝에 가 닿고

햇살 시 쓰고 있는 억새풀 건너와서

참나무 깊은 가슴 매만지는 중년 부부

굽은 길 부둥켜안은 뒷 모습이 빛난다

* 추령재: 경주 토함산에 있는 고개.

에필로그
— 말복

푸른 바다 해안선을
하얗게 흐른 구름

섬으로 흩어진 꿈
읽고 지운 그 사이

굽은 등 펴지 못하고
노을이 된 어머니

이상덕(李商德, Lee, Sang deuk)

1938년 대전 서구 출생. 호 청목(靑木). 충남대학교(국어국문과) 졸업(1965). 《현대시조》(1996) 등단. 시조집 『나즈막한 가을』(2000, 영창당), 『황토방』(2007, 대교), 『뿌리공원』(2011, 문경), 『산 여울의 해맞이』(2015, 오름). 현대시조 문학상(1996), 황조근정훈장(2002), 한밭시조 문학상(2007), 대전펜문학상(2008), 한성기문학상(2013) 수상. 한국시조시인협회, 한국문인협회, 대전문인총연합회, 호서문학, 대전시인협회, 대전시조시인협회 회원. 가람문학 고문, 국제펜클럽 대전광역시위원회 자문위원.

청목靑木의 작품은 어렵지 않게 읽혀지는 장점을 갖는다. 언단의 장언단의長言短意長, 말은 짧되 의미는 길다. 깊이 고뇌하고 성찰하여 쉽게 표현한다. 그러기에 깊은 뜻을 함의含意하고 있다. 직감直感에 의해 본 대로, 느낀 대로를 묘사하되 때로는 절제節制하여 긴장시키고 때로는 생략하여 여운餘韻을 남긴다. 그의 작품은 쉬운 가운데 삶이 있고, 경륜이 있고, 철학이 들어 있다. 결코 난해하지 않으면서 천의무봉天衣無縫, 꾸미려하지 않고 자연에 순응하는 삶의 보법步法이 들어 있다(『충청권 시조의 숨결』).

— 이도현(시조시인 · 한국시조협회 고문)

이슬

숲속의 외진 자리
거미줄의 이슬들

둥글게 매달리어
허물은 숨기고 옹기종기

달덩이
끌어당기며
이슬이 반겨주네.

꽃과 풀잎 둥글게 모여
그리운 눈망울로

이슬은
사라지면서
하얀 마음 자랑하네.

장맛비

쏟아지는 장맛비에
그림자 없이 떠난 님

아롱거리는 임의 모습
애절한 임의 향기는

얼룩진
시린 마음에
서러움만 젖는구나.

쏟아지는 별빛 따라
어두운 마음 밝혀 줄

푸르른 강물 소리
밤하늘 바라보다

허공에
써보는 낙서
서러움만 젖는구나.

하얀 얼굴

갑자기 보고 싶은
그대의 하얀 얼굴

그대 마음 잊지 못해
영원한 꽃이 되리

헛웃음
불꽃의 사랑
그대 마음 꽃이 되리.

향기로 핀 영혼의 불꽃
금당화 꽃망울처럼

잡을 수 없는 고운 모습
산길을 오르다가

산 오름
삼켜진 상처
그림자 따라가네.

동백꽃

한 그루 오동나무
오동도 지켜가며

수많은 동백꽃들
붉다 못해 검은색

오동도
쪽빛 바다에
하얀 구름 멋진 풍경

사랑의 세한지우歲寒之友
추운 겨울 정 나누며

빨간 꽃잎 간직한 채
통째로 떨어지는

해홍화海紅花
동백꽃 순정
동박새가 받드네.

돌산 갓

알카리성 토질이
바람과 함께 만든

단백질 함양이 높고
독특한 향 매운맛

돌산 갓
해양성 기후
비옥한 토질로 생산

청색을 띤 잎줄기
여름 들판 푸른 잎

아무데나 흔하게
자라는 싱싱한 갓

갓개채
풍風 예방하는
종자도 약에 쓰네.

비 오는 날

빗속엔 눈빛이 있어
마음을 적시는 눈물

빗줄기가 굵어지면
우르릉 천둥소리

무너져
내리는 소리
쿵더덕 요란하네

빗물이 손짓하면
쏟아져라 쏟아져라

억수로 퍼부어라
빈 가슴 찌든 눈물

애간장
녹이는 소리
빗물이 짜낸 눈물.

꽃웃음

길가의 잡풀이 핀
멋없는 꽃도 좋고

일그러진 꽃이라도
꽃이기에 다가가서

꽃웃음
벌컥 마시고
웃음으로 살 것이야.

볼품없는 꽃이라도
가서보자 꽃밭에서

아름다운 꽃이 되어
영원한 꽃이 되어

꽃 웃음
하늘을 열어
사계절 감사함.

그리움을 찾아서

뒷동산에 오르면서
태산 같은 긴 추억

안타까운 마음만
이심전심 오손도손

당신은
지나간 세월
마음 비운 고마움.

부모님 섬기기에
자식 사랑 가득 담고

애정 담긴 긴 세월
다시 태어나도 당신

서산에
따뜻한 미소
반겨주는 그리움.

숲 속의 향연

목련꽃 하얀 구름
피어오르는 목련 향기

자연의 아름다움
하얀 마음 설레는

풍성한
목련의 순결
마음 속 녹아내리네.

비단길 꽃바람에
넘쳐흐르는 홍분

싱그러운 꽃송이
송이마다 하얀 마음

알알이
잊지 못하는
향기로운 꽃구름.

석류꽃

내 님은 어디 갔나
붉은 향기 석류꽃

저 멀리서 들리는
정든 님의 목소리

뒷동산
바람에 안겨
날 부르는 석류꽃.

이상룡(李相龍, Lee, Sang ryong)

1934.~2015. 경북 청송 출생. 한사대학교(특수교육과) 졸업(1965), 영남대학교(경영학과) 수료(1973).《시문학》시조 천료(1975), 〈경향신문〉 동시(1981) 등단. 동시조집『소나무골 아이들』(1975, 세종문화사), 관광안내집『주왕산과 약수탕』(1970, 형성) 외. 대구아동문학회, 한국문인협회, 한국시조시인협회 회원. '크낙새' 시조동인. 교직 12년, 월산예술학원 사무장, 제일출판사 총무부장 역임.

―

가을밤

내 어찌 너를 그려 밤마다 꿈을 깁노
잎마다 단풍 드는 마음 왕거미 줄 치네
은하수 고이 흐르는 밤 모두 다 익고 있네

초가집 지붕 위에 달을 안은 허연 박들
임 손으로 샘물 긷고 쌀 씻으려 밥을 짓고
새살림 다독이면서 한세상을 살건가

까치

부리가 다 닳도록 마른 가지 날라다가
드높은 바람 받이에 둥그렇게 이룬 성곽
깃 사려 단란한 꿈을 아는 이는 알리라

펼치면 나래 깃에 흑백으로 실린 꿈을
창공을 휘저어도 풀길 없는 그 염원
오늘은 어느 문전에 희소식을 전할까

까치집

한입씩 물어다가 토해 쌓은 일월일레
흙과는 무연한 꿈 허공에다 길을 열어
날아도 닿을 곳 없는 하늘뿐인 비상을

한 가지씩 골라다가 설흔날에 이룬 둥지
밤이면 동그마니 얼레처럼 별이 새고
견뎌온 삶의 아픔을 깃으로나 덮는다

감루感淚

울분을 참다 못해 소리치던 그 세월을
산하가 막혔대도 가야할 길이기에
내 조국 서러운 하늘 안아 보던 이 가슴

젊음이 작열하던 심중沈重한 어느 전선
끝내 피를 뿌려 지켜온 고지 하나
오늘도 눈을 감으면 비가 되어 내린다

단풍

그 정열 고이 심어 봄 여름을 가꿔 놓고
늦가을 서리발에 붉다 못해 피로 맺혀
끝내는 10월 산천에 토해 놓은 이 각혈

발簾

절로 이는 댓바람 소리 섬섬히 엮긴 죽렴竹簾
추녀 끝 내다 걸면 절로 이는 매미 소리
한여름 뙤약볕조차 외려 호사 아닌가

솔멧골 이야기

― 가을볕
잠자리 얇은 날개 높낮이로 띄워 놓고
고추밭에 매달리던 가을볕은 가버렸다
비탈밭 하아얀 메밀꽃 눈을 뜨는 저녁답에

― 골 하늘
떡갈나무 그 한 잎이 받쳐 든 골 하늘은
싸리채로 엮어 만든 채반만큼 했었던가
밤이면 별빛이 새어 소록 잠이 들었다

― 패랭이꽃
반디만 한 불이던가 풀끝에도 옮아 타는
네 모습 패랭이꽃 꺼지잖은 세월 속에
생각만 이슬이 맺혀 도로 삼삼하여라

온실

계절은 유리창 밖 오늘도 지켜볼 뿐
한번 빗바람에 씻겨보고만 싶은 열원
오히려 암실이더면 체념이나 하려니

일기장

서랍 속 깊숙한 곳에 숨겨 둔 일기장엔
남 모르는 얘기들이 꽃씨처럼 잠을 자요
흔들면 깨어날 것 같은 얘기들이 잠을 자요

숨기려 숨기려 들면 더 초롱한 일기장은
나만 아는 지난 날들을 내 귀에다 속삭여요
더러는 잊어버린 일도 생생하게 속삭여요

쓰다가 펼쳐 놓은 채 머리맡에 두고 자면
창밖의 봄비 소리도 갈피에 젖어들도
촉 트는 터밭 상치 씨 같은 얘기들이 돋아나요

토함산

새벽빛 여든 구비 찬 눈 밟아 올라가면
돌아든 구비마다 바람 켜든 석등 있어
마루턱 열린 하늘에 소원만큼 둥근 해

창해를 자리 펴고 가부좌한 큰 부처님
그날의 더운 열기 입은 몸에 땀은 배고
너울을 벗고 앉으면 도로 잠든 서라벌

이상범(李相範, Lee, Sang buem)

1935년 충북 진천 이월 오양산 출생. 신명고등학교 졸업(1955), 육군 소위 임관(1961), 소령 예편(1977 의무사령부). 《시조문학》 천료(1963), 3회 신인예술상 수석상 수상(1964), 〈조선일보〉 신춘문예 당선(1965) 등단. 시집 『일식권』(1967, 금자각), 『별』(1997 동학사), 『신전의 가을』(2000, 동학사) 외. 정운시조문학상(1983), 한국문학상(1985), 중앙시조대상(1989), 육당시조문학상(1995), 이호우시조문학상(1995), 가람시조문학상(1985), 고산문학상(2012) 수상 외. 《한국시조》 간행. 시화전, 소품전, 사진전 다수 개최. 한국문인협회 시조분과 회장, 한국시조시조시인협회장, 한국시조사 대표 역임.

—

『신전의 가을』에 들면 '시조란 이런 것'이라는 존재론을 배운다. 그 속엔 '돌들이 돌을 깎는' 언어가 언어를 깎아 빛을 끌어당기는 힘을 확인할 수 있다.

— 장경렬(문학평론가 · 서울대 명예교수)

그의 경계 너머의 시에선 한 알 이슬이 우주의 역사를, 꽃잎 하나가 새의 깃으로 재탄생하는 주술사의 힘을 보인다. 삶과 역사 속 인물, 민족의 진로를 제시하며 그의 사랑의 힘은 가장 아름다웠던 영혼이 몸을 떠날 때 그 혼을 호위하며 혼의 하늘 깃을 칠 새 떼가 된다.

— 박진임(문학평론가 · 평택대 교수)

—

법주사 운韻
— 저녁 예불에

해거름에 휘적휘적 오리 숲을 걸어 호서제일가람湖西第一伽藍 금강문 사천왕문을 들어섰다

별안간 귀가 멍멍 고요를 깨는 큰 북소리, 큰 북소리 천둥소리 천둥소리 큰 북소리, 속리산이 둘레둘레 흔들리고, 소나무 굽은 가지에 바람이 일고, 대웅보전 원통보전 팔상전 능인전 할 것 없이 추녀 끝이 흔들리고, 추녀 끝이 흔들리는가 싶더니 집채가 저저마다 흔들리고, 법주사 전체가 학이 되어 깃을 치는가 싶더니 한 송이 연꽃이 되어 둥둥 떠오르기 시작한다, 법주사가 뜬다, 법주사가 뜬다, 법주사가 춤을 춘다, 법주사가 배가 되어 넘실거린다, 미륵불도 미소를 띤 채 덩실 덩실 춤을 춘다, 속리산이 뜬다, 속리산이 뜬다, 속리산이 우줄우줄 춤을 춘다, 속리산이 허겁지겁 달려간다 큰 북소리 천둥소리, 천둥소리 큰 북소리, 귀먹은 바위도 눈멀은 성좌도 자금 막 깨어나고…

이윽고 산도 절도 깃을 접고 적막 속에 앉는다.

가을 손

두 손을 펴든 채 가을볕을 받습니다
하늘빛이 내려와 우물처럼 고입니다
빈손에 어리는 어룽이 눈물보다 밝습니다.
비워 둔 항아리에 소리들이 모입니다
눈발 같은 이야기가 정갈하게 씻깁니다
거둘 것 없는 마음이 억새꽃을 훑습니다.
풀 향기 같은 성좌가 머리 위에 얹힙니다
죄다 용서하고 용서받고 싶습니다
가을 손 조용히 여미면 떠날 날도 보입니다.

남도창南道唱

소리를 짊어지고

누가 영嶺을 넘는가

이쯤 해 혼을 축일

주막집도 있을 법한데

목이 쉰 눈보라 소리가

산 같은 한을 옮긴다.

갈옷 생각

해풍의 줄칼에 깎여 곡선이 된 섬이 하나
진초록을 걸친 채 구멍 숭숭 거친 내면
가을엔 갈잎 빛깔로 돌도 물에 둥둥 뜬다.
어머니의 어머니 적 땀 냄새를 돌려받아
척박한 땅 기름지게 바꿔 놓은 손을 본다
헌 책력 반질한 표지 갈색 닮아 질긴 숨결.
버려진 섬 버려진 흙 무늬 놓던 여인들의
소금기에 절은 속살 감싸 안은 뿌연 등피
갈옷은 옷이 아니라 한이 짜낸 빛이었다.

신전神殿의 가을

하늘이 만판 내려와 빛을 빚는 가을걷이
무슨 영술을 받드는지 햇살은 눈을 굴리고
불 쓰는 제단의 손을 힐끔힐끔 돌아봤다.
물소리 가슴을 흘러 고요가 눈을 뜨면
법의 자락에 끌려 빠지지 타는 생각
신전이 잠시 뜨는 걸 곁눈질로 보곤 했다.
가을빛 들끓는 곳 번뜩이는 갈거니 떼
기도가 하늘에 닿으면 지상에 버는 꽃잎
그 꽃빛 밤이면 별자리 숨 쉬는 걸 나는 봤다.

역사 견문록見聞錄

마른 풀도 키를 낮춘 우금치*란 언덕배기
뼈와 살 함성마저 바람으로 누워 있다
일백년 잡초의 사발통문 깨지 않은 깊은 잠.
역사란 승자의 몫 죽은 자는 죄도 죽고
후대의 가슴에 남아 울음 우는 그날의 말
절통한 이 땅의 쑥물 대접으로 들이킨다.
송장배미 저수지 위 눈보라가 달려가며
내뱉는 그 육성을 심장으로 엿듣고 있다.
죽창에 쇠스랑을 든 수만 거친 숨소리….
그날 동학에 합류한 나의 증조할아버지
평생을 쫓기는 삶 쉬쉬하다 숨을 거두신
봉분에 큰 절 올리지만 아무 말씀 없으시다.

* 우금치: 동학농민군 3만이 공주성을 향해 네 갈래로 진군, 관군·왜군
과 맞서 싸우다 끝내는 주력군 1만이 최후를 마쳤다.

우포 환상곡
― 달팽이 선생에게

어쩌면 마지막 지휘일지 모르겠다
노구老軀에 연미복 끌며 천천히 등장하는
먼 달빛 조명 받으며 무대중앙 서 있다.
달팽이의 여린 뿔에 휘감기는 우주의 소리
숨 막히는 고요 속에 비밀의 문 열어 놓고
음색도 꺼풀 벗고서 별빛 불러 앉힌다.
숲에 바람이 일고 물면은 들먹인다
이파리와 이파리 사이 밤의 향기 돌며 가고
저 멀리 강물을 뉘인 곳 풀숲들이 웅성댄다.
모든 것이 가능하고 무엇이든 될 수 있는
그가 잡은 지휘봉에 춤추는 우포 환상곡
갈채 속 연미복 끌며 점 하나로 사라진다.

예송리 돌밭

작은 돌 한 움큼을 손가락 새로 흘린다
매끄럽고 따사한 생명력에 흠칫 놀라
햇살에 까맣게 익은 바둑돌이 눈을 뜬다.
손등 위에 올려놓으면 공기 돌로 뒤바뀐다
볼 붉힌 어린 소녀 까르르 웃음소리…
눈동자 빛나는 동심 가슴으로 읽고 있다.
구슬이 구슬끼리 구슬을 만드는 역사
연초록 바닷물에 몇만 년 갈고 닦아
몸으로 비원을 꿰면 눈먼 돌도 말을 한다.
돌밭 위에 주저앉아 우주 얘기 듣고 있다
사람 사는 키질 소리 긴긴 내력 되새기며
바닷가 소년은 아직 돌아올 줄 몰랐다.

오리털 파카

덤불과 갈대가 어우러진 늪의 하오
동짓달 끝 무렵의 찬바람이 나부낀다
늪가의 더듬이 오솔길 서걱이는 풀잎 소리….
둑에 오르면 옷섶 가득 도깨비바늘
갈대소리 서걱서걱 늪이 다시 펼쳐지고
쇠오리 떼로 와 앉아 우포늪은 빛났다.
창녕을 뒤로 한 지 달포도 넘었는데
외투자락 묻어 온 우포늪이 서걱서걱
파카를 입고 나서면 항시 늪이 동행했다.

엷은 미소가 남긴 끝말
― 1938년 5월, 포석 조명희 시인*

왜 조국을 떠났냐고 언젠가는 내게 물을게다
나를 향해 조여 오는 안 보이는 손이 있어
남아서 받을 고통 아니라 뜻하는 일 멀기 때문.
가야할 길은 하나지만 가야할 곳은 여러 갈래
남이 밟은 뒷길 아닌 내가 새로 개척할 외길
되찾을 나라의 꿈 이룩할 이 동토의 시베리아.
아니야 이건 아니야 나를 던져 구할 나라
부서져 챙길 겨레 끝내 외친 내 사랑 대한조국
다 접고 이젠 하늘나라 묵언의 길 들것 같다.

* 포석 조명희 시인: 1938년 5월 11일 억울한 누명 쓰고 비명非命 타계他
界함.

이상야(李相耶, Lee, Sang ya) 아명: 이상욱(李相郁, Lee, Sang wook)

1957년 경기 용인 구성면 보정리 출생. 덕수상업고등학교(1977), 인천고등기술학교 상과 졸업(1985). 《문학사랑》 시조(2004) 등단. 시집 『풍경 소리』(2009, 오늘의문학사). 대한사이버문학, 한국문인협회, 한국시조시인협회, 열린시조학회, 유심 회원.

소 나 기

허겁지겁 달려와
흠뻑 젖 먹여 놓고

가슴 여밀 시간도 없이
뒷정리도 다 못하고

또 간다. 머리에 함지박이고
새참 나갈 시간이다

이상야 시인은 시적 꿈속에서 상상하며 '행복의 세계'로 나가고자 한다. 그 시적 근저에는 '어둠에서 빛으로의 세계'와 '겨울에서 봄으로의 세계' 그리고 '울음에서 웃음으로의 세계'가 시적 상상의 배경으로 존재한다. '행복의 세계'는 곧 '봄의 세계'이며, 이 세계는 시조 속으로 들어와 '봄의 시학'을 이룬다. 이상야 시인의 시조시학은 환하고 따뜻한 '봄의 시학'이다.

— 배우식(시조시인)

단돈 만 원

사무실 문 빼꼼 열고 수줍은 듯 들어온다
핼쑥한 몸매지만 웃음 살짝 띄우고
만 원만 적선하라는 맑고 작은 목소리

옷차림도 말쑥하고 얼굴 또한 반반한데
어디서 뭣을 해도 먹고 살 수 있겠기에
에둘러 내쫓고 나서 뒤에 대고 핀잔했다

친구들과 회식코자 같이 간 음식점 옆
남루한 옷을 입고 젖을 물린 한 사람
아까, 그 사무실에 온 여인이 아니던가

목에 걸리는 갈비 몇 점 넘기지도 못하고
문 나설 때 친구가 낸 봉사료도 만 원인데
살며시 헤어져 돌아가 풀잎 한 장 건넨다

아침, 물밀다

허리반쯤 구부리자, 시큰하는 관절 부위
한 사내 성큼 걸어 갈 긴 행로가 이러할까

조여 맨 나절가웃이 둥그렇게 열린다

등 뒤에서 몰래오는 봄바람에 몸 맡긴다
안녕하고 손 흔들며 윙크하는 따스한 눈길
해 뜰 녘 물밀어 오듯 빨간 카펫 펼쳐지고

빌딩숲 헤치고 오는 밝고 환한 부챗살빛
어깨 펴고 걷는 걸음 리듬이 상쾌하다
가슴속
뜨거운 열기
숨을 다시 부풀린다

도서관 누에들

슬리퍼 끌고 가는 시르죽은 걸음 위에
축 늘어진 가방끈이 양어깨를 짓누르고
온종일 숙인 고개가 노송처럼 굽어있다.

낡은 책장 넘겨가며 침샘 돋는 시린 갈증
허기진 눈빛으로 목 가누어 훑고 있다.
지워진 마침표조차 놓치지 않을 저 기세

몸속 깊이 갈무리된 풀빛이 발아된다.
꼬물꼬물 공글려서 슬어 안은 은입사
수저 든 저 밝은 날개
금빛으로 환해진다.

히아신스

너덜경 황무지에 덩굴 뿌리 묻어놓고
발밤발밤 지난 시간 어둠길을 바장일 때
나이테 켜켜이 쌓아 온 온몸이 간지럽다

이태 전 소담스레 입술 벙근 히아신스
한 해 지나 옆구리에 살붙이 달고 왔다
머리에 뾰족 솟은 어린잎 가위 모양 하고서

여름 내내 흙 속에서 묵언수행 다 마치고
어눌한 법어 하나 속 깊이 품고 왔나
쌍 촛대 발그스름한 꽃봉오리 올린다

돌아온 장고
— 짜장면

그대 너무 싱겁고 미지근한 뉘앙스에
퇴역한 노병 모습 뒤태쯤으로 보였었다.
혀끝을 끌어당기는 달콤한 이름 찾기까지.

헌 책방 기계충처럼 좀이 슬어 상처 받고,
가뭄 속에 논바닥,
사방팔방 갈라진 사이

돌서렁 모래톱에서 거북마냥 버텨왔다.

말로는 어정쩡하고 활자로는 천대받던
험한 길 외로운 시간 견뎌낸 마라토너,
쌍권총, 다시 겨누듯
되찾아온 그 이름

말씀의 사리
― 시조집 『백팔번뇌』를 읽다가

게으른 누에 되어 하루를 보내다가
살며시 고개 돌려 지나온 길 다시 본다.
혹여나 요긴한 물목物目 놓고 오지 않았는지.

탱탱 여문 말씀의 사리 갈피마다 새겨져 있고
슬퍼서 아름다운 상처 아문 자국에도
어느새 민트향 풍겨온다.
설산雪山에서 깨친 화두처럼

잔잔한 여운 남아 뇌리에서 맴을 돈다.
재우쳐 뒤돌아보면 손 떨리는 전율이다.
첫새벽 죽비 소리가 오목가슴 저민다.

빛을 쏘다
― 벤처기업인

도시의 반딧불이 하나둘씩 켜지고
깜박이며 날개 펴는 역광의 불나방같이
불 당긴 화염병 속에 발광하는 저 난무

두 눈을 부릅뜨고 쏘아대는 빛의 화살
누드모델 촬영하는 빌딩 숲 서치라이트
밤하늘 칼로 가른다, 상모를 돌려가며.

복작대는 도시 한 켠 땅거미도 밀려가고
실낱 빛 퇴출당한 포장마차 좌판 위에
퍼지는 LED전구 순백의 알을 낳는다.

잠시 잠깐 선잠 자듯 조용하던 골목 어귀
숨이 찬 벤처기업 촉 밝은 젊은 그가
하얗게 밤을 새운 뒤 또 하루를 풀어낸다.

보랏빛 병원

촉수 높은 지금은 대낮 소파에 여럿이 앉아
가슴 죄며 기다리는 무언의 하얀 얼굴들
진료 중 빨간 표시등
심한 갈증 일으킨다

건조한 목소리로 들려오는 이름 하나
싸늘하게 식어가는 손잡이를 돌리면

어미 소 우시장으로
끌려가듯 힘 빠지고

창백한 모습으로 마주 앉은 어색한 자리
모니터에 눈길 주는 숨 막히는 침묵의 시간
꽃다발 하늘에 날린다
꽃비 왈칵 쏟아진다

커피

하얀 도자 안에서 짙은 내음 여며 안고
소용돌이 맴돌다가 살포시 내려앉아
잘록한 선을 넘어서 아리랑 골짝 넘어간다

황톳물에 떨어지는 우윳빛 저 향기로움
하트를 그려 놓고 화살이 통과한다
다잡은 손잡이 안에 낙엽 휘청거리고

따스하고 부드럽게 흘러내리는 고요함이
길고도 긴 여운처럼 가슴 한 쪽 데워놓고
사르르 눈 감게 하는 감미로운 맛의 여유

불끈, 하루

1.
헌 신문과 골판지를 담장 밑에 밀어 넣고
칼바람에 등을 돌린 핏기 가신 찌든 얼굴
갈수록 옥죄는 심장
식솔들이 밟힌다.

허리가 시큰하다, 청과물 전廛 지날 때면
눈 절로 밝아지는 순식물성 밥상에는
누군가 솎아내지 못해 점점이 흩어진 알곡.

2.
선잠 깨고 일어서는 허기진 나팔꽃들
발아래 권속들을 우악스레 밀쳐내며
집어 든
하루의 뇌관
핀을 뽑듯 터뜨린다.

이상익(李尙益, Lee, Sang ick)

1968년 전북 익산 출생. 전북대학교(문헌정보학과) 졸업. 《시조시학》 신인작품상 등단(2018). 전국가람시조백일장 장원(2017), 중앙시조백일장 장원(2014), 샘터상 시조 부문 가작(2015) 외. 열린시학회, 한국문인협회 회원.

울게 하라

기년의 낮과 밤을 땅속에 울어두고
덮어줄 허물마저 맨발 아래 떨쳐둔,
매미의 온몸이 운다

그대로 울게 하라

바다를 채 못 건넌 어린 손들 놓치고
창무한 세월 깊을 생살 부벼 버려

—

이상익은 작품 「거미」, 「빈집」, 「다시, 원을 그리다」에서 일관성 있게 '집'을 모티브로 하여 시적 성찰을 보여준다. 그 존재의 근원을 밝히는 순간들을 기록하며, 연결고리가 끊어진 그리움을 펼친다. 시적 화자가 들려주는 이 세계는 "내 안에서 살았던 그가 나를 떠났다", "들어낸 자궁 같은 이 침묵이 지나면"(「빈집」 부분)을 통해 폐허의 쓸쓸함을 노래한 비가悲歌가 아니라 조화로움을 꿈꾼다. 지나간 흔적을 물어 올리며 새로운 희망의 세계로 귀의해 삶의 순리를 노래한다.

— 《시조시학》 심사위원: 박현덕(시조시인)

—

거미

실그물 드리운 채 숨죽이며 살았네

오오랜 기다림을 숙명으로 받아 든,

애꿎은 한 점 바람이

자꾸 맘을 흔들고

투명한 집 한 채 못 박아둔 허공에

인내의 시간만이 화석처럼 쌓일 때

서서히 몸을 비운다

무덤조차

집인 듯

빈집

내 안에서 살았던 그가 나를 떠났다
익숙한 체취가 아직 남아 있는데
떠나간 그 사람 다시 돌아오지 않는다

우리가 함께했던 빛바랜 시간들이
추억으로 포장한 서랍 속에 갇힐 때
작별의 인사도 없이 남겨진 밤이 길다

들어낸 자궁 같은 이 침묵이 지나면
보호소 유기견처럼 기다려온 누군가를
나는 또 회칠한 얼굴로 반겨 맞을 터이니,

다시, 원圓을 그리다

원을 그리다보면 누구나 알게 되지
완전함을 위해선 결국, 만나야 함을
당신과 내가 만나서
함께 우리가 되듯

하나의 선이 휘어져 일체一體를 그리워한다
떠난 곳을 향하여 되돌아가는 힘
시작과 끝이 만나서
끝이 또 시작되는

다시 원을 그려보면 서로 하나가 된다
안과 밖이 만나는 한 점, 그곳에서
어제를 들여다본다
순환하는 삶의 고리

입술

이것은 칼이다

꽃잎으로
위장한,

당신을 벤
상처가
선홍으로 번질 때

피고 진
숱한 말들이
문신처럼 남는다

석류
― 조운 생각

꺼내어 보일 수만 있다면,
그리하리

모락모락 김이 나는
붉고
따뜻한 심장

끝내는,
당신 때문에

산산이

부서져 내릴

울게 하라

7년의 낮과 밤을 땅속에 묻어두고
덮어줄 허물마저 맨발 아래 떨쳐 둔,
매미의 온몸이 운다
그대로 울게 하라

바다를 채 못 건넌 어린 손들 놓치고
황무한 세월 길을 생살 부벼 버텨 온,
엄마는 바람이 되어 운다
이대로 울게 하라

말로 다 할 수 없는 침묵일랑 깨치고
새들이 아침을 날아 목숨을 확인하듯,
사는 게 죄 되지 않게
목 놓아 울게 하라

붉은 노을

수레를 끌고 가네 폐지를 가득 싣고
킬로당 70원의 오늘이 지나가네
그림자 길게 드리운 붉은 서쪽을 보네

이 하루 건너는 게 저리도 힘드는지
마지막 남은 불꽃을 각혈로 쏟아냈네
가파른 걸음 한 걸음 자꾸 숨을 놓치네

네거리 신호등에 잠시 멈춘 생이었네
붉어라, 세상 가장 아름다운 파장이여
무너진 폐지 더미가 노을에 끌려가네

동백
― 아, 녹두꽃은 언제 피나

투사鬪士의 푸른 몸에 흐르던 피 붉었어라…

부릅뜬
혁명의 꿈

뚝 뚝 잘린
단두대

보아라!
저 꽃 진 자리,

저 참혹한 찬란을

커피 & 밥

매일 아침 따뜻한 한 컵 피를 수혈받고

차가운 콘크리트 상자 속에 갇힌다

닳아진 톱니바퀴가 어제처럼 맞물린다

전화기를 내던지고 서류를 박박 찢고

부장을 옥상에서 밀어버리지도 못한 채

구겨진 종이컵들이 쌓여간다,

야근이다

흔들다

난무한 꽃 잔치 속 동공이 흔들렸다

투하된 꽃패 따라 자존심도 던져졌다

흔들고, 피박에 광박

낭랑하다

네 목소리

이상인(李相印, Lee, Sang in)
1940년 경북 경주 출생. 호 벽암. 《시조생활》
(2008) 등단. 시집 『여울물의 노래』 외. 한국경
찰문학회 고문, 세계전통시인협회 자문위원,
관악문인협회 자문위원, 나라사랑 문인협회
부회장, 한국수요문학회장. 한국크리스천문
학가협회 회원.

이상인 시인의 시는 대부분이 짙은 외로움의 몸부림이다. 박재삼 시인의 '몸으로 사내장부가 몸으로 우는 밤은'이라는 구절이 생각난다. 이상인 시인은 사내장부가 그렇게 몸으로 울면서 시를 쓴다. 이 시인의 시는 유난히 남성성이 느껴진다. 그런가 하면 오늘날의 물질만능이 주는 폐해에 대해서도 비판을 서슴지 않는다. 이 시인은 자신만의 색깔이 확실한 작품들을 누구 눈치 보지 않고 자신만의 목소리로 훌륭히 노래하고 있다.

— 최순향(시조시인 · 《시조생활》 주간)

니나의 죽음
— 세월호 영혼들을 위로하며

사월의 라일락 세월 속 떨어져서
못다 핀 꽃망울들 바다 속 잠들었나
팽목항 흐르는 비가 悲歌
아! 누가 부르나 니나의 죽음.

희망의 퍼즐 조각 맞추다 멈추었고
미완의 악보들만 여기저기 흩어진 채
찢어져 갈라진 가슴마다
국상國喪 같은 애곡哀哭이여.

니르바나nirvana

무명無明을 벗지 못해 반야般若를 못 깨닫고
보리菩提에 들지 못해 윤회를 못 벗어나네
이 땅의 인연 끝나면 또 어느 하늘 태어날까.

사바娑婆도 찰나여라 무상無常도 공화空華인 것을
백팔개百八個 강 건너서 바라밀 닦고 쌓아
몇 겁을 지나고서야 이루리까 아! 니르바나여.

만해 한용운 기념관에서

님은 갔습니다 아! 님은 갔습니다
성불成佛마저 미뤄두고 광복에 몸을 던져
풍란화 매운 향 같은 님의 향기 남긴 채
어두워 길을 잃고 찢겨진 이 밤에도
바다 같은 님 계시면 숨은 별도 빛날건가
파사검 녹슬어 가고 남선북마南船北馬 아니 오네.

사자死者들의 도시

왕들은 죽어서도 천년 세월 살아 있다
고도古都는 예나 지금도 죽은 자가 주인인 양
오늘도 키 큰 왕릉들이 공경받는 자존自尊의 도시.

죽은 자들 때문에 산 자들이 불편하고
왕릉보다 높은 건물 왕에 대한 불경이라
서라벌 고도에서는 시계 바늘도 거꾸로 돈다.

숲들의 침묵

늑대가 칼을 잡고 진실을 조각낸다
음습한 바람 속에 피 냄새가 실려 온다
숲들은 침묵에 잠겨 새들 노래 끊어져.

붉은 이리 포효咆哮 소리 숲들은 움츠리고
겁먹은 양 떼들은 어둠 속에 숨어들어
정상이 비정상 되고 진실은 은폐된다

세찬 물길 막아 나설 투사는 어디 갔나
정의正義마저 모호해져 판단조차 흐리는데
절망의 벽 앞에 서서 메시아를 외쳐본다.

승무僧舞

차마 하늘 볼 수 없어 누가 접은 고깔이랴
그 무슨 한恨이기에 땅을 치다 하늘 날다
저기 저 나비 한 마리 청산을 날고 있네.

하늘 스친 소매 끝이 춤사위로 왔다 가고
박꽃이 저만치서 달빛 맑듯 하는구나
애원哀怨은 이승에 두고 승천하는 혼백아

신라의 장인

불성 깊어 돌 속에 숨은 부처 보이고
정釘 쪼아 돌 밖에다 부처를 드러내다
이윽고 현신한 부처 그 미소 위에 핀
오! 우담바라.

역사의 흥망성쇠

영광과 멸망은 생멸의 섭리 같은 것
신라와 백제는 어디로 사라졌나
강력한 로마 제국도 역사 속에 사라지고

망각의 제국 아틀란티스 바닷속 잠이 들고
은과 황금의 포세이돈 신전은 흔적도 없어
판테논 신전 무녀들아 어느 하늘 별로 떴나

역사는 수레바퀴 같아라 돌고 돌아가
수많은 제국들은 흥망성쇠 속 자취 없고
오늘도 시지프스 신화는 반복되고 있다

철마는 달리고 싶다

허리 끊겨 넘지 못한 벌거벗은 조상 땅
이제는 우리 모두 사슬 풀고 함께 가자
한恨 소리 긴 기적 토해내며
거침없이 달려가자.

반백 년 훌쩍 넘은 이념의 장벽 부시고
부모 형제 갈라놓은 쌓인 한恨을 풀자꾸나
삼지연 종착역에서
바라보는 그 웅자.

철원 평야 지나서 갈마반도 향해 가자
명사십리 해당화는 아직도 피고 있나?
실향의 묵은 아픔은
나이테로 쌓이고.

선죽교의 핏자국은 아직도 선명한지?
묘향산맥 넘어서 낭림산맥 새 길 뚫어
달려라 태양이 떠오르는
저 민족의 영산까지.

타오르는 광장

촛불로 달구어진 광장은 타오르고
정죄의 고함 소리 북악을 뒤덮는데
제물祭物은 결박이 되어 단두대에 올려졌다

광장은 부풀러진 분노로 왜곡되고
음흉한 소문들은 발신지도 모르는데
진실은 어둠에 묻혀 죄인되어 숨죽인다

ㅇ

이상진(李相珍, Lee, Sang jin)

1958년 전남 장흥 회진 출생. 경북대학교(경영학) 박사 졸업(2007). 《시조문학》(1990) 등단. 시조집 『남도 가는 길』(2000, 그루). 나래 시조문학상(2001), 육사백일장 장원(1990). 대구시조시인협회, 대구펜문학 이사, 대구기독문인회 회장 역임. 한국문인협회, 한국시조시인협회, 대구문인협회 회원. 경북대학교 겸임교수, 한국품질경영연구원 원장.

> **사 모 곡**
>
> 사철의 빛살들을
> 뜨락 가득 쓸어 담아
>
> 생인손 앓듯 걸어오신
> 고뇌의 긴 여정을
>
> 이제는 내려놓으소서
> 벽오동 푸른 그늘에

이상진의 고향은 '서편제' 가락이 애절하게 뜨는 남도땅 회진포구이다. 연전年前에 방화계邦畵界에서 크게 회자膾炙되었던 , '서편제' 가 촬영되었던 바로 그 현장에서 이상진은 뛰어 놀며 자랐다. 시인은 그 아련한 풍경화 속에서 "전어떼/ 뒤척이듯이/ 퍼덕이는" 추억들을 떠올리며 향수鄕愁에 몸살을 앓고 있다. 그런가 하면 시인의 가슴속에는 "햇살이 간척지를/ 애무하는 해안"이 있고, 유채꽃 향기가 넘치는 바다가 있고, '서편제' 한 소절을 흥얼거리면 흥이 절로 이는 해변길이 있다. 마치 영화 '서편제'의 한 장면을 눈에 보듯이 여실하게 그려내고 있다.

— 리강룡(시조시인 · 한국시조시인협회 자문위원)

해빙의 강

가야금 현을 타듯 찰랑이는 강물 소리

한두 겹 맨살 벗자 쏟아지는 햇살들이

해빙 둑 양지에 앉아 강심江深을 재고 있다.

실비에 취한 새 눈 청산靑山아래 젖어들어

움트는 푸른 생명 잔 물결에 놀라 깨면

옥색玉色의 가락 퉁기며 목선木船한 척 띄운다.

한 굽이 접힌 무게 긴 겨울을 털어 내면

때로는 허연 여백餘白 가슴을 찢다가도

결 고운 가얏고 소리 채운 가슴 힘이 선다.

봄 이야기
— 대춘

눈 내린 겨울밤엔
백등白燈 켜듯 어둠 밝혀

바람 찬 산마을에
따슨 정情 부어 놓아

접어둔
언약言約들 모아
하얀 꿈을 새긴다.

또렷한 윤곽으로
수繡놓은 족자 속에

호반가 악동惡童들이
뒹굴며 얼음지쳐

불현듯
유년의 회억
매화梅花인 양 피어라.

산까치 노랫소리에
아침이 일어서면

뒷동산 노송老松 가지
서설瑞雪이야 무거워도

지긋이 눈을 감으면
도란도란 봄이 핀다.

강물

강江나루 정靜한 둘레 세월을 갈앉히면
덜미 잡힌 삶에 고요롭게 피는 회억
한 소념素念
가득 넘치어 햇살 속을 누빈다.

눈감고 선히 뵈듯 지나간 나날들이
쪽빛 가슴속에 물보라로 솟아올라
호흡도
아픔을 빚어 걸음 가만 옮긴다

짐 부려 청청靑靑홀로 마음 다 비웠는데
해맑은 춘란春蘭피어 곱게 찬 벼랑 안을
가난한
영혼의 창窓에
송이송이 맺혔다.

산하山河도 고즈넉한 평화로운 강둑 위로
강물이 가는 곳을 따라 함께 거닐다가
조용히
내 홀로 서서
하마 그저 잊는 오월五月.

충주호에서

아득히 눈길 주면 청산이 다가오고

자욱한 안개 따라
유람선 헤쳐 가니

저 깊은 수림樹林 속으로
단양팔경丹陽八景 푸릅니다.

월악산月岳山 허리 돌아 푸른 강류江流 길게 흘러

구름도 두런대며
세월 한담閑談 나누는데
멀리로
팔매질하면
근황近況들이 여울지고……

봄산에 수繡를 놓는 진달래 붉게 피어

향그런 자연自然속에
잠시 잊는 얽힌 일상日常

다독인 세월 깊이를
파도 함께 잽니다.

생활의 연가

초록빛 산자락에 휘돌아 뻗친 계류

다정한 눈망울로 지친 삶을 눕혀 보면

풋풋한 해후邂逅의 약속, 강을 이룬 사연들.

솔빛 따라 산 오르면 한 겹 땀옷 벗는 상쾌

칡줄기 휘감기고 산란山蘭도 반겨 맞는

겹겹 뫼 드리운 품 안 골 안 가득 향기롭다.

만 구빗길 환히 열린 산정山頂에 주저앉아

수런대는 세상사도 산바람에 띄워 보내

때묻은 허물을 벗고 새삼 나를 바라본다.

봄 이야기
– 이앙기

늠연凜然한 산허리를
굽이도는 저 강둑

주단포朱丹布 질끈 잘라
황소뿔에 둘러매면

잠방이
걷어붙이고
지심地心 돋운 심경深耕일레

사모곡思母曲

사철의 빛살들을
뜨락 가득 쓸어 담아

생인손 앓듯 걸어오신 고희古稀의 긴 여정旅程을

이제는
내려놓으소서
벽오동 푸른 그늘에

무명베 오지랖에
빈 마음 채우시며

앞 뒷들 사래마다 피와 살 비벼 넣으신

가없는
모정母情의 세월
뼈에 새겨 아픕니다.

어머니 불러보면
가슴 가득 메어 오고

앓아 눕는 신열身熱인 양 몸조차 가눌 길 없어

내 오늘
엄동의 설야雪夜
뜬눈으로 지샙니다.

새벽 기도

오늘을 내게 주신 일용할 말씀 앞에
어둡고 긴 터널도 한 걸음씩 나아가면
세미한 주님의 음성 동행하여 주십니다.

눈이 먼 양떼의 길 평탄으로 돌보시고
가야 할 긴 여정을 영안靈眼으로 밝히시니
만유를 섭리하시는 주님만이 하십니다.

두 손과 무릎 꿇고 간구하며 하루 열 때
잔잔히 뜨거움으로 내 가슴에 오시어서
이 하루 지혜롭게 쓸 선한 길을 주옵소서.

안전한 포구

내 삶에 풍랑일어 시험이 밀려와도
믿음과 소망으로 순종하며 나아갈 때
닻 내린 안전한 포구 내 영혼의 안식처.

거친 들 험한 산길 내 앞을 막더라도
기도와 성령 함께 찬양하며 나아가면
갈 길을 인도하시는 신실하신 주 사랑.

이 세상 근심된 일 내 비록 괴로우나
하나님 음성 듣고 공의로 나아갈 때
주 예수 날 사랑하사 평온의 맘 주시네.

이상태(李相泰, Lee, Sang tae)

1954년 경남 밀양 출생. 울산대학교 석사 졸업(1997).《현대시조》신인상(2002),《시와 비평》신인상(2003) 등단. 시집『사랑 갈무리』(2005, 천우),『바다가 그리운 날』(2006, 천우). 전국시조백일장 장원(2000),《울산문학》작품상(2016), 녹조근조훈장(2015) 수상. 야음초등학교가(1996), 현대공고가(1999), 울산의 노래(2002) 등 작사. 전원문학, 교원문학, 시와비평, 울산문학, 울산시조 회장 역임. 울산문학 부회장 역임.《두레문학》발행인.

—

이미지가 사물로 그린 그림을 성립시키기 위해서는 필연적으로 사물과 만나는 감각적 작업이 선행되어야 한다. 감각적 체험에 의탁하여 시를 쓰고 있는 이상태 님.

—오승희, 박진환

이제 시조時調를 쓰면서 역시 초현실주의超現實主義 경향으로 해 보는 모양이다. 또 그것으로 고시조古時調적인 것을 가지고 참신한 현대시조現代時調를 만들어 보려고 하는 것 같다.

— 장순하, 문무학, 선정주

이상태 시인, 그의 시 정신은 뜨겁다. 그래서 다소 거친 표현이 있다. 그러나 그 거침 속에 정신을, 시대 상황의 예리한 분석력을 담아내고 있다. 이성의 힘으로 감정을 적절히 트는 능력을 보이고 있다. 그리하여 포용과 긍정의 시학을 구현해 내고 있다. 그래서 이 시 작품들은 독자들에게 따뜻한 위로를 줄 수 있을 것 같다.

시를 읽는 독자가 점점 적어지고 있다고들 한다. 그러나 그것은 독자의 탓이 아니라 시인의 탓이다. 시가 삶의 상처를 위로하지 못하고 희망을 던져주지 못한다면 왜 시를 읽겠는가. 시인 이상태의 시학, 포용과 긍정은 그래서 아름다움의 대열에 자리 하나를 확보하고 나선다. 시인 이상태 시학의 공간이 더욱 확대되길 기대한다(『바다가 그리운 날』).

— 문무학(시조시인 · 문학평론가)

—

풍치

철없던 어금니도 틈새 없이 바람 나서
때때로 바람소리 입술도 깨물다가
떨리는 문풍지 밖에 마른 침을 삼킨다

첫사랑 허끝으로 뿌리 없는 갈증 앓고
흔들다 지붕 위에 새벽 별 던져 올려
허공에 다리를 놓고 은하수를 건넌다

까치가 물고 떠난 담장 너머 쪽달 하나
새끼손 풍치 밀며 잇몸으로 사는 길에
사랑니 뽑아 물고 간 달무리를 망본다

탈춤

바람에 탈을 깎아 결 따라 춤을 추자
스쳐 온 길목 몰래 소맷자락 뿌려 올리면
숨어서
꺼내어 보던 무지개로 뜨는데

땅 업고 발끝 들어 해치며 도는 박자
장삼 올린 솟대 끝에 낯가린 북소리 엮고
탈 벗어
던지는 반달 구름 밖에 빗기다

이 손마저 잡아 주오, 한 회오리 감아치듯
하늘 안고 지신 밟는 내 이름도 가려 놓고
갯노을
댕기도 풀어 볼 붉히며 웃는다

범종

이끼 친 풍경 아래 보채는 안개비 봐
물속에 물길 찾아 바람 따라 죽비 치고
빈 가슴
맺힌 큰기침 범종 울어 뱉는다

아침 해 두레박을 퍼 올리는 미륵 좀 봐
탈색한 탱화 속에 점안해 줄 소리 찾아
사해에
구르는 낙엽 비질하는 파도 소리

절 마당 호수 위에 돌아 넘던 연등줄 봐
그네 타는 범종 소리 박자 따라 수련 피고
당겼다
놓친 속눈썹 서리 앉은 법열인가

절밥 공양

세상에 공밥 없다 영가를 모셔놓고
무서워 죽은 귀신 수저 들고 나란하게
얼마나 배고팠을까
연기 먹은 먹구름

사해를 거친 배가 산으로 올라간다
사천왕 노할까 봐 해우소 지켜 달라
비우고 남은 목구멍
하늘 태워 비 뿌린다

강산을 다 잡아먹고 트림하는 천둥소리
후광 걸린 바람결에 눈 감고 찰나 살자
공양주 비설거지에
절밥 마주 먹는다

가을 노래

섶다리 개울 건너 가을비 타는 낙엽
두루마기 입은 바람
갈색 안개 헤쳐 놓고
휘파람
밟고 온 은파 젖은 신을 벗는다

달맞이 사랑방에 눈 마주 따라 주고
돌샘 찻물 길어

햇살 익힌 불가마 속
담금질
태사 문양도 한지 새겨 보낸다

이 빠진 풍경 소리 빈 가슴 갈대 떨다
가다가 머문 사람
말린 찻잎 달여 놓고
손 모아
잔 드는 향내
무지개로 뜨는가

석불

산 구름 재운 골에 해와 달 다 놓치고
구겨진 하늘 내려 합장 끝에 세워보면
허공에
찍은 점 하나
별빛 따라 휘날린다

구름 천의天衣 걸치고 꼬여 앉은 육신 아래
연꽃잎 말아 올려 발자국 떠받치고
지그시
고해를 건너
안개 불러 세운다

그림자 빛도 없는 구슬 꿰어 목에 걸고
눈 감아도 어지러워 어루만져 본 가슴
구멍 난
멍울 사이를
바람 몰래 스친다

연등

연잎에 던진 동전
제 무게도 못 이기고
호수 얼굴 일그러져
바람 잡아 다독여도
연등불
잔물결 지며
잎새 밖에 맴돈다

처마 끝에 매단 풍랑
벼랑 타는 동아줄에
연등 하나 달지 못하고
풍경 소리 홀로 듣다
불빛에
모여서 우는
뭇 바람도 내 탓이다

그림자 모난 등불
흩날리다 뒤따르고
허리 굽혀 조아리며
붐비던 신을 벗고
문밖에
길마중 나와
아미 여는 미소다

돌탑 쌓기

투석정 이끼 피고
눈 부라린 바람 잔다

갈증 몰아내며
햇살 따와 이슬 먹고

발자국
걸려 넘어진
돌을 주워 올린다

달빛 별빛 갈아 뿜는
법고 푸른 혓바닥에
사천왕 헛기침 소리
낙엽을 쓸어 내고

손가락
티눈 빼 달라
법문 앞에 나선다

석남사

석남사 비추는 노을
운판에 걸려 있다
낙엽 물고 날아온 새
처마 끝에 매달리면
풍경이
오지랖 열고 불린 젖을 물린다

계곡에 발 담근 채
비구니 입술 떨고 있다
가지산 타는 목어
엿보다 들켜버린
십이지
속 빈 그림자 발가락이 보인다

울음보 큰 아이 낳아라
범종 소리 얼을 푼다
물무늬 든 가슴끼리
날개 치는 폭포 앞에
돌무지
부처로 모시고 바람 서서 절한다

불국사

초파일 범종 소리 엎치는 길 모서리에
매무새 달빛 저린 불국은 하늘 품고
사위다
분향 올리면
목탁 소리 쌓인다

촛불로 젊어 가는 눈빛 미소 나부끼며
펴지 못한 연화 합장 헛기침 내뱉어도
차라리
돌 던진 바람
물팽이로 돌고 있다

해자에 조아리다 금강계단 올라서면
바람 창 닫아걸고 석문에 불이 붙고
발자국
앞선 목소리
입김 불며 따른다

이상훈(李相薰, Lee, Sang hun)

1944년 경남 진양 이반성면 장안동 출생. 동아대 교육대학원(국어교육전공) 석사 졸업(1978). 《시조문학》 천료(1998) 등단. 시조집 『귀향』(2007, 세종), 『석교를 다짐하며』(2013, 세종), 『호령바람』(2017, 호령) 외. 을숙도 문학상(2016), 성파시조문학상(2017), 문예시대작가상(2017) 수상 외. 부산시조문학회 '볍씨', 뉴에이지문학 동인. 부산시조시인협회, 부산문인협회, 사상문화예술인협회, 한국문인협회 회원.

—

이상훈 시인의 시적 대상이나 시적 관심은 다양하게 나타나고 있다. 특히 시심의 원천이 되고 있는 고향 즉, 조상의 혼이 배어있는 본향을 가슴에 간직하여 각박한 현대생활 속에서 살아가는 우리들에게 어머니의 품속 같은 포근함을 안겨준다.

— 양원식(시조시인)

우리 선조들의 삶과 애환을 이해하면서 자연을 닮고 싶어하는 욕망이 이 시조로 나타났다 해도 무방하다.

— 임종찬(시조시인 · 부산대 명예교수)

작품에 나타난 시적 지향과 삶의 자세는 진실하고 진지하며 진정성이 충만하다. 참된 삶을 지향하는 올곧은 자세는 마음을 활짝 열고 겸허한 마음과 사랑의 정신으로 사물을 바라보고 살피어 깨달음을 얻으며 삶의 자세를 가다듬고 있다.

— 주강식(시조시인 · 부산교대 명예교수)

—

귀향歸鄉

산바람 솔솔 불어 지는 해 잠재우고
실낱 같은 초승달이 희미하게 여는 길을
맘 먼저 앞서 가면서 재촉하는 고향길.

추억의 개울물은 풀섶으로 숨어들고
개구리 단잠 깨어 폴짝폴짝 뛰는 그 길
흰 구름 산 너머 흩어져 달빛 어린 고향길.

풀벌레 이야기로 전설 같은 달이 뜨고
어깨춤 절로절로 흥거움에 젖는 밤은
이 마음 도로 어려져 돌아갈 줄 모른다.

곶감

피육皮肉까지 도려내는
그 고통 감내하며

포승捕繩에 매달리어
늦가을로 다진 몸매

배곯아
문전門前에 찾아온
호랑이를 쫓고 있다.

굴뚝에 연기 피어나는 집

아침 햇살 먼 산에 테를 둘러 내려앉고
짖어대는 까치 소리 온 동네 잠을 깰 때
정주엔 불 지핀 아궁이 아침밥 손이 바빠

사랑방엔 할아버지 군기침 가끔 나고
김 올린 여물 보며 반기는 암소하며
방 안엔 단잠 깬 아기 울음소리 들리고

온 식구 오순도순 밥상 소리 오고갈 때
얼음 달린 동치미며 시래기국 한 사발로
아침밥 배불리 먹었던 고향집이 생각난다.

물새들의 봄

새 잎 나자 집 단장에
물새들 코가 석 자
새끼 얻을 기쁨에
혼신으로 품은 가슴
난생卵生들
울음소리에 금줄 걸기 바쁘다

강물과 바닷물도
손 잡고 덩실덩실
이 집 저 집 다산 출산
을숙도가 경사로다
쪼르르
어미 따르며 자맥질이 바쁘것다.

녹차 한 잔

정淨한 물에 몸을 풀어
향기 없은 녹차 한 잔

손에 손길 맞닿아서
인연 따라 내 손 안에

하던 일 돌이키면서
여유로움 데운다

선잠 깬 온갖 상념
머무르는 이 순간

옹달샘 한 표주박
나그네 쉬게 하듯

마음을 도스르도록
자리 내어 앉힌다.

참회懺悔

먹으면 배설하고
내쉬어야 들이쉬듯

비움이 곧 얻음이라
사는 이치 마찬가진데

그 자리
눈 부라리고 비워낼 줄 몰랐다.

누나 핸드백

칠십여 년 거둔 살림 무거워서 내려놓고
핸드백 달랑 하나 요양병원 받는 밥상
창밖에 돋은 반달을 혈연같이 반긴다

휠체어 미는 손길 병마 쫓는 바람 될까
한 세대 되돌리면 재미로 한창 살이
말보다 맞잡은 손에 가슴 먼저 뛰고 있다

손가방 챙기기에 금, 보화 실렸는가
잃은 것을 되찾은 듯 휘둥그레 열어보니
반야경 손때 묻은 염주 시린 가슴 안아준다.

교목喬木

우람하게 가꾼 몸매
두 팔 벌려 안으면서도

어떻게 살아왔는지
묻는 이는 적구나
이 자리 지켜오면서 침묵으로 다진 수행

세월의 속앓이는
땅속 깊이 묻었다가

겸손하게 오는 물빛
마중 나가 맞이하고
우듬지 꽃망울 맺는 날 미소로 펴리라.

냉이의 변辯

있는 듯 없는 듯 동면하는 나를 깨워
호미로 언 땅 헤쳐 조심조심 부여잡고
춘곤증 해소하기엔 그저 그만, 최고라네

따순 물에 몸을 풀어 숨긴 혈색 되찾으니
감칠맛 감춘 향에 젓가락질 바쁘구나
절명은 섭지 않으나 십자화 한번 피웠으면…

시골 한나절 풍경
— 견공犬公과 참새들

먹다 남은 개밥그릇 참새 떼 몰려든다
요놈들, 세상천지 공짜가 어딨느냐!
졸다 깬 화난 삽사리 앞발 쾅쾅 내쫓으니

눈칫밥 익힌 재주 날쌔게 날아 앉아
'호 선생虎先生들 남긴 음식 금공禽公들 차지인데'
견 선생犬先生! 배고파 이러오, 먹고 남은 밥이잖소

밤샘 근무 받은 밥상, 훔치어 먹단말가
들판 곡식 집적대고 마을까지 넘보다니
이놈들! 놀고먹는 심보 쉬어나도 못 준다

마구간에 송아지 물끄러미 지켜보다
이 꼴 저 꼴 못 본다며 풀쩍풀쩍 쫓아와서
양편을 쿵쿵 꾸짖으니 겸연쩍게 물러나네.

이서연(李叙延, Lee Seo yeon) 본명: 이혜옥(Lee, Hye ok)

1963년 서울 출생. 호 매강(梅綱). 동덕여자대학교 졸업, 동국대 문화예술대학원 석사. 《문학공간》 추천(박재삼, 1991), 《문학과의식》 평론 등단. 시조집 『내 안의 나와 마주 앉아』(1996, 솔바람), 『산사에서 길을 묻다』(2019, 알토란북스), 『내 안의 그』(2020, 동경). 시집 『사랑, 그 언어의 무늬』(2018, 한강), 에세이집 『바람난 산바라기』(2016, 글도), 『그리움으로 가는 편지(전3권)』(2018, 한강) 외, 삼오문학상(1990), 한국시 대상(1997), 일봉문학상(1998), 문학공간상 본상(2006), 한국문학 백년상(2020) 수상. 국제PEN 한국본부, 한국시조시인협회 회원. 한국문인협회 감사, 세계한인작가연합 상임이사, 국학연구회 · 영축문학회 · 종로문인협회 이사. 《문학과의식》 운영위원장, 《시원》 편집위원.

이 시인은 시를 고뇌와 감성으로만 배우고 쓴 것이 아니라 구도의 길에서 해탈을 포착하고 시어를 다듬은 노력이 몸에 배어 있다. 따라서 이 시인의 작품은 여류 시인이라는 고정틀에서 바라보기보다는 허공을 꿰뚫는 선학禪學으로서 바라보고 그가 살아오고 살아가는 참삶의 자유로운 경계를 파악해야 한다. 시를 통해 깨달음을 노래하고 참삶을 추구하는 그 자체가 이 시인이 갖고 있는 매력이요, 아름다움이라 여겨지기에 능히 자신이 추구하는 바를 이루리라 믿는다.

— 박재삼(시인)

사랑의 그림자

향기를 살라먹은 물빛 같은 꿈을 타고
출렁여 온 마음 앓이 담장 밖을 서성인다
어쩌랴
숨가쁜 목숨
그 번뇌가 화두인 걸

고뇌가 여물면서 일으켜 온 일렁임이
상념想念의 창 너머로 하얀 밤을 추스른다
어쩌랴
한 줌의 보석
이 투명한 그리움을

기억이 멈춰버린 침묵의 길 입구에서
오롯이 일어나는 설렘을 여며본다
어쩌랴
불꽃 같은 파도
이 아찔한 영혼을

여기, 나 있음에

서둘러 할 수 있는 준비라곤 전혀 없는
제대로 맞출 눈빛 챙겨 놓을 여지없는
그래서 자꾸 무엇인가 부끄러운 지금 여기

빛보다 편한 그늘 한 편에서 물 마시고
시간만큼 자란 어둠 그 틈에서 숨을 쉬고
그렇게 길들인 세월 어색하기 하염없네

더덕더덕 기운 정을 보석처럼 내놓고도
토할 듯 꾸린 욕심 뿌리 끝을 다 털고도
이끼 긴 맘 한 편에서 솎아보는 퍼런 바람

한 목숨 깎는 소리 찰나에 박혀들어
깊고 깊은 섬 하나 허공에 심어 놓고
날마다 여기, 나 있음에 화두만 한 창을 연다

비 온 뒤

살갑게 스쳐가는 젖은 바람 한 줄기에
밑줄 쳤던 밀어들이 껍질 채 부서진다

억지로 움켜쥐었던 건 쏟아내며 살 일이다

어디로 가는 것이 미몽迷夢처럼 흔들릴 때
축축이 젖은 영혼 허물 벗고 알몸 된다

가끔은 떠밀려 온 습관 벗어가며 살 일이다

아련함에 대하여

그대가 잃어버린 그리움은 낙엽이다

그대가 이별하는 상처들은 바람이다

숨 한 번 헹구는 사이 깊어가는 노을 앞에

그대, 파도여

신들린 아낙네가 뜯어먹은 절망의 끈

시린 기억 무너뜨려 흰 꽃을 피워내고

마지막 이승의 눈물 춤사위로 푸누나.

사랑, 마지막 하루가

마주한 눈빛만큼 깊어가는 밀어만큼
별을 품은 어둠 속이 적요寂寥로 젖어 가니
이대로 숨이 멈춘들 아쉬울 게 뭐 있을까

그리움 아득해서 보고픔 살풋해서
어둠이 몸을 풀어 별을 낳고 웃음 지니
그대로 한 목숨 진들 허망할 게 뭐 있을까

이즈음 당신은

파란 물 풀어지는 내 눈빛 틈새마다
울음의 껍질들은 단풍 되어 되피는데
당신은 어떤 가을이 다가가고 있나요

바람에 불려나온 한 점의 국화향에
산빛도 철이 들어 깊어가는 순간인데
당신은 무엇을 껴안고 이 가을을 맞나요

눈 닿는 어디쯤에 자리 하나 마련하고
가랑잎 사이사이 시간 테엽 묶어두면
당신은 가을을 줍는 시인처럼 사나요

꽃답게 죽은 낙엽 영혼의 뒷모습에
온몸을 뒹굴면서 한없이 보낸 키스
당신은 그 밤이 쌓일 때 내 가을이 되나요

우탁*께 여쭙니다

마음을 건너가는 이치가 역易 아닐까
어설픈 가슴으로 헤아리다 여쭙니다

숙명적 아픔처럼 쓰는 시
건곤乾坤으로 통하리까

속살에 고여 있는 역易의 이치 인연일까
팔괘八卦로 밤을 헤쳐 뒹굴다 여쭙니다

갈애渴愛가 시가 되는 뜻
하늘로도 통하리까

시절에 속았을까 인연에 속았을까
사는 뜻이 혼미하여 땅을 치다 여쭙니다

죽도록 토하듯 쏟는 시
극極 닿으면 통하리까

* 우탁禹倬(1263~1342): 고려 말, 합리적이고 사변적인 성리학자로서 정
이程頤가 주석한 『주역周易』의 『정전程傳』을 터득해 학생들에게 가르침
으로써 후학들이 그를 종사宗師로 삼았다 한다.

아, 지금

무수히 분노하던 버릇 하나 고치려고

덮어보고
태워보고
지워보고
풀어보고

그렇게 몸부림치다 할 수 없이 웃습니다

오월, 자작나무 숲

숨다운 숨을 찾아 숲으로 갔나이다
자작자작 바람 타고 새 소리가 맞더이다
물오른 하얀 웃음이 내 안으로 오더이다

향긋한 침묵 하나 품으러 갔나이다
올곧은 푸르름이 넉넉하게 주더이다
정갈한 살갗의 숨결 의연함이 곱더이다

오월을 삼킨 풍경 만지러 갔나이다
늘씬한 영혼들이 산빛을 썻더이다
그 덕에 묵은 신열 풀어 속 비우고 왔나이다

이서원(李瑞源, Lee, Seo won)

1969년 경북 경주 안강 출생. 〈부산일보〉 신춘문예(2008) 등단. 시집 『달빛을 동이다』(2012, 초록숲), 『뛰창』(2017, 초록숲), 우리시대 현대시조선 『단풍왕조』(2019, 고요아침) 외. 이호우시조문학상 신인상(2014), 한국시조 올해의 좋은 시조집상(2018) 수상 외. 한국시조시인협회, 울산시조시인협회, 오늘의시조시인회의, 국제시조협회 회원.

―

일상의 사물이나 행위 속에서 다양한 주제적 접근을 가능하게 하는 것은 이서원이 지닌 서정적 품이 따스하고 넓다는 것과 그 상상의 결이 단순하지 않다는 방증이다. 사방으로 흩어짐을 뜻하는 산지사방散之四方은 그런 의미에서 시인이 사물이나 정황을 대함에 관습적 서정에 몬존하게 갇혀있지 않고 나름 활달한 상상을 추구한다는 것이다. 그것은 안정과 개척을 동시에 추구하는 서정적 온기를 지닌 이서원의 품성에서 기인한다 할 수 있다.

— 유종인(시인 · 문학평론가)

―

단풍왕조

견고한 철옹성을 삽시간에 제압하고

앞서간 척후병이 잠겼던 문을 열자

거대한 군중의 함성이 골짜기를 뒤흔들다

다 찢긴 깃발인 양 옹색한 쇠락 앞에

세상은 일순간 홍위병 천지가 되고

가을은 무혈입성으로 새 왕조를 만들다

민방위훈련

오후 2시 백주도로가 개처럼 엎드렸다

꼬리 한 번 못 세우는 저 착한 절대복종

도심은 목줄에 잠긴 채 잠행을 엿보고 있다

압력밥솥

남산골 깊은 어둠 물소리도 돌아나가던
너럭바위 작두 위에 맨발로 뜀을 뛰며
신내림 굿을 받느라 부채춤을 추던 그녀

이 새벽 어쩐 일로 솥 위에서 춤을 추나
연잎 같은 치마폭을 불꽃 위로 펼쳐두고
뜨거운 눈물 적시는 순진무구 저 몸짓

우리가 먹는 밥은 그냥 밥이 아닌 것을
누군가 애절타 못해 속절없이 쓰러지다
끝내는 징을 때리듯 한 됫박의 절규인 것을

오후 한 시

물든 장화 속 잘 씻긴 발바닥이듯

하얀 고요가 도란도란 모여있다

꼭 여문 살구씨 같은

모가 닳은 댓돌 위

다도해

너울 이랑에 깨씨인가 점점이 뿌려 놓고

늦도록 이 가을날 수확조차 잊었구나

한 묶음 남도 바다는 깻단마냥 푸르다

하늘은 체를 흔들어 윤슬만 쏟아내도

온종일 신이 나서 깨소금내 나는데

때늦은 호들갑이랴 서 말 닷 되 품이 너른

약육강식
― 일몰

삼키다 만 대가리가 반쯤 걸린 목구멍

발버둥치는 뒷다리 허공을 휘젓는다

붉은 피 뚝뚝 떨어지는 생과 사의 결투!

빙폭氷瀑

반골기질 민병들의 패기 같은 돌격으로

적의 본영을 향하던 푸른 말발굽소리

낙하의 협곡을 만나 표표하게 서 있다

열국을 평정하던 뜨건 함성 잠시 멈춰

창검도 밀쳐 두고 바람마저 재워두고

사기를 충천하는 양 전의를 다지는가

배수의 진을 치고 더는 밀릴 수 없어

전장을 뚫어질 듯 겨눠보는 눈빛으로

장대한 갑옷을 걸친 퇴각 잊은 영웅호걸

동강

포식의 본능은 그에게도 살아있어
이빨을 감추고 갈기를 숨겼지만
휘감는 물돌이에선 참을 수가 없었을까

느긋하게 진중하게 최후의 만찬처럼
감미롭게 음미하는 협곡의 푸른 식사
누천년 산을 통째로 삼키고도 남겠다

굶주린 야수의 시린 발목을 적셔가며
칭얼대는 꼬리를 끌고 핥아가는 저 혀들
아무 일 없었다는 듯 바윗돌이 부드럽다

산정 일출

궐문을 두드리는 다급한 목소린가
반정反正의 그날인 양 성채를 에워싸고
삼엄한 경계를 넘어 산 그리메로 진군한다

성삼재를 뛰어올라 숨 가쁜 거사의 변
실정失政의 안개군단을 속전속결 베어낸다
명분은 민초들을 향한 새 하늘을 받드는 일

원추리 물레나물 속단이 산오이풀
공신들의 함성이 천상을 뒤흔들자
마침내 지리의 기상 양팔 가득 껴안는다

새벽 달

온순하게 입을 벌린

소의 혓바닥인가

밤의 지구를 핥다

힐끔힐끔 돌아본다

산 같은

어둠의 몸피를

꿈쩍 안고 엎드린 채

이석구(李奭九, Lee, Seok kuh)

1960년 충남 청양 남양 출생. 성균관대학교 (한문학과) 졸업. 《월간문학》 신인상(2004), 〈동아일보〉 신춘문예(2005) 등단. 시집 『커다란 잎』(2010, 천년의시작), 현대시조100인 선집 『마량리 동백』(2018, 고요아침), 『그늘의 초록을 만졌다』(2018, 문학의전당). 21세기시조동인. 오늘의시조시인회의 회원.

—

캄보디아 여성의 낙천성을 소설가적인 상상력(「오토바이를 타다」)과 관념의 산물이 아니라 일상 체험의 산물(「연애」)(이승하)로, "당신과 내 그림자는 물에 뜬 꽃잎 한 점"과 같은 은유를 성립시킨다(「납매」)(염창권). 또한 동일한 공간에서 펼쳐지는 교향악처럼 시인의 오랜 시간을 아늑하게 감싸면서(「가을, 그 집 수졸당」) "산울림 깊을수록 뼈마디 앓는 침묵"(「겨울 폭포」)을 잔잔하게 전해준다(유성호).

—

가을, 그 집 수졸당守拙堂

　타고난 천성대로 구르고 깨어지는 모가 닳은 자갈처럼 저 홀로 깊어진 강물
　햇살이 물결에 걸린 갈대꽃을 흔든다

　지난 장마철 물속
　바닥에 찍힌 발자국
　미처 따지 못한
　못난 열매를 생각하다
　한 번쯤 대문을 열고
　출타 중인 집이고 싶은

　격자문 창호지 발라 구절초 피워놓고
　들판에 드리워진 앞산 뒷산 그림자가 모래톱 맑게 쓸리며 물빛 따라 흘러가다

　혼자 집에 들어간 칠순七旬의 바깥주인이
　고욤나무가지 휘인 사랑채 문풍지에
　목판본 시경詩經 한 줄을 먹을 갈아 적는다

* 수졸당守拙堂: 경북 안동시 도산면 토계리에 소재한 퇴계 이황의 손자 이영도李詠道의 고택으로 동암종택이라 부르기도 함.

연애戀愛

일요일 늦은 아침
걸어가는 혜화동로타리
필리핀서 온 여자
길 가장자리에 서서
뜨겁게
달궈진 냄비
오리 알을
삶는다

그녀가 쓸어 올린 머리카락 날리며
녹지 않고 얼어붙는 눈 내린 방향으로
바나나 잎사귀 닮은 목도리 칭칭 두른다

주일 낮 미사가 끝난 성당 계단에 앉아
그리운 그 사람을 만나기 한 시간 전부터
푸드득 날아간 오리
발롯*의 껍질을 깐다

* 발롯: 부화되기 전에 삶은 오리 알.

오토바이를 타다

잠시 사귀다 헤어진 옛날 애인 어깨 같은
고개를 넘은 다음 쉬었다 가는 읍내
벚나무 그늘 옆에서 나도 모르게 웃습니다

시집오기 전 그해 메콩강이 생각난 거죠
강둑을 지나면서 오토바이 올라탔던
스무 살 새파란 나이 헤어진 첫사랑을요

커다란 눈의 애인이 떠오른 게 미안해서
남편 모른 캄보디아어로 인사하고 나온 아침
시장에 도착할 때까지 가속도를 붙입니다

겨울 폭포

초서체草書體로 흘러가는 골짜기 물길 따라
휘어진 가지만큼 옹이진 힘줄뿐인
백년 된 느티나무가 골다공증 앓고 있다

더는 갈 수 없어 바람도 무너진 벼랑
대담하게 쏟아진 곧은 소리 생략한 채
시간이 멈춘 물줄기 살 부비며 얼어붙고

산울림 깊을수록 뼈마디 앓는 침묵
억새풀 담아 채운 분청귀얄 빗금처럼
둥그런 바위 항아리에 무지개가 걸렸다

납매臘梅

발자국 꾹꾹 찍힌 얼음장 풀린 뒤에

당신과 내 그림자는 물에 뜬 꽃잎 한 점

속눈썹 파르르 떨며
어디에서 꽃 피우나

바람구멍 숭숭 뚫린 끝물의 붉은 매화

큰 돌 작은 돌이 에워싼 강물 소리

꽃망울 가운데 놓고
누가 먼저 향을 받나

낮잠

칠월에 핀 능소화는 주황이 그림자다
헛바닥 무늬처럼 천연스런 색이란 듯
벌 나비 통째로 취한 붉은 빛을 들인다

꽃대는 넝쿨보다 휘청휘청 감기면서
꽃망울 송이송이 더듬어 스민 햇살
꼭 다문 꽃잎을 벌려
입 안 가득 번진다

옷섶을 풀어헤친 곤한 듯 나른한 잠
담장 아래 고양이가 발을 얹고 짚는 허공
바위를 감아올린다
꿈에서도 힘을 쓴다

만행卍行

늦은 저녁 비 온다 땅콩만한 빗방울이다
투두둑 운주사 와불
옷깃이 뜯어져
집 밖을
나설 때부터 좀약 냄새가 난다

맨살을 덮을수록
바람에 날릴 것 같은
휘어진 등에 걸쳐 걸어가며 입어야 할
내 생애
옷 한 벌이라 세탁하여 말린다

세상에서 가장 먼저
벗어놓은 허물일까
아무데나 발 닿아도 문 열고 달을 보며
옷깃이

접힌 모양대로 길을 가는 중이다

자운영

새참으로 늦게 내온
밥알 같은
꽃입니다

배고프시겠다며
어서 많이
드시라고

내 몸에 묻은 진흙도
붉은 꽃밥입니다

그늘의 초록을 만졌다

소나기 한줄기가
쏟아진 다음에는
새소리가 들려오고
버들잎이 만져지고
물 위에 입혀진 무늬
당신의 긴 그림자

바람이 분다 불어도 그 끝을 잡지 못한
아무렇지 않은 듯이 흐르는 뭉게구름
배추밭 고라니 발자국 왔다 갔다 서성이고

잘못 드는 길이면 그대로 주저앉을
팔월 여름의 반은 물결에 떠올라서
수북이 쌓인 풀잎이
꽃 피는 줄 몰랐다

곡우穀雨

한눈에 들어오는 창문 밖 살구나무
저 살구나무 아래로 놀러가 연애하자
꽃들이 자꾸 피어서
다닥다닥 붙어서

새끼손가락만 한 가지를 덮어주어
만개한 꽃송이들 구름처럼 번진 의자
가볍게 신발을 벗고
백 년 동안 앉아보자

굵은 빗방울이 멈춘
푸른 그늘 저만치로
봄날이 가기 전에
애인을 기다리자
허공의 꽃 진 자리마다
풋살구가 열린다

이석규(李碩珪, Lee, Suk kyou)
1943년 강원 춘천 출생. 서울대 사범대학(국어교육과), 건국대 대학원(국어국문학과) 문학박사 졸업. 《시조생활》(1990) 등단. 시집 『당신 없는 거리는 춥다』(1995, 동경), 시조집 『아날로그의 오월』(2001, 동경), 저서 『언어의 예술』(2007, 글누림), 『우리말 의미 연구』(1996, 박이정), 『텍스트 분석의 실제』(2007, 역락) 외. 시천시조문학상(2001) 수상. 한국시조생활시인협회장, 세계전통시인협회 수석부회장·상임고문, 한국시조협회 이사장·명예이사장 역임. PEN운송현원영시조문학상 운영위원장, 국제펜 한국본부 자문위원. 한국문인협회 회원.

내 마음
－知音에게

이석규

속기를 에워싸는 풀벌레 울음처럼
쏟아져 내릴 듯한
속제(漱滌)하늘 별무리가
오로지 너를 향하여
쉬지 않고 반짝인다

—

이석규 시인은 예리한 눈을 가진 사람이다. 남들이 평범히 스쳐버린 자리에서, 내면세계에 눈 둘리고 귀 기울이며 예리한 촉각의 불을 켠다. 그리하여 찾아낸 진실을 바탕으로 비상한 솜씨로 소우주를 재구성하는 능력을 보여준다. 마치 통나무를 절단하여 연륜에 얽힌 이야기와 내조직의 호흡소리, 그 결 무늬의 찬란한 뜻을 개화시키듯이, 그 진실, 그 의미를 드러낸다.

— 유성규(《시조생활》 발행인·세계전통시인협회 총회장)

동심과도 같은 이석규 시정신의 천진성, 원초적 순수성이 소담히, 때로는 치열하게 꽃피었다. 여기서 그가 전경화前景化하는 지배소는 역동적 이미저리다. 그것은 한국 한국시조의 의미 있는 활로를 트기에 기여할 낭보를 함축한다.

— 김봉군(시조시인·문학평론가·가톨릭대 명예교수)

—

국토國土에게

기억하나, 바람 속에 살 오르던 햇살아
수건 질끈 동여매고 손바닥에 침을 뱉던
그 남정 헌걸찬 웃음이 솟아나던 샘터를

별밤을 좋아했지 오지랖이 큰 여인아
숲가에 물 흐르면 경건을 닦고 닦아
풀벌레 울음 안에서만 씨를 받던 사람아

모래톱에 쌓인 세월 강물은 흘러가고
포탄을 먹고살던 그 하늘도 다 지난 뒤
마지막 공해의 바다에 몸을 던진 사람아

꿈속엔가 내 여인이 남의 애를 배었더니
눈을 뜨니 울면서 내 아이를 떼려 하네
긴 목을 서로 부비며 하늘까지 닿았건만

대금 소리 들으며

다소곳이 고개 숙인 버들잎 고운 아미
취구에 살짝 닿은 석류 입술 더운 숨결
이 땅에 물길을 열던 그 소리로 흘러라

저고리 소매 따라 치마폭을 감돌다가
버선코 차고 올라 풍경 타고 춤을 추며
처마 끝 곡선을 흐르는 천상의 선율이여

청사靑史를 가르면서 천년을 우린 물빛
벽옥색 바닷물로 출렁이는 꿈을 싣고
겨레의 혼불이 되어 하늘까지 사무치네.

비 오는 날

토닥토닥 빗소리엔
예쁜 맘이 숨었나봐

잊었던 무지개가
새롭게 떠오르고

전학 간
짝꿍 생각이
교실 안에 가득 찬다.

새봄 환상곡

겨우내 잔뿌리들 언 땅에 갇혔더니
어린 잎 뽀얀 속살 젖 내음이 감돌고
가지는
등불 켜들고
하늘하늘 춤춘다

묵은 가지 꺾이는 소리 꿈결인 듯 고요해라
연둣빛 풍선을 들고 행진하는 병아리 떼
어느새
큰 물결 되어
하늘까지 내닫는다

붉게 타는 찔레꽃

먼 세월 둑 너머에 꿈 많던 여자아이
산마을 뻐꾹 소리 실낱같이 외롭던 날
비갠 뒤
낙조에 빠져
불새가 되었다네

자갈처럼 대글대글 부대끼는 생활 속에
진실에 밑줄 그며 흩뿌리던 진홍 눈물
오늘은
토담장 위로
송이송이 타오르네

수덕사修德寺를 지나며

수덕사를 지날 때
이슬비가 내렸다
하나 둘 다가서는
다정한 옛사람들
먼 기억
그리운 날들이
우연雨煙처럼 피어난다

찻집이 된 여관 뜰에
시정詩情 같은 낙수 소리
찻잔을 마주하고
이야기에 빠져들면
시간은
열차를 타고
샘밭골로 달려간다

정이

장마 끝에 언뜻 뵈는 옥색 하늘 그 빛깔
비탈길 달려올라 숨 가쁜 일상을
두 팔로
보듬어 안는
달무리 숨결 같아

세월도 얼어붙은 인정의 동토에서
아득히 떠오르는 네 모습 그 둘레로
햇살은
엷게 퍼지고
그리움 살랑 일고

피리 불 듯 나직이 네 이름 불러보면
내 마지막 서정에 늦가을 비는 뿌려
연갈색
낙엽의 꿈이
젖고 있는 영혼의 뜰

봄내골春川 겨울

봄내 골 다가가면 코언저리 싸한 내음
어스름 먼 숲 위로 꿈의 촉수 뽀얗고
가슴엔
시간의 강물
전설 속을 흘러라

호반의 안개 속에 그 날들이 피어난다
하늘에는 꼬리 연
웃음소리 쟁쟁하고
까치집
성긴 틈새론

찬바람이 새고 있지

산 같고 바위 같던 구순(九旬)의 내 아버지
질곡도 여한도 세월속에 씻겼노라
그래도
핏줄이 아파
봄내 슬피 흘러라

아아, 이세돌
— 알파고와 4번째 바둑대결에 부쳐

인공지능 알파고와 반면 앞에 마주서다
1초도 어김없이 반상을 뚫는 눈빛
지능과 직관을 넘어 젖 먹던 힘 쏟아낸다

처절한 혈투 속에 3연패를 당하고도
오히려 담담하게 세상을 다독인다
진 것은 이세돌이지 인류가 아니라고

밀려드는 적들 속에 홀로 뽑은 고독한 검
머리카락 빈틈을 빛살처럼 찔러간다
그렇게 세 번 지고도 네 번째는 이긴 용사

천 수백의 컴퓨터가 적을 돕던 종국까지
'나'를 이긴 빈 가슴엔 파문조차 없었다
지구의 진짜 주인을 보여 주고 있었다

아날로그의 오월

바람 불면 나무들은 온몸으로 태질친다

잔가지는 가볍게 큰 줄기는 무겁게 퍼들쩍 퍼들쩍 온몸으로
태질친다. 소녀의 입술처럼 반짝이는 잎새들. 한 호흡 한 호흡
호흡마다 쏟아내는 아우성. 바람이 불 때마다 화들짝 흩어졌다
가 새떼처럼 모여드는 아날로그의 입자들. 그 아픈 순수여. 원
시의 하늘 아래 스케이팅 왈츠 추는 나무여, 나무의 무리여. 백
마 탄 오월이 월계관 쓰고 사과 같은 뺨으로 화알짝 웃으면 돌
들도 일어나서 환성을 지른다. 호산나 호산나, 야야— 와와—
문명의 때를 말끔히 씻어내고 이제야 드러나는 오월의 고른 속
니, 아, 아날로그의 오월, 오월이여.

푸르게
노래 불러라
빛 무리로 부활하라

이석래(李石來 Lee, Seok rae)

1946년 경남 울주 서생면 나사리 출생. 동의대 행정대학원(언론홍보학과) 석사 졸업(2000).《부산시조》(2008) 등단. 시집『사계의 노래』(2006, 세종),『다시 듣는 사계의 노래』(2011, 세종),『담쟁이 은유』(2016, 세종) 외. 문학도시 작가상(2011),〈한국문학신문〉시조 대상(2011), 한국해양문학상 장려상(2013) 수상 외.《한국동서문학》발행인.

산수유

　　　　　　　이석래

엄마가　시골장에
떠나고　없는　아침

단잠을　깨워주고
세숫물　데워준　이모

노란　콩
섞어　지은　밥
안개꽃이　피었어

—

다양한 소재와 현장체험을 통해 보여준 이석래 시인의 율격에 대한 이해와 시적 감성은 풍부하고 변화무쌍하다. 그는 그가 마주한 자연의 물상이나 사회적 현상을 즉석에서 이석래 식 언어로 형상화해내는 독특한 능력을 지니고 있다. 그리고 작품마다 그 거침없고 단정적인 독화술로 독자들과의 교감을 시도한다. 아마도 그것은 그의 천품이 지닌 신명과 삶의 이력이 쟁취한 포용성의 결과로 읽어도 좋을 것이다.

— 민병도(시조시인 · 국제시조협회 이사장)

—

틈새

온기 없는 벽을 향해 콘크리트 못을 친다
박히지 않으려는 억지 부린 고집 꺾고
메마른 가슴 같은 벽
조금조금 박힌다

단단히 굳어버린 시멘트 철근 틈새
야문 것 속에서도 트이는 숨통 길은
시원한 금강산 폭포
액자를 걸 못이다

어느덧 딱딱하게 굳어져 가는 머리
갈수록 물기 없는 마른 가슴 뚫어 갈 길
내게도 그런 못 하나
있었으면 좋겠다

봉선화

사마귀 벌 모여든 심사정 초충도다
왼쪽은 봉선화 오른쪽은 강아지풀
무언가 궁금한 듯한 사마귀가 재밌다

쉰 나이 될 듯한 손이 예쁜 여자가
손 안에 하나하나 봉새를 불러 온다
저 새들 이삼일 내에 손위에서 날겠다

소금에 식초 몇 방울 비닐로 감싸주는
제 엄마께 배운 솜씨 제 딸도 묶어 줄 터
그 밤은 모녀 삼대가 달빛 속을 거닐겠다

하마 물들었을까 궁금중에 실을 푼다
벽돌 빛 붉은 수국水菊 맛이라면 달콤하겠다
내일쯤 친구에게도 물든 손을 보이겠제

산수유

엄마가 시골장에
떠나고 없는 아침

단잠을 깨워주고
세숫물 데워준 이모

노란 콩
섞어 지은 밥
안개꽃이 피었어

기우뚱 가로수

　가로수 잎가지가 바람에 시달리다 잡을 손 부목 없이 뿌리 채 넘어졌다 아프게 바라보지만 어쩌지를 못한다

　때 절어 닳은 신발 땀 밴 작업복이 창가에 머리 기대 잠꼬대를 하고 있다 사장님 월급 좀 주이소 정말로 힘듭니다

　열심히 일을 해도 갈수록 힘거운 삶 곰팡이 사글셋방 새우 등 잠든 가족 아이들 선한 눈망울 아내 얼굴 겹치고

　비바람 몰아 칠 때 어딘가 비를 피해 누군가 도와야 할 신산을 먹은 사람 더 이상 지탱 어려운 약자들의 비애 같다

그리운 딸아

가을 잎 곱게 물든 나무줄기 사이사이
소슬한 바람결에 잎 떨군 매화나무
한 쌍의 가지에 앉은 새
다산이 쓴 시어다

유배 중 시집간 딸, 보고파 눈물 나는 날
퇴색된 치마 조각에 그리움 그린 붓놀림
휘얼휠 날던 저 새가
내 딸 매화에 쉬고 있네

보고 또 보아도 싫지 않는 그림처럼
보내는 아쉬움은 썰물같이 그립다
내 둥지 쉬러 온 새처럼
자주자주 들러라

깡깡이 아지매

먼 바다 헤쳐 오느라 너덜해진 선박처럼
인도 여행 다녀온 K 피부병을 옮아 와서
환부를 떼어 내는데
고생깨나 했단다

청진기 귀에 꼽고 진찰하는 의사처럼
피부병 옮은 그를 병상에 앉혀 놓듯
녹슬고 너덜한 흔적
두들기고 긁는다

두 사람이 함께 걷기도 좁은 골목길
아기를 등에 업고 엄마를 찾은 누이
손 놓은 깡깡이 소리
불은 젖을 물린다

젖무덤 얼굴을 묻고 정신없이 젖을 빠는
제 엄마 등 뒤 건너 바다를 보던 누이
수평선 물비늘 너머
그 시절이 출렁인다

가오리연

산릉이 제 집이라고
가파르게 날아오른
꼬리 긴 물고기가 장천長天을 헤엄치다
낯선 길 연緣줄을 메고 갈바람 타고 난다

바람에 길을 묻고
빈 하늘 물을 찾다
옛집을 찾아 헤맨 길 잃은 방랑객 되자
저렇게 나를 버리고 인연 찾아 떠난다

널배

크고 작은 냇물이 자연스레 자연이 된
지중해 바다처럼 잔잔한 갯마을길
흰 국화 묶여진 다발 벌이 향기 모은다

썰물 따라 나아가는 반짝이는 널길 광야
소슬바람 휘감은 펄 뒤지는 바빠진 손
등허리 펼 틈이 없어 아픔마저 잊는다

마음은 앞서가고 비린 내음 뒤따라가

다라이 한가득 캔 쫄깃한 낙지며 꼬막
기다릴 손주 생각에 발길마저 바쁘다

예순 해 널배 타다 널배 등인 할머니는
저 배는 내 자가용잉겨 쓰다듬고 입 맞추다
갯벌이 평생 일터야 영감보다 좋당께

해묵은 모과

소반에 얹힌 모과 저승꽃 피어난다
가을 들판 떨어진 몸 어디선가 잠들 것들
한가한 시인 곁에 와
애통터진 신춘新春이다

마음의 새싹이 될 동그란 눈빛 새로
온몸이 간지러워
해맑게 기지개 켠
노오란 햇살 틈 사이 살폿 손 내밀 텐데

오래 남아 그런가 제 갈 길 못 가서인가
싹 틔울 기운 없이 둥그러져 묵힌 아픔
퇴색된 얼룩 반점도
꽃이라 불러줄까

을숙도

강물이 물을 포갠 출렁이는 섬에 오면
재첩 살 향기 저민 물바람 뺨을 스쳐
물떼새 가슴깃 같은 포근함이 배인다

흘러온 물 간 배게 할 빛 고운 바닷바람
한가히 노닐던 해 갯벌 곁에 다가와
짱뚱어 농게 등 뒤를 은근 슬쩍 간진다

짭짤한 해풍 스민 노을 밴 물곬 새로
갈대순 같은 꿈 몇 새롭게 돋아나면
승학산 어스레한 빛 어깻짓하고 놀겠다

이석수(李錫洙, Lee, Suk soo)

1958년 경북 김천 출생. 경북대학교 석사 졸업(2002). 《서정과 현실》(2014) 등단. 시조집 『엄마의 서책』(2020, 고요아침), 번역집 『엄마의 일기』(2020, 월간문학). 서정가곡 20선 제1집 〈가을 남대천〉(2020). 시조시학 젊은시인상(2019) 수상. '시눈' 동인. 오늘의시조시인회의, 한국시조학회, 나래시조 회원. 한국시조시인협회 기획이사.

—

이석수의 시는 언어의 운용이 활발하다. 보기 드문 단어나 음성 상징어로써 내밀한 감각을 더듬는다. "몸얼굴" 등의 단어나 잦은 의성·의태어들이 "등뼈 같은" 단단한 문장과 견고한 언어의 "빗살무늬"(「청구영언은 읽다」)를 빚는다.

그러나 그의 시는 "반짝이는 말"(「얼음을 조각하다」)의 기교를 넘어선다. "사막을 터벅터벅 걸어가는"(「약물내기 별곡」) 실존자가 "앙가슴"에서 토해낸 "선혈"(「모란꽃 밀서」)로 붉디붉다. 불꽃같은 입술과 사막을 횡단하는 낙타의 심장. 이석수의 시는 열정과 어두움의 양가성을 기반으로 아름답게 직조된다.

— 신상조(문학평론가)

—

황금동 다원

처마를 들어 올려 햇살 공양 받는 아침

마음 모두 드러낸 대문 앞 저 남천도

지난 밤 붉은 꿈길을 마당에다 펼친다

홍시를 쪼아 먹던 한 무리 검은 까치

세상에 눈이 멀어 날아간 그 이후로

멈춘 듯, 웅크린 나무 허공을 우려내고

선명하게 떠오르는 아내의 모습 같이

아련한 기억 끝에 다시 온 봄을 보며

매화는 먼 산의 풍경 가지마다 내건다

청구영언을 읽다
— 고배高杯처럼

그림자 깔고 앉아 도도하게 밤을 읽은

등뼈 같은 문장이 길의 지문 헤아리며

몸얼굴* 곱살스럽게 별빛으로 돋아난다

누란의 마음 삼켜 보름달을 떠올리듯

덧씌워진 어둠 몇 장 후후후 불어내면

굽 아래 숨은 새떼가 푸드덕 살아난다

실금의 불면 속에 흐르는 물소리처럼

뒤척였던 꿈자리 짙푸르게 부둥켜안고

어즈버, 봄을 펼치는 빗살무늬의 시여

* 몸얼굴: 몸통의 옛말.

얼음을 조각하다

요동반도 내달려서 압록강을 건너온
투명한 말 한 마리 갈기를 휘날린다
발목에 새겨놓은 발해 음표로 떠올리며

옥빛 꿈 휘감았던 전설이 된 이야기
찬바람 온몸으로 시공을 넘나들었나
첼로의 중저음 같은 속울음을 토한다

쇼팽의 야상곡이 유리에 가 닿은 밤
별 많은 서라벌 땅 둥글게 끌어안고
또 한 번 꿈틀거리며 반짝이는 말이여

야개수련

허기진 달의 못에

밤마다 빠진 불면

붉은, 허공도 감아 적요 속에 심어 놓고

절명시 행간을 살펴

별을 삼킨

꽃이여

모란꽃 밀서

젖어버린 한 생각 허공에 내던져서
하늘을 담으려고 터지는 꽃봉오리
숨겨진 그 오랜 비밀도
호랑나비 길이 된다

발바닥 들어 올린 주홍빛 꿈결같이
쇠잔한 몸짓으로 닦아낸 그대의 밤
다시금 앙가슴을 펼쳐
뭇별 훔쳐본다

바람이 불어와서 내 꿈 흩어놓아도
벼리지 못한 시간 선혈로 점찍으며
솟구친, 오르가슴 세상
점자처럼 읽는다

약물내기* 별곡

밤마다 날아온 새 그 울음 들었나요?

사무친 외로움이 깃을 터는 먼 이국땅 혼자 별 헤아리며 기차
를 타고 국경을 넘어 사막을 터벅터벅 걸어가는……

한 마리 낙타를 몰아
창문에 걸어 놓고

* 약물내기: 지명.

가을 남대천

바다로 떠나갔던 연어가 돌아온다.

엄마가 그러했듯 몸피 한껏 부풀려

한살이 푸른 물소리

은빛 기억 털면서

오후 4시

욕탕에 들어앉아 알몸을 읽는 봄날

먼 곳으로 혼자 여행을 온 것처럼 박주가리 홀씨 날려 마음을
훔친 것처럼 고단한 세월에 옷장 열쇠 꽂아두고 부산한 사람처
럼 자신이 누구인지 모르는 나이처럼

휴대폰 손자 사진을 보고
"어, 내 꺼 네 !"
말하는

다시 입춘

여든 다섯 어머니 한글을 배우신다

기역 니은 가나다 환하게 일어선 봄

다음 날 하시는 말씀

한글은 낫이란다

마양도 초승달

적막에 귀를 세운 어느 봄날 여자처럼

눈썹만 남은 얼굴

한 편씩 다 비우고 동백꽃 붉은 허공이

울컥, 쏟아진다

이선중(李善中, Lee, Seon jung)

1961년 경남 창녕 출생. 원광대학교(국어국문학과), 창원대 인문대학원(국어국문학과) 문학박사. 《서정과 현실》 신인상(2018) 등단. 오늘의시조시인회의, 경남시조시인협회, 창원문인협회 회원. 창원대학교 · 대학원 강의전담교수 역임.

3월에 내리는 눈

이선중

벌떼처럼 웅웅거리며
3월에 내리는 눈

비 온 뒤 내려앉아
쌓일 것 하나없는

이선중 시인의 작품을 들여다보면 정적인 세계의 농밀한 묘사보다는 소박한 스토리가 담겨 있는 서사적 성격의 작품 수가 많은 편이다. 그 스토리를 면면히 살펴보면 작품들을 관통하는 일관된 시선과 주된 흐름이 보인다. 「씨앗을 보며」의 아내가 「쇠비름」, 「낙동강」의 어머니를 거쳐 「하느님 전상서」의 가난한 이웃을 넘어 「낙타」의 순례자에 이르기까지 우리 주변인의 모습들을 재생산하는 세계화의 과정을 통해 시인의 내면에 담겨 있는 인간적인 온기와 관심 세계를 엿볼 수 있다. 그의 작품이 다소 산문적이고 때론 자유시 풍의 분위기가 짙은 것을 두고 불편한 시선이 존재할 수 있겠지만, 정형의 틀을 가진 시조가 다양한 형태로 세계화를 지향하는 시대의 소명과 흐름 속에서 이런 작품 세계를 가진 작가의 등장은 우리 시조의 저변을 확대하는 데 작은 보탬이 되리라고 본다.

— 이우걸(시조시인 · 우포시조문학관장)

하느님 전상서
— 마태복음 11장 28절에 답하며

수고하고 무거운 짐을 진 자들이여
내게로 오너라
내 너희를 쉬게 하리라

도대체
무거운 짐이란
총량이 얼마일까

민달팽이 삶처럼 내려놓을까 저 수레
이 짐을 지고 가면 손 내밀까 복음처럼
내 삶에 허리 펼 날은
무덤 안에 누워서일까

골고다 언덕길을 달팽이처럼 기어오르며
오늘을 지고 나르는 너덜해진 신발 한 짝
꿈조차 폐결핵인데
외로움까지 없은 채

풍장風葬
- 밀폐된 도시 안에 새 한 마리 죽어있다 -

끊어진 활시위처럼
하나의 비상이
거대한 빌딩 발코니에
마침표로 누워있다

결코 네가 볼 수 없는
아니 절대 보이지 않는
투명한, 단절의 소통에 속아서
한 생애
우아한 춤사위
박제로 굳어졌다

화려했던 비상이기에
더욱 초라한 몰락이여
뼈마디가 구겨진 채 추락한 날개여
유리 속 하늘을 날다
바람으로 마른 삶이여

가지를 치며

웃자란, 뭉쳐있는
주위와 조화롭지 못한

홀로 쳐진, 시들한
위험하게 삐죽 솟은

가지를
자르고 난 후
어여쁘다 신부여

비문非文은 바로잡고
중언부언 가지 치고

진부한 말 솎아내고
애매한 말 도담스레 꾸며

귀부鬼斧*로
해타咳唾**를 다듬는
첫 새벽 시인이 가는 길

* 귀부鬼斧: 귀신의 도끼라 여길 정도로 신기한 연장.
** 해타咳唾: 기침과 침, 이태백이 남긴 명시를 의미하기도 함.

돌탑

이것은 무명의, 고집 센 순례자가

맨발로 이룩한

세월에 대한 역린

이끼 긴

기도들이 모여

켜켜이 다져놓은 헌신

매미 피다

초록빛 하나로도 그려지는 시간을
햇살이 흰 칼날로 허물의 등을 갈라
한 떨기 매미 피었다
느티나무 등걸 위로

무게 없는 탈피에도
바람은 늘 모질어서
바람보다 더 모질게
발톱 박고 날개를 펴다
길고 긴 인고의 발걸음
밧줄 푸는 순례자

3월에 내리는 눈

벌 떼처럼 웅웅거리며
3월에 내리는 눈

비 온 뒤 나려앉아
쌓일 것 하나 없는

그 눈길
따뜻하지만
이미 베인 마음처럼

그래도 흰 눈은
내리고 또 내려서

둑방 둔덕 풀섶부터
시나브로 쌓이는데

그 눈길
자꾸 느껴져
하얗게 녹는 마음

씨앗을 보며

나 없는
빈자리에 아내는 꽃을 키웠다
천둥 같은 외로움을
손톱으로 긁어서
흙자리 젖은 곳마다
까만 씨앗 뿌렸다

눈에 익다
또아리를 틀고 있는 저 씨앗
어디서 보았더라
어디서 본 듯한데
그렇다
홀로 새는 밤
모로 누운 아내였다

아내의 가슴처럼 조그맣고 여린 꽃
겨우 가린 흙으로도
몇 송이 피워내려고
메마른 흙덩이 틈새로
머리칼을 박은 사람아

낙타

지상에서 가장 온순한 사막의 그리스도
더운 모래밭 물결을
저어가는 사공이여
고달픈 역정을 증언하는
거친 털과 낯선 냄새여

별 깊어 풀 한 포기 보이지 않는 공간
태양이 춤을 추는 열사의 목마름
끝없는 되새김질에
비로소 열리는 길

두 개의 물혹조차 버거운 친형天刑인데
모래바람 가르며 이고 지고 태우고
십자가 걸머진 채로
무릎 꺾인 순례자여

쇠비름

개천가 행길가에
천지사방 퍼질러서
눈과 발에 밟히고 차이는게 그것인디
우리가 그지 새끼여
그딴 걸을 왜 먹냐고

어무이 귀먹었소
안 먹는다 몇 번 짼디
허구한 날 밥상 위에 왜 자꾸 올리는겨
내 팔자 보는 거 같아
성질 난께 그라제

흔한 것은 죄 아니여
독한 걸론 으뜸이제
뿌리째 뽑아내서 지근지근 밟아도
오뉴월 땡볕을 넘는
모진 목숨 우리 같아서

낙동강

굽은 허리로 흘러오고
새벽으로 걸어와서
온밤 내내 흘리신 눈물로 뒤척거리며
오래 전 어머니처럼
맨발로 가는 뒷모습

천 갈래 만 갈래로
뜯기는 가슴에도
새벽녘 교회당 기도문처럼 길고 깊게
시대의 악다구니조차
다독이는 자장가

강변에선 어느 사내가
탁한 오줌을 퍼지르고
그 곁에 어린 소년이
물수제비를 연신 뜬다
강물이
뒤척거리며
매무새를 추스른다

이선호(李宣浩, Lee, Sun ho)

1950년 충남 보령 출생. 한국성서대학교(문학사, 사회복지학) 석사 졸업. 〈한라일보〉 신춘문예 시조(2020) 등단. 샘터상 시조 장원(2010), 한국시조시인협회 주최 제34회 전국 시조백일장 입선 외.

나무늘보의 하루

더딘 걸음 늘보 선생 공원으로 다가간다.
그늘을 깔고 앉아 고요 한 채 쥐고 있는
초로를 갓 넘긴 의자, 살갑게 맞아준다.

등나무 넌출 타고 사린 시간 풀어낸다.
한물간 모노드라마 지난 행로 부풀리며
희뿌연 안경 너머로 줄줄이 살아난다.

치마끈 스릇 풀린 긴 그림자 내릴 때쯤
굽췬 목 끌어안고 저녁놀 붉어온다.
바커스 한 병의 해갈, 꽃술 온통 불붙는다.

굽 돌아 지친 세월 별무리로 뜨려는가?
붙따를 수 없는 나날 허기마저 몰려올 때
귀갓길 애기똥풀꽃 환하게 웃고 있다.

「유향나무, 탐라에 서다」는 '지금·여기'에 기반을 둔 사회상을 유향나무를 통해 잘 그려냈다. 유향나무는 아라비아반도 예멘이 주산지다. 우리 사회를 떠들썩하게 했던 '제주 예멘 난민 사태'를 외면하지 않았다. 언뜻 거친 표현도 눈에 띄지만, 그게 작품의 현장성을 높이는 효과로 읽히기도 했다. 유향나무의 밑동이나 난민의 다목다리는 차가운 댑바람에 시리지 않을까. 무비자인 난민과 유향나무를 통해 디아스포라의 아픔에 공감하고 평화를 회구하는 시인의 마음을 우리는 높이 샀다.
'시인은 모름지기 시대의 아픔을 외면하지 말아야 한다'는 명제에 동의하며 이선호의 「유향나무, 탐라에 서다」에 힘껏 방점을 찍는다. 시조는 형식이라는 특수성과 시라는 보편성을 다 아울러야 한다. 건필을 기원한다.

— 고성기, 홍성운

가리봉동을 아십니까?

매캐한 황사 바람 헤쳐 나온 작은 멧새
성긴 숲 깃털 모아 아린 상처 다독이며
옥탑방 백열등 아래 촉 낮은 꿈 키운다

이방의 질긴 하루 휠체어로 밀어내고
세 평짜리 대기실에 언 손 녹여 피우는 꽃
밤마다 연변延邊 하늘이 굴렁쇠로 굴러온다

안으로 감겨오는 매듭 붉은 아픔들이
딱딱한 각질 속에 새살 돋아 피가 돌고
그 너른 세월 한 끝을 자박자박 밟고 간다

새벽이 숨을 쉬듯 제 몸을 부려 놓고
가리봉동 끝자락의 오보록이 쌓인 봄눈
삼월의 햇살에 불려 잔설 스릇 녹고 있다

도장밥에 비긴 노을

무채색 길모퉁이 기우듬한 낚시 의자
아픔을 사려 물고 돌을 파는刻 남자 있다
주름진 생의 갈피에 도장밥을 이겨 놓고

갈기 세운 바람 속을 뼘으로 이어온 날
파랗게 날 선 칼끝 음양 각이 교차하고
그 벅찬 빛의 질량을 촘촘히 새긴다

어둠을 끌고 오는 도심의 지친 노을
억새꽃 하얀 머리 이순의 강 출렁이고
잊혀진 얼굴 하나가 흘림체로 다가선다

코카콜라

거품이 튀밥 튀듯 입속에서 터져 간다
소름 돋는 상큼한 맛 열꽃처럼 번져가고
첫사랑
이런 맛일까
은밀하고 달콤한

별리別離

가지 마라,
못 보낸다.
막무가내 떼를 쓰다
깍지 낀 손 스릇 풀러
햇살이 출렁! 한다.
죽비로
명치를 치며
으능 한 알 떨어지는.

어떤 소라게

막차 훌쩍 떠난 뒤끝 앓아누운 빈 대합실
발 디딜 틈도 없이 노숙하는 어둠 속에
무릎뼈 곧추세우고 소라게가 모여 산다.

닳고 닳은 시멘트 바닥 해조음 들리는 듯
무료 급식소 식판 위에 똬리 튼 긴긴 여름
웃자란 젖은 허기는 등걸잠에 취해 있다.

밤잠 설친 우화의 시간 새벽을 깨울 때쯤
등에 박힌 거멀못을 힘겹게 뽑아내고
다 삭은 허물 벗는다, 집게발 툭툭 끊고.

도시 어부

금빛 물고 출렁인다, 강을 베고 누운 산이
밑밥 획 던져 넣자 달이 움찔 놀라 깨고
팍팍한 애옥살이가 쿵하고 주저앉는다.

갑질 세상 언짢은지 입질 몇 번 왔다갈 뿐
소름처럼 피어나는 물안개 다 걷어내고
해종일 드린 낚시는 빈 하늘만 퍼 올린다.

어둠 점점 지쳐간다, 풀빛 되레 풋풋하고
미끼 거푸 던지지만 온통 헛꽃 흩날린다.
미늘에 걸린 물음표, 어수선한 외진 길체.

야광찌 문 뭇별들이 온 길 그예 돌아간다.
내처 잠든 잔챙이 몇, 툭툭 깨워 방생하고
말갛게 건진 동살에 겨운 등짐 덜어낸다.

무당거미 집짓기

뽀얀 이내 밤을 도와 숲을 삼킨 그 어름에

오갈 등 가슴 안고 덜미포장 위에 선다

살 사이 외줄을 잣고 집을 짓는 어름사니

풀모기쯤 쉽게 잡을 밤눈 밝은 이슬받이

이쾌한 이빨 감춰놓고 치명의 덫 펼친다

언제쯤 기별이 올까, 귀 트일 소식 하나

속 비치는 텅 빈 뜨락 허방 짚는 네발나비

합죽선 쥐락펴락 허공잡이 놀고 간 뒤

구절초 맑은 향내가 줄을 타고 출렁인다

거울 속
— 아버지의 부활*

버섯갓 주름켜 속 홀씨 모두 떠난 뒤
아버지 이마 위엔 이랑 사래 깊어가고
빈 둥지 불 꺼진 방엔 수전증이 춤을 춘다.

한평생 흙 속에서 화석이 된 뼈마디에
소잔등 등에 같이 찌든 가난 붙어 있고
앙상한 삭정이 위로 검은 반점 번져간다.

관솔불 옹이 속을 헤쳐 온 불사조도
세월로 풍화되는 아쉬움과 아픔 있어
축 처진 지게 밀삐가 사부곡을 듣고 있다.

* 어느 날 거울 속 나는 없고 아버지가 서 계셨다.

이성구(李聖龜, Lee, Sung ku)

1968년 전남 강진 출생. 전남동신대학교(경영학과) 졸업. 《시조시학》 신인상(2013) 등단. 시조집 『뜨거운 첫눈』(2016, 고요아침) 외. '율격' 시조동인. 온누리문학 회장, 미래종교창시 연구소장.

이성구 시인은 시간을 조이고 푸는 데 능숙하다. 며칠이나 몇 년 정도는 한 호흡처럼 지나친다. 천의무봉을 지향해서인지 바느질 자국이 없다. 시공간의 거리가 수시로 접혀지고 펴진다. 축지법이다. 햇살 한 조각도 '상사화/ 스무 번쯤 져/ 다가오는/ 저 햇살'이다. 그러다 문득 '저승이/ 몇 번이다우/ 엄니 좀 찾을라요// 새벽녘/ 양쪽의 긴 묵음/ 미안하요이' 같은 구절에 이마를 부딪친다. 시집의 어느 좁은 골목길 끝, 굽은 서까래 아래에서 나는, 이 세상에 없는 강진역처럼 울었다.

— 이대흠(시인 · 문학박사)

—

선화륜

다시는
안 올란다
밀리고 떠밀려도

떠밀려 오더라도 사람으론 안 올란다

수억 년
웃기만 하지
안 올란다
다시는

곡비哭婢

모질다

가는 이 밀어주는
저 곡소리

여태껏
숨어 우는
나도 조금 모질지만

슬픔을 해면체처럼
모아서 우는

저 여자

114

저승이
몇 번이다우?
엄니 좀 찾을라요
신새벽
양쪽의 긴 묵음
미안하요잉
수화기
가만히 덮고 눈에 먼지 좀 턴다

치타슬로

창 밖에는 바람하고
파도소리만
걸어 둔

조금
구부정한
온돌집을 갖고 싶다

짝 찾는
풀벌레 소리에
우주율이 스미든 말든

천일각

북으로
천오백 리
멀고도 머언 햇살

하늘가 모퉁이에 까치발 부르터도

상사화
스무 번쯤 져
다가오는
저 햇살

나팔꽃

여기서
살아간다고
살아내고 있다고

한 철
잘 외쳤는데
잘 웃고 떠들었는데

처절한
묵음이었구나
구슬픈 삶이었구나

분홍나루

보내고
그리움들
멀찍이 보내고

해의 잔영까지도
보내는
이 청승을

설레는
미련이래도 좋고
미련하다
해도 좋다

시월 용담꽃

이 정도

멍 없는 삶들이 어덨냐고

울혈 같은
청보랏빛으로
우는 듯 울고 있다

한쪽에 감춰둔 기억

아팠던가

울었던가

뜨거운 첫눈

가만히
에돌아 날리는
고운 것들

살갗에서
사라지는 눈
하나같이 그리움들

뜨겁고 설레는 첫눈
닿는 곳마다
마다 뜨겁다

노들목에서

만선도
여러 번 맛보았을
작은 배 한 척

반쯤 묻혀있다
지쳐버린 나처럼

아프냐
묻기도 전에
펑펑 우는
폐선 하나

이성열(李星烈, Yi, Sung yol)

1946년 경기 화성 동탄면 청계리 출생. 건국대학교 졸업. 《미주문학》, 〈미주중앙일보〉 신춘문예(1994) 등단. 시집 『바람은 하늘나무』(1996, 마을), 『하얀 텃세』(2006, 청동거울), 『구르는 나무』(2019, 고요아침), 소설집 『위너스 게임』(2015, 서울문학 출판부). 미주동포문학상(2007), 가산 문학상(2016), 미주문학상(2019) 수상 외. 미주한국문인협회 이사장, 글마루문학회 이사장 역임.

담 쟁 이

　　　　　이 성 열

버 려 진　고 아 처 럼
뿌 리 도 없 이　내 팽 겨　쳐 진
담 쟁 이　주 워 다 가
담 밑 에　심 었 더 니
아 기 손
젖 가 슴　더 듬 듯
벽 을 타 고　오 른 다

—

이성열은 한국어와 영어의 이중언어로 시(시조)를 쓸 수 있는 몇 안 되는 시인 중 한 사람이다. 그 언어적 정황이 지시하듯, 그의 시에는 도처에 이민자의 아픔과 구체적인 문화충격의 체험이 잠복해 있다. 만약 그의 시가 이를 울음으로 풀어내는데 머물렀다면 크게 주목할 바 없을지도 모른다. 그는 시를 통하여 이 삶의 어려움을 통과할 기력을 섭생하고, 동시에 자신의 시에 그 극복의 의미와 미학적 성취를 부여했다. 여전히 그는 마음이 따뜻한 시인이고 그것은 이 시들 가운데서 미세한 감동들로 우리에게 전달된다.

— 김종회(문학평론가 · 전 경희대 교수)

—

참주인

정성껏 내가 심고
키워놓은 나무에
새들은 둥지 틀고
새끼들 키워낸다
한 번도
전세는커녕
사글세도
안 내면서.

새들이 사람을
두려워도 않다니
어디에 누구라도
믿는 구석 있는 걸까?
참주인
내가 아니라
어디 따로
있는 듯.

담쟁이

버려진 고아처럼
뿌리도 없이 내팽겨 쳐진
담쟁이 주워다가
담 밑에 심었더니
아기 손
젖가슴 더듬듯
벽을 타고 오른다

어미 새

팔순의 늙은 어미가
바삐 떠나는 주정뱅이 망나니
늦잠 잔 외아들
차창에 밀어 넣어주고 있다
속풀이 해장국 대신
스타벅스 커피 한 잔

말 안 듣는
다 큰 새끼 둔 어미 새처럼
자식을 둔 세상 어미는
모두 다 고달픈 법
집 떠나 날갯짓 배운다고
들고양이 먹이 된 새끼

하이킹을 하며

여럿이 오르던 산
모두 가고 나만 남아
힘 빠져 낙오되도
젊은이 아랑곳 없네
소싯적
내가 하던 짓
저네들도 따라 하네

ST. 헬렌 계곡에서

잿빛 강물 흐르듯
세월도 흐르고
강물 속 연어, 송어들
있는 듯, 없는 듯 살아
그렇게 우리 인생도
와서 살다 가리라

한 때는 화산재가
눈사태처럼 뒤덮여
골짜기마다 죽음이요
엄청난 생명 파괴
그 희생 밑거름 삼아
생명 다시 키우리

떨어지는 별

할리우드 단풍나무 숲에서
초롱초롱 별이 가득한
밤하늘을 보다가
새벽을 맞았네
밤새껏 별들이 땅에
떨어져 뒹굴고 있었네

아, 가을-
하긴 별들이 떨어지지 않고
영원히 빛나기만 한다면
하늘은 너무 찬란해
눈부셔 살 수가 없을걸

사라진 절규

야생 고양이에게
먹힌 새끼의 한을
풀기 위해
피 터지는 절규로
덤비던 새
저마져
희생되었나?
뜰엔
흩어진 깃털

부겐빌레아

한창일 때 그 정열
요염하기 불꽃 같던
부겐빌레아 꽃들이
꼭지에 힘을 잃고
다투어 나도 질세라
하나둘씩 떨어진다

부겐빌레아는 애당초
꽃이 아닌 사람 이름
그런 건 아무려나
관심도 없다는 듯
절정에 다투어 필 땐
세상 모두 덮을 듯

색종이처럼 떨어진
붉은 꽃잎들이
마당에서 이 구석 저 구석
몰려다닌다
영혼도 구천에 떨어지면
저와 같이 떠돌까

끈

애착의 끈을 매어
기르던 새
돌연 날아가듯
님의 마지막 길도
그리 허전하게
열린다
산 자는 生
그 뒤에 모여
위령제나 올리고

망각

타계한 지 수주 된 친구
묘지에 찾아 갔었네
망자亡者는 말이 없고
생자生者들 웃고 떠들었네
어느새 떠나보낸 슬픔
까마득히 잊은 듯

이성욱(李成郁, Lee, Seong uk)

1938년 경남 밀양 안법리 출생. 동국대 교육
대학원 석사과정(국어교육) 졸업(1981). 《문
학세계》 시(1999), 《문예춘추》 시조(2007) 등
단. 시집 『5월의 뜨락에 내려서면』(2007, 천
우) 외, 시조집 『수중보』(2012, 천우), 『10월의
강둑에서』(2016, 천우). 《문학세계》 문학상
(시조) 대상(2012), 올해의 시조문학 작품상
(2015) 수상. 한국문인협회, 한국시조시인협
회, 시조문학 문우회 회원. 문학세계 · 시세계 편집상임위원.

한 폭의 동양화 같은 작품들

이성욱 시인의 단형시조는 마치 한 폭의 동양화처럼 전달하고자
하는 정경을 고요 속의 한 장면으로 묘사해낸다. 아우성치는 감정
의 소요보다는 진공상태 속에서 정지된 듯 시각적 효과가 두드러
지는 작품들이다. 이성욱 시인의 작품들은 화려한 기교나 수사를
동원하지 않고 이야기하듯 자연스러운 시어로 풀어나간다. 삶에서
마주하는 자연과 일상들을 통하여 의미를 발견하고 그것을 반추하
며 자기만의 작품으로 표현해 낸다.

— 김준(시조시인 · 서울여대 명예교수)

무심

강 언덕 푸른 풀밭
아침 햇살 눈부시고

샛노란 애기똥풀꽃
이슬보다 영롱하다

무심한 젊은 새댁이
개를 몰고 지나간다.

봄날에

마을 뒷산 장끼란 놈
까투리 불러내고

외딴집 수탉들도
기세등등하지만

밭갈이 김서방 꿈은
추수철에 걸었다.

달맞이꽃 덕담

동산 위 해 떠올라
눈부시게 찬란할 때

서녘으로 지는 달은
창백해 서러우나

'진 달은 다시 뜨더라'
달맞이 꽃 덕담이다.

환한 인생

발 편한 그런 신발
맘 편한 그런 사람

있어도 없는 듯이
없어도 있는 듯이

무던히 살아가는 삶
그런 삶이 환하더라.

없는 듯이

소중한 꽃이라면
벼 꽃 위에 꽃 있을까

높은 가지 꽃 중에는
은행꽃도 들겠으나

벼꽃도 은행나무 꽃도
없는 듯이 있는 것.

여유

월미도 이 층 카페
창가에 앉아 보면

눈섶 아래 그어지는
인천대교 다리 아래

오가는 어느 배들이
조급해서 다투던가.

강물

설레는 첫 만남도
스치고 지나치며

'바다가 기다린다'
다정한 눈인사다

강물은 언제나 낯설다
스쳐가는 설렘이다.

더디 오는 솔숲의 봄

하늘도 답답해 눈 감은 미시었나
언제쯤 우리들도 우리 소리 낼 것인가
참으로 면벽고행에 더디 오는 솔숲의 봄

어처구니없는 일이 또 이렇게 불거지니
나의 덕 없음을 나무라는 나의 한숨
기막혀 울 수 없는 난 무슨 말을 해야 하나

하기야 무슨 말·글 펼쳐놓고 집어준들
새봄이 다가옴을 짐작이나 하더이까
눈치로 올 봄 아닌데 눈치로만 살피네

오늘도 세종은 세종로에 훤히 앉아
어린 사람 눈이 되고 즐거이 귀가 됨을
교보*는 알고 있다네 더디 오는 봄까지도.

* 교보教保: 서울 세종로 소재 '교보문고' 본점.

숲길 사계四季

꿈에서 일어서는 봄날의 숲길에는
단발머리 미소 위에 연초록 눈짓 고와
지워진 발자취마다 돋아나는 이 설렘

무엇이 부족한가 충만한 여름 숲길
넉넉한 가슴 열고 쉬엄쉬엄 가려무나
긴 호흡 후덕한 바람 가을 향한 큰 몸짓

하늘도 가리웠던 짙푸른 가지마다
불타는 단풍 열기 산불 될까 두렵구나
이 가을 황홀한 숲길 어머니 품 그립다

스산한 바람으로 가지마다 울음 울고
손끝은 아리고도 가슴은 끓고 있다
한겨울 뒷동산 올라 오는 봄을 맞이한다.

그래도 이승이 낫다

흙 속의 십칠 년이 얼마나 길었으면
나뭇가지 부여잡고 3주째 울고 있다
나는 왜 떠나야 하나 또 이렇게 땅 속으로

누구는 매미를 맴, 맴, 맴 운다지만
내 귀엔 그 울음이 왜, 왜로 들려옴은
'그래도 이승이 낫다' 울며라도 살라 하네.

이성의(李盛義, Lee, Sung eui)

1957년 경남 함안 가야읍 출생. 동의대 대학원(현대문예학과) 문학석사. 《예술세계》신인상(2007) 등단. 시집 『하늘을 만드는 여자』(2011, 문학의 전당), 『저물지 않는 탑』(2015, 문학의 전당). 부산시인협회 우수상(2015), 《시조미학》신인상(2017) 수상. 한국문인협회, 한국시조시인협회, 부산시인협회 회원.

> 싸리꽃
>
> 날마다 차오르는
> 이 롱난 허망해도
>
> 던지시 빼어들고
> 산그릉이 돌아드니
>
> 싸리꽃 깊은 눈방울이
> 어리인 듯 반겨주네

이성의 시조시인의 지평은 언제나 자연에 닿아 있다. 때 묻지 않은 유년의 길목을 오르내리며 순수의 물줄기를 퍼 올리고 있는 그녀만의 독특한 세계는 읽는 이의 가슴을 맑게 해준다. 위 시조 중 「팔월」은 자연 속에 스며있는 삶의 원리를 직관적 혜안慧眼과 감각적 심상心想을 통해 잘 표현하고 있고, 「사월의 흔적」은 맥동하는 운율 속에 시상詩想을 자연스럽게 열어가는 그녀만의 트인 시공간을 잘 드러내고 있다.

— 박상주(시조시인)

사월의 흔적

꽃걸음 다녀가고
빗소리도 다녀가고

낙동강 이십 리 길
벚꽃마저 지고 나면

적막의 그늘 사이로
바람만이 뒹군다

아직도
시들지 않은
원초의 빛들이여

아직도
가 닿지 않은
바람의 꽃들이여

물빛에 젖은 하루가
노을 속에 저문다

담금질, 생의 연가

바람이 떨어진다 해 저문 골목길에
왔다가 돌아서고 갔다가는 다시 오고
해묵은 덩굴 숲속에 수묵 같은 꽃이 핀다

앉았다 일어섰다 마음속에 저무는 강
창 너머 내다보면 가을날의 단풍 같아
끝없는 생의 담금질이 쪽빛처럼 푸르다

때로는 빗물같이 때로는 꽃잎같이
켜켜이 돌아온 길 햇살 속에 영롱하다
안단테 칸타빌레 옆 서 있는 나를 본다

팔월

운문의 깊은 계곡
매미 소리 울창하면

폭염이 발을 씻고
무량전에 엎드린다

바람도 길을 바꾸어
산속으로 창을 낸다

청량을 밟으며

적요를 친구 삼아
산속에 들고 보니

아무도 밟지 않은
시월의 청량이여

내일도
모레 글피도
이 한 줌의 행복이면

공원에서

성지곡 호수에는 하늘빛이 가득하다
봄이면 봄이 가득 가을이면 가을 가득
수면에 가득 찬 달이 사시절의 본을 뜬다

벚나무 아카시아 편백 지나 베롱나무
마음 길 사이사이 당신이란 존재의 숲
바람이 숲을 지나서 초당 속에 짐을 푼다

오르막 내리막 시나브로 선을 긋던
그 숲 어딘가에 가만히 귀를 대면
잃었던 적막 하나가 문을 열고 들어선다

반반 인생

사는 게 반반이네 기쁨 반에 염려 반
어제까지 서두르다 오늘은 망설이네
뒤척일 여가도 없이 하루해가 저물었네

창 열고 내다보면 숲인지 바람인지
눈으로 헬 수 없어 짐작으로 대신하네
어머니 머물던 숲에 내가 이미 서성이네

만추의 그늘

하루의 긴 긴 해를
링거 줄에 꽂아 걸고
한 숨 두 숨 일으키며
생사를 되감는다
말 대신 눈빛 버무려
길도 내고 별도 달고

온밤을 틀어 올린
가녀린 덩굴손아
이 말고 이 세상에
중한 게 또 있을까
홍조 띤 그녀의 얼굴 위로
아침 해가 창백하다

첫눈

새파란 겨울 저녁
눈발마저 흩날리면

번화가 사거리에
발걸음이 쌓여간다

잠자던 방울 소리가
밤 내내 서성인다

어둠의 등을 타고
곧게 앉은 새벽처럼

무엇으로 필까 하고
골목마다 선을 친다

해마다 닿는 그 길이
시작인 듯
그 해 말미인 듯

싸리꽃

날마다 차오르는 이 못난 허망함을
넌지시 빼어들고 산모롱이 돌아드니
싸리 꽃 깊은 눈망울이 어제인 듯 반겨주네

눈 뜨면 쉬이 닳는 세월의 모서리를
물빛에 앉았다가 바람결에 고이다가
가끔은 꽃으로 피어 그 어귀에 가 닿는다

외지고 인적 없는 바람의 틈새 위로
함초롬 피어나는 완결의 문장이여
가슴속 그 기나긴 골목 멎지 않는 율려 향기.

흔적

십일월 덤불 속에
한 잎 두 잎
지는 잎새

어디로 가야할지
힘없이
나부낀다

지난해
꺾어 돌던 길이
햇살 속에 찰랑인다

이성호(李成浩, Lee, Sung ho)

1945년 경남 진주 대곡면 출생. 경북대 사범대학, 부산대 교육대학원 이수. 《시조문학》 추천(1982) 등단. 시조집 『꽃물 든 탑을 보며』(2017, 작가마을) 외. 성파시조문학상(2000), 부산문학상 본상(2008) 수상 외. 부산시단, 새미시연구회, 부산진구문화예술인협회장, 청소년문예진흥회장.

이성호의 시조는 삶의 일상이나 자연, 고전古典을 주 대상으로 하여 윤리적 가치관에 근거해 노래하되, 현대시조로서의 다양한 형태의 변주가 이루어지고, 주객 일여一如의 새로운 세상을 회원(「나비가 된 장자」)하는 인류의 이상 실현(「진달래」, 「종소리」)과 생명의 큰물이 되라(「도덕경을 읽는 나무」)는 철학의 구현, 문명 비판적 삶을 관조하는(「자화상」) 관점에서 교훈적이며, 사람답게 살아가는 방법에 대한 진지한 탐구를 노래한다.

— 신진(시인 · 동아대 명예교수)

매미 울음

오랜 가뭄 끝에
비를 몰고 왔습니다.

감나무 잎새 만지며
그늘만큼 크던 울음

울 엄마 자장가 소리
그 소리에 묻어온다.

진달래

틀어 올린 꽃대 위로
달구어 낸 불덩이다

반목反目의 골을 딛고
화해의 끈을 풀어

퍼질러
활활 타는 불길
이 강산을 다 태운다.

빨랫줄

탱탱히 줄을 당겨
세월을 딛고 선다

꽃샘바람 귀 가두고
볕살 또한 가려 뽑아

구겨진
낯짝을 들고
걸어 나갈 손님들

종소리

차라리 깊은 골을
바람 잡아 헤아리면

무리 져 사태지듯
메아리로 접는 나래

흐르는 천 길 벼랑을
솟구쳐서 울던 애모愛慕

철들어 잠을 깨고
시름도 깊어지면

굽이돌던 이역만리異域萬里
허물어 본 세월인데

놋대야 크기로 떠서
훨훨 타는 저 어둠

구름

임의 발 더듬다가
천 길 벼랑 다 허문다

허구한 여름날을
닦던 손이 그 얼마뇨

수묵화 한 폭을 얻어
이리 뿌듯하구나.

더러는 맨살로도
짓이긴 저 불덩이

볕 좋은 여름 난간에
바람으로 집을 짓고

보아라, 해맑은 웃음
가려 뽑은 저 하늘

자화상自畵像

겉만 보인 얼굴 말고
진정한 나의 내면

파헤쳐 그려보는
미세한 속살까지

감정의 북받친 울도 은밀하게 만나는 날

더러는 뽐냄이나
투영된 아픔으로

떠올린 나의 소멸
마디마디 끊고 서서

뒤엉킨 일탈의 탈을 깔아 눕혀 느긋하다

머리털 한 올까지
지극히 정상이다

때 되면 삼시 세끼
마파람에 감추듯이

붙박인 나의 자리를 위풍당당 헤쳐 간다.

주산지*

가던 길 푹푹 빠져
절이고 달궈져서
멈춰 선 골골마다 붉은 물이 뚝뚝 지네
바윗등 앞에 세우고 단풍 구경 한창이다.

덩달아 밑이 훤한
그 물을 받아 안고
담근 발 굽이치는 화엄華嚴의 바닷속에
속 비운 왕버들나무 보듬어서 앉힌 세월

경계 허문 이 산자락
비집고 들어온 몸
때 되면 투명의 길 단단하게 묶고 서서
울이 된 어둠의 둘레 한꺼번에 풀려난다.

* 주산지: 경북 청송에 있는 주왕산 국립공원의 일부인 저수지.

도덕경道德經을 읽는 나무

공원에 들어서니 책을 읽는 나무 있다.
도시는 비어 있고 나무들만 남았아서
강물이 흘러가듯이 느릿느릿 읽고 있다.

가만히 들여다보니 도덕경道德經이 틀림없다.
흘리고 선 냄새 위에 바람의 길 열어놓고
그 냄새 함께 맡으며 같이 읽어 보자 한다.

버리고 가는 길이 다시 돌아 새살 되는
지고 온 무게만큼 아픔은 늘어나서
가진 것 푸른 하늘에 죄다 올려 노라 한다.

한 생애 움켜쥔 손 펴 보면 무한대공無限大空
퍼내고 퍼 담아도 가득 채워 넘쳐나는
생명의 큰물이 되어 나무 되어 서라 한다.

읽어 나간 글귀 따라 뿜어내는 그 향기로
산과 강도 올려놓고 허위허위 가는 무위無爲
책 속에 길이 나서는 도덕경道德經이 되라 한다.

나비가 된 장자莊子 1

바람의 길을 따라 조릉彫陵 속에 들어와서
본시 없던 걸음 밤은 차라리 얇다
잎들이 잠을 다 깨고 다시 잠든 이참에

뼛속까지 우려내던 성찬聖餐의 깊은 골을
한 장의 마른기침 하늘 속에 내가 뜨고
아득한 경계를 지어 꽃을 피워 올린다.

내리쳐 되비추는 부푼 걸음 그 틈새로
비집고 들어온 거울 숨길을 넘나들며
빈자리 마저 채우며 움켜쥐는 날개 한쪽

나비가 된 장자莊子 2

광대무변 이 천지에 점 하나 불러놓고
후두둑 열어보는 천양天壤의 오색무늬
손 쥐고 쳐다본 순간 나는 내가 아니었다.

걸어둔 넝마로는 채울 수 없는 둘레
한꺼번에 떠올랐다 밀려오는 일망무제
사념은 빛살로 와서 무지개로 앉았는데

너울처럼 무너지는 육신의 무게 너머
보일 수 없는 거리 지척으로 넘나들며
마침내 네가 내 되어 한 세상을 드러낸다.

이소란(李小蘭, Lee, So ran)
1953년 대전 출생. 시조시인 정신(丁珽)의 부인. 제1회 민족시 백
일장 장원. 한국문인협회, 한국시조시인협회 회원.

—

거미와 내용

1

금망을 던져두고 낚아 하늘을 매는
넉넉한 기다림에 평화가 와 있는
사뿐히 가슴을 열어 온통 부신 개안은…

2

각을 재어두고 표적을 새기다가
한 발은 거두고 또 한 발은 그리다가
선연히 목숨을 붙이는 신신한 저 화폭은…

3

토담이나 나뭇가지나 별이 뜨는 밤을 걸러내어
바람이 삭히고 짓는 도도한 견사를 틀다
화석을 깨틀고 서리는 찬란한 내 지붕이여

4

소근거려 함성이 되는 길고 큰 한 줄 음악
촉수를 딛고 풍겨오는 오다가 꽃이 되는
다소곳 뜻을 받아올리는 아름다운 그림자여

꽃의 겨울

낙수 지네. 겨울의 맨 끝 쌓인 눈이 녹느라
이제, 떨어지며 가슴에 또 얼고 마네
어둠과 탈진을 버티면서 외로 짓는 자맥질

바람만 바람만 쫓던 썩 낯선 빛이여
깔깔하게 고개를 드는 얼어버린 씨알은
눈꽃을 피우려다 못 한 마디마디 누혼인가

회한의 낙수는 흘리지 말리
지난 아픔에 질척대지 않으리
슬픔과 가난을 막아서며 눈이여 퍽퍽 쌓여라

흔적

빗장이 걸린 문을 박차고 들어와서
가슴이 서툰 길을 소리 없이 파헤치고
수수밭 가을 햇볕을 옮겨 심고 떠났네

네 손을 잡을 때는

맞아! 너의 눈이 연달아 문을 연다
꽃 많은 숲의 집 나의 하늘은 잊혀 있지만
언제든 네 손을 잡을 때는 가슴 가득 뛰어라

늘 별이 쏟아지는 셀레는 눈맞춤
생각의 보석이 반득 반득 넘치는데
끈끈한 나의 이 환희는 어디쯤을 섰는가

길들여진 기쁨은 눈물의 저 너머다
해를 갖지 못한 어리석은 손을 벌리고서
꽃씨라 일렀더란다 날고 싶은 마음은

등꽃과 하늘

초생달 사위는 터진 기다림이 곁 살아서
어긋난 이 하루는 머리채를 옥죄는데
내 가슴 젖은 모서리에 서글하던 눈매여

아지랑이 스멀거려 해가 활활 타듯
지천으로 꽃을 심던 기꺼운 그런 일
눈 감아 별을 포개면 총총 정이 스몄다

외로운 흥분이 등꽃의 갈기에 묻어
먼 하늘 언저리엔 구름 떠 갔으리
잔 물살 흔들리는 낮을 오디빛이 울어라

밤의 기억

1

서리낀 숲을 가네 달빛을 저어가네
간밤 고향의 뜰에 꽃잎 흐드러지고
한가득 잡지 못할 색깔로 잎은 지고 말더니

2

흰 새벽 순한 낮에도 이슬을 따던 바람결에도
흘리듯 가벼이 현을 떨어 울리면
멀찍이 되물리 자리에 새가 울어 날으리

3

무료를 맞쪼으며 차를 나누던 저녁
문밖 깔리는 노을에 천천히 밀리다가
넌지시 떠오는 달에 무던히도 섰더니

4

흘러도 흐르지 못한 강 지워도 홀지 못한 정
사위어 발갛게 도루 사는 꿈의 마디에
여태도 세월을 밝혀 불을 켜는 밤이여

비와 나비

봄 그 노란밭을 비끼어 내리는 비
가슴 한가운데로 휘젓고 와 꽂히누나
고이며 오래 질척이며 나를 웃는 생각들

비의 내음이 아득히 피곤한 늪
문득 거리에 서서 되오는 저 울림을
눈 감고 아무렇게나 뿌리치고 싶어라

훈훈한 눈물이라도 아예 흘리지 말자
먼 하늘 닿지 못할 촉각을 접어 두고
나비는 봄을 지나네 즐겨 비에 묻히네

연날리기

소리 없이 몰려다니는 바람의 꼬리에서
벙그는 질긴 흰 꽃 목을 뽑는 저항의 몸짓
아이가 갈기고 가는 소슬한 저 고함소리

번지다 내닫다가 외로 꼬는 술레의 귀
꼿꼿이 기립하는 가난한 힘의 끝에
눈매가 쏘아 올리는 항시 푸른 과녁이여

마침내 틀어 오르는 연기의 통로에
입김의 물을 들이고 골똘한 흐름을 따라
만나는 해는 신신할까 꿈은 그리 밝을까

조국

돌 하나 흙 한 줌도 다가와 살이 되는
풀잎에 바람 속에 선연히 흐르는 피
이 목숨 넉넉히 쏟아 끌어 안고 싶은 너

오천 년 꽃 피워 낸 끈기여 은근함이여
나뉜 한 아릴수록 오롯이 뜻을 가눠
무시로 손을 모두어 빛을 캐는 푸른 넋

이 안 가득 넘치도록 밤낮 다스리는 꿈
밀고 끌고 버티면서 오늘을 이고 간다
스스로 지펴 든 햇불 온누리에 타 올라

종이 비행기

뜨락을 거니는 바람 생각을 맑게 접는다
불티의 깃털 하나 점등을 시작한다
삽상한 빛의 조각들이 산들 날아 오른다

이소영(李昭暎, Lee, So young)

1963년 11월 서울 성북구 성북동 출생. 연세대 문과대학(국어국문학과) 졸업(1987). 《유심》(2014) 등단. '유심' 문학회 동인. 한국시조시인협회, 오늘의시조시인회의 회원. 삼희기획(현재 한컴), 코래드 그리고 프리랜서 카피라이터 활동(1987~2004). 청담에듀 원장 역임(2006~2018).

—

'~를 읽는다'라는 통사구조의 반복과 행·연갈이의 자유로운 배치를 통해 「사람책」의 의미를 담론화하는 과정을 보여주는 작품이다. 화자는 저마다 자기의 정체성을 지키기 위해 일상에서 힘겹게 투쟁하는 사람들을 다양하게 제시하며 이들의 삶을 관조하고 있다. 직업과 환경이 다양한 이들은 대개 제 삶을 스스로 책임지며 살아가야 하는, 변방으로 내몰린 우리 삶의 또 다른 풍경들이다. 자신의 삶이 수치스럽지 않기 위해서 열심히 살아가는 모습들은 지위고하를 막론하고 소중하고 값지다.

— 이송희(시인·문학평론가),《열린시학》(2019, 여름호)

—

사람책

산나물을 다듬는 할머니 까만 손톱을
박스를 싣고 가는 할아버지 굽은 등을
몇 년간 병상에 뿌리 내린 남자의 퀭한 눈빛을
택배 아저씨 잔등에 땀으로 그린 지도를
출근길 신호등이 된 모범기사 수신호를
노숙자 식판에 국을 뜨는 자원봉사자 손길을
퀴어 축제에 나부끼는 무지개 깃발을
부지런히 올라간 교복치마와 마스카라를

읽는다,
자기 인생의 저자가 된 사람들

당신

창밖에 한 무더기 벚꽃 흐드러지고
벚꽃 흐드러지고 눈물꽃 흐드러지고
목숨이 깎여 가는 동안 태엽은 멎고

사랑은 필요할 때 살 수도 있다지만
이별은 너무 비싸 살 수가 없네
마춰로 마춰되지 않는 기억으로 남네

마음은 먹는 줄만 알고서 살았는데
놓을 수 있다는 걸 새삼 깨달았을 때
그동안 내가 앓아온 것은
당신이었습니다

밥

전경들 잔디 광장에서 점심을 먹는다

김치와 생선조림 된장국 식판 들고

소풍 온 아이들처럼 나란히 먹는다

때를 맞춰 건너편 시위대도 먹는다

아내가 정성껏 싸준 계란말이 도시락

이어갈 투쟁을 위해 전투적으로 먹는다

양쪽을 취재할 기자들도 먹는다

퉁퉁 불은 자장면에 젓가락 부러져도

만인의 밥은 평등하다는 기사를 쓰기 위해

아버지

시간을 앞질러 생계를 밀고 나가던

숙련된 밥벌이는 하실 만하셨나요

그래요 외롭다는 말은 모르는 줄 알았어요

봉식이 옛날왕만두

어머니 젖가슴 같은 가마솥 몸을 풀자
뽀얀 얼굴 쌍둥이들 줄지어 기다린다
아버지, 할아버지가
안고 오던 왕만두

불량이 판을 치는 속 터지는 세상에
꽉 찬 만두로 압구정에 도전장 낸
봉식이, 그 뜨거운 한 판이
뒷골목에서 익는다

비정규직

충주댁
경비아저씨
박 기사
밥집 아줌마
탄생에 사랑 깃든 이름 석 자 있었지
불린 지 너무 오래돼 잊어버리는 일도 있지

이화자
최용철
박진수
김치순
사고를 당해야만 알 수 있는 이름이라
불리지 않기를 바라며 살았을지도 모르지

이등병 내 사랑

마음으로 천 리 본다는 아득한 그 말 두고

너 서 있던 연병장 떠나도 떠나지 못해

바다는
천치같이 자네
어미 가슴 너울 이는데

등 너머 걸음걸음 네 눈물 너무 환해

흔들리던 내 발길 땅 멀미였나, 꽃 멀미였나

맴― 맴― 맴―
매미 울음이
맘, 맘, 맘으로
메어 온
날

한 끗 차이

박 일병 정시에 귀대 예정 총성!
호객님, 주문하신 상품이 도착했습니다.
어머니, 항복하세요!
스마트한 웃음보

여보, 퇴근 후 사랑역에서 만나요
이제 보니 너랑 나랑 똑같은 모텔이네
지금 막 마음버스 탔어
다운로드한 행복 앱

굿모닝 프레지던트

촛불이 광장에서 파도를 타고 가
철옹성 장막에 불빛으로 스미어도
끝까지 불신을 틀어 올린
당신에게
굿바이

고통 전시회

― 1막 426장
Are You Fine? Yes, I Am Fine!
76미터 굴뚝 위에서 벌어지는 부조리극
최장기 고공 상연 중이다
지상을 기다리며

― 주객전도
컨베이어 벨트는 씩씩한 정규직이지
뜨겁게 일해도 우리는 비정규직
충혈된 눈동자에 비친 벨트들
무심히 돌아간다

― 혈의누
"집에서 놀지 말고 제발 뭐라도 해라"
어미 맘을 태웠다 어미 몸을 난도질했다
"옷부터 갈아입고 도망가
꼭꼭 숨어라 아들아"

좋은 기술 파인텍
을乙 지지 위원회
극한직업 연구소
산업안전 협의회
인간을 걱정하는 모임
기획 협찬입니다

이솔희(李率熙, Lee, Sol hee) 본명: 이순희(Lee, Soon hee)
1960년 경북 성주 출생. 경북대학교 박사 졸업. 〈경향신문〉 신춘문예(2002) 등단. 시집 『겨울 청령포』(2011, 목언예원). 한국시조시인협회 신인상(2012) 수상. '한결' 동인. 한국문인협회, 한국시조시인협회, 대구시조시인협회, 대구문인협회, 국제시조협회 회원.

—

이솔희 시조에는 현대시조가 필요로 하는 제반 요소들이 두루 갖추어져 있다. 먼저 운문으로서의 시조가 가져야 할 율격과 형식에 대한 이해가 남다르다. 형식에 얽매이는 것이 아니라 형식을 활용할 줄 안다. 그리고 무엇보다도 그의 시에는 자신이 살아가야 할 삶의 지도가 잘 갖추어져 있다. 꽃이 피어있는 들판과 자신의 삶을 뜨겁게 살다간 역사의 흔적들이 표시되어있는 지도이다. 더러는 눈물이 묻어있고 더러는 위험표시가 선명하다. 하지만 혹여 잘못 접어든 길을 수정하기 위하여 그가 그린 지도는 대부분 연필을 사용한다. 그만큼 조심스럽다는 뜻이다.

— 민병도(시조시인 · 국제시조협회 이사장)

—

겨울 청령포

푸르게 벼루었던 칼바람이 휘몰아치면
강물은 얼어붙어 끊어진 길 이어준다
그 잠시 유혹에 갇혀 세상 밖에 버려둔 땅

가슴속 못다 한 말 옹이로 앉힌 설움
시린 하늘 한 귀퉁이 돌탑 하나 쌓아두고
밤이면 북천北天을 향해 젓대 물던 그 어린 손

몸 안 가득 불을 켜는 순백색 꽃이 되었나
자규가 피를 토하던 아픈 기억 물려놓고
긴 세월 모진 그리움 흰 눈으로 덮을 때

도마

등뼈가 꺾이도록 떨려오던 그 공포도
들러붙는 미련들을 떨치지는 못하는지
어둠에 묻힌 길들이 아직은 가지런하다.

한 그루 향기로운 가을 나무로 서리라던
어린 날의 그 다짐은 찍혀나간 살점이었나
뼛속에 깊게도 박힌 마늘 냄새에 취한 새벽.

눈뜨면 날아드는 시퍼런 칼날들의
셀 수 없는 상처와 상처, 온몸으로 지우면서
제각기 다른 세상사 곁눈질로 헤아린다.

봄비

할머니 반짇고리에 담겨 있던 색실 꾸러미
실실이 풀려나와 앞마당을 적신다.
시름을 녹이려는 듯 언 가지 적시는 손길

미루나무 꼭대기 따라 연초록실 풀어놓다가
벗나무 가지에 앉아 공그르는 분홍색실,
희미한 밑그림 따라 한 땀 한 땀 수놓아 간다

시나브로, 수틀 속에 내리는 정갈한 마음
오래된 그리움도 바늘귀에 꿰어서
후투티 날아간 자리에 목련 송이 피운다.

도산서원에서

파르라니 타는 혼불 안개로 감싸 안고
농묵濃墨의 시대사가 토담으로 둘러쳐진,
안동 땅 들어서면서 옷깃부터 여미었네.

완락재 앞마당엔 한 우주가 터지고 있었네
홀연히 몸을 날린 설매화 다시 이울고
부신 눈 지그시 감고 먼 훗날을 읽고 있었네,

적성산 한 자락이 북풍에 꺾여나가
문풍지 우는 소리에 저려오던 사무침도
한 마리 박새로 와서 세상의 잠을 깨우고

쉼 없이 솟는 사랑 빈 배에 실어 보내며
강선대에 홀로 앉아 뜯었다던 가야금 소리
그 소리 영원을 돌아와 댓잎 끝에 아리네.

이송희(李誦禧, Lee, Song hee)

1976년 광주 출생. 전남대학교(국문과) 박사 졸업(2008). 〈조선일보〉 신춘문예(2003) 등단. 시집 『환절기의 판화』(2009, 고요아침) 외. 평론집 『아달린의 방』(2013, 새미) 외. 신문연재 시론집 『눈물로 읽는 사서함』(2011, 북치는마을), 학술서 『현대시와 인지시학』(2018, 국학자료원), 엮은 책 『한국의 단시조 156』(2015, 책만드는집) 외. 무등시조문학상(2008), 오늘의시조시인상(2009) 수상 외. 서울문화재단 문학창작활성화 지원금(2010), 아르코 창작기금(2013, 2018) 수혜. 21세기시조 동인. 한국작가회의, 한국시조시인협회, 오늘의시조시인회의 회원.《좋은시조》주간.

이송희 시인은 정형 시단에서 새롭게 주목해야 할 감각의 활달함과 다양성을 견지하고 있다. 이러한 감각적 환기 작용은 "주름진 시간"(「아버지의 겨울」)을 기억하며 "내 안에 굵은 눈발 휘몰아쳐 오는 밤"(「감기」)을 미적으로 붙잡아두려는 열정과 매개되고, "어디에도 길은 없고 벼랑만"(「감기」) 존재하는 삶을 "별처럼 아득한 눈빛"(「까만 일기장」)으로 구체화하는 역량과 결합한다. 그의 시편들은, 근원적 자기 기억을 통해 지난날의 '울음'과 '상처'와 '통증'과 '어둠'을 통과하려는 안간힘, 그리고 그것을 견고하고 활달한 감각으로 구성하는 역량에서 발원하는 세계라 할 것이다.

— 유성호(문학평론가 · 한양대 교수)

평균대에 서다

남자는 평균대 위에 평생을 서 있었다
두 팔이 흔들리자 짧은 생이 휘청이고
외발로 펼치던 곡예,
허공이 움찔한다

그는 늘 반어적으로 넘어질 듯 걷는다
내려가면 잃을 것 같은 은유의 줄기들
불안을 꼭 쥔 손 하나,
균형을 잡는다

평형을 지키기 위해 수위를 낮추고
수없이 허우적거리다 마침내 착지하면
발등에 빗방울들이
후드득 떨어진다

힘 빼고 천천히 두 발을 옮기면서
맨발이 감지하는 몸의 통점 읽는다
긴장된 표정 몇 개가
불안하게 서 있다

물병자리

물렁한 뼈들이 차가운 몸을 섞는 밤
맨 먼저 내 울음을 기억한 별 하나가
하늘 숲 어둠을 젖히고
내 안에 눕는다

몸속에 남아 있는 아물지 않은 상처를
매 순간 덧대며 조심스레 문지르고
통증을 걸러낸 뒤에
새살 돋듯 만난다

마개를 여는 순간, 흔적 없이 사라질
너무 오래 두어서 다 삭은 마음을
겨울밤, 물구나무 세워
시원하게 쏟고 싶다

피아노가 있는 방

남자의 소리는 오래도록 닫혀 있었다

새들의 지저귐을
새장 속에 가둬둔 방

복도엔 긴 널빤지만
덜컹대고 있었다

남자의 손 마디마디, 매듭으로 핀 침묵

그 속에 갇혀서
그는 길을 잃었을까

누군가 부러진 길을 맨발로 걸어간다

오선지에 그리던 밤이
소복소복 쌓인다

추억을 두드리며 내리는 겨울비

손톱은 낮은음자리,
낮달로 돋아난다

잃어버린 거울

　적막이 스멀스멀 번져가는 좁은 방 안, 남편과 아이 사이에 시르죽은 그녀가 있다 쉰 넘어 가늘어진 생 실꾸리에 감긴다

　물때 낀 나날을 닦고 또 닦는 여자 거칠고 마른 입술 들썩일 때마다 새 나온 깊은 한숨으로 아침을 짓는다

　작년 가을 어귀에서 그이 떠나보내고 한참을 에돌아와 다시 앉은 그 자리, 슬픔에 절여진 꿈이 덩그러니 놓인다

　안으로 빗장 지른 밤들이 우거진다 걸어온 길은 모두 까맣게 지워진다 그 옛날 청동 거울 속 멀어지는 풍경 하나

토끼의 간

　간밤엔 벼룩에게도 간 빼 먹힌 사내가

　굶주린 밤 움켜쥐고 벽을 향해 기어가서 앓아 누운 용왕의 전
화번호를 찾는다 간 팝니다 물기 젖은 간, 수궁가를 부르는 간,
전화기 속 별주부가 그의 간을 자르고 연체된 이자와 한숨까지
자를 때 콩알만 해진 간으로 전화기를 놓는 사내, 두 살 아이 분
유통을 물끄러미 바라보다 몇 달 밀린 방세를 생각하며 다시
또 전화 걸고……

　햇살에 널어 말리던 간, 온몸을 휘감는다

그릇

할머니는 나에게 그릇 하나 내주셨다
주름지고 거친 숨결 고스란히 새겨진
이 빠진 그릇 속에서 나는 점점 커갔다

금 간 시간 틈새로 거세지는 겨울바람
그 추운 방 안에서 호호 불며 쓰던 일기
매일 밤 나를 지우며 또 나를 적었다

내 안에 그릇 하나 덩그러니 놓여 있다
두 손 모은 꿈들이 둥글게 휘감기는
바닥은 덜어낼수록 깊어지고 있었다

압화

장미꽃이 피어 있었어
가장자리가 환했었지

웃음을 나눴던 우린
여전히 초록이었어

시간은 멈춰 있었어
흔적으로 눌린 기억

나란히 손잡은 채
반듯하게 누워서

겹겹이 소원을 빌며
글자를 새겼어

우리는 입을 다문 채
아름답게 짓눌렸어

컵

네 속이 환히 보여 견딜 수 없었다고

탁자 위 어슷하게 오후가 저물자

모조리 빈 말뿐이던
그의 말도 비운다

네 몸에 나를 맞추며 나를 쏟아 붓던 날

내 몸의 향기에 취해
내 꿈은 출렁였다

사라진 내 목소리 찾을 길이 없었다

비워진 허공마다 입술의 흔적들이

방 안에 쪼그려 앉은
혼잣말을 삼킨다

블랙

도무지 네 속셈을 알 수가 없었어

안 보이는 눈빛과
입안에 감춘 말들

그 까만 헛바닥에서 칼바람이 일었어

소리들을 입에 문 채
문밖에 귀를 댄 너

남몰래 뒷모습을 훔쳐보며 베껴갔어

불안한 침묵 하나가 빈 방에 웅크렸어

가녀린 손발 묶고
두 눈을 가리던 너

겁에 질린 낯선 내가 거울 속에 숨었어

창밖엔
달빛 한 조각
머물지 않았어

외눈

한쪽 눈을 잃고서야
양쪽 눈을 얻었다

한쪽만 바라보고
한쪽으로만 걸었던

외골수 외길의 시간
외롭고도 더딘 길들

흑백의 담장 앞에서 밀고 당기며 새던 밤
앞에서 달려오던 그의 말을 자르던

편견의 깊은 동굴 속
뼈아픈 밤의 소리

이제 나는 외눈으로 내 깊숙한 곳을 본다
한쪽 눈에 담겨지는 더 넓은 들판을

너와 나, 우리 사이를
가로지르는 말의 세계

이수윤(李受潤, Lee, Su yoon) 본명: **이명순**(李明順, Lee, Myung soon)

1961년 전남 진도 출생. 광주대학교 대학원(문창과) 석사(2015). 《열린시조》 신인상(2002) 등단. 시집 『은행이 익어 갈 때』(2004, 고요아침). 제6회 광주전남시조시인협회 작품상 수상. '우리시', '금초문학회', '우송문학회' 동인. 한국시조시인협회, 광주전남시조시인협회 회원.

온화

순식 간에 멀어져 간
아이 하나 그리워서

서선서선 생각나는
이야기를 풀어 놨다

수십 년 자란 아이들
외발걸음 모여 든다

—

이수윤은 시조 「첫눈 속의 수선화」에서 '칼칼한 순대국밥에 덤을 얹는 싸락눈'과 같은 서정적이고 친근한 시상과 정형시의 형태를 동시에 살린, 현대 정형시의 한 모델을 만들어낸다. 「입구,혹은 출구」에서는 형태의 축약이 시의 밀도를 더하고, 내밀한 감정의 파장을 만들고 있다. 대상에 대한 감정을 걸러내고 또 걸러내서 정제된 이미지를 만들어 내는 것은, 그녀의 창작방식인 동시에 그녀가 생각하는 시조의 의의이자 이상형이기도 하다. 그녀는 자신의 창작 행위 특히 정형시를 쓴다는 데 대한 자의식을 두드러지게 가지고 있다.

— 문혜원(문학평론가 · 아주대 교수)

—

해마다 벚꽃잎은 흩날리지만

중환자실 기침소리
백발만 더 성성해서
수척한 담 밟고 올라
밤하늘에 달로 떴다
지나온 여든 몇 해는 짧고
가야할 길 짧아도 먼데

욕창 깊은 줄기에도
살아남은 핏줄 있어
먼 데서 온 손자들이
간헐적으로 피어난다
밤 깊어 부는 바람에
흔들리는 혈압수치

어쨌거나 환희롭던
한 생애가 딱 멈춘다
낱낱으로 털리우는
웃음, 울음, 그 모든 것
새하얀 비단 필 펼쳐
외로운 길 배웅한다

그동안 이후의 말을 고민하다

봉지 씌운 어린 배가 나무에서 뚝
떨어진다
예측 못한 이별의 길 그 찰나를 목격하니
덜 익어 얇은 껍질 속 떫은 풋살 되고 만다

꽃 진 자리 열매 맺혀 두근두근 자라면서
햇살처럼 빗물처럼 뿌리의 말 마시면서
새라도 쪼을까 하며 바람 한 올 삼갔었다

위를 보니 낮달 하나 하늘 뚫고 마중 나와
그 자리도 아무느라 주름지며 가렵겠지
옹이진 그대의 지저귐이 풀리는지 교교하다

다시 보니 꽃눈부터 지금까지 살아온 일
그동안을 요약하려 두려웠고 아팠었다
두고 온 꼭지 떨어진 상처
눈부시게 환하다

죽은 말이 있었다

칠십 년 전 그날은 입과 함께 묻혔다
주검을 딛고 살며 잃은 자식 쉬쉬했다
달아난 신체 한쪽은 채 감추지 못했지만

젖내 푼 봄바람에 유채꽃 노란 제주 곳곳
바위를 감고 올라온 바다향도 무안했다
잊었던 잊어 버렸던 과거사다 삭인 세월

향기에도 베어 그만 봇물로 터지는 동백울음
사지 잘린 삶의 몸통 굴리며 사는 어머니가
안아서 용서한다며 다독이려 팔 내민다

시간의 틈새를 만지다

푸른 들녘 달리는 중
노란 시간 들어찬다

가속 페달 밟고 와서
이삭 위의 메뚜기로

날아갈 다음 장소를
두리번거려 찾고 있다

바람맞아 드러누운
머리 뿌리 뿌리 머리

먼지 낀 해 안는 중에
뜨는 해를 흘끔댄다

쏟아져 흘러버린 시간
그 자취에 낯선 싹이

현과 여의 거리를 60년이라 말하는 노부부 이야기

오랜 기억 놓칠세라 부르고 부른 이름

십 년이 몇 번 지나 현이 연으로, 다시 여로

온 동네 아이들까지 봉여이 봉여이 할 때

눈앞에 딱 나타난 봉현 씨는 호호영감

한사코 외면하는 할멈, 야속한 할멈

봉여이, 그 봉여이를 어디 가서 데려오나

그의 눈썹 그늘을 읽다

모른다고 말할까? 토끼풀꽃 향기를
흔들리던 시간 위에 갓 우화한 곤충처럼
설 수도 갈 수도 없어 한 발로 섰던 그 때

시대의 곡선 타고 모퉁이를 꺾어 돌 때
약간은 기운 듯한 그림자를 나는 봤다
둘이서 흥얼거렸던 곡조를 따라가는

나비 비늘 속에 감춘 생존의 뜻 사랑아
쏟아지는 봄 햇살 속 여우불 당기는 맘
아무도 모르는 사이 타오르고 싶었다

단 한 번의 침을 꽂고 한생이 무너지는
네 눈길 뒤로하고 나를 묻어버린 나
이제는 속눈썹 떨던 그 그늘
쓸고 싶어

소금꽃

　사라진 것들을 밝히는 뼈가 있다 세월 밖에 밀렸다가 발견되
는 미라처럼
　쓰고도 떫었던 능선들 굽이굽이 환하다

　복제된 이 야성의 유전자는 꿈이다 흐르며 출렁이다 에돌아
빚은 결정
　태양을 바로 볼 수 없는 정오 무렵 초점처럼

　바뀐 이름 수소문해 너에게로 가는 길 위 서쪽 해는 왜 이다지
은밀하게 뜨거운지 줄기를 타고 오른 바다가 피워내는 아픈 꽃잎

입구, 혹은 출구

기도만 숨쉬는
진료실 복도에

창백한 수선화
목을 떨군다

창밖의 나뭇가지는

늘인 손이 너무 짧고

떨구긴 붙잡기보다
언제나 힘겨워

낱낱이 버렸건만
부푼 배는 높디높다

간절한 그 무엇이
가득히 차올랐을까

헛헛한 세상 싹둑
베이는 통곡 속

점점이 살아나는
파란 후회, 후회

간이역 떠나는 열차는
뒤돌아보지 않는다

백련지에서

그것은 고백이다 또르르 되돌려 받는
한 번의 승낙을 얻으려 구르는 안간힘
문간 밖 서성이던 시간들 뼛속까지 투명하다

밀리며 눕혀지며 살아 있어야만 한다
어쩌다 일으켜 세우는 삶, 문득 붉기도 하나
뜨거운 나의 체액은 희디희게 바랜다

긴 밤의 밑바닥을 베어 물던 잔뿌리
어둠 속 두 귀는 밝아 하늘 향해 열었었나
십만 평 솟구쳐 올라 그대 뒤에 서 있다

조금 더 명쾌한 꽃대 피워, 피우고 싶어
돌무지 실려 온 분진 손톱으로 벗기며
맨살로 세상에 나설 때 빗장 너도 열리리

시점

차고 이우는 꽃잎처럼 딱 한 점 그 때라면
마음 한 켠 기꺼이 쏟아내도 좋겠다
꽃잎이 벙그는 이유는
시점을 말하는 것

갇혀 있던 자모들이 그렇게 벙근 순간
갈래길에서 하나 되는 본디 몇몇의 나
한끝을 정의 내린다
다른 끝의 이야기로

다문다문 박힌 별은 밤하늘의 돌부리다
귀가하는 달의 노래가 걸려 휘청이는 밤
하늘의 속수무책을
반짝임이라 적는다

이숙경(李叔景, Lee, Suk kyeong)

1966년 전북 익산 망성면 출생. 전주교육대학교(국어교육학과), 대구교대 교육대학원(국어교육학과) 졸업. 〈매일신문〉 신춘문예(2002) 등단. 시조집 『파두』(2009, 만인사), 『까막딱따구리』(2020, 고요아침), 현대시조 100인선 『흰 비탈』(2016, 고요아침), 시론집 『시스루의 시』(2016, 작가). 대구시조문학상(2015), 시조시학 젊은시인상(2018) 수상. 한국문화예술위원회 창작지원금(2018) 수혜. 대구시조시인협회 사무국장, 오늘의시조시인회의 사무총장 역임. 한국시조시인협회, 오늘의시조시인회의 회원. '영언' 동인.

별다방

별별 일 다 겪은 날
별수 없이 찾아온다

별 볼 일 없는 사람처럼
보여서는 안 되리라

별 수다 떠벌이는 판에
불을 지켜 앉느라

—

'턱 괴고', '한턱낸다'는 관용어들을 가당찮은 슬픔의 속어로 되살려 낸 한 편의 시. 제주의 어두운 역사를 거슬러 오르는 서사적 아픔이 뜨겁기만 하다. 삼킬 수도 뱉을 수도 없는 생각과 말들로 점철된 '진아영'의 고통과 비애의 시간 앞에 맞닥뜨린 시인의 막막하고 처절한 심경이 생생한 현장감과 함께 독자들에게 다가온다(「진아영」). 뒷모습이라. 달린 눈도 없이 오랜 세월을 '안간힘'으로 살아온 그 모습은 "앞에서 벌이는 일"을 "군말 없이 뒤를 봐" 주며 살아온 모습이다. 그런 '등 뒤'에 눈을 나눠 달고 싶은 생각이 문득 들었던 미장원에서의 영감과 발상을 낚아챈 순간의 시편, 사유와 개성이 빛난다(「뒤에게」).
— 박명숙(시조시인 · 오늘의시조시인회의 부의장)

밤을 새워 달려야 하는 "무박 열차"와 편한 잠 한 숨 못 자고 어둠 속을 달려온 삶의 과정을 유비적인 수사로 전개하는 시적 형상화가 절묘해서 새로운 시적 발상을 기대할 만하다(「무박 열차」).
— 황치복(문학평론가)

—

진아영*

턱 괴고 생각한다느니 한턱낸다는 말
그녀에겐 당찮은 슬픔의 관용어였지
씹어서 삼키지 못할 아픔이 우물거렸네

따뜻한 포유류의 둥근 턱이 사라진 뒤
어류의 아가미처럼 변해버린 입 언저리
죄 없는 사람이었다고 조아릴 틈 없었네

살아야 할 신념에 비할 바 없던 이념
오랜 총성 그 환청 무시로 관통하는
무명천 얼굴에 감싼 미안한 역사였네

* 4.3 사건 당시 토벌대 총탄에 턱이 소실되어 평생 무명천으로 턱을 감싸고 살다 가신 할머니 이름.

뒤에게

수십 년 맹인처럼 손질로 길들인 곳
필라멘트 끊어진 알전구 같은 뒤통수에
거꾸로 매달린 머리를 한 줌씩 빗어 내린다

뒷모습 보실래요, 잘 닦인 거울 속에서
고스란히 맞는 나를 눈동자에 담는다
생각을 가위질하던 푸른 날이 번뜩인다

안간힘으로 가는 길 얼마나 온 것인가
앞에서 벌이는 일 군말 없이 뒤를 봐준
등 뒤에 두 눈 하나쯤 나눠 달고 싶은 날

무박 열차

우그러진 냄비에 눌어붙은 두려움으로

협궤의 다리목을 지켜 섰던 한밤중

도마뱀 꼬리처럼 잘린 어둠만 가득하다

공변세포 드나드는 눈먼 숨 가쁠 무렵

지구를 감아 올린 기우뚱한 자전축이

돌아가 내미는 볕을 은총인 양 쬐어 왔다

억겁을 지나온 해는 날마다 새날인데

누대의 어머니처럼 케케묵은 내 모습

덜 마른 오가리같이 낮볕을 기다린다

파고다 재봉틀

끊어질까 수억 땀 조바심으로 굴렸을 바퀴
까다로운 셋째가 육남매 중 힘들다며
노루발 한껏 젖히면 졸아들던 어린 맘

프릴 단 원피스 차려 입던 그 기억
고장 난 재봉틀 머문 자리 푸른 모니터에
어머니 새겨진 손매 환하게 읽혀집니다

흘깃 몸매만 봐도 바스트 몇 웨이스트 몇
눈대중 선을 그어 마름질한 어머니
장롱 속 줄자 곡자는 하릴없이 누웠었죠

반백 년 낡은 다리 삐걱대며 버티는 발판
종아리 포갠 발등 따갑게 꾸짖듯
뭉개진 제조 연월일 부스스 떨어집니다

해 질 녘

어눌한 단역인 듯 끊어지는 짧은 말
긴 저음의 강 물결 고즈넉이 이어준다
허투루 살아온 줄거리 뒤꿈치에 따라온다

밀봉된 수소처럼 허공을 떠돌다가
뜯겨지는 꽃술 위 허방에 빠진 불혹 여자
오그린 강가 허구리 다독이며 걷는다

만나는 일 뜸해져 때때로 아쉬운 속내
시점 없이 여전해라, 그렇게 돌아설 때면
구포역 지나는 사이 가슴께가 붉어지는 강

백년도깨비시장

꼬리치며 달아나도 잡지 못할 뒷덜미
은신하기 두려운 광장을 비켜 지나
변두리 수구레 국밥 만판 훑는 오일장

허구한 날 드나들던 뒤꿈치도 닳았는지
한숨 곤히 자는 사이 좌판에 남은 홍정
떨이는 농간을 부린 바람잡이 몫이다

십이리 할매 이방 아지매 불그레한 웃음
저물녘 노을처럼 물드는 백 년 장터
동여맨 전대를 풀며 허리춤을 추킨다

이베리아 카페

춤추며 노래하거나 무명 배우 하거나
수삼 년에 한 번쯤 만나면 들레는 그녀
목소리 딱 어울리는 일한다며 웃어준다

해종일 도닥거린 새 죽지 접은 저녁 포구
버려진 목선처럼 바람 소리 기웃거린다
마담도 잘 어울리는지 열없이 묻는 그녀

오그라진 새우살이 어둑발 안주 삼아
오가는 젓가락에 쥐락펴락 나눈다
산수유 속눈썹같이 난바다에 지는 봄

오지에 내리는 눈

경계를 무너뜨린 길바닥 더듬는다

눅눅히 찢어진 지폐 주머니에 잠잠하다

수없이 잘린 발목 다독이며 돌아와

그 길 혹 물으면 막무가내 팔 내둘러

갈 길이 다른 사람들만 북적이는 정류장

조바심치는 먼 길 눙치며 내리는 눈

끊겨버린 전화에 안부 더욱 궁금한

끝끝내 닿을 수 없는 천길만길 그 고요

비보호지대

눈 한 채 실은 버스 바람언덕 올라간다
선잠을 자다가 홀연히 깨어난 사내
우묵한 눈자위 비비며
좌회전 따라 간다

미어지게 설핀 겨울 발부리에 뒤채어
늘 혼자 서성거리다 한잠 드는 골목길
열두 시 시침을 뽑아
긴 늪에 내던진다

탄알처럼 쟁여둔 말 녹슬어 푸른 방
파란만장 등 자국 중첩된 벽 기댄다
구부려 살지 말라고
몸 달구는 환한 등

사슬을 뜨다

더디 잡은 손끝에서 사슬 하나 놓칠까
실기둥 단을 세워 거미처럼 줄을 치네
고를 낸 올가미들을 벗어나야 살 길일 터

어눌한 코 빠뜨려 때때로 풀리거나
구멍 빠진 바늘에 허를 찔리지 않게
변수를 늘렸다 감췄다 제 가닥을 잡는 일

손잡은 너와 나 풀어 가는 실마리
코뚜레를 꿰어서 끌고 가듯 힘들지만
내 무늬 보일 때까지 허공을 짜야 하네

이숙례(李淑禮, Lee, Sook rye)

1946년 경남 산청 단성면 사월리 출생. 진주교육대학교, 동의대 대학원 문학박사. 《시조문학》(1992) 등단. 시조집 『먼 하늘 앞섶에 받아』(1996, 해광), 『초록세상 들여다보기』(2000, 삼아), 『달항아리 풀리지 않는 주파수』(2002, 말씀), 『갓 떠온 하늘 한잔』(2005, 세종), 『달 아래 관음』(2011, 책만드는집) 외. 부산문학상(2003), 문예시대 작가상(2005), 부산여성문학상(2012), 시조세계 문학상(2012), 실상문학상(2012) 수상 외. 부산여류시조문학회장, 부산시조시인협회 부회장, 글로벌시가람낭송문학회장, 부산불교문학회장 역임. 오늘의시조시인회의 회원. 한국시조시인협회 자문위원.

—

이숙례 시인의 작품 속 사상事象은 단순화, 상징화, 추상화되어 있다. 그러나 배후의 의미는 전통미를 살려 절제와 압축을 최고의 미덕으로 하고 있다. 이렇듯 시조는 보일 듯 숨기고 숨길 듯 보이는 절제미와 함께 또한 거침없는 토로의 활달한 리듬감도 갖고 있어 여성미와 남성미를 아울러 갖고 있다. 「푸른 독대」와 「막사발 이도차완」에서 맛보는 시원한 리듬감은 우주적 생명을 싣고 대지를 관통하는 신화적 시대의 그 율격에 닿아 있는 우렁우렁한 느낌을 주기에 손색이 없다. 한편 넉넉하고 부드러운 시심과 섬세한 언어의 정련으로 감성과 사유와 품위가 하나로 어우러져 있다

— 김일연(시조시인 · 국제시조협회 이사)

—

푸른 독대

비 묻어 몰려오는 불온한 구름에도
하루도 어긋남 없이 경 읊고 길을 열어
깊어진 묵란 향기로 마주한 푸른 눈썹

곧은 결 가지마다 시리도록 입힌 먹물
뿌리째 흔든 야욕 하늘로 장계狀啓 올려
앞섶이 풀린 민초들 타는 가슴 식히던 날

새 노래 들려올까 서성이는 낮달에게
속엣것 다 우려내 일필휘지 시문詩文 띄운
서슬도 검푸른 붓끝 또, 천 년 묵향 머금는다

막사발 이도차완

저 산 흙, 계곡물은 이 땅의 피와 살
그 피와 살을 이겨 티 없는 몸을 빚어
고려 숲 지켜본 자리 태어난 천목 막사발

조선의 도공 함께 유폐당한 이도차완
백매화 핀 굽 둘레 흰옷의 백성 닮아
무욕의 흙 발우 맨살, 남도 완창이 들릴 듯

우리가 낳았건만 남의 손에 길들여져
한땐 일본 무사들의 입 축였을 저 명기名器
그 입술 닿을 때마다 뼈아픈 실금이 졌을……

달 아래 관음

달 아래 관음이 긴 깁실을 잣고 있다

천 년 가까이 자아도 다 못 짠 베틀에 앉아

하이얀 손등 살점이 조금씩 헐어간다

길 너머 이팝나무 꽃 하얗게 떨어지는

이 봄날 가슴 언저리 꽃 울음이 밀려온다

내 안도 무명無明 실타래 잣는 물레 하나 돌아간다

아직도 손닿지 못한 부끄러운 홈결들

볕살 속의 먼지처럼 다 흩어지이다

흙처럼 낮아지려고 머리를 땅에 대본다

섣달 보름

한 줌의 섣달 햇살 쥐었다 거둔 자작나무

잔가지 휘어질 듯 걸려 있는 보름달이

뿜어낸 달빛 주파수 섬 하나에 접속된다

가슴 밑 불협화음 소리 없이 허물어

서산에 걸려 있는 위태한 난간을 잡고

마감에 쫓기는 생의 야윈 어깨 감싸는 달빛

하루를 내려놓고 저 달 바라보노라면

뉘 몰래 참고 삼킨 눈물 어려 보이고

먼 길을 돌아오느라 부은 발소리 들린다

파도의 날빛 층계

별빛에 물들인 파도 깃폭처럼 흔들리어

파아란 깃폭들로 바람에 띄운 수화手話

파도의 짙푸른 대화 시든 삶을 달랜다

하루의 강

새벽녘 잠든 도시 깨워가며 흐르는 강
가슴을 풀어 헤쳐 진 데 마른 데 짚어간다
오늘도 잔가시 박힌, 절반의 그늘 햇살 들까

푸르게 출렁이는 물, 도도히 흐르지만
우수기 누수처럼 잡힐 듯 잡히지 않는
임시직 헐렁한 자리 찬바람만 드난살이다

단내 나는 속울음 삭여둔 기슭마다
반만 채운 하루해가 젖은 낮달 말리면
세워둔 바리장대 끝 꿈 한 가닥 매단다

하늘 외등

샘물 길어 나르느라 등이 휜 하현달이

가난한 부뚜막에 살을 깎아 빚은 송편

둑방길 꽃향기 들고 동네마다 나른다

문고리 거는 소리에 산을 넘어가는 고요

길 없는 암흑 세상 더듬이로 읽을 동안

때로는 눈을 감을 때 열려 오는 길이 있다

어둠도 지쳤는지 가부좌 풀린 하늘

초고층 모서리를 끌고 가는 배 한 척

낮에도 외등을 켜고 은하수를 건넌다

돌절구와 수련

이끼에 덮인 옛일 한숨처럼 새 나오는
친정집 빈 뜰 한켠 낡은 돌절구 하나
구석진 적막의 그늘 휘감고 앉아 있다

해와 달 스친 만큼 몸 닳아 얽어진 몸
그 오랜 시간에도 옛 흔적은 남아
돌확에 빗물 고이는 푸른 생각 깊더니

흰 떡쌀 빻던 절구, 쌓인 고독 비우려
떡쌀 대신 흙을 받아 새 생명 키우는 기쁨
저 심연深淵 하늘 보란 듯, 수련 피워 올린다

저녁 숲에 들다

노을을 품을수록 더 짙은 숲의 고요

금빛 손 흔들며 뭇 생명 불러들여

키 작은 눈물도 안아 슬하에 재워두고

돌아온 나이테의 지문 닳은 꿈들에는

먼 산사 쇠북 소리에 얇은 귀 담금질로

풀릴 듯 얽힌 미로에 별빛 문양 선연하다

서로 더 사랑하려 팔 길게 내밀다가

달빛 가릴 풀꽃 생각에 잔가지 솎아내는

수심이 깊은 저녁 숲, 새 떼들도 날아든다

개화몽 1
― 아라홍련

어둠의 무게를 인 순장의 긴 시간
흙 속에 묻힌 언약 비상의 꿈만 꾸다

적막의
날에 베어져
발톱 물러진 시간들

지나간 사람들의 그림자만 자욱한
몇 천 년 잊혀졌던 한 하늘을 기억해

발소리 숨을 죽이며
안으로만
붉히다

뜨거운 땀방울로 색색 조각 덧댄 지상
승천 못 한 백치 울음 시간의 벽 허물어

스스로 살을 찢으며
깨어나는
아라홍련

이숙자(李淑子, Lee Sook ja)

1942년 경남 김해 출생. 호 아란. 부산사범학교, 한국방송통신대(교육학과) 졸업. 《문학세계》 신인상 시조(1991), 《새교실》 수필 3회 천료(1993) 등단. 시조집 『강물처럼』(1999, 경남), 『침묵의 휘장을 들추며』(2008, 동백문화재단), 교육에세이집 『아픔+시간=아름다움』(2002, 경남), 회수기념 문집 『빈자리』(2016, 동백문화재단). 제19회 전통예능경진대회백일장 시조 최우수상(1991), 경남시조백일장 입상(1991), 황조근정훈장(2000), 황산시조문학상(2007), 국제만송예술문화상 문학부문(2011), 시세계 문학상(2019) 수상. 경남시조시인협회 부회장 역임. 문학세계 문인회 동인. 한국문인협회, 한국시조시인협회, 경남문인협회, 마산문인협회 회원.

—

이숙자 시인은 정과 한을 가락에 실어 내는 시인이다. 그의 시세계에서 볼 수 있는 소재는 참으로 다양하다. '봄비'나 '시골길', '덩굴장미', '벚꽃' 등 지극히 일상적인 환경, '장승', '종각', '향교', '옛집', '군밤', '널' 등에서 보여지는 회고적 대상, '까치', '참새', '제비', '개구리', '올챙이', '매미', '바퀴벌레' 등의 동물에 대한 관심, '교실', '운동장', '교무실 창가' 등이 보여주는 직업과 관련되는 풍경들. 이렇게 많은 대상을 그는 관찰하고 묘사한다…… 그는 지나간 날을 아쉬워하고 그리워하는 마음으로 노래한다. 정과 한이 그 속에 깃들어 있다.

— 이우걸(시조시인 · 우포시조문학관장)

—

그리움 1

온종일 벼를 훑고 풍구질로 다루어서
한 말 두 말 되어 받은 하루 일 품삯으로
어여쁜 색동 코고무신
막내에게 신겼다.

해반천* 질펀한데 어깨동무 도하 작전
물살은 시샘하여 코고무신 앗아가고
보름달 둥실 솟을 때까지
웅크렸던 대문 밖.

아버지 등에 업혀 엄마 몰래 들어와서
속 깊이 용서 빌며 잠들었던 어린 시절
아쉬움 돌이킬 수 없어
내리쓰는 이 가슴.

그때의 팔팔하신 어머니 어딜 가시고
이제는 당신보다 더 나이 먹은 막내
그리운 두 분 당신께
고인 정 바칩니다.

* 해반천: 김해시 한가운데 남북으로 흐르는 시내.

빈자리

막내딸을 가마 태워
데리고 온 상객이
사돈 댁을 떠나올 때
더듬어 신은 신발은
때절은
흰 신발 검은 신발
짝짝이였더래요.

딸을 두고 가는
가슴속 빈 자리에
소복이 쌓인 아픔은
산꿩이 대신 울고
아쉬움
봉우리마다
안개로 덮였대요.

옛 얘기

웃마을 갑돌이의 곱게 접은 연애 편지
호랑이 할배 눈이 무서워 모가 닳고
아래땀
을순이 손에 전해지지 못했다.

애타는 갑돌이 마음 알 길 없는 꼬마는
그 편지로 딱지 접어 날개 치며 잘도 치니
다홍빛
젖은 눈빛은 해당화에 멈췄다.

을순이 눈치채고 몰래 바꾼 그 편지
가슴 죄며 읽었다며 할배 보며 웃는 할매
손자 놈
조름에 못이겨 털어 놓는 옛얘기.

어머니 2

거친 숨 사십 평생 하루같이 저문 나날
잊혀진 공간마다 머무른 짧은 시간
오늘 밤 솔바람 새에 돌아보는 여린 맘.

흰머리 가로지른 한 줄기 가르마에
달랑달랑 25시 걸음걸음 맺혀 있고
살포시 포도 접시에 내려 앉는 애달픔.

청포도 송이송이 알알이 박힌 후회
생전에 두고두고 멍울진 마음이라
이 여름 엄마 생각에 설움 겨워 우는 맘.

기가 맥혀
— 1999. 2. 교원 정년 단축에 즈음해서

밴댕이는 밴댕이 속이라 꼴깍 죽고
교실 안 풍뎅이는 먹지 못해 기 차 죽고
나두야
하고 싶은 말 못해 기가 맥혀 죽겠네.

종각거리*

울 어머니 해진 치마
질질 끌려
쓸린 거리.

그곳
종각 아래
종도령** 앉아 졸고

갓 삶은
햇고구마 담은 함지
눈 자꾸 가는 길손.

뚝배기 빛 사투리에
어스름 휘감겨져

왁자지껄 활기찼던
웃음판 거둬지고

때맞춰
별빛들 깔깔깔
내려 시끄럽구나.

* 종각거리: 마을의 위급함을 알렸던 종루가 있는 거리.
** 종도령: 경상남도 김해지방의 남자 걸인에 대한 애칭.

태풍

날 세운 바람들이
설 자릴 못 찾아서,

발걸음 망설이다
곁눈질한 산과 들판.

휘이고 속 빈 뼈들이
단소처럼 울었다.

고독이 새파랗게
멍울져 엉긴 자국,

분수로 솟구치는
네 마음 사슬 풀어

청정한 생수로 씻어
오색실로 꾸미자.

땅거미 긴 자락이
온 들녘 감싸 올 때

장미빛 소담스런
뜨거운 가슴으로

태평양 쪽빛 바다에나
푸른 꿈을 펼쳐라.

어떤 낙원

폴짝 폴짝폴짝
짹짹
짹찌 찌짹

콕 찍고 콕콕 찍고
콕콕 찍어
콕콕 소리.

누룽지
말리는 채반
야단법석
참새들.

멍멍멍 멍멍이는 기가 맥혀 짖어대고
짖다가 쫓아가면 포르르 포르르르.
동백꽃 그늘 흔드는 숨바꼭질 어지럽다.

집 보는 네 살배기
참새 닮아
그도 폴짝
살며시
들어선 엄마
따라 폴짝
폴짝짝.

참 새

참새는 참말만 하는 새라서 참새란다.
얘들아, 쌀집 할매 마실 갔다 빨랑 가자.
후루룩 날아 앉은 참새들
쪽입으로 훔친다.

휘어이 손 저으며 가시 돋힌 소리에
포록포록 날갯짓 담장 위에 요란하고
참새는 참 새가 아니라고
할머니는 되뇌인다.

올챙이 밥이 되는 개구리

'올챙이가! 올챙이가 개구리를 먹어요'
어항 옆 철순이의 다급한 목소리는
무더위 가득한 교실 안 분위기를 흔들었다.

'공부하기 싫으니 별소릴 다 하는군'
수조에서 부화시킨 팥알만 한 개구리를
채집한 완두콩만 한 올챙이가 먹었단다.

'정말예요 선생님, 여기 좀 보세요!'
우루루 몰려 둘러선 60개의 빛나는 눈
희안타 올챙이 밥이 되는 개구리도 있구나!

이순권(李淳權, Lee, Soon kwon)
1944년 광주 광산구 출생. 서울대학교 사범대학 졸업. 《월간문학》 신인문학상(2010) 등단. 시조집 『수막새의 달』(2017, 동학사, 세종도서 문학나눔 선정). 오늘의시조시인회의 회원.

첫 시조집임에도 불구하고 이순권 시인의 『수막새의 달』은 높은 작품의 완성도와 함께 깊고 넓은 시의식으로 인해서 중요한 시집으로 평가되어야 할 것이다. 그리고 궁글림과 담금질의 상상력을 통해 도달한 "직립의 뼈"와 "천년의 미소"로서의 시조 미학은 구도의 정신이 빚어낸 아름다운 형상으로 기억될 필요가 있을 것이다.

— 황치복(문학평론가)

젓가락

몸도 따로
속도 따로
짝짝이 한 쌍으로

기우뚱
발맞추다
허방 짚는 가시버시

아무럼! 동행의 두 발
사람 인人 자 쓰고 있다.

나팔꽃 아침

서늘한 별빛 잠긴

우물물 한 두레박

덩굴손 철조망 짚고

햇귀 줍는 나팔꽃이

미명을 죄 걷어내고

동주東柱의 하늘 긷는다.

답청踏靑의 시간

길 잃은 발자국들

화인으로 찍혀 있다.

해거름 뉘엿대는

답청의 시린 발싸심

언젤까?

저 흉터 파릇이

상형문자 돋을 그날.

겨울 정형시

모국어의 젖줄 물고
비색 하늘 우러르다

해와 달 바라기에
발돋움한 직립의 뼈

저리는 발목 깊숙이
속울음을 쟁여 놓고.

푸른 잎새 손뼉 치던
새소리도 사라지고

팔다리 찌릿찌릿
군더더기 묻는 옹이

나무는 옹근 정형시,
천지인이 덩두렷한.

목욕탕 에피그램

열탕에 모락모락 백팔번뇌 피어오른다.

더뎅이 진 더께 털고 발가벗은 알몸 하나

시원타! 거칠 것 없는 지상의 낮은음자리

한 치 더덜이도 없이 거울 안에 비친 속내

뒤축에 실린 하루 찌든 때 박박 긁어도

뱃구레 줄자를 대고 헛배 부른 몸통 잰다.

흑산도 노을

분화구 품어 안고 난바다를 떠도는 섬
갈맷빛 빈 하늘 길 철새 떼만 오면가면
불덩이 식히지 못한
사초 하나 무젖고.

화석같이 굳어져도 삶터란 늘 성소일까.
따라지 맨발 따라 탁본 뜨던 세월 뒤로
또다시 젖은 솜처럼
하루 접는 노을 진다.

날름대는 푸른 불꽃 제 살 깎는 먼 바다에
가없이 너울거리는 괭이갈매기 목쉰 울음
풍화한 벼랑의 시간
해국 한 떨기 설핏하다.

가방 별빛

껴안듯 밀쳐내듯
손잡고 걸어온 길
입시울이 다 닳도록 좁은 구석 여닫으며
세월의 부스러기들 수북하게 떨군다.

낮은 무릎 맞대면서 세상 그리 부대꼈나
내 대신 입은 생채기 그 아픔 추스르고
지워도 지워지지 않는
얼룩 자국 다독인다.

해진 가방 짐 꺼내고 악취까지 씻어낸다.
사는 일이 죄만 같은 무서리 진 외진 길섶
때로는 귀 닳은 하루도
허물 벗듯 돋는 별빛.

맥문동, 혹은 산업연수생

자드락 뙈기밭에 발돋움한 이방인들
똬리 트는 낯선 터전, 양지 음지 가리겠나?
새도록 견디는 허기,
질긴 뿌리 내린다.

짓눌린 풀포기처럼 볼모 잡힌 한 세월을,
울부짖는 프레스 옆, 손가락은 오싹하고
쪽방촌 후미진 곳에
얼부푼 자리 다진다.

그 뉘가 흘기는가, 한겨울 푸르던 너를
가는 허리 세운 꽃술 눈자위 붉어질 즈음
미리내 수놓은 별 떨기
쏟아질 듯 반짝인다.

수막새의 달

숫눈 밟고 걸어오는 애벌구이 앳된 얼굴
눈에 괸 호수 찰랑, 배시시 웃음 흘린다.
진양조 일렁인 달이
이지러진 생을 끌고.

추녀 끝 무릎 꿇고 비손하는 연꽃 세상
만파식적 귀가 멀어 홀로 갇힌 하늘 아래
또다시 숨을 고르고
떠오른 여인의 달.

날개 꺾인 토르소다, 솔기 없이 도담한 선
하현달 차오르는 하얀 법열 강물 이뤄
휘영청! 천년의 미소*
빛살 가득 여울진다.

* 천년의 미소: 신라 7세기 전반에 만든 막새기와로 경주 영묘사 터에서
출토된 얼굴무늬수막새의 별칭. 국립경주박물관에 소장된 이 수막새는
신라의 대표적 이미지 중 하나이다.

흉터, 또는 불새

검붉은 꽃 한 송이 적막 하늘 이울 즈음
푸석하게 앉은 딱지 화인火印 찍혀 아려오고
내 몸 속 짓무른 자리에 떨켜처럼 돋는 새살.

눈에 밟힌 상처만이 아픈 상처 아니라서
감춰온 성장통 앓듯 자화상이 일그러지는,
머흔 길 소실점 찍고 날개 훨훨 퍼덕인 새.

서리 덮인 죽지 펴고 어두운 밤 떠돌다가
늪에 빠져 허우적댄다, 살얼음 이생에서
뉘 몰래 젖은 발목을 깃털 속에 사려 묻고.

담금질 끝 꽃이 핀다, 못다 지운 오목새김
어느 날 흉터 위로 새의 지문 떠오르고
마침내 눈을 뜬 불새 청화靑華 연꽃 물고 온다

이순옥(李順玉, Lee, Soon ok)
1948년 강원 철원 출생. 한국방송통신대학교(국문과) 졸업. 《심상》 시(2011) 등단. 《한국동시조》 신인상(2017) 수상. 신사임당의 날 기념 예능대회 시(2008), 가람시조백일장(2011), 가람시조백일장(2017) 입상.

이순옥은 어린이가 주위에서 쉽게 접할 수 있는 시적 소재를 어린이 화자를 내세워 생각을 담아낸다. 작품 「바빠요, 바빠」에서는 "아빠는 아빠라서 회사일 바쁘시고/ 엄마는 엄마라서 집안일 바쁘시고" 결국 하찮은 개미들까지 굴파기에 바쁘다는 갑갑하기만 한 어린이의 일상을 노래했다. 동시조 「뽑기」에서도 어린이가 갖고 싶은 인형은 강아지인데, 계속 요봉이만 나왔다. 어린이의 시선으로 다가가 "요봉이 쌍둥이 동생 또봉이가 생겼어요"처럼 살아있는 어린이의 마음으로 다가가고 있다.
— 이지엽(시인 · 한국시조시인협회 이사장 · 경기대 교수)

탱자나무

온몸에 가시 달린
엄마 된 탱자나무

하얀 꽃 피워 놓고
걱정이 되나 봐요

아기 꽃
가시 품에서 조심조심 키워요

나쁜 일은 하지 말고
예쁘게 자라거라

귀하게 쓰임 받게
기도를 했나 봐요

귀엽고
노란 탱자 열매, 피부에 좋은 약이래요

의자가 말을 해요

아빠가 의자에다 몸 던져 앉으니까
키 크고 배가 나온 아빠가 무거운지
의자가 힘이 든다고 삐삑삐삑 울어요

아빠가 조심스레 의자에 앉으면서
궁둥이 살짝 들고 가볍게 앉으려자
의자는 입을 막고서 삐비비빅 웃어요

바빠요, 바빠

아빠는 아빠라서 회사일 바쁘시고

엄마는 엄마라서 집안일 바쁘시고

개미는 꽃밭 속에서 굴 파느라 바빠요

벌들은 꽃 속에서 꿀 먹느라 정신없고

오빠는 친구들과 노느라 바쁘구요

오빠를 쫓아다니는 나도 둥둥 휴우우~

뽑기

천원을 집어넣고 인형을 뽑았는데
못생긴 삼각머리 요봉이가 나왔어요
강아지 갖고 싶어서 조심조심 또 해요

두 번째 뽑았는데 또다시 요봉이를…
머리에 고리 대고 이름을 바꿔주니
요봉이 쌍둥이 동생 또봉이가 생겼어요

공원

아무도 없네 하려는데
풀잎이 흔들흔들

단풍잎은 살랑살랑
대나무가 사각사각

바람은
치어리더네, 오른쪽 우~ 왼쪽 우~

이순자(李順子, Lee, Sun ja)

1962년 전북 군산 서수면 출생. 나주대학교(항공관광학부) 졸업. 《한국시》(1997) 등단. 시조집 『집 없는 음표들을 그려놓고』(2011, 고요아침), 『501호, 그 여자』(2019, 이미지북). 제13회 마한문학상(2011), 익산예술상 공로상(2014) 수상. '율격' 동인. 가람기념사업회, 오늘의시조시인회의 회원. 한국문인협회 익산지부장.

501호, 그 여자
— 꽃차

이순자

선생님, 오늘은 꽃차 한잔 주실래요?
꽃다발 주문하고 꽃차가 우러날 때
그 여자 가슴 속에는
꽃씨 하나 싹이 튼다.

—

이순자 시인 작품의 또 다른 특징은 시적 대상을 순간적으로 잡아내는 힘을 가지고 있다는 점이다. 순간적으로 시적 대상의 특성을 형상화시키기는 하지만 서두르는 법은 결코 없다. 오히려 차분한 여유를 보여준다. 이 여유는 그러나 시적 대상의 가장 중요한 포인트를 직감으로 간파해 내는 자신감에서 비롯되고 있음을 살펴볼 수 있다.

— 이지엽(시인 · 한국시조시인협회 이사장 · 경기대 교수)

—

흰 눈

사는 일 하도 갑갑해서 까막눈 면할라고
국어 공부 산수 공부 삐뚤삐뚤 적었어야
그때는 알 것 같은디 집에 오믄 컴컴허다

칠순 넘긴 울 엄니, 호미질 까칠한 손
경로당 글방에서 몽당연필 손에 쥐고
숙제장 펼쳐놓은 밤
소복소복 쌓이는 눈

겨울 소묘

커튼을 걷어 올리는 아침 산까치 소리
반가운 손님처럼 눈부신 골목 풍경
바람은 살갗을 찢어도
햇살 멀리 퍼진다.

한낮 기온 영하 5도 창문 굳게 걸었지만
온종일 쉬지 않고 돌고 도는 보일러
빈방에 고장 난 시계
더듬더듬 기어간다.

일기예보

내일은 낮에도 영하권이 많겠습니다. 내린 눈 얼어붙은 길 시간이 미끄러지고 날씨가 추운 관계로 고향 안부 묻기 바랍니다.

텅 빈 아궁이에 생솔가지 태우면서 매운 눈물 뜨겁게 흘리시던 어머니, 그날이 바람 속에서 뜨개질을 합니다.

온 가족 모여 앉아 깔깔대던 웃음소리 문풍지 흔들면서 담장을 넘었건만 이제는 형광등 불빛 밤 깊도록 환합니다.

가을비

가을비가 내린다. 꽃단풍 얼굴마다
귓가에 속삭이듯 간지러운 몸짓으로
나무는 옷을 벗는다.
사람 없는 길가에서

희미한 안개처럼 담배연기 토해내며
사는 게 지랄이야, 혼잣말 지절대듯
바람은 높은음자리표를
그리면서 지나간다.

가을이 간다

노란 은행잎이 편지함에 쌓인다
긴 여름 울던 매미 애타는 그 마음을
바람에 실어 보내는 사랑의 엽서일까

하얗게 식어 버린 애증의 흔적처럼
창백한 하현달이 허공에 걸려 있다
그렇게 가을이 간다
그리움도 떠난다

어느 드라마 대사처럼
— 새 옷

머땜시 또 새 옷은 장만혀서 보냈다냐
입을 꺼 없을 깜시 걱정일랑 허덜 말고
인자는 고만 사도 되야
멀쩡한 옷 많어야

꽃 같은 시절에는 멀 입어도 갠찮허고
육신이 성할 때가 음식도 만납드라
요라고 늘거진깨로
암꺼도 재미없어야

만추滿秋

가을비에 젖은 바람 손님처럼 찾아오고

메마른 작은 손이 목덜미를 문지른다.

빈방에 전화기는 혼자

풍금 소리 울린다.

봄, 그 아침

목련꽃 떨어지고
떡잎을 내밀던 날

하얀 바람 창문 열고
서성이는 그 아침

때로는 역방향으로
달려보고 싶더라.

입추

눈 감은 모빌들이 바람 속을 걸어간다.

한낮의 웃음소리 썰물처럼 밀려가고

초저녁 반달로 떠서

뒤척이는 그리움.

501호, 그 여자
― 세월

새하얀 무명을 좋아하는 그 여자
발 모양을 그려서 가지런히 포개 놓고
바늘 귀 노려보면서
입술을 오므린다

이마를 자꾸 덮는 흰머리 쓸어내며
다초점 안경테를 올리려다 내리다가
저만치 도망간 세월
혼잣말로 꾸짖다가

가슴이 답답해서 창문을 열고 보니
얼굴이 시리도록 느닷없이 부는 바람
'세상에, 독살시럽게 춥다'
그 목소리 그립다

이승돈(李承墩, Lee, Seung don)

1952년 경북 청도 출생. 호 청람(靑嵐), 이산(耳山). 영남대학교(국문학과) 졸업(1977), 세종대 대학원 수료. 《시조문학》 천료(1980) 등단. 시집 『마음의 바닥짐』(2006, 고요아침), 『예고된 길 뜻밖의 예감』(2017, 오늘의문학)영남시조문학회 '낙강' 동인. 서울 대원중·고교 교사 역임. 영남시조문학회, 한국시조시인협회 회원.

—

견치석 깨던 강변

감춘 속살 내비치는 청석靑石 둘레 덮인 눈밭
숫배기 어린 병사 바위틈서 지처 졸고
한 손금 넘나들 곳도 이정표로 남은 철길

그 한끝 이어가선 메 휘둘러 수면을 깨듯
지고온 바위 덩이 미움삼아 정을 치면
피울음 살점 찍도록 침묵 벗는 강하江河여

돌에 빚은 숱한 눈매 마음 켜로 둘러앉아
한 줄기 속불 지펴 절인 옷도 말리고서
저 포신砲身 돌려놓는 날 백학 한 쌍 날던가

새벽

이윽히 밀리는 월행月行 만창卍窓살 그림자 밖
장명들 빛을 던져 구빗길 다 이른 후
새하얀 추녀들 틔어 억겁 품은 공적空寂인가

생애 끝 되돌아설 먼 산사 언 물소리여
긴 독경 풀어내리는 폭포수 깨는 나락
둘러선 저켠 언저리로 한 소절小節을 듣는다

빨래터 아낙의 정결 그 마름 골라 꿰고
섬섬한 말씀 열어 금수산 자락에 널면
이 무렵 삼라 빚어 놓고 앙금 지는 빗방울

실향지

애기봉 받쳐든 불탑 월영月影에도 번질 빛이
철조망 오선지五線紙 위 현絃을 켜는 망향 노래로
심금心琴의 가장자리 와 딛고 발시린 듯 떨며 섰네

비무장에 느껴오는 이역異域 같은 정수리론
하얀 영역 다스리는 산짐승 그림자와
들리는 기적 소리엔 밤 신음도 실리는 듯-

상흔을 다둑여 가면 한 굽이 펴든 강물이여
하늘 문에 열어놓고 엮어내는 언약들이
사계삭四季朔 말니로 남아 나신裸身 되어 뒹군다

남강南江에서
— 논개의 얼을 찾아

대피리 감싸쥐면 와락 당긴 남도南道 하늘
우정 푸른 서슬 강물은 되 펴보이고
의암義岩도 흐름에 나서 맥락脈絡 하나 트는 구비

손구락 열 손구락 가락지 옥玉 가락지
깍지 껴 거둔 종언終焉 노릿배 곡예曲藝처럼
물살을 갈라 바스라진 뉘 역사歷史는 말없대도-

초람憔嵐마저 젖어 떠는 강안江岸의 저 물섶마다
성문城門처럼 터진 가슴 한 혈穴 한 혈 짚어내면
소상히 깨어오는 적寂 조약돌로 무리진다

한탄강에서

벼랑 섶 물든 수묵水墨 들 노을 빚는 숨결
강천江天 건져 들면 옥돌 깔아 시린 물빛
몸 씻은 석불石佛로 앉아 빗장 내건 소리 밖

얼레로 풀 세월의 닳은 묵언墨言으로 포갠 둘레
비무장非武裝 갈린 능선 부리에 와 찍힌 아픔을
한가락 새 울음 놓아 하늘 폭도 여는가

바람결로 캐어보면 감금된 뼈의 유역流域
물안개 흔든 갈숲 돌아드는 혈맥血脈 위로
애증愛憎은 지등紙燈에 밝혀 이 한밤을 지킨다

화전 모경暮景
— 화전

애벌로 지핀 초토焦土 갈중으로 풀어놓고
청솔에 안긴 가슴 밀물처럼 잦아들면
네 산막山幕 태운 촛불마다 그을음이 앉는다

산 노을 묻은 불씨 짬쪼름이 돋는 움에
뉘 한생 외로 트는 산고産苦 뒤 기쁨 일 듯
목숨의 터밭을 갈아 채반 가득 쏟던 꽃물

울바자 성긴 뒤란 동이째로 들인 구덕
동치미 우려낸 정미情味 인업因業처럼 베어 물면
긴 세월 목마른 심회 장승으로 섰었다

화전 옛 터
— 화전 작

비알진 푸성귀 밭 찬 서리로 헤친 길섶
어둠을 긷는 건가 들려오는 두레박 소리
고인 샘 신앙은 자라 나직 가슴에 닿는다

사립 하나 빗장도 못 건 가난턴 틈바귀
질그릇에 바랜 목숨 깍지처럼 꿰어들고
금단의 흙빛이 아려 켜로 그만 녹는데-

선지피 토해내듯 빛 붉은 수펑의 울음
하늘로 홰를 치면 달라붙는 애휼愛恤들이
수묵성水墨城 간힌 아침을 풀어내고 있었다

조연朝煙
— 전선의 아침

갈꽃 등심燈心 읽아 피어오른 전선 들불
까마득 숨은 그 북벌 언 하늘을 데워 내고
첫 서설瑞雪 뒤덮인 두렁 쑥향 내음 벋어 있다

망연자실 바라뵈는 망향 섶 두메 솔토率土야
차마 널 안지 못한 내 터울 겨레 붙인
되돌을 비운 상흔에 명치끝이 아려오는데-

민들레 다퉈 폈던 저 비탈진 능선 너머
한汗 밤 나울이 넘쳐 먼동으로 튼 신새벽
발 굵은 햇살에 담아 이 바람을 엮는다

화전민

소명召命의 산 비알 아래 불붙는 청솔 가지
문명이 틈 열어본 그 아픈 미투리 짝을
겨우내 (맥문동麥門冬) 부황 난 얼굴이라 못 떠나는 살붙이

하늘로 고즈넉이 피워 오른 때 끊임도
여남은 가호家戶 남짓 언저리에 걸린 소망
탓 없이 이웃도 멀었거니 쌓아놓은 애증愛憎의 성城

철 따라 피고 맺는 풀포기 이름 익혀
심멧군 지나온 구릉 한 가닥 젖대 소리여
화알활 탄재가 조용히 마음 열린 창窓이 되다

이승은(李承恩, Lee, Seung eun)

1958년 서울 용산 보광동 출생. 동국대학교 (국문학). 제1회 만해백일장시조대상, 전국민족시대회장원(1979) 등단. 시집『길은 사막 속이다』(1995,장원), 『환한 적막』(2007, 동학사), 『꽃밥』(고요아침, 2011), 『넬라판타지아』(2014, 책만드는집), 『얼음 동백』(2016, 책만드는집) 외. 이영도문학상(2003), 중앙일보시조대상(2007), 오늘의시조문학상(2011), 고산문학대상(2015), 백수문학상(2018) 수상 외. '자하ㅅ골' 동인(진명문학회). 오늘의 시조, 작가회의 회원. 한국시조시인협회 감사, 오늘의시조시인회의 의장.

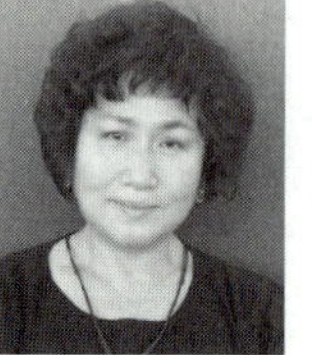

끊임없는 굴곡과 확산을 거듭하는 이승은의 시적 운용은 현대 시조가 운명적으로 안고 있는 이중의 존재 조건에 대한 충실하고도 섬세한 탐색의 소산이라고 할 수 있다. 활달함과 찬찬한 목소리가 잘 엮여져 미학적 성과를 이룬『넬라판타지아』를 비롯, 타자를 지향해가는 의식의 다양성을 통해 현대성을 확보하면서 시조형식에 대해 부단한 탄력을 작품에 부여하고 있다. 그의 시조는 치열한 의식의 움직임과 독특하고 활달한 화법을 보여주는데 그 안에는 타자의 삶에 대한 충실한 관찰과 그들을 향한 사랑의 기운이 넘쳐난다. 또한 경험이나 사물을 객관화하거나 자아를 투영하는 방식으로 역사와 현실을 비판하는 가열한 정신을 많은 시편에 담고 있다.

— 유성호(문학평론가·한양대 교수)

설일雪日

수런대는 소문마냥 먼 데 눈발은 치고

에굽어 아스라한 철길을 비켜가듯

욕망도 희망도 없이 또 그렇게 저무는 하루

그 하루를 다 못 채우고 그예 누가 떠나는지

낮게 엎드린 채 확, 번지는 진눈깨비

더불어 살 비비던 것 먼 길 끝에 남아 있다

저물 무렵 한때를 떠도는 영혼처럼

덜 마른 건초더미 어설픈 약속처럼

찢어진 백지 한 장이 가슴속으로 날아든다

얼음 동백

봉오리를 꼬옥, 물고 찬 울음에 갇혔다

한때 나도 꽃이었으니 저 견딤을 이제 안다

살얼음 깨치며 핀다, 이기고 돌아왔다

복사꽃 그늘

골짝에 접어들수록 마음처럼 붉어진 길

눈물도 그렁그렁 꽃잎 따라 필 것 같다

고샅길 홀로된 집 한 채
숨어 우는 너도 한 채

복사꽃 그늘에서 삼키느니, 밭은기침

선홍의 내 아가미 반짝이며 떠돌다가

끝내는 참지 못하고
가지마다 뱉어낸 꽃

우리 한때 들끓었던 것
참말로 다 참말이던 것

날카롭게 모가 서는 언약의 유리 조각에

메마른 혀를 다친다, 오래고 먼 맹세의 봄

굴절

물에 잠기는 순간 발목이 꺾입니다

보기에 그럴 뿐이지 다친 곳은 없다는데

근황이 어떻습니까, 아직 물속입니까?

귀로 쓴 시

햇살의 고요 속에선
쯔쯔쯔, 소리가 나고

바람은 쥐가 쏠 듯
ㅅㅅㅅ, 문틈을 넘고

후두엽 외진 간이역
녹슨 기차 바퀴 소리

더딘 봄

동백나무 숲으로 뛰어드는 여우비에

일제히 목을 놓는 꽃들의 환한 도열

꽃받침 덩그런 자리 미열 아직 남았다

못 지킨 언약처럼 필 때보다 질 때 붉은

서로가 미루지 않고 유감없이 저무는 일

덧 자란 그늘에 덮여 봄은 마냥 저만치다

오면 가는 것이 숨 탄 것의 항다반사

목숨껏 받든 나날 다 앗기고 스러졌다

꽃으로 다녀갔구나, 날 잃고 널 얻었는데

넬라 판타지아*

사북 혹은 태백 근처 가을이 지나간다

해는 아직 중천인데 반나마 접힌 낮달

시커먼 폐광의 산턱을 오래도록 핥는다

핥다가 힐끔 보는, 그 눈길에 거뭇해진

사뭇 까치발로 따라나선 산 그림자

부르면 애절히 들어줄 그리운 귀 있는 듯이

* 넬라 판타지아Nella Fantasia: 영화 〈The mission〉에 수록된 OST.

보광동 종점

　허름한 건물들이 허름한 종점 길목 드리없는 간판들이 드리없이 걸려 있다 각설탕 각진 설움을 풀어 내줄 찻집도 하나

　플라스틱 바구니를 무더기로 널어놓고 천 원에 모신다는 난전을 돌아 나오면 저만치 발꿈치 끝에 깔리느니, 천원의 그늘

　떡볶이 판 거둔 자리 재봉틀을 얹었다는 수선 집 여인네의 수선한 살림 걱정에 덩달아 맞장구치듯 선풍기도 끄덕대고

　부동산 문지방보다 발길 뜸한 우편취급소 시집 몇 권 부치려고 건널목을 지나는데 '재개발 용산3구역' 굵은 선이 그어진다

꽃돌에 숨어

　저 돌 속에 피어 있는 진달래 꽃무더기 돌 속으로 길을 내며 오신 봄도 꽃무더기 그 봄을 따라나서니 그만 나도 꽃무더기

　햇살 잠깐 조는 사이 낮달이 기웃대다 가던 길 해찰하는 구름 등에 기웃대다 주파수 잡히지 않는 마음결에 기웃대다

　서른 나이 그 봄부터 스무 해 더 번지도록 짓찧은 가슴 언저리 초록 물만 번지도록 울다가 그루잠 들 듯 눈물이 번지도록

　발꿈치 들고 오는 샛바람에 눈을 주고 물너울 반짝이는 윤슬에 눈을 주고 이대로 숨어살자는 저 분홍에 눈을 주고

그러나 생일

튜브로 흘러드는
미음
삼백 그램

세상의 늦저녁을 또 그렇게 건너신다

시늉만
입술에 남았다
숟가락 없는 식사

이미
부러진 죽지
입맛인들 남았을까

먼 곳에 눈을 얹고 부여잡은 이 하루도

눈물로 크렁크렁한,
설거지의
시간일 뿐

이승현(李承鉉, Lee, Seung hyun)

1954년 충남 공주 우성면 출생. 경성고등학교, 동국대학교 졸업. 《유심》(2003) 등단. 시조집 『빛 소리 그리고』(2009, 알토란), 『사색의 수레바퀴』(2016, 알토란), 『아내에게 바치는 연가』(2017, 고요아침), 시집 『국화꽃 찻잔 속에 피네』(1999, 대산), 공저 『철조망에 갇힌 희망』(2011, 클리어마인드). 나래시조문학상(2009), 이호우시조문학상 신인상(2009), 서울시문학상(2017) 수상. 한국시조시인협회 사무총장, 《나래시조》 편집주간 역임. 한국시조시인협회 감사.

이승현 시인의 시에는 비움과 내려놓음, 따뜻한 사랑의 정신이 시적 품격과 서정을 높이 들어 올린다. 이러한 성찰의 시편들은 독자에게 깊은 깨달음을 안겨준다. 비움과 내려놓음의 다른 표현은 세속의 명리를 멀리한다는 것이며, 중도와 균형의 미학이라고도 할 수 있다. 그만큼 의식이 유연함을 말해주는 것이며 제한적 사고의 벗어남을 웅변한다. 이승현 시인의 비움과 내려놓음의 시조 미학이 지닌 이러한 사유의 세계는 모든 다툼을 화해시키는 통합과 원융의 사상과도 닿는다.

— 권갑하(시조시인 · 한국문인협회 부이사장)

봄빛 밥상

우수쯤 오는 빗소리는 달래빛 소리 같다

그 파장 촉촉함에 맑아진 동강할미꽃

온 들녘 향긋한 밥상 받아 안는 시간이다

몇 차례 마실 오실 꽃샘추위 손님꺼정

서운치 않게 대접하려 분주한 새아씨 쑥

제 몫의 밭두렁만큼 연두 초록 수를 놓고

웃방에서 아랫방으로 겨우내 몸살 하시던

팔순이신 어머니도 냉잇국에 입맛 다시며

쪼로롱 구르는 물방울 봄 소리를 품는다.

아내 시편

참나무 숯불덩이로 폭 고은 곰국이라도

쫄면서 떠오르는 뿌연 것쯤 있게 마련

오래된 장항아리에 곰팡이 피어오르듯

걷다 보면 뭣 모르고 곁불도 쬐게 되고

꼬인 연줄에 걸려 헛발질도 하게 되지

그러니 잉걸불인들 어찌 식지 않겠는가

뒷모습 서늘해짐은 가을 나무 보면 안다

서로가 서로에게 진국으로 남으려면

때때로 핵융합 하듯 화학적 충돌하는 거다

빈터

마음 어귀 어디쯤 빈터 하나 있었음 싶다
그 누구도 찾지 않아 보잘 것은 없어도
들풀이 몇 포기쯤은 나름대로 피어있을

허접 쓰레기에 쌓여 딱딱하게 굳어진 땅
내가 뭘 얻겠다는 그런 잇속 걷어내고
푸성귀 몇 고랑 갈아 물이라도 주고 싶은

그렇게 여러 나절 보내기라도 할라치면
꼭꼭 저민 울타리 갇혀 있던 이웃들이
호기심 많은 눈으로 기웃거리고 싶어 하는

가끔은 비가 오고 햇볕도 알맞아서
연두빛 넘쳐나는 어머니 오지랖처럼
목마른 아이 찾아오면 젖이라도 주고 싶은……

귀항

깍지 긴 어둠 헤치며 항구로 돌아가는 배

헐거운 방향타로 닻 내릴 길을 묻는다

날 세운 파도 재우며, 바람 모두 싸안으며……

섬을 스칠 때마다 고동 소리 건네 봐도

깜박이던 등대마저 메아리조차 없어

오늘도 잠들지 못한 노숙의 별만 본다

울컥이던 뱃머리로 내항의 문을 열면

언제나 나의 편인 아내가 거기 서 있다

비어서 쪼그라든 어창에 달빛 가득 붓는다

옹기

별자리 칭칭 감은 가마터 하늘 위에
초신성 탯줄 자락 흰 연기로 연결되고
물레 틀 긴 호흡 따라 또 다른 은하가 돈다

뼈 녹는 불꽃 무늬 천정에 화인 찍는
팽창의 정점에서 내 숨결로 간을 본다
곰삭힌 머리자리에 출렁이는 맑은 별…

북극성 소인 찍힌 황소자리 고삐 잡고
흙빛이 흙빛에 삭는 이 길 넘어선다면
협궤의 불가마 속에서 눈을 뜨는 등신불

셈

살아온 시간들을 가만히 짚어보면
이문을 맘껏 보태 놓아보질 못했다
이 빠진 주판인 줄 모르고 알만 자꾸 놓았다

보태야할 시간에는 헛손질 해대고
빼야할 순간에는 덤으로 더 내주고
차라리 안 놓느니만 못한 수를 놓곤 했다

얼마 안 남은 해거름 더는 주춤할 수 없어
주판을 내려놓고 마음으로 되를 채우며
못다 판 나머지 것들은 그냥, 그냥 풀기로 했다

금호동시장

때 절은 검정 비닐로 허리춤 감아 묶고

반 평 남짓 좌판마다 물기 마른 할미꽃들

뒤틀린 허리를 펴고 언제쯤 하늘 볼까

봉합된 시간 속에서 빗장 열릴 때까지

장바닥 한 길 파며 닳아가는 생의 비늘

손가락 굵은 마디에 주름 깊은 물소리

바람도 외면하는 쪼그라든 조기 몇 마리

올 거친 손금으로 쓰다듬고 쓰다듬는다

저 길 끝 쾡한 솟대에 꽃등 하나 밝히려고…

큰 산, 먼 강물

돌탑을 허물다보면 들리는 무엇이 있다

돌과 돌 층간마다 흐르는 빛의 여울

활 없이 속내를 켜는 큰 산, 먼 강물 같은……

점이면 점 하나로 선이면 선 하나로

햇빛과 장대비로 덧칠하며 쌓아왔던

살아온 이력만큼만 들을 수 있는 그런 소리

가슴속 말간 물로 돌탑을 풀 줄 알면

돌 하나 내릴 때마다 산 하나 다가와 앉고

바람도 탑돌이하다 듣게 되는 제 목소리

밥그릇

사발은 제 스스로 따뜻할 순 없으나

모진 비바람 이겨낸 밥알을 품고 나면

막노동 주린 뱃속도 훈훈하게 데운다.

도리깨질

어머니 눈망울 속 콩깍지 갈색바람

옹골찬 콩알들이 공중돌기 하는 한낮

휘리릭 도리깨질에 이승에 온 한 사내

이애자(李愛子, Lee, Ae ja)

1955년 제주 출생. 제주여고 졸업. 《제주작가》 신인상, 대구시조 공모(2002) 등단. 시집 『송악산 염소 똥』(2006, 연인M&B), 『밀리언달러』(2010, 홍진북스), 『하늘도 모슬포에선 한 눈을 팔더라』(2016, 시와표현), 현대시조 100 인선 『한라, 은하에 걸리어』(2017, 고요아침).

모슬포 칠월칠석

비 오네
절뚝절뚝
짝 그른
팔다리 끌고

홀아비 바느질 같은 낮은 밭담 넘어 와

슬째기
문 두드리며
젖은 발로
오는 혼백

콩 볶듯
멜젓 담듯
섯알오름의 슬픈 직유

죽기살기 살다보면 몽글기도 하겠건만

아직 이 비린 언어를
삭히지 못한 섬

모슬포 바람살이
기죽을 틈이나 줍다가

마디 곱은 어멍 손
별떡 달떡 빚어놓고

배롱이 초저녁부터
마당 한 뼘 밝힙니다

오십서
칠월칠석
까마귀 다 아는 제사

직녀표 수의 입고
견우씨 소등을 빌려

산발한
늙은 팽나무
기다리는
큰 질로

장마

주륵 툭,
주륵 툭,
밀실 끊어지는 소리
빗줄기 가만가만 실눈에 꿰어

그리움 한 겹 덧대는
축축한 날
촉촉한 속

피복이 벗겨져 나간 빗줄기가 닿으면

섬뜩,
감전될 것 같은 저 물 창살

자발적 가택연금에도
바깥이
그립다

가오리연

백지장 얇은 귀에 누가 또 바람 잡나
붕 뜨면 만고강산 부는 대로 휘젓다
제풀에 넙죽 엎디어 면죄부를 청하다

한 꺼풀 벗겨 보면 거기서 거기라지
산전수전 공중전 외줄인생 허깨비 쫓다
뒤늦게 모서리 하나 살 속 깊이 새기다

홀아비 핑그르르 끈 떨어진 생이라니
나무는 길처럼 길은 나무처럼 누운
삼거리 늙은 팽나무에 망부의 흰 그림자

겨울비 거슬러 올라 은하수 건너간다
씨줄로 빌던 소원 눈감아 이루시라
비 개자 혼인 옷 입은 무지개가 떠 있다

분꽃

누가 저 풋내기의
입술을 훔쳤을까

9월이 다가도록
분첩 닫지 못하는

자줏빛 첫사랑 앞에
립스틱이
슬픈
너

고드름

초특가
세일처럼
눈이 밤새 쌓이고

체감 온도 영하
설 무렵 내 주머니 속

뽀드득
겨울을 씹는
송곳니가
시리다

초특가
세일처럼
눈이 밤새 쌓이고

이양순(李良順, Lee, yang soon)

1963년 부산 출생. 신라대 사범대학(국어교육학과) 졸업(1986). 전국시조백일장 장원(2011), 〈국제신문〉 신춘문예(2013) 등단. 시조집 『징검돌』(2014, 책만드는집), 그림동시조집 『아빠를 구출하라』(2016, 갤러리마중). 오늘의시조시인협회, 부산시조시인협회, 한국시조시인협회, 부산문인협회, 한국문인협회 회원. 가야고등학교 국어과 교사.

> 무심(無心)
>
> 　　　　　　이양순
>
> 솔바람이 길을 여는
> 영축산을 오른다
> 뒤따라 그림자도
> 뒤질세라 함께 오른다
> 찬불가 평조한 소절에
> 그림자도 나도 지워진다

—

이양순의 시학에는, 인상적 컷의 형상화는 시인 자신의 예민하고도 섬세한 감각을 말해…(「봄 2」), 뭇 존재자들의 슬픔이나 비애를 넉넉한 서정으로 기억하고… 애잔하고 따뜻하고 깊은 사유와 감각이 거기 충일하게 깃들여 있는 것이다(「구석은」). 자연 풍경을 통해 떠남과 머무름, 역사와 한, 흐름과 침잠의 과정을 은유하고 있다(「하구둑에서」, 「이어도의 아침」). 오랜 시간의 적층積層이라고 할 수 있는 역사적 상상력과 함께, 자신의 가장 오랜 기원origin에 대한 상상적 탐색 의지가 적극 묻어난다(「영월, 물나비」).

— 유성호(문학평론가 · 한양대 교수)

—

봄 2

물 먹은
가지 끝에
그늘이 찾아 들고

하이얀
실빗날
살바람에
묻어와도

촉촉한
앞산 그 눈빛
내 마음도
잠긴다

구석은

마음이 얼음처럼 굳어오는 밤이 오면

막막한 슬픔마저 들키고 싶지 않은 날도

고단한 내 그림자와 나를 접어 안아 준다

어둡고 깊을수록 온기는 피어나고

숨어서 바라보는 숨어서 돌아보는

바람벽 또 바람벽이 어깨 맞대고 반기는 곳

하구둑에서

물길 따라 다문다문 마을길은 열려 있고
길을 들면 주고받던 이웃들 정담이
흰 달빛 여울에 실려 찰랑거리는 강촌 마을

가던 길 돌아보면 포연에 묻힌 역사
울음이 강을 이뤄 물밀어 온 하구에는
세월이 주름을 태우며 한恨의 비늘을 세운다

어디로 가는가를 그대는 묻지 마라
시작과 끝이 모두 한 점으로 모여 앉아
떠난 자 떠나올 자를 위해 침잠하는 강이여

이어도의 아침

이어도를 오고 가는 물새는 듣고 본다
탐라의 숨비소리 밀려오는 아침 바다
어부들 천 년 소망所望이 해초처럼 무성하다

얼마나 드센 바람 휩쓸고 짓이겼는가
오성기며 승천기가 거품으로 가라앉고
망망한 수면 아래 누워 그리움의 등을 켠다

한사리 부푼 꿈이 격랑에 부대껴도
반도의 피붙이로 해양에서 숨을 쉬며
물기둥 내뿜는 고래로 달려오는 섬이여

영월, 물나비

시공時空으로 휘인 강은 골 깊은 사초史草를 쓰고

인적 끊긴 산골 마을 쑥꾹새만 울음을 놓아

대궐 안 복사꽃 소식은 물나비로 부딪히고

그리움도 그을려 숯덩이로 타는 노을

두려움도 하나 둘 여름 밤 별에 새겨

내일은 바람꽃 언덕에 물나비로 오실 임

산복도로에서

막다른 피난길을 판잣집 둘러두고
뱃고동 소리에 내달리던 긴 하루
고단한 세월을 베고 살아오신 어머니

자고 나면 자라나는 도심의 빼곡한 집
앙상한 노동자들이 비탈길을 내려간 자리
꽃나비 날아올 봄은 하마 어이 더디나

항구엔 어선들이 물새처럼 떠나는 밤
짐을 푼 어깨 위로 그믐달이 사위어도
나무는 이야기꽃을 가지마다 내민다

손수건

뒤엉킨 빨랫감에

손수건 집어 드니

폭염에 격전 치른

늘어진 전사의 얼굴

당신의

하루치 역사가

저벅저벅 걸어온다

목수 요셉의 꿈

자욱한 시름으로 촛불을 켜는 저녁
결 따라 먹인 먹줄 말씀으로 되살아나
한 꺼풀 옹이 박힌 업죄를 벗겨가는 목수여

길은 어디 있는가 죄 없는 이 바라보며
성전聖殿의 둥근 기둥을 내리치는 손바닥엔
먼 훗날 가슴을 적실 뜨거운 피가 흐른다

톱밥 대팻밥에 묻어 있는 생명의 빛
고결한 숨소리가 당신 곁에 머물러
종소리 가득한 사랑이 온누리에 퍼지고

품삯이야 김이 나는 식탁이면 넉넉하고
기도소리 새는 창가 성가처럼 별이 내려
거룩한 날이 열고 저무는 환한 집을 짓는다

고모님 영정 앞에서

제단 위 꽃이 되어 이제 막 앉으셨다
하얀 동정 고운 눈매에 만 리 밖 아버지가
선걸음 달려오시어 다가서며 내미는 손

고모님 오시는 날은 열두 번 문밖에 서고
붓글에 노랫가락으로 긴 밤을 이어시더니
그 먼 길 마중 오신 길에 나를 보러 오셨구나

메마른 머릿결을 아프게 쓰담으시며
"잘 사느냐?" 하시니 닫힌 가슴 빗장 풀고
눌러둔 눈물 비집고 새 한 마리 날아간다

맛있는 기억

그 옛날 어머니는 세밑이 분주하셨다
가래떡을 썰어 담고 아랫목엔 식혜를 묻어
설맞이 나서는 불빛 달콤하고 따뜻했다

기억 속 작은방엔 그득한 강정 소쿠리
조청에 설탕을 섞어 바글바글 거품일 때
튀밥과 땅콩 참깨 들깨 모두 불러 앉혔다

주걱을 한 바퀴 돌려 엉덩이를 다독이면
할머니 어머니랑 도란도란 얘기 소리
큰삼촌 문을 여신다. 따라 들던 고모 숙모

이연희(李蓮姬, Lee, Yeon hee)

1958년 서울 출생. 이화여자대학부속 이화금란고, 세한대학교(음악). 《모던포엠》(2013) 등단. 모던포엠문학상(2016) 수상. 모던포엠 이사회사무처장, 강릉사랑문인회 사무국장, 강원시조시인협회 사무국장, 강원아동문학회 이사. 한국문인협회 강원지회, 강릉문인협회, 강릉여성문학인회 회원.

> 동화
>
> 이연희
>
> 허무한 말들인지 알고도 모르는 척
> 그대로 쏟아놓은 먼지같은 대화 후
> 캄캄한 밤길 같았던 그 전 마음
> 그립다

이연희 시인의 시조는 잔잔한 사유 속에 깃든 서정성이 놀라울 정도로 시선을 끈다. 시조 「십리바위1 그리고 2」에서 보는 것과 같이 어떤 기억도 시인의 내면에서 흡수·동화하여 한편의 농익은 서정성으로 탈바꿈한다. 공감각적 지각 작용은 새로운 대상을 설정하여 미적공간을 형성하기 때문이다. 이러한 내면적 지각은 실제의 형상적 자각에 의해 부화한 후에 생명력 있는 감성의 아고라를 형성하곤 한다. 그가 쓰는 동시조에서는 명중한 에스프리로 인해, 지적 호기심을 동반하기도 한다.

— 남진원(시조시인 · 문학평론가)

십리바위 1 그리고 2
— 사근진 해변에서

흰 파도 늘 잇대어 힐끔이는 물결 위
오른쪽 저 멀리로 무심히 던진 시선
그러다 알고 말았지 십리바위 불목을

멀리도 아니었어 이마가 나란한데
다가서지 못하고 애달피 바라보며
파도가 남우세하면 등으로 보살피네

시커멓게 멍든 등 눈물도 감추면서
술렁이는 물결 속 신음도 못 흘리네
아마도 혈육일 거야 연유는 모르지만

모른 척 외면하고 바다만 바라봐도
너 마음은 고요할까 어리석은 분별은
저 물결 깊은 췌장 속 녹아지면 좋겠네

가을꽃

먼저 나중 피는 것은 중요하지 않다고
청명한 눈 마주친 갈하늘 말해주니
제 이름 곧게 세우고 빛과 향기 품는다

경포호의 봄밤

별들이 하늘 보며 누워서 너울대네
하얀 듯 푸릇한 듯 힐끔 이는 교태에
월파정 잠들던 새들 슬며시 눈을 뜬다

자잘한 달 물결이 고요히 보듬으니
새들은 숨 고르고 날개 고이 접으며
늘어진 수양벚나무 꽃향기에 기대네

나무 이야기
— 방터골의

봉긋한 산하고 산 사이에 내려간 골
한그루 키 큰 나무 하늘 향해 선창하면
아래 밭 해바라기들 합창으로 답한다

어느 날 산골에서 마주친 그 나무는
바람이 흔들어도 발등에 쌓인 눈도
시리지 않다 웃으며 버쩍 허리 세운다

혼자서 벌서듯이 외로운 듯 서 있으며
쓰러질 이유들이 센 바람에 묻어와도
소나기, 뜨거운 태양, 노자처럼 즐기네

목련

매끈한 고치마냥 흰 눈빛 봉오리들
여물게 입을 닫고 고결히 서 있구나
눈부신 봄 하늘 아래 생시인 듯 꿈인 듯

도도한 저 숭고함 햇살이 만져주니
입술을 조금 열며 무엇을 맛보는지
새봄이 풀어놓았던 설렘, 바람, 웃음일까

사랑은 몇 도였나 신중한 날갯짓이
호수 속 연꽃처럼 나무 위 피어나고
이쁘다 다시 또 보니 저물어간 향기만

밤이 걸어 올 때

거미줄 이탈하여 어디로 걷고 있니
바닥을 기었는데 그곳도 아니었지
더 이상 떨어질 곳이 없다는 게 불안해

선뜻이 느껴오는 맨살의 소름들을
낯 설은 손님인 듯 멀뚱히 느끼는 건
실직의 지칠 줄 모르는 반복의 세뇌교육

사무실 침묵들을 모두들 비난해도
축적의 비대 앞에 고개를 숙이는 너
공들인 인연의 추락 어머니 슬픈 진자리

봄

겨울과 여름 사이 신선한 샐러드지
흰 눈과 장대비 속 부드러운 치즈야
햇살이 꽃 피어 놓은 샌드위치 맞갖다.*

* 맞갖다: '마음에나 입맛에 꼭 알맞게'라는 순우리말.

한계령 휴게소 1

한계가 곁에 올 때 그곳이 손짓한다
가뭄에 금비 같은 촉촉한 위로의 길
구불 한 그 길들 따라 올라가면 있는 집

정상에 숨어있듯 거뭇한 모습에도
수많은 아슬한 삶 단풍마냥 오고 간다
산 아래 깔린 구름에 내려놓는 생의 집착

가늘었던 봄비도 흰 눈으로 변하는 곳
아무런 생각 없이 경치만 바라봐도
불협不恊이 너그럽게도 진정되는 오색령

한계령 휴게소 2

겨울의 긴 꼬리가 센 바람 속 묻힌 곳
거뭇한 지붕 아래 수많은 그 사연은
밤하늘 촘촘히 채운 반짝이는 잔별들

44번 긴 국도가 이 산이 저 산으로
계곡을 넘나들며 절경을 보여주니
현실 속 피운 욕망도 초연히 사라진다

파도

운동 중 달리기를 최고로 좋아해요
바닷가 모래들과 갈매기 응원하는
바다는 넓은 운동장 고깃배는 구경꾼

하나, 둘 쏴아, 쏴아 열심히 달려와요
헐레벌떡 달려오면 기다린 모래들이
반갑게 안아주지요 엄마처럼 포근히

이영도(李永道, Lee, Yeong do)

1916~1976. 호는 정운(丁芸). 경상북도 청도 출생. 시조시인 이호우(李鎬雨)의 누이동생 이다. 1945년 대구의 문예동인지 《죽순(竹筍)》에 시 「제야(除夜)」를 발표하면서부터 작품활동을 시작하였다. 그 뒤 통영여자고등학교 · 부산남성여자고등학교 등의 교사 거쳐 부산여자대학에 출강하기도 하였다. 시조집 『청저집(靑苧集)』, 『석류』, 수필집 『춘근집(春芹集)』, 『비둘기 내리는 뜨락』, 『머나먼 사념(思念)의 길목』 등이 있다.

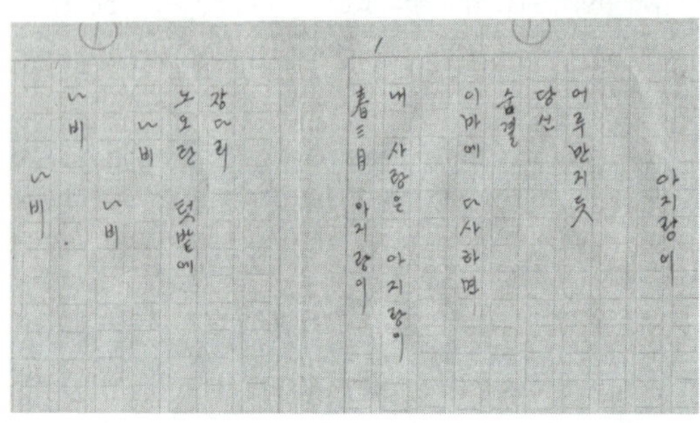

—

외따로 열고

비 오고 바람 불어도
가슴은 푸른 하늘

홀로 고운 성좌(星座)
지우고 일으키며

솔바람
머언 가락에
목이 긴 학(鶴) 한 마리

멀수록 다가드는
사모(思慕)의 공간(空間) 밖을

만리(萬里)도 지척같이
넘나드는 꿈의 통로

그 세월
외따로 열고
다독이는 추운 마음

아지랑이

어루만지듯
당신 숨결
이마에 다사하면

내 사랑은 아지랑이
춘삼월 아지랑이

장다리

노오란 텃밭에

나비
　　나비

나비
　　나비

진달래
― 다시 4.19날에

눈이 부시네 저기
난만히 멧등마다

그날 쓰러져 간
젊음 같은 꽃사태가

맺혔던
한이 터지듯
여울여울 붉었네.

그렇듯 너희는 지고
욕(辱)처럼 남은 목숨

지친 가슴 위엔
하늘이 무거운데

연연히
꿈도 설워라,
물이 드는 이 산하(山河).

보릿고개

사흘 안 끓여도
솥이 하마 녹슬었나.

보리 누름 철은
해도 어이 이리 긴고

감꽃만
줍던 아이가
몰래 솥을 열어보네.

낙목(落木) 1

쟁 쟁 쟁 깃발처럼
가지마다 불 밝히고

봄바람 그 자락에
황홀턴 너의 개화(開花)

내 마음
무너진 성터에
지고 이는 몸짓들.

한 그루 덩치로 섰네
영화(榮華)도 욕스러워
상혼은 차라리
어진 기구(祈求)인가

천국의
아득한 길목
고독한 신(神)으로 섰네.

머언 생각

숲 속을 흘러드는
달빛은 은은하고

호수 자는 물결
바람이 삼가는데

그 음성
귀로 외우며
머언 생각 하옵니다.

이미 그대는 가고
내가 홀로 남았는가

아슴히 하늘가에
별들은 잠이 들고

가슴에
꿈이 어리며
머언 생각하옵니다.

제야(除夜)

밤이 깊은데도 잠들을 잊은 듯이
집집이 부엌마다 기척이 멎지 않네
아마도 새날 맞이에 이 밤새우나 부다.

아득히 그리워라 내 고향 그 모습이
새로 바른 등(燈)에 참기름 불을 켜고
제상(祭床)에 제물을 두고 밤새기를 기다리나.

벌써 돌아보랴 지나간 그 시절이
떡가래 썰으시며 어지신 할머님이
눈썹 센 전설을 풀어 이 밤새우시더니.

할머니 가오시고 새해는 돌아오네
새로운 이 산천에 빛이 한결 찬란커라

어떠한 고담(古談)을 캐며 이 밤들을 새우노?

애가(哀歌)
— 고(故) 김주열(金朱烈) 군에게

눈에 포탄을 박고 머리는 맷자국에 찢겨
남루히 버림받은 조국의 어린 넋이
그 모습 슬픈 호소인 양 겨레 앞에 보였도다.

행악이 사직(社稷)을 흔들어도 말없이 견뎌 온 백성
가슴 가슴 터지는 분노 천동하는 우레인 데
돌아갈 하늘도 없는가 피도 푸른 목숨이여!

너는 차라리 의(義)의 제단에 애띤 속죄양
자국 자국 피맺힌 역사의 깃발 기[旗] 위에
그 이름 뜨거운 숨결일레 퍼득이는 창천(蒼天)에……

설야(雪夜)

눈이 오시네, 사락사락
먼 어머님 옷자락 소리

내 신방(新房) 장지 밖을
감도시던 기척인 듯

이 한밤
시린 이미 짚으시며
약손인 듯 오시네.

곰곰이 헤는 성상(星霜)
멀고 험한 오솔길을

갈[耕]아도 갈아도 목숨은
연자방아 도는 바퀴

갈퀴손
어루만지며
언약(言約)인 듯 오시네.

바위

나의 그리움은
오직 푸르고 깊은 것

귀먹고 눈먼 너는
있는 줄도 모르는가

파도는
뜯고 깎아도
한번 놓인 그대로……

이영성(李英成, Lee, Young sung)

1945년 경남 진주 출생. 호 농파(聾坡). 진주중·고교, 경상대학 졸업. 진주개천예술제 시조 장원 당선(1964, 1965), 《시조문학》 천료(1967) 등단. 시조집 『이름 모를 꽃』(1979, 형설). 3인 사화집 『합천호 맑은 물에 얼굴 씻는 달을 보게』(월간문학 출판부). 한국문인협회 회원. 진주문인협회 상임이사 역임.

강물

강물은 가슴속에 너만을 안고 가네.
던져진 오물처럼 메스꺼운 모욕에도
긴 세월 사랑으로 녹여 달래며 흐르데.

바다가 있는 줄은 다만 원으로 알 뿐
가다가 쉬어 가고 늪에 남고 싶어도
잔잔히 안으로 뇌며 저를 때려 울며 가데.

황량한 지표 위에 한 오라기 머리칼로
밀리고 굴러가며 멍들고 상하여도
누군가 바위 같은 맘 씻어가자 웃는데.

불 꺼진 날에

또 한 번 찬 입술을 피 나도록 부벼대며,
가슴이 숨차도록 껴안은 순간에도
맞붙은 몸뚱이 사이로 넘나드는 외로움.

한 잔 쓴 술에 취해 스스로를 웃어주고
나를 네 속에다 녹여 붓고 싶은 맘이
한 걸음 채 못 걸어서 쓰러지는 연약함.

맘이 괴로워서 불마저 끄려하오
이 혼돈 속에 서서 차라리 눈감은 건
날 새면 가야 할 길을 못다 정한 서러움…

이름 모를 꽃이

가슴 안 빈 벌판에 이름 모를 꽃이 핀다
세정世情의 바람 속에 고운 얼굴 때가 묻어
움추려 드는 가슴이 길섶에서 머문다.

어느 누구 하나 가꿔 줄 손길 없어도
오히려 밝은 마음으로 살고자 바라기에
흙먼지 비웃음 속에 묻혀서도 웃는다.

벌, 나비 아예 몰라 향내도 잊었는데,
바람 잔 푸른 하늘 우러러 목을 늘여
나 여기 이름 모를 꽃 뜻 하나를 지키리.

꽃병

오로지 사랑으로 껴안을 모습이다.
가슴을 비워둔 채 누군가를 기다림은
창가에 별을 헤이던 그 여인의 꿈처럼

비꼬인 선은 의지, 굽고 휘어져도
잔잔한 파문처럼 머금은 미소의 뜻
한 송이 향기로운 꽃, 받쳐 안을 긴 소망.

그리움

마음이 서러우면 누구를 생각하니?
눈 감아 찾아보면 그리운 사람 있어
한숨에 시간이 가면 그래도 넌 좋구나,

아무도 내겐 없네 스산한 바람밖엔
믿었던 가지 끝에 꽃 아니 맺힐 적에,
만지다 돌아서 보면 가슴 미친 바람!

목련

귀 씻을 강물 없네 술로 마음 씻어질까?
시름을 안으로 씹어 혼자 지우려는 밤
잠들다 우러른 하늘 가에 자목련 꽃이 곱다.

벗은 가지 살 오를까? 차마 못 견딜 삶의 추위
아프단 말 못 하고 후르르 겨울을 털다가
움커쥔 하늘이 초라해 제 피 뿌려 맺힌 꽃.

지금은 누군가가

지금은 누군가가 촛불을 켤 땝니다.
'해떴다'는 핑계 대고 마음에 차양遮陽 치고
밤보다 어둡게 사는 영혼 눈을 뜨게 해야 할 낮.

지금은 누군가가 목을 놓고 울 땝니다.
피 나눈 육신끼리 옷나무를 피하듯 슬슬
저 밖엔 아무도 못 믿는 병든 가슴 껴안고

회의의 나무

목차게 불러봐도 메아리 없는 산속
넋 잃은 시간들이 수액처럼 배어드네.
살다가 돌아서 보면 회의에 찬 나는 나무

다 같이 하늘을 머리 위에 두고 산다.
너 홀로 위만 향해 고개 들고 사는 병은?
외골에 뿌리를 박고 옮겨 살 줄 모르랴

모과

햇빛에 그을려도 외려 더욱 윤기 나고
말없이 웃는 표정 늘 곁에 있고 싶던
고향 땅 지키고 계신 큰누님 같은 얼굴

진주의 봄

뒤벼리 수양버들 봄을 낚아 올리는 날
웃는 목련 시샘하여 겨드랑이 파고든 바람
달움산月牙山 허리춤에서 구슬 훔쳐 던진다

햇빛에 그을려도 외려 더욱 윤기 나고
말없이 웃는 표정 늘 곁에 있고 싶던
고향 땅 지키고 계신 큰누님 같은 얼굴

이영자(李英子·, Lee, Young ja)

1941년 경북 출생. 명지대 대학원 박사과정 이수. 《시조문학》 천료(1979) 등단. 논문 「노산시조연구」(1978, 석론), 「현대시조에 나타난 자연사상」(1981, 시조문학), 「이태극의 시조시의 세계」(1982, 월하 이태극 박사 고희문집). 한국시조시인협회 회원. 초등교육기관 근무.

—

갈대

고웁게 쳐다보는 하루의 일과 속에
사나운 돌개바람 휘몰아쳐 불 때에는
두 눈을 꼬옥 감고서 견뎌 보려 합니다.

긴 피곤 뉘여 놓고 한나절 잠들은 땐
머얼리 가고파서 그렇게도 허둥거렸던
한 줌의 헝그러움에 고개 숙여 섭니다.

저녁놀 꽃구름이 달님을 손짓하고
고요 속 아늑함의 사랑이 익어갈 땐
뿌리를 깊게 내린 채 귀 기울여 섭니다.

깃발

밑에서 위로 올라 멈추는 누비 조각
한 마리 흰 새 되어 옆으로도 날고 싶네
옷소매 팔락이면서 보람 딛고 흔드나

하많은 곰돌이로 한 발씩 내딛더니
어늬 날 하 그리던 해 달님 가까이서
둥그런 너그럼에 저절로도 날린다.

스무 날 쪽진 머리 새악시 가슴같이
동구 밖 별을 닮는 선머슴 사내같이
설레는 마음의 누비질 두근두근 거린다.

들로

설렘이 밤을 세운 이른 새벽들이
부풀은 보자기에 가득 보듬켜서
새로운 웃음 날개가 퍼득퍼득 날리네.

하늘에 매어 단 감 돌담에 주렁주렁
어느 먼 동화라도 밤새워 읽어내리듯
스르르 나도 어울려 쿤 이 되어 즐겁다.

줄줄이 이었나봐 해맑은 얼굴들이
낯설음 당겨주는 이상한 요술쟁이
어울려 두리뭉실이 열두 이랑 흥겹다.

발길

아련히 져며오는 니네 발길 구름일레
스르르 미끄러이 슬그머니 걸으련가
휘영청 높낮이로 휘는 바람처럼 날으련.

나란한 구름다리 설레며 하날 쥐고
울 넘어 더군다나 덤불 넘긴 외솔길
돌다리 골라 디디며 허위허위 오르련

질러서 허겁지겁 오르는 나그네며
비잉 둘러서리 달구경 너그러움도
크낙한 한 점을 뽑아 수를 놓는 그림 폭

여름비

만남을 으뜸으로 크게 써 붙이고
머리 속살부터 땋아 흐르는
몸짓을 하여야만이 숨 돌리는 조바심

닳은 트임 천리로도 닿아 부딪는
설렘은 감정을 숨길 수가 없구나
쏴아아 그 한마디로만 터트릴 수밖에는

본디가 조용히 스며서 얼키는
녹여야만 바다 같은 설렘을 담근 건데
넘쳐난 좁은 그릇은 발을 굴러 흐를 수밖에

옥토끼

깜깜한 밤이 싫다 네 발로 날개 달자
은가루 금가루 가루가마 타고
기적이 일어나는 거 공기요 삿대요 돛대요

찧고 찧고 찌잉고 즈믄 해 다섯 번
달 속에 옥토끼 지게문 단 마을의 방앗간에서
쿵쿵쿵 날개 달려서 금가루 은가루 로케트

집으로 가는 길

그 어느 매듭엔들 멈추잖는 저녁이면
땅 위에 별 달리고 지붕에 달이 앉는
삶 얘기 실어 나르는 실바람을 안는다.

청노루 꿈에 젖어 옹달샘 찾아들면
고달픔 씻어내릴 물 한 박 떠 올리며
한 누리 누벼 내리는 달그림자 되누나

낯모를 이웃네가 수런수런 둘러리 서면
눈가에 너그러움이 물결로 술렁이고
유유히 모롱이 돌며 그리움이 쌓인다.

창문

그림자 골 깊이 검어 눈 비비고 기웃거리다
물바다 딩굴다가 불이 붙어 켜는 사모
두 손이 마르고 닳도록 밝음을 사로 잡으려

밤사이 땀방울이 유리알 낳고
진한 햇살을 입은 이슬을 얻어와서 새싹을 키운다.
하제를 하늘로 솟은 포플러 한 그루

탈춤

가령 왼 누리가 탈을 내리다면
똑같은 꽃다발로 한 묶음 넋 나감에
실실이 엮은 꿈 나울로 아침 해를 만날까

해, 그대, 어머니여

첫날밤 살로 달아 삼 뿌리로 심기더니
석 달에 실린 시집 꿀단지로 맴도더니
삼 년은 시리도록 길어 삼신에게 빕니다

새끼줄 소나무에 매달아 고추 셋
샛마을 사람들 돌보라 금색하고
시어른 넌지시 시켜 하늘 해를 답니다

꿀맛 깨맛 견디는 인삼으로
해맑은 햇빛으로 삼 일에 삼칠에
삼 년에 열 곱이 넘는 어머니여, 그대여

이영주(李寧周, Lee, Young joo)
1958년 충남 아산 음봉면 출생. 경동고등학교, 공주대학교(농학과) 졸업. 《시조문학》, 《문예사조》 등단. 경인시조문학, 가람문학, 월하시조문학, 한국크리스천문학 회원.

한티재 하늘
— 권정생 님의 소설,「한티재 하늘」을 읽고

힘겨운 삼밭골엔 서글픈 순이의 눈물과
나직한 돌담집의 여름지기 부들이 자라고
푸석한 아그배 꽃과 속다리꽃이 산산하였다

분옥이가 묻혀 있는 다래골엔 하늘 무대꽃
오목눈이 박새 울음이 서럽게 자지러지고
떠도는 걸버생이의 장타령이 시름겹다

가작장지에 쪼그려 앉아 데피던 소깝불이
그리웁게 식어지듯 시들어진 순이 얼굴도
보랏빛 쑥부쟁이로 분분키만 한 자드락밭

시구재비 향하던 돋음바윗골 가솔들이
머금던 눈가엔 그날의 아그배 아그배꽃들…
한티재 솔밭받이에 풍문으로 적요롭다.

미완의 일기

떠나버린 당신을 기억하는 마음 길에

들꽃이 화들짝 화들짝 피어나고

무성한 갈대 숲길엔

비에 젖은 추억의 편지,

서느러운 젓대 소리

자성론磁性論

누구는 스쳐가는 바람 소리를 말했다가
아니면 뒷동산의 솔잎이라 말했거나
오뉴월 갈참나무의 푸르름이라 했었다.

개울가 망초 꽃잎 분분한 들녘길에
바람으로 서성이던 늦가을의 시누대,
철 이른 조각달로나 각인되는 일기첩이랴!

의자론

피곤의 보따리가 오히려 행복한 건

넉넉히 받아주는 사명의 존재감이랴

지치고 금 간 하루가 내 등 위로 포개진다

한일閑日 에

내 뜻이 아닐진대 바람은 여전하고

내 뜻이 아닐진대 감잎이 낙하하고

텅 비인 뜨락 위에서 생각이나 줍고 있다.

여울목에서

험한 길은 천천히

모난 길은 에돌아서

잠시잠시 순행하는

지천명 순리의 길

해갈의 여울목에는

푸르름의 물빛 잠언

홍제천의 망초꽃

덧칠한 마음들이 부르튼 발길들이
지난의 세월 딛고 천변에 피어 있다
강물로 흐르고 흘러 순화되는 꽃이파리

굽이진 길을 너머 고난의 개울 건너
다가선 강둑 위에 푸석한 손 적신다
꽃다지 서늘한 밤도 강물처럼 지고 있다.

불면의 강

파도 소리에 뒤척이는 하얀 밤의 포말들이

푸르른 잎새들로 산야에 가득하다

서툴게 낙화하는 꿈

역설의 길을 간다.

사막을 걷다
― 타클라마칸 사막 여행기를 읽고

아스라이 부서지는 열사의 모래 언덕
타드는 갈증만큼 명멸하는 기별들이
앞선 채 손사래 친다
대추나무 숲이 흔들린다

지나온 날들만큼 가뭇한 지평선에
퇴적의 나날들이 산산이 흩어진다
열풍에 부서지리니
역설의 꽃이 곱다

버리고 스러지며 빈손뿐인 여정에서
하늘 한 켠으로 음각되는 그대 별자리
우수수 낙화하리라
산화하는 꿈이파리

겨울강 소묘

검푸른 생의 편린 출렁이며 흐르거니
눈꽃으로 소멸하며 가뭇없이 흐르거니
저녁답 시린 마을에 풍문으로 흐르거니

풍화된 유년기의 축축한 사진첩엔
누이의 조막손과 낯익은 풍경 몇 점
설익은 물이랑 건너 초승달이 그렁하다.

이영지(Lee, Young ji)

경북 영주 출신. 명지대학교 문학박사, 서울 기독대 철학박사. 《시조문학》 시조(1979), 《창조문학》 시(1997) 등단. 저서 『이상시연구』(1989, 양문각), 『한국 시조문학론』(1996, 양문각) 외. 시조집 『하오의 벨소리』(1989, 양문각), 『행복의 순위』(1997, 양문각), 『행복 행 내님네』(1998, 양문각) 외. 전자시집 『행복함에 든 사랑받으세요』(2011, 한국문학방송) 『행복코를 맞대고 사랑 우산을 쓰면』(2011, 한국문학방송) 외. 전자저서 『한국인이 복을 받는 이유는 따로 있다』(2012, 한국문학방송) 외. 전자수필집 『행복에 대하여』(2015, 한국문학방송) 외.

은빛 언어의 환상

이영지 시조의 이미지나 상징적 기표의 구조는 『행복의 순위』 시집과 시에서 서열적 질서의 관계이다. 해 밑에 달이 서는 따라감의 관계다. 이러한 이차적 기표가 제시하는 이차적 기의는 너와 관계가 대등한 관계가 아니라 주종의 관계, 순종의 관계라고 해야 할 것이다. 여기서 해와 달을 시적 화자와 그 대상, 또는 시인과 시인의 신앙적 대상의 관계라고 한다면 신에 대한 순종, 신앙적 삶의 겸허를 내포적으로 지시하는 것이라 할 수 있다. 『행복의 순위』는 절대자와 나, 당신과 나의 관계가 수평적 관계가 아니라 수직적 관계이며 이러한 서열적 관계에서 행복의 참된 의미를 찾고 있다고 보아야 할 것이다(『행복의 순위』).

— 홍문표(시인 · 문학평론가)

행복의 순위

달 먼저 떠오르면
해는 달, 따라 나와
달 밑에 서서 있는
그 차례 하얀 차례
해는 달
함께 웃으면
하얀 웃음
보조개

해 먼저 볼 붉히면
달은 해, 따라 나와
해 밑에 활 활 화알
속 차례 분홍 차례
달은 해
함께 웃으면
분홍 웃음
보조개

감과 밤

감나무 감이라고 쓰다가 다시 와서
밤나무 밤이라도 새느라 떨어지는
이슬이 묻어 내리는 이슬 밭임 어떠랴

밤들이 떨어졌고 감들이 떨어졌고
어두움 떨어진 밭 엎드린 하얀 서리
꽃 서리 주워 먹고는 밤이 어서 감이라

잉어이영

잉어는 여울목을

나
만을 두르고도
꽃바람 휘파람에
입술로 뽕긋뽕긋
둥굴게 사랑하라며
잉어이영
잉어
잉

등위에 물방울을

해
빛에 받아들며
사랑이 빛나도록
보듬고 제잘제잘
봄보다 더 봄봄으로
잉어이영
잉어
잉

달래강

하나님
달래요 오 그림자 달래요 오

진달래 언덕에서
달맞이 피리 불며

달래강 무지개 그림 하도 고와
달래요

하나님
달래요 오
부끄럼
달래요 오
연달래 언덕에서 연분홍 가리개로

달래강
달래달래요
하도깊어
달래요

첫사랑 강

첫사랑 그를 보려 사랑 배 돛을 달면
　　나무는 절을 하고
　　햇님은 빨간 깃대
　　뱃사공 힘이 솟아라
　　첫사랑
　　표
신난다

햇살 보쌈

눈
뜨면
아
른
아
른
감으면 떠오르는
하늘가 그쯤에서 떠오른 해 덩어리
봄꽃을 입에다 물고
봄이 뜨면 먼저 핀

안 봐도 떠오르는
그쯤에
종
종
걸
음
앞으로 아장아장 삼삼히 걸어가서
떠오는 햇살 보쌈 해
입에 무는 봄 잎의

사랑사랑끼리

사르르
 나부낄 땐
 파르르
 눈썹 떨고
 펑펑펑
  기다릴 땐
  후후후
입술 떨고
바라봐
출렁거린다
 출렁출렁
 퍼펄떡
속내가 팔랑팔랑
 파르르 가슴 파래
 목이 긴 사슴 새가
 쿵쿵쿵 한복판에
 후후후 당신 안에서
 출렁출렁 바라봐
정말로
바다물결 바라봐
 출렁출렁 바람의 해바라기 꽃잎을 서른네 개
 달고서 그러기냐며 꺼벅꺼벅
     바라봐

분홍 비

벗이요 그대는요 비오는 날에만은 분홍 옷 분홍 우산
분홍 옷 분홍 구두
분홍 옷 분홍 치마를 두르는 거
분홍 비

내 진정 사랑하는 당신

내 진정 사랑하는 당신은 나를 깊이 젖게 해 새하얗게
봄옷을 아련하게
풀어봐
봄의 들판이 춤을 추게
하시곤
옥빛의
가슴 깊은 바다에 남녘 바람 풀어봐
동백꽃이
되고는
봄에 입는
꿈 옷을
안 입을 수 없게 볼연지가
되고는

봄바람 하늘하늘
봄비로 징검다리 놓으신 다음에도
노오란 편지 한 장
내 가슴 휘감으시며
손짓 웃음
하시곤

초록빛 물비늘로 파아란 햇빛 불러 하늘로 솟구치는
이 아침에
봄빛이
익어갈수록 햇볕 마당 주셔라

물 우산

빗소리
구워내는 우산을 쓰고 나면
수직의 메시지가 뜨면서
명령이다

젖으라
물 옷 입으라
그리고는
기다려

치마로 젖어들라
가슴이 젖어들라

젖으라 우산 쓰라

하늘서
여기까지 온
수직법을
읽으라

이영필(李英必, Lee, Young pil)
1961년 울산 울주군 두동면 출생. 한국방송대학교(행정학과), 서울디지털대학교(문창과) 재학. 《시조문학》(1995), 〈경남신문〉 신춘문예(1994) 등단. 시집 『목재소 부근』(2003, 동학사), 『장생포 그곳에 가면』(2014, 책만드는집). 24회 성파시조문학상(2007), 울산시조문학상(2017) 수상. 한국시조시인협회, 울산시조시인협회, 오늘의시조학회, 국제펜클럽 회원. 울산펜문학 회장.

—

이영필의 시조는 서정시가 지녀야 할 특징들을 고루 갖추고 있다. 단아한 정형시로서의 음악성, 짧은 형태, 단일한 자아의 내면 감정의 풍요한 표현 등에서 그렇다. 평범한 일상 속에서 발견의 언어들을 창출해 낸다.

— 이우걸(시조시인 · 우포시조문학관장)

이영필은 자기 세계의 조용한 단련을 중시하는 시인으로 보인다. 여느 문학 행사에 잘 나타나지 않는 것을 봐도 자신이 생각하는 시적 자세나 입장을 견지하는 느낌이다. 그런 느낌은 자신이 발 딛고 사는 지역에서의 일상과 시인으로서의 삶을 따뜻하게 교직交織하며 이루어내는 시편들의 울림을 통해 잔잔하게 나타나고 있다.

— 정수자(시조시인 · 한국시조시인협회 부이사장)

—

꽃피는 정미소

지금도 그곳 가면 방아가 돌고 있다
탕탕탕 기계음에 들썩이는 양철 지붕
한 시대 허기의 껍질 도정하는 아버지

해묵은 먼지 옷을 껴입은 두꺼비집
석발기가 돌 고를 때 왕겨 같은 억센 손은
동력을 전달한 벨트 힘줄처럼 걸려 있다

줄 하나 벗겨져도 잡아 줄 이 없던 시절
고단한 새벽녘은 쳇바퀴처럼 돌아오고
소녀는 잰걸음으로 도시락을 날랐다

그 많던 알갱이들 어디로 떠났나
흙담에 기댄 유년 아직 거기 서성이고
저 혼자 늙은 정미소 검버섯이 피었다

초승달

어릴 적 한눈팔다
깨뜨린 사발 한 조각

베란다 저 너머에
눈 시리게 박혀 있다

쫓겨난
그날 저녁답
날 빤히
쳐다봤던

목재소 부근

내 욕망의 알몸으로 벌거벗은 통나무들
고백을 어루만지듯 노을 속에 쓰러져 있다
춘향이 눈물 같은 애절이 서녘 저편에 울고 있다

숲에서 둥기둥기 함께 보낸 춤사위
추억의 손짓으로 물빛 그리움 앓고 있다
초록 숲 떠나온 품을 더듬어 가는 회억 한 장

싸늘한 톱날 끝에 잘린 시간이 쌓인다
어두운 목재소 부근 별들이 길을 찾아
사유의 가지를 치며 마음 밭을 일궈 간다

물안개

아무리 타고 올라도
넘을 수 없는 문이 있다
잎담배 피워 무는
자욱한 강을 보며
아버지
휘어진 등허리
그 시름을 보는 듯……

낮게낮게 숙이며
참고 살아온 강 끄트머리
우리 어머니 옷섶처럼
다 해진 둔덕에서
난향을 푸는 종소리
눈을 감고 적신다

더 높은 곳을 향해
탈출을 시도한다
자꾸만 내 속에서
내가 갇히는 밀폐의 방
잃었던
방향을 더듬어
빛 한 줄기 풀려난다

바다 앞에서

세상 고달픈 일 씻으러 간 바다 앞에 서면
파도는 당찬 목소리로 회개하라 꾸짖어 댄다
모나고 성글진 마음 조약돌로 살아라 한다

한 생의 편린인 양 빛빛의 물비늘 군상
때때로 물빛이나 반반하게 익혀서
물새 떼 나래짓하는 춤사위를 배우라 한다

백사장 모래알만큼이나
밤하늘 별떨기만큼이나
그 무한의 존재 앞에 나는 과연 무엇인가
단 한 점 모래알일지라도 온 우주를 안아라 한다

고향으로 가는 소 떼

바람도 돌부리에 걸려 되돌아오는 결빙의 땅
반 세기 녹슨 반 세기 가시 철망 걸어붙이고
우직한 이중섭의 소가 묵정밭을 갈고 있다

무거운 삶의 그림자 내려놓은 빈 녘 멀리
쌀뜨물 헤쳐 가며 새벽빛이 몰려온다
돌쩌귀 어긋난 빗장도 삐걱거리며 열려 온다

덜 삭은 한의 여물 잘근잘근 씹어댄다
여과 안 된 거친 일상 되새김을 하다 보면
히죽이 웃는 낮달이 휴전선을 넘고 있다

참나무 북채 들고 소몰이를 하는 북풍
퐈리 튼 산자락 봄빛 풀어 다가설 때
위용의 날 선 뿔 갈아 시루떡을 빚고 싶다

봉분

아버지 팔십 평생 끓여오던 쇠죽 솥
잡초에 엎어진 채 덩그러니 말이 없다
벌초 날
낫 끝에 비릿
쇠죽 냄새, 풀 냄새

팔 남매 근심같이 무던히 썰던 볏단
소망빛 쌀뜨물 떫은 맛 삭혀가면
누룽이 워낭 소리에 아침 해가 뜨곤 했다

저녁이면 군불 지펴 시린 등짝 데워주고
새벽녘 식은 방 고래 다시 지펴 녹이더니
아궁이 청솔가지는 그을음만 앉혀 갔다

아파트 풍경

구겨진 도로들이 비에 젖어 펴질 무렵
칸칸이 삶을 굽는 오븐 같은 아파트
푹 절은 젓갈 냄새로 내 몸마저 삭아 든다

해 지고 달이 뜨면 되돌아온 부메랑
줄줄이 웃음들이 빨랫줄에 널리고
아침은 베란다 한 켠 임대하고 있었다

장생포 그곳에 가면

잠수 없이 자신을 말아 빙빙 돌려대는
마음잡지 못하고 몸부림 깊은 파도
처얼썩,
회초리 들어
정수리를 쳐댄다

잠시도 가만 못 있고 출렁이는 그 몸짓에
고래도 춤을 추며 신명을 받드는데
세상에
용서 못 할 일
어디에 또 있을까

아침 사다리

벚나무 꼭대기에 까치 소리 요란하다
화분 흙 숨 가쁘게 앞 층층 포개 놓고
햇빛이 심심했던지 미끄럼을 타고 있다

바람은 난간 딛고 창틈을 넘나든다
오를 수 없는 외벽 사다리 놓는 그늘
무거운 짐이라 해도 날개 다는 아침이다

비스킷 부스러기 떨어진 베란다에
어디서 나왔는지 개미 떼 몰려 있다
잘룩한 허리 한 가득 희망 봇짐 끌면서

이영희(李英姬, Lee, Young hee)
1960년 경남 양산 출생. 소토초등학교, 독학
(강의록) 중 · 고등 졸업. 《부산시조》 신인상
(2016) 등단.

이영희 시인의 작품에는 자연에서 건져 올린 생명의 소중함이 진하
게 배어 있다. 자연과 인간을 등가물로 놓고 바라보는 시인의 시각은
건강하며 잘 정돈된 운율 속에 그 주제가 선명하다. "폭포"에서 "석
수"에 이르는 화자의 "눈물"(「바위의 눈물」)과 "낙동강 긴 걸음걸음"
에 발아하는 "씨앗 하나"(「낙동강 어귀」)를 세세하게 읽어내는 시인은
"시간이 떨고 있는" 응급실의 삶과 죽음의 모습(「응급실에서」)을 담담
하게 그려내어 감정의 절제에서 오는 시적 효과를 극대화 시킨다.
— 정희경(시조시인 · 《어린이시조나라》 편집주간)

바위의 눈물

긴 울음 모이더니 폭포로 생겨났다

통곡이 울려 퍼져 갈라진 바위 하나

깊은 산 쓰린 메아리 누구의 목소리일까

폭포를 이루고도 다 쏟지 못한 눈물

동굴 속 바위 천정 대롱대롱 매달렸다

산바람 스친 길 따라 종유석이 꽃핀다

굳은 바위 울리는 천년의 그 슬픔이

얼마나 진했으면 색깔색깔 눈물 낼까

농익어 터진 자리에 석수 되어 뚝 뚝 뚝

낙동강 어귀

물길 따라 밀려와 더 밀릴 수 없는 둔치

햇볕도 듬성듬성 바람마저 차가운데

먼 여행 돌고 돌아온 씨앗 하나 머문다

약하고 작아진 손 서로서로 맞잡고

척박한 늪지 속에 싹 틔우는 뿌리 하나

때 맞춰 벌 나비 춤사위에 꽃들이 벙근다

도드라질 수 없음을 푸른 잎에 감추고

꽃으로나 잎으로나 굽이굽이 흘러서

낙동강 긴 걸음걸음을 바람이 밀고 간다

응급실에서

마침표와 되돌이표 나란히 누워 있다

지옥과 천당이 하나 되어 뒹굴고

잘나고 못난 사람도 아무런 의미 없다

처절한 몸부림 속 약해지는 숨소리

지난날 희로애락 꿈결같이 스쳐간다

초조한 기다림의 골목 시간이 떨고 있다

족집게

피 흘림도 냉정하다 포탄 맞은 전장처럼

뒤돌아 숨은 것까지 후벼파서 꺼내놓고

햇빛도 시원한 물도 접근금지 명령한다

겁 없는 일상 속에 간질간질 장난치고

덕지덕지 비비크림 거부 없이 받아먹다

노린내 풍기며 소멸된다

진을 쳤던 주근깨

부부싸움

지난밤 된바람 뿌리째 흔들었다

생채기나 나뒹구는 아픔은 망각되고

시치미 뚝 뗀 아침 해 말짱하게 웃고 있다

석순

절절히 흐른다 끝없는 기다림들

애처롭다 그 일념 저 홀로 피고지고

한없이 탑을 쌓는다 겹겹의 꽃잎으로

햇볕도 바람도 기약 없는 어둠 속에

스스로 발아되어 싹 틔우는 고목들

등허리 곧추세우고 외줄 되어 흐른다

오뚝이

곧게 펴라 단정히

흐트러짐 불허한다

오뉴월 염천에도

동지섣달 된바람에도

한순간 스러지는 일

주저 없이 다시 선다

염화미소

불단의 뽀얀 먼지 스님은 간데없다

절 가득 맑은 고요 초목들의 독경 소리

장독대 노란 금계국꽃 풍경을 흘린다

한 쌍의 까만 나비 석탑을 돌고 있고

웃자란 대숲은 경배하듯 일렁인다

염불은 멈춘 지 오래인데 부처 미소 끝없다

길

이정표 따라가다 코앞이 장벽이다

아무것도 없었다 안개도 먹구름도

잡념이 막고 서 있으니 길 없음이 분명하다

시어를 낚다

허공 속에 스쳐가는 새내기 느낌표

신기루를 본 듯이 가슴이 설렌다

인증 샷 꼬랑지 꽉 잡아 재빨리 박제한다

잡아 놓고 고민이다 날아가게 두면 될 걸

날갯짓 그대로다 소리도 하나 없이

그래도 그리움 앞당긴다

어떤 향기 날릴지

이예숙(Lee, Ye sook)

호 송정(松亭).《한맥문학》시(2010), 한국시조문학진흥회 시조(2015) 등단. 시집『집배원을 기다리는 하루』(2015, 넥센). 샘터문학상 가작(2014), 나래시조 전국시조백일장 장원(2014), 한국시조문학 특별금상(2017), 공로패(2018), 제4회 포석 조명희 전국시낭송대회 동상 수상. 나래시조시인협회, 한국문인협회 회원. 박달재문학회장, 한국시조문학진흥협회 이사.

—

이 시인은 시조뿐만 아니라 시, 장르에서도 다양한 면모를 보여준 시인이며 작품의 소재도 다양한 면모를 보여줌과 동시에 주제의 표출 시각의 묘미를 고루 살린 시인이다. 작품 편편마다 리듬감이 있고 개성이 뚜렷한 독자들의 시선을 집중시키기에 알맞다.쉬운 듯 흡인력 있는 묘사가 새로움을 선사하기 때문이다.

— 한분순(시조시인 · 한국시인협회 이사)

이 시인은 끝없는 변화, 변신을 통해 세상의 중심에서 깊은 철학적 사유思惟와 자기 성찰을 거듭한다. 그런 과정은 아리스토텔레스 Aristoteles가 그의 저서『수사학Rhetoric』에서 밝힌 바와 같이 파토스pathos(감성), 로고스Logos(시적 논리), 에토스Ethos(시인의 품성), 황금 비율(감성30/시적논리10/시인의 성품 60)을 맞추며 자기 완성을 향해 가는 창조의 단계라고 할 수 있다. 이는 시인 본래의 자기 정체성 회복과 다르지 않다. 인간의 완성을 위해 문학적 여정을 스타일리쉬Stylish모습의 삶을 빚어내고 추구하는 시인의 퍼포먼스perfomance이기도 하다.

— 정유지(문학평론가 · 선린대 교수)

—

구월은

청포도 한 알 한 알
입속에서 톡 터질 때

새콤함 달콤함에
시문詩文이 열림인가

청청한 하늘 아래서
받아보는 시 한 수

춤추는 폭포

나비인가 바라보니 나르는 물방울들
오신 임 반기면서 화합을 열창한다
텀블링 하였다가 수직도 하였다가

그대는 누굴 위해 백발을 휘날리며
득음을 하고 있나 억년의 그 세월을
미친 듯 토해내면서 명창에 꿈을 꾸나

설화雪花

사월의 언덕 위에 설한풍雪寒風 내려앉아

연분홍 립스틱이 파르르 떨고 있네

그대여 나 보시거든 황덕불 좀 피워주…

벌초

은이슬 맺힌 봉분 성주를 부어 놓고
저미는 가슴 삼켜 마음을 얹습니다
만남의 기쁨도 잠시 21세기의 단발령

장미꽃

다저녁
너의 외출
반기는 별 친구가

도톰한
그 입술에
입맞춤을 했나봐

수줍어
홍조 띈 얼굴
영혼마저 붉고나

이옥분(李玉分, Lee, Ok bun)

1955년 서울 출생. 아동학과, 문예창작 전공.
《시조생활》 신인문학상(1995, 22호) 등단. 난대
문학 공로상(2018) 수상. 시조집 『열매가 맺는
자리』(2002, 동경). 주향 독서 논술학원장 역임.

				。					
			골	무	꽃				
						이	옥	분	
엄	마	친 구	골	무	꽃	서 러 운	보	랏	빛
허	기 를	참 으 시 고	울	음	도	용 해 시 켜			
골	무 속	생 인 손 넣 어	나	를	꽃	피 우 셨 네.			

—

이옥분의 서정적 자아가 도달한 삶의 좌표는 분명 기적과의 만남
이 이루어지는 지점에 있다. 개인의 삶과 역사의 구원은 세속사적
유한 지평의 저 광야에서 말씀의 그 수직적 초월과 만나는 그 좌표
에서 기적과도 같이 성취되는 그런 것이다. 이옥분은 마침내 시조
의 향존적 의의를 참으로 깨친 자리에 지금 서 있다. 그가 선 그곳
이야말로 '열매가 맺는 자리'이다.
　　　　　— 김봉군(시조시인 · 문학평론가 · 가톨릭대 명예교수)

—

밥, 가감승제

몇 마지기 농사여도 땀 섞어 키우셨네
풍성한 사랑 녹여
알알이 익힌 생명
감사히 달게 삼켰지, 그 여름 뼛심까지.

핑크뮬리

잡초 함께
밟혀도
상처 잊고 일어난 너

척박할수록
눈물 참고 뿌리 내려 꿈 키운 너

그 시간
가슴에 묻고
가을 사랑
전하는 너.

대한독립大韓獨立
— 안중근

절명 시 혈서 한 장
글 쏜 그날 마음에 잇자
꽃피고 열매 익혀 나눌 생각 절로 이는데
아무린
상처 깊은 곳
진술은 변함없네.

법고法鼓

밭 갈 때 툭 툭 치면 힘내어 걷던 소가
죽으니 껍질 발라 마음 여는 법고가 됐다
산사에
매달린 저 소
울음 울어
천년 산다.

군함도*

맨몸으로 들어갔네

살 떨리는 해저 막장

내뱉은 한숨에도 뿜어나는 석탄가루
조센징 채찍 묻은 말 넘쳤던 지하 감옥.

* 군함도: 일본명 히지마섬.

노량진, 공시생

누룩빛 얼굴에도 컵밥이 주식이다
깨어 있는 문장들을 경전처럼 새긴 너
젊어서 꿈꾸는 거다
몇 넌째 비상 대기 중.

꽃들의 노래

사중창 선율이 감동을 팽창시키듯

칡넝쿨 오른쪽으로
등 넝쿨 왼쪽으로

꽃 필 날
생각만 해요
어울림만 생각해요.

가시 마을의 봄

그림자 사라져 버려진 마을에
아찔한
죽음을 말할 수 있는
봄이 왔다

4·3 길
'잃어버린 마을'
세운 표석
봄 따라왔다.

골무꽃

엄마 친구 골무꽃
서러운 보랏빛

허기를 참으시며
울음도 용해시켜

골무 속
생인손 넣어
나를 꽃 피우셨네.

오래된 수첩

귀퉁이가 뭉뚝해져 내팽개친 수첩에는
한때 팽팽한 말로 속셈을 나눈 이름들과
세월에 마침표를 찍은 이름이 함께 있다.

조등 같은 목련송이 벌어진 그 봄날
사월의 노래로 목청을 돋우었던
친구는 어느 곳에서 통증을 재고 있을까.

풍경은 바람 따라 자서전을 쓰지만
달려온 시간에도 변치 않는 이름들이
쿰쿰한 수첩 속에서 그리움을 산란하고 있다.

이옥진(李玉眞, Lee, Ock jin)

1955년 경남 통영 출생. 청주교육대학교, 부산교육대학교 졸업. 《부산시조》 신인상(2004) 등단. 시집『먼나무 숲으로』(2012, 동학사). 시조시학 젊은시인상(2013), 나래시조 문학상(2014), 부산시조 작품상(2016) 수상. '시눈' 동인. 부산시조시인협회, 나래시조시인협회, 오늘의 시조시인회의, 한국시조시인협회 회원.

―

그의 시에서는 풀 냄새가 나고 이슬과 바람의 술렁임을 느낀다. 모든 시인이 그렇듯이 그도 이상향을 꿈꾼다. 물론 그 이상향의 세계가 쉽게 가닿을 수 있는 곳은 아니지만 부단한 꿈꾸기를 통하여 그는 예술적 자아실현에 힘쓴다. 은목서, 먼나무, 살구나무, 유자나무, 산수유, 목련, 자운영, 이팝꽃, 오동꽃, 금강송, 편백숲, 산수국, 때죽꽃, 팽나무, 벽오동, 비파꽃, 구상나무, 자작나무, 맹종죽, 배롱나무 등 60여 종의 풀과 나무가 어우러진 시의 숲인 '먼나무 숲'은 그에게는 하나의 이상향이다. 그것은 시를 통해서 다다를 수 있는 예술적 성취의 드높은 세계이기도 하고, 성화되어 가고 있는 그의 신앙이 지향하는 영적인 나라일 수도 있을 것이다.

— 이정환(시조시인 · 정음시조문학상 운영위원장)

―

애월, 단애에 서서

그래, 그렇게 서라, 외롭다 하지 말고

애월 단애에 서서 먼바다를 보아라

관탈섬* 견고한 고독도 은결 속에 빛난다

그렇게 다가가라, 거절을 두려워 말고

단애 향해 제 살 찢는 파도의 눈물을 보아라

벼랑의 동굴 같은 가슴도 사랑으로 흥건하다

* 관탈섬: 제주도와 추자도 사이 무인도. 제주로 유배 오는 사람들이 관복을 벗었던 곳.

투명을 향하여

은행잎이 걸어간다 초록에서 노랑으로

은행잎이 야위어 간다 유화에서 수채화로

제 갈 곳 아는 것들은 투명을 향해 간다

어머니 걸어가신다 검정에서 하양으로

어머니 날개 펴신다 소설에서 서정시로

먼 그곳 가까울수록 어머니는 가볍다

먼나무 숲으로

새벽녘 당신 얼굴은 빛나는 5월의 숲

숲 언저리 먼나무꽃 연보라 향 남실대고

그대를 숨 쉬고픈 나는 아주 멀리 있습니다

오련한 꿈길을 걸어 먼 학교에 갑니다

교실도 꿈속 같아 어항처럼 말이 없고

창 너머 살구나무엔 새 한 마리 납니다

때때로 내 마음은 텅 빈 사막입니다

흔들리는 별빛 아래 적막을 마주한 날

도린곁 먼나무 숲을 새도록 걷겠습니다

어떤 다리
— 우포에서

베어져 뒹굴다가 수로 끝에 뿌리 뻗고
이태리포플러는 통나무 다리 되었다
길과 섬 그 둘을 잇고 자다 깨는 길 하나

마름 생이가래 가득한 늪 가로질러
팔 뻗어 찰방찰방 푸른 잎 반짝이며
나무는 다리가 되어 또 한 생을 꿈꾼다

베어도 다시 산 나무 나사렛 청년 예수
나무에 높이 달려 선 채로 다리 되었다
하늘과 사람을 잇는 빛 황홀한 길 하나

폭설 1

용서받을 자격 없어
애써 외면해도

여지없이 찾아와
모든 걸 묻어 버렸다

도저히
저항할 수 없는
하얀 용서 큰 사랑

역방향에 앉으면

역방향 열차에 앉으면 지나온 길이 보인다

조팝꽃 하얀 웃음도

은행잎 노란 눈물도

어둡던 터널의 끝도 그저 환하게 보인다

앞만 보고 가다보면 오히려 멀미가 난다

역방향에 앉으면

잠시 멈춘 내가 보이고

저 멀리 미루나무들 귓속말도 들린다

무적霧笛

서럽게 등대가 운다, 55초마다 5초 동안
온 천지 해무에 싸여 간절곶도 묻혀버린 날

어둠 속, 너를 향하여
목이 쉬는 하얀 짐승

해안선도 수평선도 허공으로 사라진 날
안개를 이기는 건, 오로지 소리 하나

조심해, 방향을 잃지 마
부우~부 젓대가 운다

꿈과 욕망 참과 거짓이 질척이는 늪을 헤매다
혼곤한 잠속에서 혼들리는 촛불을 본다

그립다, 시대를 깨우는
울림 깊은 소리 하나

양말 정리

뵐 듯 말 듯 구멍으로
시간이 새고 있다

헐겁고 성긴 길로 색깔 먼저 날아가고
저잣길 돌아다니다 짝도 잃고 누웠다

떠난 지 삼 년인데
배롱꽃은 또 피는데

서랍 속 깊은 곳에 얌전히 들어앉아
가야 할 저기 먼 길을 꿈만 꾸고 있구나

목련, 시간을 풀다

당신을 뵈오려고
오래 기다렸어요
그렇게 오랫동안 꽁꽁 싸맨 시간들을
달빛도 푸른 새벽에 살포시 풀었어요

부끄럽고 민망해도
얼굴 붉히지 않고
사나흘 바라만 보다 홀연히 떠날래요
당신의 깊은 눈 속에 내 눈 넣어 주신다면

한라산 겨우살이

뿌리내릴 그곳은 땅속 만이 아니었다
참나무 높은 가지 갈라진 틈 터로 삼아
"청산에 살어리랏다" 둥지 틀고 앉았다.

그물처럼 엉긴 뿌리 바람을 친구 삼고
열망도 오래 삭히면 초록 잎 노래 되는가
알알이 붉은 시 맺는다, 푸른 하늘 이고서.

오를수록 나무들은 엎드려 기도하고
겨우살이 인생들 말없이 걷습니다
그날에 드러낼 것들 가슴 깊이 여미며.

고지에 밤이 오면 아득한 꿈길 열려
미리내 고향 강가로 헤엄쳐 갑니다
다홍빛 진주로 엮은 화관 쓰고 갑니다.

이용상(李庸尙, Lee, Yong sang)

1934.~2015. 제주 신촌 출생.《현대시학》시, 《시조문학》시조(1976) 등단. 시집『섬은 가장 외로울 때 동백을 피운다』(1992, 동학사), 『감나무 그 긴 가지』(2003, 다층). 제10회 한국시조문학상, 제주문화상 예술 부문 수상 외. 제주시조문학회장, 한국문인협회 제주도 지부 지부장 역임. '한라식품' 창업(1970).

—

이용상 시인의 작품에는 기다림과 그리움의 흔적이 짙게 배어나온다. 단순히 생겨난 것이 아니라 일생동안 지배해온 것들이다. 인간 풍정風情이 그의 주요한 시적자질인 것을 이해한다면 자연스런 결론일 수도 있다. 그러나 좀 더 세밀히 들여다보면 상당히 기구한 과정을 겪어온 화자의 삶과 결코 무관하지 않음을 알게 된다.

— 이지엽(시인 · 한국시조시인협회 이사장 · 경기대 교수)

—

아버님의 속리산

1
속리는 무슨 일로
아버님을 불렀는가
제주도 신촌 고을
불심을 간직한 이
이 험한
산중에까지
부른 뜻을 모르겠다

2
내 나이 여섯 살 때
아들 딸 남겨두고
뱃길로 또 열차로
부처 하나 찾아와서
정이품 소나무 동네
성지라서 살으셨다

봄의 서곡

들녘 녹는 눈 소리
몰래 여는 백매 입술

곰솔 바람 차운 향이
문설주를 넘나들고

새들도 저만치 건너
하늘빛을 깨운다.

손 들어 손 부비다
산으로 간 개나리꽃

새 부리, 노랜 새 부리
돌담에 흩어 놓고

바람은 60고개에
다시 봄을 주셨다.

동백

섬은 가장 외로울 때
동백을 피운다.

한 줄기 바람에도
악수를 하고픈 날

해변은
너무 외로워
동백 하나 피운다.

셀레는 가지 끝에
셀레는 새 한 마리

육십 년 고빗길에
새소리도 섭섭해서

이따금
장사꾼 기질,
동백 하나 또 피우네

눈 오는 밤

눈 오는
가지 끝에
새 한 마리 졸고 있다

뉘 집
등불인지
더는 기다릴 수 없는

날 새어
눈 녹는 자리
새도 가고 없었다.

제주시 칠성통엔
동일의원 있었지.

그 병동 2백 9호
천명을 다 하는 길

아내도
밤을 지새며
목숨 하난 지켰었지.

눈, 비, 바람 보채어도
제철인 양 싶었다.

이 밤도 스며 오는
이 예감은 무엇인가.

내 이제
눈 오는 밤에
약속 하나 묻어둔다.

남극성 별자리에

감귤꽃 향기에도
침몰하는 섬이 있다

술 한 잔 안 걸쳐도
취하는 이 오월엔

남극성, 그 별자리에
세 들어 나앉은 섬

자비암

선인동 자비암에서
휴가 나온 부처님
중생의 업 수행하러
산을 내려오시다
바람도
피해 못 가는
세월 앞에 서있다

겨울 한라산

겨울 한라산은
어머니 치마폭 같다

도공의 숨결인가
눈 녹는 가마터엔

놓고 간
무명저고리
살짝 웃는 봄 내음

물 궂힌 새 1

새장에는 새가
보이지 않는다

물 궂힌 새는 침묵 속에서도 곧잘
노래만은 재잘댄다.

살아있음이 그렇듯
하이얀 빛 그
하나가
촛불 속을 간다.

새장에는 새가
보이지 않는다.

새장에는
천천히 일곱 마리 새가
무지갯빛 하늘로
뜬다

이어도 처녀

풋꿈 한 짐 업힌 등에
시린 땀 눈도 졸려

흙 한 줌 지친 듯이
길섶 바람 이고 돌며

한겨울 지새운 바다
지육地陸으로 꿈을 열다.

조상 터 모래 알알
감긴 물결 도로 풀어

소라 전복 따는 봄을
정 하나로 삶을 접고

내 누이 물비늘 속에
백합으로 피는 바다

신촌 큰물

1
큰물 9대째를 신촌에서 살게 하네.
3천 평 신촌 포구, 그 안에 신촌 큰물
달 하나 대물림하며
신촌에 살게 하네.

2
조상님네 연이은 연류의 장사길은
아직도 먼 바다에 무슨 연유 있는 건지
간간한 소문만 도네
큰물이 혼자 사네

3
한평생 장사일을 큰놈에게 물려주고
서울로 부산으로 공장 따라 떠돌다가
한 사발 목마름같이
먼바다를 보는 버릇

4
빈손으로 돌아와도
아내처럼 다가와서
고맙다.
고맙다.
살아와서 고맙다
큰물은 갈 곳이 없어
여기 눌러 산다 하네.

이용식(李龍植, Lee, Yong sik)

1944년 서울 용산 원효로 출생. 효창초등학교, 용산중 · 고등학교, 건국대학교(축산학과) 졸업. 《문학세계》(2001) 등단. 『난간을 스치는 깃털구름』(2007, 엠아이지), 『백운대의 가을』(2009, 토방), 『억새밭을 태우며』(2011, 토방), 『묵상하는 섬』(2013, 토방), 『창밖엔 실로폰 소리』(2017, 토방).

> 지워지지 않는 얼굴
> ※ 이용식
>
> 가슴 속에 둥지 틀고
> 오랜 낡을 뒤척이네
> 귀 닫아도 울린 음성
> 우린 붉은 살 내음 향
> 나비의 단꿈을 꾸며
> 마음 벽을 허문다

이용식 시인은 소재와 의식의 다양한 확산을 통해 고시조의 정신주의적 편향을 힘껏 넘어서고, 최근 우리가 빈번하게 목도하는 자유시의 반시적反詩的 율격 무화 현상에 미학적으로 저항한다.

— 유성호(문학평론가 · 한양대 교수)

가창오리

떼로 날아 하늘을 감는 청둥오리 우렛소리
날갯짓 굵은 글자 초서체의 물 수水자다
서법을 순간마다 바꿔 새 문자를 쓰고 있다

수면을 박차 올라 예서체로 갖춘 대열
힘차게 새 을乙자를 추사체로 엮었느니
또 다시 학익진으로 세상의 말 쓰고 있다

금강하구 새떼들의 힘찬 교향 연주소리
하늘에 새긴 원은 모가 없는 삶이라며
큰 지평 커다란 흑판에 새 역사를 칠한다

우포늪 가시연꽃

바람이 수군대며 춤을 추는 가시연꽃
잠시는 쓰러져도 허리 세워 일어선다
태풍도 꺾지 못한 뚝심 무릎 꿇지 않는 원반

언제나 고개 낮춰 잠적한 채 지피는 생애
개펄 물 걸러내어 맑은 물 길어 올리는
품 안의 늪을 보듬고 둥근 섬을 띄운다

투박한 원시의 혼 검은 흙에 내린 뿌리
순명으로 입은 초록 뻗어가는 초록 물결
생명을 힘차게 부리며 컴퍼스를 돌린다

서리 앉힌 강

지친 혼 흔들어서 깨우는 서리 강물
투명한 푸른 정적 뚫고 나온 얼음 조각
건너 뛴 징검다리 위 바늘 돋는 말씀의 혀

민들레 깃털이 하늘의 말 싣고 가는
아픔을 문질러서 붉은 노을 밀어낸다
눈을 떠 밝게 얼어붙어 정을 맞는 네모난 돌

내 생애 흠집마저 박혀 있는 서리 바늘
햇덩이를 잠시 감아 수를 놓은 돌 방석에
한 생애 얼어버린 내안 윤기 도는 가을 강

연어

모천에 귀소하는 연어 떼 거센 행렬
"지피에스" 좌표 받아 물길 헤쳐 넘은 파고
인지의 휴대폰 같아 갈 길 정보 일러준다

옛 기억 더듬어서 물 냄새도 찾아내고
태어난 곳 다다르니 어미 냄새 고향 냄새
외로운 떠돌이 설움 베링해로 떠든다

태평양 드센 파도 성큼성큼 건너와서
혼인색 돋보이게 온몸으로 껴안는다
드디어 꿈의 짝짓기 마감하는 한 생애

지음知音

살아가는 길을 향해 서로 서로 불 밝히고
스산한 어둠 걷고 질긴 꿈에 분이 올라
손잡고 애끊는 사랑 물길 헤쳐 살았다

한 끈에 얽혔어도 믿음으로 삶을 엮고
순수의 물굽이에 긴 흐름을 올려놓아
숨 쉬는 비움의 삶을 담금질로 매질했다

바른 길 잃다가도 다시 제 길 열어 가는
역경의 갈피마다 짙은 안개 걷어낸다
순리가 몸을 풀도록 귀명창*을 얻는다

* 춘추시대 종자기가 죽자 백아는 거문고 줄을 끊어 버리고 세상에 자기를 알아주는 사람이 없음을 슬퍼하였다.

함박눈

해맑아 선한 눈빛 다가와 내미는 손
은혜가 반짝반짝 미소의 깃 춤을 춘다
무명옷 설화를 구어 하늘 닿는 숨소리

욕심을 사르면서 비우고 채우는 소리
하늘의 낮은 음성 다독이며 감싸준다
시샘을 천도해 보내면 흔들리는 먼 성벽

서로가 용서하고 허물마저 덮어주며
꼭 한번 있었나 싶은 억겁의 눈발소리
찌들은 골목길에도 휘몰이조 풀풀 난다

근래의 풍경
— 요즘 젊은 친구들

젊은이 두 녀석이 멍하니 마주보다가
말없이 휴대폰을 만지며 딴전을 피우고
스스로 제 술잔에다 저를 부어 마신다

이어폰을 귀에 꽂고 음악 속을 유영하다
또 다른 젊은이는 누군가와 통화도 하고
서로는 무심한 모양새 각자 따로 놀고 있다

화장실 다녀와서 안주를 집어먹고
갑자기 낄낄대고 웃음을 터뜨린다
서로는 외톨이 생각 투명인간 공동생활

우리 동문

돈 많고 출세해야 친구가 되는 걸까
똬리 튼 꿈의 자투리 드러나는 삶의 무게
어깨에 어깨를 얹고 궁궐 같은 우리 동문

별이 된 친구들을 손 흔드는 날은 늘고
뚝심의 어린 시절 이끌리던 풍금 소리
옛 물을 거슬러 오르면 싱그러운 연어였다

모교에서 익힌 노래 그 순수를 불러 세워
삐딱한 별명에다 칭찬과 욕도 섞어
서로가 허물을 감싸면 눈이 부신 우리 동문

언제나 깨어 있어 불끈 솟는 친구 얼굴
이 생에 몇 번 볼까 희끗희끗 칠십 논객
세월이 등을 떠밀면 대접 같고 주발 같다

페치카* 최 재형
— 러시아 연해주

신분은 노비여도 나라 사랑 사대부라
정승보다 높은 애국 깊은 심중 상감이네
민족혼 불을 켜든 채 항일의 힘 한데 모은…

되찾을 나라 위해 지닌 재물 죄다 받쳐
하얼빈 의거의 힘 큰 울타리 되어준 이
입수한 브라우닝권총 안중근에 쥐어줬네

남은 몸 조국 위해 던져 버린 신발짝을
왜군 총에 숨 거두신 하늘에 든 겨레의 별
백 년 전 대한 독립 만세 하늘에 쓴 울림의 말

* 페치카: 난로, 최 재형 선생의 뜨거운 인간미를 이르는 말.

감시 카메라
— CCTV

염라대왕 업무량이 너무 많고 힘들어서
카메라로 녹화해서 판결키로 결정하니
떳떳치 못한 사람들 시시티브이 싫단다

인간에게 외주 설치한 카메라가 작동하니
안 볼 때 더 바르게 처신하기 귀찮아서
속마음 검은 이웃들 사생활의 침해란다

곳곳에 카메라가 돌고 돌아 촬영하면
저마다 일평생의 이룬 업보 드러난다
하느님 브이티아르에 돌려보면 어떨까

이용우(李龍雨(Lee, Yong woo)

1942년 경북 경주 안강읍 출생. 안강초등학교, 경주중·고등학교 졸업. 《월간문학》신인상(2001) 등단. 시조집 『형산강』(2003, 처용), 『어머니의 창』(2010, 초록숲). 서라벌예술상 시화 특선, 경주시문화상 문학 부문 수상. 한국문인협회, 영남시조문학회, 초록숲문학동인회, 경주문인협회, 한국시조시인협회, 경북문인협회, 한국공무원문학협회 회원.

—

자신의 삶에 대한 지극한 사랑으로 삶에 대한 소회들을 다양하게 표출하고 있으며 균제미에 갇힌 듯한 시어들로 좀 딱딱한 느낌이 들어 앞으로 순리적인 용어를 사용하면 시작의 길이 더욱 밝아지리라 생각하며 또 시어 중에 사전을 찾아봐야 이해할 수 있는 한자어가 간혹 등장하는 점인데 우리말의 정수인 시조를 감안할 때 앞으로 더욱 보완되어야 할 것으로 사료됨.

— 조동화(시조시인)

—

가을 문턱에서

이글이글 피운 숯불 정수리에 사뭇 얹어
한 짐 진 노새처럼 여름이 숨 가쁘더니
입추의 여울을 건너자 달려오는 건들마

날마다 그 산 그 물 초록도 무거웠는데
조금씩 엷은 물감을 덧입히는 가을의 손
빨아 넌 흰 모시두루막 구름 빛도 좋아라.

잘 닦인 놋쟁반 하나 동산 위에 떠오르면
뒤얽힌 명주실 타래 올올이 푸는 벌레
그 실끝 흘러가는 곳 나도 밤새 따라간다.

저물녘에 서서

어릴 땐 삶이 미처 올가민 줄 몰랐더니
하늘 빛 푸르고 산과 들은 그대론데
그 누가 북어 쾌처럼 나를 옭아매는가.

애벌레 허물 벗듯 설움에 눈 뜨던 날
웬일로 천지간엔 물안개 자욱하고
비어서 가득한 하늘 돌팔매도 날렸지.

젊음의 우듬지에 펄럭이던 나의 깃발
짐짓 땅을 박차 날갯짓도 해 봤건만
번번이 꺾여버린 용골 그 신열의 가슴알이.

이마에 패인 주름 하루하루 깊어가도
늙지 않는 마음 별에 타오르는 열망이여
내일은 애드벌룬 한 채 다시 띄워 보잔다.

활쏘기

활시위 당겨놓은 출산 전出産前 산실産室
응시한 시공 넘어 초점은 떨고 있어
하늘도 숨을 죽이고 과녁판을 노린다.

당긴 시위 놓는 순간 열어젖힌 한 하늘
억척 떤 생의 그림자 발길을 재우쳐도
홀연히 아린 기억만 풀잎 끝에 맺힌다.

태어나 허공 가르며 날아가는 영욕의 시간
만 갈래 노정路程 위에 착·부실着·不實로 달려가서
어느 날 과녁에 꽂혀 영면永眠하는 그 화살.

동백冬柏

물동이 얼어터진 삼동을 건너오며
누이의 타는 가슴속으로 다지다가
스치는 바람결 안고 붉은 선혈 쏟는다.

산다는 것

찬연燦然한 일출로 떠 장밋빛 꿈을 꾸고
활화산 불꽃으로 누리에 들부딪다
회색빛 가슴을 씻어 황혼 볕에 내건다.

이용호(李瑢浩, Lee, Yong ho)
1935년 충남 공주 출생. 충남대 대학원(국문학과) 졸업, 서울대 신
문대학원 수료.《호서문학》작품 발표(1955).〈서울신문〉신춘문
예 당선(1969) 등단. '청자' 시조동인회 조직. 충남문학상(1973) 수
상.

—

계곡

듣는가 피는 신록 흐르는 시의 노래를
아는가 산새 소리 물소리 지는 일모日暮를
보는가 빙하에 가는 등산객의 행로를

모과
자적紫赤꽃 영글음이 꼭 보통진 얼굴 같네
청뎅이 풋풋 껍질 맑은 향엔 토색정土色情이
한두 알 문갑에 얹고 삼동三冬 보는 동양화

석류

1
단풍잎 물 진진히 짜서 뿜는 산색
시골 아낙 수줍어 지그시 벙그렸네
못생긴 머슴아 이齒듯 웃는 정에 그 얼굴

2
나날이 두고 봐도 입 자국은 연지 꽃술
혼자서 태운 정열 울만 돌면 다시 하늘,
뉘 올까 토향土香 내음을 길게 느린 일모야

설화

그 연륜 한 바퀴를 다시 돌아 벗은 나목
할머니 손등같이 양마딘 가지 끝에
보로통 맺은 꽃봉에 하늘대는 은설화

시월 산조

1
하늘, 시월에 쪽빛 두레방석에 펴고
잘 익은 호 대추 큰 것 골라 떨어 말려
난 꽃잎 꺾어 넣어서 누이에게 보낼까

2
은행잎 타는 금색金色 노란 햇살 마디
고추 잠자리, 잠자리 떼 초가 지붕에 고추
울안데 감柿, 나무에 오손도손 가슴아

조춘 3제

— 어린놈
할미꽃 꽃쪽도리 두 손에 쥐고 와서,
울 밑에 호박 심는 제 어미 부르다가,
어린놈 병아리 쫓아 마당가를 휘돈다.

— 빨래터
냇물이 푸름인가 하늘빛이 물듦인가
아낙네는 꽃빛인가 오리같이 앉은 맵시
뚝에는 옥양목 폭이 두어 서너 줄 널렸고,

— 풀피리
가느단 목숨, 목숨 이어가는 여울 소리
버들이 눈트는데 배추꽃은 바람 일고
피리는 누구를 부르나, 마디 없는 메아리.

청자 초秒

1
청자에 비친 거울 눈동자에 다시 빛나
천년 다가선 숨결, 눈과 눈, 손과 손, 손
단풍은 철철이 가도 늘 푸른 난蘭 항아리

이우걸(李愚杰, Lee, Yu gel)

1946년 경남 창녕 부곡면 부곡리 출생. 경북대 사범대학(역사교육학과)(1974), 경희대 교육대학원(교육행정학과) 석사(1984) 졸업. 《현대시학》(1973) 등단. 시조집『지금은 누군가 와서』(1977, 학문사), 『저녁 이미지』(1988, 동학사), 『나를 운반해온 시간의 발자국이여』(2009, 천년의시작), 『주민등록증』(2013, 고요아침), 『아직도 거기 있다』(2015, 서정시학) 외. 중앙시조대상(1995), 이호우시조문학상(2000), 가람시조문학상(2008), 김상옥시조문학상(2011), 백수문학상(2015) 수상 외. 경남문인협회장, 경남문학관장, 오늘의시조시인회의의장, 한국시조시인협회이사장 역임. 문예지《서정과현실》발행인, 우포시조문학관장.

—

선생은 끊임없는 시적 심화와 확장 과정을 통해 현대시조의 미학적 위의威儀를 지속적으로 보여주었습니다. 선생은 자유시를 근간으로 하는 현대시의 주류 양상에 대해 정형 양식을 통한 '미학적 저항'을 시도하면서, 가파르게 전개되어온 우리 문학사에 자신만의 독자적 목소리를 각인한 예술적 거장트匠입니다. 이러한 균질적 창작 활동을 통해 선생은 우리 시조 시단을 한 차원 높이 올려놓았고, 제도적으로도 한국시조시인협회 이사장을 역임하는 등 시조 발전에 남다른 힘을 쏟았습니다. 그 결실은 매우 뚜렷하고 크고 구체적입니다.

— 유성호(문학평론가 · 한양대 교수)

—

빈 배에 앉아

1
빈 배에 앉아 바다를 바라보니
달빛은 탄피처럼 어둠 속에 박히는데
누군가 머언 곳에서
안타까운 손을 흔든다.

제 가진 전신으로 한 하늘을 건져 내려고
제 가진 전신으로 한 바다를 건져 내려고
등대는 떨리는 손을 허공에 걸어 놓았다.

2
외로운 사람들이 파도를 지키는 동안
바다는 많은 울음을 그 가슴에 묻었지만
시대는 표정도 없이 그들을 비켜 갔다.

지금은 누군가 와서

차단된 가슴 사이에 두 개의 잔이 놓이고
떨리지 않는 손이 친절처럼 가득해 올 때
만남을 포기한 나는 저 가면의 잔을 쳐든다.

설익은 눈빛까지도 웃음으로 부딪쳐 와서
얼마쯤 뜻을 만드는 이 무서운 응접실에서
무수히 고용 당해 온 한 세대의 시간이여.

슬픔이 슬프지 않고 기쁨이 기쁠 수 없는
잃어버린 우리 향방의 차디찬 배경 속으로
지금은 누군가 와서 돌아가는 바람이 분다.

단풍물

가을에는 다 말라버린 우리네 가슴들도
생활을 눈감고 부는 바람에 흔들리며
누구나 안 보일만치는 단풍물이 드는 갑더라.

소리로도 정이 드는 산 개울가에 내려
낮달 쉬엄쉬엄 말없이 흘려보내는
우리 맘 젖은 물속엔 단풍물이 드는 갑더라.

빗질한 하늘을 이고 새로 맑은 뜰에 서보면
감처럼 감빛이 되고 사과처럼 사과로 익는
우리 맘 능수버들엔 단풍물이 드는 갑더라.

비

나는 그대 이름을 새라고 적지 않는다
나는 그대 이름을 별이라고 적지 않는다
깊숙이 닿는 여운을
마침표로 지워 버리며.

새는 날아서 하늘에 닿을 수 있고
무성한 별들은 어둠 속에 빛날 테지만
실로폰 소리를 내는
가을날의 기인 편지.

팽이

쳐라, 가혹한 매여 무지개가 보일 때까지

나는 꼿꼿이 서서 너를 증언하리라

무수한 고통을 건너

피어나는 접시꽃 하나.

비누

이 비누를 마지막 쓰고 김 씨는 오늘 죽었다
헐벗은 노동의 하늘을 보살피던
영혼의 거울과 같은
조그마한 비누 하나.

도시는 원인 모를 후두염에 걸려 있고
김 씨가 쫓기며 걷던 자산동 언덕길 위엔
쓰다 둔 그 비누만 한
달이 하나 떠 있다.

저녁 이미지

은회색 연기들이 마을을 싸고 있었다
미처 깨닫지 못한 이승의 깊은 비애가
비워 둔 서편 하늘에 노을로 엉켜져 있고.

꽃들은 지고 있었다 또 꽃들은 피고 있었다
빈 들에 놀고 있던 하느님의 새들은
진흙과 잔가질 물고
집으로 가고 있었다.

가난한 식구를 위해 두 손을 모은 어머니
주기도문 몇 음절이 문틈으로 새어나가는
그 작은 불빛을 향해
아이들은 오고 있었다.

주민등록증

가느다란 가지 끝에 새처럼 앉아 있었다
가지들 흔들릴 때면 옮겨가며 앉아 있었다
옮겨간 그 가지마다 너는 나와 함께 있었다.

이제 남은 반백과 희미해진 지문 앞에서
손 흔들 사이도 없이 빠져나간 시간 앞에서
나라고 외치는 너를 물끄러미 바라본다.

지상에서 나의 기거를 증명해온 기록이여
숨 가쁘게 달려온 내 삶의 향방이여
수십 번 넘어지면서도 웃고 있는 얼굴이여.

소금

불면의 시대를 각으로 떠서 우는
부패한 시대를 모로 막아 우는
짜디짠 너의 이름을 소금이라 부르자.

마침내 굴욕뿐인 이승의 현관 앞에서
네가 걸어와야 했던 유혈의 가시밭길
이고 진 번뇌의 하늘 그 또한 얼마였으리.

이제는 지나간 역사의 창이라지만
어느 누가 염치없이 네 이름을 훔치려 하나
소금은 말하지 않아도 제 분량의 영혼이 있다.

산인역

8월 하순 다 낡은 국밥집 창가에 앉아
온종일 질척이며 내리는 비를 본다
뿌리도,
없이 내리는
실직 같은 비를 본다

철로 건너편엔 완만한 산자락
수출처럼 부산하던 철쭉꽃은 지고 없는데
살아서 다졌던 생애의
뼈 하나 묻히고 있다.

이우재(李又載, Lee, Woo jae)

1930년 충남 청양 출생. 호 은항(銀缸). 육군
종합학교 제13기 졸업, 서라벌예대(문예창작
과)(1957), 단국대학교(국문과)(1961), 동 대
학원 석사(1963), 박사(1971) 이수. 시, 수필
발표(1958). 시집『은항의 나그네 길』(1967,
한국교육문화원),『녹도綠濤』(1968, 한국교
육문화원) 외. 수필집『그 어느 날처럼』(1968,
한국교육문화원) 외. 일봉문학상(1982), 제
12회 노산문학상(1987), 제5회 충청문학상
(1993) 수상. 한국문인협회, 한국시조시인협회 회원. 충남문인회
부회장, 서라벌문인회 회장 역임.

—

귀거래歸去來

가는 길 돌아서며 돌아 온 길 또 돌아서
노래 술 이은 밤길 마주친 눈 춤추면서
그 입술 닿는 술잔 맛 정든 길 가슴 친다.

귀거래 귀거래로 정 주고 마음 사면
못 잊어 써낸 금발 곱게 그린 그리움도
은하수 이 한 밤길로 그 눈동자 새긴다.

별빛도 전등불도 어둠 모는 사랑 차車로
한 마음 두 사람 탄 잡은 손길 붉은 불은
귀거래 축복받은 땅 영근 밀어 밝힌다.

푸른 물 젖은 꿈에 혜택받은 젊은 날로
목메인 전파 타고 모정慕情의 길 걸으면서
귀거래 종로통 타고 인간 수도修道 다진다.

기어올라간 삼각산

6월의 푸르름에 벗님네 그립고야
시원한 밀짚모자 단장 짚고 등산 가니
서라벌 산성에 핀 꽃 우정천리友情千里 흐르네

삼각산 바라보며 보현봉普賢峰 올라서니
일선사一禪師 여승당女僧堂엔 천수만복天壽萬福 누리고자
독경의 그윽한 소리 은한삼경銀漢三更 그치랴

세검정 골짜기에 성당이 서있고야
녹하綠夏의 기고만장 순천자順天者는 부흥한데
정릉산 약수터에는 청풍淸風이 웬말이냐

동선東仙의 녹창綠槍을

충효로 녹아내린 소아蘇芽 눈길 춘심 뚫고
임 오는 녹창綠窓 열면 타는 정열 꽃망울로
동선집 키운 연실戀實로 그 봄빛 봄날 맞네

정의로 밝힌 녹창綠窓 임 맞는 푸른 눈에
금잔디 낙원 펴낸 낙화 모는 창아蒼芽 안고

동선집 살전 결실로 그 봄날 봄빛 웃네

나성羅城에 살렵니다

한국 땅 나의 조국 백의민족 우리 자랑
그리운 고국산천 부모형제 멀리하고
품은 뜻 태평양 건너 기어코 성공하리

미국 땅 나의 삶터 대한 교포 모두 자랑
낯설은 미주나성美州羅城 서로 도와 힘을 내면
밝은 빛 코리아 타운 동방예의 빛나라

태극기 흔들면서 일하는 자랑 속에
비바람 몰아쳐도 참고 견딘 보람 속에
내 조국 태양을 안고 나성에 살렵니다

대동강 주막 2

내 고향 금수강산 삼천리 남북길로
못 잊는다 그 사랑을 맹서한 대동강은
지금도 물새들 날고 그 임 찾아 헤매 돈다

동강난 대동강아 물발 치며 비오는데
파도치는 나룻배도 안고 돌던 주막길도
어쩌나 한 많은 사랑 가슴 치며 운단다

길손들 나그네들 만나는 골목길로
임 찾는 된장국맛 황소 모는 굳센 힘을
오늘도 대동강 주막 취한 발길 멈춘다

눈물로 피눈물로 대동강 물 가슴 뚫고
붉은 꿈 잠긴 한을 푸르른 길 망향탑에
을지로 대동강 주막 서울 찬가 높단다

약운 선생

충청도 풍월 싣고 접주 고을 꽃 피울 때
참사랑 고운 얼굴 아름다운 청운 꿈아
영태님 밝히신 훈도 한학자 이름 높다

금천군 흐르는 내 굽이치는 호서 물결
깨우친 독학 길로 적선의 집 큰 힘 몰고
금계님 새벽 종소리 우렁차게 퍼진다

글 읽는 학자풍에 농촌 하늘 푸르른데
말술로 취한 홍안 시걸호걸 돋은 흥에
성재님 종문종사일 태양성 비쳤도다

백월산 높은 고개 동산바위 새긴 글은
뜻 세워 성공하라 일깨우신 그 말씀을
약운님 힘주신 사랑 길이 두고 말한다

충용탑忠勇塔

나라에 충성길로 부모님께 효도길로
슬기 찬 큰 머리로 밝은 지혜 큰 눈뜬 길
피 끓는 가슴 재친길 금수강산 지킨다

한 방울 피 한 방울 마지막 한 방울로
한 마디 단 한 마디 대한만세 만만세로
설흔돌 만난 6 · 25 충용탑 통일 몬다

임들은 나라의 꽃 겨레가슴 활짝 피고
바친 길 조국통일 충용탑 빛 나올 때
새 일꾼 육종동우陸綜同友들 새 희망 해가 뜬다

충효연등忠孝燃燈

이 광명 푸른 조국 평화통일 오는 소리
지혜로 밝힌 연등 충성 충忠 자 들뜬 강산
새하얀 아카시아 꽃 겨레 소망 피소서

그 자비 안고 돈 땅 밝은 연등 한 줄기로
한 마음 효도 효孝 자 푸른 강산 맑은 노래
발갛게 타는 장미꽃 나라 평안 펴소서

한산섬

국운의 눌린 사슬 눈물로 풀어 놓고
겨레의 아픔 상처 피땀으로 닦았으니
노량의 놀란 바다야 그 임 두고 말하라

임진란 두고두고 노량 바다 말할 때에
나라에 충성 충 자 바다 위에 떠 있으니
남해야 장한 꿈 안고 충무공은 빛나라

아름다운 그 목소리*

백월산 구름 몰고 새마을로 정기 일면
들려라 들리어라 아름다운 그 목소리
눈부신 우애의 아침 발맞춰 일터 가네

꽃피는 일손에도 논밭 가는 발길에도
퍼져라 퍼지어라 푸른 하늘 그 노래가
우애로 함께한 박자 힘주고 거름 주네

사랑의 구 종소리 임과 함께 불러 놓고
한자리 타는 마음 한뜻 모아 웃는 얼굴
그 이름 우애의 마을 아름답게 빛나네

* 우애강산又愛江山 길의 서시, 미동마을에 있는 은항의 시비문.

이우종(李祐鍾, Lee, Woo jong)

1925.~1999. 충남 아산 출생. 호 유동(流東).
동국대학교(국문과), 동 대학원(국문과) 졸업
(1967).《문화세계》입상(1954),〈조선일보〉
신춘문예(1960),〈동아일보〉신춘문예(1961)
당선. 시조집『모국의 소리』(1972, 중앙출
판공사) 외. 저서『한국현대시조시의 이해』
(1981, 국제) 외. 제17회 한국문학상(1980),
제10회 가람시조문학상(1988) 수상 외. 한국
시조시인협회 부회장, 한국문인협회 이사 역임.

남해 송南海 頌

내 고향 문을 닫는 잿빛 같은 슬픔으로
천 길 깊이선 서라벌의 말이 뛰고
때로는 이랑을 넘어 대원군이 울고 있다

빛 고운 은어 떼가 새벽 문을 두드리면
서서히 일렁이는 그날의 푸른 숨결
흐르는 원목原木의 떼가 마디 마디 눈을 뜬다

모국의 소리

퉁기면 열두 가락 목을 빼면 학의 춤이
일렁이는 여울목에 한동안 쫓기다가
가난한 동구 밖에서 물이 드는 도라지꽃

곱게서 여민 청자 물살 환히 밝아 오고
다홍 고추 동동 띄워 고향의 맛 빚어낼 땐
우러러 하늘을 보면 과즙으로 끈끈했다

일월을 오르내린 꽃사슴의 발자국이
신화 저편에서 무서리로 덮이는 밤
옷고름 다시 조이는 춘향이의 기침 소리

산처일기山妻日記

한 십 년 살다 보면 가난도 길이 들어
열두나 다랭이가 줄이 죽죽 금이 가도
당신이 웃는 동안은 청산 위에 달이 뜬다

장마루 놀이 지면 돌아올 낭군하고
조금은 이지러진 윤이 나는 항아리에
제삿날 울어도 좋을 국화주나 빚어야지

아직은 두메산골 덜 익은 가을인데
사랑이 응어리로 터져 오는 밤이 오면
보리를 쌀이야 해도 묻지 않는 양이어라

살고파

아들의 아들한테 세배를 받으면서
마음은 노상 푸른 새벽의 입구라면
죽음의 죽음을 넘어 죽지 않고 죽고파

태양이 부시도록 쏟아지는 마을에서
인정이 물오르는 가슴들과 함께라면
살아야 살아야 하지 산다 싶이 살고파

오늘의 이야기

1
울음이 나오도록 웃지를 말자면서
꾸겨진 그 세월을 가까스로 펴노라면
발끝에 부딪혀 오는 탱자나무 울타리

2
살아 온 넓이만큼 행주질을 하다 보면
계절을 낚아 오던 기억의 층계마다
타다 만 촛불이 있네 가랑잎도 뒹구네

이 밤에

쩡하고 금이 가는 함경도 겨울인데
가만히 손을 펴면 넘실대는 과일 냄새
등불도 밤을 태우며 반짝이고 있었다

종 2

닿을 듯 잡히울 듯 목마른 난간에서
바르르 몸을 던져 달빛을 흔들며는
한밤에 이슬은 내려 내 사랑이 젖는가

타까운 이야기를 되씹곤 살길 없어
설움이 벅차 오면 터뜨리는 그 사연을
이 밤도 바람이 일어 나뭇잎은 지는가

창

차가운 골목으로 흐느끼는 바람하고
새까만 그림자가 밀려 와 파닥이는
그것은 구원할 수 없는 밤이 낳은 사생아

이 밤에 창을 굳이 믿으려는 내我가 있고
창은 또 밤을 믿지 않을 수 없으므로
터 없는 몸을 가누어 밖을 응시합니다

해바라기

차운 새벽길에 동해를 가늠하다
물기 어린 햇볕으론 얼굴을 좋이 씻고
내 하늘 우러러 서면 목이 벌던 해바라기

차라리 가난일랑 금빛으로 태우면서
굽어 삼천리가 한 눈에 이어질 땐
과녁은 태양이 되어 목을 돌린 해바라기

어느날 간음 당한 광녀의 치마처럼
산화도 잃어버린 찢기운 산하에서
피나게 소리치다가 목이 빠진 해바라기

무제

가늘게 떨려 오는 먼 산을 짚어 가며
때 묻은 손을 뻗어 장미를 꺾어 들면
새빨간 액체가 흘러 부끄러니 나 죽겠네

이우출(李禹出, Lee, Woo chul)

1923.~1985. 경북 문경 출생. 호 초운(樵雲). 동국대학교(국문과) 졸업(1950). 〈조선일보〉 신춘문예 당선(1961). 시조집『종루鍾樓』(1970). 경상북도 문화상 수상(1970). 영남시조문학회 초대회장 역임. 한국문인협회, 한국시조시인협회 회원.

구름

조망眺望이 자지러져 향수 어린 하늘 가
한 송이 구름이 졸 듯 나도 고향 그리다가
산비탈 목화밭 기슭에서 먼데 구름 좇는다

나목裸木

동짓날 땅거미 속 초가지붕 연기 꼬리
허전한 수까마귀 외로 훌쩍 날아가면
한 그루 호젓한 둥지 사념마저 잃었노라

낙엽 2

하늘로 날지 않고 지표地表로 깔리는 건
상념의 구름 타고 영을 넘는 뜻이랄까
까마귀 울음소리에 또 한 잎이 떨어진다

연륜도 쇠잔하면 손이 시린 가랑잎
초저녁 별빛 따라 운명隕命하는 몸부림아
계절이 돌아설 때는 너를 밟고 가리라

단풍

길 따라 여울 따라 하늘 다시 열린 곳에
휘어 휠 불이 붙은 풍림楓林에 싸인 가람伽藍
불 꺼진 석등 안으로 새로 켜진 장명등

업고에 매었어도 염원은 항존恒存인 것
미래세未來世 다한대도 숙인宿因은 한결같아
광겁曠劫이 저렇게 밝으면 서역西域길이 트일다

비는 오는데

서러운 눈물처럼 비는 마냥 오는데
함초롬 비에 젖은 당신이 오실가고
창문을 열어 젖히고 화초분花草盆을 안았소

기다리는 마음에도 비는 한결 오는데
안개 숲에 웃고 섰을 당신을 바라다가
뜰 아래 낙숫물 소리에 그만 잠이 들었소

삼짇날

송굿대 물 오르면 밀밭 골 종다리 날고
양지 바른 빨랫줄엔 깃 처진 제비들이
추녀 끝 해묵은 둥우리에 강남江南을 깔았단다

이 봄으로 오는 길

철 따라 가슴 죄어 기다리는 아쉬움
옷고름에 매달리는 꽃바람을 달래며
긴 세월 거쳐서 오신 그 입김이 따스해

연분홍 밝아 오는 투명한 꽃그늘에
석상石像으로 번지는 상기한 모습들이
숨 가쁜 주추를 딛고 이 봄으로 오는가

월성月城 모롱이엔 메아리도 낭랑한데
새순을 꺾어 들고 머언 하늘 흘기면
나직이 이마에 와 서라벌 꽃구름

이 여름에

원두막 들놀이에 하늘 깃이 내려앉고
해연海沿에서 불을 뿜는 파고波高의 울음소리
과수한 푸른 언덕에 익어가는 한더위

아직은 다 못다 한 인연의 실끝마다
다짐한 마음들이 오늘따라 따가운데
계절은 또 저만치서 땀 한 방울을 씻는다

종루

청태青苔 빛 돌층대를 눌러 앉아 솟은 다락
서역길 문을 열어 범종이 울려 오면
새벽달 푸른빛 여울을 헤엄치는 저 여운

부연 끝 거미줄엔 사랑도 번뇌라서
구구구 비둘기 떼 꽃잎처럼 흩날리면
가사섶 장삼자락에 나부끼는 대자비

선향線香 끝 타오르는 포오란 연기 너머
터질 듯 머금으신 미소를 보옵노니
두 손에 마음을 접어 고개 숙이는 기원

달밤

달이 째지도록 대낮같이 밝은 밤에
메밀꽃 하얀 언덕 이슬 고운 꽃이파리
머언데 개 짖는 소리에 풀벌레는 잠이 들고

이원구(李元釦, Lee, Won gu)

1972년 전북 김제 출생. 전북기계공고 졸업.
《시세계》(2015) 등단. 시집 『꺾이지 않는 대
나무』(2015, 넥센), 시조집 『대숲이 품은 노래』
(2016, 천우), 『다시 일어서는 봄』(2018, 천우).
한국시조시인협회, 한국문인협회 회원. 세계
문인협회 · 전북문인협회 이사, 영남(낙강)시
조문학회 부회장.

―

신선한 주제와 독특한 이미지 전개로 시조의 진면목을 보여주고
있다. 특히 「한지에 그린 인생」은 전통적 소재로 정제된 시적 언어
로 갈무리해내는 보법이 주목을 끌었다. 시조 본래의 전통적 정서
와 민족적 정한을 충실하게 표출한 작품이며 앞으로 주목할 만큼
멋진 작품세계를 기대해보는 바이다.

— 이수화(한국비평가협회 명예회장 · 한국문인협회 자문위원)

대나무의 속성인 내유외강의 수사적 캐릭터를 잘 소화해내고 있었
다. 대나무의 줄기 사이사이로 솟아나와 있는 테를 보면 시인의 선
비정신을 떠올린다. 백 사람이 모두 옳다고 말할 때 홀로 옳지 않
다고 말할 수 있는 선비정신 즉 시대정신을 나타낸다. 전통적인 소
재인 대나무를 현대적 시각으로 재조명하는 문학적 작업에 충실한
일면을 확인할 수 있었다.

— 정유지(문학평론가 · 선린대 교수)

「바위처럼」은 아포리즘 시라고 볼 수 있다. "깎이는 아픔을 참고/ 같
이 가자 말한다."라고 표현한 종장에서 자기의 희생정신이 돋보인
다. 우리 삶에서 희생과 봉사의 삶을 사는 모습은 감동을 준다. 시인
의 삶 또한 아름다운 모습이기에 작품이 교훈적이고 감동적이다.

— 김전(시조시인 · 문학평론가)

―

한지에 그린 인생

한 장의 백지 위에 세월이 타고 간다
떨어져 스며들고 아프게 번져가고
인생은 종이 한 장에 물이 되어 돌아간다

때로는 아픔으로 세상을 품으면서
어느 땐 사랑 되어 천하를 그리면서
각자의 영토 위에서 내 세상을 빚어낸다

끝없는 아픔 없고 영원한 행복 없듯
번지고 스며들어 또다시 꽃피운 생
새하얀 한지 위에서 꿈 그리며 살았으면

꺾이지 않는 대나무

모죽의 긴 세월을
참아온 그 어느 날

한순간 죽순으로
세상에 나오더니

가늘되 꺾이지 않는
절개로 나 컸구나

빈속은 허허롭고
마디는 굳세어서

날렵한 몸매에다
부드러운 마음씨로

한세상 뒤켠에 서서
바람인 양 흔들리네

바위처럼

심술 난 계곡물이
굽이쳐 몰아치면

바위도 제 살 내주며
물살을 달래준다

깎이는 아픔을 참고
같이 가자 말한다

더 아프지 말기를

벌레가 갉아먹은
나무를 주워다가

가마솥 물을 넣고
불 피워 끓이면서

나무의
아픈 부분을
먼저 넣고 태웠어

대나무처럼

지축이 기울어져 삐딱이 서 있어도
마음은 허리 펴고 올곧게 서고 싶다
저 푸른 대나무처럼 굳은 절개 지키며

욕심이 우물 가득 채워진 마음 샘에
두레박 던져 넣어 한가득 푸고 싶다
비워진 대나무처럼 검은 속을 비우며

부모

눈밭에 나뒹구는
덩그런 통나무는

톱질과 도끼질로
잘리고 쪼개져도

얼었던
우리 가슴을
녹여주는 화롯불

뜨겁게 타오르던
군불의 힘을 빌려

차가운 아랫목을
덥히고 달궈주어

포근한
둥지 만들던
따듯했던 가슴불

덩굴

혼자는 서지 못해
땅바닥 기어가는

줄기도 의지할 것
만나면 일어서듯

연약한
너에게 나는
버팀나무 되리라

양은 냄비

뜨겁게 살아왔던
화려한 금빛 얼굴

거친 삶 이겨내고
인생을 끓이면서

구멍 난
냄비 밖으로
붉은 눈물 흘렸지

꽃이 피기까지는

기나긴 추위에서 움츠려 참았었고
바위틈 한 방울 물 생명수 되어주며
자갈밭 생명 없는 곳 뿌리내려 피웠지

씨앗이 떨어진 곳 탓하지 않았었고
그 누구 원망 없이 그 자리 내 자린 듯
뿌리를 뻗고 뻗어서 내 운명을 받았지

누구도 생각 못 한 그곳엔 꽃은 피고
풍파를 이겨낸 힘 짙은 향 발산하며
아픔을 견뎌낸 너는 활짝 웃고 있었지

꽃길

검불로 무성했던
마음 밭 갈아엎고

네가 준 꽃씨 하나
조심히 심어 놓아

너 올 때
꽃길 만들어
꽃길 걷게 하고 싶다

오는 길 꽃향기로
치장을 하고 싶고

꽃잎도 살짝 뿌려
단장도 하고 싶은

벙그는
나의 마음은
이미 꽃길 위에 있다

이원술(Lee, Won sul)

1952년 경남 사천 곤명면 출생. 부산대학교
행정대학원 석사 졸업(1987). 부산불교문인
협회 실상문학 신인상(2013), 부산시조시인
협회 부산시조 신인상(2013) 수상. '갈매' 시
조, 부산시조문학회 '볍씨' 동인.

마음꽃밭		이 원술
텃새가 오가는 곳		
밥풀 꽃 달아둔다		
동박새 군물박이		
인정을 쪼고 있는		
숲 가의		
작은 화분대,		
음악회 끝이 없다		

—

겸손과 미덕을 살리는 뜻으로 훈도적인 입장을 강조한 것으로 해
석한다. 그릇의 크기를 산에 비유한 산 같은 사람 , 성깔 있다 항룡
유회亢龍有悔. 앞으로 사물을 보는 데가, 정서를 가꾸어가는 데
서 이야기가 되고 그림과 음악이 서는 내용의 말을 적절히 찾아 평
소 시작의 자세가 갖추어지기를 빈다.

— 양원식, 김창식

시적 구성력이나 언어를 다루는 솜씨가 아직은 다소 부족하나, 시조
에 대한 애정이 깊어 밝은 미래를 열 수 있는 기대감이 앞섰고 질박
한 시풍이 호감을 주었다. 더욱 분발하여 개성 있는 목소리로 부산
시조단을 넘어 방방곡곡에 향기 높은 시조의 꽃을 피우기 바란다.

— 박달수, 전치탁, 전일희

—

가왕도加王島

벌초하러 가려는데 파도가 발 묶는다
바다가 혼장 할배 갯바위 잡아두고
억새로 뒤덮은 집 안 두루마기 걸려 있다

분교도 사라지고 추억조차 희미해진
새 발자국 자갈 길에 해당화 손짓한다
풀 자란 텅 빈 나루터 갈매기 줄을 선다

담쟁이

도로변 빈 옹벽에 죽은 척 붙어 있다가
겨울잠 깨어나서 넝쿨 손 쭉쭉 뻗듯
청년의 평생 일자리 공시족이 몰린다

연두빛 옷을 입고 그 벽을 올라간다
새 줄기 흔들면서 기회를 꼭 잡아야 해
까치발 동동 굴리며 좁은 문을 뚫는다

낚아채다

유람선 타고 가니 갈매기가 따라온다
새우깡을 던져주자 떨어지기 전 낚아챈다
절묘한 순간 포착에 탄성이 절로 난다

길들어진 입맛에 떠날 줄 모르고서
사람들 틈 비집고 몰려드는 생존 경쟁
친한 척 마주 보면서
마음을 다스린다

놓았던 손끝에서 되살아난 우정의 끈
떨어질까 놓칠까 조바심만 가득하다
순간을 낚아채는 일
삶이란 그런 걸까

피도 바뀌나

시골의 신체검사 AB형이 진짜인데
O형으로 바뀌어져 표시된 그 군번줄
헌혈 때 새로 밝혀져 A형임이 확실하다

어릴 때 난 AB형 놀기만 좋아하고
지루해 잔꾀 내던 사랑채 디딜방아
호랑이 할머니 땜에 고집쟁이 못 말린다

복막염 수술 때도 몰랐던 사실이다
O형일 땐 쾌활하나 뻔히 보인 내 속마음
꼼꼼해 너무 꼼꼼해 머리카락 홈 판단다

소심한 A형일 때 안 해도 될 걱정한다
변화를 싫어하고 입 다물고 두 귀 쫑긋
한 직장 평생을 일해 융통성이 없단다

할 말은 꼭 다하는 B형인 내 마누라
싫은 일은 안하지만 인기짱 기분파다
다음에 또 피 바뀌면 이 혈액형이 끌린다

마로니에

부산항 낯선 거리 이끌려 온 이방인
멀리서도 한 눈에 네 모습 알아보고
반가워 다가온 친구 인사하는 저 몸짓

꼭지를 드러내며 툭하고 어깨 치는
독소가 배어 있는 가시 없는 둥근 열매
한더위 참고 견디니 쑥쑥 키가 커 있다

중앙동 도로변에 거닐다가 만났구나
작은 숲 가꾸어서 손뼉치고 노래하며
다람쥐 춤추게 하는 바람을 품어준다

마음꽃밭

텃새가 오가는 곳
밥풀 꽃 달아둔다

동박새 곤줄박이
인정을 쪼고 있는

숲 가의
작은 화분대,
음악회 끝이 없다

빛의 거리

광포동 축제마당 차 없는 그 거리
갈증을 헤집으며 인파 따라 출렁이는
연말의 아쉬운 마음 옷깃을 파고든다

거리의 화가들도 손놀림이 바쁘구나
잡아 둔 인물 윤곽 꼼꼼하게 마무리
뒷면의 숨겨 두었던 흑심까지 꺼낸다

찬바람을 가르며 갈매 동인 걸어간다
만나서 따뜻한 밤 인증샷 남기면서
눈부신 빛을 흔들자 별빛도 숨어든다

부산 갈매기

첫 새벽 바닷바람 추워도 신이 났다
잘 말린 생선 팔아 땀 흘려 신용 쌓고
투박한 부산 사투리 싸우는 줄 알겠다

살아난 송도해변 고등어가 한 몫 하니
고향된 시장 바닥 정들면 이웃사촌
싱싱한 자갈치시장 관광버스 줄을 선다

부대낀 피난살이 자식 공부시킨 터전
새 건물 짓는다니 이쁜 꽃 피길 빌고
찾아온 영도다리 위 끼룩대며 반긴다

스파이더맨

밧줄에 몸 맡긴 채 유리창 닦는 남자
마음에 낀 먼지까지 구석구석 닦아낸다
흐릿한 어제 일들도 오늘처럼 선명하다

아이 얼굴 떠올리며 두려움 떨쳐낸다
흔들리는 줄 끝에
온몸을 꽁꽁 묶어
아침 해 등줄기 타고
빌딩숲 건너간다

은사리

철부지 어린 시절 꿈동산 찾아낸다
운동회 함께 달린 할부지 헛걸다리
뛰놀던 국민학교엔 폐교 되어 고추밭

다솔사 가을 소풍 그 친구 떠오른다
밥 담은 놋 밥그릇 보자기 옆에 둔 채
멱 감고 물장구치다가 배고픈 줄 몰랐다

선비상 건너편에 느티나무 동네 쉼터
가은정佳隱亭 새로 짓고 무병과 풍년 빈다
이순신 백의종군로 발길 멈춘 도원곡桃源谷

이원식(李菀植, Lee, Weon sik)

1962년 서울 동대문 전농동 출생. 동국대학교 (국어국문학과), 성균관대 석사 졸업(1992). 《불교문예》(2004), 《월간문학》(2005) 등단. 시 집 『누렁이 마음』(2007, 모아드림), 『리트머스 고양이』(2009, 작가), 『친절한 피카소』(2011, 황금알), 『비둘기 모네』(2013, 황금알). 한국시 조시인협회 신인상(2011) 수상. 한국문인협 회, 한국시조시인협회, 행문회 회원. 계간 《문학청춘》 기획위원.

—

글쓰기에 일관되게 단수만을 고집하는 이원식의 작품을 읽어 내기 란 쉽지 않다. 이원식의 작품을 말한다면, 간결하지만 그 깊이는 너 무 아득하다. 우선 글에 설명이 없고, 너스레가 없고, 치장도 없으 니 직조된 언어가 만들어 낸 의경意境! 그것을 관觀함이 정법이다. 그런데 그 의경의 배후인 실경實境과 허경虛境을 그려 내는 시인 은 여전히 수행적 글쓰기頭陀行를 멈추지 않겠다는 의지를 가지고 있다. 시인은 수행이란 '처음과 끝냄("서설瑞雪인지/ 서설絮雪인 지")'에 대한 의미조차 이미 '없음("이내 한 줌 모래바람")'을 알고 있 다. 그가 제시하는 "점오漸悟의 꽃"을 위해 나아가는 그의 수행적 글쓰기의 비장함을 읽을 수 있다.

— 김은령(시인)

—

귀뚤귀뚤

오늘도 참 많이 울었다

풀에게
미안하다

이 계절
다 가기 전에
벗어둘
내 그림자

한 모금 이슬이 차다

문득 씹히는
내생來生의 별

소중한 일상日常

천변川邊 작은 풀들이
바람의 말
전하고 있다

짧은 해 저문다고
생生의 옷깃 여미라고

모래알 한 알까지도
귀 기울여 듣고 있다

만다라의 품

노점상인 몇이 모여
점심을 먹습니다

간간이 던져주는
밥술 혹은 반찬 몇 점

하나 둘 모여듭니다
동네 새들
고양이들

아름다운 이후以後

꽃잎 진 그 자리를
돌아본 적 있던가

찾는 이 하나 없어도
손 흔드는 나뭇가지

한 조각 하늘을 물고
내려앉는
새,
새들

하적下跡

흰 꽃의 정령精靈들이
밤새 몸 낮춥니다

새 아침 천변川邊 눈밭
하얀 만다라 위로

총총총
생生을 가르는
물오리의
발자국

누렁이 마음

이 생生엔 그대에게
다가설 수 없는가

떨어지는 꽃잎 하나
위로할 수 없는데

어쩌랴!
두 눈 깊숙이
제 스스로 눕는 풀들

리트머스 고양이

인적 없는 곳에서는
바람도 꽃이었다

꽃이 되고픈 길고양이
바람의 잎을 떼고 있다

상처 난 발자국 따라
수놓는 헌화獻花

붉은,
푸른

친절한 피카소

암자 뒤란 눈밭 캔버스
물음표 찍고 갑니다

노스님 미소 뒤엔
모락모락 공양 한 술

산새들 날아듭니다
입을 모아

뭐꼬
뭐꼬

수고했다

좌판 한켠 쭈밋한
팔고 남은 귤 몇 알

퀭한 두 눈 깊숙이
멍들고 깨진 생生들

입 속에 까 넣어본다
핑 도는
금빛 눈물

비둘기 모네

건널목을 오가며
무지개를 쪼는 아침

잘린 발 절뚝이며
이어가는
생生의 퍼즐

당신께 선사합니다
눈물 사른
외발 꽃무늬

이원희(李元熙, Lee, Won hee)

호 안일당(安一堂).《시와비평》시조, 비평
(2003) 등단. 시조집 『솔바람이 그리워』(2011,
다운샘), 동천칠호 한시집 『누정풍월樓亭風
月』(2006, 다운샘), 『여말대절麗末大節』(2008,
다운샘), 『여말절신麗末節臣』(2009, 다운샘),
『大韓三十景』(2010, 다운샘). 시조와비평 신
인상, 황산시조 문학상 수상. 한국시조시인협
회, 동백문학회, 한국문인협회, 국제PEN클럽 회원.

행복

이원희

네 차매 농막에 오여
래 바라기 하고 있다
촛보가 넘실대인 논
옛살 찾아드는 그우더기
까르리 옛 이야기에
값대도 넘어가네

—

안일당 이원희의 시조는 그 시조의 본 모습을 그대로 살려낸 요사이
에 보기 드문 시조라 할 수 있다. 글 가운데에는 우리의 예스런 토박
이말들을 잘 살려내고 있어 정말로 우리말의 값을 마음껏 활용한 본
보기가 되고도 남을 것이다. 초 · 중 · 종장의 글자 수를 맞추는 외형
률 또한 반드시 흩뜨려서는 안 되는 모범을 보이고 있어 더욱 좋다.

— 최권흥(시조시인 · 한학자)

—

백두산에서

한 우물 크고 깊다
온누리 마시려니

해오름 먼저 밝혀
일러줘 앞장서라

한배검 시퍼런 바람
깨우치는 소리다

봄비

온종일 는개비가
봄 품은 누리 적셔

냉이 쑥 새움 돋고
버들이 기지개라

때비의 아버지 사랑
아름다운 섭리라

손양원 순교지를 찾아

뭉그러진 아픔에서
예수님 보게 하소서

내 코와 내 눈 내 귀
느낌을 막아 주소서

어둠을 향한 종소리
빗장을 넘어가게

그리고 당신의 아이
용서할 수 있도록

붉은 눈물 거두시고
내 아이로 품을 수 있게

당신의 끝없는 사랑
넉넉하게 주소서

우리 교회 주방권사

퉁겨진 손마디에
푸성귀 매끈하고

잉걸불 가마솥에
붉은 땀 비 오는데

맛나다는 한 마디에
입이 귀에 걸린 성권사

녹두지짐

때때로 돌아온 잔치
좋지만은 않았지

종일을 불 앞에서
시어른들은 뒷자리에

은근히 부러웠었지
지나 보니 아닌걸

물러나 바라보니
일러 줄 말이 많은데

답답해 얼쩡거리다
뒤로 가서 앉는다

차라리 앞서 일할 때
그때가 좋았었네

비 오는 날이면

꼬부랑 학굣길에
마대 자루 나란히 간다
지 우산 쓴 잘난 애
속으론 샘이 났었지
부러진 우산살 사이로
쏟아지는 물이 싫었지

나는 오빠가 없어
온종일 칙칙했지
남숙이 우산 희자 우산
물방울 피해 돌아갔지
그 높던 성황당 고개
만만한 숲길 되었네

내 믿음

넓은 품에 안기려
한걸음 한걸음씩

팔 벌려 달려가서
떼쓰며 칭얼대는

아직도 젖 떼지 못한
돌바기의 내 믿음

고성 송포리 할매들

산모롱이 한 집에 한 분
네 할매 어울려 산다

장마로 쓸려간 고추밭
한숨도 잠시다

하늘이 주시는 대로
먹겠다며 밭에서 산다

오늘은 고성 장날
푸성귀 뜯어 나들이 간다

얼마를 돈사서
무엇을 사 오실까

해종일 신작로 보며
기다리는 할매들

나제통문

무주사람 거창사람
옛날 옛적 싸우던 자리
말도 풍습도 다르니
사랑도 달랐던지
단풍은 돌돌 구르고 굴러
나란히 넘어가는데

블라디보스톡 아라바트거리에서

그 옛날 서러움이
곳곳에 응어리져

점점이 얼룩인가
민들레 곱게 피어

갓털로 흩날리더니
온누리로 뻗었네

이월수(李月洙, Lee, Wol soo)

1940.~2008. 일본 효고 출생. 호 지은(枝恩), 아란(阿蘭), 추적(秋笛). 진주여고 졸업(1958). 《영문嶺文》시조 천료(1961), 《시조문학》 천료(1967) 등단. 시조집 『학 연가鶴戀歌』(1973, 현대문학사), 『인연』(1983, 문지사), 수필집 『가슴에 흐르는 빗소리』(1989, 우리) 외. 경상남도 문학상, 가람시조 문학상 수상. 한국문인협회, 한국시조시인협회, 경남수필문학회 회원. 진주문인협회 이사 역임.

—

바위

내 가슴의 빗장을 흔들던 한 많은 언어들이
아직도 나직이 회향懷鄕의 늪에 머물며
인간사 한 점 바람같이 그렇게 사는 거라고 한다

말없이 내 나름대로 삶의 불씨를 지펴 온
외로운 생활의 잔 늘 모자람만 남던 가슴
차라리 묵중한 바위처럼 그렇게 살아갈거나

백목련

은백색 꿈에 싸여 기지개를 켜는가
긴 날을 참고 참아 목을 느린 발돋움은
햇살 핀 봄의 잉태로 꿈틀대는 안 가슴

청자빛 하늘 열고 사르르 여민 순정
실바람만 불어와도 터져버릴 숨결인데
그 눈빛 환한 모습에 넘쳐 오리 사랑은…….

한 소망 기旗 드림 따라 어여삐 몸을 풀고
오늘은 뜨락 가득히 꽃 트는 소리 소리
화사한 새댁 가슴속 홍조 어린 백목련아!

석란

바위틈 이끼 푸른 작은 우주 한 모퉁이에
어느 날 인연의 순간 잎을 피운 아침인데
그 참한 내밀의 연가 일렁여 오는 향일레

일상을 헤집고 마주서는 마음은
사랑의 순수 단비 정을 뿌리듯 붓는 소리
그 깊은 님의 가슴팍은 은총만을 피워내고

바람도 가끔씩 머물다 가는 날엔
생활의 무료함을 너로 하여 헹궈 내는
그 빛난 노래의 여울목 지심을 울리는 악장일레

연가戀歌 2

하얀 옷고름께 내리던 몇 오큼의 햇살들이
치렁한 머리칼 끝에 꽃등처럼 불 밝히듯
오늘도 귀 기대어 선 발목 시린 내 하루

기다림의 빈 의자 위에 돌아오고 있을 그대
자꾸만 문틈으로 열리는 두 귀의 그리움은
수천 별 넘치는 반짝거림 눈물의 빛깔이네

가득히 담겨 쌓이는 청순한 소망은
내 마음 비단 색실 뽑아 그대 눈빛 짜는 것
이 밤도 뜨락에 내려 손톱 달을 헤아린다

연가 19

눈물로 세월을 헹궈 낸 한생의 맺힌 애환
인연의 응혈 속에 차마 토하지 못한 한恨은
옷고름 섬섬이 배인 정 탓이라 여긴다

내 울안 가슴 채전에 간구처럼 가꾼 소망은
풋풋한 푸성귀로 큰 어린 것의 자람뿐
빈 하늘 멍든 가슴에도 꽃은 피어 터지리라

인연

내 마음의 빛깔이 당신의 눈 속에 투영돼
무한한 불꽃으로 한 사랑을 잉태했을 때
우리는 어느덧 한 분신, 인연의 실타래에 감겨 있었지

당신의 가슴으로 놓여진 징검다리를
오로지 깊은 정 하나로 조심스레 딛는 나날
사랑은 철철 넘쳐나는 인연의 두레박질

국화

저리 고귀한 몸짓으로 발돋움한 인내여
백자의 살결처럼 일렁이는 그 향기
정밀靜謐한 임의 뜨락에 눈부시게 피어라

매화

언 가슴을 껴안고 피워보는 집념인데
가지 마디 마디 연연히 붉은 연지볼
산허리 잔설도 시샘하듯 꽃 심지에 타는 봄

봄의 서序

아직은 산자락에 잔설이 남았어도
계절의 거리 밖에 아쉬운 정을 두고
이 아침 술렁이는 생명의 기침 소리

은밀한 시간 앞에 햇살이 떨어지면
그날의 가슴만큼씩 열려지는 밀어들
새소리 꽃트는 소리 수런수런 눈 뜨는 소리

목화꽃

순백의 여심으로 가꾸어 온 내재율은
가을볕 지심地心 깊숙이 수절守節의 애환 너머
보람의 그날을 위해 피워 본 가슴일레

이유진(Ee, Yu jin) 본명: 이정(李正, Ee, Jeong)
1957년 서울 출생. 명지대학교(경영학과).
《현대시조》(2011) 등단. 대한교육문화신문
백일장 장원(2005), 현대시조 신인상(2010)
수상. 여성시조 회원.《현대시조》편집장.

꿈 길

이유진 시인의 작품 속에는 자연이 함께 숨 쉬는 짙은 정감이 있어
서 좋다. 「어머니」는 자식을 키워내는 모정을 그리워하는 작품이
다. 그 어머니의 사랑으로 자라난 시인은 자연에서 얻은 소재를 시
로 승화시켜 좋은 작품을 빚어내고 있다. 「농심農心」은 배산임수背
山臨水의 들판을 그림으로 그려놓은 듯하고 단수인 「첫눈」은 원시
림의 깨끗하고 아름다움이 독자의 눈에 선히 떠오르는 작품이다.
시인의 시재가 자연의 꽃, 향기, 전경 등 순수하여 그의 낙관적이고
자연을 사랑하는 마음을 엿볼 수 있으며 또 시어의 선택이 맑고 고
와서 좋다.

— 박영교(시조시인 · 영주문예대학장)

어머니

빈 가지 산밤 한 톨
달빛에 걸린 서각

상념에 넘나드는
흐릿한 조각들이

그윽한 향기에 실려
찻잔 속에 잠긴다.

잠결에 다가와서
필묵에 앉은 달은

애잔한 채색으로
저며 드는 그리움

고운 손 넘치는 사랑
긴긴밤을 사른다.

농심農心

앞산에 쩌렁쩌렁
산꿩이 홰를 치고

청보리 여물 녘에
봄볕도 농익으면

설레는 산하대지에
붉은 피가 엉긴다.

첫눈

고요에 잠긴 나목
호반에 깃든 밀어

문풍지 서걱대는
오두막 깊은 골에

시원始原의 정淨한 속살로
송이송이 안긴다.

월견초月見草

해거름 담장 아래
사위도 적막한데

분주한 손들 있어
무심히 돌아보니

목마른
빛깔에 갇힌
달맞이꽃 그 이름.

향기

조으다 실려오는
살풋한 더덕 내음

찔레꽃 출렁이는
저물녘 산그늘에

이끼 핀 소나무 등걸
절개 외려 푸르다.

이유채(Lee, Yu chae)

인천 출생. 서울에서 교편생활. 2012년 한국
문인협회 해남백일장 최우수상, 2014년 9월
중앙시조백일장 장원. 2014년 《정형시학》으
로 등단. 오늘의시조시인회의, 한국시조시인
협회 회원.

용대리 가는 길

바다가 어루만진 속살까지 탱탱한 몸
배 밑창 숨 내리고 멀미 하냥 하는 사이
코 꿰어 끌려나온 너, 판화처럼 내걸린다

푸르게 일어서는 그 물결 다 지우고
맨살을 발라내고 환부 저리 드러냈나
금강송 장대에 누운 성스러운 순교자

세상의 길이란 길 바람으로 말리던가
지렛대 그 위에서 떠나보낸 푸른 그늘
피부에 와 닿는 불빛 눈 비비며 바라본다

버릴 것 다 버리고 가뿐해진 몸피인가
아픔마저 사라진 곳 닻을 내린 덕장에서
에움길 육탈의 시간 마른 등짝 묵직하다

낙원동에서 트럼펫을 만나다

늙은 골목 둘둘 말아 얼굴 내민 남자들
햇빛 아닌 어둠이 검버섯 만들었지만
하 세월 비움을 삼켜 목덜미가 뜨겁다

밤마다 뛰쳐나와 불을 켠 포장마차처럼
줄 수 있는 마음은 연주밖에 없다고
오늘도 온 몸 비틀어 시나브로 휘날린다

그 옛날 이 도시에 음표 둥둥 떠다녔지
들떠 오른 그리움 비바체로 사라져도
사람들 가난한 자리 흰 꿈으로 쌓였다

선탠 된 창문마다 닻을 내린 한겨울에
부대낀 시간 모두 서러움이 되더라도
좁은 길 지키고 앉아 성애의 밤 닦는다

재활용품점

손때 묻은 시간들을 오롯하게 끌어안고
또래끼리 키를 맞춘 잡동사니 용품들이
익숙한 웃음 한 끝을 세파 속에 밀어 넣는다

길 건너편 마네킹에 하얀 새 옷 입혀지고
리모델링 신장개업 쇼윈도 화려해도
거꾸로 태엽을 감으며 부처처럼 처연하다

삐걱대던 자국들이 구석구석 너부러져
넘어졌다 도로 서는 절둑이던 이승의 길
가면을 벗은 민낯이 박꽃 저리 환하다

겨울의 시

좁쌀만큼 떨어지는 햇살 한 줌 끌어안고
구치소 지나가는 가냘픈 숨결소리
지나온 굴곡진 생애 연무 속에 풀어진다

포승줄에 묶인 몸을 간수에게 내맡긴 몸
국정논단 여인들의 핏기 없는 하얀 얼굴
천형의 죄를 지었나 그 행보가 무겁다

오늘도 영락없이 옥죄올 스모킹 건*
손목을 짓눌러서 마디마디 무거워도
방아쇠 당기는 소리 환청에 시달린다

*'연기 나는 총'이라는 뜻으로 어떤 범죄나 사건을 해결할 때 나오는 결
정적인 증거를 일컫는 말.

클라리넷 아다지오

문 닫은 연습실 졸음 가득 쌓여 있다
들꽃악단 연주자들 뿔뿔이 흩어지고
어둑한 한 쪽 구석에 하품하는 클라리넷

다정한 악수였다 살과 뼈가 뒤엉키듯
금관악기 근육 풀고 젖먹이로 안기오면
옹알이 얼러 달래며 풀어가던 아다지오

코로나19 확산 후에 감감해진 발걸음들
귀를 치는 소식 앞에 마음의 문 굳게 닫히고
안부나 지나가려나 고여 있는 매지구름

언제나 돌아올까 손 편지 따뜻한 소식
영원히 찾지 못할 술래란 없는 법
백신이 탄생되는 날에야 클라리넷 몸 풀 테지

돈의동

지하도 출구 계단 그 너머 누가 사나
막무가내 달려드는 봄날의 지린내여
좁고 긴 그 골목 안에서
남자가 걸어 나온다

한복집 양고기집 제멋대로 살 비비며
피어오른 꽃들을 온몸으로 삼켰지만
독거로 살아가는 세월은
아지랑이 길이 된다

고요에 깊이 잠긴 한옥마을 찾아가다
늙어버린 저 남자 그림자 덮어쓴 채
어디로 흘러가고 있나,
뒷모습이 느껍다

잠자는 화석

진양주 빚고 있다, 달빛 푸른 초닷새 날
지나온 시간들을 얼룩으로 새겨 넣고
천형의 검은 솥 가마 불길 위에 몸 사른다

꼬들꼬들 고두밥이 몸을 낮춰 풀어낸 길
누룩의 진한 살내 방안 가득 번져가고
드맑게 거듭난 숲이 숨소리를 고른다

살림 나간 시동생도, 멀리 사는 재당숙도
잠자는 화석처럼 다문 입술 들썩이는가
긴 침묵 앵돌아진 가슴, 더운 안부 궁금하다

보름 지나 술독 열고 걸러낸 맑은 액즙
모래톱 둘러앉아 개밥바라기 읽는 날엔
옹이진 매듭들마저 덩달아서 풀어진다

괭이갈매기 그리다

챙이 넓은 바위 밑에 그림자 내려놓고
거친 파도 숨결소리
날개로 보듬는다
유마의 품에 들었나?
선의 경지 펼친다

몇 년이 흐른 걸까 인적 뜸한 그 저녁
훗승에 점찍어 놓은
한 세상 떠올리며
아득한 무인도 하나
성큼 물고 날아간다

하피첩*

한지 대신 펼쳐놓은 노을빛 비단치마
수척한 바람 한 줄 댓돌 위에 서성이고
어젯밤 서리까마귀 멈칫멈칫 길을 묻다

귓바퀴 밖 매암 도는 벌레소리 잦아들고
새벽녘 미명 헐고 썻어내는 흐린 눈빛
소맷단 떨리는 손이 옷깃 여며 먹을 간다

무슨 말 남기려고 붓끝 곧추 세웠는가
아들에게 실어 보낼 가시 울장 빈 하늘을
몇 굽이 홀홀 풀어낸 호연지기 풀의 문장

버리고 벼린 한 획 한 획 직필의 혈서인가
들끓는 지아비의 그 간곡한 속엣말이
뼈마디 곧은 결기로 야청 하늘 풀고 있다

* 정약용이 강진 귀양살이 때 아내가 보내온 비단 치마폭에 두 아들에게
교훈이 될 만한 내용을 적은 책.

이은방(李殷邦, Lee, Eun bang)

1940.~2006. 충북 옥천 청산면 효목리 출생. 호 옥천(沃泉). 서라벌예술대학교(문예창작)(1962), 중앙대 사회개발대학원(매스컴학), 신문방송대학원(출판학) 졸업. 건군 15주년 현상문예 시(1963), 〈조선일보〉 신춘문예 시조(1969), 《시조문학》 천료(1969) 등단. 시조집 『다도해 변경』(1971, 월간문학사), 『채밀기採密期』(1980, 인문당) 외. 제1회 한국시조문학상(1983), 노산문학상 수상 외. 백아白亞학원 설립. 취재・편집기자, 한국시조시인협회장, 한국문인협회 이사・감사, 가람시조문학상 운영위원, 도서출판 새글사 대표, 군방송국 집필위원 역임.

—

서울 일기

늪으로 여린 유역 질척이는 징검을 놓아
발끝에 집힌 씨앗을 가슴끼리 뜸을 뜨면
동녘땅 허리춤에 챙겨진 빛 보패여

하늘빛 마음 벌을 거두고픈 신을 섬겨
아시아의 다릿목에 시샘에 찬 꽃떨기로
안쓰런 바람벽을 비껴 넘는 도읍지

햇불랑 저 지표에 바랜 사랑 꽂혔어도
울먹인 백의 탑으로 쌓아 발 돋으면
이 극선 뻗는 터전에 새날 일기 쓰리라

신新・이어도

이어도 이어도여 넋을 풀어 띄운 안개
물보라 뒤척이며 고동 소리 설렌다
이승의 몸짓을 틀어 보이 잖는 파랑도여

구천의 신비를 물고 금기 하나 범했으랴
물의 손길 뿌리쳐도 자꾸만 보채더라
이어도, 파란 전설 속에 너는 살아 있음이다

남해 먼 발치에 부서지는 한의 자락
아직은, 겨운 세파로 물길 속에 잠겼어도
이어도 이어도타령 피안처럼 멀더란다

실솔곡蟋蟀曲

아자창을 배어드는 그 청월빛 시린 가슴
밤들면 다가와서 달 불켜고 울어댄다
한 곡절 아뢰옵기를 추야장을 다 사루고…
이승 길을 불 밝힌 넋 백국白菊으로 취해 들 듯
선사 밖의 젓대 소리 한 마당 자지러지면
뉘 영혼 뜸질을 할 때 이슬빛을 펴 올린다.

생기 2

선하품 용트림 쳐 빠끔히 하늘을 뚫고
천지를 갈아 덮는 밤의 뇌성 가시듯이
큰짐승 등뼈를 타고 하늘대는 음계여

스러질 듯 치솟는 벼랑 고요의 바다를 깔고
금줄 엮어 발 딛는 조화 차라리 선경인데
내 홀로 머물고픈 뜻 굽이쳐 간 윤무다

돌담

고향 빛 데불고서 바람 재워 울을 치나
천년의 푸른 고절孤節 이끼 한 닢 돋아나와
흙손에 묻히던 세정 세정, 일월처럼 떠오른다

늙은 마름 이마 위로 주름처럼 파인 자국
돌담도 몸살을 앓고 그렇게만 늙었더냐
알량한 문명의 매연 속에 자꾸 밀려 표류한다

산 노래

온누리 굽어선 천계의 개벽은 만상을 타고
먼 등불 사뤄간 빛을 병풍처럼 펼쳐 보듯
등 너머 그 하얀 면사 깃을 꿰비치는 비취 한 알

찬이슬 청솔 잎에 꿰인 저 청청한 메아릴 밟고
한 자리 낮별을 쪼는 크낙새의 부리 끝에
뫼뿌리 고요를 훑는 소리 산삼이 긁는 꿈나라.

산수화

늘 푸른 이마 위로 성진의 앙금은 피고
골안개 감은 자락 무거운 침묵을 깐다
만고에 서린 정기를 펴듯 청학떼도 날고픈거

큰짐승 어금닐 물고 비바람 잔 세월을 삼켜
달빛 씻긴 뫼 뿌리에 신화 속에 핀 산삼꽃
사슴들 노닐다 간 자리 초막집 홀로 외롭다

문풍지

동지 그믐 귀틀집 앞을 스쳐가는 살바람에
찬 울음 쓰고 앉아 적막강에 빠진 하늘
천의 현 솟구쳐 올라라 낟을 가락 뜯어간다

설화산

산염불 깊은 새벽, 서릿숲에 맺힌 심서
올올이 차안此岸을 벗는 기안氣岸에의 향여울은
채운彩雲 속 굽이 도는 실망초의 외론 빛

해오라비 벽공에 띄운 수줍은 그리맨데
노을에 실은 목금木琴을 북극으로 뜯어 가면
아련한 메아리만 살아 사랑처럼 저문다

동해

비늘 돋친 해율로 일어서는 만상이다
물을 에워 부른 노래 억년 하늘을 받쳐 들고
날벼락 자투릴 꼬아, 꽃무등을 선 등줄기…

이은상(李殷相, Lee, Eun sang)

1903~1982년. 경상남도 마산 출생. 본관은 전주(全州). 호는 노산(鷺山). 이화여자전문학교 교수를 비롯하여, 동아일보사 기자, 조선일보사 출판국 주간 등을 역임하였다. 《조선문단》에 평론, 수필, 시 등을 다수 발표하다가 1930년대 후반부터 시조인으로서의 자리를 굳혔다. 1942년 조선어학회사건에 연루되어 홍원 경찰서와 함흥 형무소에 구금되었다가 이듬해 기소유예로 석방되었다. 광복 후 이충무공기념사업회 이사장, 안중근의사숭모회장, 민족문화협회장, 독립운동사 편찬위원장, 세종대왕기념사업회 이사, 문화보호협회 이사 등을 역임하였다.

—

가고파

내 고향 남쪽 바다
그 파란 물 눈에 보이네
꿈엔들 잊으리요
그 잔잔한 고향 바다
지금도
그 물새들 날으리
가고파라 가고파

어린 제 같이 놀던 그 동무들 그리워라
어디 간들 잊으리요
그 뛰놀던 고향 동무
오늘은 다 무얼 하는고
보고파라 보고파

그 물새 그 동무들
고향에 다 있는데
나는 왜 어이다가 떠나 살게 되었는고
온갖 것 다 뿌리치고
돌아갈까 돌아가

가서 한데 얼려 옛날같이 살고지고
내 마음 색동옷 입혀
웃고 웃고 지나고저
그 날 그 눈물 없던 때를
찾아가자 찾아가

물 나면 모래판에서
가재 거이랑 달음질 치고
물들면 뱃장에 누워
별 헤다 잠들었지
세상 일 모르던 날이
그리워라 그리워

여기 물어 보고 저기 가 알아보나

내 몸엔 즐거움은 아무 데도 없는 것을
두고 온 내 보금자리에
가 안기자 가 안겨

처녀들 어미 되고
동자들 아비 된 사이
인생(人生)의 가는 길이 나뉘어 이렇구나
잃어진 내 기쁨의 길이
아까와라 아까와

일하여 시름 없고
단잠 들어 죄 없은 몸이
그 바다 물 소리를
밤 낮에 듣는구나
벗들아 너희는 복된 자다
부러워라 부러워

옛동무 노 젓는 배에 얼어 올라 치를 잡고
한 바다 물을 따라
나명 들명 살까이나
맞잡고 그물 던지며
노래하자 노래해

거기 아침은 오고
또 거기 석양은 져도
찬 얼음 센바람은
들지 못하는 그 나라로
돌아가 알몸으로 살꺼나
깨끗이도 깨끗이

고향 생각

어제 온 고깃배가 고향으로 간다 하기
소식을 전차하고 갯가로 나갔더니
그 배는 멀리 떠 가고 물만 출렁거리오

고개를 수그리니 모래 씻는 물결이오
배 뜬 곳 바라보니 구름만 뭉기뭉기
때 묻은 소매를 보니 고향 더욱 그립소

그리움

뉘라서 저 바다를 밑이 없다 하시는고
백천(百千)길 바다라도 닿이는 곳 있으리만
님 그린 이 마음이야 그릴수록 깊으이다

하늘이 땅에 이었다 끝 있는 양 알지마소
가보면 멀고멀고 어느 끝이 있으리오
님 그린 저 하늘 같해 그릴수록 머오이다

깊고 먼 그리움을 노래 위에 얹노라니
정회(情懷)는 끝이 없고 곡조는 짜르이다
곡조는 짜를지라도 남아 울림 들으소서

봄 처녀

봄 처녀 제오시네 새 풀옷을 입으셨네
하얀 구름 너울 쓰고 진주 이슬 신으셨네
꽃다발 가슴에 안고 뉘를 찾아 오시는고

님 찾아 가는 길에 내 집 앞을 지나시나
이상도 하오시다 행여 내게 오심인가
미안코 어리석은 양 나가 물어 볼까나

성불사(成佛寺)의 밤

성불사 깊은 밤에 그윽한 풍경 소리
주승은 잠이 들고 객이 홀로 듣는구나
저 손아 마저 잠들어 혼자 울게 하여라

댕그렁 울릴 제면 더 울릴까 맘 졸이고
끊인 젠 또 들리라 소리 나기 기다려져
새도록 풍경 소리 데리고 잠 못 일워 하노라

쓸쓸한 저녁이다

쓸쓸한 저녁이다 산으로 오를꺼나
올라서 마른 나무랑 나란히 서 볼꺼나
석양에 여윈 그림자 안고 실컷 울어 볼꺼나

문 닫고 꿇어 앉아 옷깃을 바로 하고
노래를 읊을꺼나 어려운 글 찾아볼까
뒤끓는 온갖 시름을 쓸어 눌러 볼꺼나

철없는 어린 것이 달려와 웃는구나
오냐 네 눈에야 내 괴로움 왜 보이나
껴안고 얼굴 돌리니 마음 더욱 아파라

나의 조국 나의 시

나는 가난한 사람
그러나 나는 가멸한 사람
누가 날 가난하다는고
내 가슴 속은 보지 못하고

내게는
보배가 있다

나의 조국
나의 시.

매화

늙고 묵은 등걸 거칠고 차가와도
속 타는 붉은 뜻이 터져 나온 한두 송이
열사의 혼이라기에 옷깃 여미고 본다.

매화사(梅花詞)

1
바람이 상기 싸늘해 다정한 햇살이 그립다
차라리 애처로와 가지를 꼬옥 잡아 보면
어느새 혈관 속으로 배어드는 백매향.

2
보면 차가와도 심장이 더운 꽃이다
전생의 기억 몽롱해도 예서 만날 걸 기약했던가
귀 대고 긴긴 이야길 들어 보는 홍매화.

3
내 가슴 슬픈 이랑에 한 그루 심어 놓고
달빛 흐르는 밤이면 조용히 서 보는 마음
청매자(靑梅子) 한 알을 따서 입에 물고 거닌다.

새 지도를 그려 본다

인간의 역사란 묘표도 없는 옛 무덤
폐허의 남은 지역마저 산불처럼 타고 있다
어디서 조종소리라도 들려 올 것만 같다.

산도 끝났네 물도 다했네
다만 빈 하늘 빈 바다 빈 마음
시인은 막대 끝으로 새 지도를 그려 본다.

이은순(李殷順, Lee, Eun soon)

1963년 서울 중랑구 면목 출생. 호 소연(昭然). 한양대학교(보육과) 수료(2001). 《시조생활》(2011) 등단. 한영대역시조집 『가을 이야기』(2017, 도반), 시조집 『까만 분꽃씨 하나』(2018, 동경). 세계전통시인협회 작품상(2018) 수상. 국제펜클럽, 한국문인협회, 한국시조시인협회 회원. 세계전통시인협회 한국본부 총무.

소연은 서정을 어루만져 다루는 솜씨와 모국어를 절차탁마切磋琢磨한 창조의 신고가 실히 아름답다. '새색시 옷을 벗듯' '춘향이 속적삼 같은'의 비유적 이미지가 절묘하지 않은가(「목련, 그 하얀 꽃잎」). 햇살도 활물活物인 양 비집고 들어가는데, 크기는 '한 줌'이다(「한 여름날」). '개구리/ 등짝으로/ 빗방울 떨어진다' 이 대목이 비시非詩의 위기를 넘어서게 한다. 초점화焦點化의 효과다(「봄은 오는데」). 까만 분꽃씨 한 알 이 선명한 색채의 '분이 이미지'로 영글어 그 존재를 빛낸다(「까만 분꽃씨 하나」). 길은 흐름 속에 있다. 단절은 없다. 과거-현재-미래는 한줄기로 이어진다. 숙연히 헤아리면 초월적 순명順命이다(「길」).

— 김봉군(시조시인 · 문학평론가 · 가톨릭대 명예교수)

목련, 그 하얀 꽃잎

새색시 옷을 벗듯 목련이 옷을 벗네

나그네 길을 돌 듯 겨울은 가버리고

춘향이 속적삼 같은 바람이 불어오네

한 여름날

거친 담벼락에 녹음이 주렁주렁

그 위에 한 줌 햇살 비집고 들어간다

여름날 풋사과 향이 짜릿하게 스미듯

봄은 오는데

뺨 스친 봄바람은 저만치 가버리고

개구리 등짝으로 빗방울 떨어진다

어디서 봄은 오는가 나를 보러 왔는가

까만 분꽃씨 하나

이슬은 꽃잎 위에 살며시 와 앉는다

잊자던 옛일들은 밤새 가슴 파고들어

분꽃은 까만 씨 한 알 분이처럼 남겼다

길

참으로 머나먼 길 첫발을 내밉니다

징검다리 건너가듯 추억이 따라오고

누구도 알 수 없는 길 내가 걸어갑니다

보내는 마음

녹슬은 철모 옆에 하얀 꽃 핀 그 자리

어디서 건너왔다 기다리고 있었을까

먼 곳서 오신 그분은 이제서야 가시네

실개천의 봄

겨울이 지나가면 가지에는 봄바람

실개천 녹는 얼음 가만히 흘러가고

목덜미 간지러워라 햇살 받은 한나절

낙엽

바람은 기웃기웃 달빛은 가득 차고

마지막 한 이파리 가지 끝에 매달렸네

사랑방 헛기침 소리가 어울리는 이 자리

혼적

태어나 울던 자리 펼쳐진 사진첩이

먼발치 손 흔들면 그 자리 바람만이

저 능선 누운 자리에 꽃비 지듯 합니다

비 오는 어느 날

토란잎 받쳐 들고 골목길을 나선다

떨어지는 빗방울 소리 비련의 여인 같아

그 옛날 한밤을 새운 내가 나를 바라본다

태어나 울던 자리 펼쳐진 사진첩이

이은정(李恩定, Lee, Eun jung)
1976년 경남 창원 마산회원구 내서읍 출생. 문
성대학교 졸업(1999). 〈경남신문〉 신춘문예
(2006) 등단. 경상남도문인협회, 경남시조시인
협회, 창원문인협회, 한국시조시인협회 회원.

내소사에 가서 꽃살문을 들여다본 적이 있다. 그곳엔 아직 떠나가
지 않은 무언가가 알알이 맺혀 있었는데 시간의 그림자였을까. 내
등 뒤를 후닥 지나가는 이…. 빛바랜 꽃살문은 꿈결 같고. 사미승
은 매일 제 마음을 삼킨다. 마음이 꿀떡꿀떡 넘어가는 소리가 고요
를 넘어 들려오는 듯하다. 꽃봉오리가 피어날 때까지. 꽃봉오리가
흐르고 흘러 세월의 결을 모두 씻어낼 때까지…. 꿈이여! 나는 잠깐
눈을 감았다가 뜰 뿐이다.

— 박서영(시인)

낙동강

나무가 나이테에 자신을 새기듯이
바다로 나가는 길에 큰 돌을 만나면
강물도 구르고 굴러 물 주름 접는다.

미끌미끌 지나온 옛집을 찾지 못해
강바닥 모래 속에다 안부를 남기곤
휘어져 멀리 돌아서 물보라 피워낸다.

역마살 끼었는지 평생을 흘렀건만
손안에 잡히는 건 한줌의 모래들뿐
한 천년 뜨겁던 마음 봄볕에 녹는다.

관계

갑작스레 그녀와 이별하는 순간에
먹먹하고 먹먹하여 밥알이 엉겨붙어
턱까지 차오른 한숨 구덩이를 파고 있다.

계절과 계절 사이 하늘은 똑같은데
하루는 길고 지난 세월은 너무도 빨라서
밥 한번 먹자던 안부 전하지 못했다.

줄 그어 놓고 우리가 이어져 있다고
가끔이라 써놓고 항상이라 읽듯이
저 너머 그곳에서도 제비꽃은 피겠지.

조간신문을 펼치면

우리는
가슴에
철문 하나
달고 산다

타인의 아픔까지
특종으로 옮겨서

테러다
최악의 참사다
재미있게 읽고 있다.

우리는
가슴에
사막을 안고 산다

자고 나면 전해지는
눈물 마른 장례 행렬

아직은
남의 일이라고
태연히 읽고 있다.

촉지도를 걷다

울퉁불퉁 멍울진
도로가를 지나가면
햇볕에 그을린 커다란 손바닥처럼
노란색 페인트 벗겨진 거미줄이 보인다.

발아래 느껴지는 다름의 눈짓 모여
차가운 소리로 앞을 막는 장애물처럼
다리가 셋인 사람이 말줄임표로 서 있다.

아프게 쥐고 있는 지팡이를 의지한 채
행여나 넘어질까 숫자 세는 신호등처럼
문밖에 지금도 아픈 신호음이 깜박인다.

해인사

1
가사 추운 하늘
깎아버린 세상 번뇌
마음 흔들리며 돋아나는 이 시간
둥둥둥 법고 소리가 다독이며 지나간다.

2
목어도 운판도 범종 따라 길을 나선다
만물 함께 일어나 부르는 합창 소리에
졸린 눈 떨치며 서서 다시 읽은 반야심경

여름우포

바람으로 한 땀 한 땀 메워진 숲길 위로
잘 짜여진 집 한 채 풀빛으로 보드랍다
움트듯 촉 틔운 하늘 발갛게 떨어지는.

개구리 수다로 첨벙대는 초록 숨결
천지 가득 채워진 물안개 짙어지면
일 억년 원시의 아침 가시연이 깨어난다.

문자메시지

머언 길 달리느라 눈물 밴 우편함에
파란 불 닿지 못해 돌아서는 메아리
문자가 기어다니며 숨은 나를 찾는다.

늪

곳곳에 숨겨진
상처가 아물 때쯤
속 터지듯 만개한 자리
아직도 뜨겁다
더 깊이
더 오래 스며
더 많이 아려 오는.

이별후유증

유월이 다가오니
명치끝이 아려오고
한낮의 열기만큼
밤에는 한기 들고
잊힌
순간이 모여

밤새도록 뒤척인다.

억지로 구겨서
던져 버린 이별이
자꾸만
나에게 안부를 전하고
살갑게 부르던 이름
명치끝이 아려온다.

내소사 설화

내소사엔 아직도 꽃봉오리 맺혀 있다
꽃살문 사이사이 천여 일이 맺혀 있다
바래고 지워진 세월 결 따라 맺혀 있다.

사미승 두고 간 마음 한쪽 들여다 보면
아득하고 아득하여 목탁 소리 처연하다
몇 번의 업을 닦아야 꽃봉오리 피어날까.

내소천 가로질러 살아나는 시간들
물이 되고 흙이 된 사람들을 잊지 못해
천년의 대웅보전 곁에 꿈결처럼 맺혀 있다.

이은주(李恩周, Lee, Eun joo)

1965년 서울 동작구 노량진동 출생. 숙명여자대학교(식품영양학과), 한국방송통신대(국어국문학과) 학사 졸업. 《시조시학》 신인상(2014) 등단. 수원문화재단 문화예술지원사업 선정(2018). 시집 『섭섭한 오후』(2018, 고요아침, 아르코 세종문학나눔 도서 선정). '시나루' 동인. 오늘의시조시인회의, 작가회의, 한국시조시인협회 회원.

이은주 시인은 현대문명의 그늘을 파고드는 쪽으로 시적 가닥을 잡았다. 자연보다는 도시 속 사람살이의 면면을 들여다보고 이면裏面을 그려내는 작품이 주를 이루는 것이다. 우리네 삶의 구차한 고샅인 '지금, 이곳' 읽기가 현대문학의 주요 속성인 일상성이나 구체성 구현에도 적합하기 때문이다. 이은주 시인은 웃음을 통한 비틀기 같은 아이러니 구사력이 특히 좋다. 모순과 부조화를 드러내는 어느 갈피에서는 따끔한 일침을 놓은 일품도 매력적이다.

— 정수자(시조시인 · 한국시조시인협회 부이사장)

저물지 않는 저녁

무덤 같은 민머리를 베개에 파묻은 채
때 절은 체취들을 속옷으로 껴입은 채
노후를
침대에 먹힌
녹슨 저녁이 있다

발버둥치는 풍선을 꽉 붙든 비닐끈처럼
절개된 기관지로 거듭 차는 침을 빼며
줄들로
친친 묶여진
인질 같은 긴 여생

딸이 매단 닭 모빌은 자꾸 문을 힐끔대고
통로 향해 귀가 환한 음각 같은 어머니
날마다
저물지 않는
젖은 저녁이 있다

세·대·차·이

더울까 차양 달고 추울까 매트 깔고
오감 자극 딸랑이 지능발달 모빌까지
동화 속 꽃대궐 같은 아기들의 유모차

강아지 끙끙대자, 엄마가 안아줄까?
개 닮은 중년 부인 쩔쩔매며 둥기둥기
검은 색 도글라스까지 최신형 개 유모차

벽돌 한 장 태우고 그 무게 반려 삼아
배를 얹어 밀고 가는 할머니의 헌 유모차
변명을 늘어놓느라 바람도 숨이 차다

길값 꼴값

동 대표와 상가 간에 큰 싸움이 벌어졌다
아파트가 닦은 길로 손님들이 드나드니
길값을 자꾸 내란다
공짜가 어딨냐며

인도에 울을 치고 앞뒤로 문도 달았다
연 이백씩 계약한 마트 앞만 쪽문 주고
큰 문을 사슬로 꽁꽁,
모른 척 참견 말란다

바람이 나른 꽃길 너나없이 넘나드니
꽃향기 어이없어 슬그머니 자취 감추고
뻐꾸기 그 소식 들곤
꼴값~ 꼴값~
소문낸다

벌레의 길

텃밭에서 키웠다는 열무 잎을 다듬다가
야금야금 썹어 나간 벌레길을 보았다
한 바퀴
뱅글 돌다가
삐뚤빼뚤 짚어 간

온몸을 지팡이 삼아 그물맥 헤집으며
골목에서 신작로로 곡예하듯 오르내린
여름 끝,
생의 이력을
한 줄로 요약했다

매순간이 첫 술이고 출발의 연속이니
먹어야 길이 되는 후진 없는 하얀 외길,
그 무슨
'무공해' 사인처럼
필기체로 환하다

마음의 시접

바투 잘린 시접에 교복을 버린 적 있다

융통성의 밑단과 잠재력의 여유분은

쟁여 둔 이면지처럼 또 다른 생을 열고

마음의 시접분이 넉넉한 사람들은

여운 긴 문장처럼 추가되는 여백처럼

쿨하다, 삶의 품도 널따란 느긋한 느티 같다

달리는 웅덩이

꼬리 머리 꼭 맞댄 잠자리 십여 쌍이
자동차 보닛과 반짝이는 앞 유리에
자꾸만 꼬리를 대보다 화들짝 떨어진다

하늘이 담겨 노는 한가로운 철판들은
알 낳기 영락없는 잠자리 보금자리
—아 뜨거! 물이 아니야 새까만 불이야

만삭의 다급한 몸 폭염 가뭄에 쫓기는데
그 흔한 깜빡이쯤 귀띔조차 안 흘리고
차들은 구름 갈아 끼우며 바람 따라 달린다

가을 신호등

차 유리에 끼어든
활짝 갠 은행잎 둘

황색불 얼비친 듯
얼결에 멈칫한다

가을은
노란 신호등
속도를 줄이라는

ㄷ ㅊ

몇 시까지 와 달라는 아들 카톡 받고 나가
다 왔음 알리려고 휴대폰을 누르다가
이번엔 초성만 ㄷㅊ(도착)
나도 한번 날려봤다

암호 같은 ÷나 ㅇㅇ 달랑 달더니
ㄷㅊ(닥쳐)로 알아듣고 냉큼 걸려온 전화
몸 달아 진동 떨 듯 바들대니
깨소금 맛이 따로 없네

샘플 인생

물구나무 샘플 병을
콕콕콕 두드려대는
그녀의 출근 준비에
생이 왠지 샘플스럽다

우루루
들러리나 서다
덤으로
얹혀 가는

짧게 쓰고 치워지는
알바채용 난무 아래
냉동으로 채워지는
혼밥 혼술의 잉여 인간

마음이
절뚝절뚝하다
청춘이 다
누수된 양

냄새의 행패

노숙의 쩐내들을 겹겹이 거느리고
모자가 전철 안으로 천천히 밀고 온다

숨 참다
급히 내리는
승객들이 벌겋다

냄새에도 뼈가 있나 주먹처럼 훅 들어온
악취의 고함소리에 귀청 떨어지겠네

행패 속
주춤대다 못 내린
승객들이 퍼렇다

이응창(李應昌, Lee, Eung chang)

1906.~1973. 대구 출생. 호 창주(滄洲). 경성사범학교 졸업(1926).
동시집『석양잠자리』(1929),『고추잠자리』(1968), 시집『길』(1966, 일
심사), 수필집『가꾸는 마음』(1969, 문화),『기다리는 마음』(1973, 일
심사) 외. 경북문화상 수상(1971). 창주滄洲 아동문학상 제정. 원
화여중고교 설립, 경북예술가협회 발기. '죽순竹筍' 시지詩誌 동인.
『농민독본』편집위원, 국민학교 교원, 경북문인협회 부회장, 원화여
중 교장, 유양한글문화사업회 회장, 대구아동문학회 회장 역임.

—

꿈을 싣고

시를 못하거니 술인들 잘할라고
술 아닌 꿈을 싣고 백마강 흘러가니
마음은 이 날도 젊어 꿈만 더욱 부프오

광한루

사랑도 원한도 지나고 보면 꿈인 것을
시조를 읊조리는 낭랑한 목소리에
이날이 저물어 가도 마음만은 푸군하오

산바람

— 캠프 파이어
캠프 파이어는 정열처럼 활활 타고
별만이 지켜보는 고요한 밤하늘에
계곡을 누벼 흐르는 아름다운 코러스

— 스케치
바위 밑에서는 물이 콸콸 흘러가고
하늘 덮을 숲에서는 매미 소리 요란한데
청자빛 파란 하늘을 흰 구름이 흐른다.

— 파리 떼
물이 하도 맑아 즐거운 비명을 치고
얼음같이 맑은 물에 발 담그고 있노라면
그리운 사람 내음에 모여드는 파리 떼.

이익주(李益柱, Lee, Ik joo)

1949년 경북 칠곡 왜관읍 석전리 출생. 대구교육대학교, 대구가톨릭대 대학원(교육행정). 〈매일신문〉 신춘문예, 《시조문학》 천료(1988) 등단. 시조집 『달빛 환상』(2010, 만인사), 『금강 송을 읽다』(2019, 목언예원), 시선집 『향목의 노래』(2019, 고요아침). 김천시문화상(2004), 경상북도문학상(2011), 대구시조문학상(2016) 수상. 한국문인협회 김천지부장, 김천시조시인협회장, 대구시조시인협회 회장 역임. 한국시조시인협회 대구지부장.

회나무, 노을에 서다

이익주

대쪽 같은 삶이었다
툭툭 터진 구비마다
곰삭은 생각들이 막힘없이 흐르다

한 시대
둥데한 만월
가지 끝에 매달았다.

시인의 작품은 달빛 환상으로 엮은 토포필리아와 바이오필리아의 서정 세계라 규정해도 무리는 아닐 듯 싶다. 때로 눈물겹고, 또 때로는 가슴 저미게 하는 정서적 충격 속에 상실의 감정이 내밀히 용해되어 있다. 가능하다면 다시 돌아가고 싶은 강한 회귀 본능과 같은 정감은 어쩌면 우리의 개별적 삶을 부단히 영위케 하는 내적 추동력이 아닐까 생각한다.

그의 시풍은 자연을 좇는다. 무리한 욕심을 내지 않고 강력한 응전과 같은 전투적 자세는 숨겨둔 반면, 가슴속을 진솔하게 파고드는 진정성을 내장하고 있어 그 여운이 오래 간다. 사람이나 사물에 대한 애정에서 비롯된 그의 시편들은 나지막하게 속삭인다. 공감하여 주기를 강요하지 않으나 혜안의 독자는 그의 시세계의 비밀한 울음을 듣고, 다채로운 빛깔과 향기를 은연 중 향유한다.

— 이정환(시조시인 · 정음시조문학상 운영위원장)

일몰, 그 파노라마

성근 시침질 새로
학이 뜨는 스란치마
은막 뒤 황홀한 무대
일렁이는 엘레지
불가마 끓는 외로움
곱게 저어 띄운 게다

영원 속 고요를 깨워
환한 봄빛 걸어두고
한동안 풍진 세상
질펀한 한 판 굿을
호수 속 말갛게 뿌려
채로 걸러 펼친 게다

고향, 그리움
— 어머니의 동백

밉다 또 그립다 진종일 해묵은 사랑
천년 그 정점을 바라 사오십 년 묵혔다가
태우며 능선을 돌아 굽이마다 쏟는 각혈

산새 소리 잎 잎마다 아프게 내려앉고
먼 하늘 내 어머니 그리움 붉은 울음
외롭게 뜬구름 위로 그렁그렁 쏟아낸다

주상절리 동해에 눕다

철철이 읊어대는
기다림의 숨결이다
건져 올린 뼈들의 이유 있는 도열이다
잔잔한 동해 바다의
무거운
숨비소리

온몸으로 울어 봐도
돌아누운 저 바다는
천 리 먼 길 단을 쌓아 이 · 저승을 이어 놓고
요절난 만선의 축원
도막난 채
누워 있다

곡예사의 노래

그리움도 절벽 앞에선 끊어질 듯 외줄이었고
하얗게 타다 남은 한 시절 메아리였다
날이 선
달빛 자락이
줄 위에서
춤을 추고

흥청대던 시장 난전 게으른 해금 소리
구성진 추임새도 마디 꺾어 내던졌다
누군가
그리운 하늘
시리게
부신 햇살

북소리

술렁이는 지평선 출발선상에 올라
봄볕이 보낸 낭보 두근대며 펼쳐들면
바람 벌
말발굽 소리 양수처럼 터진다

달빛도 떨려 오는 아득한 마지노선

불길처럼 휘감겨 기둥으로 솟았다가
묵묵히
바람의 함성 울림으로 잠재운다

백자의 가락은

다가서는 여인네의 명주적삼 환한 미소
떨리는 살얼음 소리 한 장씩 쌓으며
눈밭에
매화로 피어
곱게 웃는 저 가락은

허리 흰 골을 따라 젖은 시간 닦고 있는
산들바람 함초롬히 귀 열어 듣고 있다
흐벅진
열두 줄 가락
아무도 들은 적 없는

가을 추억

어쩌다 가을 물빛에
마음 적신 그대는
흔들리는 기억 사이로
맥을 짚고 다니면서
색 고운
달빛 만 갈래 엮어 가는 밤입니다

메아리 붉게 번져
산허리를 두릅니다
쌓이고 넘치는
꿈 뜨락에 내려서서
조용히
추억 한 채 이고 새벽 산책 나섭니다

고향, 그리움
― 회나무, 노을에 서다

대쪽 같은 삶이었다 툭 툭 터진 구비마다
곰삭은 생각이 막힘없이 흐르다가
한 시대 풍미한 만월 가지 끝에 내걸었다

내 유년을 흔들어 놓은 무거운 저 하늘로
정안수 손 모은 기도 바람결에 띄워 놓고
창연한 고향 내음도 한데 묶어 걸었다

허리 잘린 시간에도 뿌리 속엔 움이 돋고
흥겨운 삼백 년 눈부신 저 봄볕 더미는
뒤풀이 흥겨운 가락 안고 선 노을이었다

달빛 환상

본시 그건 무거운 침묵이 아니었다
태초의 죄목도 남아 있을 여지가 없는
넉넉한
모습으로 다시
가득 안길 노래였다

저만치 등 돌린 채 흐느끼는 새벽은
속살 훤히 내보이고 오장을 다 쏟으며
정적도
얼어붙은 듯
가고 올 줄 모른다

동백, 그리움 따라

밉다 또 그립다
진종일 해묵은 사랑
천년 그 정점을 바라
사오십 년 묵혔다가
태우며 능선을 돌아
구비마다 쏟는 각혈

산새 소리 잎 잎마다
아프게 내려앉고
먼 하늘 내 어머니
그리움 붉은 울음
외롭게 뜬구름 위로
그렁그렁 쏟아낸다

이인숙(李仁淑, Lee, In sook)
1950년 경남 함양 출생. 진주교육대학교 졸업. 《시조생활》(2001) 등단. 시조집 『돌아가는 길』(2010, 창조문예), 『어쩌라고』(2017, 명성서림). 성동문학상 수상. 성동문인협회 사무국장·부회장 역임. 한국문인협회, 한국시조시인협회, 한국여성문학회 회원.

이인숙 시인은 한결같이 현장감을 통한 절실한 호소력으로 우리를 잡아끈다. 관념 세계를 과감히 배제하고 인간의 참모습을 끌어내 독자 앞에 제시한다.

—유성규(《시조생활》 발행인·세계전통시인협회 총회장)

이인숙 시조의 서정적 자아는 육중하고 곤고한 인생의 무게를 치열하게 도전적으로 대면한다. 그리고 숙연한 사유의 세계에서 시퍼런 생채기를 아물린다. 치열한 인생의 담금질, 그걸 다독거린 초월적 체념이 느림의 미학으로 귀결되고 있다. 유장한 전통 율격을 절제된 감수성과 비유적 이미지, 안온과 예지, 현대화한 품격이 돋보인다.

— 김봉군(시조시인·문학평론가·가톨릭대 명예교수)

봄이 오는 길목은

겨울 얘기 끌어내는
이 아침에 비질 소리
빛바랜 시간까지 화들짝 깨어나고

내 찻잔
김이 오르듯
아지랑이 오른다

토담의 민들레는
뽀얀 웃음이다
보리밭은 실눈 뜨고 찬바람을 휘젓는다

나 또한
핏줄 터지는
반란들을 보겠네

삶

고운 봄
햇살 밭에
꽃잎으로
피다가

천둥
번개
소나기
속살까지 찢기다가

때로는
종달새 노래
하늘가에 듣는다

어시장

여명黎明이 걸어와서
어판장에 앉을 때면
눈 부릅뜬 생선들이
저마다 몸을 푼다

그물에 걸린 햇살도
푸드덕
비늘 털고

떠들썩 경매 소리
잦아드는 언저리
아침을 썻어 널고
허리 편 늙은 어부

비린내
배인 지전紙錢에
피곤함을 접는다

정情

돗바늘 살 찌르는
통증도 참아내는

자꾸만 빠져드는
깊고 깊은
수렁 같은

주고도
듬뿍 주고픈
큰 사랑
더 큰 아픔

돌아가는 길

하오의 버스는 한참 피곤하다
네 무게 내 무게로 찻길까지 피곤하다
서울은 황사 먹고서 산달産月같이 피곤하다

어차피 뻗은 길은 무게를 업고 가듯
내가 온 길 내가 갈 길 허술하길 바랐겠나
턱 밑의 잦은 숨결은 참기 차마 힘들어라

고달픈 이들이여 예 와서 쉬어 가라
컬컬한 목 축이고 푸념은 부려 놓고
베개 밑 출렁거리는 꿈에 젖어 보아라

내려놓기

뭉쳐진 욕심덩이 켜를 이룬 포만감을
마음의 손을 씻고 정갈하게 털어내자
휘감긴
허물의 넝쿨
미련 없이
걷어내자

버려야 채워지는 고향의 우물같이
아리랑 그 춤사위 한줌 흙에 심고 싶다
불끈 쥔
주먹을 펴면
이토록
날 것 같은

사월

반란이 일어났다
봄 들녘 가지마다

색색의 아우성이
줄지어 행진하면

무장武裝한
꽃향기 시위
어질 머리 앓는다

여기서도 저기서도
꽃무리들 달려와서

어쩌라고 빈 가슴에
화톳불 지피는지

차라리
눈 감아야지
환장換腸할
사월에는

우산

비바람 막아내다 뼈마디 부러져도
행여나 몸 상할까 온몸으로 감싸준다
따스한
햇살 한줌도
받지 못한 한평생

보내고야 깨달았네 당신이 우산인 걸
궂은날엔 찾아대다 개이면 외면했던
그 불효
가슴 칠 때면
쏟아지는
눈물비

불꽃놀이

메마른 가슴들이
꽃잎으로 떠오른다

웅크렸던 욕망들이
광란狂亂의 춤을 춘다

황홀한
아픔덩이가
별가루로 흩어지고

감나무

이름도 정이 담긴
너는
가을 화가다

초라했던 마을에다
풍요 그림 선물했네

간짓대
어머님 음성
가을을 꿰고 있다

이인식(李仁植, Lee, In sik)

1935년 6월 12일 제주 삼도동 출생. 호 송고(松皐). 경찰전문학교 졸업(1956). 〈서울신문〉 신춘문예 시조(1984), 《시조문학》(1984, 봄호) 천료 등단. 나래시조 동인. 한국시조시인협회, 서울 문우회 회원. 제주 영주신문사 기자(1959), 강원도 영월군청(1967)·영월 석정여고교(1970)·서울 배성여상고교(1974)·한국 쎌크푸로셋스 학원(1975)·서울 선곡국교 교사 역임.
—

겨울 개구리

주말 가평 와서 겨울 개구리 본다.
몸에 좋다면서 석쇠에다 굽는 아낙
아무리 그렇기로서니 바뀐 세상 못 참겠네.

미운 속셈의 화덕 숯불에 타는 아픔
지지고 볶아대는 온갖 비린 비정非情이여
이 세상 다 망가지면 사람까지 남아날까.

한 목숨 디뎌온 땅 더 밟기 민망해라
길 잃은 물갈퀴 떼 하늘 가서 울어옌다
그 넋들 모두 모여서 겨울비로 내린다

겨울 대장간

뭉친 피멍으로 분화墳火 뿜는 조개탄들
고독한 풀무질인 민초民草 그 시린 손은
허물고 새로 짓고는, 바람집을 세우더라.

달군 시우쇠 마음 온갖 아림 게워내어
슬픔도 벌겋게 녹아내리는 일상日常
한 하늘 팔뚝에 내려 이승 치고 저승 칠까.

말 못할 생각 안에 한가득히 차오른 적막
눈벌 눌러 덮은 허공마저 녹이 슬어
쥐고는 고쳐 잡는다, 세운 내 단단함을

잃은 빛들이 와서 다시 벼리는 장날
쉴 새 없는 달구질로 다져낸 날 끝마다
지지직! 물도 타누나, 오랏줄을 끊누나.

고추

깊고도 매운 이 뜻 물들고 물든 생각
타는 영원이 오직 가꾼 속엣빛이
때맞춘 철바람 불어 가마 타는 화랑花郞.

신부新婦여, 마늘아기 출토되어 만나는 꿈
금화金貨 땅에 쏟고 달이 해로 바뀐 이름
한 포기 배추만 한 세상 얼얼히 배어들어.

나비 소묘

꽃번지 찾아드는 사랑 말씀 왕복엽서
지고 온 하늘 두 장 하나로 접어 놓고
가만한 마음을 불러 돛배 되어 흐른다.

눈 내리는 아침

하늘 간 영혼들이 마음의 꽃잎들이
산을, 들을 덮고 도시를 감싸준다
발자국 송구스러워라 가슴은 정淨한 물빛.

바람

꽃구름 꿈빛으로 소리내는 바람들이
흰개 검둥개 되어 숨고 찾는 숨바꼭질
새들도 호르륵 호르륵 해으름을 속삭이네

사랑을 위한 엽서葉書

내 영혼 푸른 섬을 살며시 안은 바다
할 말로 부는 바람 영원 쪽을 가는 돛배
은하수 질러 나가다 보석들을 쏟는구려.

산도라지 꽃

산마랑 풀숲들이 선들바람 뽑아내듯
웅달 둔덕 아래 가만한 마음 뽑아
솔바람 강물로 가는 그 꿈을 쪼겠누나.

매미들 두고 가신 옥빛 안으로 갊아
못 견딜 하루해도 흔들어서 다 보내고
애완븐 뻐꾸기 메아리 도로 들어 등불혀다

산중별곡山中別曲

흙살 부르트는 해빙解氷의 들녘을 지나
깊은 산속을 혼자 가만 파고들면
가슴이 깊이 재우던 약초藥草 새움 돋는다.

어제 하루를 내린 그 비의 말씀들이
오늘은 나절 내내 아지랑이로 오르시고
산속은 빛 부신 바다 온통 햇살의 나울

저 아래 망태 끼고 심마니 올라온다
따라 한없이 가면 무슨 세상 숨었을꼬
갑자기 큰 바위 하나 앞을 막고 나선다.

눈 깜짝할 사이 심마니는 스쳐가고
내 도로 혼자 되어 하산下山을 서두른다
지고 온 문명文明의 짐을 부릴 데가 없어서.

내 또한 어부漁夫 되어

감감턴 세상 한끝 작은 배로 닿아 들어
싣고 온 시간들을 넋 놓듯 보내누나
가만히 딛어 오르면 갈대 새순 뽑는 바람

만발한 꽃숨 쉬며 맺고 있는 가득한 봄
복사 꽃빛 물든 새 떼들 지저귄다
가슴 안 십 리 풀밭엔 보슬비 젖는 소리

문명文明을 앓던 골목 가마득한 날들이여,
홀로 가꾸던 뜨락 여울 이리 감고 돈다
말하리 참으로 채워 다 비우는 일들을.

이인웅(李仁雄, Lee, In woong)

1941년 전북 정읍 신태인리 출생. 동아대학교 (상과) 졸업. 《한국시》 신인상 시조(1998) 등단. 시집 『혼불을 밝혀 든 채』(2015, 문학공원). 포천문학상(2008), 문학활동 공로상 국회의원상 (2016) 수상. 한국문인협회, 한국시조시인협회, 씨얼문학회, 포천예술인동우회 회원. 포천문인 협회 이사. 포천마홀문학회 부회장, 포천노인복지관 문인반 강사.

이인웅 시인은 순수서정의 맑은 시심으로 아름다운 서정미를 발현하고 있다. 자연을 좋아하고 탐미의 대상으로 삼아 긍정의 시학을 펼치고 있는가 하면, 자연과의 교감으로 삶의 통찰을 이끌어내는 심안을 지니고 있는 것이다. 이런 강점들은 앞으로도 이 시인의 정신적 영역을 더욱 풍요롭게 해주리라고 확신하는 바이다.

— 김석철(시조시인 · 한국시조시인협회 자문위원)

혼불을 밝혀든 채

차가운 외로움도
체온으로 다스리고

박토에 뿌리 내려
심성 곱게 길렀느니라

갈 햇살
슬기로 받아
조촐하게 엮는 일과日課

늦가을 무서리에
저린 삭신 추스르고

혼불을 밝혀든 채
들길에 나섰는가

한 떨기
조선의 꽃이
일깨우는 토종 의지.

백운계곡에서

백운산 그 깊이를
어이 다 헤아리리

골마다 자락마다
동양화를 그려놓고

슬며시
흰구름 한 폭
운치롭게 펼쳤네.

다양하게 품은 비경祕境
솔바람 청류여라

옥류대 명경지수明鏡止水
신선이 따로 있나

어느덧
저무는 하루
아쉬움만 더하네.

봄

봄바람 불어온다
하늘하늘 춤을 춘다

동구 밖 저만치서
아지랑이 피어나고

졸졸졸
시냇물 흘러
막힌 가슴 트인다

봄바람 불어온다
온 산이 들썩인다

얼었던 대지 위에
잉태하는 새 생명들

어느새
버들강아지
실눈 뜨고 웃는다.

들국화

밭두렁 논두렁을
삶의 터로 자리잡아

비탈길 오솔길도
장소를 가리지 않고

아무런
불평도 없이
만족스레 웃고 있다.

척박한 돌 틈에도
보란 듯 뿌리 내려

오가는 길손들을
미소로 반겨주고

바람에

향내 풍기며
고향땅을 지키니.

가을 설악산

붉게 물든 치마폭에
추풍이 일렁인다

설레는 가슴 안고
산허리를 돌다 보니

어느새
붉게 취해서
외쳐 보는 야호 소리.

안개

지척도 가늠 못할
하이얀 적막 속에

감추어진 실체는
진정 무엇일까

아무리
궁리를 해도
안 풀리는 숙제군.

혼돈의 심연인가
불확실의 호수인가

법도의 햇살 내려
장막을 걷어야지

아직도
덜 깬 선잠이
몽롱하게 스미나.

명성산 억새

눕히고 쓰러져도
바로바로 서는 의지

시련이 길들면은
아름다움을 보이는가

바람도
신명이 나서
산등성을 달린다.

활기찬 꿈의 동산
명성산 억새 축제

넘실대는 은물결에
파도라도 타볼거나

자연의
신비로움에
감탄사만 나오네.

산책

골마다 냇물 소리
옥구슬이 굴러가고

솔향이 물씬 나는
오솔길을 걷노라면

내 인생
고뇌와 번민
눈 녹듯이 스러진다.

국망봉 산행

눈보라 칼바람이
후려치는 산등성이

몇 걸음만 내딛어도
헐떡이는 가쁜 숨결

지척에
하늘이 내려와
지켜주는 국망봉.

깊고도 험한 골짝
좌우로 비껴 두고

정상에 올라 보니
영웅이 따로 없네

순식간
달아나 버린
크고 작은 일상사.

행복한 삶

춘풍추우 희로애락
바람 같은 지난날들

한결같이 만족스레
욕심 없이 사신 형님

한 생애
가꾸신 터전
보람 열매 크오이다.

구름처럼 쉬엄쉬엄
백수를 누리소서

오늘은 예순 세 해
생신 축배 올리나니

이제 더
남은 여생을
즐겁게만 누리소서.

이일향(李一香, Lee, Il hyang)

1930년 대구 출생. 대구가톨릭대학교(국문과) 졸업. 《시조문학》 천료(1983) 등단. 시집 『기도의 섬』(2008, 동학사), 『기대어 사는 집』(2010, 동학사), 현대시조100인선 『이승 밖의 노래』(2006, 태학사), 『목숨의 무늬』(1998, 마을), 『구름 동행』(2006, 마을), 『별은 잠들지 않고 노래한다』(2015, 시월) 외. 신사임당상(1989), 카톨릭문학상, 펜문학상, 정운문학상, 한국시조시인협회상 수상 외.

———

이 나라의 하늘에는 시의 광망光芒 유난히 밝게 빛을 뿜어 왔다. 비로소 모국어의 새벽이 시작되던 20세기에 들어 일제의 침략으로 겨래의 얼인 말과 글이 짓밟혔으며 그에 시인들의 굴절이 잇달았다. 그 가운데서 이설주 시인은 오롯한 시정신으로 시작활동을 한 민족시인이었다. 그 문성文星이 구름에 가리는가 싶더니 홀연히 따님 이일향 시인이 나서서 오늘 이 시조시단 한가운데서 치열하게 작품 생산을 해오고 있다. 그의 30년 창작력과 시의 성과는 실로 경이롭지 않을 수 없다.

— 이근배(시조시인 · 대한민국예술원 회장)

———

문패를 내리며

산보다 무거운 문패
낙엽인 듯 내립니다

눈물 머금은 그 미소
가슴에 금을 긋고

애석한
이름 석 자를
당신 곁에 묻습니다

가을비 다 갠 날
산국山菊 덮고 누운 그대

나직한 신음으로
바람도 흐느끼는데

들머리 피어난 안개
흔들리고 있습니다

고향서 보내온 서류
호주도 바뀌었고

사위어 간 세월 저편
하늘마저 저무는데

한 줄기
떠는 별빛은
어느 땅에 묻히리까

기대어 사는 집

산보다 더 높은 산이 비바람을 가려 주고
물보다 더 깊은 물이 사랑 한 채 싣고 와서
해와 달 서로 비추는
당신의 뜨락입니다

영조英祖 어진 임금 터를 골라 앉힌 궁궐
손수 바위에 새긴 취암醉巖 두 글자를
당신은 이름으로 받아
내 가슴에 심었습니다

꽃 피고 봄이 가고 눈 오는 겨울 가고
당신이 비운 자리 그리움의 나날들을
기대어 더불어 사는
내 영혼의 다락입니다

* 취암醉巖: 사직동 우리 집터는 영조 때 도정 궁터로 영조가 친각親刻한 취암醉巖이라는 암각이 있는 바 남편이 그를 호號로 했었다.

밀물과 썰물 사이
— 사직동시社稷洞詩

우리 집 뒤뜨락에 인왕산仁王山이 내려와서
바위 끝에 '취암醉巖'이라 깊은 글자 새겨 놓고
사시절 솔바람 소리 나를 울려 놓습니다.

사직社稷골 터를 잡아 산 높이로 집을 짓고
비스듬 세월 기대 나를 살라 하시더니
당신은 천만리 먼 길 훌쩍 떠나갔습니다.

밤 들면 떠오르는 우리 집 큰 등불을
모란 꽃밭 닮았다고 남들은 말하지만
나는 이 불빛조차도 감내하기 힘듭니다.

밀물과 썰물 사이 밟아 가는 아픈 상념
아니다 소리치며 발자욱을 지워 봐도
생각은 파도로 나가고 혼자 누운 해안선海岸線

아내

촛농이 타 흐릅니다
내 눈물이 흐릅니다

새하얀 모시 적삼
풀이 서고 싶었는데

아내란
참 고운 그 이름
아 허공의 메아리여

아이 집 등불

소나무 가지 너머로
새어 나온 저 창 불빛

불빛에 얼굴 묻고
손주놈은 앉았는가

닫힌 창 밤에 깊은데
책에 묻힌 그 모습

밤은 이미 두 점인데
불은 그냥 켜져 있고

머리털 희끗한 아들은
상기 돌아 못 왔는가

어느 먼 세상 끝 같은
등을 지켜 앉은 어미.

억새

산은 어디서 와서 어디로 돌아가고
강은 저 혼자 흘러 어느 바다에 닿는지
억새는 해 저물도록
빈 하늘만 이고 있다

햇빛 바람 이슬 푸른 꿈은 피어나고
그리움 키를 넘어 먼 세월을 감도는데
목 놓아 부르는 이름
노을 속에 묻혀 간다

안으로 타는 넋을 눈물로 어이 끄랴
눈비에 휘어진 몸 머리 풀어 춤을 춘다
천지가 은빛 울음으로
흔들리고 있어라

지환指環을 끼고

비췻빛 남녘 바다
굽이치는 그 파란 물
청람빛 물굽이에
한 점 떨군 세이렌 섬
그 섬에 또 한 점 떨군
단혈丹血인가 이 루비는

그 루비 고이 깎아
백금으로 물린 지환
햐얀 내 손가락에
둥근 속죄 끼워 놓으면
흘리신 보혈寶血이던가

내 가슴은 또 아파라

몇 번을 더 걸러야
나의 피는 맑아질까
주여 당신께서
내게 주신 속죄를
오늘은 눈밭에 떨군
홍매紅梅처럼 줍습니다.

묵주 한 줄 손에 쥐고

남편묘 새 단장하고
돌아와 잠 안 오는 밤

뚫어진 문풍지 사이로
별이 쏙쏙 빠져든다

내 몸은
여기 있어도
내 집은 그곳이던가

손에 꼭 쥐고 갔던
묵주를 헤아린다

드릴 말씀 무엇이리까
닳도록 굴리는 기도

꿈속에
다시 산을 넘어
당신 곁에 눕고 싶은

이일희(李一姬, Lee, Il hee)

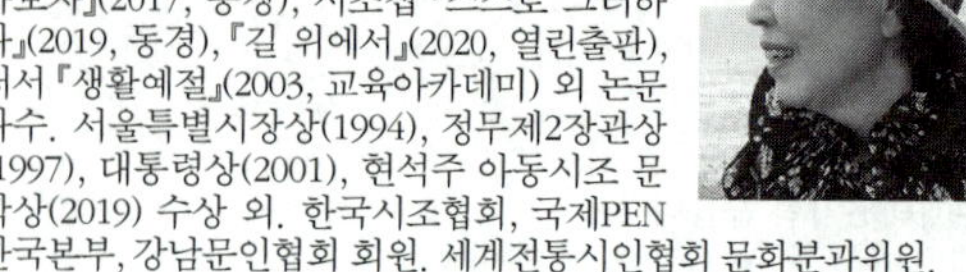

1945년 경기 시흥 포동 출생. 호 소학(小鶴). 덕성여자대학교(가정학과), 성신여대 문학박사(2004). 《시조생활》 신인문학상(2015) 등단. 동시조집 『우리들 세상이다 재미있게 놀아보자』(2017, 동경), 시조집 『스스로 그러하다』(2019, 동경), 『길 위에서』(2020, 열린출판), 저서 『생활예절』(2003, 교육아카데미) 외 논문 다수. 서울특별시장상(1994), 정무제2장관상(1997), 대통령상(2001), 현석주 아동시조 문학상(2019) 수상 외. 한국시조협회, 국제PEN 한국본부, 강남문인협회 회원. 세계전통시인협회 문화분과위원.

—

정천입지頂天立地, 하늘 아래 두 발로 꼿꼿이 선 생각하는 갈대, 나는 누구이며 어디서 와서 어디로 가는가? 이일희의 창작모티브는 마음 탐구와 참자아 찾기, 생사불이의 불교적 상상력에서 발원한다. 인간 실존이 처절하게 고독한 단독자라는 시학적 직관은 노장적 무위자연老莊的 無爲自然, 존재의 본연성 회귀와 회복을 더위잡게 한다. 우주 만유의 전일성全一性과 섭리를 읽게 됨은 소학의 철학적, 종교적 상상력의 발현이다.

— 김봉군(시조시인 · 문학평론가 · 가톨릭대 명예교수)

—

스스로 그러하다

하늘에 성능 좋은
CCTV가 하나 있다
사각지대 전혀 없이
우주 몽땅 찍혀진다
큰 흐름
영겁 속에서
스스로 그러하다.

길 위에서

내려놓고 내려놓고
백팔번 내려놓고
마음을 내려놓고
하늘을 우러르니
두둥실
흰 구름 가네
그 속에 내가 있네.

물새 소리

칠흑 같은 바닷가
한 물새의 울음소리
가슴속을 파고드는
처절한 외로움
눈 감고
묵상할 때에
들려오는 그 소리.

인간의 존재도
바닷가의 한 물새
원초적 고독감을
그 누가 풀어주나
풀기는
누가 풀어줘
본래부터 혼자다.

나랏 말쌈

백성을 사랑하사
제 뜻 능히 펼 수 있게
날 밤을 새우시며
깊은 궁리 하던 끝에
큰 임금 깊은 깨달음
한글 창제하셨네.

모든 이가 말과 글로
표현하며 소통하니
밝은 덕이 천지 가득
온누리는 태평세월
하늘 뜻 공경하면서
이 나라 지켜가세.

천년 미소

소리 없는 맑은 미소
영원을 잉태했네
오늘이 먼 훗날인 듯
미래가 오늘인 듯
고요한
신라의 미소
평화롭다 그 자리에.

신라도공 여문 솜씨
옹골지게 빚었으리
번개와 천둥도
저 웃음 깨지 못해
긴 세월
이겨낸 미소
전 우주를 감싸 안네.

어찌하오리이까

아버지 흘리신 피가
가슴을 울립니다
거머리가 빨던 피가
승화된 학자금이
한평생
나를 키워냈음을
이제야 깨닫는다.

인자하신 눈매 속에
아픈 속내 다 감추고
자식을 키워내신
그 정을 못 잊어서
하 세월
지난 뒤에도
눈시울이 젖습니다.

꽃비

'네 나이가 들수록
모친 생각 더 날 거다'
삼우제 후 친정 떠날 때
이웃사촌 하신 말씀
세월이
흘러갈수록
내 가슴에 사무치네.

그리운 정 고이고이
책갈피에 담은 꽃잎
어머니 상봉할 때
꽃비로 뿌리오리
이 마음 가득 담은 향
천상에 퍼지리다.

선상船上의 다향茶香

금슬琴瑟과 인성人性의 줄
맞닿은 인연이여
절절切切한 운율 되어
뱃전을 파고들 때
그 파장
다향茶香을 타고
구름 품에 안겨드네.

구름아! 봉래산에
안개비로 내렸다가
반기는 꽃가지를
살며시 끊어 안고
이 마음
전하여다오
사랑하는 내 님에게.

아리랑我理朗

고개 넘고 산 넘어
참 나를 찾아서
저 언덕에 다다르니
내 안에 내가 있네
진아眞我를
밝게 찾으니
아리랑 아라리요.

십 리 길 갈 것 없네
아리랑 아라리요
제자리 앉은 곳
내 맘속에 나 있으니
발병이
날 일 없구나
내가 바로 아리랑.

명상차暝想茶

이른 새벽 우물에서
별을 떠다 차를 달여
고요히 눈을 감고
마음을 비웠더니
가슴속
솟는 샘물에
둥근 달이 떠오르네.

이재곤(李在崑, Lee, Jae gon)

1939년 경북 영덕 창수면 출생. 한문 수학. 《미래문학》(2003), 《문학사랑》(2007) 신인상, 추강시조문학상(2013) 등단. 저서 『서울의 전래동명』(1994, 백산), 『서울의 민간신앙』(1996, 백산), 『남산의 역사와 문화』(1998, 서울 중구문화원), 역서 『조선무속고』(1991, 동문선), 『조선해어화사』(1992, 동문선), 『조선신사지』(2007, 동문선) 외. 한국문인협회, 한국시조시인협회, 한국시인연대, 한국자유문인협회 회원. 국립중앙도서관 고서전문원, 서울특별시사편찬위원회 집필위원(역사·민속 분야).

길

이재곤

외로운 유성처럼
달려는 곧은길은

밀려날까 스러질까
초조한 조바심이

문명의 폐해 속에서
외로워야 하는가.

—

이재곤의 작품 경향은 한문과 동양의 고전에 능통한 시인이 동양인의 서정세계를 동양적 감성으로 구상화하여 특이한 시풍을 개척, 세련된 시어와 밝은 경지로 승화하려는 높은 정신의 추구를 엿볼 수 있으며 서양 외래사조를 배격하고 동양적 예지의 심오한 세계로 몰입하여 그 경지를 생동감 있게 표현했다.

— 허영자 외(편저), 『한국시 대사전』(이제이피북)

—

매화梅花 찬讚

눈 속에 피는 꽃잎 그 향기 팔지 않고
설한雪寒에도 송죽松竹처럼 굳건한 그 절개
불의不義에 물들지 않는 선비들이 아낀 꽃.

다섯 잎의 순결한 희고 붉은 꽃으로서
그윽한 그 자태는 군자君子의 품위 같은
요염한 벚꽃에다가 비교해선 안 되지.

소나무 대나무와 세한삼우歲寒三友 벗이 되고
미인의 머리에도 장식됐든 매화잠梅花簪
지조를 연상시키는 격조 있는 매화여.

구름과 인생

한 조각 뜬 구름은 영원한 나그네
떠돌다 사라지는 사람 또한 그러하니
구름이 곧 인생 같고 인생도 구름 같은 것을.

선비 정신

궁색한 살림에도 마음은 팔지 않고
의리義理를 목숨보다 소중히 여기셨다
위선僞善을 용납 않았던 선비 정신 그립다.

술회述懷

찬란한 별을 찾아 걷다 보니 황혼이다
희망찬 꿈들은 내 곁을 떠나가고
한 세월 이리 짧은데 여름 해가 길다 했나.

뜬 구름 쫓다 보니 삶의 자취 하나 없다
뉘우쳐 후회한들 늦은 걸 어찌하랴
청춘은 춘몽春夢 같은 것 촌음寸陰을 아낄 것을.

꽃단풍

늦가을 붉은 별이 가지에 내려앉듯
그 별이 빛을 낼 때 온 산은 붉게 탄다
정열이 멈출 날까지 겸손하는 꽃단풍.

남산 위에 저 소나무

풍상風霜을 겪어 온 지 백 년인가 천 년인가
혹독한 설한雪寒에도 꿋꿋한 그 기개氣槪는
청사에 길이 빛나는 선열先烈들의 기상이여.

갑옷 입고 우뚝 선 늠름한 저 모습은
종로를 바라보고 여의도를 굽어보듯
푸른 잎 변치 않으니 닮고 싶은 마음이여.

장수바위

묵중한 그 모습은 세월이 비껴간 듯
후미진 이 길목을 지킨 지 얼마인가
비바람 휘몰아쳐도 길섶의 이 묵시黙示.

그 시대 비운悲運 맞아 용마龍馬는 날아가고
전설 속 이야기의 주인공 되었는가.
상전桑田이 벽해碧海 되어도 이 자리를 지킬까.

카멜레온 색깔

주위를 살펴가며 처세술 생각하여
수시로 변해 가는 그들의 피부색은
오늘도 가는 곳마다 바뀌지는 저 색깔.

영월 장릉莊陵에서

울먹이며 절을 하듯 둘러 있는 장송군락長松群落
산새도 지쳐 울고 솔바람은 맴 도는데
헤아려 육백 년 세월 그날 보듯 아리다.

한 송이 모란꽃이 반만 피어 외로운데
광풍狂風이 불어닥쳐 떨어져 맺힌 여한餘恨
그 한恨이 전해서인가 슬피 우는 두견새.

코스모스

가녀린 꽃잎마다 고운 빛 물들이고
길섶에 무리 지어 자태를 한들대며
풍진風塵에 더럽힌 나를 위로하듯 방긋한다.

파란색 하늘 아래 하늬바람 불어오면
오가는 이 반겨 맞고 연인도 되어주는
청초淸楚한 너의 모습은 소녀의 순정이다.

이재순(李在順, Lee, Jae soon)

1951년 경북 안동 도산 출생. 경북대학교 박사 졸업(2006).《한국시》신인상(1991) 등단. 동시집『별이 뜨는 교실』(1995, 대동기획), 『큰일 날 뻔했다』(2013, 청개구리),『집으로 가는 길』(2017, 청개구리). 영남아동문학상(2014), 한국아동문학창작상(2015), 한국동시조 신인상(2017) 수상. 한국문인협회, 한국아동문학연구회, 한국동시문학회, 한국아동문학인협회, 한국아동문학회, 열린시조시학회 회원. 대구문인협회, 대구문인협회 이사.
—

이재순 씨의「단짝」외外 동시조들은 참신하면서도 재미있고 깊이가 있다. 동시조다운 밝은 관찰력으로 천진하고 귀여우면서도 한편에는 깊은 생각이 고여 있다. 그러한 특성은 '할아버지 기침 소리에 후다닥 깨어나서/ 앞장서 걸어 나가네, 귀가 밝은 지팡이'(「단짝」)이라며 마치 지팡이를 살아 있는 생명체처럼 표현하며, 할아버지의 외출을 먼저 알고 지팡이가 앞장선다는 발상이 참신하고 재미있다. 한편「연필」은 '찬밥 신세로 하릴없이 떼굴떼굴'이라는 표현에서는 예전 볼펜과 샤프펜이 없을 때는 주 필기구였던 연필이 찬밥 신세가 되었음을 말하고 있다. 세상의 변화에 따른 소외되는 것에 대한 따스한 눈길을 보내고 있는 작품이다.

— 이지엽(시인 · 한국시조시인협회 이사장 · 경기대 교수)

—

절구

어젯밤 내린 비가 절구에 가득하다

참새들이 목욕하고 직박구리 목욕하고

오늘은 노천탕에 모여
노닥노닥 파닥파닥

연필

볼펜과 샤프 펜이 필통에 들어온 날

주인은 녀석들만 번갈아 불러내고

연필은 찬밥 신세로 하릴없이 떼굴떼굴

단짝

사랑채 마루 끝에 가만히 졸다가는

할아버지 기침 소리에 후다닥 깨어나서

앞장서 걸어 나가네, 귀가 밝은 지팡이

까치네 아기 까치

미루나무 높이높이
까치네 둥우리

시장 간 엄마 아빠
어디쯤 오고 있나

깟깟깟
지저귀면서
소리로 마중 가네

출렁출렁 출렁다리

가슴은 쿵쾅대고
다리는 후들후들

마음은 건넜으나
걸음은 제자리걸음

다리가
다리를 잡고
놓아주지 않는다

이재웅(李再雄, Lee, Jae woong)

1949년 전북 정읍 신태인리 출생. 아호 석하 (石下). 《시조문학》 신인상(2016) 등단. 시조 집 『학산 뻐꾹새』(2017, 시조문학사), 『인생 3 막 9장』(2018, 시조문학사). 오늘의 좋은 작품 집상(2017), 제22회 올해의 시조문학 작품상 수상. 시조문학문우회 이사, 전북미협 서예초 대작가, 전북철인3종협회 회장.

—

이재웅 시인은 철인3종경기의 체육인이요, 붓글씨를 쓰는 서예가 이며 《시조문학》 신인상 당선으로 등단한 시조시인으로, 몸 담고 있는 분야마다 긍정적 열성을 기울여 두각을 나타내고 있는 의지 의 사나이다. 그의 시편들은 강인한 의지의 삶에서 표출된 긍정의 시학으로, 순리의 심성과 서정의 메시지를 담고 있다. 근래에는 굴 곡의 세월을 넘어 충만한 시심으로 꿈이 있는 행복한 나날을 노래 하는 경향을 보이고 있다.

— 김석철(시조시인 · 한국시조시인협회 자문위원)

—

꽃무릇

곧게 뻗은 줄기 위에
외로이 홀로 앉아

어느 때 망울 맺어
불꽃을 피울 거냐

봄여름 다 보내고서
너울춤을 추려나.

어쩌면 풍란 같고
어쩌면 수선화 같은

숙명적 외로움의
꽃무릇 꽃나무야

네 모습 애처로움에
눈시울이 맵구나.

순리 인생順理人生

하는 일이 꼬여져도
긍정으로 풀어 가며

이성과 지성으로
시공간 초월하여

강물이
흘러가듯이
순리대로 살아가세.

순리란 하늘의 도道
느끼고 행하는 것

마음 속 평정심에
맑은 하늘 바라보며

이웃과
통하는 마음
동행同行하며 사는 것.

인생 3막 9장

인생은 태어나면서 1막 3장 시작되고
절정의 결혼으로 2막 3장 이어지며
정년 후 새로운 인생 3막 3장 열린다.

펼쳐진 3막 9장 연극 같은 내 인생사
귀중한 삶의 가치 성실하게 연출한다
돌아본 걸음걸음이 무게 담아 다가온다.

참 스승 3
— 바둑계 이창호*를 성공시킨 두 스승님

제자의 미래 위해 국위선양을 위해
서서가 유비에게 공명을 천거하듯
더 좋은 스승에게로 추천해준 전영선 사범

제자의 잠재력을 일깨우고 길러내어
바둑계의 새 역사를 열어주신 참 큰 스승
이창호 바둑 9단을 성공시킨 조훈현 국수님

스승다운 스승이요 숭고한 두 스승님
스승의 귀감이 되어 길이길이 빛나리
참 스승 전영선 사범, 참 큰 스승 조훈현 국수님.

* 이창호(1975~): 한국 프로바둑기사 9단. 최연소 우승, 최연소 세계 챔 피언, 역대 최장기간 바둑 세계랭킹 1위 등 바둑 역사에 다양한 신기록 을 세웠다.

이심전심以心傳心

이심전심 성난 민심
촛불 물결 파도타기
민심이 천심이던가
상전벽해桑田碧海 이루겠지

정유년丁酉年
역사 교훈이
길이길이 남으리.

익산시 철인3종경기장
— 제99회 전국체육대회 기념비

찬란한 백제문화 꽃피운 익산 왕궁
체력이 국력이다 축제의 전국체전
웅포의 일원을 누벼 새 역사를 펼친다.

금강의 맑은 햇살 자연과 동화되어
한마음 한뜻으로 힘차게 전진한다
결승선 승리의 함성 길이길이 빛나리.

입추

가슴속 뜨거웠던
한여름 지내고서

스치는 바람결에
가을이 실려 왔나

귀뚜리
밤을 지새워
누굴 찾고 있는가.

수석壽石

묘한 끌림으로
마음을 앗아가지

매력을 끌어안고
참선에 든 그 자태여

한동안
수렁에 빠져
헤어나질 못했어.

입춘 3

칼바람 코끝 시린
입춘 절기 이르는데

때늦은 한파 자락
짓궂게 펄럭여도

매화는 햇살 받으며
꽃망울을 열고 있다.

사랑의 꽃씨

사랑의 꽃씨 하나
바람에 날려 본다

공허한 산자락에
그리움 너울너울

어느새 가슴속에서
예감으로 피는 꽃.

이재창(李在昶, Lee, Jae chang)
1959년 전남 나주 동강면 장동리 출생. 동신
전문대학(건축학과) 졸업.《시조문학》천료
(1979),〈중앙일보〉신춘문예 시조(1987),
《심상》신인상 시(1991) 등단. 사화집『그리
움이 터져 아픔이 터져』(1987, 나남), 평론집
『아름다운 고뇌』(1999, 시와사람), 시조집『거
울론』(2001, 태학사), 시집『달빛 누드』(2005,
시선사) 외. 한국시조문학상(2001) 수상. '혁
명' 시조동인.〈광주매일〉편집부국장, 논설실장,〈The대한일보〉
편집국장 역임.

갈대

내가 앉은 이 자리에 한 세상이 앉았어도
더 푸른 하늘 밑에 두 손 저어 보는 노을
이 생명 그렇게 건너가는 나는 정말 연한 갈대.

깨금밭, 독새 피밭, 갈대숲, 잣나무 숲
이 모두 살아가는 얼굴들이 그리워도
동산리洞山里 멥새가 우는 긴 설화說話가 자란다.

비바람 끝에 서서 한 생명 돌이 돼도
깊은 땅 뿌리 내린 한 그루 나무 되어도
어둠이 밀물로 고여 오는 나는 정말 굳센 갈대.

묵화墨畵를 옆에 두고

화선지에 스며 오는 깊은 달을 가늠하면
한결같이 꽃이 피는 은하銀河 속에 앉은 강물
살얼음 허울 풀어간 비늘 벗긴 동양화

구름장은 불면증에 헛기침만 주워 먹고
서린 살결 아름 채운 계절 돌린 바람결
저 들녘 홀로 지닌 삶 먹물 젖어 흩는다.

종일 바랜 무상無想을 묻고 떠난 가지 끝
눈빛 속에 한 꺼풀의 사군자를 다독이면
하늘 결 파문波紋을 건너온 몇 마리의 학이 난다.

비혼가悲魂歌

고만한 진통은 늘 가슴 깊이 들어선다.
밤마다 살아있는 강변 혼을 불러와
바람 끝 넘는 이승에 금선琴線 한 줄 건져낸다.

꽃을 피워 목숨 거두는 어둔 물살 차오르면
네 짙은 눈빛도 하나 별이 되어 젖어 든다.
즈믄 밤 푸는 얼레는 저리 슬피 울던 것을.

새는 한 오리 깃을 펴고 꽃밭을 떠오른다.
우물 속에 비쳐 오는 혼불을 찍어 내어
머릿살 딛는 그리메는 홀로 흐느껴라 새여.

설계도

선線들이 공허를 기는 사절지 복판에서
소산한 언어를 짚는 햇살이 외로 내리면
눈빛 속 작업장에서 몇 정보의 밭을 간耕다.

키를 재던 바람 몇 뼘 내실 문門을 두드리고
혼탁한 공해 몇 평 고뇌의 가슴에 젖는
선율은 눅눅히 포복할 한 줌 비의 해갈이여.

이백 분의 일로 함축된 크로키한 우리 웃음
즈믄 밤 빈 잔을 붓듯 먼 시름이 묻어 와서
한 톨 씨 뿌리던 팔목 내 음성을 작도한다.

오늘을 사냥하는 자들의 권태

　그대 참한 강물에 낚시를 드리운 사람.
　오늘은 강변 풀꽃이 인간의 낫질에 잘려 나가고, 해와 같은 인간의 생명은 떴다 가라앉고, 수많은 인간이 고뇌하는 강촌의 미화된 얼굴과 성실한 발목을 보기 위하여 그대 애그니스를 온몸으로 감싸며 아파트 정문을 나서고 있다. 흔들리는 저녁의 자유. 잠든 서울이 잠버릇을 하고, 식빵 한 조각에 몇몇 낮과 밤이 술이 취해 배고픈 사람. 그 등 너머로 차거운 별빛이 잠시 머물 때 서울의 고독과 사랑과 자유, 서울의 빵과 눈물과 배고픔, 절망의 자유를 누리는 인간의 두뇌, 산다는 것은 몇 개의 분신으로 나눠지는 삭막한 일인데, 그대 서울의 풍성한 고통의 물고기를 낚아 올리고 있다.
　고요한 빈 가슴에 술잔을 나누며 인간의 빈집이 흐느끼는 서울의 끝.

위대한 사기꾼

　개자식들이다. 내부수리의 현장에서 일어서지 않는.
　나플레옹 꼬냑, 보드카 하야비치, 조니워카, 알렉산더, 마패 브랜디, 로진스키, 노블와인…. 모두가 식탁 밑에 안경을 쓰고, 잊을 것은 잊고 버릴 것은 버리는 눈이 먼 얼굴은 몇 개 얼굴로 넘나들고, 피곤한 정신은 옆에 서서 늘 오기를 부리는 대학 강사의 눈빛 같은 기항지를 찾아 게나 고동이나 전봉준이는 깡다구가 있었네, 종달새는 사라진 지 오래네, 신한국문학사는 오해를 하고 있네, 술꾼들은 언제나 평온하네, 애드벌룬의 낙하는 우리들 최후의 날이네, 리얼리즘을 문제로 취급하는 강냉이 같은 이빨을 갈고 있었네, 순수시가 어쩌네, 참여시가 어쩌네, 노벨문학상이 어쩌네, 가을철 문학상 제도가 간나구 같네, 출판기념회가 재미있었네, 현대시는 독자들을 외면하네, 꽃을 파

는 여자들을 좋아하네라고 지껄이는 개자식들의 발足에 땀이
나 흘리리라. 그들의 머리가 진실하지 않고, 그들의 목소리가
진실한 자는 거리의 팅족들이다. 돌아서서 슬픈 얼굴을 짓누르
며 잔을 드는 그녀의 화대花代로 취하는 오늘을 기념하기 위하
여 오, 방황하네, 부활이여 환희여.
　풀꽃과 나무를 베어내는 모습을 보다가 나는 그만 발길을 옮
기고 말았다.

하얀, 매우 하얀 공간

　어떻게 하시겠어요? 잘해드릴게요.
　저를 아시나요? 하루에 담배 삼십 개비가 필요해요. 많다구
요? 아녀요. 기분 좋은 날은 사십 개비도 난타하기도 하는데.
술은 열네 잔이면 적당해요. 신년 벽두에 조절한 지출예산 결
정안이 벌써 부도를 냈고, 매일을 힐책하는 입금과 지출의 대
차대조표에는 손익 계산에서 치사찬란한 숫자로 적자를 토해
냈어요. 아마, 자신의 무능력함과 나약함의 정체일 거예요. 새
벽 공중전화의 이유 없는 반항으로 십 원을 거저 주기도 했구
요. 뭐! 길들여져야 한다구요? 저의 엉덩이와 유방을 보세요.
매우 튼튼하다구요. 남들은 그래요. 저 여자, 병든 여자 같다구
요. 자, 보세요? 매우 하얗다구요. 제가 먼저 한 잔 들어야겠어
요. 벌써 마셨다구요? 제가 한 잔 딸죠. 그러니까 갈기갈기 찢
어진 갈보의 처녀막처럼 나의 손때는 재생할 수 있어요. 역마
살이 끼어 있더군요. 고생할 팔자라구요. 다 그런 거라구요. 왜
우리는 이렇게 살아가야만 할까요? 저도 모르겠어요. 다 그런
것 같아요.
　아저씨, 어떻게 할까요? 뭘, 다음에 또 오죠.

이재호(李在浩, Lee, Jae ho)

1949년 경북 영주 하망동 출생. 아호 소조(小鳥). 영주중앙초(13회), 영주영광중(12회) 졸업. 〈경남신문〉 신춘문예 시조(2003), 《문예비전》 신인상 시(2003) 등단. 시집 『두메의 아침』(2006, 고요아침), 『커피가 있는 두메』(2018, 고요아침). 한국문인협회, 한국문인협회 영주지부, 영주시조문학회, 나래시조 회원. 한국시조시인협회 기획이사.

이재호 시인은 천부적인 시적감수성과 군더더기 없는 언어로 '비루먹은 거랑 가' 등 예사롭지 않은 상상력과 개성이 뚜렷한 표현능력(「눈길에서」), 쉬운 말로 사물을 받아들이는 문학성이 충실한 시조다운 시조(「까치의 노을」), 기독교 신자인 작가의 영혼 속에 흐르는 맑은 사랑이 등불과 별과 하얀 날개로 비상하는 새 떼(「목련」), 어머니의 산소를 지나며 그냥 가슴 밑바닥으로 슬픔을 담담하게 그린(「산소 지나며 2」), 물 흐르듯 가락이 유연하고 짜임새가 아름다운(「채석강에서」), 또 오염된 시대에서 오염되지 않은 또 다른 하늘을 볼 수 있는 마음의 눈과 그 하늘의 말씀(교훈)까지 들을 수 있는 마음의 귀를 열어두고 있다.

— 김남환(시조시인 · 한국시조시인협회 고문)

눈길에서

소죽 연기 서슬 퍼런 우윳빛 커튼 너머
잔설이 누더기 되어 걸어가는 산마을
동그란
하늘 내려와
자갈밭은 은하 되고

얼면서 크는 나목 노란 햇살 새끼 치자
비루먹은 거랑 가 얼음 칼만 번득인다
작은 새
서툰 노 저어
탱자 울 넘나들고

타오르는 불면덩이 이엉으로 엮고 엮어
하얀 밤 눈사람이 끼적이며 부른 이름
오늘은
싸락눈 되어
새 가슴 파고든다.

까치의 노을

흰 눈이 흩날려도
무뚝뚝한 측백 울 곁
꿈 없이 저무는 들 노을은 진홍이다.
산자락
공동묘지는
두런두런 꽃 피우고

맨손으로 우러러도
동천冬天은 포근하다
덩그런 까치집은 메아리만 걸렸고
빈 처마
고인 그리움
하나 둘 별로 뜬다.

목련

겨우내 실눈 뜨고 하얗게 키운 꿈은
돌아올 그 길목의 부신 등불 되는 거
싸락눈
심술 부려도
더욱 곱게 피는 거

진주 같은 기다림
우러르는 소리 맑다

깊은 밤 고운별은 그리워서 벗 삼고

오로지 하얀 나래로
비상하는
새
새 떼.

산소 지나며 2

꿈을 안고 다니신 그 길을 지납니다.
뫼 하나 지으신 후 엽서 한 장 없어도
두 눈을 크게 뜹니다.
혹시나 못 뵐까 봐

하늘에 안기어서 산처럼 푸르네요
먼발치 지나가도 '잘 살거라,' 하시는
어무이
이 가을에는
무슨 꽃을 피우나요?

갈 볕에 나와 앉아 흔드시던 수세미 손
새틸 같은 구름은 인생이라 하시더니
이슬도 별이 된 오늘
나락을 닮을게요.

한하운*을 만나다

남은 발가락 두 개로
천 리 길 절뚝이며
남도의 황톳길을 바람으로 찾아와

문둥아
보리 문둥아
또 참꽃이 폈구나

손마디를 묻는다.
파랑새 꿈을 담아
따스한 눈빛으로 그리웠다 하시다

산모롱
돌아가신다
가도 가도 황톳길.

* 한하운: 시인(1919~1975).

모하비*사막

사막을 가고 있네
메아리도 떠난 빈 들
지나는 화물열차 그 꼬리 끝이 없고
제슈어**
싹이 돋는다
봄 이슬에 취하여

달려도 눈 모자라는 지평선 저 너머로
손잡고 같이 걷자
둘이면 족한 광야
가다가
날 어두우면
오두막 꿈을 꾸자.

* 모하비: 미국 서부에 있는 사막 이름.
** 제슈어: 사막에서 자생하는 풀 이름.

채석강에서

갯바위 품에 안겨 하얀 섬 바라보다

달려온 파도 자락 시 한 수 하라기에

가슴의
접어둔 엽서
달빛처럼 뿌렸다.

어머니 날 1

어머니의 노래가 골골에 넘실거려
잘 계시나 궁거워 꽃만 들고 갑니다
오는 길 잊을까봐 흰나비를 보냈네요

산길에서 꺾은 꽃과 카네이션 드립니다
부르면 일어나실 내 어무이 떠올리며
막내는 군에 갔습니다
씩씩한 모습으로

뻐꾸기 쉬어가는 수달래 만발한 산
심지도 않은 봇꽃 하늘가 붓을 들고
꼭 할 말 끼적거려도 산새들만 읽는데

한식이 훌쩍 지나 시 버린 할미꽃 곁
아들 보려 다시 피어 하시는 그 한 말씀
폈다고 내젓지 말구 더욱 숙이라네요.

만우절

새빨간 거짓말처럼 하루해가 기운다
요란하던 그 사랑은 노을에 펄럭거려
끊겼다 이어지는 길
헛기침소리 들리고

산허리 참꽃들은 아직도 함성인가
개울에 낮별로 떠도 어리는 저 핏자국
까치밥 달린 감나무
꽃 필 날 손꼽는데

내 어머니 계신 산은 진종일 봄빛 돌아
먼 걸음 지나가도 할미꽃이 보여서
영원히 사랑합니다
거짓말 아닙니다.

킬링필드*에서

감지 못 해 부릅뜬 저 유골의
눈.
눈.
눈.

할 말이 너무 많아 꼭꼭 씹고 있다가

문 열고
걸어 나온다
긴 이야기 토한다.

* 킬링필드: 캄보디아 죽음의 들판에서 나온 유골들을 모은 곳.

이전안(李全安, Lee, Jeon an)

1939년 전남 영광 대마 출생. 호 자미당(紫薇堂). 호남대 경영대학원(경영학과). 《문예연구》신인문학상 수필(1998), 《시조문학》천료(2000), 〈경상일보〉신춘문예 시조(2010) 등단. 시조집 『달 돋는 산이라서』(2002, 신아), 『환속하는 물레새』(2010, 신아), 『신개지의 아침』(2014, 시조문학사) 외. 시조문예대상(2004), 광주문학상(2011), 문예연구 작가상(2014), 정소파 문학상(2017) 수상 외. 광주 문예진흥기금 수혜(2017). 한국복지문학예술인협회 이사장, 〈서남일보〉·〈도민일보〉신춘문예 심사위원장 역임 외. 한국문인협회대회협력위원, 광주문인협회 부회장.

"한 편의 시가 태어나기 위해 진통을 겪으면서도 글을 쓰는 즐거움이 있다."라는 시인의 말에서 문학에 대한 열정을 읽어낸다. 시각적 심상이 두드러지면서 파노라마와 같은 전경을 연상하게 만든다(「동해 일출」). 한 장의 산수화를 읽어내듯 자연의 풍경과 인간의 모습 그리고 살아 숨 쉬는 모든 것들에 따뜻한 시선을 보내며 존재의 의미를 길어 올린다(「신개지의 아침」). 지친 일상을 돌아볼 수 있는 여유와 강물로부터 스스로 해답을 길어올리는 지혜가 시조의 운율을 타고 무르익어간다(「섬진강에 와서」).

― 김준(시조시인 · 서울여대 명예교수)

5월, 누에고치

할머니 지문이 찍힌 뽕잎마다 이랑진 삶
넉잠 든 잠실에 들면 반투명 누에들이
큰스님 넉넉한 손처럼 가진 것 죄 내줄 때.

이따금 명주실 같은 부드러운 바람결이
자디잔 물비늘을 은어 떼로 풀어놓고,
풀벌레 달빛 속에서 반짝반짝 울고 있다.

지는 꽃의 뒷등마냥 적막한 누에고치
길을 버린 누에들은 곡기마저 물리친다,
폭폭한 제 속울음도 다 퍼내지 못하고.

마분지 빛 흐린 날의 장막 한 겹 걷어낸다.
얼음 박힌 동치밋국, 할머니 손맛 되새기며
시렁 위 채반에 올라 가만가만 숨 고른다.

호박벌은 귓전에서 풀무 소리 잉잉거리고
가느스름 눈 뜬 채 장엄 열반 꽃 둥지 엮는,
한살이 터억 매조지한 울 할머니 뒤태 같다.

해를 봉헌한 하늘

뻐꾹 울음 천년 모아
태산을 이루었네.
새봄을 물고 오는
파랑새 푸르른 산
새들의
고운 날갯짓
추사체로 눈부시다.

하늘이 초대하는
용구름, 꽃구름도
바람 따라 가는 건가,
낮달 홀로 헤매는 길.
숨겨둔
해를 봉헌한
조선 하늘 동살 잡고.

버들피리 불며 오는 봄

하늘 에운 별들 슬몃 깨운 햇귀의 손
햇살 한 올 봄 문 열고
무슨 말씀 되뇌는가.
등 굽은 좁은 샛길에 개나리꽃 눈부신 날.

폭폭한 새싹들의 속울음도 접어두고
빈 골짜기 맑은 물에
노는 송사리 엿보다가
절량絕糧의 세상 저녁을 꾸어주는 낮달 본다.

오늘은 전설처럼 고요가 노둣돌 되어
허리 가는 햇살 몇이
발밤발밤 건너오고
이제야 하늘 문 열고 버들피리 불며 오는 봄.

신개지新開地의 아침

호숫가 버드나무 아래 세월 낚는 강태공
물에 넣은 금 낚시로 들어 올린 추억 몇 점
바람도
먹갈매기도
나들이와 노는 날
풋솜 같은 구름무늬 하늘에 피어올라
번뇌도 녹은 듯 향기로움 몸에 감길 때
때로는
풀빛 이생을
향수享壽처럼 가다 보면
마음 내 준 고운 햇빛 웃는 법을 알게 한다.
물비늘 등에 업고 황홀했던 반나절
새로운
세상이 열린 듯
몸 흔드는 저 꽃덤불.

세월의 강

백두의 푸른 눈썹 바람에 날리는데
밤새워 슬피 우는 소쩍새 울음 한 점
들풀에
이슬로 맺혀
시내로 흐른다.

장엄한 저 무등에 구름 한 채 앉히면
산을 물고 버들멧새 스룽스룽 날아와
만상의
갈피마다에
햇살이 널을 뛴다.

조선 여인 화선지에 붓끝 세워 먹물 찍은
붓놀림 진경산수에 들어서는 시간 앞에
하늘의
해묵은 달이
봄빛 물고 떠 있다.

봄의 단상

봄 오는 지하역에
훈김을 싣고 온다.

극광의 부신 햇살
플랫폼에 바장이고

비췻빛
투명 하늘이
대숲 잠을 깨운다.

타임캡슐

산을 에운 다복솔을 슬몃 깨운 햇귀의 손
해토머리 봄 문 열고 무슨 말씀 되뇌는가,
몇 갈래
굽은 샛길에
유채꽃도 눈부신 날.

보리싹 폭폭한 속, 속울음도 접어 두고
빈 골짜기 물소리만 하염없이 엿듣다가
절량絶糧의
세상 저녁을
꾸어주는 반달도 있지.

오늘 밤 전설처럼 고요가 노둣돌 되어
허리 가는 구름 몇이 발밤발밤 건너오고
내 이제
하늘 곳간에
저장해 둘까, 풀빛 이생을.

바다는 슬픔을 모른다

출렁이는 쪽물 바다 모차르트 음률이다.
하얀 버캐 풀어놓은 풋풋한 물너울에
건반을
두드리듯이
숭어뜀 뛰는 어족들.

파도에 대끼다가 등 비늘을 번들거리다
지느러미 나풀거림도, 신명겨운 뒤채임도
때 이른
바람 몰고 와
수평선에 활을 긋는다.

익명의 섬이 솟아 마주 서는 청동 물빛
쓸쓸한 세상의 저녁 우 우 우 해조음 따라
슬픔을
매장한 바다는
짐승처럼 꿈틀거린다.

동해 일출

누이의 초경 빛처럼
애벌구이 비린 해가
동해의 양수 속에서
발그스름히 차오르다
기어코
모 없이 둥근
심장에 불을 켠다.

익명의 바람 소리도
어디선가 들려오고
한 천 년 쟁여놓은
묵상黙想 같은 약속으로
비로소
우리 갈 길 위에
먹구름 걷어낸다.

섬진강에 와서

아이 손 낙엽들이 물수제비뜨는 오후
잘디 잔 물비늘이 은어 떼처럼 쏠려 다니고
극채색 물빛을 띠고 개어귀를 넘는 노을.

깔 깔 깔 손뼉 치는 가수알바람 갈잎 따라
선잠 깬 세포들이 자꾸만 술렁거리고
어둠을 매장한 강은 잉어 뜀을 여수고 있다.

날개 저어, 저어 가는 이름 모를 새 한 마리
어느샌가, 저 강물도 말문을 지쳐 두고
세속 일 수면에 띄우고 느릿느릿 흘러간다.

이정강(李靜江, Lee, Jung gang)

1941년 중국 북경 출생. 1979년 도미. 국문학자. 호 유승(柚承). 이화여대(국문학과) 졸업(1967), 동 대학원 박사과정 수료(1970). 《시조문학》 천료(1967), 〈중앙일보〉 시조 입선(1968), 《월간문학》 신인상 시 당선(1970) 등단. 시집 『프시케의 바다』(1978, 문예비평사), 『그 바람결에 연은 뜨고』(2011, 마을). 덕성여대 교수 역임.

—

가을 앞에서

쌍쌍이 나는 나비 떼 화려한 별리의 춤
여름내 햇볕 따라 단 오수로 꿈꾼 잔디밭.
튀길 듯 영롱한 햇살에 오색실로 여문 독백

온몸을 감싸 돌아 부서지는 빛무늬,
바람은 상실됨을 즐거이 녹살대어
우는 듯 파란 하늘에 실비아 발 빨간 길.

연보라빛 작은 꽃들 옹기종기 앳된 미소'
호루루기 불던 풀밭 반백 머리 드리우고
아늑한 그림자 안고 꽃씨 뿌려 안위安慰하다

달의 독무

무릎 꿇은 구름 무리, 미색 의상 찬 얼굴
뜨거움은 속으로만 넘실넘실 수놓음에
한 바퀴 시원스런 부채춤 나부죽이 내려앉다

박수 소리 잦아드는 업이 끝난 한순간
웃음을 가다듬고 고개 숙인 어깨 넘어
살풀이 긴 수건의 나부낌 툭 트이는 마음이여.

칼춤 탈춤 화관무 장고춤 북춤 승무
춤을 바꿔 가는 삶의 무대 멀고도 끝없어라
저만치 돌아간 하늘 포구 (포미악抛迷樂) 공 던져두고

미궁

한적한 서창叙唱으로 하늘대는 풀잎새
아련한 손길 모아 허공을 전송錢送하고
바람은 투명한 몸짓, 희롱하는 호곡呼哭인가

스러지는 향연香煙에도 파르스름 기함氣陷하여
속눈썹 깊게 닫고 막다른 해저海底의 섬,
오롯이 비추는 달은 잠든 들판 적신다.

한낮의 신탁神託 좇아 우러름에 지친 맘
밤이면 인어인 양 꿈바다 헤쳐가다
화관을 쓴 무희舞姬되어 의식 밖에 나르다.

두 발짝

먼지 이는 벌판에, 능선이 달려가고,
아리인 꿈조각들 분수로 솟아나다.
사막에 긴 강줄기는 서리서리 열린다.

바늘로 찔리우듯 파고드는 하얀 체온
샘 밑으로 듣고 있는 물방울의 싱그러움
하나의 손끝 놀림에도 깃을 털며 놀라던 새…

불그스레 웃음이 꿈 같은 님의 얼굴…
비췻빛 잔디는 명상으로 떠오르며,
황금빛 해면海面 햇살마저 고개 돌려 부끄러워…

무지개 양끝인 양 하늘 속에 흐려져도
꽃불 담은 홍채虹彩는 심장처럼 닮아가며
어쩌면 자그만 사잇길에도 수놓은 두 발짝.

불사조

목숨의 밑뿌리 잘려간 자리에는
흘긴 눈 어리대어 유령도 목을 놓아
부풀던 가슴 계곡엔 잡목림만 들어서.

꿈속의 빈말들이 커다란 불 밝히고
외따로 비탈길엔 기척마저 끊어지고,
먼데선 웅크렸던 뱀 몸을 푸는 소리가.

지금도 환각 찾아 뿌려지는 꽃보라에
정표의 달이 뜨면, 은물결 좇는 요정,
싸늘히 식은 나비 체온 죽음마저 희롱한다.

자태

내 길은 한적한 길, 땡볕에 온통 젖은 길.
내 모습은 햇빛 받아 조는 듯한 파라솔
내 마음 하얀 깃 날리는 보드라운 갈대밭

내 눈물은 연잎에 비 방울지다 자취 없는
내 인내는 흰눈 쌓인 산, 억겁시간 정관靜觀하여
한 번도 서늘한 흰빛이 싫지 않은 봉우리

절정

땅끝으로 가려는가 한 햇빛인걸
눈먼 어둠 속으로 밤새워 뜨는 가슴
이제도 땀 흘리는 하늘 삼림 좇아 맴돈다

차랑대는 몸살 앓고 끝없이 가는 발
내 앞만 스친다면 절정에 묻을 목숨
먼 훗날 아무도 모를 타인처럼 오려오.

소나기 나린 후원

한 번엔 다 못 사월 그리운 느꺼움에
서너 차례 나누어 메이던 목 풀고서
촉촉한 오수에 잠겨 햇빛 구슬 꿈꾸다.

포기포기 풀 이슬 버섯 핀 나무 등걸
수목 새로 가끔 듣는 빗방울의 싱그러움
바람은 눈물에 씻겨 개운해진 몸짓이다.

맑은 하늘에 밟히는 이끼 낀 빨간 벽돌길
놀란 듯 어우러져 수런거리는 청초한 꽃들
호젓이 앉은 풀밭에 흔들리는 후광 무늬.

유성流星

하늘을 자르며 찬란히 태어나서
순간에 파살을 심장 깊이 꽂고는
녹는 듯 새파란 불꽃 운석隕石만을 남기고…

승화할 날개깃의 지심을 향해 낡은
끝내는 벌이었나 정상과는 아득한데
무디인 섬광의 흐름에 전락만이 흐느낀다.

가는 현을 팅기는 날카로운 아리아
비약으로 타오를 기력이 메말랐다
내리는 불길 되잡아 저 별밭에 쏘을까

침묵

하찮은 벌나비들 나들이 잊은 안뜰
가녀린 한숨 소리 떠흐르는 못 위에는
겹주름 이랑지는 의상만 호젓하게 나부낀다.

소망은 빛무늬로 호소는 붉은 전설
훌쩍이 아득한 곳 떠나는 고운 벗님
하나의 잔 바람결 서러워 돌아오는 뒤안길.

이정룡(李政龍, Lee, Jung ryong)
1927년 8월 30일 전남 나주 금천면 광암리 출생. 아호 우신산인(又新山人). 동국대 전문부(문학과) 2년 수료(1948), 동국대(국문학과) 졸업(1952). 《시조문학》 천료(1976). 저서 『전문 국어』(편저), 논문 「한국고대시가문학의 자연관」 외. 시집 『대숲에 달빛은 흐르고』(1988, 시문학사) 외. 전남교육회장 특별공로상, 문교부장관상, 시조문예작품상 수상 외. 한국시조시인협회, 현대시인협회, 참전시인협회 이사·전남지회장, 전문대학 교수, 화순 신농중학교장 역임 외. 수필문학진흥회, 민족문화협회, 노산문학회, 가람문학회 등 회원.

—

산정수정山情水情 5
— 옹성산 적벽송甕城山 赤壁頌

돌돌돌 돌아앉아 도사린 부푼 꿈이
하늘 안 무게 위에 송로鬆籟 소리 뒤안에서
해맑은 정기로 솟아 다가서서 되오네.

산 산 산 물빛 줄기 적벽되 구름밭의,
재 너머 산 머리에 바위 사린 바람 서리
해와 달 가슴 안으로 하늘 이고 오르오.

산정수정 14
— 금정산 범어사초金井山 梵魚寺抄

소리 숲 언덕바지 선심禪心이 머무는 곳
삼층탑에 피는 바람 대웅전에 도는 하늘
실뿌리 범종 소리에 꿈이 흘러 찍힌다.

산정수정 26
— 성산 식영정음星山 息影亭吟

아슴히 눈빛 흘린 비늘 자욱 돋아나고
환벽당環碧堂 돌아 들다 성산별곡星山別曲 타고 넘은,
님 그린 가슴 안에 선 광주호光州湖가 흐릅니다.

부용당芙蓉塘 떠올리는 주안상에 달이 뜨고
빚은 가락 마디 마디 속살이 차오르는,
산그늘 하늘 밖에 선 미인곡美人曲이 뿌리 집니다.

산정수정 28

— 충절비
문경聞慶골 현감·신 길 원申吉元 님 베인 듯 원한을 갈아
주흘산主屹山 그늘에 피다 부엉이 소리로 남아,
산산山山이 가슴 앓은 몸 잃어가는 빛이여.

— 도담삼봉嶋潭三峰
산 하늘에 자리잡아 강으로 뿌리 내린
섬으로 눈 뜬 도담嶋潭 삼봉 三峰으로 여름 타고
타오른 노을빛 담아 흘린 꿈에 젖는다.

— 상화비尚火碑
상화想華의 멋 밤이 주는 마돈나의 아픈 마리아
백아白啞의 뿌린 꿈이 허허벌판 밟고 올라
하늘을 날은 나비야 나래치는 바람아.

산정수정 34
— 석굴암石窟庵

손끝에 고인 정적 한 가락 피어나는 하늘입니다.
빈 가슴 물비늘 타고 해가 솟아오릅니다.
물보라 산울림 속에 살빛 돋아 오릅니다.

산정수정 38
— 포충사시초褒忠祠詩抄

정기혼正氣昏 세독 충정世篤忠貞 우러르는 하늘이오
삼천리 흐른 강물 산이 되어 솟아 있네
제봉霽峰 되 해와 달이오 크고 높은 빛이여.

춘렬忠烈 얼 하늘 뜻이 효렬孝烈 의렬毅烈 기린 뜻이
충효문에 다시 살아 두고 두고 살아남아
대도문大道門 하늘 문門이요 매운 뜻을 뵈옵네.

산정수정 39
— 영벽정초映碧亭抄

청잣빛 묻어납니다 기적 소리 달려갑니다.
능주綾州벌 깨어나면 뭇별은 잠이 들고
또 하나 눈 뜬 하늘이 흘린 꿈 덮어줍니다.

빛살 이는 비단자락 바람에 흔들리고
정암靜庵의 마른기침 떠 보인 하늘 바다
뿌리진 가슴입니다 천년 깊은 마음입니다.

산정수정 43
— 도림사 시초道林寺 詩抄

십 리 반석盤石 타고 돌아 사곡단심四曲丹心 쏟은 가슴
도인道人의 숲 도포자락 묻어나는 기침 소리
오도문悟道門 들어선 뜨락 허공으로 떠 있네.

동락動樂되 바라보며 옥류정玉流亭 흘린 꿈이
아미타阿彌陀 관음보살觀音菩薩 영겁永劫으로 피어나고
휘어져 감아 내리다 한여름을 깨운다.

산정수정 44
— 모란꽃 피는 뜨락에서

강진 탑동 은행나무 집 영랑水郞 뵙고 눈을 뜨니
비인 뜨락 바람 끝의 유자柚子, 종려棕櫚 쓸어안고
모란꽃 피는 하늘을 오월 피운 빛이여.

손때 묻은 자국마다 가락 마디 꿈이 흘러
실실이 고인 정을 눈썹 안 노을 타고
머리 푼 뒤안 길섶에 봄을 태운 모란아…

이정숙(李貞淑, Lee, Jeong suk)

1953년 부산 출생. 가야대학교(사회복지학과).《한맥문학》(2007) 등단. 경남문인협회, 마산문인협회 동인지.《시와 늪》회장, 어린이집 경영자 역임. 한국시조시인협회, 경남시조시인협회 회원.《시와 늪》발행인.

—

우선 주제가 명확하고 작품 전개의 가락이 살아 있어 깔끔함을 보여주었다. 따라서 언어의 구사력도 예사롭지 않아 다음 작품에 한결 좋은 기대를 갖게 한다. 자수字數만 맞추고 거기에 시흥詩興만 덧칠하면 시조라는 편견을 과감히 불식시켜 준 쾌작快作을 만나 기쁘다.

— 이상룡, 갈정웅

—

생명

한솥밥을 먹어야만 혈육 되는 건 아니다
동래산성 옛집 돌담을 사이에 두고
두 그루 은행나무는 이웃하면서 살았다.

혈육처럼 살았다 눈보라 견디면서
혼자서 건널 수 없는 봄밤을 서로 나누며
이 가을 튼실한 열매를 푸른 하늘에 매달았다.

서각書刻의 하루

고향집 앞마당에 한 그루 가죽나무
도끼로 베어다가 사포로 다듬어서
조각칼 지날 때마다 나의 혼이 묻나니.

내 손길 스칠 적에 새 생명 불어넣듯
새로운 고운 태 예술혼 피워내고
상큼한 나무 향기에 슬그머니 취한다.

이마엔 땀방울이 방울져 배어나고
허리 펴 닦고 보니 이마에 나이테들이
오늘도 보람이었나 다시 한번 보고저.

남은 노래

제망매가 읽던 밤 문득 다시 떠오르는
영취산 단풍에 기댄 그의 잠을 생각한다.
바람이 꿈꾸던 이슬 털며 일어나 떠나고 있다

그가, 가고 나는 가슴에 뻐꾹새를 길렀다
때가 되면 한 소절 슬픔을 읽어 주었던
그 새를 나는 아직도 벽 속에 가둬 놓았다.

낙동강

젊은 불꽃이 한 잎 두 잎 떠내려간 이 강
붉은 목 드리우고 제 목 못 이겨
오늘도 낙화하려는 백일홍을 보았네,

남쪽 하늘 끝자락으로 사라져간 하얀 연기
상처 난 금을 돌며 혼을 찾는 풍경 소리는
국청사 저녁 종소리 목이 메여 울고 있네,

세월

보이지 않는 슬픔 깊숙이 남겨놓고

순간의 자유로움 가슴을 타게 하면서

역광의 아름다움이 물빛 따라 파도친다.

이정원(李定遠, Lee, Jung won)

1939년 충남 예산 대술면 출생. 고려대학교(경제학과) 졸업. 《현대시조》(2005) 등단. 시조집 『현기증을 앓는 가을』(2006, 연인M&B), 『39도 5부』(2010, 연인M&B), 『얼레와 어금니』(2015, 책만드는 집), 산문집 『코드 55』(2016, 시와 문화사), 『피아노 치는 시인』(2017, 현대시조사), 『요양병원에서 삶의 길을 묻다』(2019, 현대시조사). 양천문학상(2010), 현대시조 좋은 문학상(2015) 수상. 한국시조시인협회 회원. 강남문학회 이사.

눈썹 달

수취인 거기 없어도
할 말은 이리 많아

사위는 가슴앓이
그믐달에 걸어 놓고

해마다 부치지 못한
눈물 젖은 가을 편지

—

이정원의 시조미학은 시인 스스로 자신을 탐색하고 성찰하는 자기 확인의 속성을 강하게 띠고 있다. 그만큼 그의 시편들이 씌는 가장 근원적인 창작 동기는 일종의 자기 확인 욕망이라고 할 수 있다. 그의 시편들이 보여주는 남다른 자기 확인 욕망은, 보편적이고 근원적인 가치로 바라보는 '한 수 위'의 삶, 자연 사물의 아름다움, 원초적 사유와 감각, 가족들에 대한 사람의 고백 등으로 나타난다. 이 모든 것이 자신이 돌아가야 할 '근원'에 대한 강렬한 회귀 의지를 구성하면서, 시인으로 하여금 "팽팽한 적막 속에 홀로 우는 밤의 원음"(「자판을 두드리며」)을 듣게끔 하고 있는 것이다. 그래서 우리는 이처럼 정형 양식 안에 근원적 가치와 사랑의 미학을 정성스레 담은 이정원 시편들이, 노경老境을 맞아가면서도 더욱 깊고 역동적인 세계를 일구어 자기를, 마음 깊이, 희원해보는 것이다(『얼레와 어금니』).
— 유성호(문학평론가 · 한양대 교수)

—

어머니 생각
— 기일忌日

추임새 하나 없이 혼자서 부르시던
서리서리 돋는 한을 빗소리로 듣는다
홑이불 시침질 끝에 땀땀이 꿰던 독백.

홀로 견디느라 등 굽어 휘인 생애
먼저 가신 님 생각도 백발처럼 바래더니
한 많던 구십삼 년 세월 꼭 쥐시고 가셨는가.

해마다 이맘때쯤 아버님 동행하여
애지중지 키워냈던 자식새끼 반가워서
더운밥 한 그릇에도 미소 환히 지으시리.

얼레를 풀며

사는 일 부대끼며 얼레를 풀다 보니

내 천川 자 주름 위에 한 생애가 지나간다.

삭아야 길을 내는가 어금니 같은 나의 기도.

꽃의 말씀
— 주한일대사관 앞 소녀상

피다만 꽃이지만 대궁 아직 꼿꼿하다
열다섯 꿈 대신에 찢어진 무명치마
꼭 쥔 손, 저 단발머리 발꿈치를 사뿐 들고.

화인으로 남아 있는 온몸의 흔적들이
명징한 꽃대 위에 불씨를 장전하고
꽃이다, 나는 꽃이다, 수만 번을 외쳐보는.

하관

그 깊이 알 수 없는 두 줄에 매달려서
푸른 하늘 너울너울 현기증만 더해 가던
황토 내 잦아진 골에 한 생이 눕는구나

미련도 불면의 밤도 느낌표도 이제 그만,
미완의 가장자리 반쯤 열린 괄호 속에
마지막 꽃눈이 내려 지나온 날 다 덮는다.

표주박

목어 소리 귀에 담아
물속에다 풀어 넣고

중생의 진한 갈증
조금씩 덜어주며

보름달
탑돌이 할 때
쪽배로 뜨던 박꽃.

오가는 길손들의
손때 묻은 삶이었나

그 숱한 이야기를
가슴에 담은 채로

물살에
흘러보내며
못 들은 척, 못 본 척.

막걸리와 아바타

가만히 눈 감으면 영사기가 돌아간다
한 생애 영화 한 편 주인공은 나였으니
흔들면 꽃으로 피는 젊은 날의 내 아바타.

수런대던 발자취를 눈금 따라 읽다 보면
어느새 내리막길 슬금슬금 겁이 나고
오르막 그때가 좋았지 막걸리 들이키던.

거울을 마주하고 비로소 나를 본다
더러 맺은 열매 속에 희뿌연 씨앗들이
미완의 종장 한 줄로 잔 속에 일렁인다.

따뜻한 혀

어쩌다 입안의 혀 깨물은 적이 있다
그때 울컥, 다녀가는
어린 날의 내 어머니

곪아서
벌건 생인손
핥아주던 묵 같은 혀

열다섯 빨간 코에
꽁꽁 언 열 손가락
축 처진 젖무덤에 화롯불을 지펴놓고

고드름
녹아내던 혀
그땐 왜 몰랐을까

여기저기 숨었다가
약이 되던 어머니의 혀
따뜻하고 부드럽고 향내까지 나곤 했지

철없는
막둥이었네,
깨문 혀가 뻐근토록.

담쟁이

넝쿨째 앓고 있는 땡볕에 지친 시월
빛바랜 여백 위에 짝사랑 애만 타서
어쩌나, 감추지 못하고 쏟아내는 저 선혈.

저렇듯 끝이 없는 욕망의 계단 위를
헐떡이며 올라가는 우리네 생도도 있어
숨 한번 고르는 가을 현기증을 앓는 가을.

아, 숭례문

한 많은 영욕의 역사
몸을 떨며 지켜보던

당신의 그 큰 가슴
휑하니 뚫렸습니다.

다 마른 눈물이 되어
활활 타고 말았습니다.

대한민국 국보 1호가
맥없이 주저앉은

단청이 울기까지
육백 년이 울기까지

무엇을 대신하려는
소신공양입니까?

노을로 서서

사위는 노을 자락
눈시울에 내려놓고

고갯마루 넘어가는
내 무게는 얼마일까

세월이
오두마니 앉아
지켜보는 저울 눈.

삶이란 꽃잎 같아
떨궈야만 여문다기

샘물처럼 솟는 생각
핏줄마다 채웠는데

이렇듯
빈 수레구나,
꿈쩍 않는 저 눈금.

이정자(李靜子, Lee, Jeong ja)

1941년 대구 칠곡군 출생. 이화여자대학교, 동 교육대학원(교육학 석사), 건국대 대학원(문학석사, 박사). 《시조문학》(1991) 등단. 한영시조집 『빗방울』(2015, 국학자료원), 시조집 『기차 여행』(2005, 새미), 『아버지의 산』(2017, 국학자료원) 외. 학술서적 『시조 문학 연구론』(2003, 국학자료원), 『현대시조문학사』(2016, 국학자료원) 외. 시조문학작품상, 고산윤선도문학상, 역동문학상, 이화문학상, UPLI KC 번역상 수상. 국제펜 한국본부 이사·번역위원, 이대동창문인회장, 한국시조시인협회·한국시조협회 자문위원,《시조문학》편집위원, 문우회 부회장, 한국시조문학진흥회 상임고문. 건국대 교수 역임.

차분한 음성과 절제의 시조미학(원용우), 시조세계화의 선구자, 따뜻함으로 세상을 품다. 정격시조를 기본으로 연시조 및 전원시조의 독보적 미학으로 인생의 쓴맛도 삭히어 편안하게 진술하고 희망적으로 마무리한다. 절제된 시적 감성으로 타협의 회유미학을 물 흐르듯 긍정적 마인드로 중후한 인생의 깊이를 바탕으로 시작을 한다(정유지). 시조의 정격을 한결같이 추구하는 작가의 행보는 현대시조가 나아갈 방향과 관련하여 중요한 의미를 갖는다. 인간과 인간, 인간과 자연을 따뜻한 시혼과 정결한 시어로 그려 감동의 깊이와 넓이를 확장한 작품의 예술성과 시조의 세계화를 향한 작가의 애정을 확인할 수 있다(장경렬).

분깃

세상사 읽어 가며 하루하루 쌓는 삶은
지상에 그리고픈 주어진 몫이 있어
한 생애 갈고 닦으며 꿈을 펼쳐 갑니다.

내 안의 섬

내 안에 섬 하나쯤 무인도로 품어보자
바다가 그리울 땐 파도 소리 꺼내 놓고
갈매기 벗을 삼아서 수평선도 달려보자

전원에 살다

전원에 발 담그니 마음도 맑아진다
푸르른 산도 좋고 물소리 더욱 좋다.
세속의 공명쯤이야 자연 속에 묻힌다.

강가에서

강물은
흐름이 안 보여도
바다에 닿는다.

강물은
드러내지 않아도
그 목적을 달성한다.

고요히
흐르는 강물에서
겸손을 배운다.
순리를 배운다.

시간

은빛 나래 드리운
고요만이 깃든 한 밤
밀물 되어 안겨 오는
아름다운 의식의 흐름
세월을
되돌려받아
역행하고픈 사념이여.

하찮은 한 순간은
자투리로 잘라 내어
아쉬운 세월 속에
오색으로 수를 놓아
그 시간
덤으로 쓰며
못다 한 일 채워볼까.

아버지의 산

살다가 힘들 때도 넘어지고 싶을 때도
언제나 그 자리에 변치 않고 지켜준 건
내 곁에 우뚝 서 있는 아버지의 산이었다.

바란 것 어긋나서 실망 속에 있을 때도
허한 맘 다독이며 힘을 주던 그 말씀에
세상을 지켜보면서 절제하는 내가 됐다.

아버지 깊은 뜻을 지금에야 알 것 같아
나 또한 아이에게 다독이고 힘을 주어
그 옆에 조용히 서서 쉬어가는 산이 되리.

부모님 산소 앞에서

부모님 계신 곳은 아늑하고 포근해요
가만히 귀 기울여 들리는 말씀 따라
오늘은 시 한 수 읊어 바람 타고 옵니다.

배움의 터를 닦아 학자의 길 여시었고
후학을 길러내는 사도의 길 이었으니
부모님 가신 길 따라 그 길 열고 옵니다.

사인암 바라보며 역동선생을 그리다

1.
영롱한 옥빛여울 기암절벽 휘감고서
예리한 칼날처럼 우뚝 솟은 그대 모습
바라만 보고 있어도 마음 절로 푸르다.

정갈한 암반수로 시심을 갈고 닦아
푸르른 생각만을 모으고 쌓아 올려
사인암 타고 오르는 시혼이고 싶어라.

2.
절의의 역동선생 지부상소 불호령이
사인암 정기 타고 구구절절 회자되니
만인의 사표가 되어 굽이굽이 흐릅니다.

탄로가 문학사에 겨레시로 남기시고
성리학 밝히시어 후학을 길렀으니
한평생 고매한 삶이 묵향으로 핍니다.

고산을 만나다

부용동 고산유적 찾아가는 발길마다
풍광도 으뜸이고 산수도 으뜸이라
고산의 부용마을은 무릉도원이더라.

이 좋은 자연에서 시와 낭만 즐겼으니
남겨진 자취마다 진정한 예술이라
보길도 부용마을은 고산왕국이더라.

자연을 벗하면서 가어옹에 기댔으니
읊조린 노래에도 오우가요 어부사라
차안을 살아가면서 피안으로 이었더라.

날빛으로 빛나소서
— 시조문학 55주년을 맞아 월하 선생*을 기리다

한갓진 농촌마을 고즈넉한 길을 따라
문향이 피어나는 청아한 소리 들려
스승님 얼을 기리는 문학관에 왔습니다.

울창한 둘레 길은 시심을 불러 오고
자연의 향기 따라 숲길을 걷노라니
내면에 깊은 소리가 시 한편을 읊습니다.

시조의 발전 위해 불태운 그 사랑이
화천의 정기 실어 이룩한 문학관에
큰 별로 우뚝 솟아서 은하 길도 엽니다.

시조론 밝히시며 후학을 기르셨고
계간지《시조문학》김준 박사 이어가니
시조와 함께한 삶이 날빛으로 빛납니다.

문학관 곳곳마다 스승님 손길 있고
전시관 곳곳마다 스승님 자취 보며
이제야 큰사랑 기리며 시조 한 편 바칩니다.

* 월하 선생은 내 석사학위 논문 지도교수셨고 나를 시조로 인도하신 분
이시다.

이정재(李正載, Lee, Jeong jae)

1964년 부산 남구 출생. 남천초등학교, 대연중, 동천고, 국립목포해양전문대(항해학과). 《문장21》(2015) 등단. 시집 『꽃 풍등』(2017, 세종). 전 '글마을 문학회' 동인.

이정재 시인의 작품에는 맑고 고운 소리가 난다. 시조의 운율이 살아 있어 리듬감이 뛰어나고 일상적인 쉬운 언어를 구사해 그 여운이 오래 남는다. 반복과 대구, 열거 등을 잘 활용한 그의 시적 태도는 시조의 정형성을 지키려는 부단한 노력의 일환이다. 그리고 그의 작품에는 사람 냄새가 진하게 배어 있다. "가족", "어머니", "임" 그리고 "골방에 유폐된 꽃송이"까지 그의 시선은 인간에 닿아 그들을 위무하여 문학이 가진 효용성을 한껏 발휘한다.

— 정희경(시조시인 · 《어린이시조나라》 편집주간)

섬씨氏 꽃

마음속 가운데는 저마다 갖고 싶은
한 모둠 뜰이 있다, 꼭 그만한 땅에
섬씨氏로 이름 불리는 꽃들을 심고프다

한 지붕 하늘 아래 한 가족 도렷도렷
섬초롱 섬백리향 섬기린초 섬국화
섬씨氏로 다시 태어난 화원에 가고프다

도요새 가족

새들도 집 생각나면 강변으로 돌아온다
갸도요 꼬리도요 마도요 다리도요
요요요 도요새 가족 이름 끝이 정겹다

모양새 엇비슷한 둥지를 틀고 있어
부리는 뾰쪽뾰쪽 다리는 길쭉길쭉
요요요 똑같은 이름 도요새는 한 형제

고독사

철없는 겨울비 추적추적 내리는 날
달동네 골목들이 가라앉아 침울한데
꽃송이 떨어졌다는
부고를 알려 온다

산허리 가로질러 실구름 감싸는 날
보듬어야할 골방에 유폐된 꽃송이는
문짝을 활짝 열어 두고
이승을 떠나간다

꽃 풍등

정월 초
보름달에
풍등 하나
띄웠는데

수십 년 전
하늘 가신
어머님
꽃 풍등은

머나먼
은하수 건너
어드메쯤*
닿았을까

* 어드메: "어디"의 평안도, 함경도 방언.

개오동나무

삼다도 봄소식을
동무하여 오마던 임
석류꽃 씨알 맺는
여름에도 오지 않아
까만 속 태우고 있을
추자군도 개오동나무

노나무* 까만 속씨
익어가는 가을날도
다금바리** 잡이 배가
돌아오는 동짓달도
오마던 임 오지 않아
노루잠 든 개오동나무

* 노나무: 개오동나무.
** 다금바리: 제주에서만 나오는 귀한 생선.

이정홍(李庭洪, Lee, Jeong hong)
1956년 경남 진주 상봉동 출생. 한국방송통신대학교 학사 졸업(1996). 〈경남신문〉 신춘문예(2009) 등단. 시집 『허천뱅이별의 밤』(2015, 고요아침) 외. 현대문학사조(시조) 문학상(2012) 수상 외. 오늘의시조시인회의, 세계시조시인포럼 회원.

이정홍 시인의 운용하는 시어들은 "자연의 섭리"에 녹아들어, "깡말라 벌집 된 몸"의 누이는 잊어 가는 역사에 대하여, 안주하는 삶에 끊임없이 경계를 보낸다(「허천뱅이별의 밤」). "딱, 딱 튀어 길섶께로 달아나"는 "콩대"에 상큼한 느낌을 주면서 재미성을 잃지 않는다(「콩밭으로 오는 저녁」). "임진년의 그 장렬함"을(「남강 근처」) 추모하면서도, "해무 섬을 겁탈하듯 떠밀리는 드난살이"의(「떠도는 섬」), "썩어 간 귤을 파먹다 놓친 정신 줄로 깁는"다는(「명품가방」), 소시민, 민중의 모습을 증언하고 있다. 시조 가락의 푸른 운율을 통해 시적 긴장과 탄력을 불러 모으며, 그늘진 삶의 애환에 대하여 더 웅숭깊은 성찰적 자세로 깊고도 넓게 펼친다.

— 이지엽(시인 · 한국시조시인협회 이사장 · 경기대 교수)

허천뱅이별의 밤

밤눈 먼저 멀어 가는 가난도 한 식구라예,
흰죽 쑤다 뿌려 놓은 은하길 그 언덕 넘어
소실점
돌고 돌아와
뉘 가슴 저리 젖는가.

물도 설고 낯선 타국 별과 달도 자지러진
풀벌레 목 쉰 울음 환청같이 풀어나 놓고
허울만
만주방직공장 돈벌이 꾐에 끌려간….

어린 누이 젖꼭지네
허기로 핀 산수유꽃
하늘 저 치뜨는 눈에 가난도 한 식구라예,
깡말라 벌집 된 몸을
울 너머 누군 지운다.

남강* 억새의 말

이름 모를 주검들이 잠 못 든 백골능선

인제 가면 언제 오나 원통해서 못 산다던

향로봉 달맞이꽃은 고향달만 바라 섰다.

어찌 살까 어찌 살까 나 혼자서 어찌 살까

산비둘기 먹빛 울음 철조망을 넘지 못하고

세월의 문턱에 걸린 강물도 에돌아간다.

오도 가도 못하는 허리 잘린 사천리계곡

올해는 꼭 가야지 내년엔 틀림없이

저 물길 북으로 돌려 내후년엔 가고 말고.

* 남강: 강원도 고성 남강. 금강산 유점사 부근에서 발원하여 DMZ 한가운데로 흐르다 북한의 옛 고성읍으로 해서 동해로 유입되는 강.

당신의 강

피 묻은 능선 발아래 허옇게 메말라 가는
밤이슬 맺힌 초병 언 뺨을 훔쳐 내리고
겹도록 가슴 헤집는 당신 강 끝은 어딘가요.

달맞이 꽃말 당신 꽃상여 홀로 떠난 날
지난날 별을 보며 살아보자 되뇌던 말씀
그 어디 언제쯤 만나 물새마냥 사는가요.

남강 근처

가만히 눈을 뜨고 촉석루를 쳐다본다.
슬픈 비사秘史 가리듯이 내려앉는 산 그림자
피 묻은 의암 언저리 비봉산도 다가선다.

밤의 뒷문 소리 없이 잠긴 빗장 설핏 풀어
강물 위엔 수천 불빛 비늘처럼 일어나서
금물결, 논개가 끼던 가락지로 반짝인다.

나의 살, 나의 뼈에도 눈물겨운 말이 돋고
그토록 오랜 세월 불씨 안고 지켜온 성
임진년 그 장렬함이 이끼처럼 돋아난다.

제 가슴 회초리 치는 저 강물소리 아득하다.
무희의 흔들리던 손대 끝 댓잎처럼
귀 닳은 역사책 속의 밤바람이 차갑다.

무당거미

하늘가에 간당대는 목줄 하나 걸어놓고
빛바래 서러운 혼적
당신 삼켜 지울 참에
처마 밑 무당거미가 내남없이 같이 살자네.

내 이참 가진 것은 알몸 하나 밑천인데
젊어서 흘린 눈물 벼랑 끝에 달고 살아도
기다림,
그도 죄라서 습관처럼 못 끊는다.

손 놓으면 이별 길 움켜쥐면 아린 세상을
매달린 외줄 발끝에 어금니 깨물어가며
허공에 치뜨는 눈은
더 높은 곳을 향한다.

노고단

　달궁골 민박 아줌마 숨겨논 사랑 있었네 그 넋들 품지 않으랴
뉘라도 마다치 않네
　오지랖 넓은 운해를 골바람에 딛고 섰네.

　화전민 천 씨 숯쟁이 방 씨 찾아든 구천골 그 아들 농군 아무
개 손자 막일꾼 구천골
　노곤히 이어간 산길 끈질겨서 슬픈 구천골.

　반야봉 누운 능선 드나들며 흘린 말들 선불 맞은 짐승마냥 쫓
기고 부대낀 것들
　숨겨 둔 그 사랑 하나 철쭉꽃을 피운 것들.

에나

석류알 붉은 속살 시월을 흘리고 있네
시린 사랑 군침 도는 구절초 아홉 마디
그리운 그 한 마디가
바람나기 딱 좋구마.

"에나-"
말끝이 그냥 강처럼 길면 묻는 말
무뚝뚝 짧을라치면 니캉내캉 아닌 거고
넌지시 힘준 소릿결
에나가 눈빛 맞장구네.

석류꽃 흐른 강물 허풍 단풍 씻겨 가도
천리 먼 길 입에 입에는 아직껏 살아남아
"에나로"
이 말 만큼은 진주 마음 다 통하네.

봄 다비장

앵벌이 길 해토머리 더디 가라 이르시네
썸 타던 동백 툭 지고, 푸나무들 고개 숙여
언 돌에 이끼 피도록 초혼 곡을 부르네.

가는 걸음 눈물겹도록 그늘진 데 빠짐없이
뒹굴어도 이승 바닥 진저리도 외쳐댄다
눈밭에 진 자리라도 맞춰볼 게 있다고.

숨겨둔 당신의 속내 한 줌 재로 가는 동백
봄볕에 얼어 죽어도 못 잊는 설움뿐인데
먹먹한 다비문을 외며 꽃물 진 것들 다 나와 운다.

한탄강

탄식 강에 마냥 앉아 물 마르면 하마 갈까
쉬리, 꺽지 눈 맞추며 저들끼리 수작 거는
샛강은 어디다 두고 남으로만 오냐고요.
강억새 늙은 꽃이 핏빛 강 말을 걸지만
떠난 아비 품 그리워 한탄도 물때가 앉아
쉰 하고 십팔여 년을 어찌 말로 다 하요.
깊고도 간절하면 못 닿을 곳 없다는데
구조곡을 불러가며 추가령을 뚫어서라도
언제쯤 죽을 둥 살 둥 내 여울 찾아갈까요.

어떤 중독

눈뜨는 적막 아침 젖먹이는 울어 쌓고
살생 같은 낚시질에 친정집 가버린 아내
짜릿한 기다림에는 손끝부터 파문 인다.

생과부 북극 냉기가 집 안팎을 휑 도는 건
살 떨리는 저승길에 방생한 물밑 삶인가
이때쯤 가슴앓이는 처방전에 약도 없다.

갯바위 설움 핥는 수족관에 찌를 세워
최저임금 우는 가게 등에 업고 달래가며
머나먼 오대양이나 무인도를 낚아볼까.

이정환(李正煥, Lee, Jung hwan)

1954년 경북 군위 고로면 출생. 대구교대, 한국교원대 대학원 졸업(2005, 교육학 박사).《시조문학》천료(1978), 〈중앙일보〉신춘문예(1981) 등단. 시조집『분홍 물갈퀴』(2009, 만인사), 『오백년 입맞춤』(2018, 작가), 『코브라』(2020, 작가) 외. 동시조집『어쩌면 저기 저 나무에만 둥지를 틀었을까』(2011, 푸른책들) 외. 시조비평집『중정의 생명 시학』(2015, 작가) 외. 대구문학상(1994), 중앙시조대상(2002), 이호우시조문학상(2007), 가람시조문학상(2013), 대구시문화상(2020) 수상 외. '시림', '순수연대', '오류' 동인. 대구시조시인협회장, 한국시조시인협회부이사장, 오늘의시조시인회의 의장 역임. 대구교대 국어과 강사, 정음시조문학상 운영위원장.

—

이정환의 시조 미학은 잃어버린 것들을 상상력으로 복원하고 탈환하면서 형이상학적 전율을 동반하고 있다. 근원적인 사유와 구체적인 감각의 결속으로 엄정한 정형 형식 안에서 사물과의 조응을 통해 삶의 깊이를 표현하고, 섬세한 묘사를 통해 심미적 재현을 성취하며, 자연 속에서 발견하는 삶의 이법을 독보적인 시각과 빼어난 언어 감각으로 형상화한다. 그리고 이 모든 시편들은 다채로운 음역을 펼치면서 사랑과 구원의 주제를 향해 눈부시게 결집된다.

— 유성호(문학평론가 · 한양대 교수)

—

헌사

물소리를 꺾어 그대에게 바치고 싶다
수천수만 줄기의 희디흰 나의 뼈대

저문 날
물소리를 꺾어
그대에게 바치고 싶다

꺾이고 꺾이어서 마디마디 다 꺾이어서
꺾이고 꺾이어서 마침내 사랑을 이룬

저문 날
모든 뼈대는
물소리를 내고 있다

월류봉

  꽃이란 꽃 다 피워놓고 바람까지 초대한 봄의 불꽃 속내 헤아릴 길 좋이 없어 소리쳐 흐르는 물에 뛰어내리는 꽃 발자국

  네가 저 봉우리라면 나는 그 발밑 강물 즈믄 해의 깊이로 함께 할 수 있으니 발가락 하나하나씩 어루만질 것이다

  속속들이 스미어 곳곳에 스미어들어 내 몸의 푸른 피 네 영혼 적시나니 네가 저 봉우리라면 나는 그 발밑 강물

가구가 운다, 나무가 운다

한밤중 한 시간에 한두 번쯤은 족히
찢어질 듯 가구가 운다 나무가 문득 운다

그 골짝
찬바람 소리
그리운 것이다

곧게 뿌리내려 물 길어 올리던 날의
무성한 잎들과 쉼 없이 우짖던 새 떼

밤마다
그곳을 향해
달려가는 것이다

일순 뼈를 쪼갤 듯 고요를 찢으며
명치끝에 박혀 긴 신음 토하는 나무

그 골짝
잊혀진 물소리
듣고 있는 것이다

새와 수면

강물 위로 새 한 마리 유유히 떠오르자

그 아래쪽 허공이 돌연 팽팽해져서

물결이 참지 못하고 일제히 퍼덕거린다

물속에 숨어 있던 수천의 새 떼들이

젖은 날갯죽지 툭툭 털며 솟구쳐서

한순간 허공을 찢는다, 오오 저 파열음!

너의 초상

내 속에는 수천수만의 짐승 떼가 산다
내홍을 견디다 못해 마침내 불붙은 산

등짝에
불화살 맞은
내란의
짐승 떼가 산다

나는 도적이다, 그리움으로 채워진 궤짝을 훔친
나는 도적이다, 그 궤짝 등에 짊어지고

천년의
분화구에 뛰어든
슬픈 도적이다, 나는

아아, 이리도 가슴을 후려치는 북채가 있어
마침내 둥기둥 울리는 봄날의 북이 되었구나

꽃처럼
찢어지곤 하는
애련의 북이 되었구나

원에 관하여

1. 호미
몸을 낮추어야
속살 파헤쳐지는 것을

저렇듯 긴 이랑 땀방울로 적시기까지

쪼그려
앉은 그대로
뻗어 나가야 하는 것을

2. 삽
얼어붙은 땅을
파 본 사람이면 안다

삽자루가 가슴팍에 들이치듯 부딪칠 적마다

삽날에
불꽃이 튀듯
마음에 솟는 화염을

3. 괭이
힘껏 내리찍는
옹골찬 어깨에 실려

청석에 부딪쳐 푸른 불꽃 터뜨리는

언 땅에
봄빛 흩으며
실한 씨 흩뿌리는

4. 쟁기
속살 드러내며 젖은 흙 뒤집힐 때
가슴골을 깊숙이 파 들어갈 일이다

몸속의
피의 길도 이 봄
거꾸로 흐르고 흐를

5. 낫
풀의 목을 칠까

이슬 베어 가를까

썩은 손마디며

생가지 내리칠까

휘굽어 벼린 저 칼날

잠들지를 못한다

에워쌌으니

　에워쌌으니 아아 그대 나를 에워쌌으니 향기로워라 온 세상
에워싸고 에워쌌으니 온누리 향기로워라 나 그대 에워쌌으니

애월 바다

사랑을 아는 바다에 노을이 지고 있다

애월, 하고 부르면 명치끝이 저린 저녁

노을은 하고 싶은 말들 다 풀어놓고 있다

누군가에게 문득 긴 편지를 쓰고 싶다

벼랑과 먼 파도와 수평선이 이끌고 온

그 말을 다 받아 담은 편지를 전하고 싶다

애월은 달빛 가장자리, 사랑을 하는 바다

무장 서럽도록 뼈저린 이가 찾아와서

물결을 매만지는 일만 거듭하게 하고 있다

주상절리

내 안에 나는 없고 꽃들로 가득했다

못물로 출렁였다 노을로 타올랐다

맨발로 달려오고 있는 그림자가 붉었다

내 목에 어느 날 별빛타래 걸렸다

자주구름 걸렸다 새가 사뭇 우짖었다

무한정 문이 열렸다 바람 들이닥쳤다

퍼펙트

나는 이 봄날에 몹시 몸이 달아올라
오래 기다렸던 퍼펙트를 노래하련다

참으로
이루기 힘든
너를 노래하련다

11점에 당도할 동안 한 점도 얻지 못하면
그 세트는 퍼펙트다 네가 내게 늘 그랬다

한 점도
얻지 못한 나는
깊은 어둠이었다

나는 이 봄날에 자목련을 그리려 한다
한번 피고 나면 곧장 지는 너의 얼굴

눈 속에
심부의 안쪽에
새겨두기 위해서다

만개 직전이 곧 자목련의 퍼펙트다
그런 연후에는 내리꽂히는 급전직하

떠나는
너의 뒷모습도
늘 슬픈 퍼펙트다

이조경(李祚慶, Lee, Jo kyung)

1941년 경북 경주 황오동 출생. 호 자담(紫淡). 숙명여중·고, 서울대 문리과대학(영어영문학과). 《시조생활》(2016) 등단. 화문집 『선물로 온 사람들』(2013, 도반), 『한국의 미소』(2018, 도반). 시조집 공저 『도반』(2017, 도반), 영역시조집 공저 『자유와 절제 사이』(2017, 도반). 교사·대학 강사, 에세이스트 작가회의 회장 역임. 그림 개인전 3회(서울: 2013, Paris: 2018, 서울: 2019). 세계전통시인협회 한국본부 전통시번역연구소 연구위원.

—

자담紫淡 이조경의 시편들은 자연과 벗하고 하화중생下化衆生의 몸가짐을 한다. 꽃눈을 내 마음에 심어 나비를 불러들이고 자연과 하나 된다(「나의 봄은」). 봄숲에서 초록 잔치를 오선지에 담아내고 대 합창을 구름이 지휘하니 초록 시각이 청각으로 대담하게 공감각화 된다(「봄숲」). '나이 덜어 내다 팔고 젊음에 세를 드는' 구름 속의 추상이 세속적인 상거래라는 상징과 은유를 통하여 고개를 끄덕이고 빙그레 웃음을 자아낸다(「옳거니」). 폐지 차를 몰고 가는 노인의 굽은 등을 벚꽃 잎이 너울너울 쓰다듬는다. 사람을 위무하는 것은 자연이다(「낙화 속으로」). 보름달을 마음 속에 걸어 두어 추상을 구상화하고 있어 손에 잡힐 듯하다(「보름달」).

— 조정제(시조시인·한국문인협회 자문위원)

—

나의 봄은

진달래 꽃눈들 아, 고 작은 게 모여서
앞동산 넓은 자락 분홍빛 돌게 하네
그 꽃눈 내 마음에 심어 나비 불러들일까

봄 숲

초록 잔치 벌렸네 오선지에 가득하게
바람 소리 새 소리 꽃 소리 어울리니
제물에 대합창이네 저 구름이 지휘하네

옳거니

살같이 가던 세월 지름길로 들었나
나이 덜어 내다 팔고 젊음에 세를 들까
옳거니! 지금 여기가 꽃밭인 줄 몰랐네

낙화 속으로

쌩하니 달리는 차 바로 옆길 한 노인
고개를 수그린 채 폐지 수레 밀고 간다
벚꽃 잎 너울너울 너~울 굽은 등 쓰다듬네

보름달

모난 데 있으려나 마음 속을 들여보다
달님 모습 닮아 보려 맘 속에 걸어 두니
늦게사 박 넝쿨 위로 덩두렷이 달 뜨네

이종갑(李鍾甲, Lee, Jong gab)

1948년 경북 고령 출생. 아호 춘강(春江). 고령
농고 졸업(1966). 《문학세계》, 《시세계》(2006)
등단. 시집 『회환의 거리에서』(2012, 북랜드),
『풀꽃 그리고 향기』(2017, 중문) 외. 문학세계
대상(2012), 디지스틸 대상(2014), 시세계 대
상(2016) 수상. 전직 공무원.

이종갑 시조시인 그는 전형적인 농촌에서 태어나 성장했다. 녹색
혁명이 시작되던 1960년대 중반 진학을 포기하고 일찌감치 공직에
발을 들여 녹색혁명의 선구자로 봉직했던 관료이다. 아마도 그런
영향을 크게 받았으리라 믿는다. 춘강 시인의 시를 읽다 보면 시의
주제가 거의 농촌을 배경으로 하고 있다. 「추수를 하다」, 「농사꾼」,
「아버지의 일상」, 「살구꽃이 피는 집」, 「묵이 된 꿀밤」 등 시적자아
가 농촌에서 흔히 볼 수 있는 그런 소재로 아주 예리하고 날카롭게
파헤쳐 서정적으로 묘사한 기법은 읽는 독자로 하여금 감동을 불
러일으키기 충분하다. 격하지도 놓치지도 않은 잔잔한 바람 같은
그런 시어들은 타의 추종을 불허하는 작품들로 필자의 마음에 오
래도록 간직하고 싶은 시들이다.

— 최종동(언론인 · 《주간고령》 편집장)

법이 따로 없다

오늘 저 법 역 안에 누가 또 오시나 보다
원의 중심을 잡고 햇살이 기대설 때
거칠은 산비탈을 따라
조사 말씀 걸린다

그물에 걸린 새처럼 걸러도 남는 삼독
입 다문 석탑 앞에 무릎 뼈가 허문 하루
비워도 비워지지 않는
그릇 속의 바람 같다

받쳐 든 색즉시공 못다 쏟고 남은 자리
질긴 힘줄처럼 욕망이 꿈틀댄다
법이란 노을과 같아
아름답지만 잡히지 않는다.

가을의 강

햇살을 건져 올리는 여울목을 바라봅니다
그리움에 까맣게 탄 조약돌의 울음소리
그 울음 보듬어 안을 그 안부를 묻습니다

부서진 햇살 조각이 빗살무늬 그려내고
멀리 던진 기억들이 윤슬로 다가와서
지난밤 책갈피 넘기던 떠내려간 달을 그린다

절룩이며 오던 가을 물에 빠진 산을 보며
단풍을 우렸는지 저녁 강이 황홀하다
절정을 향해 흐르는 긴 꼬리가 장엄하다.

추수를 하다

가을이면 들을 먹는 누에 닮은 철기가 있다
들판을 흔들어 놓은 치열한 시월의 하루
허기는 가난을 넘어 밥상 앞에 멈춰 선다

출렁이던 그 열하도 혈맥을 잡혔는지
딱지 않은 상처처럼 흔적들만 남겨논 채
헐벗은 노숙자처럼 장마당이 빈전이다

바람이 들락이는 들녘 끝의 들국화 한 채
고뿔들어 붉어진 노을이 근황을 묻고 간다
달빛이 삭발한 들판에서 시위를 하고 있다.

아버지의 일상

칼칼한 헛기침에 먼동이 열린다
사립 여는 삐걱 소리 또 하루의 등은 휘고
허방삼 골목길 따라
꿈을 끌고 나가신다

자투리 한 치 땅도 허용 않는 세상사에
한숨으로 짓이겨온 질척이는 저잣거리
다 낡아 벌어진 신발
발가락을 물고 있다

이랑 같은 옆구리에 끼니마저 걸러 가며
헐어버린 발바닥은 어린 눈이 생각나서
배알도 버린 진창길
허기마저 위대했다

내일로 가는 길은 방바닥에 꽃피우는 일
흙먼지 털어내며 별 내린 귀가 길은
아버지 야윈 가슴이
거울처럼 말갛다.

새한의 실추

누가 끌고 온 가을인지 온통 산이 노을 졌다
마음 따라 접어든 길 꽃이 된 강을 보며
얼룩진 그 먼 기억에 진달래가 만장이다

개울물도 햇살로 뜨는 휘어진 밭머리로
잎사귀 쥐었다 놓은 외자한 백발 노송
노송의 굽은 등뼈가 단풍처럼 아름답다

슬픈 울음 묻으며 절룩이는 저문 가을
달빛 같은 그리움에 금침으로 찔린 가슴
생각은 언덕에 앉아 국화차를 끓입니다.

과메기

한때는 너에게도 가슴 푸른 바다였다
갈마드는 밀물썰물 난바다를 내달릴 때
등푸른 너의 가슴은 은빛 도는 꽃이었다

전생에 무슨 죄로 남의 땅 끌려나와
제 속을 다 내주고 가시 뼈도 뽑힌 채
생사를 가늠치 못한 사형대에 걸리었나

비릿한 설한풍에 꾸둑꾸둑 말라간다
두 눈을 퍼렇게 뜬 나를 좀 살려다오
장마당 목로에 누워 고향이 그리워져

찢겨진 가슴으로 울기도 했을 게다
빈 가슴 두드리며 이 엄동 건너가는
내 몸이 보약이라나 갈기갈기 찢긴다.

묵이 된 꿀밤

산속의 가을 해는 눈썹처럼 매우 짧다
허방진 도린곁을 맨몸으로 뛰쳐나와
부엽토 등받이 삼아 신소 틔울 초석 깔다

앗뿔사 대명천지 여죄가 무어든가
잉태 한 번 못 해보고 피랍되어 가는 길은
꿈마저 접어야 했다 분골의 아픈 설움

깜깜한 블랙홀에 넋을 잃고 수장된 밤
으깨고 짓무르고 살을 걸러 뽑은 영혼
비야에 가마솥 걸어 잉걸불로 달여내면

파열음 쏟아내며 응고된 혈의 결정
얼비친 내 눈물도 손끝에 곰삭은 듯
뜹뜰한 가을 미각에 천고마비를 알겠네.

젖은 눈빛

긴 세월 여치처럼 울던 날을 아시는가
내 진정 자분자분 사색에 멈춘 날을
심중에 묻어둔 말이 허공중에 너무 멀어

가난한 그 날이 아파 허기진 이 눈물
강물로 여울지는 너와 나의 내밀한 꿈
지금은 젖은 그 눈빛 시렁 위에 얹혀 있다

소슬한 그리움만 낙엽처럼 쌓이는데
물속에 일렁이는 그 눈빛 하도 깊어
내 안에 타는 촛불로 그대 창을 밝히리.

살구꽃이 피는 집

오월의 앞마당에 숨 가쁜 발자국 소리
장독대 앞 꽃밭에는 장미꽃이 만발했다
뒷산의 산꾀꼬리는 노래로 숲을 가꾼다

뒤꼍의 복사꽃은 누굴 위해 붉었는가
살구꽃 이마에 얹은 앞 담장이 환하다
나른한 어슴프레가 저녁상을 들고 온다

그리움이 들락이는 라일락꽃 그늘에
시집간 그 누이가 달처럼 떠오른다
지금쯤 저녁밥 지을 그 안부가 무겁다.

농사꾼

그을린 농부 혼자서 거름을 싣고 있다
해마다 설친 농사가 쭉정이와 허탈뿐이지만
올해는 괜찮으리라
경운을 하고 있다

예측 못할 일기예보 물길을 트고 있는
그을린 그의 생애가 땡볕에 타고 있다
걸쭉한 막걸리 사발에
가을 풍경 걸린다.

이종문(李鍾文, Lee, Jong moon)

1955년 경북 영천 출생. 계명대학교(한문교육과), 고려대 대학원(국어국문학과) 문학박사(1992). 〈경향신문〉 신춘문예(1993) 등단. 시집 『저녁밥 찾는 소리』(2001, 태학사), 『봄날도 환한 봄날』(2005, 만인사), 『정말 꿈틀, 하지 뭐니』(2010, 천년의 시작), 『묵 값은 내가 낼게』(2014, 서정시학), 『아버지가 서 계시네』(2016, 황금알) 외. 중앙시조대상신인상(1999), 한국시조작품상(2010), 유심작품상(2012), 중앙시조대상(2016), 이호우·이영도 시조문학상(2017) 수상 외. '역류' 동인. 오늘의시조시인회의 부의장 역임. 대구시조시인협회장, 한국시조시인협회 부이사장.

—

이종문은 쾌활하지만 삶의 어둠을 예리하게 통찰하는 내적 힘을 지닌 시인이다. 그는 삶의 무게에 짓눌리지 않고 특유의 유머러스한 방식으로 대응한다. 그 대응 방식은 읽는 이에게 재미와 통쾌함을 함께 느끼게 한다. 이종문의 시는 리듬의 다양한 변주를 통해 무거움과 가벼움, 어둠과 밝음, 쾌활함과 잔잔함, 유머러스함과 비애감의 조화를 자유자재로 구사한다. 그가 독자적인 상상력과 목소리를 통해서 보여준 개성미학은 시조의 서정시학이 자칫 답습하기 쉬운 고답적 성향을 넘어선 커다란 성과로 생각된다.

— 엄경희(문학평론가 · 숭실대 교수)

—

묵 값은 내가 낼게

그해 가을 그 묵집에서 그 귀여운 여학생이
묵 그릇에 툭, 떨어진 느티나무 잎새 둘을
냠냠냠 씹어보는 양 시늉 짓다 말을 했네

저 만약 출세를 해 제 손으로 돈을 벌면
선생님 팔짱끼고 경포대를 한 바퀴 돈 뒤
겸상해 마주보면서…… 묵을 먹을 거예요

내 겨우 입을 벌려 아내에게 허락받고
팔짱 낄 만반 준비 다 갖춘 지 오래인데
그녀는 졸업을 한 뒤 소식을 뚝, 끊고 있네

도대체 그 출세란 게 무언지는 모르지만
아무튼 그 출세를 아직도 못 했나 보네
공연히 가슴이 아프네, 부디 빨리 출세하게

그런데, 여보게나, 경포대를 도는 일에
왜 하필 그 어려운 출세를 꼭 해야 하나
출세를 못 해도 돌자, 묵 값은 내가 낼게

입동立冬

녹슨 굴렁쇠 하나 이리저리 구불리며 귀뚜라미 한 마리 먼 산맥을 넘어와서

이 세상 가家·가家·호戶·호戶를 다 헤매고 다니더니…

폐광촌 빈 아파트 열 길 벼랑 타고 올라 베란다 강아지풀, 그 옆에서 울고 있다

모처럼 마음 턱 놓고 목을 놓아 울고 있다

이박 삼일 동안 정식으로 날을 잡고 저무는 천지현황天地玄黃 가없는 저녁놀을,

이 세상 울고 싶은 놈 다 따라와 울고 있다

봄날도 환한 봄날

봄날도 환한 봄날 자벌레 한 마리가

호연정浩然亭 대청마루를 자질하며 건너간다

우주의 넓이가 문득, 궁금했던 모양이다

봄날도 환한 봄날 자벌레 한 마리가

호연정浩然亭 대청마루를 자질하다 돌아온다

그런데 왜 돌아오나? 아마 다시 재나 보다

고요

붉은

고추를 먹은

잠자리 한 마리가

억년 고인돌에 슬그머니 앉는 찰나

바위가 우지끈, 하고

부서질 듯

환한,

고요

효자가 될라 카머
— 김선굉 시인의 말

아우야, 니가 만약 효자가 될라 카머

너거무이 볼 때마다 다짜고짜 안아뿌라

그라고 젖 만져뿌라, 그라머 효자 된다

너거무이 기겁하며 화를 벌컥 내실끼다

다 큰 기 와이카노, 미쳤나, 카실끼다

그래도 확 만져뿌라, 그라머 효자 된다

밥 도

나이 쉰다섯에 과수가 된 하동댁이 남편을 산에 묻고 땅을 치
며 돌아오니 여든둘 시어머니가 문에 섰다 하시는 말

미쳤다고 부쳐주나

그 옛날 내 친구를 미치도록 짝사랑한 나의 짝사랑이 배 두
상자 보내왔네

그 속에 사연 한 장도 같이 넣어 보내왔네

화들짝 뜯어보니 이것 참 기가 차네

종문아 미안치만 내 보냈단 말은 말고 알 굵은 배 한 상자는
친구에게 부쳐줄래

우와 이거 정말 도분 나 못 살겠네

에라이 연놈들의 볼기라도 치고픈데 알 굵은 배 한 상자를 미
쳤다고 부쳐주나

웃지 말라니까 글쎄

시인 이중기 형의 양아버지 되는 분은 삼사 대 양자 집에 또
양자로 들어가서 세상에 딸·딸·딸·딸·딸, 딸 다섯을 낳았다요

미치고 환장하고 애간장 탄 그 어른이 용하다는 점쟁이게 점
을 치러 갔는데요, 이사를 가지 않으면 아들 수數가 없다네요

급기야 이사를 가 또 딸 셋을 내리 낳고 아들아들 하고 빌며
아홉째를 낳는데, 아 글쎄 딸 쌍둥이가 튀 나왔다 카더라요

눈물로 온 집안이 뒤범벅이 되었는데 내 일이 아니라고 호호
하하 웃지 마요, 그래도 자꾸만 웃네, 웃지 말라니까 글쎄

아버지가 서 계시네

순애야~ 날 부르는 쩌렁쩌렁 고함 소리
무심코 내다보니 대운동장 한복판에
쌀 한 말 짊어지시고 아버지가 서 계셨다

어구야꾸 쏟아지는 싸락눈을 맞으시며
새끼대이 멜빵으로 쌀 한 말 짊어지고
순애야~ 순애 어딨노? 외치시는 것이었다

너무도 황당하고 또 하도나 부끄러워
모른 척 엎드렸는데 드르륵 문을 열고
쌀 한 말 지신 아버지 우리 반에 나타났다

순애야, 니는 대체 대답을 와 안 하노?
대구에 오는 김에 쌀 한 말 지고 왔다
이 쌀밥 묵은 힘으로 더 열심히 공부해래

하시던 그 아버지 무덤 속에 계시는데
싸락눈 내리시네, 흰 쌀밥 같은 눈이,
쌀 한 말 짊어지시고 아버지가 서 계시네

그 배*를 생각함

흥남 철수 때다
그 아비阿鼻 그 규환叫喚 속**
정원 쉰아홉에 만 사천을 태운 배가
사흘 뒤 거제 항구에
무사히 가
닿았다.

내릴 때 인원파악을
다시 해 보았더니
모두 만 사천 다섯, 다섯이 더 많았다 한다.
그 사흘, 그 북새통 속
햇빛을 본

목숨
다섯!

* 그 배: 6·25전쟁이 한창이던 1950년 12월 중공군의 개입으로 인한 흥
남 철수 때 정원 59명에 피난민 14,000명을 태워 자유의 땅에 인도함으
로써 '기적의 배'로 불리고 있는 미국 화물선 메레디스 빅토리호! 이 배
는 2004년 '단 한 척의 배로 가장 많은 인명을 구한 세계 기록'으로 기네
스북에 올랐음.
** 아비阿鼻, 규환叫喚: 불교에서 말하는 지옥 이름들.

이종문(李鍾文, Lee, Jong moon)

1940년 전북 김제 황산면 출생. 호 참샘(眞泉). 전주사범학교 졸업. 《문학공간》(2017) 등단. 시집 『참새의 노래, 봉황의 노래』(2017, 한강), 『살구꽃 피는 마을』(2018, 한강). 제12회 공무원 문예대전 행정안전부 장관상(2009) 수상 외. '공간마당' 동인. 한국시조시인 협회, 한국시인연대 회원. 한국문화예술연대 이사.

—

시조시인 이종문 님의 시조는 자연, 조국, 세상사 등 다양한 소재를 성찰의 사유로 이끌어 내고 있어 읽는 내내 공감할 수 있다. 무엇보다 시조시인 이종문 님의 시조시는 지나온 인생 역정을 되돌아보면서, 삶의 진정성을 시조 편 편마다 형상화하고 있다. 그런 그의 시조는 선명한 시상의 전개를 통해 명확하게 주제의식을 드러내 보인다. 아울러 시적 대상을 통해 삶의 의미를 발견해내고 있으며 첨예한 시안詩眼은 사물에 새로운 의미를 부여함으로써 시조의 완성도를 높이고 있다.

무엇보다 삶의 고난 속에서도 좌절하지 않고 극복함으로써 자신의 정체성을 확인하고 있으며 이를 통해 삶의 의미에 대한 본질을 깨닫고 있다. 나아가 삶의 중심을 바로 잡음으로써 희망찬 삶에 대한 신념을 내보이고 있다.

— 최광호(시인 · 《문학공간》 대표)

—

황혼과 파도

지는 해 품어 안은 하루 낮의 끝자락.
오늘도 아쉬움 남아 목을 느린 긴 그림자.
속세의 몸부림 넘어
정토세계淨土世界 찾는다.

수평선 끝을 찾아 한 뼘 한 뼘 지는 해.
하늘 반半 노을 반半 정지된 우주 공간
원시의原始 바다 냄새는
창조주의 땀 냄새인가.

타다 남은 붉은 놀 수평선에 묻히면,
파도의 노래는 별들을 불러오고,
비릿한 생명의 숨결 사바세계娑婆世界 찾아간다.

태고부터 이어오는
파도의 협주곡.
자연의 조화調和는 휴식으로 몰려와,
허상의 희노애락은 사해四海에 잠이 든다.

운해雲海

산이 산을 부르고 구름이 구름을 불러
숨가쁜 속세를 잊고
지리천왕봉智異天王峰 올라서니
법계사 목탁소리는 극락정토 찾아간다.

동서남북 사방팔방
보이는 건 구름과 산.
용틀임하는 능선 넘어 그 너머 땅끝까지,
중생들 옹기종기 모여모여
아웅다웅 살아간다.

속세는 구름 아래,
산다는 것 바람일 뿐.
천상천하 유아독존.
세상 모두 평등인 것.
구름 위
나 홀로 서서
무아경을 가도다.

추운 보름 달밤

천개의
강물 위에
천개의 달이 비쳐

오늘은 어느 들녘
기러기 떼 나르느냐

엄동嚴冬의
짧은 하루가
또 한 해를 접는구나.

해 뜨는 아침 포구

통통통통
행운호
아침 포구 깨우면
하늘과 바다는
노을을 활짝펴고
힘차게 불끈 솟는 해
기지개가 뻐근하다.

만선의 꿈을 안고 묵직한 손 흔들면
망망대해 부표 찾아 희망도 파도 치고

갯내음 바람을 가를 때
꿈만은 뿌듯하다.

넘실대는 파도는 힘겨운 싸움이지만
팔딱팔딱 뛰는 생선
소박한 꿈도 뛴다.
야무진 삶의 이야기
바닷바람 상쾌한 아침.

서예삼매書藝三昧

묵향 가득 찬 옥탑 방에 단정히 앉아
바위처럼 무겁게
대쪽처럼 올곧게
먹물에 흠뻑 젖은 붓
영혼을 찾아간다.

힘 있게 뻗칠 때 백옥 같은 비백飛白*이 뜨고
방향 찾아 멈춰서며 혼신의 굴절이 올 때
지그시 삶의 무게를
온몸으로 풀어내면,

마음의 창문마다 어둠 속에 등불을 켜서
동자童子 같은 얼굴로
한 자字 한 자字 태어날 때
정갈한 정념正念의 세계
걸음걸음 찾아간다.

* 비백: 서예에서 붓글씨를 쓰다 힘있게 획을 그을 때 획 속에 하얗게 나
타나는 부분.

묵상默想

은거隱居의 시간들은 나이테에 새겨 두고

삭정이 같은 세상 욕망
하나 둘 떨궈 내니

피안彼岸의 산새들 노래
산울림으로 다가오네.

저녁노을

삶의 무게 짊어지고
하루를 불사른다

땀에 젖은 나날이
눈물 젖은 하루하루가

오늘도 사랑의 품에 안겨
내일을 기약한다

산책散策

사랑했던 이 세상
아름답던 이야기들

봄날의 꽃잎과 여름날의 풀잎들

호숫가 잔잔한 물결에
반짝반짝
빛납니다.

자정子正

별빛만 깜박깜박,
온 세상
잠들었습니다.

온갖
잡소리
모두 다
잠들었습니다.

멀리서 개 짖는 소리,
밤의 침묵沈黙은
내일의 잉태孕胎.

나무 숲 있어서

산이 푸르러 물이 푸르러
강산이 편안하니

발 닿는 곳 배 닿는 곳
인심도 넉넉하여

사람은 밤낮을 알고
짐승도 갈 길을 아네.

이종욱(李鍾旭, Lee, Jong uk)
1954년 경북 김천 증산면 출생. 대구교육대
학교, 한국교원대 대학원(교육철학, 교육사).
《시조문학》 신인상(2019, 가을호) 등단.

—

자유시도 긴밀한 형식미가 요구되지만 특히 시조는 형식미는 물론
긴밀한 압축과 긴장미가 한층 더 요구된다. 이 시인은 한 대상을 자
기 내면에 용해했다가 다시 재생할 뿐만 아니라, 오래도록 심상에 안
치했다가 문득 참신한 시상으로 표출하고 있다. 그래서 시조의 형식
에 무리 없이 담기면서도 그 흐름이나 시적 분위기가 일관되기 때문
에, 늘 시인의 가슴속에 꺼지지 않는 불씨를 품고 있다. 마치 휴화산
처럼 그 불씨를 묻고 한 시대의 현실적 아픔을 앓다가 마침내 시혼에
불을 지른다. 그래서 시인은 항상 잠들 수 없는 밤을 지새우며 빛나
는 시어들을 캐내는 작업을 계속하는 시인이다.

— 유선(시조시인 · 문학평론가 · 한국문인협회 자문위원)

—

사모곡思母曲

동구 밖 느티나무
곰삭은 세월 저편

덧쌓인 그리움은
옹이로 맺혀 있고

부르고 또 불러보아도
대답 없는 메아리여.

동지섣달 한밤중에
울부짖는 시린 가지

언땅도 꺼질 듯한
어머니의 한숨소리

아직도 이승의 끈을
놓지 못해 잡고 있다.

군밤

가시옷 벗어 놓고
땅위로 내려온 너

몸통에 칼침 맞고
지독한 몸살 앓다

해탈한
작은 몸둥이
이 겨울이 따습다.

외등外燈

가슴속 뜨거운 한恨
빛으로 승화하다가

동녘이 밝아지면
그냥 고개 숙이는 넌

늦은 밤
지친 발걸음
살갑게 보듬는다.

저무는 오일장

해 질 녘 서쪽 하늘
구름꽃이 곱게 피고

늘어진 산 그림자
또 하루를 벗어 걸면

좌판 위
배고픈 전대
뎅그마니 앉아 있다.

가을 편지

지난밤 무서리가
이 가을을 한껏 익혀

수첩 행간 가득
정성들이던 명조체가

받을이
아무도 없어
흘림체로 갈긴다.

보리

왜바람 활개치는
외시골 비알밭에

얼부푼 뿌리마다
서릿발도 품에 안고

짓밟혀
구겨진대도
일어서는 푸른 촉.

6월에

푸르른 달빛 아래
시름만 감싸 안다

첫새벽 닭울음에
상흔진 손 모으면

낙동강
칠백리 길에
붉은 해가 솟는다.

과꽃

한 뼘의 소중한 땅
봄뿌터 뿌리내려

끈기로 버티어 온
메마른 지난날들

상처 진
여린잎들은
핏빛놀에 시퍼렇고.

거치른 줄기마다
피어난 자주꽃잎

더운 피 토해가며
한 장 한 장 떼어낼 제※

내 연정
싱그런 영혼
깊은 믿음 세운다.

* 괴테의「파우스트」의 마가렛 소녀가 과꽃잎을 한 장 한 장 떼며 사랑의
점을 쳤다고 함.

보리타작

긴 겨울도 죄없이
푸르게 자란 이 몸

후려치고 돌려치고
모질게도 두드린다

하늘이
샛노랗도다
온누리가 어질어질.

뻐꾹새 장단 맞춰
푸른 하늘 휘몰아서

도리도리 도리깨로
휘돌려 내리치면

매 맞은
멍든 몸뚱이
뙤약볕에 나뒹군다.

늙은 농부 베적삼에
소금꽃이 피기까지

자근자근 몰아칠땐
절굿공이 춤을 추고

오뉴월
허기진 배를
두말없이 다 채운다.

춤사위

저 일몰 앞에 서면 이 땅마저 바다인데
물굽이 솟는 파도 일렁이는 너의 눈빛

고요한
처마 밑에서
마냥 섭섭 흔든다.

푸른 솔 앞세우고 끝도 없이 부침浮沈하다
내가 설 땅은 어디 벽을 향해 돌아서면

또다시
춤사위 속으로
빠져드는 이 마음.

아침저녁 불어대는 철이 없는 바람처럼
싸늘한 가슴 안고 밤을 새운 자맥질에

끈끈한
이 끈끈한 삶,
목을 매는 북소리여.

이종행(李琮行, Lee, Jong hang)

1945년 강원 양양 출생. 춘천교육대학, 카톨릭관동대학교 교육대학원(교육철학과) 졸업. 《시조문학》 신인상(2019) 등단. KT&G복지재단 문학상 시조 입상(2018), 공무원문예대전 시조 입선(2019). 강원시조시인협회, 강호시조문학회, 강릉후조문학회 회원.

—

이종행님의 「나의 여름 1953년」은 6·25이후 1953년 휴전협정이 이뤄진 정전의 소용돌이 속에서 겪은 참담한 끼니 형편을 추체험한다. 보리이삭이 빨리 패기를 기다리던 아버지(첫 수), 사카린을 뿌려 통감자를 익히던 어머니(둘째 수), 모기와 한 식구였던 칠 남매(셋째 수)가 겪은 곤고한 시절을 여과없이 재현한다. 요즘 젊은이에게 '사카린saccharine'은 퍽 낯선 명사名詞이다. 저 때에는 가정의 상비약처럼 단맛을 내는 데 쓰인 설탕 대용품 감정甘精이었다. 돌 지난 어린 것에게 사카린을 풀어 맹물로 배를 채워놓고 엄니는 손톱이 닳도록 더는 긁을 것이 없는 함지박의 밑바닥을 긁는다. 첫 수와 둘째 수가 끼니의 참담한 정황을 들춘데 반해 셋째 수는 모기를 뜯기는 칠남매의 철없음으로 반전되어 독자의 마음을 환하게 펴준다. 의표를 찌르는 이 반전을 높이 평가한다.

— 김준(시조시인 · 서울여대 명예교수)

—

할머니와 지팡이

옹두리 마디마디 내 몸을 실었더니
검버섯 꼬부랑 키 꼭-빼 닮아가고
걸음도
내 발 같아서
지之자 걸음 가누나

가다가 쉬어가며 오래가자 했더니만
제 몸도 뼈만 남아 내 손마디 되잡으니
한 세월
오가던 길도
낯이 설어 멀구나

마지막 성화주자
— 평창 패널림픽paralympic

저 높은 꿈을 향해 불 하나를 등에 업고
가파른 오름줄이 한을 실어 팽팽한가
손바닥
부르트도록
끌어안는 임이여

발모아 한 계단씩 갈 지자 철각의족
하늘 끝 가까스로 뒷 걸음 처질세라
나도야
임의 등으로
팔을 뻗고 말았어

명함을 태우다 焚榼

사진첩 못지않게 아끼던 이름들을
아궁이 앞에 앉아 첩첩이 더듬으니
불꽃에 날아 오르는 그 날들이 보인다

타면서 쪼그리는 금박이 껍질 속에
별 같은 얼굴들이 연기로 흩어지고
내 몸도
오그라들어
재가 되어 날린다

사진

장대비 마다하고 집채같은 꼴 한 짐을
지게는 어디가고 소리만 벽에 걸려
"괜찮다,
들어가거라"
당당했던 그 미움

논밭을 호령하던 상농군 어르신이
한평생 땀옷 적삼 속살을 씻지 못해
서투른
양복 밑에서
색시처럼 순하다

얼룩

절 마당 돌아드니 싸리비 흔적만이
샘 따라 굴러가는 조그만 독경소리
한숨도
땟국이라고
벗어놓고 가라네

목련

빛 하얀 저고리는 가난보다 눈물겹다
하늘을 차마보고 붓끝으로 살폈을까
해마다
삼월을 알고
찾아오는 어머니

깃발은 장대 끝에 고귀함을 나부끼고
헤쳐진 가슴팍이 바람에 찔리어도
싸늘한 푸른 하늘에 옷고름을 풀었다

동정깃 매무새가 숨보다 더 아프다
안에서 들려오는 눈 같은 차가움을
해마다
봄을 기다려
펄럭이고 싶어라

알게 돼

아들은 바람처럼 횡하케 떠나갔다
그날의 알밤들을 나처럼 골라싸서
나머지 찌시레기는 어머니의 몫인걸

몰라도 몰랐다고 그맘을 씻으려고
가싯길 비탈밭을 온종일 맴돌아도
뚫어진
밤나무 하늘에
구름 한 점 지날 뿐

농경화農耕畵

비탈 밭 먹고사는 외쪽 창 원앙 부부
봄 먹은 봉오리가 다투어 두드리니
모른 척
바람 탓하며
등불 일찍 끄겠지

참 놓고 돌아가는 부인의 뒷모습에
파릇한 잎사이로 꽃망울이 터지는데
써레질 실한 사내는 쟁기 놓기 서둔다

사립문 긴 그림자 뜰아래 박아놓고
서산에 눌러앉아 꿈적않는 시샘들아
오늘은
새 붓 갈아서
너를 베고 싶구나

매미 껍질

마지막 옷을 벗고 떠나간 빈자리에
못한 말 전하려고 제 모습 남겼을까
평생을
꼼지락거리며
흙속에서 살더니

알뜰히 벗겨주고 살 한 점 없는 가슴
밭머리 빈 나무를 자식처럼 끌어안고
기워도
기울 수 없이
굳어 버린 등어리

셋방

어렵게 시작해야 살림을 배운다고
밑에서 올라가야 사는 맛 재밌다고
종일을
애걸음 치다
달밑 가지 올랐다

돌처럼 굴러갔다 게처럼 올라와서
단간방 창문 아래 깍두기 지붕들을
젓가락
끝에다 집고
이리저리 굴린다

이종훈(李鍾壎, Lee, Jong hoon)

1931.~2003. 충북 제원 한수면 한천리 출생. 호 월정(月汀). 《시조문학》 천료, 〈충청일보〉 신춘문예 시조(1982) 등단. 제천문학회 창립(1976). 지방공무원 봉직, 제천시 영천 1동 동장 역임. 시조집 『불러야 할 이름이 있네』(1993, 세광문화사), 『이 길로 가면』(1995, 원주) 외. 한시편역집 『堤詠』(1996, 내제문화연구회). 『의병시가초』(2002, 제천문화원). 한국시조시인협회 회원, 내제문화연구회, 충북행우문학회, 충북시조문학회 창립회원.

—

길삼

신열 높은 청을 이어 대신 울던 가락고동
한 자치 낮달은 감아 애한愛恨으로 풀려나면
눈 뜨는 별의 빛 속을 삼경三更 저민 그 손길

푸르른 속살을 뽑아 보름새 곱게 날아
얼굴은 삼동 깊이 불씨 하나 정으로 묻고
일혼을 바디로 짜던 청승스런 딸각 소리

돌탑

뜨락에 쌓인 돌이 꽃잎으로 벙급니다.
푸르른 이끼마저 햇살 속에 오롯하고
한 마리 학으로 앉아 청산도를 그립니다.

달이 몹시 맑은 밤엔 산그리메 불러 놓고
머리맡 밤 물소리 염주알로 굴리다가
이대로 눈빛이 고운 깨어있는 삶입니다.

한목숨 사룬 열기 산이 되고 물이 되고
선 채로 굳은 바램 내 곁에 불새 되어
피울음 품 안에 가득 영원으로 탑니다

보릿고개

더위는 구름을 잡고 길고 긴 하늘을 열면
봄 꿩은 제가 울고 제 설움에 넘던 고개
누에도 밥을 걸러서 주린 잠을 잣느니!

찌그러진 초가 너머 봄을 꺾던 뻐꾸기여!
허기져 넘어지며 짚신 끌던 화전가에
보리는 언제나 때나 나물 뜯던 무명치마

어린 손길 뿌리치고 송기하던 모진 어미
검은 쑥떡 말라붙듯 정보다 앞선 주림
눈물로 젖은 구비에 진달래만 핍니다.

산

미움으로 지샌 밤이 사랑으로 등 밝힌 날
가슴 저리도록 고인 용틀임을 쌓아 올려
우리른 하늘만큼이나 내 모습을 그립니다.

천년의 무게를 저어 밀어로 다가선 구름.
또 천년을 앞세워도 꽃띠 두를 분노로 남아
한 아름 숨긴 넋을 재워 침묵하는 혼입니다.

저 동해 먼 곳에서 온 군수 같은 시름을 깔고
여름밤 천둥 번개에 불꽃 삭힌 바위로 앉아
동천東天의 새벽을 여는 탑이 된 삶입니다.

이주남(李周南, Lee Joo nam)

대구 출생. 홍익대학교 박사 졸업(1993), Portland state university 수학(1994). 〈동아일보〉 신춘문예(1986) 등단. 시조집 『햇빛에 말걸기』(2002, 월간문학출판부) 외. 동시집 『뭐라구요, 오늘이 토요일이라구요?』(2011, 문학과 문화). 역서 장편서사시 『오메르스』(1994, 고려원미디어, 공역) 외. 한국시문학상(1991), 월간문학동리상(2004), 소월문학상(2008), 한국현대시인상(2009) 외. 이대동창 문인회장, 강남대 영문과 교수 역임. 한국문인협회, 국제펜클럽, 한국시조시인협회, 한국여성문학인회 이사.

검정고무신 한 짝
李周南

꽃으로 태어나지,
헌 고무신 한 짝인가.
끼면 놈 본색인가,
달 못 채운 일곱달 버긴가.

겹하면 확 싸버리지
왕따라도 당할 년.

이주남李周南 시편들은 간결한 문장이되 재치를 바닥에 깔면서 윤기를 안으로부터 배어나오도록 했다. 어느 시조 창蒼에도 예속되지 아니한, 자기 소리임을 뜻하는 일이다(「햇빛에 말 걸기」).

— 서벌(시조시인 · 전 한국시조시인협회장),《시문학》월평

'믿어라, 나만을 믿어라, 산 갈기를 뜯으며'(「투명 강산」) 종장 처리도 도치법의 수사를 구사함으로써 신선한 여운을 남기고, 감았다 풀고, 풀었다 감는 변화 있는 표현 기법은 시조의 예술성을 돋보이게 하는 하나의 모범으로 지적할 만하다.

— 김월한(시조시인),《월간문학》월평

이주남李周南 시인의 시조적 레토릭은 자유시에서는 좀처럼 만나기 어려운 큰 울림을 사설시조에서 작고 단단한 덩어리로 뭉쳐 내고 있다(시조집 『오하이오에서 며칠을』).

— 이근배(시조시인 · 대한민국예술원 회장)

투명 강산

소복한 혼불에 어린다,
눈에 비친 그물막.

물 건너 저편에
맑게 떠
꽂인 그대

눈빛도 흔들리지 않는다,
물 젖은 허리도.

물 젖은 허리로
내 알몸 감는다.
품속에 안길 때
뿌리가 흔들린다.
믿어라, 나만을 믿어라, 산 갈기를 뜯으며.

빈 이랑 일어나기

따비 튼 논이랑을
한 올 한 올 풀어내어
이엉 마름 엮어서는
산자락을 싸매면

슬기산 암호랑이도
속치마를 열어 뵌다.

빛 한 톨 떨어내어
문을 연 봄의 햇씨
꽃소식 몸을 푸는
단 흙 속에 섞어 보면

빈 들판 스란치마에
주름 접혀 꽃물 든다.

봄밤의 논두렁은
새소리에 꼬리 틀고
산천은 머리 풀어
꽃빛에 빗기운다.

실바람 눈부신 빗질
알몸 되는 봄날이다.

거짓말같이 좋아진 사랑비

가을바람 앞질러
사랑비 내리더니,

가파로운 꽃길 위에
날아오른 날개 소리.

먼발치 물 파랑 알갱이
별빛 한 줄 내리어.

물 파랑 뒷 물면을
뒤집어 본다 해도
물은야 물일 뿐
불은 더욱 아니어라.

불 눈금 한 눈금쯤 잘라
눈썹달에 붙였다.

날마다 꽃 한 송이 새로이 피어나
그중에 거짓말같이
날개 펼 수 있는 꽃

사랑별
천 송이 모아지면
하늘꽃밭 차리다.

빗물 받아 끓이기 6

궁글다리 건너건너 몇 굽이 강물 너머
날개꽃 돛을 달아
날아가선 살 나누기.

벌판은 갈피로 누웠으나
꿰매어서 일으킨다.

봄이 봄이 온다

꽃길로 온다,
너는
날마다 온다.
한 점 바람
꽃잎도
구기지 않고,
날마다
새벽길로
너는야 온다.

귀신도
뒷전 물려 두고
귀양 사는 날에.

그런 세상 아세요? 1

작은 고긴 아주아주 쬐그만 고길 먹고
큰 고긴 작은 고길 또다시 먹고 먹고
그래서 아주 큰 고기만 뚱뚱고기, 그런 세상 아세요?

상강霜降에 꽃핀다

바람이 볼기짝을 빈손으로 치고 있다.
풀뿌리 한낮까지 벋어 보지 못하도록
불침이 뽑힌 햇빛들도
으시시 떨고 있다.

해지고 캄캄할 적엔
옷을 벗고 눈뜰 때
자고 난 바람들도 하야니 부서진다.
햇빛도 삭아 날아다니는 소리
한아빌 그러안는 소리.

바깥과 일절내간一切內姦
그리움도 향기롭다.
가을낲들 외로운 밤엔
갈무린 안다릴 뻗어
한창 꿈, 피지도 못한 꿈
무서리 별밤 펼쳐본다.

햇빛에 말걸기

속 가지 새 이파리
속삭이지 못한 말씀.

윤기 고운 항아리
꽃이 숨어 봄잠 들고,

새움 튼 씨톨 한 알이
새싹 꿈이 돋는다.

돌쩌귀에 엇물리어
발 묶인 소리 한 마리,

핏빛도 질린 혀끝
햇살도 튕겨 날아,

흰 슬픔 파람 한 올을
빈 가지에 걸어둔다.

아픈 만큼 싹튼 봄빛 6

나는 내 생시계와
함께 타는 풀무통.

여름내 남은 불길
가을꽃물 쏟아 놓고,

푸성귀 돋는 날 아침
아픈 만큼 싹튼 봄빛.

해국海菊
— '화니'의 야생화 사진전을 보고

  되돌아 가려는데 사진 한 장 날 불러 메꽂네.

  벼랑 끝에 핀 해국海菊, 혼이든 정신이든 온실에서 본 맵시와 다른 표정 짓는 섬뜩한 떨림, 튼실하고 해맑은 모습 바닷거울에 비추고 있네. 외로워도 외롭지 않을 신령 같은 해국이 나에게 무슨 곁말 거는 척 하는데, 알아들을 귀 없는 게 답답 세상, 피 흘리는 이승의 꿈, 먹보 같은 울음 보이지 않는 자리에 달빛으로 스며들었네.

  저 모습 잡기 위해서 알가슴도 메꽂네.

이준문(李準文, Lee, Jun moon)

1945년 경북 안동 와룡면 출생. 호 지산(芝山). 중앙대 대학원(국어, 한문과) 석사 졸업. 《한맥문학》(1999) 등단. 시집 『새벽 강을 바라보며』(2008, 시와 사람) 외. 한맥문학상(1999) 수상 외. '맥향' 문학, '시조사랑' 시인 동인 외.

〈시조〉
국화(菊花)
李準文

늦가을 고즈넉이
뜨락을 지킨 세월
소쩍새 울음 속에
가슴 저며 가꾼 맵시

—

지산芝山 이준문의 시조 경향은 초기에는 주로 자연과 인간의 교감을 노래하는 소박하고 진솔한 감성을 맑게 투영시키고 있다. 그러나 2010년대에 와서는 인류에 관한 소재를 주로 다루고 있다. 겨레의 사상과 얼을 담은 작품이 주류를 이루며 엄격한 율격과 자수의 제한을 지키는 전통시의 맥을 이어가는 시인이다.

— 이은방(시조시인 · 전 한국시조시인협회장)

—

백두산 마루에서

중국 땅, 장백폭포 물보라에 현혹되어
층암절벽 물길 따라 밟고 오른 백두 마루
절묘히 펼쳐 놓으신 조화옹의 화폭이다.

천태만상 봉우리가 태고 신비 간직한 채
도마 위에 엎어 놓은 흰 독 같은 백두산
백발에 서린 의지로 일월성신日月星辰 맞는다.

한반도 산 지맥은 백두산에 뿌리박아
오른 팔 힘찬 펼침 만주 벌판 되었고
왼팔을 뻗친 솜씨로 금수강산 이뤘다.

겨레 혼 분출하는 천지연 푸른 성수
서로는 압록강 물 동으론 두만강 물
갈림목 분수가 되어 낮과 밤을 흐른다.

끈끈한 민족혼이 봉마다 배어 있어
조그만 돌 한 조각 희귀한 풀꽃들도
포근한 웅녀 품에서 배달 얼이 숨 쉰다.

부석사 소묘素描

부석사 가는 길은 소백산맥 사색길
꼬불꼬불 죽령 넘어 사하촌 언덕 올라
옛 절로 트인 길섶엔 샛노랗다. 은행숲

의상대사 흠모하던 선묘善妙는 용이 되어
수많은 산적 떼를 바위 날려 없애고
부석이 땅에 앉았다던 설화 얽힌 이 사찰.

범종각 안양루에 단청 없는 누각하며
어여쁜 자연석을 조각조각 이음한
대석단 아름다워라! 웅장함이 더하다.

무량수전 이르는 아홉 개 큰 석등은
극락으로 통하는 구품九品 정토淨土 만다라다
나그네 저도 모르게 사바에서 열반 드네.

석양빛 비켜서는 산사의 어스름에
봉황산 적막 깨는 예불 소리 범종 타고
심원한 메아리 되어 구천九泉으로 퍼지다.

가을날 두 꽃

— 코스모스
싸늘한 눈썹 끝에 스치우는 하늘 자락
해맑은 웃음으로 허공에 펴는 악장樂章
한여름 뙤약볕 쪼며 핥고 살은 보람인가.

— 국화
늦가을 고즈넉이 뜨락을 지킨 세월
소쩍새 울음 속에 가슴 죄며 가꾼 맵시
바람에 영글어 온 꿈 송이송이 고웁다.

겨울 아카시아 숲

큰 키나무 잎새는 낙엽으로 떠뜨리고
흰나비 꽃향기는 하늘가로 흩날리고
앙상한 가지만 남아 겨울 속을 울고 있다.

텅 비인 까치집에 온갖 새들 나드니
다람쥐 넘보면서 먹거리를 찾는데
푸드득! 놀란 비둘기 줄행랑을 놓는다.

잉잉잉 바람결이 겨울 낮을 지나면
벗은 가지 나붓나붓 춤바람을 펼치는데
뻐꾸욱! 능청을 떨며 숨은 봄을 부른다.

망양대 정상에서

야아호! 메아리에
깜짝 놀라 바라보니
눈앞엔 만물상이
저 만큼 망망대해茫茫大海
조물주 조화롭게도
천하절경天下絶景 이뤘네.

해금강 가는 길

온정각 잠시 쉬어
해금강 가는 길에
노변엔 집단농장
붉은 깃발 든 인민들
빛 바랜 깃발을 말아
석양빛에 띄우네.

용바위

하늘로 오르려고
발버둥친 이무기가
갯벌을 딩굴다가
한 맺혀 굳었으니
새까만 바위가 되어
뜬 구름만 쫓는다.

하루방

꽉 다문 입술에는
의기가 넘쳐나고
왕방울 눈 위에는
벙거지 얹어 쓰고
두 주먹 불끈 쥐고서
탐라도를 지킨다.

우리 할매 할배
— 2014년 10월 25일 경상북도 〈할매 할배의 날〉 선포에 부쳐

고향집 안팎 누빈 할매 할배 발자취는
일생을 하루같이 자식 손주 위한 사랑
긴 세월 강물이 되어 핏줄 따라 흐른다.

목련꽃 속살 같은 할매 엄매 젖가슴에
고사리손 오누이들 파고들며 살던 시절
오늘도 그립습니다 우리 할매 할배요.

송덕사頌德詞
— 고故 박정환 선생을 추모하며

풍운도 뜻한 대로 "굵고 짧게 살으시다"
일편의 신념으로 가정, 이웃, 나라 사랑
하나로 쌓으신 업보 자비 전당 이루시다.

불사조의 나래 펼쳐 조국 주권 찾으셨고
햇불을 높이 들고 여명 누리 밝히신 뜻
가섭迦葉의 미소로움에 젊은이들 모여드네.

연꽃의 생리 닮아 무주상보시 할세
뿌리는 진흙탕에 향기는 하늘가로
그렇게 살으신 생애 밀물 같다. 과보果報여!

오목천 감도는 계성대 묏벌에
나라의 백년대계 이 반석 위에로
메아리 돌아와 남듯 임은 여기 계시다.

* 1976년, 수원 영신중 · 여고 교정에 세워진 설립자 동상 비문.

이준섭(李埻燮, Lee, Jun sub)

1946년 전북 부안 하서면 청호리 출생. 시조시인, 아동문학가. 전주교대 졸업(1968), 중등교원 검정고시(국어과) 합격(1975).《월간문학》신인상 시조 입선(1977),《시조문학》천료(1979),〈동아일보〉신춘문예 동시(1980) 등단. 시조집『새 아침을 위해』(1988, 정동),『반짝이는 물비늘』(2006, 글나무). 동시집『대장간 할아버지』(1986, 진명) 외. 수필집『국화꽃 궁전』(2001, 신한사), 장편 동화『잇꽃으로 핀 삼총사』(2003, 문예연구) 외. 한국아동문학상, 전라시조문학상 수상 외. '동심의 시' 동인. 한국시조시인협회 회원. 관사고교, 구림고교 교사 재직.
—

꼴베기

새벽에 꼴을 벤다. 어둠을 베어낸다.
이슬로 맺힌 내 꿈 어떤 우주로 열릴까
이제 막 뜰 해돋이 앞에 자못 가슴 죄누나.

산맥으로 뻗어나가 강물 되어 흘러가는
내 영혼 풀밭 속에 피어나는 햇봉오리
간밤 꿈 숨결로 열린 무지개여, 새 우주여.

가장 싱싱한 꿈을 조심조심 베어간다.
푸른 산하를 우는 풀벌레랑 개구리 울음이랑
해종일 논 가는 소 먹일 꿈도 꼴망태 가득 담는다.

넝쿨

얼키설키 어우러져 넝쿨로 사는 세상
있는 듯 없는 길에 없는 듯 있는 길에
굽어져 안 뵈는 길을 용케도 찾는 이여,

엉케고 휘감긴 곳 비밀 하나 매듭 짓고
또 하나 지름길을 빌딩 숲에 숨겨 두고
태연히 포장된 한길을 당당한 척 걷다니…

그림잔 양 붙어다니는 끈끈한 어둠발로
매연과 소음으로 숨막히는 내 인생길
무의식 그 잔가지에도 넝쿨 하나 뻗었을라.

술취해 헤처갈까 엉클어진 넝쿨 속을
시대에 양심이 썩는 지름길을 숨어 갈까
아니다 깨끗한 포도鋪道를 외롭지만 살다 가자.

만종晚鍾

노을 타는 이랑 사이 낭자한 기도 소리
고요를 흔들다가 종탑鐘塔을 맴돌다가
아늑한 꿈여울로 가는 내 영혼의 발자욱여.

억만 겹 침묵 속에 은총을 베푸시며
어둠의 너울 쓰고 종소리로 가는 전원田園
내 신앙 잉태하는 요람 하늘도 눈을 감네.

모래밭

밤하늘 별보다 더 총명한 눈동자들
짜디 짠 인생길을 빛보라로 다듬는가
각角이 진 메마름 속에 꿈결 다져 넣으면서.

갈수록 더 목마르게 타오르는 뜨거운 점
비바람 드센 날엔 온몸으로 쓰러지면서
하늘 뜻 가장 잘 받들며 살을 깎아 살아간다.

쏟아지는 별무리로 차고 어둔 밤도 밝혀
햇볕보다 더 눈부신 꿈속에서 살아가요
울리는 파도의 음악으로 타는 가슴 사루며.

산거일기山居日記

메마름이 흠뻑 젖는 내 영혼 가지마다
산새들 고운 음률 귓속말로 감기는데
청청한 하늘 깊이로 흘러오는 편주片舟 하나

산그늘 응달 속에 가난도 아침 이슬
먼지 낀 찬바람이 예까지 와 탱탱 불라
산 정적 연푸른 숨결 속에 쌓이는 허공이여.

하늘 겹겹 쌓인 가슴 수액樹液도 흐르는가
깊이 모를 산곡山谷 사이 팔베개로 누워서
풀잎들 꿈빛을 모아 안 꺼질 등을 켠다.

안개

아슴한 이랑 너머 새소리 목쉰 대화對話
하얗게 젖어오는 은빛 비늘이여
안개 속 해 닿는 마음 서러움을 닦누나.

가슴속 호수 위에 밤여울 일렁이던
아름다운 피어오른 꽃향 수렁 속에
이 아침 불면의 창을 열고 빨간 해님 맞이할래.

풍경

풀숲 짙은 계곡 사이 맨땅 위 녹는 불볕
불볕 사뤄 사격술을 반복하는 예비군들
찌렁한 구령 소리가 나뭇잎을 흔들고 있었다

타다 남은 몇 점 바람이 땀방울을 굴리고
팔팔한 풀포기들 불꽃을 터뜨릴 때
두둥둥 함성 소리가 계곡을 흔들고 있었다

풀잎도 나뭇가지도 예비군복을 입고
땀방울을 훔쳐내며 수색작전을 하고 있었다.
단결된 예비군 눈망울들이 땡볕처럼 타고 있었다.

상흔이 산야山野에 핀 억새풀, 칡넝쿨…
분단된 한恨 사루는 고동소릴 듣는가
내 조국 통일의 종이 울려 퍼지고 있었다.

이중원(李中原, Lee, Joong won)

1986년 서울 출생. 한양대학교(국어국문학과) 졸업, 한양대 대학원 재학. 〈조선일보〉 신춘문예 시조(2016) 등단. 제4회 님의 침묵 전국백일장 차상 수상.

—

「파란 잉크 주식회사」는 언어에 촉수를 달고 탐사하듯 세밀한 감각의 깊이로 잡아 엮는 묘사와 진술이 긴밀한 조화가 압권이다. 현실의 다면을 꿰는 독법으로 발생시키는 낯선 미감의 어조 속에 유지하는 정형성도 견고하다.

— 정수자(시조시인 · 한국시조시인협회 부이사장)

슬로우모션 기법으로 촬영하여 재생화면을 보면 보통 촬영으로 확인할 수 없는 짧은 순간까지를 극적으로 세밀하게 정확하게 담아낼 수 있다. 이 촬영기법으로 삶을 들여다보고 있는 기가 막힌 착상을 한 이중원 시인의 「추락, 슬로우모션」이 있다.

— 최도선(시조시인)

—

파란 잉크 주식회사

새초롬한 잎사귀에 햇살이 내리쬐어도
버스가 남기고 간 잿빛의 연기만이
망막에 재고가 남은 유일한 색채일까

발 아래 선이 있고 내 뒤로 줄이 있다
느려지는 발자국을 억지로 잡아끌어
통근의 컨베이어에 실려 가는 유리병

모래알 흐르듯이 부서지는 빛줄기가
정류장 팻말 옆의 풀 허리에 한껏 고여
메마른 마개 틈새에 떨어지는 오전 10시

빵, 하는 경적음에 뜬 눈이 부시도록
생생하게 흔들리는 푸릇한 잡초들만,
염가에 세일 중인 창공, 한없이 싱그럽다

로그오프

잘려진 대리석에 더께 쌓인 시간 위로
달리는 걸음을 박차듯이 뛰어든다.
유적지 먼지 냄새에 만취한 여행자처럼

똑같은 말만 하는 기계적인 반복 사이
비슷한 모험을 하는 사람들이 모여서
따다닥 키보드 위로 말발굽 달리는 소리

흉측하게 휘두르는 앞발톱에 부딪히며
고민만큼 깊은 상처 남도록 내지른 순간
까맣게 꺼진 화면에서 배터리가 깜박인다

반듯한 승강장에 늘어진 시간 위로
무수한 걸음에 밀리듯이 들어간다.
지하철 안내음 따라 수납되는 부품들처럼

고양이과科

아무 것도 아닌 것처럼 살그머니 엿본다
솜털 마냥 갸름하니 보드랍고 발그란 볼
가까이 닿고 싶지만
다가가면 도망갈까

떨리는 마음에도
이상하게 고요한 손길
잠시 닿은 피부에서
놀란 눈이 마주치고
감연히 풀숲 사이 사라지는
용기勇氣라는 저 녀석!

바람의 도시

1. 참회
발갛게 물든 하루 캔버스 끝자락에서
그림자처럼 기울어지는 거리의 집과 책들
생활도 무릎 꿇고서 참회록을 쓰는 밤

2. 안식과 창작 사이
애써 잊는다지만
그냥 쉽게 닫힌 책장
기나긴 말줄임표 같은 문턱에 걸터앉아
저 아래
미처 닿지 않는 발 마음껏 흔든다

3. 불면
몽롱한 가로등 아래 산책하는 도시인들
파도의 마루와 골 어지럼증에 깊어지다
불면의 어느 순간부터 푸른 바람 불고 있다

취업준비생 K씨의 하루

백지 수표 한 장 찢어
오늘도 출근 연습
캔커피가 땡그르르
구르는 자판기
짤막한 휴식의 동전은
지난날로 떨어진다

한 해 동안 날려 보내도
묵묵부답 지원서들
내게 주어진 하늘은
높고도 비좁아서
힘내란 한 마디조차
이제는 눈물 시려

마음의 투입구에
가득 쌓인 불량주화
잔돈처럼 남은 시간
시 한 편 구입하면
분류기 차르랑, 울리며
하루가 지나간다

추락, 슬로우 모션

빗나간 박음질의 스테플러 자국들이
인생이란 문서 위에 곰보처럼 남아 있어
제출은 꿈도 못 꾸고 휴지통에 가 꽂힐까

종이날 닳아지고 뾰족한 귀 접히면서
치이며 밀리다가 마침내 펄럭펄럭
부러진 철심 조각을 가슴팍에 안는다

손때 묻은 지문만큼 꼬깃한 페이지여도
갱지처럼 바래져서 아름다운 이야기들
누구나 단 한 번만큼은 날아오른 찰나의.

찻잔과 시가 있는 집
― 「단연죽로시옥端硯竹爐詩屋」을 보며

굳을 자리 휘어지고 굽는 곳은 단단하여
의미가 벼루 되어 서판에 박혀 있다
붓질로 지은 집에서 먹물을 가는 소리

먹 아래 규칙 있고 일필 사이 형식이 있어
태세太細와 곡직曲直으로 음악을 엮으면서도
서예의 노래로부터 자유롭고 싶었을까

배울 만큼 멀어진 작은 집이 내 삶이다
소탈히 내리앉아 바닷바람 귀 기울여
마지막 농담을 주어 쓱, 찍은 점 하나

* 추사 김정희의 글씨. 단계벼루, 대나무화로竹爐, 시 짓는 작은 집을 의미함.

한 줌의 재가 되더라도
― 다산茶山을 생각하다

누구를 섬기려 하나
꺼지지 않는 촛불
악연으로 담금질하여
환하게 빛을 키워
양초도 빼앗긴 미래를
밝혀줄 수 있을까

구리 수저 무쇠솥도
세공歲貢으로 털어가니
뼛속까지 굶주려서
죽기만을 기다렸느냐
애절양哀絶陽 끓는 사연도
동백으로 저리 붉다

알바비도 치료비도
문전박대 쫓겨나고
희망이 거세되어
다리 저는 청춘이여
몸 바친 휴머니스트
물속의 꿈 오롯하다

소멸

1.
빨긋한 입매로 수더분히 떠들며
떡볶이 한 컵이면 더없이 따스했던 곳
인터넷 지도 위에서 텅 빈 채 깜박거린다

2.
창백한 표정처럼 을씨년한 침상 위로
애써 참는 눈물처럼 떨어지는 링거액
아이의 앙다문 입술이 아빠를 꼭 빼닮았다

3.
창공을 박차고 날아가는 날갯짓 소리
화석처럼 굳어버린 껍질만 남았다가
백악기 바닥에 떨어져서 소리 없이 스며든다

유통기한은 15일

농염한 호박덩이 풍성히 영글어서
하루가 지날 때마다 아껴서 핥아먹었나
껍질만 버려졌어도 여전히 따스하다

노란빛 한 오라기 섬약하게 결이 풀려
햇살마저 가라앉을 도시광 심해 위에
실밥을 나풀거리며 나부끼는 초승달

이지수(李知愛, Lee, Ji soo)

1965년 경기 파주 탄현 출생. 서경대학교(일어일문학과) 졸업(1994). 《열린시학》 신인상(2019) 등단.

귀뚜라미
이지수

잘 나가던 애인이 홀로 세상 떠나던 밤
저리 울어 울었겠다 어둠과 찬 몸뚱이
앞날개 다 해지도록
울기 다 마르도록

—

이지수의 작품은 시조임에도 불구하고 현대성과 압축미를 잘 결속시켜 자유시를 읽는 느낌을 선사했다. 현대시조의 아쉬운 점 중 하나는 현대인들의 정서나 존재성을 끝까지 밀고 나가지 않고 적절한 지점에서 단아하게 마무리 짓는다는 것이었다. 그런데 당선작으로 가려낸 「알츠하이머를 만나다」, 「퀵써비스」, 「눈부신 얼룩-동두천」, 「편의점 소확행」은 지금―여기 21세기 한복판을 시조라는 장르로써 통쾌하게 뚫고 나가고 있다.

　　　　　― 이지엽(시인 · 한국시조시인협회 이사장 · 경기대 교수)

알츠하이머를 만나다

기다리는 것 말고 더 간절한 일은 없어
저절로 눈이 가는 미닫이문 사이로
들국화 꺾어든 가을이 멀어진다, 저만치

마른 기저귀 같던 보송보송한 날들
손쓸 사이도 없이 무너진 그 자리에
노구를 떠나지 않는 억새꽃 참 환하다

다 가고 몇 안 남은 기억들을 불러 모아
해지고 구멍 난 속 뜬눈으로 짜깁는 밤
날마다 낯선 세상을 뭇별 서로 다독인다

퀵써비스

목숨 내놓고 달린 게 어제 오늘 일인가
빨리 빨리 더 빨리 무전기가 거품을 물면
사냥터 가는 길목에 신호등은 아예 없다

길 없는 길 가야 하는 또 하루가 시작되고

퀵도 모자라 총알처럼 달려보지만
믿을 건 싸구려 헬멧 그마저 헐렁하다

재개발 바람에 떨던 현수막도 잠든 밤
다 해진 어깻죽지 파스로 도배하면
강파른 등줄기 아래 초록불이 깜빡인다

눈부신 얼룩
― 동두천

활활 타던 시간들이 얼룩으로 남았어도
살아내는 것 말고 무서운 건 없었으니
기지촌 들먹일 때마다 고개 숙이지 마라

시대를 잘못 만난 서러운 목숨들이
더러는 갈 곳 없어 짐 풀고 마음 풀고
목덜미 쓸어 주면서 외풍마저 감쌌을 뿐

다독이지 못할망정 들쑤시지 말기를
덴 가슴 그으며 멀어지는 헬리콥터
소리가 사라진 허공에 하늘 길이 눈부시다

편의점 소확행*

혼자가 되고부터 시작된 멀미였다
누릴 수 없는 것이 더 많은 쪽방살이
고장 난 달팽이관이 발밑을 뒤흔든다

촛불로 밝히기엔 어림없는 세상일까
시급 좀 오르고 나면 보란 듯이 뛰는 물가
빈속을 채우기 전에 비우는 법 배운다

숨만 쉬고 살아도 멀어지는 헛꿈 대신
입맛대로 고른 행복 그러안은 저녁나절
가끔은 원 플러스 원이 첫사랑보다 반갑다

* 소확행: 소소하지만 확실한 행복을 말하는 신조어.

비혼시대

자정 지나 퇴근하는 환갑 줄 총각 이씨
기다리는 처자식 누구 하나 없어도
대세는 비혼이라며 너털웃음 달고 산다

앞질러 기다리는 자잘한 불행에게
젊음과 맞바꾼 돈 빚 갚는 셈 내어주며
새벽길 파지 한 장도 기쁨으로 주워든다

바닥을 치면서 바닥이면 또 어떠냐고
국보급 무한긍정 같이 늙는 트럭 한 대
방지턱 넘을 때마다 달빛 출렁 쏟아진다

물리치료실에서

바람 든 시린 뼈를 찜질팩에 올려놓고
굽은 허리 겨우 펴 안마기에 맡기니
이 무슨 호강인가 싶어 절로 잠이 왔겠지

오늘은 비가 와 겡로당에 놀러왔다
에미 걱정말고 평일엔 니도 쉬거라

목청껏 통화하시더니
코를 고는
옆 침대

목욕

이태리 타올로도 밀지 못할 삶의 흔적
두렷이 남아 있는 이랑진 몸을 본다
제 몸의 물기만으로 싹을 키운 감자 같은

행여나 아플세라 어린 나를 씻기시듯
바스스 부서질까 살그레 애만진다
지금껏 내가 파먹어 아모리진 봉오리

여자도 어머니도 모두 다 내려놓은
한때는 단물 솟고 향내 나던 앞섶에
가짓빛 마른 꽃송이 거품 속에 다시 핀다

가을 문턱

참깨꽃
툭하면 쓰러져 속깨나 태우더니
끝물 연분홍 꽃이 땡볕 아래 환하다
김매다 문득 돌아보시던 울 엄마 꼭 닮은

파장
떨이 못한 풋고추에 막걸리 따라 놓고
돈보다 사람이 좋은 오일장이 저문다
닷새 후 그 아득한 날은 목울대로 넘어가고

귀뚜라미
잘 나가던 시인이 홀로 세상 떠나던 밤
저리 슬피 울었겠다 어둠과 한 몸 되어
앞날개 다 해지도록 물기 다 마르도록

28번 막차

허름한 장보따리 발치에 세워두고

반가부좌 틀고 앉아 졸고 있는 할머니

꽃분홍 챙모자 위에 더위도 따라왔다

배롱나무 곁가지로 살며시 기대 오는

아직도 식지 않은 땀에 절은 마른 몸

다 못 판 옥수수 쉴까 가끔 놀라 흔들린다

멀미

요새는 걷는데도 멀미가 나네요
산벚나무 화살나무 은근한 눈짓에
덩달아 볼 붉은 진달래
환해지는 산비탈

속사포 랩 새 울음, 출렁이는 물빛 허공
뒤늦게 당도한 꽃 폭죽 터지자
빙그르 우주가 돈다
바람꽃 이는 먼 산

마음이 하는 일에 까닭이 있던가요
꽃 멀미 핑계 삼아 무시로 뛰는 심장
이게 다 당신 때문입니다
늦은 밤 문자 한 통

이지연 (李知娟, Lee, Ji yeon) 본명: 이복희(李福姬, Lee, Bog he)

경북 흥해읍 출생. 미국 아메리칸 캠퍼스 일봉 선교 대학원 졸업(1985). 수덕사修德寺 입산, 법명 일련(一蓮). 아호 서운당(瑞雲堂). 〈서울신문〉 신춘문예(1989) 등단. 시집 『눈을 뜨는 별무리』(2002, 토방), 『별 밭에 앉아서』(2003, 토방), 『무상초 스치는 바람』(2013, 토방), 『죽비 소리』(2015, 토방), 외. 시조선집 『나무의 노래』(2016, 토방). 한국시조 시인협회 공로상패(2004), 한국문학 백년상(2013) 수상. 한국시조시인협회 이사 · 중앙위원, 한국여성문학회 이사, 한국문인협회 저작권옹호위원 · 남북교류위원 역임.

매화 피는 밤은

이지연

깊은 밤 달빛 속에
그윽히 던지는 기척
파르르 떠는 족두리
다홍치마 매무새여
눈밭을 밟고 오는 향기
내가 그냥 무너진다.

—

필자는 시집 속의 여러 편의 단시를 읽으면서 이지연 시인은 단수에 아주 능하다는 인상을 받았다. 어쩌면 오랜만에 시조의 정격을 보여주는 시인, 그것도 여류시인을 만나게 된 것이 아닌가 하는 생각을 했다. 그만큼 그의 보법은 안정적이면서도 단수의 감칠맛과 멋을 잘 갈무리하고 있었다.

　　　　　　　　　　　　　　　　　— 박시교(시조시인)

일찍이 성춘복 시인께서는 "이지연 스님의 화두는 분명히 마음의 그림으로써 은일隱逸의 세계에 닿아 있다."라고 말한 바가 있다. '한 찰나 교신하는 메시지/ 너와 나 한 점 빛이여'(「별똥별」) 속세의 인연을 끊은 수행자의 맑은 영혼을 보여 준다. 이 작품을 이끌어가는 시상은 불교의 선禪적 초월적 경지가 아니겠는가, 참선을 통하여 얻어지는 청정무구한 체험이라고 단정된다, 대상에 대한 인식의 깊이와 넓이가 시상의 깊이와 넓이를 결정한다고 볼 때 속인인 우리로서는 쉬이 범접하기 어려운 차원 높은 정신세계인 것이다.

　　　　　　— 김석철(시조시인 · 한국시조시인협회 자문위원)

—

미루나무의 새

잎들 다 떨어버린 미루나무 손끝 저편
먼지 낀 일상의 숨 가쁜 가슴 위로
한 오리 새의 울음이 흰 그늘로 젓는다,

피안의 길목에서 몸살 앓는 낙일 하나
가을 강 뿌리 젖는 과원의 노래들은
어느 먼 실지失地로 흐를 나지막한 기도인거,

어둠 속에 소슬히 뜬 가지 끝에 새 한 마리
돌아오지 않는 날의 메마른 이 기다림
교외선 따라 흐르는 갈대밭에 흩뿌린다,

시절인연時節因緣

— 숭산崇山 선사禪師

알을 품은 큰 닭을 때맞춰 쪼아주면
병아리 삐약 하고 시時 맞춰 나오듯이
탁마를 해주신 스승님 스쳐가는 만다라,

가신 바 없이 가웁고 오신 바 없이 오서도
임의 산은 푸르고 물은 흘러가도
주전 골 약수 톡 쏘고 바닷물은 짜더이다.

닭 울음

날개를 가지고도 날 수 없는 슬픔이여
하늘의 뜻이던가 여명을 깨우는 소리
벼슬은 불꽃의 직유 꼬리는 힘의 은유,

한 생에 가는 길의 윤회를 보느니
해를 치며 날아오를 둥지도 없는 세상
꼬끼오 뜨거운 외침 지혜의 눈 밝히네,

매화 피는 밤은

깊은 밤 달빛 속에 그윽히 던지는 기척
파르르 떠는 족두리 다홍치마 매무새여
눈밭을 밟고 오는 향기 내가 그냥 무너진다,

그리운 변산

찬바람 시리다 못해 뼛속까지 에이는데
꼭 손수건만한 햇살 채석강 저문 뒷모습
내 안에 타는 낙조는 여울여울 동백꽃,

남설악 단풍

이만치서 바라만 봐도 저것은 전율입니다
활활 타다 남은 전생의 내 분신
시방은 저승사자가 와도 그대 두고 못 갑니다,

해도 달도 비켜간 산그늘 짙은 자락
불장난 아닙니다 불사를 일입니다
설악은 승천하고 싶은 붉은 용틀임입니다,

겨울 섬

이 겨울도 섬 하나로 외딴 밤을 지키느니
나아가면 협곡이요 물러서면 망망대해
남은 것 허공뿐이라 불씨 하나 묻을 곳 없네,

눈으로 에워싸인 무덤 같은 토굴 하나
밤이면 짐승처럼 울어대는 바람 소리
반야여 푸른 등대여 홀로 앉은 적막이어,

꿈꾸는 강

이 가을 다 날려 보낸 갈대밭 강 하구에
억만 시름 거둬 가고 꽃비야 내려라
시인은 왜 노래 하는가 미물들은 알고 있다,

은하 강 저 편 산기슭 노을이 찾아들면
강촌에 봄이 오듯 복사꽃 흐드러져라
시인은 왜 노래 하는가 저 강은 알고 있다,

한계령 첫눈
— 장군바위에 부쳐

그대 먼 길 떠난 후
장부 모습 처음 봅니다

이승의 사람 아닌
바위로 오셨지만

나 또한 사람 속에 없고
눈 속에 있습니다,

별똥별

찬란한 밤하늘에 수를 놓는 불꽃놀이
백억 광년 그 너머의 던져버린 화두건만
한 찰나 교신한 메시지
너와 나 한 점 빛이여.

이지엽(李志葉, Lee, Ji yup) 본명: 이경영(李景暎, Lee Kyungyoung)

1958년 전남 해남 출생. 성균관대학교(영문학과), 동 대학원(국문학과) 석사, 박사. 《한국문학》 신인상 시(1982), 〈경향신문〉 신춘문예 시조(1984) 등단. 시집 『다섯 계단의 어둠』(1984, 청하), 『사갈의 마을』(1990, 청하) 외. 시조집 『떠도는 삼각형』(1989, 동학사), 『해남에서 온 편지』(2000, 태학사) 외. 연구서 『한국 현대문학의 사적 이해』(1996, 시와사람) 외. 동화집 『지리산으로 간 반달곰』(2002, 고요아침). 성균문학상(2005), 제32회 가람시조문학상(2012), 제3회 외솔시조문학상(2019) 수상 외. 경기대 국문과 교수, 조선일보 · 중앙일보 신춘문예 심사위원 역임. 계간 《열린시학》, 《시조시학》 편집주간, 《한국동시조》 발행인.

No. 1

다시, 황토를 생각하다
이지엽

살 속꽃 하르르 지는
그 한하고 아득 자리
그렇게 사랑이 그리운 날,
빈 절 한 채 내 사랑을
종소리, 그 겯더는 赤身과
봄비 사이
혼자 가네

―

이지엽에게 '생명과 사랑'은 일관되게 그의 문학의 중심에 놓여 있다. 그러나 그것이 보다 직접적이고 본질적으로―일찍이 '생명 탐구'를 문학에 끌어들인 김동리金東里의 용어를 빌리자면 '구경적究竟的'으로 다루어지고 있다는 점에서 다른 부의 시들과 구별될 만하다. '떠도는 삼각형'은 존재탐구의 시들을 모은 것이다. 시인에게 존재란 불안하고 불완전하다. 그런 까닭에 그의 시의 화두는 항상 완전한 존재, 충만한 존재란 무엇인가 하는 문제로 귀결된다. 이 완전한 존재와 불완전한 존재를 상징하는 것이 그의 시의 '삼각형'이다. '정립된 삼각형'이란 완전한 존재를, '떠도는 삼각형' 즉 '흔들리는 삼각형'은 불완전한 존재를 나타내는 기하학적 이미지인 것이다. 또한 그의 사물시들은 날카로운 통찰력과 압축된 언어 그리고 감각적인 표현으로 그의 문학적 재능을 한껏 돋보이게 한다. '깃발'을 '빈 들판 온몸을 던져 붉게 우는 노래'로 해석한 그의 상상력이 비범하다. 특히 비생명체를 생명체로, 시각적인 이미지를 청각적인 이미지로, 수직적인 존재(깃발)를 수평적인 존재(온몸을 던져)로 환치시킨 것은 미적 효과를 심화시키는 데 크게 기여하고 있다(「하늘에 이르는 목숨」).

— 오세영(시인 · 서울대 명예교수)

―

사각형에 대하여

책상과 TV와 칠판과 방과 집
모두가 사각형이다 이 거대한 네모의 세계
틀 안의 명료한 질서가 우리를 지배한다

읽는 책도 쓰는 종이도 반듯한 네모
벗어나선 단 한 줄의 글도 시도 쓸 수 없다
행간의 미끄러짐도 모두 지워야 한다

모서리에 부딪혀 늘 상처 덧나는 무릎
내 너를 사랑한 것도 꽃잎 찧는 일일 텐데
휘어져 떠나간 자리 암호처럼 깊은 계절

어디서 잃어버렸을까 동그란 얼굴의 기억
좌대에서 벗어난 돌, 여울이라는 슬픈 말…
늦도록 바람의 능선을 소슬하니 바라본다

빛과 소금

빛이 된다는 것,
바라보는 일입니다
어두운 그대 방을
꽃밭 되게 합니다
맨몸을 다 드러내고
혼자서도 오롯합니다

소금이 된다는 것,
스며드는 일입니다
자신의 몸 다 녹여
흔적 없이 사라집니다
섬김의 낮은 자리라도
하나 되어 행복합니다

한국의 가을

우리나라 가을에는 어머니가 있습니다

강물 끌고 달은 가웅가웅 수월래에 떠오르고

단풍 든 마음 하나둘 어머니 곁에 모입니다

… 아가 힘들지야 여윈 등을 토닥이는 밤

무릎 꺾인 사랑들이 물소리에 귀 맑습니다

붉은 감 한 톨에도 천 년, 푸른 바람이 지납니다

해남에서 온 편지

아홉 배미 길 질컥질컥해서
오늘도 삭신 꾹꾹 쑤신다

아가 서울 가는 인편에 쌀 조간 부친다 비민하것냐만 그래도 잘 챙겨묵거라 아이엠에픈가 뭔가가 징허긴 징헌갑다 느그 오래비도 존화로만 기별 딸랑하고 지난 설에도 안와브럿다 애비가 알믄 배락을 칠 것인디 그 냥반 까무잡잡하던 낯짝도 인자는 가뭇가뭇하다 나도 얼릉 따라나서야 것는디 모진 것이 목숨이라 이도 저도 못하고 그러냐 안.
쑥 한 바구리 캐와 따듬다 말고 쏘주 한 잔 헀다 지랄 놈의 농사는 지면 뭣 하나 그래도 자석들한테 팥이랑 돈부, 깨, 콩 고추 보내는 재미였는디 너할코 종신서원이라니… 그것은 하느님하고 갤혼하는 것이라는디… 더 살기 팍팍해서 어쩌야 쓸란가 모르것다 너는 이 에미더러 보고 자퍼도 꾹 전디라고 했는디 달구 똥마냥 니 생각 끈하다

복사꽃 저리 환하게 핀 것이

혼자 볼랑께 영 아깝다야

* 내가 있는 학교의 제자 중에 수녀가 한 사람 있었다. 몇 해 전 남도 답사 길에 학생 몇이랑 그 수녀의 고향집을 들르게 되었었는데 다 제금 나고 노모 한 분만 집을 지키고 있었다. 생전에 남편이 꽃과 나무를 좋아해 집안은 물론 텃밭까지 꽃들이 혼자 보기에는 민망할 정도로 흐드러져 있었다.

그릇에 관한 명상

흙과 물이 만나 한 몸으로 빚어낸 몸
해와 달이 지나가고 별 구름에 새긴 세월

잘 닦인 낡은 그릇 하나 식탁 위에 놓여 있다

가슴에 불이 일던 시절인들 없었으랴
함부로 부딪혀 깨지지도 못한 채
숨 막혀 사려 안은 눈물, 붉은 기억 없었으랴

내가 너를 사랑함도 그릇 하나 갖는 일
무형으로 떠돌던 생각과 느낌들이
비로소 몸 가라앉혀 편안하게 잠이 들 듯

모난 것도 한때의 일 둥글게 낮아질 때
잘 익은 달 하나가 거울 속으로 들어오고
한 잔 물 비워낸 자리, 새 울음이 빛난다

촛불의 미학

불은 타오르기 위해
끊임없이 요구한다
꾸준한 연료의 공급
헛된 욕망 버무린다
끝없이 속에서 타는 불, 남자의 불이다

꺼질 듯 흔들리는 불
절대 얕보지 마라
타버린 재 속에서 불씨 다시 모은다
위장의 달콤한 유혹, 여자의 불이다

같은 불이면서도
촛불은 따로 탄다
다 닳아질 때까지 스스로 숨죽인다
사람이 고독할 수 있는 건
혼자 타는 저 힘 때문

불이 꿈꾼 몽상의 시학*
거기 가 닿을 절벽 있다
삼동의 긴 적막, 속 깊은 눈사람들
어두운 마음 한 켠에
촛불 하나 켜두고 산다

다섯에 대하여

다섯은 모든 어려움 물리칠 수 있습니다
아버지와 어머니 누나와 형과 나
가족이 하나로 뭉치면 못 할 일이 없지요

어금니와 혀와 입술 이빨 거쳐 목구멍까지
다섯 기관 모여서 소리를 만듭니다
한글이 만들어진 원리 오묘하고 무궁합니다

출렁이는 물의 세계 움직임이 지배하는
사람보다 더 많은 수수 천 억 물고기들이
유유히 오대양 열도 자유롭게 오갑니다

집 궁宮 장사 상商 뿔 각角 밸 치緻 깃 우羽
편안하고 예리하고 촘촘하고 깃털 같은
슬픔도 시조 가락 실려 노래 되고 춤 됩니다

손가락 발가락 다 다섯인 이유는
서로 돕고 살 부비며 외롭지 말라는 뜻
뭉치면 주먹도 되고 아 숯 골인도 됩니다

내가 사랑하는 여자 1

1. 생강
울퉁불퉁 따뜻하게 몸을 데워주는 여자
매우면서도 향긋하게 실눈으로 웃는 여자
황토색 발을 가진 여자
못생겨도 정 많은 여자

2. 마늘
내 마음 아린 눈물 짓찧어져 우는 여자
전세대란 쫓겨나서 맵고 섧게 우는 여자
곰 같은, 동백 같은 여자
혀 아리게 눈물 빼는 여자

3. 양파
벗을수록 더 뽀얀 속살로 희게 웃는 여자
비밀의 방 불을 켜서 남자 서넛 가진 여자
잡으면 몸 빼는 여자
때려도 웃는 여자

가벼워짐에 대하여

뽕나무 하면 생각나는 일이 많지만요.

하굣길에 뒤가 마려워 후닥닥 뛰어든 뽕밭 웃뜸 영심이 고 쪼
그만 계집애 옴시락거리며 먼저 일 보고 있던 다른 무엇보다
고 살끈한 엉덩이 떠오르지만요 몰라몰라 그때 마침 노을빛 콩
당콩콩 방아 몇 섬 찧었다던가 쏴하니 개밥바라기 시린 살점
두엇 떠올랐던가 달싹이다 끝내 아무 말 않고 팽 돌아선 고, 고,
고 짜끌짜끌한 오디 입술 생각나지만요

그 후로 내 가슴 뽕밭이 하두 환해와서
환해는 와서……

알

물방울 한끝이 둥글게 팽창하다가
여릿여릿 한 쪽으로 고개를 내민다
움켜쥔 주먹 속 눈물
눈시울이
붉어진다

풀면 죄다 죄罪가 될 말, 이리 많았던 게야
모두 쏟아내고 기꺼이 죽는 연어처럼
장엄한 다비의 말씀들
검은 씨앗의
별이 뜨고

으밀아밀 와이퍼 하나 쓰윽 지나가고
애써 끌고 온 길이 일시에 지워진다
햇살에 빛나는 차창
하얗게 빈
목구멍 그늘

호밀밭 휘파람처럼 작고 둥근 소리들이
깨끗하게 지워진 자리, 너를 다시 품고 싶다
순결한 가난한 기도가
겨울 문 앞
맑아지도록

이지형(李知炯, Lee, Ji hyung)

1942년 경북 상주 연서면 소정리 출생. 시조시인, 동시인, 소설가. 호 동림(東林), 일명 선기(善基). 《월간문학》 신인상 시조(1973), 《소년중앙》 동시(1974), 문화공보부 소설(1974), 《시조문학》 천료 (1978) 등단. 신문예협회, 동요문학회, 불교 아동문학회 회원. 시집 『비둘기 숲』(1980, 진음서관), 우화집 『빛밭에 마음밭에』. 월간 《범성梵聲》, 《여성불교》, 《불교》 등 편집 담당.

—

공유법

가난을 딛고 서면 쏟아지는 빛더미
이 저승 사잇길로 수시로 넘나들다
새빨간 꽃잎 안에서 살아가는 너와 나.

군무

칼 끝으로 뜯어내는 목숨의 조각들이
바람으로 닳고 닳아 눈 안에 흩날리면
강물도 죽었다 살아 도시를 토해낸다.

그늘 속에 묻힌 눈물 땡볕 속에 싹튼 사랑
모두 다 몰려들어 손을 잡고 춤을 춘다.
인육人肉 속 골짜기마다 자라나는 내용물

보이는가 들리는가 영혼들의 아우성 소리
퍼올리고 퍼올려도 끊이지 않는 샘물 소리
새빨간 생리에 물든 삶들이 앓고 간다.

속속들이 쥐뜯겼던 날개가 살아나면
젖은 바람 말리고 돌아앉는 파도여
열두 달 핏자국 속에 마파람도 이는가.

골목마다 쓰러진 영혼들이 밤내 운다.
손톱으로 뜯어내는 목숨도 따라 운다
이 거리 어둠을 제칠 가난한 무리, 무리

인연

눈을 꼭 감으서요. 아무 것도 생각 말아요
맑은 바람 위에 셋겨가는 인간사
산 여울 고른 음성에 내가 보이잖아요.

살 에이는 겨울 녘 몰아치는 가난살이
마음으로 묶어서 정으로 쌓아두고
한 타래 고치를 풀며 한밤을 날아봐요.

곁눈질도 마서요. 앞만 바라보셔요
봄 언덕이 고와도 내 눈길 생각하면
꽃동네 새파란 별이 밝게 보일 거예요.

농무濃霧

— 동목冬木
산골마다 들어찬 바람들이 일어나서
먼 강물 닫힌 대문 틈서리로 넘나든다.
아직도 못 푼 그 매듭 품에 안은 이 하늘.

— 강
빛으로 채웠을까 바람으로 채웠을까
산자락 휘어잡아 살아온 나의 목숨
물새 떼 피울음 울어 구름밭 높이 난다.

— 농토
언덕을 넘고 또 넘어 돌아드는 산울림
청보리 봇물에 밀려 세월을 갈아 봐도
산자락 거기 그 자리 보리 패는 산이랑.

— 농무
빛과 솔내 채운 언덕 비가 온다, 눈이 온다.
넋들이 들락이는 긴 세월 그 큰 나루
달빛도 미치지 못할 강 너머 언덕 너머

영가靈歌

바람 세찬 벌판 위에 싹이 돋던 풀잎으로
살아온 그대 그 고운 영혼의 빛깔
새하얀 겨울 모퉁이 눈에 덮힌 낙엽 한 잎.

들리는가 보이는가 동해의 파도 소리
귀에 다져 눈에 시려 한없이 들어차면
저만큼 봄이 다가와 꽃샘으로 여잔다.

날 파란 마음 밑에 도진 가슴앓이야
날마다 불어나는 열여덟 바람이야
찾아도 가질 수 없는 담벼락 밑 꽃말이야.

이제사 생각킨 꽃바람철 그 뼈 아픔
아물아물 돌아드는 남녘 들 햇살 위로
성황당 고개를 넘어 떼 까치도 날은다.

목숨의 실을 날던 세월의 아픔인가
올라도 오르지 못한 문밖의 고개 고개
산굽이 굽이 돌아서 흘러가는 환상곡

우정

먼 하늘 바라보며 손가락을 걸었지
눈 감아도 보이는 우리들의 그리움
너와 나 마음을 모아 피워놓은 모닥불

산향山香

— 산촌
바람 일어 떨어진 씨 햇살 안에 자라더니
가지 치고 뿌리 뻗어 산내山內로 묻히더니
산문山門 밖 여울이 되어 산을 앉힌 돌 돌 돌

— 철쭉
비 잦은 새벽 하늘 물들인 아침 노을
산승은 채마밭에 산사는 그림 위에
뜬구름 말없이 흘러 앞가슴을 여민다

— 산사
온누리 썻어내는 빗소리가 여울지고
산꽃들이 목을 빼고 발돋움하고 서면
한 목숨 피로한 발길 마주치는 나루터

— 여울
오가는 마음이사 피고 지는 꽃인 것을
비 오고 잦아들면 붇고 주는 물인 것을
이 하늘 빈 구석 그곳 모두 다 하나 산빛.

— 산
안개 속 잦아들어 화폭에 잠기더니
물방아 휘감고 돌아 남빛으로 물들더니
우뚝 선 울 너머 저 밖 눈꼴으로 멈춰 선다.

당신은 알 수 있나요

조용히 다가서는 당신의 고운 자태
한평생 둘이고 싶어 창을 열고 마주 서면
꿈으로 꿈으로 오는 하늘대는 바람 소리

아득한 하늘 멀리 치솟는 내 그리움
밤마다 목이 메어 부르는 당신 이름
당신은 알 수 있나요, 타오르는 이 불꽃

동양화

물빛 연連 마음 아래 출렁이는 곡선
백의白衣의 빛 고운 율법律法으로 치솟아도
일월은 얼룩으로 흘러 풀지 못한 옷고름.

구름 짙고 옅은 운치의 사연마다
홍매紅梅 담장 안 어려 가득 향기로 와도
강물은 오늘도 역시 번민하는 동양화

민들레 꽃씨

하늘 훨훨 날아가는 사랑의 어린 날개
속속들이 쌓인 정은 영혼을 모두 채워
님의 곁 가까이 앉아 웃음을 엮고 싶다.

이진숙(李鎭淑, Lee, Jin sook)

1942년 충북 진천 출생. 충주사범학교 졸업. 《시조생활》(1995) 등단. 시집『하루가 너무 길다』(2001, 동경), 『창 너머엔 노을이, 가슴 속엔 사랑이』(2010, 마음풍경). 예총 《예술세계》 신인상(2002), 시천시조문학상(2008), 성동문학상(2015), 서초문학상(2015) 수상. 한국문인협회 성동지부 회장 역임. 한국시조시인협회 회원. 국제PEN 한국본부 전통문화위원회 위원장, 여성시조문학회 · 서초문인협회 · 한국여성문학인회 이사, 현대시인협회 심의위원장.

이진숙의 시는 감수성의 마음밭에서 촉수를 빛내기에서 비롯한다. 그의 감수성에 소리와 빛과 마음결의 파동을 실어 어루다듬는 건 농익은 연륜이다. 이진숙 시의 감수성은 '유순'과 평화의 경역境域에 있다. 갈고 닦고 꾸미고 하는 절차탁마와 기교보다 '스스로 그러함'의 순수가 더 감명을 준다. 순수의 값어치는 비순수가 창궐하는 '리얼리즘의 웅변 떼'와 그들이 펼친 '역사의 피밭'에서 목숨처럼 귀하다. 이진숙의 존재는 시의 시간 안에 실재해 있다 아리스토텔레스적 처음 이전의 영원한 처음 그 끝을 넘어 무한의 영원 안에 그 실재는 감싸이어 있다. 시간의 눈물은 이같이 안온하고 평화롭게 보는 자에 있다.

— 김봉군(시조시인 · 문학평론가 · 가톨릭대 명예교수)

백탄에 대하여

엿새 밤낮 제 몸을 태우고 태워서
생각마저 비워내 겨우 얻은 홍시빛깔
화염 속
천이백 도의
그 끝에 태어난 몸

그 몸 또 태워 열배 가벼워진 은빛
이젠 나무도 재도 아닌 그 경계에서
비로소
새롭게 부활한
최상의 숯 백탄

모진 고통 이겨낸 사람 위한 살신성인
아낌없이 주는 너에 작아지는 나를 본다
그렇게
세상도 따스웠으면
백탄, 너를 배운다.

어스름이 깔릴 때

시골집
굴뚝 끝에
저녁연기 오른다

어쩌라고
벚꽃까지
흩어지며 날리는가

나는 왜
눈물이 나나
저만치에 강이 간다

오일 장날

첨단의 시대에도
장마당은 시끌벅적
산나물 몇 무더기에 덤으로 정情도 얹고
그곳엔
보리싹 같은
사람 냄새 풋풋하다

쭈그려 앉은 할매
광주리 속에도
향긋한 풋내 서린 봄이 가득 담겨 있다
오일장
정겨운 소란
살맛나는 시골장터

봄의 기척

겨울 숲
햇살 들어
살포시 여는 아침

눈 녹는
소리에
산길이 깨어나고

나뭇잎
파란 맥박 소리
땅속 뜨거운 요동, 봄

해빙의 뜰
— 초록이 오는 날

삼동 지나
조춘화무春花 피고
초록이 오는 날

청아한
여린 봄빛
고물대는 아지랑이

찻잔에
흔들리는 눈빛
목은 왜 메는가

그대 향기

매화 꽃잎
뜯어서
술잔에 띄워 마셨다

당신의
향기가
영혼까지 적신다

오관에
지진이로구나
흔들리는 마음 골

시골 노파

첨단의 시대에도 시골 장은 여전하다
난전엔 올망졸망 허름한 보따리들
왼종일
팔아봤댔자
단돈 몇 닢 쥐는 것을

상추 몇 잎 깻잎 몇 단 꾸벅꾸벅 졸다 팔다
푼돈이 허리춤에 들면 슬며시 웃음 짓고
신나서
펄쩍펄쩍 뛸
손주 놈에 행복하다

오수午睡

대나무
돗자리에
벌렁 드러누웠다

거실로
하늘이
거침없이 들어온다

사르르
제 감기는 눈
대숲에 이는 바람

사춘기

그날 제때
잘 지키는
손님처럼 오는 봄

시냇물
속에서도
소리 없이 봄이 놀고

백목련
도톰한 살갗
하마 터질 사춘기

처녀 가슴
설레듯
온몸에 물오르고

살랑이는
바람에
흩날리는 꽃잎들

창가에
쏟아지는 빛살
농염한 너 봄.

창백한 하루

이별이
서러워
노을을 마시는가

높아지는
하늘만큼
그리움의 키 세우고

바람 속
얼굴을 묻은
하얀 몸짓 억새 운다.

이창규(李昌圭, Lee, Chang kyu)

1963년 충북 제천 동현동 출생. 충북대학교 졸업(1990). 〈농민신문〉 신춘문예(2015) 등단. 시집『일몰관』(2019, 목언예원). 전국공무원문예대전 금상(2011), 이호우 시조문학상 신인상(2020) 수상. 충북문화재단 창작지원금(2019) 수혜. 한국시조시인협회, 행우문학 회원.

<table>
<tr><td></td><td></td><td></td><td></td><td></td><td>행</td><td></td><td>화</td><td></td><td></td></tr>
<tr><td></td><td></td><td></td><td></td><td></td><td></td><td></td><td></td><td></td><td></td></tr>
<tr><td>노</td><td>을</td><td>은</td><td></td><td></td><td></td><td></td><td></td><td></td><td></td></tr>
<tr><td>낙</td><td>화</td><td>가</td><td>밀</td><td>고</td><td>가</td><td>는</td><td>붉</td><td>은</td><td>수 레</td></tr>
<tr><td>이</td><td>울</td><td>던</td><td>빈</td><td>가 지 에</td><td>화</td><td>폭</td><td>을</td><td>걸 어</td><td>놓 고</td></tr>
<tr><td>서</td><td>천</td><td>을</td><td>당 기 던</td><td>폭</td><td>풍</td><td></td><td></td><td></td><td></td></tr>
<tr><td>산</td><td>문</td><td>밖</td><td>을</td><td></td><td></td><td></td><td></td><td></td><td></td></tr>
<tr><td>나</td><td>선</td><td>다</td><td></td><td></td><td></td><td></td><td></td><td></td><td></td></tr>
</table>

이창규 시조의 미덕은 우선 감각적인 언어 선택과 물상의 개별성에 따른 상상력의 깊이, 그리고 분별하지 않는 존재의 가치를 꼽을 수 있다. 이는 아마도 그의 종교적 가치와 취향에서 비롯되었으리라 짐작이 간다. 여기에 덧붙일 수 있는 또 다른 매력은 시대를 외면하거나 역류하지 않고 다양한 소통의 방정식을 모색한다는 점이다. 이 점은 시인으로서 매우 중요한 가치 덕목이다.

— 민병도(시조시인 · 국제시조협회 이사장)

일몰관日沒觀

극락도
갈 것 없고
왕생도
할 것 없네

얽어맨 인연이야 풀어지기 마련이니

저무는
서천을 보게
그대 닮아 붉은 놀

오월, 문상

　오월이 그러해서 불치의 병이라서 저무는 봄판에 깨진 솥을 달구던 왜자한 소문 몇 줄이 발뒤축에 감긴다

　"슬머시 내려놓는 부고를 접하고도 오보만 던지는 뉴스인가 싶어서 까마득 날 선 바위도 무릎 자꾸 낮추더구먼"

　조문을 마치도록 깨닫지 못한 유언과 치켜든 의문부호 명치쯤에 걸렸는데 오월이 그러한 이유 아무도 묻지 않네

세월론

신들도 명치끝이 아려오는 저녁이면
국물을 데워 놓고 소주잔 기울이는지
불콰한 노을 한 자락 먼바다를 당긴다

절망에 익숙해진 꽃잎 모두 이운 자리
누구나 절며 왔다고 무릎을 주무르다
보이지 않는 길 위를 서성이는 사람들

어둑해진 발밑으로 몇 날을 보냈을까
가시밭 울음 울며 멀어지는 귀로에서
몸으로 읽는 세월이 엇박자 장단을 친다

변침變針

저지른 죄가 많아 몇 마디 안부 없이
목을 뚝뚝 끊어낸 동백처럼 몸을 던진
팽목항 낡은 달빛도 물어물어 가는 길

세상은 저들끼리 몸을 섞는 한통속이라
둘러댈 변명 따윈 더 이상 필요치 않아
해무를 품은 파도만 젖은 발목 씻는 길

굴절된 생의 마디 짚어가던 항로에서
꺾일 듯 이어가던 변침점 흩어 놓고
먼 하늘 별빛 지우며 눈물 먼저 앞선 길

예수의 달

몇 줄 문장에 갇혀 불꽃처럼 살았다는
단 한 번의 부활을 증명하는 평전에도
지상에 닿은 바 없는 말씀이 남았는지

사막의 신기루 같은 그대의 성전 위로
성호를 긋지 않은 파편들이 꽃을 피워
밀쳐 둔 요한계시록 개정판을 쓰는 시간

어차피 신의 땅에 도달하지 못할 이름
만 갈래 찢긴 상처 마디마디 핥아가며
순례를 마치지 못한 불가촉의 달이 뜬다

검결 1894

누렇게 뜬 얼굴에 봄은 또 오시는지
청승맞은 세월 앞에 풀잎이 돋아나고
비탈을 내려선 바람 솜바지를 벗는 오후

녹두 향 번져가는 아득한 지평 너머
헌 문장 기억하다 뼈가 발린 낮달은
먹물도 하얗게 바랜 사발통문 띄웠을까

황톳빛 먼지처럼 주저앉은 남접의 땅
죽창에 비낀 넋을 시호시호 달래주며
마침내 목을 쳐내는 칼의 노래 부른다

돼지가 하늘을 본 날

가끔씩 여물통에 헛것처럼 뜨곤 하던
별과 달 보겠다고 우겨본 적 없는데
사나흘 물린 입맛도 회가 동한 잔칫날

네 활개 각을 뜨고 불판에 누워서야
절절히 익어가는 노을 한 점 보겠거니
어르고 눙친 세월은
이, 저승 길목이네

까짓것 별이 뜨고 달이 진들 소용없지
천형 같은 지상에는 신화 이미 저물어
덜 마른 시월의 가지 끝
붉은 눈이 쌓인다

봄, 타전打電

남녘 어느 대찰에
생불이 나신 갑다

홍매화 꽃잎 아래
때마침 긋는 봄비

"법석에 꽃물 닿는다"
돈수 돈수
돈
돈
돈

48미터*
비탈처럼 날을 세운 탐색견의 후각은
밀고자 눈을 닮은 그믐을 베어 물고
삼엄한 갈대밭 사이 암구호를 날린다

찢어진 깃대에 걸린 흉흉한 소문들이
폭설에도 드러나는 허기를 끌고 와서
도강을 꿈꾸다 멈춘 세월을 막아선다

건너야 사는 압록, 죽어 넘는 국경선
결속마저 해체된 48미터 강물도 지쳐
자꾸만 허방을 짚는 시린 발목 적신다

* 48미터: 민백두 감독의 영화 제목(2013.7. 개봉), 북한 혜산과 중국 장
백현 사이의 압록강 최단 거리.

달을 쏘다

중산간 올라서면 한 뼘 거리 달을 향해
새총으로 쏘아 올린 유년의 기억 한 점
포물선 궤적을 뚫고 어느 별에 닿았을까

태반처럼 둥글게 휜 별자리 밟아가던
전생 어느 좌표에서 길 잃은 흔적들이
무통의 바다 저편에 징검돌을 놓고 있나

결손만 이체하는 세월 앞에 낯이 붉어
따스하게 덥히는 온점으로 돋는 시간
먼발치 가늠하라며 부표 하나 떠오른다

이창선(李昌仙, Lee, Chang sun)

1951년 제주 출생. 산업정보대학교(공학석사) 졸업. 《시조시학》(2011) 등단. 시조집 『우리 집 별자리』(2015, 열림문화), 『물장구 포물선』(2018, 다층) 외. 한국문인협회제주지회 시조 부문 신인상(2008), 시조시학 신인작품상(2011), 한국문인협회 수필 신인작품상(2019) 수상. 한국시조시인협회, 오늘의시조시인회의, 제주시조시인협회 회원. 한국문인협회 제주지회 선임부회장, 대정현문학회장.

이창선의 시조들은 자연을 노래하되, 자연에 머무르지 않는다. 자연은 하나의 소재로 시적 자아의 정서를 드러내는 도구일 따름이다. 하지만 대상물인 자연을 대하는 태도는 사뭇 깊은 애정을 바탕으로 하고 있다. 인간의 욕망에 의한 환경 파괴, 온난화 현상(「지구」)이나, 그로 인한 해수면 상승으로 피해(「텃새」)도 고스란히 드러난다. 또한 시조문학을 현대시조로 변모시킨 백수 선생님의 백세기념 시조 「물이면 물, 오름이면 오름처럼」과 울산 시조정신의 외솔선생을 경배하는 「봄꽃」, 백두산 천지를 노래한 「젖줄」, 고향지킴이로서의 지역에 대한 애정(「반딧불이」)과 제주의 비극적 역사(「바람꽃 지다」) 외 2편도 외면하지 않는다. 그러면서도 현실에 안주하지 않으면서 또 다른 꿈을 찾는(「뜨거운 고백」) 모색의 시간을 드러내고 있다.

— 변종태(시인 · 계간문예《다층》편집주간)

젖줄

압록강 두만강은 두 형제의 피붙이

한족은 단군혈통, 만주벌 연변까지

서서히 동간도까지 아우르는 종지욱판

두만강 압록강이 갈라져 흘러가듯

동강난 70년 세월 흘러도 변치 않은

하늘이 맞닿은 천지 내 가슴이 시리다

지구

북극의 빙하가 노한 듯 물컹인다
인간이 부려 놓는 뜬소문 때문일까
세상사 제 잘난 맛에 시름대는 지구촌

어느덧 내리막길 내 젊음의 등차급수
길 없는 우주 공간 헤맬 일 생각하니
지나온 길과 길들이 내 손 안에 있던 것을

텃새

올해 또 어디에다 집 한 채 지어볼까
흙 한 모금 햇살 한 모금 짓기긴 지푸라기
융자금 대출도 없이 부리로만 지은 집

어느새 빙하 녹아, 산방산 자락까지
용머리 해안 둘레길 머리 감는 저물녘
지금은 텃새가 되어 새로운 집 짓는다

절대로 강남에는 다시 가지 않으리라
한겨울 눈보라에 다순 술잔 기울이고
시린 몸 서로 부비며 한 겨울을 나고 싶다

물이면 물, 오름이면 오름처럼

원추형 화산체가 깔때기 역할이듯
백수 선생 시낭송에 시심이 고여든다
정이월 용눈이 오름에 얼음새꽃 피운다

부녀가 함께 찾은 그날의 생생한 기억
30에 올랐던 오름, 60에 다시 오른다며
선생은 백수구천에도 시집을 지으신다

물처럼 사시면서 산돌에도 시를 빚는
백수의 푸른 혼불 경배하며 오른 오름
억겁을 겪고 겪으니 백 주년이 빛나다

수형인
— 박춘옥

70여 년 한의 세월 눈물로 증언하는
한 거인 던진 한마디 4 · 3이 머우꽈?
죄어신 똑똑한 사람 잡아당 다 죽였수게

두 살 난 아들대령 곳찌간 전주형무소
아픔과 고통 어떵 말로다 ᄀ를 것꽈
그 설음 당해보지 않고 말로 허영 몰라마씀

아방도 죽어 불곡 고생 허멍 살단 보난
그 아들 일혼셋 같이 살암수다
4 · 3이 무언지도 모른 아흔 셋의 수형인

뜨거운 고백

한낮의 소음騷音들을

붉게 태우는 애저물녘

귀에 대고 속삭일수록

뜨겁게 사라진다

수평선 빨랫줄 위에

내 고백 걸어 놓다

반딧불이

여름 보낸 반딧불이 이리 휙 저리 휙
폭죽이 밤하늘을 오색으로 수놓듯
날다가, 아이들 손에 붙잡히고 말았다

냇가에서 뛰놀던 그믐밤의 고향 하늘
손바닥 어둠도 환한 날들 밤 밝히면
사십 년 떠나온 마을도 그날처럼 환하리

4·3공원 까마귀

까마케 묻어버린 역사의 비밀 앞에
공원의 까마귀도 비아냥스럽다 한다
해마다 아버지 묘비 앞에 엎드려 고故한다

올해도 변함없이 헛묘 앞에 조아린
내 친구 이런 모습 나만은 알고 있다
비참한
역사의 진실
덮어버린 지난 세월

설운 손자 데리고 거친 공원 찾아온
할머니, 허공을 맴도는 아들에게
하늘의 구름이라도 타고왕 회수喜壽 아들 보라

지금왕 설운 아들 빈 마음 치유될지
할머니 눈물에 까마귀도 주르륵
오늘에
내가 죽으면
아들 원혼 어딩헐코

바람꽃 지다

죄 있어도 사라졌고
죄 없어도 사라졌다
죄 있어도 죽었고
죄 없어도 죽었다
4·3은
피기 위해서 몸부림친 열병이다

자그만 꽃이지만
한 생의 살림살이
곶자왈 습한 계곡에
숨어서 피었는데
어디서
불어온 바람에 꽃들이 떨어지나

봄꽃

봄 오면 아낙네들
들녘의 나물 캐듯

나 또한 봄을 캐듯
시조를 캐고 있다

울산의
시조정신은
엄동 이긴 냉이꽃

생기를 그뜩 품은
봄나물 캐는 손길

때맞춰 어린잎 따
봄 향기 마셔본다

외솔의
푸른 혼불을
경배하며 맞는 누리

이채란(李采蘭, Lee, Chae ran)

1918.~?. 함북 명천 출생. 시조시인, 수필가. 법명 관음성(觀音性). 진명여고 졸업(1937), 명지대학(국문학과) 수료(1960). 《여성동아》,《여성중앙》,《엘레강스》 등 월간 여성지 수필, 시조 발표(1971). 《시조문학》 천료(1978) 등단. 시조집 『은행잎 지는 뜨락』(1984, 새글), 『서강에 솟은 탑등』(1990, 친우) 외. 한국문인협회, 한국시조시인협회 회원. 한국시조시인협회 감사 역임. 부군 박관섭朴寬燮 건국대 교수.

—

까치집

반가운 소식 오는 듯 밝아오는 까치 소리
마당 귀 은행나무에 외로 앉은 둥우리 두셋
가냘픈 부리를 부비며 새끼 치며 볕살 치며

내 뜰이자 네 뜰이니 소리 없는 대화 수십 세數十歲
낮이면 먹이 찾아 백리 길 한밤엔 얼레 속 별 세며
오롯한 뜻을 사리고 궁궐보다 높은 영화

고향처럼 네가 알고 날 따라 네가 왔지
그 허공 찬 이슬 맞으며 깃으로 덮은 모정
사랑도 미움도 넘어 인연으로 깃들인 너.

겨울밤

은행나무 마른 가지에 흰 눈이 소복 쌓인 밤.
당신은 책을 읽고 나는 시상에 젖고.
지나온 간곡한 뜻을 달이 창에 밝힌다.

귀뚜라미 우는 밤에

울 뒤 돌담 틈 밖 이슬에 젖어 떨며
귀뚜리 너 왜 울어 상국霜菊마저 물들이나
그 시름 돋운 하늘에 저 별빛도 다 익는다

무슨 해답 기다려서 밤새도록 푸는 넋에
다함 없는 정을 담은 둥근 달을 띄워 놓고
귀뚜리 짝을 찾는가 지새우는 이 한밤

낙목落木

이젠 손을 놓는가 아니면 떠나가는가
꽃 지우듯 꽃을 지우듯 마지막 금빛 나래
진실의 종언終云인 양 하여 목불木佛로나 섰거라.

오늘은 서리바람 내일은 또 눈이 오겠지
그래도 연분하여 정을 부쳐 사는 까치
천지에 몸으로 울어 목금 소리 풍경 소리.

동죽冬竹

살점도 묻어나는 혹한의 이른 아침
숲 소리 바람 소리 적막의 운韻을 깨우네
숲읍숲 인동忍冬을 가는지 서슬 푸른 동죽이여

정 남향에 자리 잡아 한겨울도 다순 숨결
동면도 아예 잊고 술렁이는 요정妖精이여
오늘은 겨울 속의 왕자 파란 마음 파란 칼날

끈끈한 집념 앞에 매운 아픔을 깨물면서
신열을 세우며 흩는 항시 떠는 숙명일레
이 아침 고고한 둘레 강물처럼 열리네

망북의 노래

눈 감으면 꿈길 만리 이역보다 더 먼 하늘
어제 푸른 그 산하 자꾸 불모지 싶어
삭풍 든 북관北關 땅 봄을 거르지 않았겠지

한 줌 흙 한 포기 꽃 거기 뵈는 고향 산천
뒷동산 머루 다래 시냇물에 놀던 고기
칠보산七寶山 서리 기러기 울며 울며 날겠지

화답도 끊인 풀숲 주저앉은 살붙이들
저 하늘 저 산 아래 어찌하고 계실 건가
멍든 땅 형벌의 터에 눈 오는 바람 불겠지

먹물을 갈며

조용히 마음 가다듬고 창가에 먹을 길면
화선지에 배는 사연 여백엔 정이 도타워
조상님 입김을 스치며 묵향 가득 취한다

안개 걷히는 창호지 삶, 그도 열려 오고
서첩 속 곧은 해서楷書 밝아오는 생각 너며
선빈듯 풍기는 그 멋 숨결이여 동양東洋이여

법주사

인세人歲에 물든 한을 속리俗離에다 털자 해도
바위 섶 욱은 청송 저만 푸러 말이 없고
이따금 풍경 소리만 솔바람에 앉는다

팔월 석양 등에 타도 독경 소리 조요롭다
속진을 씻고 보니 도로 마음 허전해서
능선을 건너는 구름 그도 맥이 풀린다

내장산

천 리 길도 반가워라 와락 안기는 정열.
여름 내내 신열 터니 불을 이고 앉았구나
눈부신 신화神火의 불꽃 볼이 자로 뜨겁다.

목련 핀 뜰에 서서

살풋 추녀를 받치고 꽃샘에 설레는 목련.
모진 몸살 끝에 층층이 밝힌 등불
그 훈향 그윽히 내려 눈보라로 흩날린다

이처기(李處基, Lee Cheo ki)

1937년 경남 남해 남해읍 출생. 부산대학교 사범대학(미술과) 졸업. 《현대시조》 신인상(1989), 《시조문학》 천료(1990) 등단. 시조집 『널문리가는 길』(1993, 백상), 『평양면옥』(1998, 경남), 『화진포 연가』(2004, 경남), 『장엄한 절정』(2009, 경남) 외. 시민불교문화상(2001), 문학공로상 민족통일협의회장상(2005), 한국시조시인협회장상 본상(2012), 경남시조문학상 (2012), 성파시조문학상(2017) 수상. 창원시조문학회, 창원사랑시회 회원. 《시조세계》 기획위원, 한국문인협회 지역발전위원, 한국시조시인협회 중앙위원, 경남문인협회 이사, 남해문학회 고문, 경남시조시인협회장.

달 력

이 처 기

처음 만나던 그날에는
꽃비 내리고

종소리 하얗게 깔려
문득 사라져 가는

아직도 식지 않은 미열
당신이 남긴 지문

—

그는 고향 남해의 아름다운 원시적 자연과 농경 시절 고향 이미지를 텃밭으로 한, 특출한 서정시인이다. 그의 서정적 자아는 어머니 이미지를 지배소支配所(dominant)로 한 향수에 젖어 있다. 그 향수에 그에 품긴 인정의 실마리는 이웃들의 삶의 현장에까지 풀려들고, 마침내 국토와 민족 분단의 거대담론으로 발전되며 때로는 사회 비판과 시대감각에도 눈을 돌린다. 그리움과 인정의 결산이다. 그는 천부적인 예술혼의 시인이다. 미술이 전공이면서 음악적 감수성이 풍부한 시조시인이다. 그의 시조의 장처長處가 묘사적 이미지인 것은 필연이다. '보는 미학'이 빚은 축복이다. 앞으로 그의 시조에 '소리의 미학'까지 가세하면 그야말로 금상첨화다. 그의 시조에서 한국화의 심미적 특성인 여백의 미가 주는 감동은 크다. 이처기 시인은 한갓 장인an artison이 아닌 천부적인 예술가an artist다. 그럼에도 그는 시조 창작에 수행자처럼 고독하게 정진한다. 그는 교향 악단의 심벌즈 연주자가 하듯 '장엄한 절정'을 향하여 고행하듯 노작의 수고를 마다하지 않는다.

— 김봉군(시조시인 · 문학평론가 · 가톨릭대 명예교수)

—

열한 새

배냇짓 같이 울며 여닫고 치던 북실
잔등에 밴 땀방울 이제는 식었나요
안동포* 짜던 벳틀에 낙동강물 감기는데

긴 장마 한 여름날 명치끝 죄며 실을 톺던
한 올 한 올 하얀 사絲는 결이 삭은 바람으로
먼 하늘 새털구름 따라 마디마디 흐릅니다

천수를 다한 듯이 그토록 앓은 씨와 날줄
떠나실 즈음에는 잉애 타래 얽히시더
열한 새 고결한 눈썹 우러 우러러 봅니다

* 안동포: 안동모시. 폭당 80올을 한새라 한다. 880올이 열한 새(11새)로 최상의 옷감이다.

제국의 능선

저 굽이 돌아가며 고개를 넘어간다
달리는 말굽에 흙먼지 일렁이고
기사의 갑옷 틈새에 태양이 부신다

천 년 전 굴러온 돌 침묵 속에 잠이 든
역사가 매장된 잔영 찾아 딛는 걸음
후두둑 떨어지는 소리 금관 자락 흔들린다

능선 저 너머로 초상이 나부낀다
무진 속에 깜박이는 가려진 마지막 존엄
바래고 녹이 슨 길을 성자처럼 걸어간다

보자기

장롱 속에 오래 묵힌 매듭을 꺼내보면
소중히 싸 두었던 그리움이 일어나서
간절히 포장하여 둔 내력들이 풀어진다

인동초 마른 꽃잎 향기에 취하듯이
내 유년 담아 두었던 파편들이 쏟아지고
다 닳은 서정의 뿌리 환한 바람 스쳐간다

오방색 수실 위에 떠오르는 맑은 얼굴
한동안 가슴속에 비방처럼 감춰왔던
그 손끝 잠자던 몸짓
끝단도 풀어진다

연탄

산동네 하얀 눈이
소복히 쌓이던 날
내려가는 비탈 길 위에
놓여진 징검다리
싸르락,
타다 남은 혼 밟고 가는 소리여

움추린 시대의
아랫목 데워주고
열아홉 구멍 사이로
인정을 전해오는
아버지 척추 마디에
찌든 가난 데워 왔다

기억 저편에서
목풍금 소리 들려오는
아픈 가슴 꾹꾹 누르며
견뎌온 우리 모습

매캐히 스미는 사랑
봄비 맞고 피어난다

과녁

목재에 핀 곰팡이는 대패로 밀어내고
한 방향 한 먹선으로 중심을 찾아가는
종장을 퇴고해가는 격정 앞둔 출항이다

서툰 주술로는 잎맥을 찾을 수 없는
한 치만 비껴가도 튕겨지는 지상의 단애斷崖
우 움찔, 감 도는 정적
입구에서 번쩍한다

오묘한 이치를 잠든 목질이 깨우는
웅전으로 젖은 땀에 휘인 등뼈 서늘해 오는
옹이를 파낸 자리에 선
서슬 푸른 저 목신

흑우黑牛

붉은 망토 같은 깃발이 휘달린다

초원에 뚝뚝 지는 검은 피의 전설

휘젖는 거친 발밑에 풀잎이 쓰러진다

업장을 짊어지고 두벅 뚜벅 걸은 날들

가끔 토하는 목청 얼음처럼 차갑지만

순하디 순한 눈망울

푸른 하늘 가득하다

장엄한 절정

때로는 낮고 여리게 언 땅에 발 붙이고
시린 눈물 날려 버릴 열광의 소리를 찾아
말없이 수행 길 걷는 교향악단 고독이다

동산에 올라가서 수백 번을 두드려도
갈구의 여운은커녕 퍼지고 마는 소리
밤마다 되돌아오는 무너지는 꿈이었다

천년을 가다듬어야 우주가 보인다지만
뒷자리 지키고 앉아 가는 목 길게 빼고
말없이 두레질하는 쓰린 가슴 누가 알까

비손 모아 들어 올린 마지막 합장 끝에
챙, 하고 파열하는 전율이 번쩍인다
마침내,
 장엄한 절정
 객석이 수런거린다

언덕 넘는 풍물

태백 늘골 사이로 톱날이 지나간다

새벽빛에 흩날리는 푸슬푸슬한 뱃밥 가루
하늘 문 이마를 돌다
빈산에 내린다

내력을 단 소지 깃발, 오던 길 돌아볼 때
청솔 삭은 가지 끝, 재를 넘다 머문 구름
그 구름 겨워내면서 수런대는 산란 촉

고개 고개를 넘으면 무딘 손 덥썩, 잡는
손끝에 젖어오는 굴절하는 풍물 소리
하아얀 수화를 따라
언덕을 넘고 있다

기억을 날리다
― 잠자리

잠 자듯 가벼이 저 멀리 떠간다
투명하게 헹군 자락 고요히 유영하는

훨 훠훨 손에 잡힐 듯
잡히지 않는 기억이

쟁여 있는 얼룩을 찾아 균형 잡은 은빛 날개
잠자리 날개 망網 사이로 우주가 잠겨 간다

덧없이 이어져 가는
무상한 생애를 업고

수많은 망과 망이 하늘 하늘 떠가면서
출렁이는 꿈도 꾸며 물구나무도 서 가면서

기우뚱
기우뚱거리며

차오르며 뜨는 날개

6월 뻐꾸기

버려진 철모가 휴전선 미루나무 아래서
쓰르럭 쓰르럭 녹이 슬고 있는
되뱉지 않으려 해도
끽끽거리는

6월 한낮

이청화(李青和, Lee, Chung hwa)

1944년 전북 남원 출생. 〈불교신문〉 신춘문예(1977), 〈한국일보〉
신춘문예(1978) 등단. 시집 『무엇을 위해 살 것인가』(2009, 월간문
학 출판부) 외. 산문집 『돌을 꽃이라 부른다면』(1988, 밀알) 외. 대
한불교 조계종 교무국장, 대한불교 조계종 사서실장, 승려시인 시
낭송회 회장 역임. '황토', '크낙새', '씨얼' 동인. 한국시조시인협회,
한국문인협회 회원.

—

겨울 비

끝내 우시나요 머리 숙인 그대는
삼킬 수도 토할 수도 없는 목에 걸린 해묵은 가시
그 가시 내력을 말하며 흐득흐득 우시나요

이미 꺾인 풀태궁 병 없이도 앓는 이날
비 오면 비 맞을 뿐 그를 어쩌 하리오만
맨살에 꽂히는 화살 누가 뽑아 주시나요

참으로 살아가기 빈 몸도 숨차는 언덕
가슴 언저리 놓이는 긴 겨울 빗소리에
먹물빛 그늘 쓴 이마 촉루髑髏마저 떨리네요

대낮

학생들은 술을 마시고 책가방 잡혀 술을 마시고
고풍스런 은자隱者의 집 뜰엔 쟁반만 한 등이 켜지고
죽은듯 저 적막한 숲속 목을 놓은 여치 울음

언덕진 하늘이라 학도 새도 날지 않는다
거미줄에 걸려 파닥이는 낯익은 나비 한 마리
이런 날 끓는 신열을 타고 독이 오른 내 종기腫氣를…

무섭다 이제 밝은 대낮은 밤중보다 더 무섭다
별 보면 부끄리던 귀신 그늘을 나와 활보타니!
그래도 내 땅 내 울타리 밑 심어야 할 향일화向日花여.

말로써 말할 수 없는 한 마음이 있나니

말로써 말할 수 없는 한 마음이 있나니
깊은 산 깊은 골에 산꽃처럼 피워둘까
다섯 개 구멍을 뚫어 피리로나 불어 볼까.

말로써 말할 수 없는 한마음이 있나니
밤뜨락 그대 날 찾아 풀벌레를 울려 놔도
난 고작 못물을 돌며 돌멩이나 던질밖에

말로써 말할 수 없는 한 마음이 있나니
씨앗처럼 떨구어서 바윗 결에 심어두면
이 바위 금방 신령해 무지개가 돋아날까.

미소

설산雪山을 적시며 오는 꽃잎바람 한 자락이
밤들면 신열로 떠서 가락 높은 청이 운다
홀로 선 나목 한 그루 지금 불을 지핀 가지

한 벌 남루도 다 찢긴 가사袈裟 섶에
밟히는 산그림자 물소리만 남기더니
이 아침 돋아난 풀 끝 풀이슬을 맺히더라.

빗속에 안개 속에 벼랑 끝을 헤매다가
돌아와 앉은 기슭 청댓잎 떨리는 소리
마음 귀 열리는 길로 문득 걸린 달이어라.

맞물린 이 저승이 문을 여는 문턱이다
활 앞에 겨냥이 된 꾀 벗은 목숨으로
한 송이 붉은 연꽃도 살을 맞아 피었어라

아파트와 장미

아파트 그늘 높이에 미아처럼 펴난 장미
대낮에도 문을 걸고 쑤군대는 저 음모를
귀로는 들을 수 없어 귀를 닫고 섰는 장미

살과 뼈 갉아먹는 생쥐 소릴 들었을까
봄 빛살 잘라먹는 칼날 소릴 들었을까
피는 잎 피는 꽃 없이 가시 돋는 장미의 눈

달도 별도 다 가리운 저것은 마왕의 탑
허심虛心한 마음 자락 발붙일 곳 없는 문턱
날아온 살별 하나가 창을 깨고 있었다

어디로 가나

아침나절 흙에서 온 것 해가 지면 어디로 가나
진종일 접시 물에 목을 뽑다 움추리다
저기 저 돛폭들 같은 강 건너 산으로 가나

어디로 가나 못질이 된 상자 속 같은 밤이 오면
잠시 빌린 붓으로 만화방초를 그리던 그것
어둠 끝 새벽닭 우는 어느 먼 마을로 가나

이 세상 모든 것이 골짜기로 흘러가서
옷 벗듯 몸을 벗고 물처럼 떨어지는 폭포
그 밑에 꽃잎 문 바다 그윽한 고요로 가나

우거진 나무 아래 나는 지금 서 있다
번뇌 같은 잎새에 앞이 온통 가린 채로
이 나무 잎들이 지면 그 길이 보이려나

채석장 풍경

배들이 만조滿潮를 싣고 모항母港으로 닿아 있고
침묵은 기척도 없이 부두에 짐을 부린다.
채석장 공사판에는 넋을 쓰고 누운 돌들.

노을이 철쭉빛으로 이 산복山腹을 다녀간 후
뜨거운 정釘 소릴 먹고 하늘빛은 살아났고
쪼개진 가슴팍들이 목련처럼 터졌었다.

기폭만 달아 주어도 만선으로 떠날 혼령들
서천西天에 날빛을 띄울 채반만 한 연蓮이거나
아홉 층 하늘을 다스릴 숨결 고른 탑이거나,

나목들 숨쉬는 소리 솔빛 보태는 소리
겨울 강 물밑을 거슬러 돌아드는 고기 떼들
지금 막 눈 뜬 돌들이 비늘 돋혀 놀고 있다

이초혜(Lee, Cho heah) 본명: 채초혜(蔡初惠, Chae, Cho Heah)

1940년 서울 출생. 이화여대(국어국문학과) 졸업(1963). 1979년 도미. 《문학세계》 시 신인상(1996), 《시조문학》 천료(1997) 등단. 시집 『창밖엔 치자꽃이』(1999, 두루마리), 한영시집 『시간의 바람결』(2010, 고요아침). 해외동포창작문학상(국제PEN 한국본부), 미주PEN문학상, 한미문학상 수상. 미국시인협회(Famous Poet Society)앤솔로지 입선. 국제PEN한국본부, 미주문학 회원. 남가주한국학원 사우스베이 지역학교장, 미대학위원회 SAT II 한국어 출제위원, 미국방외국어대학 한국어교수 역임. 〈동아일보〉 기자.

> **반달**
>
> 이초혜 (蔡初惠)
>
> 창포에 머리 감아
> 윤기 도는 고운 머리
>
> 사뿐히 다가서는
> 청초한 그 모습
>
> 그리움 가슴에 넘쳐
> 은하수로 흐른다.

―

이초혜 시인은 다양한 문제를 우리들에게 보이고 있다. 그가 빚는 작품은 마치 가을 꽃잎에 맺히는 이슬같이 영롱하고, 아침의 창을 밝히는 산새 소리같이 운치롭다. 사람의 눈에 영롱한 글과 마음이 맑아지는 몇 줄의 글을 대할 수 있다는 것은 하늘이 주는 축복과 영광이리라. 하늘이 주는 은혜라고 믿어야 한다. 이 시인은 모래로 구슬을 갈듯, 작품을 유리 쟁반에 기약 없이 담는 조용한 예술가다. '말없이 따스한 햇살/ 싱그런 사람 향기' 시조 「친구」의 한 구절이다. 내게 무슨 사족이 필요하겠는가 그 구름 속에 젖어보라.

― 황금찬(시인)

―

내 안의 섬

빗방울 소리 하염없이
가슴속에 굴러든다
흐르는 세월 속
안개로 자욱해진

섬 하나
수의를 걸친 듯
흐느끼며 떠 있다.

저만치 또 한 섬이
나를 보고 손짓하네
어둠을 꿰뚫고서
등대불 깜박깜박

생명을 구원해주는
신비의 섬
~~그래도~~

겨울 나무

가난한 나무 한 그루
산비탈에 서 있다
무성했던 잎새들
바람 따라 가버린 뒤
길 잃은 새 한 마리도
날아들지 않는 나무―

벗어서 빈 가지 사이
하늘이 더욱 가깝다
앙상한 가슴 차갑게
눈이 젖어드는데
내일을 향한 믿음으로
의연하게 서 있다.

선인장

뚝 잘리워 뙤약볕에
옮겨 심어졌어도
온몸 불사르는
아픔으로 뿌리내렸지
휘모는 모래바람도
견뎌야만 했었지.

약속의 시간
고통조차 희열이 되어
참을 수 없기에
터져나온 저 선혈빛
이제야 난 알겠어라
그대 삶의 깊은 뜻.

우정

오랜 세월
어깨를 나란히 못 했어도
만나서 고맙고
마음 편한 내 친구
글 향기
차 내음 속
익어가는 정이여!

한 그릇 팥죽에도
그저 쪄낸 강냉이도
나누고 싶어지는
간절한 마음
말없이
따스한 햇살
싱그런 사람 향기.

그리움

홀홀이 벗은 나무들
벼랑에 서 있다.
앙상한 가지 사이
해도 달도 잘 지나는
싸늘한
기도의 잔가지
기다림을 키운다.

잎새랑 열매랑
미련 없이 다 보내고
세월 속 빚진 무엇
하나 없는 해맑은 시간
그리움
하나만으로
차오르는 달이여!

무궁화

교회 뜰 한가운데
꽃봉오리 들러리 세우고
면사포 쓴 신부처럼
피어나는 무궁화-
한국서 옮겨올 적엔
그토록 어리더니….

낯선 땅 온갖 아픔
끈기로 견뎌내고
먼 서쪽 태평양 바람
깊숙이 마시면서
품어온 뿌리 깊은 꿈
곱게 펼쳐가는 너!

무궁화 꽃잎에 밴
우리 말, 한글 사랑
우리 이세들 가슴에
싱그럽게 돋아나며
어여쁜 소리글자가
미 대륙을 휘덮는다.

반달

창포에 머리 감아
윤기 도는 고운 머리

사뿐히 다가서는
청초한 그 모습

그리움 가슴에 넘쳐
은하수로 흐르네.

단풍잎

곱게 물든 단풍
잎 하나
두둥실 떠가네
수많은 추억
보듬고
하늘로 날아오르네
환하게
미소 머금고
다시 만나자며
손 흔드네.

줄서기

산다는 건 줄서기
뒤통수를 보고 서기

앞 사람만 따라가기
눈 뜬 장님 흉내내기

어디가
길인지 모르는 채
누군가를 따라가기.

흐린 날

흐린 날 바닷가엔
갈매기들 줄져 서 있다

소리치는 먼 수평선
모래알로 흩어진다

그리움
모래에 적으면
파도가 품고 간다.

이충섭(李忠燮, Lee, Chung sub)

1939년 9월 27일 경기 이천 율면 출생. 고려대학교(국어국문학과) 졸업. 《문학과 의식》(1990) 등단. 시조집 『그래도 꽃은 울지 않는다』(1993, 뿌리), 『당신은 푸른 하늘』(2018, 지식과 감정) 외. 전기 『조선의 정치가 안성부원군 이숙번』(2006, 뿌리). 한국문인협회, 현대시인협회, 현대시인협회, 문인산악회, 국제펜클럽 한국본부 회원. 농민문학회 이사, 마포문인협회 이사.

> 진달래 단장(短章)
>   이충섭
>
> 울긋은 사랑 속에 무정이 섞일까
> 설렘에 서러운 듯 피어난 웃음이여
> 오랜 눈 진달래 청춘을
> 살자하다 지났네.

―

이충섭 중진 시조가 우리 가슴에 공共히 차갑도록 냉철한 쇄락미灑落美를 안겨주는 까닭은 정제된 리리시즘에 있다 하겠다. 고졸미古拙美의 아취雅趣가 실안개 피어오르는 아우라의 시조이겠다.

— 이수화(시인)

―

찬바람이 불면서

인적人跡도 찬바람에 쓸린 길이 을씨년하다
때를 알고 자진自盡하는 가로수 잎새들
만추에 치른 이별 뒤
바스락 속삭이는
혼이여

겨울로 행인들은 호흡하길 시작했고
그해 생을 자연스레 마감한 낙엽들
한 삶을 비운 껍질들을
찬바람이
뒤챈다.

하얀 숲속

청춘엔
꽃잎으로
웃음이 만발했고

비바람 더위에 파랗게 살다가 단풍으로 빛내며 늙더니 열매 익은 만추 만년 갈바람에 낙엽으로 조각조각 떨어져 삶의 가지와 줄기들이 앙상히 늘어선 숲속을 결국 차게 차지한 겨울

하늘은 백설을 내려
새하얗게 덮는다.

겨울 냇가에서

영하의 바람이 공중으로 깃을 쳐도
얄따란 냇물에 가끔은 여울 소리
갈대숲 겨울 냇가를
해가 비쳐 읽는다

냇가는 마른 갈대가 뒤덮여 누렇고
살얼음에 베일 듯 스치는 냇물 결
차갑게 흐르는 저 삶
결을 따라 걷는다.

해암海岩

바다가
짜고 차게
넓은 대로 가득 차게
달려오는 파도에 밤낮 맞고 부딪혀도
해안을 잇는 수면을
허리에 잡아매고

보이지 않게 넓은
들리지 않게 먼
바다 위 허공을 바라보고 살다가
벗겨져 굳게 남은 고독
우두커니 잠긴 정좌

우주로 통하는 공간을 메꾸며
몰려오는 폭풍에도 지워질 수 없는
평등을 만드는 바다에서
수평선을 지킨다.

겨울나무 그림자 1

언젠가
가로수 그대가 이식되고
찬 겨울 빈 몸으로 가로에 선 곁으로
차들이 지나가며
사람들이 지나간다

봄부터 가지마다
함빡 지닌 꽃과 잎을
죄 날려 보내 싸늘히 굳은 도시
겨울이 지나가고
찬 바람도 떠나고

그래도 가로수 그대를 떠나지 않고
계절을 기다리던 긴 겨울 그림자
꽃 피고 하늘이 웃는
봄을 따뜻이 만난다.

은혼銀婚 제주기
— 용두암 해변에서-

1.
닦아도 닦아내도 검은 해변
용바위 곁
해녀를 가까이 비린내 바위 턱에
시원히 걸터앉아서
굴과 회를 사 먹는다.

해풍에 머리카락 옷자락이 펄럭이고
노숙해진 아내가 바다에 흥분하여
생선을 고추장에
열심히 찍는다

서울에서 매연에 찌들어 묻은 늙음을
용머리 곁에서 파도 소리에 시쳐 내며
떠날 줄 모르고 있는
아내 몸을 힐끔 보다.

2.
상륙해 승천하다 굳어버린 대흙룡
파도가 높이 올라 쪼고 쪼은 조각 작품
달려와 부딪는 파도 소리
물을 치는 용트림

용두 석상 보고 나서 무서운 듯 감동하는
사무치게 순진무구 토속신앙 숭배자
아내가 오늘 밤에는
용꿈일랑 꿀 테지.

잎새는 져도 가지는 남아

스치는 갈바람에 밀리는 가슴속
무게를 지우고 고이는 공간이
말갛게 불다 못해
분열하는 보도에서

찬비에 적시어 추락한 세월이
남은 자국 그림자가 쓸쓸히 쓸려가도
그 자리 모습을 지켜
서 있는 가로수

따뜻하던 햇빛이 차갑게 저물어
잎새는 졌지만 가지는 남아서
하늘에 그물을 치며
핏줄도 춤을 춘다.

당신은 푸른 하늘

어제는 흐린 날
오늘은 푸른 하늘
생애生涯 중에 그렇게 파란 날에 만나서
사랑을 이어온 우린
긴 세월을 엮었네

구름이 덧칠하는 하늘을 보는 난
바람이 되어 훨훨 불어 지우려니
당신은 이제부터 늘
푸른 하늘이 되리라.

빗소리

들리는 빗소리
하나인 듯 여럿이다

문밖으로 다가오는 소리 걸어오는 빗소리 귀 기울여 한 목소
리를 들으려 간절한 중에 여럿이 온다 우산을 펼친다 가슴으로
듣지 않고 귀로 들으려 하기 때문일까 우산으로 막은 이 심사
에 비는 펑펑 물방울을 던져도 하나만에 펼치는 이 가슴

적시며 오는 빗소리들
하나로만 들린다.

이충용(李忠龍, Lee, Choong yong)

강원 홍천 동면 좌운리 출생.《강원일보》신춘
문예 동시(1997),《시 · 시조와 비평》신인상
시조(1997) 등단. 동시조집『아버지의 프리즘』
(2015 태원), 시조집『동백, 꽃피다』(2019, 태
원). 강원아동문학상(2005), 강원시조문학상
(2017) 수상. 달빛시조문학회장, 강원시조시
인협회장 역임. 강원문인협회, 춘천문인협회,
홍천문인협회, 너브내시조사랑회 회원. 춘천
시울림 회장, 강원시조시인협회 고문, 강원아동문학회 이사.

단풍잎

가을엔
반짝이는 별로 뜨는 단풍잎

고
별
하나
또-옥 따서 책갈피에 끼우면

밤마다
별나라 여행하는
우주소년
되겠지.

이명

침대에 누웠는데 새소리 요란하다.
내 귀가 불러들여 가두어 논 쓰르라미
출구를 잃어버리고 갑갑해서 자꾸 운다.

조그만
귓지에도 민감한 귓속에서
아버질
파산케 했던 공사판 벌어졌다,
이따금
콘크리트 가르는 기계소리 요란하다

집세도 한 푼 없이 귓속에 살림내고
그 좁은 틈서리에 꼭꼭 숨어 사는 놈들
의사도 찾지를 못해 손들고 만 녀석들.

방전

자동차 시동이 갑자기 꺼져버렸다
뒤따르던 자동차들 투정이 만만찮다
갓길로 미는 동안에
막혀버린
내 차선

'예열 좀 하고 나오지 출근시간 늦었잖아'
영하의 날씨보다 더 차가운 눈총들이
당황한 내 목덜미로
죽비 되어
쏟아진다.

오 분 빨리 가려다가 늦어버린 삼십여 분
서비스 요청하고 기다리는 십여 분에
밧데리 그보다 많은
내 마음의
저 방전.

낮달

허리춤에 차고가다 흘려버린 쪽박 하나
감나무 가지 사이 구름 따라 흘러가다

은하수
물길에 들면
심지 돋워 불 밝힐까?

장에 간 아버지가 밤늦게 오시는 길
꼬부랑 고갯길을 환하게 비추어줄

오늘 밤
환한 등불을
고갯마루 내 거실까?

아내 1
— 다림질

어제는
찌든 내 삶을
곱게 빨아 널더니

오늘은
구겨진 내 혼을
다림질하고 있네.

어차피
문 열고 나서면 또
구겨지고
찌들 걸.

줄장미

자기 집 담장 안에 수줍게 돌아 앉아
이웃집 숫총각을 살짝 불러 내지 않고
저 높은 벽돌 담장을 월담해 온 저 가시나

내 옷소매 당기는 왈가닥 줄장미가
'사랑해', '사랑한다' 한마디 해달라고
파르르 붉은 입술을 바람결에 떨었었어.

그런데 요, 가시나 나보고만 그런 게 아니었어.
그동안 눈웃음을 얼마나 흘렸던지
눈 꼬리 붉은 입술이 검게 타고 있었어.

자린고비

성묘가 끝난 다음 차려진 진수성찬
모두가 둘러 앉아 입맛대로 찾아먹다
탕국이
참 맛 있다고
한마디 하였더니

조카는 더 먹으라 한 국자 더 떠주고
환갑 넘은 조카며느리 수줍은 함박웃음
몰랐네!
칭찬에 인색했던
자린고비 나였던 걸.

가을밤

단풍빛
너무 고와
뜰에 나와 앉았더니

시낭송
하던 바람
노을 속에 잦아들고

조각달
저 혼자 남아
쪽배 되어 흐르네.

딱따구리

아무도 살지 않는 고요한 숲속에서
그 무슨 사연을 담아 써나가는 편지인지
오래전
사라져버린
타자소리 요란하다.

멈춘 듯 이어지고 이어졌다 끊어지며

고요를 깨우는 한 귀 열면 들리려나
울창한
참나무 숲이
혼자 귀를 열고 있다.

꽃물 들까 두렵다

봄꽃이
산지사방
봄물을 들이더니

꽃마다 담은 물색
어찌 저리 고우실까

발자국
떼 놓을 때마다
꽃물 들까 두렵다

이태극(李泰極, Lee, Tae geuk)

1913년~2003년. 강원도 화천 출생. 아호는 월하(月河). 1936년 와세다 전문부에 입학하였고 1947년 서울대학교 국어국문학과에 편입, 1950년에 졸업했다. 1950년 동덕여자초급대학 강사로 처음 대학 강단에 나오면서 1952년 서울대학교 강사를 거쳐 1959년 이화여대 교수를 역임했다. 1960년 시조전문지《시조문학(時調文學)》을 창간하여 시조문학의 부흥을 위한 노력과 수고를 아끼지 않았다. 이 잡지는 현재까지 속간되고 있다. 1965년 처음으로 한국시조작가협회의 창립을 위해 고군분투하였으며 1966년엔 한국문인협회 산하에 시조분과를 새롭게 창설하여 초대 시조분과원장이 되었다.

—

시조송(時調頌)

시조(時調)가 하도 좋아
나도 읽어 보던 것이

그 벌써 한 이십년(二十年)
어제론 듯 흘렀구료

오늘 또 한 수(首) 얻고서
어린인 양 들레오.

이루다 못 푼 정
그려도 보고파서

옛 가락 그 그릇에
삶의 소릴 얹어 보니

새로움 더욱 더 솟아
내 못 잊고 살으오.

묶는 듯 율(律)의 자유
내일(來日)바라 벋어나고

부풀어 말의 자랑
갈수록 되살아나

이 노래 청사(靑史)를 감넘어
보람적게 크리라.

갈매기

햇발은 다사론데
물결 어이 미처 뛰나

뜨락 잠기락하여
바람 마저 휘젓다가

푸른선 아스라 넘어
날라 날라 가고나.

삼월(三月)은

진달래 망울 부퍼
발 돋음 서성이고

쌓이던 눈은 슬어
토끼도 잠든 산(山)속

삼월(三月)은 어머님 품으로
다사로움 더 겨워ㅡ.

멀리 흰 산(山)이마
문득 다금 언젤런고

구렁에 물소리가
몸에 감겨 스머드는

삼월(三月)은 젖먹이로세
재롱만이 더 늘어ㅡ.

내 산하(山河)에 서다

1
일월(日月)도 서먹한 채
그늘진 정(情)은 흘러

핏자욱 길목마다
귀촉도(歸蜀道) 우는구나

건널목 숲으로 가름한
저 언덕과 이 강물!

2
진달래 피어들고
단풍잎 불타나고

부르며 바라보는
어배들의 보금자리

배리(背理)는 화사(花蛇)의 습성(習性)
굳어만 가는 마음벌!

3
얼룩진 수의(囚衣)이기
되씹는 회한인가

깁소매 접어 넣고
활짝 열자 닫힌 창을

섭리(攝理)는 새 날의 기수(旗手)
지켜 서는 내 강토(疆土).

4
오랜 역사(歷史)의 장(章)이
갈피갈피 어엿하다

한핏줄 소용돌아
가슴가슴 솟구친다

갈림은 만남의 정점(頂點)
휘어잡는 내 손길―.

뇌우탄막(雷雨彈幕) 1

뇌탄(雷彈)은 날려 날려
앞뒤에 불을 뿜고

어미 등에 지친 애는
그만 잠에 떨어졌다

이것이 운명(運命)이라면
말할 나위 있으랴

하늘에선 불세례
적병(敵兵)은 앞뒤인데

등대도 아득하고
사공조차 간데 없다

그래도
남(南)으로 남(南)으로
밀려가는 이 무리―.

민들레

미풍에 방식 섰는
민들레 너를 본다.

서울역 앞 녹지대 위
잔디 틈에 끼인 대궁

포탄(砲彈)은 머나먼 기억
차창가로 다가 서며―.

어머니 영(詠)

견디어 삼백 날은 살얼음 밟아 살고
팔딱 놀 때마다 환희로 뛰던 가슴
넘기던 일력 장장에 배어 벅찬 마음씨

진통의 회오릿속 트여난 고고의 싹
안도 숨소리에 지켜선 봄바람에
밤낮을 오로지 하여온 그 하나의 정이여!

다칠세라 꺾일세라 살펴 북을 돋아
자리 가려 옮겨 마음 조려 날을 이어
줄기찬 한줄기 소망 쌓아올린 탑이여!

흰 머리 깊은 주름 한 생 그 한 마음
목숨 다한대도 못 잊던 그 너그러움
가슴 속 터져 넘도록 썰고 밀고 굽이짓네.

소리 1

비짱 소롯이 열고
자리한 태백의 기슭

인내로 얻은 씨앗
산과 물 줄기 따라

만 년 이어온 가쁜 숨
귀 모아 보는 오늘이다.

나뉘고 모여지고
또 갈린 남북 겨레

벌 나비도 넘나드는
담도 없는 그 너머서

서로의 부름만 굽이져
저 하늘을 감도나.

속 · 소리 1

5.16광장 메운
피붙이의 울부짖음
30여 년 그리움이
솟구치고 메아리쳐
한강의 여울을 넘어
허공으로 번지네

만나면 헤어짐이
세상의 이치라지만
남북의 형제자맨
바이 없는 기억 속에
오늘도 임진각에 올라
구름길만 더듬네

황토길

역사가 징검다리로 이어지는 길이 있다
좁고 휘돌아서 마을과 마을로 간다
태고의 흰옷자락을 흙탕 속에 적시면서

해가 뜨고 달이 밝아 풀피리도 불어본다
어른 아이들이 턱을 괸채 쪼그리고
옛얘기 되풀이 들으면서 새바람을 마시고

아스팔트 곧은 길가 비닐하우스 늘어서고
양옥이 여기저기 자세짓고 버티어도
살아갈 그 길이 가슴에 와 서린다.

이태룡(李泰龍, Lee, Tae ryong)

1920.~1994. 경남 거창 마리면 월계리 출생. 교육자. 일본 관서공업학교(1940), 관서대학 전문부(법과) 졸업(1943). 영남시조문학회 '낙강' 창립회원(1967).《시조문학》추천(1984). 시조집 『소요逍遙』(1983, 흐름사). 한국시조시인협회 회원. 대구시 토목과 근무(1944), 경남 거창 농림학교, 창녕중학교 교사(1946), 군위중고교 교감 역임.

—

꽃샘

눈 속에 몰래 온 봄 매화 먼저 반겨 피니
피다 만 진달래도 부푼 정 애타는데
시냇가 버들강아지 풋정 섞어 보라네

낙엽을 밟으면서

가랑잎이 지는 숲을 왜 몰래 찾느냐고?
꽃빛도 새소리도 그 마음 풀 길 없는
외롬은 외로움만이 달래줄 수 있잖은가

목공木公

꽃이 피고 지매 웃고 울고 했었는데
싯뎗은 모과 향기에 내 마음 기우다니
오십 년 매운 풍상이 이 몸 저린 탓일까

바다

가슴이 하 답답길래 바닷가엘 나갔더니
흐린 물 다 삭이고도 서럽도록 푸르런 파도
아득히 수평만 바라다 하고픈 말 잊고 왔소

산길

바람 소리 세어지니 물소리 잦아들고
물소리 높아지니 바람 소리 지워지다
길손이 읊조리는 가락 들리다가 말다가

산마을

이 마을 이슥한 밤 돌돌돌 여울물 소리
초당방 등불 꺼진 채 도론 도론 옛 이야기
듣는 이 잠들었는데 그칠 줄을 모르네

석류

설불리 될 수는 없어 봄바람도 삼갔는데
찬 서리 내린 뜰에 삶을 앓다 터져 난 가슴
아직은 붉은 알알을 갈무리고 싶어라.

소나기 오는 밤에

짙은 어둠 속에서도 꿈은 마냥 푸르러라
쏟아지는 빗물에도 속 불씨는 갈무리라
끝내는 세월의 강물이 쓸어가고 말지라도

송춘

바람도 불지 않는데 꽃은 왜 지는가
슬퍼할 까닭도 없이 눈물은 왜 고이는가
가는 봄 다시 오련만 가고 안 올 내 봄일레

여인상

옷깃을 다스려도 못 여밀 부푼 가슴
사려 쥔 치마폭에 흐르는 고운 정이
깊은 속 이를 줄 몰라도 신비 고인 그 눈매

이태순(李泰順, Lee, Tae soon)

1960년 경북 문경 영순면 출생. 한국방송통신대학교(국문학과) 졸업. 〈농민신문〉 신춘문예(2005) 등단. 시집 『경건한 집』(2008, 동학사), 『따뜻한 혀』(2013, 동학사), 『한 끼의 시』(2020, 동학사), 현대시조 100인선 『북장을 지나며』(2016, 고요아침). 오늘의시조시인상(2007), 중앙시조대상 신인상(2010) 수상. 한국문화예술위원회 문예지게재우수작품 「검은 기침」 선정(2007). 한국문화예술위원회 창작지원금(2007), 서울문화재단 창작지원금(2012, 2018) 수혜.

봄 마흔 지나

주홍빛 칠 벗겨진 대문 틈새로 보인

그 날 빈 집 마당엔
봄빛이 가득했다

겨우내 둘둘 감았던 어플러른 풀었다

—

이태순의 시에 대해서는 어떠한 주제의 시에서라도 따뜻한 공명을 느낄 수 있을 것이라는 신뢰랄까 그러한 믿음이 생기게 되는데, 이러한 신뢰 또한 동일한 맥락에서 연원하는 것이 아닌가 한다. 그렇다면 이러한 시적 특징은 어디에서 기인하는 것일까, 그것은 시적 자아의 심연에 내재해 있는 근원적인 것, 더 구체적으로는 뿌리 깊은 모성성으로부터 연원하는 것이라 할 수 있다. 그것은 다른 말로 하면 이태순 시의 특장이라 할 수 있는 웅숭깊은 서정성의 기반이 되고 있는 것이 바로 아픈 모든 존재를 긍휼히 여기고 따뜻하게 감싸 안는 대지적 모성이라는 의미도 된다. 이태순 시에서는 대체로 어머니에 관한 시, 모성을 형상화한 시에서 절정의 서정성을 발현하고 있는데 이 또한 동일한 맥락에서 설명될 수 있을 것으로 보인다.

— 송기한(문학평론가 · 대전대 교수)

—

따뜻한 혀 2

꿈을 꿨다,
풀 한 짐 지고 우두커니 서 있는

고요해서 슬펐다
풀 한 짐에 시들었다

천 리 길 만리 떠나는 워낭 소리 들렸다

핏물 밴 풀 뜯어먹다 배가 고파 울었다

붉은 흙을 뒤집어쓴
어미 소가 걸어왔다

다 헐은 혓바닥으로 연신 핥아 주었다

북장을 지나며

북장사 감나무는 얇은 옷의 잿빛이다

만등을 걸어 놓고 허공의 밥이 되는

홍시 빛 파먹는 새들 육탈하는 감나무들

까치밥 두엇 달린 초겨울 묵화 같은

절집 아래 늙은 연인 무쇠 솥밥 짓고 있다

한 술 더 떠먹여 보낼 밥이 끓는 저녁이다

협립양산

햇살 몇 개 부러진 오후만큼 기울어진
둥근 꽃밭 확 펼치자
무더웠던 그 여름
울 엄마 꽃송이 지고
내 생이 든 꽃그늘

꽃물이 뚝 뚝 질까
아까워 들지 못했을

입술연지 혹 퍼지는
꽃밭 빙빙 돌리며

접었다 펴 보는 사이 간간이 꽃이 피네

저녁 같은 그 말이

늦가을 무를 썰다 느닷없이 마주친

무 속 한 가운데 갈라 터진 마른 동굴

창시 다
쏟아버리고
검은 벽 발라 놓고

알싸한 무밭 건너 가물가물 들려오는

"내 속을 뒤집으면 시커멓게 탔을 끼라"

울 어매
청 무꽃 같은
저녁 같은 그 말이

구두

등불을 찾아다닌 허기 진 빈 배였다

벗어놓은 동굴이 축축하고 검고 깊다

조인 끈 풀어주던 봄

봄날의 강이 있다

어디서 밟았을까 꽃잎이 말라붙은

껍질은 껍질끼리 허물을 덮어가며

슬픔을 껴안아준다

빈 배 한 척, 빈 배 두 척

도피안사

여기 와서 만나는 철불鐵佛 닮은 내 북쪽

그에게도 잃어버린 북쪽이 있다 했다

절 한 채 가만히 벗은 달빛 든 보름 뒷날

가까운 듯 먼 듯 저 뒷모습이 섭섭했다

대적광전大寂光展 다 못 읽어 툭 떨어지는 눈물

그 눈물 거두어주는 내 북쪽은 달 혹은 적寂

환한 감옥

골짜기 지나 그만, 계집애 붉게 홀려

길을 잃고 갇혔다

자지러지게 꽃잎 타는

뜨거워
아! 뜨거워라
분홍빛 환한 감옥

그 봄날 덴 자리 꽃이 진 지 이미 오래

눈 짓무른 늙은 계집
짐짓 길 잃은 척 할 때

한 번 더 날 홀려 다오
진달래 진달래야

복사골

먹구름만 스쳐가도 검정 때 묻을까봐
날개 톡톡 털어내는 꽁지 짧은 새가 날고
연둣빛 봉긋해지는 마을일 것 같았다

얇디얇은 복사꽃 발그레한 숨소리
한 잎 두 잎 포개보는 봄날 떨리는 봄날
안달 난 생각은 벌써 마을 몇 번 다녀왔다

장지문 달빛 흘려 하르르 뱉어버린 말
행여 당도하기 전에 그 말 떠내려갈지 몰라
며칠째 눈 꼭 감아도 흰 발목이 다 젖었다

봄 마흔 지나

주홍빛 칠 벗겨진 대문 틈새로 보인

그날 빈집 마당엔

봄빛이 가득했다

겨우내 둘둘 감았던 머플러를 풀었다

신발만 놓인 봉당 아래 새똥 묻은 꽃 피다 지고

바람 들고

비 젖어도

훅 끼친 아버지 발 냄새

가만히 발 넣어보다 마흔은 벗어두고 왔다

먼 곳

맨 정신에 갈 수 없어 가을은 불콰하다

열꽃 피나 싶더니 젖몸살 다시 앓아

한 모금 마시다 떠난 달빛 휘저어보는

까맣게 젖은 잎들 깍지 낀 손을 풀고

갈꽃 입김 피우는 먼 강의 기침 소리

배 한 척 가는가 보다 느리게 가나보다

이태순(李泰順, Lee, Tae soon)

1946년 출생. 호 승곡(承谷). 《스토리문학》 (2015) 등단. 시집 『참 괜찮은 여자』(2015, 문학공원), 『나도 초행이야』(2017, 문학공원). 수필집 『꿈은 나이가 없다』(2017, 디자인 신원). 영역시조집 『매듭풀기』(2018, 노벨타임즈). 전자책수필집 『인생 2막 꿈은 나이가 없다』(2019, 한국문학방송). 자랑스러운 경기문학인상(2017), 〈문학신문〉 신춘문예 심사위원장상(2018) 수상. 현대시조, 월간문학, 경기시조, 수지문학, 친시조, 스토리문학 활동 외.

—

이 시조는 부추전을 굽는 일과 시를 창작하는 과정을 서로 섞어서 중의적ambiguous 표현을 통하여 함축과 암시를 나타내는데 크게 기여하고 있다. 물론 이 역시 은유의 영역에 들기도 한다. 여성적 섬세함과 적절한 비유가 빚어낸 가작이다.

몇 편의 시조를 열거하였지만 시조 특유의 간결함과 이해하기 쉽고 용이한 표현, 낯설게하기를 통한 청신한 이미지가 이 시인 특유의 심미적 섬세함으로 차려입고, 생동하는 모습으로, 그러면서도 친근하게 다가온다(「시를 굽네」).

— 이석규(시조시인 · 국제펜 한국본부 자문위원)

—

시를 굽네

아침에 부추전을 한 접시 굽는다
머릿속 뱅글뱅글 외형률로 시를 굽네
톡, 하고 계란 하나가 부추전에 숨었다.

사랑도 듬뿍 담아 전 한 접시 구워낸다
은유에 시 한 수, 부추전 위 고명이네
마침내 내재율 갖춰 뒤집고 포장한다.

매듭 풀기

한고비 지나가면 시린 듯이 오는 기억
얽히고 쓰린 인연 세월 강에 풀어놓고
굴곡진 인생살이는 옹이 되어 아문다.

꼬인 데 매듭 풀어 가지런히 해두고
해마다 가족 건강 무탈하길 기원한다
인생사 누구에게나 꽃길만 있으리오.

백지로 쓴 편지

눈물에 붓을 찍어
곱게 쓴 서사시를

뜬구름에 실어서
두둥실 펼쳐 두네

눈으로 볼 순 없어도
마음으로 읽으라고.

살구꽃은 떨어지고

첫날밤 님을 위해
비단 이불 깔아 놓듯

살구꽃 흩날리며
군무를 펼치는 날

그립다 말을 못 하고
먼 하늘만 바라보네.

애끓는 봄밤

해마다 부케 같은
꽃을 들고 피던 네가

올해엔 웬일인지
꽃소식 감감하다

군자란 기다리다가
애간장이 다 녹겠다.

봄바람 났네

스치는 봄바람에
동네 처녀 맘이 설레

무언가 그리워서
괜스레 싸다니다

봄볕이 그린 산수화를
넋을 잃고 바라본다.

물수제비

한적한 호숫가에
돌멩이 하나 들고

물수제비 떠보려고
고개 숙여 수면을 보면

물속에 하늘이 있다
돌 수제비 스쳐 가네.

조팝꽃 향기에 취한다

만석공원 봄바람에
조팝꽃 흐드러져

하얀 몸짓 진한 향내
천지를 뒤흔든다

여기가 무릉도원이냐
꿈길 속을 거닌다.

야누스의 두 얼굴

야누스, 네 얼굴은
어떻게 생겼을까

한쪽은 날 닮았고
한쪽은 바로 너야

대문신, 너의 뜻대로
안과 밖의 변용이다.

이청심야가以淸心也可

눈 감고 가부좌로 마음을 비워 보면
묵언의 수행자가 슬며시 다가와서
여기는 신의 땅이니 청심淸心으로 살라 한다.

마음을 다 비우니 청심만 남아 있다
차 한 잔 곱게 녹여 입안에 넣어 보면
우주가 가득히 고여 날아갈 듯 가볍다.

이태정(李泰貞, Lee, Tae jeong)

한국방송통신대학교 졸업(1973).《유심》
(2012) 등단. 전태일문학상(2012), 이호우 ·
이영도 신인문학상(2018) 수상.

—

세상을 살아가는 처세술, 어느 한쪽으로 치우치지 말고 평형감각
을 유지하고 살아가야함을 의미한다. 그러므로 '간격'이란 처음부
터 마음먹고 잡은 간격이다. 쉽게 변하는 세상에서, 혹은 사람살이
에서 변하지도 치우치지도 말고 처음처럼 관계를 유지해야 한다는
것을 한번 결심한 것은 그것이 무엇이든 끝까지 지키되 나에게 해
를 끼친 그 무엇에게는 분노하지 말고 평정심을 유지하라는 시인
의 전언은 격언과도 같다.

— 정희경(시조시인 ·《어린이시조나라》편집주간)

—

누수

며칠째 화장실 세면대가 새고 있다
낡은 배관에서 삐걱 거리는 소리들
어머니 마른 뼈에서도 그 소리가 들렸다

여자의 미소 잃은 벌어진 입가에
뜻 모를 옹알이와 침이 흐를 때
한생이 아랫도리 다 적시며 주책없이 새고 있다

새는 것이 이토록 뜨거운 줄 몰랐다
어금니를 깨물며 녹슨 몸을 닦는데
울음보 터트리면서 오늘은 내가 샌다

주름치마의 자세

간격과 간격, 그 사이를 유지할 것
한번 접은 마음 다시는 되돌리지 말 것
바람이 귀찮게 해도 찰랑찰랑 춤을 출 것

자리

모서리 앉지 마라 말씀하신 아버지가
명퇴 후 습관처럼 모서리에 앉아 계신다
가운데 앉으세요 해도 고개만 저으신다

키도 작아지고 목소리도 작아지고
가장家長 자리에서 가장자리 된 아픈 이름
한사코 가운데 자리 앉혔다
눈시울이 뜨겁다

아침 고요

비 오는 뒤란의 토란잎을 바라본다
고스란히 잎에 매달린 빗방울이
바람의 세기를 견디며 영롱하게 앉았다

빗방울도 비를 맞아 제 무게를 이기지 못해
또
르
르
혼자서 눈물을 훔치지만
자국을 남기지 않는다
함부로 젖지 않는다

택배 온 날

발신인 이름 위로 황토빛 흙이 묻은
몸살로 캐어 올린 고구마 한 상자가
이제 막 멀미를 끝내고 가쁜 숨 뱉고 있다

오금을 추스르며 자리를 털고 나와
햇빛에 몸을 말려 화석으로 굳어 가도
아프다 말하지 않는 그늘 밭 속 어머니

창밖에 눈발은 조금씩 굵어지고
눈시울 붉어지며 목이 메는 이 저녁
달콤한 어머니 속살 고구마를 삼킨다

이태종(李泰鍾, Lee, Tae jong)

1945년 경남 함안 함안면 출생. 동아대 교육
대학원(기계교육과) 졸업(1985). 《詩와 수
필》 시조(2005) 등단. 성파시조백일장 차상
(2004), 차하(2003), 참방(2002) 수상 외. 한국
펜문학, 한국문인협회, 부산문인협회 회원.
신서정문학회장, 부산펜문학회 이사 역임. 詩
와 수필사 운영위원, 부산펜문학회 감사.

이태종 시인은 60세에 시조시인으로 등단하였다. 지난날 이 시인은
"나는 시조를 열심히 해 보겠다."라는 생각을 가지고 58세에 '전국시
조백일장'에 첫 출전하여 참방상을 받았다. 이후 2년 연속 참여하여
수상은 했으나 "여전히 부족하다. 저는 자연, 인생을 소재로 삼는다.
정을 느끼고 세상을 아름답게 만드는 견인차가 되겠다."라는 심정
으로 시조를 지었다. 시인은 자신의 체험을 통하여 구조적인 화합을
이루고 있다. 부지런히 무엇인가를 추구하며 값있는 인생을 살아가
려는 점이 돋보인다.

— 백승수(시조시인 · 전 부산시조시인협회장)

산동네에서

산에는 꽃 피고
산새들이 노래한다
언제나 그곳에는
장난치고 깔깔 웃네
뿔뿔이 흩어진 인연
찾을 수가 없구나

고맙기도 하여라
어려웠던 시절이
나누고 보태고
도우면서 살았네
이웃집 드나들면서
행복하게 살았다

하루 이틀 일 년 이 년
수십 년을 살았다
정 많은 산동네
가슴에 묻어 두고
산국화 활짝 핀 산길
하염없이 걷는다

산과 바위

산에는 바위들이
옹기종기 모여 있다
첩경은 첩첩바위가
만들어낸 조화구나
명산은 혼자 아니라
서로 도와 만드네

쉬었다 가라고
숨차는 길목마다
누가 앉혔을까
고맙기도 하여라
실 바늘 비단 수繡놓듯
산과 바위 꿰맨다

한 마디 말 못하고
몇 겁인가 지냈건만
식지 않는 사랑은
천생연분 맞구나
가진 것 모두 내놓는
산과 바위 부럽다

세월의 노래

산 넘고 왔는가
바람 따라 왔는가
춤이라도 추던지
불러도 대답 없네.
한 해도 빠지지 않고
반갑다고 맞이했다

찾아온 세월이
떠나갈까 두려워
하루도 쉬지 않고
부지런히 뛰었네
값 있고 희망찬 인생
늙음조차 몰라라

내 마음

청산이 높다 하나
마음보다 높은가
다독이고 어루만져
만물이 살아나네
나누는 따뜻한 손길
꽃동산을 이룬다

하늘이 넓다 해도
마음보다 넓을까
때맞춰 꽃 피우고
비바람 불지만
포근한 가슴 안기어
행복감을 느낀다

나무 같은 인생

제자리 빼앗길까
평생을 지키지만
한 마디 불평 않고
세상을 살아가네
눈目 없다 우기지 마라
베풀면서 살아야

세상살이 듣기 싫어
귀 닫고 살지만
옳은 소리 그른 소리
구분도 잘하네
귀耳 없다 우기지 마라
사랑으로 살아야

기쁘다 괴롭다
말 한 마디 없지만
때時 맞춰 살면서
꽃 피고 열매 맺네
볼수록 알 수 없는 임
당신 닮고 싶구나

삶을 위해

하루에도 수없이
감사가 몸살 한다
출렁이는 파도가
더위를 물리치듯
이 세상 감사 아닌 것
아무것도 없구나

재미있게 살려면
사랑을 나누자
내가 겸손하면
채워지는 요술쟁이
사랑은 해결 못할 것
아무것도 없다네

지나간 자리마다
감사 사랑 새겨졌고
바른 사람 되려고
열심히 배우면서
벼이삭 고개 숙이듯
행복하게 살리라

바른 삶

이제부터 풀 나무
돌 바위 사랑하리
종심소욕從心所慾 다다라
아름다운 추억 위해
세월의 강물 헤치며
기운차게 살리라

풀꽃 사랑

쌩쌩 부는 바람 초가을 초저녁
길섶의 웃자란 들풀을 스치면
지나는 발길 붙잡고 옛이야기 듣는다

뛰놀던 친구들 소식 몰라 애타네
세상은 변하여 추억만 차곡차곡
이제사 그리운 사연 풀꽃 되어 반긴다

이름 없는 풀이라 누구나 말하지만
그때는 철없는 때라 사랑인 줄 몰랐다
못다 한 사랑 나누려 인연 끈을 찾는다

인생은 꽃이라

봄바람 심술부려
가지마다 불붙구나
인생도 구비마다
아름답게 꽃 피네
하나둘 떨어지는 임
언제 다시 만날까

꽃 피어 노래하고
오래오래 지내련만
잠깐의 만남으로
헤어지는 안타까움
인생은 꽃이라 하네
영원토록 피어야

흙에게

해와 땅이 어울려 새 세상 펼치니
서로가 서로에게 위안 삼는 모습일랑
만물이 잇고 이으니 수억 년이 지났다

어느 날 우리에게 일용할 양식 주니
흙에게 의존하여 이날을 살고 있네
하늘이 높다고 해도 고마움은 못하지

나를 키워준 고마운 님이여
다독이는 손길은 갈라지고 부르터도
못다 한 사랑 이야기 오래오래 나누리

언제나 말벗되고 바람막이 그대에게
욕망을 줄이고 남을 위해 배려하라
말없는 가르침 따라 오래오래 살고파

흙냄새 향긋하여 오래도록 못 잊어
할머니 남새밭 한 뼘 두 뼘 매었네
깨어진 사발 모서리 검지 다쳐 꿰맸지

이택제(李澤沛, Lee, Taek je)

1926년 충남 서산 태안읍 남문리 출생. 세례명 데레사. 이화여자
대학교(국문학과) 졸업.《현대시조》천료(1984), 〈중앙일보〉 신춘
문예 최종선 입선(1984) 등단. 제16회 전국주부백일장 시부(1982),
제3회 중앙시조백일장 입선(1983), 순수문학 신인상 시(2002), 제5
회 미주 펜문학상(2007) 수상. 시선집『새벽을 열며』(2008, 순수문
학사). 한국문인협회, 국제펜클럽, 일본 사조, USA TAZU NO KAI,
GOTOTOGISU HAIKU KAI 회원. 워싱턴 문예창작원 강사 역임.
워싱턴 문인회 시조분과 위원장.

—

가만한 찌엔
― 춘강조수도春江釣水圖에 붙여

한 자락 강물이 흘러 봄빛을 낚는 강촌
복사꽃 일렁이는 밭둑도 흐르누나
외진 꿈 가만한 찌엔 한나절이 물렸고

겨울나무

열고픈 하늘은 늘 푸른 숨결이었다
은총은 아리도록 빛무리로 내리지만
지키는 고독의 성城엔 서러움이 자라다

바람벌 둘러 편 자리 눈발 이고 섰는 나무
꿈 싸락 흩뿌리며 손 부비는 날가지들
동천冬天에 봄이 닿아서 꽃 한 송이 피운다

내일來日

한가득 풍요로움을 누비며 기려온 상달
지금은 무슨 기旗를 말없이 올렸는가
바람도 강물이 되어 하늘길 울어예네

나뉜 땅 숨가쁜 나날 가슴마다 묻었는데
KAL기機 피의 비보悲報며 아웅산 치던 폭음
통한은 촛불로 서고 촛농으로 흐르누나

애타는 손 모음이 앙금으로 쌓인 산하山河
어떤 사슬이기 묶이고는 못 푸는가
들국화 여기저기서 올가을도 앓고 마네

슬픈 역사의 뜰에 사연들이 지고 있다
얼싸안을 일이 있어 헤어짐을 흔드는 손
가신 넋 새봄을 지어 갈아입고 오시리

모정母情은

이 가슴 산이 되고 줄기줄기 금선琴線내어
달도 은애恩愛로운 달 가만 내려 흐르는가
모정母情은 끝없는 탄주彈奏골짝마다 내린다

바람

빈 하늘 실로 뽑아 베 짜는 네 목소리
한없이 넘치지만 꿈은 끝내 갈증일 뿐
말 못 할 시간들이 몰려 거대한 깃발이 된다.

나울을 철썩이며 간절해서 너는 오고,
서걱이는 나뭇잎들 못 견디는 사이마다
앙금이 쏟아져 내려 사루비아가 진다.

연蓮

달무리 은은히 도는 푸른 수렁의 늪
누벼 온 온갖 꿈이 고행苦行을 짠 잎들이여
발원發願은 분홍으로 솟아 해탈하는 미소여라

한 줄기 가을 상류上流가 하구河口에 이르기까지

못 견딜 생각의 결이 아리도록 볕살 부벼
말 못 할 비늘 일고 숨 가쁘게 휘모는 굽이
다 잃을 채비가 놓여 그것 타고 내려간다

죽는 시간들이 속잎 낼 움을 남겨
이름을 제 속을 저마다 뽑은 들풀
초개 성초芥城 적신 노을이 씨감 더욱 받드누나

뜻 맞춘 별무리가 섬길 하늘 속삭이면
서로를 뿌리 얽은 갈대 밭 울리는 달
저물 줄 아는 사람은 섬돌 위에 신발 두지

떠나는 철새들과 오고 있는 새들의 사이
적막한 피가 돌아 서릿발로 깁는 벌판
하구河口는 마저 시쳐서 펼칠 대로 펼친다

이택회(李澤會, Yi Taek hoe)

1957년 전북 정읍 칠보면 출생. 원광대학교 (국어국문학과), 전북대 교육대학원(국어교육과), 원광대 대학원(불교학과) 수료, 한국방송통신대(문화교양학과), 경기대 한류문화대학원 재학. 《시조시학》(2009) 등단. 시집 『여보게, 보자기』(2017, 고요아침), 우리시대현대시조선 『봄 산』(2019, 고요아침). 저서 『추구』(2004, 한맘), 『익산문화연구』(2012, 한맘), 『코끼리 발자국』(2012, 고요아침). 마한문학상 (2012), 가람시조문학 신인상(2017) 수상. 익산문인협회장, 전북불교문학회장 역임. 한국문인협회 회원, 한국시조시인협회 회원. 가람기념사업회 부회장.

시인은 우리 것에 애정이 남달리 깊다. 시인은 보자기를 들고 다닌다. 자원 낭비와 환경오염을 막기 위한 생태적 삶이 반영되어 있다. 「여보게, 보자기」에는 그런 삶이 잘 나타난다. 시인의 시조, 특히 단시조를 대할 때면 필자는 마치 선시禪詩를 읽는 것 같은 느낌을 받는다. 첫째 마당의 단시조도 그렇지만 둘째 마당의 앞부분과 넷째 마당의 단시조를 이해하려면 불교에 대한 상식이 조금이라도 있어야 진가를 알 수 있다. 시인의 많은 활동량을 보면서 웬만한 사람은 절반도 이기지 못할 짐을 지고 살아왔음을 알 수 있다.

— 김종빈(시조시인 · 가람기념사업회 사무국장)

여보게, 보자기

가방이란 네 친구는 참으로 의뭉하지만
자네는 겉과 속이 한결같아 좋네그려.
속엣것 감추지 않아 지음知音이라 할 만하네.

네 친구는 사귐에 상대를 고르지만
자네는 가림 없이 두 손을 내밀고서
악업을 벗어버린 뒤 너털웃음 웃잖은가.

자네는 나아가고 물러남이 분명하여
일할 때는 온몸으로, 물러나면 없는 듯이
청백리 같다고 할까 선승이라 이를까.

이르는 곳마다 주인처럼 먼저 나서
때에 따라 곳에 따라 소임을 다하나니
공자의 군자불기란 바로 자넬 이름일세.

봄 산

별 고운 어느 봄날
앞산에 올랐더니

바위는 선정에 들고
산새는 경을 읽는데,

시냇물 미소 머금고
마을로 내려간다.

가람 생가

용화산 앞자락에 둥지 같은 초가 몇 칸,
가마솥은 곡기를 끊은 지 오래되고,
네댓 개 빛바랜 주련 주린 배를 움켜쥔다.

넘치지 말자 하던 정자*는 떠나가고,
어리석게 살겠다던 대를 이은 다짐만
사랑채 한 가운데서 나그네를 가르친다.

대문 앞에서 마중하던 백련은 전설 되고,
구름에 오르지 못한 승운정** 홀로 앉아
세월을 되새김질한다, 술 향기를 맡는다.

* 계일정誡溢亭: 생가 앞에 있던 정자.

** 승운정勝雲亭: 생가 앞에 있는 정자.

가람 생가에서

나무로 태어나서 한생을 살고 나면,
들보나 기둥으로 쓰이길 꿈꾸겠지만,
선산은 굽은 나무가 지킨다지 않던가.

들보도 기둥도 굽은 나무도 못 되는,
꺾이고 짓밟히는 잡목으로 살다가,
동짓달 일꾼들에게 땔감이나 되고자.

민들레

지난겨울 안거에 오그리고 지내다가
환한 미소로 법열法悅을 대신터니
오늘은 만행萬行을 떠난다,
걸망 하나 짊어지고.

일상

침대에 드러누워
하루를 복기復棋한다.

힐뜯고 훔치면서
지옥을 넘나들며

오늘도 범부로 살다가
관음에게 사기 친다.

휘모리에서 진양조로

밀고 당길 줄도
맺고 풀 줄도 몰랐다.
추임새에 홀린 채
이면裏面도 모르고
휘몰이 자진모리로
헐떡이며 달려왔다.

이제는 진양조 가락에
한없이 늘어지다가
때로는 중중모리로
어깨춤을 추기도
가끔은 엇모리 가락에
한눈도 팔아보고.

첫사랑

달빛 한 뙈기 마련하고
빛바랜 추억 하나

두꺼비집 짓듯이
조심스레 다독인다.

이윽고 잡히지 않는
장미 한 송이 피어난다.

잡초

산사체험 일정에 울력도 끼어 있어
잡초를 뽑자기에 모란 속에 들어갔다.
얼마 뒤 메꽃 앞에서 호미질을 멈췄다.

메꽃도 꽃이려니 놔두어야 하는 걸까?
남의 자리에 서 있으니 뽑아야 할까?
잡초와 잡초 아닌 건 어떤 이가 가를까?

뽑혀 나간 풀들이 한순간에 소리 높여
잡초가 참꽃을 뽑는다고 외친다.
후다닥 고개 떨구고 내가 선 곳 살핀다.

끝나지 않은 처용의 노래

파도에 돛이 꺾인 아라비아 총각 하나
물도 설고 하늘도 선 동쪽 끝 서라벌에서
골품제 파도를 넘어 벼슬길에 올랐으나

어느 달 밝은 날 간통한 아내 앞에서
이슬람 율법까지 침 뱉듯이 내던지고
고개를 떨어뜨린 채 진양조로 읊었었다.

천년 남짓 더 세월 지나 제주에 날개 접은,
예멘의 내전보다 더 아린 가슴을
문밖에 세워 두고서 숟가락도 빼앗았다.

이토록(李토록, Lee, To rok) 본명: 이성목(Lee, Seong mok)

1962년 경북 선산 해평 출생. 제주대학교 졸업(1989). 《열린시학》 신인작품상(2017) 등단. 백수문학상 신인상(2017), 천강문학상 시조 대상(2018) 수상. 한국작가회의 회원.

「깊이를 더하다」는 저수지 얼음에 박혀 있는 한 마리 새를 통해 출구를 쉽게 찾지 못하는 우리 시대의 모습을 그려낸다. 작은 새의 주검은 "계절이 막다른 곳"인 살풍경한 겨울의 선명한 방점으로 읽힌다(이달균). 「맹인 안마사」는 두 수밖에 되지 않는 형식 안에 맹인 안마사의 존재방식과 내적의미를 미학적 완결성으로 담아냈다. "육신의 눈이 멀어 마음눈을 곁에" 두게 하는 위무적 행위와 캄캄함 속에서도 "우주의 먼 별"을 읽어내는 치유적 행위를 동시에 발견하고 비관적 상황을 뚫고 나가는 존재성을 탁월하게 형상화했다(하린).

맹인 안마사

육신의 눈이 멀어 마음눈을 곁에 두다

촉수로 읽은 시는 소름과는 달라서
다 낡은 점자책 한 권 무릎 아래 펼쳐 둔다

더듬어 짚어내야 그 혈이 보인다는
시절의 통점들은 먼눈이라 더 가깝다

세상이 캄캄해져야만 우주의 먼 별이 온다

치유

부러진 곳 붙었을까
뼈 사진 찍고 온 날

당신이 곁에 있어 늑골이 참 맑았네

마음의 골절 더듬어
뼈 소식 전하였다

깊이를 더하다

꽁꽁 언 저수지에 새 한 마리 박혀 있다

세상을 빠져나갈 출구인 줄 알았을까
저 새는
깨진 부리로 비명에 쩡, 금을 냈다

둑방길 억새들도 머리채 잡혀 떨고
목숨을 헹구어 낼 커다란 대야 하나

흰 눈이 회오리치며 찬 주검을 덮는다

계절이 막다른 곳 허공에 빗장 걸듯
한사코 막아서는 이 악문 표지 아래

한 줌인 새의 무게가 그 깊이를 더했다

향어

도마 위 칼자국들, 생사의 골이 깊다
당신 앞에 눈감으니 몸 안에 향이 나네
이 마음 감추었다면 덕장에나 걸렸을까

물보다 비리다는 속울음에 몸을 뉘어
생살 아래 고인 숨결 얇게 저며 뜨는 날
천지간 향내 풍기며 당신 혀에 감길까

발굴

다시 온 이승이여

나는 그저
유골이다

길 잃은 발자국들 허공을 떠도는지

돌아갈
이름도 없이
살을 지운 시간들

일련번호 목에 걸고
뼈를 꺼내
딸각일 때

노래를 찾으러 온 풍금 속 어둠 같은

바람이
흰 줄에 걸려
오금을 꾹 접는다

플라스틱 트리

전나무 엉덩이에 플러그를 꽂는다
오늘은 거룩한 밤
성자가 태어난 날
울음이
강보에 싸여 말구유를 타고 온다

캐시밀론 솜눈을 거실 가득 내려야겠다
종소리도 닿지 않는 불 꺼진 첨탑 아래
남몰래 아이를 지운
마리아가 우는 밤

죽은 나귀 발자국들 공중을 걸어가고
밑동을 다 들어낸 불구의 기억인지
나무는
뿌리도 없이
우듬지만 푸르다

황사

뼈마디 툭 불거진 자루 같은 노인이다

오늘도 옥상 위에 둥둥 뜨는 저 신기루

바람이
입 안에 가득 생쌀을 물고 있다

사막을 건너기 전 육탈을 하려는지

그는 늙고 혼이 나와
붉은 해를 드는 한낮

낙타는
무릎이 터져
모래알로 흩어진다

마지막 눈송이가

당신이 내 안으로 들어오려 했던 걸까
이마를 부딪치는 창밖의 눈송이들
오래 전 닫아둔 마음 쩡하고 금이 간다

소름을 쓸어내도 떨칠 수는 없었구나
눈썹 끝에 떨고 있는 보풀 같은 기억들
다시는 추운 겨울로 돌아가지 않으련다

몸 없이도 아팠을까 떨어져 흔적 없는
소리만 소복소복 유리창에 내려 앉아
벗어 둔 한 벌 허공이 내복처럼 따뜻하다

로드 킬

검은 봉지 비린내를 나비타이 묶어 놓고
그림자로 엎드린다 불빛 없는 밤의 길목
뭉개진
제 몸을 나와
물러서는 길고양이

밥 구하러 건너갔을 낮고 낮은 포복들
뱃가죽과 등가죽이 납작 붙는 허기 넘어
기필코
가지 않아도
그는 이미 길이다

노란 잠수함

잠망경 높이 올려 나무 밖을 내다본다
아직도 밑동에선 물관을 여는 소리
봄눈이 가지에 앉아 수신호를 보낸다

나이테로 얼어붙는 소용돌이 지나서
멀고 먼 항해였다 우듬지에 닿기까지
내 몸엔 얼음 심장이 두근두근 뛰었다

물내음 맡았을까 부레를 부풀리며
부리 노란 어린 것들 아가미가 열린다
나무의 맨살을 뚫고 떠오르는 꽃 한 척

이포영(李抱影, Lee, Po young)
중국 길림성 둔화 거주. 《조선문단》 현상문에 시조 선외가작 당선
(1935). 〈만선일보〉 시조 8편 발표(1939.12.~1940.5.).

—

토성보土城堡의 월야月夜

자다가 깨어보니 창이 모두 희였고나
어느새 날 밝었노 옷 줘 입고 밖에 나니
천지에 흐르는 달빛 잠든 나를 속였네

그 옛날 저 달 두고 님과 서로 맹세했네
달 두고 백 년 맹세 어리석은 일이로다
밤마다 모양 변하는 저 달 어이 믿으랴

월광을 품에 안고 잠자는 게 그 어떠리
팔 베고 눈을 감고 잠을 다시 청했더니
기억이 먼저 알고 와 오는 잠을 쫓나니

방 안에 스며드는 이 달빛을 어이할꼬
은잔에 가득 부어 한숨으로 고이 쌌다
10년 후 님 오신 뒤에 함께 취해 보리라

그대여 잘 있으오

그대여 잘 있으오 부디 평안 잘 있으오
이 다음 다시 만나 기뻐할 날 있으려니
오늘은 그날 기다리며 웃고 이별합시다

갈 길은 바쁘온대 말은 아직 남은 것을
남은 말 그 말일랑 웃음으로 때워볼까
눈물이 제 먼저 알고 두 입 막아 주더라

비 오던 그 밤이라 잘 가자던 그대 소리
아직도 내 귀에서 사라질 줄 모르노니
그 소리 안 잊으려고 두 귀 막고 가노라

날 본 듯 봐 달라고 떠날 때에 주던 사진
보기는 보려마는 말 못 하니 설잖은가
사진 보다 잠들어 몽중화夢中話나 하리라

(1933년 4월 신의주를 떠나며)

송화강반에서

송화강 여기로다 예 듣고 이제 보니
강상江上엔 흰 돛이요 재주 넘는 물새로다
갈 길이 하 바빠도 노다 갈까 하노라

시원도 하올시고 만리장강 부는 바람
가슴속 일만 시름 모두 씻어 버릴거나
님 위해 나는 시름이니 씻을 길이 없어라

청류에 삿대 꽂고 피리 부는 저 벌부筏夫야
네 무삼 근심 이리 청풍명월 벗 삼으니
다만 저 백발이 날려 그를 설워하노라

녹수도 좋거니와 강안세류江岸細柳 더 좋구나
천만사 늘어지고 여풍독락與風獨樂 하는구야
그 옆을 범선이 지나니 이 분명 그림이라

산수가 이리 좋매 미인인들 왜 없으리
몇 만 년 내리 두고 났던 미인 어데 갔노
양류楊柳에 우는 꾀꼬리 그 넋인가 하노라

이 강산 이 좋은 경 다- 두고 어이 가리
그러나 유객遊客이매 아니 가진 못할 것을
돌아서 눈 감으니 흉중에도 강 있더라

(1934.6.8. 길림吉林에서)

새해 배움의 노래

올해는 어떨른가 마음 크게 먹었더니
이 해도 그만저만 보람없이 지냈고나
배움길 끝 있으랴만 가고 보니 아쉬워

묵은 해 보내옵고 새해 맞아 드리오니
삼천리 방방곡곡 새 희망에 가득찼네
이 땅에 배우는 이 몸 이 또 아니 기쁘온가

삼백도 육십오일 넓고 넓은 학해學海온데
동산에 해 떠오니 돛 달 준비 되었든가
너희는 배움의 사공 세찬 풍랑 막아내리

새해라 새맘으로 새론 결심 하고 날 제
해마다 쌓는 답이 무럭무럭 자라노나
이 해는 보다 더 배워 우리 사명 다하리

만주 처녀

속발束髮 전족纏足에 청의靑衣 두른 저 처녀야
이국의 사내 보고 웃음짐은 무삼일고
그 웃음 풀길 없으매 잠 못 이뤄 하노라

언어를 내 모르니 물어볼 길 바이 없고
몇 날 후 다시 만나 먼저 웃어 보였더니
샐죽코 돌아서는 양 너무 쌀쌀하여라

이 일을 어찌하노 잘못 보고 비웃었네
처음에 웃는 처녀 후에 만나 또 웃는걸
그 웃음 아직 못 풀었으매 받을 길이 없어라

(1934.6.9. 산성진山城鎭서)

웃고 갈라지소서
— 이역에서 싸우는 두 농부를 보고

길 가다 언뜻 보니 흰옷 입은 두 농부가
이저리 때리면서 논물 싸움 하지 않나
다 같은 백의 형제니 싸울 것은 무언고

무심코 지내던들 가슴 이리 아프리오
낯모를 만인들은 손질하며 비웃누나
그래도 싸울 터이면 흰옷일랑 벗으소

그 무슨 짓이야요 물고 차고 하는 것이
두 몸에 받는 수치 이천만에 가는 줄을
그네도 앎 직하오니 웃고 갈라지소서

(1933년 육산성진六山城鎭서)

기억

얄미운 님이로다 원망스런 님이로다
가면은 그저 가지 웃음 기쁨 앗아가며
무어라 기억 하나만 남겨두고 가느뇨

아무리 잊으려고 천 번 백 번 맹세하나
애쓰면 애쓸수록 기억만이 더 새로워
저 님아 영 못 오시려면 기억마저 거두소

이하영(Lee, Ha young) 본명: 이영식(Lee Young sik)

1945년 충북 보은 장안면 장안리 출생. 경희대 행정대학원(1987). 《시인정신》 신인상(1999) 등단. 시집 『사랑은 달빛을 타고』(2004, 동방기획). 시인정신작가회 동인지 『모과나무와 아이들』(1999, 오감도), 『눈빛으로 부르는 노래』(오감도) 외. 문학21 문학상(2001), 크리스찬문학상(2005), 허난설헌문학상(2007) 수상. 한국문인협회, 한국시조시인협회, 한국여성시조문학회 회원.

—

이하영 시인의 시심의 소재는 주로 고향이나 가을빛 산향 같은 일상생활의 체험에서 비롯되며 질박한 삶을 통하여 전원의 향수로 발전하는 잔혼에서 우러나온 테마가 주류를 이룬다.

시인의 지나간 연륜의 발자취는 작품 전편에 흐르는 상징적 의미로 이어져, 흘러간 이랑 넘어 잊혀졌던 잔경을 떠오르게 한다. 토속적 삶을 지향하는 심향 속에 전원적 서정성과 애향심이 켜켜이 지층을 이루며 깊은 여운으로 다가온다.

— 이은방(시조시인 · 전 한국시조시인협회장)

—

망향가

고향집 섬돌 밑엔 오랑캐꽃 싱긋 웃고
이끼 낀 툇마루엔 석양이 졸고 있다
빛바랜 창호지 사이 넘나드는 세월아

맨발로 뛰어놀던 어린시절 언제인가
앞 여울에 손 담그면 철쭉 꽃물 흠뻑 들고
실바람 솔솔거리면 살구꽃비 내렸다

고향의 가을

감나무 잎새마다 가을이 물들었다
떨어진 홍시 줍던 어린 날이 춤을 춘다
추억에 눈이 시려워 빈 하늘만 바라본다

뜨듯한 아랫목에 둘러앉은 웃음소리
화롯불 뚝배기에 담북장이 향기롭던
주름진 세월 넘어서 가신 님들 보고 싶다

정이품송

나라님 연輦 지날 때 늠름하던 충효송
당당한 옥골선풍玉骨仙風 보은인의 기개氣槪로고
대장부 푸르른 꿈을 구름 속에 키웠다

비바람 눈서리에도 청청하던 그 위풍
세월의 풍상 속에 염려하는 마음 깊어
지금은 여윈 둥걸로 옛 기품을 지킨다

정부인송

황해동 돌아드는 여울목 복된 터에
아홉 폭 긴 치마로 가는 세월 안고 서서
잊혀진 넉넉한 정을 바람 속에 키운다

시샘과 비바람 속에 덕과 예를 지키며
한 서린 옛 이야기 가슴 깊이 묻어 두고
긴 세월 다소곳이 서서 흔들림이 없어라

동학의 함성

속리산 옥녀봉 아래 맑은 냇물 흐르고
탁 트인 장안 벌에 동학의 혼 어렸어라
늘 푸른 솔바람 소리 보은인의 얼이어라

처음으로 이 땅에 개혁의 바람 일던 그날
겨레의 뜨거운 피 하나 되어 뭉치던 곳
동학의 함성 밀물 져 지금도 귀에 들려라

문장대에서

댓잎에 스치는 바람 비파 소리 들리는 듯
아련한 옛 생각에 옷깃을 적시는데
돌계단 천 개도 넘는 문장대를 오른다

세상 때 묻은 마음 말갛게 씻어내고
속리산 굽이굽이 넉넉히 모두를 품어
욕심을 다 비워내면 여기인가 극락정토

법주사에서

열엿새 둥근달이 산사를 밝히는 밤
어머니 철야기도 무릎이 닳으신다
솔숲을 흔들어 깨우는 범종 소리 울리신다

기원이 쌓인 돌엔 푸른 이끼 돋아 있고
손 모아 발원 드리는 흰 옷자락 보이네
지금도 그립습니다 연좌 위의 그 미소

만수동 계곡

만수동 맑은 물에 가재랑 새우 놀고
계곡 따라 기암괴석 철쭉꽃 흐드러질 때
온가족 천렵川獵을 가서 웃음꽃도 피웠지요

아버지는 아들이랑 바지 걷어 올리시고
고기잡이 신명나는 한나절을 보냈지요
쏘가리 매운탕 끓여 둘러앉아 먹던 그 맛

내 사랑 청주

벚꽃잎 흩날리는 무심천 길을
그대와 걸었었네

빛나는 푸른 꿈을
키워 가던 학창시절

오늘은
낙엽 흩날리는 우암산길을
혼자서 걷네

생의 한 가운데를
숨차게 달려온 지금

희미한 기억 속에
빗장을 걸어도

어느새
가슴가득 들어와 있는
그대 그대 모습……

임진강

해안선 가물가물 점점이 떠 있는 섬
두고 온 산하처럼 그리운 나의 사람아
태양도 눈시울 그렁그렁 구름 속에 집을 짓네

남과 북 그어 놓은 선 하나 보이지 않는데
마주보고 서 있어도 천리같이 멀기만 한지
강가엔 물새 한 마리 원을 그리며 날고 있네

사랑한다는 말 한마디 전하지 못한 채
메아리로 돌아앉은 서럽도록 고운 사람아
언젠가 그날이 오면 얼싸안고 볼 부비리

* 임진강 하구 애기봉에서 북녘땅을 바라보며…… 이산가족의 아픔을
생각하고 2000년 여름에 씀.

이한성(李漢晟, Lee, Han seong)

1950년 전남 장흥 용산면 어산리 출생. 조선대 사범대학(국어교육과) 졸업. 《월간문학》 신인상(1972) 등단. 시집 『전각』(2018, 고요아침), 『가을 적벽』(2005, 고요아침), 『볏짚, 죽어서도 산다』(2001, 책만드는집), 현대시조100선 『작은 것이 아름답다』(2001, 태학사), 신원시인총서 38 『뼈만 남은 꿈 하나』(1992, 신원문화사) 외. 광주문학상(2000), 중앙시조대상(2004), 가람시조문학상(2007) 수상. 광주전남시조시인협회장 역임. 자유실천문인협회 참여 유신 반대 문학인 101인 선언 서명 참여(1974).

서각, 마음을 새겨라
이 한 성
처음, 겉과 속이 다른 바가지에 금살을 넣다.
결 고운 느티나무에 인도를 숨어뒀던
그 손맛 잊을 수 없어,
갯것처럼 적적 붉은

그의 시조에는 전통적 리듬이 생리적으로 배어 있다. 갈등을 내용으로 하는 그의 의식은 진보적이지만 형식과 내용은 대체로 전통주의를 지향한다. 음보의 감각은 여타의 시인들에게도 거의 책무적責務的이다. 하지만 의식을 리얼하게 이끌어 내느냐의 문제에는 한계를 드러내는 일도 많다. 하지만 이한성 시인은 형식과 내용면에서 다양하게 접근해 오는 갈등 소재들을 요소화하여 담아낸다. 이게 그가 지향하는 시조 창작의 한 모듈이다. 그의 작품 세계는 규정과 형식을 밟으면서도 서사가 자유로이 횡단한다.

— 노창수(시조시인 · 문학평론가)

전각篆刻* 1

긁어서 부스럼 낸 그런 우愚 범치 않기 위해
점 위에 점을 찍듯 몇 날을 세운 칼날
마음의 흐름에 따라 푸른 혼을 심는다.

지우개에 새겨 넣던 익명의 새 한 마리
날개도 펴지 못한 채 떨어져 누워 버린…
접어 둔 기억 하나가 날개를 펴고 있다.

오창석吳昌碩 인보첩印譜帖을 뒤적이다 든 잠자리
격자格子 무늬 천장 벽지 낙관落款**으로 보이느니
두 다리 펴지 못한 채, 나는 이미 갇혀 있다.

* 서화 등의 낙관에 쓰이는 도장에 전서를 새기는 것을 말한다.
** 글씨나 그림을 완성한 뒤에 저자의 이름, 그린 장소, 제작 연월일 등을 적어 넣고 도장을 찍는 것을 '낙성관지落成款識'라 하는데, 이를 줄여서 낙관이라 한다.

각刻을 하며 4

때깔 좋고 결 고운 귀목 한 판 업어 와서
마음을 다 비운다, 면벽하던 달마처럼
살아서 꿈틀댄 글자 뿌리째 심기 위해

벼락 맞은 대추나무 이름 석 자 새겨 넣듯
화선지 보얀 속살, 여백과 먹물 사이
칼끝이 접신한 순간, 비백에도 피가 돈다.

몇 날의 시름 끝에 예서隸書* 몇 자 또렷하다.
사방에 울을 치고 곧은 뼈 세우느니
무념의 끌리는 손맛, 창칼이 먼저 안다.

* 한자 서체의 종류 중 하나. 소전을 직선적으로 간략화한 것으로서 하급관리인 도례徒隸 사이에서 사용되었기 때문에 예서라 부르고 있다.

가을 적벽

살은 다 내주고 뼈로 층층 단을 쌓고
하늘의 구름집 하나 머리에 이고 산다.
거꾸로 날아오른 새 떼 회귀하는 빈 하늘.

산처럼 우뚝 서서 오금 박은 푸른 절벽
물에 비친 제 모습에 움찔 놀라 물러서는
외발 든 적송 한 그루 발바닥이 가렵다.

암벽을 기어오르는 단풍 붉은 어린 손이
물속의 고기 떼를 산으로 몰고 있다,
흰 계곡 점박이 돌이 비늘 돋쳐 놀고 있는

멈춰 선 강일수록 출렁이면 멍이 든다.
햇살의 잔뼈들이 가시처럼 꽂힌 물밑
명경 속 바라본 하늘 물소리로 가득하다.

풍경, 구경짝지*

우리의 지친 삶이 각궁처럼 휘고 굽은
초분草墳 같은 푸른 섬이 섬을 업고 떠돈다,
악보도 없는 노래를 백색 음으로 풀면서

가끔씩 허공을 내 숨통 트는 방풍림같이
발 시린 구경 짝지 몸 부비는 몽돌들도
답답한 가슴을 비워내는 연습을 하고 있다.

바다에 든 흰 눈발이 푸른 물색 다 흐린다.
빨간 눈 바위부채게 옥쥔 허물 걸려 있는
부러진 후박나무 뿌리 겨울날 닭발 같다.

* 국가명승지로 신청하면서 '구계등'으로 명칭이 바뀌었다. 전남 완도군 완도읍 정도리 152번지.

황금 연못
— 비단 잉어

미끄러지듯 유영游泳한 잉어,
그 금테 입으로
물길이 빨려 들며 내는 소리 투명하다.
푸른 물
하얀 기포가
톡 톡 터진다, 탄산수처럼

한여름 버드나무 물에 띄운 그늘 사이
수직으로 내린 햇살 자맥질하는 시간
관상어 둥근 흡눈이 잘 닦인 구슬 같다.

옷을 곱게 잘 입어 부르는 게 값이라는
별난 놈들 수십 분씩 쫓아다닌 눈의 호사

지는 해
젖은 화폭에
붉은 향을 게운다.

사계四季, 폭포를 품다

바람이 귀를 열어 먼 소리 불러 오면
걸어 둔 긴 옥양목 잔설 다 거두나니
막혔던 소리가 터져 산문을 열고 있다.

구름도 물이 들어 먹빛 옷을 씻는 우기
수밀도 찰진 암내 터져 흐른 계곡 사이
하늘로 솟아오르는 흰 뼈가 시퍼렇다.

숯불 놓듯 타고 있다, 풋색 잃은 산허리
오방색 무지개가 발효된 채 걸려 있는
가을 산 가득한 소리, 물빛이 참 곱다.

막힌 혈穴 뚫던 사내 등이 굽어 엉겨 있다.
한겨울 열꽃 핀 옥문 천둥 친 욕망으로
밖에서 안으로 피는 흰 타래 꽃, 층층 늘어진

지팡이

무심코 손에 쥐어든 박달나무 막대 하나
어머니가 두고 가신 늙은 발이었다.
한 세상 굴곡진 길을 평발로 걸어오신

앞발이 이끈 대로 따라나선 뒷발처럼
늙으면 지팡이도 의지하는 몸인 것을
불혹의 고갯길에서 발이 먼저 알고 있다.

동짓달 찬바람이 나이테를 감는 밤
발목이 붉은 박새 볼에 묻은 흰 점처럼
어머니 놋대접 사랑, 길을 환히 열고 있다.

볏짚, 죽어서도 산다

죽어서도 다시 사는 지혜 하나 훔쳐본다.
매듭 굵은 손끝에서 살아 나온 온갖 형상
뒤틀린 세상을 딛고 스스로 몸 낮춘다.

동여맨 짚풀들이 껄껄한 몸 맨드리에
푸른곰팡이 포자들이 만발한 조선 메주
매달려 바라본 세상, 보글보글 끓고 있다.

햇살이 서둘러 몸을 부린 그 빈자리
다시 사는 들녘에 바람처럼 돌아가면
발효된 촉촉한 둘레, 푸른 꿈이 황홀하다.

수몰지구

산과 들을 띠로 묶어 이어주는 강을 본다.
모래알로 흩어져도 모여든 정월 초하루
복사꽃 한 마을 꿈이 수장되어 있었다.

물속에 갇힌 이야기들이 물풀로 돋아 있다.
상한 얼굴 드러내는 주인 잃은 흰 고무신
눈 맞은 송사리 한 쌍, 집 한 채를 얻어 산다.

어머니의 말 4

애비야, 못 생긴 나무가 산을 지킨다.
말썽 피운 아이들을 가지 치듯 자르지 마라.
봉분封墳 옆 산죽山竹 하나가 말귀를 트고 있었다.

이한식(李漢植, Lee, Han sik)

1942년 충남 청양 청양읍 출생. 《문학공간》 신인상(1991) 등단. 시집 『파란 하늘 저 너머』 (1996, 시도), 『먼 훗날의 노래』(1999, 시도), 『대숲이 사운대 듯』(1999, 시도). 통일문예 (1990), 향산문학(2013) 수상. 한국문인협회, 한국문인협회 대전지회, 대전시조시인협회, 가람문학회, 문학공간시인연대 회원.

이한식 시인은 갖가지 '그리움'을 많이 안고 사는 시인이다. 추억이라는 말로 대신할 수 있는 고향에 대한 그리움과 지난 시절에 대한 그리움뿐만 아니라 사람에 대한 그리움, 어떤 이상향의 세계에 대한 그리움 등을 절절히 그려내고 있는 시들이 많다. 그리움을 지니지 않고 사는 사람이 어디 있을까마는, 시로 형상해 내고 있는 그의 그리움이 워낙 절절해서 그가 지닌 그리움의 세계를 탐색해 보지 않을 수 없다. 이한식 시인이 지니고 있는 그리움에는 어떤 '소망'이 결부되어 있는 것들도 있고, 소망과 직접 관련이 없는 것들도 있지만, 어떤 소망을 포괄하는 그리움이 더욱 생동감을 지닐 수 있음은 두말할 필요도 없는 일이다.

— 지요하(시인 · 소설가)

독도

파도에 깎인 괴석
파식애 동굴 해암

바다 밑 분출 도서
산재 암초 서른네 개

동도에 화산 분화구
장관 이룬 바닷물

천만 년 지켜온 섬
누가 감히 탐을 낼까

도원이 좋다 한들
이 보다 나을쏘냐

천신의 조화일런가
해중 선경 놀랍다

우산도 삼봉도라
가지도 석도 독섬

슴새와 바다 제비
괭이갈매기 날고

동해 끝 망망 대해엔
등대만이 외롭다

온다고 하는 님을

온다고
하는 님을

오지 말라
해 놓고는

오는가
안 오는가

안절부절
못하는 마음

애타고
그리는 정을

님은 어이
모를까

설록차

맡으면 그윽한 향
맛보면 감칠맛이

선경에 높이 올라
구름과 학을 벗해

신선주
마신다 한들
이 맛보다 나을쏜가

태고를 이어 온 향
달이면 설레고

깨끔한 찻잔 받쳐
설록차를 부어 내면

어느 님
오신다 한들
즐겨 아니 마시리

별빛도 고운 밤에

별빛도
고운 밤에

잠이 오지
않는 날은

토라진
우리 님이

안 오실까
맘 조리고

님 그려
텅 빈 가슴을

무엇으로
채울까

해 질 녘

오실 날
기약없고

떠난 님
말 없으니

초조한
이내 심사

가눌 길
바이없네

해 질 녘
기다리는 정

하마 어찌
아실까

경포대 달이 뜨면

산바람 하도 더워
강물에 파묻히고

강바람 춥다 하고
산 위로 올려 부나

설악산 천혜의 풍광
못 본 이는 설워라

뒷동산 아름다움
앞마당 푸른 동해

영랑호 청초호
내설악 외설악

마주친 산천 초목도
내세 인연일런가

태양빛 그을린 몸
푸른 파도 헹궈내니

하늘로 뜨는 기분
해구마다 갈매기 떼

경포대 달빛을 뜨면
님의 얼굴 비칠까

차 한 잔

가만히 눈 감으면
생각이 오묘하고

단정히 앉아 쉬면
마음이 편안하다

조용히 벗님을 불러
차 한 잔을 나눌까

마음을 텅 비우면
기쁨은 절로 나고

고운 님 찾아오면
정신이 맑아진다

찻잔을 가운데 놓고
정답게 마실까

오시는 그날에는
다정히 마주 앉아

속마음 털어 놓고
정을 주워 담을 적에

향긋한 차를 끓이면
그 얼마나 좋을까

사모의 몸부림

햇살도 부처 되어
미소로 보시하나

청태 긴 기왓골에

홀로 핀 들국화야

어느 때 무슨 선업으로
인간 세상 왔는가

소리 없는 함성이
가슴에 너울대듯

산안개 어루만져
번지는 목탁 소리

인고의 사바세계가
눈에 아른대누나

흰 나비 날갯짓이
봄빛 타고 눈부시다

사모의 몸부림이
영원히 타고 타면

다비승 열반에 드는
무심천을 흐른다

통일

애틋한 정이야
변할 리 있으랴만

얼마나 보고프면
날마다 그리느냐

보고도 못 가는 산천
시름만이 쌓인다

영변 약산 진달래가
피고지고 몇 해런가

모란봉 부벽루가
대동강 끼고 논다

언제나 부모 형제가
한데 얼려 살아 보나

신비한 범종 소리
끊어질 듯 이어지듯

동강 난 남과 북을
하나로 통일하면

내 조국 방방곡곡을
누빌 날이 오겠지

망향

소리야 치고 나면
울리어 퍼지련만

타는 속 알리 없어
단장을 녹이누나

어찌타 남북에 묻혀
원혼으로 우는가

부풀어 꽁 꽁 언 땅
훈풍에 녹건마는

같은 땅 동족끼리
어찌 그리 싸우던고

못 잊을 망운지정이
노을 되어 타는가

이한용(李漢用, Lee, Han yong)

1928년 전남 구례 상지면 출생. 국문학자. 호 춘정(春汀), 남정(南汀). 일명 환용(奐用). 신흥고교, 전북대학교(국문학과), 동 대학원 박사과정 수료. 《현대문학》 자유시 천료(1969), 《시조문학》 시조 천료(1970) 등단. 시집 『월요서사』(1980, 형설) 외. 연구저서 『시의 원리(번역)』(1982, 이우). 논문 「고려속가 형태 연구」(석사논문, 1970), 「고려속가 형태론」(한국언어 문학회지, 1966), 「한국현대시기법 연구서설」(국어문학 18(전북대), 1976.12.) 외. 전북대학교, 전주대학교 강사, 광주 송원전문대학 교수 역임. 한국문인협회, 한국시조시인협회, 국어국문학회, 한국언어문학회 회원.

—

가배초嘉排抄

달 아래 꽃여울 밤도록 님을 불러
취하여 잦은 노래 굽이굽이 은하로다
긴 화장 지평을 불러 태양 그린 넋이 허무를 넘는다.

바위

세월의 채찍으로 살이 아픈 무늴네라.
안으로 깊은 정을 어인 말로 풀거나.
그리움 넋일랑은 어인 꽃으로 필거나.

조국

가슴에 꽃을 안고 그 이름을 지켜 왔다
어둠의 아픔을 털고 다시 본 얼굴들아.
한마음 태양을 우러 어인 길이 다를까.

하늘

천 이랑 만 이랑이 바다에만 흐르던가
상기한 가슴 하늘 젖어 우러르면
어데라 설레인 누리 강열江列 더해 일어간다

호반

구름 한 점이 호심湖心을 건넌다
천만 이랑으로 꽃여울이 깊어 간다
꾀꼴의 트인 가락 먼 산이 듣는다.

이해완(李海完, Lee Hae wan)

1962년 출생. 《시조문학》 천료(1995) 등단.
시집 우리시대 현대시조 100인선 『내 잠시 머
무는 지상』(2000, 태학사), 『수묵담채』(2008,
고요아침). 한국시조시인협회, 오늘의시조시
인회의 회원.

이해완 시인이 발표해 온 시들을 살펴보면 이 그릇에 담겨 있는 형
식과 내용이 정갈하기 그지없다. 그가 달빛 아래서 닦아내는 그릇
은 아직도 '놋주발처럼 쨍쨍' 울리는 장중함의 미덕을 지닌다(김수
영). 「가을밤」을 살펴보도록 하자. 시를 '침묵의 언어'라 말했을 때
'말하는 시인'이 아니라 이는 그림으로 보여주는 침묵을 말함인데,
이해완 시인은 침묵의 언어를 그림으로 보여주는 당대 몇 안 되는
시인 중의 하나라고 할 수 있다(송수권).

—

가을밤

귀뚜라미여,
잠시
울음을
그쳐다오

시방
하느님께서
바늘귀를
꿰시는 중이다

보름달
커다란 복판을
질러가는

기

러

기

떼

물수제비

내 손에
꼭 알맞은
조약돌 하나 골라 들고
저 먼 수평선에 사력을 다해 던져 본다.
그리움 날개를 달고
이제 막 떠나간다.

짙푸른 수면 위에 물안개를 일으키며
내가 감은 태엽만큼 그만큼의 생명으로
지상의 짧은 순간을 퍼덕이며 가고 있다.

너무나 쉽게
사라져 버리는 꿈이여, 사랑이여
어쩌면 영원이란 존재하지 않는 건가
수면에 잔잔한 여운만
맴돌다 사라진다.

고춧대

영혼이 맑으면
육신은 죽어서도 아름다운 법.
흡사 뼈다귀 같은 새하얀 막대 하나
남도의 땡볕 아래서
전신全身을 태우고 있다.

그래,
너는 전생에 푸르른 대나무였지.
네 곁에선 죽은 것들도
산 듯이 보였었고
스치는 한 점 바람도
푸른 목숨을 얻어 갔지.

살아서는 하늘을 향해
올곧은 가지를 펴고
죽어서는 네 육신이 만 갈래로 갈라져도
너의 그 청빈한 손이
어린 고추모를 일으켜 세우는구나.

담쟁이

내 삶이 아닌 것들은 왜 저리 찬란하냐
한 점 바람에도 나는 늘 위태로운데
백목련, 이 봄에 벌써
절정에서 타는구나

오늘도 나는 나를 딛고 스스로 올라서서
아무도 손 내밀지 않는 빗장 걸린 이 세상을
실핏줄 터진 손으로
부단히 열고 있다

피 터져 얼룩진 삶 밑그림으로 깔아두고
초록, 생명의 빛깔 찍어 암각화를 새긴다
내 잠시 머무는 지상,
한 벌뿐인 목숨으로

고드름

하느님께서 제게도 옷 한 벌 주셨지요.

낮은 곳으로 낮은 곳으로만 흐르는 물이기에 맨발에 알몸으
로 이 세상 힘차게 달려가서 목숨 있는 것들 발바닥에서 머리
끝까지 피 골고루 잘 돌 수 있도록 말없이 손 내밀어 도와주고
싶다고 그렇게 살고 싶다고 말씀 드렸더니 그 마음이 너무 이
쁘다고 당신 손수 옷 한 벌 지어 이렇게 입혀주셨지요.

누구나 들여다보라고 참으로 투명한 옷으로 지어 주셨지요.

나이테

나무 속에는 해맑은 동자승이 한 분 사셨나 봐요.

물낯바닥에 작은 돌멩이 하나 떨어뜨려 놓고 하루 종일, 아니
삼백예순다섯 날을 물무늬 퍼져나가는 것 바라보다가 해 바뀌
면 또 그렇게 돌멩이 하나 던져놓고 그리움 속에 수백 년 동안
갇혀 살았나 봐요 내가 앉은 이 자리 물빛 그리움이 번져가 멎
은 이 선명한 나이테

아직껏 지워지지 않고 남아 있는 걸 보면.

천불천탑

자네, 천불천탑을 운주사에 가야만 본당가
내 눈엔 천지사방이 다 천불천탑이데
궤짝에 지성으로 쌓아올린 저 사과도 천불천탑이고
저기 저 리어카에 폐지 주워 쌓아올린 것
저것이 천불천탑이 아니면 뭐랑가
부처님 마음으로 보믄 다 천불천탑이제
그런다고 사람들 일만은 아니제
가지에 찢어지게 매달린 저 홍시
저것은 감나무가 쌓아놓은 천불천탑 아니것는가?

수묵담채 1

충장로 우다방 앞
우연히 마주친 농아 셋
서로 얼싸안고 몸짓 손짓 현란하다.
한 편의 무성영화 같은 삶이
수묵담채로 펼쳐진다.

저 모습 붓을 들어

그림으로 옮긴다면
지금 한창 물이 오르는 개나리 노란 꽃이거나
백목련
환한 웃음을
퍼 올리는 중이리.

귀를 쫑긋 세우고 그들의 대화를 듣는다.
아주 큰 소리로 말하는 것 같은데
그 소리 들리지 않고
은구슬 티 없는 웃음만
퍼져 나가는 게 보인다.

수묵담채 2

쉿! 지금 귀뚜라미는 공양 중이다

사마귀가 작고 세모진 주둥이로 자신의 머리통을 야금야금
다 갉아먹도록 꼼짝도 하지 않고 있다 생에 아무런 미련도 없
는지 아니면 이미 도통한 선승이 한 분 그 몸속에 들어앉아 있
는지 몸부림 한 번 치지 않는다 귀뚜라미의 몸이 사마귀의 몸
으로 변하고 있다 먹히고 먹는 순간이 참 거룩하게 느껴지는
순간이다
노래가
끝나 들녘은

시방

참

고
요
하
다

수묵담채 4

어느 날, 갑자기 빙하가 닥쳐와서

반지하 우리 식탁, 최후의 만찬을 맞이해도

아내는 웃음 띤 얼굴로 젓가락을 건네주리.

아이들 동공 속에 반으로 갈라지는

마지막 김치 가닥이 먹기 좋게 될 때까지

아내는 그 젓가락 끝에 힘을 놓지 않으리.

천년 후쯤 누군가 우리를 발견해낸대도

가난에 주눅 들지 않은 초롱한 눈망울과

여전히 깨지지 않은 웃음 한 점 캐게 되리.

이해우(李懈牛, Lee, Hae woo) 본명: 이기관(李基寬, Lee, Ki kwan)

1959년 서울 출생. 미국명 Lee Jason. 중앙대학교 학사 졸업(1982), CSULA MBS 과정 수료(2006). 〈미주중앙〉 신인문학상 단편소설, 《나래시조》(2018) 등단. 모산문학상 대상(2020) 수상. 시집(eBook) 『월하시인』, 『짝사랑』, 『아름다운 여행』, 『개똥철학』, 『점화點畫』.

안분지족 (安分知足)
/ 이해우

황토의 아궁이를 불 지피며 바라보니
홍얼이는 노랫소리 연기에 흔들리며
그림자 끄덕거리며 달빛 내려 춤을 추다.

사나이 부엌에서 평온을 구하는데
정숙이 없는 내음 왜 이리 넉넉한지
신나게 흐르던 개울 부첨개도 부처란다

그의 글에는 핵심을 둔중한 칼로 파내는 특이한 묘미가 있다. 날카로움은 매끈한 절개를 하지만 둔중함은 피가 튀고 살이 터진다. 강하다는 말이다. 도처에 어디로 튈지 모르는 현기가 번뜩인다. "사나이 부엌에서 평온을 구하는데"란 표현이 그렇다. 사나이와 부엌은 대칭되는 이미지고 거기에서 평온을 구한다는 말은 마치 종교의 이단과 같은 표현이다. 뉴턴의 고전역학을 벗어난 현대의 양자 역학처럼 그의 표현은 고전적 문학의 관성을 벗어나 있다. 고전적 인생관에 현대적 의외성을 가미하여 그만의 개성 있는 시조가 만들어졌다.
— 김호길(시조시인 · 미주시조시인협회 초대 회장)

나의 봄은 당신이다

어항의 금붕어를 연못에 풀어주고
가을과 작별하고 겨울을 업고 온 날
두터운 이불을 꺼내 입술까지 덮었다

어미의 자궁처럼 둥글게 몸을 말면
계절의 퇴적들은 각질처럼 갈라진다
문 여는 소리가 들려 당신인가 실눈 뜬다

늦은 후회

소낙비 내릴 때는 햇살이 그리웠고
햇살이 부서지면 가랑비 맞고 싶다
언제나 만족 못했던 젊은 날의 방황들

청개구리 사색처럼 게으른 반항이었지
부둥켜 껴안아도 모자란 사랑인데
찾아온 모든 것들이 등불이고 꽃이었는데

노부부

세상을 헤엄치고 돌아온 물고기가
현관에 들어서면 당신이오 묻는 소리
한 마디 물음이지만 천 마디가 담겨있다

무사히 돌아왔음 그걸로 족한 거다
곶감이 마르듯이 진액만 남은 시간
안 봐도 알 수가 있는 한 마디의 축약이다

할배가 담배 땔 때 할매는 설거지하고
한 마디 툭 던지면 한 마디 돌아오는
수십 년 지나고 나니 연리지가 되었네

산초야, 나의 산초야
— Don Quixote가 Sancho에게

고통을 받는다고 비겁하게 포기 말자
이길 수 없는 적과 싸워서 이겨보자
고통이 극심하여도 포기 않는 기사도

안 된다 생각하면 애초에 안 되는 것
부딪쳐 보지 않고 안 된다 할 수 없다
비굴한 변명의 삶은 우리 것이 아니야

손으로 쥘 수 없단 하늘의 별을 잡고
아무도 탈 수 없단 초승달 저어 가면
산초야! 저기 먼 곳에 이어도가 보인다

삶의 진실眞實

달밤에 날아가는 기러기 편대 비행
수만 리 가야 하는 네 삶이 거칠구나
내생來生엔 날고 싶었던
내 갈망에 구멍났다

바람에 흩어지는 비원悲願의 허상이여
장님이 더듬었던 코끼리 몸뚱이다
얼마나 많은 꿈들이 비눗방울 같을까

겨울비

차가운 물줄기에 향기가 배어 있다
동백꽃 불러내는 십이월의 봄기운아
굳었던 꿈을 피라고
잠 깨우는 비 내린다

무능한 수컷들의 부동不動의 두려움을
자모의 손길로서 다독여 안아주니
세 계절 인내한 꿈이 추위 속에 개화한다

날개를 달자

불현듯 시상詩想 일어 쓸 것을 찾아보니
백지는 안 보이고 전단지도 하나 없다
생각이 꺼지기 전에 끄적여야 하는데

무엇이나 누군가가 불현듯 안 보이면
보고픈 절실함은 무엇에 비할까나
얼마를 더 살아봐야 이런 집착 벗어날까

종이가 집착이다
통념의 필요였다

관념을 버리고서
자유를 낙서한다
천년을 살 것도 아닌데
옷을 벗으니 날개가 드러난다

단풍 이별

아주 오래 있고파도
예쁠 때 떠나야 해

바람이 불어올 때
추위에 떨기 전에

훨훨훨
떠나 버리는
아름다운 뒷모습

바람이 불어오고
추워서 떨리면은

누군가 예쁜 너를
그리워할 것이다

홀연히 일어나 떠난
뒷모습을 회상하며

오는 봄에는

파피꽃 계곡에서 꽃노래 듣고 싶다
짤따란 봄을 보고 떠나는 너의 노래
내 귀도 잎사귀 되어 그 노래를 듣고 싶다

오작교 견우직녀 만나듯 짧은 해후
바람에 흔들리며 애달파 내는 신음
너에게 줄 것이 없는 나 자신이 부끄러워

다시금 봄이 오면 파피꽃 계곡에서
쉼 없이 불러대는 꽃들의 노래 속에
나 또한 뿌리를 내려 절절함에 젖고 싶다

나의 강

그리움 일어나면 흐르는 강이 있다
석양을 삼키고도 조금만 출렁이곤
하나도 모른다는 듯 바다 향해 흘러가

오늘도 그립더니 버들가지 흔들렸다
이제는 잊으려고 강물에 던졌는데
어이해 당신 가는 곳 헤아리고 있던가

이행숙(李行淑, Lee, Haeng suk)

1962년 전북 익산 웅포면 출생. 전북대학교(국
어국문학과) 졸업.《시조시학》신인상(2012)
등단. 시집『파랑』(2014, 한맘). 시조시학 젊은
시인상(2014), 제12회 가람시조문학 신인상
(2020) 수상. 가람기념사업회 회원. 익산문인
협회 사무국장 역임. 익산문인협회 편집국장.

편의점

이 행 숙

당신은 나를 너무 쉽게 생각하지
필요하면 왔다가는 미련없이 가버리지
그건 다 내 잘못이지
24시간 맘 열어 논

—

이행숙 시인의 작품은 자연스럽게 읽힌다. 흐르는 강물 위의 달 같다.
강물도 흐르는데 실은 달도 서녘으로 가고 있다. 가지에 걸리더라도
아파하지 않는다. 바위에 긁혀도 강물이 몸에 흔적을 남기지 않듯이.
게다가 단순한 한 번의 은유만으로 시상을 이끌어가지 않는다. 말하
자면 언어의 집이 잘 형상화되어 있는데 시인으로서의 단단한 재질과
지켜야할 본분을 잊지 않고 있음을 반증하고 있다고 판단된다.
　　　　　— 이지엽(시인 · 한국시조시인협회 이사장 · 경기대 교수)

—

질그릇의 노래

고운 얼굴 단장하고 손님상에 올라앉은
미끈한 본차이나 부럽지는 않았어요
날마다 당신 손때로 옷 입으며 사는 걸요

무심한 그 손길에 시나브로 금이 가도
흘리시는 눈물마저 내 몸 안에 스미기를
질박한 꿈 하나 담고 부대끼며 살아요

치유 못한 상처로 내 삶이 깨지거든
가꾸시는 화단가에 맘 한 자락 놓아줘요
흙 한 줌 눈비에 말아 민들레꽃 피울게요

삶이라면

꺼질 줄 알면서도 바람 앞에 버텨 서는

그 불꽃 뜨거웠지
두려움은 없었지

타다가 재만 남아도 후회 따위 안 했지

시들 줄 알면서도 바람 앞에 피어나는

벚꽃은 눈부시지
근심 걱정 하나 없지

눈처럼 흩날릴 때도 이별조차 환하지

목련꽃 지다

한때는 부풀었을 어머니 애련한 꿈
보슬비 한 자락에 떨어져 바래지던
허망한 젊은 날들이 백골 되어 누웠다

더러는 짓밟히어 곤죽이 되더라도
달달한 살냄새가 그리워진 이 4월에
당신의 하늘 언저리
또 시작된 그리움

도모지塗貌紙*

가문을 지키자니 청상이 된 며늘아기
그 눈도
그 입술도
그 마음도
불안했다.
밤이면 유독 번뜩이던 사내들의 눈동자

젖은 그 기억일랑
휘어이 휘어이이
소지로 불사르고 허공으로 날아가라
도무지 알 수 없었던
바람의 뜻 찾아서

* 도모지: 얼굴에 물을 묻힌 종이를 겹겹이 발라서 질식사시키는 조선시대
사형 방식. 집안의 윤리를 어긴 사람을 죽이기 위해 사사로이 행해졌다.

바람
— 태풍이 지나고

지나는 길이었으니 신경 쓰지 말라는
무심한 표정으로 툭 던진 그 한 마디
한 번도 너는 나에게 길을 묻지 않았지

온몸과 마음으로 너를 맞은 내 영혼
작은 몸짓 하나에도 춤추듯 반응하던
체세포 세포마다에 이토록 또렷한데

겉으론 멀쩡하게 제 자리에 살아도
뿌리째 흔들린 내 삶의 터전에는
수많은 금이 생겼다. 깨져버린 거울 같은

겨울, 고사목

어머니는 왜 그리 서둘러 떠났을까
비안개 자욱하고 천둥이 울던 밤도
드리운 치맛자락에 큰 산을 품어 내더니

탈골된 몸뚱이에 칼바람 파고 들어
뼈마디 마디마다 상고대 피워 올려
아리게 아름다운 호사
죽어서야 누리는가

삶의 무게

폭염 특보 이어지는 6월의 아스팔트
횡단보도 가까운 과일트럭 운전석에서
때 늦은 도시락을 먹는 초로의 한 사내

공시 삼수 딸이었을까
치매 걸린 노모였을까
염천의 포도鋪道 위에 가장을 서게 한 건
기름 값 몇 푼도 아까워 땀에 전 목수건

신호대기 줄 서 있던 선팅 진한 자동차들
복사열 들어올까 차창을 꼭 닫고서
뜨거운 매연 한 움큼 배설하고 가버렸다

가을, 깊다

그리운 걸 어떻게 다 보고 사느냐고
마지막 한 잎마저 떨어져 사라져도
바람에 매달린 그림자
그게 바로 나라고

겨울이 가까운 노을진 지평에는
많아서 외려 더 스산한 까마귀 떼
그대가 남겨 놓은 말
빈 들판을 맴도네

지하철에서

내리고픈 충동을 간신히 억누르고
출입문이 닫히고 흔들리며 다시 간다.
지하철 창밖의 시간 획획 지나는 2호선

번듯한 자리 하나 차지하지 못하고
힘들게 팔을 뻗쳐 겨우 하나 잡은 고리
삶은 늘
벌서는 아이
남루한 그 여행길

석류

너도 그랬을까
지나간 어느 날에
꼭 다물어 뾰로통한
나의 입술 바라보며
답답한 마음만 안고
속없이 기다렸을까

마른장마 지나는 7월의 복판에서
암상 난 고양이처럼 하늘은 흐려 있고
네 맘이
내 맘 같지 않아
애가 타는 여름밤

이향미(李香美, Lee, Hyang mi)

1957년 경북 청송 안덕면 출생. 한국방송통신대학교(국문과) 중퇴. 《한맥》동시(1997), 시 시조 비평 신인상(1998) 등단. 동시집 『그물에 걸린 바람』(2004, 태원). 시조집 『들꽃처럼 살다』(2017, 다나, 공저). KBS방송산문대상(1980), 새농민단편소설(1985), ㈜한농단편소설(1986), 강원여성백일장(1992), 강원아동문학상(2011) 수상. 한국아동문학처 화천지부장, 강원시조 부회장 역임. 화천 관내 초등학교 시조교실, 화천생태영상센터글짓기 수업, 도서관시조교실 강사 역임. 강원아동문학, 달빛시조 회원. 화천문인협회 지부장, 강원문인협회 지역부회장. 화천군청 평생교육시조교실 출강.

—

작품 속에 들어난 천재성! 이향미 시조시인의 「호상」이란 작품이 있다. 늙은 부모가 돌아가서도 울지 않는 세상에 앞뒤 논 개구리들이 대신 곡을 한다는 내용이다. 정확한 현실 비유를 적절히 하여 요즘 사회의 한 모습을 너무나 잘 표현하고 있는 작품이다. 그뿐만이 아니다. 이 시인의 작품 세계는 남이 미처 생각지 못하고 보지 못한 천재성이 숨어 있다. 90년대 《시조와 비평》지로 한국 문단에 등단했지만 그 이전 이미 "새농민단편소설" 당선 등 기타 여러 공모전과 백일장에 장원을 한 시조 시인이며, 아동문학가며, 소설가인 이향미 시인을 90년대 대표 시조시인을 들라면 주저 않고 손들어 주고 싶다. 또한 한국시조단에 큰 이정표를 세울 작품 활약 기대해 본다.

— 조규영(강원도문인협회 고문 · 월하이태극문학관 관장)

—

호상

건넛집 상할머니
돌아가서 호상이래

며느리 아들 손주
우는 이가 없어서요

앞 뒷논
개구리들이
대신 곡을 합니다

가을걷이

탯줄을 걷어낸다
어린 것 젖 물리던

서산에 해도 뉘엿
노을은 꽃이 되고

한 생애
뿌듯했던 그
흔적조차 지우며

머리를 빗으며

내 안에 누가 있어
바디질 곱게 하나

명주실 다듬어서
올올이 풀어내네

은은한
비단 한 폭이
꿈결같이 열리네

허수아비

황금 들판 풍년인데
왜 이리도 쓸쓸하냐

배고픈 놈들 쫓는
못할 짓 하는 업을

내 평생
놓지 못하고
밥버러지 되어 사니

할머니 공책

할머니는 밭고랑에
편지를 쓰신다

감자야 고추야
강낭콩 배추야

평생의
정든 이름을
밭에다가 적는다

겨울밤

풀벌레 풀씨들도
잠이 든 깊은 밤에

꽃씨도 곁에 누워
단잠에 빠져들고

팔베개
포근한 꿈속
봄 편지가 오는가

곶감이 되는 일

살갗이 벗겨지고
붉은 살점 드러난다

온몸을 다 내놓고
매운 고초 달게 받는

꽃인 양
허공에 매달린
너도 또한 예수로다

아아 들풀

낫에 목이 베이고도
너는 한도 없다더냐

흩어진 살점에도
향기만 진동하니

죽으며
거듭나는 거
너는 이미 알았네

행복

잡초를 뽑아내고
마당을 늘렸더니

하늘도 따라 늘어
별 구름 덤이 됐네

덤 받고
참 흐뭇하네
자꾸자꾸 뿌듯하네

물의 생각

하늘에 오르면서
곰곰이 생각했어

목마른 풀 꽃잎에
목숨이 되리라고

내 몸이
곤두박질치며
다짐다짐 또 했어

비가 되길 참 잘했어
이 한몸 부서져서

내가 곧 그 되는 일
그와 내가 한 몸 되어

세상이
더 푸르르고
좀 더 고와진다면

이헌(李憲, Lee, Heon)

1948년 전남 나주 다시면 동곡리 출생. 서울산업대학교(행정학과), 숭실대 노사관계대학원(경영학) 석사 졸업. 《시조사랑》(2015), 《한국작가》 수필(2014) 신인상 등단. 시조집 『바람의 길을 가다』(2016, 조은), 『동산에 달 오르면』(2019, 책 만드는 집), 『어머니의 빈집』(2019, 아카원). 문집 『하늘 집 사랑채』(2018, 한누리미디어, 김창운 공저). 한국문인협회, 한국시조협회, 관악문인협회, 한국작가 동인회 회원.

네이터
이헌

둥글게 둘러앉은 아스란 기억들은
세월이 돋돋않아 끈으로 이어놓은
네이터
내 문명신이다
삐딸빼뚝 삶이온.

우리 고유의 전통적인 정형률은 엄격히 준수하고 있는 이헌 시인의 시조에서 현대시조의 내일을 본다. 여러 시조에서 나타나는 그의 작품세계는 맑은 심성의 바탕 위에 객관적인 사물을 자연 친화적으로 잘 그려내고 있다. 시인은 말보다는 글로 나타내야 하고 따뜻한 가슴을 지녀야 한다. 이헌 시인은 감성의 깊이가 깊고 살아온 삶에 대한 아픔을 묵묵히 견디며 일상의 언어들을 아름다운 시어로 다듬어 내고 있다. 때로는 빗나간 현실에 대해 날카로운 비판의식을 가지고 있지만 순수와 기다림, 화해의 미학에서 깨달음의 시학을 보여 주고 있다. 가끔은 힘든 삶에 지치고 절망하지만 또 다시 마음을 가다듬고 긍정적으로 살아가고자 하는 모습을 작품 곳곳에 내보이며 앞으로 살아갈 삶에 대해 늘 생각하는 시인이다.

— 김민정(시조시인 · 한국문인협회 시조분과 회장)

봄비 내리면

창문 긋는 빗소리에 맑은 향기 아침 열고
설레는 맘 다독이며 삶의 흔적 지워가도
유채꽃
봄비에 젖어
소녀처럼 싱그럽다.

물오른 버들개지 빗방울 그네 타고
조각난 여린 사연 한 뜸 한 뜸 꿰매던 날
향 깊은
녹차 한 모금
봄의 밀어 엿듣는다.

아침 이슬

싱그러운 오월 아침 언뜻 놀라 눈을 뜨니
풀끝 맺힌 영롱한 빛 밤새 울던 꽃의 눈물

목마른
멧새 한 마리
얼른 물고 날아간다.

마파람 어기차도 온몸으로 견뎌내며
연잎에 따리 틀고 아침 해를 기다린다
어둠을
불살라가며
갈고 닦은 사리숱利 한 과果

잡초雜草

향기 없다 어쩔거나 꽃 못 핀들 뉘 뭐랄까
하늘 향해 두 팔 벌려 제 살 곳 넓혀 간다
그것은
소리 없는 전쟁
그들만의 세상이다.

좁은들 어떠하랴 배고픔 못 견딜까
낯선 곳 버려진 땅 모질게 버텨 서서
오로지
꽃이 되고픈
가슴 저민 꿈 하나.

어머니의 빈집

바람이 비질하며 마당을 질러가는
질곡桎梏의 더께 앉은 뒤란의 남새밭에
어머니
떨구신 세월
안아 들어 모십니다.

고단한 이승 뒤로 무념의 강 건너고
허접한 삶의 둥지 곰삭은 기다림에
어머니
손길 더듬어
그리움을 밝힙니다.

찔레, 그 아득한

소쩍새 저민 울음 까마득 어둠 들면
등 굽은 산허리에 잔별이 내려앉고
찔레꽃
벼린 가시에
달빛이 걸려 있다.

실안개 벗겨내면 유난히 말간 아침
넌출을 들어 올려 매무새 가다듬고
부시어
더 하얀 미소
향기 한 입 물었다.

별똥별

찰나를 밝히고자 제 몸을 모두 태운
별 하나 지고 있다 어둠 가로지르며
별똥별
떨어진 자리
가슴 쿵 내려앉고

날개를 떼어내고 그대로 직선으로
돌아도 보지 않고 기다리지도 않았다
별똥별
삼킨 하늘은
아무 말도 없었다.

봄바람

까마귀 목쉰 울음 겨울이 그리 가고
도랑을 건너 뛰어 서둘러 봄이 왔다
봄바람
달고 온 사연
젖니 나듯 움이 튼다.

햇살이 그리워서 비집고 나온 멍울
어둠을 들어내면 어떤 하늘 열어줄까
기다림
늘어선 길에
풋풋한 바람 인다.

여름 나기

옴팡진 세상 얘기 양각으로 돋아나고
햇살이 장대같이 늘어선 복날 오후
빨갛게
달궈진 시간
시렁에 올려놓고

더위에 가위눌린 하루를 꽉 짜내면
짭쪼름 갯바람에 소금 꽃 피어나고
검푸른
들판을 건너
소나기 달려온다.

회색 도시

회색은 도시의 색 불면은 도시의 삶
사는 게 무엇인가 사그라진 달빛인가
부러진
연필을 깎는다
마음을 다듬는다.

외로워 더 외로워 펼칠 수 없는 마음

오늘은 바람 되고 내일은 비나 될까
조각난
하루를 줍는다
꾹꾹 눌러 담는다.

하루를 열며

늘어진 햇살들이 등 대고 기대서고
꾸부정 드러누운 하루를 곧추세운
설렘은
무슨 색일까
빨강, 아니 연분홍

졸라맨 허리 풀고 기지개 켜는 새벽
뭉툭한 그리움이 발끝에 툭 채이고
안개는
실눈 비비며
곰실곰실 피어난다.

이현정(李炫政, Lee, Hyun jung)

1983년 경북 안동 용상동 출생. 대구교육대학교(국어교육심화과정) 학사(2007), 경북대 석사 졸업(2013). 중앙신인문학상 시조(2018), 〈매일신문〉 신춘문예 시조(2019) 등단.

—

「뿔, 뿔, 뿔」과 「세신사」는 같은 시인의 작품으로 완성도보다는 새로움에 더 큰 비중을 두고 읽을 수 있겠다. 특히 「뿔, 뿔, 뿔」은 새롭다. 패기가 넘친다. 무거운 시어들을 잘 용해하여 시종 긴장감 있게 축조한 점이 눈길을 끈다. '순물질, 비등점, 최선의 방어, 최후의 공격' 과 같은 묵직한 시어들을 초·중장에 포진시킨 뒤 종장에서 일단 한 번 한숨을 돌리다가 둘째 수에서 부단한 괴롭힘에 적극적으로 항거하는 시적 자아의 방어 혹은 과감한 되받아치기를 읽는다. 「세신사」가 보여주는 인생 담론도 눈여겨 볼 점이다. 집요한 탐색과 주제를 향한 집중력이 돋보인다.

— 이정환(시조시인 · 정음시조문학상 운영위원장)

—

세신사

조각가가 꿈이었던 팔목 굵은 사내는
대리석 목욕대 위 모델을 흘깃 보고
한 됫박 첫물 뿌리며 데생을 시작한다

한때는 눈부셨던 세차장 사장도
지금도 눈부신 성형외과 의사도
실상은 꼼짝 못하고 몸을 맡긴 피사체

깔깔한 때수건 조각도처럼 밀착시켜
핏줄까지 힘주어 묵은 외피 벗겨내면
곧이어 환해진 토르소, 두 어깨 그득하다

수증기 송송 맺힌 목욕탕 한 편에서
날마다 극사실주의 석고 깎는 조각가
두 손은 북두갈고리 거친 숨을 뱉는다

뿔, 뿔, 뿔

고요했던 순물질
비등점에
닿는 순간

최선의 방어이자
최후의 공격으로

뿔, 뿔, 뿔
들끓어 오르지
맹렬해진
심장의 서슬

차오르던 역한 기운
포화점을
넘는 찰나

한 모금 혼돈주로도
솟구치는 혀의 돌기

이맛전
짓이겨져도
치받아버리지
뿔
뿔
뿔

토르소 혹은 절규

1
삶인가, 죽음인가
저 새하얀 피사체

사라진 모가지에
표정조차
알 길 없어

오로지
뒤틀린 몸짓
무성한 소문들만

2
오장이 끓어올라
넘치듯 꿈틀대며

기어코 꺼낸 진심
외치고
건네 보아도

아무도 보지 못하고
누구도 들으려 않는

숨

한 줄기 날숨이 지상으로 올라온다

분주한 혈맥이 펄떡이며 당도하면

이윽고 도심 속으로 또 한 번의 펌프질

개찰구, 판막처럼 쉴 새 없는 드나듦

속으로 살기 위한 이 검질긴 발버둥

가끔은 사무치도록 아가미가 그리웠다

게를 위한 헌사

바다 것도 아닌 짠 것이 맨살에 닿는다
익숙한 것인가 하고 몸을 디밀었다가
신경이 살아 있기에 느끼는 생생한 통각

누구는 잠든다 하고 누구는 스민다 하나
아니다, 이것은 애간장을 저미는 일
눈 뜬 채 허망하게도 죽음에 물드는 일

여우가 제 마지막 때 머리를 바로 하듯
파도에 첫발 내딛던 초심을 떠올리며
두고 온 고향 바다로 몸 뒤집어 눕는다

원의 작도

찰나의 눈빛이 한가운데 점을 찍자

일순간 동일 주파수로 진동하는 공명

팽팽한 구심과 원심 좋이 붙잡힌 균형

지금은 비록 굽이굽이 돌아갈지라도

오래도록 깊숙이 중심 잃지 않은 끝에

둥글게 그리던 슬픔 같은 곳에 닿으리

단죄에 관하여

끊어진 철길 위에 홀로 앉아 있었을
시멘트 맨바닥에 머리부터 부딪쳤을
온몸이 하수구 틈새로 남김없이 흘렀을

칼끝이 동공 앞을 겨누며 달려왔을
뿌리째 뽑힌 나무 한순간 내리눌렀을
자비도 채비도 없이 곤두박여 버렸을

호두에게 바치는

아그작,
너의 세계 맛있게도 깨 먹었다

이토록 완전하고 단단한 실체에게

이렇게
모질고 무성의한 고해를 보았나

장독대

　저기 저 누대를 거친 앉은뱅이 앉은뱅이들 밤낮없이 손 모으는 어머니의 긴 몸살을 혼자만 목도하고선 어디에도 내뱉지 않은

　굼뜬 메주 제 몫 하게 소슬바람 들여 주고 한겨울 김치 삭히는 무서리도 맞고 볼 일 술독에 밑술 빚을 때면 오래 취하기도 했던

　담장 위 능소화가 허리 감고 눈짓해도 모여 앉은 기다림 살뜰히 떠받치고 감나무 그늘 지키는 낮고 깊은 숨소리

시작詩作, 시작始作

희부연 첫새벽
해산달 어미소

만배를 보았다
긴 울음 몇 번 끝

태반을
핥으며 만난
또 하나의
가쁜 숨결

어둠 물린 돈을볕
함께 썰어 넣으며

여물통 넉넉하니
쇠죽 끓이던 손길 위

잘 크게,
혼잣말 미소
고요히
번지는 그때

이현주(李炫周, Lee, Hyun joo)

1941년 평택 송탄 출생. 호 청파(青波). 중앙대학교(신방과) 졸업. 《경인시조》 신인상(2006) 등단. 시조집 『春山을 오르며』(2007, 고려사), 『계절의 노래』(2015, 고려사). 수필집 『앞만 보고 걷다가 뒤돌아보는 인생』(2007, 고려사). 경기시조 시인상(2013), 한국시조인상(2016), 경기시조문학 대상(2019) 수상. 경기시조시인협회 회장 역임.

삶 이란

　　　　　　　　　이현주

지난 밤 꿈 속에서라
기(리)기비 저하수 밭
이슬과 지슬 시인
백리 한 향 친이래본

—

청파 이현주의 시조는 평범하고 감각적인 시어 선택과 물상들의 개별성에 따른 상상력의 깊이, 그리고 예리하게 분별하는 존재의 가치와 분석을 손꼽을 수 있다. 이는 아마도 그의 현실생활에서 일호의 차착도 없는 취향과 건실한 생활에서 비롯되었으리라 짐작된다. 여기에 또 하나는 현시대를 외면하지 않고 현실에 뛰어들어 설파해 보고자 하는 욕망 즉 현실참여의 의식이다. 그래서 현재까지 창작한 시조들을 일괄 요약한다면 '자기 생활주변에서 건져 올린 시정詩情과 현실참여現實參與'라고 정리할 수 있다.

　　　　— 유선(시조시인 · 문학평론가 · 한국문인협회 자문위원)

—

아! 광교산이여

이 산의 기 받기 위해 나 여기 와 있노라
봄, 여름, 가을, 겨울 모두 다 하도 좋아
오늘도 산바람 마시며 취해 걷는 내 영혼.

봄, 여름 꽃과 나비 등 타고 함께 놀고
가을엔 낙엽 따라 시루봉에 올라가고
겨을엔 눈 속에 묻혀 세상만사 다 잊는다.

산새가 노래하면 나도 따라 노래하고
물소리 장단 맞춰 흥이 솟는 이 발걸음
이상향 따로 있더냐 무릉도원 여긴데.

언젠가 세상 떠나 피안으로 간다 해도
마음은 이곳에서 초목과 함께 즐기며
산새들 벗을 삼아서 흥얼대며 산책하리.

육신을 묻고 싶은 안식처인 영산이여
영원히 변치 않는 광교산 명성을 지켜
이 고해 지친 중생을 어루만져 주소서.

목련꽃

백목련 입을 벌려 하늘을 마셔 보고
자목련 눈을 뜨고 봄바람 맞이한다
목련꽃 활짝 피는 날 내 마음도 피리라.

또, 떠나가네

혼자서 휘적휘적 올라가는 산등성이
이별한 단풍들이 나뒹굴어 애처럽다,
가을은 모든 만상이 떠나가는 철인가

헐벗은 나뭇가지 바람에 떨고 있고
마지막 울부짖는 벌레소리 가련한데,
먼저 간 벗들 노랜 양 내 가슴을 울리네.

향일암

가파른 고빗길을 돌고 돌아 당도하니
날 · 들숨 턱을 받쳐 숨쉬기가 어려운데
아무리 돌아보아도 내 또래는 없구나.

남해의 수평선에 솟아오른 아침햇살
해돋이 저 광경이 아름다운 향일암은
뜨는 해 머금고 있다고 이름 지은 절 이름

단풍의 슬픔

지난해 붉던 단풍 금년엔 볼 수 없네
하느님 저주인가 대자연의 질투인가
맺힌 한 가슴에 안고 사각대는 저 비명.

미시령 산기슭이 오색 빛갈 불바다던
그 모습 어딜 갔나 시새움의 술래잡기
목 타는 가슴이 되어 바라보는 먼 하늘.

4월이 간다네

봄꽃들 그 큰 무겔 견뎌내지 못하면서
세월의 톱니바퀴에 나이테를 싣고 가며
청명한 음양 속에서 젊은 날을 태웠다.

불러도 대답 없이 한사코 떠나는 넌
먼 훗날 다시 오면 그 자리에 서 있을까
곡우절 그리운 심사만 벚꽃처럼 흩날린다.

가을 인생

가을빛 쏟아지는 자연 품에 안겨 보면
오 · 내려 활기찼던 그 옛 모습 부럽고나
이제는 가을 나그네 숨이 가빠 허덕이고.

머물다 머물다가 내리닫는 가을 인생
왜 이리 온 삭신이 쑤시고 아픈 걸까
저 갈잎 바스락 소리도 비명으로 들리네.

이 무거운 세상에서

시선도 강탈되어 초점을 잃어간다
어떻게 바라봐야 올바른 선택일까
마음은 멀리 떠나는 사람들의 신파극.

남몰래 떠나 버린 공허감의 극치인가
달래줄 친구 하나 찾을 길이 바이없다
이제는 겨울이 지나면 꽃소식이 올는지.

떨어진 백목련

박근혜 대통령을 목련이라 했던가요
그렇게 어느 누가 노래도 불렀다만
떨어진 목련꽃 보면 찬미할 수 없네요.

핀 꽃은 우아하고 아름답기 그지없다만
지고 난 꽃송이는 추하기 짝이 없네
왜 하필 목련에 유추해 슬픔만이 더한가요.

자목련 곱다 하나 백목련만 하오리까
뒷모습 쫓다 보면 앙가슴이 저며 오네,
온누리 휘젓던 꽃이 갈기갈기 찢겼네.

선암사 가는 길

싱그런 맑은 공기 내가 먼저 취했고
풍기는 나무 냄새 내 코를 간지럽혀
별천지 보는 것 같아 빨려들 듯 걷는다.

흐르는 물소리는 새소리가 삼키고
풀벌레 우는 소리 실바람이 앗아간다
향긋한 바람 냄새는 무어라고 표현할까

스산한 풀잎 따라 산매미는 울어대고
길 따라 올라가다 귀를 막고 바라보면
창연한 천년 고찰이 안기듯이 반긴다

이형남(李爛男, Lee, Houng nam)

1945년 전남 영암 출생. 중앙대 예술대학원 (문예창작전문가 과정) 이수. 《시조시학》 신인상(2011), 《문학저널》 수필(2005) 등단. 시집 『쉼표, 또 하나의 하늘이다』(2018, 고요아침). 동시조집 『나무 이발사』(2018, 고요아침), 『꽃, 광장을 눕치다』(2019, 고요아침). 중앙시조 월장원(2011), 중랑문학상(2016), 열린시학상 시조(2018) 수상. 중랑문학 · 열린시학 이사, 시조시인협회 운영지원위원.

이형남의 시세계는 순수함이 있다. 그 순수는 깊은 연륜에서 비롯된 것이라 자연과 가족과 이웃들에 대한 지순한 사랑이 배어 있다. 친숙하면서도 새로운 느낌을 준다. 고루한 표현을 거부하기 때문이다. 요체만을 집어내는 힘이 느껴진다. 사물의 본질을 깊게 응시하고 있다. 아주 작은 것이라도 시인의 손을 거치면 위대한 것으로 탈바꿈한다. 어조 처리를 유연하게 처리하고 있어 산문체형이 주는 단조로움이나 밋밋함을 상쇄하고 있다. 아울러 주제를 극대화하기 위하여 극적 효과까지 연출하고 있는 점이 돋보인다.

— 이지엽(시인 · 한국시조시인협회 이사장 · 경기대 교수)

쉼표, 또 하나의 하늘이다

　잘 익은 열매 하나 푸른 늪을 품었을까

　먹빛 속 서늘한 밤 동면의 경지인지 눈자위 발아할 기약도 알 수 없어 애가 탄다 애가 타 깨어라 일어나라 예서 제서 들깨어도 수험생 어둠 새벽 꽃등이 아스라이 보이는지

　가시연 타는 속내를 소나기가 썻고 있다

시인의 거처

햇 매미
소리 같은
싱그러운 말의 누각

가시연 너른 잎에
쏠 하나쯤 품었을까

살 찟는
통증마저도
꽃대 봉긋 올린다

꽃잎 밀어
— 화전을 지지며

숨 고른 날반죽에 생생한 지문들이
서각의 추사체로 그리움을 찾아간다
찔레꽃 다소곳이 말을 거는 말간 시간

물안개 아니리가 자르르 흐르는 듯
묵언의 마음 하나 둥글게 펼 때마다
명치끝 오목가슴이 뜨겁게 아려온다

아침놀 발치에서 붉어진 빛의 선율
사랑이 익어가는 그 소리 지지지지
떡 꽃의 진한 향기가 문인화로 앉았다

아버지의 6월

학도병
아버지의 강
장끼 울음 푸르게 흘러

비무장 적벽가에
꽃물결이 하도나 짙나

눈물이 자라는 자리
하늘 끝이 바다네

그냥 꽃이랑께

　아 따! 시방 이것이 뭣이여

　마흔에 장가들어 3년 만에 에둘러 왔나, 씨도둑도 못 한 지에비 꼭 빼닮은 나뱃뱃한 첫 손녀 백일잔치에 오신 할아버지 말씀 한 송이

　그랑께 전혀 신경 쓰지 마랑께
　그냥 꽃이랑께

저글링

별과 별 사이에
또 다른 별 반짝인다

해와 달 지구가 돌아
나도 따라 빙그르르

손 안에 우주가 빙빙
하루 또 하루가 간다

11월의 시그널

날 깨운 너의 서곡은 온음표 첫눈이다

바이칼호 건너왔을 새 떼의 울음이 배어

겨울이 데려 온 숫눈

별빛 너머 하늘이다

잠들지 못한 슬픔
— 피카소 게르니카

이미지만 남은 서사

아픔도 정물이 되어

어둠이 쌓인 아우성

해체되고 흩뿌려도

그 꽃들 눈물로 피어

증언이고 상징이다

정물이 되는 저녁

겨울 강

새 울음이

노을머리 짙게 젖어

시린 가슴 붉기가 꼭두서니 벽해였을

물마루 감빛 숨소리

문득 뜨는

엄마별

숟가락 여인*

하얗게 쌓였을까 슬픔보다 진한 이팝꽃

돌아봐야 캄캄하게 아픔까지 지고 없는데

어머니,

밥상 위에서

꽃으로 다시 핀다

* 숟가락 여인: 자코메티의 작품명.

이형선(李形善, Lee, Hyung sun) 본명: 이행숙(Lee, Haeng sook)

1963년 경남 고성 출생.《부산시조》신인상 (2018) 등단. 행복나눔 김해시낭송회 회장.

해갈

이형선

마른 땅 방긋 웃는
빗소리 달달하다
한 달을 굶주리다
황달 든 벼 포기들
저 논에 물들어가는
심장소리 세차다.

―

「대물림」은 어머니에 대한 그리움을 주제로 하고 있습니다. '빛바랜 사진틀 속에 웃고 계시는 어머니'의 '꾸짖듯 반기는 소리'가 '귓가에 여전'히 들리는데, '목 놓아 불러주던 구성진 노들강변'이 '이제는 내 노래되어' 어머니에 대한 '그리움'으로 쌓이는군요. 문학이 자기표현이라 볼 때 , 이 작품은 작가 자신의 원체험을 자기만의 목소리로 잘 형상화하여 독자들에게 공감을 주고 있습니다. 「물 그림자」, 「물든 날」은 감정표현이 아주 섬세하여 여성 시의 특징을 보여주는 작품이고, 「해갈」의 초장 '마른 땅 방긋 웃는 빗소리 달달하다'는 시각과 청각 그리고 미각까지 동원한 공감적 표현이 재미있군요. 시인의 예리한 관찰력과 활달한 상상력을 엿볼 수 있는 작품입니다.
— 손중호(시조시인 · 한국문인협회 이사)

「달빛 가야」는 김해를 대표하는 해반천에 대한 시인의 하천 사랑 작품으로 장차 시인의 연작을 기대하는 작품이기도 합니다. 가야의 숨결을 해반천을 통해 들을 수 있을 거라는 기대가 가는 작품이기도 합니다.

— 최성아(시조시인)

―

대물림

대문을 들어서며 습관처럼 불러본다
"바쁜데 언렁 오지 뭐하다 이제 오노"
꾸짖듯 반기는 소리 귓가에 여전하다

구석편 반닫이는 수북한 생을 품고
광목천 두들기던 시간의 방망이질
빛바랜 사진틀 속에 웃고 있는 어머니

목놓아 불러주던 구성진 노들강변
눈가에 맺힌 눈물 말없이 흐르지만
이제는 내 노래되어 그리움을 쌓는다.

물든 날

온몸이 비틀리다 까무룩 잠이 들면
서운암 장독대 위 향기로 날고 있다
금낭화 복주머니에도 반쯤 물을 들이고

풋감 떫은 맛에도 첫사랑 배어 들면
꽃무늬 모양 찍어 그에게 보내볼까
파르르 떨리는 마음 내 나이는 꽃띠다

물그림자

봄비를 흠뻑 맞는 연두가 싱그럽다
고개를 쑥 내미는 여린 물살 저 호기심
감춰둔 속내 비칠까 뒷걸음질 바쁘다

무심코 던진 돌팔매 바람이 야단치는
하늘 구름 이팝나무 물속에 놀고 있다
위양지 수채화 속에 떠다니는 봄봄봄

해갈

마른 땅 방긋 웃는 빗소리 달달하다
한 달을 굶주리다 황달 든 벼 포기들
저 논에 물들어가는 심장 소리 세차다

달빛 가야

흐르는 물속에 달빛을 걸어둔다
얼굴에 분칠하고 가야를 마중하는
풀벌레 울음소리에 반짝이는 조명등

은은한 대금 소리 심금을 울려준다
떨리는 손끝 따라 풀잎도 너울대며
신명 든 민요가락에 도포자락 흥겹다

온몸을 담금질하던 시간을 녹여내면
어깨춤 들썩이던 달빛이 깊어간다
좀 거친 가야 숨소리 물결 위에 구르고

사과꽃 마을

강 따라 달리는 길 꽃피는 봄날이다

하얀꽃 넘실되는 꽃구름에 취하며

먼먼 길 달콤한 졸음 꿈에서도 사과다.

솔잎 일기

단발머리 소녀가 산길을 내려온다
새색시 베개 같은 나뭇짐 이고 있는
온 몸에 산냄새 배인 발걸음이 힘차다

솔가리 듬뿍 넣어 아궁이 불 피우던
굴뚝 연기 퍼져가는 단란한 저녁 무렵
소나무 둥치 아래서 그날 다시 읽는다

지리산을 읽다

운무에 반쯤 잠긴 산허리 돌고 돈다
풀내음 물소리에 책갈피 넘겨가며
발자국 찍히는 만큼 초록 경전 읽는다

지친 발길 환대하는 고봉은 말이 없는데
웃자란 바람인 듯 풀어내는 팽겟거리
한 장 더 넘기는 책장 나를 다시 세운다

내 동생

재롱이 눈에 밟혀 어떻게 가셨을까
차마 못 떠나시던 어머니 유언처럼
고맙다
잘 자라주어
바다 배경 저 미소

밀물 썰물 보태 지은 푸른 정원 이층집
초양낚시 간판이 햇살에 눈부시다
고맙다
잘 살아주어
네가 좋으면 된거지

갯벌

바다가 내어주는 어머니 가슴이다

짠맛은 짠맛대로 단맛 또한 내어주는

살아서 숨 쉬는 소리

뻘배 가득 담는다

이혜경(李惠京, Lee, Hye kyoung)

1963년 충남 예산 응봉면 출생. 충남대학교 (사학과), 가톨릭대 교육대학원(독서학과), 가천대(국문학과) 박사 졸업. 《시조생활》 신인문학상(2002) 등단. 시집 『나무야 나무야』 (2012, 도토리나무), 『뭐 하고 놀지?』(2013, 도토리숲). 저서 『엄마가 꼭 봐야 할 독서지도의 정석』(글로연, 2008, 공저), 『Nie 통합논술』(중앙북스, 2009, 공저). 제4회 현석주아동문학상(2012) 수상. 한국아동시조시인협회 총무, 《우리동시조》 편집인, 세계전통시인협회 한국본부 부이사장 역임.

—

이혜경의 시조는 '길 위의 노래'다. 그 길의 수평적 지향은 실재성과 추상성을 맞물려 전개하면서 꽃의 상징성과 푸르른 하늘, 별과 달의 천체 미학으로까지 상상의 시공을 확대한다. 그의 시조가 선불교적 명상의 분위기 조성에 탁월성을 보이는 것은 그의 정신 지향이 수직적 초월성의 높이에로 끊임없이 견인되고 있다는 증표다. 그의 초월 지향은 〈천리 법고千里法鼓〉에서 절정의 치열성을 보이며, 마침내 그의 궁극적 구원인 가톨릭 제단에 귀착한다. 그 시학의 기적은 생의 어떤 가풀막에서도 불멸할 그의 낙관적 비전이다.

— 김봉군(시조시인 · 문학평론가 · 가톨릭대 명예교수)

—

길

산에는 산길이 바다엔 바닷길이
너와 나 마음 밭엔 천 갈래 마음길이
오늘은 어떤 길 위에 꽃 한 송이 피어날까

나의 기도문

오늘을 주셨네요 감사하며 살라고
내일도 주실거죠 사랑하며 살라고
그래요 파란 저 하늘 기도하며 살래요

그대의 마음밭에

그대의 마음밭에 누굴 불러 놓았나요
꽃 피고 나비 놀고 잎이 돋는 그 자리
작은 새 포르르 날아가 노래하고 싶은 자리

횃불
— 시천 유성규 박사님을 생각하며

어둠을 꿰뚫었다 번뜩이는 저 눈빛
뚝뚝 피 흘리며 둘레둘레 밝혀 놓고
온몸을 깡그리 태워 새 하늘을 열었다

나무야 나무야

작은 날개 왔다 가고 큰 날개도 다녀가요
어느 놈이 쪼아댔나 한 잎 두 잎 떨어져요
"나무야, 어디가 아프니?" 달려가서 물었어요

이혜정(李惠貞, Lee, Hye jeong)

1984년 대전 중구 보문로 출생. 충북대학교 졸업(2007). 《대전문학》 신인작품상(2016) 등단. 공저 『소년, 문학을 그리다』(2017, BOOKK). 제31회 전국한밭시조백일장 대상(2016), 한민족통일문예제전 통일문예지도 유공 통일부장관 표창(2016), 청소년통일백일장전국대회 최고지도대상(2016) 수상 외. 대전문인협회, 대전시조시인협회 회원. 서대전고등학교 교사.

—

시상의 전개가 역동적 심상으로 이루어져 생동미와 신선미를 느끼게 하였다. 「책 읽는 밤」은 책 속의 글을 인생의 지혜로 표현하면서 그 반짝이는 지혜를 '숨 쉬는 소리', '지성의 나이테', '혜윰의 샘', '사금' 등으로 변용하여 표현하고 있는데 그 솜씨가 예사롭지 않았다. 「사진첩」에서는 추억과 연륜을 대비시키고, 고향의 서정을 모정과 부정을 섞어 표현하고 있으며, 「독도」는 민족정기와 기상을 격정적으로 시화詩化하고 있다.

— 유준호(시조시인 · 전 대전시조시인협회 회장)

—

책 읽는 밤

손톱달 머리 꽂고 호젓이 책 읽는 밤
한 자 한 자 파내어 마음밭에 심으면
글마다 숨 쉬는 소리
고운 흙이 들썩인다.

행간마다 팽팽한 무언無言의 의미들
뇌리에 콕콕 찔러 각인시킨 짙은 함의
둥글게 여물어 가는
지성의 나이테

생기 돋는 낱말들 굼실굼실 흘러나와
예지의 별이 되고 혜윰*의 샘이 되어
행간을 메워간 시어詩語
사금처럼 흐른다.

* 혜윰: '생각'을 뜻하는 순우리말.

사진첩

대청호 말간 바람 소슬히 불어오면
잔잔하던 추억들이 파문을 드리운다.
낡음을 어루만지며 펼쳐 든 사진첩

물에 잠긴 고향 풍경 한 장 한 장 일어서고
마당엔 올망졸망 봉숭아 맨드라미
뒤뜰에 오동나무가 방석만한 잎 떨군다

우리 딸 시집갈 때 오동장롱 해준다며

구슬땀 흘리면서 심은 나무 바라보며
아버지 새신랑처럼 가슴 뛴다 하셨는데……

우리 딸 언제 크나 향그러운 손을 얹고
큰 무릎에 앉히시면 미소 짓는 어머니
손끝이 닳도록 살아온 사진첩만 꽃이 핀다

독도獨島

갈맷빛 바람 소리 고즈넉한 은빛 바다
대한봉* 환한 혼불 찬연하게 떠올리며
동해의 풍랑 다스려 조국 아침 밝힌다.

하늘인 양 바다인 양 동쪽 끝 초병 되어
눈물 같은 꽃망울을 의연히 틔우는 섬
한민족 지키고 서서 기도하는 무궁화!

잠 안 자는 맑은 물로 씻어 올린 높은 지조
우산봉** 바위마다 서린 정기精氣 순결하니
만세를 밝히는 기상 한민족의 한 점 사랑

* 대한봉大韓峰: 독도의 '서도西島'.
** 우산봉于山峰: 독도의 '동도東島'.

어머니의 봄

진달래 꽃망울이
비탈에 부푼 봄날
세상 짐 내려놓고 구부러진 풍경 되어
봄빛 속 산문을 열고 사뿐히 걸어가신다.

이승의 정원에
어렴풋이 떨구어진
기억의 조각 같은 꽃잎을 줍다 말고
당신의 남은 봄날을 헤아리는 어머니

여럿이나 되는 딸들
진주처럼 품었다가
애달피 떠나보낸 오솔길 응시하며
민들레 하얀 꽃씨를 후-후- 불어 날리신다.

벽

하늘문 열어가는 아침의 푸른 나라
한민족 꽃맹아리 떨리는 몸짓 끝에
태극의 찬연한 기상 한반도를 수 놓는다.

순결한 백학들이 무리지어 날개 펴듯

한 자 한 자 써 내려간 민족의 뜨건 역사
파도가 씻어 올린 태양 온누리 물들인다.

찢어진 민족사를 눈물 이겨 아우르며
남과 북 잘린 혈혼 아직도 홍건한데
비정한 함묵의 벽을 허물어라 겨레여.

민주벌판 내달려간 광개토왕 순수비로
한라에서 백두 넘어 불어 가는 바람아
찬란한 새 세기의 벽을 북풍 끝에 세워라.

이호광(李鎬光, Lee, Ho gwang)

1950.~2004. 충남 대전 은행동 출생. '두산그룹' 현상공모 시 당선(1975), 《시문학》 자유시 추천(1978), 《시조문학》 시조(1981, 1982) 천료 등단. 저서 『이호광 칼럼집』, 동인시집 『사계문학』, 『불씨를 묻어두고』, 풍자집 『고스톱백과』(1990, 보성) 외. 시집 『사랑이란 말 때문에』(1992, 대학출판사). 월간 《유모아》 풍자칼럼 '특별시환상곡' 연재(1982), 월간 《한국기계공구》 권두 '이호광 칼럼', 권말 '꽁트'(1982~), 불교잡지 《법시》 칼럼 '이호광의 깔이 있는 엽서'(1984~) 연재. 《사계문학》 주간 역임. 한국문인협회, 한국시조 시인협회 회원. '크낙새' 시조동인.

—

끈

불면의 짐을 챙겨 떠나는 도시에서
더러는 아쉬움에 빠뜨린 어룽인가
그 얼굴 끄나풀 되어 도로 감겨 사는 세상

박꽃

사는 일 둘 데 없어 울 밑에 버렸거니
이슬 젖어 숨어 살며 울타리 가득히 돌아서
가난도 불 밝혀 지키는 등불이 되었네.

몇 마디 말씀으론 헤일 수 없는 세월
푸념도 정이 들면 애정 같은 박이 붙어
어울려 되사는 자리 터를 잡는 식구들.

반딧불

빛 하나 던져 놓고 빛 하나를 못 찾아서
푸섶을 옮겨 날며 자리마다 까는 어둠
눈물이 진정 곱거든 등을 들고 나오라.

네 빛을 뽑아 들고 어둠을 질러보면
몇 겹으로 밝아지는 세상의 그 언저리
일상의 몸살도 푸는 맘 캥기는 옛이야기.

부목
— 백수 시선집 일화

할아버지 아파? 그래 아프단다
어디가 아파? 맘이 아프단다
사십 년 시력詩歷의 박전博田 틀니처럼 아프단다

할아버지 할아버지 울긴 왜 울어?
황악산黃岳山 뻐꾹처럼 슬퍼지려 운단다
와전瓦全의 삼장육구三章六句에 목이 걸려 운단다

이승길 저승길 닦아논 업業도 없이
이삭이라 모아 논 백수시선白水詩選 바라보며
당갑當甲의 짐을 부리고 혼자 우는 부목負木이여

돌밭에서

비 오면 비에 씻겨서 빗물 먹은 돌이 되고
눈 오면 눈에 덮혀서 눈물 젖은 돌이 되고
풍상에 몸을 맡긴 채 물소리도 하고 있다.

슬픔으로 닦아 내면 슬픔 먹은 돌이 되고
기쁨으로 안아 내면 기쁨 듣는 돌도 되고
나도야 돌밭에 서면 한 개 돌로 사는 일.

눈을 열면 고운 산빛 귀를 열면 여울소리
하루 해 기운 날을 돌밭에서 챙겨 보면
사무쳐 되잠긴 자리 숨어 사는 산수정山水情

우는 제비

흥부에게 다리 고친 그때 그 제비
아직도 잊지 못해 이맘때면 웁니다만
그때 그 살던 집터가 온데간데없습니다.
눈 여겨 살펴보니 아파트가 자릴 잡고
낯선 사람들이 본체만체합니다.
흥부네 살지 않으니 알 깔 자리도 없습니다.

맘 상한 제비가 비비비비 웁니다
물고 온 봄편지도 눈물에 젖습니다.
오던 봄 도로 시들어 아이들이 춥습니다.

산 너머 저 산 너머

여기는 너무 외로우므로 시가 되질 않네
슬퍼지려고 우리는 가네
산 너머 저 산 너머로 칼-부세의 시를 따라

이호우(李鎬雨, Lee, Ho woo)

1912~1970. 경상북도 청도 출생. 본관은 경주(慶州), 아호는 본명에서 취음하여 이호우(爾豪愚)라 하였다. 누이동생 이영도 역시 시조시인이다. 1940년 이병기의 추천을 받아 《문장》으로 등단. 1946년 《죽순(竹筍)》 동인으로 참여하여 시조 창작운동을 전개했고, 1968년 영남시조문학회를 창립하여 동인지 《낙강(洛江)》을 발행했다.

—

개화(開花)

꽃이 피네 한 잎 한 잎
한 하늘이 열리고 있네

마침내 남은 한 잎이
마지막 떨고 있는 고비

바람도 햇볕도 숨을 죽이네
나도 아려 눈을 감네.

비키니 섬

방향(方向) 감각(感覺)을 잃고
헤매다간 숨지는 거북

끝내 깨일 리 없는
알을 품는 갈매기들

자꾸만 그 〈비키니〉섬이
겹쳐 뵈는 산하(山河)여.

별

이 밤도 잠들지 못하고
하 저리 깜박이는 별들

차마 못감고 간
그 눈들을 생각는다

언젠가 나의 눈망울은
어디메서 떨런가.

염불(念佛)

눈을 감고 앉아
염주(念珠)를 세는 노승(老僧)

부처의 손길은 오직
스스로가 느끼는 것

낙도(落島)와 같은 생애(生涯)를
내 시조(時調)는 나의 염불.

오(午)

찌웅 터질 듯 팽창한
대낮 고비의 정적(靜寂)

읽던 책을 덮고
무거운 눈을 드니

석류꽃 뚝 떨어지며
어데선가 낮닭소리.

휴화산

일찍이 천(千)길 불길을
터뜨려도 보았도다

끓는 가슴을 달래어
자둣이 이 날을 견딤은

언젠가 있을 그날을 믿어
함부로 하지 못함일레.

달맞이꽃

툭 툭 어둠을 튀기며
달맞이꽃들 터지네

노란 불을 밝혀
귀여운 신호등(信號燈)이여

외가닥 직선(直線)만 말고
돌아도 가라 이르느뇨

수평선(水平線)

어느 먼 전설(傳說)처럼
나를 불러 저 수평선(水平線)

온갖 꿈 다 싣고
가도 가도 물러만 서드니

저물어 돌아 오는 길
와도 와도 따라 오네.

이단(異端)의 노래

높디 높은 하늘 아래 땅은 넓기만 하고
사람의 사랑과 노래 금수(禽獸)보다 복(福)되던 그날
목숨은 불꽃처럼 붉고 뜨겁기만 했으리라.

산(山)과 들과 물이 있는 곳 어데나 기름졌고
마시고 먹음이 모두 절로던 후예(後裔)여든
어이들 가슴을 앓으며 여위어만 가는가.

꽃같은 젊음인데 봄바람을 돌아서서
슬픔도 죄(罪)이런가 울 수조차 없는 터전
지구(地球)를 번쩍 쳐들어 던져 버리고 싶다.

금단(禁斷)의 동산이 어디오 지옥(地獄)도 오히려 가려니
생명이 죽음을 섬기어 핏줄이 욕(辱)되지 않으랴
차라리 이단(異端)의 자랑 앞에 내 나로서 살리라.

달밤

낙동강(洛東江) 빈 나루에 달빛이 푸릅니다
무엔지 그리운 밤 지향없이 가고파서
흐르는 금빛 노을에 배를 맡겨 봅니다.

낯익은 풍경(風景)이되 달 아래 고쳐 보니
돌아올 기약 없는 먼 길이나 떠나온 듯
뒤지는 들과 산(山)들이 돌아돌아 뵙니다.

아득히 그림 속에 정화(淨化)된 초가집들
할머니 조웅전(趙雄傳)에 잠들던 그날밤도
할버진 율(律)을 지으시고 달이 밝았더니다.

미움도 더러움도 아름다운 사랑으로
온 세상 쉬는 숨결 한 갈래로 맑습니다.
차라리 외로울망정 이 밤 더디 새소서

이홍구(李洪九, Lee, Hong gu)

1933년 출생. 중앙대학교, 중앙대 교육대학원(교육행정) 석사.《현대시조》신인상(2011, 봄호) 등단. 시문집『愛己愛他』(2012, 고려사). 학술논문 50여 편. 수원시문화상, 경기도문화상, 대통령포상 석류장 수상. 경기문학인회, 한국수필문학회, 한국시조문학회, 한국시문학회 회원. 중고등학교 교사·교감, 전문직교장, 인성교육원장 봉직 50년, 경기대 교육학강사, 한국카운슬러협회 이사·부회장, 화성행궁 복원추진위원회 본부장, 경기진로지도연구회장 역임.

—

「팔달산 종소리」는 새해 벽두에 들려오는 종소리 즉 청각적 이미지를 소재로 하여 3수 1편의 시조로 잘 형상화하고 있다. 첫 수에서는 수원 화성으로 천도까지 하려는 정조대왕의 고민 어린 과거 발자취를 증언했고, 둘째 수에서는 한반도의 현실을 셋째 수에서는 역경을 극복하고 통일을 위한 이 산하를 다독이면서 우리 겨레의 밝은 미래를 일깨우는 외침으로 형상화하였다.「종달새」는 이른 봄 넓은 천지를 자연의 요람으로 승화시켜 봄 향기를 그렸고,「청계천 복원」은 시각적 이미지를 살려 작품을 형상화하는데 언어구사력이 뛰어나며,「흙」은 농촌의 토속적 정서의 순수함을 그리려 시상을 정립하였다.「천년을 살아온 용문산 은행나무 앞에」는 역사적 교훈을 일깨워준 작품으로 사실적 이미지를 형상화하였다.

— 유선(시조시인·문학평론가·한국문인협회 자문위원)

—

천년을 살아온 용문산龍門山 은행나무 앞에

살아서 천년千年을 푸른 하늘에 품고 살아
용문산 지맥地脈을 짚어 용트림 하고 있나
천지에
금수강산을
일러 무엇 할까나.

태백 준령峻嶺에 뿌리내려 살아온 천년에
동서양의 눈동자가 초점焦點을 이룬 마당
아! 조국
대한민국의
무궁無窮함을 주소서.

용문龍門이 펼쳐지는 신비스런 땅 위에서
통일 신라의 국운을 안고 자라온 천년
오천만
동포의 염원
만천하滿天下에 펴소서.

청명한 하늘 아래 맑은 햇살 꾸려 안고
밝은 미소 나눠주며 한마음 한 몸이라
천만년
융성隆盛의 길로
이어지길 원하네.

팔달산 종소리

아득한 어둠을 뚫고 메아리로 열린 하늘
회한悔限을 씹어 삼킨 그 발길을 짚다 보면
눈부신
새날 아침에
다시 맞는 그 증언證言

일월日月을 경작耕作할 때 동그라미 깃발 세워
무심無心을 질책叱責하는 스타카토 푸른 말씀
조선朝鮮을
머리에 이고
홀로 우는 효심孝心의 종鐘

산을 넘고 강을 건너 벽마저 무너뜨려
한밤을 지새우는 이 산하山河를 다독이다
마침내
백의白衣 겨레를
일깨우는 외침이여.

청계천 복원

육백 년 정맥 천을 동맥으로 바꿔 놀 때
열여섯 다리발을 한 줄기로 살려 놨다.
서울시
생명의 젖줄
도시공학 빛이여.

썩는 내 사라지고 굽이굽이 별이 뜬다.
물고기 천둥오리 군중 속에 어우러져
조형미
예술의 극치
관광 한국 이뤘네.

온누리 명소 되어 구름처럼 밀려오고
오관이 풍요로워 볼 때마다 탄성이라
서울의
새 물길 경관
무릉도원 이뤘네.

종달새

들머리
아지랑이
피어나는 햇살 무늬

풍년을
기원하는
종알종알 메아리여

널 푸른
누리야말로
하늘이 준 너의 요람

흙

양지쪽 보금자리
한 살림 얻어 놓고

하늘과 땅의 이치
품고 가는 한 평생을

긴 텃밭
피와 땀으로
꿈을 심는 아낙네.

봄 내음 풍겨오는
동녘 하늘 밝아 오면

박 서방 김 서방도
바쁜 하루 신나는데

생명 줄
흙의 사랑에
한 생애를 바치네.

이화우(李利雨, Lee, Hwa woo)

1965년 경북 경주 외동읍 괘릉리 출생. 영남대학교(국어국문학과) 졸업(1991). 〈매일신문〉 신춘문예(2006) 등단. 시집 『하닥Hadag』(2017, 책만드는집), 『동해남부선』(2017, 고요아침). 아르코문학상(2015), 이호우시조문학상 신인상(2016) 수상. 한국작가회의, 오늘의 시조시인회의 회원.

첨미래덩훌

더불어

사는 일을 내 일찍

알았다면

꽃 아니라 가시라도 피워낼 줄

알았겠다

도로르 움켜쥔 손을 펴 볼 줄도

알았겠다

—

이화우 시인은 쉬이 증발해버리곤 하는 찰나를 포착하여 시로 빚으려는 시인이다. 붙잡아 고정하기 어려운 것들, 즉 향기와 짧은 컬러링의 미묘한 뉘앙스가 그의 시적 언어로 재구성되는 것은 그런 까닭이다. 공간상으로는 적소를, 시간상으로는 덧없는 순간을 지향한다. 일상의 무게에 짓눌리지 않고 불필요한 것들의 수식을 걷어내고 단순하면서도 요긴한 것들만 추려 시로 승화시킨다. 시조라는 장르를 선택한 것도 가려지고 걸러진 알맹이의 언어로만 빚어지는 것이 시조이기 때문일 것이다.

— 박진임(문학평론가 · 평택대 교수)

—

청사포

노래에도 나오는 청사포를 가보았네

기억은 오래 익어 향을 내는 걸음처럼

그렇게 무작정 던진 애먼 사랑 청사포

왜, 여기서 가장 큰 슬픔을 묻었는지

이국의 등대 따라 붉은 눈물 지나간 듯

앞서 간 물비늘 넘어 찰싹이는 물결들

암초 숨긴 저 깊은 푸른 물빛 사이로

격정보다 먼저 오는 이야기를 흩는다

영문도 모르는 사이 왔다 갔을 모래 소리

동해남부선
— 모화역, 원원사遠願寺 가는 길

그때가 하마 봄날 복사꽃 피어나던

원願이 무엇인가, 딱히 모를 까까머리

황톳길 반 나절가웃 꽃물 배며 걷던 길

너절한 표지에다 무료하게 써 보았던

경주군 내동면 혹은 외동면*

먼발치, 소리 더듬듯 다시 앉아 보는 낮달

덜컹거린 멈춤에도 씨 한 톨 남았는지

너무 깊던 침묵에 말꼬리가 있었는지

몇 마디 잉크자국이 기적汽笛으로 번져간다

* 박목월의 시 「달」에서 가져왔다.

무위사

한잠 자고 나면 동백은 지고 있겠지

후드득 후렴처럼 해는 이미 넘어가고

일 없는 현수막 같던 집이 간간 펄럭인다

일찍 지는 꽃 사이로 서럽게 울던 새가

증발하는 향기를 산그늘에 덧댄 하루

담백한 산벚나무가 여백으로 들앉는다

컬러링

귀로 듣는 애무는
이렇게 감미로운가

꽃으로 가려놓고
말을 막는 저 사분합四分閤

알몸은

절
벽
을 잡고

규방閨房 앞에 서 있다

무주로 가는 길

무주를 잘못 읽고 말 속으로 들어가다

잠 깬 듯, 비행하는 우주선을 기다렸다

이곳도 무염수태無染受胎를 기억하는 곳인가

저곳으로 들어가는 이쪽의 말들은

내부로 침잠하는 욕망 그 어느 한쪽

꺼내 든 웃음 알갱이가 안개 속에 쌓인다

못 본 것을 느끼기란 얼마나 먼 곳일까

불빛도 맴돌이로 나아가지 못할 때는

부대낀 고해告解의 말로 번져간다 의태어

묵
― 다낭 혹은 하노이

몇 고비 이르고서 얌전히 가라앉아

다갈빛, 앙금들을 내려놓는 도토리

고요히 모금 물까지 게워 내는 그 무렵

저들끼리 얼기설기 찰진 소리 내면서

그냥 빻고 우려내 안치면 될 거라는

한 더미 장작이 타고 되직하게 굳어진 말

묵묵부답, 물속에서 성대를 다시 닫고

한 치 오차도 없이 껴입은 사발의 무늬

막 썰린 모서리 밑에 서로 당긴 얼룩이 있다

온달산성

익어, 떨어지는 상수리가 구른 절벽

눈으로는 차마 못 미칠 아찔한 그 벼랑에

꼭, 거기 자리를 잡는 함성 끝의 나라여

동강 난 이념들이 성벽보다 더 견고한

옥죄는 수렁 속을 툭, 툭, 털고 오는 이름

여전히 끊이지 않는 교두보로 서 있네

거스르며 달려가는 대간大幹의 산허리에

시절은 드나들어 같이 아는 꽃이 지고

나누는 설화 밖으로 단풍 물이 환하네

단체 사진

어느 행사에서 찍힌 사진을 바라보면

새벽녘 가끔 보던 달 같다고나 할까

흐릿한 자리를 틀듯 고여 있는 그 시간

쉬 사라질 영혼을 가까이서 은유하듯

불쑥불쑥 예감도 생략한 빛이 들어

그믐도 잡지 못하는 어둠들이 흐르네

물어볼 인사는 서둘러 비켜나고

우리는 윤곽으로 걸어가는 달그림자

되비친 미래는 와서 건너 빛이 접히네

낙산공원

낙산에, 낙산에 앉은 새 한 번 돼 봤으면

지옥 혹은 더 깊이 생각이 내려가서

눈물 혹, 불어버리고 마른 울음 우는 새

가벼운 지붕들만 세상 끝 능선이다

허기는 잠영 뒤에, 둥, 둥, 뜨는 허파처럼

하나, 둘, 별 지우고 나면 눈 내리는 낙산에

찌

　세상을 훔치려고 이쪽이나 저쪽이나 놀라, 반들거리는 생쥐의 눈알이다.

　잠겨도 저항할 수 없는 숨 막히는 부력이다.

이흥우(李興雨, Lee, Heung woo)

1942년 강원 홍천 동면 좌운리 출생. 한국방송통신대학교(초등교육과) 졸업, 춘천교육대 교육대학원(교육학) 석사 졸업. 〈서울신문〉 신춘문예 교육수기(1978), 《수필문학》 천료(1994), 《시조학》 천료(1996) 등단. 시조집 『내 마음 수하리에 젖어』(1998, 시영기획), 수필집 『自塑像을 빚으며』(2012, 태원), 동시집 『숲이 좋아』(태원, 2017) 외. 노천명 시조문학상(2003), 강원수필문학상(2012), 강원시조문학상(2013) 수상. 강원수필문학회 부회장, 강원시조문학회장 역임. 국제펜클럽 한국본부 원로회원, 한국문인협회 강원지회 이사. 홍천 너브내시조사랑회 발기, 창립 고문.

동백꽃

춘천 이흥우

앞새 뒤에 살짝 숨어 당신만을 사랑해온
조용히 읊조리며 동박새 기다리다
갈매기 보금자리로 셋방 차려 놓는다,

—

이흥우 시인의 시는 한 마디로 마음으로 쓰는 시들이다. 사진 찍듯 그렇게 시를 쓴다. 그래서 소리에 비유한다면 피리 소리나 피아노 소리가 아니라 우리 고유의 북소리를 닮았다. 또, 작품을 주민등록에 비유한다면 주민등록 등본이 아니라 호적등본과 같고, 가구주에 비유한다면, 세대주가 아니라 호주와도 같다. 즉 뿌리가 있다는 말이다. 우리의 생활과 풍습, 바로 여기에 그 바탕을 두고 있다. 그러므로 지형으로 비유한다면 섬이나 바다가 아니라 거대한 대륙과도 같은 무겁고 광범하고 그러면서 내용을 알려주는 스케일이 큰 작품들이다(『내 마음 수하리에 젖어』 발문).

— 조규영(강원도문인협회 고문 · 월하이태극문학관 관장)

—

산

산에서 살아가는
산 식구를 바라본다.

나무 짐승 어울리며
만년 더 이어왔다.

그런 새
산다는 의미
산이라고 불렀다.

세상 보자 얻은 이름
백 년 길다 살아왔다.

발버둥도 재밌었고
다툼까지 행복했다.

머잖아
안기게 될 산
자연 되어 살련다.

거기서 거기

길어야 백년인생 노래로 부르지만
지나면 순간이고 앞날은 먼 길인데
도토리 키만 재다가 보내버린 세월들.

뭘 그리 뽐내려고 때 빼고 광내는지
헷갈려 혼미하고 어수선도 하다마는
앞날이 밝아진다면 그 수고도 좋을 터.

풀밭의 메뚜기도 얼굴이 다르다고
외국인 처음 볼 때 그이가 그이였지
잘나도 거기서 거기 사는 대로 사세요.

경동시장

약이고 땟거리고
먹을거린 다 모였다.

뉘 입에 가려는지
때도 없이 기다린다.

제 몸을
죽이고 삭혀
새 생명을 일구려.

고기가 좋아

어머니는 늘 그랬다.
난 비린 게 안 좋다고

나물에 된장국에
그러면 된다면서

생신상
고깃점 됐다
다시 내던 내 밥상.

생선도 못 먹겠다.
북어도 대가리만

어머니는 고기라면
어느 것도 못 드시고

오로지
식물 식성에
그런 줄만 알았다.

암에 걸려 말라가며
"불고기가 먹고 싶다."

뜻밖에 하신 말씀
고기 집에 모셨는데

채 한 점
못 드시면서
"원랜 좋아, 고기가."

산을 보며

봄기운 살살 기고
가을은 미끄러져

올라가고 내려가고
저들이 노는 사이

나이만
한 살 더해져
찾아드는 찬바람.

생선 가게

죽어도 모로 눕고
엎어지고 자빠지고

시신들 바다 떠나
장의절차 기다린다.

"물 좋은
생선사세요."
이승저승 어디지?

시골버스

월남 댁도 연변 댁도
읍내로 장에 간다.

알 듯 말 듯 이어지는
살아가는 이야기들

서툰 말 유머가 되어
운전사도 웃는다.

찬거리 학용품에
불룩해진 저자 가방

분명찮은 인사말이
오히려 더 정답고

마을의 파수꾼 태운
시골버슨 달린다.

허리가 아프다.

허리가 잘린 채로
종심 나이 지났건만

약 한 봉 먹지 못해
신경까지 상한게다.

위아래
곪고 터지고
치유할 날 오려나.

큰 소리 뻥뻥 치며
고친다던 의원님은

넘치게 많은데도
갈수록 아픈 허리

비웃는
이웃 지청구
더해가는 이 고통.

아버지

달뜨는 밤까지도
밭으로 나가시어

조, 콩에 메밀이며
굶지 않고 자랐네요.

지금도 당신 땀방울
내 몸에서 흐르고.

이제는 조상 되신
아버지 그리면서

옛일 된 이야기들
더듬어 찾아보다

먼 하늘
구름 속에서
빚어지는 형상들.

할머니

나이 들어 생각나는
아련한 할머니는

흰머리 하얀 옷에
손에 들린 과질 한 낲

아직도
웃고 계신다.
손자 주름 바라보며,

얼굴에 담긴 미소
할머니 불러 봐도

더도 덜도 웃질 않고
바라만 보시데나

늙어진
손자 모습에
많이도 놀라셨나.

그렇게도 좋아시던
하나뿐인 그 손자

할머니 무덤 찾아
풀 깎다 살펴보니

치마폭
매달리던 손
주름 잡힌 이 손길.

이희규(李熙奎, Lee, Hee gyu)

1953년 경남 진주 출생. 진주교육대학교, 경상대 교육대학원(국어교육).《개천문학》신인상(1984),《시조문학》(1990) 등단. 시조집 『내 마음의 문을 열고』(2012, 시조문학사). 동시조집 『내마음의 다락방』(2014, 아동문예). 교원문학상(2006) 수상. 한국시조시인협회, 한국문인협회, 진주시조시인협회, 진주문인협회 회원.

—

이희규 님의 「산노을」을 천료작으로 민다. 이 분은 84년에 초회천을 받고 새교실문에 시조부에 천료도 받았다. 천료작은 산노을을 보며 삶의 번뇌와 사념 깊은 물을 퍼 올리고 있다. 무소유의 삶을 지향하며 차라리 돌이 되기를 바라는 너와 나의 독백이라고 보인다. 더욱 열정을 쏟아 좋은 작품을 보여주기를 바란다(미는 말).
— 고두동, 이명길, 이태극

이희규 시인의 작품 속에는 순수한 서정과 유년의 추억이 깃들어 있고 영혼이 성숙해 가는 과정이 작품 속에 여실히 드러나 있다. 작품의 대상은 친자연적이며 자연과의 합일속에 자신의 내면을 철저히 성찰해 가는 구도적인 자세가 역력하다(『내 마음의 문을 열고』추천사).
— 소심 김정희(시조시인)

—

산노을

이 저녁 뉘 가슴이 저리 붉게 타고 있나.
비린 삶의 애환이
숯불로 달구어 올 때
구름산 동맥을 끊어
낭자한 번뇌를 본다.

눈을 뜨면 소유의 불길
눈감으면 아득한 정토.
소돔과 고모라의 불타는 저 성채를 보며
무소유 가난한 말씀을 샘물처럼 들이킨다.

차마 사랑할 수 없는
사랑마저 사랑하며
버리고 싶은 목숨
허물 벗지 못하는 슬픔.
산노을 불기둥 곁에 돌이 되고 말 일이다.

태풍, 캐틀린

뿌리가 흔들린다. 들이 물에 잠긴다.
정적, 그 고요 속을 불현듯 찾아와서
가난한 이웃의 남루를 저리 흔들고 있느냐.

네가 찾는 사랑은 어디에도 없다. 캐틀린,
적도 해일을 넘어 우주를 헤매어도
욕망은 바람 같은 것, 떠돌다 사라지고 말-

눈물 보이지 말라.
삶
은
거
룩
한
슬
픔
절망 딛고 일어서는 풀잎의 아픈 몸짓.
찢겨진 하늘 사이로 푸른 살이 돋는다.

비행 일기

고달픈 삶의 노정
영혼의 날개를 달고
생멕쥐베리와 그의 어린 왕자가 머문
조그만 혹성 하나를 낯설게 들여다 본다.

가시 많은 장미 꽃밭
길들여진 내 여우들이
아득히 한 개 · 으로 사라지는 안타까움
그들은 발자취 남김 없는 나를 잊고 말게다.

사랑하고 미워하고 죽고 또 태어나며
사람은 무엇을 위해 역사를 만드는가.
흰구름 눈부신 설원
홀로 떠가며 외로워라.

나목

국향, 낮은 율로 단음계를 밟아 오면
하늘문 빗장 여는 시를 잃는 사람들은
깊은 눈 맑은 넋 길어 영혼불을 지핀다.

누구나 이 계절엔 병을 앓아야 하나.
더러는 잊고 싶은 회억도 물이 들어
한모금 시에 젖어서 저리 흔들리거니.

부재의 신을 찾아 술래 되어 사는 너는
거친 삶의 수의를 동토 위에 벗어 두고
실 일의 앙금만 가득 속살 깊이 채우느냐.

삼다도

1.여자
유도화 붉은 가슴
타는 듯 지는 꽃잎
물결에 띄워 보는
한 장 엽신 물 그리매
비바리 애틋한 연모
셀레는 파도여.

2.바람
들숲을 쏘다니던 조랑말도 지치고
은비늘 떨구고 간 마파람도 숨이 차면
안개꽃 수평을 딛고 떠오르는 이어도.

3.돌
뿌리 없는 모진 목숨
살을 깎아 갚는 업보
발길마다 차이던 넋
꿈속일랑 별로 떠서
백록담 아픈 언저리
빈 하늘을 채운다.

가족

1.
우리는 어떻게들 함께 살게 되었을까
우주 끝
작은 지붕 밑
하나 둘 모여 와
사랑의
이름 지으며
정답게
이름 부르며.

2.
우리는 어쩌다가 따로 살게 되었을까
한솥밥
오래 먹고
그 둥지 몸이 커서
하나둘
집을 떠나며
그리워
다시 찾으며.

악수를 하며

사람과 사람은 홀로 사는 떠돌이별

정다운 눈빛으로 손을 마주 잡으면

핏줄이 서로 통하며 잠시 한 몸이 되네.

구름 사냥

오늘은 저 구름을 다 잡아 버려야겠다.

때도 없이 솟아나는 허튼 욕망, 헤픈 욕정

다시는 피지 못하게 모조리 잡아야겠다.

씨앗

땅속에 묻힐 때는 죽는 줄 알았다.

지상에 비오는지 몸 젖어 부르트고

날개가 돋아나는듯

아! 푸른 떡잎 두 장.

연근

진흙 세상에서도
눈빛 고운 꽃이더니

화장터 마지막 본
골다공증 남은 뿌리

어머니
아픈 유해를
어루만져 보나니

이희란(李熙蘭, Lee, Hee ran)

1957년 전남 신안 비금면 출생. 광주여고, 광주보건대학교, 한국방송통신대(국문학과). 《시조문학》 천료(1989, 가을호) 등단. 시집 『어깨 힘 좀 푸시게』(1994, 한림), 『물의 들숨』(2017, 다인아트). 새솔문학, 무안문학, 동구문학 역임. 한국문인협회, 한국시조시인협회 회원.

—

「그 밤 샛강을 따라서」라는 작품의 마지막 5수의 종장 '보리라'는 위의 허무적 삶의 논리 속에서도 생의 결연한 다짐과 확인의 명징성을 긋는 것을 잊지 않는 대목이다. 너의 정체는 '무상의 구름'이었고 나의 존재는 '바람의 시녀'였음을 확인하는 것, '구름'과 '시녀'로 상징화된 사랑하는 너와 나, 우리 모두가 그러하듯 구름 따라 시녀처럼 따라 흘러갔지만, 이제 도착한 바다에서 그 영상적 파노라마 즉 '첫째 닭의 울음'과 함께 '풀섶에서 돋아나는' 새로운 출발에의 의지를 어찌 세우지 않을 것인가. 그녀의 시는 이처럼 허무주의적 의식 속에서도 새로운 삶의 강렬한 출발 의식을 보이고 있다. (중략) 고뇌를 딛고 일어서는 이희란 시인 특유의 그 의지의 미학은 앞으로 그녀가 추구하는 생명관과 함께 더 성숙될 것으로 믿는다. 시조 형식 속에 이러한 의지나 자의식을 수용하는 작업이 쉽지 않은 일인데도 이 시인은 속살부빔이나 내밀한 언어를 구현하는 데 있어서 독자의 공감과 설득력을 함께 얻고 있기 때문이다(『어깨 힘 좀 푸시게』 단평). (후략)
　　　　　　　　　　　　　　　— 노창수(시조시인 · 문학평론가)

—

회산 백련축제와 어머니

엄마가 구경 나왔지
요양병원 칠 년 만에
세상 기운 다시 모여
웃어 대는 저 꽃보다
어깨춤 덩실 추시며
더 환하게 피어나네

오랫동안 못 걸어서
마른 장작 같은 다리
화사한 어울 마당에
시름 훨훨 털어 내며
상체는 풍성한 자유
하체는 질편한 억압

징검다리

세상의 깊이는 잠긴 만큼 삭아진다
두 자도 못 되는 높이 개여울도 넘지 못해
물속에 숨은 자갈로 수십 년 살기도 하고

세상의 길들은 드러나야 시작된다
띄엄띄엄 고비마다 발판 삼아 숨 돌리던
물 위의 수련 피듯이 갈 길 환히 열어주네

그 밤 샛강을 따라서

서로가 서로의 땅에 발끝을 밀어넣고
패인 가슴과 가슴에 속살을 부비면서
새벽이 눈뜰 때까지 어둠을 견뎌냈다.

그 밤은 질기디 질겨서 모질게 잡아떼도
끈덕지게 움켜지는 어귀 찬 손이었다
나락의 벼랑 아래를 거역하던 절규였다

위태롭게 떠 있었던 우리의 푸른 별은
아래로 아래로 아래로만 내려와서
끝없이 흐르는 물살에 지친 몸을 실었다

첫 번째 닭의 울음 풀섶에서 돋아나면
기다림의 정체 또한 무상의 구름이었음을
보리라 나 또한 헛된 바람의 시녀였음을…

부표浮標

흐르는 물도 길도 거스르지 않았다
발목을 묶인 채 떠밀려 사는 종일
자유도 결박당하는
생존 또한 의지였다

숙명과 자포자기 자기만족도 거부했다
한 장의 바람에도 힘겨워 항변하던
외압은 명목 위에서
의연할 수 있는 건가

세상은 분요한 깡통 속의 어지럼증
이제는 알 것 같다 얽매어 뜬 부력도
가슴을 비운 자만이
가늠하는 이 항로

생강生薑

생강은 꿈이 많았다
가는 길 막힌다 해도
호기심과 자유 의지
매운 궁리 안고 산다
부딪쳐 문들어진 코
옹이마다 상처 자국

잘못 든 길이라도
생존은 샘물처럼
뒤틀리고 괴이한
천태만상일지라도
우러난 내면의 향기
따순 가슴 펼쳐주네

분재 습작기

잘려지고 꺾인
아픔과 고통 없이
뻗힌 가지 기운 대로
살고 싶은 길을 찾아
산천을 헤매었어요
선택되기 전까지는

내 바라던 모습 아닌
그 분이 원하는 대로
내 원하는 모습 아닌
그 분의 방식대로
순종의 형상을 닮은
작품 하나 만듭니다.

그루터기

나무는 곡기를 끊고
눈을 뜨지 않았다.
수분은 필요 없다
몸을 썩게 할 것이므로
햇볕도 원치 않았다
마르게 할 것이므로

살아 있어 욕구했던
더 많은 물과 햇살들
생전에 베풀었던
그늘과 열매 꽃들
고요한 평온을 만나
아득히 바라본다.

녹차를 마시며

뜨거운 물에 잠겨
마른 몸을 뒤척였지

뒤척일 때마다 비친
내 안의 모습들이

꿈꾸던 알갱이들과
푸른 길을 만들었네

담긴 잔이 너무 클 땐
과욕도 부려 봤지

우리고 우리다가
떫은맛이 나기까지

순하게 살고 싶었어
세상살이 모질다 해도

도시의 거리

쉼 없는 심장 박동
거리는 혈관이다
보이지 않는 힘으로
달려가는 쳇바퀴
자꾸만 등 떠미는데
적정속도가 맞는가?

약이 되기도 하고
독이 되기도 하는
노랑 파랑 빨강 캡슐
역주행 없는 전진만이
현란한 간판의 바램
너무 많은 채찍이다

봄의 이력履歷

울 넘어 붉은 장미
출렁이는 바람결에

여기는 평온하다
넝쿨 넝쿨 걸어 놓고

와자해 떠들며 웃는
그들만의 잔칫날

따스한 봄볕 아래
새로워 보인 것 모두

파릇파릇 야들 야들
여리다는 의태어도

수만 년 묵은 흙에서
태어난다는 사실

이희숙(李熙淑, Lee, Hee sook) 본명: 이분순(Lee, Bun soon)
1955년 경북 청도 금천 출생. 금천중 · 고등학교, 경대 평생교육원(문예창작). 《시조세계》 신인상(2005) 등단. 시집 『눈물이 향기였네』 (2010, 동방기획). 한국시조시인협회, 오늘의 시조시인회의, 시조세계포럼 회원.

이희숙 시의 소재를 찬찬히 살펴보면 그곳에 숨어 있는 참신함을 찾아보게 되는 묘미를 공감하게 된다. 농사를 통해 문간방살이를 유추해 내고(「두렁 콩」), 「센스 등」은 어머니의 심사를 가장 적확하게 나타내고 있다. 인간의 근원적인 부정적 이미지를 긍정의 마음으로 돌리려 하고(「꽁치를 굽다」, 「설거지를 하며」), 음전하고도 조심스런 삶의 행보를 찾아내며(「청량고추」), 결 고운 묵이 되기 위한 오랜 기다림이(「도토리 묵」), 청백리 자존의 혼을 지키려 혼탁한 물가를 삼가고(「한재 미나리」), '머리 맡 찬물 한 그릇 맑은 정신 얻기까지' 오랜 시간을 버텨야 하는 인간사를 인삼을 통하여 얻어내고 있는 것이다(「먼 길」).

— 정용국(시조시인 · 한국작가회의 시조분과 위원장)

두렁 콩

내 삶은 늘 그렇게 슬픔 고인 풀잎처럼

문간방살이 신세 즈려 딛고 삽니다

한 평 땅
놀릴 수 없어
두렁가 빌붙어서

고지서 한번 받아 쿤, 낸 적 없는 삶이지만

살다 보니 별드는 날 웃을 일 있더랬지

두렁 콩
여물어 가듯
허한 속 채워주던

십자매

빈 둥지
남겨 두고
수컷이 죽었다

애련한
마음으로
꽃밭에다 묻었더니

부음이
전해졌는지
서녘 하늘이
붉다

눈물이 향기였네
— 국화전시장에서

이 꽃과 눈 맞추면
저 꽃이 토라질까

모질지 못한 마음
돌아서고 말았네

그 고운
자태에 취해
멀미라도 앓을까

그냥
얻어지는 건
아무것도 없는지

찬사를 받기까지
얼마나 아팠을까

잎새 뒤
옭아맨 상처
눈물이 향기였네

센스등

잠결에도 황급히
반겨 맞아 주었지

직감으로 알아내는
그 환한 눈빛으로

안테나
세우고 살며
선잠 드신 어머니

한재미나리*

청백리 자존 같은
명성 하나 얻기까지

혼탁한 물가에는
나앉지도 않았네

세속에
물들지 않아
상종가 치고 있는

*한재미나리: 물 맑고 공기 좋은 경북 청도에서 나는 친환경 청정 미나리.

밤사이
― 산골 이야기 1

밤이 가장 길다는 동짓날 어스름

먹이 찾아 내려온 고라니와 만났다

화들짝 달아난 저도, 나도 놀라 소스라친

야박하지 않은 인심 산밭에 남았을까

소리 없이 내려온 겁에 질린 눈망울

다녀간 흔적 지우려 밤새 눈이 내렸다

가을날 채록하다
― 산골 이야기 2

봄은 멀리 있기에 봉지마다 적어둔
가을볕 부신 날에 여문 꽃씨 받는다
고운 꿈 간직하라고 고이고이 봉인한

접시꽃 해바라기 꽃울타리 두른 뜰
평화로이 넘나들던 벌 나비 떼 춤사위
봉숭아 꼬투리 봉긋 터질 듯 부푼 날에

장독간 도란도란 앙증맞은 채송화랑
고, 까만 씨앗 속에 분꽃 향기 숨겨둔
소르르 긴 잠에 빠진 꽃이야기 채록하다

가영이
― 고향 일기

어미 정 모르는 가영이가 혼자 논다

봉숭아 절로 피고 강아지랑 집 지키며

공부에 짓눌릴 일도 채근하는 이도 없이

그림자 놓칠까 살금살금 따라오던

그리움이 웃자라 눈망울이 큰 아이

적막한 산골마을에 반딧불로 남았다

꽁치를 굽다

버튼을 꼭 누르자 팔등신 미인들이

찜질방에 누운 듯 수다를 떨고 있다

한 끼의 성찬을 위해 노릇노릇 익어간다

눈대중 그것만으로 간 맞춰 살기까지

등 돌리고 누운 적 한두 번이었던가

무언의 눈빛만으로 깊은 속내 알기까지

왼손은 그늘이 있다

세상의 중심 추는 힘센 쪽으로 기울어

그 길을 찾아 나선 발 빠른 초침 소리

왼손은 그늘이 있다 악수 한 번 못 해 본

두 손 마주 잡으면 안 되는 일 없다지만

조연으로 살다가 사라진 배우처럼

여태껏 축배의 잔은 돌아오지 않았다

이희정(李喜貞, Lee, Hee jung)

1972년 경남 김해 분성로 출생. 동부산대학교 (도서관과), 대구교육대학원(문예창작·스토리텔링) 석사과정 재학. 〈경상일보〉 신춘문예(2019) 등단. 포항소재 문학상(2018) 수상. '더율' 시조동인. 오늘의시조시인회의 회원. 한동글로벌학교 사서교사.

맞춤법 검사기

이희정

받아온 꿈꾸는 씨앗 추려 시를 쓴다
새카만 언어의 씨들 나란히 앉혀보니
적갗이 빨간 줄이다, 세종이 다녀간 길

—

현재 진행형의 사회적 소재를 포착하여 주제 의식을 비교적 선명하게 드러냈다는 점이 돋보였다. '건장한 헤드라인', '예각의 커터 칼날' 등 신문 활자와 편집이 주는 위압감에 눌려 자칫 놓칠 수 있는 진실의 실종 문제를 긴장감 있게 제시했다. 여기에 머물지 않고 '오독'의 문제를 경계하면서 진실이 '목적지에 소환될' 때까지 추적하겠다는 '분리수거' 의지를 드러낸 시적 탐험의 목소리가 높다(「스크랩」).

　　　　　　　　— 이승은(시조시인·오늘의시조시인회의 의장)

「봄, 불면」은 생의 몸살이다. 봄이 오자면 동면의 자물쇠를 열어야 하는데 꼭 맞는 열쇠를 찾기가 쉽지 않다. 봄을 기다리는 시어의 비유가 참신하다.

　　　　　　　　— 박기섭(시조시인·전 현대사설시조포럼 회장)

—

안반데기* 마을

허공에 은하의 띠를 두른 첩첩 두메
구름이 물고 가는 태백의 꼭지마다
바람에 벙그는 앞섶, 백두대간 젖이 돈다

그 젖줄 물고 앉은 하늘 아래 첫 마을
갈아엎은 자갈밭 멍에 진 목덜미마다
감자꽃 하얗게 피고 서러운 별이 뜬다**

그 별빛 차디찬 울음주머니 그러안고
긴 산도를 빠져나온 겹겹의 이랑마다
새파란 배춧잎들이 소서小暑를 지나고 있다

* 안반데기: 해발 1100m의 고산지대로 안반 같이 우묵하고 널찍한 언덕의 강원도 방언. 고랭지 배추의 최대 산지다.
** 박명숙 시인의 「절레꽃 둑방길」 변용.

스크랩

건장한 헤드라인에 낱낱이 포위되어
포지션 따라 줄 맞춘 활자들 그 사이
예각의 커터 칼날이 가로지른 행간들

이슈가 이슈를 실시간으로 덧칠한
지면마다 시시비비 들끓는 파열음에
팩트는 구겨진 채로 무혈의 접전이다

전모가 드러난 가십은 접어두고
목적지에 소환될 진술은 따라간다
치명적 오독이 없는 재활의 분리수거

어떤 이력

실밥같이 휘청이다 엎어진 사랑초
끝장난 틈새마다 한 올 한 올 또다시
미완의 이별이었나, 자홍빛 못다 한 말

볕 좋은 날 모종삽에 헤쳐진 그 자리
한사코 다리 굵은 다른 종을 앉혔건만
처연히 일어선 외마디, 나 아직 사랑이다

봄, 불면

달빛에 창문은

푸덕이며 몸살이다

유배된 낮의 꿈에

잠겨버린 자물쇠

얼마나 많은 열쇠들을

잃고서야 봄이 올까

빨래들

이른 아침 총총히 흩어졌던 식솔들
저물녘 늘어진 양말처럼 기어든다
나설 땐 각자였으나, 들고 보니 한통속

서로 다른 체온들이 죄 풀려 공유되고
부르튼 발자국도 솔기 터진 상처도
한참을 서로 껴안고 다독이며 감싸며

가족이라는 이름의 익숙한 살냄새로
하나씩 널어 말리면 새 살 맑게 차올라
얼룩진 어제는 벗고 환하게 부푸는 힘

완벽한 방언

눈발 설핏 딛고 간 키 낮은 돌담은
오름과 오름을 휘달려온 억새 바람과
파도가 파도를 넘어온
소리를 껴안았다

넘어지고 깨어진 억새와 파도의 말
돌담은 밤새도록 제 몸으로 받아 적었나
빼곡히 찍힌 음절들
까맣게 그을렸다

구멍 숭숭 뚫린 무채색 섬의 언어들
몸 깊숙이 앉힌 단단한 속울음 같은
그 밤의 채록은 끝내
들을 수가 없었다

미생의 꽃말

그저 늦게 피는 꽃일 거라고 생각했다
조금 더디다는 건 조금 돌아가는 것
보랏빛 사포닌 향을 입에 꼭 물었는데

언제 열릴지 알 수 없이 꽉 닫힌 문
온몸 온 힘으로 두드리고 당겨가며
밤새운 자기소개서 청춘이 다 휘어져

배달 불능 우편물, 그 속에 꽂혀 있는
창백하지만 단단한 흰 옷핀 같은 꽃말
가만히 꺼내 꽂아 본다
"언젠가, 꼭, 반드시"

아침 일기

언제나 여기서부터 시작이다, 순결처럼

수액으로 번지는 푸른 언어의 창을 열고

그 아래 누운 고요를 경음으로 깨운다

저 혼자 밤을 걸어온 서정의 잎사귀가

미완의 빛깔로 가만가만 건네는 소리

첫 햇살 말갛게 풀어 그 이름 받아 적는

절대로, 라는 말

너무 단호한 것은 꺾어지기 쉬운 법
스스로 주문 걸 듯 자존을 세웠지만
한순간 절대로에게 결심의 날끼 걸었다

다이어트 작심처럼 좌절되기 쉬운 말
달아나는 파도처럼 엎어지기 쉬운 말
닫았다 여는 지퍼처럼 벌어지기 쉬운 말

사소함에 무너져 앓아본 사람은 안다
하찮은 잔돌에도 물소리가 넘어지듯
절대로 꽉 잡아선 안 될,
배반의 말
절대로!

나의 2월

지레 짚어버린 헛디딘 마음이었나
모자란 쪽수만큼 뜯겨나간 페이지
연약한 낱장의 밀어,
덧창에 속살대는

풋정을 부려 놓기에 좋은 날이었나
노트북만한 테이블에 걸어둔 메타포
파일 속 꺼낼 듯 말 듯
수줍은 고백이다

꽃샘 기척에 로그인 없이 가버리려나
깨금발 절룩이듯 다리가 짧은 행간
아직도 낚아채지 못한,
한 줄의 종장 같은

인은주(印銀珠, In, Eun ju)

1968년 충남 당진 석문면 출생. 경기간호대학교 졸업(1988). 《시조시학》(2013) 등단. 시집 『미안한 연애』(2018, 고요아침). 오늘의시조시인회의, 한국작가회의, 한국시조시인협회 회원.

—

인은주 시인의 시어들은 현실의 삶에서 건져 올린 날것의 냄새들을 고스란히 지니고 있다. 여과와 승화의 장치들을 거치면서 걸러지고 증류된 것이라기보다는 일상의 언어가 그대로 등장한다. 그래서 낯설고 새롭다. 그 일상어의 생경함이 강렬한 생명력의 매개체가 되어 역동적인 시편들을 빚어낸다.

— 박진임(문학평론가 · 평택대 교수)

—

4월

진달래 보러 가서 헛바닥만 보았다

곧추세운 독사가 가로막은 산비탈

분홍빛 아가리 속에 통째로 들어갔다

붉게 붉게 타는 봄은 너일까 꽃잎일까

너를 잡고 나를 잡은 성급한 속살같이

스르륵 미끄러지듯 산등 타고 오는 봄

동백

모가지가 부러져
곤두박질 그 순간

기다리고 기다린 게
한눈에 들어왔다

새빨간 거짓말처럼 바닥은 묘지였다

벌교 용역

힘 자랑 하지 말란 벌교를 끌어와서
밑천인 몸뚱이를 명함처럼 내어 걸고
수원역 뒷골목에서 사내들이 서성인다

공사판 굴러먹다 굳어버린 그 바닥에
정년은 정규직만큼 낯설고 먼 나랏일
오십 줄 홀아비 김 씨 끝자락에 붙어 있다

화창한 추석 하늘 긴 연휴가 무거운 듯
아련한 먼 고향 길 화투 패로 날린다
몇 봉지 카스텔라가 송편 대신 놓여 있다

보름달

아파트와 어둠 사이

질투처럼 떠올랐다

나를

어쩔 수 없어

야밤으로 피했지만

사거리

전광판같이

만천하에 드러났다

복도에서

투석실 앞 복도에는 긴 의자가 놓여 있다
환자도 보호자도 지쳐 가는 정오 무렵
엄마는 헛발을 딛듯 문을 열고 나왔다

피를 세척하고 막 나온 늙은 엄마
모르는 사람처럼 내 눈을 쳐다본다
베개에 눌린 머리가 납작하게 붙어 있다

꼼짝없이 네 시간을 얼마나 더 산다고
간신히 입을 여니 이제야 엄마 같다
그 순간 내 안의 피가 뜨겁게 퍼졌다

안심대출

이십 년 된 우리는 아직도 사랑일까

한밤중 돌아누운 그의 등은 말이 없다

어둠은 우리 사이로 수북이 쌓여간다

허락 없이 떠났던 여행에서 돌아와서

이십 년 상환제로 대출을 신청했다

산 만큼 더 살기로 한 무언의 약속이다

나는 그를 담보로 안심을 원했으나

저금리 그물망에 빚만 내고 말았다

서둘러 계절은 가고 다른 계절이 왔다

심장으로 주세요

서툴게 뭉쳐져서 쉽게 녹는 첫눈같이
우리도 사라지면 용서를 받게 될까
잡았던 손을 놓친 게 네 탓만 같았는데

어둠이 쌓여가는 늦저녁 포장마차
순대 썰던 주인 왈 내장도 드릴까요
뜨끈한 심장 있나요 심장으로 주세요

지나간 사람들은 그렇게 지나갔다
지나쳐서 못 본 사이 지나쳐서 멀어진 사이
몇 번째 검은 밤일까 긴 겨울이 앞에 있다

저녁에 만난 개들

내 손으로 돈을 번 지 십 년도 더 넘었다
보호를 받는 동안 목소리는 작아져
모처럼 화를 냈는데 먹히지도 않았다
많은 사람들이 개와 걷는 산책길
몇 미터의 자유만 허락된 개들이
꼬리를 흔들어대며 빠르게 쫓아갔다
의존에 대하여 개나 나나 동급인 듯
멀쩡한 동상을 향해 짖다 가는 개처럼
멀리도 가지 못한 채 다시 집을 향했다

영산홍

나에게 오려거든 거만해야 할 거예요
헤벌쭉 들이대며 이빨을 보인다면

다시는 얼굴 볼일은
없을 거란 얘기죠

우리의 앞모습은 뻔해서 지루해요
1초만 마주보고 한걸음 비켜서면

나란히 쥐똥나무도
조금은 거들겠죠

구름의 방식

얼마나 울었는지 눈물이 다 말랐다

웃음보다 울음으로 꽃다발 뒤에 숨어

내 생애 단 한 번뿐인

순간들을 지불했다

널 위해 분비하고 처음 핀 밤조차도

들리는 건 파도소리 바다의 숨이었다

한숨은 눈물을 참는

가장 오랜 방식인 듯

임덕규(林德圭, Lim, Deog gyu)

1955년 대구 남산동 출생. 영남대학교 공과대학(기계공학과), 한동대 교육대학원(상담교육).《대구문학》(2013) 등단. '작약' 동인.

—

임덕규 씨의 「월수목토를 노래함」은 기발한 발상에서 비롯된 이미지들의 적절한 결합으로 인생의 의미를 심화하려고 노력한 점을 높이 산다. 그 밖의 웅모한 대부분의 작품에서 가볍게 스치는 일상의 정경들을 놓치지 않고 재해석하고자 하는 따뜻한 시각들을 보여 정진이 기대된다. 다만 부분적으로 비유나 시어 선택이 알맞지 않거나 흐름이 자연스럽지 못한 점 등이 엿보였기에 가일층의 절차탁마로 극복하기를 당부한다.

— 민병도(시조시인 · 국제시조협회 이사장)

—

월수목토를 노래함

1. 달
어둠에 길들여져 어두울수록 환해진다
뒤통수 답답할까 머리털 다 밀어내고
침묵의 바탕을 긁어 동아줄을 찾는다

2. 물
어물어물 물고 물어 통하면 길이다
빙 둘러 에워싸면 싸인 대로 넘쳐나고
다투다 어울리다가 갈 데까지 닫는다

3. 나무
뻗을 때 뻗지 못하고 내릴 때 내리지 못해
보경사 회화나무 그 속 썩어 내린다
잔가지 늘어날 적마다 그 어둠 깊어진다

4. 흙
흙흙흙 울지 마라 돌아가는 길목이다
바람에 흩날리다 눈물 젖어 누운 언덕
그곳에 잦은 숨소리 이젠 들리지 않는다

미련

너의 수명은 삼만 육천 오백 원
삼만 원 먹고 자고 육천 원 차비 하고
오백 원 굴러다니다 멎는 대로 눕는 너

청바지 주머니 속 구겨진 지폐 한 장
반동강 거울 속의 어색한 웃음소리
흙먼지 회오리바람 낙엽 안고 오른다

둠

둠, 어둠 어디다 둠
어둠을 어디다 둠

그림을 어디다 둠
어둠이 그림 찾고 있음

그림자 그림 재고 있음
그림자를 못 찾음

그림을 그리는 자
그림을 재는 자

어둠이 그림자임
어둠을 재고 있음

그림자 안고 있는 어둠
꿈틀대는 저 어둠

그림자는 잴 수 없음
소리는 어둠이 아님

어둠 뚫고 나오는 소리
소리는 보이지 않음

소리는 바람 안은 어둠
어디다 둠
소리를

설날

앞으로 내 남은 날
설 날이 며칠인가

앉을 날 며칠이며
누울 날 며칠인가

오늘은 오직 그대만
그런대로 믿는다

글이 운다

글이 운다
글이 움
그리 움
그렇게 움

어쩌자고 그리 우노
누가 그리 그리우노

그리움
그리 울어서
우러나서
그리나

시를 먹고 사는 꽃

당신은 철들려고
힘들게 살아가고

꽃은 시들려고
예쁘게 피어난다

저 꽃이 저리 고움은
시들고 있기 때문

당신은 철들다가
등허리 삐긋하고

꽃은 시들다가
목구멍 딱 걸린다

시인은 시 만든다고
오늘도 바쁘다 바빠

꼬리

들로 산으로
헤매다 돌아온다

학교 갔다 집에 온다
출근했다 퇴근한다

수없이 되풀이되는
돌아가는 훈련 중

스시라 적었는데
6시라 읽었다

왜 6시라 적었을까
스시 봐도 도통 몰라

불현듯 남은 수명이
스시 녹듯 돌아간다

똥집

누가 카더노
사람이 만물의 영장

닭똥집 먹는 자도
아무개 똥집 안 먹는다

평생을
몸보신한 몸
세상 떠자 무덤덤

장차 구더기가
파먹을 얼굴이지만

정성껏 화장하는
여인의 마음을 본다

닭똥집
오무리는 입
그녀가 예쁘다

뻥

여보! 세요? 그래 세다
결혼 전 남녀 대화

여보! 반 토막
더 이상 세지 않아

뻥치다 한 방에 가고
체위 바꾼 두 사람

어무이 그냥 가만히
앉아 계시이소

나한테 시집오면
손에 물 안 묻힌다

마네킹 보기만 해도
입꼬리 올라가디

시씨

대구시 텔레파시
시를 쓴다 시 짜를 쓴다

시 짜만 들어가면
시가 되나 시인이 되나

그 잘난 시 한 편 못 써
털레털레 파시다

덕규 씨 임덕규 씨
씨씨말고 시시하지

부드럽게 불렀다면
에이씨 진작 시인

씨앗 속 시앗 보이자
앗! 시다 바로 이 시

임문자(林文子, Lim, Moon ja)

1941년 전남 무안 출생. 호 아영(雅暎). 목포여고 졸업(1959), 수도사대 수료. 문학전남시인상 시(2000), 《시조문학》 신인상(2002) 등단. 시집 『가을햇살에 사랑을』(2005, 시인의집), 『햇살 머무는 민들레』(2009, 현대문예) 외. 광주시문학상, 소파문학상, 현대문예작가상 수상 외. 현대문예작가회장, 광주시인협회부회장 역임. 광주전남대표작선집 편집위원, 호남시조문학회 부회장.

—

임문자 시인의 시 세계 -시어의 절제와 함축 형식의 정연성-

임문자 시인의 시조는 모두 개화시대 신 시조 운동을 통하여 시도된 최남선의 백팔번뇌 이후 이병기, 이은상 제씨의 현대시조 그 기반을 이어받아 각 장을 독립된 연으로 분절하여 그 형태의 시각적 배열을 변형하고 있다. 율조도 3 4, 4 4의 기본 틀을 유지하되 그것에 매이지 않고 융통성을 발휘하며 외형률이되 내재율을 접합하려는 변칙도 엿보인다.

임문자 시인의 「가는 길」은 시속의 말 그대로 그냥 좋은 감정을 전달하고 싶은 사물에 대한 순수한 관조경 그 자체인 것이다. 지나치지 않은 파격으로 규칙을 거스르는 그 변용이 평시조의 평면성이나 진부함을 극복해 가는 매력을 보인다.

— 문병란(시인 · 전 조선대 교수)

—

가는 길

서걱이는 갈대숲에
싸늘한
서릿발 내리면

갈꽃
하얗게 스러져 누워
겨울을 울며 가는 슬픈 바람 소리

초속의
소리마저도 놓고 가네.
그냥 가네.

설록차

웃음을 주고받아 감고 도는 체온에
한 모금 입 맞추니 살결을 파고들며
멈춰 선
마음자리에
엉켜오는 기억들

찻술은 고독 속에 아린 사연 오가며
나누는 대화마다 달무리 감고 돌아
대웅전
향불 내음에
인경 소리 은은하고

눈으로 마시는가 마음으로 마시는가
청산이 여울지는 고요가 향기 되어
설록차
향긋한 그 맛
세상사를 잊는다

안개꽃 3

제여곰
사랑을 꽃망울에 새겨놓고

매무새
접고 앉은 침묵의 기도였나.

터트려
고백하지 못한 그 날들의 하얀 승화여

가늠자리

어린 시절 나눗셈의 제 값을 구하려고
숫자들 불러 모아 구구단 외우면서
정답을
찾기 위하여 별빛 되던 눈망울

청년 땐 사상이나 이념의 꿈을 펴
미적분 최첨단 지식들로 살을 찌며
낮달을
가리고 있는 태양인 줄 알았지

노년에 이르러 설 자리 살펴보니
나누지도 못하는 소수점 밑 무리수
제 몫을
가늠하지 못하고 흩어가는 흰 구름

윤리倫理

도덕 교육 문밖에서 집단으로 이동하는
코끼리
먹이 찾아 인고의 산 넘어가다
허기를
제쳐두고서 선친 뼈를 묻고 가네.

한민족 한 뿌리가
흔들리는 고구려 땅
남북이
갈라서서 자기 몫만 챙기다가
선산을
방치한 죄를
때국인이 들고 서네.

임상은(林相殷, Lim, Sang eun)

1948년 충북 진천 문백면 출생. 한국방송통신
대학교(중어중문), 충북대 대학원(경영학) 석
사. 《현대시조》 신인상(2014, 봄호) 등단. 현
대시조 사화집 『시심 그윽한 겨울여행』. 회고
록 『진천과의 아름다운 인연 40년』(2008, 제
이비컴). 자서전 『솔향기 그윽한 詩心 여행』
(2017, 예술의 숲). 포석 조명희 전국백일장
입상(2013), 진천군민백일장 장원(2012). 포
석기념사업회장, 한국문인협회 진천지부 감
사 역임. 포석문학회, 한국시낭송협회 회원.
우리시 동인 3기.

임상은 시인 등단작 「벚꽃 길 나들이」 작품은 봄 향기 물씬 묻은 배
경을 이끌고 있는 현상들이 눈에 훤하다. 먼저 찬바람이나 꽃샘바
람은 벚나무의 아픈 대상이었다. 앙상한 가지에도 혹한 매질은 끊
일 길 없었던 계절의 장이 넘어간다. 앙다문 생이 그간의 역경을 대
변해 주고 '하냥하냥' 발돋움질하였던 것은 생명의 탓만은 아닐 것이
다. '햇살이 풀어놓은 아침'에서 봄의 아침을 맛본다. 연분홍 꽃향기
가 마파람 타고 푸른 숨소리를 흔들며 밀어 든다. 이때 꽃잎들은 '사
르르' 춤추는 몸놀림에 바쁘다. 날갯짓을 '나붓나붓' 거리며 빨랑 오
거라 손짓한다. 때맞춰 벚꽃은 만개한 함박웃음이다. 밤에도 등불
이 되어 혼불을 밝힌다. 전체적으로 자연서정의 진전이 눈에 확하고
파고든다. 의태어가 생기발랄하게 펼쳐진 점이 돋보인다.

　　— 장순하(시조시인 · 한국문인협회 고문), 《현대시조》(2014, 봄호)

벚꽃 길 나들이

앙상했던 벚나무 꽃샘바람 외면하고
사월 빛깔 품으려 하냥하냥 돋움한다
햇살이 풀어놓은 아침 온몸으로 맞으며.

찬바람의 매질에도 버텨온 다부진 생
겨우내 맺혔던 한恨 혹한 뚫고 피어나
향기로 마음을 당기는 연분홍 꽃 눈부셔.

마파람 타고 온 푸른 숨소리 흔들리고
단장한 꽃잎들 화르르 춤도 추며
제 흥에 가분가분히 찾아오는 발걸음.

사르르 내리는 곱디고운 저 자태
나붓나붓 날갯짓하며 어서 오라 손짓한다
벚꽃은 함박웃음 터뜨려 환한 등불 밝혔다.

고향 길

지나온 어린 시절 추억이 묻어 있는
천 년의 역사 속에 선인들 얼이 담긴
정겨운 내 고향길로 언제든 달려 가고픈

파아란 하늘 아래 두둥실 흰구름
가을의 황금물결 넘실대는 넓은 들녘
냇가에 물장구치던 옛 동무 생각나

뿌리의 역사 속에 현존해 온 농다리
마음이 허전할 때 우리를 안아주고
긴 호흡 가득 채워주는 맑디 맑은 내 고향

봄을 여는 소리

언 땅 뚫고 나직나직 피어난 야생화
꽃줄기에 매달려 하늘하늘 춤을 추며
온종일 기다리던 봄비도 가만가만 오시고

가뭄에 메말랐던 가지로 스며들어
새싹들이 반기는 생명의 방으로
꽃망울 봄을 여는 소리 귓전에 담으며

햇살 한 줌 품은 꽃망울 터트리고
환한 눈빛에 발길 멈추고 미소 짓는
매화꽃 해맑은 웃음 봄을 성큼 당긴다

그렇게 살라하네

모래시계 머물다 살가운 미소로
내 마음속 엿보고
마음을 추스리며
감사한 마음 하나로 말없이 살라 하고

물방울 나를 보고
믿음도 가져 보고
소망도 가져 보고
사랑도 가져 보고
소박한 꿈들 속에서 욕심의 나래 접으라네

모래시계 내려가고 물방울도 흘러가듯
마음을 내려놓고 한세상 물결치듯
하나가 둘이듯 둘이 하나듯 그렇게 살라하네

이순耳順의 능선

코스모스 어울어진 나 어릴 때 거닐던 길
그리운 님을 만난 듯 맑고 높은 가을 하늘
소박한 정 다복다복 담아 나눠주는 둥근 달

농삿일 거칠어서 거둘 것 투박해도
살갑게 가슴에 스며 가을이 오는 길목
농부들 힘겹게 내민 손 다독거리는 새털구름

금물결 치는 들녘 다소곳한 벼 이삭
길고 긴 외로움도 즐기고 있는 나그네
돌아본 이순耳順의 능선 그림처럼 스쳐가네

전통시장
— 대목장 날에

소박한 정 나누며 지켜온 전통시장
행여나 설렘 속에 대목장 열리는 날
시골장 어디에 가도 세시풍속 아득하다

물가는 천정부지 기상악화 잦은 비로
여름내 애지중지 땀 흘려 가꾼 소산
알알이 거둬들일 수 없어 곳간은 헛헛하고

한창 바쁠 대목장날 기대했던 직거래 장터
고물가 대목 실종 값만 묻고 안 사요
어쩌나 부풀어야할 날 파리만 날릴 판

마음은 냉냉하고 적막한 비바람만 부네
주부들 주머니 닫혀 장바구니 가벼워
얄팍한 제상에 모실 조상님들 어찌 뵐꼬

봄의 향기

남녘의 남실바람 봄소식 물어오고
나무는 곧게 뻗어 여린 몸 추스르고
가난한 가지 끝에도 물이 올라 오동통

봄이 오는 길목마다 희망으로 둥실둥실
발 아래 연한 새싹 희망찬 발돋움하네
돌아올 봄을 향하여 물줄기 환히 비추고

어느덧 벙글고 있는 뜰의 매화나무
꽃망울 터트리며 봄기운 무르익고
애뜻한
정情나누는 봄
시샘하는 꽃샘추위

들꽃 한 송이

발길이 숲을 향하는 산책하기 좋은 계절
온몸을 감싸주는 가을바람 살살 불어
나직히 자리 지켜낸 질기디 질긴 생명력

길섶 돌 틈 사이 들쭉날쭉 피워낸 야생화
가꾸는 사람 없어도 피어나는 들꽃 좀 봐
밟힌 세월 뚫고 돋아난 들꽃 한 송이

부서지는 기쁨

스산했던 가로수 길 꽃잎으로 이어진다
꽃바람 물결 일어 망울망울 부풀어 올라
긴 겨울 매서웠던 혹한 뚫고 나와 피워낸 꽃

그리움 하나로 다부지게 버텨온 생
화르르 터져 나온 벚꽃 내음에 흠뻑 취해
사무쳐 지친 가슴 위엔 푸른 숨소리 흔들리고

무리지어 이어지는 곱디고운 발걸음
넘실넘실 부는 바람 꽃송이 흩어 가면
사르르 부서져 내리며 환한 웃음 지는 꽃잎

가정의 달

오월의 아카시아 꽃향기 흠벅 젖어
청보리밭 넘실넘실 어깨춤이 흥겹고
젖어든 향수에 밀려 흩날리는 꽃잎들

계절을 만끽하고 예쁜 추억 담아 갈
초여름 남실바람 스몃스몃 밀어 올때
대화로 눈높이 맞추어 배려하는 마음들

꽃바람 진한 향기 향수에 흠뻑 취해
닫혔던 마음의 벽 말끔이 헐어 버린
사랑을 나누는 오월 화목한 '가정의 달'

임석(林石, Lim, Seok)

1955년 울산 울주군 청량면 율리 출생. 예원예술대학교(서양화) 졸업(2013). 〈국제신문〉 신춘문예(2000) 등단. 시집 『개운포 사설』(2004, 동학사), 『돌에 새긴 원시』(2010, 시와에세이), 『들꽃의 노래』(2017, 고요아침) 외. 울산광역시예술공로상 문학(2012), 제5회 울산시조문학상(2015), 웹진 《시인광장》 선정 올해의 좋은 시(2010), 시조문학 올해의 작품상(2017) 수상. 울산시조시인협회장, 오늘의시조시인회의 감사, 한국시조시인협회 이사, 한국문인협회 이사 역임.

늪지에 핀 꽃
  포은선생의 유배지에서

찬시름 일상 벗고 선양 찾은 서울손
님
오도 寒島가 어딘지 몰라 흐늘 찾아
헤맨다
등 매산 자옥련 뚝뚝 소리 없이 지
던 봄

—

자신을 잃어버린 현대의 시간 속에서 임석 시인은 진정한 시간 쪽으로 회귀하고 있다. 그것은 자신의 내면에서 뜨겁게 일어서는 불꽃같은 그리움이며 아득한 시공을 넘어 원시로 돌아가려는 열망이다. "덕지덕지 앉은 삶 때 열탕물로 씻어보면/ 더러는/ 허구를 벗고/ 신생아로 태어"("목욕탕에서」)나기도 하고 '통화권 이탈' 지역에서 도시의 문명을 벗어나는 일탈을 꿈꾼다. 세상의 문명과 단절된, 문명에 길들어지지 않은 오지 마을에서, 자연이 주는 역동적인 이미지로 싱싱한 신화를 재현시키고 있다.

— 전기철(시인 · 만해학회 회장)

—

삼호동 까마귀

어느 익명의 새
빈정대던 그 자리에
저녁놀
한 자락 벤
단음절의 벌 떼 소리
무관심
기억 밖에서
차량 엔진 시끄럽다

온통 매연 마서대도 그들만의 즐거움
질주와 경적에도 좀체 놀라지 않고
찻길 옆 전선줄에서 위태롭게 밤을 샌다

늘어진 가지마다
별빛이 휘청댄다
문득 찬바람에
소곤대던 부리의 끝
몇 소절
겨울 이야기 어둠 속을 쪼고 있다

신화의 바다
— 반구대 암각화

원시림 바위벽에 바다가 잠들었다
깃털의 온기처럼 신화 속 영혼들이
콸콸콸 대곡천 따라 문명 독을 씻는다

심해를 빠져나온 암각화 고래들은
어둠 깃든 별자리로 바둑판 매김하고
거북등 갑골문자로 돌쩌귀를 꿰맞춘다

한 점 예각을 그어 만물과 교감하는
우주로 전파 쏘는 풀벌레 동심원들
별과 달 바람의 시를 물소리가 흥얼댄다

처용의 땅

공단 하늘 물들이고 밤을 앓는 기계음들
볼트와 나사못이 붉은 울음 토하는 사이
빈혈증 아침 햇살은 깃들 자리가 없었다

갈 곳이 마땅찮은 새 떼들의 겨운 날갯짓
야무진 믿음 하나 키워낼 겨를 없이
우리네 흩어진 삶은 또 어디로 향해 가나.

추적추적 빗소리가 지친 세월 다독일 때
풀씨로 돋아나는 키 작은 희망 하나는
그래도 추스러야 할 여백이 있는 걸가

수시로 불어닥친 눈 못 뜨는 황사 바람
어줍잖은 명분 앞에 바다는 스러지고
문명의 역신을 불러 살풀이 하는 포구

으악새

외진 언덕배기
그 이름은 '사랑의 손짓'
흔히들 사람들은
억새라고 부르는데
외딴집
그 소녀만은
으악새라 불렀지

늦가을 그 소녀는
내 품에 안겨 와서
하이얀
깁을 쓰고
가만가만 반겨들며
바람의 낮은음자리
가슴 한켠 앉혔지

한 장 그리움을
강물에 흘러 놓고
소녀는 언덕에 서서
콧노래를 불러댔지
내 가슴
은빛 플루트 우는지도 모르고

고분

돌부처 작은 손에 움켜쥔 천년 세월
반석에 귀를 대고 범종 소리 엿들을 때
아득한 선사의 자취 숨결 되어 다가온다

손 삽에 무게 실어 퇴적층 파고든다
땅 속에 묻힌 증언 파편들이 일어서고
돌쩌귀 환한 이음새 그 원시도 빛난다

옹관에 잠든 영혼 눈물 도는 사금파리
왕조의 도읍지를 지표로 남긴 연당蓮塘
쓰다만 국사 편찬서 다시 붓을 잡는다

목욕탕에서

아득한 시공을 넘어 원시로 돌아온 나
덕지덕지 않은 삶 때 열탕물로 씻어보면
더러는
허구를 벗고
신생아로 태어난다

벌거벗은 너와 나는 높낮이도 없는 것을
맨살을 맞비비는 뜨거운 숨결만큼
서로의
등을 떠밀며
공동체를 느껴본다

물안개 스멀대는 거울 속에 갇힌 허상
침묵으로 일관되는 귀머거리 형틀 접고
외로운
세상 밖으로
낯선 내가 가고 있다

판화작업
― 초록 둥지

원근법 구도를 펼친 돈을새김 산수화여
말고삐 몰아 쥐고 물웅덩이 늪을 지나
길 없는 길을 만들며 힘든 능선 넘어간다

아, 눈 아래 저 티끌 뒤범벅된 먼지와 호수
들끓고 또 끓어넘쳐 허둥대는 바다 속을
내리는 산성비 대신 쪽빛 물감 풀어놓는다

잠시 멈췄던 조각도 다시 예각의 금을 그어
앙상한 뼈 마디마디 녹색 옷을 입히면
하늘과 땅이 맞닿는 노고단이 저기로다

콸콸한 산 물소리 쏟아내는 하얀 영혼
웅숭깊은 계곡까지 저 숨소리 들리는가
그 아래 둥지를 틀고 살고 싶어 떠는 칼날

늪지에 핀 꽃
― 포은 선생의 유배지에서

한시름 일상 벗고 언양 찾은 서울 손님
요도寥島*가 어딘지 몰라 길을 찾아 헤맨다
등 매단 자목련 뚝뚝 소리 없이 지던 봄

살풍경 풀어놓은 찌그러진 비알 자락
작괘천 물소리가 푸른 새 빛 앉혀 가고
포은의 눈물인 듯한 샘물 퐁퐁 솟구친다

반구대 가는 길섶 잠시 걸음 멈춰 선다
집청마루 걸터앉아 한 입술 적신 단소
산마루 넘어선 달이 무슨 말을 건네는 듯

원시림 돌아 나온 구곡의 큰 나무랑
몰인정 도시 향해 좔 좔 좔 달려간다
한 시대 목마른 늪지 꽃을 피워 안기는

* 요도寥島: 포은 정몽주 선생의 유배지.

통화권 이탈

아직도 단절이 된 산마을이 여기 있다
집 몇 채 안개 속에 차분히 가라앉고
처마 끝 낙숫물 소리 삶의 시차 알리고

푸른색 형광불빛 액정판을 열었다
'통화권 이탈'이란 익숙지 않은 문자 앞에
깃을 편 나뭇가지가 추가 되어 흔들린다

소낙비 북을 치는 허름한 양철 지붕
적소에 멈춘 초침 혈을 찔러 대는가
거품 문 하얀 역류가 타임머신 돌려댄다

개운포 사설

회색빛 하늘 아래 사나운 바다가 운다
버려진 목선 두엇 발목이 붙잡힌 채
개운포 고래 울음이 처용을 기다리는

이제 세죽 마을엔 사람들은 오지 않는다
그물코를 꿰매던 어부의 손놀림도
찢어진 삼색 깃발도 수장되고 없었다

폐허를 쓰다듬는 허름한 주막 한 채
아직 떠나지 못한 삐걱 이는 소리들이
갈매기 울음 삭이며 해초 되어 자라난다

헐린 벽돌 틈새 썰물 떼로 덮친 일몰
처용의 빛바랜 넋이 철석철석 몸을 풀 때
실연한 달빛 꽃 불러 별신굿이 곡哭을 한다.

임성구(林成九, Lim, Seong gu)

1967년 경남 창원 의창구 북면 출생. 한국방송통신대학교 중퇴. 《현대시조》(1994) 등단. 시집 『오랜 시간 골목에 서 있었다』(2010, 동학사), 『살구나무죽비』(2013, 책만드는집) 외. 경남시조문학상(2010), 성파시조문학상(2014), 올해의 시조집상(2020), 제16회 오늘의시조문학상(2021) 수상. 세종문학나눔 우수도서 선정(2016). '영언' 동인, 우포시조문학관 사무국장, 한국문인협회 문학정보화위원 역임. '석필' 동인. 한국작가회의, 한국시인협회 회원 외. 한국시조시인협회 · 경남문인협회 이사, 오늘의시조시인회의 부의장, 경남시조시인협회 부회장. 〈부산일보〉, 〈경남일보〉, 〈거창인터넷신문〉 연재.《서정과현실》편집부장.

먹

임성구

내 굳은 뼈 붉게 갈아
세상을 세우리라

한 획으로 솟쳐나는
견고한 말씀의 나라

죽어도 죽지 않을 혼이여!
그 어둠을 쉬게 하라

임성구 시편의 한 중요한 음역音域은, 자연 사물에서 얻는 감각적 과정에서 발원한다. 이면에 캄캄한 깊이를 거느린 언어의 심연 속에서 자연 사물과 인간이 공명하면서 그려내는 파동을 그의 시편들은 담고 있다. 이때 자연 사물들은 제 몫의 물질성을 온전하게 구비하면서도 인간의 일상적 삶에서 어떤 지혜나 경험을 회복하는 상징적 장치로 변화하기도 한다. 이러한 면모는 시편의 내용에서 생겨나는 것이 아니라 대상을 바라보는 태도 내지 관점에서 빚어지는 것이다. 인간과 자연의 상호의존성을 생성의 경이로 노래하는 시편에 이르러 그러한 태도와 관점은 선명하게 그 신뢰를 드러낸다.

— 유성호(문학평론가 · 한양대 교수)

꽃이 핀다

음력 이월 초파일 어머니 다녀가시면
산에 들에 모유 냄새 뭉클한 꽃이 핀다
꽃으로 피어서라도 젖 물리고픈 내 어머니

꽃이 피면 나도 몰래 웃음종지 놓고 가신 거다
몇 날 며칠 어린 새가 슬픔에만 잠길까봐
봄에서 가을까지 피다가
눈꽃까지 피우신 거다

제아무리 사는 일이 눈물겹다 칭얼대도
어느 능선 어느 절벽 매달려서까지 젖 물리신

어머니, 그 꽃만 할까

우주를 덮는

향기 만발

시간을 열람하다

먼 곳에서 불어온 한 가닥의 바람이
흑백을 풀어놓고 사색하라 말한다
풀어진 태엽을 감으면서
나는 점점 젊어간다

여자보다 부드러워진 코스모스 남자가 있고
손만 대도 폭발하는 밤꽃 청년이 서성이고
화사한 찔레꽃밭에는
까까머리 아이 하나

거꾸로 파랑 치며 건너가는 독백의 겨울
가을이, 여름이, 그 봄이, 물씬 그리운
벽난로 반성문 쓰는 시간
아궁이가 뜨겁다

시작詩作

너무도 오랜 시간 골목에 서 있었다

불안한 밤 추위에 떨며 달력을 뜯어낸다

별자리
더듬는 키 작은 바람
모로 누운 여러 날

가슴 졸이며 쓴 시詩가 빗물에 번지던 날

번득이는 부호마저 낙뢰로 묻혀 버리고

그런 날
낮도 밤 같아
이정표가 안 보인다

수렁을 빠져나온
아프리카 난민촌에서

물기둥을 보았다
까만 얼굴 환한 웃음도

한 됫박
별물을 퍼 올리면
갈증도 저리 빛난다

살구나무죽비

무쇠 같은 하루가 노을에 닿는 시간
시퍼런 몸에 감춰진 찌든 먼지 털어낸다

속 비운

살구나무죽비
내 등에서 꽃 핀다

꽉 막힌 혈전들이 녹아내리는 몸속 행간
천년 전 바람 냄새 스멀스멀 배어들면

그 봄을
기억하는 살구
몸의 터널 환하다

앵통하다, 봄

우물가 앵두나무가 뽑히던 컴컴한 봄
꽃의 대중들은 못 들은 척 고개 돌린 채
잘났다 제 잘났다고 빨갛게들 떠든다

앵두 젖 훔쳐 먹은 달콤한 올가미들
순해서 푸른 달아 기도문만 외지 마라
운주사 석가모니는 왜 여직 주무시나

바들바들 떨며 진 한 송이 사람의 집
온몸이 녹아내린 식초 같은 절규인 양
화구구火口丘 앵두꽃무덤에는 재 냄새가 진동한다

조장鳥葬

불온한 생각들이 지켜온몸 버리려 하네

살과 가죽은 뜯어 굶주린 새 먹이로 주고

허공에 난蘭을 치겠네

깨끗해진 영혼으로

감잎 단풍

첫서리가 샛빨간 감잎에 앉았습니다

쭈글쭈글한 가슴으로 달에게 젖을 물린

대봉시 감분 같은 어머니

단풍 한 잎이 눈물입니다

질경이

흉터뿐인 그 이름도 한 번쯤 불러다오

별을 보고 칼을 받으며
퍼런 상처를 치유하였다

그 자리
부동의 자세로 서서
새 한 마리
꿈꾸었다

꽃물 한때

살점과 살점 사이 저 내밀한 붉은 말

내 몸 어딘가에 그대 흔적 스며 있다

한겨울
뜨겁게 울더니
군불처럼 지펴졌다

싸늘한 구들장에 꽃향기 번지는 시간

눈 덮인 어느 등선 틈이 하나 생겨났다

첫차로
찾아올 봄이
물들여 논 나의 얼룩

도화역桃花驛

오월로 뛰어가는 김천 하고 어디쯤에
복사꽃이 피었다, 흰눈 펑펑 내리는 날
기차가 그냥 지나쳐도
손 흔드는 간이역

내일이면 지워질 이 역에서 쓰는 편지
반쯤 고개 내민 복사우체통에 비둘기
천년을, 또 천년을 향해
눈꽃 경적 울린다

임성규(任晟圭, Im, Seong gyu)

1969년 전남 해남 출생. 한국방송통신대학교(국어국문학과) 졸업(2013). 금호시조상(1999) 등단. 시집『배접』(2016, 고요아침). 무등시조문학상(2016) 수상. 광주전남시조시인협회 회원.

임성규 시인의 시조는 절박한 생을 담고 있지만 절박함에 매몰되지 않는다. 그렇다고 여느 시편에서 보이듯이 막연한 희망을 보여주려는 작위성도 없다. 다만 그의 시편들은 힘겨운 삶 속에서도 우리가 이 삶을 견디면서 살아가야 할 이유가 있음을 여실히 보여주고 있다. 그의 "비밀한 울음"은 여기에 존재하는 것인지 모른다. 한 행 한 행이 피와 땀으로 살아나 삶과 밀착된 그의 시조에서 그가 혹은 우리가 걸어 온 길들이 보이는 것은 이런 까닭인지도 모른다.

— 이송희(시인 · 문학평론가)

계단을 밟으며

계단을 밟는 일은 다음에 맡기는 일
그대 앞에 무릎을 펴고 온전히 섰을 때
폭풍우 쏟아지는 말씀이 숲처럼 내게 온다.

그대를 잡으려고 급히 손을 내밀지만
빈 손바닥이 나의 등을 거칠게 때린다.
하늘이 내려오기 전 그 곳을 먼저 디딘다.

환벽당

　벽을 친다. 몇 걸음만 돌아가면 다 보일 텐데

　그림자를 일으켜 세워 시름을 감춘다. 벽 너머에서 터지는 슬픔을 삼킨다. 길 지나다가 눈앞에서 소용돌이가 쳤겠지 믿는 사람이 뒤통수에 돌 던진 적이 있었겠지 그렇지, 그렇지. 모두 다 지나간 일인걸. 바람이 거칠게 머리를 박는다 일순간 무릎이 철렁, 꺾인다. 빈 뜨락에 푸른 잎이 장대비처럼 쏟아진다.

　누구도 들이지 않는 담 너머 방 한 칸

배접

나, 그대에게
들키고 싶지 않았다
비밀한 울음을 속지로 깔아놓고
얇지만 속살을 가릴
화선지를 덮었다.
울음을 참으면서 나는 풀을 발랐다
삼킨 눈물이
푸르스름 번지면서
그대의 환한 미소가
방울방울 떠올랐다.

나무를 쓰다

대팻밥처럼 가늘게
마음을 깎았네
깎인 삶을 이으며 붙이며 살았네
깎인 몸 다 털고 나니
속울음이 상처를 덮네.

아무리
큰 못을 박아도
붙일 수 없는 네 숨결
흙구덩이 더듬어
밤새 흘렀네
푸른 숲,
기억을 깨우는
잘린 생 한 토막 같은……

까치발

높은 담 앞에서
발뒤꿈치를 들었다.

발목이 저리고 그리움이 깊어져

너머에 네가 없는 것을
해 질 무렵에 알았다.

숨 참으며 걸어갔을
너의 길 어디쯤

희멀건 먼지가 모락모락 피어올라

바람이 골목을 쓰는 내내
나는 떠 있다.

도강

길을 잃고 떠돌다
저녁 강에 이르렀다.
물결 너머 누군가 마른 손을 내젓고
내 안에 미친바람이 불어서
붉은 강을 건넌다.

그녀의 비명이 내 손을 잡아당기고
찬 물살을 가르며 어둠을 발로 찬다.
수천의 눈빛이 너울거려 멈추지 않는다.

조적

내 손은 상처투성이
황토로 담을 쌓는다.

목을 빼고 하늘을 쳐다볼 때
벽돌이 된다.

그녀는 이를 떨면서도
눈 하나 꿈쩍 않는다.

시간이 빈틈으로
흰 눈을 채워 넣는다.

대꽃 피어 천지 사방이 눈물바다가 될 때

네 이름
담벼락에 새긴다.
짧고 깊은 돋을새김으로.

꽃이 지는 시간

내 마음
빈구석에
쉴 새 없이 꽃이 진다
바람은 차갑고 순간은 눈부시다
우리는 어디에서 다시
꽃으로 필 것인가

만개滿開의
순간도 없이
지는 일을 생각한다
떠가는 나뭇잎이
돌부리에 걸리고
내 생애 갈피갈피마다
네 눈물이
맺혀있다.

낙수

어디로 흘러야 할지
도무지 알 수 없네
모든 바람이 저 숲으로
가라고 말했지만
믿을 건 아무도 없다고 고개를 저었네.

바닥에 맨발로 서 있던 날도 많았지
독수리가 허공을
빙빙 도는 빈 들에서
내 마음 움푹 패도록
그대를 생각하네.

결혼

소금 간을 하다가
순간, 쏟아졌다
내 설움이 국물 속으로 녹아들었다.
짜디짠 나의 일생을
그녀가 훌훌 마셨다.

임성화(林成花, Lim, Sung hwa)

1961년 경북 청도 운문 출생. 중부대학교(국어국문학과) 졸업(2009). 〈매일신문〉 신춘문예(1999) 등단. 시조집『아버지의 바다』(2002, 동학사),『겨울 염전』(2018, 목언예원) 외. 성파시조문학상(2014) 수상 외. 한국문인협회, 울산문인협회 회원. 한국시조시인협회 지역협의회 지부장, 울산시조시인협회장.

—

임성화의 시편들은 임성화적 시각으로 바라본 시대와 이웃들에 대한 진단서라 하겠다. 의사가 인체를 진찰한다면 시인은 시대와 시대정신을 진찰함이 마땅하다. 그것은 또한 독자와 사회가 시인에게 보내는 기대심리이기도 하다. 이웃들과의 관계성 설정과 실천자로서의 시대정신을 점검하는 일이야말로 자아실현을 향한 바로미터라 하겠다. 이제 남은 과제는 처방을 내리는 일이다. 오랜 기간의 방황과 모색에 박수를 보내며 더 지혜로운 대답을 이끌어 낼 것으로 기대한다.

— 민병도(시조시인 · 국제시조협회 이사장)

—

물 위에서 문장을 읽다

파르르 찰박찰박 잎파랑책 읽는다
한 페이지 넘길 때마다 떠내려간 산의 말씀
물속에 발 담근 하늘 어린 양 떼 몰고 간다

백로는 다리발 세워 징검돌 건너뛴다
질퍽한 물의 행간 문장은 부드럽고
침입자 감지한 피라미 자갈자갈 몸 굴린다

눈가에 붙은 졸음 반쯤은 떠내려가
혼돈의 머릿속을 헹궈 드는 숲의 반란
무념에 사글셋방이 푸른 스위치 올린다

거룩한 계보

물 폭탄 내리부어 집과 길 잠식한 날
쓸려 온 잡동사니 퇴적층 쌓아갔고
뿔 돋은 괴물 차바가 물의 뼈로 일어섰다

뜬금없이 섬으로 솟은 강 건너 고층아파트
음모를 꾸며오던 수룡水龍 혀 날름날름
손바닥 함바집 위엔 조난 신호 보낸 돼지

사나흘 비매질로 천지가 눈감았다
물에 둥둥 자동차들 종이배 놀이할 때
무쇠 발 포클레인은 악다물고 버텼다

지도 바꾼 일등공신 사라 셀마 루사 매미
태평양 또 어디쯤 살생부 펼쳐놓나
구름은 달의 분화구 스륵스륵 스쳐간다

방음리

청도 땅 운문댐을 가만가만 들여다보면
구름 한단 졸고 있는 들머리 감나무 집
오늘은 손님 오려나 까치 깍깍 울어댄다

참숯 태워 끓인 쇳물 조선솥 굽던 방음리
불매불매 불러가며 접일로 정을 쌓던
그 시절 동네 사람들 하나 둘씩 다가온다

새벽 길 종종대며 장에 간 어머니는
해 떨어져 못 오시나 물안개만 피는 언덕
호야등 들고 나온 달 묵화 속에 잠긴다

슬도에서

물속의 저 거문고 신선들의 악기였나
태백정맥 끝자락에 홀로 앉아 줄 고르는
갈매기 혀 짧은 모창 추임새도 절창이다

수평선 쪽빛 너머 무시로 성을 쌓는
힘줄 솟은 붉은 아침 고래 등 타고 와서
입속에 돋친 가시를 하나 둘 발라낸다

물질하는 해녀들의 숨비소리 가쁜 시간
흰 등대 앞에 서면 신음도 절창 되나
오늘밤 초승달 내려 알몸으로 춤추겠다

겨울 염전

고뿔 앓던 바다는 제방을 넘지 못한다
밀물이 그리운 화판 빗장을 굳게 걸고
호황기 근육질 사내 그 가래질 생각한다

한 겹 한 겹 한지 뜨듯 하늘을 걷어내고
서걱서걱 물의 영혼 달래고 어우르며
몇 트럭 소금 자루가 야적장에 쌓인다

개펄의 강철 바람 절경절경 잘려 나간
잘 다인 유리판에 다시 끼운 원판 필름
눈썹달 메이컵하듯 구도 잡고 앉는다

함석문 틈새 바람 뼛속 깊이 들어앉아
삐걱이던 골다공증 신음하던 아버지는
쇠락한 자궁 속으로 걸어가고 있었다

은현리 당산나무

몇 대를 천식 앓는 미이라 동구 할배
그나마 가슴 한 켠 딱따구리 집을 주고
아직도 감감 먼 소식 눈 못 감고 버틴다

책으로 못다 쓴 마을의 묵은 전설
개화기 설핏 눈 뜬 안개에 길을 잃어
일시에 덮쳐온 해일 말도 글도 쓸어갔다

화사한 옷을 입고 거울 앞에 내가 선 듯
팔랑팔랑 푸른 하늘 벌 나비 날던 날에
할배의 아린 가슴에 달빛 내려 안긴다

아버지의 바다

성난 파도 앞에 근육질이 살아난다
빛나는 작살 끝에 툭툭 튀는 구릿빛 생애
몇 해를 두고 온 고향 낮달처럼 돋아난다

집어등 불빛 쫓아 일상을 입질하던
풀려나간 삶의 궤적 밧줄을 되감아도
그물에 장미꽃 잎만 부서지며 오는 아침

만선의 기쁨도 잠시 실어증에 걸린 폐선
소금 친 지난 청춘 해무를 피워 물면
내항에 낮게 깔리는 뱃고동의 실루엣

좌판대에 몸을 굳힌 등 푸른 고기떼들
난 바다 가로질러 회귀를 꿈꾸고 있다
흰 눈발 툭툭 쳐내는 저녁 불빛 아래서

봉길리 기행

흐름이 어떤가는 봉길리에 오면 안다
물밑이 환하도록 천년을 떠받친 뼈
파도는 풍장을 위해 수습하고 있었다

끓고 있던 소리들이 먼지처럼 가라앉고
든든한 작고 큰 산 형체를 바꿔 가며
원래의 모습이란 건 환상 속의 변형일 뿐

칼빛이 번뜩이던 유언이 잠든 바다
이견대 눈높이에 돌섬 하나 떠오른다
물새 떼 긴 여정 앞에 잠시 쉬어 변을 본다

남근을 불끈 세운 토우들의 삶의 경작
씨 뿌려 추수하고 그물 쳐 어렵하던
그 유산 물들인 노을 대종천에 깔린다

망월동 묵언

가을비 젖어가는 낯설지 않은 이름 위에
시든 기억 곧추세워 은빛 억새 녹을 닦으면
흑백의 필름 속에서 수묵 강이 뒤척인다

뼛속에 꽂힌 통한 화살보다 아픈 증언
꽃물 쏟은 자음들이 가까스로 일으켜도
굳어진 모음의 구개□ 표현법이 서투르다

황토에 얼룩 물 입힌 지난여름 뻐꾸기는
고요를 쪼아내다 산 하나를 맑혀 놓고
부리에 묻은 슬픔을 새똥으로 덮고 갔다

흔들리는 들꽃 보듬고 웃고 있는 누이 영정
우리들 잃은 반쪽 구어체로 베어 문 채
비면碑面에 이끼 앉히며 서사시를 쓰고 있다

DMZ

썩지 않는 뼈대들이 바람막으로 울을 친
한 생각 물들이던 붉은 잎새 눈빛 속에
문신을 새긴 상흔이 얼기설기 베를 짠다

어둠 속 울음 우는 하얀 포말 영혼들
꽃구름 피는 골짝 속죄인 듯 검힌 미명
모순의 덧칠을 벗겨 밑그림을 지워간다

헐린 성곽 담쟁이가 남과 북을 연결한다
반세기 표류하며 부표처럼 떠다닌 섬
태양에 그을린 역사 달빛 신화로 일어선다

임영석(任永錫, Lim, Young suk)

1961년 충남 금산 진산면 출생. 호 한결. 논산공고(기계과) 졸업. 《현대시조》천료(1985, 봄호), 담수회 전국지상백일장 장원(1988), 《시조문학》2회 천료(1989, 봄호) 등단. 시집『받아쓰기』(2016, 문학공원) 외 6권. 시조집『배경』(2008, 시선사), 『초승달을 보며』(2012, 동방) 외. 시조선집『고양이 걸음』(2018, 책만드는집). 시론집『미래를 개척하는 시인』(2016, 문학공원). 시조세계문학상(2012), 제15회 천상병귀천문학상 우수상(2017) 수상. 한국문화예술위원회(2009), 강원문화재단(2012, 2016, 2018), 원주문화재단(2018, 시조) 수혜. 한국문인협회, 한국시조시인협회, 한국시인협회, 오늘의시조시인회의 회원. 《스토리문학》부주간.

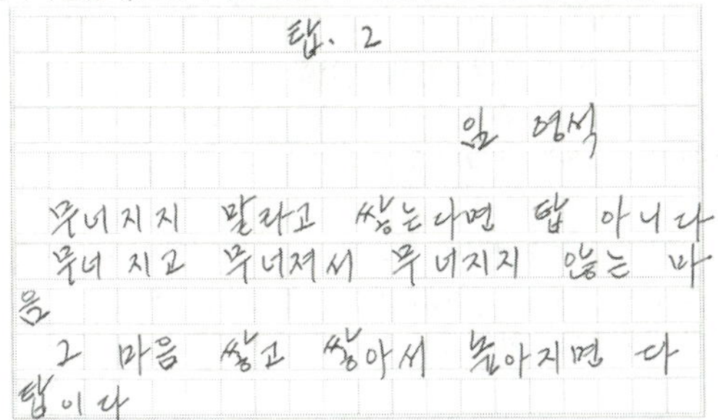

—

임영석 시인은 시적 대상에 함몰되지 않고 미학적인 거리를 유지하면서 담담한 어조로 대상의 본질을 꿰어내는 오랜 창작의 경륜이 묻어난다. 무엇보다도 내면을 향한 깊은 성찰과 자연을 향한 투명한 시선은 시인의 시를 읽는 눈을 맑게 닦아준다. "소나무는 그 절벽이 깨끗한 화선지다/ 목숨을 걸고 받아 쓴 풍경만을 펴놓는다"라고 노래한 시인은 늘 절벽에 선 한 그루 위태로운 소나무처럼 팽팽한 긴장과 결연한 삶의 자세로 생의 의지를 시조로 풀어내고 있다(『고양이 걸음』).

— 복효근(시인)

—

징검다리를 건너며

1.
나, 이 세상 살아가며
남에게 등 구부려

구부린 등 밟고 가라고
말해본 적 한 번 없다

그런데 이 징검다리
목숨까지 다 내준다

2.
물의 옷 위에 채운
단단한 돌의 단추

물의 옷을 벗기려면
풀어야 할 단추지만

아무도 이 물의 옷을
벗겨가지 않는다

겨울밤

나무가 서 있으면
바람도 서 있겠다.

부엉이 울음 속에 먹물을 풀어놓고
산이 말을 하면 학鶴처럼 목을 뽑아
열두 폭 병풍을 그려 하늘 밑에 세우면,

비로소 바람과 나무가
산으로만 가더라.

무언無言
— 故 노무현 대통령이 뛰어내린 부엉이 바위에서

민들레가 피는 것도 제 영혼의 말일 건데
유언 한 줄 써 두고서 뛰어내린 이 바위는
얼마나 많은 말들을 가슴속에 새겼을까.

부엉이 울음들이 잠시 멈춘 그 틈에서
허공에 써 내려간 한 획의 뚫을 곤(丨)자
무언無言의 획으로 남아 무슨 글을 완성할까

참매미 나무 등에 혹처럼 매달려서
소리로 완성하는 글들을 남기는데
내 몸의 척추뼈 같은 그 무언無言은 무엇일까

산다는 게 죄가 되면 절벽이 되는 건가
아무리 둘러봐도 바람 같은 말뿐인데
이 세상 두고 가는 말, 무언無言 말고 뭐 없을까

고양이 걸음

고양이가 살금살금 숨 막히게 걷고 있다
날카로운 발톱 속에 본색本色을 감추고서
포획의 사정거리를 좁혀 가는 저 고양이

잡을까 놓칠까 내가 더 초조한데
고양이가 걸어갈 때 흐르는 무심지경無心地鏡,
얼마나 참고 참는지 눈도 깜박 않는다.

저 집중의 눈화살이 갈 길을 가로막고
덤으로 담아주는 발밑의 민들레꽃
눈화살 천 번을 쏴도 빙그르르 웃고 있다.

탑塔 2

무너지지 말라고 쌓는다면 탑 아니다.
무너지고 무너져서 무너지지 않는 마음
그 마음 쌓고 쌓아서 높아지면 다 탑이다.

족문足文
— 구룡포에서

족문으로 써 내려간 갈매기의 생각들이
모두가 하나같이 뒤를 향한 화살표다
제 몸이 뒤에 있다는 눈속임의 글 한 줄

적벽에 그려 놓은 반가사유 미소처럼
알아도 모르는 척 그 글의 끝을 보니
날아가 쓰지 못한 글 모래알보다 더 많다

껍질론論

껍질이 단단하면
그 속이 연한 거고

껍질이 연하다면
그 속이 단단하다

사람의
마음이라고
그 껍질이 뭐 다를까

의자론

물에게 바닥이라는 의자가 없었다면
평등을 보여주는 수평선이 없었을 거다.
물들이 앉은 엉덩이 그래서 다 파랗다.

별빛에게 어둠이라는 의자가 없었다면
희망을 바라보는 마음이 없었을 거다.
별빛이 앉은 엉덩이 그래서 다 까맣다.

의자란 누가 앉든 그 의자를 닮아 간다.
풀밭에 앉고 가면 풀 향기가 스며들고
꽃밭에 앉았다 가면 꽃향기가 스며든다.

꽃불

이 산 저 산
불이 날까
지키는
산불감시원

하루 종일
지키지만
꽃불은
못 막는다.

그 꽃불
연기도 없어
비가 와도
안 꺼진다.

초승달을 보며

괄호도 아니고 반 괄호로 달이 떠서
어떤 말의 의미들을 풀어줘야 할 것인데
앞 문장 깊은 여백에 품은 글이 사라졌다.

내 나이 다섯 살에 죽었다는 아버지는
콩깍지 속 콩들처럼 칠 남매를 남겼지만
어머닌 육십 평생을 반 괄호로 살았다.

괄호로 묶어내도 쭉정이가 많을 건데
어떻게 칠 남매를 혼자서 키웠는지
반괄호 달빛을 보니 그 의문이 풀린다.

둥그런 달빛 속을 파고든 저 그림자
제 몸을 다 내주고 그림자로 채운 마음
서로가 품고 품어서 반 괄호가 되어 있다.

불혹의 내 나이도 반 괄호가 되었지만
자식의 숨소리에 쫑긋 세운 내 두 귀는
언제나 초승달처럼 앞 괄호를 열어 둔다.

임영숙(任英淑, Lim, Young sook)

1963년 경기 용인 내사면 출생. 경희문화창조대학원(미디어문예창작) 문학석사 졸업(2016). 《나래시조》 신인상(2014) 등단. 시조집 『풀잎의 흔들림이 내게 건너왔으니』(2020, 문학의전당) 새얼문화재단 전국백일장 시(2007), 제2회 나래시조 젊은시인상(2020) 수상. 오늘의시조시인회의, 나래시조, 한국문인협회 회원. 한국시조시인협회 편집위원, 《나래시조》 편집장.

지역 차이

임 영숙

나를 떠난 너는 제부도로 전송했다
겨울 강에 굴절되는 흰 봄빛 노을을

붓자루 기다리는 동안
붓 주름이 출렁였다

전송된 화면 속 눈 울음을 검색했다
그곳의 뜨거움에 투명해진 소리와 나

이곳은 여름이 왔고
너는 겨울에 있었다

—

임영숙의 시편들은 현대인의 불안을 극대화시키는 "소통의 부재로 외면성"을 강하게 부각하며(「감전바이러스」) 담벼락 맞은편 뿌리 뽑힌 꽃처럼, 소시민의 일상에 대한 애틋한 시선을 담고 있다(「구로역의 봄」). 뿌리에서 가시까지 밀고 올라온 뾰족한 일들에(「꽃 피다」) 서로의 지친 몸은 어깨를 기대고, 쓰다듬고, 보듬으며, 기다려 준다(「춤추는 자전거」). 내 안과 밖의 허물들을 들여다보고(「오후요가」) 강을 바라보며(「같은 강물」) 대자연과의 교감이 작품 안에 녹아 있다(「눈뜬 별과 대화」). 일상에서도 시행착오를 겪으며(「어리둥절」, 「입속의 캐스터네츠」, 「발목꽃, 이울다」) 시인만의 철학적 시상을 캐치한다. 시조 창작에서도 시상의 전개를 광폭적으로 이끌어 나가고 있다.

— 권갑하, 김강호

임영숙의 시는 존재에 대한 숙고로부터 출발하는 응시와 고요의 온기를 꿈꾸는 시-존재 그대로의 모습으로 다가온 '너'를 바라보는 화자 태도의 심미적 형상화로 드러난다.

— 신상조(문학평론가)

—

꽃 피다

엉겅퀴 한 송이가
반란처럼 피었구나

뿌리에서 가시까지
기어이 밀고 올라온

뾰족한
지난 일들이
울컥울컥 꽃이 된다

감전 바이러스

아무도 못 들었지
아무도 못 봤지

장맛비 빨아들여
단단해진 콘크리트 벽

그 아래 천 원짜리 비닐 옷 남루하게 걸친 사람

작년부터 그 자리에
서 있는 해직자들

목청껏 부른 노래
빗물에 흘러 넘쳐

해고된 노동자 얼굴 노랗게 감전된다

이식하는 봄

트럭에 실려 온 어리둥절 팬지꽃을
구로역 둥근 화분 옮겨 심는 시청 직원
새 봄을 이식하는 중 손놀림이 부산하다

담벼락 맞은편 뿌리 뽑힌 꽃들이
어깨를 맞대고 흔들리며 서 있다
해고는 살인 행위다 근조기 손에 들고

확성기 울리며 삼월의 봄 확장하는
구로역 쌍용 자동차 그늘진 담벼락
앙상한 풀뿌리들은 안착할 땅 고른다

거리를 향하여 소리치는 목마름
육신이 쉴 수 있는 한 평짜리 안식처
다짐과 함성의 수액, 뿌리째 흔들리는 봄

춤추는 자전거

서로의 지친 몸을 쇠사슬로 친친 감고
경비실 옆 자전거 어깨를 기대고 있다
아무도
들여다본 적 없는
차디찬 살갗들

전이되는 녹슨 살갗 쓰다듬고 보듬으며
굴리지 못하는 녹이 슨 바퀴살들
언덕도
젊어 쉬 넘어가던
바깥 풍경 그립다

아무도 앉지 않은 오랜 시간 기다림 끝
새 살림 장만하고 이삿짐 푼 거미부부
안장에
손님을 맞이하네
부부는 춤을 추네

오후 요가

물렁이는 살들이 단단해지는 시간 지나
출렁이던 것들이 탄력이 생기도록
아파트 문화센터에 나비들이 모여든다

몸을 활짝 열어봐,
숨을 편히 쉬어봐,
가슴을 열면 발밑까지 숨을 채울 수 있어
공중에 뜬 새의 호흡
고래 호흡을 상상해

힘이 쏠린 방향으로 아픈 몸이 기운다
몰린 시간 길수록 투쟁이 커지는 그곳
가만히
몸 맞추는 자리에
긴 호흡을
보낸다

눈뜬 별과 대화
— 이도백하 가는 길에서

궤도를 돌고 돌아 달빛 타고 내려온 별
꽃으로 피었다가 눈물로 피었다가

구름밭
내려놓은 울음

물때처럼 흘러가네

소곤대는 속삭임 별의 말이 꽃 되고
마주한 눈빛 언어 이마 위에 펼친 시간

우주 속
성근별 중력 모아

백두 음성 당겨 듣네

같은 강물

뗏목을 타려고
모여든 사람들과

두 손을 꼭 쥐고, 묵언으로 흐르는

두만강 뗏목 위 '아리랑'이
물속에 섞이고 있네

백두산 천지에서
흘러온 그 강의 길

몰입해 온 물밑은 반쪽* 으로 나뉘었지만

강물의 한소리 호흡을
화음처럼 받아 듣네

* 두만강의 반쪽은 북한땅이고, 반쪽은 중국땅이라고 한다.

어리둥절

거즈 두른 가로수에
검은 비가 내린 날

압박붕대 젖을수록
거리가 흔들렸고

소음 속
전구 감긴 옅은 기척

눈 속으로
훅 들어왔다

입속의 캐스터네츠

아버지의 틀니가 입속에서 움직이면
스물여덟 이빨은 고통의 캐스터네츠
직조된
윗니와 아랫니
음악은 살아 있다

누대에 이어져 온 저작의 노동으로
하나된 잇몸과 이빨은 말을 한다
달그락
살아 있는 동안
씹고 또 씹어야지

음식을 거부하고 컵 속에 잠긴 시간
가만히 내려놓은 틀니를 바라볼 때
이제는
제 소명 다한 듯
기포 피워 올린다

발목꽃, 이울다

걷다가 헛디뎌 발목을 접질렀다
멍든 채 부어오른 발목을 들여다보며
제대로 눈길 한번 못 받고
바닥부터 붉게 핀

왼쪽발 딛지 못해 오른발로 걷고
그 무게를 지탱 못해 발목이 부어오르고
부은 발 뻣뻣해져서
자꾸만 쥐가 내린다

공평한 힘의 분배 깨어지듯 부실해지고
어혈이 풀리고 통증이 놓고간 깨달음
숨죽여 있는 듯 없는 듯
서로서로 맞닿을 때

왼발을 감당하여 한몸 되는 오른발
언제나 절뚝이며 함께한 멍든 맨발
내 안의 검은 소리를
귀 기울여 듣는 시간

임영창(林泳暢, Im, Young chang)

1917.~2001. 경북 영덕 지품면 원천동 출생. 호 일묵(一默), 담인(湛人) 외. 별명 임삼(林三), 임시준(林時準) 외. 건국대학교(정치과) 졸업. 〈유년신보〉 동요(1924), 〈종교시보〉 시조(1931) 발표, 〈장로회보〉 시(1935), 《농민생활》 수필(1935), 《여성》 소설(1937) 등단. 시집 『오후의 시』(1953, 창란각), 『보리수 통신』(1976, 삼보각), 『EGO(나)』(1982, 을지문화사) 외. 수필집 『문장의 초원을 거닐며』(1986, 의식) 외. 저서 『현대인을 위한 불교입문』(1976, 삼보각) 외. 현대시조시인협회 부회장, 마산문인협회장 등 역임. 해군사관학교(중령), 항공대학 · 효성여대 · 마산대학 교수, 고등학교 교장 역임.

—

가을과 삶의 장章

난 참 바보였다. -꿈을 좇는 소년마냥
괴롬을 피한다고 찾아온 이 항구도
물결은 사람에 일고 내 옷깃은 싸늘하고….

(삶이란 쓴 나물맛. -쓰다 뱉도 못 하고…
프라탄 가지에 앉은 작은 새의 소망처럼
잎잎이 다 떨어지면 오는 봄을 기다리고…)

나는 참 바보였다. 그래도 난 울잖는다
서리 아침 웃는 국화 단풍 잎새 붉은 정열
파아란 가을 하늘이 외려 다정했는가!

바위

세월이 할퀴 놓은 균열된 상흔인데
태고를 마음하는 옹졸한 포의布衣의 상
고난이 또한 은혜롭다 묵념하는 가부좌.

꽃 아침 새소리도 외면해 침묵하고
달 뜬 저녁 풀벌레에 망상 없는 부동감不動感
달마를 벗하는 체념諦念 대불다운 보리심菩提心

옴추린 거북다이 지천명한 합장이나
두 날개 돋아나면 목 수리로 솟구치리
단목하檀木下 쑥마늘 먹던 곰을 닮은 신화여.

산이 날 오라 한다

푸른 도포 자락 벌려 산이 날 오라 한다
높은 고개 끄덕이며 산의 품에 안기라 한다.
말씀은 아니하여도 귀에 들리는 그 말씀

잣낡이 파람을 불고 폭포 소리 청을 돋궈
산이 날 오라 한다. 산의 품에 안기라 한다.
태초에 말씀이 있던 그 말씀으로 날 부른다.

구기자 향내 맡으며 머루 다래로 목 축이면
내 몸에도 풍기는 내음 햇순 같은 산의 내음
색신色身이 흰 구름에 싸여 산이 오라는 대로 간다.

사월 송

사월은 꽃 피는 달, 그 룸비니 동산에서
사바의 예토穢土를 뚫고 솟아오른 푼다리카
시공의 나날을 넘어 오늘 여기 풍기는 내음

사월 그 룸비니에 한 아기 울음 소리
하늘 위 하늘 아래 더할 이 없는 소리.
대천세大千世 입을 모두어 가락도 멋진 게송喝頌 소리

사월 그 룸비니 동산 성태자聖太子의 손가락 끝에
하늘이 뚫려 공空이 되고 땅이 꺼져 멸滅해진다
진공의 파란 하늘에 묘유妙有 방긋 웃는 모습.

도피안송到彼岸頌
— 어느 산사에서

염원도 절絶 한 정적 속에 저승처럼 울리는 목탁
머리 파란 사미니의 연록색 염불 소리
서역국 어디메 강기슭엔 연뢰蓮蕾 터지는 소리

솔순 꺾던 손을 멈추고 문득 먼 하늘 바라보면
함박꽃 같은 웃음 띠고 다가오는 여래如來 여거如去
열반의 저 언덕 위에 몸이 법계法界에 선다.

고孤의 장章

썰물이 지나간 해변 갈매기만 울어예는데.
아스라한 밤안개에 스며드는 푸른 고독.
내 마음 이런 밤처럼 호젓이 외론 때가 있다.

억겁億劫보다 긴 설움을 쓴 담배로 꿀꺽 참고
해오라기의 모가지로 내일을 바라 발돋움하면
아득한 밤바다 위를 달이 성큼 걸어온다.

나 하나

저 넘실대는 푸른 바다 우쭐거리는 산맥들
활짝 펼친 넓은 평야 뛰는 노루 우짖는 새
나 하나 이 가운데서 활개치는 삶의 유열愉悅

돌 한 덩이 나무 한 그루 모두 제값과 뜻을 지니고
풀 한 잎 꽃 한 송이 모두 삶의 구상이 있듯

나 하나 나 대로의 삶을 지녀 이 산하山河에 우뚝 섰다.

신륵사 부처님

신륵사 부처님은 물이 좋아 강에 산다
송뢰 울부짖는 아픔을 보기보다
잔물결 자비로운 가람 가에 미소 함께 드신 선종.

산사춘한山寺春閑

나 하신 스님 이 없는 입에 염불만 씹으시고
뻐꾸기 소리 목탁 속에 메아리 져 울리는데
단 위에 반눈 감으신 부처님도 졸음 진다.

다 사른 볕살 법당에 들어 부처님 무릎에 재롱하고
두루 기둥 단청 연잎 향 머금어 풍길 듯한데
태고적 푸른 하늘이 가벼이 내려온다.

영릉

「사람마다 쉽게 익혀 날로 씀에 편케 하리」
옛님의 뜻이 뭉쳐 이 봉분을 이뤘는가
하늘에 떠도는 구름도「」을 쓰고 지우고….

임유행(任桎倖, Lim, Yoo heaing)

1938년 전남 장흥 부산면 금자리 효자마을 출생. 덕성여대 사회교육원(시창작과) 수료, 경기대 사회교육원(시창작과) 재학중. 《조선문학》 시(2004), 《시조시학》 시조(2007) 등단. 시집 『바람부는 언덕에서』(1999, 온누리), 『필라의 햇빛과 할머니』(2005, 고요아침), 『가을은 허풍쟁이』(2007, 조선문학). 시조집 『릴케의 달』(2017, 고요아침). 열린시학 시조(2013), 가사문학 창작가사 우수상(2015) 수상. 오늘의 시조시인회의, 여성시조, 열린시학, 조선문학, 한국동시조 회원.

—

임유행 시인의 작품 기저 자질에는 사회에 대한 비판의식과 역사의식이 있으며 존재를 향한 끊임없는 그리움이 있다. 사회에 대한 비판의식은 도시 공간 모든 주변의 것들에 대한 반성적 자각으로부터 시작하여 비슷한 연령대의 사람들이 겪는 고통은 물론, 사회적 이슈가 되는 사건들에 대한 사회 구성원으로서의 부채의식과 미안함이 진솔하게 묻어난다. 세월호가 침몰하면서부터 다시 수면에 올라오기까지 3년여 시간을 지켜보면서 여러 편의 작품을 창작하고 있는 것도 이러한 부채의식에서 기인되고 있다고 볼 수 있다.

— 이지엽(시인 · 한국시조시인협회 이사장 · 경기대 교수)

릴케의 달

층층이 포개진 내 꿈들이 쌓인 서가
새벽달이 커텐 너머로 자꾸 멀어지고 있다
허공에 떠 있는 나는 공중 부양되고 있는가

눈들이 불을 켜고 있다, 외계의 신호등인 양
공중파, 지상파, 전자파, 탈출할 수 없다
층별로 가두고 있는 허상의 숫자들에서

고압선 전류가 2만 5천 볼트로 흐르고
5초마다 바뀌는 나사렛교회 네온이
하늘을 죄 가로막아 공중분해 중이다

버릴 수도 부양할 수도 없는 것들
징징대며 따라붙는 활자들 아래서
오늘도 릴케의 달은 여위어 수척한데

백제의 눈
— 3월

1.
백제의 무사들이 흰 옷들 입으시고
은깨비 눈깨비로 살풀이 춤을 추며
황산벌 전투장인가 떨어지는 목숨들

2.
배고픈 첫 삼월에 허천나게 눈이 온다
잡으면 사라져버리는 하얀 저 쌀밥들
헛것이 눈에 보이는, 못 먹고 가신 손인가

3.
지상에 내리는 족족 스며드는 대지속에서
쑥대궁 나무뿌리들 목마름 축여주고
초가집 처마 밑에서 밥상 하나 차리고 있다

변기에 절하다

벙벙히 차오르는 물이
기세가 등등하다
넘칠 듯 출렁거리며 뚜껑까지 맴도는데
선무당 사람 잡는다, 어디부터 손을 쓸지

우리 몸 일부가 된
이 호사스런 변기에
태백 검룡소에서 황제빌라 5층까지
오래된 해우가 깊다, 구절양장 굽이굽이

합수로 삭히고 삭혀
철 이른 논밭에 뿌려
제 똥 먹고 살던 때엔 배부른 게 다였는데
넘치고 과부하 걸려 진맥만 요란하고

백 년 후 물 부족 국가
하수는 역류하고
절벽에 가까워지는데 우리는 파티중이다
허공에 뜬 궁전인가, 꽉 막힌 남과 북이

꽃은 마녀다

피를 봐야만 한다 우리는 망나니다
꽃들은 줄줄이 잡혀오고 효수된다
죽음을 두려워 않는 죄
순치되지 않은 몸짓

꽃은 구걸하지 않아 흰 피를 흘린다
죽음에 들러리 선 어리고 여린 비바리
길들이 거꾸로 서서
푸닥거리 하는 무대

백만 송이 합동분향소 전시되는 상형문자로
쟁반에 받쳐 든 저 피 묻은 모가지들
꽃대는 길들지 않아
목이 잘릴 뿐이다

4월 꽃상여
— 벚꽃

모든 성 다 허물고 허공에 부서져 날리는
어제 내가 버린 것들, 오늘 나를 버린 것들
4월의 다비소인가
시詩들은 꽃상여

창 밖에 하객으로만 머물다 떠난 섬
집이란 팔만대장경 나오는 문이 없어
잊혀진 내 무덤 위에
꽃 무덤들 쌓이고

눈앞에서 놓친 버스 사라진 고향 역에
촛불로 타고 있는 저 사무친 기도를
오롯이 흩뿌리고 있다
눈 감아도 아른거리는

맨발의 누이야
— 찔레꽃

누이야, 순이랑 돌이 초롱한 눈망울로
청량리 소화물센터 후미진 모퉁이에
세상을 다 가진 우리
어린 날 더불고

모든 규격품들이 빈틈없이 가로 막혀
블록 위를 걷도는 사람들 발길 속에
맥박이 살아 숨 쉬는
땅 한 평 싸들고 와서

숨 가쁜 도시개발 균형 촉진지구에
뉴타운 지상의 낙원 발붙일 곳 없는 서울
원주민 보호구역 같은
섬으로나 살아남을까

그림자만 비껴가도 스미는 손길은
하찮은 차량기지 모퉁이에 마주보며
맨발에 열일곱 낮달
하트가 날리고 있다

미황사

달마산 생불들이 생긴 대로 눌러앉아서
한 권의 경전도 없이 웃통은 벗어제낀 채
글자도 언어도 없는 묵언 설법을 하고 있다

금인의 황홀한 자태 아름다운 소의 울음을
남도의 금강산에 옮겨 놓은 생불들이
천년을 정물로 앉아 눈 감고 천리를 보다

공룡이 되고 싶던 산, 땅 끝까지 뻗쳐 와서
다도해 불썬봉 아래 쉬엄쉬엄 자리잡아
보송한 맨얼굴 빛이 살아있는 대웅전

한 잔의 맑은 차에 산중한담 공양하고
닭골재 닭 울음소리 바람재 넘고 있는
돌들도 면벽을 한다. 달마가 숨 쉬고 있다

성형탑

제비는 돌아오지 않고 뼈 탑만 쌓인다
저 문을 통과하면 유전자 판이 바뀌는
강남에 턱 페스티벌
칼춤만 난무하다

디지털 비대칭으로 깎아내고 잘라내고
대 물린 조롱박 틀 쪽박이 깨지고 있다
초승달 그믐달들이
초대된 성형공화국

지하철 벽에 걸린 뷔너스들의 실루엣
앵글에 쏙 들어가는 맞춤형 생애를 위해
로댕의 깊은 사유가
절개되는 난장이다

6월·어너리

거슬러 갈 수는 없다 곳곳마다 대조기다
해찰을 부려야만 비로소 보이는 게 있어,
속도에 숨 넘어간다
허당뿐인 진군나팔

신록들이 날리고 있다, 후레쉬를 터뜨리며
말글들은 자폭 중이라 살 속에 박힌 무덤들
우화는 그늘로 뻗어
가라사니 살아나고

맹골에 갇혀 있는 성수기 관광버스
초록은 발기하는데 산 첩첩 가로막혔네
웃음도 박제되었나
꼬실라 진 하늘가

땅에서 풀어야만 하늘에서 풀리는데
상여는 출렁출렁 한 발도 뗄 수가 없네
어너리 열두 마당에
6월이 붙잡혔다

부활 또는 번데기

종로 5가 지하철역 1번과 2번 출구 사이
비상용 모래상자 아래 박제된 듯 웅크려
몇 겹의 누더기 속에
신성히 잠든 이

한 블록 밖에는 밀집한 예배당들
한파가 다가오는데 잠자는 교회 깨우려
낮은 곳 임하셨나보다
귀하신 성자께서

눈보라 젖은 신발들 서걱이는 바닥에
밀착한 엉덩이가 다리를 끌고 있다
더 이상 갈 곳 없으니
날개 하마 돋으려나

불 밝힌 역무실 쫓기는 부랑아 별
화성만큼 멀어진 대한민국 수도 서울
눈발들 영하 15도에
저승꽃 되어 날리고 있다

임재근(林在根, Lim, Jae geun)

1941년 경남 합천 대양면 출생. 호 운산(雲山). 진주동명고등학교, 경남대학교 경영대학원 (경영학).《좋은文學》(2011, 55호) 등단. 시집 『신사의 기도』(2011, 청어), 『가야산 소리길』 (2012, 청어). 한국시조시인협회, 경남문학관, 합천문학회 회원. 장복산문학회 고문.

—

운산 임재근 시인의 시는 정情의 노래입니다. 그의 작품은 고향을 노래하고 자연을 노래하고 인정을 노래합니다. 고향은 누구에게나 정겨운 곳이고 돌아가고 싶은 곳입니다. 하지만 고향에 돌아가 보면 이름은 고향 이름인데, 사람이 간데없고 그 따스하던 농촌 모습이 도시로 변화된 곳이 대부분입니다. 다행히 운산 시인은 크게 변하지 않은 고향을 지녀서 이렇게 절절하게 많은 노래를 부를 수 있는지 모르겠습니다. 흔히 글과 사람은 다르지 않다고들 합니다. 그 사람의 산문, 그 사람의 시조는 결국 그 사람의 상상력, 그 사람의 인품이 빚어내는 것이라는 의미일 것입니다. 풍부한 상상력으로 시조의 정형을 살려 자연을 서정적으로 노래함이 돋보인다 하겠습니다.

— 이우걸(시조시인 · 우포시조문학관장)

—

흙

삼동의 혹한에도 백설白雪을 이불 삼아
여린 씨앗 오롯이 품어 새봄에 꽃피우니
구 남매 낳아 기르신 어머님의 자궁인가

비오면 비를 맞고 눈 오면 눈을 맞아
체념을 일상으로 말없이 사는 너는
갖은 한恨 다 녹여내는 어머님의 가슴인가

겉 보긴 품새 없고 향기마저 질박質朴하나
화분에 고웁게 핀 난향蘭香에 비할 손가
구수한 그 내음새는 울 어머님 체취런가.

남정강*의 여름

청아하게 내려앉은
유정한 백사장에
비늘 져 흐르는
해맑은 강물 위로
청자 빛 하늘이 뜨고 뭉게구름 흐르고

청버들 잎새 사이
지저귀는 종다리
풀 내음에 취해서
떼 지어 하늘 날면
강물 속 피라미들이 한여름을 부른다.

남정강: 합천읍을 돌아 흐르는 황강의 옛 이름.

가야산 소리길

가야산 상왕봉엔 서기가 푸르른데
굽이진 소리길*은 선홍빛 단풍 들어
농산정 난간에 서니 벽계**도 홍류메라

우람한 세석바위 폭포수 하 우렁차
세간의 비방험담 그 앞선 바람인 걸
고운의 탈속경지를 예 보니 느낄세라

미련한 우공***도 네 품에서 깨우쳐서
밭 갈고 짐 나르며 공덕 짓기 바쁜데
구름은 정취에 취해 가는 길을 멈추었나.

* 소리길: 깨우치는 길, 극락 가는 길.
** 벽계碧溪: 물이 맑아 푸른빛이 도는 시내.
*** 우공: 가야산은 소를 상징하는 우두산于頭山이라고도 함.

해인사 가는 길에

웃자란 질경이가 발목을 휘어잡고
억새의 칼날 잎이 가는 길 막아도
은은한 모종소리에 발걸음이 가볍다

천년송 그늘이고 쏟아지는 폭포수
하이얀 물보라가 사악함을 녹여내
아집에 들뜬 가슴에 자비의 뜸을 뜨나

녹수에 탁족하고 계곡을 다시 보니
바위와 물과 숲이 뒤엉켜 흘러가고
삼복에 끓든 심화가 물바람에 가신다.

풍경

대웅전 추녀 물고
천상가는 이어鯉魚*야

노도에 떠밀리어
산사에 왔었느냐

속세의 인연 끊으려 구도길 들었느냐

하늘을 바다 삼아
산바람 파도 타며

낭랑한 독경에
온몸으로 우는 너는

중생을 제도하느라 뜬눈으로 지새우나

* 이어鯉魚: 잉엇과의 민물고기.

임종찬(林鍾贊, Im, Jong chan)

1945년 경남 산청 생초면 출생. 부산대학교(국문과) 졸업, 동 대학원(문학박사) 수료(1966). 《부산일보》 신춘문예 시조 입선, 《현대시학》(1973) 등단. 시조집 『청산곡』(1974, 한성), 『논길이 보이는 풍경』(2000, 태학사), 『나 이제 고향 가서』(2008, 세종), 『감자꽃』(2017, 세종) 외. 저서 『현대시조의 정서와 방향』(2009, 국학자료원) 외. 성파시조문학상(1986), 오늘의시조문학상(1992), 부산시문화상(1998) 수상. 부산시조시인협회장, 부산대 국어국문학과 교수 역임. '볍씨' 동인.

임종찬 시인이 초기 시조에서 견지했던 화려한 색채 실험과 그것을 통해 이제는 다시 살아올 수 없는 고향의 풍경을 축약적으로 포착해 내는 특장은 여전히 유효하며, 또 현재 그가 시조를 통해 도달한 삶에 대한 인식과 양립 불가능한 것도 아니다. 아마도 그의 시조의 갱생력은 바로 이런 몇 국면에 놓여 있는 것으로 보인다. 양식으로서의 시조의 현재성을 유지하면서 정신의 현대성을 동시에 담아내는 작업이 현대시조의 존재이유이자 나아갈 방향이라고 할 때, 그러한 작업은 임종찬 시인처럼 양식에 대한 인식이 체화되어 있고 시조라는 틀을 통한 관찰법이 굳건히 다져져 자기화된 시인들에게서나 기대할 수 있을 것이다.

— 김경수(문학평론가 · 서강대 교수)

해바라기

어젯밤 네 발목에 광란狂亂하여 일던 어둠
눈이 먼 독수리로 해일海溢을 밟고 서서
밀리는 파도소리를 귀로 외어 재운다.

어쩌면 닦은 동경銅鏡 또 어쩌면 불타는 궁宮
정적靜寂은 화살 되어 정오를 겨눴는데
사념思念은 씨앗을 물고 금빛으로 익는다.

그 누가 놓은 매냐 열토熱土를 잡은 발톱
그 누가 던진 팔매 깨어지는 거울인가
천리마千里馬 울리는 함성喊聲 활활 타는 저 깃발.

연꽃

한 장의 물빛 열고
솟아오른 목숨인가

실밥을 따는 아픔
낸들 어이없을까만

받쳐든 구층 하늘이
만 근 쇠로 누른다.

셈하면 당신 생각
염주보다 더 무겁고

일주문 열고 앉은
부처님 미소 닮아

내 안에 더운 말씀이
연밥으로 익는다.

귀뚜라미

적막도 잔이 넘쳐
취해 앉은 강산인데

포도밭 시렁 위엔
빈 하늘만 얹혀 있고

한 마리 귀뚜라미는
삼간집을 부순다.

장롱에 감추어 둔
한 떼기 황토 수심愁心

어머님 반짇고리
어스름만 쌓여 오고

간직한 나의 창호窓戶에
집을 짓는 귀뚜리.

문을 바르며

한지韓紙로 문 바르며 국화꽃을 붙여본다
한 짝엔 댓잎 붙여 상청常靑봄을 살게 하고
나머지 여백의 자린 달 실리게 하리라.

엎어 논 문짝 위에 종이를 덮어보니
보길도 고산孤山바다 맑게 이는 포말이여
생활이 여유롭고자 어부사漁父詞도 적으리.

인생은 짜인 문살 가로세로 다듬거니
희비며 애증마저 문살 위에 얹어 두고
풀 먹인 종이 문질 듯 어루만져 살련다.

보리

살 차는 가려움에 연하게 흔들리는
조요론 안도 위에 먹줄 놓아 앉은 자리
멍멍한 난청難聽 후비고 이 여일餘日을 지킨다.

고달픈 나날들이 서릿발로 쌓여 오면
연민憐憫은 불을 지펴 산맥으로 씨 세우고
밀리는 색상色相을 모아 꿈을 깁는 보리밭.

한 접시 불을 피워 치성致誠으로 지새는 밤
나루터 몰고 오는 갈기 세운 바람 소리
내 소망 파종播種의 양지 일렁이는 파도여.

재

하늘은 초록물로
이 골 저 골 채우더니

만삭滿朔의 가을산을
불을 질러 다 태운다

날리는 내 머리카락
재가 묻어 희구나.

농장

사태진 꽃밭 자리 떼 지어 놀던 바람
그 바람 세월 앓아 열매로 흩었는데
나 하나 젊은 농장엔 무슨 씨를 묻을까.

물속에 일렁이는 수복壽福무늬 청화백자靑華白磁
묵정밭 사래긴 벌 소 몰아 갈아놓고
반월半月을 허공에 그려 빌으시던 어머니.

제삿장 보러 가듯 고루 살펴 밟아온 길
들바람 철이 나면 옷을 벗는 나무 되어
무거운 나의 여정旅程도 예서 짐을 부리자.

고향의 봄

그 연한 살이 터져 연등燃燈 같은 동백 피면
쑥순은 속잎 피고 버들빛은 시리웁고
털빛이 고운 황소가 봄이 무거워 울데.

겨우내 붙인 사립 밀고 나면 산이 오고
비단을 필로 접어 흘리는 강물 소리
높이 뜬 뿔종다리는 꽃구름을 토하데.

소망의 보삽 잡아 봇물 도는 문전옥답
진달래 산불 질러 새로 열린 천지간을
삼월도 삼짇날쯤은 도원경桃源景이라 하데.

못자리

무량한 사념의 씨 뿌리고 거두어 온
어머니 닳은 손톱 반월이 차오르면
그 시름 골을 이루어 새움들이 돋는다.

쌍계사 재가 들면 하늘빛이 모이듯이
무지개 말린 바람 고여 오는 한 나절은
우수절雨水節 가는귀 열고 일어서는 못자리.

가녀린 잣대 위에 생금 같은 꿈이 크면
그 모춤 푸른 기둥 어느 골에 옮겨 심나
심성은 고삐를 풀고 거침없이 자란다.

감자꽃

자주꽃 피어 있다
주인 바뀐 고향 텃밭

어머니 호미 끝에
뒹굴던 주먹 감자

그 전설 그냥 그대로
자주감자 살더라.

임채성(林采成, Lim, Chae seong)

1968년 경남 남해 출생. 동국대학교(국어국문학과) 졸업. 〈서울신문〉 신춘문예(2008) 등단. 시조집 『세렝게티를 꿈꾸며』(2010, 고요아침), 『왼바라기』(2018, 황금알), 현대시조100인선집 『지 에이 피』(2016, 고요아침). 서울문화재단 문학창작지원금(2010, 2016), 천강문학상 우수상(2011), 오늘의시조시인상(2013), 김만중문학상(시, 시조) 우수상(2015), 중앙시조대상 신인상(2016), 한국가사문학대상(2018) 수상 외. '21세기시조' 동인.

달력을 새로 걸며

등 돌린 애인에게
눈길조차 주지 마라

삼백예순다섯 여인이 줄을 서 기다리는데

설렘도 기대도 없다면
넌, 사내도 아니다

—

임채성 시인은 단아하고 고전적인 서정보다는 격정적 경험에서 솟아나는 본원적이고 미결정적인 야성을 가득 품고 있다는 점에서 매우 이채로운 음역이라 할 만하다. 그는 여러 평시조가 일정한 서사적 흐름에 의해 결속된 '연시조'를 많이 쓴다. 그 연시조 형식 안에 강렬한 서사narrative 충동을 내장하면서, 사람살이의 고단함과 이면적 역동성을 집중적으로 노래한다. 그 점에서 임채성 시편들은 '서술적 비가悲歌'의 성격을 띠고 있다고 할 수 있다. 이러한 양식을 통해 그는, 잃어버린 야성의 꿈과 근원의 기억들을 시적으로 탈환하고 증언하는 데 일관된 공을 들이고 있는 것이다.

— 유성호(문학평론가 · 한양대 교수)

까마귀가 나는 밀밭*
— '오베르'**에서 보내온 고흐의 편지

윤오월 밑그림은 늘, 눅눅한 먹빛이다
노란 물감 풀린 들녘 이랑마다 눈부신데
그 많던 사이프러스 다 어디로 가 버렸나

소리가 죽은 귀엔 바람조차 머물지 않고
갸웃한 이젤 틈에 이따금 걸리는 햇살
더께 진 무채색 삶은 덧칠로도 감출 수 없네

폭풍이 오려는가, 무겁게 드리운 하늘
까마귀도 버거운지 몸 낮춰 날고 있다
화판 속 길은 세 줄기, 또 발목이 저려 온다

모든 것이 떠나든 남든 내겐 아직 붓이 있고
하늘갓 지평 끝에 흰 구름 막을 걸 때
비로소 소실점 너머 한뉘가 새로 열린다

* 빈센트 반 고흐의 마지막 작품으로 알려진 유화.
** 파리 북쪽의 시골마을. '생 레미'의 정신병원을 퇴원한 고흐가 약 두 달간 살다가 죽은 마지막 정착지로 그의 무덤이 있다.

세렝게티를 꿈꾸며

동살 훤한 갓밝이면 또 발목이 저려 온다
누릴수록 군내 나는 서너 평 울안의 자유
촘촘한 쇠창살 너머
울혈 같은 해가 뜬다

뼈 바른 살코기론 주린 배 채울 수 없어
도둑괭이 울음에도 등줄기 털 곧추선다
열꽃 핀 심방에 울리는
마사이의 북소리

와자하게 몰려드는 가냘사니 눈빛마다
수풀 가녘 에둘러 선 하이에나 비린 살내
무젖어 시큰한 콧날,
한겻 한겻 숨이 차다

언젠간 돌아가리,
사바나 그 펀더기로
노숙의 달빛 밟으며 밤새껏 쏘다니다
엇나간 도시의 한때
적바림하듯 포효하리

지 에이 피

지나치듯 슬몃 본다,
백화점 의류매장
명조체로 박음질한 GAP상표 하얀 옷을
누구는 '갑'이라 읽고
누군 또 '갭'이라 읽는,

사람과 사람 사이에도
갑이 있고 갭이 있다
아무런 잘못 없어도 고개 숙일 원죄 위에
쉽사리 좁힐 수 없는 틈새까지 덤으로 입는,

하루에도 몇 번이고 갑의 앞에 서야 한다
야윈 목 죄어 오는 넥타이를 풀어버리고
오늘은
지, 에이, 피를
나도 한번 입고 싶다

검은 표범

표범이 되고 싶다
나 다시 태어나면
해와 달 거죽에 새긴 얼러기가 아니라
온몸에 어둠을 두른 흑표로 살고 싶다

그늘마저 태워버린 검으나 검은 땅에
볕이란 게걸스런 청소 부족 그들의 것
배부른 지난 생애는 개미나 줘 버리자

날고뛰는 숨탄것들 숨죽인 귀소 앞에
더운 피 하소하듯 소리소리 치고 싶다
사파리 붉은 아침이 별빛 삼킬 때까지

길 위에 길을 내며 종종대는 뭇 사람들
백만 촉광 빛만 좇는 태양신의 도시에서
오늘도 밤의 제단에
나를 고이 바친다

카피, 라이터

광고회사 신입 시절 광고주 인사 갔죠
갓 찍은 명함 주며 카피라이터라 했어요
남의 글 베껴 쓰는 일?
복사기냐며 웃대요

식은 커피 다시 끓어도 웃으며 대답하길
코피를 쏟을 때까지 문안 뽑는 일이라고,
오늘도 문안 여쭈러
잠시잠깐 들렀다고

살다보니 복사기가 도처에 있더군요
TV에도 신문에도 서점과 인터넷에도
거리엔 같은 얼굴에
같은 옷의 사람들

생각까지 복제하는 디지털 카피시대
내 시는 그 무엇을 베껴 쓴 판박일까
붕어 살 한 점도 없는
붕어빵도 그러거니

왼바라기

걸음 뗀 그날 이후 아버지는 말하셨지
연필과 숟가락은 꼭 오른손에 잡으라고
옳은 쪽 바른 손만이 법이고 밥이라며

날 때도 왼쪽부터 팔다리가 나왔던 난
외곬의 아버지 말씀 마냥 좇진 못했지
누르면 용수철처럼 튕겨지는 결기 앞에

그런 날 무람하게 교차로에 나서 보면
신호 없는 좌회전은 너나없이 불법인데
눈치껏 그냥 돌아도 우회전은 뒤탈 없고

오른쪽 날개로만 날 수 있는 반쪽 나라
자오선 좌표 위에 묶여 있는 이 하루도
그른 쪽 그늘에 숨어 비익조比翼鳥를 꿈꾸네

바람의 기사
— 돈키호테가 둘시네아에게

미치게 보고 싶소, 뼛속 시린 새벽이면
풍차거인 마주하던 대관령 등마루에서
하나 된 우리의 입술, 그 밤 잊지 못하오

풋잠 깬 공주 눈엔 태백성이 반짝였소
서로의 몸 비비는 양 떼들 울음 뒤로
하늘도 산을 안은 듯 대기가 뜨거웠소

한데 이젠 겨울이오, 인적 끊긴 산정에는
로시난테 갈기 같은 마른 풀만 듬성하오
나는 또 그 말에 올라 북녘으로 길을 잡소

백두대간 어디쯤에 그대 앉아 계실까
폭설이 지운 국도 철조망이 막아서도
숫눈길 달려가겠소, 한라에서 백두까지

곰소항

밖으로 빋기보다
속을 내준 작은 포구
해감내와 비린내가 꿰미에 걸릴 동안
느릿한 구름 배 한 척
무자위에 걸려 있다

한때는 누구든지 가슴 푸른 바다였다
갈마드는 밀물썰물 삼각파도 잠재우는
소금밭 퇴적층 위로 젓갈빛 놀이 진다

제 몸의 가시 뼈도
펄펄 뛰는 사투리도
함지에 절여 놓은 천일염 같은 사람들
골 파인 시간을 따라
뭇별이 걸어온다

나도바람꽃

무릎을 꿇고 싶다
네 앞에선 언제라도

네온 빛 꽃가루가 얼룩진 안경을 벗고

너와 나 눈빛 맞추는
마음 거리
삼십 센티

물러서면 멀어질까
다가서면 또 다칠까

줌렌즈 미당기다 몰래 뱉는 바람 한 줌

우주의 파동이 인다
내 가슴에
네 가슴에

스무 살의 사지선다四枝選多

㉯㉮㉱ ㉰ ㉯㉮㉱
㉯㉮㉰㉮ ㉰㉱㉯㉱

㉯㉱㉱ ㉰ ㉯㉱㉱
㉯㉱ ㉯㉱ ㉯㉱㉮㉱

㉮㉰㉮
㉰㉱㉯㉰㉮
㉯㉱㉮㉱ ㉯㉱㉮

어디로 가야 할까
시험에 드는 날들

짓부릅뜬 두 눈에도 답은 당최 뵈지 않고

네거리 신호등 위로
붉은 해가 걸리네

임채주(林菜株, Lim, Che ju)

1967년 경남 거창 신원면 대현리 외탑마을 출생. 창원여중 · 고, 창신대학교(문예창작학과), 방송통신대(국어국문학과), 경상대(문화 융복합학과) 석사과정. 〈경남신문〉 신춘문예(2017) 등단. 한국시조시인협회, 오늘의시조, 창원문인협회 회원. 경남시조시인협회 사무차장.

—

「인어의 꿈」은 불구의 몸으로 곤고한 삶을 살아가는 사람에게도 꿈꾸는 밝은 날이 올 것이라는 예언적 메시지를 전하는 작품이다. 아무리 어려워도 그 꿈을 접지 말라는 희망과 꿈을 제시해 놓았다. 주제와 작품의 완성도가 평가되는 작품으로 어려운 이웃에 눈을 돌리는 따뜻한 시인의 마음이 잘 전달되고 있다.

— 김연동(시조시인 · 전 오늘의시조시인회 의장)

—

인어의 꿈

바닥을 기고 있는 인어 같은 저 남자

풀 수 없는 가슴앓이 누군들 알까마는

진창길 바닥에서도 꿈을 줍고 있나 보다

눈물로 짓이겨온 질척이는 저잣거리

밀고 가는 무거운 짐, 고단한 삶이지만

저 길이 끝날 즈음에 일어설 수 있겠지

찢어져 펄럭이는 검은 고무 가죽

또다시 동여매고 두 팔로 끌다 보면

인어가 바다를 가듯 푸른 생이 열릴 거야

돌무덤
— 구형왕릉*

먼 변방 떠돌다가 사무침에 잠들었나

무형의 돌무지는 그 날을 떠올리며

칼끝에 붉은 눈물을 씻지 않고 있었다

단장의 아픔들을 만장처럼 둘러 세운

이끼조차 범접 못한 차디찬 시간 위에

한으로, 한으로 쌓인 돌무덤이 시리다

* 구형왕릉: 산청에 위치한 금관가야 마지막 왕의 무덤으로 알려지고 있다.

현장
— 제초

고막이 찢어지는 칼날의 굉음 소리
계고장은 있었을까, 구두 통보 했을까
단칼에 날려버리는 비명 소리 따갑다

박토에 뿌리 내린 질긴 목숨들을
무참히 잘라내는 참혹한 학살 현장,
바르르 떨리는 살점 지상에 떨어진다

한낮의 무더위를 밟고 가는 걸음마다
초록의 피 냄새와 초록빛 눈물 자국,
아무리 베고 밟아도 다시 또 푸르리라

월지

천년을 이고 지고 흘러 온 시간 속에
흙에 묻혀 잎에 덮여 잠자듯 지샌 동안
그날의 정적을 깨듯 지쳐 오는 파문들,

술잔을 부딪치는 도포자락 춤을 추고
주춧돌 기울어져 붉게만 타던 가슴
버선발 섬돌에 오른 패망의 끝을 본다

한바탕 쏟아졌던 폭풍이 멈춘 자리
망새*로 단장한 낯익은 기둥들이
수은등 불빛 아래서 길손들을 맞는다

바람도 꺾지 못한 역사의 행간 속에
두 눈을 부비면서 지난날 읽고 있다
마모된 자간에 뜨는 그날의 쇄락을 본다

* 망새: 지붕 위에 올리는 장식 기와.

석화
— 아랑

저승 꽃 한 송이가 영남루에 피어 있다

통한의 굵은 비가 소리 없이 내리던 날

제 갈 길 떠나지 못해 뿌리내린 꽃 같다

눈물로도 삭히지 못한 한 서린 지조인가

지난날 상혼 위로 꽈리를 틀고서야

되살린 기억의 저편 열꽃으로 피었다

할머니

한숨도 무거웠던지 가슴을 쓸어내다
기막힌 사연을 풀듯 엄치 끝 눌리고 있다
슬며시 너스레를 떨며 쓴 미소도 잊지 않은 채

새댁!
내 시집살이 한번 들어볼라요

우찌 살았을꼬
눈 떠보니 늙었디요

꼬부랑 고갯길 넘는
저승꽃이 피었디요

7월
— 능소화

담벼락 타고 넘는 한밤의 화가유항
은근히 길손 잡는 무희의 춤사위로
자태를 한껏 뽐내며 호객 행위 중이다

살짝 풍겨 내는 속내의 향기로움
가던 길 멈춰 서서 치마 속 훔쳐보다
붉어진 얼굴만큼이나 여름밤이 뜨겁다

지킴이 할머니

꽃치마 펄럭이는 그녀는 삼색 신호등
보도 앞, 길을 여는 수신호의 손짓인가
급정거 차량 앞에서 호루라기 불고 있다

여유를 가지라는 매서운 눈빛도 잠시
쉼 없이 달리는 삶도 한때의 청춘이라며
무언의 미소 지으며 막힌 길을 트고 있다

가을

내가 한 일이라곤
어제를 따라 걷는 것

절지 않았다고
아픔이 없었을까

마음을
추스르기도 전
먼저 걷는
계절아

귀가

밤이면 주방으로
나비가 날아든다

밥솥 위에도
냉장고 벽면에도

온종일
퍼덕거리다
주저앉은
이 시간

경계를 풀어버린
그림자만 서성이고

한 벌의 수저가
허공 속 휘저었다.

늦은 밤
혼자 떠먹는
밥 한술의
따가움

임춘자(任春子, Yim, Chun ja)
1952년 강원 명주 구정면 출생. 금광초등학
교, 영동중학교, 제일고등학교, 관동대학교
(기독교학과) 졸업. 《현대시조》(2005) 등단.
강호시조문학회, 한울림문학회, 후조문학회
활동.

―

이 시조를 읽으면 뭉클한 감동이 가슴을 저며 든다. 젊은 시절, 건
강하여 직장 생활을 하며 돈을 벌어와 집안 식구들이 알콩달콩 웃
음을 얹어가며 식사를 하고 영화 구경을 하고 이웃집 일에도 관심
을 갖던 가정의 단란한 생활이 누구에게나 있을 법하다.
그때의 행복이 그때는 행복인 줄 알기 어렵다. 지나면 지날수록 늙
음과 질병에 시달리며 삶의 허망함을 느끼고 지난날의 행복에 아
쉬워한다. 앞의 시조에서도 그런 모습을 읽을 수 있다. "날마다 하
직 인사 웃으며 받잡네요"에서 말이 웃음이지 그게 어디 웃으면서
받을 일이던가. 작가는 이런 모습에 초연한 심정을 드러낸다. 그렇
지만 이미 그것은 종장에 오면 달라진다. 진정, 인생이 끝나는 날엔
핏빛으로 붉어진다고 했으니 이 얼마나 눈물겨운 일인가. 시조 작
품 「노을」에는 우주가 쏠려나가는 듯한 장중함이 있다. 그러나 무
거움을 '웃는듯 가볍게' 드러낸 점이 묘미이다.
　　　　　　　　　　　　　　　　― 남진원(시조시인 · 문학평론가)

―

노을

병들어 누운 자리 하루 길 이십여 년
날마다 하직 인사 웃으며 받잡네요
잡은 손 놓을 날에야 핏빛으로 붉거니

봄날

볕 좋은 봄 하룻날 앞다투어 피는 봄꽃
긴 겨울 말도 마라 수다로 피어나네
멈춰서 봄 지나기까지 숨죽이고 볼 밖에

뜨는 해 마중 갔나 새들은 벌써 날아
하루를 기대하며 창공에 소란한데
웅크려 지내던 가지엔 재잘대는 아침 햇살

꽃망울 붉어

먼 산엔 적설경보 몇 며칠 시린 봄비
꽃피울 준비하던 벚나무 젖고 섰네
낼모레 이 비 그치면 활짝 피워 보려무나

엄동에 갇힌 마음 못 보고 못 들었네
들 가득 번져 오는 생명의 기지개를
한겨울 무사했다는 저 순박한 보고들

황사

바람은 자유롭게 제 갈 길 왔다지만
부른 적 없는데도 동무해 온 미세먼지
지구촌 이웃하기가 만만한 일 아니네

마음 길 그 누군들 그 속을 헤아리랴
몇 마디 주고받고 소통이라 하건마는
뒤돌아 혼자 가는 길 다시 아득하여라

현명한 사람이야 제 잇속 챙겨 살지
떠도는 생각으로 부유하는 먼지일 뿐
백태에 눈 흐려졌나 자꾸 내 눈 비비네

가을볕에 그늘 말리다

가을볕 눈부셔라 팔 벌려 마중하네
마음 속 그늘까지 보송보송 말려야지
덧없다 짓던 한숨까지 마저 내다 널어 볼까

들녘엔 구절초 피고 오곡은 바삐 익네
논두렁 콩꼬투리 서둘러 속 채우는
하룻날 볕의 넉넉함도 받는 이의 몫일 터

임태진(林泰珍, Lim, Tae jin)

1963년 제주 서귀포 중문 출생. 한국방송통신대학교(국문학과), 제주대 행정대학원(언론학) 석사 졸업. 〈영주신문〉 신춘문예(2011) 등단. 시조집 『화재주의보』(2016, 고요아침). 《시와문화》 신인상(2013), 한국시조시인협회상 신인상(2016) 수상. 오늘의시조시인회의, 한국시조시인협회, 제주문인협회, 제주시조시인협회 회원. '영언' 동인.

―

정형미학에 세운 견고한 그리움의 城

임태진의 시조에서 일관되게 발견할 수 있는 것은 글감이 되는 사물들을 창조적으로 변형시킬 수 있는 능력을 가졌을 뿐 아니라 사람과 자연 속에서 합일하는 생산적인 만남을 찾는다는 것이다. 어떤 의미에서는 모든 작품이 하나의 만남이며, 사유 대상에게 그리고 사유하는 사람에게 일종의 탈 중심화적인 이동을 유도하고 있다. 그는 다양한 범주의 시상들을 시 속에 녹여 내 사유의 영역에서 놀라운 생명력을 실현했으며, 내면 의식에 각인된 이미지를 객관적으로 재구성하는 힘을 보여주고 있다. 임태진에게 시조는 자기 치유이고, 제주 땅에 일어난 사건과 현실의 삶에서 꼬인 매듭을 푸는 화해의 그리움을 정당하게 평가해주는 독자가 분명하게 존재한다는 사실이다(『화재주의보』).

― 오종문(시조시인 · 문학평론가)

―

화재주의보 1

차고지 소방차들은 잠 이루지 못한다
함께 밤을 지새운 몇 방울 이슬들도
간밤의 안부를 건네며 기지개를 켜는 아침

10년 전 이맘때쯤 근무교대 할 무렵에
서귀포 섶 섬에 산불소식 들려오고
거짓말, 거짓말처럼 무전에 뜬 사망소식

내 동기 '성민'이가 이슬로 가던 아침
침묵 속에 추서된 간절했던 일 계급 특진
늦겨울 어느 곳으로 발령받아 가는지

또 다시 출동 벨소리 "화재출동, 화재출동"
나보다 그림자가 먼저 소방차에 올라탄다
건조한 내 가슴속에 누가 또 불 지르나

화재주의보 7

출동 벨이 울리면 짧은 기도를 한다
큰 불이 아니기를 자체진화 되기를
단 한 명 인명 피해도
발생하지 않기를

출동로가 막히면 또 다시 기도한다
모세의 기적이 폭풍처럼 일어나길
소방차 답답한 가슴
봇물처럼 터지기를

한발 늦은 화재현장 한 발 늦은 인명구조
'사망자 1명 발생, 질식 소사 추정됨'
숨 가쁜 무전기 소리
허공에서 역류한다

'나 죽거든 절대로 화장하지 말라'는
어느 영웅 소방관 그 소원이 타는 밤
최성기 내 그리움은
진화되지 않는다

제비집

푸른 오월 하늘에 제비 한 쌍 날아와서
한 올 한 올 물어온 흙더미와 지푸라기로
이 세상 가장 튼튼한 집 한 채를 지었다

사글세로 떠돈 세월 돌아보니 아득한데
앞만 보고 달려온 날들의 보상인 듯
한 생애 빛나는 훈장이 처마에 걸리었다

집이래야 단칸방 남루한 살림살이
굳이 인가에 와 터를 잡는 이유는
질기디 질긴 인연을 내려놓지 못함이다

결국 산다는 건 처음으로 돌아가는 것
강남으로 돌아갈 날 죽지로 헤아리며
해마다 삶의 이력에 둥지를 틀고 산다

그리움을 닦다

날개 없는 새들이

빌딩 벽을 날고 있다

한갓 밧줄 하나

겨우 잡은 세상 한 끝

닦는다

내 어두운 날들

내 그리움도

닦는다

딱따구리 어머니

한라산 탐라 계곡
깊숙이 들어와도

도저히 풀리지 않네
허기만 깊어지네

불현듯
딱따구리가
딱딱딱딱 생살 파네

신 내리지 않아도
굿을 했던 내 어머니

만평 억새밭을
너울너울 거느려도

무시로
물이 들겠네
단풍처럼 타겠네

봄날은 간다 1

호스피스 병동에도 둥지 튼 꽃이 있다
한세상 떠돌다 와 잠시 세든 성이시돌의원
허기진 개민들레가 하소하듯 피어난다

예정일 지나서도 못 놓던 이승의 끈
아들과 화해한 후 이틀 만에 놓았다는
그 사람 어느 하늘에 무슨 별이 되었을까

열세 살 때 황급히 떠나신 내 아버지
생전에 간절했던 '사랑한다' 그 한마디
사춘기 내 아들에게 뜬금없이 고백한다

환우도 간호사도 세상 등진 수녀도
그리움이 짙어가는 정물오름 그 언저리
문상 온 뻐꾸기 하나 울음 몇 점 놓고 간다

곤을동
― 잃어버린 마을 1

제주도 지도상에 사라진 마을이 있다
별도봉 기슭 아래 쑥부쟁이 터 잡은 땅
역사는 왜 잃어버린 마을이라 하는가

한 마을이 통째로 누명 썼던 1박 2일
육십여 년 지났어도 불에 탄 집터는 남아
그 흙에 손바닥 대면 불씨 하마 살아날까

용서란 말 화해란 말 비수처럼 박힌다
스물네 개 놋숟가락 그 뒤에 또 연좌제
울음도 마른 바다가 제사상에 뒤척인다

사라봉 털머위꽃

올해도 꿋꿋하게 잘 견뎌 내었구나
일 년 내내 눈비 바람 고스란히 다 맞으며
사라봉 언저리마다
해원하듯 피었네

무자년 광풍 피해 밀항하신 큰아버지
죄 없는 죄인으로 한 평생 숨어살다가
육신은 남겨 놓은 채
이름만 돌아왔네

소개령 해제된 지 육십여 년 지났어도
돌아오지 않는 사람 돌아가지 못한 고향
때늦은 그리움들이
홀씨 되어 날리네

원망도 용서도 다 내려놓은 제주 바다
현해탄 너머 또 누구의 부음을 전하는지
불쾌한 서녘 하늘에
혼 부르는 고동 소리

개망초 연가

망한 나라에도 찾아온 꽃이 있네
경술국치 당시에 한반도에 귀화하여
망국초, 누명 쓴 채로 일백 년을 살았네

6.25 예비검속 때 행방불명 되어버린
얼굴도 본 적 없는 열아홉 막내삼촌
출석부 호명을 하듯 불러본다 그 이름

정드르 비행장에 관도 무덤도 없이
살과 뼈를 묻은 채 육십 년 피고 진 꽃
개토제 올리고 나도 아무런 대답이 없네

누명을 벗었어도 오명을 씻었어도
증언하듯, 가슴속에 그리움만 홀로 남아
칠월의 타는 들녘을 하얗게 물들이네

간절곶

누군들 가슴속에 간절함이 없으랴
밤새 허천난 바다 들썩이다 잠든 아침
간절곶 수평선 따라
그리움이 밀려든다

두 살 때 엄마 따라 고향 등진 내 조카
이십 년 사연 품고 홀로 선 소망우체통
큰애기 못 부친 허기
물안개에 젖는다

'간절하면 이루리라 간절하면 이루리라'
끝없는 화살기도 잠시 멈춘 풍차 뒤로
연분홍 코스모스가
해원하듯 피어난다

임형선(林亨善, Lim, Hyoung sun)

1960년 경기 안성 성남동 출생. 《현대시조》 제1회 신인문학상(1987) 등단. 동시집 『햇살 줍기』(2017, 명성서림). 저서 『아름다운 사랑이 굽이굽이 맺혔어라(고시조 원문 해석)』(2018, 채륜), 『이야기로 읽는 고시조』(2016, 채륜서), 『시조의 이해』(2014, 살림), 『컴퓨터 귀신』(1994, 가나), 『컴퓨터 유령(전 3권)』(1994, 열린길). 부산 MBC 신인문예상(1988), 《월간문학》 신인작품상(1991) 수상. 한국시조시인협회 회원, 한국현대시인협회 사무차장, 덕성여대 평생교육원 출강 역임. 국제PEN한국본부, 한국아동문학인협회 회원. 한국동시문학회 이사.

—

임형선의 시편들은 대체적으로 은유와 상징성을 가지고 있다. 또한 철학적이기도 하다. 작품 「종鐘」의 경우 일상적인 '종'으로 생각할 수 있으나, "손금 밖 인연이던가 하늘 가는 길을 묻는다."에서 보듯, 한 인간의 죽음을 상징하고 있다. 「거미」의 경우 하이데거의 존재론을 연상하게 한다. 실존문학이 거의 없는 한국 시단에서 1980년대에, 그것도 시조에서 존재론적 실존 시조를 썼다는 것은 놀라운 사실이다. 또한 1980년대 시조에서 정치적 작품이 거의 없는 상황에서 「벽」과 같은 작품은 4 · 19 학생의거와 5 · 18 광주민주항쟁을 다루고 있다.

— 김제현(시조시인 · 전 경기대 교육대학원장)

—

종鐘

얼마를 더 울어야 기도 같은 소리 될까
허공을 빙글 돌면 눈물보다 짙은 참회
저 질긴 명命줄의 울림 돌아갈 곳 어디던가.

몸보다 더 무거운 원죄原罪의 넋이어라
속죄의 문을 열면 퍼져 오는 신음 소리
손금 밖 인연이던가 하늘 가는 길을 묻는다.

켜켜로 쌓인 먼지 죄를 벗듯 떨어내고
한 목숨 소리 질러 달빛 줄을 고르는데
손톱이 아리도록 타는 유년이 비상한다.

빨래론論

때 절은 상념들이 비애悲哀처럼 젖어 있다.
세탁기의 원심력에 내 넋이 어지럽고
한나절 젖은 욕망이 물속에서 허위적인다.

한사코 떠오르는 위선이며 허명虛名을
두 손으로 짓누르고 가슴 가슴 비벼대면
우리들 묵은 업보가 깨끗하게 씻길 게다.

움켜 쥔 가난이야 손을 펴면 그만이지만
비눗물에도 씻기지 않는 우리들의 아집은
또 어느 삶의 노래로 풀어헤칠 것인가.

벽

너는 항상 물음표로 이 거리에 우뚝 서서
밀려오는 질문들을 물음표로 대답하고
떠도는 자모음子母音들을 가슴속에 묻는다.

가로막을 가로막힐 아무 것도 없는데
우리는 또 수유리와 망월동의 사일 두고
오월의 푸르른 하늘 아래 벽을 하나 세웠다.

너는 항상 표정 없이 나에게 다가와서
파랑새 죽지 부러진 까닭을 생각하며
아리랑 그 맺힌 한恨을 어둠처럼 지키고 섰다.

학鶴

땅 딛고 바라 서면 하늘도 슬픈 눈짓
여기, 불꽃 튀는 삶 홰를 치며 날아간다
여린 목 목청을 열어 기도하며, 기도하며…….

비탈진 목소리를 채로 걸러 삭혀 내면
속죄의 노을은 떠 눈썹을 물들이고
생각이 연꽃이 되는 하루해를 여 본다.

하얗게 쏟고 가는 너와 나의 언어言語들이
주소 없는 길을 물어 모퉁이를 돌고 있다
우러러 너를 향한 기도 어머니라 이르랴.

거미

피타고라스가 자尺를 놓친
팔각형 꿈의 성엔

답을 얻지 못한
사념思念에 찬 꼭두각시

끈적한 세정世情에 매달려
허위적
하루를 난다.

끊어진 연緣줄 밖에
아득한 비명 소리

풀 한 포기 잡을 것 없는
벼랑 끝, 벼랑 밑……

한 마리 눈이 먼 나방
바람에 흔들린다.

항아리

계곡은 밤이어드라,
나 또한 밤이어드라.
오월이면 장맛이 붉어지는 그 이유를
몰라라, 나는 몰라라 항아리 속 깊은 마음을.

구겨진 생각을 펴 몇 겹을 둘렀는가
쌍둥이 몇이라도 좋을 배가 부른 내 아내여
이제는 꺾일 생명일랑 더 이상은 낳지 말자.

낙엽의 노래

시월도 찬술에
무심히 타는 날엔

달빛보다 서러운
이야기를 만난다.

울다가 노을에 밟히는
기도문의 조각들…….

풀벌레 울음소리
초승달로 걸리는데

달빛에 묻혀 죽은
누이의 젖은 면사포

지금도 귀 아득한 곳에선
캄캄하게 울고 있다.

항아리 2

엄마가 항아리를
청소하던 그 날에는

마음을 속 깊이 감추고
해종일 돌아누워

투박한 질그릇의 이야기를
장맛으로 빚는다.

산 빛 놀 오색빛깔
장맛이 익을 때면

배부른 허릿살도
한껏 더 부풀리고

옛 얘기 전설을 담아
하늘 한 장 받쳐 인다.

잠을 설치며

동자瞳子에 박힌 별이
가시처럼 따가운데

시름한 깊은 밤이
내 속에 들앉는다.

가느란 핏줄 사이로
소쩍 노래 스며들고…….

더러는 달빛으로
가난도 씻어 내며

베개 밑 피울음을
빨랫줄이 뜯고 있다.

이 한밤 저승의 물소리
내가 앓는 소리다.

팽이

한겨울 찬바람은
가슴속까지 스미는데

채찍에 감겨 도는
햇살 같은 내 꿈 하나

매 맞는 아픔 속에서도
외발로만 견뎌온 삶.

아픈 상처 안으로
안으로 삭혀 내며

쓰러질 그때까지
쉬지 않고 돌고 있다.

상처난 몸뚱아리에선
무지개꽃 피어난다.

임홍재(任洪宰, Im, Hong jae)

1942.~1979. 경기 안성 금광면 장죽리 출생. 필명 홍림(洪林). 서라벌예술대학(문예창작과) 졸업(1966). 《시조문학》「토속土俗 이미지초」 2회 추천(1969), 문공부 문예창작공모 장시 「흙바람 속의 기수」 입선(1974). 〈서울신문〉 신춘문예 자유시 「바느질」, 〈동아일보〉 시조 「염전에서」 당선(1975) 등단. 시 동인지 《육성肉聲》 발간, 주재. 유고시집 『청보리의 노래』(1980, 문학세계). 대한민국 문학상 자유 추서(1981), 안성 농전대 시비 건립. 마을문고본부 편집부 근무.

—

개항開港의

사운히 빛살 젖는 태양 아래 기를 달고
모든 것 바람임이 물보라로 튀겨 오는
이 아침 처녀 출범에 눈시울이 뜨겁다

설찬 가슴과 명맥命脈을 이 한 키에 걸어 보는
어눌진 표정들이 헤슬픔 다하는가
저인망底引網 불꽃 튀김에 불길不吉스런 출항하여

자욱한 안개 속 현해탄의 푸른 꿈이
햇살같이 쏟아지는 너와 나의 권익 바라
피 사워 휘저어가는 백의白衣의 숨결아

두꺼비 우화禹話

볕 밝고 따사로운 양지는 어드멘가
내 갈 길 천만 린데 근골筋骨은 다 부서져
웅어리 웅어리 깊이 피고름만 고인다

엉킨 매듭마다 긴긴 오열만 치솟는데
어쩌랴, 적자뿐인 만삭의 몸뚱이를
이 수렁 헤이고 나면 산정에 비 갤까.

물 젖은 한 생애의 빈 꺼풀도 주체로와
지켜온 천년의 늪에 눈감고 두신하면
부서진 꿈의 무늬가 물여울에 잦는다

소

풀 이끼 버림받아 질퍽이는 습지에서
등심대 휘어져도 보람은 부엉이 셈
짙푸른 마음색 안고 먼 하늘을 씹는다

두견이 우는 여울목 출렁이는 깊은 은한銀漢
철조망 노을 저편 채색된 모국어
사족四足을 헤버둥쳐도 꽃피울 수 없는 채혈족採血族

피멍울 진 푸른 사연 지심地深을 밟고 서서
이울은 저 태양이 사운히 여울질 때
날렵한 소복을 입고 이 세상 표본 돼 살리

빙판을 가다

탈출구 없는 냉방에서 점을 치는 창녀는
이 밤도 뉘를 위해 사족蛇足을 뒤척일까
황막한 가슴 사이거늘 어찌 그리 암암暗暗한가.

돌부리 돋아난 살벌한 거리에서
풍성한 꿈이라도 꾸어 눈요기하여 보는
푯대도 종착지도 없는 가슴 저린 고아여

저마다의 가슴속에 뿌리 박힌 온정인데
시야에 널린 경景을 눈가림 하고 서는
그대로 흥에 겨워서 날뛰는 무리들

여한이 방울 방울 피멍울 진 초토에서
한가닥 염원으로 태양을 향한 자세인데
쓰리운 이 빙판 위에 해빙기는 언제뇨

염전에서

미친 파도를 가로막을 제방도 없이
버려진 뻘밭에서 남모르게 열병을 앓다
각이 진 인고의 자세로 부활하는 몸이여

어느 뉘 아린 뜻이 물보라로 넘치는가
간조干潮의 내안은 안개에 싸였는데
끈끈한 적의를 안고 재우치는 태풍을

젊음이 산파 당한 떼죽음의 모래톱에
이마를 맑게 씻고 물빛 연한 시간을 열면
비탈진 목숨의 혼이 물살에 어린다

어기찬 노역勞役의 끝 밧줄을 휘감아도
세월은 어찌하여 술이 괴듯 괴는가
깨어진 등피를 닦고 짠 기운으로 버티자

토속 이미지 초 1
— 박꽃

날렵한 고름 여미고 뜨거운 피 닳이어
검은 벽을 허물고 오는 눈먼 사랑 밝히는
청아한 등 아아라히 밤이슬에 젖는다

어둔 밤의 여울목에 보풀어 오른 속살을
감싸 감싸 가누이고 무연히 가슴 열면
은하도 내 속마음 알고 밤을 낮으로 하더이

질 고운 마음 다져 드밝혀 온 웅어리사
볕이 울고 동터 오면 덩두렷이 눈을 뜨고
우리 님 싱그런 물 담을 뒤웅박이 되오리

토속 이미지 초 2
— 산전山田

가난의 야적野積을 불사르고 돌아서서
산발치 돌사락에 피로를 벗어두고
불티의 끝간 자락을 홀로 묵묵 일군다

색감 짙은 강냉일 심고 등상을 접은 밤
빈곤이 채인 곳간의 탄탄한 빗장 열고
잠들은 의식을 때리며 비는 비는 내린다.

넘치는 식욕의 밑바닥에 갈앉은 앙금 털고
긴긴 노동의 올과 날을 짜 늘이면
산비알 밝은 옥타브 실여울을 빚는다

장계원(張桂媛, Jang, Kye won)

1953년 경남 진주 출생. 호 목인(木印). 부산 교육대학교 졸업(1973), 안동대 교육대학원 석사. 〈부산일보〉 신춘문예(2015) 등단. 시집 『벚꽃만장』(2017, 목언예원) 외. 대구문학 올해의 작품상(2018) 수상. '한결' 시조동인. 한국시조시인협회, 국제시조협회 회원. 대구시조시인협회 이사.

고등어

장계원

가두리 그물 속에서
펄떡이다 돌아온 밤
아버지 휘인 등에
수평선이 넘실댄다
당신의 바다를 발라
입에 가득 넣어주신

—

장계원의 시조는 형식의 정제성을 바탕으로 상징화해 내고 참신한 표현으로 풀어가는 점이 매우 탁월하며(「소금꽃」), 상식적 의미만으로 읽어낼 수 있는 쉬운 단어의 내용임에도 사색과 상상력이 깊고 내밀하며(「운암지에서」), 짧기에 여운은 더욱 길게(「고등어」) 역사의 아픈 현장에서 반성적 추모에 동참하는 안타까움과 시대의식을 진솔히 녹여내었다(「동백」).

—이우걸, 민병도

—

백련

풀무치 벗은 발이
못내 사무친다고

꽃잎 속 대궁마다
고봉밥 안치는 꽃

불볕을 다 견딘 저녁
함지산을 넘는다

고등어

가두리 그물 속에서
펄떡이다 돌아온 밤

아버지, 휘인 등에
수평선이 넘실댄다

당신의 바다를 발라
입에 가득 넣어주신

소금꽃

개펄을 달구는 뜨거운 바람이 분다
달아나 숨을 곳은 그 어디에도 없기에
차라리 제 몸 가두고 웅크려 앉은 바다

발 물레 잣는 핏줄 터질 듯 꿈틀대면
맴도는 바퀴에 울렁증 난 바다는
울대에 걸린 갯물을 울컥울컥 토하고

숨 막힌 풀무질에 온전히 태워질 때
별처럼 돋아나는 순백의 결정들
정화된 우주 하나가 토판 위에 열린다

벚꽃 만장

누가 이 새벽부터 그예 먼 길 떠나기에
삼삼오오 도열하여 놓친 잠을 설치나
제각각 펼쳐 든 만장輓章 천지가 조아린다

상처 많은 삶이라도 지나가면 되레 환해
저마다의 아픈 겨울 따스히 녹여내나
불립문 맑은 기도를 저리 풀어 놓고서

상여는 넘실넘실 구름을 넘어가는데
아직도 쓰지 못한 글씨들이 남아 있어
떼 지은 배추흰나비 숨죽여 날고 있다

하얀 풀꽃

흔드는 바람이야
어찌 할 수가 없어

공들인 꽃잎 몇 장
고수레로 뿌려 주면

걱정을 잠시 물리고
덧니로 웃는 들녘

성류굴에서

바위도 애태우며
길을 닦는 모양이다

제 뼈를 녹여내어
하늘, 땅 잇고 있는,

당신께 징검돌을 놓는
나의 길도 그렇다

매향

햇살 밝은 뜨락에 다소곳 내려서서
잔설 디디고 핀 홍매화 망울 두엇
하얀 베 두른 그릇에 고이 따서 담습니다

보드란 꽃잎들이 뎰세라 상할세라
한소끔 삭인 찻물 고요히 따릅니다
옷깃에 맴돌던 바람 망울 속에 잦아들고

펼쳐 든 꽃술마다 등 하나씩 걸어 가며
우련히 풀어내는 다독여 둔 이야기들
매향을 묻은 찻잔에 또 한 번 꽃이 핍니다

동백
— 4 · 3 평화공원에서

궂은비 지나간 뒤 툭툭 떨어진 꽃
잠시 머물다가 홀홀히 떠난 이라도
순전한 피 한 방울씩 떨구며 간 거겠지

백비에 깊이 새길 불꽃 같은 말씀 있어
제 속을 활활 태워 언 땅 녹이고 있나
지고서 더 고운 꽃잎 붉디붉게 피워 놓고

바닷길 갈라 모실 꽃신이나 되려는 듯
파도에 휩쓸려도 한 이레 족히 견딜
탱글한 모습 그대로 꽃덩이가 지고 있다

찻잎에 묻다

갓 따온 연한 잎을 후루룩 쏟아냅니다
잎 부딪는 소리에도 흔들리고 있는 가슴
아홉 번 쏟아내어도 고요할 줄 모릅니다

손바닥 가만히 굴려 찻잎을 비빕니다
여리디 여린 속이 자꾸 움츠러드는데
당신은 자꾸만 내게 더 깊어지라 합니다

덖어진 후에라야 비움도 익는 것인가요
뜨거움의 기억들을 모두 걸어 낸 저녁
담담히 우려낸 우전, 달빛 더욱 곱습니다

압력밥솥

아파트 고추 매미가
팔월 염천, 울고 있다

진하게 우려내던
땀의 역사를 읽었는지

밥심에 눈물이 잦혀
버텨 내는 긴 하루

장기숙(張基淑, Chang, Ki sook)

1948년 서울 종로 가회동 출생. 한국방송통신대학교(국어국문) 졸업. 《열린시학》(2003) 등단. 시집 『꿈꾸는 침목』(2006, 고요아침), 『널문리의 봄』(2019, 고요아침), 현대시조선100 『물푸레나무』(2019, 고요아침). 경기도문학상(2007), 경기예술대상(2014), 열린시학상(2014), 여성시조문학상(2014), 파주문인협회 문학상(2015) 수상. 파주문인협회장 역임. 한국문인협회, 한국시조시인협회, 열린시학회, 한국여성시조문학회 회원. 파주문화원 문예창작 지도강사.

장기숙 시인의 시편은 다른 시인들에게서는 찾기 힘든 체취가 느껴진다. 체험적으로 오는 평화에 대한 염원이라고 할 수 있는데(「반소매 수의」) 이는 시인이 살고 있는 지정학적 요인과 관계가 깊긴 하지만, 생래적으로 시인은 평화에 대한 시학적 정신을 지니고 있다. "한사코 제 몫의 젖만" 빠는 질서를 가진 새끼돼지와 어미의 설정(「어떤 평화」)이다. 또한 여성 시인에서 찾아보기 힘든 노동의 현장을 세미하게 잘 포착해내고 있다. 직업을 갖고 싶어도 가질 수 없는 현실 "문제집 행간 따라 청춘을 담보해도"(「구름 의자」) 취업의 문은 좁기만 하다. 다른 하나는(「흐린 물속 하늘도 파랗다」)에서 시적 자아의 성찰적 요소와 관련, 대자연의 일부로서 조용하고 있는 유기적 존재에 대해 진술적인 표현을 가미하여 외연적 밝음을 내포적 따뜻함으로 바꾸어낸다.

— 이지엽(시인 · 한국시조시인협회 이사장 · 경기대 교수)

낡은 군화

임진강 기슭 아래 반쯤 묻힌 군화 한 짝

드는 순간 발밑에 우르르 쏟아지는

흰 뼈들, 이름도 없이 삭아온 발가락들

돌아갈 길을 잃어 벗지 못한 오욕이여

그의 혼백인 양 그 곁에 흐드러진

들찔레 희디흰 꽃잎 눈물이듯 날리네

반소매 수의

어릴 때 탄피 줍다 한쪽 팔을 잃은 후
평생을 복중에도 긴 소매 벗지 못한
고향의 팔복이 아제
부음을 전해 듣다

온 마을 폭음 낭자한 그해 봄 무렵부터
찔레꽃 너럭바위 뒷동산이 자주 울고
하굣길 깜장 고무신
뒤로 자꾸 처졌다

모퉁이 타달타달 책보 나른 오른팔 아짐
긴 소매 싹둑 잘라 지아비 수의 짓는다
어호아! 고개 넘을 때
소원 풀고 가라고…

꼬리연

처음부터 내 이름은
왜 하필 꼬리연일까
방패연 그늘 밑에
매양 웅크린 시간
얼레에
팽팽히 감긴 채
뜰 날만을 기다렸다

언제쯤 풀리려나
긴 줄 선 비정규직
꼴찌라는 꼬리표 달고
칼바람 받아친 순간
까마득
허공을 가르는
이마가 사뭇 붉다

늦가을, 보도 위에

정녕, 곱기도 하지 나무들의 황혼은

눈물로 오래 짜 올린 채색무늬 비단헝겊

나그네 시린 발끝에 살포시 깔아주다니

피와 살로 빚어낸 녹옥과 홍보석들

훌 훌 죄 털어내니 가까운 저 하늘 길

만 조각 빛나는 유산 그곳에 쌓나보다

흐린 물속 하늘도 파랗다

둑방길 폐수 장에 갈증 푸는 물오리 떼
땀내 절은 울음들이 갈대숲에 풀어지고
온몸을 구부락 펴락
낚시질이 한창이다

둥둥 뜨는 물무늬 갈퀴질도 숨 가쁜 듯
푸드득 나락을 박차 공중에 날개를 털면
녹이 슨 펜스의 메꽃들
분홍나팔을 분다

누군들 구정물에 젖어본 적 없을까
삶이란 수심에 비친 그림에 닿고 싶은 거
그 속에 파란 하늘을
통째로 낚는 저것 봐

구름 의자

밤안개 하늘 가득 별자리 또 가린다
노량진 빌딩숲에 엎드린 공시생들
딱딱한 나무의자에 엉덩이도 붙박이다

문제집 행간 따라 청춘을 담보해도
빗장 건 취업문 앞 우수수 낙엽지고
단골집 컵밥 연륜만 이력서만큼 쌓인다

창문 밖 솜털구름 나른한 오후 세 시
반쯤 감긴 눈꺼풀 설핏 쪽잠 든 사이
꿈에 본 흰 구름의자 거기 앉아 둥실 뜬다

나비의 처소

요양원 창틀 앞에 더듬이를 세우고
밖을 향해 매달린 수척한 나비 한 마리
양 날개 활짝 펴든 채 오랫동안 파닥인다

강마른 기억마저 절벽에 가둔 그녀
안개 속 후미진 길 출구 찾아 맴돌다가
간직한 호접몽마저 유산되고 말았을까

꽃도 없이 촉촉하게 너머가 빛날 때
진기 다 빠지도록 에돌아온 길 보인다
한 뼘쯤 남은 햇살이 유리창에 굴절되고

눈 덮인 숲 어미 고라니 우는 소리 처연한
번데기 우화등선 시간의 끄트머리
본향 집 환한 텃밭에 훨훨 날아가나요

11월

기러기 울음소리 별사를 몰고 온다

불타던 단풍잎도 수런대던 갈꽃도

줄줄이 호명을 받아 겨울 숲을 향해 가고

식탁엔 달랑 한 벌 중국집 나무젓가락

TV 앞 덩그러니 모래 씹는 저물녘

창밖에 까치둥지는 한 층을 더 쌓는다

달빛 수은주

닫힌 창틀 아래 어둠 써는 귀뚜리처럼
텅 빈 공원 의자에 우두커니 말을 잃은
실직한 가장의 시린 어깨
비춘 달은 몇 도쯤 될까

추석 전날 큰집에 모인 화두는 후끈 달아
삼포에서 오포 칠포 미친 전월세까지
녹두전 빠지직 타는 가슴
비춘 달은 몇 도쯤 될까

어떤 평화

무녀리 문을 열자 새끼돼지 울멍줄멍
어미는 가지런히 젖꼭지를 물려주고
함박눈 마을 그득히 축복인 양 퍼붓는다

누가 돼지더러 욕심쟁이라 부를까
한사코 제 몫의 젖만 빨 줄 아는 저것 좀 봐
사람들 밥그릇 싸움 야단법석인 세상에서

장남숙(張南淑, Jang, Nam sook)

1964년 경북 월성군 서면 출생. 아화초등학교, 부산이사벨여중, 부산중앙여고, 부산교대(국어교육), 동 교육대학원(국어교육) 석사 졸업(2003). 전국시조백일장 장원(2016), 〈부산일보〉 신춘문예(2020) 등단. '이화(梨花)' 동인. 부산시조시인협회, 부산여류시조시인협회, 한국시조시인협회 회원.

장남숙의 회화된 시제「삼선슬리퍼」는 국내의 심각한 취업난의 모습을 상징하고 있다. "화려한 스펙 앞에 휘청이는 슬리퍼"는 초라하지만 '슬리퍼'로 상징되는 수험생은 '시험 통과'라는 한 방의 응수로 아무리 '화려한 스펙'도 극복할 수 있는 강력하고도 시원한 지름길이 되는 것이다. 이 작품에서 '슬리퍼'가 시험공부에 전념하는 청년의 강력한 이미지를 담고 있어서 "내걸린 삼선슬리퍼 허공에 펄럭인다"는 모습은 마치 삼색슬리퍼를 신고 공부했던 수험생이 고시에 합격한 사실을 널리 알리는 승전보처럼 힘차고 재미있다.

— 정용국(시조시인 · 한국작가회의 시조분과 위원장)

굽은 나무

이마트 앞 벤치에 구부린 등이 있다
졸아든 어깻죽지 펴지 못한 그림자
마법의 주문을 외며 꿈꾸듯 흔들린다

외줄 타는 공사장 절뚝이는 바람이다
비닐봉지 부푼 빵 취기 오른 고민들
냄새가 그루터기에서 하루 종일 맴돈다

비밀번호

옆구리 새어 나온 가을바람 결 따라
허기진 시간 밟고 늦은 귀가 흔들리고
어둠 속 이방인 되어 매의 눈 단단하다

장승처럼 버티고 선 납작한 사각의 벽
정적의 세포만이 시간을 쭉 늘이고
띠 띠 띠 봉인 해제에 입꼬리가 올라간다

삼선슬리퍼

삐걱대는 빌딩 숲 고시촌이 들썩인다
화려한 스펙 앞에 휘청이는 슬리퍼
푸석한 복도 끝자리 아슴아슴 야위고

비상하던 부푼 꿈 삐쩍삐쩍 말라간다
출구 없는 터널 안 심혈관을 조여 오고
부르튼 안경 너머로 저당 잡힌 또 하루

나뭇구는 낙엽 위에 세상 무게 불어난다
고층의 유리벽에 반사되는 이력서
내걸린 삼선슬리퍼 허공에 펄럭인다

진 헤어살롱

스팸 메일 지우듯 싹둑싹둑 잘라내도
낮 불 밝은 살롱은 루머rumor가 크는 온실
엉터리 가짜 뉴스가 물들이며 치장이다

오랜 날 기다린 듯 끈 풀린 수다들이
해가 긴 오후만큼 끝없이 늘어지고
미용사 장갑 낀 손만 귀 닫고 한창이다

친친 감는 머리카락 뜬 소문 리플레이
들통난 통화 내용 진짜라도 어쩔 건지
까맣게 염색한 세상 알고 보면 새치다

횡단보도

부스스 꿈결 따라 하루가 또 열린다
출근길 도로 위로 발뒤축의 아침 인사
오늘을 당기는 물결 직진으로 달린다

부르튼 시간들이 거친 숨 몰아쉰다
메마른 얼굴 위로 곱씹은 속울음
얼룩진 실타래 풀어 새 날을 수놓는다

숨 고르는 정류장 돌아보면 아득하다
또각또각 건너가면 새 길이 다가올까
터널 속 놓친 꿈들이 신호등에 걸려 있다

목도리

산비탈 작은 동네 출근길이 차갑다
아스팔트 각질을 온몸으로 비집고 온
가녀린 목련 가지의 솜털 얼굴 눈부시다

매서운 겨울바람 가지 끝을 흔들어도
낮은 곳을 감싸주는 뜨거운 목도리
도시를 포옹하는 햇살 목련은 피겠다

납작집

내리막 부여잡고
할머니가 길 나선다
그림자 길게 뻗은
돌담을 더듬으며
관절이 닳아버린 바람
계단 앞에 숨 고른다
늙은 문에 한 줄 이름
훈장처럼 달려 있다
붕 뜬 시간 위로
주저앉은 이야기
틀어진 문과 처마에
햇살 뿌려 다독이고

흙 한줌 담지 못한 늙은 건물 덩그렇다
하하호호 웃음소리 창밖으로 넘나들고
담벼락 노란 민들레
촉수를
더듬는 날

감잎 접시

헛짚어 떠돈 하루 자갈치에 다다른다
갯비린내 춤사위 노점상들 부산하고
늘씬한 은빛 자태에 오후 햇살 눈부시다

노을이 서산으로 하루를 끌고 간다
집집마다 몽글몽글 웃음 넣은 저녁 밥상
창 너머 가을빛 무리 탱글탱글 살 오르고

내 고향 안마당엔 납작감 두어 그루
감잎에 살짝 얹힌 구운 갈치 한 도막
가을이 내려앉으면 엄마 얼굴 어룽진다

술래잡기

겨울의 차창 밖은 아련한 수묵화다
낙엽 져 홀몸으로 뒤척이는 시어詩語들
가로수 도열한 채로 하늘에 빗질하고

시어詩語는 간당간당 손끝에서 흔들린다
문풍지로 새어나간 낱말들을 불러봐도
행간을 뛰쳐나온 채 삐쩍삐쩍 말라간다

다시금 내 뜨락에 작은 씨앗 파종한다
한겨울 쑤욱쑤욱 속살이 차오르면
봄볕이 여무는 날에 새잎 가득 빛나겠지

엄광로 325

반가움 꾹꾹 담아 아침을 달려간다
햇살도 쉬어가는 산복도로 작은 교정
먼저 온 작은 새싹들
서 있다
까치발로

장병선(張炳善, Chang, Byung Sun)

1937년 경북 영천 고경읍 청정동 출생. 건국대학교(행정과) 졸업(1964), 서울대 경영대학 최고경영자과정(EC) 수료(1999). 《창작수필》 수필(2003), 《생활문학》 시조(2010), 《생활문학》 문학평론(2016) 등단. 제1회 여행미디어신문 여행수기 공모 당선(2005), 제7회 시흥문학상(2006), 《생활문학》 대상(2010), 여강시가회 시조문학상(2018), 창작수필문학회 창작수필 문학상(2019) 수상. 수필 『오동나무 그 결처럼』(2006, 나라) 외 6권. 시조집 『꿈나무의 향연』(2015, 한국문화사). 여강시가회 이사, 한국수필문학가협회 이사, 국제PEN클럽 한국본부 자문위원.

―

장병선의 시조는 실험시조라는 미명 아래 파격을 일삼는 무리와는 달리, 고집스럽게 정격을 쓴 점이 높이 살 만하다. 우리말을 사랑하고 잘 부려 써서 국어 사랑 정신이 나타나 있고, 시의 특징인 비유법을 잘 구사하여 맛깔나는 작품을 생산하였다(『꿈나무의 향연』).

― 원용우(시조시인 · 한국교원대 명예교수)

―

분수

한여름
하늘 향해
널 뛰듯 솟구친다

탐욕을
숨아내고
앙금을 들어낸다

온 세상
시원하구나
얽힌 매듭 풀어내니

이끼

원시림 품에 안겨
초록의 치마 입고

실처럼 가는 몸을
청수淸水에 펄럭인다

이처럼
부드러운 사람
어디 가서 만날까

물결

하늘을 천장 삼아
한가득 출렁인다

끝없이 아득한 길
꽁지 물며 다가간다

가만히
있고 싶어도
흔들리는 내 사랑

장맛비

구름도 힘에 겨워
짐 더는 어제오늘

허기진
뭇 생명이
잔칫상 받은 모양

온 산야
흠뻑 젖은 환희
봇물 되어 흐른다

날씨

지구를 웃겼다가
울리는 요술쟁이

천하를 얼리다가
불볕을 꽃피운다

인간을
닮아가는가
온 세상을 쥐락펴락

주먹밥

어머니 정성 뭉친
소풍 날 점심 한 끼

짝꿍과 마주 앉아
이쪽저쪽 나눠 먹던

껌처럼
씹던 그 맛을
이제까지 쩝쩝댄다

임진강의 여정旅程

마식령* 낳은 물을
품 안에 고이 안고

뭇 생명 젖 먹이며
가슴이 울렁출렁

한수漢水에
몸을 섞어서
어화둥둥 춤춘다

* 마식령馬息嶺: 함경남도 문천군에 있는 고개.

서울의 호박

주차장 철망 울에
온몸을 풀어놓고

고향 담 그리워서
덩굴손 저어댄다

온종일
노랑 나팔 불다가
잠이 드는 나그네

걸레

다 낡은 육신으로 습지처럼 물에 젖어
구석구석 유람하며 먼지로 배 불린다
당신이
내 곁에 있어
우리 집이 환하다

한 번도 어깨 펴고 살지를 못할망정
청수에 씻긴 몸을 꽉꽉 죄는 절정 있어
땟물을
밥 먹듯 하지만
궂은 세월 견딘다

광화문 광장에서

피켓 든 규탄 함성
지축을 뒤흔드니

북악산 산울림 돼
남산이 들썩인다

충무공
깜짝 놀라서
짚은 장검 고쳐 쥔다

장병우(張炳愚, Jang, Byung woo)

1951년 경북 김천 금릉면 어모면 구례동 출생. 대구교육대학 졸업(1970), 대구대(국어교육과) 졸업(1978), 영남대 대학원(국문학과) 수료(1983), 〈중앙일보〉 시조백일장 장원(1982), 〈매일신문〉 신춘문예 시조(1983) 등단. 시조집 『사랑할 것만 사랑하며』(1998, 그루). '창호지', '황악', '낙강', '크낙새' 동인. 김천 한일여고교 교장 역임. 한국서예협회 경상북도 초대작가.

—

분백盆柏

1
세정世情의 문턱 넘어 내 곁에 온 새 한 마리
돋아나는 불씨 하나 그 설한雪寒 뜨거운 숨결
백설도 환하신 날에 깃을 치는 우리여라

2
눈길 떨군 자리마다 해원海原도 와 앉고
갈매기 선회하여 닻을 내린 그 둘레
보채는 내 일상들이 돛배로나 정박하다

산사

— 적寂
한 폭 하늘 담아 이고 숨소리로 열린 산사
물소리 바람 소리 독경 소리 있는 고요
종소리 한 짐 해 지고 하산하는 그림자여

— 비구니
은하에 적신 소매 꿈도 젖어 도는 탑신塔身
먹물 옷 가린 속살 산빛 속에 묻었어도
시름을 굴리면 백팔百八 별빛 고운 염주알

— 대웅전
한 천년 세월이 무거워 휘어진 기왓골에
또 한 겹 앉는 이끼 떨어지는 풍경 소리
부처님 말씀은 잊고 밝혀 드는 사자등

산에서

아직은 옅은 봄빛 산색 풀려 내리는데
바람 빛 물빛까지 날개 묻혀 날아온 새
가나단 풀꽃 향기에 온 골짝이 터진다

마른풀 이는 냄새 흥건하게 젖어 들고
그 작은 몸짓으로 일어나는 어릴 적 꿈
언제쯤 장끼는 날아 고향산을 깨칠까

역사 앞에서

누가 저 강물을 말없다고 하였는가
기슭에 들국화 피고 무심찮이 백조 날고
가느단 시든 풀 적시며 흰 구름도 부르느니

저기 저 강 건너 들밭 쑥대 지쳐 우거지고
날짐승 길짐승들 복지福池 이뤄 다 사는데
녹슨 건 강물이 아니라 철조망이 아니던가

아비가 싸우던 산마루 아들이 와 초병 서고
그날에 젊었던 사공 이제 늙어 어딜 갔나
임진강 세월만 깊은 채 한데 흘러 푸른 강물

해동解凍

추적추적 내리는 비에 한나절을 누운 자리
생각은 고향 동구 밖 미루나무 숲을 간다
기다림 가슴을 지적서 온종일 서성인다

어둠처럼 밀려난 계절 그 미명의 뜰에 서면
어느새 하늘 한 자락 이끌고 와 누운 들녘
종다리 울음소리도 풀빛으로 돋아난다

장석홍(張錫洪, Jang, Seog hong)
1947년 경기 안성 삼죽면 덕산리 출생. 안법
고등학교, 성균관대학교(철학과) 졸업. 《스토
리문학》 신인상 시조(2010) 등단. '문학공원'
동인. 한국스토리문인협회 자문위원. 도서출
판 장서원 대표.

—

시 속의 화자는 스스로 살아가야 한다. 화자가 스스로 살지 못하면
미사여구나 시적 상황을 설정해 준다고 해도 시는 죽어버리고 만
다. 그런데 장석홍 시인의 시는 살아 있다. 그의 시가 살아 있게 하
는 가장 큰 장점은 시를 힘들여 쓰지 않는 데 있다. 억지로 시를 키
우려하지 않고 보고 느낀 대로 시를 써내려감으로써 시가 스스로
살아간다. 봄비는 스스로 찾아오고 온몸으로 "키가 작은 들풀이거
나/ 건장한 나무거나// 몸으로 얼굴을 부비며/ 푸른 눈을 뜨게" 한
다. 그의 말처럼 정처 없이 유랑하다가 "스스로 몸을 부수어 흙 속
으로 엎드린다." 봄비를 사람으로 치자면 실로 달관의 경지다. 이
런 시를 쓴 시인은 달관하고 밝은 시야를 가지고서 절제된 언어 속
에서 자아를 발견한다.

— 지성찬(시조시인 · 《스토리문학》 주간)

—

꿈의 에너지

엄마가 사랑 담아 아가 향해 미소지면
까르르 소리 내어 해맑게도 답합니다.
웃음은 꿈을 심어주는 마음속의 에너지

연인들 서로서로 마주 보며 미소지면
이 험한 인생의 길 동행하자 약속이죠
웃음은 사랑을 이어주는 희망의 에너지

부부가 한 얼굴로 빙그레 미소지면
한길을 향해 가는 동반자의 믿음이죠
웃음은 영원한 소망을 기도하는 에너지

할머니 할아버지 소리 없이 미소지면
한평생 희노애락喜怒哀樂 애정으로 이룹니다.
웃음은 아낌없이 주는 사랑만의 에너지

백운산 정상에 올라서서

시원한 가을바람에 나뭇잎들 파도 타면
들꽃들 아름다운 그림들이 곱기만 한데
빈 가슴 허수아비들 춤추면서 사라진다.

짙푸른 잎사귀도 가을 풍경에 빠지면
푸른빛 여름 산은 강물 되어 흘러가고
하늘에 뭉게구름은 길 따라서 귀향합니다.

봄비

봄비는 묻지도 않고
소리 없이 찾아와서

키가 작은 들풀이나
건장한 나무거나

몸으로 얼굴을 부비며
푸른 눈을 뜨게 하네

봄비는 바람 따라
정처 없이 흘러가다

단단한 아파트 숲,
돌멩이를 만날 때면

스스로 몸을 부수어
흙속으로 엎드린다

비금 계곡

산그늘 바위틈에
솔나무 앉아 있다

햇살이 바람결에
따스하게 다가오면

새샀도 낙엽 사이에서
해맑게 웃음짓네

계곡에 흐르는 물
바위에 부딪치며

하늘을 바라보며
낮은 데로 흘러간다

폭포는 물이 아니라
멍이든 파란 꽃이다.

고향

한 대접 쑥국 속엔
할미꽃이 웃고 있고

창 너머 작은 별은
달 뜨기를 기다릴 때

숨겨둔 추억이 일어나서
뒷동산을 오릅니다.

겨울나무

벌거숭이 겨울나무를 무심히 바라보니

나무는 보랏빛 꽃이 피는 꿈을 꾸고 있네

매섭게 불어대는 바람, 세상사가 이런 걸세

겨울이 바람처럼 스쳐 가면 봄이 오지

나무는 초록빛 깔 옷을 물감으로 그리겠지

혼자서 웃는 까닭을 저 하늘은 안다 하네

겨울비 내리는 날엔

빈 몸이 된 나무들 의연히 서 있는데
작은 벤치 엉덩이를 비집고 앉아 있네
나무는 푸른 잎들을 말없이 기다린다.

겨울비 오는 소리에 목로주점 생각하며
한 잔 술로 마음속에 티끌들을 키질하면
떠오를 금빛 햇살이 텅 빈 마음 채워준다.

마지막 잎새마저 팔랑이며 여행 갈 때
빗속에 숨어 있는 봄의 기운 웃음 짓니
먼 나라 돌아갔던 제비가 돌아오는 그날이네

옥녀봉

옥녀봉 나뭇잎들 제각기 뽐내지만
꽃들이 떠나고 나니 찾아주는 나비 없고
갈 길이 바쁜 바람 저 봉우리 넘어가는데

매미들 줄지어서 여름을 합창하고
작은 새 조그만 입으로 그 노래를 물어 나르면
옥녀봉 푸른 숲에서 나는 한 그루 나무 됩니다.

가을 추상화

하늘이 저렇게도 높아버린 가을이다
시름시름 앓고 있는 나뭇잎을 바라보니
어느새 우수에 젖는 마음의 그리움뿐

가을엔 단풍 되어 색동옷 갈아입고
하늘에 조각구름 벗을 삼아 떠나고 싶다
돌아올 기약은 없지만 희망이 있는 미지未知의 땅

둥근 달 풀꽃들과 놀고 있는 빈 뜨락엔
밝음과 어둠 사이 그림자만 즐깁니다
향기는 소슬바람 따라 쓸쓸히 떠나는 밤

은석암에는 돌탑이 있다.

조그만 돌멩이를 힘겹게도 올려놓는

소녀가 진심으로 무엇을 빌었는지

빙긋이 웃음 지으며 반기는 애기부처 말이 없다

산새가 부리로 돌 하나 쪼 난 뒤

그 속에 숨어 있던 돌의 넋이 살아나고

검은 돌 눈을 들 때면 저리 환한 세상이네

모난 돌 도란도란 얼굴 맞대고 애기할 때

속세의 사람들이 떼 지어 모여들어

낱낱이 온갖 죄 토설하니 홍련 백련이 피어난다.

장성덕(張成德, Jang, Sung duck)

1951년 경북 예천 감천면 출생. 대창고등학교, 고려대학교(행정학과) 졸업(1973). 《시조사랑》 신인상(2016) 등단. 한국시조협회 문학상 작품상(2019) 수상. 한국시조협회 사무총장.

장성덕의 「백도」는 신인답지 않은 세련된 작품이다. 때때로 물에 잠기는 아흔아홉 개의 바위섬, 백에서 하나가 모자라 百대신 白을 써서 백도白島라 했으니 , 이런 때는 제목에 한자를 병기하는 것이 좋을 것이다. 바다 가운데 동동 떠 있는 백도의 모습을 쉬운 말로 재미있게 표현했다. 특히, 종장의 '천의 얼굴을 이곳에다 그린 이는'의 상상력은 시적 변용과 종장 처리의 전범을 보여주는 작품이다.

— 이석규(시조시인 · 국제펜 한국본부 자문위원)

백도白島

물위에 올망졸망 봉우리가 아흔아홉
남녘의 해금강을 여기 두고 찾았구나.
누굴까 천의 얼굴을 이곳에다 그린 이는.

자생난自生蘭

척박한 자갈밭에 오순도순 뿌리 내려
한 여름 무더위와 추운 겨울 다 견디고
이른 봄 예쁜 꽃망울 무더기로 피우네.

투박한 남정네와 질박한 여인네가
비바람 눈보라를 오랜 세월 이겨 내고
그윽한 사랑 이야기 속삭이며 살자 하네.

두 주먹 불끈 쥐고 솟아나는 용암처럼
군자의 넓은 도량 선비의 굳은 지조
반만년 끈기로 버틴 우리의 기상일세.

제주 비자림에서

거친 바위틈에 얽혀진 나무뿌리
긴 세월 견디면서 마침내 이룬 꿈은
두 나무 서로 맞닿아 사랑나무 되었네.

그 누가 심었을까 아름드리 나무 기둥
좁다란 오솔길이 나무 사이 뚫고 가네
울창한 원시림에서 참사랑을 배우네.

제주 해녀

호오이 숨비소리 이승 저승 넘나들고
물질로 지친 어깨 하루 종일 시달려도
육지 간
자식 생각에
힘 드는 줄 모르네.

테왁 망사리에 소라 전복 가득 차면
주름진 얼굴에도 웃음꽃이 활짝 피고
하도리
제주 바당엔
노랫소리 퍼지네.

내기 바둑

욕심을 잔뜩 갖고 이기려만 하다 보면
아뿔싸 나의 허점 미리 대비 못하고서
상대방 기습 공격에 꼼짝없이 당하네.

새별오름

한 걸음에 올라와서 수천을 바라보면
하늘엔 뭉게구름 발아래는 초록 물결
새악시 너울 흔들며 가는 발목 잡는다.

세상을 바꾸려나 밤 세워 천둥 운 뒤
보랏빛 꽃무리로 아침을 꾸며 놓고
첫 순정 받아 달라며 발목 잡고 떼쓴다.

옛 생각

눈 오는 겨울밤에 옹기종기 둘러앉아
시린 손 호호 불며 엿치기를 하던 일이
한 줄기 가을비 되어 내 가슴을 적시네.

황산黃山에서

가는 길 열두 구비 펼쳐지는 대나무 숲
무릉도원 옌가 싶어 적선謫仙을 찾았더니
이백李白은 간 곳이 없고 영객송迎客松만 서 있네.

이십 년 쌓아올린 잔도棧道의 돌계단은
선공仙工이 내려와서 재주 부린 솜씨인가
운해雲海가 시샘을 하며 가는 발길 잡는다.

신선神仙이 살고 있나 선녀가 살다 갔나
위로는 기암괴석 아래로는 천길 벼랑
연화봉 홀로 우뚝 서서 반야경을 읊는다.

고향

낙동강 맑은 물이 회룡포를 감아 돌고
용궁장터 순댓국은 길손 입맛 사로잡네
언제나 정이 넘치는 곳 그곳에서 살고파.

내성천 맑은 물엔 은어 떼 뛰어 놀고
효자촌 산기슭엔 호랑나비 살고 있어
지금도 달려가고프다, 무릉도원 내고향.

두물머리

북한강 달려온 물 남한강 벗을 만나
얼싸안고 춤을 추며 용솟음을 치건마는
한 민족 다른 두 마음 합쳐질 날 오려나.

장수현(張守鉉, Chang, Soo hyun)

1973년 전남 강진 출생. 명지대학교(문예창작학과) 박사 수료. 〈조선일보〉 신춘문예 시조 당선(1999) 등단. 시조집 『기억의 모서리에 푸른빛이 스며 있다』(2004, 고요아침), 『석탑은 최초의 우주로켓』(2017, 고요아침). 오늘의시조시인회의 회원.

갈대꽃

　　　　　장수현

한줌의 햇살처럼
바람벽에 기대어
한가롭게 졸고 있는
저 백발의 노인
냇물을
투명하게 건너는
바람,
속 하늘길

—

장수현의 작품들은 세계와 사물에 대한 따뜻함으로 가득하다. 세계와의 조화와 균형을 조용히 모색하고 있는 모성적 양수의 세계다. 「강, 침몰하는 노을」에서는 가난 속에서도 순수의 한 끝을 생각하는 건강함으로 이어지며, 말 못하는 우직한 것들에게조차도 그늘의 서늘함을 나누어 주고 싶어(「일식日蝕」에서) 한다. 대개 장수현의 현실인식은 잊혀져가는 이름들을 위한 만가로부터 시작한다. 눈에 띄지는 않으나 웅숭한 맛이 나는 것들에 대해 오래도록 시선을 고정시킨다. 이를 체로 걸러내어 그 진액만을 보여준다.

— 이지엽(시인 · 한국시조시인협회 이사장 · 경기대 교수)

—

불립문자不立文字

갓 태어난
아기의 따뜻한 울음 속에는
숟가락처럼 혀를 오므려 내뱉는 옹알이 속에는
쉽사리 알아들을 수 없는
말씀이 움터 있다

어머니가 어머니로부터
또 윗대의 어머니들로부터
대대손손 물려받은 몇 음절의 거룩한 말씀
밥처럼 듬뿍 담겨서
모락모락 피어나고 있다

말문이 트이면서
잊어버린 것은 아닐까
머리를 조아린 채 옹알옹알 읊조려 봐도
도무지 알 길 없는 말씀
입속에 맴돌고 있다

저무는 강에서

　아직은 살아있어 꿈틀대는 고향의 강

　은어 떼가 찾아왔다 아버지는 초저녁부터 조붓한 강의 허리를, 그 여린 살갗을, 꿰질렀다 한마디 비명도 없이 속살까지 내보이는 강의 품 안에서 낮달처럼 처연한 은어 떼가 일순 번뜩였다
　나는 자갈밭에 턱을 괴고 앉아 아버지의 검붉은 팔뚝에 묻어나는 부신 물비늘을, 강과 함께 저무는 한 생애를, 바라봤다

　자꾸만 물살을 가르며
　오르고 싶어졌다.

일식日蝕

그늘을
키워가던 감나무 한 그루가
매어놓은 송아지 등허리를 핥고 있다
돌각담 담쟁이덩굴도
옴지락옴지락 손 뻗는다
서로를 다독이며 닮아 가는 것들
평생
착한
우리네 이웃인 것을
얼마나 더 낮아져야 옹색한 몸 섞을 수 있나
감자 깎는 노인의 까만 손톱 밑에
한나절 세든 낮달, 저 표정들 좀 보아
가만히 숨죽이다 가는
그런 생生이
깊다

천장天葬

뉴타운 개발지구
허물린 건물 더미에서

쇠망치를 든 사내가
철근을 캐고 있다

앙상한 집의 육신을
텅 텅 텅 비워내고 있다

죽은 이의 영혼을
되돌려 보내기 위해

살점을 발라내고
뼈를 부수어 주는

고원의 천장 터처럼
빈집들 가벼워지고 있다

푸른 사진관

사진관 진열창 안
빛바랜 사진을 본다

막다른 골목 끝에 은행나무 한 그루가 서 있다 무성한 그늘을
거느리고 있다 푸른 잎사귀들은 연신 손을 놀려 얼기설기 그늘
을 짜고 있다

노인이 둘, 한 뼘씩 더 짙고 푸르러 가는 그늘을 수의처럼 입
고 있다 저녁이 오도록 말이 없다 빛이 빠져나간 표정은 흑백
사진처럼 읽힌다

낡은 필름을 인화하듯 그늘은 어둠을 끌어안기 시작한다 암
실처럼 깊고 어두워진다 오래도록 은행나무는 두 노인의 마지
막 모습을 들여다보고 있다

다 닳은
기억의 모서리에
푸른빛이 스며 있다

교감 1

늙은 소
한 마리가
온 들판을 끌 수 있는 것
억센 힘이 아니라
흙의 표정 읽는 까닭이다

생살을
다 터트리고서야
발돋움하는
봄,
들판

장자莊子의 맨발

광화문역 지하계단에 웅크려 잠든 사내
얼룩무늬 부전나무 같은 맨발을 보았지

그 사내 해몽할 수 없는
꿈을 꾸고 있었지

헐벗은 식솔을 그렁그렁 매달고
무수히 짓밟히며 거리를 떠돌았을

저 순한 맨발의 전생은
나비가 아니었을까

퇴화된 날개 접고 절뚝이며 꿈길 가는
장자의 젖은 맨발 가만히 엿보았지

가파른 생의 계단을
오르고 있었지

젖무덤

남해 들녘 마늘밭에

들어앉은 무덤 하나

밭농사로 늙은 여자

젖가슴 풀고 누웠으리

봉긋한

젖무덤가에

맵게 핀 마늘꽃

우화寓話

점심 때 소머리국밥 먹고
트림하면 소 울음소리 난다

-샐러리맨은 소의 후손이야
-넥타이는 신종 고삐이지

거울 속
음매음매 울며
나를 쳐다보는 소 한 마리

콘크리트로 무장된 도시
더 이상 갈아엎을 수 없다

-발굽이 다 닳았군
-가죽도 헐거워졌어

나는 또
도살장에 끌려가듯
엘리베이터에 몸 싣는다

강, 침몰하는 노을

저 강에 가라앉은 울창한 대나무숲
단단한 마디처럼 상처가 새겨지고
따숩던 마을 언저리 침몰한다 노을이

지난여름 물살에 등 떠밀린 사람들
반 지하 셋방까지 장대비 쏟아졌을까
때 절은 가족사家族史처럼 물 주름 번져간다

마을로 가 닿은 길 아득하게 깊어서
강과 함께 걸으며 질척이는 내 발자국
들판을 핥고 흐르는 물소리만 가득하다

허물어진 강기슭에 일가―家이룬 갈대꽃
시린 몸 껴안으며 힘겹게 살아왔구나
귀 닳은 세간살이에도 눈꽃이 피는 겨울

장순하(張諄河, Jang, Soon ha)

1928년 전북 정읍 광조동 출생. 호 사봉(史峯). 원광대학교(국문과) 졸업(1958). 개천절 기념 전국시조백일장 장원(1957) 등단. 작품집 『백색부』(1968, 일지사), 『묵계』(1974, 성지사), 『서울 귀거래』(1997, 책만드는집), 『길손』(1993, 동학사) 외. 『장순하 문학전집 8권』(2010, 대한교육문화신문 출판부). 가람시조문학상(1981), 중앙시조 대상(1987) 수상. 《현대문학》 초대시인. 한국시조시인협회 부회장 역임. 한국문인협회 고문.

—

시인 장순하의 예술성은 다양한 실험정신으로 그 독창성을 유지하고 있으며, 철학성은 현대적이면서도 동양적인 사유와 직관에 의존하고 있으면서도 또 내면적으로는 냉철한 지성적 극기와 절제에 그 뿌리를 두고 있기 때문에 어떤 한쪽에 치우치지 않고 예술성의 묘를 얻어 잘 조화시켜 나간 쪽이라고 할 수 있다. …오랜 각고의 수련과 노력 끝에 장순하의 구도적인 실험정신이 원숙기에 와서 보여준 현대시조의 훌륭한 전범(典範)이요, 전형(典型)이라 이를 것이다.
— 류근조(시인 · 중앙대 명예교수)

—

사념思念의 장章

虛室生白 吉祥止止. …莊子
白者 日光所照也 室以喩心, 心能空虛則
純白獨生也. 止止 至靜也. ……辭源

밖에선 점자點字 줍는 나직한 모음母音—
침침히 잦아드는 심지를 따라가면
물결도 출렁이잖는 해저海底에 정좌定坐하다.

희부옇이 밝아오며 눈앞을 가리는 것
동그만 두루마리 옥함玉函에 받쳐 들고
나붓이 허리 접는 이, 눈부신 구레나룻.

은하銀河 한 가닥이 심해深海에 내렸는가?
상형문자象形文字 하나 없는 기나긴 사연이여,
거기에 베푸셨으되, 다만 베푸셨으되……

내 비로소 눈 뜬 아침 한 줄기 산호珊瑚 가지,
사슴으로 새끼 치고 뿔은 다시 가지 돋고
은행잎 신잎 솔잎들로 하늘을 가렸더니.

누리는 이제 가을, 바람이 지나갔다.
여기 때도 곳도 아닌 인자因子 전前의 자리에서
조촐히 단서丹書를 닦아 유리계琉璃界로 띄우다.

기원起源의 장章

먼 그날, 우리들의 기름진 텃밭에는
온갖 아름다운 사연을 대신하여
귀엽고 작은 씨앗들이 실눈을 떴다.

그들은 오보록이 저마다의 자리에서
자운영紫雲英 방석 같은 성좌星座로 흩어지고, 산호珊瑚가

지로 돋아나고, 광맥鑛脈으로 벋어나고,
  그리고 잔디로, 놀로, 큰 애기의 꿈으로 익어가고
  어시와 새끼를 위해 창문들을 밝혔더니,
  빛, 빛, 빛의 난무亂舞여, 빛의 현기眩氣여—
  남실대는 헛바닥, 정情에 주린 손톱들이 활활 모닥불로 타오르는 둘레를
  비잉빙 너울거리는 선무당의 쾌자 자락.

  아, 어느 세월을 닦으면 숯도 희어지는가?
  태양太陽은 잠들고 광녀狂女도 늘어진 자리에 만법萬法은 하나로——
  밤마다 은하銀河의 물방울에 며 감고 제풀에 피어난 목화木花 송이로,
  이름도 물감도 없는, 다만 태초太初의 바탕이여!

징검다리

바람이 홀리고 간 시영내 징검다리
구름 흐르는 물에 사변思辨의 발 담근 채
반백斑白의 분별을 이고 고즈너기 앉았다.

점도 선도 아닌 논리 밖의 저 실존
한낱 돌멩이도 놓일 데 놓이고 보면
시 한 수 허자虛字랑 섞여
관주貫珠 비점批點 되는 그것.

어느 세월이라 갖신 꽃신 밟았으리
나무꾼 신메마니 짚신짝도 뜸하거니
한물에 쓸리고 나면
다시 놓을 늬 있을지.

그 영원한 밤의 미학
— 노스트라다무스에게 띄우는 답장

연극은 한 발짝씩 파국으로 치닫는데
무대 뒤에서는 설거지가 한창인데
관객들 입만 벌린 채 자리 뜰 줄 모르네.

역전의 탑시계는 뒷걸음질 시작했고
초침은 한 눈금씩 절대를 새겨 가고
마지막 찰나 앞에서 나뭇잎은 떨고 있네.

밤이면 눈 감고 피곤 아니 풀었던가
샐 날 없는 긴 밤을 예측 아니 하였던가
매무시 흩트림 없이 종용히 맞으리라.

어느 외딴 초가지붕 도깨비불 붙기로니
은하계 한 모퉁이 별 하나 지기로니
천도天道의 수레바퀴가 대회전을 멈추랴.

축배 드는 저녁노을

아무도 그 나이를
헤아리지 못한다

천지 열린 장관壯觀부터
지켜보아 왔건마는

수줍어 귓볼 붉히는
첫선 보는 큰 애기.

뭇 별에 등불 달기
산천초목 가꿔내기

날짐승 길짐승에
풀벌레 쥐구멍까지

오늘도 삼라만상에
아니 미친 손길 없다.

이제 큰 화폭에
낙관을 찍었다

꽃자주빛 포도주로
축배를 높이 들자

장엄한 이 성취 위해
부라보!
또 부라보!

탄생誕生

이미 태胎 안에서 조선팔도朝鮮八道 요량했거니
쩌렁한 울음소리 강산이 네 것인데
젖 먹고, 멍청한 젖 먹고 모두 잊은 아기야.

허허虛虛론 시원始原에서 떠놀던 빛의 덩이,
그리던 하늘빛이 얼마나 고왔으면
차라리 눈 감은 채로 품을 파고 들었느냐?

단 하나이기에 가득한 우주의 주인이여!
나 여기 죄인罪人으로 너부죽이 엎드리어
숯 고추 왼새끼 틀어 머리맡을 가른다.

문법文法하는 계절季節

부시시 자리를 털고 동사動詞들이 일어난다.
굼벵이는 땅 속에서 경칩驚蟄알은 물고에서
저마다 기지개 켜고 활용活用들을 시작한다.

형용사形容詞도 일제히 활용活用을 시작한다.
민들레는 길섶에서 산수유山茱萸는 가지에서
비단필 마름질하여 끝동 대고 고름도 달고.

철 아닌 강추위에 강물은 되얼어도
매운바람 사이 모닥불 나는 불티
보아라 변칙變則 속에도 어김없는 저 이법理法.

관도觀圖

정적靜寂이 아람처럼 또옥똑 여무는 밤,
결코 복수複數일 수 없는 나의 눈발 한 가닥이
지그시 과녁 안으로 쬐어드는 저 초점焦點.

강江이며 산맥山脈이며 짚어가던 고 손가락
이건 무어냐고 재쳐 묻다 잠이 들고

호젓이 벽壁을 바라고 몰아쉬는 숨결이여.

화랑花郎 젊은 손은 세 나라도 모았거니
만萬이 삼천三千이면 하늘인들 못 돌리랴
두둥둥 북을 울려라 메아리도 울어라!

이제 벽은 무너지고 하늘 다시 열리는 날
열두 줄 가야금의 청아淸雅한 목청이랑
닐니리 새옷 바람에 덩실덩실 춤추리.

앵두나무는 1

무료無聊하다 하다못해 던져 본 돌팔매가
바다란 바다에서 잔물결로 갔다 오고
칠성단七星壇 정화수井華水에서 달빛을 쪼개듯,

어느 날 이름도 성도 모를 씨알 하나
헐었다 쌓았다 무심한 흙장난이
한 그루 앵두나무를 여기 서게 한 것이다.

꽃철이면 꽃잎 따라 구름으로 피다가
여름이면 열음 따라 보람으로 익다가
착하디 착한 것들을 둘러 모아 살다가.

칭얼대는 꿀벌 떼 나비 떼 다 먹이고
발돋움 개구쟁이 다 맡겨 먹이고
말마디 고운 이들을 다 불러 먹이고.

개구장이 도령道令 되어 그 아래서 읊조릴 때
말 고운 이의 처자處子 그 곁에 볼 붉힐 때
아이는 씨알 하나 주워 또 하루를 보낸다.

묵계默契

뭔가 있지 있지 싶은 우수절雨水節 이른 아침
신선新鮮한 한 젊은이 모자 벗어 손에 들고
한 발짝 물러선 곳에 다수굿한 새색시.

그들은 의논스레 날 넌지시 건너다보고
나는 벌써 요량한 듯 가벼이 점두點頭했다.
그렇지, 까치저고릿적 그 전부터의 친구들.

하여, 내 하늘 한 귀에 둥지 틀고
두세 마리 새끼 쳐서 요람搖籃 위에 얹어두고
신접 난 젊은것들은 죽지 쉴 새 없구나.

이제 저 어린것들 재 너머로 날려 보내고
저것들도 머리 세어 제곳으로 돌아가면
난 다시 대문 앞에서 서성이고 있겠지.

장승심(Jang, Seung sim)

제주 애월 출생. 제주교육대학교, 제주대 대학원 졸업. 《시조세계》(2002), 《서울문학》(2002) 등단. 시집『구상나무 얹힌 생각』(2015, 동학사),『울 어머니 햇빛』(2020, 동학사). 대한민국공무원상 근정포장(2019) 수상. 교육학 박사, 제주특별자치도교육청 교육전문직, 월랑초등학교 교장.

```
                        위 대 한  시
                                    장 승 심
        한  줄 로 도   써 진 다.
        한  줄 로 도   읽 힌 다.

          행 간 에   숨 은   마 음 이 다.
          마 음 속 에   숨 은   뜻 이 다.

          자 유 다. 비 폭 력 이 다.
          홀 연 히   우 뚝   선 다.
```

—

사물을 독해하는 특별한 감성과 탁마해온 어법으로 시조 단수의 미학을 여지없이 조형해내는, 생활속에서 일어나고 생각속에서만 물이 드는, 그러나 읽는이의 가슴에도 지워지지 않는 꼭두서니 물감을 칠해주는(「구상나무 얹힌 생각」)(이근배). 그는 겸손하고 성실한 시인이다. 그는 낭만적이고 긍정적인 시인이다. 그는 추억을 사랑하지만 과거 회귀적인 시인은 아니다. 그는 난해의 숲에 갇히지 않는 가독성 있는 시조를 쓰는 시인이다. 그는 자기검열이 철저하고 늘 깨어있기 위해 노력하는 시인이다. 그의 언어들은 언제나 밝고 따뜻하다. 그는 위험한 실험을 즐기지 않지만 늘 열려있는 눈과 언어로 세계를 보려고 노력한다(「울 어머니 햇빛」)(이우걸).

—

아마도
— 얘야, 들어보렴

여름 한낮에 산들바람이 낮잠 들면
풀벌레 초록 울음도 나무 밑에 숨거든
아마도
이런 순간에
곡식들이 익을거야

낮잠 깬 바람이 고개를 두리번거리면
나뭇잎 몸 뒤척여 살랑살랑 얼러주거든
아마도
이런 순간에
열매들이 익을 거야

더워도 열심히 사는 사람 소중하듯이
여름햇빛 뜨거워도 제 할 일 다 하거든
아마도
이런 순간엔
기도하고 싶을 거야

통영 달아공원에서

둥그런 작은 섬들 불러 모아 거느리고
찬바람 잔물결 따뜻이 품에 안아
가만히 들어주고 있네
하루 지낸 이야기

실수해서 야단맞고 무시당해 슬펐던 일
혼자라서 외로웠고 힘이 없어 넘어진 일
노을이 눈시울 붉히네
다독다독 달래주네

알아주지 않아도 내 할 일 열심하고
힘든 사람 볼 때마다 스스로 도와준 일
환하게 웃는 달님이
손뼉 치며 칭찬하네

슬로시티 조안리 강가에서

물억새 나부끼는 강가에 앉아 보네
흐르는 햇빛 받아 강물은 윤슬 되고
나직이 속살거리는 이야기가 들리네

서로를 향하는 그리운 마음들이
물결로 다가가 바람으로 만났으니
조안리 강가에서는 둥지처럼 편안하네

알 작은 감자구이 연잎 향기 막걸리잔
다정히 권해주는 정다운 손길 있어
긴장을 내려놓았네 날개 접고 깃드네

어느 하루

물억새 바람결에
씨앗 모두 날린 가을

온종일 빈 방에서
홀로 된 나와 놀며

풋 감귤 노랗게 익힌
가을볕에 감사했다

오늘은 나의 인생
어느만큼 걸어왔나

설핏 든 낮잠 깨니
또 하루 간 듯한데

바라본 서쪽하늘엔
그림 같은 저녁놀

이메일 편지

글자가 날아간다 소식이 전해진다
바람이 글을 모아 하늘에서 편집했나
눈 깜박
클릭한 순간
보내지는 이야기

하루에도 몇 번씩 오고 가는 이 사연을
그 옛날 유배지에선 몇 개월씩 기다렸네
이렇게
배달부 없이
띄워질 줄 알았을까

공간에 띄운 편지 쏜살같이 날아가니
시간이 남는다고 썼다가 지웠다가
손끝을
뒤쫓아가는
마음밭이 한가롭다

봄나물을 먹으며

오늘은 식탁 위에 봄나물이 돋아났다
두릅 방풍 고사리 향기마다 독특하니
심신이 행복하구나 봄기운 다알콤

가시 돋친 두릅나무 향기 이리 짙었구나
겨울이긴 방풍 잎엔 쌉싸름한 연두 향기
고사리 겸손한 새싹 봄 맛인 양 쓰으릉

해마다 봄이 오면 제 할일 어찌 알고
세월가도 변치 않는 바람 맛을 품고서
나도야 봄나물처럼 품고 싶네 사람 향기

타향에서

불빛들 살아나는 도시의 초저녁
무거운 냄새는 어둠에 눌리어서
노을은
알지 못하는
세상 속이라 나오질 않고

저무는 창문 밖 공중에 얽힌 전선줄
생각은 털어낸 소지품처럼 소용없고
기억의
저편에 앉은
어머니의 목소리

연기 없는 불빛으로 데우고 익히느라
차츰차츰 멀어져간 어린 시절 아궁이
이 저녁
창가에 서니
모락모락 몽글몽글

밤 비행기에서

어둔 밤 비행기에서 땅에 뜬 별을 본다
까아만 융단 위 보석 같은 불빛들이
은하수
도시에 흐르고
잔별들 산위에 떴다

올려다보던 별을 내려다보는 내가
떠나온 그곳은 정겹고 낯익은 곳
손 모아
기도하고픈
아름다운 세상이었다

겨울, 억새 지는 저녁에

다신 못 볼 거라는
비장한 각오를 한다

무수한 억새 씨 날리고 날려서
등뼈만 남은 채 사위어 가는데
찰나를 살면서 영원을 살 것처럼

저 노을
가슴에 품고
아파하는 겨울억새

꽃병

순전히 욕심일 거야
너를 내안에 가둬 둔건
훠얼훨 모두 털고 날아가면 좋을 텐데
빈자리
하나 없도록
가난해진 마음아

부족함 때문일 거야
자꾸만 갖고 싶은 건
그런다고 채워지는 건 더더욱 아닐 텐데
온전히
비우지 못하는
어리석은 마음아

모든 건 그 자리에
제 빛깔 제 모습으로 두렴
보고만 있어도 가득 찬 기쁨인데
오히려
비움으로써
가득해질 마음인데

장승철(張承哲, Chang, Seung chul)

1941년 일본 도쿄 출생. 고려대학교 법학대학 졸업(1966). 〈부산일보〉 신춘문예 시조(1996) 등단. 〈경상일보〉 상무이사, 울산시조시인협회 회장 역임.

—

현재 농촌 상황을 함축성 있게 표현, 작품의 깊이 뛰어나(〈부산일보〉)(김상훈, 박재두). 한국의 정형적인 애환이 서려 있는 작품. "회화는 말 없는 시요, 시는 말하는 그림이다."라고 한 시모니 데스를 떠올리게 한다(《울산문학》)(박영식).

—

이齒

손주를 보던 아내
욕실에 다녀와서

슬머시 가슴 열고
한 줌 젖을 물린다

아, 아파 젖을 거두며
입을 열어 보는데-

복숭아 빛 잇몸 위로
밥알 같은 젖니 네 개

아프진 않을 텐데-
나도 욕실 다녀와서

새끼손
닮은 듯한데
꼭 깨문다, 이쁘둥이.

강에서

강물에 떨구고 만 한 장의 편지처럼
지웠거나 허물어진 생애의 파편들은
하구의 펄 속 어딘가 캄캄하게 묻혔는지-

눈발은 속절없이 물 위에 스러지고
시간의 고리들은 쉼 없이 풀어진다
움킨 손 다시 펴보면 손금 외려 아리고-

대안에 닿지 못한 별이며 꽃 이름들
귀향길 모퉁이마다 하나씩 부리고 나면
갈밭을 건너던 바람, 뒤따라와 타던 노을.

여름산

나무는 절정에서
푸른 물감 풀어내고

잊은 듯 수컹 울어
계곡이 출렁이자

목어木魚도 수해樹海를 향해
지느러미 흔든다.

진달래

봄에 떠난 누이는 남의 집에 살았다
가슴에 안고 가던 누우런 보퉁이
산마루 골짜기마다 붉게 붉게 놓았다.

앞개울 징검다리 세 번 더 고쳤지만
올해도 누이 없이 설을 쇤 지 달포 지나
산들은 산자락부터 붉어지고 있었다.

TIME ROAD*

1.
컴퓨터 키보드를 안고 앉은 침팬지
스산한 눈으로 바라보는 화면 밖에
사람도 침팬지도 아닌 서서 걷는 S%#…

수없이 짜 맞추고 수많은 카피 끝에
눈 없이 지켜보고 입 없어도 말을 하는
먹지도 자지도 않고 ㅅ 우 없이 새끼도.

2.

구르고 방방 뛰고 매달려 재주 넘던
어제의 침팬지들 사라진 무대에는
침팬지 닮은 사람들-
사람 닮은 침팬지들-.

* TIME ROAD: 제3회 전국장애인 미술대회 김계선의 대상 수상작.

봉숭아

누이는 물동이에 햇살도 담아 와서
흙담 밑에 낮게 앉은 봉숭아에 부었다
손톱에 꽃잎 얹던 밤 붉은 달이 부풀었다.

별리別離

그리움이 가물대는
촛불처럼 스러질 때

풀. 풀 눈은 내려
먼 길부터 지워지고

대숲을 저미는 바람
야윈 내 손가락.

빈 가슴 한복판을
굽이 도는 물소리

이 여울 바닥나면
한 달 석 달 온 삼년

서까래 무너지는 밤
소금 한 줌, 재 한 줌.

한 번은

한 번은 맨몸을 바다에 누이리라
더러는 가라앉고 더러는 절고 절어
마침내 무엇이 남아 뭍으로 돌아오나.

그리고 수습하여 산정에 누이리라
달빛에 씻기우고 바람은 어루만져
끌고 갈 그림자 한 줄 남겨지지 않으리.

귀향

한 입 뜯긴 낮달이 하늘에 박혀 있다
무시로 뻐꾸기 울음으로 앓는 뜨락
나뭇잎 한 잎만 져도 놋쇠 소리 울려 나와.

먹구름 귓속말로 들녘을 건너오고
소 울음 싯누렇게 사립문 막아서면
아버지 등에 배이던 소금기 같은, 힘줄 같은.

섬돌 위 흰 고무신, 한지를 밝힌 불빛
아랫목에 묻어 두던 불씨 같은 밥 한 그릇
학보다 더 가냘프고 더 길던 어머니의 목.

만추

붉은 잎 나무 아래
우드커니 앉았는데

한 마리 또 한 마리
박새가 품에 든다

그 사이 낙엽이 쌓여
사람인 줄 모르고.

장영규(張榮奎, Chang, Young kyu)

1943년 전남 영광 백수 출생. 호 만헌. 한양대학교 경상대학, 동 대학원 석사 졸업. 《한맥문학》 신인상(2000) 등단. 시조집 『여강의 물결』(여강시가회 동인지), 『늘 흐르는 물처럼』(2016, 국학자료원 새미) 『만포유고 시문집』 외. 옥조근정훈장 수상. 여강시사회, 한국시조시인협회, 시조문학 문우회, 시조협회 이사. 중등학교 교사 정년퇴임.

—

시인의 시편들은 기행시조를 이루었다. 역사 유적지 문학인물이나 문학관, 오래된 사찰을 주로 탐방하면서 사진작가가 사진을 찍어오듯이 작품 한 편씩 생산한 것으로 생각된다. 그러한 기행시조가 많기 때문에 작품이 선경후정의 구조를 띤 것이 많으며 종장 처리에 고심을 많이 했다. 시인은 누구보다도 습작을 많이 하고 노력하는 시인으로 열심히 공부하고 열심히 글을 쓴다.

— 원용우(시조시인 · 한국교원대 명예교수)

—

팔 열부 정려각
— 백수 해안도로

정유재란 칼바람 옥당고을 휩쓸 때에
정씨가(문) 부인들 칠산 바다 투신하여
정절의 꽃을 피웠네
그 향기 진동하고

투신한 칠산 바다 오늘도 출렁인다
흘러간 세월 속에 우뚝 선 임의 모습
영원히 살아계시네
팔 열부 정려각

일편단심 목숨 바친 기상과 높은 충절
아름다운 이름들을 순절비에 새겼다
여덟 개 밝은 등불이
꺼질 줄을 모르네.

배봉산에 올라

무르익은 봄기운에 따스한 봄의 햇살
연초록 치마폭은 아카시 꽃 만발하고
체증이 뚫리는구나
십 년 전 먹은 것도

초봄에 찾았을 땐 봄꽃의 동산으로
길손은 넋을 잃고 봄날을 만끽하며
짐승을 품어주시며
사람도 품어주시고.

대은 공大隱 公 변 안열 묘역에서

암울한 역사 속에 그늘로 가려졌던
불굴 가 육백여 년 가슴이 뭉클하고
하늘에 닿을 듯한 기재
수그러들 줄 모르네

고려사 곡필 삭제 묻혀 있던 역사들
시인들 동반하여 문학상 제정으로
대은의 절의정신이
빛을 보고 반짝이네

오백 년 고려왕조 절개로 지킨 충정
무신의 군은 절개 불굴가 목숨 바쳐
선생의 문힌 묘역에
낭송시 소리 쟁쟁하다

모싯잎 송편

조상의 얼이 담긴 고향을 대변하고
소박한 인심에다 인정이 넘쳐나는
옥당골 맛깔스런 상품
거듭나는 공간으로

고을의 특산품 멋과 맛 나의 고향
가족들 둘러앉아 정담을 나누고
그 추억 가슴에 담아
꺼내본다 사진처럼

오성산 동산 아래 삼십 리 해안 도로
한밭들 뒤편에는 목화 꽃 아롱지고
그 송이 모양새 같은
송편 빚는 한가위 날

화석정

임진강 굽어보는 율곡 선생 그 모습
칡넝쿨 줄기차게 벼랑으로 올라서고
이정표 없는 길에는
철새들만 넘나드네

님은 가도 흔적 있는 화석정 현판 글씨
우리들 가슴속에 남아 있는 그리움
오백 세 괴목 나무가
그날을 증언한다

임진강 강가에서 북녘 땅 바라보면
기러기 날아간 곳 아득하게 길을 열어
단숨에 달려가고 싶다
장벽을 허물고.

메밀꽃 여정
— 이효석 문학관

봉평에 도착하니 아늑한 평온으로
야생화 꽃 피우며 보리밭의 향수로
자연의 신비로움에
마음마저 풍요롭다

가산 소설 배경 봉평 이효석 생가 터에
작가의 문학세계 우리들 인도하고
임 가신 문학세계를
다시 한번 상기한다

가산의 문학관으로 발자취 찾아보고
유년의 생애와 메밀꽃 추억으로
지난날 훌륭한 자취로
빛난 업적 새겨 본다

현충원에서

한강과 과천 사이 서울의 현충원으로
하루에 일만 명 넘게 찾는 도심공원
솔내길
산책코스로
적막감을 더한다.

공작봉의 기슭에 아늑한 보금자리
젊음도 불사르고 목숨도 바쳤으니
거룩타
호국의 충정
편안하게 쉬소서.

내 조국 내 형제 지키려 나선 이들
줄지은 비석마다 이슬은 차가워도
전우의
끓다만 피는
잔디밭을 녹인다.

서동 공원
— 궁남지

송림 사이 연꽃길 버드나무 정겹고
그 옛날 왕과 공주 이 길을 걸으면서
봄 바람 가을 달빛에
사랑 노래 불렀을까

와석골

푸른 산 저 너머로 하늘만 보이는 산
김삿갓 깊은 계곡 십 리에 뻗어 있고
그분이 사시던 생가
문향이 일렁인다

죽으면 묻어 달라 유언한 와석골에
노루목 양지 바른 방랑시인 묘소 찾아
죽장은 어디다 두고
몸만 홀로 누웠는가

고산중령 풍운 속 청운의 꿈을 안고
하동면 와석골 수려한 산 자락에
흙집을 짓고 살아도
대궐 부럽지 않으시네.

영광 굴비

못 벗은 미망으로 칠산 바다 누비다가
살구꽃 피는 봄날 그물에 걸려 들어
고향이 어딘지 모르고
가는 곳도 모르고

따뜻한 건조 조건 해풍의 서해 바람
몸을 맡긴 굴비가 마당에 가득하면
볏가리 쌓인 것처럼
배가 절로 부른다

엷은 회색 황금색 선홍빛 지느러미
잘 구운 조기 한 손 밥상 위 올라있어
구미가 절로 당기니
젓가락질 바쁘다

장영심(張榮心, Jang, Young sim)

1962년 제주 구좌읍 출생. 한국방송통신대학교(국어국문학과) 졸업(2011). 〈중앙일보〉 5월 차상(2014), 《시조시학》(2015) 등단. 시집 『자작자작 익는 겨울』(2018, 고요아침). 오늘의시조시인회의, 정드리문학회 회원.

함 박 꽃

장 영 심

신 제 주 민 오름 아래 33명 거처를 샀다
사 경 노 트 막간에 쓰다만 욕심 하나

늦은 봄 오수에 겨워
하품하듯
터진 꽃

—

장영심의 시편들은 귀티 나는 상상력을 동원하여 상징과 은유를 보태지 않아도 살갑고 정겨운 수사로 아침 이슬처럼 영롱하다. 고향 제주를 말하되 지금까지의 익숙한 직접적 표현법을 빌리지 않고 타자의 체험이나 자각을 통한 삶의 지혜에 귀를 기울이게 하는 새로운 미의식을 깨우고 있다. 이는 질곡의 역사에서 소외되고 버려진 고향을 끌어안는 모성에서 연유하는 것으로서 제주의 토속어와 입말을 통해 구체화하고 있다. 특히나 세 수 이상의 긴 호흡으로 경전의 바다를 읽어내는 사유의 깊이와 생명력은 망망대해를 거침없이 헤쳐 나갈 것으로 기대한다.

— 최영효(시조시인)

—

제지기오름 파도 소리

보목리 고사리철은 날마다 소풍날 같다
동서녘집 우알녘집 양은도시락 꺼내 들고
설익은 멸치젓 냄새도 한 귀퉁이 챙겨 간다

할망당에 절하듯 연신 허리 굽히면서
제지기오름 파도 소리 바구니에 채우면서
간간이 민요가락도 한 소절씩 흘리면서

들녘의 고사리도 임자 따로 있다며
아예 무덤가는 기웃대지 않는다
제삿날 올릴 고사리 따로 꺾는 어머니

칠십 년이 흘러도 이집저집 기일은 같다
4·3때 돌아가신 할아버지 제사상에
그 때 그 아홉 살 소녀 파도 소리 올린다

외갓집

담장 호박 넝쿨이 서너 송이 꽃을 물고
외갓집 초저녁의 별자리처럼 건너간다
텃밭과 마당의 경계 말끔히 지워진다

연못에 가라앉은 그림자 건지려는 듯
고양이 한 마리가 앞발 슬쩍 내민다
웅크린 파문 몇 장이
활처럼 팽팽해진다

어느 아침

오늘따라 홀리는 우리 동네 생활 정보지
출근하자마자 책상 위에 펼쳐 본다
척하니 오늘의 운세 살며시 읽어 본다

63년생 토끼띠 '계약하면 대길운세'
2층 단독주택 급매 신구간 입주 가능
홀서빙 아줌마 구함 3~40세 대환영

이 회의 저 회의 불시에 불려 다니고
이런 민원 저런 민원 쉴새없이 쏟아지지만
마음은 콩밭에 앉아 등기권리증 매만진다

아파트 텃밭

춘분 지난 어느 오후 입주자 회의에서
연 임대료 만 원에 분양받은 아파트 텃밭
딸아이 이름 석 자를 큼지막이 꽂았다

작정하고 이것저것 모종들을 사들였다
고추 상추 방울토마토 애호박 금싸리기참외
요 며칠 출장 간 사이 제멋대로 뻗은 줄기

경계를 가른다고 저들이 안 넘을까
부랴부랴 애호박 참외 줄기 돌려놓고
텃밭도 자식 농사도 내 맘대로 안 된다

함박꽃

신제주 민오름 아래 33평 거처를 샀다
사경 노트 막간에 쓰다만 욕심 하나

늦은 봄 오수에 겨워
하품하듯
터진 꽃

장미 고집

초하루 철쭉들도 절에 가는 길일까
연분홍 모자 쓰고 양초도 한 봉지 들고
대보사 찾아가는 길 새 소리가 앞장선다

보목마을 휘돌면 비구스님 독경 소리
배고픈 다리 건너와 절마당에 깔리네
돌탑은 백 년을 넘어 무슨 불공 드릴까

몸 굽혀 마음 다해 양초를 켜 올린다
넌출 넌출 내 딸년 장미 고집 꺾기 위해
불전에 뇌물 바치듯 머리를 조아린다

불턱

바당에서 갓 나온 숨비소리 몇몇이
수경도 안 벗은 채 불턱에 둘러앉아
저마다 연애질하듯 불을 품어 안는다

서너 시간 물질이면 입술마저 검푸르다
콩 가지에 누운 활소라 졸린 하품 한 번에
어머니 허기도 함께 바다처럼 익었다

그 안에도 질서가 있어 맨 앞엔 상군해녀
어느 집 숟가락 몇 개 훤히 꿰는 금남구역
배에서 막 내린 어부 발그레한 곁눈질

요양원 어머니

모슬포가 바람을 만나 못살포가 된다면

송악산이 바다를 만나 절울이오름이 된다

도리깨 휘어 치듯이 혼자 우는 울음이 있다

밥

한번 보자 한번 보자
습관 같은 한마디
그끄저께 퇴근길 또 다시 만났는데
밥 한번 먹자는 말만 실없이 하고 왔다

분명 그 빈말도 약속인 것 맞지만
너도 나도 너도 나도 바쁘다며 도는 세상
때때로 아찔한 봄날 연밥으로 물든다

아친개 원담

행원 바닷가는 이모의 목숨밭이다
썰물녘 드러나는 둥그런 물그림자
몇 마리 잠자리 빙빙 날개 젖은 사랑아

장용복(張龍福, Jang, Yong bok)

1951년 경북 문경 출생. 호 석강(石江). FAICE
BIBLE INSTITUTE 졸업. 《문예사조》 신인상
(1993) 등단. 한국문인협회, 한국시조시인협
회, 대구문학, 문경문학회 회원. 국학문경 사
무국장.

—

장용복의 시편들은 서정적 자아와 계절의 여울목에 관조하는 사계
절의 시적자아로 "하늘은 스스로 비구름을 포용하여 계절향을 다
스리듯" 우리의 벽암에 놓인 시조를 절제된 언어로 선적인 화두로
노래하고 있다.

— 신후식(시조시인)

—

하회동 연가

부용대 모래벌에 춤사위로 진을 치며
저마다 삶을 가꾼 애환哀歡의 벼랑길에
한시절 그 모습 그려 탈을 쓴 인동초忍冬草여

저 푸른 강심江心으로 백학처럼 나래 펼쳐
벼랑길 능선 타고 달빛 되어 눈이 부신
갓 익은 각시의 꿈을 펼쳐본 춤사위여

한 생애 갈라놓은 이별의 저 가락을
누군가 풀어 헤쳐 가야 할 모습으로
별신굿 장단에 맞춰 춤을 추는 하회동아.

하늘재

에밀레종 소리가 애달프게 들려오는
서라벌 옛 등걸에 첨성대 가을정취
기러기 하늘다리로 그믐달에 길나서며,

통일의 한반도에 목련화 합장하여
춘풍에 돛대 되어 잔인한 4월에사
동토의 금수강산에 닻을 올린 하늘재.

나루터

산능선 구비구비 칠백 리 낙강산하
백사벌 은빛모래 백두의 금수강산
가뭄 끝 하늘의 단비 해갈하는 강바닥,

배롱꽃 피어 있는 나루터 빈 배 위에
낮달은 졸다 지쳐, 저 홀로 흘러가고
물길은 저마다 성긴 가슴가슴 산이어라.

미명

새벽 강 갈대숲에 유리성 둥지 틀어
은물결 은하수로 수놓은 세월의 강은
사시 비탈에 서서 꽃피운 금목서여,

길 아닌 그길 따라 예까지 왔다지만
낙강이 길을 막아 되돌아가려 하오
안개강 수운하 건너 못다 부른 내 노래가,

미명에 돌아와주오 가던 그 길 멈추고서
달려온 청풍명월 은하의 별빛 여강
꽃피운 내 고향으로 정이 든 내 사랑아.

삼강주막에서

강 건너 적막한 주막 이정표 어디 갔나
더러는 회룡포로 새재로 떠나가고
나루터 매어 둔 역마, 소리쳐 부르는데.

바람에 흔들리는 노을빛 은빛 모래
앞 마을 밤을 여는 적막한 피리 소리
강문밖 장원급제에 황포돛대 물길 열어,

낙동강 퇴강 따라 올라선 경천누대
용마에 창검 들고 기국의 등불 되어
한반도 금수강산을 지켜선 수운산하.

등대

한반도 올곧은 얼 누리꾼 필묵으로
국익의 파수망대 지켜온 문학으로
현실의 저인망 어부 등대 되어 우뚝 섰네.

대다수 문인들의 통일호 작가연대
문학의 외길 벼랑 닦아온 천로여정
학문의 진리와 평화 책 속에 불을 밝혀,

가뭄 끝 문단도원 문학의 다리 되어
연적에 올곧은 붓 담묵을 뛰어 넘네
대대로 이어 내려온 삼천리 금수강산.

선운사 가는 길

서해西海의 황사바람 말없이 다가오면
동백은 꽃봉오리 접었다 지는 하루
산객은 저 홀로 걷다 도솔천에 구름 타네

오뉘의 붉은 꽃숲 천년의 뿌리내려
동박새 쪼는 가슴 새봄의 사랑 앞에
수줍은 겹벚꽃으로 핀 서운사 가는 그 길

고창의 장어구이 그대와 잔을 잡고
오디새 얼굴 붉힌 내 사랑 복분자여
청보리 보리고개 길 고인 돌 능선의 봄

진남루

강물은 달빛 속에 금빛을 출렁이고
고즈녁 지는 해는 놀빛에 별이 되네
산벚꽃 빛살 타고서 타오르는 진남역.

삭풍의 치맛자락 둘러친 진남루에
물안개 차오르듯 그대의 미소 되어
고부성 여울 향내음 말이 없이 영강아,

고모성 달빛 되어 진남교 누운 그대
계절의 바위 되어 한세월 지켜 서서
강 건너 주흘산 노을 사계절 시를 읊네.

새재 애가哀歌

두고 온 새재준령 신립이 아껴둔 성
조령관 너를 찾아 이제사 다시 왔다.
금낭화 얼굴로 가린 말이 없는 조곡관아

어이타 너를 두고 탄금대 결사대로
항전한 신립이여, 타다만 원혼이여
장군의 원혼이 되어 불 밝힌 새재고개

주흘산 산허리를 휘돌아 날아와서
한겨레 백두대간 북두 끝 은하수로

달님은 낙강을 타고 대양으로 흘러간다.

장은수(張銀洙, Chang, Eun soo)

1953년 충북 보은 탄부면 출생. 인천대학교 졸업. 《현대시》(2003), 〈경상일보〉 신춘문예(2012) 등단. 시집 『전봉대가일어서다』(2005, 흐맥), 『고추의 계절』(2005, 에우북스), 『서울 카라반』(2016, 고요아침), 『풀밭 위의 식사』(2020, 동학사). 서포김만중문학상 시(2006), 전국가람시조백일장 장원 교육과학기술부장관상(2009), 송강전국시조백일장 장원(2009), 천강문학상 시조 대상(2010), 한국동서문학 작품상(2018), 한국시조시인협회 신인상(2020) 수상. 광진문인협회장 역임. 열린시조학회 · 한국예총 광진구지회 회장, 국제펜 한국본부 이사, 《정형시학》 주간.

벼 루

장은수

밤도락 길을 낸다
검고 맑은 돌의 눈에

켜켜이 쌓여 있던
싶은 무량 풀어 내고

첫새벽
솔새 한 마리
걷개그섶 불고 난다

—

장은수는 시간 형식을 통해 사물에 깃들여 있는 혹은 자신의 기억 속에 각인되어 있는 근원적 이법理法을 상상하고 표현하는 시인이다. 시간만이 인간의 욕망에 평등성을 부여한다는 점에서, 그것은 인간의 삶과 죽음을 증언하고 규정하는 가장 직접적이고 물리적인 형식임을 시인은 입증해간다. 그래서인지 장은수 시편에 나타난 서정의 양상은, 시간 경험과 그것을 해석하고 판단하는 내면의 파동으로 꾸준히 나타나고 있다. 이처럼 구체적 사물에서 삶의 보편적 이법을 발견해내는 그의 시선은, 완성도 높은 개개 시편들을 통해 다양하고도 풍부한 심미적 형상들을 보여주고 있다.

— 유성호(문학평론가 · 한양대 교수)

—

애기똥풀 자전거

색 바랜 무단폐기물 이름표 목에 걸고
벽돌담 모퉁이서 늙어가는 자전거 하나
끝 모를 노숙의 시간 발 묶인 채 졸고 있다

뒤틀리고 찢긴 등판 빗물이 들이치고
거리 누빈 이력만큼 체인에 감긴 아픔
이따금 바람이 와서 금간 생을 되돌린다

아무도 눈 주지 않는 길 아닌 길 위에서
금이 간 보도블록에 제 살을 밀어 넣을 때
산 번지 골목 어귀를 밝혀주는 애기똥풀

먼지만 쌓여가는 녹슨 어깨 다독이며
은륜의 바퀴살을 날개처럼 활짝 펼 듯
페달을 밟고 선 풀꽃, 직립의 깃을 턴다

새의 지문
― 빗살무늬토기

저문 시간 사려 앉은 암사동 유리벽 속
침묵만 그득 고인 빗살무늬 토기 위에
태곳적 숨을 쉬는가
갈맷빛 새 한 마리

조개칼 주름 같은 그늘이 똬리 틀고
사선에 갇혀 버린 목마른 잠 어리에
재우쳐 날지 못한다,
바람의 말 새기면서

체에 거른 앙금마저 주무르고 다독이며
옹글게 빚어 올린 점토의 면벽에서
아직도 형형한 눈빛
오그린 발이 저리다

의문처럼 걸려 있는 아득한 지문 하나
천년토록 웅크렸던 화석의 죽지를 털고
한 순간 빗장뼈 세워
꿈결인 듯 퍼덕인다

돌 속의 고래

빙벽 속 한 왕조가 물소리로 울고 있다
누군가 날린 골촉 허리춤에 박아 두고
구석기 그 먼 나라를
역류하듯 더듬는다

강물에 쏟은 핏물 바다로 흘러간 뒤
시간의 정을 들어 새겨놓은 선사의 아침
동해의 살 비린내가
반구대에 묻어난다

바닥을 가늠 못할 옛 왕조 울음 따라
바람도 숨 가쁘게 속엣말을 쏟는 계곡
대곡천 한 줌 햇살이
겨울 끝을 읽고 간다

탈수기

흠뻑 젖은 수영복의 물기를 빼고 있다
내 것 네 것 할 것 없는 짭조름한 허물들을
탈수기 원통에 넣고 땀내까지 빨아낸다

한 세월 젖고 젖어 굴레에 갇혔던 몸
시간을 되감을수록 정수리가 뜨거워져
가슴속 마른 강에도 피가 돌기 시작한다

대나무꽃 마을
— 월하죽림도*에 들다

마을 초입 저 굴착기 입을 쩍 벌리다가
벼린 날 곧추세워 바윗돌을 찍는 소리
저 사각 은유의 시간
경계를 넘는 섬광蟾光

창끝 같은 댓잎 끝에 한순간 파고든다
딱지 붙은 재개발촌 서릿발 들썩여보고
야윈 꿈 무소뿔 같은
죽순을 품어낼까

빛바랜 시전지에 찢긴 속내 깁는 건지
제 몸 뉘인 한 사내가
쏴 日 쏴 日 목쉰 소리
저 왕죽 마디마디에
이슬사다리 세운다

* 월하죽림도月下竹林圖: 해강 김규진(1868~1933)의 굵은 왕죽을 그린
열 폭 병풍.

육묘育苗

온실 같은 책상에서 떡잎 한 장 키운다

원고지 붉은 칸칸 연둣빛을 입혀갈 쯤

돌바기 옹알이하듯 날개 펴는 저 입말들

햇살이 별을 삼킨 그 비유의 행간에서

훌쩍 자란 단어 몇몇 초록물이 번져나고

황토 빛 시의 가슴에 꽃봉오리 벌고 있다

3월 녹차 밭

차가운 여명 빛을 끌고 온 콩새 한 마리
잔설 희끗 녹차 밭에 지문 그려 찍어 놓고
부리에 청백색 띠를 감았다 슬몃 푼다

제 몸 누일 둥지 하나 밭이랑에 틀다 말고
가지 끝 물방울을 구슬처럼 꿰는 시간
지상의 겨울 일기를 상형문자로 새긴다

앙가슴 푸릇푸릇 작설 잎을 덖어내듯
여린 발톱 그러안고 어둠을 쪼아댄다
햇살 그 스란치마에 맥박 콩콩 뛰는 봄날

물의 혓바닥

놀빛 터는 날개들이 둥지로 돌아간 뒤
아득한 강의 허리 물길 따라 휘어졌다
하늘의 내면을 읽듯 물굽이가 출렁인다

이름 모를 물새 하나 수중보를 넘고 있다
새 울음 화답하듯 소리치는 물의 혓바닥
분절된 말의 조각이 물이끼로 쌓인다

산 아래 둘러앉은 집 처마 손차양하고
돌 틈새로 길을 내는 저 눈빛 다독일 때
숨죽인 강물 언저리 눈썹달이 선명하다

장미매발톱

발톱 좀 세웠다고 곁눈질로 보지 마라
흰머리에 노란 꽃술 붕대처럼 감싸 안고
곤두선 귀를 달래며 장밋빛 꿈을 캔다

작은 키에 물 한 동이 버겁게 이고 오던
엇갈리는 바람 사이 어머니 뒤태 같은
아찔한 삶의 무게가 겹겹 주름 펼친다

서서히 어둠을 걷는 총천연색 빛의 시간
상처 난 길 하나를 잎맥 속에 새겨두고
하르르 날개를 펴듯 한 여인이 일어선다

겨울 오징어

파도 소리 품고 있는 동명항 부둣가에
수족관 변죽으로 밀려난 생이 있다
가게 앞 건조대 위에 말라가는 오징어

목이 쉰 동해 바람 발뒤꿈치 들고 가도
퇴출돼 물간 시간 울음들이 남았는지
축축한 가슴속에는 볕이 들지 않는다

순번표 뽑아 드는 하루벌이 인력시장
시르죽은 지느러미 안간힘 다해 세우는
바람 찬 부두의 겨울, 봄은 아직 멀었는가

장응두(張應斗, Jang, Eung doo)

1913.~1970. 경남 충무 태평동 출생. 호 하보(何步). 동인지 《생리》「가을」, 「상심」 등 자유시 발표. 〈조선일보〉 신춘문예 시조 「관란觀瀾」 입선(1938), 《문장》「한아보 寒夜譜」 추천(1940) 등단. 유작 시조집 『한야보寒夜譜』(1972, 연문인쇄사), (2006, 태학사). 〈동아일보〉 통영 지국장(1936), 한국문인협회 부산지부 부지부장 역임 외.

—

20세까지 조부 밑에서 한학과 한의학을 수업했다. 두주불사의 주량으로 강직한 성품을 지닌 전형적인 선비였다. 1935년 청마 유치환 등과 '생리生理' 동인으로 활동했다. 그는 누구의 추종도 불허할 만큼 독자적인 세계를 말없이 개척하면서 시조의 현대화에 앞장섰을 뿐만 아니라 가장 뚜렷한 성공을 거둔 시조시인의 한 사람으로 평가받아 마땅하다. 가람도 그를 가리켜 모래 속에서 금싸라기를 찾아내는 시인이라고 격찬한 바 있다.

—『한국시조큰사전』(1985, 을지)

—

감추만상感秋晚想

타는 노을 속에 갈꽃은 드날으고
발걸음 자욱마다 시드는 풀잎인데
못다 한 그 청춘은 흘러 다시 한번 멀구나

흐르느냐 세월아 거슬러 왜 못 흐르느냐
그 욕된 청춘이 지나 도로 불러 보고파라
풀섶에 피는 국화는 다시 심지 않으리

태풍도 지난 뒤면 도로 허전한 자리
젊은 적 속속 드리는 나도 몰래 빠져 가고
등신만 가을 바람에 허새비들 마구 섰다.

객창추수客窓秋愁

수심을 잊자 하고 눈은 벌써 감았어도
마음은 어이 그리 고향일만 더듬는지
불현듯 그리운 얼굴 만질 듯이 밀고녀

이 해도 깊은 가을 들은 비어 적막한데
내 심든 그 논에도 허재비만 남었으리
이날에 그와 이 몸이 어느 무엇 다르뇨

발길이 북망산北邙山에 머무르니 석양인데
새소리 우아래로 골을 하나 차고 넘네
뜻이야 알 길 없어도 그저 아니 들리오

재자才子라 아니 가며 가인佳人이라 면할 길가

길이 예 아니고 달리 어디 또 없거니
구태어 네오 내오를 가려 무삼 하리오.

가랑잎

한낮의 적막이 겨웁도록 시달리어
동령東嶺 마루턱에 드디어 고각鼓閣은 울고
어둠 속 저 와자한 소리 가랑잎은 날은다

그만한 정과 그리움도 한갓 마지 못한 이웃일레
이젠 마지막 자비조차 조락凋落을 밟고 넘는가
그토록 말할 수 없는 것이 이리 다가오는가

고목

정녕 그리움이야 절절한 외침인데
말없는 사연으로 이리 저리 굽은 가지
외면코 팔구빌 들어 학을 받아 섰느냐

세월도 이쯤이면 불러 대답도 함직한데
둘러선 연봉連峰을 마주 지난 날을 물어 본다
지나는 바람을 손짓하며 히히죽이 웃는다

금붕어 1

화사한 나의 의상 타고난 슬픈 숙명
애닮다 어이 북해청소北海青紹를 내 모르랴
물속에 잠긴 노을을 너는 반겨 웃는가

하느적 수초를 저어 향수를 몸짓하면
가슴속 파고드는 아릿한 외로움에
마주 선 너의 심사도 물결 지네 물결 져.

검무

칼날에 이는 서리 달빛 아래 번득이고
한뜻 가진 보람 어깨로 으쓱이면
산하도 바이없어라 천년 꿈을 깨우랴.

강강수월래

가윗 달 이슥토록 휘영청히 밝아 있고
손에 손 이끈 원圓에 달무리로 흥은 번져
우리 님 강강수월래 겨울 줄도 모른다

강물처럼 1

가다가 고달프면 쉬엄쉬엄 쉬어라도 가자
분에 겨웁거든 박차고 내닫기도 하자
그래도 가슴이 메이걸랑 넘치기도 하자꾸나

국화

국화를 심었거니 가을이 쓸쓸하랴
아끼고 가꾼 정은 이날로 새로운데
지는 해 저무는 날을 봄인가도 여겨라

그리움

꿈도 아니어라 졸음 같은 속에서도
길을 가다가도 꽃잎 지는 속에서도
오! 언뜻 얏 들려오는 소리 소리 발자욱

장정식(張政植, Jang, Jeong sik)

1950년 부산 진구 출생. 한국방송통신대학교(국어국문학과) 졸업. 《문학예술》 신인상(2009, 봄호) 등단. 《남제문학》 작가상(2011), 《시조시학》 신인상(2013, 봄호) 수상.

—

시인의 작품 경향은 시적 대상에 관한 스펙트럼이 넓다고 볼 수 있다. 우리 전통과 자연 풍광 그리고 우리의 삶과 순수 서정, 현실의 아픔과 시대를 반영하는 작품을 들 수 있다. 남성적인 크고 호방한 멋이 있는가 하면 찰나적인 섬세함을 그리는 예리함과 우리 인정仁情에 관한 따뜻한 서정과 대상과의 공존을 내면화하는 정서가 어우러져 있다. 또한 일상적인 시어들이 주는 효과는 울림이 있다. 그런 면에서 시적 형상화에 긍정적인 역할을 하고 있다고 하겠다. 고통스런 현실에 대해서는 절규하는 것이 아니라 오히려 승화된 시선을 담담하게 전달함으로써 시적 대상에 대한 시인의 목소리는 사랑과 감성을 웅숭깊게 드러내고 있다.

— 우아지(시조시인 · 한국시조시인협회 중앙위원),
《부산시조》(2017 · 2018, 상반기호)

—

모정母情 순례

해마다 약속한 길 팔십 리 추모 여정
빈 몸에 배낭 하나 소풍 가듯 걷습니다
신작로 논둑길 돌아 외가 마을 지납니다

당신은 청상青孀인 채 애오라지 자식 생각
두멍 같은 보루박스 따배기 머리 인 채
한 바퀴 순례를 하듯 구멍가게 외상 놓고

고단한 해거름에 보자기는 헐거워도
생연탄 어찌 피워 소박한 끼니를 짓고
다시금 어둔 비탈길을 수금하러 나섰지요

경전선 61-62 호석

휘도는 강물 따라 레일도 춤을 춘다
하구의 물살도 이제 숨을 고르는지
아득히 시름을 삭이며 물비늘로 남았다

융프라우 가는 길 설산과 마을 사이
초록의 호수를 보던 긴장과 설레임이
지구를 반쯤 돌려 보면 참 아늑한 수면이다

찻간은 배려 모드 포장을 가만 뜯고
옆지기와 나눠 먹는 초콜릿 한 조각
열차는 기적을 삼키며 삼랑진을 거슬러 간다

회룡포回龍浦

비룡산 갈대로 한 아름 붓을 묶고
장안사 드넓은 창공의 쪽물에 찍어
한 바퀴 일필휘지로 물길을 둘렀다

내성천 골짝마다 사연 실은 물줄기
실려 온 금빛 모래 에서 다 부려 놓고
마을과 모래와 물이 휘돌아 보듬었다

회룡대 달이 뜨면 윤슬이 눈부시네
용틀임 똬리를 틀고 웅지의 꿈을 실어
마침내 낙동이 머잖았다 휘모리로 내닫는다

진도에서의 야영
— 세월호 3주기 즈음에

해풍에 파닥이는 팽목의 노란 리본
타일에 아로새긴 애끊는 마지막 편지
섬들은 고개를 숙이고 석양은 빛을 잃었다

관제탑은 다시금 두 귀를 세우는지
시간도 갇혀버린 도가니를 지켜보던
눈들은 눈물을 씻고 또다시 보는가

밤새껏 텐트 속을 채우는 파도 소리
난바다 그 심연을 휘젓고 온 저 몸부림
진도를 다 적셔 놓고 발길을 묶는 저 소리

낙엽

아직도 못다 한 말 길 위에 수북하다
삭지 못한 말들이 바람에 흩날린다
너와 나 가슴을 풀어 이슥토록 취할거나

장정심(張貞心, Jang, Jung sim)

1898.~1947. 경기 개성 고려동 출생. 호수돈여고보 졸업(1916), 이화학당 유치사범과(1931), 협성여자신학교 졸업(1937). 시창작 시작, 《청년靑年》「기도실」 발표(1927), 《신생》 발표(1932). 시집 『주의 승리』(1933, 한성도서㈜), 『금선琴線』(1934, 경천애인사). 저서 『조선기독교 50년사화』(1934, 감리회신학교). 감리교 여자사업부전도사업 종사.

—

꽃이 피면

내 몸이 꽃이 되면 무슨 꽃 피어볼까
제 홀로 피어 있는 산중에 난초 되어
남이야 알건 말건에 향기 많이 주리라

관악산

위에는 만악이오 아래는 천악인데
골골이 청송이오 곳곳이 봄꽃이라
왼산이 붉고 푸르니 구름결과 같아라

솔 속에 분홍꽃은 수줍은 처녀 같고
봉오리 담은 꽃은 소녀의 미소로다
인생의 일생행로도 봄길 같으오리다

염불암 다다라서 스님의 저 말소리
내 귀에 깊이 들어 속인이 환토한 듯
만시름 다 잊어버리고 중이 된 듯 싶으오

삼막사 고요한데 일행이 잠든 때에
개폐문 외는 소리 속인도 깨었거늘
신령한 부처님이야 벌써 아니 깨시랴?

금강 지하金剛地下 동룡굴懶龍屈

— 만물상萬物相
같은 듯 다를시고 다른 듯 같을시고
보고도 잊을 듯이 알고도 모를 듯이
만가지 기형괴물奇形怪物이 뉘 손에 새겨졌노

— 미륵탑彌勒塔
큰 키도 길 넘으니 적은 키 비길소냐
몇 천 년 자랐기에 그다지 우뚝하고
아직도 자라는 중이니 자랄 대로 자라소

— 종유동鍾乳洞
우유가 흐르다가 곧 어름 맺힌 듯이
어느 때 녹아질지 사시로 달렸으니
다칠사 조심조심이 머리 죄고 가라오

금몽암禁夢庵

꿈속에 이 암자를 단종왕 보셨다가
우연히 만나보고 금몽암이라 했소
아직도 님의 불공 소리 들리는 듯하였소

내 탓

친구를 안다 함은 얼굴을 안 것이니
그 깊은 맘속이야 짐작도 못 할 것이
오늘에 맘 아파함은 내 탓밖에 없노라

눈물

눈물의 골짜기란 인간을 지나갈 제
울고만 가지 말고 웃으며 지나갑세
미지의 저 나라에서 눈물 없이 사오리니

산로山路

뫼마다 올라갈 제 한 걸음 두 걸음이
모두어 몇 만 봉을 올라와 돌아보니
꿈길을 지나온 듯이 아득아득 하외다

인생의 인생행로 긴 실과 같으렷다
못 갈 듯하던 길을 모를 제 다 가듯이
못 살 듯하는 생명도 쉽사리 사오리다

산수山水
— 송악산

말없이 오백여 년 웅심을 뉘 알소냐
눈 온다 변하리까 바람에 소리칠까
큰 뜻을 품은 그대야 때가 와야 말하지

나직한 그대 키는 앉은 듯 아담하고
만월대 옛 궁터는 닺인 듯 적막한데
뻐꾹새 옛정 못 잊어 밤새도록 우노라

헐벗은 송악산은 이 땅의 자손같이
굶주려 가엾은 몸 동정해 벗었고나
우리들 잘살 그날엔 그대 또한 잘 입혀

아침엔 철학으로 저녁엔 시상으로
고상한 높은 절개 관대한 그대 마음
이 자손 반성시켜서 이 땅 수리하리라

삼막사三幕寺

절밥은 맛있어도 절 잠은 다르렷다
그대도 친한 벗과 단둘이 누었을 제
창공에 높이 뜬 달도 벗님 되어 비치오

시조 2수

— 햇빛
장하다 저 햇빛은 일곱 번 단련받은
금빛과 은빛보다 더 밝게 비춰나니
이 맘도 저 햇빛같이 가림 없이 비춰고자.

— 마음꽃
꽃피는 봄날이니 맘꽃도 피려 하오
마음꽃 피려 하면 몇 가지 빛이 될꼬
두어라 저 청산같이 한 빛만이 어떠리.

장정애(張貞愛, Jang, Jung ae)

1957년 부산 영도 청학동 출생. 부산가톨릭대학교 간호대학 졸업(1979). 《시조문학》 천료(1987) 등단. 시집 『불을 지피며』(1986, 시로), 『참 이상한 꿈길이야 바다로 가는 길은』(1996, 책과길), 『어둠은 빛의 꽃받침』(2017, 세종) 외. 수필집 『어머니의 꽃길』(2013, 세종). 실화소설집 『씨앗 하나가』(2015, 벽난로) 외. 보건복지부장관 표창(2013), 부산여성문학상(2007), 부산가톨릭문학상(2013) 성파시조문학상(2015) 수상 외. 한국가톨릭문인협회, 부산여류문인협회, 부산가톨릭문인협회, 부산시조시인협회 부회장. 월간 《그물》 편집위원.

바람 데불고 꿈꾸어 온 삶 그것이 이 시인에게는 시력詩歷이기도 하다. 그 바람은 순수하고도 부드러운 감성의 주체이며 살아 있음 혹은 존재에의 확인이었기에 모든 자연 대상은 그의 시 속에서 새로운 생명으로 탄생되어 나타나고 있는 것이다. (…) 장정애 시인의 시적 방향은 인간과 자연에의 관심으로 대별되면서도 인간에 더 관심이 가 있다. 그리고 두 영역을 하나로 묶는 끈은 바람의 이미지가 상징하는 생명 혹은 순수한 감정으로 명명할 수 있다. (…) 시작 자체에 대한 견고한 장인의식은 장정애 시인의 전망을 밝게 해 준다.

— 남송우(문학평론가 · 부경대 명예교수)

별로 뜨다

꽃봉오리 벙글기나
아기 첫울음이나

산고産苦도 겪지 않고
숨 얻는 게 있나 몰라

별빛을 밝히는 것도
칠흑 같은 어둠이니.

뚝뚝 진 모란꽃은
흙으로 태어나고

사람 목숨 다 영글면
별이 되어 뜬다는데

얼마나 힘들었을까,
오늘 밤 저 갓난 별.

난, 꽃이 지다

툭, 나비 떨어지다.
파르르 향이 날다.

적막은 버선발로
댓돌 아래 내려서고

뜰에선 서너 평 햇살
곤한 잠을 잃었다.

어머니의 꽃길

엄마는 여든 넘어 꽃길로 드시더니
생각 차츰 접어 두고 마음으로 보시다가
이제는 그 마음도 접고 맑은 눈만 남으셨다.

예닐곱 살 아이 되어 동무 소식 물으시고,
엄마 아부지 보고 싶다 눈물도 보이시고,
그래도 꽃길 오가며 해맑게도 웃으신다.

가끔 엄마 따라 이 꽃길로 들어서면
세상 버거운 짐도 솜 같은 구름 되고
든든한 엄마 울 안에서 나도 그저 꽃이 된다.

보물선

진도 앞 맹골수도 물살 거센 바다 밑에
황금으로도 살 수 없는 꽃다운 목숨 싣고
거대한 보물선 한 척 가라앉아 버렸다.

어느 때 어긴 법규, 급히 지난 건널목들,
그 모두가 너희들을 물속으로 쏟았을라
너희는 그 사지에서도 질서 지켜 기다렸거늘.

촌각이 생명임에도 살뜰하게 내밀던 손
떠났어도 더 새록한 그 따뜻한 마음씀에
오히려 살아 있음이 부끄럽고 미안하다.

부활 아침 밝아오니 이제 그만 일어나렴
물길 뚫고 오려느냐 연꽃이라도 띄워 주랴
어머니 빈 가슴에는 눈물 넘쳐 해일 인다.

살았을 적 못 해 준 말, 사랑한다, 사랑한다,
수없이 되뇌어도 너는 이미 답이 없고
이제사, 남은 우리라도 사랑하고, 사랑하마.

몽돌은

제 살을 깎아 대는
저 숱한 이웃들과

오늘도 살 맞대고
돌돌돌 화해하는

물길 속 비단결 마음,
햇살 한 줌 업었다.

해운대에서 21
— 소유에 대하여

숲이 바람 안고
'쏴아쏴아' 하고 있다.

바람이 숲에 들어
'쏴아쏴아' 하고 있다.

소리는 누구의 것일까
곰곰 생각하였다.

그의 낯에 설핏
미소가 지나갔다.

내 맘에 두고두고
그 미소가 살아 있다.

미소는 또 누구의 것일까
곰곰 생각하였다.

귀향 2
— 그리움

살아 생전 욕심으로 갖고 싶은 집 한 채는
언양 장촌 마을 어귀 굽어 드는 골목길에
낮은 담 더 낮은 지붕, 눈에 익은 고택 하나.

아버지 유년의 삶 여기 묻어 있다기에
골목 앞 도랑에다 가재까지 풀어놓고
하늘길 이 녘에 그어 해종일을 기다린다.

휘이휘이 달리셨을 봄빛 푸른 들길이랑
툇마루에 남았을라 혹여 엷은 지문까지
비껴간 이 땅의 연緣을 그리라도 품고 싶다.

제주별곡 1
— 정방폭포

저 완전한 투신 보게
절정의 몸짓이네

그 얼마를 달려왔을
그리움의 깊이기에

벼랑에 꽂히면서도
내지르는 환성歡聲인가

하늘 꽃 2
— 고통

이쯤 와서 보니
그 모두가 요긴했네

바람 햇살 눈보라도
꽃 속에 녹아 있네

어둠은 빛의 꽃받침,
찬란함의 껍질이네.

하늘 꽃 15
— 슬픔

그의 눈물 고여
호수를 이루었다

늦은 저녁 그 호수에
달이 하나 잠기누나

날마다 그 달빛 일어나
내 슬픔을 달래리라.

장지성(張芝城, Jang, Ji seong) 본명: 장충섭(張忠燮, Jang, Chung sub)

1945년 충북 영동 양강면 출생. 서라벌대학교 예술대학(문창과) 졸업(1966). 필명 장범루(1967). 〈서울신문〉 신춘문예 시(1966), 공보부 주최 신인예술상 소설,《시조문학》3회 천료(1969) 등단. 시조집『외딴 과수원』(2017, 시에) 외. 시집『제목을 팽개쳐 버린 시』(2003, 푸른사상사). 정운 시조문학상(1987), 월하 시조문학상(2005), 열린시학상(2015) 수상. 한국문인협회 이사, 한국시조시인협회 부회장 역임. 국제 펜클럽 회원.

—

장지성의 시편은 사물들의 존재 방식을 두루 온축하면서 아름다운 존재론을 완성하고 있다. 하지만 시인이 정성스럽게 수행한 관찰과 해석의 과정이 일관되게 밝고 아름다운 정서에서만 이루어지는 것은 결코 아니다. 오히려 그 저류底流에는 시인의 내면에서 길어 올리는 그늘도 함께 드리워져 있는데, 이처럼 외적 관찰과 내적 침잠의 과정을 통해 시인은 삶의 길목마다 흩뿌려져 있던 내상內傷들과 조우하면서 그것들을 밝고 역동적인 감각으로 넘어서고 있는 것이다. 그 극복의 양상이 자연 사물에 대한 탐색 과정으로 나타나고 있는 것이다.

— 유성호(문학평론가 · 한양대 교수)

—

겨울 전신주

눈보라 흩뿌리는 겨울 벌 시야 멀리
외로운 저 행보는 가는 거냐 오는 거냐
셈하듯 구구단을 외며 귀 울음을 터는 거냐.

어쩌면 복음처럼 온누리를 점유하며
함묵의 수림 속에 눈꽃 저리 피워 놓고
머나 먼 유형의 길을 운신運身으로 가는 거냐.

처음도 끝도 없을 생의 길도 외길이면
등성이 쉼표 찍고 방점으로 남을 족적
잃은 꿈 감청이 된들 바람결로 푸는 거냐.

길을 가다가

어느 날 길을 가다 눈에 띤 볼트 한 개
기름때 절고 절어 흙고물을 묻히고서
신작로 한 귀퉁이에 나뒹굴고 있구나.

얼마쯤 지나치다 되돌아 주워 드는
그 무슨 연유도 없을 마모된 물체 앞에
조이고 풀리는 이치를 다시 짚어 보누나.

처음엔 이 부품도 없어선 아니 됐을
한 틈새 오차 없이 제 영역을 다스렸을
아득히 펼쳐진 세월, 먼 회귀回歸를 열어본다.

단지斷指

무서리 늦가을은

바람결도 어질머리

객혈하는 초목들을

햇살이 보듬으며

손 베어 공양供養하는가

혈기 도는 만산홍엽.

가창街娼오리의 춤

1.
또 한해 갈림길에 어김없이 찾아와서
호수면 갈대숲에 섬처럼 떠 흐르다
산그늘 어스름 불러 물결 딛고 비상하는.

2.
하늘과 물에 잠긴 두 개의 해 흩어 놓고
돌고래 가오리 등 온갖 형상 연출하며
저녁놀 화폭 위에다 홀로그램 펼치는.

3.
어느 결 서산 위에 초승달을 걸어 놓고
깊은 잠 별자리들 점자點字로 들깨우며
열두 발 상모를 돌리는 아, 어질머리 춤사위.

4.
온 우주 아우르는 신이 빚은 붓 터치여
깃털 하나 손상 없이 카오스의 길을 트며
저 군무群舞 무리에 끼어 한 개체로 함께 날飛다.

가을 과수원

늦가을 사과밭은 만조 이룬 바다이다
과물果物의 속살 깊이 아우르는 햇살들이
알알이 색상이 되어 마음마저 밝히는가.

얼마쯤 떠 흘러야 꿈결처럼 부침되나
울타리를 타고 넘는 함묵의 저 바람결
받침목 무게를 실어 바리 되어 오는가.

밤이면 불을 혀는 집어등集魚燈 부신 둘레
일렁여 살 비비는 해조음 수초들이
달빛도 찌가 되어서 시절마저 낚는가.

아지랑이

아득히 그 속에서
서럽게 웃음 지으며
가고 있는 거냐
뒤돌아보는 거냐
못다 푼 숨결로 남아
번열하고 있는 거냐.

우리 이별 없을 때
다시 만날 수 있다면
이 세상 저 밖으로
이름 없이 사라져 간들
그 시절 눈물로 되어
떠 흐르는 것이냐.

동백꽃

그래요, 사랑이란 그렇게 하는 거야
묻어둔 불씨 하나 삼동三冬으로 다독이다
어느 날 활화산처럼 터뜨려도 보는 거야.

온 하늘 아우르며 영원을 꿈꾸는지
먼 날의 그리움들 솔기 여며 간직하다
단 한 번 열정을 위해 몸을 열어 보는 거야.

그래요, 애증인들 그렇게 삭히는 거야
못다 한 염원이듯 어혈을 삭이면서
처절히 분신焚身으로 가는 한 생애는 그런 거야.

고요

물총새

한 마리가

언제부터 앉아 있다

호수에 잠겨 있는

고향과 저녁노을

일순간

낙하落下를 하며

낚아채는

먼 유년.

비행운 그리기

한 점 티도 없는 어느 날 가을 창공
청명이 하 고요해 화폭을 펼치고서
두어 점 묵난墨蘭을 치며 삼매경에 젖는 거야.

어디 구름 없는 하늘이 하늘이랴
그 여백 구도 잡아 곡예 펼친 편대編隊들이
먼 상념 밑줄 그으며 소실점을 찍는 거야.

설핏 해거름이 발묵潑墨으로 빗금 치는
기우뚱 세월의 잔영, 중천에 걸어 놓고
어느 결 낮달이 와서 은 낙관을 치는 거야.

주상절리柱狀節理를 찾아

언젠가 이곳 와서 마주한 몇 시간을
오늘 문득 다시 찾은 연유를 묻어둔 채
먼 추억 발등을 씻으며 직립으로 서 보는.

태초에 하늘 자락 몇 폭 말아 상감象嵌하듯
신의 손길 붓 터치로 석상들을 앉히고서
발돋움 구도를 맞추다 키 재기도 해보는.

한 곳을 같이 보는 그 눈길이 사랑이면
밑줄 친 수평선에 신기루를 풀어놓고
저녁놀 잉걸불 속에 민 낮달도 녹아드는.

지상의 모든 퍼즐 풀어 보는 경이異驚 앞에
돌기둥 층층 석탑, 쓸어 담는 부채꼴로
태풍도 애무이거니 속살 시린 저 몸매는.

둘레길 천 길 단애 성곽처럼 둘러놓고
자기장 뒤웅 벌집, 밀랍蜜蠟으로 봉인을 한
또 몇 생 면벽面壁을 하며 경經을 외는 저 파도는.

장청(張靑, Jang, Chung) 본명: 장동수 (張東洙, Jang, Dong soo)

1941.~2014. 충남 홍성 홍동면 대영리 출생. 서라벌예술대학(문예창작과) 졸업(1962), 국제대학(국문학과) 졸업. 《시조문학》천료(1976, 봄호) 등단. 시조집『바보의 노래』, 『새벽날개를 치며』(공저), 『지렁이의 노래』(2004, 조선문학사). 수필집『은밀한 중에 은혜의 눈빛이』(1985, 삼영), 『술 따라 정 따라』(2006, 연인 M&B). 광천중고교, 광주 삼육중고교 교사, 서울 삼육중고교 주임교사, 〈녹색신문〉 논설위원, 칼럼니스트, 한국시조작가협회 이사 역임. '영산강', '토요' 시조동인. 한국시조시인협회, 한국문인협회 회원.

—

비추행悲秋行

껍질을 벗기고서 씨 발라 손에 쥐고
가을이 머리 풀어 상두꾼 흉내 내면
묘비墓碑에 앉은 바람은 외눈알을 껌벅여

한 개비 남은 향수鄕愁 자정쯤 그어 보면
고개 너머 산 모롱에 술렁이는 마른 입술
설첨舌尖에 스미는 향기 녹아드는 풀 냄새

모래와 가랑잎과 저녁연기 조각구름
길게 누운 길바닥에 반짝이는 사금파리
개울뚝 버티고 서 있는 곰삭는 말목들과

반달과 구렁이와 기러기와 비눌과
못물과 달팽이와 사슴의 연한 허리
비린내 풍기는 목숨 몸 접는 어지럼과…

핏빛으로 타는 노을 눈꺼풀에 담는 여로
날리고 날리고 나도 끝없이 또 날리는
까마귀 나래 소리가 한천寒天에 빨려들어…

산비알 푸는 안개 먹고 사는 나의 세월
숨죽이고 흐르는 엷은 분디 꽃 빛깔
핏발 선 불면不眠을 꽂아 아린 마음 건지네

허물 벗는 저린 허리 새 비늘 돋는 밤에
따리 틀고 앉아 칸칸間間에 불을 켜면
숨소리 생생히 일어 요령搖鈴인 양 물러나

육질肉質로 씹히는 이 고요의 산미酸味 한 모금
전신全身에 앙금 지는 귀띔을 추려내며
가으내 들길을 밟아 돌아가는 나그네

대춘부待春賦

고운 님 여월 때 눈물 적셔 묻은 꽃씨
설한풍雪寒風 큰 호통에 안간힘도 지겹다
훈풍薰風아 먼 땅 풀면서 어느 굽이 도느냐!

군자란君子蘭

검푸른 그 태깔에 두텁고 빳빳한 품
속속 밴 흙 향기에 켜켜마다 윤택이라
돌아와 어느 술참 때인가 고이 접은 마음결

대궁 위에 느는 꽃잎 아련한 저 손 속에
문 밀어 사뿐 나는 외씨버선 부신 콧날
한 가닥 선율을 얹어 보랏빛 신명神明은 트고…

그윽한 꽃그늘에 나도 한 이파리 곁자리 되어
유정有情한 이 천지를 다문다문 괴리라 하면
아무리 매운 매라도 이 몸맨 풀지 못할걸.

사향보思鄕譜

괴나리 봇짐에서 풀린 청빈 한 가락이
따스한 바람결로 솔솔솔 내빼더니
고향 집 구들을 달궈 시린 꿈을 데운다

군불 지핀 사랑방에 청솔가지 타는 냄새
절화로 사룬 재 속 불씨만큼 남은 것이
일평생 쑥대머리로 설레는 저 심곡心曲

마음 비알 타고 내린 어스름 창에 밀려
보리밭 만萬 고랑에 싸락눈 쌓이는 소리
마식령馬食嶺 멧부리 아래 메아리로 키운다

만해萬海

한끝은 눈물에 젖고 또 한끝 노래로 피는
꿈 머리 은하를 베고 긴 발목 침묵에 세운
그 생각 일만 이랑에 돛배 하나로 뜬 그대

사람이 말을 걸면 티끝 속에 이는 바람
해맑은 눈빛만 주면 저 홀로 타는 노을
밤 파도 뛰는 저 바다 벼랑으로 서는 그대 !

수리

크거나 작은 것이 점으로 환원되고
썩기 전에 타는 점 하늘로 뛰는 불티
끝없이 취한 나의 꿈 거덜 난 쑥밭이 된다

천길 밑 낭떠러지 까치놀로 타는 강물
꾹 물린 함묵이 퍼렇게 서슬 되는
접을 수 없는 나래엔 먹빛도 앉지 못한다

백묵白墨

촉촉히 손안에 든 향 맑은 뜻을 짚고
하루같이 보낸 십 년 어허 이 몰골 좀 봐
온 세상 먹칠만인데 홀로 담고 있구나

민들레 꽃씨처럼 흩어져간 아이들이
그 어느 언 땅 풀며 눈엽嫩葉 트고 듣는 건가
한밤에 눈을 뜨고서 헤아리는 이 마음

말馬

벼랑에 튀는 달빛 갈기 빗겨 늠름한 등
역적逆賊을 싣고 왔다 황토바람 날리면서
굽굽이 찍힌 네 전율 원시原始의 피로 산다

무제無題

참 솔빛 스친 바람 용마루 넘나드니
부연 끝에 찍힌 달이 밤하늘 밝혀 놓고
현숙한 아낙을 골라 태몽胎夢 한 점 내린다

독행獨行

조각 구름 보고 가는 또 한 조각 구름이여!
떠나버린 네 푸르고도 작은 눈동자
조약돌 발길로 차며 낮게 부는 휘파람

장태경(張泰敬, Jang, Tae kyung)
1953년 대구 중구 계산동 출생. 영남대 환경
보건대학원 석사 졸업(2006). 《대구문학》 신
인상(2015) 수상. 대구시조시인협회, 대구문
인협회 회원.

장태경의 「모란꽃 피다」는 관찰력과 사색의 흔적이 엿보이고 내면
의 서정을 대상물과 하나로 형상화시키는 솜씨가 돋보인다.
— 민병도(시조시인·국제시조협회 이사장)

모란꽃 피다

뻐꾸기 음률에 실려 진초록 오월이 오면
화려한 춤사위가 보일 듯 말 듯 시작된다
잎잎이, 내일을 싣고 여린 숨결 고른다

오랜 시간 품어 온 자줏빛 소망 하나
수줍은 발길인 듯 사뿐사뿐 밀어 올린다
접었다 다시 뻗는 손, 채선彩扇으로 펼친다

풍성한 치맛자락 겹겹이 벙글고
뜨거운 하늘 향해 활짝 젖힌 소맷부리
떨리는 황금빛 꽃술, 숨이 턱 멎는다

징검다리

겨울과 봄 사잇길
하얗게 잇는 매화

입술은 찼지만
말씀은 따듯했다

하얀 잎
풀잎에 누워
딛고 건너라시네

봄밤

눈길 주지 않아도
달은 훤히 떠오르고

발길 닿지 않아도
매화는 홀로 피네

골짜기
차오르는 향과 빛,
어디쯤서 만날까

대칼

아무거나 베지 않는 칼 하나 갖고 싶다

네가 아닌 나를 베는
곁보다 안에 세운

미움도
단칼에 베는
푸르고 곧은 결 하나

첫 민들레

아이 참,
깜짝이야
난, 또 누구라고

희번득*
번뜩이는
돌 틈, 동전 하나

구부려
눈을 맞추니
환한, 금빛 웃음

* '희번덕'의 사투리.

별별 소문

봉정암 밤하늘은
왕별들 소굴이래

득시글 득시글 바위별
떨어질 듯 질 듯하대

아찔해
감았다 뜨면
가슴속에 박힌대

관계

나의 '내'와 너의 '네'가 구별, 안 되는 것은
입술에서 나오는 소리만은 아닐 거다
이 마음 어디서 오는지
가늠, 안 될 때 있다

미워지는 건지 미워하는 건지
온종일 되도는 마음 가는 걸까 오는 걸까
그 마음 어디쯤인지
궁금해질 때 있다

본디 하나인 것처럼 모호해진 경계
쓰러진 표지석 하나, 다시 세워야 하나
네 모습 제대로 봐야
내 몸도 바로 설 텐데

쉼표

할 말 다 했다고 마침표 찍었는데
나 몰래 새어 나와, 꼬리를 내미는 말

잠깐만,
기다려 주세요
숨, 한 번만 쉬고요

냇가에서

그 아이가 내 마음에
물수제비를 떴다

나도 가만 있지 않고
팽팽히 가슴 내밀었다

그 사이
꼬리에 꼬리를 문
무지개다리, 놓였다

꽃자리

꽃잎이 지는 일은
열매를 위함이라

내리 사흘
피었기에
여한도 없다시네

올 때는
그리 더디드만*
금세 횅한 뒷모습

* '더디더니만'의 사투리.

장효순(張孝淳, Chang, Hyo soon)
1939년 충남 부여 임천면 출생. 강경상고, 영남대학교 졸업. 《시조문학》(2010, 여름호) 등단. 시집 『비단강에 내리는봄』(2013, 시조문학사) 외. 시조문학 작품상(2014) 수상 외. 수요문학회, 여울물 회원.

—

일상적 소재를 통한 시조 미학의 심화.
자연에서 빌어온 일상적 언어들을 시적으로 잘 수용하여 그리움과 기다림의 미학을 노래함(「그리움」). 「사부곡」에서 시인은 어릴 적 아버지의 등에서 느꼈던 행복을 추억하면서 아버지의 뜻을 저버린 자신을 자책하고 있다. 하지만 아버지의 그 뜻은 마치 새벽별처럼 여전히 시인을 비춰주고 있음에서 아직도 아버지는 시인을 지켜주는 버팀목으로 여겨지며 가슴으로 젖어 드는 공감적 이미지를 보여 서정성을 느낄 수 있다.
— 김준(시조시인 · 서울여대 명예교수)

—

사부곡思父曲

따스한 등에 업혀 선돌 재 넘어갈 제
간절히 이른 말씀 헤아리지 다 못 하고
때늦은
회한悔恨 속에서
훔쳐보는 새벽별

자귀도 섧게 울고 달그림자 찾아든 밤
즐겨 쓰신 영농일지 그 뜻 이은 내 일기는
가슴속
임의 큰 탑이
빗돌이 돼 섰습니다.

청죽 같이 살다 가신 천년 고택 바라보니
사모로 그린 강이 등을 질러 떠나가고
오늘도
할미꽃 되어
고개 들 수 없네요.

거미의 영토

허공에 던진 그물
밤이슬 내려앉고
이슬 한 영토 위에
매달린 거미의 꿈
오늘도
작은 우주를
거느리고 있구나.

향수鄕愁
— 성흥산성에서

산굽이 돌아드니
다가서는 성흥산이
산도화山桃花 두어 송이
내를 따라 내려오고
설산雪山이
몸을 푼 물살
발을 씻는 산 까치가

전설로 남아 있는
옛 성터 느티나무
언덕배기 낡은 옛집
그림처럼 홀로 있고
목을 뺀
꽃사슴 한 쌍
도는 구름 핥아먹는

세도나루*

가늠키 힘든 수심
굽이쳐 흐르는 물
삭풍에 우는 갈대
후렴뿐인 악보 하나
속울음
삼킨 세월에
시린 어깨 깨운다,

* 세도나루: 금강변의 옛 나루터.

상강霜降언저리

손가락 새 빠진 세월 잡을 수 없습니다.
지나간 세월 두고 이야기나 보태다가
몇 날이
남아있는지
손을 꼽아 봅니다.

설령雪嶺에 걸린 해를 저녁놀이 베어 물면
흰 머리 한 가닥이 왜 이리 서러운지
한 발짝
내려만 서서
내 발자국 다시 본다.

실바람 하늬바람 모두 다 삼킨 자리
달려온 바람개비 계절이나 돌려대고
오동잎
지는 소리가
갈秋을 끌고 가네요.

전병태(全秉泰, Jeon, Byeong tae)

1950년 경남 진주 수곡면 출생. 북부산고등학교 졸업. 《현대시조》(2001) 등단. 시집 『아버지의 산』(2005, 신지사), 『어머님의 텃밭』(2010, 한글문화사). 《여기》 작가상(2009), 《실상문학》 우수상(2013), 《현대시조》 좋은 작품상(2017), 성파시조문학상(2018) 수상. 참시조 창설 초대회장, 부산시조문학회 회장 역임.

—

전 시인의 따뜻한 인간미가 예지 속에 은은하게 드러나고 있다. 그리고 이 시에 나타난 회화적 표현은 안정된 형식과 해조를 이루면서 시조의 미감을 높여 준다. 그뿐만 아니라 시속에 노정되고 있는 외로움의 정서마저도 오붓한 정으로 느끼게 한다. 사실 고절이라든가 기품과 같은 정신적 어휘는 속되지 않음으로써 외로움을 수반한다. 선비들은 그러한 고독을 스스로 다스리며 몸과 마음을 닦았던 것이다. 현대문명에 의해서 도외시되었던 선비문화를 살려나가는 일은 우리의 소중한 정신문화를 지키는 길이라 생각한다. 이러한 의미에서 전병태 시인의 귀향일기와 같은 시편들은 인식의 공감대를 형성한다.

　　　　　　　— 정해송(시조시인 · 전 부산시조시인협회 회장)

—

질경이

옥토를 비켜나서
길섶에 뿌리내려

오가는 사람들의 무심無心으로 살아왔다

수없이 밟고 밟아도
아픈 줄도 모르고.

밟아라 또 밟아라
더 낮추어 살련다

솟을 수 없는 꿈을 더 깊게 뿌리내려

세상이 푸르른 날에
꽃대 하나 세우련다.

못

때려라
더욱 세게
아픔을 쌓으련다

하나만
생각하며
꼿꼿이 뿌리내려

과거를
되새김하며
소리 없이 살련다.

해바라기 순정

오로지 한맘으로
임만 보고 돌고 돌며

혹시나 오시려나
발자국 엿듣다가

사랑은 말도 못 하고
키만 훨씬 자랐고,

울 넘어 임 오실 길
발돋움만 더한 세월

오늘도 고백 못한
고개 숙인 짝사랑

이제는 지쳐버렸나
새까맣게 탄 가슴.

작은 기도

모두를 사랑하고 같이 웃게 하옵소서
발길이 가는 곳엔 미물도 살피면서
나보다 더 아래쪽을 굽어보게 하소서.

수직보다 수평을 사랑하게 하옵소서
좌 아닌 우도 아닌 언제나 정중으로
평등이 내 마음속에 자리 잡게 하소서.

모두가 둘이 아닌 하나이게 하옵소서
미움과 고통들도 보듬고 얼싸안고
오늘도 감사하면서 살아가게 하소서.

배움을 짊어지고 끝을 보게 하옵소서
당겨진 세월만큼 뿌리고 거두면서
인연이 다하는 날에 웃고 가게 하소서.

탑

지고 온 삶의 무게 너무나 힘겨워서
첫새벽 탑을 향해 한마음 비는 것은
골안개 몰아내고서 햇살 나게 하소서.

모가진 인생살이 둥글게 살고싶어
간절한 바람으로 손 모아 비는 뜻은
내일은 오늘보다 더 사랑하고 싶어서.

맺힌 한 풀기 위해 오늘도 도는 것은
지고 갈 운명인가? 끝없는 욕심인가?
우매한 중생의 아픔 같이하며 살고 싶어.

전병택(田丙宅, Jeon, Byung teak)

1912.~2010. 평북 선천 수청면 가물남동 출생. 무순撫順 일본중학교, 봉천배영 전문학교 졸업(1932). 《배달소년》 간행(1929). 시조, 시 창작 시작(1972). 현대시조 지상백일장 장원(1983). 《현대시조》 천료 등단. 시조집 『산아 너를 닮자 한다』(1989, 서문당), 『삼월의 소리』(1993, 미리내) 외. 현대시조시인협회 회원. 〈조선일보〉 기자, 봉천 한민 청년회장, 한글 연구회장 등 역임. 삼학사三學士 비석 건립(1935, 봉천). 귀국 후 애국지사 후원회 사무국장, 33인 유가족회 사무국장, ㈜삼일축산 사장 등 역임.

—

예술가의 손 4
— 헨리 · 무어 작품전에서

하늘을 우러러 선 천년 묵은 거목巨木이듯
저 허공 휘휘 저어 무한을 움켜쥐고
숨겨진 그 빛을 캐는 신비로운 손이여

활활 괴는 사유思惟의 불길 황홀히 장심掌心에 타면
신명 난 열 손가락 꿈을 쪼아 다듬는다
생명력 훈훈히 솟는 새 형상을 빚었네

지성이 꽃핀 생애 인고의 날들이여
풍상에 굽고 깡말라 부축한 채 기진해도
그 자취 구원久遠에 빛날 영광의 손 손이여

임진강臨津江

1

남북을 빗장 지른 피멍 든 가슴이여
우러러 저 하늘에 슬픈 소망 새겨두고
통곡도 세월에 지쳐 흐느끼는 임진강

2

분노로 얼룩지는 낭자한 일상들을
안으로 삭히면서 몸살 앓는 강심江心일레
저 언덕 그늘진 땅엔 먹구름만 떠돈다

3

막힌 길 먼발치에 철마鐵馬는 발 구르고
임진각 비인 뜰이 향수鄕愁로 저무는데
노을빛 여울에 젖어 피눈물을 쫓는가

4

한 방울 작은 물이 돌도 뚫는다 했거니
줄기찬 그 몸짓이면 철벽인들 못 뚫으랴
강이여 광도狂濤로 오라 저 하늘에 넘쳐라

5

역사의 뒤안길에 검은 기류 엇돌아도
인고忍苦의 숨결 모아 닫힌 문 빗장 열면
강이여 굽굽이마다 새 아침이 밝으리

딸에게

오롯이 몸을 바쳐 해와 겨룬 슬기인데
눈이 오면 눈 속에서 비가 오면 빗속에서
은은히 빛나는 숨결 너는 해님이어라.

이 땅의 젖줄처럼 은혜로운 몸짓으로
굽이진 여울마다 새벽 문을 누비면서
흘러도 다함이 없는 너는 장강長江이어라

한목숨 곱게 받쳐 내 하늘 우러르면
줄기도 영롱하게 잎잎마다 맺힌 이슬
그 향기 옥玉처럼 맑은 너는 난초이어라

이 나라가 당기면 내 겨레가
한 천년 푸르게만 열두 줄에 안기는데
저렇듯 신묘한 가락 너는 가야금이어라

도예삼제陶藝三題

— 성형

슬기론 손놀림에 한 줌 흙이 맴을 돌다
소녀의 살갗인 양 매초롬히 솟은 알몸
뽀얗게 흙 향 피우며 수줍음의 미소를
맨살에 뜻을 새겨 예스럽게 단장한 채

— 굽이

맨살에 뜻을 새겨 예스럽게 단장한 채
연옥煉獄 같은 불 속에서 몸을 살라 다듬더니
마침내 초토를 딛고 영체靈体로이 살았는가

— 청자靑瓷

하늘빛 고인 가슴 부시도록 싱그럽고
푸른 넋 아롱진 말씀 화사하게 피었구나
겁劫 두고 면면히 빛날 내 조국의 마음아

기유송祈油頌

1

두둥실 북을 울려 수평 멀리 띄우면은
파도 끝에 묻어오는 무량의 진한 냄새
바다는 태고를 삭혀 유향油香마저 피우는가

2

광란하는 저 바다에 소망의 돛 높이 달고
기름밭 일구려는 열화 같은 일념으로
우렁찬 징 소리 따라 먼 해심海心 짚어 간다

3

억년을 심층에 잠든 고생대古生代의 정령精靈들아
기구祈求의 풍악 소리 지축地軸을 흔들리니
일제히 가슴을 열라 오, 뿜어라 유화油火여

산山

1

보라 하늘이 수그리고 땅은 우러르는 저 위용威容
억겁의 풍상에도 한결같이 의연하구나
장할사 준엄한 기상 산아 너를 닮자 한다

2

우뚝 솟아 어깨 걸고 울멍 줄멍 손잡은 채
한 맥줄 숨결을 다져 땅끝까지 연이어 섰네
정연한 부족部族의 대열 산아 너를 닮자 한다

3

햇덩이 타는 체온 온몸으로 나눠 태고
사유思惟 밝혀 달 뜬 밤은 별도 불러 대화로 샌다
미덥다 정다운 우애 산아 너를 닮자 한다

4

봄꽃, 여름 잎, 가을 단풍, 겨울 눈은 눈부시고
철 따라 바뀌는 의상 화려한 푸나무여
멋져라 절로의 매무새 산아 너를 닮자 한다

5

새소리 바람 소리 노상 좋은 노래 되고
우르릉 쾅 치는 천둥 웅장한 창唱 일러니
한 가락 즐기는 낭만 산아 너를 닮자 한다

6

품어 키운 짐승놈들 살기 다툼 싸움질로
먹고 먹혀 흐르는 피 성역聖域에 낭자해도
못 본 채 감싸는 관용 산아 너를 닮자 한다

7

긴 긴 그 생애 속에 고독이나 비애는 없다
때로 치미는 울분쯤은 불로 녹여 뿜어낼 뿐
담담히 살아온 평생 산아 너를 닮자 한다

8

하늘 땅 열릴 적 일과 인류의 살아온 이야기며
우주의 숱한 신비들을 간직한 채 말이 없구나
영원히 굳게 다문 함묵 산아 너를 닮자 한다

9

"사람아 정상의 길은 '정복' 아닌 '만남'이니
오만 말고 늘 겸손하라" 저 계시의 메아리여
위엄도 은근한 충고 산아 너를 닮자 한다

아들에게

제 한 몸 불로 살라 한세상 밝혀 놓고
뜨거운 가슴 펼쳐 만상을 품 안는다
끝없이 빛나는 사랑 너는 태양이어라

긴 세월 무딘 사유 갈고 닦아 밝힌 생애
온고溫故로 내린 뿌리 지신知新으로 가질 뻗어
우러러 드높은 사표師表 너는 태산이어라

번갯불 천둥에도 굽히지 아니하고
눈보라 치는 속에 오히려 장한 모습
천년을 푸르른 기개 너는 장송長松이어라

가슴을 두들겨라 하늘땅이 흔들린다
피 끓는 그 외침이 시공時空으로 번져 가면
수리에 떨치는 소리 너는 진정 징이어라.

전보규(田甫奎, Jeon, Bo kyu)

1950년 경북 울진 죽변 출생. 죽변초 · 중, 울진고등학교, 대구교육대학교, 영남대 교육대학원(교육행정). 《시조문학》(2016) 등단. 칼럼 『전보규의 짧은 글 깊은 뜻』(2010, 중앙기획). 《시조문학》 신인상 수상(2017). 시조문학, 대구시인시조협회 회원.

—

전보규 시인의 「가얏고」는 정완영 시조시인의 시조 「조국」이라는 작품이 연상되는 작품이다. '가얏고'의 외양과 소리의 특성, 연주자의 모습을 잘 그려주고 있다. 시조의 형식에 맞추어 쉬운 말로 능숙하게 시상을 전개하여 공감의 폭을 넓혀주고 있다. '가얏고'는 12줄로 된 우리나라 고유의 현악기로서, 기원 전 500년대에 낙동강 유역에 자리 잡았던 가야국의 가실왕이 악사 우륵을 시켜 만들었다고 전한다. 그래서 '가얏고'라는 이름은 가야국에서 만들었다고 해서 붙여진 것이란다. 흔히 '가야금'으로 불리나 이는 한자화된 이름이고 한글로 된 표기는 언제나 '가얏고'로 되어 있다.

— 김석철(시조시인 · 한국시조시인협회 자문위원)

—

능소화 비가悲歌

애타게 기다려도 오지 않는 임이기에
슬픈 눈빛 감추려다 눈이 먼 여인 되어
이끼 낀 토담 너머로 한을 품고 오른다.

조바심에 타는 입술 토해내는 깊은 한숨
그리움에 멍든 가슴 원망도 쓸어 담아
끝끝내 못 맺을 사랑 넋이 되어 풀린다.

홀로 계신 아버지

한 이틀 더 묵으셔도 서운한 맘 덜 하려만
사흘을 못 넘기시고 떠날 차비 서두시니
반길 이 없는 집으로 지팡이를 앞세웠소.

열 대 평 밭떼기에 뿌린 씨값 눈에 밟혀
등 굽은 세월 속에 품 너른 두루마기
빛바랜 소맷자락을 차마 못내 외면했소.

못 부친 편지

사무치는 그리움은 구층탑도 쌓으리만
설렘이 앞을 가려 실마리도 풀지 못해
쓰다가 지운 흔적이 산더미만 같아라.

행여나 잘못 썼나 훑고 또 훑었건만
망설임이 짓눌리어 책갈피에 끼워두곤
지금쯤 받아봤으면 눈 흘기진 않았을까.

오동도 동백꽃

춘삼월 쬐는 빛에 설렘에 붉힌 얼굴
그리움을 안고 가고 기다림도 이고 가니
갈매기 울음소리에 익어 물든 꽃망울.

간밤에 내린 비에 은하수도 흘려내려
노처녀 시린 마음 어루만져 주고파서
겹겹이 두른 꽃잎에 등 밝히는 홍초롱.

오동도 푸른 숲에 홍건히 자리 까니
봄처녀 애탄 연심 절로 저린 망울마다
고운 임 반겨 맞으려 글썽거린 꽃송이.

가얏고

비단 실 열두 줄에
마디마디 혼을 실어

말 못할 사연들을
주저리 엮어 담아

어리듯 취한 손길에
흐느끼며 절규한다.

전성신(田姓信, Jeon, Sung sin)
1916.~2004. 평양 출생. 호 추정(秋汀). 신사임당 백일장 입상
(1975), 대한출판협회문화 독후감 3회 입상(1976), 한국여류문학
인회 3회 입상(1977), 한국 현대시조 전국백일장 차상(1983), 전국
민족시일장 입상(1983), 현대시조 지상백일장 은상(1983). 시조집
『해돋이』(1990, 한누리), 『꿈은 익으려나』(2004, 대한). 동시집 『송
화가루 날릴 때』(1990, 한누리). 산문집 『질화로』(1980, 배영사). 수
필집 『협케인생』(1990, 한누리), 『백 팔십까지 산다면』(2004, 대한).
한국 수필가협회, 현대시조시인협회 회원.

—

한계령의 단풍

아득한 쪽빛 동해 불타는 만산홍엽
눈 위의 비안개 걷히고 숲 사이 드러난 절벽을
힘겹게 기어 오르는 핏빛 담쟁이 넝쿨

햇불을 받들 듯이 치솟은 산봉우리
정녕 이럴 수가 있을까 오색옷 푸짐한 잔치
속인이 범하지 못할 영기 감도는 한계령

보낼 곳도 없다만은 단풍 한 잎 손에 드니
인간사 끊어진 끝에 선경이 나를 잡네
차라리 예 못 머무를 바엔 마음에나 담아 가자

만남

서른 해 아린 삶에 거미발만 늘었건만
흰서리 치켜 올리며 불러보는 옛 이름들
그 울음 소나기로 내려 이 강토를 적시네

마음은 이어져도 생각은 주저앉아
점 하나 흉터에도 기억을 더듬으며
엉컹퀴 풀어 헤친 채 지새우는 이 한밤

물은 흘러 한 줄긴데 피만 잠시 멈춘 오늘
철조망 쥐어뜯으며 울부짖는 아픔이여
세월은 녹이 슬어도 해는 저리 밝고나

추석

흩날린 잎새들이 파도처럼 밀려오면
마음은 천 길 물속 바다 밑을 맴도는 듯
두고 온 산천 그리며 접어 보는 한가위

얼룩진 고향에도 보름달은 떴으련만
버리고 돌아선 길목 이슬처럼 맺는 생각
못 잊어 맴돌다 오는 꿈길조차 먼 이역

바라본 북녘 하늘 눈물마저 사무친 땅
문설주 기대 서서 기다리실 조상 심사
너라도 구석진 설음 골골마다 비추럼

나목裸木

푸른 꿈에 둘러싸여 속살은 안 뵈더니

가지 새 한 뼘 볕에 드러나는 겨울나무
모든 것 벗고 섰어도 가득해진 그 무게

눈과 비 바람에도 흔들린 채 맡겨 두고
떨군 잎 아쉽잖이 그 둘레를 넓히다가
깊은 뜻 아득한 꿈을 짚어보는 그 몸매

매계서원梅溪書院

오백 년 더듬으며 돌층계 올라서니
연륜年輪 헤며 자란 이끼 잡초에 덮인 지붕
뜰 가득 에스런 빛깔에 스며있는 님의 숨결

태고의 잠든 겨레 말씀으로 깨워 놓고
청자 고운 연못에 얼비친 도포자락
끼치신 님의 자취가 천년에다 또 만년

목멱산木覓山의 봄

보름새 은실비에 목멱산이 젖은 훗날
안개 낀 팔각정에 아침 해가 갈앉으면
산새가 부리를 부벼 새 봄빛을 쫓는다

사직공원에서

석간수 뼈저린 삶 유년 속에 간직한 채
흰서리 거미발 이고 옛길을 걷노라면
고목의 아린 상처가 낙엽 되어 딩굽니다

태고적 아름드리 그날처럼 속삭이고
황학정 곧은 화살 산허리를 흔드는데
한나절 매미 울음이 가람 되어 흐릅니다.

산

빈 하늘 받혀 이고 먼바다를 조는 산악山岳
드러난 팔꿈치로 높새바람 막고 서서
그 무게 의연한 몸짓으로 마디 펴는 골짜기

감은 눈 천년 꿈을 바위틈에 새겨 놓고
갈피진 세월 자락 침묵으로 뒤척이며
마파람 넘나드는 숨결에 하나 되어 감기는 얼

설악雪嶽의 밤

즈믄해 받아 이고 먼 동해를 조는 설악
뿌꾸기 구성진 가락 어둠 속에 가라앉고
잠 잃은 텃새 한 마리 여름밤을 우난다.

낙화落花

피는 듯 지는 너를 뉘라서 막을쏘냐
너 가고 세월 가면 별빛도 지는 것을
목련꽃 휘날릴 적엔 내 앞섶도 떨린다

전순자(田順子, Jeon, Soon ja)

1955년 전북 군산 옥구읍 출생. 군산교육대학교, 전주교대 대학원 졸업(2002). 《아동문학》(1995), 《소년문학》(1996), 《시조시학》(2011, 봄호) 신인상 등단. 동시집 『복사꽃 핀 날』(2017, 아동문예). 동시조집 『네가 있어 세상은 빛나』(2008, 아동문예, 전주교대군산부설초). 세계시조사랑 축제 어린이시조지도상(2007), 마한문학상(2017), 전북아동문학상(2018), 익산예술창작상(2019) 수상. 한국문인협회 익산지부장 역임. 초등교장 퇴직(2018.2.). '청문학' 동인. 한국아동문학회, 가람기념사업회, 오늘의시조시인회의 회원.

—

전순자의 시들은 동심이 깃든 상상력을 배경으로 삼고 있으면서, 주제를 색다르게 귀결해내는 점이 눈길을 끈다. 시편마다 섬세한 안목이 기대된다.
— 오승철 외, 《시조시학》 신인상 심사평

전순자 시인의 작품은 참 따스합니다. 그리고 사랑이 듬뿍 담겨 있습니다. 아주 작은 사물에도 말이지요. 꼬옥 안아주고도 싶을 만큼 잔잔히 마음을 울리는 작품이 있습니다(『복사꽃 핀 날』).
— 윤이현(아동문학가 · 한국문인협회 자문위원)

—

염전에서

하늘 담고 가슴 조린 지평의 기억처럼
잦아든 응어리 번득이는 그 열기 속
허옇게 바스러진 뼈 가득한 검은 뻘밭

너덜거리며 짜부러진 헛간 같은 쉼터에서
노곤한 몸 부리고 해넘이를 기다리다
당그레 물밀어 건져 내던 축축한 혼백 사이

한생 외발로 선 채 목도로 굳은 어깨 위로
땡볕에 검게 타버린 무자위의 땀내
새만금 깃발 아래서 시름시름 명 놓았다.

허수아비

다랑서리 논 가운데 바람 함께 서 있다.
반쯤 뜯긴 밀짚 모자 비스듬히 눌러쓰고
그 큰 눈 아예 감은 채 쪽논을 지킨다.

휘이휘이 팔 저으며 부산했던 땡볕 들녘
눈 찍어 멀게 하고 가슴속 후벼파도
한바탕 넘치는 활기로 외발인 줄도 몰랐다.

깡마른 몸뚱이 헛것인 줄 알아채고
속살을 뜯어주고 심장을 내 주어도
눈시울 붉힐 줄 모르고 아래로만 흐르는…

비바람에 시달리며 골병든 뼈마디를
무서리 시린 등골 지게로 진 아버지
자식들 허물이고서 바람만 한 짐이다.

송광사 쌍향수

두 스님 동행하여 땅 짚던 지팡이
나이테 세포마다 법문을 새겨듣고
죽음 끝 새 삶의 시작 윤회법설 하고 있다.

쉼 없이 들어 새긴 수억만 사연들이
얼키고 설키어서 승화하는 순간까지
큰 고통 함께했음을 꼬인 몸으로 보여 준다

내가 뿌린 무형의 씨앗 어디선가 묵었다가
어느 날 싹이 틀까 문득 겁이 난다.
한 걸음 내 삶의 흔적 촘촘한 채로 거르고 싶다.

편지 한 통

녹슨 문틈에서 떨어진 오래된 편지 한 통
문틈 새 끼워진 채 주인을 기다리며
몇 년을 빛바래기로 그 자리 지켰을까?

바람은 흘러가다가 내 뜰에 멈추어서
생전의 아버지 모습 그리며 돌고 있다.
징검돌 밟으며 오신 따뜻한 당신의 숨결

어스름 내려올 때쯤 희미한 그림자 품고
뒤돌아 뒤돌아보며 무딘 발 떼어 놓았다.
먼 먼길 당신의 뜰에 쌓인 추억은 빗장을 걸고

찻잔

끝없는 기다림으로 먼지 속에 있었지
언젠가 일으켜 줄 그 누군가 고대하며
어느 날 새움 틔워준 우전차도 만났어.

매일매일 습관처럼 따순 손길 기다렸지
그윽한 눈길 일그러진 투박함까지
입맞춤 뜨거운 기다림으로 늘 몸 달아올랐지

귀퉁이 떨어져도 버릴 맘은 없었나 봐
구석에 밀어 놓고 때 없이 찾아와
담뱃재 떨구지 말고 꽃이나 하나 꽂아 주렴

침묵

빛과 어둠만 배회하는 밀폐된 공간
묵직한 걸음걸음 소리 버린 그림자로
끝없는 통회의 이음 메아리로 깔린 늪

머리카락도 무게일까 민머리 수도자는
무채색 너머 뵈는 하늘 끝 한자리
점 점 점 영원으로 숨어드는 끝없는 말줄임표

날마다 씻어 봐도 가득한 비린내는
내 몸에 배어들어 올가미를 씌우는데
끝없는 기다림인가 맑은 영혼 재우는 저곳은

손가방

날카로운 바늘이 뚫어 놓은 구멍으로
부드러운 실들이 줄지어 지나고 만나
꽃자리 피워낸 조각 맞이은 손가방

한 땀 한 땀 누비어 준 실들의 꽃자수 위로
그녀의 온 정성 굽이굽이 돌고 돌며
깊은 밤 적막을 타고 인연의 끈 춤추었으리

그저 천이었던 게 손가방이 된다는 건
꿰찔리는 통증을 이겨낸 후 얻은 기쁨
잔인한 해탈의 쪽문 너머 고적한 되새김

미장원 풍경

남녀노소 지니고 온 시간의 물결을
그녀는 싹둑싹둑 거침없이 잘라낸다
우거진 머리 숲에서 춤추는 열 손가락

하얗게 피어나는 세월의 고운 빛
먹물로 덧칠하며 시간을 녹여내는
대부분 되돌아가고 싶은 젊음이란 종착점

저마다 수북이 쏟아내는 사연들
시공을 넘나드는 상상력에 표류하다
두툼히 내려앉았네, 인연 없는 나에게까지

비밀

사나흘 외출을 마친 어머니 하시는 말씀
병원에 데리고 가냐?
안 가면 안 되겠냐?
주르륵 눈물이 난다.
엄마, 직장은 어쩌고.

헐 수 없지.
가야지.
눈 맞춤 못 하고 마는

웃고 있어도 울고 있는
엄마와 나 둘만의 비밀

목울대 부풀어 오르는 섧고도 아련한 연민

맥문동

커다란 나무 그늘 잡풀과 어우러져
잎사귀 짓밟혀도 끄떡없이 고개 들며
꿋꿋함 인내심으로 울 엄니 같이 살아온 너

난도 아닌 것이 난 잎을 흉내 낸다
허물 씌워 수런거려도 침묵으로 참아내며
한겨울 엄동설한에도 초록을 내뿜었다.

실바람 불어오면 슬몃슬몃 기울여 주고
꽃비 단비 온몸으로 오롯이 받아내더니
드디어 보랏빛 꽃대 채색화 그리고 있다.

전연옥(全姸玉, Chun, Yeon uk) 본명: 전인순(Chun, In soon)
1934년 경남 마산 완월동 출생. 부산대학교 문 
리대(가정학과). 《현대시학》 3회 천료(1973) 등
단. 시집 『멀미』(2001, 문학과 청년), 『산바람 소
리』(2009, 대한), 『전연옥 대표시조 153』(2017,
책만드는집) 외. 소설집 『꿈아 꿈아』(1998, 동
방기획). 장편소설 『암초밭엔 산호가핀다 (전
2권)』(2003, 문학과청년). 한국시조문학상
(1987), 과천율목문학상(1997), 제1회 과천문학상(2016) 수상.

—

시조집이라고 하면 이 시집의 표제만 보고 시집의 현대화와 시조
의 세계화에 크게 이바지하는 것으로 보인다. 가령 「꼬마 책상」 한
편만 보아도 시집에 포함된 세계화에 대한 인식이 얼마나 큰가를
알 수 있다. 「꼬마 책상」에서 "민박집에 꼭 있었더라면 싶었던 것"
이라는 구절이나, "망명길 떠나면서도 갖고 갔던 솔제니친의 작은
책상"의 대조는 세계화에 대한 인식과 황토색이 짙은 표현과의 대
조에서 굉장한 효과를 맛 볼 수 있다. 특히 솔제니친이란 인명에 대
한 언급에서 그러한 인식이 최고도로 표현된 것을 볼 수 있다(『전
연옥 대표시조 153』 서평).
　　　— 문덕수(시인 · 전 홍익대 명예교수), 《시문학》(2017, 4월호)

—

단풍이 떠나면서

바람이 대문을 두들겨
살펴본즉 몰려 온 낙엽

이제 떠납니다
고개 숙인 자태가 곱구나

내년엔
더 찬연히 타거라
편지함에 꽂아 둔다

풀꽃

절로 자란 풀 더미에
눈길 닿는 쓸쓸한 꽃

자연의 은총으로
얼굴 내민 야생의 신비

예쁘다
이름이 잡초더냐
몹쓸 인간이야 너만 하리

저녁 놀

저 찬란한 휘장 너머 은밀히 이는 모반謀反
태곳적 입덧 내던 만삭의 몸부림이
밤바다 우리에 갇혀 문고리를 비튼다

꿈이 꿈이라지만

산수유 졸고 있는 봄날
자네 왜 또 날 찾는가

도깨비 형상 잡고
씨름한 시늉 부질없네

얼마큼
뼈를 삭혀야
이승 일 꿈밖이라 하리

모래알 만지작거리듯
꿈을 쥐었다 홀린 손

그 손 다 털지 못해
강물에 씻어 말리니

산수유
앙증스런 속눈썹
씨앗 품고 불 당긴다

숨어서 핀 진달래꽃

도봉산 산자락에
진달래꽃 피었습니다

산새들만 넘나드는
촘촘한 철망 너머

발그래
사람을 반기며
쓸쓸히 피었습니다

우수雨水 무렵

동행도 없이 목적 없이
어디론가 가보는 것은
봄이 오기 전에 꽃망울 부푸는 게야
가다만
낮달처럼 황량한
나를 놓지 못하는 비애

무지와 어리석음으로
잃어버린 세월이 절반
가로채인 노임도 돌려받지 못한 촌극인데
갈피 속
상흔을 씻어내는
개울 물소리 봄을 덮칠라

양념장 한 숟갈

열 받아 그녀 볶아대던
맞은편 연하 남친

새초롬 눈 내리깔고 갈비탕 식히는 그녀 코앞에

눈웃음
다대기 한 스푼
건네주는 그 남자

팔레트를 열고

가슴이 찢어지는 날은 물감을 사러 나가자
무슨 색깔을 칠하면 씻은 듯 안 아플까
모자란 물감을 채워 범벅지게 발라보자

보기 싫은 몇 사람은 접어 두고 살아가자
아름다운 자연도 모두는 화폭에 못 옮기듯
아리송 계곡이 깊으면 하늘 찌르는 산봉우리

추억을 줍는 말죽거리

내 우연히 양재동에
더부살이로 따라와

십수 년 전 손자와 나들이 왔던 추억을 찾는다

육교 밑
'왔다! 왔다! 오늘뿐이요!'
외치던 노점상은 없구나

손자가 내 품에 안겨
율무차를 뽑던 곳은 어딜까

옛 모습 잃어버린 빌딩에 갇힌 말죽거리

넌 자라
훌쩍 떠나고
마지막 머물 곳 찾는 할미

할미의 옛 시집 속
아기의 오후 나들이는

너 성장을 그린 보배로운 삶의 족적

집에 와
고사리 손 마주치며
'왔다!'를 흉내 내던 손자 생각

꼬마 책상

버릴 작정으로 꽃 받침대나 하면서 아직은 집에 두고팠던 꼬
마 책상

서랍도 하나 망가지고 허리 구부려야 글을 쓸 수 있는 아이가
유치원 때 쓰던 책상
섬에 갔을 적, 민박집에 꼭 있었더라면 싶었던 것

망명길 떠나면서도 갖고 갔던 솔제니친의 작은 책상

전연희(全蓮喜, Jeon, Yeun hee)

1947년 경남 진영 출생. 경남여고, 이화여자대학교(국문학과). 《시조문학》(1988, 봄호) 등단. 시조집 『귀엣말 그대 둘레에』(1996, 동학사), 『숲 가까이 산다네』(2003, 세종), 『얼음꽃』(2012, 동학사), 『이름을 부르면』(2016, 목언예원), 현대시조100인선 『푸른 고백』(2016, 고요아침). 전국시조백일장원(1986), 성파시조문학상(1999), 부산문학상 본상(2012), 한국시조시인협회상(2015), 이호우·이영도문학상(2016) 수상 외. 오늘의시조시인회의 부의장, 부산시조시인협회장, 신라중학교 교장 역임. 한국시조시인협회자문위원.

			모	란	아		모	란	아						
								전		연		희			
웃	음	도		죄	스	러	운		이		사	월	뒤	안	길을
철	모	르	는		여	인	네의		아	찔	한		저	눈	웃음
드	러	낸		가	슴		안	쪽	이		노	란		꽃	술이었네

—

"자갈밭 미루나무 꽃창포 삘기 언덕"(「달빛」)… 전연희 시인의 기억을 구성하는 것들이다. 명료하고 맑은 이미지, 서로 조화롭게 맞물린 언어들, 그 언어들이 어울려 빚어내는 통합적 소우주, 그리고 자연의 질서를 긍정하며 순응하는 시인의 삶이 시편 전편에 고루 스며 있다. 시인은 거친 현실 속의 고단한 삶을 그려내면서도 삶을 향한 긍정의 자세를 유지한다. 노숙자의 삶, 그리고 하루를 힘겹게 건너는 서민들의 일상을 그리면서 소외된 존재들을 향한 동정지심을 보여주는 「따뜻한 노숙」과 「안락동 풍경 -소래포구」를 보자. 살아있다는 것, 살아간다는 것의 숭고함을 생각하게 만드는 시편들이다.

— 박진임(문학평론가·평택대 교수)

—

에밀레종

어머님 제 여린 싹 살로 돌아 일어나요
신라 천년 사잇길 가두어 둔 강은 흘러
한 세간 심연을 울려 건어내는 어둠의 끝

첫눈 뜨는 하늘가에 울어라 울어라 새여
여윈 부리 터진 입술 몇 오리 죽지에 묻고
속울음 남루를 적셔 등솔 터진 맨살에

어머님 꽃떨기들 혼령 맑게 깨어나요
언 가슴 녹아 따습고 산굽이 길을 트면
서러움 해일로 밀려 목을 놓아 우느니

달빛

내 마음 깊이까지 곧잘 다 숨아낸다
자갈밭 미루나무 꽃창포 삘기 언덕
엮어낸 고운 날들이 파르스름 젖어 있다

숲으로 물가로만 물끄러미 다녀갈 뿐
네 고향은 아무래도 산 번지 그편이다
저물어 돌아오는 길 빈 어깨에 기울이는

늦도록 뒤척이는 창가를 못 떠난다
하마 잠들랠나 실직한 가장 곁을
달무리 글썽한 눈빛 밤새도록 젖어 있다

정비소와 목련

목련이 눈부시게 봉오릴 터트리고서야
아 거기 정비소도 한눈에 들어온다
작업장 좁은 자리 한 켠
엉거주춤 서 있는

함부로 쳐낸 줄기 시멘트로 묶인 뿌리
섣불리 가엾다 말라 혼신의 개화 앞에
소음도 매연도 재운
저 경건한 복음서를

안락동 풍경
— 소래포구*

하루를 돌아 나온 허리 꺾인 저물녘엔
서너 평 자갈마당 바다가 따라온다
초하루 사리 때맞춘 물결소리 들린다

삐걱이는 낡은 의자 돛을 내린 식탁 위엔
등 푸른 생선 토막 조개구이 알싸한데
수부들 목이 쉰 함성 내려놓지 못한다

누군들 뒤척이며 오늘을 가지 않으랴
갈매기 울음보다 더 진한 국물 한 모금
조금 때 지난 달빛은 자꾸 식고 있었다

* 소래포구: 안락동 충렬사로에 있는 간이주점.

동태와 노동

티눈 박인 손바닥의 펄떡이는 핏줄 속을
은비늘 셀레는 바다 성큼 다가선다
수평선 팽팽히 갈라 휘어지는 하루해

당겨진 힘줄마다 움츠린 꿈이 보인다
식솔의 맑은 눈빛 땀방울로 움키어도
노동의 도막 낸 끝판 얼큰하게 젖고 있다

푸른 고백

내 속에 가두어진 섬이 하나 있습니다
밀물이면 남실남실 꽃그늘에 흔들리고
썰물엔 달랑게 혼자 모래펄을 옮깁니다

지나버린 일이 모두 떠난 것이 아니던 게
울컥울컥 살아오는 보름날 눈뜬 밤엔
뒤채는 물결 달래어 동백꽃이 붉습니다

섬 하나 품고 사는 설레는 마음 동안
가문 땅 어디라도 짙어 오는 초록 천지
툭 건져 나누고 싶은 자라는 섬 있습니다

모란아 모란아

웃음도 죄스러운
이 사월* 뒤안길을

철모르는 여인네의
아찔한 저 분내음

드러낸 가슴 안쪽이
노란 꽃술이었네

* 2014.4.16. 세월호 침몰.

이름을 부르면

붉가시 느티 오동 갈참 졸참 편백 측백
낯익은 이름들을 다정히 불러 줄 때
나무도 주름을 펴고 잎 그늘을 늘인다

이름 아래 수식 없이 아무개야 불러 보면
희끗한 머리카락 깊게 새긴 주름에도
서늘히 가슴에 젖는 맑은 샘물 고인다

따뜻한 노숙

내 피는 유목민 동쪽으로 깃들이고
하루 치 양식으로 아랫목은 훈훈하다
밀쳐 둔 세상일들은 아주 잠깐 외출 중

한 몸이 머물 만큼 경계는 단단하다
남루한 영혼으로 햇살 종종 넘어와선
웅크린 가슴 안으로 창을 여는 기침 소리

잔발을 내리느라 어제는 꿈이 길고
덮고 잔 몇 장 신문 세상 무게 눌러 와도
가벼이 어둠을 개고 석불로나 앉았다

얼음꽃

그냥 돌아가리라 지우고 있었어도
한번은 꽃이리라 마디마디 아린 자국
움츠린 기다림 끝을 벼린 혼이 솟습니다

더 견딜 남은 온기 입김마저 식을 즈음
저렇듯 숨 막히게 휘몰이로 몰아와선
지상의 빈 가지마다 꽃을 놓고 있습니다

옹달쪽 달 그늘은 늦도록 서성이고
단단한 속내 열면 투명한 피리 소리
사는 길 맑게 젖어서 하늘 길이 열립니다

전용신(田溶信, Jeun, Yong sin)

1951년 경남 의령 칠곡면 내조리 출생. 부산
교육대학교, 경성대 석사 졸업. 《부산시조》
신인상(2011) 등단. 시조집 『인동초』(2013, 한
글문화사), 『자굴산의 메아리』(2018, 세종).
부산시조시인협회 사무국장 · 감사 · 부회장,
부산시조문학회 사무국장 역임 외. 부산연포
초등학교장, 부산거제초등학교장 역임 외.

전용신 시인은 구도적 자세로 시조를 쓰는 시인이다. 경건주의 자
세라기보다 인간애적 정신과 세속과의 일정 거리 밖에서 시조를
쓰는 시인이라는 편이 좋을 것 같다. 사물을 보면서 사물을 고쳐 보
는 시각인 동심적 사고, 영육을 배태한 고향을 항존적 가치로 인식
하고자 하는 시인이면서, 토속적 인간가치에 중대한 의미부여를 하
는 고향을 그리는 시인, 거기에다 성인의 성스러움을 찾아나서는
종교적 방랑인이 바로 전 시인임을 알 것 같다. 그는 시조의 예술적
가치 또는 미적 정서의 높이에 별로 큰 관심을 두지 않고 자기 내심
의 시심을 꾸밈과 보탬 없이 내보이려는데 그의 시조의 특징이 있
다. 그의 시조 쓰는 욕심은 진솔한 인간가치를 내보이는 데 중심을
두고 있다고 할 수 있다.

— 임종찬(시조시인 · 부산대 명예교수)

구월산*의 향기

틈새로 스민 빛에 웃음소리 실려 오면
바람 찬 빈 골목은 두런두런 살아나고
구월산 아침 자락에
맑은 향기 넘친다

무엇이 즐거운지 해바라기 얼굴들
목소리도 경쾌해 '안녕 하세요 반갑습니다.'
온종일 행복한 모습이
무지개로 걸려 있다

잃은 물건 찾듯이 옆도 보지 않으며
꺼질라 터벅터벅 혼자 가는 저 아이
나누며 가벼워질 텐데
깨금발이 되도록

* 구월산: 윤산輪山이라고도 하며 산 주변에는 현곡, 부곡, 금사초등학
교 등의 초등학교가 이 산 주위에 자리하고 있다.

솥바위*

언제나
저 바위가
기다림을 완성하여

솥뚜껑 들썩이며
밥 냄새 풀풀할까

하! 고향
문 열고 나와
손 흔들며 서 있다

* 솥바위: 의령의 관문인 남강의 정암루에 있는 바위.

가을 속의 어머니

우수수 바람 불면
잎새들이 지는데
가슴에 뚝 지는
마지막 이름 하나
이승의 세월 그 다음
가슴에나 닿을까

황금물결 출렁이는
가을 벼논 보시다
풍년 들어 좋긴 한데
벼논 누가 거둘꼬
햇살만 가득한 집을
눈시울에 담으시던

처음 본 하숙집댁
두 손 꼭 잡으시고
설한雪寒에 우리 아들
군불 좀 부탁하네
지우며 돋는 구절초 하얀 향기 아련하다

반딧불

모기 소리
피하여 돌담 위에 올랐더니

서늘한
바람 따라 수놓는 무희 한 쌍

어둠이
짙어질수록
벼리는 그 불빛

찰나의
황홀감에 숨이 막혀 허둥댈 때

긴 꼬리
남기면서 숲으로 사라지며

내 삶은
스치는 빛이라
바람결에 속삭인다

인동초忍冬草

차디찬 땅 속에서 얼다 녹다 반복하던
인고忍苦의 그 나날이 사무치게 아팠어도
꽃 피울 찬란한 봄날 꿈에서도 그랬다.

봄 한번 찾아오기 이다지도 어려워라
눈 내리고 비가 오고 얼음 얼고 바람 불어
무수한 상채기 속에 맑은 하늘 열린다.

날 때부터 잘 풀리는 인생 몇이나 된다더냐
고진감래苦盡甘來 속에 어여삐 핀 저 노란 꽃
그것은 눈물 아니냐 어렸을 때 떨구었던.

천국의 사람들

비 오는 골목길에
사랑의 촛불행진
휠체어 탄 장애인과
밀어주는 백의 천사
손에 든
촛불 꺼질라 서로 호호 감싼다

미끄러운 비탈길에
숨이 턱턱 막히면서
성가에 꿈 실으면
가슴은 푸르르고
내뿜는
하얀 입김에 미소 가득 어린다

강변의 천막이나
동굴 속 성전에선*
아픔도 꽃이어라
절망도 꽃이어라
참아 온
내 그리움을 분수처럼 쏟는다

* 프랑스 남서부 피레네 산맥 속 루르드 카톨릭 성지.

베틀노래

초가삼간 반 평 남짓 헤어진 골방에는
한 폭의 베틀 속에
내 몸을 매어 둔 채
청산에 살어리랏다 노랫소리 청아하다

대여섯 딸린 식솔 너덜한 매무새에
팔 다리 걸친 채로
뒤엉켜 자고 있다
솔숲의 소쩍새 울음 밤을 새워 들리고

한 필은 핫바지로 새북은 동동바지
땟국은 벗겨내고
대님 매고 말쑥하게
돌담길 거친 바람도 윙윙거려 화답한다.

감꽃

마려운
오줌 누러
눈 비비고 일어나니
풀꾹새
우는 소리
슬픈 듯 들려오고
감꽃은
대광주리에
톡 토옥 떨어진다

하품을
매단 채
달려간 아버지 품
내 목에
감겨오는
풀냄새 꽃목걸이
세상은
모두 나의 것
빈 골목도 꽉 찼네

텃밭

길잡이 몽당호미 벗 삼아 놀이 삼아
산처럼 굽은 허리 불평 한 번 않으시고
방같이 환한 남새밭 그 누가 흉내 낼까

신록에 보은 행사로 핑계 잦던 오월 한 달
대책 없이 건너뛰는 시골 텃밭 장결생
가뭄에 뚝 뚝 넘어져 잡초 천하 묵정밭

한 이랑 새울 적마다 들려오는 그 말씀
'농작물은 주인의 발소리에 자라니더'
어머님 제 귀가 이제야 연잎처럼 커지네요

동무야

샛노란 버드나무
단풍 든 신작로를
티격태격 다투다 한순간 깔깔대다
십리길 등하교 길도 어느덧 내 집 앞

쌈은 누가 일등
달리기는 누가 일등
월사금 십환 못 내 쫓겨난 주제에도
엄지손 치켜세우는 일등 병病은 여전했지

자치기 딱지치기
고무줄 연날리기
먼지에 콧물 데데 손 튼 그 아이
새까만 감성 뒤편에서 손짓하는 동무야

구절초 향내 나는
논두렁은 사라져도
함께 던진 돌팔매는 아직도 날아가고
그 하늘 지울 수 없어 눈앞에 걸고 사는

전원범(全元範, Jun, Won bum)

1944년 전북 고창 고창읍 출생. 광주교육대학교, 서울대 사범대학(국어과), 고려대 교육대학원(한문과), 세종대 대학원(국어국문과)(문학박사) 박사과정. 〈한국일보〉 신춘문예 시조(1981), 《시문학》 천료(1981), 민족시 백일장 장원(1978) 등단. 시조집 『걸어가는 나무들』(1978, 현대문화사), 『이 걸음으로 어디까지나』(1990, 시간과공간사, 공저), 『맨몸으로 서는 나무』(1997, 동학사), 『허공의 길을 걸어서 그대에게 간다』(2001, 태학사). 방정환 문학상(1992), 광주광역시 시민 대상(1995), 한국시조 작품상(1995), 고창문학상(1976), 황산 시조 문학상(1997) 수상. 원탁시 문학회, 동심의 시 문학회 활동.

—

전원범 시조에서의 「길」은 바람처럼 자유롭다. 하늘에 걸려 있는 얼굴과 허공의 길이 겹치며 어우러지는 시·공간의 시각적 열림은 그의 시적 성취 가운데 단연 돋보인다. '감김'의 지상적 존재로서 응축을 지향함으로써 무게를 갖는다면, '풀림'은 초월적이며 존재의 가벼워짐에 대한 동경이다. 전원범 시인의 시는 순수 경험의 시간을 펼쳐 보인다. 시적 기표가 바로 경험의 현재를 환기시킨다는 것은 분명 놀라운 일이다.

— 염창권(시조시인·문학평론가)

산·물·꽃·새 같은 자연의 사물들에게서 시인의 내면적 삶을 모두 떠넘기며 그것들과 한 몸이 되기도 하고 역사적 사물, 시대적 아픔과 부딪칠 때는 짐짓 마음을 비워 내어 그 자리에 더 큰 '말'을 앉히는 전원범 시인의 시쓰기는 그가 등단 40년을 맞으면서 절정을 내뿜고 있다. 더욱 오늘 시조시단의 한 중심에서 한 걸음씩 시조의 새 지평을 열어 가는 그의 힘찬 삽질에도 광채가 나고 있다.

— 이근배(시조시인·대한민국예술원 회장)

—

강물 소리

돌아올 줄 모르는
강물을 바라보며
돌아올 수 없는 사람을 생각한다
가고는 다시 못 오는 것이
어찌 저 강물뿐이랴

그대 가슴과 내 가슴으로
흐르는 미리내 한 자락
오랜 날을 뒤척이며
속 울음 우는 강
오가는 사연이 깊어
흐르는 저 소리뿐

거미가 되어

하늘이 흔들리며 다가오는 자리에다
밟혀 오는 얼굴 하나
매달아 놓고
한 가닥 줄을 타고서
밤에도 낮에도 간다.

은실 하나 이끌고
허공의 길을 걸어서
나 거미가 되어 그대에게 간다
잎 다 진 고갯길에서
바람으로 만나는 우리

목재소木材所의 밤

늘 몸살을 앓던 밤이 무너지고 있다
수천의 손끝에 감행敢行된
켜켜의 아픈 결
자르는 톱니 사이로
시간들이 쌓인다.

한 토막씩 쳐내는 야망은 살아서
아픈 내 팔뚝의
깊은 동통疼痛 속으로
썰어도 썰어 내어도 일어서던 통나무,

원시의 숲 속에서 잎을 비비던 생각의
미명의 어디쯤
씨 뿌리던 손들의
한 그루 싱싱한 나무
자라 오는 소리들.

벌목伐木의 소리가 들린다
나무들이 일어선다
밤의 한가운데 목재소木材所 부근附近
어둠을 빠개는 소리
도끼 소리가 울린다.

실

할머니
물레 소리에
감아 두었던
그
시절이.

어머니의 바느질로
깁고 깁던
그
푸른 꿈이

아내의 뜨개질 사이로
풀려 오는
실
한 바람

팽이

이 고독한 운동으로부터
벗어나고 싶다
남루襤褸한 탈을 벗고
쓰러지고 싶다
품계品階 밖 저만치 서서
물구나무라도 서고 싶다

죽어도 눈감지 못할
그리움 하나 때문에
한 벌뿐인 목숨을 감아 온 마디마디
이제는 문 밖에 서서
혼자라도
돌고 싶다

풀리는 태엽으로
하루를 보내며
헛짚어 온 나날을
털어 내면서
참된 내 자리에 와서
맷돌이 되고 싶다

무등산無等山

가슴에는 와서 우는 수천의 새가 있고
시시로 돌아와서 환생還生하는 바람이 있고
언제나 피었다 지는 별 같은 꽃이 있다

드높은 층층대의 꼭대기에 자리하여
푸른 하늘에 젖어 생각이 잠기고
흐르는 나날 속에서 짙어 오던 그 가슴

가슴을 열어 보면 쌓이는 세월의 소리
해를 품어 토해내는 진한 빛 빛의 소리
은은히 울리어 와서 감겨 드는 석종石鐘 소리

안개로 차오르는 파아란 욕망의
울어도 울어도 소리 없는 그 기다림에
내리는 하늘 한 자락 노을빛을 태운다

먼 길을 헤매던 발자국들이 돌아와 있는데
언덕에 묻혀 있는 그 많은 이야기로도
산은 늘 돌아앉아서 종일終日토록 말이 없다

임진강

잊으리라 눈감으면
벙벙히 차오르는 물소리
접고 간 생각마다
멈추는 발끝마다
시간의 물레에 감겨
굽이쳐 온 임진강

태없이 오가면서
웃을 수도 있다는데
마주서도 건널 수 없는
굳어버린 얼굴들
한 시름 안으로 재워

흐를 날이 그 언제리
물결쳐 간 묏부리는
맥박으로 살아 뛰는데
짙은 피 한 숨결로
불타오는 조국이여
새벽빛 부시는 해로
얼굴마다 넘쳐다오

운주사運舟寺* 와불臥佛

등 굽은 조각달만 허공에 띄워 놓고
말 못한 사연들을 탑으로 쌓아 둔 채
깨지고 부서진 모습의 눈물겨운 부처님들

가는 이의 자취와 오는 이의 기척이
시시로 가슴만 흔들고 있는데
지금도 한뎃잠으로 누웠는가 와불이여

이승의 어둠을 밝혀 꿈꾸는 세상 기다리지만
백성은 아직도 뜻을 이루지 못하고
누구의 무거운 삶으로 저렇게 눈감았는가

천만 가닥 별빛으로 일으켜 세울까
억만 줄기 햇살로 일으켜 세울까
뻐꾹새 소리만 돌아와 종이토록 울고 있네

* 운주사: 미륵 사상을 통해 민중불교의 가능성을 실현하려 했던 곳. 구원
의 대상은 비천한 민중들이었다. 부처님의 모습이 소박하고 친밀하게 인
간화되어 있다. 미륵보살이 세상의 모든 중생을 구제한다고 생각했다.

낙법落法

　만장輓章 의 깃발을 나부끼며 오는 가을 숲, 익어가는 과일들
의 영롱한 빛깔처럼, 수목의 잎들이 낮게 수런거리며 걸어온다.

　나무들이 스스로 무게의 손을 놓는다. 내 발등에 와서 지는 황
홀한 낙과落果. 욕심을 놓아 버린 뒤의 홀가분한 저 사유思惟.

　떨어지는 법의 이치와 내려놓는 법의 순리. 산다는 것은 날마
다 결별하는 일이다. 마지막 붙들고 있던 이파리 하나까지.

길

업業을 가진 채 가야 할 너의 길은 멀고 멀구나
목숨으로, 모랫길 쓸고 가는 거북아
작은 길 하나 앞세워 걸어가는 사람아

어찌하여 나는 또 길 한가운데 서 있는가
가슴 떨리는 자의 기로에 서 있는가
속눈썹 하나가 가려도 앞길이 흔들리는데

저마다 제 색깔로 피어 있는 꽃을 본다
우리에게도 우리가 가야 할 길이 있다
바람을 앞세우고서 언제나 돌아올 길

때로는 밖으로 길을 찾아 헤매다가
마침내 내 안에 길이 있음을 알게 되리니
마음의 들길을 따라 강물처럼 가리라

전의홍(全義弘, Jeon, Eui hong)

1940년 일본 나고야 출생. 본적 충북 영동 학산면 학산리. 호 연당
(燕堂). 서라벌예술대학교(문예창작과) 수업(1961). 《현대문학》 초
회 추천(1961), 《시조문학》 천료(1968), 《현대시학》 천료(1986) 등
단. 시집 『꽃그늘 이야기』(2005, 경남). 〈경남일보〉, 〈매일신문〉 교
열부 기자, 편집부 차장, 〈동남일보〉 편집부국장 역임. 〈경남도민
일보〉 칼럼니스트, '바튼 소리' 연재.

―

가게 앞

10원짜리 동전이 함지박만큼 커지는
화안한 웃음 소리 넘실대는 가게 앞엔
시내도 강도 없어도 배가 둥실 뜹니다.

흐린 날도 10원이면 와자지껄하게 볕이 나는
물오른 즐거움들 어깨 겯는 가게 앞엔
씨 하나 안 뿌렸어도 꽃이 활짝 핍니다.

누가 젤이나

바다 학교 사회시간 누가누가 젤이나
섬 이름 등대 이름 배 이름 생선 이름
까르륵 단숨에 외는 갈매기가 젤이지

산속 학교 산수 시간 누가누가 젤이나
도토리 주판에다 곱셈 문젤 튀기며
도르르 답을 굴리는 다람쥐가 젤이지.

겨울 오이

춥다.

씽 매운바람
달달 떨리는
새벽시장.

밉다.

비닐하우스로
철을
바꾼
사람들

아, 싫다.

그 텃밭
그 울 밑으로
가고 싶다
가고 싶다.

그 열두 시

바늘은 안 보여도 소리는 안 들려도
일 년에 일 분씩 아니면 일 초씩이라도
분명히 열두 시를 향해 가는 시계가 있지.

지금 몇 시쯤 됐을까 지금 몇 시쯤 됐을까
물어도 물어와도 바늘 자릴 알 수 없는
오천만 가슴마다 걸린 느림보 시계

아이 참, 지루해! 얼마를 더 기다려야
남쪽 바늘 북쪽 바늘 얼싸안듯 꼬옥 겹치는
소원이 봇물처럼 터지는 그 열두 시가 되나.

눈사람

돌아가신 아빠의 눈사람을 만듭니다
엄마 말을 생각하며 눈사람을 만듭니다
호호호 언 손을 불며 눈사람을 만듭니다.

아빠 냄새 맡아보던 모자를 씌워 놓고
수수깡 안경 걸고 숯 수염도 달아놓고
정답게 팔짱을 끼다 아빠 팔을 다쳤어요

무밭

파란 욕심 우거진 무밭은 체조실
미스코리아 꿈을 꾸는 누나 같은 무들이
쭈욱쭉 다리를 뻗는다 미용체조를 한다.

미루나무

하늘 제까짓게 높으면 얼마나 높아!
잔뜩 키를 뽑아 겨뤄 보던 미루나무
― 내 너무 미련했나봐. 그래서 고개가 숙었지.

바닷가로 온 엽서

충청북도 영동군 학산면 지내리
터덜터덜 시골길 먼지 쓰고 달려온
풀 멍든 철이 엽서를 바닷가에서 읽는다.

― 바다는 참 셔언하담셔? 정겨운 고 사투리 ―
옳지, 해수욕 선물 엽서를 들고 첨벙!
― 짜아슥, 우떤노 써언채? 철이 얼굴이 웃는다.

빨간불 파란불

빨간불을 보면서도 한 아저씨가 건너갔다.
목사리도 달지 않은 예쁜 개 한 마리가
사람과 나란히 서서 파란불을 기다린다.

별

별이 있다 별이 있다 우리 엄마 별이 있다
하늘 나라 대문 밖에 등불로 핀 별이 있다
강아지, 우리 강아지 길 밝히는 별이 있다

별로 클게 별로 클게 초롱초롱 별로 클게
살아 말씀 그 회초리 젖을 먹는 별로 클게
엄마야, 우리 엄마야 두 강아지 별로 클게

전정희(田正姫, Jeon, Jeong hee)

1957년 경남 의령 궁류면 출생. 한국방송통신대학교(국어국문학과) 2년, (문화교양학과) 2년 재학 중. 〈조선일보〉 신춘문예(1997) 등단. 『물에도 때가 있다』(2009, 고요아침), 현대시조100인선『자작나무에게』(2017, 고요아침), 『백두산 가마 타고 오르는 슬픈 얼굴』(2019, 고요아침). 중앙시조 대상 신인상(2005), 울산문학 작품상(2007), 울산문학상(2018) 수상. 한국시조시인협회, 오늘의시조시인협회, 한국문인협회, 울산문인협회 회원.

—

대담한 상징이 보여주는 황홀함, 새로운 시적 창조 시적 공백의 탁월성.
　　　　　　　　　　　　　　　　　　— 유재영(시조시인)

그러나 그럼에도 불구하고 한편의 시가 보여주는 독특한 개성이란 측면에서는 후자 계열에 더욱 더 관심이 기울었고, 특히 「살구꽃이 필 때」가 나로서는 대단히 고혹적인 작품이었다.
　　　　　— 이종문(시조시인 · 한국시조시인협회 부이사장)

새로운 농법으로 경작한 시조 말 밖의 말, 풍경 밖의 풍경을 그리는 탁월한 묘사력.
　　　　　— 이근배(시조시인 · 대한민국예술원 회장)

—

자작나무에게

하늘 향해 쭉쭉 뻗은 자작나무 연대기에
몸통을 타고 오른 움푹 파인 생채기는
더 높이 자라기 위해 제 가지를 버린 흔적

빽빽한 숲속에서 하늘을 보기 위해
가지를 잘라 내고 상처를 아물리며
햇볕을 받기 위하여 발돋움하던 나무들

한 그루 자작나무가 그해 겨울 쓰러졌다
제 가지 자르지 못해 크지 못한 그 나무
그늘인 다른 나무를 원망하던 그 나무

지난 일들 되새기며 자작나무 숲을 보다
움푹 파인 상처들이 성장통이었다니
내 키가 다른 나무에게 그늘을 드리웠다니

멸치 젓

너는 내 안에서 썩어 문드러지거라
내 안에 뼈리 틀고 나가지 않겠다면
두 다리 분질러 놓고 주저 앉혀 살게 하마

미운 정도 정이라서 그냥도 못 보내고
심심하면 불러내어 구박질도 실컷 하고
멸치젓 곰삭히듯이 소금까지 고루 쳐서

비료종이 딱 종이로 고무줄로 꽁꽁 묶어
햇살도 들지 않을 어둡고 캄캄한 곳
서늘한 광 안에 두고 절을 삭혀 봐야지

당부

시집올 때 넣어주신 무명실 몇 타래

이불을 꾸밀 때마다 할머니를 당겨써요

할머니 침을 발라서 바늘귀를 꿰어요

바늘을 보관할 때 실에 꿰어 놔야 한다

이불에 스며들면 찾을 수가 없는 거다

남자도 바늘 같으니 실에 꿰어 놓아라

잠결에 잡은 실을 한 번씩 당겨 봐요

할머니 꿈속으로 와락 들어와요

아직도 놓지 못했네 팽팽하게 당겨지네

빗소리

누가 창 밖에서 모스를 타전한다

돈돈돈 돈줘 돈돈 돈돈 줘돈 쩌쩌쩌

쯧쯧쯧 열리지 않는 암호 같은 발신음

살구꽃이 필 때

누가 담벼락을 살며시 넘어온다

달도 지고 삽살개도 깜빡 졸고 있을 때

가시나 발소리 벗어 들고 월장하고 있었네

매미

사랑할 수 있는 시간 얼마 남지 않았다

그대 울어주려무나 내게 들리도록

한 생애 입었던 허물 벗을 때가 되었다

물에 베다

얼마나 두드렸을까 저 돌의 여문 심장

빗물받이 돌팍 위에 움푹하게 파인 흔적

그제야 알아차렸다 내 오래된 가슴의 통증

꽃이 필 때

벚나무 가지 끝에 맺혀 있던 애벌레들

봄비 내려 한 겹 두 겹 날개가 돋아났다

한 마리 두 마리 세 마리 수천수만의 나비 떼

바람이 불 때마다 하늘로 승천하는

분분 휘날리는 수천수만 나비 떼들

나비가 날아간 자리 환하게 비어 있다

사북에서

이별 여행에서 폐광이 된 채석장에서
불이 되지 못한 흙더미를 바라보다
한 번도 타오르지 못한 내 사랑을 생각했다

시절 잘 만났다면 밑불을 잘 만났다면
내 사랑 한 번쯤은 누군가의 화덕에서
제대로 불이 잘 붙어 활활 타올라 봤을 텐데

검은 흙더미를 발로 툭툭 차면서
서로 밑불 탓을 해대면서 투덜대다
연탄을 때고 살았던 지난날을 생각했다

연탄불을 피울 때는 가스가 생긴다는 거
밑불에서 생탄으로 불이 옮겨 붙기까지
한 참을 기다려 줘야 된다는 것을 떠올렸다

연탄의 습성이란 불이 한번 옮겨 붙으면
여간해선 떨어지지 않는 것을 생각하다가
동시에 서로 마주보며 와락 껴안고 말았는데

이제 막 불이 붙어 화력 좋은 연탄처럼
아직 떨어질 때가 아닌 것을 알았는데
밑불이 이제 생탄으로 옮겨 붙고 말았는데

턱이 빠지게 물고 있는 것

돌을 물고 놓지 않는 개를 보고 있다
그 돌을 뺏어 보면 다른 돌을 찾아 무는 저 개
그것이 먹을 것도 아니고 즐거운 놀이도 아니건만

돌을 문 입에서는 침이 흘러내리고
뱉지 못하는 것이 어디 돌뿐이냐고
저 개는 지금 온몸으로 보여 주는 것이다

시가 되지 않는 돌보다 무거운 날들
쓰던 시를 읊조리며 다시 물고 늘어지는 밤
뱉어 시 노란 개나리 붉은 진달래 뱉어 돌!

전탁(全鐸, Jeon, Tak) 본명: 전치탁(全致鐸, Jeon, Chi Tak)

1940년 경남 거제 장목면 외포리 출생. 동아대학교(국문학과) 졸업(1965). 《시조문학》 천료(1980, 겨울호) 등단. 시조집 『해조음』(1984, 해광), 『베올에 북 지나듯』(1988, 하이트). 성파시조문학상, 교육감상, 교육부총리상, 대통령훈장 수상. 광성공고, 부산 대동고교 교사, 남성여고 재직. 부산문인협회 시조분과 위원장, 부산시조문학회 회장 역임. 한국시조시인협회, 한국문인협회 회원. 부산시조문학회 '볍씨' 동인. 부산시조시인협회 자문위원.
—

가을에

먼 수천水天 뱃고동 울음 가지 끝에 열리고
속이 비는 이 가을 사립문 나서 보면
울 아배 외로운 꿈도 흩날리는 물보라.

구겨진 지전 몇 푼 갯바람에 날려 놓고
매캐한 삼등 객실 소주 한 잔 찌그리면
쓸쓸한 회한의 길목 낙화하는 갈매기

뱃고동

외항선 긴긴 울음 축축이 묻어오면
푸른 물 눈에 어린 출렁이는 고향 바다
똑딱선 목맺힌 고동 굽이 돌아 칠백 리.

들쑥날쑥 물길 따라 시름 앓던 바깥 포구
손客 떠난 삼판선三板船은 해풍에 하냥 졸고
군 나불 살진 파도에 꿈을 날던 조약돌.

여객선 목쉰 함성 망월산 등을 넘고
물을 긷고 물을 건져 물처럼 사는 마실
그물밭 구성진 가락에 갈매기 떼 두둥실.

상像

앞산 떠날 짐 다 싣고 오셨다는 아버님
드릴 것 하나 없어 마냥 섭한 마음일레
손 지팡 인생을 짚어 은혜로 사옵니다.

약주 잔 기우시면 인간만사 한 잔인걸
홍건히 취하시매 꽃인 듯 기왕지사己往之事
돋뵈기 일혼 창 너머로 제 모습 비칩니다.

한 사날 머무시고 홀홀히 떠나시면
아버님 서리 학발鶴髮 유산으로 받잡고
보청기 설운 사연들이 제 귀를 치웁니다

어머니

마지막 눈 못 감고 눈물 고인 서른한 해
망월산 솔가지에 눈썹달 하나 걸어 놓고,
어머니, 고무신 버선발 꿈길로나 오소서.

남새밭 살진 마늘 다발다발 묶어 이고,
음출산 갯물 따라 맵고동도 따다 삶고
딸네 집 대문 밖에 서서 바람으로 우옵니다.

대밭 끝 서 마지기 모를 키워 송편 빚고
망 너머 고란네기 파래 미역 줄로 엮어
아들 집 창문가에서 빗방울로 우옵니다.

열대어

계절도 유배당한 어항 속 영어囹圄에는
따사론 그 햇살도 먼 먼 이역인 채
물레만 허일虛日을 돌려 물거품을 냅니다.

가도 가도 가없는 길 고작 돌아 울안인데
너와 나 수인이기 물과 물이 다를 건가
고운 꿈 지느러미에 선하품이 섧고나

우레로 떨어져도 고적孤寂이야 꽃인 것을
허울에 목숨 주어 너와 내가 다를 뿐
내 생각 너를 좇아 먼 수천水天에 머문다.

해조음海潮音

여객선 익은 오열嗚咽 쪽빛 벌伐에 떨어지고
쏴아쏴아 사르르 다습던 그 해조음
오늘은 7백 리 물길에 흰 백구를 날린다.

세월로 던져 놓고 건져 보던 성근 어망
열두 타래 실을 풀어 그물코 기운 일상日常
아버님 흩어진 백발은 갯펄에 괸 까치놀

손길로 찰랑찰랑 이마에도 와서 닿고
영롱한 별빛에도 조약돌이 읊조리던
어머님 새로 뜬 유음遺音이 내 귓전을 적신다.

불혹不惑의 일월은 내 안心에도 무닐 놓아
출렁이는 파도 너머 씨 엮고 날을 엮어
무제無際의 구천九天을 향해 이 가락을 띄운다.

사향思鄉

망월산望月山 등을 따라 꽃불 훨훨 타오르면
목 터진 여객선도 때를 맞춰 울고 가고
내 유년 쪽배에 싣고 물길 찾아갑니다

조가비 엎고 덮고 출렁이는 바깥 포구浦口
어장배 물을 건져 퍼덕이는 갈매기 떼
뜬 세월 거친 나불에 모두 잃고 삽니다.

외항선

출렁이는 이랑 따라 잇빛 노을 다 씻고 와
저무는 낯선 땅에 몸 풀고 돌아앉고
뚜-우-ㅇ 지는 저 설움 빈 내 가슴 적순다

전태규(錢泰圭, Jeon, Tae kyu)

1942년 경북 문경 문경읍 하리 출생. 춘천교육대학교, 원주대학교 졸업. 《시문학》 천료(1979), 《시조문학》 천료(1980) 등단. 시집 『달빛에 누워』(1981, 시문학사), 『유치한 사랑법』(2000, 시와비평), 『서랍을 정리하며』(2005, 한결). 시조집 『바람 앞에서』(1989, 대신). 제1회 강원시조문학상(1995), 제2회 한국불교문학상 작가상(2000), 제20회 강원아동문학상(2001), 제24회 강원문학상(2005) 수상. '표현시' 동인. 원주북원문학회장, 정선 아라리 문학동인 회장 역임. 병제국민학교 교원, 성남초 교장 역임. 강원아동문학회, 강원시조시인협회 고문.

—

가을산

강원도 정선 고을 산마다 붉게 탄다.
저리도 고웁게 수줍어 웃는 얼굴.
이 세상 모두 잊은 듯 돌아서는 저 마음.

아리랑, 아라리 산마다 흥겨웁다.
떠나도 찾아오는 푸른 시절 그 목소리.
서산 해 부둥켜안고 깊이 잠든 가을산.

고향 바다

채울 듯 허허함을 등대불과 지새운다.
모래의 촉감만이 생생하게 저려오고
기우는 은하 저 편에 어머님은 계시는가.

월광에 머리칼이 윤이 나게 젖던 소녀
지금은 이 물소리로 그 음성이 들려오고
돌처럼 의연한 듯이 깎여 나는 밤 가슴.

근작 3수

― 저 소리
바람 소리 물소리 쏟아지는 달빛 소리.
저 홀로 가는 세월 천년 묵은 목탁 소리
오늘을 영원에 잇는 오묘로운 저 소리.

― 어둠
허공에 흩어지는 어둠을 보아라.
어둠 속에 번뜩이는 칼날을 보아라
칼날에 대롱이는 목숨. 미쳐버린 바람아.

― 그 말씀
세 살 먹은 아이들도 동전 만져 웃어 보고
회전 의자 큰 간판에 권모술수 장군 멍군
"황금을 돌같이 여겨라" 임의 말씀 새롭다.

돌팔매질

눈부신 냇가에서 발가벗고 뒹구르며
건너 바위 조약돌로 딱, 맞추던 여운이여
그 충격 그리움 되어 오늘까지 살아온다

돌돌돌 구르는 소리 까마득히 덮여 오는
여기는 옛날이 아녀, 세월 차고 빈 마음
다만 지 돌소리 담고 그날 찾아 헤맨다.

망향

남으로 드리운 커텐을 밀치면
능금꽃 이우는 산자락의 옛그림자
야윈 내 가슴에 스며 아리 아리 살아난다.

누나야! 행주치마로 빈 마음 가려주오
세월에 막힌 꿈길 지새우는 배를 저어
가고파, 사슴의 눈에 글썽이는 고향길.

바람 앞에서

새하얀 배꽃마다 눈부신 하늘 열면
뒷동산 뻐꾸기도 꽃 속에서 돌아난다.
흐르는 저 물살 가르며 다가서는 솔바람.

말없이 가는 대로 저 강이 가는 대로
떠나도 돌아오는 열두 굽이 사랑길
그 슬픔 딛고 일어서 출렁이는 이 마음.

산자락 펄럭이고 능금꽃 이우는 밤
오천 년, 거센 마파람 사뤄 피운 이야기
끓는 피 토해내면서 능선마다 꽃 피운다

새벽

새벽달 속눈썹에 여인은 울고 있다.
보아라, 오백 년 저 한의 강물 위로
뜨거운 숨결이 살아 흘러 흘러내린다.

바람도 잠깐 멈춰 깎여 난 가슴에서
망울진 어둠의 빛 한 줄기 뽑아 올려
닫혀진 저 천공天空의 눈, 부시도록 헹군다

밝혀도 일어서는 억새풀 머리 위로
탑 그늘 소망되어 별빛도 쓰러지면
거대한 산자락 깨워 가슴 여는 물소리

코스모스

서러워 홀로 피게 할 말을 잃었는가
피 맺힌 전설일랑 북녘 땅에 남겨두고
차라리 고혼산중에 묻혀 삶이 어떠리

오실 리 없으신 몸 기다리다 못내 겨워
하늘의 푸름 먹고 영원을 살아가면
이 비극 가신 뒤에도 누가 나를 반겨주랴

전학춘(全鶴春, Jun, Hak choon)

1942년 전북 전주 출생. 광주대학교(문예창작과), 동 대학원(문학석사) 졸업(2010).《현대시조》신인상(2003) 등단. 시조집『화려한 침묵』(2005, 시와사람),『동백의 해로』(2011, 시와사람),『직선적 발자국』(2015, 시와사람),『겨울 그리고 연』(2017, 시와사람). 광주문학상(2015) 수상. 한국문인협회, 한국시조시인협회, 광주문인협회 회원.

전학춘 시인의 작품에서 가장 눈에 띄는 부분은 의인화법과 생명성 탐구의 시편들이다. 의인법은 사물에 인격을 부여함으로써 생명성을 지니게 된다. 그러므로 의인화법은 단순히 비유의 한 수사에 머물지 않는다. 더불어 그의 작품들은 생명성을 탐구하고 있어 시세계가 생명성을 고조시키는데 큰 관심을 보여주고 있다. 고교 시절 옆집의 같은 학년 여학생에게 처음 썼던 러브레터, 첫사랑을 평생 동안 못 잊고 간직한 채 살아간다, 숙명처럼(「반추」)….

— 강경호(시인 · 문학평론가)

반추

다락에 코피 쏟으며
난생 처음 쓴 러브레터
냉소 젖은 독후감 대신
봉투 꿰매 되돌려준 소녀

오십 년
소처럼 삼킨 세월
허리 휜 반추도 할까

바닷가에서

깜깜한 초야
땅 서리하려 몰려드는 밀물들
새벽녘 썰물 달아나는데
처진 놈 없이 죄 함께 떠나네

그런데 왜 세상들은
날 떼어놓고 갈까

만추

끝가을은 땅 위의 생들
별리하는 계절이어요
붉은 잎, 땅에 떨어져 나무와 작별하구요
머잖아 시간과 동행하여
자취를 없앨 거예요

발자국 쌓인 도로에도 사람들 없구요
사이 길 놓인 벤치
임자 없어 황량해요
옷자락 벌인 사이로
끼어드는 찬바람들

친구 전화, 음성 대신
쿨룩쿨룩만 울려요
땅 뒹구는 단풍 한 잎 손바닥 올려놓고
금은 빛 '디 오텀리브스…'
혼자서 불러봤어요

첫눈

하얀 침묵이 두툼히 쌓인 길을 걸었어요
발걸음 딛을 때마다 버석버석 닿는 소리
아늑히 젖는 포옹처럼 가슴 푸근했어요

한동안 거무튀튀한 구름 속 그늘 보며
'사드' 고리 걸어 사립문 잠근 이웃 나라처럼
계절도 우릴 비껴갈까 마음 방황했는데

일월의 눈송이들 파고드는 옷섶 위로
말구유 태어나 생명들 구원하신
십자가 하얀 영성이
동천인 듯 다가왔어요

누이의 절규

천진한 아내에게 두 살의 아들 맡긴 채
죄명도 없이 붙들려간 옛날 무기수처럼
적막한 바닷물 속에 생을 묻은 해군 중사

어느 아침 찻길 무너져 양친 결별한 소년,
둘의 철부지 앞에 선택한 직업군인의 길
막 동생 학사 졸업에 흘린 눈물,
저승 양친에 새겼는데

군 사고사 받아든 가족들의 작별 식장,
"그 아비 없는 팔자를 대물림 하냐!"는
넋 잃은 누이의 절규,
숨 끝에서 들었을까

두루미의 포토시그널

"한탄강은 평화로웠네"
두루미의 오후 한나절
새끼들에 학춤과 삶, 전수하는 어미
물속의 먹이 잡는 법 함께
생의 과목들 펼쳐진다

그곳도 잡아먹는 자와
먹히는 자 공존하고
처절의 삶 부딪는 곳에
평화도 섞여 있다
지구는 삶과 죽음, 있음과
없음의 진열장이다

사랑의 편지

밤새 등잔불 밑 하루살이 내쫓으며
가마니 위 엎드려 쓰고 지우고 또 쓰고
어릴 적 옆집 처녀에게
한번 만나자는 연서戀書

며칠 전 부친 편지 수취 거절 되돌아와
알고 보니 손자 놈이
할매 이름 몰라 반송했대
한평생 쉬지 않고 쓴
나의 사랑의 편지

은행, 가을

한 해를 쌓아 맺은 열매를
몸 밖 밀어낸다
결실 위해 겹겹이 고인 진액을 토해낸
잎새들 노랗게 탈진되어
땅 위로 쓰러진다

길가 흩어져 발자국 차이다 남의 땅에
삶 띄우기도 하는데
올 가을엔 너무 일찍
태풍에 은행 잎 가고 없어
노란 자국 그립구나

시인詩人 아들

술 취하면 무단히
두들겨 패던 아버지,
집 나와 타관 돌며 고학으로 석학교수 되어

혼자서 치매 걸린 아비
지키는 시인 아들

화장火葬

하얀 국화송이들 강물처럼 흔들리고
삶이 우듬지에 붙은 가을 잎새라며
당황한 젊은 노파들 맨땅 쭈그려 앉네

몇은 눈 가려 졸고 몇은 하늘 훔치며
마음과 몸 붙들려 할 말 잃은 사람들
무거운 고개 쳐들어
손톱 낀 애증 털어내고

시꺼먼 그림자들 떼밀려 간 굴뚝 아래
새똥 같은 울음송이 낙화한 유리커튼
구십 년 세월 담은 옹기甕器 하나
천천히 걸어 나오네

전현하(全賢夏, Jeon, Hyeon ha)

1955년 충북 옥천읍 출생. 충북대 대학원(농학석사) 졸업(2004). 《현대시조》 신인문학상 (1987), 《시조문학》 천료(1998) 등단. 시조집 『창가에 머문 달빛』(2010, 토담미디어), 『세월이 남긴 지문』(2018, 토담미디어). 현대시조 좋은작품상 수상. 한국문인협회, 한국시조시인협회 회원. 한국문인협회 군포지부장.

—

"뜨겁게/ 봉화불 밝혀/ 강물처럼 흐르리라"(「한강을 지나며」), "백의의/ 뜨거운 혼으로/ 너 독도는 영원하리"(「독도여 독도여」), 위 작품들은 역사성에 대한 관심을 보인다. '속울음'만 가득하다, 이것이 우리 농촌의 현실이기에 '하나둘 떠난 둥지'를 가슴 아파한다.(「농부의 노래」), "멧새의/ 둥지 위에는/ 빈 하늘만 내려앉다"(「고행을 찾아가며」), 진실한 농촌의 현장임을 감출 수 없다.

전현하 시조시인이 가진 내면의 몇 가지 특징을 살펴보면 무엇보다도 오늘의 현실적인 여러 가지 문제에 직면하는 것을 시조라는 정형의 틀 속에서 깨어 있는 작가의 정신을 보여 주었다는 점에서 새로운 이정표를 제시했다 할 것이다.

— 조병무(시인 · 문학평론가)

—

코스모스

때로는 비바람에 때로는 폭염 속에
시련의 갈피마다 인내로 버티면서
하늘의 질서를 알리려
길가에 앉아 있다.

푸르른 하늘 아래 여덟 개의 꽃잎은
티 없이 순수한 소망 하나 걸어 놓고
벌 나비 찾아든 자리
하늘도 여유롭다.

기착지

물살에 실려가는
고달픈 생활의 늪

술잔엔 한 방울의
눈물이 떨어져도

심령의
깊은 골짝엔
꿈나무가 크고 있다

달지구가 끌고 가는
인내의 굵은 힘줄

아픔은 갈매기 빛
밤하늘에 별로 돋고

고요론
산기슭을 돌아
미리내로 흐른다.

가을비 단상斷想

하늘도 내려 앉아 슬픔을 토해내고
먼저 떠난 얼굴들이 빗속에 어룽인다
내 가슴
언저리에도 상흔으로 남는 가을

사랑했던 자리엔 바람만 불고 있다
피다만 꽃봉오리 비명 한번 못 지르고
헛짚은
세월 속에서 작별 인사 하고 있다

떠나가는 것을 위한 소리 없는 흐느낌
마른 풀잎 위에 은구슬을 꿰고 있다.
계절의
섭리 앞에서 젖어지는 누리여.

연꽃을 보며

진흙 속 뿌리박고 받쳐든 하늘이여
세월에 순응하며 삶의 무게 다스리고
한 송이
연꽃을 피워
중생에게 미소 준다.

오늘 비록 가는 길이 숨 가쁜 하루라도
가슴속 응어리는 바람결에 날리고
자비의
큰 가슴으로
수면 위에 불 밝힌다.

먹구름 비바람을 운명처럼 견디며
수없이 흔들려도 당당하게 서는 오늘
내 안의
잡념을 지우고
연밥으로 익고 있다.

한강을 지나며

풀빛 숨소리가 감겨 오는 강안에는
안개 숲속을 헤쳐 조각배가 노을 젖고
폭풍의 상처를 씻는
물줄기만 핏빛 황토

칠읍산 구비를 돌아 일렁이는 먹구름이
일순 팔당에 내려 물보라를 일으킨다.
역사의 수레바퀴를
삐걱 삐걱 돌리고 있다

푸른 잎새들이 초록물결 일으키던
노을 진 야영장엔 고달픔이 누워 있고
물살은 혼을 부르며
어둠 속에 젖는다.

백의 가슴팍 한을 묻고 떠난 이들 …………
그래도 하늘은 가을이면 높고 푸러
뜨겁게
봉횃불 밝혀
강물처럼 흐르리라

독도여 독도여

백두대간 뻗어 온 뼈
동해의 초병이다
억겁의 세월 속에
아픈 역사 홀로 지켜
한겨레 자존을 세워
결연히 우뚝 섰다.

사방을 둘러보아도
파도와 바람이다.
서럽고 고독할 때
동도 서도 위로하며
이따금 돌개바람에도
온몸으로 지키고 있다.

본적은 반도의
뿌리가 분명한데
섬나라 저쪽에서
죽도竹島라고 우긴다.
백의의
뜨거운 혼으로
너 독도는 영원하리

농부의 노래

대물려 지킨 산하
바람이 할퀴고 있다.
상처 난 세월 속에
하나둘 떠난 둥지
그래도 하얀 가슴에
버텨 온 옹고집

꼬리를 끌며 가는
해일 같은 어질머리
우울한 침묵만이
한세월을 앓고 있다.
업인 양 청대 숲속을
바라보고 있느니

겨울 들판 허공을 떨며
텃새만이 날고 있다.
아지랑이 피우며
봄은 언제 오려나
그늘진 가슴 갈피에
소리 없는 속울음

산행기

생각이 깊은 날은
발길이 산으로 간다.
비탈길 굽이돌아
사념에 젖어 들면
지나온 생각이 아파
빈 하늘을 바라본다.

머리 푼 갈바람이
낙엽을 울리고 갈 때
낙엽 우는 소리에

삶의 주름 헤어보고
가을새 우는 사연도
속품 깊이 새겨본다.

무심을 삭여 가며
밟고 가는 시간 속에
산사의 염불 소리는
빈 골짝에 퍼져 간다.
속세의 오염된 영혼을
헹구면서 나도 간다.

고향을 찾아가며

하늘에 가을 몇 조각
갈꽃처럼 흐르는 구름
기차에 몸을 던져
찾아가는 고향 산천
총명한 기적 소리가
산골짝을 돌아간다.

장밋빛 노을들이
코스모스 허리에 앉아
상큼한 추억들을
하나씩 떠올릴 때
가끔씩 어린 시절이
기차처럼 흔들린다.

들풀에 말려 있는
이슬 내음 되찾을 때
고향은 또 하나의
어머니로 아른대고
멧새의
둥지 위에는
빈 하늘만 내려앉다.

요양원에서

한때는 거친 파도
거칠 것이 없었고

만선의 기쁨으로
길러낸 피붙이들

끝끝의
항해를 마치고
폐선처럼 누워 있다.

핏기 없는 얼굴에
갈대 같은 육신으로

이제와 돌아보니
한순간의 꿈이었나

흐릿한
지난 일월이
침묵으로 흐르고 있다.

정경수(鄭敬守, Jyung, Kyung su)

1946년 경남 남해읍 출생. 호 운강. 부산교육대, 동아대(국어국문학과), 부산대 교육대학원(국어교육학 석사), 동아대 대학원(현대문학 문학박사). 《전북문학》(1988), 《수필문학》 천료(2015), 《시선》 시조(2017) 등단. 시조집 『사랑에관하여』(2007, 시선사), 『그리움은어머니다』(2013, 시선사), 『가고파를 부르며』(2017, 시선사). 수필집 『개타령 또 개타령』(2011, 교음사) 외. 부산가톨릭문학 본상, 부산문학 대상, 부산가톨릭문학 공로상, 문화체육부장관상(국어운동) 수상. 한국시조시인협회, 오늘의시조시인회의 회원. 수필문학 부산작가회장, 부산가톨릭문인협회장, 기장문인협회장 등 역임.

—

정경수는 자연에 대한 오묘한 법칙과 인간이 자연을 통해서 얻을 수 있는 교감을 매우 자연스럽게 펼쳐 보여주고 있다. …시적 정서의 그것들도 자연에서 오는 삶의 현장에서 얻어지는 자연과의 교감에 충실하고 있는 것이다. 자연과 인간이 이 지구촌에서 함께 존재하는 데에는 아마도 인간의 지혜가 필요하다는 것이 정경수 작품에서 핵심적 메시지이다. 정 시인이 자연의 아름다움을 올곧게 받아들여 그 풍성한 진미를 마음 깊이 담아두었다가 마치 누에가 비단실을 뽑아내듯이 뽑아낸 경우라고 본다. 자연은 항상 그러함을 스스로 깨닫게 하는 존재이다. 따라서 우리 인간에게 위대한 교훈을 넌지시 알려주는 아름다운 존재이다.

— 정공량(시조시인 · 《시선》 발행인)

—

물
— 불일폭포佛一瀑布에서

산수풀 맴돌다 온
기나긴 여정旅情 모아
천 길로 만 길로
솟구쳐 내리고

알알이
맺힌 사연은
맑은 숨결이네

수십 척 흰 비단 폭
사념思念하는 자세 되어
세사에 부대낀 몸
두 손 모아 내 맡기면

혼신을
어루만지는
거룩한 목소리
번뇌의 소리

오랑캐꽃

저리도 고운 자태 가녀린 목줄긴데
누구라 짓궂게도 오랑캐라 이름 했나
무거운
하늘 이고도
다소곳한 삶인데.

척박한 땅 갈아 오며 한숨은 피빛 되고
이루지 못한 꿈 고개 숙여 되씹다가
청자빛
하늘 한 자락
무심히도 기울었나

본디 네 고향은 광활한 저 북만주
어쩌다 대륙 남단 바위 끝 외로 서서
작은 몸
비비고 떨며
아침이슬 먹음나

코스모스

가녀린 모가지 길게 치밀어
고운 살결 무늬 청초한 너의 자태
저토록
푸른 하늘에만
너의 상념想念 싯기거니

각박한 겨울 뜨락 각질로 버림받고
까아만 속 태우고 태워 안으로만 다스리다
그 보람
이제야 피우네
잡초 비집고 피어나네

오늘의 네 키만큼 가녀린 목으로 자라
피어난 네 한 몸에 팔방을 안았구나
흰 구름
파란 하늘도
네 모습에 젖는다.

목련화

오오라
꽃망울이 터지는 저 아픔
그 아픔 견뎌내어
기지개 켠 아홉 나래
아슬히
순백색 여며
되려 푸른
옥빛.

곱디고운 앙가슴
소담스레 열고서
저 하늘 가없이
한가슴 안은 채
하르르
떨고 선 아침
화사華奢한
정밀靜謐

금강산 1

창을 열면 밀려드는
금강의 숨소리여
짐승처럼 드러누운
순수의 화신이여

눈 뜨자
네 앞에 서니
무릎 꿇어 지누나

하얀 달이 화관처럼
머리 위에 아름답고
그 가슴 하도 넓어
그대 심사 모르겠네

오늘은
네 품속에서
왼 종일 헤매리라

한티 단상

가을 맞는 너른 잔디 햇살 속에 눈부시고
청자 빛 하늘 아래 병풍 같은 파계산 자락
새하얀 억새꽃들이 혼백처럼 손짓한다.
하느님의 뜻이런가 고통 끝에 환희지만
생명 바쳐 버린 넋이 꽃으로 피어났나
숨찬 듯 가냘픈 몸에 저렇도록 큰 형벌
골짜기 언덕바지 산재한 무명의 넋들
스러져 못다 한 정이 봉분 속에 서글픈데
오히려 되살아나서 가슴가슴 울려주네
굽이굽이 오솔길 가랑잎이 소리하고
바치는 기도소린 하늘 높이 퍼져퍼져,
따스한 가을 햇살이 그대 보듯 눈부시네.
죽고서 백유여 년 살아나서 천년일 터
무엇이 그대들을 그토록 이끌었나
한마디 배덕의 말씀 살아나는 길인 것을
조 아기 슬픔 넋이 어디쯤서 헤맬까?
끊임없는 발걸음들 오히려 외롭잖아
죽음이 기쁨이 되어 위로하는 저 정성

박물관에서
— 가동 유적

땅 속에 반쯤 묻힌 초막집에 눕고 싶다
먹거리 쫓고 쫓아 하루해가 저문 시간
할버지
고단하신 하루 눈앞에 삼삼인다

세월에 문드러진 자그마한 나막신은
누군가 깎고 다듬어 손자국이 선연하다
할머니
고이 신으시던 발자국도 보인다

깨어진 토기 속에 간직한 귀한 낱알
가꾸고 채집하여 소중히 모은 곡식
어머니
알뜰한 손길이 알알이 맺혀 있다

소금이 되고자

부뚜막의 소금도
집어넣어야 짜다 한다
인구人口에 회자膾炙되는
저 속담 한마디
촌철寸鐵로
바위를 뚫듯 다가오는 가르침

말 많은 세상보다야
실천함이 소중하지
생각에만 사로잡혀
목줄대를 퍼 올려도
넣어야
제 맛을 내는 그 엄연한 참 진리

거칠어 서걱대는
볼품없는 흰 가루지만
거친 모서리 녹이고 녹여
세상맛을 아우르지
내 생도
물에 녹듯이 맛깔스런 삶이 될까!

가고파를 부르며

고향 생각 문득 나면 가고파를 불렀지
내 고향 남쪽 바다 남해를 생각하며
눈시울 때론 뜨거워 울먹이던 그 시절

망운산도 올라보고 금산도 둘러보고
망망한 남해바다 올망졸망 고운 섬들
때로는 하도 보고파 고개 빼고 살폈지

회나뭇길 서편동 허물어진 성벽 따라
휘젓던 어린 시절 고운 꿈이 서린 곳
백 년을 객지에 산들 어찌 고향 잊히리

오늘도 불러보는 내 고향 남쪽 바다
잡힐 듯 다가오는 아산들이 누렇고
사부랑 고갯길 넘어 할머니도 뵈옵고

강진 바다 갈매기는 지금도 날겠지
새섬 너머 지족나루 아스라이 보이는 곳
동무들 잘들 있는가 꿈결처럼 다가오고

서포를 만나다

　서포를 생각한다
　그가 지금 내 곁에 있다

　어둠을 가르는 밤 뒷산 그 짙은 솔숲에서 바람은 무서운 소리
로 몸을 풀고 있다 고독과 어둠만이 오직 그의 벗 어느덧 팔선
녀八仙女가 아미를 숙이고 부복한다 잡힐 듯 잡히지 않는 환영
의 밤 어둠은 달아나고 성진이가 소리친다 서포 - 서포- 메아리
가 돌아온다 허전한 밤이 허전함을 일깨우고 구운몽九雲夢을
낳았다 그리고 밤은 소리 없이 간다 바람은 어디서 오는가 또
내일 밤이 두려운 서포가 지금 내 곁에 누워 있다

　노도의 푸른 파랑이
　인광을 흩날리며 포효한다

정경태(鄭坰兌, Jung, Kyung tae)

1916.2.~2003. 전북 부안 주산면 사산리 출생. 국악인, 서예가. 호 석암(石菴). 주산공립보통학교 졸업(1927). 저서『조선창악보』(1948, 부안공립중학교문예부),『아악보』(1950, 전주명륜대학),『국악보』(1955, 전주고등학교, 편저),『선율선 시조보』(1960, 대한연감사),『석암시문집』(1975, 한국고전음악) 외. 시집『석암정경태옹 수연』(1980, 대한시우회). 대한시우회大韓時友會 창립, 회장 피임(1961). 중요무형 문화재 제41호 지정(1975). 대한정악회正樂會 회장, 부안농고 교사, 전주 명륜대학 강사, 김제고, 김제여고, 전주고 교사 역임.

—

관동關東

관동팔경 구경할 제 월송정 평해 건너 울진으로 망양정에 만리 창명 관망하고 삼척에 일섭一涉하니 오십천 절벽 위에 죽서루라
명주에 오죽헌 강릉으로 경포대에 달 맞으니 호상 해상湖上海上 앙견천상仰見天上 아금정배我今停杯 일문지一門之라 태백시 양양가를 양양가에 읊노라니 부운유수 낙산승洛山僧이 청간정을 인도한다.
고성하高城下 삼일포에 사선을 찾아 총석정 돌아들 제해금강도 기절奇絶커늘 관서 가는 수춘壽春 경景은 봉의산 소양강 정인가 하노라.

목포 유달산

유달산에 높이 올라 다도 풍경 바라보니
물위에 봉우리요 물아래도 하늘이라
석양에 수많은 물새들은 오락가락 하더라.

종포감種砲感

사래 긴 녹두밭에 박을 심어 가꾸노니
토담 안 늙은이는 덩굴 뻗다 하는 건가
두서너 조롱박 종굴박 가려 무엇 하리까

하동河東 지리산 개발

만첩운봉萬疊雲峰 거느리는 장엄한 천황봉이
그 웅자 찬란하여 우리 민족 상징일세
백두산 정기를 받아 낙남래룡落南來龍 자리잡고

위대한 영봉靈峰이여 삼신산신령이시리라
하나님께 고告하시어 다시 통일 이룩합세
우리의 겨레 가슴속 영원하게 새기리라

부산 동심지회가同心支會歌

구덕산 짙은 솔에 잣나무도 기쁘거늘
보수천寶水川 맑은 물에 사권 마음 비춰볼까
우리도 이 산천 벗님 모아 동심가同心歌를 부르고

부산

동래 온천 금강공원 망미루로 선학원을 금정성루金井城壘 구름 타고 해운대를 바라보니 비행터 수영수영水符 밖에 동백섬이 솟아있다
성지공원 용두에 비둘기 날 제 충무공상忠武公像 우리보며 주州 봉래청학동에 강만勘蠻 오륙도를 보고 태종대 돌아드니 절영등대 석벽 아래 신선바위 파도치고 생섬 건너 안개 인다
그 남은 다대포로 송도사장 마당돌에 배를 매고 천마등 올라타니 구덕대부儿德人釜를 예다 본가 하노라

새마을 시조

꽃 심어 통일 동산 곳곳마다 화려한데
새마을 이룩하온 업적도 찬연하다
우리도 갈천씨葛天氏 백성인저 격양가를 부르리라

국부민강國富民强 하는 정치 농산어업이 으뜸이어늘
무궁화 대한강산 새마을이 봄빛이라
다시금 요천순일지곡堯天舜日之曲을 들어볼까 하노라

(영주시조경창대회 시 지정가사)

제주

한라산 백록담에 서귀포로 돌아들 제 영실 나한 귤원 찾아 천지연 정방폭포 외돌개 다다르니 삼도森島 범섬이 지척이라
중문 천제 비천과 안덕계곡 산방굴사 답사하고 대정 일 모슬포鰲瑟浦에 가파 마라 남단인데 협재 한림 애월시를 관덕정 삼성사로 사봉낙조 읊고 쉬니 용연야범龍淵夜帆이 저기로다
조천의 연북정과 금령사굴 송당 목장비림 지나 별방 토도 잠수들과 성산일출 관망하니 탐라절경을 예다 본가 하노라

정경화(鄭敬花, Jeong, Kyeong hwa)

1962년 대구 북구 침산동 출생. 호 목아. 대구대 사범대학 졸업(1983). 《월간문학》 신인상(2000), 〈동아일보〉, 〈농민신문〉 신춘문예(2001) 등단. 시조집 『풀잎』(2006, 동학사), 『시간연못』(2015, 목언예원), 현대시조 100인선 『무무무 걸어나오고』(2016, 고요아침). 이영도시조문학상 신인상(2007), 중앙일보대상 신인상(2009) 수상. 대구시조시인협회 부회장 역임. 대구문인협회, 한국문인협회, 한국시조시인협회 회원. 한결시조동인회장, 《시조21》 편집주간, 국제시조협회 이사, 청도문인협회 부회장, 이호우 · 이영도 문학기념회 사무국장, 목언예원(민병도갤러리) 관장.

> **담금질**
>
> 새 앓아 새가 많아
> 가시 같은 네가 많아
>
> 뜨거운 그대 노래
> 뜨거워서 식을까봐
>
> 차라리 칼보다 푸른
> 찬물 속에 가둔다

작품 「모과」는 시조의 전형典型이라고 해도 좋을 만치 완성도가 높고 잘 다듬어져 있다. 남다른 시각과 절제된 호흡으로 잘 버무려 명품을 만들어 내었다. 한 음보, 한 음절도 소홀함이 없이 모국어의 품새와 조화를 이루었다. 물론 거기에는 자연스레 법고창신法古創新에 뿌리내린 한 가문의 역사적 경험이 용해되어 있고 미래지향적 평가 또한 함께 이루어지고 있다.

또한 「장작」을 읽다 보면 왜 우리가 민족시의 대표적 유산인 시조를 사랑해야 하는지를 이해하게 된다. 자유시의 범람 속에서도 왜 시조를 민족 문학의 종가요 종손으로 새롭게 자리매김하지 않으면 안 되는지를 배우게 된다. 실로 모국어가 지닌 아름다움이 행간마다 가득하고 마치 명차名茶를 마신 듯 향기가 스며옴을 느끼게 한다. 결코 화두처럼 어려운 경구經句를 사용하지 않고도 이렇듯 영혼에 잔잔한 울림을 가져다주는 것은 순전히 시인의 남다른 감성이요, 오랜 사유의 성과물이다.

— 민병도(시조시인 · 국제시조협회 이사장)

세컨 하우스

20년 전, 보란 듯이 땅을 산 친구 있었다
풍경을 다 차지하고도 담을 넘는 붉은 넝쿨,
집값이 몇 곱절 오르니 팔고 가서 또 지었다

그때 나는 숨겨 놓듯 가슴에다 집을 지었다
양철 덧대 못을 박고 역광 아래 풀꽃 심어
늦도록 터를 갈아도 아무도 묻는 이 없는

20년 후, 녹물 밴 나의 집은 청동빛이다
함부로 팔 수 없는 달빛 쪽창 흰 그늘,
누마루 햇살을 건너 적막 한 채, 너볏하다

모과

어둠을 손질하는 흰 가지 내려서서
건넌방 반다지 위에 가부좌를 틀고 앉아
사초史草에 오르지 못한 먼 길을 닦을까.

금이 간 함지박엔 이름 없는 별을 불러
이제 흙이 되도 하늘을 잃지 않겠네
지그시 눈감고 보면 등잔 밑 환한 말씀.

젖은 살은 풀어 손 내미는 검불에 주고
꿈 비록 문드러져도 향기로운 삶이고자
거문고 목쉰 가락에 귀를 가만 세우네.

울퉁불퉁 모진 자리 더께 앉은 종두 자국이
어쩌면 닦다 만 길, 그 길마저 버리라며
잊혀진 유훈遺訓의 끝을 등불 밝혀 지키네.

낭길*

섬은 아주 조용히, 길 하나를 낳았네
육지서 따라온 시간 잠시 멈춰 두라며
새우란 금빛 향기가 계집처럼 반기네

섬은 아주 가파른, 길 하나를 닦았네
손금보다 짜디짜도 투정 말고 걸으라며
파도살 목쉰 호령이 귓밥을 깨우네

섬은 아주 먼, 길 하나를 열었네
아무나 밟지 않아 뒷모습이 더욱 푸른
통치마 추슬러 놓고 고름 슬몃 풀어두네

* 낭길: 청산도 절벽에 난 길.

뚜껑
— 그림자 6

봄풀들의 속삭임에 내 오감은 무너졌다

조이고 조인 틈새 날름대는 푸른 헛바닥,

덧나는 어둠을 안고 그 날숨을 지켜낸다

긴 겨울 등걸잠에 육감마저 무너졌다

아직은 노크 못해 부호뿐인 시간 연못,

잘 익은 새벽을 저며 그 들숨을 지켜낸다

장작

그대에게 가는 길은
내 절반을 쪼개는 일
시퍼런 도끼날이
숲을 죄다 흔들어도
하얗게 드러난 살결은
흰 꽃처럼 부시다

그대 곁에 남는 길은
불씨 한 점 살리는 일
바람이 외줄을 타는
곡예 같은 춤사위에
외마디 비명을 감춘 채
아낌없이 사위어간다

그대 안에 이르는 길은
기어이 재가 되는 일
화농으로 굳은 상처
달빛으로 닦다 보면
비로소 쌓이는 적멸,
솔씨 하나 묻는다

담금질

내 안에 내가 많아
가시 같은 내가 많아

뜨거운 그대 노래
뜨거워서 식을까봐

차라리
칼보다 푸른
찬물 속에 가둔다.

물의 변주곡

그를 마주하면 나는 자꾸 물이 된다
또 한 층 낮아져야 닿을 수 있는 강
아니다 몇 겹 더 내려서야 몸 섞이는 그 바다

아니아니 착각이다 그의 품은 적멸이다
오롯이 재만 남은 천년의 아궁이 속
서늘한 믿음을 숨긴 수만 개의 불씨다

더 높이 나래 펴고 나는 이제 불이 된다
아, 아니 또 아니다 그리 견줄 틈이 없다
차라리 오선 밖에서 몰래 만난 천둥이다

손도마

골목시장 묵집 할매는
손바닥이 도마다

단단한 나무가 된
물컹하던 손금의 길

수십 년
난전에 내놓은
값을 잃은 골동이다

씨앗

내 숲이 가난하여
터를 다시 갈았습니다

키 낮은 풀꽃에게서
속이 텅 빈 고목에게서

빌어 온
경전經典 한 구절
봄빛 속에 묻습니다.

모닝콜

붉은 목젖 고이 삭힌
가야 솔숲 뻐꾹새로

푸른 목청 꼭꼭 재운
동해 바다 돌고래로

그대를
깨우기 위해
언제라도 웁니다

정공량(鄭共亮, Jung, Kong reang)

1955년 전북 완주 삼례읍 신탁리 출생. 강남사회복지대학(국어국문학과), 동국대 문화예술대학원(문예창작학과) 석사과정 졸업, 명지대(문예창작학과) 박사과정 수료. 《월간문학》(1983) 등단. 시조집『절망의 면적』(1992, 문학통신사) 외. 시집『우리들의 강』(1989, 청학) 외. 동시집『엄마 손잡고』(2016, 시선사) 외. 시선집『희망에게』(2015, 시선사) 외. 시조선집『꿈의 순례』(2001, 태학사). 문학평론집『환상과 환멸의 간극』(2009, 시선사) 외. 광명문학상 대상(1993), 경기예술공로상(1996), 광명예술대상(1998), 펜문학상(2017) 수상 외. 국제PEN 한국본부 이사, 시선사 · 언어의 집 대표, 계간 문예종합지《시선》발행인 · 편집주간.

> 오늘을 위한 노래
>
> 정 공 량
>
> 바람은 노래하며 내 곁을 지나가고
> 나는 저물지 않는 내 마음의 동쪽에
> 산다
> 시든 해 얼마를 지나왔나 발목만 아
> 픈 나날

—

아마도 시인은 그의 시력詩歷으로 지금까지 허기와 슬픔과 좌절감과 공허한 주변으로부터의 심적 탈출을 오랫동안 꿈꾸며 기다리는 시간을 가져왔던 것 같다. 근작과 시작시조를 통해 살펴본 그의 작품들에서 변화(진화)하는 모습이 역력하였다. 비명 속에서도 '불빛'을 찾아내고, "기다리는 소식 없어도 처음처럼 살고 싶"다는 그의 소망은 단단한 의지로 읽히고 있다. 아마도 그가 꿈꾸는 바가 넘치는 강물처럼, '햇살 찬란한 포효'로 다가올 것이라 믿는다.

— 김연동(시조시인 · 전 오늘의시조시인회 의장)

—

어느 가을날

1
가난도 하늘문 열면
다가서는 빛이 있다

한 목청 깊게 파인
허무보다 큰 사랑을

다 헤진
기침 소리로
토해내는 이 하루

뜰안 가득 바람 소리
내 한생을 비워 두고

시린 발길 땀땀으로
아직은 가는 길에

그 누가
숨결 돋우어
맥脈을 치는 적막인가

밤 지나 귀에 익은
외로움이 떨어지면

산천山川은 눈을 감고
일어서는 화폭畵幅으로

순간에
영원을 새겨
넋을 가눈 하얀 세월

2
한파람 고요를 밝혀
바람이 불고 있다

무수히 자란 사유思惟
재를 넘어 다가오고

어딘가
남아 있을 듯
모정慕情만이 샘물 솟는……

청잣빛 하늘에다
내일을 걸어 본다

끊길 듯 이은 운韻을
햇살 아래 펼쳐 놓고

한 생애
천 만 갈래를
열어 두는 해종일

크낙한 메아리가
내 안으로 스며든다

여울져 아픈 삶을
불꽃으로 피워 내도

차리리
허공을 닮아
수척해진 이 몸짓

오늘을 위한 노래

바람은 노래하며 내 곁을 지나가고
나는 저물지 않는 내 마음의 동쪽에 산다
시든 해 얼마를 지나왔나 발목만 아픈 나날

풀잎 눈동자에 한 세상이 끌려간다
가는 비 멈추지 않고 내 머릿속에 우물을 판다
생각만 녹슬게 하는 서툰 탑을 쌓으며

비의 3악장

슬픔에도 길을 내면 그 다음에 무엇이 올까
마침내 소리치며 다가오는 저 비 울음소리
그 소리 세상을 건너 내 마음에 닿고 있다

한때는 쓰러지며 울어도 시원치 않던
나의 삶이 그렇고 친구의 번뇌가 그렇고
살아서 아픈 몸짓을 대신하며 내리는 비

이제 입 다물고 말이 없는 세월도 진다
비에 떠내려가는 우리네 허튼 세상
적막도 푸르른 잎새 기다리며 살고 있다

청소

휴지는 주워서 쓰레기통에 버리지만
흩어진 우리 마음 주워서 어디에 버리나
거꾸로 누워 있는 세상 그 누가 청소하나

비 오다 그치고 나면 환한 세상 이룬다지만
가득 채운 쓰레기통도 비우면 그만이지만
마음에 담은 쓰레기는 누가 알고 청소할까

내 고향 완주

대둔산 환한 얼굴 남도의 금강이다
노령산 발등 아래 넓은 들은 우리 마음
푸르고 영원한 터전 오늘도 이어가세

대아리 저수지는 하늘을 품고 있다
만경강 젖줄 되어 힘차게도 흘러간다
사철을 달려서 가도 남을 듯한 저 물결

옛날의 자연에서 첨단의 산업까지
우리들 손길마다 내일의 등불이다
완주여 다 이룬 고을, 빛이 되는 숨결이여

푸른 향기

구름이 서서히 몰려들고 있지만
바람은 거세게 몰아치고는 있지만
아직도 벅찬 숲속에서 우리는 숨을 쉬고 있다

가는 비 보라고 풀잎이 춤을 춘다
지친 발걸음은 새들 노래가 싣고 간다
지나간 어떤 한시절도 속 시원히 쓸어가라고

어느새 밤이 되었는지 아늑하고 찬란한 별빛
마음으로 세어보고 거울에 비춰 봐도
신비한 그 목소리구나 머나먼 길 더 가라는

봄비

멀고 먼 소식들은
아직도 아득한데

고요 밖
저만치에
기다림은 남아 있어

오늘은
너 혼자라도
님이 되어 오시는가

진실

하늘이 내게 주는 세상 소식 듣고 싶다
땅이 내게 보내는 희망 하나 품고 싶다
마음속 깊은 강물에 영원의 발 담그고 싶다

조용히 사라지는 시간은 모으고 싶다
폭설의 힘든 길로 아득히 누워 있는 세상
멍든 꿈 맥박에 얽힌 깊은 뜻을 알고 싶다

폭포

상처가
거느리는
금이 간 우레소리

외마디
탱탱한 전율戰慄
천지간天地間에 세워 놓고

시간은
합창을 할 뿐
기억 속을 맴돌 뿐

희망

가득하게 오지 않아도
아직도 기다리고 싶어

기다리다 소식 없어도
처음처럼 살고 싶어

내일이 오늘이 되는
그 모습은 보이니까

잦아드는 어둠 있다면
바람결로 지우고 싶어

아쉬움 끝에 서서도
넘치는 강물 되고 싶어

저 햇살 찬란한 포효
다가서고 있으니까

정광영(鄭光永, Chung, Kwang young)
1946년 경북 예천 풍양면 출생. 《시조문학》
(1990) 등단. 시집 『흰 열꽃』(2003, 북랜드). 제6
회 나래시조문학상(1994), 제20회 경상북도문
학상(2014) 수상. '나래' 동인. '오늘' 동인. 

—

그의 시는 여리고 부드럽다. 또한 향기롭고 투명하며 짧고 담백하
다. 인공조미료를 쓰지 않았으니 담백할 것이요, 복잡한 사설이 배
제되었으니 길어질 이유가 없다. 그러면서도 그의 시에는 우리가
잃어버린 기억들이 흑백필름처럼 간직되어 있고 우리가 외면해온
하찮은 생명들에 대한 연민이 끈끈하게 스며 있다. 그의 시는 우리
모두의 유년을 흐르는 시냇물이며 고향의 보리밭을 가로지르는 종
달새의 울음소리라는 점이다. 쉽사리 구할 수 없는 토종 민들레꽃
이며 산도라지의 흔들거림이요, 토란잎에 구르는 아침 이슬이라는
점이다. 좀처럼 따라 부를 수 없는 무균질의 노래라는 점이다.
— 민병도(시조시인 · 국제시조협회 이사장)

—

잠언箴言

피 천석千石을 달여야
뼈 만 개를 바수어야
빛나는 한 줄의 시 쓰이지 않겠냐고
한 방울 진한 눈물이 배어 나오지 않겠냐고

공들이기 삼십여 년 이제야 깨닫노니
오직 신의 영역에 사람은 어림없다
그랬던 허상을 모아 불구덩 속에 넣는다

지하 일만 이천 미터
싯뻘건 마그마에 들어
내 몸 내 생각 함께 들끓어서
금강석 잃었던 순수를 다시 얻을 수 있다면

말이 다 없어지고 텅 빈 우주의 끝자락
별은 왜 자라나며 정령들은 자꾸 태어나나
제 울음 하나씩 물고 새떼들은 날아오르나

민속박물관 돌부처

그립고 사무친 것이야 이미 다 용서하였고
다만 닳은 손으로 봄빛 받아 올리는 일
비릿한 목숨 하나를 하늘 아래 놓는다

이제 어쩌라고 목도 잃은 몸뚱어리
자욱한 아지랑이는 떼로 와서 붐비는가
천만 개 창은 열려서 또 세상을 보라는가

도라지꽃

무슨 꽃 될래 물으면
심심산골 도라지꽃

뻐꾸기 울음 심지
손끝에 불 밝히고

마시면 천년을 자는
약술이나 달인다

기별

어느 외진 별에서는
끊임없이 신호를 보내고

지상엔 알 수 없는 부호
봄날을 날아다니고

꽃나무 주술呪術이 풀려
번쩍번쩍 눈을 뜬다

산

종일 말도 않고 누워만 있던 산은
우리가 잠이 들면 학처럼 날개를 펴서
먼 우주 끝머리쯤을 갔다가 오곤 했다

아주 옛날에는 그도 하나 신神이었다
우뚝 봉우리를 세워 사람들을 다스리고
가부좌 틀고 앉아서 햇살도 피워 올리는

요즘 세상 꼴에 마음이 상하다가도
가슴으로 번져 오는 봄기운을 어쩌지 못해
기지개 쭉 한번 펴고 도로 묵언黙言에 잠긴다

메주

짓이겨진 살덩이는 뭉치고 꿰매어서
바로 살기 힘든 세상
거꾸로라도 매달릴까
한 겨울 버텨낸다면 그깟 슬픔 삭고 말겠지

그때 그리움은 봄볕에 내어 말리고
내장이 다 우러나온 구수한 이야기를
아내여 우리 식탁에 올려야지 않겠는가

거미

빠지면 못 나오는 칠흑의 어느 구석
한 방울 기름까지 목숨을 짜내어서
올올이 환영幻影의 그물 허공간에 걸치는 너

숨어서 번뜩이는 네 눈빛 안에서야
살아 있는 모든 것들 작디작은 혼령마저
지은 업 그만큼씩은 대롱대롱 매달 밖에

어제 치던 몸부림 살과 뼈 그리고 생각
소리없이 사라지고 바람 자는 이 아침
먼 나라 불타佛陀의 손에 사리 몇 알 앉힌다

비구니

신라 적막한 날엔 한 마리 산새였네
솔바람 소리나 쪼며 어여삐 몸을 닦던
그 푸른 눈빛이 어려 자꾸자꾸 꽃은 지고

고와라 인연의 끈이 비쳐 보이는 오늘은
쏟아지는 햇살 아래 산사 문득 잠을 깨고
열아홉 붉은 가슴이 터져 나와 벙근다

여래불 눈 깜짝임에 봄꿈처럼 왔다 가는
생애가 물든 손톱 잘게잘게 깨물어서
내일은 어느 나무에 달이 되어 앉을까

시인

은퇴한 삼류 가수 으슥한 카페에선
낡고 쓸쓸한 노래 빗소린 듯 추적이고
왁자한 술주정에도 외로움이 묻어 있어

그대 아픈 생채기에 알알이 박힌 울음들이
마른 가슴을 뚫고 하나하나 살아나서
유행가 그 못다 한 사랑을 밤늦도록 부른다

환생還生

서역 어느 산중
노승의 결가부좌
백일 안 먹고 안 자고
용맹정진 하는 사이
상념은 다 빠져나가고
툭! 남은 고개가 떨어지다

뜰엔 앞다투어
눈부시게 꽃이 핀다
빨간 핏방울
뚝뚝 듣는 꽃이 핀다
귀 대면
막 터져 나온
아기 울음이 흥건하다

정기환(鄭箕煥, Jung, Ki hwan)

1906.~1983. 충북 청주 출생. 호 우봉(又峰). 일본 중앙신학교 졸업(1940).《신동아》창간1주년기념 현상문예 시조 당선(1930). 시조사화집『시조한국』(1967, 삼학사, 공저), 『기독교 시선』(1968, 대한기독교협회, 공저) 외. 시조집『저 하늘』(1974, 활문사). 재일본在日本 조선기독교 목사, 와카야마和歌山 교회 목사, 전북 이리시 제일교회 목사, 서울 도원동 교회 목사, 청주 성서학원 원장 역임.

—

귀로

발끝에 푸라탄 잎 채이는 저문 거리여
허전한 빈 주머니 손 찌르고 돌아가나
껌인 양 자꾸 씹히는 쓰디쓴 체념을 안고

허탈을 지고 든 골목 달빛만 호젓한 길
수그린 그리메가 초라하니 앞서는가
뚫어진 신짝을 끌고 따라가는 그 모습

귀로

해 그무러 이운 하루 어슴프레 저무는데,
정 맞은 멍든 마음 입맛 쓴 채 품고서
일손 뗀 지친 몸 안고 집을 향할 무렵인가

얼굴빛 살펴 가며 겨우 가눈 목숨으로
오늘도 그 테두리 빙빙 도는 회전목마
구멍난 하찮은 인생 물짱구 친 하루여

오히려 빈 가방이 무거운 뜻 짐작는가
소임이 중重 다하여 제 구실 다 했어도.
집엘 가 상 둘러앉아 풀어 뵐 것 무연고

귀소歸巢

황혼 서린 숲에 몰려드는 멧새 떼들
와자히 서로 불러 인연들을 찾는 소리
영위는 즐거운 목숨인가 가벼운 남음질

너랑 거닐던 언덕 저무는 추억 속을
그 황홀턴 귀소의 향연 이날도 선연한데
마음 속 깊은 골짝을 가락 짓는 아리아

그리운 맘

한바다에 등대인 듯 저문 날에 안개인 듯
멀리 두어 그립고 아득하야 꿈같거늘
적으나 어린 마음은 그를 그려 하노라

그 뫼신 맘

불 다린 촛대인 듯 바람조심 더럭 나고
이슬 달린 연입인 듯 물결 위에 근심 많다
그 뫼신 어린 마음은 가눌 줄을 몰라라

못나면 못난 대로 미운 채 드리려니
그대로 생긴 저를 탓 아니하시려면
생긴 양 질그릇이기로 헛되게야 쓰시리

길

그늘처럼 덮인 고요 오히려 그윽하고
아리도록 깨무는 외롬 차라리 더 오붓한
그리움 고인 발자국 따라가는 오솔길

좀처럼 찾지 않아 후미진 듯 숨어 있다.
엉켜진 가시덤불 까다로운 비탈인데
그 위에 무늬진 계시 아는 이 나 찾는가

눈

눈이 내리네 펄 펄 내 마음 빈 뜰에
그날 그 사랑을 타이르며 타이르며
산하는 가슴을 딛고 돌아앉아 있어도…

만추3태晩秋三態

— 감
제 나름 저만 지닌 점이 익는 가슴인데
잎 다 진 가지 끝에서 외롬마저 아람 지나
새파란 쪽빛 하늘에 붉어 보는 그 마음

— 낙엽
떨어져 뒹구는 곳 찬비 젖은 길섶이라
차이며 짓밟히며 쉬지 않는 굴욕인데
더구나 바람에 들뜬 몸 정착지는 어딘고

— 허수아비
다 걷힌 빈 이랑에 낙엽 이는 밭머리
한평생 더부살이 손에 든 것 그 무엔고
한 아름 고독을 안고 누더기만 날린다

맷돌

고개 깊이 수그리고 한 가지만 반추하는 습성
파고든 가슴속에 숫쇠로 세워두다
돌아서 오직 그 한길 길이 걸어 보자고

사념의 고운 가루 몸 둘레에 갈아 놓다
쌓여 쌓일수록 부풀어 온 푸른 꿈
그날에 무지개 삼아 오실 길에 펴고픔

떨어진 별

물오른 가지처럼 청맥青脈 고인 젊은 꿈이
온 울을 주름잡던 손아귀에 부풀더니
알링턴 눈 내린 언덕에 그 꿈 베고 자는가

꽃무늬 수논 전설 잎 위에 핀 무지개
소나기 쏟아지는 무리진 환성 된다
떠들썩 산울림같이 거리 메꿔 퍼지더니

선풍에 뒤 흔들린 가눔 잃은 지구 딛고
백조의 길을 찾아 태양을 안고픈 맘
이제는 불멸의 등불 홀로 그 뜻 달래나

정나영(鄭나영, Jung, Na young)

1970년 대구 출생. 대구가톨릭대학교 박사 졸업(2013). 《시조 21》 신인상(2009) 등단. 시조집 『별빛도 못갖춘마디』(2018, 목언예원). 한국시조시인협회, 대구시조시인협회 회원.

정나영의 이번 시조집은 우선 시조의 정형성을 제대로 이해하고 있을 뿐만 아니라 오히려 가변적 질서로 활용할 줄 아는 힘을 보여주고 있다. 단 한 수도 3장이라는 양태를 흩트리지 않았음에도 의고조의 고루함이나 식상함을 전혀 느낄 수가 없다. 자신만의 예민한 감성과 언어감각으로 전통성과 현대성을 적절하게 조화시켰기 때문이다.

— 민병도(시조시인 · 국제시조협회 이사장)

멸치장국을 우리며

가야 할 길이 멀어 생각도 허기진 날은
마른 멸치 한 줌으로 장국을 우려낸다
퍼렇게 일어선 물결, 바다도 함께 우린다

오기도 부끄러움도 끓는 열탕 속으로
한 시대의 사투리가 짤막하게 지나가면
수평 밖 거친 물결도 은빛으로 날이 선다

파도의 등솔기를 갑판 위에 남겨 두고
해체된 속살만큼 편서풍에 실려 오는
섬 하나 닻을 내리고 가만히 와 앉는다

껍데기

무심히 내버려 둔 소쿠리 속 귤 껍데기
어머니 노란 블라우스 앞섶이 헐렁하다
칠남매 떠나보내고 먼 기별만 기다리는

애월 바람 숭숭 들던 판잣집 아린 기억

떠밀리듯 뭍으로 와 호미질 굽은 생이
젖꼭지 등에 붙인 채 쪼글해져 누워 있다

내가 껍질 되고서 헤아리는 당신 무게
몰기 빠진 살가죽에 오롯이 남은 향기,
비워도 가볍지 않은 어머니가 말라 있다

징검돌

막 구워낸 스테이크
소기름이 몽글하다

괜찮다며 먹는 남자
기어이 떼내는 여자

부시다, 따로 또 같이
어떤 봄날 건너는

현관

눈부신 햇살 아래 발걸음이 천근이다

밀쳐 내도 밀려오는 허물 벗은 절망들이

또 하루 젖은 외투를 무겁게 벗겨 준다

새끼발 생채기는 아직 빨간 꽃잎이다

신발 끈 조여 매고 첫새벽을 깨우면

별빛도 못갖춘마디, 시린 가슴 데운다

눈 내리는 밤

가로등도 잠이 깊어 혼미한 새벽 앞에
잃어버린 기억처럼 눈이 온다, 하얗게
아마도 감출 것 많은 지난날을 덮나 보다

마주 보지 않으려고 문간 밖에 내버려 둔
뜨거운 숨결도 어지러운 발자국도
한순간 슬픔을 건너 꽃이 되어 일어선다

간절한 마음일수록 수화조차 필요 없고
박수를 준비하는 객석의 고요처럼
마침내 홀로 깊어져 어둠마저 환하다

시작詩作

밤새 비는 자박대며 꽃무릇을 희롱하고

시 한 줄 쓰지 못해 머릿속은 하얀 감옥

한 소절 금빛 노래를 번개처럼 맞고 싶다

월광 소나타
— 1악장

라인강에 달이 뜬다
이백 년 전 가라앉은

귀 먹은 베토벤이
수면 위로 건진 고요

속살을 내 준 달빛에
피어오른 아다지오

감자

흙바닥에 뒤채여도
속살 여문 다짐 하나

누군가의 허기 채울
하얀 소명召命 북두 되리

노부부 이 빠진 한 끼
저 지순한 저녁상

붙여넣기

커서*가 깜빡이는 건 주의하라는 신호다
순식간에 몰려와 이름을 에워싸고
몸집을 키워 나가는 저 태연한 이방인들

맨발로도 꿋꿋하던 재취업의 시름 깊어
밀쳐낸 지난 일들 슬며시 껴안는다
겹겹이 포개진 착각, 허공을 걸어오고

구인란에 밑줄 긋고 요리조리 재어 보면
이름 끝에 눌러앉아 거만 떠는 꼬리표들
속마음 들키고서도 내가 나를 덧칠한다

* 마우스 커서mouse cursor.

길

마음 한켠 시려올 땐 찻물을 올린다
내 색깔 다 지우고 고요에 기대앉으면
슬며시 산이 건너와 빈 잔에 앉는다

바람 따라 걸어온 길 돌아보지 않으려고
다가가면 갈수록 슬픔만이 선명하다
눈 붉혀 외면한 자리 꽃잎 한 장 놓인 채

비우면 비울수록 채워지는 게 삶이었나
그 많던 고비 넘어 홀로 걷는 새벽녘에
풀잎도 젖은 귀 열고 환하도록 길을 낸다

정다운(Jung, Da woon)

1947년 전북 부안 출생. 백양사 입산. 《서초문학》 천료(1972), 〈한국일보〉 신춘문예(1977) 등단. 시집 『이몸을 다 태워 향을 사루리』(1981, 부름), 『산의 메아리』(1970, 삼영, 공저), 『빛의 어록』(1974, 불교문화원, 공저), 수상집 『임은 나를 영원케 하셨으니』(2010, 오른사, 공저), 수필집 『옷을 벗지 못하는 사람들』(1980, 부름), 『위대한 침묵』(1981, 부름), 『사랑학 개론』(1981, 부름), 소설집 『별을 따는 아이들』(1979, 영원), 장편소설 『니르바나의 종』(1982, 부름) 외. 대구 보현사 주지, 중앙상임 포교사, 불교 신문사 편집국장, 총무원장, 종회회원 역임 외.

—

가을

가을이면 내 가슴은 나뉘어져 둘이라네
한쪽은 산에 살고 또 한쪽은 들에 살아
산과 들 다 타는 날이면 하늘 가득 불이 되네

소녀와 한 발짝씩 서로 마음 나눠 가져
앞서거니 뒤서거니 내 설움을 절름거려
온누리 넘치는 사랑 하늘 가득 꿈이라네

익은 곡식 다 거두고 빈 들녘만 몰고 와서
높게 뜬 하늘 자락 마음 던져 죄 헹구면
가을은 달빛이 차네 하늘 가득 차오르네

미호천 소견美湖川所見

다친 날개깃에 은빛 싣고 내린 황새
저리고 시린 상흔 잔물결로 감겨 오고
돌 담근 물 서서 울어 산자락만 흐르는 내川

부리로 건져내는 깃털만 한 봄기운이
물살로 밀려나와 목덜미에 차올라도
넋을 쓴 아픈 한 금은 그날 놓인 그대로

오는 봄 꽃소식이 지불처럼 흔들린다.
흐르는 구름결도 눈망울에 잠재우고
황새여, 어여쁜 황새여! 귀를 열고 섰거라.

돌종

오라, 이제라도 내게로 와 달라
내 곁으로 네가 오면, 네가 한번 오기만 하면
덩달아 활개를 펴고 온 세상이 와줄 것 같다.

뉘라서 이 가슴을 짚어주랴 쓸어주라
제 가슴 치며 울듯 내 가슴도 매질해 달라
이젠 더 견딜 수 없다. 정말 한번 목놓고 싶다.

차가운 내 심장을 무디잖게 일깨워 달라
동굴 안에 빛 새어들 듯 내 목소릴 건져 달라
저 하늘 죄 잃는데도 내가 딛고 설 땅을 달라

어느 날 어느 누가 내 가슴을 치겠는가
소리 메아리 되어 막힌 귀가 트여 와도
내 소릴 내가 못 들어 허공 위로 귀는 비고…

내 모든 것을 이제사 주려하오

1

조개구름 저 밑 마을 산골 가득 물 흐르오
바위틈 새 칡뿌리도 그 물을 빨아 올려
산 내음 물 내음으로 향불 지핀 절이 있소.

눈·비·우박 쏟아져서 홈이 괴인 바위 있고
그 아래 언 손 모둬 기도 올린 산란山蘭마냥
백여덟 염주 굴리다 돌탑이 된 절이 있소.

그 절 추녀 풍경 따라 바람같이 울던 산승山僧
두 팔 태워 재운 홍안紅顔 옥玉 사리로 맺혔으니
임이여! 치마폭 펴오, 이제 임께 주려하오

2

산까치 둥지 아래 먹고사리 돋아나오.
산채 뜯던 산허리에 외로움도 꽃을 피워
청산을 넘은 메아리 기다리는 방이 있소.

아이들 쥐불 놓아 보름달이 흔들리오
논밭두렁 다 타는데 씨 하나 떨구잖고
목화솜 물레를 타고 실을 감는 방이 있소.

그 방을 바른 창지窓紙 틈틈이로 뜨는 얼굴
서너 발짝 문밖에서 마른 나무 움 틔우니
임이여! 자리를 펴오, 이제 그만 자려 하오.

3

세파를 건너자니 징검다릴 딛고 왔소.
가슴 안을 다 헹구고 이슬 내려 가꾼 뜨락
꽃사슴 봄볕을 지고 나물 캐던 꿈이 있소

내 가슴 죄 풀어서 뜨게질한 삶이라오.
긴 책상 마주앉아 해와 달을 수놓으며
주머니 복주머니를 달아주던 꿈이 있소

밤낮을 꿈에 살아 긴 잠으로 다진 사랑
웃물은 넘처나고 애원愛怨만이 고였으니
임이여! 손길을 주오. 이제 꿈을 살으려오.

4

임이라면 주려하오, 내 모든 걸 주려하오.
산 넘고 강 건너서 짊어지고 온 생애를
임이여 ! 내 모든 것을 이제사 주려하오.

뭉게구름 아래 사는 저 산이랑 물이랑을
봄마다 새살 돋는 삼라만상 이 대지를
임이여 ! 내 모든 것을 이제사 주려하오.

향 사루고 촛불 밝혀 세세생생世世生生 띄운 발원發願
두 무릎이 다 닳도록 염주 헤던 그 신앙을
임이여 ! 내 모든 것을 이제사 주려하오.

등나무골 신화

1
등나무 심으려고 돌담 안에 왔었네.
산머루 익은 색갈 먹물 옷을 떨쳐 입고
백목련 미소로 오는 임을 맞아 왔었네.

빈 뜨락 언 가슴에 여인은 동굴 파고
한 오백 년 울림도 할 커단 나무 심었네.
잔뿌리 뼛속에 내려 피를 빠는 봄 아팠네.

멍울 돋아 아픈 땅에 봉지째 두고 간 씨앗.
여인의 머리채로 쓸어가듯 다듬어서
눈 주어 지켜선 사랑 꽃 백일홍이 붉었네.

2
실버들 가지 타고 새움 돋는 햇살 내려
등나무도 허릴 펴서 오른편 감아 돌고
사오월 어린 가지에 자색 나비 떼 날았네.

꽃 수놓은 치마폭을 봄볕같이 펼쳐 놓고
등꽃 따서 소금물에 술을 치고 정 버무려
시루에 눈도 포개져 등꽃나물 무쳤네

서로의 등 바꿔 앉아 가슴 안에 나물 먹고.
두 몸 다 넝쿨 뻗어 얼사 엉켜 피운 꽃을
등화藤花라 부르며 살며 사랑 그늘 덮었네.

3
꽃샘바람 돌담 넘어 촛불 아래 뫼들더니
처녀귀신 떼 살아나 등꽃나물 시샘했네
아내의 깊은 눈 안에서 임은 몹쓸 병 앓았네

죽어도 같이 죽을 넝쿨 사이 잎은 지고
백일홍 열매 맺어 햇빛 때려 터지는 죄
돌 틈새 숨어 앉아서 사랑의 소리 묻었네.

호수에 달이 빠져 나무들도 옷을 벗고
임의 손목 가만 잡고 하늘 닿게 건진 설움.
함박눈 꽃잎이 져서 등나무에 피었네.

4
아내의 손 깨물어서 선지피로 공양 올려
시린 목불木佛 뜬 눈 안에 언 땅도 새살 돋고
어질어 가난한 아내 꽃가마 탄 임 모셨네.

속살을 저며 넣고 장승처럼 빌던 가슴
자리에 눈 임 일으켜 아내 연잎 떨어졌네.
애달피 물살을 밀며 가물 가물 멀어 갔네

연당에 이 몸 던져 아내의 손 잡으려네.
몹쓸 인연 길게 번져 저승 문턱 넘는 파문
아내여! 내 신발을 신고 어이 혼자 가려하오.

5
두 신발 빠뜨리고 맨발로 올라와서

팔팔 끓는 탕약 짜서 아내 입에 밀어 넣으며
아내여! 약을 들구려 이 약 들고 일어나구려.

등나무 넝쿨 아래 안방 같은 굴을 파고
동네 사람 모여와서 아내의 혼 묻으려면
내 아낸 죽은 게 아뇨, 잠을 자고 있는 게요.

꽃이불 덮어 주고 밤새 같이 드러누워
공단머리 쓸어안고 볼에 입을 맞부비며
귓속에 불어 넣는 말, 여보 그만 잠을 깨오.

6
아내가 묻고 간 씨앗 백일홍 더 붉게 되어
넝쿨 차마 덮지 못해 무덤가로 타는 햇살
뜰마다 동굴을 파고 등나무를 심었네.

한 발짝 옮길 제면 아내 동굴 살아나서
여보! 날 찾아봐요. 등나무 뒤 숨었어요
등나무 넝쿨에 숨어 슬피 우는 새 되었네

등꽃새 넝쿨 쏘면 아내 속옷 드러나서
등나무에 허를 심고 피 토하는 혼줄 내려
넝쿨은 천수千手로 뻗어 임을 칭칭 감았네.

7
하늘을 가리우고 임을 몰래 감싼 잎이
하나둘 핏물 들어 눈물지어 떨어졌네
앙상한 뼈마디 엉켜 섧게 섧게 울었네

임을 안고 지는 잎은 저승까지 다 울리어
사오월 나비로 날아 흰 눈발로 떨어져서
돌담 안 골 지운 등이 희게 희게 꽃 피웠네.

돌담은 무너지고 오실 님은 가슴 열고
등나무 나눠 심고 등꽃나물 무치어서
등화채 데펴서 먹고 백일홍을 피웠네.

까치 소리

가신 님 미움을랑 꽃이불에 묻어두고
향 괴워 씨 묻은 정 돋우는 호롱불에
파드득, 공작 한 쌍이 구름으로 앉는다

한숨도 쌓이면 사랑, 방 안을 적시는데
임 없어 기나긴 밤 먼동으로 숨을 달래
새벽녘 까치 소리로 꿈을 심는 한이여!

둥지

단 하나 생명이다. 씨줄 날줄 엮는 살림
변두리 종점서도 다섯 마장 밖의 둥지
그래도 아내며 아들 발돋움한 해바라기

있는 것 다 비우고 빈 항아리 짊어진 짐
진종일 채찍에 맞은 자국마다 비늘 돋고
문빗장 가까이 서면 대질리는 아내 옷자락.

정대훈(鄭岱熏, Jeong, Dae hoon)

1941년 경북 예천 감천면 관현동 출생. 호 장암(長岩). 대구상업고등학교, 동국대학교(국어국문학과) 졸업. 《시조문학》(1980) 등단. 시조집 『내 나라 내 노래여』(1986, 글방). 성파문학상(1989) 수상. 부산시조문학회 초대 회장 역임. '볍씨' 동인. 부산시조시인협회, 시흥문인협회, 서석문학회, 한국문인협회, 한국시조시인협회 회원.

처서(處暑) 뒤에
정 대훈

처서 꼬리 살랑대니
문틈 바삐 상쾌(爽快) 손님

폭서(暴暑)가 무릎 꿇어
오곡 백과(五穀百果) 바빴겠다

달빛이 카랑카랑하니
시냇물도 독경(讀經)하네

송구영신送舊迎新의 새 노래

훌훌 털고 잘 맞이할
새 태양의 새 희망이

'보헤미안 렙소디'의
퀸 노래에 열광하듯

시조時調가 태풍 일으킬
송구영신 새 노래

저출산 청년 실업
교육 문제 경제 문제

실꾸리에 실 풀리듯
만사형통 화목 한국

고목도 꽃 활짝 열매 듬뿍
용문사 은행나무

월곶 포구에서

낭만을 갈취당한
악취가 들썩이고

뭇 폐선들 널브러져
푹 썩은 바다와 흙

중생들 이기 욕망에
불치병 앓는 바다

눈에 넣어도 안 아프다
— 저출산 물렀거라

눈에 넣어도 안 아프다 겪어 보면 더 깨닫는
손자 손녀 재롱 사대 온 집안이 웃음 바다
애완물 하는 짓하고는 차원 자체 천양지차

경탄할 지능 행위 볼수록 신기 만발
똘망한 눈망울에 온 세상이 녹아 들어
할애비 일거수 일투족 거울인 양 행하다

환희의 폭포수에 낙원의 꽃동산에
천변만화 창조되는 황홀함의 꽃구름이
사랑이 만화방창이다 유토피아 별건가

희 · 락 · 건 · 행喜 · 樂 · 健 · 幸

철 따라 살맛 나는
내 나라 금수강산錦繡江山

희 · 락 · 건 · 행喜 · 樂 · 健 · 幸
노래하며
늙은 청춘 꽃피우세

무소유無所有
청산길 걸으니
흰 머리도 파래지네

앞 번호판 없는 1톤 트럭

미움도 곰삭으면 사랑으로 꽃피는가
눈보라 비바람에 추위 더위 온갖 풍파
또 한해 저물어 가는 지하 쪽방 신음 소리

외지에 고등학생 하숙비 못 낸 독자獨子
밤늦겐 도둑괭이 신새벽엔 구렁이로
굶기는 부자 밥 먹듯 애비사업 부도났나

빈 차였던 안쓰럼의 비양심 동정 쌓여
찢긴 의자 헌 신짝에 온갖 아픔 가득하여
뭇 시선 따가움 받으며 밤낮으로 앓는다

가뭄 뒤

사막의 백합화가
즐거워 노래하고

저수지의 물고기와
갈라진 땅 춤을 추고

농부들 온 얼굴에는
희락 만행 웃음꽃

난제難題

철들자 끝났다는
인생지각 설 있지만

늦가을 추수 한창
후회의 깊은 통한痛恨

내 시작詩作
까치밥 같은 것
꿈꾸는 저녁 노을

휴일 날 컨테이너 속 홀로

바다 없는 외딴 섬에
심산 유곡 명산 대찰

태풍 해일 조난 없는
사이판도 들어 있는

온 종일 나만의 왕국에
자유 사태 행복 만끽

책과 글 되는 대로
멋대로 끼적이다

ＴＶ나 라디오도
없다는 게 천만 다행

긴 명상 사랑에 감사하니
온 세상이 내 세상

시흥 오이도 빨강 등대

독특함 툭 튀어 와
내 눈알 별빛 되어

올라가 조망하니
몸 마음이 둥둥 뜨네

번뇌를 훌딱 벗게 하는
명당중 명당이라

눈보라 비 바람에
불철주야 뜬눈으로

이 나라 잘 되기를
오매불망 기도하네

바다가 창공을 품듯
멀리 널리 펼치라네

국화菊花

봄 햇빛 빗물 바람

신발 매듯 조아 매고

여름 내내 담금질에

쇠힘줄 생의 태질

찬 서리 만나고 나니

지 성깔의 빛과 향기

정덕채(鄭德采, Jung, Duk chae)

1915.~1994. 전남 나주 노안면 금안리 출생. 아호 서강(西崗). 서예
가 시조시인. 중앙고보(1936), 대구사범(강습과) 1년 수료(1937).
47년간 교직생활. 《한국시단》, 《한국시원》, 〈중앙일보〉 이은상 추
천(1969) 등단. 시조집『꽃씨 뿌리는 마음』(1975, 서구), 『흙속에 씨
알』(1983), 『망향의 나그네』(1991). 국민훈장동백장 수상(1980). 한
국문인협회, 한국시조시인협회, 전남문인협회 부회장, 시조분과
위원장 역임. 전남 나주 미술협회 고문 추대. 시화전 개최(1983).

—

두옥斗屋

금성산錦城山 청태바위 내 마을 굽어보고
대숲에 푸른 요람 뜨락에 산비둘기
봄이면 복사꽃 웃고 노래하는 산새 온다

사군자 뿜는 향내 옷깃에 젖어 들고
흙내음 배 불리고 잔뼈도 굵어진다
철 따라 나도야 간다 날 따라 철도야 온다

눈망울 하늘 가고 풍악에 귀는 천 리
내 마음 맑다소니 구만 리 날고파라
숲 향기 솔깃이 품어 청산리 천년 살자

낡이

시린 바람 이기고 푸른 하늘 벗 삼아
청풍에 춤을 추며 풍악을 즐겨 사는
늘 푸른 해묵은 낡이 청사를 새겨 산다

된서리 비바람에 걸어 차인 밑뿌리
허벅진 양 드러나 살갗이 험상궂다
말 못 할 쓰라림 삼켜 이날토록 모진 삶

마을

두메산골 대밭 울고 조상 지킨 당산나무
굽어본 달 재우며 읊조리는 시냇물
손발의 잔뼈도 자란 순박한 마을인데,

자자손손 김 서린 벌족한 마을 치고
무심한 세월 따라 골양반 가버렸다
대밭엔 땅거미 좇아 실연기만 감돈다

무궁화

모진 삶 뼈 아파도 참고 사는 무궁화여!
피어린 겨레의 얼 되삼켜 지핀 햇불
한 곬로 이내 퍼지는 배달의 꽃 단심화丹心花여!

무상無常 ○ ○

애닯아 꾸려 살다 하도나 짙은 티끌
하많은 사람들이 남겨 놓은 수레 밟고
보란 듯 누려 살더니 ○으로 살아진 앎.

이승에 살을 붙여 애간장 썩이도록
몸 마음 갈래갈래 다부지게 바수어
짜놓은 얼빛마저도 0시로 돌아가는 삶.

무등산

서운瑞雲도 포근하다 봉마다 설경인데
웅도雄都를 지켜보는 그 위풍도 장엄하다
뉘라서 저 마음 닮으리 맑고 고운 그 정기

오랜 풍상에 씻겨 주름 잡힌 저 얼굴에
뼈저린 피 맺힌 사연 봉봉이 새겼는데
뉘라서 한 많은 밀어를 마음에라 새길 건가

홍진에 휩쓸려서 오늘을 사는 살이
눈발 쌓인 산 모습 눈 지켜 한참 보란다
뉘라서 채 받을 건가 말쑥한 저 무등산

밝은 화살빛

불꽃이 타오른다 둥그런 불덩이가
산마루 넘어서고 내게로 다가온다
눈망울 부신다 해도 가슴 열어 맞는 밝음

새 아침 돋는 햇살 온누리 밝아온다
골고루 차례 없고 뉘라도 반겨 맞는
과녁의 부푸른 가슴 쏘아붙인 화살빛

방울 방울

한 방울 두 방울이 바위덩이 뚫고 간다
여울져 흘러가는 맑은 소리 맑은 마음
너만은 내 힘 줄거리 뛰는 핏줄 방울 방울

노상 푸른

내 마음 바닷가에 노을 지다 그늘지랴
발아래 널린 물결 굽어보고 웃는 하늘,
푸른 꿈 노상 지니고 바람 속에 서는 마음

꽃씨 뿌리는 마음

포동한 씨알 속엔 크막한 꿈 알맹이
토실한 부푼 싹이 터질 양이 잠들었다
철 따라 뿌려 가꾸는 해맑은 꽃 마음이여!

정도영(鄭道永, Jung, Do young)

1961년 경남 산청 금서면 출생. 진주교대 졸업(1982). 《시조세계》(2009) 등단. 경남시조백일장 장원(2009), 한국여성문학대전 공모 효부문 취우수상(2019) 수상. 세계시조시인포럼, 산청문인협회 회원. 한국시조시인협회 운영위원, 오늘의시조시인회의 · 경남시조시인협회 홍보이사.

———

정도영 시인은 낮은 곳을 높이고 어둔 곳을 밝히려 애쓰는 긍휼과 박애의 휴머니스트다. 봄 언저리로 나가 보라. 크고 강하고 화려한 것들에 가려 우리 생에 드리워진 그늘을 보라. 존재의 가벼움에 흔들리면서도 우리 생의 꽃들이 그늘에서도 피어나고 있음을, 조금만 몸 낮추면 그것들을 볼 것이라고 나직이 속삭이는 측은지심 깊은 시인이다.

— 금서휘(시조시인)

———

와불

뻐꾹새
붉은 울음이
자귀꽃을 피운 한낮

후광마저 벗어 놓고
천년 잠 드신 와불

풍경도
범종소리도
숨을 가만 멈춥니다

봄 언저리

이른 봄 언저리에 개불알풀꽃 모여 앉아
깨알 같은 볼 비비며 속엣말을 풀어내다
은 바퀴 구르는 소리에 놀라 숨을 멈추고

이태리 궁전 같은 보도블록 사이엔

짧은 목 길게 뽑아 눈 맞추는 제비꽃
목청껏 부르는 노래 '눈물의 엘레지'지

지하도 계단 옆 꿇어 엎딘 한 노파
시간을 끌고 온 무릎엔 홍매화 만발하고
시퍼런 바구니 속에 널뛰기하는 동전 몇 닢.

가을밤, 비

이제 더는 소곤대지 말아요, 이 한밤을
노스텔지어 아린 맘에 빗장을 벗겼던 날
그 한 금 비행궤적이 오랏줄로 조여 오듯

쌍계사 외딴 멀리 돌아갈 길 감춰지고
두껍아 문 열어라 어둠만 칠흑이어서
귓속을 후벼 흐르던 빗소리 그 밤이듯

난 몰라 또 어쩌라고 닫혀 둔 귀 다 열리고
사방팔방 벽인데도 오는 몸짓 다 보여서
다시는 오지 말아요 돌아서 간 그 발길

헌다
— 서대문형무소에서

크고 작은 사방 집집 해를 받쳐 환한 나절
백 년을 서성이다 문패 버젓 새긴 여기
마음껏 하늘을 바라 긴 숨을 토합니다

아팠던 자국에선 장미가 피어나고
호명의 긴 메아리가 잎을 물고 들썩여서
영령은 별나라의 별 한 잔 차 풀빛입니다

카페, 아담과 이브

대변항 뒷등 아래 나신을 가려주마
바다에선 파도가 한길에선 신록이
아담과 이브가 문득 음험해지는 카페

내 옆구리 내어주마 이브여 빵 구워라
카푸치노 까페라떼 목울대를 녹여 가며
깊숙이 몸을 숨겨라 소파가 삐걱이고

갚을 수 없는 원죄라서 조개를 줍겠거니
이브가 갯바위를 김매듯 헤매 돌 때
너와 나 처음인 듯이 침 꿀걱 눈 감는다

지심도

오란 듯 훌쩍 와서 깊은 숲을 올려보며
오로지 마음이란 지심을 새깁니다
뒤틀린 몸부림 끝에 동백은 길을 열고

직립으로 사는 결기 청죽을 바라 서서
후박은 잎을 늘여 한기를 눅입니다
저 아랜 통통배 하나 바람 태운 요람이고

갈매기 휘어 날자 까마귀 뒤를 이어
한 마음 갈래지랴 두 손 모아 잡습니다
돌아갈 뱃길 저만치 묵묵부답 낮달 뜨고

킬리만자로

1.
무작정 올랐으니 생각 또한 텅 비어서
완등을 축하한다는 소리조차 귀 밖이니
천국도 이리 높으면 지옥인가 봅니다

2.
시오리 높이에서 한 걸음씩 낮아지자
깨질 듯하던 두통 환하게 나아지며
들 날숨 자유로 만끽 활개가 펴집니다

이제 자꾸 낮아지며 아래를 보렵니다
가이드 하얀 미소 입술에 새겨 두고
이쯤의 킬리만자로 손안에 굴릴 텝니다

노비는 제쳐두고

밭은기침 야윈 몸이야 길 따라 잇는 발품
비켜가는 눈총마다 허리 통증 더하는데
벚나무 붉은 잎새가 바닷바람 자아 댄다

절뚝절뚝 노을 듣는 사과 상자 무더기에
다문다문 눌리는 할아버지 시린 어깨가
언덕 위 미안 미안해 노랫가락에 묻힌다

청송에서 강구까지 노비路費는 제쳐두고
삼만 원짜리 만 원에도 에누리 날랜 손들
어둠이 금방 깃든다, 삼사해상공원 한 귀

오월 비

주방 들창 두드리는 빗소리가 길어지며
녹음 속 길을 헤쳐 그가 문득 내달려오나
무 썰다 멈춘 손길로 가슴 눌러 짚는다

담장 장미 귀를 세운 불면의 긴긴밤들
벽면 달력 숫자 위 더께로 앉았다가
기어코 눈길을 끌어 숨을 가만 멎게 하는

누구라서
― 목련

누구라서 이 한밤 마당을 서성일까
야무진 마음 자락 초승달도 싸늘한데
창틈을 스미는 온기 뜨건 이름 그대인지

천장에 별을 새겨 천사를 날게 하고
불면은 아찔한 벼랑 솔가지에 머무는데
첫 연서 그 말 없음의 넓은 가슴 그대인지

정백락(鄭百洛, Jung, Baek lak)

1961년 경북 성주 수륜면 수성2동 출생. 계명
대학교 졸업, Bowling Green State University
MBA Admission. 《시조시학》 시조(2019), 등단.
시와 이야기 동인시집 『달빛을 줍는 시인들 제
2집』(2017, 한림). 열린시학회, 세계모던포엠작
가회, 대륜문학회 회원. '시와 이야기' 동인. 경
북대 어학교육원 전임 외래교수.

—

우리의 주변을 둘러싸고 있는 세계의 변화에 민감하게 반응하면서
그것과 관련된 삶의 의미를 길어 올리는 데에 장점을 발휘하고 있
다. 꽃샘추위라든가 겨울의 분수, 그리고 봄비 속의 매화를 보면서
그것이 우리의 삶의 자세와 관련해서 어떠한 의미를 지닐 수 있는
지를 섬세하게 포착하고 있다.

— 이지엽, 박현덕, 황치복

—

꽃샘추위

나 없는 나를 찾아 겨울을 걷겠다

살 얼어 문드러져도
뼈가 별로 돋는다면

섧도록
하얗고 싶다
봄빛의 터무니라면

봄비, 매화에 젖다

매화에
하얗게 젖은
갓맑은
당신 걸음

조붓한
가슴골
옹이 하나
풀립니다

탕진도
못다 한 눈물
소름처럼
돋습니다

겨울 에피소드

입속 하고 싶은 말 어떻게 다 내뱉겠니?
심장에 맺힌 응어리 어떻게 다 내쏟겠니?

분수가
신열 삭이고
제 한 몸을 얼렸다

말간 절정은 결코 떨구고 싶지 않은 걸까
시드는 진실은 못내 간직하고 싶은 걸까

분수가
제 몸 얼리고
고드름을 달았다

어는점의 끝은 녹는점이 되는 걸까
거뭇한 찬바람 속을 꿈틀거리는 초록

분수가
매단 고드름
물방울로 떨어진다

대한

300도 태양 황도
마지막 어깻숨에

슈퍼 문도 구름 유빙 더디게 흐르는 날

가만한
매화 붉은 결
계절 나이테
픕니다

90도 돌아드는
당신의 허리에

구름은 얼마나 얼어 흘렀습니까

칼바람
속내 데워서
홍매 피우는
어머니

가을 자막

시도 때도 없는
TV 자막이 싫다

웃음 울음 죄다 강제하는 저 전횡

난
　분
분
넷 에움 날빛 낙엽
네 독재는
무험의다

진달래

오어지*
청둥오리
짝 잃은
비명에

열두 쌍 내 늑골이 왜
소스라치게 놀랍니까?

어찌해
메아리는 또
자지러집니까
연분홍으로!

* 오어지: 포항시 남구 오천읍 항사리에 있는 저수지. 신라시대에 창건
하였다는 오어사가 있다.

8월 31일

어머니
당신 젖꼭지 이젠 놓겠습니다
여름의 사건 지평선* 넘겨보지 마세요

새파란
젖비린내도
내 자모字母로 익혔습니다

매그너스 효과**에 가혹히 등돌리고
천둥벌거숭이 입술 부르트도록 데워

눈물에
따뜻한 낙엽 되어
질 줄도 알았습니다

그 누구를 사랑해 눈이라도 온다면
안아 꺼지지 않는 잉걸이 되었습니다

뜨거운
당신의 젖꼭지를
놓습니다, 어머니

* 사건의 지평선Event Horizon: 블랙홀의 바깥 경계, 어떤 지점에서 일
어난 사건이 어느 영역 바깥쪽에 있는 관측자에게 아무리 오랜 시간이
걸려도 아무런 영향을 미치지 못할 때, 그 시공간의 영역 경계.
** 매그너스 효과Magnus Effect: 원통형 또는 구형의 물체가 유체 속에서
회전할 때 속도에 수직 한 방향의 힘을 받아 물체가 휘는 현상.

벽화

황토 한 켜 깔고
바람 한 켜 깔았습니다

알돌 한 층 놓고
구름 한 층 놓았습니다

적요로
갈무리한 벽에
능소화가 핍니다

쨍볕 한 켜 깔고
침묵 한 켜 깔았습니다

어둠 한 층 놓고
달빛 한 층 놓았습니다

맥질한
그리움의 벽에
이름 하나 핍니다

지금 이 순간

까치 울음
푸르른
캠퍼스의
아침을

자미화
분홍빛으로
제자들이
밟아 오면

모과의
샛노란 가을 꿈이
가지 위에
오똑합니다

군밤

영하의 길모퉁이
오천 원에 군밤 한 봉지
집까지 오르막도 밭은 숨에 따뜻하다

안으로 절절히 숨겼던
노란 알살 드러내고

그때는 왜 그렇게
당신이 찼을까요
속살 퍼렇게 얼려 찬바람 데우셨는데

맨몸에 칼바람 감아
뒤척이고야 알까요

까맣게 언 겨울 저편
식지 않는 군밤 한 봉지
싸늘한 내 속살에 살품 헤쳐 안는다

희끗한 그리움 치대면
와락 뜨거운, 아버지

정별샘(Chung, Byeol saem) 본명: 정세정(鄭世貞, Chung, Se jung)
1946년 경기 여주 홍천면 출생. 이화여대 약
학대학 졸업. 《시조시학》 신인작품상(2010)
등단. 시집『밀물 소리 또왈뚤렁』(2010, 책만
드는집),『하동, 해 뜨는 온방 마을 이야기』
(2014, 고요아침).

—

1. 시조문학사에 남을 작품「밀물 소리 또왈뚤렁」
"또왈뚤렁"이라니! 물결 소리를 어떻게 이렇게 적어낼 수 있었을
까. 사실 소리는 너무도 순간적이어서 이를 바르게 적어낸다는 것
은 어려운 일이다. 처음 들으니 우선 전혀 생소한 소리가 와도 괜찮
은 것이 된다. 말하자면 이 작품은 "또왈뚤렁"이라는 시어를 중심
으로 그 주변 정황과 언어 감각이 절묘하게 어우러진 수작이 아닐
수 없다. 시조문학사는 이 작품의 존재를 기억할 수밖에 없으리라.
2. 서사성과 재미성의 문제
「말 못 하는 냄비」는 일차적으로 재미있게 읽힌다. 냄비에 햅쌀로
갓 지어낸 밥을 먹어본 사람은 그 맛을 안다.
3. 서정성과 본격문학으로서의 시조
눈 내리는 과정이 단계적으로 잘 묘사되고 있다. 둘째 수에서 시인
의 시선은 이렇게 내린 눈의 내면으로 파고 들어간다. 그래서 눈이
백암산을 덮은 이유를 "깊은 산속 호텔 방, 이불은 야하"니 "하얀 대
지에 눈꽃 수"를 놓은 것으로 읽어낸다.
　　　　　　— 이지엽(시인 · 한국시조시인협회 이사장 · 경기대 교수)
—

밀물 소리 또왈뚤렁*

　처음 듣는 맑은 공명 또왈뚤렁 또왈뚤렁, 해안 도로 그 돌벽
을 노크하는 밀물 소리.
　하루에 두 번씩 들려
　또왈뚤렁, 또왈뚤렁.

　먼지 쓴 바위너설 걸어가던 흥겨운 밤, 이 섬 저 섬 에둘러 와
촉촉이 간 맞추며
　목 붉은 저 물소리가
　내 몸 감고 또왈뚤렁…….

* 또왈뚤렁: 국어사전에는 없는 단어로 필자에게 들리던 물소리.

말 못 하는 냄비

다 같지 않은 밥맛, 어느 밥 으뜸일까?
불렸다가 냄비에 한, 고슬고슬 고소한,
자르르 윤기가 도는, 햅쌀로 지어낸 밥.

무엔가 골몰하다 깜빡, 탄내 훅 풍긴다.
말 못 하는 그 냄비를 박박 또 긁어 대지만
숭늉은 끌탕하는 혀를 뜨겁게 포옹하네.

백암산 눈꽃 이불

부슬비 부슬부슬
고추밭 적시다가
배롱나무 가지마다 진눈깨비 짓궂다가
더러는 라이트 앞에서
흘림체로 비틀다가.

온천수에 땀을 섞은
부부탑을 엿보고는
깊은 산속 호텔 방, 이불은 야하다며
밤새워 하얀 대지에
눈꽃 수 다 놓았네.

평화 만들기

햇살 무동 태우고 캄캄하게 다가선 천궁天弓
빨강 노랑 파랑 겉돌며 티격태격하는데
우리네 사랑의 의미 무슨 물감 풀어낼까?

동서를 아우르는 초록색 풀어내고
좌우를 초월하는 주황색 풀어내면
남북이 소통하는 길은 남색일까? 보라일까?

소금 같은 말

짜다 탈, 싱겁다 탈, 소금도 잘 써야 해!
켜켜로 재어두고 조금씩 오랫동안…
잔소리 소금 같은 말, 알맞아야 바른 소리

오해라고 오해받는 말 한마디 잘해야 해!
소량도 포화될라 맑은 물 준비하고
그릇을 제대로 보며 적정량 풀어 써야지

정병기(鄭柄基, Jung, Byung kee)
1966년 경북 영주 안정면 출생. 베를린자유대 박사 졸업(1999). 《나래시조》 신인상(2016) 등단. 시조집 『대한민국은 민주공화국이다』 (2016, 알토란북스) 외. 영남시조문학회 '낙강' 동인. 나래시조시인협회 회원. 한국시조시인협회 기획이사.

논문

뽕밭에 앙가 졌는
누구와 누구누군

우허엌고 고 아엌는
재랑에 상랑 사랑

때로는 흥컨 베로 숨아
뒤컹어 높은 공국

정병기 시인의 시조는 형식 운용 면에서 다소 파격적인 시도와 모색을 보여주고 있다. 기성 시조의 단조로운 형상에서 벗어나 새로움을 추구하려는 의지가 돋보인다. 둘째는 삶과 사물, 현실에 대한 인식이 남다르다는 점이다. 또 다른 특징은 유연한 가락과 율격의 활달함을 들 수 있다. 특히 문맥에 활력을 불어넣고 주제를 선명하게 드러내는 반복법의 활용은 돋보인다.
— 권갑하(시조시인 · 한국문인협회 부이사장)

돌담

I
소리가 찢기는 틈
돌들이 메워 서 있다
아프로디테의 포말도 유혹하지 못하는 돌
틈새와 틈새들 사이 채워서 단단하다

찬바람 거센 파도 꿋꿋이 막아서며
움트는 새싹들을 곁을 내어 보듬는 건
틈새를 메우는 돌이라고
누군가 말했다

II
소리가 부딪는 돌들
틈들이 성기어 섰다
비너스의 부드런 숨결 스미어 드는 틈
돌과 돌 돌들의 사이 비어서 그득하다

겨우내 아우성을 봄바람에 달래고
난바다 광풍을 이겨내는 그것은
허술한 돌담 돌과 돌의
틈새라고도 한다

가을 서정

어느 봄날
꿈에서 나갔다가 다시 드니

볕뉘 지나간 흔적
보일 듯 말 듯한데

어느새
무량한 가을이
죽비 들고 나툰다

대한민국은 민주공화국이다

청와대는 배쓰 행성 국회는 {∅}
정당은 조변석개朝便夕犬 선거는 π±α
정치는 생물이라지요
국민은 허구虎口고

아파트

홀로 서서 쓸쓸하고

옆에 서서 더 쓸쓸한

다가갈 수 없는 간격 두고

짐짓 홀로움에 겨워

아파트 먼산바라기는

윤사월 긴긴 해

첫눈
— 2016

한 해가 부서져 바스라져 내린다

인양 못한
　　그 세월이
　　열지 못한
　　　　게이트가

묏을 또
덮으려거든, , ,

, ,

무너져라
하늘아.

물결이 바람에게

물결이 바람에게 할 수 있는 건 그저

스치는 소맷자락에
살포시 윤슬 띄워

우련히
서글픈 미소로 남는 것이
아니다

물결이 바람에게 해야 하는 건 이제

광풍의 퍼런 서슬에
날카로운 파도 일으켜

제 속에 들지 못하도록
꼿꼿이 서는
일이다

래갈아돌 나*

  이승 고통 예감한 듯 주름투성이로 태어나**

  지팡이에 의지해 중년으로 걸어 나와 돈을 주고 회사 다니
며 '구출'이라 써진 문으로 들어가 '구입'이라 써진 문으로 나오
는 그런 삶을 견디다 빼앗긴 노동을 되사기 위해 면접을 보고
시험을 치르니, 면접관이 고개를 끄덕이자 답변을 하고 질문을
받은 후 빼곡하게 채워진 글자들 깨끗이 지워 시험지를 돌려주
고 입사 원서를 돌려받아 미생未生으로 미망未亡으로, 거슬러
생生들의 헬HELL, 조선에서 사는,

  박하와 노랑할미꽃, 헷갈리는 시대다

* 이창동 감독의 영화 〈박하사탕〉(1999)에서 제목을 따옴.
** David Fincher 감독의 영화 〈벤자민 버튼의 시간은 거꾸로 간다〉(The
Curious Case Of Benjamin Button, 2008).

왼손은 성자?

오른손은 바른손, 왼손은 그른 손인가
바른지 그른지 관심조차 못 받아도
왼쪽에 항상 대기하며 오른손을 거든다

'오른손이 하는 일 왼손이 모르게 하라'
왕따를 당해도 언제나 불만 없이
제 먼저 나서지 않고 오른손을 돕는다

오른손 왼쪽에 또 하나의 옳은 손
오른손이 우파 되어 옳지 않은 일을 하면
왼손은 좌파가 되어 혁명을 도모한다

논문

뽕밭에 맘 가 있는
누구와 누구누군*

우려먹고 고아먹는
재탕에 삼탕 사탕

때로는 훔친 뼈로 삶아

뒤집어 놓은 곰국

* 변현상, 「담양」.

나의 현상학

칼칼한 이 세상
                꽃가루 묻히잖고

정반합의 계륵이다
                꽃을 열 수 없으니

에포케,

생각지 않는 곳에
내가 존재
하더라

정병욱(鄭炳昱, Jung, Byung wook)

1922.~1982. 경남 하동 금남면 출생. 국문학자, 수필가, 문학박사. 호 백영(白影). 연희전문학교 문과 졸업(1914), 서울대 문리대학 졸업(1948). 수필집 『국문학 산고』(1959, 신구문화사), 역저 『시조문학 사전』(1966, 신구문화사) 외. 논문 「시조창작을 위한 강좌」(국문학 산고), 「시조의 역사적 형태고」(사상계, 1954.8.), 「3대 고시조집의 전승체계소고」(시조연구, 제1호, 1953.1.), 「시조부흥론비판」(신태양, 1956.6.), 「아카데미즘의위기」(사상계, 1957.9.) 외.

—

송수시頌壽詩

갑오년 시월상달 겨레빛이 되올 어른
닫은 문 열 떨치고 자유 종이 울려올 제
석남골 새 녘 고장에 거룩한 님 나시다

스물다섯 맺힌 설음 가지록 분하여라
겨레야 다시 살자 목메여 외치실 제
그 말삼 새겨 뵈신 이 벌 떼인 양 엉겼네

우리말 본을 갈아 한글을 닦으실 제
감은 메 비바람에 뮈지 않을 한방우님
새터말 젊은 일꾼들 좇니올 보람이여

매만이 찢긴 옥체 겨레의 방패니다
맷자국 푸른 외는 하마 이제 풀려이까
놀랍 손 그 정성이야 영세보람 되오리

주름진 보조개에 다사로신 바람 일고
머리 위에 앉은 서리 은실인 양 빛나셔라
이 외솔 길이 푸르져 만수무강 하소서

꿈에도 못 잊으신 이 동산에 돌아오셔
기리웁는 이 잔치를 맞이시는 기쁨으로
지난 일 대되 잊으시고 오는 복만 누립소서.

두류산頭流山

청학靑鶴골 깃든 신선 손목 잡고 이른 말이
아자방亞字房 불일암佛日庵의 자취 아니 품이런가
바위에 새겨둔 이름 임자 맞아 웃노매

새해라 새해라커늘 새핸 줄만 알았더니
창밖에 아이들은 어제 같은 자치기 노네
총명 저 아이 만고한 핸줄 제가 먼저 깨달아

정석주(鄭石柱, Jung, Seok ju) 본명: 정환(鄭煥, Jung, Hwan)

1940.~1987. 경북 예천 출생. 1980년《시조문학》천료(1980), 〈매일신문〉 신춘문예 당선(1981) 등단. 시집『자유투고가自由投稿家』(1978), 시조집『산하山河』(1984), 『새재』(1985), 『설야雪夜』(1986, 나래시조문학회), 10주기 육필시조집『연가戀歌』(1997). 타계 1주기 시비 건립(예천 선영). 나래시조문학회 창립(1966), 회장 역임(~1987).

—

정석주의 시세계는 '조국 산하山河와 문경 새재에 준 애정과 서정'으로 압축할 수 있다.『雪夜』와『山河』에서는 유장한 호흡과 웅혼한 리듬, 뜨거운 역사의식으로 조국의 산하山河를 절절히 노래했으며,『새재』에 실린 문경새재 관련 작품들은 짙은 향토적 서정으로 시조의 멋과 맛을 한 단계 끌어올렸다는 평을 얻었다. '한국 시조밭의 가장 부지런한 원정園丁'이란 명예로운 칭호를 얻었을 정도로 시인은 짧은 생애를 오직 시조 창작과 보급을 위해 고군분투했다.

—

석양에 서면

불타는 까치놀이 서산마루 걸려 울면
햇살을 거든 산빛 골짝마다 내려앉고
어스름 깔리는 소리 자리 뜨는 골물 소리.

몸에 밴 시름이야 태깔 고운 속살이고
먼 산에 눈길 주면 저무는 솔바람 속
산봉山峰은 없는 듯 거기 도로 있어 무겁다.

상현달 홀로 돌아 하늘 외려 넓어지고
넘치지 않는 고요 나무들의 이야기며
정 주어 호젓한 어둠 나도 발길 돌린다.

통일로에 서면

향북向北의 마음이사 통일로 그뿐이랴
줄곧으로 달리고 싶은 녹이 슨 철마하며
끊어져 낭자한 허리 잘려진 강둑하며.

철새도 제철이면 무심한 듯 넘나드는데
인연은 어이하여 푯말로나 갈라지고
그리는 정들은 쌓여 망향봉을 울리는가.

설워도 주저앉아 통곡으로 삭이면서
핏발 선 눈빛으로 건너보는 하늘 아래
그 정인情人 하마도 있을까 돌아서지 않았을까.

억새풀 제 혼자서 사계四季를 견디노라
푸르던 잎새마다 가을빛이 먼저 앉아
스치는 바람결에도 쏟아지는 그리움.

돌아가 심어야 할 씨앗들은 움트는데
건너지 못하는 강변 낙조만 서러웁고
기러기 그 행렬 속에 묻혀 가고 있는 노래.

연가恋歌

오늘을 또 보내고
빈손으로 틀어 앉아

썰려 나간 개펄 같은
가슴팍을 매만지면

홍건히 고이는 애모愛慕
뚝뚝 지는 낙엽 소리.

독도

회향回鄉의 해울음을 바다 가득 풀어 놓다
지치고 목이 메어 주저앉은 설움이 있어
억겹을 씻긴 오늘도 높은 물결 안고 있어.

동으로 동으로 와서 마지막 국토가 되어
선명한 태극깃발 주야 없이 휘날린다
누구도 넘보지 못할 푸른 바다 바람 소리.

청청한 동해 바람 초병의 눈빛이 되어
절해의 거센 물결 보료인 양 달래 놓아
손 주어 끌어당기면 퍼덕 퍼덕 안길 것 같아.

원願

어디쯤 세월이 서면
허물어질 장벽이랴

달 뜨는 철조망에
걸려 우는 바람, 바람

가슴엔 뜨거운 불씨
삭풍마저 녹이는데.

가야할 길은 멀어
주저앉은 역사 앞에

핏발 선 눈빛으로
건너다 보는 실향에는

안개꽃 저 혼자 피고
멀어 가는 고향길.

정화수 그 둘레에
마냥 타는 촛불의 뜻이

합장한 손금에 모여
향빛처럼 타고 있다

하늘은 푸른 하늘은
어느 적에 열리는가.

강가에 앉으면

구름이 두런이며
흘러가는 하늘이다

은비늘 반짝이는
피라미의 등에 실려

어디로 떠나가는가
턱을 고인 사람은.

억새풀 속마음도
강물에 씻기어서

하늘 한 폭 둘러업고
두리둥실 잘도 간다

어디쯤 멈추어 서면
거긴 하나 선경일레.

조약돌 하나 주어
감춘 숨결 듣노라면

아득하게 잊은 듯한
농주 한 잔 생각나고

멀리로 팔매질 하면
고향길도 열리는데.

미루나무 이파리가
문득 하나 떨어진다

그 소리에 놀란 하늘
잔잔하게 여울지고

빛 고운 노을에 감기는
피라미의 둥근 눈빛.

의상대에서
— 산하 95

밀려와 부서지다
노송으로 앉은 바다

솔바람 하나로는
겨운 정을 못 달래어

의상대 높은 마루에
얹혀 있는 동해여.

태종대에서

잔설을 밟고 떠난
가슴 부푼 여정의 끝

솔바람에 묻어나는
속살 푸른 은빛 바다

천릿길 휘인 심상이
정갈하게 푸러지다.

어디쯤서 한을 풀다
오륙도를 감은 물결

갈매기의 젖은 목청
바다 가득 고여지고

경건히 다독인 마음
미칠 곳이 없는 해원.

선미船尾로 묻어나는
물보라며, 빛보라니

신라의 칼빛 무늬
풀잎 베듯 쓸려 낸 바다

태종太宗님 호탕하신 웃음
물살마다 빛을 문다.

새재

여명도 에서 트야
빛살마다 꽃이 피고

호박보다 더 큰 달이
새재 마루 앉는 밤엔

금도끼 방아타령이
골안 가득 흘러라.

설야雪夜

무거운 이 겨울밤
풍지風紙 먼저 잠드는데

하이얀 스란치마
감기우듯 내리는 눈

차라리 나목이 되어
하늘 바라 서고 싶다.

정성호(鄭聖鎬, Jeong, Seong ho)
1951년 경남 함양 출생. 제주대학교, 해양대학교(어로학, 항해학) 졸업. 〈경남신문〉 신춘문예(2016) 등단. 열린시조학회 부회장, 관악문인협회 감사.

—

가고 오고

1.
가는 년 가게 두고 오는 년 잘 품는 게
예 어른들 지혜라고 대를 이어 섬겼기에
오롯이 말씀 받들어 배웅하고 맞이한다

2.
서녘 바다 드러눕는 해 제 살 태워 뼈 사른다
뜨거웠던 한해살이 뿜는 불로 쏟아 내는 말
마지막 지는 꽃이 이토록 붉을 줄이야

돌아서서 당겨본다, 길게 뻗은 내 그림자
올해도 작년처럼 날수만큼씩 길어졌네
고마워! 무릎 꿇는 노을, 파도 안고 글썽인다

3.
동녘 들판 저 멀리 붉은 탑 올라간다
높아질지 오래갈지 뉘 아무도 모르는 채
층마다 말갛게 솟는 잉걸불로 이글댄다

재는 잣대 분지르고 고개 숙여 비워 낼 때
너나없이 함께 품어 새 빛 여는 용광로 기도
마중 길 환하게 트인다, 벌떡 일어나 길 나선다

꽃하늘지기*

내려다보지 마세요
작고 못난 들꽃이라고

무릎 굽혀 숙이세요
숨은 꽃내음 맡아지도록

날 올려 쳐다보세요
말간 하늘 보이나요

이제야
활짝 몸 열어
새 빛 뿜는 꽃별 되네요

하늘과 땅이 되어준 당신만의 꽃이에요

함초롬 이슬 머금은 첫새벽을 드릴게요

* 꽃하늘지기: 양달 풀밭에서 자라는 매우 작은 여름철 들꽃.

다드래기*, 여름날의 은유

또닥또닥 발굽 소리 채찍 맞아 급해지고
쿵쾅대며 뛰는 심장 맥놀이 장단으로
또 하루 지글거리며 가족부양 익어간다

불새가 부리 세워 살 속을 후벼 판다
검은 살점 찢어져서 수액 진액 배어나와
여름이 헉헉거린다 소금 굽는 땡볕 갈증

입 모아 부는 대로 이리저리 쏠리다가
가쁜 숨 뿜어내며 푸른 올제** 품는 호수
물새 떼 와락 몰려와 자맥질이 한창이다

다드래기 잦은 가락, 추임새로 돋는 흥에
징거맨 하루 몫이 징소리로 잦아들고
풀린 몸 먼지 알갱이 저녁노을 파고든다

* 다드래기: 풍물의 열두 채 장단으로 아주 빠른 가락이다.
** 올제: 내일의 뗏말, 하제라고도 한다.

금빛 질경이

흙바람 길을 튼다, 길섶에 씨방 연다
비에 젖은 잎새 위에 숨 고르는 햇살 한 줌
날마다 무게를 불려 등짐 지는 탑이 된다

척박한 가풀막이 떠밀린 뉘 요새인가
내일로 가는 길은 밟히고 또 밟히는 일
뭉개고 으깨어져도 겹겹이 반짝인다

가진 것은 여린 솜털, 촘촘하게 추스르고
한길에 오체투지로 한 땀 한 땀 밀어 올려
또 한 번 금빛을 푼다, 거방진 계절을 편다

산수유꽃, 떨잠 2

징거맨 별자리들 샛노랗게 발돋움할 때
깍지 낀 손 슬몃 풀어 너테 낀 눈웃 열고
빗장이 풀리는 소리 떠는 종 새벽을 친다

얼어 터진 가지에도 시나브로 피가 돌고
무쳐내는 봄 햇살로 떨잠 꽂는 산수유꽃
저마다 깃 터는 떨새들 새가슴 파도 인다

한결같은 사랑다짐 터지는 아릿한 내음
눈 감아야 볼 수 있다, 찌릿찌릿 봄 바다 빛
파르르 떨리는 꽃술, 노란 절정 쏟아낸다

정소파(鄭韶坡, Jung, So pa) 본명: 정현민(鄭顯珉, Jung, Hyun min)

1912.~2013. 광주 사동 출생. 일명 만금수(萬金洙). 송정공립공업학교(1934), 일본 와세다대학(문학과) 졸업(1938).《개벽》「별건곤別乾坤」 발표(1930), 지방지 신춘문예 4회 당선(1940),《동아일보》신춘문예 당선(1957) 등단. 동인지《설창》(1942),《시예술》(1959). 자유시집 『마을』(1955, 전남일보사), 『잔조殘照』(1979), 시조집 『산창일기』(1957, 천일), 『슬픈 조각달』(1974, 세운문화사), 수필집 『시인의 산하』(1966, 정문사), 동요동시집 『정소파 동요동시선』(1971, 정문사), 기행문 「시조문학의 현대성」 외. 제1회 전국 백일장 장원(1957), 전남도문화 공로상(1958), 제2회 가람시조문학상(1980) 수상. '양산강', '녹명' 등 동인. 한국문인협회, 한국시조시인협회 이사, 호남시조문학 회장, 한국동시조 문학운동본부 회장 등 역임. 소파문학상 제정.

가을 모영暮影

지는 해 창살 비껴 거두어 가는 산그림자
노을 어린 언덕배기 석계石階 위를 서성이던……
흰 고름 입에 문 채로 돌아서는 소녀의 입상立像

가을이 도닥이다 버리고 간 두어 송이
상클한 잎새마다 하늘이 물결지고
다가선 정수리 산이 황혼으로 묻힌다.

긴 듯 짧은 웃음의 한때 빨려드는 해 어스름
돌아간 언덕에 서서 우러르는 하늘 가에
사라진 꽃과 소녀가 허깨비로 남는다

강바람 앞에서
— 구진포를 지나며

강줄기 치거슬러 오백 릴 굽이 돌아
물 월 스쳐오는 바람, 머리끝에 머물고
무늬진 잔물결 일어 사주沙洲 핥다 가는데.

밝은 달 이끌어낸 깊은 초당 꽃아가씨
시공 따라 흘러간 회진會津의 옛 얘기도
감은 눈 눈언저리로 스물거려 떠오른다.

웅성진 숲에 가려 낮도 되려 어둔 벼랑
슬픈 연모에 져간 한 서린 그 사람을…
상사암相思岩 넋을 삼킨 채 꿀 먹은 듯 말없다.

다락집 낙락한 처마 물새 소린 구을고
돗폭 안기는 바람, 갈매기는 뜨는데
예 걷던 강 언덕길에 그 소녀만 없구나.

가을 시초詩抄

— 낙과落果

가까이 다가오고 있는 것은 머얼리 물러가고 있는 그것
울타리 안으로 들어서는 소리와 울타리 밖으로 사라져 가는 소리
떨어져 지심地心에 부딪는 갈바람 오, 낙과여

— 산아山鴉

설레어 소슬히 서걱여 우는 산을 가는 처량한 바람 속으로
무수한 가랑잎이 흩날리는 머리 위 가슴 안에 지는 소리들
애잔히 산까마귀 우짖는 여위어 늙는 영嶺마루여

— 모인慕人

그리움은 하염없이 겹치어만 가고
밤기운 산다山茶 향냄 한결 짙은데
불현듯 가고 못 오는 이 만나고푼 정이여

— 실솔蟋蟀

옥쟁반을 굴러 가는 수정알 푸른 소리
얼렁였단 잔잔히도 다시 흐르는
감돌아 출렁거리며 굽어 이는 강이여.

갈봄비

내 마음 강 언덕 기인 나루에
밤새 내 추적이는 어느 포모가 있어
무명벨 헹구는가! 가냘픈 가냘픈 방망이 소리

가까와졌단 또, 멀어져 가는
저 다듬이 소리는…
한 잎새 오동에 지는 아, 새벽달의 그림자

가야할 때로군… 모두들 다시 가야 할 때로군.
이 비 그치면 추연히 돌아설 저 발길들…
내 마음 창가를 추적이는 갈밤비 소리.

꽃, 꽃이여

모를 일이다. 아무래도 차마 모를 일이다
토해낸 눈부신 빛깔 어디서 뿜는가를
말씀은 소리를 죽여 하늘만이 듣는가!

흐린 바람 빗겨 내고 묻는 먼지 멀리하는
바라 끌리는 정 발길 이내 못 돌린다
천년도 이 안에 들면 언제 간 지 모르리.

안개 낀 어둔 누리 밝혀 거기 환해지고
몰래 이는 그윽한 향 사운대는 함초로움
청초론 영롱한 살빛 오, 꽃이여 꽃이여!

꽃밭 그림자

모진 채찍 끝에 술어져간 질긴 목숨
앞세우고, 뒤끌리고 목이 멘 채 앗겨가던
눈서리 '카인'의 손길 겨레 뼈에 저린다.

웃음 지어 도란대고 하늘 향해 웃음 짓던
고웁던 그 얼굴들 자취마저 간곳없고.
쓸쓸한 겨울 꽃밭에 해 어스름 바쁘다.

땅 밑에 소곤소곤 도사려 잠든 눈매
봄 오면 다시 열릴 아름다운 그 태깔들
사라진 언 땅 밑에서 어이 삼동三冬 나려니

꽃이 진 자리 위를 내 홀로 딛고 서서
가버린 먼 날들을 되새겨 보는 마음
내 간 뒤 잇달아 피울 꽃매 무샐 그린다.

귀에 남는 소리

어릴 적 날 업어 다투어 기른 누님
꽃가마에 실리어 사라지던 산모퉁이
목메어 흐느껴 울던 눈벌 밖에 지는 소리

사슬에 얽매이어 눈물로 보낸 세월
이고 지고, 품에 안고 밤도와 떠나던 날
눈물을 더해 흐르던 두만강 밖 지는 소리

가로 질린 영관嶺關 너머 발이 묶인 설운 땅에
자고 일어 그리는 정 막힌 소식 아득한데
떼둔 채 세어가는 머리 지친 한恨에 앓는 소리

금선보琴線譜

어느 넋이 들렸길래 저렇듯 고운 가락
잔 물결 이는 흐름 미풍에 무늬 짓듯
스르럼 퉁기는 줄에 출렁이는 그 소리

끊었간 이어졌간 높았다간 다시 낮고
급한 물결 구비치듯 내리쏟는 폭포인 양
까무라 스러지는 소리, 번져가는 저 울림

눈 감아 베개 맡에 듣다, 그만 감이 들고,
새벽녘 창가에서 고이 든 잠 깨워주는
혼건히 스며 배는 얼 둘로 즈믄 우륵 혼

앉아 듣단 사뿐 일어 팔을 내쳐 홍청인다
나빈 양 접고 앉아 가는 허리 오르내리는
흰 고기 같은 손길에 메아리는 여운이여

나목의 숲에서

어찌 두고 떠나가라 스산한 바람 앞에
으시시 여미는 옷섶 바라 멀리 하늘은 높다
마지 못 나뉘일 소매 목이 메는 한이여

베풀어 가멸한 잔치 우나돌던 산새 노래
끊기엔 적막공산을 가로 지른 한띠 청람靑嵐
바시시 지는 한 잎도 어깨 너머 무겁다

떨구어 허전함이 내 머리숱 성겨가듯
여원 메, 마른 봉들 물소리도 가녀리다
떠나간 가을빛 아래 을씨년한 산과 나

낙화산조

꽃보라 휘뿌리는 속 하늘하늘 인생은 간다
화심花心, 빛기까지 겹친 인고忍苦의 응결
한맨들 다하지 못한 웃음 화살 짓는 비바람

오늘은 웃기 위해 그대도록 아팠던가!
화설花雪로 휘날리는 그대 품 그늘에 누워
먼 하늘 떠가는 구름 아롱지는 젊은피

얼굴은 그 얼굴로 보아 언뜻 하나인데
눈에 어린 얼굴들은 옛 보던 것 아닌 것을
날려 휘몰리는 꽃잎 주름 잡힌 그 얼굴

정수자(丁秀子, Jeong, Soo ja)

1957년 경기 용인 출생. 아주대학교(국어국문학과) 박사 졸업(2005). 세종대왕승모제전 전국시조백일장 장원(1984) 등단. 시집 『저녁의 뒷모습』(2004, 고요아침), 『허공 우물』(2009, 천년의시작), 『탐하다』(2013, 서정시학), 『비의 후문』(2016, 시인동네), 『그을린 입술』(2019, 발견). 한국시조작품상(1996), 중앙시조대상(2003), 이영도시조문학상(2009), 현대불교문학상(2013), 한국시조대상(2014), 가람시조문학상(2019) 외 수상. 경기민예총, 오늘의시조시인회의, 작가회의 회원. 한국시조시인협회 부이사장.

명치 끝

정수자

상처 입은 영혼과 그리움 깊이 모여
고요히 들끓는 묵언의 제단 같은

내 오랜 아욱숨비초
내 안의 슬픈 곳집

—

오늘날의 현대시조가 가야 할 이정표(『허공 우물』, 홍용희). 다양하고도 복합적인 현대성의 징후들을 불어넣는 (…) 우리 시대의 대표적인 여성 시조 시인 (…) '현대성'과 '시조성'의 통합적 추구를 정밀하고도 단단하게 성취한 확연한 시사적 사례(『저녁의 뒷모습』, 유성호). 현실 감각과 현장 감각은 수정같이 맑고 선명(『탐하다』, 장경렬). 언어 율격의 엄격함 속에서 이룬 빼어난 미학적 성취 (…) 한국시 전반으로 영역을 넓혀서 보더라도 드높은 성취로 꼽을 만하다(『비의 후문』, 장석주).

—

늦저녁

저기
혼자 밥 먹는 이

등에서 문득
주르르륵

모래 흘러내려
어둠 먹먹해져

지나던
소슬한 바람

귀 젖는다

명사鳴沙……

음독의 시간

대학 시절 음독으로 혀를 절인 미수 언니
밤이면, 절며 왔다, 전화 타고, 머뭇머뭇

행간을
모두 음독할 듯
별 사이를
독음할 듯

퇴화한 발음 찾아 동화나 꾹꾹 쓰더니
다 놓고, 갔다는, 음독 같은, 전화 한 통

긴 구음口音
은하를 삼킬 듯
등이 휘는
하현 한 척

빈 들

일을 마친 소처럼 순하게 엎드린 들판

지친 숨소리에 하늘 가만 내려와

더불어 등을 쓸면서 끄덕이고 있다

안개 속에 슴슴히 반쯤 풀린 눈빛이여

여름내 바삐 달린 잔도랑물 뉘어주고

집 놓고 떠돈 낟알들 품어주는 큰 집이어

미꾸라지 살에 들고 새떼 먼 길 갈 동안

진기 빠진 흙 당겨 촘촘히 다질 동안

타관의 춥고 멍든 발 하마 올까, 귀 모은다

장엄한 꽃밭

1
오체투지 아니면 무릎이 해지도록
한 마리 벌레로 신을 향해 가는 길
버리는 허울만큼씩 허공에 꽃이 핀다

그 뒤를 오래 걸어 무화된 바람의 발
설산雪山을 넘는 건 사라지는 것뿐인지
경계가 아득할수록 노을꽃 장엄하다

2
저물 무렵 저자에도 장엄한 꽃이 핀다
집을 향해 포복하는 차들의 긴 행렬
저저이 강을 타넘는 누 떼인 양 뜨겁다

저리 힘껏 닫다 보면 경계가 꽃이건만
오래 두고 걸어도 못 닿은 집이 있어
또 하루 늪을 건넌다, 순례듯 답청踏靑이듯

금강송

군말이나 수사 따위 버린 지 오래인 듯

뼛속까지 곧게 섰는 서슬 푸른 직립들

하늘의 깊이를 잴 뿐 곁을 두지 않는다

꽃다발 같은 것은 너럭바위나 받는 것

눈꽃 그 가벼움의 무거움을 안 뒤부터

설봉의 흰 이마들과 오직 깊게 마주설 뿐

조락 이후 충천하는 개골皆骨의 결기 같은

팔을 다 잘라낸 후 건져 올린 골법骨法 같은

붉은 저! 금강 직필들! 허공이 움찔 솟는다

내 마음의 운문

구름의 안쪽으로 생을 이장할 듯

느꺼운 적 있었다
느껴 운 적 있었다

나만의 망명정부를 그 너머에 메길 듯

구름의 가솔 따라 먼 가출을 할거나
운문의 운판 속에 운문인 양 스밀거나
불이문 높다란 문에 생을 걸고 저물거나

그 기억도 설핏한 날 운문사에 다시 들어
후생의 어느 오후 훔쳐 읽듯 눈부신 날

반시 빛
잘 익은 가을
말강, 말강
생이 달다

환향

　속눈썹 좀 떨었으면
　세상은 내 편이었을까

　울음으로 짝을 안는 귀뚜라미 명기鳴器거나 울음으로 국경
을 넘은 흉노족의 명적鳴鏑이거나 울음으로 젖을 물린 에밀레
종 명동鳴動이거나 울음으로 산을 옮기는 둔황의 그 비단 명사
鳴砂거나 아으 방짜의 방짜 울음 같은 구음口音 같은 맥놀이만
하염없이 아스라이 그리다가

　다 늦어 방향을 수습하네
　바람의 행간을 수선하네

빨치산을 읽는 밤

걱정 많은 경비처럼 외등만 떠는 공원

눈의 정령인 양 잠 못 드는 창들 저편

언 발을 푹푹 빠뜨리며 설국의 밤을 가리

네 숨이 후끈 스쳤을 자작나무 흰 허리께

백야 속 몽유 같은 붉은 꿈을 찾아가리

빨치산 푸른 애인들 산막이 들썩이도록

눈보라 한 번이면 사라지는 발자국들

온몸으로 밤을 저어 식은 굴뚝에 닿아도

아무르 검은 강 너머 메아리를 미행하리

총도 칼도 꽃가진 양 눈부시던 강철 어깨

혁명이란 연기 속에 사라져간 마을 헤쳐

아직도 뚝뚝 피 듣는 붉은 풍문을 수습하리

소심한 고백

꽃 한 송이 피우는 데 가담한 적 없는데

꽃 진다, 찍는 것도 가소로운 간섭 같아

숙이며 지나치려 하니 발 놓을 데 가뭇없네

아픈 쪽에 가담해온 시詩 자취도 희미할 때

뒤트는 지렁이들 피해 서던 아래쯤엔

말없이 기는 것들이 흙빛 윤을 돋우려니

가벼운 적선만 같아 '좋아요' 망설이듯

슬픔도 함부로는 호명치 않으리라

테라도 우웅 울려야 꽃숨 없는 가담이려니

슬픈 편대

허공을 찢으며 우는 기러기떼 발톱이여

멀건 국물에 뜬 노숙의 눈발이여

한평생 오금이 저릴 저 강변의 아파트여

정순량(鄭舜亮, Chung, Soon ryang)

1941년 충남 금산 출생. 한남대학교(화학과 이학사), 충남대 대학원(화학과 이학석사), 숭실대 대학원(화학과 이학박사). 〈매일신문〉 신춘문예 시조(1976), 《시조문학》 2회 천료(1976) 등단. 『향일화』(1979, 창학사), 『축복의 열매』(2001, 이삭), 『한살이도 물 같아야』(2009, Book Manager), 『토기장이 손에 들린 한 덩이 진흙처럼』(2014, Book Manager), 『민들레 홀씨 날리듯』(2018, Book Manager). 전라시조문학상(1997), 전북문학상(2001), 白楊村문학상(2005), 한남문학상 대상(2011) 수상. 전라시문학회 회장, 가람문학회 부회장, 전북문인협회 부회장 역임. 한국시조시인협회 자문위원.

정 시인의 근래 작품은 대부분 신앙생활에서 모태하고 있음을 알 수 있다. 깊은 신앙심으로 이웃에 헌신봉사하며 믿음, 소망, 사랑을 전도하는 역할에서 진정한 삶의 가치를 추구하는 구도자적 삶에 열중하고 있다. 끊임없이 더 깊은 영적 호흡을 찾아 나서고 있는 것이다. 갸륵하고 오묘한 신앙심의 그 위력을 그 어디에 비유하랴! 신앙의 힘은 상상을 초월한다. (중략) 정 시인은 민들레 홀씨 날리듯 성경을 배포함, 민들레 홀씨 날리듯 '기쁜 소식' 전하는 믿음의 전도사가 되리라고 하는데, 그 의지력에 감탄하게 된다. 존경스럽고 성스런 신앙의 길, 모쪼록 축복과 영광 속에 은혜의 아름다운 삶 함께 누리시길 바란다.

— 김석철(시조시인 · 한국시조시인협회 자문위원)

향일화
— 누가복음 15: 11~32

흐린 여러 날 동안 당신을 못뵌온 채
주룩 주룩 비가 내리고 온몸이 젖었는데도
마음은 떠돌이 구름 돌아올 줄 모릅니다.

나는 당신을 잊어도 당신께선 나를 못 잊어
하늘 밖 땅 끝까지 지켜보고 계시면서
언젠가 돌아올 날의 그 기약에 목멥니다.

천둥치고 벼락 때려도 놀랄 줄 모르던 내가
문득 어느 날 밤 밝혀드는 말씀으로
오늘은 당신을 따라 지친 발길 옮깁니다.

바람 따라 구름 보내고 새 하늘 맑힌 후에
당신은 그 옛처럼 미소 지어 반기오니
향일화 한 판 꽃으로 해를 좇아 돌렵니다.

구애

당신 모습 내 눈 속에
하나 가득 담겨 있고

내 모습도 당신 눈에
저리 분명 비치는데

'당신을 사랑합니다'
그 한마디 못 하겠소.

인품
— 야고보서 3: 2

마음이 정갈하면
행실도 올곧아서

어진 인품 드러내는
살가운 언어생활

말씨가 고운 사람은
마음씨도 고와라.

편지

가뭇한 소식을 바라 생각의 층을 높이면
까치가 울던 가지, 물들었던 가을 한 잎
빈 날에 허공을 맴돌아 내 뜰에 와 앉는다.

등불로 가물대는 적막한 나의 창에
잔잔한 그 목소리 은하 멀리 흘러가는
이 밤도 백지 그 위에 앓아눕는 그리움.

오! 주 찬양

시를 지어 노래하고 입술로 찬양하라
일상을 즐거워하고 평안을 감사하라
모든 것 축복의 열매요 주님 주신 은사라.

구세주는 오직 예수 영광을 무궁토록
주를 앙모하고 소리 높여 찬양하라
날마다 축복의 열매 기뻐하고 감사하라.

기도를 들으시고 침묵하지 않으시며
필요한 것 더 보태어 미리 마련해두고
언제나 성령과 함께 동행하는 삶이라.

능력 있는 강한 팔로 승리로 이끄시는
도우미요 방패이신 주님께 의탁하라
온전히 믿고 따르면 천성문에 이르리라.

한살이도 물 같아야

은혜로 내린 빗물 바다 향해 흘러가듯
인간 역시 나그네요 한 살이도 물 같구나!
조용히 일깨워주는 산골물의 가르침.

명사名詞 아닌 동사動詞인 삶이 신앙의 본질이듯
믿음도 사랑도 행함으로 본보이며
물처럼 소명 다하여 흘러 흘러 가리라.

낮은 데로 흐르면서 모든 것 수용하되
스스로 맑히며 장애물엔 돌아가고
진행을 멈추지 않는 상선약수上善若水 아니던가.

물과 얼음 수증기도 그 본성은 변함없고
상상을 초월하는 숨겨진 초능력이
세상을 이롭게 하는 에너지로 거듭난다.

시詩처럼 살고 싶네

시詩처럼 살고 싶네
나의 삶을 시詩로 쓰며

없어도 가진 자 마냥 상상으로 부자 되고
복 받아 행복누리며 시구詩句처럼 그렇게.

눈엔 안 보여도
영靈으로 대화하고

행간行間을 채우시는 그 분의 뜻 헤아리며
읽는 이 가슴을 울리는 선한 시詩를 쓰고 싶네.

온 우리 누구에나
꿈꾸고 기쁨 주어

그 사랑 온기로 세상을 덥히면서
시구詩句를 암송하고픈 명시名詩 한 편 쓰고 싶네.

그 분 뜻대로
— 로마서 9: 21

토기장이 손에 들린
한 덩이 진흙처럼

쓰임새 구상 따라
그 모양 달라지고

화염 속 연단을 거쳐
제 구실을 할 수 있네.

한 덩이 진흙으로

무용한 존재지만

토기장이 뜻에 따라
빚어 나온 그릇이라

제격에 알맞은 용도로
유용하게 쓸 수 있네.

민들레 홀씨 날리듯
— 디모데후서 4: 2a

어디론가 바람 불어
민들레 홀씨 날리면

하늘 뜻 은혜 입어
싹틔워 꽃 피우듯

성경을 배포하리라
영혼 구원 위하여.

성령의 바람 불어
흩어지는 생명의 씨

거듭나 새싹 돋고
영혼의 꽃 피우리라

민들레 홀씨 날리듯
'기쁜 소식' 전하리라.

오! 하나님!

과거에 묶여있던 죄의 사슬 풀어주어
회개한 심령을 거듭나 새롭게 하고
지난 일 꾸짖지 아니하시는 무한 사랑 하나님!

현재의 모든 상황 동행하여 도와주고
힘든 고비마다 앞서 이끄시어
날마다 평안을 주시는 고마우신 하나님!

미래의 불확실성 그 두려움 극복하고
온전한 믿음으로 그 분께 떠맡기면
모든 걸 책임겨주시는 내 아버지 하나님!

유한한 한 살이를 미련 없이 마감하면
미리 마련해둔 에덴 낙원 하늘나라로
반갑게 맞아주시는 영원하신 하나님!

정시운(鄭時雲, Jung, Si woon) 본명: 정재승(鄭在承, Jung, Jae seung)

1948년 경남 창원 진북면 연동 출생. 호 기청(氣淸). 희곡작가. 〈동아일보〉 신춘문에 시조 당선,《시조문학》천료(1977) 등단. 시집 『풍란風蘭을 곁에 두고』(1983, 호롱불), 『길 위의 잠』(2001, 청학), 『안개마을 입구』(2013, 한강). 시론집 『행복한 시 읽기』(2019, 부크크). 정시운 시조시화전(1978) 개최. 창작희곡 「열두 개의 얼굴을 가진 여자」 발표, 시문학사·극단 배우극장 공동기획 공연(서울, 공간사랑, 1980). 문학동우회, 한국시조시인협회 회원. 문협 마산 지부 사무국장 역임. 마산상고 교사 역임.

—

겨울 강변에서

해도 날도 저무는 어귀 우뚝 선 그림자 하나
죄 없이 쫓겨 온 날은 벌 받듯 지켜섰다
드러낸 속살의 가슴 바람벌에 찢기우며

저만치 배를 깔고 뒤채이며 엎드린 강
목 너머 차오르는 밀물 안으로 다스리며
허공중 보이지 않는 손짓만 보내고 있다.

한 잔의 독주를 들며 울을 떠는 이 변방의 겨울
매운바람 채찍인들 어찌 두려워하랴
헐벗은 갈대, 마디마다 터져나는 함성의 꽃

돌아가라 돌아가거라 죄 없이 벌 받는 가슴.
타는 노을에도 눈이 멀고 길마저 막아서는 강
한 줄기 뚫린 하늘로 철새가 날고 있다.

나의 춤

저 비경秘境 수풀 속을 알몸으로 헤쳐 온 바람
끊긴 현絃의 떨리는 선율 위 몇 점 비늘로 파닥이다가
창살 끝 아픈 비명을 딛고 더덩실 춤을 춘다

서툰 노래 가락도 얼미친 장단도 없는
어지러운 조명照明 속, 끝내 눈멀어 눈이 멀어
맴돌아 구천九天이 출렁여도 아직 끝나지 않는 나의 춤

동해를 지나며

누가 말하고 있다 고함을 지르고 있다
감추어 둔 말씀들을 낱낱이 토해내고
이제는 버려도 좋은 것들 멋대로 부서진다

아, 푸르다 못해 저리 들끓는 영혼
깊은 바닥을 거슬러 아무도 만나지 못한
눈부신 바람 한 가닥 가슴에 와 닿는다

바람은 칼날 되어 심장을 난도질하고
남은 목숨마저 부끄러워 부끄러워
한 마디 남겨둔 말씀 끝내 아끼라 한다

대 바람 소리

대숲을 지날 때는 귀담아들어 보아라
어제를 되돌린 오늘 자욱히 바람 부는 날
공자도 발가벗고 앉아 천자문을 읽고 있다

이미 헤쳐진 무덤 뼈도 살도 흩어지고
살아 시구를 읊던 입은 더욱 볼 수 없지만
신들린 대숲을 타고 그의 말은 울려온다

때로 불면의 새벽 질척이는 빗소리로
때로는 어스럼 달빛 혼자 우는 까마귀 울음
헤쳐 온 억새꽃 바다 아우성도 불러오고

대숲을 지날 때는 귀담아들어 보아라
천년 불찌짐에도 녹슬지 않는 바람
동굴 속 잠 속에 빠진 장승들을 깨우고 있다.

백자와 시인

혼령도 잠드는 시간, 다만 마주 앉아 있다
살과 살 맞부벼도 죄 되지 않는 간음
향 사뤄 다져온 숨결 이 적막한 황홀

꿈을 깨어나면 다시 빨려드는 수렁
그날 호젓한 산속을 울려오는 도공陶工의 울음
무너진 역사의 울안 회디흰 꽃으로 피다

버들 한 가닥의 손

하늘 가득한 우물 아득히 내리는 손길
한겨울 쌓여 내린 먼지도 털어내고
햇살이 다 말리지 못한 얼음장을 거두고 있다

땅 위의 마른기침 가난도 퍼 올리고
파랗게 피가 도는 꽃눈 매달린 어깨 너머
한 아름 눈부신 채광을 새 떼처럼 뿌린다

새 보기

가을 햇살에 젖어 늘어진 벼 모가지
타고 짓누르며 알곡을 까먹는 새야
외들판 두루 누비며 포동포동 살찐 새야

눈만 뜨면 진종일을 떼 지어 몰려와서
어쩌자고 어쩌자고 목청은 터지는데
어디쯤 구수한 바람 허기마저 데불더니

오늘은 보이지 않는 한 무리의 새가 와서
텅 빈 나의 곡간을 낱낱이 뒤져 놓고
그 가을 비밀한 들판 노을 속에 빠져든다

사막의 배
― Gizeh의 피라밋은 울고 있다

시작도 끝도 없는 아득한 사막의 저편
흐르지 않는 강물위에 침몰한 폐선 하나
거대한 몸집을 깔고 천 년이 녹슬고 있다

그 곁을 쉬어가는 낙타와 남루의 길손
무심히 바라보는 눈동자 깊은 그늘엔
얼룩져 나부끼는 깃발, 그날인 듯 다가오고

쓰러질 듯 또 일어서는 피 밴 석공의 어깨 위
노을빛 어지러운 돌사태가 내려 쌓이고
입술을 깨물던 하늘 마침내 천둥이 운다

닻을 올려라 닻을, 세기를 건너온 울음
함성은 메아리 되어 바람 속에 떠돌지만
흙먼지 구름에 덮여 한 치 앞도 갈 수 없다

시간의 끝

누가 물레를 잣고 있나 질긴 명사줄 끝없는 물레
처음엔 빛을 보내고 도도한 강물도 흘리며
철마다 꽃을 피우는 저 능숙한 물레질

산 너머 그 너머엔 풀려난 시간들이 모여
허연 뼈를 드러낸 채 죽어 가고 있는 걸까
밀기울 누룩을 띄워 술이라도 빚는 걸까

창밖엔 눈이 쌓이고 훤히 동트는 새벽
끝없이 도는 물레 그 명사줄 끝쯤에는
샛노란 머리를 들고 새싹 하나 돋을까

잡지에 난 내 시를 읽고

실로 오랜만에 잡지에 난 내 시를 읽고
꽃도 이파리도 다 지운 가지 끝에
거꾸로 매달린 벌거숭이의 내 시를 내가 읽고

황량한 벌판 위를 바람이 쓸어가듯
무심히 스쳐가는 천 개의 눈을 보며
한겨울 물빛처럼 냉냉한 얼굴들을 생각한다

활자 속 활자 하나가 문득 제자릴 빠져나와
푸드득 날개를 치며 허공으로 날아가고
떨구운 의치義齒 하나가 허옇게 웃고 있다

남은 활자 가운데 한 개 그리고 또 한 개
차례로 무너져 내려 끝없는 얼굴이 열리고
마침내 두 눈도 멀게 하는 빛살 하나 다가온다

실로 오랜만에 잡지에 난 내 시를 읽고
지도에도 없는 나라 알 수 없는 어느 황제의
들릴 듯 반쯤 눈물 쉬온 울음 같은 걸 생각한다

정애경(鄭愛敬, Jung, Ae kyung)

1957년 부산 출생. 부산대학교 대학원(간호학과) 석사과정 졸업. 《부산시조》(2017), 《시조시학》(2018) 등단. 전국시조백일장 장원(2017), 제2회 동서문학상 수필 입선(2014), 제1회 주변인과 문학 수필 가작(2015), 제1회 사하모래톱문학상 수필 가작(2015) 수상. 부산시조시인협회, 부산여류시조, 한국시조시인협회 회원.

—

정애경 씨는 작품 「겨울, 꽃 피다」, 「다도해」, 「태풍 차바」에서 각각 다른 주제를 가지고 초록의 길을 드러낸다. 도시의 일상에서 시적 촉수를 뻗어 자기만의 '세계'를 정립할 수 있다는 것은 퍽 중요하다. 그것이 독립된 작품 속에서 시적 확장이면 더 그렇다. 작품 「겨울, 꽃 피다」에서 화자는 인고의 시간을 지난 뒤 피어나는 꽃의 찰나를 들려준다. "한나절 따신 햇살 몸 데우던 가지 사이" "아우성 멈출 수 없는 개나리 긴긴 울음"으로 자연과 현실적 삶의 문제를 시 속에 투영해 '꽃핌' 후 소멸의 시학이 아니라 순환의 질서를 제시한다.

— 박현덕(시조시인)

—

섬

휘돌아 파고드는 바람결이 아리다
한사코 두 발 붙인 아스라한 벼랑 끝
질긴 삶 푸르게 피어 다복솔로 돋았다

그 오랜 낮밤을 할퀴고 간 파도소리
지축을 뒤흔들던 서슬 퍼런 폭우에도
발갛게 부르튼 손으로 안아드는 먹빛 하늘

벗겨진 등줄기는 물새에게 내어주고
바람조차 흔들지 못한 옹골찬 마음 열어
노을 진 바다에 걸린 초저녁 별 품는다

겨울, 꽃 피다

한나절 따신 햇살 몸 데우던 가지 사이
단 한 번 기지개에 열꽃 몇 점 돋아났다
겹겹이 짓눌린 갈망 수피 뚫는 발화점

속살을 내지르는 꽃 지고 잎 진 자리
산처럼 쏟아지던 시린 바람 발 굴러도
아우성 멈출 수 없는 개나리 긴 긴 울음

얼어붙은 산그늘도 몸 낮추는 해질 무렵
묵혔던 함성들은 속에 꾹꾹 닫아걸고
잔 꽃잎 몇 장 날리며 끄덕이는 고갯짓

다도해

골 깊은 어둠 뚫고 산란하는 푸른 빛살
지친 물결 쓰다듬던 바다는 침묵하고
매무새 곱게 추스르며 아침이 막 열린다

온밤을 날로 새워 새벽을 퍼 올리다
점점이 몸을 펴고 소환되는 작은 섬들
오랜 날 깎여온 아픔 닳을수록 모가 난다

잉태의 흔적들은 물길을 건너가고
가까스로 몸 푼 태양 하늘을 채색한다
살포시 고름을 풀고 또 설레는 이 하루

태풍, 차바

툭 치면 울컥 쏟는 하늘의 깊은 속살
낯빛 바꾼 센바람이 가슴골을 후벼 파도
그대로 지나면 될 걸 바뀌는 건 그리 없다

통으로 내리꽂는 폭풍우에 내몰리고
한 번에 허리 잘린 갈망으로 견뎌온 날
모질게 뿌리로 남아 푸른 하늘 기다린다

얼마큼 몰아쳐야 바닥을 보일건가
파도에 실린 맨몸 남김없이 풀어 봐도
너울져 차오르는 숨 물굽이를 넘는다

직박구리의 이소離巢

몰강스레 잘라버린 푸른 가지 어지럽다
한마디 말없이 떠난 앙증맞은 발과 부리
내 맘속 둥지 튼 울음 마음고름 풀리고

앞 창틀 내건 시래기 문득 찾은 새 두 마리
시장기 쪼아 먹고 시원스레 토한 울음
겨우내 먹이바구니 반가움을 채우고

다시 봄 벚꽃 피니 옮겨간 직박구리
만개한 벚나무에 둥지 틀고 비밋비밋
굳은살 속에 앉히며 올 건 오고 갈 건 간다

정연복(鄭蓮福, Jung, Yeon bok)

1956년 충남 아산 염치면 강청리 출생. 한국 방송통신대학교(국문학과) 졸업(2010).《시조미학》신인상 시조(2015),《창조문학》신인상 수필(2000) 등단. 하나여성글마을잔치(1998) 수상. '만선' 동인. 한국시조시인협회, 한국문인협회 대전지회, 대전시조시인협회 회원. 금강시조문학회장.

—

시인은 아픔 없이는 작품을 만들어 내지 않는다. 시에 대한 시인의 장인 정신 때문이다. 그래서 그의 시는 보석처럼 단단하고 빛이 난다. 독자들에게 잔잔하고도 진한 감동을 주는 것도 그가 과작인 것도 그 때문이다. 그의 시편들은 대부분 외로움과 그리움이 주된 테마이다. 주로 사람과의 애증 관계에서 비롯되는 것 같다. 이러한 인연들이 내면에서 오랫동안 용해되어 그만의 개성있는 작품으로 나타나고 있다. 말하자면 아픔이 애증으로 그 애증이 외로움과 그리움으로 전이되어 생산되는 그만의 힐링 싸이클을 갖고 있는 것으로 생각된다.

— 신웅순(시조시인 · 문학평론가 · 중부대 명예교수)

—

인연

그대에
이르는 길
어제인 듯 아득한데

한 가닥
외길이라
뒤돌아 갈 수 없는

노을 진
가랑잎 하나
뒤안길을 서성인다

기다림

따뜻한
아랫목에
정 한 그릇 묻어놓고

반복의
긴 세월을
끓이시던 어머니

오늘도
석쇠 위에서 그 마음 타고 있다

달팽이

막다른
골목 안의 작은 집 골방에서
다 늦은 저녁에도 적막한 그 밤에도
억눌린 촉각 하나로 어둠을 버티고 있네

달빛도
숨어버린 세상의 한 귀퉁이
빳빳이 고개 들어 햇살 한번 못 보아도
어설피 더듬이질을 멈출 수가 없다네

독거노인

한때는
누군가의 일부였을 신발 한 짝
둥지를
틀던 새들 모두 다 떠난 자리
섬처럼
홀로 남아서
찬 서리에 떨고 있다

한나절
허기에도 당차던 그 호기는
해지고
닳아빠진 그리움을 뒤척이며
길 잃은
귀뚜리마냥
먼 기억을 더듬는다

머리 염색

설익어 낯선 것들 눈앞에 펼쳐 놓고
갈등으로 술렁이며 새 되려 하던 마음
두 무릎 곧추세우고 쪽진 머리 길을 텄다.

참는 법 익히라던 친정엄니 말씀 따라
더러는 얼개빗 더러는 참빗으로
이끼 낀 속마음까지 조심조심 빗질을 한다

길 잃는 앞 머리칼 붙잡아 일으키고
홀대받던 뒤 머리칼 어르고 다독이니
어머니 바랜 세월들 망토같이 젊어진다

솜씨가 늘었구나! 빗장문 여는 소리
바람마저 정처 없던 마음을 어루만지며
넌지시 배이는 노을 햇살보다 눈부시다

정영례(鄭永禮, Cheong, Young lye)

1958년 전남 해남 송지면 출생. 한국방송통신대학교(국어국문과) 졸업(2011).《시와수상문학》시(2011),《계간문예》시조(2019) 등단. 시집 『소금꽃』(2017, 계간문예), 『붉은 잉어가 숨쉬는 강』(2018, 무진). 성남문인협회 시 백일장 장원(2016), 문경새재 여름시인학교 시조백일장 장원(2017), 시인시대 시 창작문학 대상(2018), 한국문학발전포럼 전국시낭송대회 대상(2019) 수상. 한국문인협회 회원.《계간문예》중앙위원,《시인시대》사무국장.

< 시조 >

초생달

정영례

선보름 끌고 오는
그림자도 목이 길어

홋적삼 내민 가슴
빙판 딛고 넘보다가

까치밥

찬바람 불어오면 풍경은 산을 넘고
연이은 까치 울음 감잎은 지는데
높이 떠 볼그레한 달 창문 곁이 환하다

그믐밤 바람 깃은 문틈을 스며들고
엄니는 주무실까 뒤척인 이슥한 밤
쟁반에 주홍 감 들고 방문 앞 서성인다

잎 뒤에 숨어 우는 감꽃은 본체만체
비워 낸 울음 뒤에 홍시만 거둬가네
빈 가지 지키는 눈빛 어미 맘을 닮았다

짝짓기 놀이

어둠이 밀물 지고 인적이 썰물 져도
한 사람 세 사람씩 다섯 사람 네 사람씩
우리들 짝짓기놀이에 상현달이 웃는다

미세기* 뒤바뀌듯 내 짝 네 짝 바뀌고
쌓였던 미움마저 잠음 속에 녹아버린
바닷가 짝짓기놀이에 속마음을 들키고

쏟아진 별무리가 파도에 떠다니고
껴안고 안 놓치려 안간힘 쓰는 사이
등 뒤로 밀려온 바다 눈치 채고 말았네

* 미세기: 밀물과 썰물이 밀고 당기며 바뀌는 현상.

찻사발

영혼이 썩지 않을 달빛 한 줌 담으려고
불 속에 몸을 던져 뼈까지 녹여냈다
전생이 흙이었음도 까마득히 잊었다

휘영청 밝은 달은 주흘산에 걸쳐 있고
샘솟는 그리움을 그대 어찌 알까마는
가슴에 떠오르는 달 찻사발에 담는다

주흘산 맑은 달을 찻잔에다 담으면
넘칠 듯 퍼진 향기 입 안 가득 차오른다
가만히 내민 손끝에 연꽃송이 펴난다

옛길

타향길 상고대 길 영혼도 팽개치고
허기진 괴나리짐 눈물 쏟던 그 언덕
등에 핀 허연 소금꽃 바위마다 피었다

아이업고 넘으시던 하늘재 깔딱고개
앞 뒷산 비탈길에 허리 휜 능수버들
등굽은 이른 봄볕이 미끄러져 내린다

바람이 구불구불 산길을 굽어돌면
옷소매 잡아끄는 돌 틈에 솟는 물
고향길 상고대길에 보름달이 환하다

문경조령

산새도 쉬어가는 버거운 조령고개
괴나리 짊어지고 힘겹게 넘는 샌님
미투리 몇 컬레인가 세워보며 걷던 길

조령산 너럭바위 등 내주며 쉬라는데
갈증 나면 들렸다는 주막은 간데없고
암벽의 굽은 솔가지 어서가라 떠미네

저만치 가파른 길 걸어가고 당겨봐도
서울은 아니뵈고 새소리만 재잘재잘
하늘재 쉬 넘나드는 구름 타고 가보세

달과 나비

길손들 시름 달랜 적막한 문 빗장 열면
때 묻은 정토위에 고요 가득 쌓인 침묵
젖은 달 옷깃을 털어 씻어내는 빛 하나

오다가 지친 걸음 생각나면 다시 걸어
오늘은 아니 올까 마음 죄며 기다리는
내 마음 정원 속으로 살풋 날아들어라

문경새재

하늘재 깔딱고개 두둥실 오르고파
힘겹게 넘다보면 베적삼이 축축하고
올곧은 용추폭포 소 선녀탕에 짐 푼다

새소리 바람소리 꽃향기에 취해서
서울의 낭군님은 까맣게 망각하고
풀벌레 우는소리만 숨죽이며 듣는다

황홀한 삼매경 속 영화가 무엇인가
절경이 품에 드니 이만하면 용석이지
욕심을 비운 마음은 구름 되어 떠돈다.

빈 깡통

내줄 것 다 내 주고 입성만 남아서
차이면 소리만 요란한 빈껍데기
벗어둔 저고리처럼 구김살만 늘었다

밟히고 일그러져 볼품없는 몰골인데
한 시절 떵떵대며 품위 있게 살았다고
헛헛한 쭈구렁 가슴 구겨안고 누웠다

비워 낸 술병처럼 모로 누운 아버지
텅텅 빈 가슴속엔 찬바람만 감돌더니
돌에다 이름 새기고 숨소리도 없으시다.

가을 붕어찜

가을이면 생각난다 매콤한 붕어찜
엄지검지 배를 짚어 내장은 제거하고
잘게 썬 무 호박 자글자글 익혀 낸

밥술 위에 올라앉아 침샘을 자극하는
끓일수록 맛깔나고 뼈까지 바스라진
잃었던 입맛 되돌린 보약 같은 붕어찜

나뭇잎은 길에 서서 온몸을 불태우고
가을걷이 끝나면 들리는 붕어울음
냄비 속 무 호박도 가을 색을 뽐낸다.

초생달

선보름 끌고 오는 그림자도 목이 길어
홋적삼 내민 가슴 빙판 딛고 넘보다가
태고가 출렁인 망막 은장도에 찍힌다

정옥선(鄭玉瑄, Joung, Ok sun)

1969년 충남 홍성 출생. 단국대 대학원(문창과) 석사 수료(2017). 《시조시학》 신인상(2014) 등단. 시조집『딴죽』(2019, 고요아침). 열린시학상(2018) 수상. '시나루' 동인. 오늘의시조시인회의, 작가회의 회원. 한국시조시인협회 사무차장.

정옥선의 첫 시조집『딴죽』은 깔끔하고 단정한 시상들과 함께 정답고 따뜻한 목소리로 이웃들을 향해 다가선다. 당신들의 얼굴과 표정이 여기에 있다고 말하는 것 같다. 시조집을 관통하는 주제는 지나간 과거를 현재에 소환하여 되 비춰봄으로써 실존된 나의 얼굴, 그리고 나를 채우고 있는 주변의 얼굴들을 어루만져 주는데 있다. 내가 유정한 대로 그들 또한 유정有情한 존재들로 '나인 너'를 껴안고 있다. 그러니 설령 시인이 이들에게 "딴죽"을 건다고 할지라도, 그건 나의 애정과 관심을 나타내기 위한 하나의 전략일 따름이다.
— 염창권(시조시인 · 문학평론가)

완곡한 누수

웃다가 실수를 했다

눈물도

따라 나왔다

재채기 한 번에도

찔끔한다는

언니들 말

작년엔 웃으며 들었는데

먹먹하고

시리다

딴죽

어젯밤 숨죽여 울던 늦비를 품었는지
붉게 불탄 낙엽에 열적게 미끄러졌다

시절의 딴죽만 같아
시치미를 툭툭 턴다

석고붕 시린 발목에 들러붙는 회한들
마음의 뒤편에 선 바람이 징징거린다

허공을 끌어안으며
오십을 보고 있다

찬 봄

육천 원 시급도 좋고 밤샘 일도 괜찮은데

오 년 된 양복 한 벌 옷소매를 만져본다

-돈 쪼매, 통장에 넣었다

눅진해진 전화기

흔적을 품고 있는 피로한 새벽공기

지난날의 찐득함은 걸음마다 눌러붙고

훅, 씹힌 생강 맛처럼

봄바람이 싸하다

거기, 당성

성벽을 가득 메운 환삼덩굴 잎들은

틈으로 사라지는 기억을 잡으려고

여름내 배알도 없이
바람을 흔들고 있다

달빛을 밟고 있는 망해루 초석들은

버려진 잎들의 말라가는 냄새 맡으며

흔적을 주워 담고 있다
빈 바닷소리
너울댄다

와상의 늦은 오후

정남면 작은 마을로 미용봉사 가는 날

박새의 기척조차 하냥하냥 반갑다는

반평생 누워만 계신 경화네 외할머니

세월이 잘라먹은 듯 어눌한 말투지만

봄볕 같은 낯으로 또 오란 말 슬멋한다

찬란히 바스라져 가는 푸석푸석한 돌부처

땅으로 시집가는 날*

새벽 비에 흠뻑 젖어온

할머니 부고 전화

서늘해진 두 발을

노란 버선이 감싼다

개나리

꽃잎 하나 뚝,

달을 향해

떨어진다

* 단국대학교 대학원 전통의상학과 전통예복(수의壽衣)전 제목.

어떤 조문

자정까지 이어지는 가을의 발걸음을
국화 속에 둘러싸여 지그시 보고 있다
외삼촌 손孫없이 간 날
처도 없는 텅 빈 날

조문도 뚝 끊어지고 판이나 깔자는 말에
화투패 돌아가고 막내도 끼어든다
다 잃고 울기 없기다
기운 달빛이 허름하다

별나게 이뻐하더니 편애가 심하시네
숙맥 같던 막내가 온 판을 다 휩쓴다
오서산 대숲소리도
잦아드는 긴 밤이다

감또개

둑-두둑 며칠 동안, 밤잠을 설치게 한
이상한 소리 찾아 골목을 훑어보지만

꽃잎 손 흔들고 가는
꼬마들만 환하다

대문 옆 쪽볕에 기댄 어미 잃은 길냥이
기다란 떨림으로 울음 끝 붉힐 즈음

톡-하고 떨어지는 소리
파르르르 떠는 잎

담장 너머 축 늘어진 늙어빠진 감나무들
제 씨를 다 못 품는 젖 마른 한 그루가

두-두-둑 밤새워 가며
빈 가슴을 쳤나 보다

저녁 잡숫고 가유

　바람이 또 그렇게 긴 울음을 흘리던 날

　우산도 안 들고 요양원을 찾았다 일주일 딱 그 사인데 엄마는 더 야위었다 뒤쫓아온 보호사가 치매의 등간척도를 알려주고 싶었는지 날 가리키며 엄마한테 누구냐고 묻는다 눈길도 한 번 안주고 노란 이불만 비비적대던 내 엄마가 나를 아무렇지 않게 손님이라고 말한다 '깜깜해졌으니까 저녁 잡숫고 가유'

　나무가 몸을 떨면서 가을을 맞던 날이었다

숙성된 흔적

부풀었던 상처가 천천히 가라앉고

붉게 울던 흔적들도

조금은 옅어졌지만

가끔은

가슴 안쪽이

따끔거리며 시려온다

정은유(鄭蘊儒, Jeong, On yu)

1966년 서울 출생. 본명 정선주(2008년 개명). 경기대 예술대학원 졸업(2018). 〈중앙일보〉 신춘문예(2004) 등단. 시집 『무릎』(2014, 책만드는집). 현대시조100인선 『낯선 허기』(2017, 고요아침). 제4회 전국 가사시조 현상 공모전 대상(2003) 수상. 오늘의시조시인회의, 한국시조시인협회, 한국작가회의, 한국문인협회 회원.

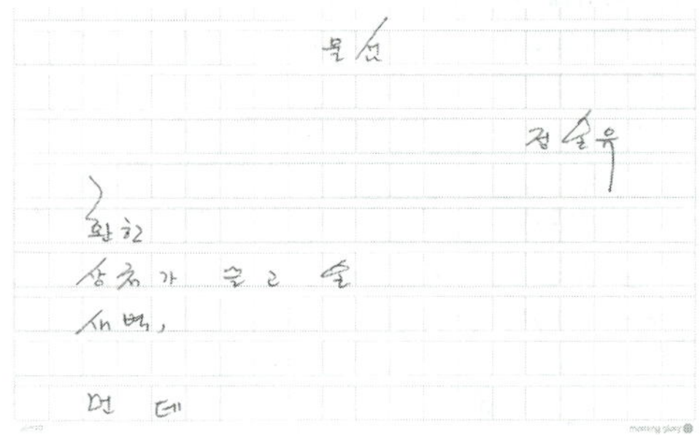

—

정은유의 시조 미학의 핵심은 '신성한 것'에 대한 일관된 갈망과 추구에 있고, 거기서 여러 인생론적 세목들을 파생시키는 구조를 일관되게 취하고 있다. 그 세목들이란, 삶의 근원적 이법에 대한 곡진한 깨달음을 거쳐, 시간의 깊이에 이르러서, 궁극적 존재 전환의 꿈을 노래하는 과정이다. 그것은 '신성한 것'의 탐색을 통해 가 닿는 '시간'의 깊이로 요약 가능할 터인데, 이는 우리 시조 시단에서 좀처럼 찾아보기 어려운 '구체성'과 '형이상학'의 결합 과정을 눈부시게 담고 있는 결실이기도 할 것이다. 그 세계를 때로는 온유하고 단아한 목소리로, 때로는 견고하고 단호한 목소리로 노래한다.

— 유성호(문학평론가 · 한양대 교수)

—

물섬

환한
상처가 끌고 온
새벽,

먼 데
수평선에서
은빛으로
달려온

미명의 붉은 섬들이
굵은 등을 뒤척인다

가늠할 수 없는 가여운 언어들이
수평선 너머에서 달려오고 달려와서
해 남은 시간 절벽에
꺾어지고 부서진다

공중에 떠도는 물섬 같은 마음들은
해가 지면 무성했다 해가 뜨면 사라지고
물마루 두두룩하게 마음들이 젖는다.

봄편지

허락도 없이 그대에게 길 하나 엽니다

꼬물꼬물 몸 비틀며 내 민 고개 위로

선잠 깬 연두빛 바람 미명 사이 붑니다

아침 귀는 환해져서 새벽에 뒹굴다가

서늘한 틈으로 흘러드는 마음 하나에

화들짝 놀란 새처럼 눈부심을 맞이합니다

다부진 생각들이 자라나는 고요에

눈 감으면 길은 더 가까이에 와 있고

하얗게 흐드러진 웃음, 그 끝에 그대 있습니다

영혼이 씻기워지는 그 착한 시간에

축복처럼 햇살 알갱이들 와르르 쏟아져

몸 다 연 그리움들이 서둘러 길을 나섭니다

무릎

무릎은 신이 주신 겸손하란 가르침
마디마디 모두 꺾어 웅크려 모으는 일
신 앞에 나를 낮추어 모두 내어드리는 일.

비바람 가로지를 때, 비로소 사람은
온몸을 접고 접어 공글리고 작아진다
세상을 제 마음대로 쏘다니고 그래봤댔자.*

관절 꺾인 모습들이 아름다워 보일 때는
새벽녘 예배당에 모여 앉은 무릎들
뼈마디 죄다 꺾고 붙여, 마음까지 꺾고 붙여.

*정진규, 『질문과 과녁』 중 「만들 것인가, 발견할 것인가」에서 인용.

낯선 허기

영혼이 나에게서 점…점…점…멀어진다
내 몸은 작아져서 붙잡을 수가 없다
캡슐 안 넓은 공간이 아득하다 낯.설.다

매일매일 마시던 공기가 처음 같고,
매일 앉던 강의실 내 자리가 겉돌고,
내 집 앞 매일 걸었던 도로가 어색하다

비워진 골목들이 부스스 잠을 깬다
골을 타고 흘러온 문장들이 엉퀸다
백지로 지워버리는 행위를 반복한다

양푼 밥을 비비고 허겁지겁 먹는다
빈 그릇 안으로 햇살이 내려앉고,
밀랍의 독한 허기가 잠허리 배고 있다

푸른 범람

나는 그냥 둑길을 걷고 있었을 뿐이었다

어느새 범람한 푸른 물이 나를 덮쳤다

누군가 죽은 시체처럼 힘을 빼라고 말했다

온몸에 힘을 빼고 내 몸을 맡겼다

물살이 흐르는 대로 내 몸도 출렁였다

시간이 조금 흐르자 땅바닥이 올라왔다

바다는 사라졌고 하나도 젖지 않았다

사람들이 무리지어 뭐라뭐라 웅얼거렸다

아마도 자기 신에게 소원을 비나보다 했다

신전 앞 빨랫줄에는 히잡들이 너주런 했다

빨간색 스카프 여자가 내게 말 했다

"네 몸에 힘을 쭉- 빼서 살 수 있었던 거야."

기억의 방

기억이 기억을 끌고
시간을 넘어올 때
사라진 줄 알았던 것이
하얀 얼굴을 하고 온다.

작아진 세포 하나가
부풀어 오른 기억의 방.

문 하나가 열리고
저, 건너편에 있던
낯익은 기억들이
시간을 감고 오면

환하게 켜지는 기억,
후두둑 쏟아지는.

먼 잠

마음에
뜨거운 바람이 뒤척인다

바람이 긴 몸을 돌려 누울 때마다
내 몸도 바꾸어 눕고
먼 잠을 기다린다.

기다리는 건
뜨거운 바람만이 아니다
어제를 끌고 온 끄트머리 생각과
내일로 이어진 것 중
아무것도 아닌 것.

아니,
아무것도 아닌 것이 아닌 것이다
잠들이 희미하게 환영을 끌고 오면
아련한 잠들은 더욱,
선명하게 뒤척인다.

먼 길
― 수행자2

마음속 드린 길에
발자국이 홀로 가네

외로움도 수행이 된, 두렵지 않은 걸음에
한 발 짝 내디딘 자국
정성이 깃들었다

신전에 먼저 드린
길게 늘인 그 그림자

겹치고 겹치는 시간들을 등에 지고
길들이 길 위를 걷고
기억을 걷고 있다

십자가의 길

바람의 언저리를 돌아 나온 생각들이
잡초 되어 무성히 자라난 길 위로
순례자 무릎걸음처럼 조각조각 새겨진다

눈물의 씨앗들이 하루하루 견뎌낸
그 없는 말들로 이뤄 낸 핏방울이
십자가 따르는 마음 단단하게 박혔다

걸음마다 한 줄씩 이어지는 기도에
간절한 발자국들 하늘로 길을 내고
쇠빗장 젖힌 문으로 부신 길이 드리운다

회개의 뒤축
― 램브란트의 〈돌아온 탕자〉

죄의 길을 돌아오는 멀고 험한 뒤축이
닳을 대로 닳아서 너덜거려 벗겨지고

누더기 지나온 삶이
티눈처럼 따갑다.

쥐엄열매 뒤적이던 민머리 난잡함도
괜찮다 토닥이는 아버지의 멍든 눈물이
탕자의 쓸한 마음에
봇물 되어 흐른다.

엎드려 꿇어앉은 눈물 가득한 회개의 밤
마음 바닥 내려앉아 차라리 편안한,

다 해진 삶의 한 곳이
등불 환히 따뜻하다.

정완영(鄭椀永, Jeong, Wan yeong)

1919년~2016년. 호는 백수(白水), 경상북도 금릉(현 경북 김천) 출생. 1946년 향리에서 동인잡지 《오동(梧桐)》을 발간하며 문필활동을 시작. 1962년 《현대문학》의 추천 완료를 거쳐 조선일보 신춘문에 당선. 박재삼, 이태극, 이영도의 뒤를 이어 1960년대를 대표하는 시조시인으로 한국문인협회 시조분과회장, 한국시조시인협회 회장, 온겨레시조짓기추진회 회장 등을 역임하는 등 한국의 시조문학 발전을 위한 사회활동에도 활발히 참여했다.

조국(祖國)

행여나 다칠세라
너를 안고 줄 고르면

떨리는 열 손가락
마디마디 애인 사랑

손 닿자 애절히 우는
서러운 내 가얏고여.

둥기둥 줄이 울면
초가 삼간 달이 뜨고

흐느껴 목 메이면
꽃잎도 떨리는데

푸른 물 흐르는 정에
눈물 비친 흰 옷자락.

통곡도 다 못하여
하늘은 멍들어도

피 맺힌 열 두 줄은
구비 구비 애정인데

청산아 왜 말이 없이
학처럼만 여위느냐.

애모(哀慕)

서리 까마귀 울고 간
북천(北天)은 아득하고
수척한 산과 들은
네 생각에 잠겼는데
내 마음 나무 가지에
깃 사린 새 한 마리.

고독이 연륜마냥
감겨오는 둘레 가에
국화 향기 말라
시절은 또 저무는데
오늘은 어느 우물가
고달픔을 긷는가.

일찍이 너 더불어
푸르렀던 나의 산하
애석한 날과 달이
낙엽 지는 영(嶺)마루에
불러도 대답 없어라
흘러만 간 강물이여.

산이 나를 따라와서

동화사(桐華寺) 갔다 오는 길에
산이 나를 따라와서

도랑물 만한 피로를
이끌고 들어선 찻집

따끈히 끓여 준 차가
단풍만큼 곱고 밝다.

산이 좋아 눈을 감으신
부처님 그 무량감

머리에 서리를 헤며
귀로 외는 풍악(楓岳) 소리여

어스름 앉는 황혼도
허전한 정 좋아라.

친구여, 우리 손 들어
작별하는 이 하루도

천지가 짓는 일들의
풀잎만한 몸짓 아닌가

다음 날 설청(雪晴)의 은령(銀嶺)을
다시 뵈려 또 옴세나.

고향생각

쓰르라미 매운 울음이 다 흘러간 극락산 위
내 고향 하늘빛은 열무김치 서러운 맛
지금도 등 뒤에 걸려 사월 줄을 모르네.

동구밖 키 큰 장성 십리 벌을 다스리고
푸수풀 깊은 골에 시절 잊은 물레방아
추풍령 드리운 낙조에 한 폭 그림이던 곳.

소년은 풀빛을 끌고 세월 속을 갔건마는
버들피리 언덕 위에 두고온 마음 하나
올해도 차마 못잊어 봄을 울고 갔더란다.

오솔길 갑사댕기 서러워도 달은 뜨데
꽃가마 울고 넘은 서낭당 제 철이면
생각다 생각다 못해 물이 들던 도라지꽃.

가난도 길이 들면 양처럼 어질더라
어머님 곱게 나순 물레줄에 피가 감겨
청사 속 감감히 묻혀 등불처럼 가신 사랑.

뿌리고 거두어도 가시잖은 억만 시름
고래등같은 집도 다락같은 소도 없이
아버님 탄식을 위해 먼 들녘은 비었더라.

빙그르 돌고 보면 인생은 회전목마
한 목청 뻐꾸기에 고개 돌린 외 사슴아
내 죽어 내 묻힐 땅이 구름 밖에 저문다.

설화조(說話調)

내 만약 한 천년 전
그 세상에 태어났다면

뉘 모를 이 좋은 가을 날
너 하나를 훔쳐 업고

깊은 산 첩첩한 골로
짐승처럼 숨을 걸 그랬다.

구름도 단풍에 닿아
화닥 화닥 불타는 산을

나는 널 업고 올라
묏돝처럼 숨이 달고

너는 또 내 품에 안겨
달처럼을 잠들 걸 그랬다.

나는 범 좇는 장한(壯漢)
햇불 들고 산을 건너고

너는 온유의 여신
일월에나 기름 부며

한 백년 꿈에 누리어
청산에나 살 걸 그랬다.

봄바람에

실개천 버들가지도 눈을 뜨는 사랑으로
진달래 묵은 등걸에 더운 숨을 불어넣고
게으른 눈녹이 마을 녹순 종을 울려라.

연분홍 아롱아롱 햇물 젖어 타는 결에
후미진 골짝마다 잔설(殘雪)에도 피가 돌아
긴 사래 밝아도 오렴 종다리여 노래여.

내 눈은 내가 심은 눈물 도는 해바라기
내일이면 서럽도록 풀려 내릴 강물들의
상처를 어루만지자 포도주를 디루자.

연과 바람

옛날 우리 마을에서는 동구 밖에 연밭 두고
너울너울 푸른 연잎을 바람결에 실어 두고
마치 그 눈푸른 자손들 노니는 듯 지켜 봤었다.

연밭에 연잎이 실리면 연이 들어왔다 하고
연밭에 연이 삭으면 연이 떠나갔다 하며
세월도 인심의 영측(盈昃)도 연밭으로 점쳤었다.

더러는 채반 만하고 더러는 맷방석 만한
직지사 인경소리가 바람 타고 날아와서
연밭에 연잎이 되어 앉는 것도 나는 봤느니.

훗날 석굴암 대불이 가부좌하고 앉아
먼 수평 넘는 돛배나 이 저승의 삼생(三生)이나
동해 저 푸른 연잎을 접는 것도 나는 봤느니.

설사 진흙 바닥에 뿌리 박고 산다 해도
우리들 얻은 백발도 연잎이라 생각하며
바람에 인경 소리를 실어 봄즉 하잖는가.

세월이 무엇입니까

세월이 무엇입니까
젖은 모래성입니까

아니면 손사래로
빠져나간 꿈입니까

이 달도
마지막 하루가
촛불처럼 다 탑니다.

하루 가면 하루만큼의
이승은 멀어지고

어제 죽어 묻힌 벗이나
구름결을 생각하며

뻐꾸기
울음소리가
산빛 엮어 내립니다.

시름이 가슴에 고이면
소(沼)가 된다 하옵기에

산다는 이치 하나로
한 세월을 흘러놓고

망초꽃
흩어진 사연을
강기슭에 줍습니다.

무량심초(無量心抄) 13

가을 1
높이 뜬 구름결에도
가을 향기 흐르는 날

더운 물 실리는 숲
모닥불 놓는 황국(黃菊)

산너머
외로운 고향이
있는 것도 싫지 않다.

가을 2
사랑은 은이 한 냥
이별도 은이 한 냥

잘 익은 설움마저
헤아리면 은이 석 냥

오늘밤
가로등불은
유난히도 키가 크다.

정용국(鄭鎔國, Chung, Yong kook)
1958년 경기 양주 출생. 서울예술대학교(문예창작과), 경기대(국어국문학과) 졸업. 《시조세계》(2001) 등단. 시조집『내 마음 속 게릴라』(2002, 동방기획),『명왕성은 있다』(2007, 동방기획),『난 네가 참 좋다』(2015, 실천문학). 현대시조100인선『눈이 물고 온 시』(2016, 고요아침). 기행문집『평양에서 길을 찾다』(2009, 화남). 비평집『시조의 아킬레스건과 맞서다』(2018, 지우북스, 한국출판문화산업진흥원 우수 콘텐츠 선정작). 이호우시조문학상 제1회 신인상(2007), 가람시조문학상 제1회 신인상(2009), 아르코문학상(2015) 수상. 한국작가회의 시조분과 위원장.

시조가 함축미만 내세운다면 풀어졌다 여며지고 느슨했다 팽팽하게 다잡아지는 마음의 굴곡들을 어떻게 건사할 수 있을 것인가. 그런 면에서 정용국의 시편들은 오히려 균형과 배려를 뛰어넘는 수많은 서사들을 온축시켜 다시 정형으로 되감는 새로운 전통을 시조의 전범典範으로 내세운다.

— 김명인(시인 · 고려대 명예교수)

화살나무 편지

화살나무 봄 촉에 애틋함을 엮어서
내 힘껏 시위를 당겨 그대에게 보냈지만
애당초 글렀습니다
달뜬 봄을 녹이기엔

허투루 매단 마음
맥없이 찢어지고
쏜살같이 날아가서 빗맞은 과녁에는
도저히 가늠할 수 없이
휘갈겨 쓴 욕심뿐

저무는 산허리엔 영산홍 지천인데
쪽창을 반쯤 열다 군불을 지펴놓고
비긋는 저녁 어름이
시리도록 쓿다

어금니

오십 년을 엎드려 못난 놈 시봉하며

온갖 고양 냄새 거친 음식 받아내다

삭정이 앙상한 마디에 뿌리까지 삭았다

호사는 고사하고 말치레도 야박해

오금을 못 추며 세월을 갈았는데

얇은 귀 견디지 못하고 외통수로 내치네

두는 것이 화근이라며 가차 없이 들어내니

검은 뿌리 하늘 보고 은쟁반에 누우셨다

육탈한 저 맑은 정신이 언 뺨을 갈긴다

봄동

늦동지 시린 밤을 고스란히 받아 이고

삭히고 버리느라 속도 들지 못했구나

둥개던 소소리바람 흙덩이를 그러안고

할머니 단속곳에 꼬깃꼬깃 접힌 채로

뒷심만 눌어붙은 천 원짜리 지전같이

건너갈 대한 머리에 하소연만 길던 하루

질기고 시퍼렇게 두벌잠을 털어 내고

개똥쑥 잠꼬대가 쌉싸름한 아침 밥상

무겁던 겨울 허리가 신통하게 풀린다

습자쭵字*

잉크를 듬뿍 찍어 가만히 적어본다
기역 니은 디귿 리을 꽃 같은 선과 행간
떨어진 생 살점들이 파르르르 떨렸다

별들이 반짝여도 이젠 별이 아니었고
난초도 냉이 꽃도 이름을 빼앗겼다
곱씹어 다시 써보는 별들아 냉이 꽃아

종이 위로 피어나는 미안한 이름들아
환하게 웃어 주는 네 힘찬 획 사이로
올곧게 마음을 내린 그 뿌리가 실하다

* 1938년 조선어 과목이 폐지되자 휘문고 교사였던 가람은「습자쭵字」과목만을 맡게 되었다.

개복숭아술

서둘러 봄 향기를 멍울에 그러담아
죽은 누이 가슴처럼 환하게 쏟아낸 뒤
꽃자리 상처를 씻고 다문다문 맺었다

먹기엔 시금털털 술을 담아 두었는데
네 설움 곰살맞게 우러난 갈피에는
시름도 향으로 익어 혀 끝에 감겨온다

너나 나나 누구에게 향기 될 줄 몰랐는데
장마 뒤끝 궁금한 날 장떡 안주 술잔 속에
눙치고 마주 앉은 품이 꽃보다도 붉구나

성산포 성당

십자가에 못이 박힌
푸른 눈의 청년이
일출봉에 기대어
잔숨을 고르고 있다
육신과 바꿔야 했던
등짐마저 벗어놓고

곤두선 바람결도
휩쓸리는 강둑에서
지켜낸 약속들은
흐린 강에 멀어지고
끝끝내 사람이었다

들렁귀* 인심이야
피할 일도 아니었네
좁쌀 탁배기 한 잔에
핑계들을 묻어 두고
올레길 새로 나선다
이천 년이 하루였다

* 들렁귀: 앞뒤가 터져 있는 굴이나 바위.

히말라야 돌계단

울음도 힘이 되어 켜켜이 쌓여 있는
맹랑한 계단에는 말똥이 피어난다
우주를 돌고 돌아 온 별꽃 향을 풍기며

눈물과 기다림이 한 솥에 뜸이 드는
새까만 냄비에는 할머니 속이 타도
설산이 환하게 웃는 또 하루가 저문다

돌밭엔 목숨들이 바람에 안겨 자고
살뜰한 빨랫줄엔 아기 옷이 춤을 추는
가난한 골짜기마다 사리꽃이 피겠네

수국꽃 목도리

창 너머 수국꽃도 근심 가득 물고 있는
중환자 대기실에 올들이 피어난다
곤두선 귀를 달래며 뜨개질하는 여자

한 코엔 걱정 한 올 또 한 코엔 꿈 한 가닥
엇갈리는 땀 사이로 생사도 넘나들고
상심은 웃자라나서 뒷덜미를 잡는다

맵싸한 꽃샘바람 감싸줄 목도리는
얼추 다 모양새를 얽어가고 있는데
긴 목이 시린 그이는 궁시렁길 걷는지

늙은 떡국

어머니 감칠맛이 이끼처럼 남아 있는
형수표 설 떡국도 고뿔이 심해졌다

일흔 셋
가파른 나이를
고명처럼 이고서

동태전 나박김치 들러리로 앉혀놓고
간간한 세월 맛에 시치미를 때려는데

민망한
내 어깨에도
오십견이 오셨다.

쑥개떡

홍역 뒤끝 속이 허한

네 살배기 붙들이가

툇마루 볕 가장자리에

졸음을 넣고 있다

머리엔

도장부스럼

야윈 손엔

봄 한 조각

정운엽(鄭雲燁, Jung, Woon yub)

1944.~1991. 충북 제원 금성면 위림리 출생. 호 금하(錦霞). 한국방송통신대학교(경영학과) 졸업(1974). 《시조문학》 천료(1980) 등단. 시집 『땅이여 바다여 하늘이여』(1983, 시문학사, 공저). 시조집 『출토기』(1985, 교음사), 『안개 입구』(1987, 영언문화사), 『반도 그림자』(1990, 동학사). 유고집 『정운엽 전집』(1992, 동학사). 호국문예 시 당선(1980), 충청일보 신춘문예 시조 입상(1981), 〈경향신문〉 신춘문예 시조 당선(1983). 월남정부 은성 훈장 수상(1967). 제천문학 씨얼문학회 동인. 한국시조시인협회 회원. 경기문인협회 사무국장, 호국문예작가협회 이사 역임. 주월한국군 방송국 월남어 강좌담당, 농업진흥공사 경기지사 역임.

—

가을 엽신 3수

— 엽서 한 장
귀뚜리 울음을 찍어 한 장 엽서 메웠더니
밤 갯벌 갈대숲이 해조음을 몰고 나와
흰 새벽 귀 모은 문풍지 그믐달만 실린다

— 엽차 한 잔
고요를 재워놓고 한 짐, 침묵 눈을 뜬다
바람, 한 올이야 물안개로 지운다만
이 바다 거친 숨소릴 어이 살펴 식힐꼬?

— 전화 한 통화
오신단 그 말씀에 한나절 부푼 창이
갈잎에 입술을 데어 왼 하늘을 빨개놓고
이 몸을 고추잠자리 님 마중을 보챈다

겨울나무

가만히 귀 기울이면 왼 들판이 다 몰려오고
와닿는 입김의 끝 불티 앉듯 목숨이 앉아
천혜天惠의 순금빛 햇살 말씀 활활 탑니다.

저승까지 이어나간 열망의 뿌리 속에
목마름 안으로 삼킨 해와 달은 닳아 올라
칼바람 날 선 누리 밖 하얀 영원을 쏟습니다.

알몸 사뤄 밝힌 심등心燈 속살 트는 인동의 숨결
선 채로 굳은 눈빛 숯가마 탄 그믄 가슴
한 생애 피 닳은 육성 종소리를 울립니다.

단수 2제

— 우산
안으로 접은 하늘 소매 끝에 숨겨놓고
비바람 거센 날에 손 젖을까 사린 걸음
다소곳 감기는 눈썹 이슬 꽃 핀 나들이

— 나무
몸부림! 그 흔들림에 하늘 깨어나고

소리! 그 흩어짐에 바람, 일어서거니
불이여! 그 지심地心을 빨아 억겁으로 타거라.

달맞이꽃

어둠의 껍질 뒤에 산 부엉이 둥지를 틀고
목울대 핏발 선 산야 바늘귀로 돋운 생애
한세상 숯불로만 타던 울 어메의 그 넋이여

하얀 피 날밤을 쏟아 꿈을 깁던 그 긴 밤은
겨울 칼바람도 사리알로 굴더니
지금은 무덤 속 염주알 불새되어 와 앉는다

가서 보면 눈물이고 돌아서면 또 잠결인데
예서 무엇하러 밤을 지켜 서성이다
차라리 이 몸을 닮아 피울음을 우시는가?

바람 이야기

올 고운 현을 켜듯 바람 끝을 뭉겨 보면
나울에 떨어지는 풀잎 묻은 숨소리가
파아란 생각을 털어 피리 소릴 흘는다

저민 가슴을 열고 갈 앉은 허무의 올
부어도 빈 마음은 늘 떠있는 빛 그림자
희뿌연 그 입김으로만 흗날리는 꿈이다

이따금 찬 소매 깃을 이슬 꽃이 젖어 울면
실을 그 인연을 타고 하얀 지문 새겨두고
짜리한 삶의 속삭임 황토 길에 절인다

산울림

비와 바람으로 하늘을 닦다보면
보랏빛 학 울음이 품 안 가득 번져와서
그 속에 결 고른 내 숨결 징소리로 울리리

세상 바람 요령소리 앞산 뒷산 다 흔들고
돌아와 머문 눈빛 냇가에 발 담그면
내 한생 비 젖은 가슴 쌍무지개 돋으리

출토기出土記

때 묻은 시간들이 부시시 눈을 뜬다
시린 어깨 너머 무거운 잠을 털어내며
목숨의 금은金銀을 일으키는 아, 동강 난 천년 흐름.

어둠이 묻어나는 땅속의 길은 고요
바람 바람 소리 하늘 귀 열어 놓고
또다시 살아 오르는 너 순수의 뼈대여.

햇살도 닮은 가슴 우뢰도 먼 물결도
눈비 속 어질 머리 돌거울에 얼비치면
기대선 오늘의 눈높이로 낯 붉히는 꽃이 핀다.

옛날 얘기 1

마당 가 빨래 줄이 뙤약볕을 키질하면
어머니 애 다 끓던 보리뜨물 장독 찰찰 넘쳐 나와
고추 밭 매운 햇살도 맛만 좋은 열무였다.

옛날 얘기 2

— 봄
꽃샘에 흙비 묻어 버들 눈 앓던 날은
생각이 타래로 풀려 모종밭만 설치다가
떡잎이 속눈썹 뜨자 송글땀만 굴렀다

— 여름
물 말은 깡보리밥에 풋고추가 씹힐 때는
우리 누나 잔 손금에 가난이 톡톡 튀어
열두 살 마른 입술을 장아찌로 절었다

— 가을
툇마루 호롱불에 달빛이 이슥하면
누나의 다듬이 소리 귀뚜리 잠을 깨워
열아홉 불 같은 가슴 이슬 꿰어 새웠다.

— 겨울
메밀묵 한 사발에 겨울 밤이 녹아들면
사랑방 마실꾼의 헛기침을 베개 삼아
화롯불 알불 얘기를 밤참으로 챙겼다.

월림리 소곡月林里小曲

고향 뜰 스러진 달빛 다사 모아 손 담으니
구겨진 손금마다 서걱이는 하얀 숨결
세월이 달빛에 묻어 혼자 슬피 가더이다.

계향桂香의 품 안에서 홀로 넘던 벗고개는
떠돌던 십 년 사이 흔적마저 사위어 가
서러운 풀잎들만이 찬바람에 울더이다

잔물결 은빛 안개 여물던 달숲 마을
별빛도 꽃길 물어 쉬어가든 그 꽃마을
이제는 꿈속에 꽃향 흰 구름만 떠 가더이다.

정위진(鄭渭釧, Jung, We jin)

1924년 경북 상주 외서면 우산리 출생. 경북여고 졸업(1940).《시조문학》「추억」천료(1984) 등단. 시조집『하늘 문門』(1984, 원정),『소호리 소경』(1987, 시문학사),『수화하는 가을바람』(1990, 시문학사),『후박잎에 듣는 비』(1994, 시문학사) 외. 제12회 황산문학상 본상(1998) 수상. 영남시조문학 부회장 역임. '소심회素心會' 여류시조동인. 한국시조시인협회 회원.

―

추억追憶

초가草家 위 흰 박꽃 어스름을 피워내면
무엔지 그리움에 눈물겹던 검은 머리
어디라 대이고픈 정을 바람결에 실었네.

달빛에 흠뻑 젖어 백옥이던 얼굴 마주보며
수양버들 아래서 밤은 그만 비단 이불
아, 그는 지금 어디서 무슨 꽃으로 사위나.

세월이 흐를수록 꿈만 길은 두레박 끈
감기는 연륜만큼 매듭만 늘어가네
그 추억 정결히 풀어 삼장 육구三章六句에 싣는다

사향思鄕

만송주萬松洲 고요에 실려 흘러간 영고성쇠
오늘도 허상虛想 한 점 동동 떠내려간다
대산루對山樓 온갖 전설은 푸른 이끼로 앉았고…

담뱃대 도포자락 흰 수염의 할아버님
둘말은 시공時空 풀어 거기 서서 바라볼 때
늪 같은 문명도 박차 백구白鷗 닮은 내 고향.

우수 경칩雨水驚蟄

무엇이 놀라 깨는가 촉촉한 이 흙냄새
썰매 타던 그 유년의 강물마저 풀리는가
산마다 눈 녹는 소리 한풀 꺾인 칼잎 바람

스물스물 풀리는 소식 더욱 먼 마음 기슭
콧노래를 부를꺼나 돛을 높이 올릴거나
우수雨水라 경칩驚蟄이란들 응달진 내 언저리여

장마

진종일 마음 뜰에 크렁히 쏟는 하늘
흐르는 눈시울에 계절이 묻혀 간다
후조候鳥 양 떠나가 버린 세월 밖의 한 무리.

직지사直指寺에서

정한情恨도 쓸어낸 자욱 일주문一柱門 고요를 뚫고
황악산 잠재우며 비에 젖는 독경 소리
합장한 손끝에 뚝뚝 번뇌 지는 그 소리.

감겨 아픈 인연일랑 떨치고 일어서리
저 하늘 무변無邊을 돌아 나도 배워 새기리라
마음에 연등燃燈을 달아 내 여일을 밝히고자.

큰며느리

큰 바다에 얼비치는 한 아름 숨결이듯
파초의 푸른 꿈이 마당 가득 덮는구나
서늘한 아미娥眉에 고인 큰며느리 다순 정.

둘째 며느리

향기 고운 찔레꽃이 만산滿山에 자욱 핀 듯
화사한 너의 미소 언 가슴도 밝혀 주리
한밤에 돋아 빛나는 별빛처럼 곱거라

막내 며느리

사랑을 모아 빚은 부시는 항아리들
난향蘭香이 향기롭고 학鶴의 숨결 퍼덕여 날듯
그 슬기 내 뜰에 내려 아, 살가운 꽃대여.

맥망麥芒

다작多作 서두르다 어지러운 이 맥망麥芒들
알곡보다 더 정이 가 몽글고 까불어 본다
봄날은 뉘엿뉘엿 지는데 정작 서툰 내 키질.

정인경(丁仁鏡, Jung, In kyung)

1952년 충북 음성 출생. 중요무형문화재 제 41호 가사 이수(1996). 《현대시조》 신인상 (1998) 등단. 시조집 『삶은 가락을 타고』 (2010, 세종). 교재 『시조창의 이해와 창법』(2019) 외. 전국시조경창대회 대통령상 (2004), 부산광역시 교육청 교육상(2000), 부산예술대상(2017) 수상. '시조창무극' 각본 · 기획 · 연출(1~22회), 전국청소년시조예술제 운영(1~22회). 한얼정악연구소 대표.

—

시인이 시조창의 씨앗을 품고 밤낮으로 찾아봐도, 시조창의 씨앗을 받아주는 곳이 없었다. 하지만 가슴이 퍼렇게 멍이 드는 아픔 속에서도 시인은 시조창의 희망을 놓지 않았으며, 마침내 '목울대 아린 통증에 새살'이 돋게 된다.

정인경의 시조는 시조로 간결한 형식과 내용으로 인해 읽기보다는 노래하기에 더 적합한 형식을 띄고 있다. 시조가 노래하기 쉽다는 것은 서정 장르로서의 시조의 특성을 강하게 부각시킨다. 일정하게 반복되는 리듬은 정서를 고양시키고 그렇게 고양시킨 정서는 시인이 감각하는 대상과의 동일시를 쉽게 이루게 한다. 음악적 요소를 통한 정서적 동일시는 고시조에서도 흔하게 나타나는 시적 화자의 태도였다. 더욱이 음악성을 고양함으로써 동일성을 구축하려는 시조시인에게 잃어버린 자연은 더욱 강한 대상이 될 뿐이다.

— 임종찬(시조시인 · 부산대 명예교수)

—

시조창

가뭄으로 굳은 땅에
시조창 씨앗 품고
밤낮으로 찾아봐도
뿌릴 곳이 없던 시절
피멍 든 발자국 따라
저 혼자 울던 소리

겹겹이 잠긴 문
흔들수록 굳게 잠겨
소리치다 소리치다
하늘을 바라보면
세월은 고된 침묵으로
때를 낚는 어부였다

십 년 세월 눈물로
가문 땅을 적시어
삼사월 싹 눈트듯
오종종 크는 싹들
목울대 아린 통증에
새살이 돋고 있다.

달아

달아 너는
어찌하여

찬 빛만
내쏘느냐

애끓는
그리움을

청천에
남겨두고

사르르
구름을 흘려

눈물을
감추느냐

기다림 1

바람아
부지 마라

댓잎아
울지 마라

기다린
그리움에

밤이슬이
젖어 든다

행여나
임이 오실까

마음 졸인
깊은 밤

기다림 2

휘영청
밝은 달이

창문에
어린 뜻은

못 오실
내 님 대신

소식을
전함인가

아서라
이 밤이 새면

급히 오실
님이시다

짝사랑

애끓는
그리움에

먼 산 넘어

찾아와서

사연은
뒤로 한 채

말없이
바라만 보다

사랑을
저만치 두고

이슬 안고
떠납니다

밤비

밤중에
누가 있어

창문을
두드리나

잠 못 든
불면의 밤

저도 홀로
눈뜨는데

문 열고
창밖을 보니

눈물 같은
빗방울

두견화

뒷동산
굽이굽이

새봄 소식
들리네

바위틈
몰래 숨어

피어 있는
진달래

수줍어
앳된 얼굴이

빠알갛게
물들었네

낙화

구름 한 점
없는데도

비가 온다
꽃비가 온다

꽃비를
맞으며

생각에 잠겨
걷는다

무뎌진
사랑의 씨앗

행여 싹눈
트일까

나 어릴 적엔

가난했던
어린 시절

보릿고개
넘던 시절

보리 쑥 죽
먹으면서

허기진 배
채웠어도

이웃의
따스한 정은

강이 되어
흘렀다

고향

참외 수박
서리하며

냇가에
송사리잡고

옥수수
하모니카 불며

꿈 키우던
내 동무들

모두 다
어디로 가고

매미만
울고 있다

정인보(鄭寅普, Jung, In bo)

1893.~1950. 서울 출생. 사학자, 한문학자. 아명 경시(景施). 호 위당(爲堂), 수파(守坡), 담원(薝園), 미소산인(薇蘇山人). 《동광》 시 「기진어머님」(1921), 시조 「가신 임」(1927), 「자모사慈母思」(1928), 「월야」(1929), 희곡 「가신 임」(1927) 발표. 시조집 『담원 시조』(1948, 을유), 저서 『조선사연구 上, 下』(1946, 서울신문사), 『담원국학 산고』(1955, 문교사), 『담원문록』(1967, 연세대학교), 『양명학 연론演論』(1972, 삼성문화재단) 외. 『정인보 전집(전 6권)』(1983, 연세대 출판부). 논문 「문장강화」(1924, 폐허 이후), 「5천년간 민족의 얼」(1937.8, 동아일보), 「근세조선 학술 변천에 대하여」(1931, 청년) 외.

첫정

그 기별 듣던 밤에 온 하늘이 별이더니
꿈이면 어서 깨자 꿈 아니면 어찌할꼬
배 떠나 바다 넓으니 곧 미칠 듯 하여라

그러니 그럴라구 집에 가면 만나려니
건넛방 덧문 닫고 마당조차 다른듯다
어머니 반 울음으로 너 왔느냐 하셔라

내 건너 골을 넘어 드뭇 성긴 솔 아래로
가르쳐 저기라니 임 아니고 흙이로다
밤낮에 그리던 남편 여기온 줄 아신가

이월 달 생일 거의 더 안 묵고 떠났겠다
어머니 뒤따라서 중문까지 나오던 임
말없이 서로 헤져서 다시 볼 길 없고녀

하늘 위 옥련화가 잠깐 날려 인간으로
늘보기 바라리만 너무 총총 이다지요
씨 남겨 새잎 나오니 정 머문 줄 아노라

뼈 깊이 맺힌 정을 내가 어찌 다 안다리
아니 본 상해 남경 눈에 오죽 그렸을까
그 배로 지어논 옷은 사람 대신 반겨라

어려서 놀던 동무 내외라니 더 달라라
철 아직 나기 전에 바라보고 좋았었다
첫정이 어혈이 되니 임만 불쌍하리오

세월이 약이라고 이제 와선 어렴풋다
잊기야 잊을 선정 인간맛은 섭거워라
나 그려 못 갔으려니 제사 과연 받는가

큰딸애 사십 거의 아들딸애 여덟이외
눈썹새 엷은 결이 볕에 서면 더 어머니
닮고도 저는 모르니 가슴 찌연하여라

어머니 일평생에 며느리로 못이 박혀
일컫만 하는 때는 바로 목이 메시더니
산소가 뫼 앞이시니 어루만져 주시리

금강산에서
— 만폭동萬瀑洞

맑고도 넓은 개울 몇 폭포를 얼러온고
들어선 아름드리 기우신 양 더예롭다
골바람 지났건마는 숲은 아직 울려라

숲새로 솟는 취와 장안사가 저기로다
절동구 접어들어 장터 같다 허물 마오
계산엔 물 아니드니 잠깐 속세 어떠리

해 뉘엿 저무는데 우수하니 비 뿌린다
이십 리 마하연을 어이 갈꼬 노배 기로
명산의 김 서림이니 옷 젖은들 어떠리

둘 붙인 나무다리 물소리에 날리울 듯
명연담 뿜는 눈발 오던 비는 어디 간고
분명히 막힌 앞길이 어느 결에 열려라

한 굽이 돌아드니 향로봉이 푸르렀다
청학은 어디 가고 대만 홀로 높았는가
암벽이 좌우로 벌려 날개 편 듯 하여라

돌인가 옥이런가 흰 들 저리 흰할쏜가
너레기 펼친 채로 만괴수가 내리 달아
곳곳이 나는 눈발이 높자낮자 하여라

사벽四壁을 덮은 수목 쌓이다 못 덩이덩이
고울싸 일홍징담—泓澄潭 초록색을 뉘 들인고
신나무 쳐진 가지가 반쯤 물에 잠겨라

숲새로 볕이 새니 금광이 일렁인다
일렁여 나가다가 되오르긴 무삼일고
있다감 어리운 올이 넓어 점점 멀어라

이 좋은 이 수석에 바둑판야 오활하다
명구에 운사로서 둠 직도 아니한가
두어라 고유 인적을 헐어 무삼 하리오

옥녀의 늦은 세수 갓하염직 하다마는
비취병 굳이 닫고 누를 끼어 숨으신고
앞길이 머다할 선정 안 머물고 어이리

바람은 없다마는 잎새 절로 흔들리고
냇물은 흐르런만 거울 아니 움직인다
백룡이 허위고 들어 잠깐 들썩하더라

마하연암摩河衍庵

삼한三韓을 통합하신 문무대왕 즉위 초에
이 땅에 이 절 짓고 비시던 일 두렷하다
정성 자취 없고여 산천 다시 보여라

우거진 저 숲속에 어느 풀이 지공초指空오
뜰계수 버힌 원님 욕심 많다 뉘이르뇨
거짓에 싸여 온 분을 나무에게 풀려 함이니

나옹 예배석이 예런듯이 제로 향해
법기봉 앉은 모양 인간 세월 모르는
백운이 뜰 앞에 차니 익재 생각나더라

중향봉衆香峰 나린 맥에 첫 명구名區가 마하로다
옥룡자玉龍子 풍수설을 잠간 제쳐 두고라도
용턱 밑 제일 구슬은 여기런 듯 하여라

백운대 기염기염 저 홀론 줄 알았으리
숨 허위 내쉬기 전 천봉 언제 따라온고
쇠줄 곧 없었을세면 진연 더욱 멀렀다 (후략)

고곡애估曲哀

저 피리 생황笙黃 노리 길이 늘여 높으랴니
이 저것 어우러져 종경鍾磬 함께 북이 울어
되돌아 잦은 고비에 남긴 듯이 그쳐.

들고만 있는 젓대 잊은 듯한 북채로다
쟁 안고 더듬는 손줄 행여나 울릴세라
이윽고 박소리 나니 꿈이런듯 하여라

높낮이 늘 그만이 곤소린가 결쉰 물가
어룡은 잠이 깊고 달은 퍼져 만경이라
일게란 무엇 없으니 뫼들조차 낮아라

매월당석각梅月堂石刻

그제도 싫다셨건 이제더면 어떠시리
반내산 삭임 위의 다래 덤불 걷지 마소
글씬들 창상잔겁을 보서 무엇하리오

오세五歲에 맺히신 한恨 그대로로 천추로다
무단히 느꺼우니 뵙는 듯도 한저이고
노릉魯陵은 한없으셔라 울음 끼쳐 두시니

산 올라 우셨다니 산 보시면 섧더이까
물 당해 우셨다니 물 보시면 섧더이까
임 보신 산과 물이야 그대 섧다 하리까

조춘무春

그럴싸 그러한지 솔빛 벌써 더 푸르다
산골에 남은 눈이 다슨 듯이 보이고녀
토담집 고치는 소리 볕발 아래 들려라

나는 듯 숨은 소리 못 듣는다 없을쏜가
돋으려 터지려고 곳곳마다 움직이리
나비야 하마 알련만 날개 어이 더딘고

이른 봄 고운 자취 어디 아니 미치리까
내 생각 엉기울 젠 가던 구름 머무나니
든 붓대 무능타 말고 헤쳐본들 어떠리

척수 허씨 만戚嫂 許氏挽

불쌍한 아주머니 고생살이 몇몇 해요
세 식구 부부모녀 한 분 없이 어이 살리
신교동 빈 밭 모롱이 발길 차마 도실까

윤나는 질화로에 인두 상기 꽂혔는데
반 사윈 저 숯불도 우는 남편 옆이로다
가신 이 느꺼운 정을 그려 볼 듯 하여라

고생에 젖은 일생 경이런 듯 웃으셔도
천한 양 비슥거려 모꼬지란 모르셨네
인조견 저고리 한 감 원만하고 마셔라

만 만해선사挽 萬海禪師

풍란화 매운 향내 당신에야 견줄쏜가
이날에 임 계시면 별도 아니 더 빛날까
불토가 이외 없으니 혼아 돌아오소서

춘음

솔 넘어 먼 봉우리 구름인 듯 가벼이 떠
밭두덕 여기저기 새싹 벌써 푸르고나
어데서 벌노리나니 솜옷 묵어 하노라

떠돌아 구름이오 붙어다녀 바람이라
흐리다 새이는 볕 이도 아니 봄소식가
아희야 창 열었으랴 나도 함께 들리라

물같이 가는 세월 님도 응당 아시려니
설분분雪紛紛 이제런데 만자천홍萬紫千紅 가까워라
사무쳐 드는 춘풍春風에 깨어 본들 어떠리

정인수(鄭仁洙, Jung, In soo) 본명: 정수환(鄭守桓, Jung, Soo hwan)

1940년 제주 북제주면 구좌면 상도리 출생. 제주대학교(국문학과) 졸업(1966). 《한국문학》 신인상 시조 당선(1974) 등단. 시조집 『삼다도』(1993, 동학사), 『해녀노래』(2010, 고요아침), 『섬과 섬 사이』(2017, 고요아침). 제주도문화상, 녹조근정훈장, 모범공무원 수상 외. 한국시조시인협회 회원. 예총제주도지부장, 한국연극협회 제주도지부장 역임 외. 제주여고, 서귀포농고, 제주일고, 제주농고, 서귀포고 교사 역임.

—

삼다도

— 서序
바람은 돌을 품고 입술 깨무는 비바리의 치마폭에서 울고,
돌멩이 바람 맞으며 비바릴 지키는데,
비바린 바람 마시며 돌처럼 버텨 산다.

— 바람
바람이 파도 끝에 파아란 불 켜 기어올라,
소라 속 뒤틀린 세상 비비틀어 올리다가,
얽어 맨 노오란 띠지붕 감돌아 밀감잎에 스민다.

— 돌멩이
포구로 돌아와 보면 고향은 언제나 타향인데,
반기는 어정쩡한 표정들 있어 아아, 굽어 보면
맨발로 짓무르던 유년 피어나는 미소들……

— 비바리
정일랑 돌 틈에 묻고 돌아서면 시퍼런 작살
쌍돛대 하늘을 박차 태양을 밀어붙이며*
망사리** 두툼한 무게만큼 부풀어 오른 가슴

* 해녀들 물속으로 곤두박질칠할 때 물 위로 뻗는 하얀 두 종아리.
** 망사리: 해녀 작업용 해산물을 따 넣는 망태기 종류.

서귀포 3제

— 천지연
폭포는 옥황상제의 목소리로 하늘을 가르고
몰래로 꽃선녀들 흰 가슴 씻던 못물엔
그때의 한숨만 남아 잔잔히 퍼져가는 파상波狀

— 밀감
한라산 치마폭에 볼 부비며 안긴 아롱둥이
밖에는 등불 꺼도 환히 밝힌 골목길을
지금도 눈빛 고운 처녀 밀감 먹으며 큰단다.

— 해녀
해녀는 물속에서만 눈을 뜨고 입을 연다.
남몰래 옷을 벗어 모든 것을 내맡겨도.
오히려 못 믿을 것은 휘파람 저 너머 세상

성산포 사모곡

1
사랑이 날 낳으시듯
부챗살 편 아침 놀,
아픔의 빛깔이란
애초부터 눈부신 것
일출봉 허리에 슬리는
숱한 어둠의 포말들…

2
밀항선密航船 통통통통……
목이 메던 돔밭 알
갈매기 날개깃 새로
흩뿌리던 새벽이슬,
조약돌 차며 뒤쫓던
헝클어지던 내 유년.

3
하늘의 젖줄을 물고
반공半空에 소소 뜬 기암,
동양서 가장 싱싱한 햇살
마시며 자라서
뼈마디 퉁길 적마다
울어나는 맑은 소리

4
조약돌 쥐어뜯던
고사리손 마디는 굳어
아들 딸 아내 더불고
이 물가에 서니 다시
소복한 고운 모습 돌아올
빈 주막배 한 쌍

칠십 리 사설

　서불徐市님 저녁놀 헤치며 노 저어간 포구였네.

　삼신산 불로초 캐러 왔다가 그만 산수에 취하여 정방正房 석벽에 서불과처徐市過處 넉 자만 새겨 놓고 넋을 잃고 떠났다네. 아무렴 그렇지, 몰라서 물어? 여기가 어디라고… 설문대 할망 희멀건 몸 벗어 실 한 오라기 안 걸치고 벌렁 나자빠져 그 아릿다운 계곡과 구릉과 그늘진 숲, 천향天좁의 과일들을 스스럼없이 빚어 놓았지. 파아란 하늘이 떨어져 괸 천지연 못물 위로 뜨거운 합환合歡으로 자지러지는 폭포, 지상의 마지막 정력으로 치솟은 남근의 고석포孤石浦 외돌, 그 길게 드리워진 외로운 그림자 저쪽으로 열리는 유성음有聲音의 아침 바다에는 옛 사연 모르는 주낙배 붕, 붕, 붕, 붕 줄을 잇고 칠십 리 창공을 차며 날으는 갈매기를 등우리 드는 범섬虎島, 문섬蚊島, 섭섬森島, 새섬茅島들이 심장을 깔고 앉아 제 추억을 말끔히 들여다보고 있는데, 아침 대양에서 캐낸 등불 켜 바자니는 소복의 비바리를 고운 눈매 아롱다롱 매달려 밀감꽃이 하야니 피는 걸

　그 아랠 은하빛 꽃떨기로 흐는히 젖는 개울물.

정인숙(Jung, In sook)

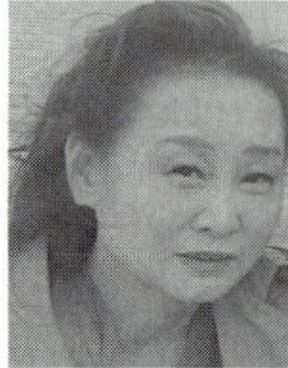

1963년 서울 출생. 〈동아일보〉 신춘문예 시조(2020) 등단. 제30회 신라문학대상 시조(2018) 수상.

시인은 오늘의 도시를 심도 있게 그렸다. 연필화처럼 희미한 선으로 그린 애잔한 풍경은 경제적 어려움 등 여러 문제에 직면한 우리의 현실을 상상하게 하는 여운을 머금고 있다.
외화내빈의 카오스 속에서도 그 생활에 절망하지 않고 새로운 길을 찾아 나서고자 하는 소시민의 의지가 잘 그려져 있기 때문이다. 부디 삶에 뿌리내린 건강한 시정신으로 한국 시조문학사의 내일을 만들어 가는 일꾼이 되길 바란다(「선잠 터는 도시」).

— 이우걸, 이근배

선잠 터는 도시

1.
선잠 털고 끌려 나온 온기 꼭 끌어안는다
자라목 길게 빼고 순서 하냥 기다려도
저만큼 동살은 홀로 제 발걸음 재우치고

나뭇잎 다비 따라 꽁꽁 언 발을 녹여
종종거릴 필요 없는 안개 숲 걸어갈 때
여전히 나를 따르는
그림자에 위안 받고

2.
정원초과 미니버스 안전 턱을 넘어간다
목울대에 걸린 울화 쑥물 켜듯 꾹! 넘기고
몸피만 부풀린 도시,
신발 끈을 동여맨다

소금꽃 피어나나요!

부드러운 바람 손길 일어서는 우수 무렵
동안거 든 메줏덩이 죄 흔들어 깨어놓고
켜켜이 앉은 시름을
말갛게 씻어낸다

소금물에 온몸 쟁여 황금빛 풀어내듯
불혹 줄에 엉킨 타래 술술 풀릴 날은 올까
손 모아 비손하는 시간
누름돌로 헤아린다

구두점 찍어야 할 말간 그날 기다리며
이 악물고 버틴 길섶 소금꽃 피어날 때
침묵 속 꼭꼭 누른 말들
숙성되어 터지겠지!

노량진, 뒷 담화

어디까지, 내몰릴까, 무람없는 파도 밀려
그림자도 따로 앉는 옹색한 가판 위에
바람은 흥정을 하다
짠 내음 훑고 가고

곰삭은 발길들만 잠시 잠깐 멈춰가는
염장된 세상인심 뒷담화로 남겨질 때
쾡한 눈
등 굽은 할머니
삼각파도 맞선다

구질구질 장맛비에 가슴앓이 힘겨운 날
날벼락 휩쓴 자리, 좌판 그에 사라져도
안태본, 따스한 품이
와락! 그녈 안는다

그날의 실루엣

지나새나 쿨럭이던 잔기침도 멈춘 그때
악쥔 주먹 돌 반지가 흑백에도 색이 튄다
미소가 낯설지 않아
휑한 눈빛 보태고

산다는 게 잊는 거라 속절없이 잊는 거라
북녘땅 우러르며 아버지 눈가 적실 때
품에서 꺼내 보시던 빛바랜 사진 한 장

넉살 좋게 덕게 앉은 먼지를 털어내다
아슴아슴 남은 얼굴 기억해 내셨는지
하! 그리, 활짝 핀 꽃이
여기에들 있었네

절 밖의 돌탑

가늠 못 할 무게들
얼키설키 쌓인 돌들
통풍을 앓고 있다
저 어디
끼워 넣었나?
울 어머니
굽은 등

꼿꼿이 서지 못할
휘청 이는 풍상 속에
모든 것 품어내는
따듯한 자비인가
돌티들
살 비늘 세워
왜바람을
막고 있다

파꽃, 톺아보기

거북등 흙더미 위 속살 내민 고랑 사이
붓대 세워 버티는 파, 비구름 기다린다
붓끝을 적시는 그날, 화룡점정 예비하며

꽃숭어리 피울 시간 목 빼든 하루하루
사이갈이 끝이 없는 너덜겅 길을 따라
온종일 자식바라기 땀방울 쏟는 그때

파고드는 명지바람 후드득! 단비 뒤끝
은분가루 하얀 붓을 머리에 올려놓고
바람의 숨결에 따라 휘젓는다 오! 완경

한겨울의 삽화
— 포장마차

덧셈만 거푸하는 나이에 등 떠밀려
된 바람 점령한 길 휘장 둘러 되찾는다
서너 평 살뜰 공간이
꿈을 담을 자리

문패라야 삐닥 빼딱 손글씨가 전부지만
걸친 옷보다 더 얇은 호주머니 호객해도
퍼주는 인심 하나는
꽁꽁 언 길 녹이고

휘이익! 호각 소리 등줄기가 싸늘하다
막판에 몰린 외길 눈조차 깜박일까
무 써는 또각! 소리가
조는 밤을 깨운다

미장공 아버지

두만강 푸른 물이 골목 안 넘칩니다
느닷없는 빗줄기가
재바른 손 막은 게지요
들이킨 탁주 몇 잔이 고향 길을 엽니다

담장 높이 쌓을 때면 무에 그리 사무친 지
잠시 틈내 일손 놓고 북녘 하늘 우러릅니다
목덜미 걸친 수건이
눈시울을 닦습니다

가방에 눌어붙은
비문 같은 횟가루가
손등과 얼굴까지 하얗게 덮인 날에
아물 새 없는 흉터를 살포시 가립니다

으밀아밀 기워낸 목숨
— -뜨개질

공든 시간 으밀아밀 소맷부리 풀어낸다
늘어진 앞섶 여며 실타래 감는 그날
어머니 끊어진 실 끝이 매듭지어 엉킵니다

한 움큼 커진 실뭉치 온밤 내내 구르다가
세월 엮는 가시버시 코 잡아 뜨고 맺고
땀땀이 목숨 기워낸 그 손길이 곱습니다

어떤 행마
— 부부 싸움

후절수 들이민다
재바른 수를 읽고
손들고 발을 빼자
허방은 더, 더 깊어
끝없는 입방아질로
상대 허를 여순다

기왕에 기운 승부,
앞길은 요원하다
눈동자 부라리며
살길을 도모하다
얼씨구! 옥집도
집이라고
우겨 보는 세상사

곳곳마다 자충수에
환격조차 몰아친다
회심의 신의 한 수
더 이상은 둘 곳 없이
불계가 신사적인데
만년패를 펼치는,

정장한(鄭長漢, Jung, Jang han)

1950.~2020. 강원 화천 간동면 출생. 한국방송통신대학교(법학과) 졸업. 《시조문학》 천료(1996) 등단. 《체신》 현상공모 단편소설(1987), 한국방송공사, 《체신》 현상공모 동화(1988), 월간 《한국인》 현상공모농어민 수필 입상(1986), 월하시조 백일장 장원(1993) 수상 외. 강원시조 감사, 화천문인협회 지부장 역임. 한국문인협회, 강원문인협회 회원.

—

개성이 강한 뛰어난 구상력, 열정적인 사람, 그가 곧 정장한 시인이다. 그는 90년대 《시조문학》을 통해 이태극 박사의 추천으로 한국문단에 나왔지만 이미 《체신》 등 현상공모에서 소설, 동화, 수필이 당선된 적 있는 재간의 시인이다. 그의 작품 중에는 강릉남대천에서 태어난 연어가 망망대해를 거닐다 커서 다시 제 고향으로 돌아가는 내용을 마치, 술자리에서 술 잔을 돌리면 결국 그 술잔이 돌아온다는 표현의 명작도 있는데 지역사회에서도 큰 역할을 하는 정장한 시인이 요즘 병상에서 쓴 「요양원에서」라는 시조가 있다. "그 옛날 맑은 이슬 꽃다운 날이었지/하늘보다 맑던 모습 어디에 잦아들고" 다른 말이 뭐 필요있나. 그의 빠른 회복과 그로 인한 더 깊고 높은 작품을 기대해 본다.

— 조규영(강원도문인협회 고문 · 월하이태극문학관 관장)

—

친구와 술

한잔 술 있다 하며
부르는 친구 전화
아무런 잘못 없는데
식구들 눈치 보며
건너갈 다리가 험한
이국 땅을 가본다

답답한 세상 애기
모두가 째째해서
세상을 호통치는
배짱 좋은 사내가 돼
나는 또
오늘 왕자 되어
천국에서 웃는다

농부의 그림

수만호 화폭 위에
그림을 그려본다

봄부터 여름 지나
가을이 될 때까지

농부는
살아 있는 그림을
온몸으로 그린다

새벽

서늘한 바람 불면
깊어진 새벽에
창가를 서성이는
달빛에 잠이 깬다
아침을 맞이하기엔
아직 멀리 있는데

한잠을 더 청하나
마음은 들로 간다
빗방울 뿌려질까
가을걷이 밀렸는데
어둠에 갇힌 마음이라
어쩔 수 없다네

철없는가

욕심을 버렸다고
마음을 비웠다고

속물에서 벗어나라
쉽게들 말하는데

내게는
더없는 사치라
말할 수가 없다네

세상의 욕심 중에
가장 남이 나는 건

가쁘하게 한 세상
살아가는 것인데

나에겐
이룰 수 없는
욕심이라 여기네

요양원에서

그 옛날 맑은 이슬
꽃다운 날이었지

하늘보다 맑던 모습
어디에 잦아들고

세상의
온갖 연민들이
마른 몸에 쌓이나

사랑을 받기 위해

세상에 왔다는데

그 사랑 벗어 놓고
살아온 탓이런가

창으로
보내는 그 눈빛
아는 사람 없다네

태풍

보이지 않는 것이
살랑대며 다가올 땐

나뭇잎 숨결인가
고맙기만 했는데

천지를
뒤흔드는 밤
그 까닭을 모르네

보여야 인정 받는
세상의 모든 것에

그렇지 않다는 걸
어이해 모르냐고

한순간
세상을 뒤엎고
머나먼 길 떠난다네

오월에

산천에 한가득히
넘쳐나는 푸른 기운

내 마음 구름처럼
세상을 둘러보고

갈다리
우거진 숲에
발걸음이 머문다

먼 곳을 바라보려
발돋움 하지 말자

갈다리 숲속에서
숨바꼭질 하는 새들

발 밑에
펼쳐진 세상이
구름보다 빛난다

나의 작업복

내 몸을 감싸고서
거친 논밭 헤맸건만

집 문턱 들어서자
빨리 벗어 놓으란다

흙먼지
떨어지는데
어딜 들어 서느냐고

문 칸에 벗어 놓기
내 맘이야 안됐지만

세상이 그러한 걸
혼자라 설워마라

거친 일
대접 못 받기는
너와 내가 똑같다

그 울릉도

산 산 산 바위 바위
이어진 계곡 숲에

흐르는 맑은 물이
파도 되어 나간 바다

그곳에
노는 갈매기
부럽고도 그리워

삼겹살 예찬

깨끗함 모른다고
먹이만 찾는다고

서러움 받던 몸이
기쁨을 안겨준다

잘났다
나는 누구에게
이런 기쁨 주었나

정재선(Jung Jea sun)

1954년 경북 청도 출생. 청도이서고등학교 졸업.《시조21》(2013) 등단. 시조집『꽃과 그리움 사이』(2017, 목언예원).

정재선은 그 어떤 발언이나 주장을 드러내지 않으면서 그림자놀이나 가면극에서처럼 정황만을 보여 주는 역할에 만족하고 있다. 주제나 메시지는 독자의 이해와 판단에 시작법은 전편을 통해 일관되게 나타나 있다.

—민병도(시조시인 · 국제시조협회 이사장)

지심도 동백

선홍빛 속울음이
섬을 온통 물들인다

붉어진 내 설움도
슬며시 풀어 놓고

동여맨 마음 한구석
툭, 떨군 그리움 하나

몰운대를 걷다

바다 낀 숲을 따라 오솔길이 정갈하다
날마다 파도의 말씀 참선으로 크는 나무
그 끝에 둥지를 튼 새 수행이 눈부시다

한 치의 경계 없이 마음문 열어 보면
셈하지 못한 길이 덤으로 따라 올까
물푸레 푸른 잎 사이 하늘빛이 인자하다

삶이 문득 팍팍하여 모래알로 씹히는 날
살바람이 흩어 놓은 마음결 다잡으며
안개 속 돌아누운 길, 몰운대를 걷는다

노인의 하루

길 건너 고물상에 리어카를 부려 놓고
막걸리 한 사발에 피곤을 풀어내면
듬성한 이빨 사이로 가을 햇살 지나간다

어찌 저리 닮았을까 녹이 슬고 휘어진
수집한 고물들과 저승꽃 핀 노인 모습
용암을 다 토해내고 식어 버린 휴화산 같은

절름발이 개 한 마리 식구인 양 동행한다
삐걱대는 삶의 바퀴 모로 누운 쪽방 뒤켠
고장 난 가로등 하나 한 평 남짓 꿈을 감춘다

요양원 일지

창가를 서성이며 맥을 짚는 석양 아래
철 지난 해바라기 저절로 등이 굽었다
침대 옆 이름 석 자만 하품하는 긴 긴 하루

어설픈 나날들이 폐지처럼 쌓여 가고
궁색한 인사마저 오히려 멋쩍어서
기어이 도돌이표 찍고 기억 돌린 어머니

삶이 다 바래었나, 눈이 부신 흰 머리칼
껍질마저 벗어 놓고 깃털처럼 가벼워지면
홀연히 날아가겠지 민들레 홀씨가 날 듯

농사일지

'나무나 사람이나
치솟은 놈은 잘라야 해'

복사꽃 아직 먼 데
가지치기 한창이다

웃자란 생각 하나가
슬그머니 꼬릴 내린다

내 그림자에게

바람이 거세어도 흔들리지 말아라

달구어진 태양 아래 더욱더 선명하라

겉옷은 잘 챙겼느냐, 안쓰럽다 헛발질

호미

한평생 흙 비비며
닳고 닳은 앙상한 뼈

적막이 울타리 친
흙담집 처마 끝에

어머니 끊어진 손금,
녹이 슬고 말았다

진달래

아버지 나뭇짐 위 활짝 피던 진달래꽃
마당이 그득하게 뒷산을 내려놓고
쪼르르 달려 온 딸을 번쩍 들어 올리시던

텅 빈 쌀독 위에 한 아름 꽂아 놓고
열두 식구 두레상에 허기마저 달래 가며
가난을 받들어 살던 눈이 시린 지난날

올봄도 어김없이 진달래 한창 붉다
꽃과 그리움 사이, 화전이나 곱게 부쳐
속까지 비워진 기억 채워 보고 싶은 봄날

유등연지

칠월의 허리쯤에 앞섶을 푸는 바람
에돌아 마음 닿은 잔잔한 수심 위로
휘휘휘 휘파람 불자 연꽃 송이 벙글었다

캄캄한 진흙 속의 기다림도 문을 열고
연분홍 고운 자태에 햇살 슬몃 입 맞추면
갓끈을 고쳐 매면서 누각 한 채 일어선다

보름달 기울다

장국밥 한 그릇에 혼사 덜컹 결정짓고
양반 체면 한 줄로 인생을 금 긋던 날
밤새워 울던 분이를 가만히 보듬던 달

가난한 층층시하 꿋꿋이 버텨 낼 때
힘겨운 고비마다 어미 되어 달래라고
철부지 딸 보낼 적에 삼베보에 싸 보낸 달

보름마다 채운 꿈을 속없이 퍼 주더니
저 달도 뼈만 남아 기운 빠진 어느 날
기우뚱 중심을 잃고 한 생애가 기운다

정재영(鄭在泳, Chung, Jae young)

1947년 전북 진안 마령면 출생. 서울대학교(치과대학), 오사카 치과대학(치학박사), 칼빈신학교(신학과), 총신대 신학대학원(M.DIV), 중앙대 예술대학원(문학예술학과, 문학석사). 《조선문학》(1998), 《현대시》(2005) 등단. 시집 『혼적지우기』(1999, 조선문학사), 『벽과 꽃』(2008, 한국문연), 『모퉁이 돌면』(2011, 문학의 전당) 외. 저서 『현대시의 시법과 창작실제』(2007, 조선문학사), 『문학으로 보는 성경』(2010, 조선문학사), 『융합시학』(2014, 조선문학사). 펜문학상(2017), 미당시맥상(2016), 중앙대문학상(2014), 현대시회시인상(2014), 기독시문학상(2009) 수상. 시봉문학회, 미당시맥회, 현대시회 활동 외.

—

시인에게 영성靈性은 감성적 인식이나 이성의 세계를 초월하여 우주론적 본질과 만나게 하는 힘이다. 사람과 자연 그리고 우주와의 합일된 체험과 그 본질의 소리, 신의 음성까지 들을 수 있는 영적인 신비한 체험을 가능하게 하는 상상력이다. 그것은 우주에 존재하고 있는 것을 소통하게 하는 신성이다. 나는 지금까지 신앙고백적인 시를 이렇게 감성적으로 쓴 시를 본 적이 없다. 신앙을 행간 속에 숨기고 기독교적 에토스를 자연스럽게 토로하고 있는 문예사상이나 정서를 전달하기 위해서 새로운 형식을 부단하게 실험하고 있는 시인을 본적이 없다. 그것이 기존의 시를 전복시키는 일이 될 수도 있고, 아니면 반성하게 해준다.

— 유한근(문학평론가 · 《인간과문학》 주간)

—

달무리 속 초상화

희미한 달무리 속에 별들은 잠이 들고
하늘에서 밀려와 멈추지 않는 달빛 소리
가슴속 백사장엔 혼자 깬 모래 알 한 톨

오고 가는 물결에 지웠다가 다시 그리는
늦은 밤 기다리던 사람인가 수척한 달
서산에 넘어가는 상현달 곁눈 길로 바라보네

유월의 강

장마 후 푸른 강은 산과 들 녹아 흐르고
미명의 어둔 시간 찬 이슬로 밴 베적삼
아버지 땀으로 흐르는 강, 논두렁 사이로 흐르네

갯바위에 앉아

어차피 말 못하고 떠나야 할 아픔이라면
이제는 잊으시라 다독이며 타일렀는데
가다가 되돌아오는 애잔 가득한 밀물

못 잊어 다시 돌아 오가던 길목의 밤
새도록 쉬지 않고 울었을 파도소리
외만섬 사로잡힌 노래 등대불 되는가

따르지 못한 마음 갯바위 혼자 앉아
수평선 사라지는 곳 노을이 그린 섬 하나
내 마음 붉게 물들인 새 한 마리 실려 보낸다

까치밥 사랑

구름 한 점 없이 드넓은 고향 하늘
붉은 빛 물감 풀어 소리치는 저녁노을
숨기지 못한 마음을 가지 끝 매달아 둔 소원

이파리 떨구고 드러낸 뜨거운 속마음
무서리 비껴간 지귀地鬼의 혼백인가
찬 하늘 붙들고 있는 핏빛 조막손 고집

고운 별 눈짓으로 밤하늘 속삭이고
그윽이 북극성 따라가는 실눈 조각달
온종일 태워서 밝히는 속마음 등불 하나

야생화 사랑

달빛은 강 물결로 숨어서 흘러가고
별들은 강둑으로 내려와 서성이는데
풀벌레 놀란 소리로 잠을 깬 무명초 눈빛

어느덧 밤 혼자 시나브로 흘러가서
조각달 서산으로 아슴아슴 지는데
지금은 어디신가 속으로 부르는 이름 석 자

이대로 빈 벌판에 마른 꽃 되어 있다면
구절초 바람결에 가시다 들리실까
속마음 남 모르게 향기 숨겨 깔아 둔 길

아름다움에 대하여

꽃보다 이른 봄날 연초록 이파리가
시간이 끌고 간 홀씨들 머문 자리
진초록 단순 색으로 그려 논 한 폭 그림

붉은 빛 단풍잎에 초록빛 가둬두고
잊으려 말라가는 뇌수 속 생각의 강
마른 손 떨리는 날에 그리고 있으리라

산마을

오솔길 청솔모가 오고 가 사라지는데
나무는 말을 못해 온종일 수화로 떠들고
바위는 눈을 못 뜬 석상으로 묵상하며 수행 중이다

노을에 졸고 있는 산비탈 묵정밭 묘지
이승과 저승으로 나누는 자리에 서면
누구나 고개 숙인 나무가 되고 침묵하는 바위가 된다

낡은 사진

평면의 볼 이마 턱 만지는 굳은 손가락
보드란 옛적 모습 솟아난 눈 코 입 그대
틀 안에 있는 그때 사람 인화되는 가슴 안 필름

추정秋情

떠돌이 구름 몰아세워 산속에 갇힌 달빛이
잠 못 든 빈 마당에 쓴 우표 없는 엽서 한 장
기러기 그림자로 내려앉아 말없이 집어 가네

오늘 다시

짧은 봄같이 떠나 푸른 빛 사라진 날
분홍색 그리움을 덧칠한 무심한 마음
바람결 단풍잎으로 붉은 마음 매달려 있네

정재익(鄭載益, Jung, Jae ik)

1930.~2014. 경북 청송 진보면 부곡동 출생. 호 치운(致雲). 진보공립소학교(1942), 안동사범학교 졸업(1950). 〈매일신문〉 시 「교외초郊外抄」 발표(1985). 시조집 『무화과』(1974, 필문사) 등단. 『가지에 걸린 지등』(1987, 가람), 『아침 산행』(1994, 토방) 외. 시조선집 『山紫水明』(2005, 북랜드). 제8회 정운시조문학상, 제11회 대구광역시문화상 문학, 제8회 한국시조시인협회상 수상 외. 영남시조문학회 창립(1965) 회원(이호우, 이우출). 한국시조시인협회 부회장(1983), 영남시조문학회 회장(1977~1984), 《월간문학》 시조 심사위원 역임. 이호우 문학상 제정(1990), 운영위원. 한국문인협회 회원.

—

가을에

철 잊은 소낙비가 어설프게 쏟고 간 뒤
소매 끝에 이는 바람 가을이 어깨에 와 앉네
뜰 나무 치켜든 가지 가물가물 하늘에 닿고.

해마다 이맘때면 회오리는 마음 위에
젊어 한때 저 언덕을 목청 돋군 풀피리는
생각의 한끝에 실려 흰 빨랜 양 바랜다.

언젠가 언젠가 하다 성근 울에 얹힌 박꽃
그래도 무엇이 남아 푸섶속엔 또 벌레 소리
고향 벌 넉넉한 품이 익어 이리 아프다.

눈 내리는 날

비둘기 떼 지어 날으는 골 무한경無限景이 열립니다.
나즉한 산과 들은 눈보라로 묻어두고
영운嶺雲만 끊이락 이으락 자치 자치 밟힙니다.

때 묻은 생각 위에 정갈한 나래깃을
저 지평 아득히에 원무로나 펼쳐두고
그날 그 빛부신 보람 내 창에 와 실립니다.

새여

포롱포롱 침침한 숲을 명상으로 밝힌 새여
지금쯤 어드메에서 어느 하늘 탄주할까
일찌기 일으킨 산과 숲 저만치에 홀홀 가고……

그 마음 낙락落落한 가지 깃드려 푸르던 날에
지저귀어 지저귀어도 다 못 들은 속사연을
산이여 아득한 물이여 내 간들 어일건가.

창밖엔 또 봄이 오네 누가 날 부르고 있네
창살에 걸린 하늘 그 아픔을 쪼는 새여
물러선 계절의 뜨락 드리워진 그림자여.

이런 연가

댕기 빛 가슴을 풀어 한 가닥 휘감긴 인연
나빈듯 사뿐한 자태 그 시절 그 한때를
촉촉한 단비의 입김이 강나루를 다 적순다.

음반처럼 감긴 애환 산도 물도 저리 먼데
애닲은 그날의 한 올로 뽑아 수놓으면
가슴에 묻어 둔 청홍靑紅빛 가르는 원앙 한 쌍.

네가 뜯는 현의 가락엔 솔바람 속 학이 날고
굽굽이 귀를 맑혀 산문도 열렸으니
한세상 아리한 꿈에 구름도 산 위에 조운다.

자개반상

피나무 영근 뜻을 칼로 깎고 끌로 저며
한세상 아린 정을 여덟 모로 접었느니
뉘모를 더운 맘 실어 어느 임을 섬길꼬.

어두운 밤하늘에 묻어둬도 빛나는 별
임 괴어 아픈 말씀 청패靑貝로나 새겨 넣고
사랑이 불씨란다면 다둑이는 이 아픔.

화문석 고운 꿈에 달이 뜨는 오늘 밤도
잔 가득 정을 두고 임 아니 올작시면
새벽닭 해 울음소리 동이 트는 저 창살.

추사秋思

오동잎 넓은 입새 빗소리 더욱 높다.
뉘 모를 가슴 위에 휘뿌리는 어설픔을
실으면 가락이 될까 흔들리는 이 심금.

창틈을 새어드는 귀뚜리요, 저 풀벌레
돌아누운 벼갯머리 꿈길도 시리운데
등촉이 없는 밤이란 생각마저 멀구나.

날 새면 엷은 숲속 하늘 더욱 푸르겠네
땀 갠 높은 가지 흰 구름 걸어 두고
한 시절 막혔던 사연 하늘 가고 바람 가네.

갈대꽃

갈대 흩어진 포구浦口 달빛마저 뿌려놓고
가는 바람 끊긴 기러기 둘 곳 없는 여윈 정에
잠재운 어젯날들이 먼 마을에 등을 켠다.

등불

가슴엔 '그크럽' 한 장 불씨처럼 묻혔었다
밤마다는 반딧불인 양 빈 벌판을 누벼가고
가다가 가지에 걸린 달처럼은 밝았느니라.

지금은 굽은 가지 청조靑鳥인 양 앉혀도 보고
바라다 날이 저물면 별처럼 빛 부시다가
강 숲에 등불이 켜지면 행여, 너라 여겼느니라.

모종

생각 속 서려드는 먼 눈길 백 리 벌에
회군回軍하여 돌아오는 황혼의 저 종소리
낙엽도 세월을 훑으며 산과 들을 적신다.

어둠을 밀고 가다 메아리로 떨어져도
어느 산 숲에 닿아 등불로나 피는건데
저무는 누리에 앉아 눈을 감는 멧부리.

산란

벼랑 끝 바람 자면 율 고르는 조선朝鮮 선비
네 있어 환한 사창紗窓 생각은 백자로 앉고
신운神韻에 떨리는 잎새 향마저도 정일품正一品

정정용(鄭貞溶, Jung, Jung yong)

1955년 강원 춘천 죽림동 출생. 한양대학교 박사 졸업(2003). 《중앙일보》 지상시조백일 장 장원(1996), 《월간문학》 시조신인상(2001) 등단. 시조집 『내 마음의 무릉도원』(1997, 시와 비평사), 『그대 위한 설악』(1999, 토방), 『우리, 동강가는 노래』(2000, 동방기획) 외. 동백예술문화상(1997), 황산시조문학상 본상(2003), 강원문학상(2005), 막심고리끼 140주년 탄신공모 문학상(2009), 한국시조문학상(2017) 수상. 강원여성문학인협회 이사, 강원펜클럽 시조분과위원장, 춘천여성문학회 회장, 강원시조문학회 이사, 춘천문인협회 이사 역임.

우리의 문학사에는 단시조의 성공이 파천왕이었던 황진이, 이영도 두 여류시인이 있다. 황진이는 이미 한국 문학사 전체를 통틀어 불세출의 걸작들을 남겼고, 이영도 또한 한 시대의 시조문학을 결산할 때 그의 언어는 절제된 모습의 시적 절정을 보여주었다. 우리는 정정용 또한 이들과 같은 여류의 위치에서 그의 출발이 보여준 조짐 또한 만만치 않다는 것을 읽어왔다. 앞으로도 그가 이렇게만 나가준다면 여기에서 좀더 큰 언어를 노래하는 길이 열리고 그렇게 될 때 그에게 걸었던 지금까지의 우리의 기대가 빗나가지 않으리라는 예감이 든다. 이미 그에게선 외람되게도(?) 시조 세계에서 당당한 획순 하나를 긋고 싶다는 욕망이 현실로 감지되었기때문이다.

— 김종(시인 · 화가 · 서예가)

춘천 눈빛

천만 가지 풍경 앞에
언젠가 묻어둔 시간
별무리 표정이 익어
둥지 틀고 사는 사람들
절정이
어둠 너머를 보는
눈물깊은 사랑인데

소양호가 끌고 가는
산그늘 그 어디쯤에
잠복한 꽃잎들이
하나 둘 눈을 뜨면
동행한
갈대밭 하늘이
강물 되어 흐른다.

소양호 사람들

그 어디 묻어 두었던 천만 가지 풍경인가
별무리 표정이 익어 둥지 틀고 사는 사람들
풍토의 어둠 너머에 눈물 깊은 세월이야

풍경이 풍경을 포개어서 첩첩산중이 되고
산 아래 또 어울린 산 사람보다 산이 많다
그쯤에 물이 물을 따라 호수 하나 안고 가네.

눈물 난다 아름다운 강

산 여울 쓸어내려 오늘도 길 가는 강
지팡이 앞세우고 대충대충 짚어보며
좀생이 별하늘처럼 제멋대로 흩어졌다

자갈밭을 깔아두고 비단인 듯 흐르는 강
오던 길 다시 보면 추억속의 그림인지
산나물 이파리처럼 손 흔들며 살고 있다

물길 백 리가 길을 내고 내일도 불 밝히는
설악산 등대마을이 성좌처럼 반짝이니
살아서 눈물 나도록 북한강 보태 흐른다.

목련

가슴앓이
울 너머엔
갈증이 황홀한 너

첩첩 산 유혹에도
떼봄은 한가롭고

편지의
구절구절이
붕대 풀 듯
피어난다.

춘천 가는 노래

소양호 날개가
하늘을 덮었다
넉넉한 가슴으로 지상을 감싸 안고
그새에 사람을 길러
이 세월을 흘렀다

산을 열고 굽이돌아
마을을 심어두고
숲그늘 향기가 풍경을 만드는 곳
달려와 하늘이 되는
우리 함께 노래였다.

하늘 위에 경포

동백나무 따위들이 맘먹고 어우러져

영서 이백 리는 이디론가 떼어 메고 간 환멸!

절망을 모르는 자들이 하늘 가까이 엿듣네

은유가 저리 부풀어 건들면 터질 듯 하다

억센 말이 저물자 인정은 숭늉이네

일종의 풍토병 같은 하늘 깊은 시간에.

여름날의 남애

간통한 바다의 배꼽 끝머리께

더러는 그리워하며 온몸이 고요한 판에

마지막 고동을 울리며 눈물 채운 침묵들

파도야 죽음 뒤에 환생하는 흰 새 떼

꽃처럼 흘러가고 혹은 바람이 되어

아직은 더 태울 게 남아 물소리로 사라진다.

빈집

산모롱이 돌아 언제쯤 살다 갔는지

우두커니 비어 있는 어스름 속 집 한 채

썰렁한 처마 그 아래 소식 없이 꽃이 핀다

부서진 들창 너머 예전처럼 달은 뜨나

지아비 소변통이 지난날의 아픔인데

차라리 검게 탄 고요 어둠 되어 묻히다.

금강산 물빛

은 같고 옥 같고 혹은 눈 같은 물빛
계절 따라 날씨 따라 구름 방향에 따라
잎새들 빛깔과 표정에 뜨고 지는 해와 달

별빛 달빛 함량에 마음의 형상이 걸리고
험상궂게 부드럽게 더러는 희고도 검게
하나가 되어 버린 사람 그대가 그 풍경

이제는 눈 감지 않아도 예감은 숲이 되고
맨머리 맨발로 세월을 건너는 곳
아픔이 빛나는 하늘은 풀잎 위에 이슬이야.

그대 위한 설악

설악은 만남이다
숨결이다 전율이다

바람소리 깊은 밤
숲들은 음흉한데

기억의 기침 소리 너머에 꽃이 벌 듯 피는 그대

어둠이 밀려온 뒤
눈물의 별들이 보인다

키 크다 멈추고
비를 기다리는 산봉들

거대한 저들의 몸채도 심지 깊은 사랑인가.

정종수(鄭鍾秀, Jeong, Jong soo)

1936년 경북 상주 출생. 경북대 사범대학(국문과) 졸업. 《시조문학》(1987) 등단. 시조집 『순정純情에 살고 지고』(1995, 해광), 『파도처럼 구름처럼』(1999, 부산), 『내 가슴 흰 구름 따라』(2002, 한국문학도서관), 『그 한 마음 찾으려고』(2009, 부산), 『내 가슴 맑히려고』(2014, 부산). 새싹시조문학상(1987), 부산문학상(2002) 수상. 한국시조시인협회, 부산문인협회, 부산시조인협회, 부산불교문인협회 회원.

> 대숲에 눈 내리고
> 　　　　　정종수
>
> 하얀 눈이 쏟아지니,
> 대숲이 새파랗다.
>
> 비우면서 곧으려고
> 마디 마디 맺혔는데,
>
> 눈바람
> 스치는 소리 그대로가 율려(律呂)다.

정종수 시인의 시조가 지닌 특색을 다음과 같이 요약해 본다.

첫째, 그의 시조는 정형성에 대한, 명확한 인식을 지니고 창작된, 정제된 시조다. 정형성을 파괴하는 시조가 만연하는, 오늘날의 시조시단에 경종을 울려 줄 것이다.

둘째, 그는 현대적 인간고人間苦를, 시조를 통해서, 무아無我와 피안彼岸의 경지로 승화시키고 있다.

셋째, 그는 인생사와 만물을 관조적觀照的으로 응시凝視하고, 차분한 어조로 정서를 표출하면서, 시류에 영합하지 않고, 자기만의 개성적인 정서를 담담하게 표현하고 있다.

— 임종찬(시조시인 · 부산대 명예교수)

태종대太宗臺에서
— 자갈마당에 앉아

‘우우’ 하고 밀려오는
자갈 실은 파도 소리,

‘와그르르’ 물러가며
자갈 가는 파도 소리,

그 소리
태초太初의 소리 가이없는 수평선.

자갈 한 개 건져 들고
나와 연緣을 생각하고,

또 한 개를 매만지며
둥근 뜻을 헤아리니,

적송赤松의
드리운 멋에 물안개가 걸렸다.

거문고 소리

한산 세저 중우 적삼
앙크랗게 차려 입고,

왼손으론 줄을 짚고
오른손 술대가 퉁기는 소린

백학이
훨훨 날아와 춤을 추는 소리다.

천 년 묵은 오동나무
그 속에서 찾은 소리.

그윽하게 깊은 울림
휘어감아 풀릴 적엔

무념無念의
그 언덕으로 건너가는 소리다.

촛불
— 어머니 제삿날에

촛불이 몸을 살라
내 가슴을 밝힙니다.

소신燒身의 아픔도 잊고
밝은 빛에 그저 취해

어두운
이 한 둘레를 밝혀 주신 어머니.

무주無住*의 그 사랑이
불꽃으로 나부낍니다.

심중心中으로 올려오는
찌릿한 뉘우침에

세월이
흘러 갈수록 목 메이는 그리움.

* 무주無住: 무주상포시無住相布施의 준말로, 조건 없이 베푸는 사랑.

섬진강 굽이굽이

섬진강 굽이굽이
산과 물이 정情을 에워

뻐꾸기 그윽한 가락
녹음 따라 흘러가면,

낮달도
솔숲에 걸려 서정시를 읊는다.

강물은 새파랗게
무념無念으로 휘어 돌고

그림인 양 나룻배가
피안彼岸으로 건너가니

내 가슴
깊은 골짝엔 섬진강이 흐른다.

양羊 떼를 바라보며

새파란 초원 위에
그림인 양 하얀 양 떼,

풀을 뜯고 물 마시고
허공을 자꾸 되새긴다.

조물造物의
마지막 솜씨 그 순정純情의 덩어리.

그래도 연緣에 얽혀
짊어진 저 허울을

한 짐 잔뜩 벗고 나니,
날아갈 듯 가뿐하다.

그 헛것
다 떨쳐버린 허허로운 저 희열喜悅.

고향에서

가로등 포장 도로…
너무나도 달라진 마을

호롱불에 공부하던
책상 하나가 남았구나!

벌판에
홀로 서 있는 허수아비 내 가슴.

그 날인 듯 달이 밝아
잠 못 드는 깊은 밤에

소쩍 소쩍 그 선율旋律은
흡사 나를 부르는 듯

그 사랑
차마 못 잊어 소쩍새로 우는가?

산사山寺의 밤

개울물은 서로를 부르며
아래로만 흘러가고,

보름달은 법당 뜨락을

유난히도 서성이는데,

헝클린
가슴속으로 울려오는 종소리.

낮달

아파트 건물 사이로
은은히 낮달이 떴다.

구순九旬 넘은 비구니의
새하얘진 기도인가?

바라밀波羅蜜
두 손 모은 채 서천西天으로 가는 임.

독도獨島

태초太初의 혼돈 속에서
어머니 손을 놓친 후로

갈맷빛 물굽이 너머
바다제비 날아가는 곳.

그곳을
진정 못 잊어 애태우는 바위여!

달빛에 울먹이고
별을 세며 흐느긴 가슴

아침 햇발 솟구칠 땐
그 영혼을 다지면서

오늘도
본향本鄕을 그려 운명으로 서있다.

등대燈臺 앞에서

갈매기 울부짖어
수평선에 해가 뜨고,

철썩이는 벼랑 끝에
저녁놀이 곱게 드는

한 하늘
모퉁이에서 무소유無所有로 삽니다.

안개가 밀려오면
안개에 묻힌 채로

궂은 비 오는 밤엔
가슴도 비에 젖어

인생 길
어두운 바다 밝혀주는 빛이여!

정지윤(鄭芝楣, Jung, Ji yun) 본명: 정미경(Jung, Mi kyung)

1964년 경기 용인 출생. 동국대학교 석사 졸업. 《창비어린이》 신인문학상(2014), 〈경상일보〉 신춘문예 시(2015), 〈동아일보〉 신춘문예(2016) 등단. 동시집『어쩌면 정말 새일지도 몰라요』(2019, 창비). 김만중문학상(2015), 신석정촛불문학상(2015), 천강문학상(2018) 수상 외. 한국시조시인협회, 오늘의 시조시인회의, 한국작가회의 회원.

> 벚꽃, 릴레이
>
> 정지윤
>
> 등굣길 아이들이 우르르 몰려간다
> 빚쟁이에게 털리듯
> 벚나무 다 털렸다
> 황당한 벚꽃과 나는
> 운동장을 슬쩍 이겨 간다

—

이 작품은 삶의 현장을 노래하되, 고된 삶의 값싼 비애나 연민이 아니라 마지막까지 놓을 수 없는 그것을 견디고 극복하는 건강한 희망을 보여주었다. '눈초리를 자르고', '시간을 자르'고 '아침을 자르'는 가위의 변용 이미지를 통해 자칫 상투적인 내용을 지루하게 끌고 가는 여타의 작품들과 달리 우리 시조의 지평을 확장시킬 미학적 도전 의식을 읽을 수 있었다. 건강한 삶의 자세, 날카로운 시선, 그만이 지닌 감수성과 시적 화법은 이 신인을 믿는 선자들의 희망의 근거다. 대성을 빈다.

— 이근배, 이우걸

—

계산기

한 시절 소중하게 쥐고 있던 계산기
먼지 낀 책상에서 할 일 잃고 방황한다
한때는 억억거리며
숫자들을 토해냈다

숫자로 살아가는 사무실 서류 사이
신들린 듯 계산하는 손가락은 떨려오고
꾹꾹꾹 의미도 없는
숫자 점을 눌러본다

깜박이며 개미처럼 기어 나오는 숫자들
C웃고 다시 한번 AC 지워버린다
결국은 0으로 돌아가는
허무한 계산들

더하고 또 더하고 뺄 줄 모르는
욕심이 곱해진 세월의 계산기
이제는 나누기만 남았는데
숫자로 들어찬, 나

날, 세우다

동대문 원단상가 등이 굽은 노인 하나
햇살의 모퉁이에 쪼그리고 앉아서
숫돌에 무뎌진 가위를 정성껏 갈고 있다

지난밤 팔지 못한 상자들 틈새에서
쓱쓱쓱 시퍼렇게 날이 서는 쇳소리
겨냥한 날의 반사가 주름진 눈을 찌른다

사방에서 날아오는 눈초리를 자르고
무뎌진 시간들을 자르는 가위의 날
노인의 빠진 앞니가 조금씩 닳아간다

늘어진 얼굴에서 힘차게 외쳐대는
어허라 가위야, 골목이 팽팽해지고
칼칼한 쇳소리들이 아침을 자른다

끈

4호선과 2호선이 만나는 사당역
계단을 내려가다 운동화 끈 풀렸다
계단의 한쪽 끝에서
늘어진 끈 묶는다

스쳐간 수많은 길들을 떠올린다
누군가의 발길을 힐끔힐끔 넘겨다보며
풀려진 내 신발 끈을
꽉 조여 보는 일

환승역에 이르러 풀린 끈을 고쳐 매듯
한 번쯤 내 운명을 바꾸고 싶어진다
이렇게 묶이기 전부터
묶이고 풀리던 나

다시금 나를 묶고 시작하는 하루하루
내가 아닌 것들에게 또 묶고 묶인다
결국은 풀리기 위해
걸어가는 인생 끈

목인木印

조각칼로 한 획 한 획 이름을 새겨간다
어느 날의 바람과 햇빛과 소나기
나무의 자궁 속에서 이름이 태어난다

가지가 뻗어 올라 단단한 뼈가 되고
잎사귀를 부풀려 근육을 만든다
이윽고 붉게 떠오른 한 사람의 아바타

첫 호흡 얻기까지 얼마나 두근거렸나
이름 없는 나무들 태양처럼 붉어진다
나보다 더 오래 갇힌 나무속의 이름들

새벽의 수평선에 태어난 도장처럼
종이를 들이밀면 나무속에 숨어 있던
또 다른 내가 나타나 발자국을 남긴다

손안의 새

낮은 곳에 깃든 새는 낮은 날을 노래하고
높고 깊은 안쪽에 깃들은 새들은
머나먼 날을 노래하는
향기로운 해거름

새들이 물어오는 검붉고 푸른 날들에는
서글픈 인동초꽃 향기가 묻어 있고
둥지 속 새끼 새들의
뜨거운 노래들

겨울 가고 봄이 오는 일 깃털처럼 가벼워
낮은 하늘 향하여 가벼운 노래 펼치니
손안의 깊은 날들은
아늑하게 푸르네

컵밥

노량진 컵밥집에 늘어선 줄이 길다
허기를 해결하는 간편한 저녁의 컵
무거운 가방이 짊어진
오늘이 어두워진다

석양의 표정들이 덮밥에 얹혀있고
정해진 레시피에 입맛을 맞춰간다
컵속에 담겨져 있을
소망들은 뜨겁다

전철은 채용공고처럼 반복해 흘러가고
우리는 컵 속을 반복적으로 드나든다
반복이 반전이 되는
순간을 기다린다

눈빛 유언

중환자실, 링거 줄이 한 노인을 붙들고 있다
초점 없는 눈빛과 무거운 손짓으로
내놓은 모든 재산은 그의 삶보다 가볍다

보증금 삼천만 원 보조비 팔십만 원
어떠한 유언들이 이보다 조용할까
서글픈 눈빛에 담긴 유산들이 출렁인다

리어카에 실어 나른 그 많은 새벽들과
반지하 방으로 뛰어들던 고양이 울음
빈병이 많이 나오는 뒷골목의 풍경들…

기부하는 유언장에 눈도장을 찍는다
호흡기를 뗀 입가에 미소만 남겨두고
평생을 쥐고 살았던 고단한 손을 편다

마애종

가파른 암석 위에 새겨 놓은 마애종
동자승 당목 쥐고 살포시 미소 짓고

소나무 벼랑 위에서
가만히 귀 기울이네

정성을 다하여 가슴으로 치던 종
천 년 전 누군가도 저 종을 쳤으리라
해묵은 기도와 소원들
산 그림자 울리네

오래된 종들은 모두 안전하게 갇혀있는가
바위를 가둬버린 화려한 전각 속에
묶여진 종소리들이
절벽이 되고 있네

하늘소 독서실

창백한 조명 아래 듬성듬성 붙어 있다
책상을 끌어안고 책의 숨소리를 읽는다

책 속에 넘어야 할 산들이
차곡차곡 접혀있다

책갈피 사이사이 보리수 그늘 냄새
책 속에 길이 있을까 활자를 따라간다

한곳에 오래 앉아 점점
굳어가는 등딱지

칸막이마다 구호들이 어둠을 견딘다
더듬이를 세우던 하늘소 하나가

차가운 침낭 속에서
우화를 꿈꾸고

하늘이 보이지 않는 하늘소 독서실에
수백 권 문제집을 몇 년째 갉아먹던

등 굽은 장수하늘소
어디론가 날아간다

참치 캔 의족

시리아 난민 캠프 8살 소녀 메르히는
참치 캔 의족을 달고 해변을 걷는다
날이 선 지느러미를 단
파도들이 몰려온다

가만히 멈춰선 채 섬이 된 소녀는
몰려다니는 물고기들의 행로가 궁금하다
해체된 참치 캔들이
둥둥 떠다니는 바닷가

의족이 걸어가는 발자국이 비어있다
파도에 다리들이 휩쓸려오는 난민캠프
시리아 소녀 메르히는
웃지도 울지도 않는다

정진상(鄭鎭相, Jeong, Jin sang)

1943년 전북 익산 오산면 출생. 호 인당(仁堂).
고려대 대학원 의학박사(1988), 전문의사(1988).
《한맥문학》 신인상 시조(2011), 《한국 국보문학》
신인상 시(2014) 등단. 시조집 『청진기에 매달린
붓』(2012, 시조문학사), 『몽당붓 세우다』(2015,
시조문학사), 『추억 줍기』(2018, 시조문학사) 외.
시조문학 작가상(2012), 한국시조협회 작가상,
한국시조문학진흥회 문학상 본상(2015), 여강시
가회 문학상(2018), 시조문학 작품집상(2016), 37
회 한국시조문학상(2019) 수상. 한국시조협회 자문위원, 여강시가회 부
회장, 시조문학 문우회 부회장 역임.

공회전空回轉
정진상

여의도 쌈문물은 헛바퀴만 돌려댄다
미래로 달릴 생각 있는 건지 없는
건지
시동만 걸어놓고서 아깐 세월 다
태워.

—

시인의 눈에는 상상 확대의 돋보기가, 머리에는 추억의 더듬이가
더 달려 있다. 객관적인 상관물에서 기발한 상상의 그림을 그려내
고(「벚꽃 만개」) 아름다운 추억의 잔상들을 새롭게 끄집어내 추억
을 줍는가(「추억줍기」) 하면 때로 훈풍이 불어도 고통스러운 먹구
름이 한반도에 또 다시 몰려올까 시인은 나라를 걱정한다(「척수손
상」). 인간은 주어진 대로 받은 대로 순명하며 살아야함을 알기 때
문에 자신의 심리를 노욕이라 표현하면서 하나의 넋두리처럼 읊조
리고 비유의 기법을 통하여 스스로를 위안하면서(「노욕老慾」) 비유
와 풍자가 애틋하고 표현이 참신한 '허리로 쓴 기역자'의 할머니를
모셔온다(「옆집할머니」).
— 이광녕(시조시인 · 한국시조협회 고문)

—

추억 줍기

설렘을 주섬주섬 배낭에 담아 메고
손녀들 손잡으니 해운대가 달려오고
애들은 빗장을 풀고 공부지옥 탈출이다.

갈매기 서너 마리 바다를 물고 와서
돛배 하나 띄워 놓고 오륙도를 낚아낼 쯤
태양은 퍼질러 앉아 붉은 이불 깔고 있다.

비 온 뒤 죽순처럼 빌딩숲이 자라더니
옥상 탑이 아슬하게 중천에 올라앉아
구름도 불러들이고 둥근달도 부르네.

새하얀 모래톱에 추억을 새기면서
해안선도 당겨보고 파도 소리 귀에 담고
주머니 툭! 터지도록 추억 조각 줍는다.

벚꽃 만개滿開

눈바람 몰아쳐서
얼어붙은 마음들이

겨우내 응어리져 봄기운 기다리다

마침내 빵빵 터진다,
삼일 운동 함성처럼.

척수 손상
― 한반도

북 남풍 회오리에 허리를 삐끗했다
살을 에는 칼바람이 가슴을 후벼 팔 때
온몸은 통나무처럼 뻣뻣이만 굳어가고.

팔다리 뼛속까지 쏙쏙 쏙 아려오고
근력도 감각마저 위아래 따로 놀아
한 지붕 두 살림 속에 가난 드는 신뢰감.

불놀이 비행놀이 재미 붙인 상반신이
불낼까 떨어질까 하반신은 애가 탄다.
또다시 풀어졌어도, 마비가 다시 오고.

노욕老慾

세월이 헐떡이며 칠십 고개 넘어서니
등 굽은 기둥 하나 민둥산 떠받들고
상천上天을
지나던 태양
서녘 하늘 물들인다.

태엽을 감아볼까 거꾸로 돌려볼까
모든 무대 되돌리고 나이테도 풀어내어
동산東山에
춤추던 태양
다시 품고 싶어라

옆집 할머니

ㄱ자도 모르시는 까막눈 할머니는
깜깜한 한 밤중을 더듬더듬 헤매듯이
한평생 못 배운 한을 등에 지고 가시네.

두 눈을 떴는데도 볼 수 없는 눈뜬장님
가슴 친 지난 세월 속눈물 흘리면서
기어코 터득한 글자, 허리로 쓴 기역자.

깎다

헙수룩한 늙은이를
이용원이 모셔다가

머리를 깎으면서 나이테도 깎아낸 듯

거울은 노인을 보자
열 살이나 깎아주네.

비핵화 시계

피 말리는 상담 끝에 겨우 얻은 귀한 시계
처음엔 기름 친 듯 똑딱똑딱 잘 가더니
진짜로 짝퉁이었나, 가다서다 서다가다.

초침 소리 들으려고 모여든 세상 귀들
어떤 귀는 청진기를, 다른 귀는 보청기를
삐거덕 삐거덕거려 지구촌이 시끄럽다

만나면 잘 가는 듯, 안 보이면 삐걱거려
지구촌 애가 탄다, 제명에 못 죽겠다
세월은 잘만 가는데 유독惟獨 너만 아프냐.

공회전空回轉

여의도 쌈꾼들은
헛바퀴만 돌려댄다

미래로 달릴 생각
있는 건지 없는 건지

시동만 걸어놓고서
아깐 세월 다 태워.

친구보다 먼 친구

고향 친구
전화 거니
이름 석 자 거기 살고

그 속에 숨어있던 꾀복쟁이 간데없네

빼앗긴
반백 년 세월
풍화작용 아프네.

허리 각도
— 어느 선랑選良

널린 민심

모으느라

허리가 휘청한다

허기져 구걸할 땐 구십 도로 꺾이더니

잔치가

끝나고 나니

배가 불러 못 굽혀.

정진실(鄭鎭實, Jung, Jin sil)
1956년 부산 기장군 일광면 출생. 부산대학교
(수학과) 졸업(1982).《문학도시》신인상(2015),
《부산시조》신인상(2016) 등단. 시집『봄밤의
바다는 하늘이 되었다』(2017, 연문씨앤피). 부
산문인협회 회원. 기장문인협회 사무국장.

—

여름 이야기

일광천 큰 물살에 흘러가는 옛이야기
먹구름 흘러가며 산마루 감싸 안아
나는야 먼 옛날의 꿈 이제서야 알겠네

낮게 쌓은 돌담 따라 나팔꽃이 피었구나
푸르게 피었었지 그 시절 나의 고향
한여름 다듬이 소리 보고 싶은 내 어미

한낮에 뻐꾸기는 서럽게 울어가고
개구리 크게 울어 여름밤 깊어가니
눈 감고 두 손 벌리면 닿을 듯한 그 시절

무술년, 섬의 동백꽃은 더욱 붉었다

사람아 가고 없어 사무친 사람들아
섬사람 가슴속에 붉은 꽃 피었다가
송이째 피눈물 되어 바다로 쓸려갔네

이 봄에 동백꽃은 피는가 피었는가
가슴속엔 동백꽃 들판엔 유채꽃이
온 섬에 꽃은 피어도 봄은 오지 않았네

동백꽃 섬의 바다 아픔을 토해내고
새롭고 뜨거운 피 섬의 혈관 돌고 돌아
무술년 섬의 동백꽃 더욱 붉게 피었네

모내기 추억

찔레꽃 사금파리 뻐꾸기 울어 울면
아버지 써레질에 어미 소 힘을 내고
남정네 넘기는 못줄 바빠지는 아낙네

지게에 기대 누워 김 서방은 코를 골고
잠꼬대 개똥 어멈 맞장구 어울리어
꿀맛의 낮잠 시간은 구름 같아 아쉬워

아비는 가고 없고 어미도 가고 없고
잡아 줄 못줄 없고 물 담은 논도 없고
개구리 울음소리는 꿈에서나 들릴까

기와 담장

옛 기와 주워 모아 기와 담장 쌓고 보니
안과 밖 상통하고 통하되 구분되네
기와 담 쌓으면서도 사는 법을 배운다

풍화루* 기와지붕 처마 끝 날렵했고
가난한 촌집에 와 담으로 기품 있어
초라한 내 작은 집이 향교 기풍 풍기네

누각의 기억으로 비가 와도 좋을 테고
한 번쯤 눈이 오면 그 시절 그려질 터
담장에 귀 기울이면 들릴 듯한 이야기

* 풍화루: 기장향교에 있는 누각.

닥풀꽃

노오란 꽃잎으로 하늘하늘 다가왔지
꽃말*이 아니어도 꽃말처럼 가는 눈길
달 같고 시詩 같은 너는 그 무엇을 쫓느냐

나팔꽃은 고개 들어 하늘로 푸르른데
새 아침에 고개 숙여 치마로 펼치고선
하루해 넘지 못하고 송이 채로 떨어져

지난여름 꽃 이파리 가슴속에 피어나서
받아둔 씨앗 뿌려 살피고 또 살폈네
한여름 눈이 큰 사슴 설레는 이 마음

* 유혹.

정진호(鄭震鎬, Jung, Jin ho)

1959년 경북 성주 대가면 출생. 금오공과대학교 공학 석사(1995). 《시사문단》 신인상(2004), 《나래시조》 신인상(2008) 등단. 오늘의시조시인회의, 나래시조, 한국시사랑문인협회 회원.

—

지은이는 끝 수의 종장에 가서야 시제가 되는 '길'을 내고 있습니다. 하루라는 시간의 길이 스러지고 새로운 길이 탄생하는 순간입니다(「길을 내다」)(리강룡). 한 편의 연시조를 '아딧줄'에 건 사내가 정진호 시인이다. 이 시는 감성의 풍향을 조절하는 아딧줄 분홍사랑을 노래한 점과 시 정서가 주정적인 사랑만이 아닌 주지적 균형감각이 돋보이기 때문이다(「아딧줄」)(채천수). 이 작품이 눈길을 끄는 것은 A⁺라는 학점을 교회 종탑으로 읽은 듯밖의 시선과 지나간 대학 시절, A⁺에 대한 시인 자신의 고백 같은 표현으로 써내려간 구어체라는 점이다(「A⁺」)(변현상).

—

길을 내다

오던 길 자취도 없이 쓸려간 썰물의 시간
갯고둥은 물길 따라 점점이 원을 그린다
서늘한 어둠을 뿌려 자리 트는 별 보며

멈추지 않는 딸꾹질처럼 파도는 들썽대고
아슬히 등이 굽는 어부의 늦은 귀가 위로
눈시울 붉어진 바다가 어둑어둑 술렁인다

별빛은 날을 세워 나붓나붓 눈을 뜨면
내 안의 끊어진 돛대 수평선에 메어놓고
다 저문 시간 속으로 환청 같은 길을 낸다

아딧줄*

널 보는 내 감정은 이리저리 쏠리어서
바람 든 풍선처럼 그리움만 빛난다
탄성의 한계점 지나 나래치는 널 향해

외줄을 그어내어 하늘에 놓은 다리
중심을 잡고 걸어도 곡예 하듯 흔들리는 길
바람도 호흡 멈추고 한순간 경악한다

흔들렸던 분홍시간 제자리를 잡았어도
빗소리에 풀어지는 여운 있어 좋은 내겐
마흔에 눈길을 맞춘 너는 나의 아딧줄

* 아딧줄: 바람의 방향을 맞추기 위하여 돛을 매어 쓰는 줄.

A⁺

잠깐 꾼 꿈길에서 너를 보았어
교회탑 꼭대기에서 십자가의 길을 보고
가까이 아주 가까이 다가가길 염원했지

내가 다가가 나의 전부가 되었을 때
별자리 올려보듯이 입 벌어진 친구들
세상이 두렵지 않아 위풍당당 뛰어 들었지

하지만 성적이란 대학의 전리품
여기저기 헛손질 난바다의 자맥질이었어
다시금 환상을 버리고 이력서를 적는다

캔맥주

대선 TV 토론회를 보니 속이 부글부글 끓는다
급히 냉장고를 열다가 캔맥주를 떨어뜨렸더니

이놈은 더 열 받는 일이 있는지 거품까지 물고 기어 나온다.

몽돌

밤낮 푸른 물에 몸 씻고 마음 닦아

성깔도 다 버리고
제 모습도 성형하고

차르르
모로 굴려도
어울리며 사는 돌

정진희(鄭鎭姬, Jeong, Jin hee)
1959년 전북 익산 황등면 출생. 원광대학교 석사 졸업(2000), 경기대 대학원 재학(2019). 〈동아일보〉 신춘문예 시조(2017), 《시조시학》 신인상(2017, 여름호) 등단. 제7회 가람시조 백일장 장원(2015).

오동꽃

정진희

깊고도 이유 없는 맘 갈아엎고 심어둔
살아서 닿을 수 없는 오래된 나무 끝에
무심한
무심한 듯이
아린 상처
아! 그 체취

—

시적 미학을 빚어내는 자기만의 시선이 있었다. 대상을 바라보는 개성적 시각 이미지를 빛내는 능력이 있다.

— 이근배, 이우걸

우리에게 익숙한 시적 정서를 통해 자연과 토속 정서를 현실은유의 시선으로 이끌어 낸다. 그것은 이기주의와 욕망으로 대변되는 현실을 적나라하게 드러낸 것이 아니라, 자연대상물에 완벽히 가 둬 그 정서를 성찰의 시학으로 펼친다. 그렇게 깨달으면서 확인되는 것은 사랑이다.

— 이지엽, 오승철, 박현덕

—

노랑돌쩌귀

쉰 나이에 몸 가진 어머니가 그 밤에
고아 먹고 죽자 하던 돌쩌귀 한 사발
오지게 깨어버리고 칠삭둥이 딸을 봤다

나 없었음 울 엄마 어떻게 살았을까
애잔한 맘으로 정한수에 치성 올리고
미주알 다 빠지도록 따비밭을 헤매셨지

노랑 돌 씨앗 하나 화분에 심어두고
막내딸만 알아보는 아흔 기억 열어두니
그 말간 웃음에 그만, 흔들리는 쉰의 눈빛

오동꽃

깊고도 이유 없는 맘 갈아엎고 심어둔

살아서 닿을 수 없는 오래된 나무 끝에

무심한

무심한 듯이

아린 상처

아! 그 체취

화살나무

나는 늘
타오르는 불속에 있었다.
너의 그 겨자씨만 한 불씨가 처음
발목을 태울 때까지는 두렵지도 않더니

사르고 또 살라도 태우지 못하는
불이 불을 삼켜도
타지 않는 그 불
나는 늘 꺼지지 않는 그리움 속
불이었다.

거미

몸의 단을 쌓는다. 허공에서 허공으로
허물어지는 척추를 올곧게 추스르다
외줄에 무너지는 햇빛, 산란의 유리창 밖

언제였나 이제는 아득해진 서른 즈음
먹이사슬 맨 위에서 눈 부라린 그 죄로
속없이 뽑혀 나오는 부끄러운 고해성사

매달린 허공 속 황망함을 닦아내며
그대에게 다가선다. 아슬아슬 손 내민다
아직도 뜨거운 오후 신문지로 내걸린 놀

자반고등어

푸른 등이 시린지 부둥켜안은 몸뚱이
제 속을 내주고 그리움에 묻어둔 채
장마당 접었던 밤은 해풍만 가득하다

기댈 곳 없었다. 그냥 눈 맞은 너와 나
천지사방 혼자일 때 보듬고 살자 했지
소금물 말갛게 고인 눈알 되어 마주친

동살이 밝힌 물길 야윈 등을 다독이다
나 다시 태어나 너의 짝이 되리라
살 속에 가시길 박힌 그 바다를 건넌다.

잘 늙은 호박

떠나온 지 아득한 어머니의 앞섶에서
양수에 귀 열고 지느러미 돋은 채
한 포기 탯줄을 이어 부여잡은 인연의 끈

꽃 아닌 꽃으로 사는 게 영 싫더라.
늙을수록 아름다운 사랑이고 싶었다
누렇게 얼굴이 뜨고 주저앉고 싶을 즈음

두려움이 아니다 살갗에 돋는 분내
여인으로 환생하려 온몸이 뜨겁던 날
길고 긴 면벽의 시간 가부좌를 풀고 있다

부지깽이 나물

가슴속 불이 꺼진 어머니의 날들이
처마 끝에 매달려 덜컥이던 그 새벽
등짝을 뜨겁게 달구는 고춧대 타는 소리

차마 뱉어내지 못한 목울음 하나가
문풍지에 끼인 채 바람에 야위고
수랑골 빈 솥에서 끓던 가난한 눈물 한 섬

느 아부지 가슴에 불잉걸이나 될 걸 그랬다
반쯤 남은 연민으로 불 헤젓던 부지깽이
어머니 아픈 명치에
그래,
그래,
그 나물

창포

쪽문 열고 댓잎 소리 홀로 쫓던 어머니
다듬이질 날 세워 짚어가는 그늘 저쪽
그믐달 파랗게 질려 와르르 무너진

귀 닫힌 옴팡 집 문고리 잡던 바람 소리
삼단같이 얹었다가 삼단같이 풀어내
봄 한 축 갈기를 세운 청자물빛 명주 고름

탱자나무 울타리

누군가를 기다려본 오래된 익숙함도
허락 없이 넘어버린 담벼락 사이에서
그림자 어찌할 수 없어 내리꽂은 은장도

뒤란에 삭은 가슴 널어두신 어머니
상처 많은 여자 가시 끝에 매어두고
그래도 꽃이고 싶어 끌어안은 달의 몸짓

헛바늘 돌기선 기다림의 한편에서
뒷문 열고 기억을 닦아내는 천상 여자
울안에 가득한 하늘, 소리 없이 떠나던 봄

이명

기둥 저쪽 사각사각 달빛을 갉아 먹는다
혼불처럼 번득이는 느리지만 분명한
수천의 하얀 다리에 밀려오는 어둠의 벽

뒤척이다 마주친 벼랑 박을 허물고
귓속에서 목뒤에서 느려진 심장에서
반다지 눈동자 깊이 조용한 저 아우성

부수고 짓밟고 완전하게 치웠는데
흐릿한 눈초리 밤새워 부벼댄다
죽지 끝 황톳물 휘도는 그 퇴화한 귀울음

정태모(鄭泰謨, Jung, Tae mo)

1923.~2010. 강원 평창 평창면 출생. 법호 무염거사(無染居士), 호 백훈(晢訓). 영월 농민학교 졸업(1946), 초등학교 교원 검정고시 합격. 〈서울신문〉 신춘문예(1964) 등단. 시조집 『새 판도를 그려야지』(1977, 예문관), 『착한 나귀를 오해 마시오』(1977, 예문관), 『회복기 전후』(1978, 삼진사), 『귀소歸巢』(1991, 동녘신문사), 『산을 타는 사람들』(1991, 동녘신문사). 동시집 『아기 손』(1991, 동녘출판사). '돌기와 문학' 동인회 회장, '벗지' 문학동인 회장 역임. 한국문인협회, 한국시조시인협회, 서울문무회 회원. 교단시, 한국시학, 동시조 문학 동인. 강원도 문화상, 면려포장 수상.

—

모란꽃 이우는 밤

호롱불 회부연히 추녀 끝 걸어두고
잠든 듯 주검 앞에 지켜 앉은 어미 마음
계면조 튀어나올 듯 되삼키는 속울음

울안에 모란꽃잎 소리 없이 이울고
별들 창 너머로 물 머금 듯 호곡는데
금 간 듯 아픈 마음아! 오열하는 마음아,

사바라 한이로고 미련 없이 다한 인업
유명이 다른 자리 종이장 외겹일다
영혼아! 열반에 오르렴 경을 외워 달래리

사월

냉이랑 꽃다지랑 씀바귀순하며
원추리 거문오리 제비쑥을 오려 담은
양지엔 향수에 젖은 아지랑이 아지랑이

실실이 늘인 가락 수양버들 가지마다
물오른 태양빛이 살포시 감겨드는
청잣빛 저 하늘 아래 종다리는 우는가?

송아지 뿔이 솟는 사월은 생성의 달
먼나무 돛단배도 한가로운 동요로고
느긋이 사지를 펴고 기지개를 켜는가?

새 판도를 그려야지

이리도 거칠어진 조국 뜰의 빈 꽃밭
가난 속에 엎드려서 두꺼비가 참회를 하다
다시금 눈을 떠 본다 내 앞길을 찾아야지

오랜 한숨으로 흐려진 이 광장에
비정의 세계를 안고 기다리던 막이 열린다
일어서 응시의 눈길 무대로들 돌려야지

핏자국 위에 아침 햇살 산천이 밝아 온다
괭이, 삽 메고 나가 밭 갈고 씨 뿌리자
웃음꽃 신화처럼 피어날 새 판도를 그려야지

봄시첩

— 꽃씨
삼동을 지나며 맨도리 고운 꿈을 엮다
춘삼월 창밖에 후두덕이는 봄비,
상자안 씨앗 속속이 봄은 스며 술렁여라.

— 중춘
세우 내려 소록소록 화혼化魂을 일깨우고
창문을 열고 보니 정원 나무 트인 눈,
어드메 꿩 울음소리 잠든 봄을 누빈다.

선시禪詩 7편

— 신앙
법당이 어디냐고 묻는 이 있거든
감중련으로 구름을 가리키라
하늘 따 그 어디에도 부처님은 있거니….

— 도량道場
부처님 뵈올랴고 절간을 찾아드니
법당은 텅 빈 채 아무도 없더구나
그분이 계신 곳이야 절간 아닌 먼 하늘

— 산행
행자의 도타운 불심이 길섶에 쫙 깔려
야생의 풀꽃이 덤으로 피더니만
오름길 먼 산머리에 흰 구름이 걸렸다

— 산사
솔잎마저 맺힌 불성 구름 위에 뜬 아미산
산 아래 지은 법당 법당 안은 고요로운데
부처님 감중련으로 좌선하고 계시다.

— 중생
산사에서 흘러오는 흥겨운 염불 소리
하늘을 날던 산새가 듣고서
법당을 기웃거리다가 창가에 내려 앉아.

— 선
아무런 생각 없이 가만 앉은 앞자리에
열려진 창틈으로 넝큼 들어와 앉은 하늘
멍청히 자리를 뜨는 떨기 구름 송아리.

— 기도사
여기 모여있는 모든 사람에게도
새로 태어나는 내 새 생명들에게도
골고루 복을 주소서 흠뻑 내리주소서.

뻐꾸기 울음

솔바람 그윽히 싣고 오는 울음
우거진 풀 향기를 담고 오는 울음
뻐꾸긴 여름을 몰고 푸른 빛깔로 운다.

산딸기로 발갛게 익어가는 울음
갈잎으로 파랗게 물이 드는 울음
하늘도 말없이 펼쳐 지켜보는 저 울음.

석경夕景 삼장

— 하나, 박꽃
산그늘 내리막길 노을이 짙게 타면
박모 휘감기는 원경은 어설픈데
두메골 초가 지붕 위에 서정으로 피는 꽃

— 둘, 산조
박꽃 그늘 빗겨 달 안고 소복 입고
토속의 아라리를 저조로 부르는 뜻은
차분히 갈앉은 모음 불망하는 메아리로….

— 셋, 여상女像
적막에 휩싸인 채 전설 속 젖은 미소
늘어진 귀밑머리 오리오리 불심일레.
동공엔 시정만 어려 구비 도는 여운아!

산채

모시대 참나물과 싸드름한 나무취하며
곤드레 딱죽이랑 수리취를 뜯어 담은
바구닌 푸새로 가득 채워지는 첫여름

도라지 더덕을랑 뿌리를 캐지마는
고비랑 고사리는 햇순을 꺾는 거여
누이는 가쁜 숨 쉬며 산을 캐어 담아라

실솔

달빛 쥐어 뿌리고 구슬 돌돌 굴리다
옥난간에 기대 서서 은방울을 흔드누나
온누리 희게 타거라 하늘 활짝 열린 밤.

별들 문뜩 떨어지고 진주 밀알 쏟는 소리
꿀물결에 출렁이며 여울 가만 짓는 작업
달 가득 넘쳐 흐르니 정아 더욱 깊으렴

장편章篇

1
풀각시 파란 비녀 쪽진 머리 반달 덩이
곡선미 외씨 버선 아미 숙여 솟은 눈섶
잘잘잘 끌리는 치마 자락마다 이는 바람.

4
미치도록 파란 옥색 치마자락 나부끼는
새도록 해맑은 하늘 푹 꺼져 들 것 같은
디디면 한없이 빠질 수렁 같은 그 모습

16
신촌 로타리에서 작별을 할 걸
굳이 충정로까지 걸어 하직하고 돌아서는
상계동 촌 사람이 와서 기웃거리는 하오.

17
오고가는 사연들이 산나리로 되고 저서
들이 온통 산냄새다 마을 또한 산 냄새
바위도 나를 기다려 지켜앉은 산 냄새

24
천 번 절을 받고 눈을 뜨는 당신이여.
가을날 해어름에 실바람이 불어온다.
스르르 뜨셨던 실눈 내리 감는 부처님.

44
동편엔 한 폭의 서정시가 걸려 있고
서편엔 한 조각 나체화가 걸려 있는
대중을 대상으로 한 멋진 그 배려는.

82
지열을 타고 불끈 봄기운이 솟아올라
돌각담을 자글자글 온통 끓는 아지랑이
언덕엔 사랑의 열기 솟아나는 하늘가.

85
구슬로 맑은 하늘 흰 구름 간간 뜨고
빗질하는 산봉우린 맘을 끄는 녹음 벌판
여름은 쏘내기 계절 쓰르람도 정답다.

86
아침엔 더운 국으로 몸을 식히고
낮에는 부르쌈으로 배를 불리는
산천이 태양빛으로 물들어가는 하늘

정태무(鄭太戊, Jung, Tae mu)

1918.~1987. 제주 남제주군 성산면 고성리 출생. 호 우송(愚松). 일본 대판시 일본전의학교(엑스선과) 졸업(1939), 만주 시행 의사시험 합격(1946), 육군 군의학교 수료(1953).《시조문학》(1983) 등단. 시조집 『탐라』(1986, 시문학사). 전만주국 목릉현립 병원 외과 과장(1944), 제주도립병원 내과 과장(1949), 육군 군의관 복무(1953~1959), 정의원 개원(1959~1978). 한국시조시인협회 회원. 제주시조문학회 창립회장.

—

공주 박물관

전설이 물결치는 공주읍 모퉁이에
벡제의 빛이 남아 석등에 어른대고
그 옛날 왕조의 삶을 말해주는 증언대

천 년의 풍우에도 마모되다 남은 석불
억겁의 진리를 안고 지켜오는 그 일원
미소진 눈 모서리에 자비심도 감도네

사래진 역정을 안고 금관 목패 간직한 얼
서슬 푸른 은장도 실바람이 이는 소리
토기에 서리인 설화 할아버지 말씀이여

남산을 지나며

오백 년 도읍지를 지켜오든 수문장이
헐벗고 야위어서 이 절마저 잊었는가
불의로 얼룩진 하늘 쳐다보며 말이 없어

비리와 부정으로 그을어진 연기 속에
검어진 얼굴들이 숨 가빠 번득인다
불현듯 내 가슴에도 조여 감겨지는데

저 몸이 어느 사이 깊은 상처로
골수에 사무쳐진 한 이랑 삼켰는가
실 낱쯤 남은 숨결은 진달래꽃 몇 송이

독도

검푸른 동해 한복판 창 짚고 선 파수병
조풍에 바래고 멍들어도 천 년을 하루같이 살다
갈매기 승무로 날 땐 서라벌이 그립고

광란의 조류 따라 회오리 감돌아도
모토를 그리는 정은 바위로 더 굳어져
대왕의 넋을 그리며 버티려고 합니다.

오가는 항로 따라 들여오는 애달픔
쌓은 울분 풀길 없기에 만파로 가슴을 치다
저 멀리 통일의 메아리 들려올 날 기다려.

동백꽃

님은 생각도 없이 천 리 밖 꿈속인데
수절로 다진 단심 겹겹이 쌓은 맹세
청솔빛 치마 저고리 눈보라 속 더 청청

기다려 설레는 마음 가슴 절로 부풀어져
님 오신 길목에 서서 호롱불을 켜고파
행여나 소식이 올까 기웃대는 이 한 마음

계절의 역 마루턱엔 백설로 성을 쌓아도
오실 날 있으리라 설한풍도 아랑곳가
연지에 곤지를 찍고 불그레진 그 모습.

백마강에서

빛바랜 역사의 줄기 집념으로 흐르는가
저기 낙화암에 삼천 궁녀 한이 엉켜
멍울진 설움을 안고 구비치는 강줄기

천년을 씻어내도 다 못 씻을 망국 한
구름 되고 비가 돼도 못 다 푸는 그 한마음
오늘도 구슬픈 가락으로 출렁이며 흐르네

애원의 산하여 울며으로 잃는 가슴
저녁놀 물에 잠겨 민 강심도 떨리는데
그 옛날 고운 얼굴들 그림자로 뜨려나.

백목련

청솔빛 더욱 푸르러 바람도 물오른 듯
힘없이 주저앉아 풀잎 끝에 졸고 있다
나직한 산허리 끼고 가물대는 아지랑이

보리밭 꿩 울음에 문 열리는 새 아침
하얀 엽서 손에 들고 찾아온 손 반가운 님
방긋이 웃음을 띄고 봄이 왔다 합니다.

소복 단장 고운 얼굴 시리도록 눈부시어
저 결백 훔쳐내어 그 마음들 헹궜으면
새하얀 웃음소리가 강산 가득 넘치리.

입춘날에

칼바람 남긴 상처 멍이 들은 행주치마
구공탄 연기 속에 타다 남은 조각꿈에
절기는 세월을 재고 깊은 잠을 깨운다.

가다선 되돌아선 영하의 매운 바람
달빛도 서리지어 창살이 얼었는데
뜰 앞의 망울진 매화 부풀어 오르네

정열의 화신인가 피어나는 동백꽃에
헝겊 눈 내리다도 저렇게 사라지고
하늘도 한 조각 열어 푸른 얼굴 보이네

세월도 못다 푸는 원한으로 얼룩진 강산
차분히 문을 열고 소원 이룰 새봄 되길
청산도 그러함인지 문을 열고 나서나.

추억

허무로 막을 내릴 결이 이는 회상곡
한 아름 꽃을 안고 시발한 장도였기에
환희와 실의가 얽혀 백천 구비 여울로 일다.

망각의 대해를 향해 띄워 보낸 고난의 운명
너무나 험한 오랜 역정 멍이 든 산하의 아픔
민족의 목메인 울음 체념으로 달래나.

가버린 일월의 명암 만상의 사사연연
슬픔도 괴로움도 지나가면 고운 추억
접어둔 하늘 한 자락 무지개로 어리나.

정태수(鄭泰秀, Chung, Tae soo)

1931년 진주 금산 월아산동 출생. 단국대학교 법학사, 연세대 석사, 일본 쓰쿠바筑波대 박사. 《시조생활》(2005) 등단. 시조집 『아이누여』(2006, 교학사), 『어디서 내가 왔나』(2011, 문예촌), 『산이 벙긋 웃는다』(2013, 문학신문). 현석주아동시조문학상(2009), 한글문학 시조대상(2013) 수상. 시조생활 문인회 회원. 문학신문 문인회 명예회장, 한국시조시인회 명예고문, 한국문인협회 자문위원.
—

나의 이력서

우주가 탁 트이자 시간이 출발하고
생명원소 생겨나 억겁을 떠돌다가
지구와
선조를 만나
선물 받은 내 백 년.

* 나는 빅뱅big bang 후 138억 년 만에 합성된 우주의 한 선물세트다.

화성에 이사 가자

우주선이 보고 왔다 화성에 물의 흔적
사람 살 수 있겠지 친구들과 이사 가자
그 별에
나라 세우면
내가 단군 되겠네.

또 다른 우주

우리 우주 너머에는 어떤 세상 있을까
다른 우주 있을까 있다면 몇 개일까
공부에
공부를 더 해
밝혀내고 말 거야.

카네이션

— 내리사랑
은혜로워 햇빛이다 아늑한 흙담 같다
어느 바다 깊이로 부모 사랑 미치랴
치사랑 갚을 길 없어 내리사랑 하나보다.

— 치사랑
내리사랑 그거야 짐승도 다 하는 것
치사랑 서둘러라 무기징역 면하려면
한 송이 카네이션이야 마중물일 뿐이다.

주머니

나는 나는 일 학년 주머니도 많지요
호주머니 신주머니 크레파스 주머니…
그 중에
생각 주머니
빨리 크고 싶어요.

나는 나는 일 학년 보자기도 많지요
하하하 웃음보에 재밌는 이야깃보
익살과
얘기보따리
많이 채워 볼래요.

정태종(鄭台鍾, Jeong, Tae jong)

1952년 경북 경산 남천 출생. 위덕대 교육대학
원 석사 졸업(2005). 《영남문학》(2019) 등단.
제9회 전국문학인꽃축제 제3회 꽃시 백일장
입상(2019). 영남문학예술인협회 이사 역임.

정태종의 시조는 자연과 인간을 대비시켜 삶의 문제를 생각하게
하면서 시조의 격조와 운치를 한껏 보인 작품들이다. 「영축산 억
새」, 「양귀비꽃 낙화하다」 등 많은 시편들이 서정적 감성으로 서경
의 세계를 그리고 있다. 연시조 「무풍한솔로 솔밭길」은 5수 종장에
'내 삶의 나침반 같은'의 주어와 '무풍한솔로 솔밭길'의 서술어의 조
응으로 독자에게 안온하고 좋은 정서를 주는 운치 있는 작품이다.
「불두화」는 한 수의 간결한 시조로 사물에 존재의미를 부여하는 동
시에 화자의 의식세계를 투영하는 기법이 돋보인다.

— 공영해(시조시인), 장사현(문학평론가)

무풍한솔로 솔밭길

긴 세월 바위틈에 꿋꿋이 뿌리박아
바람을 이불 삼고 바위를 베게 삼아
장엄한 철갑을 걸친 송죽지절 푸른 숲

거북의 배면처럼 두꺼운 껍질에서
수양의 덕을 갖춘 은은한 솔향기가
지선의 향기로 쌓여 옷을 벗어 해탈한다.

늘어진 가지에서 풍겨오는 모진 세월
여인의 몸매 같은 아름다운 곡선미가
비틀어 용틀임하듯 혼령 되어 나른다.

천박한 세상에서 생명을 의지한 채
선비의 기품 닮은 올곧은 형상들이
속세의 번뇌를 씻고 평화롭게 서있다.

솔향기 날리면서 유연한 몸짓으로
가냘픈 그 여인의 따스한 가슴으로
내 삶의 나침반 같은 무풍한솔로 솔밭길

영축산 억새

하얗게 내려앉은 서릿발 이고 서서
통도사 천년고찰 예불 소리 머금으며
언제나 법구경처럼 자비로운 억새들

사랑 눈빛 모둠 하여 노래하며 손짓하고
나 홀로 걷는 길에 사랑스런 시선으로
이 세상 하얗게 살자며 소망 하나 전한다.

광활한 영축능선 산하를 굽어보며
청아한 은색 빛을 온 가슴에 안은 채로
갈바람 등에 지고서 영축산을 지킨다.

수련 꽃 피다

진흙에 발 담그고 꿈꾸는 요정같이
불심을 가득 안고 기도하듯 피어올라
스님의 불경 소리에 청순함이 자란다.

동자승 눈빛처럼 마음의 문 활짝 열어
해 뜨면 방긋 웃는 단아한 물의 요정
수줍어 참지 못하여 온 꽃잎을 오므린다.

승가에 귀의한 듯 행복스런 얼굴들이
따스한 햇살 속에 번뇌 안고 타오르며
꽃잎에 숨결을 모아 연등불을 밝힌다.

겨울나무

가진 것 다 버리고 헐벗은 몸뚱어리
찬바람 매 맞으며 무거운 침묵으로
의연히 명상에 잠겨 참선하는 겨울나무

팔 벌려 푸른 하늘 마음껏 포용하며
온몸을 부르르르 바람에 기댄 숨결
다음 생 고결한 나무로 푸른 꿈을 그린다.

금낭화

한 줄로 대롱대롱 설레는 바람 끝에
그리움 붉게 물든 곱디고운 선홍금낭
수줍은 새악시처럼 얼굴 빨게 웃는다.

양귀비가 오셨는가 어여쁜 금낭아씨
봄바람 살랑살랑 꽃 주머니 흔들 때면
내 심장 떨리는 고동 우렁차게 들린다.

거북이의 삶

가야 할 길이라면 말없이 뚜벅뚜벅
세상의 무거운 짐 혼자서 끙끙대며
세월의 아픔을 지고 기어가는 거북이

그 무슨 사연 있어 혼자서 짊어진 짐
심장은 두근두근 눈물을 쏟아내며
고달픈 내 인생살이 삶의 무게 천근만근

머나먼 기다림에 주저앉은 긴긴 세월
그 끈을 놓지 못해 힘들게 뛰었지만
님 향한 나의 몸부림 백 년이든 천 년이든

낙엽이 가는 길

색 바랜 잎 잎들이 비 내리듯 쏟아진다
한 생의 지나온 길 그림처럼 펼쳐보며
저녁놀 황혼을 안고 아름답게 뒹군다.

스산한 갈바람에 진홍빛 가슴 열어
내 사연 곱게 담은 늦가을 느낌표들이
산천에 흩날리면서 집시 되어 헤맨다.

잎 마다 새겨 놓은 이승의 삶의 애환
한 잎의 낙엽 따라 풍백風伯*에 띄우고서
새로운 생명을 위해 내일의 꿈 키운다.

* 풍백: 바람의 신.

양귀비꽃 낙화하다

만삭의 여인들이 아픔을 이겨내고
어여쁜 옥공주를 하늘 향해 출산했네
이 봄날 절색미인들이 배시시 웃는다.

연약한 꽃대 끝에 내려앉은 나비처럼
들바람 그네 타고 살랑살랑 춤을 추며
귀여운 옷자락들을 하늘하늘 날린다.

새빨간 붉은 입술 그대로 물이 들고
신들린 듯 사뿐사뿐 춤사위 즐기다가
어스름 그림자 따라 별을 보며 잠이 든다.

얄미운 바람 따라 꽃비가 내리던 날
아쉬운 이별가를 서럽게 울리더니
소쩍새 소리 따라서 흔적 없이 가버렸네.

불두화

청초한 하얀 빛깔 순백의 곱슬머리
은은한 목탁소리 품에 안고 피어올라
바람에 흔들리는 불심 깊어가는 내 마음

봄을 깨우는 종소리

캄캄한 어둠 속으로 빗소리가 요란하다
목마른 붉은 대지 기지개를 켜는 저녁
상큼한 봄의 소리가 온 천지에 퍼진다.

건조한 바람들로 황량하던 길목에는
끝이 보이지 않는 그 긴긴 시간들이
이제는 장막을 걷고 종소리를 울린다.

정평림(鄭坪林, Chung, Pyung rim)

1938년 강원 평창 대화면 출생. 미국 미시간대 대학원(이학박사).《시조시학》신인상(2003), 〈전북중앙신문〉 신춘문예 시조(2004) 등단. 시조집『거기산이 있었네』(2005, 동학사),『메밀밭으로 오는 저녁』(2013, 책만드는집), 시조선집『가을 헌화가』(2017, 고요아침). 샘터시조상(2003), 열린시학상 시조(2012) 수상. 열린시조학회 회장 역임. 오늘의시조시인회의 회원. 한국시조시인협회 자문위원, 현대사설시조포럼 회장. 인하대 의대 외래교수.

작두

해거름 끝짐 부리자
요란해진 워낭 소리

작두질 추임새에
단두대쯤 몰라봤나?

톡! 갈린 저 손마디 하나
형과 나를 키웠네

—

정평림 초기시조는 '현대적 인간 존재의 의미에 대해 고뇌하는 실험적 시편들'이 많다. 자신의 존재와 삶에 대한 성찰을 현장감 있게 시화(「존재의 발자국」), 낮은 곳으로 향하는 삶의 자세와 배려의 시편들(「발을 주무르며」)이 그러하다. 그 이후 '깊고 고요한 시간을 투시하는 심층적 사유와 서정'을 담아내기도 한다. '서정시의 가장 심층적 동기인 타자나 우주로의 확장 과정의 곡진함'(「메밀밭으로 오는 저녁」), '잡은 손 암소 놓고'에 앉힌 쑥부쟁이의「가을 헌화가」, "아득한 적막" 속에서도 노숙의 일상과 "곁불 쬐는 일손들"을 떠올리는「폭설 이후」의 시사성이 주목된다.

— 유성호(문학평론가 · 한양대 교수)

—

폭설 이후

코만 내민 상고대가 빈 하늘길 쓸고 있다

눈폭탄 터진 뒤끝, 천야만야 아슬한 적막

쪽잠 든 노숙의 터엔 허기마저 어녹는가

숨 고르는 뭇 생명이 미기후* 속 찾아들고

스스로 돕는 자 되어 제 살길 엮어 갈 때

변두리 해장국집도 하나 둘씩 눈을 뜬다

아직은 아니라는 듯 된바람 칼 벼리고

황덕불 둘러서서 곁불 쬐는 저 일손들

먼 능선 동살 잡히며 인력시장 환해 온다

* 미기후微氣候, microclimate: 지표면에 국지적으로 나타나는 좁은 범위의 기후.

존재의 발자국

꽤나 허덕이면서
키만 훌쩍
키웠나 보다

가파른 첨탑 위로
구름 몇 점
서성이고

굽어본
저 바닷가엔
숨찬 길이 누워 있다

파고 끝 모래판에
찍어 놓은
발자국들

저마다 누구인지
그 존재를
알 수 없고

쏴르르
밀물이 와서
그것마저 끌고 간다

발을 주무르며

그래, 너는 애초부터 낮은 곳에 내려앉아
실없이 키운 몸피까지 마다않고 섬기었지
오늘은 쉬게 하리라, 모로 눕힌 쪽배 한 쌍

떠돌다 거름이 된 틈새에 낀 때도 닦고
마디마디 굳은 신경 다독여 풀어도 가며
깊은 살 경락經絡을 찾아 잠든 맥을 달랜다

그래, 너는 네 깜냥대로 해야 할 일 했다지만
세찬 바람 시달릴 때 성깔인들 없었으랴
남 몰래 세운 발톱도 다듬으며 깎아 주마

으레 던진 덧신 한 벌 감지덕지 꿰신었지
새경 한 푼 받지 못할 어리숙한 머슴이여
이 세상 끝나는 날엔 윗자리로 가거라

가을 헌화가

벼랑 끝 바윗자락 갓털로나 닿았을까
굽어봐도 천야만야 갈 곳 없는 쑥부쟁이
실눈썹 등산 여인이 저 꽃 그리 탐한다지

낯 붉힌 눈길만큼 부끄릴 이 가뭇없고
고개 숙인 촌로 하나 낌새 하마 차렸는지
한 아름 가을을 엮어 먼 발치에 두고 가네

벼룻길 여린 햇귀 빗금 치듯 뜸이 들고
잡은 손 암소 놓고* 신라 천년 감아오나
우수수 나는 꽃씨가 수로부인 뒤를 밟네

*「헌화가」 일부 차용.

메밀밭으로 오는 저녁

시월 상달 산모롱이
하루 해 이우는가

미처 못 잊은 겨운 한때
허기인 듯, 속울음인 듯

흰 꽃대 발돋움하고
하늘 한 켠 쓸고 있다

청솔 가지 타는 연기
아직 걷히지 않았는지

눈에 돋은 별 그림자
한 모금 물로 달래지만

신발 끈 질끈 조이는 날
저녁이 오래 깊다

선대先代가 물린 죄업
접고 사는 요즘 시대

산말랭이 뚫린 찻길
해종일 그리 붐비고

등 굽은 초승달 뜨면
목이 타는 저 메밀밭

조락/뜰

곰삭은 갈마바람 빈 울타리 흔드는가
속 꽉 찬 콩꼬투리 제 무게 추를 달고
대궁 위 고추잠자리
타는 가을 맵다 하네

마른 삭정이 불 지피고 강낭콩밥 짓는 한때
우련히 깔리는 연기, 섬돌 밑이 무거워지고
해거름 조락의 뜨락
맺고 푸는 행간이 뜨네

대를 이어 주인 섬긴, 빛바랜 주련 글귀
알아볼 이 없는 세상 획수 더욱 도드라지고
잘 익은 고가古家 처마가
장맛 보듯 오래 깊네

한라산 돌매화岩梅*

전세 내어 붙어 사네, 현무암 틈새 비집고
축축하게 이는 바람 갈증마저 걷어갈 쯤
안빈安貧의 작은 너름새
여름 매화 눈을 뜨네

내몰린 위리안치 막다른 골 한라였나
딸깍발이 콧대 세워 하늘빛 트던 날들
어쩌나 죄짐을 지고
끊긴 반도 굽어보네

*돌매화: 한라산 정상에서만 국한되어 자생하는 키 10cm 미만의 상록 관목.

부채꽃 언저리

흩날리는 꽃잎이지, 홀로 취한 부채춤은
절로 이는 신명 따라 홍도 끼도 가락 타고

한 무대 휑한 된비알
녹아내려 흥건하네

하나 둘씩 몸태 바꿔 흩꽃잎 날아들고
주연급 버선발 위로 꽃비 저리 내릴 즈음

딩가딩 휘모리장단에
목근화木槿花 활짝 벙그는가

촘촘히 어우러져 개국開國 나팔 부는 게지,
제 깜냥 펼친 만큼 한 울타리 되는 게지

파르르 떠는 그 언저리
눈길 차마 뗄 수 없네

가을 태풍
   — '콩레이' * 휩쓴 자리

적도 부근 떠돌이 씨눈 차마 감지 못했는지

온난화 구석구석 제 놀이터 점찍어 놓고

아직은 철 이르다며 눈먼 비바람 몰고 온다

장칼 저리 휘두르다 갈기 세워 말 달릴 때

열대성 성깔이 살아 무소불위 폭군이 될까?

방파제 테트라포드도 북새 뒤에야 실눈뜬다

찬 고기압 위세 앞에 아차! 서둘러 등돌렸나

삽시간에 짓밟힌 채 폐인이 된 저 넉장거리

돌아온 부메랑 안고 맨손으로 닦고 있다

* 콩레이: 2018년 10월 초 한국 남부를 쓸고 간 제25호 태풍.

돌장광* 패랭이꽃

돌무더기 하냥 널려 숨을 데 많은 둥지였지
가는귀 연 여울 소리 모래 틈에 내려앉아
인기척, 차마 날까 봐
낯 붉히던 순 촌뜨기

한여름 뙤약볕에 제 정강이 다 드러내고
속 찬 말 기다리다, 굳은 얼굴 살펴보다
눈부처 띄워둔 대로
울먹이던 저 철부지

저녁나절 징검다리 느루 두고 건너갈까?
벌건 대낮 뜸들이던 물이랑 입때 일렁이고
줄칼로 다듬어 새긴
앙가슴 속 이름 하나

*돌장광: '돌이 많은 시냇가'를 이르는 강원도 탯말.

정표년(鄭杓年, Jung, Pyo nyun)

1946년 대구 달성 하빈 봉촌리 출생. 고입 자격 검정고시. 《여원》 여류 신인상(1969), 《현대시학》 천료(1973) 등단. 시조집 『말없는 시인의 나라』(1990, 백상), 『산빛 물빛 다 흔들고』(1999, 그루), 『신의 섬으로 가서』(2006, 북랜드), 『수화로 속삭이다』(2017, 학이사). 산문집 『작은 창으로 본 세상』(2018, 학이사). 제1회 민족시가 대상(1990), 제20회 대구시조 문학상(2017) 수상. 영남시조 문학회 역임. 대구시조 시인협회, 대구여성문학회, 대구카톨릭문학회, 대구문인협회 회원.

—

첫 시조집 『말없는 시인의 나라』는 황진이 시조의 서정성(이별 정서 위주로 된)을 이어받아 현대적으로 잘 형상화했다.

— 이준섭(시조시인 · 아동문학가)

세 번째 시조집 『신의 섬으로 가서』는 읽는 이의 가슴과 눈을 맑게 적셔줄 것이고 영혼을 고양시키기에 부족함이 없다.

— 이정환(시조시인 · 정음시조문학상 운영위원장)

—

유월六月 에는
— 보훈병원에서

목 놓아 목 놓아 울어
먹빛초록에 핏물 들도록

뻐꾸기 너 아니어도
유월六月은 절로 젖는다

산하는 눈물에 젖고
가슴은 슬픔에 젖고.

모른 체 두어도 서럽고
깨우치면 더 서럽고

다 바친 목숨들이
반만 남은 목숨들이

더러는 정신까지 젖어도
젖은 줄을 모른다.

사모곡思慕曲

흐르는 별을 모아 밤을 밝혀 지새우고
날으는 소리 접어 탑을 쌓아 세울 적에
새날에 반기 마시던 그 말씀도 새겨 넣고

아득한 모습으로 머나먼 길을 터서
애타는 정만 두고 한을 안고 사는 가슴
하루도 지우는 눈물 못을 막아 보이리까

그림자 물에 담고 탑 그늘에 내가 누워
노을진 꽃빛 하늘 속맘인 양 달랠 제면
흐르는 세월이라서 식어가는 지열이여!

흙 4

모두 떠나려 하고 있네
이미 떠난 사람이 많네
농자금 학자금 빚 위에 빚
더는 견딜힘도 없네
겨울을 벗은 하늘은 땅을 일으켜 세우는데.

나누던 정도 두고
일가친척 뿌리도 두고
낯선 곳 붐비는 곳으로
바람이 되어 떠나가네
둥지는 거미줄을 쓰고 불치병을 앓고 있네.

흙 14

그저 좋기만 하다고
날 찾아 오지 마소
쟁깃날에 속살을 열고
씨앗 품고 앓는 일월日月
그대가 구경꾼 같은 그대가 우예
속사정을 알겠소

익은 과일만 보려거든
가을 곳간이 부러워서면
아예 오지를 말아요
돈들고 시장으로나 가소
피땀이 얼마나 짠가를
흘리지 않고는 모르오.

봄기운

소문을 물고 나르는 새들은 분주하고
음 정월 달빛 머금고 매화는 필까 말까
주변을 들뜨게 하는 설렘이 한창이다.

세월이 아무렇게나 무작정 가지 않고
때 맞춰 마련하는 기미를 느끼면서
한마음 보태야 할 것 같은 초조함이 들썩인다.

봄 오면

봄이 오면 고맙더라 눈물나게 고맙더라
천천히 몸 일으키는 앞산을 보는 것도
꽃보다 먼저 찾아와 햇살 푸는 새떼들도

새 속잎 갈아 입고 떡잎 슬쩍 밀어 내듯
하늘 아직 나직해도 맑은 소리 높이 뜨고
한때는 버리고 싶었던 세월까지 고맙더라

음 칠월 열나흘 밤

창밖에 오죽 가지가
바람에 몸을 흔든다

댓잎이 바람에게
사락사락 속삭이니

달빛에 환한 하늘을
치켜드는 귀뚜리 소리

마음으로 나눕니다

겨울을 재촉하는 빗소리를 끓입니다
오르는 김 사이로 한 얼굴 보입니다
오늘도 무심차 한잔 마음으로 나눕니다.

매듭

엮어서 다 엮어서 풀리지 않게 엮어서
그대 헤픈 마음까지 엮음 속에 숨겨서
쉽사리 풀리지 않게 단단하게 조인다.

구름이 산허리 잡고

구름이 산허리 잡고 숲의 은밀함을 본다
숨겨진 곳의 신비 세상에 알리지 않고
슬며시 잡은 허리 풀고 하늘 저쪽으로 간다.

정하경(鄭夏庚, Jung, Ha kyung)

1927년 충남 부여 은산면 내지리 출생. 호 백
강(白江). 대전사범학교 졸업(1944), 중고교
교원 검정시험 합격. 〈서울신문〉 신춘문예
시조(1965) 등단. 시조집 『인왕仁旺으로 서
서』(1987, 동화), 『야산野山』(2001, 태학사).
부여, 홍성, 온양, 서울 경복중·고교, 경동고,
경기상고 등 교편생활. 문교부 국어교과 편찬
심의 위원, 국어과 교육과정 심의 위원. 한국
문인협회, 한국현대시조시인협회 회원.

—

개나리

뉘게랄 수도 없는 실은 뉘게일 수도 있는
채 웃어 넘기지 못할 조그만 회포懷抱 있는 날은
저렇듯 환한 꽃타래마저 마냥 시무룩해 뵈는지

거미 소고小考

은실로 꿈을 뽑아 구름에 두른 낭만의 성成
이슬은 구슬로 꿰어 그물 가득히 달아 두고
진주홍 타는 노을엘랑 거나하게 취하고

우윳빛 아침 안개 저음低音으로 출렁이면
한 점 조각밴 양 사념의 닻을 감아
더 깊은 더 먼 바다로 노을 저어 가는가

아우성 거리마다 탐욕처럼 쏟아져도
일상은 잠깐 둔 채 적당히 게으름 피워
한 웅큼 소한小閒을 안고 스르르 졸음을 부른다

늦더위 삼십 몇 도 서쪽 하늘에 뉘엿하고
입추 무렵 생량生凉 바람 억새 잎이 속삭이면
눈마다 매달린 별 하며 재롱판을 벌인다

오르지 못할 하늘 내리지 못할 땅일 바엔
어정쩡 허공 한 자락 분수로이 자리하고
자중自重껏 대롱거리며 자재하는 안주安住여

거북선

해달도 빛을 잃을 산악山岳 같은 노호怒號였다
기우는 초가삼간 네가 겨우 받쳐 들고
지금껏 부릅뜬 두 눈 남해 밖으로 푸르다

귀뚜라미
— 시월 단형

수련장 뒤지던 채로 막내는 숨결이 곱고
영창에 포도 넌출 달이 보낸 수묵水墨 아래
뉘 시켜 나 하나의 밤을 굽이치는 강물인가

낚

카랑한 천심天心에는 구름 한 점 아니 오고
오수午睡가 버드러져 거울처럼 누운 수면水面
낚싯대 아련한 끝에 가물가물 졸음이 서린다

낮

파란 포도 그늘 뜰에 얼룩진 한낮결
베개 업고 잠든 발가숭이 고사리손에
살푸시 머문 잠자리 보랏빛 나래가 간지럽다

동매冬梅
— 화제畫題

2월 한공寒空 서리 기운 옥판선지玉版宣紙 바탕화여
가지는 계집년자 번다 삭은 갈필渴筆이라
한철은 앞당겨 놓고 간드러지는 송이송이

눈보라에 도사린 채 담채淡彩로도 꿈은 더워
내 한 마리 멧새로 숨은 향에 훈염暈染 되면
말씀 밖 무한한 정을 눈짓으로 나눈다

목련

비안개 설 추위에 봄 그리는 발돋움아
옥양목 흰 저고리 여밀수록 부푸는 가슴
순정은 가지 끝마다 열망처럼 벙근다

빗소리

남이 다 그러더라도 행여 그럴까 싶다는데
모두 안 그러더라도 더러는 그래도 보라는데
이러도 저러도 못 하는 채 휘늘어진 버들가지

조약돌

만나서 한 이십 년 손때 오른 내 사람은
골짜기 굴러 흐르던 하고 많은 이야기로
서슬도 모서리도 잃은 동글동글한 조약돌

정해송(丁海松, Jung, Hae song)

1945년 경남 고성 서외리 출생. 동아대학교 졸업(1969). 〈동아일보〉 신춘문예(1976), 《현대시학》 천료(1978) 등단. 시조집 『겨울달빛 속에는』(1984, 영경사), 『제철공장에 핀 장미는』(1997, 해광), 『안테나를 세우고』(2001, 태학사), 『응시』(2012, 고요아침), 『바람 변주곡』(2018, 천년의 시작). 성파시조문학상(1989), 한국시조작품상(1993), 이호우 · 이영도 시조문학상(2012) 수상. 《부산시조》 편집주간, 부산문인협회 부회장, 부산시조시인협회 회장 역임.

—

한편에서는 강직하고도(『지도를 그리다가』) 한편에서는 섬세한(『기척』) 정해송 시학은, 그 결과 흐름에서 매우 균형 잡힌 서정을 보여준다. 그 기막힌 균형 감각은, 그의 시편들로 하여금 균질적 성취를 거두게 하는 원천적인 힘이 되고 있다. 이러한 균형 감각을 가능케 한 것은 그의 준열한 사유 못지않게 그의 서정적 조형능력에서 찾아질 것이다. …그리고 역사적 흐름을 증언하고 그것을 내적 견결성으로 치환하는 견고한 미학적 의지로 모아질 수 있다. 이러한 확연한 개성만으로도 정해송 시조는 우리 시조단의 연성편향, 자연편향, 동어반복의 혐嫌 등을 일거에 넘어선다.

— 유성호(문학평론가 · 한양대 교수)

—

지도를 그리다가

꽃대 뻗는 기운으로 혼불 하나 밝혀 두고
섣달 그믐밤에 문종이 바르듯이
반듯한 삶의 설계를 지도 위에 그려본다

창밖은 한파 속에 청동靑銅 소릴 대질러도
이 시대 달군 화두는 별빛보다 성성하니
미궁의 역사를 트는 길을 닦아 올리자

곡필로 흘러가는 강줄기는 바로 잡고
가파른 저 세월의 등고선을 넓혀 가면
퇴행성 처진 어깨도 산맥처럼 힘줄 선다

기척

한밤에 기침하면 어머니가 먼저 안다
잦으면 애가 쓰여 거실을 서성이고
사원이 보이는 쪽으로 두 손 모아 앉으시다

새벽을 일으키는 어머니의 묵상기도
영성의 맑은 피가 뇌혈관을 통해 오고
한 사발 따끈한 자애 잠긴 목이 풀렸으니

방에도 거실에도 어머니는 이제 없다
내가 기침해도 빈 여음만 쌓이는 집
창 너머 바랜 미소가 어둠 속에 상감象嵌된다

동해남부선 추억
— 폐선 철길에서

오월이 낸 바람 길을 기차 타고 떠나는 날
해운대서 송정까지 고운 물빛 길어 올려
창가에 풍경이 된 너를 신록 풀어 붓질했지

언젠가 살은 듯한 간이역이 있는 마을
석류꽃 환한 뜰에 그 바다 부려놓아
해조음 밤새 들으며 전설 깊은 별을 헤고…

오랜 세월 액자 속에 바래가던 수채화여
내 오늘 녹슨 철길 침목을 두드리며
기억의 단층을 잇고 터널 지나 닿는 시간

차창에 뜬 미소가 낮달처럼 비쳐온다
영원에 흰 수평선이 손수건을 흔드는데
기차는 해안을 돌아 기적 소리 긋고 간다

검劍

1.
한 시대 협기 서린 수평선을 가늠하며
오랜 해를 담금질로 벼린 끝에 혼이 섰다
서정을 엮은 달빛도 이 날 아랜 갈라진다

2.
머리맡에 걸어두면 가을물 소리 높다
굽은 목을 치려는 살의에 찬 저 눈빛
깊은 밤 칼을 뽑으면 한 비사祕史가 잠을 깬다

3.
어둠을 겨냥하여 서릿발 한恨이 울고
당대의 정수리를 내리치는 혼불이여
그날에 쓰러진 함성이 섬광으로 일어선다

겨울 수목원

일손을 거둔 산은 안식에 들어 고요하다
계절 따라 초록물을 풀어 쓴 얘기들이
숲 속의 작은 도서관 서가에서 숨을 쉰다

그 숨결 받아내어 겨울 행간 비춰보면
내 생애 나뭇결에 얼룩진 삶의 무늬
바람은 날을 세우고 옹이 하나 깎아낸다

수도승 영혼인 양 침묵하는 숲을 지나
눈을 인 먼나무가 자기 뜰을 밝힌 아침
빨갛게 옹근 꿈들을 겨울새가 쪼고 있다

제야 일기
― 난초 개화

제야 등이 홀로 타는 자정 부근 창가에는
별을 내신 손길 받아 난은 꽃대 뻗어 올려
창세 전 그날 비경을 은유하는 미학 시간

지상紙上에는 보도 없는 한 나라가 일어서고
맨 처음 숨결 따라 묶음으로 오는 소식
그 말씀 맑은 향에 뜬 선지 한 장 펼쳐놓다

결기 서린 잎줄기에 먹물 푸른 밤이 휠 녘
붓 들어 한 획 그어 쓴 뿌리를 베어내면
떠돌던 날이 갈앉고 속을 여는 정淨한 세상

물소리가 있는 풍경

자작나무 숲길 따라 가을 물이 흘러간다
조약돌 무늬 진 삶 재잘재잘 풀어내며
단애를 뛰어내릴 때 저 득음에 이르는 물

한 가슴 구곡간장 열두 구비 넘길 적에
수석은 추임새 되어 단풍 든 강변길이
멀어진 소실점 너머 네 소리로 트인 하늘

그분의 손길 닿아 영원이 숨 쉬는 곳
목청 시린 완창 끝에 심해로 든 여정이여
이제는 침묵이 소리하는 내 영혼의 맑은 성률

바람 변주곡

바람은 언제 봐도 내 안에서 먼저 분다
눈짓 따라 길 떠난 곳 동해 바다 바람 손은
햇살 펜 삼 천 바늘로 물비늘을 뜨고 있다

심해선 긴 묵언을 눈에 담아 보이도록
처음 그 입김으로 활처럼 휘어내며
매 순간 무한을 일궈 들숨 날숨 쉬는 영혼

해안을 지킨 솔은 그녀가 부는 목관악기
연주하는 선율 따라 나이테는 파문 일고
해조음 음계를 짚어 삶의 결을 빚고 있다

그분의 소금

초점 모아 바라보면 결이 삭은 세월 뜬다
너희는 이 세상의 소금이라 하신 날도
지상엔 마른 혼들이 개펄처럼 주름졌지

물결 따라 흔들리며 닿지 못한 사랑이여
푸른 밤을 떠받치던 흰 뼈의 시간들이
귀 닫은 시대를 향해 각을 세운 저 결정結晶

이 가을 식탁에 놓인 미완의 국물에다
반 스푼 숨결 풀자 간이 오른 그날 말씀
한 그릇 완성을 위해 오래 참은 맛을 본다

응시凝視

못에 비친 하늘처럼 내 안에서 누가 본다
고요의 무게 속에 피고 지는 생각들을
없는 듯 그가 숨 쉬며 지켜보는 이 한때

잎 지는 소리를 듣고 있는 내가 있고
듣고 있는 나를 보는 이 뿌리는 무엇인가
계절도 걸음 멈춘 채 유리창에 타고 있다

정해원(丁海元, Jung, Hae won)

1947년 경북 청도 금천면 출생. 한국방송통신대학교(경영학과). 《시문학》(1979) 등단. 시집 『이 찬란한 아침에』(2003, 삼아), 동시조집 『시냇물과 종이배』(2006, 삼아), 『산길을 걸으며』(2011, 한글문화사). 정형시집 『소실점』(2013, 한글문화사), 『빙하기』(2016, 한글문화사). 시조와 하이쿠집 『겨울밤』(2018, 목언예원). 성파시조문학상(2003), 낙동강문학상(2012) 수상. 크낙새 시조동인 역임. 부산시조문학회 볍씨 동인. 한국문인협회, 부산시조시인협회, 청도문인협회 회원.

「겨울 낙동강」은 소시민의 신산辛酸한 삶의 현장을 겨울 강에 비유했다. 시인에게 강은 다양한 의미망으로 전이된다. 이 작품에서 강은 시대의 역사성을 담고 있다. 그 강의 흐름 속에 몸을 얹은 소시민의 삶은 미루나무로 포착된다. 칼날 바람을 맞으며 봄을 기다리는 앙상한 나무. 그러나 소시민들이 그리는 봄은 하늘도 울먹이며 함박눈을 쏟는 암담한 미래상일 뿐이다. 그는 2016년 상재한 『빙하기』 서문에서 '부조리한 사회문제와 소시민의 고달픈 삶을 담으려 노력하다 보니 작품 전반에 흐르는 우울하고 쓸쓸함은 무기력으로 비치기도 하나 나의 고뇌를 뱉어내는 멜랑콜리melancholy적 표현은 나의 시의 발화점이다.'라고 고백하고 있다. 그의 시적 시선은 여전히 겨울강의 현장을 맴도는 소시민적 서정이다. 삼포 세대와 일용직의 미래는 희망이 얼어붙은 절망의 현실이다. 소외된 사람들의 가슴 아픈 현실에 공감하는 40년 한결같은 서정은 대체 어디서 연유하는 것일까.

— 서태수(시조시인)

—

겨울 낙동강洛東江

일제히 몰려오는 동짓달 칼날 바람
이 겨울의 절정絶頂 허허한 광야에 서면
희뿌연 모래 먼지 속에 몸 숨기는 미루나무.

날刃 세운 바람맞아 세월도 얼어붙어
역사歷史처럼 흐르다가 말을 잃은 엄동의 강江
켜켜한 저 빙판을 건너 봄은 언제 온다던가.

차라리 봄이 없다면 기다리지나 않겠건만
이마에 손을 얹고 먼 남녘을 우러르니
하늘도 울먹이다가 쏟아 놓는 함박눈.

빙하기 2

황야에 세찬 바람 진눈깨비 흩날린다.
짐승처럼 포효하며 그 이름을 불러보면
수만 년 지나버린 듯 화석 같은 그리움.

심장의 고동 소리는 이미 멈춰버리고
추억마저 결빙하는 차가운 빙점에서
세월도 얼어붙어 버린 강물을 바라본다.

아련한 옛사랑은 동토에 묻혀있어
어느 날 매머드로 부활하는 꿈 꾸는데
그 상처 아물지 않고 선지피가 선명하다.

살갗을 맞 비비면 전해지던 그 체온이
북두성 별빛처럼 기억 속에 영롱한데
불면의 밤을 뒤채며 혼자 우는 빙하기.

낭떠러지에 서서

천 길 낭떠러지 절망 앞에 마주 서면
낙락한 솔가지를 종일토록 베는 삭풍
겨울은 함성을 지르며 산정을 넘어온다.

깎아지른 절벽에서 부딪치는 바람 소리
매서운 칼바람이 영혼마저 도려내고
낙일은 고송枯松에 걸려 오도 가도 못 하는가.

못 벗은 내 욕망이 노을로 타고 있고
바람이 호곡하며 방황하는 이 골짜기
일제히 몰려오는 어둠에 갈 길 몰라 서 있다.

암흑에 엄습해 온 공포 속에 떠는 전율
이제는 너무 늦어 돌아갈 수 없는 건가?
그 누가 이 칠흑의 밤에 햇불 하나 밝혀다오.

아버님
— 입춘에

하얗게 모근毛根까지 세어버린 머리카락
어떤 땐 돋보기 너머 먼 세월 돌아보시다가
오늘은 춘방春榜을 써서 현관 앞에 붙이신다.

겨울은 눈치를 보며 뒷문에서 서성대며
아직 빠져나가지 못하고 유리창만 떨걱이면
봄빛을 일으켜 세우는 아버님 야위신 손.

아버님 아니시면 봄은 다시 안 오겠네
입춘대길立春大吉 건양다경建陽多慶 양쪽으로 붙이시고
고목이 재봉춘再逢春하듯 새봄 다시 맞으소서.

담쟁이

천의 손, 만의 손가락 하늘 향한 갈망의 몸짓
앞을 가로막은 절벽 그 절망을 넘어가면
먹구름 엄습해오고 치를 떠는 저 전율.

청태靑苔 낀 절벽 위로 비바람 휘몰아쳐
손끝 손끝으로 처절한 몸부림으로
푸른 피 뚝뚝 흘리며 소리치는 아우성.

누군가 저 통곡을 멈추게 할 것인가?
나 또한 모르는 척 외면하고 돌아서니
때 아닌 천둥 번개가 지척에서 번쩍인다.

빙점氷點

영원을 가로질러 흘러가는 세월의 강
미루나무 가지 끝에 북풍이 에고 가면
손 시린 삶의 현장에 서릿발이 돋고 있다.

별빛에 젖은 어깨 손끝에 스민 냉기冷氣
육각의 결정結晶들이 보석처럼 반짝이면
층층한 달빛을 딛고 몰려오는 바람 소리

강물처럼 굽이져온 인생의 한 기슭에
애정이 어는점과 미움의 그 응고점
밤새워 잠이 못 들고 남은 생生을 추량推量한다.

세파에 부대끼며 살아온 내 몸부림
수 없이 넘은 절망 효천曉天을 우러르면
가슴팍 차오르는 서글픔 살얼음 어는 결빙점結氷點.

징

이글대는 잉걸불에 온몸을 던져놓고
뜨거운 풀무질에 살점을 태우다가
시뻘건 쇳물을 게워 바데기로 남은 영혼.

혹독한 매질에는 수만 번 까무러쳐
스스로 성찰省察하며 다시금 깨어나서
황금빛 혼령을 쓰고 징 하나로 태어난다.

내 삶의 화덕에도 풀무질은 세차지만
거듭남을 연단하는 인고의 세월 지나
나 또한 방짜 놋쇠의 징이 되어 울란다.

구름에 가던 달이 서천으로 떨어진 후
칠흑의 적막 속에 어둠을 찢어내며
여명의 새벽하늘에 울려 퍼지는 긴 울음.

겨울 벌판

모든 것 쓰러져간 황량한 벌판에서
갈까마귀
떼거리로
몰려와 우는 저녁
생명들 죽어 없어지고 삭풍만이 불고 있다.

그 누가 피를 토하듯 노을이 너무 붉다.
하필이면 이 시간에 생각나는 사람이여!
애절한
그리움마저
얼어붙고 있구나.

어둠 살이 엄습하는 황야荒野에 홀로 서서
영혼에 불 밝히고
합장하여 기도한다.
여일餘日은
얼마이던가?
가얄 곳은 어디인가?

바람

어둠살이 내리는 저녁 등을 넘어 달려와서
뒤꼍을 돌아서는 유리창을 흔들다가
지붕 위 용마루 끝에 초혼招魂을 하고 있다.

그것은 아픔이다. 저 슬픈 호곡號哭소리
그 누가 죽었기에 승천하지 못하는가?
별들은 양철지붕 위로 쉼 없이 쏟아지네.

이름 없는 죽은 별들이 떨어지는 이 시간에
어둠이 슬픈 줄을 내 미처 몰랐어라.
동구 밖 달려나가며 목이 메어 우는 소리

빈 들녘 허수아비 외로움을 흔들다가
산발한 수양버들 끝내는 울려놓고
먹빛의 어둠을 풀면서 밤하늘을 펄럭인다.

겨울밤

겨울밤 그 적막을
바람이 휘젓는다.
고독孤獨은 베갯잇에
눈물로 떨어지고
냉기冷氣는
뼈에 사무치는데
유리창流離窓도 따라 운다.

정행교(鄭行敎, Jeong, Haeng kyo)

1945년 경기 안성 양성면 미산리 출생. 경희대 문리과대학(국어국문학과) 중퇴. 《뿌리》(1997) 등단. 시조집 『미리내 패랭이꽃』(2004, 상지피엔아이) 외 3권. 동인지 『시야 시야 우리 시야』(1997, 신원문화사) 외. 만해상(1982) 수상. 유동문학회, 분당문학회, 뿌리문학회, 대한불교청년회, 한국문인협회 회원. 한국시조시인협회 이사.

—

정행교의 시조를 추천한다. 이미 〈중앙일보〉, 〈동아일보〉, 《샘터》 등에 70년대부터 작품을 발표해 온 분이라고 알고 있다. 감각이 섬세하고, 시조의 형식에 담긴 운율이 아름다움까지 터득하고 있다. 다만 좀 대담성이랄까 참신성이랄까가 부족한 느낌이다. 그리고 밑에 깔고 있는 사건이 좀 진부한 느낌이다. 그러나 시조가 지닌 아름다움을 이만큼 터득한 사람을 찾기 힘든 것이 요즘의 사정이다. 더욱 방황하고 뜨거운 삶을 요구한다.

— 이우종, 공석하

—

빈자리

고난의 손끝 털고 떠나신 빈자리가
되짚어 돌아보니 포근한 둥지였네
그때 그
슬하의 뜰로
내려앉고 싶습니다.

무더기 내리 사랑 진작에 알았다면
애태운 시간만큼 보은도 했으련만
빼앗긴
세월 저 편에
짙은 후회 쌓입니다.

미리내美里川*

졸졸졸 흐르다가 빙빙빙 맴돌다가
떠밀려 정처 없이 남 따라 부딪히다
어머니
손빨래하던
앞개울을 지납니다.

어디든 자리 펴고 살며는 그만이지
미리내 생각으로 그리움 솟구치면
흩어진
고향 뜰 냄새
주워 담고 있습니다.

* 미리내: 경기도 안성시 양성면 미산리.

망초꽃

망초꽃 바라보면 어머니 품속 같아
긴 시간 하염없이 멍하니 섰습니다.
잠시만
잊어달라고
눈도 감아 봅니다.

지금쯤 계시는 곳 어딘지 모르지만
이 한 몸 지닌 목숨 끝나야 뵈올자리
기다림
홀로 다독여
징검다리 놓습니다.

달맞이꽃

달 숨고 해가 뜨면 허탈감 뿐입니다.
한낮을 살아감이 용광로 속입니다.
욱죄는
살갗을 밀고
땀방울이 솟습니다.

속내가 아둔해서 얻은 게 적습니다.
애틋한 시간 두고 그대만 봤습니다.
힘겹게
정情을 뿌리다
꽃잎마저 접습니다.

삶

'사람'을 한 글자로
짜내면 '삶'이 되네

그래서 산다는 건
혼자만 쓰는 공간

등에 진
어제의 자국
머문 곳을 찾습니다.

별

찢어진 문풍지를 침 발라 붙여가며
밤 되면 돋는 별을 벗삼아 놀지라도
초승달
거울 만들어
비춰보고 싶습니다.

그물채 연가
— 흑진주 몽돌해변*

몇 송이 동백꽃만 얼굴을 내민 포구
백 년을 기다리다 등 굽은 그리움이
조약돌
힘겹게 갈며
긴긴 밤을 지샙니다.

동공 속 저편으로 어제가 넘실대면
상처를 꿰맨 자리 흔적이 돋운 심지
들창을
몰래 넘어와
선잠 끝을 흔듭니다.

* 몽돌해변: 경상남도 거제시 동부면 학동리 해변.

장승백이*

괴나리 봇짐 메고 맨 처음 밟은 동네
그래도 월급쟁이 대견해 하던 엄마
가난만 쪼개던 시간
먼 거리서 아른대네.

퇴근길 작은 아들 기다린 애간장에
빨리도 병이 깊어 먼 세상 떠나셨나
흰머리 펄펄 날리던
그 언덕만 보입니다.

* 장승백이: 서울특별시 동작구 상도2동에 있는 지명.

섬島

바다에 빠져버린
젖은 몸 지탱하며

포악한 비바람도
눈 감고 맞으면서

외롭게
울고 섰는 넌
님 그리는 망부석.

그리움

그대로 사는 거지
살면서 잊는 거지

잊다가 못 잊으면
못 잊어 그리다가

그리움
품에 안고서
살다 살다 가는 거지.

정현대(鄭鉉大, Jeong, Hyeon dae)

1949년 경남 진주 수곡면 출생. 진주교육대학교 졸업(1971). 《현대시조》(1992) 등단. 시조집 『山河여 나의 山河여』(1995, 춘강), 『새벽의 빛깔』(1997, 삼홍), 『낯설음 속의 낯익음』(2006, 한글문화사) 외. 현대시조문학상(2012), 진주예술인상(2013) 수상. 진주문인협회 회장, 경남문인협회 부회장 역임. 한국문인협회 회원.

어린이날에

정현대

따뜻하게 돋아 난 연초록 새순들이
해와 달 별빛받아 싱그러운 진초록
생기가 넘쳐흐르는 5월의 산과 들

피어나는 꽃들이 부르는 봄의 노래
맑은 햇살 가득 담은 풀잎에 맺힌 이슬
마음에 희망을 담아 띄우는 행복편지.

—

시인詩人은 한편의 시작행위詩作行爲를 통하여 끊임없는 혁신과 자기 변모를 꾀하는 가운데 값진 승화昇華와 자기 존재存在를 재인식再認識하게 되는 것이다. 정현대鄭鉉大도 이러한 시작詩作 궤도軌道에서 크게 일탈逸脫하지 않고 비교적 진솔하게 자기의 생각들을 개진開陣하고 있다. 그의 작품(「수석壽石」)세계는 대체로 자연自然에의 회귀回歸와 토착적土着的인 서정抒情을 밑바탕에 깔고 있다. 한 점의 수석壽石을 보고 자연의 오묘奧妙함을 발견하고 거기에 무한한 상상력을 불어 넣고 있는 것이다. 작품에서 보듯이 자연에 대한 애정愛情과 동화작용同化作用을 통해서 자기 존재의 실상을 재확인하고 거기에 시인詩人의 마음을 투영投影해 보려는 노력이 역력하다.

— 김월한(시조시인)

—

국립진주박물관

푸른 물결 구비치는 남가람 앞에 두고
겨레의 어진 숨결 피어나는 청기와 집
도심을 바라고 서서 등燈이 되고 있었다

공교한 마제석기
녹 슬은 청동제검
금이 간 토기라도
더운 피가 도느니
앞뜰의 저 잎새들도
숙연한 얼굴이다

님들의 젖은 혼백 유리 속에 앉아서
피고 진 왕조의 꿈 뒤척이다 잠 못 이루나
푸드득 비둘기 날자 눈을 뜨는 천년 세월.

진양호晉陽湖 야경

지리산 깊은 계곡 쓰다듬은 손길들이
덕천강 강물 되어 남강으로 흐르다가
한 아름
영원을 안고
오늘을 출렁인다

호반의 가로등 불빛 수면위에 찬란하고
산 끝에서 물 끝으로 이어지는 인연 속에
오가는 차들의 행렬
명멸하는
인간 잡사

작은 숲 솔숲에서 청솔바람 불어 올 때
작은 파도 가만히 산기슭을 핥고 있다
낚시로 밤을 새우며
무심을 낚는
태공들.

민들레

찬란히 솟는 해를 우뚝 서서 바라볼 때
아득한 땅속 깊이 들리는 소리 있어
척박한
땅을 파고드는
그 치열한 삶의 함성

밟히고 찢겨도 일어서고 또 일어서는
우리는 어찌하여 그 속성을 못 닮는가
숙취로
혼탁한 새벽
미명만이 깨운다.

들꽃 세상

아무도 모르도록 피고 지는 얼굴아
뿌리내린 곳인들 어디이면 어떠리
말없이
싹을 틔우고
꽃을 피울 뿐이다

거기에 있음을 드러내지 못해도
문득 스치는 바람 허리가 휘청거려도
가없는
인연의 고리
침묵으로 피우는 너.

개천예술제와 유등流燈

진주는 일어선다
지리산 바라보며

예술을 꽃 피운다
유등에 불 밝히며

호국의
혼을 깨워서
축제 물결 넘실댄다.

진달래

우리들 마음속에
저마다 꿈이 있고

아픔을 뒤로하며
피워내는 희망 속에

능선을
넘어 오는 건
분홍빛 사랑이다.

수석壽石

조그만 좌대 위에 산이 앉았습니다
폭포수 쏟아지는 소리 이가 시럽니다
노루가
등성이를 넘다가
머리를 돌립니다

구름 위 머리 내밀고 아래를 굽어 봅니다
산과가 익어가고 도라지 향 코끝을 스칩니다
청산을 옆에다 두고
청산처럼
삽니다.

여명黎明

어둠을 뚫는 바람 지붕위로 흐를 때
젖빛 안개는 나뭇가지에 걸려있다
해치는
첫닭 울음소리
적막을 흩어가고

번뇌로 뒤척이며 하얗게 지샌 밤이
어느새 창가에 속삭이는 새날이 되어
동녘의
장엄한 빛을
기다리고 서 있다.

비봉산의 봄

지금 비봉산은 꽃소식이 한창이다
아침을 열어오는 산뜻한 햇살 따라
또다시
숨 쉬는 산하
새날을 맞고 있다

진주의 시린 아침 봉황이 눈을 뜬다
누천년 역사 속에 곤히 잠든 도시여
이제는
구각을 벗고
춘몽에서 깨어나라

멀리 하늘을 보자 창공의 푸른빛을
나라 인재 반이 영남, 영남 인재 반이 진주
인걸을 배출한 고장
봉황이여
날아라.

출렁다리

인공의 나무계단 하늘 문을 열었다
반공중 다리에 서니 떨리면서 시원한데
술 취한
걸음걸이에
신록마저 아찔해

사람이 산다는 건 균형을 잘 잡는 것
지금까지 오면서 얼마나 지켰을 까
세파의 어지러움 속
조심스런
발걸음.

정현숙(鄭賢淑, Jung, Hyun sook)

1950년 경남 김해 한림면 출생. 부산여자대학교(국문과) 졸업. 《문학세계》 신인상(1990), 《시조문학》 천료(1991) 등단. 시집 『화포리에서』(1991, 빛남), 『늘 바라보는 산』(2005, 세종), 『어머니의 분통』(2015, 목언예원) 외. 성파시조문학상(2005), 부산문학대상(2013) 수상 외. 부산문인협회, 부산시조시인협회, 오늘의시조시인회의 회원. 한국시조시인협회 이사.

정현숙의 시편들은 그의 삶에서 만난 다양한 소통의 사례들이 마치 고해성사를 듣는 것처럼 진술하게 그려져 있다. 이미 여러 권의 시조집을 통해서 자신의 일상에서 얻은 경험과 꿈꾸어온 상상력과의 간극을 좁혀나가는 다양한 노력들을 시조의 정제된 율조로 풀어내어 차별화 해온 만큼 이번에도 나지막한 목소리로 시종일관하고 있다.

— 민병도(시조시인 · 국제시조협회 이사장)

뒷마당 생각

길례네 이발관은 뒷마당이 넓어서
금환식 황금 팔찌 보름달빛 푸근하면
소녀들 강강술래를 고전古典으로 읽었다

이 빠진 사발 핥는 짐승의 울음소리
최 씨와 박 가 아재 궐련초에 밭은기침
손 시린 갈피를 펼쳐 촉 하나를 더듬던

대물려 지킨 가업 길례네 이발관은
어제는 뒤쪽 담이 오늘은 기旗 꽂던 돌
산 같은 해일에 밀려 풀피리도 목을 놓다

7월, 연밭

제 생의 너비만한 초록 우산 뒤에 숨어

옛 가야 어진 바람 꽃 봉인封印 뜯나보다

칠월의 풀빛 하늘이 목 늘이는 정오에

질경이

한 그루 보리수의 그늘도 없는 오지
명줄이 길다 하여 던져진 안태인가
흙 파인 자국에 고여 눈엽 트는 저 혈기

비질한 맑은 뜰의 적막한 생애보다
삼지창 오만한 미소 분별없는 가락보다
풀벌레 울음소리는 풀 수풀을 일으킨다

파도 소리 걸터앉은 판자촌 너덜겅에
파란 하늘 베어 문 와자그르 아이 웃음
질경이 그 웃음 물고 하얀 꽃을 피운다

문간채가 덩그렇다

한 사내 노을 끌고 너덜겅을 오른다
허름한 작업복에 어깨엔 낡은 배낭
배낭에 꽂힌 꽃 한 송이 콧노래에 소슬하다

가을 비 내린 며칠 손차양에 실린 근심
높푸른 오늘 하루 맑은 숨 새 빛 따라
피돌기 사뭇 뜨거워 허기마저 차마 고와

안전화 툭툭 털고 깜냥도 쓰다듬어
문간채 들어서니 아이 웃음 덩그렇다
기도문 몇 음절 품고 꽃 한 송이 저물다

장마 후

오래된 생각들과 행로의 얼룩들이

베갯잇과 저지대로 스멀대다 숨어들고

해님은 쭈뼛거려도 세상손질 공평하다

사인암에서

끝 없이 정교한 탑 쌓은 이 누구시며
암벽에 죽죽 그은 붓놀림 누구실까
하늘이 내린 병풍에 아로새긴 말씀은

금이 간 그리움이 달빛에 무거우면
수백 척 기암절벽 깊고 푸른 단애斷崖 아래
먹물 색 홍건히 받아 부시치고 앉아보라

거대한 바위들의 만발한 눈웃음에
걸어 낸 이내까지 꽃피운 저문 능선
우탁의 탄로가 시편 사인암이 피웠네

봄밤

난 향기 동무 삼아 시집을 뒤적이다
금이 간 사랑도 찻물 함께 저어보면
붉어진 상처 위에도
연두바람
머물다

어느 먼 고도孤島 같은 묵언의 처마 아래
뒤란엔 애기 동백 꽃망울 터는 소리
불면의 쪽창 너머로
가등처럼
켜들다

도보다리*

도보다리 끝에 앉은 절대고독의 두 사내

예리한 각을 깎은 사월의 연두바람

그들의 숨결마저도 꼴깍 마신 뻐꾸기

* 도보다리: 남북정상회담(2018.4.27.) 시에 두 정상이 거닐었던 다리.

폐교에서

그리움의 색실을 풀고 있는 꽃밭에

별 닮은 채송화와 숙이 닮은 다알리아

두고 간 웃음을 물고 아롱다롱 피었다

대변항
— 멸치후리

사월의 대변항에 시퍼런 살내 깊다
몇 척의 어선이 부리는 후리소리
파랑波浪의 지느러미 되어 정처없이 흐른다

해류의 푸른 혈이 허공에 번쩍이다
비린 지문 뭍에 찍고 헝클려 절명하는
포구엔 생살이 찢긴 주검들이 쌓이다

봄 멸치 혼령을 조문하는 곡소린가
갈매기 붉은 부리 쌍끌이 배 쪼아대도
뱃사람 털어낸 시름 잔설처럼 눈부시다

정형석(鄭炯錫, Jeong Hyung seog)

1960년 경북 문경 가은읍 죽문리 출생. 희양초
등학교, 가은중, 상산고, 상지대(법학), 고려대
대학원(문예창작전공). 《시조문학》(2004) 등
단. 공무원문예대전 입상(2001), 나래시조 문
학상(2015) 수상. 한국시조시인협회, 오늘의
시조시인회의, 나래시조, 충북시조 회원.

수상작 「영강에서 12」는 6, 70년대 문경 영강 주변의 탄광촌 흑백풍
경을 복원하고 변해 가는 세태 속에 그 곳 삶의 주인공들은 어디론
가 뿔뿔이 흩어지고 이제는 꿈결에나 일렁대고 이명인 듯 들려올
뿐이라고 담담히 수묵화로 그려내고 있으며, 이 시조가 아프게 다
가오는 것은 기교를 부리지 않는 성실한 자세와 시적 진정성 때문
이 아닌가 생각된다.

— 정광영(시조시인)

동작동에 서면

오뉴월 신록은
먼 산마저
축이는데
삼태기 낮은 둔덕
뻐꾸기소리
멍들어선지
아직도
당신의 이름은
먹먹함으로 다가옵니다
바람은 하늘을 밀고
구름은
대지를 가려도
흔들리지 않는 나침판은
여기 누운
이유겠죠
한강이
흘러넘쳐도
젖지 않는 자립니다

영강潁江*에서 1

흙바람 이는 어느 봄날 라일락은 눈이 멀고
철쭉꽃 피는 옥녀봉玉女峰 잉걸불로 타더니만
앙가슴 풀어 제치는 영강潁江의 벅찬 연가

오뉴월 뙤약볕에 목젖 타는 관산冠山 들녘
아찔한 현기증 딛고 접동새 한 마리 강 건너니
처연悽憐한 청맹과니 사랑 생채기로 남을 줄은

갈꽃 조는 서파西坡재에 낮달처럼 묻어 와서
해거름 왕릉旺陵거리 옷깃만 세우다가
하얗게 자지러지는 저 물안개 물안개

진눈 오는 도탄교道炭橋 너머 을씨년스런 폐광촌 뜰
저 만치 외떨어져 울대 꺾인 미루나무는
올 봄은 우듬지 위로 말간 하늘 안으려나

* 영강潁江: 경북 문경시 소재 강 이름.

시인은

판사는 판결문으로 검사는 공소장으로
기자가 기사문이면 시인은 시로서밖에
구차한
서술어 단다면
시인 아예 아니다

내가 내 이름을 부르지 않듯이
시인은 스스로를 시인이라 않는다
시로서
자리 매김 되어
시인으로 불리어질 뿐

입학은 있어도 졸업은 없다든가
쌍수부천雙手扶天 필경筆耕으로 한 마당 휘젓다가
어느 뉘
가슴 한복판
절명시絶命詩 한 수 남기는 거다

죽도*에서

설익은 천하공물天下公物
거친 결기 하사비군何事非君
천반산 건너뛰고 동서를 넘나들다
대동계 분주한 둔덕
마른 갈대 수런댄다.

오그라진 작은 그릇
큰 시선 담을 수 없고
예리한 송곳은 주머니에 가두지 못해

두 행성 맞부딪친 뒤
스러져간 천여 선비

햇빛만 쫓던 무리
남인 북인 노론 소론
급기야 청-탁-공-청 쪼개지는 부스러기
인백仁伯의 터지는 사자후
깃대봉을 흔들고 있다

* 죽도: 전북 진안에 있는 지명으로 조선 선조 때 기축옥사 당사자인 인
백 정여립이 대동계를 조련하고 최후를 맞은 곳.

마라톤 2

한 걸음 내딛을 때 하늘의 소리 듣고
땅의 울림 받는다 또 한 걸음 내딛으며
태초의 심장 뛰는 소리 율려律呂를 듣는다.

온몸을 쥐어짜는 한 방울 땀 흘리고서
땅속에서 7년을 참는 매미의 기다림 안다
7일을 목 놓아 우는 찬란한 그 희열도

흰 선 하나 누워 있다 백 오리 그 너머는
심장이 터질 듯한 아찔한 절벽 건너서야
온 세상 다 가진 듯한 만다라曼茶羅를 안다.

정혜숙(鄭惠淑, Jeong, Hye sook)

1957년 전남 화순 춘양면 출생. 한국방송통신대학교(국어국문학과) 졸업. 〈중앙일보〉 중앙신인문학상(2003) 등단. 시조집『앵남리 삽화』(2007, 고요아침),『흰 그늘 아래』(2013, 동학사), 현대시조100인선『그 말을 추려읽다』(2016, 고요아침). 시조시학 젊은시인상, 오늘의 시조시인상, 중앙시조대상 신인상 수상.

정혜숙의 시에서 자연은 단순한 관조의 대상이 아니다. 꽃과 나무는 진리를 담지하고 있는 존재이자 '위로'와 '유정'의 대상이며 그 자체로 절대적 미이다. 시인에게 진·선·미는 다른 것이 아니었다. 시를 쓴다는 것은 자연을 통해 진리와 아름다움을 드러내는 작업이며 아름다움은 아름다운 삶, 선한 삶에서 비롯된다는 통찰을 보여주고 있는 것이다. 시인에게 시를 쓴다는 것은 존재의 음성에 귀를 기울이는 구도의 행위이자, 자신에 대한 성찰과 고양을 향한 의지의 행위이며, 실천적인 삶과도 무관하지 않은 다층적 의미를 함유하고 있는 생 그 자체라고 할 수 있다.

— 송기한(문학평론가·대전대 교수)

봄, 스미다

읽던 책 갈피 접어
잠시 한눈판 사이
늙은 고욤나무 자잘한 꽃을 피웠다
수척한
새 한 마리가
울음을 참는 어귀

마음이 길 나선다
꽃 이우는 저녁답
나무는 키를 올려 담장 밖을 서성이고
쪽문 연
야윈 별 하나
눈자위가 젖었다

오래전 일이다

앵두나무 묘목이 첫 꽃을 피웠다
어린 모음들의 간지러운 귀엣말
모천母川을 길어 올리는
어린 나무의 안간힘

밝은 분홍이었다, 첫 마음은 그렇다
성근 햇살 아래 속눈썹이 떨리는
분홍이 다녀간 적 있다
오래전 일이다

상강

산문 밖 시간들
천천히 덧문 내려
끝물의 백일홍에 부서지는 한 장 햇살
작은 새
당간지주에 앉아
그믐보다 깊게 운다

하현

머언 기별 같은
저물지 않는 이름 같은
외진 간이역의
늦게 핀 백일홍 같은
서늘한 한 줄 묘비명
하늘 난간
흰 하현

6월

논물이 그려놓은 진경산수화 한 폭을
왜가리 날개 접어 사뿐히 내려앉더니
잽싸게 낚아채버린다
구겨진 고요 한 점

여름을 들어 올리는 노고지리 높은 음계에
감자밭 화답하듯 이랑마다 흰꽃이다
들녘은 숨 가쁜 소리
밀 보리 익는 소리

모른 척

다시 오는 것들과
영영 멀어지는 것들
검은등뻐꾸기의 능선을 넘는 울음까지

한사코
모른 척 하며
홑잎나물을 먹는 봄

입술망초

당신의 가계도는 붉고 위태로우며
은둔을 즐기는 낮달처럼 고요하다
이따금 노랑할미새
심심파적 다녀갔다

저물자 물소리가 한 옥타브 높아지고
못다 한 말들은 서풍에 실어보낸다
오늘은 여기쯤에서
더운 입술을 식힌다

절연

우기는 쉬이 걷힐 기미 보이지 않고
노각나무 흰 꽃도 내게 오지 못해서
마음은 먼 곳을 향하고
위로가 필요했다

그래서 먼 곳 도피안사를 찾았다
거기에 피안彼岸은 없고 두어 송이 남은 꽃
쓸쓸한 후일담처럼
조용히
간결하게

여기에 너는 없고
― 다시 4월

다시 봄이다, 진혼곡을 듣는다
여기에 너는 없고 만질 수도 없어서…
미간이 어두운 바람이
어깨를 떨며 운다

더운밥과 수저 한 벌 상보로 덮어둔다
사위는 흰 달은 영정처럼 창백하고
꽃잎에 흐르는 허밍
가없는 봄의 독백

어둠이 발목을 적실 때

바람의 입술 까칠해요 벌써 상강이에요
창호지처럼 얇은 햇살 아니 온 듯 다녀가고
행간이 젖은 편지는
그저 접어둡니다

바람의 입술에서 흐르는 허밍과
쓰다 구긴 시처럼 흩날리는 혼잣말
마음을 놓쳐버린 것들이
서녘을 다 태우네요

지척에 온 이별을 예감이라도 하는 듯

체념 빠른 나무는 일찍 물이 들어요
어둠이 발목을 적시자
개밥바라기 글썽여요

정호원(郑虎元, ung, Ho won)

1959년 중국 연길현 하오동 출생. 연변대학(조선언어문학전업) 수료. 저서 『호랑이를 이긴 산토끼』(1998, 료녕민족), 『함경도 사람』(2005, 한국학술정보), 『웅달골무꽃』(2005, 한국학술정보), 『진달래 혼취』(2006, 한국학술정보), 『아리랑 고개』(2009, 한국학술정보), 『연변사과배』(2012, 연변인민), 『안중근평전』(2018, 연변대학) 외. 한얼패상, 정음상, 국제언론1등상, 한국농촌문학상, 연변주정부진달래문예상, 백두아동문학상, 한국KBS 서울프라이즈특별상 수상 외. 중국작가협회 회원. 연변작가협회 부주석, 산문창작위원회 주임, 연변인민방송국 고급편집.

소잔등

달빛의
의자이다

동심의
멍석이다

메뚜기
살짝 올라

자리 뜸한
고향이다

은방울
왈랑절랑 운다

꽃나비네
무대다

세배

슬하에 굽혀 쏠린 자세를 챙기세요

어버이 경행으로 졸생을 취하세요

날마다 성총 받잡던 몸이 일년 한번 꺾이니

진달래 혼취

꽃을 문 바위 입에 채운이 둥지 틀어
천년의 높은 뫼가 만고의 불룡인가
오호라 향훈에 섞여 림리해라 화엽잠花叶簪

가가호호

하늘엔 별이 총총
지상엔 가가호호
유혹의 추파 반짝
환영의 불찌 깜빡
윤기가 령롱한 세상
종횡무애 호시기

벗끼리 가고 오고
정끼리 교차되니
평화의 초무 둥둥
광명의 춤사위 빙빙
챠챠챠 불야성 한창
칠색봉황 한마당

얼

기후의 류행 속에

고독한 꽃이 곱다

최후의 계절 끝에

마지막 등불 켜고

고집한 사랑을 밝힌

내 향토의 국화여

고향길

길 더는 달나그네

그 뒤엔 구름주막

혼신을 뽑아들고

행렬에 따라 설제

별이마 깊은 주름엔

고향길만 만 갈래

귀의

산천이 내해란들
갖지는 말지어다

울연한 초목 속에
널 맡겨 청허렷다

혼자의 자연 될 대신
저 강산의 너 되라

젓대

맨살에 구멍 내고 록풍을 기울이니
남산은 봄 춘자요 하늘은 푸를 청자
암벽도 싱숭생숭해 철석간장 이울다

쏟아내 금옥지언 들려줘 청산류수
향기론 만리건곤 엇갈린 청음옥음
쇄도를 뻗치는 관성 종횡무진 세관다

고금에 드물구나 환난의 가락음정
내 존엄 시립하고 누리에 눈 뜬 입아
금풍을 통솔하려거든 젓대 불어 트렷다

망향

호랑이

담배 피운

진대에

걸터앉아

단군님

옛궁전을

눈 감고

크게 본다

족보는

펄럭거려라

큰 숨소리

뉘신고

뿌리 1

깊이를 여툰 물은 묘연히 동떠 걷고

높이가 마딘 산은 여구히 느루 섰고

이 몸도 간들 또 산들 뿌리부터 굵으리

뿌리 2

뭇 잎을 싹 벗은 후 나무는 알몸 모델

구겨진 껍질마저 바지랑대 옷걸이다

묻노니 내 넘어질 땐 동유림이 받들가

정화섭(鄭花燮, Jeong, Hwa seop)

1960년 경북 선산 포상동 출생. 한국방송통신대학교(문화교양학과) 졸업(2016). 1회 백수전국시조 백일장 장원, 《나래시조》 신인상(2005) 등단. 시조집 『먼 날의 무늬』(2017, 알토란 북스). 나래시조시인협회, 대구시조시인협회, 한국시조시인협회 회원.

정화섭 시인의 시세계에 매력을 더하는 것은 그의 음악 시편들이다. 음악에 문외한인 필자와 같은 사람들에게는 더욱 감동적인 페이지들이다. 실제 필자는 이 글을 쓰면서 눈물의 자클린을 만났고, 쇼팽의 야상곡을 여러 번 듣는 행복한 시간을 가질 수 있었다. 스캣송이나 글리산도 연주기법과의 만남도 마찬가지다. 이 얼마나 시집이 주는 소중한 선물인가. 앞으로 시조를 통해 아름다운 음악의 세계를 함께 만날 수 있는 배려가 이어졌으면 하는 바람이다.

— 권갑하(시조시인 · 한국문인협회 부이사장)

잎의 귀

바람이 거리를
휘젓고 다니는 날
노점상 씨앗가게 들끓는 수군거림
갇혀서 유독 서러운 아릿한 슬픔을

오수를 즐기시듯
한 봉지 움켜잡고
함께 출렁이며 걸어오신 어머니
숨겨온 비밀 감추듯 쌀통 옆에 끼우신다

얼어붙은 겨울에도
눈빛에 물 건네면
상처는 아랑곳없이 뿌리에 잎 부풀고
때로는 여린 손 뻗어 밥상 위에 앉기도 해

파릇한 쟁반 위에
햇살이 오물거릴 때
그 너머 쩡! 하고 얼음장 깨지는 소리
망각은 이미 없었다, 귀가 열린 이파리

자클린의 눈물

세상을 돌아앉아
늪 속에 얼굴 묻으면
낯선 곳 어디선가 꽃잎은 떨어지고
돋아난 헛바늘처럼
아릿한 선율 있다.

밑동 잘린 바람 앞에
누가 누구를 떠나는가
소멸, 소멸의 순간 명치끝에 포개질 때
감겨진 뜨거운 눈물
오선지를 적신다.

스캣송

홀로 걷는 밤길은 마음도 눈이 밝아
청소용 마대자루 그 속을 훔쳐도 보고
엉기는 세상의 아픔 웅성거림 듣는다

생쥐가 씹어 뱉은 오래된 삽화 한 장
어느 거짓말쟁이 기꺼운 목소리인가
저절로 흘러나오는 스캣송 불러본다

이상李箱

- 지도地圖의 암실
몇 줄의 볕을 밟고 어둠이 지나간다
받지 않는 전화가 다시 올 것 같은 봄날
압정에 꽂힌 시간이 화석처럼 굳는다

- 날개
상상의 여정 속에 기억은 허물어지고
유폐된 삶의 촉각 어디를 향해 달리나
날개야 다시 돋아라, 무한한 외출이듯

- 종생기終生記
더위 먹은 봄바람에 여름은 따라붙고
내 마음 꿀방구리 죽음도 그리워라
속아서 또 속는 사랑 한평생 속달이다

- 단발斷髮
세월이 슬펐나요, 노을 같은 모멸 속에
애정을 계산하다 그 마음 삭제했나요
이제는 돋보입니다, 새로운 힘의 상징

나의 반경

- 밥솥
수 없이 간 길이건만 때마다 설렌다
푸푸푸 가슴앓이 긴 한숨 몰아쉬면
눈감고 뜸을 들이는 허위단심 구도자

- 밥그릇
저 멀리 가기 위한 어둠의 중얼거림
빛을 사랑하는 생명의 투덜거림
허기진 배고픈 자의 크고도 큰 저장고

- 숟가락
안과 밖 넘나드는 빛과 어둠 중매쟁이
꿈을 북돋우듯 몸속 깊이 꽃 뿌렸다
길 따라 모나지 않게 황금빛을 꿈꾸며

-젓가락
어쩔 수 없는 숙명 너와 내가 만나야 하는
하늘이 바다를 만나 수평선 이루듯이
온전히 하나 되고자 너와 내가 만난다

먼 날의 무늬

봄날, 해묵은 김치통을 비운다
곳곳에 얼룩덜룩 피멍을 곁들여서
이력서 찬찬히 썼다. 이름 없는 낙관들

장독대 올려놓고 다시 한번 바라보니
햇살이 핥아주고 바람이 쓰다듬어
깊었던 상처의 흔적 노을처럼 머문다

먼 훗날 아픈 가슴 치유해줄 묘약도
어쩌면 저 햇살과 또한 바람이거늘
내 그때 보여줄 무늬 그마저도 없다면

야상곡을 그리다

영혼을 팔아먹은 사내를 만났었다
마른 나뭇가지로
굴렁쇠를 굴리며

그날 밤,
함께 울었다
그림자만
떨렸다

8이 좋다

버렸다 다시 주워
꿰매는 우산 하나
날개 헤아려 보니 곡선의 팔각형이
서로가
서로를 당겨
힘 겨루듯 버틴다

하나의 기둥 물고
숨어있는 삼각형들
쟁여온 바람인 양 눈물을 글썽인다,
모난 벗
여덟은 있어야
둥글게 살아갈 듯

경포호에서

물, 얼음
경계선 따라
줄지어 앉은 철새

그것은, 고독한 동행
묶임과
풀어짐의

행로는
날갯죽지에
먼 햇살을 훔친다

카텐차

감겨서 부푼 선율
살포시 눈감으면
열리는 하얀 자유 그 빛을 움켜쥐고
푸드덕 날아오르는
나 모르는 나 있다

가쁜 숨 몰아쉴수록
짙어지는 그림자
등짐 진 도돌이표 몸 안에 스러질 때
지평선 줄을 긋는다,
젖은 부리 잠재우듯

숨어서 부추기는
누구의 박자인가
껴안듯 겨운 몸짓 새순처럼 날개 돋아
먼 하늘 다가갈수록
가볍고 서늘하다

정황수(鄭晃洙, Jung, Hwang soo)

1948년 경북 영주 풍기 출생. 성균관대학교 (경제학과) 졸업. 〈경남신문〉 신춘문예(2015) 등단. 시집 『안개의 꿈』(2011, 문예운동사). 시조집 『기리에를 위한 변주』(2016, 고요아침), 『바람만바람만』(2019, 발견). 제1회 〈매일신문〉 시니어문학상 시 우수상(2015), 제8회 천강문학상 시조 우수상(2017) 수상. 한국문인협회, 시조시인협회, 오늘의시조시인회의, 열린시학회, 열린시조학회 회원. 우리은행 시카고 · 런던지점장, 국제금융부장, 우리기업 상무이사 역임.

—

시인은 자신이 오랜 시간 경험해온 삶의 이법理法들을 진정성 있게 노래하면서, 생성과 소멸, 삶과 죽음, 충일함과 비어 있음 등 상반된 속성들이 한 몸으로 결속하는 복합적 진실에 주목한다. 그럼으로써 그는 우리 삶의 불가피한 역설적 합의에 대해 집중적으로 사유하고, 나아가 삶의 밑바닥에서 어김없이 소용돌이치는 사람살이의 구체성을 형상화해간다. 그래서 정황수 시편에는 시인 자신이 겪어온 절실한 경험과 감각은 물론, 시적 대상을 향한 한없는 애정과 그리움이 압축되어 담겨 있다.

— 유성호(문학평론가 · 한양대 교수)

—

그리운 울타리

박꽃 띄워 웃습니다, 기대고픈 얼굴 하나
벗바리 팔다리 되고 등받이 집이 되는
가없이 너른 행간에 볼 비빌 베개같이.

들뜬 맘 못 가누고 하소연 투정도 하다
숨 고르듯 하무뭇한 속잠에 빠져들어
포근한 이름 손잡고 밤새껏 헤맵니다.

횅해진 머리맡에 돋을볕 눈부실 즈음
언제까지 있을 거란 울타리가 걷혀지고
이제는 바람막이로 내가 거기 섰습니다.

누구의 반려라는 것은

아홉 번 우려내고
수천 번을 문질러서
허리를 곧추세워 땅의 가슴 다독인다.

세상 짐 벗어버린 채
구름 한 점 끌고 와서.

다 해진 발뒤꿈치
솜털 같은 걸음으로
속살까지 다 내주고 가벼워진 집 한 채

빈 하늘 받쳐 든 청려장青藜杖
산山 하나 떠받는다.

아바타 광장

주먹 구호 왜자하다, 세종대로 곳곳마다
울불한 저 떼거리에 태극 깃발 푸념까지
코 닿을 거리를 두고 대리전이 한창이다.

감발저뀌 거추꾼의 단내 나는 바람몰이
자식 명줄 목을 놓던 부모들 다 어딜 가고
아수라 저주 앞세워 굿판으로 밤을 밝히나.

터서구니 센 땅인가, 뭇 눈길도 등 돌린다
무소의 뿔 외고집에 먹장가슴 꼭꼭 닫고
동강난 하늘 소리가 열곡으로 스러진다.

석년石年*을 읽다

햇귀 보폭 읽으려는 저 눈빛 형형하다
현완직필 예서체로
먹물 입힌 두 글자
음각한 시간 밖으로 한 하늘을 열고 있다.

수미산 태우려는 반딧불은 어딜 가고
세한도 야윈 필적
손 떨린 행간마저
쉼 없이 바람을 삼켜 구름처럼 흘러갔나.

곡필로 쓰는 야사
붓끝 다시 가다루고
동살 잡힌 햇살 모아 뼈를 깎듯 새겼는지
시침에 가슴을 찔린 놀빛 저리 불콰하다.

* 석년石年: 추사 고택 사랑채 앞마당 돌기둥 해시계에 적힌 글자.

늙은 발레리노

할딱이는 음표 딛고

바람칼
하늘 재다

화장발이 감춘 세월

길 헤매는
발재간에

기우뚱!
무너지는 무게

허덕이는

부나방

차디찬 패러독스

입 앙다문 알파고가 361개 교차점에
이분법 하늘 앉혀 펼친 묘수 치밀하다
데이터 모눈 꿰뚫고
승리는 늘 그의 것

앞서가는 세몰이를 당신 어찌 감당할까
어느 포석 승부처로 세상 훈수 갈앉힐까
아연히 따옴표 모아
어설프게 뒷북치다

옴짝 못할 덫에 덜컥 천 길 벼랑 초읽기 판
이악스런 틀에 맞선 칼날 위 진검승부다
부릅뜬 뇌 줄기세포
펄펄 끓는 자존自尊 높이

스스로 판 함정 속에 허둥대는 시간 비껴
생이지지生而知之 신의 묘수 질끈, 불끈 갈마쥐고
망석중 저 에이아이AI
관절 뚝뚝! 꺾을 거다

어느 N포 세대 모놀로그

  갈 길을 잃어버린 검은색을 적바림하고 수백 년 휘청거린 흰
색을 찬양하라 논리야 신나게 놀자 오두발광 난장판에.
  막소주 들부어도 지워지지 않는 통증, 육두문자 퍼부은 만큼
썩은 물이 솟구쳐요 뻐꾸기 어미·새끼들 그 입속엔 허풍선이.

  쑥부쟁이 모가지처럼 손쉽게 부러지는 벙어리 새의 부리 달
이마를 쪼아대고 멍든 밤 허튼소리들 별을 마구 흔드네요.
  허허하다 턱주가리 왜? 하늘을 떠받칠까 녹슨 대못 하나 우
두망찰 쏙! 빠진 날, 자소설 목줄에 걸고 술을 푸다 토악질만.

  캐미 돋아 썸을 타도 코 큰 소리 짜증나요. 까꿍, 까꿍 취했나
봐 가슴앓이 건성으로 오줌보 터질 것 같아요 생 라면을 아작
여라.
  싸가지들 외면하고 헬 조선 이판사판 어깨부터 배짱이다 완전
올인 그림 될까? 헐~대박! 로그인 성공, 방하放下라고? 웃기시네.

바람만바람만

닭잦추는 새벽까지 소실점 없는 거리

잉걸덩이 엄두마저 찬이슬에 스러지나

야속히 돌아누운 등, 그림자로 들썩이고

인터넷 창에 비친 낯선 얼굴 클릭하며

허방다리 너덜 세상 별 하나 잡으려는

덴가슴 저 페르소나 보폭이 너무 짧다

뿌리 잘린 소갈증에 말라버린 강대처럼

산山 저리 꿈쩍없이 부대끼며 여위어도

부둥켜, 부둥켜안을 그런 아침 기다린다

억새꽃 수사학

도리머리 무게만큼 등골 휘는 한살이에

그악하다 휘몰이가 온갖 훼사 놓는 건가

어지러 어지러워라 물관체관 다 앗긴 채.

시퍼렇게 갈고 벼린 그 칼날이 꽃이었나?

구름처럼 흘러 보낸 이승 내력 하 아쉬워

가녀린 눈짓들 모아 놀빛 저리 붉게 타네.

얼키설키 미로 같은 묵시록 궤적을 좇아

서걱서걱 땅별 한 켜 은물결로 나풀대다

레퀴엠 바람에 닐고 마른 풀로 가는 거다.

대숲 그늘 흔들리다

은빛 하얀 실을 물고 집을 짓는 아라크네

애면글면 가지마다 얼키설키 그물을 쳐

별빛도 달빛도 함께 숲 그늘에 부려놓고

회오리 몰아쳐도 허리 펴고 꼿꼿하다

응어리진 이령수인 듯, 쓰르라미 절창인 듯

소소히 일렁이는 바람, 참선방 죽비 소리

구름 위 댓잎 물고 사붓 앉은 새가 되어

디딜수록 멀미뿐인 티끌세상 훌훌 털고

드높이 하늘을 난다, 엉킨 타래 풀고 있다

정훈(丁薰, Jung, Hoon)

1911.~1992. 대전 은행동 출생. 호 소정(素汀). 한의사. 휘문고등학교 졸업(1933), 일본 메이지明治 대학 수학(1940). 시조집 『벽오동碧梧桐』(1955, 학우사), 『꽃시첩試帖』(1960, 민중서관), 『밀고 끌고』(2000, 오늘의문학). 시집 『머들령』(1949, 계림사), 『과적破笛』(1954, 학우사), 『피맺힌 연륜』(1958, 박영사) 외. 머들령 문학회 창립(1960). 충남문인협회 회장, 충남예술위원장, 가람문학회 회장 역임. 학교법인 호서湖西 재단 설립. 호서중학교 교장, 호서대학 학장 역임.

—

경도京都의 밤

왜인들 게다 소리에 경도의 밤은 깊어 가고
가지각색 나비 떼가 춤추며 오감 같다.
나라를 지닌 백성이면 저리 행복한 것을

넋을 잃고 서서 거리를 지켜본다.
나라 없는 설움이 북받치는 밤이여
목통을 전선주에 처박고 해울음을 텄다.

나라 빼앗긴 지도 이십 년이 지났고
조개껍질 밀리듯이 압천변鴨川辺에 모인 동기들
찬찻집 목노에 둘러 앉아 향수 함께 달랜다.

설움도 즐거움도 서러 서로 나누고
하나 울면 따라 울고 웃으면 따라 웃고
술잔을 주고 받으며 목이 메는 아리랑

그리운 사람 2

살결은 백옥이고 마음은 비단결
청아한 그 태는 정녕 선녀일세
바람결 거센 이 날을 어찌 홀로 가자노

수심愁心은 안개처럼 말없이 풍기느니
하늘 같은 한 있어 굽이굽이 맺혔는가
옥황玉皇의 무슨 노염이 이토록이 심한고

조용한 그 모습 현숙한 그의 눈매
지우고 또 지워도 돋아나는 수선화
오늘도 잊어보고자 백 번 천 번 지우네

길

동구 밖 가는 길은 포구 가는 길이라네
가단 말도 없이 님 가신 길이라네
행여나 님 오실까봐 보고 보는 길이라네

노고지리

보리삭 푸르르면 노고지리 신호한다
높은 하늘에서 은방울을 흔들며
이래서 아지랑이 속에 봄은 자꾸 커 간다

노근란露根蘭

산속에 숨어 살아도 향기 천 리를 갔는데
이제는 뿌리할 한 줌 흙도 없구나
어데다 뿌리를 내리고 나는 어찌 살라고

논뚝에

논뚝에 팔을 베고 어렴풋 조으다니
아마득 기적 소리 천 리인 듯 울어 온다
쫓겨난 고향이언만 못 버리는 내 고향

수선

수줍은 모습이며 조용한 마음씨
꽃도 눈을 닮마 저러이 희게 핀가
어울려 욕이 될까봐 이 겨울에 피는가

춘궁

안평산安平山 기슭에는 살구꽃 구름 일고
장끼놈 끌끌 울어 까투리 부르는데
순이야 네 연지볼에는 호박꽃만 피는다

귀가

서녘 하늘에는 개밥별이 밝고
등불 하나 하나 별이듯 돋는 저녁
삽 끝에 여름달 서려 제 홀로 빛나네

그를 묻고

그를 땅에 묻고 삼우도 지낸 밤
눈보라는 몰아쳐 마음 더욱 아픈데
벼개에 젖은 유향油香마저 몰래 창자 어시네

정휘립(鄭輝立, Jeong, Hwi ripp) 본명: 정일균(鄭一均, Jeong, Ihl gyoon)

1955년 전북 전주 출생. 전북대학교 영문학 박사. 〈조선일보〉(1993), 〈서울신문〉(1994) 신춘문예, 《시조시학》 문학평론(2001) 등단. 저서 『The Collection of Impressive Proses & Poems in English Ⅰ, Ⅱ, Ⅲ』(1999, 2001). 시조집 『뒤틀린 굴렁쇠 되어』(2006, 태학사). 중앙시조대상 신인상(2002), 한국미래문화상(2006), 한국문화예술위원회 3/4분기 문예지 우수작품상(2007), 올해의 최고작품상(2018) 수상.

—

정휘립은 의식의 심연 깊숙이 내재된 문제를 일상의 안에서 찾으려는 노력이 엿보인다. 작품 소재에서부터 언어표현의 새로움을 물론 대담한 실험적 면모가 도드라진다.

— 조병무(시인 · 문학평론가)

정휘립은 낯선 시인이지만 타오르는 동사형의 시인인 것 같다. 주제의식이 한결 옹골찬 그는 북도 벌판의 고부 정신, 그것도 자진모리(동사형)나 휘몰이가락으로 대성할 수 있는 시인이라 직감되어 새로움을 더해준다.

— 송수권(시인 · 전 순천대 명예교수)

—

아내의 잠

잠은 헛소리들로, 기운 자국 투성이었다.
작업복 타진 가랑이 퀴퀴한 체취 내부에
서너 푼 추억의 이蝨들을 꿈결같이 기르고,
선창가 먼지바람이 순찰 도는 시골 읍에
겨울의 흰 눈썹을 뽑아내며 싸락눈 오면,
아비의 쉰 기침에서 건져 올린 새치 몇 개.
고향은 섬 갯벌에 발이 빠진 아이처럼
허우적거리다, 길가에 나앉아 울기도 하다가,
빈약한 엄마 젖살 위에서 쌕쌕 눈을 감는다.
햇살로 점점이 녹는 비닐창 서리꽃에
아침이 제 이마를 하염없이 찧고 있는데,
그 잠은 얼마나 깊은지 바닥에 발이 닿지 않는다.
가위눌린 파도소리가 빈 이물을 가득 차오르고,
급기야 사다리를 헛디디는 소스라침과 함께
아내는 심해 속에서 떠오르는 닻을 본다.

종이학, 병 속의 하늘

노을에 이면지 접어 몇 마리씩 날려 보낸다
돌아오지 못할 그곳에 가 닿을지 모를 일이다
빈 채로 늘 떠나보내는 하늘 길이 서럽구나
안개 끼고 철새 날며 기류조차 뒤바뀌는 길
졸시 몇 편의 무게도 감당치 못할 줄 알면서
눈부신 그 낙일 속으로 기약 없이 띄우느니
남은 종이 몇 장 없는데 내 갇힌 게 뭐 대수이랴
창살 밖 어스름이 폭포처럼 쏟아져 내려
물고기 거슬러 오르듯 내 시들도 마구 퇸다
자위하는 새벽으로 비상하는 파지破紙의 글들
나의 경건한 싸움은 아직 끝나지 않았다
늬네를 날려 보낸 것으로 내 제단은 향기롭다

벽
— 거미에 관한 초고草稿

내잠을흩뜨리며치솟는저건뭘까?
날갯짓푸득임이엉키는지풀리는지,
회벽에무리지어도는, 날짐승의선회들—

새들이촛농위에방울지며떨어지네.
현기증이얼레처럼내의식을감아들면,
안경알일그러뜨리며파고드는, 저, 초, 촛불!

허튼꿈파편들이불꽃속을몰려드는데
묘한색감色感번져내며잡힐듯감도는상像!
낮짝을찡그려쳐들며, 거미하나, 내, 내리네.

봄은

1.
　멍울진철쭉꽃이다, 탁밸은가래침이다, 싯누런금강하구까지닻줄에질질끌려갔다가, 또다시삼사오월이면거슬러오르는암초다

2.
　아빠의 실종이다, 변변한유언도없이, 수십번까무러쳐눈이풀려도죽지를않는, 우리네배고픔이다, 핍박이다, 빈곤이다

3.
　엄마의가출이다, 버젓한정절도없이, 황사속을쏘다니다종적감춘누이들처럼, 무덤을찾을수도없고찾지도못한죄악이다

4.
　산길에마구싸버린검붉은정액이다, 짓푸른그늘만을뜯어먹으며또한시절을난, 그렇다! 그모든부재에도꿈틀대는핏덩이다.

5.
　줄기찬오줌발이다, 웩토해낸낮술이다, 내내늘어진채욕질매질에이골났다가도, 또다시사오류월이면발기하는물건이다

고사목 7
— 어떤 광인의 노래

저달빛, 저달무리를, 나, 나는피할수없어,
발목없는이무릎으론어데도숨을수없어,
끝모를삼경한가운데꿈도없이쫓겨났어…

들짐승한마리도나돌아다니지않아,
나, 나도, 내가누군지, 왜여길쏘다니는지, 몰라,
요망한저달무리빛이똘똘말며나를감싸…

저달빛, 저빛덩이에, 내잘린무릎만보여,
숨막혀, 숨을쉴수없어, 어데도숨을데가없어,
내게는끝도시작도없어, 허천나게맴돌뿐여…

합삭合朔 1

　남루한 옷차림으로 자유가 뒷길을 간다 저녁을 침탈하는 가
로등 눈초리 아래, 별빛도 깃털 접으며 자정 속을 잠적한다

　깨진 유리 깔려 있는 흙길을 디디는 요즘, 조립된 뉴스들은
얼굴 없이 뛰어다니고 골목 속 시궁창마다 내일이 빠져있더군

　황사마저 진득하여 유독 길기도 한데, 그믐과 초승 사이 며칠
간 그 칠흑의 무월無月, 입춘도 쫓기고 뜯긴 채 반쪽 낯이 초췌
하데

　막걸리 사발잔 너머 취기가 도시를 본다 쳇, 잘리고 분식된
채 너덜대는 석간 톱기사들, 철 이른 정신들의 눈이 행간마다
풀려 있데

겨울 함바에서 5
— 객랍客臘 24일 밤에

내 등 뒤, 등 돌리고 누운 여자 코를 곤다
관절뼈가 죄 어긋난 겨울강 울음소리로
뻘밭의 갈대줄기를 잘근잘근 썰어댄다

더러운 이불깃에 외풍 둘린 삼경인데
역한 땀내 담배진내와 몸을 섞는 먼 찬송가
이 한밤 광채도 없이 거룩하게 잘도 잔다

앳되나 바싹 곯은 작부의 여윈 가슴에
낡은 단파라디오와 성경책이 꼭 안겨 있다
고요가 먹구렁이처럼 흰 입김에 엉키는 밤

폐원廢苑

1.
저 눈眼은 파충류처럼 쉬이 죽을 듯싶지 않다.
제 몸을 잘라내며 꿈꾸듯 앓던 고열로
자다가 다시 일어나 시계視界 밖을 떠도는 돌.

2.
아, 나는 아직도 배내옷 벗지 못하고
자갈뿐인 회한의 집터에 버려져 길을 잃었다,
누워야 구를 줄 아는, 태엽 끊긴 시간 속에서.

3.
우리는 왜 이곳에 왔는가, 먼 후손이 되어,
선사先史 깊이 퇴적된 잠과 죽음의 경련으로
바람 끝 온갖 신음들 우듬지에 스산한데…

4.
저 눈雪은 수장水葬된 지 오랜 꽃잎을 띄워 날린다.
결정체만 남기고 모두 매설해버린 욕망,
명맥이 허리를 틀며 손끝마다 돋는다.

불의 행진

　불은 어디서 와서 이 한밤 어딜 가나, 핏물 밴 노래들이 저음
으로 너울댄다, 용오름, 먼 바다에서 와, 시가지를 밀고 간다

　촛불이 우릴 부른다 툭툭 튀는 맑은 소리로, 손목들 치켜들고
몸통을 휘저어대며, 춤추듯 우릴 흡입하는 소용돌이의 급물살

　그건 헛기침이 아녀, 치솟는 장대비여, 탁 뱉은 붉은 침물 가
슴에 저미어들듯, 들끓다 터진 가슴이고 눈물 질퍽한 깃발이어

　허옇게 죽었어도 시퍼렇게 머리 풀고, 어둠을 속살까지 까발
리며 타오를 거여, 들녘에 온몸 부리며 떠오르는 햇살이어

밥정情
— 만횡청류蔓橫淸流를 위한 따라지 산조散調 4

　딸넴아, 지발 아무나 허고 밥 같이 먹지 말거라, 잉?

　이 에미도 읍내 장날 품 팔러 나갔다가 그냥 그리 된 겨, 거시
기 학상學生들 데모대에 매급시 떠밀려 쫓기는디, 어치케 늬
아빠 용케 만나 아는 체 하고 밥 한 끼 얻어먹다 그냥 저냥 함께
살게 된 겨,

　정情 중에 젤 무서운 게 바로 밥정인 것여

　늬 아빠, 자전거 타고 동사무소 심부름 다닐 때,

　허줄근한 방위병 복장으로 그냥 쓰러지게 생긴 데다, 내 하필
최루탄에 눈물콧물 질질 흘리며 오도가도 못 허는디, 불쌍하게
주춤주춤 다가와 밥이나 그냥 한 번 먹자 허서, 매급시 밥 한 끼
얻어 처먹다 그냥 저냥 늬가 폭 생긴 겨, (그리서 늬 이름이 '오
월'인겨,)

　늬 아빠 시원한 입 속에 그냥 홀딱 반한 겨

정희경(鄭熙暻, Jeong, Hee kyung)

1966년 대구 효목동 출생. 경북대학교(국어국문학과) 졸업(1988). 전국시조백일장(2008), 《서정과현실》(2010) 등단. 시조집 『지슬리』(2014, 동학사), 『빛들의 저녁시간』(2016, 고요아침). 시조평론집 『시조, 소통과 공존을 위하여』(2019, 목언예원). 가람시조문학 신인상(2012), 올해의 시조집상(2015), 오늘의시조 시인상(2016), 부산시조 작품상(2019) 수상. '영언' 동인. 오늘의시조시인회의, 부산시조시인협회 회원. 《한국동서문학》 편집장, 《어린이시조나라》 편집주간.

<table>
<tr><td colspan="5"></td><td colspan="2">목련</td><td colspan="4"></td></tr>
<tr><td colspan="9"></td><td>정</td><td>희</td><td>경</td></tr>
<tr><td colspan="12"></td></tr>
<tr><td colspan="3"></td><td>우</td><td>리</td><td>엄</td><td>마</td><td>축</td><td>처</td><td>진</td><td></td><td></td></tr>
<tr><td colspan="3"></td><td>젖</td><td>무</td><td>덤</td><td>이</td><td>지</td><td>고</td><td>있</td><td>다</td><td></td></tr>
<tr><td colspan="3"></td><td>말</td><td>라</td><td>버</td><td>린</td><td>유</td><td>선</td><td>이</td><td></td><td></td></tr>
<tr><td colspan="3"></td><td>누</td><td>렇</td><td>게</td><td>지</td><td>고</td><td>있</td><td>다</td><td></td><td></td></tr>
<tr><td colspan="3"></td><td>빈</td><td>젖</td><td>을</td><td>밤</td><td>새</td><td>워</td><td>빨</td><td>던</td><td></td></tr>
<tr><td colspan="3"></td><td>보</td><td>릿</td><td>고</td><td>개</td><td>그</td><td>봄</td><td>날</td><td></td><td></td></tr>
</table>

—

정희경 시인은 생활 속에서 시조형식의 미학적 적합성을 좇아 시를 쓴다. 이 점은 그녀의 특이성으로 평가되어야 한다. 범속한 가운데 시적 경계를 넘보면서 다시 생활의 균형감각을 유지하는 태도를 견지하는 것이다. 그래서 그녀의 시조는 생의 감각과 은유가 안정된 미적 균형을 형성한다. 시적 자아가 지닌 존재의 표정은 풍경의 배후에서 동일성을 얻고 있다. 자연 현상을 통하여 자아와 인간을 해석하려는 그녀의 시적 성취가 주목된다. 또한 자아와 사물의 병치를 넘어서 구체적인 서술에 이르려는 시적 모험 또한 진지하다.

— 구모룡(문학평론가 · 한국해양대 교수)

—

갑자기

발돋움한 찬장에서 마른 국수 쏟아진다

마음 놓고 쭉 뻗은 놈
댕강댕강 부러진 놈

바닥이
거미줄이다
실금 간 빙판이다

밑그림 덮어 버린
일요일 오후
촉이 선다

블랙홀의 시간들 살다보면 있는 게지

수돗물 트는 소리에
퉁퉁 붇는
저 항변

난장이가 쏘아올린 작은 공*

침침한 운촌시장 어귀를 지켜내던
낡은 목조건물 바람처럼 사라졌다
그 앞에 쪼그려 앉던 난전도 흩어지고

밀려난 푸성귀들 누렇게 뜨는 밤
공사 중 접근금지 빛을 내는 노란 철책
시멘트 굳어진 땅에 건물들이 올라간다

별이 된 명희 영희 허기 달래던 시장골목
난장이가 쏘아올린 공 외등으로 떠 있다
가녀린 불빛 아래로 하루살이 모인다

* 『난장이가 쏘아올린 작은 공』: 조세희 중편소설.

스ㄹ 렝딩

세월 냄새 가득 밴 화전별곡 읽다가
위리안치 부호 같은 스ㄹ 렝딩 스ㄹ 렝딩*
남해는 푸르다 못해 시퍼런 속살이다

다 헐은 손마디로 달을 켜는 스ㄹ 렝딩
가슴에 그은 줄이 수평선으로 드러눕고
술잔에 넘치는 바다 파도가 따라 운다

소리를 끌고 가던 남해가 뒤척인다
뼈마디 스치는 밤 잠 못 들어 스ㄹ 렝딩
바닷물 마르는 꿈이 귓전까지 닿았다

* 남해에 유배되었던 자암 김구가 남긴 경기체가 〈화전별곡〉 제4장에 있는 거문고 소리(姜允元 氏 스ㄹ 렝딩 소리/ 偉 듯괴야 줌드로리라).

읽다

『얼굴을 더듬다』*를 읽는 지하철 안
치매 노모 모신다는 예순 살 중증장애우
눌러 쓴 삐뚤빼뚤 글씨
시집 위에 얹힌다

수족처럼 구부러진 그의 길을 읽는다
덜컹이는 기계음만 어둠 속을 내달리고
기다릴 어머니 얼굴
천 원 몇 닢이
더듬는다

* 유종인 시조집 『얼굴을 더듬다』(2012, 실천문학사).

우산에 관한 기억

고흐가 선물해 준 해바라기를 두고 내렸다

타히티역 출구에 후두둑 비가 내린다

떠나 온 아를의 방에 해바라기 피겠다

손을 떠난 우산은 사이프러스의 별이 되거나

거울 속 자화상으로 선명히 남아 있다

원시의 타히티섬엔 해가 반짝 나겠다

늙은 집

낙서도 다 지워진 헐거운 담벼락에
온종일 햇살만이 그림자놀이 하다 간다
묵직한 청동사자 손잡이 큰 입만 벌린 채

담의 끝은 언제나 닫혀있고 갇혀있다
꺼내 볼 목록들은 하루가 또 늙는다
초인종 길게 누르면 화들짝 깨어날 듯

달그림자 어룽진 창 오늘도 공복이다
내 키보다 빨리 달린 목련 가지 흰 울음
대문은 늦은 전갈에 답장을 서두른다

복원 5
― 개화

재개발 구겨진 땅에
요란한 포클레인

집 찾는 직박구리
목청이 찢어진다

쓰러진
매화 두 그루
흰 눈물 터진 봄날

목련

우리 엄마 축 처진 젖무덤이 지고 있다

말라 버린 유선이 누렇게 지고 있다

빈 젖을 밤새워 빨던

보릿고개 그 봄날

입춘
― 지슬리*

바람이 들락거리는 헛간에 매달려서
허공에 파종한다
맨살의 마늘 몇 접
땅 한 줌 물 한 모금 없는
겨울잠이 아리다

어디 너뿐이랴, 눈물을 감추는 이
홀쭉한 몸을 데워 마지막 남은 힘
때 되면 싹을 올린다
헛발질은
없다, 없다

* 경북 청도군 각북면 지슬리.

씨앗호떡

남포동 고소한 줄 운촌시장 건너왔다
마흔둘 이력 적힌 노총각의 종이컵
차지게 늘어진 오늘 따뜻하게 담겼다

몇 번을 주물러서 숙성된 햇살덩이
고시원 전전하다 발길이 멈춰있다
씨앗을 가슴에 품어 발아하는 내일처럼

구름이 모여 사는 운촌시장 그 처마 끝
뜨거운 프라이팬 버터기름 흥건해도
씨앗은 손길을 따라 한 송이 꽃 부푼다

제갈태일(諸葛太一, Jegal, Tae il)

1942.~2020. 대구 수성구 출생. 대구교육대학 졸업(1967). 《시조문학》(1979) 등단. 사설시조집 『노을에 관한 기억』(2004, 새암), 『항아의 마당 놀이』(2011, 고요아침). 저서 『영일만의 철인들』(1987, 대한사립중고등학교장회), 『한 사상의 뿌리를 찾아서』(2004, 더불어책) 외. '3인 사설' 동인(서벌, 송길자), 최초 사설 동인지 『간이역에서』(1990, 백상) 발간. 경상북도 문화상, 황조근정훈장 수상 외. 한국시조시인협회 회원. 영남시조시인문학회 '낙강' 동인. 포항제철중학교 교장, 포스코 교육재단 이사, 경산문인협회 부회장, 현대사설시조포험 회장, 한문화연구회장, 〈경북일보〉 편집위원 역임.

—

밤

허물어져 내리는 눈먼 파도이다
네거리 돌아가는 남루는 기적 소리
갈증은 잿빛으로 쌓여 후회처럼 별이 차갑다

아득한 모정慕情으로 산은 또 주름이 지고
수척한 넋이 되어 시름마저 잊은 하늘
허망한 빛깔은 자라 사무치는 청맹이 된다

칙칙한 허공으로 식어가는 너의 심장
이 밤도 어김없이 미명을 낳을 것인가
망각의 늪을 깔아도 숨어 사는 창은 있었다.

불영사佛影寺

목어木魚 울음소리 비늘처럼 새로워도
천년을 합장하는 석탑은 말이 없다.
범종이 산을 헤매면 서산에 타는 노을

단아한 몸짓으로 소나무 산을 넘고
그 산길 내려오는 청자 개울물에
세상사 씻어 버리고 돌 되어 앉은 부처

비바람 마다 않은 당신의 법신法身 앞에
여며지는 옷깃은 무슨 연이옵니까
시절이 골솜을 비우니 기진해 떠는 고엽枯葉

눈 오는 날

조인 땅 들길에는 억새풀 더벅머리
목마른 산이 있어 함박눈은 오는 건가
네 춤은 솔잎에 앉아 목화처럼 여물고

덧없이 살다가는 세상살이 같은 것
엄청난 네 고해告解에 산도 강도 지워진다
얼마를 눈이 더 와야 이 속진을 지울꼬

비무장 지대

길목을 두드리다 강심은 멎어 있고
무심한 봉우리도 합장하는 눈빛인가
소복한 억새풀 들은 학이 되어 숨을 쉰다!

천길 늪이 되어 멎어 있는 이 아픔
구름은 내 하늘을 넘나들고 있어도
눈멀은 장승이 되어 허위 잡는 손길들!

살아 있는 포신은 누구의 합성인가
맴돌아 구천을 넘는 잎새들을 헤아리며
산야는 이리도 뜨겁게 단풍으로 타는데

해안 초병

만 갈래 물보라는 잠든 꿈 또 흔들고
컬컬한 모랫벌에 햇살처럼 번진 함성
오늘은 낯선 백기白旗마냥 나부끼는 네 고독

그어 놓은 삶의 한 금 허기진 총구 앞에
일체를 거부하는가 바위섬 높다란 분노
갈매기 젖은 목젖은 초병을 닮아가고

으스름 조아리는 끈근한 갯바람에
모질게 허리 트는 해송海松의 청청한 꿈
망향에 찌듯 아픔이 둥근 달을 만진다

별리

쏟아지는 빗길로 너는 우뚝 섰었고
젖어 우는 차창엔 내 마음이 앉았다
가로수 미친 잎사귀 저도 이리 설레는가

저토록 깊은 눈은 천길 늪이 되고
세월은 지지리도 숨어 도는 모퉁이
바람도 치적거리며 길바닥을 뒹구는가

화실에서

아담한 당신의 영지에 석고이고 싶소이다
「요한 시트라우스」의 다뉴브강을 건너면
여덟 해 긴긴 회억이 봄비처럼 젖어 웁니다!

물씬한 표정들이 전신에 배어 오고
새로 두 시 햇살은 창살을 흔들어도
아담한 당신의 영지에 석고이고 싶소이다!

체념

여윈 골목길 밤의 요정 포장마차에 잔별이 내리면

막소주가 밤을 팔고 바바리 논노패션이 엉겨 기고 만장 술꾼은 생사불구, 술이야 청탁 불구, 미운 사람 싫은 자들 오징어는 북북 찢어지고, 못마땅한 서상사 십구공탄에 쥐포는 타고, 메시꺼운 짓거리들, 장어회는 갖은 양념이어라

무너질 하늘이 또 있는가, 술이라도 마시지.

왕피천을 지나며

뜨거운 입술로 부서지는 바다 눈빛이여

왕피천 은어 떼들이 푸른 깃발로 몰려와 공룡이 되어 공룡의 몸짓이 되어 꿈틀거리다 휘청거리다 바위가 부서지고 달빛이 난도질 당하다가 마지막 너의 눈빛까지 앗아간 파도여, 당혹함이여

오늘은 한 점 야윈 바람 바람 같은 넋이어라

응급실에서

요금이 저려오는 천 길 낭떠러지

이곳은 하얀 숨결 부드러운 눈짓만으로 산도 나무도 하늘도 바다도 고통없이 숨질 수 있는 막막한 안개 지역입니다

대관령 아흔아홉 모롱이쯤 목이 조이는 나무야 나무야

제만자(諸滿子, Jea, Man ja)

1956년 경남 양산 원동면 출생. 한국방송통신대학교(교육과) 졸업(1999). 제4회 전국시조백일장 장원(초회추천), 《시조문학》 천료(1989) 등단. 시조집 『행간을 지우면서』(1991, 지평), 『화제리, 그 풀잎』(1995, 지평), 『붉어진 뜰을 쓸다』(2013, 고요아침), 『강을 보는 일』(2017, 동학사, 우수도서 선정). 수필집 『주부는 바다 보아라』(1995, 지평). 성파시조문학상(2014) 수상. 부산여류시조문학회, 부산시조시인협회 부회장, 오늘의시조시인회의 회원. 한국시조시인협회 이사.

수식과 기교를 멀리하면서 시적 대상에 대해서 소박하고 담백한 묘사와 서술로 일관해 온 시인의 작품들은 조미료가 들어가지 않은 음식처럼 맑고 정갈한 시적 품격을 보여주고 있다. 잘 가꾼 온실의 화초가 아니라 들판에서 바람과 서리를 맞고 서 있는 날 것 그대로의 생동감과 자연스러운 아름다움을 보여주고 있는 것이다.

시인이 꼽은 대표작들을 살펴보면 담백한 어조와 자연스러운 시상의 전개를 통해서 잔잔한 삶의 의미와 그 파장들을 건져 올리고 있는데, 가장 주목되는 것은 낮고 여린 것들에 대한 시인의 관심이라고 할 수 있다. 시인의 시적 관심과 지향이 소외되고 상처 받은 존재자들의 모습으로 향하고 있는 장면은 시인의 사회적 관심과 실존적 성향이 반영된 국면일 것이다. 이러한 장면에는 시인의 모성적 성향이 투영되어 있기도 한데, 가녀리고 여린 생명들에 대한 관심은 시인의 시적 지향을 분명히 보여주고 있기도 하다.

— 황치복(문학평론가)

괭이밥

열지 않는 문틈 사이 그냥 와서 피기까지

아무도 봄 변덕을 알아채지 못하고

자욱한 둑 넘어 얽힌 그 사연만 들춰왔다

바깥날 눈부신데 움츠리는 어린 것들

오래 묻은 약속이 지지 않고 또 번지는가

괭이밥 귓불만지며 붉어진 뜰 쓸어본다

바닥
― 포차에서

국물이 얼룩진 바닥을 쓰는 동안

오직 남은 한 길로 새벽이 오고 있다

누구도 낮은 이곳을 바닥이라 말 못 한다

해 뜨면 이내 덮을 정해진 시간 속에

새는 날까지 잔을 놓고 떠날 줄 모르는 이

바닥이 바닥 하는 일로 서로 힘이 되나 보다

3월, 저 강에 싣다

저기 긴 강변을 걷던 봄비 그치고

감감한 소식 올까 지친 몸을 누입니다

창문을 넘보는 동안 해는 더 길어졌지요

마른 살 긁적이며 봄을 찾아 나선 이가

입술 달싹이는 강물만은 아닐 겁니다

역 앞에 뚱보아저씨도 며칠째 출타 중…

봄은 오다가도 가다가도 온다는데

하얀 물살에 밀려 움츠리는 일 없기를

언 가슴 훈풍에 녹아 힘이 나는 3월이길

꽃의 점등식

꽃은, 한번 필 때 감내할 몫이 있어

어떻게 살았는지 그 물음이 다 비친다

언 땅서 고개 내미는 민들레도 그렇다

계절을 건널 때면 그도 몸에 피가 돌아

봄볕에 햇살 굴려 길을 닦는 부처처럼

절 마당 어귀에 나와 덩그란 몸을 사른다

늦은 귀가

불빛 따라 처진 어깨 불빛에 더 휘어진다

더듬거리며 사는 날도 맑았다 흐린 이 길

걸치듯 머무는 그림자 또 한 금 골이 진다

어둠에 어둠을 끼워 곧은 손 펴서 보면

자잔히 얽힌 인간사 옷섶에 뒤채이는

삶이란 돌아서 눕는 늦은 밤에 볼 일이다

여행

오늘도 우리는 먼 곳으로 여행을 한다

사막의 끝이거나 정상에 오르는 일이

서로 더 갈망키 위해 손 흔든 약속이듯

우리의 여정이 필요 없이 먼 것도

결국 사는 동안은 낯선 어느 길에서

발 씻고 나무 의자 하나 쓸쓸히 맞는 거라서

장작 패는 소리

흰 사리로 남자면 조금 더 섬찍하게
두 쪽으로 짜개져 나뒹구는 거란다
칼칼한 불길에 타는 꿈도 꾸는 거란다

다시 보면 허허롭게 뼈만 남을 넋이란다
골목 어느 귀퉁이의 아버지 기침 한 쪽
그 기침 짜개는 소리 장작 패는 소리란다

줄

고개마을 그 집에는 줄 하나 걸칠 곳 없다

둘레 상 앉히고 병든 다리 뻗으면

집안에 버팀목이 되는 빨래 널 데가 없다

오다 말다 하는 해 기다림도 멀어져

내리막이 더 가파른 난간을 잡고 서서

그나마 속내 비치는 골목에다 줄을 친다

거리 1

문득
거리에 서서
나 또한
바람이다

오늘은
이 길 위에
다시
먼 길 있어

엇갈린
마음의 갈피
갈피 또한
바람이다

봄, 문밖

강물도 제 마음
어쩔 수 없는 설렘을

구름에 눈 맞추어
떠도느니 이 기슭

어느 뉘 깃발 흔들어
설렘을 알리는가

이슬비 그 깃털
흩날리는 어젯날은

미처 잠깨지 못한
얼음장을 어르더니

사립 밖 미루나무가
성큼 키를 돋운다

제민숙(諸敏淑, Je, Min sook)

1960년 경남 고성 대가면 출생. 한국방송통신대학교(국어국문학과) 졸업. 《자유문학》 신인상(1999) 등단. 시조집『길』(2015, 경남). 경남문학 올해의 우수작품상 시조(2018) 수상. 한국문인협회, 한국시조시인협회 회원. 경남시조시인협회 부회장, 경남문인협회 이사, 고성문인협회 회장.

제민숙 시조시인의 작품을 들여다보고 있으면 맑은 호숫가에 와 있는 느낌이 든다. 그 호숫가의 수양버들이나 느티나무도 다 비칠 뿐 아니라 호수 속에서 헤엄치고 있는 물고기들까지 다 보이는 것 같다. 그 맑음은 어디서 오는 것일까?

맑고 투명하다는 것은 진솔하다는 것이고 그 진솔함은 사랑이 뒷받침해 줄 때 가능해진다. 사랑하지 않는 대상은 신뢰할 수가 없고 신뢰하지 않는 대상 앞에서는 진솔해질 수가 없다. 제민숙 시인의 사랑은 물론 이성에 대한 사랑도 있고 혈육에 대한 사랑도 있지만 고향에 대한 사랑, 환경에 대한 사랑 등 그 스펙트럼이 다양하고 크다.

— 이우걸(시조시인 · 우포시조문학관장)

굼벵이의 하루

낮게낮게 엎드렸다.
질식하지 않을 만큼
움츠러든 목덜미
가릴 것 없는 맨살로
속앓이 세상일 잊고
묵묵히 길을 연다.

꿈틀꿈틀 앞만 보고 살아온 시간들이
위선의 그물에 걸려 엉덩방아 찧던 날
세상은 사는 법을 내게
말없이 가르쳤다.

울음을 삼키려고
더 크게 웃어보고
속엣말 가슴에 묻고
푸른 하늘 올려다보며
세상의 중심을 향해
굽은 등을 펴본다.

길

가다가 돌아보면 터널처럼 지나온 길
좋은 날 궂은 날이 앞서거니 뒤서거니

맨발로
줄지어 서서
차례를 기다린다.

물기 젖어 허물어진 생의 가장자리에
조심스레 풀어놓는 부르튼 시간 위로

하얗게
놓친 꿈들이
대기표를 쥐고 섰다.

거미

줄 하나에 생을 걸었다
떨리는 기도로
한 올 두 올 사연 풀어
푸른 소원 매달아놓고
아픈 몸
다시 일으켜
곡예를 한다 오늘도

늦은 밤 실낱 같은
줄 하나에 몸 맡기고
꿈을 먹는 태아처럼
웅크린 채 잠이 드는
등 너머
묻어나는 연민
마음 한 자락 젖어온다.

나비처럼 날고 싶다*

송두리째 갉아 먹힌 푸른 날의 상처는

한평생 날 흔드는 진실 감춘 덫이었다

허공을 떠도는 그 말
나비처럼 날고 싶다

끝끝내 듣지 못한 사과의 말 뒤로하고

차마 눈 감지 못한 김복득 할머니의

구멍 난 인생의 시간

그 누가 기워줄까

* 나비처럼 날고 싶다: 김복득 할머니가 끝끝내 일본으로부터 위안부에 대한 사과를 받아내지 못하고 2018년 7월 4일 101세 나이로 영면하셨다.

어머니의 발

흙길 자갈 길 마다않고
터벅터벅 걸어온 먼 길

육 남매 어린것들 안고
울먹울먹 걸어온 발

흥건히
으깨진 세월이
굳은살로 박혀있는

까맣게 익어버린
그리움 잦아들면

밀물처럼 밀려오는
하늘 빛 마음을 담는

세상을
잇는 실핏줄
팔월보다 더 뜨겁다

오래된 골목

시든 시간을 쪼개어 봄 햇살에 말리며
떠나간 사람들의 안부가 궁금해지는
주름진 골목 모퉁이에 앉아
저린 어제를 줍는다

나지막한 집들이 어깨 서로 맞대고
등이 휜 기억들을 누렇게 쌓아가는
호젓한 골목 돌아 나오면
시큼한 어둠 밀려든다

바쁜 하루가 잠들고 근심도 잠이 들면
젖은 담 집집마다 내걸어둔 꿈들이
오래된 골목 달그락대며
파랗게 눈을 뜬다

도마

세모 네모 잘라낸 모난 시간 삼키며

말없이 몸 낮추며 순응을 익힌다

쉼 없는 만년직장의 비정규직 명찰 달고

축축하고 맵고 짠 긴 하루를 보내면

문밖엔 어둠 푸는 풀벌레소리 요란하다

홀쭉이 젖은 몸뚱이 조심스레 뉘는 밤

지심도의 봄

동백꽃 온몸으로
시를 쓰는 지심도에

눈물처럼 스며들어
섬이 된 사람들이

뚝 뚝 뚝
떨어지는 봄을
가슴으로 안는다.

아직 괜찮다

어디에도 가 닿지 못한 흔들리는 청춘들의
구겨진 이력서가 섶처럼 널려있고
고시촌 쪽방 쪽방엔
푸르게 언 꿈이 산다.

신열이 온몸을 감고 영혼을 갉아가도
쉼 없이 이어지는 텁텁한 꿈의 무게
푸석한 사막세상에서
저당 잡힌 몸이 된다

핼쑥한 오늘을 안고 터벅터벅 걷는 길을
세상사 굽이 돌아온 초로의 할아버지는
괜찮다, 아직 괜찮다
눈길로 다독인다

그 집

바람이 길을 내는
막다른 골목 안집

점멸하는 신호등처럼
푸른 기억 깜빡이는

노모의 주름진 얼굴
빈손마저 무거운

계절마다 안부 묻듯
꽃은 피고 지는데

가슴에 품은 자식
번지를 잊었을까

그리움 저미고 사는
목이 긴 맨드라미

조경선(曺敬善, Cho, Kyoung sun)

1961년 경기 고양 대화동 출생. 경희대 대학원(행정학) 석사 졸업(1994). 〈매일신문〉 신춘문예(2016) 등단. 시집 『목력』(2016, 책만드는집). 천강문학상(2014), 김만중문학상(2019) 수상. '시란' 동인. 오늘의시조시인회의 회원.

> 마른 나뭇가지
>
> 간신히 매달려 있는 묵은 나뭇가지
>
> 나무여 너는 나무로 마지막 꽃이너
>
> 한참 후 삭정이로 밟혀도 돌아서지 말자

그의 시 세계는 생활 현실의 경험에 뿌리를 내리면서도 자연친화적인 교감을 시도하는 동시에 시적 화자의 내면 속에 침묵의 심연을 만들어 내는 복합적인 시적 회로를 형성하는 묘미를 보여준다. 시적 진술 속에 그림자와 여울을 그려내면서 풍부한 가능성을 보여주는 시인이다.

— 문태준(시인 · 불교방송 PD)

타면 탈수록

비가 그친 후 의자 위에 너를 피운다
재래식이 되어버린 동그란 모기향
한 자리 떠나지 않고
자신을 태운다

눈앞에 타들어가는 일몰의 환각일까
아찔한 향기가 내 몸을 돌아 나간다
서서히 그을린 흔적
낮과 밤을 갈아탄다

타면 탈수록 먼 길을 돌아온 제자리
바닥에 떨어진 너는 고스란히 너를 닮았다
재가 된 몸이 뒤틀려
의자에 있는 나처럼

마른 나뭇가지

간신히 매달려 있는 묵은 나뭇가지

나무여 너는 나무로 마지막 꽃이니

한참 후 삭정이로 밟혀도 돌아서지 말자

살아남은 나무 밑에서 찬바람 맞으면

어느 햇볕 좋은 날 뚝뚝 소리 내어

더 이상 가벼울 수 없을 때 소리 없이 묻히자

옆구리 증후군

손가락을 때렸다 매일 하는 일인데
못은 이미 달아나고 의자는 미완성인데
날아온 생각 때문에 한눈팔고 말았다

상처 많은 나무로 사연 하나 맞추어 간다
원목의자만 고집하는 팔순의 아버지에게
때로는 딱딱한 것도 안락함이 되는 걸까

어머니 보내고 생의 척추 무너진 후
기우뚱 옆구리가 한쪽으로 기울어져
슬픔을 지탱하기엔 두 다리가 약하다

낯익은 것 사라지면 증후군에 시달린다
최초의 의자는 혼해빠진 2인용
우리는 가까운 사람을 익숙할 때 놓친다

장작

인적 드문 절집 아궁이에 걸터앉는다
마르고 마른 세속은 나무와 함께 타는데
아직도
뒤엉킨 근친이다
참나무도
떡갈나무도

돌아갈 수 없는 생각이 멈추지 않아
내가 숨긴 침묵을 고스란히 넣는다
숲속의 남은 미련들이 다시 깨어날 때

쪼개진 분신들이 파랗게 솟아오른다
발목은 나도 모르게 뒤로 물러선다
굴뚝이
잠잠해지면
장작은
열반涅槃이다

얼음 발자국

우물로부터 숲 속까지 발자국이 길게 나 있다
고라니 발목을 언 흙이 놓지 않은 거다
끝끝내 목마른 눈동자를 기억하고 싶었을까

굶주린 어미와 새끼마저 부러워하며
부동의 자세로 얼지 않은 것들을 본다
미열이 발자국 속에 남아 있다고 여기며

혹한을 견디기엔 독신이 너무 길다
지워야 할 흔적과 지우지 못한 생각은
사무친 죽음과도 같아서 동사凍死 후에야 눈부시다

외딴집 우체통

비 오는 날 집배원 아저씨가 올라온다
외딴집을 향하여 전력질주를 한다
마당에 빈 항아리는 우체통이 되었다

대문 앞 장독대가 받아먹는 소식들
때마다 어머니가 살피는 장맛처럼
늦게야 집에 돌아온 나는 궁금한 뚜껑을 연다

아저씨는 큰 항아리에 큰 이야기를 넣고간다
장독은 가장 소중한 수취인이 될 때
우편물 거기에 넣었습니다라는 문자가 뜬다

겨우살이 2

이름 없는 나무는 이름을 얻었다
새가 옮겨 온 나는 새들의 먹잇감
부리가 쪼아 놓은 자리에 뿌리를 내렸다

나무를 몰래 훔치는 얌체로 봐야할까
나의 성가심에 나무는 발목 세워도
언제나 나의 독백은 새 소리가 무섭다

봄보다 먼저 오는 봄 줄기가 자란다
혼란을 재배하는 겨울나무의 푸른 싹
나무에 나무를 만드는 독한 일꾼이다

사람들은 여전히 겨우살이에 힘들고
산 밑에 터 잡은 그늘이 번식할 때
먼발치 날씬한 겨울 산이 갑자기 뚱뚱해진다

소나무 새

뼈만 남은 소나무가 산 중턱에 박혀있다

수십 년 비바람에 끝은 뾰족하고

껍질은 슬쩍 건드려도 후드득 뭉그러진다

송진은 가운데로 뭉쳐 흘러들어가

나무라는 뼈대를 간신히 세우고 있다

옹이는 세월을 주고 간 수많은 가지치기

네가 나무였다는 흔적만이 깊이로 온다

삭아버린 날개는 나무새처럼 앉아있다

손끝이 나이테를 묻는다 쇄골은 단호했다

대패질하는 여자

얇은 대팻밥은 깎여나간 속살이다
여자를 켤 때마다 벗겨지는 속울음
앙다문
입술에 묻어
옹이를 달랜다

모서리 둥글어진
걸음은 껍질로 남아
먼 곳에 두고 온 두께를 밀어내면
매끈한
소리 쪽으로
가냘픈 몸 세운다

밀고 당기는 힘겨루기 엇결을 만날 때
원망 섞인 목소리 굳은살로 맺힌다
그 안에
결 하나 결 둘
피어서도 다 못 볼

얼음집

호수 가운데 원형으로 모여든 오리들
해빙된 자리마다 둥근 집을 짓는다
발밑에 닿은 얼음은 허기를 알고 있는지

호수마을 진입로가 며칠째 닫혀 있다
식구들은 늘어나고 얼음집은 점점 좁아져
추위에 갇힌 날갯짓 바람 앞에 무겁다

엉겨 붙은 몸짓이 한 걸음씩 풀어질 때
집과 집을 연결한 얼음길이 사라진다
치열한 부리와 부리는 가장자리 허문다

조경순(趙京順, Jo, Kyung soon)

1957년 전북 무주 무풍면 출생. 충북보건과
학대학교(문예창작과) 졸업. 〈충청일보〉 신
춘문예 시조, 《월간문학》(1997) 등단. 시조집
『저 일』(2012, 푸른사상), 『조각보』(2018, 시조
문학사). 수안보온천문학상(2015), 무궁화벽
송문학상(2018) 수상. 한국시조시인협회, 한
국시조문학진흥회, 한국여성시조문학회, 대
전시조시인협회, 충북시조문학회 회원.

—

신神적 상상력과 사유의 깊이

「연꽃 심우도」는 우선 제목의 울림이 크고 선禪 상상력과 사유의
깊이가 있다. 불교에서는 연꽃이 속세의 더러움에서 피되 더러움
에 물들지 않는 청정함을 상징한다. 화자는 그냥 스쳐 지나버리기
쉬운 장면을 소중하게 인식하며, 대상의 속성을 파고드는 탐색의
자세가 진중할 뿐더러 내면적 이미지를 포착하는 혜안을 지녔다.
이 작품은 개성적 특성이 나타나고 있으며 독자들에게 잠시 생각
에 잠기게 하는 여운을 주고 있다. 자기 견인과 자기 심화를 이루고
있는 역량을 가지고 있다.

— 김준(시조시인 · 서울여대 명예교수)

—

걸레

더러워진 마음 줄기
구겨진 생각 한 폭

잊을 수가 있다 하면
버릴 수가 있다 하면

육신이
너덜거려도
깨끗하게 닦아야지.

옹색한 맘 다 버리고
천한 것과 사통하며

모든 것 다 달라져도
자비로 이어져서

육도를
돌파하는가
저 보살의 육바라밀.

사월에

비 오고
바람 불고
그러다가 삼월이 가고

먼 산에 있는 구름 그도 벌써 넘어가고

진달래 붉은 꽃들이
지천으로 피었어라.

연꽃 심우도

청개구리 한 마리를
연잎에 얹어놓고

꽃으로 그 절정을
넘길 때를 잊었는가

아수라
진흙의 늪에
속죄하듯 엎드린다.

마지막 행간에서
수만 개의 문을 닫고

사유를 깊이 감춘
저 아픈 연꽃바다

가시만
끌어안고서
피안으로 누워 있다.

조각보

허공 속 자투리로
남은 어제 달래면서

시침질로 이어가는
내 생의 조각보는

오종종
둘러앉았던
소꿉동무 모양새.

제각기 몸꼴 달리
포개 앉은 저 언어

슬픔이 없었다면
고독이 없었다면

어디다 귀를 맞춰서
바느질을 하였을까.

고단한 몸을 풀어
덧을 대고 홈질해서

올올이 감겨오는
생의 맵찬 감칠 맛

단단한
마음의 솔기
모퉁이를 돌아간다.

꽃의 성불

상처도
덫이 나면
꽃이 되어 피는 건지

상처 속에
상처 넣고
꽃 속에 꽃 넣었다

옹이라
부르지 마라
고요 깃 든
저 눈망울.

고사목의 겨울

반은 빠진 발톱으로
오르내린 물속에서

살을 벗겨 듣는 설법
이리 춥진 않았는데

오랜 병
뚝심만으로
달포도 못 넘겠다.

메아리 울림이나
새들의 노랫소리
햇살에 바래져서
새하얗게 씻겨가고

마지막
빛깔로 남은
모서리가 서럽다.

상처의 뒤쪽

새참 들고 가던 날에
모난 돌에 걸려서

정강이는 벗겨지고 앞니는 부러지고

가만히
앉아 있는 돌
뿌리까지 뽑았어라.

내 안에 감추어진
모서리로 들어가서

넘어져 울게 한
깨어져서 피나게 한

그 상처
얼마나 될까
탁본 뜨는 가을 오후.

연꽃 차

축축한
의식 속에
눈을 뜨는 적막 하나

아득히
멀어진 것
팽팽히
당기면서

그 푸른
연꽃의 바다
발화하는 화엄경.

갈필

벌겋게
달아오른
마음의 먹을 갈아

실핏줄
아린 속살
화선지에 펼쳐놓고

들 날 숨
결을 고르며
써내려 간 시 한 수.

수안보 벚꽃

석문천 물길 멀리
따라 온 벚꽃 향기

애처로운 살바람
휩싸여 숨죽이면

푸른 밤
윤슬로 감춘
사랑마저 그립다.

흘러간 세월이
낙화로 떨어지고

희게 타다 다 못 타서
꽃잎 홀로 돌아서면

적막이
꽃등을 들고
또 한생을 건넌다.

조계자(Jo, Gye ja)

1945년 출생. 《농민문학》 소설(1991), 《시조문학》 신인상(2002) 등단. 시조집 『별 좋은 창가에서』(2003, 금호). 소설집 『오랑캐꽃』(2003, 금호), 『압록의 켜』(2015, 우리). 경남문학 소설 작품상 수상(2017). 진주여성문학인회장, 진주문인협회 감사 · 부회장 역임. 진주문인협회 이사.

—

온건, 그리고 정격正格

조계자의 시조는 온건하다. 이 말은 전통 시조율을 따른다는 의미에다 전통 감정을 수용하고 있다는 뜻을 포함하고 있다. 조 시인의 시조는 상실에서 오는 우울이 우연중 깔려 있다. 잃어버린 안일과 풍요로왔던 과거에 사로잡힌 감상, 그에서 벗어나지 못한 유아적인, 외적으로 바라보는 시선을 거두지 못하고 있다. 아픈 내면을 들어내기 두려워하고, 파고들기를 두려워하고 있다. 조계자의 시조는 전통 정서라는 개별성과 현장성, 통시적 동일성이 강하다. 조계자 시인의 시 세계는 율격에 매여 있으나 위에서 지적한 사항들을 벗어난다면 크게 성장할 것이다.

— 강희근(시인 · 경상대 명예교수 · 국제펜 한국본부 부이사장)

—

오래된 집의 기억

똥뙤 너머 솔숲에서 스쳐오던 바람 소리
무연한 황금들판 어룽진 행간마다
나눌 것 없던 이름들 가만히 뇌어본다

떡 거미가 손바락만 한 허연 집을 지었다
수수깡 산자 위엔 창자 터진 알매 덩이
원시의 벽난로였던 따뜻했던 두둥불

돌 하나 흙 한 덩이 봉충다리 울력걸음
봉당에 거적 깔고 입 맞추던 이웃들
나 지금 궤도 떠난 별 되어 모로 누워 뒤채는 밤.

노을

얼기설기 짐수레에 좌판 조각 어슬프다
한 생을 끌고가는
다리저는 노파의
기름기
없는 머리털에
내려앉는 저녁별

해소기침 쿨럭이는 영감 갇힌 어둔 방
새빨간 입술에
가탈스런 젊은 여인
손끝의
지시대로만
잘라내고 토막친다.
물, 그리고 존재

항상

텅빈 일기장은 수의처럼 낯설지만
어젯밤 찬란한 꿈 오늘은 통과했고
투명한 바람 한줌에 흔들리는 내 눈빛

알려진 마을처럼 피둥대던 꿈들이
이국 땅 내하늘에 설레는 깃발 되어
환하게 타오르다가 속절없이 지는 꽃

꿈이야 오늘밤 더 곱게 꾸겠지만
날마다 툇마루를 지나가는 밤 바람
하얗게 비운 마음에 스며드는 새벽 별

시장 어귀

한 보따리 삼천 원 두 개면 오천 원
가풀 낀 사내가 유기농에 무농약
땅땅분 목젖의 땀에 실핏줄이 터진다

햇볕에 데인 상처 바람에 긁힌 피부
범절대로 길러낸 자식 같은 농작물
한 마리 작은 벌침에 장애된 게 아프다

욕심내지 말지니 뼈다귀로 사는 생명
소슬바람 한 줄기에 마음은 피투성이
그러다 하늘에 하나 땅에 하나 그리고 나.

소금

수차 밟는
사내의
불거진 정맥류

땡볕 속에
부는 바람
푸석대는 손톱 위로

생애의
땀과 눈물이
화석 되어 피는 꽃

볕살이
퍼 붓는 날
지문조차 사라지고

쪽빛과
쪽빛 사이
하얀 씨톨 잉태된다

알알이
영그는 열매
소담스런 하얀 꽃

꽃과 나비

아침 꽃향기가 너무 좋아 까분 바람
순결한 소녀의 들춰보는 치맛자락
사랑의 붉은 태양이 낄낄대며 웃는 낮

꽃은 먼 우주에서 생명의 소리 듣고
나비는 꽃 속에 별 같은 생명 낳고
세상일 맑은 눈에는 모두가 아름답다

황홀한 음악처럼 눈시울이 붉는 해
흰 옷의 새싹은 겨드랑이 간지러워
신나는 것이 음악 아닌 신음 같은 생명 소리.

조계자

처절하지 않으려고 치열하게 살다 보니
사람이 오염시켜 금붕어도 못 사는 물
마시고 풋내 서린 땅 밟고 선 잡초본다

하늘에서 내린 비 처마 섶에 걸터앉아
숨소리 죽여 가며 흙 속에 몸을 풀며
물 씻어 먹는 세상을 돌아서며 눈 흘기며

맨발로 몇 만 리나 구도의 길 떠돌았나
무엇을 어디에다 두고 온 줄 몰라도
순환류 깊은 소에서 명상에 잠겨있다

혼돈의 짙은 안개 지친 몸 해산한다
사모가 업보 되어 물안개로 환생할 때
사랑의 소실점 넘어 또 다른 생을 연다

매화

참다못해 터지는
재치기로 벙그는 꽃

앞머리 무성한
세월인 줄 모르는

땅 위의
시린 바람을
밀고 가는 여린 향

신우대 옛이야기
차가운 듯 눈물인 듯

한 걸음 멈추고
행간 사이 용사 되어

바람을
가르고 가는
오차 없는 신의 연산

거대한 도시

풍만한 가슴 가진 여인의 동네 어귀
밤비는 내리는데 음악보다 고운 고독
한 마리 더듬이가 긴 귀뚜라미 씹고있다

볼 붉은 아이일 때 돈 들여 배운 악보
손끝 아린 알레그로 떨리는 이 저문 밤
도시를 관통한 어둠 그 속에서 촛불 켠다

늘 푸르다는 건 새순이 돋는거지
무릎뼈 상할 만치 흔들리며 살았으나
세상에 어디까지나 한 포기 풀인 나

풀 한 포기 없는 길 담 저쪽은 뭉게구름
사는 것은 흙 위에 흙 한 줌 보태는 것
힘겨운 비만의 도시 혼자 여윈 그대와 나.

어머니 보고 싶어요.
― 군함도

낡은 옷 솔기처럼 하늘도 찌푸린 밤

폭풍우에 갈아앉다 뜨오르는 바위섬
태평양 서쪽 한 켠 침략국 끝섬端島에서
탈취된 시간 속에다 방치된 백성들이

반만년 역사 함께 포획된 그물 벼리
노을 타는 기운 해에 갱 속의 신음들이
'어머니, 배가 고파요' 피로 쓴 육필원고

나라나 백성이나 부서진 모래알
어둡고 별 없다고 보따리 챙긴 매국
석양의 긴 그림자 지고 울음 삼킨 강을 본다

혼돈의 바람 속에 녹슨 까치 소리
사나운 개처럼 높고 옳게 짖었다면
'어머니, 보고 싶어요' 유언장은 안 쓰지

어제도 오늘도 할 말 하고 막아야지
유네스코 문화유산 근대화 유적으로
등재한 군국주의를 쓸쓸하게 바라본다

낡은 문에 기댄 대빗자루 외로움은
얼룩진 역사 앞에다 참회록을 쓰는 밤

조국성(趙國成, Jo, Guk sung) 본명: 조성국(趙成國, Jo, Sung guk)

1941년 대전 유성구 세동 출생. 국립대전사범학교, 충남대 교육대학원(교육행정). 《시선》 시(2010), 《시조사랑》 시조(2015) 등단. 시조집 『아직도 배고프다』(2016, 조은), 『시 쓰는 나무』(2017, 시선사). 시집 『물의 사리』(2011, 시선사), 『풀꽃열사』(2016, 문강), 『착각의 스냅』(2018, 미학). 한국시조협회, 대전시조시인협회 회원. 《문학의강》 이사, 《시선》 기획이사.

—

『아직도 배고프다』는 농촌의 환경에 비추어 '새마을기'를 그리워하며 시상을 전개해 나간 필력이 시인으로서 범상치 않다. 조국성 시인은 시조 입문 초년생인데도 어느 시인 못지않게 가슴에는 늘 시심의 불이 켜 있다. 사물을 보는 눈이 예리해서 흥미와 긴장미의 창출, 현실적 비판과 풍자적 수법의 창작에 능하다.

— 이광녕(시조시인 · 한국시조협회 고문)

『장미다방』은 예전의 다방에는 맵시 고운 '장미아가씨'가 있었다. 어쩌다 피치 못할 사연으로 다방 일에 종사하고 있는 가련한 장미꽃들이 대부분이었다. 그러기에 작가는 "죽어도 향기는 지킨다"라고 용기를 북돋워 주고 있다. 잃어버린 옛 향수 속에서 아름다운 향기를 발견해 내는 시인의 안목 또한 정겹고 향기롭기 그지없다.

— 이광녕(시조시인 · 한국시조협회 고문)

—

아직도 배고프다

허리띠 졸라매고 청보리밭 바라볼 제
보리는 풍년인데 타는 속은 흉년이다
긴 한숨 내뿜는 소리 보릿고개 넘는다.

모내기 끝난 논에 잡초들이 봉기한다
겉 사람 날뛰는데 속사람 어디 갔나
새마을 그리운 깃발 황톳길에 그려본다.

장미다방

다리가 부러져도 가시는 손에 쥐고
다방에 팔려 와서 꽃병에 꽂힌 장미
죽어도 향기는 지킨다 목이 마를 때까지.

오수에 발 담가도 향기는 변함없고
새빨간 꽃 입술은 할 말을 참으면서
꿋꿋이 살아야 한다 최후의 한 숨까지.

무안한 미안

상쾌한 숲속에서 가쁜 숨을 몰아쉰다
공짜로 마신 산소 연기 피워 보답하자
저만치 눈 부릅뜨는
산불조심 현수막.

냇물에 발 담그고 고린내를 우려낸다
뒤꿈치 때를 벗겨 송사리에 보시하자
눈앞에 상수원 보호
째려보는 경고문.

수족관

공포의 새끼 상어
자리를 비운 사이

엎드린 도다리가
곁눈질 꿈쩍하자

뽀그르
때는 이때다
물방울도 춤춘다.

무궁화

뿌리에 물든 핏물 화심에 새기면서
된바람 몰아쳐도 활짝 피던 무궁화
밤이면 별빛 아래서
아린 눈물 흘린다.

진딧물 빨대에서 헤어나지 못한 채
새소리 새겨듣다 세월을 놓쳤던가
때 아닌 이상 기온에
된서리를 맞는다.

조규연(Jo Kyuyeon)

1949년 경북 영주 출생. 《스토리문학》(2012) 등단. 재림문학 우수상 입상(2013). 한국시조 시인협회 회원. 오빌 귀금속 대표.

—

"조화를 벗어난 파격 가지를 자를 때면/ 하늘이 깨어지는 아픔도 있었지만/ 시간이 흐르고 보면 아픔도 씻기더라"는 마치 시조를 쓰는 방법론의 일부분 같다. 파격하지 않으면 새로운 세상을 추구할 수 없고 파격하면 뿌리를 잊어 존재감을 잃게 되는데 집을 떠나야 새로운 세상으로 갈 수 있지만 떠나봐야 내 집이 최고라는 사실도 알게 된다. 우리 심사 위원들은 이 작가가 보내온 시조 10여 편에 모두 그런 인생의 격과 우아미 그리고 진취성에 깊게 고민한 흔적을 발견하였다. 따라서 이 시인 시조를 통해 격을 파괴하되 뿌리를 건드리지 않는 삶을 사실 능력을 발견하고 적극 추천한다.

— 지성찬(시조시인 · 《스토리문학》 주간)

—

분재

조화를 벗어난 가지를 자를 때면
하늘이 깨어지는 아픔도 있었지만
흐르는 시간 속에서 아픔도 씻기더라.

새들이 노래하는 숲은 아니지만
세월을 뭉쳐서 한 분 안에 심어 놓은
다듬은 모습 속에서 어우러진 숲을 보네

고통이 없었다면 무중력의 인생이지
비움과 내려 놓음 반복된 훈련 속에
새로운 모양을 갖춘 또 하나의 분재인걸

작아진 몸집 속에 내공의 숨은 기개
복잡한 세상사를 몸으로 보여 주며
수양의 그늘이 진다네 초연한 모습에서

퇴계와 매향

오백 년 묵은 정이 어제 일만 같은 듯이
충주골 들어서니 매향 향기 가득하다
님 향한 도포 자락에 몸과 마음 다 실었네

남들이 다 한다고 사랑이라 말하겠나
견우와 직녀처럼 퇴계와 매향처럼
역사를 그리려거든 맑고 고운 향기로…

소록도의 별

비 오는 밤에도 별들이 총총하다
이루지 못하고 하늘로 간 꿈들이
이 저녁 별이 되어서 가슴을 적신다

갑자기 찾아온 죽음으로 흐르는 별
건너편 육지는 눈 속에 아련하다
바다가 갈라놓은들 마음까지 가를쏘냐

한 맺힌 그리움에 가슴으로 글을 쓰고
붙힐 곳도 없어서 스스로 삼켜야 한
서러운 삶의 아픔을 하늘에 다 써놓았네

그리움 나눠가진 그 순간들 때문에
죽음이 밀려와도 두려움 견뎌 내고
소록도 먼 하늘에는 꿈들이 속삭인다

민들레 꽃

아스팔트 틈 사이에 작은 얼굴 내밀고서
소음과 먼지를 하얗게 뒤집어 쓰고
이것도 복에 겹다고 노란 미소 짓는다

겨울밤 잠 안 자고 견디어 낸 세월 속에
봄소식 전하려고 제일 먼저 걸어나와
꽃 등불 여기저기에 불 지르는 계집아이

새아기

백조는 웅덩이를 뒤져도 날개 빛이 희고
수달은 맑은 강을 거스려도 검둥이거늘
아마도 너의 뿌리는 하늘로서 왔나보다

어디서 살았기에 이토록 깨끗할까
어떻게 살았기에 티끌 하나 묻지 않고
작지만 빛난 인격에 거울로 대신한다

솔로몬이 사랑한 술람미 여인 같아
샤론의 백합처럼 향기가 나는구나
네 모습 떠오를 때면 갈한 마음 축여진다

조금숙(趙錦淑, Cho, Geum suk)

1964년 경북 군위 출생. 한국방송통신대학교 졸업(2010). 《월간문학》(2003) 등단. 시조집 『소수언어박물관』(2014, 만인사), 『중인당 한의원』(2019, 발견). 오늘의시조시인협회, 한국시조시인협회 회원.

```
                    탱 자 꽃


가 시 로   웃 을   지 운
낯 선   매 듭 이 다
눈 길   닿 을   때 마 다   간 혹   아 주   간 혹
청 초 한   꽃 잎 의   떨 림
생 과   경 계
  그   사 이
```

—

조금숙 시인의 작품을 읽으면서 '현상과 본질', '주저앉음과 일어섬', '절망과 희망' 등의 대척점에 선 단어들을 생각해 보게 되었다. 현상은 보이는 것이요 본질은 숨겨져 있는 것인바 인간의 '행위라는 껍질'은 속 깊이 감춰진 영혼의 명령에 따르는 것이니 오늘날 우리 앞에 나타나는 수많은 현상들은 결국 영혼의 명령, 다시 말하여 이념 또는 사상이라 일컫는 어절들이 동일성 내지는 근접성에 의하여 뭉치고 헤어지게 되는 것이다.

— 리강룡(시조시인 · 한국시조시인협회 자문위원)

—

그녀의 세상은 없다

그녀를 짓누르던 숨소리가 잦아든다

뜨겁게 흐르던 피는 진즉에 가라앉아

한 방울 삼키지 못해 하얗게 말라가는

꽃잎이 떨어진 뒤 낮밤이 정지되어

눈빛만이 살아있는 세상을 읽어낸다

천국과 지옥 사이를 꿈처럼 드나들어도

창문 밖 정류장에선 오후가 지나가고

저마다 종착역으로 분주히 움직이지만

한 생이 기울고 있는 그녀의 세상은 없다

된장

부엉이가 울다 그친 조선의 뒤안길을
뭉개져서 얻은 목숨 굵은 콩 서말 닷 되
천지가 뒤바뀐다고 소리 높여 울었다

장독대 맨드라미 피었다 지는 사이
그 뇌성 그 벽력도 함께 거둬 지는 사이
무인도 뱃길을 잇는 아름다운 저 발효

슬픔도 결이 삭으면 이슬 같다 하였던가
장맛에도 혼이 스며야 삼신할미 붙어사는 법
뚝배기 끓는 속으로 고향길이 보인다

지슬

검은 동굴 빠져 나온 저승새 울음소리
다급한 총성이 울려 퍼지던 들판까지
비릿한 바람의 출처에 수군대는 사람들

완장차고 행세하는
먼 친척뻘 아저씨가
지옥에서 따라붙은
저승사자 같아서

하루를 건너가는 길 문턱을 넘는 일이다

부역 아닌 부역으로 토벌대에 내몰리다
쫓기듯 숨어들어 근근이 버티다가
제문을 타고 오르듯 연기되어 사라진다

참 힘든 세상

바람은 텁텁하고 태양은 강렬하다

파꽃이 아롱아롱 피어있는 밭을 지나

매캐한 먼지 밟으며 창녕 땅 들어선다

가뭄에 말라버린 풋마늘의 대열에

방석 의자 버선발로 쉭쉭쉭쉭 캐내다

한 호흡 놓치는 사이 저만치 멀어지고

마른 기침만 쏟아내다 타 버린 까만 입도

흠뻑 젖어든 얼굴로 인내하던 시간도

건조한 생이 펼치는 서러운 하루살이

선유실리

미처 닦지 못한 길 위에 갇혀 있다
나무숲을 뒤흔들며 시간을 비워내던
바람은
비경을 물고
줄행랑을 치는데

제가끔 드나드는 산판트럭 확성기 소리
텅 빈 마당 지나 오래된 흙벽 두들기다
이끼 낀
우물에 걸려
마침내 오후가 된다

중인당 한의원

문 열고 들어서면 오미자차 내어주고
웃음으로 맞이하는 화교인 아버지에
까칠한 눈을 뜨고서 접수 받는 아가씨 있다

"그래 어디가 불편해 갖고 오셨어예"
요양원 간 언니 얘기 훌쩍이며 웅얼대자
"할매예, 살아있능기 얼마나 감사한데예"

젖은 눈물 닦아주고 마음 한켠 쓸어주며
백 살까지 성케 사는 법 깨알같이 일러준다
커튼 뒤 웅크려 있던 나, 덩달아 꽃 피우는

미인도

생가슴만 앓아도
툭툭 붉어지던

하얀 빛살 모시 깃

아스라히

멀어지는

억만 겁 인연으로 온 생의 아이러니

양귀비꽃 활짝 핀
어두운 밤의 향연

성과 속이 부딪친 영원 같은 찰나였나

숨 멎어
꺾이던 햇살
아뜩했던
몸의 기억

스크린도어 사이에서
— 김 군*

지하로 가는 길은 절벽처럼 가파르다
승강장과 승강장 사이 밀려드는 발걸음
토요일 오후 3시엔 초침도 춤을 춘다

목까지 차오르는 불안은 접어두고
유리벽을 기둥 삼아 먼지를 털어내다
전동차 빛의 속도에 비명마저 갇혀버린

오늘은 내 생일 휘어진 뼈를 묻고
주저앉은 생은 스패너로 분리하는
무진장 서러웠던 봄, 한 축이 사라진다

* 구의역에서 스크린도어 사고로 숨진 고등학생 김건우를 가르킴.

소성리

봄은 멀고 겨울은 혹독하다

선돌에 매어둔 깃발만 나부끼고
벽화에 새겨진 절규 속울음을 삼킨다

평화로운 일상들은 대치로 무너져

뿌리째 흔들린 터전을 뒤로하고
옹이진 바람과 함께 혼돈 속에 있다

무엇을 가리려 그림자에 숨었는지

은밀한 전령들은 바삐 움직이고
불신이 빚어낸 기억 새벽이 사라졌다

새와 감나무

바람의 아우성에 주저없이 흔들리다

다 자란 몸피만큼 붉어짐에 마주하고

부리로 탐해도 될까 숨고르는 작은 몸짓

몸이 휘도록 홍시를 품고 있다

싹 다 비워낸 굵은 가지 사이로

길 하나 열어 놓은 틈, 생이 꿈틀한다

조남령(曺南嶺, Jo, Nam ryung) 본명: 조영은(曺泳恩, Jo, Young eun)

1918(1920).~?. 조운 시조 작법 사사. 도일, 동경 고학. 《문장》「창」 추천(1939, 이병기), 〈조선일보〉 신춘문예(1940) 등단. 시조집『조남령 시조집』,『현대시조 삼인집現代時調三人集』(이병기, 조운). 논문「현대시조론」(1940.6., 문장), 소설「익어가는 가을」(1938.3.19.~4.3., 동아일보), 평론「내가 본 시조형時調型」(1940.6., 문장) 외. 광복 이후 문학가 동맹 합세, 6·25 전후 월북.

—

구악駒岳
— 상근기행箱根紀行

한 기슭 들어섰는 삼杉나무 움도 지나
얼대 숲속에 산새를 놀래이며
화산회火山灰 흙가루 받들은 서리 밟아 오른다

벌건한 웅덩이는 이제도 헐리일 듯
가다가 미욱하니 황黃내는 풍겨오고
산골을 호오 꾀꼬르 괴꼬리가 우노나

나무도 하나 없는 얼대밭 산봉우리
아침 찬 기루는 안개만 몰고 와서
외로이 헤매는 나를 어지러이 치고 가네

노호盧湖
— 상근기행

하이커 지팡이가 산허리를 두드리자
가다는 푯標대며 삼나무를 토 다리자
토도독 호수 오십 리 졸음 재우쳐 깨웠다

척으로 삼천수백 수심은 오늘날도
허리부터 솟은 산 도란도란히 오늘날
산파를 소곤거리며 목청 다듬어 다듬어

모롱이 하나 돌아 삼나무이 숲진 골엔
쉬이! 모셔놓은 해룡海龍이 있다는데
철이면 원앙이 와서 한 곡절을 운다누

금산사金山寺

에잇! 얄랑얄랑 야망스런 저 다람쥐
사리탑 잔디가 네 마당이로구나!
호젓한 양지쪽 곬에 탐스런 집 가졌군

다람쥐 너는 예서 몇 대나 살아왔나?
탑이야 천 삼백 년 비바람 겪었단다
비껴라! 내려가련다 석축 틈에 숨어라

바람처럼

또 하나 보내었다 오늘도 보내었다
파르게 트인 하늘 한 오리 뜬 구름은
안타깐 가슴을 안고 산 너머로 보냈다

산 넘어 부는 바람 바람결에 보냈다
어여쁘다 꽃잎을 두어 잎 뜯어보고
살살살 부는 바람에 울며 날려 보냈다

바람도 꿈길처럼 산 너머로 보냈다
가슴에 뛰는 것은 날리지도 못하고
오로지 사랑하기에 바람처럼 보냈다

봄
— 추억 편편

1
봄이라 이른 아침 산촌비도 해뜨드란
동네 머슴들 지게 지고 소고 치며
고들재 줄지어 넘어서 갈퀴나무 갔다가

사양 길쯤길쯤 아물아물 나뭇짐들
그 고개 놀 끼자 다시 넘어 오는 양에
울리는 소고소리는 마을 팔경이더니

2
뒤터 양지쪽에 장다리꽃 피는 날
우리 집 머슴이 나무 갔다 오는 길에
붉으란 참 진달래를 한 뭇 들고 왔다네

동파 봉오리에 꿀벌 잉잉거릴 제면
칡 캐러 산에 가서 진달래 노래만 하다
등골에 쪼인 뙤약볕에 뼈가 굵어 버렸다

3
쭉나무 높게 자란 어떤 집 울안에는
그 정열 말도 못 하고 동백꽃 피었더니
그 곁에 송아지 한 마리 멀뚝 쳐다 보다니

영릉英陵

하산 다하도록 왕릉만 여겼더니
골골이 감돌아 서운瑞雲이 머흐레라
다시금 옷깃 여미고 저문 길을 우러러

여주땅 북성산북北城山北 한 자락 외진 자리
서운瑞雲 헛눈일다 우러를 것 못 되련만
어마한 임의 모습이 살아 정녕 겨오셔

석굴암
— 대불

모롱이 돌아서서 발길 멈추오이다
어둔 굴에서 노려보시는 대불여
이러곰 저온맘 쥐고 님을 쫓니노이다

높기실 모습이야 만인 비춰실 즈이샷다
말법未法 이 몸이 두 손 모으오나니
마암한 천년 대불의 아으 발원이샷다

바라보옵시고 산골은 눈 아닌져
어인 나사羅紗 있고 살결 아니 차시릿고
아즐가 천년 대불여 또한 살지 아니신져

석굴암
— 토함산 고개

바람은 하늬바람 토함산 고개라네
그리워 찾던 길 못 잊어서 또 오는 길
아랫골 그림자 못에 내 그림자 비칠레

넘어는 동해 바다 토함산 고개라네
만파식萬波息 여의적如意笛에 어느 님 부를까나
망부석 아니오나마 그리운 님 오실레

오실 님 없더라도 토함산 고개라네
잡목은 헐벗어 떨고 섰는 겨울날도
석석석 석굴암일레 잰걸음친 길일레

향수

저거 이름 모를 새 한 마리 울고 가야
바다 건너 불어오는 비 품은 마파람에
나무잎 소곤거리는 이역 하룻밤이다

울타리 쭉나무에 청개구리 비 부를 젠
새터 열 마지기 하늘 먼저 살피시든
아버지 이 여름 들어 소식 잠잠하시네

방학 때 집에 들면 옥수숫대 매두마다
어머님 아긴 사랑 쪼록쪼록 굵었더니
올해는 한몫이 줄어 작히 섭섭하시리

올봄 영청에는 어떤 집 지었느냐?
앞마당 빨랫줄에 동생 옷들 걸렸드냐
제비면 내 골서 온 양 거짓 없이 묻습네

매미 우는 소리 어린 시절 눈에 어려,
나지막 키 줄이고 나뭇가지 쳐다보니
뒤꼭지 저편 숲에서 꾀꼬리도 우더라

창
— 어느 스승님께

내 살이 아니라고 어이 아니 아프겠소
내 몸이 아니라고 어이 아니 춥겠소
덜덜덜 창 떨 때마다 마음 저려 하외다

눈보라 덧치던 눈 얼마나 억찼을까
창 앞에 메웠던 덕대 부러졌단 말가
그래도 저 넝쿨에야 새 움 자라나겠지

물무 뒷산에는 진달래 폈답니다
구름다리 시냇가엔 살구꽃 피겠지요
그 꽃잎 나의 발인 양 살창 속에 너리까

조동화(曺東和, Jo, Dong, hwa)

1949년 경북 구미 무을면 출생. 영남대학교(국문과). 〈중앙일보〉 신춘문예(1978) 등단. 시조집 『낙화암』(1984, 현현각), 『낮은 물 소리』(2005, 동학사), 『영원을 꿈꾸다』(2011, 초록숲), 『나 하나 꽃 피어』(2013, 초록숲), 『고삐에 관한 명상』(2018, 초록숲) 외. 중앙시조대상 신인상(1984), 경북문학상(1995), 이호우시조문학상(2003), 유심작품상(2010), 통영문학상(김상옥상)(2013) 수상. '석필', '낙강' 동인.

—

오늘같이 무잡한 세태 속에서 어쩌면 이렇게 맑고 고운 시가 살아 있을 수 있을까. 그건 3급수, 4급수의 물구덩이에서 1급수에서만 산다는 중태기나 열목어를 문득 발견해낸 기분이다(나태주). 그의 언어는 어눌하지만 그의 시어는 예리하고 향기로웠다. 그의 서정성은 섬세하며 절묘하였고, 그의 보법은 무겁고 느리되 결코 뒤처지는 법이 없었다(민병도). 모든 시적인 것은 자신이 살아온 시공간에 대한 깊은 사랑에서 발원한다. (중략) 조동화 시인은 이러한 심미적 시어의 선택과 조탁에 무척이나 공을 들이는 모국어의 장인이다. 또한 그는 신성과 자연을 통해 축조해가는 자신만의 심미적 정형 미학을 독자적 세계로 보여주었다(유성호).

—

뻐꾹뻐꾹

사월 아침 어디선가 쑥꾹새 문득 울면

열려오는 눈물바다 산이 들이 다 잠기고

한나절 나도 잠기는 뻐꾹뻐꾹 그 깊이

회상의 두레박은 설운 것만 길어 올려

잊어온 그 중에도 소중했던 사랑 하나

아리히 가슴에 쏟는 뻐꾹뻐꾹 그 아픔

별을 보며

정말 너무 오래 잊은 채 지냈구나
허망한 세상 불빛에 눈멀고 마음 홀려
밤이면 저 하늘 가득 반짝이는 별들을

모깃불 밤새 타던 내 어린 고향 마당
은하銀河 이마에 젖는 멍석 위에 누우면
무엔지 그냥 그리워 잠 못 들곤 했더니…

채우면 채울수록 허전한 삶에 매여
우러러 넉넉했던 먼 날의 그 순수를
아! 정말 너무나 오래 버려두고 살았구나

고삐에 관한 명상

1

모래 구덩이에서 갓 깨난 새끼 거북
한 쪽을 제외하면 다 죽음의 방향인데
용케도 물소리 들리는 바다 쪽을 향해간다

누구의 가르침도 그는 들은 바 없다
다만 날 때부터 지녀온 본능의 고삐
투명한 그 이끌림 따라 생명의 첫 길을 간다

2

사람의 뇌리 속에도 그런 고삐 들어 있나
평생 흑암에 살다 한 점 빛 보는 순간
홀연히 마음눈 열려 좁은 길로 드는 사람

많이는 왜 저럴까, 의혹의 눈길을 주고
더러는 사람 변했다, 뒤에서 수군대지만
혼연히 모든 걸 두고 진리의 첫 길을 간다

노고단 가서

갈매빛 풀밭 하나 수틀로 받쳐 들고
밤하늘 성좌만큼이나 난만한 풀꽃들을
땀땀이 투명한 손들이 떠올리는 것을 보았다

골에서 등성이에서 시나브로 이는 구름
열두 폭 흰 무명베로 이불홑청 시쳐내듯
마침내 큰 구름바다를 만드는 것도 보았다

그리고 먼 먼 남녘 나부끼는 능선 사이
얼핏 눈만 주어도 느거운 내 산하의
풀어진 옷고름 같은 섬진강도 나는 보았다

가을 언덕에서

지는 꽃 피는 꽃이 어우러진 천지간에
주체 못할 기쁨으로 떠나는 신행新行이 있고
쓸쓸히 이승을 뜨는 꽃상여도 있어라

바위마저 꿰어 비칠 듯 투명한 이 가을날
익은 상수리 다시 뿌리께로 놓이는데
목숨이 육신을 벗고 가는 곳이 어디뇨

구절초 눈이 부신 맞은편 등성이로
불현듯 적막을 깨고 풀무치 날아간다
미답未踏의 그 한쪽 끝을 저는 안다는 듯이

시론詩論
― 산수화 그리기

가령 화폭에다 산 하나를 담는다 할 때
그 뉘도 모든 것을 다 옮길 순 없다
이것은 턱없이 작고 저는 너무 크므로.

그러나 그렇더라도 요량 있는 화가라면
필경은 어렵잖이 한 법을 떠올리리
고삐에 우람한 황소 이끌리는 그런 이치!

하여 몇 개의 선, 얼마간의 여백으로도
살아 숨 쉬는 산 홀연히 옮겨 오고
물소리, 솔바람 소리는 덤으로 얹혀서 온다.

우주를 읽다

시골집 평상에 누워 우주를 펴듭니다
할머니 팔베개로 어린 날 읽었던 책
순금의 그 돋을새김 오늘 다시 읽어 봅니다

활자며 배열이며 구두점에 또 행간…
예나 지금이나 변한 것 하나 없어도
여전히 살아 빛나는 저 신비의 두루마리

시간의 긴 강물 속 무수한 사람들이
저마다 지혜를 다해 읽어내곤 했지만
누구도 그 바른 뜻을 풀어내지 못한 문장

눈으로 바라보나 눈으로 읽을 수 없고
다만 가슴으로 어루만져 깨치는 언어
국자별 한 소절에도 하마 밤이 깊습니다

눈 내리는 밤

땅의 부끄러움을 이미 다 보았거니
굳이 남은 것들을 들추어 무엇하리
하늘이 무명옷 한 벌 밤새 지어 입힌다

지상에 은성殷盛하는 어둠보다 더 큰 사랑
한없이 다독이며 안아주는 용서 앞에서
아기의 젖니가 돋듯 태어나는 세상이여

달과 별이 숨었어도 스스로 차는 밝음
나무들 하나같이 뽈 고운 순록이 되어
한잠 든 마을을 끌고 어디론가 가고 있다

첫 흔적

큰 바다
밤새도록
타이르고
떠나간 뒤

흠과 티
하나 없이
누그러진
가슴팍을

도요새
붉은 발목이
찍어 넣는
첫 흔적

새들이 와서

오늘 저 나무들이 파릇파릇 눈 뜨는 것은
이 며칠 새들이 와서 재잘댔기 때문이다
고 작은 부리로 연신 불러냈기 때문이다

조명선(曺明仙, Jo, Myung seon)

1966년 경북 영천 화북면 출생. 한국방송통신대학교(국문학과) 졸업(2001). 《월간문학》(1993) 등단. 시조집 『하얀 몸살』(2010, 동학사), 현대시조100인선 『3×4』(2017, 고요아침). 대구시조문학상(2010) 수상. 대구시조시인협회 부회장, 대구문인협회 시조분과위원장, 오늘의시조시인회의 재무차장 역임. 한국시조시인협회, 국제시조협회 회원. 대구시조시인협회 이사.

조명선의 작품은 말법이 독특하다. 독특한 말법의 개발, 그것은 시인의 생명이 달린 일이다. 가벼움과 무거움의 시어들을 적절히 조화 시키는 일이 어찌 쉽기만 하랴. 조명선의 말들은 상당히 변화가 큰 셈이다. 장중한 느낌을 주는 것들(「고인돌」), 조명선은 언어를 다룸에 다소 발칙한 면이 없지 않다(「파도」, 「풀꽃 반지」, 「세탁」). 그것이 조명선 시인의 독특한 시적 기법이기도 하며 구어체의 도입 같은 것이 장치라면 장치일 수 있는 것이다. 시적 주제는 매우 건강하다. 이를테면 나무가 가진 속성이 사랑을 구체화하고 있다(「그런 나무 되고 싶다」). 시인이 끈질기게 주목한 것은 사이였다. 말과 말 사이, 사람과 사람 사이 등으로 분류되고 이것은 결국 시와 시인의 사이가 되기도 한다.

— 문무학(시조시인 · 문학평론가)

목어

추녀 끝에 자반고등어 절규하듯 파닥인다.

그 아래 쌀밥 꽃 묵언 정진 수행 중

공양이 별것이든가!

아,

작

은

이

것

파도

위험스런
광녀의 깔깔대는 관능이다

뜨겁게
밟고 가는 절묘한 떨림이다

환장할!
오르가슴의
숨 막히는 간통현장

풀꽃 반지

벌거벗은 그 친구
냇가로 들판으로

짓궂게 달려와서
모른 척 툭 던지던

시방, 나
그 풀꽃 반지
뜬금없이 끼고 싶다

시월의 나무

아직도 얼굴 붉히는
비탈 숲 시월의 나무

말없이 잎 떨구고
부대끼며 썩어가도

빛나는 그 속의 상처 다른 손을 잡습니다

더러, 쉬 변하는
마음바닥 쓸어내리며

헤어진 담 모퉁이에
긴 그림자 숨기고

눈부신 유혹의 소문 또 다시 눈길 끊니다

흔들리는 나무가
고마울 때 있습니다

떨치지 못한 절망이
황홀할 때 있습니다

가지만 남아 있어도 당당한 나무처럼

첫

꽃가루 깊게 번진
내 사랑은 가렵다

한순간 피었다 지는
'첫' 따윈 몰라도 좋다

꽃물로 돌고 또 돌아 허공을 긁더라도

세탁

웅웅 울며 돌고 또 돌아
그 속을 다 뒤진다

뒷주머니 얌전하게
접혀진 만원 한 장

콕 집어
햇살에 말린다
꿈에도 없던 돈세탁

고분

사라짐은
꼼짝없이 옛날로 돌아가는 것

출입금지 푯말이 빛나는 감옥이다

살아서
다 못 한 용서
둥그렇게 연결하는

그런 나무 되고 싶다

기슭에서 산을 품는 흔들림 없는 나무가 되어
한적한 물가 가만가만 그늘 깊은 나무가 되어
천 년을
딱 한 사람만
기다리는 나무가 되어

아무것도 묻지 않고 비바람에 엉키다가
처음처럼 기다리다 그 아픔에 혼절하고픈
꼭 한번
그러고 싶은
욕심 많은 나무가 되어

길가에서 만신창이로 온몸을 내 주어도
한 가지씩 썩어가도 따뜻한 눈물 되어
한 사람
가슴 적시는
그런 나무 되고 싶다

이렇게 환한 가을날
— 중추절에

햇살 밝게 열리는 날 인정 담아 들어선 논길
오만 가지 찌든때도 헹궈내는 빨래터인데
어머님
작은애들아
너희들 오는구나

우거짓국 냄새나는 삽짝을 들어서면
하얗게 빨래 받치고 반기는 바지랑댄데
한 아름
볏단 안으시고
웃으시는 아버님

코스모스 들녘에는 풀색바람 싣는 하늘
돌담 위 맨살박이 가을 여는 고향인데
아가야!
옥돌 같은 손톱
꽃 물 들이고 싶네

고인돌

먼 시간의 흔적은 선 채로 돌이 되어
꿈틀꿈틀 숨 쉴 때마다 등뼈 곧추세우고
바람은
목젖을 떨며
신의 멱살 흔든다

그쯤에서 당신의 땅 깊이깊이 새기며
거대한 욕망으로 일어나는 근질거림
허공에
한 획을 긋는
절정으로 몰아친다

부활을 꿈꾸며 출구 찾아 떠나는
그리하여, 오랜 믿음 캄캄하게 빛나고

뜨
겁
다

각주를 달고
경전 채울 그 일이

조미영(趙美英, Cho, Mi young)

1961년 경남 마산 출생. 부산교대 대학원 석
사 졸업(2006).《부산시조》신인상(2009) 등
단. 한국시조시인협회, 부산시조시인협회, 부
산문인협회 회원. '시눈' 동인.

고목

조미영

매운 바람 죽비인 양 묵묵히 맞고서도

빈 가지 사이사이 넉넉히 하늘 들여

동안거 털고 선 자리 봄빛으로 채운

조미영의 작품은 담담한 어조로 시조의 율과 보법을 잘 지켜가며
시상을 무리없이 전개하고 있다. 「고목」은 시련과 아픔의 세월 속
에서도 원을 세워 화룡점정을 지향하는 나무의 숭고미를, 「불면증」
은 오늘날 도시문명의 비극적 상황과 화자의 고뇌를 밤의 나무를
통해 이미지화하며 실존의 의미를 투영하였다. 시의 상과 율이 좋
고 감각적 시어 선택으로 이미지를 구체화하였다. 깊이 있는 성찰
과 은은한 격조와 여유가 향기롭다. 삶의 성숙한 경지와 깨달음이
시조에 스며 나온 것이라 생각된다.

— 주강식(시조시인 · 부산교대 명예교수)

고목

매운바람 죽비인 양 묵묵히 맞고서도
빈 가지 사이사이 넉넉히 하늘 들여
동안거 털고 선 자리 봄빛으로 채운다

겨우내 떨고서도 원 하나 곧게 세워
가지 끝 화룡점정 하늘로 솟아올라
긴 세월 지녔던 화두 온몸으로 말한다

출근길

광야에서 들을 법한
다급한 말발굽 소리

가파른 계단 따라 지하철로 흘러든다

오늘도
놓칠 수 없는 하루 치 삶을 향해

힘

바늘 끝도 겨우 꽂힐
보도블록 실금 따라

여려도 꿋꿋한 잎
낮아도 당당한 꽃

한 방울 눈물자욱이
아픈 자리 딛고 섰다

불면증

도시가 밤을 잊고 대낮처럼 뒹굴면
별빛을 한껏 삼킨 네온은 숨이 차고
낮 같은 밤 속에 갇힌 나무 뜬눈으로 지샌다

더러는 낮잠처럼 토막잠도 부르겠지
든 듯 만 듯 잔 듯 만 듯 꿈속 길 해매이다
화들짝 놀라 깬 나무 가지 하나 부러진다

밀려난 어둠만큼 충혈된 삶 젖어들고
농담 같은 사랑과 사랑 맞닿지 못하는데
밝음에 묻혀지는 밤 전설되어 쌓인다

나목

빛바랜 몇 잎마저 남김없이 보낸 가지

비워서 넉넉한 품 정갈하게 갈무려서

찬바람 잿빛 하늘도 모두 안고 기도한다

친정엄마

솔기 터진 오랜 신발
새 걸로 바꾸자니

신고 갈 데 없다시며
손사래친 새 신발

온종일 만지작만지작
방안에서 닳고 있네

고무줄

아직도 쓸 만할까
늘어져서 돌아와도

수십 번 수백 번 되풀이 된 같은 걸음

이제는 빡빡함이 싫다
헐렁하게 눕고 싶다

때로는

하늘 높고 푸르러서 내 슬픔도 물이 든 날

그렁그렁 눈물 사이로 그리운 이 떠오르면

올해는 색 고운 단풍도 이쁜 줄 모르겠다

헛가지

생장점 움켜잡고 숨죽이며 기다리다
눈치껏 물길 따라 힘겹게 뻗었는데
주가지 뻗지 못한다 느닷없이 자르네

남보다 설익고 고운 빛 덜해도
안간힘 써가며 까치발도 세웠는데
남의 삶 방해 놓는다 비켜서라 밀치네

어느 날 바람이

봄꽃을 매만지던
살가운 손길들이

여름을 건너며
광기를 둘렀는지

가을 끝
가진 것 없는 허수아빌 흔든다

조민희(曺敏姬, Cho, Min hee)

1940년 전남 영광 백학리 출생. 조선대학교(문창과), 한국방송통신대학교(국어국문학과) 졸업(2012). 〈조선일보〉 신춘문예(2010) 등단. 시조집 『은행잎 발라드』(2013, 책만드는집), 『나비 날개 무늬를 읽다』(2019, 고요아침). 송강정철관동별곡시조백일장 대상(2009), 광주문학작품상(2017), 조운문학상 신인상(2019) 수상 외. 칠산문학, 광주문인협회, 광주전남시조시인협회, 오늘의시조시인회의, 한국시조시인협회 회원.

시를 구성하는 사유와 감각에서 '음악' 혹은 '음악성'에 크게 빚지고 있다. 자연의 무궁한 지평을 향해 생의 근원적 결핍을 성찰하고 치유하려는 음률을 듣고 소리의 연쇄를 통해 풍경을 번안하고 음악이라는 형식을 입혀 자신의 시편으로 하여금 음률로 거듭나게 한다(『은행잎 발라드』 발문).

— 유성호(문학평론가 · 한양대 교수)

기승전결의 중층구조와 다방향으로 열린 겹무늬의 단단한 시적 구조를 보이고 시각은 긍정과 화해의 시적 태도를 견지하고 서정시의 장르적 특성인 동일화의 원리에 충일한 시정신을 보인다(『나비 날개 무늬를 읽다』).

— 이지엽(시인 · 한국시조시인협회 이사장 · 경기대 교수)

채송화

동강 난 크레파스
그냥 버릴까 말까

쓰윽 쓱 칠하다가
손톱만큼 남은 도막

꼭 눌러
'꽃'이라 쓰니
꽃이 되어 피어나네

할머니 노래 속에
피어나는 꽃을 보네

외갓집 앞마당 올망졸망 여기저기

탁 타닥 불티가 나네
땡볕 아래 빨강, 노랑

물억새, 물그림자 들여다보다

섬기라, 섬기라는 아버지 말씀 되뇌며
가는 허리 휘청대고 비질하는 아낙네
하늘에 쑥! 내민 목을 그러안아 받든다

날 밝자 스러져도 누군가 발목 적시고
하얀 눈 숨결이 밴 첫사랑 그 울렁거림
잦아진 기압골 따라 마디가 불거진다

벗나무 가로수가 산호섬인 듯 헛보이고
흰머리 풀어헤친 마른 몸 얼비칠 때
개개비 맑은 음절이 연서처럼 파문 인다

봄, 에로스

누가 휘파람 부나
수상쩍다
저 풀숲

파고드는 바람을 품고기는
잔디패랭이가

두꺼비
짝짓는 소리에

귓불 확 붉힌다

제비

따뜻한 남쪽 소식 찌지찌지 전송한다

아파트 층층 깊어 추녀 긴 집 주소 놓치고

흩뿌린 모스부호가 앉은뱅이 꽃 피운다

대보름에

액막이
연이 오른다,

달집 태워 악귀 쫓고

보름도 대보름달 하나님이 내건 등불

봄빛 문
대지의 여신 몸을 푸는 날이다

마가목

할 일없이 바장이는 머리 푼 편서풍에

프렐류드 대위선율 흐늑이는 마가나무

루비 빛
야드르르한 선율, 와인이 출렁인다

면앙정 앞에 서서

조릿대 사분댄다, 야사 갈피 읽어가듯
찢고 구긴 소문으로 앞강은 볼 수 없고
돌계단 밟고 올라와 는개 속에 젖어본다

담양군 봉산면 제월리 그 언덕바지
불면의 밤을 건넌 가사 몇 줄 행 고르고
참나무 빈가지 타는 울음 섞인 바람소리

주초위왕走肖爲王 낙엽일까
촛불 켜든 이 늦가을
스란치마 12폭에
분탕질한
척신, 권신

다시금
을사사화가를
곱씹는다, 슬픈 역사

애기 은어 잔발 뛰는

탐진강 따라간다, 애기 은어 잔발 뛰는

섬 그늘 징검돌 놓아 쪽물 푼 정남진에

관 쓰고, 천관天冠을 쓰고 은비늘 떨친 순간

녹슨 칼날 짤랑이며 신명나게 검무를 추는

차르르 춤사위에 낮달 저리 흥이 돋아

둥기 둥, 술대를 들고 거문고 줄 고르는가

비워 낸 마음 안쪽 소리들이 쌓여간다

허방 같은 가슴께를 밟고 가는 발자국들

죄 뜯긴 앞섶 여민다, 주워 담는 음률 하나

절주당切柱堂 다시 읽기

하늘에 둥실 뜨는 새 집 상량 한창일 쯤
말채찍 서둘러 온 아버지 가쁜 숨 쉰다
"허법도 지켜야 할 법" 느낌표로 지는 감똑

도편수 톱날에서 툭툭 잘린 저 금강송
초가와 키 나란히 다시 맞춘 기둥, 들보
엎드린 무르팍 너머 푸른 기상 번뜩인다

리움미술관 이 층 벽면 가득한 영광 풍경
성곽도, 살던 집도 습속마저 지운 지금
단 두 채 기와지붕이 백 년 세월 물고 있다

바랭이 강아지풀 엉클어진 뒷마당에
키만 자란 먹감나무 연시 몇 알 달고 있다
다 늙어 성긴 가지에 새눈 다시 돋아날까

은행잎 발라드

후드득 찬 빗줄기 왈츠를 연주한다
유채꽃 물든 나비 하안거 들었다가
발 끊긴 늦가을 연못에
꿈결엔 듯 투신한다

은행나무 환해진다, 수만 개 날갯짓에
가슴
가슴 확 가르며 휘몰아드는 소슬바람

화르르 춤사위 겨워
가로수도 헐떡인다

타다 만 빈자리에 홀로 나목 떨고 있고
등 너머 건물 벽에 헝클어 진 오방색 음표

눈 찡긋!
귓갓길 잡는 늙은 저녁 흔들린다

조병기(曺秉基, Jo, Byung ki)
1940년 전남 장성 황산리 출생. 호 황산(凰山).
성균관대학교(국문과), 성균관대 대학원 졸업(문
학박사), 한국정신문화연구원 한국학대학원 박
사과정 수료. 《시조문학》(1972), 《현대문학》 시
(1981) 천료, 〈경향신문〉 신춘문예 시조(1981)
등단. 시집 『가슴속에 흐르는 강』(1986, 현대문학
사), 『바람에게』(1993, 동학사) 외. 연구서 『한국
현대문학의 서정성』(1993, 대왕사) 외. 〈전우신
문〉 현상 모집(1965), 건국27돌 현상문예(1976)
당선. 제3회 한국시조시학상(2004) 수상. 육군 중령(1962~1985), 동신
대 국문과 교수 역임. 한국문인협회, 한국시조시인협회, 한국현대시인
협회 회원.

—

가을꽃

긴긴 한 해 머금고도 기다림 쌓이고 쌓여
목이 긴 여인들은 정읍사井邑洞를 뇌는가
여미는 쪽빛치마가 곱다 말고 슬퍼져.

달 따라 머리 다듬고 문 기대선 누님아,
자정子正토록 잠 못드는 귀또리는 뉘 것인가.
되오지 못하는 길을 어찌 오라 비는가

오동잎 서린 이슬 그 맘보다 맑으란데
툇마루 뜬잠 설쳐 남은 한을 풀래도
그 은혜 알알이 빚어 대추나무에 새기울까

무궁화

딛고 선 징검바위 상기도 푸른 자락
동녘의 한 누리에 피로 돋는 멍울이
돌아선 강변 뒤안길 우수로만 고였다

고개 숙인 밝은 내계內界 향 올려 켜는 등불
울울한 연대 저편 벙그시 눈 돌리고
먼 정화情話 귀울음 둘레 응시하는 별무리.

헝클린 푸새서리 아리인 상흔에도
한 목숨 치켜 올린 꿈을 타는 인종이
조국을 합장한 기도 숨결 모아 피는 곳

무제

지키던 자리를 한번 비워 보아요.
지나온 발자욱을 한번 뒤돌아 보아요.
그토록 넓을 줄이야 알기나 했겠습니까.

만남이 더 많아요 헤어짐이 많아요.
글쎄요 글쎄올시다 반반이 아닐까요.
글쎄요 저도 모릅니다. 그랬으면 좋겠오.

은은히 파인 세월 시름도 접어접어
눈가에 도는 웃음 봄날이듯 다습구나
이 봄엔 고뇌도 말고 손주 하나 보옵소.

사모심서思母心書

한생을 곁에 있어 지명知命을 다한대도
여한餘恨은 의연히 미흡한 강이련만
바람탄 세월의 가지 끝 타지他地에서 그리나.

초봄은 실개울가 소복한 주름 주름
산월山月에 씻긴 듯이 설운 그네 박꽃 보래
어질은 눈 그늘 속에 고여드는 꿈 자락.

열풍 타는 초토焦土 머리 하소도 위안으로
구름 밖 안부 넘어 겨워 쌓인 나날을
쪽대문 기우는 노을 하늘 끝에 머물고.

어머이, 어머이요 대추나무에 영근 은혜
천심千深 깊은 뜻이옵기 알알이 빚으실 적
오늘도 당신의 영지 비둘기를 날려요

숲

대관령 잎진 바람을 그대 더불고 왔나
몸에서건 발등에서건 갈참나무 빛이 흐른다.
내뵈는 덧니 사이로 스쳐가는 한 시대.

벼랑을 헤짚어도 바다는 말이 없다.
오늘 이대토록 바위 뚫는 아픈 마디
은하를 등지고 나도 잠 안 자는 불심지.

물이랑 물이랑을 거슬러온 무늬 날개
촉수 밴 이 아침을 깨쳐 가는 하늬가
안부도 위안인 듯 울려오는 동해섬.

황산리凰山里

황토 고갯마루를 들어서면 솔바람, 대바람 소리.
섣달 하늘 한복판에 연꼬리가 날린다.
정정한 감나무 아래 서 계시는 증조부.

휘어든 고샅길 따라 객살풀은 시들고
울타리 가 펄럭이는 당고모堂姑母 갑사댕기
때까치 머리 위에 날고 멀리 뵈는 산허리.

달

뒤란 숲 구름 폭에 삭아드는 고운 살
가지 끝 대추나무에 접어 놓은 하나 생각
하늘은 혼자 흐르고 너만 도로 서럽다.

남갑사 댕길랑은 고샅길에 떨궈 놓고
금지환 찾아 헤이다 한껏 질린 그대 얼굴
빗긴 놀 길을 물으면 잦아드는 까치 소리.

산국山菊

굽굽이 다가서도 서슬퍼런 한 길 벼랑
어쩌다 깃을 사려 꽃 무덤을 베고 누워
이 선사先史 고된 인력을 가슴으로 저미나

쪼개져 무너지는 산 바위 있다 해도
간직한 피의 유산 실 향기 푸는 넋이
애끓어 타는 노을 속 귀촉혼을 달랜다.

어디 뫼 갈밭머리 반쯤은 열린 산창山窓
눈 들어 치켜설 양이면 초부樵夫가 꿈을 캐고
귀 아래 여울지는 소리 하늘 깨는 미소여.

마을

아득히 트는 지평 하늘도 불러놓고
이마결 다소곳이 세월을 덮어 쓰고
불심지 돋아나는 정 어느 땅의 적설積雪인가.

한 길섶 오지랖을 여며온 핏줄이라
박꽃 넝쿨진 가슴 징 소리로 사무치는가.
안기는 눈발 속에서 명멸하는 꿈이여.

변방

산노을 불 사루다 물러앉은 하늘 한 폭
하나 둘 별떨기가 은하에 씻기우면
풀숲에 조으는 사향思鄕 달맞이꽃 달맞이꽃.

비명碑銘으로 박힌 세월 기구祈求한 목마름이
어느날 한 끈 되어 그 동토 풀리려나
귀울음 사무친 산곡山谷 눈먼 날을 지샌다.

조병희(趙炳喜, Jo, Byung hee)

1910.~2002. 충남 논산 강경읍 채산동 출생. 서예가, 향토사학자. 호 작촌(鵲村). 전주고등학교 졸업(1931). 《시조문학》(1978) 등단. 시조집 『새벽녘 까치 소리』(1989, 선명), 『해거름에 타는 불꽃』(2002). 한시집 『작촌 한시집』(2000, 문예연구). 향토사 연구집 『완산골의 맥박』(1994). 전주시민문화상(1981), 전북도민문화상(1988), 제14회 표현문학상(1999) 수상 외. 차령문학회, 표현문학회, 가람문학회, 한국시학회, 한국문인협회 회원. 한국시조시인협회 이사, 한글문화협회 전북지부장, 전북대학교 서무과장, 금융회사 지점장 역임.

—

노랭이

충혈된 눈을 비벼 금척金尺으로 재는 무리
재치있는 산판 알로 한아비 넋을 판다.
춘향도 알몸뚱어리로 사육제에 내몰린다.

전골의 누린 냄새 권좌에 머슴 살고,
꽃밭에 달콤한 꿈 존전의 시녀 노릇,
시궁창 개홈 속에서 한 발자국 못 옮긴다.

수청의 머리 틀면 온 세상 내 것 되어,
몰이꾼 거간장이 금싸라기 몰고 온다.
동아줄 쇠올가미도 그 앞에선 동강난다.

갈재

피비린 바람결에 귀양 가는 그 몰골
나귀 고삐 매어 놓고 고개턱에 펼쳐 앉아,
오가는 구름을 헤다 몇 번이나 목멨던가!

오가리 솔 사이서 목청을 뽑은 장끼
산매는 깃을 치고 나무 끝을 스쳐 간다.
야무진 넋을 달래며 후미진 길 달렸던가!

까치

가중나무 세 발 가지 삭정이의 둥지에선
여명을 쪼는 소리 창살을 두드린다.
봄앓이 야윈 삭신에 저리저리 도는 핏기.

설친 잠 눈을 비벼 기지개를 켜보다.
개벽적 알을 품고 새 사랑 엮는 노래,
묵정밭 자갈 틈서리 할미꽃도 맺으리라.

무지개

녹두꽃 자줏빛이, 청포장수 눈물 빛이
깃 꺾인 파랑새의 흐르는 핏물 빛이,
만석보 물꼬 우닐 제 천심 멀리 뻗은 걸까!

건란建蘭의 낙화

네, 무슨 매력으로 내 혼을 앗아가고
이젠 향 저 멀리 오월은 저무는데,
시드는 고동 머리에 미련하게 드리운 넋.

홀로 성근 잎들 스스로 봉안鳳眼 맺어,
서너 송이 거둬들여 난첩蘭帖에 묻노라니,
소쩍새 서컨 놀에서 먹맺히는 장송곡.

계명鷄鳴

두 깃을 툭툭 치고 한 곡조 길게 뽑다.
옛사람 때를 점쳐 동이 트는 신호러니
나날이 고뇌는 마음 닭소리로 가눴던가.

으레 겪을 차례 넘어야할 고갯마루
한 아름 고달픔을 신비로 달래보리
계림에 깃든 그 사랑 출렁이어라 그 아침.

낙화암

초연硝煙의 검정 꼬리 벼랑머리 휘감을 제
천 길에 발을 굴러 강심에 쏟은 넋들,
이윽고 고란의 풀로 번져 매운 향기 뿜는 걸까!

햇볕을 등진 골짝 가람 비껴 충충한데,
축축한 향불 냄새 목쉰 목탁 소리,
구름도 눈물 머금어 서너 줄기 쏟고 간다.

백제탑

채찍질로 등뼈 갈겨 모조리 빼앗아가고
눈독 올린 석탑 하나 이도 저도 못 했던가!
아뿔싸 저 고운 얼굴에 소정방의 추한 창 흔.

풀섶에 석불 한 좌 넋을 잃고 지켜본다.
하 많이 꼬집히어 눈물 자국 가뭇한데
뉘 알리 그늘진 신세 찌푸리고 있는 걸까.

석류꽃

유월이 익어 가면 달궈지는 돌담 머리
첫고동 석류꽃이 장독을 붉히는데
소쩍새 목타는 소리 빈 골짝을 울리도다.

언덕길 구름 속에 손 내젓고 떠나신 임
오실 듯 꿈은 멀고 가뭇한 세월인데
축축한 눈언저리에 다시 비친 나그네여!

백련白蓮

수우재守遇齋서 옮긴 백련 시들 줄 알았더니
늦은 봄 새싹 트고 여름 한철 어울린다.
여원 님 아니사 오네 꽃은 이미 벙그는데

조성국(趙誠國, Cho, Sung kook)

1958년 서울 보문동 출생. 인천대학교(영문학과) 졸업(1987). 〈조선일보〉 신춘문예 시조(2018), 5·18 문학상 신인상 시(2018) 등단. 제6회 전국만해백일장 만해상(1985), 문화공보부 전국시조백일장 장원(1986) 수상. 한국문화예술위원회 아르코창작기금(2019) 수혜.

조성국의 시조는 서사적 상상력을 동반한 언어의 미감에 집중하기보다 현실 인식의 기반 위에서 새로운 미의식을 보여준다. 대상을 형상화하거나 서사적 창법을 견지하는 기존의 안정성을 버리고 세계와 언어의 불협화음을 야기함으로써 시적 긴장감을 배가시키고 있는 것이다. 장과 장의 간격을 극한으로 벌려 이질성을 극대화하는 것은 이성과 논리로만 설명되지 않는 부조리한 현실을 보여주기 위한 중요한 장치이다. 이러한 대유代喩적 알레고리의 미학은 새로운 시대의 새로운 글쓰기라는 측면에서 주목할 만하다.

— 임채성(시조시인)

—

런웨이

덤핑거리 구경 갔다 가방 하나 샀는데요

손발이 잘렸는지 나갈 일 없더라고요 말리면 더 하고 싶은 거, 왜 그런 거 있잖아요 개도 내빼는 사람 더 물고 싶어 하잖아요 엿보고 벼르다가 오늘 들고 나섰지요 구두에 양복 차림 아니어도 되잖아요 꼭두새벽 맨발에다 런닝으로 걸었지요 이젠 전철 첫차보다 일찍 일어나거든요 잠 없다고 붕 붕 과속하진 말아야죠 지구는 생각보다 빠르게 돌거든요 가까운 게 잘 안 보여 길 잃을 수 있거든요 입술은 웃음 터질까봐 지퍼로 채워놓고 마누라 자는 동안 출근에서 퇴근까지 까치발로 해봤지요 가방에 꼭 야근에 숙취에다 험담에 뭐 그런 욕설 같은 걸 넣어야 하는 건 아니잖아요 질긴데도 워낙 잘 늘어나 머리통도 감출 수 있거든요 그렇다고 뒷산처럼 꿩은 키우지 않을 거예요 진화는 끝났어도 퇴화는 막아야죠

집에서 갖고 놀려고요 구름이나 담아두고

간이역 인근

이맘때 한 번쯤은 돌풍 불고 찬비 온다
마당은 젖어 있고 호두 거의 떨어졌다
가야 할 사람은 멀고 남을 사람은 가깝다

김밥으로 때웠다는 누나 저녁은 길고
엿들은 장모 얼굴, 몇 날 식은 밥 같다
갈 길이 바쁜 사람들은 뒤를 자주 돌아본다

아이들의 안부는 물으려다 그만둔다
간이역은 폐쇄됐고 내 인근은 적막하다
구름이 가다 멈추고 철새들이 내린다

내일 파주, 소래에는 영하零下가 온다 한다
아침은 얼겠지만 나무 위는 환하겠지
아내는 호박죽을 끓이고 나는 호두를 줍는다

노량진

죽음도 물에 빠지면 한 번 더 살고 싶다
바닥은 끝이라는데 파면 또 바닥이다
한강을 건너왔는데 부레가 없어졌다

씹다 뱉은 욕들이 밥컵 속에 붙어 있다
눈알이 쓰라린데 소화제를 사먹는다
위장은 자꾸 작아지고 눈꺼풀은 이미 없다

안부를 고르라는 전화를 또 받는다
안쪽을 물었는데 환한 밖이 보인다
옆줄을 볼펜으로 찍었다
적절하지 않았다

하이힐

기린의 긴 다리가
물가에서 벌어졌다

한 모금의 물은
죽음보다 강렬하다

악어는
지퍼를 닫고
눈을 감는 저 노을

죽은 척

머리 깎은 친구가 암자庵子를 보내왔다

누루에 문은 없고 찻잔은 비어 있고

안팎에 아무도 없어 백일홍은 지고 있다

안개는 길을 찾아 산으로 올라오고

뱁새는 난간에서 부리를 가다듬고

벌레는 죽은 척하고 마루 틈에 숨어 있다

액자를 위한 변명

너 없이는 못 살아, 시작은 이랬다가
너 때문에 못 살아, 말이 바뀔 때가 있다
안 살아, 못을 빼기는 박기보다 어렵다

바로 잡은 액자가 오늘 또 기울었다
못은 액자를 물고 액자는 안을 물고
매달린 두 물고기가 방바닥을 보고 있다

정류장

오늘을 다 놓친 뒤 집이 꽤 멀어졌다

외박을 이제 가끔 연습하기 시작할 때

목련꽃 그 길 아는지
내 어깨를 툭
쳤다

숲

비밀이 없는 숲엔 독한 비밀이 있지

슬픔이 없는 숲엔 독한 슬픔이 있고

우리가 화창한 날에 죽은 나무도 있어

창

옷이 다 젖은 나비 돌언덕을 올라갔다

작약은 작년보다 화장 더 짙어졌다

때 이른
저 계절을 묻다
늦은 밥을 먹었다

무서운 수국

밟은 땅이 산성이면 파란 꽃을 치올리고 땅이 염기성이면 붉은 꽃을 치올린다

꽃잎은 떼로 뭉쳐 피고 꽃송이는 주먹 같다

조성국(趙成國, Cho, Sung guk)

1935년 서울 종로구 출생. 춘천대학교, 한양대 환경대학원 졸업. 《시조생활》(1997) 등단. 시조집『쓰러진 풀 읽어보기 1』(2000, 동경),『쓰러진 풀 읽어보기 2』(2003, 동경),『봄을 위한 감국의 노래』(2010, 시조문학),『아리랑 영가』(2013, 한글),『철쭉꽃 사랑』(2017, 온북스). 한국문인협회 서울시 문학상(2010), 한국민족문학상(2015), 한국문예문학상(2017), 한국창작문학상(2017), 국제문예대상(2017) 수상.

—

그의 작품은 서정적 자아의 영상이 애를 끊는다 가위 천년오열이다. 아쉽고 그리운 우리의 전통 정서를 살뜰이 잇고 있다. 그 시조의 미학적 정수는 자연표상에 있다. 자연표상에는 리듬, 정서, 이미지, 가붓한 사유가 실팍히 어우러져 있다. 그의 역사적 사회적 취택은 동서고금 종횡무진이다. 인류역사와 사회정의에 갈급한 시인인 것을 본다. 정의 수립을 향한 갈급한 심성 안에 분특하는 작품은 증거1에 투여되어 있다. 신앙표상 앞에서는 스스로에게 준엄한 어조를 띤다. 회개와 각성의 길목에선 십자가의 비천영에 모두가 귀일된다. 신앙시의 약점인 성서의 패러디와 경지를 넘어선 것은 그가 거둔 차원 높은 시학적 승리다.
— 김봉군(시조시인 · 문학평론가 · 가톨릭대 명예교수)

—

철쭉꽃 사랑

새끼 대신 징용 가던
그 산길에 철쭉꽃

베갯머리 묻고 떠난
아버님 전 편지 한 장

자기 몫
다했다시며
북간도로 가신님

* 일본의 제2차 세계대전 와중 잔혹한 일제의 굴레 속에서 어떻게든 자기 가문의 씨알 하나를 보존 하기 위해 아들을 장가보낸 뒤 그 가문의 대를 잇기 위해 부득이 아들 대신 징용을 가야 한다며 자기 아버지에게 편지를 써 놓고 떠나가던 1940년대 우리의 처절한 모습.

파로호

잘린 허리 이으려다
내川를 이룬 벌건 피

쓰러진 목비 위로
달빛만이 흐르는 골

열두 길
물길 속에서
귀촉도歸蜀道 새가 운다

내 사랑 백목련

노을 얹힌 백목련 그대를 기다리다
처진 어깨 너머로 바라보는 저 하늘
기러기
그 울음소리
애를 끊는 임의 시

역시 사내라고 목을 묻고 우는 밤은
돌아갈 천년성* 기침 소리 들려나
나도야
어쩌지 못해
돌아서야 하는 갑다

만나면 잉걸불이 헤어지면 별을 헤는
대금을 입에 무니 그도 따라 젖는 것을
고운 님
행여 다칠세라
눈물 뿌려줍니다.

* 무덤.

선구자

눈 내리는 북만 벌을 달려가던 선구자
청산리 얼던 달이 포연 속에 웃고 돌 때
어머니 살아있다며
무릎 치던 사나이

언 볼이 헤지도록 말갈기 잡고 날다
죽으면 죽으리라 그 다짐을 새긴 이가
언 햇살 자르던 칼날에
묻어나던 푸른 달빛

삼각산 피울음에 바람같이 날아가
까만 하늘 불 지피던 님은 바로 조국이라
강 건너 바다를 넘어
불 지피던 불덩이

상강머리 경춘가도

벌겋게 취한 산이
물속으로 무너진 날

산도 타고 물도 타는
요지경 같은 곳을

우리는
빠져 가고 있었다
벌건 화염火焰 속으로

바다

망망한 저 바다는
주인 없는 논밭이다

시름 젖은 메들리를
지고 낚는 푸른 꿈

격랑을
다스린 팔에
별도 따고 해도 따는

봄소식

계절보다 앞서 돋는
매화 꽃잎 하나가

낮달 띄운 술잔 위에
봄을 빙빙 맴돌다가

춘삼월
소명召命을 지고
꽃나비로 앉는다

내 사랑 바그다드

코란의 얼이 깃든
사원砂原은 불바다

박물관 석상의 귀때기도 날아가고

불물에
녹아내리는
바그다드 내 사랑

유랑의 맥을 보며

시베리아 아린 바람 시름진 깃발 들고
번지 없는 아리랑 황무지를 돌고 도네
남이라 버려두기엔
가슴 찡한 핏줄이다

연해주 밭이랑이 발에 칭칭 감기는 밤
가난한 어머니의 한 맺힌 설음 안고
낯설다 캄캄한 사막
내버려진 형제여

죽어도 사는 길을 뼛속깊이 익힌 우리
가는 팔뚝 피땀으로 저 사막 꽃을 피워
새천년 웅비의 나래 펴고
아사달의 맥을 잇자.

그렇게 길을 간다

안개 속 묻힌 길을 오늘도 걸어 간다
가다가 돌아보면 흔적마저 없는 길을
육의 길 눈을 못 뜨고
그저 그저 길을 간다.

어쩌다 돌아보면 삐걱이는 샨데리아
눈 감고 다스려도 가는 길을 잃은 영혼
평상심 어디다 두고
그렇게 난 길을 간다.

조성문(趙成文, Cho, Seong mun)

1965년 전남 함평 기각리 출생. 한국외국어대학교(한국어교육과) 졸업(1989). 〈조선일보〉 신춘문예(2006) 등단. 시집 『점등 무렵』(2016, 고요아침) 외. 한국문화예술위원회 신진예술가 지원상(2007), 아르코 창작문학상(2013), 중앙시조대상 신인상(2014) 수상 외. '21세기 시조' 동인. 오늘의시조시인회의 회원. 열린시조학회 사무국장,《정형시학》 편집장.

—

조성문의 시는 세밀한 묘사도 그렇지만 시적 에스프리가 뛰어나고 감각과 가락의 운용 또한 수준급이다. 작품 전체가 태작이 없이 고른 수준을 유지하고 있다는 점이다(「주산지 물빛」).
　　　　— 이지엽(시인 · 한국시조시인협회 이사장 · 경기대 교수)
도시에서 하나둘씩 켜지는 등의 이미지를 배경으로 주변화된 존재들을 형상화한 가편이었다. 따스한 불빛을 응시하는 시인의 감각과 사유가 긍정적으로 평가되었다(「점등 무렵」).
　　　　— 유성호(문학평론가 · 한양대 교수)
아이스크림이라는 일상적 소재를 택해 '환경시조'의 가능성을 모색한 작품으로 주목했다(「몰라, 배스킨라빈스」).
　　　　— 정수자(시조시인 · 한국시조시인협회 부이사장)

—

점등 무렵

매운바람 키를 높인 빌딩 벽 상가 골목
뒤태가 영 허전한 들먹이는 어깨 위로
속 훤히 들여다보이는
알전등 눈을 뜨네

보행기 밀고 가는 구붓이 휜 마른 등에
무어라 토닥거리듯 불빛 또한 따스하다
기우뚱 골판지 가득
발등 부은 저문 하루

하루치 모서리에 일구다 다친 마음밭
고개 숙인 외눈박이 불 만종처럼 퍼질까
막소금 눈 설치는 길
탁탁 튀는 겯불 쬐네

주산지 물빛

청송땅 샛별 품은 갈맷빛 외진 못물 갓밝이 저뭇한 숲 휘감아 도는 골짝만 된비알 뼈마디 꺾는 물소리 가득하다

호반새 울음 뒤에 퍼지는 새벽 물안개 실오리 감긴 어둠도 한 올씩 풀어내고 삭은 살 연기가 되고 재 되는 저 춤사위

사는 일 짐 부려놓고 제 거울 들여다보는 고요도 버거운 이 차갑게 돌아앉고 못 속에 누운 왕버들 퉁퉁 부은 발이 시리다

숨 돌릴 겨를 없이 짙붉게 타는 수달래 먹울음 되재우고 저마다 갈 길 여는가 내 앞에 툭툭 튄 물살 쌍무지개 지른다

몰라, 배스킨라빈스

해 지지 않는 그곳,
눈부신 오로라 너머
어쩌면 덩치도 큰 북극곰 사는지 몰라
열대야 불빛이 환한 우리 동네 저 얼음집

흰여우 따로 똑같이 짖는 울음 들릴 듯한
입안에 녹아들 거라 서늘히 발림하는 곳
갈 수도 돌아갈 수도
그 어디에도 없는 날

길고 긴 마른장마
으스스한 여름 한철
무너지는 빙산 절벽 성엣장 둥둥 뜨고
순록 떼 떠날지 몰라, 지구별 잠길지 몰라

장단콩

아슴푸레 안개 걷는
등창이 난 산등성이
DMZ 서 말 닷 되 가을볕도 쏟아지고
깍짓동 자차분하게 들여놓고 여 보란다

10월 하늘 휘익 돌아
바닥에 철썩 치면
숨죽이다 놀라 내닫는 고라니 눈망울같이
노란 콩 튀어 오른다, 강을 흔든 쏜살같이

서로는 갈라진 하나
가깝고도 먼 지뢰밭
아는지 모르는지
콩당콩당 장난기 서린
굴러도 눈치야 빠른
통일촌의 여문 콩알

느티나무는 레코드판을 돌린다

여느 집 저문 풍물 레코드판 들여다보면
제 속살에 느루 쟁인 나무나이 새겨있다
물 오른 수백만 잎이 살랑거리는 바람 한낮

전축 바늘 긁힌 마디, 마른 등 늙은 홈집
깊은 속내 타들어간 느티나무 내 아버지
눈시울 뜨거워지는 몸관악기 테 두른다

큰 나무 그늘 아래 감아 도는 길 다 하여도
천둥 째고 지둥 쳐도 다진 세월 흘러나올까
부르다 목멘 가지에선 형도 나도 자랐을 터

종이 세단기 안엔 누에가 산다

가는귀 먹먹하다
헛물 켠 A4 밀어 넣으면
뽕잎 갉는 입질 소리
투두둑 소나기 소리
세단기 으늑한 골짝, 수천수만 누에가 산다

원고지 칸칸에 갇혀 몇 번이나 더 막다를까
어쩌자고 라면발 같은 종이 밥만 쌓아두고
실 잣듯
이 한밤중에
고치처럼
집 짓는가

퀵서비스 · 던

 한갓진 데 따로 있나 일복 터진 선데이서울 털털대며 달려야
하는 늙은 헬멧 남배달 씨
 저물어 어쩌란 건가, 길눈만은 밝다한들

 도처엔 따라붙는 아슬아슬 사나운 길 빠를수록 좋은 세상 눈
치 보다 뒤처진 걸
 퀵, 퀵, 퀵 거리의 도반 어디론가 가야한다

 벚꽃 터널 달려 달려 허리춤 꽉 잡거라 배달나라 후예답게 말
을 타는 본새까지도
 꽃놀이 긴파람 부는 환한 봄날 있었다나

 대끼다 부대끼다 줄달음질 치건 말건 잿빛 딱지 떼이는 일 속
마저 느꺼워서
 쉴 때도 삐딱하니 서서 늦은 점심 끓인다

컵밥 공양

입춘 내내 내린 폭설 천막지붕 내려앉고
눈 녹듯 밤새 사라진 컵밥집 다시 문 여는
고시촌 비탈진 골목
탁발의 밥줄 길다

건밤 새운 칼잠마저 옹송그린 발우공양
종이컵에 꾹꾹 눌러 애옥살이 그리 하고
집 없는 민달팽이들
걸랑 하나 그만이다

눈밭엔 부신 볕살 꿈결 같이 고명 얹고
한 그릇 밥 비우는 건 그 하루 비손하는 일
능치는 노루꼬리 해가
꿀꺽 진다, 저 너머

찬串 · 찬串 · 찬串

띄는 건 간자체뿐인 가리봉동 옌볜 거리
따가운 눈살 뒤로 찬串 · 찬串 · 찬串 올려놓고
연기 속 저무는 하루 알전등이 환히 웃네

애오라지 닿는 발길 또 어디로 가야하나
한 평 반 벌집에서 웅크리다 깊이 팬 주름
눈뜨는 발간 불씨로 떠돌이별 다시 박히네

양꼬치 밥집 사람들 꼬챙이만 남는 저녁
그 어느 땅 떠도는가 아버지의 아버지처럼
설 수도 갈 수도 없는 더 내주지 않는 곳

어깨를 결어 봐도 주눅이 든 서너 순배
숨이 멱까지 차는 바퀴살에 꿰여 사네
감치는 밥그릇 같은 달이 기우네, 저린 만큼

물텀벙이 텀벙

공치고 돌아설 때 뒷배 없는 울 아버지
뼛속까지 시린 아침 치빼고 싶었을까
소금쩍 일어났던 곳 칼바람이 할퀴네

보름사리 눈썰미로 그물을 걷는 순간
물렁한 너 텀벙이지 보나 마나 텀벙이지
텀벙이 터 · 엄 · 벙 · 텀 · 벙 세상 밖 내치지 않나

집채 하나 집어삼킨 그해 그 아귀처럼
흐느끼는 절절 바다 안으로만 숨긴 소리
아버지 빈 고기창고에 비늘구름 헤엄치네

조성윤(趙成胤, Joh, Saung youn)

1936년 경기 하남 춘궁동 출생. 호 향천(香泉). 서울시립대학교 졸업, 명예교육학 박사(2010). 《시조생활》(2009) 등단. 동시조집 『마음 밭의 꽃』(2014, 도토리숲). 동인지 『여백의 미학』(2018). 현석주 아동시조문학상(2011) 수상. '시문회' 동인. 국제펜클럽, 한국시조시인협회, 한국아동시조시인협회 회원. 세계전통시인협회 한국본부 부회장.

오늘은

조성윤

살아온 마지막 날
살아갈 시작의 날
소중한 오늘이요
축복의 하루건다
생애의 끝과 시작은 오늘 하루
뿐이지

—

조성윤 아동시조시인 작품은 가는 뿌리로 바위를 쪼개고 새싹이 굳은 땅을 밀어 올린다. 「마음 밭의 꽃」에서 '꽃'이란 낱말은 시조를 상징(대신)하고 있다. 「굴렁쇠」에서는 '굴러간다' 를 거듭 써가며 뜻을 강조했고 아름다운 운율을 살려냈다. 「잠꾸러기 잠을 깨네」는 빗방울 똑똑 떨어지는 노랫소리 같은 느낌이 들고, 「신호등」은 개성이 강하며, 「제비가 아니오네」는 풍자를, 「울 할머니 바보」는 때 묻지 않은 모습을 그려낸 작품이다.

「가을밤」초, 중, 종장에 '두들긴다' 낱말을 반복한 점, 「약손」에서 느껴지는 할머님 사랑, 어머니의 행복, 그리고 아버지의 든든한 맛을 간결하게 표현한 절제미가 있다. 「봄눈」의 동시조에 쓰인 11개 어휘로 이리 뜻 깊은 글을 쓸 수 있다는 점이 놀랍다. 45자란 짧은 형식이지만 짧아서 더 멋있다는 사실을 밝혀두고 싶다.

— 유성규(《시조생활》 발행인 · 세계전통시인협회 총회장)

—

마음 밭의 꽃

파란 마음 파란 꽃이 하얀 마음 하얀 꽃이

고운 마음 고운 꽃이 예쁜 마음 예쁜 꽃이

마음 밭 맘먹기 따라 다른 꽃이 피지요

굴렁쇠

고사리 손에 밀려 지구가 굴러 간다

어린이 꿈을 싣고 신나게 굴러 간다

비둘기 날개 달고서 날아가라 지구야

가을밤

휘엉청 밝은 달은 창문을 두들기고

뚝뚝뚝 낙숫물은 대뜰을 두들기고

귀뚤인 밤을 새우며 가을밤을 두들기네

약손

울 할머니 손은 약손 아프면 쓰다듬고

울 엄마 손은 맛손 구수한 된장찌개

울 아빠 손은 사랑손 내 눈물을 닦아 주죠

봄눈

왔다가 금방 갈 걸 오지나 말 것이지

가며는 또 올 것을 가지나 말 것이지

봄소식 알리려거든 봄비 되어 올 것이지

눈사람

칼바람 몰아치는 네거리 모퉁이에

서 있는 눈사람은 겉 희고 속도 희니

무엇이 두렵겠는가 청문회가 무서우랴

잠꾸러기 잠을 깨네

때 이른 봄비 소리 새순이 잠을 깨고

새벽 닭 우는 소리 엄마가 잠을 깨고

쨱 쨱 쨱 참새 소리에 잠꾸러기 잠을 깨네

제비가 아니 오네

강남 간 물 찬 제비 올해도 아니 오네

심술보 놀부 장대 무서워 못 오는가

박씨를 물어다가 줄 착한 흥부 없어선가

울 할머니 바보

내 이름도 모르는 울 할머니 바보

내 이름은 철수인데 강아지라 불러요

내 새끼 내 강아지라며 쓰다듬어 주시죠

신호등

큰 눈을 부릅뜨고 색안경 눌러쓰고

달리던 자동차도 길 가던 사람들도

그 눈을 바라보면서 가고 서고 하네요

조성제(趙成濟, Cho, Seong jai)

1937년 충북 보은 출생. 경희대학교 졸업
(1960). 〈중앙일보〉 중앙시조 백일장 월장원
(2004), 《나래시조》 신인상(2005) 등단.

—

절묘한 언어 가락에 춤추는 파도, 단연 돋보이는 수작이다. 정형시
에 대한 완벽한 이해를 바탕으로 해 가락을 살리면서 보여주는 언
어의 그림들이 놀랍다(「물너울 치다」).

— 이우걸, 박기섭

"첫날밤 옷고름 푸는 바로 그 소리입니다", "갯벌은 하루에 두 번 옷
을 입었다 벗습니다" 등등 종장마다 모두 제자리에 앉혀놓았다. 쉽
고 간편한 이미지를 도출해 냈다. 가능의 지평이 열려 있다(「오이
도에서」).

— 정완영(시조시인)

—

물너울 치다

1.
파도야
너는 본디 너울의 사내자식
무에 그리 보고자파 뭍으로, 뭍으로 내달아
모래톱 갯바위 치며 밤잠을 설치는가.

2.
주르륵
볼 적시는 그 물기 뜨거워라
구메구메 흙물을 퍼 잉걸불 사위어놓고
저 암벽 오르는 길을 쉽다, 쉽다 하는가.

3.
자욱한
해미 속을 떠돌아 이는 물너울
연어 떼 솟구치며 바람 일고 구름 일어
작달비 작신거린다. 저문 바다 위무하는…

오이도에서

한나절 집을 비우고 썰물이 남기도 간 말
밀물이 들어오며 주절주절 되뇝니다
소라는 물살을 베고 귀를 쫑긋 세웁니다

갯고랑 핥고 있는 망둥이는 속삭입니다
철석 이는 파도보다 부드러운 혀끝으로
첫날밤 옷고름 푸는 바로 그 소리입니다

그대는 섬이 아니라 뭇 깃발 펄럭이는
낯설은 포구이며 낮거리 선술집입니다
갯벌은 하루에 두 번 옷을 입었다 벗습니다

막새

빗물 돌돌 굴리다
햇살 톡톡 튀기는
암키와 수키와가 는실난실 깍지 끼고
추녀는 풍경을 끌고 하늘가에 이르는가

보고 또 보아도 하나도 물리지 않은
수막새 고개들도 내림새 꼬리 내려
살며시 입술 맞물며 예가
처마 끝 적멸이란다

가무잡잡한 종아리를 파르라니 포개 놓고
막새 인 토기와 지붕 그 숨결 가지런하다
비바람 휘파람 불며 이는
저 물매 뉘
세웠나

돌담

행간 없는
벽돌담은 가마득한
절벽이다

그 벽을 깨
그대로 쌓아
얼기설기 바람이 드는

돌담은
비뚤배뚤해도
혹 새물내가 난다

5월 풋내

아지랑이
이랑이랑
보리밭에 이는 바람

초록 소리 화르르,
내 안을 풀무질하는

혀끝에 싱그레 와 닿는
맛깔스러운
너의 내

조순호(曹順鎬, Cho, Soon ho)

1943년 경북 영천 화남면 출생. 안동교육대학, 영남대 2부대학(국어국문학과), 영남대 교육대학원(국어교육전공) 석사 졸업. 《시조문학》(1994) 등단. 시조집『천년의 숨결』(2005, 뿌리). 제8회 경주문인협회회상(2005), 경주시문화상 문학부문(2009) 수상. 맥시조문학회 회장, 영남시조문학회 부회장, 한국문인협회 경상북도지회 부지회장, 한국문인협회 경상북도 경주지부 회장, 동리·목월기념사업회 이사 역임.

난향

조순호

새벽처럼 조심스레
꽃대 하나 내밀더니
몇 며칠을 앓다가
자색으로 웃는 얼굴
그 향기
아침을 열고
이 방 저 방 깨운다.

—

조순호의 작품 속에는 인생의 연륜年輪도 보이고 부모님에 대한 효孝 사상思想도 표출表出되어 있으며, 애향愛鄕의 초심初心도 넉넉하게 움직이고 있다. 그리고 작품 속에는 매우 따끈한 정의情誼도 함께 널려 있다. 또 감수성과 서정성이 바탕이 된 참신한 이미지를 우리의 전통적 운율에 최대한 살리고, 형식에서도 자유시에 가까운 시형을 시도하여 큰 성과를 거둔 시조시인이라 할 수 있다. 그는 서정성뿐만 아니라 현실에 대한 비판의 내용을 시조형식에 담아서 성공한 매우 역량 있는 시인이며, 「역행」과 「신라의 숨결」을 비롯한 대다수의 작품들이 이 사실을 증명해 주었다.

문학이 인간의 참된 가치관을 회복하는데 큰 힘을 주리라 믿고 좋은 작품을 통해 이웃에게 기쁨과 희망을 주고 싶다는 시인의 소망이 이루어지리라 믿으며 인생의 훌륭한 삶의 질을 위해 노력하는 그의 생활이 요즘 사람들과는 사뭇 다른 인격적 존재存在라 할 수 있다.

— 박영교(시조시인·영주문예대학장), 장윤익(문학평론가)

—

합주

태산준령을 따라 산등으로 휘달리다
일순에 천길 절벽 그 계곡에 떨어지는
한 가락 떨리는 선율 숨소리도 멈춘다

가을밤 호수 속의 달빛으로 흔들리다
강둑을 범람하는 우레 같은 큰 물줄기
다시 또 잔잔히 고르는 지휘자의 눈망울

곱게 짠 비단 폭에 산수화가 펼쳐지면
햇살 부신 아침 새소리 수놓을 녘
그 어느 한적한 성전에 수도자가 손 모은다.

부모님을 그리며

가을이면 콩잎 따서 켜켜이 절여두고
삼동을 허기지고도 꼿꼿했던 어머니여
그 하늘 사무친 일월이 마디마디 아립니다.

어린 것 등에 업고 일천 간장 뜯어내며
말없이 젖는 눈빛 하늘 한 폭 다 적셔도
참아 온 그 한 생애가 노을처럼 곱습니다.

어머님 일찍 여읜 우리들 사남매를
당신은 가슴을 헐어 씨앗처럼 다독이신
그 세월 피멍이 되어 제 가슴에 박힙니다.

아버님 홀로 계신 고향 하늘 저리 두고
먹고사는 일로 핑계 삼아 보낸 날들
이제야 철이 드는가 뼈에 닿아 아립니다.

해마다 폭우를 몰고 장마 지는 계절이면
우장을 갖춰 입고 물꼬 보던 당신 모습
오늘은 병석에 누워 이승의 물꼬 보십니까.

교단 추억

그 까만 눈망울을 성적으로 옭아매며
내 잘못은 감추고 어설프게 추던 춤
한 꺼풀 껍질을 벗고 바로 걷는 이 아침

우러른 스승의 창 한 점 양심을 안고
한평생 수를 놓듯 헤어온 외줄기 길
다시 본 내일의 하늘은 색실들로 무늬 진다

가녀린 풀꽃 같은 그 낱낱의 눈빛을 쓸며
땀 흘려 가꾼 꽃이 이 반도에 달로 뜨면
그 보람 한 가지 안고 흐느끼고 싶어라.

숨결

얼부푼 바위틈에 살포시 고개 드는
노오란 병아리 부리 물기 터는 몸짓으로
이 아침 빛살을 휘감고
눈을 뜨는 숨소리

기왓골 이랑마다 물방울로 떨어지는
투명한 새 울음에 꽃잎들이 벙그는 한낮
천년 밖 고도古都의 하늘이
드문드문 눈을 뜬다.

불국사에서

대통령의 큰 등燈부터
빈자貧者의 일등―燈까지

각기 다른 소원 담아
불국경내 다둘 때

삼위불三位佛
회초리 들어
사바세계 깨운다.

우정

술잔에 해가지면
살찐 달이 몰래 뜬다

술보다 진한 달빛
촘촘히 엮어 담고

세상사
질끈 씹으며
밤새 마신 풀빛 마음.

토함산

등산로 외길 따라 토함산을 밟아들면
푸른 솔바람 속에 먼 동해가 출렁이고
천년 밖 서라벌 하늘이 산허리에 감겨든다

차고 이우는 그 역사의 능선을 따라
이끼 긴 돌탑 앞에 두 손을 모아서면
서역 길 문턱에 가 닿는 서라벌의 추녀 끝.

역행

도롱뇽을 살리라며
단식하는 지율 스님

자연 파괴 중지하라며
산 속에는 절이 늘고

매섭게
불경기 탓하며
탑승권이 불티난다.

삼일포 단상

명주 한 필 펼친 듯이 물결 고운 옥색 포구
청둥오리 가슴에 명중했던 얘기 들으며
손잡던 갑신년 칠월 그 언덕에 날로 선다

천고의 침묵 속에 속삭이는 그 전설이
선녀의 거울 같은 호수 속에 선명하다
장군대 붉은 글발은 천명天命 앞에 풀이 죽고.

고향

내 유년 치달리던
붕어산 정든 언덕

빛나던 얘기들이
솔가루로 묻어나서

장군돌
청태빛으로
내 영혼을 흔든다

그 언덕에 쌓인 회한
전설로나 묻어두고

낯선 이 도시에 와
흔들리는 일상의 궤적

오늘도
바람만 타고
그 언덕을 돌아왔네.

조안(趙安, Cho, An) 본명: 조미란(趙美蘭, Cho, Mi ran)
1962년 서울 도봉구 미아동 출생. 한국방송통신대학교(영문학) 졸업. 《유심》(2012) 등단. 시조집 『지구에 손그늘』(2018, 고요아침). 서울문화재단 첫 책 발간 지원 수혜(2017). 한국시조시인협회, 오늘의시조시인회의, 국제펜클럽, 유심시조아카데미 회원.

조안 시인은 기억 속에 도사린 대상들을 재현하면서 그것을 긍정의 에너지로 다독여가는 시편을 쓰는 데 골몰해간다. 그녀가 쓰는 시조는 그래서 "기술에 깃든 정신"(「가구를 조립하면서」)을 넉넉하게 확보하면서도, 삶에 늘 따라다니는 존재론적 결핍을 견디고 위안과 성찰의 시간을 가져온다. 기원 탐색과 타자 긍정의 기억들이 그 과정에서 하나하나 자기만의 빛을 뿌린다.
— 유성호(문학평론가 · 한양대 교수)

봄까치꽃

작고 미미하다
낮춰 부르지 말아요

밟힐 듯 부대낀다고
가여워하지 말아요

내 몫은 해낸답니다

봄빛 몰고 왔잖아요

방편

낡은 집 철제 울타리
기대 선 느티나무가

줄기와 벋은 가지
쇠붙이와 한 몸이다

버티다
버티다 그만,
끌어안아 버렸다

네버 엔딩 스토리

그렇게도 나를 쓰러뜨리고 싶었나
바닥에 널브러진 내 오기가 통쾌한가
깨끗이 두 손 들었다
항복한다
무조건

하지만, 아는가
마침표는 찍지 않았다
인생, 도도한 너 받아들인 뒤부터
내 안에 찾아든 고요
언제나 함께라는 걸

거친 숨 내뱉고 평안을 들이마신다
동전의 양면을 한번에 볼 수 없듯
하나를 가지려 하면, 내줘야지
하나는

매듭

입술
꼭 다문
보자기를 무릎에 놓고

주름
하나하나
어르고 구슬린다

달래야
풀어지는 게
사람만은 아니라고

맞은편에서 보다

전철 안 세 사람이 심각한 담론 중이다
손짓 몸짓 커지면서 얼굴 붉으락푸르락
손동작 더 빨라지고
목소리 높아간다

그때 한 사람이 나긋나긋 설득하고
두 사람 수긍하는지 고개를 끄덕끄덕
말보다 곡진한 수화手話
눈웃음의 소통이다

두어 발짝 떨어져서야 내 모습이 보인다
과장된 표현으로 감추었던 속마음과
텅 빈 채 건너갔기에
돌아오지 않는 말들이

삶은 순례다

쇠똥구리 한 마리 쇠똥을 굴린다
구덩이에 빠뜨리고 다른 놈이 채가려 하고
간신히 되찾았는데 염소가 밟아버렸다

가난한 이주노동자 세네갈 핏빛 호수에서
맨몸을 도구 삼아 소금을 건져 올린다
온몸을 염장하지만 허기 겨우 채울 뿐

알 낳은 쇠똥구리 날개 펴 날아오르듯
상처투성이 노동자에게 막내아들 태어나고
식구들 흩어진 마음 모아 고향으로 돌아간다

처방전

파도가 넘실대는 섬으로 가는 뱃전
객실 앞 안내문이 불안을 지키는데
"뱃멀미 예방하려면 기우는 대로 기우세요"

기우뚱 쏠려볼까 선 채로 너울 타고
물결과 한 몸 되어 풍랑처럼 풍랑이 되어
뭍에서 일어난 멀미
바다에서 달랜다

봉정암 가는 길

참나무 밑동

껍질 다 벗겨진 길

얼마나 많은 마음들 디딤돌이 되었을까

새순이 올라온 자리마다

내려오신 하늘빛

인제 신남

서울에서 원통까지 버스로 가다보면

가슴이 찢어져 너덜대는 사람들이

반가운 이정표를 만난다

인제
신남

한강 엘레지

강가에 앉아 오래
먼 산 보는 사람아
스미는 물결처럼 모래톱에 부딪치며
단단한 슬픔의 복판
여울 되어 닿고 싶어

창백한 달빛
강물 깊이 투신하듯
반짝이는 네 눈물 아리도록 밟히고
말없이 걷는 너와 나
뒤따르는 물소리

뒤채면 토닥이고 솟구치면 붙들어
끊임없이 서로를 받아들이는 강물
구름도 달을 껴안고
우리 앞에 흐르네

조애영(趙愛永, Jo, Ae young) 본명: 조요희(趙姚喜, Jo, Yo hee)

1911.~2000. 경북 영양 일월면 주곡동 출생.
호 은촌(隱村). 배화여고보 수학, 이화여전
(가사과) 중퇴. 시조집 『슬픈동경憧憬』(1958,
서울신문사/1971, 한림문화사). 가사집 『은촌
내방가사집』(1971, 한림문화사). 한국수필가
협회 회원. 한국시조시인협회 이사 역임.

—

구룡연초九龍淵抄

1
추천이 높은 날에 창해도 일색이요
금강문 잡고 서니 만리장공 날고 지고
상팔담 돌고 돌아서 구룡연을 향할 새

2
유수는 번쩍번쩍 비늘같이 움직이고
비폭은 다시 뛰어 비상 승천 수없으매
구룡이 내려왔다가 다시 간다 하더라

3
반석을 뚫는 물이 구비치고 뛰는 곳에
햇빛은 쨍쨍 쪼여 청룡황룡 노는듯다
이래서 구룡연이라 부르는가 싶어라

그리운 조국

어두운 감방에서 조국 없는 한탄할 제
부딪치는 칼집 소리 만호경성 수비대요
황혼에 오작성같이 소름 쪽쪽 끼쳐라

왕손은 어디 가고 옛 성만이 남았는고
인산은 헤었건만 눈물 어린 이 땅이여
잡으랴 못 잡는 마음 조국 없는 탓이리

나 어제 분한 마음 잠을 자도 안 풀리네
두고두고 생각해도 나 지은 죄 없건마는
조국이 없는 탓이라 죄인 되고 말았네

금강산 기행가

고려국 태어나서 천하 금강 한 번 보기
남들도 소원커던 우리 아니 자랑이랴
오늘도 이 자랑 찾아 내가 선득 나섰네.

금강산 천하절경 백문불여일견이라
옛날엔 남자라도 구경하기 힘든 것을
이 몸이 천복을 얻어 금강산을 보누나

기다림

창밖에 폭우 소리 공연히 서러워서
창문을 반개할 제 낙루도 낙수 같네
낭군님 기다리는 밤에 번갯불은 왜 치노

음양이 접근하여 벽력이 이는구나
여자 된 몸이건만 본능은 어이할꼬
베개를 안고 밤새우니 여자됨이 서러워라

깊은 밤

반 걷어 밀친 요를 고이 펴고 자렸더니
오던 잠 달아나고 지난일 역력해라
삼경은 넘었건마는 임은 아직 안 오네

담 밖에 개울물이 졸졸 흘러 말하는 듯
닭이 울면 임이 오리 그도 울며 돌아오리
세상에 맺혀진 한을 술로 푸는 우리 임

깊은 밤 새벽나절 먼동이 트려 하네
이 간장도 달달 볶여 찌개 함께 졸인 듯다
피차에 타는 신세라 깊은 밤이 싫어라

만월대

산허리 돌층계를 숨가쁘게 올라가니
주춧돌 흩친 곳에 긴 역사가 숨었고나
오백 년 고려 왕실의 대궐터가 만월대

오백 년 대궐 터가 귀어하지 황무지요
실솔은 귀익귀익 님 부르는 만월대에
왕손은 다시 못 오고 달만 가득 하도다

부슬비

부슬비 구슬퍼라 소리 없이 내리는 비
어버이 장삿날에 막내 상주 눈물같이
후져서 소리 못 내고 서걱서걱 목쉰 듯

땅위와 나무잎에 방울방울 뒹구는 비
어버이 여읜 듯 기가 막혀 몸부림아
부슬비 내릴 때마다 나는 울고 싶어라

외금강

백구는 훨훨 날고 파도소리 요란한데
적진 중에 돌격하듯 옥쇄파산 장엄하다
이래서 외금강 보고 대장부라 하는가

어머니

엄마가 그리워 옛날을 돌아볼 제
애기는 옆에 누워 이불을 걷어차네
그 이불 덮으며 느끼니 나도 벌써 어머니

엄마가 낳은 딸이 또 엄마가 되었을 제
그 공을 갚노라고 내 자식을 위하는가
아가를 아끼는 맘속에 어머니가 계시네

장안사

장안사 깊은 밤에 물소리도 맑은지고
첫새벽 목탁소리 나를 불러 깨우나니
아침상 산채 나물은 절로 이를 닦더라

조연탁(趙淵卓, Cho, Yuon tack)

1933년 전남 순천 주암면 구산리 출생. 호 운강(雲江). 순천사범학교 졸업. 《한맥문학》시(1996), 《문학춘추》시조(2002) 등단. 저서 『노래글로 엮은 역사의 큰 별』(1998, 문예연구). 시집 『홀로 부르는 노래』(2003, 한림). 시조집 『내 마음의 거문고』(2010, 한림), 『구름아 강물아』(2013, 한림). 자랑스런문학인상, 문학춘추 전남시인협회 문학상, 보성문인협회 문학상, 호남시조 문학상, 전남문학상 수상. 보성문인협회 회장, 광주전남시조시인협회장 역임. 한국문인협회, 광주문인협회, 전남문인협회 회원.

조 시인의 시는 마음이 너그럽고 호탕한 성품답게 사물을 꿰뚫어 보는 탁 트인 시구마다 자유로운 달관의 경지를 보여준다. 정서적인 말로 쓰인 시조들이 자유분방한 상상력을 막힘없이 환기시켜 주고 있으며 풍자시인 김삿갓 시의 풍류적이고 발랄한 언어로 자유를 만끽하는 것 같고, 임백호 시인의 낭만적이고 이지적인 비평이나 풍자가 밑바닥에 흐르고 있다고나 할까. 시대와 역사 현실을 긍정적으로 통달한 시인은 현대를 사는 우리들에게 삶의 의미를 되새겨 줌에 가벼운 희시戲詩가 아닌 농익은 감성을 푸념인 듯 넋두리인 듯 튀어 내뱉는 듯한 표현법 속에 성찰된 삶이 녹아있어 시에 보편성을 부여하고 있다(『내마음의 거문고』 발문).

— 손광은(시인 · 전남대 명예교수)

응어리

풍상을 이고 지고 꽹이가 많은 나무

가슴에 맺힌 한이 응어리로 굳어져서

풀래야 풀리지 않은 앙가슴만 뜨겁다.

여유

휴식은 활력소요 명상은 얼의 쉼터
찾으련다 삶의 궤적軌迹
휴식과 명상으로
살맛이 절로 나는 걸
놓칠 수가 없구나.

씨앗을 보며

햇빛 물 공기라고 재료는 한가진데
씨앗 따라 돋아나는 나름의 몸짓들아
너희의 신비한 모습
씨앗 공정 놀랍군

아무도 흉내 못 낼 나름의 재주 능력
자아실현 다하여 우람한 숲 이루는
풀 나무 씨앗의 구실
삶의 길도 보인다

하늘 보고 땅 보고

쳐다보면 샘 나 고
내려 보면 불 쌍 코
옆을 보면 얄 밉 고
뒤를 보면 미 안 코
능력이 이다지 없나
분통 터져
지칠라

나래 접기

백세 시대 요란타만 오래 삶만 좋을까
구실을 못 하는 몸 버릴 때가 온 거야
더 이상 바랄 게 있나?
아름다운 세상아

* 여적 - 팔순의 중반을 넘긴지 오백여 일 구순을 바라보는 종합병원이라니 감사한 마음으로 나날을 지새지만 세상이나 내 몸에도 미안코 짐이 될까 두렵고

몽상夢想

푸르디 푸른 물에
풍덩
빠져들고 싶다

새하얀 구름 속에
짙게
빨려 들고 싶다

다 낡은 해진 옷가지
벗고 싶다
훨 훨 훨

부활復活의 그날
— 4 · 27(2018)

온 겨레 겹쌓인 한
단번에 풀어내는
양 거두巨頭 환한 대화
꿈이랑가 생신가

눈부신
햇살 껴안고
이뤄내리
새 역사

도도히 흐른 강물
거스를 자 있으랴
잘 잘못 모두 묻고
출발이야 다 함께

겨레의
자랑 된 역량
펼쳐 가오
해맑게

홍익인간 이화세계
누구의 화두인가
세계의 중심축에
우뚝 설 우리의 힘

역사의
새 봄 온 거야
배달겨레
이 부활

미쳐라

삶이란 미치는 것
생각에도 미치고

하는 일에 미쳐서
돌아서지 말거라

그대로
끝장내거라
벅차오를 기쁨아.

가을걷이

무더위도 가시고 내일은 추분이네

잘 자라 영글어서 풍요를 즐기라고

하늘이 보내 준 선물

귀한 이께 바치리.

큰 자랑 3
— 한글

손재주 머리 재주 한 일마다 두드러져

세계를 주름잡는 주인공이 누구냐

당당히 앞서 나가자

어우르는 주인아.

조영두(曺永斗, Cho Young doo)

1955년 경북 영천 대창면 출생. 대구교육대학교, 한국방송통신대학(행정학과), 한국교원대 대학원(국어교육학) 석사. 《시조문학》 천료(1996), 〈매일신문〉 신춘문예 시조(1998) 등단. 시조집 『떠나보면 안다』(2018, 부크크). 맥시조문학회 회장 역임. '맥시조' 동인. 한국문인협회, 한국시조시인협회, 경북문인협회, 여강시가회 회원.

—

조영두 시인의 시조를 읽으면 마치 한 폭의 오래된 수채화를 보는 듯 잔잔하고 그윽한 울림이 온다. 인습에 물들지 않은 맑고 순수한 영혼을 만나 세상 살아가는 이야기를 듣는 듯하다. 그의 작품 속에는 가슴 저 밑에서 묻어나는 아련한 그리움들로 가득 차 있다. 그리고 그 그리움은 '서로 사랑하며 살라'는 메시지를 강하게 전해 준다. 오랜 침묵 끝에 발표한 이번 시조집에 담긴 작품들을 보면 평소 조용하고 순박한 그의 천성이 그대로 작품 속에 녹아 있는 듯하다. 정말 그렇게 긴 시간 동안 그가 품어 온 정신적 가치를 형상화하기 위해 그리움의 등불을 켜고 서성거리며 얼마나 잠 못 드는 긴 밤을 보냈는지 짐작이 간다.

— 원정호(시조시인)

—

울릉도 4
— 빗소리

떠나보면 안다 빗소리의 여운을
절해고도 외딴 사택 지붕 위로 떨어지며
한밤중 가슴 때리는
아! 그리운 이여

수백리 뱃길 막은 파도는 허공을 치고
가뭇한 수평선 너머 푸른 꿈이 스러지면
뱃고동 가슴 에이던
서러움이 흐른다

양철 지붕 골마루 토닥이는 영혼의 소리
한줄기 흘러가도 억겁의 세월인 듯
점점이 가슴 사무친
응어리로 번져 간다.

소금밭

작열하는 태양 아래
삭신을 녹여가며

출렁이는 갯내음과
심해의 정념들을

하얗게 떨쳐낸 사리로
피워내는 삶의 결정

입동立冬

불타던 암벽이 한순간에 쓰러지며
천년의 산 빛이 바람으로 숨는데
겨울을 재촉하는 눈이
골 안을 쓸어 간다

추억 심는 둥 너머로 어둠이 내리면
옷 벗는 가슴패기에 언 몸을 부벼대며
하늘 끝 붉은 점찍은
담벽 기댄 감나무들

계절은 한 아름 씨앗을 잉태한 채
내일로 가는 그림자를 뿌리며
무서리 눈보라를 안고
뜰 안을 서성인다.

등대는

싸한 해조음이 뼛속을 파고드는
갯가의 어둔 바다를 별빛으로 세다
삭정이
뚝뚝 부러져
침몰하는 그 밤에도

가슴 서늘하던 등대지기의 고적함이
한 바다를 적시는 그 아득한 날에도
새파란
칼끝을 세워
허공을 가르고 있다.

운문사의 새벽

새벽 네 시 쇠북에
열리는 산사의 하루
큰스님 목탁 소리 발밑을 저려 가면
파란 눈
이국 비구니의
흰 고무신 가지런하다

자로 잰 직선보다 올곧은 행렬들
대웅전 가는 길은 곧기만 할까
긴 인연 서린 번뇌는 천 구비 만 구빈데

길고 긴 여정의 끝 운문사 뜨락에서
억겁 인연 찾아
불멸의 밤 지새우며
이끼 긴
돌탑을 돌아
영원으로 나아간다.

돌의 미학

들끓는 용암에
삭신을 녹이면서
검게 탄 혼의 울림 소리로 밀려오면
죽어서
살아 숨쉬는
참 사랑을 그린다

피멍든 심장이
토해내는 파열음
옹이진 속울음을 안으로만 삭여 와서
갈리어
상처 난 육신
타는 재로 녹는다

가슴패기 도려내는 영혼의 절절함을
태워도 지울 수 없는 바람으로 흘리면서
제 한 몸 부스러져서 채워주는 저 영겁.

통영 2
— 동피랑

가난한 마음들이 등 대며 지내다가
하늘로 가는 길엔 갯바람이 안아줬다

골 좁은
비탈진 언덕 오르고 내리면서
포구에 밥줄 걸고 어판장에 희망 실어
새벽달 올 때까지 목청껏 외치어도
지친 삶
고이 맞아줄
토방 하나 있어 좋던

그 언덕
골목길마다 벽화는 만발한데
문패만 남은 집 불 꺼진 창가로
여행객
호기심 어린
발걸음만 북적인다.

사랑꽃

지고 나면 그 언저리 선혈이 돋더라
가고 나면 그 뒷자리 바람만 일더라
동백꽃
환한 새벽도
물소리로 지더라.

딸기밭을 손질하며

유난했던 여름날의 폭염이 물러가니
사택 뜰의 딸기나무가 제 기운 차리는데

가뭄에 지친 포기는
메말라 버렸다

검게 변한 시신들을 하나둘 정리하니
자연의 섭리는 오묘하고 신기해서
사람이 솎아낸 듯이
간격이 고르다

딸기밭 손질하며 생각하는 산다는 것

제 몸을 살라 종족을 이어가는
지난한 숨결이 들린다

모진 삶 이어가는.

가을 바다

물가, 산록을 끼고 돋아난 청초한 해국이
솔숲 아래 노란 털머위와 갯마을을 이룬 10월

바다는
가벼운 속삭임

가을로 가고 있다

갯가의 소슬한 바람에 저미는 가슴앓이
몽돌이 갈리는 저녁답을 홀로 걸으면

뼈 삭인
갈매기 울음에

눈을 감는 바다.

조영일(趙榮一, Cho, Young il)

1944년 경북 안동 솔뫼리 출생. 안동대 행정경영대학원 졸업(1990). 《월간문학》 신인상, 《시조문학》 천료(1975) 등단. 시조집 『바람 길』(1992, 동학사), 『솔뫼리 사람들』(1998, 사람들), 우리시대100인시선 『마른 강』(2004, 태학사), 『시간의 무늬』(2008, 동방) 외. 산문집 『문학의 현장』(2016, 한빛) 외. 이호우시조문학상(1993). 경북문화상(2008), 경북예술대상(2010), 대구시조문학상(2012), 한국문인협회 작가상(2010) 수상 외. 한국문인협회 이사, 한국시조시인협회 부이사장, 경북문인협회 회장, 이육사문학관장 역임.

편지

조영일

여름 가기 전에
한번 다녀가라고
망초꽃 흐드러지게 핀 향기 담아
보낸다
잊고 산 너 보고싶음
깨우치는 일이다.

조영일의 문학 40년의 시편들은 변방으로서의 위상에 대해 오히려 깊은 애정으로 시의 중심으로의 이동(시학의 기율). 사회 고통의 편재성에 대한 깊은 성찰적 표현(고통과 치유). 단아하고 절제 있는 형식적 구심을 통해 우리 현대시조의 양식적 본령을 견고하게 지켜온(정신적 고처). 긴장과 균형을 오랫동안 시적 자산으로 삼아 근대 자유시와 변별의 노력을 강조해 왔다.

— 유성호(문학평론가 · 한양대 교수)

"시가 아름답기 위해서는 한 시대의 온당한 양심의 정서에서 비롯되어야 한다." 그의 첫 시집 서문에서 밝힌 글과 함께 시인은 자신을 반성함으로써 세계를 반성한다. 그의 시의 일관된 주제는 삶의 반성과 함께 인간 안팎의 여러 경험에 대한 성찰이라고 풀어 쓸 수도 있다.

— 손남천(시인 · 안동대 교수)

사월 이후

하늘 부끄러운
피여 달아올라라
눈물 반 섞여 흐르는 사월의 흙바람 속
덧없이 살아남아서
진달래 꽃 따 문다

편지

여름 가기 전에
한번 다녀가라고
망초 꽃 흐드러지게 핀 향기 담아 보낸다
잊고 산 너 보고 싶음
깨우치는 일이다

지팡이

뜰에 혼자 싹 터
안쓰러이 크고 있는
완두콩 어린 줄기 맘에 걸리시는지
짚고 온 헌 나무 짝지
곁에 세워 두셨다
푸른 하늘 아래
목숨 소중한 일
어디 사람만의 것이 아니라는 걸
어머니 세워 놓으신
지팡이가 보여 준다

울음 꽃

어머니 가꾸시다 떠난 뜰에 봄 오면

싹이 돋아나고 꽃이 피어도 울음

가난을 씻어 내보낸 퍼런 눈물 꽃 핀다

종일 뜯어다 볕에 널어 말린 푸새

그 얼 햇살을 타고 다시 푸르러지는

봄 오면 지천地天 가득히 퍼런 울음 꽃이다

망월동에서 띄우는 엽서

광주로 가는 날 아침 굵은 비가 내렸다
산 자가 죽은 이에게 바치는 눈물이라며
함께 간 친구가 혼자 혀를 차며 중얼거렸다
살아서 말하지 못한 비굴함 탓이었을까
입 벌려 내리는 비 무작정 받아 깨물며
축축이 피에 섞이는 비를 맞아야 했다
망월동 가지런한 무덤에 와 비로서
턱없이 고개 숙이고 손 모아 쥔 부끄러움
내리는 비를 맞으며 씻고 또 씻는다

봄날

겨울이 가고 봄 맞는 뜰이 부산하다

아무도 오지 않는 한낮 맨발로 나와

추위에 떨며 지내온 일들 볕에 말린다

마음속 열어둔 길 하염없이 흔드는

애써 거두어 온 저 푸른 잎 홍얼거림

사는 게 또 무엇인지 무심할 수가 없다

꽃 지는 봄날

슬픔은 사람에게만 있는 게 아니다

뜰에 지는 꽃을 보면 쓸쓸하게

바람에 흔들리면서 까맣게 별에 탄다

아프지 않는 상처 어디에 있겠는가

꽃 지고 난 세상 가볍지 않는 울림

잎 피고 꽃 지는 봄날 몸에 새겨 진다

솔뫼리의 봄

아직은 바람이 찬 이월 초라지만
어느 새 풀린 물소리 언 들을 넘어 와
깊숙이 땅속에 묻힌 풀잎들을 깨운다

가끔 한낮이면 실오라기 같은 별살
보일 듯 말 듯 하는 아지랑이 이끌고 와
깨어난 풀잎을 헤쳐 따슨 숨결 쏟는다

마을 앞 밭이랑에 이는 파란 기운
나는 새들 내려와 앉아 볼을 부비는
솔뫼리 마을 안까지 재잘거림 넘친다

흐르는 강

봄날 강이 풀려 조용히 흐르는 것은
들려줄 그 사람을 향한 혼이 살아
영하의 기온 아래서 버티어 온 한이다
아무 생각 하나 가질 수 없는 엄동
죽은 목숨으로 이어 온 눈물겨움
따뜻한 봇물이 되어 반짝이며 가느니
하늘 아래 단 하나 남겨진 말 그리움
춥고 긴 겨울 밤 온몸으로 감싸
이 봄날 그대 곁으로 다가가는 혼이다

감꽃

아무리 밤이 길어도
잠이 모자랐다
그런 밤 지새고 나면 뜰에 감꽃이 졌다
하얗게 내려 아프게
발에 밟혀
들었다

조영자(趙永子, Cho, Young ja)
1958년 제주 서귀포 출생. 《열린시학》 신인
상(2003) 등단. 《시조시학》 젊은시인상(2012)
수상. 서귀포문인협회, 정드리문학회 회원.

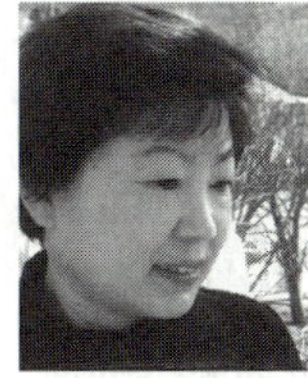

범섬을 따라 가다

한라산 반쯤 넘으면 범섬이 먼저 간다
갯날이나 소날에 문득 가는 친정 길
개망초, 실거리낭도 함께 따라 나선다.

그래, 저 꽃들은 TV 뉴스 그 깃발 같다
한 집엔 노란 깃발, 또 한 집엔 태극기
푯대 끝 4·3의 하늘이 또 한 번 펄럭인다.

해군 기지 건설 바람에 형제간도 등 돌렸다
대문도 초인종도 없는 파란 지붕 우리 집
팔순의 내 어머니는 어떤 깃발 올렸을까.

수평선 같은 빨랫줄에 걸려 있는 잠수복
나에겐 저것들도 성스런 신앙이다
그 흔한 숨비소리조차 까딱하지 않는 오후.

개망초

차마, 세상 인연 내려놓지 못함일까
아버지 무덤가에 무더기로 피어났다
괜찮다, 손사래 치며 서둘러 가신 그 곳.

탯줄 끊고 여덟 달만에 생어미 잃으셨다며
삭이지 못한 그리움을 소주병에 담아냈다
그 무슨 원죄였을까, 출처도 알 수 없는.

외눈박이로 사셨던 예순 해 남짓 한 생애
단 한 번도 떼어본 적 없는 등기부등본
모반을 꿈꾸셨던 날들, 흉터처럼 선명하다.

노을 한 채

이승보다 저승이 더 가까운 어머니
그리움도 가벼워져 꽃잎처럼 가벼워져
별도천 그 끝자락에 징검돌 하나 놓는다

찔레꽃 피는 들녘 바람 소리 아득하다
조화 같은 표정으로 또 한 끼 건너시는
아흔 살, 텅 빈 뜨락에 또 쌓이는 노을 한 채

행원일기 2

행원 바다 수평선은
가는 귀 먹었나보다
무자년 그해 가을
불턱*에 일던 바람
오늘은
해변에 나와
풍차나 돌리고 간다

* 불턱: 해녀들의 물질이 끝나면 불을 피워 언 몸을 녹이던 곳.

순비기꽃

내가 물질할 때
말갛게 수경을 닦던
온기 끊긴 불턱 근처
넌출넌출 그 꽃들이
보랏빛
뼈마디 마디
골다공증 앓고 있다.

내 고향 강정마을에
해군기지 들어선다는
신문에 난 그 소식이
설마, 정말일까
한여름
꼿꼿한 대궁
삼삼오오 불 밝힌다.

조영희(曺英姬, Cho, Young hee)

1961년 충남 서산 부석면 월계리 출생. 아호 여월정(餘月亭). 《한맥문학》(2001) 등단. 시집 『허공에도 길이 있다』(2007, 푸른사상). 시조집 『시간의 사슬』(2012, 시조문학사). 제28회 전국 시조백일장 장원 입상(2005), 제18회 선사문학상(2013), 제3회 대은시조문학상 대상(2016), 시조협회 시조 작품상 수상(2013). 한국시조시인협회 회원. 강동예술인총연합회 부회장, 강동문인협회 회장, 한국문인협회 이사, 한국시조협회 부이사장, 세종문학회 고문(회장 역임).

끈

여월정 조영희

뼈까지 말라붙어 앙상한 콩깍지 위
밤사이 내려앉은 낮이 선 서릿발도
그들만
알고 지내는
잔잔한 정이 있다.

—

인간은 사랑을 먹고 사는 존재다. 사랑이 생명의 양식이다. 또한 그 사랑을 회구하는 그리움은 우리의 삶을 지탱해 온 끈이요 커다란 물줄기이다. 조시인은 그 생명의 끈을 놓치지 않고 물줄기를 따라가며 깨달음의 심연에서 양식을 퍼 올린다. 시인의 탄탄한 시력과 시의 미적균형감각은 따뜻하고 섬세하게 시적 아름다움과 존재의 근원을 파헤친다. 존재의 영원성과 지향성을 굳게 믿는 시인의 시력은 지나온 생을 되돌아보며 아름다움을 발굴해낸다. 시인과 시적대상이 삶에서의 깨달음을 농축한 아름다움이며 그 아름다움을 통해서 성스러움의 속성의 경계를 넘나들며 또 다른 깨달음으로 정신을 맑게 깨우고 있다(『시간의 사슬』).

— 김준(시조시인 · 서울여대 명예교수)

—

님 가까이

꿈결에 살냄새가 어젯밤 코에 배어
곁에서 멀어져도 눈감고 찾을 내 님
어쩌면
바람이 먼저
님의 향기 실어왔지

바람도 그 맘인가 이 내 맘 아는 것이
소쩍새 울적마다 부들부들 떠는 것이
눈뜨면
바람 앞세워
달려가는 이 마음.

아침 이슬

설익은 시간 벗겨

퉁퉁 불은 밤을 비켜

피다만 풀잎들의
말 못한 입속말이

어젯밤
진통을 앓고
유리알을 낳았다.

번민

왼발이 먼저인가
오른발이 먼저인가

겨울 볕
계단 위에
서성이는 번민을

두 발에
의지한 이 한 몸
솔바람이 털고 간다.

내 안의 나

터덜터덜 걸어가다
멈춰 서서 하늘 보니

에워 쌓인 별들만이
허공 속에 가득하다

지천명
툴툴 털다가
발을 보니 맨발이다.

또, 오늘

길을 막고
서 있어도
어느 사이 지나갔나

한 번만
쉬어가지
하룻밤만 묵어가지

잠깐만
앉아 있다가
손은 한번 잡고가지.

지금

온몸이 쑤셔오던
그리움은 긁어 담고

으슬으슬 한기 돌던
보고픔은 쓸어 담고

어제를
세제곱 한들
남은 것은 지금뿐.

피다 만 연꽃

차마! 피다 말고
세속을 말아 쥐고

아픔을 참고 있는
지쳐가는 어둠 위에

여명이 토해내는 빛
새지 않게 감았다.

우박

세상에 길을 내다
세상 밖 길 위에서

갈 길을 잃어버려
눈 감고 기도하던

때 잊은
구름 한 자락
사리되어 떨어졌다.

빗소리

길을 잃고 소식 없는
달빛 찾는 어두운 밤

쉼 없이 매질하는
빗소리에 파인 하루

천정 밑
새는 빗방울
정수리를 때린다.

석란

너른 바다 신랑 삼아
모난 세월 깎아 내며
물 그물 가슴으로
바람 따라 훑어 대니
정든 밤
해변을 뒹굴며 둥근 꿈을 꾸었네.

눈발 되어 흩날리던
지난 나날 녹이면서
추위 싸서 안은 정
짧은 밤 부화하는
사랑은
분신을 잉태해 불멸의 알 낳았네.

조오현(曺五鉉, Cho, Oh hyun)

1932.~2018. 경남 밀양 출생. 법호 설악당(雪嶽堂), 법명 무산(霧山). 《시조문학》(1966) 등단. 시조집 『심우도』(1979, 한국문학사), 『절간 이야기』(2003, 고요아침), 『아득한 성자』(2007, 시학) 외. 역서 『벽암록』(1997, 불교시대사), 『무문관』(1999, 불교시대사) 외. 만해축전 시행(1999). 《불교평론》 발행(1999). 남명문학상(1995), 가람시조문학상(1995), 정지용문학상(2007), 공초문학상(2008), 고산문학대상(2013), 이승휴문화상(2016) 수상 외. 은관문화훈장 추서(2018). 만해사상실천선양회 설립(1997). 대한불교조계종 제3교구 본사 신흥사 조실, 조계종 기본선원 조실, 원로의원, 대종사 역임.

고해苦海 외
무산 조오현

진실로 이 세상은 물 없는 바다인가
하루에도 몇 차례나 이 목숨의 두출두몰頭出頭沒
잠겼다 떠오르는 한 순간만 사는 것 같다

자화상

일흔 해는 다 버리고 지난 날를 돌아보니
한 가지 되는 것만 알고 다른 활동을 보지 못하는
뚜꺼비 뚜꺼비처럼 혼자 잘난 놈이었다

—

현대문학사에서 차지하는 그의 중요성은 오히려 다른 데 있다. 즉 그의 특출한 민족문학적 성과와 현대시조의 독창적인 영역 확장이 바로 그것이다. 그것은 한마디로 '시조를 통한 선시의 창작'이라고 말할 수 있다. 시조문학 600여 년의 전통에서 시조 시형에 불교적 세계관을 담은 시인은 오현이 처음이다. 그것도 철저한 선적 인식에 바탕을 두고 쓰인 선시로서 말이다. 물론 자유시의 경우는 근래에 들어 만해 한용운이 불교적 세계관을 담았다. 그러나 엄밀히 말하자면 만해의 시를 선시라 일컫기는 어렵다. 막연히 불교 사상을 시에 반영했다는 뜻이 아니라 적어도 게송과 같은 유형을 선시의 본질로 규정할 때 그러하다. (중략) 우리는 오현의 시조에 이르러 비로소 한국 선시의 한 정형을 본다. 오현은 우리 문학사상 한국 최초의 선시조 창작자이자 본격적인 의미의 선시 완성자였던 것이다.

— 오세영(시인 · 서울대 명예교수)

—

할미꽃

이른 봄 양지 밭에 나물 캐던 울 어머니
곱다시 다듬어도 검은 머리 희시더니
이제는 한 줌 흙으로 돌아가 서러움도 잠드시고

이 봄 다 가도록 기다림에 지친 삶을
삼삼히 눈감으면 떠오르는 임의 얼굴
그 모정 잊었던 날의 아, 허리 굽은 꽃이여

하늘 아래 손을 모아 씨앗처럼 받은 가난
긴긴날 배고픈들 그게 무슨 죄입니까
적막산 돌아온 봄을 고개 숙는 할미꽃

비슬산琵瑟山 가는 길

비슬산 굽잇길을 누가 돌아가는 걸까
나무들 세월 벗고 구름 비껴 섰는 골을
푸드득 하늘 가르며 까투리가 나는 걸까

거문고 줄 아니어도 밟고 가면 운韻 들릴까
끊일 듯 이어진 길 이어질 듯 끊인 연緣을
싸락눈 매운 향기가 옷자락에 지는 걸까

절은 또 먹물 입고 눈을 감고 앉았을까
만첩첩萬疊疊 두루 적막寂寞 비워 둬도 좋을 것을
지금쯤 멧새 한 마리 깃 떨구고 가는 걸까

적멸을 위하여

삶의 즐거움을 모르는 놈이
죽음의 즐거움을 알겠느냐

어차피 한 마리
기는 벌레가 아니더냐

이다음 숲에서 사는
새의 먹이로 가야겠다

고목 소리
— 일색변 2

한 그루 늙은 나무도
고목 소리 들을라면

속은 으레껏 썩고
곧은 가지들은 다 부러져야

그 물론 굽은 둥걸에
매 맞은 자국들도 남아 있어야

사랑의 거리
— 일색변 5

사랑도 사랑 나름이지
정녕 사랑을 한다면

연연한 여울목에
돌다리 하나는 놓아야

그 물론 만나는 거리도
이승 저승쯤은 되어야

아지랑이

나아갈 길이 없다 물러설 길도 없다
둘러봐야 사방은 허공 끝없는 낭떠러지
우습다
내 평생 헤매어 찾아온 곳이 절벽이라니

끝내 삶도 죽음도 내던져야 할 이 절벽에
마냥 어지러이 떠다니는 아지랑이들
우습다
내 평생 붙잡고 살아온 것이 아지랑이더란 말이냐

무설설無說說

　강원도 어성전 옹장이
　김 영감 장렛날

　상제도 복인도 없었는데요 30년 전에 죽은 그의 부인 머리 풀
고 상여 잡고 곡하기를 "보이소 보이소 불길 같은 노염이라도
날 주고 가소 날 주고 가소." 했다는데요 죽은 김 영감 답하기
를 "내 노염은 옹기로 옹기로 다 만들었다 다 만들었다." 했다
는 소문이 있었는데요

　사실은
　그날 상두꾼들
　소리였대요

아득한 성자

하루라는 오늘
오늘이라는 이 하루에

뜨는 해도 다 보고
지는 해도 다 보았다고

더 이상 더 볼 것 없다고
알 까고 죽는 하루살이 떼

죽을 때가 지났는데도
나는 살아 있지만

그 어느 날 그 하루도 산 것 같지 않고 보면

천 년을 산다고 해도
성자는
아득한 하루살이 떼

산에 사는 날에

나이는 뉘엿뉘엿한 해가 되었고
생각도 구부러진 등골뼈로 다 드러났으니
오늘은 젖비듬히 선 등걸을 짚어본다

그제는 한천사 한천스님을 찾아가서
무슨 재미로 사느냐고 물어보았다
말로는 말 다할 수 없으니 운판 한번 쳐보라 했다

이제는 정말이지 산에 사는 날에
하루는 풀벌레로 울고 하루는 풀꽃으로 웃고
그리고 흐름을 다한 흐름이나 볼 일이다

산창을 열면

화엄경 펼쳐놓고 산창을 열면
이름 모를 온갖 새들 이미 다 읽었다고
이 나무 저 나무 사이로 포롱포롱 날고……

풀잎은 풀잎으로 풀벌레는 풀벌레로
크고 작은 푸나무들 크고 작은 산들 짐승들
하늘 땅 이 모든 것들 이 모든 생명들이……

하나로 어우러지고 하나로 어우러져
몸을 다 드러내고 나타내 다 보이며
저마다 머금은 빛을 서로 비춰주나니……

조옥동(趙玉東, Jo, Oak dong) 본명: 김옥동(金玉東)

1941년 충남 부여 출생. 서울대 사범대학(화학과)(1962), 미주 이민(1976), 미주리주 워싱턴대 수학, 워싱턴대 및 UCLA 의과대학 Reserch Staff. 〈미주한국일보〉 신춘문예 입상(1997), 《현대시조》 신인상(1998), 《한국수필》 신인상(2001), 《시사사》 신인상(2006), 〈미주중앙일보〉 미래문학 평론(2015) 등단. 시집 『여름에 온 가을엽서』(1999, 영하), 『내 삶의 절정을 만지고 싶다』(2007, 고요아침) 외. 수필집 『부부』(2008, 선우미디어, 부부 공저). 해외동포문학상(1999), 현대시조 좋은 작품상(2005), 해외풀꽃시인상(2018), 윤동주미주문학상(2019) 수상. 미주시문학회, 재미시인협회장 역임.

조옥동의 「새벽달」에서는 새벽달을 바라보며 꿈꾸는 시인의 순간적 몽상이 아름답게 다가온다. 이 시의 시어들은 수사나 기교를 훌쩍 넘어서 의미의 순수한 중심으로 수렴된다. 이미지들이 보기 드물게 수수하고 맑은 깊이가 열리고 있다. 경쾌하고 탄력 있는 시인의 상상력에 의해 새벽달은 땅으로 내려와 운동장을 달리는 아이가 된다. '새벽달'이라는 자연물을 가장 이질적인 인공물로 읽어내 읽는 독자들을 신선하게 깨우친다. 잠들어 있는 감각을 모두 깨워서 독자들로 아름다운 세계에 동참하게 만들며 서정적 순간성을 빛나게 성취하고 있다.

― 김현자(문학평론가 · 이화여대 명예교수)

옹이가 박힌 나무

거칠한 살갗으로 무릎을 굽힌 나무
아침 햇살 지난밤 잠자리 기웃거려
하얗게
하루가 잇몸을 여는
가파른 길 언덕 위

태초의 숨결이 똬리를 틀고 앉아
원죄를 비는 마음 천년 꿈은 오롯이
우러러
눈물 젖는 눈동자
하늘빛은 그리움

휘어져도 꺾지 못할 네 마음 줄기는
서러움의 흔적인가 천둥소리 불침을 맞은
검붉은
바윗덩이 하나씩
속에 품은 벙어리

열매

허기짐이 아니면 목마름의 한 세월
태반이 찢겨지는 진통으로 꽃 피워
천둥이 봄여름 번갯불 켜
고개 숙인 가을빛

바람이 칭얼대면 은밀한 입술 열어
환하게 지새우던 젊은 날의 속삭임
꿈꾸던 검은 눈동자
잃지 않은 초점들

씨앗으로 갈무리 된 확실한 우주 공간
속마음 살빛도 겸손으로 표백하고
탯줄에 매달린 인연
무심으로 터는 해탈解脫

여름에 온 가을 엽서

곱게 접은 여백에 가을을 채색하여
여름 날 뜨락에 온 철이른 소식에
가슴속 오솔길 하나 내어 떠난다

그리도 당당하고 오만한 웃음들
뜨겁게 퍼붓던 신록의 그 너스레
끝내는 돌아가는 길에서 부끄러움 숨기나

흘러 간 구름으로 잊혀진 기억들
네 색깔의 눈짓으로 다시금 살아나는
빠알간 입술자국 찍혀진 여름날의 설레임

산타모니카 해변에서

화톳불 가장자리 토라져 앉았다가
하늘에 은전 한 닢 빨갛게 달구어
저문 날
깊은 물속을
끓여내는 그의 손

절망이 다하고 난 얼어붙은 가슴에
부스럼 딱지 떼어 말갛게 새살 돋는
땅 끝에
하늘을 이고
허리 펴는 하룻길

비원의 햇살을 꽃사슴 등에 지워
화려한 비상을 꿈길에 매어 놓고
등지고
떠난 고향길
가깝게 물 밀어 닿는다

회전목마

세상의 자전과 공전
멀어지면 잊혀지고
돌아가면 제자리
헛수고 끝나는 날
너와 나 다 버려야 할
욕망이란 의자는

오르고 내리며
눈높이 맞추려도
손끝이 놓지 않는
억새풀 질긴 미련
눈감아 흘려보낸 강
숱한 날의 속울음

비안개 젖는 날
꽃구름 흩어지는 날
가슴 헤쳐 달려가며
무지개 쫓는 길은
뒤돌아 갈 수도 없는
어지러운 회전목마

틈

어미 몸 부드러운 틈밖에 나온 세상
눈부시고 냉랭함에 고고성 울리니
생명줄 기억하란 도장 하나
한평생을 찍었다

틈새뿐인 온 천지 이리저리 꿰매는 일
검은 머리 세도록 마치지 못했는데
실타래 엉키고 바늘귀 안 보여
아장바장 하누나

세상 만상 모든 생명 돌아가 누울 곳은
풀뿌리도 못 내리게 땅거죽 깊이 파
단단한 틈을 비집고 들어가니
인생이란 틈과 틈 사이

새벽달

누가 높이 차 올렸나
팜트리 위 공 하나

바람이 뺏어 들고
하늘 운동장 달린다

가볍게
구름 새 한 마리
비켜날며 좇는다

캘리포니아 겨울비

태평양 큰 물결을 눈 아래 펼쳐 두고
긴 허리 모래땅에 반쯤 묻어 맨발인데
뼈마디 삭은 삭신마다
겨울비 우는 소리

요세미티Yosemite* 암벽 속의 영기를 흘러 내려
움츠린 옛 기억을 마름질해 펼쳐 놓는
사랑채 큰 기침 소리
먼 땅까지 들리고

구슬땀 젖어 내는 북쪽의 초원에서
넝마 속을 뒤척이는 도시의 뒤 안까지
땅거미 훑어 씻어낼
맑은 햇살 잉태하는

폭동과 화마와, 지각 갈라져 흔들려도
파도 더미 암벽을 치듯 아프게 침몰해온
그대 꿈 눈망울 가득
쪽빛바다 펼친다

* 요세미티Yosemite: 북캘리포니아 있는 국립공원으로 세계적 관광지
이며 거대한 암석으로 유명함.

사막의 선인장

외진 바람 오가며 엮어 낸 가시들
잔잔한 풀빛으로 알몸을 겨우 가려
겨우내 외로운 영혼들
몸 풀고 일어서나

하얀 대낮 묻어 줄 메아리도 없는데
고적만 쌓였다가 모래알로 부서지는
황막한 바람의 땅에
죽음만 살아 반짝이고

가슴속 눈보라를 흰머리로 털어내며
끝 모를 방황을 끌어안는 사랑이
곱게 타 등불로 밝히는
사막의 꽃이여

새벽시장

도심에 출렁이던
광기의 옷자락

느슨한 허리춤을
새벽 한기로 졸라매

언어들
수다스런 입술로
하루를 밀고 나온다

조옥수(曺玉秀, Cho, Ok soo)
1960년 강원 강릉 난곡동 출생. 《아동문학세상》 동시조 신인상(2006) 등단. 강호시조문학회, 강원아동문학회, 강릉문인협회, 솔바람동요문학회 회원.

—

할머니, 할아버지의 모습은 젊은이들이 나이 들면 맞이해야 할 자신들의 모습인데도 할머니 할아버지는 냄새나고 고리타분하고 힘없는 사람으로 생각하기가 쉽다. 여담이지만 우리의 조상은 아버지가 아니고 할아버지이다 단군 아버지가 아니라 단군 할아버지라고 한다. 아기를 점지하거나 출산을 관장하는 신은 삼신엄마가 아니라 삼신할머니이다. 이처럼 한국인에게는 할머니 할아버지에 대한 인식이 매우 크고 소중하게 자리 잡고 있다. 동시조 「할아버지와 감나무」에서 할아버지의 늠름한 모습과 할아버지에 대한 사랑이 듬뿍 묻어나온다. 가족에 대한 사랑, 할아버지 할머니에 대한 사랑을 주제로 시조를 쓴 점은 현대를 사는 우리들에게 시사하는 바가 크다고 할 수 있다.

— 남진원(시조시인 · 문학평론가)

—

할아버지와 감나무

할아버지 생전에 애지중지 하시고
봄이면 나무 밑에 밑거름을 주시던
뒤뜰의 늠름한 감나무 할아버지 닮았네

하이얀 꽃 목걸이 달빛처럼 걸어 놓고
그 꽃잎 어여쁘라 어루만져 주시던
따스한 할아버지 손길 그 마음 닮았네

외출하는 할머니

한 달에 한 번 할머니 외출하는 날
따뜻한 목도리 예쁜 옷 꽃무늬 구두
할머닌 눈 깜짝 할 사이에 공주가 되었다

머리 빗고 양치하고 거울 보고 나오시는
할머니 발걸음은 절룩절룩 힘들어도
지팡인 나들이 간다고 덩실덩실 신났다

노래하는 봄날

아침 해 목련가지에서 '도' 하고 부르면
봄바람 지나가다 '레' 하고 답하고요
민들레 해님 쳐다보며 '미' 하고 박수쳐요

도레미 소리에 누렁이 귀 세우고
멍멍멍 소리치며 장단을 맞추면
마당안 연두 새싹들 세 박자로 자라나요

씨 뿌리기

산비탈 양지쪽 아기 손바닥만 한 밭에
상추씨 애호박씨 옹기종기 모여 있고
삽, 호미 연장이란 연장은 없는 게 없다

태어나 처음으로 씨 뿌리는 사람들
제각기 소리 높여 파종법 분분하니
밭이랑 오르내리며 비쭉대는 잡초들

귀뚜라미 알람

또르르 창문가에
또르르 책갈피에

또르르 이불 속에
또르르 식탁 위에

귀또리
알람 소리 따라
가을이 날아 든다

또르르 들판 위에
또르르 감나무에

또르르 높은 하늘
또르르 밤송이에

또르르
알람 소리 따라
가을향이 짙어진다

조용자(趙容子, Jo, Young ja)

1954년 대구 서구 내당동 출생. 호 지령(芝伶). 서라벌예술대학 수학. 《시조문학》(1983) 등단. 한국교육문화원 편집장(1976), 은항문학사 편집장(1982) 역임. 한국시조시인협회 회원.

—

바람

바람에 감긴 눈을 바람이 눈 뜨게 한다
달콤한 꽃바람이 서리서리 묻어나는
라일락 꽃향기 타고 산바람 안겨 드네.

소리쳐 일어나는 뜨거운 갯바람이
눈길에 숨어있는 정밀한 구석구석
전신을 녹여내리는 강바람 몰아오네.

신혼일기新婚日記

자명종 몸부림에 졸림도 비벼치고
짤막한 행주치마 행복이 겨워선가
알뜰히 받든 조반상엔 사랑 내음 짙어라

서창에 방석만 한 햇살이 걸려들면
하루를 접어들고 저잣거리 헤매다
몸 찼던 빈 바구니에 풋나물을 담았다.

씀바귀 꼬막조개 저 먼저 자랑타가
깨 팔러 나간 사랑 저물도록 소식 없어
부뚜막 된장 뚝배기에 가슴만을 조린다.

종이 학鶴

천 가지 소망 접어 생명을 물어넣고
나래에 희망 담아 단정학丹頂鶴 날려본다
천학千鶴에 기원 모두어 만사형통 하소서.

고고한 맑은 자태 신선 따라 노닐다가
창공에 뿌린 군무 시린 하늘 열어놓고
천년을 소망 기리니 여의성취 하소서.

일출日出

물 뜬다 배 뜬다 물들인 불도 뜬다
점점이 솟아 올라 금빛 물결 비추니
물 뜨고 배 뜨고 해도 하나 이어 뜬다

새벽에

새벽은 영롱 빛은 풀잎과도 같아라
아롱진 푸른 꿈이 손끝마다 묻어나고
적막을 가른 새벽닭 길마중 밝히는가.

안갯길 갈라내며 아침이 들어서고
지난밤 되새기며 하늘로 열리는데
태양은 선봉의 기수 어둠을 갈라낸다.

조운(曺雲, Jo Un)

1900~?. 전남 영광군 출생. 본명 주현(柱鉉), 자 중빈(重彬). 1940년부터 집앞의 구름다리를 딴 운(雲)을 필명 겸 본명으로 써 왔다. 공립 목포상업학교 졸업 직후 영광에서 3·1 운동에 주동으로 가담했다가 체포되어 옥고를 치렀다. 1925년 《조선문단》에 「법성포 12경」을 발표한 것을 시작으로 시조 창작에 매진했다. 1922년 시조 동호회 추인회(秋蚓會)를 결성하여 영광학원 교사이자 시인으로 일제강점기 계몽운동에 힘썼다. 1926년 이병기 등과 국민문학운동에 참여하였다가 1948년 가족과 함께 월북하였다.

—

석류

투박한 나의 얼굴
두툴한 나의 입술

알알이 붉은 뜻을
내가 어이 이르리까

보소라 임아 보소라
빠개 젖힌 이 가슴.

구룡폭포(九龍瀑布)

사람이 몇 생(生)이나 닦아야 물이 되며 몇 겁(劫)이나 전화(轉化)해야 금강에 물이 되나! 금강에 물이 되나!

샘도 강(江)도 바다도 말고 옥류(玉流) 수렴(水簾) 진주담(眞珠潭)과 만폭동(萬瀑洞) 다 고만 두고 구름 비 눈과 서리 비로봉 새벽안개 풀끝에 이슬 되어 구슬구슬 맺혔다가 연주 팔담(連珠八潭) 함께 흘러

구룡연(九龍淵) 천척절애(千尺絶崖)에 한번 굴러 보느냐

채송화

불볕이 호도독호도독
내려쬐는 담머리에

한올기 채송화
발돋움하고 서서

드높은 하늘을 우러러
빨가장히 피었다.

고매(古梅)

매화 늙은 등걸
성글고 거친 가지

꽃도 드문드문
여기 하나
저기 둘씩

허울 다 털어버리고 남을 것만 남은 듯.

오랑캐꽃

넌지시 알은체하는
한 작은 꽃이 있다.

길가 돌담불에
외로이 핀 오랑캐꽃

너 또한 나를 보기를
나
너 보듯 했더냐.

파초(芭蕉)

펴이어도
펴이어도 다 못 펴고
남은 뜻은

고국이 그리워서냐
노상 맘은 감기이고

바듯시 펴인 잎은
갈가리
이내 찢어만 지고.

도라지꽃

진달래
꽃잎에서부터 붉어지는
봄과 여름

붉다 붉다 못해
따가운 게 싫어라고

도라지 파라소름한 뜻을
내가 짐작하노라.

상치쌈

쌜상치 두 손 받쳐
한입에 우겨넣다

희뜩
눈이 팔려 우긴 채 내다보니

흩는 꽃 쫓이던 나비
울 너머로 가더라.

한야(寒夜)

한번 눕혀 노면
옆에 사람 어려워라

돌아도 잘못 눕고
자다 보면
그저 그 밤!

파랗게
유리창에 친 서리
반짝이고 있고나.

호월(湖月)

달이 물에 잠겨 두렷이 흐르는데
맑은 바람은 연파(連波)를 일으키며
뱃몸을 실글실근 밀어 달을 따라 보내더라.

달이 배를 따르다가 배가 달을 따르다가
뱃머리 빙긋 돌제 달이 노(櫓)에 부딪치면
아뿔싸 조각조각 부서져 뱃전으로 돌더라.

풍덩실 뛰어들어 이 달을 건져내랴
훨훨 날아가서 저 달을 안아 오랴
머리를 들었다 숙였다 어쩔 줄을 몰라라.

조재억(趙載億, Jo, Jae eok)

1921.~2005. 충남 서산 팔봉면 금학리 출생. 호 학산(鶴山). 건국대학교(국문과) 졸업. 《시조문학》 시 「현충사에서」(1962) 등단. 시조집 『전원田園』(1974, 광명), 『향정鄕情』(1981, 집현전), 『수촌水村』(1987, 대제각). 저서 『노래 삼긴 사람: 명시조 음미』(1987, 대제각). 1940년대 서산농림고 교사 재직, 학생 동인지 《수라장修羅場》 발간 지도(한담). 서울고교, 서울공고, 영등포여고 교사, 단국대 명예교수 역임. 한국시조시인협회 회원.

—

새싹

인고와 함묵緘黙으로 수절한 보람 있어
굳은 땅 억센 껍질에도 소리없이 트인 눈
꾀꼬리 꿈도 깃들어 파릇하게 자란다

조름겨운 아지랑이 돋는 해도 물오르는 철
뛰는 맥 알찬 숨결 바위틈에 숨었다가
뻐꾸기 목청에 젖어 안개속에 여문다

여린 싹 앳된 순에 바람아 거셀세라
수줍은 꽃망울이 고이고이 자라설랑
알알이 간직한 꿈을 열매로서 보고파

속리산방에서

속진에 젖은 이목 물소리에 씻어 보내고
속무俗務에 녹쓴 몸을랑 숲속에서 윤을 내자
바위틈 석양 띤 향내 머금고 먼 구름만 바라보네

선禪이 흐르는 천석泉石에선 매미도 탁족하나
고사리랑 도라지며 산채일색의 반찬일세
모두 다 산뿐이고 보니 나도 또한 선仙인가?

물소린지 빗소린지 분간하기 어려운 소리
창을 열고 살펴보니 뜰도 시내도 여울 짓네
잠든 숲 하늘 가득히 부푸는 산심수야심山深水夜深

전원

오려논 두둑에선 늙은이 새를 쫓고
실개천 잔디 우엔 반추反芻에 겨운 어미소
낮닭이 뽕나무에 울면 이고 나가는 함지박

갈잎도 익어가면 으름 덩굴에 아람이 들고
햅쌀밥 풋콩내에 윤이 도는 사립문
모연暮煙이 살지는 골을 메워 달빛 아래 재운다

향정鄕情

송아지 석양에 놀고 낮닭이 뽕나무에 홰치는 고장
유서 깊은 옹달샘엔 물동이만 놓여 있네

통봉산通峰山 오르내리던 꿈 안개처럼 퍼진다

십 년도 넘어 만난 친구 주름살로 몰라 보았네
다사로운 터전에서도 메마른 나날이었나보다
산골도 이 저 세월에 흘러가고 또 흘러

비

때 아닌 궂은 비가 자아내는 깊은 시름
네 모습 눈에 밟혀 꼬리 무는 이 저 생각
이승의 얄궂은 장난 헤칠 곳을 모르오

깊어 가는 밤을 따라 목을 메는 낙수 소리
이 소리 너도 듣고 나와 같이 새우느냐
차라리 잊히려 하면 아롱지는 외로움

산길

고개 고개 넘어 다람쥐 꼬리 숨는 고개
버들숲 바위틈엔 물소리가 사뭇 시리다
설핏이 돌부리 채우는 길도 가쁜 줄을 모르네

골을 메는 메밀꽃 초생달에 차가운데
다듬이 가락 높이 들려 오는 산곡山谷에는
산 너머 반짝이는 성좌 바다에서 뛰논다

다듬이

깊은 밤 끊고 잇는 가락 높은 저 다듬이
다정한 그림자를 솔기마다 간직하고
창백한 달빛을 두드려 임의 옷을 다듬나

단풍

서릿속 선물인 양 곱게 타는 정이더냐
창밖의 오동잎이 달빛 아래 익어가면
깊은 밤 책상머리로 스며드는 심월心月이여

달밤

유리창 열어 제쳐 맑은 빛을 맞아 들인다
파릇한 숨결들이 머리맡에 어려 드네
고운 빛 흐려질세라 조심스레 바라본다

두견

사립문 조용히 닫힌 밤 춘곤春困이 한스러운 밤
조각달 걸린 숲에 절도絶島 같은 마디마디
참새들 무리지던 곳 별빛 아래 세운다

조정제(趙正濟, Joh, Jung jay)

1939년 경남 고성 거류 출생. 호 수산. 서울 대학교(영문학과) 졸업(1963), 미국 Kansas State University 경제학 박사(1976). 《수필 문학》(2004), 《문학공간》 소설(2005), 《시조 생활》(2016) 등단. 수필집 『남산이 보일 때』 (2005, 교음사). 장편소설 『북행열차』(2006, 문 학공간). 한영대조시조집 『자유와 절제 사이, Sijo Poems Between Freedom And Restraint』 (2017, 도반), 시조집 『파랑새』(2018, 동경), 『해우소』(2019, 책만드는집). 한국수필문학가협회 수필문학상 (2010) 수상. 세계전통시인협회 한국본부 전통시번역연구소장, 한 국문인협회 자문위원.

—

수산 시인의 시조 창작열과 창작법 수용 능력이 비범하다. 문일이 창십聞―而創十이다. 「별 천지」에서 눈이 어두워 보이지 않는 것이 보인다니 역설이다. 만해 한용운의 「님의 침묵」과 상통한다. 수산 시인은 여느 문예 장르와 마찬가지로 시조 역시 감수성의 예리한 촉수와 사유思惟의 높이와 깊이를 벼리고 가늠하게 마련이라는 창 작률에 정통한 것으로 보인다. 수산 시인의 시조는 우리 전통적 감 수성의 현대화 기법과 선불교적禪佛敎的 사유의 세계를 융화시켜 야 한다는 미학적 난제 풀기에 정진한 노작勞作이다.

— 김봉군(시조시인·문학평론가·가톨릭대 명예교수)

—

별천지

두 눈이 어두우니 별들이 보입니다
두 귀도 어두우니 사랑이 보입니다
마음은 모 없는 거울 본지풍광本地風光 보입니다

빈 공간

내 맘속 빈 공간 무엇이 들게 할까
사방을 툭, 트고 하늘이 쉬게 할까
바람이 들고 나는데 승무 추는 흰 나비

수련

수련 꽃 수련댄다 보라에 분홍 노랑
하늘이 앉아 있다 구름이 앉아 쉰다
난, 그냥 보래색 수련 수런수런 수런수런

너와 나

들꽃에 이끌리어 무릎을 꿇어보고
산새와 너랑 나랑 가슴 트고 놀아보고
나! 나를 내려놓으니 너도 쟤도 다 나, 나

한 목소리

당신의 목소리에 내 귀가 멀었다오
북음도 안 들리고 경전도 안 들리고
당신 말, 그 말도 안 들리면 세상 말이 다 들릴까

조정향(曹廷香, Jo, Joung hyang)

1943년 경북 칠곡 동명면 출생. 경북여고 졸업. 《한비문학》(2010) 등단. 시조집 『숨비소리』(2013, 한비CO), 『저문 뜰에 서서』(2015, 한비CO), 『끝!』(2018, 한비CO). 571돌한글날기념 제30회 매일한글글짓기 경북공모전(2017), 제8회 한비작가상(2014), 대구문학 하반기 신인상(2014), 대구시조시인협회주최 제14회 전국시조 공모전(2011) 수상. 한국문인협회, 대구문인협회, 한국여성시조문학회, 한비문학 회원.

—

정작 사랑한다는 말 한 마디 없어도 독자로 하여금 정한 사랑을 느끼게 하는 시(허일). 시어를 매만지는 솜씨가 정갈하고 깔끔하다. 읽을수록 감칠맛이 난다(이정환). 흠잡을 데 하나 없다. "시인의 깨끗한 손으로 물을 뜨면 물이 아름다운 구슬이 된다"는 말이 사실임을 증명한다. 그에 딱 들어맞는 작품이다(박태환).

—

첫 삼월

물오른 생강나무
샛노란 가지 끝을

살포시 햇살 한줌
으밀아밀 멧새 한 쌍

어찔한
불 냄새 물씬

타오르는 온누리.

비 개인 날

비 개인 새 아침은
하늘 문 활짝 열고

연초록 맺은 망울
봄바람에 손 타는 날

포르르
멧새 날갯짓
초록 물이 떨어진다

그리움

보풀도 다려보면 일다가 잦아지듯
걸음을 아예 몰라 뛰며 길든 토끼인 양
눈망울 애련한 일생 핏빛 물든 그리움.

창 열면 하현 달빛 오붓이 들오는 밤
덜 여문 단물 청춘 딱지 되어 남은 상흔
잊으마, 다짐한 세월 홀로 가득 그대뿐.

유월을 보내며

봄도 여름도 아닌 허공 속 구름마냥
깃 드릴 곳도 없이 서성이다 떠나면서
정 한번 풀지 못해도 가슴 가득 베푼 신록,

뒤늦은 아쉬움에 살포시 잡으려도
성하의 여름 앞에 때죽 꽃잎 하염없고
덧없이 흐르는 계절 살 속 깊이 묻는다.

오월

잎 피고 꽃 지면서 봄날은 건너가고
젊음이 지난 훗날 그리움만 남을 것을
들찔레 하얀 두렁길 달보드레 젖빛 향.

오월의 바람결이 물비늘 밀려가듯
청보리 푸른 들녘 때깔 좋은 하늬바람
뻐꾸기 해 다지도록 목젖 훑어 넘는 봄.

단란團欒

어쩌다 밥상 위에
복권 같은 갈치토막

손자는 갈치 뼈를
창살이라 웃어대고

노모는
얼레빗이다, 주름 환한 내 식솔

산동네 저녁상엔
그 귀한 비린 냄새

아내의 흰 젓가락
젊은 애기 챙겨주고

애잔한
가장家長부자는 눈빛 서로 돌린다.

혼자서

때죽꽃 팝콘처럼
하얗게 튀는 유월

그리움 밀물처럼
가슴 가득 밀려오면

가던 길 멈춰 선 채로 너를 찾는
하늘 끝.

우수憂愁 2

다 낡은
우편함에
오래전 띄운 편지

수취인
불명으로
가슴 철렁 이 저녁에

갔구나,
그 먼 길 혼자
한마디 말 못준 채.

꽃 지는 날

후르르 꽃이 진다
봄날이 흘러간다

바람에 구름 가듯
퇴색 해 온 살빛 청춘

소멸할
순리 앞에서 참 아득한 저 허공.

저문 뜰에 서서

해으름 초사흘달
뜨는 듯 기울으고

이끼 낀 돌담길에
낙엽 향기 설레이면

내 마음
우편함 되어
저문 뜰에 서 있다

조정희(趙貞熙, Jo, Jung hee)

1963년 경북 문경 출생.《아동문예》(2011) 등
단. 동시조집 『발로읽는 글씨』(2015, 목언예
원). 청도문인협회 사무국장.

—

조정희의 의인화 기법을 통한 상상력의 확장과 묘사의 참신성은
차별화된 장점으로 읽혀진다(「꽃밭」). 시에서 자연물을 관찰하여
아름다움을 표현하는 일은 단순히 자연물의 아름다운 모습을 존재
적으로 인정하는 과정만은 아니다. 사물마다 지닌 차별적 아름다
움과 추함, 좋아함과 싫어함의 상호작용에 의한 자기 선호도 탐색
과정과 궤를 같이 한다. 말하자면 일종의 자기 보신적 언어실험에
다름이 아니다. 이 같은 견지자적 입장에서 사물에 접근한 많은 시
편들 가운데서도 작가가 적극적으로 경계하고 긴장감을 유지하는
작품들이 「모기」, 「손톱깎이」이다. 일상에서의 동심을 창조적으로
확대 재생산하여 생각의 폭과 깊이를 넓혀줌으로써 독자로 하여금
본성회복에 접근하도록 한 문장장치라고 본다.

— 민병도(시조시인 · 국제시조협회 이사장)

—

꽃밭

선생님 들고 오는
카메라 보았나봐

채송화 아장아장
앞줄에 파고들자

줄반장 봉선화 얼른
자리를 내어주네

참깨

엄마가 볶습니다
참깨를 볶습니다
달달달 달달달달
참깨들 톡!톡!톡!
발 동동 굴러보다가
풀쩍풀쩍 달아납니다.

엄마가 볶습니다
나만 보면 볶습니다
달달달 달달달달
숙제해라, 책 좀 봐라
도망도 못 가는 나를
고소하다 놀립니다.

손톱깎이

조심조심 물어서
냠냠냠 밥 먹는다

톡톡톡 재미나게
밥알을 씹는다

아래 위
두 개 뿐인 이빨로
맛있게도 먹는다

발로 읽는 글씨

노란색 보도블록
조심조심 걷는 아이

지팡이 앞세워서
작은 발로 읽는 글씨

'앞으로 계속 가시오'
똘똘하게 읽는다

가르치는 선생님도
발로는 못 읽는 글씨

신호를 기다리는 이
눈뜨고도 못 읽는 글

'멈추어 기다리시오'
정확하게 읽는다

모기

이보다 더 정직한

도둑을 본 적 없다

피 훔친 자리마다

표시까지 해두다니…

팔뚝에

하나 두울 셋

다리에도

넷 다섯

조종만(曺鍾萬, Jo, Jong man)

1932.~2013. 경남 의령 화정면 출생. 필명 조영(曺影). 부산사범대학교
(1955), 홍익대(국문과) 졸업(1961). 《영문》 시 「고독에서」 천료(1959),
《시문학》 시조 「겨울나무」 천료(1979) 등단. 시집 『흑토黑土』(1955, 영남
인쇄소), 『회상回想의 무늬』(1997, 나라). 시조집 『물이 빚은 노래』(2008,
시문학사). 논문집 『작문지도의 실천적 연구』(1964) 외. 서울시 교육감
상 문학부 지도상(1977), 성파시조문학상(1977) 수상 외.경남 삼천포 여
중 교감, 산청군 교육청 장학사 역임. 한국시조시인협회 · 경남문인협
회 이사, 경남시조시인협회 부회장, 진주시조시인협회 창립회장 · 고문
역임.

—

가을밤에 쓴 시

빛바랜 손톱 한 조각 오려붙인 서산마루
떠는 갈잎같이 애처로운 전율은
기특한 목숨 한 가닥 떠올리고 섰을라

이슬에 별빛이나 말아 굴린 내 시능은
이 밤도 울음이고나 뜨거운 눈물이고나
서러운 기러기라도 돌아오는 날이면….

평생 얽히어 뜨며 잠긴 자맥질로
모질다 명주실 같은 하루살이 인생이야
서릿발 발목에 감고 국화처럼 섰을라

강가에서

쪽빛 한 필 헹구고 헹궈 둘러 앉힌 안개속을
산허리 휘어감고 돌아가는 이 세월도
모래알 맺힌 사연을 헤며 헤며 가는가

한 자락 이은 하늘, 가쁘다 저 숨소리
찬바람 쉰 목청에 출렁이는 발자욱도
저문날 헤진 햇살에 여며 보는 마음씨

물 위에 펼친 그림 노을에 접쳐지고
등 하나 띄운 밤에 고적한 숨소리는
지난날 한을 헹구며 어두움을 헤친다.

겨울나무

가지 끝 남아 떨던 보람도 잎이 지고
바람은 날이 선다. 넋도 뼈도 오려내는
한 발짝 옮겨 설 자리 그도 잃은 붙박이별

한철은 봄을 뭉개어 홍역을 불지르고
녹아 젓갈이 다 된 뻐꾸기 울음마저
어쩌자 벌은 떨어져 창자까지 훑는가

어깻죽지 휘이도록 눈보라 숙명의 짐
끝없는 역려의 길을 채찍으로 서두는가
실명도 불씨 하나로 그림자를 그린다.

고향의 가을

바람도 돌아서면 쫓기는 하루해다
내리는 된서리에 골마다 타는 빛깔
눈매에 어린 옛 고향 이슬마저 맺히니…

밤마다 부엉이다. 울어 새는 부엉이다.
어머니 가슴마냥 울며 타는 저녁 노을
이 밤에 기러기라면 소리 높여 날으리

용마름 박 한 덩이 달처럼 떠오른 밤
다람쥐 아람 굴려 놀라 깬 저 국화도
발앞에 내릴 눈발을 알고 저리 섰을라

다리

밭에다 이끼 피워 가마처럼 받쳐 들고
하늘에 돌을 놓는 칠석날 타던 정情도
달 하나 띄운 물소리 옛 이야기 듣는다

뿌리로 얽힌 정이 공중에 길을 티워
골 따라 돌던 물도 여기 와 빗질이라!
발끝에 감겨 온 한을 알고 저리 섰을라.

돌담

어느 집 사립짝도 눈에 익은 내 집 같고
청옥집 더운 눈매 돌담 사이 길이 나고
돌뿌리 얽힌 인정도 냉이처럼 돋았다.

추녀 끝 걸린 초롱, 서툰 길을 가름하고
달빛이 뜰에 차면 옛이야기 새어나와
한밤에 바뀐 신짝도 담을 넘어 오갔다.

담장이 덩굴 얽혀 돌덩이를 묶어놓듯
눈길만 마주쳐도 정도 서로 동무짜고
필베옷 무늬를 짜듯 타래 실로 풀으리

등불을 끄고

장지에 번저가는 숨소리 가냘파라
옛이야기 안개처럼 서리는 그믐밤은
뜬눈에 밤을 새우는 어머님의 마음씨

가시밭 같이 얽힌 어두움을 헤치면서
마음은 강하천리를 바람같이 질러 와서
무디고 무거운 발길 비춰주고 있었다.

손가락 헤어보면 가슴 후끈 더워지고
오붓이 꿈을 담아 사랑 채운 꽃 소쿠리
이 밤도 여윈 가슴에 달무리로 떴었다

자화상
— 루오의 그림에서

황금 햇빛으로 둘러 앉힌 안개속을
돌밭 헤친 내 손톱은 닳아 물러 앉고
잡힐 듯 소용돌이 친 신기루도 없었다.

줄타듯, 광대 줄타 듯 발앞이 헤갈리는
생활의 절벽에 와서 눈 감고 서는 나를
명주실 실날을 잡아 붙들고 일어섰다

청동 성문城門 빗장을 지른 생각의 쉰 길 담 안
황홀한 광채를 끌고 끝 없는 판토마임
절망도 바닥난 해저海底 불사조로 솟는다.

여름밤

그믐달 여름밤에 하늘에 닿는 한숨
원앙새 수를 놓은 발 하나 내려 걸고
합죽선 노니는 손끝 더운 가슴 식힌다.

열두 새모시 적삼 속살에 스민 달빛
하마 먼 발자욱 소리 귓가에 삼삼한데
팔베개 손 마디마다 그리움에 저려라.

추억

소복히 별을 담아 수놓인 하늘 보면
등잔에 비추다가 그 옛날 친구들도
동짓달 필베 다림질 가슴 닿아 그립고….

택호로 말을 짓다 볼 움켜 웃던 웃음
새벽 첫닭 울음에사 바지말 여미었고
그믐달 묻힌 골목길 더듬었던 발끝들

조종현(趙宗玄, Jo, Jong hyun) 본명: 조용제(趙龍濟, Jo, Young je)

1904.~1989. 전남 고흥 왕주리 출생. 승려. 법명 종현. 호 철운(鐵雲), 벽로(碧路) 외. 개운사 불교전문강원(대교과) 졸업(1929), 중앙불교(유식과 唯識科) 졸업(1932), 일본 구택驅澤 대학 불교학 연구 수료(1938). 〈동아일보〉 시조 「그리운 정」 발표(1930). 시조집 『자정의 지구』(1969, 현대문학사), 『의상대 해돋이』(1978, 한진), 『나그네 길』(1989, 한국문학가) 외. 번역집 『관음경』(1965, 동국), 『아미타경』(1966). 《시조문학》 발행인(1960, 이태극), 시조 600여 편, 논문, 수필 등 신문, 잡지 발표. 조선불교청년총동맹 중앙집행위원, 우석중고교 교장, 동국대학교 이사, 원주 불교연구원장 역임 외.

—

관세음보살 (초)

어쩌면 그렇게 정스러이 웃습니까
부드러운 손길이 금시라도 내리실 듯
따스한 어머니 숨결이 살갗을 싸고 도네.

물인 듯 불인 듯 천지 분간 모르고
돌잡이 걸음처럼 비틀거리는 이 어린애
빙그레 웃으시며 더욱 귀해하신 엄마.

철모르는 이 자식이 언제 콜콜 잠이 들까
따뜻한 엄마 품에 언제 안겨 잠이 들까
어머니 무릎 위에서 나비처럼 춤도 출까.

꾀꼬리 · 귀촉도

꾀꼬리 귀촉도 번갈아 우는 푸른 오월
하늘이 무너질까 아니 땅이 꺼질까봐
나무로 나뭇가지 새로 날아다니며 사는 새여.

오천 년 울어오는 울음, 어디 너만 못할라구
신라 고려 닦여온 가락, 너 못 따라 갈 뉘 있겠나
아직도 제철 아니라서 꾹 다물고 있단다.

밤들고 날새는 것 달팽이 뿔 노름 놀이
거미줄보다 가냘픈 살이 바람결에 지겨운 호흡
치미는 가슴, 가슴을 네가 울고 노래하나.

구름

머루 다래 휘너울어진 팔구월이 좋다 해도
춘삼월 귀촉도 우는 밤이 하그리워
애닯은 심정을 안고 귀기울여 떴노라네.

모든 것 물과 같이 흘러간다 하지마는
청산아 너는 아랴 떠도는 내 그림자
이 세상 저 세상 소리 듣고 싶어 굽어 본다.

시러베 아들놈들은 구름 같다 하더라마는

가슴 한 번 뭉쿨하면 천만 리도 오락가락
그립다 대지가 그리워 안아 보고 싶구나.

나그네 길

멧추리 날개깃이 짙푸른 하늘 환을 치고
수수밭 고랑에 이는 바람 스산한데
나그네 소매자락에 늦가을이 졸고 섰다.

구름을 바라보다 돌미륵이 되었구나
천리 길 세어볼 제 세월도 잠이 들고
발등을 치는 낙엽이 지는 해를 감고 돈다.

허수아비 저놈처럼 이 밤은 못 새울가
구성진 낡은 농립 가을 하늘에 멋들었다
한 가락 향류라 치고 지팡이를 두들긴다.

보신각 종

장안이 고요하다 늦은 봄이 밤 깊었네
지금이 새로 한 시 나그네의 꿈이로세
하마나 첫닭이 울리 귀 종기어 듣노라.

옛날에 이맘때는 보신각 종이 울어
만호에 잠든 무리 깨우셨다 하시련만
내일을 가시런 이의 길은 뉘라 밝히리.

이 종이 울어울어 하늘 높이 크게 울어
삼천리 울렸으면 이 내 마음 시원하리
애닮다 입을 다물어 몇몇 해나 하신고.

성북춘회城北春懷

한때의 웃음꽃이 또 한때에 눈물일 줄
어느 뉘 알았으리 가신 님도 모르실 걸
이즈음 내 홀로 가며 옛 성터에 움내다.

성 쌀 때 푸른 풀잎 이제 다시 또 푸렀다
오백 년 긴긴 해를 피고 다시 또 폈다만
단걸음 가옵신 님은 어이 올 줄 모른가.

헐어진 성지城址 위에 감자 심는 저 할머니
감자는 심드래도 내 흙을랑 보지 맙소
피끓는 내 가슴이니 한숨 아니 지리까.

환향還鄉

접동새 저놈 보아 나 오는 줄 어이 알아
작년 요때는 누굴 보고 울었던고
삼 년을 묵어 돌아오는 걸음 가뜬가뜬 하구려.

두견이 저놈처럼 나도 한 번 울었으면

울다가 목메이면 메인 채로 울었으면
목메어 흘리인 피를 되마시며 울고자.

오목대梧木臺

폭포같이 쏟아질 말 하자보니 할 말 없어
새도 못 날던 그런 때 있더란다
첩첩이 쌓인 그 사연 산만 홀로 푸르렀다.

흰나비 노랑나비 푸짐한 그 노래
안감내 성북동을 봄하늘에 감돌았지
앵두알 덤치던 장난 불시하고 싶구나.

무슨 말 금시 할 듯 산이 앞을 다가선다
내 속 풀어 줄 듯 시냇물도 귀에 조잘
네 고장 네 그린 산수山水 정도 다분하구나.

한강수漢江水

이 물이 흘러흘러 열두 구비 더도 흘러
이 강산 추워지네 새론 생명 부어주네
봄 맞는 이내 동산에 옛 꽃 다시 피고자.

듣는가 이 물소리 들을 이만 들을 것이
보는가 굽이침도 보실 이만 보올 것이
가만히 아시거들랑 용감히만 나가세.

이 강물 언제라도 이대로만 흐르겄다
아버지 할아버지 차례차례 건너시고,
우리도 노래 부르며 손맞잡 건너리.

가로 누운 시체

뜨고 차마 못 볼 세상 감고나 보시려오
말로 다 못 하기 차라리 다무셨소
귓전이 따갑던 소리 지금에사 어떻고.

풍년 타령이 만가挽歌된 오늘이어
허덜품 넋두리가 갤 새 없이 번지는데
향기론 흙냄새를 비로소 맛보시오.

꽃이 피면 무엇하나 새는 왜 흥겨웁고
가쁜 숨소리 나무가지 끝에 찬다
견디다 그래도 못 해 가로 누워 보는가.

당신 가슴에 서러움 무엇일까
분통이 터지거라 메아리 울려간다
이 땅을 차마 못 잊어 그래 하늘 바라보오.

조주환(曺柱煥, Cho, Joo hwoan)

1946년 경북 영천 화남면 출생. 호 백초(白初). 대구교육대학교, 고려대 교육대학원(국어교육) 석사 졸업(1993). 《월간문학》 신인작품상(1976, 1984), 《시조문학》 천료(1977) 등단. 시집 『길목』(1986, 시문학사), 『사할린의 민들레』(1991, 혜화당) 외. 『경북문학100년사』(2007, 뿌리, 공저). 제5회 중앙시조대상 신인상(1986), 제7회 한국시조시인협회상(1995), 제4회 시조시학상(2005) 수상 외. 맥시조문학회장, 영남시조문학회 회장 역임. 경북문인협회 회장, 한국문인협회 이사, 한국시조시인협회 부회장 역임. 경북문인협회, 한국시조시인협회 자문위원.

미소

조주환

몇억 광년이나
몇몇 겁劫을 굽이돌다

관음의 아미蛾眉에 닿아
푸른 숨결로 깨어난 듯

척박한 이 땅을 밝히는
영혼의 꽃 한 떨기.

—

'고독의 서정적 육화, 역사의식의 미적 체현'에 한평생 전심전력을 다한 시인이다. 그의 작품은 선이 굵고, 담고 있는 담론들의 스케일이 크다. 역사를 직시하여 육화한 세계는 괄목상대였고, 내면의 문제 즉 인간의 근본적 존재에 대한 성찰과 탐구와 천착은 도저한 데에 이르고 있다. 또한 이 땅에 발붙이고 사는 이라면 피할 수 없는 고독 혹은 고독한 존재에 대한 서정적 육화에 힘써 삶의 깊이를 심화하여 보여준다. 이 모든 작품들은 곡진한 실감실정을 바탕으로 하고 있어 진한 공감을 획득하고 있다.

— 이정환(시조시인 · 정음시조문학상 운영위원장)

—

엉겅퀴

천 길 깎아 세운
벼랑 끝 성벽城壁을 물고
박힌 피멍 낱낱
기름을 짜 불붙인다.
그 등뼈 질푸른 목숨
넋을 켜는 저 힘줄.

굵은 못 손마디가
바위틈을 뜯고 있다.
시린 눈빛으로
모아 쥔 두 주먹에
도끼로 어둠을 빠개며
빛살 찾아 쳐든 목.

날빛 억새잎이
불티로 와 떠는 길섶
돌각담 한 금 한 금
핏자국 짚고 올라
승천昇天길 몇 벌의 허물
휠휠 벗어 던진다.

대영박물관
— 여자 미이라

뼛속까지 말리고 말려 영원을 살려던 여인
고국 이집트의 사무친 노을빛까지
끌려와 대영 박물관 유리관에 갇혀 운다

신석기 바람이 이는 그 태고의 나일 골짜기
터놓고 옷고름 풀고 젖 먹였을 그 날의
아직도 애끊는 모정에
눈 못 감고 우는 게다.

밤들자 별빛에 묻힌 그 강변의 갈대가 울어
흩어진 가족 생각에 청나일 물이 차오르면
속엣말 핏물로 찍어 쓴
설형문자를 띄운다.

독도

푸른 유리컵 같은 저 동해의 자궁을 열고
몇 조각 뼈로 태어난 백두의 핏줄 독도가 산다.
수줍은 태초의 햇살이
맨 처음 닿는 곳.

해협 밖 미친 바람이 제 뿌리를 흔들 때는
시퍼런 힘줄을 떠는 겨울바다의 등뼈
결연히 창검을 세운다.
그 실존의 한 끝에서,

백두대간을 따라 혈육들이 잠든 밤
거친 풍랑에 꺼질듯 깜박이다
가끔은 고독에 깎이며
소금꽃을 꺾어 문다

순천만 갈숲

오늘 이곳에 와 신의 손자국을 본다.
아직 다 끊지 않은 저 우주의 탯줄과 실밥
속 깊은 남해의 자궁을
갈꽃들이 쓸고 있는,

갯벌에 손을 담궈도 닿을 수 없는 그 속
몇 겹을 굽이쳐와 갈숲이 된 수백만 평
비릿한 원시의 바람만
그 속내를 짐작할 뿐,

해와 달 별빛이 숨어 몸을 푸는 그 숲 속에
작은 게 발자국 따라 '물의 피가 흐른다'
수시로 양수가 터지고 새 생명이 꿈틀댄다.

수천 수만의 철새와 저 갈숲의 아우성들
연신 셔터를 눌러 갯내음까지 다 가둬도
저물녘 머물던 노을에
내 온몸이 다 젖었다

공룡 발자국

공룡 발자국 몇이 뼈마디로 꿈틀대는
터널 공사장 벽엔 중생대 불빛이 떨고
바다는 퍼렇게 살아
주름 속에 철썩인다.

두 눈 부라리고 빈 벌판을 밟고 나와
최후의 그 절망을 먹바위에 떨궈가며
목놓아 지축을 흔들던
그 산더미 울음소리.

해와 달 청태로 뜬 바닷가 까만 돌 틈
여윈 풀꽃은 살아 내 가슴에 박혀 운다.
외마디 빙하에 무너진
그 순간의 겁에 질려,

신의 영토로
— 천장天葬 또는 조장鳥葬

해발 4천 미터, 신의 국경을 가는
찢고 부순 육신의 소름이 된 조각들……,
키 작은 티벳의 풀꽃이
깜박이며 지켜봤다.

칼끝 같은 소름을 물고 설산 위를 떠가는 새
그 능선에 걸린 구름도 말없이 내려다볼 뿐
적막한 마침표 하나가
지상에 와 찍혔다.

한 줄 쪽지도 없는 영혼의 땅 풍경 속에
절대 평온平溫의 꽃과 종소리를 여는 손
바람은 이승을 건너는
발자국을 지운다.

땅 위의 목숨이 온 그 근원에 가 닿을
의식 또는 무의식의 그 윤회의 큰 바퀴에
담담히 그저 담담히
손을 가만 모은다

물총새

쫑쫑 물 쫑쫑
조약돌에 떨군 울음이

소금쟁이 실여울에
물무늬로 가 앉다가

풋잠 든 아가의 눈에
방울방울 벙근다.

사할린의 민들레

백두白頭, 고을물이 하늘에 닿아 굽이트던
그날 그 징소리가 낙화落花로 와 뚝뚝 질 땐
천길 늪 말굽을 젖히고 송이, 떨기 뿜더니,

동해, 한 굽이 피무늬로 뜨던 그날
찢겨 간 생가지가 탄가루에 삭아 떨다.
야윈 손 허공에 담군 채 꽃대궁만 외로 섰다.

오호츠크 해류에 뜬 생채기만 그냥 남아
무명, 흰 옷섶엔 이가 누런 사투리들
멍 박힌 씨앗은 벌어 갯벌 허허 날고 있다.

누이야, 네 넋이 떨 북간도 별빛을 찾아
황토빛 풀씨 하나 죽지 떨며 헤어가다
시방도 길섶에 떨어져 혼꽃으로 피고 있다.

살아, 단 한 번 내 핏줄을 만나고 싶다.
고독이 뼈에 닿아 먹빛으로 떨구는
그 목숨 통한痛恨의 목청이 허공에 떠 울먹인다.

미소
— 연꽃에게

몇 억 광년이나
몇몇 겁을 굽이돌다

관음의 아미蛾眉에 닿아
푸른 숨결로 깨어난 듯

척박한 이 땅을 밝히는
영혼의 꽃
한 떨기.

소금 1

살아
푸르게 끓던
피와 살은
다 빠지고

깨진
유리조각 같은
저 투명한
물의 뼈가

마지막
지상에 남아
혼의 불로
타고 있다.

조준환(Cho, Jun hwan) 필명: 조소목(Cho, So mok)

1941년 전북 정읍 소성면 출생. 호 소목(小木). 기독교신학교(신학과) 수학(1965). 《현대시조》 시조, 《아동문학》 동시, 《동양문학》 수필(1989) 등단. 동시집 『해바라기 그림』(1992, 아동문학), 『하늘 그림 바다 그림』(2010, 한국사진문화원). 시조집 『홍시』(1996, 전북교과서), 『가家자놀이』(2010, 아동문학). 군산시민의장 문화상(1987), 한국아동문화상(1992), 한국아동문학 작가상(2000), 한국문인협회 작가상(2015), 한국예총 예술문화상(2016) 수상. 국제펜클럽 회원. 한국예총 군산지부 감사, 군산문인협회 원로위원, 전북아동문학 회장, 한국문인협회 인성교육개발 위원장, 대한민국 사진대전 초대 작가.

> 망년지우 (忘年之友)
>
> 小木 조준환
>
> 나이를 잊고서 아이들 글 쓰듯
> 동시를 쓰다 보면 나이를 잊는다
> 마음은 항시 열두어 살
> 소년으로 살고파.

꽃과 나무를 가꾸며 농촌운동가, 대한민국 사진대전 초대작가로 명성이 높다. 흙내음, 땀내음 그리고 자연으로 돌아가기를 열망한다. 저자는 고향을 16살 나이에 떠나야 했기에 지금껏 갈망하고 있는 내용들을 뒷받침하고 있다. "가야지 내 놀던 보금자리/ 자나깨나 그리움에 가야지 가야 옳지/ 도심에 몰골이기 전 홍조가 된 마음으로/ 가야지 가야 하지 석이 분이 기다리는/ 삼수갑산 내 고향에 보고 찾아가야지/ 속세에 바래지기 전 흙내 나는 고향에"(「가야지」 전문)

— 김준(시조시인 · 서울여대 명예교수)

자연은 보고

자연은 글자대로
그대로가 자연인데

사람들 탁상공론
개발론을 앞세운다

자연은 조물주의 걸작품
두고 보고寶庫 보고寶庫 두고

자연은 자연일 때
신비감이 더 하지만

개발론에 휘말리면
상혼되기 십상이다

자연은
그대로 보고寶庫
보고 보고 또 보고

자연으로 돌아가라

예언자의 외침 소리
자연으로 돌아가라

진리 중에 진리 말씀
괜한 소리 아니려네

지금은
첨단과학시대
피난처는 어딜까

새 천년 고향

고향에 가 보니
터텅빈 빈 집들

친구들 떠나버려
쓸쓸하기 그지 없다

아니다
나 땜시 그도 그만
고향 떠나 갔나 봐

겸손한 자 찾는다

세상 일이 난세려니
곳곳마다 시끌벅적

참일꾼 어딜 가고
삯꾼들이 판을 친다

폼내는 지도자보다
겸손한 자 없을까

새만금 바다

바다는 갈라져서
자존심이 상하고

강물은 뭍에 갇혀
간내음 그립고

새만금
방조제 안팎
교차되는 이야기

망년지우忘年之友

내 나이를 잊고서
아이들 글 쓰듯

동시를 쓰다 보면
나이를 잊는다

마음은
항시 열두어 살
어린이로 살고 파

손자 출생

창녕 조씨 태사공
사십사 세 휘현輝鉉 동자

즈믄십 년 9월 5일
백호띠 7월 27일

해저문 술시에 탄생
고고성을 울렸다

새 생명 태어남을
경하하고 축원함은

지혜가 출중하고
사람됨이 무던하며

이 세상 고락간 날에
만세사표萬世師表 이어라

인생살이

인생살이 허무하다
사람이면 내 하는 말

젊어서 방황하다
살 만하면 시간 없다

이제사
깨달을까 말까
세월은 가
나이만 더

생각해 보며는
인생살이 다 그런 것

잘났어도 시時는 같고

못났어도 때는 온다

인생은 부질 없는 삶
꿈만 꾸다 가는 삶

대지의 예술가

내 한때 꿈이라면
대지의 예술가

천여 평 밭뙈기에
나무 심고 집을 짓고

땅 그림 스물 여섯 해
보증법에 지웠다

그 그림 재판에는
대법관도 무심했다

그래도 천심인지
무논이 네 배 생겨

그 논에 물장구 놀이
연년세세 풍년 송

일심 일념 일심 통천一心 一念 一心 通天

한 가지 마음으로
바라고 생각하면

언젠가 그 마음은
하늘까지 통한다

성현 왈曰
일심 일념 일심 통천
새겨 보는 어느 날

조진우(趙眞愚, Jo, Jin woo) 본명: 조철규(趙哲圭, Jo, Chul kyu)
1949년 경북 청송 현서면 수락리 출생. 동국대학교 불교대학(선학과) 졸업. 〈불교신문〉 신춘문예 시조(1980), 아동문학가협회 추천(1982) 등단. 시조집『무미지담』, 동화집『어머니 태어나기 전의 난 누구여요』(1983, 대장각),『아빠손 엄마품』(1984, 반야샘). 동국문학회, '크낙새', '민중시' 동인. 한국문인협회, 한국시조시인협회, 한국아동문학가 협회 회원.

—

개나리 환상곡

1
온갖 풍각장이 한 빛으로 몰려와서
쬐그마한 나팔들로 하늘 소리 불고 가며
샛노란 개벽의 바람 갈채인 듯 강물 소리…….

2
설레는 목움의 여울 가다가 샘도 놓고
별안간 벼랑 되면 온통 쏟는 시린 고함
사무쳐 강으로 내려 산자락을 혼든다.

3
금언金言으로 만발하게 대낮에 뜬 저 별들
사람이 어지럽혀 쓸고 있는 빗자루여
천년이 하루로 열려 바람 속에 피가 돈다.

내 혜초慧超 되어

비밀한 바람으로 사막까지 불어와서
쥐고 온 고삐 놓아 가버린 시간의 바깥
한 세상 물 잃은 섬을 잠그면서 파도친다

먼데 산이마 위에 천구의 봇물 얼비치어
구름 둥둥 넋이 울고 걸친 옷자락도 울어
가슴에 매달아 올린 푸른 등燈이 떠는구나.

저물어도 하늘이여 별과 두 눈 맞바꾼다.
빈구석 고루 스미는 생각의 깊은 뿌리
가면서 새길을 연다 연꽃 틈에 또 한길을…….

보현산

산이 바다 되어 파도가 일렁인다.
가없는 푸른 바다 산이 되어 일어선다.
바다로 지은 산이니 산이 또한 바다런가.

만산萬山 중中 딛고 서서 무엇으로 오셨기에
그 자리 천주天柱 괴어 동천東天으로 문을 열면
오늘도 바다 한 장이 산이 되어 떠갑니다.

산사

보제루 둥근 범종 천만 근 때가 묻어
먼 하늘 동이 트도록 울어 예지 못하는데
흰 구름 두 눈에 돌아 청자 빛을 익힌다.

걸망 꾸려 놓고 짊어진 발길로도
이승과 저승 사이 가슴 열어 제치면
솔바람 일구는 그 소리 산이 되고 강이 되고…….

하늘 속 천 년 흐름 산빛 담아 묻어 오면
까투리 푸득여 날며 청산을 뉘이는가
동자 승僧 파란 머리 위로 내려앉는 이끼 내음.

관음보살 관음보살 안개꽃 피운 속을
목어木魚는 슬피 울어 하늘 멀리 눈을 뜨고
꽃사슴 눈길에 타는 서역西域하늘 꽃노을

산정山情

사랑방 곰방대에 정이 들어 자랐거늘
아지매 치맛자락 대릿님 접는 소리
그 소리 물 스미듯 젖어 산사 하날 재운다.

누나야 토방 내음 화장기도 지우고
어느 날 싸립문 밖 낯선 길을 가더니만
오늘은 이 산허리에 산나리꽃 피는가.

산촌

1
청솔에 가리운 산막 몇 채 졸고 있다.
푸드득 산꿩 한 마리 단잠을 깨고 날면
덜 깬 잠 졸리운 듯이 뒤채이는 바람결.

2
가난이 푸르게 품앗이 늙은 등성
곰처사 땅을 쪼며 산날 기운 자락
노을진 콩밭 사이로 떠 메어간 먹구길.

실향

마음은 새벽이슬 풀끝에 내려 앉아
반짝이다 쓰러지는 안개꽃 엷인 부연
목숨은 기왓골 이끼 적막보다 깊고나

이 마음 떠도는 곳 강가에선 나그네
물 건너 온 길은 봇짐만 두어 두고
육신이 젖는 노을길 저승 그도 보인다.

조국 1

동해에서 막 씻어 낸 예주禮州 땅 해동국을
한 송이 타오르 듯 천지天地 못에 피운 자운영
붉은 꽃 푸른 잎사귀 점지한 뜻 숨 쉬고.

층층히 일어서는 산이며 바다며 바람
솟은 듯 갈았어서 갇힌 듯 탁 트이어
한 자락 산색을 펴들은 동녘땅은 내 모토母土.

외솔이 지킨 벼랑 바위옷이 돋아나듯
골안개 감아도는 마을귀 고갯마루
눈 감아 어루어 보면 눈물인 듯 흰옷 빛깔.

탑

탑은 애당초에 타 흐르는 촛불이었다.
햇살 중에서도 깁실 햇살 골라내어
연초록 볼에다 부비며 잔뿌리를 내렸었다.

청산이 둘러앉아 연꽃처럼 피는 날은
밝은 해 둥근 보주寶珠를 이마 위에 바로 받고
뻐꾸기 울음소리에 둥둥 뜨는 등이었다.

햇살도 강물도 가고 낙엽마저 떠나가고
뻐꾸기 울음소리도 산 너머로 떠나간 날
눈 감고 책장도 덮은 저믄 밤의 경전經典이었다

흙

눈 감으면 가슴에 닿는 버리고 온 고향 산천
아버지 허리 굽던 그 산자락 그 황토밭
눈물이 거름이 되어 이랑마다 놓인다.

밟히는 자국마다 가시 되어 돋아나도
회한을 바랑에 지고 떠나온 세월 저편
한 보습 구름이라도 갈아엎어 보고 싶다.

진땀 밴 삼베 적삼 젖어 내린 오뉴월은
아배는 산에 묻혀도 못 돌아갈 넋이 되고
수심도 흙냄새 자욱한 메 뻐꾸기 울음소리.

조철규(趙哲圭, Cho, Chul kyu)

1950년 경북 청송 현서면 수락동 출생. 아호 진우(眞愚). 동국대학교(미술과). 〈불교신문〉 신춘문에 시조 당선(1980), 《시조문학》 천료 (1981) 등단. 시집 『가난한 행복』(1988, 참깨). 동화집 『산골촌닭과 서울까치들』(1991, 오늘, 국립중앙도서관 추천도서). 전기집 『바다를 닮은 대통령』(1993, 지경사), 『어린이를 닮은 큰스님』(1995, 우리), 『세계평화의 지도자』 (2001, 오늘) 외 30여 권. 산중문학관 관장, 《산중문학》 발행인.

도반　조철규

내 나이 일곱 살 때
그 아프던 들찔레 가시

오늘 산에 오르다
옷섶에 다시 찔리니

아픈 건 가시 아니라
걸어가는 길인 것을.

—

그의 시작詩作은 매우 능숙한 솜씨로 빚어졌고 활달한 경지를 보여주고 있다. 더구나 고루하지 않은 작품성에 일상을 거침없이 표현하고 있다. 그는 또 이렇게 밝히고 있다.

"이 세상에서 존재의식存在意識만큼 소중한 것은 없다. 그 의식의 뿌리를 찾아들어가 무의식까지도 꿰뚫어낼 수 있는 힘을 표현해 보고 싶다. 그리고 뭇사람들이 갈구하는 구원 앞에서 밝음을 건져 올릴 수 있는 극기의 구도적求道的 자세를 견지堅持하고 싶다."

시의 세계는 의식의 세계뿐만 아니라 무의식의 세계까지도 포함하고 있다. 그의 시작에 거는 기대가 크다.

— 박재삼(시인)

—

천축天竺 나라 가는 길

어느새 난 밀교密敎바람, 바람 되어 나왔구나.
혜초慧超를 따라가다 깜빡, 고삐 놓아버려
결국은 떠돌이 바람, 어디론지 가는 도중途中.

먼데 산, 이마 같은 잔잔한 그 봇물에는
구름 둥둥 넋으로 뜨고 걸친 옷자락으로 날려
가슴 안 깊은 쇠북도 소리 내어 우누나.

물 울고 바람 울고 젓대 속속 우는 것뿐.
저 하늘 저물녘에 별과 눈빛 맞바꿀 뿐.
두고 온 계림鷄林 생각도 아주 버려졌어라.

이제 가야만 하는 길만이 남은 전부
언젠 간 그도 끝날 길이지만 밟고 가며
참, 사람 질긴 인연이 잡초처럼 얽혀있다.

탑塔

탑은 애당초에 타 흐르는 촛불이었다.
햇살 중에서도 깁실 햇살 골라내어
연초록 볼에다 부비며 잔뿌리를 내렸었다.

청산이 둘러앉아 연꽃처럼 피는 날은
밝은 해 둥근 보주寶珠를 이마로 조이 받고
뻐꾸기 울음소리에 둥둥 뜨는 등이었다.

햇살도 강물도 가고 낙엽마저 떠나가고
뻐꾸기 울음소리도 산 너머로 떠나간 날
눈감고 책장도 덮은 저믄 밤의 경전經典이었다.

흙

눈감으면 가슴에 닿는 버리고 온 고향산천
아버지 허리 굽던 그 산자락 그 황토밭
눈물이 거름이 되어 이랑마다 놓인다.

밟히는 자국마다 가시 되어 돋아나도
회한을 바랑에 지고 떠나온 세월 저편
한 보습 구름이라도 갈아엎어 보고 싶다.

진땀 밴 삼베 적삼 젖어 내린 오뉴월은
아배는 산에 묻혀도 못 돌아갈 넋이 되고
수심도 흙냄새 자욱한 메 뻐꾸기 울음소리.

이 욕심 때문에

길을 우선 가려면
가난부터 배워야겠다.

난을 몇 분 키웠다. 돌에 붙어 뿌리를 드러낸 풍란이 안쓰러워 물을 자주 주었다. 그런데 뿌리가 물에 불어 썩고 박테리아가 침입하여 죽고 말았다. 돌에 까닥까닥하게 말라붙어 있어야 튼튼해질 뿌리가 이 욕심 때문에 그만,

마음이 가난하면
복이 되는 길도 있다.

평화의 길

사람들이 저리 모여 웅성웅성 하는 것은
하는 일이 잘 되고자 입을 모아 하는 건데
그 매듭 풀고자하면 일이 많아 첩첩산중.

흐르는 물굽이가 치고받고 솟아올라
물이 자꾸 아래로 흘러가서 만나면
결국은 한곳에 모여 바다가 될 수밖에

무미지담無味之談 1

— 결제結制
노악산 구담스님께 객문안客問安을 드렸더니
반만 벌린 입술 사이 덧니 하나 보이시고
운하정 뒤뜰을 돌아 올라오라 하시더라.

— 입정入定
동지불공이 끝나자 절간이 꽁꽁 얼어붙었다
부처님은 법당 문을 안으로 잠그시고
염화실 조실스님의 간간한 기침 소리.

— 무례無禮
진눈깨비가 오다 말다 한 지난달 초이렛날
황악산 직지사를 찾아 합장하여 삼배 올리고
차마 그 대불大佛 앞에는 촛불도 켜지 못하고 왔다.

— 방선放禪
점심 공양供養을 하고 퇴설당堆雪堂 뜰로 가니
콩밭에 내려와 앉았던 산비둘기 한 마리가
잡힐 듯 잡힐 듯 하기에 한참동안 같이 놀았다

— 공덕功德
달 같은 동불童佛을 업고 동지불공冬至佛供 온 저 우바새
한 종지 참기름과 창호지 심지도 곱지만
풀어 논 무명 보자기 그 백진이 너무 희다.

무미지담無味之談 2

— 세월歲月
인사동 골목을 지나다 얼핏 본 한 점 연적
노老스님 방, 주렴 밖으로 내다 본 날빛이더니
손길이 가 닿을 때마다 고운 때만 묻더라.

— 도道
내 나이 일곱 살 때 그 아프던 들찔레 가시
오늘 산에 오르다 옷섶에 다시 찔리니
아픈 건 가시 아니라 걸어가는 길인 것을.

— 화두話頭
아침 예불을 하고 산책 길 나섰더니
어제 삭발을 한 노행자老行者가 따라오면서
부처가 뭐냐 묻기에 걸음 멈춰 돌아섰다.

— 해제解制
절은 청산에 짓되 주춧돌은 비스듬히 놓자
범종은 달아만 놓고 아무도 울리지 말자
만첩 골 깊어만 가는 여명 먼 울림을 듣자.

고려청자

푸른 댓잎 결에 절로 이는 하늬바람
달 가는 가을 하늘 드나드는 묵운만리黙雲萬里
울음 깬 학 한 마리가 솔가지에 깃을 편다.

하늘 젖은 그 물색을 한 자락 펴고 앉아
바람도 새 기운 얻어 타오르는 소심素心이야
한 번은 흔들리라던 하늘 이제 금이 가고.

영원이란 세월 저쪽 목숨 가득 잔을 놓고
몇백 년을 흘러가도 어제 바로 그대론데
진실로 경건해 지는 지복至福스런 이 둘레.

산 11

산들이 모양 없이 제 멋대로 앉아 있고
본래가 길이 없는 산 속을 가는 중에
바람이 길 가다 말고 나를 불러 세웠다.

낮은 곳을 향하여 물이 절로 흐르고
본래가 숲이 없는 산속에 있는 중에
새들이 우짖다 말고 산을 박차 올랐다.

이제 산도 바다 닮아 수려하게 뻗어있고
바람이 산등을 감아 파도가 휘어 치니
아득한 절간 서너 채 배가 되어 떠간다.

선정삼매禪靜三昧

늙은 산이 곁에 와 너부죽이 누워 있고
히죽히죽 웃으면서 지나가는 바람 떼들
방주房主는 꺼버린 촛불 방 안엔 아무도 없고

속에 그리움이 돌아 누가 자르고 깎는구나
별빛과 별빛이 만나 다른 별이 태어나고
그처럼 귀도 태어나 다문多聞들이 와 닿는다

솔 소리 갈잎소리 그 사이 구름 가는 소리
멀리 더 멀리에는 별빛이 지는 소리
울려도 들리지 않는 소리 내 속 깊이 감돌고

조춘희(趙春熙, Jo, Chun hee)

1980년 경남 통영 사량도 출생. 부산대학교 박사 졸업(2013). 〈경남신문〉 신춘문예 시조(2010), 《시조시학》 평론(2014) 등단. 평론집 『봉인된 서정의 시간』(2015, 국학자료원). 연구서 『전후 서정문학 연구』(2019, 경진). 시조집 『간신히 시간이 흘렀다』(2017, 목언예원), 『살아있다는 농담』(2017, 목언예원), 『달로 가네』(2019, 고요아침). 오늘의시조시인회의, 한국시조시인협회 회원.

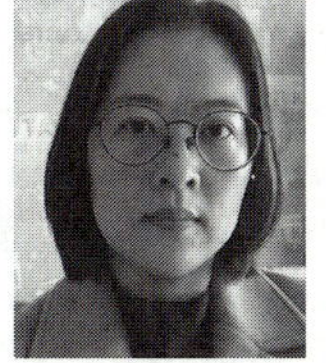

살아있다는 농담

삶이 조금 더 다정하면 좋겠다

추억이 열만큼은 아름다우면 좋겠다

어쩌다 세월에 닿친

허전함이 알밑다

—

조춘희 시인은 자신과 타인의 삶에 대한 위로는 물론 시대를 읽는 시정신도 견지한 시인이다. 조춘희 시인의 시편들은 소외된 존재, 또는 힘겨운 삶을 살아가야하는 존재들에 대한 안타까운 눈빛의 기록이며, 또 그것들을 잊지 않기 위한 비망록의 노트다. 그의 시는 분명 진취적이거나 실험적이기보다는 전통 서정 지향적인 자세를 견지하고 있다. 그러나 그의 시가 고답적高踏的이거나 복고적인 것으로 비추어지지 않는 까닭은 그의 정직하고 올곧은 시 정신에 있다.

— 박성민(시조시인)

—

바다횟집
— 사량도

물살을 곱게 썰어 상추에 한 점 싸서는
청청한 갯바람 푸른 방언에 올려둔다
좀처럼
찾는 이 없어
바닷목이 한 치나 길다

퍼렇게 일렁이는 허리 굽은 노파는
노을을 바닷길에 빠뜨리는 중이다
등 푸른
수평선의 두 볼
대책 없이 홍조다

해저 가까이 자맥질에 지친 그물
제 몸 가득 열어놓고 하늘을 낚으려 드는
이곳은
찾는 이 없는
바다 안, 또 바다다

아버지와 바다

아버지 수면을
두드리지 마세요
수평의 긴장을
간신히 지탱하는
해저의 섬과 섬 사이
안간힘을 보세요

아버지 낚싯줄을
던지지 마세요
거멀못 박아둔 자리
새물이 차올라
파도는 푸른 비린내
바다를 토막내어요

아가야 염려 말고
바다를 보아라
달을 안고 뒤척이는
바다의 설렘을
지금 막 사랑을 품고
마음 붉어지는 찰나란다

달걀 요리

달걀의 알끈을
기를 쓰고 끊을 때

간신히 지탱했던
난황의 중력 너머

탯줄을 도려내는 듯
한 생명이 꺼진다

어머니의 계절

인생의 무게를 견디다 주저앉은
관절이 닳은 자리 자꾸만 가렵다
가여워 겨울볕이나마
바지런히 내려앉누나

6인실 병실에는 절단된 뼈들끼리
불화하는 시간의 퍼즐을 맞춘다
도무지 찾을 수 없는
마지막 한 조각

꿈에서도 나무에 물을 대는 당신 덕에
계절이 바뀌듯이 자주 바람이 분다
오늘은, 매화가 폈다
저만치 봄이 온다

살아있다는 농담

삶이 조금 더 다정하면 좋겠다

추억이 얼만큼은 아름다우면 좋겠다

어쩌다

세월에 닥친

허전함이 얄밉다

경운기와 씨름 한 판

육십년지기 경운기와 뜻밖에 육탄전

칠순 넘은 아버지 씨름판에 고꾸라져

오마나!

저승 갔다가

사흘 만에 도로 이승!

신발

외짝 신발 아재는 월남전 상이군인
낡고 닳은 박음질 사이 빈 바람 서걱거리는
밑창도
들고 일어나
시간을 버틴다

살아서 돌아오려고 사람도 죽였다는데…
처절한 죄의식에 노숙자로 산다네요
아재요,
아재 탓 아니오
외발이 위태롭다

낙엽이 정말 고와

바다가 내다보이는 가을 온 언덕에는
연방 바람 안고 연신연신 낙엽지는데
할머니 네 살 난 손녀 해우까지 환하다

소멸 찰나 낭자한 찬란한 나무 아래
십일월은 날이 좋아 볕 등지고 앉았는데
인생사 오가는 길목 눈치 없이 부지런타

조그마한 손바닥으로 낙엽 부수는 손녀에게
"이 일을 우짜꼬! 할미는 우짜꼬!"
낙엽이 너무 곱구나! 떠날 길은 아득한데.

가만,

봄꽃을 보자니
마음이 기운다

바람이 부는 대로
벚꽃잎 사금파리

가만히,
어머니 걸음
뒤축을 살핀다

당신의 봄보다
한걸음쯤 늦게 오는

설레는 시구마냥
내게도 봄이 분다

어쩌나
지팡이에 눌린
봄꽃이 꿈틀, 한다

달로 가네

낙동강 건너는
만추의 퇴근길에서

서행하는 차량 행렬
비집고 달이 뜬다

어쩌면 달로 가는 듯
동화 같은 시간이다

조한일(趙韓日, Cho, Han il)
1965년 제주 애월읍 하귀리 출생. 《시조시학》
(2011) 등단. 시집『지느러미 남자』(2017, 고요
아침). 제주시조시인협회, 제주작가회의, 오늘
의시조시인회의, 한국시조시인협회 회원.

시인은 자기의 가장 중요한 관심사를 시조로 표현해내고 있다. 삶의 체험 속에서 자신을 끊임없이 찾아내고, 사회 부조리에 저항하고, 사물들을 관찰하면서 얻은 시상을 시조로 분출시키고 있다. 마치 많은 사람들이 마음의 안식을 찾는 곶자왈처럼 말이다. 이 곶자왈 같은 시인이 바로 조한일이다. 최근 시조의 작품들이 단순 서정으로 치우치고, 소재의 빈곤성과 함께 확장성이 논의되는 시조단에 그의 시편들은 신선한 향기와 맛깔스런 맛을 선사해주고 있다. 시조가 되지 않을 것 같은 소재들을 내용 있는 작품으로 풀어내는 역량을 보여준다.

— 오종문(시조시인 · 문학평론가)

최저임금제

가장 낮은 곳에 임금님이 계신 거야
기막히게 딱 그 선에서 알바다 노동이다
어딘들 아니겠냐만 최저가 곧 최고인 이 땅

최소한 88만 원은 최대한 88만 원
임금 위에 임금 없고 임금 아래 임금 없다
버젓이 구인공고에도 급여는 '최저 시급'

아뢰옵기 황공하오나 전하 성씨가 최인가요?
하늘이 기뻐하고 백성이 우러릅니다
최저만 맞춰준다면야 최, 저 임금 성군聖君이지

오래된 시

아버지는 수필집을
시처럼 읽으셨지

행갈이 한 번 없이
굽이쳐 사신 생애

이제야
오래전 가신 길에
시집 한 권
놓아드리지

황제 노역

시간당
5백만 원,
근로기준법 위반이다

황제를 부려먹은
교도 행정
괘씸죄

편의점
알바 시급 7천 원
내 알 바 아니다

나사못을 줍다

갈바람이 버려진 널 그렇게 흔들어 놓아
길가에 낙엽처럼 뒹굴고 있더라도
다 알아,
휘어지지 않는
한 방을 기다리는 널

뒤통수 맞고 사는 게 너뿐이라 생각 마라
뼈마디 휘어가며 붙드는 소용돌이에도
가슴엔
별수 없는 잔정들이
헛도는 거란 말이야

무인택배함

정 줄 데 없으면 내게 두고 가시라

미움 전할 데 없어도 내게 놓고 가시라

그 사람 부재 시에는 두말 말고 맡기시라

내게 잠깐 왔다가도 슬퍼하지 않으리라

철커덕, 도로 내줘도 아파하지 않으리라

딱하나, 너 아주 없다면 나 많이 힘들리라

뒤통수

거실 벽에
달라붙어
꼼짝 않는 모기를

신문지 말아
뒤통수를
냅다 후려쳐서

오늘도
쉽사리 죽였다
등을 보인
너를
내가

노쇼 no-show

단체 손님 맞을 준비 한창이던 식당 주인
약속 시간 삼십 분 전 못 온단 일방 통보
툭 끊은 전화기 너머 울컥하는 저녁놀

예약금도 못 받는 명퇴자 골목 식당
구조조정 회사에서 한때는 살아남고
천하의 아이엠에프도 기어이 견뎠는데

예약 부도 이것이 밟아버린 자존심
테이블 위 수저들이 웅성대며 그를 보네
쇼쇼쇼 사는 게 다 쇼인데 노쇼라니 노쇼라니

시詩를 내리다

유리 액자에 표구된 시詩가 발칵 뒤집혔다

뾰족한 모서리에 금이 가고 말았다
뾰족한 한 마디에 금이 가고 말았다
수소문 끝에 재활용 마대 봉투를 구했다
수소문 끝에 재활용되고 있다는 걸 알았다
잘게 깨서 넣으려고 신문지 덮고 밟았지만
잘게 깨서 쓴 구절들 저장하고 덮었지만
생각만큼 호락호락 조각나지 않았다
생각만큼 호락호락 써지질 않았다
시詩에 손자국이라도 묻을까 막아주던 유리
시詩에 눈길이라도 주라고 보냈던 첫 시집
가까스로 손 베지 않을 만큼 깨뜨려서
가까스로 눈 아프지 않을 만큼 바탕체로 써서
조각들 수습하고 마대 봉투에 쑤셔 넣었다
시어들 수습하고 출판사로 쓱 보냈다

이제는 내 것이 아닌 듯 잊어버리고 살 일이다

자폭 개미

평범한 삶이었다
아름다운 테러였다
그러안아 지켜야 할 내 사랑아 내 사람아
몸, 그 몸 죽을힘 다해
죽어가는 이타주의

함부로 범치 않으면 선을 넘지 않는다면
알아주지 않아도 드러낼 일 없겠지만
끝끝내 울담을 허문다면
그 순간이 삶이다

타고난 숙명이라 그 누가 말하는가
나를 버려 구해낸 그들 또 죽어간 저들을 위해
단숨에 터트려 버리는
고독孤獨이여,
아, 독毒이여

김치와 손 편지

　손으로 김장 김치 쭈욱 찢어 먹을 땐

　손 편지 담은 봉투 쭈욱 찢던 생각난다. 마늘 닮은 그리움이 버무려져 있었고 생강 닮은 외로움도 버무려져 있었다. 소금물 밴 편지란 걸 단박에 알면서도 싱겁지도 짜지도 않은 그리우나 그립지 않은 새우젓이 든 듯 만 듯 외로우나 외롭지 않은 배춧잎 사이사이 행간들 사이사이 빨간 양념에 달아오른 내 얼굴도 그 편질 닮아 항아리에 담아 땅속에 오래 묻어 두었던

　해마다 늦가을이 오면 눈에 선한 편지 몇 포기

조현상(趙賢相, Cho, Hyun sang)

1943년 경기 연천 미산면 출생. 한국방송통신대학교(국어국문학과), 경희대 행정대학원(행정관리과정) 수료. 《책과 인생》신인상 수필(2004), 《조선문학》신인상 시(2009), 〈중앙일보〉시조백일장 입선(2014), 《시조시학》신인상 시조(2016) 등단. 시집『명주솜 봄햇살』(2012, 고요아침). 수필집『세월』(2012, 선우미디어). 시조집『송화松花, 붓 끝에 피다』(2019, 고요아침). 사서집『사진으로 읽는 松山 趙狷傳』(2018, 고요아침). 홍조근정훈장(2002) 수상. 한국문인협회, 한국시조시인협회, 열린시학회, 한국산문작가회 회원. 공직 33년 봉직(부이사관/3급).

—

조현상 시인은 시조의 일반적인 장애요소를 아주 효율적으로 극복하고 있다. 역사적 상상력과 시적 상상력 사이에 조현상 시인은 서 있다. 어느 것이 더 중요한지는 구태여 물을 필요가 없다. 시인의 삶은 어차피 역사 위에 존재하고 있고 생래적으로 시인은 시적 상상력을 위해 매순간 긴장하고 있기 때문이다. 지금까지 조현상 시인이 보여준 재미있는 시적 상상력과 비판정신은 분명 이 양자 차이를 인정하면서도 내면이 상통하는 더 원숙한 세계를 앞으로도 열어줄 수 있으리란 기대를 충분히 갖게 한다.

— 이지엽(시인 · 한국시조시인협회 이사장 · 경기대 교수)

—

자벌레, 달빛을 재다

알에서 갓 태어난 게 번지점프는 아닐 테지
삼 미터 낭떠러지로 뚝 떨어진 자벌레
하늘눈*
오르막길이
까마득한 허공이네.

그래도 올라가야 해 환생의 꿈 이룰 터전
일 센티도 안 되는 가늘고 조그만 것이
힘겹게
외줄을 잡고
오체투지로 절하네.

바람이 몰아치면 가던 길 멈춰 서서
지친 몸 웅크리고 바들바들 떨겠지
막막한
자벌레의 삶
어린 시절 나 같네.

한 뼘씩 또 한 뼘씩 고단한 외길 측량
주름 큰 성충의 꿈 화려한 우화羽化였나
세상을
훨훨 날아서
달빛 별빛도 재네.

* 송선영 시인 작품 전용.

대추나무

민국이네 대추나무 된 몸살 앓고 있다
남들은 새살림 나는데 싹틔울 기색 없이
사치 잠
허정거리다
봄 가는 줄도 모르네.

해마다 팔십만 두량* 운동장 넘쳤는데
긴 가뭄 반 흉년에 흉물스레 폐교라니
이러다
삼천리강산
부황날까 봐 속 타네.

정월 대보름날 대추나무 시집보내듯
허기진 포기마다 물 주고 북돋우어
대추 숲
일궈내야지
주렁주렁 시글시글.

* 1995년 신생아 80여 만 명이 2016년 40여 만 명으로 줄었다.

황매화

황매화 몇 그루 심어놓고 가신 엄니
삼동三冬을 품어 안은 겨울잠 깨어나서
고향 집
뜨락 한 켠에
새움으로 오셨네.

새떼들 가지 쪼아 봄을 건져 올린 자리
샛노란 초롱 꽃불 조랑조랑 내걸어
코끝에
와 닿는 향기
영락없는 어머니네.

꽃잎에 묻어나는 세월 건너 잔殘모정
대바구니 가득히 내 둥지에 머물다가
먹먹한
가슴 헤집고
오월로 내닫는 황매화.

할미꽃 당부

할머니 나만 보면 쯧쯧쯧 혀 차신다
꽃은 다 피기도 전 머리부터 희었냐며
시집간
딸 생각일랑
인제 그만하란다.

할아버지 내 손 잡고 빙긋 웃음 지으신다
고개 숙여 인사하는 놈 너밖에 없다며
뽀송한
은빛 솜털을
쓰다듬어 주신다.

이력서 자소서 들고 헤매는 젊은이여
꽃잎이 흔들려도 나처럼 휘지는 말아
새벽은
어둠 비집고
그대 앞에 올 테니.

독거노인 품은 달

창가에 내린 달빛 너무도 괴괴해서
오래된 사진첩을 무릎 위에 펼쳤더니
그 시절
눈물겹도록
달무리로 피어나네.

휑한 방 취침용 전구 고요가 가물대도
이따금씩 자식들 카톡 문안 낙으로 삼아
그믐달
젖은 가슴에
먼동이 기웃하네.

어스레한 어둠이 내 곁을 비켜서면
있는 듯 없는 듯이 낮달처럼 서성이고
앞마당
봉선화 꽃이
힐끗힐끗 쳐다보네.

커피 한 잔

눈뜨면 생각나는 남국의 커피 한 잔
처음처럼 식지 않고 그대로면 좋겠네
설탕도
크림도 안 탄
그대이면 좋겠네.

잔잔한 찻잔 속에 솔솔 이는 그대 향기
연잎에 맺힌 이슬 햇살에 반짝이듯
못 잊을
그리운 얼굴
빈 가슴만 적시네.

가을밤 촉촉하게 적시는 커피잔 속에
산국처럼 해맑은 그대 얼굴 머물러
잔잔한
들꽃 미소로
달빛을 품어 안네.

가을 붓질

황금빛 달려온다 무더위 수굿하니
창가에 소슬바람 국화꽃 싱긋 웃는
아직은
서릿발 참는
사과 빛깔 구시월

파아란 하늘 위에 나래 편 고추잠자리
입에 문 붉은 물감 붓질이 노련한 건
이 가을
살찌게 하는
시, 한 수 쓰는 거다

붉게 탄 산마루에 기러기 떼 높이 날고
밤새워 가을 빚는 귀뚜리 우는 소리
고향집
머물던 얼굴
석양빛에 우련하다.

12

1. 섣달
찬란한 초정햇살 눈부신 게 엊그젠데
바람에 일렁이던 싱그러운 푸른 잎
목말라
노을 진 석양
그리움만 태우네.

2. 간지干支
시간을 쪼개놓은 십이지의 깊은 뜻
자子시는 쥐의 무대 조상님께 제祭 올리고
오午시는
말 뛰는 시간
마음에 점 찍으라네.

3. 일엽一葉
열두 섬 푸른 정을 가득 품었던 감나무
마른 잎 하나 붙잡고 고추바람 견디더니
파르르
마지막 잎새
미련은 놓고 가네.

4. 삶
가야금 열두 줄에 음표가 춤을 춘다
빨라졌다 느려지고 높아졌다 낮아지고
악사가
현을 뜯듯이
가는 세월 날 흔드네.

꽃무릇

선운산 깊은 계곡 불났다 꽃불 났어
여인의 속눈썹에 불타는 그리움처럼
너와 나
이룰 수 없는
기다림의 첫사랑.

가을밤 새하얗게 그대를 기다려도
토라진 파란 미움 차가운 초승달 빛
빨갛게
타는 눈시울
촛불 켜고 서 있네.

비의 함수

이슬비
한 모금에
울 붉은 함박웃음

소낙비
한 사발에
어깨가 으쓱으쓱

가랑비
한 종지 술에
내 청춘 비틀댄다.

조현술(趙顯述, Cho, Hyen sool)

1950년 경남 함안 군북 출생. 경남대학교 교육학 박사(2001).《현대시조》(1995) 등단. 시집『어머니의 기도』(2012, 경남). 경남도문화상(2012) 수상. 경남시조시인협회 회원. 경남문인협회 회장 역임.

—

조현술 시인은 도덕적 근원이 되는 본연지성에 충실 하게 살아왔다. 그가 즐겨 차용한 시조의 미적 구조는 현란한 서양화라기보다는 수수한 동양화를 지향한다. 그의 작품 세계 또한 현란한 수사나 이미지보다는 보편적인 언술과 비유를 즐겨 사용하고 있다. 그가 빚어낸 작품의 성과에 앞서 그의 구도자적 생애사가 보여주는 삶과 사고방식은 감각적인 메시지를 보여주고 있으므로 유의미한 문학적 상호작용을 하는 있는 것으로 볼 수 있다.

— 김복근(시조시인 ·《화중련》주간)

—

산을 위한 노래

왜 너를 찾느냐고 묻지를 말아다오
사랑이 그러하듯 끌려드는 것을 어떡해
포근히 네 품에 안기는 그 숨결 때문인데
귀천을 가리었고 빈부를 가렸다면
구태여 너를 찾지 않았을 것인데
오로지 모든 것을 품어주는 네 가슴이 좋아서지
세상사 모두가 팽개치고 나를 외면해도
너만은 우뚝 서서 나를 말없이 맞아주더구나
배시시 산등성이마다 산꽃으로 웃으면서
봄이면 소녀처럼 까르르 흐드러지게 웃고
여름엔 여인처럼 깊은 품을 열어주었지
그렇게 넓은 가슴으로 맞아 준 너였지
가을엔 온갖 단풍 물들여 내어걸며
겨울엔 가지마다 설화를 피워놓고
사계절 가슴을 열고 산꽃으로 웃고 있지

박꽃

초여름 새벽녘 찾아온 내 할머니
눈물이듯 함초롬한 이슬떨기 머금고서
행여나 단잠 깨울까 토담 위에 웅크렸네

떨리는 하얀 꽃잎 푸른 잎에 숨기고서
생전에 다독이던 자장가 그 목소리
오늘은 박꽃으로 와서 바람결로 흔들리오

참으면 참을수록 적셔오는 하얀 꽃잎
눈감고 불러보면 바람 소리 외로운데
꿈길로 떠난 이승길 꽃잎 떨어 울먹이오

들국화

계절이 허물어진 한 켠에 홀로서서
쓸쓸한 웃음으로 거울 속 빗질하며
흩어진 꿈의 씨앗을 울음으로 줍는 여인
당기면 당길수록 멀어지는 시간 앞에
가을바람 드러누워 단소로 울고 있고
시간이 건널 수 없는 강 언덕에 웅크렸다
마지막 절규처럼 목이 쉰 꽃잎들이
체념의 눈빛으로 먼 하늘 눈 적시면
노을이 쓰러진 추억 다독거려 잠 재운다

바람

한으로 떨구고 간 한 톨 씨앗 걱정되어
밤마다 바람으로 내 창가에 머물다가
뎅그렁 풍경 소리로 울고 가는 새벽바람
방황의 끝자락에 감겨드는 아픔처럼
바람도 머뭇대다 그리움에 젖은 채로
새벽녘 간절한 기도 풍경 끝에 매달리오
산새도 둥지 있고 산짐승도 굴 있는데
이승에 헤어진 당신의 집 어디인지
밤하늘 하늘 귀퉁이 당신별을 찾고 있소

이팝나무꽃

봄햇살 다독다독 퉁퉁 부은 젖가슴 꽃
바람이 주둥이로 한사코 부벼대면
젖먹이 두고 온 여인 젖망울로 젖어온다

철없이 칭얼대며 달라붙는 바람결들
서러움 갈피갈피 송이마다 매달리면
하이얀 젖가슴마다 울음꽃 피어난다

눈물로 젖어드는 부푸는 꽃송이들
누르면 누를수록 차오르는 울음인데
잔인한 사월의 밤에 두견새로 흐느끼오

꽃들이 우는 밤

오월의 깊은 밤 가운데 한가운데
꽃들이 흐느끼는 소리를 들어본 적이 있나요?
찢겨진 육신의 고통 삼키는 속울음을

사랑의 노랫가락 흥겹게 오를수록
꽃들이 축제의 빛 그 깃발을 흔들수록
버려진 영혼의 아픔 처절한 숨소리다

깊은 밤 꽃 숲에는 숨소리만 할딱인다
찢겨지고 버려진 육신의 아픔보다
이름이 잊혀진 고통 신음하는 오월의 밤

채송화

햇살이 발을 내리면 참았던 입들이 열려
이 아침 수다스럽게 와자지껄 시끄럽다
밤사이 숨죽여 엿들은 별들의 비밀 얘기

별들의 숨은 얘기들 꽃잎에 담았다가
'적이란 가장 가까운 곳에 있는 거야'
와자한 난쟁이 꽃밭 비밀 얘기로 꽃물 든다

떨구어 놓은 지체 높은 사람 그 별들 얘기
낮은 곳 족속들은 그 일로 수다가 한창인데
별들은 시침을 떼고 먼동빛에 몸 숨긴다

이슬

이슬은 참 귀가 여린 족속인가 보다
밤새껏 귀뚜라미 얘기 다 들어주더니
저토록 눈물방울로 그렁그렁 맺혔구나

지순한 영혼의 얘기 담을 수 없어
마음 속 방울방울 진주로 엮었지만
숨죽여 햇살 앞에서 입 다문 채 떨고 있소

착한 게 죄라서 외로 꼰 몸짓으로
누군가 함께 울어줄 이 찾으려나
살며서 새벽 풀잎에 까치발로 모여든다

모닥불

모닥불 앞에 앉아 눈감고 마음 열면
재로 탄 어제 일과 생나무의 내일들이
이승의 경계선처럼 불길 속에 흔들리오

불길 속에 탁탁 튀는 장작개비 반항들이
인생의 아우성처럼 오늘을 위협하면
불현듯 강한 커피 향이 입가에 젖어온다

미련이 연기 되어 모락모락 피어나면
못다한 인연들이 재치기로 다가서고
싸늘한 꿈의 시체들 한 줌 재로 만져본다

어머니의 기도

내 인생의 길목마다
녹아드는 지포마냥
꽃송이 벙글듯이
붉은 밑줄 그으셨다
귀 열면
들릴 듯 말 듯
어머니의 기도 소리

조호연(趙好連, Cho, Ho yeon)

1968년 경남 산청 단성면 출생. 한국방송통신대학교(국어국문학과) 졸업. 〈영주일보〉 신춘문예(2016) 등단. 《시조시학》 신인상(2017) 수상. 한국방송대신문 제주 지역기자(2010~2013) 역임. 제주정드리문학회, 오늘의시조시인협회, 열린시학회 회원.

단풍 한 장

조호연

하늘 아래 진달래 그 꽃만 바라봐도
사나흘 굶은 것쯤 배고프지 않았다
춘삼월 아지랑이가
기둥서방 드나들듯

—

배경과 시적 정황과 대상 인물의 내면심리를 통해 정서와 주제를 생생하고 선명하게 도출해낸 작품으로, 시상의 전개가 유려하고 호흡과 보법도 안정되고 자연스러웠다. 원경에서 근경으로 시선을 이동시키면서 시상을 집중하고 메시지를 포착하는 역량과 내공도 녹록치 않았다. 또한 '시의성'을 살리면서 '고어의 보고'인 제주어를 적절히 활용해 토착 분위기를 이끌어낸 언어적 운용도 높이 살 만했다(「겨울 더덕밭」).

— 박명숙(시조시인 · 오늘의시조시인회의 부의장)

—

겨울 더덕밭

오름 하나 달팽이처럼 등에 진 마을이 있다
성산포에서 시오리, 돌아앉은 산간 마을
첫눈이
첫사랑처럼
지분대는 밭 언저리

아서라, 옆 마을에 공항이 들어선다니!
겨울잠 든 더덕밭 땅값이 들썩들썩
멍하니
일손도 놓고
보느니 백약이오름

어질머리 세월 속에 치매 도진 저 어머니
"메께라, 메시께라,* 내 땅이라, 내 몸이라"
밭머리
퍼질러 앉아
더덕 줄기 붙들고 있다

* 메께라, 메시께라: 글자는 다르지만 같은 뜻. 남이 하는 말이 기막히고 황당할 때 반사적으로 나오는 감탄사격인 제주 여인들의 전용어.

저녁 풍경

영주산과 백약이오름
그 사이 성읍 2리
발랑 까진 노루궁뎅이 뭐 볼 것이 있다고
다초점 안경 너머로 봄 들판을 봅니다

어느새 캔버스를 빠져나간 산노루
하트 모양 예덕나무 새순도 남겨 놓고
한마디 인사도 없이
줄행랑을 칩니다

산더덕 꿩마농무침 갓 꺾어 온 고사리나물
좌청룡 우백호 같은 오름들 불러 놓고
때 이른 저녁상 모서리 풍경으로 앉습니다.

장마

는개는개 는개비 자락자락 작달비
중산간 유월 장마
머리에 곰팡이 핀다
온종일,
휴대폰 없으면
내 그리움도 곰팡이 핀다

팽나무 팽나무집 자분자분 아낙네야
거나한 막걸리 잔
내려놓은 백약이오름

"하느님 정력도 좋수다."

사나흘 작달비야

단풍 한 장

하늘 아래 진달래 그 꽃만 바라봐도
사나흘 굶은 것쯤 배고프지 않았다
춘삼월 아지랑이가
기둥서방 드나들듯

소주병과 뒹구는
단풍 한 장 그 여자
강정 구럼비바위 부서지던 그날도
육지서 건너온 손이
머리채를 낚아챈다

제 앞가림 못하면서
누가 누굴 지킨다고
정의가 유행처럼 밀려왔다 밀려가고
깃발로 펄럭이다가
화인으로 남은 여자

저녁, 그리고 봄과 비

하늘이 날 꼬드기듯 온종일 내리는 비
기어이 친구 따라 서울로 가는 딸아이

그것을 어이 탓하랴
나도 물 건너 놓고

가라, 가라 탱자꽃
문을 꽝 닫아 놓고
백약이오름 메아리
마당까지 찾아와

심드렁 내 뱉는 말도
옹이처럼 와 박힌다

일 년 더덕 농사 그 돈 달랑 들고 나선
물오른 저 엉덩이 밉디 미운 오리 새끼

바람 든 봄비라 하랴
가라, 가라 가지 마라

꽃지오

봄바람 부드럽고
벚꽃 만개한 아침

관리사무소 안에서
커지는 고함 소리

이 봄날
도원 같은 이 봄날
용서 못할 게 무어요

호박꽃

주여사 일흔세 번째 탄신일 맞았네
아들 며느리 딸 사위에 돈 좋다 했는디
세월이 좋아라 하니
통장으로 보냈다나

미역국 끓인다고 불 앞에 섰더니만
송당송당 부아가 올라오는 것인디
식탁에 놓이는 수저
장단 맞춰 춤을 추네

여름날 나오느라 고생이 참 많았소
눈앞에 호박꽃이 벙글벙글 웃는디
배서방 오십 년 지기
꽃 선물은 처음이라나

사자자리

태양의 정기로 태어난 거라 생각했다
왕좌의 자리를 받은 거라 생각했다
그래도 아닐 것이다
유아독존
오만
거만

환호했다
트럼프와 문재인 김정은
같은 자리
우리도 동행을 원했다
꽃제비,
가슴 절절한
핏줄이 보고팠다

우리는 나폴레옹을 원하지 않았다
정치논리, 경제권력, 자국의 이익까지

지구촌,
내 형제를 감싸는
그 온기가 보고팠다

장수별

홍매자 나를 내려다보며 웃습니다
흑명자 질세라 쿡쿡 히히 거립니다
먼 곳의 벗이 찾아오니
반가움의 표시지요

중섭이 좁은 방 좁은 마당을 그리던 곳
무병장수 노인성에 제를 올립니다
상춘객 어우러지니
세 번, 딱
세 번
보렵니다

국화 향

초가을 가랑비에도
취하는 꽃이 있다

귀뚜라미 울음마저
노랗게 피는 꽃이 있다

제주 땅
유배 길에도
십 리 가는 꽃이 있다

조홍원(趙弘元, Cho, Hong won)

1955년 충북 청주 금천동 출생. 청신고등학교 졸업. 《월간문학》 신인상(1999) 등단. 시집 『순환, 그리고 소리』(2007, 문예촌). 정운엽시조문학상(2009) 수상. 한국문인협회, 한국시조시인협회, 경기시조 회원.

조홍원의 첫 번째 시조집 『순환, 그리고 소리』는 색다른 뜻으로 읽혀지고, 우리의 눈에 새롭게 비치고 있으며, 단단한 느낌을 준다. 그리고 그의 시는 마치 누에고치에서 나오는 실처럼 자연스럽고 흠허물이 없어 보인다. 그렇다고 그의 시가 결코 손쉽게 작성되었다는 흔적은 찾아보기 힘들다. 그의 시는 삶의 육성으로 잘 형상화되어 있다. 그래서 조홍원의 시세계를 "전통傳統의 바탕 위에 새겨놓은 삶의 육성肉聲"이라 요약하였다.

— 유선(시조시인 · 문학평론가 · 한국문인협회 자문위원)

봄 길에

애초에 생명들은
이름이 있었구나

낮은 키 추스르며
건너는 세상에도

누군가 이름 부르면
환하게 돌아보는구나.

풀꽃이라 생각하면
그냥, 풀꽃이더니

꽃다지라 부르면
노란 웃음 머금던 너

세상이 무관심해도
이렇게 찾아오는구나.

개미자리

자투리 틈새마다 키를 낮춘 마음자리
물 한 방울 햇살 한 줌 깜냥 것 얻어다가
푸르게 일어서리라 세상 품는 꿈을 꾸네.

길가에 자리를 편 노점상 할머니와
시드는 푸성귀에 말동무도 해주면서
지는 해 더디 가도록 눈길도 한 번 맞추고

보도블록 틈새에는 희망을 채우리라
개미손님 찾아오면 반갑게 맞이하고
생명의 푸른 결기를 두 손 가득 퍼 주리라.

산, 높은 곳에

산, 높은 곳에 올라보면 알 수 있네

작은 산이 큰 산 아래 첩첩 모여 있어도

큰 산이 작은 산 어깨 누르는 일 없음을

작은 산에 올라보면 또렷이 알 수 있네

큰 산이 작은 산을 첩첩 품고 있어도

품 안의 작은 산 위에 그림자 두지 않음을……

가얏고

그대의 무릎에서 머언 꿈을 그리다가
깨치는 그 손길을 차마 떨칠 수 없어
떨리는 심장 소리로
가슴 젓는
가얏고

울어라,
고이 삭힌 절망도 노래리니
열두 구비 씻어 내린 비바람 천둥소리로
가슴에 쟁인 노래를
풀어 메긴 오라여,

신명이 한 때라면 슬픔 또한 그러하리
내 가슴에 울어주던 꿈같은 노래가 있어
오동이 품은 세월도
춤사위로 풀리네.

항공사진

누구의 손길일까 저 산과 산 사이에
헤진 마음 다독이 듯 자투리를 잇대어서
우리들 살아가는 터 조각보를 펼쳐주는

누구의 손길일까 저 넓은 바다 위엔
구겨진 갈피마다 다듬질로 곱게 펴서
푸르른 치마폭인 양 고운 수를 놓고 있는

한 땀 한 땀 깃든 정성 맺히는 땀방울은
낮엔 영락瓔珞이며 밤엔 또 별빛인데
누구의 솜씨였을까 사로잡힌 저 추상화는.

저울

이곳에 올라서면 모두가 똑같아라.

꽃잎에 내려앉듯 한 겹의 고요를 띄워
사뿐히 나래 접는 부전나비 한 마리나
폭풍우 몰아치듯 수 천 수만의 물보라를 일으키며
태산처럼 솟구치는 범고래, 범고래도

누구나 하나뿐인 것
눈금마저 같아라.

분수

분수도 모르고 하늘로 솟는 물줄기

아래로 흐르는 것이 세상의 이치였음을

뒤늦게

깨달아 얻는

곤두박질의 저 미학美學

파

내가 독하다구?

뜨겁게 사랑해봐!

내 마음 풀어지며 달달하게 다가서지

뜨끈한 해장국처럼 당신 속도 풀어주지.

구두

밑바닥 삶이란 게 녹록치 않았구나

한 평생 외면해온 당신의 오체투지를

손금이

다 닳은 후에야

통증처럼 바라본다.

인양
— 세월호

차가운 바다가 꿈틀꿈틀 일어선다

천 번의 기도 끝에 무릎은 다 헤져도

하늘에 고하는 말은 침몰하지 않는다

빈 가지에 맺히는 건 봄이 오는 소식일까

어둠을 찢어내며 불어오는 바람소리에

하늘이 열리는 것도 구름 한 장 그 차이다.

조희식(曺喜植, Cho, Hee sik)
아호 청화(靑和). 서울대 사범대학(국어교육
학과) 졸업. 《시조문학》 신인상(2001) 등단.
시조집 『산행의 서정』(2005, 시조문학), 『팔순
의 서정』(2016, 시조문학). 시조문우회, 세종
문학회, 시조진흥회, 시조시인협회, 한국문인
협회 회원. 세종문학회 자문위원. 배재고등학
교 정년퇴임.

—

노년의 길

현대의 세기말서 노인 삶이 어렵구료
정밀한 기계 사용 어려우니 아쉬워요
귓전이 어두워 가니
작은 말씀 못 듣네.

인생길 팔십 중년 허망해진 인생길들
한때는 총명하게 살았어도 노인 바보
인생길 어려웠지만
만사들이 어렵네.

또래들 젊은 시절 똑똑하다 말씀 듣고
평생의 교직생활 차질 없이 지도했네
세월의 흐름 아쉬워
노인 바보 되었소.

정지된 인생길에 노구 끌고 살아가요
문명의 고도 발달 과학시대 초점 잃듯
구시대 살아온 삶이
흘러가니 아쉽네.

매화 춘풍春花 香氣

날씨가 차가우니 꽃샘추위 흐른다고
새봄의 개화꽃들 섭섭하게 들리겠네
조기의 피어난 꽃들
찬바람이 어렵지요.

공원의 화단 꽃들 홍색황색 튜립들이
고운 색 시야드니 반갑다고 인사하듯
날씨는 안개 짙어서
흐림 속의 모습이오.

봄꽃들 만개하니 개나리와 벚꽃들이
라일락 향기들이 봄날정취 흘려주심
관목들 새잎 돋아서
봄날향기 흘리어요.

사방을 둘러봐도 벚꽃들이 화사해요
철쭉꽃 꽃봉오리 돋아나니 절기이듯
한봄의 멋진 사랑들
선물이듯 주시네.

노송 예찬老松 禮讚

상록수 노송들이 엄동설한 지켜가듯
의젓한 나무들이 절개들로 절개 사랑
수림의 지킴이듯이 청청하니 반겨요.

산야의 낙락장송 어른이듯 반기이요
수림의 으뜸이듯 녹엽 기상 청결하듯
군건한 절개지킴이 사철청춘 절개요.

군락의 자랑이듯 굽이굽이 자라가오
어쩌다 홀로 서서 외롭게도 보이지만
노송의 근심 걱정은 선비 정신 감싸오

청청한 모습들이 깊은 뜻을 주시고요
정직한 수림 마음 굽었어도 마음 경직
고래로 멋진 소나무 충절 어린 나무요.

수림 사랑

어린이 놀이터는 둘레들은 수림 포위
울타리 겸하듯이 고루고루 수목 포위
벚꽃은 만개하여도 목련꽃들 낙하요.

한낮이 햇볕 선물 잔잔하게 피어가듯
나목들 생기들이 녹엽 청청 자랑하듯
조용한 아침나절은 조용하니 반겨요.

고목의 능수버들 출렁출렁 새잎들이
치솟은 노송들이 한겨울을 지나오듯
절기의 순화절차가 반갑다고 춤추오.

새봄의 나비 손님 반갑다고 인사해요
철쭉꽃 송이송이 환한 웃음 선사하듯
한낮의 솔향기들이 흘러오니 반겨요.

백운 선물白雪 膳物

산야의 눈길들이 탱탱 얼어 반짝이요
삼동三冬의 선물이듯 탱탱 노래 자랑하듯
즐겁고 멋진 풍경들 동절미감 선사요.

바닥의 깔린 적설 산야청결 이루듯이
수림들 보호하듯 덮이어서 고운 색상
동절의 멋진 풍치들 백설잔치 고와요.

숲속의 노소들과 반송들과 향나무들
의젓한 지킴이로 녹엽강산 자랑하듯
계절이 없는 상록들 동장군도 이겨요.

산야의 백설들이 깔렸으니 겨울 자랑
한겨울 날씨에서 만상들이 얼었어도
따뜻한 햇볕사랑들 그립듯이 반겨요.

주강식(周康植, Joo, Kang sik)

1941년 경남 함안 칠원읍 무기리 출생. 부산교육대학교, 동아대 대학원(국어국문학과) 문학박사 졸업. 《시조문학》 천료(1982, 봄호) 등단. 시조집 『태산을 넘는 파도』(1987, 일중사), 『넋이라도 있고 없고』(1999, 교문사), 『냉가리』(2005, 세종), 『황금률 넘어』(2013, 세종), 『우듬지』(2017, 세종). 성파시조문학상(1994), 부산문학 대상(2017) 수상. '법씨' 동인. 부산문인협회, 한국시조시인협회 회원. 부산시조문학회장, 한국어문교육학회장, 한국초등국어교육학회장, 교육평가원 국정교과서 국어 집필 · 심의 · 연구위원, 부산문인협회 이사 · 자문위원, 부산시내 초중등교사, 부산교대 교수 역임. 부산교대 명예교수.

—

시조문학 전공으로 석 · 박사 학위를 취득하고 대학교수로서 후학을 가르치며 시조의 이론 정립과 창작 활동에 힘썼다. 미학과 그림에도 관심을 넓혀 시조미학 정립에 힘썼다. 시류에 편승하지 않고 겸허한 자세로 참된 예술, 참된 사람살이를 추구하였다.

작품의 경향은 시조의 정형과 격률에 충실하며 곡진하면서도 여운을 지니며 인간 사랑, 자연 사랑, 이웃 사랑과 정의롭고 공정한 이상 사회의 삶을 지향하였다. 언어 예술로서의 시조 미학과 이미지의 시, 통관의 시, 구도의 시, 저항의 시정신을 보였다. 삶의 순수, 작품의 미적 완결성을 추구하였다.

— 이숙례(시조시인 · 한국시조시인협회 자문위원)

—

바퀴벌레 같은

촉각이 예민하고 민첩한 바퀴벌레는
안전한 틈새에 거점을 마련하고
먹이를 먹을 기회만 끊임없이 노린다

바퀴벌레 가는 곳은 길도 없고 때도 없다
가다가 불리하면 순간으로 돌아서고
사람의 기척만 나도 번개처럼 돌아선다

60년대 원목 따라온 한두 마리 바퀴벌레는
밤중이면 조심 조심 식탁으로 나오더니
수입이 자유화되니 마구마구 설쳐댄다

요즈음 우리 주변에 바퀴벌레 같은 이 늘어간다
진실도 정의도 양심도 다 두고
순간의 상황에 따라 돌변하는 바퀴벌레

오륙도

날마다 막을 여는 생명 이는 저 벌판에
턱 괴고 곧추앉아 세월을 기다렸다
억겁을 지켜 선 길목 증언도 많았거니

연연한 그리움이사 간이 배면 돌도 되지
온 바다 가슴에 안고 바람에 이마 깨쳐
살과 피 닦고 절이며 푸른 넋을 다독여 왔다

절영도 안개 젖은 뱃고동 목멘 울림이
오대양 파도를 타고 수평선을 넘나들 때
열망의 문턱에 서서 금빛 새 떼 날린다

징소리

구리 열 근 주석 쉰 냥에 원과 한을 섞어서
망치질 담금질로 녹이고 짓이겨서
풋울음 재울음 닦아 익은 울음 새겼다

몇 백 개 몇 천 개의 화두가 된 원과 한
펄펄펄 끓는 쇳물에 디스켓처럼 새겨져
소리로 울리지 않아도 우레처럼 들끓는다

한 마디 대갈일성 침묵을 터뜨리면
산천을 뒤흔들고 하늘문도 열어 젖히며
스스로 목이 잠겨서 징징징 운다

여름 잔디

낮은 소리 듣고 싶어 잔디를 밟는다
밟힐수록 단단해지는 잔디의 일어서는 힘
웃자란 비애를 안고 상상의 풀 끝을 편다

뿌리도 다 못 가려 그렇게도 춥던 겨울
허기진 빈 하늘에 깜박이던 모진 목숨
오늘은 이슬도 내려 무지개로 오는 햇살

잔디를 밟으면 들리는 소리 소리
잔디처럼 돌아오는 얼굴 얼굴 얼굴들
사랑도 다 못할레라 눈을 뜨는 그 아픔

높은 자 높게 두고 몸 큰 자 크게 두고
우리는 우리끼리 어깨동무 줄동무
뿌리째 엉겨서 사는 우리 삶 우리 오늘

낮이면 작은 몸피 햇살 고루 나누고
밤이면 달님 별님 함께 맞이하면서
별처럼 많은 씨앗에 별을 보는 꿈을 단다

여백

금쪽 같은 화선지에 먹물이 찍힐 때마다
망울 망울 삶의 여정 붓끝이 떨린다
허여된 이 한 장의 공간 생명의 꽃 피우고 싶다

해도 들여 놓고 별도 들여 놓고
지성과 감성으로 예지를 엮어
꿈으로 채색한 세계 사랑으로 꽃피우고 싶다

아직은 남은 여백 머뭇거리는 이 붓
화룡점정 하늘로 오를 그 요체는 어디 있나
비우고 또 비운 탐진貪塵 스스로 차오를 여백

연꽃

내 화두는 물 속 꿈 바람 한 점 못 먹은
육신은 토막 토막 구멍 숭숭 뚫려서
진창의 사지에 처박혀 목숨을 버텨야 했다

치욕을 끌어안고 고통을 끌어안고
어둠 속 물의 무게 하늘의 무게까지 겹쳐도
불굴의 끈질긴 생명이 꽃봉오리 올렸다

보아라 저 꽃망울 불타는 깃발
지옥의 경계를 넘어 생명의 등불 올렸다
그래도 고운 꿈 있어 미소로 화답한다

깊은 아픔은 왜 눈물이 없는가
뜨거운 고뇌는 왜 소리가 없는가
받쳐든 면류관 위에 푸른 하늘 드높다

이팝꽃

연초록 어린 잎이 하늘하늘 춤추며
햇살을 모으고 있다 바람을 쓰다듬고 있다
하이얀 광망光茫의 꽃잎 구름처럼 피어난다

창공에 바람 물고 천상 가는 물고기야
하늘을 바다 삼아 바람 타고 파도 타며
온 하늘 펼치는 설법 봄 하늘이 아릿아릿

바람꽃 음률이 천지간 운문인가
구름꽃 하얀 꿈이 별빛 타고 오르나
5월의 햇살을 타고 봄이 한창 푸르다

어둠의 등성이 휘어이 휘어이 넘어온 햇살
수성같이 맑은 생각 내리고 쌓여서
부활의 고운 꿈들이 눈꽃처럼 피고 있다

귤

오로지 믿는 마음 태양 같이 밝기에
한결같이 환한 마음 걸릴 것 없는 마음 깊이
바람도 강물도 그만 그 긴 꿈을 접는다

지심 깊은 물을 길러 절을 삭인 단맛 신맛
햇살을 버물러서 향으로 피는 말씀
한두 개 소반에 담아도 누리 가득 생기 인다

디스코 걸

감아도 감아쥐어도 허공 뿐인 빈 손
풀어도 풀어내려도 끝이 없는 가슴속 한
무희는 불임을 앓는 바라인가 원혼인가

물고기가 어찌 허공을 맴도는가
신어神魚는 조화를 부리며 천지를 난다
허공에 탑을 세우며 욕망의 꿈을 단다

우습다 하지 마라 춤을 추는데
흉겹다 하지 마라 매를 맞는데
눈물이 샘솟는 비애 그대들은 아는가

그리운 어머니

청명에 이승을 하직하신 내 어머니
가슴속엔 언제나 자식들을 담으시더니
불룩한 봉분 위에는 잔디만 푸릅니다

어둠이 밀물지면 어둠 따라 젖는 얼굴
정안수 떠놓고서 손 모아 빌던 어머니
이제는 제가 엎드려 어머님 명복을 빕니다

산다는 것은 잊고 사는 것일까 잊고 사는 아픈 정
살아서나 죽어서나 애틋한 정 끝없으리
끝의 끝 시작이 되는 이승과 저승의 깊은 인연

주연(Joo, Yeon) 본명: 박혜순(朴惠淳, Park, Hye soon)

1970년 충남 광천 출생. 사회복지전공 행정전 
문학사. 《시조시학》 신인작품상(2020) 등단.
파주 시민·학생 문예작품공모 운문 대상, 제
9회 문경새재 전국 시조공모전 입상(2017),
제2회 방촌 황희문화제 청백리백일장 시조
대상(2017), 중앙시조백일장 4월 차하(2018),
해남전국시조백일장 우수상(2019), 파주의
노래 공모전 대상(2019), 중앙시조백일장 1월 장원(2019) 수상.

새해 첫날

주연

출산이 임박하자 주변이 술렁인다
진통 뒤 피어나는 크디큰 붉은 꽃잎
마주친 흔적만으로 세상이 환해진다

—

장원에 오른 주연의 「날고 싶은 잠자리」는 잘못 날아들어 창틀에
갇힌 잠자리를 치매 할머니의 한계 상황에 등가적으로 대입해 인
간 삶의 쇠잔한 형상을 보편적 상징으로 심화시키고 있다. 각 수의
종장에서 반복적으로 제시된 '날개' 이미지를 통해, 저 건너를 엿보
는 초월적 비전을 암시적으로 보여준다.

— 심사위원: 김삼환·염창권(글)

—

날고 싶은 잠자리

요양원 창틀 안에 말라붙은 잠자리가
마주 선 치매 할머니 발길 잡고 속삭인다
날개를 주고 싶다고, 같이 날고 싶다고

출구를 찾지 못해 버둥대며 말라갔을
혼자서는 열 수 없는 문 앞을 서성이다
쾡하게 빠져나간 기억 혼자 담을 넘나들고

꽃 시절 무용담에 시소 타는 퍼즐 조각
꼭 붙든 이름 석 자 어둠 헤칠 단초 될까
허공에 길 잃은 메아리 기우뚱 날고 있다

파리, 다시 날다

또다시 절벽이다 멀미나는 허공에서
발 딛고 머물 자리 찾지 못해 맴도는 생
싹 싹 싹 빌며 쫓기는 똑같은 일상이다

그 선은 넘지 마라 침묵의 경고처럼
경쟁의 자리다툼 손톱을 잘라낸다
을의 선,
딱 거기까지! 잊지 마라 경계를

겨우내 움츠렸다 비상하는 산꼭대기
밥그릇 기웃대는 생 위에 막다른 곳
바람 획, 등 뒤를 훑고 꽃잎이 길을 낸다

어떤 갑질

짬짬이 가꾸는 채소밭에 무성한 잡초
뽑으면 올라오고 뽑으면 올라온다
다시 또
일어서는 의지
꺾을 자격 있는 걸까

행여나 내쳐질까 한 줄기 바람에도
수많은 비정규직 숨죽여 몸 낮추고
포기를 모르는 풀들 오늘도 다시 선다

압력솥

칙, 칙칙 엄마 닮은 밥 내음 퍼지는 곳
양수에 몸을 맡긴 태아처럼 부푼 쌀들
지독한 산통을 겪고 윤기가 차르르르

강도를 높였다가 제풀에 지쳤다가
수백 번 수천수만 어미의 품 안에서
수시로 들끓었을 삼 남매, 솥이 되고 밥이 된다

밥 먹자 밥 먹었냐 메아리로 돌고 도는
강, 중, 약 아우르는 그 힘이 솟는 부엌
품 안을 떠난 쌀밥들 힘차게 기립한다

가을, 나무 아래

가뭄과 비바람이 치열하게 싸운 뒤
덜 여문 은행 한 알 발밑에 툭 떨어진다
우주의 푸른 공간에 예측 못한 짧은 생

밀치고 부대끼는 세상 한 모퉁이에
언제라도 닥치게 될 절벽 그 어디쯤에
누가 날 기억해줄까 흙에 다시 가는 날

방촌은 유유자적 시를 읊어 명시가 남고
빛나는 얼을 이어 향기 여기 번지는데
얼씨구 축제 한 마당 내 이름도 뜨고 싶다

개미 밥

길바닥 사탕 한 알 까맣게 달라붙은
개미 떼 먹이사냥 치열한 저 생존본능
몸보다 몇 갑절 더 큰
짐을 안고 안간힘 쓴다

철밥통 문지방은 이자처럼 높디높아
공시촌 가는 길은 점점 더 가파른데
취준생 수레바퀴는
춤추듯이 덜컹댄다

최저시급 한 그릇에 비빌게 너무 많아
언제쯤 풍성한 상 차려 볼 수 있을까
청춘들 진액이 다 빠진
이력서만 호황이다

미황사 가는 길

달마산 단풍 아래 단청 빛 더욱 고와
하늘 못 풍경소리 저 혼자 찰방이는
소 울음 순한 눈빛 거기 타박타박 오른다

발밑에 등짐 같은 욕심을 내려놓고
초록을 다한 낙엽 낮은 데로 엎드린 채
기꺼이 등을 허락한 순리를 보여주는

비워서 더 풍성한 사찰의 둘레에서
느림을 탓하지 않는 여백을 읽는 시간
한줌의 시주로 모인 마음 길 위에 길을 낸다

누천년 지날수록 깊어진 향기만큼
중생을 감싸 안은 천개의 손과 눈빛
회오리 암만 몰아쳐도 천년만년 푸르리

시인의 밥

전깃줄에 매달린 햇살이 출렁대면
낭창낭창 바람이 길러낸 새싹 한 줌
별총총 불면의 날에 조심스레 솎아낸다

여전히 허락되지 못하는 진수성찬
헛헛한 속 채워줄 한 끼의 밥을 위해
이파리 짓눌리지 않도록 살살살 비비는데

창틈에 숨어 있는 한 톨의 사유까지
잠자는 질그릇에 한데 다 불러 모아
오롯이 향기 가득 찬 새싹비빔밥 한 그릇

문경아리랑

골짜기 나무하던 사내의 도끼 소리
천리 길 바리바리 보부상의 나귀울음
과거길 함께 걷던 선비
좋은 소식 넘어온 곳

나라를 빼앗겼던 울분의 아픈 역사
칡넝쿨 얼키설키 증언처럼 무성해
구부야, 구부야 눈물이 난다*
메아리쳐 오는 소리

흘러라 굽이굽이 한 풀고 매듭 풀어
어깨춤 덩실덩실 산천도 출렁일 때
둥둥둥 축제 한마당
문경새재가 들썩인다

* 문경아리랑의 한 대목.

독거

장마철 장롱 톺다 발견된 곰팡이가
틈입해 터를 잡고 제집인 양 살고 있다
한 줌 볕 가려진 그늘 얼룩얼룩 넓히면서

시수평 넘나들며 한줄기 불빛 따라
돌풍 피해 떠밀린 채 이름 없는 섬에 왔다
스산한 마음 한 자락 위태롭게 흔들리며

비좁은 틀 안에도 제 나름의 무게는 있다
눅눅한 삶의 갈피 고독사로 피기까지
누구도 알아보지 못한 그들만의 꽃이었나

지성찬(池聖讚, Ji, Sung chan)

1942년 충북 중원 노은면 연하리 출생. 아호 설정(雪庭). 연세대학교(경영학과) 졸업(1965). 제3회 전국백일장 시조 입선(1959), 《시조문학》 천료(1980, 봄호) 등단. 시조집 『서울의 강』(1989, 아동문예), 『서울에 사는 귀뚜라미』(1990, 평야), 『하늘에서 보낸 편지』(1995, 책만드는집), 『가을엽서』(2000, 동방기획), 『대화동 일기』(2009, 문학공원), 『인생의 지피에스』(2014, 책만드는집). 시조선집 『백마에서 온 편지』(2001, 태학사). 수필집 『깨끗한 그릇』(2015, 문학공원). 가곡집 『겨울피리』(지성찬 작시, 이종록 작곡, 2015 문학공원). 제1회 스토리문학 운문 대상(2013) 수상. 종합문예지 《스토리문학》 주간.

목 련 꽃   밤 은
池 聖 讚
나 무 는   서 성 이 며
백 년 을   오 고   가 고
바 위 야   앉 아 서 도
천 년 을   바 라 본 다
짧 고 나   목 련 꽃   밤 은
한   장   젖 은   손 수 건

―

지 시인은 지금도 동심과 소박함과 무소유와 겸손, 그 낮은 곳으로 끊임없는 도전을 계속하고 있다. 지성찬 시인의 시조집 『대화동 일기』를 읽고 나니 경전을 읽고 난 듯 바른 마음을 가지게 된다. 경전이 따로 있을까? 올바르게 살면 몸이 경전이요, 올바른 마음이 배어난 책이 경전이지.

— 김순진(시인 · 《스토리문학》 발행인)

―

백마에서 온 편지

백마에 오시려면 전철 타고 오시구려
무악재 쉬이 넘어 구파발서 기다리면
화정역花井驛 꽃길을 따라 꽃구름이 필겁니다

구름 속 백마들이 바람처럼 내달리면
천 리千里를 뛰어도 좋을 동화 속의 들이 있고
바람은 첫 손님에게 매달리며 안기리다

춘삼월 오실 때에 흰 샤쓰를 걸치시면
진달래 붉은 입술을 꼭꼭 찍어 드리리다
개나리 고운 금관을 머리에 얹어 주고

마음이 구름처럼 흘러가고 싶을 때면
백마에서 말을 타는 그런 꿈도 꾸어 보고
꿈 같은 얘기 하면서 밤도 풀어 보시구려

큰 강도 이쯤에서 발걸음이 더딥니다
바다가 멀지 않은 노을빛도 서러워서
한 번쯤 눈물을 닦고 흘러가고 있습니다

밤하늘 겨울새가 불을 끄고 울다 가면
곱게 잠든 꽃가지에 그 울음이 떨어져서
아파서 꽃이 핍니다 먼저 꽃이 핍니다.

고추잠자리

해 질 녘
고추잠자리
꽃잎 물고
잠이 들었다

그 넓은
하늘을 날다
마지막
고른 자리

가녀린
다리로 짚은
작은 꽃잎이었다

남사당별곡男寺黨別曲

여름날 황혼 빛을 끌고 오던 짚세기여
돌부리에 채이는 얼얼한 그 징소리
성황당 어깨 너머로 쩔뚝이며 오더니

이 저녁 어느 골에 그 깃발을 올릴거나
봇도랑물 흐르듯이 울컥 울컥 목이 메는
어머니 그 한 세월이 눈물처럼 무너질 때

몇 번을 더 돌아야 그 매듭이 풀릴거나
몇 번을 두드려야 그 응어리 삭일거나
징 소리 청산靑山을 때리면 산새들만 아팠다

자줏빛 실타래가 바람으로 풀려 가는
남사당男寺黨 한 마당이 황톳재를 울고 넘던
동짓달 꺾인 달빛이 몸져 누워 있구나

목련꽃 밤은

나무는 서성이며
백 년을 오고 가고

바위야 앉아서도
천년을 바라본다

짧고나
목련꽃 밤은
한 장 젖은 손수건

서울의 강 11
― 황혼, 그 바다를 향하여

강물도 이쯤에선 발길이 더뎌진다
한 포기 들풀에게 무슨 말을 전해주랴
흙이여, 너는 알리라, 하류下流로 가는 길을

강 따라 길을 낸 후 물새마저 가버렸네
갈꽃만 홀로 남아 빈 하늘을 지키는데
세월의 푸른 물결은 잠들 수가 없으리

낡아가는 풍물들로 부침浮沈하는 포구에서
마지막 노을빛이 그 몇 번 붉었으랴
흘러서 강은 말한다, 흐른 후에 아는 것을

옥玉

태고의 긴 잠에서 비로소 깨어나면
빛이 부서 눈을 감는 구름 같은 살결이여
그 몸이 저려올 때는 바람처럼 푸르고나

시원始原이 보일 듯이 투명한 가슴으로
태초에 사린 빛을 서서히 뿜어내면
옥玉돌은 몸을 뒤틀며 하늘로 오르나니

달빛에 비춰보면 굽이치는 장강長江이여
불거진 태산준령, 칭칭 감아 흐르는 밤
차라리 어둠 속에서 숨어 숨어 우는구나

윤사월 시냇가의 물소리로 튀는 빛깔
귀뚜리 가을밤을 갈가리 찢을 저거에
가슴이 빠개지면서 한 점 이슬 토하나니

눈을 뜨면 별무리가 비단 폭에 부서지고
눈 감으면 해와 달이 여기에서 멈추나니
그 빛은 말씀이어라, 영원의 문이어라

그 많은 빛살들이 얽히어 굳었건만
한 올 빛을 뽑아내면 온 우주도 감겠구나
미동도 하지 않은 채 비경秘境의 빛을 푸네

월파정月波亭의 밤

월파정月波亭에 바람이 불면 달빛도 흔들린다
풀벌레 울음소리 바람결에 실려 와서
흘러간 세월의 상처에 은침銀針으로 꽂히네

소나무는 기다리며 추사체秋史體로 늙어가고
헛 도는 계절 탓에 실어증失語症을 앓고 있다
사념思念이 숲을 이루니 온몸이 바늘이구나

눈앞의 푸른 물로도 갈증을 풀지 못하고
이제는 몸도 무거워 가지마다 짐이 된다
언제쯤 세월의 무거운 짐을 내려놓고 갈 것인가

월파정月波亭 빈 난간에 비단으로 감기는 달빛
결 고운 적막한 밤이 하늘로서 내려오면
숨겨 둔 옥玉피리 하나를 꺼내보고 싶구나

생각에 생각을 더해도 열리지 않는 여정旅情
고독의 물결 위에 부초浮草처럼 피어있는
월파정月波亭 한 송이 꽃을 달빛이 끌고 간다

일산선유음一山仙遊吟
― 일산에서 부른 노래

봄꽃이 지고 나기 허전한 오후였다
맑은 호수라서 생각을 재울 수 없어
갈대를 밀어 올리고 하늘만 바라본다

같은 햇볕 아래 나무는 키가 다르고
같은 물을 마시고도 꽃빛은 사뭇 다르다
세월이 오는 소리를 바람이 먼저 안다

지난 밤 이야기는 한 점 이슬이구나
해맑은 바람에는 들풀들이 일어서고
가슴에 열리는 새 하늘을 귀를 세워 듣나니

영마루 넘는 해는 발걸음이 더디구나
돌아보는 지난 날이 불꽃처럼 뜨거워라
모두 다 타버린 후에도 불씨는 남았구나

길을 따라 호숫가를 한없이 걷다보면
시작은 어디이며 그 끝은 어디인가
다 못 쓴 엽서 한 장을 걸어두고 가느니

눈 내린 이 아침에 설록차가 따스하다
철새들 몇 마리가 이 호수에 날아올 때
소동파 시詩 한 구절을 입에 물고 오너라

질그릇

버려진 흙이었네 아무도 돌보지 않는
갈증에 물을 주고 가슴에 불을 질러
질그릇 하나쯤은 건지리, 모두를 태운 후에

진솔하게 빚었기에 질박한 자태지만
깨끗한 가슴으로 사랑을 담아내면
진리로 변하는 금그릇, 부러울 것 없어라

비워서 소망 있고 채워지면 충만이라
무소유가 소유인 것, 알고 보면 낙도樂道의 삶
언젠가 돌아갈 본향本鄕. 새 빛으로 살아있네

청평 가는 길

청평淸平 가는 길이 하늘빛에 물이 들면
하늘에서 보낸 바람도 가슴으로 길을 열어
산허리 안고 휘돌면 풀꽃들이 쏟아진다

천마산 누운 몸이 강 쪽으로 기울었다
강을 그리워하는 그 아픈 눈망울은
오늘도 하늘을 향해 렌즈를 열고 있다

산 밑에 작은 집이 동화 속의 그림이다
흰 구름 한두 점이 오후에 놀다 가고
몇 마리 병아리들도 날개를 달고 있다

그림 같은 간이역에 잠시 머문 기차처럼
그렇게 잠시 멈춰 뒤돌아보시게나
길가에 조용히 피었던 풀꽃 같던 그 시절을

수 없이 꽃을 주어도 계절은 항시 섭섭했다
문門을 닫는 계절에서 꽃은 지고 있었지만
천마산 아픈 가슴엔 청평강淸平江이 흘렀다

오르막 내리막길, 휘어져 어지러운
세월 속 풍경들이 하나 둘 낡아가는
청평강淸平江 푸른 물굽이 저녁놀을 끌고 간다

지춘화(池春花, Ji, Chun hwa)

1965년 경남 거제 신현읍 수월동 출생. 부산교육대학교(국어교육학과) 졸업. 《부산시조》 시조(2015) 등단. 한국시조시인협회, 부산시조시인협회, 부산불교문인협회, 부산문인협회, 솔잎회 회원.《어린이시조나라》 편집위원.

지춘화 시인은 《부산시조》 등단 후 '솔잎회'에서 연찬을 계속하고 있는 열성파 시인이다. 「양배추 다듬기」와 「분홍 립스틱」에서 보듯이 생활 속에서 시를 포착하는 능력이 뛰어나다. 나머지 시편들에서도 은유와 상징의 활용과 문장의 묘사가 수준급이다. 「요양원 가는 길」에서 시인은 인생의 마지막 길인 요양원, 그곳에 도착해서 그 누구를 만나지도, 아직은 어떤 일이 생기지도 아니하였음에도 비유와 상징으로써 애잔함을 절정으로 끌어올리고 있다. 육친을 보내야 하는 과정이기에 한 편의 시로써 인생의 고뇌를 녹인 절절함이 하늘에 닿아 있다. 머잖아 더 좋은 결실을 보여줄 것으로 기대된다.

— 서관호(시조시인 · 《어린이시조나라》 발행인)

양배추 다듬기

도도한 너를 붙들어
내 앞에 주저앉히면

돌덩이 자존심이
심해로 내려앉아

동그르
굴러 돌아앉는
근육질의 생고집

분홍 립스틱

연분홍 저 눈길이 꽃보다 화사하다
입술 따라 그려보면 자꾸만 묻어나서
온기로 녹이지 못한 그 사람이 겉돈다

요양원 가는 길

은비늘 잔물결이 바람을 일렁이면
먼지처럼 가벼이 날아오르는 갈가마귀
철 지난 울음소리가 먼 하늘을 가른다

맞닿은 저 하늘이 눈물을 말린다면
울어서 울어 지친 내 심장을 뉘이고
허파의 횡격막으로 허허로이 젓고파

눈물로 치대어서 한 점 한 점 뜯어말린
표백된 빈 하늘을 숨 절인 포름알데히드
관통한 엑스레이션 싯누렇다 저 파장

맥문동 아버지

꽃대를 밀어올린 맥문동 가로수 길
의붓아비 회초리에 따가웠을 그 마음
자수정 눈물덩이로 방울방울 달았다

오가는 차 소리에 온몸이 찢겨져도
제 할 일 하고 마는 옹골진 저 고집들
줄줄이 치켜세워서 흑점으로 맺힌다

거가대교

높고 높은 그네에 창공을 매달아서
울음을 잃어버린 훨훨 나는 저 새야
가파른 날개를 접어 마음자락 내리고

휘감아 눈감지 못한 보고픔 뒤쫓는가
아찔한 물수제비 팽팽히 날아올라
제 몸을 휘돌아 감아 목이 메는 그리움

상실 시대

산다는 건 낙엽처럼
나직이 부서지는 것

오월의 장미, 터질 듯
검붉은 꽃잎처럼

붉고도 검은 잠수로
날숨을 들이켜다

전기장판

머리채를 휘어잡는 미망의 어둠이
발길질을 거두고 달달한 상념으로
헛꽃만 피워대고는 깜빡 조는 초저녁

파름한 눈꺼풀 위로 뒤척이는 하루 해
녹아내린 잡념들은 기름처럼 번져서
눅눅한 헛기침으로 잠든 꿈을 부른다

푸른 생명

덤불 속 바스락 이는 길고양이 말린 꼬리
엉킨 털 듬성듬성 고단한 생명의 끈
절대로 놓지 않으마 날름거리는 헛바닥

가야지 날카로운 가시 내 목을 할퀴어도
둥그런 엄마의 등 따스한 온기 남아
생명의 나침반 되어 이슬을 핥는다

길 위의 남자

퍼붓는 비 맞으며 쓸쓸히 몸 뉘이고
고단한 지친 귀를 내 놓은 양말 한 짝
어디서 떠나왔는지 살 비린내 진동한다

모진 바람이 그의 행방을 다그쳐도
누워있는 바랑으로 언덕을 세우고는
바람이 헝클어 놓은 시간을 쓸어 담는다

전국노래자랑

정 많은 얼굴들이
바글바글 서려 앉아

담장 넘어 주고받던
시루떡 김이 되어

와자한 웃음꽃으로
굵은 주름 폅니다

진규영(陳圭英, Jin, Keu young)

1933년 전북 남원 천거동 출생. 서울대학교 중퇴. 《문학세계》(2002) 등단. 시조집 『고향의 강』(2005, 월간문학) 외 2권. 한국문인협회, 한국시조시인협회, 한국가곡동인 회원.

넘겨 앞에

진규영

거울에 비친 얼굴 박꽃처럼 곱다시네

넌지시 반장하고 주안상 채비하여

오 모처럼 복사꽃으로 넘겨 앞에 뵈오리

진 시인의 시조는 주제가 명징하고 시어가 담백하며 묘사는 간결하여 탄탄한 율격에 다듬이 소리 도리깨 소리 같은 한국의 가락이 숨 쉬고 있고, 향토색이 깔려 있어 잊고 있던 어린 시절과 고향을 그리게 하는 마력을 지니고 있다.

— 박환덕(전 서울대 인문대학장)

못 풀고 밀쳐놓은 5학년 때 숙제를 풀 듯, 인생을 사색하고 사회병리를 고뇌하며 조국의 산하를 찬미하는 낭만시인인가 하면, 단란한 「상추쌈-먹거리 3제」를 먹고는, 어느날 속절없이 떠나버리더니 「메밀꽃. 봉평에서」(이은방), 설악에서 지리까지 백두대간과 무등 한라 영남알프스를 함께 오르며, 연시조 「하산의 기도」를 완성하고는, 마침내 "풀벌레 울어새는 드비시의 월광"(「달빛」) 아래 "부르시면 흙에 가 깊이 내가 누으리니/ 그리움 외로움 나의 설움 나의 사랑/ 그때에 아무 것 하나 거기 있지 말지라"(「적멸 욥기7」)라고 갈 곳을 기대하듯 관조하고 있다(김도수).

다문화 코리안드림

채송화도 접시꽃도 울 밑에 봉숭아도
머나먼 고국 떠나 한국땅에 귀화해서
정겹고 사랑스러운 한국꽃이 되었지

아득한 고향 떠나 한국땅에 시집오신
월남신부 중국신부 필리핀 몽골신부
따뜻이 감싸 안아서 한국 며느리 되셨네

아들딸 고루 낳아 빈집을 일으키고
배우고 일구어서 코리안드림 이루더니
내년엔 손에 손잡고 친정나들이 간다네

독도

돌산이 바위섬이 파도 타고 출렁인다

쌍둥이 실한 섬을 독도라니 외로우랴
동도에는 동립문바위 서도에는 군함바위
가재바위 북을 막고 촛발바위 남 지키고
닭바위는 아침 열고 촛대바위 밤 밝히니
김바위 미역바위 고기 잡는 오리바위
얼굴바위 한반도바위 똘똘 뭉친 아흔 섬이

헤엄쳐 동해 지키는 눈부릅 뜬 우리 영토

파이프를 비우며

파이프 재를 비우며 연기같은 인생을 본다
덧없이 타오르는 모닥불이 사위면
한 조각 저녁구름처럼 스러지고 마는 것

이별이 잦은 인생 깊이 정들지 말자
악수는 잊어버릴 그만큼만 흔들자
세월은 강에 흐르고 가슴에 너는 지고

목련꽃

사나흘 신명나게 목련꽃들 수다떤다
배꼽이 치솟도록 웃고 웃고 또 웃고
스킨쉽 간지럼 타는 봄볕 부신 누드들

고향 천년

천년은 청산 되어 두물머리에 앉았다가
천년은 고목 되어 십수정十樹亭에 섰다가
천년은 요천蓼川 강물로 굽이치리 흐르리

성묘 가는 길

송홧가루 날리는 오솔길을 접어들면
윤사월 저녁나절 뻐꾹새 우는 소리
어머니 그리운 골짝 산울림도 목이 멘다

파안대소

순대국집 가부좌한 돈생원을 찾아간다
배시시 눈을 감고 좌선삼매 들었나베
콧잔등 꾸욱 누르니 파안대소 반긴다

꽃지바닷가에서

한세상 소풍길을 진창에서 헤매인 발
파도가 밀며 썰며 씻고 또 씻는 꽃지바닷가
아리랑 빈 하늘 한 장 저녁놀이 불사른다

살구꽃 피는 고향

그리워 찾아와도 고향은 벽해되고
빈 가슴 돌아가면 타관엔 고향생각
피는가 순이 옛집에 구름같은 살구꽃

달빛

귀를 열면 갈피마다 고요한 푸른 목청
풀벌레 울어새는 드비시의 월광을
쓸어도 쓸어도 가슴에 가락 하나 울린다

진길자(秦吉子, Jin, Kil ja)

1949년 충북 제천 자곡동 출생. 안동교육대학 졸업. 《시조생활》 신인문학상(1998) 등단. 시조집 『바람은 길을 안다』(2009, 북나비), 『쉬어가렴 사람아』(2013, 북나비), 『렌즈에 비친 세상』(2018, 한국문화사). 서울문예상(2014), 한국시조문학상(2015), 난대시조공로상(2017) 수상. 세계전통시인협회, 한국시조시인협회, 한국시조협회, 영남시조문학회, 여성시조문학회, 여성문학회 이사. 강남문인협회회장. 초등교사 봉직.

모래의	여정			
			진	길자
파도에	떠밀려도			
마음은	늘	은모래밭		
밀물과	썰물	따라		
멈추고	흘러가며			

진길자 시편들은 순수함과 가슴 뭉클한 인애정신이 배어 있다. 시적대상을 형상화하더라도 작품마다 시인이 지향하는 삶의 의미와 가치에 대한 관념을 투영하고 있으며, 시적대상에 대한 느낌 또한 진술하게 표현하고 있다. 시인이 구상하는 독특한 이미지 창출로 가장 눈길을 끄는 요체는 참으로 인간적인 심성을 반영한 작품들이라 하겠다. 소재로 취택한 시어들은 자신의 사상과 감정을 묵직하게 반영하여 사고의 깊이를 가늠케하며 시적 대상을 이미지화하는 솜씨 또한 탁월하게 느껴진다.

— 김광수(시조시인 · 문학평론가)

염전에서

바다를 모셔왔네 갯바람 앞세우고
쌓이는 시간들을 허공으로 날리면서
푸른 물
쉬어가라고
백금 방석 깔고 있다.

작렬하는 태양 아래 헉헉대는 습한 바람
짭조름한 갯내음이 두고 간 밀어들은
밤들자
성좌로 내려
소복소복 앉았다.

어미 거북

해조음도 잠 못 드는
모래 속에 알을 묻고

무겁게 돌아보는
어미의 마음에는

천륜을 버려야 하는
슬픔이 고여 있다.

운주사 와불

천만 바람꽃 끌어안고 법열法悅을 설說하면서
기다림에 목이 말라 무릎 꿇고 합장해도
영겁에
몸을 맡긴 채
꿈쩍 않고 계시네.

죽은 자를 위한 기도 산 자가 간구하듯
와불臥佛은 누워서도 서 있는 자 깨우치고
돌탑은
허기진 자의
가난마저 맡기란다.

고구려 고분에서
— 지린성 집안현

긴 세월 묻힌 이름 노크 없는 발걸음에
무덤 속 어느 수장 화들짝 깨어나서
평원을
마구 달린다,
칼날이 번쩍인다.

야만스레 질러오는 동북공정 거친 바람
음흉한 헛바닥을 날름대는 형세 앞에
삼지창
번개를 친다,
윙윙 화살이 운다.

벚꽃 야경

밤비가 어둠과 섞이는 허름한 변두리
꽃잎은 왜 이리 환장토록 밝은가
하얗게
부서지는 삶
고단하게 엎드렸다

봄의 희망 숨어서 설레임 묻어있고
벚꽃과 사람 꽃이 어울려 들떠있다
허기진
나비의 몸짓
꽃비 되어 내린다

석류

진주를
물었구나, 새빨간 입술 안에

꽃 댕기
휘날리던 숱한 시간 속에서

터트려
쏟아 내어야 네 가슴이 풀리리

화엄사에서

몸으로
한낮을 우는 산사의 쇠북 소리

애끓는
울림으로 마음속을 파고들면

대불도
법문法文을 열고 그 아픔을 매 만진다

또 하루

철새들의 군무가
노을 속에 사라진 뒤

울음이 질펀하다
목이 쉰 이 가을이

덜 마른 수묵화로구나
가슴 젖는 이 하루

홍매

먼 길을 걸어 나와 반기는 봄기운에
살가운 네 모습이 화사하게 묻어오면
햇살도
훈훈한 입김
설레도록 내뿜는다.

반짝 든 여우볕에 수줍음도 걷어내고
산뜻한 매무새로 망울망울 단장한 꿈
바람이
스칠 때마다
봉긋이 웃고 있다.

일몰

시뻘건 햇덩이가 거침없이 떨어진다
햇살은 목덜미에 관능으로 칭칭감겨
빈 배만
여린 햇살에
갈매기와 어울린다

막혀있던 가슴이 비릿하게 터지고
일렁이던 물보라 불꽃되어 솟구치면
나는 또
잔광을 찾아
침묵속에 빠진다

진병주(陳丙澍, Jin, Byung ju)
1937.~? 전북 고창 무장면 출생. 전북대학교 문리대학(국문과) 졸
업. 《월간문학》「부채춤」(1981) 등단. 시조집『한을 달랜 노래들』
(1982, 월간문학사),『술래야 술래야』(1987, 모모). 제2회 한국기자
상 수상. 전북문학, 미래시 동인. 한국문인협회, 한국시조시인협회
회원. 〈전북일보〉 기자, 경제부장, 해성고교 교사 역임.

내장산

탄다. 산이 탄다. 훨 훨 내장內藏이 타
하늘도 한 발 물러 시퍼러이 저리 떤다.
서럽게 타는 맘 왜 모르랴 비단병풍 두르마

눈은 넓다만 발 들일 땅 좁구나
연홍妍紅 술잔에 춘심春心이 어지럽다
저무는 인걸의 마음도 산을 닮아 타는가.

한바탕 흐드러진 사랑가다. 이별가다.
아무려나 치솟는 숨돌 으스러리 안은 산영山影
기어이 목 놓아 부른 산아 산아 내-장-산아.

가야금

일월을 엮은 연緣이 마디마디 맺힌 가락
심천에 고여 넘쳐 굽이굽이 배인 가락
둥기당 흐르는 선율 핏줄 타고 허빈다.

오르고 내리는 숨결 한恨이 엉킨 열두 줄
떨리는 손끝 따라 둥둥 떠간 영혼들이
맴돌다 달무리처럼 칭칭 감고 성화다.

가을 하늘은

헤아릴 수 없이 긴긴 세월만큼이나
멀고 먼 곳에서 물어 물어 진한 쪽지.
그리움 쪽물에 풀어 깨알같이 뿌린 사연.

고향길 풀내음만큼이나 정다운 귓소리로
실눈 살포시 풀어 꿈나래 펴는 비취,
이 가을 잎새에 숨어 붉게 여민 수줍음.

애가哀歌

행여 임 이 오신가 창문 열고 반기니
댕기 푼 달빛만 바람에 얼려 간다.
은하에 매어 논 빈 배 누를 태워 갈 건고.

고향

실핏날 모로 세워 그려보는 그 얼굴

이따금 꿈에 살아 웃고 울린 그 이름
이 생명 한데 묶어서 높이 매달 산하여.

흙내음 허리 두르고 깻살머리 다듬던 뒷결
실버들 빼어 물고 동이물로 채운 정이
맴돌다 백발을 빗고 뿌리 내릴 땅이여.

노을 앞에서

쫓겨난 시간들이 허공에 몰려 탄다.
뉘우쳐 드리운 맘 화염속에 퍼덕이다
깔리는 정적속으로 묻혀가는 한 평생.

태워 재가 되고 다시 지핀 향로불이
하늘 소매끝에 수놓아 펼친 푸념
꽃보다 진한 향내로 사랑가를 부르랴.

설목雪木

꼬집도록 저주스런 운명을 씹으며
속적삼마저 벗을 때 그리 설리 울더니
고운 님 다독인 정에 저리 반겨 섰는가.

면사포 곱게 드리우고 은銀 방석 까는 뜻은
새 봄 기다리는 망부한望夫恨의 아픔이라
차운 밤 매운 살이에 설움 겨워 웃겠지.

시월

기다리는 마음이다 거둬들인 들판이다.
펄펄 나는 새처럼 속삭이는 바람처럼
옷깃에 매달리면서 어디론가 가잔다.

하늘도 쫓겨나구나 산도 멍들었구나.
바빠진 강물이다 바람 끝도 날이 선다.
귀또리 겨운 설움에 별빛마저 설렌다.

첫눈

보일 듯 숨어 딛는 새댁의 보선발이다.
돌아서 울어버린 네 마음 뉘라 알리
선인仙人의 축제런가 싶어 반겨 부른 노래다.

수놓아 간직해온 소녀의 그리움이다.
썼다가 지워버린 임자 없는 사연들
빈 붓에 화필을 적셔 그려내는 꽃잎이다.

깨진 항아리

뒤안길 후비진 자리에 허기진 너의 모습
아픔보다 더 쓰린 웃음 씹어 삼키면서
그래도 잊을 수 없는 미련같은 마음이여.

진복희(晉福姬, Jin, Bok hee)
1947년 전북 남원 출생. 경희대학교(국문학
과) 졸업. 《시조문학》 천료(1968) 등단. 시조
집 『불빛』(1996, 동학사). 동시조집 『햇살 잔
치』(2001, 책만드는집), 『별표 아빠』(2011, 아
평). 가람시조문학상, 방정환문학상 수상. 한
국문인협회, 한국시조시인협회 회원.

—

가을 무대

가을은 온통 빗장을 지르고 앉아서
미친 바람 하나만 정처없이 목에 걸고
천리라 만리라 와서 빗길처럼 가고 있네

발등에 나를 묻고 순식간에 나를 묻고
가을 잎새 몇 개가 쿵쿵 무너지듯이
한 십년 정수리부터 낙과하는 연습장

들국화 몇 섬을 눈높이에 피게 하고
아아 가을잠은 실로폰 우는 소리
어디쯤 또 버려질까 머릴 푸는 생각 하나

날마다 바람은 추렴을 다녀와서
영락없이 길어진 목을 잠자리까지 디밀고
곳곳에 널린 내 잠을 똘똘 말아 올린다

무성히 잘려 나가는 바람깃을 헤치며
갈대가 머릴 쓸 듯 가자 벌판 끝으로
그래도 차마 사무치단 얘긴 고스란히 버려 두자

제비꽃

봄 언덕 아지랑이
목을 빼고 내다보며

호젓한 길섶에서
눈뜨는 제비꽃들

자줏빛 눈매도 곱게
별을 피워 올립니다

첫이슬에 몸을 씻고
망울망울 맑은 눈빛

그 작고 여린 숨소리
귀 대어 있노라면

어느새
내 가슴에도 서느런
별이 돋아납니다

모모에게

적막에 가슴 앓히어 퍼올리는 최초의 말
참으로 그 어여쁨 영원 물린 날개 같고나
진공의 그대 가슴에 눈을 뜨는 최초의 말

너는 맨발 화사한 맨발 허무는 세상 끝이 보인다
눈물 한칼 배지 않는 가슴 따고 들어가
웃자란 그대 외롬도 밟아줄래 너의 맨발

상채기도 날아와 네 가슴에 앉는다
돌앉은 눈물까지 한 잎 한 잎 눈을 뜬다
가없이 기울여 빚은 목숨은 그러한 눈빛

바람

더 얼마를 풀어야 그 살빛 보일거나
들킨 몇 올 머리칼만 허공으로 쏠리는 저녁
몇 산하山河 뜨는 한뎃잠 끄지 못할 불이어라

빈 가슴 골짝마다 머릴 풀고 서리는 잠
귀엣말 가득한 벌 돌아보면 저 혼잣소리
얼마를 더 깃들여야 고일거나 그 목청

불빛 2

서리찬 바람벌에
뉘 어둠의 방생放生인가
꼭두빛 울음 한 점
켜들고 가는 허공
이따금 입 다문 자막 위로
문신文身하는 살이 뵌다

불빛 3

무심히 빈 자리에
양수羊水처럼 괴는 눈물
잦아드는 울음살
저리는 어둠 속을
꿰벗은 이름 하나가
유백등乳白燈을 켜누나

불빛 4

저 홀로 품어 안고
미쁘디 미쁜 사랑
감감한 세상 끝을
어루며 풀치면서
잦히는 그리움 한 자락
산말랑을 넘어간다

사랑

여위어도 종일을 삭지 않는 돌 하나
그대 지른 팔매질 수심도 없는 길을
흘러서 목숨만 아린 여울 이리 깊습니까

한날 한시라도 그대 베어 버려두고
저리던 어둠 하나 기어이 버려두고
마침내 천둥벌거지 허공뿐인 천둥벌거지

말씀 밖으로만 울리는 그대 발소리
그 마저 눈감아 어둠 마저 눈감아
마알간 꽃대궁으로 물오르고 싶습니다

진순분(陳順分, Jin Sun bun)

1956년 경기 수원 오목천동 출생. 한국방송통신대학교(국어국문학과) 졸업. 〈경인일보〉 신춘문예 시조(1990), 《문학예술》 신인상 시(1991) 등단. 시집 『안개꽃 은유』(2001, 토방), 『시간의 세포』(2009, 고요아침), 『바람의 뼈를 읽다』(2014, 이미지북), 현대시조100인선 『블루 마운틴』(2016, 고요아침), 『돌아보면 다 꽃입니다』(2018, 고요아침). 수원문학작품상(2000), 시조시학상본상(2007), 경기도문학상본상(2015), 나혜석문학상(2018), 홍재문학상(2018) 수상. 수원문인협회, 한국시조시인협회, 한국문인협회, 오늘의시조시인회의, 한국작가회의 회원.

새벽 별빛

진순분

누군가의 아픔처럼
어둠을 벼리는 별빛
세상 꽃눈 다 틔우고
홀로 열매 맺히도록
죽도록
산다는 것은
혼신으로 빛나는 것

—

진순분 시인의 작품에는 지어미와 지아비의 지고지순한 숭고한 길이 있다. 고난과 아픔이 점철된 길이지만 엄숙하면서도 장엄하고 진지하게 시인은 이 길을 노래한다. 유혹과 욕망으로부터의 단절된 길이면서 동시에 견고한 울음의 길이다. 또한 시인의 시편들은 시대를 노래하되 들떠 있지 않다. 의도는 선명하되 차분히 가라앉아 있다. 조근조근하게 가야할 바를 일러준다. 또한 시인의 시편에는 에코페미니즘의 강렬함이 있다. 생태성과 여성성의 상호 교접을 통해 합일을 추구함으로써 더욱 강한 생명성과 영원성을 지향하고 있다. 타자를 위한 삶의 모습을 견인하고 있다.

— 이지엽(시인 · 한국시조시인협회 이사장 · 경기대 교수)

—

워낭 저물 무렵

파장시장 난전에 펼친 상추 열무 풋고추

허리 굽은 백발 할머니 투박한 손으로

어머니 넉넉한 마음 덤까지 얹어준다

한자리 쪼그려 앉아 팔다 남은 열무 석 단

해 질 녘 떨이 할 때 손주들 눈에 밟혀

고된 몸 참참 면벽을 살아낸 긴 그림자

삭신 쑤셔 허리 펴면 천근만근 삶의 무게

멍에 얹은 더딘 걸음 뒷모습에 워낭이 울고

노을빛 공양 올리는 골진 이마 되우 붉다

못을 품다

본디부터 나는 어미 가슴에 박힌 옹이
깨어나라, 깨어나라, 간절한 기도처럼
정점을 곧게 내리친 서슬 푸른 자존 하나

애당초 어미에게 시린 슬픔은 아닌 것이
끝끝내 아뜩한 벼랑 절망도 아닌 것이
먹먹한 말없음표로 가슴 치는 진눈깨비

닿지 않는 삶은 꽃 핌과 꽃 짐 그에 티끌
끊어라, 끊어라, 피 뜨거운 그리움의 죄
허울에 대못을 친다 욕망에 대못 친다

본디부터 나는 아비 가슴에 박힌 상처
시대의 서러움을 징소리로 울음 울 때
눈물에 녹슬지 않는 견고한 목숨 하나

한해살이 꽃
— 비정규직

한 해를 살기 위해
온 힘 다해 피었구나

서러움 삼킨 늑골
피 눈물 고였구나

꽃 핌은
처절한 투혼

짧아서 더 향기로운

거룩한 상처

너를 위해 오롯이 눈물 되고 골수 되어
온 산을 흔들며 살갗 찢는 드릴 소리에
내 몸은 구멍이 뚫려 흘러내리는 골리수骨利樹*

그렇다, 가슴 저미는 통증을 견디지 못해
상처에 호스를 꽂고 속울음 깊어짐은
마침내 달디 단 수액 쏟아내기 위함이다

고로쇠 더 줄 것 없어 별 총총 덧날 때
아픔이 아픔을 보듬어 옹이진 흉터 꽃
혼자서 평생 안고 갈 그 상처는 거룩하다

* 예로부터 고로쇠는 뼈에 이롭다는 뜻의 한자어 골리수骨利樹에서 유래됨.

둥그런 잠의 꿈

해 질 녘 무료급식 하루 한 끼 때우고
포장박스 간신히 비집고 들어 몸 누인다
겹겹이 옷 껴입어도 섣달 밤 손발이 언다

한파를 견딜 수 있는 건 그나마 알콜 농도
몸처럼 찬 바닥에 나뒹구는 소주병들
빚더미 쌓여만 가듯 삶의 무게 짓누른다

뿔뿔이 흩어져도 빚 걱정 끼니 걱정
우린 언제 따뜻한 밥상에 모여 앉을까
죽어도 눈 감지 못할 사랑하는 피붙이들

어머니 뱃속 태아처럼 한껏 웅크린 채
둥그런 잠, 얕은 꿈조차 발이 시려오는
새봄은 아직도 멀다 눈썹 끝에 눈발 날린다

얼음 소통

한 마리 은빛 빙어 얼음 혀를 핥는다
찰나에 볼 닿을 뻔, 온몸 소스라친다
촘촘한 얼음 뼈마디 속울음 깊어진다

소리 내 울 수 없는 캄캄한 언어들이
가슴 깊이 무덤을 파고 들어간 이름이
이 우주 얼음에 갇혀 내내 소식불통이다

그토록 기다린 안부 하얀 눈꽃 피운 날
푸른 정맥 돌듯 새로운 물결이 온다*
감성은 살이 베인다, 심장이 마구 뛴다

낯선 미래 커튼 열듯 서서히 열린다
투명한 속살 환히 뵈는 모세혈관 따라
마음속 쩡! 결빙 가른다, 날 선 햇살 꽂힌다

* 미래학자 최윤식, 최현식의 저서 『제4의 물결이 온다』에서 인용.

시 향낭

백 년을 기다리다
뜨거운 피 마르고

오직 그 사랑한 죄
살과 뼈 문드러져

비로소
목숨 건 시 한 줄
향기로 그윽하네

유모차, 설산을 오르다

등 굽은 할머니 흰 수건 정갈히 쓰고
오늘은 운이 좋아
키 높이로 쌓인 폐지
건널목
앞이 안 보여 연신 고개 갸웃 댄다

손수레도 아닌 유모차 한 짐 가득 팔아봤자
고작 폐지 1kg에 80원
느루 먹다 지친 허기
해종일
추운 거리 헤맨 뼈마디가 삐걱인다

숨이 턱에 닿아도 또 넘어야 할 고비길
팔십 독거는 지는 쪽으로
저어하며 가는데
유모차
부리지 못한 생, 그 설산을 오른다

질경이 시

우마차 바퀴자국에 애당초 짓밟힌 가슴
목이 꺾여 먼 그리움 바라볼 수 없어도
형형한 눈빛이 살아 질긴 꿈을 키웠다

아무도 눈길 주지 않는 척박한 자갈 길섶
뙤약볕 긴 가뭄쯤 시푸른 오기로 일어서서
한 목숨 결코 눈물로 구걸하지 않았다

있는 듯 없는 듯 이름조차 천한 백성
단 하나 기른 것 심줄처럼 질기디질긴
벼랑 끝 시혼 더 빛나 더딘 꿈 또렷했다

폭죽

순간, 섬광처럼
뜨겁게 눈멀고

캄캄히 귀먹도록
찰나의 불꽃으로

황홀히
타오르고 싶다

한생애에 단 한 번

차경섭(車敬燮, Cha, Kyung sub)

아호 옥천(玉泉). 《시조문학》 시조 천료
(1993) 등단. 시조집 『세월 따라 인생 따라』
(2018, 한강) 외. 동시조집 『곡성을 아시나요』
(2011, 아동문학세상) 외. 일역시조집, 시집,
동시집 외. 제8회 전라시조 문학상 수상 외.
한국문인협회, 국제펜클럽 한국본부, 한국시
조시인협회, 한국아동문학회, 한국문예학술
저작권협회, 한국음악저작권협회, 한국동요작사가협회 회원.
_

아리랑

一 세상을 찬미하는 노랫소리 절절건만
　무구한 자연 앞에 광란하는 철부지여
　여지껏 뿌리 못 내린 돌바위는 임자 없고

二 산골짝 물소리는 청산같이 푸르기에
　상큼한 송뢰 젖어 산 오르니 몸 가볍고
　저 하늘 구름 덩이는 천태만상 그림이여

三 가난을 구원하는 목회자도 있으련만
　한 많은 인생살이 탄식해도 별 수 없고
　얼키고 설킨 실타래 어느 때나 풀리련지

四 할퀴고 휩쓸면서 앗아가는 태풍 앞에
　피눈물 뚝뚝 쏟는 인생사가 처절건만
　저마다 현자라 하니 세상사는 시끄럽고

五 참새도 기뻐하는 황금 들녘 풍성하건만
　천국을 노래하는 미치광이 널부렁고
　여지껏 잡히지 않는 세월이요 꿈이여라

아리랑

一 흰둥이 검둥이가 함께하는 이승살이
　수많은 상실에도 꽃피워진 추억인가
　삼천리 금수강산에 백두대간 장엄하고

二 뜬구름 유들유들 노도하고 파도치니
　야삼경 깊다해도 잠들지를 않는구나
　제 운명 저 모르면서 어쩌자고 광란한지

三 삼각산 봉황새는 가고 아니 못 왔기에
　꿈엔들 잊으리오 영월 땅에 청령포를
　슬프다 피로 얼룩진 골육상쟁 비극이여

四 적막을 찢어버린 자규 소리 처절건만
　나비가 꽃을 찾듯 환락 찾는 불여우여
　시대가 시대인지라 세상 홍진 자욱하고

五 봉덕사 종소리는 이저승을 돌아드니
　천년의 잠을 깨고 빛을 발한 금관인가
　설화와 개국신화가 신비로운 계림신라여

아리랑

一 이 풍진 세상에도 짝 없다고 울건만은
　꽃뱀에 물린 탕아 탄식해도 별수 없고
　마음은 영원한 청춘 인지상정 이 아니랴

二 잘못된 충절에는 멸문지화 당했건만
　지금도 권력 앞에 눈이 먼 졸개 있었으니
　찬연한 궁궐 단청엔 슬픈 사연 서렸더라

三 창파는 즐거운 듯 너울너울 춤추건만
　한사코 팔베개를 뿌리치는 여인 있고
　저마다 부귀영화를 소망하니 꿈이어라

四 옛 고향 죽마고우 서로 만나 흉금 터니
　나비의 날갯짓은 단풍 따라 간곳없고
　좁은 땅 인간세상은 번성하여 무성하여라

五 텅텅 빈 항아리에 가을걷이 채웠건만
　설한풍 쓸어안고 울어야 할 황혼인가
　피 끓는 젊음과 사랑 어제런 듯 하건만은

아리랑

一 인생길 주마간산 돌아보니 덧없건만
　저 많은 웅산장산 연봉에는 정기 솟아
　여지껏 붉게 타오른 태양이요 여명인가

二 걸쭉한 입담 좋아 세상 잡사 조롱하니
　작대기 장단에도 나무꾼은 신명났기에
　지금은 만남의 공간 널부러진 시대 같고

三 지진과 화산들이 지구촌을 희롱하건만
　후련한 소식 없고 들려오는 재앙인가
　여인의 지고지순한 사랑이야 아름답고

四 인생은 벙그렇다 시들어진 꽃 같기에
　저 노인 황금 눈물 쏟아봐도 별수 없고
　옛 고향 그리워 찾아본 수구초심 이 아니랴

五 땀 냄새 물씬 풍긴 삶의 경쟁 처절건만
　허풍이 많은 인간 삼시 세끼 쩔쩔메고
　지금도 똥 묻은 개가 겨 묻은 개 흉보아라

아리랑

一 칠월달 땡볕같이 이글거린 저 눈빛도
　만나면 기뻐하고 해어지면 슬퍼하니
　인생은 새옹지마라 쥐구멍에 볕 들 날있고

二 시대를 짊어지고 등불 밝힌 자 있건만
　새롭게 변한 세상 따르려니 각박하고
　설한풍 모질다 해도 가난살이 더 서러워라

三 자연의 순리 따라 삼라만상 피고 지니
　이 밤도 어디선가 호상놀이 하련만은
　지금도 무시무시한 종교전쟁 자행한 자 있으니

四 꽃상여 타고 가는 망자 회한 풀 길 없건만
　피붙이 많다 해도 어느 누가 동행하랴
　앞산에 접동새 울고 뒷동산에 두견새 울거늘

五 지금은 남극 북극 얼음산도 녹아녹아
　모두는 시름 걱정 잊은 듯이 웃더라만
　극락문 열릴 듯 말 듯 애를 태운 이승사여

아리랑

一 한생을 살다 보면 산길 물길 가시밭길
　짧고 긴 인생길에 희노애락 길들이고
　모두는 고난과 질병 없는 삶을 소망하건만

二 상여꽃 곱다 해도 외로운 넋 안았기에
　여지껏 무뚝뚝한 사내장부 속은 깊고
　이름도 예쁜 금강산 봉래풍악 품었는지

三 너와 나 사랑하고 의지하는 이승살이
　여인의 은장도는 녹이 슬어 간곳없고
　이 밤도 불륜이 춤춘 환락가는 호황이니

四 이별주 서글프고 말문 막혀 애닲다만
　네 갈 길 내 갈 길에 기약 없이 헤어지니
　보내고 그리워한 맘 너는 알고 있으리라

五 정치인 이름으로 뭉칫돈을 챙기건만
　사무친 가난살이 어디 가서 탄식하랴
　노승의 밋밋한 머리 바라보니 민둥산 같고

아리랑

一 옛 선인 놀던 정자 회포 풀 길 없건만은
　드높은 고산준령 흰 구름은 꿈꾸는지
　부아가 치민 날에는 한잔 술이 선약인가

二 쇠잔한 인간들이 어찌그리 교활하랴
　바람 찬 갯벌에는 갈대들이 노도하고
　까마귀 날자 배 떨어진 인생사도 수많더라

三 가난을 달관한 몸 모진 시름 견디건만
　서창에 노을빛은 뉘를 위해 저 고운지
　아득한 선사시대를 말해주는 암각화여

四 대륙을 휩쓸고 간 허리케인 무정하건만
　거룩한 천주님을 희롱하는 지진인가
　한사코 두리번거린 뭇새들이 시끄럽고

五 높고 큰 보릿고개 풀피리 불며 넘었건만
　간절히 소망하는 부귀영화 오지 않고
　색 고운 만산홍엽은 가을 청취 풍기여라

아리랑

一 신들린 마녀인 듯 싱글벙글 하면서도
　한입에 삼킬듯이 좇아오고 달려드니
　자유와 평화를 위해 그 얼마나 피 흘렸던가

二 개혁의 바람 타고 일취월장한 자 있건만
　행복을 선택받지 못한 자는 고난이니
　허허한 적막강산에 외로움은 더하여라

三 반갑게 맞으려도 오지 않는 님이련만
　보고 또 바라보는 무위자연 아름다워
　너와 나 마음 함께한 정이요 사랑인가

四 겨울이 오는 길목 기러기는 전령 같고
　남다른 재주에도 인명재천 따르련만
　죽음의 고속도로에 광란하는 저 질주여

五 저마다 단꿈 꾸는 사랑인지 이브인지
　이제는 연정만리 사랑 마음 간곳없고
　저 붉은 천년의 노을 바라보니 황혼이여

아리랑

一 철새도 배부른 듯 훨훨 날아 해 지건만
　허기진 나그네는 길을 잃은 철새 같고
　인간사 소 닭 보듯이 버림받는 가난인데

二 백사장 씨름터엔 천하장사 꽃과 같고
　걸쭉한 육두문자 음담패설 쏟아내니
　이 밤도 사랑 노래는 강물같이 흐르는지

三 찬란한 태양같이 한세상을 살고파도
　사는 일 이다지도 삶에 겨워 시달리니
　풍자와 해학이 넘친 품바놀이엔 배꼽 쥐고

四 인생길 산전수전 아니 겪고 버티랴만
　비너스 알몸보다 야윈 여인 정 뜨겁고
　도시는 불나비 세상 들꽃 만발하였어라

五 눈 익은 고향길도 서먹서먹 낯설기에
　거둘 것 없는 가을 군밤 냄새에 취해보니
　된서리 찬바람에도 향기 풍긴 들국화여

차달숙(車達淑, Cha, Dal sook)

1946년 경남 창녕 도천면 출생. 한국방송통신대학교(법학과) 졸업. 《한국동서문학》 시조(2013) 등단. 시조집 『두리 기둥』(2017, 열린시). 시집 『아내의 텃밭』(2009, 세종), 『세한의 저녁달』(2009, 세종), 『사랑의 배접』(2010, 해암), 『지상의 저녁』(2012, 해암) 외. 실상문학상(2004), 한성기문학상(2009), 한국바다문학상(2011), 낙동강문학상(2013), 부산문학상 대상(2018) 수상 외. 국제펜클럽 한국본부 이사, 부산시조시인협회 부회장 역임. 부산문인협회 부회장. 《국보문학》 주간.

—

차달숙 시조에는 현란한 수사가 없다. 미래파 자유시에서 횡행하는 이른 바 비틀어진 문장을 이용해 교묘한 표현을 이끌어 내지도 않는다. 현실 감각을 유지한 채 정직한 표현으로 의미를 드러낸다. 사물들 속에서 자신만의 느낌을 끌어내는데 어쩌면 단단한 서정이 주는 힘을 믿는 것 같다. 시를 여성성이라고 볼 때 서정은 시의 뿌리가 될 것이다. 단단한 서정이 가져다주는 차시인의 시조는 야무지고 속살이 깊다.

— 강영환(시인 · 전 부산민예총 회장)

—

해후

눈 시린 벼랑 끝에
동백꽃이 흔들린다

추락은 저런 거다
그림자도 남김없이

흉터만 홀로 자라서
기약하는 눈초리

두리기둥
— 폐가에서

격랑이 휩쓸고 간 외딴 마을 너와집

두리기둥 옹이에 기침소리 들린다

매미도
푸른 한나절을
숨죽여 듣다 간다

여유로움에 관하여

주름골 깊어서는 넉넉한 게 좋아진다
감정에 홈을 파던 사유도 느슨해져
몸 따로 놀아나지만 헐거운 옷이 좋다

느직하게 내려오는 산그늘이 보기 좋고
탈 없이 지나가는 날들에게 손 흔드네
빨리에 몸 뺏기지 않고 새아침을 만나리

질항아리

묵은 김치 우린다고 물 담은 항아리에
하늘이 먼저 들어 흐린 몸을 씻고 있다
구름도 곪는가보다
터져나는 노을빛

검은 속 곁눈길에 가슴이 서늘하다
하늘은 언제나 높은 줄만 알았는데
닿을 듯 아득히 깊어
별빛 한 점 못 건진다

하단에서
— 낙동강 4

가슴에 토박이 말 빗장 굳게 닫아걸고
강물 속에 새긴 뜻 풀어 읽는 눈빛이여
기원이 하늘에 닿으면
타는 노을도 꽃이다

동녘에서 몰려오는 어둠을 등에 지고
샐비어 밀밭 가듯 을숙도 가는 길
술 취한 가등 불빛에
수평선이 기운다

차상영(車相英, Cha, Sang young)

1950년 광주 출생. 호남대학교 석사 졸업.
《시조시학》 신인작품상(2018) 등단. 한국시
조시인협회, 열린시학, 오늘의시조시인회의
회원. 재능시낭송가, 시낭송 교육자.

「시와 동백」 외 시편들을 통해 시쓰기에 투신하려는 시인의 굳은
결기가 엿보였다. 시인에게 시쓰기는 "겨울 눈 속 동백처럼" 다가
왔는데, 시인에게 이제 시는 "추울수록 빛나는 햇살", "어둠 속 나를
위로"하며, "떨어져 내려도/ 또다시 피는 꽃"이 되었다. 시는 마치
「풍암 둘레길」에서 헐떡거리면서 오르는 "굽이친 오르막길"과 같
지만, 동시에 "우뚝 솟은 소나무"와 같으니 "칠흙", "보이지 않는 그
길"에서 시는 노래가 되고 빛이 될 것이다.
— 이지엽(시인 · 한국시조시인협회 이사장 · 경기대 교수)

풍암 둘레길

거친 헐떡거림에 굽이친 오르막길
힘을 다해 옥녀봉을 오르고 오른다
또 걸어 잠시 숨 고르는 사이
우뚝 솟은 소나무

하늘 우산 아래 거침없이 뻗어가는 칡넝쿨
이따금 쒸 쒸 쉬이 지저귀는 박새 울음
제각기 다른 표정으로
저리도 반겨준다

길이란 생각해보면 달 같은 것이다
보름달 아래 은혜로운 맑은 물 출렁이지만
때로는 칠흙 같아서
안 보일 때도 많다

단풍 물빛 풍암楓바위호수
검은 두 눈 푸르게 하는
나는 보이지 않은 그 길을 가고 있다
그림자 빛이 되고 나서
노래가 되는 길을

시와 동백

시를 쓴다는 건
두려움이 가득하여
감히 넘볼 수도
다가갈 수가 없었는데
어느새 내 곁에 왔다
겨울 눈 속 동백처럼

시는 동백 같은 것
추울수록 빛나는 햇살
또록한 눈빛으로
어둠 속 나를 위로하는
뚝 땅에
떨어져 내려도
또 다시 피는 꽃, 시詩

수족관 앞에서

투명한 유리벽 속
어디로 가야할지

활어차에 실려와
얼떨결 낯선 수족관에 갇힌 전어錢魚
아심아심 숭얼거리고
제철 만난 미식가는 입맛을 다시는데
댕기 머리 소녀의 꽃을 꺾은 자者여
잔뼈가 많아서 못 먹는 족속이여, 섬나라여
찌그렁이 쏟아내는 망언에 얼굴 가린 가면극을
은백색 배, 검푸른 등으로 멈추게 하고 싶다

못 잊을 뜨거운 눈물
침샘으로 고이는 가을

정情

냉방기 바람 곁을 한 자국 벗어나서
이마에 스멀거린 구슬 같은 땀방울에
빛 좋은 홍고추 갈아 참깨 뿌린 배추김치

절여진 소금보다 짜디짠 마음 담아
더위에 지친하늘 푸른들 밀쳐내며
큰딸과 마주 할 시간 웃음이 벙글고

밥도둑 감칠맛에 뙤약볕도 사라져
갈증의 도시생활 찬물보다 반가우리
다가올 포옹의 시간 마음이 먼저 간다.

스마트폰

길거리, 카페에서
고개 숙인 많은 사람들
앉거나 걷거나
약속이나 한 것처럼
손금의 사주四柱를 보듯 끊임없이 소통한다

정보를 얻기 위해 인터넷 접속하고
게임에 푹 빠져 쾌감도 맛보고…
때로는 흥분도 되지만 허무하기도 하다

인간이 만든 과학의 힘
참! 요긴한 것이다
이젠 없어서는 안 될
작지만 위대한 기기
감정과
눈빛의 교감
마음은 어디 있는지

겨울 잔디

멀리서 다가온 찬 바람결에 기운을 잃었다
나약하고 무기력한 손 기다랗게 뻗으면
누군가 그 손 반갑게 잡아줄 사람이 있다

끝이라도 소중한 것은 열매 맺어 남듯이
달콤하게 몸짓을 부풀리던 계절은 가고
마른 잎 누운 곳에서 포근하게 쉼 쉴 때

산 능선 따라 수없이 스쳐온 선율들이
빽빽이 얽힌 싸리나무 좁다란 틈새 속
갖가지 고해성사처럼 아프게 들려온다

세상에 황사 먼지며 감기며 온갖 것도
내 위에 다 누워 포근히 잠들고 있어
황혼 빛 따스한 열기 봄을 기다리고 있나니.

폭염暴炎

압력솥 김*처럼 뜨거운 열기에

맥없이 과수원 목책木柵에 걸려있는 호박잎

뜬 구름 붉어가는 7월
종이봉지 속 청춘들

* 김: 수증기.

비구름

목마른 물동이 줄 세운 동네 우물
오동나무 이파리 하나 물 위에 두둥실
애타는 아가씨 마음 설레게 떠돈다.

고무줄 늘어지듯 두레박 내려가서
한 움큼 모아 담고 끙끙대며 올라오다
풀 먹인 모시저고리 물 적삼 만드네.

정수리 방석 삼아 앉아 있는 또가리卷圓
물동이 속 우물물 박자 맞춰 출렁이고
비꼬리 살랑 바람에 총총걸음 휘뚝거린다.

매화분梅花盆

꽃망울
동여매듯 애절도 하구나.

넉넉잖은 분盆
그 속에 뿌리내린 매화
거칠고 성긴 가지.

새날을 품는 봄바람에
고운 자태 드러내네.

내일

너그러운 하늘에 머물던 빗방울은
아무런 속죄 없이 은밀하게 내려와
뒹구는 마른 낙엽을 눈물 흘려 적신다

운 좋게 매달린 색 바랜 나뭇잎 하나
노을에 채색되어 다시 붉어진 얼굴에
젖은 잎 내려다보며 미안하다 속삭인다

연이은 전광판 문구 보였다가 없어지고
은백색 물방울에 입술 적신 잎새 자리
그곳에 다시 올 내일 연초록을 기다린다.

차의섭(車義燮, Cha, Eui sub)

1919.~1993. 전남 곡성 출생. 호 미암(美岩). 일본대학(법학과) 수료. 농업은행 기념 시부 현상문예 당선,《협동》자유시「7월의 벽」천료(1960),《현대문학》「연꽃」천료(1977),《시조문학》「달팽이」천료(1977) 등단. 시집『어느 정적靜寂』(1977, 현대문학사). '원탁시', '시조문예' 동인. 제2회 시조문예상 수상(1978). 민족시 연구회 부회장, 호남시조문학회 부회장 역임. 한국시조시인협회, 한국문인협회 회원. 진도, 곡성, 고흥, 광산, 광주시 농협 근무.

귀성歸省

달 물린 잎이 하나 나비만큼 내린 소리
당산堂山 등치 구멍 하나 메워 보니 고향일세
반석 위 뼈 마친 궁둥이에 서른 해가 시리다

나비

배꽃 비梨花雨 하나둘씩 들치는 봄 등술기
이슬 맺힌 떡잎 하나 매끈 둥 곱게 자라
옥양목 옛 풍속을 입고 덩실덩실 봄을 춘다

두 자가웃 여린 날을 또 한 잎 나는 아픔!
떨기떨기 망울망울 방실방실 부신 숲에
내 가락 새운 벌 중중모리 곧 동이 날 철節 끈적끈적…

부귀 도둑 얼비치는 거북 무늬 가는 세렴細簾 새로
물씬한 세월 속의 시리도록 흰 이빨이
버선 코 꼭 외씨로 돌아 돌거울大理石 위 사뿐 나….

모과木瓜

꼭 한 주먹 이 세상을 검쥐고 꽝꽝친다.
지구가 흔들흔들 해도 달도 흔들흔들
태극기 드높이 펄렁펄렁 잎새들이 우수수.

석류

묵직한 금은 보석 꽃주머닌 발름한데
우의羽衣 팔랑 꽃 분홍신 버들허릴 낭창이는
막 내린 물씬한 하늘仙女 몸내 느긋이도 상달十月 밴다浸

바듯이 손목 잡는 하늘 땅의 환한 홍조紅潮
이 세상엔 없는 패물佩物 가슴 도독 얼비침을
두렵게 껴안은 불情火 어름엔 눈부실 손 저 무지개

자작거린 아긴 仙童 포동 서기瑞氣 서린 누각 위서
똑또그르 떨군 금돈 하늘 속에 굴은 소릴
챙기는 고사리 손등엔 은방울이 딸랑딸랑

신록의 증심사證心寺 언저리

바람 얼레風櫛 빗겨 넘긴 헝크러진 오월 이쯤
김삿갓이 며칠 묵는 뜸든 자리 학鶴의 목에

그 고픔 가재에 물린 한 끼 풍자諷刺 굽는 냄샌 솔솔

흰 구름 데린 소만小滿 무등無等 갓에 갈씬갈씬
청개구리 업은 소망 촛불만큼 빠알간데
선禪 그득 물때 점점 다가선 중심사證心寺란 거룻배

피안의 뱃머리에 신록 동천洞天 철썩이고
의재毅齊 화백 벌써 오셔 한 폭 끝난 회심會心 후끈
이내山嵐 속 푸른 이랑을 매면 댕그랑인 임의 말씀

아내

거미줄에 잡힌 달이 솔잎에 찔린 밤을
간장 저미 피를 흘던 한 마리 소쩍새가
한 떨기 장미로 화해 가슴 하나 피었구나

달그락인 손끝마다 구름 이네 바람 가네
가장 처진 자리에서 하일遐邇 고루 발라 내는
깁어 간 삼백육십오일 나비만큼 파닥인다

회오린 자락 끝에 소용돌인 춘하추동
운두 높은 발원發願 하나 항아리에 출렁인다
망각 속 허드레로 부린 향기 없는 목화송이!

지리산智異山 수송水頌

따라온 매미 소리 물거울 속 파고 드니
천은사泉隱寺 스님의 풀이 환히 비친 선이로세
흰 나랠 펼치고 나도 몰래 구만리 ㄹ가…

추일 한경秋日閑景

주인의 그늘 움을 도도록 등에 지고
발톱 밑 햇살 가둬 가락 태며 사괄 굴린
고양이 달게 짓는耕作 한가을 한낮 너무 고요하다

채송화 밭에서

궁중무宮中舞 무르익어 댕그라니 금은 족두리
굿물결의 소용돌이에 곁드려 운 종다리랑
길이 찬 이조 오백 년 장안 들썩 메아리쳐!

문무백관 죽 늘어선 낭낭한 옥음玉音 속의
엥, 정적을 뚫고 드는 쇠소리 난 벌 한 마리
천지간 내 모습 하나 선仙보다도 괴괴해…

달팽이

냉랭한 회색 고독 낮달로 뜬 흰 조국을
오늘도 업고 거네 내일도 업을밖에
무주소無住所 낙엽에 말린 한밤 오들거린 이 알몸!

채윤병(蔡允秉, Chae, Yun byeong)

1936년 강원 원주 호저 출생. 아호 춘헌(春軒). 한국방송통신대학교(교육학과) 졸업(1990). 《시조와 비평》 시조, 동시조(2000) 등단. 시조집 『섬강별곡』(2012, 동백문화재단), 『태산도 잠 못 이루고(한·중·영관)』(2011, 시와비평). 동시조집 『섬강일기』(2013, 동백문화재단), 『웃으면 복이 와요(한·중·영관)』(2008, 동백문화재단) 외. 전국시조백일장 장원(1997, 문화관광부장관상), 동백문학상(2006), 국제문학상(2009, 중화민국 외 5개국), 한국동시조 문예상(2010), 세종문학상 대상(2012) 수상. 동백문학회 부회장, 한국시조시인협회 이사 역임. 한·중 및 아시아작가협회 이사. 국제시인, 국제서예가.

—

생활의 지혜를 일궈 인생 나침반으로 대할수록 정이 들고 친구 사이로 의인화 해 소중함을 표출하고 있다(「책은 나의 친구」). 우주의 조화를 상징, 대자연의 신비성을 새김질로 곱씹으며 생명의 빛깔 젊음의 빛깔로 무한한 교훈을 되새겨 본다(「삼복중 숲속 일기」). 꽃 진자리에 온갖 열매를 익히고 비색으로 장식시켜 풍요로움을 안겨주고 온 세상을 눈부시게 변모시켜 준다(「가을 햇살」). 당당한 풍채를 이미지로, 천하를 호령하는 곧은 의지, 푸른 절개로 굳은 신념을 읊어대어 사계절 특성을 살리고 있다(「겨울 소나무」). 세속에 휩쓸리지 않으면서 향나무는 죽어서도 향내 뿜듯 천년 글발 낚아채어 품은 소망을 이루고 강한 집념을 갖도록 한다(「시인의 집념」).

— 오승희(시조시인 · 한국시조시인협회 중앙위원)

—

책은 나의 친구

어딜 가나 동반자로 전생의 업보인 듯
가시밭 휘휘 돌아 갈팡질팡 헤매어도
책 속에
길이 있다고
나침반이 되어 준다.

꾸김새 하나 없이, 꿈결에도 아른거려
눈 맞춤 입맞춤도 자연스레 이뤄지고
그대와
아름다운 만남
에너지가 콸콸 솟네.

성공의 마법사로, 올림의 꽃망울로
둘도 없는 친구사이 천생연분 아니던가?
한 평생
어깨동무로
앞날 환히 밝히리라.

삼복중 숲속 일기

바람 솔솔 스머드는 숲 속 그늘 깔고 앉아
지난 날 아로 새겨
시 한 수도 읊어보고
저 햇살, 끌어안던 시간
묵시默示 속에 잠겨본다.

양지 없는 사람 없고, 음지 없는 사람 없듯
양달에서 크는 식물
응달에서 크는 식물
그 속성, 서로 다른 것
환상으로 그려 본다.

삶이란 무엇인가? 새김질로 곱씹으며
모자람도 넉넉함도
복더위로 녹여버려
먼 앞날, 꽃송이에 엮어
녹색 편지 띄워 본다.

가을 햇살

여름 내내 쌓은 날빛
기꺼이 펼치는가?
화사하게 꽃 진자리 온갖 열매 익혀 놓고
한 계절, 때를 만난 듯
품은 색깔 흩뿌리네.

금빛 숨결 휘휘 친친
넓은 들녘 감싸 안고
두 팔 벌려 막아내도 오달지게 파고든다.
온 살갗, 달구고 달궈
발목까지 잡아끌며.

강가의 모래톱도
훤히 트인 길바닥도
하늘 밭 일궈대며 되작이는 빛의 이랑
갈 햇살, 끌고 당기어
온 세상이 눈부시다.

겨울 소나무

지나새나 푸른 절개 하늘에 맹세하며
곧은 의지 펼쳐 들고 온 천하를 호령하나?
저 풍채, 당당하고 당당해
산 까치도 움츠리네.

칼바람이 후려친들, 눈보라가 몰아친들
왕 중의 왕 자부하고 의젓하기 그지없네.
이웃이, 벌거숭인데도
본척만척 능청부려

끼리끼리 저들끼리 찰떡같이 똘똘 뭉쳐
깊은 정 나누면서 무진 권세 부리는가?
눈 함빡, 뒤집어쓰고도
왕관 쓴 듯 위풍 떤다.

시인의 집념

새소리 벌레 소리 때도 없이 들려오듯
어딜 가나 글귀들이 날개 치듯 용솟음쳐
한 시인
시혼을 달궈
어진 삶만 갈고 닦네.

저 별들 날밤 새워 호들갑을 떨어내도
세속 인심 엉클러져 악몽에 휘말려도
한 시인
꽃노을 띄워
금자탑만 연신 쌓고.

꽃 진 자리 알찬 열매 주렁주렁 맺히듯이
향나무는 죽어서도 향내 솔솔 내뿜듯이
한 시인
줄기찬 집념
천년 글발 낚아챈다.

채천수(蔡千洙, Chae, Chun soo)

1957년 대구 날뫼 비산동 출생. 한국교원대 교육대학원 석사 졸업(2002). 〈조선일보〉 신춘문예(1991) 등단. 시조집 『상다리 세 발에 얹힌 저녁밥』(2002, 만인사), 『발품』(2006, 그루), 『연탄불연가』(2009, 그루), 『통점』(2012, 학이사), 현대시조100인선 『체눈보다 굵은 모래』(2017, 고요아침). 한국시조작품상(2004), 대구시조문학상(2004), 대구문학상(2012) 수상. 대구문인협회 이사 역임. 대구하빈초등학교 · 성곡초등학교장 역임.

—

채천수의 시조는 무엇보다 좀스럽거나 꾀죄죄하지 않아 좋다. 활달한 호흡과 정서가 어우러져 발산하는 역동적인 힘. 그 힘이 때로는 스스로도 추스르지 멎할 뜬금없는 몸짓으로 비쳐지기도 하나. 이 점은 순전히 그의 타고난 성정과 관련된 문제다.
— 박기섭(시조시인 · 전 현대사설시조포럼 회장)

그가 풀어내는 인생의 시조는 가끔 우리를 좀 더 다른 이름으로 부른다. 그것은 풍속을 잘 살아내려면 풍자의 이력과 가락을 지녀야 한다는 가만한 눈길이다. 그런 연유에 우리는 고단한 세월과 그 바람이 씻겨주는 고된 풍자의 몸에서 진진한 풍월이 울려나와 번져나가고 있음에 귀 기울이게 된다. 또 그는 평범한 이웃을 소재로 하여 삶의 진정성을 표현한다는 평가를 받았으며, 전통적인 운율에서 벗어나지 않으면서도 새로운 형식적 실험을 보여주고 있다.
— 유종인(시인 · 문학평론가)

—

곤줄박이 사랑

어린 나뭇가지 하나만 있어도 된다.

너와 나

그 가지에

곤줄박이로 단둘이 앉아

보랏빛

등꽃을 보며

지저귈 수 있다면

두 여인

청춘의 봄은 가도 인정의 봄은 남아
산수유 꽃 앞에 서서 고부간 보낸 날들
이 지상 말로 바꾸어 나누는 그 몇 마디.

- 네가 내 며느리라서 나는 참 좋았다
- 어머님, 어디 가서 어머님을 또 만나겠어요
내사가 여기까지 오는데
사십 년이 흘렀다.

혼선

자동차 문을 닫았다, 안으로 잠근 채
아뿔싸!
열쇠는 자동차 안에 있다
동행인 몸과 마음이
엇박자를 놓는 슬픔.

몸과 마음 사이에 의심이 오고간다.
잠깐의 낭패 앞에
짧은 내전의 상처
쥘 것은 정작 버리고
헛생각을 가졌구나.

미욱하게 늙는 줄을 여태도 몰랐다니!
마음도 비워야 할
제 하늘이 있었구나
한 번씩 포화상태에서 깨우치는 저 허공.

겨울 산 보법步法

다시 침묵을 위해 문을 닫는 산에 든다
빈 나날 이 허망에 무릎까지 오는 낙엽
헛디딘 발자국 찾아 내 여기 또 왔네.

이마를 타고 앉던 굽이친 능선들이
뒷덜미 잡아채서 푼수대로 이던 하늘
흰 구름 건너던 낮달 고삐 되어 걸렸었지.

힘겨운 한 마루 발아래 굽어보니
버리면 쉬웠으리. 부질없는 짐 보따리
이제야 호흡 낮추어 걸음사려 놓는다.

무딘 날 날을 세워 비뚠 가지 잘라내고
목숨의 눈먼 둘레 얼룩도 닦아내고
다시금 햇살 창창한 꿈을 찾아볼 일이다.

배꽃

면도도
하지 않고
세수도 못한 놈을

배꽃 앞에
세워 놓고
배꽃처럼 웃던 당신

늙으면
사진도 늙는다고
배꽃처럼 웃던 당신.

빈속

생명은 굴이 돼야 서로 세 들어 산다
조금씩 파주면서 아프면서 철들면서
상처가 상처를 안고
정녕 그렇게 산다.

쉰 다 되어 비로소 보이는 아내의 빈속
무릎에 바람이 이는 운명의 허기처럼
다 빼 준 허적虛寂의 여울
빈 절간 빈 산 되어.

큰 종으로 우는 것은 가없는 하늘을 닮아
비워도 또 비워도 못 잊을 사랑은 남고
가슴에 음각된 사연
경판인 양 안는다.

통점痛點

서문시장 가게마다
하나 둘 꺼지는 불
생선 대가리를 쳐야 먹고사는 친구 놈과
쉰 중반 피로를 놓고 대폿집에 기대 쉰다.

나잇살에 따라오는
그 무슨 통점痛點 같은
신경이 곤두서서 생의 맛이 조여오고
경기에 턱턱 받히는
일과들로 가득한 몸.

점점 더 헐떡이는 된비탈 숨소리에
밀리고 휘둘리는 목숨도 짐이다 싶어
입술을 지그시 물고
대폿잔에 기대 쉰다.

아침 연밭

선선한 이른 아침은 참 귀한 시간이다

들길을 걷다보면 목을 길게 뺀 연잎이여!

잔잔한 바람의 떨림에 물방울이 놀고 있네.

반작이는 눈동자와 아기들의 웃음소리

엄마들의 행복이 저 연잎에도 있었다니

옴팍한 연잎의 품이 가슴인 양 벅차다.

로또나 한 장 샀어!

아무리 사는 몫이 자기 책임이라지만
생계가 목발을 짚는
88만 원 돌너덜 길
청춘은 팔팔했지만 그마저도 좀 귀했어.

깎인 납품 단가에 후려쳐진 노임단가
한숨을 자주 뱉는 생은 결국 하청이지
쓸쓸히 외진 구석에
잡초처럼 돋는 절망.

졸리고 옴나위없어 손가락을 오그리다.
로또나 한 장 샀어!
확률을 잊은 채로
척박한 이 서식지를 언제 몇 발 벗어나나.

예순둘의 성장통痛

한 세상 살다가는 일

탄력 있게 참 힘들었지

파도가 파도를 지우던 그 격정 다 흘려보낸

시간이 흐른 후에도

잘 다듬질 못했네.

물색없는 말이나 하다

보내버린 젊은 날들

외롭게 늙어가는 사랑은 늘 속수무책

어쩌랴 지난날들을

거름으로 삼아야지.

채홍정(蔡鴻政, Chae, Hong jeong)

1940년 경북 문경 산양면 현리 출생. 호 대원
(大元). 《한맥문학》 시(1996) 등단. 시집『황
홀한 반란』(2011, 오늘의문학) 외. 시조집『한
여름 밤 그리움』(2017, 오늘의문학). 편저『새
속담사전』(2015, 오늘의문학),『(신)고사성어』
(2017, 오늘의문학),『익은말 큰사전』(2019,
오늘의문학),『순우리말대사전』(2020). 대전
펜문학상(2018) 수상 외. 한국문인협회, 대전
문인협회 회원. 국제펜 한국본부, 대전광역시
위원회 감사. 오늘의 문학사 운영이사.

대원 채홍정 시인은 그의 '서시'가 눈길을 끌게 하더니, 입구부터 꽃
에 취해있다. 개나리, 홍매화, 꽃 무릇, 넝쿨장미 등 많은 꽃들을 만
나면서 꽃들과 많은 대화를 나누고 있다. 예뻐하기도 하고 감탄하
기도 하고 안고 싶어 하기도 한다. 하지만 향기를 맡을 수 있는 적
당한 거리를 유지하고 있을 뿐 도를 넘지 않는다. 해마다 낯설게
만 느껴지는 산꽃, 들꽃들. 그래서 그런 것인가. 시인은 자신의 감
정을 꽃에 좀체 이입시키지 않고 있다. 있는 그대로 대상을 관찰하
고 있어 대상 묘사에 철저한 성실함을 보이고 있다. 이런 그만의 몰
개성론은 어디에서 온 것일까. 신성함 때문일까. 숭고함 때문일까.
절정에는「꽃 무릇」이 있다.

― 신웅순(시조시인 · 문학평론가 · 중부대 명예교수)

꽃 무릇
― 일명 상사화相思花

눈서리 맞아가며 겨우내 푸른 꿈이
남은 꽃 피울 적에 혼자만 시들고는
초록의 영혼이 땅 속
새 생명을 들쑤셔

초가을 꽃 대궁이 여인의 눈썹처럼
선연한 매무새로 그리움 토해내곤
애끓는 상사병 도져
헛기침이 요란타

꽃 없는 잎 외롭고 잎 없는 꽃 적막해
불타는 그리움이 열병을 앓아서야
주홍빛 한층 더 고와
아리따우냐 보다

홍매화紅梅花

눈보라 이고 지고 꿈 찾아 발버둥질
이제야 고이 접어 못다 한 정열 지펴
갓난애
배냇짓처럼
앙증맞고 소담아

곱다운 매무새는 저리도 고울 수가
행복의 파랑새가 더 높은 날갯짓에
온 세상
가득한 꽃 내
보란 듯이 방시레

한여름 밤 그리움

희미한 초승달이 별 숲에 갇혀 졸고
가끔씩 운석 행렬 길 잃은 별똥별들
반딧불
깜박 지새며
쏟아지는 여름밤

어머니 팔베개에 못다 한 옛 애기꽃
별빛도 아스라이 멍석 위 같이 누워
정겨움
한 뼘씩 자라
살몃살몃 쌓인 밤

길섶에 터줏대감 수줍던 달맞이야
달콤한 그 속삭임 은하수 정갈 따라
또 언제
한껏 나눠랴
사무치는 그날이

가지고 갈 것 하나도 없는데

슬픔도 한때이고
웃음도 잠깐인 걸
얼굴을 찌푸린들
하는 일 잘 되던가?
인생사
마음 한 번만
고쳐먹고 사세나

오늘을 기꺼하고
내일은 아울어져
좋아서 즐기다가
웃다가 가자구려
욕심내
보았자 갈 땐
너나없이 털터리

안압지 야경

아사달 달빛인가 아사녀 혼불인가
천년의 긴 숨소리 저렇듯 화답하니
더 할 것 없는 이 순간 옷깃만이 여밀 뿐

십성*들 어진 고행 자비로 감싸 안고
한켠에 쌓인 침묵 손 모아 합장할 제
신라 혼 새벽빛 밟고 미소 짓는 불국토

솔거의 붓 길처럼 백결의 대악碓樂 정신
이차돈 순교 빚은 찬연燦然한 보라 향연饗宴
서라벌 옛 기운 은은隱隱 고즈넉이 들려라

옛 성전 불빛 보라! 불꽃에 뛰는 심장
전생에 요람搖籃 열고 무영無影의 전설 담아
화랑도 말발굽 소리 천년 신라 달려라

천년 해 한결같은 아늑한 극락정토
영롱한 금빛 누리 아느냐 태평성대
두 즈믄** 물 위에 서린 다슨 향기 섬광을

* 십성十聖: 신라 최초의 사찰인 흥륜사興輪寺 금당에 모신 고승 열 분,
즉 아도(阿道, 我道), 이차돈(異次頓), 안함(安含), 혜숙(惠宿), 의상(義
湘), 표훈(表ｗ訓), 사파(蛇巴), 원효(元曉), 혜공(惠空), 자장(慈藏).
** 즈믄: 천千의 옛말.

봄은 진정 이풍경

온누리 신떨음*에 꽃바람 널브러져
실다운** 남북 만남 설렘의 사랑타령***
푸른 꿈
참사랑 되어
하늘 높이 앞차라****
— 2018, 4, 27, 남북 판문 선언

* 신떨음: 신이 나는 대로 실컷 함.
** 실답다: 꾸밈이나 거짓이 없이 참되다.
*** 사랑타령: 다른 일은 다 제쳐 놓고 오로지 사랑만 원하거나 찾는 일
을 비유적으로 이르는 말.
**** 앞차다: 앞을 내다보는 태도가 믿음직스럽고 당차다.

가없는 사랑

언제나 수많은 이 옷깃을 스치어도
오로지 그대만이 홀라당 마음 앗아
무작정
곁에 있어도
이다지도 좋을 줄

조건도 필요 없이 꾸밈도 없는 소박

조금씩 익어가는 순수한 작은 소망
내일은
내일 또다시
그지없는 불꽃아

농익은 낙엽 합창

뜨거운 큰 사랑에
제 할 일 다한 잎새
안달 난 그리움에
뒹구는 낙엽 합창
밀려온
몸부림들로
주체할 수 없어라

젊음이 불타면서
남몰래 농익은 적
아련한 향기 속에
푹 물들고 잠자리
떠나는
외로운 마음
내 안에 널 부르며

꽃 정취에 묻힌 봄

무지개
강 건너서
꽃 대궐 너무 고와

넌지시
훔쳐보니
햇살이 꽃에 묻혀

꽃 따라
뜨거운 밀애
이다지나 취할 줄

겨울 바다

갈가리
너울 파도
섬 없는 하얀 눈물

목매인
하소연에
얼마를 더 울어야

임 가슴
마중물 될까
시름겨운 저 안달

천강래(千康來, Cheon, Kang rae)

1942년 전남 해남 해남읍 출생. 고려대학교 (임학), 고려대 교육대학원(상담심리). 《시조 시학》 신인상(2009) 등단. 시조집 『이팝꽃 하 얀 바람』(2018, 책만드는집), 『솔잎 사이 은 하 마당』(2020, 고요아침). 정형시학 작품상 (2018) 수상.

—

산뜻하면서도 깊이 있어 그윽하다(「가을빛 한쌈」). 풋풋한 맑은 서 정이 느껴지고(「겨울비」), 서사적 구조가 단단하게 담겨 있는 내용 이 따뜻하다.

— 이지엽(시인 · 한국시조시인협회 이사장 · 경기대 교수)

시조만이 가지는 고유한 표현형식과 자질을 순도 높게 형상화하면 서, 동일성에 바탕을 둔 삶의 '충만한 현재형'을 구현하는데 그 의 의를 두고 있다(「이팝꽃 하얀 바람」). 시인은 전통적 서정 양식의 속성, 곧 대상과의 동일성을 추구하는 모형을 올곧게 보여주면서 안정된 시형 속에 자신의 삶 체험과 진솔한 서정을 담아내고 있다 (「안남댁」). 시인의 따뜻하고도 견고한 사유가 근원에 대한 표박과 회귀의 끝없는 변증 과정을 원초적 통일성을 통해 삶의 원형을 회 복하려는 통찰에 의해 시조로 쓰는 것이다.

— 유성호(문학평론가 · 한양대 교수)

—

조각보 1

자투리에
한 땀
한 땀
복을 짓는 여인 손끝
긴 침묵
몸부림으로
생애 빗살 엮어다진
그 숨결
천년 울림이
햇귀 같은
메아리

봄, 가즈아

짧아진 딸아이의 치마 깃 스쳐 와서
아내의 입술 가에 머무는가 싶었는데
보일 듯
가슴 설레는 벚꽃 잎 지는 소리

한 세상 가풀막에, 밝아오는 풍경 속에
별뉘가 문득 타고 찾아드나 싶었는데
물 향기
가득 안고서 꼬리 감춘 명지바람

미틈달*
— 두륜산 구름다리에서

계곡 초입 푸른 기운 눈꽃 피는 산꼭대기
겨우내 몸살 앓다 수굿해질 저 산 빛이
긴 생애 저무는 시간 화첩 접어 넘긴다.

가풀막 꼬부랑길 가늘어진 햇살 번져
호두나무 물들이는 갈잎의 꿈틀거림
바람은 고운 색 풀어내 텅 빈 가슴 적신다.

한 생명 사그라져 받쳐 든 씨알 몇 톨
방긋이 열어 보일 하늘가에 묻어두고
미틈달 구름다리에 쉼표 하나 찍고 있다.

* 미틈달: 가을에서 겨울로 바뀌는 달, 11월.

이팝꽃 하얀 바람
— 고층건물 외벽 청소

지난 밤 어리치듯 몽깃돌의 살풀이인가
이팝꽃 하얀 바람 아스라이 매단 밥줄
아무나
밟지 못할 길
허리 휜 낮달이다.

갈가마귀 울음 스친 깎아지른 유리 마당
허공의 면벽구년 달마대사 돌아설라
저 깊은
아득한 고요
언 가슴에 맺힌다.

오랏줄 무거운 짐 피치 못한 순명이기
섬뜩한 난간 밖에 햇살 물고 앉은 새
말갛게
핏발 삭이는
눈시울이 뜨겁다.

오얏나무 꽃자리

물오른 가는 줄기 열매 속 꽃을 보는
눈석임 흘러내린 그 환한 목소리에
새도록 꿈속의 푸나무 너도 나도 눈을 뜬다.

삶은 끝의 향기처럼 마른하늘 초록 길섶
윤슬 사른 바람결에 피어나는 꽃빛마다
보란 듯 풀물 들이는 설렌 가슴 때린다.

분홍빛 바람 타고 옷자락 나부끼던
오얏나무 꽃자리 햇살이 떨어지는 곳
언제든 찾아와 앉을 당신만의 빈자리다.

가을빛 한 쌈
— 전어축제

은빛이 팔딱이는 서천 홍원 그 부둣가
벌거벗은 비린내에
들깻잎이 포개지고
베어 문
전어 한 쌈에
입 속은 가을빛 한 쌈.

허연 거품 게워내며 떼 지어 몰려오는,
몸통 큰 짐승 같은
파도덩이 등에 지고
그물질
힘겨운 어부
눈빛에도 가을빛 한 쌈.

닳은 호미

밭고랑 타고 앉은 땡볕의 긴긴 고요
어머니 뒤태를 닮아 생색 한 번 내지 않은

눈물 반
웃음 반의 삶
은쟁반의 낯빛이다.

생땅 한 켜 일으키는 뭉툭한 저 호미 끝
아버지 발톱 같은 진흙 버덩 휘어진 세월

그 적막
갈앉는 무게
내 빈손에 포갠다.

겨울비
— 어느 탈북 여인

강일동 비닐하우스에 봄빛 머금은 겨울비
바순의 스타카토 온음표로 추적대는데
여명에 등불 켜들고 산 번지를 달린다.

삶의 골 멈추게 한 손바닥 그 굳은 옹이
섬겨 온 마디마디 떡살처럼 발 도장 찍고
손잔등 어루만지다 바람 길을 돌아본다.

무서리 걷어가는 메마른 마칼바람
밤낮없이 피고 지는 메밀꽃 너울 타듯
깊숙한 그대 눈 속에 무인도가 출렁인다.

흙냄새 아픈 구석 입 다문 외진 자리
햇살로 녹일 수 없는 여인의 숨은 상처
초배지 쓸어내리듯 푸서릿길 밟는다.

안남댁*

낯선 땅 열린 마당 겉도는 에움길에
가을 산 허기 달래는 억새꽃잎 훑는 그날
한 생애
꿰뚫어 보는 다릿돌을 놓고 있다.

외진 골, 바람 골목 흙냄새 뭉클한 곳
남루를 떨쳐내고 함지박에 꽃물 들일
여인의 속 깊은 울혈 작은 섬이 흔들린다.

일상어 서슴거려 활짝 피지 못하고
마른 날 서녘 끝에 손톱 밑 티눈 같은
저 창 밖 고요 가득히 비꽃이 떨어진다.

봄을 여는 꽃노을 속 느닷없는 거센 파도
음양각陰陽刻 서린 무늬 어쩌지 못할 때도
세상사 오미자의 맛 텃밭에 묻고 산다.

엇갈린 배경음악 근린소음 갈아엎고
허기진 가풀막에 물빛 같은 길을 낸다.
안남댁
안부 새긴 꽃잎 먼 하늘로 띄운다.

* 안남댁: 베트남에서 시집온 여인.

아버지의 주름살

가야금 산조 같은
마른 귀얄 스친 자리

잡초 밭에 환을 치는
쟁기 밥이 말린 두둑

헛기침
너털웃음이
쓸고 가는
바람의 길

천성수(千盛樹, Cheon, seong su)

1952년 경남 진주 대안동 출생. 경상대 사범
대학(국어교육과) 졸업(1979). 《부산시조》
신인상(2005), 《문학도시》 자유시(2012) 등
단. 시집 『바다로 가는 길에서 부르던 노래』
(2011, 한글문화사), 『똥』(2017, 한글문화사).
오늘의시조시인회의, 세계시조시인포럼, 부
산시조시인협회 회원. '볍씨', '시눈' 동인. 교사 퇴직.

천성수 시인은 시조의 대중화와 보편성을 생각하여 누구나 쉽게
다가서고 쉽게 받아들일 수 있는 글감을 선택하여 작품을 쓴다. 그
러므로 그가 쓰는 작품을 보면 대개가 평범한 사람들이 가진 느낌
이나 생각들의 표현이다. 그는 그래야만 시조가 우리나라 사람들
의 보편적 문학이 될 것이라 말한다. 그의 작품 성향의 특징은 '볍
씨'와 '시눈' 동인으로 활동하면서 오랜 시간 보아왔기에 이렇게 간
략하게 요약할 수 있다.

— 손증호(시조시인 · 한국문인협회 이사)

—

정선 가는 길

한숨이 꼬부라져 물길로 흐르는가
울 할매 등이 굽어 산길이 되었는가
안으로 삭은 세월이 굽이굽이 또 굽이

구름도 숨이 차고 바람도 비에 젖는
산 돌아 물이 돌아 돌아 돌아 휘어진 길
옷고름 풀고 앉으면 늘어지는 아리랑

똥

겸손한 걸음으로
오직 한 길
낮게
낮게

버릴 것 다 버리고
줄 것 다 주고 나면

비로소 자유가 되는 홀가분한 나그네

사모곡思母曲

눈 감으면 서럽게 다가오는 얼굴 하나
주름진 이랑마다 켜켜이 맺힌 사랑
젖은 밤 보름달 되어 가슴속을 비춥니다

어머니 불러보면 언제나 온돌 같아
언 가슴 녹이려고 당신을 찾노라면
따사론 햇살이 되어 함박꽃을 피웁니다

맑은 적막

손자가 잠이 드니 한낮이 적막하다
창에 붙은 파리 한 놈 내 마음을 알았는지
조용히 빌고 빌다가 저도 그만 잠들었다

베란다에 내려앉은 햇살도 따라 졸고
시간도 가다 말고 발을 뻗고 꾸벅꾸벅
거실엔 어느 봄날이 오늘인 듯 어제인 듯

소파에 기대앉아 멀리 두고 보는 세상
바다 속 해초처럼 흔들흔들 잔잔하다
스르르 눈을 감으면 손자 곁에 닿을 듯

복권을 사는 날

복권을 사는 날은 밤하늘이 밝습니다
가슴속 그 어디쯤 만수위로 넘실넘실
비탈길 오르더라도 숨 가쁘지 않습니다

쌀쌀한 지갑 속에 콧노래를 담아선지
일 나서는 새벽길이 춥지도 않습니다
이 겨울 응달진 곳에 봄기운이 올 듯도

반찬이 없더라도 나날이 진수성찬
사나흘 배가 불러 그냥저냥 넘어갈 듯
푼돈이 만든 길목에 온갖 꽃이 핍니다

지하철에서

가깝지만 너무 멀다 이쪽과 저쪽 사이
눈길이 마주치면 서로 바삐 외면한다
남과 북 그 사이보다 한없이 먼 이웃들

웃음도 줄 수 없는 막막한 공간 아래
평행의 두 가닥이 끝도 없이 가고 있다
삶이란 이런 것일까 함께인 듯 따로 가는

등에게

그래 그래 참 고맙다 네가 있어 편했구나
이리 오래 살면서도 왜 그렇게 몰랐을까
가만히 뒤돌아보니 네가 거기 있었네

손잡이와 아버지

졸음도 받아내고 근심도 받아내던
오후의 도시열차 손잡이가 한가하다
그 많은 사연의 무게 안으로만 품은 채

등록금도 매달리고 병원비도 매달리던
아버지 처진 어깨 시린 바람 얹혀 있다
언제쯤 한가한 오후 손잡이가 될실는지

달꽃 피고 지고

살며시 달이 뜨고 고요히 달이 졌다
누나는 부끄러워 달빛을 싫어했다
그래도 순결한 꽃은 은밀하게 피었다

달을 품고 떠난 누나 달을 안고 돌아왔다
수줍은 꽃이 지면 웃음꽃이 피는 걸까
방 안에 달덩이 하나 웃음 속에 잠들었다

썰물로 휑한 갯벌 어둠이 깔리는데
누나의 초여름이 노을빛에 젖어 있다
달꽃이 피는 것일까 갯내음이 발갛다

띠앗*

생각의 건너편에 소리 없이 앉았어도
손톱에 가시든 듯 언제나 아린 핏줄
가을이 깊어서인가 별 하나가 눈에 든다

빛깔 고운 시간들이 풍경화로 피는 이 밤
군불을 넣은 걸까 은근히 따뜻하여
눈 감고 누운 자리에 모처럼 피가 돈다

* 띠앗: 형제나 자매 사이의 우애심.

천숙녀(千淑女, Chun, Suk nye)

1955년 경북 문경 산양면 부암리 출생. 동흥여자상업고등학교 졸업, 월간문예대학 수료.《문학공간》(1995) 등단. 시집 『들풀 향기』(1996, 신세림), 『맨땅 위의 파도』(2000, 한강), 『내 길로 가던 날』(2001, 삶과 꿈) 외. 시화집 『독도시 200선』(2012, PBridge). 순수문학상 우수상(1996),《현대시조》신인상(2000), 국회독도특위 독도수호 유공자 공로패(2011), 천지사회인상 수상(2016) 수상. 한국문인협회, 나래시조, 문경문인협회, 대전시조시인협회 회원. 독도시인, 한민족독도사관 관장.

천숙녀 시인은 독도와 열애하는 사이다. 이십여 년 독도만을 부르짖으며 문화예술로 승화시켜가는 사회 운동가다. 독도의 여인이며 때론 어머니로 단 하루 아니 단 한 순간이라도 그리움을 놓을 수가 없다. 시인에게 독도는 어떤 존재인가? 시인은 독도만 생각하면 가슴이 미어지고 에이며 늘 생억지로 가위 누르며 숨을 막히게 하는 영혼 속의 혼魂불인 존재다. 시인은 이 세상 그 어떤 어머니가 자식에게 혼신을 다 하는 것보다 더 독도를 사랑하며 살아왔다. 천숙녀 시인의 온몸에 돌고 있는 피에는 독도의 피가 함께 돌고 있다. 시인은 바다에 우뚝 서 있는 독도 앞바다 파도 소리에서 자신의 몸속에 돌고 있는 맥박 소리로 느끼고 있을 만큼 지독한 그리움을 "핏줄 새긴 질긴 사랑"이라고 표현하고 있듯이 이미 독도와 한 몸이 되어 살아가고 있다. 이번에 수록하는 10편의 시 속에 절절하게 사랑하는 독도이야기가 잘 담겨 있다. 시인은 독도와 열애하는 사이가 아니라 이미 독도와 한 몸이 된 사이다.

— 이승현(시조시인 · 한국시조시인협회 감사)

독도
― 혼魂

그립다 짓무른 눈 퍼렇게 멍들었다

해지는 저녁이나 낮달 든 아침이나

생억지 가위 눌려도

단심증언 내 혼魂이다

독도
― 빛의 날개

수억 광년 먼 곳에서 달려온 빛의 날개

함께 살자 몸 부비며
손끝을 간지른다

묵묵히
시린 가슴 기대어
까만 밤쯤 견뎌야 하는

독도
― 사랑 탑

동틀 녘 해오름 보라
아우르는 사랑 탑
손잡고 마주앉아 숨 멎을 때까지
좌르르
키질을 한다
차분한 마음 갈앉힌다

동천이 홰를 치면 때맞춰 나팔 불고
대한의 등 일으킨다
둥근 마음 등불이다
손 모아
소지를 올린다
울컥, 목이 메인다

독도
― 실핏줄

먼동이 뽀얗게 물드는 새벽이면
반기며 손짓하는
푸른 바다 위 동이 트고
끝없이
밀려온 너울
실핏줄로 돌고 있다

청량한 하늘 아래
두 눈 꼭 감아 보자
노래하지 않아도 맴맴 도는 너의 이름
새날을
굳건히 지켜다오
순백의 파문 동그랗게

독도
― 빛

울적한 마음 밭을 살근살근 간질이며

굳은 몸 녹여준다

붉게 타 올라 뜨끈하다

빛이다

너로 하여 환하다

꿋꿋하게 살 수 있는

독도
— 안부

동트는 맥박 속에
핏줄 새긴 질긴 사랑

깊숙이 내린 뿌리
쪽빛 안부 띄우면서

꿈인 양
하얗게 부서져도
부릅뜬 눈 감지 마라

독도
— 별

잔물결 달빛바다 반짝이는 별이다

피돌기가 선명하게
또렷하게 살아나는

여명을
들춰 깨워라
씻겨놓은 나이테로

독도
— 고백

보듬어 품었다 꼬-옥 안아본다

영원히 못 잊을 거라며
얼굴 붉히는 고백이다

해 지면
문간에 등燈 걸고
갈기 높이 세울 거다

독도
— 울타리

커켜이 펼쳐진 물색 실크 융단 위로

철썩철썩 베를 짠다
질긴 탯줄에 풀 먹인다

부릅뜬
곰솔 나무 되어
능선을 지키는 울타리

독도
— 너를 떠올리면

첫 해맞이 일 번지 떠 올리면 치는 가슴

청정수 퍼 올려도 언제나 목이 말라

끝없는 그리움덩이 어찌해야 삭혀질까

만나면 만날수록 외로움 깊어가고

당기면 당길수록 조여 드는 이 아픔

쓰리고 때론 아프지만 내 사랑의 예쁜 집터

천옥희(千玉姬, Chun, Ok hee)

1951년 경남 진주 출생. 호 남정(南汀). 진주
교육대학교, 서울교육대학교 졸업.《시조생
활》신인문학상(2001) 등단. 시조집 『오늘 당
신을 만났어요』(2009, 창조문예), 『강둑에서
쓴 편지』(2010, 창조문예, 한영대조시조집),
『사랑의 기쁨』(2016, 창조문예) 외. 시천시조
문학상(2017), 서초문학상 (2017) 수상. 국제
펜 한국본부, 한국문인협회, 세계전통시인협
회 한국본부, 한국시조협회, 서초문인협회 회원.
—

천옥희 시인의 시조는 그리움의 정서, 만남의 지향성, 절제된 형식
미, 이미지의 형상성과 율격의 어울림으로 우리의 감성을 가만가
만 일깨운다. 그의 시적 자아는 '그리움'으로 축약되는 동서고금 시
가의 보편적 정서를 마침내 구세주와의 '만남'이라는 성스러운 좌
표에 올려 놓음으로써 영적 구원에 도달한다. 인간의 에로스적 욕
망을 삭여 영성靈性의 시공時空에로 고양시킨 시인의 원숙한 시정
신이 값높다.

— 김봉군(시조시인 · 문학평론가 · 가톨릭대 명예교수)

—

논개

그랬다. 그날 물빛 너무나 파랬었다
의암義巖의 가락지는 바르르 떨고 있고
한 목숨 버린 자리에 푸른 달빛 쏟아졌다

넋으로만 흘러가는 그 이름은 논개論介
촉석루矗石樓 찾아드는 나그네 있거들랑
시 한 수 얹어 놓아라 남강南江 물이 풀리게

대나무 서걱인다 세월歲月이 서걱인다
진주성晋州城 둘레둘레 푸른 이끼 돋아 있고
나 여기 빨간 심장을 받아 안고 걷는다

오늘 당신을 만났어요

새순으로 오셨네요 마른 가지 끝에서
개나리 노란빛으로 우리에게 오셨네요
당신은 햇살까지를 얹어주고 계셨어요

아픈 이의 손등을 쓰다듬고 계시네요
고통 또한 아름답게 다스리라 하시며
당신을 닮으러 가는 그 길 밝혀 주시네요

외롭거나 슬프거나 어려운 그때라도
자비로운 당신 품을 찾아드는 이에게
알맞게 도닥이시는 당신은 나의 빛이십니다

낙화落花

한 잎씩 지고 있네
뒤따라 지고 있네

사르르 꽃잎 한 장
엽서로 산을 넘네

하늘빛
고운 날이면
이별도 눈부셔라

바늘

그리움 수繡를 놓고
상처도 꿰매 주고

귀 하나 열어 두고
마음을 듣는 게야

여위고
뾰족한 입술
그리 홍익弘益하다니

나의 노래

숲 향내 고운 날에 맑은 샘물 마시고
강둑길 따라가며 풀꽃 웃음 보다가
고요히
가슴에 고여
찰랑대는 내 노래

하늘로 띄우리니 님의 귓가 앉아라
부드럽게 떨리며 작은 바람 꿈꾸듯
가만히
스며들어라
예쁜 님의 마음에

청정화(Chung, Jung hwa) 본명: 하희자(Ha, Hee ja)
1959년 경남 함양 함양읍 출생. 서울동구여
자상업고등학교 졸업. 《현대시조》 신인상
(2007) 등단. 한국여성시조문학회 회원.

마지막 귀향

숲정이 소쩍새 울음 따라잡던 소년이
타향살이 발목 잡혀 소문으로 떠돌다
유년의 굴렁쇠 찾으러
꽃상여 타고 돌아온단다

봉분들 듬성듬성 모여앉은 산기슭
초로의 신사들이 허겁지겁 달려와
짤막한 이력서 마감한
소꿉동무를 맞이하고

모롱이 옹이박이 야생 매화 한 그루
눈물젖은 달빛 아래 꽃봉오리 벙글어
저승길 밝히는 입춘첩을
밤새도록 쓰고있다

겨울 소묘

키 작은 햇발이
앞마당에 자릴 펴면
웅크린 낮잠 털며
풍산견이 반색하고
닿을 듯 산비둘기들
머리 위로 날아든다

숨죽인 잔디밭은
잔설이 깨금발 뛰고
살비듬 떨어지는 빨랫줄엔
고드름 얼어
남루가 서러움으로
어깨 들먹이는 12월

노나무 가지끝에
진언mantra 같은 씨방들
가녀린 기척에도
귓문 열려 바람 들까
옷깃을 묵언으로 여미고
마음자리 단속한다

멍딩이 마을

흰구름 자맥질하는 저수지 둑방 지나
갈맷빛 바람 머금은 모사리골 찾아와
지팡이 곧추세우며 여정의 쉼표 찍는다

개망초꽃 흐드러진 들녘길 고추잠자리
머리위 맴돌며 낯선 길손 환영할 때
세파에 찌든 땀방울 씻어주는 재넘이

온밤을 울어대던 소쩍새 소리 늦잠 들면
기진맥진 어둠의 강 건너오는 새벽 안개
산등성 수묵화 몇 점 풍경소리 영글었네

비망록

신록빛 스러져서
바삭대는
풀숲 밟고

무서리 주저앉은
바윗돌을 건너뛰며

수천 겹
억새 꽃물결로
출렁거리는
시간의 반추

어머니의 봄

문지방 햇살 들 때쯤
늦잠에서 깨어나
뻐꾹시계 장단 맞춰
추임새를 넣다 말고
이제 막
부화한 새처럼
날개를 파닥인다

밤낮을 울어대는
풀국새 성화에 지쳐
참꽃송이 당게당게 벙그는
백암산 자락

둥우리 떠나지 못한
어미새
산을 흔든다

최경희(崔慶姬, Choi, Kyung hee) **아명**: 김윤자(金允子, Kim, Yoon ja)

1932년 전북 순창 금과면 금과리 출생. LA국제성서신학대학 졸업. 《문학세계》 시조(1995), 《시조문학》 시조 천료(1996) 등단. '글마루' 동인. 미주문인협회, 한국시조협회 회원.

단풍

십 이월엔 노을도 단풍도 마냥 바쁘다
자투리 햇빛 마저 흠씬 당겨 물들여
금자탑 필생의 꿈 쌓아올린 저 거장

새 창호지 가을볕 탱탱히 받은 창에
주황빛 등 내 걸면 불빛따라 돌아오는
그 발걸 쓰러지듯 늪네 군불 지핀 아랫목

욕망의 갈기 세워 야생마로 뛰던 계절
떠나온 후 누구인가 쉼 없이 보내오는
그 전갈 아프게 뉘우쳐 번져나는 색깔들

붉게 물든 정열이 손 닿으면 타 버릴듯
한가득 품어안은 황금빛 그 보람도
떨친 후 빈 가지위에는 눈꽃이불 다스리

「구름과 꽃」의 시어 하나 하나가 예사롭지 않다. 구름이 산의 몸을 돌다 젖빛의 촉촉한 체온을 산마루에 풀어놓는다. 마침내 옷을 벗고 꽃은 사르르 혼절하고 만다. 시의 역할 중에 하나는 세상의 이치를 밝히는 일이다. 그래서 삼라만상을 지배하고 있는 음양의 조화는 시인이 놓칠 수 없는 중요한 화두이자 시의 주제이기도 하다. 음양이 완전한 합일을 이루고 사람과 자연이 함께 어우러져 있는 순간은 그래서 아름답고 진지하다. 이 시는 사랑에 빠져있는 젊은 시인이 쓴 게 아니다. 미주에서 시조 운동을 벌이고 있는 최경희 시인이 칠순 인생의 경륜과 미학을 담은 절창이다.

— 김동찬(시조시인)

—

단풍

십이월엔 노을도 단풍도 마냥 바쁘다
자투리 햇빛마저 흠씬 당겨 물들여
금자탑 필생의 꿈 쌓아 올린 저 거장

새 창호지 가을볕 탱탱히 받은 창에
주황빛 등 내걸면 불빛 따라 돌아오는
그 발길 쓰러지듯 늪네 군불 지핀 아랫목

욕망의 갈기 세워 야생마로 뛰던 계절
떠나온 후 누구인가 쉼 없이 보내오는
그 전갈 아프게 뉘우쳐 번져나는 색깔들

붉게 물든 정열이 손 닿으면 타 버릴 듯
한 가득 품어 안은 황금빛 그 보람도
떨친 후 빈 가지 위에는 눈꽃 이불 다스리

감

종작 없이 서대이는 떫은 욕망 물들자
옹골차게 살이 올라 볼가지는 주먹으로
빈 하늘 명치 한복판을
헛방으로 후려 쳐

젊은 피 끓을수록 생각은 설익는데
윤 팔월 햇살 불러 다독이어 잠 재우면
조금은 가라 앉으려는
기미라도 보일지

그렇게 회오리친 삶을 건넌 후에야
어쩌면 철이 드는 가을 끝물 가지엔
부끄러 바알간 얼굴
보름달이 뜰지도

초사흘달

노을이 와자지껄 북새 떨다 간 후에
하늘이 물빛으로 차악 가라 앉는다
아뿔싸 그 가슴복판에 손톱자국 하나가

아무도 모르게

첫닭이 울었다 화들짝 나팔꽃 눈떴다
고인 꽃이슬 왠지 하르르 하르르 떤다
새벽달 첨벙 뛰어든 둘만 아는 물무늬

갈대

외발로 바람 앞에 맞서 흔들리는 들판
고개 드리워 무슨 생각 그리 깊을까
그 묘수 또 한 판 두려나 외수 없는 외통수

구름과 꽃

구름이 내려와서 산몸을 돌아 돌아
산마루에 풀어 놓은 젖빛 촉촉한 체온
옷 벗고 사르르 들면 혼절해서 눕는 꽃

아버지는 어머니

올망졸망 어린 식솔 좀 더 자리 내어주려
세운 무릎 더 좁혀 물러 앉는 도래밥상
언제나 우리집 가장인 아버지는 어머니

아버지는 내 예수

병이 난 아버지 두고 산 기도 간 어머니
병 문안 차 간 딸이 어머니를 탓하자
우리가 참자 좋아졌다 예수 믿고 참 많이

이명耳鳴

1. 귀가 우는 연유 편
쉬지 않고 귀가 운다 메아리 그 메아리
곤혹한 그 소리가 불쑥 나 곡비哭婢예요
울어서 미안해요 근데 내가 하는 일이라

금실이나 은실을 올고르게 자아내어
이 끝과 저 끝 사이 탱탱히 당긴 연후
시위를 톡 타 소스라쳐 흐느끼는 실 울음

귀가 우는 연유를 요모조모 살핀다
여윈 딸 손을 놓고 돌아서서 우시던
아버지 그 울음소리 내려오셨습니까

가을손이 시리어 가슴까지 저려오는
계절병 되살아나 귀뚜리 떨며 운다
사막엔 메마른 아로요* 울고 있는 추억들

* 아로요乾川: 사막에 우기가 되면 흐르던 냇물이 다시 건조해지면 물
없는 내로 남는다.

2. 오월동주 편

울고 있지 않은 것은 생명일 수 없다
그 등식 끌어 내어 신봉 하며 살았다
의지로 실울음 그 가락 이어내는 강인함

협상도 없이 불쑥 편승한 그 날 이후
어느 결에 여린 내 왕위까지 찬탈했지
영욕을 이고 표류하는 오월동주 너와 난

끈기로 다듬더니 신이 내린 음색으로
휘장 뒤에 숨어서 네 부는 마의 피리
이 밤엔 그 소리 걸치고 처용무 나 휘몰까

한데 잠 자던 그 차 튀어나온 이명일까
앙칼지게 몰아쳐 휘돌리는 경보음
밤 깊은 내 고요의 현을 섬뜩 섬뜩 켜댄다

최광림(崔光林, Choi, Kwang lim)

1959년 전북 정읍 정우면 출생. 군산대학교(국
어국문학과), 동 대학원 졸업(1988). 서해방송
서해문단 시(1978), 《시조생활》 신인상 시조
(1994), 《미래문학》 문학평론(2011) 등단. 『서
편제』, 『쓰러지기 위하여』, 『오월, 아직 그 해법
을 나는 모른다』(1996, 보문사, 1~3집), 『황토현
에 부는 바람』(2006, 북랜드), 『괜찮다, 괜찮다,
다 괜찮다』(2011, 북랜드) 외. 시천문학상, 미래
문학 시 대상 수상. 한국문인협회, 국제펜클럽,
한국시조시인협회 회원. 시조생활동호회 이사, 미래문학 부회장.

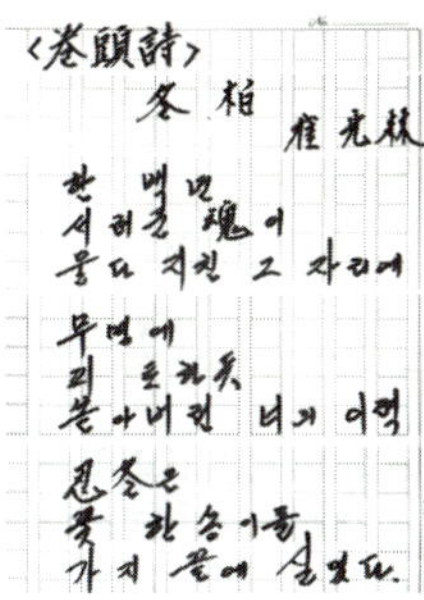

최광림의 시재詩才는 벌써 완숙의 경지에 들었다. 풍부하고 적확
하며 충전된 의미와 함축을 보면 최시인의 언어구사력이 범상치
않음이 금방 드러난다. 특히 '촉기'와 '역동적 이미저리'는 우리 시
조시사에 두 가지 참신성으로 새겨질 만하다. 최광림의 시조집 『서
편제』는 이청준, 임권택의 그것과 한줄기로 맥락을 짓는다. 지리
산 자락 서편에 서린 백제의, 삼한의 그 원초적 "한恨"이 이들 3인
을 통하여 세 갈래의 장르로 표출된 것은 우연이 아니다. 휴화산과
같은 도도한 저항성, '원초적原初的 한恨의 언어言語와 진혼鎭魂의
절창絶唱'인 서편제西便制가 우리들 심령의 금선琴線을 뜯는다. 또
한 거기에 신화神話의 놀은 불탄다.
— 김봉군(시조시인 · 문학평론가 · 가톨릭대 명예교수)

—

강촌江村의 수채화

목숨조차 저당해도 좋을 이곳 강촌에서는
이제 기차汽車의 파열음이나 헤어짐은 의미가 없다
불타는
강물 속 깊이
추락하는 산山, 산이여.

그대, 순백한 모습 외유外遊중이면 또 어떤가,
봄날 청산에 물오르듯 수채화로 피는 향취
두 눈이
멀어도 좋다
곡진曲盡한 그 흐느낌.

방황의 시작도 끝도 아닌 이 낯 선 간이역簡易驛에서
나는 또 무얼 바라 바람과 하산을 작정했는가,
찬란한
절망도 분에 거워
돌아눕는 그대여.

정동진正東鎭

내가 왜 이곳에 왔는지 그대에게 묻고 싶습니다
광화문光化門 모퉁이에서 목이 메어 절던 깃발과
한 목숨
시름겨운 세상사
아름 안아 왔습니다.

발끝마다 차이는 무소유無所有의 들풀이나
그 해, 오월의 피 외침으로 주저앉은 늙은 소나무
검붉은
햇살까지도
그렁그렁 눈물입니다.

온몸 던져 산화하는 해일의 옷깃을 부여잡고
기적도 절름거리는 궁색한 간이역簡易驛에서
쪽빛에
눈 먼 그리움이여,
이제는 안녕입니다.

서편제西便制

아픔의 눈알 박고 흘러내리는 수액樹液이 있다
배내 옷 적신 자리 쉬어 넘던 황톳길을
서편제西便制
가는 허리가
기적汽笛으로 오고 있다.

노을로 타는 몸부림이어, 눈도 멀어 돌아가는 길
대숲을 흔들어대는 하현下弦달이 홀로 고운
그런 거
삽화挿畵라 하자
강물도 길을 잃었다.

소리가 익어 물이 오른 나무들을 보았다
한나절 꿩이 울면 나직이 돌아눕는 산
송화松花여,
피를 토하나
소릿재가 뿌영구나.

한恨을 떨친 득음得音의 경지 그 한 자락은 하늘나라
굽이굽이 십리十里 길을 복사꽃이 피려나
스스로
제 몸을 사른
음모陰謀들이 빛난다.

어떤 이별

어머니의 야윈 손끝에
떨리는 햇살이 차다

파란의 인생사가
노을 되어 내리는데

당신은
그렇게라도
손 흔들고 싶은 게다.

오월의 비망록備忘錄

옷깃을 치켜세운 남도南道의 바람 하나가
무등無等의 한 자락을 기적奇蹟처럼 몰고 와
하역荷役의
바쁜 손길을
엮어가고 있었다.

하현下弦달 틈 사이로 시린 눈물이 솟고
자유自由여, 아직 새벽은 멀기만 한데
어머니
야윈 목 줄기로
서릿발이 서럽다.

찔룩거리는 것은 오월, 너만이 아니다
망월望月과 무등無等을 적시며 주저앉는 눈보라
젖가슴
헤집어가는
비망록備忘錄이 여기 있다.

개망초 사설辭說

눈길 멈춘 자리 개망초 꽃 섬으로 떠서
미백米白의 질 고운 언어 시계 밖에 흘러두고
술 익는
고백성사에
붉게 타는 저녁 놀.

툭 건들면 깨질 것을, 연약한 저 매무새
눈시울 적신 동공에 찬별 내려앉았다가
열꽃을
풀무질하여
율律을 푸는 저 산하.

결별訣別을 예비하리라, 낮은 음계 보폭으로
여백을 골물로 불러 산도 끌어 앉히고
귓불이
저려오는 날
촉을 틔울 일이다.

내장산內藏山 단풍丹楓

서래西來의 한 자락이
연시 끝에 매달려
회음 같은 모반을 꿈꾸는
저건
차라리 불륜不倫이다
비자림榧子林
늘 푸른 울음은
실핏줄로 터지고.

이런 날에는
절망絕望이라도 깃발처럼 날리자
어김없이 추락하는
화려한 외출 앞에서
숨 죽여
서식해야 할
결빙結氷의 흔적을 본다.

동백冬柏

한
백
년
서러운 혼魂이
울다 지친 그 자리에

무명에
피 토하듯
쏟아버린 너의 이력履歷

인동忍冬은
꽃
한 송이를
가지 끝에 실었다.

독도獨島가 띄우는 편지

서러워한 적이 없다 누굴 미워한 일도 없다
그렇다고 죄를 짓거나 배신한 적도 없다
날마다
지고 또 뜨는 해를
울컥울컥 삼켰다.

동도 서도 마주보며 수인사를 할 때마다
입술 곱게 단장한 망부석이 되었다가
어쩌다
심심한 날은
웃음 한 쪽 베어 문다.

태극기 휘날리는 어머니 자궁 같은
탯줄 묻은 반도가 못내 그리웠을 뿐이다
그 품에
날 앉힐 양이거든
칼 꽂듯 화인 찍어두거라.

명파리明波里*에서

북풍北風 한 자락에 반 백 년의 율律을 풀어
밤마다 목을 놓는 열두 줄의 현絃이 있다
흔적은
죄罪만 같아서
그림자와 같아서.

길이 소진消盡한 지점에 또 하나의 길이 있다
세월의 무게를 담아 등불 밝힌 어머니
명파리
유년幼年의 들은
푸른 싹만 돋아라.

마실도 용서 안 되는 찢어진 바람 앞에
난 이제 어떤 노래로 다스리며 살 것인가,
녹이 슨
철망鐵網 너머로
찔룩이는 해 울음아.

* 명파리明波里: 강원도 고성에 위치한 동해 최북단 마을.

최광순(崔光洵, Choi, Kwang soon)
1960년 강원 영월 출생. 호 하목(夏木). 주천농고 졸업(1979). 제6
회 민족시 백일장 장원(1981).《시조문학》「청자를 보며」(1981) 등
단. 한국시조시인협회 회원.

—

고향길

아직 먼 여정旅情을 두고 무얼 찾아 헤매는가
내 안에 탑을 쌓던 참 인연의 돌멩이들
하나둘 팔매질 치면 무지개가 보인다.

빈 뜨락 가득차는 그쯤 진한 웃음으로
흰 고무신 다 닳도록 어머니는 늙으셨고
이 길엔 발자욱 소리 돌아오는 그 소리

잃은 것, 잊어버린 것 모두 맡긴 사랑인데
가슴으로 걸어가면 새어나는 휘파람
그 환한 유년의 하늘에 깃발로나 날릴까.

다시 3 · 1절에

죄 없어 새로 돋는 힘줄 같은 절규들이
봄 들판 잠을 깨쳐 한뉘를 사른 자리
숨은 듯 살아오르는 정淨한 혼魂의 풀싹들

내 것 아닌 설움 깊어 분노하던 이 산하에
남몰래 울음 삭힌 오늘의 혈관 속을
정의의 빛 고운 얼이 사랑처럼 주사注射되고.

깃발도 애무하는 춘삼월 바람으로
기미년 기도 열고 숨통 트는 현 고르면
크신 님 제단 앞에 서서 그날처럼 주먹쥔다.

시인의 하늘

내 원願의 높낮일 재도 청자빛 하늘인데
향向 좋은 곳 터를 잡아 천 년을 웅크려도
끝끝내 승천 못 하고 숲속 누비는 한 마리 새.

더러는 고려 도공의 눈빛으로 타는 별아
하늘이 방패 삼은 어둠의 벽 저켠으로
내 기도 끝닿는 곳에 길 떠나는 새를 보느냐.

시인의 하늘에는 크고 뜨건 해만 떠서
눈 시린 나의 새는 바람 끝을 부여잡고
밤마다 별이나 바라 고려 도공의 하늘을 훔친다.

춘경春耕

쟁기날에 묻어나는 풀잎들의 피울음이
이농離農 바람 거세던 날 떨며 울던 문풍지 같아
내 차마 포기치 못할 목숨밭만 갈고 있다.

외로움 깊어가는 농촌의 봄을 갈다.
입김에도 타던 봄볕, 꽃샘인 양 싸늘하여
두어 평 묵혀나 두면 작년 봄이 새로 올까.

대 이은 텃밭머리에 한나절 꿩이 울어
서울 간 아들 몫으로 몇 이랑쯤 남겨두고
뒤돌아 뒤돌아보는 노을 서린 눈시울.

사랑 초抄

　그대 밀물 드는 가슴께로 여전히 닻을 내리는 산그리메, 그리메

　몇 소절씩 솟아오르며 소리굽쇠를 울리는 바다 가까운 우리
들의 유배지. 살아온 날만큼 살아가기 위해 이토록 해일海溢하
는 그리움 혹은 외롬이 아니면 그 무엇이 우리를 얼굴 가리게
하나. 바람은 바람끼리 여관이 많은 골목을 지나고, 백지의 연
대를 색칠하는 우리들의 코러스. 온통 드러내 놓은 세상 같은
부끄럼에 그리 먼 발치에도 별을 보고, 알수록 몰라지는 그대
가 내게 와서 갈 곳을 말하지 않는 것. 미리내 곱게 흐르는 밤
이 깊을수록 처용 아내 강간당한 슬픔에 뒷산 무당 새 울고…
그런 그런 것들에도 익숙해진 우리는 또 무엇을 위하여 눈물
흘려야 하느냐. 파도야 출렁거리는 파도야 남 남녘 리아스식
해안에 멧부리 고운 산그리메 하얗게 부서지는 소릴 듣느냐,
그 슬픔을 아느냐

　사랑의 흉터 다스릴 그 비법을 아느냐.

최기웅(崔起雄, Choi, Kie woong)

1943년 경기 고양 덕양구 토당동 출생. 한양
대 공과대학(전기과).《시조생활》신인문학
상(2018) 등단.

—

최기웅의 작품에는 평생을 외길로 살아온 삶의 족적들이 들어있
다. 죽어도 바뀔 수 없는 오로지 그 길만이 길이라고 믿고 달려온
진실한 삶이 있었다. 자기 과시 풍조가 만연한 요즈음의 풍속도 속
에서 청신한 한 줄기 바람을 보는 기분이었다. 작품 곳곳에서 신인
답지 않은 저력이 보였다. 치열한 삶의 철학과 시조의 예술성이 만
나 온전한 감동의 표상으로 거듭났다.

—《시조생활》심사의원: 유성규, 김봉군, 최순향

—

내 사랑 구로 공단

무쇠 같은 팔뚝이 내일의 희망이다
기계는 쉬지 않고 숨 가쁘게 돌아가고
핏발선 눈동자 속엔 수출만이 살아 있다

섣부른 직장 파업 후회도 많이 했지
냉수로 목 추기고 허리띠 졸라매며
실직의 아픈 눈물을 기억하던 일손들

간절한 소망들은 녹슬지 않는다지.
첨단의 신기술이 황사 바람 이겼다며
고달픈 밤을 새우고도 새 꿈 찾는 구로 공단

도시의 비둘기

가리봉역 3번 출구 모여 사는 비둘기 떼
비상을 잊어버린 날개가 슬프다
허기를 달래기 위해 유랑하는 노숙자처럼

구구구 노래하던 산마을이 그리운 날
죽지에 부리 넣고 옛 꿈에 젖어본다
언 바람 등에 지고도 비상하던 꿈을 꾼다

가오리*의 밤

야경꾼도 가버린 밤 깊은 가오리에
대폿집 외상 장부 이름 걸린 군상들이
하루의 찌든 피로를 소주잔에 기댄다

쪽방 구석 모여 앉은 열댓 살 공순이들
온종일 지친 몸을 합창으로 풀고 있다
눈이 큰 '긴 머리 소녀' 고향집이 그립다

*가오리: 가리봉동 오거리의 줄인 말, 통금이 없어 '가스 베가스'라고도 함.

백제의 미소, 그 천년의 여운
— 서산 마애 삼존불상

망초꽃 하얀 물결 살랑이는 산골짝에
세월을 읽고 있는 바위 속의 세 부처
그 미소 신비하여라 소박한 들꽃 같다

이른 아침 살짜기 미소만 머금다가
찬란한 햇빛 아래 벙글 벙글 웃더니
해지고 달빛 비치면 근엄한 신이 된다

친근한 이웃이다 해맑은 불상 모습
천년의 세월 넘어 부처가 된 백제 사람
그 미소 고이 간직한 채 영겁으로 흐른다

어머니와 풍경화

앞산의 장끼가 목을 놓은 어스름 녘
시오리 산길 걸어 동네 어귀 들어서면
노을은 서산을 넘고 초저녁 별 마중 온다

우리 집 굴뚝에 하얀 연기 올라오고
사립문 앞 서성이는 희미한 엄마 모습
감나무 딛고 올라선 달빛 받아 아련하다

대물려 온 장독대에 세월 품은 간장 된장
산나물, 된장찌개, 툭툭 터진 감자밥과
눈물 밴 어머니 사랑은 매일 그린 내 풍경화

최도규(崔桃圭, Choi, Do kyu)

1943(1944).~1992. 강원 명주 성산면 위촌리 출생. 춘천교육대학교,
원주 상지대학교 졸업. 《아동문예》 동시 「고목」, 「교실 안 붕어」 천료
(1976), 《월간문학》 동시 「교실 꽉 찬 나비」 천료(1977), 기독교 교육지
동시 당선(1977), 《시조문학》 「어머니」, 「장독대」 천료(1980) 등단. 동시
집 「교실 꽉찬 나비」(1979, 성민사), 「이사가던 날」(1980, 창조의샘), 「할
머니 이야기」(1980), 「달맞이꽃」(1988, 아동문예사) 외. '감자아동문학'
동인 창립(1987). 원주시 문화교육상(1976), 기독교교육아동문학상 수
상 외. '감자아동문학' 동인 회장, 중앙국민학교 교사 역임.

—

장독대

박넝쿨 엉킨 틈새 한줌 볕살 서성이면
돌방석 깔고 앉아 달콤히 삭혀가던
소박한 초가 뒤란에 맛의 고향 장독대

싸리울 넘나들며 해종일 어우르다
고추장 된장 내음 붉게 타는 고추짱아
어머니 마음까지도 함께 삭던 항아리

흙묻은 세월 함께 이어진 숨결소리
크게는 못살아도 갈볕 빌려 웃던 아낙
장독대 돌아선 옷자락 물씬 배는 우리 맛

진달래

여문 햇살 짬짬이 모아 거친 숨결 달래고
시린 바람 등으로 밀며 피로 가꾼 아린 생명
분홍입 살포시 열고 풀어 헤친 봄이여

연분홍 봄자락에 골짝눈 금이 가고
부서지는 겨울들이 와자한 산도랑엔
내 고향 마알간 유년이 강물처럼 흘러

꺾으면 꺾을수록 타오르던 산등성이
꽃 먹고 빨개진 볼 다소곳이 여미던 정
올봄도 꽃너울 속에 도로 가쁜 숨소리

태극기

삼십육 절인 세월 헝클어진 금수강산
피멍울 터질세라 청홍으로 맴을 돌다
팔월 그 아우성 속에 살아나던 태극기여

온 하늘 터진 숨통 내 하늘 푸름 속에
한바탕 고작 웃어 찢어진 석양 노을
무심코 돌던 구름도 깃봉 위에 머문다

기폭에 잡힌 바람 볼 비벼 풀어 주고
오대양 육대주로 활짝 타는 배달의 꽃
아! 이젠 세계란 무대 주연으로 나선 태극

누나

생트집 뒹굴 때도 웃음으로 감아주고
철없던 마음속을 등으로 닦아주던
그 마음 세월이 져도 꽃처럼 핀 누나야

뒷동산 잔디밭에 뛰놀던 그 발자국
하이얀 구름 밟고 달려오는 꽃빛 얼굴
누룽지 나누어 먹던 일렁이는 꿈이여

착각

비오는 일요일 날 낮잠 한 잠 곱게 자고
학교 시간 늦을세라 입마저 닫아건 채
서둘러 가방 챙기는 해 저문 아침이여.

회오리바람

돌아요 돌아요 팽그르르 돌아요
놀이터 흙먼지 휴지 조각 붕붕 날려
한바탕 팽그르르 탑을 쌓는 꾸러기

성당에서

세월에 멍든 상처 십자가에 걸어 놓고
한 줌의 부끄럼도 천근으로 무거운데
더러는 찾을 듯한 마음 읊어 보는 주의 기도.

바람 불던 날

신들린 나무들은 바람이 보고 웃는다
그 바람 웃음 속에 구름이 놀아나고
길 가는 모든 사람들 술집에서 나왔다.

사진

잊었던 날들이 사진 속에 살아있다
티 없는 맑은 웃음 결 고운 내 숨소리
뒷동산 뻐꾸기 소리도 그날처럼 들린다.

거울이 없다면

여자는 모두 제가 미녀라고 미녀라고
남자는 모두 제가 미남이라고 미남이라고
차라리 그게 오히려 속 편하게 살 것을.

최도선(崔度善, Choi, Do sun)

1949년 강원 춘천 효자동 출생. 서울교육대학교, 한성대학교(국어국문과) 졸업. 〈동아일보〉 신춘문예(1987) 등단. 시집 『겨울기억』(1994, 동학사), 『서른아홉 나연 씨』(2014, 지혜). 비평집 『숨김과 관능의 미학』(2018, 달샘).

—

최도선은 개성적인 서정시인이다. 그의 언어들은 고전적 분위기를 자아내는 단정한 언어군과 그에 반란하는 투박하거나 관능적 분위기를 머금은 언어군을 절묘하게 조화시키기 위해 노력하는 시인이다. 그의 솔직 담백함은 그의 시들로 하여금 어떤 메시지를 담게 한다. 그러한 메시지들이 실용적이거나 정치적인 색깔을 띠지는 않지만 그의 작품들은 많은 얘기를 하고 싶어 한다. 그의 시는 관능적인 언어군의 충돌과 조화를 시도하고 있다는 것과 시에 많은 이야기를 담고 있다는 것으로 요약할 수 있다. 이러한 요약은 어떤 기성의 고정된 관념에 쉽게 함몰되지 않음으로써 자신을 지키려는 가열한 시정신의 표현일 수도 있다고 본다.

— 이우걸(시조시인 · 우포시조문학관장)

—

도자기

살과 피 뼛속까지 하얗게 닦기 위해
차라리 물이 아닌 불 속으로 들어갔다
태워도 탈 줄 모르는 이 더러운 진흙덩이

태양을 짓이기며 천년을 살라 온 불
용을 쓰며 으롱대며 혈기를 뿜어대며
뼛속을 파고들면서 피를 말려 내렸다

시커먼 점액들이 줄줄줄 흘러내려
살집은 탱탱하게 강골强骨로 익어가서
가마 속 그 불길들과 친해지고 있었다

물살 부신 강 언저리 곱게 앙금 일던
기억을 되찾으며 살갗을 문지르는데
문신이 녹아가면서 살이 돋고 있었다

봄날

아가가 쏘옥 내민
혀를 보고 있다

환장할 일이다
미칠 일이다

산수유 노란 꽃들이
온 하늘을 덮고 있다

화서지몽華胥之夢

오관을 편히 쉬려 낮잠에 잠시 들다

몸은 누웠으되 넋은 훨훨 날아간다 뉘 집 울타리를 넘었을까 목단향 일렁일렁 뜨락에 가득하다 세상일 손을 떼니 소반 위 호박잎 된장 맛이 꿀맛보다 단맛이다 이곳이 화서*의 나라인가? 노자의 마당인가 통치자 없는 꽃피고 꽃 지는 시절 서서胥胥롭다 봄은 있고 여름이 없다 가을은 있고 겨울이 없다 몸 하는 여아女兒들이 간姦하지 아니한다 도둑이 없으니 대문도 없다 남녀노소 장안에 가득하다 남을 멀리하는 일이 없다 사랑도 미움도 없다 무심무위無心無爲 바지랑대 끝에서 놀고 있다

옛 시인 화서의 꿈을 꾸니 몸이 한결 가볍다

*『산해경』, 『해내동경』 곽박의 주에서 인용.

풍속도風俗圖

1. 연
가난이 마냥 곱게 물이 드는 정월이면
연연한 창공으로 축문祝文 하날 띄우나니
군청색 연봉連峯 사이로 부침浮沈하는 고향 하늘

얼레에 감긴 시름 빙빙 도는 한 생애를
늦췄다 당기면서 잉아 실에 귀를 모으면
촉촉이 젖어만 오는 저 시원始原의 숨소리

2. 널
열아홉 꽃 각시로 불이 붙는 뜨락에서
가슴을 헐어내면 고향문도 열리리니
빈방에 물빛 벽지를 자로 재듯 바르리라

한 소절 음악으로 조요로히 흐르는 강
자벌레 눈금을 헤듯 건너야 할 물이라면
절망을 배우기 위해 솟음직도 하더라

3. 그네
찻잔을 비우듯이 想도 슌도 비운 날에
내 아픈 손을 적실 두 줄을 잡고 보면
얼비친 치맛자락에 물이 드는 동양화

겸허한 마음으로 하늘을 우러르며
오르고 내려오는 팽팽한 길목에서
힘주어 굴러를 봐도 돌아오는 제자리여!

4. 팽이
채우고 채워 봐도 허전한 삶의 둘레
간절한 그리움이 허리까지 밀려오면
윙윙윙 소리 지르며 몸을 틀고 있었다.

채찍에 감길수록 일어서는 매운 절개
불면의 창 너머로 푸른 물이 뚝뚝 지면
춘향이 옥문을 나듯 고샅길을 돌았다.

신新 헌화가

에스컬레이터 반대편에 꽃을 든 한 사내가
짧은 팔을 쭈욱 뻗어 내게 꽃을 건네준다
아! 저이, 암소 끌던 그 노옹, 나는 그럼 수로부인

붉은 바위 절벽 끝에 주홍빛 나리꽃을
꺾어 줄이 그 누군가 바란 적도 없었는데
묻지마 폭행, 그 옆에선 꽃을 주는 이도 있다

아침 강

아직도 임이 오긴
서투른 물목에서

내 가슴 꽃밭 위에
꽃발로 딛고 서면

이 아침
하얀 물결이
목젖까지 밀려오네

햇살로 몸을 씻고
일어서는 솔잎 새로

그대여 아름다운
눈물로 오시게나

숨소리
들리는 날엔
속살까지 열리라

환향녀還鄕女*

재를 넘고 물을 건너 험한 벼랑 굽이돌아
압록강 강가에서 고향하늘 바라보니
무심한 기러기 떼만 수를 놓고 날고 있네

이곳이 어디인가, 미조迷鳥 울음 애가 끓어
온몸에 찢긴 상처 혀 깨물고 견디련만
두고 온 젖먹이 울음 만 리 예서 찢어지네

까마귀도 제 둥지서 부모자식 봉양인데
오랑캐 발밑에서 밤낮 없이 짓밟힌 몸
조국의 저 풀꽃들만 방울방울 눈물이네

몸 풀려 돌아오니 윤리의 문 굳게 닫혀
올곧은 정신 줄을 꼿꼿이 세워 봐도
환향녀 화냥년 되어 못다 핀 꽃으로 지네.

* 병자호란 직후 청나라로 끌려갔다 돌아온 여인을 일컫는 말.

못질 소리

어둠도 가시기 전 어디선가 못 치는 소리
예수가 못 박혔다는 산딸나무 꽃가지에
새 앉아 우는 소리를 못 치는 소리로 듣네

모서리와 모서리를 간극 없이 맺어주고
떨어진 인연들을 끈 없이도 이어주는
공사장 못질소리를 죄인 박는 소리로 듣네

십자가에 못 박힌 건 사랑을 위함이라
입술로 전해지며 몸에 스민 사랑으로
이제는 망치 소리를 새소리로 듣는다

징검다리

안개도 딛고 가고
눈비도 딛고 가고

왜가리도 나를 딛고
수달도 딛고 간다

묵묵히 인연의 길 터주는
부동不動의 등어리를

신발 끄는 저 소리는
꽃들의 시간이다

불어난 물길이야
누군들 막아낼까

묵묵히 누워 있을 때
바람도 스쳐간다

꽃잎 열다

신열 오른 어느 봄날
암내 내는 봄 고양이
향 내음 한 움큼을
뜨락 넘실 뿌렸어요
아, 환히 쏟아져 내리는 나비 나비 부신 날개

가만히 묻혀줘요
천지가 꺼지도록
귓불이 달아올라요
만삭이 꿈틀거려요
태고 적 아담과 하와의 살 비비는 저 소리……

힘찬 사랑으로
열쇠보다 더 깊숙이
열어줘요 열어주세요
그대 위해 문 열을래요
흥건히 봄비 맞으며 몸 푸네요 모란은

최만조(崔萬祚, Choi, Man jo)
1934년 경남 산청 신등면 출생. 한국방송통신
대학교(초등교육학과) 졸업. 《아동문예》 동시
(1977), 《부산시조》 시조 천료(2005) 등단. 동시
집 『농악소리』(1998, 아동문예). 시조집 『아파
트에 내리는 비』(2003, 생각하는 사람들) 외. 부
산문학상, 한국동시문학상, 부산아동문학상,
영남아동문학상, 오륙도문학상, 색동문화상 수상 외.

—

홍화꽃 필 무렵

학교 가는 골목길 집담에 핀 홍매화
꽃향기 하도 향기로워 맡고 있는데
여기서 뭘 하니 학생,
아줌마가 내다본다.

학교가는 길에 홍매화 향기 향긋해
잠시 서서 홍매화 향기 맡고 있어요
홍매화 필 때까지만
사정하면 향기 주실까

까치밥

감나무에 달린 홍시 빨갛게 익었네
올라가서 잘 익은 홍시만 몇개 따서
언덕에 앉아서 우리 같이 나눠 먹을까

그 소리 듣고 있던 까치가 소리 지른다
안 돼 안 돼 겨우내 먹을 우리 식량이야
감나무 주인이 우리 먹으라고 둔거야

봄을 여는 노루귀

엷은 햇볕 내리는 개울냇가 언덕에
바위틈 눈 속에서 눈을 비빈 노루귀
눈이불 사르르 벗고 봄을 여는 노루귀

봄날을 그리워하며 꿈 꾼 아침 하늘
해님이 내려보며 가슴 데워주는 날
눈 덮힌 가슴을 비비고 봄을 여는 노루귀

감 따러 가는 날

엄마 차타고 시골가는 들녘에서
논에 선 허수아비가 미소를 준다
산밑에 마을 집마다 빨간 감 주렁주렁

어머니 올해는 감이 풍년인가 봐요
할머니 과수원에도 잘됐다 하지요
할머니 혼자서 고생을 많이 하셨단다

해바라기

눈처럼 하얗게 서리내린 밭둑에서
꽃머리 힘이 없이
푹 숙인 해바라기

왜 고개 숙이고 있을까
어루만지는 가을해

여름내 언덕에서 해님 보며 잘 돌던
해바라기 꽃시계
꽃 머리 데롱데롱

갈바람 이리저리 보며
만지다 가버린다

최무애(崔無碍, Choi, Moo ae) **본명: 최종섭**(崔宗燮, Choi, Jong sub)
1937년 충북 청주 출생. 호 만포(晩圃). 홍익대학교(미술과) 졸업
(1958). 《시조문학》(1982) 등단. 한국미술가협회, 한국문학가협
회, 한국시조시인협회, 호남시조문학회 회원. '청맥', '선選' 동인. 한
국파스텔채화회 이사, 동백시조문학회 회장, 만포 아뜨리에 대표,
《시조문학》부산지사장, 동백출판사 대표 역임.

―

겨울 산사

1
산촌일경山村一景을
화폭에 담고 싶어
무거운 눈을 드니
흘러가는 구름 한 점
놀 저녁 밥 짓는 연기
내 마음도 기운다.

2
청룡사青龍寺 산바람에
정적한 초하룻밤
긴 장삼 여미이고
부처님 전 합장할 제
신라향 타는 내음이
나를 묶어 사른다.

3
노스님 독경 소리
시자侍者는 잠이 들고
장광등 바라춤도
산바람과 어울리면
똑똑똑 목탁 소리에
겨울밤이 헐린다.

여정旅情
― 남해 용문사에서

1
호구산虎口山 이는 바람 뜰 앞에 멈춰선다
비구니 열띤 발원 불심 일궈 사루는데
이승에 버려진 목숨 석양보다 붉어라.

2
흐르는 물소리도 겹겹이 정이구려
탑 위에 비낀 하늘 눈길도 멈춰서면
나그네 무거운 마음 산마루를 넘는다.

겨울밤

1
서릿발 몰고 온 바람 풀꽃들 울리었네
갯머루 빚은 술로 흩은 마음 달래면
산문 밖 쌓이는 눈 소리 봄을 물고 소근댄다.

2
눈 성긴 골기와가 달빛에 푸르르면
다독인 세월 속엔 창백한 전설인데
삼동을 딛고 넘는 가락 빗겨 부는 무공저無空笛

낮이나 밤이나

1
봄볕에 멱을 감은 꽃바람이 나부낀다
해묵은 토담 뒤에 햇살이 숨은 저녁
봄비가 안개 속에 내린다 내 아픔의 양만큼.

2
잊혀진 옛이야길랑 침묵으로 다져 두자
혼자 혼자서만 한밤의 칠흑을 캔다
고독은 내 키만큼 쌓이고 정적靜寂을 찢는 아, 두견새.

동천冬天

1
청잣빛 고운 사념 하얗게 바랜 하늘
대지를 이고 선 채 안겨보고 싶음일레
먼 소리 절규를 묶어 꽃망울로 피운다.

2
삼동에 꿈을 접고 포곤히 재운 상념
긴 여로 아픈 만남 안스러이 맺힌 사연
빈 하늘 무서리 내려 꽃바람을 맞는다.

만추晩秋

1
비탈길 조는 석양 나래 펴는 환상의 늪
청잣빛 하늘 담아 피고 싶은 여망일레
꽃그늘 피해 누워서 몸을 푸는 들국화.

2
빛바랜 벌레 소리 요락搖落을 훑고 가면
시릿발 사려 물고 꿈을 꾸는 익새꽃들
그리움 만월로 뜨면 울며 가는 기러기.

비구니

세월에 감춘 고뇌 남몰래 접어두고
품었다 토하는 사연 그만의 자학일레
넋 잃은 나래 접으며 시름 묻어 달래나.

숨어서 살고픈가 혼자서 가는 꿈길
못 이룬 첫 사랑을 청산에 뿌린 독백
한 되어 매달린 채로 허공 찾는 눈매여.

사계四季

— 춘春
졸졸졸 냇물 소리 꽃망울에 와 닿는데
얼었던 하늘 자락 산심山心에 드리웠다
바위틈 진달래꽃이 혼자 웃고 피어난다.

— 하夏
먹구름 천둥 속에 퍼붓던 비가 개고
흥 돋군 매미 소리 동구 밖을 맴도는데
더위도 빗물에 씻겨 산마루를 넘는다.

— 추秋
새소리 물소리도 산그늘로 나래 접고
들국화 감은 눈매 빛이 고와 서러워라
산마루 이고 선 하늘 붉게 타고 있었다.

— 동冬
호풍胡風 모진 목숨이 꽃씨 바랜 진통인가
빛바랜 한 웅큼 햇살 툇마루에 조을고
살 에는 칼날 추위가 거친 들판 닫는다.

용문사龍門寺의 밤

1
용문사 깊은 계곡 오동잎 펴는 소리
추녀 끝 인경 소리 님을 그려 지새는데
덩달아 소쩍이 소쩍 초승달을 울립니다.

2
오솔길 해묵은 갈잎 발길에 와 닿는데
오던 길 되돌아보면 석불石佛도 눈을 감고
용문사 깊은 밤에는 별무리도 우웁니다.

3
산울림도 눈이 멀어 님의 품에 못 안기고
허공에 나래 뻗은 꿈을 푼 외골 인생
여름밤 몸부림 속에 새벽별도 우웁니다.

친구야
— 황영파黃暎坡 군에게

1
빛바랜 소망하나 만장대萬丈臺 널어두고
하늘을 이고 서서 산처럼 살고픈데
우정友情을 명命줄로 동여 가슴 앓는 사나이.

2
만 갈래 꿈길마다 긴 밤을 쪼는 새여
먼 훗날 그리메로 별빛도 스러지면
새벽달 혼자서 울게 버려두고 떠남세.

3
주는 정 받는 마음 받고도 못 주던 정
삼생三生의 인연 따라 이승에 길벗 하니
저승길 가는 길목에도 이정표로 섰거라.

최미선(Choi, Mi sun)
1967년 3월 19일 출생. 한국문인협회 해남지부
전국 시조공모 백일장 대상(2018), 시조시학 신
인상(2018) 등단.

유혹

한 줄의 투명함으로 던져지는 은빛 바늘
무심한 듯 속여지는 달콤함의 끌림에
상처 난 팔딱거림이 아픔으로 파도친다

은빛 꿈 수평선에 날카롭게 내려앉고
미끼 문 물고기가 인어의 꿈을 꾸면
낚시꾼 센티미터로 전설을 읽는다

상실

먼 길 인사도 없이 사라진 그리움은
매 순간 저녁하늘에 피눈물을 삼키고
지평선 잡히지 않는 꿈길로 넘어간다

잡힐 듯 가슴에 품어지는 애절함이
갈 길 잃은 노을에 갇혀 한없이 기다려도
이별은 가시로 남아 멍울져 아려온다

빈 껍데기

눈동자 머물곳 없는 한 평 남짓 병실의 침상
살려고 먹으니 서글퍼서 눈물이 난다는
눈감고 미음 삼키는 여든 일곱의 시드는 슬픔

가득차서 버거웠던 지난날 흔적들은
생애 꽃 열매 맺혀 저 멀리에 서있고
잊혀 진 숨의 쉼터에 덩그러니 빛바랜 그리움

코스모스 피는

날아가는 계절에 가을이 실려 오고
반짝이는 햇살에 앞 다투어 피는 꽃잎
추억의 무늬로 박힌 꽃그림 생소하다

태양이 스케치한 선 따라 피는 그림
아프게 등 뒤에 물들이고 사라진
기억의 저편 어디쯤 지고 없는 가을 인연

경계선

수액선 하나
길을 이어
정맥 따라 흐르고

떨어진
심장의 꽃잎
소멸될까 몸부림친다

그리움 닿을 수 없는
삶과 죽음 사이 중환자실

식물의 고혈압

씨앗 하나 깨어난다
오백년 길을 열고

좁혀진 혈관 사이로
힘차게 박차 올라

살갗에 박힌 통증이
신경꽃으로 핀 가시연

등대

반짝이며 흘린 눈물
가득 담은 끝없는 수평선

희망 한자락 부여잡고
꼿꼿이
지새우는 밤

배 따라
길을 이은 빛

밤바다의
소금 꽃으로 핀다

싸리꽃

화려함 뒤에 숨겨진
꽃잎 마디 푸른 멍자욱

홀로 부는 바람 사이로
흩어지는 시간의 조각

쓸고 간
삶의 자리에
꽃 지고 남긴 빗자루 하나

그날

불러도 대답 없는
이슬 내린 무덤가에

길 잃은 아기 새 한 마리
울 수 없어 묵념한다

돌아본 오월의 영혼
바람 따라 날아갔지

그날엔 있었고
지금은 흔적으로 남은

꽃상여 메고 부르는 노래
하늘만 듣고 있지

돌아온 메아리처럼
하얀 상복 또 눈물이다

최미용(Choi, Mi yong)

1952년 경기 남양주 화도읍 출생. 한양대학교 2년 수료. 《나래시조》 신인상(2016) 등단. 포석문학회 부회장, 진천문인협회 사무국장 역임. 충북시조문학회, 포석문학회 회원. 한국시낭송전문가협회 진천지회장.

최미용님의 작품은 자신의 내면보다 사회성과 역사성에 대한 통찰을 표현하고자 했다. 특히 「흙」이란 작품은 땅을 어머니로 승화시킨 작품으로 개발이라는 미명 아래 몸을 파헤쳐도 자신이 품고 있는 모든 것들은 기꺼이 품 안에 품어주는 어머니 같은 대지, 뭇 생명들이 모두 잘 살다 갈 때까지 끊임없이 품어주는 대지의 성스러운 모습을 어머니에 비유해 잘 갈무리한 작품이다. 「독백」, 「고목」, 「당산나무」의 작품들은 자신의 내면보다 사회성과 역사성에 대한 통찰을 표현하고자 했다.

— 이승현(시조시인 · 한국시조시인협회 감사)

최미용 시인의 「옥수수」는 소시민들의 삶의 애환을 가족으로 승화시킨 진실하고 속 깊은 작품이다. 무릇 문학이란 진실할수록 깊은 감동을 주는 것이다. 시인은 이 작품을 통해 사람이 어떻게 살아왔는지 어떻게 살아가야 하는지를 잘 말해주고 있다.

— 임영석(시조시인 · 《스토리문학》 부주간)

흙

온몸에 상처 내도 투정하지 않았지만
가슴이 터지도록 짓눌리는 날들이면
하늘을 원망한 적도 가끔씩은 있었다

날아드는 온갖 씨앗 차별하지 않았다
열 손가락 깨물어 아프지 않은 곳 있으랴!
품 안에 잉태한 자식들 다독이며 일으켰다

하늘로 돌아간다 말들 하지 마라라
생명 가진 모든 것들 그 생이 끝났을 때
마지막 그 몸을 받아 품어 안은 것 누구였지?

독백
— 플라타너스

나도 자네처럼 푸르름만 고집하여
한겨울도 넓은 잎을 눌러 덮고 있다면
길마다 미끄러진 신음 소리 얼마나 일어설까

죽기보다 더 싫은 변절자란 굴욕에도
여름더위 식혀주고 겨울 햇살 쬐게 하는 것
네 한 몸 지조 지킴보다 정녕 하찮아 보이는가

고목

내리쳐라 벼락이여
모두 지고 가리라

긴 세월 잘못된 것들
보고만 있었던 죄

이 한 몸 제물로 바쳐져
세상 한 쪽 밝아져라

당산나무

수백 년 동안 마을을
지켜 오신 어르신

이제는 그 몸 하나
감당이 안 되시나

젊은 피
혁명 같은 태풍에
뿌리 젖혀 누우셨네

옥수수

수라상에 오르는 것 엄두조차 못 냈어도
굶는 백성 춘궁기를 무등 태워 넘겨주신
아량도 하 넓으셔라 은머리칼 할아버지

정원수도 가로수도 못 돼 한 철 살다 베어져도
애기 업고 자장자장 초록 바람 흔드시며
옛 얘기 풀어놓으시는 알근달근 할머니

제 살점 뭉텅뭉텅 뜯겨져도 좋아라
배불리 먹고 곤히 잠든 오들보들 자식들 보며
고운 이齒 가지런히 내놓고 웃고 계신 어머니

봄날 풍경

1.
그날도 는개 비는 혼자 울고 있었다
시냇가 버들가지 함초롬히 머리 빗겨
연둣빛 드레스 입혀 등 떠미는 는개!

2.
개나리 여린 꽃잎 부리처럼 열리는 날
그늘에 웅크린 아이 싫어증도 풀리고
지리산 고사목들도 새순 뾰족 돋을 것 같다

3.
오소소 떠는 풀잎 위로 제일 먼저 오시는 봄
높은 산 큰 나무들 늦잠 자고 있을때
여린 풀 가느다란 외침에 귀 기울여 듣고 있는

억새 핀 언덕에서

독기로 곧은 줄기 벼려 세운 잎사귀
바람도 베일까봐 에돌아가는 억새 숲
시간의 손살에 끼여 눈, 비바람 대끼더니

얼마를 닦았길래 은빛 물결 출렁이나
얼마를 비웠길래 퉁소 소리 드맑아라
하늘 길 비질하시며 씻김굿 펼치시네

내 집이냐 네 집이냐

직장일로 주말에만 돌아오는 우리집
처음에는 터 잡는 걸 미안해하던 고양이
아무리 손 내밀어도
슬금슬금 죄를 졌나

이제는 집 주인행세 당당하게 뒤뚱뒤뚱
먹거리 찾아 나서 이리저리 다 뒤집고
마루 밑 가득한 식구
두 손 두 발 다 들었다

할머니와 닭

경로당 한 귀퉁이 애지중지 키워온 닭
때때로 목청 높여 밥시간도 알려주고
할머니 모이 주는 손길 따라 트위스트 추더니

간밤에 그 할머니 스르르 세상 뜨니
고운 깃 다 접고 고운 목청 다 닫고
벼슬도 반쯤 꺾이어 숨죽인 채 엎드렸다

내 짝꿍

달랑 두 식구에 무슨 할 일 그리도 많아
모닝커피 한 잔도 대화도 밀어내고
씨값도 못 찾으면서 밭일에 푹 빠진 사람

오밀조밀 심어놓고 온 정성 다 하면서
빨간 고추 아가씨와 정담을 나눴는지
뒷 고랑 힐끔거리며 슬금슬금 나오는

찬 물 한 컵조차도 안 떠주는 나를 향해
푸짐한 채소 바구니 가슴 가득 안겨주며
그래도 당신이 있어 행복한 날이라네요

최보윤(崔寶允, Choi, Bo youn)

1991년 인천 용현동 출생. 중앙대학교 석사 수료(2018). 조선일보 신춘문예 당선(2019) 등단.

—

최보윤의 시편들은 "매일 그 예보에 실패하는" 현실의 바깥이자(「돌들은 재의 꿈을」) 실존적 공간을 선명하게 감각화한다. 정형의 구조 속에서 이상理想과 비이상非理想을 오가는 감각의 비정형으로 새로운 꿈을 꾸는 그는 "방안에 엎질러진 몸"으로(「바깥」) "죽은 개가 환생하는 순간을" 목격하고(「너무 예쁜, 개 같은」) "꽃들의 전생을 의심"하면서(「꽃이리」) "흔들리고 시들 운명"에 대한(「아몬드 나무」) 실존적 물음에 다가간다. "함부로 영혼을 빚진" 생을 향한(「꽃이리」) 르상티망과 "훼손에 훼손을 거듭하는" 마음은(「모전여전」) "목화꽃 터지듯 새하얀" 날개를 펴는 꿈이 된다(「티티 타」). "답 없는 슬픔일랑 접어둬도 괜찮"고(「여름 아이」) "살려면 살아진단다" 말하는(「우연한 길 위에서」) 그의 시편은 아름답고 전복적인 발상과 감각의 쇄신으로 돌올하다.

— 정수자(시조시인 · 한국시조시인협회 부이사장)

—

꽃이리*

1
꽃들은 발작처럼 찾아온다 해 질 녘
돌들은 서로의 깨진 무릎 주무르고
장독의 밑바닥 깊어져 새들의 둥지 된다

2
머리 긴 나무들 제 몸 태워 빛나고
독 속으로 둥글게 몸을 던져 넣는 새들
그럴 때 세계는 보이지 않는다고 쓰겠다

3
함부로 영혼을 빚진 듯 살아왔다
각주처럼 인용된 생, 낱장을 펼치는데
꽃들의 전생을 의심하며 한 생애 그리웠다

* 꽃이 필 무렵.

돌들은 재의 꿈을

흔들리는 날씨를 점치는 일이었지
들개가 물고 가는 싱거운 돌 하나
생이란 매일 그 예보에
실패하는 법이라네

잎사귀 쥐었다 놓은 바람의 손금처럼
달의 무늬 되지 못한 주름진 돌들은
으스름 달 뜬 밤이면
뜬 눈으로 갈라지네

천년을 살 것인 양 견적 없이 괴로워도
뜨거운 재의 꿈을 꾸고 있어 저 멀리
한 마리 개가 오는 동안
선뿔한 피를 흘릴 거야

우연한 길 위에서

네가 쓴 시들만을 그러모아 묶어보렴
그토록 무거우니 그토록 미약하니
잊으면 잊혀진단다 그렇게 흘려보렴

한없이 미끄러져 길이었지 아니 새하얀 갈증으로 길 잃었지 아니 그 길 위에서만이 너는 쉴 수 있고 길을 가리키는 것들은 어둠을 헤맨다 아니 새하얀 머리칼 풀어헤친 그 길이 어둠을 가리켜 담벼락 뒤에 뼈를 묻는 개는 이제 보이지 않고 새끼에게 젖을 주는 고양이는 기적이 없어 긴 머리 자르고 날갯죽지 곧게 핀 어둠 우리가 태어난 건 죄가 아니고 우리가 살아가는 건 벌이 아니지 아니 우리가 태어난 건 형벌이며 살아가는 건 죄가 될 수 있다는 말 죽은 것은 다시 죽지 않고 생이 다른 곳에 있을 리 없다는 말 아니 자정에 휘파람 부는 나무들 죄를 짓고 길 위의 모든 것들이 미끄러지는 동안 달이 떠올라 아니 달은 우연히 그러한 궤도에서 우연히 그러한 거리에서 우연히 존재하고 이러한 우연을 진실로 믿는 것처럼 네가 쓴 시들만을 그러모아보렴 달의 뒷면을 모른 채 달을 사랑한다 말하는 것처럼 알 수 없는 먼빛들을 별이라 부르는 것처럼 진실은 여러 얼굴을 가지고 죽음은 하나의 얼굴을 가진다 단지 그뿐인 것으로 알자 아니 그토록 무거우니 그토록 미약하니 갈증을 견디고 길을 서성여 그리하여 잊으면 잊혀진단다 어둠이 잊혀진단다 달이 솟는 걸 같이 슬퍼해준다면 생을 사랑하겠다 아니 아니

살려면 살아진단다, 그렇게 흘려보렴

아몬드 나무

한낮에 너무 많은 질문을 써버렸다
아몬드 나무는 현자처럼 서 있고
여름의 아몬드꽃은 흔들리고 시들 운명

다음 생을 준비할 여유가 없는데
두려워서 침을 뱉는 마음으로 걷는다
한밤의 아몬드 나무는 찬란한 꿈의 나머지

한밤에 너무 많은 답들을 견디었다
울어도 생은 한 번 웃어도 생은 한 번
그러니 묻지 않겠다 어째서 꽃피었는가

너무 예쁜, 개 같은

뜻밖의 일이었지
그 밤에 보았으니
돌에 쏘여 죽은 개가
환생하는 그 순간을
강둑의 부싯돌 소리
네 방 찾아 굴러온다

길목마다 등불처럼
피어나는 헛꽃들
개는 죽어 네가 되고
너는 죽어 꽃이 된다
물 건너 멀다 멀다 해도
문턱 밖이었으니

이불을 뒤집어도
너는 이미 간데없다
베갯속 물비린내
홀연하고 너무 예쁜
개 같은 꽃들만 보여
달빛 속 춤을 춘다

화양연화花樣年華

한 철 붉어 비척이네
빗물에 머리 풀고
지는 꽃이 아름답다
하여 너는 한 계절
다발로 떠내려갔지
희고 붉은 등불 아래

꽃 뿌리 짙어지고
이파리 아련하다
풀린 꽃잎 달큰하여
입속까지 몸살 진 밤
장마철 물살의 병은
아득하게 깊어지고

찬비를 못 견디어
과육처럼 아픈 몸이
저편을 환생하며
물속에서 마주친 건
꽃들과 내연하느라
찬란했던 너의 동공

티티 타
— 언니의 발견

여름이 은행알로 으깨질 무렵에
언니는 새의 말을 시작했죠 티티 타
조심해 개들이 몰려오면
언니를 물어갈걸

하지만 언니는 멈추지 않았죠
가을의 신곡처럼 직선적인 비명처럼
티티 타, 그만해 언니
개 비린내가 가까워

새들이 하늘로 번지는 밤 언니는
긴머리 자르고 날개뼈 금을 긋고

목화꽃 터지듯 새하얀
깃털이 되었어요

명랑한 웃음소리 방향을 아는 날갯짓
언니는 떠나며 안녕 대신 *티티 타*
개들이 찾아왔을 땐
이미 너무 늦은 거죠

여름 아이

그 여름 언니는 툭하면 부러졌다
갈 곳 잃은 개들이 마당을 파헤치고
새들이 쪼아먹은 자두가 뒹구는 현관 앞

왜 이리 현기증 나나 했지 언니는
여름에 태어난 바람에 자주 지쳤다
스스로 바람이 되어 흔들리는 나무처럼

언니의 얼굴은 자두를 닮았나
훔쳐본 얼굴이 왜 이리 서글플까
가까워 머나먼 표정 들녘에 엎드린 채

언니 언니, 부르면 돌아보는 그림자
개들이 언니를 파헤치면 어떡해
새들이 언니 얼굴을 삼키면 어떡해

언니는 고요하고 쓸쓸히 말한다
"하늘에선 수평이 중요하지 않단다
그러니 답 없는 슬픔일랑 접어둬도 괜찮단다"

모전여전
— 화해의 아침

보이는 게 전부였죠 아직은 이른 아침
당신은 저를 볼 때 무엇을 견딥니까
어째서 저를 낳았나요
묻고도 싶었지요

우리는 서로를 가늠할 수 없습니다
모녀는 환생하듯 고통의 연속인데
엄마는 이 생의 비밀을
발설하지 않으셨죠

주문 없는 우리의 식탁은 식어가요
얼마나 많은 생을 점 쳐봐야 할까요
쌀 뜬 물 투명합니다
아침을 기다리죠

훼손에 훼손을 거듭하는 마음으로
나는 나로 혼자 아닌 혼자로 이번 생도
계속해 보겠습니다
그때까지 안녕히

바깥

새들도 수만의 하늘과 헤어진다

바람이 불어올 적 다정만 바라며

방 안에 엎질러진 몸, 너는 너로서 가혹하다

최봉희(崔鳳熙, Choi, Bong hee)

1963년 경기 여주 북내면 출생. 국민대학교 박사과정 수료(2017). 《시조문학》(2005) 등단. 시집 『꽃 따라 풀잎 따라』(2008, 글벗), 『사랑꽃』(2015, 글벗). 제1회 고불 맹사성 전국시조백일장 장원(2005), 제30회 샘터시조상(2005), 제3회 농촌문학상, 경기문학상(2008) 수상 외. 파주문인협회 회장 역임. 한국문인협회, 국제펜클럽 한국본부 회원. 종자와시인박물관 설립 추진위원, 글벗문학회 회장, 계간 《글벗》 편집주간.

—

최봉희의 「다도」는 지나친 규격화와 의도적 관계에서 벗어나 단아한 정형시로서 정제미를 이루고 있다. 종장 둘째 구에 '푸른 미소 흐른다'와 같은 주제를 설정하여 놓고 산뜻하고 예민한 감수성이 내면적 깊이를 돋보이게 하면서 새로운 시적 분위기를 형성하는 점이 뛰어나다. 「백목련」은 시상이 참신하고도 사려 깊게 나타나 있어 종례의 소재에서 느끼지 못한 새로운 느낌을 갖게 하는 작품이다. 초장의 '당신의 환한 웃음'과 중장의 '가난한 골목길엔'의 은유적 표현이 제시하고 있는 상징적인 의미에서 높은 문학성을 엿볼 수 있다. 또한 초장에의 '가슴에 담으려고'와 종장의 '꽃구름 가득하다'는 주제를 심화하고 시상을 전개하는 적절한 표현으로 문학적 성취도를 짐작케 한다.

— 김준(시조시인 · 서울여대 명예교수)

—

사랑꽃

메마른 땅을 일궈
제 삶을 갈아 놓고

한마음 오롯한 꿈
씨앗을 뿌려놓고

발그레
꽃등 켜는 날
기다리며 산다오.

다도茶道

연풀잎
물빛 위에
벙그는 싱그러움

쪼르륵
바쁜 하루
살포시 따르면

하이얀
찻잔 가득히
푸른 미소 흐른다

백목련

당신의 환한 웃음 가슴에 담으려고

가난한 골목길엔 꽃구름 가득하다

하이얀 꽃치마 입은 설레는 봄 마중

감나무

여보, 저기 좀 봐요
허리 굽은 어머니
길마중 나오셔서
등불 들고 서 계시네

어머나
등 굽은 허리
슬금슬금 펴시네

글빛으로

소리빛
여울 따라
흐르는 글말살이

나랏말
고운 빛에
올곧게 어울러서

온종일
살을 맞대고
꽃잠 자듯 살리라

최상남(崔相南, Choi, Sang nam)

1955년 경북 울진 평해읍 월송 출생. 호 지운(之雲).《시조문학》
(1982) 등단. 나래시조 동인. 한국시조시인협회 회원.

우물가 연정

꽃샘에 아린 별밭 여울에서 새鳥로 앉아
하현달 야윈 빛이 나래 위에 잠이 들면
여명의 고운 햇살이 정을 뿌리며 젖어든다

바람이 가득 고여 별무리로 돌아 나고
가라앉은 더운 마음 여린 가락에 피어 올라
향나무 입김이 되어 아침 이슬로 반짝인다

하늘가로 맴을 돌다 그림자로 꽃피우다
청옥빛 빗돌 위에 따순 마음 펴놓으면
탱자꽃 향 푸른 소리 우물 가득 고인다

월송리月松里
― 막내딸

늘 쪽빛 하늘에다 종이연을 띄워 놓고
한 우물 나눈 정을 서리서리 감아서
월송정 솔바람으로 얼레를 푸는 마을

동해물 듣는 가슴 여며온 천 년 세월
농자천하지대본農者天下之大本 깃발로 펄럭이며
대보름 둥근 달보다 더 큰 마당 맴을 돈다

그 앞들 가로 지른 고속화 도로 따라
한나절 서울길에 어머님은 늙었어도
눈 녹는 햇살을 엮어 해동하는 우리 고향

항아리

세월의 앙금들이 메아리로 안온한 늪
비췻빛 젖은 사연 백학白鶴으로 나래 쳐도
속세를 떠나신 자태 고려국의 그 어머니

푸름도 푸른 꿈의 고향이 있었던가
들국화 송이송이 고운 얼로 피난 외길
하늘 끝 저쪽의 향수 살고지는 청青 메아리

고향 팔월

까만 분꽃씨 속에 동동 팔월 여물어
대추 낟알 고운 하늘 잠자리 떼 돌아오고
초승달 저어 저어서 한가위로 가고 있다.

풋바심 큰 마당에 우러나는 까치 소리
올감 침수 항아리에 어머니 맘 잠재우며
어비 딸 그 좋은 볕살 새 창호지로 받는다.

봄밤

산 산의 진달래가 은빛으로 여위는가
미지의 사연들이 꽃잎처럼 떨고 있다.
싸늘한 월면月面 가득히 밤을 새자는 그 연줄

미나리 파란 돋음에 이슬 내려 앉는 소리
가슴속에 새겨놓은 쌍학수双鶴繡 날아가고
그 실밥 타는 서창書窓에 화문필火紋筆도 물자는 밤

비 오는 날

기와 골골 물소리가 세월 같이 감기는
밤 듣는 가슴으로 심지를 돋워 놓고
호롱불 밖으로 문밖으로 어둠을 밀어 낸다

하이얗게 여윈 고요 일기장을 나누며
마른 잎새 하나이 뒤척이는 빗물에
철 듣는 한 자락 세월 끝이 나를 안고 젖는다.

최성아(崔成我, Choi, Sung ah) 본명: 최필남(Choi, Pil nam)

1961년 경남 마산 출생. 부산교육대학 졸업. 《시조월드》 신인상(2004) 등단. 시조집 『부침개 한 판 뒤집듯』(2013, 알토란북스), 『달콤한 역설』(2016, 고요아침). 온천천 서사시조집 『내 안에 오리 있다』(2018, 세종). 동시조집 『학교에 온 강낭콩』(2018, 어린이시조나라). 시선집 『옆자리 보고서』(2019, 고요아침). 부산문학상 우수상, 제5회 부산시조작품상 수상.

아리랑 DNA

최성아

에움길 넘나들던 느려서 시린 걸음
갓밝이 빌고 앉아 손바닥 닳아가던
한 소절 메나리조에 목이 에는 사람아

바람은 흘러흘러 광장으로 이어지고
풀뿌리 얼싸안는 녹슬지 않을 노래
푸른 물 맥박은 따라
손에 손이 둥글다

—

시인의 생각을 통쾌하게 밀어붙인 발칙한 상상으로 구미를 당긴다. 고통과 환희인 생의 익숙한 여정, 그 리듬을 타고 넘어가며 우리는 희망을 품을 수도 있으리라(정미숙). 시인은 묶여 있는 양말 더미에서 심각한 청년 실업의 그늘을 읽어낸다. 오늘날 우리 모두가 함께 고민하고 풀어야 할, 이 작품의 중의적 메시지에 우리가 쉽게 동의하고 공감하는 이유는 무엇일까(이우걸 '현대시조 산책' #7)? 오늘의 여성상에 대한 반성의 마음을 그려냈다. 필경 예와 정성 사랑이 없는 아름다움은 어디도 쓸모없음을 스스로가 알아야 할 그런 세상 아닌가 생각을 해 본다(임영석). 봄이 가렵도록 스멀대며 움트는 것이라고 은유하고 있다. 시인의 시선이 섬세하고 따뜻하다(최연근). '역설'이라는 강력한 어젠다agenda 앞에 '달콤한'이라는 수식어를 배치하여 이미 '이 사회의 그릇된 구조와 운용'에 대한 모순을 우회하여 지적하고 있다(정용국).

—

옷이 날개입니다

포장된 거리거리 달콤한 역설을 물고
닿지 않는 문 앞에 나래 없는 새가 있다
제대로 날 수가 없는
마음까지 접힌 채

비싸야 잘 나간다는 눈 속이는 말장난에
날개옷만 생각하다 하루하루 추락하는
뒤집힌 소매를 펴며
부풀린 무게를 뺀다

번지르 죽지 달면 훨훨 날 수 있을까
진열장 유리창에 제 맵시 들여다본다
하늘로 돌아가지 못한
날개 잃은 선녀들

부침개 한 판 뒤집듯

두둥실 프라이팬에 한가위 달이 뜬다
갖가지 잘 버무려 둥그렇게 다듬어진
어울려 살아가는 자리 이랬으면 좋겠다

지글지글 바닥 열기 골고루 나눠 보면
버티던 생것 날것 기세가 기울면서
앉았던 서로의 모습 점점 더 닮아간다

너와 나 선을 긋는 차이와 대립까지
부침개 한 판 뒤집듯 그랬으면 좋겠다
뒤집혀 어우러진다 한가위가 익어간다

양말 트럭

멈춰 선 차바퀴에 낙엽만 들락대는
퇴근길 가장자리 발들이 묶여 있다
포장을 풀어놓으면 갈래갈래 피어날 꿈

문턱을 넘어야 하는 걸음이 돌고 있다
발 디딜 터 고르는 취준생 어깨 너머
즐비한 생의 무늬가 삭바람에 매달린다

어디든 달리고픈 낙엽 닮은 이력 위로
포개진 시간 따라 길을 꾸리고 있는
눈높이 자꾸 낮춘다
열 켤레에 오천 원

우수 무렵

실개천 물길 따라 보들보들 꼬리 치며

제 속살 열까말까 내숭도 한창이다

갯버들 보자기 푸는 봄 언저리 가볍다

사월 묘역

떨어진 꽃이라고 차마 읽지 못하는
어룽진 시간 위에 종일 꽃비 내린다
더듬다 눈시울 붉는
초록 꿈이 흐른다

끝내 시들지 않은 이미지로 날아드는
꽃이 꽃을 조문하다 가고 있는 봄 어디쯤
깍지 낀 울타리에 안긴
그들 다시 꽃이다

흔들리는 미인도美人圖

이백 년 거슬러 올라 조선 미인을 만났다
복스런 얼굴 윤곽 크지 않은 외까풀 눈
당당히 제 자리 지키며 꾸밈없이 앉았다

반듯이 자리 잡은 더뷰티 로얄성형
달덩이 아가씨 둘 층층 계단 오른다
얼짱 꿈 칼날에 실은 아픈 그림 봤을까

무슨 라인이라야 제대로 대접받는
짜맞춘 미를 찾아 내면이 흐려지는
버리고 다시 그려야 할 흔들리는 미인도.

은행 앞 은행

하늘 높은 줄 모르고 따라 오르던 이름

아무도 감당 못할 기대가 떨어진다

가로수 은행 창구엔 돈 냄새가 가득하다

자리싸움

굉음으로 쇠를 깎는 철공소 지나는데
무쇠고집 악어 눈물
여의도가 떠오른다
초록이 다가서도록 비껴서는 봄날인데

참살이 기도하는 손들을 뿌리치고
힘 앞에 줄서기로 표심을 구겨 넣은
밟히는 풀뿌리들의 배고픔은 싹 잊었다

가진 건 못 놓는다 버티는 저 막무가내
센 자와 더 센 자 사이 요란한 쇠가 운다
바람이 꽃잎을 물고 귀를 씻는 봄나절

경사 났네

꿀벌이 취업했다
콩알만 한 꽃잎 위에

꽃가루 실어 나르는 날갯짓도 가볍다

따가운 뙤약볕 아래
입술 다 부르터도

터치 미

화면 속 오고 가는 길을 잃어버렸다
말이 통하지 않는 주문에 갇힌 채로
손가락 점자를 읽듯 누르다가 지우다가

빗나간 메뉴판에 당황이 스며들어
잔뜩 흐린 통신 장애 주파수가 흔들린다
등 뒤에 날아든 채근 노을만큼 귓불 타고

쉰세대 아니라며 속으로 뱉는 항변
식은땀 닦아내며 고개를 세워본다
꺼내면 가까운 듯 먼
인공 지능 앞에 선다

최성연(崔聖淵, Choi, Sung yeon)

1914.~2000. 인천 중구 율목동 출생. 호 소안(素眼), 우백(又白). 경성제2고보 졸업(1934). 〈동아일보〉 창간 35주년 기념 현상문예 시조「핏자욱」당선(1955) 등단. 시조집『은어銀魚』(1955, 서울신문사),『갈매기도 사라졌는데』(1988, 교육문화). 저서『개항과 양관역정洋館歷程』(1959, 경기문화사). 인천시 문화상(1960), 경기도 문화상(1964) 수상. 동방뉴스 편집국장, 〈경인일보〉 편집국장, 인천시사 편찬 상임위원 역임. 한국시조작가협회 창립위원. 한국문인협회, 한국시조시인협회 회원.

—

바다

잦은 번개 치고 천둥소리 비바람 소리
어울려 우짖으며 천지를 뒤흔드는데
날뛰는 노도怒濤 이랑마다 우악스레 밀어 덮친다

방죽이며 선창 따윈 단숨에 젖뜨리고
마을이나 논밭쯤은 우습잖게 쓸어 삼킨다
놀라운 바다의 용심이야 누가 감히 다스리랴.

몇 곱절 훨씬 많은 잔잔한 나날이면
멸치며 치어 떼랑 얼러서 길러 주는
자상한 바다의 마음씨도 우린 모두 알고 있다.

엄청난 힘뿐이랴 도량 또한 넓고 깊다는데
그래도 미덥지 못해 헤아려 볼참인가
함부로 요동치 않는 의젓함을 모르겠나.

비상

지각이 굳은 뒤로 얼마나 묵었길래
검버섯 뒤덮이고 메말라 꾀었으랴
오글아 쪼글쪼글이 잔주름만 잡혔어라

큰 강이 이따금씩 물을 안고 감겼는데
한없이 뻗어난 길 강을 끼고 회롱커니
으시시 헐벗은 산야 땅거미에 녹아들다

나머진 서해 노을 기슭 따라 들락이고
반짝! 기익機翼 끝에 눈부신 건 호수리라
구름 속 마구 뚫고서 엷게엷게 피우다

궂은 비

철겨운 궂은비가 밤을 도와 내리도다
소리도 없건만은 속속들이 배어들어
뽀수숭 메마른 여수旅愁 오돌오돌 떨려라

먼동은 트고 마리다
— 어느 사월의 용사에게 바치는 노래

숨이 막히도록 억누른 암흑의 둑을
단숨에 밀어 제친 억센 분류를 보라
젊은 넋 태워 튀기는 사뭇 파란 불꽃이어!

얼뜬 총부리는 마구 불을 뿜어도
우리를 짓부수고 내달린 노한 사자는
호되게 몸부림치며 앞장서서 덤벼들다

마침내 모진 흉탄은 가슴 판을 뚫었으되
싸지른 그대 불씨가 화아랄 타오르나니
기어이 먼동은 트고 마리다 햇살 고루 퍼지리다

나보다 울부짖는 어린 동질 살려주오
갈수록 사위어 드는 흐린 의식 돋구며
기쓰고 토막토막 호소하는 아! 들것 위 4월의 용사

깨끼 저고리

짜르르 윤이 흐르는 포플러 어린 잎새
태없이 바람 타고 간들간들 할라치면
살며시 깨끼 저고리 들춰 입고 서 봅니다.

올올이 아른아른 무늬를 맞비비고
갑삭한 젖가슴을 스치는 간지러움
연둣빛 싱그러움이 절로 풍겨 듭니다.

꽃신

이웃집 선녀마저 꽃신을 샀노라고
큰아이 작은아이 침을 말려 뇌이기로
혼사 적 패물 팔아서 한 켤레씩 사주도다

아해들 좋아라고 신고 벗고 매만지단
백지로 깔고 덮고 뫼셔둔 채 잠든 거동
동심은 가상타마는 서운함이 앞서노나

다도해

물을 휘여 걸고
당겼다는 늦춰보니
다도해 섬 기슭이
오락가락 할라치면
시누대 우거진 숲이
잡힐 듯도 하건만

망향

용두산 허릿길을
짬짬이 휘여 돌며
푸른 물가 역 따라
더듬더듬 할라치면
물줄기 어느새 되어
고향 기슭 핥어라

비굴

처자식 동그라니 초연 속에 버려두고
제 홀로 뉘를 위해 연명의 길 뜨단 말가
억눌려 기운 자책이 뱃전 밖에 쏠리다

남해

남해 맑을세라 쪽빛 같이 더욱 곱다
언덕 위 파릇파릇 새싹 벌써 돋았나뵈
시름에 겯은 길손 위해 봄이 질러 왔거니

최성진 (崔聖鎭, Choi, Sung jin)

1960년 경북 문경 점촌 출생. 경희대학교 산업대학 졸업. 제9회 역동시조문학상 신인상 (2018) 등단. 제6회 수안보온천시조문학상 특별상(2019), 제8회 둔촌백일장 차상(2019), 제3회 청명시조문학상 대상(2019) 수상. 한국시조문학진흥회, 나래시조시인협회 회원. 한국전력 지사장 역임.

—

최성진 시인의 작품은 이 시대를 살아내야 할 중년 직장인의 현실 상황이(「퇴근길 스케치」) 애잔하게 들어있다. "신세진 세상 인연은 언제 갚고 떠날까"(「마이너스 인생기」)로 어려움을 토로했던 가장의 애환을 겸손하게 마무리하는 덕목도 보인다. 정시에 울리는 시계소리를 바르게 살아가라는 아버지의 가르침(「괘종시계」)으로 받아들여 올곧게 살겠노라는 인간 본연의 착한 감성을 울컥울컥 토해낸다. 고고한 달빛 아래 후원을 거니는 푸른 도포자락의 청빈한 시조시인으로 자리매김하리라 믿는다.

— 함세린(시조시인 · 한국시조문학진흥회 부이사장)

—

지하철 손잡이

일상에 매여 가는
또 하루 밝아온다

굉음 속 세상살이 반복된 여정 따라

목적지 흔들릴 때면
따뜻한 손 내민다

여닫는 자동문에
묻어난 삶의 조각

꼭 잡은 손길마다 온기를 나눠 주며

내일은 좀 더 나아질
새 출발을 꿈꾸다

퇴근길 스케치

가벼운 해방감에 피곤을 툴툴 턴다
쏟아진 발걸음들 거리를 가득 메워
석양에 물드는 도시 또 하루가 저문다

꼬리 문 차량 행렬 불 밝힌 강변도로
빌딩 숲 조명 타고 별들이 내려오면
어둠 끝 노크 소리는 달빛마저 부른다

오늘에 감사하고 내일을 반긴 자리
나날이 꿈을 꿰어 가슴에 걸어두면
언젠가 선물 되리니 밤하늘도 품는다

홍시

잔가지 듬성듬성 늦둥이 매달렸다
제 갈 길 찾지 못한 애달픈 응석처럼
주름진 엄마 품 안에 터질 듯이 걸렸다

지나던 까치 앉아 톡톡톡 쪼아 대면
짓무른 손등 위로 속정이 묻어나듯
내어준 가슴 한구석 동이 나는 까치밥

발아래 뭉개어진 분신의 숱한 흔적
이불깃 여민 자리 흰 눈을 덮어주고
삭풍이 몰아친 뜨락 뜬눈 밝혀 지킨다

달동네 골목길

황무지 잡초 닮은 밑바닥 무명의 삶
헐벗은 맨몸에도 포기는 모르듯이
밟히는 일상 속에서 꽃씨 하나 품었다

쏟는 비 흠뻑 젖어 질척한 마음에도
발아래 샘물 모아 기다림 배운 나날
한 송이 민들레 솟아 메마른 땅 밝히다

파리에게 지던 날

밥상에 덤벼드는 끈질긴 파리 하나
쫓기를 반복하다 욕설을 쏟아낸다
녀석은 아랑곳없이 이리저리 앉는다

파리도 나 역시도 살고자 밥 먹는데
조물주 뜻 모르고 스스로 화를 낸다
언제쯤 이치를 깨쳐 자책 없이 살려나

밤에 피는 장미

자줏빛 여린 입술 어둠을 태우는 듯
뜨거운 너의 구애 달빛이 받아줄까
담장을 붉게 물들여 세레나데 부른다

밤하늘 감싸 안고 흩뿌린 짙은 향기
가로등 조명 아래 실루엣 잠옷 걸쳐
농염한 여인의 자태 시샘마저 낳는다

못다 한 내 사랑을 널 위해 펼쳐볼까
고백을 담은 편지 꽃잎에 새기는 밤
영롱한 이슬에 젖어 새벽 울음 토하다

마이너스 인생기
— 신용카드 청구서

지갑을 개방하는 모범생 손길일까
결석도 지각 한 번 모르는 근면성실
항복의 백기를 들고 마이너스 긁는다

치밀한 계산으로 털어간 월급통장
얄팍한 호주머니 어차피 빈손인데
신세진 세상 인연은 언제 갚고 떠날까

에스컬레이터

밟히는 일상에도
층층이 계단을 놓아

우직하게 한 방향만
밀고 가는 저 뚝심

내 너를
사랑하는 법
그렇게만 배웠다

민들레꽃

담장 밑 예쁜 아가
키 낮게 피던 자리

한 세상 살만 하게
희망도 여물었듯

알알이
바람 끝 실려
손 흔드는 노란 꿈

괘종시계

아버지 가는 길을 아들이 따라가듯
두 개의 걸음걸이 낮과 밤 잇는 역사
정시를 밝히는 울림 인생철학 읽는다

최세희(崔世熙, Choi, Sae hui)

1966년 충북 제천 백운면 출생. 청주대학교 (경영학과) 졸업. 제5회 전국 청풍명월 시조 백일장 장원, 《시조시학》(2012, 가을호) 등단. 진천문인협회, 포석문학회, 포석기념사업회, 한국시낭송전문가협회 회원. '우리시' 동인. 충북시조문학회 사무국장. 시낭송전문가.

바위

최세희

굽이치는 하얀 물결
사연 하나 매질하나
피멍든 가슴꽉엔 푸른 이끼 에돌아
골 깊은 무늬결마다
눌러 담은 저 무게

―

최세희 작품은 소재의 참신성, 구성의 효율성, 문장의 정확성과 주제의 일관성을 지니고 있으며 삶의 체험을 적절하게 형상화시키고 있다. 시조의 기본 형식에 충실한 작품으로 짜임새 있는 구성과 일상에서 느끼는 삶의 아픔을 희망적, 긍정적인 시선으로 그려내 공감대를 형성하고 있다.

— 한분순(시조시인 · 한국시인협회 이사)

최세희 작품은 일상적 소재를 시로 육화시켜 드러나지 않는 세계를 들여다보거나 풍경 속에서 내면의 상처를 끄집어내 진솔한 삶의 모습을 형상화하고 역사성을 투사하는 모습도 믿음직스럽고 치열한 삶의 의지와 시적 상상력의 확장으로 주제를 극명하게 드러내고 있다.

— 이지엽(시인 · 한국시조시인협회 이사장 · 경기대 교수)

―

들꽃

사박사박 된비알에 옷자락 스치는 소리
덮치는 어둠 밀쳐내며 억척스레 뻗은 손들
돌아본 삶의 갈피마다 날 세운 것뿐이었다.

알근달근 맨몸으로 바위틈에 뿌리박고
숨소리조차 낼 수 없이 주눅 든 시간들
몸 낮춰 담금질하며 모진 추위 참아냈지

자꾸만 짙어지는 푸르른 소문 앞에
새색시 속눈썹처럼 피어난 노란 꽃술
가는 목 길게 빼 봐도 작은 꽃 잔 빙글빙글

꽃샘바람 장난기에 온몸이 뒤채어도
베토벤 로망스로 번져가는 이 산하
어느새 짙어진 향기 슬몃슬몃 봉인 푼다.

오늘

눈총 꽂힌 어제 허물 벗어 말갛게 헹궈 널고
잰걸음 바잡이며 지름길을 가르면
물안개 무지근히 일어나 발목 끌어당긴다.

엇박자 허벙저벙 맛문했던 나날 속에
마음 꿰뚫는 신호등 애써 외면하지만
각이진 생각을 잡아 지그시 휘어준다

내딛는 발걸음마다 눈물주머니 터뜨리며
주저앉은 시간 거둬 되돌아온 작업대
허리에 자일동이고 오늘을 기어오른다.

종소리

내 온몸 휘어지고 뼈마디도 허기진 날
조용히 감싸 안은 은 날개 펼치는 소리
꽉 잠진 빗장 여시고 빛살 쏟아 부으시다

나직한 음성으로 넓혀가는 그의 말씀
헤진 치맛자락 보상화 무늬로 덮어
푸르른 이끼 에돌아 피워내는 오온의 꽃

대물린 짙은 그늘 자늑자늑 거둬내며
내일 향해 낮춘 몸 빛이 되어 앞서가고
동심원 둥글리는 저물녘 가까스로 중심 잡다

게으름

희뿌연 콜레스테롤처럼 내 몸에 켜켜로 쌓여
개기름 번드르르 천연덕스런 주인 행세
끌밋한 그 뺨을 갈겨 쫓아내려 버둥대도

눈망울 굴려대며 허리춤 움켜잡고
머릿속 덩굴 뻗어 눈 덮으려 넘실대다
화들짝 들키는 날엔 입담 좋게 야실야실

"세상이 바뀔꺼여 좀 늦는 것 뿐인디
큰사람 넉넉헌 걸음 엄청 돋보이지 않던 감"
귀여운 악마의 꼬드김에 나도 따라 헤벌쭉

돌연변이

발가락이 닮았다는 어느 소설의 줄거리처럼
연관성을 찾으려는 사람들 본성과 달리
문학은
낯설게 하기라나
적응 안 돼
돌연변이

느티나무

푸르른 잎맥마다 맑은 현이 차르르르
세상 향해 부르던 어린 시절 고운 노래
살갑게 곁가지 내주어 손잡고 내딛은 걸음

발목 젖는 고된 나날 네 옆에 기대서면
속마음 드리운 어둠 귀 기울여 담고서
두둥실 둥근달 띄워 가만히 자리 내주고

햇빛마저 갈지 못한 모서리 궁굴리며
나이테로 끌어안은 하 많은 아픔들
한세상 꼿꼿이 버텨 지향점 내보인다

솟대, 아버지

짭조름 울음 먹여 흥건히 젖은 솟대
부황기 깊어져도 한자리만 지킨 고집
그리움 오롯이 빚어 북녘 향해 앉았나

비오면 지우산 씌워 자늑자늑 보듬어도
부리마저 뭉그러져 울지도 못하던 새
적십자 한 통 전화에 퍼드득, 날개 쳤다

"이 시계 큰아버지래 주셨디 않갔습네까"
학도병 끌려 갈 때 채워준 그 시계 아닌가
아우를 똑 닮은 조카 첫 만남도 낯이 익다

노을빛 타고 뼈마디로 스며드는 아우 온기
아른아른 멀어진 조카 꿈속에도 눈에 밟혀
70년 멈춰진 시계 느적느적 숨을 쉰다

한 그루 나무로 서서

조롱조롱 피어나는 꽃아까시 바라보며
송이송이 흘리고 온 빛 고운 옛살라비
끝없이 날갯짓하여 그 시절로 날아간다

구름도 뚫겠다며 하늘 높이 치솟아
꽃잎마다 햇살 안고 하얀 꽃 피어내며
상큼한 무젖은 향기 가득 채운 언덕배기

때로는 비바람도 안으로 다스리고
뙤약볕 모진 더위 온몸을 불사르던
엇갈린 아픈 날들이 가시 되어 찌른다

쓸쓸한 지난일 나이테로 더 감으니
마음의 불 켜진다, 환하게 더 환하게
한그루 나무로 서서 마음의 향기 담는다

그리운 워낭 소리

소 떼들이 새벽안개 가르던 산등성이
이슬방울 길을 트며 흠뻑 적신 바짓부리
아이들 소모는 소리 산자락을 휘 감았다

엄마 부름 외면한 채 나래 펴던 해거름녘
낭떠러지 외길에서 누런 황소 달려들어
살려줘, 줄행랑치다 흘러버린 깜장고무신

고운 눈 동굴리던 정겨운 소는 없고
뎅그렁! 바람결에 실려 오는 워낭소리
웃자란 잡초에 갇힌 외양간에 홀로섰다

가을 들녘

후드득 찬 빗줄기 온몸을 휘저어도
그리움 오선지 펼쳐 음표로 흩뿌리며
소롯이 흐르는 물로 출렁이는 저 들판

알알이 여문 이삭 노을빛 갈무리고
색색의 고운 잎들 화르르 춤도 추며
농익은 풀무질 사랑 메나리도 띄운다

푸른 하늘 감당 못해 휘청 이던 지난 날
자늑자늑 보듬고 나붓나붓 날갯짓하여
마음속 응이진 혼적 새털구름 흘리고

최숙영(崔淑英, Choi, Sook young)

1947년 강원 강릉 사천면 출생. 한양대 지방
자치대학원(고위정책과) 수료(2006).《현대
시조》신인상(1996, 봄호) 등단. 시조집『북을
치듯이』(2004, 문장미디어). 동시조집『우리
집 철쭉꽃은』(2012, 아동문예). 현대시조 좋
은작품상(2004), 제6회 한밭아동문학상 동시
조(2014), 한국동요음악협회 제1회 개나리 동
요대상 〈옹달샘〉 작시(2014), 제27회 KBS 창
작동요대회 〈칭찬의 말 참 좋아요〉 작시 우
수상(2016) 수상. 한국시조시인협회, 한국문인협회, 한국여성시조
문학회, 한국여성문학인회 회원.

최숙영 시인의 작품 속에는 넘치는 정감으로 과장되지 않았으며,
지식 나열적이거나 목적을 염두에 두지도 않은 구성은 읽는 이의
가슴까지 흔들 수밖에 없는 진솔함이 배어 있다(권혁모). 최숙영
시인의 작품 속에는 현상을 넘어서 존재하는 이상理想과 소망의
세계가 있으며, 가까이 갈수록 더 깊고 심원한 세계의 존재를 느끼
게 하는 보이지 않는 실체가 있다(최재선). 최숙영 시인의 작품을
읽다보면 자신도 모르게 그 작품에 빨려 들어가고 있음을 느낄 때
가 있다(박영교). 최숙영 시인은 순수한 양심과 정의와 진실을 살
아가는 삶에 그 의미와 가치를 두고 있다(문복선). 최숙영 시인의
동시조는 어떤 작품을 봐도 초장에서 중장으로, 또 중장에서 종장
으로, 이렇게 3장의 응결 구조가 완벽하다(서관호).

동요 나라

오선지 여울물에 누가 놓았나 징검다리
파알짝 팔짝팔짝 건너뛰자 다 함께

도 미 솔 ~
우리들 세상
신나는 동요 나라.

높은 음표 낮은 음표 서로서로 정답게
음정, 박자 발맞추어 어깨동무 하고 가자

도 파 라 ~
따라 부르면
즐거운 동요 나라.

우리 집 철쭉꽃은

우리 집 철쭉꽃은
나를 닮아 철이 없다

유리창에 성에꽃 피면
덩달아 저도 핀다

봄 되면
그땐 어쩔래
할 일 없어
너 어쩔래.

을숙도 갈대숲에서

한 치 흩트림 없이 초연하리라 마음하고
잊고 산 낭만을 찾아 홀로 떠난 가을 여행
을숙도 철새 도래지 갈대꽃으로 피었다.

곱게 물든 사색의 창가 명상에 잠겨도 보고
스쳐간 한 점 바람 물결치는 갈대숲에서
어쩌랴! 난들 어쩌랴! 에서 흔들릴 밖에.

철새들 둥지 틀고 또 떼 지어 날아오르는
여기 침묵의 강, 속울음 우우 울다가
잃은 것 얻은 것 꺾어 한 아름 안고 돌아 가야지.

봄이 오는 길목

1
마음 속 선악과善惡果를
또옥 똑, 따 내어서

흐르는 석간수石間水에
씻고 씻고 또 씻어서

볕 밝은 남창 뜨락에
다시 심어 볼까나?

2
순수로 돌아가리
가진 것 다 버리고

그 겨울 빈 뜨락에
흰 눈으로 뿌린 기도

그러나
어찌합니까?
봄은 저리 오는 것을.

북을 치듯이

청산靑山을 닮으리라
노래하면 될 것 같아

두둥둥
북을 치듯
앙가슴을 쳐봤지만

청산靑山은
멀어만 가고
돌아오는 저 북소리.

향일암 일출

남도南島, 그 끝자락
예까지 날 끌고 와서

저 혼불 건져 올리는
큰 손은 누구시길래

벼랑 끝
까치발로 선
나를 잡아 세우는지.

분명 뭔가 있지 싶다
동 트는 새벽 바다

낚대 끝에 요동치는
입질, 고 느낌의 시詩

내 촉수觸手
걸려 올라와
팔딱이게 할 아, 그 날.

비 오는 날의 수채화

메마른 내 뜨락에 단비가 내립니다
촉촉이 젖는 애모愛慕 창가에 와 어립니다
물무늬
선연鮮然한 자리
수채화로 떠오릅니다.

색색물감 풀어놓고 그리움을 칠합니다
잔잔히 스며드는 채색이고 싶습니다
돌아가
물들고 싶은
영상映像으로 띄우렵니다.

그런 거야, 사랑은
— 호수

마음을 비워 놓으면 청산도 내려와 앉고
고여 드는 것 고이게 하고
흘러가는 것 흐르게 하고
차거나 넘치지 않는 그런 거야 사랑은.

어우러지면 푸르른 것
채울수록 찰랑대는 것
갈수록 깊어지는 것
볼수록 아름다운 것
영원히 담아두는 것 그런 거야 사랑은.

잔잔한 물결이다가 또 때로는 출렁거리는
느낌으로
눈빛으로
가슴으로
가득 채우는
너 있어 행복해지는 그런 거야 사랑은.

폭포

촛불, 수천수만이 쏟아내는 저 목소리
쩌~엉 골을 울려 산을 삼킬 듯 포효한다
광우병, 괴담에 휩쓸려 애꿎은 민초民草, 목이 탄다

깃발 높이 앞세우고 쏟아지는 민의民意 광장
뭉치고 흩어지고 어우러져 깊은 수심水心
물길은 또 다시 흘러 산을 넘고 강이 되겠지.

갈대여!

흔들려야 하느니라
한 말씀만 하셨으면

그 모진 바람 앞에
꼿꼿하지 않았을 걸

꺾이면
다 잃는 줄 알고
몸부림친 긴 세월.

최순향(崔順香, Choi, Soon hyang)

1946년 경북 포항 출생. 숙명여자대학교(약학과) 졸업(1969). 《시조생활》(1997) 등단. 시조집 『긴힛든 그츠리잇가』(2004, 동경), 『옷이 자랐다』(2016, 지식과 감성), 문집 『아직도 셀레는』(2015, 지식과 감성), 영문번역시조집 『행복한 저녁』(2020, 동경) 외. 시천시조문학상(2007), 난대시조공로상(2010), 세계전통시인협회 한국본부 공로대상(2014), 한국문인협회 작가상(2016), PEN 송운현원영시조문학상(2016) 외. 한국시조시인협회 회원. 세계전통시인협회 한국본부 부이사장, 한국문인협회 · 국제PEN한국본부 · 한국여성문학인회 이사, 《시조생활》 주간, 《우리 동시조》 자문위원.

					옷	이		자	랐	다		
								최	순	향		
구	순	의		오	라	버	니		옷	이		자	꾸	자	랐	다
기	장	도		길	어	지	고		품	도		점	점		헐	렁	하	고
마	침	내		옷	속	에	숨	으	셨	다		살	구	꽃	이		곱	던	날

최순향의 시조미학은 '사유와 이미지와 형식의 어울림諧調'이라는 시학 일반의 난제를 푼 탁월성에 갈음된다. 가령, 자연을 소재로 한 시조도 인간의 존재론적 본연지성의 이理를 넘어 기질지성의 개성, 특수성을 표출한다. 동시에 보편 지향의 감수성과 사유의 세계로 확산된다. 그의 시조의 지배소들이 법고를 넘어 창신의 시업으로 빛난다는 점에 독자들의 감동이 있다. 이는 그의 전통적 미의식이 모더니티를 만나 거듭난, 우리 시조시사의 범상치 않은 수확이다. 소재의 다변화와 감정 절제의 모더니티, 그 절묘한 만남의 소산이다.

— 김봉군(시조시인 · 문학평론가 · 가톨릭대 명예교수)

동학사東鶴寺의 뻐꾸기

세월이야 가라 하렴
뻐꾸기는 울게 두고

동학사 주련까지
분에 넘친 푸르름 속

나 또한
뻐꾹 뻐꾹 다시 뻐꾹
또 하나 산이 된다

옷이 자랐다

구순의 오라버니 옷이 자꾸 자랐다

기장도 길어지고 품도 점점 헐렁하고

마침내 옷 속에 숨으셨다 살구꽃이 곱던 날에

탄촌 일기炭村日記

막장에다 걸어보는 자그마한 바람 앞에
네 아내, 네 자식, 너의 조상까지도, 그래
그랬어 엉겅퀴 들판에 서면 하늘은 그냥 고왔어

둘째 놈의 도화지엔 시커먼 강이 가고
스스로 빨려드는 뻥 뚫린 개구開口 앞에
그 탄맥 밥상에 오를 너의 진한 목소리

가난이 서러우랴 저 눈빛 다시 그 속
일상이 수수하여 도톰한 해가 뜬다
죽어간 그 새끼만큼 쓰다듬고 싶음이여

거리에서

나른한 한나절을 거리에 나서보면
오가는 발걸음도 부딪치는 어깨도
이제는 한 점 섬이 될 낯선 얼굴들이다

어머님의 흙냄새와 유년의 내 고향이
지하도에 펼쳐놓은 씀바귀 함지 속에
그렇게 누워 있었다 먼지를 쓰고 앉아

그 한 해 막달에 쓴 나의 연서戀書 한 토막이
뿌연 낮달로 와 퇴기退妓처럼 걸려 있고
빈손에 들려 있는 건 지하철 차표 한 장

이런 미학

흐르지 않는 것은 이미 강이 아닙니다
버릴 것 다 버리고야 겨울 숲은 숲이 됩니다
그래요 바람이 옵니다 강과 숲을 건너옵니다

제 살을 깎고 있는 그믐달이 참 곱네요
하늘 두고 떠나는 철새 떼도 그렇구요
노을은 찰나로 하여 또 얼마나 고운가요

그래서[연然]

북한산 기슭에
생각하는 나무 하나

서러움 털어내는
저 말초末梢의 다스림에

하늘은
품 안을 주어
구름 한쪽 보내느니

긴힛딘 그츠리잇가

까만 밤하늘 유성流星이 긋고 가는 슬프게 아름다운 나라

풀잎과 이슬이 바람과 구름이 풀잎과 내가 이슬과 내가 바람과 또 내가 나와 구름이 그리고 그대와 내가, 어느 찰나 또는 아주 먼 동안 헤어진다 치자. 이합離合은 구원에서 와 찰나에 머물듯이 그건 인연의 날갯짓, 이슬이 골안개 되어 구천九天에서 바람 만난 구름이다가 풀잎으로 되돌아오듯 도솔천에 함께 하는 어울림이 아름답지 아니한가. 허허 청청虛虛靑靑 나비의 날갯짓, 눈짓은 눈짓끼리 그렇게 이어지네 이어진다네. 보라, 저 이끼풀이 목말라 하거든 나 이렇게 노래 부르리

긴힛딘 그츠리잇가 긴힛딘 그츠리잇가 아, 님하

비와 홍어

봉천동 뒷골목에 허름한 삼합집
얼룩진 벽지와 고개 숙인 선풍기와
첫사랑 남도 사투리가 빗소리에 젖고 있다

그 한 때 싱싱했던 우리들 젊은 날이
구호와 최루탄과 상처 난 사랑들이
곰삭은 홍어가 되어 탁자 위에 앉아 있다

가슴과 두 손까지 모두 비운 뒷자리에
그리운 이름 하나 입안에서 뱅뱅 돈다
뱉지도 삼키지도 못하는 홍어가 되어간다

가을 숲에서

생각 하나 점을 위해 수직으로 낙하한다

생각 둘 넓이를 위해 흔들리며 내려앉는다

하늘이 모자랄까봐 가만히 엎드렸다

가장家長의 구두

감당한 무게만큼
닳아버린 뒤축하며

조이느라 다 해진
가장의 구두끈이

핏덩이
울컥 솟듯이
목에 걸린 아침나절

최승관(崔承寬, Choi, Seung kwan)

1957년 서울 중구 명동 출생. 전문대 졸업 (1977). 《시조문학》(2012) 등단. 시집 『출근길』(2018, 지식과감성). 월하 이태극기념 백일장 장원(2012), 중앙시조지상백일장 월장원(2017.9.), 월간 《샘터》 시조 월 당선(2018.6.) 외. 원주문인협회 사무국장 역임. 강원문인협회, 강원시조시인협회 이사.

냉이꽃

피기 전 캐내야지
꽃 피면 못 먹는다
다 못한 봄 이야기
남기고 떠난 엄마
꽃 피고 지고 또 지고
식어버린 냉이국

—

「출근길」은 단 한 글자의 변형도 없이 시조가 가져야 할 기본 음수율을 정확하게 지켜냈다. 화자는 석회석을 가득 안고 있는 산 아래 시멘트공장으로 출근한다. "오백 년 파 먹힐 산"에 비해 "백 년도 채 살지 못할" 화자는 시멘트 공장의 '시름'으로 우울하다. 시멘트는 우리 건강을 위협하지만 산업사회에서 없어서는 안 될 필요악 같은 것. 삶을 지켜내려는 현대인의 현실이 잘 드러났다.

— 오승철, 강현덕

「겨울 예감」은 극한 상황에 처해 있는 공사장 인부의 불안하고 고단한 삶을 같은 상황에 처한 철새에다 교묘하게 겹쳐놓은 작품이다. 바로 이 두 가지 이미지의 중첩을 통해 아주 자연스럽게 시적 완성도를 높여나간 점이 돋보였으며, 끝부분의 세계에 대한 긍정과 화해의 시선에도 방점을 찍었다.

— 박명숙, 이종문

출근길

꼬리 문 어둠 속에 새벽별 명료한데
재색 담 철문 여는 잠 설깬 발소리들
건조한 방범등 불빛
전깃줄에 널렸다

오백 년 파 먹힐 산 긴장돼 웅크리고
시멘트 가루 담은 트럭들 오가는 길
백 년도 채 살지 못할
출근 도장 세 글자

동축을 감고 도는 피댓줄 혈맥 따라
척추를 타고 내린 온기는 절절하다
막 깨낸 오백 년 시름
오늘 첫 삽 떠낸다.

겨울 간이역

새파란 하늘빛에 물들은 매운바람
굶주린 솔개 따라 허공을 맴돌다가
지나친 열차 끝자락
매달린 채 떠난다.

언 가슴 닫아걸고 몇 날을 아파했나.
빗장을 두드리는 애달픈 기적 소리
생채기 아물지 않고
얼어붙은 플랫폼

잔설이 흩날려간 침목의 마른기침
긴 한숨 끌고 떠난 희망을 바라보며
홀로 된 설움에 겨워
전깃줄도 울었다.

어떤 휴식

무성한 소문들로 난전은 분주하다.
땅거미 지는 장터 문 닫는 손길 따라
먹먹한 가슴속으로
스며드는 별 하나

쪽방촌 미로 따라 5평집 문 잠그면
좌판을 서성이던 메마른 발자국들
낮 익은 귀뚜라미 울음
일찌감치 들린다.

조각난 시간들을 하나둘 주어 담아
하루를 길게 펴고 세어보는 동전 몇 닢
뼈마디 욱신댄 시름
이명으로 달랜다.

겨울 예감

진눈깨비 흩뿌리며 빈 들녘에 홀로 섰다
때 늦은 철새무리 날갯짓 망설이다
살얼음 강가에 내려
무딘 부리 닦는 새벽

못 박힌 부스러기 동강 난 목재 모아
공사장 모닥불에 미련 없이 던져 넣고
이슬에 젖은 작업복
입은 채로 말린다

일감은 끊어지고 풀려가는 먹이사슬
고향집 떠난 뒤로 헛짚는 보금자리
빛바래 지친 날개론
갈 수 없는 먼 남쪽

버거운 걸음으로 징검다리 넘는 철새
외투 깃 높게 세워 등 돌린 골목 뒤로
강물은 살얼음 넓혀
긴 다리를 놓고 있다.

획을 긋다

선잠 깬 밤하늘엔 별들이 빼곡하다
번뜩! 순식간에 깨어진 의식하나
무얼까 별똥별이다
운명했군. 별 하나

쳇바퀴 일상 굴레 가부좌 접는 하루
막 닫은 빗장 아래 풀벌레 긁는 소리
기필코 귀뚜라도
물어뜯고 싶었다.

어둠에 획 그으며 한순간 열린 하늘
닫은 채 안고 사는 체념이 현명할까
오늘도 혼자 싸움에
별 세는 걸 잊었다.

바다, 그 두려운 갈망

배 떠난 뒷자리에 남겨진 포물선은
비행기 지나쳐간 해저의 푸른 하늘
또 다른 세상의 눈 되어 하늘 위를 걷는다.

맨발에 닿는 모래 셀 수 없는 사연 있어
기러기 유영 따라 수평선 끝닿으면
어차피 넘을 수 없는 신세계가 펼치고

나침반 멈춘 눈금 발걸음 망설일 때
기러기 발목 잡고 수면을 날아본다
해저 속 가늠 되지 않는 깊이조차 감춘다.

칼바람 스치고 간 갈라진 구름위로
촉각을 부러뜨린 물새 떼 어디가나
저버린 지난 계절은 흔적조차 없는데

낙조가 드리워진 수면에 달 비치면
검푸른 물결 따라 부표로 떠돌다가
깊은 밤 해변에 널린 달그림자 밟는다.

도담삼봉

하늬바람 불 때까지 돛폭을 펴지 말자
물새 떼 잠이 들면 어련히 배 띄울까
벼랑 끝 너끈히 앉아
얼러대는 뱃머리

석벽 머문 저녁노을 감주 잔 받고설랑
가부좌 저린 무릎 그제서 풀까하네
붙박인 오금에 겨워
강물 먼저 보내고

묵은 해 떠난 자리 은하수 반달 띄워
별빛과 어우러져 밤새워 노 저을까
물총새 달빛에 젖어
날개 접고 잠든다.

신림神林 역에서

침목은 어제 떠난 길손을 기다렸고
열차는 손님 없이 새벽만 싣고 떠났다
내려 논 그 온기 속엔
유년이 가득하다

까치가 울어대던 그 옛날 플랫포옴
소녀는 보퉁이를 안고 울고 있었다.
깎여진 말간 레일의
들켜버린 속살들

잃은 것만큼 가진 건 세월이었다.
매캐한 콜타르 냄새 데워진 양철 지붕
스커트 발목을 스쳐
와장창 쏟아진 여름

언젠 간 만나겠지 없어진 고향집처럼
기억의 앙금조차 역에선 소멸됐고
남은 건 착각된 만남
소실점만 있었다.

장날

발그레 뺨 붉히며 난전에 피는 홍시
가을볕 인파가득 터질듯 읍내 장터
떡보다 사람 보고파
굳이 찾은 화천장

꽃무늬 치마 입고 왕브롯치 꽂은 할매
공짜 탁주 두어 잔에 얼굴 가득 피는 단풍
무서리 쉬이 내릴까
솜바지랑 샀단다.

오일장 설렁설렁 해거름 젖는 서녘
양손가득 먹을거리 마음 가득 웃음거리
동촌리 가파른 고개
산 그림자 길구나.

성황당에 내리는 눈

무녀의 신복 따라 덩실 추는 소맷자락
천만 개 방울 되어 일제히 울려 대고
짚 줄에 옥죄인 바람
천조각의 춤사위

신기에 못 견디어 고열 앓는 당산나무
한 맺낀 신계는 제 지낸 후 일인데
시차도 묻지 않은 채
때도 없이 닥친다.

흩어진 잡신들이 매달린 삼베 천을
한사코 덮어버린 눈발이 잡고 있어
악산에 걸린 바람은
어찌할 줄 모른다.

최승범(崔勝範, Choi, Seung beom)

1931년 전북 남원 사매면 출생. 전북대학교 대학원(국어국문학) 박사 졸업(1980).《현대문학》(1958) 등단. 시집 『후조의 노래』(1968, 가림), 『여리시 오신 당신』(1975, 정음사), 『대나무에게』(2013, 시인생각), 『명암』(2014, 문학아카데미), 『신전라박물지』(2018, 문학들) 외. 정운시조문학상(1979), 가람시조문학상(1989), 민족문학상(1999), 한림문학상(2000), 만해대상(2018) 수상 외. '연대' 동인.《전북문학》발간(1969~).

—

고하古河의 처녀시집處女詩集, 이름하여 『후조候鳥의 노래』라 한다. (중략) 내 보기에 고장의 아름다운 풍광風光에 마음을 담고, 나아가 일본여행日本旅行에서 보고 느낀 것을 시화詩化하여 과過히 흠欠이 없는 기행문紀行文으로 보아 좋을 것이다.

저곳의 앞선 문물文物에 접접接接하였으되 저들의 전진前進에 필요 이상의 경탄驚歎이 없고 민족정신民族精神의 굳건한 위치位置에서 비판批判하여 차差함이 없음을 가상嘉尚히 생각하는 가십佳什들로 여긴다. 이 일부분一部分은 이미 피지彼地에서 번역飜譯, 소개紹介된 바 있어 문화교류文化交流에 작은대로 정곡正鵠을 얻었다고 생각되는 바이니, 정진精進을 거듭하여 오는날의 빛나는 독창獨創으로 대성大成을 꾀하기를 거듭 바라 마지 않는다.

— 신석정(시인)

—

소나무와 잣나무

소나무와 잣나무가 서로 기뻐한다는
송무백열 그대 혹 들어보셨는지 전주향교
명륜당 왼편 뒤뜰에 가 보시라

한겨울 추우련데 나란히 나란히
서로가 서로를 살펴 푸를 청청
하늘도 꿰뚫어 치솟은 세찬 기운 아닌가

혜란이 불에 타면 난초가 슬퍼한다는
혜분난비慧焚蘭悲 뚱딴지 소리 접어 두고
오는 날 오는 날도 가없는 송무백열 즐기자구

은행알의 맛과 빛

은행나무는 고전적이라 했다
암수를 들어 이야기해도
서로 간 정을 섞지 않는 의연한 나무란다

은행은 얇은 막에서 벗어나면
투명한 살결이다 비취옥이다
발 넘어 반쯤 가려진 여인의 얼굴이다

그대 혹 장시간 프리이팬에서
은행알 튀는 소리 들어본 일 있으신지
저 소리 한바탕 소낙비엔 어떤 흥결 이셨는지

가람 고택에서

스승님 고택 찾아 원수리源水里 길 들었다
어딘지 모르게 주변 많이 달라지고
때마침 이슬비 내려 애틋한 정 일어라

대숲길 더터 올라 산소에 절 마치고
용화산龍華山 천호산天壺山 앞뒤를 바라는 사이
하늘도 비를 들어서 걸음걸음 가벼웠다

스승님 때로 쉬신 모정은 간 곳 없고
치솟은 동상은 우러르기 어려워라
수우재守愚齋 툇마루에는 티끌 떨겨 가득하고

스승님 상여 뒤를 사모님 부축한 일
눈앞 어리어 어제만 같은데
어느덧 47년인가 반세기를 헤아리네

춘설찻종 밀쳐 놓고

연휴의 창 앞을
산자락이 다가서고
나비 날 듯 벌이 날 듯
눈이 오는 아침을
춘설차
찻종 앞 턱을 고이면
내 그리운
얼굴들

꽃잎 같은 사람아
정겨운 사람아
서글거린 사람아
간잔조름한 사람아
나무 순
새싹 같은 사람아
이렇듯 눈발 사이
오는 사람들

빛여울 정여울

옷깃 여며 나선 길
새롭게 오는 빛여울이다
눈 앞을 드는 것
귓결에 닿는 것
살갗을 스쳐 스미는 것
아 새맑은 아침이다

주거니 받거니 말씨들
휑구고 휑군 맑음이다
포근한 내림이요
방실거린 우러름이다
앞 뒤와 옆 옆을 보아도
정여울의 흐름이다

빛여울 속 정여울 속

내일에의 환한 밝음이다
새 모종을 심고
꽃과 열매를 꿈꾸는
우리들 낙낙한 사랑이여
삼백예순날 하양 넘치거라

상달에 서서

상달의 저 하늘을 보게
청자 빛깔인 듯
가슴 환히 트이는 속
자꾸만 굽닐은 기운
새로운 싹수에 엉김을
그대 볼 수 있으리

다섯 개의 굴렁쇠가
한 날갯짓을 이루는 속
옛 할아버지의
은빛 나룻 삼상하네
이 들녘 여문 소리도 피어 올라
불꽃놀이 양 밝잖은가

상달의 저 하늘
태풍도 비껴간 기운을
돛폭 가득 다가안고
앞 눈빛 닦아 보세
이제 또 우리의 싹수를
뉘게 맡길 건가 친구여

난 앞에서

밤중에 언뜻 깨면
눈도 없는 막막한 하늘
밝힌 촛불에
시침은 두 시를 갓 넘고
윗목에
난도 외론 잠을
이내 설쳐
깼나 보다

한동안 서성대 본
허허한 쓴잔으로
대화를
멀리하던 난과 마주 보는 이 밤
잎새에
앉은 먼지 닦아주면
마음도
조찰히 열리고

별리

1.
철 오면 만날 것을
미리 정한 떠남이어도
서로 손흔듦이

이다지도 애리는가
다 못푼
일들 소용돌이 속
지긋이 눈을 감다

2.
해 질 녘 햇살받이
바람에 머리 푼 버들
푸른빛도 서러워라
나부끼는 실가지마다
무거운
숨결을 부려
길어내도 되차는 한

빛을 내려 주세요

5척하고 3촌
한 몸이 포근히 젖도록
할머니의 옷섶 안
그 깊숙한 곳에서 풍기는
〈빛〉이면 합니다
〈빛〉을 내려 주세요

응달에 솟은 광대뼈도
윤이 좀 흐르도록
찾아든 봄줄기따라
방긋이 번 백목련의 은은한
〈빛〉이면 합니다
〈빛〉을 내려 주세요

하냥 어두운
가슴 환히 트이도록
파도 몰려치는
해변 솔잎 새로 쏠리는
〈빛〉이면 합니다
〈빛〉을 내려 주세요

대나무에게

설청의 눈부신 아침
너를 바라본다
너를 바라본다
따로 날이 있으랴
사철을
바라보아도
너로 설 수
없는 것을

설청의 이 아침에
너를 다시 바라본다
개운히 스미는 빛이여
성글어 맑은 소리여
빼어난
밋밋한 마디여
부추겨다오
나를 나를

최양숙(崔羊淑, Choi, Yang sook)

1961년 광주 출생. 조선대 대학원(문예창작학과) 수료. 《열린시조》(1999) 등단. 시집 『활짝, 피었습니다만』(2017, 이미지북), 『새, 허공을 뚫다』(2019년, 고요아침). 광주전남시조시인협회 시조문학작품상(2015), 열린시학상(2017), 시조시학상(2019) 수상. 광주문화재단 지역문화예술특성화지원사업(2017) 수혜. 전남학생시조협회 회원. '우리시', '사래시', '율격' 동인. 한국시조시인협회, 오늘의시조시인회의 이사.

—

최양숙 시인은 자기내면에 갇힌 여러 화자들을 호명하며 생명의 꽃을 피운다. 그 중에서도 그녀는 여성 화자의 삶에 주목하면서 지금 여기에 놓인 시·공간의 빛과 어둠을 함께 껴안는다. 작품 속에 주된 목소리로 설정되는 여성 화자, 여성적 운율, 여성 화자의 목소리 속에서 다양한 방식으로 전유되는, 여성 이미지까지 포함하는 넓은 의미의 '여성성'은 현실적으로 구성되는 여성적 삶의 모습을 재현하는 기제다. 최양숙 시인의 시집에서 돋보이는 것은 자기 치유로서 기능하는 여성성의 이미지를 세련된 감각과 낯선 언어의 조합으로 만들어내고 있다는 점이다. 최양숙 시세계의 미학은 현대시조에서 여성서사의 한 국면을 제시해 주었다는 점과 오늘의 현대시조에서 보여주고 있는 여성의 몸의 글쓰기가 어떻게 여성의 삶에 대한 주체적 글쓰기로 이어지고 있는지를 보여주는 데서 찾을 수 있겠다.

— 이송희(시인·문학평론가)

—

백련사 동백

뒤틀리고 거꾸러졌다고

사무치게 보지 마라

온몸에 박혀버린

종양도 내 살인 걸

폭풍우

치는 밤에도

그대 올까 꽃문 여네

활짝 피었습니다

수시로 혈압 재고
맥박 수 체크하고

이완제 맞고서야 아슬아슬 풀리는 봄

난간에
민들레 홀씨
후후 불어 만나는 봄

그대는 어디만큼
피어오고 있나요

거리마다 수만 송이
속삭이며 지나가고

나 오늘
견디다 못해
활짝 피었습니다만,

공을 던지는 방법

움츠린 몸을 풀어 확 치고 나갈 때는
별꽃이 다치지 않게 들판으로 날아가기
구석에 툭 떨어져도
주저앉아 울지 않기

손톱만 한 햇살과 놀다 한나절을 버리거나
어둠이 에워싸도 눈부시게 멀리가기
세상에 던져놓은 나
오늘 안에 주워 오기

새, 허공을 뚫다

떨어지는 꽃을 향해
어둠이 밀려왔다

꽃잎과 어둠 사이
어둠과 꽃잎 사이

허공이 피어 있었다
새, 허공을 뚫었다

꽁지가 통과할 무렵
구멍 속 길이 났다

물무늬 만들어낸
구멍들 사이로

꽃잎을 한 장 물었다
새, 허공을 날았다

머물고 싶은

무심히
나도 모르게
닿고 싶은 섬이 있다
파도는 환청이 되어 끝없이 몰려왔으나
언제나 한 발자국씩 다른 곳을 향해 갔다

이제와 더 드러낼 바닥이 어디 있어
안개비 내리는 바다 떠나지 못하는가
한사코 머물게 하는
그대라는
섬, 거기

거기, 방이 있었네

'밥 먹어'
문 잠그고 귀 막아도 들리는 소리
여기저기 던져놓은 가방이, 허물들이
조금씩 꿈틀거리며
옆에 와서 눕는다

뒤엉킨 말과 말은 귀 안에서 웅웅댄다
기댈 곳 없는 나를 물었다가 놓았다가
깔깔한 눈꺼풀 속에
수많은 밤이 간다

흙이나 거미집에 갇혀 사는 벌레에게
어디든 도망가라 막대기를 넣어주던
지난 날
'밥 먹어' 소리
지금 문득 풀어준다

나랑 놀았다

불 끄고 밝아진 방
누가 나를 들여다본다

만지고 부수다가
구석으로 밀기도 하고

암호를 기억하느라
발끝까지 뒤적인다

잊어가는 방식에 대해
불 켜고 어두워진 방

아무도 보이지 않아
이름만 불러본다

어떻게 그림자들을
놓을까요, 서로를

그랬으면 좋겠다

난생 처음 밭을 사서 언 땅을 걸어봤다

봄 햇살 올 때까지
내 몸도 불러내어

알슬어
배불러오면
엄마노릇 참 좋겠다

해 두 개 달도 두 개
가지 심고 오이 심고

알곡은 참새에게
땀내는 바람에게

풋사과
익을 때쯤에
네가 오면 참 좋겠다

산들은 그리운 곳에

어쩌다 때를 놓친 볼 붉은 열매들이
한 겨울이 지나가는 잔가지에 걸터앉아
가지 끝 힘차게 밀어낸 어린잎을 살피었다

발소리만 들려와도 움츠리던 잎새 아래
엄동 속 봄을 푼 춘란이 꽃대 올리자
바람은 마른 잎 거둬 가만가만 덮고 갔다

빈 병 속으로 기어드는 애벌레 한 마리
떨어진 햇살 끝에 기대어 눈을 뜨고
산들은 그리운 곳에 길을 내어 놓았다

다시,

비탈을 가진 너와
넝쿨을 가진 내가

길이란 길 다 돌아와
쌓아가는 오막살이

이렇게
아픈 더듬이
밤새도록 감아서

최언진(崔言眞, Choi, Eon jin)

1947년 경기 광주 도척면 출생. 호 노을재. 《시조문학》 천료(1997) 등단. 시집 『만월을 위하여』(2000, 신세림), 『아버지의 미소』(2004, 시문학사), 『아버지의 유산』(2019, 시조문학사) 외 공저 다수. 허난설헌 문학상(2000), 정운엽 시조 문학상(2003), 달가람 문학상(2009), 한국시조 문학상(2011) 수상. 경기문예재단 시조집 발간지원금(2004) 수혜. 한국문인협회, 한국카톨릭문인협회 회원. 한국시조시인협회 감사, 시조문학 문우회 이사 · 감사 역임.

부추

오르르 모여 살자
껴안고 살아가자
수없이 잘려져도
뿌리는 지켜내자
숨 멎을 고통이 오면
꽃이 핀다 하더라.

—

최언진 시인의 시조가 이채로운 점은 화법에 있다. 화자는 끊임없이 누군가와 대화한다. 관념적으로만 끝나지 않고 실제 삶에서 자신의 것으로 다짐하게 하는 어투이다. 최언진 시인의 시조는 관념적이지 않지만 현실이 관념과 함께 있다. 세상 삶을 거칠게 그리지 않는다. 그런 면에서는 관념적이다. 그러나 그 비유가 거칠지 않아서 독자로 하여금 자기의 것으로 받아들이게 한다. 여기에 그의 독특한 어조가 힘을 발휘한다. 독자로 하여금 독백하게 만드는 효과를 준다.

— 정경은(문학평론가 · 서울여대 교수)

—

아버지의 미소

아버지의 그 미소가 헛간에 걸려있다
삼태기 맷방석에 망태기며 가마니가
힘겨운 삼남매 등을 다독이고 계시다.

삶이란 꼬이는 거 꼬이는 게 삶이라고
멍석이 되기 위해 둥구미가 되기 위해
수많은 지푸라기들 꼬여있지 않느냐.

소금

천년이 흐른대도 변질 없는 부패 막이
잊지마라 잊지마라 한 송이 곰팡이 꽃도
맘대로 피울 수 없는 네 뿌리는 바다니라.

미움도 그리움도 해풍에 부대끼며
서슬 푸른 뼈대로 고달프게 살더라도
마지막 흘릴 네 눈물 저 파도의 씨눈이니라.

길

길이 없다 울며불며 머리 싸맨 친구에게
한 마디도 못 건네고 등만 쓸고 돌아오다
입속에
물고 있던 말
허공에다 쏟는다.

어디를 내딛어도 그건 바로 길이여
슬픔도 길이 되고 오기도 길이 되고
길이란
묘한 거여서
온 세상이 길이여.

가을산

푸르게 더 푸르게 치받던 욕망들도
연륜이 깊어지니 시나브로 변합디다
저마다
남겨지고픈
모습으로 변합디다.

힘 센 놈 틀어쥐고 올라서며 목을 죄던
칡넝쿨도 손을 놓고 느슨한 척 합디다
허물도
단풍이 드니
추억처럼 곱습디다.

삶의 뒤안길에서

내 작은 눈 속에는 우주를 넣었구요
가슴과 머릿속엔 온 삶을 담았는데
아직도
어림없다는
텅텅 비인 소리뿐.

목련

오므려 가둬두니 신열만 가득하여
이아침 작심하고 속마음 열었더니
마침내 향기 나더라 절로 꽃이 되더라.

설야

눈이 눈을 감싸주는 아름다운 밤이었다
조용히 흉허물을 덮어주는 밤이었다
세상은 디딜 틈 없는 꽃밭으로 변했다.

들국화

한생이 다 가도록 그리운 이 품고 살다
한 번쯤 만나려나 언덕에 섰습니다
돌 자갈
찬 서리쯤은
아무것도 아닙니다.

두더지

툭 하면 뛰어들어 애먼 가슴 들쑤시고
무슨 짓 했는지를 깨닫지도 못하는 놈
저 웬수 지나간 자리 상추 잎은 시든다.

작설차

감당 못할 그 뜨거움 내게로 다가와서
이 진심 우려내는 그대는 누구신가
여민 맘 풀라하시는 그대 정녕 뉘신가.

최연근(崔然根, Choi, Youn keun)

1947~2000년. 경남 고성 출생. 연세대학교 언론홍보대학원 수료. 2인 시조 작품전(1966), 〈충청일보〉 신춘문예, 《시조문학》 천료(1992) 등단. 시조집 『새, 날다』(2013, 고요아침), 『춤을 추어라』(2016, 고요아침). 시집 『은행나무는 잎이 지지 않는다』(2009, 동학사) 외. 단행본 『시조가 뭐꼬』(2017, 고요아침) 외. 《시조시학》 책임 편집위원, 《한국동시조》 편집주간. 한국시조시인협회, 오늘의시조시인회의 세계화위원장. 세계시조시인 포럼 대표. TBN 교통방송 'Hellio 시조', '오후의 시조' 생방송(2015~2017), 유튜브 '시조룩' 매주 2회 방송(2019.5.~). KBS 부산보도국장, 순회특파원 역임.

—

최연근 시조시인의 시편은 벼랑 끝 같은 현실을 살아내는 아슬아슬한 삶에 숨이 차오른다. 그런 긴박한 현실과 아직도 저버릴 수 없는 꿈 사이를 외줄 타기하는 운율과 시상詩想이 끊일 듯 숨통을 죄어온다. 무엇보다 현실과 이상의 양단을 순백의 절정, 극단에서 바라보고 아름답게 형상화하려는 도저한 유미唯美적 시세계가 숨길 마저 놓게 한다.

차오르는 숨결이 그래도 조금은 진정된 위 첫 번째 시조에서 보듯 그 어려운 실존철학의 고단위 관념이 짧은 한 수에 아주 자연스레 드러나고 있지 않은가. 나무에서 떨어져 땅을 기는 하잘 것 없는 미물의 풍경조차 온몸과 마음으로 겪고 깨친 체험과 경륜으로 버무려 우리네 아픈 현실과 끝끝내 저버릴 수 없는 꿈, 그리움, 순정 등의 풍정風情을 보여주고 있다(『새, 날다』 해설 부분).

— 이경철(시인 · 문학평론가)

—

밤, 술에 취하다

1.
나팔 소리 높아지고 태양이 숨죽인 날
감춰둔 낡은 깃발 우뚝 앞세우고
나 홀로 헛구역질 삼키며 술래잡기 하고 있다

2.
잃은 자의 변명이 속절없이 남은 자리
헛밥 달랑 차려놓고 일배 일배 부일배一杯一杯復一杯*
허공은 취한 밤하늘에 소금 한줌 뿌린다

* 이백李白의 '산중여유인대작山中與幽人對酌' 중에서 따옴.

비 오는 광화문

세종 동상에 맺힌 빗물
볼을 타고 흐른다

광장을 쪼던 비둘기도
함초롬히 젖어드는

침묵의 광화문 광장
빗물로 흥건하다

며칠째 주룩주룩
젖은 비 또 젖는다

광장의 바다 분수
주저앉아 흐느끼고

비 오는 광화문 광장
오늘따라 낯설다

횡단보도

1.
집채만 한 박스뭉치
바람이 밀고 간다

리어카는 숨이 차고
파란 불은 깜박이고

바퀴에 매달린 울 할매
어제 왔던 그 길이다

2
줄을 이은 개미 떼
땅만 보고 달린다

가랑이 찢고 허물 벗고
파란 불은 깜박이고

갑자기 뒷다리 힘주고
돌아서는 한 마리

똥파리

하늘이 뭉개지고
햇살이 녹아내린 날

기척 없이 숨은 놈을
한 시간 째 몰아내도

파르르 차창만 핥고 있는
똥파리 오디세이

어느 소슬한 날

11월 어느 소슬한 날
문득 찾은 내소사

답답함을 주체 못해
풀어놓을 심사다

아! 허욕 벗어던진 저 단청
말 못하고 돌아섰다

봄, 가을 두 번 피는
춘추 벚꽃 앞에 두고

중늙은이 서넛 모여
히죽이며 추근댄다.

내소사 모퉁이 돌아온 길
경전처럼 외롭다

어제부터 불던 비바람
진눈깨비로 퍼붓고

허급지급 내려오다
놀라 멈춘 발걸음

뜻밖에 부는 바람 탓에
처마 끝에 우는 풍경

겨울 바다 1

겨울 바다는 노동이다
매서운 칼날 같은

혼백을 부르는 몸짓
늙은 창녀 미소 같은

또 한 번 달려온 하늘 끝
날개 없는 이카로스

땡볕, 그리고 지루한 여름날에

수평선이 어디냐고
한 아이가 묻고 있다

수평선은 없다고
한 노인은 중얼댄다

자벌레
나무에서 떨어져
그곳 향해 키를 잰다

천적에 관하여
— 생쥐와 고양이

막다른 생쥐 한 마리
고양이에게 고백컨대

구차하게 자비慈悲 한번 빌어본 일 없었다고

생존은 기만으로 이끈 연줄
소름 돋는 전율 같은

기가 막힌 그 고양이
생쥐에게 충고컨대

잡아 놓친 적 없다고 씩씩대며 뱉은 변명

생존은 허망으로 배운 몸짓
차 한 잔의 유혹 같은

백두산의 눈물

불이더냐
별이더냐
감당 못한 반역이냐

끓어오르는 분노를
꼬깃꼬깃 감췄어도

아, 그대 시퍼런 불씨 안고
몰아쉬는 함성이다

바람이냐
환청이냐
놓지 못한 비명이냐

넝마 같은 마음을
갈래갈래 찢었어도

천지는 지그시 참고 있는
아버지의 눈물이다

다시 피오르

피오르 다시 찾아 서둘러 찍은 사진
거울을 비쳐보다 내모습도 놓쳤다
쨍그랑 깨지는 바다 그때 정말 몰랐다

물안개 이는 그날 펼쳐진 비단 한 필
아주 낮은 목소리 시방도 들려온다
화들짝 놀라 숨은 바다 그때 정말 몰랐다

최영균(崔榮均, Choi, Yung kyun)
1933년 충남 부여 부여읍 출생. 충남대학교
문리과대학(국문과) 졸업(1960). 《시조문학》
(1992) 등단. 《아동문예》 작가상(1996) 수상.
'달가람' 동인. 한국시조시인협회, 한국문인협
회, 한국아동문예작가회 회원.

정원수의 애원(哀願)

최 영 균

시퍼런 전정(剪定) 가위
싹둑대는 원예사님

우리는 기형 봉오리
산 봉분(封墳)이 아녀요

청풍과
태평무(太平舞) 추며
천수(千手) 그늘 짓고파요.

—

최영균 시인의 「하룻문 여닫으며」를 읽으며, 시는 진실한 마음의
표백이기도 한다는 말이 실감된다. 시인은 삶이라는 일상 공간에
서 자기의 노래를 자기식으로 부르는 사람이 아니던가. 이 작품에
서도 삶을 적나라하게 드러내고 또 스스로를 성찰하는 면이 엿보
이는 반면, 삶에 대한 새로운 성찰과 깨달음을 주기도 한다. 어쩌면
일상에 대한 재해석의 의미가 담겨있다고 할 것이다.
그런데 일부러 그랬는지는 몰라도 조사와 어미를 과감하게 생략한
부분이 많다. 그런대로 별로 어색하지 않고 그 의미가 잘 통하고 있
으니 정말 묘한 일이 아닐 수 없다. 언어 감각이 두드러지고 언어
운용에 남다른 개성을 보이고 있다고 할 것이다.
— 김석철(시조시인 · 한국시조시인협회 자문위원)

—

무지개

가시며 뿌려놓은
임의 눈물 비취성翡翠城인가
이승살이 외론 이들
저승살이 짐 벗은 이들
그리움 사슬로 곱게 짠
구름 밭 칠보 띠네.

해님이 애지중지
살짝 빼논 쌍가락지
별아기들 소풍 동산
강강술래 원무圓舞런가
배달정培達亭 대들보에 매단
남남북녀南男北女 쌍그네네,

두 손바닥 두 무릎
옹이 박힌 큰 발원이
서녘 나라 연화대蓮花臺
아미타불 후광後光인가
서녘 길 가시는 영가靈駕
융단 펼친 섬돌아.

하룻문 여닫으며

자정문子正門 쓸쓸 닫고
라디오 배음背音 뽑아
적막 공간 살폿 안아
평온 잠 간구하면…
다섯 시,
애국가 합창
고리 잡고 묵례한다.

아침 낮 저녁 삶이
아기자기 짜였건만
허욕다발 다 떨고
주어진 몫 잡고 사네
매양 난
태작駄作만 빚고
이 저승문 여닫는다.

봄바람 2

풀솜구름 거늘고
단비를 몰고 오네
꽃가마 태극선太極扇 가득
댓잎과 속삭이다
실버들 길라잡이로
골마다 풀어놓네.

꿈 펴라 살랑살랑
구겨진 데 올곧아라
가는 족족 둥개둥개
보드라이 감싸누나
첫 손주 받는 할미 손
관음불수觀音佛手 화신인가.

동자군 몰아내고
기지개를 켜 준다
향내어린 따슨 입김
볼마다 뽀뽀하면
생령生靈은 파랑새 되어
하늘바다 노 젓는가.

시계

둥그런 책상머리
열두 남매 앉혀 놓고
선생님은 아빠 엄마
밤낮없이 가르친다
시 분 초 쪼개가며 열심히
착한 사람 되란다.

일 초도 해찰하나
빙빙 도는 회초리
열두 남매 눈망울이
샛별처럼 빛난다
모두가 겨레와 누리 위해
큰 일꾼이 된단다.

한가위 달님에게

항아姮娥님,
빻고 빚은
선약仙藥 봉지
주옵소서

한가위
산해진미
못 뜨는
내자 같은 이에게

빛살에
꼭꼭 매달아
울음 웃게
해줍소서.

사향思鄕 1

막잠 깬 봄누에는 뽕밭길이 불나더라
뽕 따고 꿈도 따서 구럭 철철 내닫던 길
그 뽕밭 무덤이 돌아 쓰르라미 목놓네.

매미 허물로 치장하던 실개천 버드나무
어느 해 홍수 난리로 이쁜이도 살렸는데
그 풍류 다 어디 가고 시름시름 야위는가.

푸르른 강 언덕에 목매기는 풀을 뜯고
가난을 삭이련 듯 할아버지 줄담배
목매기 우는 쇠전머리 우골탑牛骨塔도 울던고.

금노다지 잉태하고 왜구에 죽지 잘린 메山
그 폐광廢鑛 육이오 땐 마을 목숨 감쌌지.
오늘도 포근한 나래로 꼭 보듬고 있을까.

앞 뜸 속 뜸 건너 마을 두래 풍물 자진마치
칠석 전날 길 닦는다 치성차림 가멸져라
고향은 우로雨露에 젖어 억겁으로 푸르리.

들녘 길 걸으며

상쾌한 들녘 바람
코맹맹이 뚫어주고
아스콘에 굳은 다리
이리도 가뿐하고
들마다
황금물결은
쭉정 가슴 채우네.

살가운 흙발들이
간장내 모락모락
황금 벼 들녘 보며
꾸벅꾸벅 백팔밴데
여울은
성스런 풍요
목쉬도록 노래하네.

난초

1
애초에 금은보환
폐품이라 했잖니
애시당초 영에 따원
구름이라 했잖니
돌모래
이슬비 마시며
세월 잊고 살라네.

2
오라비 정 가득 담은 곰나루골 갓난아기
친가 갔던 아내가 한양 길 안고 왔지
정들여 다섯 해인데 웃음 한 번 없고나.

곰나루 구수한 물안개 바람 마시다가
매캐한 한강수로 속앓이에 시달리나
이 손끝 너무 거칠어 알미워서 안 웃는고.

문갑 위 옮겨놓고 남향 볕 쪼여주고
강 얼면 방 뜨듯이 광천수도 적셔준다
어느 날, 갸웃이 내민 깨물고픈 꽃대여

새벽에

길섶에 가로등
허리 굽혀 팔 자방주고

샛별은 생긋생긋
너른 마당 돌자네

새싹들
들보로 크는 열기熱氣
밤새 괴어 후끈대네.

머리 위 별이 돌고
땅 밑엔 물이 도네

물 기운 하늘 땅 기운
다 받아 내가 도네

목숨은
기氣 받아 도는 존재
새벽 기氣 받아 강하려네.

단풍

온 산하 삶의 노래
아롱졀라 칠보엽서

잎잎에 새긴 사연
둘둘 말아 봇짐 메고

홀로 갈
먼 나그네 길
가며 쉬며 보고 지고

최영효(Choi, Young hyo)

1946년 경남 함안 여항면 출생. 마산고등학교 졸업. 《현대시조》 천료(1999), 〈경남신문〉 신춘문예(2000) 등단. 시조집 『노다지라예』 (2014, 목언예원) 외. 김만중문학상(2011), 천강문학상(2012), 형평문학상(2017), 중앙시조대상(2017) 수상. 한국시조시인협회, 오늘의 시조시인회의 회원.

—

최영효 시인, 그는 태산준령을 떠올리게 한다. 그의 시조는 소재가 다채롭고 작품의 스펙트럼이 넓으며 유장하기 때문이다. 좀해서 흐트러지지 않는다. 읽는 이로 하여금 긴장의 고삐를 놓치지 않고 쫓아오도록 만든다. 생생하고 친근감 있는 입말과 더불어 군데군데 번뜩이는 재치 있는 비유도 한몫을 하고 있다. 이따금 등장하는 도발적인 시어들이 작품의 진폭을 확장하고 있는 것도 빼놓을 수 없는 특장이다. 서사 구조를 도입한 작품들에는 리얼리티가 있고, 구체적인 삶의 현장이 잘 녹아 있다. 타고난 시조 이야기꾼이다. 또한 그의 시편들은 거개가 온몸으로 부딪쳐 쓴 것이다. 관찰자가 아니다. 모든 시조 속의 화자는 주체로서 적극적으로 움직이고 발언한다. 단아한 서정성 일변도의 시조문단에서 보기 드문 스케일과 미학적 담론을 시조 속에 자유자재로 녹일 수 있기에 그는, 태산준령의 시인이다.

— 이정환(시조시인 · 정음시조문학상 운영위원장)

—

쑥

자갈밭 개똥밭에는 쑥이 참 잘도 크는데요
빈 손에 쑥대머리라고 핀잔만 받아도요
돌절구 쑥물 한 대접 오장이 다 편합니다요
내 새끼 쑥쑥 자라 돈 많이 벌면요
날마다 쑥설쑥설 쑥덕공론 천지라도요
쑥대가 왕대보담도 못할 게 뭐 있나요
저 양반 쑥스러워 내 눈을 외면해도요
왕년에 쑥버무리 안 먹고 큰 놈 없고요
자줏빛 쑥부쟁이꽃에 첫사랑도 숨겼다지요
부황 든 도시마다 쑥대밭이 됐지만요
팔 뻗고 허공으로 쑥떡 한 개 먹이고요
등창 난 세상 물어서 쑥뜸질을 놓습니다요

웃음에 관한 고찰

1.
　백무동 첫물이 물안개 뚫고 내리며 무연한 참꽃 마주쳐 곁눈으로 훔치다

　헛디딘 발목을 끌고 바위에 미끄러지는 소리

2.
　처마 낮은 지붕 아래 다저녁 내릴 무렵 시집 간 첫째 딸이 손자 안고 들어설 때

　앉혀 둔 찰옥수수가 솥뚜껑 여는 소리

3.
　가을볕 목덜미에 잔광이 빌붙기 전 콩이야 팥이야 하늘 바라 말리는 시간

　깻단이 성질 못 참고 제물에 터지는 소리

봄편지
— 5학년 2반 14번 조옥순* 올림

여보 당신, 잘 계셨능교, 보고지꼬 또 보고지퍼쏘
당신이 심고 떠난 울타리 옆 개나리꽃
우째서 혼자 보나시퍼 서글프고 원망스럽소만
진작에 이 글 배워 한 배 가득 띠울라캐도
이제사 터질 듯 말 듯 옹알이를 시작했는데
이놈 글 돌부리처럼 여든 앞길에 채여쌓소
그래도 참깨 콩이 때약벼테 크듯이
낱글이 익어서 되글 대고 말글 댄다고
검지에 힘 꼭꼭 묻어 이 편지 쓰느만요
배울 때는 맘속에 업는 말꺼정 할라캔는데
말 다르고 글 달라 뜻대로는 안 대서요
서산 해 산 넘어 가모 바늘 간 데 실 갈라요
당신께 배운대로 소 한 마리 키우는데
눈빛이 마주칠 때는 꼭 당신 닮아써요
그렁께, 젊은 여자랑은 행여 곁눈질 마시라요

* 조옥순: 3월25일 SBS 〈순간포착 세상에 이런일이〉 프로그램 주인공, 현재 80세에 한글을 배우기 위해 초등학교에 재학중.

낮달

우째 사노, 누이야
서다 걷다 그랬지예

누가 더 섧게 우는지
갈대와 키를 재며

누가 더
낮게 눕는지
질경이와 볼 부비며

지리산 수묵상생화법樹墨相生畵法

1.
　볕살 환한 장터목에서 마음 속 운필을 들면 홑치마 구름 속에
눈물까지 얼비칠라
　골골谷谷 정情 깊은 속살에 키대로 발돋움한 숲

　진경산수 아니라서 소치小癡*가 흘러가도 직송만 솔이냐며
높낮은 등고선 따라
　좌우를 다 끌어안고 희다 검다 말없던 화폭

2.
　천왕봉 원근법은 먼 데 것을 먼저 보고 보이지 않는 것은 가
슴에 기리어서
　작은 손 꼭 잡아주는 오늘의 아버지시다

　갈필법渴筆法 몰골법沒骨法에 목메인 눈빛으로 경계를 다
지우고 낙관 없는 상생법 하나
　첩첩 산 새 울음까지 울울창창 키우리라

* 소치小癡: 허유許維(1809~1892)의 호, 조선후기 남종화의 대가.

가랑비동동

경상도 갈강비는 시숙 속곳만 적시고요

전라도 싸락비는 각설이 품바 떨거지고요

강원도 가스랑비는 감자 불알만 키우네요

제주도 줌뱅이비는 닐모리동동 애긋고요

충청도 이시랭이는 무심천만 헛딛는데요

함경도 싸그랑비는 올동말동 못 오네요

한라산

어디서 눈을 들어도 구름 속 저기 서 있다

오름이 오름을 받쳐 하늘 하나 보듬고 산다

딱 한 번 말을 뱉고는 입을 다문 저 사내

아버지 돌팔매 맞고 가신 지 하마 내 나이

휴화산 이름 하나로 참고 또 기다린다만

모슬포 돌개바람에 실눈 뜨는 4 · 3 적 동백

구름의 높이에서 먼 북쪽 멧부리를 보라

살아 온 시간의 멍에 누군들 기적 아니랴

가슴속 불을 내리면 아플 일 하나도 없다

나목시대

1.
보 삼백 월 이십의
광고지가 비 맞으며

근 한달 전봇대에
거꾸로 매달려도

이명에 환청만 듣는 선소리꾼 원룸 투룸

2.
전세 든 전전셋집에
월세 든 떠돌이가

새벽 인력시장에
바람맞아 돌아서면

월말이 등을 다독이며 사글세를 청한다

3.
담보냐 물으면
신불이라 답하며

흑싸리나 똥껍데기나
국밥이나 따로국밥이나

몸 하나 근저당 잡혀 내일 팔아 오늘을 산다

노다지라예

　지리산 아흔아홉 골 바람도 길 잃는 곳 싸리버섯 십 리 향에
목젖 닳는 뻐꾸기 소리 햇귀도 노다지라예 덤으로만 팔지예

　미리내 여울목엔 외로움도 덤이라며 잠 못 든 냇물 소리 달빛
함께 줄 고르면 가슴속 놓친 말들이 노다지 노다지라예

　가랑잎 누운 자리 그리움 덧쌓일 때 여닫이 창을 열고 미닫이
마음 열면 심심산 먹도라지 같은 우리 사랑 노다지라예

연길에서 먹는 냉면 한 그릇

남의 땅 어느 식당에서 물냉면 한 그릇을
백두산 두만강을 보긴 봐도 안 보고 와서
홧김에 서방질 하듯 먹다만 눈물 한 그릇

백두산 찾아갔다 장백산 화냥질 본다
두만강 물어물어 도문강 뗏목에 올라
다시는 가지 않으리, 헛맹세에 목놓아 울며

"중국 조선족 윤동주 시인 생가" 앞에서
이빠진 역사도 잊고 화냥화냥 사진만 박아
지랄병 염병만 떨다 미처 못 넘긴 냉면 한 그릇

최예환(崔禮煥, Choi, Ye hwan)

1962년 경북 선산 출생. 계명대학교 의과대학
학사(1988), 경북대 의과대학 박사(2008) 졸업,
영주문예대학 수료(2014). 《월간문학》(2018)
등단. 시조집 『혀』(2019, 책만드는집). 신라문
학대상 시조(2017), 《좋은시조》 신인작품상
(2018) 수상. 경북 문예진흥기금 수혜(2019).
시조 '오늘' 동인. 한국시조시인협회, 영남시조
문학회, 봉화문인협회, 한국의사시인회 회원. 봉화제일의원 원장.

"호골산 정상에서 만난 때 이른 진달래"를 통해 일제에 끌려간 어
린 소녀 위안부의 아픔을 그린 작품이다. 진달래의 붉은 이미지는
위안부의 아픔을 상징하면서 우리 민족의 아픈 역사까지도 껴안는
다. 함께 보내온 「설수雪水」, 「증언」 등의 시조도 신인으로서 앞으
로의 활동에 믿음을 주었다.

— 심사위원: 정해송, 권갑하(글)

봄비 3

한데 널어둔 빨래 서둘러 걷다가

아서라, 그냥 두자 봄비에 폭 젖도록

혹 알아
거기 싹터서
꽃 피고
새가 들지

멸치

남해 청정바다에서 갓 잡아 말렸다는

멸치 파는 트럭에는
고성이 분주하고

물볕을 물고 있는 입

아우성이 아직,
짜다

겨울, 어느 항에서

겨울로 간 밤바다는 뭐라 할까… 궁금했다
거친 숨 몰아쉬며 바다 끝을 건넜을 때
항구에 지친 몸 누인 배 옆구리를 후려쳤다

회 한 접시 시키고는 묵묵히 술 마셨다
도다리는 곁눈으로 설핏, 바다를 훔쳤고
삭풍에 시린 옆구리 아내는 말이 없다

늙은 부부의 정사는 정사가 아니라고
야사가 외려 그리워 온밤 뒤척이다가
바다를 마구 흔드는 적막에 잠들었다

겨울로 뿌리 박힌 밤 겨울 같은 바다에도,
거적 쓴 채 기적 꿈꾸는 어물 없는 상자에도,
언제쯤 될는지 몰라도 봄 왔으면 좋겠다

수발

미움을 숟가락으로 떠먹이는 일이란
마음을 숟가락으로 떠먹이는 일이다

제대로
먹이지 못한
마음, 흘러내린다

입 크게 열지 않아 마음이 아프지만
조심조심 열린 입 미움을 떠 넣는다

제때에
먹이려 하는
미움, 쉽지가 않다

사沙

흐르는 맑은 물氵에 네 어린 미소少 씻겨두면
그 물이 다 마르고 밤길 하얗게 드러나면
까슬한 마음 마음이 파고드는 발가락 새

혹 저 별 초롱초롱 우릴 보고 있는 것은
몇 백 광년 기다려 미리 온 눈빛일까
다시는 돌아갈 수 없어 여기 누운 별빛일까

모래톱에 누워 헤는
네 밤하늘 별, 내 모래알
별이 지듯 반딧불이 밤공기 가로 자르면
달빛에 어른거리네
우리, 젖는 이슬로

소녀상을 그리다

호골산* 정상에서 만난 때 이른 진달래야
얇은 볕에 피었다가 넋까지 얼었구나
꽃 필 날 아직도 먼데 홀로 봄을 꿈꾸었나

열서넛은 되었을까… 떨리며 톺던 동공
세태에 발가벗겨 파르르 깨문 입술
툭 하고 건드리기만 해도 쓰러질까 애달프다

몰아치는 삭풍이 내 볼살 에는데
저리 여린 꽃잎은 잔설을 견뎌낼까
한살이 산다는 것은 홀로서는 아득한 길

* 호골산: 경북 봉화에 있는 야트막한 산.

미루지 말아야

야콘 깎아 오래 두면
쉬이 변색하더라

약혼하고 오래 끌면
때로 변심하더라

미뤄둔
버킷리스트도
흔히 변질하더라

사과도 오래 두면 쉬이 변색하더라
사과도 미뤄 두면 점점 어색하더라

아, 먼저
내미는 자의
아름다운 사과여

설수雪水

비 온 뒤
벌거벗어 하늘 문 겨울 수목
길 잃은 가지 끝에 맺히는 순수 공간
뜨겁던 생명의 줄기 품고
거꾸로 매달린다

투명한 밀실에는 숲을 위로 올려놓고
하늘을 굳게 딛고 검잡아 버티다가
하, 이별
얼부풀다가
땅으로 낙하한다

아니다. 진실은 오롯 담은 염색체다

갓맑은 흙에 스미어 뿌리로 전사轉寫하고
나무는
우주의 실체
씨앗에 압축한다

백야白夜

〈백조의 호수〉를 꿈꾸는 잠 못 드는 하얀 밤
며칠 밤낮 떠돌다 놓친 시간의 경계에서
공중에 허방 짚는다
바람 또는 이데아

모두 잃어버렸다
집도, 길도, 꾸던 꿈도
빈 터에 던져진 게 이제 뭔지도 몰라
표백된 방랑의 아귀
모두 풀려버렸다

녹아내린 문자들이 고물고물 기어가고
증발한 글의 의미 먼지처럼 날아가
하얗게 보풀 일어서는
머릿속은
백야 中

혀 2

쉬이 열리지 않는 난공불락의 거기
깨물어서라도 지킨 네 안 은밀한 성
깊숙이 뿌리박아둔
꿀보다 더 달콤한,

콧대 높이 세워도 네가 콧대 아닌데
너는 참 새침하다 차암 내 처참하다

저물어 모두 돌아가는데
아직 거기
꼭, 꼬옥

끝내 못 봐 돌아선 지친 어깨 너머로
철옹성 흔들리며 삐걱, 그녀 문 여네
옴om처럼 일갈하는 저
끈끈한 말
"혀!"

최오균(崔五均, Choi, Oh kyun)

1944년 경기 화성 장안면 출생. 한양대학교 공과대학(산업공학과) 졸업(1973). 《시조문학》(1998) 등단. 시집 『산, 먼동 흔드는』(2006, 고요아침), 『시간의 잔고』(2016, 고요아침), 현대시조100인선 『아무도 모를 거다』(2017, 고요아침). 정운엽시조문학상(2006), 열린시학상(2014), 한국가사문학상(2017) 수상. 경기시조시인협회장 역임. 한국문인협회, 오늘의 시조시인회의 회원. 한국시조시인협회 이사.

—

최오균 시인은 건강한 시학을 견지하면서도 과정과 내면의 고통을 읽어낼 줄 아는 시인이다. 또한 시가 가지고 있는 재미성을 응용할 줄 아는 안목을 지니고 있다. 재미성은 때에 따라 상당히 시니컬한 풍자성을 갖기도 하고 능청거리는 여유를 보여주기도 하며 재미의 끝에 찔끔 눈물빛이 비치게도 한다. 시인은 시의 눈길로 강퍅한 세태와 존재의 우둔한 내면을 끌어안으면서 자연에 순치馴致되는 일을 동경한다. 그는 시적 대상을 한줄기로 잘 엮어내면서도 곁가지나 속내의 아픔을 본질적으로 잘 파악하는 폭넓은 시야를 가지고 있다.
— 이지엽(시인 · 한국시조시인협회 이사장 · 경기대 교수)

—

어린 봄의 배냇짓

잎보다 먼저 핀 매화
덧니처럼 반짝이는 날

흰빛의 간절한 향기 살랑살랑 흔들다가
보리밭 이랑을 찾아 봄비 살짝 지리는.

누구의 눈물로도
못 녹이던 얼음장을

알발로 자욱자욱 밟으면서, 밟으면서
풋잠 깨 심통부리는 동자개를 얼러대는.

어룽지는 동백꽃비늘
땅바닥에 엎드린 뒤란

맵고도 아린 업연業緣 자오록한 청대 숲에
스스슥, 칼 가는 소리, 이 눅진한 봄날에.

아무도 모를 거다
— 지갑 속의 비밀

모를 거다 아내들은 아무도 모를 거다
남편들이 은밀하게 여자 사진 갖고 다니며
가끔씩 꺼내 보는 걸 아무래도 모를 거다.

이등병 병영수첩엔 방긋 웃는 애인 사진이
풋내기 과장시절엔 귀염둥이 애들 사진이
강산이 바뀔 때마다 주인공도 바뀐다는 걸

모를 거다 남편들은 아무도 모를 거다
아내들이 다 알면서 모르는 체 하지마는
이따금 눈물짓는 걸 아무래도 모를 거다.

왕소금소낙비

서늘한 방에 누워 빗소리를 바라보면
해 뜨고 달이 지고
바람이 지나는 걸
그러네,
그런 것들이 눈에 밟혀 삼삼하네.

빗소리 만져보며 아스팔트길 걸으면
해 삼키는 어둠이
머리 위 얼킨 구름이
아 글쎄,
그런 것들이 아리송해 보이네.

왕소금 소낙비가 지상으로 떨어지고
조약돌 부딪치며
물소리 '쏴아' 지르면
한때의,
울음과 웃음 얼싸안고 스러지네.

구구소한도九九消寒圖*
— 어느 요양병원에서

간만에 발걸음한 피붙이 그러안고
필담도 힘에 겨워 눈길로 나누는 속내
말없이 잡은 두 손을 차마 놓지 못하네.

병실 벽에 그려놓은 흰 매화 여든한 송이
문풍지 밤새 울어 베갯잇 젖는 날에도
하루에 한 송이씩은 여보란 듯 붉어가네.

홍매화 그윽한 향에 개구리 기지개 켤 때
스르륵 열린 창으로 명지바람 들어오면
그리움 다 사윈 불씨 꽃가마를 타겠네.

* 구구소한도九九消寒圖: 동지로부터 봄이 될 때까지의 81일간의 기상氣象을 나타낸 표. 흰 매화 여든한 송이를 그려놓고 동짓날부터 매일 한 송이씩 붉은 칠을 해가면서 겨울 추위를 지혜롭게 견뎌내곤 했다.

질경이

― 월남청년 응웬

어둑새벽 소리 없이 질경이는 뿌리 내려
보도블록 틈새에도, 쇠전 마당 귀퉁이에도
그냥 그, 앉았다 하면 게가 바로 본적이다.

비가 오나 바람이 부나 그날이 그날처럼
은실삼단 햇살 다발 가슴속에 품고 있어
그냥 그, 가는 외통길 열릴 날만 기다린다.

때로는 팍 죽는 것이 낫겠다 싶은 날도
뼈마디 저린 아픔 어금니로 사리물며
그냥 그, 눈물 감추고 불멸인 듯 웃는다.

이사하는 날

자개장롱 버리면서 아내가 눈물 흘린다
텃밭 딸린 내 집 넘기고 산동네로 이사 가는
사글세 슬레이트집은 밤하늘의 별도 뵌다네.

아버지 장례 치르고 논밭뙈기 모개로 팔아
대물린 빚 청산하고 빈손으로 떠난 고향
뽀드득, 이를 악물며 폼 나게 살자 했는데.

좁은 골목 돌고 돌아 가르마 같은 비탈길
쿨렁대며 오르던 짐차 더 못 가고 몸 풀 때
허공을 맴돌던 눈발 어지럽게 휘감기네.

강 건너 고층아파트 하나둘씩 눈뜨는 저녁
바람 타는 라이터불 맨손으로 가리는 아내
내 앞엔 손바닥만큼 환한 그 불빛 눈부시네.

시간의 잔고

문득 잠이 깬 새벽 장지밖엔 낙숫물 소리
희붐히 갠 강여울에 젖은 발자취 얼비치고
내가 쓸 시간의 잔고, 물안개에 스며 있다.

팔 걷고 신 들멘 채 별을 헤며 부린 억척
대물림 '보릿고개'쯤 옛말 사전 갈피에 묻고
응달진 이승의 오지奧地 불 밝힌다 했거늘

갈 길 아직 멀다했는데 서천西天에 붉게 타는놀
한낱 보람, 아쉬움도 뜸이 들면 저리 되는가
오뉴월 겻불 물리듯 후울훌 털고 갈 일이다.

이제야 뒤돌아보면 바람이고 물인 것을
지긋이 말문 닫고 하늘 향해 두 귀 열어
내가 쓸 시간의 잔고, 달무리에 묻고 싶다.

생生

소[牛] 한 마리 걸어간다,
외나무다리[一] 위로

멍에, 길마 내려놓고
워낭 소리 메기면서

건너편 정토淨土를 찾아
걸어간다,
뚜벅뚜벅.

비문

천구강에 내려온 달
비문秘文 한 장 놓고 가네

여울물이 소곤소곤
밤새도록 읽고 있네

동자개 눈 부릅뜨고
온몸으로 듣고 있네.

시큰한 안녕

어릴 적 까치에게 헌 이 주고 얻은 새 이
삼시 세 끼 울력했지, 절구처럼 맷돌처럼

뼈 없는 맹물이라도
곱씹어서 바쳤지.

뿌리째 뽑힌 네가 은쟁반에 모로 누워
물끄러미 바라보니 코허리가 시큰하다

떠나는 네게 할 말이
안녕! 이뿐이라니…

산전수전 다 겪은 노병 물러난 그 자리에
내로라하는 후보 중 임플란트 앉혀본다

숫보기 신병 어금니
안녕? 잘 해보자구

최옥자(崔玉子, Choi, Ok ja)

1950년 부산 동구 범일동 출생. 부산여자대학교 학사 졸업(2005), 학점은행제(무용학) 학사(2012), 창원대 대학원(무용학과) 수료(2015). 《시조문학》천료(1993)등단. 시조집『하얗게 지우고픈 그대의 먼 이름은』(2006, 세종),『툰드라의 아침』(2012, 세종),『푸른 바람』(2020, 시와소금). 제16회 캐나다 신춘문예 시조(1996) 당선. 제37회 성파시조문학상 수상. 한국시조시인협회, 카톨릭문인협회, 부산여류시조시인협회 회원. 청술레 동인. 기장문인협회 부회장, 부산시조시인협회 부회장, 부산문인협회 이사.

쟁반

최옥자

둥글게 살아가는
정해진 삶이라며

각이진 모서리를
아프도록 깎아내어

스스로
무릎을 꿇고
두 손 고이 받든다

—

외로움과 그리움의 고독한 상황 속에서 자신을 성장시키고 승화시키는 시인의 노력은 놀랍고도 훌륭하다(「이방인」). 이미지들을 공감할 수 있기 때문이며, 사물에 대한 표면적인 이해만으로는 불가능 한 일이다(「가로등」).

— 임종찬(시조시인 · 부산대 명예교수)

박제된 우울한 꿈이며 불안이나, 이의 근원적인 심상은 현실 극복의 훌륭하리만치 절실한 반영이다(「옷걸이」). 고뇌를 표출하는 리얼리즘의 중심 공간으로 활용하고 있는 점이 가치로워 보인다(「허수아비」).

— 백승수(시조시인 · 전 부산시조시인협회장)

—

억새풀

무수히 내려앉는 지난밤
서리인데

등 눕힐 한 평짜리 풀막조차
없었는지

빛바랜 얇은 옷 한 벌 오래도록
입고 섰다

은백색
구렛나루 바람에 움츠리고

아직도 완불 못한 시간의
채무가 남아

세월의 여운을 잡고 오열하며
떨고 있다.

가로등

가녀린 몸 하나에
영혼을 당겨 와서

세파에
절여있는 고독을
빛내주고

가없는 아픔을 꺼내
밤새도록 태운다.

요즈음

햇살도 비켜가는
도심 속 놀이터엔

아이들의
함박웃음 사라져 간
빈자리

바람이 고요를 깨워
그네를 타고 있다.

동백꽃

아무리 차가워도
그리움은 뜨겁고

꽃잎에 진
멍울은 번져가고
있는데

여밀 수 없는 이 마음
꽃샘바람 몰아진다.

이방인

푸짐한 식탁 앞에
밥 한 그릇 다 비우고

뼛속 까지 알알이
스며드는
이 허기

채워도 다시 채워도
비어있는 내 배 속.

옷걸이

벽장 속에 갇혀있는
앙상한 야윈 알 몸

한 겹씩
겹쳐지는 어깨 아픈
가면들

진종일 돌고 돌아간
목 길어진 네 하루.

저녁길

집에 둔 나를 찾아
어둔 길 밝혀간다

내 아닌
모습으로 감당했던
실상들

발에 챈 돌 뿌리만큼
아려오는 이 순간

친숙한 가로수와
외진 길 함께간다

질척하게
달라붙어 성가신
궁금증은

나는 또 누구의 흉내로
내일을 열어 갈까.

이향객

스스로 그리워도

가질 못할 고향 축담

무성한 정든 숲은

벌목으로 누웠단데

나 혼자 가슴 졸여서

어쩌잔 말이던가.

허수아비

골똘한 생각자락
결이 삭은 저 남루

뙤약볕
다 비워낸 빈자의
어진 고행

한 벌 옷 평생을 사는
품이 넓은 수도자.

물레방아

세월의 이랑을 누벼
달려온 저린 가슴

불씨로 피워 올려
다독이는 그리움

이리도
가누지 못해
뿜어 올려 피는 정

물이끼 결을 따라
토해내던 피울음은

부서져 되돌아오는
메아리로 살아올라

안 가슴
난간을 잡고
등 떠 밀려가는 넋.

최용철(崔鎔澈, Choi ,Yong cheol)

1940년 강원 평창 용평면 출생. 호 재산(才山). 서울문리사범대학(사회학과) 1년 중퇴(1961).《시조문학》신인상(2008, 봄) 등단. 시조집 『사월의 질주』(2013, 시조문학사). 오늘의 좋은 작품집상(2014) 수상 외. 강원시조시인협회 부회장 역임. 한국문인협회, 강원문인협회, 강릉문인협회, 강호시조문학회 회원.

—

그가 바라보는 인생은 자신의 존재를 있는 그대로 받아들이려는 자세이다. 꾸미지 않고 욕심내지 않는 그의 마음은 세속적인 명예나 지위에 연연해하지 않고 있다. 오히려 마음의 충만함을 추구하여 인생에서 비본질적인 것들을 버리려는 모습인 것이다. 그러므로 인생을 바라보는 시각이 의욕에 넘치기보다는 자제하고 깊이 통찰해봄으로써 접근하고 있다. 그래서 그에게 인생은 가끔 간이역에서 쉬어가는 긴 여행인 것이다.

시란 그 사람의 의식세계에 있는 내면을 반영한 것임을 생각할 때 우리는 시인의 낙관적인 시각에 직면하게 된다. 그러므로 최용철 시인은 죽음에서 자유로워지려고 애쓰며 끝이 아니라는 자세를 보여주고 있다.

— 김준(시조시인 · 서울여대 명예교수)

—

내 고향 오월에는

뻐꾸기 노래하는 내 고향 오월에는
어미 소 밭을 갈고 송아지 따라가고
초동의
피리 소리는
냇가에서 들렸지

사월의 질주

더벅머리 노 소년이 야생마 등을 타고
바람 부는 벌판을 질풍같이 달려와서
호숫가
풀빛 언덕에
꽃다발을 던진다

모습

실을 감는 하얀 손은 목화이불 안감이요
바늘 꿰는 잔주름은 미소 짓는 어머니다
깊은 밤
눈이 내리는
고향집에 등잔이다

새싹

새싹이 실하다고 물 많이 주지마라
대궁이 웃자라면 제풀에 넘어 진다
햇살에
바람 불리며
일렁일렁 키워라

모기

모기가 문다 하여 밤새워 쫓지 마라
그 분이 잡수시면 얼마나 드신다고
아침에
기는 놈이야
붙들든가 말든가

터미널 흡연실

터미널 흡연실에 민주주의 자욱하다
아들도 아버지도 제자도 선생님도
마시고
떠나기 전에
내어뿜는 자유다

달력

아니 봐도 살 만한 걸 날마다 쳐다보며
또 한 장 넘어 가네 낙엽처럼 떨어지네
공연히
걸어놓고는
가는 세월 탓을 한다

간이역

완행열차 타고가다 간이역에 내려서
퍼즐 풀고 노닐다가 풀꽃 한번 만져보고
석양에
배낭을 메고
다시 타는 완행 열차

작별연습

청산을 걷다보니 황천교黃泉橋에 깃발 날려
손잡고 걸어가다 얼굴을 마주본다
한번은
겪어야 하는
작별하기 연습이다

콜로라도 강변에서

캐년을 내려와서 네바다를 건너다가
반짝이는 금물결에 고기밥을 던져주며
달 밝은
콜로라도의
옛 노래를 부른다

청산을 걷다보니 황천교黃泉橋에 깃발 날려

최우림(崔禹林, Choi, Woo rim)

1931년 경남 고성 구만면 출생. 부산대학교 문리과대학(국어국문학과) 졸업(1956).《현대시학》(1978) 등단. 시집『후일』(1980, 제일문화사),『솔개 그늘』(1986, 글방),『수정산 뻐꾸기』(1992, 해광),『문패』(1997, 열린시),『잿빛과 호미와 그리고 햇불』(2006, 비움). 성파 시조 문학상(1988) 수상. 부산시조시인협회, 부산문인협회 회원.

—

최우림은 문단의 관문을 사설시조만으로 통과한 유일한 시인이다(초회 추천작「꽃밭 비유」, 천료작「蓮夫人詞」등). 이와 같은 경우는 그 이전에도 그 이후에도 없으니 이 사실 하나만으로도 그는 우리 시조계에서 희귀한 존재가 되어 있다. 최우림의 작품에서는 대상을 그늘 쪽에서 파악하는 독특한 시점이 가끔 발견된다.

예컨대「추소秋宵」에서 '앞 벽을 창문만큼/ 도려 낸 저 둥근 달'이라 했듯이 시점을 어두운 벽면에다 두고 거기에 달빛을 투영시킴으로써 이미지를 더욱 선명히 표현한 것 따위가 그것이다. 이런 기법이 가장 잘 처리된 작품의 하나가 그의「솔개 그늘」이다.

또한 최우림의 작품을 읽으면, 그 시정신이 건강하다는 것을 느낀다. 이른바 '병 없는 신음'이 유행병처럼 편만한 오늘날의 시조계에서 이만큼 건강한 시조를 대하기는 그리 쉽지 않다고 생각한다.

— 장순하(시조시인 · 한국문인협회 고문)

—

일력日曆

간 오늘 한 장 떼고
온 오늘 또 한 장 떼

세월은 깊어가나
몸피는 날로 줄고

떼인 자리 지저분한 채
벽에 달랑 걸려 있네

민박 아침

좋구나
맑은 공기
계곡물 흐르는 소리

숲 속의 새들 울음
곳곳에 민낯 꽃들

하늘은
푸른 산 위 더
높고 높아 좋구나

은전銀錢

걷다가 은전 한 닢 운좋게 주웠다네

그 은전 차바퀴 시달려 만신창이

입김을 호호 불며 닦아 손에 꼬옥 쥐었네

새처럼

차라리 숲속에서
새처럼 살고 싶다

포르르 날아보고
목청껏 우짖다가

때 되면
흔적 없이 감추는
푸른 숲 속 새처럼

꽃

메마른 축대 틈새
딛고 선 풀꽃 하나

외줄기 우듬지에
한 송이 노오란 꽃

하늘이
보낸 햇볕 안고
오늘 여기 섰다네

무궁화

또렷한 꽃봉오리
수없이 달려 있다

붉은 꽃 환한 웃음
탐스레 피어 있다

한 아이 드리운 꽃송이에
입 맞추며 향 맡네

쪽 뻗은 양 길섶에
갖가지 무궁화 꽃

줄지어 조화롭게
잘 심어 가꾼 그 길

그 꽃길 태극기 앞세워
당당 걷는 청소년

파도

바다의 푸른 몸짓
갈가리 흩어지네

그 무슨 천형天刑이기
단애에 부딪치나

그 상처
손수 어루만지며
다시 겨눠 보누나

봄날

참꽃을 씹는 첫 맛 쌉싸래 풋내 나네만
반추해 씹을수록 혀 끝에 감돈 단맛
그 단맛 입안 가득히 고여 드는 봄기운

가리다 섬진강변 산수유 핀 산자락
복사꽃 떠가는 강 그 물상 타는 은어
산굽이 강굽이 휘돌아 휘적휘적 가리라

장독

검은 빛 부심의
장독은 부도옹이다

차면 넘어져
조각나도 오똑 선다

볕 바른
장독대 그 안에
나도 좋이
앉고 싶다

솔개 그늘

　아침에 군청群靑 하늘 휘젓는 솔개를 본다

　높이 날개를 편 채 빙빙 떠도는 소리개가 점점이 흘리는 그
늘, 나는 어쩌자고 그 안에 문득 먼 산을 불러와 오바 넣으려고
안간힘을 쓰고 있을까, 지금 나는 어쩌자고 저 앞의 담벼락을
슬쩍 넘어가는 소리개의 그늘, 그 속에 나를 송두리째 감금시
키려 하고 있을까

　저 멀리 솔개 그늘에 늪의 별빛 반짝임 본다

최윤표(Choi, Yoon pyo)

1935년 전남 보성 노동면 출생. 서울산업대학교(사회교육음악부) 중퇴. 고려대 문예창작과정 수료. 《중구문예》 시조, 한국거목문학사 신인문학상 시조(1995) 등단. 한국거목문학사 시조 최우수상(1995), 시조 본상(1995), 한국불교문학사 시조 문학상(1997), 시조 최우수상(1998), 시조 본상(2009), 푸쉬킨 탄신 209주년 기념문학축전 등 수상. 한겨레문학가·세계문인협회 한국본부 시낭송클럽 시조분과 부회장, 한국불교문학사 시조부 상임고문 중앙위원, 한국문인협회 서울시 중구문인협회 창시자 초대 고문. 현대시조 1문 비건립.

덧없는 인생

학산 최윤표

태어난 덧정 품은 태 묻힌 전라도라
흙냄새 텃 자리에 알뜰히 자라오던
매 되의 화낭소리에 덧없는 인생 고락.

최윤표 시인의 시조 세계는 일상성의 시학이라 규정할 수 있을 것 같다. 일상생활 속에서 일어나는 기쁨과 슬픔, 만남과 이별, 객지에서의 쓸쓸한 정서, 인물에 대한 칭송, 계절의 순환에서 맞는 소회 등을 선비정신을 바탕에 깔고 정형의 그릇에 잘 담아내고 있다. 특히 「수견 안」, 「평생의 단 한 번」 등의 시편은 돋보인다. "민족 얼 절절이 나눠 살아갈 다스한 정", "나는요 경천애인의 시문을 늘 읊으리", "권하는 노랫가락에 노고지리 춤을 추네" 등의 구절에서는 시인의 이러한 정신세계와 시적 지향을 읽을 수 있다.

— 권갑하(시조시인·한국문인협회 부이사장)

수견 안

귀 설치 않는 예술 가치론 열정 펴려
골생원 여류작가 초대한 원덕 갖춘
언제나 문학가의 길 배양 변함 없으리

만나면 반가워서 손잡고 웃는 얼굴
하고픈 이야기도 꺼내지 못한 촌음
아쉬움 두고서 가는 꽃이 피는 뒷모습

초생달 지닌 눈썹 세상을 일깨우는
얼굴은 보름달을 닮아서 우아하며
덕행을 품은 가려한 여랑의 여류가여

아직껏 마주앉아 차 한 잔 얘깃꽃도
나눔도 없는 앞에 얼굴만 스친 향꽃
매력의 소유자이자 수견 안 전륭화야

평생의 단 한 번

문단을 걸어오며 조심도 애써왔고
선배의 누가 되지 않게 전력 다해
빛나는 일상의 정치 잘하기를 빌었네

겨레의 문화예술 억겁의 어휘 발전
힘 모아 앞장서서 이끌어 존재 받을
민족 얼 절절이 나눠 살아갈 다스한 정

이제는 평화롭게 알려질 알뜰한 삶
온누리 밝아지는 선진국 대열 앞에
청운의 꿈 품어왔던 가난한 나그네여

평생의 단 한 번의 노래시 작사한 것
미력의 귀감 남길 연년의 학산 거목
거목은 대한민국이 "세계화" 열게 했네

일진법계

이 땅의 우주 깔고 바다 위는 조산조수
천수탑 샐 수 없는 엄청난 이 바위돌들
동식물 천연과일로 풍성해 온 한국이어라

만사를 살아가는 이 우주의 영장으로
지상의 오대양과 육대주의 정 나누려
부단한 노력의 산악 이 꿈속 길 끌어안고서

만물을 밝혀가는 사랑에도 하나 되어
하늘이 하나이고 해님 달님 하나인데
온 세상 행복을 나눌 다문화의 가족인으로

우주의 시금석인 옥구술을 하나 꿰어
줬거만 그 대가는 입 다물어 원망뿐인
내 마음 일진법계와 세계평화 지도 하나로

학산 거목 연가

만꽃은 옛 산에서 피었다 지는데도
나그네 이내 몸은 뜬구름의 신세이라
머무는 타향객지라 짐 풀 곳이 없는 몸이여

흘러간 세월 따라 한숨 놀 시간 없고
비 오나 눈이 오나 마음 풀 곳 없는 몸이
가난의 연가 여로 길 부평초 같은 이 목숨아

피어난 국화 사랑 언제나 받건만은
달래지 못한 시름 근심 걱정 술 한 잔에
한 많은 어버이 생각 불러본 학산 거목 연가

영혼 저 소리

달빛이 대낮처럼 비춰오니 무소유 삶
사유의 자연 앞에 연둣빛이 나직하게
흐르며 아롱져 스쳐 만물에 잠든 거다

육체의 숨소리도 고민하는 지혜로움
보듬고 떠나면서 실어가는 운명들을
끝없는 인연으로써 이어가며 웃는가

보아도 보이지도 들리지도 울릴 정도
서러움 쏟아내는 저 불행을 우리 앞에
주고 간 영혼 저 소리 들려도 뉘가 아나

봄비 블루스

한없이 쭈룩쭈룩 내리는 봄비런가
뒷동산 멧새들은 봄노래 한창인데
이 거리 봄 향기마저 흘리는 봄비 블루스여

세월도 봄바람에 따라간 시절이야
매정한 빗소리는 끝일 줄 모르는가
어데서 서글픈 소리 들리는 봄비 블루스여

언제나 봄이 오는 소리에 간장 녹는
강산도 푸르러서 풀벌레 우는 소리
청춘의 이내 근심을 울리는 봄비 블루스여

농부들의 술자리

엷은 구름 햇살자락 산등으로 펼쳐 깔고
농가마다 소를 몰고 채찍하며 웃음 피네
농주가 몇 말인지를 몰라지고 간 일꾼들아

매화꽃도 궁중 동산 휘덮어서 피고지고
하늘 보고 웃는 건가 꽃무늬를 깔고 지고
봄날의 경지를 그려 농심마음 적시누나

천리 길을 흩어가는 바람들은 꽃향 맞고
농부들은 술자리에 인생 웃음 노랫소리
권하는 노랫가락에 노고지리 춤을 추네

경천애인

멀고도 먼 타향에 당도해 젖은 마음
이 몸을 잊으리야 생각이 내키 젖은
그리운 가족 식구와 다정한 친지들을

연약한 그 연정에 천 리 향 보냈건만
받지도 못했다고 원망만 하는 건지
줄줄이 흐르는 눈물 걷을 수 없네 그려

사랑은 이런 것을 정 이제야 깊음 아
라일락 향기 품어 잠이나 들다 새면
나는 요 경천애인의 시문을 늘 읊으리

홍연화

옛 추억 문을 열고 열정의 사랑노래
옛적의 꿈을 틔워 애절한 목청 높여
애창곡 불러본 심정 옛 사랑 생각나고

활개 핀 화사한 봄 홍연화 혼백 품위
잠 깨어 유혹하는 꽃송이 사랑연가
애송을 하는 바람과 새롭게 선을 봤네

모습은 궁전 앞에 수놓던 홍연화며
세월의 노래 품위 열열이 찬송하는
가득히 쏟아 낸 열창 홍연 대소 피웠네

가련한 목련

일상의 필연으로 원두차 두 잔 놓고
목련 향 덧정 표출 풍만한 미목수려
시심의 불꽃을 틔운 연연한 화살인가

가련한 목련 앞에 다가서 탐련하니
그리움 솟구치어 할 말도 잊었느뇨
이 무슨 청천벽력이 눈앞을 있단 말가

노련한 회소 덕담 눈시울 땀직함에
인정도 만만하이 소유욕 근검하는
애착의 가슴앓이는 너뿐인 듯 하노매

최은영(崔恩榮, Choi, Eun young)

1956년 부산 출생. 건국대 신라대학원 석사.
《에세이문예》 신인상(2012, 가을) 등단. 《부
산시조》 신인상(2017) 수상. 『한국에세이7』
(에세이문예사, 2014).

—

「가을 안산역」 외 4편 글에서는 자신감이 엿보인다. 그 자신감이 시
조의 맛을 한층 끌어올렸다. 글은 읽었을 때 감동을 주는 즐거움이
있어야 한다. 내면에 깔린 그리움과 가을이란 계절을 무리 없이 전
개한 완성도를 보며 특히 시조가 정형 형식에 바탕을 두고 인간의
희노애락을 담아내야 하며, 그런 복잡한 감정을 이완시키고 형상
화시켜나가는 것임을 이해한 것 같아 찬사를 보낸다. 개인의 체험
이 어떤 방법으로든 시 속에 스며있다고 본다. 거기에 시대적 이미
지까지 일체화될 때 시조는 시조답다 할 수 있다.

— 제만자(시조시인 · 한국시조시인협회 이사)

—

가을 안산역

안산 고잔역의 구절초 향기라는
사진을 보다가 안산이란 지명에
마음이 허락도 없이 너를 만나러 간다

가을비 늦게 나온 태풍에 얹혀 오지만
마지막 바스락거리는 단풍진 낙엽들에게
인생의 촉촉함이란 귀한 선물해준다

사람들 눈 속에 보이는 것들도
보이지 않고 숨어있는 것들도
고맙지 않아야하는 것들은 없나보다

비 오는 날 아스라이 보이는 구절초들도
이렇게 고맙게 보이는 것은 그래도
그리움 만들어 놓은 안산역이 있어서겠지

낙엽

가지 못한 늦가을을 밀어낸다 바람이
후미진 모퉁이에 웅크리고 앉았는데
살며시 걷는 소리에도 귀 세우는 한낮에

마대자루 꽉 차도록 소문 없이 쓸려나와
아프다는 소리 한번 지르지 못하지만
가는 길 손 모아본다 봄빛 환히 품을 날을

윤슬

달 뜨는 날 동해안을 무심코 가다보면
힘 부친 파도들 낮게 코고는 소리며
저 멀리 반가워하는 작은 손을 만난다

설익은 아침 햇살 농익은 달빛까지
바다라는 하늘에다 띄워내는 미리내
검푸른 화지에 뿌린 반짝이는 보석들

바다와 빛들이 만들어 준 선물들
너무 좋아 양 손에 움켜쥐려 하지 말기
바라만 보고 있어도 꽉 차버린 내 가슴

현재 진행형

이별 아픔 딛고 홀홀 벗은 겨울 산
비워낸 자리마다 아련한 봄 물들어
아찔한 입맞춤 소리 채워지는 연두사랑

능선마다 다정스레 손잡은 그러데이션
한꺼번에 펼치는 시원한 카드섹션
설악은 연초록물에 사랑몃 감는 중

동백

한 겨울 꽃 보기가 마냥 그리 쉬울까
곱다시 차려입고 기다리라 말하지 말지
바람결 그대 오실까 가슴앓이 붉어간다

최은지(崔銀枝, Choi, Eun ji)

1953년 경남 창녕 출생. 대구교육대학교, 대구대학교(수학과), 대구대 대학원(심리학과) 석사 졸업. 전국시조백일장 장원, 《부산시조》(2019) 등단. 《좋은시조》 신인작품상(2020) 수상. 부산시조시인협회, 부산여류시조문학회 회원.

—

최은지 시인의 시조는 생활 속의 서정, 그 진정성이 보인다. 「공단 길」은 생활 터전이었던 공단이 사라진다는 것은 단번에 거처를 휩쓸어 날려버리는 거대한 태풍을 맞은 일과도 같은 일일 것이다. 적절한 비유로 절제된 시상을 잘 펼쳐 두 수로 많은 이야기를 표현하였다. 「도야리」는 빈 마을이 된 한 시골 마을의 고즈넉한 풍경이 눈에 선히 그려지는 시조다. 밝게 이끌어간 작품 전체의 분위기는 "온 동네 휘감아 도는 아카시아 꽃향기"와 웃는 "접시꽃"의 천진무구한 풍경 속에 어린 쓸쓸함과 애잔함을 더욱 돋보이게 하고 있다. 「제비 둥지」는 험난함을 이겨내고 마지막까지 자식 위한 한 말씀을 남기고 생애를 마치는 부모님의 마음을 정제된 이야기로 울림을 갖는 시조다.

— 김일연(시조시인 · 국제시조협회 이사)

—

도야리*

눈부신 햇살 아래 빨래 말린 바람소리

구름인가 하여 보니 손짓하는 비행기다

온 동네 휘감아 도는 아카시아 꽃향기

삼신당 느티나무 소원지가 무겁다

폐교된 학교터에 아이소리 들리는 듯

담 넘어 들여다보는 접시꽃이 웃는다

* 창녕군 창녕읍에 있는 마을.

공단 길

매물 될 공장 터에 울부짖는 현수막
젊음을 잃어버려 숨죽이는 공단 길
태풍에 떨어진 꽃잎 골목마다 서성인다

오른 시급 비웃듯 삶은 더욱 팍팍하고
낙동강은 모르는 척 너울너울 춤만 춘다
흩어진 가족들 얼굴 까똑까똑 울고 있다

제주 동백

안개비 뿌리는 날 동백꽃이 날 부른다

기다림에 몸 졌는지 붉은 눈물 말라가고

오늘은 왜 혼자냐고 슬며시 손잡는다

나뭇잎에 숨었다가 후두둑 떨어진 비

파도는 그날을 소리쳐 울어 대고

구름과 숨바꼭질하는 한라산만 태평이다

화장지

화장만 지웠더냐 입도 닦고 뒤도 닦다

비 오고 바람 불면 풀려버린 심장 안고

어느새 예순아홉을 어줍잖게 맞는다

우아한 식탁에서 냅킨으로 앉을 때도

영원을 그린 꿈은 순간으로 끝나고

적막을 밀쳐내면서 닦아보는 분 냄새

오래된 집

숭숭 뚫린 구멍 속에 찬바람 들이치고
고장 난 알림판은 다발로 알려온다
무엇에 쏟아 붓느라 뼈 속 진기 다 말랐나

통 깁스 몇 년 사이 여기저기 감고 풀고
외양은 말짱한데 속은 폭삭 내려 앉아
비바람 들이치는 곳 홀로서서 삭고 있다

파도

낮에 뜬 하얀 반달 푸른 바다 섬이 되다
파도가 쳐낸 상처 바람마저 휘몰고
가슴에 붉게 멍든 기억 동백꽃 눈물이네

뱃고동 소리에도 잠 못 이룬 어릴 적
가슴 뛴 육지소식 맨발로 맞았는데
머릿속 자라는 지우개 닳지도 않는다

바다만 바라보던 웃음마저 지우고
단절된 섬 마을에 파도만 가득하다
귀먹은 우리 엄마는 외딴섬이 되고 있고

제비 둥지

큰 소쿠리 덮어쓰고 아는 이 볼까 숨어
잘 여문 참박으로 승부를 걸어본다
그을린 주름 사이에 퇴적되는 긴 한숨

자식들 배불리려 서리 맞은 새벽잠
단속반 호루라기 놀란 가슴 펄떡이다
야윈 몸 바스러져가도 한 끼 입이 무섭다

제비가 옹기종기 지지 배배 우는 아침
'우애 있게 지내거라' 겨우 남긴 한 말씀
소임을 다하느라고 한 생애가 끝난다

사진

수줍은 미소 띠고 꽃에 잠긴 소녀 둘
낡은 벽장 앨범 속 흰 교복이 눈부시다
따사한 햇살 사이로 밀려오는 치자향

온 가슴 적시는 전 생애가 살아난다
요양원 나가면 예쁜 구두 사볼까
저승길 프로필 얼굴도 환하게 웃는다

분리수거

아끼다 바랜 옷들 살길 찾아 나선다
손때 묻고 추억 서린 가구들도 나서는데
벽장 속 긴 시간들은 나갈 생각 하나 없다

버리면 가벼워질 천만근의 심장 옹이
언제나 불꽃 튀다 얼음 되어 떨린다
한 움큼 훑여낸 마음 제길 찾아 보낸다

헛빵

썰물에 실린 빈방 찬바람만 들이친다

햇살 한줌 집어 드니 먼지 산이 앉았다

철없는 로봇청소기만 졸졸 따라 다닌다

기약 없는 기다림은 허방 짚고 사는거다

빗소리 끌어당겨 난 꽃이 피고 있다

공갈빵 헛빵이라도 단맛 하나 줍는다

최은희(崔恩熙, Choi, Eun hee)

1954년 대구 태전동 출생. 가톨릭대학교 (성악과) 졸업. 《경기시조》(2012), 《시조시학》(2016) 등단. 한국시조협회 문학상 본상 (2016), 대상(2017) 수상. 한국문인협회, 국제펜 한국본부 회원. 한국시조협회 사무차장.

—

최 시인의 시세계는 대체로 대륙의 지배자처럼 자신이 취택한 소재를 자유자재로 다루는 서정의 바탕에서 비롯되고 있다. 서정을 바탕으로 하지 않은 시가 존재할까마는 거칠고 험악한 인간사나 자연 풍광도 밝고 희망차게 구사하는 솜씨가 예사롭지 않다. 이 작품에서 눈길을 끄는 것은 눈앞에 전개되는 시적 공간이 한없이 광활하며 행간에 묻어둔 내포의 의미가 매우 크고 웅장하다는 점이다. 열일곱 어린 나이에 수많은 부족部族을 거느리고 중원을 제패한 칭기즈칸의 기상을 파노라마처럼 펼쳐 보이며, 시인의 직관적 감각과 혜안이 예사롭지 않음을 여실히 보여준다(「흐미, 초원의 노래」).

— 김광수(시조시인 · 문학평론가)

—

흐미*, 초원의 노래

초원에 터를 잡은 바람의 아들딸이
목울대에 깊이 박힌 심연深淵의 소리 뽑아
대륙에 아침을 연다,
제국의 그날처럼

나직하되 굵은 목청 말발굽을 일으키며
갓난아기 살찌우는 유르트** 속 자장가
청청한 하늘 소리에
범접 못 할 땅 울림

달려도 지치지 않는 지상의 모든 것들
시나브로 흐려지는 몽고반점 다독이며
또 한 번 사자후 토할
칭기즈칸 부른다.

* 흐미: 몽골의 전통 음악인 가창 예술. 유네스코 무형문화재.
** 유르트: 유목민의 원형 천막집.

보수동 책방골목

콤콤한 헌책 냄새
발길을 잡아끈다

못다 한 이야기가
그늘 속에 들어앉아

먼지 쓴
한때를 불러
빛을 따라 일으킨다

켜켜이 쌓여있는
판도라 상자 속에

잊혀진 삶의 조각
헤집고 톺아보면

하이네,
어깨 툭 치며
옛사랑을 데려온다

실낙원 패러독스

여행 중 불시착한 지구란 푸른 별에
이제 더는 뵈지 않는
금발의 어린왕자
사막 끝 여우와 장미 신기루로 가물댄다.

초록 뱀이 데려다준 낯선 땅 서울에는
눅진한 숨소리가
불빛 아래 흥건하고
나무들 스러진 자리 멍 자국만 선명하다.

은하도 어둠 속에 길을 잃고 헤매는 밤
청소차 배기통이
천식으로 쿨럭일 때
깃 빠진 기러기 떼가 먼 우주를 날고 있다.

모차르트와 브런치를

중세의 한 골목에서 모차르트 만났네.

햇살이 느루 퍼진 아침과 점심 사이

밤새껏 허기진 속을 선율로 달래준다.

빵과 치즈 샐러드가 하루를 활짝 열고

버금딸림 음표들이 춤을 추며 행진할 때

온종일 잠자던 심장이 북을 치며 일어선다.

아버지

세 뼘 네 뼘 깊어진 어둠 별빛도 잠든 새벽

땅끝에 버려진 듯
혼자인 나의 곁에

눅진한 아버지 향기
온 밤을 다 적신다.

앞뜰에 가득 뻗은 라일락꽃 그늘 아래

곰삭은 속엣말로
구메구메 짓던 얘기

오늘 또 그에게 잡혀
날 새도록 듣고 있다.

철원, DMZ를 가다

몸통에 선명하다
태극 같은 청홍 무늬
햇살 품은 직박구리
윤기 나는 날갯짓에
연둣빛
잎 돋는 가지
너울대며 춤을 춘다.

티끌 하나 묻지 않은
꽃잎을 활짝 벌려
얼레지 솜나물도
기지개 켠 봄날 아침
때 이른
호박벌 소리
사이렌을 켠 듯하다.

다리 위 바리케이드
지켜선 무장군인
무심한 구름 몇 장
넘어가는 철조망엔
핏물 밴
붉은 리본이
견장처럼 달려 있다.

곶감

햇살을
얇게 저며 은사銀絲를 입히듯이

조선 도공
그 손길로 가을을 다듬으면

구름 빛
품은 꿀통이
달 항아리로 다시 설까.

테레즈*에게

까마귀 한 마리가 날개 죽지 버둥대며
칠월의 먹빛 밤에
몸을 낮춰 날고 있다.
올올이
제 빛을 잃고 깃털 하나 남았나.

살같이 내지르다 뒤엉킨 별똥별이
짓무른 가슴앓이
벼린 칼로 도려내고
근육질
파란 결기로 거듭 나라 등 떠민다.

날 새워 기다려도 너의 집 창가에는
무음無音의 노래만이
발갛게 일렁이고
서둘러
내 흰 손가락이 오선지를 당긴다.

새벽이 큰 울음을 토하고 숨어들면
부서진 실핏줄로
써 내려간 세레나데
짝 버들
잎새에 얹어 너에게로 보낸다.

* 테레즈: 슈베르트가 사랑한 여인.

유랑의 노래

척박한 토양에도 숨어 핀 꽃이 있다.
아리랑 노랫가락 목숨인 양 그러안고
설원에 나무로 서서 기다리는 고향의 봄

그 누굴 원망하랴, 떠돌기도 벅찬 세월
젖은 눈 씀벅이며 언 땅을 쪼고 쪼아
곳간에 벼 보리 감자 가득가득 채웠다.

버려진 중앙아시아 넓고 넓은 산과 들을
백 년 넘게 휘적셔 온 우리 노래 아리랑
고려인 멍든 가슴에 무궁화로 피어 있다.

바람의 랩소디 1

한 사내가 떠나간다,
다리 없는 강을 건너

몰아치는 비바람에
집도 절도 앗긴 세월

가붓이
내딛는 걸음
회심곡이 싸고 돈다.

최일환(崔日煥, Choi, Il hwan)

1924.~1990. 전남 광산 비아면 월계리 출생. 서예가, 시조시인. 호 만취(晩翠). 광주사범(심상과) 졸업(1945), 중등교원 양성소 수료 (1951). 〈매일신문〉 신춘문예 당선(1970), 《시조문학》 등단. 유고 시조집『청송부靑松賦』(1992, 을지출판공사). 《시조문예》 작품상 수상(1980). 한국시조시인협회 회원. '시조문예' 동인. 전남미전 서 예부 초대작가. 대치동국교 교사 부임(1945), 광주서식, 광주 지역 중학교 교사 역임.

—

고도야곡孤島夜曲

고도야곡의 슬기로 밝혀든 깜박거림!
그토록 소망을 다져 통통거림 끊일 듯 이어
광년光年의 별들마저도 바르르 떠는 포구여!

빈방의 자위 속에 상념의 나래 펼쳐 들고
그 어디쯤 가다오는 봄빛을 헤아리며
형영形影은 서로 가여워 해조음을 귀담는다.

스쳐가는 바람 소리에 내 홀로 지새운 밤
위진팔황威振八荒 절벽 너머 지긋이 노린 응시
밝아올 빛을 그리며 베개 밀어 떨친다.

달

그림자를 즈려밟고 우러러 본 저 얼굴
성근 별 속삭임 따라 뒤안으로 흐르는 빛
옥수玉水를 손에 우두고 이리 흔들 저리 흔들.

입김 서리면서 피리 곡조 짚어가면
항아의 정을 싣고 가람 고이는 소리
지그시 감기운 눈에 아른거린 고향 길.

어디로 떠나신가 이 가슴 허전토록
떨리는 가지 새로 달 황혼 지켜보고
산새의 섦은 가락에 홀로 젖는 그리움…….

등대

뫼 끝에 매양 올라 조는 듯 조을린 듯
가슴 뿌듯 보듬은 널따란 밤하늘과
바다와 살어리랏다 어허 둥둥 내 사랑.

먼지만 풀썩 이는 뭍의 일 접어 둔 채
캄캄한 가슴이다만 포근한 숨결이다.
타고난 외로움이거든 타올라라 새도록.

비바람 거센 눈발 먹구름 천둥 달래는
자거라 자장자장 들려오는 물결 소리.
빨갛게 피는 놀밭을 도파 여는 마음벌.

물염정勿染亭

가파른 숨결 밖에 가슴 환히 열린 화폭

옥으로 병풍 둘러 한 들판 누빈 물이
산태극山汰極 수태극水太極 그리며 적벽赤壁으로 흐르고.

구름 걷힌 높이에 깎아 꽂은 저 옥봉玉峰아
옛 자취 어디메쯤 임의 율을 오려 놓고
선 빛에 물들지 말고 선경 누려 보고지고.

국화

봄 보낸 이별 길에 한 가지 빌려 심고
얼룩진 상채기쯤 차라리 달래 보내고
휘모는 상풍霜風을 안아 다시 맞는 내 봄아…….

누군들 이 정절이야 앗아갈 순 없으리라
오롯한 향혼香魂이여 흐뭇한 님의 숨결
오늘은 한창寒窓을 기대서서 비켜보는 도연명.

그리움

곡을 높이 불러봐도 마냥 풀 길 없는
그 사연 깊이 안고 나도 모를 설랜 가슴
바르르 떠는 저 별빛이 행여 풀어 주올까.

그늘을 볕으로 안아 꽃으로 펴 오며는
그 빛깔 아련히 설 황홀한 무지개여
진주로 굴러올 정이 소롯이 다가올까.

나의 태양은

엇갈린 희비 속에 저물다 새고 새다 저문
겹겹이 접은 날의 아쉬움을 되새기면
먼 하늘 바람결 따라 띄워 보낸 구름 조각.

쓸개로 웃음 짓고 한생을 헤아린 밤
푸근히 사린 자세 종소릴 듣고 있다
어디쯤 나의 태양은 빛을 안고 오는가.

님 오시는 날

천만 리 멀다 않고 오시는 님 반길 날엔
산길은 꽃수레로 물길은 호화선으로
비둘기 창공에 날려 쌓인 정을 펴리라.

기원

타오르는 향연香煙 줄기 손 모아 비는 마음
어둠은 물러가고 동터 오는 흰 길 하나
회오리 울부짖는 밤 사랑으로 지피소서.

들길에서

임 보내고 오는 길에 국화 송이 캐어 들고
그리움에 쫓긴 날을 차라리 미소 짓고
서리 친 세월을 안아 다시 보는 내 젊음아.

최재남(崔在男, Choi, Jae nam)

1968년 경북 안동 하회동 출생. 한국방송통신대학교(국문과) 졸업(2011). 《시조21》 신인상(2008) 등단. 시집 『바람의 근성』(2015, 목언예원). 한국시조시인협회 신인상(2017) 수상. 한국문인협회, 한국시조시인협회, 대구시조시인협회, 국제시조협회 회원. '한결' 동인.

무엇보다도 시조를 통해서 최재남이 보여준 정형미학은 탄탄한 기초를 바탕으로 신뢰감을 담보하고 있다는 점이다. 관찰과 사색, 그리고 사유의 전개라는 탐구자적 과정을 충실히 보여 주었으며 실험이라는 이름의 섣부른 형식의 파괴나 파격을 용인하지 않았다. 그뿐만 아니라 3장의 율격미를 성실히 따르되 사고의 신선함이나 감각적 언어의 활용으로 오랜 낯익음으로 인해 빚어질 수 있는 진부함마저 불식시켜 주고 있다.

— 민병도(시조시인 · 국제시조협회 이사장)

부고

꽃 한 송이 지는 것이
경쾌한 짧은 음인 듯

딩동댕 벨에 실려
부고가 날아왔다

손가락 쓰윽 누르자
한 생애가 지워졌다

저녁 단상

어스름 골목길을
기대 걷는 노부부

무거운 짐을 부리나
기우는 한 어깨를

한사코 떠받쳐 올리는
저 앙상한 무게중심

우포에서
— 가시연꽃

한 번도 그 바닥을 드러낸 적 없었기에
사람들은 우포에 와서 상처를 숨겨 놓는다
수면을 고르는 동안 가시들은 돋아나고

여름이 오기도 전에 통증은 시작되었다
어긋나던 삶의 고비, 촘촘히 박힌 가시
뼈마저 뚫고 나왔나 울음이 더욱 붉다

하늘이 다시 내려와 물살을 보듬으면
연잎은 온몸으로 제 가시를 닦아낸다
보랏빛 작은 성 한 채 환하게 솟아나도록

겨울 갈대

강물도 제 몸 줄여 동안거에 드는 정월
목마른 길목마다 하얀 촛불 켜졌다
가슴을 다 태우고도 한기 드는 저물녘

철새마저 떠나버린 둥지를 끌어안고
심술 난 된바람을 온몸으로 견디지만
빈속에 삼킨 상처는 풀어내지 못하는

철부지 자식들을 대처로 보내놓고
여위어 길어진 목 동구 밖을 서성이던
어머니 시린 발등 위로 찬 서리가 내린다

일직교회*에서
— 종탑

산마을 예배당을 오래도록 지킨 종탑

슬퍼도 울지 못하는 종 하나 품고 서서

산허리 돌아나가는 꿈, 날마다 엮고 있다

새벽닭 울기 전에 외줄로 당기는 별

총총히 탑을 내려와 시린 어깨 보듬어

문간방 기침 소리를 하늘 끝에 싣고 간다

* 일직교회: 아동문학가 권정생이 종지기로 있던 교회.

우산

어머니 팔순 잔치에 선물로 나눠 줄 우산

한평생 하늘을 덮어 눈비 막아주더니

오늘은 오롯이 접혀 탁자 위에 누웠네

"야들아! 내가 이리 짐만 돼서 우짜노"

꼬챙이 몸뚱이로 폭우도 견뎌냈던

어머니 남은 하늘이 우산 위로 접힌다

과속방지턱

골목길 끌고 가는 폐지 실은 리어카 한 대

샛노란 폴리스라인 앞 불신검문 걸렸다

다 쓰고 버려진 일상 주워 담았을 뿐인데

다그치는 경적마다 휘어지는 굽은 허리

무엇을 내려놓아야 또 하루가 지나가나

점점이 느려지는 걸음 노을이 와 밀어준다

단산지*, 가로등

단산지 붉은 밤은 바닥부터 차오른다
몸 깊이 품었던 공산 하늘로 돌려세우면
오래된 시간을 켜듯 알전등이 켜진다

저물던 한 왕조의 발길 오래 머물던 곳
보내고 지우지 못한 기억들만 고여 들어
밤마다 등불을 내려 긴 문장을 엮는다

내게서 멀어질수록 깊어지는 간절함처럼
개구리 울음소리 잦아드는 새벽녘엔
물안개 그 가슴에 얹혀 불빛 새로 길어진다

* 단산지: 대구 팔공산 자락 봉무동에 있는 연못.

수선

바람 든 무릎 위에 지나간 시간을 뉘고

떨리는 손을 달래 가위를 드는 저녁

청바지 해진 허벅지, 너도 뼈가 허옇다

돋보기 고쳐 쓰고 서걱서걱 잘라 낸 뒤

팽팽히 당겨보지만 어긋나는 무릎과 무릎

창밖에 버려두었던 별빛 한 줌 덧댄다

소낙비

온다던 그대 못 오고
먹구름 대신 보내

창문만 쓰다듬다
돌아서며 쏟는 통곡

빈 가슴
움푹 파놓고
고이지도 못하는,

최재섭(崔載燮, Choi, Jae sup)

1954년 경남 고성 하일면 송천리 송내 출생.
경남대 사범대학(국어교육과), 경남대 대학
원 석사(국어교육학), 박사과정(국어교육) 수
료. 《시조문학》 천료(1990) 등단. 시조문학
천료작 모음집 『네 계절의 노래』(1999, 불휘).
시조집 『다섯 계절의 노래』(2009, 서정시학),
『마지막 계절에 부른 노래』(2016, 경남). 개천
문학신인상 준당선(1989), 영남시조백일장
장원(1990) 수상. 한국문인협회, 한국시조시
인협회, 경남문인협회, 경남시조시인협회 남도시단 회원.

—

최재섭의 작품은 예술의 가치로서 그를 구원할 뿐만 아니라 독자들마저 그의 세계 속에서 여러모로 숙고하게끔 만들어 참된 삶과 지향이 어디에 있는지를 모색하게 한다. 그것이야말로 문학의 참된 기능으로서 구원 의식이 아닐까? 국가유공자3급의 몸으로서 38년의 중등 국어교사직을 정년퇴직하기까지 그의 생애는 고단했지만 그로 인해 찬란했다. 이 말은 그의 의식이 만든 풍경 속을 질러온 사람들은 저절로 토로하게 될 내용이라 여겨진다. 나 또한 그의 생애를 지켜본 사람이기에 시인의 아픔과 그것의 승화를 위한 노력에 경의를 표한다.

— 김경복(문학평론가 · 경남대 교수)

—

내 마음의 들꽃

설레는 가슴 사이 사뿐히 날려 온 불씨
또 하나 하늘 일궈 불꽃으로 눈을 뜬다
가버린 고운 이름들 별빛 환한 웃음 달고

내 심연 망각의 강물 바닥까지 퍼 올려선
마음 한켠 일군 텃밭 유년 키운 왕국이었네
다가와 깨달음으로 피는 간밤 꿈은 풀잎 미소

바람이 비늘 달고 은빛 날개 반짝이는 날
이 시대의 울림 퍼 갈 새 한 마리 날아오면
금선琴線 위 파르르 떠는 길 밝히는 등불 하나

풀꽃에 찍힌 화인火印 쌓여가는 세월의 무게
흩뿌려 돋는 생각들 아픔 머문 뜨락 지켜
한 포기 들꽃으로 서서 떨고 있는 목숨이여

기억 줍기

하나 두 울 셋 네엣 링거 병의 푸른 생명
무심히 떨어져서 잠 속으로 빠져 든 후
지상의 가장 정다운 소리에 뜨인 눈은 망각의 강

달력과의 얘기마저 메아리로 일렁이고
기계음의 둔탁함만 지우기 시작던 날
몽실히 피어오르던 허기 달랠 저녁연기

일단 머문 강물 위에 침을 발라 쓰는 글씨
닫혀진 알몸 비집고 뿌리 내려 눈 뜬 싹에
내 기억 질긴 들꽃이 초라하게 하늘댄다

햇살 아래 몸 말리는 부드러운 생각의 풀밭
백지에 그린 새가 긴 바램의 물씨 떨궈
초록의 텃밭 향기에 자리 잡는 벌 나비

바닷가에서

밀려오는 나의 일상 뒤채이는 이랑마다
회억의 아픈 상채기 몸 닳아 반짝이고
물새는 수평선 저 멀리 소리 두고 날은다

물살에 깎인 아픔 주름 고인 돌틈 보며
절망은 하얀 조갑지 천년을 바래져 살고
짜디짠 인고의 생애 소금기로 절인다

집채만 한 고기 보며 잡아 보려 달려들던
내 유년의 야심 삼킨 이 푸른 시간의 난파
갈수록 푸른 침묵으로 꼬리치며 잠긴다

땅 끝까지 참아왔던 욕망 끓던 배설물이
한 바다 음계 짚어 시그리로 사라지는데
한 송이 색깔 없는 들꽃 흔들려도 웃는다

북소리

이 넋의 깊은 잠 속 바람 소리 파랗게 인다
그대 울고 간 뒤 얼룩진 볕살 한 뼘
온 누릴 꽃 피워 가는 한줌 재로 남는다

막새기와 푸른 이끼 그 팽팽한 고요마저
이슬에 눈을 씻고 단잠 깨는 연꽃인 양
천년 잠 나래 내리고 앞 다투어 일어선다

바람 귀에 날을 세운 파도 같은 고요 안고
한목숨 고이 간직 꽃등 같이 피어나면
지각의 한 모서리에서 솟아나는 울림이여

겨울의 창

이승의 뜰에 내린 잎새 하나 가쁜 숨소리
끊일듯 이는 사연 햇살의 음정 짚어
망혼의 속삭임으로 슬픔만큼 쌓인다

힘겨우면 멀리 보라 할머님 옛 목소리
강물에 빗장 걸듯 저려 오는 아픔들이
떨리는 맥박의 무늬 되어 금선琴線 위에 앉는다

저문 날 맑은 종소리 뒹굴다 간 일상사엔
젖은 날개 퍼덕이며 전해 오는 삶의 무게
이 넋의 깊은 잠 속으로 자리 펴고 앉는다

이제야 느낄 수 있는 향기 남은 말씀의 뜻
강물에 실려 가는 햇살의 앙금처럼
잎 소리 쌓이는 가슴 인식의 창을 연다

자란만紫蘭灣

신神의 눈길 머물게 한 내밀한 말들 있어
싱싱한 푸른 혈맥 미소로 피는 물굽이에
별들이 저절로 녹아 시그리로 일어 선다

무늬진 물보라가 태고의 숨결 나누면
얼비친 영원의 성城 안으로 영글어 가는
한 송이 난꽃에서나 어려 있을 서정시

물길 따라 숨어드는 꽃뱀의 혀 독기 서려
자란은 잎새 속에 숨 죽여 도사리는데
시류時流가 일으킨 바람 자란 자란 조여 온다

봄비

생각에 잠길수록 속삭이는 저음의 선율
실개울 현이 만든 선명한 지문 하나
빈 가슴 푸른 이끼에 고요를 매답니다

가지 끝 달려 있던 겨울 산새 울음 맺혀
물 그림에 묻어 두었던 허무의 씨앗들이
심지 끝 타는 아픔으로 내 가슴에 젖어 온다

드러나는 삶의 무늬 물에 젖어 선명한데
시리게 멍든 가슴 실뱀처럼 파고드는
그리운 인연의 긴 그림자 자박자박 오는 소리

다섯 계절의 노래

하얀 상처 머물다 간 이 계절이 저물 즈음
내 가슴속 한켠엔 텃밭이 예비 된다
절룩인 지난날의 삶이 별빛으로 화인火印 되며

영원히 마르지 않는 망각의 습기 속에
밀물 치던 시간마다 정원사의 손길 바빠
파아란 아침의 손님 같이 번져 가는 실 뿌리

녹슨 시간들이 여울 치며 흘러가면
한 모닥 환희를 지펴 풋 냄새 이는 뜨락
다섯째 계절에 피울 꽃 목 놓아 불러 본다

나는

논둑에 앉아 보면 순식물성 덩치 되어
서산을 물들이는 핏빛 노을 울음 속에
서서히 풀려나가는 정적 다한 피 돌림

자연의 핏줄 닮은 모성의 품속에서
솜처럼 부풀어 가는 울지 않는 현을 켜려
그믐 밤 그 어둠에서도 살을 빚는 도공이리

이름 없는 풀꽃이야 향기로 다가오고
얼굴 숨긴 숲속 새는 소리로 말하지만
향기도 소리도 없으니 미소뿐인 그림자

가을 어귀

꽃들은 눈물 되어 한 점 두 점 떠나가고
빈자리 차곡차곡 쌓아 두었던 말씀 익어
우리네 텅 빈 가슴에 절 하나를 이룬다.

물기 어린 풍경소리에 염원을 담아 보는
막새기와 푸른 이끼 그 팽팽한 고요 속으로
이 계절 어디쯤 가면 하늘로 난 길이 보이리

최정란(崔政蘭, Choi, Jeong ran)

1957년 충북 영동 부용리 출생. 영동대학교 산업정보대학원(상담심리학과) 석사 졸업. 제1회 전국 한밭시조 백일장 장원(1986), 《시조문학》 천료(1987, 봄) 등단. 시집 『화신제』 (2001, 푸른사상). 시조문학 50주년기념 좋은 작품상(2010), 제7회 역동문학상 본상(2016) 수상. 한국문인협회, 한국시조시인협회, 충북 시조문학회, 영동문인협회 회원. 한국시조문학진흥회 부이사장.

최시인의 시혼詩魂은 거의 완숙하게 구워진 백자나 청자 혹은 분청사기 그릇의 단아한 향을 연상하게 되고 어떠한 상황에서도 굴절되지 않는 독자적 고고한 형태의 율격이 내재되어 있음을 그의 작품을 통하여 알 수 있다. 새로운 세계, 미답의 세계를 개간하는 배움의 정신이 독자적 서정의 정형시를 낳게 하였으며 지금까지 그가 지니고 있는 문학적 유형, 즉 그의 시학의 원형질은 전원적 삶과 질박한 불심의 미학이 접목된 다양한 울림의 표출이다. 더구나 필요한 요식 행위에서 객관화한 눈금으로 사물을 보는 시각과 몰입, 천착하려는 작자의 힘과 역량을 엿볼 수 있다(『화신제』).

— 이은방(시조시인 · 전 한국시조시인협회장)

여명

바람이 불어온다 춤사위가 일렁인다
못다 한 춤 못다 푼 신명 한 끈 되어 침몰하는
한 마당 가을 하늘에 신바람의 원무圓舞가……

한이 얼마가 되면 흰빛으로 태어나랴
흰빛은 몇 생을 대껴 무지개빛 내어 거나.
아, 분명 터지는 갈채 깃발 속에 나부낀다.

살아 다시 살고픈 필생의 혼 줄 앞에
영욕을 불사르며 깨어나는 우리 슬기
한 마당 떨리는 부챗살 부활 같은 저 여명.

화신제花信祭

봄 되어 서럽다면 맞아 설운 할미꽃
용트림 산맥 곁에 산동백도 점화하네
자두꽃 잔설처럼이나 흩뿌리다 머문 자리.

시샘도 백 자목련 울 넘어 눈망울들……
가출한 벚꽃들을 불러들여 불 밝히고
고향도 동네 뒷산엔 창꽃개꽃 개나리꽃.

세월도 이 때쯤엔 봇짐을 벗어들고
오가는 길손 맞아 화문석을 펼치누나
그 정경 무릉도원에 술 권하는 복사꽃.

겨울 묵언黙言

아침 까치 쪼고 떠난 지평地平에 뜬 겨울 해
밤새 숲을 짜던 삭풍의 발자국 너머
깃 터는 울림의 공간 겨울 산이 걸어온다.

적막도 거듭나면 눈발 되어 풀풀 날고
쩌르릉 쩌르릉 메아리로 귀소하는
앉아서 캐내는 묵언 산은 크게 않는다.

세상사 때 묻은 것 뒤집어 표백하고
스스로 지핀 불씨 광맥 속의 금은金銀으로
겨울은 수심의 두레박을 지열 깊이 내린다.

보리밟기

잔뿌리 몇 개로 이 겨울을 지냈는가
눈도 없는 혹한 속에 지열을 모금하며
얼부푼 서릿발 속을 인고로 지켜온 삶.

밟히고 짓밟혀도 다시 서는 민초처럼
아픔을 딛고서야 파란 싹의 새날을……
언제쯤 종달새 노래 이 강산에 가득할까.

열을 선 이랑마다 먼 먼 산의 아지랑이
한 움큼 지핀 소망 날 새면 키로 자랄
푸른 날 기다리며 사는 세상사도 이와 같은.

군자란君子蘭 2

그대 계신 남쪽 나라
그보다 더 아득한

따뜻한 겨울 한 폭
내 가슴에 옮겨 심네

단 한 개
뿌리를 내려
꽃을 피운 십수 년을.

속績, 가을 1

신과의 직통 전화 그 번호를 아십니까
내 속에 잠긴 상념 화폭은 어딥니까
풀어도 풀길 없는 뜻 바람 같은 사랑이여.

모두들 떠나가고 빈 들판엔 허수아비
신열身熱처럼 도져오는 파도 같은 가슴앓이
온누리 지병持病을 다스릴 성대聲帶마저 부서지고……

차라리 연옥煉獄인 듯 갇힌 듯 뛰쳐 난 듯
화문석 갖던 세월 그리움에 불 댕기면
영육靈肉도 같이 타는가 산색山色으로 타는가.

간이역에서

떠나고 보낸 마음 멀어져 간 모롱이에
이렇게 손 흔들며 머물고 있음은
정지된 시간의 늪을 건너지 못함인가.

되돌아서는 길섶 수를 세는 발자국
어짜피 떠나야 할 주어진 길이라면
그림자 밟히지 않는 이 길은 어디인가.

고요도 끊긴 어둠 두 줄기 평행선에
지향도 끝도 없는 불 켜진 시그널이
오가는 세월을 맞아 문지기로 서 있는가.

뜨개질 소묘素描

그대 넉넉한 품 마음 다해 마름하여
눈대중 올올히 고를 엮어 단을 뜨는 실타래
타래로 감기는 아, 먼 길 인연의 샘.

어느 녘 남국의 땅 목화밭 송이송이
내 한생 매듭지을 그 치수를 비워 두면
아직도 애틋한 상념想念 체감으로 오는가.

대바늘 한 올 두 올 엮는 꿈이 서럽다면
비어가는 실타래 밀쳐둔 세월 앞에
씨줄도 날줄도 없는 생은 한낱 바람인가.

연鳶이 되어

유년의 언덕 너머 하늘 높이 솟구친다
방패연 가오리연 고향으로 뜨는가
상념의 솔개 한 마리 하늘나라 맴돈다.

한 올 실 인연 끝이 이리토록 팽팽한가
다시금 감을 수도 끊을 수도 없는 애증
이제는 다 풀린 얼레 띄울수록 멀고나.

샐비어

저 핏빛 샐비어
타는 정열만큼이나

뜨거운 내 심장
불 지펴 더욱 타는

무더기
무더기로 피는 정
아름으로 안아본다.

최정연(崔汀延, Choi, Jung yun)

1968년 경남 거창 웅양면 출생. 경북 김천 성장. 서울예술대학교(문예창작과) 졸업. 〈경북일보〉 문학대전 시(2015), 〈국제신문〉 신춘문예 시조(2016) 등단. 영덕문인협회, 한국시조시인협회 회원.

심사위원들은 신춘문예 공모의 전통적 취지를 살리고, 아울러 시조단에 청량감 전파를 위해 신선한 패기와 성장 가능성에 방점을 찍기로 하였다. 당선작 「물의 독서」는 찰랑이는 시어로 이미지를 다양화하고 있다. 시조의 보법을 경쾌하게 운용하는 능숙함, 행갈이와 쉼표 하나에도 많은 의미를 담고자 하는 섬세함을 함께 지녔다. 다만, 최정연씨 작품들은 자유분방함으로 인하여 시조가 지닌 형식적 미감이 오히려 넘치는 위험성이 있다. 그러나 이는 작가의 의도적 장치로 앞으로 더 좋은 작품으로 발전할 시조 창작의 소양이 될 것이라는 점에 심사위원들이 의견을 같이했다.

— 전연희 · 서태수, 〈국제신문〉 신춘문예(2016) 심사평

물의 독서

물 아래 달을 봐라
콸콸한 문장이네
몇 개의 모음들이 괄호 밖에 흘러넘쳐
지금은 은어가 오는 시간,
달빛 공지 띄우라네
산란하는 조약돌도 물소리 헤이는 밤
오십천 수면 아래
무슨 등불 켜두어서
뜨거운 이마 짚으며
다상량의 달을 보나
수심 찬 질문들이 부서지고 또 고여서
물결 책갈피마다
각주로 박혀있네
내 몸도 출렁, 불려 나와
행간의 밑줄 될까

동백 통신

속내 감추는 저것들 좀 봐,
묵은 잎 매달고
붉은 알 품은 숲,
동박새 기억 감추는
저 이마를 좀 보아

산란하는 바람의 숲,
주문을 걸어봐
후드득 흔들어 깨운
향기로운 횃불 아래
발갛게 상기된 한 사람
경을 외고 있었네

꿈틀, 담쟁이

새파란 봄날 아침
휘어진 생 하나가
절벽 잠 깨워가며 허공에 발을 딛고

탁, 탁, 탁, 어둔 담벼락
다 일으켜 세우고

담장 아래 계집아이 마알간 눈망울에
생각의 줄기들을 촘촘히 땋아내려
낮아진 당신의 어깨 사이
어기영차 꿈틀, 꿈틀,

가시 박힌 맨발로 한 뼘 두 뼘 키를 세워
피 흘리며 길을 내는
저 연두의 젖줄!
깍지 낀 손 놓아버리면
헐거워질 약속일까

그믐

캄캄한 우물 속

달아나는 달을 봐라

쾅쾅쾅 문 두드리며

누구 없어요?

누구 없어요?

오늘 밤 지독한 문장 하나가

맨발로 떨고 있다

밤의 수목원

숲은 폐사지 부도처럼 흩어져 있고
밤이면 더 깊어지는 나무들 눈동자
익명의 새 떼를 몰아 절집 한 채 짓고 있다

비 오면 몸져누울 왕벚나무 일가들
그 내력 훑어보듯 밤고양이 달려간다
격정에 휩싸인 뿌리들 술렁이며 발을 펴고

저기, 저 꽃 진 자리 캄캄한 사랑 하나
고통을 안기는 자 나에게 부처라…
내 안의 낮은 구릉들 꽃등 달고 걸어온다

경전 같은 바람 불어 밤고양이 귀를 세우면
사원에 불을 밝혀 데워지는 저 샛별도
당신을 끝끝내 읽질 못하고 점점이 흩어지네

최정옥(崔貞玉, Choi, Jung ok)

1956년 경북 경주 출생. 부산교육대학교 졸업. 《부산시조》 신인상(2007) 등단. 시조집 『나무의 자리』(2016, 한글문화사), 『지붕 없는 미술관』(2019, 한글문화사). 부산시조시인협회 이사, 동인지 『시눈』 사무국장 역임. 초등학교교원 명예퇴임(홍조근정훈장, 부총리겸 교육과학기술부장관상). 부산여류시조 회원.

최정옥 시인의 작품들의 성향으로 "참된 '나'를 확인하고자 하는 여정旅程의 정감情感"의 표출에 대하여는 본인이 살고 있는 부산 지방의 향토적인 정서 표출과, 점차 확대된 공간에서 자연과 인간의 조화, 염원의 세계를 추구하면서 시조가 가지는 역사적인 내면과 과거 우리가 살아왔던 모든 문화적인 것, 즉 풍류 생활이나 유교 사상, 훈민, 학문, 칭송 등에 대한 영향을 드러내고 있었고, 나아가 현대적 세상에 맞는 세계인을 그려내어 세상에 대한 모든 것들을 긍정하면서 살아가야 함과, 자연과 조화로운 삶과, 높낮음이 평등적인 삶 등은 물론이고, 가장 현대적인 문제 예컨대 21세기의 기술과 정보의 발달에 대한 이야기나, 개인과 조직과 사회의 가치에 소위 차가운 머리와 따뜻한 가슴을 가진 사람, 한 번에 여러 일을 할 수 있는 멀티플레이어, 상대의 기분을 배려하고 공감하는 사람 등의 능력 배양, 인정과 사랑 같은 주제를 시조문학의 힘으로 창작, 발전시켜야 한다는 것 등에 대한 영감 혹은 예감을 현대시조의 미학에 맞추어 추구하고 있었다.

— 백승수(시조시인 · 전 부산시조시인협회장)

어떤 별리別離

지상에도 별이 있어 뜻밖에 조우遭遇하다

잠도 오지 않고 안 먹어도 배부르고

초저녁 먼저 뜬 별에 온 하늘이 밝았더니

그 별이 산 너머로 진다고 하던 날 밤

살아서 헤어짐이 어찌 그리 서럽던지

인간사 쓰라린 아픔에 하얀 밤을 새웠었다

나무의 자리

생각도 차고 비우는 간만干滿 같은 틈 사이로

여름이면 그늘 지워 돛배 한 척 띄워 두고

희미한 삼동三冬 햇볕엔 몸을 가려 눕는 자리

내면에서 쏟아지는 폭포 같은 되울림을

받고 또 받아두면 탑이 되어 들어앉고

눈가에 쌓였던 정情도 싹이 트여 푸릅니다

애당초 사람 일이 알아도 알 수 없고

원怨도 한恨도 풀어내면 꽃이 되어 피어난 길

이 목숨 가여운 불빛 나비처럼 나릅니다

교실에서

햇살 밝은 교실 가득 생기가 넘쳐난다

투명한 눈망울들 단내 나는 그 몸짓에

흠내어 검정 문힐까 가만가만 바라본다

동심들이 사는 마을 하얀 눈이 가득 내려

손자국 점 점 찍힌 나즈막한 울타리에

포로록 산새 나르는 맑은 소리 들려온다

책 읽는 밤

시간의 도막들이 산산이 부서지듯
지나가는 계절들이 책장으로 넘겨지고
선인들 귀한 말씀이 태산으로 비춰온다

한두 권 읽은 책이 수천을 헤아려도
끝내 알 수 없는 새까만 글자 속에
더듬어 헤아린 삶이 강이 되어 흘러간다

고대에 살다가도 현세로 넘어오고
갑갑하던 일상사도 묵향으로 솟아나도
글자를 더듬는 일들은 제자리를 맴돈다

책을 읽는 깊은 밤도 남산 위엔 별이 떠서
불빛과 어우러져 한 무리를 이루나니
이 몸은 하얀 무늬 진 방아 찧는 옥토끼다

지붕 없는 미술관

나지막한 밭 언덕 마을이랑 이어지고
해묵은 행단 아래 공덕비가 줄지은 땅
배움이 흥양하는 곳 존심이요 고흥이라

팔영산 그림자 속에 능가사가 터 잡았으니
초입의 사천왕상 씩씩하고 우람하다
연못가 먼저 핀 목련은 시절을 읽어주네

작은 사슴 평화로이 살아온 이 땅에
백 년간 피고 진 인고의 피리 소리
봄날의 활짝 핀 동백이 공적비를 비춘다

매천야록*을 떠올리며

은혜는 산보다 높고
순국은 한낱 티끌
국치의 설움에는 아픔보다 절망이다
매천사 그 곳은 절개가 매화처럼 향기롭다

한말삼재 온몸 바쳐
금침 치러하였으나
그 뜻 다 펴지 못하고 목숨으로 지켰으니
수직의 바위 앞에서도 그는 외려 당당했다

퇴색한 사당에는
찾는 이 하나 없고
봄 맞는 들녘에는 바람만이 가득하다
망국의 애처로운 정 일월처럼 빛난다

* 황현의 『매천야록』은 1864년부터 1910년까지 역사적 사실이 기록되어
있음. 황현은 절명시를 남기고 사랑채였던 대월헌에서 순절하였음.

산사의 열린 음악회*

휘어 돌던 듬뿍새가
중천을 차고 날 듯
마파람 무풍한송로**와 어깨잡이 춤을 추며
피어난 신록에 맞추어 음악회가 열립니다

웅크린 적막들이
새 빛으로 살아나서 어둠에 가로막힌 언덕길을 틔워내고
실개천 물소리들도 잠시 멈춰 섰습니다

숲의 향기 고이 일어
불빛 아래 반짝이며
풀잎들도 가로세로 반주 맞춰 흔들릴 때
지나던 고라니 한 쌍 귀 기울여 듣습니다

* 2019년 봄, 통도사 세계문화유산 등재기념 통도사 열린 음악회.
* 통도사 산문 입구에서 중문까지 솔숲의 산책로. 소나무도 바람과 함께
춤춘다 하여 붙여진 이름.

화상석畵像石

한 천년 무덤 속에

뼈를 삭힌 사연들이

이제 막 햇살 아래

잿빛으로 돌아오고

얼룩이

점으로 앉아

울음 우는 묵은 돌

서운암 화전놀이

실바람 불어와서
삼동三冬이 비켜선 날
서운암 일송정은
봄이 쑥쑥 올라오네
야생화 움트는 소리에 장독대가 들먹인다

지천에 널려있는
달래 냉이 씀바귀를
겨우내 웅크렸던
새소리와 같이 담아
흐르는 냇물에 씻어 봄을 가득 다듬는다

앞산엔 진달래꽃
뒤엔 하얀 뭉게구름
찹쌀로 반죽하여
번철 위에 놓아가며
한 움큼 봄의 설화說話를 지글지글 부쳐낸다

충렬사 나무 벤치

목마른
풀잎들은
글을 읽듯 흔들리고

시의 음성
하얀 나비
색색으로 나래 펴는

그 자리
아담이 앉은
민들레 노란 꽃술

최종섭(崔宗燮, Choi, Jong sub)

1938년 충북 청주 수안동 출생. 홍익대학교 졸업(1966).《시조문학》천료(1982) 등단. 시조집『차라리 바람처럼』(1995, 동백문화),『만다라의 꿈』(2014, 동백문화재단),『밀어주고 당겨주며』(2015, 동백문화재단),『가다오다 멈춘 세월』(2017, 시와비평사),『세상에 이럴 수가』(2018,시와비평사) 외. 한국자유시인협회상(1995), 충북문학상(1996), 제32회 한국언론문화상(1997) 수상. 한국자유시인협회 부회장, 한국시조시인협회 이사, 동남아작가 연맹 회장 역임. 국제펜클럽, 한국문인협회, 부산문인협회 회원.

고향 엽신

최종섭

고향하늘 하얗게 섬섬히 꿈을 짠다

들끓는 그리움마다 어머님 기침소리

돌처럼 굳어진 향수
바른 가슴 비빈다.

—

최종섭 시인의 많은 시편들은 회화공간繪畵空間에 화실풍경보畵室風景譜로 펼쳐지고 있다. '귤빛 밴 선지 위에, 연연한 반다지 색, 피 밴 문양' 등 다양한 채색성彩色性으로 시각적 이미지를 중시한「화실운畵室韻」, '새벽, 창을 열면 노원老阮의 기침 소리'까지를 포착해내는 시각과 청각의 동원은, 끝내 한 폭의 그림에서 영원히 살아 숨쉬는 생명력까지를 발견하는 견자적見者的 시각을 보여준「세한도歲寒圖」나「화실 풍경」등이 이에 속한다. 그런가 하면「환幻의 소묘素描」,「환幻의 비구상非具象」같은 시편들은 정신적 세계를 회화적으로 채색하는 내면풍경보內面風景譜로 펼쳐 보임으로써 현대시가 요구하는 기법, 즉 정서의 물화나 내적인 것의 객관화라는 시법을 충실히 실천하고 있음을 알 수 있게 한다.

— 박진환(시인 · 문학평론가 · 전 한서대 교수)

—

환幻의 소묘素描

영혼의 샘가에서
고인 정情 퍼 올리는

하얗게 야위어가는
원색의 이 아픔을

하늘도
가쁜 숨소리
몰아쉬며 눕는다.

저 하늘 무변無邊을 돌아
번뇌로 젖은 심혼心魂

눈 시린 이 아침에
무지개로 섰더니만

먼 훗날
꿈으로 남을
나이테를 감습니다.

세한도歲寒圖

치운 하늘 닫아걸고
바다도 눈이 멀어
뭍에서 오는 바람
울음으로 크는 날에
붓 들어 한 폭幅 슬픔을 친다
큰 적막을 그린다

등 굽은 소나무
설의雪意마저 끌어당겨
몇 생을 헤어가다
주저앉힌 초당草堂 하나
그 커단 여백餘白은 비운 채
금생今生을 살고 있다.

왕조王朝의 겨울나무
아직도 푸르르다
새벽, 창을 열면
노원老阮*의 기침 소리
금金보다 더 고운 묵흔墨痕
영원 속에 날고 있다.

* 노원老阮: 김정희金正喜의 호號.

화실운畵室韻

먼 갯벌 밟아 오른
만감의 바람 소리

정적에 귀를 대고
귤빛 밴 선지仙紙 위에
눈을 줘 펼치는 산수山水
소리마저 담는 묵필墨筆.

대접 위 모과 몇 개
갈색을 드러내면
연연한 반다지 색色
깨어나는 할머님 손때
피 배인 문양만 같아
호- 입김을 건넨다.

밤을 새워 우는 여울
별빛마저 건져 올려
저무는 해일 딛고
밝아오는 화실 안퐈
혼이 밴 잉태의 기운
차일 건듯 펴든다.

화실 풍경畵室風景

벌어진 창틈으로
길게 누운 저녁놀

봄비로 젖은 마음
시리도록 닦아내면

빈 하늘 허허로운 곳에
빛살 고운 세월이여.

봄소식 풀어놓고

고향 줍는 엷은 눈매

빛바랜 산수화山水畵가
시심詩心으로 번져오면

들리는 계곡물 소리
마디 고운 숨결이여.

환의 비구상非具象

불이不二와 마주 앉아
더운 피로 정情을 풀고

싱그러운 불멸의 씨
사려담은 절규인데

얼룩진 심상心象의 소리
생生을 펴는 나래여.

가슴속 심연深淵을 향해
당겨 붙은 불씨 하나

햇살 부신 새아침에
연꽃으로 승화昇華)면

닫혀진 내면의 소리
환幻을 접는 나래여.

내 인생의 삼악장三樂章

내 인생의 일악장一樂章은
한 치의 목숨이다
여린 발로 깨금박질 치며
섧게 섧게 도망쳐 나온 나
밤바다 고독을 씹는
하얀 파도 소리.

내 인생의 이악장二樂章은
설익은 사랑이다
너와 나의 운명을 밟고
부딪치는 시간 속에
사랑을 저울질하며
주문처럼 외우며 산다.

내 인생의 삼악장三樂章은
끝없는 가슴앓이다
오만을 털어내고
욕심도 덜어내고
나직이 엎드린 채로
바위처럼 살라 한다.

설악雪岳에서

이 운해雲海 걷고 서서
아침 해 받쳐 든다

물소리 길을 열고
따라가면 닫힌 절벽

한 세월
목마른 꿈이

산이 되어 깨어난다.

저 하늘 여기 앉고
이 바다 높이 솟아

부르며 따라가며
혼魂이며 바람하며

큰 목숨
다 한 그날에
별이 되어 뜨리라.

봄날에

세풍細風에 업혀오는
노란 햇살 한 줌이

강변 갈대숲에
가지런히 누웠다가

앞산이 우는 소리에
움 하나 틔운다

남풍을 따라 도는
노랑나비 한 쌍이

부러진 돛대 위에
한가로이 노닐다가

봄 오는 길목을 열고
꽃바람을 맞는다.

꽃바람을 따라가며

입동이 지났다기에
눈을 들어 매화를 본다

산바람 끝자락에
달려오는 꽃바람

잔설은 아직도 자는데
시린 마음의 창을 연다.

춘란이 벙글었다기에
실눈 뜨고 바라본다

팔 벌려 햇살을 감싸도
되려 시린 가슴일레

눈감고 따라 나선 봄
나를 두고 혼자만 간다.

토굴土窟

인적 끊긴 이 산속에 주인 잃은 토굴 하나
바람이 들며 나며 시름도 벗겨놓고
빛바랜 가을 햇살이 가부좌를 틀고 있다.

응어리진 냉가슴을 산심山心에 사려 묻고
단봇짐 풀어놓고 벗하며 살자 한다
다정도 아픔일레라 무정 또한 병인 것을.

최진성(崔辰聖, Choi, Jin sung)
1928.~2003. 전북 장수 장수읍 개정리 출생. 호 동호(幢湖). 전북대학교(국문과) 졸업, 전북대 대학원 수학(1955). 《신조新調》등단 (1958). 시집 『호접부蛺蝶賦』(1972, 대흥), 『산향부』(1976, 대흥), 『방장부』(1979, 대흥) 외. 수필집 『허수아비 꿈』(1985, 시문학사) 외. 전북문화상(1972) 수상. 한국문인협회, 한국시조시인협회, 한국수필문학협회, 국제펜클럽 회원. 문협 전북지부 부지부장, 전주여고·군산고교 교사 역임.
—

산에 살고 싶어라

다래 넝쿨 휘감도는 정을 누비는 산정山頂
빠알간 산앵두에 가슴도 설레고
꽃가슴 아늑한 녹음 속 진정 산에 살고 싶어라.

석맥이 터져서 수맥이 되었다.
산죽잎 홈을 삼고 가랑잎 잔을 만드니
잔마다 넘치는 정은 천 년의 수맥이 되어라

옛 성터인 양 둘러 싸인 기암 절벽을
버티고 또 당겨보는 박쥐의 날개들….
산악을 정복한 마음이라 외쳐보는 무성가여.

노고단 길

간밤 내린 비에 골짝물 부쩍 불었는데
호젓한 노고단 길 쓸쓸히 오르다 보면
계곡을 굴리는 물결 소리는 바다가 그리워선가

옥로玉露는 맺히지 않아 산과山果는 아직 푸른데
세속도 잊은 듯 반석 위에 바로 누우면
아득히 바라보이는 푸른 하늘 내 고원도 이러런만

한 굽이 돌아들어 바위틈 덜컹길
별안간 사방은 어둡고 밀려오는 이슬방울
구름에 싸여 천상에 오르는가 분별 못할 산중 운무여.

백화근百花槿

갓 솟아 오른 동녘 햇살을 받고
하얗게 피어나는 외결은 꽃이여
정겨운 새벽이슬이 담뿍 웃음 피운다.

파아란 잎 사이사이로 드러난 볼과 볼이
엉기성기 피는 양은 백련도곤 좋소
오늘도 빙긋이 웃어 보는 총을 메는 이 아침.

*도곤: 조사 '보다'의 옛말.

동백정 조망

파아란 하늘 닮은 서해 수평선 무늬
하늬바람에 띄운 고운 숨결인데
오다간 해암석에 부딪쳐 부서지는 포말은

기다려준 이 없어 혼자 터뜨린 분노
물러가는가 하며 또 달려온 아픔인데
하이얀 모래사장에 퍼지는 저녁놀 속 동백 향.

동한冬寒

눈이 모자라도 인적 하나 볼 수 없고
서천四天은 거무락 희어 해진 줄도 모르는데
만경萬頃들 스쳐 오는 바람 고추도곤 더 맵구나

만경들 넓은 들에 온종일 얼은 몸을
팔척간八尺間 온돌에 마음 녹여 보오
심장도 얼었는지 말도 토막토막 하오.

산나리꽃

부연 안개 속에 은은히 피어올라
그윽한 향기가 이 가슴에 스며든다.
오늘도 장승처럼 서서 바라보는 산나리꽃

가냘픈 그 몸에서 뿜어낸 순정이기에
아침 햇살에 그 더욱 눈부신다.
아득히 바라다보는 그리워라 산나리꽃

색상色相

나는 한동안 바위 자리에 앉아
피가 도는 색상을 바라보고 있었지
너무나 연연한 맵시에 가만히 눈을 감고

그리고, 귀밑머리 밀어를 생각하다가
보람에 심화心花를 꺾어 손에 쥐어 주었지
사알짝 웃는 눈망울 속에는 정풍이 불었지

가을 점묘

들국화 향기 서린 호수가 슬픔을 환희로 승화시키고
나란히 걸어보는 오솔길은 꿈속의 거울이어라
이따금 창공을 가름하는 보트 너무도 길고 드높은 하늘

심취心醉에 일렁거리어 잡힐 듯 잡힐 듯
갈색 잔디밭 언덕 위 마주 바라보면 창백한 그 미소
그 동공 속에는 모색暮色 내 마음은 하늬바람.

그 이름

5월 15일 새겨 두고파 깨알처럼 박아보낸 마음
머슴살이 3년… 거친 얼굴엔 주름만 늘고
태고太古한 부끄럼 속에 맺힌 봉오리는 피는가

언제나 티없는 하늘의 푸르름에
은은히 울려퍼질 생명의 메아리여
조용히 불러보는 그 이름, 찬란하게 피어라.

낙조

서해 수평선에 빠알갛게 부각된 낙조
열띤 심화心火를 토해버린 화염인가
찬란한 저 빛깔 속에 나도 최후를 맞고 싶다.

그 이름

5월 15일 새겨 두고파 깨알처럼 박아보낸 마음
머슴살이 3년… 거친 얼굴엔 주름만 늘고

최한결(崔한결, Choi, Han gyeol)

1957년 충북 괴산 청천면 출생. 청주대학교 (역사과) 졸업(1975). 《오늘의문학》(1996) 등단. 시집 『씨알을 묻다』(2016, 디자인신원) 외. 샘터시조 장원(2008) 수상. 한국시조시인협회 회원. 《시하늘》 운영위원.

시인은 '암향暗香'을 찾기 위해 참으로 다양한 방면에 관심을 쏟고 있다. 그런데 시의 소재로 포착된 내용을 보면, 한결같이 민족의 정체성과 관련된다는 점에서 공통점이 있다. 겨레를 위해 평생을 바친 애국지사, 역사의 얼이 서린 유적과 유물, 전설과 풍광이 어우러진 자연 경관, 민중의 애환이 담긴 전통예술 등 시인이 다루는 대상의 범위는 넓고도 깊다.

— 김기형(고려대 국문학과 교수)

화살나무

줄 지어 서있다
성곽 그 둘레 가에

어느 때 스러져 간
병정들의 넋이기에

이토록
화살나무로
환생을 하였던가

가지마다 깃털* 달고
화살인 양 잎을 달고

굳건한 부동자세
한시도 풀지 않고

먼 성 밖
가늠하면서
애오라지 경계 중

* 깃털: 전우箭羽라고 함. 화살이 날아갈 때 곧바로 가거나 곡선을 그리거나, 빠르고 느린 것을 좌우하는 기능을 하는 것.

식지 않는 그리움

호드기 입에 물고 삘릴리 불어대면
나들이 가던 뱀도 발길을 멈춰 듣고
구성진 가락에 젖어 패어나던 청보리

꼴 베어 고삐 잡고 삽작길 들어서자
말끔히 비질하고 좌우로 늘어서서
파랗게 손을 흔들며 반겨주던 댑싸리

구슬땀 흠씬 밴 타작마당 끝내시고
손 없는 날을 잡아 절구질하는 날은
새로 튼 용마루 위에 두리둥실 뜨던 달

찬바람에 문풍지 투레질 마구하고
앞산의 올빼미가 으스스 울어대면
철부지 파고들었던 어머니의 젖가슴

암향暗香을 찾아서 84
— 선운사

초여름 유적답사 선운사를 찾아드니
동백꽃 적멸하고 신록은 완연한데
버찌만 부끄리면서 나를 반겨 주더라

물소리 새소리로 청정이 세심洗心하며
연둣빛 숲길 따라 도솔암에 다다르니
마애불 머리 위로는 도솔천이 흐르더라

돌아서 오는 길에 시비 앞에 다가서니
미당未堂의 숨소리에 마음 괜히 설레더니
시 홀로 따라와서는 붉은 술잔에 담기더라

암향暗香을 찾아서 32
— 백제금동대향로

어인 사연이기에 깊이 잠든 미라처럼
진흙에 몸을 묻고 지나 온 천년 세월
다시금 몸을 털고서 깃을 치는 봉황이여

연꽃도 봉래산도 부시게 눈을 뜨고
용은 또 향을 물고 하늘로 솟구치니
가슴에 스미어 드는 아, 더운 숨결이여

생이야 다신 못 올 한바탕 꿈이라지만
영욕을 넘어선 영생의 칠백 년 사직
찬연히 아로새겨진 왕조의 금빛이여

갈대

된서리 흰 바람을 춤추듯 받아내며
곧고 단단하되 안으로는 비워지나
하늘에 비춰 보면서 비추며 살아왔다

기러기 날아가면 달빛이 대신 들고
수심도 구슬리면 풀 먹인 잎새 되는
쓸려온 모래톱 위에 별빛 내려앉았다

할퀸 생채기는 몸 비벼 아물리며
해맑은 강심으로 마음을 가셔내며
시시로 배는 아픔을 꽃으로 피웠다

연필 연가

허접한 이 허위를 벗을 수만 있다면
연거푸 깎이고 닳아도 좋으니라
사랑과 그리움으로 가슴앓이 할지라도

더 이상 잡을 수 없는 몽당이 될지라도
침 발라 혼신 다해 심지 곧추세우고
끝내는 한 벌 목숨이 스러진다 하여도

마수걸이

한천의 낙목 아래 좌판 막 펼치기에
다가가 제주 감귤 마수걸이 해줬더니

아지매
환한 미소가
덤으로 얹어진다

들고 온 귤 봉지를 거실에 풀었더니
담아온 그 웃음이 둥 둥 떠다니며

흰 바람
다독이면서
잠재우고 말더라

소금쟁이

물위를 유유히 산책하는 저것 좀 봐

수면에 찍고 가는 낙관 같은 궤적 좀 봐

가식과 욕심도 놓은 저 경쾌한 보법步法을

낙조

시공의 파도를 저어
너울너울 헤쳐 온 길

개밥바라기 눈 비비며 부스스 실눈 뜰 때

갈무리
숨을 고르자
무지개 내걸린다

물결

당신은 언제나
끔쩍 않는 바위지만

앙가슴 두드리어 마음 열 수 있다면

뼈와 살
하얀 포말로
바스러져도 좋으리

최한선(崔漢善, Choi, Han sun)

1960년 전남 강진 칠량면 송로리 출생. 성균관대 대학원(국어국문학과) 문학박사. 《21세기문학》 시(2001), 《시조시학》 시조(2004) 등단. 시집 『화사한 고독』(2006, 고요아침), 『수제비와 구름』(2013, 고요아침), 『전라동도 전라서도』(2015, 고요아침) 외. 저서 『사랑 그리고 남도』(2009, 태학사), 『모란과 도란도란』(2015, 태학사), 『고전시가와 호남한시의 미학』(2017, 태학사) 외. 빛고을청년대상(1996), 열린시학상(2009), 박용철문학상(2012), 성균문학상(2014), 김현승문학상(2017) 수상. 모란촌, 한국작가회의, 한국시조시학회, 백련시문학회 회원.

> 해남 가는 길
>
>   최한선
>
> 아마도 그대가 사원 어느 봄날이었지
> 배꽃은 아직 잠에서 깨지 않았고
> 보리밭 제 성질만큼 푸른 때 없으니까
>   (중략)
>
> 마산면 꽃만 보고 절로 미소 지었는데
> 흙밭사 어찌 안고 흰꽃 눈빛 주더란
> 해남 길 저도 모르게 시흥이 감도는 길

최한선은 강진이 낳은 시인이다. 강진은 청자의 고향이요, 영랑의 고향이며 18년 관옥官獄을 치르다 간 다산의 땅이기도 하다. 한마디로 최 시인의 다부진 성격과 사람됨은 중부 이북권의 황장목이 아니라 남도 산하에서 자란 청장목과 같은 인상이다. 청자를 굽는 너구리에 잡목이나 황장목은 쓰지 않았을 것 같고, 필자의 생각으로는 청장목을 쓴 불땀이 아니었을까 싶다. 왜냐하면 참나무 불땀이나 잡목은 산화의 불땀이 일고, 그 대신 황장목은 드물었을 것이라는 추측 때문이다. 그러므로 청장목이 내뿜는 은은한 불깔이나 솔바람 소리는 당차다 할 수밖에 없는데 최 시인의 다부진 성격이 그렇고 몸놀림이 그러하다. 그는 겨레 말결을 비단 같이 다듬어낸 영랑의 탐미주의적 시정신과 다산의 실용주의적 시정신에서 그의 시는 아무래도 다산의 시풍에 훨씬 가까운 것으로 이해된다. 그의 시들은 소승적小乘的인 경지를 타고 있어 이야기체의 서사보다는 개성적인 서정성이 훨씬 시적 아우라(광채)를 끌어올린다고 판단된다(『수제비와 구름』 발문).

— 송수권(시인·전 순천대 명예교수)

어떤 고백

후식으로 사과랑 과일을 먹고 자라온 그녀
수유리 번동 길거리 시장엘 갔다 올 때면
가끔씩 검정 봉다리 하나를 들고 오곤 했었다

달랑달랑 매달려오는 봉다리 속 뒹구는 운명들
어쩌면 나의 시린 삶 얽힌 자화상일 수도
봉다리 열면서 피어냈던 홍조 빛 그녀 모습

예쁜 꽃이 짠하다는 것을 그때 처음 알았는데
가슴에 묻어둔 사과와 나의 전설 같은 비밀을
언제쯤 그 꽃을 끌어안고 판도라 봉함 터트릴지

운명 밖

붙잡아 매어두고
보려고 애쓴다고
잡혀질 것이며
속보일 나인가
고철은 쇳물 되어
영생을 얻고
잡어는 젓갈 되어
부활을 한다는데
생즉사生卽死 무상도 하지
타고난 단명短命 줄
운명을 거스르는 말들의
공허한 질주 시대

임 생각

날 풀리면 긴한 맛 곧 없을 터
홍매화 꽃망울로 시린 손 달래가며

미나리 캐어 씻어 보내는 마음
내 님이 받으시면 뭐라고 하실지

말갛게 헹군 듯 피어오른
당신의 미소

문자 너머

고요한 찻잔 속에서
거대한 기운氣運을 보고
미풍의 근육에서
봄꽃 피어내는 힘을 보다가
행간行間의 한량限量도 없는
색성향미촉법 우주에 그만

흔들리지 말기를

떨림을 말 할 때면
두근두근이 앞을 서며
내 인생 모두였던
그녀 모습 살아나곤 했었는데

세상에 무뎌지고
그만그만하던 어느 날부터
심장 대신 눈 떨림이
온갖 상념 불러왔지

연몌連袂로 흔들릴 수족手足일지라도
촉광燭光만은 흔들리지 말기를

악수를 하다가

손을 잡자마자 그 순간
물썬한 고향의 온도
복 손이란 옛말처럼
금세 내 맘 붙잡는다

오래 잡고 싶은데
세상이 만상이라
얼른 살짝 뺐는데도
남은 온도 은근하다

사시斜視가 도를 넘는 세상
복 눈 파는 곳은 어디에

무등산 운소봉에서

운소봉雲巢峰에 올라보니
높고 낮은 운소봉들 많기도 하다

잡힐 듯 또는 아득히 저 멀리
학 떼의 자태인가 담채 같은 화폭들

정정淨淨한 백운의 표표表表에서
진애 일속 그만 고개 떨군다

구로리 대부둑

소등을 물들인 포근한 석양까지
갯바람 몇 자락으로 허기를 때우고
물새랑 친구가 되어 뛰놀던 대부둑

부족함과 불행이 무언지도 모르고
제기 차고 자치기하며 뛰놀았던 대부둑
강포구 새붉어지면 뱃고동 소리도 요란했었지

저 강물 어디서 와 어디로 가는지
물새는 어디가 집이며 식구는 몇인지
저 건너 해창 옆 마을엔 외갓집 있다는데

상등 갯밭을 일로 날로 달리셨던 엄니
지엽이 말작신아 가고 싶어 갔겄냐만
당신들 한 달 한 달이 무정도 하였으리

쉰 넘어
대부둑 다시 걸으며
더듬는
유년의 흔적

해남 가는 길

아마도 그때가 사월 어느 봄날이었지
배꽃은 아직 잠에서 깨지 않았고
보리밭 제 성질만큼 푸를 때였으니까

저녁 식사 시간에 맞춰 해남으로 가는 길
길목은 석양이 앞장을 섰는데
장場 펼친 물목物目의 향연이 언뜻언뜻 반겼지

성전을 지나 계곡면 길 접어들자
향긋한 묵향墨香이 두 손을 맞잡아주고
질펀한 시심詩心의 노래가 소매 속을 들썩이더군

마산면 푯말보고 절로 미소 지었는데
홍 박사 어찌 알고 힐끔 눈빛 주더군
해남 길 저도 모르게 시흥詩興이 강물 되는 길

우리말 언장言葬

"새로 스물여덟 자를 만드나니 사람마다
쉽게 익혀 날마다 쓰기 편하게 하고자 할 따름이니라."

이빠이, 오라이, 땡큐는 잘도 알아듣고서 독도 문제며
용산 미군 주둔비 제공, 강제 동원 성 만행 발뺌하기 등엔
그 어떤 분노 표출은커녕 꽥 소리 한 번도 지르지 못하더니만
세종의 말귀를 못 알아듣는 건지 이상한 사립 유치원에서
모국어 공부를 제대로 배우지 못한 탓인지 자칭 국민을
대표한다는 저 사람들의 의사 표현 볼작시면 좋은 말은 죄다
멀리 팽개치고 막말, 욕설에 몽둥이질과 망치질은 다반사요
머리에 띠 두르고 멱살 잡기, 길바닥에 벌렁 눕기 무지막지한
전술로 육신은 고사하고 각본 없는 드라마를 마구 써댄다

모국어 언장 조사弔辭 쓰는 일만은 이 땅에 없기를

최해진(崔海晉, Choi, Heh jin)

1947년 경북 경주 양북면 출생. 부산대학교 대학원(경영학과). 《부산시조》(2008) 등단. 시조집 『까치집』(2012, 청옥). 저서 『인간행동론』(2000, 두남), 『갈등의 구조와 전략』(2004, 두남), 『경주 최부자 500년의 신화』(2006, 뿌리깊은나무), 『참부자 이야기』(2007, 대명, 공저) 외. 부산시조협회 이사 역임. 동의대학교 상대학장, 대한경영학회 회장 외.

—

최시인의 시조에는 일탈의 묘나 특이한 착상들은 드물다. 그는 한마디로 전통적 선비정신으로 사는 분이다. 그의 작품세계도 거기서 벗어나지 않는다. 늦게 시작한 그의 시작에 여러 가지 어려움이 많았으리라 짐작 된다. 특히 언어 선택이나 표현 과정에서 첨삭이나 퇴고가 수없이 되풀이 되었을 것이라고 여겨진다.

— 전탁(시조시인 · 전 부산시조협회 회장)

—

호포로 가는 길

강물도 구비구비 바다가 그리워서
칠백 리 감아 돌아 호포에 멈춰서니
서산에 지는 노을도 주막집에 머문다

해종일 부리에다 모이 하나 달랑 물고
갈대밭 저 철새도 고향이 그립다고
나룻배 뱃전에 올라 고향 노래 부른다

소금배 오고 가던 호포로 가는 길섶
강나루 갈대밭에 겹으로 기적 울면
나그네 흰 도포 자락 옛 모습이 그립다

강물은 예나 제나 그렇게 흘러가고
강나루 보리밭에 종달새 우짖는데
나 홀로 가버린 옛날 노을 보며 그린다

태종대

동남쪽 한 점 뭍에 단애를 에두르고
기암의 푯대 끝에 신선이 내려 선 곳
태초의 역사가 열려 네가 여기 있느니

태백산 달려오다 땀방울 식힌 자리
솔숲은 우거지고 바다는 창창하니
태종왕 통일의 큰 뜻 여기 와서 꿈 꾸었나

무쇠가 두드려져 강철로 태어나듯
물너울 치고 올 제 배달 혼 용솟음 치리
내 꿈도 저렇게 흘러 오늘 여기 서느니

안압지

기러기 놀던 자리 연홍련 웃음 잔치
첨성대 돌탑 위로 뭇별이 내려 앉고
서라벌 가야금 가락 아슴아슴 들린다

반월성 성문지기 통금 인경 친다 해도
연분홍 연꽃 향내 성안으로 스며들고
빈 하늘 울고 가는 유성 내 여름밤 재촉한다

계림엔 금새라도 홰치는 닭이 울듯
안압지 앉은 달빛 사위四圍는 연지蓮池로고
서라벌 천년 불국을 나만 홀로 헤맨다

세월

바늘 귀 어디메냐 찾으시던 어머니
단번에 실끈 잡던 까까머리 그 아들도
어느새 육십 고개를 한참이나 지납니다

머릿결 곱디고운 새 아기 당신 며느리
바늘귀 찾다말고 어머님 그립다고
눈시울 적시어 가며 환갑이라 말합니다

누님

꽃다운 열일곱 살 섬 도적 떼 굴레 피해
서둘러 가마 타고 감골柿谷로 시집갔네
지나간 그 많은 세월 돌아보면 꿈결이라

광목바지저고리 빌린 갓 쓰고 오신
스물넷 서방님과 모진 일월 견뎠구려
누부야 부를 때마다 어머니를 봅니다

최현배(崔鉉培, Choi, Hyun bae)

1894.~1970. 울산 하상면 출생. 호 외솔. 국어학자, 국어운동가, 교육자. 경성고등보통학교 졸업(1910), 히로시마 고등사범학교 문과 제일부 졸업(1915), 연구과 수학(1922), 교토 제국대학 문학부(철학과) 졸업, 동 대학원(교육학) 전공(1925). 〈동아일보〉「조선민족갱생의 도」연재(1926). 국어학·교육학 저서 『우리말본』1929, 연희전문 출판부), 『조선민족갱생의 도』(1930, 동광당서점) 외, 논문 다수. 건국공로훈장(1962), 국민훈장 무궁화장(1970) 수상. 연희전문학교 교수, 이화여전 교수, 조선어학회 상무이사·이사장, 문교부 편수국장, 연희대학교 부총장 역임. 한글 가로글씨 연구회 창립회장.

—

나라 사랑과 근원 지향의 운문적 절조節操

외솔 선생의 중기 시조라고 할 수 있는 옥중 시편에서는, 민족 해방을 희구하면서도 절조를 지키려는 강한 의지가 나타나 있다. 옥중이라는 물리적 금제와 제약에도 불구하고 가장 강렬하고 본원적인 저항의 자세와 목소리를 견지하고 있는 외솔 시조는, 그 점에서 일제 강점기 저항문학이 시조라는 양식을 통해서도 가능했음을 보여주는 실물적 사례로 남을 것이다.

외솔 선생이 옥중에서 열망했던 나라 사랑의 한 형상적 성취라고 할 수 있을 것이다. 그리고 다음 시편은 그러한 사랑의 마음을 젊은 세대에게 전하려는 선생의 의지를 충일하게 보여준다. 외솔 최현배의 작품들은 근대시조가 갱신해왔던 여러 기율을 본격화하기 이전의 전통적 어법이 많지만, 일제 강점기와 해방 후를 살아온 지식인이 보여준 나라 사랑과 근원 지향의 운문적 절조節操를 자랑스럽게 돌아보게 하는 힘을 가지고 있다는 점에서 매우 이채로운 세계이다. 새삼 외솔 선생이 남기신 청청한 저항의 얼과 목소리가 한껏 느껴지는 순간이다.

— 유성호(문학평론가·한양대 교수)

—

감우感遇

노 없는 조각배를 한바다에 놓았더니
몹시도 사나웁게 바람 물결 부딪친다.
두어라 물결치는 대로 가 본들 어떠리.

* 묵은 일기장에서

방어 음풍方魚吟風

바다에 청풍淸風이오 하늘에는 총성叢星이라
바다가 넓었으니 청풍淸風이 가이없고
하늘이 높았으니 별애기 깜박인다.

낮에도 맑은 바람 밤에도 맑은 바람
삼복중염三伏蒸炎 물리치고도 오히려 남는구나
두어라 남는 청풍淸風일랑 님한태로 보내리라.

방어진方魚津 바닷가에 바둑같이 깔린 돌이
모 하나 볼 수 없이 동글동글 맨질맨질
묻노라 동해파도東海波濤 몇 만 년萬年이나 갈아 왔노.

우루루 밀려 와서 철썩 부딪쳐 땅을 핥고
쏴! 하고 물러가서 또다시 밀어오니
아마도 저 물결 가운대 큰 뜻이 계시나봐.

염포 피서鹽浦避暑

창파蒼波에 몸을 실어 둥실둥실 저 백구白鷗야
묻노라 이 강상江上에 몇 사람이나 지나갔노?
백구白鷗는 말이 없고 물결만 절로 출렁출렁.

동령東嶺에 달 오르니 강상江上에 바람 일다
주인主人 없는 청풍명월 강상江上에 가득 차니
세상만사世上萬事 잊어버리고 맘껏 즐겨 볼거나.

달 밝은 오경야五更夜에 「어아~」 저 소리는
후리하는 어부漁夫들의 일하는 노래로다
시취詩趣도 있다면 있거니와 장엄莊嚴하기가 그지없네.

찌고 삶던 삼복三伏더위 어느덧 갔나보다
시원한 맑은 바람 내 옷깃을 말리노나
에라 책보를 도로 싸고 집으로 돌아갈거니.

동령東嶺에 밝은 달이 뜻있는 듯이 돋아날 제
거울 같은 염포강鹽浦江에 맑은 바람 일어 찬다
산명월山明月 강청풍江淸風을 어이 두고 혼자 가리.

칠월七月이라 칠석야七夕夜에 경파鏡波에 편주扁舟 띄니
은하수銀河水 맑은 물이 놀 밑에 흘러있네
오작교烏鵲橋 없더라도 건너갈까 하노라.

가사굴袈裟窟

금강산金剛山 만물초萬物草를 작년昨年에 보았더니
가사굴袈裟窟 만물초萬物草를 금추今秋에 보았도다
흉중胸中에 만물초萬物草 둘이니 억물초億物草ㄴ가 하노라.

금강산金剛山 만물초萬物草는 천하天下의 기관奇觀이요
가사굴袈裟窟 만물초萬物草는 지하地下의 기관奇觀이라
일생一生에 두 기관奇觀 다 보았으니 청복淸福인가 하노라.

함흥 형무소

반룡산盤龍山 좋다 하여, 유산차游山次로 예 왔느냐?
성천강 맑다 하여, 뱃놀이로 예 왔느냐?
아니라, 광풍狂風이 하 세니, 지향 없이 왔노라.

벽돌담에 둘러서, 열 길이나 높아 있고,
겹겹이 닫힌 문에, 낮밤으로 지켜 있다.
지상이 척척呎尺 곧 천리千里라 저승인가 하노라.

강서江西 세 무덤

세 무덤 들인 지가 몇 삼추三秋나 지났관대
헐리고 파내어서 구경감이 되단 말가
추풍秋風이 풀 끝에 부니 못내 설워하노라.

네 벽에 사신四神들이 예런 듯 지켜 있다
지키기는 하건마는 지키는 것 무엇인가
흥망興亡이 저승에도 있으니 낸들 어이 하리오.

이 좋은 그림 두고 우리 님은 어디 간고
찾아도 자취 없고 불러도 대답 없네
백설白雪이 산山에 오르니 뜻있는 듯하여라.

나날의 살이日常生活

아랫목은 식당 되고, 윗묵은 뒷간이라,
물통을 책상하여, 책으로 벗삼으니,
봄바람 가을비 소리, 창밖으로 지나다.

앉으니 해가 지고, 누우니 밤이 샌다.
보느니 옛글이요, 듣느니 기적이라.
굼굼타, 세계사 빛이 어드메로 도는고?

벽력같은 기상 호령, 놀라아 일어나니,
네 벽만 둘러 있고, 말동무 하나 없다.
외로운 독방 고생은, 새벽마다 새롭네.

쓸쓸한 감방 속에, 홀로 앉았으니,
창밖에 까치 소리 아침 볕에 분명하다.
오늘이 며칠인고, 기쁜 소식 오려나?

고구려高句麗의 장안성長安城

하늘은 높다랗고 산 빛은 말쑥한데
예런 듯 대동강大同江은 밤낮 없이 흐르놋다.
묻노니 우리 옛 서울 잘 있는가 마는가.

세월歲月이 반만년半萬年에 일고 짐이 몇 번인가
씩씩한 젊은 학도學徒 철마鐵馬로 돌아드니
분명分明코 고구려高句麗 용사勇士라 다시인 듯 하여라.

기린굴麒麟窟이 어디메며 조천석朝天石이 저기런가
절승絕勝한 추경秋景이 고사古事를 어우르니
석양夕陽에 지나는 손이 갈 줄 몰라 하노라.

여보소 벗님네야 무엇 하러 여기 왔나
그림 같은 승경勝景 두고 어인 걸음 그리 바삐
저 해가 아직도 서 발이니 쉬어간들 어떠리.

을지문덕 묘乙支文德 墓

현암산玄岩山 동록東麓에 장군석將軍石이 서 있으니
촌민村民이 세전世傳하되 을지문덕乙支文德 무덤이라
잃었던 우리 님 자취 인제 예서 찾았네.

세월歲月이 얼마관대 형적形跡조차 아주 없다
거룩한 장군將軍 무덤 어이 이리 황락荒落한고
어즈버 조선朝鮮에 일이니 예사인가 하노라.

굽어서 앞을 보니 금인총金人塚만 뚜렷하다
멀리 온 순례자巡禮者가 어디 보고 절을 할까
두어라 현산玄山이 높았으니 그를 보고 절하리.

묻노니 돌사람아 고금사古今事를 네 알리라
두어 말 일러내어 이 내 가슴 틔어주소
여전히 대답 없으니 더욱 답답하여라.

만고여일萬古如一 현암산玄岩山아 만고여일萬古如一 잘 있거라
거룩한 님의 공덕功德 우리 어이 잊을쏘냐
뒷날에 다시 오아서 기념비紀念碑를 세우리라.

한흰샘 스승님을 생각함
— 가신지 열 다섯 해에

백두산白頭山 앞뒤 벌에 단군한배 씨가 펴져
오천년五千年 옛적부터 고운 소리 울리나니
조선말 조선마음이 여기에서 일더라.

골잘의 배달겨레 대대代代로 닦아내매
아름다운 말소리를 골고루 다 가쳤네
훌륭타 동방東方의 빛이니 더욱 밝아지이다.

세월歲月이 반만년半萬年에 인물人物인들 적을쏘냐
고운孤雲의 한문漢文이요 설총薛聰의 이두吏讀러라
그러나 내 것 아니매 내 글만을 원願터라.

거룩하신 세종대왕世宗大王 온 백성 원願을 이뤄
이십팔 자二十八字 지어내니 천하天下에도 제일第一이라
좋은 말 좋은 글이니 민복民福인가 하노라.

보검寶劍도 갈아야만 날이 서서 번득이고
양마良馬도 달려야만 기가 나서 천리千里 간다.
좋은 말 좋은 글인들 아니 닦고 어이리.

애닲을손 사람이라 세상사世上事 뜻 같잖다
보검寶劍에 녹이 서고 양마良馬는 매여 운다
그럴싸 선각자先覺者 나오니 가만둘 줄 있으랴.

님의 손에 숫돌 들매 녹슨 보검寶劍 날이 서고
님의 손에 경마 들매 섰던 양마良馬 천리千里 닫네
일생一生을 하루같이 일하니 뉘를 위함이런가.

뜻하심도 크거니와 이루심도 끔찍하다.
예로부터 묵은밭이 고랑마다 일어났네
거기에 좋은 씨 뿌리니 길이길이 불으리.

님의 부탁 받자웁고 시골 가서 길 닦을 제
뜻밖에 떠났단 소리 어린 가슴 놀랐어라
북쪽을 바라고 울던 일 어제런가 하노라.

믿은 님이 가셨으니 믿던 마음 아득해라
아득한 가운데도 한 줄기 빛이 난다
님 예던 바른길 있으니 아니 예고 어이리.

어제 같은 그날이어 어느덧 열다섯 해
세월歲月은 살 같은데 이어 이룸 무엇인가
그러니 변變찮는 맘 있으니 가신 님은 도우소.

종鐘소리 작고 높아 모이는 이 구름 같다
좁던 길 차차 넓어 예는 사람 더욱 많다
가신 님 넋이 계시면 기뻐할 줄 아노라.

최형심(崔馨心, Choi, Hyung sim)

1963년 대구 출생. 대구교육대학교(1986), 계명대 석사 졸업(1999).《시조시학》(2012) 등단. 시조집『모서리 당신』(2015, 그루) 외. 대구시조 회원.

백담계곡

최형심

계곡은 해우소다
물소리 풀어헤친

물살에 씻긴 벽송
불시에 뛰어내리고

—

최형심의 시편들은 아모르파티와 함께하는 순례자의 노래로서 인생담론적 시편들「나목」,「만삭」,「종이꽃」이다. 낙엽 한 잎에 대한 섬세한 시각「겨울나기」과 "배냇저고리 향내"에서 회귀에 대한 본능(「이팝꽃 거리」)을 포착케 한다. 가족사를 통한 말싸움도 삶의 활력소(「설전」)가 되며 "스스로 꺾이어져서/ 다른 곳을 보라하는" 삶의 애환도 축약되어 읽힌다(「모서리 당신」). 진정성 있는 노래들의 결집으로 삶과 세계를 대하는 가치관들이 곡진하게 용해되어 있다.

— 이정환(시조시인 · 정음시조문학상 운영위원장)

—

종이꽃

다가구 집성촌
숨진 지 오 년 된 노모

겹겹이 껴입은 옷
꽁꽁 얼어붙은 숨결

그 속에
후두둑 떨고 있을
여린 날의 갈래머리

뉴스는 찰나이고
익숙한 소멸이겠지

한 송이 함박꽃이었을
말라버린 종이꽃

슬머시
젖은 손길로
볼륨을 내린다

레드카핏

노을이 지고있는 금호강 강변길
하루살이 떼 지어 에스코트 현란하다

한 생을
선뜻 잘라주다니

발걸음 붉어진다

블랙스완

비 뿌리는 로투루아
흐느끼는 호숫가
빠알간 주둥이
검푸른 저 자맥질
도도한 너는 블랙스완
홀라맹고 춤을 춘다

흐린 날의 반전인가
눈이 부신다
무지개빛 저 자태
거둘 수 없는 춤사위
무작정 너는 블랙스완
관객이 잃고 있다

만삭

무 익는 들판에는
산모가 여럿이다

허연 배 드러내고
머리채는 산발이다

빈자여
여기로 와서
잡아보라 탯줄을

배추 익은 들판에는
소박한 바람 분다

차가운 대지도
잎사귀로 너울 치는

빈자여
여기로 와서
되어보라 산파가

설전

애지중지 난초를 가꾸시는 아버지
금지옥엽 야생초를 가꾸시는 어머니
쟁쟁한 자리다툼에 지병 잊는 한나절

매운 거 싫타시는 까다로운 내 아버지
그래도 된장국에 고추 넣는 내 어머니
치열한 그 말다툼으로 생기 도는 목소리

이팝꽃 거리

순환도로 이팝꽃
배냇저고리 향내 난다

손싸개 벗어 올려
하얗게 핀 꽃숭어리

민소매 바람을 안고
맨몸으로 걷는 길

배냇저고리 흔들리는
맨몸으로 걷는 길

배냇짓 웃음 짓는
허기도 뒤집혀져

이팝꽃 오리길 따라
배냇저고리 깔린다

겨울나기

초겨울 주차장에
낙엽 한 잎 굴러와

맨몸으로 기웃대다
세입자가 되었다

며칠을
채 못 보내고 떠날
엷은 잠을 청한다

애닳던 아랫목
불면의 어둠 안고

돌개바람 들이쳐도
나부끼지 않을 것처럼

파쇄될 그 순간에도
뒤척이지 않을 것처럼

모서리 당신

바쁘다고 그러면
옆구리 쿡 찌르는

스스로 꺾이어져서
다른 곳을 보라하는

말없이 닳아진 그 몸
더 아프다는 당신!

나목

차마 잡지 못해
푸르던 잎 떨구고 나니

온천지 허물어져
너른 품이 되었다

가지 끝 구름 달면 구름나무
햇살 달면 햇살나무

비로소 눈이 부신
앙상한 저 아픔

온천지 허물어져
너른 품이 되었다

바람엔 바람 귀걸이
저녁달, 덥석 걸린다

꽃대입니다

봄에는 누구나 어여쁜 꽃대라지
공원의 노인들도 병상의 환우들도
터질듯 웃음 머금은 그 웃음 따라 웃겠지

가끔 세상살이 힘든다 어깨 저려올때

꽃대 앞에 가부좌를 해보자 볼록볼록 꽃대마다 긴 한숨은 꽃
숨 될 테니 그래도 마뜩지 않다면 그 앞에 엎드릴 일이다 고개
들어 저만치 눈 한 번 끔뻑 마주쳐 주자 웬 숨결 그리 곱냐고

지천명 골다공 꽃대
붉은 함성 따서 문다

불쑥 꽃대 쳐든 봄 뜨락 뒹굴다
더 이상 늦지 않은 꽃대로 서련다
그 뜨락 머물 자리에 다투어 꽃 피울 날에

최화수(崔花水, Choi, Hwa soo)

1947년 경북 청도 청도읍 출생. 경북여고, 대구교육대학교(1968), 동 대학원(미술교육과) 졸업(2001). 《시조시학》 신인상(2011) 등단. 시조집 『풀빛 엽서』(2013, 고요아침), 『미완의 언약』(2016, 목언예원). 동시조집 『파프리카사우르스』(2018, 청개구리), 현대시조선집 『바람을 땋다』(2019, 고요아침). 88올림픽기념 전국문예행사 지도 대통령표창, 시조시학 젊은시인상(2019) 수상. 한국문인협회, 한국시조시인협회, 한국여성시조문학회 회원. 대구송정·대구노변초등학교장 역임. 대구교육대학교 출강(미술교육과). 대구시조시인협회 이사, 국제시조협회 감사.

조팝꽃

간밤에 미리내강
홍수가 난 것일까

하늘의 별이란 별
모조리 떠내려와

잎 돋는 가지에 앉아
하얀 꽃이 된 별빛

—

최화수의 시편들을 보면 마치 한 폭의 그림을 보듯 완벽한 구도를 선명한 이미지로 담아낸다. 오랜 교직 생활 동안 어린이의 창의력과 상상력을 중요시하고 그림 지도에 탁월한 전문성을 지녔었기에 자연스레 구축된 시각으로 읽혀진다. 이런 점이 다른 사람들이 단시간의 노력으로 쉽게 접근하기 힘든 전문성이자 변별력이다. 그렇다고 형상이 선명한 사실적인 기법만은 아니다. 조금은 더 깊이 집중하고 사고의 깊이를 더할수록 이미지가 다가오는 반추상 계열의 그림 같기도 하다. 무엇보다 그의 시조의 미덕은 다양한 관심과 순수한 동심에서 찾을 수 있다. 또한 시상에 대한 집요한 탐색과 전개과정에 대한 강도 높은 자기응시가 최화수 시조의 미래를 담보하고 있다.

— 민병도(시조시인 · 국제시조협회 이사장)

—

가오리, 날다

꿈 하나 꿈쳐 쥐고 바다를 탈출했네
종이옷 갈아입고 살점마저 발라낸 몸
창공을 고누어 나네, 해를 섬긴 어미 찾아

꼬리를 곧추세워 하늘 길을 오르네
바람을 경배하여 천둥 번개 피하라던
얼레의 지엄한 당부, 붓대다 놓칠 줄이야

무지개 능선 위로 날개 한 쌍 다가오네
어머니, 새가 되어 '태양을 먹은 새'* 되어
겨운 빛 안겨주시네 해를 훔킨 오색 연

* 태양을 먹은 새: 김기창 화백의 그림.

관음동백

번번이 헛걸음 쳐 꽃소식 더 반가운가

선운사 동백꽃빛을 넋 놓고 우러르다

별안간 내 몸이 굳다니! 늙은 동백 앞에서

관음전 바로 뒤곁에서 귀썰미로 쌓은 불경

송이송이 꽃을 피워 꽃 속에 담으셨구나

벌레도, 새도 경을 왼다 이골 저골 나눈다

겨울 억새

요양원 미술시간 밑그림에 색 입힌다
다홍, 초록색 골라 스적스적 칠해놓고
거창 댁 반색을 하네 어제 각시 됐다 하네

꽃나이, 햇살 놓은 마른하늘 벼락을 이고
별명처럼 억세게 억새로 산 일흔 해
강골의 죽지도 꺾고 새댁으로 돌아갔나

자리 밑에 묻어 둔 흑백 사진 더듬는다
한 아름 억새를 안고 지아비와 마주 웃는
지어미, 되마중하네 광배光背 부신 저 너머

위대한 전시회

붓 잡아 본 일 없어도
대작을 내거시네

바지랑대 받쳐 들자
생기가 활짝 도네

하늘이 배경을 맡은
어머니의 설치 미술

지문 없는 손끝이 낳은
무수한 저 흔들개비

바람의 무등을 타고
하늘 마구 흔드네

평생을 시늉만하다 놓친
어머니의 경 한 구절

해맞이

새해 아침 양말들이 해맞이를 하고 있네

베란다 빨래걸이에 오순도순 걸터앉아

동녘의 햇귀를 당기며 언 발을 호호 불며

다랑논 오르막길에 늘쳐진 할아버지와

갓 걸음마 앙증맞은 꼬꼬마 손주들도

발걸음 척척 맞추며 벅찬 꿈을 다지네

기가 죽은 외짝들도 덥석덥석 새 짝을 맞아

색 달라도 도란도란, 엇난 무늬도 끄덕끄덕…

짝짝이 저 미쁜 결의, 슬픔마저 부시네

연밥

어스름 내린 둑에 길잡이별 등을 켜네
꽃잎 다 이울고 뼈만 남은 대궁을 보다
할머니 휘인 허리가 연못물에 얼비쳐…

오일장 불볕에도 술떡 몇 솥 떨이하고
월사금 빼곡 채워 어린 손에 쥐어 주던
그 낡은 두루주머니 대궁 끝에 걸렸네

가난도 고이 닦으면 별처럼 빛이 날까
별보다 더 먼저와 유학 간 손녀 기다리던
늦저녁, 두루주머니 동구 밖에 서 있네

씀바귀

뭐 먹고 바로 섰을까

경흥사 돌담 사이

초파일 합장한

실오리 손이 기특하다

바람이 흔들어댈수록

환해지는 어린 등

그림, 읽다
— 유영국의 산

덕수궁이 들레는 한 화가의 전시장에
생전, 그를 지킨 지팡이도 함께 왔다
무제無題라 눈에 선 그림, 길라잡이 하려는지

데리고 온 고향 산을 캔버스에 앉히는 법
붓에게 물었더니 마음에나 물어라 한다
첩첩 산 다 발라내고 겨우 얻은 능골 몇 개

둥두렷 솟은 해가 붉고 노란 하늘 펼치자
차가운 듯 뜨끈한 듯 가부좌로 정좌한 산
우러러 추상 한 폭을 경전으로 읽는다

쇠뜨기

꽃도 아닌 네가 열매도 아닌 네가

소수서원 바깥 뜰 돌확을 확, 점령해

여봐라! 주인 행세하시네
이런 일은 처음이야

뿌리째 뽑혀 나가 변방만 돌던 네가

쇠심줄 같은 근성으로 양반가를 움키다니

천지가 뒤집혔구나
참, 당차다 네 권속

늦 패랭이

행여 동백 피었을까 불쑥 찾은 선운사
바람이 이르다며 돌려세운 에움길에
미당의 시비를 읽는 아금바른 풀꽃 좀 봐

길손은 하나같이 지르밟듯 스치고
된서리 휘적거려 초주검에 이르러도
상그란 분홍 눈빛은 또록또록 시를 외다

고 작은 씨방에 빼곡히 시를 쟁여
어스러진 꽃 대궁을 추스르며 되뇐다
언젠가 이 들녘 온통 시로 물들일 거야

최효숙(Choi, Hyo sook)

1949년 경남 창녕 이방 출생. 한국방송통신대학교(초등교육), 대구영남대 대학원(미술치료학) 석·박사 졸업. 《부산시조》 신인상(2009) 등단. 시조집 『천년의 숲』(2011, 해성). 동시조집 『새둥지 네 개』(2015, 한글문화사). 연대 동인지 『땅위에 꽃도 많아』(2012, 우리), 『저 붉은 심장의 말』(2013, 우리), 『대궁 하나에 꽃 한 송이』(2014, 우리) 외. 재부밀양문인회집 창간호 『문향』(2013), 『문향 2, 3』(2017~2019). 제7회 국제 차 어울림 차시전 금상(2012), 제9회 국제 차 어울림 차시전 금상(2014) 수상. 부산 모덕초등학교 학교장 역임.

<현대시조대전>

소통의 길

최효숙

연밥 속 빌어하나 진흙으로 끼어들어
윗녘과 아랫녘을 오가며 헹구는 일
새녁도 빠르지 않고 한밤중도 늦지 않대.

—

최효숙 시인은 10년 미만의 시력에도 불구하고 작품에서 보는 바와 같이 순우리말 시어를 즐겨 사용할 정도로 시어 선택부터 시인의 자세를 갖추었다. 또한 동시조를 포함시킨 것을 보더라도 평생토록 어린이들을 가르친 교장선생님으로서의 사명감을 놓을 수 없는 사람이다. 시조의 천착은 자연을 노래하기도 하지만 「천년의 숲」에서 보듯이 인생살이가 자연 속에 녹아 있다. 이러한 경향은 동시조에서도 또한 같다. 「하늘엔」에서도 어린 독자들에게 뭔가를 생각하게 하기 위한 꼬투리를 넣어서 무게감을 더한다. 시인의 동시조집 『새둥지 네 개』에는 이러한 동시조가 주류를 이룬다.

— 서관호(시조시인·《어린이시조나라》 발행인)

—

범종 소리

벌집인 맘 담벼락
넘나드는 범종 소리
육신의 다스림으로 퍼지는 불음佛音이라
저 맑은 소리 흔들림, 깨달음의 한 바램

길 찾아
길 묻는 자,
길 여는 경문으로
무쇠 같은 탐욕과 번뇌 쇳물로 되 녹이며
미물도 성불하리라 고행의 길 나섰나?

내 언제
누구 위해
맑은 소리 내 봤을까?
줄달음만 치던 걸음 한걸음 뒤 물리며
밑바닥 친 쇠 울음에 이 한마음 보탠다.

천년의 숲

저 산과 저 숲들이 어울려 사는 것은
서로가 가진 것을 아우르는 마음 때문
너와 나 말없이 오간 섞사귐*의 긴 약속

뿌리가 깊을수록 품은 더 넓어져가
외로워 매일 찾는 산 그림자 되안으며
송진 향 높은 하늘 숲 새 천년을 다진다.

* 섞사귐: (순우리말)지위나 처지가 다른 사람끼리 사귐.

노안

분진에 전자파에
안경 또 몸져누워

망막에 새겨진 강
그 둑을 따라 걷다

배 한 척 동공에 띄워
고향으로 떠난다.

적조 시대

맑던 물이 매스꺼워
열병을 앓고 있다.

심해가 뒤척이다
피멍이 들었다고

실핏줄 터진 얼굴로
한세상을 고발한다.

하늘엔

구름은 둥실둥실
무거운 짐 가벼운 척

해님은 방글방글
더워도 시원한 척

둘이서 땅따먹기로
파란 꿈을 키우네.

엄마의 노래

세월 안에 꼬깃꼬깃 감춰 둔 노래 있다
"난 괜찮다 괜찮아" 몸 낮춰 읊조리던
가슴에 묻힌 일기장 되돌이표 찍는다.

곡식을 볶아대는 뙤약볕을 마시고도
찬물에 꽁보리밥 한 덩이 뚝 말면서
시장이 반찬이라며 "난 괜찮다 괜찮아"

할미의 굽어진 등 손자가 그냥 둘까?
그 허리 말 태워 놓고 '괜찮다'던 그 노래
지금은 대물림하는 자식 위한 사랑가!

차 한 잔

녹차를 우리다가 속정도 우렸던가?
눈시울 적신 물빛, 무채색 향기까지
해무로 번지는 정감情感
긴 사연을 풀고 있다.

요람 속 고요 같은 그리움은 없었을까?
차 한 잔 사이 두고 해 지고 달 기울던
내 유년 산 빛을 담은
세상 빛은 또 어쩌고.

인심은 빗물 같아 빗금을 내리쳐도
녹차 물 방울방울 동그라미 화답이라
아! 넓은 파문이 인다
쌉싸름한 차 한 잔.

거리의 촛불

그 하얀 그리움이 내 맘에 닿았을 때
외로움 지새우며
눈물 뚝뚝 흘리다가
숫눈길 눈 바라기로 맘 삭이는 초연함

응어리 움키고 켠 세인의 눈물들이
조그만 화마 속의
간절한 몸부림으로
한 줄기 가닥이 된다 속내 모아 엮으며

거리를 흔들면서 어둠을 헤치면서
벌불의 마주침은
탄생을 바라는 맘
이 밤은 뼈를 가르는 모성의 길, 난산이다.

소통의 길

연밥 속 밀어 하나
진흙으로 뛰어들어

윗녘과 아랫녘을
오가며 행구는 일

새벽도
빠르지 않고
한밤중도 늦지 않대.

길 가게

"일 할 곳 없는 도방* 사람 살 곳 못 된다"며
먹거리 몇 몇 가지 줄 세운 노상 가게
무료한 노인들 쉼터 품앗이로 따습고

앉았다 서는 무릎 '뿌드득' 호소해도
손톱멍 들든 말든 푸성귀 손질하는
무료함 빼기 셈 하는 가게 주인 미쁘다.

* 도방: 도시(경상도 방언).

최희선(崔姬仙, Choi, Hee sun)

1955년 경남 하동 옥종면 출생. 경기대학교 교육대학원(다문화교육학). 《현대시조》(1992) 등단. 시집 『고독의 城』(2000, 다다아트). 경기시조문학 대상(2016), 현대시조 작품상(2004) 수상. 한국문인협회, 현대시조, 경기시조시인협회, 공무원문학 회원.

—

우담바라는 아름답기보다는 해탈의 흔적이다. 최희선의 시는 지금 공감할 하나의 자화상自畫像을 만들어 내기 위해 아니 우담바라를 피우기 위해 마음으로 하나하나 속내를 떨쳐버리고 있는 것 같다. 우담바라는 3천 년에 한 번 피는 꽃이라 한다지만 그것은 은유隱喩일 것이다. 시인詩人이 속내를 떨쳐버리고 진신眞身과 같은 시詩를 탄생시키는 시간 그것이 곧 3천 년으로 비유될 것이다.

최희선은 고독을 성城을 삼아 오히려 무너지려고 하는 자기를 지탱하고 자기를 호위하고 있다. 아니 삶의 의미, 삶의 의지를 얻어내고 있다.

— 선정주(시조시인 · 전 성림교회 목사)

—

그때는 몰랐습니다!
— 명예퇴임을 하며

몇 갈래 꾸어 온 꿈 그 싹이 트기 전에
설마 하며 본 시험에 내 운명이 바뀌던 날
일 년만
일 년 만이다가
삼십사 년 십 개월

강산이 세 번 변하고 백 서른아홉 오간 계절
찬 달이 기울기를 사백서른 다섯 번에
떠오른
일만 이천 칠백 햇살
빛바래 산화한 꿈

아니다, 이게 아니다 도리질만 하는 사이
잠시 둘러 온다던 길 돌아 갈 수 없는 채로
나에겐
하루 같았네
점 하나를 찍었을 뿐.

들국화

놀 비껴 산이 타면 들길은 고요한데
설익은 보라색 볼 입술 물고 떠는 생애生涯
눈자위
떠도는 구름 지칠 대로 지친 언덕

움츠려 다독인 나날 찬 서리로 몸을 풀고
향수에 목숨 걸어 애증으로 타는 업보
그 설움
돌아선 날에 다시 피울 작은 풀꽃.

고독의 성城 1
— 절망 앞에서

이제, 아픔만 남았는가, 들국화도 시들었기
메밀꽃 같던 소망 내 뜰에 찰랑일 때
나뭇잎
파르르 떨 듯
긴 촉수를 세운 날들

피는 꽃 그 향기마저 차라리 절망으로 뜨고
샘물로 솟는 슬픔 심연 보다 더 깊어라
그렇게
비껴온 일상
정비례하는 고독이여.

졸업과 취업 사이

만물의 조화 따른 남새밭 토마토는
서너 달 물만 먹고도 씨앗까지 아른대는데
찬란한
꽃잎 떨군 지 수 년
풋 열매가 웬 말인가

오래전 끊은 탯줄로 수혈 받는 캥거루족
무겁게 등에 업혀 제 한 몸 못 가누며
날 서는
불효에 숙이는 고개
더 문드러진 부모 맘들.

고독의 성城 5
— 비우다

재워 둔 그리움에 가시가 돋치는 날
서리 낀 내 심장을 한 잔 차로 데워 보면
언 가슴
풀리는 소리
내 사랑 가는 소리.

블루베리를 따며

옹차게 매달려서 도리질을 하던 열매
검붉고 무거워지니 손만 대도 툭 떨어지는
자연에
순응할 줄 아는
익음의 미학을 딴다.

자귀나무 꽃

솔바람 간지럼에 선녀처럼 펴던 날개
메아리도 울다 지친 쑤꾹새 그리움에
수줍은
자귀나무 꽃
지던 꽃잎 멈춥니다.

나는 보았네!
— 다문화인 아셀에게

온 세상 둘러봐도 하늘은 하나인데
겹겹이 쌓여있는 장막 없는 울타리를
걷어낼
꿈을 간직한
한 여인을 보았네

넓고 큰 숙제 하나 심지 낮춰 밝혀 두고
호수처럼 깊은 눈에 노스탤지어 얼비추며
요람을
흔들거리는
한 엄마를 보았네

낯설고 물도 선데 상처까지 동여매고
애환을 희망으로 뭉치고 또 뭉쳐서
한 걸음
꽃길을 피운
한 아내를 보았네

서러움 삼킬 일이 어디 그뿐이었으랴
넉넉한 고향 닮아 넓고 깊어 푸르른가
영원히
산화하지 않을
빛 한 줄기 보았네

나는 보았네, 장막에 뜬 무지개를
신의 산 알아르차* 날려 보낸 비둘기를
너와 나
다름을 인정하는 날
허물어질 겹 울타리.

* 알아르차: 텐산산맥에 있는 키르기스의 국립공원.

가로등

밤안개 길을 묻은 허름한 골목 어귀
키만한 외로움을 은빛으로 토해내며
풀섶을 맴도는 그림자 넋 그리는 가로등

축축한 한 자리에 온 밤을 지새우며
하늘·땅·비바람에 시나브로 열린 가슴
돋우는 심지 하나엔 정토문이 열린다.

비가 1

땅 위에 내린 축복 예고 없이 걷히던 날
토해내는 눈물자락 지척으로 더하던 비
침묵도
슬프다하여
피던 꽃도 멈추었다

아직도 그 자리는 비움으로 채워진 채
솔베이지 노래보다 더 슬픈 오월이 오면
해마다
그 길목 앞에선
못다 둥근 달이여.

추창호(秋昌鎬, Choo, Chang ho)

1954년 경남 밀양 출생. 울산대 교육대학원 졸업. 《시조와 비평》 신인상(1996), 〈부산일보〉 신춘문예(2000), 《월간문학》 신인작품상(2000) 등단. 시집 『낯선 세상 속으로』(2000, 오감도), 『아름다운 공구를 위하여』(2010, 시선사), 『풀꽃 마을』(2018, 초록숲). 울산문학 올해의 작품상(2006), 울산시조문학상(2012), 한국동서문학 작품상(2015), 성파시조문학상(2016), 울산문학상(2017), 한국문인협회 작가상(2019) 수상. 울산시조시인협회, 울산문인협회 회장 역임. 오늘의시조시인회의, 한국시조시인협회 회원.

아름다운 공구를 위하여 · 2
— 펜지

첫 벅찬 삶의 질량
껴이고 치인 날들

눌러리 한 반짝은 되고도 살아야지

빡 나는 어눌너소리
녹는 새게 젖날한다

—

시간의 흔적을 향한 애잔한 그리움의 언어 추창호의 시조 미학

이처럼 추창호 시조의 가장 근원적이고 강렬한 에너지는 세상의 타자들을 향한 긍정적 기억과 대상을 향한 가없는 사랑의 마음에서 발원한다. 이때 그의 목소리는 충족되지 못하는 외로움을 동반하는 경우가 많지만, 시인은 그리움으로 드러나는 사랑이야말로 자신의 존재 방식임을 새삼 고백해간다. 그래서 시인에게 '사랑'이란, 불모적이고 적막한 고독과 결핍 속에서 잉태되어 마침내 긍정적 기억 속에서 완성되는 모습을 가지게 된다. "저 작은 노동의 시간"과 "풀꽃마을"은 그러한 긍정적 기억을 가능하게 한 시간과 공간일 것이다.

— 유성호(문학평론가 · 한양대 교수)

—

아름다운 공구를 위하여 · 1

크고 작은 톱니바퀴 맞물려 굴러가는
숨 가쁜 세상속의 이름 없는 악사들
가 닿을 무대를 향해 소리들을 물고 있다

녹슨 생각 하나 벌어진 틈새만큼
몽키의 믿음으로 조이고 풀어 가면
서릿발 돋은 가슴은 물소리로 흐른다

생살이 문드러진 피멍의 나날들
혼신의 힘을 다해 자르고 깎아 내면
무늬木 선명한 결이 햇살로 반짝인다

탄탄한 근육질이 불끈 솟는 삶의 현장
돌쩜 속 대들보가 흐린 세상 받쳐주듯
하모니 고운 선율로 새 악장을 열고 있다

낯선 세상 속으로

깎아 세운 차운 빌딩 그 수척한 키만큼
불 밝히던 그리움 층층이 꺼져 있다
그물에 걸리지 않는 바람 번화가를 질주한다

빙그르르 돌아가는 판에 박힌 원형 무대
떨이 못한 좌판 같은 시간들이 멈춰 서고
한 순간 탈 벗은 얼굴 신발 끈을 고쳐 맨다

걸쭉한 목청들이 남도 땅을 넘어선다
굿거리 장단에 맞춰 어깨춤도 얼쑤얼쑤
떠나는 슬픔을 딛고 새 길 환히 밝아온다

야산

세상사 비껴 앉은 조그만 야산 하나
오고 간 많은 사연 숲길에 갈무리고
푸른 품
가만히 젖혀
바람 소리 듣고 있다

그리움

훌훌 가슴 털어
수평선을 바라보면

아슴한 고향집이
파도에 실려 오고

그 언덕 들꽃 한 아름
포말처럼 흔들린다

담쟁이

땀 절은 공구들이 폐기되는 공단 근처
허물어진 담벼락을 칭칭 타고 돌던
담쟁이 푸른 숨길이 서릿발로 가빠온다

체온을 잃은 살점 뚜욱 뚝 떨어진다
칼날로 오는 바람 뼛속마저 아려올 때
어깨뼈 맞댄 구호가 잔상으로 떠올랐다

행간을 밟아오는 꽁초 쌓인 인력시장
꺾여진 허리춤을 애써 바투 세우며
의지의 실뿌리 하나 땅 속 깊이 묻는다

아내의 뒤뜰 · 1

자운영 각시붓꽃 사랑초 애기나리
말줄임표에 놓아둔 이름 모를 풀꽃까지
아내의 뒤뜰 밝혀든 꽃들의 목록이다

섬섬한 꽃향기 품어낸 씨눈에는
온전한 집 한 채 짓지 못한 설움도 있고
악연이 남긴 상처로 상심한 생활도 있다

이건 꽃이 예뻐 분가 받아 키웠고
아, 저건 고사 직전인 걸 겨우겨우 살렸다며
싱싱한 꽃잎 펼쳐든 눈웃음을 짓는다

초롱꽃 뻐꾹나리 개미취 매화나무
미처 못 읽은 목록 다시 가만 꺼내들면
꽃 마다 담았을 소망 아리도록 눈부시다

풀꽃 마을

밟아 오른 세속의 품계 음계가 되지 못하고
베고 베인 상처로 뒤척이는 길에 서면
초대를 받지 않아도 가고 싶은 마을 있다

습하고 외진 터도 은총처럼 축복처럼
몸 낮춰 어우렁더우렁 다복솔같이 모여 사는
쇠비름 금강아지풀 애기똥풀 깽깽이풀

저마다 켜든 꽃불 타올라서 절창이 되고
그 소리소리 모여서 천상의 화음이 되는
한 번쯤 뿌리 내려서 살고 싶은 마을 있다

폐교에서 그리움을 읽다

듬성듬성 저승꽃 핀 늙은 교사校舍 들머리
한 시대 증언하듯 뼈대로 섰는 동상
웃자란 잡초 군단이 호위하고 있었다

골동품 닮은 교실 슬그머니 들여다보면
졸업생 김 아무개 모월 모시 다녀갔다는
꾸욱 꾹 눌러 쓴 어록 눈시울은 붉게 젖어

운동장 굽어보며 정강이가 삭은 사택
카랑카랑한 말씀들을 금시라도 풀어낼 듯
바래진 단청빛 세월 가을볕에 널렸고

풍금소리 한 소절을 먼지 속 꺼내보면
낡고 잊혀져가는 이 작은 그리움들
숲길은 사방으로 뻗어 물밑처럼 깊었다

산노을

내 고향 물빛 하늘
묵필로 듬뿍 찍어

울 엄니 가슴 같은
산마루를 그려보면

화선지
한 폭 가득히
번져가는 그리움

쉿!

어디서 날아왔을까
민들레 홀씨 하나

짓눌린 소망에도
간간이 물이 올라

시멘트
틈을 비집고
초록 싹을 틔우네

탁상수(卓相銖, Tak, Sang soo)

1896.~1943. 경남 충무 출생. 호 늘샘, 와룡산인(臥龍山人). 중학교 중퇴. 《조선시단》 민요시 「눈물」, 「파란새」 발표(1925). 우리나라 최초 시조 동인지 《참새》 창간(1926), 편집인.

—

낙조落照에 물든 구비

낙조에 물든 구비 장하고도 묘하고나
장하고 묘하더니 있다 도로 없어지네
자연의 무한 신비를 여기서도 보옵네.

모이고 헤어질 젠 나무요 산이러니
오르고 내릴 때는 물결이오 짐승인데
빛마다 짙고 옅으니 뵈다 마다 하노나

바다로 나리는 듯 하늘을 올라가고
하늘을 오르는 듯 바다로 나려오다
되돌아 제자리 선 듯 오고 감을 모를레

망기忘機

책들양 나는 일이 등잔 앞에 앉았건만
생각은 제만 홀로 빗소리를 따라나가
울 넘어 양철 지붕에 밤 깊은 줄 모르놋다

호젓한 이런 밤은 빗소리도 구슬픈데
아득한 노랫소리 어디메서 부르는지
그나마 젖은 가락이 흘러들어 오놋다

이때야 안 잘 땐가 꿈이 벌써 한창일걸
졸음은 노랫소리 생각은 빗소리를
상 없이 다 따라가고 몸만 홀로 남기놋다

옥녀봉에서

오르다 문득 보니 집집이 연기로세
경으로만 이를 것가 밥을 짓는 연긴 것을
때마다 끊이지 말고 나고나고 또 나시라

옥녀봉 오를 적엔 땀이 웃을 적시드니
봉두峯頭에 올라 서니 바람이 싫어 주며
안계眼界가 또한 좋으니 나려갈 맘 없고나

옥녀봉 올라 앉아 탄벽대彈碧臺를 굽어보니
칠현봉七鉉峯 넘어 있는 갑팔령甲八嶺은 안 보이나
어느새 영상회록을 다 들을 듯 하고나

운동회

방초는 푸릇푸릇 보리 고개 금빛인데
한들 넓은 터에 나란하게 늘어 서니
손고른 모든 맵시들 기세 늠름하여라

쇠같은 팔과 다리 범과 같이 날쌘 솜씨
자웅을 다툴 제야 서슬이 푸르더니
한곳에 마주 앉으니 웃음 절로 터지네

앞서니 뒤서거니 번개 같이 내달을 제
사면에 모인 손님 손벽소리 우뢰같다
이윽고 우승기 들고 나니 흥이 절로 괴이네

추야장

가을비 지난 뒤라 내 마음도 따라가네
마음만 갤 뿐인가 밤이 또한 아니 긴가
밤 길고 마음 개이니 홀로 어이 새우리

홀몸도 외롭거늘 밤은 어이 이리 긴가
마음에 그리는 벗 행여나 만난다면
이 밤을 긴 줄 모르고 울 것만 같아라

이 밤이 이리 길어 그 벗이 그리운가
그 벗이 그리워서 이 밤이 이리 긴가
밤 길고 벗 그리우니 새울 길을 몰라라

서로 그리는 줄 그도 나도 다 아나니
내 이리 그 생각에 이 밤 홀로 새우듯이
응당이 그도 이 밤을 날로 하여 못 자리

투우鬪牛

인간의 잔악성은 알 길도 바 없어라
어진 저 짐승을 싸움이란 되단 말가
마주쳐 뿔이 빠져도 히야 하야 웃다니

순하고 어질 적엔 그리 센 줄 모를러니
이 뿔 저 뿔이 벼락인 듯 마주칠 때
태산도 발밑에 들면 거칠 턱이 없을레

참을 때 참다가도 성날 때란 그렇잖아
가죽이 메어지고 뿔이 또한 빠지도록
버티고 날뛰는 품은 걷잡을 길 없어라

묻노니 인간들아 소 보기도 부끄러워라
느린 듯 부즈런하고 순한 듯이 용맹 있어
기세를 돋을 때이란 죽을 줄을 몰라라

님이여

님그리워 끓는 가슴 날이 차다 식으리까
날리는 눈 송이마다 눈물로 녹으오니
님이여 붉던 희던 붉은 잔에 받으소

외로운 꿈을 안고 내홀로 님그릴 제
밤새도록 쌓인 눈이 달빛에 밝으오니
님이여 찾으오소서 꿈에나마 오소서

인생

남들도 다 같는가 내 맘 홀로 이러한가
허위고 넘을수록 어렵고도 가쁠 뿐을
가쁜 길 알면서 가는 내 일생이 설어라

인생이 길다 함도 있음 직한 그들 말이
꿈처럼 짧다 함도 그 또한 옳은 말이
질실로 길고 짧기는 제게 있나 보옵네

칠석

은하수 오늘 밤에 오작교 비켜 놓고
견우 직녀분이 한곳에서 만난단 말
인간의 은하수 오작교를 몹시 그려하노라

서회書懷

애쓰고 힘을 다해 몇 해 두고 쌓아온 글
이제 와 돌아보니 이룬 것이 하나 없네
일마다 이럴 양이면 무엇한다 하리오

표문순(表文順, Pyo, Moon soon)

1967년 경기 파주 출생. 한양대학교(국문과) 박사과정 수료(2018).《시조시학》신인상(2014) 등단. 시조집 『공복의 구성』(2019, 고요아침). 열린시학상(2017), 나혜석문학상(2018) 수상. 열린시학회, 한국시조시인협회, 오늘의시조시인회의, 작가회의 회원.

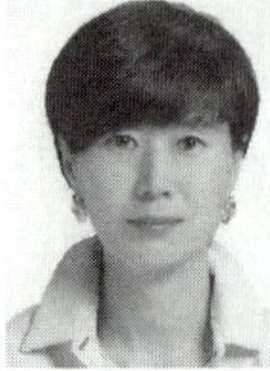

—

시인은 우리 삶의 부재와 결핍이 나를 찾는 기본적인 생존의 패러다임이라는 이야기를 건네고 있다. 「김치론」에서는 갈비뼈 사이사이 묻혀 있는 통증에 대해, 「공복의 구성」에서는 텅빈 내면의 세계를, 「사탕의 시간」에서는 응어리진 시간의 쌉싸름함을 맛본다. 또한 「염천炎天」에서는 감춰진 것들의 분출을, 「달마를 읽다」에서는 초월의 순간을 그려내고 있다. 이것은 그녀 안의 수많은 그녀들을 만나기 위한 몸짓이다.

— 이송희(시인 · 문학평론가)

—

꽃점

앙상한 가지 속에 숨은 비의悲意 읽어내니
전생은 두 송이의 꽃으로 요약된다
처음은 주인공이나 중간부턴 엑스트라

한 쪽엔 어미의 탄식 말없이 솟아있고
다른 쪽엔 아비의 파란 폐허로 웅크렸다
누가 더 꽃의 중심에 닿아있는 상태인가

예언이 흩날리던 지점에서 길 잃을 때
불안의 방향으로 의문들이 귀를 연다
운명의 진원지 같은 향기와 마주하고

일평생 사납기만 한 운수를 생각한다
고아의 뒤란에서 점멸중인 꽃잎 따며
마지막 한 닢에 물린 패卦들을 감정한다

줄기의 감정

좌표를 잃어버린 철로변 넝쿨들이
사선死線에 목을 놓고 있는 힘껏 건너간다
천천히 아주 천천히
햇볕을 끌고 간다

덫이 된 듯 요동 없는 단단한 침목들은
와자했던 열차의 흔들림을 함구한 채
조용히 7월로 이동하는
덩굴손을 지켜본다

노래처럼 덜컹거리며 달려올 불안들
이 침묵에는 읽어야할 슬픔 너무 많다
한 뼘씩 영역을 뻗는
줄기의 감정을 읽는다

달마를 읽다

제 몸에 맞지 않는 신발을 질질 끌며
차도를 헐렁헐렁 걷고 있는 객승 하나
몸이 된 지팡이 따라 천근을 떼고있네

신호를 맞추기엔 너무나 더딘 걸음
죽음의 두려움마저 잊어버린 시간 앞에
경적을 휘휘 뿌리며 흩어지는 사람들

헐떡이며 쫓아오는 뒤축의 공간만큼
가쁘게 버려왔던 발자취를 흘리면서
무지정 무색신호가 깜빡깜빡 걸어가네

발등을 덮고 있는 두둑한 온기들이
자꾸만 비척거리는 발가락을 움켜쥐며
충분히 헐렁하도록 걸음을 밀어주네

서쪽으로 휘는 나무

버릇처럼 이끌렸던 기억이 있는 걸까
햇볕이 몇 번씩이나 방향을 돌려봐도
나무는 한쪽을 고집하며 집요하게 휘고 있다

엉덩이를 질질 끌며 방바닥을 닦고 있는
어머니의 다 닳은 관절처럼 본래부터
서쪽에 소속을 두고 제멋대로 휜 것인가

곁가지 허리쯤에 깊이 파인 옹이들
소리 없이 낡아가는 오래된 습성을
억지로 잡아 가두기엔 노을이 너무 붉다

김치론

한숨마저 양념 삼아 섞어 넣던 저녁답
허둥지둥 마당가의 황혼까지 버무리면
썩다와 숙성의 차이, 남몰래 시작된다

김치가 저 혼자서 아리게 익어가듯
갈비뼈 사이사이 묻혀있던 통증들도
푹 절인 무·배추처럼 발효를 진행할까

얼지도 시지도 않는 5℃의 정점에서
모질게 매운 것과 몇 구절 뒤섞이며
한 줄기 절창을 위해 무작정 깊어졌으니

맛의 배후 알고부터 매끼마다 체증이다
골마지 활짝 핀 몸 끄응 끙 끌어안고
묻어 둔 밀봉의 시간 쭉쭉 찢어 엄동 난다

공복의 구성

부재를 포옹했던 여벌 같은 그릇들이
발단의 정점을 향해 슬그머니 일어서면
저 혼자 냉장고가 앓는다, 결핍에 감염된 채

가족과 식구의 차이 이별과 별리의 차이
알면 알수록 슬픔의 범위 한없이 넓어지니
혼자된 아비를 전부 기러기라 부르지 마라

층층이 쌓여있는 먹다 남긴 시간들이
위기의 한 가운데서 부패를 시작하면
그 모든 칸칸 속에서 불면을 증식한다

자정의 위장 속엔 거대한 혼잣말 있다
날마다 문을 열지만 불구의 배를 채울
1인칭 서사 구조는 매끼마다 공복이다

가시연
― '빅토리아'라는 이름으로

당신 떠나고 연못이 품은 것은 가시였을까
바람이 저 혼자 침전시킨 시간 속에서
무엇이 깨어나려고 밤새도록 몸부림쳤나

태동으로 길러냈던 바다의 기담奇談들
수면의 침묵으로는 상상할 수 없었지만
줄기는 물빛의 언어로 울음을 키워냈다

갈라쇼와 피날레를 남몰래 연출하듯
단 이틀, 화려하게 왔다 간 흔적들
파문엔 감당할 수 없는 호흡들이 낭자하다

제부도

파도가 밤새도록 뒤척이다 데려간 건
너와 내가 흘리고 간 추억만은 아니다

조용히 물 밑으로 오는 순례길을 보아라

금방 떠난 막차처럼 열망들을 가둬놓고
모든 것에 때가 있음을 온몸으로 증명한다

우리의 젖은 발목은 그래서 더 황홀하다

사탕의 시간

나는 슬픔을 입에 넣고 자주 빤다
막대에 꽂혀있는 눈물빛 회오리들
입술로 감당하느라 끈적일 때 많았다

딱딱한 감정이 당도해서 뭉쳐진 날
양 볼이 미어지도록 그것을 밀어 넣고
조금씩 녹여 흘리며 설움을 굴렸다

재회의 순간에도 여전히 맛은 쓰다
입 안에 일고 있는 바람을 다독이며
고집 센 집착 하나를 와드득 씹고 만다

염천炎天

폭염이 그늘 속까지 한쪽 발을 들이 밀자
가쁘게 뒤틀리던 마당 앞 나무들이
제 몸의 비상구 쪽으로 촉수를 드리운다

널따란 잎새 위에서 기거하던 벌레마저
엽록의 길을 따라 사라진 오후 2시
때때로 그늘을 놓친 노모가 휘청한다

모질게 생의 반경 벗어나지 못하다가
텃밭 또는 논두렁에 종착지 정해놓고
가끔은 속보가 되어 서럽게 날아온다

피천득(皮千得, Pi, Chun deuk)

1910.~2007. 서울 종로구 청진동 출생. 호 금아(琴兒), 월향(月鄉). 영문학자, 시인, 수필가. 상해 호강대학(영문과) 졸업(1931). 《신민新民》「산야山夜」, 「가을비」(1926, 제10호), 《신동아》「서정소곡」(1930) 등 발표. 《동광》 수필「눈보라 치는 밤의 추억」발표(1933). 시집『서정시집』(1947, 상호),『금아시문선』(1959, 경문사), 시문선집『산호와 진주』(1969, 일조각) 외. 수필집『산호와 진주』(1980, 일조각) 외. 경성중앙산업학원 교원(영시英詩 연구), 광복 후 경성대학 교수, 동 대학 사범대 교수, 하버드대학교 교환교수, 서울대학원 학생과장 역임.

—

사랑

1
길가에 수양버들 오늘따라 더 푸르고
강물에 넘친 햇빛 물결 따라 반짝이네
임 뵈러 가웁는 길에 봄빛 더욱 짙어라.

2
눈썹에 맺힌 이슬 무슨 꿈이 슬프신고
흩어진 머리칼은 흰 낯 위에 오리오리
방긋이 열린 입술에 숨소리만 듣노라.

3
높은 것 산이 아니 멀은 것도 바다 아니
바다는 건널 것이 산이라면 넘을 것이
못 넘고 못 건너 가올 길이오니 어이리.

4
모시고 못 산다면 이웃에서 사오리다
이웃서도 못 산다면 떠나 멀리 가오리다
두만강 강가이라도 이편 가에 사웁고저.

5
보는 것만이라도 기쁨이라 하셨나니
지금도 이 땅 위에 같이 살아 있는 것을
어떻다 그 기쁨만도 드려서는 안 되는고.

6
추억에 지친 혼이 노곤히 잠드올 제
멀리서 가만가만 들려 오는 발자욱은
꿈길을 숨어서 오는 임의 걸음이었소.

7
그리워 애달파도 부디 오지 마옵소서
만나서 아픈 가슴 상사보다 더 하오니
나 혼자 기다리면서 남은 일생 보내리다.

8
목청이 갈라지라 엷은 가슴 미어질 듯

9
번지고 얼룩지고 마디마디 아픈 글을
입술 깨물고서 말 만들어 보노라니
구태여 흐느는 눈물 편지 다시 적시오.

제 사랑 제 못 이겨 우는 줄도 아옵건만
아쉬운 마음이라서 행여 행여 합니다.

10
날 흐린 바다 위에 갈매기들 우는고야
흩어진 머리칼에 빗질 아니 하시리니
비나니 임의 나라에 날씨 명랑합소서

11
때마다 안타까워 불러보는 그 이름은
파란 하늘 푸른 물결 두 사이를 지나가서
애달픈 목소리라도 다시 들려 주어라.

12
하루를 보내노면 와서 있는 또 하루를
꽃이 져도 잎이 져도 찾아오는 또 하루를
닥쳐올 하루 하루를 어찌하면 좋으리오.

13
오실 리 없는 것을 기다리는 이 마음을
막차에 나리실 듯 설레는 이 마음을
차 가고 정거장에는 장명등이 꺼지오.

14
에서 마주앉아 꽃다발을 엮었거니
흩어진 가랑잎을 즈려밟는 황혼이어
여울에 그림자 하나 흘러흘러 갑니다.

15
문갑에 놓인 사진 고요히 빛을 잃고
어스름 어슴푸레 이 하루도 저무를 제
나뭇잎 지는 소리를 아픈 가슴 듣노라.

16
꿈같이 잊었과저 구름같이 있었과저
잊으려 잊으려도 잊는 슬픔 더욱 커서
지난 일 하나하나를 눈물 적셔 봅니다.

17
설움은 세월 따라 하루 이틀 가오리다
아름다운 기억만이 가슴속에 남으리다
옛 얼굴 떠오르거든 고이 웃어 주소서

18
훗날 잊어지면 생각하려 아니하리
이따금 생각나면 잊으려도 아니하리
어디서 다시 만나면 잘사는가 하리라.

만나서

바늘 멈추옵고 긴 생각 하올 그 때
님은 찬달 밟고 내 창 앞을 헤맸다고
귓결에 휘파람 소리 들은 듯도 합니다.

열이레 겨울 달이 서창을 넘는다고
다 못 한 긴 말씀을 어이 끊고 가시는고
간 뒤에 잠들 줄 아는 그 마음이 미워라.

딛고 가신 덧문 님 아니시고 뉘어시리
창밖에 밝은 달만 부질없이 기다리네
피어논 뜰의 입김이 방에 가득한 것을.

무제無題

이불 걷어차고 '만또' 떠어 걸뜨리고
깊은 숲 어둠 걷어 인적 끊인 다리 지나
맞을 손 있는 듯이나 숨가쁘게 나갔오.

막차에 나린 이는 애기 업은 늙은 마님
가지고 나린 것은 쪽박 달린 봇짐 하나
차 가고 정거장에는 장명등이 꺼지오.

오실 이 없는 것을 기다리는 이 마음을
찬 별을 바라보며 산길 돌아 집에 오니
이 밤도 손님 온다고 검둥이는 짖으오.

이 마음

떨어져 사는 우리 편지조차 못 하리니
같은 때 별을 보고 서로 생각하자 했네
깊은 밤 흐린 하늘에 샛별 찾는 이 마음.

늦도록 문틈으로 불빛 새는 밤이며는
불 끄고 누워서도 그와 함께 새우노니
찾아가 님 없는 방에 불 켜 놓는 이 마음.

벗에게

어느 제 궂었느냐 새파랗게 개이리다
쉬어서 가라거든 조바심을 왜 하오리
갈 길이 천 리라 한들 젊은 그대 못 가리

산야山夜

짐승들 잠들고 물소리 높아지오
인적 그친 다리 위에 달빛이 짙어가오
거리낌 하나도 없이 잠 못 드는 밤이오

셰익스피어의 소네트 104번

지금도 그때 젊음 예전같이 고운지고
세 번 사월 향기 유월 볕에 세 번 타다
머문 듯 가는 젊음을 내 눈이라 속았느니.

진달래

겨울에 오셨다가 그 겨울에 가신 님이
봄이면 그리워라 봄이 오면 그리워라
눈 맞고 오르던 산에는 진달래가 피었소.

가을비

고요히 잠든 강 위 하염없이 듣는 비의
한 방울 두 방울에 벌레 소리 잦아진다
아마도 이 비는(정녕) 낙엽의 눈물인가.

하린(河潾, Ha, Rin) 본명: 하종기(Ha, Jong ki)

1971년 전남 영광 출생. 중앙대 대학원(문예창작학과) 박사 학위.《시인세계》신인상(2008) 등단. 시집『야구공을 던지는 몇 가지 방식』(2011, 문학세계,청마문학상 신인상),『서민생존헌장』(2015, 천년의시작,제1회 송수권시문학상 우수상),『1초 동안의 긴 고백』(2015, 문학수첩). 연구서『정진규 산문시 연구』(2015, 국학자료원), 시창작 안내서『시클』(2016, 고요아침, 한국출판문화산업진흥원 우수출판콘텐츠제작지원 사업 선정). 한국해양문학상 대상(2016) 수상. 아르코 문학창작기금(2013, 2018) 수혜.

—

시의 주변부가 있다면 하린의 시는 그곳에서 시작하여 변두리로 더 멀리 외곽으로 퍼져나간다. 낯설고 불편하게 느껴질 것이다. 이것은 확장이라는 '필연적 반응', 그의 시를 따라 산동네 누추한 골목 쪽방으로 옥탑방으로, 돌연 반지하 혹은 늪으로 가는 경험이 그러하다. 그것은 개인적으로 들추고 싶지 않은 기억을, 적나라한 일상을 목격케 한다. 우울과 발작, 패배감이 따를 수 있다. 하린은 '깊은 어둠'이라는 기피되고 제한적인 구역으로 스스로를 난파하여 '오늘이라는 통증'을 '구급'한 언어로 증언한다. 그럼에도 불구하고 그는 이 시라는 삶에 지극하고 곡진하다. '웃으면서 우는' 시인, '여름의 얼음 덩어리'처럼 뜨거운 시인으로 상극관계의 균형미를 잃지 않는다. '냉소와 온기', '시인詩人과 시신屍身', '비행飛行과 비행非行'이 길항하며 버리는 일상의 거대한 절개지에서 '태양을 품는' 특유의 자질을 보여준다. 이전의 견문을 누그러뜨린다. '몰래 흘린 눈물이 돌멩이가 될' 때까지 그의 시가 이 병든 세상에서 '독종毒種'으로 그 아름다운 종種으로 번식할 것이다.

— 김이듬(시인)

—

돌멩이

가만히 귀를 대보면

거친 숨소리 들린다

알몸이 쓸쓸하고

고독하고 적막해도

심장은 멈추지 않는다

선언은 끝이 없다

거대한 침묵

화산섬의 뿌리처럼
잠재된 당신과 나

억눌린 비굴을
삼키고 또 삼켜도

한순간
밀어낼 혁명이 있어
끝까지 진행형이다

고독 감별사

혼잣말은 입속에서
발굴된 게 아니라

심장 속에서 터진 거라고
누군가 말할 때

그 사람
눈동자를 보라
웃으면서 울고 있는

내가 다시 돌아와

메모지에 써 내려간 유언을 읽는다

다짐의 번복을 눈물로 추궁한다

아무도
읽지 않았다니

철저하게 혼자다

우듬지

매 순간 연한 것이

허공과 만나고 있다

날 선 생각 빠져나간 후

둥근 해탈 무성해서

나무는 피 흘리지 않는다

신생만을 반복한다

시마

오욕을 참으며
생각을 짓이기며

각자의 토굴을
찾아가는 짐승처럼

내 시는
오늘 밤 불온하다
분노를 삼킨 탓이다

이사

처음 보는 어둠과
통성명을 한 저녁

방의 율법에 따라
고분고분 눕는다

가만히
변방이 변방을
감싼 채 울고 있다

트라우마

매끄러운 거울 안에서

흠집이 자라고 있다

끝끝내 한 번도

눈치 채지 못할 거다

어느 날 파국이 와도

와장창 깨진다 해도

직전

절망을 반복하며
여기까지 왔는데

절망이 모여서
야만이 되고 말았구나

하나의
극단이 된다는 건
언제나 직전의 몫

연명

두꺼운 획 그으며

까마귀 날아간다

북향인지 남향인지

궁금하지 않을 때 있다

길고 긴 숨고르기만

죽음 앞을 서성인다

하수미(河秀美, Ha, Su mi)

1961년 경남 마산 출생. 홍익대학교 박사 졸업(2014).《시조시학》신인작품상(2019, 봄호) 등단. 유심시조아카데미 회원.

하수미 시인은 시조 양식이 현대적 감각을 담아낼 수 있다는 하나의 가능성으로 작품을 선보이고 있다, 시적 대상과 관심도 매우 다양하고 세련되어 있으며, 특히「템페스트 3악장」같은 작품은 추상적인 선율이 자아내는 감각과 정동을 구상적인 형상을 통해서 그려내면서 서정과 의미를 구체화하고 있다는 점에서 시인의 역량을 짐작케 한다.

— 황치복(문학평론가)

리스본 동백꽃

길 떠나는 봄날 눈길 머문 뜰 아래
오롯이 떨어져 땅 위에 피어있는
제 할 일 다한 동백
지켜보네 봄날을

숨가쁘게 올라선 리스본 언덕길
적벽돌 지붕보다 붉은 낯익은 꽃송이
봄날은 가지도 못하고
매달렸네 가지에

시차만큼 일곱 시간 늦게 온 햇살에
두고 온 시절은 그림자만큼 짧아지고
아직도 새파란 동백
찬바람은 여전하네

봄날인들 어쩌랴 꽃송이 피고 지고
마음 두고 왔다고 시절이 잊혀질까
여행자 눈길 닿은 곳
빨간 동백 덩그렇다

동지冬至

긴 밤도 지나갔다 양초 타들어 가듯
타다만 촛농만큼 아직도 겨울인데
언 땅 밑 수선화가 꿈틀,
햇살 한 뼘
길어져

로봇청소기

행여 생채기 낼까봐 모서리도 깎여버린
불러주지 않으면 소리조차 낼 수 없어
잠자코 제자리 지키다
터치 한 번에 신난다

버튼 누르면 제 맘대로 소란스레 왔다갔다
버튼 누르고 내 맘대로 장난스레 말 건네다
불러도 들은 척 않는
일 많은 노동자

이리 쿵 저리 쿵 갈 길 막아도 돌고 돌아
제 몸 아팠네 상처 났네 불평 없이
내일도 도돌이표 노동
마루는 반짝인다

템페스트 3악장

징후를 느꼈다
가느단 바람결
푸른 잎 건드리며 귓가를 스친다

유리잔 부딪치는 소리
빗방울 하나 둘
톡
톡

바람은 빗줄기로 가차 없이 몰아치니
버티려는 너조차 저항 없이 품는다
사랑은 막을 수 없지
가을은 막을 수 없지

요동치는 사랑은 너에게 내려앉아
가을을 남기고 느리게 돌아섰다
폭풍이 두고 간 흔적
디미누엔도*
그리움

* 디미누엔도diminuendo: (음악 용어)점점 여리게.

슈퍼문

지구를 움직여 제 속살 감추고
지구를 움직여 제 속살 드러내고
억만 년 반복한 의식
지치지 않는
저 달은

발 디딜 틈 없는 천 리 길 아랑곳 않고
뿌리쳐도 내쳐도 끈질기게 따라온다
바쁜 척 꼬리 문 빨간 등
달빛에 젖을라

지구 위에 사는 건 달에게 미안한 일
지구 위에 사는 건 달에게 고마운 일
이까짓 반백 년 세월
길지 않아
다행이다

부부

여름 더위 타지 말라고 해마다 보내주신
삼베이불 풀 먹인다
이제 내 몫이다
두 사람 이불귀 잡고
주름 펴다
티격태격

매미 소리 장단 맞춰도 느릿한 발다듬질
이불 주름 펴지고
눈가 주름 늘어나고
세월도 미어지는데
초복쯤이야
견딜 만하지

도다리 쑥국

친정 온 딸내미 그냥 보내면 서운하다고
손 이끌어 도착한 어시장 좌판 가게
"어무이"
정겨운 말투에
어제 산 갈치 또 사고

쑥 한 줌은 덤 , 물 좋으니 보나마나
기억은 밀고 당기고,
기억은 밀고 당기고
봄볕에 눈 흘긴 광어
믿고 먹는
도다리쑥국

밤 벚꽃

더 이상 기다릴 수 없어
터뜨린 하얀 꽃잎

하루 밤새 화들짝
달빛도 놀라는데

한 번에 무너져 내릴
이 버거운
환희여

철학하는 시간

물 한 잔 데우는데 기다리는 시간 일 분
렌지 옆에 토스터 그 옆에 커피메이커
너는 왜 동그랗게 생겼니
너는 왜 네모니

물어보고 답하고 상상하고도 남은 20초
언제 이렇게 진지해 본 적 있었나
차지도
뜨겁지도 않게
마음이 데워졌다

피지 풍경

햇빛 아래 서 있는 누구라도 투명하다
아빠를 부르는 아기 눈망울도 투명하다
조막손 잡고서 웃는
아빠도 투명하다

선글라스 여인네 대화도 투명하다
오렌지 바구니 든 플루메리아 꽃핀의
풍만한 피지 여인도
웃음으로 투명하다

피지풀 엮은 사각 지붕도 투명하고
바람에 소곤거리는 파도 소리 듣는지
야자수 푸른 이파리
반짝임도 투명하다

불라 불라 반가운 인사도 투명하다
바다처럼 나도 모두에게 투명하다
보고도 볼 수 없는 것
피지에는 참 많아

투명한 바람처럼 스치기만 하는데
잡을 수 없어도 잡히는 사랑, 사랑
피지엔 투명한 것들
웃음처럼 널려 있다

하순희(河順姬, Ha, Sun hee)

1953년 경남 산청 시천면 원리 출생. 진주교육대학교, 한국방송통신대(초등교육학과). 《시조문학》 천료(1989), 《한국아동문학연구》 동시조(1990), 〈경남신문〉(1991), 〈서울신문〉 신춘문예 시조(1992) 등단. 시조집 『별 하나를 기다리며』(1998, 동학사), 『종가의 불빛』(2019, 고요아침). 시조선집 『적멸을 꿈꾸며』(2004, 태학사). 동시조집 『잘한다잘한다 정말』(2016, 경남). 경남시조문학상(2001), 중앙시조대상 신인상(2001), 경남문학 작품상(2002), 성파시조 문학상(2006), 마산시 문화상 문학(2009), 산해원 문화상(2011), 경남아동 문학상(2015), 현대불교문학상(2016) 수상. 경남시조시인협회, 경남문인협회, 한국문인협회, 한국시조시인협회, 오늘의시조시인회의 회원. 시조전문지 《화중련火中蓮》 편집장.

내 삶이 네게 가닿아
하순희
나뭇가지 흔들며 푸른 바람이 인다
물동이 들이붓듯 내리는 빗줄기
갑자기
쨍쨍 내리쬐며
흐린 날 지우는 햇빛
10×20

—

존재 탐색과 사회적 상상력의 통합, 하순희河順姬 시인은 시조의 '현대성'과 '시조성'을 균형 있게 통합, 그 안에 존재 탐색과 자기 완성의 열정을 담고, 나아가 동시대인의 삶의 구체성과 애환을 담기도 하는 독자적인 시법詩法을 보여주고 있다(유성호). 현재와 영원을 잇는 존재론적 탐구, 소통과 초월의 의지(강상희). 항시 자신을 돌아보는 반성적 성찰에 잇닿은 하 시인의 시조세계는 어떤 작품이거나 하나의 화두를 던지는 깊은 시조미학에 닿아 있다(홍성란).

—

어머니 설법

내 몸에 상처 진 것들 뜨락에 꽃으로 핀다
발목 걸고 넘어지던 무수한 일들도
생명을 실어 나르는 나뭇가지 물관이 되어

"한세상 살다보믄 상처도 꽃인기라
이 앙다물고 견뎌내몬 다 지나가는기라
세상일 어려븐 것이 니 꽃피게 하는기라

그라모 니도 모르게 다아 나사서
더께져 아물어진 헌디가 보일기다
마당가 매화꽃처럼 웃을 날이 있을기다"

이중섭의 흰 소를 보며

한 획 등뼈처럼 내리그은 화필 끝에
언 땅을 노려보는 잠들 수 없는 눈빛
삭혀도 되살아나는
어쩔 수 없는 멍울인가

네 뿔이 이고 있는 군청群青의 하늘 아래
주린 창자 안고 가는 흰 옷 입은 이웃들과
뒤틀린 발자국 같은
배리背理의 길도 있었지.

나뉘 지닌 궁핍 앞에 바람막이로 버티면서
묵묵히 네가 갈던 이 땅의 묵정밭에
오늘은 또 다른 문명이
짙은 그늘 딛고 섰다

적멸을 꿈꾸며

헤진 신발을 끌며 가야 할 길 남아있어
난타하는 북소리 온몸으로 받으며
몸 하나 깨끗이 사를
장작 한 단 마련키 위해

눈감아도 젖어오는 흐린 날 강둑에서
흩뿌리면 그만인 이름 없는 늑골들
적멸에 들고픈 홀씨
바람결에 날아간다.

엉겅퀴

온몸 가득 가시 세워
낭자하게 피 흘리며

사는 일 까마득하여
소리 내어 울고 있다

아무도
기억하지 않는
세상 한편 언덕에

비, 우체국

난 한 촉 벌고 있는 소액환 창구에서
얼어 터져 피가 나는 투박한 손을 본다
"이것 좀 대신 써 주소, 글을 쓸 수 없어예."
꼬깃꼬깃 접혀진 세종대왕 얼굴 위로
검게 젖은 빗물이 고랑이 되어 흐른다
"애비는 그냥 저냥 잘 있다. 에미 말 잘 들어라."
갯벌 매립 공사장, 왼종일 등짐을 져 나르다
식은 빵 한 조각 콩나물 국밥 한술 속으로
밤새운 만장의 그리움, 강물로 뒤척인다.
새우잠 자는 부러진 스티로폼 사이에
철 이른 냉이꽃이 하얗게 피고 있다
울커덩 붉어지는 눈시울,
끝나지 않은 삶의 고리

돌꽃*

천 년 전 하신 말씀 기억마저 잊었네
백년이 지나서야 피워 올린 가슴앓이
오늘은 이곳에 와서
그 말씀을 받아 적네

묵상하는 나무 아래 나목으로 앉으면
말없는 가르침이 바람 속에 여며 와서
때로는 창창한 슬픔 풀잎처럼 쓸어주고

산야를 건너오며 적셔주는 물줄기
셀 수 없는 시간 햇살 뼈 없이도 돋아나
사는 일, 이와 같음을 비석에 귀 대어 듣네

* 돌꽃: 오래된 비석, 돌에 피어남.

종소리

흔들리며 흔들리며 걸어온 해질 무렵
끝없는 그리움을 자맥질해 건너면
서늘한 가락 속으로
불빛인 양 스며온다

돌아는 올 수 없는 먼 시간 흐름 속에
되돌아 갈 수 없는 저기만치 거리에
아린 듯 가슴을 치는
흐린 날의 뒷모습

금이 간 항아리를 메우고 조여 주듯
뼈를 깎고 깎으며 떠도는 허공중에
혼자서 외롭지 않느냐
따라오는 노래여

운주사

내 그대에게 바란 것 아무 것도 없느니
마음 안 바다에 비로소 가닿아
오늘도 홀로 인 하늘
망망대해 누웠다

천지간에 가득한 바람 소리 따슨 햇살
쓸쓸히 꿈을 꾸는 순례자 발밑에서
내 목숨 진한 향기를
다함없이 보낸다

천년 세월 일없이 누웠다 하지 마라
말없는 말없음으로 돌꽃을 피워내어
무심한 마음의 바다 네게 주기 위함이다

조장鳥葬
— 어머니

마음 쓸쓸히 헐벗은 날
그 목소리 들린다.
잘 있제? 잘 하제?
푸른 울타리로 살 거라
핑 도는 눈시울 너머
떠오는 맑은 하늘

내 죽으믄 무덤 만들지 말거라
말짱 태워서 곱게 가루 내어
찹쌀밥 고루 버무려 새한테 주거라

때 없이 헛헛해 오는 저린 손을 비비면
바람소리 물소리 선연한 풍경 소리
깊은 뜻 새소리로 남아
젖은 길 날아오른다

그릇

산산이 부서져라 한 점도 남기지 말고
부서져 어느 도공의 손끝에 다시 가 닿아
수만도 불길 속에서 끓는 물이 되거라

어쩌지 못해 지녀왔던 못난 삶의 언저리
바스러질 대로 바스러져 형체 모두 지워버린 채
티끌로 먼지로 변해 흙으로 돌아가라

하얀 피 철철 흘려 깨어지는 아픔 있어도
풀잎 돋고 뿌리내린 나무 밑의 한줌 흙으로
몇 억겁 바람이 불어도 그 세월 이기거라

그런 날 인연 닿는 어느 도공의 눈에 띄어
시린 마음을 담아 데워서 건네주는
이 지상 단 하나 남을 결 고운 그릇이 되거라

하연심(河連心, Ha, Yeon sim)
1963년 전남 진도 임회면 출생. 전남대학교 (상업교육과), 충북대 대학원(컴퓨터교육과) 졸업. 《시조시학》(2018) 등단. 청풍명월 시조 백일장 장원(2018).

—

「나이테」는 자연의 순환 속에 생의 연륜을 덧입힌 작품이며 활유와 은유의 결속이 돋보이며 참신한 표현과 곡진의 서정의 진폭이 예사롭지 않다. 짧은 시간에 정신의 신열을 녹여내는 백일장에서 쉬 만나기 힘든 수작이다.

— 박기섭(시조시인 · 전 현대사설시조포럼 회장)

「나이테」 외 2편을 통해 삶의 고단함과 비극을 아름답게 시로 승화시키고 있다. 송진내 길을 내며 달무리 새기는 밤마다 둘레를 더해 가는 나이테는 비단 자연의 속성만을 말하는 것이 아닐 터, 먼 해안 나이테 감는 소리를 청보리와 시인은 같이 들을 것이다. 꽃송이 뚝 떨어지듯 길 떠난 어머니를 형상화한 가족사진에서 시인은 지금 여기에서 꽃상여를 매고 있다. 시인은 서정과 함께 꿈꾸듯 가고 싶은 곳을 갈 것이다.

— 이지엽, 오종문, 박현덕

—

고향집

어쩌면 항아리도
심장이 뛰는 거야
할머니 손길 따라
들숨 날숨 펄떡이며
노랗게 장맛 자랑하던
옹기종기 장독대

분명히 나무에도
듣는 귀 있는 거야
가지 끝 땅 닿도록
흐드러진 붉은 석류
어머니 정화수기도
제 것인 양 엿들었네

나이테

빈 들판 알을 칠 때 단속곳 여미는 강
퇴적층 쌓이고 쌓여 곱게 돋는 나이테
물비늘 그림자 뒤로 목이 긴 나무들

송진내 길을 내며 달무리 새기는 밤
다투어 꽃필 자리 봉긋한 젖몸살
먼 해안 나이테 감는 소리 훌쩍 크는 청보리

게으른 언덕이 한 살 더 살이 찌면
부풀은 이랑은 만삭을 자랑하고
몸 풀어 가벼운 바람 고슬고슬 뜸 든다

가족사진

온갖 꽃 시새우는
강둑에 뿌리내려
장단 맞춰 별꽃 피워
금빛 융단 펼쳐내고

보란 듯 자식 키워낸 흑백의 당신 모습

홑겹의 삭정되어
잠 못 이룬 몇몇 해
꿈꾸듯 가고 싶다던
생전의 소원 이뤄

꽃송이 뚝- 떨어지듯 길 떠난 내 어머니

회한의 마음 모은
영정 앞의 오열들

떠나는 발걸음 그마저 무겁겠다.

꽃상여, 그 품에 안겨 찍은 마지막 가족사진

몸살

땀 절은 무명 속옷
무쇠 솥에 푹푹 삶아
강물에 휘휘 헹궈
퉁퉁 탕탕 두드리면
푸새 끝 눈부심으로 뼛속까지 말개지듯

고열 속 깊은 신음
일상 더께 녹여내고
무병巫病 앓듯 땀을 쏟아
한바탕 춤을 추면
미움도 사랑의 기억도 강이 되어 흘렀으면

처서

무더위 한 풀 꺾여 제법 선선한 아파트
지친 여름 메치는 삽상颯爽한* 바람길
말발굽 채찍질하듯 복도 창 열어젖혔다.

엉? 29층 방충망에 웬 배 불룩 사마귀
메뚜기 매미도 아닌 하필 이 비호감
못 본 척 뒤돌아서서 문 걸어 잠갔다.

한참 후 내다보니 죽은 듯 제자리다.

만삭이 아른거려 엉거주춤 나서는데

세상에…… ! 해충 방제防除 안내 방송, 예초기 소리 위이잉

* 삽상颯爽한: 상쾌하고 시원한.

평준화

장년 부 중국어 과정
평균 나이 65세

복습시간도 모르쇠
그날은 결석했어요

깨알로 받아 쓴 설명도
통 기억이 안 나요

퇴직교사, 전직 임원, 예술가, 사장님…….

한숨 내쉬다 몰아쉬다 모두들 헛웃음

똑같나? 공부해도 안 해도!

돈
있어도 없어도?

기우제 후後

해갈된 논둑길 삘기 꽃이 하얗다

처마 밑 말 배우는 아기제비 재잘 재잘

실개천 맞선 보는 중 들뜬 웃음 수줍다

기우제 구름타고 풍물소리 고수레

뭉근한 가마솥 꽃국물 깊어 가면

색동의 바리데기 꿈, 초록이 벌써 한창이다

압축 그리고 해제

입춘 추위 사위면 솜이불 압축한다

반으로 또 반으로 숨 깊게 몰아쉬면

바싹한, 틈새 다시 핀 뽀송한 목화송이

천형처럼 옥죄던 빚잔치 끝이 났다

일갈하고 찍히는 압축된 통장내역

물위에 뛰어든 꽃잎 미련 없는 댓글들

수첩 속 빼곡하던 이름도 희미하다

잠잠한 파도 소리에 의아한 모래톱

비로소 되찾은 궤도 발그레한 저녁놀

부록

50주년 창간기념 3월호 여성잡지

화려한 광고 사진 두툼한 특집 기사

배보다 배꼽이 더 큰 부록 함께 옵니다.

술 취한 남편도 취업 준비 아들딸도

누구도 눈치 못 챈 덩그런 동그라미

고객님! 축하합니다. 생일 쿠폰 드립니다.

초인종

그러나 벨은 끝내 울리지 않았다
두근두근 째깍째깍 늦이 되어 가는 시간
벽 속에 갇혀 버린 말, 소리 없는 소리들

누가 노 저어와 내 이름을 부르는가
서툰 혀로 절며 절며 네 실어가 깨어나면
박제된 설움이 피어 꽃으로 화답한다.

나무는 강으로 강으로만 향해있다.
부르다 부르다가 옹이 진 저 수평선
난청도 득음이 되어 응답하는 긴 떨림

하영필(河榮弼, Ha, Young pil)

1926년 경남 거창 고제면 봉계리 출생. 호 월주(月州). 거창 농림학교 졸업. 《시조문학》(1979) 등단. 시조집 『아사달의 빛살』(1987, 흐름사), 『조선솔의 바람소리』(2002, 그루), 『삼보송』(2008, 그루). 한국시조시인협회 공로상 수상. 영남시조문학회 '낙강' 회장, 한국시조시인협회, 제17회세계시인대회고문 이사 역임. 한국문인협회, 대구문인협회의 회원. 포항대신초등학교 교장 정년퇴임.

—

세시 유정歲時有情

— 대보름
달이 떴네 대보름달이 강강수월래 순이네 뜨락
청솔월궁 임 맞아 놓고 도솔천 돌아 옥토끼 놀던
어머님 손 모아 망월이시던 아, 내 푸르던 고향이 뜨네.

— 영동
부디 딸네 집 오듯 오라 할미야 영등할미야
시화연풍 어머님 하얀 손길 오르신 하늘
소년은 지연을 물고 새로 새로 날았너라.

— 삼짇날
옛집 아니 잊고 영락없이 오느니라
기다리던 말씀 끝에 지지배배 지지배배
반기신 어머님 아미 추녀 끝이 밝더이다.

신접 살림 보금자리 한 칸 선뜻 내 주시고
지순은 불입 언어 금수로도 정을 두어
우리네 넉넉한 인심 둥그러져 박이었다.

영락없이 왔구료 정절은 너였던가
내 집은 싸늘한 회벽 드릴 곳이 없구나
멀어만 가는 고향이여 추억으로만 남는가.

북한산성에 올라

발돋움 발돋움으로 가쁜 줄도 몰랐다.
부르면 화답할 자리 노을 밖 돌아 선 산아
성채여 네 위에 또 하나 망부석이 굳는다.

불러야 빈 메아리 그래도 다물 순 없다
세월은 머물지 않고 기다리던 숨은 진다.
강산아 끝내 못 감고 간 그 눈들을 어이랴.

국화

꽃과 벌 난만턴 철은 외로 여민 꿈이었네
안으로 안으로만 다스려온 그 인종을
찬 서리 밟아 넘어서 도로 펴난 목숨이여.

장탄

이곳 강물 갈대를 보면 그만 미쳐 버린다네
술잔에 떨어지는 아, 두고 온 그 갈대숲 사연
이따금 날 흐리게 하는 그 친구의 눈시울.

몸부림이 지쳐도 열쇠가 없는 세상
곧 돌아오겠읍네 검은 머리 파뿌리로
그렇다 이런 상황에선 정상이 이상이지.

함박눈

사르르 사르르 알뜰히 아끼는 손길
스르르 눈을 감고 있는 대로 맡기고
쌓여서 쌓여 무거워도 이날 더디 가시라

다만 주기로만 흐뭇해라 건곤乾坤은
소복이 내 골안도 소심素心으로 채워줄 이
이 마음 그저 줄 수 있는 이 눈길 둘이 걷고 싶다.

해바라기

열사가 천리인들 어이랴 타는 화심을
지열이 않는 뜨락 애원으로 도는 향일
한 눈길 물든 그대로 해를 쫓는 아사녀여.

꾸리 실 풀릴수록 높아만 간 하늘인데
욕로는 식지 못해 타래 감긴 화판花瓣인가
보탑이 감길 그날의 목이 마른 학 머리.

끈

그리워서 서러워서 감기며 풀어지며
아무도 못 벗어나는 한울안 두룬 금줄
줄줄이 목숨 매달고 억겁으로 이었다.

잿빛으로 초록으로 무상한 변신이여
불기는 멀리하고 촉촉히 물기에 젖어
청홍사 고운 올 날아 꽃수로나 놓이라.

달맞이꽃

까맣게 눈 감아도 돋아오는 얼굴 있어
그나마 한 오라기 다시 오마 기약 있어
긴긴밤 초롱 켜들고 심지 태며 기다린다.

내 색상色相 서러워도 너로 해 못 바래고
너만 나만 담기던 눈 다시 와 마주한다면
구만 리 곱 구만 리라도 우의 돋혀 가련다.

에밀레

서라벌의 시장기는 우리들의 시장기는
금으로는 옥으로는 차지 않는 큰 시장기는
하늘빛 아기 구슬 먹고야 만월로나 차왔지.

그날 서라벌은 금물결로 잠기어서
누더기 훌훌 벗고 알몸으로 잠기어서
심청이 빨간 심청이 연꽃으로 펴왔지.

— 삼국유사
귀여운 손자놈의
사랑스런 돌잔치에는
세상에서 가장 귀한 것
선물로 줘야겠다고
고사리 토실한 손에
유사 한 권 쥐어 줬다.

반만년 내력이며,
아사달의 햇살이며
세상 이롭게 할지라
인간살이 등불이며
골라도 또 골라봐도
이 위에 더 없었다.

추정秋庭

돌아와도 안 보이네
그 동산의 연연턴 수수授守
소녀의 눈물 지음
서릿발엔 부질없어라
사랑은 주는 것으로
이 수추愁秋를 다스리자.

하장수(河長秀, Ha, Jang su)

1937년 경북 군위 의흥면 출생. 아호 백련. 경북대학교(국어국문학과), 경북대 대학원(국어국문학과), 계명대 교육대학원(언어(국어)교육), 영남대 교육대학원(언어(국어)교육), 대구한의대 대학원(양생법 연구 강좌 과정) 수학. 《시조시학》(1981) 등단. 논문 「이호우 시조 연구」, 저서 『명문가구 성어 1, 2집』, 『추구집』, 『사자소학』, 『인성교육』. 국민훈장 목련장 수훈. 영남시조 문학회 부회장, 한국문인협회 대구직할시 지회이사 역임 외. 영남시조문학 동인회, 경북수필문학 동인회, 한국사진작가협회, 월광회, 한국시조시인 협회 회원 외. 전국한자교육 추진종연합회 지도위원, 한국사진작가협회 자문위원.

—

석불

이끼긴 돌층대에
지긋이 자리 잡아

무거운 업보業報를 이면
가슴에도 금이 간다

긴 시름 달래고 달래
누리에 번지는 저 불심佛心

우러러 받든 하늘
세월이 힘겨워도

오직 그 바람으로
사려 앉아 손 모으고

안으로 안으로만 다져
묵시黙示하는 미소微笑여.

고향집

문고리 달라붙던
칼바람 동지 섣달

안방에 모임 행복
훈훈한 구들목 정

  부엌 속
   갱죽일망정
허기 면한 지난날

우케 널던 마당에는
한 서린 삶의 자취

율 짓던 사랑방은
세월에 무너졌고

박태기
 홀로 지킨 집
가슴 젖는 허무감

봄을 씹는 즐거움

어저께 마신 술이
아직도 얼큰한데

반가운 봄나물로
아침상이 차려졌네

봄 냄새 무쳐 비비는
봄을 씹는 즐거움

황사도 미세 먼지도 없이 맑은 봄날
이런 날 집에 있긴 억울해 봄을 찾는데
남녘엔 매화축제라 봄소식이 달갑다.

회룡포

단물샘醴泉 솟는 고을
설렘으로 찾아 드니

옛 현인 쏟은 솜씨
골골이 즐비하다

비룡산
명당자리엔
서방 정토 장안사

뻐꾸기 가락 읊는
한적한 산골 정경

넓은 들 에워싸고
맑은 물 굽이도는

낙동강
신비가 서린
숨결 트인 회룡포

가족

푹푹 찌는 찜통더위
불꽃보다 더한 땡볕

시원한 한 잔 술에
안주는 매운 고추

흔들림 없이
버텨온 가족
서로 믿는 행복 꿈

봄소식

간밤에
고향이 다가와서

참꽃과 살구꽃들이
곱게도 피고 있다고 전한다

반가워
잠깨어 벌떡 일어나니

방안에
꽃향기 가득
봄을 맞는 즐거움

폐가廢家에 맺힌 향수鄕愁

정화수 떠다 놓고 오남매 복을 빌던
장독대는 풍비박산 잡초만 무성하네
　　　　울 엄마 치성 보따리
　　　　언제 다시 보려나

문고리 달라붙던 칼바람 동지 섣달
안방에 서린 행복 훈훈한 구들목 정
　　　　부엌 속 갱죽일망정
　　　　허기 면해 목숨 잇고

우케널던 마당에는 한 서린 삶의 자취
율짓던 사랑방은 세월에 무너졌고
　　　　박태기 폐가 지키며
　　　　울분 토한 홍자색 꽃

민들레 아파트 찬가

민심이 순후한 곳
　　　　대구의 북구 검단

들나물 풍성하고
　　　　금호강 살진 고기

레벨이 높은 동민들
　　　　상부상조 이웃 정

아파트 솟은 보람
　　　　팔공산 맑은 공기

파이팅 힘찬 외침
　　　　한마음 경로 효친

트이리 민들레 주민
　　　　만사형통 소원이!

하정철(河丁哲, Ha, Jung chul)

1955년 경남 고성 출생. 동아대학교(법학과) 졸업, 부산대 경영대학원 석사. 《부산시조》 신인상(2016) 등단. 재능전국시낭송대회(2012) 수상. 부산시조시인협회, 부산문인협회 회원. 부산시조시인협회 이사, 부산 시낭송협회 감사, 알바트로스 시낭송회 이사, 시사위 자문위원.

옥시

하정철

한 잿진 솜방울은 눈에 겹어
가
천천히 오므리며 산아나는 거
방
떨어져 흐러가더는 죽은 것이
다

—

《부산시조》 2016년 하반기호의 신인상으로 하정철 선생의 작품 「5.8로 뒤흔들던」, 「옥시」, 「회상」, 「휴업」, 「에스컬레이트」 5편을 뽑았다. 시정을 통해 드러난 하정철 선생의 세상 인식은 비바람을 온몸으로 맞고 엎드린 길섶 풀꽃 서정이다. 동시에 재제에 대한 새로운 해석을 모색하겠다는 창작 의지가 굳건하다.
「5.8로 뒤흔들던」에서는 위로만 향하는 세속적 가치로 발밑 존재의 아픔을 몰랐던 편견에 대한 통렬한 반성이 드러난다. '땅 밑에 눌린 체기', '갈라지는 살'을 발견하는 사회적 인식과 시적 이미지 포착, '뒹굴고 서로 덮으며 흙내음도 맡'는 조화로운 세상으로의 지향정신이 올바른 문학정신이라고 본다. 온 국민을 놀라게 한 지진을 두고 이런 시정을 포착한 이 땅의 시인들이 몇이나 될까.

— 서태수(시조시인)

—

회상

강물에 일렁이는
그리움 퍼 올리니

강나루 빈 의자에
바람 함께 꽃이 핀다

그대도 줍고 있었나
풀꽃 시간 촘촘하다

강의 대답

잔물결 친구 삼아 강기슭을 걷는다
나루터 얕은 시상 바닥에 닿을 무렵
바람에 흔들리는 배
툭 치고 가는 물고기

5.8로 뒤흔들던

잊고 지낸 네 이름이 우리에게 오기까지
발밑의 용틀임을 몰랐다 새까맣게
흔들며 알아 달라고 생떼 쓰는 아우성

땅 밑에 눌린 체기 답답하고 풀 길 없어
속앓이 절규인가 터져 나온 분노인가
곪아서 갈라지는 살 알아주지 못했다

저 혼자 끙끙대다 가슴만 끓였구나
급하게 서두르며 위로만 쳐다봤네
뒹굴고 서로 덮으며 흙내음도 맡아야지

설거지

개수대 그릇들도 넣는 차례 있는거다
기름 묻은 고기접시 섞이면 안 되듯이
혼탁한 정치판처럼 흑백 가리기 힘들다

넘치던 식탐이랑 밥그릇 싸움질도
이빨 빠져 퇴출되는 아버지 사기그릇도
수세미 빡빡 문질러 다듬어가는 시간들

세제거품 일으키며 기도하듯 씻어간다
누렇게 물든 자국 흔적 없이 사라지면
오래된 마음 찌꺼기도 말끔하게 날아간다

모소 대나무

잣대 대는 준비 시간 여기선 부끄럽다
사년 뿌리내리고 사십여 일 폭풍성장
속내를 들추어낼수록 마디마다 푸르다

시간이 돈이라며 등만 자꾸 떠밀다가
떡잎만 읽어봐도 등치가 보인다며
한쪽을 다 잃기 전에
터다지는 대나무

강의 길

물결은 나를 보고 아우르며 걷자더니
왕버들 손을 잡고 몸 낮추라 이른다
느슨한 좌표 그리는
바람 따라 가자며

이랑 이랑 속삭이며 갈대숲에 발을 딛고
오리가 물고 오는 시상도 받아가며
빈 배만 일렁거려도
눈빛 촉촉 젖는다

텅텅 빈

파르르 나뭇가지 떠는 것을 보았다
바람 한 점 없는데 어깨를 들썩인다
떨치고 날아가는 새
뒷모습이 아련하다

돌아와 앉으려 해도 때는 이미 늦었다
흔들리는 우듬지는 앉을 수가 없단다
뿌리째 내려 앉는다
어스름이 깔린다

생生

토끼야 산토끼야 어릴 때 부른 노래
가는 길 물었는데 아직도 답이 없이
잔등이 휘어지도록
어찌 그리 바쁜가

산 고개 넘고 넘어 저만치 혼자 가네
한 아름 알밤 안고 언제쯤 돌아올까
오는 길 잊었나보다
노을 벌써 지는데

마음 치유

힐링에 점찍으면 힐렁이 된다네요
구멍이 있어야만 마음이 온다지요
깐깐한 내 마음에도 빈틈 하나 생겼어요

힐링에 점찍으면 할랑이 된다네요
바람에 나부끼며 사랑이 온다지요
덤덤한 내 가슴에도 복숭아꽃 피었어요

옥시

활짝 핀 솔방울을 물에 담아 놓는다
천천히 오므리며 살아나는 저 팽팽함
떨어져 굴러다녀도 죽은 것이 아니다

가습기 물방울에 젖었던 보금자리
살균제 독성으로 쪼그라든 가슴마다
솔방울 가습기처럼 살려내라 내 자식

하주용(河珠鏞, Ha, Joo yong)

1944년 경남 함양 안의면 출생. 한국방송통신대학교, 울산대 교육대학원(초등교육과).《시조문학》(1998) 등단. 시집『혼적』(2006, 고요아침),『뚝 잘린 시간 너머』(2013, 초록숲). 울산문화예술발전 공로 표창(2014, 울산시장), 청림울산남구문학상(2016), 울산시조문학상(2018) 수상. 한국펜문학울산지역위원회, 오늘의 시조시인회의, 울산남구문학회 회원. 울산시조시인협회 회장, 울산문인협회 부회장.

하주용의 시는 견지자적 자신의 정체성에 대한 관심이 광범위하게 펼쳐져 있고 자연, 혹은 대상물과의 교감을 스케치하듯 옮기기도 하고 수정도 하면서 자신을 변화시키는 일종의 대화법과 같은 작품을 쓴다.

— 민병도(시조시인 · 국제시조협회 이사장)

너를 보낸다

떠날 때 알고 떠나니 아름답다 말하지만
가슴 시린 아픔을 어찌 다 말로 할까
바람의 혼적으로만 남은 우리 사랑 어쩌고

먼 길을 보내기 전 하고픈 말 많았지만
긴긴밤 잠 못 들고 무서리 새하얀 날
너와 나 서로 다른 길 이쯤에서 널 보낸다

꽃비로 떠나면서 곱게 꾸민 모습 보며
기어이 너를 향한 미련을 접었고
오랜 날 주고받았던 사연들 모두 묻었다

세월을 깎다

중생대 화석 같은 뼛조각 깎는다
초가지붕 이고 앉아 호롱불 심지 돋우며
작은 꿈 만지작거리던 소년을 기억하며

벌레 먹은 우듬지 낡은 혼적 깎는다
황소바람 문풍지 울어대던 새우잠 속
떠나간 시간 저 너머 아버지의 발톱 닮은

때를 안다는 것은

소슬바람 맞서고 비켜가며 멀리 온 길
힘들고 어려워도 큰 탈 없이 왔지만
함부로 살지 않았어도 까닭 없이 뒤돌아 보여

아직은 사랑해도 괜찮지 않느냐고
떼쓰고 조르며 세월에게 미련 대 본다
기어이 마음 정한 너는 갈 길 가고 있는데

세상을 사는 방법 모범 답안 없지만
소실점 아스라이 뒷모습 허전한데
아직도 움켜쥔 빈주먹 허공을 휘적이고

확 트인 꽃길도 덤불길도 아니었지만
멀리 온 소풍*길은 이제 끝나 가는데
덜 채운 푸른 유혹은 아직도 때를 몰라

* 천상병 시인의 시「귀천歸天」에서 차용.

겨울 산행 소회所懷

식솔들 떠나보낸 나무들 꿋꿋하다
떠나보낸 허전함의 슬픔은 이제 그만
그렇게 떠남과 만남 가진 것 훌훌 털고

찬바람 잎 거두어 눈시울 젖어 울 때
아쉬운 듯 먼 산마루 걸터앉았던 노을은
늘 있는 어제와 오늘 속 기척 없이 떠났는데

얼마를 더 비워야 가벼운 마음 될까
무거운 육신 재워 눈부실 날 상상한다
손잡아 줄 이 없어도 가야 할 길 남았으니

내일을 마중 가자

먼 뒤란 빈 가슴이 이제는 그리움 된
시들은 낙엽 같은 물기 빠진 삶의 혼적
허전한 미련 버리고 툭툭 털고 일어선다

폐쇄된 간이역 같은 초라한 삶 속에서
지워진 기억들을 하나 둘 불러내어
비워진 가슴 한 쪽에 채우면서 걷는다

잠들지 못한 사연 수많은 날들 앞에
수많은 젖은 슬픔 볕살 속에 말렸다가
아쉬움 모두 버리고 새날 마중 가자꾸나

처용의 꿈은

천 년 전 용연의 신비한 운해 함께
인간과 살고픈 용왕님 아들 나타나서
사람과 살고 싶다며 새로운 삶 살았었지

서라벌 밝은 달빛 발끝에 쏟아지던 날
허망한 설움을 눈 감고 털어버린
높은 뜻 맑기만 했던 임의 모습 생각한다

어디든 땅 위 세상 다름없는 삶의 이치
묵은 길 새겨 살며 꿈꾸었던 바른 세상
맑은 혼 춤사위 되어 천년 시공 훨훨 난다

밥상 앞에서

노릇노릇 조기 한 마리 군침 돋은 밥상머리
살 발라 놓으며 '얼른 드소' 채근하던
어머니 앉으셨던 자리가 어제처럼 환하다

아내는 삐쭉하며 시샘하듯 미소 짓고
마주한 밥상 너머 시침 떼던 표정 연기演技
저승도 생선 있겠지 목이 메는 이 저녁

달력을 넘기며

약속하지 않아도 필연으로 만난 우리
다가서고 멀어짐이 너와 나뿐 아닌데
해 뜨고 지는 일에도 마음들은 다르다

활짝 핀 동백꽃들 고개 꺾어 툭 던지듯
무성영화 엔딩ending 같이 멋지게 인사하자
소멸의 궤적을 따라 미련 접고 잘 가라고

안부를 여쭙다

이승과 먼 세상의 시간의 틈 나누어진
산자락 작은 암자 세심교를 건너서
귀 씻고 마음 가라앉혀 공손히 산문에 든다

여원인與願印을 펼쳐든 부처님께 합장하고
저 너머 극락 세상 안부를 여쭈어 본다
그 곳의 우리 어머니 안녕히 계시겠지요?

꺾인 꿈

갈맷빛 서슬 잃고 물기 빠진 생명들
여기저기 몸뚱이 잘려 안락사당한 채
동량棟梁의 푸른 꿈 꺾여 만장 덮여 누웠다

갈 곳 잃은 솔바람은 산자락 맴을 돌고
창백한 잿빛 구름 아득히 내려앉아
스러진 그 푸른 기상 목이 메는 산하여

하한주(河漢珠, Ha, Han ju)

1908.~1984. 경남 창녕 출생. 호 왕산(旺山). 신부, 영세명 요섭. 해성보통학교, 유스티노 신학교 졸업(1935). 가톨릭교회 기관지 《가톨릭 청년》, 《가톨릭 조선》 시조 발표(1935). 시조집 『골고타』 (1958, 가톨릭청년사), 『마돈나』(1960, 갑진문화사), 『영혼의 노래』 (1961, 경향잡지사), 『태양의 노래』(1964, 가톨릭), 『삐에따』(1969, 가톨릭) 외. 역서 『로마의 성녀 프란치스카전傳』(1959, 가톨릭청년 사, 러뀌에). 《시조문학》 편집, 발행인(1963) 역임.

—

가락에 실은 향수

동방 밝힌 촛불 제멋에 춤을 추고
손끝에 노는 가락 고요히 떠는 이 밤
수줍어 말은 못 하고 가얏고를 뜯는가.

가슴속 맺힌 한을 풀어볼 길이 없어
애간장 타는 설움 구비 구비 꺾어내다
살며시 창문을 열고 별을 세고 섰는가

구름에 부치느냐 바람결에 띄우느냐
지평 먼 하늘 끝을 우러러 타는 눈매
다소곳 아미를 고치고 시름 엮어 보는가.

인생이 서글퍼서 한 가닥 뜯는 솜씨
가고도 오늘따라 심사만 돋구는가
언젠가 이뤄 보고픈 꿈을 실어 보는가

두메살이

초가삼간일망정 오붓한 내 살림
고운 임 모시고 벼 심고 보리 거둬
상치 쌈 보리밥에도 애틋한 정 얽힌다.

올무 놔 잡은 노루 모닥불에 구워 먹고
감자로 빚은 술에 풋고추가 맛이로다
취하여 봉당에 누워 태평가를 부른다.

씨암탁 알을 품고 아낙네 뽕을 따고
서방님 낚은 고기 저녁상이 흐뭇쿠나
거칠은 세태 인심은 아랑곳이 없어라.

뜨거운 사랑

타고 타는 사랑 차라리 재 되어 담자
모닥불 지핀 가마 속에 다니엘 세 동무마냥
내 정성 하나로 모아 태양의 노래를 부르자.

사바의 모진 바람 유혹도 가지 가지
피나는 싸움 속에 지켜온 내 사랑을
매듭진 연륜 아울러 임께 바치오리다.

대지의 봄

1
송아지 오독오독 풀을 뜯는 언덕에
다박머리 나풀나풀 냉이 달래 캐는데
껌둥이 두세 마리는 껑충 껑충 뛰놀고.

2
종달새 종알종알 노래하는 산허리
아지랑이 가물가물 눈웃음 치고
꾸꾸꾸 장끼 소리에 까투리는 나른다.

3
뒤 뜰 외양간에는 누렁 소가 조을고
낮닭 우는 소리에 아낙네는 바쁘다
흙냄새 누리에 넘치는 대자연의 신비여.

봄이 오면

파릇한 향기 속에 피어나는 봄이어라
아지랑이 가물대는 대지의 입김 속에
어느덧 한 쌍 제비가 빨랫줄에 앉았네

꼬끼요, 낮닭 소리에 목매기도 우는데
물 긷는 아낙네들이 고개 돌린 눈앞에
모롱이 산길을 도는 데이트가 정답다.

양지에 눈 녹인 물이 불어나는 개울가에
발돋움하고 섰는 해오라기 한 마리
짙푸른 솔포기 아래 까투리도 우네요.

4월의 상처

봉화든 3 · 1의 얼을 이어 받은 민족의 혼이
병든 민주주의를 몰아내던 날 저녁
달 아래 소복한 여인 눈시울을 적신다.

4월은 다시 와도 상처는 가시지 않고
뿌린 피 하나로 엉켜 진달래 꽃 꽃이 붉고
못다 푼 임들의 한을 두견새의 넋이 운다.

가을밤

봄, 여름 보낸 설움에 향수로 병든 잎들
고추잠자리 날 듯 하나둘 단풍잎 지고
귀뚜리 목이 쉰 이 밤 자장가가 흐른다.

콜콜 잠자는 얼굴 천사가 이러할까
살짝 웃음 띤 볼에 빨려드는 엄마 눈
모정은 촉촉이 젖고 밤은 깊어만 간다

피에타

얼마나 사랑했길래 그토록 괴로우셨나
종시 미워할 수 없어 차라리 죽어 가시나
은원恩怨을 넘어선 여기 참사랑이 잠들다.

원수랑을 구하시러 만고 한萬古恨도 잊으신 듯
죽으셔야 살리겠기 이러히도 가십니까
성모의 흐느낌만이 메아리로 남는다.

삶이 조촐하시매 정은 더욱 강하셔라
극極한 형벌 속에도 원망을 모르시고
속죄의 고양羔羊이옵기 주무시듯 가시나이까.

아들의 주검을 안은 애처로운 그 모습
배반당한 사랑을 피눈물로 울으시니
설움 찬 어머니 마음 달랠 길이 없어라.

꼭두춤

1
웃다 울다 다시 웃고 장단 없는 춤을 덩실
앞뒤 자락 펄럭이며 돌아오는 알몸뚱이
사는 것 꼭두놀이라 보고 웃는 내 심사

2
지방 품평회에 특선은 바쿠샤가
잘 먹고 잘 길러서 비계 살이 알맞단다.
롱비치 미인대회엔 어느 소녀 뽑힐는고.

그리운 모정

〈엄마요!〉 불러 보면 따스한 게 있습니다
가신 지 오래여서 대답은 없으셔도
부르면 불러 볼수록 사무치는 그 사랑.

〈어머니, 내 어머니〉 노래처럼 부르면서
젖을 빨던 그때부터 익혀온 그 이름을
메아린 있으나 마나 부르고픈 내 노래

하희주(河喜珠, Ha, Hee ju)

1926.~2004. 전북 전주 우아동 인교리 출생. 호 눌당(訥堂), 인제(仁齊), 영언(泳言). 전주 북중학교 5년제 졸업(1945), 동국대학교(불교학과) 중퇴, 중고교 교원 검정고시(국어과) 합격. 《현대문학》 시 「학루鶴淚」, 「임께서 한 말씀」 천료(1958) 등단. 저서 『새 고문연구』(1960, 일지사), 『새 국문법연구』(1961, 일지사), 『고문 교실』(1965, 성문각) 외. 시집 『자화상』(1993, 월간문학 출판부), 『사바의 꽃』(2004, 푸른사상). 고등학교 교사 역임. 강남구 논현동 시조회관 건립(1983).

—

비 오는 덕진호德津湖

내 고장 뫼가람을 외오두고 그리며
연데살이 서른 해 이제나 찾아와서
예 보던 연꽃밭 보러 덕진으로 간다야.

목이 마른 망아지 물가로 내닫듯이
취향정醉香亭, 다가서니 느닷없는 먹구름
문득에 소나기 되어 노드리듯 붓는다.

아무도 들지 말라 쇠울짱을 쳤는데,
비 때문에 어이리, 울짱을 넘어가서
덩그런 마룻바닥에 뛰어올라 앉았다.

셈도 없는 연꽃이 춤추는 물이랑 옆
나 혼자 차지한 채 어느 누도 없으매,
나비야, 멈추지 마라 임자 노릇 더하게.

눈 감고 엿들으니, 스며든다 콧속에
하늘물로 낯 씻어 티없는 꽃송이들
내 마음 씻어주느라 보내오는 내음새.

손잡이의 물감이 젖은 옷 물들였다.
새 옷을 버렸다고 짜증내는 아내여,
옛 고을 묻혀왔으니, 빨지 말고 두구려.

이야기
— 사설시조

할아버지 할아버지요, 모를 일이 있어요.
꿀 먹이는 꽃나무, 꽃가루 옮기는 벌
그 무슨 맺음으로 어늬 먼저 났대요?

옛날 옛적 하늘에 넋 하나 있었는데,
땅으로 내려오다 갈랫길을 만나서,
갈래대로 나뉘어 더불어 살고 싶은
뜻대로 모습 지어 때맞추어 났지야.

할아버지요 할아버지, 그 말씀 옳다면은
꽃나무 벌뿐 아냐 이 누리의 숱한 거
하나에서 났네요.

꽃 소리

하늘과 땅속에서 날과 씨를 뽑아내
짜다듬은 비단 폭 쪽쪽이 포갠 망울
지금 막 금바구니로 피어나는 눈부심.

눈도 코도 없으매 거울도 없는 것이
홍보씨 박통 열고 선뜻 나선 아가씨
어리는 맨도리 때깔 어찌꾸며 냈을까?

향긋한 저 모습은 크신 임의 마르심,
귀에 쟁쟁 그 빛은 임의 빛 받아 비침,
오롯한 이내 음새는 바로 임의 풍기심.

다가붙어 눈 감고 귀 대어 엿들으면,
가섭 씨 입 언저리 살짝 웃음 꽃 피고,
심봉사 따님 보려고 번쩍 뜨는 눈 소리.

둠벙을 보며

으늑한 두멧마을 안아 품은 골짜기
논두렁에 앉아서 둠벙을 굽어보면,
물고기 메를 누비며 구름자락 헤치며.

두루미도 찾아와 노니는 고장이기,
옆 배미 샘터에서 깃 다듬고 날 적에
하늘을 그리는 사람 등에 업고 예더니,

둠벙에라 이제금 물고기 아니 살고,
두루미 타고 놀던 지난날의 이야긴
일러도 믿을 이 없는 잠꼬대가 되다니…

누구의 한숨인지 물거울을 가른다.
꿈을 잃은 얼굴이 흔들려 가시더니,
자마자 뭇사람 모습 겹쳐지는 그림자.

바보의 노래
— 가새쫌 사설시조

지난밤 생각하면 식은땀이 솟는다.
어이없는 허물로 남에게 쫓기다가
뒷덜미 붙잡히어 까무러쳐 버린 일

꿈속에선 언제나 즐거운 일보다는

괴롭고 슬픈 일이 너무나도 많은데,
나는 어이 꿈에서 깨고난 뒤에라사
그 슬픔 헤어나는 슬픔으로 사는고?

내가 아주 이같은 슬픔을 여의자면
꿈꾸는 속에서도 그게 바로 꿈인 줄
알아야만 할 텐데….

사계화四季花
— 가새쨤시조

— 철마다의 좋은 경 사람과 한가지라.
— 정명도程明道
봄에는 앳된 마음 다아 쏟아 피기에
풍장 치는 선머슴 고깔꽃 같도소니,
메더지 춤가락 따라 떨렁대는 왕방울.

가지 치고 잎키는 한여름 바쁨에도
기 쓰고 피는 양은 기음 매고 돌아와
터판 애 빈 젖 물린 채 남진 보는 아낙볼.

금방망이 홍두깨 다듬은 비단 자락
홍산호 빛망울로 맺혀 틔어 피기는
서리친 늦가을밤을 물리치는 새 아침.

곱기야 다곱지만, 지지 않는 참꽃은
겨울밤을 다스리는 수놓은 별들이 내려와서
고갱이 베갯모 속에 박혀 피는 하늘꽃

석암선생 기적 비명石庵先生紀績碑銘

우륵의 가얏고에 왕산악의 거문고라
난계蘭溪의 젓대 소리 이자원李子元의 신조新調ㅅ가락
귀 대어 들을지어다 이 돌 속에 스몄으니

평조平調 사설 청아성淸雅聲에 파도는 잠이 들고
지름 노래 방울목이 구름 밖에 솟을 제면
폭포도 소리 아니 내고 새도 울지 않으니

뒷누리 사람이여 석암 노래 알려거든
봉래산蓬萊山 백학 따라 서림西林을 찾아 오소
밤이면 이 돌 위에서 달도 쉬어 가리니.

가새쨤시조

한시를 하는 이는 염簾을 일러 뽐낸다
가새쨤은 시조의 염이라 할 만하다.
우리도 염을 맞추어 뽐내봄이 어떠리.

한경희(韓京熙, Han, Kyung hee)

충북 영동 황간 출생. 1972년 경북대 사범대
학(국어교육과) 졸업. 《시조생활》 신인문학상
(2000) 등단. 동인시집 『韻과 律의 합창』(2001,
동경), 『여백의 미학』(2018, 동경) 외. 수필춘
추 문학상, 공로상(2007) 수상. '미리내' 동인.
삼연회, 시문회, 한국문인협회, 한국여성문학
인회, 한국카톨릭문인회 회원. 한국시조시인
협회 중앙위원, 한국문인협회 서울강남지부 시조분과 이사.

한경희의 시는 깊고 신중한 사고를 바탕으로 존재의 가벼움과 무
거움을 그 작품으로 조화롭게 여미고 접고 구체화하고 승화하였다
(「섬 민들레」, 「담쟁이」). 어머니의 초상화에 맞대보는 섬세한 시안
으로 관조하고 사색하는 시심이 해맑고 언어의 미적 효과와 함께
단아한 구성이 돋보인다(「나의 낙과」, 「산사는 봄」). 달빛과 고목의
꽃과 그리움이 유효적절하게 유기성 있게 잘 그려져 조화를 이루
고 있다. 무르익은 기교를 보이고 있다(「만월당 백매」).
— 유성규(《시조생활》 발행인 · 세계전통시인협회 총회장)

—

섬 민들레

바람 분다 등대 머리
노란 꽃이 다부지다
이 먼 길 외진 곳을
맨발로 온 민들레

그 무슨
뜻인 것 같아
물새들 울고 간다.

고깃배를 부리는
민들레 같은 여인
검은 산 바다를 닮아
그대로 흑산도黑山島

어쩌면
나 있을 자리
소명召命이 눈부시다.

만월당滿月堂 백매

만월당 창호지문에
달빛 스미는 밤

고목이 만월滿月에
꽃송이를 토해낸다

매화꽃
하얗게 떨며
그리움을 털어내며.

나의 낙과

네 문턱 지켜가듯 살구 알이 매달렸다
그 열매 새콤한 것 당신의 손등 같아
나 여기 너의 빛깔로
어머님을 그린다.

낙과落果에 노을 지는 슬픔이어서 좋아라
어머니의 어머니가 화관 쓰고 오시듯이
내 주름 놓일 자리로 눈물겨워 지는 것을.

살갗을 찢고 나온 씨알을 지켜본다
버릴 것 다 버리고 땅에 묻힐 그 한 톨
저 하늘 문자文字같아라
당신 닮은 봄이 온다.

산사는 봄

2월에서 3월로 가는
산사에 봄이 오면

누군가 추녀 끝에
새 풍경을 단단다
풍경風磬은
바람 없이도
우는 뜻을 배운다.

눈 녹은 물방울이
한자리로 떨어진다

산사山寺를 품어오던
겨울산은 해산解産자리
이제 막 멧새 한 마리
빗기 날아 산을 넘고.

담쟁이

담쟁이, 그 돌벽을
사선 사선으로 탄다

내리는 빗줄기마다
부리에 머금고

뿌리로
뿌리로 투신하는
생의 전율이여.

산다는 건

적막은 눈으로 와 무게로 나려 앉고
어느 인 그 서슬에 뒤척이는 밤이 된다
어쩌나
저기 저 비닐 집 와짝 무너졌다네.

네 영혼은 하얀 빛
그리고 빨간 심장
친구여 산다는 건
부서지는 일이다
설야雪野에 찍힌 발자욱
보속補贖이라 해 두자.

저 하늘 새가 되자 꿈의 뼛가루들
빈터에 흐득이는 네 마음을 잡아 두라
바람은
그냥 두어라
하늘 저리 파랗다.

아타카마 사막을 가며

그림자는 어디가고 모래바람 하나 없나
태양도 그만 지쳐 붉게 누운 모래무덤
육탈肉脫한 안데스산은
산 산
산 그대로다.

일체를 거부한 사막이 도도하다
시간이 멈춘 자리 뉘우침이 있었던가
사구砂丘는 상처받지 않는다
강인해질 뿐이다.

생을 흔드는 억겁의 고요―
티 하나도 짐이 된다
뿌리까지 닿는 아픔
나 혼자 부대낄 때는
나스카 가는 길을 생각하자.

간이역

터엉 빈 간이역 빈 의자에 앉으면
언제라도 그날처럼 막차가 올 것 같다
그것은 두려움이었다 한 자락의 그리움.

서너 평 대합실로 들어서는 풍경화
가을이 침묵으로 여윈 손을 흔들며
우리의 뒷모습 같은 플랫폼에 있었다.

담배 한대 피울 동안 그의 곁을 지키리라
타드는 불빛처럼 기차는 들어오고
다시는 그날 목소리 들려오지 않았다.

물그림자

계곡엔 비, 실비 내리고 낙엽은 그렇게 쌓이고
가을산은 독백 같다 그림자 흘려놓고
그 무슨 꿈이 남아서
저리 급히 내려왔나.

계곡 물 모여서 조용히 머문 호수
마지막 그림자가 물나울에 얹혔다
나무는 물그림자 두고
제 모습을 보네요.

잎잎이 스며있는 한 자락의 그림자와
힘겹게 토해내는 영혼의 빈자리를
가을 물 기다림으로
도닥이는 손길은.

가거도

구름에 갇힌 갯가
길손이 걸어간다

그 날의 몇 마디
땅의 말이 하고 싶어
소매를
끌어당긴다
간절한 바람 소리.

외로움이 문제였다
파도와 갯돌들

낯설은 나에게
속 얘기를 쏟아낸다
바아바
브브브으으
몽글어진 억만 아픔.

한미자(韓美子, Han, Mi ja)

1953년 경기 김포 동을산리 출생.《문학세계》 신인상(1992) 등단. 시조집 『그루터기의 말』 (1999, 동방). 「개망초」 중학국어(1-1) 수록. 한국시조시인협회, 오늘의 시조시인회의 회원.

—

한미자는 자기 언어에 대한 화장법을 잘 터득하고 있다. 어떠한 소재라도 능히 자신의 체취를 풍기게 하고 다시 한번 돌아보게 하는 힘을 지니고 있다. 물론 강성을 기저로 하면서도 그의 시는 상당히 건조하다. 설사 슬픔이이거나 눈물을 노래할 때에도 눈물이 마르기를 기다렸다가 말끔하게 화장까지 고친 후에나 노래를 한다.

— 민병도(시조시인 · 국제시조협회 이사장)

—

양파를 까며

대체 그 속내에는
모반이라도 있는 걸까

도무지 알 수 없는
테러의 예감으로

숨겨진 네 속성들과 숨이 닿게 마주한다.

골수를 파고드는 그 이름에 날이 서고
도려내도 아릿한 불치의 헛손질은
무디던 금속성마저
아!
피를 보고 있구나.

엉겅퀴

사는 게 팍팍해도
가시 돋을 일 아니지
퍼렇게 올라오는 뜨거운 서러움도
속내에 깊이 숨기고 그냥저냥 지내야지

지난 여름 뜨겁고 온몸 욱신거린 날
속에 박힌 못 하나
모르게 묻어 둘 때
그 무슨 훈장이라고 울지도 못하면서

노랑할미새 폴짝이는 여름을 앞에 두고
아프지 않다 되뇌이며 아예 수행하더니
심지에 불을 붙이듯 얽힌 마음 저리 푼다

적寂

산에 바람 있어 뒷산 올라 보니 바람 불지 않아도 풀잎 외려 더 낮고
급하게 청솔모 한 마리 솔숲으로 숨는다.

작은 돌 몇 개 집어 큰 돌 위에 올려놓고 한 바퀴 돌아오면 내 앞서 지났을까?
보인다, 큰 나무 아래 작은 잎 흔들리는 거.

생각에 나이 들면 세상 다 알리라고 회초리보다 맵던 못다 한 삶이 주는
내 엄니 남기는 말씀 그 말씀 혹 아닐지.

늦추위

나 없이는 못 산다 못 산다 하시면서
서둘러 떠나시는 그대 안부 묻지 않음은
이렇듯
그 날의 미소
기억하기 때문입니다.

뿌연 안경알을 닦다 소스라치게 놀라
담 밑에 웅크린 채 그림자에 기대서서
가늘게
떨고 있는 모습
언뜻, 본 듯도 합니다.

낮달

주소불명의 편지 한 통
툇마루 다녀간 뒤

오랜 날 쓸고 닦은
역력한 흔적 위

폐암에 쓰러지시며
울 엄니 뱉어낸 휴지 조각

입춘立春

고요가 한데 얼려
매화가지에 내려앉아

빗살 좋은 한나절
신방 마악 차리는데

모르게
혈穴을 파고 드는

실배암 한 마리.

첫눈

어릴 적 꿈속에서 만나기도 한 것 같은
어쩌면 지나간 날 차마 나누지 못한
그 눈빛
지금 내게 와
무너지고 있나니.

철없던 유년幼年의 한때
칭얼칭얼 불러놓고
언뜻 스쳐가는
무한의 설레임이
아, 깜박
말문을 놓고
서성이고 있나니.

울음도 경經이 되는

우리 갈 수 있다면
하늘 길도 이별 있을까

별과 별
너와 나 사이
정거장 하나 두고

밤이면 길을 묻는다
울음도 경經이 되는.

옛터

고목나무가 잘리고 빈 집이 늘어가고

와자한 소리들이 풍문으로 떠다니고

폐허가 들어선 자리
빌딩보다 큰
적막
한
채.

사랑방식
— 춘란春蘭

언제나 살내음부터 보내더라 너는

꽃을 탐해야 하는
설레는 이 봄날도

구렁이 언덕을 넘듯 꼭 그렇게 오더라

한병윤(韓炳允, Han, Byung youn)

1946년 울산 울주군 두동면 출생. 두동초등학교 졸업(1969). 《동양문학》 신인상 시(1989), 《시조문학》 천료(1989) 등단. 시집 『쉼표』(1992, 동백문화), 『발걸음』(2003, 시와비평). 시조집 『빛줄기에 피는 아침』(1997, 시와비평), 『겨울 마라도에서』(2012, 동백문화재단). 대한지적공사 공모전 수필 대상(2006), 황산 시조 문학상(2009), 시조비평 문학상(2013), 울산예술 문화상 문학(2017) 수상. 울산문인협회, 한국시조시인협회, 한국공무원문학협회, 한국문인협회, 시조문학 회원.

하관(下棺)

한 병윤

한 영혼 떠난 빈 집 땅속에 묻고 있다
움켜 쥔 마음의껏 아 두건 가는 길손
마지막 따슨 온기를 쏟아 붓는 봄 햇볕

육체의 영원함이 어디에 있다드냐
낙엽진 자리마다 새잎이 돋아나듯
죽음은 새 생명을 위한 자리라서 비운 거

가발

가짜가 진짜처럼
머리위에 앉아 있다
내려야 할 뿌리는
저들끼리 엉켜있고
한 치의
성장도 멈춘
뻔뻔한
저 위장술

가발은 가짜지만
정성은 진실한
검은 머리 올올에
가짜 생명 심는 인내
죽어도
고백하지 않는
그 절개가 넋이다

가뭄

저수지 바닥물도
흔적없이 말랐다
갈라터진 맨살 위에
생침놓은 여름땡볕
바람에
흔들리는 잡초
마른침만
삼킨다

고추밭에서

참숯처럼 달아오른
비알밭 잔돌 골라
한 뼘 땅 고추밭을
가꾸시던 어머님
그 정성
곱게 익어서
산자락도
탑니다.

바람이 밀어 올린
청하늘 벌판에서
쏟아져 내린 햇살
열매마다 단물 넣고
잠자리
나래 끝에서
낙엽 한 장
떨어진다.

돌담

옛조상 지혜들이
한 곳에 모여 있다
수만 개 흩어진
크고 작은 무리들이
지역의
경계를 따라
묵직하게
앉아 있다

얼기설기 사이사이
앵앵이며 지나가는
눈비의 세월 속에
돌버섯이 번져가고
한 많은
삶의 기침 소리
앉아 듣는
울타리

조간신문

번쩍이는 창끝처럼
눈빛 내려 꽂으며
알이 찬 석류 같은
조간신문을 읽는다
확 덮친
기름 냄새에
혼미한
아침 시간

산을 보면서

저만큼 나앉아서
생각도 묻어 두고
넉넉한 가슴에다
늘 푸른 솔을 키워
새아침
산새를 깨워
솔향기를 날린다

적막한 산골짜기
흐르는 물소리와
해따라 감고 펴는
산그늘 자락마다
세월의
연륜을 쌓아
원시로만
깊었다

자리

태초의 바위벽이
병풍처럼 앉은 자리
틈새마다 바위 풀이
파릇파릇 수를 놓고
눅눅한
습기를 안고
질긴 삶을
살고 있다.

물푸래 하얀꽃이
바위틈에 피고 있다.
더듬어 내린 뿌리
옹이처럼 굳어도
한생의
잘못 편 자리
힘살 뻗는
발가락

전봇대

아파트 옆 전봇대가
누더기 옷 입고 있다.
어제는 점포정리
한숨으로 붙어 있고
오늘은
개업 안내가
손뼉치며 붙어있다.

매끈하고 늠름한
그 모습은 어디 갔나?
붙이고 뜯긴 흉터
버짐같은 불법광고
그래도

삶의 소리를
침묵하는
전봇대

할미꽃

세상에 태어날 때
서럽게도 태어난 몸
봄햇살은 따뜻하게
천지를 데우는데
태중병
앓는 목굽이
원망 안고
살고 있다

산수백수 높은 고개
휘날리는 흰 머리결
꾸부러진 가는 목에
천근 삶이 얹혀있다
한번도
못 편 한과 원을
침묵하는
저 겸손

어떤 이별
― 남북 이산가족 상봉을 보며

잠깐 갔다 오겠소
한마디 남겨 두고
총성이 쟁쟁한
고개 너머 가신 님아
아직도
삭지 않은 잠깐이
사십여 년
흘렀군요

기다림의 애간장을
백발로 바칩니다
한恨과 원願의 겉과 속도
주름살로 바칩니다
회한悔恨의
원망도 미움도
눈물로
바칩니다

한병태(韓秉泰, Han, Byung tae)

1943년 경북 칠곡 출생. 경북대학교(농화학과) 졸업. 《문학세계》, 《좋은시조》, 《현대시조》 신인상(2018) 등단. 전국상주관광공모전 금상, 전국봉화관광공모전 금상 외. 영주고등학교 교장 정연퇴임. 월간 《문학세계》, 한국시조시인협회 회원. 한국사진작가협회 정회원. 영주문예대학 동인회 회장.

아카시아나무

한병태

꽃향기 주고받는 청명한 오월오면
버선고 걸어놓고 가진 것 내어주어
향긋한 나뭇길 따라
코잔등 간질인다

—

한병태의 시편은 세월이 지나도 변한 것 없는데 사물을 보고 하나의 생명체로 은유하여 아쉽고 허전한 마음을 애절하게 표현한 시의 형상화가 돋보인다. 꾸준한 훈련기를 통하여 고루한 매너리즘에 빠지지 않고 자기만의 시 창작 세계를 디테일하고 탄탄하게 구축하고 있다. 또한 주변에서 일어나는 일상의 모든 대상을 매체로 관찰하고 감각을 통하여 충분한 대화를 나눌 수 있는 생활의 구도를 승화시키려는 의도와, 주제를 감추어 선택된 시어들의 결합으로 만들어진 이미지들을 생동감 있게 시에 담아내면서 갈무리도 깔끔하게 처리할 줄 아는 능력이 있다.

— 박영교(시조시인 · 영주문예대학장)

—

백석탄 나들이

신성계곡 감돌아
청송 일경 백석탄
큰 바위 높게 솟고
분칠한 태백 설산
계곡물
바위 후려쳐도
감미롭게 노래해

여울물에 깎이고
다듬어진 돌개구멍
비울 것 몽땅 비워
넉넉한 마음이라
높낮이
모두 달라도
함께 하니 빛이나

선녀탕 고인 물로
해맑게 몸을 씻고
반석에 드러누워
뭉게구름 바라보니
가슴에
맺힌 실타래
바람에 흩어지네

대왕송을 그리다

산마루에 걸터앉아 동해를 바라보며
태백산맥 십이령의 바지게길 금강송
거칠던 억겁의 세월
한 바가지 마중물

솔잎에 이슬 내려 진주 방울 영롱하고
붉은 속살 드러내니 솔향이 더욱 짙어
튼실한
가지 사이로
동해 갯내 아울린다

첩첩이 흐른 능선 산안개로 치장하니
산골마다 울울창창 금강송이 어깨동무
바람에
수다를 떨다
눈금자가 늘어난다

솔가리 내려놓고 삭정이 주고 가니
굽이 없이 곧게 자라 용궁의 대들보
올곧고
창창한 기상
닮고 싶다 그대를

문신

물안개 피어올라 용들이 용솟음쳐
빠르게 헤엄치며 이리저리 휘저으니
눈동자
동그랗게 뜨고
겁에 질려 흩어진다

등판은 흑룡이 앞가슴은 황룡이 꿈틀
힘들게 새긴 문양 무엇을 의미할까
차라리
봉황을 수놓아
희망을 안 켜주리

사슴은 조아리고 늑대가 활개 치니
적폐가 무엇이고 법치가 무엇인가
양 떼들
푸른 초원에서
풀을 뜯는 세상을

영주에 살고파라

소백산 열두 병풍 아스라이 둘러싸여
산삼이 내어준 물, 맑은 피로 맴돌아
계곡의
우렁찬 물소리
몸과 마음 씻어주네

소백산 팔 산마루* 천상화원 야생화
철쭉이 뿜는 향기 근심 · 걱정 잠재워
골짜기
내려온 바람
가슴앓이 풀어주네

소백산 칼바람에 올곧은 선비정신
수더분한 인심과 품어주는 천심이
뉘라고
떠날 수 있으랴
영주에 살고 파라

* 소백산 팔 산마루: 형제봉, 상월봉, 국망봉, 비로봉, 제일연화봉, 연호봉, 제이연화봉, 도솔봉.

복수초*

뿌리에 집열판이 이십사시 돌아가
따사로운 봄볕에 노란 꽃 활짝 웃어
오시午時**에
활짝 꽃 피우고
신시申時***에 꽃 문 닫아

꿀벌이 날아와 뒹굴며 핥고 있다
꽃가루 발에 달고 입으로 꿀을 빨아
새색시
품속에 안겨
호들갑 떨고 있다

꽃잎이 이울어 본체만체 눈 돌려도
씨방에 씨앗 뿌려 딸기 열매 맺으니
괜찮아
노란 꽃다발 들고
다음 해 또 찾으리

* 복수초의 꽃말: 영원한 행복.
** 오시午時: 이십사시二十四時의 열셋째 시. 낮 11시 반부터 12시 반까지이다.
*** 신시申時: 이십사시二十四時의 열일곱째 시. 낮 3시 반부터 4 시 반까지이다.

번개 장의 추억

연탄불 피워놓고, 펼쳐놓은 보따리
사가시오, 호객하는 여인의 목소리가
어머님
따스한 음색 같아
내 발길 붙잡는다

텃밭에 가꾸어온 푸성귀 봇짐 싸서
무겁게 등짐 지고 힘들게 걸어가신
어머님
뒷모습 같아
눈시울이 적신다

장거리 멀이하고 밑반찬 장만하여
어두운 밤길 따라 무겁게 걸어오신
어머님
풋풋한 체취가
한 잔 술 흔들린다

찔레꽃 피어날 때

뻐꾹새 슬피 우니 하얀 꽃 피어난다
튼실한 새순 꺾어 잘근잘근 씹으니
입속에
달차근한 맛
아직도 잊지 못해

소복한 찔레꽃, 한 송이 꺾어다가
그대 미소 너무 예뻐 가슴에 꽂아 주니
달콤한
앵두 입술이
아직도 잊지 못해

덩굴 숲 둥지 틀어 소담한 새끼 낳아
허리 굽혀 호미질, 무명 적삼 적시니
당신의
풋풋한 그 향기
아직도 잊지 못해

자작나무숲

연두 잎, 하얀 가지
색 대비 뚜렷하여
실바람 불어와도 사각사각 노래해

당신의
현란한 몸놀림
윤슬처럼 빛난다

노란 옷 갈아입고
우수수 쏟아지니
엷은 속옷 사이로 희디흰 속살 보여

모닥불
자작자작 피워
오손도손 정 나누리

상처 난 옹이 주변
거무스레 멍들어
하얀색 창호지에 산수를 담았으니

그대가
방긋 찾아오면
무릎 꿇고 바치리라

임은 갔습니다

고즈넉한 양지쪽 새소리 들으며
우듬지 쉬어가는 학처럼 고귀하다
당신이
남기고 간 애정
황지마을 옹달샘

당신 몸 불태워서 온 세상 밝히려고
희망 끈 놓지 않고 사대를 품고 살아
겉으로
웃음꽃 피웠으나
속마음은 숯덩이

당신이 베푼 사랑 하얗게 핀 망초꽃
바람에 시달려도 춤을 추는 오뚝이
어두운
밤하늘 별처럼
등댓불을 밝혔네

아열대 오려나

침엽수 사라지고 활엽수 판을 치니
지하수 고갈되어 목마른 금수강산
겨우내
메마른 나무들
도깨비불로 사위다

꽃들은 무리 지어 때 잃고 꽃등 달아
추억의 뒤안길로 소리 없이 이울고
대지는
가마솥더위
쩍 갈라진 거북 등

예정된 물 부족이 코앞에 머뭇거려
온난화 가속되어 부메랑 맞지 말고
바다로
버려지는 물
잠재우자 사 대 강

한분순(韓粉順, Han, Boon soon)

1943년 충북 음성 출생. 서라벌예술대학(문예창작학과) 졸업(1966), 〈서울신문〉 신춘문예(1970) 등단. 시조집 『실내악을 위한 주제』(1979, 한국문학사), 『서울 한낮』(1987, 문학세계), 『저물 듯 오시는 이』(2014, 인간과문학) 외. 한국문학상(2001), 가람시조문학상(2004), 현대불교문학상(2009), 대한민국문화예술상 대통령 표창(2014), 한국예총예술문화상 대상(2017) 수상 외. 〈서울신문〉 · 〈세계일보〉 편집국 국장, 한국시조시인협회 · 한국여성문학인회 이사장, 한국문인협회 부이사장, 한국예술문화단체총연합회 이사 역임. 한국문인협회 자문위원, 한국시인협회 이사.

한분순 시세계는 정형 미학의 한 극점이다. 감각과 정서의 응축이 밀도 높으면서(「저물 듯 오시는 이」), 순수하게 치유해 가는 여성성의 은은한 발현이며(「소녀」) 심미적 성취에 의해 구축된 정갈한 서정의 이미지들이다(「호수」). 삶의 곳곳에서 깨달은 근원적 이법과 인간이 향유해야 할 정신 가치를 노래하는 정예적 시편들은 섬세한 율독을 통해 그 미학을 느낄 수 있다. 한분순은 더 젊어진 다양한 사유로 정형 양식의 심미적인 위의를 견고하게 지키면서도 그 안에 원숙하며 역동적인 시선을 담아낼 것이다.

— 유성호(문학평론가 · 한양대 교수)

옥적玉笛

1
가슴을 적시고 드는/ 그윽한 흔들림 있어// 손 짚어 더듬어 가면/ 한가득 고이는 가람// 소롯이 시름도 잊고/ 옛길 속을 거닌다// 청노루 꿈을 깁는/ 흰 새벽도 지나고/ 꽃배암 나들이 납시는/ 봄뜰을 밟고 간다// 맺힌 한 깊은 사연도/ 아침 속에 풀린다//

2
동구 밖 아씨한테/ 비슴히 세속을 묻다// 구름과 바람과 산과/ 물을 마시며/ 흐르는 입김/ 핏줄로 얽혀온 즈믄해/ 어디쯤에 쉬일까// 애닲듯 스러질 듯/ 여태도 감기고 든다// 소리 따라 저물고 새는/ 흰 이마, 초롬한 생각// 사철을 기다림에 살며/ 달빛 아래 웃는 꽃//

3
길에서/ 바다에서/ 싸리꽃 깔린 산비알에서// 치솟는 굴뚝의 무게,/ 그 끈끈한 산실 속에서// 뜨거운/ 참으로 뜨거운/ 금을 캐는 내 소리// 환멸을 알다가도/ 버티듯 유유하게/ 병상을 느껴 섧다가도/ 문득 깨닫는 황홀// 억겁을 다스려 숨쉴/ 너와 나의/ 숲이여.

소녀

1
햇살에 그을리는 건
꼭 살빛만은 아니다

바람에 눈을 다치는 건
입맞춤만이 아니다

꽃비늘 다투어 흐르는 뜰에
마악 꿈길 트인다.

2
곧 봄이 지겠지
하많은 눈물을 접어

희고 말간 속살에
한 점 혈흔을 뿌리노니

아씨야 참 예쁜 아씨야
훠이훠이 날개를 달자.

저물 듯 오시는 이

저물 듯 오시는 이
늘
섦은
눈빛이네

엉겅퀴 풀어놓고
시름으로
지새는
밤은

봄벼랑
무너지는 소리
가슴 하나 깔리네.

산풀 서정

산풀,
몇 잎을 따온 아이
속눈썹이
썩 길었다.

풍지 새로
조금 든 바람
아이한테
산 내가 난다

그 아이
곧 산이 되었고
나는 산을 보고 산다.

점묘點描

그날, 어깨를 건드리는
꽃의 발음,

빛되어 갈라지든
환히 불티로 내든

몰라라 뜨락을 서성이다
날았으면 싶어라.

가을

새벽을 깔고
지나가는
긴 은총의 숲이여

가지에 설레는 말씀
물빛은 더욱 깊고

세상을
한눈에 담아도
아프지는 않겠네.

실내악을 위한 주제

1.
겹겹이 빛을 벗기며/ 영롱한 집을 짓는/ 성낸 바다를 끌어오
던/ 기나긴 여름만 살게 하던/ 밀감 내 그윽히 스미듯/ 살점마
다 스미는//
2.
쏟아지며 넘치지 않는 맑은 찬미,/ 흐르면서 고이지 않는 이 기
쁨이여/ 그대의 눈빛을 데불고/ 뜬눈으로 밝히는 밤은……
3.내쳐 갈앉는 숨결이어라, 그대 앞에서/ 벌레였고 나무였고
노을빛 과일 그대로/ 겨울의 긴 환상에 빠져/ 잠든 바다였어라.
그대 앞에서
4.
젊은 생각들이/ 별처럼 돋는 뜰에/ 잔디 깔리듯/ 사랑을 펴는 이
있어/ 투명한/ 지느러미를 날리고/ 바람, 바람 앞을/ 달린다.
5.
입술을 오므릴 뿐,/ 입초리를 쫑그릴 뿐,/ 휘익 휙 바람개비 소
리/ 꿈을 굴린다/ 수심을 가르고 솟구치는/ 저 남루한 비상이여.
6.
한때는 설원을 불사르던/ 한 마리 불사의 새/ 빙점끼리 맞부딪
치며/ 불꽃 티어 올리는가/ 철마다 새벽으로 태어나/ 해마중을
나선다.
7.
그냥 이름이었다./ 매화라던가? 튤립, 백합, 아니면 찔레꽃……
/ 온통 질식을 씻는/ 질펀 꽃향의 무게/ 아픔도 이내 사루며/
갈채하는 저 손짓.
8.
한여름 길바닥으로 갈라진 갈증 위에/ 작디작은,/ 소중해서 더
욱 귀한 한 그루 하얀 꽃나무/ 착하게,/ 전부를 연소로 피어날/
겨울 꽃이여,/ 음악이여.

분꽃 송頌

환히 웃었지만
곁에 설 머슴애 있니?

사위듯 피는 꼴이
제참에도
사뭇 수줍어

마당을 한 바퀴 돌다가
먹빛 티로 남는다.

긴 비에 지치면
말인들 뭘까만,

여름이 지루해서
산도 제자리 채 녹네

슬며시 감기는 빛살
문득 신선한 이마여.

청青

여름은
내 곁에
아직 무성히 있네

깊숙한 골짜기에서
한잠 자고
이내를 건너

더러는
빠뜨리고 더러는
또 손에도 들었네.

호수

네 안에
고인
목숨
하늘같이
예쁘다

사슴,
발 씻고
간 뒤
잠자리
맴돌다 존다

여름날
물빛을 시새며
오래
꿈을 낚는다.

한분옥(韓盼玉, Han, Boon ok)

1952년 경남 김해 한림면 출생. 부산교육대학교, 동 대학원 졸업(1990), 울산대 예술행정 박사 수료(2008). 《예술계》 문화예술비평(1987), 《시조문학》(2004), 〈서울신문〉 신춘문예 시조(2006) 등단. 시집 『꽃의 약속』(2015, 동학사), 『화인火印』(2016, 고요아침), 『바람의 내력』(2018, 고요아침), 한·영 번역집 『Conviction of Flowers』(2018, DK), 한·일 번역집 『枕香』(2018, DK). 연암문학상(2008), 한국수필 문학상(2013), 한국문인협회 작가상(2008), 울산문학상(2009), 울산시조문학상(2014), 가람시조문학 신인상(2015) 수상. 울산문인협회 회장, 울산광역시 예총회장 역임. 《시조정신》 편집·발행인. 외솔시조문학상 운영위원장.

> 반구대 암각화
> 　　　　　　한분옥
>
> 까마득한 돌 속에서 비명소리 말려오고
>
> 돌도끼 낫을 버린 선사의 감기를 잡고
>
> 장엄한 生死의 초침이 내 이마에 꽂힌다

—

한분옥의 시조 「비」의 둘째 수 종장 부분에서 내리는 빗소리 속에서 님의 부재에 떨면서 빗소리를 님의 발자욱 소리처럼 듣는 기다림의 질정 모르는 깊이 속에서 화자는 님의 임재를 '육체'의 기억으로 되살려 낸다. "몸 먼저 알아채는가 살냄새 훅! 닿는다"라는, 이 종장의 의태어와 느낌표, 그 위치, 또 그로 인해 얻어지는 리듬결의 변화는 시조의 종장의 형식미의 새로운 국면을 열어보인 것이자, 님을 향한 사랑의 정염을 은근함과 관념성에서 해방시켜 현대적 육체성과 감각의 세계로 인도해준 것이다. 흥미로운 것은 이러한 일종의 '전환'이 다음과 같은, 사랑과는 관계 '없을' 듯한 「반구대 암각화」에서도 발견된다는 점이다. 이 시조의 화자가 암각화 그림을 생명적 욕구의 구체적인 발현으로 읽고 그것을 자기 자신조차 구체적으로 경험할 수 있는, 육체적 감각적 대상으로 수용하고 있다는 점이다. 화자는 머나먼 옛날의 "비명소리"를 듣고, "장엄한 생사의 초침이 내 이마에 꽂힌" 듯한 전율을 맛본다. 그것은 재현된 그림이 주는 관념의 경험이 아니라, 화자 자신이 그 현장에 참여하는, 살아 있는 경험, 구체적 경험이다.

— 방민호(문학평론가·서울대 교수)

—

비

내 마음의 빗살무늬 흙그릇을 앞에 놓고

생목을 조여오던 비의 말을 들었던가

함께 짠 시간의 피륙 어디에도 없는 비

가슴속 물웅덩이 울음 우는 물웅덩이

메우듯 오는 비에 어느 뉘 발자국인가

몸 먼저 알아채는가 살냄새 훅! 닿는다

여인의 시간
— 반구대 암각화*

부러진 칼날 끝에 날것의 욕망 끝에
울부짖는 피를 달래 잠재우는 여인 있다
아직도 수직인 바위, 손바닥엔 손금 있다

그날도 오늘처럼 숨 막히는 밤의 허리
온몸에 칼금 긋는 자홍빛 뒤척임에
자정도 물러서 버린 봄날이 있었던가

이제나 저제나 정 붙인 인연살이
제 몸을 통소 삼아 울어도 보고 싶다
애끓는 몸말에까지 그 지문이 남아 있다

* 반구대 암각화: 국보 제285호 선사시대의 암각화.

잊는다고는 말자

1.
잊는다고는 말자
만나자고는 더욱 말자

마음이 흘러간 뒤
정은 흘러 무엇하랴

아, 문득 무너져 내린
산 그림자였다 그러자

2.
이미 한번 울고 나온 목숨의 비탈길에
설움의 돌 수레를 또 어찌 굴릴까 보냐
먼발치 신발을 끄는 다저녁때 쑥부쟁이

출렁이던 그늘마저 앙금으로 앉았던가
휘굽은 밤의 허리 휘이휘이 넘다 말고
긴 울음 가운데 앉아 성긴 모시 올을 센다

운다고 울어지더냐

벼루에 먹을 갈듯 감추어둔 어둠을

운다고 울어지더냐 말 다 할 수 있더냐

이 적막 생솔로 타는 밤을 네가 왜 우느냐

설령 어느 비탈에 사랑 두고 왔대도

나처럼은 말거라 울음 울지 말거라

질러 온 짧은 봄 허리 물러서지 말거라

돌의 표정
— 천전리 각석*을 보며

못 볼 걸 본 것만도 그 아니 무색한데

남의 눈 거리낄 게 아주 영 없다는 듯

솟구쳐 엎치락뒤치락 불에 덴 듯 뜨겁다

아예 부질없는 살덩이 다 녹여나고

정작 그 동심원 가운데를 찌른 무늬

또 무슨 굿판이던가 거나하고 질펀한,

때로는 풀리다가 서둘러 감으면서

차라리 모른다고 아무도 모른다고

신명이 삽시에 뻗치어 저민 듯이 깊어진,

* 천전리 각석: 국보 제147호, 청동기 시대 암벽 조각.

간절곶

내 생애 첫 햇살도 저리 붉게 왔을까

차라리 눈부셔라 어머니 단속곳에

탯줄을 끊어낸 아침 핏빛 속에 나를 안고

명줄을 잡아당겨 활을 긋는 순간이다

토할 것 다 토하고 삼킬 것 죄다 삼켜

바다도 산천도 들끓어 출렁이는 첫 울음

화인火印
— 선덕의 말

용포 대례복 벗고 그냥 저 궐문 밖

빛바랜 치마섶이리, 그대 앞에 꺾은 무릎

그제야 뜨겁게 운다 해도 하늘을 벤다 해도

기름을 부으리니, 타 붙는 그대 몸에

치닫는 오름 끝에 금팔찌를 벗어놓고

통곡을 땅에 묻고도 살을 지져 울지니

반구대 암각화

까마득한 돌 속에서 비명소리 달려온다

돌도끼 날을 벼린 선사의 갈기를 잡고

장엄한 생사의 초침이 내 이마에 꽂힌다

이 고요 속에

저만치 나가앉은 돌은 또 돌로 앉고

칼로 베지 못한 물소리만 흘러와서

내 뼈의 마디마디를 이 고요 속에 꺾는다

그 잣눈

내어줄 것 내어주랴 붉은 혀를 깨물었다

뒤채듯 겁탈하듯 옥죄는 뉘 앞섶에

정강이 무르팍까지 다 빠졌다, 그 잣눈!

한상목(韓相穆, Han, Sang mok)

1952년 충남 청양 대치 출생. 대치초등학교 졸업(1964). 《자유문학》(2008) 등단. 중랑문학상(2015) 수상. 한국문인협회, 한국시조시인협회, 한국자유문인협회 회원. 중랑문인협회 부회장.

한상목의 작품은 시조의 형식을 반듯하게 지키면서, 간결하면서도 구성이 탄탄한 감정으로 사물을 바라보는 감성을 담아내고 있다. 시조가 그윽한 공명共鳴을 일으키며 마음으로 스며드는 까닭은 태생적으로 우리의 정감에 맞닿아 있는 장르이기 때문이다. 더불어 고도의 압축과 절제미를 보여주는 형식 또한 시조만이 지니고 있는 매혹이다. 특히 「고사목」은 토속적인 정서와 진술한 감성을 특색있게 전개하여 감흥을 주며 한 폭의 수채화가 펼쳐지듯 선명하면서도 고운 심성을 보인다.

— 신세훈(시인 · 《자유문학》 발행인)

고사목

외진 곳 등마루서
갈 곳 잃고 서성이다,
고왔던 여린속살 옷깃 풀어 내주고서
애꿎은 바람에게만
모질다,
모질다고.

긴세월 편히 한 번
누워보지 못하고
아릿한 삶에 흔적 한 올 한 올 사린 채
지는 해 가슴에 안고
흩어지는
심혼心魂이여.

감빛 고운 날에

오랫동안 잊고 있어

잊힌 줄만 알았는데
시월의 그 어느 감빛 고운 날에
홀연히 피어오른다
그날의 기억들이.

아련한 그 기억들이
오늘 같은 그런 날
노랗게 자지러진 은행잎이 너이고
환하게 미소짓는 감빛도 너이다
그날의 그때처럼.

갈대밭

바람도 질러서 간
고즈넉한 갈대밭에

올해 막 첫배를 친
개개비 울음소리

설익은 어미 노릇에
온종일 부산하다.

국화차를 마시면서

오래된 친구처럼 따듯한 잔 속에서
죽었어도 죽지 않은 그 생을 다시 본다.
왔다가 다시 가고 갔다가 다시 오는
인생의 윤회 같은.

먼 길 돌아 달려온 하얗게 지새운 삶
샛노랗게 우러난 그윽한 향기 속에
내생도 담가 봐 본다
행여나 그러한지.

꽃샘추위

봄이려니 했었는데
또다시 겨울이다.

살갑던 한 줌 햇살
찬바람이 밀어내고

언덕 위
분홍노루귀꽃이
필까 말까
망설일 때.

눈물의 맛

듬성듬성 벌레 먹은
나물 내음 한 소끔에

조각구름
떼어 넣고
햇살 뿌려 버무린다.

싱겁다,
살면서 참았던 눈물
몇 방울 더 떨군다.

노을이 아름다운 것은

찬란한 모습보다
때를 아는 너이기에

한낮의 이글댐이
아직은 남아있어도

질 때를
알고 지는 네가
그래서 더 아름답다.

석류

어젯밤 상현달이 기웃기웃 거리더니
우리 집 석류꽃이 바람이 났는가 봐,
밤마다 아무도 몰래
월담을 하고 있네.

따스한 햇살 속에 졸고 있는 것 좀 봐,
발그레한 얼굴로 속내를 감추고서
어느새 남산만큼 불러온
잘록했던 그 허리.

시월의 편지

군데군데 숭숭 뚫린 물들다 만 낙엽 위에
소식 몇 자 적어서 바람결에 실어 보낸
글로는 부칠 수 없는
어머니 안부 편지.

알듯이 모를 듯이 느껴지는 그 소식
읽다가, 읽다가 구겨진 낙엽 위로
번진듯 보이는 것은
어머니 눈물인가.

폐선

물살도 잠시 멈춘 강어귀 굽이진 곳
쌓이고 쌓인 세월 저리도 무거울까
시름만 가득 싣고서
물에 잠긴 폐선 한 척.

수런대는 갈대 소리 나를 찾는 발길일까
부러진 돛대 끝에 지는 해 괴어놓고
아련히 바라다 본다
굽어진 오솔길만.

한상전(韓相全, Han, Sang jun)

1956년 경기도 가평 출생. 호 효은. 《시조문학》(2009) 등단. 한국문인협회, 충북시조문학회, 한국문인협회 진천지부, 포석문학회 회원.

> 산
>
> 효은 한상전
>
> 겹겹이 병풍처럼 둘러앉은 봉우리
> 골골이 전설들이 스며있는 물결기에
> 뻐꾹이 노래소리가 곱게 녹아 흐른다

—

'익모초 꽃'은 우리나라 전역에 자생하는 일년초로써 7~8월에 연한 자주색으로 꽃을 피우며 강장제 등 한약제로 익히 쓰이는 식물이다. 시골에서는 주로 녹즙으로 복용하는데 무척 맛이 써, 써야 약이 된다는 옛 이야기의 어원이 아마 익모초에서 나온 말이 아닌가 한다. 이러한 현상을 작품 속에 잘 용해시킨 무리 없는 작품 속에 잘 용해시킨 무리 없는 작품이다.

— 박병순, 김준, 장지성

—

익모초 꽃

굽이굽이 산 비탈길
버려진 묵정밭에
발돋움 키로 자라
바람 앞에 비켜서서
삼복의
땡볕을 받고
피돌기로 피었는가

어디 인생살이
쓰디써야 약이 되듯
한 생애 덧칠하며
생즙으로 모금하는
보랏빛
꿈들을 적셔
처방전을 펼치는가.

부부

혼자서 반들반들
윤기 내는 호두 보았나?

손안에서 둘이 만나
서로서로 부딪히며
긴 세월
담금질해야
반들반들해지잖아

서로 다른 세상에서
뾰족하게 자라온
너와 내가 만나서
온갖 풍상 다 겪으며
지난날
돌아오는 지금은
반드르르한 호두 두 알

저수지

늘어진 버드나무
물결을 쓰다듬고
물총새 먹이 찾아
은빛 물결 가르는데
강태공 낚싯대 드리우고
월척을 기다린다

길손 잃은 쪽배는
나룻터에 졸고 있고
고목나무 까치는
세월 낚아 울어 댄다
저수지 잔잔한 물가엔
오밀조밀 들꽃 향기

자반고등어

신랑 각시 꼭 껴안고
좌판 위에 누워서
귓속말로 소곤소곤
깊은 정담 나눌 때

저거요!
딱 걸려버렸다

장 구경 온 할배한테

어물전 젊은 총각
휘파람을 불면서
우직한 칼을 들어
동강동강 내려친다

푸른 물
넘실거리던 곳
아직 그곳 꿈을 꿀까

조약돌

옥죄인 틈바구니
점점이 아린 사연
밀려오는 파도가
토해낸 모래송이

가슴속
내 안과 밖을
뉘 알아 씻어주랴

뒹굴어 묻히어도
바람결에 세월 가고
소리 없는 울음으로
부딪히며 살아온 날들

빛 재워
반짝거리는
매끄러운 몸짓들

입추 무렵
— 벼꽃은 가을을 부르고

한낮을 자지러 대던
참매미 울음소리
서늘한 밤 귀뚜리에
제자리 내어주고
푸른벼
꽃대궁 밀어올려
살진 가을 부른다.

고향

안개 바람 친구 삼아
산자락 감싸돌고
듬성듬성 엮어놓은
초가집들 사이로
흰 발목 붉게 적시던
풀어헤친 황톳길
천수답 물을 대려
잇고 이은 도랑 속엔
가재 떼 피라미 떼
서로 얽혀 노닐고
부엉이 하얀밤 새워
새벽을 불러 오던 곳
그 자취 간곳없고
아침고요 간판 걸고
도심의 찌든 때를
벗으려 오는 긴 차량 행렬
그 뒤에 나홀로 서서
찾아보는 먼 유년의 자취

유년의 집

돌담 돌아 층층 꽃밭
온갖 꽃 어우러져
짙은 향내 풍기며
솔바람에 한들한들
큰 광장 카드색션처럼
바람 너울 타던곳

고샅길 따비밭엔
애기 업은 옥수수대
저녁노을 퍼져갈 때면
장에 간 엄마 기다리고
정겨운 울타리 속에
살 부비며 자라던 곳

첫 만남, 아련한 기억

굽이굽이 능선 따라
산벚꽃 꽃비 되어
나비처럼 하늘하늘
온 산 가득 내릴 때
살포시 포개진 두 손
정답게 가자했네

세월만큼 퍼져있는
지난날 그리움이
물안개 피어나는
산자락 깔고 앉아
영산홍 꽃물결 따라
돌무지탑 다독였네

비끗비끗 세상살이
사랑으로 에둘러
맞잡은 손 놓지 말고
온기를 나누자던
그 마음 그대로 안고
그려보는 기억 저편

산

겹겹이 병풍처럼
둘러앉은 봉우리
골골이 전설들이
스며있는 물줄기에
뻐꾸기
노랫소리가
깊게 녹아 흐른다.

한상철(韓相哲, Han, Sang cheol)

1947년 경북 고령 쌍림면 출생. 대구상업고등학교 졸업(1965). 《해동문학》(2000) 등단. 산악시조집 『산중문답』(2001, 삶과꿈), 『산창』(2002, 삶과꿈), 『산정만리』(2004, 삶과꿈), 『선가』(2009, 삶과꿈). 한시집 『북창』(2015, 수서원). 제10회 도봉문학상(2015) 수상. 한국시조협회, 한국한시협회 회원.

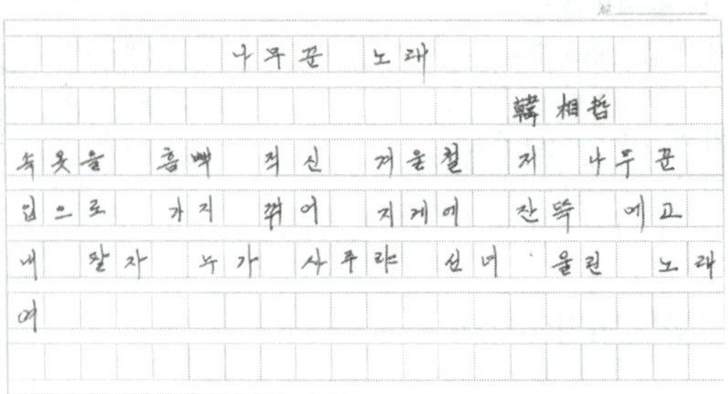
나무꾼 노래

韓相哲

속옷을 흠뻑 적신 겨울철 저 나무꾼
입으로 가지 꺾어 지게에 잔뜩 메고
내 팔자 누가 사주랴 신나 울린 노래여

—

한상철의 시조는 '산의 정감을 새삼' 느끼게 한다. 시조집 『산창山窓』을 읽으면서, 필자는 먼저 김백령金栢齡이 지은 옛 시 「정사靜思」의 끝 구절 '진취천봉입와간盡取千峰入臥間'이라는 시구를 떠올렸다. 그것은 '천 개의 산봉우리를 방 안까지 끌어 들이련다' 하고 읊은 옛 시인 김백령의 산을 사랑하는 마음에 결코 뒤지지 않는 산시山詩 묶음이 바로 이 『산창』인 까닭이다. 그뿐더러, 시조의 품격品格을 한껏 살리면서, 한결같이 산을 노래한 단수單首들의 빼어남이 예사롭지 않음을 목격할 수 있다.

— 박시교(시조시인)

—

미세먼지 공포

대기는 희뿌옇네 개인 듯 흐린 하늘

금시조金翅鳥* 어른대기 모골이 송연하나

인간이 지은 먼지라 한울님도 손 못 쓰

* 금시조金翅鳥: 불경에 나오는 신화적인 상상의 새. 금빛 날개를 달고 있으며, 입에서 불을 내뿜고 용을 잡아먹는다고 한다.

수저계급론

은수저 물었으니 당신은 귀족이지

탄생에 차별 있어 신분 오름 허황된 꿈

어차피 계급 사회니 떡 준대로 먹으리

베틀가

철거덕 삼베 짜는 날렵한 저 손놀림

바디집* 날줄 뽑고 북으로 씨줄 엮어

명매기** 나는 산골에 백옥강산白玉江山 친 소리

* 바디집: 베틀의 중요한 부품 중 하나. 촘촘한 틈으로 삼실을 끼어 날줄이 되고, 북에서 나온 실이 씨줄이 된다.
** 명매기: 칼새 과에 속한 새. 몸길이는 18센티미터 정도이고 제비와 비슷하다. 몸의 빛깔은 흑갈색이며, 허리에는 하얀 띠가 있다.

외도外島*

외딴 섬 투정 말라 찾는 이 많을 터니

화장을 짙게 했기 체취體臭는 사라져도

살며시 꽃삽에 담아 분경盆景으로 가꾸리

* 외도外島: 경상남도 거제시의 해금강을 따라 약4km 남동쪽에 위치한 주변의 섬이다.

도리깨질

어여차 내리치며 엇박자 도리깨질

펄펄 난 까끄라기 나뒹구는 알곡들

신명난 타작 노래에 바둑이도 덩더꿍

양미리

탄불에 양미리사 소주에 그만인데

무 넣고 졸인다면 밥 한 공기 꿀꺼덕

겨울철 서민 반찬에 효자 노릇 톡톡히

희망 한단 값

장바닥 귀퉁이에 엉성히 묶인 대파

선상님 열정이면 절망도 바꿔줄 걸

아지매 희망 한 단에 얼마씩을 받나요

나무꾼 노래

속옷을 흠뻑 적신 겨울철 저 나무꾼

입으로 가지 꺾어 지게에 잔뜩 메고

내 팔자 누가 사주랴 선녀 울린 노래여

귀두론龜頭論

옴츠린 자라 머리 쑥 빼내 두리번대

계곡만 봤다 하면 입맛 다신 묘한 요물妖物

확 피면 풍미風味 떨어질 갈비 밑의 송이松栮여

금낭화 일우一隅

골바람 상쾌하오 애교 띤 금낭화여

홍산호 깎아 만든 요조숙녀窈窕淑女 귀걸이

영롱한 이슬에 젖어 짤랑대다 마느냐

한승욱(韓昇煜, Han, Seung wook)

1939년 함남 홍남 운중리 출생. 아호 운산(雲山). 동국대학교 행정대학원 수료. 《시조문학》(1993) 등단. 한국문인산악회 산문학상, 경기시조문학회 문학상 대상 수상. 한국문인협회 윤리·저작권·권익옹호 위원, 한국시조시인협회 상임이사 역임. 국제펜 한국본부 이사, 미당시맥회 부회장, 《서울문학》 발행인, 도서출판 '대한' 대표.

목련꽃 옆에서

목련꽃 두세 송이 실비 속에 피어나네
눈 들어 다시 보니 피는 듯이 지는구나
세상사
이 꽃 같아서
돌아보는 목련화

꽃 한 송이 무게가 돌보다 무거워도
강한 듯 연약함은 살아가는 길인 것을
목련꽃
두세 송이가
없는 듯 피어있네

산수유

이른 봄
삼삼오오
짝지은 청춘 남녀

산 그늘
바위에 앉아
사랑을 속삭인다

못다 한
열정을 쏟아
노란 가슴 열고 있다

참꽃

촉촉이 젖은 입술
수줍은 듯 벙글다가

햇살이 꽃수염 끌어
그림자 드리워진

분홍빛
족두리 쓴 아씨
주름 속을 걷고 있네

이슬

보내지 않으리라
아직도 타던 목숨이

그리움의 깊이는
흔들려 강을 건너

누구의
치마 아래서
젖은 이슬 달랩니다

오늘 2

아직도
그 곁에는
그리움의
물비늘

사방에 튀어 올라
밤새워 쏟아내던

신명은
잠들지 않고
벼랑 끝에
흩어집니다

저문 밤

갈바람
꺾어 쥐고
버선발로 맞을 사람

설움에 이 하루가
숨겨오던 사연 풀면

저문 밤
보내려 않고
슬며시 빗장 겁니다

여름을 찾는 나무

속마음
올올이 뽑아
녹색치마 두른 수림

빗물에
목욕하며
씻겨낸 묵은 때깔

하늘이
내린 거름이 되어
윤기마저 흐릅니다

가을 산행

새소리 물소리 따라
산 숲속을 오르면
고요한 산자락에
들어 앉은 산사山寺하나
청아한 풍경 소리
가을산에 스며있네
사람들 오고 가고
세월도 흘러가고
산간에 홀로 앉은
돌부처만 외롭구나
빈산에 흘러 넘치는
새소리 목탁 소리

바위솔

산마루 틈 바위에
손짓하는 바위솔

산새도 짐을 지고
기웃거린 계곡에는

가랑잎
딩구는 메아리가
산자락 덮습니다

귀가

의정부 가는 길은
오늘도 되돌아 갈

마음 한 점 산자락에
이마를 짚어보면

내 정성
그보다 더한
가을꽃 피겠지요

한신디아(韓신디아, Han, Cynthia)

1968년 경북 경주 출생. 영남대학교(음악) 졸업. 《시조정신》 시조(2019, 4호), 《한국국보문학》 시, 수필(2009) 등단. 시집 『Sense of Aroma』(2010, 국보), 『당신을 위한 기도』(2018, 돌담길). 서울국제도서전 프랑스전 저작권 위원 역임. 한국문인협회, 울산문인협회, 울산시조시인협회 회원.

젓대

한신디아

풀사이 떨구운 댓잎의 목마른 빛
청공의 끝자락에 뭇재운 울음 하나
살깊이 뚫린 떨림에 깃세우던 칠성공

—

한신디아의 「숲」은, 낯익은 소재를 활달하고 거침없는 보법으로 엮어낸 솜씨에서 저력이 느껴진다. "적막의 눈"을 가진 나무의 생태와 초록의 속성을 통해 자연의 이치에 순응하는 짙고 내밀한 기운이 자아에게 투사된 작품이다. 「젓대」 역시 상당한 내공을 발휘한다. 무엇보다, 제재로 택한 사물과 대상에 대한 치밀한 분석과 이해력이 시의 완성도를 높인다. '청공', '깃', '칠성공', '갈대청' 등의 용어를 적절히 동원하며 시적 효력을 배가할 뿐더러, 소리의 완성을 향한 안타까운 정조가 창작의 고뇌나 아픔과도 맞닿는다. 「어느 날 다시」에서도 녹록치 않은 비유와 상상이 느껴진다. 자연의 무한함과 인생의 유한함에 대비된 상실과 부재의 비애를 통해, 빈 수레와 빈 술잔으로 귀결되는 생의 이법을 깨닫게 한다. 상승 이미지와 하강 이미지의 적절한 배치와 운용으로 표현의 묘를 살리며, 충실한 구조와 운율 또한 작품의 성공에 기여하고 있다.

— 유성호(문학평론가 · 한양대 교수)

—

어느 날 다시

꽃들은 늘 해같이 황홀치 아니하고
일생은 늘 별처럼 존재치 아니하네
짐 없는 빈 수레바퀴 서글프게 돌던 밤

이 첫 잔 비우시면 내게로 오시리니
이리도 취하기가 또다시 어려우니
안개강 건너가는 일 무에 그리 급할까

물결춤 추고 나면 이 한 잔 받으시오
그 시각 그 집에서 한 잔 술 높이 들어
미명의 그림자 뒤품 언저리에 기우네

이 별이 지고나면 우리 또 이별이요
하늘 끝 높이 떨군 별똥별 같은 눈물
어느 날 다시 그대가 이 길 따라 오리까.

숲

찻길이 닿지 않는 오지의 숲속에는
적막의 눈을 가진 나무가 살고 있다
쓰러진 절룩거림도 순응하듯 이겨낸

나무로 살아가는 초록의 속성으로
뿌리를 더 깊숙이 뻗으며 일어서는
누워도 포기치 않을 나이테를 만든다

연잎이 생겨나면 젖을 땔 경륜으로
높이 더 울창하게 푸름을 지켜내는
기염을 게우고 다시 땅의 녹祿을 받는다.

사납고 날카로운 시련이 없었다면
어찌해 살아있는 삶이라 할 수 있나
그렇게 나무는 참고 꼿꼿함을 맞세워

꽃마다 피고 짐을 게을치 않았기에
맺음의 풍요롬을 기꺼이 누리고자
서로의 젖줄이 되고 숲이 되는 식式이다

나무가 또 새로운 나무로 생겨나고
뿌리가 또 새로운 결속이 되는 것이
나무가 숲으로 사는 지혜이고 격이다.

초수草樹

단단한 줄기로 선 나무로 살고파서
바닥을 뚫고 뚫어 뿌리를 뻗어갔네
이렇게 살다가 보면 높아질 날 있겠지

내 것이 될 수 없는 기막힌 부러움이
구겨진 마음 되어 풀밭에 몸져눕고
그래도 보잘 것 없어 진물처럼 숨었네

한때는 안아주고 어르던 잡풀에게
마르고 비틀어진 풀냄새 역겹다며
풀잎을 나뭇잎이라 속여 가며 살았네

나에겐 겨울바람 이겨낼 기력 없어
찬바람 설 불어도 꽃눈물 떨어지네
이렇게 단잠이 들면 다시 설 수 없겠지

나무의 잎을 닮은, 나무의 뿌리 같은
가슴에 멍이 들어 풀죽은 어느 길가
한 그루 끝 간 데 없이 숨어 맺는 풀나무

동백꽃 지다

살얼음 녹여내는 계절에 들어서면
시린 발 볕에 씻은 이파리 곁 사이로
새하얀 달무리 좇아 피어나온 동백꽃

꽃잎에 정을 묻던 지난 날 다 잊었나
바람 난 동박새는 어디서 자지러지나
혼절한 골목길 마다 소복하던 눈물꽃

젓대

풍사風邪에 말라 죽은 댓잎의 목마른 넋
청공의 끝자락에 못 재운 울음 하나
살 깊이 뚫린 떨림에 깃 세우던 칠성공

뱉은 숨 텅 빈 속을 메우는 서글픈 생
무겁게 짓누르는 단말마 같은 가락
죽어도 그치지 못할 붉게 멍든 갈대청

겨울 이랑

시린 땅 갈아대던 산 너머 이랑에서
배고픈 줄 모르고 꿈을 심던 어머니
휘어진 두 가랑이가 어렴풋이 절뚝인다

나를 업고 어린 살 데우시던 그 억척
겨울밤 추억 속의 자장가로 남아있네
입에 문 떡고물만큼 달달했던 그 미소

글꽃

글길을 걸어가다 힘이 들어 주저앉아
옹알이 같은 말씨 고랑에 흘리고는
알 차라 꼭꼭 누르며 꽃피기를 꿈꾼다

개망초 꽃잎 같은 하이얀 운율의 꽃
그립다 못한 만큼 허들게 피어나서
지나는 눈길 한없이 머무르게 하려나

노송老松

회오리 위세에도 당당한 저 소나무
봄 돋는 놀음마저 지극히 부질없을
늙음도 엄숙하여라 도를 닦는 그 마음

오방의 깃발

타들던 뙤약볕은 불같던 엄니의 삶
휜 허리 펼 줄 몰라 고진일 업고 사네
늘어진 젖가슴 물려 눈물 닦던 거친 손

밥 달라 꽃신 달라 때 없이 보채면서
철없는 옹알이로 어리광 빼물었던
오방의 서글픈 깃발 경전 되어 사리네

가을에 물들면

종말론적 선언문이 낙엽 되어 날리면
절망의 늪에서 갓 건져 올린 계절을
감성의 순리는 타는 가을이라 부른다

부르고 또 부르다 목이 다 쉴 때까지
그렇게 물이 들어 극단의 종교가 된다
저무는 아름다움에 이끌리는 환상들

한영례(韓英禮, Han, Young rye)

1955년 경기 김포 출생. 아세아연합신학대학교 석사 졸업(2005). 《시조미학》 신인작품상(2017) 등단. 동인집 『성산문학』(2017~2020, 책마루). 시조집 『누가 말하지 않아도』(2020, 엔크). 한국시조시인협회 회원. 마포문인협회 이사 역임.

—

한영례의 작품은 「어느 날 나의 인생이」란 작품에서 보이듯 기독교 신앙생활을 하고 있지만 그의 시는 직설적 표현 대신 신앙을 육화시켜 설득력을 얻고 있다. 그래서 당선작으로 미는 「햇살 통장」에서 "허리가 휘어지는/ 거목 같은 사랑으로// 드리운 그늘만큼의 넓은 품이 되고 싶다"는 미학에 가 닿는 것이다. "빈 말이 휘젓고 간 공터에/ 나뒹구는 햇살통장// 꺼내 쓸 그 사랑이 내 통장엔 없나보다"라고 쓸쓸해하면서도 결국은 거목 같은 사랑으로 넓은 품이 되고 싶다는 길을 택한 그의 앞날이 기대된다.

— 백이운, 조영일

—

늦가을 은행나무

또다시 찾아 온
간절한 가을날에

노란 옷 곱게 입고
행여라도 만날까

그리운
그대 보고 싶어
약속도 없이 기다리네

싸한 바람 타고 온
입동추위 견디다가

늦가을 그 나무 밑
옷 소복이 벗었는데

앙상한
나뭇가지 사이로
정든 햇살 지나가네

햇살 통장

별것도 아닌 일에
상처 받는 소심함이

마음의 근력 다해
안 아픈 척 애써 봐도

빈 말이 휘젓고 간 공터에
나뒹구는 햇살 통장

꺼내 쓸 그 사랑이
내 통장엔 없나보다

허리가 휘어지는
거목 같은 사랑으로

드리운 그늘만큼의
넓은 품이 되고 싶다

어느 날 나의 인생이

귀한 생명 태어나서 여리게 자라났다
가야할 길 모르는 채 구름을 따라가다

어느 날
나의 인생이
바다 위에 있었다

험한 파도 헤치며 구원의 손길 원해
누군가 다가와서 생명줄 건져냈고

어느 날
나의 인생이
하늘 품에 있었다

어려운 길이지만 좁은 문 들어섰고
고뇌는 감사 되어 복음을 채울 때

어느 날
나의 인생이
나무 아래 있었다

이름 찾기

쓰지 않고 묵혀 둔 연장같이 생경하고
오래 된 간판같이 바래진 것일진데

옛 친구
온 세상 뒤져
내 이름을 찾았다

'그리운, 사랑하는, 보고 싶은' 누구라
사람에게 붙여준 다정한 그 언어가

어쩌면
잊혀진 이름을
그리 빛나게 할까

꿈꾸는 달빛초당

문덕산 기슭에 주인 닮은 녹차밭
그 달빛 차 향기는 고운 님 미소 같다

시인 손
차 우려내는
굽은 마디 삶의 자국

초당 뜰엔 온갖 꽃 수줍은 듯 피고 지고
산수국 참나리 꽃 처음 만난 병아리 난

하얀 빛
노각나무 꽃
가장 예쁜 달빛가인

월출산 달이 뜨면 작은 연못 하늘 되고
시심을 우려내는 청아한 샘물 소리

자연에
돌아가려는
시인의 꿈 영글다

강천산*만 같아라

금강 계곡 타고서 흐르는 맑은 옥수
투명하고 고운 새소리 여기가 어디인가
강천사 저 불경 소리에
발걸음이 느긋하네

기암奇巖 산에 현수교 짜릿하게 걸렸다
수많은 철 계단을 수행하듯 올라가
어느새 미색美色에 취한 듯
비틀비틀 건너네

햇살에 목욕하는 단풍 속살 눈짓에
구장군 폭포 병풍폭포 남녀가 화답하니
초록의 대숲 앞에서
천기누설 해볼까

귀여운 애기단풍 붉게 물든 산에서
레드카펫 밟으며 환히 웃는 우리들
내 삶의 가을 잔치도
강천산만 같아라

* 강천산: 전북 순창에 있는 군립공원.

구월 장미

수줍은 빨강 장미
그대가 그리워서

하루하루 기다리다
구월 볕에 웃었지

때 늦게
찾아온 당신
반가워서 울었지

순천만 갈대숲

늦가을 하늘 두른
우주 틈새 갈대밭

칠게 도둑게 숨바꼭질
그 속에 이는 바람꽃

시국이
늪이 되어 가고
사람들은 흔들렸다

갈대가 자라나는
진흙 뻘 속 이야기에

지나가는 이 나그네
마음속이 시끄럽다

갈대숲
버석거리지만
짱뚱어는 잘도 논다

입장 차이

쓰르라미 고요를 깨면
온몸이 나른해져

해묵은 느티나무 그늘 아래 길게 누워

고단한
여름 한낮 재우고
쉬어가게 하더니

소요하는 쓰르라미
너희는 어찌하여

술렁이는 도시의 불청객이 되었느냐

사람이
소리 높이는 건
입장 차이 때문인가

아버지의 황소

겨울 아침 구유엔 김이 나는 쇠죽 가득

그 큰 눈 껌뻑이며 구수함에 콧김 쐬어

긴 혀로
여물 휘감아 넣고
맛있게도 먹는 녀석

질긴 목을 비틀어 주인 어깨에 비비고

아버진 소 등을 매만지고 긁으신다

황소는
아버지의 분신
어린 내겐 질투의 대상

한영일(韓榮一, Han, Young il)

1944년 경기 장단 출생. 서라벌예술대학, 한국방송통신대학교(행정학과), 동국대 행정대학원, 성균관대 문학박사. 《시조문학》 천료(1982), 《현대시학》 시 2회 추천, 《詩와 의식》 신인상 詩, 《문학예술》 신인상 수필 등단. 시집 『다박솔의 꿈』(1988, 문예춘추, 공저), 『별바라기의 합창』(1989, 시류, 공저), 『4월의 라일락』(2003, 북토피아) 외. '크낙새' 시조동인. 한국시조시인협회 회원. 건설부 공무원교육원, 국립건설연구소, 서울시 중구청 근무, 서울시 문화관광국 명예퇴직. 치안문제 연구소 정회원, 도서출판 시대문학사 주간, 동국대학교 행정대학원 운영위원 역임.

—

고목古木

소망素望은 눈썹에 담아 시름 끝에나 얹어 놓고
침묵으로 달래던 목숨 맥맥히 삭아 내리면
사랑은 지심地心으로만 가슴 섶에 남는다.

마음속에 새긴 얼은 요원遙遠의 물보라인가
숨막히던 이승 끝을 줄줄이 꿰어 놓고
잎마다 구원久遠의 손짓 고독으로 서던 자세

바람도 날개를 접고 죽음을 기다리네
한 천 년 쌓던 오욕汚辱 솟구치는 아픔일까
산악山岳도 무너진 광란 기도하는 나무여.

산비둘기

눈매 고운 가슴 사이로 젖어드는 외로움은
하이얀 꽃 신발을 저만치 다 벗어 두고
목숨은 속살을 벗 듯 잔기침으로 날이 샌다.

첫 삶의 쭉정이야 걷어 얹고 울먹여도
썩은 등걸 밑으로 영혼은 빠져 나가고
저 늙은 산비둘기 홀로 흐느끼며 자주 울다

산山 · 적寂

정적을 키우는 눈발 산을 재워 자욱하고
갈매봉 시린 이마 서리 끝에 묻어나면
푸른 솔 바람 끝에나 사무치는 메아리여.

천지에 크신 은혜 달로 뜨는 하늘가에
기왓골 눌러앉은 천 년 묵은 숨결 소리
탑 하나 불 밝혀 들면 철쭉으로 타는 말씀.

허虛를 가는 산행길은 소슬한 귀밑머리
매달리는 눈물의 끝 천문天門 여는 하늘 굽이
함묵含黙이 낙엽이 되어 지천으로 깔립니다.

여정旅程

진주 이슬 꿰어 올리듯
생生의 한 귀퉁이에 서면
사철 눈꽃으로만 살다
빛바랜 하얀 속눈썹
시선만 빈 하늘에 떠
갈 곳 몰라 눕는다.

빈 상념傷念의 잔을 들면
허공에도 얹히는 육신
가다가는 또 한 순간만
야윈 바람 속을 걸어와
그 영혼 몸으로 울다
목숨 위에 내리는 원죄原罪

정情

돌각담 밑 햇살 속에도
부챗살 펴듯 정 펴놓고
파아란 하늘 밑으로
익어가는 감을 보며
미더운 마음 하나로만
기다리던 사람들.

꽃 사설

강물은 돌아 나가고 천둥소리 이리 멀다
우두커니 이대로 서면 무서리가 마냥 내린다
쏟을까 울컥 토할까 살로 터진 개화開花여.

산들이 우쭐거리며 이끼가 슬리는 시간
청동의 울음을 휘감고 울 수조차 없는 잉태여
이제는 바라던 마음 거둬 침묵 같은 이 현신現身.

한춘섭(韓春燮, Han, Chun seop)

1941년 경기 양평 단월면 출생. 단국대 대학원 박사과정 이수(1975). 《시조문학》 3회 천료(1966) 등단. 저서 『고시조해설』(1982, 홍신문화), 『한국시조시논총』(1990, 을지). 조선족 시조사화집 『하얀 마음, 그 안부를 묻습니다』(1990, 을지). 의형제시집 『민들레 홀씨 둘이서』(1994, 새동아). 시조집 『적』(2001, 동학사). 회고록 『꽃은 첫새벽에 피어나더라』(2016, 컬처플러스) 외. 육당문학상(1990), 경기문학상(1990), 교육부장관상(1992), 성남시문화상(1996) 수상 외. '울림회' 초대회장. 풍생고교 국어과 교사, 한국시조시인협회 총무이사, 한국폴리텍대학 성남캠퍼스 교수 역임.

—

한 시인의 작품에서 자연과 향토의 정서, 신앙적 경외와 도덕성이 짙게 나타나는 것은 얼른 수긍이 가는 대목이고, (중략) 한춘섭 시조에는 남다른 특색이 보인다. 하나는 시어의 선택에 일반통념과 다른 것이 많고, 또 하나는 조사나 어미 등 허사의 용법이 매우 대담하게 구사한다는 것들이다. (중략) 그러나 작품을 초월하여 시조인 한춘섭 시인을 자리매김하는 데 가장 귀히 여겨야 할 일은 그가 어느 누구보다도 시조를 뜨겁게 사랑한다는 사실이다. 그가 『한국시조큰사전』이라는 방대한 편저를 주재한 일과 중국 연변까지 드나들면서 교포들에게 시조를 보급해 온 일들을 모르는 시조인은 없으리라(『적跡』 책머리).

— 장순하(시조시인 · 한국문인협회 고문)

—

적跡

소금 땅 얼음 언 땅 자작나무 숲 사이로
땅 붙이를 찾아서 해진 봇짐 꾸리는
고려인 까레이스키, 상처 가린 옷소매

부적처럼 지녀 온 날 돌아가리 그 벼랑 앞
저물녘 진혼곡도 이제는 버릇되어
귀향이 망향된다 해도 불러보는 그 안부

우기의 황토 재는 늘 젖어 무거운데
이러구러 낮과 밤이 소낙비 강물 풀면
실록의 여울 물살이 후미진 골 기억하나

고운사孤雲寺

천년 솔숲 흙길에 바랑이 멘 동자승
아리아리 어린 나이 겹디 겨운 고요는
산허리 작은 돌담불 기댈 마음 없습니다

물도 아프지 마라 저 갈 길로 보내고
바람도 젖은 바람 등을 쓸어 보내는
가운루 속 깊은 누각 운판 소리 떠갑니다

빛나던 때 언제일까 치레 벗은 '연수전'은
부처나비 먹 그늘 나비 살 내린 문틈 열어
때로는 사랑조차도 놓아주라 합니다

대왕, 세종님은
— 여주 능에서

세상의 막막함이 간절하여, 간절하여
적요를 열어 주랴,
만 년 잠 깨워주랴
신 새벽
어둠 닳도록
뒤척였을 님의 침상

맨 처음 비추어 볼
구리거울 닦아 내며
마음에도 길을 내라
심청 아비 눈 뜨듯이
자존은
그리로부터
수직으로 섰나니.

북촌에서

저장된 긴 파일은 바래여 닳았어도
낯이 선 화려보다 익숙한 누추함이
아직은 따뜻하다며, 말해 주는 별이여

왕궁 밖 북촌마을 장지문 닫아 걸고
귀 얇은 시간들의 속삭임도 따돌린 채
백년쯤 묵은 항아리 윤을 내고 있었네

잔치 날 차일치고 꽃 병풍 가려두고
초례청 신랑각시 온 세상이 환했건만
살면서 그리 기쁜 날 몇 날이나 되던가

백년도 못 사는 날 떠돌다 떠돌다가
눈자위 눈물 돌 듯 기껏해야 제 자리
말없는 활동사진기 짜르르르 돌고 있다

별 섬

사무친 파열의 섬 구멍 숭숭 돌 틈마다
이중섭의 게 무리가 다녀가는 밤바다
별 섬도 헛헛했으리 혼자 한 사랑처럼

돌고래 음파 소리 살 트는 숨비소리
눈물 박힌 파종을 기억하는 흔적 따라
만 팔천 제주 신령은 질긴 바람 풀고 가네

초신 신고 시집가던 비바리 가난에도
떫은 풋감 물이 스며 갈옷 빛 별 섬 자락
파랑 섬 이어도 사나 너영나영 이어도 사나

꽃 사태

차라리
동백꽃은
눈물 뚝- 뚝-
운다지요

바람결이
흩고 간
어이없는 봄꽃 사태

세 살 적
숙부 잔칫날에
내 아버지
부음처럼

다시 유월에

빗장 뼈 아픈 가시
들 찔레도
다시 피어
이토록 아름다운 산하를 지켰는데
기억은
고여야 하리
별빛 자락 여는 여기

소멸은 송진이 되라
단단한
옹이도 되라
푸름이 사무치면 숯이라도 되어지라
재 날려
매운 눈자위
타오르는
그리움

사초를 하며

그때는 일제 치하 장례조차 못하게 해
입은 옷 그대론 채 하늘을 가리웠네
내 나라 모르던 세상 아버지의 생멸연대

진달래 민들레가 지천이면 무엇 하며
꽃비 오면 가려 줄 농막도 한 채 없이
살다가 살기 싫다가 시들하던 그 소유

문고리 질러둔 채 어머니 놋수저엔
한생의 봄날도 꽃 지듯 짧았어라
정말도 마무리되나 봉분 아래 숨은 꽃

선사의 부싯돌

동방의 밝은 아침 새 해야 올라서라
저린 산맥 뜸자리 약이 되는 온기로
물 겹겹 산 겹겹마다 술술 풀리는 소망이여

상고사 펼치리라 옛 계약 두루마리
물 풀어 바람 적신 선조의 붓대 들어
오천 년 증거의 이 땅, 옥새로 다져보리

백두의 분화구 한라의 분화구도
선사의 부싯돌로 사뤄 피는 혼불 되어
빛 부신 이 강토 이 겨레, 거느려라 만산을-

뼈와 살 내 할배 적 유전자를 찾아서
시시비비 가려 줄 머릿돌은 있나니
돌이든 나무이어든 새겨 가라 역사여!

아침 강안

가시줄 사이하고 두 기슭 휘-본다
북새풍 나린 벌로 놀빛 아림 세월 되나
가없는 실마리 따라 뒤척이는 하구다

흐려진 신화마냥 애태워 숨 거두랴
토라진 동공끼리 상사로 한 맺히랴
먼 하늘 북강 썰밀물 헤살 짓는 밤 파도

철새도 쉬다가는 초연 스민 물이랑이
차라리 반도 허리 녹슬어 풍화해도
목이 멘 여울의 마음 원형 바라 사는 목숨

한휘준(韓輝準, Han, Hwi jun)

1954년 경남 사천 수석동 출생. 중앙대학교 예술대학원(문학예술과) 시전문가 과정. 문예공모전 시조(1984), 《시사》(2004), 《시조문학》 작가상(2007) 등단. 저서 『사랑 그 아름다운 말』(2004, 그림과 책), 『목련꽃 그늘에서』(2017, 시조문학사). 월하시조 달가람문학상(2015), 시조문학 좋은작품집상(2017), 도봉문학상(2017) 수상. 인사동시인들, 모닥불, 서정시마을, 시사랑문인협회, 청사촌 동인 역임 외. 월하시조문학 동인. 한국시조시인협회, 한국문인협회, 도봉문인협회 회원.

—

한휘준 시인의 시세계는 종교적 무심관으로 인생을 바라보고 있음을 알 수 있다. (중략) 이것은 자연을 통해 자아를 확인하고 달관된 자족의 방법으로 인생에 대해 긍정적인 모습이며 (중략) 시인에게 가장 소중한 것은 인간 본연의 모습을 추구하는 마음으로 정신적인 것의 가치를 누구보다 소중히 여기고 있다.

— 김준(시조시인 · 서울여대 명예교수)

오늘날 많은 시인들이 '창작의 현대화'라며 변칙과 궤변을 일삼고 있으나 무릉도원武陵桃源을 꿈꾸는 설봉 한 시인의 작품세계는 시인은 선비적 품성의 바탕 위에 농축된 체험의 곡진한 사연들을 누에 실타래 풀어내듯 담백하고 진솔하게 표현하여 큰 감명을 안겨준다.

— 이광녕(시조시인 · 한국시조협회 고문)

—

동백 숲에서

차디찬 바닷바람 오백 년을 흔들었다
지난 세월 힘줄 돋워 뒤틀린 풍상에도
푸른 잎 윤이 나도록 웃음 짓는 빨간 입술

미수米壽를 앞둔 노모 흔들어 온 삶의 파도
지금까지 밤을 새워 잔가지를 흔들다가
저리도 붉은 동백꽃 정수리에 피우네

삼단 같은 검은머리 동백기름 반짝이며
바닷가를 불 밝히던 청춘시절 여린 꿈이
고목에 꽃을 피운들 무슨 소용 하소연.

남사당男寺黨

북두칠성 으슬으슬 바람결에 떨고 선 밤
외줄 위를 풍악 소리 숨막히게 뒹구는데
허공을 차고 선 외씨버선 옥빛이라 서럽다

둘러 선 구경꾼들 숨죽이어 가슴 얼고
손끝에는 땀이러니 가슴에는 눈물인가
이 생에 고름 맺힌 한恨 잔별보다 총총타

유성流星은 소리 없이 순간을 흘러가고
양손 활짝 오색 부채 하늘보다 꿈이 곱다
저 생에 흘러가서는 무엇으로 태일까

히말라야 샹그릴라*를 찾아서

만년설 휘감아선
옥룡설산玉龍雪山 빛의 광채光彩

아버지 홀로 가신
차마고도茶馬古道 험한 여정旅程

새벽녘 먼 길 떠나 신 뒷모습이 짠하다

고산高山 길 넘어 올라
대협곡大峽谷 건너질러

이 세상 힘든 추억追憶
안개 속에 내려놓고

우리들 걱정은 잊고 무릉도원武陵桃源 사시길

* 샹그릴라: 영국의 소설가 제임스 힐튼의 『잃어버린 지평선』이란 소설에서 샹그릴라는 히말라야 티베트 지역의 이름이 나온다. 환상적이고 아름다운 땅으로 표현된다. 동양의 이상향理想鄕인 낙원樂園, 무릉도원武陵桃源이다 . 티베트어로 샹그릴라는 마음속의 해와 달을 의미한다.

가마도 지옥 온천*

현해탄 파도 넘어 왜국땅 후쿠오카
아비는 나라 잃은 슬픈 족속 집시였다
먼 남국 하늘 아래도 쉬지 않고 뜨는 해

어떻게 이겼을까 기나 긴 유랑의 길
얼마나 참았을까 지옥같이 들끓던 삶
가마도 지옥 온천에 어리 우는 아픈 꿈

* 가마도 지옥 온천: 선친께선 일본에게 나라를 빼앗겼던 세대이다. 침략의 제국주의 남의 나라 전쟁에 강제 징병당한 일본 후쿠오카 남쪽 벳부 온천 지역에 있는 마치 지옥의 가마솥첨 불길을 연상시키는 뜨거운 유황 연기가 쉬지 않고 뿜어 나오는 온천에서 그 시대 아픔을 상상해보았다.

화양연화*

아직도 꿈을 꾼다,
복사꽃 붉은 꽃길.

순수한 동심 속에
소꿉장난 해가 지던

천국이
부럽지 않던
무릉도원武陵桃源 그 시절

* 화양연화: 누구에게나 인생에서 한 번쯤 있는 '가장 좋고 꿈같이 아름다운 꽃피는 시절'을 뜻함.

취화선醉畵仙

향 짙은 꽃바람이 살포시 나를 안아
향긋한 그대 숨결 꽃인 듯 어지럽네
꿈꾸듯 천상의 너를 일필휘지一筆揮之 그린다

화려한 날개옷을 온몸에 휘두른 넌
눈부셔 볼 수 없는 슬픈 사랑 근원이며
사랑을 알지 못하면 볼 수 없는 그림이다

천상의 물감으로 취한 듯 꿈인 듯이
운해雲海 위 그려내는 마법의 화가이다
그대를 사랑하는 자者 볼 수 있는 그림을,

* 취화선醉畵仙: 술이 취하면 일필휘지로 그림을 그렸다는 조선의 화가
오원吾園 장승업이 선녀를 만났다면 그릴 그림을 상상해 본다.

이명耳鳴

한때는 온 가슴을
뒤흔들던 거센 바람

이제는 어슴프레
귓전에 흔들리네

풍경은
기쁜 소리 내어 울던 밤이 그립다

풍경이 울지 않음
그 누구를 탓을 할까

매화꽃 핀다 해도
오지 않는 남녘 향기

바람 잔
기나긴 밤을 기다리다 지쳤다

목련꽃 그늘에서

은하수 흘러가는
유성을 헤아리다

반달도 외로움에
홀로 눕던 고독한 밤

백목련
꽃그늘에서
그 시절을 그리네

서릿발 서걱이던
그 겨울 기나긴 날

묵언 속 맨발로서

버티신 눈보라 길

온 하늘
목련꽃 피워
함박 웃던 어머님

변산바람꽃

채석강 겨울 바다
얼음처럼 쌓인 하늘

천년세월 두드리며
파도 자락 시詩를 쓰면

바람은
바다를 건너 그리움을 나른다

뼛속을 시린 바람
주목 숲을 훑고 가도

변산 해안 바람꽃은
열꽃처럼 돋아난다

은하수
별빛 한 웅큼 흩뿌리고 가면은,

달빛소나타,

웅장한 폭포처럼
쏟아지는 달빛 소나타

귀가 먼 베에토벤
혼자만 듣지 않네

달빛이
두드린 풍경風磬
나도 그만 귀먹다

호젓한 바다 능선
융단 펼친 얼레지 꽃

화려한 꽃잎 군무群舞
봄 소나타 연주하네

바람결 휘몰이 장단
춤사위를 펼치네

한희정(韓嬉貞, Han, Hee jung)

1959년 제주 서귀포 서홍동 출생. 한라대학교 (간호학과), 한국방송통신대(국어국문학과), 제주국제대 사회복지대학원(사회복지학과), 《시조21》(2005) 등단. 시집『굿모닝 강아지풀』 (2009, 동학사), 『꽃을 줍는 13월』(2013, 동학사), 『그래, 지금은 사랑이야』(2017, 각). 시선집『도시의 가을 한 잎』(2017, 고요아침). 한국작가회의, 제주작가회의, 한국시조시인협회, 오늘의시조시인회의, 제주시조시인협회, 국제시조협회 회원.

—

좋은 작품이란 먼저 그 대상의 육하원칙이 선명하다는 점입니다. 더구나 시란 설명문이 아닌, 내면 풍경의 형상화라 했을 때, "숲 터널 끊긴 지점/ 서귀포 행 내리막길"의 의미와 상징성에 유념할 필요가 있습니다. 그리고 "올올이/ 빈약한 날줄"이라는 차창의 빗줄기를 보면서 자연의 순응하려는 시인의 마음가짐을 읽을 수 있습니다. 구월 억새꽃은 이미 태풍시즌의 속 뒤집힌 바다 표면에 펼쳐져 있고, 급경사 커브 길을 내려오면서 서귀포 바다에 떠있는 지귀섬, 섭섬, 문섬, 범섬 등의 무인도를 내면으로 끌어들이고 있습니다. 결국 "쫓기듯/ 계절의 문턱"에 선 자신의 입지를 구월 비의 차가운 감촉이 '졸음운전'하듯 이완된 자신을 '멈칫'하게 하면서 현실 세계로 돌려세웁니다.

— 고정국(시조시인)

—

수련

하늘은 닫혔어도
꽃들은 피고 있었네
가발 쓴 무희들의 하얀 발목이 비치면서
장맛비 꽃들의 음표가 통통 튀어 오를 때

상반신 다 드러낸 백련 한 송이가
하늘 계단 따라 그림자 내려선 곳
사르르 바람이 일어
꽃잎들을 헹군다

목탁은 절에서 치고
파문은 연못에 이네
물 위에 오체투지 고추잠자리 한 마리가
이제 막 꺼낸 날개를 다시 물에 담근다

동백꽃 서설序說

견디기 힘들어도 참는 만큼 하루가 붉다
손을 내밀수록 더 허기진 겨울 볕에
수줍게 볼을 비비며 말문을 여는 저녁.

바람, 제주 바람 숨긴 칼이 더 푸르다
눈 오면 눈밭에다 오장육부 쏟으시던
아버지 겨울나기도 저 꽃처럼 붉었을까

잠이 깊을수록 우리 꿈이 생시로 오듯
아픔이 깊을수록 봉오리에 힘을 모으는
저 혼자 아껴온 불씨, 꽃 한 송이 내민다.

구월 비

열대야 불장난도 이제 끝을 맺으려나
숲 터널 끊긴 지점 서귀포행 내리막길
올올이
빈약한 날줄이
차창 밖을 가리네

구월 억새꽃이 젖은 채로 달려오네
하얗게 태풍예보 속 뒤집힌 바다 위에
떠돌이
무인도 두엇
가물가물 거리고

젖은 바퀴들이 젖은 자국을 남기면서
깜빡 졸음운전 소스라친 그 한 순간
쫓기듯
계절의 문턱에
구월비가 내리네

굿모닝 강아지풀

초인종 소리에 바삐 문을 열었더니,
빨간 영자표기 택배상자 한 손에다
키 작은 강아지풀이 아침 들고 서있네

쥬스 빨대 꽂고 5·16커브를 돌듯
"웨어 아 유 컴 프롬" 혀를 말아 굴려 봐도
늦깎이 콩글리쉬가 점선처럼 끊기고

슬픔도 배달된다는 합중국의 눈부신 아침
짝짝이 신발 신고 제주도를 찾아온
눈이 큰 필리핀 새댁이 주민증을 보인다.

멸치에 대한 단상

남해바다 멸치 떼의 갈림길 생을 본다.

질주하던 삶에도 예측 못한 턱이 있어

가마솥 들끓는 바다, 지난 삶을 닦는가

때론 단념도 품위 있는 몸짓이다

죽어서도 산다는 말, 몸으로 가르치는

유구한 삶의 노정에 수평선이 빛난다.

스위트 홈

낡은 서랍 속에 한 생애 흔적 있네
벽 한 면 액자였던 십자수 옷 가리개
마 남짓 화조도 꿈이 아직 남아 접혀있네

삼세불 알았을까 세 올씩 엮던 마음
열아홉 손끝에서 초경 같은 꽃이 피면
엉켜도 다시 풀리던 색실들이 고왔네

색 바랜 'Sweet Home' 격언으로 남았네
수실 끊긴 가지처럼 인고의 시간을 넘은
들리네 어머니 말씀, 만다라를 펼치네

신기루 도시

난개발 공방에도 대책 없이 생겨 난,
잘 빠진 인조 도시에 발걸음이 낯설다
빌딩 숲
그 사이 길로
미분양의 바람이 불고

보도블럭 그 사이로 빼꼼이 고개 내민
토박이 어린 풀꽃 영문도 모르는 채
부딪쳐
쟁쟁 울리는
에코 음에 놀라고

있어도 없는 듯이 소리 한 번 내지 못한,
소박했던 지명들이 미아처럼 떠도는
어젠담
또 개발구역을
풍문으로 듣는다

상사화

그 땐 벼랑길도
함께 갈 수 있다 그랬지

비구니 승방 앞뜰에
화두처럼
다가온
너

잎 두고 저만 피어서
어떡하잔
말이냐

가을 운문사

제 속 다 보이고도 부끄러울 것이 없네
만산홍엽 내달리는 가지산 끝자락에
비구니 늙은 웃음 같은 반시감이 달렸네.

몇 밤을 아팠을까 까맣게 탄 홍엽이며
바람이 휘젓다 만 산자락 잉걸불이며
단숨에 산을 내려와 내 속 다시 뒤집던,

아! 저리 홀가분히 떠나는 자의 모습
선방 앞뜰 은행나무 동안거에 홀로 드는
선승의 독경 소리가 처마 끝에 머물러

간절했던 자국 따라 돌계단도 다 닳았네
산 오르는 숨소리에 만추낙엽 타는 냄새
사리암 합장한 손이 단풍보다 뜨겁다

아이야, 나무처럼

비탈 선 나무들은 제 스스로 중심 잡는대
휘면 휜 대로 낮으면 낮은 대로
돌 움켜 생사를 넘듯 뿌리를 내린단다

이따금 언쟁에도 함께 사는 법을 배워
재촉하지 않아도 스스로 피고 지는
때 되면 몸살을 앓던 산벚꽃도 환하다

아이야, 흔들릴수록 중심을 찾아가지
곶자왈 나무처럼 네가 선 그 자리에
꿈 찾는 이역만리가 발아래 버틴단 걸

허남호(許南晧, Hur, Nam ho)

1959년 경북 선산 고아면 출생. 계성중·고, 경북대학교, 동 대학원(농화학과). 《대구문학》(2011) 등단. 대구시조시인협회 이사.

시 주

내 안에 부처가 죽고
절마저 허물어져

주춧돌만 남은 폐사지
말씀도 잠드는데

탁발승, 나를 찾아 와
부처님을 원하네

—

…… 이런 문제를 비교적 잘 극복한 작품이 「문자하기」다. 까닭은 각 장의 전구와 후구가 적절한 심적 거리를 주고받는 "자판이 활터인 양 초점이 모이고", "머릿속 말들이 활촉처럼 날이 선 채" 등이 장의 활력을 유지하고 신선한 비유로서도 힘을 얻었다. 그리고 소재 자체가 일상적인 상황을 가지고 언어의 의미를 이미지로 상호 교환하는 기본기에 충실한 점에도 신뢰를 보낸다. 앞으로 많은 발전을 기대한다.

— 심사위원: 채천수(시조시인 · 전 대구문인협회 이사)

—

문자하기

활촉을 벼르는 궁사의 매운 눈빛
자판이 활터인 양 초점이 모이고
춤추는 날렵한 엄지 놀이하듯 살갑다

시위를 당기면 과녁이 다가서고
머릿속 말들이 활촉처럼 날이 선 채
문자는 포물선 너머 동심원에 적중한다

시위 떠난 화살은 과녁에서 살아난다
동심원 둥근 얼굴 뜬금없이 떠오르면
문자는 허공 가르며 벗이 오는 시그널

순교

물을 떠나 뭍으로 가지의 맨 꼭대기

연꽃이 발을 잊고 나무에 핀 목련은

달마가 동쪽으로 간 까닭쯤은 아니다

바다 1

태곳적 푸른 바다 생명을 잉태하고
수생을 감싸 안는 양수 같은 바닷물
짭짤한 바다 삼투압, 모성애가 스민다

바닷물 염전 들어 소금꽃 피워내고
간수로 하얀 두부 엉기어 마감하는
모시옷 울 엄마 닮은 바닷물은 모액이다

평형

가만히 앉아 있는
나비를 바라본다

대칭으로 펼쳐진
나비의 날개 한 쌍

한낮의 고요한 평형,
양팔 벌린 천칭인 듯

세속에 갇힌 마음
두 날개에 얹으면

한결같은 그 균형
내 심사로 기울라

내 안에 세상의 평형
나비 되어 살핀다

허황후許皇后

인도의 아유타국 앳된 공주 허황옥
하늘 뜻 받들어 대해에 배를 띄워
동방의 가락국 향해 노를 저어 나가네

시집가는 바닷길 풍랑이 앞을 막아
떠나온 고국 땅 돌아보고 돌아본다
다섯 층 파사석탑이 험한 파도 잠재우네

멀고 먼 금관가야 맨발로 디뎌 보니
이곳이 내 땅이라 산천에 제 올리고
지아비 수로왕 맞아 열한 자식 낳았네

이 나라 다문화 가족 국제 혼례 효시라
가락국 사라져도 성씨만은 남겼으니
후세에 길이 이어져 우리 하나 되었네

바다 3
— 수평선

바다와 하늘이 맞닿은 곳, 수평선

세상을 바라보는 자신만의 눈높이

내 안에 바다 수평선 길게 하나 긋는다

맞닿아 합이 되는 이질의 경계선

너와 나 손잡고 수평선에 마주 서면

아마도 바다 위에선 우리 모두 평등하리

서문시장 누른국수

국수라고 발음하면 둥글고 긴 여운
입속 혀에 감겨오는 부드러운 면발이
머리칼 쓸어 올리듯 구강에서 찰랑댄다

꼬이고 풀기 힘든 난제를 만났을 때
무시로 찾아가 더디 먹는 누른국수
매듭이 풀릴 것 같은 서문시장 국수 가락

뜨거워서 시원한 멸치국물 훌훌 불며
가난한 이방인과 함께하는 한 끼 식사
더불어 살아가는 것, 시장에서 알겠네

날뫼

달구벌 땅 흠모해 구름 위로 날아든 뫼
빨래터 새색시 방망이질 흠칫 놀라
기우뚱 비탈진 산세 미끄러져 내려앉다

아슬아슬 위태롭게 가부좌 튼 당산 마루
뫼가에 이랑 같이 들마을 써레질로
한세월 지신 밟으며 태평성대 누린 땅

참꽃 피던 고래등엔 가가호호 이웃사촌
사방팔방 길목마다 도란도란 정 닿으니
둥둥둥 북소리 울려 달구벌을 아우른다

천황메기 살풀이 하늘 높이 소지 올려
누운 자 일어나고 떠나간 자 돌아오면
날뫼굿 신명 바람에 춤을 춘다 두둥실

꼬리 자르기

도마뱀 꼬리 끊어 팽개쳐진 돈 봉투
파다한 입소문 속 출처불명 미스터리
버려진 꼬리 비늘만 형광빛에 비리다

샅샅이 세상 훑는 폐쇄회로 감지화면
꼬리 없는 도마뱀은 보이질 않았고
퇴화된 내 꼬리뼈가 비칠까 가렸다

부추 노점

북적이는 큰장가 그늘진 점포 앞
밑동이 하얀 부추 가지런히 놓인 좌판
할머니 비녀 머릿결 흰 가르마 탄 같다

자식새끼 품에 안은 어눌한 호객꾼
부추단 나무라는 말꼬리 낚아채고
에누리 부추기는 입 뒤통수에 호통친다

좌판을 쉽게 털고 일어설 수 없는 파장
애꿎은 부추단만 속절없이 야속하고
허기진 할머니 하품, 흰 부추꽃 이운다

허대영(許大寧, Her, Dai young)

1949년 강원 홍천 동면 속초리 출생. 춘천교육대학교, 원주대, 고려대 교육대학원(교육학) 석사, 강원대 대학원(교육학) 박사. 《교육자료》 동시(1987), 《아동문학》 동시(1992), 《시조문학》 시조(1995), 《문학공간》 시(2017) 등단. 동인집 『노래하는 새들』(1979, 아동문학). 시조집 『영월찬가』(2009, 태동), 『춘천찬가』(2017, 예맥). 시집 『다시 불어오는 바람』(2011, 파피루스북). 동시집 『봄이면 매봉채는 진달래 바다』(2011, 파피루스북) 외. 강원문학상(2009), 강원펜문학상(2012) 수상 외. 강원아동문학회, 강원문인협회, 한국문인협회, 달빛시조문학회, 한국아동문학연구회 회원 외.

—

시인 시를 쓰는 것은, 쓰고자 하는 소재에 대한 지극한 매력과 사랑이 아니면 불가능한 것이다. 그런데 허대영 시인은 놀라운 상상력과 시적 표현력으로, 잠들어 있던 영월의 역사와 문화와 자연, 그리고 사람과 미래 꿈까지 생명을 얻고, 꽃처럼 훨훨 다시 깨어나게 만들었다. 시조집 『영월찬가』가 그것이다. 시인은 생명을 만들어내는 존재이다. 언어를 소재로 무한한 상상력을 발휘하여 새로운 존재를 탄생시키는 능력을 가진 것이 바로 시인인 것이다. 그리하여 허대영 시조시인은 영월을 지극히 사랑하고, 영월을 새롭게 탄생시킨 이 시대의 피그말리온이다(『영월찬가』 발문).

— 박민수(시인 · 전 춘천교대 총장)

—

김삿갓, 여기 머물다

멸족지화滅族之禍 혼란 중에 김병연 목숨 건져
기호畿湖 땅 떠돌다가 영월寧越에 접어들어
삼옥리三玉里 잠시 머물다 와석리臥石里에 짐 풀고.

관풍헌觀風軒 시제詩題 따라 김익순金益淳 규탄하고
노루목 귀가하여 장원壯元 소식 전하는데
어머니 통곡痛哭하시며 '그분이 네 조부祖父라.'

몰랐던 반역행적反逆行蹟 황망慌忙중 듣고 나서
불효不孝를 단죄斷罪하나 충忠인들 소홀하랴
충효가 상충相衝하는데 어찌하란 말인가.

선대先代를 거듭 죽인 천륜天倫 어긴 죄인이라
삼천리 방랑放浪하며 재치才致, 해학諧謔 토해내니
가식假飾과 위선僞善의 세상, 유람遊覽하며 풍자諷刺하고.

명예名譽란 무엇인가 재물財物도 흘러간다
방랑放浪과 시작詩作으로 한 평생 즐긴 난고蘭皐
자유인自由人 시선詩仙 잔영殘影에 나를 비춰 보노라.

개나리

노란 달빛 꼬옥 뭉쳐
솜털 속에 숨겼다가

꽃샘추위 늦시샘에
속가슴만 태우더니

동장군
선잠 자는 새
살짝 터져 벙그네.

휴전선

춘삼월 마파람*이
남녘 땅 불어오며
톡 치면 꽃이 피고
스치면 잎이 나고
산줄기
계곡을 건너
휴전선을 넘는다.

시월엔 뒷바람**이
북녘 땅 들어서면
알곡은 익어가고 나뭇잎 떨어지고
지평선地平線 들판을 지나 휴전선을 넘는다.

DMZ 부는 바람 막을 자 누구인가
서사적敍事的 옛 이야기 사각사각 노래하며
철책선鐵柵線 병사도 몰래 휴전선을 오간다.

* 마파람: 뱃사람들이 남풍을 이르는 말.
** 뒷바람: 북풍의 강원도 사투리.

그리운 춘천

백두대간 타고 오다 설악산 조금 지나
동고서저東高西低 지형 따라 서쪽으로 향하다가
산과 들 점이지대漸移地帶에 자리 잡은 춘천시.

가리산 화악산은 높이로 한 몫하고
대룡산 삼악산은 모양으로 한 몫 하니
명산名山이 춘천분지를 호위하듯 둘러싸고.

한북정맥漢北正脈 남동 기슭 소양강 자양강이
봉의산 감싸 돌아 신연강에 합류合流하니
백로주白鷺州 흰 모래사장 저녁놀에 검붉다.

곰지는 어디이고 대바지는 무엇인가
오미나루 눈늪나루 낮에는 볼 수 없고
밤마다 기억 속에서 뛰어나와 노닌다.

소양강 처녀 따라 수운水運이 발달했고
근래엔 수려경관秀麗景觀 층층層層댐 자랑하니
당연히 살고 싶은 도시 첫 손가락 뽑았고.

지금은 뱃사공도 뗏목꾼도 나루터도
양잿물 옷감 삶던 공지천 아줌마도
빛바랜 흑백 사진 속 강 문화江 文化로 남았네.

*낯선 이름들은 모두 춘천 주변의 강, 산, 지명地名 또는 옛 이름.

진달래

연초록 홑잎 따라
산허리 깨어나면

김소월 시집詩集에서
줄줄이 걸어 나와

연분홍
물감 풀면서
산골짝을 오른다.

'춘천'하고 부르면

'춘천!'하고 입술끼리
살짝만 스쳐가도
봉의산 골짝마다 잠자던 파릇 향좁이
하얗게 피어오르며 소양강을 달리지.

겨우내 잠들었던
소양호 사연들이
상고대 안개꽃에 비단처럼 펼쳐지면
'봄이다' 모두 손잡고 함께 걸어 나오고.

그래! 봄은 의암호衣巖湖에
숨죽이며 기다리다
우리가 '봄내!'*하고 입김으로만 불러내도
짙푸른 물결 틈에서 메아리로 답하고.

작고 큰 강줄기에서
높고 낮은 산줄기에서
들마다 골짝 마다 타오르는 빛 잔치에
봄이면 봄시내* 온통 꽃 바다로 출렁이지.

* 봄내, 봄시내 모두 '춘천'의 우리말 표현.

공지천 달맞이꽃

공지천* 강바람에 이리저리 뒤채이며
햇살이 부끄러워 솜털 속에 숨었다가
휘영청 달 밝은 날 밤 금빛으로 솟는 꽃.

춘천은 밤이지만 칠레**는 지금이 낮
한나절 기다리며 고향 땅 시간 맞춰
안데스*** 그리워하며 밤중에 만 여는 꽃.

끈질긴 생명 동력 씨방 속 간직하고
절경絶景에 눈이 부셔 잠시 쉬다 내린 뿌리
달무리 산티아고**** 뜰 때 달님처럼 피는 꽃.

좁고 긴 조국祖國 닮아 목 길게 드리우고
손 끊길 두려움에 자식 욕심 부리면서
한 해는 아쉽다 하여 두 해 살이 하는 꽃.

* 공지천: 의암댐으로 흐르는 작은 지류.
** 칠레: 남아메리카 태평양 쪽에 있는 남북으로 긴 나라로 달맞이꽃의
원산지.
*** 안데스: 남아메리카를 남북으로 길게 뻗은 산맥.
**** 산티아고: 칠레 수도.

망향望鄉

나뭇잎 스친 바람
창가에 앉아 보면
안개를 타고 도는 물소리 바닷소리
뉘라고 못 들으리까 왈칵 안겨 드는데.

목련꽃 피는 가지
햇살이 스며들고
화사한 눈웃음이 인도하는 마을 안길
발걸음 걸음걸이에 안겨드는 생각들.

가슴을 뒤흔드는
햇살 같은 그리움
보고 싶은 얼굴과 그려지는 모습들
삘릴리 호들기 소리 실개천에 흐르네.

동심童心아!

동시童詩를 사랑하다
늦잠이 들었는데
봉창封窓에 시조가락 은은히 울려오네
어쩌나 망설이다가 문을 열어 주었네.

정형률 들어와서
나갈 줄 모르더니

돗자리 넓게 펴고
목침 베고 누웠다가

마침내
주인 자리도
차지하고 말았네.

떠나자 동심 찾아
온 세상 살펴보자
흙 담장 헐어내고 집 안팎 오가면서
돌아와 긴 호흡 하면 가슴 깊이 보듬자.

계절풍季節風

목청이 떨린다고 다 말이 아니거늘
거짓말 진실함이 분별없이 엉켜 붙어
길 잃은 카멜레온만 바람 따라 흐른다.

수 년 전 심한 악취 흔적조차 망각忘却하고
눈물에 콧물 섞어 버무려 토해내면
입술에 침 안 발라도 지난 세월 까맣다.

퇴행성 만성질병 완치란 불가능해
계절풍 불어오면 아문 상처 또 터지고
주인은 붕대만 보고 측은지심惻隱之心 보낸다.

덧칠하고 처발라서 겉모양만 그럴 듯하고
실재實在가 없는 그림 허울만 명화名畵인데
때 되면 전시회展示會 여니 또 속을까 두렵다.

소낙비 선심세례善心洗禮 삼천리三千里 젖어들면
오천만 눈眼막히고 귀耳마저 닫혀지니
아느냐 백두대간아 한라산아 독도야.

허명순(Heo, Myung soon)

1957년 경북 경산 하양읍 부호리 출생.《개화》 신인상(2010), 《시조21》 신인문학상(2011) 등단.

—

허명순의 작품들은 결코 화려한 수식이나 시어를 담아낸 그릇은 아니지만, 일상 속에서의 예리한 관찰력이나 자신의 감정을 다스리고 사물을 보는 객관적인 눈을 만날 수 있어서 신뢰를 준다. 「아버지의 숲」은 전통과 뿌리에 대한 강한 정신을 환기하며 여기서 "숲"은 "마지막 사력을 다해" 지켜온 아버지의 꿈이자 정신 터전이다. 「부석사 돌배 꽃」과 「연등을 달며」 같은 작품은 순간의 스냅이지만 내밀한 그리움이 느껴지는 작품으로 전체적인 탄탄한 구도와 안정감이 돋보인다. 「동백섬」과 「암벽을 오르며」 두 작품에서도 시상을 끌고 가는 힘과 유연한 가락의 흐름이 오랜 습작의 원력을 짐작케 한다.

— 민병도(시조시인 · 국제시조협회 이사장)

—

동백섬

마침내 신이 내린 가혹한 형벌이다
구겨진 걸음걸음 뼈마디를 추스르며
드러낸 이빨 자국에 해안선이 뜯겨나간

눈을 잔뜩 움켜잡은 마른 풀의 절망처럼
길 끊어진 포구마다 빈 배로 오는 시간
아직도 올리지 못한 뱃고동 소리 하얗다

그리움에 먹을 갈면 절망도 그리움일까
스스로 미쳐가는 바람을 달래가며
한 그루 피가 뜨거운 동백꽃에 기댄 섬

부석사 돌배 꽃

해거름이 되어서야 가까스로 찾은 부석사

길 잃은 바람처럼 무량수전 기웃대다

적막에 고개를 내민 돌배 꽃을 보았다

천 개의 촛불이면 근심 또한 천 개라며

마음 어진별이 와서 어둠을 안아줄 때

하얗게 그리운 이름, 어머니를 보았다

아버지의 숲

숲에서 나오기까진 숲을 볼 수 없었다
서로에게 등을 돌린 어두웠던 시간들이
별들의 배웅 받으며 제자리 갈 때까지

얼마나 뼈가 아픈 이야기를 지녔으면
읽다만 경전처럼 천둥 다시 건너가랴
한사코 꺾어진 꿈은 우듬지에 걸리고

"그나나 물려줄 건 이 선산 뿐인기라."
당신의 손발인 듯 잘려나간 순간에도
마지막 사력을 다해 뿌리만은 지키셨지

일부러 구부러진 나무가 어디 있으랴
자신을 겨누었던 저 붉은 침묵마저
숲에서 나오기까진 짐작하지 못했다

연등을 달며

한때는 외면하며 떠났던 그때 그 자리
가슴에 손을 모아 한 송이 꽃을 바치면
바람도 지친 시간도 고요 속에 앉는다

스스로 울지 못한 범종 소리 들려오니
마음 속 구석구석 미움을 게워내면
아득히 먼 산 하나가 제자리로 돌아온다

어둠은 밝힌 만큼 치부 또한 드러내지만
꿈꾸는 잠시나마 세상은 하나로 밝아
다가올 시간 속으로 길을 두고 떠난다

암벽을 오르며

더 이상 눈썹 날릴 기운조차 없는 날은
바람에 꺾여나간 시간을 따라가서
절망이 꽃보다 고운 암벽이나 오른다

자꾸만 미끄러지는 밧줄을 동여잡고
깎아지른 절벽 위를 버둥대다 돌아보면
까마득 지나온 길이 희미하게 따라온다

누가 삶을 일러 순간이라 하였던가
놓치고 다시 잡고 잡았다가 놓치다 보면
어느새 이마 위에서 참꽃 향기 묻어난다

허민홍(許敏泓, Hur, Min hong)

1959년 경북 구룡포 출생. 경주고교, 한사대학교(도서관학과) 중퇴. 《시조문학》천료(1981) 등단. 소설집『길이 있어 거상이 간다 상·하』(2003,책만드는공장). 《월간문학》신인상 시조(1983), 《월간문학》신인상 아동문학(2002), 《생각과 느낌》신인상 소설(2002) 수상. 나래시조문학회, 한국문인협회 회원.

무가巫歌는 어느 굿판에서 본 남녀의 노래와 춤을 읊은 것이다. 필자도 한마당 굿을 보고 나서「무녀」를 쓴 적이 있거니와 사실 무녀의 굿 속에는 시가 들어 있다. 가사도 가락도 그 춤사위도, 접신接神의 경지에 든 그의 일거수일투족이 모두 시적이다. 습작기의 작가로서는 다소 무거운 소재를 무난히 처리한 솜씨가 예사롭지 않게 보고자 한다. 첫 수 초장과 끝 수 종장에서 '~네'와 '~더이다'가 호응되지 않는다는 조그마한 흠을 가진 채로 무녀의 노래와 춤을 잘 떠 내고 있다. 특히 둘 째 수에서 무녀의 율동이 나오는가를 해석한 혜안과 끝 수 초장의 "낱낱이 수를 놓은 이승의 외진 난간"과 같은 절창은 곧 이어 문단에 나온 아정峨亭의 소리를 미리 듣는 감동이 있다(『나래시조 40년사』).

— 리강룡(시조시인 · 한국시조시인협회 자문위원)

무가巫歌

빛살로 여민 나절 목숨이 피더이다
손끝에 서린 정情을 부채살로 뽑는 가락
여린 살 핏줄에 꽂혀 한 점點 불씨 타더이다.

하늘 끝이 무너져서 갈증만 남더니만
두리둥실 여울지는 살아 못다 한 말이
한 마당 울음 삭히는 율동律動으로 젖더이다.

한 아름 꽃 더미에 깨어있는 무희舞姬들이
홀로선 눈길 밖에 뼈를 긁어 귀를 트니
종생終生에 날을 풀리듯 목숨의 빛 밝더이다.

낱낱이 수繡를 놓는 이승의 외진 난간欄干
가슴에 잠긴 뜻이 신열身熱로 맺혀와서
네 넋에 피를 덮히며 시름 훤히 풀더이다.

까치

뒤울안 정화수에 선잠 살친 이른 새벽
울오매의 하얀 입김 혼령 하나 허물며는
햇살 속 뜨건 맥박에 표백되는 말씀이여.

살아온 그 허울을 떠받드는 당신 뜻이
화답해줄 사연 없어 무딘 손만 부비는데
사립 앞 우짖는 까치 소식 되어 풀린다.

달팽이

가지 끝 이파리에
앉은
달팽이 하나

무한無限한 먼 귀로歸路에
하늘 한 자락 끌어내린다

잠잠히
풀어헤친 숲속
바람소릴 듣는가.

저 혼자 현현弦을 뜯는
낯설은 공간空間 사이

빈 마음 기댈 곳 없어
혼자 중얼 속삭이다

뒷등에 새겨진 열아홉 자의
아득한 그리움이여.

운주사雲住寺의 봄

밑받침 없는 운주사雲柱寺는
유통기한이 없다
부처로 살아 온 바위
바위로 삭아진 부처

그 틈새
참꽃은 피고
겉절이로 우는 풍경風磬.

일곱 기단基壇 북두칠성
군데 군데 피는 설화說話
곤두선 부처마다
오금 저린 봄이 앉고

와불의
키높이만큼
댓바람 속 뻐꾹 울음….

정화수井華水

잔뼈 시린 이른 새벽 참빗으로 머리 빗고
결 흰 백자白瓷 대접 정한 이슬 길러 담아
한지韓紙 빛 꽃잠을 열어 무릎 꿇고 앉은 여인女人.

티끌만한 흐림 없어 네 아미蛾眉는 떨리는 듯
풀잎 타고 내린 살빛 이승 한 켠 홀로 낚아
맑은 물 마음에 비춰 떠받드는 천지신명天地神明.

눈을 감은 간절한 밤 이슬 내려 부신 하늘
두 손 모아 비는 심사心思 한숨인 양 내려 앉아
장독대 귀밑머리가 하얗게 젖고 있다.

세한도歲寒圖

여윈 산山 뒤꿈치가
하얗게 바랜 뜰에

귀 기울면 감겨오는
세월의 푸른 정적

지워진
오수午睡의 달빛
이승 밖에 떠 있다.

해묵은 빈 가지에
그득 괸 하 목숨을

섬섬히 잔설殘雪 밟아
뒷짐으로 바자니면

그 맥박
이명耳鳴을 새겨
되씹히는 말씀이여.

만추晩秋

살비듬 그 하늘이
빛보라로 가슴 앓듯
빈 뜰악 뀌뚜리 소리
그늘만큼 넘칩니다
고독의 숨결로 깨어
잠 못 들고 있을 그대.

포오랗게 풀린 달빛
다스리는 무게만큼
네 생각의 여울마다
시름 깊은 토를 달아
목마름 끝을 조이며
홀로 앉아 쓰는 연서戀書.

휴전선休戰線

산자락 굽이굽이 맴돌다 돌아선 곳
뿌리 젖은 하늘인가 이슬 묻은 구름인가
흙냄새 젖은 무명옷 바람 헤는 이 자리

한 걸음 밟고 섰다 두 걸음 머무를 때
바람 몰아 불티 날려 얼룩진 핏빛 무늬
멧뿌리 끓어진 설움 목이 메어 가건만

눈물 지어 바랜 하늘 흰 구름 술렁인데
한恨 얽힌 뼈와 살은 사라진 듯 흩날리네
산토끼 뜀박질만큼 통일 그날 기다리네.

임진강

산자락 잠시 멈춰
핏줄 이은 백의혈맥白衣血脈

한 조각 구름이듯
눈물 웅겨 흐르는가

몇 굽이 가만한 숨결
몸짓으로 나부낀다.

먼 허공 더 깊은 곳
목 놓아 자리 편 산하山河

세월이 할퀴고 간
지난날의 애환인가
그나마 한으로 맺혀
가슴 앓는 강江이여.

산하山河는 말 없어도
목이 메인 역사이듯

산굽이 굽이마다
눈물 맺혀 흐르네

아! 이제 겨레의 맥박 짚어
꽃 핀 자리 이 자리.

산수도山水圖

그윽한 향좋 내음이
골골마다 퍼져 있고

스치는 흰 바람이
언뜻 절寺 하나 키운다

퇴색된 진리眞理의 명암
숨결 숨결 솜덩이다.

허상회(許祥會, Heo, Sang hoe)

1961년 경남 산청 단성면 출생. 서울사이버대학교(사회복지학) 행정학사 졸업. 《한비문학》 신인상(2008), 《좋은문학》 신인상 시조(2011) 등단. 시조집 『천상의 운율을 내 가슴에』(2011, 한비CO). 마산시장상, 창원대 김현태 총장상, 경남지구JC회장 표창패, 대한민국 현대대표 서정시 문학상(2016) 수상. 경남문심회 사무국장·감사, 장복산문학회 회장, 마산문인협회 사무간사 역임.

—

허상회 시인은 담백한 시인이다. 갈수록 거칠고 이기적인 세상에서 고향을 중시하고, 부모를 받들고, 이웃을 사랑하는 동시에, 어떤 어려운 상황 속에서도 긍정적 가치관을 가지게 하는 시를 쓰는 시인이 우리 주위에 있다는 것 또한 행복하지 않은가. 공자는 시경의 시 삼백여 편을 읽고 시는 감흥을 일으킬 수 있고 삶의 이치를 살필 수 있으며 조화를 꾀할 수도 있고, 응어리 진 마음을 토로할 수도 있다(詩 可以興 可以興 可以觀 可以群 可以怨)고 제자나 아이들을 가르쳤다. 허 시인의 착하고 바른 마음이 더 깊어져서 우리가 살피기 어려운 세상의 아름다움을 열어주시길 바랄 뿐이다.

— 이우걸(시조시인 · 우포시조문학관장)

—

연화리 우정

말없이 마주 잡은 두 손에 밤이 흐르고
지난 세월 애환도 눈물도 많았다지만
지금의
좋은 세월 만나니
기쁨보다 서글픔 많아,

구십 살 연화리 섬 두 친구 할매 서로에게
의지하며 지난 삶을 똑같이 서로, 닮은 노래
아리랑
한 소절 같이 불러
봄날도 함께 지나가네,

살랑이 꽃
— 살살이 풀

가을에 피는 꽃을 꼽으라면 코스모스다
성질이 급한 놈들은 6월부터 꽃을 피우고
시월쯤
꽃의 절정 이루는
너의 고향 멕시코다네,

한낮에는 따사로운 햇살을 받아 일어서고
서늘한 밤 바람을 맞으면서 단번에 피운
고운 넌
오색꽃 형형색색
가을 날의 전령사다

죽 부인

온몸에 틈서리가
촘촘히 열려있다.

대숲 싸늘한 체취
홀아비의 체온 같고,

풍만이 안겨오는 향기는
여인의 살결 냄새다.

꿈 하나

꽃보다도 하늘보다도
더 크고 소중한 꿈

내 가슴에 고이 담아
한평생 키워온 소망

회갑쯤
나이 드니 못 한 일
더 많은 미련이 남아,

생선 가시

목젖에 걸린 가는 가시 병원 가서 뽑아내니
안도의 외마디 말 이제는 살겠다
혹시나
내가 살면서 한 말
당신 가슴 안 찔렀는지?

허연(許演, Heo, Yeon)

1923.~2017. 전남 나주 영산포읍 출생. 호 향촌(좁村). 광주사범 졸업(1943). 《현대문학》 천료(1955) 등단. 동시집 『새싹』(1952, 항문사), 『향나무』(1953, 전남일보출판부), 시조집 『불망비不忘碑』(1956, 항문사), 『얼굴』(1965, 융문사), 『산란초』(1971, 삼성) 외. 국민학교 교원, 서점 경영, 〈전남일보〉 문화부장·주필, 〈호남신문〉 편집국장, 광주문화방송국장, 전남문인협회장 등 역임.

눈꽃

밤새 내 사운사운 쌓인 눈이 꽃이로고
눈보라 치는 날에 흰 상여로 갔단 그가
못 잊어 홀로 돌아오다 꽃이 되고 말았다.

외로움만 끝내 지녀 누구 하나 따르잖던
철없은 두 아이들 내 필체를 닮았더구나
아버지 발자국 그 위에 〈아버지〉라 쓰겠다.

높은 산 깊은 숲에 눈이 쌓여 길도 없다
하늘과 땅이 닿아 개미도 없는 새를
흰곰이 기어가듯 내가 살아간 셈쳐 본다

무등산 송

깊은 뜻 뛰는 맥이 운무 속에 잠길 제도
봄이면 가물가물 가을이면 다가 들고
조화가 갖가진 몸을 드러내어 보인다.

무등산 갈매빛을 움키고 떠보아도
꿈쩍도 하지 않는 웅한 모습 그대로라
봉우리 고여 보다가 조물주는 갔으리.

천둥이 내리치고 땅이 마구 들끓어도
묵직이 앉은 채로 말 한 마디 없지마는
봄 닳아 터질 듯도 한 웅얼임을 삼킨다.

해바라기

임만을 우러르다 그 목숨을 다한대도
올곧이 바쳐 보고 웃음으로 마치련다
끝끝내 정을 쏟우다 꽃이 돼도 해바라기

투박한 얼굴이 그 오달진 꽃판이라
고개가 굳어서도 임의 얼굴 놓지잖고
하늘도 좁은 품인 양 통거리로 알더라.

불망비

창창 봄이라네 골골마다 봄이라네.
저 꽃을 피우려고 오만 일을 겪었는데
불망비 길가에 선 채 봄이 온 줄 몰라라.

살구

골붉은 감 깎으며 그는 웃음 짓더니
아비 닮아 수물스레 돌아서는 영욱아
살구를 꼭 쥐고 가면 누구에게 내밀까.

영산강 우음偶吟

소녀의 가슴속이 영산강의 배추폭야
떠들막 지껄이니 포전 길을 걷고 파라.
이때면 황포黃布 돛배가 강을 타고 오르리.

외로움

〈어쩌다 생겼는고〉 혀 차시는 어머님이
손자가 귀여우셔 빨간 볼을 비비실 젠
어쩌다 외도토리 된 내가 새삼 외롭다.

짐

이 밤도 잠 못 이뤄 등잔불을 켰더니만
해쓱한 얼굴들이 내 가슴에 차는구나
짊어도 짐이 남을 내 허물만 같아라.

난초

널 장수 삼 년에 미역 장수 삼 년이래요
아버지 어머니 아버지 어머니
난초에 물 주는 마음 아니 잊고 사려오

다도해

푸른 섬이 섬을 안고 안은 섬이 섬을 안아
섬 섬이 섬을 낳은 섬이 섬을 업어
오오래 재롱을 부리며 사랑이라 이르리.

허영자(許英子, Heu, Young ja)

1938년 경남 함양 휴천면 출생. 숙명여자대학
교 석사 졸업(1963). 《현대문학》 천료(1962) 등
단. 시집 『가슴엔 듯 눈엔 듯』(1966, 중앙문화
사), 『어여쁨이야 어찌 꽃뿐이랴』(1977, 범우
사), 『은의 무게만큼』(2007, 마을), 『얼음과 불꽃』
(2008, 시월), 시조집 『소멸의 기쁨』(2003, 문학
수첩) 외. 한국시인협회상(1971), 월탄문학상
(1986), 편운문학상(1992), 목월문학상(2008),
혜산 박두진문학상(2018) 수상 외. 한국시인협
회 회장, 한국여성문학인회 회장, 한국문예학술저작권협회 회장 역임
외. '청미' 동인. 성신여대 명예교수.

정갈한 언어, 뜨거운 가슴, 싸늘한 이마를 지닌 시인 허영자의 간결
한 서정시들이 모국어에 바치는 아름답고 지극한 정성을 담아 시
조의 숲에 들어섰다. 단순성의 미학과 치밀한 계획으로 시를 펼치
고 마무리하여 시의 완결성을 추구하는 시인의 시적 특성이 시조
작품에서도 그대로 이어지고 있다.

사랑의 숭고함, 생에 대한 조응과 성찰, 현실에 대한 강력한 비판과
세태 풍자 등 다양하고 새로운 모색을 통하여 허영자의 시조 작품
들은 아름다운 정형률의 형식을 취하면서도 폭넓게 열려있는 내용
을 담아 시조의 지평을 넓히고 있다.

— 이우걸(시조시인 · 우포시조문학관장)

봄 강

강물도 이제사 다물었던 입을 열어

혹독하던 지난 세월 노래로 풀거니

이 마음 짙은 시름도 저 가락에 실리고저.

모딜리아니Modiliani
— 푸른 눈의 여인

존재의 심연을 응시하는 눈이다

차안도 피안도 영원도 찰나도

투명한 그 시선 앞엔 경계를 허문다.

여름 연서

태풍이 몰아치고 폭우는 퍼붓고
산사태 물난리로 흥근히 젖었는데
목마른 그리움만은 타는 가뭄입니다.

행여나 여기인가 거기에 가 계신가
우거진 녹음 속에 숨어나 계시온가
끝없는 숨바꼭질로 이승을 헤맵니다.

복숭아

잊으려 잊으려도 살아나는 추억일레

지우려 지우려도 지지않는 흔적일레

첫사랑 그 부끄러움 볼을 붉혀 열렸네.

나팔꽃

아무리 슬퍼도 울음일랑 삼킬 일

아무리 괴로워도 웃음일랑 잃지 말 일

아침에 피는 나팔꽃 타이르네 가만히.

새벽녘에

연수정 새벽녘에 문득 잠을 깬다

가리마 같은 옛길로 추억이 달려오며

그토록 아팠던 삶도 무지개라 이른다.

마음

마음이 모나면 세상도 모나고

마음이 둥글면 세상도 둥글단다

오늘은 마음 푸르니 세상 또한 푸르러라.

소멸의 기쁨

낙엽이 썩어서 거름이 되고 있다

소멸의 기쁨을 저만은 아는 듯이

순하게 몸을 눕히고 살신봉헌殺身奉獻을 한다.

연서

육십에 쓰는 연서는 분홍빛이 아닙니다

한숨도 가쁜 숨결도 불면의 밤도 아닙니다

새벽빛 수묵화 한 점 공손히 올립니다.

은발의 사랑

분홍으로는 못 가는 길 초록으로도 못 가는 길

번갯불 천둥으로는 더더욱 못 가는 길

수정水晶의 투명만으로 그대에게 이릅니다.

허인무(許寅茂, Heo, In moo)

1934년 전남 진도 고군면 금계리 출생. 호 인산 (仁山). 전남대학교 의과대학 졸업(1959), 경북 대 대학원 수료. 백수 정완영 시조 사사. 《시조문 학》 천료(1975) 등단. 시조집 『백목련』(1985, 가 람), 시문선집 『의창에 비친 모정』(2018, 이든북). 대전 소아과 전문 병원 개원. '향목鄕木' 시조동 인 창립(1973). 한국서가협회 초대작가 심사위 원, 연세대 의과대학 외래교수 역임. 가람문학, '차령車嶺' 시조문학 동인. 한국문인협회, 한국시 조시인협회 회원. 한국문인화협회 초대작가, 한 국의사서화회 고문, 한국서예협회 자문위원. 소아과전문의.
—

강산일념江山一念

하나로 둥근 달이요 하나만의 조국인데
무슨 죄 서로 있어 돌아 앉은 강산인가
겨눠온 삼십三十 세월이 총구보다 아파라

오늘도 눈감으면 떠오르는 백두영봉白頭靈峰
지금쯤 두만강엔 철새 돌아왔겠구나
긴 삿대 강심江心을 짚어 뗏목 흘러 가겠네.

아직은 골짝마다 상흔이 멍울져도
하늘빛 열리는 산하 꿀물 앉는 영마루에
너와 나 종다리 띄워 서로 봄을 부르자.

대춘待春

지난날 빈 뜨락에 가꾸어 논 어린 그루
어린 꽃 젓빛 하늘 피어 보지 못한 채로
오늘도 지열地熱을 믿어 심고 섰는 저 목련

귀촉은 서러울 때 울기라도 한다지만
찬서리 모진 설한雪寒 채찍으로 감고 서서
마지막 남은 한 잎을 아파 떨던 그 모습

실바람 가는 단비 봄은 정녕 오리라고
불 지핀 가지마다 언 하늘은 풀리어도
아직은 아득한 봄빛 살펴 눈을 떠본다.

가을밤에

퉁기면 금이 갈 듯 카랑한 하늘 아래
늦가을 지켜 피는 들국화 환한 둘레
강 건너 타오른 달빛 여울지는 만호성萬戶城

구름 사이 달이 가듯 허랑이 보낸 세화歲華
애환을 마음 가득 안으로만 다스리어
계절도 가을이 지듯 나도 이 밤 앓는다.

고향 생각

푸른 산 골골마다 쑥국새 울어 예고

한 가락 풀피리에 잠겨있는 마을 하나
섧도록 고운 추억이 자국마다 밟힌다.

고운 숲 외론 마을에 저녁연기 자욱하면
소등 탄 아이들은 동구 밖을 돌아 들고
솔개 재 키 큰 소나무 어스럼에 잠긴다.

어느 날의 심상

가랑비 음계를 짚어 목이 맨 듯 지척이고
성그런 가로수는 푸르름을 입었는데
혼신에 젖어드는 고독 뼈와 살이 시리다

하루해 살을 저며도 아리잖은 목숨이기에
한갓 바람이야 인월印月로나 찍어두고
지켜본 영욕의 둘레 떴다 지는 물방울.

가을 하늘

아리아리 고운 마음 타는 듯 간직한 채
퉁기면 터질 듯한 가을 하늘 꽃씨 물고
네 순정 이는 물결이 호수마냥 그립소.

강변조춘江邊早春

이른 봄 꽃샘바람 개나리 망울 트고
3월 물빛 돌아온 강에 실버들만 풀었는데
나룻배 홀로 떠 있고 엷은 날빛 더뎌라.

겨울 꽃

한 치 땅 분토盆土 위 하그리 외론 꽃잎
무거운 이 동천冬天에 뉘 보라 피었는가
마음 벌 적막한 길목 등불 하나 밝히고.

나목裸木

고운 꽃 푸른 잎을 발아래 벗어 두고
한 시절 영화턴 꿈도 낙엽으로 묻었건만
세월을 강물에 띄워 도로 봄을 기린다.

난蘭

푸른 잎 푸른 줄기로 골마다 골물을 열고
실낱 같은 아픔이야 바위틈에 내린 뿌리
밤이면 사념을 접으며 별자리를 눕힌다.

허일(許壹, Heo, Il)

1934년 일본 오사카 출생. 호 송산(松山). 상지대학교(행정과) 졸업(1971), 건국대 교육대학원(일어교육과) 수료(1973), 호놀룰루대학교 문학박사 학위 취득(1980). 《시조문학》 천료(1978), 〈조선일보〉, 〈한국일보〉 신춘문예 시조(1979) 등단. 시조집 『살아가는 흐름 위에』(1983, 새글), 『이 時代를 살아가며』(1986, 시대문학사), 『나는 天生 허수아비라』(1996, 동방기획) 외. 동시조집 『나는요 청개구리래요』(1996, 가람), 『메아리가 떠난 마을』(2004, 21문학과문화) 외. 초등(5-2) 교과서 「오리새끼」 등재. 덕성여대(동양고전), 부산외대(일본문학사) 초빙교수 역임.

—

허일許壹은 오늘의 시단 풍토에 강력한 반발을 하고 나선 시인의 한 사람이다. 1979년 〈조선일보〉 신춘문예에서 「모정母情」과 같은 해에 〈한국일보〉 신춘문예에서 「문門」으로 두 일간지에 동시에 당선한 역량은 그가 이미 시적詩的 기량에 있어서 탁월한 천자天資를 지녔음을 공중하는 것이고, 그가 재질材質을 자유시 쪽에 기울이지 않고 시조에 가져온 것부터가 그의 시작업의 분명한 목표를 설정해 놓고 있음을 알 수 있다.

— 이근배(시조시인 · 대한민국예술원 회장)

—

달걀

하늘이 궁금해요
엄마가 보고파요

조르르 몰려다니며
삐약삐약 노래도 하고

샘물에 비친 내 얼굴
빨랑 가서 보고파요

엄마, 밖에서 쪼아 줘요
똑똑똑 고기 고기

난 안에서 쪼을 게요
톡톡톡 요기 요기

보인다! 와아 저 하늘
고개 내민 병아리

소나기 삼형제

찔끔 오줌 싸고
저만치 달아나고

물벼락 천둥치며
신나게 막 퍼붓고

시치미 뚝 잡아떼고
구름 툭툭 털고 가고

문門

지금 몇 시인가
몇 시쯤 되었는가

칠흑 같은 침묵을 깔고
지쳐 누운 강기슭엔

목이 쉰 갈대꽃들의 사무친 얘기가 있다

지금 몇 시인가
몇 시쯤 되었는가

지금은 25시
심장을 갉는 초침 끝에

녹슬은 잿빛 시간이
삭아 내리는 소리

지금 몇 시인가
몇 시쯤 되었는가

아직도 피가 닳는
분계선 이 녘에 서서

캐묻는 문門의 의미는…
아, 귀먹은 메아리여

아침

거미가 오롱조롱
물방울을 매달았다

"애들아 목마르지
어서 와서 목 축이렴."
"위험해!" 반짝! 반짝! 반짝!
손사래 치는 해님

검은 눈송이
— 사생대회에서

아이가 굴뚝에서
시커먼 연기 뽑아

하늘에 뭉게뭉게
먹구름 일으키고

펄 펄 펄 검은 눈송이를
산에 들에 흩는다

누나 생각

찔레꽃 핀 개울가에
분 내음이 어렴풋하다

싱아를 꺾어들고
꽃처럼 웃던 누나

그 까만 눈동자 속에
내가 웃고 있었어

아 참! 내 눈 속에도
누나가 있는가봐

그래 맞다 눈감으면
떠오르는 그리운 얼굴

서울 간 누나 귀에도
뻐꾹새가 울겠지

폭포瀑布

천지 개벽이야!
하늘이 무너진다

덮친다 물벼랑이
물벼락 떨어진다

물보라 물구름 속에
나도 따라 무너진다

터지는 소리소리
넘치는 소리소리

소리 밖의 소리소리
소리 속의 소리소리
오 저기, 낮달이 걸친
한 파람 저 무지개

신을 섬기는 이여
여기 와 서보시라

신을 외면하는 이여
여기 와 서보시라

느꺼운 목숨 하나이
다시 돌아 뵈리니

단란

송이버섯 둘레만 한
내 작은 우주에는

토종 꿀벌 같은
네 식구가 산답니다

도라지 꽃 내음 어린
이야기도 있고요

거울을 닦으며

거울을 닦으면서
생각을 닦습니다

생각을 닦으면서
눈물을 닦습니다

내 눈에 눈물 나게 한
아아 그도 지워집니다

나는 천생天生 허수아비

한 번 가슴 후련하게
울어나 보았으면

실컷 까무러치도록
웃어라도 보았으면

삼중고三重苦 천형天刑보다 아픈
이 고독孤獨을 넘어서

허창순(許昌順, Heo, Chang soon)
1960년 전북 익산 황등면 출생. 전주대학교
학사 졸업(1987), 경기대 대학원 재학(2019).
〈영주일보〉 신춘문예 시조(2020) 등단. 제11
회 가람시조 백일장 장원(2019).

—

지나친 수사적 기교도 없고 소재를 펼치는 방식이나 시상 전개가
자연스럽고 마지막 수까지 이끌어가는 힘도 좋았다. 시대의 아픔
을 공감하면서 약자를 감싸 안으려는 따스함과 긍정의 힘이 결정
적이었다.

— 김영란(시조시인)

—

일곱살 며치루

요령꾼 쉰 목소리 광목에 매여 울면
온 동네 상여마다 몰래 숨어 울던 아이
치수 큰 상주 복 끌며 꽃 길 따라 울던 며치루

네 번째 아홉 수*를 찰나에 건너가서
쏟아지는 황톳빛 낭자히 울던 일곱 살
며치루, 며칠 후란 걸 한참 지나 알게 됐던

* 서른아홉에 돌아가신 아버지.

와이퍼

그녀가 훔친 건 빗물만이 아니었다.
도홧빛 미끄러운 음부의 꿀 편지도
덥석 문 사채업자의 달콤한 미끼까지

지울 수 없는 것들의 도드라진 헛바늘
가슴만 넘나드는 통증 같은 너의 언어
유리창 그 위에 눕자 하늘도 멍이 든다.

눈부신 체위는 절제의 반 바퀴쯤
랩소디 흥건한 밤 달빛을 핥던 기억
파르르 떨림 한때가 환생한 와이프다.

스킨답서스

가끔씩 물만 줘도 하염없이 자라난다.
기지개 퍼 나르다 스위치를 건드리자
어둠에 부딪힌 기억이 스멀스멀 차오른다.

가슴을 뻥뻥 뚫는 탄산 같은 힘줄들
겨누는 결핍마다 속 터지는 심장들
꺼질 듯 솟구치는 분노 향기마저 거부한다.

이토록 차오를 땐 허공에 길을 내고
납작한 포복 자세로 전열을 가다듬지
아, 하늘 너를 대신해 울 수도 있겠다.

그녀는 본디 거룩한 전사이므로
진흙 같은 한 세상 입맞춤도 지극히
마침내 가로지른 생 다시금 덩굴이다.

장다리꽃

홍건한 명지바람 가풀막진 돌짝 밭
호미질 흥글 소리 밑동을 휘감을 때
밭 둔덕 속살을 젖히고 장다리무 앉았다

야윈 등 위 그늘 한 채 부르면 쏟아질 듯
움켜쥐던 짧은 하루 잔가시로 박힌 시간
뒷덜미 어둠이 무서워 엄마 엄마 불렀었지

어쩌다 사 남매를 꽃말로 홀로 안고
일 바지에 감춘 설움 실핏줄로 기워가던
해 질 녘 꽃 등을 켜고 목메이는 무꽃 하나

동구 밖 초승달 긴 눈썹 따라 풀린 기억
다시는 피지 못할 시간의 끝을 민다.
몸에서 꽃 지는 소리 초록이 움을 튼다.

상처

입천장이 헐어서 닿기만 해도 쓰리다.
꽁꽁 언 겨울이야기 모자 속에 숨겼던
부뚜막 풀무질하던 어린 고모 떠오른다.

기우뚱 물지게에 하루해가 떨어지고
삼태기 사이사이 열두 살이 주저앉자
구들장 훑던 고래는 굴뚝으로 사라진다.

의붓고모가 잘라버린 고모의 머리카락
한눈팔던 하늘에서 눈꽃으로 피어나자
오래된 물집 하나가 울컥
아! 결핍

야간비행*
— 김용균 어머니 생각

아득한 지평 어디 돌아오지 못할 비행飛行
희미한 손전등에 온몸을 의지했던
네 죄는 비정규직이다. 외주의 울에 갇힌

조종간 움켜쥐고 태풍을 건너던 너
관절이 부러지도록 날개를 저어가도
불 꺼진 관제탑에선 끝내 말이 없었다지

낙탄 속 죽지 아래 뜯지 못한 컵라면
부어오른 네 눈앞엔 거짓말들 나뒹굴고
수첩 속 빽빽했던 하루 생떼 같은 내 어린것

날개 다시 반짝 털고 하늘을 날자꾸나.
사람만 있는 세상 너라는 별로 떠라
땅에서 못난 이 어미 네 법의 불을 켜마.

* 생텍쥐페리 소설, 안전을 무시하고 야간비행 감행.

구절초

1. 어머니
가을엔 어김없이 바지랑 잠바 샀다.
가격표도 떼지 않은 커다란 보따리
외로움 만발한 신작로 환하던 구절초

2. 아들
영정사진 환한 미소 머뭇대던 눈빛 따라
어릴 적 집나간 아들 목을 놓아 우는 저녁
엄니야 그 옷 작아서 하나도 못 입었소

진홍가슴 새

연탄 두 장 양은솥에 하루를 걸어놓고
뒤척이는 골무를 알끈으로 동이며
재봉틀 끝없는 타래 긴긴밤을 덧대셨죠.

이십 촉 전등불이 창호 문을 빠져나가
새벽의 발자국들 세고 또 세는 날은
잿빛의 옷고름 올 올 인두로 도리셨죠

햇볕도 가난한 길 달빛도 야위는 곳
소리의 냄새가 유난히도 달다고
치맛단 무쇠발판으로 온 세상 누비셨죠.

가난한 우리 모녀 돌쩌귀로 다시 만나
삼회장 끝동에서 또 한 생, 피고 지고
바늘 끝 앞섶에 섬 섬, 붉은 가슴 내 어머니

자전거 탄 소년

칠판을 또각또각 새기던 분필이
내 머리 명중한다. 내 마음도 모르면서
교실 밖, 빨간 백일홍 유난히도 서럽던 날

책상에 그어진 금조차 아린 기억
구겨진 공책 사이 모음 잃은 자음만이
열두 살 쏟아지던 폭우 아빠의 재혼 소식

흔들의자 바퀴 따라 올 풀린 기억들
베토벤 황제2악장* 끊어질 듯 애잔하다.
엄마 아, 벨 소리가 슬퍼, 백일홍 붉게 핀 날.

* 영화 〈자전거 탄 소년〉 주제곡, 주인공 '시릴'은 아버지가 시릴이 타던
자전거도 내다 팔고 자신을 버리기까지 한 사실을 한동안 인정하지 않
으려 한다.

8월의 송사

하루를 종이처럼 접을 수만 있다면
모퉁이 돌기 전에 가쁜 너를 삼킬 것을
죄명은 열심히 산 죄 그늘마저 반송한다.

날밤 새운 엑셀 작업 유죄의 알리바이
돌 무화과 오르는 건 삭개오의 몫인 것을
흙먼지 긴긴 행렬 속 지나가는 행인1

발치 끝 내려앉은 들 곳 없는 그림자
뙤약볕 이랑 너머 몸 풀다 만 구름처럼
어정쩡 집어 든 좌판 벌서듯 이고 지고

내 아이 다독이듯 나를 깊이 안아본다.
생은 가끔 땟국 절은 셔츠와도 같아서
링 위의 사투마저도 불륜처럼 남는 것

허형만(許炯萬, Heo, Hyung man)

1946년 전남 순천 출생. 《월간문학》 시(1973), 호남시조백일장 장원(1976), 《시조문예》,《현대시조》 등단. 시집 『비 잠시 그친 뒤』(1999, 문학과지성사), 『영혼의 눈』(2002, 문학사상사), 『불타는 얼음』(2013, 고요아침), 『가벼운 빗방울』(2015, 세계사), 『황홀』(2018, 민음사) 등 17권. 일본어시집 『耳を葬る』(2014, 쿠온사), 중국어시집 『許炯万詩賞析』(2003, 시와사람). 활판시선집 『그늘』(2012, 시월). 영랑시문학상(2009), 한국시인협회상(2011), 한국예술상(2014), 펜문학상(2014), 문병란문학상(2018) 수상 외. 목포대 명예교수.

허형만許炯萬 시인의 시조 작품에는 생의 성찰에 대한 예지력을 통해 사물의 내면을 읽어내는 심안이 있다. 예를 들어 「홍도에서」는 바다의 슬픔들과 지상의 슬픔들이 익어가 "그 슬픔 벌겋게 익어 절벽에 걸려 있다."라고 얘기하며 "아득한 세상길 그리워하지 않"은 결연한 '홍도'의 상징성을 보여준다. 「청보리」에는 녹지 않는 눈과 "슬픈 별" 사이의 모순 가운데 공존하는 "잉걸불 같은 땅"의 열정을 예리하게 담아낸다. 표면만을 읽어내는 시인들의 작품과는 다르게 내면을 읽어내는 투시력을 가지고 있다.

또한 그의 시조 작품에는 역사에 대한 통찰력과 상상력의 극대화를 통하여 오늘 여기의 삶에 대한 간명하고도 지혜로운 답을 제시하고 있다. 「바람앞에서」는 "죽는 법만 남았"음을 선언하며, 「尹孤山 묘 앞에서」는 "시인도 벼슬이라면 하시라도 그만 둬!"라며 단호하게 현실에 영합하는 자신을 경계한다. 「萬積의 노래」 또한 "거칠고 메마른 땅 구르는 돌"의 한민閑民 한 삶에 대한 끝없는 사랑이다. 인간 풍정風情의 묘미에 참 가치를 두고 있는 시인이다.

— 이지엽(시인 · 한국시조시인협회 이사장 · 경기대 교수)

홍도에서

바람이 불어오는 곳 몰라도 좋아라
해 뜨고 해 지는 자리 몰라도 좋아라
풀꽃도 여기서만은 제 살결로 빛나느니.

바다의 슬픔들이 비로소 익어간다
지상의 슬픔들도 따라서 익어간다
그 슬픔 벌겋게 익어 절벽에 걸려 있다.

아득한 세상길 그리워하지 않기
두고 온 발자국도 아쉬워하지 않기
새벽별 파도에 밀려와 허공을 밝히느니.

청보리

오늘도 나는 잉걸불 같은 땅이 되겠네

그리하여 겨울 밤 깊은 눈에도 녹지 않게

슬픈 별 고이 재우며 청보리 키우겠네.

가을연가

오늘도 세상의 숲속은 달빛 한 두름 고요입니다

지상에서 가장 먼 별까지, 눈물겨운 사랑이여

세상의 깊은 그리움 흘러 흘러 적막입니다.

친구에게

죽순은 겨울을 뚫고 죽창은 거짓을 찌르나니

이 한밤 대밭에 서서 새야 새야 파랑새를 부르네

친구여 자네는 이 밤, 무슨 노래로 지새우는가.

한일閑日

마당을 서성이다 하늘을 우러르다

행여나 오시리라 대문도 열어두다

오마지 아니하는 임 달이 먼저 찾아들다.

먼지를 털며

입춘 지나고 우수도 지나
청명한 주일 아침 창문을 열고
해묵은 먼지를 털며 콧노래 부른다.

새 바람 헌 입김 새 햇살 헌 숨결
맞이하고 보내는 청아한 이 아침이
새 색시 신접살인 양 행복하기 그지없다.

주여, 이 아침에 두 눈 맑게 씻기소서.
이 세상 먼지로 가득 찬 썩은 심장
모조리 끄집어내어 저 바람에 씻기소서.

길

고산자古山子, 고산자古山子여 떠돌고 머물자니

눈부신 이승 살이 이제는 눈을 감네

오오매, 옳게 간당가 발길마다 떨면서.

바람 앞에서

바람아 네 갈 길을 어이 내가 알 것이며
바람아 내 갈 길을 어이 네가 알 것이리
그러나 흐른다는 건 너와 내가 한 가지다.

어제는 밤을 깎으며 칼질을 터득하고
오늘은 차를 마시며 입맛 돋는 법 익혔지
앞으로 바람 앞에서 죽는 법만 남았구나.

윤고산尹孤山 묘 앞에서

먼 길을 들었구나 속진은 털었느냐
산 첩첩 구름 첩첩 에워싼 금쇄동엔
바람도 시선詩仙이거니 가슴 깊이 마셔라.

벼슬은 절대 마라 남긴 말 생각느냐
죄인이 따로 없다 벼슬이 죄인잉께
시인도 벼슬이라면 하시라도 그만 둬!

달빛에 젖어

이토록 사무치는 서러운 밤엔
당신의 찬 손 같은 달빛에 젖어
차라리 바람으로나 녹아 흐를걸

바람으로 나뭇가지에 칭칭 감겨서
한 마리 색 고운 뱀이나 되어
청청한 겨울 산중에 숨어 살다가

이토록 뼈가 아리는 그리운 밤엔
당신의 찬 손 같은 달빛에 젖어
필릴리 풀피리라도 불어나 줄걸

홍사준(洪思俊, Hong, Sa joon)

1905.~1980. 충남 서천 출생. 호 연재(然齋). 중동중학교 졸업
(1927). 작품집 『서심초叙心草(육필본)』. 저서 『연재고고논집』
(1967, 고고미술동인회), 『백제사론집』(1995, 향지) 외. 소성훈장
(1960), 대한민국 문화훈장국민장(1966), 충남문화상(1966) 수상.
고고미술동인회 창립위원. 예명학교 · 양현여학교 교원, 문화재 전
문위원, 부여박물관장 역임.

—

부여 팔경

— 백마강 심월白馬江 沈月
백마강 구비치고, 조각달은 잠겼어라.
옥 같은 저 달만은 제왕濟王님이 남긴 건가
파간波間에 흐려질듯, 또한 밝혀 주더라.

— 부소산 모우(扶蘇山 暮雨)
부소산 해가 지고, 첫 봄비는 어두운데
나루턱 건너뜸엔, 갈대밭이 우거져라
어쩧다 길손님네는 시름겨워 하는고

— 낙화암 숙견落花岩 宿鵑
궁녀가 꽃 지듯해 그 정경이 못내 섧다
고요한 암반岩畔에는, 두견새만 우지지니
촉도蜀道가 어렵다는 듯, 피눈물에 잠 못 이루워

— 고란사 만종皐蘭寺 晩鍾
고란사 흰 구름이 천 년이라 순간 같다.
흐르는 저 종소리, 망국한을 아는 듯이
옛 강산 울려만 주고, 고요히도 사라져라

— 백제탑 석조百濟塔 夕照
당병唐兵은 간곳없고 백제탑만 요요하다
행인아 묻지 마소 나라 흥망 자취 길을
처량한 흰 노을만이 가을 달에 잠겨라

— 수북정 청람水北亭 晴嵐
홍정紅亭은 나를 듯이 녹강綠江 위에 드높으고
청람晴嵐은 한이 없이 무르녹아 떠러질 듯
3부는 임하 이루고 2부마저 노을일세

— 규암진 귀범窺岩津 歸帆
하늘이 바람 도와 오초주吳楚舟가 모여드니
묻노라 사공님네 어디메서 사시는고
장두檣頭에 까마귀들은 석양 진다 우지져라

— 구룡평 낙안九龍坪 落雁
갈대밭 십 리 들에 기러기 떼 날아들 제
으스름 달밤이니 길을 잃고 끼욱데나
우수수 서풍이 부니 고국 그려 하노라

불국사 다보탑

빛난다 그 솜씨여 남겼노라 백제얼을
정끝에 튀는 불꽃 그리움의 열화건만
영지에 못다한 애한은 아사�년가 하노라

상원사행上院寺行

눈 밟고 바람 안고 내 가노라 오대산을
천 년의 신흥 솜씨 상원사 종 보러가네
새벽에 다문 입 열고 적막 깨어 주더라

다리와 나룻배

저 언덕 가는 길손 천삼백 년 건넷고나
오늘도 그 큰 시름 내게 넘겨 받았어라
사공아 지난 일이랑 꿈길에나 찾으소

홍선옥(洪善玉, Hong, Sun ok)
1957년 광주 출생. 제12회 전국 가람 시조 백일장 입상, 《시조시학》(2020) 등단. 1981년 MBC 김자옥 '사랑의 계절' 드라마 방송. 제15회 사단법인 유권자 연맹 주최 문예글짓기 수필부 장관상(2018) 수상.

안개꽃을 품다
홍선옥

당신이 그리운 날
빈 창가 서성이면
빛으면 서리 앉긴
흩날리며 곁에 돋듯
붉은 꽃
눈부시게 피었
면 첫밤의 재회를.

—

홍선옥의 작품에서는 순수하면서도 에코페미니즘의 수수한 여성 이미지가 잘 나타난다. 순수하다는 것은 시인의 영혼이 맑다는 것일 게다. 시적 대상으로 삼은 모든 것들이 아름다운 것은 아닐 것이다. 추한 것도 있고 악한 것도 있을 것이다. 그러나 시인은 사물의 아름다운 일면에 집중한다. 동시에 시인은 거의 모든 작품에서 에코페미니즘의 수수한 여성 이미지를 잘 그려내고 있다. 「백련꽃」에서는 모든 사람들이 이 꽃처럼 되기를 희원하는 바람이, 「탱자 가시」에서는 "술 속에 그 열매 담아 혼자 넘기는 외사랑"이, 「꽃무릇」에서는 "꽃 지고 잎이 난 자리 별로 박힌 이름"을 그리워하는 마음이 잘 나타나고 있다.

— 이지엽(시인 · 한국시조시인협회 이사장 · 경기대 교수)

—

꽃무릇

그리움 벼랑 끝에 꽃 수술 길게 빼고
온 산 붉게 물들어 꽃 융단 깔았네
그 꽃길 즈려밟고서 그대 언제 오시나

얼싸안을 이파리 없어 가슴으로 맞을까
서둘러 나선 길 어두워진 산등성이
꽃 지고 잎이 난 자리 별로 박힌 이름이여

봄 그리고 가을까지

안개꽃 아름 가득 가슴에 품었던 날
행여나 뺏길세라 노루잠 자다 깨서
어둠 속 새하얀 종이 손 더듬어 찾습니다

설익은 생각으로 마음만 앞세우다
한 치 앞 허방 속을 인제야 벗어나
이 가을 국화 향 찾아 들길을 걷습니다

백련꽃

마당 한 켠 물을 담아
뿌리 하나 심었더니

올해는 흰 꽃 피어 창밖이 환하구나 잎에 피면 연꽃이요 나무에 피면 목련이라 올려다보고 내려다봐도 제각각 웃는 자리, 사람도 제 쓸모 있어 앉을 자리 설 자리가 따로 있나니

너 필 때
눈이 즐겁다
사람들도
그랬으면

아릿한 그 길

잠 못 이룬 지난밤
출근길이 흔들린다

잡았다 놓친 시구
안개 노루잠
미늘 아 국화

오늘은
느리게 걷자
아릿한 길
순례자처럼

아까시나무

길섶 따라 나선 길
햇살 한 줌 끌어안고

치렁치렁 땋은 머리
아까시 벌꿀 향

내 사랑 어디쯤 오시나
어디 어디
키 크는 봄날

시詩집을 읽는 여자

시詩집을 읽을 때면
가슴 먼저 설렌다

한 소절 또 한 소절
보석 같은 글귀들

뭉클해 뛰는 가슴이
가을처럼 붉어진다

가을 느낌표

1.
내 영혼의 투명한 별
아린 노래 부른다

알알이 박힌 시어
손수건을 적시는

붉은빛 가슴을 태우는 산山이 걸어서 왔다

2.
그 쓸쓸한 생의 길목
사랑 하나 만났을 때

물감을 터트린 듯
세상 빛 달라지고

따사한
유자 향 스며
허름해도 향기롭다

탱자 가시

내 살던 시골집에 가시나무 울타리
다슬기 까먹을 때 그 가시 딱 좋았지
이웃집 넘어 다닐 때 조신해라 내민 끝

너와 나를 가로막은 담장보다 높은 나무
철 따라 꽃이 피고 열매가 맺어가도
술 속에 그 열매 담아 혼자 넘기는 외사랑

오월애愛

녹음 속 불어오는 쌀밥 내음 따스한
이팝나무꽃 타래 눈부신 오월 풍경
마음도 푸름에 겨워 흔들리는 한낮이다

참나물 미나리무침 손끝에 물든 초록
버무려 마신 향기 쏟아지는 졸음 속
청보리 영글어 가는 파란 숨결 뜨겁다

신록

햇살 한 줌 끌어안고 향기 따라 나선 길
아카시아 벌꿀 내음 발길을 사로잡네
사랑도 키 크는 봄날 그리운 어머니 생각

떫은 감 우려내어 허기 때우던 7월에는
자식들 먹거리에 허리 휘던 어머니
초록 잠 나뭇가지에 걸린 명주바람 눈부시다

홍성란(洪性蘭, Hong, Sung ran)

1958년 충남 부여 충화면 출생. 성균관대학교 문학박사(2004). 중앙시조백일장(1989) 등단. 시조집 『따뜻한 슬픔』(2003, 책만드는집), 『바람 불어 그리운 날』(2005, 태학사), 『춤』(2013, 문학수첩) 외. 한국대표명시선100 『애인 있어요』(2013, 시인생각), 단시조60선 『소풍』(2016, 책만드는집). 유심 작품상(2003), 중앙시조대상(2005), 대한민국문화예술상(2008), 이영도시조문학상(2009), 한국시조대상(2014) 수상 외. 성균관대, 한국방송통신대 강사 역임. 《유심》 상임편집위원 역임. 한국시조시인협회 부이사장, 유심시조아카데미 원장.

 소풍

여기서 저만치가 인생이다, 저만치

비탈 아래 가는 버스
멀리 환한 복사꽃

꽃 두고
아득하지 않게 곁에 지는 봄비 해도

 홍성란 짓고
기해년 동지 무렵 쓰다.

—

홍성란의 첫 시조집 제목은 『황진이 별곡』(1998)이다. 그의 시조 선집 『명자꽃』(2009)의 해설을 쓴 김학성 교수는 「우리 시대의 황진이, 그 놀라운 시적 성취」라는 제목으로 홍성란 시조의 성취를 평설하였다. 홍성란의 시조를 아끼는 설악 큰스님께서는 사적인 자리에서 황진이 이래 최고의 시조시인이라는 말로 그의 재능을 칭찬하였다. 이런 여러 가지 이유로 그의 시조는 황진이의 시조에 비견되고는 했다. 기본적으로 모든 역사적 인물은 그 시대의 성격에 따라 탄생하고 명멸하는 것이다. 황진이의 시조가 부상하는 데 조선시대 시조의 특성이 배경으로 작용했듯, 홍성란의 시조가 성공한 데에도 현대시조의 특성이 배경으로 작용했다. 천재는 항상 그 시대의 배경과 특성 가운데 탄생하고 명멸한다.

— 이숭원(문학평론가 · 서울여대 명예교수)

—

봄이 오면 산에 들에

단비 한 번 왔는갑다 활딱 벗고 뛰쳐나온 저 년들 봐, 저 년들 봐 민가에 살림 차린 개나리 왕벚꽃은 사람 닮아 와자한데

노루귀 섬노루귀 어미 곁에 새끼노루귀, 얼레지 흰얼레지 깽깽이풀에 복수초, 할미꽃 노랑할미꽃 가는귀먹은 가는잎할미꽃, 우리 그이는 솔붓꽃 내 각시는 각시붓꽃, 물렀거라 왜미나리아재비 살짝 들린 처녀치마, 하늘에도 땅채송화 구수하니 각시둥굴레, 생쥐 잡아 괭이눈 도망쳐라 털괭이눈, 싫어도 동의나물 낯 두꺼운 윤판나물, 허허실실 미치광이 달큰해도 좀씀바귀, 모두 모아 모데미풀 한계령에 한계령풀, 기운 내게 물솜방망이 삼태기에 삼지구엽초, 바람둥이 변산바람꽃 은밀하니 조개나물, 봉긋한 들꽃 산꽃 두 팔 가린 저 젖망울

간지러, 봄바람 간지러 홀아비꽃대 남실댄다

애인 있어요

노래자랑에 입상하신 여든한 살 할머니가 분홍 셔츠에 흰 바지 차려입고 이은미의 〈애인 있어요〉를 다소곳 환히 부르네

숨은 턱에 찼으나 손 모아 파르르 입술 모아 애인 있어요, 말 못한 애인 있다니 여든넷 어머니 그늘 겹쳐 오네 새치 뽑던 파마머리 젖가슴 뭉클 잡히던 얼굴 연하고질煙霞痼疾이여, 희미한 내 노래여
나도 애인 있어요, 춘천 어디 산비탈 가지마다 매어 두신 실오리, 실오리 스쳐 돈담무심頓淡無心 내려온 데 목메도록 애인 있어요 천석고황泉石膏肓이여, 희미한 내 노래여 골도 좋아 물 시린 집, 다시 못 올 흔들의자에 내가 버린 애인 있어요

나 날 적 궁전이었으나 내가 버린 폐가廢家 있어요

큰고니를 노래함

어느 별이 보낸 인연이었나
부르지 않아도 찾아와서는

기꺼이, 하늘 아니어도 솟구쳤다간 날개를 펼쳐 선회하듯이 마땅히, 날 기다리지 않아 날 붙잡아두지도 않아 아닌 듯, 내 마음 잔가지 흔드는 바람이었다가 정말은, 잠시도 날 가만 두지 않는 파랑波浪이었다가

어느 날
보내지 않아도 떠나버릴 그대여

따뜻한 슬픔

너를 사랑하고
사랑하는 법을 배웠다

차마, 사랑은 여윈 네 얼굴 바라보다 일어서는 것 묻고 싶은 맘 접어두는 것 말 못하고 돌아서는 것
하필, 동짓밤 빈 가지 사이 어둠별에서 손톱달에서 가슴 저리게 너를 보는 것
문득, 삿갓등 아래 함박눈 오는 밤 창문 활짝 열고 서서 그립다 네가 그립다 눈에게만 고하는 것
끝내, 사랑한다는 말 따윈 끝끝내 참아내는 것

숫눈길
따뜻한 슬픔이
딛고 오던
그 저녁

즐거운 복사꽃

　돌아오지 않으리, 다시 돌아오지 않으리

　우줄거리는 섬강 물 위에 뜬 복사꽃잎 맑을 것도 없는 물결
더불어 웃으며 돌아오지 않으리, 병든 어미 벌판에 버리고 죽
은 아비 땅속에 묻고 어느 기슭에 닿았는지 어디 떠가는지 아
무도 모를 행로 돌아오지 않는다는 오직 하나 즐거움이여 어제
의 꽃잎이여, 흐느끼는 강물 물 위에 뜬 영원의 껍데기, 늑대별
이거나 개밥바라기이거나 어느 별에도 닿지 않으리 어미 아비
잊어버리고

　나 죽어
　아무도 모를 거처, 다시 돌아오지 않으리

애기메꽃

한때 세상은
날 위해 도는 줄 알았지

날 위해 돌돌 감아오르는 줄 알았지

들길에
쪼그려 앉은 분홍 치마 계집애

쌍계사 가는 길

날
두고
만장일치의 봄 와버렸네

풍진風疹처럼 벌 떼처럼 허락도 없이 왔다 가네

꽃 지네
바람 불면 속수무책 데인 가슴 밟고 가네

명자꽃

후회로구나
그냥 널 보내놓고는
후회로구나

명자꽃 혼자 벙글어
촉촉이 젖은 눈

다시는 오지 않을 밤
보내고는
후회로구나

소풍

여기서 저만치가 인생이다 저만치,

비탈 아래 가는 버스
멀리 환한
복사꽃

꽃 두고
아무렇지 않게 곁에 자는 봉분 하나

들길 따라서

발길 삐끗, 놓치고 닿는
마음의 벼랑처럼

세상엔 문득 낭떠러지가 숨어 있어

나는 또
얼마나 캄캄한 절벽이었을까, 너에게

홍성운(洪成云, Hong, Sung woon)

1959년 제주 애월읍 봉성 출생. 공주대 사범대학 졸업(1986). 《시조문학》 천료(1993), 〈서울신문〉 신춘문예(1995) 등단. 시조집 『숨은 꽃을 찾아서』(1998, 푸른숲), 『버릴까』(2019, 푸른사상), 『오래된 숯가마』(2013, 푸른사상). 우리시대현대시조100인선 『상수리나무의 꿈』(2001, 태학사). 중앙시조대상 신인상(2000) 수상. '역류' 동인. 오늘의시조시인회의, 한국작가회의 회원 외.

—

홍성운의 시조에서 시간의 축은 과거에서 미래로 연결되었고, 공간의 축은 섬의 특성을 내포한 채 우주로 뻗쳐 있다. 그러므로 그의 작품에는 과거와 현재, 미래가 혼재하며 동시에 섬의 특수성과 보편성이 두루 아우러져 있다. 정형을 지키면서도 율격이 자연스럽고 역사와 사회를 직시하면서도 서정의 끈을 놓지 않는다. 선명한 시어와 이미지는 홍성운 시조의 또 다른 미적 특장이기도 하다.

—

인공지능에게

어느 날 문득 그대가 내게 온다면
내게 와 소통한다면 우리 사이 어떨까
갑과 을 그런 관계 말고
형 아우 하는 사이

굳이 그대 먼저 도우미를 자청하면
나는 그대에게 내 신상을 털겠네
복잡한 회계 같은 것
그대가 맡아주고

하늘은 인간에게 감성을 주었지만
인간은 그대에게 지능만을 주었으니
한순간 감성이 깨면
우리 관계 어쩌지

설령 그럴지라도 글이랑 쓰지 말게
먼 하늘 별무리 같은 그대의 무한 지능
사람은 시 한 구절에
눈물 괼 때 있으니

아그배나무 그늘에서

누가 불러오셨나 아그배나무 그늘에
상처 받은 마음은 그냥 내려놓고
실핏줄 환히 보이는 연분홍 꽃으로

아침이면 이파리에 대롱대롱 이슬 달리듯
살다보면 그렁그렁 눈물이야 없을까만
그런 날 아그배나무는 자꾸 손짓한다

사랑과 미움이 버무려진 유월에
유혹일까 위무일까 휘파람새 절인 울음
그대가 내미는 그늘, 꽃등 하나 흔들린다

버릴까?

"이제 그만 버리세요" 오래전 아내의 말
수십 년 내 품에서 심박동을 공명했던
버팔로 가죽지갑을 오늘은 버릴까봐

몇 번의 손질에도 보푸라기 실밥들
각지던 모퉁이는 이제 모두 둥글어
가만히 들여다보면 나를 많이 닮았다

그냥저냥 넣어뒀던 오래된 명함들과
아직까진 괜찮은 신용카드 내려놓으면
어쩌나, 깊숙이 앉은 울 엄니 부적 한 점

흑룡만리*

누군가 그리워 만 리 돌담을 쌓고
참아도 쉬 터지는 이 봄날 아지랑이 같은
울 할망 홀린 오름에
눈물이 괸 들꽃들

차마 섬을 두고 하늘 오르지 못한다
그 옛날 불씨 지펴 내 몸 빚던 손길들
목 맑은 휘파람새가
톺아보며 호명하는

비가 오든 눈이 오든 한뎃잠을 자야한다
그래서 일출봉에 마음은 가 있지만
방목된 저녁노을이
시린 발을 당긴다

섬에 가두어진 게 어디 우마뿐이랴
중산간의 잣성도, 낙인된 봉분들도
먼 왕조 출륙금지령으로
그렇게 눌러앉았다

* 흑룡만리黑龍萬里: 제주의 현무암 돌담을 아우르는 말.

동굴의 꿈

북제주군 어음 2리 신열 찬 동굴 있어
비가 오면 더 숭숭한 건성의 내 살갗
들찔레 보채는 자리, 고샅길 끝 간 자리

일약 빌레못굴은 황곰이 살았어라
내 선대 직립의 꿈 묻어나는 돌칼 하나
화산도 허술한 가슴 제 뜻을 놓쳐버린

애초 뜨거운 말은 뱉어 돌이 될 뿐
시험관 시약 위에 들뜨는 기포같이
단 한번 입술을 떼면 헛새는 4월 바람

땅속에 길은 있다 시원의 비포장길
무자년 바람 등져 집을 뜬 이웃이여
오늘은 세상 태우는 등 하나 달고 싶다

아버지의 중절모

장미꽃 한창 필 쯤 아내가 내민 선물
내리꽂는 햇살에 주눅 들지 말라며
한지 향 올올이 배인 모자를 씌워줍니다

그에 언뜻 떠오르는 안데스산맥 사람들
남녀 모두 나들이엔 중절모를 쓴다는데
햇빛을 가리기보단 그들의 복식이겠죠

몇 살이면 중절모가 어색하지 않을까요
가만히 손을 얹어 거울 앞에 서봅니다
빙그레, 소싯적 아버지, 저를 보고 있습니다

외딴집

누가 살아서
지붕에 고추를 말리시나
큰 길이 뚫리기 전, 아는 이도 없었을 집
흉년 든
어느 해인가
그냥 밭에 눌러앉았을

요즘 들어 울담에는 애호박도 보인다
털다 만 깻단들이
마당에 수북한 날
"계세요?"
"누구 계세요?"
인사라도 하고 싶다

정작 반세기 동안 이웃 없이 지내서
말문이 닫혔다면 이 가을엔 여시라!
불임의 먹감나무가
해거리 끝에
땡감 달 듯이

오래된 숯가마

참나무 한 단쯤은 등짐 지고 넘었을 거다
관음사 산길을 따라 몇 리를 가다보면
숲 그늘 아늑한 곳에
부려놓은 숯가마 하나

못다 한 이야기가 여태 남았는지
말문을 열어둔 채 가을 하늘을 바라본다
숯쟁이 거무데데한 얼굴
얼핏설핏 떠오른다

큰오색딱따구리 둥지 치는 소리야
적막강산 이 산중을 외려 위무하지만
무자년 터진 소문에
발길 모두 끊겼느니

시월상달 한라산 단풍은 그때 화기로 타는 거다
누군가를 뜨겁게 했던 내 기억은 아득하여도
한 시절 사리 머금은
그 잉걸불 오늘도 탄다

섬억새 겨울나기

화산도의 겨울은 억새가 먼저 안다
비릿한 근성으로 아무데나 눈발치네
유배지 어진 달빛이
잎새마다 배어나는

대물림에 살아간다 그리움은 습성이다
먼 바다 바라보는 연북정* 그 수평선
분분한 떼울음 앞에
순백으로 직립한다

또 한 차례 하늬바람 연착된 하늬바람
과분한 귤나무를 벌채하는 이 땅에
그래도 밑동 따스한
기다리는 뜻이 있다

뉘 한 번 흔들어 보라 내 또한 흔들리마
오일장 좌판 같은 한 푼어치 손짓이여
섬 하나 외고집으로
갈 데까진 내가 간다

* 연북정戀北亭: 제주에 유배온 선비들이 북녘의 임금을 사모하던 정자.

나무야, 쥐똥나무야

변두리 나무들도
저간엔 서열이 있어
쥐똥나무는 한사코 중심에 서지 못한다
낙향한 술벗 현 씨처럼
오일장에나
들앉는 것

밀감꽃향 마구 토하는 섬의 오월 햇살
좁쌀만한 꽃들을
좌판에 풀고 보면
쥐똥꽃
쥐똥나무꽃
아이들이 깔깔댄다

몇 년째
세금고지서를 받은 적이 없다
늦가을 끝물쯤에
동박새가 거두어 갈
쪽정이
쥐똥 열매들
노숙자의 동전 몇 닢

홍승표(洪承杓, Hong, Sueng pyo)

1952년 강원 삼척 근덕면 동막리 출생. SS 기술대학 산업공학 졸업(1994), USA 위치타 주립대학 SOC 수료(1995). 《한맥문학》 신인상(1996), 《나래시조》 신인상(2004) 등단. 시집 『숲속에 시인이 남긴 편지』(1996, 열린출판미디어), 동맥시조집(2004). 열린문학본상(1997), 충헌 문화 대상(1998), 스페인 대사상(2002), 세계 환경 문학상(2012), 국제문화 공헌장(2017) 수상. 한국문인협회, 열린문학, 나래시조시인협회, 한국시조시인협회 회원. 관동대학 쌍마문학 동인.

―

홍승표 시인의 시조는 자연 서정을 바탕으로 존재론적 사유를 꿈꾸는 향기로운 시세계를 열어가고 있는 듯하다. 기저에는 선비적 풍류의식도 깊이 깔려 있어 유유자적의 한가로움도 느껴진다. 남다른 체험으로 길어 올린 이러한 자연 소재의 시편들은 독자들에게 "억겁의 미곡 그 속살을 헤집은" 이색적인 세계를 만끽하게 한다. 그만큼 시인의 시는 무위자연을 쫓는 순수 서정의 미학을 짙은 향기로 품고 있다.

— 권갑하(시조시인 · 한국문인협회 부이사장)

―

시사정詩詞亭

보름달
시샘하는 별
억새 이엉 지붕 잇고

산 약초
억겁 헤집는
천년지기 집어등

시사 정
시인 묵객은
삼라만상 노래하네.

세월 현주소

노송은
한 천년 살아도
우두커니 말이 없고

선진화
세월 강 흘러
회안 안고 도는데

노인도
세파 민심에
산전수전 말이 없네.

백일홍

사계를 열어 붉어 아픈 석 달 열흘
낮달 보고 주저리 열린 가슴으로
새각시 훔쳐보아도 사대부 다홍치마

아지랑이 숲속에 속살 찢는 전율이
억수장마 켜커이 돌려 친 매무새하고
백날을 기다린 심성 안개 같은 산고라

지친 육신 정조대는 허물 벗어 없는데
첫날밤 속옷 수놓은 혈혼 화 끝자락에
반백의 퇴색옷 고름 부여잡은 길손아

송이산

청림에 삶이 좋아 뫼를 찾아 올랐더라.
백팔번뇌 사르고 무영탑 세우려는데
눈썹달 가녀린 빛에 노송 그늘 길게 누웠네.

스산한 가을바람 여명을 밀어가도
동해바다 집어등 시린 별 시샘하니
끈질긴 속세의 인연 뒤척이는 하얀 밤

아이고 억겁의 미곡 그 속살을 헤집은
열상들이 곰삭은 황홀한 남근상이라
끼 놈이 볼썽사납게 해 오름을 보느냐

민들레 2

겨우내 꿈을 꾸고
꽃등 밀어 창을 여니
벌 나비 갈등 뒤에
도도한 백골 두상이여

봄바람
질투 맵시에
백모伯母 길손
서럽다

홍오선(洪午善, Hong, Oh sun)

1944년 서울 종로구 연건동 출생. 이화여자대
학교(국어국문학과). 《월간문학》(1985), 《시조
문학》(1985) 천료 등단. 시조집 『수를 놓으며』
(1988, 서울), 『냉이꽃 안부』(2011, 책만드는 집),
『날마다 e-mail을』(책만드는집), 현대시조100인
선 『어눌한 詩』(2016, 고요아침) 외. 동시조집
『머니 할』(2018, 아동문예) 외. 현대시조문학상
(2000), 한국시조시인협회상(2005), 이영도시조
문학상(2007), 한국동시조문학상(2009) 수상. 한국시조시인협회 부회
장, 한국여성시조문학회 회장 역임.

홍오선洪午善은 엄격한 정형률에 토대한 자기 독백체 형식의 시만
을 즐겨 쓴다. 그만큼 이 양자의 특성을 고집스럽게 지키는 우리 시
단의 몇 안 되는 시인이다. 그것은 물론 시인 나름의 시론에 따른
창작이겠지만 그만큼 우리는 홍시인의 시에서 다소 예스런 풍정,
낯익은 어법들과 마주치는 것도 피할 수 없는 사실이다. 이를 두고
어떤 이는 좀 고루하다고 말할지도 모른다. 그러나 필자로서는 그
것을 그의 어떤 시적 결기나 순수성의 표현으로 보고 싶다.

그러한 의미에서 그는 우리 시조시단의 시 창작에서 교과서적인
틀을 고수하고 있는 시인 중의 한 사람이다. 그는 일부러 그렇게 쓰
는 것이다. 그러나 그 어떤 분야에서든지 교과서란 얼마나 중요한
전범이 되는 것인가. 아마도 홍오선은 우리 시조시단의 시작이 너
무 혼란스럽고 무질서하기 때문에 굳이 그같은 전범을 보이고자
하는 것이 아닐까?

모든 자기고백체의 진술이 그러한 것과 같이 홍오선의 시에서도
'나'(화자)는 그 시세계를 푸는 열쇠가 된다. 왜냐하면 '자기 고백'이
란 문자 그대로 자기 즉 '나'를 고백하는 이야기이기 때문이다. 그러
한 관점에서 우리가 홍오선의 시를 이야기하기 위해서는 우선 그의
시에 형상화된 '나'를 살펴보는 일이 중요할 것이라고 생각된다.

— 오세영(시인·서울대 명예교수)

수평선

너를 받쳐 물이 된 나
나를 안아 허공 된 너

오늘토록 멍이 들어 바장이는 눈시울에

잡힐 듯
잡지 못한 손이
아득히 닿아 있다.

맨드라미

여름이 다 가도록 돌아오지 않는 처용

자고 나면 거짓처럼 내 입술은 더욱 붉어

천년을 건너온 사랑 멍울져 타오른다.

남겨둔 발자국은 이리도 선연한데

내 가슴 그 안쪽은 바람 불다 비가 오다

가을날 몸부림치는 핏덩이를 뱉곤 한다.

십이월, 그 이후

어둠에 인질 되어 문고리 걸었어도

실금간 틈사이로 남은 생이 환하다

마지막 바상구 앞에 무슨 말을 남길까

살아온 발자취를 비춰보는 저 후미등

침 발라 넘겨보는 치부책 같은 날들

귀밝이 술 한잔 든다, 행간이 조금 넓다

누구의 사랑인들 향내가 없겠냐만

없는 십삼월이 저녁놀에 넌출댄다

다음이 또 시작이라며 기척으로 오시는 눈.

새벽 비

명지바람
천리 밖에

뉘 오시는
발자국 소리

가슴 한 켠
빈자리를
애써 찾아
드시느라

눈시울
촉촉이 적시며
마른 잠을
깨운다.

매미

제 허물 벗어놓고 간 슬픈 어미 보았나요,

썼다가 지워버린 비망록 끝자리엔

누웠다 또 일어섰다 바람의 붓자국만

네게로 가는 길이 가뭇없이 지워질 때

서산머리 지는 해만 하릴없이 붉어와서

휘파람 나뭇잎 사이로 길게 빠져 나간다.

여린 날개 빈 몸으로 바장이는 허공인가

가지 사이 그 자리에 흔들리는 먹빛 하늘

팽팽히 날선 시간이 가을 쪽을 긋는다.

하얀 민들레

다시 또 이월 스무날
가슴에 흰꽃 핀다

나 혼자 울다 지쳐
제풀에 돋아난 꽃

등인 양
받쳐들고서
오래도록 닦아본다.

내 허물 벗어들고
천륜까지 거둬간 너

오늘도 태연한 척
남은 생을 속여 봐도

천지가 아득하구나
너 없이
오는 봄이,

짜리

잠이 든 지귀 가슴에 금팔찌를 얹어줄 때

여왕의 귀고리가 이리 열없었을까

터질 듯
붉게 매달린
하염없는 맘이었을까.

그믐달

내 살 다 받아먹고
어여어여 자라거라

손톱만큼 남았어도
둥실둥실, 그리 커라

내 새끼
다 빨리고서
빈 젖꼭지 걸어둔 밤.

꽃말을 엿듣다

애써 외면했던 지난겨울 혹한 속에

칼금 긋듯 종적 없이 무너지던 그 기억들

어둠에 길들여지고 눈물에 힘을 얻고

언 땅을 줄탁하듯 기지개를 펴는 하루

허했던 가슴팍이 온기로 풋풋하다

하루가 천금이라고 진을 치는 봄볕 나절

뉘 몰래 숨겼던 눈 살포시 뜨다 말다

이 꽃과 저 꽃 사이 심부름하는 바람

오가다 흘린 말들을 귀를 모아 듣는다

백령도
― 몽돌에게

자맥질 한창이던 저 바다의 흰 발바닥

시퍼런 파도에 맞서 알몸으로 부대끼더니

그 사내 끝내 못 잊어 물가에 앉았는가

사나흘 떠난 길이 이리 길고 멀 줄이야

비워둔 옆 자리엔 어둠이 길을 내고

한 줄기 뜨거운 피가 강을 질러가려는가.

홍윤표(洪胤杓, Hong, Yoon pyo)

1950년 충남 당진 정미면 출생. 호 지송(池松). 한국방송통신대학교(행정학과), 경희대 대학원(공공정책), 공주대 대학원(행정학) 석사 수료(2005). 《문학세계》시(1990), 《시조문학》시조(1991), 《소년문학》동시조(2017) 등단. 시조집 『아미산 진달래야』(1995, 대교), 『어머니의 밥』(2015, 한국문학방송). 시집 『겨울나기』(1990, 에이앰), 『학마을』(1991, 하락도서) 외. 영광의 충남인상, 충남문학대상, 초부향토문화상, 허균문학상 본상, 황희문화예술상, 충남펜문학상, 일본국제문학상 수상 외. 한국시조시인협회, 가람문학회, 한국문예학술 저작권협회 회원 외. 충남문인협회 부지회장, 당진시인협회장, 호수시문학회 고문.

1950년대 출생하여 6·25 남침으로 인한 시련기에 자란 세대는 끼니를 거르기가 일상이었고, 보리밥이라도 먹으면 다행이었을 것이다. 보리밥을 짓기 위해서는 씨를 뿌리고 거름 주어 가꾸고, 보리를 베어 타작을 하고, 방앗간에서 거름 주어 가꾸고, 보리를 베어 타작을 하고, 방앗간에서 보리쌀로 만들어 내야 한다.

새벽이면 그 보리쌀을 절구에 넣고 물을 축이면서 찧는 다음, 솥에 넣고 끓여 보리밥을 짓는다. 그 마지막 과정이 바로 어머니의 '사랑'과 닿아 있다. 이렇게 하여 밥을 짓지만 자녀들은 보리밥 먹기를 싫어한다. 그래서 어머니는 "보리밥 먹으면 몸 난다"고 설득하며 먹기를 권한다. 그 정경을 추억하는 시인도 어느새 어머니 나이를 그리워한다. 그러한 정황은 「인생」의 종장 "등 돌려/ 꾸짖는 삶에/ 마중물은/ 깊었다"의 은유적 발상과도 통한다(『어머니의 밥』).

— 리헌석(문학평론가 · 문학사랑협의회 이사장)

기지시 줄다리기
— 유네스코 인류무형유산 등재 쾌거

오백 년 곡절 속에 계승해 온 줄다리기
속세인 한마음 모아 세세년년 이어왔네
국운에 기旗 세운 국풍 81
혈기 넘친 유산이여

벼농사 문화권에 너도나도 국태민안
줄 난장 세시풍속 국수봉 정기精氣런가
세계 속 인류무형유산
세계화로 한마당

이어 온 민속재산 등록된 을미년 해
꿈꾸던 세계유산 인류 속 햇불 켰네
역사 속 기록된 유산
과거급제 쾌거여

고인돌 사랑

인간이 살아온 건 돌에서 시작됐다
멀고 먼 선사문화 고창의 유산이여
웅장한
고인돌 유적
장례문화
첫걸음

굄돌의 다져짐이 축조로 괴고 괴어
서해안 줄기줄기 거석물로 우뚝섰네
글로벌
장의사 문화
고창 땅의
유산이여

청령포淸怜浦

청령포 두른 서강西江
물섬을 둘러보네

단종이 벼슬 벗고
유배로 살아온 터

피 섞인 잔존한
단묘유지비端廟遺址碑 보니
눈물만이 고인다.

탄핵에 목숨까지
던지신 청령포에

빽빽한 송림 숲에
관음송* 몇 그루가

피 끓던
유년 한 시절의
유배지를 지키네

* 관음송: 천연기념물 제349호 지정.

궁남지 연꽃

빛바랜 궁남지에
연꽃이 환생하니

길 잃은 서동왕자
꿈길에 벗이로다

포룡정抱龍亭
속 깊은 기상
넘쳐나는
옛 백제

대숲에서

하늘만
보고 자란
대숲은 육신이 곧다
봄 마당에 순한 마디 기력 찾아 줄기차고
올곧은
실한 풀숲들
바람 속에
풍요여

댓잎차
한 모금을
우려 넣은 선비의 샘
대숲은 밀림으로 총총 서야 궁전宮殿 된다
나무가
아닌 왕대 숲
참새들의
요새지

봉숭화 꽃물

담장 밑 핀 봉선화
꽃 보니
누나 생각

손톱에 물들이던
애잔한
추억 함께

말매미
우는 외길에
번져오는
붉은 눈물

어머니의 밥

엄니가
키우신 밥
사랑의 보리밥아

쌀밥보다
몸 난다고
다듬던 보리밥알

나이든
날 바라볼 때
그 시절이
아린다.

금강은 푸르렇고

금강은 푸르렇고
볼가강은 붉었다네

유유히 흐른 발원천
수만 리 흘러 가네

청량한
두 줄기 강물
세계 속에
물줄기

보리누름에

백로가 놀던 터에
무시로 나가보면

망종볕 쬐는 밭에 보리누름 번져와요

실바늘
꺼럭 한 잎은
목숨보다 더 강해요

반 여문 보릴 털던
오뉴월의 보릿고개

반 식량 채울 나락 피눈물로 도정해요

오늘은
말로나 하지
그 고난을 뉘 알리오

황태덕장

동해안 생명력이
설악산 기슭에 서니
식탐 나는 황태덕장
생계를 이어 가는
온누리
이은 생명줄
덕장 벽은 예술이다

찬바람 솔바람에
덕장이 익어 가면
십이월 아쉬움 끝
생명력 불어 넣네
명품인
강원 토산품
내설악의 형제여

홍종원(Hong, Jong won)

강원 춘천 출생.《시·시조와 비평》신인상 (2003) 등단. 시조집『향기로운 시조사랑』 (2018, 다나) 외 13권. 한국시조시인협회, 강원시조시인협회, 춘천문인협회, 달빛시조 문학회 회원.

—

별꽃

시어詩語를
생각하다
조용히 잠듭니다.

무수한
언어들은
밤하늘에 반짝이며,

찬란한
별꽃이 되어

꿈속에 핍니다.

풍경風磬 소리

먹먹한 속마음을
한 잔 술로 달래려고

추억을 안주 삼아
홀짝이며 마시는데,

처마 끝
풍경 소리가

달빛 타고 흐르네.

인생이란

피었다
지는 것이
아름다운 꽃이라면,

삶이란
스쳐가는
바람이요 구름 같다.

인생은
인연 따라서
잠시 머물다 떠나는 것.

이별과 영원한 만남

이별도 아닌 것이 만남도 아닌 것이

우연한 인연因然으로 청산靑山에 노닐다가

삶이란 조용한 이별 아침 이슬 같은 것.

시조 예찬

가녀린 여인의 더덩실 춤사위엔
사랑도 노여움도 슬픔도 사라진다
삼박자 그대 있음에 나의 영혼 살지고,

중국의 한시에는 사분의 사 가락이
한국의 단시조엔 사분의 삼 춤가락이
일본의 엔카단가엔 사분의 이 행진곡이.

정형은 자유보다 정제된 언어들로
아시아 운문문학 정형시로 이루었네
시조는 대한민국의 혼불이요 서정시.

홍준오(洪俊五, Hong, Jun oh)
1926.~1993. 경남 거제 하청면 연구리 출생. 호 소산(素山). 일본 광도
일창관廣島日彰館 중학 수학. 초중고 교원검정시험 합격(1943~1951).
유치환, 김상옥 선생 문하 시작수업 시작(1949). 시집 『그늘진 양지』
(1966, 서구) 등단. 시집 『여심편편旅心片片』(1982, 운암사) 외. 시조집
『빛은 어느 비탈에』(1968, 진수당), 『한 높이 탑塔을 쌓아』(1984, 운암사)
외. 신앙 에세이집 『구원의 빛』(1975, 가톨릭, 공저), 『광명에로 가는 길
(상, 하)』(1976, 카톨릭, 공저) 외. 제1회 면앙정 시조문학상 수상(1984).
경기도 고등학교 교사 연임. '시기' 동인. 한국문인협회, 한국시조시인협
회 회원.

—

강변에서

1

노을 비낀 태양 농우리 치는 혈혼.
그 가슴 잔조름한 한여름 물살 위로
넘칠 듯 고이고 고여 흘러 닫는 세월의 강.

2

바람도 짐겨운 하루 새소리로 달래 놓고
보라 산 이마마저 눈짓으로 쓰담는데
노을이 달빛을 업고 강물 속에 들어라.

겨울 산거山居

긴 긴 겨울 시름져 앓다 돌아 누운 이 산거
눈발은 밤을 도와 지천으로 피는 설화
넘보며 관상觀想의 잔을 낙일落日에다 띄웁니다.

죽림에 휘감기는 바람같이 허튼 생애
지명知命이 나이가 천형보다 욕스러워
밤이면 촛불을 돋워 속죄경을 엮습니다.

만유萬有가 그분 뜻 그 한 뜻으로 되는 것을
짐짓 깊은 깨달음 그 내계內界를 헤아리다
이제사 새삼 나의 실지失地를 내가 도로 찾습니다.

당신의 은밀한 말씀 달빛보다 부신 정을
실실이 풀어 헤쳐 내 안 가득 채우리다
새날에 화춘花春을 밝힐 자비로운 은총을

고도孤島

1

참 기찬 가슴이다. 억천 나울에 찢긴 상채기.
스쳐온 물결로야 다 못할 작위作爲거니
한바다 목놓아 울어 메아리도 귀가 먼다.

2

뉘라서 그 형벌을 얼굴에다 새기리오.
까마득 뭍엣 소식 이내 속에 가려 두고
허구한 길도 끊기어 내왕인들 있던가.

객창 유감

1

여긴 일몰 서천西天이 피보라 치는 강녘.
한 시각 여심旅心을 끌어 산장 위에 뉘어 놓고
떠날 적 우수에 피던 한가슴을 짚는다.

2

고작 신앙이라야 설창雪窓에 불빛 같은
끼죄죄 남편 사랑에 목말라 하던 당신.
갈수록 고달픈 삶이 이 같이도 아쉬운가.

3

강건너 어젯 일이 꿈만 같은 세월의 여울.
겨울밤 난로 곁은 후꾼 달아 봄날인데
이 밤도 잿빛 기적에 목메이는 까닭이야…….

4

무언가 내 안에서 허물어지는 성벽.
지금은 당신과 나 나래 접을 석양인데
선지피 타는 이 가슴 종소리만 섧고나.

낙엽의 사념

낙엽 진다 우수수 남루한 꿈의 입성
벗으며 가는 이의 적멸보다 짙은 수심을
달래며 나무는 외려 초인처럼 서 있다.

죽음도 알고 보면 사랑 안에 드는 휴식
한 떨기 회색의 꽃 스러져 간 언덕마다
새 목숨 움트는 수레 회당會堂 안에 이를 것을

삶이란 나비 한 마리 우화羽化하는 아픈 몸짓
와지끈 껍질 깨고 선망으로 쓰담으면
이 밤을 빛살쳐 오는 부활이고 싶구나.

노을 곁에서

무슨 조화 있어 이 경관을 친다 하리.
한 붓대 내리 쓸면 채화彩画도 천만 폭이
금시에 서천西天은 젖어 원색으로 불이 붙는다.

산은 산대로 저담고 물은 물대로 예로워
감돌아 남다도해南多道海 다시 보면 비취 청산이
내 고장 숨결을 타고 그린 듯이 떠 온다.

이리도 부신 난만 시필詩筆이사 부질없다.
하늘이 토한 서정을 훈장인 양 꿰어 차고
꽃노을 동심에 끓는 요지경을 보겠네.

눈길에서

1
싸늘한 살갗이었다. 바위속 어둠이었다.
응고의 하늘가를 소용돌던 찬바람이
황량한 모험을 치룬 이 장관을 보아라.

2
순한 마음씨같이 더러는 꽃잎같이
흩날려 땅끝까지 가려 덮은 안식이여.
정한 눈 회열에 젖어 새 아침을 반긴다.

3
참도 긴 작업이었다. 너와 나 아픈 기도.
좀은 착하고 싶고 어리석고도 싶던…….
세월이 순색純色이 되어 눈발 되어 내린다.

봄비

1
지금 들창 밖에선 이별이 오고 있다.
여의는 사람과 여의고 가는 사람.
서로가 종적도 없이 떠나가는 갈림길에.

2
다정한 표정일수록 더욱 멀어만 가는 음성.
그 음성 꿈결인 듯 가려 듣는 이 한밤은
화끈한 그리움만이 베개맡에 젖어라.

3
하염없는 시간에 앉아 빗소리를 엿듣느니
꽃잎 하나에 기쁨. 꽃잎 하나에 슬픔.
아롱진 들창 밖에는 지금 이별이 오고 있다.

비 개인 한낮

1
바람의 비질에 몰려 소나기 가신 한낮.
남녘은 바다보다 푸르름이 짙은 늪에
구름이 옷 벗고 와서 오손도손 앉았다.

2
하늘 휘이도록 물새 날아 떠난 강반江畔
나무도 귀밝은 체 못물 속에 출렁이고
그 물새 깃치던 소리 세상 밖에 들려라.

아지랑이

1
윤삼월 한낮의 뜰은 가지마다 피는 홍소.
꽃그늘 양지편에 자부룻이 눈짓을 트면
잔잔한 시새움 끝에 피어나는 아지랑이.

2
한봄에 아지랑이는 이 가슴 아픈 흔적.
상기도 못다 부린 추억의 영마루에
어리듯 사물거리듯 타오르는 아지랑이.

홍진기(洪鎭沂, Hong, Jin ki)

1936년 경남 함안 가야읍 출생. 호 소정(小井).
동국대학교(국문과) 졸업(1967). 《현대문학》 자
유시(1979), 《시조문학》 시조(1980) 천료 등단.
시집 『울음 우는 도시』(1992, 시세계), 『빈 잔』
(1999, 경남), 『거울』(2011, 고요아침), 『무늬』
(2015, 고요아침), 『낙엽을 쓸며』(2017, 고요아
침) 외. 성파시조문학상(1992), 경남시조문학상
(2007), 조연현문학상(2011), 경남문학상(2015),
시조시학상(2015) 수상 외. 한국문인협회 · 한국
시조시인협회 · 국제펜 한국본부 자문위원, 오늘
의시조시인회의 중앙자문위원, 한국현대시인협
회 고문. 창원문화원 문화학교 문예창작 지도(2018).

홍진기 시인은 독특하고 고유한 시조 미학을 지니고 있으며, 개성적
인 발상과 상상력을 개척해 왔음은 물론, 작품의 질적 측면에서도
높은 수준을 보이고 있다. 그래서 자신의 삶을 반성하고 성찰하는
계기를 제공하며, 그러한 성찰과 반성과 시적자아의 자각이 아름답
게 채색되어있다. 가을은 결실의 계절, 반성과 성찰의 계절이다. 여
길 통과한 시적자아 역시 자신의 삶이 얼마나 익었는지 돌아보게 되
는데, 안에서 익은 살내음은 영혼의 향기이며 영혼의 향기는 곧 영
혼의 성숙과 고결한 인품의 완성에 잇대어 있다. 이 복욱한 향기가
그러한 열망의 궁극적인 지향점이 되고 있다(「낙엽을 쓸며」).

— 황치복(문학평론가)

낙엽을 쓸며

혀끝에 감겨도는 녹차의 여운 같은

봄처럼 피어오르는
여인의 향기 같은

안으로
익는 살내음을
나는 알고 있는가

해마다 이맘때면 무심히 뜰을 걷다

버릇되어 쓸쓸하게
낙엽을 쓸지만은

참말로
쓸어야 할 것을
나는 쓸고 있는가

빈 잔

언제나 내 곁에는
빈 잔이 놓여 있다

가진 것 모두 담아도 차지 않는 이 잔을

단숨에
그대로 들면
은회색 허공이 된다

어쩌다 달빛 한 줄기
이 잔을 다녀가고

아내의 콧노래도 가끔은 들르지만

시대의
증언을 풀면
전쟁 같은 물이 고인다

봄비

엊저녁 산등에다 실침을 꽂더니만

이 아침 누가 와서
홑창을 두드리네

볕쬐기
몸 이는 풀잎
잔가지 눈트는 소리

옥매화 꽃잎 벌어 새로 맑은 해는 떠서

산수유 속눈썹에
실바람 스치는 소리

두견화
가슴 속살이
참다가 또 터지겠네

거울

무심코 곁에 놓인 쪽거울을 들여다 본다

등살은 벗겨지고
빛이 바랜 어느 길목

거기엔
숨찬 나날의
피에 절은 땀이 있다

골 깊은 주름살에 갈아 끼운 앞니 하나

턱 높은 세상살이
바람만 굽이치는

또 하나
요지경 속 같은
건너야 할 터널도 있다

옛길에 앉아

어느 하늘이 내렸기에 바다는 저리 푸르고
얼마나한 꽃을 피워 노을은 또 불붙는가
내 꿈이
익다가 멈춘
목이 마른 이 언덕

그사이 많은 시간이 휘적휘적 다 떠나고
나는 물결치듯 이리 저리 밀려왔지만
여태도
남은 불씨 하나
바람 불어 다시 피네

꽃눈 하나 못 틔운 자리 어쩌자 또 빛은 내려
세월도 등뼈가 삭아 숭숭 바람 드는데
섬처럼
오도카니 앉아
이 적막을 보듬는가

가을 낙수落穗

등 뒤에서 오늘은 가을이 익나 보다

동공을 아른대던 청잿빛 환영 같은

사랑의
밀어도 떠난
귀밑서리 시린 날에

난바다 물금* 넘는 한 사내를 바라본다

영토를 잃어버린 알섬** 같은 사내를

하루가
잔광을 거두는
구부정한 저녁나절

* 물금: 수평선.
** 알섬: 무인도.

끝물 고추

그중에 쓸 만한 놈
되작되작 골라 딴다

몇 번 손이 지나가면
인연은 다하는 것

가을해
서두는 오후
귓바퀴에 걸린다

내 손은 언제 한 번
아주 작은 끝물이 되어

잔등을 짚고 서는
가난한 영혼을 위해

따사한
가슴을 여는
한 줌 흙이 되었던가

봄이 오는 소리

오밤중에도 내 귀는
열두 폭으로 열려 있어

모닥불 사윈 잿빛 같은
어둠을 열어젖히고

어디쯤
봄이 오는 소리를
내 귀는 듣고 있다

새벽닭이 홰를 치며
한 하늘을 여는 소리

저만치서 구름 걷고
오지랖을 푸는 바람

배시시
살눈썹 뜨는
청매화 몸 버는 소리

보물 상자

내 책상엔 없어도 될 열쇳구멍 하나 있다

아무나 드나드는 만물상으로 가는 길이다

숨길 것
하나 없으니
잠가 본 적 없느니

내게도 열 수 없는 보물 상자 하나 있다

철옹성 쌓아두고 파수병은 내가 서는

아무도
열 수 없는 상자
그댈 갊은* 내 가슴

* 갊다: 감추다.

상강霜降 부근

느티나무 곁가지에 고추잠자리 착 붙었다

한사코 몸을 던져 하늘 문을 열 작정이다

구름도
고단한 하루
분신하는 저녁놀

가막새* 울음이 잦아 구절초 마디가 시려

먼 길을 돌아오다 귀뚜라미 접친 발목

산정山頂이
갈필을 세운다
유서 쓸 듯 혈서 쓸 듯

* 가막새: 까마귀, 까치 등 검은 빛의 새.

황다연(黃多蓮, Hwang, Da yeon) 본명: 황영희(Hwang, Young hee)

1949년 경남 창녕 남지읍 출생. 《시조문학》 천료(1975) 등단. 시조집 『생명의 노래』(2015, 목언예원). 산문집 『고전의 숲에서 만난 행복』(2013, 고요아침). 현대수필가100인선 II 『내면으로의 여행』(2017, 수필과비평사). 올해의 시조문학 작품상(2009) 수상. 초등학교 교사, 《부산수필문학》 주간, 목필 동인 주간 총무, 한국여성시조문학회 부회장, 부산국군통합병원 군인법당 법사 역임. 한국문인협회, 한국시조시인협회 회원.

—

황다연의 시조에는 "키 낮은 물소리"(「봄을 깨운 새」), "조금씩 낮아져"가는 산(「자연의 변주」), "고개 숙"임(「눈 1」), "더 깊어"짐(「겨울산 그늘」)을 희원하는 겸양[굴기하심屈己下心]이 도사린다. 그 수행자는 "소를 찾는 아이"로 변주 되어 맑은 "하늘이 비치"(「저수지」)기를 희원 한다. 「저수지」는 온갖 잡것이 침전된 견성의 경지[상구보리上求菩提]를 이른다, 눈 덮인 대숲에서 "안부[를] 묻고 싶은 이름을" "생의 둘레에 앉힌"(「눈 1」) 시심은 아래로 중생을 제도[하화중생下化衆生]하는 불심의 발현이겠다.

— 박영학(시조시인 · 원광대 명예교수)

—

봄을 깨운 새

겨울 냉기 부리로 쪼아 봄을 깨우고 날으는 새
연록색 나래짓 공기처럼 가볍다
햇살은 진주빛 기름 나뭇가지마다 바를 때

아무것도 감출 수 없는 사랑인 듯 살아있는 길
아릿한 숨결마다 향주머니 열려 있는지
키 낮은 물소리 몇 줄 안개 속에 움직인다

자연의 변주變奏

한여름 문턱 넘는 백일홍 꽃피는 소리
편백나무 그늘이 한층 더 깊어지네
박새가 날아간 곳은 땀 흘린 칠월 끝

약숫물 소리만큼 맑은 거리 우리 사이
층층의 초록빛 사이 쓰르라미 소리 낮출 때
높은 산 조금씩 낮아지며 저문 해 품어 안네

외경畏敬

지평 끝 그 이상까지 나래 펼쳐 숨 쉬는 하늘
바다 깊이 그 아래까지 품어 안고 숨 쉬는 대지
할 말이 끊어진 여기 금싸라기 뿌린 햇살뿐

풀빛 명상

먹빛 그늘 지우며 졸리운 듯 반눈 감으며
잠을 깬 녹음 사이 오르막길 오르면
뒤엉킨 바위 휘감는 초록 공기 눈부신다

어린 햇살 앞의 돌도 버릴 마음 없이 살았을까.
내어 말릴 아픔은 옛 애기 된 지 오래
다람쥐 맑은 눈망울 아무것도 묻지 않는다

간혹 무지개 선 자리 그 황홀 눈물겨움을
새들은 조금 물어다 안식의 집을 짓고
꽃들은 영혼의 언어로 마른 가슴들 적셔준다

없는 듯 살아가는 깊은 고요의 목숨도
제 생애 계단에 새긴 그리움 같은 거 있다고
하얗게 썰물 지는 해변 말없는 배경 되어 있다

눈 1

너만큼 깨끗한 말 국경을 넘어 오나 보다
하박하박 걸으면 설국의 사랑 따라 오고
전나무 숲도 따라와 안온한 고독을 꾸민다

두 손으로 퍼 올리면 모습 감추는 꿈처럼
서러운 삶의 이야기 사슴이 끄는 수레 되어
아무도 없는 곳으로 빙하의 아픔 싣고 간다

살아온 날 땅에 묻은 대숲도 고개 숙이고
이 순백의 시간으로 안부 묻고 싶은 이름을
눈길은 바람에게 말해 생生의 둘레 앉힌다.

산울림

그것은 마음 여린 목관악기 하얀 아픔

흐르는 물에 씻으면 실안개로 사라질 공기

해맑은 오솔길 날아오른 사랑의 화음 그림자

생명의 파도

아무리 말을 걸어도 파도는 듣지 못한다

배꽃이 하얗게 지는 4월은 떠나가는데

허전한 한세상의 그늘 그리움 되는 것처럼

서로의 날개를 쳐서 바람을 일으키며

꽃다운 생각 갖게 하는 영원이란 무엇인지

아무리 물어보아도 파도는 대답이 없다

저수지

소를 찾아나선 아이는 어디 갔을까
수양버들 잎새 띄워 논으로 흘러내리는 물
귀 여린 참새 떼들이 할일없이 폴짝거린다

햇살 끌어당겨 제 모습 다듬는 정성
느릿한 뜬구름까지 가라앉히면 하늘 비칠까
풀피리 연둣빛 노래 날개 달고 돌아다닌다

겨울산 그늘

아무 고집도 없는 겨울산 면벽 100일

무우 시래기 말리면 좋을 산그늘 깊이만큼

우리가 더 깊어지면 세상은 평화로우리

그 순간

산새가 물 마시러 수면에 닿는 순간

찢어진 그곳으로 햇살 가루 쏟아지네

은비단 물 그늘 한 자락 조르륵 주름지네

황란귀(黃蘭貴, Hwang, Ran kwi)
1992년 부산 수영구 광안동 출생.《나래시조》
(2014) 등단.

황란귀의 시조는 재기발랄한 상상력에서 출발한다. "산복도로"에
서 "전쟁터"의 상흔을 읽어내고 "거울"을 보며 "어머니의 목소리"를
떠올린다. 또한 "청춘"의 시간대에서 "모순"을 찾아내고 "또 하나의
해돋이"로 "달돋이"를 상정하며, "연필"에서 "추억"을 끌어 올리는
등 활달한 이미지의 조합력이 돋보인다. 황란귀 시인의 시조가 지
닌 가장 큰 미덕은 시적 대상을 독특한 심상으로 생동감있게 형상
화한다는 점이다. 기발한 시적 모티프를 현대적인 시어와 개성적
인 이미지로 직조해내는 능력이 탁월한 시인이다.
— 민달(시조시인 · 전 부산시조시인협회 사무국장)

산복도로 통닭집

뜯겨 나간 닭 껍질들 찢어진 지도 같다
전쟁터 총기되어 쌓여가는 잔뼈 조각
수정동 날 선 달동네 퀭한 바람 토한다

꽃다발 가득 안은 뉴스 속 젊은 병사
거수한 손가락이 칼날마냥 처염하다
남겨 둔 날갯살 위로 군가 소리 넘실댄다

각인된 영정 사진 언 강 위로 일렁이고
산복도로 공사장엔 붉은 벽돌 덧쌓인다
삽상한 바람벽 뚫고 가로등이 깨어난다

기억을 걷는 연필

품 떠난 시간들을
쟁여둔
흑 마법사

도려낸 여린 살결
부르르 털어내고

뾰족한 입맞춤으로
추억선을
긋는다

목소리 거울

가사도 못 외운 채 첫 구절만 수십 번
- 마주치는 눈빛이 무엇을 말하는지*
귓가에 그늘을 치는 울 엄마 노랫가락

날마다 통통 뛰던 목청은 어디 가고
야위어진 손목처럼 줄어든 음성 무게
그마저 사라질세라 녹음 버튼 누른 밤

4분음표 춤을 추고 목소리 갈라진다
소리 거울 앞에 앉아 엄마를 복사 중
한 바퀴 감길 때마다 고개 드는 그리움

* 가수 주현미의 노래 '짝사랑' 첫 부분.

달돋이

스위치 내린 순간 어둠은 얼어붙고
아무도 관심 없는 또 하나의 해돋이
훔쳐낸 하늘 사이로 지름길을 터준다

데워진 검빛 일터 바쁘게 돌아가고
띠그랑 숨결 모여 빚어낸 원 모닥불
지펴라 누군가에겐 아침이 될 밤이니

청춘의 모순에 관하여

여자는 거울 보며 눈썹을 채워넣고
남자는 거울 보며 수염을 비워낸다
제각기 필요에 따라 흩어지는 가락들

붙이려 해볼수록 더 없이 끊어지고
떼 내려 해볼수록 질기게 잡아끄는
현실은 유리거울 속 좌우 바뀐 눈동자

한 시절 훑느라고 다 닳은 지문으로
번호표 기다리고 뽑아든 청춘법칙
피할 수 없는 것들과 선택할 수 없는 것

오십견 운동기구 앞에서

에구구, 이 어깨가 또다시 말썽이네
오십견 기구 앞의 폐지 줍는 할머니
가난을 잠시 세우고 손잡이를 당긴다

평생 진 어깨 짐을 녹슨 줄에 얹으니
매달려 산 시간들이 좌우로 삐걱이고
짧지만 긴 이야기가 달랑달랑 춤춘다

등 굽은 손가락들 달빛을 당겨오고
찌그덩 쇳소리가 고독을 내걸었다
구겨진 수평을 위한 새벽녘의 저울질

위로

신춘문예 수백 대 1 난 절대 안 되겠지
한숨을 몰아쉬니 남자친구 하는 말
쪼꼬야 우리가 만난 게 오천만 분의 1이야

촛불

봄날은 늘 그랬다 긴 물음에 짧은 답
길 없는 허공 속을 무작정 걸어가서
마지막 심지를 털어 두려움을 핥는다

침묵 앞 순응했던 틀어진 시선들과
목매야 살 수 있던 시간을 견뎌내고
그 오랜 몸살 끝에서 되살아난 실루엣

뿌리 잃은 젊음을 단단히 꼬아 매니
세상의 무게중심 메아리 번져가고
천지의 어둠을 가른 내 영혼의 한 자루 붓

마음 틀어두기

쌔앵쌩 바람 부는 유난히 추운 하루
흐르던 물방울이 조금씩 뜸해지고
창백한 수도꼭지의 발걸음이 더디다

그 어느 누군가에 손발이 굳어가도
한마디 말 못하고 눈물만 찔끔찔끔
시린 밤 겉과 속 달리 저렇게 사나보다

세상이 차지 않게 틀어 둔 마음들이
수도관 얼지 않게 밤새 튼 물처럼
사람과 사람 사이의 온도 차이 채운다

짠

캔 맥주 마시면서
모래밭 서성이니

파도도 취했는지
철썩철썩
소리치네

나보다 술도 약한 게
건배사만
찰지다

황명륜(黃明輪, Hwang, Myung ryun) 본명: 황의동(黃義東, Hwang, Eui dong)

1948년 충남 논산 출생. 동국대 행정대학원(교육행정) 졸업(1977). 《시문학》 천료(1977) 등단. 시집 『공지에 서서』(1979, 한국문학사), 시화집 『백지 위에 꽃눈을 놓고』(1989, 대일), 시조시화집 『추풍령을 넘으며』(2020, 푸른사상) 외. 수필집 『목어의 울음』(1978, 신흥), 『길을 묻는 사람』(1981, 가람) 외. 설화집 『신앙문』(1975). 한국예총 예술문화상 대상(2005), 제1회 김천시문화상 문화예술(1996) 수상 외. 한국문인협회, 한국시조시인협회, 국제펜클럽 회원. 영남문학회 '낙강', '크낙새', '황악' 동인. 대한민국 정수대전 초대작가.

—

칠불암七佛庵

하동 땅 그 궁궐 같은 십 리 벚꽃을 등에 지고
굽은 길 오르고 나면 아자방亞字房 칠불암七佛庵이있다.
그 동녘 반쯤 뵈이신 햇살 같은 부처님.

목련 하나 눈뜬 백옥白玉 다듬어 탑을 모으고
뜨거운 입김으로 홀로 감고 앉은 것을
문 열고 문후하오니 얼굴 붉혀 하옵데다.

하동골 청댓잎 소리 이 가슴도 설레고
당신 곁 돌아온 몸 갈 길마저 아득하온데
가슴에 쌓이는 꽃보라 눈을 차마 못 뜹니다.

현학금玄鶴琴

멈춘 듯 이어가고 조였다가 도로 푸는
세월의 물레란다 물결에 노니는 가락
벽오동 깊은 그 그늘 학을 불러 앉혔는가.

이제는 눈물일 수 없는 옥잔玉盞에 심지心志를 걸고
돋는 달 가슴 깊이 한을 심은 제 곡조에
춤나비 흰 버선 발 꿈을 엮는 이 강산아.

이 한 몸 늙었다기손 신명조차 없을쏘냐
숨결로 감아 올리면 한 만 년恨萬年 조였던 가슴
가난도 줄 얹어 걸고 너를 울려 왔더라.

다송茶頌

마하연摩訶衍 솔가지 바람 다원茶碗에 앉힌 춘란春蘭
귀를 열면 아승지겁阿僧抵劫 범종梵鐘으로 살려 온다
그 봄날 도로 퍼든 손 해와 달을 건 궁전.

돌장승 묵상黙想을 넘어 미업迷業을 모두 딛고
오늘은 염정染淨도 벗어 법좌法座에 오르신 동불童佛
청산도 불러 앉히고 백운白雲도 날린다.

대왕암大王岩

토함산 대불 앞에 다기茶器 하나 받쳐 들고
오늘도 바다 한 장이 연 잎으로 떠갑니다
저 바위 두 눈을 뜨고 동녘 하늘 밝힌 채로

겁겁劫마저 물살에 지워도 그 하늘 장인掌印인가
타는 놀 파도에 실려 돛배 하나 가는 시름
용궁에 잠 못 이르는 대왕의 뜻입니다.

바람의 빛깔

저승을 다 휩쓸고 온 바람의 빛깔이다
파자波磁에 놓인 문신紋身도 내 가슴의 하늘
더러는 꽃샘의 몸살 아픈 흔적도 있다

사슴의 눈망울은 바람의 빛깔을 잡고 잇다
창백한 얼굴들이 거울 속으로 걷고 있다
그 속에 가라앉은 빛을 건져내고 있다.

백자만창白瓷卍窓

은장도 하나 걸면 맑다 못 해 푸른 하늘
눈길 한번 고이 주어도 꽃잎으로 잠들 백자
그 세월 왕조의 불빛 숨결 남아 고입니다.

탑돌이 여인이던가 필목疋木같은 그 생애
연등蓮燈으로 서천에 올라 감아 놓은 현금玄琴 소리
가슴에 금金이 와 놀아도 잡지 못할 꿈입니다.

이장移葬

일찍이 찾아 뵙지 못한 선영의 유택에서
두 눈을 감아도 보고 먼 산을 짚어도 본다
건들면 쏟아질 하늘 울음 싫은 백토白土여

강물보다 깊은 마음 정情을 하나 태우면서
소롯이 잠드신 땅 문 열고 다시 뵈운 면영面影
뜨거운 한 말씀이 있을 법도 하옵니다

운달산 운雲달산山 韻

달빛도 달려와서 몸을 풀고 앉은 자리
솔잎 하나 입에 물면 나도 청산 잠이 들고
솔잎 떨군 단청빛은 상뺨 눈 뜨고 내다본다.

청산별곡

반쯤 지운 낮달 하나 그나마도 꺾인 하루
한 번쯤 가슴을 풀고 산천이나 보아라
수선한 마음이걸랑 접동이나 울려라.

반 누운 소나무와 휘어진 단풍가지
깊은 골 들어 앉아 영주領主 되어 사는 모습
한 세상 눈 딱 감아선 바위틈을 보아라.

듣는 이는 들으리라

새벽 전신電信이다
창문을 여는 소리
귀와 눈이 먼 시정市井에서
파릇한 식탁을 맞는다
이 세상 막 잠을 깬
도톰한 가슴앓이.

황명운(黃明云, Hwang, Myung woon)
1952년 서울 성북구 삼선동 출생. 호 락산(樂
山). 삼선초등학교, 성북중·고등학교, 홍익
대학교 졸업. 《종로문학》 신인상(2016) 등단.
한국미술협회, 한국문인협회, 종로미술협회,
종로문인협회, 한국영화감독협회, 한국영화
배우협회 회원. '달섬문학' 동인. 수채화가, 영
화감독, 배우.

—

안부의 죽음

우리에게
'안녕'이라는 안부를 묻지 마오
잠 못 이뤄 뒤척이던 짐승 같은 그 순간을
그 거친 승냥이에게 물어 뜯긴 그 답을

긴 세월 안고 산 세월
아리랑의 변주곡이다
대한의 미래여 남은 자여 부디 부디 잘
한 서린 현해탄 풍파 너울치마에 묻고 간다

무게

배움이란
삶의 기본을
따라 한다는 것

장미가 태어나서 삼 계절을 웃다 울다
마침내 무소불위의
오, 겨울을 맞는다

별밤

별무리처럼 많은 말을
죄다 못 받아 적은 나

북으로 향하는
발걸음에 남긴 한마디
엄마의 눈물 어린 시
'사랑한다! 아들아'

11월

시절이 바람벽에
걸려 숨 모을 즘
그려진 추억들이 하나둘 걸어 나와
부침의 지난 시절에 겨운 상처를 더듬다

바람의 성가신 재촉에
펄럭이는 살붙이들
유성이 되어 고샅 안식처를 마련할 때까지
침묵의 틈새에 누운 그 가련한 몸부림

봄, 주악대

동풍 쥔 그네들이
어둠을 두들긴다
깃발 들어 하늘을 흔드니 노란 아우성
소리쳐 마음 모우고 불을 밝혀 외친다

피투성이 싸움에서
지치고 나자빠지며
무뢰한 얼음덩이를 부수고 돌아온 그
더디 와 더 눈부시다 불을 쥔 얼굴들

봄바람

바람이 가름막 저편
사람들을 끌어 올린다
무겁던 외투들을
홀 벗고 경쾌히 온다
주황색 햇살이 얇아진 옷 솔기로 들어온다

가볍다 사랑이 살랑
하늘 자락 잡은 가지
꽃시샘 시린 날 꿈 사린 가슴속 혼불
이내 툭 터질 욕망일지라 봉긋하다 예쁘다

시계탑이 보이는 병동
— 대한의원*

아름다운 삶이던 그녀가 아파 누워있다
물 건너 하늘 날아 와 시계탑과 마주한 병상
우리가 하루 또 하루 초침에 동행하는 날

현해탄의 요란한 물결 넘어 살아 온 그녀
그도 나도 우리 생이 쉼 없이 일렁인다
얄궂다 이 휘황한 봄 뒤척이며 애타다

* 대한의원: 1908년 대한제국의 국립 병원으로 현 서울대병원 건너편에
있다.

친구야 늦은 오후다

늦가을 길 잃은 들판이 갈색으로 물결치니
철지난 내 삶도 풍경이라 여울진다
청보리 그 먼 친구는 어디에서 숨 쉴까

가슴 허한 초로에 어스름 저녁 안개
늦은 오후 무엇으로 빈 가슴을 채워 볼리나
친구야 수심 걷우자 우리 보자 친구여!

여름 끝 무렵

따가운 오후 나절 유년의 내 집 앞 공터
산책 나온 무리 속에 말들이 무성했다
눈 맑아 수줍던 아이 잊어가는 끝자락

여름내 짙푸르던 그 푸른 만남이
그립다 말하면 아, 눈물 날까 이름만 되뇌다
창밖에 나뭇잎 하나 정든 집을 나선다

우리는 여행 중
― 만자卍字

바람이었던 여기 우리
빛으로 꽃으로 핀

마음이 가는 어느 오른쪽 왼쪽 상 하
너와 나 맞잡은 손은 덕이었고 길이다

황몽산(黃蒙山, Hwang, Mong san) 본명: 황일선(黃一善, Hwang, Il sun)
1941.~2013. 전남 담양 출생. 호 설봉(雪峰). 조선대 법정대학 중
퇴. 〈한국일보〉 신춘문예 시조 당선(1975) 등단. 시집 『이 길 위에
서』(2012, 한강). 법무부 3년 근무, 상업 종사.

—

남산南山

어느 드높은 얼로 우러러 솟은 이 땅
휘감긴 하늘자락 발기발기 찢기운 채
찬바람 후미진 골짝 홀로 우뚝 섰나니

부러진 대공마저 그날을 앓아 누워
앙상한 가지마다 그리움만 영글던가
실바람 간지럼에도 자지러진 이 날에.

모든 것 다 떨치고 그의 뜻 그의 이름
아늑한 품속으로 뿌리 내린 곡절들아
억겁을 다스린 마음 솔빛 푸른 둘레로.

당신

날마다 첫새벽을 펼쳐놓는 아침 햇살
꿈인 듯 생시인 듯 홀리어 속삭이다
순금 빛 나의 마음을 다독이는 그대여.

회뿌연 안개 속에 솟아 오른 빛이 있어
내 가슴 깊은 호심湖心 쌍무지개 걸어 놓고
고독에 잠긴 내 영혼 뒤따르는 그대여.

무녀리의 노래

더엉덩 더엉덕쿵 어절시구 더엉덕쿵
벌거숭이 알몸으로 설한풍 깔고 앉아
한 생애 소망을 펼쳐 한 마당의 살풀이

덤으로 생긴 목숨 피범벅 강보에 쌓여
짙푸른 공동空洞 속에 버려진 등신이여
배냇적 막혔던 말문 춤을 춘들 풀릴까.

목숨을 끌어안고 아픔을 쥐어뜯는
나의 이 우직함이 하늘에 닿으련만
뼛속에 스민 바람 한 점 잠재우지 못하다니.

더엉덩 더엉덕쿵 어절시구 더엉덕쿵
만상을 다스리는 당신의 은총으로
내 영혼 일깨우는 풍악 울리우게 하소서.

방향

두웅둥 쇠북 소리 울 밑에서 되살아나
부러진 목을 안고 겨울잠을 흔들면서
다가올 봄을 앞질러 열꽃으로 솟는 아침.

산문山門 밖 구름밭에 햇살을 깔고 앉아
떨리는 가슴으로 꿈을 캐던 사람아
세상에 너만 따돌려 한 세월을 앓고 있다.

그 무슨 병을 앓기에 모두들 쉬쉬하는가
끊일 듯 이어지는 잃었던 그날의 노래
가락은 바람에 실려 서역西域 길을 떠났다.

얼마를 달려가도 뜬구름 하늘 아래
잠든 넋 뒤흔드는 목마른 소명召命이여
칼날로 귀를 세우고 횃불들이 달린다.

불모의 땅

당신이 물려주신 이 외진 불모의 땅
만상은 잠이 들고 천사들 간곳없네
선지피, 한 톨의 씨앗 꽃피울 이 누구인가.

삼동 빙벽氷壁을 뚫고 길어 올린 목숨들
질척이는 어둠 속에 퍼덕이는 나래짓을
인고忍苦는 어찌 갚을까 거룩한 뜻 젖어드네.

피눈물 얼룩진 하늘 일궈 온 구름밭에
새하얀 한 떨기 혼魂 화알짝 필 새날만을
손 모아 갈구하는가 한 핏줄의 형제여!

칼바람 진눈깨비가 짓밟고 짓이겨도
오, 넋인가 빛살인가 도도히 흐르는 것
온누리 휘덮던 함성 빈 가슴만 치고 있다.

못 피할 형벌에도 지켜온 불모의 땅
머리엔 화관花冠을 얹고 손에는 만장輓章을 들고
가슴에 불을 지피어 이 어둠을 사르자!

4월의 나무

지심地心에 뿌리내려 햇살로 솟은 슬기
설레는 가지마다 천심天心을 꽃피워 놓고
끝내는 허공에 몸을 풀어 십자가로 서 있네.

젖빛 뎂은 체액體液으로 쌓아 올린 불멸의 탑
은비늘 가루를 털고 불사조는 날으고
하늘에 둥지 지피고 억만 성좌億萬星座 펼쳤네.

비상의 노래

온몸이 피투성인 채 허공에 매달린 목숨
저미는 아픔에도 기구氣球를 드리받는가
흰 이빨 드러낸 바다, 끝없는 저 울부짖음.

눈을 들고 바라보면 망망한 수평선 너머
아득히 멀어져 가는 메아리여, 은총이여
이 몸은 어느 때 어느 곳에다 거두어야 하는가.

뼛속에 고인 눈물 무서리로 내리는 이 밤
어둠을 흔들면서 천상의 종이 울릴 때
드높은 지상을 가늠해 당신만을 우러른다.

세월에게

옹이진 마음속에 눈물이 흐릅니다.
간밤에 비바람 천둥번개 몰아치더니
퍼렇게 멍이 든 가슴 꽃이 되어 열립니다.

지난 일을 회상하다 당신을 우러르면
흘러간 나날들이 하나같이 비수가 되어
내 가슴 한복판에 회한으로 꽂힙니다.

당신이 마련하신 소중한 오늘 하루
잠겼던 화촉동방 문을 활짝 열어 놓고
정결한 몸과 마음으로 이 아침을 맞습니다.

영춘곡迎春曲

섣달 긴 긴 밤을 베개 맡에 둘린 꽃밭
내 봄은 바람잡이 먼 빛에 아른거려 아른거려
오실 듯 짐짓 오실 듯 꿈길처럼 멀고나.

피 맺혀 삭힌 사념 고이 접어 간직하고
하마 오시려나 초롱불 밝혀들고
새도록 눈 녹은 언덕 해갈되는 넋이여.

이 산과 저 언덕을 그 아슬한 구름 넘어
꽃수레 말을 몰고 차림도 눈부시네
그 소식 골짝을 타고 빛보라로 퍼붓네.

휘어진 가지마다 일제히 문 여는 소리
은빛 나래 펼치고 나의 봄 다가오는 날
내 또한 그 품속에 새론 땅을 일구리.

이 길 위에서

꽃잔치 들러리로 술렁이는 일상에도 들러리로
옹이진 등걸마다 연륜은 부르터서
한목숨 다하는 그날 내 영혼도 꽃필까.

짐짓 내 돌이 되어 돌처럼 뒹굴다가
살 뜯고 뼈를 깎아 불면의 강가에서
황량한 살얼음 벌판 장승으로 섰지만.

황무굉(黃武宏, Hwang, Moo going)

1943년 경북 울진 평해읍 삼달리 출생. 《시조문학》(1987) 등단. 시집 『겨울 울릉도』(2006, 대성), 회고록 『새 변화의 원동력』(2006, 대성) 외. 한국교원대학연수원장 표창(1999), 청소년 무궁화장(2001), 한국교육대상 스승상(2005), 홍조국민훈장(2006), 산해문학상(2016) 수상 외. 한국문인협회, 한국시조시인협회, 맥시조문학회, 청계문학, 경북문학 회원. 울진문학회 초대회장. 중등 교사, 교장 역임.

황무굉 시인은 교직을 천직으로 여기고 가르치는 일에 혼신의 열정을 쏟으신 분이다. 평교사 때는 역사과를 담당하며 지식과 역사의식에 근거한 인성 지도 등 참으로 사랑과 열정을 모두 쏟아 학생들을 가르쳐 왔다. 시인의 작품 속에 유독 역사적인 현장과 역사의식이 짙은 소재들이 많이 등장하는 것도 역사 교사라는 전공이자 직업인 것과도 무관하지 않으리라 본다. 시인은 교직과 문학, 사회활동 등에 완벽하리만큼 한치 한순간의 소홀함도 없이 뜨겁게 인생을 살아온 분으로 그의 시가 곧 그의 삶의 발자취다. 작품을 중심으로 살펴보면, 고향의 아름다운 풍광과 명승지, 가르침의 길에서 느낀 소고, 삶의 길섶에서 자연과 함께 하는 국토애와 시대상의 흐름 그리고 민족의 애환에 찬 역사의 현장을 살펴 형상화하고 있다.

— 조주환(시인 · 전 경북교원연수원장)

숨결
— 벌초를 하며

귀뚜라미 울음소리 갈바람에 날린 산 녘
갈꽃 흰 그리움에 사무치는 연緣은 남아
벌초길 새벽을 여시던 아버님을 닮습니다.

산 메아리 맴을 돌다 내려앉아 깊은 계곡
억새 망개덤불 한 줌 한 줌 베어 가면
비탈길 넘나드시던 그 모습이 떠옵니다.

두어 평 천년 유택幽宅 이승 끝 유산有産인데
바소쿠리 엮던 시름 엉겅퀴로 굳은 손길
거친 듯 보듬은 정이 산 무게로 누릅니다.

꽁보리밥 개떡 한 쪽 꿀맛 같은 가난에도
조석朝夕은 굶더라도 정심正心 먹고 살라시던
그날의 당신 말씀이 피로 돌아 덥습니다.

청량산을 오르며

청량산 육육봉을 예 듣고 찾아드니
강바람 인기척에 백구白鷗 벌써 날아가고
반야경般若經
독경 소리가 물소리로 다가선다.

복사꽃 얼비치던 무릉도원 그 어딘가
앞서가는 마음 따라 신 끈을 조이는데
이정표
옷깃을 잡으며 산 내력을 일러준다.

연화봉 산그늘이 청량사 품은 자락
오르거니 내리거니 돌아 뵈는 인생길에
못 떨친
인연은 남아 구름 밖이 정토일레.

청령포에서
— 단종 유배지

영욕榮辱의 된서리에 피지 못한 꽃 한 송이
산 첩첩 쌓인 적막寂寞 통곡의 한恨은 깊어
천애天涯의 아픈 내력이 바위 층층 서려 있네.

끊어진 인륜人倫 앞에 산색도 빛을 잃고
청령포 감고 돌던 서강마저 흐느끼던
그 외침 애절한 절규絶叫 놀빛으로 져 갔느니.

산천은 말 없어도 굽이쳐 온 슬픈 역사
올올이 찢긴 가슴 영혼마저 말라붙은
피맺힌 임의 원루冤淚가 물소리에 젖어 오네.

인정사정 몰인정沒人情 세상 앞만 보고 얻은 명리名利
다 버리고 떠날 목숨 돌아보면 공쏘인 것을
아 인생 순리順理의 길이 세월 속에 얼-비친다.

겨울 울릉도

태고의 몸짓으로 뒤척이는 먼 동녘에
굳은 용암을 뚫고 싹이 튼 세월의 잎들
하늘 땅 행간에 서서 시린 내력 쓸고 있다.

어화등 불씨를 물고 부침浮沈해온 나날들
겨울 빈 가지는 물소리도 아득한데
산보다 무거운 목숨에 흰 눈발이 감기느니

전설 속 옛이야기 눈길 더욱 깊은 밤은
홀로 선 등댓불이 먼바다로 길을 열고
아픔은 설원雪原을 뚫고 동백 붉게 터뜨린다.

그 외침 새로워라
— 천강홍의장군 추념

쪼개진 수천만數千萬보다 뭉친 하나 더 큰 힘을…
동서東西로 갈린 틈새 동남풍 휘몰아쳐
자욱한 전진戰塵에 쌓여 방향 잃은 임진壬辰 그날

굽이치던 강물 소리 잦아들어 야윈 산하山河
빈 공산空山 고인 적막寂寞 되갈리는 어둠 속에
의령 땅 민초들 함성喊聲 겨레 불씨 살렸으리.

관록貫祿보다 더 끈질긴 애타는 관심關心으로
권위權威보다 더 진한 피 끓는 열정熱情으로
홍의紅衣의 붉은 충절忠節이 구국 횃불 올리셨네.

망우정忘憂亭 난간欄干 서리 저며 오는 임의 숨결
한 생애 뜨거운 혼 보국안민輔國安民 외쳤느니
아- 천강 의기義氣의 길이 세월 너머 새로워라.

역사

높아서 푸른 하늘 청잣빛 맑은 목청
펼쳐서 너른 바다 사연은 쪽빛 물결
그 행간 설렘 접어 노을 곱던 조국 산하

솔바람 젖은 태백 솔 빛 풀어 둥지 틀고
실바람 인기척에 산새 물새 깨이더니
그 산 녘 헤진 쑥대-밭 인적 어이 멎었는가.

서릿발로 타던 증오憎惡 되감겨서 굳은 철책鐵柵
못 다룰 고질痼疾인가 깊게 파인 이 상흔을
피보다 진한 녹빛이 세월 따라 엉켰으리

별빛에 실은 시선 영원으로 이우는데
한 생애 가슴앓이 황토 짙은 강물이여
저 빙벽氷壁 시린 날빛을 어느 볕에 녹이리.

독도에서

침묵도 덧쌓이면 죽음보다 더 깊은가
울먹이다 터진 설움 수평 위에 깔아 놓고
해와 달 소슬히 띄우며 홀로 앉은 까만 목숨

갈매기 한 목청도 손 모으는 열원熱願인데
당신의 깊은 시름 먼 파도로 오는 이 밤
통곡도 메말라 붙어 뼈로 남아 지새느니

억겁億劫의 물굽이 저편 부서진 빛을 모아
뼈 속에 고인 아픔 넋을 켜고 밤을 사뤄
먼 동토凍土 아픔을 삭일 아침 해를 떠올린다.

탐석探石을 하며

천공天空의 빛을 모아 일월이 문을 열고
지축地軸의 회전으로 굳은 바위 금 간 자리
천길 늪 물굽이 돌아 알몸으로 눈 뜬 생명

강줄기 먼 먼 여로旅路 모를 접는 유랑流浪길에
부딪혀 찢긴 상흔傷痕 뼈로 남은 명줄인데
가슴 안 혈맥血脈을 돌아 형상形象으로 깨었느니

아침 해 저녁별이 서로 안고 도는 세월
억겁億劫의 연줄 달아 너를 골라 품고 서면
물안개 신화로 피는 선경仙境 속에 학鶴이 난다.

좁은 뜻 넓은 세상 평원만리平原萬里 구름 일고
폭포수 호숫가에 물을 찾는 십장생十長生들
내 목숨 영원을 빌어 한 점 돌로 서고 싶다.

짝-사랑

스쳐 간 만남 하나 주마등 오는 불빛
눈감으며 아슴아슴 모닥불 더운 숨결
회억回憶의 강물 소리가 귀에 쟁쟁 젖어오네.

다져 밟아 정든 교정校庭 꿈을 찾던 그 눈동자
가르마 검은 머리 빗어 내린 고운 자태姿態
면면綿綿히 가슴을 돌아 그리움을 부르느니.

불러도 대답 없는 빛바랜 빈 영상影像들
세월의 골이 깊어 닿을 수 없는 저어-편
유성流星이 흘러간 자리 먼 허공의 시선視線이여.

품바 인생
— 장타령

어느 먼 세월을 돌아 찾아온 행객行客인가
비바람 젖은 세상 파고드는 아픔 삭혀
쩔그렁 가위 장단에 술술 푸는 몸짓이여.

한 목청 장場-타령에 엿가락 늘린 사연事緣
인생사 얼기-설기 덧쌓이는 짐 무게를
얼 씨 구 흥興을 돋우어 억만億萬 시름 거두느니.

삭막索莫한 생의 길목 남루襤褸로 차린 행색行色
빙그르 돌아가면 되감기는 아린 선율旋律
잿빛 밴 하늘 자락에 눈꽃 송이 날아드네.

북 장구 치는 멋에 일어나는 신명 받아
역마살驛馬煞 시린 행로行路 끼를 쏟는 요술-장이
고뇌苦惱 찬 삶의 한숨이 해학諧謔으로 깨어난다.

황삼연(黃三淵, Hwang, Sam youn)

1953년 경북 김천 출생. 모암초등학교, 김천
중·김천고등학교, 대구교육대학교, 한국교
원대 대학원(컴퓨터교육). 《시조세계》(2009)
등단. 시집 『설일』(2014, 동방). 오늘의시조시
인회의, 세계시조포럼, 시조세계포엠 회원.
대구시조시인협회 부회장.

—

황삼연 시인은 모국어의 아름다움과 시조의 마력에 몰입되어 작품
들을 부단히 생산중이다. 그의 시조를 읽으면서 언어 예술적 성취
도나 미학적 자질의 현현을 앞세워 거론해서는 아니 될 것이다. 물
론 모든 시인들은 완벽, 팔목상대의 최고의 작품을 꿈꾼다. 하지만
그것은 꿈꾼다고 다 이루어지는 것은 아니다. 그는 완전히 시조 체
질이다. 숙명적이다. 짝사랑의 정도가 도저하기까지 하다. 작품의
완성도를 먼저 고려해야 하겠지만 그런 까닭에 그 내적 불길을 우
선 눈여겨보아야 할 것이다. 그는 인생 후반기에 '시조 쓰기'라는
아주 지혜로운 선택을 감행하였다. 이 점은 그의 남다른 열정과 더
불어 높이 평가 받을 대목이다. 결코 시조 사랑은 아무나 할 수 있
는 일이 아니기 때문에 하는 말이다.

— 이정환(시조시인·정음시조문학상 운영위원장)

—

밤의 랩소디

잊을 수 있을 거라며 달래는 달빛입니다
부둥켜 웅크린 채 밤새도록 꼼짝 않는

식은 손
일으켜 끌며
눈부심에 뗍니다

가쁜 숨소리에 걸음을 빼앗기고
안단테로 우짖는 새 다잡은 속 헤아릴 때

풀섶에
쏟아진 별빛
환한 등이 됩니다

어떤 사내

매미 소리 헤집는 하늘이 따가워서
포플러 나무 밑에 날개 접고 앉은 그늘

한 사흘 버텨보려다
여름 내내 앉았다

밤바다

1.
그날만큼은 아무 말도 없었다
길 잃은 밤 갈매기도 울음을 아꼈지만
섬 끝에 걸쳐진 달이 이정표가 되진 못했다

해안을 오르려다 거품이 될지라도
산산이 팽개쳐서 허공에 스러져도
알몸의 바위 앞에서 차라리 말이 없었다

2.
강물이 서둘기에 내처 따라 나선 길
드넓은 품이지만 종내 홀로 서서
알지도 알 수도 없는 밤바다를 응시한다

장작

베어져 뒹굴 때 그 때는 몰랐지요
오랜 세월 켜켜이 갈무리해 온 줄을

쪼개져
드러난 속살
백목련 꽃잎 같은

이윽고 들춰진 욕심 없던 나날들

망나니 단칼 맞아
조각조각 버려지다

몸 살라
온기 훑을 새
겨울이 다가앉은

수천 페이지를 낱낱이 찢어 태워도
온유한 불길은 비명 안으로 삼키고

마지막
가느라한 숨불
환하게 스러집니다

이순

바람을 들이려고
창문을 열었더니

엿보던 소음까지
황급히 들어온다

뜻대로
할 수 있는 건
한 가지도 없었다

선돌의 말

제멋 겨워 서 있는 게 결코 아닙니다
하나를 고집하는 건 더더욱 아니지요
들어줄 누군가 없어 다지고 있을 밖에요

바람이 쉬려다 듣는 둥 마는 둥 스칠 뿐
강물이 머물려다 에둘러 떠날 뿐
잠시만 곁에 있은들 이리 굳진 않겠지요

눈비 오고 벼락 치고 수천 번 그러해도
말 없는 하늘에 이대로 가만 기댈 뿐
어쩌면 또 여러 천년을 속노래 부를 밖에요

미어지게 부르는

노을 돋는 저물녘
나지막이 부르는

다만 너는 곁에 없어 지치도록 부르는

목 먼저 메일지라도
미어터지게
부르는

일탈

한번은 수평선을
일도양단 하리라

네게 갇힌 일만 파도의 울음소리 들리는 밤

버리고 버리는 일만
내게 남아 있나니

어떤 기억

주변에 스며들어 잊혀지고 싶었다
바람에 흩뿌려져 자취 없고 싶었다

물 따라
그렇게 흘러
스러지고 싶었다

햇살 받은 만큼 그림자 두터워지듯
먹먹한 울음 머금고 몰려오던 안개 속

가슴에
벅차오르던
울컥함이고 싶었다

그랬다

바람이 그랬다
씨 하나 맺으려고

강물이 그랬다
돌 하나 다듬으려고

세월이
무장 그랬다
사람 하나 세우려고

황성규(黃聖圭, Hwang, Sung gug)
1938년 경북 고령 쌍림면 출생. 경북대학교
(영문학과). 《화백문학》(2013) 등단. 시조집
『두만강에서 낙동강까지』(2016, 가온). 제6회
전국어르신문학작품 우수상 운문(2015) 수
상. 영어 교사 역임.

—

작위적으로 한 번 시도해본 필자의 평시조이다. 이 시조는 전통정형
시로서 평시조가 지닌 음수율을 지키고 있지 않지만 그 나름대로 평
시조의 감수성을 그대로 드러내고 있다. 그러한 관점에서 필자는 감
히 우리의 현대시조는 엄격하게 정통 정형시조의 음수율에 집착하
지 말고 시조가 지닌 "원칙적 규범"을 지키는 한도 내에서 다양한 변
조를 추구하기를 희망한다. 물론 필자는 정통 정형시로서 시조형식
이나 율격이 오늘의 감수성에 맞지 않는다는 것이 아니다. 오히려
그것은 오늘날 혼돈과 무질서에 빠져있는 우리 자유시에 민족 문학
의 질서와 규범을 부여하는 핵으로서 중요한 위치에 있으며 또한 현
대적 감수성을 수용할 수 있다고 생각한다. 그러나 근대산업 사회의
복잡한 인간 삶을 정통 정형시의 형식으로 담기에는 상대적으로 미
흡한 부분이 있다는 것도 인정해야 할 것이다. 이러한 한계점을 극
복하기 위해서 시조시형은 그 원칙적 규범을 지키는 한도에서 새로
운 시형을 실험하는 것도 중요하다. 그리하여 오늘의 우리 시조는
정통정형시로서의 형식과 이에 토대를 둔 새로운 시형의 계발이라
는 두 날개로 비상을 모색해야 할 것이다.
　　　　　　　　　　　　　　— 오세영(시인 · 서울대 명예교수)

—

고사목古死木

천왕봉 오름길목 불에 탄 세석평정

악마의 목구멍에
솟아있는 고사목들

하얀 살
말라비틀어진
괴목에 핀 천불화

독립투사 혁명가
　　— 1938년

연해주 만주벌판 누비던 독립투사

공중 나는 까마귀야
시체 보고 울지 마라

내 비록
몸은 죽었으나
혁명정신 살아있다.

찬란한 고조선 문명

1
고조선인 오천 년 전 곰 토템 신앙 거석 고인돌
이집트 문명 메소포타미아 문명
이어 세 번째 고조선 문명
구석기 시작
대동강 유역 살며
수렵 채집 단립벼 재배

2
고조선인 신석기 시작 남한강 유역 살며 최초 콩 재배
농업 목축 고조선 건설
단군 숭배 기마 문화
요동(수도)
한반도, 만주, 연해주
중국 동해안 거석 고인돌 세움

3
동양 문명 출발점은 황하 아닌 고조선 문명
대동강 유역 농업 혁명
눈금 돌자 고조선어
중국의
유능한 석학교수
부사년 인정함

탁란托卵 시대

1
개개비 강풀숲에 교묘하게 집을 짓고
연명의 알알들을
온기로 품에 품고
뻐꾸기 슬쩍 살그머니
알을 낳아 탁란이다.

2
뻐꾸기 냉한 미소 온기를 밀쳐내고
진실은 자연 도태
자연으로 가려지고
연출은
막을 내리고
울어대는 개개비

3
촛불이 거리마다 가면으로 활개치고
위장의 탁란새가
하늘로 날아올라
허공에
검은 군무가
석양 속에 펼쳐진다

돌산성

1
성주는 저승에서 이 난국을 암시했다.
하늘의 별 이치로
인간의 난맥상을
성벽에
새긴 별자리에서
원리를 찾는 민초

2
마멸된 화살구는 내로남불 가리키고
적폐도 인걸들도
떠나간 돌성 위로
무수히
빗금별 쏟아지는
밤하늘이 차갑다.

3
성내에 살던 사람 세월에 묻혀가고
서 있는 이 자리도
은하해 연계되어
천 년을
비추다 쓸어진
빗금별이 길을낸다.

황순구(黃淳九, Hwang, Soon gu)

1934년 경북 영주 풍기 출생. 국문학자. 동국대 문리대학(국문학과) 졸업, 연세대 교육대학원(국어교육) 수료(1970). 〈한국일보〉 신춘문예(1970) 등단. 저서 『해동운기』(1970, 청록), 『이십일도 회고시』(1979, 명보), 『청구영언 연구』(1980, 금방울) 외. 시집 『꽃이 피는 지역』(1981) 외. 시조집 『갈기에 꿈은 고여』(1992, 민족과문학). 서라벌예술대 · 중앙대 · 한국항공대 · 경기대 등 강사, 서일전문대 교수, 대전대 교수, 한국시조시인협회 이사 역임. 국어국문학회, 한국문인협회 회원.

—

꽃은 피면서

서정을 가누노라면 알알이 매달리는 정
사계가 하나로 접히는 이 푸른 시원始原이여
여울져 뜨락에 비 내리네 가득 차는 꿈이여.

번지는 뜻 손에 담으면 갈기에 꿈은 고여
다소곳 여민 속으로 불티를 일구는 소리
달려와 내일이 트이네 꽃 빛은 늘 뜨거워.

꽃의 내용

꽃배암 길을 납시는 흙담 너머 산자락에
봄빛 번지 듯 배 듯 가슴 일렁인다.
한종일 꽃씨를 가리며 정을 심고 피운다.

저 빈 밤 뜨락에 수런대는 소리 있어
기울여 귀를 모으네, 먹구름, 맞부딪는 소리.
실명失明의 아픈 울음을 시나브로 터뜨려.

누굴 향해 목 태우는가. 꽃의 크낙한 발음.
삼팔3 · 8 한 금 넘나들며 늘상 시려운 눈빛.
되돌아 끌안고 느껴울 둥근 해여, 솟아라.

티끌을 사뤄 먹고 눈잎 트는 길목에서
두 손에 햇빛을 담고 하늘은 머리에 이고
부풀은 가슴 나누며 불새 되어 날으리.

마을의 여운

빛살 환히 부서지는 아침 축배를 들어
이랑 그 이랑으로 메아리를 다스리다가
청머루 하나를 따서 오늘 해를 깨물까.

몸 바친 세월만큼 어여삐 빚은 강물
사운대는 소리매로 손 짚어 더듬어 가면
피 맺혀 두견이 피는 내 가슴의 여울 소리.

가볍게 기울이면 모두는 떠난 자리
손 흔들어 워이워이 청산을 자리한 여기
별무리 감아내린 물이 두 눈썹을 적신다.

꽃이 피는 꿈자리

빛살 무늬져 부서지는 자락
길 떠나며 번져오는 갈피 밟는 그 소리
일력日曆을 나래로 접는 잎지는 메아리.

수런대는 뜨락 망울진 시려운 눈빛
자락을 땅으로 굴려 워이워이 하늘 부르고
안으로 사려안은 숨결 꽃잎 피는 꿈자리.

꽃이 피는 지역

꽃잎 그 가장자리에 열리는 하늘
빛이 고이면서 날개는 하늘을 덮네
차갑게 움추리다가 문득 펴는 그리움.

산을 따라 가다 강에서 바람을 따네
층층히 솟아 오르는 저 청선靑線빛 기둥
내 안에 불씨를 챙겨 봄이 차게 춤추다.

궐闕터

되살아 뛰는 입김 여태도 종일 덥다.
검푸른 이끼마다 무거운 뜻 다시 새겨
은혜의 뒤안을 짚으며 하염없이 해는 져.

단청丹靑 하 고와라 운애 가려 그윽하네
넋은 구름일레 석벽을 끼고 도네
실실이 풀려 가는 꿈 엣한 도곤 서뤄라.

기도

생각을 말끔히 닦고 꿇어 앉게 하소서
한 번쯤 웃음 속에서 볕을 쬐게 하소서
그 은혜 생활이 되어 꽃이 열게 하소서.

환한 길 위에서 옷을 벗게 하소서
거듭 안쓰러우며 숨죽이게 하소서
하루내 새로운 빛이 출렁이게 하소서.

나목

차가운 하늘 끝에 바르르 떠는 남루襤褸
두세 잎 구르는 잎이 모서리에 앉는다
가득히 뻗치는 기운 하마 봄은 머흘레.

불티 날리는 어귀에 고요만 높이 쌓여
때로는 번지는 아픔 아리도록 손 시려도
행여나 부서져 내리는 별 가루를 줍는다.

독백獨白

살오른 꿈을 속살에 묻는다
아침을 맴돌다 끝내 일렁이는 정화情火
풋풋한 입김을 품어내며 손을 바삐 놀린다.

뜰에 넘치는 빛 온 종일 봄을 맞네
성대聲帶가 조이 다 가고 문득 달려 오는 소리
눈 속에 꺾이는 햇살 부시도록 영롱해.

하늘을 떠이고서 문을 두드리는 몸집
잇새에 달을 끼우고 새벽을 기다린다
가슴을 후비고 솟구치는 저 불새의 쭉지여.

돌

흙구렁 진구렁을 다스려 밝은 날에
노을 비낀 능선으로 무수한 말발굽 소리
그 욕된 일력日曆을 덮고 돌이 되어 앉았다.

두드려 두드려도 문은 닫쳐 천 년인데
베개맡에 출렁이던 한밤내 그 물이랑
밝아올 새 아침에는 잠을 깨고 있었다.

황순희(黃順姬, Hwang, Soon hee)
1956년 부산 기장군 출생. 한국방송통신대학교 졸업(1994). 현대시조지상백일장 장원 1회 추천(1983), 제34회 전국시조백일장 장원《부산시조》(2018) 등단.《시조시학》신인작품상(2019, 여름호) 수상.

능소화

황순희

깡마른 발톱으로 햇살을 움켜쥐고
엉성한 담장 타고 너울때는 물결이다
꽃으로 피었어봐도 헤픈 마음 그대로다

온 몸이 쓰러진다 모질게도 잊혀진다
바람만 깨진 창을 제집마냥 들락이고
절거촌 가위눌들이 빨간 눈물 쏟는다

전국 시조 백일장에서 일반부 장원을 수상한 황순희 시인은 장원을 수상할 만한 역량을 갖추고 있음을 증명해 보이고 있다. "노송"을 통해서 등 굽은 어머니의 삶이 지닌 고뇌와 거기에서 우러나오는 향기를 읽어 내는 눈이라든지, 마이산을 보면서 바람과 시간의 흔적을 읽어내는 통찰력은 예사로운 것이 아니다.

— 이지엽, 박현덕, 황치복

노송

물먹은 하늘 무게 허리가 휘청인다
바람에 베인 세월 구름 한 장 펼쳐 놓고
손마디 굳은살처럼 깊게 박힌 옹이들

그 속은 텅 비었다 진액마저 내준 나무
지문 닳은 나이테에 먹울음 몸 누인다
검버섯 햇살 튕기며 고인 숨결 보듬고

다복솔 지천인데 그림자도 외롭더라
마음길 쓸고 나니 솔향은 더 진한데
저만큼 굽은 등으로 한생을 진 어머니

갱년기

가슴 푼 정동진 바다 구름이 삼킨 해는
시간도 벗어 놓고 깊은 잠에 빠졌구나
파도에 떠밀려 온 불면 물마루에 재우고

태엽을 감아봐도 하루는 멈춰 있다
정오는 눈 가린 채 낮은 하늘 뒤에 숨다
다저녁 맨발로 나와 홀로 우는 붉은 놀

망백望百의 노래
— 길원옥 위안부 피해자 할머니

녹슨 세월 토막 꺼이꺼이 울고 있다
소스라친 기억들이 열꽃으로 피어난 날
세상에 빗장 달아걸고 잊고 싶다 내 열세 살

눈물도 말라붙어 깊게 팬 주름 계곡
긴긴밤 야위어진 별빛마저 새하얗다
때로는 가물거리는 망각이 고마울 뿐

숨통을 짓누르던 큰 산을 벗어 놓고
나비가 되어서야 고향에 간 내 동무들
그 생전 오직 바람은 진심 담긴 사과인 걸

해거름녘 되부르는 내 노래 들으시게
움켜쥔 빈손으로 이 여행 끝자락에
실골목 새어 나오는 한 줄기 빛 새벽 같은

등불

빛줄기 길 잃은 채 전선주에 걸려 있다
초라한 옷매무새 엉켜진 일상 앞에
선잠 깬 충혈된 불빛 껌뻑이는 가로등

질주를 멈춰 놓고 문 여는 이 아침에
찐하게 각인되어 웅크린 발자국 둘
일기 속 질펀이 고인 땀내 절은 시간표

가다가 하늘 보며 쉬기도 하는 게지
돌아서 가는 길도 때로는 있는 거야
빈 어둠 밀어내면은 하루는 늘 새날이다

이쯤에서

물방울 볼 부비며 작은 물길 키워왔다
돌부리에 발 해지고 강섶에 쓸린 나날
엇박자 절룩거리며 모난 시간 갈고 있다

때로는 꼭 잡은 손 놓고도 싶었겠다
물낯이 잔잔해도 바람 없는 건 아니지
세월로 접은 주름살 굽이굽이 남실댄다

숨고른 한 줌 햇살 물비늘로 반짝인다
살포시 내려앉은 나른한 그 하늘빛
쉼없이 흘러온 강물 돌아본다 이쯤에서

거북목

짓눌린 하늘에 일상이 휘었구나
쭉 내민 목덜미에 누름돌 얹어 놓고
느리게 읽어가는 밤 오늘도 하얗다

한 몸 된 휴대폰이 긴 시간 삼키는데
고단한 저린 목 그 깊이는 굴우물 속
세상은 멈춰 있는데 나만 돌고 있더라

능소화

깡마른 발톱으로 햇살을 움켜쥐고
엉성한 담장 타고 너울대는 물결이다
꽃으로 휘감아봐도 허한 마음 그대로다

온몸이 쓰러진다 모질게도 잊혀진다
바람만 깨진 창을 제집마냥 들락이고
철거촌 가위표들이 빨간 눈물 쏟는다

활주로

밤사이 뒤척이던 아침이 부어 올라
풍향계에 안긴 바람 출발선에 멈춰 섰다
활주로 엎드려 운다 두고 온 맘 아려서

열꽃같이 솟구치는 속울음 삭히시고
어머니는 잘 가라며 문지방도 못 넘는다
머잖을 이별 연습에 유리창은 왜 흐리나

바람을 쌓다

귀 없는 말과 말이
포개져 순장殉葬됐다

마이봉 골짜기에
죽순처럼 솟은 탑들

아랫돌 윗돌 품으며
긴 시간을 녹인다

바람에 깎인 세월
돌 틈새로 숨을 쉰다

허물고 올려봐도
저 하늘 아래인 걸

사는 건 돌탑 세우듯
또 하루를 쌓는 거다

달팽이

허름한 견인차가
오르막길 가고 있다

고장난 차 업고 가는
저 등도 아플 건데

울 엄마 구겨진 구십
포개져서 실렸다

황영숙(黃英淑, Hwang, Young suk)

1953년 경남 고성 거류면 출생. 진주교육대학교(국어문학반) 졸업. 《유심》 신인상(2011) 등단. 시조집 『크리넥스』(2016, 고요아침), 『꽃들의 출근시간』(2018, 경남, 공저) 외. 제3회 김상옥백자예술상 신인상(2017), 제12회 오늘의시조시인상(2018) 수상. 유심 문학회 역임. 석필 문학회 회원.

—

황영숙의 시조집 『크리넥스』는 보태기보다 덜어내기에 힘쓰는 청빈하고 정갈한 감성과 감각으로 자신의 곡진한 삶의 세계를 참신하고 다채롭게 노래한다. 그가 추구하는 청빈과 비움의 자세는 시조 장르의 절제와 함축의 정형미와 친연성을 가진다. 그래서 그가 추구하는 시적 주제의식과 세계관은 단아하고 정제된 시조 양식에 자연스럽게 상응하는 특성을 보인다. 또한 그의 미의식은 대상에 대한 비약적 전환의 발상에서 두드러진다. 시적 소재의 수평적 전환의 낙차를 통한 미적 성취를 표나게 보여주는 것이다. 황영숙의 시세계에서 순응과 비움의 정서는 사랑을 다룬 시편에서도 동일하게 드러난다. 그에게는 사랑의 정감 역시 들뜬 열정보다는 맑고 단아한 정감이 주조를 이룬다.

— 홍용희(문학평론가 · 경희사이버대 교수)

—

등대

가만히 귀 대어 보면 나처럼 울고 있다

닿으려면 멀어지는 저 물길 파장 따라

징-지징 무쇠소리로 아버지가 울고 있다

밤무대 여가수처럼 목이 쉰 어머니가

밤마다 부두에 나와 노래를 하시는지

버텨 온 아랫도리가 흠뻑 다 젖었다

크리넥스

결 고운 연緣을 따라 겹겹이 접은 후에
포실한 세간살이 한 방 가득 채워놓고
살포시 앞섶을 열고 기다리고 있나 보다

뱃속까지 송두리째 그리움을 주체 못해
끊어질 듯 이어지며 풀어내는 사미인곡
맞대고 지새우는 밤, 허락하고 있나보다

봄날

무밭에 아기별꽃
개불알꽃 부추꽃

채소밭의 풀이거나 풀밭의 채소거나

옆자리 서로 내어주며
가야 할
길이 있다

칸나꽃 편지

산비탈 약수터 해죽해죽 따라왔다

꽃차례 놓쳤다고 돌기 세우던 꽃

스물셋, 절며 흔들려도 화두처럼 피는 꽃

어둡고 못난 자식 품어 안은 그날부터

돌팔매 막아서며 알뿌리 심은 울타리

버텨 온 맹목의 사랑 꽃술에 번지는 안부

아비보다 먼저 가길 주술처럼 뇌다가도

반쯤 접힌 붉은 입술 겉봉을 뜯어보면

보드란 살결에 맺힌 눈물 아직 뜨겁다

꽃이 진다고

꽃이 진다고
다 지나

진다고
아주 지나

늦도록 산복숭아꽃
네 맘인 줄
알겠다

어느 날
문득 가벼워지면
그때
가면
됨잖니

안국사

상처도 곱게 아문 툇마루 골을 따라

다 닳은 승복 한 벌 허물처럼 벗어 놓고

스님은 어디로 가셨나

반쯤 열린 적막 한 채

'기다림이 발효지요, 발효가 곧 성불이지요'

그 말씀 그 뜻대로 익어가는 골짜기

해종일 장독만 닦는

불두화가 사는 집

낙타의 노래

짐은 다 내가 질게 태생이 등짐이니
크게 잘못한 것도 지은 죄도 없지만
휘어진 등뼈 사이에 시름을 싣고 간다

낙타가 된다는 건 자신을 버리는 일
한 걸음 한 걸음 방점을 찍어가며
눈부신 사구의 저편 물줄기를 찾는 일

어수룩한 이목구비 손이라도 성해서
웃자란 아내 가슴 멍울을 달래며
요철凹凸로 이어진 생애 아귀를 맞추며 간다

풍경

뇌경색 경보를 받은
매화나무집
할머니

금일 내로 돌아올 듯
버선발로
가셨는데

애꿎은 돋보기 하나
머위 밭에
앉아 있네

유리창

주산지 물빛 닮은 수의를 입어서일까
마주 선 거리가 머나먼 강물 같다
긴 세월 바라만 보다
잡지 못한 우리 두 손

널 보낸 그 날 이후 내 창은 야위어져
헐거워진 몸뚱어리에 찬바람이 불고
아직도 하지 못한 말
밤새도록 덜컹댄다

생강

질동이에 생 오줌 목뼈로 지탱하다
어느 날 자식 앞에 혹으로 엎드린 등
맨살을 벗기는 아픔
굳은살이 절반이다

물기를 끼얹으면 푸른 뿔이 돋아날까
체위를 바꿔가며 때를 밀다가 문득
당신의 봉분에 솟을
댓잎 같은 싹을 본다

황외순(黃外順, Hwang, Oe sun)

1968년 경북 영천 북안면 출생. 한국방송통신대학교(청소년교육과) 졸업(2010). 〈동아일보〉, 〈부산일보〉 신춘문예(2012) 등단. 시집 『단편같이 얇은 나는』(2019, 고요아침). 오늘의시조시인회의, 한국시조시인협회 회원.

> 감자
>
> 몸겨누운 오랜 날들,
> 기척 한 번 없어니만
> 몇 달 만에 들른 며느리,
> 이내 가는 서운함
> '내 아직 안 죽었어야!'
> 새파랗게 눈 흘긴다

—

황외순의 시편들은 감각성과 역사성을 결속하면서 고고학적 시선을 완성하고 현대적 어법으로 견고한 반석을 놓는다(「눈뜨는 화석」)(유성호). 또한 꿈과 희망을 내장內藏한 개안開眼의 풍경으로써 팽팽한 긴장감과 신선한 비유가 확연히 빛나고(「탯줄」)(이우걸), 가히 연시조의 전범이라 할 만큼 초·중·종장은 물론 각 수간의 조직도 여유를 보이는 연결을 이루었으며(「땅콩」)(노창수), 사람이라면 지켜야 할 인륜과 효의 상실이라는 것에 대한 비판을 더한다(「감자」)(변현상).

—

감자

몸겨누운 오랜 날들, 기척 한 번 없더니만

몇 달 만에 들른 며느리,
이내 가는 서운함

'내 아직
안 죽었어야!'

새파랗게 눈 흘긴다

눈

열한 계절을 지나 당도한 편지 한 장

지난 일은 모두 덮자, 예서 새로 출발하자

심장에 현을 켜는 말

시리도록 반짝인다

손 없는 날

철거 앞둔 화랑빌라 옥상에서 내려다보면
한길을 가로지르는 얼기설기 골목길
동네는 볼이 미어져라 이삿짐을 실었다

컹컹 짖는 앞집 대문 휘뜩이는 사인볼을
등 굽은 자전거포 빛바랜 수선집을
동여맨 전선가닥이 산그늘을 퉁긴다

덜컹덜컹 바람길을 가쁘게 내달려도
아이들 코끼리 코 맴을 돌듯 또 제자리
감나무 애순 같은 손으로 등을 가만 쓰는 햇살

눈뜨는 화석
— 천마총*에서

소나무에 등 기댄 채 몸 풀 날 기다리는
천마총 저린 발목에 수지침을 꽂는 봄비
바람이 맥 짚어 가다 불현듯 멈춰선다

벗어 둔 금빛 욕망 순하게 엎드리고
허기 쪼던 저 청설모 숨을 죽인 한순간
다 낡은 풍경을 열고 돌아나는 연둣빛

고여 있는 시간이라도 물꼬 틀면 다시 흐르나
몇 생을 건너와 말을 거는 화석 앞에
누긋한 갈기 일으켜 귀잠 걷는 말간 햇살

* 천마총: 경북 경주시 황남동 고분군에 속하는 제155호 고분.

탯줄
— 거가대교에서

찰싸닥,
손때 매운 그 소리를 따라가면
갓 태어난 핏덩이 해 배밀이가 한창이다
어둠을 죄 밀어내며
수평선 기어오른다

비릿한 젖 냄새에 목젖이 내리는 아침
만나고픈 열망 하나 닫힌 문을 열었는가
섬과 섬 힘주어 잇는
탯줄이 꿈틀댄다

당겨진 거리보다 한 발 앞선 조바심을
여짓대던 해조음이 다 전하지 못했어도
짠물 밴 시간을 걸러
마주 앉은 저 물길

거미의 시

주름 잡힌 처마 골라 촘촘 엮는 그물코
매듭을 짓기도 전 걸러드는 노란 달빛
입맛을 다시는 사이 구름이 확 빼내간다

요지要地가 아니었나, 골똘히 생각다가
옮겨온 계단 아래 다시 거는 올가미
더미로 걸려든 별빛 파닥이는 날갯짓

행여 놓칠세라 살같이 채는 순간
삐끗 접질린 발 몸이 휘청 기울고
점점이 부푸는 헛배 속이 자꾸 메스껍다

내가 부린 욕심이 내 발목을 겨냥할 줄은
그물코 걷어치우고 어깻심도 뺀 지금
시한부 하루살이가 제물祭物을 자청한다

평화 대사大使
– 수달의 전언

나들지 못한 것이 어디 철마뿐이랴
갇혀 있던 시간만큼 표백된 저 하늘빛
팔 벌려 막아서는 강 물살도 거센데

조간신문 언저리에 곤히 자는 어린 수달
막무가내 총질로는 빛 한 줌 허락 않던
캄캄한 비무장지대 길 하나를 열어 두고

저마다 우물쭈물 눈치만 보는 사이
바람의 촉 한사코 받아들며 나선 먼 길
발자국 점점이 찍어 한 소식을 전한다

풀무질 밤새 했나, 날 선 어둠 스러진다
물갈퀴를 보듬는 아마빛 햇살 너머
경계를 다 지운 개망초 웃음보가 터졌다

돌아온 각설이

우그러진 깡통같이 분단장한 저 남자
폭죽을 쏘아 올리듯 노래를 터뜨린다
모여든 사람들 위로 벚꽃이 놀라 튄다

입에 찰싹 감기는 호박엿은 시작이다
곰삭아 너절한 옷 꿰매고 총총 덧댈
수세미 칫솔 파스가 박수처럼 이어진다

속도를 올리는 맨발의 트위스트
따뜻한 지폐들이 입담처럼 부푼다
가등은 일제히 켜져 시간을 열어준다

땅콩

졸혼이니 이혼이니 유행처럼 떠돌지만
한번 맺은 부부 인연 놓기는 더 어려워
먼 듯이 가까운 듯이 서 있어도 보는 거다

이렇게 우리 비록 각방 쓰고 살지마는
부부란 이름 서로 내치지는 않았음을
눈빛만 딱 봐도 안다, 늘 반쯤은 젖어 있어

안녕, 내뱉으면 마음 한 귀 못 나든다
낮달의 하품 같은 휴일을 핑계 삼아
커튼을 열어젖힌다, 간극을 메우는 빛

책을 읽다가

권연벌레 새끼처럼 꿈틀대는 글씨들
행간을 넘나들며 생각을 훑는다
잡힐 듯 또 뒤얽히는 여러 겹의 실마리

몇 편으로 엮어졌을까, 단편 같이 얇은 나는
엉성한 구성의 식상한 기승전결
충격도 반전도 없는
어느새 후반부다

모티브는 다르지만 엇비슷이 닿는 결말
너처럼 후회하거나 그처럼 만족하거나
한 호흡 쉬었다 간다,
눈 비비며 발밤발밤

황인원(黃仁源, Hwang, In won)

1959년 서울 출생. 성균관대 대학원 박사. 《시조문학》(1986) 등단. 시조집 『생각의 뼈』(2001, 한국문연), 『비밀이 비밀인 이유』(2019, 넌참예뻐), 저서 『시에서 아이디어를 얻다』(2010, 흐름), 『시 한 줄에서 통찰은 어떻게 시작되는가』(2012, 위즈덤하우스), 『감성의 끝에 서라』(2014, 21세기북스), 『기적을 만드는 생각플랫폼』(2018, 넌참예뻐). '80년대' 시조동인.

박새가 그 사이 비집고
달빛은 넓고다

하루 햇살이 산수유 잎은 작아졌다
마지막 밝은 빛을
박새가 쪼아댔다

지료 막, 늦가을 하룻가
박새 품에서 바뀌었다

—

황인원의 시는 사라짐의 전조前兆 앞에 놓여 있는 잠정적인 열망이 아니라, 삶이 지속되는 한 줄곧 견지할 수밖에 없는 필연적 존재조건으로 승화하고 있다. 그의 시편은 이러한 사랑의 원리에 의해 결속되면서, 그것을 통해 자기동일성을 환기하는 역동적 파동을 구성해낸다. 그래서 지루하고 밋밋한 지속성보다는 첨예하게 빛나는 사랑의 순간을 통해 존재자들을 넉넉히 품으려는 모험으로 가득 차 있다. 그 점에서 그는, 시인이란 스스로 말을 만들어내는 것이 아니라 존재가 걸어오는 말을 들으면서 그것을 다시 지상의 존재자들에게 전하여 세계를 환하게 밝히는 존재자라는 하이데거M. Heidegger의 유명한 정언을 한껏 충족해간다 할 것이다.

— 유성호(문학평론가 · 한양대 교수)

—

점화點火

그대를 만날 때면

사랑하는 사람이여

내 눈의 바라봄이

공기 뚫고 그대에게

빛이란 이름을 입고 말릴 새도 없이 달립니다

그 빛 두꺼워지면

공간이 둘로 나뉘고

한발 물러선 공기들의 부산함이 낳은 움직임

3월이 몸을 치떨며 꽃 피우고 있습니다

빨래

수건 하나 빨아서 빨래 줄에 널었더니

누가 시킨 일도 아닌데
한낮 햇볕 불러 모아서

제 몸에 덕지덕지 붙은 하루를 털고 있다

햇볕은 다가와서
하루의 긴장과 하루의 피곤을
공손하게 떼어냈다

살다가 젖은 설움이
하얗게 말랐다

계곡물

목숨이 있다는 건
울 수 있다는 말이다

구름집을 나온 그가 찾아오는 날이면

계곡은 어느 때보다 더 구슬프게 운다

산 위에서 살다가 아래로 내려오는 게,
떨어진다는 사실이
슬퍼서가 아니다

바다로 간다는 것은
죽음이기 때문이다

나이꽃

나이는
나이는

시간의 흔적 아니네

두려움과 설렘이,
그리움과 아픔이 쌓여

자신도 모르게 생긴
사랑꽃 한 송이

날이 갈수록 나이는 내 것처럼 보이지만

내 것이 아닌 열매, 너에게 줘야 하네

내 몸이 빈집이 돼야
피어나는 미소꽃.

스위치

키 작은 스탠드
책상 위에 놓여 있다
스위치를 누르자 불빛이 쏟아졌다
저 몸은 태어날 때부터
빛을 숨겨 놓았던 것

빛은 결코 스스로 일어서지 않는다
햇빛 물러난 달빛처럼
잎이 감싼 꽃처럼
묵묵한 사랑 없이는 빛이 되지 못한다

사람도 그러하다
몸에 빛이 담겨 있다
첫 울음 울 때부터 환함을 쏟아내려
누군가 사랑으로 눌러주길
아직도
기다리고 있다

비밀이 비밀인 이유

누구나 주파수가 있다
모두가 다르다

한 사람이 다른 사람에게 주파수를 맞추면
피부가 투명해진다
속이 훤히 보인다

누군가 자신에게 맞춰지길 기다리다
내가 가지 않듯,
그도 내게 오지 않아

비밀은 보이지 않는
몸을 갖게 됐다

낮과 밤이

11월의 시간이 저녁으로 가는 길에

숨 가빴던 것일까
잠시 멈춰 서 있다
박새가 그 사이 비집고
달빛을 넣었다

하루 햇살이 산수유만큼 작아졌다
마지막 밝은 빛을
박새가 쪼아댔다

지금 막, 늦가을 하루가
박새 몸에서 바뀌었다

산에 혼자 가는 이유

말없이 혼자서 깊은 산에 오르면
나무들이 말하는 소리가 들린다.
가끔은 돌무덤 사이를 왔다가는 소리도 있다
사람이 가까이 가면 서둘러 입을 닫는
그들만의 소리가 들리기 시작한 건
세상의 시간을 놔두고
그늘로 들어간 날
그래, 그런 날이었다
시간 옆에 마음도 두고
몸통을 나무처럼 단단히 굳히자
한 번도 본 적이 없는 나무 손금이 보였다.
그 후로 귀를 세우면
들리는 목木 소리
간혹 몇몇 마디는 슬쩍 피부로 스며든다

"견딤은, 함께 흔들림이야"
가령해서 이런 것

꽃이 된다

머리가 하는 말

얼굴이 내는
떨림

내장의 흔들림

뼈가 참는
견딤

제 몸이 쏟아내는 소리

들을 줄 알면
누구나

우리 살점에는

아내를 돕는다고 부엌에서 칼질했더니
식칼이 손가락 슬쩍 베고 떨어졌다
잠시 후 쭈뼛 얼굴 내밀고
나와 만나는 피

벌어진 피부가 만남의 통로 됐다
삶터 밖 소식 듣기 위한, 작은 안테나 됐다

너와 나, 우리 살점에는
편지가 살고 있다

황정희(黃貞姬, Hwang, Juang hee)

1961년 경북 영주 부석면 출생. 경희사이버
대학교 졸업. 《월간문학》 신인문학상(2002)
등단. 시집 『꽃잎이 진 자리에』(2006, 고요아
침). 경북여성문학상(2011), 나래시조문학상
(2017) 수상. 한국시조시인협회, 오늘의시조
시인회의 회원. 나래시조문인협회, 영주시조
문학회, 영주문인협회 부회장.

자기만의 목소리로 펼치는 감각적인 시세계

「목련」 연작은 모두 단수로 짜여 있고 인용한 작품처럼 쉽게 읽혀
져서 친근감이 가기도 한다. "봄밤을 베어 문 달"이 뜬 초야를 설정
한 첫 수도 시의 묘미를 더하지만 '툭' 하고 옷고름이 풀어지는 찰나
에 비로소 개화한다고 하는, 즉 백화등이 불 밝힌다는 단수의 짜임
이 시의 긴장미를 한껏 돋보이게 한다고 할 수가 있다. 「목련」 연작
은 황정희 시인의 시조 엮음의 역량을 드러내 보여주는 한 예가 되
겠는데, 시조의 정수는 아무래도 단수에서 그 빛남이 결정된다는
등식과 잘 맞아떨어진다고 할 수가 있겠다.

— 박시교(시조시인)

금연 프로젝트

마루 끝에 걸터앉아 담배 연기 뿜어내는
아버지 보는 눈길 가시 돋혀 삐죽하다
알면서 늘 모르는 척 일방통행 막무가내

큰아들 작은아들 돌아가며 말려도
담배 없이 죽은 목숨 더 살아 뭐하냐고
으름장 서슬이 퍼런 고집불통 영감님

과부댁 막걸리 잔 건너 주며 하는 말이
"줄담배 피우려면 이제 여기 오지 마소"
토라진 그 말 한마디 쇠심줄 뚝 끊긴다

그녀의 한마디에 담배 연기 사라지니
어머니 어이없어 혀를 차며 하는 말이
"과부댁 그것이 약이다 금연에는 직방이다"

상사화

운명의 고리를
풀려고 하지 마라
그리움 흘러서 붉은 붓대 세우는 날
거스른
엇갈린 역류
그 사랑을 내가 쓴다.

만남과 헤어짐이
안달해서 된다더냐
깊은 맘 불꽃처럼 심지까지 사르는 날
견뎌온
기다림으로
절명의 시 다시 쓴다.

등신불

반듯이 누워서
불을 몸에 심는다
바다의 소갈머리 기름지게 뿜어내는
고등어
파도의 음역
몸부림치며 쏟는다

불거진 등뼈 사이로
울음이 새는 동안
뜨거움 한 겹 두 겹 살 속으로 드러눕고
고등어
감춰진 투명
자글자글 태운다

바다의 성골이다
온화한 표정을 하고
온몸에 불을 새겨서 소신공양 부양할 제
고등어
식탁 위에서
실시간 순위 일위다

목련 16

고요한 빛을 띄워
봄밤을 베어 문 달

"툭" 하고 고름 속이
풀어지는 찰나에

첫날밤
수줍음 뒤로
불 밝히는 백화등白花燈

손님 들다

예고도 없이 날아드는 새끼 참새 한 마리가 어설픈 비행으로
　　　　　　　　　　　　　　가게 안을 휘돌다가

"타다닥"
유리창에 받쳐
꼼짝 않고 누워 있다

깜짝 놀라 다가가서 몸 낮추어 살펴보니
들숨날숨 몰아쉬며 날개 죽지 파닥인다
어쩌지
집에 든 손님
빈 입으로 보냈네.

장미공원에서

저건 분명 바다다
넘실넘실 밀려온다
흔들리다 솟아올라 끼를 쏟는 파도다
널 막을
제방이 없어
나도 같이 젖는다.

만선을 알리고자
붉은 등 달았는가
오월의 만조 앞에 무릎 꺾인 우리 엄마
머리에
꽃을 달고서
"배고파 밥" 하신다.

여우비

갑돌이
갑순이는
밀당을 하고 있다

살짝 쿵
윙크 속에
후드득 무너지는

가시나
와락 안겨다
새침하게 등 돌린다

비밀 하나 생겼다.

아버지 무릎 괜찮은지
전화를 걸었더니
"마산댁 봉화장날 물망초로 가리다"
신호음

다 삼킨 목소리
거침없는 약속이다

딸이라 밝히기엔
이미 너무 늦어버려
"네 영감님 장날 되길 손꼽아 기다릴게요."
과부댁
콧소리 내며
명품 연기 자처했다

풍경風磬

바다나 하늘이나 헤엄쳐야 건너는 길
파랑을 뚫으려면 지느러미 깃을 세워
어 어 어 魚魚魚
물결을 탄다
재빠르다 웨이브

춤을 추며 울어야 하는
기막힌 업을 견딘다면
하늘 닮은 저 바다로 돌아갈 수 있을까
심중心中은
물속을 거닐고
처마 끝에 묶인 몸

아직은

주파수 맞추어서 날아든 카톡과 함께
물잠자리 한 마리가 집 안으로 날아든다
아버님
제사상 위로
접은 날개 얇은 사

카톡카톡 공해 속을 팔랑팔랑 거침없다
손자 손녀 시신경을 모았다 펼치신다
끝내기
한판승이다
위패 안고 쥐락펴락

황진영(黃鎭泳, Hwang, Jin young)

1945년 서울 성동구 왕십리 출생. 성균관대
학교, 건국대 교육대학원(국어교육). 《현대시
조》, 《시조문학》 신인상(1988) 등단. 논문 「시
조부흥운동의 전개 양상」(1996, 건국대학교
교육대학원 석사논문). 현대시조 좋은작품상
(2005) 수상. 현대시조 동인문학회 회원.

계절에 따라 변하는 정경을 밝은 마음으로 어루만지는 작자의 마
음과 자세가 잘 나타나 있으며 작은 자연의 변화를 안위로 잘 싸고
자 하였으며 시적형상이 잘 잡혀져 있다.

— 정완영, 최성연, 이태극

고엽枯葉

바람이
다가와서
돌담가를
서성인다.

잦아진
열정들이
발 밑에
휘날린다.

나도 저 ~
현란絢爛한 허무虛無에
발길 가다
멈춘다.

여의도 풍경

한쪽은 신호위반
한쪽은 무단횡단
언어는 허공에서
구름을 희롱하고
탁류濁流는
청류淸流를 붙들어
발길마저 막는다.

흐르고 흐르려고
가려고 달리려고
청류는 몸을 세워
달려가고 싶은 거다.
청사靑史에
얼룩이 없는
거울처럼 흐르잔다.

나의 뜨락에도 햇살이

조금만 스치어도
나무는 몸살 앓고
손 닿을 하늘 끝이
쪽빛으로 감기는데
바람이 바람에 업혀
걸어가는 나의 성城.

눈금을 가늠하던
미로迷路의 문을 빠져
물속을 살펴 가듯
바라보는 거울 앞에
얼룩진 애환의 둥지
상혼傷痕처럼 걸린다.

또 다른 몸짓으로
낙엽은 길 떠나고
비가 갠 뜨락에
쏟아지는 은빛 햇살
어디서 번져 오는가?
자위 도는 안위安慰여!

둔촌동의 아침

시침時針이 몸을 풀고
새벽을 흔들며
마당의 풀잎들도
눈망울을 반짝이고
나무도
어둠을 털고
눈 비비고 일어선다.

식탁엔 정성들이
소복소복 쌓여 있고
식구들 눈가마다
웃음꽃이 반짝인다.
하루의
빗장을 여는
둔촌동의 아침이다.

부소산扶蘇山에서

고란사 풍경 소리 어용수御用水에 내려앉고
스님의 대금 소리 세월을 거스르니
천년 전
백제는 깨어나 기지개를 펴는구나.

부소산 돌부리도 망국한을 토해내고
백마강 물소리도 예나제나 슬피운다.
낙화암
삼천궁녀가 백제혼을 지켰구나.

계백의 오천결사五千決死 눈빛이 이글거려
황산벌 벌판에는 창칼 소리 섬광 튄다.
지금도
백제는 살아 포효咆哮하고 있구나.

백학白鶴

흰 비단 나래 위에
햇살이 부서진다.
이슬과 솔松이 사는
동구릉 연못가로
그대여!
돌아왔는가
피정避靜하러 왔는가.

오욕汚辱의 잡풀만이
무성한 사바娑婆세계
간사한 뭇새들은
미소를 흘리는데
그대여!
고결高潔이 병이구나
젖어있는 슬픈 눈

낙타駱駝

눈조차 못 뜨겠네.
모래비가 덮쳐오면

눌리는 등짐만큼
짙어오는 고통인데

그래도
오아시스를
가슴 안고 걷는 낙타

밤 되면 서로 기대
한기寒氣를 막으면서

별들이 쏟아지면
또 다시 꿈을 꾼다

내 속엔
낙타가 있다
죽지 않는 낙타가

바닷가에서

조각난
난파선이
밀려왔다
밀려가고
임 떠난
이 내 몸은
닻줄을
못 내리네.
정념情念은
파도가 되어
하루 종일
끓고 있네.

목련화木蓮花

달빛이 밀려오면
시조時調 소리 피어나고
동동주 술잔에도
비구름이 비켜가면
하얗게
번지는 향기
사각대는 치맛자락

바르르 떠는 입술
머금은 이슬방울
못다 한 한이 있어
구천九泉을 헤매다가
살포시
내려와 앉아
두 손 모은 논개여

밤 따기

매달린 밤송이를
애처롭게 올려본다.
이 나의 장대로는
도저히 딸 수 없다.
아버진 이 모든 것이
부모 못난 탓이랬다.

나 이제 부모 되어
밤따기 하러 왔다.
아들은 장대들고
허공만 연방 친다.
이 녀석 책가방 끈도
한 발이나 모자란다.

황희영(黃希榮, Hwang, Hee young)

1922.~1994. 전북 익산 웅포 출생. 호 추강(秋江), 보람. 중앙대학교(국문과) 졸업(1954), 박사과정 수료(1963), 하버드대학 VSP, 대학원 수학, MIT언어분석연구소 수학, 스톡홀름대학 음향 음성 실험 연구소 수학, 박사 학위(1969). 시조집『나의 날개를 펴리라』(1982, 광장), 『당신의 손』(1989, 토지). 수필집『마음의 고향』(1982), 저서『고전문학 교본』,『운율연구』(1968, 동서문화비교연구), 번역집『성서사화집』(1957) 외. 대전대학 10년 근속 공로 표창(1966), 37차 국제PEN 서울대회 공로표창(1970) 수상 외. '청자' 시조문학 동인회 발기(1966), 동인지《청자》발간. 한국문인협회, 국제펜클럽 회원. 한국시조시인협회 부회장 역임.

—

갈매기의 꿈

설원에 한 갈매기의 꿈 많은 이야기는
해원에 훈훈한 새벽 달무리를 돌아서
날개 펴 치솟아 오른 어떤 이야기입니다.

한 점 깃발이 허공에 떠갈 뿐
자유와 노래는 피곤한 나래를 치고
돌아갈 방향조차 없는 그런 이야기입니다.

갈대들 숨죽이고, 먹이보다 중요한 것
마지막 자유의 외로운 갈매기들
포수가 무섭지 않은 이런 이야기입니다.

꽃과 나

세상은 문틈 사이로 들녘을 보는 것
비는 그치고 구름 또한 가는데
와야 할 시간인데도 나는 혼자 서 있다.

목숨이 한철의 꽃이라는 시인아
내 나이 인생을 조금은 알겠는데
사람을 그리는 정은 누리처럼 한없구나.

꽃부채를 드리는 날에

여기 한 줄기 바람이 있습니다
창공을 헤치고 천사의 날개에 실어온
임께서 품어가 오실 한 바람이 있습니다.

여기에 한 폭의 그늘이 있습니다
고달픈 인생 파도 오수에 잠들 때
내게도 펼쳐 드리울 꽃그늘이 있습니다.

여기에 한 가락 소리가 있습니다
가만히 펴들고 새 누리를 그릴 때
우리가 아는 사연의 영원한 시가 있습니다.

그 날이 오면

부르고 싶은 소리 목메인 채 어디로 가랴
산에 가 땅을 파고 피맺힌 사연을 묻을거나
들로 가 언덕에 서서 이 억울함 부칠거나.

내닫고 싶은 이 발을 묶이인 채 어디로 가랴
펴들고 싶은 이 손을 움켜쥔 채 어찌하랴
어버이, 겨레들 앞에 차마 이대로야 살거나.

한숨에 치닫고 싶은 삼천리 내 조국아
가슴 펴 얼싸안고 싶은 삼천만 내 겨레야
듣는가 저기 저 함성을, 아 대한 독립 만세!

외치고 싶은 소리 하늘이 아시오나
들리고 싶은 사연 땅들이 들었으나
아직도 하고픈 말 많아 더욱 가슴 아파라.

나의 날개를 펴리라

밖에는 햇빛 쏟아지는 소리, 싸우는 소리
안에는 그늘진 고독이, 아픔이 흐르고
아직은 닫히지 않은 마지막 창문 하나.

흰 옷을 입은 이가 소리 없이 서서
나비처럼 조용한 몸짓으로 나를 부를 때
외로운 나의 영혼의 마지막 순종의 몸짓.

종이 울리기 전, 나의 해가 질 무렵
나는 창문을 나와 바다로 그리고 하늘로
영원한 나의 날개를 날빛 향해 펴리라.

남고산성南固山城

멧부리 사이사이로 구름도 떠가고
돌아돌아 올라가는 성길을 밟고 서다
바위에 걸터앉은 추억 잡초보다 무성타.

한 그루 소나무 정포은 이야기
하늘은 높고 전설은 먼데
천 년은 고목과 함께 완산칠봉에 누웠다.

석양이 옷자락에 꽃잎처럼 물들고
여윈 내 손도 흔들어 보고
삭막한 이 가을인들 조국이야 잊으랴.

팔 고이고 눈 감으면 찬란한 불빛
풀잎 물고 돌아누우면 그리운 사람들
견훤왕 마지막 날도 내 맘처럼 이랬을까.

능금나무 아래서

능금나무 아래서 열매를 주우며
당신의 가을을 캐는 의미로
겨울을 인생의 겨울을 슬퍼하지 않으리.

목메인 소리로 손은 산만큼 저으며
시는 마음을 고독으로 남기고 간 이
오늘은 어느 들녘에서 그 나무를 심는가.

내 부끄러운 옷깃에 당신의 마음 깃들고
황금 비춰들 녹슬은 잔들 폐허에 구울 때
가난한 우리 뜨락에 이 나무만 지키리.

마음의 고향

조용히 내리는 이슬을 밟고서
기다리기 역겨워 오늘도 설레고
두 볼에 눈물을 닦고 먼 하늘을 바라오.

잔잔히 흐르는 냇물가 옛 이야기
네 머릿결 옷자락 나부끼던 연못
거기서 우리들 노래를 혼자서라도 불러다오.

긴 세월에 외로움이 주름져 올 때
소나무 한 그루 하늘이 맞닿는 길로
영원한 마음의 고향 그곳으로 가려오.

두 무덤

오솔길 밭머리 위아래에 두 무덤
누군들 먼 훗날 저리 아니 묻히겠소
살아서 외롭던 부부 죽어조차 나뉜가

머언 산 골짜기 이마에 시리고
잔디 위 다사론 볕 가슴 파고 들며는
한평생 못다 한 말을 꽃으로나 피우시라.

대나무

고아가 된 밝은 날 위선의 독수 젊음을 앗다
애절한 소리는 피리로 못 잊어 솟아난 신비
해마다 솟구치는 푸름 하늘 향한 저 마음아

한국현대시조대사전
韓國現代時調大事典

초　판 1쇄 인쇄일 · 2021년 01월 25일
초　판 1쇄 발행일 · 2021년 02월 25일

사단법인 한국시조시인협회 현대시조대사전 간행위원회

제25대 이사장 : 이지엽
　　　　부이사장 : 박현덕 · 양점숙 · 이달균 · 이종문 · 정수자 · 홍성란
간행위원장 : 정수자
간행위원회 간사 : 이두의
편집교정위원장 : 이택회
편집교정위원 : 공화순 · 손증호 · 윤경희 · 이숙경 · 정지윤 · 정희경
편집장 : 김남규
협회 문의 : 02)745-8474 / hankuksijo@hanmail.net

편　　　저 | 사)한국시조시인협회
펴 낸 곳 | 도서출판 고요아침
편　　　집 | 김남규 · 이양구
출판등록 | 2002년 8월 1일 제 1-3094호
주　　　소 | 03678 서울시 서대문구 증가로 29길 12-27, 102호
연 락 처 | 02-302-3194~5 (fax)02-302-3198
E - m a i l | goyoachim@hanmail.net

ISBN 979-11-90487-90-0(01810)
정가 200,000원